献　给

我的父母

及

康玥仪　王墨然

刘师培诗词编年笺注稿

（上册）

康涛　编著

线装书局

图书在版编目（CIP）数据

刘师培诗词编年笺注稿 / 康涛编著 . -- 北京 : 线装书局 , 2024. 7. -- ISBN 978-7-5120-6206-1

I. I207.22

中国国家版本馆 CIP 数据核字第 2024BR5617 号

刘师培诗词编年笺注稿

LIU SHIPEI SHICI BIANNIAN JIANZHU GAO

编　　著：康　涛
责任编辑：程俊蓉　张　倩
封面设计：红　药
封面绘图：六小千®
版式设计：孙煜轩
出版发行：线装书局
　　地　址：北京市东城区建国门内大街 18 号恒基中心办公楼二座 12 层
　　电　话：010-65186553（发行部）010-65186552（总编室）
　　网　址：www.zgxzsj.com
经　　销：新华书店
印　　制：河北帆泊印刷有限公司
开　　本：710mm×1000mm 1/16
印　　张：80.75
字　　数：1432 千字
版　　次：2024 年 7 月第 1 版第 1 次印刷
印　　数：001—300 套

定　　价：680.00 元（全 3 册）

线装书局官方微信

一块垫脚石

（代序）

严格来说，摆在您面前的这个稿子是一部历史类作品，而非文学类作品。其中的内容，多涉历史学、经学、古典文献学和文字学。如果您想从中获取诸如辞章之美、格律之韵或诗学理论等启发借鉴，肯定会失望。

早在上学时，曾有一位日本东京大学的在读博士生插班，与我们同窗一学期。他的研究领域让当时的我完全不能理解——中国南宋孝宗朝财政史。在后来的交往中，他告诉我，日本历史学研究重视个案和细节，“再伟大的理论、结论，也需要无数准确可靠的细节证据来支撑。”这位“博士候选人”的历史细节论让我印象深刻。

另一个对我产生重大影响的，是陈寅恪先生的“史诗互证”法。虽然对诗词理论不甚了了，但我深知，诗词对于一个历史人物来说，是仅次于日记的真相渊薮。也明白，诗词在对一个人、一件事，甚至一个时代的研究中会发挥多么重要的作用。这种巨大作用，在将主要精力放在明史学习时就曾让我受益良多。

这些影响使我在不自觉中越来越注重细节、微观和基础工作，渐渐养成了在学习工作中“结硬寨，打呆仗”的性格，确立了自己应该做个基础工作者的定位。

基于对顾亭林“慎于著书”说的推崇，年轻时曾立下志向：一生只写两本书——一本极致微观，一本极致宏观。这就是《刘师培诗词编年笺注稿》的由来，也是对前一个自我承诺的兑现。

对刘师培这个人开始感兴趣也是在校读书时的事。他的人生经历如此波诡云谲，他的种种遭遇又让人在同情之余“哀其不幸，怒其不争”。

“中国近代思想的一个重要特征，是因为社会变动的迅速，它必需在极短的时间内走完西方资产阶级思想几百年来发展的全程”，这些社会变动反映到一个人身上时，也“是一个十分急促短暂的行程”。这些话是李泽厚先生论及梁启超时的评语。我倒觉得放在刘师培身上更贴切，至少同样适用。

从刘师培的诗词中，我们也能清晰地看到这样一条人生和思想轨迹：风花雪月的悲秋伤春——金榜题名的学优则仕——立场坚定的反清志士——不切实际的鲁莽激进——变节背叛的悔不当初——流落异乡的九死一生——羽化飞升的出世逍遥——疮好忘痛的身败名裂——穷途末路的回归初心。最终落了个英年早逝，枯坟野冢的结局。

刘师培的诗词向我们展示了这条诡谲人生路中的更多细节。

他是位博洽的学者，他的诗中对其学术旨趣之广有更集中的体现；他是近代“以学为诗”的代表人物，他的诗中对其精研之深有更直接的反映；他是近代经学今古文之争中古文派的旗手之一，他的诗中却不乏对今文派的推崇；他是仪征刘氏世传《左传》的第四代传人，终其一生未能赓续先人未竟的《旧注疏证》。他的诗中有自我激励的豪言，也有自食其言的愧疚；他是个不善交际，又强迫自己去做的矛盾人，他的诗中有这样一个朋友圈，圈里几乎都是近代史上如雷贯耳的名字；他最终自悟是个“当论学而不问政”的人，从他的诗中却可以找到涉及近代重要史实的诸多痕迹，等等等等。

刘师培是近代文字音韵学大家，这精深的学问在其诗作中却有出人意表的传神体现：“专务改去常用之字，以同训诂之隐僻字代之。”至于用典，更是偏好生冷偏僻。就是好话不能好好说，就是不能让人一目了然。脑补之下，俨然一位未老先衰的“两脚书橱”从字缝里蹦出来摇头晃脑，大掉书袋。

以上这些来自诗词的旁枝末节，可以为刘师培研究提供更多细节证据，而对刘师培这个人的研究也可以为近代思想史研究提供更多细节证据。

大而无当，非吾所欲。“欲筑室者，先治其基。基完以平，而后加石木焉。”毕竟，“一室之不治，何天下家国之为？”

伟大的宏论需要无数基础工作支撑；伟大的工程也需要一块一块地搬砖，一个一个地打螺丝。这个稿子就是无数基础工作中的一个；我就是千万个搬砖、打螺丝者中的一员。这正是此稿撰写的初衷。如果，这个稿子和我本人有幸成为有志者进取高峰途中的一块垫脚石，我将倍感荣耀。

在稿子的撰写过程中，得到了万仕国老师、狄霞晨副研究员、傅槃亭先生的帮助指正，数位网友也对稿中谬误提出了意见，在此一并致谢。

本人水平有限，稿子中错谬之处难免，恳请读者朋友指正纠谬，不吝赐教。古人说：“非穷愁不能著书”；我要说：“老当益壮，宁知白首之心；穷且益坚，不坠青云之志。”因为，“十年饮冰，难凉热血！”

是为序。

康　涛

2024 年 7 月于北京无遗楼

笺注说明

一、已作笺注的刘师培诗词原作来源有以下5处:《刘申叔遗书》第61册《左盦诗录·左盦词录》(民国廿五年宁武南氏铅印本);万仕国《刘申叔遗书补遗》(广陵书社2008年12月第1版)辑录的刘师培诗词作品;刘成禺《世载堂杂忆·刘申叔新诗获知己》(仅一首残句);已公开发表的辑佚文章,包括,杨丽娟《扬州新见刘师培十七首佚诗》(《古籍整理研究学刊》2012年7月第4期P43—44、16),朱德印《〈大亚画报〉中新见刘师培佚诗九首考释》(《扬州文化研究论丛》2019年第1期P96—107)。

二、附录中所载新见刘师培佚诗,识读自《仪征刘氏遗稿汇存》第2册(巴蜀书社2023年11月第1版)中刊载的刘师培手稿。此部分佚诗只录原文,未作笺注。

三、已作笺注的刘师培诗词作品底本原文,《左盦诗录·左盦词录》有著录者,均依“宁武南氏本”;《左盦诗录·左盦词录》无著录者,在述者力所能及范围内,尽量依其最早版本,如《警钟日报》、1931年林思进清寂堂《左盦遗诗》刻本、《青溪旧屋仪征刘氏五世小记》及刘师培手稿等;著录唯一者,依其唯一著录。在具体笺注中,将各版本的文词异同做了注明。但本稿并非专业校本,难免挂一漏万,祈读者明鉴。

四、本稿以“刊载”、“编年”、“类别”和“笺注”四部分对刘师培诗词进行注释,并以“略考”的形式,对部分诗词中隐含的刘师培生平行迹、清末民初史实、该诗词写作背景等做了简要考证或记述。注释和略考的主要内容包括:用典来源、生僻字词,写作背景、隐含史迹等。刘师培诗词的文学、诗词学、美学价值则不在本稿所述之列。述者是孔夫子“述而不作”遗训的忠实信徒。在笺注中,就需注释的内容,尽量引用古籍和资料原文,非必要不使用自己组织的文字。

五、刘师培诗词作品,能基本确定编年的依年份排列,并在“编年”一列中注明理由;暂时无法确定的,集中于一处;《述怀一百四十韵示蜀中诸同好》、《癸丑纪行六百八十八韵》二诗篇幅超长,故未依其写作编年排列,而是置于全书正文之末。同时,因篇幅问题,此二诗的原文以每8句为一间隔,笺注于其后。附录中所录新见刘师培佚诗,绝大部分暂时无法确定具体编年,排列顺序依《仪征刘氏遗稿汇存》原页码次序。

六、全稿使用简体字，刘师培诗词原文及笺注内容中的特殊异体字依其旧，以存原貌。全部繁简转换由述者所作，部分句读标点为述者所加，文责由述者自负；笺注中所涉部分古籍、资料原无句读，句读标点为述者所加，文责亦由述者自负；笺注中所涉古籍整理本、资料自带句读、标点者，依其原貌，不擅改。

七、关于避讳字——刘师培诗词底本原文所涉清代避讳字，均依其原文。如“玄—元”、“丘—邱”等，在笺注中予以说明；笺注中使用的古籍所涉缺笔避讳字，径改为本字；清、民国初版本的清以前文献，遇清代避讳字径改为本字；清、民国著作，涉清代避讳字，依其原文。

八、笺注和略考中出现之“南本”，指民国廿五年宁武南氏《刘申叔遗书》铅印本；“林本”，指 1931 年林思进清寂堂《左盦遗诗》刻本；“万本”，指万仕国点校《仪征刘申叔遗书》（广陵书社 2014 年 2 月第 1 版）。

九、笺注中使用的古籍和资料，常见类不注明版本。因文字有异同使用的特殊版本注明版本信息；民国资料，尽量注明版本和页码；1949 年以后出版的古籍整理本和资料，均注明版本和页码。所有古籍、资料版本及引文位置信息，在引文之末加括号标注。

十、刘师培诗词原文，在无确凿证据的情况下不作擅改。在有确凿证据的情况下，衍字以“（ × ）”标示，脱字以“〈 × 〉”标示，误字以“（ × ）〈 × 〉”标示。笺注、略考中所涉古籍和资料同上。

十一、述者一向视笺注类著作为工具书，故在此稿中，认为需再次出注之处，均注明详见或参见“某诗（词）某条笺注”。

十二、《刘申叔遗书》在本稿中多有使用，但因刊印于 20 世纪 30 年代，现多为各图书馆收藏。所幸今日互联网发达，其电子文档获取便利，述者使用的文本即此。《刘申叔遗书》各册没有标注页码，为方便标示引文位置，以“《刘申叔遗书》× 册（ × × ）”的形式标注。其中括号内之“ × × ”，为引文在该册 PDF 文档中的顺排位置，以方便查询与核对。

十三、部分笺注的“略考”部分，有“详见（或参见）拙文《 × × 》”的字样。这是指述者在自己的微信公众号中发布的一些小考证文章，可在微信公众平台通过搜索看到。

左盦年表

钱玄同

公元	民元（附清纪年）	干支	年岁	与著述有关之经历
一八八四	前二八（光绪一〇）	甲申	一	六月廿四日（阴历闰五月二日）生
一八八五	前二七（光绪一一）	乙酉	二	
一八八六	前二六（光绪一二）	丙戌	三	
一八八七	前二五（光绪一三）	丁亥	四	
一八八八	前二四（光绪一四）	戊子	五	
一八八九	前二三（光绪一五）	己丑	六	
一八九〇	前二二（光绪一六）	庚寅	七	
一八九一	前二一（光绪一七）	辛卯	八	
一八九二	前二〇（光绪一八）	壬辰	九	
一八九三	前十九（光绪一九）	癸巳	十〇	
一八九四	前十八（光绪二〇）	甲午	十一	
一八九五	前十七（光绪二一）	乙未	十二	
一八九六	前十六（光绪二二）	丙申	十三	
一八九七	前十五（光绪二三）	丁酉	十四	
一八九八	前十四（光绪二四）	戊戌	十五	
一八九九	前十三（光绪二五）	己亥	十六	
一九〇〇	前十二（光绪二六）	庚子	十七	
一九〇一	前十一（光绪二七）	辛丑	十八	
一九〇二	前十〇（光绪二八）	壬寅	十九	
一九〇三	前九（光绪二九）	癸卯	二〇	至上海
一九〇四	前八（光绪三〇）	甲辰	二一	为警钟日报撰稿人
一九〇五	前七（光绪三一）	乙巳	二二	为国粹学报撰稿人
一九〇六	前六（光绪三二）	丙午	二三	在芜湖 任皖江中学教员 创白话报
一九〇七	前五（光绪三三）	丁未	二四	至日本 为民报撰稿人 创天义报
一九〇八	前四（光绪三四）	戊申	二五	创衡报 归国
一九〇九	前三（宣统元）	己酉	二六	至南京
一九一〇	前二（宣统二）	庚戌	二七	至天津
一九一一	前一（宣统三）	辛亥	二八	至成都
一九一二	元	壬子	二九	任四川国学学校教员 为四川国学杂志撰稿人
一九一三	二	癸丑	三〇	至太原 创国故鉤沈
一九一四	三	甲寅	三一	至北京
一九一五	四	乙卯	三二	
一九一六	五	丙辰	三三	为中国学报撰稿人
一九一七	六	丁巳	三四	任国立北京大学教授
一九一八	七	戊午	三五	
一九一九	八	己未	三六	为国故杂志撰稿人 十（二）〈一〉月二十日（阴历九月二十八日）卒

录自《刘申叔遗书》第1册（43—45）

目　录

（上册）

一块垫脚石（代序）……康　涛 i

笺注说明…… iii

左盦年表……钱玄同 v

1899年

和阮文达公秋桑诗并序…… 3

和阮文达公秋桑…… 5

1900年

古意…… 9

燕…… 10

咏燕…… 11

宫怨…… 11

1901年

有感…… 17

杨花曲…… 18

幽兰…… 22

咏扬州古迹・咏木兰院（残句）…… 24

1902年

雨花台…… 29

舟发金陵望月…… 30

古意（用李樊南《效长吉》诗韵）…… 31

拟李义山效长吉…… 33
杂咏（二首）…… 34

1903 年

宋故宫…… 39
扫花游・汴堤柳…… 40
如梦令・游丝…… 43
长亭怨慢・送春…… 44
一萼红・徐州怀古…… 46
菩萨蛮・咏雁…… 48
卖花声・登开封城…… 49
东京清明杂感（二首）…… 51
扫花游・宿迁道中见杏花…… 54
题梁公约诗册（二首）…… 56
泛舟小金山…… 58
端阳日偕地山泽山谷人泛湖言念旧游怆然有作…… 60
中兴颂…… 63
忆昔…… 70
癸卯夏游金陵…… 71
偶成…… 73
赠娄县瞿墉臣（二首）…… 74
赠兴化李审言（二首）…… 76
仲夏感怀（二首）…… 80
题袁季枚丈松林庵古松画册（四首）…… 83
阅赵㧑叔诗集诋吕晚村甚力因作二绝正之（二首）…… 86
癸卯夏记事…… 89
赠杨仁山居士（四首）…… 91

古意……96
采莲謌……98
莫愁湖……99
和周美权《夜坐偶成》用原韵……100
读庄子逍遥游（二首）……105
有感……107
书顾亭林先生墨迹后……108
读王船山先生遗书……112
杂咏（二首）……118
咏晚村先生事……120
怀桂蔚丞先生（时客汴省）……122
满江红 · 一枕黄粱……126

1904年

元旦述怀……131
壶中天慢 · 元宵望月……133
水调歌头 · 书王船山先生《龙舟会》杂剧后……135
三月十九日，俗传太阳生辰，乃明怀宗殉国之日，
　而中国亡国之一大纪念也，作诗一章……139
运河诗（四首）……141
杂咏……145
赠侯官林宗素女士……148
题佩忍与林宗素孙济扶女士论文绝句后……149
甲辰年自述诗（六十四首）……151
归里……227
题陈右铭先生西江墨瀋……227
明代扬州三贤咏……229

春深……251
吊何梅士……252
岁暮怀人（九首）……254
黄罏歌呈彦复穗卿……262
题照相片……265
后湘汉吟……266
招隐诗……268
反招隐诗（残缺）……270

约 1904—1905 年

答袁康侯（二首）……275
静坐……276
赠子言……278
杂诗（二首）……279
静观……282
秋风萧瑟池荷零落感而赋此……284
愚园（二首）……286
送佩忍归吴江……288
六言诗效山谷……291

1905 年

和孟厂作……295
饮酒楼……296
赠君武……297
赠无量……299
游张园……300
读《天演论》（二首）……301

寒夜望月…………………………………………………………………………………… 303
台湾行……………………………………………………………………………………… 304
齐侯罍歌…………………………………………………………………………………… 321
扫花游·读《南宋杂事诗》……………………………………………………………… 330
桂殿秋·望月作…………………………………………………………………………… 332
孤鸿………………………………………………………………………………………… 333
效长吉……………………………………………………………………………………… 335
杂咏………………………………………………………………………………………… 338
文信国祠…………………………………………………………………………………… 339
读楚词……………………………………………………………………………………… 343
读楚词……………………………………………………………………………………… 344
书杨雄传后………………………………………………………………………………… 345
台城柳……………………………………………………………………………………… 351
楚词………………………………………………………………………………………… 353
咏扇………………………………………………………………………………………… 354
出郭………………………………………………………………………………………… 356
读戴子高先生《论语注》………………………………………………………………… 358
幽兰吟……………………………………………………………………………………… 365
菩萨鬘·无题……………………………………………………………………………… 366
菩萨蛮·一树梨花………………………………………………………………………… 367
菩萨鬘……………………………………………………………………………………… 368
咏明末四大儒（四首）…………………………………………………………………… 369
咏女娲……………………………………………………………………………………… 376
黄天荡怀古………………………………………………………………………………… 379
申江杂感用苏东坡《秋怀》诗韵（二首）……………………………………………… 383
烟雨楼（二首）…………………………………………………………………………… 387
闻某君卒于狱作诗哭之…………………………………………………………………… 390

咏汉长无相忘瓦…………………………………………………… 394
咏怀（五首）………………………………………………………… 402
咏禾中近儒（三首）………………………………………………… 409
题陈去病拜汲楼诗集（二首）……………………………………… 414
点绛唇·咏白荷花…………………………………………………… 417
好事近·杨花………………………………………………………… 419
浣溪纱·读《钱塘纪事》…………………………………………… 420
临江仙·咏蝶………………………………………………………… 421
一萼红·题碧海乘槎图……………………………………………… 423
鸳鸯湖放棹歌………………………………………………………… 426
焦山放船至金山（用苏东坡《金山放船至焦山》韵）…………… 430
拟茂先情诗（二首）………………………………………………… 434
咏蝙蝠………………………………………………………………… 437

1899年

和阮文达公秋桑诗并序

己亥暮秋，泛舟小金山，见隔岸秋桑千余株，叶已黄落，皆有秋意，盖课桑局之意也，为之盘桓久之。因取阮文达集中《秋桑》诗以和之。

记得春光到陌旁，花花叶叶自相当。交交响响鸣黄鸟，肃肃声传振鸨行。一径香风人取斧，三竿晓日女携筐。野扬伐处逢蚕月，处处幽民植女桑。

【刊载】

《刘申叔遗书补遗》上册 P1。

【编年】

1899 年。详见本诗〔己亥暮秋〕条笺注。

【类别】

七言，8 句。

【笺注】

〔阮文达公《秋桑》诗〕阮元（谥文达）《揅经室集 · 四集 · 诗卷三 · 丁巳》有《秋桑四首》。阮元于嘉庆二年（1797）出仕浙江湖州。湖州是桑蚕之乡，当时正值秋季，落叶飘零。阮元于是作七言、8 句《秋桑》诗 4 首，既邀和者，亦劝蚕桑。江浙两省唱和者几达百人。他指出，大力发展桑蚕业是发展经济、改善生活的好出路，劝喻百姓“黄金原向绢机看”，“但教天下轻绵暖，何惜林间坠叶凉”。阮元是江苏仪征人，是刘师培的前辈乡贤，曾拜体仁阁大学士，任多省督抚，且学术造诣极高，最广为人知的莫过于其主持校刻的《十三经注疏》。据刘师培手稿，诗题原文作《和阮文达公秋桑（七律四首并叙）》。见《仪征刘氏遗稿汇存》第 2 册 P767。

〔己亥暮秋〕光绪二十五年（己亥）阴历九月，即 1899 年 10 月 5 日—11 月 2 日。

〔小金山〕扬州瘦西湖二十四景之一，为瘦西湖中一小岛，筑于清乾隆二十二年（1757）前后，有水路可直达大明寺。

〔课桑局〕同治十一年（1872），两淮盐运史方濬颐在扬州城西北郊设扬州课桑局，在瘦西湖西侧引种桑树数千棵，与小金山仅一岸之隔。此前，江苏常镇通海道沈秉成于同治九年（1870）设立了常镇（常州、镇江）课桑局。课桑局，全国其他地区也有称为劝桑局、农桑局的。鸦片战争后，劝课蚕桑的机构——丹徒蚕桑局出现。太平天国后，江苏长江南北两岸多地官员为战后修复而创设蚕桑局。光绪初期，蚕桑局的设立推广到全国更多省府州县，对太平天国战争后的经济恢复及发展发挥了作用。课桑局之意，刘师培手稿作“课桑局之地”。见《仪征刘氏遗稿汇存》第 2 册 P767。

〔盘桓〕本意为徘徊不前，亦指游乐。《周易正义》卷 1《屯》：“初九。盘桓，利居贞，利建侯。”孔颖达疏：“盘桓，不进之貌。”章太炎《新方言 · 释言第二》：“《尔雅》：‘般，乐也。’亦作盘。《书》云：‘盘于游田’，重言曰盘桓。《易》曰：‘虽盘桓，志行正也。’其实般、桓本一语，般与桓古音相近。”以和之，刘师培手稿作“㠯和之”。见《仪征刘氏遗稿汇存》第 2 册 P767。

〔陌旁〕刘师培手稿作“陌傍”。见《仪征刘氏遗稿汇存》第 2 册 P771。

〔花花叶叶自相当〕《玉台新咏》卷 1 宋子侯《董娇饶诗一首》：“洛阳城东路，桃李生路傍。花花自相对，叶叶自相当。”相当，对称。

〔交交响响鸣黄鸟〕《毛诗正义》卷 6—4《秦风 · 黄鸟》：“交交黄鸟”。毛传：“交交，小貌。”《毛诗传笺通释》卷 12《秦风 · 黄鸟》：“交交黄鸟”。马瑞辰注：“交交，通作‘咬咬’，谓鸟声也。”响响，刘师培手稿作“响听”。见《仪征刘氏遗稿汇存》第 2 册 P771。

〔肃肃声传振鸨行〕《毛诗正义》卷 6—2《唐风 · 鸨羽》诗序：“鸨羽，刺时也。”毛传：“鸨，音保。鸨似雁而大，无后趾。”诗：“肃肃鸨行，集于苞桑。”孔颖达疏：“以上言羽翼，明行亦羽翼，以鸟翮之毛有行列，故称行也。”

〔取斧〕《毛诗正义》卷 8—1《豳风 · 七月》：“蚕月条桑，取彼斧斨。”毛传：“斨，方銎也。”《诗补传》卷 15《国风 · 豳 · 七月》：“蚕月条桑，取彼斧斨。以伐远扬，猗彼女桑。”范处义注：“蚕月，谓蚕事既毕之月，取斧斨之器，凡桑附枝远而扬者，皆伐而去之，谓之条桑。女桑，亦桑之小者。猗，倚也。‘猗重较兮’‘猗于亩丘’，皆当训‘倚’。盖远扬以其高而难取，故倚彼女桑而取之。至今民俗犹然，此章言治桑之时也。”

〔女携筐〕《毛诗正义》卷 8—1《豳风 · 七月》：“春日载阳，有鸣仓庚。女执懿筐，遵彼微行，爰求柔桑。”毛传：“仓庚，离黄也。懿筐，深筐也。微行，墙下径也。‘五亩之宅，树之以桑’。”

〔野扬伐处逢蚕月〕见本诗〔取斧〕条笺注。

〔处处豳民植女桑〕豳民，疑应作“豳民”。本句之前三句的典源，均为《豳风 · 七月》。《盐铁论》卷 8《和亲第四十八》：“太王去豳，豳民随之。”《诗补传》卷 15《国风 · 豳 · 七月》：“称彼兕觥，万寿无疆。”范处义注：“豳民于是以朋酒而飨上，杀羔羊以为礼。”女桑，小桑树。《尔雅注疏》卷 9《释木》：“女桑，桋桑。”郭璞注：“今俗呼桑树小而条长者为女桑树。”另见本诗〔取斧〕条笺注。

和阮文达公秋桑

冷淡疏林着□霜，枝条摇落亦凄凉。畴边罗影残秋雨，陌上筝声落夕阳。日落首山柯改碧，秋深淇水叶飘黄。野虞毋伐曾编令，村姑依然傍院墙。

【刊载】

《扬州新见刘师培十七首佚诗》,《古籍整理研究学刊》2012 年 7 月第 4 期 P43。

【类别】

七言，8 句。

【编年】

1899 年。本诗与《和阮文达公秋桑诗并序》似为同时期所作，故定编年于 1899 年。

【笺注】

〔冷淡疏林〕江珠《青藜阁词 · 望江南 · 槑》:“风翦翦，冷澹著疏林。”案：江珠，经学大家江藩之妹，江苏扬州府甘泉县人，即今扬州江都。□，刘师培手稿作“晚”。见《仪征刘氏遗稿汇存》第 2 册 P771。

〔枝条摇落亦凄凉〕庾信《庾子山集》卷 3《拟咏怀二十七首》之十一:“摇落秋为气，凄凉多怨情。啼枯湘水竹，哭坏杞梁城。”

〔畴边罗影落夕阳〕《正字通》午集上《田部》:“《说文》:‘畴，耕治之田也。’”罗影，从下句分析，似指“罗敷”之倩影。

〔陌上筝声落夕阳〕《乐府诗集》卷 28《相合歌辞三 · 陌上桑》:“日出东南隅，照我秦氏楼。秦氏有好女，自名为罗敷。罗敷喜蚕桑，采桑城南隅。……”《古今注》卷中《音乐第三》:“《陌上桑》，出秦氏女子。秦氏，邯郸人，有女名罗敷，为邑人千乘王仁妻，王仁后为赵王家令。罗敷出采桑于陌上，赵王登台见而悦之，因饮酒，欲夺之。罗敷乃弹筝作《陌上桑》之歌，以自明焉。”落，刘师培手稿作“冷”。见《仪征刘氏遗稿汇存》第 2 册 P771。

〔日落首山柯改碧〕《名义考》卷 2《天部 · 东隅桑榆》:“《冯异传》:‘失之东隅，收之桑榆。’《淮南子》:‘西日垂景在树端，谓之桑榆。’谓晚也。”《春秋左传正义》卷 21《宣公二年》:“初，宣子（赵盾——引者）田于首山，舍于翳桑，见灵辄饿，问其病，曰：‘不食三日矣。’食之，舍其半。问之，曰：‘宦三年矣，未知母之存否。今近焉，请以遗之。’使尽之，而为之箪食与肉，寘诸橐以与之。既而与为公介，倒戟以御公徒，而免之。问何故，对曰：‘翳桑之饿人也。’问其名居，不告而退，遂自亡也。”

杜预注："翳桑，桑之多荫翳者。""首山在河东蒲坂县东南。"王引之《经义述闻》卷18《春秋左传中七十六条·舍于翳桑 / 翳桑之饿人》："谨案：下文曰：'翳桑之饿人'，则翳桑当是地名。"《春秋左氏传旧注疏证·宣公二年》刘文淇疏证："王引之云：翳桑，首山近地。此说是也。《公羊传》云：子某时所食，活我于暴桑下者也。……翳桑似是地名。"（科学出版社1959年第1版P625）《史记·晋世家》："初，盾常田首山，见桑下有饿人。饿人，示眯明也。盾与之食，食其半。问其故，曰：'宦三年，未知母之存不，愿遗母。'盾义之，益与之饭肉。已而为晋宰夫，赵盾弗复知也。九月，晋灵公饮赵盾酒，伏甲将攻盾。公宰示眯明知之，恐盾醉不能起，而进曰：'君赐臣，觞三行可以罢。'欲以去赵盾，令先，毋及难。盾既去，灵公伏士未会，先纵啮狗名敖。明为盾搏杀狗。盾曰：'弃人用狗，虽猛何为。'然不知明之为阴德也。已而灵公纵伏士出逐赵盾，示眯明反击灵公之伏士，伏士不能进，而竟脱盾。盾问其故，曰：'我桑下饿人。'问其名，弗告。明亦因亡去。"裴骃《集注》："徐广曰：'蒲坂县有雷首山。'"司马贞《索隐》："又据《左氏·宣公二年》，桑下饿人是灵辄也。其示眯明，是嗾獒者也，眯明斗而死。今合二人为一人，非也。"案：本诗通篇述"秋桑"，此句似典出《左传·宣公二年》之"翳桑"和《史记·晋世家》之"桑下"。《毛诗正义》卷10—1《小雅·南有嘉鱼之什·湛露》："湛湛露斯，匪阳不晞。"郑玄笺："露之在物，湛湛然，使物柯叶低垂。"孔颖达疏："柯，谓枝也。"《增修互注礼部韵略》卷5《入声·二十二昔》："碧，……深青色。"此句指，日落近晚，首山的桑树，其枝条变成了黯淡的深青色。

〔秋深淇水叶飘黄〕《诗经·卫风·氓》："桑之落矣，其黄而陨。自我徂尔，三岁食贫。淇水汤汤，渐车帷裳。"淇水，古代卫国水名。发源于今河南安阳市林州，流向东南，于淇县与浚县间注入卫河。

〔野虞毋伐曾编令〕《礼记正义》卷15《月令》："季春之月，……是月也，命野虞无伐桑柘。"郑玄注："爱蚕食也。野虞，谓主田及山林之官。"

〔村姑依然傍院墙〕依刘师培手稿，本句当作"封殖依然傍苑墙"。见《仪征刘氏遗稿汇存》第2册P771。封殖，壅土培育。《春秋左传注·昭公二年》："武子曰：'宿敢不封殖此树，以无忘《角弓》。'"杨伯峻注："封殖犹培殖，九年《传》'后稷封殖天下'，《吴语》'今天王既封殖越国'，皆此义。韦注《吴语》云'壅本曰封'，即今之培土。"（中华书局2016年11月第4版第5册P1358）苑，指皇家园林、苑囿。《说文解字注》卷1下《艸部》："苑，所以养禽兽也。"段注："《周礼·地官·囿人》注：'囿，今之苑。'是古谓之囿，汉谓之苑也。《西都赋》：'上囿禁苑'；《西京赋》作'上林禁苑'。"

1900年

古意

西风吹湘水，鸿雁有哀音。渺渺洞庭渚，千秋骚客心。苍梧云去后，明月冷湘阴。言念郑交甫，悠悠汉水深。

【刊载】

《国粹学报》第 2 期，1905 年 3 月 25 日，署名刘光汉。《刘申叔遗书》61 册（118），《左盦诗录》卷 4《左盦诗别录》。

【类别】

五言，8 句。

【编年】

1900 年。《左盦诗》中《湘汉吟》由本诗改写而来，二诗文辞略不同。《湘汉吟》署“庚子”。

【笺注】

〔西风吹湘水〕《楚辞章句》卷 2《九歌 · 湘夫人》：“袅袅兮秋风，洞庭波兮木叶下。”王逸注：“袅袅，秋风摇木貌。”“言秋风疾，则草木摇，湘水波，而树叶落矣。”

〔鸿雁有哀音〕《诗经 · 小雅 · 鸿雁之什 · 鸿雁》：“鸿雁于飞，哀鸣嗷嗷。”

〔渺渺洞庭渚〕参见本诗〔西风吹湘水〕条笺注。《尔雅 · 释水》：“水中可居者曰洲，小洲曰陼，小渚曰沚。”《正字通》戌集中《阜部》：“陼，旧注同渚。”

〔骚客〕屈原著《离骚》，故称其为骚人、骚客，后泛指诗人、文人。《六臣注文选》昭明太子萧统《序》：“骚人之文，自兹而作。”张铣注：“原于是著《离骚》。离，别也。骚，愁也。”

〔苍梧云去后，明月冷湘阴〕《楚辞补注》卷 2 屈原《九歌 · 湘君》，洪兴祖补注：“刘向《列女传》：‘舜陟方，死于苍梧，……二妃死于江湘之间，俗谓之湘君。’《礼记》：‘舜葬于苍梧之野，盖二妃未之从也。’”案：洪兴祖《礼记》引文应为“三妃”，见中华书局影印本《十三经注疏 · 礼记正义 · 檀弓上》P1281。关于苍梧的具体所在地，学术界一直有争论。

〔郑交甫〕《列仙传》卷上《江妃二女》：“江妃二女者，不知何所人也。出游于江汉之湄，逢郑交甫见而悦之。不知其神人也，谓其仆曰：‘我欲下请其佩。’仆曰：‘此间之人皆习于辞，不得恐罹悔焉。’交甫不听，遂下与之言曰：‘二女劳矣。’二女曰：

‘客子有劳，妾何劳之有。’交甫曰：‘橘是柚也，我盛之以筥，令附汉水将流而下。我遵其傍，采其芝，而茹之，以知吾为不逊也，愿请子之佩。’二女曰：‘橘是柚也，我盛之以筥，令附汉水将流而下，我遵其傍，采其芝，而茹之。’遂手解佩与交甫，交甫悦受而怀之中当心。趋去数十步，视佩空，怀无佩，顾二女忽然不见。”

燕

狼胥山边春草肥，营巢燕子又南飞。若逢海国风霜冷，问尔飘零归未归。

【刊载】

1931 年林思进清寂堂《左盦遗诗》刻本;《刘申叔遗书》61 册（37—38),《左盦诗录》卷 2《左盦诗》。

【类别】

七言，4 句。

【编年】

1900 年。《左盦诗》署“庚子”。

【笺注】

〔燕〕《林本》作“咏燕”。

〔狼胥山〕《史记 · 匈奴列传》:“汉骠骑将军之出代二千余里，与左贤王接战，汉兵得胡首虏凡七万余级，左贤王将皆遁走。骠骑封于狼居胥山，禅姑衍，临翰海而还。是后，匈奴远遁，而幕南无王庭。”

〔营巢燕子〕王安石《临川文集》卷 37《歌曲 · 诉衷情五首（和俞秀老鹤词）》其四:“营巢燕子逞翱翔。微志在雕梁。”营巢，即筑巢。《初学记》卷 3《岁时部上 · 春第一 · 赋》:“晋傅玄《阳春赋》:‘乾坤絪缊，冲气穆清。……鹊营巢于高树兮，燕衔泥于广庭。……’”

〔海国〕即翰海，指漠北的大湖。《史记 · 匈奴列传》:“骠骑封于狼居胥山，禅姑衍，临翰海而还。”裴骃《集解》:“如淳曰:‘翰海，北海名。’”张守节《正义》:“翰海自一大海名，群鸟解羽伏乳于此，因名也。”古人常以“海国”喻指燕子北飞之地。元好问《遗山集》卷 14《七言绝句 · 贞燕二首》其一:“杏梁双宿复双飞，海国争教只影归。想得秋风逼凉冷，谢家儿女亦依依。”

〔冷〕《林本》作“滭”。《说文解字》卷 11 下《仌部》:“滭，风寒也。”

咏燕

榆塞三千冷落晖，营巢燕子又南飞。他时海国风霜冷，问尔飘零归不归。

【刊载】

《刘申叔遗书补遗》下册 P1470。

【类别】

七言，4 句。

【编年】

1900 年。扬州私人藏品，与《左盦诗》中《燕》一诗文辞略不同，故定编年于1900 年。

【笺注】

〔榆塞三千〕榆塞，即陕西榆林塞，自古为中原抵御北方少数民族的重镇要塞，后亦泛指边关要塞。《汉书 · 韩安国传》："（大行王——引者）恢曰：'及后蒙恬为秦侵胡，辟数千里，以河为竟，累石为城，树榆为塞，匈奴不敢饮马于河，置熢燧然后敢牧马。'" 颜师古注："如淳曰：'塞上种榆也。'"《文苑英华》卷 21《岁时一 · 春思赋一首》王勃《春思赋（并序）》："自有兰闺数十重，安知榆塞三千里。榆塞连延玉关侧，云间沉沉不可识。"

宫怨

朝阳日暝栖鸦飞，未央霜溧禽华肥。帘栊夕雨梦珠箔，绨绤西风欺绿衣。欲知金屋佳人怨，试看玉墀苔迹稀。

【刊载】

1931 年林思进清寂堂《左盦遗诗》刻本；《刘申叔遗书》61 册（38），《左盦诗录》卷 2《左盦诗》。

【类别】

七言，6 句。

【编年】

1900 年。《左盦诗》署"庚子"。

【笺注】

〔朝阳日暝栖鸦飞〕《全唐诗》卷 353 柳宗元《跂乌词》："城上日出群乌飞，鸦鸦争赴朝阳枝。"（第 6 册 P3968）

〔未央霜溧禽华肥〕《史记 · 樗里子列传》："汉兴，长乐宫在其东，未央宫在其西。"张守节《正义》："汉长乐宫在长安县西北十五里，未央在县西北十四里，皆在长安故城中也。"《说文解字》卷 11 下《仌部》："溧，寒也。"禽华，菊。《古文苑》卷 3《赋》班婕妤《捣素赋》："见禽华以麃色，听霜鹤之传音。"章樵注："禽华，菊也。季秋之月，鸿雁来宾，后菊有黄华。"肥，指菊花在深秋时节繁盛生长，竞相怒放。《古今岁时杂咏》卷 37《今诗 · 重阳下》白子仪《次韵和县楼九日》："红叶青峰辏目围，茱萸香重菊花肥。"《浮生六记 · 闺房记乐》："秋侵人影瘦，霜染菊花肥。"

〔帘栊夕雨梦珠箔〕帘栊，指窗户、门帘。何梦桂《潜斋集》卷 4《词 · 喜迁莺 · 感春》："夜雨帘栊，柳边庭院，烦恼有谁撋就。"珠箔，珠帘。《玉台新咏》卷 10 谢朓《谢朓诗四首》其一《玉阶怨》："夕殿下珠帘，流萤飞复息。"《三辅黄图》卷 2《汉宫 · 桂宫》："桂宫中有光明殿，皆金玉珠玑为帘箔，处处明月珠金。"《全唐诗》卷 180 李白《登锦城散花楼》："金窗夹绣户，珠箔悬银（一作琼）钩。"（第 3 册 P1839）

〔絺绤西风欺绿衣〕絺绤，夏装。《毛诗正义》卷 2—1《邶风 · 绿衣》："绿兮丝兮，女所治兮。我思古人，俾无訧兮。絺兮绤兮，凄其以风。我思古人，实获我心。"郑玄笺："絺绤所以当暑，今以待寒，喻其失所也。"《说文解字》卷 13 上《糸部》："絺，细葛也。"同上书同卷："绤，粗葛也。"欺，侵犯、欺凌，此处引申为侵彻、吹透。《字汇》辰集《欠部》："欺，……陵也。"刘师培《咏汉长无相忘瓦》诗有句："絺绤秋风怨绿衣"。

〔金屋佳人〕《汉武故事》："胶东王（指幼年尚未继位，时为胶东王的汉武帝刘彻——引者）数岁，公主（指馆陶公主刘嫖，陈阿娇之母，汉景帝刘启同母姐，汉武帝刘彻的亲姑母及岳母——引者）抱置膝上，问曰：'儿欲得妇否？'长主指左右长御百余人，皆云不用。指其女阿娇：'好否？'笑对曰：'好！若得阿娇作妇，当作金屋贮之。'长主大悦，乃苦要上（指汉景帝——引者），遂成婚焉。"

〔试看玉墀苔迹稀〕《乐府诗集》卷 42《相合歌辞十七》刘禹锡《阿娇怨》："望见葳蕤举翠华，试开金屋扫庭花。须臾宫女传来信，云幸平阳公主家。"平阳公主，汉景帝刘启长女，汉武帝刘彻同母姐。玉墀，宫殿前的台阶。《拾遗记》卷 5："汉武帝思怀往者，李夫人不可复得。时始穿昆灵之池，泛翔禽之舟，帝自造歌曲，使女伶歌之。时日已西倾，凉风激水，女伶歌声甚遒，因赋《落叶哀蝉之曲》曰：‘罗袂兮无声，玉墀兮尘生，虚房冷而寂寞，落叶依于重扃，望彼美之女兮，安得感余心之未宁。”李夫人，汉武帝刘彻继陈阿娇、卫子夫之后宠爱的女人，李延年、贰师将军李广利之妹。《汉书 · 外戚列传上》有本传。《汉书 · 外戚传下 · 孝成班婕妤》：“赵氏姊弟骄妒，婕妤恐久见危，求共养太后长信宫，上许焉。婕妤退处东宫，作赋自伤悼，其辞曰：……重曰：潜玄宫兮幽以清，应门闭兮禁闼扃。华殿尘兮玉阶苔，中庭萋兮绿草生。……”

【略考】

刘师培词作《菩萨蠻》(即词牌《菩萨蛮》)中“帘栊残月落，夜雨愁珠箔”二句，与本诗“帘栊夕雨梦珠箔”句颇类；《咏汉长无相忘瓦》诗有句：“稀绤秋风怨绿衣，帘栊夜雨愁珠箔”，与本诗“帘栊夕雨梦珠箔，絺绤西风欺绿衣”颇类。

1901年

有感

游鱼潜汉渚，乃慕禽鸟飞。羽翼一朝傅，江海何时归。尘寰不可立，敢怨弋人机。北山亦何高，南溟亦何卑。天地有鹍鹏，变化无已时。

【刊载】

《国粹学报》第 2 期，1905 年 3 月 25 日，署名刘光汉。《刘申叔遗书》61 册（119），《左盦诗录》卷 4《左盦诗别录》。

【类别】

五言，10 句。

【编年】

1901 年。《左盦诗》中《有感》由本诗改写而来，署“辛丑”。

【笺注】

〔游鱼潜汉渚，乃慕禽鸟飞〕《诗经 · 大雅 · 文王之什 · 旱麓》：“鸢飞戾天，鱼跃于渊。”《玉台新咏》卷 2 曹植《杂诗五首》其三：“游鱼潜绿（《艺文类聚》等本作‘渌’——引者）水，翔鸟薄天飞。”《诗经 · 小雅 · 鸿雁之什 · 鹤鸣》：“鱼潜在渊，或在于渚。……鱼在于渚，或潜在渊。”渊，深水。渚，水中的小岛。详见《古意》一诗〔渺渺洞庭渚〕条笺注。汉渚，指汉水中的小洲。张祜《张承吉集》卷 9《五七言长韵三十首 · 投魏博田司空二十韵》：“豹望因文变，鲲期假翅翔。”

〔傅〕添加，附着。《逸周书 · 寤儆弟三十一》：“无为虎傅翼，将飞入邑，择人而食。”现存一份刘师培手稿，诗题作《有感》，傅作“附”。见《仪征刘氏遗稿汇存》第 2 册 P813。

〔尘寰不可立〕尘寰，尘世，人世。《全唐文》卷 8《太宗（五）》李世民《答元（玄——引者）奘法师进西域记书诏》：“省书，具悉来意。法师夙标高行，早出尘寰。泛宝舟而登彼岸，搜妙道而辟法门。宏阐大猷，荡涤众罪。”立，生存，安身立命。

〔弋人机〕指使用绳箭的射猎者弩弓上曳弦的弩机，代指弓弩，亦指陷阱机关。《楚辞章句》卷 4《九章 · 惜诵》：“矰弋机而在上兮，罻罗张而在下。”王逸注：“矰缴，射矢也。弋，亦射也。《论语》曰：‘弋不射宿。’”《庄子集释》卷 4 中《（外篇）胠箧第十》：“夫弓弩毕弋机变之知多，则鸟乱于上矣。”郭庆藩引成玄英疏：“以绳系箭射，谓之弋。”引陆德明《经典释文》：“李云：兔网曰毕，缴射曰弋，弩牙曰机。”《扬子法言》卷 5《问明篇》："鸿飞冥冥，弋人何篡焉？"司马光注："鸿高飞冥冥，虽弋人执缯缴，何所施巧而取焉。"皇甫访《皇甫司勋集》卷 18《五言律诗 · 泊丹阳》："宁知垂翼鸟，犹畏弋人机。"

〔北山〕《搜神记》卷 16："吴王夫差女，小名曰紫玉，年十八，才貌俱美。童子韩重，年十九，有道术。女悦之，私交信问，许为之妻。重学于齐鲁之间，临去属其父母使求婚。王怒不与女。玉结气死，葬阊门之外。……玉魂从墓出见重，流涕谓曰：'昔尔行之后，令二亲从王相求，度必克从大愿。不图别后遭命，奈何！'玉乃左顾宛颈而歌曰：'南山有乌，北山张罗。乌既高飞，罗将奈何'。"案：《古诗纪》卷 1《古逸第一 · 歌上》载《乌鹊歌》四言，开头四句与《搜神记》所载略同，作"南山有乌，北山张罗。乌自高飞，罗当奈何。"然所述之事迥异。该诗题记："韩凭，战国时为宋康王舍人，妻何氏美，王欲之捕，舍人筑青陵台，何氏作《乌鹊歌》以见志，遂自缢死。"

〔南溟〕《庄子集释》卷 1 上《（内篇）逍遥游第一》："北冥有鱼，其名为鲲。鲲之大，不知其几千里也。化而为鸟，其名为鹏。鹏之背，不知其几千里也，怒而飞，其翼若垂天之云。是鸟也，海运则将徙于南冥。南冥者，天池也。齐谐者，志怪者也。谐之言曰：'鹏之徙于南冥也，水击三千里，抟扶摇而上者九万里，去以六月息者也。'"郭庆藩引成玄英疏："溟，犹海也，取其溟漠无涯，故（为）〈谓〉之溟。"引陆德明《经典释文》："北冥，本亦作溟。……北海也。"上句与此句指，猎人在北山张网，鸟儿却在南山飞翔而幸免；大鹏因体型硕大无朋，没有网能捕捉而无恙。

〔鹍〕"鲲"之讹。《海录碎事》卷 14《医卜门 · 六一泥》："《寄李山人》：鹍鹏懒击三千水，龙虎闲封六一泥。"《龙龛手鉴》卷 2《上声 · 鸟部第九》："鹍鸡，似鹤而大也。"现存一份刘师培手稿，诗题作《有感》，鹍作"鲲"；天地作"天池"。见《仪征刘氏遗稿汇存》第 2 册 P813。

〔变化无已时〕吴筠《宗玄集》卷中《神仙可学论》："安知入造化之洪罏，任阴阳之鼓铸，游魂迁革，别守他器，神归异族，识昧先形。犹鸟化为鱼，鱼化为鸟，各从所适，两不相通。形变尚莫之知何，况死而再造。"参见本诗〔南溟〕条笺注。

杨花曲

杨柳千条垂绮栊，杨花开落随春风。鹧鸪啼春春易暮，风花漂荡入秦宫。

秦宫不可留，吹影上粧廔。粧廔荡妇居自怜，征人荷羽临幽燕。此花也解飘零苦，不逐春云至塞边。古塞迢遥落日红，塞垣流水自西东。渡江勿化新萍去，回首烟波一万重。

【刊载】

1931 年林思进清寂堂《左盦遗诗》刻本；《刘申叔遗书》61 册（38），《左盦诗录》卷 2《左盦诗》。

【类别】

杂古，14 句（七言 12 句，五言 2 句）。

【编年】

1901 年。《左盦诗》署“辛丑”。

【笺注】

〔杨花曲〕最早以《杨花曲》为题的古诗是南朝刘宋人汤惠休的一组 3 首五言四句诗，郭茂倩收录进《乐府诗集》卷 77《杂曲歌辞十七》：“葳蕤华结情，婉转风含思。掩涕守春心，折兰还自遗。”“江南相思引，多叹不成音。黄鹤西北去，衔我千里心。”“深堤下生草，高城上入云。春人心生思，思心常为君。”之后，以《杨花曲》为题的诗作历代都有，直至当代，渐渐成为一种特有的乐府古体诗形式。有五言、七言和杂言多种，形式非常自由。《杨花曲》诗多为抒发春季柳絮飞舞时离别、想念、相思的感伤情怀。

〔绮栊〕雕饰华美的窗户。《六臣注文选》卷 35 张景阳（协）《七命》：“大夫曰：兰宫秘宇，雕堂绮栊。”李善注：“《说文》曰：‘栊，房室之疏也。’”刘良注：“述此香宫深宇，雕绮之饰，欲以发其心也。”《说文解字注》卷 6 上《木部》：“櫳，房室之疏也。”段注：“按：疏当作䟽。疏者，通也。䟽者，门户疏窗也。房室之窗牖曰櫳，谓刻画玲珑也。”《全唐诗》卷 391 李贺《恼公》：“蜡泪垂兰烬，秋芜扫绮栊。”（第 6 册 P4423）《正字通》辰集中《木部》：“櫳，同櫳（栊）。”

〔杨花〕柳絮。《六臣注文选》卷 16 潘安仁（潘安，本名潘岳）《闲居赋》：“长杨映沼，芳枳树篱。”刘良注：“杨，柳树也。”《草堂诗余》卷 4 章质夫（楶）《水龙吟 · 杨花》：“燕忙莺懒芳残，正堤上柳花飘坠。轻飞乱舞，点画青林，全无才思。”

〔鹧鸪啼春春易暮〕鹧鸪、杜鹃（亦称鹈鴂或鶗鴂）等鸟都在暮春时节啼叫，其叫声悲切。鹧鸪、杜鹃开始鸣叫，意味着春天即将结束。在古典诗词中，常以鹧鸪、杜鹃啼叫喻指暮春时节离情别绪的感伤。《全唐诗》卷 172 李白《闻王昌龄左迁龙标遥有此寄》：“杨花（一作【杨】〈扬〉州花落）落尽子规啼，闻道龙标过五溪。”（第 3 册 P1774）《鹤林玉露》卷 7《黄陵庙诗》：“陆士规布衣工诗，……陆诵其《黄陵庙》一绝云：……帝子不知春又去，乱山无主鹧鸪啼。”（万历甲申仁实堂刊本）

〔风花漂荡入秦宫〕秦宫，指秦国时的“章台宫”。《史记·廉颇蔺相如列传》：“秦王坐章台见相如，相如奉璧奏秦王。”入汉，宫殿废，其故址形成了汉长安章台街，是汉长安著名的青楼楚馆之地。参见《扫花游·汴堤柳》一词〔走马章台〕条笺注。唐人孟棨《本事诗·情感第一》：“韩翃少负才名，天宝末，举进士。孤贞静默，所与游皆当时名士。然而荜门圭窦，室唯四壁。邻有李将（失名）妓柳氏。李每至，必邀韩同饮。韩以李豁落大丈夫，故常不逆。既久愈狎。柳每以暇日隙壁窥韩所居，即萧然葭艾，闻客至，必名人，因乘间语李曰：‘韩秀才穷甚矣，然所与游必闻名人，是必不久贫贱，宜假借之。’李深颔之。间一日，具馔邀韩。酒酣，谓韩曰：‘秀才当今名士，柳氏当今名色，以名色配名士，不亦可乎？’遂命柳从坐接韩。韩殊不意，恳辞不敢当。李曰：‘大丈夫相遇杯酒间，一言道合，尚相许以死，况一妇人，何足辞也。’卒授之，不可拒。又谓韩曰：‘夫子居贫，无以自振，柳资数百万，可以取济。柳，淑人也，宜事夫子，能尽其操。’即长揖而去。韩追让之，顾况然自疑曰：‘此豪达者，昨暮备言之矣，勿复致讶。’俄就柳居。来岁成名。后数年，淄青节度侯希逸奏为从事。以世方扰，不敢以柳自随，置之都下，期至而迓之。连三岁，不果迓，因以良金买练囊中寄之，题诗曰：‘章台柳，章台柳，往日青青今在否？纵使长条以旧垂，亦应攀折他人手。’柳复书，答诗曰：‘杨柳枝，芳菲节，可恨年年赠离别。一叶随风忽报秋，纵使君来岂堪折？’柳以色显独居，恐不自免，乃欲落发为尼，居佛寺。后翃随侯希逸入朝，寻访不得。已为立功番将沙吒利所劫，宠之专房。翃怅然不能割。会入中书，至子城东南角，逢犊车，缓随之。车中问曰：‘得非青州韩员外邪？’曰：‘是。’遂披帘曰：‘某柳氏也。失身沙吒利，无从自脱。明日尚此路还，愿更一来取别。’韩深感之。明日，如期而往。犊车寻至，车中投一红巾包小合子，实以香膏，呜咽言曰：‘终身永诀。’车如电逝。韩不胜情，为之雪涕。是日，临淄太校置酒于都市酒楼，邀韩。韩赴之，怅然不乐。座人曰：‘韩员外风流谈笑，未尝不适，今日何惨然邪？’韩具话之。有虞候将许俊，年少被酒，起曰：‘寮尝以义烈自许，愿得员外手笔数字，当立置之。’座人皆激赞，韩不得已与之。后乃急装，乘一马牵一马而驰，迳趋沙吒利之第。会吒利已出，即以入曰：‘将军坠马，且不救，遣取柳夫人。’柳惊出，即以韩札示之。挟上马，绝驰而去。座未罢，即以柳氏授韩曰：‘幸不辱命。’一座惊叹。时吒利初立功，代宗方优借，大惧祸作，阖座同见希逸白其故。希逸扼腕夺髯曰：'此我往日所为也，而俊复能之！'立修表上闻，深罪沙吒利。代宗称叹良久，御批曰：'沙吒利宜赐绢二千匹，柳氏却归韩翃。'"《全唐诗》卷 539 李商隐《对雪二首》其一："梅花大庾岭头发，柳絮章台街里飞。"（第 8 册 P6219）晏几道《小山词 · 木兰花》："旧时家近章台住。尽日东风吹柳絮。"

〔吹影上粧廔〕吹影，喻风吹絮影，了无痕迹。张先《安陆集 · 木兰花 · 乙卯吴兴寒食 · 般涉调》："中庭月色正清明，无数杨花过无影。"张先《安陆集 · 剪牡丹 · 舟中闻双琵琶调》："柳径无人，堕絮飞无影。"张先此二句，极传神地描绘了柳絮漫天飘舞，却从不会落下影子的妙境。《文献通考》卷 246《经籍考七十三 · 集（歌词）· 张子野词一卷》："《古今诗话》云：客有谓张子野曰：'人皆谓公为张三中，即心中事、眼中泪、意中人也。'公曰：'何不目为张三影？'客不晓。公曰：'"云破月来花弄影""娇柔懒起，帘栊卷花影""柳径无人，坠飞絮无影"，此余平生所得意也。'"刘师培此句"吹影上粧廔"，正是描写柳絮无痕，飘入妆楼的妙景。廔，"楼"的借字。二字清末前无通假关系。李慈铭《白华绛柎阁诗》卷壬《春日雨后晓湖校亭兄弟招同季弟彦侨游曹溪水石宕访陶文简书楼步憩空明庵登吼山绝顶观棋枰石试云石泉返泊绕门山作七首》其四："流湍界攲廊，危廔震虚弦。"（光绪壬辰刻本）姚薇元《天倪阁词 · 临江仙》："六曲阑干窗外语，小廔漏点催残。"（光绪辛丑刻本）第六版彩图本《辞海》："廔，同'楼（樓）'"（上海辞书出版社 2009 年 9 月第 1 版 P1441）。《说文系传》卷 24《通释 · 女部》："妆，饰也。"徐锴注："今俗作粧。"。妆楼，指妇女居住的楼阁。《全唐诗》卷 28 刘禹锡《杨柳枝》："长安陌上无穷树，唯有垂杨管别离。轻盈袅娜占春华，舞榭妆楼处处遮。"（第 1 册 P398）粧，《林本》作"妝"；廔，《林本》作"楼"。

〔粧廔荡妇居自怜〕《玉台新咏》卷 10 王台卿《同萧治中十咏二首》其一《荡妇高楼月》："空度高楼月，非复三五年。何须照床里，终是一人眠。"《艺文类聚》卷 32《人部十六 · 闺情》梁元帝萧绎《荡妇秋思赋》："荡子之别十年，倡妇之居自怜。登楼一望，唯见远树含烟。……妾怨回文之锦，君思出塞之歌。相思相望，路远如何？鬓飘蓬而渐乱，心怀愁而转叹。愁萦翠眉敛，啼多红粉漫。已矣哉！秋风起兮秋叶飞，春花落兮春日晖。春日迟迟犹可至，客子行行终不归。"《唐诗三百首》卷 6《七言绝句》王昌龄《闺怨》："闺中少妇不知愁，春日凝妆上翠楼。忽见陌头杨柳色，悔教夫婿觅封侯。"粧，《林本》作"妝"；廔，《林本》作"楼"。

〔征人荷羽临幽燕〕征人，指征戍、远行之人。荷羽，背负箭羽、兵器。幽燕，指今华北北部地区，其地与北方少数民族相邻，古代为重要的北方征戍之地。

〔不逐春云至塞边〕不，《林本》作“弗”。

〔塞垣流水自西东〕塞垣，长城。《六臣注文选》卷28鲍明远（照）《乐府诗八首·东武吟》：“后逐李轻车，追虏穷塞垣。”张铣注：“塞垣，长城也。”《宋朝事实类苑》卷38《诗歌赋咏·相思河》：“鄜州东百里，有水名相思河，岸有邮置，亦曰相思铺。令狐挺题壁以诗，曰：‘谁把相思号此河？塞垣车马往来多。只应自古征人泪，洒向空川作浪波。’”（上海古籍出版社1981年7月第1版P489）鄜州，今陕西省延安市富县。《全唐诗》卷334令狐楚《相思河》：“谁把相思号此河，塞垣车马往来多。只应自古征人泪，洒向空洲作碧波。”（第5册P3756）

〔渡江匆化新萍去〕苏轼《东坡全集》卷20《诗六十二首·予少年颇知种松，手植数万株，皆中梁柱矣。都梁山中见杜舆秀才，求学其法。戏赠二首》：“为问何如插杨柳，明年飞絮作浮萍。”《苏轼全集校注·诗集》卷37《再次韵曾仲锡荔支》：“柳花着水万浮萍，荔实周天两岁星。”陈应鸾注：“苏轼词《水龙吟·次韵章质夫杨花词》：‘一池萍碎。’自注：‘杨花落水为浮萍，验之信然。’陆佃《埤雅》卷一六：‘世说杨华入水，化为浮萍。’”（河北人民出版社2010年6月第1版P4240）《施注苏诗》卷34《诗五十七首·再和曾仲锡荔支》：“柳花着水万浮萍，荔实周天两岁星。”施元之注：“公自注：‘柳至易成，飞絮落水中，经宿即为浮萍。’”

【略考】

现存一份刘师培手稿，诗题作《杨花曲》，与本诗词句微有不同，其中，绮栊作“殿中”；鹧鸪啼春春易暮作“燕语莺啼春欲暮”；漂荡作“飘荡”；2处秦宫均作“深宫”；2处廔均作“楼”；荡妇作“倡妇”；荷羽作“负羽”；春云作“春风”；塞垣流水作“无情流水”。见《仪征刘氏遗稿汇存》第2册P813。

幽兰

幽兰閟隐谷，茎叶随春发。不见美人采，坐叹贞蕤歇。岂以畹晚姿，忍为氛埃没。之子傥可贻，川广终思越。

【刊载】

1931年林思进清寂堂《左盦遗诗》刻本；《刘申叔遗书》61册（39），《左盦诗录》

卷 2《左盦诗》。

【类别】

五言，8 句。

【编年】

1901 年。《左盦诗》署“辛丑”。

【笺注】

〔幽兰閟隐谷〕《楚辞》卷 1 屈原《离骚》：“时暧暧其将罢兮，结幽兰而延伫。”《六臣注文选》卷 28 陆士衡（机）《悲哉行》：“幽兰盈通谷，长秀被高岑。”李善注：“《楚辞》曰：‘结幽兰而延伫。’《汉书 · 伍被传》曰：‘通谷数行。’汉武《秋风辞》曰：‘兰有秀兮，菊有芳。’”李周翰注：“兰生于幽，故云幽兰。盈，满也。通谷，深谷也。”通谷，可以通行的山谷。《战国策》卷 21：“（赵——引者）奢尝抵罪居燕，燕以奢为上谷守，燕之通谷要塞，奢习知之。”《六韬》卷 5《豹韬 · 乌云山兵第四十七》：“敌所能陵者，兵备其表。衢道通谷，绝以武车，高置旌旗。”刘师培此处用“隐谷”，显系与“通谷”相反。閟，隐藏。《汉书 · 卢绾传》：“绾愈恐，閟匿。”颜师古注：“閟，闭也，闭其踪迹，藏匿其人也。”

〔茎叶随春发〕《楚辞》卷 2 屈原《九歌 · 少司命》：“秋兰兮青青，绿叶兮紫茎。”《文选》卷 56 潘安仁（潘安，本名潘岳）《杨仲武诔（并序）》：“春兰擢茎，方茂其华。”

〔不见美人采〕苏轼《东坡全集》卷 18《诗一百一十八首 · 题杨次公春兰》：“春兰如美人，不采羞自献。”

〔贞蕤〕指寒冷季节亦不凋零的花木。《晋书 · 列女传 · 凉武昭王李玄盛后尹氏传》：“史臣曰：夫繁霜降节，彰劲心于后凋；横流在辰，表贞期于上德。……蕤耸清汉之乔叶，有裕徽音；振幽谷之贞蕤，无惭雅引。……”《初学记》卷 28《木部 · 松第十三 · 事对 · 贞蕤 / 秀叶》：“庾肃之《松赞》曰：‘流润飞津，沉精幽结。贞蕤含芳，仰拂素雪。’”

〔畹晚〕指日暮，年老。《楚辞章句》卷 14 严夫子（庄忌）《哀时命》：“白日畹晚其将入兮，哀余寿之弗将。”王逸注：“将，犹长也。言日月西流，畹晚而殁，夫时不可留，哀我年命不得长久也。”《庾子山集注》卷 6 庾信《皇夏》：“日月不居，岁时畹晚。”倪璠注：“孔融《与盛孝章书》曰：‘岁月不居，时节如流。’《楚辞》曰：‘白日畹晚其将入。’畹晚，日暮也。’”《全唐诗》卷 47 张九龄《秋晚登楼望南江入始兴郡路》：“岁阴向畹晚，日夕空屏营。”（第 1 册 P572）

〔氛埃〕指雾霾与尘埃。《楚辞章句》卷 5 屈原《远游》：“风伯为余先驱兮，辟氛埃而清凉。”王逸注：“扫除雾霾与埃尘也。”

〔之子傥可贻，川广终思越〕《毛诗正义》卷 1—3《周南 · 汉广》：“翘翘错薪，言刈其楚。之子于归，言秣其马。汉之广矣，不可泳思。”郑玄笺：“之子，是子也。谦不敢斥其适己，于是子之嫁我，愿秣其马致礼，饩示有意焉。”“汉也，江也。其欲渡之者，必有潜行乘泭之道，今以广长之故，故不可也。”《说文解字》卷 6 下《贝部》：“贻，赠遗也。”《全唐诗》卷 216 杜甫《自京赴奉先县咏怀五百字》：“行旅相攀援，川广不可越。”（第 4 册 P2266）

咏扬州古迹 · 咏木兰院（残句）

木兰已老吾犹贱，笑指花枝空自疑。

【刊载】

刘成禺《世载堂杂忆 · 刘申叔新诗获知己》。

【类别】

七言（残句）。

【编年】

1901 年。刘师培是年于扬州应童子试，中秀才。详见本诗“略考”。

【笺注】

〔木兰院〕佛寺名，位于今江苏省扬州市广陵区文昌中路。史传该寺始建于晋代，旧址在扬州城西门外，南宋嘉熙年间移建于现址。1978 年大部分建筑因道路拓宽而被拆除，今只存唐代开成三年（838）为藏舍利而建的石塔一座、明代崇祯十年（1637）所建楠木楼一座（原为寺内藏经楼）和唐代银杏两株。石塔和银杏位于路中心的绿化带内，楠木楼则位于路北。石塔为五级六面的仿楼阁式塔，以青石构筑，通高 10.09 米，下为须弥座基，顶为葫芦形塔刹，其中奇数层南北两面各辟拱形洞门，底层和顶层可对穿，第三层则为暗门，其他各层各面均凿以石龛，内有佛像浮雕。

〔木兰已老吾犹贱〕《唐摭言》卷 7《起自寒苦（不第即贵附）》：“王播少孤贫，尝客扬州惠昭寺木兰院，随僧斋餐。诸僧厌怠，播至，已饭矣。后二纪，播自重位出镇是邦，因访旧游，向之题已皆碧纱幕其上。播继以二绝句曰：‘二十年前此院游，木兰花发院新修。而今再到经行处，树老无花僧白头。’‘上堂已了各西东，惭愧阇黎饭后钟。二十年来尘扑面，如今始得碧纱笼。'" 案:《全唐诗》卷 466 载此二诗，题作《题木兰院（一作惠寺）》，"二十年" 均作 "三十年"。《全唐诗》卷 392 李贺《开愁歌（华下作）》:"我当二十不得意，一心愁谢如枯兰。"（第 6 册 P4432）

〔空自疑〕苏辙《栾城集》卷 12《次韵子瞻感旧见寄》:"学成竟无用，掩卷空自疑。"

【略考】

刘成禺《世载堂杂忆 · 刘申叔新诗获知己》:"冒鹤亭曰：予中乡榜，刘申叔尚应小考。扬州府试，知府沈笔香延予阅卷，得申叔考卷，字如花蚊脚，忽断忽续，丑细不成书。但诗文冠场，如此卷不取府案首，决不能得秀才。予乃将其八股诗赋，密圈到底，竟压府案。诗题《咏扬州古迹诗》，其《咏木兰院》一律，中有警句云:'木兰已老吾犹贱，笑指花枝空自疑。' 尤为俯仰感慨。是岁秋闱，连中乡榜，申叔见予，尊为知己。"

1902年

雨花台

落叶萧萧点碧苔，西风回首又登台。无边衰草连天暗，万里悲沙卷地来。故垒空余芦荻影，他乡羞见菊花开。江南亦是消魂地，阅尽齐梁六代才。

【刊载】

《政艺通报》丙午第 3 号，1906 年 3 月 9 日，署名“光汉”。《刘申叔遗书》61 册（21），《左盦诗录》卷 1《匪风集》。

【类别】

七言，8 句。

【编年】

1902 年。是年秋，刘师培赴南京参加乡试，中第 13 名。本诗排于《宋故宫》之前，故定编年于 1902 年。

【笺注】

〔雨花台〕《至大金陵新志》卷 12 上《古迹志》：“雨花台在城南三里，据冈阜最高处，俯瞰城闉。考证：旧梁武帝时，有云光法师讲经于此，感天雨赐花，故名。《丹阳记》云：江南登览之地三，曰甘露，曰雨花，曰凌歊。建炎兵后，台址仅存，后人乃请均庆院旧额即基建寺，又坏于火。隆兴元年，留守陈之茂重筑此台，创一堂，名总秀，而徙均庆院于台之下。”

〔落叶萧萧点碧苔，西风回首又登台〕《全唐诗》卷634 司空图《诗品二十四则・悲慨》：“萧萧落叶，漏雨苍苔。”（第 10 册 7339）《全唐诗》卷 227 杜甫《登高》：“无边落木萧萧下，不尽长江滚滚来。万里悲秋常作客，百年多病独登台。”（第 4 册 P2468）

〔无边衰草连天暗，万里悲沙卷地来〕张晋（隽三）《艳雪堂诗集》卷 1《代州道中》其二：“无边衰草连天白，一片寒云荡日黄。”参见本诗〔落叶萧萧点碧苔，西风回首又登台〕条笺注。连，现存一份刘师培手稿，作“联”。见《仪征刘氏遗稿汇存》第 2 册 P845。

〔故垒空余芦荻影〕《全唐诗》卷 359 刘禹锡《西塞山怀古》：“西晋楼船下益州，金陵王气黯然收。千寻铁锁沉江底，一片降幡出石头。人世几回伤往事，山形依旧枕江流。今逢四海为家日，故垒萧萧芦荻秋。”（第 6 册 P4065—4066）《鉴诫录》卷 7《四公会》：“长庆中，元微之、刘梦得、韦楚客，同会白乐天之居，论南朝兴废之事。乐天曰：'古者，言之不足故嗟叹之，嗟叹之不足则咏歌之，今群公毕集，不可徒然。请各赋《金陵怀古》一篇，韵则任意择用。' 时梦得方有郎署，元公已在翰林。刘骋其俊才，略无逊让，满斟一巨杯，遂为首唱。饮讫，不劳思忖，一笔而成。白公览诗曰：'四人探骊，吾子先获其珠，所余鳞甲何用？' 三公于是罢唱。"

〔他乡羞见菊花开〕《全唐诗》卷 569 李群玉《九日》："年年羞见菊花开，十度悲秋上楚台。"（第 9 册 P6657）此诗写于刘师培 1902 年秋赴南京参加乡试时。

〔江南亦是消魂地，阅尽齐梁六代才〕《全唐诗》卷 638 张乔《寄绩溪陈明府》："六朝兴废地，行子一销魂。"（第 10 册 7371）六代，即六朝，指三国东吴，东晋，南朝宋、齐、梁、陈，此六朝均曾在南京建都。刘师培手稿脱一"梁"字。见《仪征刘氏遗稿汇存》第 2 册 P845。

舟发金陵望月

月燡金波展，霄空玉露凝。青围江岸石，红闪客船镫。渺渺东流水，迢迢北斗绳。西南群嶂影，应梦蒋侯陵。

【刊载】

1931 年林思进清寂堂《左盦遗诗》刻本；《刘申叔遗书》61 册（39），《左盦诗录》卷 2《左盦诗》。

【类别】

五言，8 句。

【编年】

1902 年。《左盦诗》署"壬寅"。是年，刘师培赴南京参加乡试，中第 13 名。此诗应作于其考毕自南京返回扬州时。

【笺注】

〔月燡金波展〕《六臣注文选》卷 11 王文考（延寿）《鲁灵光殿赋并序》："赫燡燡而燭坤。" 李善注："燡，光明貌。" 金波，月光。《汉书 · 礼乐志》载《郊祀歌十九章》之《天马十》："月穆穆以金波，日华耀以宣明。" 颜师古注："言月光穆穆，若金之波流也。'"

〔玉露〕秋天的露水。《乐府诗集》卷 44《清商曲辞一 · 子夜四时歌七十五首》之《秋歌十八首》其九："金风扇素节，玉露凝成霜。" 秦观《淮海居士长短句》卷中《鹊桥仙》:“纤云弄巧，飞星传恨。银汉迢迢暗度。金风玉露一相逢，便胜却人间无数。柔情似水，佳期如梦。忍顾鹊桥归路。两情若是久长时，又岂在朝朝暮暮。”

〔青围江岸石，红闪客船镫〕南京有著名的燕子矶，与安徽马鞍山的采石矶和湖南岳阳的城陵矶合称“长江三矶”。矶，岸边突入水中的岩石。《重修玉篇》卷 22《石部第三百五十一》:“矶，居衣切，水中碛也。”《正字通》戌集上《金部》:“镫，亦作灯。”袁枚《小仓山房诗集》卷 22《重登燕子矶游永济寺作》:“暮雨愔愔风悄悄，钟声催点客船灯。”

〔北斗绳〕皆星宿名。《太平御览》卷 5《天部五 · 星上》录《春秋元命苞》:“玉衡北两星为玉绳。……宋均注曰:‘绳能直物，故名玉绳。’”《文选注》卷 9 杨子云（扬雄）《长杨赋一首（并序）》:“以玉衡正，而太阶平也。”李善注:“韦昭曰:‘玉衡，北斗也。’善曰:《春秋运斗枢》曰:‘北斗七星第五曰玉衡。’”

〔西南群嶂影〕《增修互注礼部韵略》卷 4《去声 · 四十一漾》:“嶂，山峰如屏障者。”案：南京位于扬州的西南方向。

〔蒋侯〕蒋歆，字子文，广陵（扬州）人。汉末为秣陵尉，追逐强盗至钟山（紫金山）山麓战殁，葬于钟山脚下。传说蒋死后常“显灵”，东吴时被孙权封为中都侯，为钟山神，并改“钟山”为“蒋山”。南朝历代皇帝对蒋屡有封赐，南齐东昏侯时，甚至被封为帝。南京旧有蒋王庙，曾历代祭祀不绝，今已不存，但“蒋王庙”仍以地名的形式存留至今。

古意（用李樊南《效长吉》诗韵）

杨柳扫纤眉，芙蓉映袈衣。秋草罢残绿，春英懒不飞。离堂竟岑寂，佳期归弗归。

【刊载】

1931 年林思进清寂堂《左盦遗诗》刻本;《刘申叔遗书》61 册（40),《左盦诗录》卷 2《左盦诗》。

【类别】

五言，6 句。

【编年】

1902 年。《左盦诗》署“壬寅”。

【笺注】

〔李樊南〕李商隐（约 813—约 858），字义山，号玉溪生，又号樊南生，唐代著名诗人。《新唐书 · 艺文志四》：“李商隐《樊南甲集》二十卷，《乙集》二十卷，《玉溪生诗》三卷，又《赋》一卷，《文》一卷。”

〔长吉〕《旧唐书 · 李贺传》：“李贺，字长吉，宗室郑王之后。”

〔效长吉〕《李义山诗集》卷下《效长吉》：“长长汉殿眉，窄窄楚宫衣。镜好鸾空舞，帘疏燕误飞。君王不可问，昨夜约黄归。”

〔褺衣〕《说文解字注》卷 8 上《衣部》：“褺，重衣也。”段注：“凡古云衣一袭者，皆一褺之假借。褺，读如重叠之‘叠’。”《说文通训定声 · 泰部弟十四》：“亵，……又为褺字之误。《通俗文》：‘褺，重衣也。’”另参见《拟李义山效长吉》一诗〔芙蓉制薄衣〕条笺注。

〔英〕花。《说文解字》卷 1 下《艸部》：“英，艸荣而不实者。”《六臣注文选》卷 32 屈平（原）《离骚》：“昭饮木兰之坠露兮，夕餐秋菊之落英。”张铣注：“英，花也。”《林本》作花。

〔离堂竟岑寂〕离堂，饯别之所。《艺文类聚》卷 29《人部十三 · 别上》：“齐谢（眺）〈朓〉……又《离夜诗》曰：‘……离堂华烛尽，别幌清琴哀。……’”《文选注》卷 14 鲍明远（照）《舞鹤赋》：“去帝乡之岑寂，归人寰之喧卑。”李善注：“岑寂，犹高静也。”

〔佳期归弗归〕弗，《林本》作“不”。

【略考】

南朝齐梁间，开始流行“宫体”。宫体诗的体裁务求遣词华丽，其题材则多为对宫廷生活、女性服饰妆容及妾意郎情的描写，后也被称为“艳诗”，或“艳体诗”。至中唐，这一诗风复兴，李贺即其中的代表人物。李商隐的《效长吉》从具体内容而言，在李贺诗作中找不到直接的效仿对象。但与李贺《冯小怜》一诗的意境涵义有相近之处：“湾头见小怜，请上琵琶弦。破得春风恨，今朝直几钱。裙垂竹叶带，鬓湿杏花烟。玉冷红丝重，齐宫妾驾鞭。”（《全唐诗》卷 392）李贺和李商隐的这两首诗都是描写女性的妆饰容颜，和宫中女子的哀怨之情。二诗中没有任何深邃的意境与晦涩的典故，诗意非常直白。而刘师培此诗也很“罕见”的未用典。李商隐曾作《李贺小传》（也称《李长吉小传》），见《唐文粹》卷 99。

拟李义山效长吉

杨柳扫纤花，芙蓉制薄衣。秋艸罢残绿，春花懒不飞。金屋寂无人，佳期归不归。

【刊载】

《刘申叔遗书补遗》下册 P1468。

【类别】

五言，6 句。

【编年】

1902 年。应与《古意（用李樊南〈效长吉〉诗韵》作于同时期。从词意分析，本诗或为《古意（用李樊南〈效长吉〉诗韵》初稿，故定编年于 1902 年。

【笺注】

〔拟李义山效长吉〕据刘师培手稿，诗题下有“原韵”二字。见《仪征刘氏遗稿汇存》第 2 册 P789。《仪征刘氏遗稿汇存》另存一份手稿，诗题作《拟义山效长吉（原韵）》，文辞与本诗微不同。见《仪征刘氏遗稿汇存》第 2 册 P822。

〔杨柳扫纤花〕《仪征刘氏遗稿汇存》另存一份手稿，诗题作《拟义山效长吉（原韵）》，花作“眉”。见《仪征刘氏遗稿汇存》第 2 册 P822。

〔芙蓉制薄衣〕《楚辞章句》卷 1 屈原《离骚》：“制芰荷以为衣兮，集芙蓉以为裳。”王逸注：“芙蓉，莲华也。上曰衣，下曰裳。言己进不见纳，犹复制裁芰荷，集合芙蓉以为衣裳。被服愈洁，修善益明也。”《尔雅注疏》卷 8《释草第十三》：“荷，芙渠。”郭璞注：“别名芙蓉，江东呼荷。”屈大均《广东新语》卷 25《木语 · 木芙蓉》：“木芙蓉，本名拒霜，以其状似芙蓉生于木，故曰木芙蓉。……其子自秋至春不落，皮可为笔为布，故广州有芙蓉布。”同上书卷 15《货语》：“外有藤布、芙蓉布，以木芙蓉皮绩丝为之，能除热汗。”

〔秋艸罢残绿〕残，刘师培手稿作“新”。见《仪征刘氏遗稿汇存》第 2 册 P789。《仪征刘氏遗稿汇存》另存一份手稿，诗题作《拟义山效长吉（原韵）》，残亦作“新”。见《仪征刘氏遗稿汇存》第 2 册 P822。

〔金屋寂无人〕见《宫怨》一诗〔金屋佳人〕、〔试看玉墀苔迹稀〕条笺注。

杂咏（二首）

【刊载】

《政艺通报》1905 年第 4 卷 3 期。《刘申叔遗书》61 册（20），《左盦诗录》卷 1《匪风集》

【类别】

五言，12 句。

【编年】

1902 年。《左盦诗》中《咏史（二首）》由本诗改写而来，署“壬寅”。文字与此组诗略不同。

杂咏（二首）其一

朝饮燕市酒，夕驱夷门车。丈夫不得志，寥落悲穷途。长铗鸣秋风，知音无风胡。宁为投林鸟，不为吞鉤鱼。君看鸟投林，尤借一枝居。游鱼吞鉤去，何时返江湖。

【笺注】

〔燕市酒〕《史记·刺客列传·荆轲》：“荆轲嗜酒，日与狗屠及高渐离饮于燕市。”

〔夷门〕指战国时魏国都城大梁（今开封）的东门。《史记·魏公子列传》：“魏有隐士曰侯嬴，年七十，家贫，为大梁夷门监者。公子闻之，往请，欲厚遗之。……太史公曰：吾过大梁之墟，求问其所谓夷门。夷门者，城之东门也。”

〔长铗〕《楚辞章句》卷 4 屈原《九章·涉江》：“带长铗之陆离兮，冠切云之崔嵬。”王逸注：“长铗，剑名也。其所握长剑，楚人名曰长铗也。”《战国策》卷 11《齐四》：“齐人有冯谖者，……居有顷，倚柱弹其剑，歌曰：‘长铗归来乎！食无鱼。’左右以告。孟尝君曰：‘食之，比门下之客。’”

〔风胡〕春秋时楚国相剑师。《越绝书》卷 11《越绝外传记宝剑第十三》：“楚王召风胡子而问之曰：‘寡人闻吴有干将，越有欧冶子，此二人甲世而生，天下未尝有。精诚上通天，下为烈士。寡人愿赍邦之重宝，皆以奉子，因吴王请此二人作铁剑，可乎？’风胡子曰：‘善。’于是乃令风胡子之吴，见欧冶子、干将，使之作铁剑。欧冶子、干将凿茨山，泄其溪，取铁英，作为铁剑三枚：一曰龙渊，二曰泰阿，三曰工布。毕成，风胡子奏之楚王。楚王见此三剑之精神，大悦风胡子，问之曰：'此三剑何物所象？其名为何？' 风胡子对曰：'一曰龙渊，二曰泰阿，三曰工布。' 楚王曰：'何谓龙渊、泰阿、工布？' 风胡子对曰：'欲知龙渊，观其状，如登高山，临深渊；欲知泰阿，观其釽，巍巍翼翼，如流水之波；欲知工布，釽从文起，至脊而止，如珠不可衽，文若流水不绝。'"

〔宁为投林鸟〕白居易《白氏长庆集》卷 35《在家出家》："衣食支吾婚嫁毕，从今家事不相仍。夜眠身是投林鸟，朝饭心同乞食僧。" 宁（寧），《政艺通报》本作"甯"。

〔吞鉤鱼〕《文选》卷 15 张平子（衡）《归田赋》："仰飞纤缴，俯钓长流。触矢而毙，贪饵吞钩。" 李善注："吞钩，钓也。《楚辞》曰：'知贪饵而近毙。'"《祖堂集》卷 4 丹霞和尚（天然）："师作《孤寂吟》曰：'……直似潭中吞钩鱼，何异空中荡罗鸟。……'"（中华书局 2007 年 10 月第 1 版上册 P211、212）案：《祖堂集》在中国早已亡佚。直至 1912 年，日本人才在朝鲜重新发现完本。刘师培作此诗时不可能见过《孤寂吟》。

杂咏（二首）其二

出门何茫茫，俯仰天地窄。流光不我待，白日忽已夕。愁云黯寒山，秋草积阡陌。良辰易蹉跎，去去将安适。鸿鹄有高志，燕雀安能识。謌我陇上吟，英雄在草泽。

【笺注】

〔出门何茫茫〕《全唐诗》卷 212 高适《宓公琴台诗三首》其二："入室想其人，出门何茫茫。"（第 3 册 P2208）

〔天地窄〕《全唐诗》卷 217 杜甫《送李校书二十六韵》："每愁悔吝作，如觉天地窄。"（第 4 册 P2281）《豫章文集》卷 16《附录下》陈渊《题罗仲素寄傲轩》："俯仰尚嫌天地窄，卷舒宁计古今长。"

〔流光不我待〕《论语 · 阳货第十七》："日月逝矣，岁不我与。"《古诗纪》卷 35《晋第五 · 陆机（二）· 赠弟士龙十章 · 六章》："六龙促节，逝不我待。"《西晋文纪》卷 20 索靖《月仪帖》："岁月飞驰，逝不我待。"

〔白日忽已夕〕《汉书 · 外戚列传 · 孝成班倢伃》："倢伃退处东宫，作赋自伤悼，其辞曰：……白日忽已移光兮，遂晻莫而昧幽。"《文选》卷 29 王仲宣（粲）《杂诗一首》："风飙扬尘起，白日忽已冥。"《文选》卷24 曹子建（植）《赠白马王彪一首》："原野何萧条，白日忽西匿。”《古诗纪》卷 29 阮籍《咏怀八十二首》其六十二：“朝阳不再盛，白日忽西幽。”《文选》卷 25 刘越石（琨）《重赠卢谌》：“功业未及建，夕阳忽西流。”

〔愁云黯寒山〕洪适《盘洲文集》卷 4《诗四 · 送范至能》：“愁云暗千山，欲雪意未歇。”

〔秋草积阡陌〕晏几道《小山词 · 鹧鸪天》：“年年陌上生秋草，日日楼中到夕阳。”

〔良辰易蹉跎〕李穑《牧隐稿 · 诗稿》卷 11《涂遇韩平斋，赏花花园。权政堂过其门，知吾二人在其中，亦下马，而库官李判事设小酌，实仆病后第一乐事也。夜归赋十韵》：“良辰易蹉跎，可人难邂逅。”

〔去去〕远去。《玉台新咏》卷 1《苏武诗一首》：“参辰皆已没，去去从此辞。”

〔鸿鹄有高志，燕雀安能识〕《史记 · 陈涉世家》：“陈涉少时，尝与人佣耕，辍耕之垄上，怅恨久之，曰：‘苟富贵，无相忘。’庸者笑而应曰：‘若为庸耕，何富贵也！’陈涉太息曰：‘嗟乎，燕雀安知鸿鹄之志哉！’”

〔謌我陇上吟〕陇上吟，指陈胜垄上矢志之语。详见本诗〔鸿鹄有高志，燕雀安能识〕条笺注。王令《广陵集》卷 16《诗 · 秋日感愤二首》其一：“击剑高歌四顾遐，男儿何事系如瓜。蛟龙不是池中物，燕雀乌知陇上嗟。命有傥来犹未耳，天徒生我使穷耶。谢安未是才难者，底事苍生却盛夸。”《正字通》酉集上《言部》：“謌，哥、歌同。”謌，《政艺通报》本作“歌”。存刘师培手稿一份，亦作“歌”。见《仪征刘氏遗稿汇存》第 2 册 P860。

〔英雄在草泽〕草泽，民间、江湖。《史记 · 仲尼弟子列传》：“孔子卒，原宪亡在草泽中。”《晋书 · 何无忌传》：“无忌曰：‘天下草泽之中非无英雄也。’”王夫之《宋论》卷 15《恭宗、端宗、祥兴帝一》：“死不我值，求先君之遗裔，联草泽之英雄，有一日之生，尽一日之瘁，则信国他日者亦屡用之矣。”《小腆纪传》卷 49《忠义 · 何刚》：“令大度之士分兵四出，求草泽英雄，得才多者受上赏。则枭雄皆毕命疆场，而内地亦鲜寇盗矣。”存刘师培手稿一份，在作“厄”。见《仪征刘氏遗稿汇存》第 2 册 P860。

【略考】

现存刘师培手稿一份，诗题作“杂咏”，一组 2 首，其一一诗文辞与本诗其一颇不同；其二一诗文辞与本诗其二微有不同。见《仪征刘氏遗稿汇存》第 2 册 P860。

1903年

宋故宫

几曲河流绕汴京，大隄杨柳不胜情。七陵风雨松楸老，秋草凄凉五国城。

【刊载】

《政艺通报》乙巳第3号，1905年3月20日，署名申叔。《刘申叔遗书》61册（21—22），《左盦诗录》卷1《匪风集》。

【类别】

七言，4句。

【编年】

1903年。《左盦诗》中《宋故宫》由本诗改写而来，署“癸卯”。

【笺注】

〔宋故宫〕北宋皇宫遗址。在今开封市龙亭区。位于黄河南岸，今开封龙亭公园所在的位置即宋故宫遗址中的一部分。皇宫遗址北侧几公里许就是黄河南岸大堤。

〔汴京〕《明一统志》卷26《河南布政司·开封府上·建置沿革》：“《禹贡》兖、豫二州之域，天文角亢分野。春秋郑、卫、陈三国之境。战国魏都于此，号为大梁。秦为三川郡地，汉为陈留郡地，晋改为陈留国，东魏废国置梁州及陈留、开封二郡。北齐以开封省入陈留郡，后周改梁州为汴州。隋初废陈留郡，州如故。大业初，废州，以其地并入荥阳、梁、颍川等郡。唐武德初，于此置汴州。天宝初，复改为陈留郡。乾元初，又为汴州。兴元初，自宋州徙宣武军于此。五代梁都于此，号为东京，置开封府。后唐复为汴州，及宣武军。晋、汉、周皆为东京，开封府。宋因之。金以此为汴京，贞元初又改为南京。”

〔隄〕《春秋左传正义》卷37《襄公二十六年》：“初，宋芮司徒生女子，赤而毛，弃诸隄下。共姬之妾，取以入，名之曰弃。”陆德明《音义》：“隄，亦作堤。”《干禄字书·平声》：“堤、隄，上俗下正。”

〔七陵风雨松楸老〕七陵，北宋皇陵，位于今河南省巩义市一带。有太祖赵匡胤永昌陵、太宗赵光义永熙陵、真宗赵恒永定陵、仁宗赵祯永昭陵、英宗赵曙永厚陵、神宗赵顼永裕陵和哲宗赵煦永泰陵。加上赵匡胤的父亲宣祖赵弘殷永安陵，史称“七帝八陵”。北宋被金国灭亡，皇陵全部被毁。松楸，常植于陵墓上，亦代指陵墓。《六臣注文选》卷58谢玄晖（朓）《齐敬皇后哀策文》：“陈象设于园寝兮，映舆馂于松楸。”张铣注：“松楸，谓陵上所栽也。”

〔五国城〕北宋靖康元年闰十一月二十五日（1127 年 1 月 9 日），金军攻破北宋都城汴梁，宋徽宗、宋钦宗父子及皇族、贵族、官员等 10000 多人被金军俘获。徽、钦二帝先后被囚禁在燕京（今北京）、中京（今内蒙古宁城县）、上京（今黑龙江省阿城市）、韩州（今辽宁省昌图县）等地，最后被押至五国城（今黑龙江省依兰县），宋徽宗最终死于此地。《山堂肆考》卷 29《五国》：“五国城，在辽东三万卫北一千里。自此而东，分为五国，故名。去金上京东北一千里，又名鹘里改路。宋建炎中，金徙徽、钦二帝于五国城，即此。”

【略考】

1903 年，刘师培从扬州赴河南开封参加会试，“4 月 5 日至 13 日考试。考试共 3 场，4 月 6 日、9 日、12 日各 1 场，每场先一日领卷入闱，后一日交卷出场。”“赴试期间，有诗词《宋故宫》、《怀桂蔚丞先生》（时客汴省）、《东京清明杂感二首》、《卖花声 · 登开封城》、《一萼红 · 徐州怀古》、《菩萨蛮 · 咏雁》、《扫花游 · 宿迁道中见杏花》等。”“5 月 8 日（四月十二日），会试发榜，未中。倍感沮丧、失望、不满。”（《刘师培年谱长编》P38—40）

扫花游 · 汴堤柳

落花天气，正弱缕飘金，低枝弄翠。春风十里。又年年攀折，相看憔悴。和雨和烟依旧，长条踠地。相思碎。□燕语莺啼，春梦醒未。

度番风廿四。恨走马章台，飘零身世。韶光弹指。纵游丝十丈，春情谁系。千劫兴亡，都付汴堤流水。思往事。最消魂，杜鹃声起。

【刊载】

《国粹学报》第 1 期，1905 年 2 月 23 日，署名刘光汉。《刘申叔遗书》61 册（152—153），《左盦词录》。

【类别】

词牌《扫花游》，也称《扫地游》。

【编年】

1903 年。似作于参加开封会试期间。

【笺注】

〔汴堤柳〕隋朝开凿大运河时开通济渠，沿部分人工河道两岸筑堤修路，并种植柳树，史称“汴堤”“隋堤”。咏汴堤柳自古为文人骚客所喜。《乐府诗集》卷 99 白居易《隋堤柳》题解：“《大业拾遗记》曰：‘炀帝将幸江都，命云屯将军麻祜谋浚黄河入汴堤，使胜巨舰。所谓隋堤也。’”诗：“隋堤柳岁久，年深尽衰朽。风飘飘兮雨萧萧，三株两株汴河口。”梅尧臣《宛陵集》卷 54《送陆子履学士通判宿州》：“雷雨初过草木新，汴堤杨柳绿阴匀。”

〔落花天气〕指暮春时节。《全唐诗》卷 232 杜甫《江南逢李龟年》：“正是（一作值）江南好风景，落花时节又逢君。”（第 4 册 P2559）

〔正弱缕飘金〕弱缕，指柳条。李梦阳《空同集》卷 29《郊行》：“二月梁园独未归，岸花汀柳各依依。且将弱缕牵行骑，莫厌繁香点客衣。”陈维崧《陈检讨四六》卷 17《启・征万柳堂诗文启》：“灞水桥南借得销魂之弱缕（自注：《西安府志》：‘汉时送行者，多至霸桥折柳相赠。’），或自亚夫营里折取数枝（自注：《汉书》：周亚夫封条侯，屯兵细柳。慕幽《咏柳诗》：‘千树低垂太尉营。’）。”飘金，指飘荡的柳条、柳絮在阳光照射下呈现金黄色。《乐府诗集》卷 81 温庭筠《杨柳枝》八首其三：“苏小门前柳万条，毵毵金线拂平桥。”姜夔《白石道人诗集》卷下《观灯口号十首》其九：“春风到处皆君赐，金柳丝丝满凤城。”《梅苑》卷 77 宋无名氏《一斛珠》：“休逞随风，柳絮垂金线。”

〔低枝〕因柳树枝叶低垂，古代诗词常以“低枝”喻柳。《全唐诗》卷 283 李益《途中寄李二（一作戎昱诗）》：“杨柳含烟灞岸春，年年攀折为行人。好风傥借低枝便，莫遣青丝扫路尘。”（第 5 册 P3227）案：卷 333 作杨巨源诗，题《赋得灞岸柳留辞郑员外》。彭汝砺《鄱阳集》卷 8《溪上》：“低枝折杨柳，高叶荫梧桐。”

〔春风十里〕本指扬州，此处似喻长长的堤路。《全唐诗》卷 523 杜牧《赠别二首》其一：“春风十里扬州路（一作郭），卷上珠帘总不如。”（第 8 册 6035）《能改斋漫录》卷 17《维扬好安阳好词》：“韩魏公（指韩琦——引者）皇佑初镇扬州，本事集载，公亲撰《维扬好》辞四章，所谓‘二十四桥千步柳，春风十里上珠帘’者是也。”姜夔《白石道人歌曲・扬州慢》：“过春风十里。尽荠麦青青。”相传，隋炀帝修筑大运河为幸江都观琼花。

〔年年攀折〕古人有折柳饯行的习俗。《玉台新咏》卷 7 梁简文帝萧纲《折杨柳》：“杨柳乱成丝，攀折上春时。”《全唐诗》卷 283 李益《途中寄李二（一作戎昱诗）》：“杨柳含烟灞岸春，年年攀折为行人。”（第 5 册 P3227）参见本诗〔正弱缕飘金〕条笺注。

〔和雨和烟〕烟雨交下，雨雾朦朦。《全唐诗》卷 674 郑谷《江梅》：“和雨和烟折，含情寄所思。”（第 10 册 P7783）《花草稡编》卷 14 杜寿域（安世）《行香子》：“黄金叶细，碧玉枝纤。初暖日、当乍晴天。向武昌溪畔，于彭泽门前。陶潜影，张绪态，两相牵。数株堤面，几树桥边。嫩垂条、絮荡轻绵。系长江舴艋，拂深院秋千。寒食下，半和雨，半和烟。”

〔长条踠地〕《古诗纪》卷 124《北周第三》庾信《杨柳歌》：“河边杨柳百丈枝，别有长条踠地垂。”

〔□燕语莺啼〕《乐府诗集》卷 82 王建《调笑》（《转应词》）：“红树，红树，燕语莺啼日暮。”辛弃疾《稼轩词·蝶恋花·客有燕语莺啼人乍远之句，用为首句》：“燕语莺啼人乍远。却恨西园，依旧莺和燕。”案：《国粹学报》并无缺字，《南本》当据《扫花游》词牌格律补。

〔番风廿四〕《五杂俎》卷 2《天部二》：“二十四番花信风者，自小寒至谷雨，凡四月，八气二十四候，每候五日，以一花之风信应之。”《苕溪渔隐丛话·后集》卷 17：“《东皋杂录》云：‘江南自初春至初夏，有二十四风信，梅花风最先，楝花风最后。唐人诗有‘楝花开后风光好，梅子黄时雨意浓’，晏元献有‘二十四番花信风’之句。苕溪渔隐曰：徐师川一联云：‘一百五日寒食雨，二十四番花信风’。”《全唐诗》卷 630 陆龟蒙《句》：“几点社翁雨，一番花信风。（见《提要录》）”（第 9 册 P7282）

〔走马章台〕《汉书·张敞传》：“然敞无威仪，时罢朝会，过走马章台街，使御吏驱，自以便面拊马。”后以“走马章台”借喻青楼楚馆、声色犬马。《乐府诗集》卷 66《杂曲歌辞六》崔颢《渭城少年行》：“斗鸡下杜尘初合，走马章台日半斜。章台帝城称贵里，青楼日晚歌钟起。”参见《杨花曲》一诗〔风花漂荡入秦宫〕条笺注。

〔飘零身世〕陆游《放翁词·朝中措·梅》：“幽姿不入少年场。无语只凄凉。一个飘零身世，十分冷淡心肠。”章甫《自鸣集》卷 4《即事》：“俯仰怜身世，飘零玩岁时。”

〔韶光弹指〕韶光，指春光，亦指青春。《广弘明集》卷 16 梁简文帝萧纲《与慧琰法师书》：“五翳消空，韶光表节，百华异色，结彩成春。”章甫《自鸣集》卷 5《即事》：“一弹指顷韶光半，微破颜时梦事空。”

〔游丝十丈〕游丝，指蛛丝。《玉台新咏》卷 9 沈约《临春风》：“临春风，春风起春树。游丝暧如网，落花雰似雾。”《全唐诗》卷 471 雍裕之《游丝》：“游丝何所似，应最似春心。一向风前乱，千条不可寻。”（第 7 册 5382）《分门纂类唐宋时贤千家诗选》卷 20《昆虫门》王臞轩（迈）《红蛛》：“空里游丝十丈长，直垂一颗绛纱囊。”参见《如梦令·游丝》一词〔游丝〕条笺注。

如梦令 · 游丝

本是灵和殿树。又作章台飞絮。丝影恋妆楼，不惜韶华迟暮。春去。春去。问尔飘零谁主。

【刊载】

《国粹学报》第 1 期，1905 年 2 月 23 日，署名刘光汉。《刘申叔遗书》61 册（153），《左盦词录》。

【类别】

词牌《如梦令》。

【编年】

1903 年。与《扫花游 · 汴堤柳》同刊于《国粹学报》第 1 期，词中有句咏“飞絮”“春去”。似亦作于参加开封会试期间。

【笺注】

〔游丝〕《尔雅翼》卷 25《释虫二 · 蜘蛛》：“鼅鼄（蜘蛛的异体字——引者）布网于檐四隅，状如罾。自处其中，飞虫有触网者，辄以足顿网，使不得解。其力大、有甲翅者缠缚甚急，已乃食之。春秋二时，得暖风而生，旋吐游丝，飞扬其身。故春月游丝有长数丈许者，皆鼅鼄所为也。”参见《扫花游 · 汴堤柳》一词〔游丝十丈〕条笺注。

〔灵和殿树〕《南史 · 张绪传》：“刘悛之为益州，献弱柳数株，枝条甚长，状若丝缕。时旧宫芳林苑始成，武帝以植于太昌灵和殿前，常赏玩咨嗟，曰：‘此杨柳风流可爱，似张绪当年时。’其见赏爱如此。”《全唐诗》卷 628 陆龟蒙《自遣诗三十首》其二十二：“灵和殿下巴江柳，十二旒前舞翠条。”（第 9 册 P7254）《全唐诗》卷 889 后唐庄宗（李存勖）《歌头》：“灵和殿，禁柳千行斜，金丝络。”（第 13 册 P10114）《明一统志》卷 6《南京 · 应天府 · 宫室》：“芳乐殿（在台城内，齐东昏侯大起芳乐、玉寿等诸殿。有灵和殿，乃齐武帝所建）。”

〔章台飞絮〕详见《杨花曲》一诗〔风花漂荡入秦宫〕条笺注。

〔丝影恋妆楼〕详见《杨花曲》一诗〔吹影上粧廔〕条笺注。

〔韶华迟暮〕《全唐诗》卷 394 李贺《嘲少年》：“莫道韶华镇长在，发白面皱专相待。”（第 6 册 P4453）《全唐诗》卷 459 白居易《香山居士写真诗（并序）》：“勿叹韶华子，俄成皤叟仙。请看东海水，亦变作桑田。”（第 7 册 P5250）迟暮，见《扫花游·读〈南宋杂事诗〉》一词〔美人迟暮〕条笺注。

〔飘零谁主〕熊琏《澹仙词钞》卷 4《酹江月·虞嫩人琴》："亭亭艳秀，纵托根垓下，飘蕾（零——引者）谁主。"（《小檀栾室汇刻闺秀词·弟六彙》，徐乃昌清末刻本）

长亭怨慢·送春

听一曲，歌残金缕。沈沈帘幙，东风暗度，芳草闲门，嫣红万点惨无主。恹恹人病，弄得春光迟暮。看九曲阑干，已无复流莺輭语。

春去也，落花流水，毕竟春归何处。游丝横路。那挽得留华小住。阅几番芳事飘零，又化作漫天飞絮。晓梦画楼西，啼血谁怜杜宇。

【刊载】

《国粹学报》第 1 期，1905 年 2 月 23 日，署名刘光汉。《刘申叔遗书》61 册（153），《左盦词录》。

【类别】

词牌《长亭怨慢》。

【编年】

1903 年。与《扫花游·汴堤柳》同刊于《国粹学报》第 1 期，词中有句咏"春光迟暮""漫天飞絮"。似亦作于参加开封会试期间。

【笺注】

〔歌残金缕〕乾隆《御定词谱》卷 36："《贺新郎》，叶梦得词，有'唱金缕'句。名《金缕歌》，又名《金缕曲》，又名《金缕词》。"《乐府雅词》卷中舒信道（亶）《浣溪沙·又和葆光春晓饮会》："金缕歌残红烛稀，梁州舞罢小鬟垂，酒醒还是独归时。"张孝祥《于湖集》卷 33《踏莎行》："舞彻霓裳，歌残金缕。蘼芜白芷愁烟渚。"张养浩《归田类稿》卷 19《留别乡里诸友》："金缕歌残华鹊月，兰舟摇碎泺湖烟。"

〔沈沈帘幙，东风暗度〕赵长卿《惜香乐府》卷 10《菩萨蛮》："新晴庭户春阴薄。东风不度重帘幕。"陈师道《后山集》卷 5《杂题二首》其二："迟留随处处，帘幕静沉沉。去雁怀归意，来禽欲好音。"晁补之《晁无咎词》卷 51《一丛花》："雕梁双燕悄来音，帘幕镇沉沉。"陆游《剑南诗稿》卷 49《雪中作》："雪山叠叠朝凭阁，帘幙沉沉夜举杯。"杨万里《诚斋集》卷 33《后睡觉》："帘幕深沈人四寂，阶除点滴雨三更。"《字汇补》寅集《巾部》："幙，与幕同。"

〔芳草闲门，嫣红万点惨无主〕蒋春霖《水云楼词》卷 1《詈（词——引者）五十一首 · 柳梢青》：“芳草闲门，清明过了，酒滞香尘。白栋华开，海棠华落，容易黄昏。”叶梦得《贺新郎》：“睡起流莺语。掩青苔、房栊向晚，乱红无数。吹尽残花无人见，惟有垂杨自舞。”（唐圭璋《全宋词》第 2 册 P764，中华书局 1965 年 6 月第 1 版）

〔恹恹〕《全唐诗》卷 695 韦庄《冬日长安感志寄献虢州崔郎中二十韵》：“客舍正甘愁寂寂，郡楼遥想醉恹恹。”（第 10 册 P8073）《全唐诗》卷 766 刘兼《春昼醉眠》：“处处落花春寂寂，时时中酒病恹恹。”（第 11 册 P8783）

〔九曲阑干〕李梦阳《怀麓堂集》卷 91《扬州与戴吕二侍御同观八仙花有作留察院》：“春风不见广陵花，忽到行台御史家。九曲阑干随月转，两行环佩倚空斜。”王世禛《精华录》卷 5《冶春绝句十二首》其三：“红桥飞跨水当中，一字阑干九曲红。日午画船桥下过，衣香人影太匆匆。”

〔已无复流莺輭语〕叶梦得《贺新郎》：“睡起流莺语。”（唐圭璋《全宋词》第 2 册 P764，中华书局 1965 年 6 月第 1 版）輭，同“软”。《集韵》卷 6《上声下 · 獮第二十八》：“輭，……或从耎，从欠。”巳，《国粹学报》本作“己”，当作“已”。

〔春去也，落花流水〕《全唐诗》卷 889 李煜《浪淘沙（一名卖花声）》：“流水落花春去也，天上人间。”（第 13 册 P10118）

〔春归何处〕黄庭坚《山谷词 · 清平乐》：“春归何处，寂寞无行路。若有人知春去处，唤取归来同住。”

〔游丝横路。那挽得韶华小住〕《艺文类聚》卷 3《岁时部上 · 春》录庾信《春赋》：“一丛香草足碍人，数尺游丝即横路。”《乐府雅词》卷中贺铸《感皇恩》：“兰芷满芳洲，游丝横路。”李洪《芸庵类稿》卷 4《春晚疾后临眺》：“游丝横路网春晖，落絮飘扬未肯归。”韶华，见《如梦令 · 游丝》一词〔韶华〕条笺注。此二句指，蛛丝曼舞，挡住道路，却哪里能稍稍阻挡一下青春年华的消逝。

〔芳事〕本指繁花绽放，亦泛指美好之事。详见《扫花游 · 读〈南宋杂事诗〉》一词〔芳事〕条笺注。

〔漫天飞絮〕向子諲《酒边词 · 七娘子》：“满地落花，漫天飞絮。谁知总是离愁做。”曹勋《松隐集》卷 22《山居杂诗九十首》其二十八：“我欲助送之，飞絮漫天愁。”

〔晓梦画楼西，啼血谁怜杜宇〕《全唐诗》卷 539 李商隐《锦瑟》：“庄生晓梦迷蝴蝶，望帝春心托杜鹃。”（第 8 册 P6194）同上书同卷李商隐《无题二首》其一：“昨夜星辰昨夜风，画楼（一作堂）西畔桂堂东。”（第 8 册 P6213）另见《感事八首》（其四）

一诗〔杜宇啼枝空有泪〕条笺注、《感事八首》（其八）一诗〔鹃声啼血〕条笺注。

【略考】

刘师培此词中的部分内容，似与叶梦得《贺新郎》有隐性关联。笺注中已有胪列。词牌《贺新郎》，又名《金缕歌》《金缕曲》或《金缕词》，刘师培用典“金缕歌残”（歌残金缕）当源此；叶梦得“乱红无数。吹尽残花无人见，惟有垂杨自舞”（叶梦得晚年政坛失意，归隐湖州），刘师培“嫣红万点惨无主”似源此；叶梦得“睡起流莺语”，刘师培“流莺輭语”似源此。另，刘师培“沉沉帘幙，东风暗度”，赵长卿《菩萨蛮》：“新晴庭户春阴薄。东风不度重帘幕。”二者关系一目了然。

一萼红 · 徐州怀古

过彭城。看江山如此，我辈又登临。系马台空，斩蛇剑杳，霸业都付销沈。试重向黄楼纵目，指东南半壁控淮阴。衰草平芜，大河南北，天险谁凭。

千劫兴亡弹指，朦砀山云起，泗水波深。宋国雄都，楚王宫阙，千秋故垒谁寻。溯当日中原逐鹿，笑项刘何事启纷争。空叹英雄不作，竖子成名。

【刊载】

《国粹学报》第 2 期，1905 年 3 月 25 日，署名刘光汉。《刘申叔遗书》61 册（154），《左盦词录》。

【类别】

词牌《一萼红》。

【编年】

1903 年。似作于 1903 年赴开封会试，或会试结束后返回扬州途中。

【笺注】

〔彭城〕今江苏徐州。《元和郡县图志》卷 10《河南道（五）· 徐州（彭城上）》：“本《禹贡》徐州之域，……宣帝地节元年更为彭城郡，……晋氏南迁，又于淮南侨立徐州。安帝始分淮北为北徐州。”案：汉二年（前 205）春，刘邦与项羽大战于彭城。刘邦大败。《史记 · 高祖本纪》：“春，汉王部五诸侯兵凡五十六万人，东伐楚。项王闻之，即令诸将击齐，而自以精兵三万人南从鲁出胡陵。四月，汉皆已入彭城，收其货宝美人，日置酒高会。项王乃西从萧，晨击汉军而东，至彭城，日中，大破汉军。汉军皆走，相随入谷、泗水，杀汉卒十余万人。汉卒皆南走山，楚又追击至灵壁东睢水上。汉军却，为楚所挤，多杀。汉卒十余万人皆入睢水，睢水为之不流。围汉王三匝。于是大风从西北而起，折木发屋，扬沙石，窈冥昼晦，逢迎楚军。楚军大乱，坏散，而汉王乃得与数十骑遁去。欲过沛收家室而西，楚亦使人追之沛，取汉王家，家皆亡，不与汉王相见。汉王道逢得孝惠、鲁元，乃载行。楚骑追汉王，汉王急，推堕孝惠、鲁元车下，滕公常下收载之。如是者三。曰：'虽急不可以驱，奈何弃之！'于是遂得脱。"

〔系马台〕又称戏马台，相传为西楚霸王项羽所筑高台，位于今江苏徐州市户部山。《南齐书 · 礼志上》："宋武为宋公，在彭城，九日出项羽戏马台，至今相承，以为旧准。"《元和郡县图志》卷 10《河南道（五）· 徐州（彭城上）· 彭城县（望郭下）》："戏马台，在县东南二里，项羽所造，戏马于此。宋公九日登戏马台即此。"

〔斩蛇剑杳〕《史记 · 高祖本纪》："高祖被酒，夜径泽中，行前者还报曰：'前有大蛇当径，愿还。'高祖醉曰：'壮士行何畏！'乃前，拔剑击斩蛇，径开。"司马贞《索隐》："《汉旧仪》云：'斩蛇剑长七尺。'又高祖云：'吾以布衣，提三尺剑取天下。'二文不同者，崔豹《古今注》：'当高祖为亭长，理应提三尺剑耳；及贵，当别得七尺宝剑'，故《仪》因言之。'"《晋书 · 张华列传》："武库火，华惧因此变作，列兵固守，然后救之，故累代之宝及汉高斩蛇剑、王莽头、孔子屐等尽焚焉。"

〔黄楼〕苏轼任徐州太守时修建的楼阁，其故址已不可考，今徐州市鼓楼区黄河南路有黄楼公园。苏轼《东坡全集》卷 9《诗六十七首 · 送郑户曹》："水绕彭城楼，山围戏马台。……荡荡清河堧，黄楼我所开。"同上书卷 10《诗四十七首 · 九日黄楼作》："黄楼新成壁未干，清河已落霜初杀。"北宋钱塘主簿陈师仲曾为苏轼辑录《黄楼集》。苏轼有《答陈师仲书》："见为编述《超然》《黄楼》二集，为赐尤重。从来不曾编次，纵有一二在者，得罪日皆为家人妇女辈焚毁尽矣。不知今乃在足下处，当为删去其不合道理者，乃可存耳。轼于钱塘人有何恩意，而其人至今见念，轼亦一岁率常四五梦至西湖上，此殆世俗所谓前缘者。"（《东坡全集》卷 74）

〔指东南半壁控淮阴〕徐州自古是重要的战略要地，兵家必争之地。占据徐州，可以挟制、把控整个淮河下游地区。淮阴，因位于淮河南岸而得名。此处喻指淮河下游。

〔衰草平芜，大河南北，天险谁凭〕黄河故道曾流经徐州城区，至清咸丰五年（1855）黄河大改道，河道北移至山东。至此，徐州失去了控驭南北的天险地位。如今，徐州黄河故河道仍在。徐州现有全长 7 公里的大型带状"故黄河公园"免费供人游览，每逢春夏，绿树成荫，青草漫地。平芜，杂草丛生的旷野。《艺文类聚》卷 3

《岁时部上·冬》：“梁江淹《四时赋》曰：至于冬阴北边，永夜不晓，平芜际海。”

〔砀山云起〕芒砀山，古称砀山，位于徐州市区西约50公里的今河南省永城市芒山镇，最高海拔只有150多米。《史记·高祖本纪》：“秦始皇帝常曰：‘东南有天子气。’于是因东游以厌之。高祖即自疑，亡匿，隐于芒砀山泽岩石之间。吕后与人俱求，常得之。高祖怪问之，吕后曰：‘季所居上常有云气，故从往，常得季。’高祖心喜。沛中子弟或闻之，多欲附者矣。”

〔泗水〕《史记·高祖本纪》：“高祖……为泗水亭长，廷中吏无所不狎侮。”张守节《正义》：“《括地志》云：‘泗水亭在徐州沛县东一百步，有高祖庙也。’”今徐州市沛县有泗水亭公园。

〔宋国雄都〕西周、春秋时，宋国都城在睢阳（今河南商丘）。战国初期，宋悼公年间迁都彭城。

〔楚王宫阙〕《史记·高祖本纪》：汉二年（前205）“正月，项羽自立为西楚霸王，王梁、楚地九郡，都彭城。”《江南通志》卷33《古迹·徐州府》：“西楚故宫，在府治内，宋时犹存，俗呼为霸王殿。”

〔中原逐鹿〕《史记·淮阴侯列传》载蒯彻（后为避汉武帝刘彻讳，被改为“通”）语：“秦失其鹿，天下共逐之，于是高材疾足者先得焉。”

〔英雄不作，竖子成名〕《晋书·阮籍传》：“（阮籍——引者）尝登广武，观楚汉战处，叹曰：‘时无英雄，使竖子成名！’”

菩萨鬘·咏雁

传到琵琶幽怨意，为谁飞上江南地。冀北雪花飞，鸿归人未归。
衡阳春色暮，又逐东风去。系帛汉时宫，云山隔万重。

【刊载】

《国粹学报》第2期，1905年3月25日，署名刘光汉。《刘申叔遗书》61册（154），《左盦词录》。

【类型】

词牌《菩萨鬘》。即词牌《菩萨蛮》。

【编年】

1903年。与《一萼红·徐州怀古》同刊于《国粹学报》第2期，词中有句咏“春色暮”，似亦作于参加开封会试期间。

【笺注】

〔传到琵琶幽怨意〕传说，昭君出塞，曾弹奏琵琶抒发思念故土的哀怨。鸿雁睹其容颜，听其哀音，都忘记了摆动翅膀，跌落地下。即所谓“落雁之容”。

〔鸿归人未归〕《全唐诗》卷 891 温庭筠《定西番》：“千里玉关春雪，雁来人不来。”（第 13 册 P10135）

〔衡阳春色暮〕相传，北雁南飞至衡阳“回雁峰”而止。回雁峰，也称南岳第一峰，位于今湖南衡阳市雁峰区雁峰路。《全唐诗》卷 232 杜甫《舟（一本有种字）出江陵南浦奉寄郑少尹（审）》：“溟涨鲸波动，衡阳雁影徂。”（第 4 册 P2559）《全唐诗》卷 269 耿湋《岳祠送薛近贬官》：“遥思桂浦人空去，远过衡阳雁不随。”（第 4 册 P2993）《舆地纪胜》卷 55《荆湖南路·衡州·景物下》：“回雁峰，在州城南。或曰：‘雁不过衡阳。’或曰：‘峰势如雁之回。’徐灵期《南岳记》曰：‘南岳周回八百里，回雁为首，岳麓为足。’”

〔又逐东风去〕联系下句“系帛汉时宫”分析，此句喻鸿雁至衡阳，由东南折向西北，飞往西安方向。

〔系帛汉时宫〕《汉书·苏建传附苏武传》：“昭帝即位，数年，匈奴与汉和亲。汉求武等，匈奴诡言武死。后汉使复至匈奴，常惠请其守者与俱，得夜见汉使，具自陈道。教使者谓单于，言天子射上林中，得雁，足有系帛书，言武等在某泽中。”《全唐诗》卷 322 权德舆《寄李衡州（时所居即衡州宅）》：“主人千骑东方远，唯望衡阳雁足书。”（第 5 册 P3629）

〔云山隔万重〕《乐府诗集》卷 59 蔡琰（文姬）《胡笳十八拍·第二拍》：“戎羯逼我兮为室家，将我行兮向天涯，云山万重兮归路遐。”《全唐诗》卷 181 李白《姑孰十咏（一作李赤诗）·望夫山》：“云山万重隔，音信千里绝。”（第 3 册 P1856）

卖花声·登开封城

苍莽大河流。空际悠悠。天涯回首又登楼。百二河山今寂寞，已缺金瓯。

宫阙汴京留。王气全收。浮云缥缈使人愁。又是夕阳西下去，望断神州。

【刊载】

《国粹学报》第 5 期，1905 年 6 月 23 日，署名刘光汉。《刘申叔遗书》61 册（155）《左盦词录》。

【类型】

词牌《卖花声》。

【编年】

1903 年。似作于参加开封会试期间。

【笺注】

〔大河〕指黄河。《战国策》卷 12《齐五》："赵氏惧，楚人救赵而伐魏，战于州西，出梁门，军舍林中，马饮于大河。"《史记 · 吴起列传》："殷纣之国左孟门，右太行。常山在其北，大河经其南，修政不德，武王杀之。"

〔空际〕天空。《法苑珠林》卷 33："刺史郑善果以表奏闻，曰：……又感蛇形杂采，盘旋塔基。鹤扬玄素，徘徊空际。"

〔天涯回首〕《全唐诗》卷 583 温庭筠《送渤海王子归本国》："九门风月好，回首是天涯。"（第 9 册 P6811）周邦彦《片玉词》卷上《玉楼春》："天涯回首一销魂，二十四桥歌舞地。"

〔百二河山〕《史记 · 高祖本纪》："秦，形胜之国，带河山之险，悬隔千里，持戟百万，秦得百二焉。"王世贞《弇州续稿》卷 20《诗部 · 五言排律 · 余与竹溪王大中丞为郢中之别余十二年矣。公抚关右，值旱魃为虐。公竭力祛之，民渐回菜色。辱遣使问存，怃然有怀，遂成一律。时闰六月之望也》："十年郢里追陪后，百二秦关保障中。"

〔已缺金瓯〕《梁书 · 侯景传》："我家国犹若金瓯，无一伤缺，今便受地，讵是事宜"。案：此句为刘师培慨叹国土沦丧，疆域残缺。自 1842 年 8 月 29 日《中英南京条约》，清朝多次向列强割地。

〔宫阙汴京留〕见《宋故宫》诗〔宋故宫〕条笺注。

〔王气全收〕《全唐诗》卷 359 刘禹锡《西塞山怀古》："西晋（一作王濬）楼船下益州，金陵王气黯（一作漠）然收。"（第 6 册 P4065）

〔浮云缥缈使人愁〕《全唐诗》卷 180 李白《登金陵凤凰台》："总为浮云能蔽日，长安不见使人愁。"（第 3 册 P1843）

〔望断神州〕《稼轩词》辛弃疾《菩萨蛮（书江西造口壁）》："西北是（有本作'望'——引者）长安，可怜无数山。"《生花梦》卷 3（利集）《第八回 / 东园赓雅调自许同心，南国有佳人再谐连理》："望断神州情一线，十年劳梦千山遍。"

东京清明杂感（二首）

【刊载】

《国粹学报》第 4 期，1905 年 5 月 23 日，署名光汉子。《刘申叔遗书》61 册（125），《左盦诗录》卷 4《左盦诗别录》。

【类型】

七言，8 句。

【编年】

1903 年。似作于参加开封会试期间。

东京清明杂感（二首）其一

塞公失马祸中福，庄惠观鱼物外天。妖雾傥挥乘障剑，闲云岂傍在山泉。无多文采初知悔，未证清凉敢学禅？客里佳晨虚易掷，落花流水又频年。

【笺注】

〔东京〕北宋都城汴梁（开封）又称东京。宋孟元老有《东京梦华录》。

〔清明〕1903 年 4 月 6 日为清明节。

〔塞公失马祸中福〕《淮南子 · 人间训》："近塞上之人有善术者，马无故亡而入胡，人皆吊之。其父曰：'此何遽不为福乎！'居数月，其马将胡骏马而归，人皆贺之。其父曰：'此何遽不能为祸乎！'家富良马，其子好骑，堕而折其髀，人皆吊之。其父曰：'此何遽不为福乎！'居一年，胡人大入塞，丁壮者引弦而战，近塞之人，死者十九，此独以跛之故，父子相保。故福之为祸，祸之为福，化不可极，深不可测也。"《老子 · 德经第五十八章》："祸，福之所倚；福，祸之所伏。孰知其极？"

〔庄惠观鱼物外天〕《庄子 · 秋水第十七》："庄子与惠子游于濠梁之上。庄子曰：'鲦鱼出游从容，是鱼之乐也。'惠子曰：'子非鱼，安知鱼之乐？'庄子曰：'子非我，安知我不知鱼之乐？'惠子曰："我非子，固不知子矣；子固非鱼也，子之不知鱼之乐，全矣！'庄子曰：'请循其本。子曰："汝安知鱼乐"云者，既已知吾知之而问我。我知之濠上也。'"物外天，超然物外的境界。柳永《乐章集 · 巫山一段云》："六六真游洞，三三物外天。"

〔妖雾傥挥乘障剑〕《全唐诗》卷 399 元稹《虫豸诗（七篇）· 巴蛇（三首）》其二：

“巴山昼昏黑，妖雾毒濛濛。”其三：“汉帝斩蛇剑，晋时烧上天。自兹繁巨蟒，往往寿千年。”（第 6 册 P4484）乘障，登城抵御、抵抗。《汉书 · 张汤传》：“上作色曰：‘吾使生居一郡，能无使虏入盗乎？’山（博士狄山——引者）曰：‘不能。’曰：‘居一县？’曰：‘不能。’复曰：‘居一鄣间？’山自度辩穷且下吏，曰：‘能。’乃遣山乘鄣。”颜师古注：“鄣，谓塞上要险之处，别筑为城，因置吏士而为鄣蔽以捍寇也。”《正字通》戌集中《阜部》：“障，……通作鄣。”挥，奋起。《宋本广韵》卷 1《上平声 · 二冬》：“挥，……亦奋也。”此句指，如果妖邪之氛兴风作浪，就持剑反击。

〔闲云岂傍在山泉〕此句指，岂能如闲云般依傍山泉之侧，优哉游哉，无所事事。

〔无多文采初知悔〕邵彬儒《俗话倾谈》卷 1《横纹柴》：“古人云：‘书到用时方恨少，事非经过不知难。’”

〔未证清凉敢学禅〕丁福保《佛学大辞典》：“清凉三昧（术语），断一切憎爱之念使为清凉之三昧也。《大集经 · 十四》曰：‘有三昧，名曰清凉，能断离憎爱故。’”上句与此句指，为自己学业不精，学问浅陋而懊悔。尚未证悟清凉三昧，谈什么学禅。

〔客里佳晨虚易掷〕客里，作客他乡。《全唐诗》卷 228 杜甫《归来》：“客里有所过（一作适），归来知路难。”（第 4 册 P2482）佳晨，亦作“佳辰”，好日子。《太平广记》卷 236《奢侈一 · 赵飞燕》：“赵飞燕为皇后，其女弟昭仪在昭阳殿，遗飞燕书曰：‘今日佳晨，贵姊懋膺洪册’。”虚，稀少。《吕氏春秋》卷 26《辩土》：“不知其稼居地之虚也。”高诱注：“虚，亦希也。”吕潜《履斋遗稿》卷 4《以两考乞休致（八月初一日）》：“光阴易掷，绩效蔑闻。”元好问《遗山集》卷 8《寄西溪相禅师》：“青镜流年易掷梭，壮怀从此即蹉跎。”

〔落花流水又频年〕落花流水，形容暮春。《全唐诗》卷 889 李煜《浪淘沙（一名卖花声）》：“流水落花春去也，天上人间。”（第 13 册 P10118）频年，连年、多年。《后汉书 · 杨终传》：“加以北征匈奴，西开三十六国，频年服役，转输烦费。”

东京清明杂感（二首）其二

少年颇抱风云志，痛哭新亭有泪痕。几见桑田成碧海，那堪瓜事老青门。云翻雨覆休回首，柳暗花明也断魂。千里春心劳极目，夕阳黯淡逼黄昏。

【笺注】

〔风云志〕远大的志向抱负。庾信《庾子山集》卷 14《周兖州刺史广饶公宇文公神道碑》："始游庠塾，不无儒者之荣；或见兵书，遂有风云之志。"倪璠注："《后汉书》二十八将论曰：'感会风云，奋其智勇。'"

〔痛哭新亭〕新亭，故迹在今南京。东晋南渡后，周顗等人曾于此相对而泣，哀叹时事。《景定建康志》卷 22《城阙志三 · 亭轩》："新亭，亦曰中兴亭，去城西南十五里，近江渚。……乾道五年，留守史公正志即故基重建亭，自为记。"周应合间注："《记》云：'西南去城十二里，有冈突然起于丘墟垄堑中，其势回环险阻，意古之为壁垒者。或曰，此六朝所谓新亭是也。'"《世说新语》卷上之上《言语第二》："过江诸人，每至美日，辄相邀新亭，藉卉饮宴。周侯坐而叹曰：'风景不殊，正自有山河之异！'皆相视流泪。唯王丞相愀然变色曰：'当共戮力王室，克复神州，何至作楚囚相对？'"《晋书 · 王导传》："过江人士，每至暇日，相要出新亭饮宴。周顗中坐而叹曰：'风景不殊，举目有江河之异。'皆相视流涕。惟导愀然变色曰：'当共戮力王室，克复神州，何至作楚囚相对泣邪！'众收泪而谢之。"

〔几见桑田成碧海〕《神仙传》卷 3《王远》："王远，字方平，东海人也。……麻姑自说：'接待以来，已见东海三为桑田，向到蓬莱，水又浅于往昔，会时略半也，岂将复还为陵陆乎。'方平笑曰：'圣人皆言，海中行复扬尘也。'"《全唐诗》卷 41 卢照邻《长安古意》："节物风光不相待，桑田碧海须臾改。"（第 1 册 P523）

〔瓜事老青门〕《史记 · 萧相国世家》："召平者，故秦东陵侯。秦破，为布衣，贫，种瓜于长安城东，瓜美，故世俗谓之'东陵瓜'，从召平以为名也。"《三辅黄图 · 都城十二门》："长安城东出南头第一门霸城门，民见门色青，名曰青城门，或曰青门。门外旧出佳瓜。广陵人邵平，为秦东陵侯，秦破为布衣，种瓜青门外，瓜美，故时人谓之'东陵瓜'。"《文选》卷 23 阮嗣宗（籍）《咏怀诗十七首》其九："昔闻东陵瓜，近在青门外。"

〔云翻雨覆〕指人情冷暖，世事无常。《全唐诗》卷 216 杜甫《贫交行》："翻手作云覆手雨，纷纷轻薄何须数。君不见管鲍贫时交，此道今人弃如土。"（第 4 册 P2254）侯克中《艮斋诗集》卷 2《感唐史事》："宰相未须讥郑五，帝王不久到朱三。云翻雨覆成何事，只与渔樵作笑谈。"

〔柳暗花明〕陆游《剑南诗稿》卷 1《游山西村》："山重水复疑无路，柳暗花明又一村。"

〔千里春心劳极目〕《楚辞》卷 9 屈原（一说为宋玉）《招魂》："目极千里兮，伤春心。"

〔夕阳黯淡逼黄昏〕《全唐诗》卷 539 李商隐《乐游原》："夕阳无限好，只是近黄昏。"（第 8 册 P6198）

扫花游 · 宿迁道中见杏花

荒邮古戍，賸数朵孤花，落英如许。采香人去。问斜阳一抹，幽情谁诉。金粉凄迷，付与二分尘土。无情绪。伤沦落天涯，飘零似汝。

阅东风几度。看万点花飞，春光又暮。芳心自苦。惜玉颜憔悴，瑶华无语。一笑嫣然，肯学夭桃媚妩。相思处。忆江南，小楼听雨。

【刊载】

《国粹学报》7 期，1905 年 8 月 20 日，署名刘光汉。《刘申叔遗书》61 册（156—157），《左盦词录》。

【类别】

词牌《扫花游》，也称《扫地游》。

【编年】

1903 年。似作于 1903 年赴开封会试，或会试结束后返回扬州途中。

【笺注】

〔荒邮古戍〕宿迁有历史上著名的“崔镇驿”，是通京畿要道的大驿站，亦是重要的河防戍所。文天祥《文山集》卷 19《指南后录二 · 崔镇驿》：“万里中原役，北风天正凉。黄沙漫道路，苍耳满衣裳。野阔人声小，日斜驹影长。解鞍身似梦，游子意茫茫。”此诗，是文天祥被押解大都经过此地时所写。《清一统志》卷 64《淮安府 · 关隘》：“崔镇，在桃源县西北三十里。《河防考》：桃源县黄河北岸，千总驻札崔镇，修防黄河汛地。上自宿迁县界，下至河北镇。”

〔落英〕落花。陶潜《陶渊明集》卷 5《杂文 · 桃花源记》：“忽逢桃花林，夹岸数百步，中无杂树。芳草鲜美，落英缤纷，渔人甚异之。”

〔采香人去〕李商隐《李义山诗集》卷上《杏花》：“吴王采香径，失路入烟村。”《吴郡志》卷 8《古迹》：“采香逕在香山之傍小溪也，吴王种香于香山，使美人泛舟于溪以采香。”《读史方舆纪要》卷 24《江南六 · 苏州府 · 长洲县》：“穹窿山，府西南四十里。山高峻，旁滨太湖。其顶方平，广可百亩。山半有泉曰法雨，分流下注，近采香泾复合为一，潴聚成潭，筑堰置牐，藉以灌田。成化中，尝因故迹修治。又有香山，与穹窿相接，南址近太湖，曰胥口。其下即采香泾也，相传吴王种香处。”

〔金粉〕金黄色的花粉。《全唐诗》卷 565 韩琮《牡丹（一作咏牡丹未开者）》：“残花何处藏，尽在牡丹房。嫩蕊包金粉，重葩结绣囊。”（第 9 册 P6605）《全唐诗》卷 624 陆龟蒙《袭美以鱼笺见寄因谢成篇》：“好将花下承金粉，堪送天边咏碧云。”（第 9 册 P7222）

〔二分尘土〕苏轼《东坡词 · 水龙吟 · 次韵章质夫杨花词》：“春色三分，二分尘土，一分流水。细看来，不是杨花点点，是离人泪。”

〔沦落天涯〕《全唐诗》卷 435 白居易《琵琶引（并序）》：“同是天涯沦落人，相逢何必曾相识。”（第 7 册 P4832）

〔东风几度〕王沂孙《高阳台 · 和周草窗寄越中诸友韵》：“更消他，几度东风，几度飞花。”（唐圭璋《全宋词》P3360，中华书局 1965 年 6 月第 1 版）

〔芳心自苦〕本指莲子的莲心味苦，亦借喻人内心凄苦。《全芳备祖集前集》卷 11 贺铸《踏莎行》：“杨柳回塘，鸳鸯别浦。绿萍涨断莲舟路。断无蜂蝶慕幽香，红衣脱尽芳心苦。”《全唐诗》卷 891 皇甫松《竹枝（一名巴渝辞）》：“斜江风起（竹枝）动横波，劈开莲子（竹枝）苦心多（女儿）。”（第 13 册 P10140）《全唐诗》卷 26 孟郊《杂曲歌辞 · 乐府三首》其三：“莲花未开时，苦心终日卷。”（第 1 册 P372）《全唐诗》卷 450 白居易《想东游五十韵》：“味苦莲心小，浆甜蔗节稠。”（第 7 册 P5097）

〔瑶华〕玉白色的花朵。《楚辞章句》卷 2《九歌 · 湘夫人》：“折疏麻兮瑶华”。王逸注：“瑶华，玉华也。”

〔一笑嫣然〕《文选》卷 19 宋玉《登徒子好色赋》：“玉曰：‘天下之佳人莫若楚国，楚国之丽者莫若臣里，臣里之美者莫若臣东家之子。东家之子，……嫣然一笑，惑阳城，迷下蔡。’”

〔夭桃〕《诗经 · 周南 · 桃夭》：“桃之夭夭，灼灼其华。”宋代及之后的古诗词中，常以桃花与杏花相对。《五灯会元》卷 20《南岳下十六世 · 径山杲禅师法嗣 · 福州西禅懒庵鼎需禅师》：“夭桃红杏，一时分付春风。”苏轼《东坡词 · 占春芳》：“红杏了，夭桃尽，独自占春芳。”

〔相思处〕《全唐诗》卷 803 薛涛《春望（一作望春）词四首》其一：“花开不同赏，花落不同悲。欲问相思处，花开花落时。”（第 12 册 P9131）

〔忆江南〕《乐府诗集》卷 82 白居易《忆江南三首》：“江南好，风景旧曾谙。日出江花红胜火，春来江水绿如蓝，能不忆江南。”“江南忆，最忆是杭州。山寺月中寻桂子，郡亭枕上看潮头，何日更重游。”“江南忆，其次忆吴宫。吴酒一杯春竹叶，吴娃双舞醉芙蓉，早晚复相逢。”

〔小楼听雨〕陆游《剑南诗稿》卷 17《临安春雨初霁》：“小楼一夜听春雨，深巷明朝卖杏花。”

题梁公约诗册（二首）

【刊载】

《刘申叔遗书》61 册（24），《左盦诗录》卷 1《匪风集》。

【类别】

七言，4 句。

【编年】

1903 年。排于《癸卯夏游金陵》之前，故定编年于 1903 年。

题梁公约诗册（二首）其一

过江名士多于鲫，风雅如君真可师。我亦风尘苦行役，与君同唱《横江词》。

【笺注】

〔梁公约〕梁菼（1864—1927），又名英，字公约，号饮真，室名端虚堂，扬州江都人。清末民初扬州著名书画家和诗人，是扬州“冶春后社”中的著名人物，诗宗“江西诗派”。

〔过江名士多于鲫〕至清末民国，常以“过江之鲫”形容西晋、东晋之交北方世家大族南渡避乱，即“衣冠南渡”。《晚晴簃诗汇》卷 172 黄绍箕《题王幼霞秋暮怀人图，图为某君寄江总栖霞寺断碑作》：“忆昨将车钟阜侧，过江名士多于鲫。”施士洁《后苏龛合集 · 后苏龛诗钞》卷 8《卢用川差尹以墨拓魏碑、寿山石印相贻，作此谢之，兼柬其尊甫坦公》：“过江名士多于鲫，君我苔岑二而一。”柳亚子为何香凝 1931 年画作《松菊图》题跋原件：“过江名士多于鲫，唯君杰出群流中。”（藏何香凝美术馆）

〔苦行役〕疲于奔波。鲍照《鲍明远集》卷 6《送从弟道秀别》：“游子苦行役，冀会非远期。”

〔《横江词》〕《全唐诗》卷 166 李白《横江词（六首）》。其一：“人道（一作言）横江好，侬道横江恶。一风三日（一作一月）吹倒山（一作猛风吹倒天门山），白浪高于瓦官阁。”其二：“海潮南去过浔阳，牛渚由来险马当。横江欲渡风波恶，一水牵愁万里长。”其三：“横江西望阻西秦，汉（一作楚）水东连（一作流）扬子津。白浪如山那可渡，狂风愁杀峭帆人。”其四：“海神来（一作东）过恶风回，浪打天门石壁开。浙江八月何如此，涛似连山喷雪来。”其五：“横江馆前津吏迎，向余东指海云生。郎今欲渡缘何事，如此风波不可行。”其六：“月（一作日）晕天风雾不开，海鲸东蹙百川回。惊波一起三山动，公无渡河归去来。”（第 3 册 P1722）《方舆胜览》卷 49《和州 · 事要 · 形胜》：“横江浦。建安初，扬州刺史刘繇遣将樊能于麋屯横江，孙策破之。对江南之采石往来济渡处。”

【略考】

李白《横江词（六首）》究竟写于何时？横江在何地？历来存在争议（我个人倾向于在安徽采石）。但有一种观点认为，这组诗是李白写于二十几岁刚刚出川闯荡天下时，描写了李白因天气恶劣困于长江南岸，无法北渡长江谋官干禄，因而心情焦躁。1903 年，刘师培会试失利返回扬州，于 6 月间即出走上海，寻求更大的发展空间。本诗中的“与君同唱横江词”一句极有可能是刘师培会试失利后与梁公约谈及了自己要离开扬州，另谋出路的想法，并得到梁的肯定和鼓励。

题梁公约诗册（二首）其二

论诗未觉西江远，宗派茫茫付与谁。淮海文章溯流别，涪坡嗣响属君诗。

【笺注】

〔西江〕梁公约诗宗江西诗派。江西诗派的创始人为北宋黄庭坚，又称“江右诗派”“西江派”，其诗多效仿杜甫。北宋吕本中（字居仁）作《江西诗社宗派图》，列鼻祖为黄庭坚，其诗派一脉相承。《宗派图》已佚，见宋胡仔撰《苕溪渔隐丛话前集》卷 48《山谷中》：“吕居仁近时以诗得名，自言传衣江西，尝作《宗派图》，自豫章（指黄庭坚）以降，列陈师道、潘大临、谢逸、洪刍、饶节、僧祖可、徐俯、洪朋、林敏修、洪炎、汪革、李錞、韩驹、李彭、晁冲之、江端本、杨符、谢薖、夏傀、林敏功、潘大观、何觊、王直方、僧善权、高荷合二十五人以为法嗣。谓其源流，皆出豫章也。”《明史 · 刘崧传》：“崧幼博学，天性廉慎。……善为诗，豫章人宗之为‘西江派’云。”

〔淮海〕秦观（1049—1100），字少游，一字太虚，号淮海居士，别号邗沟居士，史称“淮海先生”，扬州高邮人，有诗文《淮海集》传世。后世常以“淮海”代指扬州。

〔涪坡〕涪，指黄庭坚。黄庭坚曾谪涪州，世称涪翁；坡，指苏轼。苏轼号“东坡居士”，世称“苏东坡”。

泛舟小金山

杰阁参差万柳昏，夕阳无语下湖村。泠泠竹韵清诗榻，淡淡蒲帆落酒樽。俯仰百年身似客，侈谈六合世方喧。华严弹指维摩劫，转问如何是法门。

【刊载】

《青溪旧屋仪征刘氏五世小记》P57；《刘申叔遗书补遗》上册 P439；《刘师培年谱长编》P40。

【类别】

七言，8 句。

【编年】

1903 年。据万仕国《刘师培年谱》P23，开封会试失利后，刘师培回到扬州，作此诗。故定编年于 1903 年。

【笺注】

〔小金山〕扬州瘦西湖二十四景之一。扬州瘦西湖中一小岛，筑于清乾隆二十二年（1757）前后，有水路可直达大明寺。

〔杰阁〕高阁。《全唐诗》卷 342 韩愈《记梦》：“隆楼杰阁磊嵬高，天风飘飘吹我过。”（第 5 册 P3839）

〔泠泠竹韵清诗榻，淡淡蒲帆落酒樽〕李联琇《宿狼山白衣院次韵芥舟住持过访赠律》：“泠泠竹籁清诗榻，淡淡蒲帆落酒樽。”（《好云楼初集》卷 13）蒲帆，蒲草编制的船帆。《全唐诗》卷 21《相和歌辞》李贺《江南弄》：“水风浦云生老竹，渚暝蒲帆如一幅。”（第 1 册 P275）

〔俯仰百年身似客〕胡宏《五峰集》卷 1《古诗 · 题上封寺》：“百年身似客，浩荡世间游。”《全唐诗》卷 183 李白《拟古十二首》其九：“生者为过客，死者为归人。天地一逆旅，同悲万古尘。”（第 3 册 P1869）

〔侈谈六合世方喧〕侈谈，夸夸奇谈，自以为是地谈论。《文苑英华》卷 759 李翰《难进论》：“复有骋变効奇侈谈”。六合，上下（天地）及东西南北，泛指天下。《庄子 · 在宥》：“出入六合，游乎九州，独往独来，是谓独有。独有之人，是之谓至贵。”

上句与此句指，人生百年也不过是个过客，却热衷于对尘世喧嚣夸夸其谈。

〔华严弹指维摩劫，转问如何是法门〕李联琇《宿狼山白衣院次韵芥舟住持过访赠律》:“华严弹指维摩劫，转问如何是法门。”(《好云楼初集》卷 13）苏轼《东坡全集》卷 7《诗八十三首·和文与可洋川园池三十首·无言亭》:“殷勤稽首维摩诘，敢问如何是法门。弹指未终千偈了，向人还道本无言。”华严弹指，喻指极短的时间。《大方广佛华严经》卷 79《入法界品第三十九之二十》:“尔时，善财童子恭敬右绕弥勒菩萨摩诃萨已，而白之言：‘唯愿大圣开楼阁门，令我得入！’时，弥勒菩萨前诣楼阁，弹指出声，其门即开，命善财入。善财心喜，入已还闭。见其楼阁广博无量同于虚空，……又见其中，有无量百千诸妙楼阁，一一严饰悉如上说，广博严丽皆同虚空，不相障碍亦无杂乱。善财童子于一处中见一切处，一切诸处悉如是见。”《四分戒本疏》卷 1：“二十念为一瞬顷，二十瞬为一弹指顷，二十弹指顷为一罗顷，二十罗顷为一须臾。日极长时十八须臾，夜十二须臾；夜极长十八须臾，昼短十二须臾。”后被称为“华严楼阁，弹指即现”，亦成为中国诗画的一种创作取向，取其“广博严丽皆同虚空，不相障碍亦无杂乱”之意，于诗则意象纷呈，于画则色彩缤纷。维摩劫，《维摩诘所说经·法供养品第十三》:“二世界大庄严。劫曰庄严，辩其劫国，佛寿二十小劫明寿长短也。二十小劫者，依《俱舍论》。劫有三种：始从八万岁下至十岁，从十岁渐增还至八万岁，此一上一下名为小劫；四十小劫名中劫；八十中劫名为大劫。”“劫”在佛教语境中是时间单位。法门，佛教指修持佛法，终成正果的道路门径。《维摩诘经·入不二法门品第九》:“文殊师利曰：‘如我意者，于一切法无言无说，无示无识，离诸问答，是为入不二法门。’于是，文殊师利问维摩诘：‘我等各自说已，仁者当说，何等是菩萨入不二法门?’时维摩诘默然无言。文殊师利叹曰：‘善哉善哉，乃至无有文字语言，是真入不二法门。’”

【略考】

李联琇《宿狼山白衣院次韵芥舟住持过访赠律》:“玉局风流安敢论（原作用坡仙留带事），却逢佛印与晨昏。泠泠竹籁清诗榻，淡淡蒲帆落酒樽。江尽眼前吞有量，云浮脚底立无根。华严弹指维摩劫，转问如何是法门。”(《好云楼初集》卷 13《烟尘草（自庚申二月至辛酉二月）》,《清代诗文集汇编》第 682 册 P126）

“李联琇，字季莹，号小湖，江西临川（今属抚州）人。生于嘉庆二十五年十二月（一八二一），卒于光绪四年（一八七八）。工部侍郎李宗翰子。道光二十五年（一八四五）进士。选翰林院庶吉士，授编修。历任侍讲学士、福建学政、大理寺卿等。以病告归。同治四年（一八六五），主讲钟山书院。以绩学敦行，别择精审，来学日盛。总督沈葆桢称其与故院长钱大昕、姚鼐诸人相埒。为学自天文、舆地、名物、训诂、典章制度，旁及琐闻轶事，无不淹通。有《紫琅游记》、《好云楼初集》、《好云楼二集》等。（参考文献：《清史列传》卷六九、《续集碑集传》卷一七、《词林辑略》卷六、《好云楼二集》卷首行述）”（《清代诗文集汇编》第 682 册 P126）

李联琇诗题中之“狼山”又名“紫琅山”，位于江苏南通，是著名的佛教圣地。传为大势至菩萨道场，位列全国佛教八小名山之首。

李联琇有《紫琅游记》一文，述其游览经历。载《小方壶斋舆地丛钞》第四帙。

赵鹏《诗僧芥舟》：“使芥舟最为得意的，是他受到两位‘大人物’的称誉，一是著名文学家李联琇（小湖），一是威名震人的儒将彭玉麟（雪琴）。李氏曾任江苏学政，咸丰十年避太平军乱辗转来通州川港侨居。次年初他游狼山，遇芥舟，并有诗《宿狼山白衣院次韵芥舟住持过访赠律》：玉局风流安敢论，却逢佛印与晨昏。泠泠竹籁清诗榻，淡淡蒲帆落酒樽。江尽眼前吞有量，云浮脚底立无根。华严弹指维摩偈，转问如何是法门？从诗题也可看出，此次相会是芥舟主动迎往的，只是他所呈的诗未能传下。李氏在为此所作的《紫琅游记》中，说到此游收获有言：‘得携归示人者，渔洋山人诗刻拓本及芥舟赠诗也。’直把芥舟与王渔洋相提并论，说明赞赏的程度。其实，李为文学大家，芥舟诗能否几及王渔洋，他心知肚明，只是在战火惊隍之际，难得觅上一块平静之土，遇一位风雅之僧，那把标尺就不免要降低些许。”（《东南文化》2001 年第 7 期 P87—88）

端阳日偕地山泽山谷人泛湖言念旧游怆然有作

凉风五月吹菰蒲，芙蓉急雨跳明珠。蕉窗兀坐尘事少，寻芳偶踏隋宫芜。瘦湖一角城西隅，水天如镜扁舟趋。亭轩窈窕豁云水，静观自得皆欢愉。前度游踪历历记，良朋聚首倾玉壶。浮云缥缈隔天际，饯别又绘春湖图。人生自古有离合，譬如蓬梗随江湖。过眼烟云刹那顷，百年一隙驶白驹。方今世事堕尘雾，大厦将倾谁则扶。眼中云物阅今昔，风景不异山河殊。天涯沦落那可说，世路荆棘非坦途。我生哀乐原斯须，游观未已斜阳晡。

【刊载】

《刘申叔遗书》61 册（28），《左盦诗录》卷 1《匪风集》。

【类别】

七言，24 句。

【编年】

1903 年。排于《癸卯夏记事》之前，故定编年于 1903 年。

【笺注】

〔端阳日〕1903 年 5 月 31 日为是年端午节。

〔地山〕方尔谦（1873—1936），字地山，江苏扬州江都人，冶春后社成员。长于诗词文章，精于金石书画和古籍版本，尤擅长撰写楹联。曾在袁世凯家任家塾教师，与其次子袁克文是儿女亲家。与扬州小盘谷周氏周叔弢过从甚密。周叔弢之子周一良先生 2001 年曾为其辑录《大方联语辑存》，刊于《文献》季刊 2001 年 1 月第 1 期，集得 115 副。张伯驹《续洪宪纪事诗补注》："挂带宫门事已殚，忍看骨肉起波澜。南奔得脱陈王罪，应感方家四品官。"张伯驹注："扬州方地山，项城任军机时，课项城诸子。曾捐四品衔，于城南赁屋三间，置一妾非缠足者。自署其门曰'大方家'。室内撰一联云：'捐四品官，无地皮可刮；赁三间屋，以天足自娱。'项城三子克良有精神病，洪宪时言于项城，谓寒云（袁克文，袁世凯次子——引者）与项城某妾有暧昧事。项城盛怒，寒云将罹不测，地山急挈寒云去沪。后项城知为莫须有之事，意解，寒云始归京。"（《洪宪纪事诗三种》P300，上海古籍出版社 1983 年 7 月第 1 版）

〔泽山〕方尔咸（1874—1927），字泽山，方地山之弟，冶春后社成员。与梁启超、谭嗣同等交谊甚厚，曾入张之洞幕府。

〔谷人〕周树年（1867—1952），字谷人，号无悔，冶春后社成员，扬州江都人。1906 年，任江都教育会首任会长，后任扬州商会第一任会长，历任江苏省典业公会会长，大源制盐公司董事长，总管全省盐业产销业务，是扬州商界领袖。扬州著名的"富春茶社"即创于周树年。1885 年，扬州人陈霭亭租赁得胜桥巷内的十几间民房和几分空地，创设了"富春花局"，栽培四季花卉，创作各式盆景上市。1910 年，陈霭亭去世，其子陈步云继承父业。民国初年，周树年任扬州商会会长。他 70 多岁的父亲周颖孝有一个嗜好，每日要去茶馆喝茶。但周树年担心茶馆内鱼龙混杂，父亲常去会影响自己的声誉。陈步云遂向周树年建议，在他的花局里自办茶馆，专供老太爷和朋友们享用，"富春茶社"由此诞生。

〔菰蒲〕《六臣注文选》卷 22 谢灵运《从斤竹涧越岭溪行》："苹萍泛沉深，菰蒲冒清浅。"吕向注："苹萍菰蒲，皆水草。"《全唐诗》卷 450 白居易《想东游五十韵（并序）》："菡萏红涂粉，菰蒲绿泼油。"（第 7 册 P5097）

〔芙蓉急雨跳明珠〕芙蓉，荷花的别称。杨万里《诚斋集》卷 97《杂著 · 乐府·昭君怨·咏荷上雨》："午梦扁舟花底，香满西湖烟水。急雨打篷声，梦初惊。却是池荷跳雨，散了真珠还聚。聚作水银窝，泻清波。"同上书卷37《诗·小池荷叶雨声》："午梦西湖泛烟水，画船撑入荷花底。雨声一阵打疎篷，惊开睡眼初蒙松。乃是池荷跳急雨，散了真珠又还聚。幸然聚作水银泓，泻入清波无觅处。"

〔蕉窗兀坐尘事少〕蕉窗，窗外种植着芭蕉，为窗户的美称。《左庵词话》卷下《翻易安词》："易安（李清照号易安居士——引者）词：'窗外芭蕉窗里人，分明叶上心头滴'句久脍炙人口。或又云：'我自有愁眠未得，不关窗外种芭蕉。'已是翻却旧案。或又云：'愁多禁得雨潇潇，况又窗前窗后，密密种芭蕉。'是则翻而又翻矣。或更云：'斫尽芭蕉吹尽雨。看他还有愁如许。'执此类推，人果善用心思，自有翻空不穷之意。"案："窗外芭蕉窗里人，分明叶上心头滴"出自《眉峰碧》，古人多作"无名氏"之作。兀坐，谓静坐，枯坐。《艺文类聚》卷36《人部二十·隐逸上》："宋谢灵运《逸民赋》曰：……有酒则舞，无酒则醒。不明不晦，不昧不类。萧条秋首，兀坐春中。"案：《汉魏六朝百三家集》卷65作"葳蕤春中"。

〔隋宫芜〕《隋书·炀帝纪上》："大业元年……三月辛亥，发河南诸郡男女百余万，开通济渠，自西苑引谷、洛水达于河，自板渚引河通于淮。……八月壬寅，上御龙舟，幸江都。"隋炀帝为幸江都，在此修建宫殿，称"江都宫"，后世称"隋宫"。《隋书·炀帝纪上》：大业六年"三月癸亥，幸江都宫。"《全唐诗》卷539李商隐《隋宫》："紫泉宫殿锁烟霞，欲取芜城作帝家。"（第8册P6211）芜城，广陵古称，即今扬州江都。西汉吴王刘濞于此筑广陵城。南朝刘宋竟陵王刘诞据广陵反，兵败身死，城遂荒芜，鲍照曾作《芜城赋》记其事，广陵故得名芜城。

〔瘦湖〕瘦西湖。

〔轩〕《文选注》卷30沈休文（约）《省愁卧一首》："愁人掩轩卧，高牕时动扉。"李善注："轩，长廊也。"

〔人生自古有离合〕强至《祠部集》卷3《纯甫以予去岁九日赴东阳今年复趋府作菊花问答见遗因以戏答》其二："篱菊答，自古人生有离合。"苏轼《水调歌头》："人有悲欢离合，月有阴晴圆缺，此事古难全。"（唐圭璋《全宋词》第1册P280，中华书局1965年6月第1版）柳永《乐章集·雨霖铃·秋别》："多情自古伤离别，更那堪冷落清秋节。"

〔蓬梗〕蓬草梗屑，喻随风飘荡、随波逐流，征无止处。《北齐书·文苑列传·颜之推传》载其《观我生赋》："嗟飞蓬之日永，恨流梗之无还。"《全唐诗》卷405元稹

《酬翰林白学士代书一百韵》："飘沉委蓬梗，忠信敌蛮夷。"（第 6 册 P4528）

〔百年一隙驶白驹〕《庄子集释》卷 7 下《（外篇）知北游第二十二》："人生天地之间，若白驹之过郤，忽然而已。"郭庆藩引成玄英疏："白驹，骏马也，亦言日也。隙，孔也。夫人处世，俄顷之间，其为迫促，如驰骏驹之过孔隙，欻忽而已，何曾足云也。"引陆德明《经典释文》："白驹，或云：日也。过郤，去逆反。本亦作隙。隙，孔也。"

〔大厦将倾〕《后汉书 · 徐稚传》："大树将颠，非一绳所维。"王通《文中子》卷 3《事君篇》："大厦将颠，非一木所支也。"《金史 · 完颜赛不传》史赞："此犹大厦将倾，非一木之所能支也。"此句指 1903 年时，中华民族正处于内忧外患，面临亡国灭种的危险。梁启超《李文忠公事略》第六章《洋务时代之李鸿章》："虽然李鸿章之识，固有远过于寻常人者矣，尝观其同治十一年五月《复议制造轮船未可裁撤折》云：'臣窃维欧洲诸国，百十年来，由印度而南洋，由南洋而中国，闯入边界腹地，凡前史所未载，亘古所未通，无不款关而求互市。我皇上如天之度，概与立约通商，以牢笼之，合地球东西南朔九万里之遥，胥聚中国，此三千余年一大变局也。'"

〔天涯沦落〕详见《扫花游 · 宿迁道中见杏花》一词〔沦落天涯〕条笺注。

〔斯须〕《礼记正义》卷 48《祭义》："礼乐不可斯须去身。"郑玄注："斯须，犹须臾也。"

〔晡〕《重修玉篇》卷 20《日部第三百四》："晡，……申时也。"即下午 3 点—5 点间，指夕阳西下的傍晚时分。

中兴颂

在昔天宝失其纲，一朝鼙鼓兴范阳。山东大半为贼守，翠华迢迢辞未央。青螺西幸来蜀道，千乘万骑下陈仓。当时伪燕僭帝号，太子匹马赴朔方。二十四郡忠臣少，平原太守知勤王。此地独阨贼形势，入秋士马精且强。长安天子素不识，乃能忠义奋戎行。两京收复赖李郭，土番回纥来西疆。天下复见中兴日，周宣汉光喜再昌。道州刺史元次山，振笔作颂何煌煌。鲁公书碑三百字，此物长峙天南方。古人作铭颂功烈，此碑无乃关兴亡。北宋诗人黄鲁直，抚碑吊古赋诗章。太子即位上幸蜀，乃以乾元例建康。谓此碑文兼讽刺，肃宗何为君凤翔。不知大驾既南巡，群凶之势颇倡狂。使非肃宗权即位，天命那得再兴唐。况乎帝玺自蜀来，复闻遣使迎上皇。忠臣既赠巡与远，相才复用房与张。父子启衅由辅国，是以南内嗟凄凉。乃知肃宗本贤主，诗意无乃太渺茫。丰碑迄今数百载，浩劫不复随星霜。新诗尚忆王司理，继其咏者江都黄。我访残碑得诸市，字体数幅足珍藏。元公高文鲁公笔，足令斗室生辉光。我欲访碑偏寰宇，此地其奈隔潇湘。安得扁舟下楚越，此碑重访浯溪旁。

【刊载】

《刘申叔遗书》61 册（22—23），《左盦诗录》卷 1《匪风集》。

【类别】

七言，54 句。

【编年】

1903 年。排于《癸卯夏游金陵》之前，故定编年于 1903 年。

【笺注】

〔中兴颂〕唐“安史之乱”逐渐平息后，道州刺史元结撰《大唐中兴颂》，颜真卿书丹，镌刻于湖南省祁阳浯溪的摩崖石壁之上。《中兴颂》全文 263 字，是颜真卿存世的楷书代表作。

〔在昔天宝失其纲，一朝鼙鼓兴范阳〕《资治通鉴》卷 217 天宝“十四载……十一月甲子（755 年 12 月 16 日——引者），禄山发所部兵及同罗、奚、契丹、室韦凡十五万众，号二十万，反于范阳。”

〔山东大半为贼守，翠华迢迢辞未央〕山东，指崤山以东。天宝十五载，安禄山叛军攻陷洛阳，潼关失守，唐玄宗李隆基弃长安逃往四川。《新唐书·玄宗皇帝本纪》：天宝“十五载……六月癸未，颜真卿及安禄山将袁知泰战于堂邑，败之。贺兰进明克信都。丙戌，哥舒翰及安禄山战于灵宝西原，败绩。是日，郭子仪、李光弼及史思明战于嘉山，败之。辛卯，蕃将火拔归仁执哥舒翰叛，降于安禄山，遂陷潼关、上洛郡。甲午（756 年 7 月 13 日——引者），诏亲征。”王士禛《精华录》卷 2《南将军庙行（在泗州南公霁云乞师处）》：“范阳战鼓如轰雷，东都已破潼关开。山东大半为贼守，常山平原安在哉。”翠华，天子銮驾。《六臣注文选》卷 4 张平子（衡）《南都赋》：“望翠华兮葳蕤，建太常兮裶裶。”李善注：“《上林赋》曰：建翠华之旗。葳蕤，翠华貌。”刘良注：“翠华，盖也；太常，旗也。”《文苑英华》卷 794《传·长恨歌一首》陈鸿《长恨歌传》：“天宝末，兄国忠盗丞相位，愚弄国柄。及安禄山引兵向阙，以讨杨氏为词，潼关不守，翠华南幸，出咸阳道，次马嵬亭。”

〔青螺〕螺子黛，女性画眉之用。此处代指杨贵妃。《大业拾遗记》：“一日，帝（指隋炀帝杨广——引者）将登凤舸，凭殿脚女吴绛仙肩，喜其柔丽，不与群辈齿，爱之甚，久不移步。绛仙善画长蛾眉，帝色不自禁，回辇召绛仙，将拜婕妤。适值绛仙下嫁为玉工万群妻，故不克谐。帝寝兴罢，擢为龙舟首楫，号曰崆峒夫人。由是殿脚女争效为长蛾眉。司宫吏日给螺子黛五斛，号为蛾录。螺子黛出波斯国，每颗值十金。后征赋不足，杂以铜黛给之，独绛仙得赐螺黛不绝。”《全唐诗》卷 474 徐凝《宫中曲二首》其二：“身轻入宠尽恩私，腰细偏能舞柘枝。一日新妆抛旧样，六宫争画黑烟眉。”（第 7 册 P5412）程敏政《篁墩文集》卷 72《马嵬八景次韵为阎方伯赋》：“不思初政戮家姬，坐遣胡雏犯洛师。野鹿已招三镇乱，青螺刚济一身危。冰消珠翠汗新壤，云暗金汤失旧赀。万古持盈堪作戒，开元全盛几多时。”

〔千乘万骑下陈仓〕安史之乱起，唐玄宗避难四川。其入川线路是先西逃至陈仓，然后折向汉中入川。具体见《旧唐书 · 玄宗本纪下》。陈仓，今宝鸡市陈仓区，有“明修栈道，暗度陈仓”的成语。《新唐书 · 玄宗皇帝本纪》：天宝“十五载……六月……甲午，诏亲征。京兆尹崔光远为西京留守、招讨处置使。丙申，行在望贤宫。丁酉，次马嵬，左龙武大将军陈玄礼杀杨国忠及御史大夫魏方进、太常卿杨暄。赐贵妃杨氏死。是日，张巡及安禄山将翟伯玉战于白沙埚，败之。己亥，禄山陷京师。”

〔当时伪燕僭帝号〕《新唐书 · 逆臣传上 · 安禄山传》：“明年（天宝十五载——引者）正月，僭称雄武皇帝，国号燕，建元圣武，子庆绪王晋，庆和王郑，达奚珣为左相，张通儒为右相，严庄为御史大夫，署拜百官。”

〔太子匹马赴朔方〕《旧唐书 · 玄宗本纪下》：“十五年……秋七月……丁卯（756 年 8 月 15 日），诏以皇太子讳充天下兵马元帅，都统朔方、河东、河北、平卢等节度兵马，收复两京。”《廿二史札记》卷 13《魏齐周隋书并北史 · 太上皇帝》：“唐玄宗享国既久，尝欲传位于太子，杨国忠等甚惧，使杨贵妃衔土祈哀，乃不果。天宝十五载，安禄山反，帝避乱至马嵬，太子从行，父老请留太子讨贼，帝许之，遣寿王瑁及高力士谕太子，太子乃治兵于朔方。”《旧唐书 · 肃宗本纪》：“肃宗文明武德大圣大宣孝皇帝，讳亨，玄宗第三子，母曰元献皇后杨氏，景云二年乙亥生。……开元……二十六年六月庚子（738 年 6 月 24 日——引者），立上为皇太子。”

〔二十四郡忠臣少，平原太守知勤王〕《旧唐书 · 颜真卿传》：“玄宗初闻禄山之变，叹曰：‘河北二十四郡，岂无一忠臣乎！’得平（参军李平——引者）来，大喜，顾左右曰：‘朕不识颜真卿形状何如，所为得如此！’”《旧唐书 · 颜真卿传》：“颜真卿，字清臣，琅邪临沂人也。……杨国忠怒其不附己，出为平原太守。安禄山逆节颇著，真卿以霖雨为托，修城浚池，阴料丁壮，储廪实。乃阳会文士，泛舟外池，饮酒赋诗。或谗于禄山，禄山亦密侦之，以为书生不足虞也。无几，禄山果反，河朔尽陷。独平原城守具备。”王士禛《精华录》卷 4《摩崖碑》：“二十四郡少义士，平原太守独誓师。”

〔此地独阨贼形势〕唐平原郡在今山东德州陵县附近，地理位置险要，扼守安史叛军南下西进的咽喉。

〔入秋士马精且强〕《旧唐书·颜真卿传》：“禄山初尚移牒真卿，令以平原、博平军屯七千人防河津，以博平太守张献直为副。真卿乃募勇士，旬日得万人，遣录事参军李择交统之简阅，以刁万岁、和琳、徐浩、马相如、高抗朗等为将，分总部伍。”

〔长安天子素不识，乃能忠义奋戎行〕见本诗〔二十四郡忠臣少，平原太守知勤王〕条笺注。王士禛《精华录》卷 4《摩崖碑》：“平生不识颜真卿，乃能一木支倾危。”

〔两京收复赖李郭〕李郭，指李嗣业、郭子仪。《新唐书·郭子仪传》：“至德二载……从元帅广平王率蕃、汉兵十五万收长安。李嗣业为前军，元帅为中军，子仪副之，王思礼为后军，阵香积寺之北，距沣水，临大川，弥亘一舍。贼李归仁领劲骑薄战，官军嚣，嗣业以长刀突出，斩贼数十骑，乃定。回纥以奇兵缭贼背夹攻之，斩首六万级，生禽二万。贼帅张通儒夜亡陕郡。翌日，王入京师，老幼夹道呼曰：‘不图今日复见官军！’王休士三日，遂东。”《旧唐书·肃宗本纪》：至德“二载冬十月壬戌（757 年 12 月 3 日），广平王入东京（洛阳——引者），陈兵天津桥南，士庶欢呼路侧。”

〔土番回纥来西疆〕《旧唐书·肃宗本纪》：至德元载“是月（七月——引者）甲子（756 年 8 月 12 日——引者），上即皇帝位于灵武。……八月壬午（756 年 8 月 30 日）……回纥、吐蕃遣使继至，请和亲，愿助国讨贼，皆宴赐遣之。”《新唐书·回鹘传》：“乾元元年，回纥使者多彦阿波与黑衣大食酋阁之等俱朝，争长，有司异门并进。又使请昏，许之。帝以幼女宁国公主下嫁……帝饯公主，因幸咸阳，数尉勉，主泣曰：‘国方多事，死不恨。’……乃使王子骨啜特勒、宰相帝德等率骑三千助讨贼，帝因命仆固怀恩总之。又遣大首领盖将军与三女子谢婚，并告破坚昆功。”

〔周宣〕见《元旦述怀》一诗〔周宣平淮蔡〕条笺注。

〔汉光〕《后汉书·光武帝纪上》：“世祖光武皇帝讳秀，字文叔，南阳蔡阳人，高祖九世之孙也，出自景帝生长沙定王发。……十月，与李通从弟轶等起于宛，时年二十八。……六月己未，即皇帝位。燔燎告天，禋于六宗，望于群神。其祝文曰：‘皇天上帝，后土神祇，眷顾降命，属秀黎元，为人父母，秀不敢当。群下百辟，不谋同辞，咸曰：“王莽篡位，秀发愤兴兵，破王寻、王邑于昆阳，诛王郎、铜马于河北，平定天下，海内蒙恩，上当天地之心，下为元元所归。”谶记曰：“刘秀发兵捕不道，卯金修德为天子。”秀犹固辞，至于再，至于三。群下佥曰：“皇天大命，不可稽留。敢不敬承。”’于是建元为建武，大赦天下，改鄗为高邑。”

〔元次山〕元结（719—772），字次山，号漫叟。安史之乱中，曾招募义兵，抗击史思明叛军，保全多城。任道州刺史，撰写《大唐中兴颂》，后请颜真卿书丹，刻于浯溪的摩崖石壁之上。

〔北宋诗人黄鲁直，抚碑吊古赋诗章〕黄庭坚《山谷集》卷 8《书磨崖碑后》：“春风吹船着浯溪，扶藜上读中兴碑。平生半世看墨本，摩挲石刻鬓成丝。”

〔太子即位上幸蜀—肃宗何为君凤翔〕黄庭坚《山谷集》卷 8《书磨崖碑后》：“抚军监国太子事，何乃趣取大物为。”安史之乱发生后。唐玄宗逃亡四川，太子李亨私自在灵武宣布即位。黄庭坚诗中对此颇有讥讽之意。《资治通鉴》卷 91《中宗元皇帝中 · 太兴二年》：“南阳王保自称晋王，改元建康，置百官，以张寔为征西大将军、开府仪同三司。”西晋灭亡后，帝位虚悬，晋元帝司马睿称帝，改元太兴，建立东晋。南阳王司马保也于次年称晋王，并改元建康，设置百官，不奉东晋正朔，与之分庭抗礼。乾元，唐肃宗李亨年号。建康，南阳王司马保伪年号。

〔况乎帝玺自蜀来，复闻遣使迎上皇〕黄庭坚《山谷集》卷 8《书磨崖碑后》：“事有至难天幸尔，上皇局蹐还京师。”《旧唐书 · 玄宗本纪下》：“八月……癸巳，灵武使至，始知皇太子即位。丁酉，上用灵武册称上皇，诏称诰。己亥，上皇临轩册肃宗，命宰臣韦见素、房管使灵武，册命曰：‘朕称太上皇，军国大事先取皇帝处分，后奏朕知。候克复两京，朕当怡神姑射，偃息大庭。’明年九月，郭子仪收复两京。十月，肃宗遣中使啖廷瑶入蜀奉迎。丁卯，上皇发蜀郡。十一月丙申，次凤翔郡。肃宗遣精骑三千至扶风迎卫。十二月丙午，肃宗具法驾至咸阳望贤驿迎奉。上皇御宫之南楼，肃宗拜庆楼下，呜咽流涕不自胜，为上皇徒步控辔，上皇抚背止之，即骑马前导。丁未，至京师，文武百僚、京城士庶夹道欢呼，靡不流涕。”

〔忠臣既赠巡与远〕平定安史之乱时涌现的忠臣张巡和许远，二人在新旧《唐书》中都有本传（合传）。张巡，以真源令起兵守雍丘，抵抗安禄山叛军。至德二载（757），移守睢阳，与太守许远坚守数月，矢尽援绝，睢阳城破，大骂叛军而死。睢阳失守，许远因“报废”被执送洛阳，后亦遇害。《新唐书 · 忠义传中 · 张巡传》：“天子（指唐肃宗——引者）下诏，赠巡扬州大都督，远荆州大都督，霁云开府仪同三司，再赠扬州大都督，并宠其子孙。睢阳、雍丘赐徭税三年。巡子亚夫拜金吾大将军，远子玫婺州司马。皆立庙睢阳，岁时致祭。……大中时，图巡、远、霁云像于凌烟阁。睢阳至今，号‘双庙’云。”

〔相才复用房与张〕房管、张镐，二人都扈从玄宗入川。肃宗即位后，奉命出川辅佐，皆为宰相。新旧《唐书》中都有二人本传（合传）。

〔父子启衅由辅国，是以南内嗟凄凉〕《新唐书·宦者传下·李辅国传》：“李辅国，本名静忠，以阉奴为闲厩小儿。……时太上皇居兴庆宫……辅国因妄言于帝（指唐肃宗——引者）曰：‘太上皇居近市，交通外人，玄礼、力士等将不利陛下，六军功臣反侧不自安，愿徙太上皇入禁中。’帝不寤。先时，兴庆宫有马三百，辅国矫诏取之，裁留十马。太上皇谓力士曰：‘吾儿用辅国谋，不得终孝矣。’会帝属疾，辅国即诈言皇帝请太上皇按行宫中，至睿武门，射生官五百遮道，太上皇惊，几坠马，问何为者，辅国以甲骑数十驰奏曰：‘陛下以兴庆宫湫陋，奉迎乘舆还宫中。’力士厉声曰：‘五十年太平天子，辅国欲何事?’叱使下马，辅国失辔，骂力士曰：‘翁不解事!’斩一从者。力士呼曰：‘太上皇问将士各好在否!’将士纳刀呼万岁，皆再拜。力士复曰：‘辅国可御太上皇马!’辅国靴而走。与力士对执辔还西内，居甘露殿，侍卫才数十，皆尫老。太上皇执力士手曰：‘微将军，朕且为兵死鬼。’左右皆流涕。又曰：‘兴庆，吾王地，数以让皇帝，帝不受。今之徙，自吾志也。’”《旧唐书·地理志一·关内道·皇城》：“高宗已后，天子常居东内，别殿、亭、观三十余所，南内曰兴庆宫，在东内之南隆庆坊，本玄宗在藩时宅也。”

〔诗意无乃太渺茫〕此句指黄庭坚《书摩崖碑后》诗中对唐肃宗的指斥是没有道理的。

〔星霜〕岁月。《全唐诗》卷 438 白居易《岁晚旅望》：“朝来暮去星霜换，阴惨阳舒气序牵。”（第 7 册 P4888）

〔新诗尚忆王司理〕王司理，指王世禛。《清史稿·王士祯传》：“王士祯，字贻上，山东新城人。幼慧，即能诗。顺治十五年进士。明年授江南扬州推官。”推官为地方掌刑狱官员，亦称司理。郑为光有《扬州司理王公政绩碑记》，见周晶《王士禛与〈扬州司理王公政绩碑记〉》（《中国典籍与文化》2012 年总第 82 期 P60—65）。王士禛《精华录》卷 4 有诗《摩崖碑》，其中有句：“中兴大业起灵武，功成不死神扶持。道州刺史昔漫叟，振笔大放琼琚词。请公磨崖书绝壁，镌镵千仞青云梯。”

〔继其咏者江都黄〕黄承吉（1771—1842），字谦牧，号春谷，江都人，诗文大家，著有《梦陔堂诗集》《梦陔堂文集》《梦陔堂文说》。与刘师培曾祖刘文淇过从甚密。刘文淇曾为黄承吉《字诂义府合按》撰跋，并为其《梦陔堂文集》作序；而黄承吉为刘文淇的《春秋左氏传旧疏考正》作序。黄承吉《梦陔堂诗集》卷 11 有诗《游浯溪观磨厓碑》，其中有句："恢复重思天宝事，平原太守故身尝。为写中兴三百字，呜呼辞气何煌煌。"

〔我访残碑得诸市〕应为刘师培在市肆中购得《中兴颂》碑拓。

〔元公高文鲁公笔〕《中兴颂》撰文者为元结，书丹者为颜真卿（颜鲁公）。

〔斗室〕狭小的房间。廖刚《高峰文集》卷 12《祭黄可宗文》："岂期一旦兮沉疴弗瘳，斗室横榇兮孤灯照幽。"

〔此地其奈隔潇湘〕此句指，刘师培的家乡在扬州，而《中兴颂》石刻在湖南，中间隔着潇水湘江。

〔此碑重访浯溪旁〕《中兴颂》镌刻于湖南省祁阳浯溪的摩崖石壁之上。

【略考】

黄庭坚《山谷集》卷 8《书磨崖碑后》："春风吹船着浯溪，扶藜上读中兴碑。平生半世看墨本，摩挲石刻鬓如丝。明皇不作苞桑计，颠倒四海由禄儿。九庙不守乘舆西，万官已作乌择栖。抚军监国太子事，何乃趣取大物为。事有至难天幸尔，上皇局蹐还京师。内间张后色可否，外间李父颐指挥。南内凄凉几苟活，高将军去事尤危。臣结春陵（或作'春秋'——引者）二三策，臣甫杜鹃再拜诗。安知忠臣痛至骨，世上但赏琼琚词。同来野僧六七辈，亦有文士相追随。断崖苍藓对立久，涷雨为洗前朝悲。"

范成大《骖鸾录》："鲁直既倡此论，继作者靡然从之，不复问歌颂中兴，但以诋骂肃宗为谈柄，至张安国极矣。曰：'楼前下马作奇祟，中兴之功不当罪。'岂有臣子方颂中兴，而傍人遽暴其君之罪，于体安乎！"

《仪征刘氏遗稿汇存》第 2 册 P780、781、778、779 存刘师培《中兴颂》手稿一份。与《匪风集》所载《中兴颂》文辞略不同，全文如下：在昔天宝失其纲，一朝鼙鼓兴范阳。山东一半为贼守，（东都已破潼关亡。西京相继陷于贼，【手稿后删去此二句——引者】）翠华迢迢辞未央。青螺西幸来蜀道，千乘万骑下陈仓。当时伪燕僭帝号，太子匹马赴朔方。二十四郡忠臣少，平原太守独勤王。此地独扼贼形势，入秋士马颇精强。长安天子素不识，乃能忠义奋戎行。两京收复赖李郭，土番回纥来西疆。天下复见中兴日，周宣汉光喜再昌。道州刺史元次山，振笔作颂何煌〻。鲁公书碑三百字，此物长峙天南荒。古人作铭颂功烈，此碑无乃关兴亡。北宋诗人黄鲁直，抚碑吊古赋诗章。太子即位上幸蜀，乃以乾元例建康。谓此碑文兼讽刺，肃宗何为君凤翔。不知大驾既南巡，群凶之势颇倡狂。使非肃宗权即位，天命那得再兴唐。况乎帝玺自蜀来，复闻遣使迎上皇。忠臣既赠巡与远（手稿原作“张与许”，后改为今文——引者），相臣复用房与张。父子启衅由辅国，是以南内嗟凄凉。乃知肃宗本贤主，诗意无乃太渺茫。此碑迄今数百载，浩劫不复随星霜。新诗尚忆王司理，继其咏者江都黄。我访残碑得诸市，字体数幅足珍藏。元公高文鲁公筆，足令斗室生辉光。我欲访碑偏寰宇，此地其奈隔潇湘。安得扁舟下楚越，此碑重访浯溪傍。

忆昔

往昔时参出世法，而今犹现众生身。一心寂照宜参佛，万象空虚不染尘。楚客屠龙成故技，庄生梦蝶证前因。恒河无量沙无量，浩劫悠悠付法轮。

【刊载】

《刘申叔遗书》61 册（23），《左盦诗录》卷 1《匪风集》。

【类别】

七言，8 句。

【编年】

1903 年。排于《癸卯夏游金陵》之前，故定编年于 1903 年。

【笺注】

〔出世法〕见《甲辰年自述诗》（其五十四）一诗〔出世法〕条笺注。

〔众生身〕见《甲辰年自述诗》（其五十四）一诗〔现身〕条笺注。

〔寂照〕见《赠杨仁山居士（四首）》其一一诗〔寂照〕条笺注。

〔万象空虚〕详见《赠杨仁山居士（四首）》其一一诗〔三界唯心万象虚〕条笺注。

〔楚客屠龙〕《吕氏春秋 · 知分》：“达士者，达乎死生之分。达乎死生之分，则利害存亡弗能惑矣。……荆有次非者，得宝剑于干遂，还反涉江，至于中流，有两蛟夹绕其船。次非谓舟人曰：‘子尝见两蛟绕船能两活者乎？’船人曰：‘未之见也。’次非攘臂祛衣拔宝剑曰：‘此江中之腐肉朽骨也。弃剑以全己，余奚爱焉！’于是赴江刺蛟，杀之而复上船，舟中之人皆得活。荆王闻之，仕之执圭。孔子闻之曰：‘夫善哉！不以腐肉朽骨而弃剑者，其次非之谓乎！’”

〔庄生梦蝶〕《庄子 · 齐物论第二》：“昔者庄周梦为胡蝶，栩栩然胡蝶也。自喻适志与！不知周也。俄然觉，则蘧蘧然周也。不知周之梦为胡蝶与，胡蝶之梦为周与？”

〔恒河无量沙无量〕见《赠杨仁山居士（四首）》其二一诗〔无量恒河无量劫〕条笺注。

〔浩劫〕佛教中的时间概念，亦指大灾难。见《杂咏（二首）》其二一诗〔浩劫常离生灭门〕条笺注。

〔法轮〕丁福保《佛学大辞典》："法轮（术语），佛之说法，能摧破众生之恶，犹如轮王之轮宝，能辗摧山岳岩石。故谓之法轮。又佛之说法，不停滞于一人一处。展转传人，如车轮然。故譬为法轮。《行宗记 · 一 · 上》曰：'法轮者，摧业惑故。'《维摩经 · 佛国品》曰：'三转法轮于大千，其轮本来常清净。'《智度论 · 八》曰：'佛转法轮，或名法轮，或名梵轮。'同《二十五》曰：'佛转法轮，如转轮圣王转宝轮。（中略）转轮圣王手转宝轮，空中无碍。佛转法轮，一切世间天及人中无碍无遮，其见宝轮者诸灾恶害皆灭。遇佛法轮，一切邪见疑悔灾害皆悉消灭。王以是轮治四天下，佛以法轮治一切世间天及人。'嘉祥《法华疏 · 二》曰：'无生正观，体可楷模，故名为法。流演圆通不系于一人，故称为轮。又无生正观无累不摧，亦是轮义。'《维摩经》慧远《疏》曰：'名四谛以为法轮，从喻名之。如转轮王所有轮宝能摧刚强，转下众生上升虚空。四谛如是，能摧众生恶不善法，转下众生上入圣道，故以为轮。'"

【略考】

现存刘师培手稿一份，诗题作《新感》，文辞与本诗基本一致。出世法，作"入世法"。见《仪征刘氏遗稿汇存》第 2 册 P829。

癸卯夏游金陵

乾坤如此不归休，独向江南赋壮游。天堑敢矜形势险，名山划断古今愁。劳劳歌哭凭谁诉，历历云山淡不收。我亦天涯感沦落，年年江上棹归舟。

【刊载】

《政艺通报》丙午第 3 号，1906 年 3 月 9 日，署名光汉。《刘申叔遗书》61 册（24）《左盦诗录》卷 1《匪风集》。

【类别】

七言，8 句

【编年】

1903 年。

【笺注】

〔乾坤如此不归休〕归休，罢止，停止。《庄子 · 逍遥游第一》："归休乎君，予无所用天下为!" 此句指，日月运转不息，时光流逝不停。

〔壮游〕胸怀壮志出游。《全唐诗》卷 222 杜甫《壮游》："往昔（一作者）十四五，出游（一作入）翰墨场。斯文崔魏徒（原注：崔郑州尚、魏豫州启心），以我似（一作比）班扬。"（第 4 册 P2363）

〔天堑〕《南史 · 恩幸传 · 孔范传》："长江天堑，古来限隔，虏军岂能飞度?"

〔名山〕南京周边群山环绕，名山荟萃，如紫金山（钟山）、牛首山、幕府山、栖霞山等等。《太平御览》卷 156《州郡部二 · 叙京都下》："《吴志》：先是有童谣云：'宁饮建业水，不食武昌鱼。宁归建业死，不就武昌居。' 于是吴主乃迁都建业。(《吴录》：'蜀主曾使诸葛亮至京口睹秣陵山阜，叹曰："钟山龙盘，石头虎踞，帝王之宅。"')"

〔劳劳歌哭凭谁诉，历历云山淡不收〕梁启超《饮冰室诗话》："陈伯严（陈三立——引者）吏部，义宁抚军（陈宝箴——引者）之公子也。与谭浏阳（谭嗣同——引者）齐名，有两公子之目。义宁湘中治迹，多其所赞画。其诗不用新异之语，而境界自与时流异，酞深俊微，吾谓于唐宋人集中，罕见伦比。记其赠黄公度（黄遵宪——引者）一首云：'千年治乱余今日，四海苍茫到异人。欲挈颓流还孔墨，可怜此意在埃尘。劳劳歌哭昏连晓，历历肝肠久更新。同倚斜阳看雁去，天回地动一沾巾。'"（点校本《饮冰室文集 · 第六集》P3796，云南教育出版社 2001 年 8 月第 1 版第 6 册）劳劳，忧愁貌。《玉台新咏》卷 1《古诗无名人为焦仲卿妻作（并序）》（即《孔雀东南飞》）："举手长劳劳，二情同依依。"《诗经 · 小雅 · 鱼藻之什 · 白华》："维彼硕人，实劳我心。"《六臣注文选》卷 42 魏文帝（曹丕）《与吴质书》："虽书疏往返（五臣作反），未足解其劳结。" 刘良注："结谓忧心之结。" 历历，清晰可辨的样子。《琴操》辑本卷下《箕山操》："由操饮毕，以瓢挂树，风吹树动，历历有声。"《全唐诗》卷 130 崔颢《黄鹤楼》："晴川历历汉阳树（一作戍），春（一作芳）草萋萋（一作青青）鹦鹉洲。"（第 2 册 P1329）司马光《传家集》卷 3《和梅圣俞咏昌言五物 · 淡树石屏》："寒烟淡不收，一拂横长林。"

〔我亦天涯感沦落〕详见《扫花游 · 宿迁道中见杏花》一词〔沦落天涯〕条笺注。

〔棹归舟〕《全唐诗》卷 48 张九龄《耒阳溪夜行》："乘夕棹归舟，缘源路转幽。"（第 1 册 P592）

【略考】

陈三立诗最初由梁启超《饮冰室诗话》连载于《新民丛报》，后结集成册。此则诗话约发表于 1902 年上半年，为陈三立赠黄遵宪诗的首次面世。"劳劳歌哭凭谁诉，历历云山淡不收"句，显然化用自陈三立的"劳劳歌哭昏连晓，历历肝肠久更新。"由此可见，至迟到 1903 年夏，刘师培已经看到过出版于日本横滨的《新民丛报》，或辗转读到过梁启超此文。

《散原精舍诗文集 · 散原精舍诗别集 · 赠黄公度》李开军注："案：录自梁启超《饮冰室诗话》（文集之四十五上页九），《文学杂志》（国立中山大学出版社发行）第二期亦刊此诗，唯'劳劳歌哭'作'沉沉鼓角'，古直识其后云：'前岁逭暑匡山，得见散原翁于牯岭，别后书此诗相贻，且跋之云："光绪甲午冬，中东战后，嘉应黄公度君返自欧西，过武昌，赋赠一律，距今垂四十年矣。因公愚先生与公度为乡人，又注《人境庐诗集》，既相见于牯岭，为追录此诗呈教，当抱伤逝怀贤之感也。辛未初散原老人陈三立，年七十又九。"此诗尝见《新民丛报》，而《散原精舍集》阙焉。"沉沉鼓角"本作"劳劳歌哭"，先生后忆得之，复见告云。原句自佳也。民国二十二岁在癸酉春月，古直谨识。'范肯堂光绪二十一年（一八九五）岁末读《人境庐诗草》后赠黄公度诗首句曰'谁谓君为异人者'并注云：'陈伯严赠公度诗，有"千年治乱余今日，四海苍茫到异人"之句，余故感于是而发端也。'（《范伯子诗集》卷十，近代中国史料丛刊续辑本）"（上海古籍出版社 2003 年 6 月第 1 版下册 P736）

偶成

去住两无心，悠悠物外吟。行藏风月我，綦迹去来今。尘世触蛮战，空山猿鸟音。成连今不作，寥落海天深。

【刊载】

《刘申叔遗书》61 册（26），《左盦诗录》卷 1《匪风集》。

【类别】

五言，8 句。

【编年】

1903 年。排于《癸卯夏游金陵》之后，《癸卯夏记事》之前，故定编年于 1903 年。

【笺注】

〔去住两无心〕指对于行止、去留本无定见，随遇而安。黄裳《演山集》卷 9《题乡老堂》："废兴有命知尤早，去住无心遇更难。"

〔物外〕《文选》卷 15 张平子（衡）《归田赋》："苟纵心于物外，安知荣辱之所如。"

〔行藏风月我〕行藏，行踪、行迹。详见《题陈右铭先生西江墨沈》一诗〔行藏〕条笺注。李弥逊《筠溪乐府 · 小重山》："星斗心胸锦绣肠。厌随尘士客，逐炎凉。江山风月伴行藏。无人识，高卧水云乡。"此句指，遁世隐居，只有自己与风月。

〔綦迹去来今〕綦迹，足迹、踪迹。《全唐诗》卷 791 韩愈、孟郊《城南联句》："袿熏霏霏在（孟郊句——引者），綦迹微微呈（韩愈句——引者）。"（第 11 册 P8993）去来今，佛教语，过去、未来和现在。《金刚经 · 一体同观分第十八品》："过去心不可得，现在心不可得，未来心不可得。"此句指，涵盖了过去、现在和未来的全部踪迹，即人的前世、今生和来世。

〔触蛮战〕《庄子 · 则阳第二十五》："有国于蜗之左角者，曰触氏；有国于蜗之右角者，曰蛮氏，时相与争地而战，伏尸数万，逐北旬有五日而后反。"喻为鸡毛蒜皮而吵闹争斗。

〔空山猿鸟音〕《艺文类聚》卷 27《人部十一 · 行旅》："晋张载《叙行赋》曰：'……闻山鸟之晨鸣，听玄猿之夜吟。'"陆游《剑南诗稿》卷 23《余为成都帅司参议，成将军汉卿为成都路兵钤，相从无虚日。余被召出蜀，汉卿坐法谪居于涪。既得自便，因卜筑为涪人。今年广汉僧祖成来山阴，乃言尝至永嘉乐清县柳市之广福寺。有黄先生寓寺中炼丹，及见则汉卿也。余闻之，感叹不已，为赋此诗》："夺官置之三峡中，空山猿鸟同朝暮。"

〔成连〕古之善音者。详见《题佩忍与林宗素孙济扶女士论文绝句后》一诗〔成连不作牙弦绝〕条笺注。

赠娄县瞿墉臣（二首）

【刊载】

《刘申叔遗书》61 册（26），《左盦诗录》卷 1《匪风集》。

【类别】

七言，4 句。

【编年】

1903 年。排于《癸卯夏游金陵》之后，《癸卯夏记事》之前，故定编年于 1903 年。

赠娄县瞿墉臣（二首）其一

复初景范古作者，绝学沈沦谁复知。两戒河山辨苗发，羡君能识谈瀛奇。

【笺注】

〔娄县瞿墉臣〕瞿继昌，号墉岑，娄县人，生平不详，于舆地学颇有研究。1901 年，刊刻有《地学政要述略》一册。1899 年 12 月 24 日、25 日，上海《申报》连载其文《豫省练兵设防刍言》。1902 年 11 月 21 日，发表其文《俄国西伯利亚及满洲铁路缘起考》。同年 11 月 26 日、27 日，连载其文《俄属西伯利亚及满洲铁路经行道里图说》。1904 年 7 月 16 日—22 日，连载其文《创练全国民兵及筹款事宜万言书》。其《地学政要述略》自序曰："余幼嗜地学，卅年于斯。有过问者，辄取所知以对。故专论形势险要，于考据沿革或略焉。甲午以后，见中国贫弱，爰于财赋一端尤三致意。偶有论箸，辄为友人索览。言君謇博，余至交也。睹予所编《东三省舆地要略》《八省海防要略数》百卷，及他时务之论数百篇，悯其缮写之劳，坚属先择简要者七篇，代为付刊。自惭踈陋，辞不获允，非敢问世，聊当钞胥耳。光绪二十七年九月朔日。松江墉岑瞿继昌。"娄县旧属松江府，与华亭比邻，大致位于今上海松江，江苏昆山、太仓部分地区，民初撤县，并入华亭。瞿继昌有《东三省舆地要略》，当时"拒俄运动"正盛，刘师培参与编辑《俄事闻警》《警钟日报》，想必于此时前后结识了瞿继昌。但从刘师培弄错其号看，二人并不熟络，只是泛泛之交。

〔复初景范〕顾祖禹（1631—1692），字复初，号景范，江苏无锡人。著有《读史方舆纪要》一书，为著名的历史地理著作，影响深远。

〔两戒河山辨苗发〕两戒河山，指中国疆域的南北两界。见《运河诗（四首）》其一一诗〔两戒河山〕条笺注。苗发，指细微之处。朱彝尊《曝书亭集》卷 43《绛帖平跋》："于是编条疏而考证之，一一别其伪真，察及苗发。"《乾隆御制文集》二集卷 16《增订清文鉴序》："每门首着国语，旁附汉字，对音或一字，或二合，或三合切音，俾等量者，不爽苗发，而字之淆于不得其音者，尠矣。"

〔谈瀛〕《全唐诗》卷 174 李白《梦游天姥吟留别（一作别东鲁诸公）》："海客谈瀛洲，烟涛微茫信难求。"（第 3 册 P1785）后以"谈瀛"指喻人博学多闻，善谈论天下的奇闻异事。

赠娄县瞿墉臣（二首）其二

书记依人聊复尔，茫茫京洛多风尘。出门西笑不称意，从君更访梁园春。

【笺注】

〔书记依人聊复尔〕书记，古时衙门皆有书吏，掌公文缮录。清末新政后，汰书吏，设书记生、书记官。依人，依附于人。《宋史 · 虞策传》："策在元祐、绍圣时，皆居言职。虽不依人取进，亦颇持两端。" 聊复尔，姑且如此。《世说新语》卷下之上《任诞第二十三》："阮仲容、步兵居道南，诸阮居道北。北阮皆富，南阮贫。七月七日，北阮盛晒衣，皆纱罗锦绮。仲容以竿挂大布犊鼻幝于中庭。人或怪之，答曰：'未能免俗，聊复尔耳！'"

〔京洛多风尘〕喻帝都人情复杂，藏污纳垢。详见《明代扬州三贤咏 · 宝应刘练江先生永澄》一诗〔京洛尘〕条笺注。上句与此句似指，瞿继昌曾在北京作书吏。

〔出门西笑不称意〕出门西笑，喻羡慕帝都。《新论 · 祛蔽第八》："关东鄙语曰：'人闻长安乐，则出门西向而笑。知肉味美，则对屠门而大嚼。'"《唐诗品汇》卷 27《正宗（二）· 李白（下）· 宣州谢朓楼饯别校书叔云》："人生在世不称意，明朝散发弄扁舟。"

〔梁园〕西汉梁孝王刘武在封地睢阳营建的豪华园林。详见《怀桂蔚丞先生（时客汴省）》一诗〔言念梁园客，于今赋倦游〕条笺注。上句与此句似指，瞿继昌在北京待得很不如意，希望陪瞿继昌同游梁园。梁园并非实指，指京师之外其他悠闲的胜地佳境。

赠兴化李审言（二首）

【刊载】

《刘申叔遗书》61 册（26），《左盦诗录》卷 1《匪风集》。

【类别】

七言，4 句。

【编年】

1903 年。排于《癸卯夏游金陵》之后，《癸卯夏记事》之前，故定编年于 1903 年。

赠兴化李审言（二首）其一

广陵著述甲江左，征文考献渺不闻。孤生寂寞守先学，提倡宗风欣得君。

【笺注】

〔李审言〕李详（1859—1931），字审言，江苏兴化人，清末民初学者，尤善骈文和文选学，是“扬州学派”后期中的佼佼者。

〔江左〕即“江东”，泛指长江下游南岸，为中国经济、文化最发达的地区之一。

〔征文考献渺不闻〕《论语 · 八佾第三》：“子曰：‘夏礼，吾能言之，杞不足征也；殷礼，吾能言之，宋不足征也。文献不足故也，足则吾能征之矣。’”扬州学派崇尚“朴学”（考据），兴起于乾嘉时期的惠栋和戴震之学，至清末逐渐衰落。刘师培的伯父刘寿曾在《送曾相国移督畿辅序》中写道：“乾嘉之间，大江南北，文学称极盛。后起诸儒，捞芳承轨，矢音不衰。自粤寇难作，名城剧郡，波动尘飞。上天荐瘥，衣冠道尽。宿儒抱经以行，博士倚席不讲。拾樵采榀，惶恤其生。盖二百年来，斯文之运一大厄焉。”（《传雅堂文集》卷 2）李审言更是在《论扬州学派》一文中写道：“光绪以来，唯仪征刘氏，尚守矩知，其余五县两州，未有奋自树立，毅然以前辈为师者，盖骛于功令文字，冀其速化。为书院院长者，率多巧宦赝官，据为窟穴。其无学术，不知提倡，谬种流传，递扇无已。禄利之途广，苟简之习成，凌夷衰微，遂有今日不绝如线之势。”（《药裹慵谈》卷 3）

〔孤生寂寞守先学〕孤生，孤陋之人，此为刘师培谦称。《后汉书 · 周荣传》：“荣江淮孤生，蒙先帝大恩，以历宰二城。今复得备宰士，荣辟司徒府，故称宰士。纵为窦氏所害，诚所甘心。”此句指，我是个孤陋之人，谨守先人遗留的《左传》家学。

〔宗风〕本为佛教语，后亦指学术、艺术流派，此处特指“扬州之学”。丁福保《佛学大辞典》：“宗风（术语），一宗之风仪也。禅宗特称宗师家宗乘举扬之风仪曰宗风。犹言家风，禅风等。若就宗师家一人之风仪而云，如称‘云门宗风’‘德山宗风’等是也。又祖师禅风相承，为其宗独特之流仪，亦曰宗风。如‘临济宗风’‘曹洞宗风’是也。”《王阳明集补编》卷 10《序说 · 序跋》刘宗周《增补重刻王阳明先生传习录序》：“《传习录》一书，得于门人之所睹记语。语三字，符也。学者亦既家传而户诵之。以迄于今，百有余年，宗风渐替。宗周妄不自揣，窃尝掇拾绪言，日与乡之学先生之道者，群居而讲求之，亦既有年所矣。”

赠兴化李审言（二首）其二

冶城山下偶托迹，抗尘走俗谢弗如。君山不作尔寂寂，旷世谁识子云书。

【笺注】

〔冶城山下偶托迹〕柳向春《兴化李审言先生年谱长编稿》："光绪二十七年 / 辛丑 /1901/ 四十三岁……赴江宁省试未第。九月，如约坐馆蒯氏，授其二子读，寓江宁安品街蒯府厅事之西簃，自此而还五年。"（《传统中国研究集刊》【九、十合辑】P536、537，上海人民出版社 2012 年 3 月第 1 版）托迹，寄身。《弘明集》卷 3 晋孙绰《喻道论》："周之泰伯，远弃骨肉，托迹殊域，祝发文身，存亡不反，而论称至德。"案：安品街位于今南京市朝天宫东南侧，即冶城山。

〔抗尘走俗〕喻钻营奔竞，争名逐利。《文选》卷 43 孔德璋（稚圭）《北山移文》："尔乃眉轩席次，袂耸筵上，焚芰制而裂荷衣，抗尘容而走俗状。风云凄其带愤，石泉咽而下怆。"

〔君山不作尔寂寂，旷世谁识子云书〕《后汉书 · 桓谭传》："桓谭，字君山，沛国相人也。"《汉书 · 扬雄传上》："扬雄，字子云，蜀郡成都人也。"《汉书 · 扬雄传下》："（扬雄——引者）实好古而乐道，其意欲求文章成名于后世，以为经莫大于《易》，故作《太玄》；传莫大于《论语》，作《法言》；史篇莫善于《仓颉》，作《训纂》；箴莫善于《虞箴》，作《州箴》；赋莫深于《离骚》，反而广之；辞莫丽于相如，作四赋，皆斟酌其本，相与放依而驰骋云。用心于内，不求于外，于时人皆忽之。唯刘歆及范逡敬焉，而桓谭以为绝伦。……时大司空王邑、纳言严尤闻雄死，谓桓谭曰：'子常称扬雄书，岂能传于后世乎？'谭曰：'必传。顾君与谭不及见也。凡人贱近而贵远，亲见扬子云禄位容貌不能动人，故轻其书。昔老聃著虚无之言两篇，薄仁义，非礼学，然后好之者尚以为过于《五经》，自汉文景之君及司马迁皆有是言。今扬子之书文义至深，而论不诡于圣人，则必度越诸子矣。'诸儒或讥以为雄非圣人而作经，犹春秋吴楚之君僭号称王，盖诛绝之罪也。自雄之没至今四十余年，其《法言》大行，而《玄》终不显，然篇籍具存。"此句，刘师培似以扬雄自比，而以桓谭喻李审言，指自己受到了李审言的赞许和提携。

【略考】

汪辟疆《光宣以来诗坛旁记 · 李详与蒯光典、况周颐》："合肥蒯礼卿观察光典，在清末颇负清望。尝荐兴化李审言（详）于江督端匋斋。李固一诸生，而以博雅能文称者也。李、蒯二人深以文字结纳，然蒯没后，有一段文字公案为人所未具知者。……审言尚有与况蕙风一段恩怨纷纠，兹将余日记一则录于下。乙酉八月日记云：阅章行严《论近代诗家绝句》。其'李审言'云：'何人开府冶城隅，墨客相摩鬼一车。轻薄子云终出蜀，却须论盛一封书。'自注：'君题《匋斋藏石记》云："轻薄子云犹并世，可怜不返蜀川魂。"子云，似指刘申叔。申叔在匋斋幕，颇露才，闻有排挤李审言及朱孔彰事。旋随端入蜀，端死而刘亦不得出。太炎论救，谓杀刘师培则中国读书种子绝，申叔始免。'云云。以余所闻，此诗与自注皆误。审言'轻薄'句，系指况周仪，非指刘师培。刘入蜀，乃在宣统初元端去两江之后，非宣统三年端方督办川汉铁路、督兵入川时也。不过端入川时，刘适在蜀，任教国学院，端乃聘为顾问耳。至于审言与况蕙风构衅始末，就余所知者，亦可略言。先是匋斋之督两江也，合肥蒯光典以道员候补江宁，与缪艺风（荃逊）并为匋斋所器。审言以介先识蒯，又由蒯识缪。两人言之匋斋，端乃委李氏充江楚编译官书局帮总纂。时实无书可撰，支官俸，治私书，即《匋斋藏石记》是已。总纂即缪荃孙，时为匋斋撰《销夏记》，专论列书画，不遑兼顾，因举临桂况周颐领之。况择拓本无首尾及漫漶不辨字迹者，悉以属审言。而又时时探刺释文何若，将以抵巇送难。顾审言于王述庵、钱竹汀、阮芸台、翁正三、武虚谷之书，精研有素，况无以中也。况氏既负才，性复乖僻。时蒯颇右审言而诋况，每见匋斋，辄言况氏之短。一日匋斋召饮，蒯又语侵况，匋斋若不闻者。会督府议裁员，况名已在被裁之列。见者佥曰：'活该饿死。'蒯又以语端，谓不直其人多矣。匋斋太息曰：'我亦知夔笙必将饿死，但端方一日在，决不容坐视其饿死。'乃取笔抹去况名，并书打油诗以慰之，有'纵裁裁不到词人'之句。况氏为之感泣。于是况、李二氏构怨深矣。及匋斋于宣统三年十月初八日被杀于资州，事闻，审言适于案头骤睹新刻《匋斋藏石记》印本，为赋三绝以哀之。诗云：'槐影扶疏红纸廊，（"红纸廊"，南京街名，在朝天宫之东。）冶城东畔又沧桑。摩挲石墨人空老，忆到江南便断肠。''脱略曾非礼数苛，上宫有女妒修蛾。濮阳金集儒书客，那得扬雄手载多。''觥觥含宪出重阁，传命居然奉敕尊。轻薄子云犹未死，可怜难返蜀鹃魂。'此事余闻之泰兴金蘅意太史钺。蘅意与审言相谂，函札往来，余皆见之。审言知余，亦以蘅意也。惟金蘅意处有审言手稿，'子玄'作'子云'，'川'作'鹃'，与陈衍《近代诗钞》小异。第一首言曩时在南京红纸廊修书之事，今则因府主已逝，不胜存没之感。第二首言己之脱略，非疏于礼数，实以况嫉忌之故，然《藏石记》固多出于己也。第三首言况氏传端命以傲己，今则蜀魂难返，而况氏固惧然尚在人间也。此一段故实，世人间有知之而不能详，遂备记之。”

张尔田《近代词人逸事》（《词学季刊》第二卷四号，1935 年 7 月）：“夔笙为两江总督端忠（敏）〈愍〉方幕客，为之审定金石，代作跋尾，忠（敏）〈愍〉极爱之。时蒯礼卿光典亦以名士官观察，与夔笙学不同，每见忠（敏）〈愍〉，必短夔笙。一日，忠（敏）〈愍〉宴客秦淮，礼卿又及夔笙。忠（敏）〈愍〉太息曰：‘我亦知夔笙将来必饿死，但我端方不能看其饿死。’夔笙闻之，至于涕下。李审言，礼卿客也，有咏忠（敏）〈愍〉诗云：‘轻薄子云犹未死，可怜难返蜀川魂。’自是有宴会，夔笙与审言必避不相见。噫！忠（敏）〈愍〉之爱才，无明珠太傅。而夔笙知己之感，虽死不忘，尤可念也。案：况、李交恶事，据审言先生哲嗣语予，其先人咏忠（敏）〈愍〉诗云云，盖别有所指，非诋夔笙，或孟劬先生偶据传闻之语欤？编者附记。”案：张尔田，字孟劬。

汪辟疆所述刘师培入川事，显与事实不符。再据本诗分析，李审言诗中之“轻薄子云”正是与刘师培此诗中自喻“子云”的直接对应。汪辟疆、张尔田之论皆误，而章士钊所述确实。

仲夏感怀（二首）

【刊载】

《刘申叔遗书》61 册（27），《左盦诗录》卷 1《匪风集》。

【类别】

七言，8 句。

【编年】

1903 年。排于《癸卯夏游金陵》之后，《癸卯夏记事》之前，故定编年于 1903 年。

仲夏感怀（二首）其一

众生浩劫恒河沙，吾知无涯生有涯。客至有时还瀹茗，昼长浑不废看花。空山寂寂忘人世，逝水悠悠阅岁华。物外真游谁则觉，间耽芳逸弄天葩。

【笺注】

〔众生浩劫恒河沙〕喻无数万千劫难，多如恒河之沙，不可计数。《法苑珠林》

卷 13《业因》：“千圣王闻千佛名，欢喜敬礼，以是因缘，超越九亿，那由他恒河沙劫、生死之罪。”另见《赠杨仁山居士（四首）》其二一诗〔无量恒河无量劫〕条笺注，《杂咏（二首）》其二一诗〔浩劫常离生灭门〕条笺注。

〔吾知无涯生有涯〕《庄子 · 养生主第三》：“吾生也有涯，而知也无涯。”

〔客至有时还瀹茗〕《青溪旧屋仪征刘氏五世小记》P27：“舅氏饮食清淡，不近肥腻。每日必瀹佳茗两三壶，以杭州天目笋，即是扁尖的别名。此笋置在外祖母瓷罐内，常时补充。舅氏一日必来掇取数次或十余次。读书写稿时，口中必定咀嚼不停，常夸其味隽永。这可算是一种特嗜了。”同上书 P78：“外祖辈虽然瞑写晨钞，枕经胙史。但朋友往还，近局招邀，清谈煮茗，也是日常必有的。扬人有一种普遍习惯，就是上下午常喜欢坐在茶社里品茶进点心，与四川、广东风俗相同，三五人同坐，或独坐的也有。外祖父及舅氏辈均不例外。”《说文通训定声 · 小部弟七》：“瀹，……《通俗文》：以汤煮物曰瀹。”

〔空山寂寂〕《全唐诗》卷 151 刘长卿《哭陈（一作李）歙州（一作使君）》：“空山寂寂开新垄（一作冢），乔木苍苍掩旧门。”（第 3 册 P1570）

〔逝水悠悠〕憨山德清《憨山老人梦游集》卷 48《山居十首》其十：“寂寂吹天籁，悠悠逝水波。”

〔物外真游〕指遨游于物外，超然于凡俗。《全唐文》卷 872 张绍《武夷山冲佑宫碑》：“至于秋中好景，物外真游，会灵族于山椒，列雕盘于天际。”王安石《临川文集》卷 25《登小茅山》：“物外真游来几席，人间荣愿付苓通。”苏轼《东坡全集》卷 36《记十四首 · 超然台记》：“余弟子由适在济南，闻而赋之，且名其台曰超然。以见余之无所往而不乐者，盖游于物之外也。”

〔间耽芳逸弄天葩〕间耽，疑当作“且耽”或“且湛”。《毛诗正义》卷 9—2《小雅 · 鹿鸣之什 · 鹿鸣》：“鼓瑟鼓琴，和乐且湛。”毛传：“湛，乐之久。”陆德明《音义》：“湛，……字又作耽。”案：“间（間）”疑为“且”之误。《礼记 · 中庸》《韩诗外传》引《诗》作“兄弟既翕，和乐且耽。”《唐诗品汇》卷 5《五言古诗五 · 正宗（三）· 李白（中）》李白《赠闾丘处士》：“闲读山海经，散帙卧遥帷。且躭田家乐，遂旷林中期。”芳逸，指缤纷繁盛的花卉草木。骆宾王《骆丞集》卷 2《寓居洛滨对雪忆谢二》：“谢庭赏芳逸，袁扉掩未开。”天葩，指卓异拔群之花，亦喻惊世骇俗之诗。《全唐诗》卷 337 韩愈《醉赠张秘书》：“东野动惊俗，天葩吐奇芬。”（第 5 册 P3779）

仲夏感怀（二首）其二

闭门枯坐息尘梦，松斋寥寂供雠书。静观自得山梁雉，真赏忘言濠濮鱼。寄傲羲皇聊复尔，许身稷契近何如。伤情别有忧时泪，不学相如赋《子虚》。

【笺注】

〔枯坐〕《咸淳临安志》卷 97《纪遗九 · 纪文 · 诗》太傅平章贾魏公（贾似道）《咸淳庚午冬大雪遗安抚潜侍郎诗》三首（其三）："穷年枯坐似禅林，为喜祥霙写我心。"

〔松斋寥寂供雠书〕古人以松喻高洁耿介，喜于庭院种植松柏。松斋常被喻为文人墨客的书房和隐士的庐舍。《论语 · 子罕第九》："子曰：'岁寒，然后知松柏之后雕也。'"《全唐诗》卷 406 元稹《酬窦校书二十韵》："竹寺荒唯好，松斋小更怜。"（第 6 册 P4537）同上书卷 436 白居易《题施山人野居》："水巷风尘少，松斋日月长。"（第 7 册 P4853）雠书，校勘书籍。《太平御览》卷 618《学部十二 · 正谬误》："刘向《别传》曰：'雠校者，一人持本，一人读折，若怨家相对，故曰雠也。'"

〔山梁雉〕《全唐诗》卷 431 白居易《山雉》："五步一啄草，十步一饮水。适性遂其生，时哉山梁雉。梁上无罾缴，梁下无鹰鹯。雌雄与群雏，皆得终天年。嗟嗟笼下鸡，及彼池中雁。既有稻粱恩，必有牺牲患。"（第 7 册 P4768）

〔濠濮鱼〕《庄子 · 秋水第十七》："庄子钓于濮水。楚王使大夫二人往先焉，曰：'愿以竟内累矣！'庄子持竿不顾，曰：'吾闻楚有神龟，死已三千岁矣。王巾笥而藏之庙堂之上。此龟者，宁其死为留骨而贵乎？宁其生而曳尾于涂中乎？'二大夫曰：'宁生而曳尾涂中。'庄子曰：'往矣！吾将曳尾于涂中。'"另见《东京清明杂感》（二首）其一一诗〔庄惠观鱼物外天〕条笺注。

〔寄傲羲皇聊复尔〕寄傲，寄托高洁深远的志向。《晋书 · 隐逸传 · 陶潜传》："义熙三年，解印去县，乃赋《归去来》。其辞曰：归去来兮，田园将芜，胡不归？……引壶觞以自酌，眄庭柯以怡颜，倚南窗以寄傲，审容膝之易安。"《楚辞章句》卷 17 王逸《九思》："纷载驱兮高驰，将咨询兮皇羲。"王逸注："羲，伏羲。伏羲称皇也。"传说，伏羲始画八卦造字，是中国文字产生传说中的一种。陆游《剑南诗稿》卷 30：“无端凿破乾坤秘，祸始羲皇一画时。”聊复尔，姑且如此，不过如此。详见《赠娄县瞿墉臣（二首）》其二一诗〔书记依人聊复尔〕条笺注。此句似指刘师培立志于小学

（文字学）研究。

〔许身稷契近何如〕《楚辞章句》卷 17 王逸《九思》："配稷契兮恢唐功。"王逸注："配，匹也，恢大唐尧也。稷、契，尧佐也。言遇明君则当与稷、契恢大尧、舜之善也。"此句指，本想做名臣，辅佐明主，济世安民，但这理想如今又如何了呢？

〔不学相如赋《子虚》〕《史记 · 司马相如列传》："梁孝王令与诸生同舍，相如得与诸生游士居数岁，乃著《子虚之赋》。"《文选注》卷 7 司马长卿（相如）《子虚赋》，李善注："以子虚，虚言也，为楚称；乌有先生，乌有此事也，为齐难；亡是公者，亡是人也，欲明天子之义。故虚藉此三人为辞，以风谏焉。"此句似指，我不会学司马相如，寄人篱下，为人食客。

题袁季枚丈松林庵古松画册（四首）

【刊载】

《刘申叔遗书》61 册（27—28），《左盦诗录》卷 1《匪风集》。

【类别】

七言，4 句。

【编年】

1903 年。排于《癸卯夏游金陵》之后，《癸卯夏记事》之前，故定编年于 1903 年。

题袁季枚丈松林庵古松画册（四首）其一

海陵古松甲天下，双龙盘屈形瑰奇。六朝松石古人重，无复渔洋来赋诗。

【笺注】

〔袁季枚〕袁镳，字季枚，泰州人，曾任民国泰县国学研究社社长，善书画。袁镳曾撰《刘张侯传》（刘师培堂兄刘师苍），刘师培有《跋袁季枚刘张侯传》，载《刘申叔遗书》62 册（163—165），《左盦题跋》。该文附有袁镳原文。

〔海陵古松甲天下〕泰州古称海陵。《资治通鉴》卷 203《唐纪十九》："永淳元年……十一月……乙丑，敬业至海陵界，阻风，……"胡三省注："海陵县，汉属临淮，后汉、晋属广陵。梁置海陵郡，隋废郡为县，属江都郡，唐属扬州，今为泰州。《九域志》：扬州东至海陵界九十八里，又自海陵东至海一百七里。"泰州旧有松林庵，在泰州城内乌巷南首，其故址位于今泰州市海陵区教育局。庵中原有一株巨大的古松，人称“六朝松”，庵也因松得名。1936 年，松林庵因六朝松景观被国民政府地方当局确定为省级保护古迹。为此，庵内僧人募集善款将原先的殿堂全部拆迁至庵堂东侧，并在古松四周建起回廊，供人游览观瞻“六朝松”的姿容。抗战结束后，因一支税警团驻扎松林庵，在“六朝松”下放养军马，马啃枝干、尿毒松根。后来又有移民在树下垒灶为炊，烟熏火燎，使古树根系惨遭破坏。至 1950 年代，“六朝松”逐渐枯萎凋零，盛景遂湮没不见。

〔双龙盘屈形瑰奇〕民国时，“六朝松”尚留存多幅实景照片，可见其姿容奇特，状似两条卧龙。其高度只有四五米，有双根虬结在一起，枝干一出地面就盘曲屈折，枝叶伸向四面八方，形成一个巨大的伞形松盖。

〔六朝松石古人重〕王世贞《弇州四部稿续稿》卷 64《游金陵诸园记》：“西园者，一曰凤台园。……前为站台，有奇峰古树之属。右方，栝子松，高可三丈，径十之一。相传宋仁宗手植，以赐陶道士者，且四百年矣。婆娑掩映可爱，下覆二古石：曰‘紫烟’，最高垂三仞，色苍白。乔太宰识为‘平泉’甲品；曰‘鸡冠’，宋梅挚与诸贤刻诗。当其时已赏贵之；曰‘铭石’，有建康留守马光祖铭，二石卑于‘紫烟’，色理亦不称。”王士禛《六朝松石记》：“金陵园林亭榭相望也，六朝园（西园，即今南京愚园——引者）最古。园在瓦官寺东北，其得名以松石。……松石在其南荣，鬈甲盘拏，方五丈许，质作苍玉色，绀碧相错。”（《渔洋精华录集释》P421，上海古籍出版社 1999 年 12 月第 1 版）《江南通志》卷 30《舆地志 · 古迹 · 江宁府》：“西园，在城内西南，近骁骑仓。有古松，高可三丈，相传宋仁宗为升王时手植，以赐陶道士者。下覆二石，一曰‘紫烟’，一曰‘鸡冠’。宋梅挚有诗，马光祖有铭，明朱之蕃题曰‘六朝松石’，未知何据。”南京这几处松石遗迹今已不存。

〔渔洋来赋诗〕王世禛曾为南京古松赋诗。王世禛《精华录》卷 1《六朝松石歌赠邓简讨》：“寿阳太史好奇古，邀我来观六朝之松石。……蟠根近连瓦官寺，吹香正邻虎头宅。苍皮黛色磨青铜，老干樛枝拓金戟。……王谢衣冠失江左，齐梁人代成今昔。建康宫殿几青磷，此石此松阅朝夕。……”

题袁季枚丈松林庵古松画册（四首）其二

画师绘松见奇格，尺素萧萧风雨生。我见画松如旧识，西风十月海陵城。

【笺注】

〔奇格〕不同凡响的格调。

〔尺素〕一尺长短的白色生绢，用以书写绘画。《抱朴子 · 内篇 · 遐览》：“要道不过尺素，上足以度世，不用多也。”袁镳“松林庵古松画册”，既裱为“画册”，当为小幅画作，装订成“折本”（经折装），故曰“尺素”。另参见《得陈仲甫书》一诗〔天南尺素书〕条笺注。

〔萧萧〕飘逸洒脱。《太平御览》卷 596《文部十二 · 吊文》李充《吊嵇中散》（嵇康）：“先生挺邈世之风，资高明之质。神萧萧以宏远，志落落以遐逸。”

〔海陵城〕泰州古称。详见《题袁季枚丈松林庵古松画册（四首）》其一一诗〔海陵古松甲天下〕条笺注。

题袁季枚丈松林庵古松画册（四首）其三

毕宏韦偃渺不作，天下画松今几人。雅识先生岁寒操，此图留与伴吟身。

【笺注】

〔毕宏〕《封氏闻见记》卷 5《图画》：“天宝中，御史毕宏善画古松。”《历代名画记》卷 10：“毕宏。大历二年，为给事中，画松石于左省厅壁，好事者皆诗咏之。改京兆少尹，为左庶子，树石擅名于代，树木改步变古，自宏始也。”

〔韦偃〕《唐朝名画录 · 妙品上 · 韦偃》：“韦无忝侍郎，京兆人也。明皇时，以画鞍马异兽独擅其名。时人称号韦画四足，无不妙也。”《全唐诗》卷 219 杜甫《题壁画马歌（一作题壁上韦偃画歌。偃，京兆人，善画马。《名画记》作鶠）》：“韦侯别我有所适，知我怜君画无敌。戏拈秃笔扫骅骝，欻见骐驎出东壁。一匹龁草一匹嘶，坐看千里当霜蹄。时危安得真致此，与人同生亦同死。”（第 4 册 P2308）《画鉴 · 唐画（五代附）》：“韦偃画马、松石更佳，世不多见。……往岁，鲜于伯机见之，惊叹累日，尝赋诗曰：‘渥洼产马如三龙，韦偃画马如画松。’奇文也。惜不成章而卒。”

〔岁寒操〕《论语 · 子罕第九》：“子曰：‘岁寒，然后知松柏之后雕也。’”

〔吟身〕指诗文学术生涯。《全唐诗》卷 574 贾岛《三月晦日赠刘评事》：“三月正（一作更）当三十日，风（一作春）光别我苦吟身。共君今夜不须睡（一作寝），未到晓钟犹（一作五更还）是春。”（第 9 册 P6741）《全唐诗》卷 702 张蠙《伤贾岛》：“生为明代苦吟身，死作长江一逐臣。可是当时少知己，不知知己是何人？”（第 10 册

P8160）康有为《止观自证》：“曲径危桥都历遍，出来依旧一吟身。”（《康有为全集》第十二集《康南海先生诗集》P145，中国人民大学出版社 2007 年 9 月第 1 版）1919 年 12 月 3 日，北京大学在长椿街妙光阁公祭刘师培时，陈独秀为主持，即以此二句挽刘师培。

题袁季枚丈松林庵古松画册（四首）其四

过眼烟云阅今昔，六代旧物莽荆榛。枝柯夭矫卧云壑，劫灰历尽萧梁尘。

【笺注】

〔六代〕即六朝，指三国东吴，东晋，南朝宋、齐、梁、陈。

〔荆榛〕荆棘灌木。详见《黄罏歌呈彦复穗卿》一诗〔中原北望荆榛稠〕条笺注。

〔枝柯夭矫卧云壑〕枝柯，枝条、分枝。《晋书·石崇传》：“武帝每助恺，尝以珊瑚树赐之，高二尺许，枝柯扶疏，世所罕比。”《六臣注文选》卷 11 何平叔（晏）《景福殿赋》：“欂栌各落以相承，栾栱夭蟜而交结。”李周翰注：“夭矫，高貌，言皆相承而交结。”《六臣注文选》卷 12 郭景纯（璞）《江赋》：“抚凌波而凫跃，吸翠霞而夭矫。”李善注：“夭矫，自得之貌。”吕向注：“夭矫，飞腾貌。”《文选注》卷 15 张平子（衡）《思玄赋》：“偃蹇夭矫娩以连卷兮，杂沓丛𮲢飒以方骧。”李善注：“夭矫，自纵恣貌也。”黄庭坚《山谷集》卷 9《秋思寄子由》：“老松阅世卧云壑，挽着苍江无万牛。”

〔劫灰历尽〕见《甲辰年自述诗》（其三十四）一诗〔劫余灰〕条笺注。

〔萧梁〕萧衍受南齐和帝萧宝融“禅位”，建立梁，史称“萧梁”。

阅赵㧑叔诗集诋吕晚村甚力因作二绝正之（二首）

【刊载】

《刘申叔遗书》61 册（28—29），《左盦诗录》卷 1《匪风集》。

【类别】

七言，4 句。

【编年】

1903 年。排于《癸卯夏游金陵》之后，《癸卯夏记事》之前，故定编年于 1903 年。

阅赵㧑叔诗集诋吕晚村甚力因作二绝正之（二首）其一

东南文网密于织，党祸谁怜瓜蔓抄。堪笑宋廷禁伪学，考亭名共嵩华高。

【笺注】

〔赵㧑叔〕赵之谦（1829—1884），初字益甫，后改字㧑叔，号悲庵、梅庵、无闷等，浙江会稽（今绍兴）人，亦称“赵会稽”。晚清著名画家、篆刻家。赵之谦《悲庵居士诗賸（剩——引者）· 吕留良逆恶昭著而近人以其学遵程朱辄有恕词甚矣小人不善之可揜也续述旧闻以示来者》：“诸生弃却作遗民，三窟中容两截人。叵奈质疑存姓氏，不曾抹杀吕光轮（原注：留良为诸生名光轮，李岱云选《本朝考卷质疑集》录一首，题为‘质胜文则野’四句，上书‘浙江颜学院科试石门县学一等四名吕光轮’）。清献过从求道学，梨洲绝交缘买书。取友必端非易事，南雷差幸胜三鱼（原注：留良师事梨洲，后梨洲入江南，留良往山阴买祁氏书，梨洲属求卫湜《礼记集说》，留良得之，慝不与。梨洲大怒，遂削其籍。陆清献从留良讲学，推重甚至，《三鱼堂集》中有《与留良书》及《祭文》，当抽毁。闻陆《集》已重刊，不知已删去否）。妙道真工辟陆王，良知尽绝丧天良。如何言不因人废，此论吾嗤魏邵阳（原注：留良痛斥良知之学，以辟陆、王，而宗程、朱，故人恕之，以为理学正传。然理学大儒，合之谋反大逆，言行不相顾，不应至斯极也。往居都下，见书摊上有钞本留良论学书数篇，邵阳魏君源加墨其上，言留良人当诛，言不可废。余不谓然，取归摧烧之）。”

〔吕晚村〕吕留良，详见《咏晚村先生事》一诗〔晚村〕条笺注。

〔文网〕谓“文字狱”。《晚晴簃诗汇》卷 135 龚自珍《咏史》：“避席畏闻文字狱，著书都为稻粱谋。”谭嗣同《仁学 · 三十四》：“违碍干禁书目，凡数千百种，并前数代若宋、明之书，亦在禁列。文网可谓至密矣，而今则莫敢谁何。”

〔瓜蔓抄〕见《癸卯夏记事》一诗〔日斜秦野瓜空蔓〕条笺注。

〔宋廷禁伪学〕南宋宁宗庆元年间，韩侂胄秉政，为打击政敌，炮制出所谓“伪学逆党之禁”，亦称“庆元党禁”。凡反对韩侂胄者，即被其划入“道学之人”，并斥道学为“伪学”。“以伪学逆党得罪者凡五十有九人，宰执四人：赵汝愚（右丞相）、留正（少保、观文殿大学士）、王蔺（观文殿学士、知潭州）、周必大（少傅、观文殿大学士）；待制以上十三人：朱熹（焕章阁待制兼侍讲）……”（《建炎以来朝野杂记》

卷 6《甲集 · 朝事二》）

〔考亭〕朱熹晚年讲学福建，曾于建阳立考亭书院（位于今福建南平市建阳区考亭村），后世亦称朱熹为“考亭”。刘师培《咏晚村先生事》：“渊源溯紫阳，讲不宗（黎）〈梨〉洲（自注：晚村本（黎）〈梨〉洲弟子。）”参见该诗〔紫阳〕条笺注。

〔嵩华〕嵩山与华山。朱长文《墨池编》卷 1《晋王羲之用笔赋》：“透嵩华兮不高，踰悬壑兮非越。”《艺文类聚》卷 13《帝王部三 · 晋武帝》潘岳《世祖武皇帝诔》：“思乐天德，等寿嵩华。”

阅赵抝叔诗集诋吕晚村甚力因作二绝正之（二首）其二

文祸早偕胡（自注：中藻）戴（自注：名世）著，儒名犹共陆（自注：稼书）张（自注：考夫）齐（自注：当时以吕、陆、张及劳麟书为四大儒）。如何言更因人废，此论吾嗤赵会稽（自注：魏默深先生谓留良言不可废，而赵氏诗则曰：“如何言不因人废，此论吾嗤魏邵阳。”故此句反之，以存公论）。

【笺注】

〔胡中藻〕《清高宗实录》卷 484 乾隆二十年三月丙戌（1755 年 4 月 23 日）：“上召大学士九卿翰林詹事科道等，谕曰：……有出身科目、名列清华，而鬼蜮为心，于语言吟咏之间，肆其悖逆，诋讪怨望，如胡中藻者，实非人类中所应有。……其集内所云：‘一世无日月’；又曰：‘又降一世夏秋冬’。三代而下，享国之久，莫如汉唐宋明，皆一再传而多故。本朝定鼎以来，承平熙皞，盖远过之。乃曰‘又降一世’，是尚有人心者乎！又曰：‘一把心肠论浊清’。加浊字于国号之上，是何肺腑！……胡中藻、鄂昌已降旨拏解来京。俟到日，交大学士、九卿翰林、詹事、科道，公同逐节严审，定拟具奏。”胡中藻文字狱详见《清代野史丛书 · 康雍乾间文字之狱（外十二种）· 胡中藻之狱》（北京古籍出版社 1999 年 2 月第 1 版 P51—62）。

〔戴名世〕《清圣祖实录》卷 249 康熙五十一年春正月丙午（1712 年 2 月 28 日）：“刑部等衙门题：察审戴名世所著《南山集》《孑遗录》，内有大逆等语，应即行凌迟。已故方孝标，所著《滇黔纪闻》内，亦有大逆等语，应锉其尸骸。戴名世、方孝标之祖父子孙兄弟，及伯叔父兄弟之子，年十六岁以上者，俱查出解部，即行立斩。其母女妻妾姊妹、子之妻妾、十五岁以下子孙、伯叔父兄弟之子，亦俱查出，给功臣家为奴。方孝标归顺吴逆，身受伪官，迨其投诚，又蒙恩免罪，仍不改悖逆之心，书大逆之言。今该抚将方孝标同族人，不论服之已尽未尽，逐一严查，有职衔者，尽皆革退。除已嫁女外，子女一并即解到部，发与乌喇、宁古塔、白都纳等处安插。汪灏、方苞为戴名世悖逆书作序，俱应立斩。方正玉、尤云鹗，闻拏自首，应将伊等妻子一并发宁古塔安插。编修刘岩虽不曾作序，然不将书出首，亦应革职，佥妻流三千里。上曰：'此事着问九卿具奏，案内方姓人，俱系恶乱之辈。方光琛投顺吴三桂，曾为伪相。方孝标亦曾为吴三桂大吏，伊等族人，不可留本处也。'"戴名世文字狱详见《清代野史丛书·康雍乾间文字之狱（外十二种）·戴名世之狱》P6—7，同上书《记桐城方戴两家书案》（北京古籍出版社 1999 年 2 月第 1 版 P129—140）。

〔儒名犹共陆张齐〕王家诚《赵之谦传》第二章《潦倒科场》："依赵之谦看法，吕晚村原名吕光轮，入清之后，本来是位秀才，因为八股文岁试得到劣等，才弃去秀才，以明室遗民自居，以洛闽理学号召天下，并列名张考夫、陆清献、劳麟书四大儒之中。"（百花文艺出版社 2007 年 3 月第 1 版 P11）陆陇其（1630—1692），字稼书，浙江平湖人，清代理学家，谥"清献"。张履祥（1611—1674），字考夫，浙江桐乡人，清代理学家。劳史（1655—1713），字麟书，浙江余姚人，清代理学家。

〔赵会稽〕赵之谦，浙江会稽（今绍兴）人。

〔魏默深〕魏源（1794—1857），字默深，湖南邵阳人，《海国图志》作者。刘师培此句自注，详见《阅赵抝叔诗集诋吕晚村甚力因作二绝正之（二首）》其一一诗〔赵抝叔〕条笺注。

癸卯夏记事

苍狗浮云变幻虚，纵横贝锦近何如。日斜秦野瓜空蔓，秋到湘江蕙已锄。蹈海何心思避世，愚民应更笑焚书。鸾凰窜伏神龙隐，搔首江天恨有余。

【刊载】

《国粹学报》第 13 期，1906 年 1 月 13 日，署名刘光汉。《刘申叔遗书》61 册（31）《左盦诗录》卷 1《匪风集》。

【类别】

七言，8 句。

【编年】

1903 年。

【笺注】

〔苍狗浮云〕《全唐诗》卷 222 杜甫《可叹》：“天上浮云如（一作似）白衣，斯须改变如苍狗。”（第 4 册 P2360）张元幹《芦川词 · 瑞鹧鸪（彭德器出示胡邦衡新句次韵）》：“白衣苍狗变浮云，千古功名一聚尘。”

〔纵横贝锦〕《毛诗正义》卷 12—3《小雅 · 节南山之什 · 巷伯》：“萋兮斐兮，成是贝锦。彼谮人者，亦已大甚。”毛传：“兴也。萋、斐，文章相错也。贝锦，锦文也。”郑玄笺：“锦文者，文如余泉、余蚳之贝文也。兴者，喻谗人集作己过以成于罪，犹女工之集采色以成锦文。”“大甚者，谓使已得重罪也。”《诗经今注》高亨注：“织成贝形花纹的锦缎。此用人们织成贝锦比喻谮人罗织的罪状。”（上海古籍出版社 1980 年 10 月第 1 版 P304）另参见《题陈右铭先生西江墨瀋》一诗〔纵横贝锦怨南箕〕条笺注。

〔日斜秦野瓜空蔓〕秦野，秦国原野。《文选注》卷 4 左太冲（思）《三都赋序》：“见‘绿竹猗猗’，则知卫地淇澳之产；见‘在其版屋’，则知秦野西戎之宅。”李善注：“毛苌曰：西戎版屋也。”瓜蔓，古时最早施行于秦国的族诛连坐之法，史称“株连蔓引”，故本句言“秦野”。《文献通考》卷 162《刑考一》：“秦文公二十年，法初有三族罪。……孝公初，卫鞅请变法令。令民为什伍，而相收司连坐。”《商君书 · 赏刑第十七》：“守法守职之吏，有不行王法者，罪死不赦，刑及三族。”《史记 · 商君列传》：“令民为什伍，而相收司连坐。”司马贞《索隐》：“收司，谓相纠发也。一家有罪而九家连举发，若不纠举则十家连坐。恐变令不行，故设重禁。”《明史纪事本末》卷 18《壬午殉难》：“左佥都御史景清……乃命剥其皮，草椟之，械系长安门，碎磔其骨肉。是夕，精英迭见。后驾过长安门，索忽断，所械皮趋前数步，为犯驾状，上大惊，乃命烧之。已而上昼寝，梦清仗剑追绕御座，觉曰：‘清犹为厉耶！’命赤其族，籍其乡，转相扳染，谓之瓜蔓抄，村里为墟。”

〔秋到湘江蕙已锄〕《楚辞》卷 1 屈原《离骚》：“余既滋兰之九畹兮，又树蕙之百亩。”后以“兰蕙”喻指贤才。袁中道《珂雪斋前集》卷 16《文 · 李温陵（李贽——引者）传》：“斯所由焚芝锄蕙，衔刀若肤者也。嗟乎！才太高，气太豪，不能埋照溷俗，卒就囹圄。”

〔蹈海何心思避世〕《论语 · 公冶长第五》：“子曰：‘道不行，乘桴浮于海。从我者其由与？’”

〔愚民应更笑焚书〕指秦始皇焚书，详见《感事八首》（其五）一诗〔焚书〕条笺注。

〔鸾凰窜伏〕《史记 · 贾生列传》：“贾生既辞往行，闻长沙卑湿，自以寿不得长，又以适去，意不自得。及渡湘水，为赋以吊屈原。其辞曰：‘共承嘉惠兮，俟罪长沙。侧闻屈原兮，自沉汨罗。造托湘流兮，敬吊先生。遭世罔极兮，乃陨厥身。呜呼哀哉！逢时不祥。鸾凤伏窜兮，鸱枭翱翔。’”

〔神龙隐〕《文选》卷 36 任彦升（昉）《宣德皇后令》：“在昔晦明，隐鳞戢翼。”李善注：“曹植《矫志诗》曰：‘仁虎匿爪，神龙隐鳞。’成公《绥慰志赋》曰：‘惟潜龙之勿用，戢鳞翼而匿景。’”

〔搔首〕怅然自失貌。《诗经 · 邶风 · 静女》：“爱而不见，搔首踟蹰。”《艺文类聚》卷 59《武部 · 战伐》杨修《出征赋》：“企欢爱之偏处兮，独搔首于城隅。”

【略考】

赵慎修《刘师培：评传 · 作品选》提出一个观点：刘师培于 1903 年出走上海是“因涉‘政嫌’而仓皇逃避追踪”。“《左盦诗录》卷一另有《癸卯夏记事》一首，诗曰：‘苍狗浮云变幻虚，纵横贝锦近何如？日斜秦野瓜空蔓，秋到湘江蕙已锄！蹈海何心思避世，愚民应更笑焚书。鸾凰窜伏神龙隐，搔首江天恨有余。’从这首诗所用的‘贝锦’、‘瓜蔓抄’等典故看，刘师培确曾经受到一个案件的株连，正好和章士钊的‘政嫌’之说互相印证。从其中‘近何如’、‘瓜空蔓’、‘神龙隐’、‘恨有余’等用语来看，则此诗当写于作者到上海安顿已定，风险已过之后。”（中国文史出版社 1998 年 1 月第 1 版 P11—14）

章士钊《孤桐杂记》：“夫申叔于光绪癸卯夏间，由扬州以政嫌遁沪。愚与陈独秀、谢无量在梅福里寓斋闲谈，见一少年短巾不掩，仓皇叩门趋入，嗫嗫为道所苦，则申叔望门投止之日也，时年且不足二十耳，自是混政与学而一之。”（《甲寅周刊》第 1 卷 37 号，1926 年 12 月 25 日）

从此诗词句分析，1903 年夏，刘师培似确曾遭遇了什么“不白之冤”。

刘葆儒《三叔廿岁前“形势”》：“时家遭先君之丧，大、二房不免发生意见。叔廿岁出走，先至十二圩”。（杨丽娟《刘师培家藏文献研究初集》P175，商务印书馆 2017 年 11 月第 1 版）

据此，也不能排除刘师培出走有大家族矛盾的原因。

赠杨仁山居士（四首）

【刊载】

《刘申叔遗书》61 册（24—25），《左盦诗录》卷 1《匪风集》。

【类别】

七言，4 句。

【编年】

1903 年。据万仕国《刘师培年谱》P23，开封会试失利后，刘师培曾短暂赴南京游览，并拜会杨仁山。故定编年于 1903 年。

赠杨仁山居士（四首）其一

十载秋风白下居，此心寂照证真如。一从物我相忘后，三界唯心万象虚。

【笺注】

〔杨仁山〕杨文会（1837—1911），字仁山，安徽池州石埭人。中国近代著名居士佛学家，有《杨仁山居士遗著》12 卷传世。

〔十载秋风白下居〕白下，南京的古称。《舆地广记》卷 24《江南东路》：“唐武德三年，改江宁曰归化，属扬州。八年，改归化曰金陵。九年，改金陵曰白下，属润州。贞观九年，复改白下曰江宁。”1866 年，杨仁山举家移居南京，创立金陵刻经处。

〔此心寂照证真如〕丁福保《佛学大辞典》：“寂照（术语），真理之体云寂，真智之用云照。《楞严经 · 六》曰：‘净极光通达，寂照含虚空。’《正陈论》曰：‘真如照而常寂为法性，寂而常照是法身，义虽有二名，寂照亦非二。’”同上书：“真如（术语），……真者，真实之义。如者，如常之义。诸法之体性离虚妄而真实，故云真，常住而不变不改，故云如。《唯识论 · 二》曰：‘真谓真实，显非虚妄。如谓如常，表无变易。谓此真实于一切法，常如其性，故曰真如。’或云自性清净心，佛性，法身，如来藏，实相，法界，法性，圆成实性，皆同体异名也。”

〔物我相忘〕或称物我两忘，即，无本体、客体之对，无身内、身外之分，无自我、非我之别。这一思想在中国先秦时期就已经产生，至佛教传入中土，二者逐渐合而为一。《庄子 · 齐物论第二》：“昔者庄周梦为胡蝶，栩栩然胡蝶也。自喻适志与！不知周也。俄然觉，则蘧蘧然周也。不知周之梦为胡蝶与，胡蝶之梦为周与？”郭庆藩在《庄子集释》卷 5 下《(外篇）天运第十四》中引成玄英疏：“夫至愿者，莫过适性也。既一毁誉，混荣辱，忘物我，泯是非。”《金刚经 · 离相寂灭分第十四品》：“无我相，无人相，无众生相，无寿者相。所以者何？我相即是非相，人相、众生相、寿者相即是非相，何以故？离一切诸相，即名诸佛。”严可均辑《全北齐文》卷 8 朱敬修《朱岱林墓志铭》：“规矩成则，物我兼忘。”范仲淹《范文正集》卷 7《岳阳楼记》：“不以物喜，不以己悲。”

〔三界唯心万象虚〕《佛祖通载》卷 14：“三界唯心，森罗及万象，一法之所印。凡所见色，即是见心。心不自心，因色故有。”丁福保《佛学大辞典》：“三界（术语），凡夫生死往来之世界分为三：一、欲界，有淫欲与食欲二欲之有情住所也。上自六欲天，中自人界之四大洲，下至无间地狱。谓之欲界。二、色界，色为质碍之义，有形之物质也。此界在欲界之上，离淫食二欲之有情住所也。谓为身体，谓为宫殿，物质的物，总殊妙精好。故名色界。此色界由禅定之浅深麤妙分四级，称为四禅天，新曰静虑。此中或立十六天，或立十七天，或立十八天（见四禅天条）。三、无色界，此界无一色，无一物质的物，无身体，亦无宫殿国土，唯以心识住于深妙之禅定。故谓之无色。此既为无物质之世界。则其方所，非可定。但就果报胜之义，谓在色界之上。是有四天。名为四无色。又曰四空处（见四空处条），说出《俱舍论 · 世间品 · 三界义》。”同上书：“唯心（术语），一切诸法，唯有内心，无心外之法，是谓唯心。亦云唯识。心者，集起之义，集起诸法故云心，识者了别之义，了别诸法，故云识，同体异名也。《八十华严经 · 十地品》曰：‘三界所有，唯是一心。’《唯识论 · 二》曰：‘入楞伽经伽他中说，由自心执着，心似外境转，彼所见非有，是故说唯心。’”同上书：“森罗万象（杂语），谓宇宙间存在之各种现象，森然罗列于前也。《法句经》曰：‘森罗及万象。’一切之所印。陶弘景文曰：‘万象森罗，不离两仪所育。’”

赠杨仁山居士（四首）其二

支那印度古名国，白马传经忆昔时。无量恒河无量劫，而今象教又沦夷。

【笺注】

〔支那〕指中国，源于古梵语的汉语音译。唐初即成为中国的代称，及中国的自称之一。《大唐西域记》卷 10《迦摩缕波国》：“初闻有支那国沙门，在摩揭陀那烂陀僧伽蓝，自远方来学佛深法，殷勤往复者再三。”《全唐诗补编》第一编《补全唐诗》唐明皇（玄宗）《题梵书（伯三九八六）》：“支那弟子无言语，穿耳胡僧笑点头。”（中华书局 1992 年 10 月第 1 版上册 P5）清末时，日本称呼中国为支那尚没有太多的侮辱性贬义，一些中国革命者甚至使用此词表示与清朝的决裂，认为其是带有革命性的佳词。民国初年，支那一词在日语语境中开始逐步成为对中国的侮辱性蔑称。

〔白马传经〕《洛阳伽蓝记》卷 4《城西》：“白马寺，汉明帝所立也。佛入中国之始，寺在西阳门外三里御道南。帝梦金神长丈六，项背日月光明，金神号曰‘佛’。遣使向西域求之，乃得经像焉。时白马负〈经〉而来，因以为名。”

〔无量恒河无量劫〕无量，指多得无法计数。丁福保《佛学大辞典》：“无量（杂语），多大而不可计量也，又数目之名。《摄大乘论释 · 八》曰：‘不可以譬类得知为无量。’《胜鬘经宝窟 · 中 · 本》曰：‘无量义者，犹是广大异名。’同上《末》曰：‘依《华严经》，是百二十数中一数之名也，非是泛尔言无量也。’”《左传 · 昭公十九年》：“今宫室无量，民人日骇，劳罢死转，忘寝与食，非抚之也。”丁福保《佛学大辞典》“恒河沙（譬喻），……略称恒沙。恒河沙之数，譬物之多也。《智度论 · 七》曰：‘问曰：如阎浮提中，种种大河亦有过恒河者，何故常言恒河沙等？’答曰：‘恒河沙多，余河不尔。复次，是恒河是佛生处，游行处，弟子现见，故以为喻。复次，诸人经书皆以恒河为福德吉河，若入中洗者，诸罪垢恶皆悉除尽。以人敬事此河，皆共识知，故以恒河沙为喻。复次，余河名字屡转，此恒河世世不转，以是故以恒河沙为喻，不取余河。’”劫，佛教中的时间概念，亦指灾难。详见《杂咏（二首）》其二一诗〔浩劫常离生灭门〕条笺注。

〔象教沦夷〕丁福保《佛学大辞典》：“象教（杂名），佛教为形象以教人，故又谓之象教。王巾《头陀寺碑》曰：‘正法既没，象教陵夷。’”沦夷，衰微。《晋书 · 石勒载记上》：“今晋祚沦夷，远播吴会。”

赠杨仁山居士（四首）其三

黄金世界不可睹，物竞风潮日夜深。欲挽狂澜障君辈，何时重证菩提心。

【笺注】

〔黄金世界〕佛教指佛弟子皆证得罗汉果位的美好世界，亦指黄金时代，兴盛之世。《大智度论》卷 32《释初品中 · 四缘义第四十九》：“佛告目连：汝所见甚少。过汝所见，东方有国，纯以黄金为地。彼佛弟子皆是阿罗汉，六通无碍。复过是，东方有国，纯以白银为地。彼佛弟子皆学辟支佛道。”《四明尊者教行录》卷 4《答日本国师二十七问》：“四问：……白银世界，纯有支佛。黄金世界，纯有罗汉。”《佛祖通载》卷 22 载万松老人行秀偈语：“试问风光甚时节，黄金世界桂花秋。”梁启超《论学术之势力左右世界（1902 年 2 月 8 日）》：“前人以为黄金世界在于昔时，而末世日以堕落。自达尔文出，然后知地球人类，乃至一切事物，皆循进化之公理，日赴于文明。……数千年之历史，进化之历史，数万里之世界，进化之世界也。”（《梁启超全集》第 3

集 P468，中国人民大学 2018 年 3 月第 1 版）

〔物竞风潮日夜深〕《天演论》是赫胥黎于 1893 年在牛津大学举办的一次学术讲座上的演讲。1894 年，他将讲稿加写了《导言》，与正文一起付梓发表。严复的汉语译本（含其自撰的 28 篇案语）完成于 1896 年，1898 年全书正式出版。严复在书中提出了“物竞天择”、适者生存和“世道必进，后胜于今”的观点。

〔挽狂澜〕《旧唐书 · 韩愈传》：“愈自以才高，累被摈黜，作《进学解》以自喻曰：‘……障百川而东之，回狂澜于既倒。’”

〔菩提心〕丁福保《佛学大辞典》：“菩提心（术语），菩提旧译为道，求真道之心曰菩提心。新译曰觉，求正觉之心曰菩提心。其意一也。《维摩经 · 佛国品》曰：‘菩提心是菩萨净土。’《观无量寿经》曰：‘发菩提心深信因果。’《智度论 · 四十一》曰：‘菩萨初发心，缘无上道。我当作佛，是名菩提心。’《观经玄义分》曰：‘愿以此功德，平等施一切，同发菩提心，往生安乐国。’《大日经疏 · 一》曰：‘菩提心，即是白净信心义也。’又曰：‘菩提心，名为一向志求一切智智。’”

赠杨仁山居士（四首）其四

震旦扶桑原咫尺，多君海国访经回（自注：君所刊经典多得之日本）。何当更放光明藏，无量群生慧业开。

【笺注】

〔震旦〕古梵语称中国之汉语音译。《大方等大集经》卷 55《月藏分第十二分 · 布阎浮提品第十七》：“尔时世尊，以震旦国，付嘱……汝等贤首，皆共护持震旦国土。”《宋书 · 夷蛮 · 呵罗单国传》：“十年，呵罗单国王毗沙跋摩奉表曰：‘常胜天子陛下：诸佛世尊，常乐安隐，……于诸国土，殊胜第一，是名震旦，大宋扬都，承嗣常胜大王之业，德合天心，……呵罗单国王毗沙跋摩首问讯。’”

〔扶桑〕日本。《梁书 · 诸夷 · 东夷 · 扶桑国传》：“扶桑国者，齐永元元年，其国有沙门慧深来至荆州，说云：‘扶桑在大汉国东二万余里，地在中国之东，其土多扶桑木，故以为名。’”

〔多君海国访经回〕多，重视、倚重，推崇。《后汉书 · 冯异传》：“军士皆言愿属大树将军，光武以此多之。”李贤注：“多，重也。”《史记 · 管仲列传》：“天下不多管仲之贤，而多鲍叔能知人也。”《群书治要》卷 45 崔寔《政论》：“法度既堕，舆服无限，……而俗人多之，咸曰健子，天下跂慕，耻不相逮。”1878 年，杨仁山随曾纪泽出使英法，在英国博物馆见到很多国内早已亡佚的佛教经典，遂决心从海外回购。1881 年 6 月 30 日，杨仁山在伦敦日人末松谦澄的寓所，结识了在牛津大学研究梵文的日本真宗僧侣南条文雄，二人翌日晚又约见于中国公使馆。杨仁山与南条文雄相互研讨佛理，交谊日深。从此，他们经常互赠经书，往来切磋。杨仁山归国后，曾委托南条在日本购书，从日本前后购得中国隋唐佛教经典 300 余种，其中很多在中国早已失传。

〔光明藏〕丁福保《佛学大辞典》：“光明藏（杂语），光明之府库也。《思益经 · 一》曰：‘如来身者，即是无量光明之藏。’《千手陀罗尼经》曰：‘当知其人即是光明藏，一切如来光明所照故。’”

〔无量群生慧业开〕群生，即“众生”。《长阿含经》卷 1《第一分 · 初 · 大本经第一》：“永离尘垢，慈育群生。”丁福保《佛学大辞典》：“慧业（术语），达于空理而为诸善事也。《维摩经 · 菩萨品》曰：‘知一切法不取不舍，入一相门，起于慧业。’”《大宝积经》卷 9《密迹金刚力士会第三之二》：“心行清净不失神通，造立慧业，神通自娱在所示现。”

古意

美人弄鸣机，制为白素丝。罗衣犹未成，转瞬化为缁。往者不可追，来者未可知。逝水一以去，东流无已时。落花辞故林，何时返旧枝。红颜能几时，悽怆凋蛾眉。寄语素心人，蹇修慎勿迟。

【刊载】

《政艺通报》乙巳第 3 号，1905 年 3 月 20 日，署名申叔。《刘申叔遗书》61 册（19—20），《左盦诗录》卷 1《匪风集》。

【类别】

五言，14 句。

【编年】

1903 年。《左盦诗》中《佳人》一诗改写自本诗，署“癸卯”。

【笺注】

〔鸣机〕织机。《玉台新咏》卷 4 鲍照《梦还诗》：“嫠妇当户叹，缫丝复鸣机。”

〔白素丝〕白色丝绢。《吕氏春秋 · 当染》：“墨子见染素丝者而叹曰：‘染于苍则苍，染于黄则黄，所以入者变，其色亦变，五入而以为五色矣。’故染不可不慎也。”

〔罗衣〕丝绸制作的衣服。《后汉书 · 文苑列传下 · 边让传》载边让《章华赋》：“罗衣飘飖，组绮缤纷。”《类篇》卷 21：“罗，……帛也。”

〔缁〕《文选注》卷 24 陆士衡（机）《为顾彦先赠妇二首》：“京洛多风尘，素衣化为缁。”李善注：“毛苌《诗》传曰：‘缁，黑色。’”刘师培手稿作“何事化为缁”。见《仪征刘氏遗稿汇存》第 2 册 P811。

〔往者不可追，来者未可知〕《论语 · 微子第十八》：“楚狂接舆歌而过孔子曰：‘凤兮！凤兮！何德之衰？往者不可谏，来者犹可追。已而，已而！今之从政者殆而！’”《吕氏春秋 · 听言》：“《周书》曰：‘往者不可及，来者不可待’。”《楚辞》卷 5 屈原《远游》：“往者余弗及兮，来者吾不闻。”《楚辞》卷 13 东方朔《七谏 · 初放》：“往者不可及兮，来者不可待。”《楚辞》卷 13 严夫子（庄忌）《哀时命》：“往者不可扳援兮，来者不可与期。”

〔逝水一以去，东流无已时〕《论语 · 子罕第九》：“子在川上曰：‘逝者如斯夫！不舍昼夜。’”《全唐诗》卷 586 刘沧《经曲阜城》：“行经阙里自堪伤，曾叹东流逝水长。”（第 9 册 P6862）

〔落花辞故林〕《全唐诗》卷 217 杜甫《得舍弟消息》：“花落辞故枝，风回返（一作反）无处。”（第 4 册 P2278）

〔红颜〕亦作朱颜，指女子秀美的容颜。《楚辞》卷 9 屈原（一说为宋玉）《招魂》“美人既醉，朱颜酡些。”曹植《曹子建集》卷 2《静思赋》：“夫何美女之烂妖，红颜晔而流光。”《抱朴子 · 内篇 · 辨问》：“人情莫不爱红颜艳姿，轻体柔身。”

〔悽怆凋娥眉〕《楚辞补注》卷 8 宋玉《九辩》：“中憯恻之凄怆兮，长太息而增欷。”王逸注：“志愿不得，心肝沸也。”洪兴祖补注：“一注云：心伤惨也。”《正字通》子集下《冫部》：“凋……与彫通，俗借用雕。”《礼记正义》卷 35《少仪》：“国家靡敝，则车不雕几。”郑玄注：“雕，画也。”娥眉，美女弯长之细眉。《楚辞集注》卷 7 屈原（一说为景差）《大招》：“嫮目宜笑，娥眉曼只。”朱熹注：“曼而轻细也。”

〔素心人〕心地纯净之人。陶潜《陶渊明集》卷 2《诗五言 · 移居（二首）》其一：“闻多素心人，乐与数晨夕。”

〔蹇修〕媒人。《楚辞章句》卷 1《离骚》：“解佩纕以结言兮，吾令蹇修以为理。”王逸注：“蹇修，伏羲氏之臣也。……既见宓妃，则解我佩带之玉结言语，使古贤蹇修而为媒理也。”《山带阁注楚辞》卷 1《离骚》，蒋骥注：“蹇修人名，理媒使也。”《六臣注文选》卷 21 郭景纯《游仙诗（七首）》其二："蹇修时不存，要之将谁使？"刘良注："良曰：蹇修，古之贤媒也。"

采莲謌

秋水方盈盈，隔溪有人语。妾貌菡萏花，郎心莲子苦。

【刊载】

1931 年林思进清寂堂《左盦遗诗》刻本；《刘申叔遗书》61 册（41），《左盦诗录》卷 2《左盦诗》。

【类别】

五言，4 句。

【编年】

1903 年。《左盦诗》署"癸卯"。

【笺注】

〔采莲謌〕《林本》作"采莲歌"。现存刘师培手稿一份，诗题亦作"采莲歌"，文辞与本诗微不同。见《仪征刘氏遗稿汇存》第 2 册 P822。

〔秋水方盈盈〕盈盈，水清浅貌。《六臣注文选》卷 29《古诗十九首》其十："河汉清且浅，相去复几许。盈盈一水间，脉脉（莫白切，五臣作脉脉）不得语。"刘良注："河汉清且浅，喻近也，能相去几何也。"柳永《乐章集 · 尉迟杯 · 宠佳丽》："天然嫩脸修蛾，不假施朱描翠。盈盈秋水。恣雅态，欲语先娇媚。"王之道《相山集》卷 16《朝中措 · 和张文伯清明日开霁》："佳人何处，酒红沁眼，秋水盈盈。"赵长卿《惜香乐府》卷 3《眼儿媚 · 春晚》："绮窗人在东风里，无语对春闲。也应似旧，盈盈秋水，淡淡春山。"

〔菡萏〕荷花。《毛诗正义》卷 7—1《陈风 · 泽陂》："彼泽之陂，有蒲菡萏。"毛传："菡萏，荷华也。"《尔雅 · 释草》："荷，芙渠。其茎茄，其叶蕸，其本蔤，其华菡萏，其实莲，其根藕，其中的，的中薏。"现存刘师培手稿一份，诗题作《采莲歌》，菡萏作"芙蓉"。见《仪征刘氏遗稿汇存》第 2 册 P822。

〔莲子苦〕指莲子的莲心味苦，亦借喻人内心的凄苦。详见《扫花游 · 宿迁道中见杏花》一词〔芳心自苦〕条笺注。

莫愁湖

箫管画桡回，珠栊夹岸开。江山缋金粉，烟雨幂池台。流水增新劫，清謌荡古哀。郁金堂畔路，飞燕可重来。

【刊载】

1931 年林思进清寂堂《左盦遗诗》刻本;《刘申叔遗书》61 册（41),《左盦诗录》卷 2《左盦诗》。

【类别】

五言，8 句。

【编年】

1903 年。《左盦诗》署“癸卯”。

【笺注】

〔箫管画桡〕随着东晋南迁和南北朝累代在建康的营建，南京一度繁华冠天下。金陵胜景尤以秦淮河、莫愁湖一带为最，荡漾在河上和湖面的游船皆使用雕画精美的桨橹（画桡)，船上有乐舞演奏，笛箫曼妙。《文选》卷 28《乐府八首》鲍明远（照)《升天行》:“凤台无还驾，箫管有遗声。”《汉书 · 元后传》:“立羽盖，张周帷，辑濯越歌。”颜师古注:“辑与楫同，濯与棹同，皆所以行船也。……辑，谓棹之短者也。今吴越之人呼为桡。”屈大均《翁山诗外》卷 14《七言绝句二 · 东向》:“东向金陵荡画桡，愁心不逐暮烟消。多情最似江南柳，尽日依依为六朝。”李良年《秋锦山房集》卷 11《词一 · 好事近 · 秦淮灯船》:“相对卷珠帘，中有画桡来路。花烬玉虫零乱，串小桥红缕。横箫络鼓夜纷纷，声咽晚潮去。五十五船旧事，听白头人语。”

〔珠栊夹岸开〕珠栊，挂着珠帘的窗户。旧时，南京秦淮河、莫愁湖一带沿岸房屋多为声色场，在邻水一侧开门窗，以方便迎客。《板桥杂记》卷上《雅游》:“秦淮镫船之盛，天下所无。两岸河房，雕栏画槛，绮窗丝障，十里珠帘。客称既醉，主曰未归。游楫往来，指目曰：某名姬在某河房，以得魁首者为胜。”汪懋麟《百尺梧桐阁集》卷 13《古近体诗五十四首 · 秦淮镫船歌同雪客叔定家兄作》:“纷纷荡子登酒船，岸岸河房动芳酌。此地有湖名莫愁，我欲言愁恐惊愕。”

〔江山缋金粉〕《类篇》卷 37 :“缋，……一曰画也。”金粉，传统绘画中常以金粉为颜料。《绘事备考》卷 1《墨竹》:“绘事之生色者，舍丹青、金粉而外无以施其技，此未知画理之妙也。”另，历史上常以“金粉”喻南京之繁华，参见《石头城》一诗〔六朝金粉已成尘〕条笺注。

〔幂〕笼罩，覆盖。《毛诗正义》卷 18《大雅 · 荡之什 · 韩奕》：“鞹鞃浅幭，鞗革金厄。”孔颖达疏：“此幭与《天官 · 幂人》之字异，其义亦同。彼《幂人》之官掌以巾布覆器，是幂为覆盖之名。”

〔流水增新劫，清謌荡古哀〕新劫，指咸同年间太平天国占领南京建都，后被清廷剿灭，南京城遭到巨大破坏。荡，洗涤。《楚辞章句》卷 16 刘向《九叹 · 惜贤》：“荡渨涹之奸咎兮，夷蠢蠢之溷浊。”王逸注：“荡，涤也。”古哀，指南京历史上遭遇的各次劫难。清謌，即“清歌”，清唱，无伴奏歌唱。《晋书 · 乐志下》：“魏晋之世，有孙氏善弘旧曲，宋识善击节唱和，陈左善清歌，列和善吹笛，郝索善弹筝，朱生善琵琶，尤发新声故。傅玄著书曰：‘人若钦所闻，而忽所见，不亦惑乎。’”謌，《林本》作“歌”。

〔郁金堂畔路，飞燕可重来〕南京莫愁湖有郁金堂，位于湖南岸。《玉台新咏》卷 9 载古诗一首：“河中之水向东流，洛阳女儿名莫愁。莫愁十三能织绮，十四采桑南陌头。十五嫁为卢家妇，十六生儿字阿侯。卢家兰室桂为梁，中有郁金苏合香。头上金钗十二行，足下丝履五文章。珊瑚挂镜烂生光，平头奴子提履箱。人生富贵何所望，恨不早嫁东家王。”《全唐诗》卷 96 沈佺期《古意呈补阙乔知之（一作《古意》，又作《独不见》）》：“卢家少妇郁金堂（一作香），海燕双栖玳瑁梁。九月寒砧催木叶，十年征戍忆辽阳。白狼河北音（一作军）书断，丹凤城南秋夜长。谁谓含愁独不见，更教明月照流黄（一作使妾明月对流黄）。”（第 2 册 P1037）《全唐诗》卷 365 刘禹锡《金陵五题 · 乌衣巷》：“朱雀桥边野草花，乌衣巷口夕阳斜。旧时王谢堂前燕，飞入寻常百姓家。”（第 6 册 P4127）

【略考】

刘师培手稿存一首《莫愁湖》：“箫管画船回，珠帘夹岸开。江山空金粉，烟雨暗楼台。流水三生劫，繁华六代哀。郁金堂畔路，飞燕可重来。”见《仪征刘氏遗稿汇存》第 2 册 P879。

和周美权《夜坐偶成》用原韵

兰蕙不盈亩，椒椵犹当帷。《白雪》与《阳春》，敢伤知音稀。沧海嗟飏尘，浩劫同残棋。百卉既不芳，忍听鹍鴂啼。炎运今方衰，坐待秋风凄。达人具遐想，洞照理无遗。静观自有真，肯为妄念欺。物我苟不忘，恐为庄生訾。众生未普度，此愿终不违。相彼鹏与鹍，讵慕枳棘栖。方池水盈尺，乃欲羁蛟螭。言念汀洲中，杜若多纷披。皎皎青莲花，独与尘世离。息静参化机，志慕彭殇齐。海水须弥山，消竭会有期。鲁戈如可挥，暂欲回朝曦。吾生亦有涯，万劫烟云随。归心师大雄，无为老氏雌。珍重岁寒盟，岳岳青松姿。

【刊载】

《刘申叔遗书》61 册（30—31），《左盦诗录》卷 1《匪风集》。

【类别】

五言，38 句。

【编年】

1903 年。《左盦诗》中《答周美权诗意》由本诗改写而来（五言，14 句），署“癸卯”。

【笺注】

〔周美权〕周达（1879—1949），字美权，笔名寄闲、今觉，以笔名“今觉”行世。（其生年见鲍训华《周今觉出生年份考定》，载《集邮博览》2003 年第 12 期 P43），安徽建德（今池州市东至县）人，近代著名数学家、集邮家，清两广总督周馥之孙。安徽建德周氏是近代有名的名门望族。其三弟周暹，字叔弢，近代著名实业家、藏书家，曾任第六届全国政协副主席。周叔弢长子周一良，著名历史学家，北京大学教授。

〔兰蕙不盈亩〕见《癸卯夏记事》一诗〔秋到湘江蕙已锄〕条笺注。

〔椒椴犹当帷〕《楚辞章句》卷 1 屈原《离骚》：“杂申椒与菌桂兮，岂维纫夫蕙茝。”王逸注：“申，重也。椒，香木也。其芳小，重之乃香。”《说文解字》卷 6 上《木部》：“椴，木，可作床几。”《尔雅注疏》卷 8《释草第十三》：“椴，木槿。”郭璞注：“似李树，华朝生夕陨，可食。”《释名 · 释床帐第十八》：“帷，围也，所以自障围也。”《楚辞章句》卷 1 屈原《离骚》：“苏粪壤以充帏兮，谓申椒其不芳。”王逸注：“帏，谓之幐。幐，香囊也。”《说文通训定声 · 履部弟十二》：“帏，……[叚借] 为帷。”

〔《白雪》与《阳春》〕《文选》卷 45 宋玉《对楚王问》：“客有歌于郢中者，其始曰《下里》《巴人》，国中属而和者数千人；其为《阳阿》《薤露》，国中属而和者数百人；其为《阳春》《白雪》，国中属而和者不过数十人。引商刻羽，杂以流征，国中属而和者不过数人而已。是其曲弥高，其和弥寡，故鸟有凤而鱼有鲲。”

〔飏〕《说文解字》卷 13 下《风部》：“飏，风所飞扬也。”

〔浩劫同残棋〕浩劫，佛教中的时间概念，亦指大灾难。详见《杂咏（二首）》其二一诗〔浩劫常离生灭门〕条笺注。《全唐诗》卷 578 温庭筠《寄清源（一作凉）寺僧》："窗间半偈闻钟后，松下残棋送客回。"（第 9 册 P6771）《全唐诗》卷 858 吕岩（洞宾）《赠罗浮道士》："数着残棋江月晓，一声长啸海山秋。"（第 12 册 P9762）后喻难以收拾的残破局面。钱谦益《牧斋有学集》卷 6《丁家水亭再别栎园》："鼓角三更庄舄泪，残棋半局鲁阳戈。"《清经世文四编》卷 3《用人》曾国藩《目下宜以用人为急务论》："夫中国之兵疲国蹙，财殚力为，犹之一局之残棋也。"

〔百卉既不芳，忍听鹃鸠啼〕《说文解字》卷 1 下《艸部》："卉，草之总名也。"鹃鸠，杜鹃。《楚辞补注》卷 1 屈原《离骚》："恐鹈鴂之先鸣兮，使夫百草为之不芳。"洪兴祖补注："鹈，一作鷤。五臣云：鷤鴂，秋分前鸣，则草木雕落。"参见《杨花曲》一诗〔鹧鸪啼春春易暮〕条笺注、《答周美权诗意》一诗〔芳歇鷤鴂啼〕条笺注。

〔炎运〕指汉朝、宋朝、明朝等以五行中之"火德"兴起的汉族王朝。《文选注》卷 47 袁彦伯（宏）《三国名臣序赞》："火德既微，运缠大过。"李善注："火德，谓汉也。班固《汉书 · 高纪》赞曰：'旗帜尚赤，协于火德。'"《宋史 · 太祖本纪》建隆元年（960）三月："壬戌，定国运以火德王，色尚赤，腊用戌。"明朝关于"火德"兴起之说从无官方正式说法，仅为坊间所传。《七修续稿》卷 2《国事类》："本朝火德旺。本朝之旺，不知五行何属。意太祖生时，邻家见火，浴时红罗浮来。国初多红巾贼，塔忽变红，民谣'朱衣人作主人公'，国姓又朱，恐火德也。"

〔洞照〕洞悉明了，佛教中常用以喻证悟佛法。《出三藏记集》卷 6 释道安《人本欲生经序》："无往而不愉，故能洞照傍通；无往而不恬，故能神变应会。"《楚辞章句》卷 16 刘向《九叹 · 离世》："指日月使延照兮"。王逸注："照，知也。"

〔物我苟不忘，恐为庄生訾〕物我苟不忘，详见《赠杨仁山居士（四首）》其一一诗〔物我相忘〕条笺注。《说文通训定声 · 履部弟十二》："訾，……按，此字亦即呰之异体，今附于此。《礼记 · 丧服四制》：'訾之者，是不知礼之所由生也。'注：'口毁曰訾。'"

〔众生未普度，此愿终不违〕《华严经》卷 14《贤首品第十二之一》："众生苦乐利衰等，一切世间所作法，悉能应现同其事，以此普度诸众生。"《地藏菩萨本愿经 · 阎浮众生业感品第四》："一王发愿：不先度罪苦，令是安乐得至菩提，我终未愿成佛。佛告定自在王菩萨：一王发愿早成佛者，即一切智成就如来是；一王发愿永度罪苦众生，未愿成佛者，地藏菩萨是。"《瑜伽集要焰口施食仪》："一心奉请：众生度尽，方证菩提。地狱未空，誓不成佛。大圣地藏王菩萨摩诃萨，唯愿不违本誓，怜愍有情。"

〔相彼鹏与鹍，讵慕枳棘栖〕相彼，看那。详见《独漉篇》一诗〔相彼西南，有煌其都〕条笺注。《庄子 · 逍遥游第一》："北冥有鱼，其名为鲲。鲲之大，不知其几千里也。化而为鸟，其名为鹏。鹏之背，不知其几千里也；怒而飞，其翼若垂天之云。……鹏之徙于南冥也，水击三千里，抟扶摇而上者九万里……蜩与莺鸠笑之曰：'我决起而飞，抢榆枋而止，时则不至而控于地而已矣，奚以之九万里而南为？'"《说文解字》卷 3 上《言部》："讵，犹岂也。"《孔子家语》卷 23《三恕第九》："故子从父命，奚讵为孝？臣从君命，奚讵为贞？"《周礼注疏》卷 30《夏官司马 · 掌固》："掌固，掌修城郭沟池树渠之固。"郑玄注："树谓枳棘之属，有刺者也。"亦喻阴险小人，《韩非子 · 外储说左下第三十三》："阳虎将为赵武之贤、解狐之公。而简主以为枳棘，非所以教国也。"何犿注："主云所举害已，与枳棘者同。"鹍，"鲲"之讹，详见《有感》一诗〔鹍〕条笺注。

〔方池水盈尺，乃欲羁蛟螭〕方池，小水池。陆游《剑南诗稿》卷 27《方池》："莫笑方池小，清泉数斛宽。"《史记 · 司马相如列传》载其《上林赋》："于是乎蛟龙赤螭"。张守节《正义》："螭，丑知反。文颖云：'龙子为螭。'张揖曰：'雌龙也。'二说皆非。《广雅》云：'有角曰虬，无角曰螭。'按：此皆龙类而非龙。"《汉书 · 扬雄传》载其《羽猎赋》："探岩排碕，薄索蛟螭。"参见《答周美权诗意》一诗〔寐虬攜曲池〕条笺注。

〔言念汀洲中，杜若多纷披〕汀洲，水中的平缓小洲。《楚辞章句》卷 2 屈原《九歌 · 湘夫人》："搴汀洲兮杜若，将以遗兮远者。"王逸注："汀，平也。"杜若为香草名，比喻志行高洁忠贞。《经典释文》卷 30《尔雅音义下 · 释草第十三》："杜，郭云杜衡也。……《本草经》又有杜若，一名杜衡。陶注云：叶似姜根，亦似高良姜而细，气味辛香，又绝似旋葍根。"《楚辞章句》卷 16 刘向《九叹 · 惜贤》："握申椒与杜若兮，冠浮云之峨峨。"王逸注："言己独怀持香草，执忠贞之行，志意高厉。"纷披，繁盛。《六臣注文选》卷 50 沈休文（约）《宋书谢灵运传论》："六义所因，四始攸系。升降讴谣，纷披风什。"吕延济注："纷披，言多也。"

〔息静参化机〕化机，天地造化的枢机关键。《全唐诗》卷 853 吴筠《步虚词十首》其十："二气播万有，化机无停轮。"（第 12 册 P9710）《全唐诗》卷 859 吕岩（洞宾）《百字碑》："坐听无弦曲，明通造化机。"（第 12 册 P9778）《玉海》卷 31 宋孝宗赵昚《乾道御制苏轼文集赞》："手抉云汉，斡造化机。"此句指，内心平静安详，就可参入天地造化的枢机关键。参见《答周美权诗意》一诗〔翕虑溶化机〕条笺注。

〔彭殇齐〕《庄子集释》卷 1 上《逍遥游第一》：“小知不及大知，小年不及大年。奚以知其然也？朝菌不知晦朔，蟪蛄不知春秋，此小年也。楚之南有冥灵者，以五百岁为春，五百岁为秋；上古有大椿者，以八千岁为春，八千岁为秋。而彭祖乃今以久特闻，众人匹之，不亦悲乎！”郭庆藩引成玄英疏：“冥灵大椿，并木名也，以叶生为春，以叶落为秋。冥灵生于楚之南，以二千岁为一年也。而言上古者，伏牺时也。大椿之木长于上古，以三万二千岁为一年也。冥灵五百岁而花生，大椿八千岁而叶落，并以春秋赊永，故谓之大年也。”《庄子·齐物论第二》：“夫天下莫大于秋毫之末，而大山为小；莫寿于殇子，而彭祖为夭。”《晋书·王羲之传》载其《兰亭序》：“固知一死生为虚诞，齐彭殇为妄作。”

〔海水须弥山〕丁福保《佛学大辞典》：“须弥（杂名），Sumeru，又作修迷楼，苏弥楼，须弥楼，弥楼。新作苏迷卢，苏迷嚧。山名，一小世界之中心也。译言妙高，妙光，安明，善积，善高等。凡器世界之最下为风轮，其上为水轮，其上为金轮即地轮，其上有九山八海，即持双，持轴，担木，善见，马耳，象鼻，持边，须弥之八山八海与铁围山也，其中心之山，即为须弥山。”《起世经》卷 1《阎浮洲品第一》：“诸比丘，须弥山王在大海中，下狭上阔，渐渐宽大，端直不曲，大身牢固。”

〔消竭〕佛教语，耗尽、消除。《大方广佛华严经》卷 58《入法界品第三十四之十五》：“令发无量诸清净心，拔出无量诸苦恼刺，消竭无量爱欲之海”。《大法炬陀罗尼经》卷 13《供养法师品第三》：“假有因缘，一切水界可令消竭，世间风轮可使不动，一切日月可令灭光，一切星宿可令黑暗”。

〔鲁戈如可挥，暂欲回朝曦〕见《感事八首》（其八）一诗〔挥戈盼鲁阳〕条笺注。

〔大雄〕佛教中代指佛陀释迦牟尼。《中阿含经》卷 33《大品释问经第十八》：“是故礼大雄，稽首人最上。”《华严经》卷 27《十回向品第二十五之五》：“愿一切众生具足菩萨丈夫智慧，不久当成无上大雄。”《楞严经》卷 3：“大雄大力大慈悲，希更审除微细惑。”

〔老氏雌〕老氏，指老子李耳。《史记·酷吏列传》序：“老氏称：‘上德不德，是以有德；下德不失德，是以无德。法令滋章，盗贼多有。’”《老子·道经》二十八章：“知其雄，守其雌，为天下蹊。”《后汉书·赵温传》：“大丈夫当雄飞，安能雌伏！”

〔珍重岁寒盟，岳岳青松姿〕《论语·子罕第九》：“子曰：‘岁寒，然后知松柏之后凋也。’” 岳岳，树木挺拔貌。《楚辞章句》卷 17 王逸《九思·悯上》：“株榛兮岳岳”。王逸注：“岳岳，众木植也。”《全唐诗》卷 369 皇甫松《古松感兴》：“寄言青松姿，岂羡朱槿荣。”（第 6 册 P4166）

【略考】

本诗中有数句涉及佛教，如，“众生未普度，此愿终不违”，“海水须弥山”，“归心师大雄”。周美权之堂弟周叔迦是近代著名佛学家，周叔迦之子周绍良曾于 1987 年 3 月当选为中国佛教协会副会长兼秘书长。周叔迦著《唯识研究》，王季同撰序：“我少年时代喜研究数理科学，读明季利玛窦、徐光启到清季江南制造局的译本书，周美权先生与我有同好，四十年前我们二人就因为讨论数学结为朋友，对于神秘的宗教，不可以科学说明的，也同抱不信任的心，而深闭固拒，后来我认识了学佛的朋友，又读了大乘经论，才知道佛法圆融，实在不是其他宗教和近代的西洋哲学所可比拟，也决非科学知识所能推翻，于是才发了坚固的信心。而不久听见美权先生也发心了，这是六年前的事。……王季同民国廿二年十二月七日。”（华藏佛教图书馆印赠本）由此可知，周美权曾崇尚“数理科学”而排斥宗教，至 1927 年前后始崇信佛教。我尚未见周美权原诗，但从刘师培和诗的词句看，周美权原诗中似有多处佛教用语。想必，周美权 1903 年时即对佛教感兴趣。

读庄子逍遥游（二首）

【刊载】

《刘申叔遗书》61 册（31），《左盦诗录》卷 1《匪风集》。

【类别】

七言，4 句。

【编年】

1903 年。排于《癸卯夏记事》之前，故定编年于 1903 年。

读庄子逍遥游（二首）其一

鼷鼠饮河期满腹，蟪蛄阅世忘春秋。一弹指顷八千载，何人重证逍遥游。

【笺注】

〔鼷鼠饮河期满腹〕《庄子集释》卷 1 上《（内篇）逍遥游第一》：“偃鼠饮河，不过满腹。”郭庆藩引陆德明《经典释文》：“如字。李云：‘鼷鼠也。’《说文》：‘鼢鼠，一曰偃鼠。’”郭庆藩注：“李桢曰偃鼠，李云鼷鼠也。案，《说文》‘鼢’下云：‘地行鼠，伯劳所化也，一曰偃鼠。’偃，或作鼴，俗作鼹。《玉篇》：‘鼹，大鼠也。’《广雅》：‘鼹鼠，鼢鼠。’《本草》：‘鼹鼠在土中行。’陶注：‘俗一名隐鼠，一名鼢鼠，常穿耕地中行，讨掘即得。’《说文》‘鼷’下云：‘鼷，小鼠也。’《尔雅》：‘鼷，鼠有螫毒者。’《公羊·成七年》传注云：‘鼷鼠，鼠中之微者。’《博物志》：‘鼷鼠，鼠之类最小者，食物，当时不觉痛，或名甘鼠。’据此，知偃鼠、鼷鼠，判然为二，李说误。”

〔蟪蛄阅世忘春秋〕《庄子集释》卷 1 上《（内篇）逍遥游第一》：“朝菌不知晦朔，蟪蛄不知春秋，此小年也。”郭庆藩引成玄英疏：“蟪蛄，夏蝉也。生于麦梗，亦谓之麦节，夏生秋死，故不知春秋也。”郭庆藩注：“《御览》九百四十九引司马云：惠蛄，亦名蝭蟧。‘春生夏死，夏生秋死，故不知岁有春秋也。’”

〔一弹指顷〕佛教语，喻极短时间。丁福保《佛学大辞典》：“弹指顷（杂语），一弹指之顷。《观无量寿经》曰：‘如弹指顷，即生彼国。’”六十卷本《华严经》卷 20《金刚幢菩萨十回向品第二十一之六》：“乃至未曾一弹指顷不闻正法。住无所有，无依无染，无著无行”。参见《泛舟小金山》一诗〔华严弹指〕条笺注。

读庄子逍遥游（二首）其二

南溟北溟今咫尺，鲲鹏变化何神奇。扶摇不送培风翼，又是天池息影时。

【笺注】

〔南溟北溟〕《庄子·逍遥游第一》：“北冥有鱼，其名为鲲。鲲之大，不知其几千里也。化而为鸟，其名为鹏。……是鸟也，海运则将徙于南冥。”

〔鲲鹏变化〕参见《有感》一诗〔天地有鲲鹏〕、〔变化无已时〕条笺注。

〔扶摇不送培风翼〕《庄子集释》卷 1 上《（内篇）逍遥游第一》：“风之积也不厚，则其负大翼也无力。故九万里，则风斯在下矣，而后乃今培风”。郭庆藩引王念孙《读书杂志余编上·庄子·培风》：“培之言冯（凭——引者）也。冯，乘也（见《周官·冯相氏》注）。风在鹏下，故言负；鹏在风上，故言冯。必九万里而后在风之上，在风之上而后能冯风，故曰‘而后乃今培风’。”

〔又是天池息影时〕《庄子集释》卷 1 上《（内篇）逍遥游第一》：“是鸟也，海运则将徙于南冥。南冥者，天池也。……鹏之徙于南冥也，水击三千里，抟扶摇而上者九万里，去以六月息者也。”郭庆藩引郭象注：“夫翼大则难举，故抟扶摇而后能上。”“夫大鸟一去半岁，至天池而息。”息影，指隐身匿迹，休养生息。《庄子·渔父第三十一》:“处阴以休影，处静以息迹。”上句与此句指，没有扶摇之风的助力，鹏有大翼也飞不起来。此时，正当在天池休养生息之时。

有感

春蚕吐丝空作茧，螳螂奋臂思当车。人间恨海风波恶，肯学兴公赋《遂初》。

【刊载】

《刘申叔遗书》61 册（29),《左盦诗录》卷 1《匪风集》。

【类别】

七言，4 句。

【编年】

1903 年。排于《癸卯夏记事》之前，故定编年于 1903 年。

【笺注】

〔螳螂奋臂思当车〕《庄子 · 人间世第四》:“汝不知夫螳螂乎？怒其臂以当车辙，不知其不胜任也，是其才之美者也。”《韩诗外传》卷 8 :“齐庄公出猎，有螳螂举足将搏其轮。问其御曰:‘此何虫也?’御曰:‘此螳螂也。其为虫，知进而不知退，不量力而轻就敌。’庄公曰:‘以为人，必为天下勇士矣。’于是回车避之。”《淮南子 · 人间训》:“齐庄公出猎，有一虫举足将搏其轮，问其御曰:‘此何虫也?’对曰:‘此所谓螳螂者也。其为虫也，知进而不知却，不量力而轻敌。’庄公曰:‘此为人，而必为天下勇武矣!’回车而避之。”

〔风波恶〕《全唐诗》卷 166 李白《横江词（六首）》其二:“横江欲渡风波恶，一水牵愁万里长。”（第 3 册 P1722）

〔兴公赋《遂初》〕《晋书 · 孙绰传》:“绰，字兴公。博学善属文，少与高阳许询俱有高尚之志。居于会稽，游放山水，十有余年，乃作《遂初赋》以致其意。”《世说新语》卷上之上《言语第二》:“孙绰赋《遂初》，筑室畎川，自言见止足之分。”刘孝标注:“《中兴书》曰:‘绰字兴公，太原中都人。少以文称历太学博士、大著作、散骑常侍。《遂初赋》叙曰:“余少慕老庄之道，仰其风流久矣。却感于陵贤妻之言，怅然悟之。乃经始东山，建五亩之宅，带长阜，倚茂林，孰与坐华幕击钟鼓者，同年而语其乐哉。”’”

书顾亭林先生墨迹后

胡尘没中原，虏骑密如织。先生经世才，文采华南国。拜表至行朝，真意达肝鬲。微忱抱区区，岁寒坚金石。昆山三百里，坐见烽烟逼。神州既沦沈，悲哉陷异域。秋风吹济南，摧藏铩鸿翮。一鹗翔云霄，肯为罻罗得。昌平风萧条，关塞悲行役。伤哉麦秀歌，吾驾将安适。灭迹遂躬耕，有怀亦焉极。著书岂近名，淹雅深宁匹。平生苦羁旅，德邻必有择。关中得天生，倾盖心莫逆。迢迢一纸书，道义了无隔（自注：此书疑亭林与李因笃者）。缣简随云烟，零落凭谁惜。手迹尊名贤，珍护如球璧。沈埋三百载，幽光岂终匿。生民尚左衽，天未厌夷德。郁此坚贞心，对此空悽恻。

【刊载】

《江苏》杂志第 7 期，1903 年 10 月 20 日，署名申叔。《刘申叔遗书》61 册（32—33），《左盦诗录》卷 1《匪风集》。

【类别】

五言，40 句。

【编年】

1903 年。依首次发表时间。

【笺注】

〔顾亭林先生墨迹〕顾炎武（1613—1682），明末清初大学者，昆山人。初名继绅、绛，字忠清。后改名炎武，字宁人，因避人陷害，曾化名蒋山佣。居亭林镇，世称亭林先生。与黄宗羲、王夫之合称“清初三先生”。据本诗刘师培自注“此书疑亭林与李因笃者”，此书或为顾炎武写给李因笃的亲笔信手迹。李因笃（1632—1692），字子德，号天生，山西洪洞人。明末清初著名音韵学家，在陕西关中地区曾与顾炎武有密切的交谊。《亭林文集》卷 4 载有“与李子德”书信三通，《蒋山佣残稿》卷 1、2、3 载有“与李子德”书信七通，据刘师培此诗内容，尚无法断定此书是否其一。案:《亭林文集》《蒋山佣残稿》早有传世，刘师培当读过这些书信。疑此“墨迹”未载《亭林文集》和《蒋山佣残稿》，或为顾氏佚文。

〔胡尘没中原，虏骑密如织〕1903 年 6 月 25 日，刘师培在《江苏》杂志第四期发表《亭林先生佚诗二首》（载《刘申叔遗书补遗》上册 P50—51）。该文据戴望钞本

"顾集"，辑录了潘耒刻"顾集"时删除的《羌胡引》一诗和序文、诗文中被改窜 10 余处的《井中心史歌》二诗。如《井中心史歌》，将"胡元"改为"元人"，"胡虏"改为"厄运"，"胡骑"改为"牧骑"等。可参见拙文《039—刘师培与幽光阁本《亭林诗稿》之关系—刘师培研究笔记（39）》。

〔南国〕《楚辞章句》卷 4 屈原《九章 · 橘颂》："受命不迁，生南国兮。"王逸注："南国，谓江南也。"

〔拜表至行朝，真意达肝鬲〕行朝，即"行在"，指皇帝临时驻跸之处，此处指南明小朝廷所踞之南京。顾炎武《亭林诗集》卷 1《延平使至》："身留绝塞援枹伍，梦在行朝执戟班。"明亡后，原明昆山知县杨永言举荐顾炎武做了南明弘光兵部司务。张穆《顾亭林先生年谱》卷 1：顺治二年（1645，弘光元年）"昆山令杨君永言应南都诏列荐先生名于行朝，用为兵部司务。"（台湾商务印书馆 1980 年 4 月初版 P15）顾炎武连上《军制论》《形势论》《田功论》和《钱法论》四道奏疏，曾广为流传，史称"乙酉四论"，四文见《亭林文集》卷 6《补遗》。参见《谒冶山顾亭林先生祠》一诗〔曾闻谏草传〕条笺注。《正字通》亥集上《鬲部》："鬲，……又五脏肝肺之间有鬲肉，所谓胸鬲、关鬲也，别作膈。"

〔区区〕《江苏》本作"区々"。々，叠字符号。

〔昆山三百里，坐见烽烟逼〕张穆《顾亭林先生年谱》卷 1：顺治元年"四月，先生率家人侍母迁居常熟之唐市。""十二月，复迁居常熟之语濂泾。"顺治"二年乙酉，南都宏（弘——引者）光元年，三十三岁。五月初九日，王师渡江。初十日夜，宏（弘——引者）光帝出走。十五日，王师入南都，明亡。""南都陷，先生从军至苏州。""六月，仍归语濂泾""七月初六日巳刻，王师下昆山城。""越九日，王师复下常熟。贞孝于十四日闻变，即绝食。至三十日，乃终。""十二月十九日，权厝贞孝灵柩于司马茔东偏。"（台湾商务印书馆 1980 年 4 月初版 P16、17、18）顾炎武《亭林诗集》卷 1《十月二十日奉先妣葬于先曾祖兵部侍郎公墓之左》："皇天下监臣子心，环三百里无相侵。"顾炎武自注："《国语》：越王命环会稽三百里以为范蠡地。曰：后世子孙有敢侵蠡之地者，使无终没于越国。皇天后土，四乡地主正之。"案："贞孝"，指顾炎武嗣母王氏。顾炎武年幼时，被过继给叔父为嗣。由婶母，也就是嗣母王氏抚养成人，母子感情极深。刘师培此二句以顾诗为典，指，顾炎武诚心向皇天后土祈祷，昆山家乡和祖先坟茔环三百里不要受兵火侵扰。但清军铁蹄却步步紧逼。

〔秋风吹济南〕康熙初年，顾炎武卷入山东"黄培诗案"，在济南入狱 7 个月。他积极应对，坚不承认。后在好友李因笃、朱彝尊等人的营救下出狱。详见林东海《顾炎武两次入狱考论》，载《黑龙江社会科学》2019 年第 2 期 P144—149。参见《咏明末四大儒（四首）》其一一诗〔也应巧避北山罗〕条笺注。

〔摧藏铩鸿翮〕《六臣注文选》卷 5 左太冲（思）《吴都赋》：“羽族以觜距为刀铍，……拉押摧藏。”吕向注：“羽族，鸟也。……摧藏，谓折挫也。”《六臣注文选》卷 18 成公子安（绥）《啸赋》：“和乐怡怿，悲伤摧藏。”李善注：“摧藏，自抑挫之貌。言悲伤能挫于人。《琴操》王昭君歌曰：‘离宫绝旷，身体摧藏。’”欧阳修《文忠集》卷 2《居士集二 · 古诗二十首 · 水谷夜行寄子美圣俞》：“云烟一翱翔，羽翮一摧铩。”《集韵》卷 9《入声上 · 黠第十四》：“铩，……一曰羽伤也。”铩，《江苏》本作“鎩”。

〔罻〕《说文解字注》卷 7 下《网部》：“罻，捕鸟网也。”段注：“《王制》注曰：‘罻，小网也。’”

〔昌平风萧条〕明亡后，顾炎武曾数次赴北京吊谒明陵，著有《昌平山水记》一书。顾炎武《亭林诗集》卷 3《五十初度时在昌平》：“居然濩落念无成，隙驷流萍度此生。远路不须愁日暮，老年终自望河清。常随黄鹄翔山影，惯听青骢别塞声。举目陵京犹旧国，可能钟鼎一扬名。”

〔关塞悲行役〕张穆《顾亭林先生年谱》卷 2：顺治“十六年，己亥，四十七岁。出山海关，返至永平之昌黎。”（台湾商务印书馆 1980 年 4 月初版 P36）关（關），《江苏》本作“阙（闕）”，似误。

〔伤哉麦秀歌〕顾炎武《日知录》卷 19《巧言》：“《黍离》之大夫，始而摇摇，中而如噎，既而如醉，无可奈何，而付之苍天者，真也；汨罗之宗臣，言之重，辞之复，心烦意乱，而其词不能以次者，真也；栗里之徵士，淡然若忘于世，而感愤之怀有时不能自止，而微见其情者，真也。其汲汲于自表暴而为言者，伪也。《易》曰：‘将叛者其辞惭，中心疑者其辞枝，失其守者其辞屈。’《诗》曰：‘盗言孔甘，乱是用餤。’夫镜情伪，屏盗言，君子之道，兴王之事，莫先乎此。”

〔吾驾将安适〕顾炎武《亭林诗集》卷 3《寄弟纾及友人江南》：“不知自兹往，吾驾焉所税。”

〔灭迹遂躬耕〕顾炎武《亭林诗集》卷 1《哭杨主事》：“灭迹遂躬耕，犹为义声唱。”

〔有怀亦焉极〕顾炎武《亭林诗集》卷 1《十二月十九日奉先妣藁葬》：“黾勉臣子心，有怀亦焉极。”

〔著书岂近名〕顾炎武《日知录》卷 19《文须有益于天下》：“文之不可绝于天地

闻者，曰明道也，纪政事也，察民隐也，乐道人之善也。若此者有益于天下，有益于将来，多一篇，多一篇之益矣。若夫怪力乱神之事，无稽之言，剿袭之说，谀佞之文，若此者，有损于己，无益于人，多一篇，多一篇之损矣。”同上书同卷《著书之难》：“子书自孟、荀之外，如老、庄、管、商、申、韩，皆自成一家言。至《吕氏春秋》《淮南子》，则不能自成，故取诸子之言汇而为书，此子书之一变也。今人书集一一尽出其手，必不能多，大抵如《吕览》《淮南》之类耳。其必古人之所未及就，后世之所不可无，而后为之，庶乎其传也与！”

〔淹雅深宁匹〕淹雅，雍容博雅。《世说新语》卷上之下《政事第三》：“陆太尉诣王丞相咨事，过后辄翻异。王公怪其如此，后以问陆。”刘孝标注：“《陆玩别传》曰：‘玩字士瑶，吴郡吴人。祖瑁，父英，仕郡有誉。玩器量淹雅，累迁侍中、尚书左仆射、尚书令，赠太尉。’”王应麟，字伯厚，号深宁居士，宋末元初大学者，尤以学识渊博著称。详见《甲辰年自述诗（其四十三）》一诗〔厚斋〕条笺注、《咏禾中近儒（三首）》其三一诗〔著书避世类深宁〕条笺注。宁（寧），《江苏》本作“甯”。

〔德邻〕《论语 · 里仁第四》：“子曰：‘德不孤，必有邻。’”

〔关中得天生〕李因笃，号天生。详见本诗〔顾亭林先生墨迹〕条笺注。

〔倾盖心莫逆〕顾炎武《亭林诗集》卷 5《酬李子德二十四韵》：“记昔方倾盖，相逢便执袪。”倾盖，本指两车伞盖相交，喻一见如故。《孔子家语》卷 2《致思第八》：“孔子之郯，遭程子于涂，倾盖而语终日，甚相亲。”

〔迢迢〕《江苏》本作“迢々”。々，叠字符号。

〔此书疑亭林与李因笃者〕《江苏》本，“疑”误作“欵”，“林”误作“村”。

〔缣简〕以厚绢帛书写的书籍、信笺。《书断》卷上：“乃思贤哲于千载，览陈迹于缣简。”

〔球璧〕玉璧。《尚书正义》卷 6《夏书 · 禹贡》：“黑水西河惟雍州。……厥贡惟球琳、琅玕。”孔传：“球琳皆玉名。”

〔幽光〕幽隐之光，喻被埋没的德行。《艺文类聚》卷 49《职官部五 · 太常》：“梁沈约《太常卿任昉墓志铭》曰：“……幽光忽断，穷灯黯灭。”清末，有署“幽光阁”之书商铅印了以戴望抄本为底本的《亭林诗稿》，戴望抄本为刘师培所有。此“幽光阁”或与本句有关。参见拙文《039—刘师培与幽光阁本〈亭林诗稿〉之关系—刘师培研究笔记（39）》。

〔生民尚左衽，天未厌夷德〕《论语注疏》卷 14《宪问第十四》：“微管仲，吾其被发左衽矣。”邢昺疏：“衽，谓衣衿。衣衿向左，谓之左衽。夷狄之人被发左衽。”顾炎武《亭林诗集》卷 1《元日》：“天造不假夷，夷行乱三辰。人时不授夷，夷德违兆民。留此三始朝，归我中华君。”此二句指，清朝气数未尽，百姓尚以之为正朔。

〔坚贞〕《江苏》本作“贞坚”。

〔恻〕《江苏》本作“测”，显误。

读王船山先生遗书

衡山万仞雄南区，元气磅礴灵秀储。笃生先生鸿达儒，抗志直欲希横渠。干戈扰攘兴东胡，茫茫天路多崎岖。中原板荡灰劫余，胡氛澒洞风沙矗。粤东天启兴王都，鹏鲲展翼垂天衢。上书忧国筹军输，攘狄大义《春秋》符。帝子不归愁苍梧，孤忠直与湘累俱。故园归来松菊芜，尺蠖伸屈师申屠。漆室感事发长吁，《黄书》一篇经国谟。制宰任官良策纡，弘济敢嗤儒效疏。著书万卷黄顾如，眷怀宗国心不渝。黍离麦秀悲遗墟，举世谁复知申胥。井中心史传遗书，所南忠愤古所无。

【刊载】

《国民日日报汇编》第 2 集，署名申叔。《刘申叔遗书》61 册（29—30），《左盦诗录》卷 1《匪风集》。

【类别】

七言，26 句。

【编年】

1903 年。依首次发表时间。详见本诗“略考”。

【笺注】

〔王船山先生遗书〕王夫之（1619—1692），字而农，号姜（薑）斋，湖南衡阳人。晚年隐居于衡阳石船山，故亦称船山先生。其著作生前只刊行《漧涛园集》一种，且早佚。其子王敔在湘西草堂曾刊刻二十余种，即为“湘西草堂本”。乾隆年间《四库》开馆后，曾收录其著作 6 种，存目 2 种，同时查禁 9 种，即为“四库本”。道光二十二年（1842），湘潭王氏守遗经书屋第一次以《船山遗书》之名刊刻王夫之著作，收经部 18 种，151 卷。即为“守遗经书屋”本。左宗棠曾参与了此本的编校工作。同治四年（1865），曾国藩、曾国荃兄弟为弘扬船山学说，在南京设局重刊《船山遗书》，计收著作 56 种，288 卷。光绪年间，又补刻了 6 种，10 卷，附于其后。共计 62 种，298 卷。通称“金陵本”或“曾刻本”。后者也被称为“衡阳补刻本”。刘师培的祖父刘毓崧和伯父刘寿曾都曾参与《船山遗书》的编校，刘毓崧有《王船山先生年谱（增补）》传世，收入《船山遗书》。据其《自序》，作于同治四年十一月（1865 年 12 月—1866 年 1 月间），曾国荃为此谱作序。

〔南区〕南方、南部。《南齐书 · 高帝本纪》：“张淹迷昧，弗顾本朝，爰自南区，志图东夏，潜军间入，窃觊不虞。”陈子昂《陈拾遗集》卷 5《唐故朝议大夫梓州长史杨府君碑》：“麟德初，兼梓州长史，盖在华之南区，彭之北鄙。”

〔笃生〕诞育。《诗经 · 大雅 · 文王之什 · 大明》：“有命自天，命此文王。于周于京，缵女维莘。长子维行，笃生武王。保右命尔，燮伐大商。”王夫之是湖南衡阳人，即出生于南岳衡山脚下。

〔抗志直欲希横渠〕抗志，高远之志。《六韬 · 文韬 · 上贤第九》：“士有抗志高节，以为气势。”张载（1020—1077），字子厚，陕西凤翔郿县人（今陕西省宝鸡市眉县横渠镇），曾讲学于关中，故其学派被称为“关学”，张载被称为“横渠先生”。张载有著名的“横渠四句”：“为天地立心，为生民立道，为往圣继绝学，为万世开太平。”《后汉书 · 文苑下 · 赵壹传》：“君学成师范，缙绅归慕，仰高希骥，历年滋多。”李贤注：“希，慕也。”

〔干戈扰攘兴东胡〕指明末农民起义并推翻明朝，使东北的满族趁势崛起并最终入主中原。东胡，泛指古代中国华北、东北地区的少数民族。章太炎《驳康有为论革命书》：“夫满洲种族，曰东胡。”（《章太炎全集》第 4 册《太炎文录初编 · 文录卷二》第 P176）胡，《国民日日报汇编》本作“湖”，显误。

〔板荡〕《诗经 · 大雅 · 生民之什》有《板》篇，《荡之什》有《荡》篇。《板》：“上帝板板，下民卒瘅。”《荡》：“荡荡上帝，下民之辟。”后以“板荡”形容天下大乱。《晋书 · 刘曜载记》史论：“爰及三代，乃用干戈，将以拯厥版荡，恭膺天命。”1904 年 5 月 29 日《中国白话报》第十二期发表刘师培《板荡集诗余》，辑南宋人诗词，10 人 10 首，有诗有词。8 月 1 日，《中国白话报》第十七期发表刘师培《板荡集》，辑南宋和明代 3 人 3 诗。刘师培均有按语。

〔胡氛澒洞风沙飍〕胡氛，太平天国及清末专指清朝统治者。杨秀清、肖朝贵《奉天讨胡檄布四方》谕：“上为上帝报瞒天之仇，下为中国解下首之苦，预期肃清胡氛，同享太平之乐。”（《中国近代史资料丛刊 · 太平天国》第 1 册 P164，上海人民出版社 1957 年 6 月第 1 版）澒洞，漫无涯际。《淮南子 · 精神训》：“古未有天地之时，惟像无形，窈窈冥冥，芒芠漠闵，澒蒙鸿洞，莫知其门。”《全唐诗》卷 220 杜甫《桃竹杖引，赠章留后（竹兼可为簟，名桃笙）》：“噫，风尘澒（一作鸿）洞兮豺虎咬人”。（第 4 册 P2324）《正字通》亥集下《鹿部》：“麤，……大也。”麤，《国民日日报汇编》本作“粗”。

〔粤东天启兴王都〕1646 年 11 月，南明桂王朱由榔于广东肇庆即位，史称“永历帝”。《石匮书后集》卷 47《何腾蛟传》：“丙戌，闽败。十月，桂王即位于端州。”案：古时，两广地区合称，广西称粤西，广东称粤东。

〔鹏鲲展翼垂天衢〕《庄子 · 逍遥游第一》：“北冥有鱼，其名为鲲。鲲之大，不知其几千里也。化而为鸟，其名为鹏。鹏之背，不知其几千里也；怒而飞，其翼若垂天之云。”天衢，指广阔的天空。《楚辞》卷 17 王逸《九思 · 遭厄》：“蹑天衢兮长驱，踵九阳兮戏荡。”

〔上书忧国筹军输〕王敔（王夫之次子）《大行府君行述》：“乙酉以还，亡考知湖上之败必由此，走湘阴，上书于司马华亭章公旷，指画兵食，且谏其调和南北，以防溃变。公报以本无异同，不必过虑。”章旷，松江人，时任南明右佥都御史。

〔攘狄大义《春秋》符〕《公羊传 · 僖公四年》“夷，狄也，而亟病中国。南夷与北狄交，中国不绝若线。桓公救中国，而攘夷狄，卒怗荆，以此为王者之事也。”

〔帝子不归愁苍梧〕《楚辞章句》卷 2 屈原《九歌 · 湘夫人》：“帝子降兮北渚，目眇眇兮愁予。”王逸注：“帝子，谓尧女也。降，下也。言尧二女娥皇、女英，随舜不反，没于湘水之渚，因为湘夫人。……眇眇，好貌。予，屈原自谓也。言尧二女仪德美好，眇然绝异，又配帝舜，而乃没命水中。屈原自伤，不遭值尧、舜，而遇闇君，亦将沉身湘流，故曰愁我也。”《礼记 · 檀弓上》：“舜葬于苍梧之野。”

〔孤忠直与湘累俱〕孤忠，指不被人理解的忠诚、忠贞。张元幹《芦川归来集》卷 2《次韵刘希颜感怀二首》其一：“拟颂中兴业，孤忠只自知。”王夫之《读通鉴论》卷 5：“盈廷之士气，汉室之孤忠，唯一王嘉，而不能讼其屈抑。”《汉书 · 扬雄传》：“因江潭而淮记兮，钦吊楚之湘累。”颜师古注：“李奇曰：‘诸不以罪死曰累，荀息、仇牧皆是。屈原赴湘死，故曰湘累也。’”《顾亭林诗集汇注》卷 6 顾炎武《井中心史歌》：“独力难将汉鼎扶，孤忠欲向湘累吊。”（上海古籍出版社 1983 年 11 月第 1 版 P1170）直，《国民日日报汇编》本作“真”。

〔尺蠖伸屈师申屠〕尺蠖，昆虫未变态前的幼虫，爬行时背部一曲一弓，不断伸曲。伸屈，喻人知荣辱进退，能屈能伸。《周易 · 系辞下》："尺蠖之屈，以求信也。"王夫之《读通鉴论》卷 8《顺帝》："卓之始执国柄，亟于名而借贤者以动天下，盖汲汲焉。……征申屠蟠，……申屠蟠不至，晏然而以寿终矣。""屠蟠征而不至，论者谓之知几。几者，事之微，吉凶之先见者也。……人劝蟠以行，蟠笑而不答，人不可与语也，志不自白也。夷然坦然而险阻消，蟠岂中无主而能然哉？"《后汉书 · 申屠蟠传》："明年，董卓废立，蟠及爽、融、纪等复俱公车征，唯蟠不到。众人咸劝之，蟠笑而不应。居无几，爽等为卓所胁迫，西都长安，京师扰乱。及大驾西迁，公卿多遇兵饥，室家流散，融等仅以身脱。唯蟠处乱末，终全高志。年七十四，终于家。"此句指，王夫之效申屠蟠之智，翩然归隐，终老于家。

〔漆室〕《列女传 · 鲁漆室女》："漆室女者，鲁漆室邑之女也。过时未适人。当穆公时，君老，太子幼。女倚柱而啸，旁人闻之，莫不为之惨者。其邻人妇从之游，谓曰：'何啸之悲也？子欲嫁耶？吾为子求偶。'漆室女曰：'嗟乎！始吾以子为有知，今无识也。吾岂为不嫁不乐而悲哉！吾忧鲁君老，太子幼。'邻妇笑曰：'此乃鲁大夫之忧，妇人何与焉！'漆室女曰：'不然，非子所知也。昔晋客舍吾家，系马园中。马佚驰走，践吾葵，使我终岁不食葵。邻人女奔随人亡，其家倩吾兄行追之。逢霖水出，溺流而死，令吾终身无兄。吾闻河润九里，渐洳三百步。今鲁君老悖，太子少愚，愚伪日起。夫鲁国有患者，君臣父子皆被其辱，祸及众庶，妇人独安所避乎！吾甚忧之。子乃曰妇人无与者，何哉！'邻妇谢曰：'子之所虑，非妾所及。'三年，鲁果乱。"后以"漆室"比喻对国家的忧思。

〔《黄书》一篇经国谟〕王夫之于顺治十三年（1656）撰述《黄书》一卷，计《原极》《古仪》《宰制》《慎选》《任官》《大臣》《离合》共 7 篇，《后序》1 篇。该书总结了汉族政权衰亡的教训，探讨了历代统治者的治乱得失，从恢复和巩固汉族政权的角度出发，提出了一系列改革政治的主张。国谟，治国大计。《艺文类聚》卷 14《帝王部四 · 梁武帝》："梁沈约《武帝集序》曰：'虽密奏忠规，遗稿必削，而国谟蕃政，存者犹多。'"

〔制宰任官良策纡〕王夫之《黄书》有《宰制》《慎选》《任官》等篇专论用人任官。

〔弘济敢嗤儒效疏〕弘济，广施德泽，济世安民。《尚书正义》卷 18《顾命》："用敬保元子钊，弘济于艰难。"孔颖达疏："大度于艰难。言当安和远人，又须能和近人。当为善政，远近俱安之。"《荀子 · 儒效篇第九》："有俗儒者，有雅儒者，有大儒者。……略法先王而足乱世术，缪学杂举，不知法后王而一制度，不知隆礼义而杀诗书。……呼先王以欺愚者而求衣食焉。……是俗儒者也。法后王，一制度，隆礼义而杀诗书，……内不自以诬，外不自以欺，……是雅儒者也。法先王，统礼义，一制度。以浅持博，以古持今，以一持万，……是大儒者也。故人主……用俗儒，则万乘之国存。用雅儒，则千乘之国安。用大儒，则百里之地，久而后三年，天下为一，诸侯为臣。用万乘之国，则举错而定，一朝而伯。”疏，迂腐，迂阔。《礼记正义》卷 10《檀弓下》：“天则不雨，而望之愚妇人，于以求之，毋乃已疏乎！”孔颖达疏：“言甚疏远于道理矣。”

〔黄顾〕黄宗羲、顾炎武。黄、顾、王三人是明末清初齐名的大学者。

〔宗国〕本意指与周天子同姓同宗的诸侯国，后泛指祖国。此处指故国，即已经灭亡的明朝。

〔黍离麦秀〕《诗经 · 王风 · 黍离》诗序：“黍离，闵宗周也。周大夫行役，至于宗周，过故宗庙宫室，尽为禾黍，闵周室之颠覆，彷徨不忍去而作是诗也。”《史记 · 宋微子世家》：“武王封纣子武庚禄父，以续殷祀，使管叔、蔡叔傅相之。其后箕子朝周，过故殷虚，感宫室毁坏，生禾黍，箕子伤之，欲哭则不可，欲泣为其近妇人。乃作《麦秀之诗》以歌咏之。其诗曰：‘麦秀渐渐兮，禾黍油油。’”黍离、麦秀，都比喻对国家昔日辉煌及故国的追思忧伤。

〔申胥〕春秋末年，伍子胥（员）之父伍奢任楚平王之子太子建的太傅，被费无极谗言构陷，与其长子伍尚一同被楚平王杀害。伍子胥从楚国逃到吴国，发誓为父兄报仇，成为吴王阖闾重臣。公元前 506 年，伍子胥和孙武带吴军攻入楚都，伍子胥掘楚平王墓，鞭尸三百，为父兄报仇。《左传 · 定公四年》：“伍员与申包胥友，其亡也，谓申包胥曰：‘我必复楚国。’申包胥曰：‘勉之。子能复之。我必能兴之。’及昭王在随，申包胥如秦乞师，曰：‘吴为封豕长蛇，以荐食上国，虐始于楚。寡君失守社稷，越在草莽，使下臣告急曰：“夷德无厌，若邻于君，疆埸之患也。逮吴之未定，君其取分焉。若楚之遂亡，君之土也。若以君灵抚之，世以事君。”’秦伯使辞焉，曰：‘寡人闻命矣，子姑就馆。将图而告。’对曰：‘寡君越在草莽，未获所伏，下臣何敢即安。’立依于庭墙而哭，日夜不绝声，勺饮不入口。七日，秦哀公为之赋《无衣》。九顿首而坐，秦师乃出。”参见《三月十九日，俗传太阳生辰，乃明怀宗殉国之日，而中国亡国之一大纪念也，作诗一章》一诗〔孤臣妄作秦庭哭〕条笺注。

〔井中心史传遗书，所南忠愤古所无〕《顾亭林诗集汇注》卷 6《井中心史歌》诗序：“崇祯十一年冬，苏州府城中承天寺以久旱浚井，得一函。其外曰‘大宋铁函经’，锢之再重。中有书一卷，名曰《心史》，称‘大宋孤臣郑思肖百拜封’。思肖，号所南，宋之遗民，有闻于志乘者。其藏书之日，为德佑九年。宋已亡矣，而犹日夜望陈丞相、张少保统海外之兵，以复大宋三百年之土宇，而驱胡元于漠北。至于痛哭流涕，而祷之天地，盟之大神，谓气化转移，必有一日变夷而为夏者。于是郡中之人见者，无不稽首惊诧。而巡抚都院张公国维刻之以传。又为所南立祠堂，藏其函祠中。未几而遭国难，一如德佑末年之事。呜呼，悲矣！其书传至北方者少，而变故之后，又多讳而不出，不见此书者三十余年，而今复睹之富平朱氏。昔此书初出，太仓守钱君肃乐赋诗二章，昆山归生庄和之八章。及浙东之陷，张公走归东阳，赴池中死；钱君遁之海外，卒于琅琦山；归生更名祚明，为人尤慷慨激烈，亦终穷饿以没。独余不才，浮沈于世。悲年运之日往，值禁罔之逾密，而见贤思齐，独立不惧。将发挥其事，以示为人臣处变之则焉。故作此歌云尔。”（上海古籍出版社 1983 年 11 月第 1 版 P1169—1170）《四库全书总目提要》卷 174："《心史》七卷（江苏巡抚采进本）。旧本题宋郑思肖撰，思肖有《题画诗》《锦钱集》及所著杂文，并附载其父震《菊山清隽集》，后已著于录。此书至明季始出，吴县陆坦、休宁汪骏声皆为刊行。称崇祯戊寅冬，苏州承天寺狼山中房浚井得一铁函，发之有书，缄封上题‘大宋孤臣郑思肖百拜封’十字，因传于时。凡《咸淳集》一卷，《大义集》一卷，《中兴集》二卷，皆各体诗歌；《久久书》一卷，《杂文》一卷，《略叙》一卷，皆记宋亡时杂事，后附《自序》《自跋》《盟言》及《疗病咒》一则。文词皆蹇涩难通，纪事亦多与史不合。如《杂文》卷中于魏征避仁宗讳作证，而李觏则不避高宗讳，记蒲寿庚作蒲受畊。原本果思肖亲书，不应错漏至此。其载二王海上事，谓少保张世杰奉祥兴皇帝奔遁，或传今驻军离里。卫王溺海，当时国史野乘所记皆同，思肖尤不宜为此无稽之谈，此必明末好异之徒作此以欺世而故为眩乱其词者。徐乾学《通鉴后编考异》以为海盐姚士粦所伪托，其言必有所据也。”《姑苏志》卷 55《人物十五（卓行）》："郑思肖，字忆翁，号所南，连江人。”王夫之曾仿屈原的《九歌》《九章》和郑思肖的《中兴集》诗作《九砺》诗。（郑思肖《九砺》诗序："今所作无题者，俱以‘砺’之一字次第目之。‘砺’者，言淬砺乃志，决其所行也。"）王夫之《船山遗书》六十八《忆得卷一（补刻）· 癸未 · 九砺之一 · 序》："贼购索甚亟，濒死者屡矣。得脱匿黑沙潭畔，作《九砺》九章，‘九’仿《楚辞》，‘砺’仿宋遗士郑所南《心史》中诗。自屈大夫后，唯所南《心史》忠愤出于至性，与大夫相颉颃。愿从二子游，故仿之。大乱后尽失其藁，仅约略记忆其一，缘从贼者斥国为贼，恨不与俱碎，激而作此。"（同治四年湘乡曾氏金陵节署本）

【略考】

平心而论，郑思肖的《心史》，就其学术水平而言，算不上多高明。但郑作为眷恋故国的南宋遗民，将其著作封存于枯井，后世重新现世的传奇，却在明末清初的“反清复明”，尤其是清末的“排满革命”中大放异彩。那时，主张并践行“排满革命”者，几乎言必称《心史》。这其中也包括刘师培。著名的历史学家孟森，更是自号“心史”。

将本诗编年定于 1903 年的理由如下——

继《苏报》于1903年被查封后，1903年8月7日，由章士钊任主编，陈独秀、张继、陈去病、苏曼殊、柳亚子等人任主笔的《国民日日报》在上海创刊。1903 年 12 月 4 日，《国民日日报》被迫停刊。1904 年，《国民日日报汇编》1—4 期发行。

杂咏（二首）

【刊载】

《国民日日报》汇编第 2 集；《觉民》9—10 期合册，1904 年 8 月；《政艺通报》乙巳第 1 号，1905 年 2 月 18 日，署名刘师培。《刘申叔遗书》61 册（25），《左盦诗录》卷 1《匪风集》。

另，《刘申叔遗书补遗》下册 P1312 载《杂咏》诗一首（即本组诗其一），题记：“原载《神州丛报》第一卷 1 册，一九一三年八月一日，署刘光汉。”其中，“如此”作“此地”。

【类别】

五言，4 句。

【编年】

1903 年。依首次发表时间。详见《读王船山先生遗书》一诗“略考”。

杂咏（二首）其一

如此风尘行路难，中年哀乐苦无端。江山寥寂惨无语，独立神州袖手看。

【笺注】

〔如此风尘行路难〕《全唐诗》卷 230 杜甫《复愁十二首》其五：“一自风尘起，犹

嗟行路难。”（第 4 册 P2518）

〔中年哀乐〕《世说新语》卷上之上《言语》：“谢太傅语王右军曰：‘中年伤于哀乐，与亲友别，辄作数日恶。’”谢太傅，谢安。王右军，王羲之。

〔江山寥寂〕《全唐诗》卷 228 杜甫《归梦》：“道路时通塞，江山日寂寥。”（第 4 册 P2476）

〔独立神州袖手看〕梁启超《广诗中·八贤歌》：“义宁公子壮且醇，每翻陈语逾清新。啮墨咽泪常苦辛，竟作神州袖手人。”自注：“义宁陈三立伯严。君昔赠余诗有‘凭阑一片风云气，来作神州袖手人’之句。”（梁启超此诗作于 1901 年，见《梁启超全集》第十七集《诗文》P596—597，中国人民大学出版社 2018 年 3 月第 1 版）

【略考】

此诗“惨无语”句，《政艺通报》同;《国民日日报》与《觉民》均作“惨何语”。

杂咏（二首）其二

净心应证菩提树，浩劫常离生灭门。岁月堂堂春又去，廿年尘梦与谁论。

【笺注】

〔净心应证菩提树〕丁福保《佛学大辞典》：“净心（术语），吾人本具之自性清净之心也。《宗镜录·二十六》曰：‘破妄我而显真我之门，斥情心而归净心之道。’密教金刚界譬之于内明之月轮。”《酉阳杂俎》卷 18《广动植之三·木篇》：“菩提树，出摩伽陀国，在摩诃菩提寺。盖释迦如来成道时树……《西域记》谓之卑钵罗，以佛于其下成道，即以道为称，故号‘菩提婆（一曰娑）力叉’，汉翻为树。”法海本《六祖坛经》：“菩提本无树，明镜亦无台。佛性常清净，何处有尘埃。”

〔浩劫常离生灭门〕《俗语佛源》：“‘劫’是‘劫波’Kalpa 的音略，意译为‘大时’，即不能用年数来计算的宏观时间概念。……佛经上说，世界经历一次从形成到毁灭（成、住、坏、空）称为‘一大劫’。‘一大劫’也就是‘浩劫’，‘浩劫’既是漫长的时间，又包含有惊心动魄的大、小‘三灾’。”（天津人民出版社 2008 年 11 月第 1 版 P177）生灭门，根据佛教理论，心真如门与心生灭门相对，无为法与有为法相对，真心与妄心相对，出世间法与世间法相对。生灭门即是有为法，即是世间法，即是妄心。《金刚经》第三十二品《应化非真分》：“一切有为法，如梦幻泡影，如露亦如电，应作如是观。”唐代实叉难陀译本《华严经》卷 36《十地品第二十六之三·第五地》：“如实知一切有为法，虚妄诈伪，诳惑愚夫。”此句指，要远离“浩劫”，必须脱离虚妄的“生灭门”，进入真实的“真如门”。

〔岁月堂堂春又去〕《全唐诗》卷 559 薛能《春日使府寓怀二首》其一：“青春背我堂堂去，白发欺人故故生。”（第 9 册 P6537）辛弃疾《稼轩词·菩萨蛮·送曹君之庄所》：“人间岁月堂堂去，劝君快上青云路。”

〔廿年〕刘师培生于 1884 年 6 月 24 日，1903 年虚岁 20 岁。

咏晚村先生事

中原昔板荡，沧海悲横流。吕君旷世才，劲节高南州。渊源溯紫阳，讲不宗（黎）〈梨〉洲（自注：晚村本（黎）〈梨〉洲弟子。）。区々匡扶心，志与（黄）〈王〉（自注：船山）顾（自注：亭林）侔。凤皇翔九霄，悲哉网罗投。缇骑下越山，惨淡神鬼愁。祖龙坑儒心，千载青史羞。呜咽浙江潮，逝水空悠々。

【刊载】

《江苏》第 7 期，1903 年 10 月 20 日，署名申叔。《刘申叔遗书补遗》上册 P62。

【类别】

五言，16 句。

【编年】

1903 年。依首次发表时间。

【笺注】

〔晚村〕吕留良（1629—1683），字用晦，号晚村，今浙江桐乡崇福人。明亡后参加抗清，顺治年曾入科场，后归隐田园，著书讲学。康熙二十二年病逝，有《吕晚村诗集》《吕晚村先生文集》等传世，其作品中多有反清和怀念明朝故国之辞。雍正六年（1728）九月，湖南衡阳人张熙受老师、永兴人曾静派遣，策动川陕总督岳钟琪起兵反清。案发后，曾静交代其“叛逆”思想来源于吕留良的著述，因而引发了吕留良文字狱。雍正十年十二月乙丑（1733 年 1 月 27 日），雍正下令：“吕留良、吕葆中俱着戮尸枭示，吕毅中着改斩立决，其孙辈俱应即正典刑，朕以人数众多，心有不忍，着从宽免死，发遣宁古塔，给与披甲人为奴。”（《清世宗实录》卷 126）雍正为此曾撰写著名的《大义觉迷录》。

〔板荡〕形容天下大乱。详见《读王船山先生遗书》一诗〔板荡〕条笺注。

〔南州〕指南方。《楚辞》卷 5 屈原《远游》:“嘉南州之炎德兮，丽桂树之冬荣。”姜亮夫《重订屈原赋校注》卷 5《远游》注:“南州犹南土也，此当指楚以南之地言。”(《姜亮夫全集 · 六》P475，云南人民出版社 2002 年 10 月第 1 版)

〔渊源溯紫阳〕朱熹之父朱松曾在紫阳山(安徽省歙县)读书。朱熹后居福建崇安，将寓所题名为紫阳书室，以示对父亲的缅怀。后人遂称朱熹为“紫阳先生”。吕留良之学，以程朱理学为宗。《清世宗实录》卷 81 雍正七年五月乙丑:“吕留良动以理学自居，谓己身上续周、程、张、朱之道统。夫周、程、张、朱，世之大儒，岂有以无父无君为其道，以乱臣贼子为其学者乎!”

〔讲不宗(黎)〈梨〉洲〕吕留良本与黄宗羲交谊甚笃，后因故关系破裂。邓之城《清诗纪事初编》卷 2《吕留良》:“初，留良从宗羲游，后乃差池，坚谓友而非师。……黄、吕启衅之由，谓由高旦中墓志。(见《三鱼堂日记》)宗羲谓旦中之医，善于望切。留良以为讥己，力主高氏不以此石下窆。此为决裂。全祖望以为起于买淡生堂书，尤为细微。”(中华书局上海编辑所,1965 年 11 月第 1 版 P242—243)参见《阅赵㧑叔诗集诋吕晚村甚力因作二绝正之(二首)》其一一诗〔赵㧑叔〕条笺注。案:关于黄宗羲、吕留良交恶的原因，学界历来有多种揣测论断。

〔々〕叠字符号。《刘申叔遗书补遗》本作“区”。

〔(黎)〈梨〉洲、船山、亭林〕黄宗羲，号梨洲;王夫之晚居衡阳石船山，世称“船山先生”;顾炎武，号亭林。

〔凤皇翔九霄，悲哉网罗投〕《先秦汉魏晋南北朝诗 · 魏诗》卷 9 嵇康《游仙诗》:“翩翩凤翮。(广记作辖。)逢此纲罗。(刘宾客嘉话录作嵇康诗，太平广记四百引续齐谐记。)”(中华书局 1983 年 9 月第 1 版 P492)

〔缇骑〕《后汉书 · 百官志四》:“执金吾一人，中二千石……丞一人，比千石。缇骑二百人。”至明代，专指东西厂、锦衣卫的缉捕人员。《明史 · 刑法志三》:“至宪宗时，尚铭领东厂，又别设西厂刺事，以汪直督之，所领缇骑倍东厂。”

〔祖龙坑儒心〕祖龙，指秦始皇。《史记 · 秦始皇本纪》:“三十六年，荧惑守心，有坠星下东郡，至地为石，黔首或刻其石曰:‘始皇帝死而地分。’始皇闻之，遣御史逐问，莫服，尽取石旁居人诛之。因燔销其石。始皇不乐，使博士为《仙真人诗》及行所游天下，传令乐人歌弦之。秋，使者从关东夜过华阴平舒道，有人持璧遮使者曰:‘为吾遗滈池君。’因言曰:‘今年祖龙死。’使者问其故，因忽不见，置其璧去。使者奉璧具以闻。始皇默然良久，曰：‘山鬼固不过知一岁事也。’退言曰：‘祖龙者，人之先也。’”《史记 · 儒林列传》：“及至秦之季世，焚《诗》《书》，坑术士，《六艺》从此缺焉。”

〔浙江潮〕钱塘江大潮。周密《武林旧事》卷 3《观潮》：“浙江之潮，天下之伟观也，自既望（指阴历十六——引者）以至十八日为最盛。”吕留良是浙江桐乡石门人，刘师培以此借喻。另，中国留日学生浙江同乡会于 1903 年 2 月 17 日在日本东京创办《浙江潮》月刊，宣传新思想、新文化。据《青溪旧屋仪征刘氏五世小记》：“舅氏中乡举后，在扬州常与王郁人往还。王先生是一个种族革命家，字无生，又号天僇生，安徽歙人，侨居扬州，时在上海《神州日报》主笔，鼓吹新潮。我记得十岁左右时，舅氏携我至城外香影廊吃茶，就有王先生一同逛史公祠。他是一个清瘦有神的人，手携《浙江潮》一本，坐在梅花岭石头上，与舅氏谈到天黑方归。”（上海古籍出版社 2004 年 7 月第 1 版 P35）

〔々〕叠字符号。《刘申叔遗书补遗》本作“悠”。

【略考】

《刘申叔遗书补遗上册》将《江苏》杂志出版时间误标为 1903 年 10 月 26 日。

怀桂蔚丞先生（时客汴省）

江关空萧瑟，黄菊弄残秋。言念梁园客，于今赋倦游。淮南桂树落，招隐空山幽。九曲黄河水，东流且未休。

【刊载】

《政艺通报》丙午第 3 号，1906 年 3 月 9 日，题为《怀桂蔚丞》（时客汴梁），署名光汉。《刘申叔遗书》61 册（21），《左盦诗录》卷 1《匪风集》。《左盦诗》之《怀桂蔚丞丈》改写自本诗，与本诗只有“近萧飒”“丛菊”“颇念”4 字不同，故不另作笺注。

【类别】

五言，8 句。

【编年】

1903 年。详见本诗“略考”。

【笺注】

〔桂蔚丞〕桂邦杰（1856—1928），字蔚丞、伟臣，扬州江都人。冶春后社成员。

与仪征刘氏是世交，刘师培少年时的业师，后任京师大学堂国文教习、文学科教员。曾任民国《续修江都县志》《续修甘泉县志》主纂，著有《江都县金石续考》等。

〔江关空萧瑟〕《九家集注杜诗》卷 30 杜甫《咏怀古迹五首》其一："庾信平生最萧瑟，暮年诗赋动江关。"郭知达引赵次公注："赵云：末句，公方更欲南下，（文）文章必遍于江南，则以信自比宜矣。"

〔言念梁园客，于今赋倦游〕梁园，又名梁苑、菟园、睢园、修竹园，俗名竹园，是西汉梁孝王刘武在封地睢阳营建的豪华园林，故址位于今河南省商丘市梁园区。《史记·梁孝王世家》："于是孝王筑东苑，方三百余里。广睢阳城七十里。大治宫室，为复道，自宫连属于平台三十余里。"《史记·司马相如列传》记载，司马相如曾在梁园寄食并撰写了著名的《子虚赋》，"梁孝王令与诸生同舍，相如得与诸生游士居数岁，乃著《子虚之赋》。会梁孝王卒，相如归，而家贫无以自业。"《史记·司马相如列传》："昆弟诸公更谓王孙曰：'有一男两女，所不足者非财也。今文君已失身于司马长卿，长卿故倦游，虽贫，其人材足依也，且又令客，独奈何相辱如此！'"裴骃《集解》："郭璞曰：'厌游宦也。'"《全唐文》卷 134 陈子良《祭司马相如文》："惟君夙敏，雅调雍容。含章挺生，慕蔺斯在。题桥去蜀，仗策入关。终倦梁园之游，还悦临邛之客。"后引申出俗语"梁园虽好，不是久恋之家"。《水浒传》第六回《九纹龙剪径赤松林，鲁智深火烧瓦罐寺》："智深与史进看着，等了一回，四下火都着了。二人道：'梁园虽好，不是久恋之家。俺二人只好撒开。'"

〔淮南桂树落，招隐空山幽〕《楚辞》卷 12《招隐士》序："《招隐士》者，淮南小山之所作也。昔淮南王安，博雅好古，招怀天下俊伟之士。自八公之徒，咸慕其德，而归其仁，各竭才智，著作篇章，分造辞赋，以类相从，故或称小山，或称大山。其义犹《诗》有《小雅》《大雅》也。小山之徒，闵伤屈原，又怪其文升天乘云，役使百神，似若仙者，虽身沉没，名德显闻，与隐处山泽无异，故作《招隐士》之赋，以章其志也。"《招隐士》诗："桂树丛生兮山之幽，偃蹇连蜷兮枝相缭。"刘师培此为感叹世上已无淮南王那样诚心招纳隐士的仁德之举。

〔九曲黄河水〕《李义山文集笺注》卷 6 李商隐《祭长安杨郎中文》："黄河九曲，泰华三峰"。徐树谷注："《艺文类聚》：'《物理论》曰："河色黄赤，众川之流盖浊之也。百里一小曲，千里一大曲"。'九曲以达于海。"

【略考】

现存刘师培手稿一份，文辞与本诗基本一致，诗题作"怀桂蔚叔"。言念作"遐想”。见《仪征刘氏遗稿汇存》第 2 册 P825。

《刘申叔遗书》61 册（40），《左盦诗录》卷 2《左盦诗》载有《怀桂蔚丞丈》一诗，由本诗改写而来。《左盦诗》将《怀桂蔚丞丈》署壬寅，即 1902 年。而从本诗分析，应作于 1903 年刘师培开封会试不第之后的秋季。

本诗标题中有“时客汴省”。开封“会试”是在 1903 年春，则此诗不可能写于“壬寅”（1902）。而“时”有两个含义，一指此时，也就是现在时；一指那时，也就是过去时。本诗所指显然是后者。再结合本诗“江关空萧瑟，黄菊弄残秋”二句，刘师培作此诗当在 1903 年秋季。

《民国江都县新志》载《桂邦杰传》：“光绪己丑（1889——引者）始举于乡。五应礼部试皆不售。”（转引自万仕国《刘师培年谱》P22，广陵书社 2003 年 8 月第 1 版）而据刘师培《江南乡试墨卷》，卷首《履历》中将“桂蔚丞世叔夫子（印）邦杰”列入“受业师”。

其实，1903 年的开封会试，桂邦杰是与刘师培一起去的。桂邦杰 1889 年 33 岁时中举，虽是刘师培的业师之一，比其年长 28 岁，但终其一生也没中进士。这一年，年龄俨然父子的师生二人一同赴开封参加会试。

《汴梁卖书记》作者王维泰在这本书下卷的《记交际》中写道：“刘君申叔偕桂公蔚丞来。刘为去年金陵书友，丽落无尘俗气，读书目数行下，鉴别精当，思想甚富，不肯轻出诸口。其长处尤在能留心时杰，非孟尝信陵之竞骛虚名者。桂公为维扬老宿，予曾过其寓斋，积书甚富，题签细密，偶检一卷，无不经加墨。然其论学，若师事刘君，殆博览而未能守约者与?”（《金陵卖书记及其他》P63，海豚出版社 2015 年 12 月第 1 版）

作者王维泰是个职业书商，曾在 1902 年南京乡试和 1903 年开封会试时带着大量书籍去求售。他在南京时刚刚结识了去参加乡试的刘师培，而此次又在开封见到了和他一同赴考的老相识桂蔚丞。

此外，本诗题“怀”，亦可证并非写于开封会试期间。二人既在一起，何“怀”之有呢？只有分别后，才会有思念之情呀。

《左盦诗》中《怀桂蔚丞丈》一诗标于“壬寅”（1902），应为刘师培的疏忽误记。

杨丽娟教授的《刘师培家藏文献研究初集》中，有一篇名为《新见刘师培早期生平史料考略》的文章（商务印书馆 2017 年 11 月第 1 版 P172—187）。

杨教授根据自己新发现的“刘氏家族所藏刘师培侄子刘葆儒所撰写的《三叔廿岁

前‘形势’》”一稿，发现了刘师培 1903 年会试失败后离家出走的若干个新细节。

“所有的研究者都认为，十里洋场的上海是刘师培走出扬州的第一站，连蔡元培也认同这一说法。然而，吊诡的是，刘葆儒在《‘形势’》中却给出了另一条线路——仪征十二圩才是刘师培离家出走首先落脚点：‘叔廿岁出走，先至十二圩，谒淮盐督蒯，蒯光典（礼卿）无可位置。’……

“仪征十二圩原本是长江中的几个小沙洲。明代开始，江中淤沙堆积成滩，无人居住。康熙初年，当局招募难民开垦芦洲，围滩种地。在同治八九年间由盐政李宗羲、运使方濬颐主持，在此开辟盐场，建筑库房、码头、船坞，以及盐运各机构的官署衙门和有关生活设施等。同治十二年十月十五日，淮盐总栈因原属地瓜洲江岸坍塌严重迁居于此。盐务总栈的全称是‘仪征淮盐总栈’，清光绪后改总栈名为‘十二圩两淮盐务总栈’，简称‘两淮盐务扬子总栈’。……

“刘师培离家出走初始选择仪征十二圩，颇具象征意义。他首选的目标与路径，竟与刘氏祖父辈惊人的相似，即寻找幕主，依附生活。……

“刘氏数世与两江总督府渊源较深。刘毓崧曾附郭霈林幕，并与刘寿曾一起校书金陵，与曾国藩、曾国荃等往来过密，刘富曾、刘显曾等更是交游四方。……

“无疑，刘师培决心逃出家门的第一步，也是像自己的祖父辈一样，选择了投奔幕主——淮（扬）盐督办蒯光典。……

“刘师培由别人引荐，或自报家门至原有世交的蒯光典处求职，已不得而知，尽管蒯见到他‘誉为天人’，刘师培却在十二圩碰了壁，对他面言，这意味着依赖幕主生存的传统路数难以行得通。别无选择，这位 20 岁的年轻人只得渡江坐上火车，驶往人生新的目的地：上海。”

本诗中描写的司马相如寄食“梁园”和淮南王刘安“招隐士”，正反映了贯穿晚清的“幕府文化”，也就是所谓的“师爷”。

我个人推断，刘桂二人双双会试失败，极有可能一起探讨过入幕的事情，甚至桂邦杰曾建议刘师培入幕。但刘师培试图进入蒯光典幕府的努力最终失败了。所以诗中会有“淮南桂树落，招隐空山幽”之句。

刘师培出走到上海后，在友人王钟麒（郁人）和蒯光典之侄蒯寿枢的引领和帮助下，开始了报人生涯。他可能因此暂时放下了入幕的念头，所以诗中有“言念梁园客，于今赋倦游”之句。

刘师培开始报人生涯后，那段时间可谓春风得意。从 1903 年 6 月始，至 1903 年年底，其在《苏报》《国民日日报》《俄事警闻》（后改为《警钟日报》）、《江苏》月刊等媒体上发表了多篇文章和少量诗作，并有几部小册子刊刻发行。

满江红 · 一枕黄粱

一枕黄粱，看浩劫茫茫如此。阅几度桑田沧海，兴亡弹指。秋雨铜驼悲洛下，西风去，雁歌汾水。只淡烟疏柳。最销魂，斜阳里。思住事，从头记。玉垒改，金瓯碎。恨秋江寂寞，鱼龙沈睡。雨覆云翻千古恨，海枯石烂孤臣泪。又天津桥畔送春归，鹃声起。

【刊载】

《俄事警闻》第 13 号，1903 年 12 月 27 日；《中国白话报》第 3 期，1904 年 1 月 17 日，署名申叔。《刘申叔遗书补遗》上册 P67。

【类别】

词牌《满江红》

【编年】

1903 年。依首次发表时间。

【笺注】

〔一枕黄梁〕梁，《俄事警闻》本、《中国白话报》本均作“梁”，当作“粱”。见《感事八首》（其六）一诗〔黄粱一枕梦初醒〕条笺注。《刘申叔遗书补遗》本径作“粱”。

〔桑田沧海〕见《东京清明杂感（二首）其二》一诗〔几见桑田成碧海〕条笺注。案：《刘申叔遗书补遗》本作“沧海桑田”。

〔铜驼悲洛〕见《感事八首》（其三）一诗〔铜驼秋雨人悲（落）〈洛〉〕条笺注。

〔雁歌汾水〕见《感事八首》（其三）一诗〔白雁西风水渡汾〕条笺注。

〔淡烟疏柳〕《东坡词 · 浣溪沙 · 元丰七年十二月二十四日从泗州刘倩叔游南山》：“细雨斜风作晓寒，淡烟疏柳媚晴滩。”

〔斜阳里〕《俄事警闻》作“斜阳里”。斜，似当作“斜”。《中国白话报》本作“斜”；《刘申叔遗书补遗》P67：“（纠）〔斜〕阳里”。

〔思住事〕《俄事警闻》本作“思住事”。住，似当作“往”。《刘申叔遗书补遗》P67：“思（住）〔往〕事”。

〔玉垒〕山名，在成都西北。《文选注》卷 4 左太冲（思）《蜀都赋》：“夫蜀都者，盖兆基于上世，开国于中古。廓灵关以为门，包玉垒而为宇。带二江之双流，抗峨眉之重阻。”刘渊林（逵）注：“玉垒，山名也，湔水出焉，在成都西北岷山界。”《全唐诗》卷 228 杜甫《登楼》：“锦江春色来（一作水流）天地，玉垒浮云变古今。”（第 4 册 P2480）

〔金瓯碎〕见《卖花声 · 登开封城》一词〔已缺金瓯〕条笺注。

〔鱼龙沈睡〕释齐己《白莲集》卷 10《渔父》：“却归君山下，鱼龙窟边睡。”陆游《剑南诗稿》卷 10《舟行蕲黄间雨霁得便风有感》：“江底鱼龙贪昼睡，淮南草木借秋声。”

〔雨覆云翻〕见《东京清明杂感（二首）》其二一诗〔云翻雨覆〕条笺注。

〔海枯石烂孤臣泪〕见《感事八首》其二一诗〔海枯石烂孤臣泪〕条笺注。

〔又天津桥畔送春归，鹃声起〕《邵氏闻见录》卷 19：“康节先公（邵雍，1011—1077，字尧夫，谥康节，北宋理学家、数术家——引者）先天之学，伯温不肖，不敢称赞。平居，于人事禨祥未尝辄言。治平间，与客散步天津桥上，闻杜鹃声，惨然不乐。客问其故，则曰：‘洛阳旧无杜鹃，今始至，有所主。’客曰：‘何也？’康节先公曰：‘不三五年，上用南士为相，多引南人，专务变更，天下自此多事矣！’客曰：‘闻杜鹃何以知此？’康节先公曰：‘天下将治，地气自北而南，将乱，自南而北。今南方地气至矣，禽鸟飞类，得气之先者也。《春秋》书“六鹢退飞”“鸜鹆来巢”，气使之也。自此南方草木皆可移，南方疾病瘴疟之类，北人皆苦之矣。’至熙宁初，其言乃验，异哉！故康节先公尝有诗曰：‘流莺啼处春犹在，杜宇来时春已非。’又曰：‘几家大第横斜照，一片残春啼子规。’其旨深矣。”《元文类》卷 8 刘因《书事》：“当年一线魏瓠穿，直到横流破国年。草满金陵谁种下，天津桥畔听啼鹃。”隋大业年间在洛阳建浮桥，名“天津桥”。唐代改建为石桥，元时废弃，今遗址不存。《元和郡县图志》卷 6《河南道一 · 河南府 · 河南县》：“天津桥，在县北四里。隋炀帝大业元年初造此桥，以架洛水，用大船维舟，皆以铁锁钩连之。南北夹路对起四楼，其楼为日月表胜之象。然洛水溢，浮桥辄坏。贞观十四年，更令石工累方石为脚。《尔雅》：斗牛之间，为天汉之津。故取名焉。”

【略考】

1903 年夏，刘师培会试失利后出走上海，其“排满”革命思想陡然高涨。1903 年 6 月 25 日，《江苏》杂志第 4 期刊登刘师培文章《亭林先生佚诗二首》，署名刘师培（《刘申叔遗书补遗》上册 P50—51）。其中有一首名为《井中心史歌》，是顾炎武吟咏南宋末郑思肖（所南）所著《井中心史》的诗作。关于《井中心史》，参见《读王船山先生遗书》一诗〔井中心史传遗书，所南忠愤古所无〕条笺注。

《郑思肖集 · 郑所南先生文集 · 答吴山人问远游观地理书》："天静无风，一铃独鸣。天津桥上闻杜鹃声，以心通知之，亦似以风角鸟占知之，不以寻常推测法知之。"本词"海枯石烂孤臣泪""又天津桥畔送春归，鹃声起"句似均与郑所南《心史》有关。

1904年

元旦述怀

周宣平淮蔡，汉武征匈奴。英君迈远略，千古垂雄图。晋宋昧此义，偏安守一隅。五胡迭构祸，辽金相剪屠。神州叹沦沈，封狐生觊觎。爝火不扑灭，燎原终可虞。涓涓忘隄防，日久为江湖。立国首树威，非种当先锄。尚论怀鲁史，我思管夷吾。

【刊载】

《中国白话报》第八期，1904 年 3 月 31 日，署名申叔。《刘申叔遗书补遗》上册 P137。

【类别】

五言，18 句。

【编年】

1904 年。详见本诗〔元旦〕条笺注。

【笺注】

〔元旦〕1904 年阴历元旦是 2 月 16 日。

〔周宣平淮蔡〕公元前 841 年，国人暴动，周厉王逃亡，由周定公、召穆公共同执政，史称“周召共和”。公元前 828 年，周厉王死于彘国，周召二公拥立太子静继位，是为周宣王。周宣王励精图治，力图恢复周室王权。即位后不久，就发动了北伐猃狁、南征淮夷的战争，并大获全胜。淮夷曾据有的地区即今天河南东南部、安徽北部地区。当时，与西周初年受封的蔡国毗邻，这一地区后也被称“淮蔡之地”。《诗经》中有多篇即描述宣王北伐、南征之役。

〔汉武征匈奴〕汉武帝继位后，一改汉朝此前施行的“和亲”政策，于元光六年（前 129）发动了北击匈奴的战争，这场战争前后持续了 44 年之久。中间涌现了卫青、霍去病等杰出的军事将领。

〔英君迈远略，千古垂雄图〕《周书 · 武帝本纪下》：“若使翌日之廖无爽，经营之志获申，黩武穷兵，虽见讥于良史，雄图远略，足方驾于前王者欤!”《正字通》丑集中《土部》：“垂，俗垂字。”

〔晋宋昧此义，偏安守一隅〕指东晋和代之而起的南朝刘宋，都是偏安东南一隅的小朝廷。其实，东晋在历史上曾发动过数次“北伐”，主要有祖逖、庾亮、桓温、谢安和刘裕的“北伐”，但都以失败告终。刘宋最著名的“北伐”即宋文帝刘义隆元嘉年间发动的“北伐”，结果得不偿失，不仅未真正收复北方失地，反而使国力大损。辛弃疾《稼轩词》卷 2《永遇乐 · 京口北固亭怀古》：“元嘉草草，封狼居胥，赢得仓皇北顾。”

〔五胡迭构祸〕指南北朝时期先后在北方地区建立政权的匈奴、鲜卑、羯、氐、羌 5 个少数民族。这 5 个少数民族与汉族，在短短的 160 年时间内建立了数十个割据政权，史称“五胡乱华”。

〔辽金相剪屠〕北宋自建立之初就处于契丹辽国的严重威胁之下。1125 年，北宋联合后崛起的女真金国灭辽。北宋靖康二年（1127），金国攻占北宋都城汴梁，掳走宋徽宗、宋钦宗父子，北宋灭亡。剪屠，亦作“翦屠”，即屠杀。《柳宗元集》卷 41《祭姊夫崔使君简》：“痛毒荐仍，振古所无。何谪于天，降此翦屠？”

〔神州叹沦沈〕详见《感事八首》（其二）一诗〔又向神州叹陆沉〕条笺注。

〔封狐〕《楚辞章句》卷 1 屈原《离骚》：“羿淫游以佚田兮，又好射夫封狐。”王逸注：“封狐，大狐也。”代指元恶大憝、大奸巨恶。

〔爝火不扑灭，燎原终可虞〕《后汉书 · 酷吏传 · 周纡传》：“夫涓流虽寡，浸成江河；爝火虽微，卒能燎野。”《庄子集释》卷 1 上《逍遥游》：“尧让天下于许由，曰：‘日月出矣，而爝火不息，其于光也，不亦难乎！’”郭庆藩引成玄英疏：“爝火，犹炬火也，亦小火也。”《孔子家语》卷 3《观周第十一》：“焰焰不灭，炎炎若何。涓涓不壅，终为江河。”《六韬 · 文韬 · 守土第七》：“涓涓不塞，将为江河。荧荧不救，炎炎奈何？”

〔涓涓忘隄防，日久为江湖〕见本诗〔爝火不扑灭，燎原终可虞〕笺注。

〔非种当先锄〕《史记 · 齐悼惠王世家》：“朱虚侯（刘章——引者）年二十，有气力，忿刘氏不得职。尝入侍高后燕饮，高后令朱虚侯刘章为酒吏。章自请曰：‘臣，将种也，请得以军法行酒。’高后曰：‘可。’酒酣，章进饮歌舞。已而曰：‘请为太后言耕田歌。’高后儿子畜之，笑曰：‘顾而父知田耳。若生而为王子，安知田乎？’章曰：‘臣知之。’太后曰：‘试为我言田。’章曰：‘深耕穊种，立苗欲疏。非其种者，锄而去之。’吕后默然。”《左传 · 成公四年》：“秋，公至自晋，欲求成于楚，而叛晋。季文子曰：‘不可！晋虽无道，未可叛也。国大臣睦，而迩于我，诸侯听焉，未可以贰。史佚之志有之曰：“非我族类，其心必异。”楚虽大，非吾族也，其肯字我乎！’公乃止。”此句当指清朝统治者。

〔尚论怀鲁史〕尚论，向上追述、追论。《孟子 · 万章下》：“以友天下之善士为未足，又尚论古之人。”鲁史，指《春秋》，《汉书 · 司马迁传》史赞：“孔子因鲁史记而作《春秋》”。参见《读王船山先生遗书》一诗〔攘狄大义《春秋》符〕条笺注。

〔我思管夷吾〕《论语 · 宪问第十四》：“子贡曰：‘管仲非仁者与？桓公杀公子纠，不能死，又相之。’子曰：‘管仲相桓公，霸诸侯，一匡天下，民到于今受其赐。微管仲，吾其被发左衽矣。岂若匹夫匹妇之为谅也，自经于沟渎，而莫之知也。’”

壶中天慢 · 元宵望月

满身花影，看蟾光如许，盈亏几易。难得南楼同醉月，不负天涯今昔。鼙鼓萧条，悲笳呜咽，辽海音书急。扶风歌罢，元龙豪气犹昔。

堪叹好梦烟销，年华水逝，俯仰悲陈迹。千里相思无寄处，惹我青衫泪湿。云海沈沈，金波脉脉，终古横空碧。夜乌惊起，一声何处长笛。

【刊载】

《警钟日报》第 60 号，1904 年 4 月 25 日，题作《春夜望（日）〈月〉》，文字小异；《国粹学报》第 5 期，1905 年 6 月 23 日，题为《元宵望月》，署名光汉。《刘申叔遗书》61 册（155），《左盦词录》，题作《元宵望月》。

【类别】

词牌《壶中天慢》。

【编年】

1904 年。依首次发表时间。1904 年元宵节为 3 月 1 日。

【笺注】

〔满身花影〕《全唐诗》卷 628 陆龟蒙《和袭美春夕酒醒》：“几年无事傍江湖，醉倒黄公旧酒垆。觉后不知明月上，满身花影倩人扶。”（第 9 册 P7257）陆游《剑南诗稿》卷 4《成都行》：“月浸罗韈清夜徂，满身花影醉索扶。”

〔蟾光〕月光。萧统《梁昭明太子集 · 十二月启（又名《锦带书》——引者）· 太簇正月》：“皎洁轻冰，对蟾光而写镜。”（新丰《丛书集成三编》37 册 P268）《淮南子 · 精神训》：“日中有踆乌，而月中有蟾蜍。”蟾光，《警钟日报》本作“蟾皃”，显误。

〔盈亏〕《周易 · 谦》：“天道亏盈而益谦，地道变盈而流谦，鬼神害盈而福谦，人道恶盈而好谦。”《艺文类聚》卷 97《鳞介部下 · 蚌》录郭璞《尔雅图赞 · 释鱼 · 蚌》：“晋郭璞《蚌赞》曰：‘万物变蜕，其理无方。雀雉之化，含珠怀珰。与月盈亏，协气晦望。’”此指月亮圆缺更替。

〔南楼同醉月〕《世说新语》卷下之上《容止第十四》:“庾太尉（亮——引者）在武昌，秋夜气佳景清，使吏殷浩、王胡之之徒登南楼理咏。音调始遒，闻函道中有屐声甚厉，定是庾公。俄而率左右十许人步来，诸贤欲起避之。公徐云:‘诸君少住，老子于此处兴复不浅!’因便据胡床，与诸人咏谑竟坐，甚得任乐。后王逸少下，与丞相言及此事。丞相曰:‘元规尔时风范，不得不小颓。’右军答曰:‘唯丘壑独存。’”曹彦约《昌谷集》卷 3《九江郡斋分韵送魏六兄好文有鄂渚得阳字》:“西风隐作中秋会，莫恋南楼醉武昌。”陆游《剑南诗稿》卷 7《月下醉题》:“一樽强醉南楼月，感慨长吟恐过悲。”后喻指人们游赏咏谑的胜境。湖北今存两座复建的“南楼”，一为鄂州市鄂城区的“武昌南楼”；一为武昌蛇山的“鄂州南楼”。武昌故称鄂州，鄂州市鄂城区的“武昌南楼”即《世说新语》所记庾亮咏谑处。

〔鼙鼓〕军中用以指挥进攻的鼓。《礼记 · 乐记》:“鼓鼙之声讙，讙以立动，动以进众。君子听鼓鼙之声，则思将帅之臣。”

〔悲笳呜咽〕《全唐诗》卷 567 崔橹（一作鲁）《春晚岳阳言怀二首》其一:“独倚阑干意难写，暮笳呜咽调孤城。”（第 9 册 P6623）王冕《竹斋集》卷上《偶成七首》其二:“夜深谁渡桑干水，呜咽笳声不忍闻。”

〔辽海音书急〕1904 年 2 月 8 日，为争夺在中国东北的利益，日俄战争爆发，战场却在中国的东北地区。《申报》1904 年 2 月 14 日“俄日军情”专号《战事 · 纶音》:“十二月二十七日内阁抄，奉上谕:‘现在日俄两国失和用兵，朝廷轸念彼此均系友邦，应按局外中立之例办理。着各直省将军、督抚通饬所属文武，晓谕军民人等一体钦遵，以固邦交，而重大局，勿得疎悮。将此通谕知之。钦此。’”

〔扶风歌〕《文选》卷 28 刘越石（琨）《扶风歌》:“朝发广莫门，莫宿丹水山。左手弯繁弱，右手挥龙渊。……”《晋书 · 刘琨传》:“永嘉元年，为并州刺史，加振威将军，领匈奴中郎将。琨在路上表曰:‘臣自涉州疆，目睹困乏，流移四散，十不存二，携老扶弱，不绝于路。及其在者，鬻卖妻子，生相损弃，死亡委厄，白骨横野，哀呼之声，感伤和气。群胡数万，周匝四山，动足遇掠，开目睹寇。”刘琨的《扶风歌》即写于从洛阳至晋阳（并州治所）赴任的路上，描述了自己沿途所见所感和对时局的忧愤之情。

〔元龙豪气〕《三国志 · 魏书七 · 吕布传附陈登传》:“陈登者，字元龙，在广陵有威名。又掎角吕布有功，加伏波将军，年三十九卒。后许汜与刘备并在荆州牧刘表坐，表与备共论天下人，汜曰:‘陈元龙，湖海之士，豪气不除。’”

〔好梦烟销〕《警钟日报》本作"两鬓将华"。

〔年华水逝〕《论语 · 子罕第九》："子在川上曰：'逝者如斯夫！不舍昼夜。'"《全唐诗》卷 672 唐彦谦《咸通中始闻褚河南归葬阳翟是岁上平徐方大肆庆赏又诏八品锡其裔孙追叙风防因成二十韵》："流年随水逝，高谊薄层霄。"（第 10 册 P7753）《警钟日报》本作"沧桑阅遍"。

〔无寄处〕《全唐诗》卷 197 张谓《别睢阳故人》："有书无寄处，相送一沾裳。"（第 3 册 P2023）王安石《临川文集》卷 37《胡笳十八拍十八首》其六："青天漫漫覆长路，一纸短书无寄处。"

〔青衫泪湿〕《全唐诗》卷 435 白居易《琵琶引》（亦作《琵琶行》）："座（一作就）中泣下（一作泪）谁最多，江州司马青衫湿。"（第 7 册 4832）

〔云海沈沈〕柳永《乐章集 · 破阵乐 · 林钟商》："渐觉云海沉沉，洞天日晚。"

〔金波脉脉〕见《舟发金陵望月》一诗〔金波〕条笺注。

〔横空碧〕《全唐诗》卷 482 李绅《却到金陵登北固亭》："众峰作限横空碧，一柱中维彻底（一本此字缺）金。"（第 8 册 P5523）

〔夜乌惊起〕梅尧臣《宛陵集》卷 31《夜晴》："新晴月正明，频听夜乌惊。"

〔一声何处长笛〕苏辙《栾城集》卷 13《效韦苏州调啸词二首》其一："渔父渔父，水上微风细雨。青蓑黄箬裳衣，红酒白鱼暮归。暮归暮归归暮，长笛一声何处。"《东坡词》亦载此词，作者究竟是苏轼苏辙兄弟中的哪一位？古无定论。

【略考】

《南齐书 · 荀伯玉传》："荀伯玉字弄璋，广陵人也。……初，太祖在淮南，伯玉假还广陵，梦上广陵城南楼上，有二青衣小儿语伯玉云：'草中肃，九五相追逐。'伯玉视城下人头上皆有草。"则扬州亦旧有"南楼"，但久已湮灭。刘师培此词中"难得南楼同醉月"可能有双指，既借庾信咏谑武昌南楼的典故，亦借《南齐书》中广陵城南楼的记载。根据此词标题《元宵望月》，应为 1904 年 3 月 1 日后所作。据词中"千里相思无寄处"，刘师培此时不在家乡扬州。

水调歌头 · 书王船山先生《龙舟会》杂剧后

一掬新亭泪，鼙鼓震江皋。回首天荆地棘，万里感萍飘。对此江山半壁，惆怅《春灯》《燕子》，宫阙吊南朝。逝水东流去，呜咽楚江潮。

子房椎，荆卿剑，伍胥箫。遐想中原豪侠，高义薄云霄。太息大仇未恤，安得骅骝三百，慷慨策平辽。一洗腥膻耻，沧海斩虬蛟。

【刊载】

《警钟日报》1904 年 4 月 24 日，署名光汉；田汉云《刘师培的一首佚词》，载《扬州师院学报（社会科学版）》1986 年第 3 期 P111—112。《刘申叔遗书补遗》上册 P163。

【类别】

词牌《水调歌头》。

【编年】

1904 年。依首次发表时间。

【笺注】

〔《龙舟会》杂剧〕《〈龙舟会〉杂剧》2 卷，载《船山遗书》七十四，同治四年（1861）湘乡曾氏金陵节署本。《〈龙舟会〉杂剧》一楔四折，是王夫之存世的唯一一部戏剧作品。该剧改编自唐人李公佐的传奇《谢小娥传》（载《太平广记》卷 491），主要内容描写唐代烈女谢小娥为父夫报仇的故事。可参见孙书磊《王夫之〈龙舟会〉杂剧考述》，《中国典籍与文化》2005 年第 4 期 P31—36。

〔新亭泪〕新亭，故迹在今南京。东晋南渡后，周顗等人曾于此相对而泣，哀叹时事。详见《东京清明杂感（二首）》其二一诗〔痛哭新亭〕条笺注。

〔鼙鼓震江皋〕鼙鼓，军中用以指挥进攻的鼓。详见《壶中天慢 · 元宵望月》一词〔鼙鼓〕条笺注。江皋，江岸，《楚辞》卷 2 屈原《九歌 · 湘君》：“鼂骋骛兮江皋，夕弭节兮北渚。”此句应指清军突破长江天堑，兵锋直指江南。

〔天荆地棘〕《明诗别裁集》卷 10 载刘永锡《行路难》：“云漫漫兮白日寒，天荆地棘行路难。”沈德潜批“天荆地棘”：“四字抵过千万言。”袁枚《随园诗话》卷 3：“沈归愚选《明诗别裁》，有刘永锡《行路难》一首云：‘云漫漫兮白日寒，天荆地棘行路难。’批云：‘只此数字，抵人千百。’予不觉大笑。‘风萧萧兮白日寒’，是《国策》语。‘行路难’三字是题目。此人所作，只‘天荆地棘’四字而已，以此为佳，全无意义。”案：“鼙鼓震江皋。回首天荆地棘”句，《刘师培的一首佚词》句读为“鼙鼓震，江皋回首，天荆地棘”。

〔万里感萍飘〕《后汉书 · 郑玄传》：“玄后尝疾笃，自虑，以书戒子益恩曰：‘吾家旧贫，……而黄巾为害，萍浮南北，复归邦乡，入此岁来，已七十矣。’”曾巩《元丰类稿》卷 6《浮云楼和赵嘏》：“遭穷万里飘萍内，到此登临更几回。”

〔江山半壁〕张吉《古城集》卷 6《拜少保于公遗像》："国事当初若缀旒，南迁邪议已先投。背城余烬非坚土，坐见江山半壁休。"《明诗综》卷 91 僧无文《将之润州简昆山诸子》："江山半壁全输我，风雪何心亦上船。"钱谦益《有学集》卷 10《庾公南楼》："武昌城楼月如雪，庾公高兴中宵发。城下江流照碧波，犹带胡床晋时月。南戒江山半壁新，月华应不染边尘（本作"胡尘"，因犯忌被改为"边尘"——引者）。晋阳夜月重围后，也有登楼清啸人。"李岳瑞《春冰室野乘》卷下《钱牧斋诗案（七则）》："钱蒙叟《有学集》以有指斥国朝之语，遂被厉禁。焚书毁板，几与吕晚村、戴南山诸人等。……顷读《有学集》诸诗，摘其诋欺本朝之语而汇录之，其仅仅眷怀故国之词不与焉。……'南戎江山半壁新，月华应不染胡尘。'（《南楼》）"

〔惆怅《春灯》《燕子》，宫阙吊南朝〕阮大铖是明末南明时期臭名昭著的阉党分子，《明史 · 奸臣传》有《马士英阮大铖合传》。其共著有戏曲传奇 11 种，存世者仅余《石巢四种曲》，包括：《燕子笺》《春灯谜》《双金榜》和《牟尼合》。这些剧作约创作于崇祯六年至十五年（1633—1642）之间。此四部传奇的内容均属冤狱得雪、先苦后甜的才子佳人戏，在当时曾脍炙人口，风靡一时。刘体信（声木）《苌楚斋随笔》卷 3《阮大铖咏怀堂集》："阮大铖误国庸臣，人不足道，然卒殉南都之难，较之背主求荣者，犹为有别。撰有《燕子笺》□种曲，风行宇内，几于家置一编。"南朝，指南明，而非南北朝时之南朝。《明季南略》卷 9《宏（弘——引者）光出奔》："附记：五月初一日（1645 年 5 月 25 日），有书联于东、西长安门柱云：'福人沉醉未醒，全凭马上胡诌。幕府凯歌已休，犹听阮中曲变'。"《晚晴簃诗汇》卷 34 曹伟谟《秦淮竹枝词》："轻轻断送南朝事，一曲《春镫（即灯——引者）》《燕子笺》。"

〔呜咽楚江潮〕明亡之后，王夫之曾在家乡湖南衡阳组织义军抗清，此句应指此。刘师培《咏晚村先生事》："呜咽浙江潮，逝水空悠悠。"

〔子房椎〕《史记 · 留侯世家》："留侯张良者，其先韩人也。……秦灭韩。良年少，未宦事韩。韩破，良家僮三百人，弟死不葬，悉以家财求客刺秦王，为韩报仇，以大父、父五世相韩故。良尝学礼淮阳。东见仓海君。得力士，为铁椎，重百二十斤。秦皇帝东游，良与客狙击秦皇帝博浪沙中，误中副车。"《汉书 · 张良传》："张良字子房，其先韩人也。"

〔荆卿剑〕荆轲刺秦王。《战国策》卷 31《燕三》："秦王谓轲曰：'起，取武阳所持图。"轲既取图奉之，发图，图穷而匕首见。'"《史记 · 刺客列传 · 荆轲传》亦有记载。

〔伍胥箫〕《史记 · 范雎列传》："范雎曰：'死者，人之所必不免也。处必然之势，可以少有补于秦，此臣之所大愿也，臣又何患哉！伍子胥橐载而出昭关，夜行昼伏，至于陵水，无以餬其口，膝行蒲伏，稽首肉袒，鼓腹吹篪，乞食于吴市，卒兴吴国，阖闾为伯。'”裴骃《集解》：“徐广曰：'一作箫。'”参见《读王船山先生遗书》一诗〔申胥〕条笺注。

〔中原豪侠〕中原，泛指中国。此句当指明亡后，像王夫之一样参加抗清战争的前明遗民。

〔骅骝三百〕《荀子·性恶篇第二十三》：“骅骝、騹骥、纤离、绿耳，此皆古之良马也。”《庄子·秋水第十七》：“骐骥骅骝，一日而驰千里，捕鼠不如狸狌，言殊技也。”《穆天子传》卷 1：“天子之骏：赤骥、盗骊、白义、踰轮、山子、渠黄、华骝、绿耳。”《东明闻见录》：顺治四年（1647）“三月，清师犯桂林，留守督师瞿式耜帅师大败之。清从平乐直入桂林，虚无甲兵，留守连檄召焦琏。琏驻别县黄沙镇，闻召即率骑三百人来。……琏即麾三百骑，大呼杀出。清兵自渡江东，未有抗衡者；见琏方错愕，琏引骑直贯其营，左右冲突，所向披靡。自寅至午，斩首数千级，冲清兵为三。……斯役也，琏以三百骑破清兵数万，桂林得全。南渡以来，武功第一。”陆游《剑南诗稿》卷 13《湖村月夕》：“安得骅骝三万疋，月中鼓吹渡桑干。”骅，《刘申叔遗书补遗》本作“华”。

〔平辽〕东北地区为清朝的“龙兴之地”，故称“辽”。

〔腥羶〕本指肉类发出的污秽气味，唐代及之后成为对北方少数民族的蔑称。《全唐诗》卷 23 刘商《琴曲歌辞·胡笳十八拍》（第二拍）：“戎羯腥羶岂是人，豺狼喜怒难姑息。”（第 1 册 P301）《全唐诗》卷 827 贯休《古塞下曲四首》其一：“古塞腥羶地，胡兵聚如蝇。”（第 12 册 P9405）

【略考】

《龙舟会》杂剧是王夫之“感愤于时事的苦心孤旨”之作，剧中也有对其自身遭遇的映射，但综观剧情，与南明史实并无多少契合之处。刘师培此词，于《龙舟会》剧情几乎没有任何引用，而是与南明史实，王夫之的生平，特别是那段抗清经历多有贴合。且借咏船山，排遣个人反清排满的愤懑，抒发自己“雪耻复国”的热望。

《刘师培的一首佚词》将“太息大仇未恤”误为“太息大仇未报”；将上阙句读为“一掬新亭泪，鼙鼓震，江皋回首，天荆地棘。”《刘申叔遗书补遗》将本词于《警钟日报》的刊登时间误为 4 月 21 日，将“太息大仇未恤”误为“叹息大仇未恤”，将“惆怅春灯燕子，宫阙吊南朝”句读为“惆怅春灯，燕子宫阙吊南朝”。

三月十九日，俗传太阳生辰，乃明怀宗殉国之日，而中国亡国之一大纪念也，作诗一章

忆昔妖氛锁冀门，胡尘项洞暗乾坤。孤臣妄作秦庭哭，父老犹思汉腊存。蜀道鹃啼悲望帝，鼎湖龙去泣轩辕。昌平寂寞松楸老，往事（妻）〈凄〉凉孰与论！

【刊载】

《警钟日报》1904 年 5 月 13 日，署名光汉。《刘申叔遗书补遗》上册 P201。

【类别】

七言，8 句。

【编年】

1904 年。依首次发表时间。

【笺注】

〔三月十九日〕1644 年 4 月 25 日。《甲申传信录》卷 1："时漏下三更，上携承恩手，幸其第。脱黄巾，取承恩及韩登贵大帽衣靴着之。手持三眼枪，随太监数百，走齐化、崇文二门，欲出不能。走正阳门，将夺门出。守城军疑为奸细，弓矢下射。守门太监施炮向内。急答曰：'皇上也'！炮亦无子，弗害。上怆惧还宫，易袍履与承恩走万寿山，至巾帽局，自缢。大明大行皇帝于崇祯十七年甲申三月十九日夜子时，龙驭上宾。"

〔太阳生辰〕明亡后，东南地区百姓为纪念明朝灭亡、崇祯殉国，迫于清廷淫威，将三月十九日讳饰为太阳诞辰日加以祭奠。徐时栋《烟屿楼笔记》卷 1："吾见省颁官历，本以十一月十九日为太阳星君诞日。……而吾乡乃独以三月十九日为太阳生日。……国家定鼎之初，吾乡遗老，最盛感怀故国，每以庄烈帝死社稷之日，私设野祭，相聚拜献。而事关禁忌，不敢明言，于是姑妄言之曰'此太阳生日之日也'。"（《续修四库全书》1162 册 P609）

〔明怀宗〕《明季北略》卷 4《思宗烈皇帝》："思宗，光宗之子，熹宗之弟也。丁卯八月即位，戊辰，改元崇祯。自太祖戊申建元洪武，迄今戊辰，共二百六十载。帝在位十七年，甲申之变，以身殉国，宏（弘——引者）光朝礼部尚书顾锡畴议谥庙号思宗烈皇帝，周皇后为孝节皇后。忻城伯赵之龙言思非美字。乙酉二月，礼臣管绍宁请改谥毅宗烈皇帝。大清朝摄政王入燕，命明之词臣中允李明睿议谥号。明睿谥帝为

怀宗端皇帝，周皇后为烈皇后。故大清纪则称怀宗，从时宪也。”

〔忆昔妖氛锁冀门〕《清世祖实录》卷 5 顺治元年五月己丑（1644 年 6 月 6 日）：“师至燕京，故明文武官员出迎五里外。摄政和硕睿亲王进朝阳门。老幼焚香跪迎，内监以故明卤簿御辇，陈皇城外，跪迎路左，启王乘辇。王曰：‘予法周公辅冲主，不当乘辇。’众叩头曰：‘周公曾负扆摄国事，今宜乘辇。’王曰：‘予来定天下，不可不从众意。’令将卤簿向宫门陈设，王仪仗前列，奏乐，拜天地三跪九叩头礼，复望阙行三跪九叩头礼。毕，乘辇入武英殿升座。故明众官俱拜伏呼万岁，王下令诸将士乘城，厮养人等概不许入。百姓安堵，秋毫无犯。”

〔项洞〕为“澒洞”之误，漫无涯际。详见《读王船山先生遗书》一诗〔胡氛澒洞风沙矗〕条笺注。《刘申叔遗书补遗》本作“（项）〔澒〕洞”。

〔孤臣妄作秦庭哭〕黄宗羲《行朝录》卷 8《日本乞师》详细记载了南明时周鹤芝（《日本乞师》误为“周崔芝”）、冯京第东渡日本，向日本乞师抗清，恢复明朝的史实。冯京第乞师日本时，曾效仿申包胥哭秦庭，“于舟中朝服拜哭而已”。详见《丛书集成续编》277 册 P290—291，另见《读王船山先生遗书》一诗〔申胥〕条笺注。

〔汉腊〕汉代最终形成的祭祀仪式，时间在冬至之后的第三个“戌日”。《说文解字注》卷 4 下《肉部》：“腊，冬至后三戌，腊祭百神。”段注：“腊本祭名。因呼腊月、腊日耳。”此句指百姓怀念“汉腊”，借喻眷恋已经灭亡的明朝。

〔蜀道鹃啼悲望帝〕见《感事八首》（其四）一诗〔杜宇啼枝空有泪〕条笺注、《感事八首》（其八）一诗〔鹃声啼血〕条笺注。此句借蜀人眷恋化鹃的望帝杜宇，咏喻对故国明朝的思念。

〔鼎湖龙去泣轩辕〕《史记 · 封禅书》：“申公曰：‘……黄帝采首山铜，铸鼎于荆山下。鼎既成，有龙垂胡髯下迎黄帝。黄帝上骑，群臣后宫从上者七十余人，龙乃上去。余小臣不得上，乃悉持龙髯，龙髯拔，堕黄帝之弓。百姓仰望黄帝既上天，乃抱其弓与胡髯号，故后世因名其处曰鼎湖，其弓曰乌号。’于是天子曰：‘嗟乎！吾诚得如黄帝，吾视去妻子如脱躧耳！’”此句借悲泣轩辕黄帝仙逝于鼎湖，抒发对汉人政权灭亡的哀叹。

〔昌平寂寞松楸老〕松楸，代指陵墓。详见《宋故宫》一诗〔七陵风雨松楸老〕条笺注。《明太宗实录》卷 92 永乐七年五月己卯（1409 年 6 月 20 日）：“营山陵于昌平。时仁孝皇后来葬，上命礼部尚书赵羾以明地理者廖均卿等择地，得吉于昌平县东黄土山。”明代共有 13 位皇帝被安葬于昌平，分别是：长陵（明成祖永乐）、献陵（明仁宗洪熙）、景陵（明宣宗宣德）、裕陵（明英宗正统、天顺）、茂陵（明宪宗成化）、泰陵（明孝宗弘治）、康陵（明武宗正德）、永陵（明世宗嘉靖）、昭陵（明穆宗隆庆）、定陵（明神宗万历）、庆陵（明光宗泰昌）、德陵（明熹宗天启）、思陵（明庄烈帝崇祯）。明景帝景泰葬于西郊金山，远离昌平皇陵区域，称景泰陵。崇祯思陵原为田贵妃墓，李自成将崇祯遗体后葬入此墓，称思陵。

〔往事妻凉孰与论〕妻，“凄”之误。《刘申叔遗书补遗》本作“（妻）〔凄〕”。

运河诗（四首）

【刊载】

《中国白话报》第十二期，1904 年 5 月 29 日；《复报》第七期，1906 年 12 月 5 日，署名申叔。《刘申叔遗书补遗》上册 P236。

【类别】

七言，4 句。

【编年】

1904 年。依首次发表时间。

【略考】

《刘申叔遗书补遗》录刘师培文《说运河》，该文题记曰：“此文后所附《运河诗四首》与《江苏》杂志所刊《运河诗》全同”。（上册 P329）。查《江苏》杂志出版的所有期号，未见刊登《运河诗》。

运河诗（四首）其一

河流千里达京东，我道人功胜禹功（自注：龚定安句）。两戒河山浑不隔，支那南北启交通。

【笺注】

〔河流千里达京东〕隋炀帝继位，大业年间将都城从大兴城（唐代称长安）迁至洛阳，开始修筑南北大运河。隋代大运河以固有天然水道为主线，连接以人工开凿的运河，以洛阳为中心，北达涿郡（今北京），南到余杭（今杭州）。隋代大运河的南北起止点，均位于都城洛阳以东。

〔我道人功胜禹功（自注：龚定安句）〕龚自珍《己亥杂诗》其一二八："黄河女直徙南东（原注：金明昌元年），我道神功胜禹功。安用迂儒谈故道，犁然天地划民风（原注：渡黄河而南，天异色，地异气，民异情）。"（夏田蓝编《龚定盦全集类编》，上海世界书局 1937 年 5 月初版 P375—376）《金史·五行志》："明昌……四年……六月，河决卫州，魏、清、沧皆被害。"《金史·章宗本纪二》："明昌……五年……八月……壬子，河决阳武故堤，灌封丘而东。"黄河改道在金章宗明昌五年（1194），龚自珍自注"金明昌元年"，似误。"龚定安"，当作龚定庵（盦）。

〔两戒河山〕指中国疆域的南北两界。《新唐书·天文志一》："一行（僧一行——引者）以为，天下山河之象，存乎两戒。"龚自珍《己亥杂诗》其三十："从今两戒河山外，各逮而孙盟不寒。"（夏田蓝编《龚定盦全集类编》，上海世界书局 1937 年 5 月初版 P365）

〔支那〕见《赠杨仁山居士（四首）》其二一诗〔支那〕条笺注。

【略考】

1904 年 5 月 29 日，《中国白话报》第十二期刊登刘师培文章《说运河》，无署名，载《刘申叔遗书补遗》上册 P229—235。文后附《运河诗（四首）》。《说运河》以白话文，将中国京杭大运河，自春秋，经隋代、元代，至明代的开凿历史做了介绍，并约略说明了运河各段流域的区域位置及特点。

运河诗（四首）其二

昔时地凿苏夷士，今日河开喀拉圭（自注：在中美洲）。为溯支那兴利日，钜功原不逊欧西。

【笺注】

〔苏夷士〕苏伊士的旧译。苏伊士运河由英美利用苏伊士地峡联合修筑，全长 190 公里，于 1869 年通航。苏伊士运河直接沟通了地中海与红海，使原来必须绕行非洲好望角的海上航线缩短了 1 万公里。

〔喀拉圭〕尼加拉瓜的旧译。19 世纪，为直接沟通大西洋与太平洋，美国一直致力于在中美洲开挖运河，以缩短航运里程。当时，曾有在尼加拉瓜和巴拿马开挖运河两种方案并存。后因政治、经济等诸多因素的影响，巴拿马运河方案被实施，并于 1914 年通航。而尼加拉瓜运河方案被废弃。

运河诗（四首）其三

南河北（徒）〈徙〉已频年，运道于今几变迁（自注：咸丰间事）。辽海云帆千里转，东吴（梗）〈粳〉稻达幽燕。

【笺注】

〔南河北（徒）〈徙〉已频年〕黄河在有记载的历史上曾发生过数十次因决口而导致的改道，造成入海口由南向北迁移。参见《一萼红 · 徐州怀古》一词〔衰草平芜，大河南北，天险谁凭〕条笺注。徒，《复报》本作“徙”；《刘申叔遗书补遗》本作“（徒）〔徙〕”。

〔运道于今几变迁（咸丰间事）〕咸丰五年（1855），黄河在河南封丘铜瓦厢决口，主流改道，向东北夺济入海。改道后的黄河在山东阳谷张秋镇冲断京杭大运河，导致南北水运中断。迁，《复报》本作“更”。

〔辽海云帆千里转〕《清史稿 · 河渠志二 · 运河》：“迨咸丰朝，黄河北徙，中原多故，运道中梗。终清之世，海运遂以为常。”清咸丰年间黄河改道，冲断京杭大运河，清政府彻底放弃运河漕运，改为海运。放弃运河漕运还有另外一个重要原因，那就是太平军曾长期占领江浙一带，不仅切断了运河水道，更据有了部分原来年年要北运的粮食产地。

〔东吴（梗）〈粳〉稻达幽燕〕在历史上，通过大运河（清咸丰后改为海运）南粮北调曾是北方最重要的经济命脉。《明神宗实录》卷 7 隆庆六年十一月丙申（1572 年 12 月 18 日）：“河道侍郎万恭奏议河夫工食：……漕粮，朝廷之命脉；漕河，朝廷之咽喉。”《明文海》卷 79 万恭《漕河议》：“江湖之粟，自江入淮。吴浙之粟，自浙入淮，而皆会于河以直达于汴。京师仰给东南，而饷道甚便。”《重修玉篇》卷 15《米部第二百》：“粳，……不黏稻，亦作秔。”梗，《刘申叔遗书补遗》本作“（梗）〔粳〕”。

运河诗（四首）其四

輓粟飞刍自古叹，江干度尽又河干。太仓红粟侏儒饱（自注：专养旗人），回首东南民力（单）〈殚〉。

【笺注】

〔輓粟飞刍〕《汉书 · 主父偃传》：“所言九事，其八事为律令，一事谏伐匈奴，曰：‘昔秦皇帝任战胜之威，蚕食天下，并吞战国，海内为一，功齐三代。务胜不休，欲攻匈奴，李斯谏曰："不可。……" 秦皇帝不听，……使天下飞刍挽粟，……男子疾耕不足于粮饷，女子纺绩不足于帷幕。百姓靡敝，孤寡老弱不能相养，道死者相望，盖天下始叛也。" 颜师古注："运载刍稾，令其疾至，故曰飞刍也。挽，谓引车船也，音晚。"

〔江干度尽又河干〕通过大运河南粮北调，要先通过长江，再通过黄河。龚自珍《己亥杂诗》其八八："河干劳问又江干，恩怨他时邸报看。怪道乌台牙放早，几人怒马出长安。"（夏田蓝编《龚定盦全集类编》，上海世界书局 1937 年 5 月初版 P372）

〔太仓红粟侏儒饱（专养旗人）〕清代，旗人有定期领取朝廷钱粮的制度。这些米粮不仅可以满足旗人全家食用，剩余部分还可出售牟利。《清仁宗实录》卷 192 嘉庆十三年二月（1808 年 2 月 28 日）己巳："又谕：京师五方辐辏，商民云集。本处产粮既少，又无别项贩运粮石，专赖官员兵丁等所余之米，流通粜籴，藉资糊口。是以自王公以及官兵等，应领米粮定额，俱酌量从宽，并非计口授食。即如亲王每岁领米万石，甚属宽裕，岂为其一身计乎？原以该王公、官兵等禄糈所入，既可赡其身家，并可酌粜余粮，俾稍沾润，立法至为详备。若如该督所奏，于官兵应支米石，改给折色二成。不惟于八旗生计，恐致拮据，即以每岁少放米五十余万石计算，于商民口食之需，亦多未便。" 太仓，古时京师储备米粮的官库。红粟，原指粮食储存过久，已发红霉变。《汉书·贾捐之传》："太仓之粟红腐而不可食"。后指粮储充盈。《汉书·东方朔传》："朔文辞不逊，高自称誉，上伟之，令待诏公车，奉禄薄，未得省见。久之，朔绐驺朱儒，曰：'上以若曹无益于县官，耕田力作固不及人，临众处官不能治民，从军击虏不任兵事，无益于国用，徒索衣食，今欲尽杀若曹。' 朱儒大恐，啼泣。朔教曰：'上即过，叩头请罪。' 居有顷，闻上过，朱儒皆号泣顿首。上问：'何为？' 对曰：'东方朔言上欲尽诛臣等。' 上知朔多端，召问朔：'何恐朱儒为？' 对曰：'臣朔生亦言，死亦言。朱儒长三尺余，奉一囊粟，钱二百四十。臣朔长九尺余，亦奉一囊粟，钱二百四十。朱儒饱欲死，臣朔饥欲死，臣言可用，幸异其礼；不可用，罢之，无令但索长安米。'" 后以侏儒饱、侏儒粟、侏儒米，比喻无尺寸之功，却白拿国家高俸的寄生虫。

〔回首东南民力（单）〈殚〉〕《新唐书·权德舆传》："江淮田一善熟，则旁资数道，故天下大计，仰于东南。" 范成大《吴郡志》卷 50《杂志》："谚曰：'天上天堂，地下苏杭。' 又曰：'苏湖熟，天下足。'"《清史稿·汤斌传》："苏松土隘人稠，而条银、漕白、正耗，以及白粮、经费、漕剩、五米、十银，杂项差徭，不可胜计。区区两府，田不加广，而当大省百余州县之赋，民力日绌。" 单，《复报》本作"殚"；《刘申叔遗书补遗》本作"（单）〔殚〕"。

杂咏

万物形盛衰，空虚乃不敝。悟者至无言，岂复立文字。冰非水可名，迹岂履可制。使无冰与履，迹与冰奚致。近知清净原，不外修悲智。闻思无着处，着此精进意。静观自有真，岂复纖尘翳。群生沦苦海，归宿了无际。惟作平等观，用以求真谛。

【刊载】

《警钟日报》1904 年 7 月 20 日，署名光汉人。《青溪旧屋仪征刘氏五世小记》P59，题作《读释典作》;《刘申叔遗书补遗》上册 P272、P295。

【类别】

五言，18 句。

【编年】

1904 年。依首次发表时间。

【笺注】

〔万物形盛衰〕《韩非子 · 解老第二十》:“万物必有盛衰。”

〔空虚乃不敝〕丁福保《佛学大辞典》:“诸法皆空（术语），是三谛中之空谛也。一切诸法，为因缘生，故无有实性，无实性，谓之空。是《般若经》之所明也。”上句及此句指，万物有盛有衰，只有达到万物皆空的境界，才能脱离由盛转衰的自然规律。

〔悟者至无言〕《维摩诘经 · 佛道品第八》:“文殊师利曰:‘如我意者，于一切法，无言、无说、无示、无识，离诸问答，是为入不二法门。’”

〔岂复立文字〕丁福保《佛学大辞典》:“以心传心（术语），禅家之常语。离言说、文字，而以心传于心也。达磨之《血脉论》曰:‘三界兴起，同归一心。前佛后佛，以心传心，不立文字。’《六祖坛经》曰:‘昔达（磨）〈摩〉大师，初来此土，人未信之，故传此衣，以为信体，代代相承。法则以心传心，皆令自悟自解。’宗密之《禅源都序 · 上 · 之一》曰:‘达磨受法天竺，躬至中华，见此方学人多未得法，唯以名数为解，事相为行。欲令知月不在指，法是我心故，但以心传心，不立文字。显宗破执，故有斯言。’”另参见《题张船山南台饮酒图》一诗〔未觉金经翳慧月（张诗，慧月不受金经翳）〕条笺注。

〔冰非水可名〕《荀子·劝学篇第一》："冰，水为之，而寒于水。"《五世小记》本作"水非水可名"，显误。

〔迹岂履可制〕《庄子·天运第十四》："夫六经，先王之陈迹也，岂其所以迹哉。今子之所言，犹迹也。夫迹，履之所出，而迹岂履哉。"上句及本句的表面意思是，冰不能用水来称呼，足迹不是鞋造成的。《五世小记》本、《刘申叔遗书补遗》本作"迹岂履能制"。

〔使无冰与履，迹与冰奚致〕《五世小记》本作："使无水与履，迹与冰奚致。"此句的表面意思是，如果没有水和鞋，足迹和冰又是从何而来？《警钟日报》本似误。以上四句皆为承禅宗"不立文字"之说而设。《佛祖历代通载》卷 22："达磨西来，不立文字，直指人心，见性成佛。"《正字通》巳集上《水部》："氷，俗仌（冰——引者）字。"《刘申叔遗书补遗》本作"使无（冰）〔水〕与履，迹与（水）〔冰〕奚致"。

〔近知清净原，不外修悲智〕清净原，《五世小记》本作"清净缘"，《刘申叔遗书补遗》本作"清静缘"，指获得证悟，解脱烦恼的途径。丁福保《佛学大辞典》："悲智（术语），慈悲与智慧也。此为佛菩萨所具一双之德，称曰'悲智二门'。智者，上求菩提，属于自利；悲者，下化众生，属于利他。以之配于人身之两手，则悲为左手，智为右手。又配于真言之两部，则悲为胎藏界，智为金刚界。配于弥陀之两胁士，则悲为左胁之观音，智为右胁之势至。有如是无尽之对配。《法事赞·上》曰：'释迦诸佛，皆乘弘誓。悲智双具，不舍含情。'"上句与此句指，要达到清净自在的境界，无外乎"悲智双修"，即修持慈悲和智慧。

〔闻思无着处〕闻思，佛教语，指听闻和思考。依佛教理论，"闻思"是"散智"，不能证悟真道。丁福保《佛学大辞典》："三慧（名数），一、闻慧，依见闻经教而生之智慧；二、思慧，依思惟道理而生之智慧；三、修慧，依修禅定而生之智慧。前之二慧为散智，而为但发修慧之缘，修慧为定智而正有断惑证理之用，见《成实论·二十》。"《瑜伽论记》卷 11 之上《论本第四十四·菩提分品》："'闻思是智，何故不依？'义曰：'虽是智，散智也，未圆满，故不可依。''若尔，世间非应可依？'义曰：'亦不依，且以三慧相对。今不依者，论唯言闻思慧，其修慧中亦有不依也。'"无着处，本意为无处安身。《古今事文类聚》前集卷 12《天时部·冬》："倒身无着处，呵手不成温（唐诗）。"此处引申为无法依靠。此句指，依靠多听、多思考的尘世修行之道，无法证悟佛法。

〔精进〕丁福保《佛学大辞典》："精进（术语），又曰勤。小乘七十五法中大善地法之一，大乘百法中善心所之一。勇猛修善法，断恶法之心作用也。《唯识论·六》

曰：'勤谓精进，于善恶品修断事中勇悍为性，对治懈怠满善为业。'《辅行 · 二》曰：'于法无染曰精，念念趣求曰进。'《慈恩上生经疏 · 下》曰：'精谓精纯无恶杂故，进谓升进不懈怠故。'《华严大疏 · 五》曰：'精进，练心于法名之为精，精心务达目之为进。'《维摩经 · 佛国品》曰：'精进是菩萨净土。'案：《汉书》：'召属县长吏，选精进掾史。'注：'精明而进趣也。'此为精进二字之出处。"此句指，修持佛法，得证大道须依靠"精进"之法门。

〔静观〕佛教修行的一种方法，即摒除妄念，照观真理。《梵网经 · 下》："应当静观察，诸法真实相。"《古尊宿语录》（径山本）卷 30《坐禅》："初心闹乱，未免回换。所以多方，教渠静观。端坐收神，初则纷纭，久久恬淡。"

〔岂复纖尘翳〕纖，《五世小记》本、《刘申叔遗书补遗》本作"纖（纤）"。《正字通》未集《部》："纖，俗纖字。"纖尘翳，被微尘所遮蔽，喻囿于尘俗。《初学记》卷 28《果木部 · 甘第八》："晋刘瑾《甘树赋》：……结密叶以舒荫兮，涤纖尘以开素。"《楚辞章句》卷 13 东方朔《七谏 · 沉江》："高阳无故而委尘兮，唐虞点灼而毁议。"王逸注："委尘，坋尘也。言帝颛顼圣明克让，然无故被尘翳。"

〔群生沦苦海〕群生，即"众生"。详见《赠杨仁山居士（四首）》其四一诗〔无量群生慧业开〕条笺注。丁福保《佛学大辞典》："苦海（譬喻），苦无际限，譬之以海也。《法华经 · 寿量品》曰：'我见诸众生，没在于苦海。'《楞严经 · 四》曰：'引诸沈冥，出于苦海。'《心地观经 · 二》曰：'常于生死苦海中，作大船师济群生。'《千手陀罗尼经》曰：'南无大悲观世音，愿我早得超苦海。'《止观 · 四 · 上》曰：'苦海悠深，船筏安寄。'"苦，《五世小记》本作"若"，似误。

〔平等观〕丁福保《佛学大辞典》："等观（术语），一切平等观念事理也。《无量寿经 · 下》曰：'等观三界，空无所有。'《涅（盘）〈槃〉经 · 一》曰：'等观众生，如视一子。'"

〔真谛〕丁福保《佛学大辞典》："真谛（术语），二谛之一。真谓真实无妄，谛犹义也。对俗谛言，如谓世间法为俗谛，出世间法为真谛是也。"后泛指真理。《五世小记》本作"用以永真谛"，似误。

【略考】

《刘申叔遗书补遗》此诗题记（P272）："原载《警钟日报》1904 年 7 月 12 日"，查《警钟日报》合订本第 3 册（罗家伦主编《中华民国史料丛编》本），1904 年 7 月 3 日—7 月 12 日无报。另，《刘申叔遗书补遗》P295 录《杂咏》一首，与此诗文辞仅有微小差异。题记标注：“原载《警钟日报》1904 年 7 月 20 日”。《青溪旧屋仪征刘氏五世小记》P59（上海古籍出版社 2004 年 7 月第 1 版）录本诗，缀于《匪风集补遗》之下，与此诗文辞亦仅有微小差异。梅鹤孙记，本诗曾收入初刻本《匪风集》（已佚），题为《读释典作》。

赠侯官林宗素女士

献身甘作苏菲亚，爱国群推玛利侬。言念神州诸女杰，何时杯酒饮黄龙。

【刊载】

《警钟日报》1904 年 7 月 26 日，署名“仪征何震”。《刘申叔遗书补遗》上册 P313。

【类别】

七言，4 句。

【编年】

1904 年。依首次发表时间。

【笺注】

〔林宗素〕林宗素（1877—1944），女，原名易，福建省闽侯县青口乡青圃村人。其胞兄林獬（又名万里，字少泉，笔名白水，世称林白水）是著名进步人士，报人，曾与刘师培一起参与《警钟日报》《中国白话报》的编辑出版。林宗素早年一直追随胞兄林少泉，思想进步，行事前卫。在上海与何震一同入爱国女学。林宗素是清末爱国女界的著名人物，同盟会最早的女性会员，也是中国最早的女权运动者，并曾参加以清廷权贵高官为目标的暗杀团。冯自由《兴中会时期之革命同志》：“林宗素 / 福建侯官 / 留学生 / 警钟日报 / 甲辰 / 林獬之女弟子也，甲辰任警钟日报副编辑，为上海报界女记者第二人，后东渡与陈撷芬同学。”（冯自由《革命逸史》第三集 P116，中华书局 1981 年 7 月第 1 版）

〔苏菲亚〕苏菲亚 · 利沃夫娜 · 佩罗夫斯卡娅（1853—1881），出生于俄国贵族家庭，却矢志不渝为推翻沙皇专制统治奋斗。1881 年 3 月 1 日，苏菲亚主导并参与刺杀了沙皇亚历山大二世，后被绞死。她是最早被介绍到中国的俄国民粹派女革命家，清末很多译著和作品都记述过她的革命经历。

〔玛利侬〕玛侬 · 让娜 · 菲利普（1754—1793），法国大革命时期吉伦特派著名女革命家罗兰夫人的本名。1793 年 11 月 8 日，被更加激进的雅各宾派送上断头台。临刑前留下了一句脍炙人口的名言："自由，多少罪恶假汝之名以行!"

〔饮黄龙〕岳珂《金佗稡编》卷 8："先臣（指岳飞——引者）亦喜，语其下曰：'这回杀敌人，直到黄龙府，当与诸君痛饮!'"《宋史 · 岳飞传》："飞大喜，语其下曰：'直抵黄龙府，与诸君痛饮尔！'" 黄龙府，位于今吉林长春农安县。是辽、金两代军事重镇和政治经济中心。《山堂肆考》卷 29《黄龙府》："黄龙府，即慕容氏和龙城。五代时，契丹封晋王重贵为负义侯，徙之黄龙府，即其地也。宋徽宗政和五年，金主攻辽黄龙府，次混同江，无舟以渡，使一人道前乘赭白马轻涉，曰：'视吾鞭所指而行。'诸军随之以济，遂克黄龙府。"清朝是金代女真人后裔，此句指推翻清朝的统治。

【略考】

林宗素在此诗后附识："何女士为刘申叔先生夫人，结婚才逾月。先生于吾国学界为有数之人物，其夫人学问宗旨足以称之。吾为吾国女界贺！吾为刘先生贺！宗素附识。"

题佩忍与林宗素孙济扶女士论文绝句后

《薤露》《阳阿》入耳频，淫哇无复古音陈。文俳吾久嗤扬子，和寡君应笑郢人。文字无□凭覆瓿，鬓丝未改忍思莼。成连不作牙絃绝，寂寞河山二百春。

【刊载】

《警钟日报》1904 年 8 月 18 日，署名申叔。《青溪旧屋仪征刘氏五世小记》P61;《刘申叔遗书补遗》上册 P347。

【类别】

七言，8 句。

【编年】

1904 年。依首次发表时间。

【笺注】

〔佩忍〕陈去病（1874—1933），江苏吴江同里人，原名庆林，字佩忍，号巢南，近代诗人，南社创始人之一，同盟会会员。曾为《警钟日报》主笔，与刘师培、柳亚子、高旭（天梅）等人友谊甚笃。

〔林宗素〕见《赠侯官林宗素女士》一诗〔林宗素〕条笺注。

〔孙济扶〕孙拯，字济扶，自号潜诸，女，江苏常州阳湖人。曾入苏州同里明华女校学习，思想进步，以西方女性杰出人物为榜样，志存高远，矢志报国。其弟孙宇撑与柳亚子为自治学社同学，因此与柳亚子也十分熟识。《柳亚子文集》中对其多有提及记述。1905 年 2 月，《女子世界》第 10 期发表署名潜诸的《读〈世界十女杰〉》一文，孙济扶在文中写道："呜呼！女杰女杰，读君建伟业，立大勋之传；记诵君临危难，当剧敌之遗嘱，使吾心碎神驰，梦游十九世之欧陆，如闻其声，如见其人，可不谓壮哉！……我姊妹所处之境，视彼女杰，同病相怜。夫盍不振袂而起，以步诸女杰之后尘，逐群胡，雪国耻，为我汉族竞胜于二十世纪之大舞台！"

〔《薤露》《阳阿》〕古曲，代指能被中等欣赏水平者接受理解的文艺作品。详见《和周美权〈夜坐偶成〉用原韵》一诗〔《白雪》与《阳春》〕条笺注。薤露，又作"薤露"。

〔淫哇〕《论语·阳货第十七》："子曰：'恶紫之夺朱也，恶郑声之乱雅乐也，恶利口之覆邦家者。'"《文选注》卷 53 嵇叔夜（康）《养生论》："目惑玄黄，耳务淫哇。"李善注："《法言》曰：'哇则郑。'李轨曰：'哇，邪也。'"《汉书·司马相如传上》："荆吴郑卫之声"。颜师古注："郭璞云：'皆淫哇之声。'"

〔文俳吾久嗤扬子〕汉魏六朝时期俳谐文曾非常盛行。所谓"俳谐文"，是指内容诙谐，借以讽喻嘲谑的一种文体，被认为是一种俗文学，游戏文章，亦称"文俳"。刘勰《文心雕龙》卷 3《谐隐第十五》："谐之言皆也，辞浅会俗，皆悦笑也。"俳谐体在两汉时期已经受到司马迁、班固等大家的抨击，扬雄的《逐贫赋》即是其中的代表作。胡宏《五峰集》卷 1《送友人归荆南》："心耻文俳似班马，眼看青紫自头旋。"此句指，我长久以来，一直不喜欢扬雄的"俳谐文"。

〔和寡君应笑郢人〕详见《和周美权〈夜坐偶成〉用原韵》一诗〔《白雪》与《阳春》〕条笺注。《五世小记》本、《刘申叔遗书补遗》本作"效"，似误。

〔文字无□凭覆瓿〕《汉书·扬雄传下》："雄以病免，复召为大夫。家素贫，耆酒，人希至其门。时有好事者载酒肴从游学，而巨鹿侯芭常从雄居，受其《太玄》《法言》焉。刘歆亦尝观之，谓雄曰：'空自苦！今学者有禄利，然尚不能明《易》，又如《玄》何？吾恐后人用覆酱瓿也。'"颜师古注："瓿，音部，小罂也。"□，《警钟日报》本模糊难辨。《五世小记》本、《刘申叔遗书补遗》本作"灵（靈）"。

〔思莼〕《音韵阐微》卷 3《十一真》："莼，《集韵》：'水葵。'通作蓴。"《世说新语》卷中之上《识鉴第七》："张季鹰辟齐王东曹掾，在洛见秋风起，因思吴中菰菜羹、鲈鱼脍，曰：'人生贵得适意尔，何能羁宦数千里以要名爵！'遂命驾便归。"《晋

书 · 张翰传》:“张翰，字季鹰，吴郡吴人也。……翰因见秋风起，乃思吴中菰菜、莼羹、鲈鱼脍，曰:‘人生贵得适志，何能羁宦数千里以要名爵乎!’遂命驾而归。”此句似指陈去病有还家归隐之思，刘师培《送佩忍归吴江》有“慎勿效季鹰，长作莼鲈谋”句。莼，《刘申叔遗书补遗》本作“蓴”。

〔成连不作牙絃绝〕《文选注》卷 18 嵇叔夜（康）《琴赋》“伶伦比律，田连操张。”李善注:“或曰，成连，古之善音者。《琴操》：伯牙学琴于成连先生，先生曰：吾能传曲而不能移情。吾师有方子春，善于琴，能作人之情，今在东海上，子能与我同事之乎？伯牙曰：夫子有命，敢不敬从。乃相与至海上见子春受业焉。”《吕氏春秋 · 本味》：“伯牙鼓琴，钟子期听之，方鼓琴而志在太山，钟子期曰:‘善哉乎鼓琴，巍巍乎若太山。’少选之间，而志在流水，钟子期又曰:‘善哉乎鼓琴，汤汤乎若流水。’钟子期死，伯牙破琴绝弦，终身不复鼓琴，以为世无足复为鼓琴者。非独琴若此也，贤者亦然。”

〔寂寞河山二百春〕此句指明亡至清末已经过去 200 余年。当时，陈去病与刘师培均持激进的反满革命思想。参见《题陈去病拜汲楼诗集（二首）》其二一诗〔乡邦文献沦亡尽，胜国遗书掇拾多〕条笺注。二百春，《刘申叔遗书补遗本》作“三百春”。参见本诗“略考”。

【略考】

1904 年 7 月 26 日，《警钟日报》发表陈去病《与宗素、济扶两女士论文》诗 4 首，署名佩忍，均为七言、4 句。陈去病在诗中反对文章的“六朝风格”，推崇“先明数遗老”，即黄宗羲、顾炎武、王夫之等人的文风。这组诗与署名“仪征何震”的《赠侯官林宗素女士》发表于《警钟日报》同期同版的《杂录》栏目。《杂录》栏目中还刊有陈去病《虎丘过李合肥祠堂不入》一诗:“桃柳成行一线横，欧西亭子乍经营。春风若早嘘南国，此地应祠李秀成。”表达了极其明显的排满反清思想。陈去病《与宗素、济扶两女士论文》诗 4 首，亦载《刘申叔遗书补遗》上册 P347。这是刘师培赞同陈去病“六朝风格不堪看”的表述，参见《岁暮怀人（其五）》一诗相关笺注和“略考”。

甲辰年自述诗（六十四首）

昔江都汪氏作《自序》篇，而仁和龚氏亦作诗自述。余未入中年，百感并合。新秋多暇，因述生平所历之境，各系以诗。劳者自歌，非求倾听。后之览者，或亦有慨于斯乎！

【刊载】

《警钟日报》1904 年 9 月 7 日、8 日、10 日、11 日、12 日，署名“光汉”。《刘师培年谱长编》P92—97（原诗自注均未录）;《刘申叔遗书补遗》上册 P377—390。案:《刘申叔遗书补遗》本作“甲辰自述诗”，脱一“年”字。

【类别】

七言，4 句。

【编年】

1904 年。依首次发表时间。

【笺注】

〔江都汪氏作《自序》篇〕汪中（1744—1794），字容甫，江都人。清中期著名学者，与阮元、焦循同为“扬州学派”代表人物。清代，汉魏六朝骈文复兴，汪中为其中之佼佼者。梁启超《清代学术概述 · 三十一》:“清人颇自夸其骈文，其实极工者仅一汪中，次则龚自珍、谭嗣同，其最著名之胡天游、邵齐焘、洪亮吉辈，已堆垛柔曼无生气，余子更不足道。要而论之，清代学术，在中国学术史上，价值极大；清代文艺、美术在中国文艺史、美术史上，价值极微。此吾所敢昌言也。”（《梁启超全集》第十集《论著十》P291，中国人民大学出版社2018年3月第1版）汪中文集《述学 · 补遗》有《自序》一文，即其骈文代表作之一。汪中《述学》，综合体现了其一生的学术及文学成就，堪称其本人的学术自传。

〔仁和龚氏亦作诗自述〕龚自珍（1792—1841），又名巩祚，字璱人，号定盦，浙江仁和（今杭州）人。道光十九年己亥（1839）龚自珍辞官返家，自四月二十三日（1839 年 6 月 4 日）开始，至同年十二月二十六日（1840 年 1 月 30 日）止，龚自珍共写诗 315 首，均为七言、4 句，即著名的《己亥杂诗》。《己亥杂诗》的题材极为广泛，涉及龚自珍的生平、著述、交游等等。

〔劳者自歌，非求倾听〕汪中《述学 · 补遗 · 自序》:“劳者自歌，非求倾听。”

〔后之览者，或亦有慨于斯乎〕《晋书 · 王羲之传》载其《兰亭集序》:“后之览者，亦将有感于斯文。”

甲辰年自述诗（其一）

看镜悲秋鬓渐华，年来万事等抟沙。飞腾无术儒冠误，寂寞青溪处士家。

【笺注】

〔看镜悲秋鬓渐华〕庾信《庾子山集》卷 4《诗 · 尘镜》:“明镜如明月，恒常置匣中。何须照两鬓，终是一秋蓬。”《全唐诗》卷 283 李益《立秋前一日览镜》:“万事销身外，生涯在镜中。唯将满鬓雪，明日对秋风。”（第 5 册 P3218）

〔搏沙〕疑当作“摶（抟）沙”，指捏沙成器，放手即散。喻徒劳无功，白费工夫。《一切经音义》卷 46《音大智度论一百卷 · 第十六卷》:“抟截，徒官反，《通俗文》:‘手团曰抟。’《说文》:‘抟，团也。’”苏轼《东坡全集》卷 23《诗六十七首 · 同正辅表兄游白水山》:“伟哉造物真豪纵，攫土抟沙为此弄。”苏轼《东坡全集》卷 6《诗九十九首 · 二人再和亦再答之》:“亲友如抟沙，放手还复散。”王世贞《弇州四部稿 · 续稿》卷 187《文部 · 书牍 · 张助甫 · 又》:“仆百念已灰，虽儿女眷属，亦以抟沙譬之。”《刘师培年谱长编》本、《刘申叔遗书补遗本》均作“博沙”，误。年来万事，《刘师培年谱长编》本作“千年万事”，误。

〔飞腾无术儒冠误〕儒冠，儒家弟子佩戴的帽冠。《史记 · 郦食其传》:“沛公不好儒，诸客冠儒冠来者，沛公辄解其冠，溲溺其中。”《全唐诗》卷 216 杜甫《奉赠韦左丞丈二十二韵》:“纨袴不饿死，儒冠多误身。”（第 4 册 P2252）仇远《金渊集》卷 5《七言律诗 · 和南仲见寄》:“儒冠误我欲投簪，抱膝聊为陇上吟。”飞腾术，飞黄腾达之术。胡寅《斐然集》卷 5《赠僧惠嵩》二首其二:“耻学飞腾术，慵参寂灭禅。”

〔青溪〕仪征刘氏故居位于今扬州市广陵区东圈门 14 号。青溪旧屋原有刘文淇手书镌刻的“青溪旧屋刘”门牌，文革时被毁。刘师培 1903 年夏出走上海前，一直在此居住读书。

〔处士〕没有做官的读书人。《孟子 · 滕文公下》:“圣王不作，诸侯放恣，处士横议。”

【略考】

刘师培很年轻时身体就不好，《青溪旧屋仪征刘氏五世小记》:“舅氏是一个禀赋极弱的人，在不到二十岁的年纪，秋冬间就时常咳嗽。后来渐渐加重了，一两个月就见他咯出一点血丝。……才三十岁，头发已经花白。”（上海古籍出版社 2004 年 7 月第 1 版 P51）刘师培作此诗时，只有 20 周岁，从此诗“看镜悲秋鬓渐华”句可见，小小年纪就已经鬓有白发。

甲辰年自述诗（其二）

年华逝水两蹉跎，苍狗浮云变态多。一剑苍茫天外倚，风云壮志肯消磨。

【笺注】

〔年华逝水两蹉跎〕年华逝水，见《壶中天慢 · 元宵望月》一词〔年华水逝〕条笺注。两蹉跎，两个方面均不顺利之意。《乐府诗集》卷 30《相和歌辞五》李白《长歌行》："富贵与神仙，蹉跎成两失。"白居易《白氏长庆集》卷 35《律诗（一百首）· 病中诗十五首 · 酬梦得贫居咏怀见赠》："岁阴生计两蹉跎，相顾悠悠醉且歌。"《全唐诗》卷 160 孟浩然《自洛之越》："皇皇三十载，书剑两无成。"（第 3 册 P1655）《列朝诗集 · 丙集第八》黄郡博（云）《雨中书事》："病里仍愁四十过，学书学剑两蹉跎。"

〔苍狗浮云变态多〕本指天上的云彩形态瞬息万变，亦指世事变化无常。详见《癸卯夏记事》一诗〔苍狗浮云〕条笺注。魏了翁《鹤山集》卷 97《南阁行》："浮云白衣苍狗耳，须臾变态山自若。"

〔一剑苍茫天外倚〕李白《李太白文集》卷 25《代寿山答孟少府移文书》："将欲倚剑天外，挂弓扶桑。浮四海，横八荒，出宇宙之寥廓，登云天之眇茫。"

〔风云壮志〕《全唐诗》卷 170 李白《赠张相镐二首》其一："风云激壮志，枯槁惊常伦。"（第 3 册 P1760）

甲辰年自述诗（其三）

桓子著书工自序，潘生怀旧述家风。廿年一枕黄粱梦，留得诗篇证雪鸿。

【笺注】

〔桓子著书工自序，潘生怀旧述家风〕《周书 · 庾信传》载《哀江南赋》序："昔桓君山之志事，杜元凯之生平，并有著书，咸能自序。潘岳之文彩，始述家风。"桓谭，字君山，东汉时大学者，《后汉书》有本传。桓谭有《新论》二十九篇，早已亡佚，现有清代严可均辑本。《新论》辑本中有《道赋》篇，其内容涉及桓谭自己年少时读书求学的简要经历，即庾信所谓"自序"。潘岳，字安仁，即"古代四大美男"之首的潘安，西晋时大学者，《晋书》有本传。潘安有《家风诗》传世，载《艺文类聚》卷 23。

〔黄粱梦〕见《感事八首》（其六）一诗〔黄梁一枕梦初醒〕条笺注。

〔雪鸿〕大雁在雪上踏出的痕迹。苏轼《东坡全集》卷 1《诗四十七首 · 和子由渑池怀旧》："人生到处知何似，应似飞鸿踏雪泥。泥上偶然留指爪，鸿飞那复计东西。"

【略考】

此诗为刘师培说明作此组《自述诗》的来由和目的。

甲辰年自述诗（其四）

零编断简古人重，汩没丹铅似蠹鱼。回忆儿时清境乐，青灯风雨读奇书。

【笺注】

〔零编断简〕指古籍。庾信《庾子山集》卷 8《启 · 谢滕王集序启》："至如残编落简并入尘埃，赤轴青箱多从灰烬。"《全唐诗》卷 630 陆龟蒙《药名离合夏日即事三首》其三："青箱有意终须续，断简遗编一半通。"（第 9 册 P7281）《宋高僧传》卷 7《宋天台山螺溪传教院义寂传》："近则会昌焚毁，零编断简，本折枝摧。"

〔丹铅〕指校勘书籍，古人校勘书籍使用丹砂和铅粉。《全唐诗》卷 336 韩愈《秋怀诗十一首》其七："不如觑文字，丹铅事点勘。"（第 5 册 P3772）汩，《刘师培年谱长编》本作"泪"，误。

〔蠹鱼〕蛀食书籍的书虫，亦指嗜书之人。《周礼注疏》卷 37《秋官司寇第五 · 翦氏》："掌除蠹物，以攻禜攻之，以莽草熏之。"贾公彦疏："蠹鱼，惟见书内，有白鱼及白蠹，食书，故云。"黄庭坚《山谷外集》卷 13《读书呈几复二首》其一："身入群经作蠹鱼，断编残简伴闲居。"

〔奇书〕刘师培《甲辰年自述诗（其五）》自注："余八岁即学变卦之法，日变一卦。"

甲辰年自述诗（其五）

旁通隐识理堂说，互象参考端斋书。童蒙学《易》始卦变，爻象昭垂非子虚。（自注：余八岁即学变卦之法，日变一卦。）

【笺注】

〔旁通隐识理堂说〕焦循（1763—1820），字理堂，扬州人，清著名学者，扬州学派代表人物。焦循《易图略叙目》："余学《易》，所悟得者有三：一曰旁通，二曰相错，三曰时行。此三者皆孔子之言也。……余初不知其何为旁通，实测经文传文，而后知升降之妙出于旁通，不知旁通，则升降之妙不著。……数十年来，以测天之法测《易》，而此三者，乃从全《易》中自然契合。”堂，《刘师培年谱长编》本作“当”，误。

〔互象参考端斋书〕方申（1787—1840），字端斋，仪征人，曾师事刘师培的曾祖父刘文淇。著有《方氏易学五书》（《诸家易象别录》《虞氏易象汇编》《周易卦象集证》《周易互体详述》《周易卦变举要》）。方申在《周易互体详述》一书中发明九种互体之象：二三四互、三四五互、中四画之互、下四画之互、上四画之互、下五画之互、上五画之互、两画之互、一画之互。方申还认为：四画五画能互诸卦，三画又为四画五画之本，为正例；二画只能互八卦，而一画又分二卦之余，为附例。方氏此观点与历代传统观点截然不同，在学界认可程度不高。

〔卦变〕《周易》占卜学中有本卦（基本卦象）和变卦（卦象之变化）之分。变卦有三种方式：反对、旁通、交互，是《周易》占卜学的重要手段。本诗所言之“旁通”“互象”即指“变卦”。

〔爻象〕指《周易》中之爻辞和象辞。爻象与卦象相对，卦象由爻象组成，每卦均有六爻。

甲辰年自述诗（其六）

“读如”“读若”汉儒例，识此义者段懋堂。欲考群经通假例，《毛诗》《戴记》古音详。（自注：余著《毛诗郑读考》及《礼记异读考》，未成。仅成《大学》一卷。）

【笺注】

〔“读如”“读若”汉儒例，识此意者段懋堂〕段玉裁（1735—1815），字若膺，号懋堂，江苏金坛人，清代训诂学大家，龚自珍的外公。其最著名的著作是《说文解字注》。东汉人注经，以“读如”“读若”标释通假字。段玉裁《周礼汉读考·序》：“汉人作注，于字发疑正读，其例大致有三：一曰读如，读若；二曰读为，读曰；三曰当为。读如，读若者，拟其音也，古无反语，故为比方之词；读为，读曰者，易其字也，易之以音相近之字，故为变化之词。……如以别其音，为以别其义。当为者，定为字之误，定为字之误、声之误，而改其字也，为救正之词。”段玉裁《说文解字注》卷1《示部》：“禶。此芮切，数祭也。从示，毳声。读若‘舂麦为毳’之毳。”段注：“凡言读若者，皆拟其音也；凡传注言读为者，皆易其字也。注经必兼兹二者。故有读为，有读若。读为亦言读曰，读若亦言读如。”刘师培《中国文学教科书》（第 1 册）第廿三课《汉儒音读释例》：“经传子史，凡为汉儒所注者，有音读之例。或言‘读如’‘读若’，或言‘读为’‘读曰’，或言‘当作’‘当为’。‘读如’‘读若’，主于说音；‘读为’‘读曰’，主于更字说义；‘当作’‘当为’，主于纠正误字。”

〔《毛诗》〕汉儒毛亨、毛苌注释之《诗经》。

〔《戴记》〕汉儒戴德所编之《大戴礼记》、戴圣所编之《小戴礼记》。今通行本为《小戴礼记》。

【略考】

刘师培现存作品中无《毛诗郑读考》《礼记异读考》二篇，然其《中国文学教科书》（第 1 册）第十二、十三、十四课专辟有《假借释例》上中下，其中就假借字有集中讲述（上海国学保存会印本 1905 年本，《刘申叔遗书》67、68 全册）。同时，亦散见于《小学发微补》（1905 年，《刘申叔遗书》11 册【34—118】）和《文说》（1905 年，《刘申叔遗书》20 册【2—39】）等篇。刘师培现存作品中亦未见《大学》一篇。

甲辰年自述诗（其七）

正名大义无人识，俗训流传故训湮。析字我师荀子说，新名制作旧名循。（自注：余著《正名篇》，又作《中国文字流弊论》。又注《急就篇》，未成。）

【笺注】

〔正名〕“正名”始自孔子的“名不正，则言不顺”（《论语·子路第十三》）。其内涵有三种：政治层面、逻辑层面和语文层面。此处的“正名”是指中国古代训诂学上的“正名”，指语言文字务求准确无误。

〔析字我师荀子说〕析字，指辨析字义。《荀子》有《正名篇》曰：“名无固宜，约之以命，约定俗成谓之宜，异于约则谓之不宜。名无固实，约之以命实，约定俗成，谓之实名。名有固善，径易而不拂，谓之善名。”

〔新名制作旧名循〕《荀子·正名篇第二十二》：“若有王者起，必将有循于旧名，有作于新名。”

〔《急就篇》〕古代字书。《四库提要》：“臣等谨案：《急就篇》四卷，汉史游撰。《汉书·艺文志》注称，游为元帝时黄门令，盖宦官也。……考张怀瓘《书断》曰：‘章草者，汉黄门令史游所作也。’王愔云：‘史游作《急就章》，解散隶体，汉俗简惰，渐以行之’是也。然则，所谓章草者，正因游作是书，以所变草法书之。”

【略考】

《中国文字流弊论》，《国文典问答》上海开明书店 1904 年印本附录，载《刘申叔遗书》46 册（98—104），《左盦外集》卷 6。刘师培现存作品中未见《正名篇》，无《急就篇注》。然刘师培《攘书》中有《正名篇》一短章（《刘申叔遗书》18 册【60—68】）。但此“正名”为政治层面之“正名”，为其“排满反清”服务，并非文字训诂之“正名”。

甲辰年自述诗（其八）

高邮王氏雒山刘，解字知从辞气求。试证西文名理学，训辞显著则余休。（自注：余著《国文问答》《国文杂记》，又编《国文教课书》。）

【笺注】

〔高邮王氏雒山刘〕扬州高邮王念孙（1744—1832）、王引之（1766—1834）父子均为清代训诂学大家。王念孙著有《广雅疏证》《读书杂志》，王引之著有《经传释词》《经义述闻》，合称“高邮王氏四种”。“雒山”，似为“确（确）山”之误。康熙年间有刘淇所撰《助字辨略》，是一部最早的虚词字典。刘淇，字武仲，一字卫园，又字龙田，号南泉。祖籍河南确山，雍正年间卒于山东济宁。“雒”“确”二字字形相近，将“确”误为“雒”，应系手民误植。

〔解字知从辞气求〕刘淇《助字辨略》自序：“构文之道，不过实字、虚字两端，实字其体骨，而虚字其性情也。……虚字一乖，判于燕赵。”章太炎《訄书》重订本《清儒第十二》：“念孙疏《广雅》以经传、诸子转相证明，诸古书文义诘诎者皆理解。授子引之，为《经传释词》，明三古辞气，汉儒所不能理绎，其小学训诂自魏以来未尝有也。”（《章太炎全集》第 3 册《〈訄书〉初刻本 /〈訄书〉重订本 / 检论》P155，上海人民出版社 2014 年 5 月第 1 版）前人称辨别实词词义为“明训诂”，称明了虚词词义为“审辞气”。杨树达在为曾运乾《尚书正读》撰写的序言中说：“余平生持论，谓读古书当通训诂，审词气。二者如车之两轮，不可或缺。通训诂者，前人所谓小学也；审词气者，今人所谓文法之学也。”（《尚书正读》P1，华东师范大学出版社 2011 年 7 月第 1 版）

〔名理学〕西方逻辑学的旧译。“‘逻辑’一词源自英文 Logic，而 Logic 又源自古希腊语‘逻各斯’。‘逻各斯’是多义词，原意指理性、推理、推理能力、思维、原理、规则、规律、命题、议论、说明、论证等等，其基本词义是秩序、规律、言辞、理性。

明末清初西方 Logic 传入中国之初，李之藻将其译为‘名理’，严复译为‘名学’，马相伯译为‘原言’，王国维译为‘辨学’，日本学者译为‘论理学’。孙中山在后来的《孙文学说》中则译为‘理则学’，并阐释云：‘以往的逻辑译名皆不完善，不能够代表全书的旨意，而只能代表书中的部分意义，实在逻辑学是研究诸事诸学的规则，应译名为理则学。’严复在翻译约翰·穆勒的逻辑学著作时，首次将 Logic 音译为‘逻辑’，但同时也译为‘名学’，并未对音译方法加以强调，且采用‘名学’作为学科名词。1910 年，章士钊在《国风报》上发表《论翻译名义》一文，倡导统一使用音译的‘逻辑’一词作为逻辑学科之名。1917 年，章氏在北京大学开设逻辑学课程，坚持对 Logic 一词的音译见解，并将所开课程定名为‘逻辑’。自 20 世纪 30 年代以后，Logic 一词的音译名‘逻辑’逐渐在中国学界流行。新中国成立之后，学术界遂以音译名‘逻辑’来命名从西方引入的 Logic 这门现代新学科。”（左玉河《名学、辨学与论理学：清末逻辑学译本与中国现代逻辑学科之形成》,《社会科学研究》2016 年第 6 期 P153—154）刘师培《周末学术史序·论理学史序（即名学）》:“近世泰西巨儒倡明名学，析为二派，一曰归纳，一曰演绎。……荀子著书，殆明斯意。归纳者，即荀子所谓‘大共’也。故立名以为界；演绎者，即荀子所谓‘大别’也。故立名以为标。……春秋以降，名理之学日沦，故孔子首倡正名，荀子踵之，作《正名篇》。……证以西儒之学，夫岂殊哉!”1904 年 11 月 21—28、30，12 月 4 日，《警钟日报》连载了刘师培的《论小学与社会学之关系》，该文的副标题如下——“西人社会之学可以考中国造字之原，适略举之。”（《刘申叔遗书》46 册【46—90】,《左盦外集》卷 6）。那时，为数尚少的汉译西方学术著作对刘师培的政治、学术思想，特别是文字训诂学研究产生了极大的影响。可参见李帆《中国古典学术向现代的迈进——严复、刘师培吸纳西学之比较》一文，载《江海学刊》2004 年第 6 期 P129—134。另参见《甲辰年自述诗》（其五十三）一诗〔道教阴阳学派异〕笺注。此句指，我将把西方逻辑学、社会学中的归纳与演绎法，运用于中国的传统文字训诂学研究。西文,《刘师培年谱长编》本作“西方”，误。

〔余休〕遗泽、荫庇。《汉书·外戚传下·班婕妤传》载其《自悼赋》:“愿归骨于山足兮，依松柏之余休。”颜师古注：“山足，谓陵下也。休，荫也。”此句指，文字训诂准确无误，则使学术研究受益。

【略考】

刘师培现存作品中未见《国文问答》(《刘申叔遗书补遗》本作“国学”，误。)、《国文教课书》二篇。1904 年，刘师培有《国文典问答》(上海开明书店印本)，或即

《国文问答》。钱玄同等编《刘申叔遗书》，以其错误较多、内容浅显而未收，载《刘申叔遗书补遗》上册 P71—97，共计 11 章。《国文教课书》，或即《中国文学教科书（第 1 册）》，上海国学保存会 1905 年印本，《刘申叔遗书》67、68 册（全册）。教课书，《刘申叔遗书补遗》本径作“教科书”。

甲辰年自述诗（其九）

古人制字寓精义，周秦而降渺不存。试从苍颉溯初祖，卓识能穷文字原。（自注：余著《小学发微》，以文字证明社会进化之理，又拟编《中国文典》，以探古人造字之厚。）

【笺注】

〔周秦而降渺不存〕中国文字的发展历史久远，经历上古，夏商西周，春秋战国和秦代，至汉代，隶书出现并逐步成形。文字字形、字音和字义的原始本源已愈来愈模糊不清。《尔雅》《说文解字》等解析文字的著作在这一时期出现，正说明了这一点。19 世纪末 20 世纪初，甲骨文字的重新出世，研究尚在萌芽期，但给中国文字的追本溯源带来了一丝曙光。

〔苍颉〕中国文字的起源有多种说法，如“仓颉造字说”“八卦说”“结绳说”等。许慎《说文解字》卷 15 上：“古者庖牺氏之王天下也，仰则观象于天，俯则观法于地，视鸟兽之文与地之宜，近取诸身，远取诸物，于是始作《易》八卦以垂宪象。及神农氏结绳为治而统其事，庶业其緐，饰伪萌生。黄帝之史仓颉，见鸟兽蹏迒之迹，知分理之可相别异也，初造书契。”

〔探古人造字之厚〕厚，似为“原”之误。《刘师培年谱长编》本（P93）、《刘申叔遗书补遗》本（上册 P379）径改作“原”，均未出校。

【略考】

刘师培存世著作中无《小学发微》一篇。据章太炎《与刘光汉书二》，刘师培曾以《小学发微》相赠（《刘申叔遗书》1 册【78】）。据钱玄同缀于《论小学与社会学之关系》一文文末案语：“盖此篇初名《小学发微》，登报时欲求意义明显，故改题为《论小学与社会学之关系》。”（《刘申叔遗书》46 册【89】，《左盦外集》卷 6）万仕国《刘师培年谱》卷一《1903 年》：“《小学发微》今未见。钱玄同以为即《论小学与社会学之关系》，谓‘登报时欲求意义明显，故改题为《论小学与社会学之关系》’。然刘师培《甲辰自述诗》自注及《周末学术史序》自注均多次以《小学发微》与《论小学与社会学之关系》并提，似非一文。待考。”（P39）案：钱玄同《论小学与社会学之关系》一文案语考证其即为《小学发微》颇详，且颇具说服力。而查刘师培存世著作，确实存在《小学发微》《论小学与社会学之关系》并提的现象，但均为不同时期的不同作品。在同一篇作品（如《周末学术史序》《跋陈竞全读说文杂记》等）或同一组作品（如《甲辰年自述诗》）中，从未出现《小学发微》《论小学与社会学之关系》并提的现象。又查刘师培《跋陈竞全读说文杂记》（陈养源，字竞全。曾是《俄事闻警》和《警钟日报》的主要资助人）一文（《国粹学报》第 5 期，1905 年 6 月 23 日；《左盦题跋》第 33 篇，《刘申叔遗书》62 册【165—167】），其主文有释“林、蒸（烝）”（《尔雅 · 释诂》：“林、烝、……君也。”），刘师培案语曰：“竞全殚精小学，偶发一意，恒出桂、段诸家之上。惟不事撰著，故无成书。前月卒于沪，海内惜之。以上三则，系为光汉校订《小学发微》时所作者。光汉识。”而查《论小学与社会学之关系》一文中，《君林烝》一则赫然在列，其观点与《跋陈竞全读说文杂记》一文略同。但《跋陈竞全读说文杂记》一文中释“穷富”和“祥”两则，今本《论小学与社会学之关系》中均无。据此，述者认为，钱玄同与万仕国先生的观点均存片面性——《论小学与社会学之关系》与《小学发微》并未完全相同的同一篇，但也不是完全不同的两篇。《论小学与社会学之关系》为《小学发微》的节略版，二者传承关系明确，但后者明显繁于前者。刘师培将《小学发微》赠给章太炎，是在 1903 年；《论小学与社会学之关系》一文发表于 1904 年年底；而《跋陈竞全读说文杂记》发表于 1905 年 6 月，此时，刘师培仍在对《小学发微》进行“校订”。可以确证，刘师培的《小学发微》一文一直在修订、增补之中。查刘师培《论中土文字有益于世界》，发表于 1908 年 10 月 14 日《国粹学报》第 46 期；载《刘申叔遗书》46 册（93），《左盦外集》卷 6：“予旧作《小学发微》，以为文字繁简，足窥治化之浅深，而中土之文，以形为纲，察其偏旁，而往古民群之状况，昭然毕呈。故治小学者，必与社会学相证明。”从该文分析，至 1908 年，《小学发微》似乎尚未佚失。其全文今日已佚，殊为可惜。另，刘师培有《小学发微补》一文，连载于《国粹学报》第 5—10、12、13、17、19、22、23 期，1905 年 6 月 23 日—11 月 16 日、1906 年 1 月 14 日、2 月 13 日、6 月 11 日、8 月 9 日、11 月 6 日、12 月 5 日，署名刘光汉，《刘申叔遗书》11 册（34—118）。刘师培现存作品中无《中国文典》一篇。

甲辰年自述诗（其十）

许君说字重左形，我今偏重右旁声。江都黄氏发凡例，犹有王朱并与衡。（自注：余著《小学释例》，发明字以右旁之声为主。）

【笺注】

〔许君说字重左形〕刘师培《小学发微补》："许君作《说文解字》，以左旁之形为主，乃就物之质体区别也。（自注：如从草之字，皆草类也；从木之字，皆木类也。）"许慎著《说文解字》，创立了将字按其所属义符归类的方法。所谓"义符"，即形声字结构中表示字义的部分，与"声符"相对，也就是我们现在常说的偏旁，大多位于本字的左侧。

〔我今偏重右旁声〕刘师培《中国文学教科书》（第 1 册）第三课《论字义之起源》上："上古声起于义，故字义咸起于右旁之声。任举一字，闻其声即可知其义。凡同声之字，但举右旁之声，不必举左旁之迹，皆可通用。盖上古之字，以右旁之声为纲，以左旁之形为目。盖有字音，乃有字形也。且当世之民，未具分辨事物之能，故观察事物，以义象区别，不以质体区分。然字音既原于字义，既为此声，即为此义。凡彼字右旁之声，同于此字右旁之声者，则彼字之义象，亦必同于此字之义象。义象既同，在古代只为一字。"

〔江都黄氏发凡例〕黄生，明末清初人，字扶孟，安徽歙县人，著有《字诂》《义府》。他在《义府》卷上《仡仡勇夫》条提出了"因声以知意"的观点。刘文淇《字诂义府跋》："是书博大精深，所解释皆实事求是，不为凿空之谈。夫声音训诂之学，于今日称极盛，而先生实先发之。"（《字诂义府合按》P282，中华书局 1984 年 11 月第 1 版）黄承吉（1771—1842），字谦牧，号春谷，黄生族孙，祖籍安徽歙县，长于江都，著有《字诂义府合按》。他在《字义起于右旁之声说》一文中系统提出了"义起于声"的"右音说"理论（黄承吉《梦陔堂文集》卷 2）。刘文淇为《梦陔堂文集》作序，对黄承吉的学术推崇备至。

〔王朱〕王念孙、朱骏声。王念孙也是清代训诂学"因声求义"理论的倡导者。他在《广雅疏证》自序中写道："窃以为训诂之旨，本于声音。故有声同字异，声近义同，虽或类聚群分，实亦同条共贯。……此之不寤，则有字别为音，音别为义，或望文虚造，而违古义；或默守成训，而尟会通易简之理。"朱骏声（1788—1858），字丰芑，号允倩，苏州人，著有《说文通训定声》，是清代训诂学“因声求义”理论的代表性作品。朱氏一改《说文》之前按照字形部首排序的方式，而是将全部文字均按韵部排列。

【略考】

刘师培存世著作中无《小学释例》一篇。

甲辰年自述诗（其十一）

字义多从音韵出，训同音近字多通。字形歧异随音读，南北方言自不同。（自注：余著《小学释例》，发明训同音近之字，在古只为一字。）

【笺注】

〔训同音近字多通〕刘师培《小学发微补》：“造字之初，先有右旁之声，后有左旁之形，声起于义。故右旁之声既同，则义象必同。”参见《甲辰年自述诗（其十）》一诗〔我今偏重右旁声〕条笺注。

〔南北方言自不同〕刘师培《中国文学教科书》（第1册）第十一课《转注释例》：“南北东西之语言不能尽同，故有同一义而所言不同，亦有所言同而音之处于喉舌间不同者。及有文字时，乃各本方言造文字。故义同而形不同者，音必相近，则以在未有文字前仅为一字。”（《刘申叔遗书》67册【64】）同上书第十九课《字音总论》：“中国本部之方言仍各不同，试区为十种：一曰河北关西之音，因地多高峻，故发音粗厉。然间杂夷音；一曰河南淮北之音，因地多平原，故发音平易；一曰淮南江北之音，因地居南北之中，其音重浊而略涉轻扬；一曰汉水南北之音，因其地多山，故其言佶屈，其音自清（川北属之）；一曰江浙之音（金陵之东），因地处众水下游，故发音轻浅而多浮；一曰皖南之音（金陵之西），因表里皆山川，故其音轻扬，亦略涉重浊；一曰湘赣之音（川南属之），因其地多山，故发音抗厉，似浮而实沈；一曰粤西滇黔之音，其地多山，然其言平易，多与金陵同；一曰闽中之音，因开辟最迟，故其音佶屈；一曰粤东之音，因其地边海，成一特别之音，其音最多（亦最清浅）。”（《刘申叔遗书》67册【114—115】）

【略考】

刘师培自注：“余著《小学释例》，发明训同音近之字，在古只为一字。”参见《甲辰年自述诗》（其十）一诗〔我今偏重右旁声〕条笺注、本诗〔南北方言自不同〕条笺注。

甲辰年自述诗（其十二）

事物称名自古歧，土风区别读音随。方言古有輶轩采，遗语流传颜籀知。（自注：余拟采辑各种方言，书以地分类。）

【笺注】

〔事物称名自古歧，土风区别读音随〕见《甲辰年自述诗》（其十一）一诗〔南北方言自不同〕条笺注。

〔方言古有輶轩采〕輶轩，古代帝王所遣使臣乘用的轻便车子，亦为使臣的代称。应劭《风俗通义 · 序》："周、秦常以岁八月遣輶轩之使，求异代方言，还奏籍之，藏于秘室。"扬雄著《輶轩使者绝代语释别国方言》，简称《方言》。

〔颜籀〕颜师古（581—645），名籀，字师古，以字行，隋唐之际训诂、声韵、校勘学大家，以注释《汉书》而闻名于世。颜师古有《匡谬正俗》8 卷传世："前四卷凡五十五条，皆论诸经训诂音释。后四卷凡一百二十七条，皆论诸书字义、字音及俗语相承之异，考据极为精审。"（《四库全书总目》卷 40）

【略考】

刘师培自注："余拟采辑各种方言，书以地分类。"在刘师培存世作品中，未见此类著作。参见《甲辰年自述诗》（其十一）一诗〔南北方言自不同〕条笺注。案:《刘申叔遗书补遗》本此诗"自注"脱一"书"字。

甲辰年自述诗（其十三）

典制备详三礼学，披图犹识古衣冠。胡尘鸿洞风沙暗，何日成仪睹汉官。（自注：余以古代衣冠之制多与西国之制暗合，曾作《中国并不保存国粹》论。）

【笺注】

〔三礼〕《周礼》《仪礼》《礼记》。备详，《刘师培年谱长编》本作"详备"。

〔披图犹识古衣冠〕东汉阮谌根据《周礼》《仪礼》《礼记》三种典籍，撰《三礼图》，书中绘制有与古代礼制相关的直观图像，包括建筑规范、典礼仪轨、礼器形制、衣冠制度等等。郑玄、夏侯伏朗、张镒、梁正等人亦作《三礼图》，隋文帝开皇年间亦曾敕撰礼图，后世均亡佚。后周、北宋之际，聂崇义集以上六家著作编成《三礼图集注》20 卷，明刘绩依据宋陆佃《礼象》、陈祥道《礼书》、林希逸《考工记解》《宣和博古图》等编成《三礼图》4 卷。聂崇义《三礼图集注》和刘绩《三礼图》为今通行本。

〔鸿洞〕漫无涯际。详见《读王船山先生遗书》一诗〔胡氛澒洞风沙黰〕条笺注。《刘师培年谱长编》本作“鸿{澒}洞”。

〔何日成仪覩汉官〕成仪，固定的礼仪规范。《文献通考》卷 1188《经籍考十五·经·仪注·朱文公家礼》：“惜其书既亡，至先生既没而后出，先生不及再修为一定之成仪，以幸万世，而反为未成之阙。”《后汉书·光武帝纪上》：“更始将北都洛阳，以光武行司隶校尉，使前宫府。于是置僚属，作文移，从事司察，一如旧章。时三辅吏士东迎更始，见诸将过，皆冠帻，而服妇人衣，诸于绣镼，莫不笑之，或有畏而走者。及见司隶僚整修属，皆欢喜不自胜。老吏或垂涕曰：‘不图今日复见汉官威仪！’由是识者皆属心焉。”《正字通》酉集上《见部》：“覩，同睹。”《刘师培年谱长编》本、《刘申叔遗书补遗》本均作“睹”。此句指恢复汉族衣冠礼仪制度，是刘师培反清排满思想的反映。

【略考】

刘师培《论中国并不保存国粹》连载于《警钟日报》第 118—121 号，1904 年 6 月 22—25 日；载《刘申叔遗书》54 册（32—40），《左盦外集》卷 14。该文称：“中国之服饰以三代之制为最佳，大抵与欧西之制合。（此非西人袭中国古制也，中国文明最古，故其制与欧西之制同。）……近世，持民族主义者，屏弃虏服，易以西装，而汉家官仪遂不图于今日复见。”（《刘申叔遗书》54 册【34】）《青溪旧屋仪征刘氏五世小记》P35：“这时（指 1903——引者）他在上海与章太炎、蔡元培诸先生订交，主张种族革命。在《警钟报》上口诛笔伐，锐利无前，已经剪除辫发，改着西服。但一时亲友，互相传说，一种疑惧心情，避之若浼的态度，我至今犹能记忆他们当时的看法。”

甲辰年自述诗（其十四）

祭礼流传自古初，尼山只述六经书。休将儒术侪耶佛，宗教家言拟涤除。（自注：余主张孔子非宗教之说，著《孔教与中国政治无涉》论。）

【笺注】

〔尼山〕指孔子。《孔子家语》卷 9《本姓解第三十九》记载，孔子之父叔梁纥与母颜征在，“私祷尼丘之山以祈焉，生孔子，故名丘，字仲尼。”后世避孔子名讳（丘），称“尼山”。

〔六经〕《庄子 · 天运第十四》："孔子谓老聃曰：'丘治《诗》《书》《礼》《乐》《易》《春秋》六经，自以为久矣'。"

〔休将儒术侪耶佛，宗教家言拟涤除〕耶，基督教。清末民初，康有为曾力图借助基督教、佛教教义，将儒学改造成宗教，并使之成为中国的"国教"。袁世凯称帝失败后，这一思潮退出历史舞台。早在"百日维新"期间，康有为在 1898 年 6 月 19 日即给光绪帝上了《请尊孔圣为国教立教部教会以孔子纪年而废淫祀折》（见《戊戌奏稿》）。这是其儒家宗教化，尊"孔学"为"国教"，尊孔子为"教主"思想的纲领性文件。民国成立后，1912 年 9 月和 10 月 7 日，康有为又连续推出两篇《孔教会序》（见 1913 年《孔教会杂志》第一卷第一、二号）；同月，推出《孔教会章程》（见《万木草堂遗稿外编》下册）。1913 年 4 月，推出《以孔教为国教配天议》（见《不忍》杂志第三册）。梁启超《南海康先生传》第六章《宗教家之康南海》："先生又宗教家也。吾中国非宗教之国，故数千年来，无一宗教家。先生幼受孔学，及屏居西樵，潜心佛藏，大澈大悟。出游后，又读耶氏之书，故宗教思想特盛，常毅然以绍述诸圣、普度众生为己任。先生之言宗教也，主信仰自由，不专崇一家，排斥外道，常持三圣一体、诸教平等之论。然以为生于中国，当先救中国，欲救中国，不可不因中国人之历史、习惯而利导之；又以为中国人公德缺乏，团体散涣，将不可以立于大地，欲从而统一之，非择一举国人所同戴而诚服者，则不足以结合其感情而光大其本性。于是乎以孔教复原为第一着手。先生者，孔教之马丁 · 路得也。"（《梁启超全集》第 2 集 P366—367）《说文解字》卷 8 上《人部》："侪，等辈也。"

【略考】

刘师培《论孔教与中国政治无涉》连载于《警钟日报》第 69、70 号，1904 年 5 月 4、5 日；载《刘申叔遗书》49 册（4—8），《左盦外集》卷 9。该文称："孔子所立六经则皆周史所藏旧典，而孔门之教科书也。……其得以宗教家称之哉！居今日而欲导民，宜革中国之神教，而归孔学于九流之一耳，奚必创高远难行之论哉！"（《刘申叔遗书》49 册【5】）

甲辰年自述诗（其十五）

《王制》一篇汉儒辑，微言大义可得闻。典章备述殷周制，家法能窥今古文。（自注：余拟作《王制义疏》，以分析三代制度及今文、古文各家师法。）

【笺注】

〔《王制》一篇汉儒辑〕《礼记 · 王制》篇。《礼记正义》卷 11《王制第五》，孔颖达疏：“案郑《目录》云：‘名曰王制者，以其记先王班爵、授禄、祭祀、养老之法度。’”就《王制》的成书年代，清末经学今古文之争的两派各执一词。今文派认为，《王制》是孔子改制之作，为先秦典籍，代表人物有廖平、康有为、皮锡瑞；古文派则引用《礼记正义》卷 11《王制第五》孔颖达疏：“卢植云：汉孝文皇帝令博士诸生作此《王制》之书。”认为《王制》成书于西汉，章太炎和刘师培都是其中的代表人物。

〔微言大义〕指儒家典籍以凝练的文字表达极宏大深邃的义理。《汉书 · 刘歆传》：“歆因移书太常博士责让之曰：‘……孔子忧道之不行，制作《春秋》以纪帝王之道。及夫子没而微言绝，七十子终而大义乖。……’”

〔典章备述殷周制〕刘师培《王制篇集证自序》：“盖《王制》一书，为汉文博士所辑，各出师说，汇为一编，故一篇之中，有古文说，有今文说，不拘于一经之言也，所记之制有虞、夏制，有殷制，有周制，不拘于一代之礼也。……是则考《王制》者，当首知语本某书，为某家之说，继当知此制属某代，然后其说可通。若仅以一家之言、一代之制目之，失其旨矣。近人解《王制》者其误有二：一以《王制》为孔子改制之书，或以为合于《谷梁》，或以为合于《公羊》，不知《王制》所采，不仅今文；所采今文，不仅《公》《谷》，谓之偶取《公》《谷》则可，谓之悉符《公》《谷》则不可。一以群经非古籍，均依《王制》而作，不知此乃《王制》依群经而作也。”（见《刘申叔遗书》37 册【49—52】，《左盦集》卷 1）案：《国粹学报》第 36 期，1907 年 12 月 24 日刊登刘师培《王制篇集证》（未完），《刘申叔遗书》42 册（90—99），《左盦外集》卷 2。二文所载之刘师培自序，文辞略有不同。

〔家法能窥今古文〕《后汉书 · 徐防传》：“伏见太学试博士弟子，皆以意说，不修家法”。李贤注：“诸经为业，各自名家。”皮锡瑞《经学历史 · 经学极盛时代》：“前汉重师法，后汉重家法。先有师法，而后能成一家之言。师法者，溯其源；家法者，衍其流也。师法、家法所以分者：如《易》有施、孟、梁丘之学，是师法；施家有张、彭之学，孟有翟、孟、白之学，梁丘有士孙、邓、衡之学，是家法。家法从师法分出，而施、孟、梁丘之师法又从田王孙一师分出者也。”经学的“今古文之争”始自两汉时期。所谓今文，指以汉时通行的隶书书写的儒家典籍；所谓古文，指以先秦文字书写的儒家典籍。东汉郑玄以糅合的方式注释经典，使今古文经之争暂时告一段落。而这一纷争至清末再起。今古文之争表面上争的是儒家典籍的文字异同和篇章目次，但其真正的含义要远为复杂。参见本诗〔典章备述殷周制〕条笺注。案:《刘申叔遗书补遗》本，将“今古文”误为“古今文”。

【略考】

刘师培现存作品中未见《王制义疏》一篇。然有《王制篇集证》（未完）一文，发表于 1907 年 12 月 24 日《国粹学报》第 36 期，《刘申叔遗书》42 册（90—99），《左盦外集》卷 2。从该文中可以约略窥见刘师培在《礼记 · 王制》篇研究中的一些成果和观点，似即《王制义疏》的节略稿。

甲辰年自述诗（其十六）

今古文中无《太誓》，龚生此论无乃诬。伏生教授马迁述，西汉儒书实启余。（自注：余著《驳龚定安〈太誓答问〉》一卷。）

【笺注】

〔今古文中无《太誓》，龚生此论无乃诬〕龚自珍《大誓答问》第一《论伏生原本二十九篇非》:“儒者百喙一词，言伏生《尚书》二十八篇，武帝末民间献《大誓》，立诸博士总之，曰二十九篇，今文家始有二十九篇。”（《芋园丛书》本）龚自珍在该文中得出结论：今古文《尚书》中的《泰誓》篇均为伪作。刘师培《驳〈泰誓答问〉》（未完）:“仁和龚氏作《泰誓答问》，以今古文《泰誓》皆为伪文。今取其书驳之，明今古文皆有《泰誓》，一也；明民间晚出之《泰誓》与今古文同，二也；明《孟子》《墨子》所引之《泰誓》即汉今古文《泰誓》中下篇，三也；驳唐人以此《泰誓》为伪书，四也。”（《国粹学报》第 2 期，1905 年 3 月 25 日，署名刘光汉。载《刘申叔遗书》41 册【62—66】，《左盦外集》卷 1）

〔伏生教授马迁述〕《史记 · 儒林列传 · 伏生列传》:“伏生者，济南人也。故为秦博士。孝文帝时，欲求能治《尚书》者，天下无有，乃闻伏生能治，欲召之。是时伏生年九十余，老不能行，于是乃诏太常使掌故朝错往受之。秦时焚书，伏生壁藏之。其后兵大起，流亡。汉定，伏生求其书，亡数十篇，独得二十九篇，即以教于齐鲁之间。”马迁，指司马迁。史传，司马迁曾就教于董仲舒，也是西汉《公羊》学派中人。《史记 · 太史公自序》:“太史公曰：余闻董生曰：‘周道衰废，孔子为鲁司寇，诸侯害之，大夫壅之。’”颜师古注：“服虔曰：仲舒也。”

〔西汉儒书实启余〕伏生《尚书大传》（原书已佚，有清人孙之騄辑本）卷 2 有

《泰誓传》。《四库全书总目》卷 12《尚书大传四卷补遗一卷》：“旧本题汉伏胜撰。胜，济南人。考《史记》《汉书》但称伏生，不云名胜，故说者疑其名为后人所妄加……惟所传二十八篇无《泰誓》，而此有《泰誓传》。”刘师培《驳〈泰誓答问〉》（未完）：“伏生之《泰誓》即孔壁之《泰誓》，亦即民间所献之《泰誓》。但伏生有意无书，以意说之，如见于《大传》者是也。”刘师培此句似指，自己是受到伏生《尚书大传》中有《泰誓》篇的启发。

【略考】

1905 年 3 月 25 日，刘师培于《国粹学报》第 2 期发表《驳〈泰誓答问〉》一文，署名刘光汉，文末标注“未完”，但此后再未见续补刊发。故《刘申叔遗书》收录时，于文末标注“缺”（《刘申叔遗书》41 册【62—66】）。刘师培《答章太炎论左传书》：“去岁文祸，竟偕《驳太誓答问》之稿，同没入官。今《学报》所登《读左札记》，其绪余也。”发表于 1907 年 2 月 2 日《国粹学报》第 25 期。载《刘申叔遗书》56 册（9），《左盦外集》卷 1。本诗自注中之“龚定安”，《刘申叔遗书补遗》本作“龚定庵”。

甲辰年自述诗（其十七）

“新周”“王鲁”说披猖，改制如何罔素（玉）〈王〉。忆否史迁师董子，曷从《史记》证《公羊》？（自注：余据《史记》以“王鲁”为“主鲁”，谓记事据鲁为主，又（政）〈证〉“新周”为“（新）〈親〉周”。）

【笺注】

〔“新周”“王鲁”说披猖〕《春秋公羊传 · 宣公十六年》：“夏，成周宣谢灾。成周者何？东周也。宣谢者何？宣宫之谢也。何言乎成周宣谢灾？乐器藏焉尔。成周宣谢灾何以书？记灾也。外灾不书，此何以书？新周也。”董仲舒《春秋繁露 · 三代改制质文第二十三》：“《春秋》上黜夏，下存周，以《春秋》当新王……故《春秋》应天作新王之事，时正黑统，王鲁，尚黑，绌夏、新周、故宋，乐宜亲招武，故以虞录亲，乐制宜商，合伯、子、男为一等。”披猖，猖獗。《北齐书 · 平鉴传》：“今尔朱披猖，又能去逆从善。”

〔改制如何罔素王〕董仲舒《春秋繁露 · 楚庄王第一》：“春秋之于世事也，善复古，讥易常，欲其法先王也。然而介以一言曰：‘王者必改制。’……今所谓新王必改制者，非改其道，非变其理，受命于天，易姓更王，非继前王而王也，若一因前制，修故业，而无有所改，是与继前王而王者无以别。受命之君，天之所大显也；事父者承意，事君者仪志，事天亦然；今天大显已，物袭所代，而率与同，则不显不明，非天志，故必徙居处，更称号，改正朔，易服色者，无他焉，不敢不顺天志，而明自显也。若夫大纲，人伦道理，政治教化，习俗文义尽如故，亦何改哉！故王者有改制之名，无易道之实。"《汉书 · 董仲舒传》："仲舒对曰：'……孔子作《春秋》，先正王而系万事，见素王之文焉。'"《论衡》卷 13《超奇篇》："孔子之《春秋》，素王之业也；诸子之传书，素相之事也。观《春秋》以见王意，读诸子以睹相指。"《论衡》卷 27《定贤篇》："孔子不王，素王之业，在于《春秋》。"《论语义疏》卷 3《雍也第六》："罔之生也幸而免。"皇侃疏："罔，谓为邪曲诬罔者也。"如何，《刘申叔遗书补遗》本作"为何"；素（玉）〈王〉，《刘师培年谱长编》本作"素（玉）{王}"，《刘申叔遗书补遗》本径改为"素王"。

〔忆否史迁师董子〕见《甲辰年自述诗》（其十六）一诗〔伏生教授马迁述〕条笺注。

〔曷从《史记》证《公羊》〕《史记 · 孔子世家》："子曰：'弗乎弗乎，君子病没世而名不称焉。吾道不行矣，吾何以自见于后世哉？'乃因史记作《春秋》，上至隐公，下讫哀公十四年，十二公。据鲁，亲周，故殷，运之三代。"司马贞《索隐》："言夫子修《春秋》，以鲁为主，故云据鲁。时周虽微而亲周王者，以见天下之有宗主也。"参见《甲辰年自述诗》（其十六）一诗〔伏生教授马迁述〕条笺注。

【略考】

西汉经学首推《春秋公羊传》，董仲舒正是《公羊》学派的领军人物，《春秋繁露》一书系统提出了王者受命改制的理论。

"新周""王鲁"说，是《公羊》学派尊崇的重要理论。

什么是"新周"？何休注《公羊 · 宣公十六年》"成周宣谢灾"曰："新周，故分别有灾，不与宋同也。孔子以《春秋》当新王，上黜杞，下新周，而故宋，因天灾中兴之乐器，示周不复兴，故系宣谢于成周，使若国文，黜而新之，从为王者后记灾也。"何休的解释是，孔子作《春秋》是宣布了一个新王和一个新王朝的出现，周已经变成了一个新的"前朝"。

什么是"王鲁"？何休注《公羊》隐公"元年春，王正月"曰："《春秋》托新王受命于鲁，故因以录即位，明王者当继天奉元，养成万物。"何休的解释是，孔子作《春秋》是宣布了一个新王和一个新王朝的出现，行王者之权，必须有所依托，所以，"《春秋》托新王受命于鲁"。

《公羊》学派这一观点，因“大逆不道”，历来受到学者的抨击。四库本《春秋公羊传注疏》附《考证》载齐召南按语：“自《传》有此文，董仲舒辈说之，司马迁亦述之，至何休而更加穿凿。使后世视圣人尊王之书，萌悖逆之志者，实为之厉阶焉。孟子曰：‘《春秋》成，而乱臣贼子惧。’其何说耶！不可不辨。”

刘师培根据《史记·孔子世家》记载认为，“新周”为“親（亲）周”，也就是敬爱、尊崇周朝。“親（亲）”“新”互为通假字的观点，宋儒程颐就已提出——朱熹《四书章句集注·大学章句》：“大学之道，在明明德，在亲民，在止于至善。”朱熹集注：“程子曰：亲当作新。”惠栋《九经古义》卷4《尚书古义》：“郑所传《古文尚书》乃马季长（融——引者）本，训亲为新。《礼记》：‘在亲民。’程子曰：‘亲当作新。’盖本先儒之说。”惠栋自注：“马本亦作‘亲迎郑于东山’，《笺》亦言‘成王既得金縢之书，亲迎周公’，而《注》仍训为新，盖古亲与新同也。”

根据《史记·孔子世家》记载，刘师培认为，“王鲁”为“主鲁”。

关于本诗自注：“余据《史记》以‘王鲁’为‘主鲁’，谓记事以鲁为主，又‘新周’为‘親周’。”刘师培在1906年12月5日—1907年2月2日，发表于《国粹学报》第23—25期的《论孔子无改制之事》一文中对此有集中表述（《刘申叔遗书》45册（4—78），《左盦外集》卷5）：“《公羊》有王鲁、新周、故宋、黜杞之说。大抵谓，孔子托王于鲁，变革周制，以殷周为王者之后。此说一昌，儒者多以为新奇可喜。然《史记·孔子世家》言：孔子据鲁、亲周、故宋。据鲁者，以鲁为之也，即《史表》所谓兴于鲁而次《春秋》也，言所记之事，以鲁为主。‘据’字之音义近于‘主’。西汉初年，钞胥者误‘主’为‘王’。儒生以讹传讹，遂有‘王鲁’之谬说。”（《刘申叔遗书》45册【16】）“若夫‘亲周’之说，盖以周为天子，且为鲁国之宗亲，故施亲亲之谊。《公羊》宣十六年成周宣榭灾，《传》云外灾不书，此何以书？新周也。此‘新’字明系‘亲’字之讹。盖外灾均不书，因周与鲁最亲，故书其灾，文义至为易明。至‘亲’误为‘新’，汉儒不解其词，遂有‘新周’之谬说。”（《刘申叔遗书》45册【17】）

1898年，康有为《孔子改制考》刊行，抛出了孔子“托古改制”之说。《孔子改制考》卷8《孔子为制法之王考》：“以《春秋》为变周，可为孔子改制之证。且以《春秋》为一代，当淮南时已如此，盖莫不知孔子为改制之素王矣。”“自汉前莫不以孔子为素王，《春秋》为改制之书。”

刘师培在《论孔子无改制之事》篇首写道：“中国自古迄今，制度不同，朝名既改，则制度亦更。然改革制度之权，均操于君主，未有以庶民而操改制之柄者。以庶民而操改制之柄，始于汉儒言孔子改制。然孔子改制之说，自汉以来，未有奉为定论者，奉汉儒之言为定论，则始于近人。”他引用《礼记·王制》语：“析言破律，乱名改作，执左道以乱政，（教）〈杀〉！”认为，如果孔子确有改制之举，“又何必引先王之制以自蹈乱政之诛”。刘师培“改制如何罔素王”一句，即此意：为什么要捏造出素王改制这种谬论。“曷从《史记》证《公羊》”一句则指，司马迁与董仲舒都持《公羊》学说，《史记》中既有相应记载（指《史记·孔子世家》），为什么不用《史记》来证明《公羊》学说的真伪和正误？

刘师培对于孔子“素王”说的驳斥，亦集中见于《论孔子无改制之事》一文：“以孔子为王，于古无征，乃援纬书‘素王’二字，以为孔子即素王。……周秦以前无有称孔子为素王者，以孔子为素王始于纬书。”（《刘申叔遗书》45 册【20】）

刘师培于 1903 夏至上海结识了章太炎，章太炎对刘师培产生了很大的影响。章太炎于 1903 年写给刘师培的第一封信中称刘师培为“申叔我兄志士”：“上海市井丛杂，文学猥鄙，数岁居此，不见经生。每念畴昔，心辄罔罔。”（《与刘光汉书一》，《刘申叔遗书》1 册【76】）在第二封信中说：“数岁以来，以世无幔人，自分臣之质死。今者奉教君子，吾道因以不孤，积年郁结，始一发舒，胜得清酒三升也。”（《与刘光汉书二》，《刘申叔遗书》1 册【76】）

章太炎与刘师培都是清末古文经派的中坚力量，章太炎持古文经派思想始于 1891 年。那一年，康有为的《新学伪经考》初刊。而《訄书》初刻本的刊行，标志着章太炎古文经思想的逐步成型和完善。而他最大的“论敌”正是康有为。

通过分析刘师培反对今文学派观点的具体手段来看，他是从辩驳对方所依恃的史料入手，力证对方作为立论基础的原始资料为伪、为误，可以说是一招釜底抽薪。如，在《甲辰年自述诗》（其十五）中辩驳《王制》非先秦著作，而是西汉儒生所辑；在《甲辰年自述诗》（其十六）中辩驳《泰誓》非伪文；在本诗中辩驳《公羊》《春秋繁露》中“新周”“王鲁”为“亲周”“主鲁”之误。当然，刘师培证伪、证误之说究竟有多大说服力另当别论。这反映出两个问题，一是刘师培的学术重考据，是其家学传承，也是其自身的治学特点；二是说明其论辩思维非常敏锐犀利，去其皮，则毛将焉附？

南桂馨《刘申叔遗书》序六：“申叔之力攻今文，在其讲学芜湖，倡革命于申江时。章太炎先生出狱走扶桑，以《春秋左传》之故，与申叔臭味翕合。《国粹报》甄录文字，章、刘为其帜志焉。太炎固排抑南海康氏者，申叔亦驳正刘申受、宋于庭、龚定庵、魏默深诸今文师说以附之。其于廖、康之学尤龃龉。”（《刘申叔遗书》1 册【126】）

从刘师培现存作品（包括著作、文章和诗词）看，1904 年前完全没有涉及清末今古文之争的内容。可见，他涉身今古文之争是受到章太炎的影响。当然，仪征刘氏自刘文淇一代就倾心于《春秋左氏传》的研习，刘师培的家学即是古文经派。

可以这样说，章太炎与刘师培都是清末民国声名远播的学术大师，但他们厕身学界之始，都是伴随着政治。正如章士钊在《孤桐杂记》所述："夫申叔于光绪癸卯夏间，由扬州以政嫌遁沪。愚与陈独秀、谢无量在梅福里寓斋闲谈，见一少年短巾不掩，仓皇叩门趋入，嗫嗫为道所苦，则申叔望门投止之日也，时年且不足二十耳，自是混政与学而一之。"（《甲寅周刊》第 1 卷 37 号，1926 年 12 月 25 日）

本诗自注中"又（政）〈证〉'新周'为'（新）〈親〉周'"句，《刘申叔遗书补遗》本径改为"又'新周'为'親周'"，并脱一"（政）〈证〉"字。

甲辰年自述诗（其十八）

申受渊源溯二庄，常州学派播川湘。今文显著古文晦，试为移书让太常。（自注：此言近代今文学派之非。）

【笺注】

〔申受渊源溯二庄〕刘逢禄（1776—1829），字申受，号申甫，清乾嘉时期著名今文经学家，常州武进人。《清史稿》有本传。刘逢禄的经学传承自其外家——外祖父庄存与、舅氏庄述祖，父子二人同为经学大家，成就斐然，祖孙三代都是常州学派代表人物。龚自珍曾依刘逢禄受教《春秋公羊传》。

〔常州学派播川湘〕庄存与、庄述祖、刘逢禄创立的常州学派（今文学派）影响极大。清末今文学派中的魏源（湖南邵阳人）和廖平（四川井研人）均深受其影响，康有为也属常州学派的门徒。常州，《刘师培年谱长编》本作"常洲"。

〔今文显著古文晦〕显晦，本意指明暗，引申为盛衰。柳宗元《柳河东集》卷 31《与友人论为文书》："道之显晦，幸不幸系焉。"郑樵《夹漈遗稿》卷 111《涤愫》其八："显晦既有因，盛衰亦偶逢。"刘师培《国学发微》（《刘申叔遗书》13 册【28】）："盖东汉初年古文学派皆沿刘歆之传，虽为今文学所阨，未克大昌，然片语单词已为学士大夫所崇尚。后经马、卢、郑、许诸儒之注释，流传至今。而今文家言之传于世者，仅何休《公羊解诂》而已，余尽失传。此今文学所由日衰，而古文学所由日盛也。是则经学显晦之大略也。"晚清，"常州学派"的出现，伴随着变法改良政局的发展，今文学派勃然复兴，大有压倒古文学派之势。刘师培此句即指此。古文，《刘申叔遗书补遗》本作“古人”，误。

〔移书让太常〕西汉末，刘歆“欲建立《左氏春秋》及《毛诗》《逸礼》《古文尚书》皆列于学官。哀帝令歆与五经博士讲论其义，诸博士或不肯置对”，刘歆“因移书太常博士，让之曰：‘犹欲保残守缺，挟恐见破之私意，而亡从善服义之公心。或怀疾妒，不考情实，雷同相从，随声是非，抑此三学，以《尚书》为不备，谓左氏不传《春秋》，岂不哀哉！……今则不然，深闭固距而不肯试，猥以不诵绝之，欲以杜塞余道，绝灭微学。……且此数家之事，皆先帝所亲论，今上所考视，其为古文旧书，皆有征验，内外相应，岂苟而已哉！夫礼失求之于野，古文不犹愈于野乎！……今此数家之言，所以兼包大小之义，岂可偏绝哉？若必专己守残，党同门，妒道真，违明诏，失圣意，以陷于文吏之议，甚为二三君子不取也。’”（均见《汉书·刘歆传》）刘歆力主将古文经和今文经“皆列于学官”，持论公允，颇显器度。

【略考】

康有为著《新学伪经考》，提出，古文经皆为刘歆伪造：“始作伪，乱圣制者，自刘歆；布行伪经，篡孔统者，成于郑玄。……后世之大祸，曰任奄寺、广女色，人主奢纵，权臣篡盗，是尝累毒生民、覆宗社者矣，古无有是，而皆自刘歆开之，是上为圣经之篡贼，下为国家之鸩毒者也。夫刘歆之伪不黜，孔子之道不著，吾虽孤微，乌可以已！”（《新学伪经考·自叙》）西汉末，刘歆掀开了今古文之争的序幕，其《移书让太常博士》在清末又成了古文学派斥难今文学派的有力武器。

然而，当年二十来岁曾“力攻今文”的刘师培，却在数年后发生了微妙的变化：“申叔之于经，主古文者也。及其流落西川，与廖季平、宋芸子还往，稍渝其夙昔意见，于今文师说多宽假之辞，曰：‘季平虽附会周章太甚，然能使群经连环固结，首尾相衔，成一科学，未易可轻也。’桂馨窃闻之，昔在有清乾隆之初，世儒尊汉而薄宋。其所谓汉，汉之东京也。乾嘉之际，乃有西京汉说起而争胜。阮文达左右采获，为天下宗。其于今文古文之短长，未数数也。皖江诸师与苏常之儒，华实判异，而合其流于扬子江。文达生长是邦，道光季年告休野处，邗上才隽之士，莫不奉其风教，云蒸霞蔚，人人说经。刘孟瞻先生由是崛起，四传亦劲，以有申叔。申叔之主古文也，以《左氏春秋》为其家学也。若其兼综今文，而假借廖氏，亦非尽由晚节转移。盖扬州学派固如此矣。凌晓楼治《公羊》，注《繁露》，今文大师也。孟瞻先生乃为其甥，少受经于舅氏，改治《左传》，与舅氏宗趣虽判，渊源则同。当是时，曹、卢执政，斥考据为支离。士大夫多以道学古文相尚，汉说已稍陵迟矣。扬州诸师，实系天下朴学之一线，主古文者有之，主今文者有之，风雨晦明，彼此榷挹，各自成其述作，而家法井然不淆。初不谓有此，即可以无彼也，文达之教然也。申叔之力攻今文，在其讲学芜湖，倡革命于申江时，章太炎先生出狱走扶桑，以《春秋左传》之故，与申叔臭味翕合。《国粹报》甄录文字，章、刘为其帜志焉。太炎固排抑南海康氏者，申叔亦驳正刘申受、宋于庭、龚定庵、魏默深诸今文师说以附之。其于廖、康之学尤龃龉。晚节为通融之言，则余所亲闻者，而见诸平日文字者犹鲜，此不可不为表明者。"（南桂馨《刘申叔遗书》序六，《刘申叔遗书》1 册【125—127】）

南桂馨对刘师培今古文观的盖棺论定难免有对其"晚节"的回护之嫌，但我个人认为，其中的中肯之处还是可以占到八成。一言以蔽之，刘师培在初涉学界时确曾"力攻今文"，但其中包含三个层面的初衷：一、家学中古文学派的骨血；二、鼓吹革命，打击论敌的需要；三、与章太炎的情谊使其自然而然"以附之"。

清末今古文之争中，今文派的主将是康有为，古文派的主将是章太炎，刘师培更像一个在章太炎身边摇旗呐喊的小弟。

再来看钱玄同为《刘申叔遗书》写的序五："刘君虽尊信古文之《左氏》，却并不屏斥今文之《公羊》。其前期之著述中，如《中国民约精义》第一篇，《攘书·夷异》篇，《周末学术史序》之《社会学史序》及《哲理学史序》，皆引《公羊》之说而发挥其微旨。《左盦诗录》卷四之《读戴子高先生〈论语〉注》一诗，对于戴书大加赞扬（戴先生专以《公羊》之义诠释《论语》）可为刘君兼采《公羊》之证。刘君作《群经大义相通论》，谓'汉初经学，只有齐学、鲁学之别耳。齐学详于典章，而鲁学详于故训；齐学多属于今文，而鲁学多属于古文。后世学者拘执一经之言，昧于旁推交通之义，其于古人治经之初法去之远矣。（序）'又谓'仅通一经，确守家法者，小儒之学也；旁通诸经，兼取其长者，通儒之学也。（《公羊荀子相通考》）'其作《经学教科书》，谓'大约古今说经之书，每书皆有可取处，要在以己意为折衷耳。（第一册《序例》）'由是观之，刘君于经学，虽偏重古文，实亦左右采获，不欲专己守残也。即以《左氏》学而论，刘君前期所作之《读左札记》及《司马迁〈左传〉义序例》（《外集》卷三）二文，皆能独抒心得，不袭陈言，实与墨守汉师家法者异撰。至刘君非难今文家之文则有三篇：一、《汉代古文学辨诬》（《外集》卷四），驳廖君季平之《今古学考》及康君长素之《新学伪经考》（文中驳及宋于庭、魏默深、龚定盦三先生之说，因其为康说之先河也。）。二、《论孔子无改制之事》（《外集》卷五），驳康君之《孔子改制考》，皆前期所作。三、《非古虚》上下篇，上篇驳（校者案，此处原缺数字。），下篇驳廖君（案，此处原缺。），皆后期所作。缘刘君不反对今文经说，而反对今文家目古文经为伪造及孔子改制托古之说也。”（《刘申叔遗书》1 册【115—116】）

其实，即使在 1904 年“力攻今文”时，刘师培在学术层面的心态也是宽容的——他在《甲辰年自述诗》（其二十）一诗的自注中写道：“余著《〈汉学商兑〉评》，但以合公理为主，不分汉宋之界。”

可见，刘师培几年后“于今文师说多宽假之辞”，绝不完全是因在四川与廖平等人的交谊而随声附和。1912 年后，他“对今文家亦多所肯定。又如，先前一再驳斥《春秋》为孔子所‘作’的观点，后来则承认：‘是《左传》先师，以《春秋》为孔子所作，弗以《春秋》为孔子所述。’后来虽然坚持孔子不是改革家，但也承认古文经学先师说过孔子是‘素王’一类的话。”（陈奇《刘师培‘力攻今文’析》）。我个人认为，这里面也有三个层面的原因：一、其本人原本就没有太深的“门户之见”；二、乡学、家学渊源使然；三、时过境迁，已丧失了当初的政治动力。

关于刘师培的今古文观，可以参考陈奇《《刘师培‘力攻今文’析》（贵州社会科学》1989 年第 2 期 P50—55），陈奇《刘师培的今古文观》（《近代史研究》1990 年第 2 期 P93—111）。

甲辰年自述诗（其十九）

邱明亲授孔门业，《公》《谷》多（频）〈类〉口耳传。独抱《麟经》承祖业，礼堂写定待何年？（自注：余治《左氏》，著《〈左传〉一地二名考》《官制异同考》，又作《左氏古义述》，未成。）

【笺注】

〔邱明亲授孔门业〕《史记·十二诸侯年表》序：“是以孔子明王道，干七十余君，莫能用。故西观周室，论史记旧闻，兴于鲁而次《春秋》，上记隐，下至哀之获麟，约其辞文，去其烦重，以制义法，王道备，人事浃。七十子之徒口受其传指，为有所刺讥褒讳挹损之文，辞不可以书见也。鲁君子左丘明，惧弟子人人异端，各安其意，失其真，故因孔子史记具论其语，成《左氏春秋》。”

〔《公》《谷》多（频）〈类〉口耳传〕何休《春秋公羊传序》：“传《春秋》者非一。”徐彦疏：“戴宏序云：子夏传与公羊高，高传与其子平，平传与其子地，地传与其子敢，敢传与其子寿。至汉景帝时，寿乃共弟子齐人胡毋子都著于竹帛。”《春秋公羊传注疏》卷 2《隐公二年》：“纪子伯者何？”何休注：“《春秋》有改周受命之制。孔子畏时远害，又知秦将燔诗书，其说口授相传。至汉公羊氏及弟子胡毋生等，乃始记于竹帛，故有所失也。”《四库全书总目》卷 26《春秋谷梁传注疏》提要：“晋范宁集解，唐杨士勋疏其传，则士勋疏称：谷梁子名俶，字符始，一名赤，受经于子夏。为经作传，则当为谷梁子所自作。徐彦《公羊传疏》又称：公羊高五世相授，至胡母生乃著竹帛，题其亲师，故曰《公羊传》。《谷梁》亦是著竹帛者，题其亲师，故曰《谷梁传》，则当为传其学者所作。”案：频（頻），似为“类（類）”之误。《刘师培年谱长编》本径改“频”为“类”；《刘申叔遗书补遗》本径改“频”为“凭（憑）”。

〔独抱麟经承祖业〕刘师培《读左札记》：“昔先曾祖孟瞻公昌明《左氏》之学，以《左氏》古义厄于征南，因掇拾贾、服、郑三君之注，疏通证明，作《左传旧注疏证》。上征子骏、叔重之师说，近采顾、惠、焦、洪之遗编，末下己意，以定从违。长编甫具，纂辑未成，伯父恭甫公赓续之，至襄公四年，后成绝笔。旁治《左氏》凡例，亦未成书。予束发受经，思述先业，牵率人事，理董未遑，先成《读左札记》，书虽采辑未丰，亦考订麟经之一助也。”（《刘申叔遗书》7 册【72】）钱玄同《刘申叔遗书》序五：“刘君于经学，世皆谓其尊信古文，因其家传左氏之学已四世也（刘君之曾祖孟瞻先生，祖伯山先生，伯父恭甫先生，皆治左氏学。）。”（《刘申叔遗书》1 册【114—115】）麟经，又称麟史，指《春秋》。《公羊传 · 哀公十四年》：“十有四年，春，西狩获麟。……孔子曰：‘吾道穷矣！’《春秋》何以始乎隐？祖之所逮闻也。所见异辞，所闻异辞，所传闻异辞。何以终乎哀十四年？曰备矣。”唐代开始称《春秋》为麟经或麟史。黄滔《黄御史集》卷 7《与罗隐郎中书》：“诚以麟经下笔，诸生而不合措辞；而马史抽毫，汉代而还陈别录。”《旧五代史 · 晋书 · 列传第一一》史赞：“夫彰善瘅恶，麟史之为义也。”

〔礼堂写定〕指在宣教礼制的庄严厅堂上完成著作的定本。《后汉书 · 郑玄传》：“玄后尝疾笃，自虑，以书戒子益恩曰：‘……吾虽无绂冕之绪，颇有让爵之高。自乐以论赞之功，庶不遗后人之羞。末所愤愤者，徒以亡亲坟垄未成，所好群书率皆腐敝，不得于礼堂写定，传与其人。’”仪征刘氏自刘文淇世习《左传》，至刘师培已四代，刘师培是在感慨，自己何时能最终完成祖上未竟的《春秋左氏传旧注疏证》。

【略考】

刘师培现存作品中未见《〈左传〉一地二名考》《官制异同考》二篇，亦无《左氏古义述》。

甲辰年自述诗（其二十）

程朱许郑皆贤者，汉宋纷争本激成。堪笑俗儒工左袒，至今异说尚纵横。（自注：余著《〈汉学商兑〉评》，但以合公理为主，不分汉宋之界，未成。）

【笺注】

〔程朱许郑〕程颐、朱熹，许慎、郑玄。

〔汉宋纷争〕指清代后期发生的汉代儒学和宋明理学两种学术派别间的辩争。由宋至清前期，官方崇尚程朱理学。理学重义理，而汉代儒学重考据训诂。明朝的灭亡，清初学者将之归咎于空讲义理、空谈误国。他们崇尚经世致用，心仪曾经兴盛的汉儒之学，实学、朴学从而兴起，逐渐形成了钱嘉学派，并得到了官方认可。而汉学和宋学的分野也日益清晰明朗。江藩（1761—1831），字子屏，号郑堂，祖籍安徽旌德，占籍江苏甘泉（今江苏扬州市）。嘉庆二十三年（1818），江藩时在两广总督阮元幕府参与修撰《广东通志》，于是乘便刊行了自己先前撰写的《国朝汉学师承记》8 卷，阮元为之作序。此书尚未刊行前，见到稿本的龚自珍即致信江藩，提出了自己的“十不安”，其中有语：“本朝自有学，非汉学，有汉人稍开门径，而近加邃密者，有汉人未开之门径，谓之汉学，不甚甘心。”（1817 年 12 月 22 日《与江子屏笺》，《龚自珍全集》上海古籍出版社 1999 年 6 月第 1 版 P346—347）这本书的刊行果然引发纷争，同在阮元幕府中的方东树著《汉学商兑》，展开了与江藩《国朝汉学师承记》针锋相对的辩争。清代汉宋之争，至此正式浮出水面。

〔左袒〕《史记 · 吕太后本纪》：“太尉（指周勃——引者）将之入军门，行令军中曰：‘为吕氏右袒，为刘氏左袒。’军中皆左袒为刘氏。”后泛指袒护、偏护。

【略考】

刘师培存世作品中未见《〈汉学商兑〉评》一篇。汉学商兑，《刘申叔遗书补遗》本作“汉（书）〔学〕商兑”，《警钟日报》并未误“学”为“书”。

钱玄同《刘申叔遗书》序五：“刘君对于宋元明人之经说亦多反对，见《汉宋学术异同论中》之《汉宋章句学异同论》（刘君对于宋元明人经说亦非一笔抹杀，故《异同论》中又谓其‘或义乖经旨而立说至精’，《经学教科书》第一册序例中谓‘宋明说经之书亦多自得之言。’）。但刘君释经亦有新义：如谓六经本官书，而孔门编订之为教科书（见《国学发微》等），又如采拉古伯里氏释《离卦》之说，谓《周易》为古之字典，因即用其法释《坤》《屯》二卦，并略及《巽》《乾》《坤》《震》《睽》诸卦（见《小学发微补》等）。盖刘君前期解经，意实事求是，意阐发经中粹言，故虽偏重古文，偏重《左氏》，偏重汉儒经说，实亦不专以此自限也。逮及后期，(竺)〈笃〉信汉儒经说甚坚。观《中庸问答》(《外集》卷二，同卷又有《中庸》说一篇，义与此篇同）及《春秋原名》(《外集》卷三）二篇，即可得其梗概。专著中《礼经旧说》《西汉周官师说考》《周礼古注集疏》《春秋古经笺》《春秋左传时月日古例考》至《春秋左氏传例略》六种（案，此处原缺六字）。刘君论惠定宇之言曰：'确宗汉诂，所学以掇拾为主，扶植微学，笃信而不疑。'(见《外集》卷九《近儒学术统系论》) 余谓取此数语以论上列诸书，最为恰当（案，原稿此处有空白，似未完）。"(《刘申叔遗书》1 册【116—118】)

关于刘师培的汉宋学之异同观点，可以参考陈奇《刘师培的汉、宋学观》(《近代史研究》1987 年第 4 期 P140—154)。

本诗自注中之至今异说，《刘师培年谱长编》本作"古今异说"。

甲辰年自述诗（其二十一）

官守师儒古合一，史官不作九流分。取长舍短具深识，忆否兰台志《艺文》？（自注：余著《墨子短评》及《读管商庄老杂记》。）

【笺注】

〔官守师儒古合一〕刘师培《中国历史教科书》第二册第十四课《西周之学术下》："西周之学术，官守师儒合一之学术也。故学术掌于史官。"刘师培《攘书·史职篇》："西周之初，本宗教而学术，致所学定于一尊，学术之权为史官所特有。官学既立，私学未兴（此官守师儒所由合一也），欲学旧典，必以史氏为师。凡学术稍与史官异者，悉斥为私说。"《国粹学报》发刊词："近儒章（学诚——引者）氏、龚（自珍——引者）氏崛起浙西，由汉志之微言，上窥官守师儒之成法，较之郑（樵——引者）、焦（竑——引者），盖有进矣。"(《国粹学报》第 1 期，1905 年 2 月 23 日）刘师培《古学出于史官论》(《国粹学报》第 1 期，1905 年 2 月 23 日)："由是而观，周代之学术即史官之学也，亦即官守师儒合一之学也。"

〔史官不作九流分〕刘师培《中国历史教科书》第二册第十四课《西周之学术下》："二曰九流出于史官。"刘师培《古学出于史官论》："九流出于史也。《汉书·艺文志》叙列九流，谓道家出于史官。吾谓九流学术皆源于史，匪仅道德一家。"《汉书·艺文志》："儒家者流盖出于司徒之官，……道家者流盖出于史，……阴阳家者流盖出于羲和之官，……法家者流盖出于理官，……名家者流盖出于礼官，……墨家者流盖出于清庙之守，……纵横家者流盖出于行人之官，……杂家者流盖出于议官，……农家者流盖出于农稷之官，……小说家者流盖出于稗官。……诸子十家，其可观者九家而已。”

〔取长舍短〕《汉书·艺文志》：“仲尼有言：‘礼失而求诸野。’方今去圣久远，道术缺废，无所更索，彼九家者，不犹愈于野乎？若能修六艺之术，而观此九家之言，舍短取长，则可以通万方之略矣。”

〔兰台志《艺文》〕指班固《汉书》首设《艺文志》。此为中国目录学之发轫，后世遂成为纪传体正史的惯例。《后汉书·班固传》：“固字孟坚……父彪卒，归乡里。固以彪所续前史未详，乃潜精研思，欲就其业。既而有人上书显宗，告固私改作国史者，有诏下郡，收固系京兆狱，尽取其家书。固弟超恐固为郡所核考，不能自明，乃驰诣阙上书，得召见，具言固所著述意，而郡亦上其书。显宗奇之，除兰台令史，帝乃复使终成前所著书。”

【略考】

刘师培现存作品中未见《墨子短评》《读管商庄老杂记》二篇。

刘师培《群经大义相通论·公羊荀子相通考》：“仅通一经，确守家法者，小儒之学也；旁通诸经，兼取其长者，通儒之学也。”（《刘申叔遗书》9册【55】）

1905年2月23日—6月23日，《国粹学报》第1—5期发表刘师培《周末学术史序》，署名刘光汉，《刘申叔遗书》14册（全册）。《周末学术史序》总序：“予束发受书，喜读周秦典籍，于学派源流反复论次，拟著一书，颜曰《周末学术史》，采集诸家之言，依类排列，较前儒学案之例稍有别矣。学案之体以人为主，兹书之体拟以学为主。义主分析，故稍变前人著作之体也。”《周末学术史序》的内容，涉及春秋战国时期诸子百家中的绝大多数，其涵盖不止本诗自注中提到的《墨子》《管子》《商君书》《庄子》和《老子》。该篇由总序、心理学史序、伦理学史序、论理学史序、社会学史序、宗教学史序、政法学史序、计学史序、兵学史序、教育学史序、理科学史序、哲理学史序、术数学史序、文字学史序、工艺学史序、法律学史序、文章学史序17篇组成，是刘师培拟著的《周末学术史》（未完成）一书的写作提纲。在《周末学术史序》中，刘师培一改中国以往传统学术“学案”以人为统系的旧体例，效仿西方以学术性质作为分类，并在该篇中引用了很多西方名著的早期汉译本，如卢梭《民约论》（《社会契约论》）、甄克思《社会通诠》（《政治简史》）、斯宾塞《社会学原理》、威尔逊《历史哲学》等，是将西方近代学术方法引入中国的最早尝试。

甲辰年自述诗（其二十二）

子玄论史窥流别，渔仲征文重校雠。亦有龚、章矜绝业，独从学派溯源流。（自注：余著有《中国古代学术史》，又有《国学溯源》及《续文史通（议）〈义〉》，未成。）

【笺注】

〔子玄论史窥流别〕刘知几（661—721），字子玄，徐州彭城（今江苏徐州市）人，著有《史通》20 卷，是中国第一部系统性的史论专著。刘知几《史通》卷 1《内篇 · 六家第一》："自古帝王编述文籍言之备矣。古往今来，质文递变，诸史之作，不恒厥体。榷而为论，其流有六：一曰《尚书》家，二曰《春秋》家，三曰《左传》家，四曰《国语》家，五曰《史记》家，六曰《汉书》家。"

〔渔仲征文重校雠〕郑樵（1104—1162），字渔仲，兴化军莆田县（今福建莆田）人，史称"夹漈先生"，著有《通志》200 卷，详述历代典章制度，为"三通"之一。郑樵《通志 · 总序》："册府之藏不患无书，校雠之司未闻其法。欲三馆无素餐之人，四库无蠹鱼之简，千章万卷日见流通，故作《校雠略》。"《通志》卷 71《校雠略第一 · 编次失书论五篇》："书之易亡，亦由校雠之人失职故也。"《校雠略第一 · 亡书出于后世论一篇》："应知书籍之亡者，皆校雠之官失职矣。"《校雠略第一 · 求书遣使校书久任论一篇》："求书之官，不可不遣；校书之任，不可不专。……若欲图书之备，文物之兴，则校雠之官岂可不久其任哉！"

〔亦有龚、章矜绝业，独从学派溯源流〕龚、章，指龚自珍、章学诚。章学诚（1738—1801），字实斋，号少岩，会稽（今浙江绍兴）人，清代著名学者，著有《文史通义》《校雠通义》《史籍考》等。章学诚《校雠通义》卷 1《叙》："校雠之义，盖自刘向父子部次条别，将以辨章学术，考镜源流。非深明于道术精微、群言得失之故者，不足与此。"龚自珍《己亥杂诗》其四十七："终贾华年气不平，官书许读兴纵横。荷衣便识西华路，至竟虫鱼了一生（嘉庆壬申岁，校书武英殿，是平生为校雠之学之始。）。（《龚自珍全集》P513，上海人民出版社 1975 年 2 月第 1 版）"

【略考】

刘师培现存作品中未见《中国古代学术史》一篇。无《国学溯源》《续〈文史通义〉》二篇。

张寿安《六经皆史？且听经学家怎么说——章学诚、袭自珍"论学术流辨"之异同》第二节《龚自珍与章学诚的关系》：

“最早留意龚、章学术传承的应该是刘师培（1884—1919）。刘师培谈论章、龚的文字大约集中在 1903 年到 1907 年，其中特别值得注意的是，他清楚指出龚、章二人在学术观念上有三个观点是相承袭的。

其一，‘古学出于史官’。古代治教合一、一代之史掌一代之法典、一代之学、古无私人著述、古无私人讲学，乃今日学界论古学源出史官的基本共识，然在当时则是章学诚首揭、龚自珍承袭。刘师培说：‘学术者，杂于宗教者也；法典者，原于学术者也。’‘重先例，故重法仪；重法仪，故重职守。’其下引龚自珍《乙丙之际箸议第六》‘载之文字，谓之法，谓之书，谓之礼；其事谓之史职，以其法载之文字而宣之士民者，谓之太史，谓之卿大夫’一段文字；接着又引章学诚《校雠通义 · 原道一》的一段文字，以连系起袭自珍与章学诚的传承，并言：‘有官斯有法，故法具于官；有法斯有书，故官守其书。’最后再导出他个人的结论：‘是则史也者，掌一代之学者也。一代之学，即一代政教之本，而一代王者之所开也。故六艺之道，凭史而存。’（见《攘书 · 史职篇》——引者）

其二，‘有官学无私学’。基本上这是‘古学出于史官’的补充论述，主要说明学守于官、无私人著述之事。刘师培也是再度牵合二人的观点作为论证。言：

‘龚定盦曰：“周之世官，大者史。史之外无（右）〈有〉语言焉；史之外无有文字焉；史之外无人伦品目焉。”章实斋曰：“官守学业皆出于一，而天下以同文为治，故私门无著述。”’（见《补古学出于史官论》——引者）

其三，则是刘师培《近儒学术统系论》对龚自珍的一段描述。我认为十分重要。他说：

‘厥后仁和丽正，婿于段玉裁之门。其子自珍，少闻段氏六书之学，继从刘申受游，亦喜言《公羊》，而校雠古籍，又出于章学诚，矜言钟鼎古文，又略与常州学派近。特所得均浅狭，惟以奇文耸众听。仁和曹籀、谭献，均笃信龚学。’（见《近儒学术统系论》——引者）

刘师培这段话点出了龚自珍的主要学术类型有：六书、公羊、校雠、金石、古文等，但无多好评。学界往往侧重‘喜言《公羊》’一语，而我则特别留意‘校雠古籍出于章学诚’。对照章炳麟‘与自珍不可纯称今文，以其附经于史与章学诚相类’，倒是两人都留意到龚、章的经史校雠关系，惜无进一层讨论。事实上，‘校雠之学’意涵丰富，无论目录部次、还是学术流辨，都存在极大之议题空间。

与此同时，梁启超在《论（申）〈中〉国学术思想变迁之大势》之《最近世》中也为龚、章关系下了要语，言自珍‘喜章实斋之学，言六经皆史’。之后金蓉镜（1856—1929）也说：‘定盦之学，影接实斋’。”（《国学学刊》2011 年第 4 期 P73—74）

甲辰年自述诗（其二十三）

有宋五子阐心性，道学儒林派别歧。不有南雷编《学案》，宋明儒术几人窥？（自注：余著《读学案新记》二卷，《明儒渊源表》一卷）

【笺注】

〔有宋五子阐心性〕北宋五子，即周敦颐、邵雍、程颢、程颐和张载。另有宋五子之说，指北宋的周敦颐、程颢、程颐、张载和南宋的朱熹。心性论是宋明理学的重要理论范畴，自先秦孔、孟、荀即有萌芽。至宋代，心性论被宋儒进一步发挥，他们将儒家的传统心性伦理与佛教心性本体论相杂糅，兼容道家、玄学思想，形成了集心性伦理与心性哲理于一体的理学。理学心性论突出人的主观思维，重内省自修和哲学思辨，使理学成为儒学发展史上有别于他论的重要一环。

〔道学儒林派别歧〕《四库全书总目》卷 58《儒林宗派》提要：“国朝万斯同撰。……是编纪孔子以下，迄于明末诸儒授受源流，各以时代为次，其上无师承、后无弟子者，别附着之。自《伊洛渊源录》出，《宋史》遂以《道学》《儒林》分为二传。非惟文章之士、记诵之才不得列之于儒，即自汉以来传先圣之遗经者，亦几乎不得列于儒，儒遂专属于心性。又孟子历陈道统，虽由尧舜以来，然理则同源，分则各别。”《清史稿 · 儒林传》序：“宋初名臣，皆敦道谊。濂、洛以后，遂启紫阳。阐发心性，分析道理，孔、孟学行不明着于天下哉！《宋史》以《道学》《儒林》分为二传，不知此即《周礼》师、儒之异，后人创分，而暗合周道也。”

〔南雷编《学案》〕黄宗羲，浙江省余姚人。余姚南有大、小雷峰，峰下有南雷里。黄宗羲曾于此隐居著书，故世称“南雷先生”。黄宗羲著有《明儒学案》，详解明代儒学的学术派别及其传承。继《明儒学案》，黄宗羲又撰《宋元学案》，但尚未完成即辞世，后由著名学者全祖望续撰。全祖望对全书做了重大调整、修改和补充，基本形成了今本的框架和内容。道光年间，王梓材、冯云濠二人根据搜集到的不同稿本，相互校补，定稿并刊刻，即今通行本。至此，《宋元学案》在黄宗羲去世 140 多年后才最终定型。

【略考】

刘师培现存作品中未见《读学案新记》《明儒渊源表》二篇。宋明儒术，《刘师培年谱长编》本作"宋明学术"，误。

甲辰年自述诗（其二十四）

一物不知儒者耻，学而不思亦徒已。好学深思知其意，六经注脚师陆子。（自注：此自言生平治学之法。）

【笺注】

〔一物不知儒者耻〕扬雄《法言·君子卷十二》："圣人之于天下，耻一物之不知。"《晋书·刘元海（渊——引者）载记》："尝谓同门生朱纪、范隆曰：'吾每观书传，常鄙随陆无武，绛灌无文。道由人弘，一物之不知者，固君子之所耻也。'"

〔学而不思亦徒已〕《论语·为政第二》："子曰：'学而不思则罔，思而不学则殆。'"

〔六经注脚师陆子〕陆九渊（1139—1193），字子静，号存斋，江西抚州金溪人，曾讲学于象山书院，世称"象山先生""陆象山"，"陆王心学"的代表人物。《象山语录》卷1："学苟知本，六经皆我注脚。""或问先生：'何不著书？'对曰：'六经注我，我注六经。'"

【略考】

陆九渊认为，"宇宙便是吾心，吾心便是宇宙。千万世之前有圣人出焉，同此心同此理也；千万世之后有圣人出焉，同此心同此理也；东南西北海有圣人出焉，同此心同此理也。"（《陆九渊集》卷22《杂说》）"人皆有是心，心皆具是理，心即理也。故曰：'理义之悦我心，犹刍豢之悦我口。'"（《陆九渊集》卷11《与李宰（二）》）他深受禅宗"顿悟"论影响，摒弃程朱理学格物致知、修己行事的渐进式修行，而相信可以凭借自身"切己自反"，达到猛省真谛的境界。在他看来，儒家经典只是"指月之指"，只是悟道的手段之一，而非真理的本体。正如禅宗所谓的"不立文字，直指人心"。所以，他提出了著名的"六经皆我注脚"。

刘师培本诗自注云："此自言生平治学之法。"可见，他不仅接受，并且尊崇陆九渊"六经皆我注脚"的观点。加之本诗中"学而不思亦徒已""好学深思知其意"两句，可以看出，刘师培自诩的治学方法并非泥守古文今文、汉学宋学门户，而是博采众家之长，"好学深思"，以最终证悟真理为目的。

甲辰年自述诗（其二十五）

静对残编百感生，攘夷光复辨纵横。陆沈隐抱神（洲）〈州〉痛，不到新亭泪亦零。

【笺注】

〔残编〕不完整的传世典籍。详见《甲辰年自述诗（其四）》一诗〔零编断简〕条笺注。

〔攘夷光复辨纵横〕见《读王船山先生遗书》一诗〔攘狄大义《春秋》符〕条笺注。

〔陆沈隐抱神（洲）〈州〉痛〕见《感事八首》（其二）一诗〔又向神州叹陆沉〕条笺注。陆沈，《刘师培年谱长编》本、《刘申叔遗书补遗》本作"陆沉"。神（洲）〈州〉，《刘师培年谱长编》本径改"洲"为"州"；《刘申叔遗书补遗》本作"（洲）〔州〕"。抱，《刘师培年谱长编》本作"报"，误。

〔不到新亭泪亦零〕新亭，故迹在今南京。东晋南渡后，周顗等人曾于此相对而泣，哀叹时事。详见《东京清明杂感（二首）》其二一诗〔痛哭新亭〕条笺注。

甲辰年自述诗（其二十六）

前人修史四夷附，别生分类渺无据。非其种者锄而去，后有作者知所取。（自注：余著《中国民族志》二卷。）

【笺注】

〔前人修史四夷附〕《史记》《汉书》中尚未形成统一的"四夷传"，《史记》为四裔少数民族立《匈奴列传》《南越列传》《东越列传》《朝鲜列传》《西南夷列传》《大宛列传》；《汉书》立《匈奴传》《西南夷两粤朝鲜传》和《西域传》。《后汉书》立《东夷传》《南蛮西南夷传》《西羌传》《西域传》《南匈奴传》和《乌桓鲜卑传》。至五代修《旧唐书》，四夷各传被列于列传末尾（列于列传最末的是安禄山、黄巢等"叛逆"）。欧阳修《新五代史》更是以《四夷附录》把这一体例推向极端，为突出宋朝的正统地位，把四夷置于全书最末的附录位置。

〔别生分类渺无据〕元修前代正史，将《宋史》《辽史》和《金史》分立。金的统治民族即女真，为清朝的先世。

〔非其种者锄而去〕见《元旦述怀》一诗〔非种当先锄〕条笺注。《刘师培年谱长编》本作“非其种者锄回去”，显误。

【略考】

《中国民族志》，署名光汉子，中国青年会印本；载《刘申叔遗书》17 册（全册）。

甲辰年自述诗（其二十七）

轩辕治绩绍羲农，帝系分明王□□。诸夏无君尼父叹，何年重返鼎湖龙？（自注：余著《黄帝纪年论》。）

【笺注】

〔轩辕治绩绍羲农〕《世本八种 · 王谟辑本》：“三皇世系：太昊伏羲氏，……炎帝神农氏，……黄帝有熊氏”。绍，继承。《汉书 · 翟义传》：“莽于是依《周书》作《大诰》，曰：‘……以佑我帝室，以安我大宗，以绍我后嗣，以继我汉功’。”《说文解字》卷 13 上《糸部》：“绍，……继也。”

〔诸夏无君尼父叹〕尼父，孔子。《论语 · 八佾第三》：“子曰：‘夷狄之有君，不如诸夏之亡也。’”

〔何年重返鼎湖龙〕见《三月十九日，俗传太阳生辰，乃明怀宗殉国之日，而中国亡国之一大纪念也，作诗一章》一诗〔鼎湖龙去泣轩辕〕条笺注。

【略考】

1903 年 8 月 21 日《国民日日报》发表刘师培《黄帝纪年说》，后附《黄帝降生后大事略表》，署名无畏。上海镜今书局 1904 年 1 月《黄帝魂》亦载；载《刘申叔遗书》54 册（4—11），《左盦外集》卷 14。

王□□，《警钟日报》模糊难辨，疑当作“王□踵”。《五音集韵》卷 7《肿第二》：“踵，……又继也”。王□□，《刘师培年谱长编》本作“王室种”，《刘申叔遗书补遗》本作“王气钟（鍾）”。

甲辰年自述诗（其二十八）

瑶台玄圃渺难望，欲上昆仑睆旧乡。试向赤乌寻旧迹，犹闻彼美艳西方。（自注：余作《思祖国篇》。）

【笺注】

〔瑶台玄圃〕瑶台，仙人居所。《楚辞章句》卷 1 屈原《离骚》："望瑶台之偃蹇兮，见有娀之佚女。"王逸注："石次玉曰瑶。《诗》曰：'报之以琼瑶。'偃蹇，高貌也。"《六臣注文选》卷 32 屈平（原）《离骚》，刘良注："瑶台，玉台也。"《楚辞章句》卷 1 屈原《离骚》："朝发轫于苍梧兮，夕余至乎县圃。"王逸注："县圃，神山，在昆仑之上。《淮南子》曰：昆仑县圃，维绝，乃通天。言己朝发帝舜之居，夕至县圃之上，受道圣王，而登神明之山。"《楚辞补注》卷 1 屈原《离骚》洪兴祖补注："县，一作悬。"骆宾王《骆丞集》卷 1《五言律诗 · 游灵公观》："别有青门外，空怀玄圃仙。"颜文选注："玄与县同，诗中所言玉殿金堂，皆用昆仑事也。张平子《东京赋》：'左瞰旸谷，右睨玄圃。'"

〔欲上昆仑睨旧乡〕刘师培《思祖国篇》："呜呼！种族之说，岂不微哉！自西籍东来以后，于汉族起原，言之尤析。大抵谓巴枯民族，兴于昆仑之西，以加尔叠亚为祖国。旧作《华夏篇》申其义，谓巴枯即盘古一音之转，又谓华夏之称，系由大夏转被。而余杭章氏之叙种族也，亦以古帝葛天，即加尔叠亚之转语。此皆汉族肇基西土之证也。"（《刘申叔遗书补遗》上册 P286）《楚辞章句》卷 1《离骚》："陟升皇之赫戏兮，忽临睨夫旧乡。"王逸注："睨，视也。"

〔试向赤乌寻旧迹〕《墨子 · 非攻上第十七》："赤乌衔圭，降周之岐社，曰：'天命周文王伐殷有国。'泰颠来宾，河出绿图，地出乘黄。"向，《刘师培年谱长编》本作"问"。

〔犹闻彼美艳西方〕《诗经 · 邶风 · 简兮》："云谁之思，西方美人。彼美人兮，西方之人兮。"

【略考】

1904 年 7 月 15 日—20 日《警钟日报》发表刘师培《思祖国篇》，载《刘申叔补遗上册》P286—294（326—334）。

1894 年，法裔英国人拉克伯里出版《中国太古文明公元论》一书，提出中国人种西来说，认为中国文明来自古巴比伦。日本人白河次郎和国府种德依据拉克伯里的观点作《支那文明史》，1903 年由留日学生译成中文，在中国产生重大影响，很多中国学者接受了这一理论。如，蒋智由的《中国人种考》，黄节的《立国篇》，刘师培的《思祖国篇》《华夏篇》《历史教科书》，朱谦之的《中国人种从来考》，章太炎的《訄书重订本 · 序种姓》等。这些作品在那一时期曾风靡一时。不过，中国人种西来说在当时就遭到众多学人的抨击。

甲辰年自述诗（其二十九）

郑樵不作氏族紊，为慨先民谱牒沈。甄别华戎编信史，渊源犹溯顾亭林。（自注：余著《溯姓篇》《渎姓篇》《辨姓篇》。）

【笺注】

〔郑樵不作氏族紊〕郑樵著《通志》，专辟 6 卷《氏族略》。郑樵《通志 · 总序》："生民之本在于姓氏，帝王之制各有区分。男子称氏，所以别贵贱；女子称姓，所以别婚姻，不相紊滥。秦并六国，姓氏混而为一。自汉至唐，历世有其书，而皆不能明姓氏。原此一家之学，倡于《左氏》，因生赐姓，胙土命氏，又以字、以谥、以官、以邑命氏，邑亦土也。《左氏》所言，惟兹五者。臣今所推有三十二类，《左氏》不得而闻，故作《氏族略》。"

〔为慨先民谱牒沈〕郑樵《通志》卷 25《氏族序》："自隋唐而上，官有簿状，家有谱系。官之选举，必由于簿状；家之婚姻，必由于谱系。历代并有图谱局，置郎令史以掌之，仍用博通古今之儒，知撰谱事。凡百官族姓之有家状者，则上之官，为考定详实，藏于秘阁，副在左户。若私书有滥，则纠之以官籍；官籍不及，则稽之以私书。此近古之制，以绳天下，使贵有常尊，贱有等威者也。所以人尚谱系之学，家藏谱系之书。自五季以来，取士不问家世，婚姻不问阀阅，故其书散佚，而其学不传。"沈，《刘师培年谱长编》本、《刘申叔遗书补遗》本作"沉"。

〔华戎〕汉族与少数民族。《文选》卷 2 张平子（衡）《西京赋》："右有陇坻之隘，隔阂华戎。"

〔渊源犹溯顾亭林〕顾炎武《日知录》卷 23《二字姓改一字》："古时以二字姓改为一字者，如马宫本姓马矢，改为马。……然胡姓之改，不始于是时。《唐书》：阿史那'忠，以擒颉利功，拜左屯卫将军，妻以宗女定襄县主，赐名为忠，单称史氏。'韩文公《集贤院校理石君墓志》云：'其先姓乌石兰，从拓跋魏氏入夏，居河南，遂去乌与兰，独姓石氏。'刘静修《古里氏名字序》云：'吴景初，本姓古里氏，以女真诸姓，今各就其近似者，易从中国姓，故古里氏例称吴。'则固已先之矣。（肃宗上元二年，诏氏姓与俗讳及隐疾同声者，宜改与本族望所出。金世宗大定十三年五月戊戌，禁女真人毋得浑为汉姓，今完颜氏皆去完而为颜，惟曲阜不敢冒兖国之姓，特称完氏。）《章丘志》言：'洪武初，翰林编修吴沈，奉旨撰千家姓，得姓一千九百六十八，而此邑如术，如偶尚未之录。（《广韵》偶字下注云：'齐大夫名。'）。今访之术姓，有三四百丁。自云：金丞相术虎高琪之后。'（土人呼术为张一反，按《金史》术虎汉姓曰董，今则但为术姓。）盖二字改为一字者，而撰姓之时，尚未登于黄册也。以此知单姓之改，并在国初以后。而今代之山东氏族，其出于金元之裔者多矣。洪武元年，禁不得胡姓者，禁中国人之更为胡姓，（元时有此俗。）非禁胡人之本姓也。三年四月甲子诏曰：'天生斯民，族属姓氏，各有本原，古之圣王尤重之，所以别昏姻，重本始，以厚民俗也。朕起布衣，定群雄，为天下主，已尝诏告天下，蒙古诸色人等，皆吾赤子，果有材能，一体擢用。比闻入仕之后，或多更姓名。朕虑岁久其子孙相传，昧其本原，非先王致谨氏族之道，中书省其告谕之。如已更易者，听其改正。'可谓正大简要。至九年三月癸未，以火你赤为翰林蒙古编修，更其姓名曰霍庄。盖亦仿汉武赐日磾姓金之意。然汉武取义于休屠王祭天金人，亦以中国本无金姓也。今中国本有霍姓，而赐之霍，则与周霍叔之后无别矣。况其时又多不奉旨，而自为姓者。其年闰九月丙午，淮安府海州儒学正曾秉正言：'臣见近来蒙古色目人，多改为汉姓，与华人无异。有求仕入官者，有登显要者，有为富商大贾者。非我族类，其心必异。宜令复姓，庶可辨识。又臣前过江浦，见塞外之俘，累累而有。江统徙戎之论，不可不防。'至永乐元年九月庚子，上谓兵部尚书刘儁曰：'各卫鞑靼人多同名，宜赐姓以别之。'于是兵部请如洪武中故事，编置勘合，给赐姓氏。从之。三年七月，赐把都帖木儿名吴允诚，伦都儿灰名柴秉诚，保住名杨效诚，自此遂以为例。而华宗上姓，与夷狄之种相乱。惜乎当日之君子，徒诵用夏变夷之言，而无类族辨物之道，使举籍胡人之来归者，赐以汉姓所无，不妨如拓跋、宇文之类二字为姓，则既不混于古先帝王氏族神明之胄，而又使百世之下，知本朝远服四夷，其得姓于朝者，凡若干族，岂非旷代之盛举哉！"

【略考】

《攘书》，东大陆图书译印局 1904 年印本，署名刘光汉。《刘申叔遗书》18 册（2—68）。《攘书》中有《溯姓篇》《渎姓篇》《辨姓篇》三篇。

甲辰年自述诗（其三十）

古人作史重世系，后人作史重传纪。他日书成《光复篇》，我欲斋戒告黄帝。（自注：著《光复篇》，未成。）

【笺注】

〔古人作史重世系〕古代早期史书特别重视记录帝王、诸侯、卿相的世系传承，如《世本》，立《帝系》《王侯世》《卿大夫世》《氏族》。司马迁著《史记》，立三十《世家》《三代世表》《十二诸侯年表》《六国年表》等。其目的就是彰明“授受之正统”“逆顺之正理”（见林駉《古今源流至论后集》卷 9）。

〔后人作史重传纪〕司马迁《史记》首创纪传体，后世对为历史人物撰写传记日益重视。纪，《刘师培年谱长编》本作“记”。

〔光复〕收复失地，恢复故土。《三国志 · 魏书 · 吕布传》裴注引《英雄记》：“布杀卓，来诣关东，欲求兵西迎大驾，光复洛京，诸将自还相攻，莫肯念国。”

【略考】

刘师培现存作品中无《光复篇》。

甲辰年自述诗（其三十一）

据事直书信史笔，计年二百六十一。为补民劳板荡什，亡国纪念曷云极。（自注：著《满洲□□□……》。）

【笺注】

〔据事直书〕《文选》卷 45 杜预《春秋左氏传序》：“四曰尽而不污，直书其事，具文见意，丹楹、刻桷、天王求车、齐侯献捷之类是也。”《史通》卷 7《内篇 · 直书第二十四》：“其有贼臣逆子，淫君乱主，苟直书其事，不掩其瑕，则秽迹彰于一朝，恶名被于千载。言之若是，吁可畏乎！”《心史》卷首曹学佺《重刻〈心史〉序》：“郑所南先生不仕元，义也。……于是先生有《心史》焉，不必明言其某也忠，某也佞，某也义，某也不义，只据事直书，详署年月，而华衮斧钺之指已昭然矣。”（林古度、汪骏生崇祯十三年南京刻本）

〔计年二百六十一〕明朝亡于 1644 年，至 1904 年共 261 年。

〔为补民劳板荡什〕《诗经 · 大雅 · 生民之什》有《民劳》篇，诗中描写平民百姓极度困苦疲敝的生活。板荡，喻天下大乱，亦为刘师培发表的作品。详见《读王船山先生遗书》一诗〔板荡〕条笺注。1904 年 8 月 30 日，《中国白话报》第 20 期发表刘师培《民劳集》，署名光汉，刘师培辑唐及宋 4 人 4 诗。文首末和每首诗末都有刘师培按语（载《刘申叔遗书补遗》上册 P372—375）。什，代指诗篇。详见《已分》一诗〔怀沙钤短什〕条笺注

〔亡国纪念曷云极〕曷云极，何时是尽头之意。刘宗周《刘蕺山集》卷 17

《诗 · 寄怀商谌轩琼州》：“川途曷云极，去去凌南溟。”黄景仁《两当轩集》卷 7《古近体诗五十八首 · 岁暮寄怀友人》：“修涂曷云极，层城各相望。”曷，《刘师培年谱长编》本作“何”。极（極），《刘申叔遗书补遗》本误为“亟”。

【略考】

刘师培现存作品题名中未见带“满洲”者。1907 年 6 月 8 日、7 月 5 日、12 月 15 日，《民报》第 14、15、18 号连载刘师培《辨满人非中国之臣民》（附录：林（启）〈寿〉图《启东录 · 建州考》），署名韦裔，载《刘申叔遗书补遗》上册 P572—651。

甲辰年自述诗（其三十二）

□□□□□□□，□南作史眢井沈。攘□著书百无用，书成奚补济时心。（自注：著《攘书》十六篇。）

【笺注】

〔□南作史眢井沉〕见《读王船山先生遗书》一诗〔心史〕条笺注。《集韵》卷 1《平声一 · 支第五》：“眢，《字林》：‘井无水。’”□，疑为“所”。《刘师培年谱长编》本、《刘申叔遗书补遗》本径作“所”，未出注。眢，《刘师培年谱长编》本作“○”。

〔攘□著书百无用〕□，《警钟日报》本该字模糊，疑为“衽”。攘衽，奋起貌。《文选》卷 37 曹子建（植）《求自试表》：“辍食弃餐，奋袂攘衽”。《刘师培年谱长编》本作“攘○”，《刘申叔遗书补遗》本作“攘社”。

〔济时〕匡救时局。《国语 · 周语中》：“宽所以保本也，肃所以济时也，宣所以教施也，惠所以和民也。”扬雄《扬子云集》卷 5《赋 · 太玄赋》：“圣作典以济时兮，驱蒸民而入甲。”

【略考】

《攘书》，东大陆图书译印局 1904 年印本，署名刘光汉。《刘申叔遗书》18 册（2—68）。

甲辰年自述诗（其三十三）

大厦将倾一木支，乾坤正气赖扶持。试从故国稽文献，异代精灵傥在兹。

【笺注】

〔大厦将倾一木支〕见《端阳日偕地山泽山谷人泛湖言念旧游怆然有作》一诗〔大厦将倾〕条笺注。

〔乾坤正气〕文天祥《文山集》卷 20《指南后录三 · 正气歌》：“天地有正气，杂然赋流形。”《石匮书后集》卷 45《陈潜夫传》：甲申（1644）“五月，南都陷，潜夫得脱归海昌。会北兵至浙，下令薙发。……遂秉烛坐，饮酒四五卮，思自尽。绝命词曰：‘吾父生我，天挺惟异。……’诗曰：‘万里山河胡马奔，三朝宫阙夕阳昏。秋风血悴苌弘碧，明月声哀杜宇魂。白水无边流姓氏，黄泉那可度寒暄？一忠双节传千古，独有乾坤正气存。’……其妻从容解腕间一匕首，以授从婢曰：‘吾当乱世，携此以防不测。而今而后，吾知免矣！’乃携妾手同赴水死之。潜夫坐桥上，度气绝，遂自沈。”《明季南略》卷 10《浙纪 · 张煌言临难赋绝命词》：“衣冠犹带云霞色，旌旆仍留日月痕。赢得孤臣同硕果，也留正气在乾坤。”

〔试从故国稽文献〕指辑录搜集南明的史料文献。

〔异代精灵傥在兹〕精灵，指人去世后的魂魄。《明季南略》卷 10《浙纪 · 张国维赴园池死》：“二十五日，大清兵破义乌，亲众劝国维入山以图后举。国维叹曰：‘误天下事者，文山、叠山也。一死而已。’二十六日，大清兵至七里寺，国维具衣冠，南向再拜曰：‘臣力竭矣！’作绝命词三章。《自述》云：‘艰难百战戴吾君，拒敌辞唐气励云。时去仍为朱氏鬼，精灵当傍孝陵坟。’”傥，或许。《正字通》子集中《人部》：“傥，……或然之辞，儵忽不可期也。”此句指南明殉难诸人的魂魄与事迹，或许还栖息于史料文献之中。傥，《刘师培年谱长编》本作“倘”。

【略考】

谢国桢《增订晚明史籍考》附录《初版本朱希祖先生序》：“谢君以余曾治斯学，知其甘苦，征序于余。余自二十五年前游学日本，初留意于晚明史籍，其时二三师友，亦尝弘奖斯风。余杭章先生首先传刻张煌言《苍水集》、张斐《莽苍园文稿余》。苍水自言借声诗以代年谱，其书为滃洲思明史事所萃。《莽苍园文稿余》，多殉国巨公传记，且嘉遁海外，与朱公之瑜同调合契，形之文告，由是《舜水文集》亦传刻于海内。仪真刘氏亦颇欲著《后明书》，预征章先生为序，今存于文集内，其条目可考也。其时东京上海，声气相应，顺德邓氏乃大事搜辑，野史遗文，遐迩荟集。断简零篇，邮之以《学报》，鸿文巨册，汇之以《丛编》。由是《南疆逸史》足本出，而杨氏十二跋传布于宇内，明季史籍之目，蔚为大观矣。”（上海古籍出版社 1981 年 2 月第 1 版 P1098—1099）

案：章太炎曾撰写《南疆逸史序》一文，载《章太炎全集》第 4 册第 P207—208（上海人民出版社 2004 年 5 月第 1 版），该文注明写作时间为“丙午九月”，即 1906

年 10—11 月间。此文确为受刘师培所邀而作。但章氏现存作品中，并无刘师培“后明书序”之类文字。可参见拙文《006—刘师培评《南疆逸史》考—刘师培研究笔记（六）》《012—《民报》载《南疆逸史》广告再考—刘师培研究笔记（12）》《014—关于《南疆逸史》的基本终结考—刘师培研究笔记（14）》。

分析本诗文辞可见，1903—1904 年间，刘师培已有辑录搜集南明史料文献的想法。

甲辰年自述诗（其三十四）

厉王监谤曾何补，秦政焚书亦可哀。掇拾丛残吾有志，遗编犹识劫余灰。

【笺注】

〔厉王监谤〕《国语 · 周语上》：“厉王虐，国人谤王。邵公告曰：‘民不堪命矣！’王怒，得卫巫，使监谤者以告，则杀之。国人莫敢言，道路以目。王喜，告邵公曰：‘吾能弭谤矣，乃不敢言。’邵公曰：‘是障之也。防民之口，甚于防川。川壅而溃，伤人必多，民亦如之。是故为川者决之使导，为民者宣之使言。故天子听政，使公卿至于列士献诗，瞽献曲，史献书，师箴，瞍赋，蒙诵，百工谏，庶人传语，近臣尽规，亲戚补察，瞽史教诲，耆艾修之，而后王斟酌焉，是以事行而不悖。民之有口，犹土之有山川也，财用于是乎出；犹其原隰之有衍沃也，衣食于是乎生。口之宣言也，善败于是乎兴，行善而备败，其所以阜财用、衣食者也。夫民虑之于心而宣之于口，成而行之，胡可壅也？若壅其口，其与能几何？’王不听，于是国莫敢出言。三年，乃流王于彘。”

〔秦政焚书〕见《感事八首》（其五）一诗〔焚书〕条笺注。

〔丛残〕本指杂乱繁芜，此指散落遗存的南明史料文献。《弘明集》卷 1 牟融《理惑论》：“牟子曰：‘众道丛残，凡有九十六种。澹泊无为，莫尚于佛’。”

〔劫余灰〕遭遇劫火后的灰烬。《列朝诗集 · 丁集第十》陈昂《夏日东林寺》：“大都身后事，难免劫余灰。”详见《咏汉长无相忘瓦》一诗〔魂复昆明有劫灰〕条笺注。

甲辰年自述诗（其三十五）

淮海英灵间世出，乡邦文献叹沦微。一从虏骑南侵后，城郭人民半是非。（自注：余著《扬民却虏录》。）

【笺注】

〔淮海英灵间世出〕淮海，指扬州。阮元辑《淮海英灵集》，王豫、阮亨辑《续集》，阮元自序曰："吾乡在江淮之间，东至于海。汉唐以来，名臣学士概可考矣。……节臣、孝子、名儒、才士、畸人、列女辈出其间，虽不皆藉诗以传，而钟毓淳秀，发于篇章，实不可泯。……曰'淮海英灵'者，宋高邮秦少游，尝名其集曰'淮海'。"《淮海英灵集》《续集》辑录淮海"十二邑"，即清代江都县、甘泉县、仪征县、泰兴县、高邮州、兴化县、宝应县、泰州、东台县、如皋县、通州、海门厅 1600 多位人物的诗作，"后之君子，怀耆旧之逸辙，采淮海之淳风，文献略备，庶有取焉。"间世，不世出，隔代才出现，喻稀世罕有。《史记·淮阴侯列传》："东杀龙且，西向以报，此所谓功无二于天下，而略不世出者也。"《全唐诗》卷 273 戴叔伦《奉天酬别郑谏议云逵卢拾遗景亮见别之作》："郑君间世贤，忠孝乃双全。"（第 5 册 P3063）

〔乡邦文献〕指同乡人的著作。乡邦，即家乡。《后汉书·列女传·鲍宣妻传》："拜姑礼毕，提瓮出汲。修行妇道，乡邦称之。"

〔虏骑〕指清军。1903 年 6 月 25 日《江苏》杂志第 4 期发表刘师培《亭林先生佚诗二首》，辑录顾炎武《井中心史歌》："忽见奇书出世间，又惊胡骑满江山。"（《刘申叔遗书补遗》上册 P50—51）。

〔城郭人民半是非〕邱浚《重编琼台稿》卷 5《七言律诗·姑苏怀古》："西风黄菜叶干时（吴时俚言），城郭人民半是非。九四不成龙或跃（时称张士诚行九四），万三无复燕于飞（沈万三，秀吴之富民也）。"江都王秀楚有《扬州十日记》。另参见《题风洞山传奇（三首）》其三一诗〔鹤归华表知何处，城郭人民半是非〕条笺注。此句指，城毁人亡，今昔迥异。郭，《刘师培年谱长编》本作"廓"。

【略考】

刘师培现存作品中未见《扬民却虏录》一篇。1903 年 10 月 20 日，《江苏》杂志第 7 期发表刘师培的《扬州二百六十年之纪念》，署名申叔，分《屠戮之惨》《通海之狱》《追捕之狱》《盐灶之苦》《谏臣之斥》《开河之（设）〈役〉》《文字之狱》《南巡之举》8 节。载《刘申叔遗书补遗》上册 P63—66。

甲辰年自述诗（其三十六）

攘狄《春秋》申大义，区别内外三传同。我缵祖业治《左氏》，贾服遗书待折衷。（自注：余著《春秋左氏传夷狄谊》，未成。）

【笺注】

〔攘狄《春秋》申大义〕见《读王船山先生遗书》一诗〔攘狄大义《春秋》符〕条笺注。

〔区别内外三传同〕三传，指《春秋左氏传》《春秋公羊传》《春秋谷梁传》。《左传·定公十年》："十年夏，公会齐侯于祝其，实夹谷，孔丘相。犁弥言于齐侯曰：'孔丘知礼而无勇，若使莱人以兵劫鲁侯，必得志焉。'齐侯从之。孔丘以公退，曰：'两君合好，而裔夷之俘以兵乱之，非齐君所以命诸侯也。裔不谋夏，夷不乱华。'"《公羊传·僖公四年》："夷，狄也。而亟病中国，南夷与北狄交。中国不绝若线，桓公救中国，而攘夷狄，卒怗荆，以此为王者之事也。"《谷梁传·定公四年》："蔡侯之以之，则其举贵者，何也？吴信中国而攘夷狄，吴进矣。其信中国而攘夷狄……"此句指，在区别夷夏，重"夷夏之防"的问题上，《春秋》三传的态度是一致的。

〔我缵祖业治《左氏》〕指仪征刘氏四世传《左传》。详见《甲辰年自述诗》（其十九）一诗〔独抱麟经承祖业〕条笺注。《说文解字》卷 13 上《糸部》："缵，继也。"

〔贾服遗书待折衷〕东汉服虔和汉魏之际的贾逵都曾注《左传》，后杜预参考当时所能见到的汉魏诸家传注，撰成《春秋经传集解》。唐永徽年间颁行《五经正义》，以杜注为《左传》注本并由孔颖达为之作疏，杜注因此成为官方学说得以完整保存且广为流传。而贾逵、服虔等各家旧注逐渐散佚，今仅有辑本。历史上发生过两次"申贾服，驳杜预"的事情，一次在南北朝时期，一次在晚清。前次的实质是门户之争，后一次是学派（汉代儒学和魏晋儒学）之争。刘师培的曾祖父刘文淇通过对《左传》原文的研究认为，杜预注、孔颖达疏中多有不合经意之处，"凡杜氏以前习为此学者，其书皆废于杜氏；凡孔氏以前习为此学者，其书皆废于孔氏。"（刘文淇《左传旧疏考正》卷首《黄承吉序》，见黄承吉《梦陔堂文集》卷 5《序·春秋左氏传旧疏考正序》）于是，他取服虔、贾逵、郑玄三家注，博采清儒研究《左传》的成果，加以疏证，最后断以己意，定其从违，撰写《春秋左氏传旧注疏证》，惜未完成。

【略考】

刘师培现存作品中无《春秋左氏传夷狄谊》一篇。

重"贾服"，鄙"杜孔"是刘师培家学治《左传》的传统。

甲辰年自述诗（其三十七）

横渠讲学盛关右，邹衍而后此一人。《正蒙》一编寓精理，薑斋先生知其真。（自注：余著《闵学发微》，未成。）

【笺注】

〔横渠讲学盛关右〕指宋儒张载。详见《读王船山先生遗书》一诗〔横渠〕条笺注。

〔邹衍而后此一人〕邹衍，战国末齐国人，阴阳学家，创五行说、五德始终说。即朝代更替依据五行的木、火、土、金、水，周而复始的循环运转。张载著《正蒙》《易说》，提出了“太虚即气”“一物两体”等思想。

〔《正蒙》〕张载著《正蒙》十七篇，系统提出了“气一元论”的思想，以阴阳交感来解释自然界的万千变化，这与邹衍的阴阳五行说有契合之处。对后世学人，特别是明末清初的王夫之产生了重大影响。

〔薑斋先生〕王夫之（1619—1692），字而农，号薑（姜）斋，湖南衡阳人，世称“船山先生”。王夫之著有《张子正蒙注》，他在《序论》中指出：“孟子之功不在禹下，张子之功又岂非疏洚水之歧流，引万派而归墟，使斯人去昏垫而履平康之坦道哉！是匠者之绳墨也，射者之彀率也，虽力之未逮，养之未熟，见为登天之难不可企及，而志于是，则可至焉，不志于是，未有能至者也。养蒙以是为圣功之所自定，而邪说之淫蛊不足以乱之矣。”薑，《刘师培年谱长编》本作“姜”。

【略考】

刘师培现存作品中无《闵学发微》一篇。

朱熹晚年，还居建阳，在福建各地讲学，其弟子多为福建人，后世将这一学派称为“闽学”（闵学），即宋代理学。

朱熹的“闽学”，与张载“关学”存在继承关系。学界自古存在一大争议——朱熹是否曾为张载《正蒙》作过注释？现存典籍中，零散存在大量朱熹对《正蒙》的释读阐扬内容，后人辑为“正蒙解”。有人认为朱熹曾专门逐条为《正蒙》作注；而有人认为，是后人将朱熹对《正蒙》的零散评论汇集而成。

甲辰年自述诗（其三十八）

王学多从性宗出，澄澈空明世莫如。试向良知窥性善，人权天赋说非虚。

（自注：余著《王学发微》一卷。）

【笺注】

〔王学多从性宗出〕性宗，即佛教的“法性宗”。丁福保《佛学大辞典》：“本有（术语），对于修成或修生之称，谓本来固有之性德也。依性宗之谈，则不论有情非情，其本性万德圆满，在圣不增，在凡亦不灭，譬如矿中之金，暗中之宝，是为本有。”王阳明发挥了孟子“万物皆备于我”（《孟子·尽心上》）的观点，提出“心外无理，心外无事”，“心外无物”（《传习录》卷上），与佛教法性宗“本性万德圆满”的“本有”理论一般无二。王阳明与陆九渊的学说合称“陆王心学”，李塨《恕谷后集》卷 6《万季野小传》：“吾少从游黄梨洲，闻四明有潘先生者曰：‘朱子道，陆子禅’。”潘先生，即潘平格，明末清初人，字用微，浙江慈溪人。多，《刘师培年谱长编》本作“○”。

〔澄澈空明世莫如〕法性宗认为，一切众生的心并非由断惑始得清净，而是本来清净的，故众生之心即为法性。王学的观点与此类似。

〔试向良知窥性善〕《传习录》卷下：“无善无恶是心之体，有善有恶是意之动，知善知恶是良知，为善去恶是格物。”

〔人权天赋〕天赋人权，清末由欧美传入的新思想。卢梭的《社会契约论》，旧译《民约论》，其早期最主要的中译本是留日学生杨廷栋据日译本转译的，最初连载于 1900—1901 年的《译书汇编》第 1、2、4、9 期上，但仅为前半部分。此后又译出全文，改名为《路索民约论》，1902 年由上海文明书局出版。“天赋人权”，是《民约论》的核心思想。刘师培《中国民约精义》卷 3《王守仁》：“案：良知之说，出于孟子之性善。阳明言良知，而卢氏亦言性善。《民约论》不云乎：‘人之好善，出于天性，虽未结民约之前，已然矣。’（卷二第六章）斯言也，甚得孟子性善之旨，而良知之说由此而生。良知者，无所由而得于天者也。人之良知同，则人之得于天者亦同。人之得于天者既同，所谓尧舜与人同也，岂可制以等级之分乎！《民约论》又云：‘人之生也，各有自由之权，为彼一身之主宰，执其自由之权，出而制驭世界上之事事物物，使必与己意相适，不得少为他人所屈服。斯固理之所是者也。’（卷四第二章）诚以天下之生人，虽有强弱智愚之别，一旦民约既立，法律之所视更无智愚强弱之分，与阳明所言如出一辙。（阳明云：‘惟天下至圣，为能聪明睿智，旧看何等元妙，今看来原是人人旧有的耳。’又云：惟天‘明其明德以亲民’，‘故能以一身为天下’。又云：‘明德者，天命之性，灵昭不昧，而万理之所从出也。’即《中庸》‘天命之谓性’、孟子性善之旨。盖阳明以善自为本性，故欲人人真得意欲之公，与宋儒陆子静相似。）又卢氏以弃其自由权，即弃其所以为人之具，故保持自由权乃人生之一大责任。（《民约论》卷一第四章云：'人之暴弃自由权者，即弃其天与之明德，而自外生成也夫，是之谓自暴自弃。'）皆以自由为秉于生初，盖自由权秉于天，良知亦秉于天，自由无所凭藉，良知亦无所凭藉，则谓良知即自由权可也。阳明著述虽未发明民权之理，然即良知之说推之，可得平等自由之精理。今欲振中国之学风，其惟发明良知之说乎！"（《刘申叔遗书》16 册【102—104】）

【略考】

刘师培现存作品中未见《王学发微》一篇。1905 年上海国学保存会刊行刘师培《伦理教科书》，其中上册第二十二、二十三课为《说良知》上下，载《刘申叔遗书》64 册（52—56）。1905 年 12 月 16 日，《国粹学报》第 11 期发表刘师培《阳明格物说不能无失》，署名刘光汉，载《读书随笔》，《刘申叔遗书》62 册（35—37）。1907 年 5 月 31 日，《国粹学报》第 26 期发表刘师培《王学释疑》，署名刘师培，载《刘申叔遗书》49 册（110—119），《左盦外集》卷 9。

甲辰年自述诗（其三十九）

幼年喜诵《明夷录》，曾慨余姚学派沈。戎马间关余大节，未应名字伺儒林。（自注：余拟著《黄（黎）〈梨〉洲学术》，未成，仅成序。）

【笺注】

〔《明夷录》〕《明夷待访录》，黄宗羲撰于癸卯（1663）。顾炎武作序曰："天下之事，有其识者，未必遭时。当其时者，或无其时。古之君子所以著书待后有王者起，得而师之。然而易穷则变，变则通，通则久。圣人复起而不易吾言，可预信于今日也。"《明夷待访录》共有《原君》《原臣》《原法》《置相》《学校》《取士上》《取士下》《建都》《方镇》《田制一》《田制二》《田制三》《兵制一》《兵制二》《兵制三》《财计一》《财计二》《财计三》《胥吏》《奄宦上》《奄宦下》，共 21 篇，皆为政论文章。

〔余姚学派〕黄宗羲，浙江余姚人，以其为代表的浙东经史学派兴起于清初，曾出现了万斯大、万斯同、全祖望、章学诚等著名学人。其学术特点是明经通史，多元兼容，经世致用。至乾嘉考据学兴起，浙东经史学派逐渐没落。沈，《刘师培年谱长编》本、《刘申叔遗书补遗》本作"沉"。

〔戎马间关余大节〕黄炳垕《黄梨洲先生年谱》卷中："顺治二年乙酉，公三十六岁，……我邑前吏科给事中熊公雨殷、九江道佥事孙公硕肤（嘉绩）以一旅之师画江而守。公与仲叔二弟纠合黄竹浦子弟数百人步迎监国鲁王于蒿坝，驻军江上，人呼之曰世忠营。……三年丙戌……二月，监国以公为兵部职方司主事，……五月，……孙公嘉绩以所部火攻营卒尽付公，公与王正中合军得三千人……六月朔日，澉河兵溃，监国由海道至闽。公归入四明山，余兵愿从者五百人，结寨自固。公驻军杖锡寺，微服潜出，欲访监国消息，为扈从计。山民畏祸，突焚其寨，部将茅瀚（字飞卿，归安人）、汪涵（字叔度，梅溪人）死之。公归，而迹捕之檄累下。……六年乙丑，监国还至海上，公赴行朝，晋左佥都御史，再晋左副都御史。……中朝以胜国之臣不顺命者，令有司录家口上闻。公闻而叹曰：'主上以忠臣之后仗我，我所以栖栖不忍去也。今方寸已乱，不能为姜伯约矣。'乃陈情监国，得请，间行归家……山中乱，乃奉太夫人徙居邑城（明年返故居）。"

〔未应名字伺儒林〕嘉庆年间，阮元任国史馆总纂，开始修撰《国史儒林传》。修成的《儒林传稿》有正传 44 篇，附传 50 多人。《黄宗羲传》（附其弟黄宗炎）排在正传顾栋高、孙奇逢、李颙（因避讳清仁宗嘉庆御讳被改为"李容"）之后，位列第四。《蕉廊脞录》卷 7《黄宗羲小像》："黄梨洲先生小像，古装，风帽束带，貌奇古。画像者，新安吴旭；补松者，宋暐，字逸子；补石者，犹子深也。先生自题曰：'初锢之为党人，继指之为游侠，终厕之于儒林。其为人也，盖三变而至今，岂其时为之耶？抑夫人之有遐心？'"

【略考】

刘师培现存著作中无《黄梨洲学术》一篇。

1904 年 3 月 1 日，《中国白话报》第 6 期发表刘师培白话文《黄梨洲先生的学说》，署名光汉，载《刘申叔遗书补遗》上册 P112—115。

1904 年 12 月 13、14、17 日，《警钟日报》第 292、293、296 号连载刘师培《近儒学案序目》（又刊于 1904 年 12 月 21 日《政艺通报》甲辰第 21 号），署名刘光汉，载《刘申叔遗书》57 册（16—24），《左盦外集》卷 17。《近儒学案序目》中列有《余姚学案》，黄宗羲位于该学案第一位。

甲辰年自述诗（其四十）

奇人间世不一出，正学无□□□□。□□一卷辉千古，敬为先生炷瓣香。

（自注：余著《读船山丛书札记》一卷。）

【笺注】

〔间世〕不世出，隔代才出现，喻稀世罕有。详见《甲辰年自述诗（其三十五）》一诗〔淮海英灵间世出〕条笺注。间，《刘师培年谱长编》本作“〇”。

〔□□一卷辉千古〕□□，疑为“黄书”二字。刘师培《读王船山先生遗书》中有“漆室感事发长吁，《黄书》一篇经国谟”。见《读王船山先生遗书》一诗〔《黄书》〕条笺注。辉，《刘师培年谱长编》本作“〇”。

〔瓣香〕丁福保《佛学大辞典》：“瓣香（物名），香之形似瓜瓣，故名。其制上圆下方，表里条条，竖而成畦。《祖庭事苑》曰：‘古今尊宿，拈香多云一瓣。瓣，皮莧切，瓜瓣也。以香似之故称焉。’”后喻景仰，《宋史·文苑列传六·陈师道传》：“官颍时，苏轼知州事，待之绝席，欲参诸门弟子间，而师道赋诗有‘向来一瓣香，敬为曾南丰’之语，其自守如是。”

【略考】

刘师培现存作品中未见《读船山丛书札记》一篇。

甲辰年自述诗（其四十一）

东原立说斥三纲，理欲分明仁道昌。焦阮继兴恢绝学，□衢朗朗日重光。（自注：余最服《孟子字义疏证》及焦氏“释理”“释欲”，阮氏《论仁》等篇，曾采其说入《罪纲篇》。）

【笺注】

〔东原立说斥三纲〕戴震（1724—1777），字东原，号杲溪，徽州休宁隆阜（今安徽黄山市屯溪）人，清代经学大家。朱熹《论语集注》卷 1《为政第二》：“愚按：三纲，谓君为臣纲，父为子纲，夫为妻纲；五常，谓仁、义、礼、智、信。……三纲五常，礼之大体，三代相继，皆因之而不能变。”朱熹《晦庵集》卷 59《答吴斗南》：“所谓天理，复是何物？仁义理智岂不是天理？君臣、父子、兄弟、夫妇、朋友岂不是天理？”戴震《与某书》：“宋以来儒者，以己之意见，硬坐为古贤圣立言之意，而语言文字实未之知。其于天下之事也，以己所谓理，强断行之，而事情原委隐曲实未能得，是以大道失而行事乖。……后儒不知情之至于纤微无憾，是谓理，而其所谓理者，同于酷吏之所谓法。酷吏以法杀人，后儒以理杀人，浸浸乎舍法而论理死矣，更无可救矣！”（上海古籍出版社 1980 年 5 月第 1 版《戴震集》P187—188）。戴震《孟子字义疏证》卷上《理十五条》：“人知老、庄、释氏异于圣人，闻其无欲之说，犹未之信也。于宋儒，则信以为同于圣人。理欲之分，人人能言之。故今之治人者视古贤圣体民之情，遂民之欲，多出于鄙细隐曲，不措诸意，不足为怪。而及其责以理也，不难举旷世之高节，着于义而罪之，尊者以理责卑，长者以理责幼，贵者以理责贱，虽失，谓之顺。卑者、幼者、贱者以理争之，虽得，谓之逆。于是下之人不能以天下之同情、天下所同欲达之于上。上以理责其下，而在下之罪，人人不胜指数。人死于法，犹有怜之者；死于理，其谁怜之！”戴震《孟子字义疏证》卷上《理十五条》：“宋以来之言理也，其说为‘出于理则出于欲，不出于欲则出于理’，故辨乎理欲之界，以为君子小人于此焉分。今以情之不爽失为理，是理者存乎欲者也，然则无欲亦非欤？”

〔理欲分明仁道昌〕戴震《孟子字义疏证》卷上《理十五条》：“问：古人之言天理，何谓也？曰：理也者，情之不爽失也，未有情不得而理得者也。凡有所施于人，反躬而静思之：‘人以此施于我，能受之乎？’凡有所责于人，反躬而静思之：‘人以此责于我，能尽之乎？’以我絜之人，则理明。天理云者，言乎自然之分理也；自然之分理，以我之情絜人之情，而无不得其平是也。”“问：《乐记》言灭天理而穷人欲，其言有似于以理欲为邪正之别，何也？曰：性，譬则水也；欲，譬则水之流也。节而不过，则为依乎天理，为相生养之道，……圣人教之反躬，以己之加于人，设人如是加于己，而思躬受之之情，……孟子曰‘性也’，继之曰‘有命焉’。命者，限制之名，如命之东则不得而西，言性之欲之不可无节也。节而不过，则依乎天理；非以天理为正，人欲为邪也。天理者，节其欲而不穷人欲也。是故欲不可穷，非不可有，有而节之，使无过情，无不及情，可谓之非天理乎！”

〔焦阮继兴恢绝学〕焦阮，指焦循、阮元。焦循《易余钥录》卷 12：“饮食男女，人之大欲存焉；死亡贫苦，人之大恶存焉。学究娇情，实违其本心。于是耳食者共以为圣贤，遂居之不疑。忍其欲，制其情，血气日戾，痰涌胸塞以死。”阮元《威仪说》：“《乐记》‘人生而静，天之性也’二句，就外感未至时言之。乐，即外感之至易者也，即孟子所说‘耳之于声也，性也’。孟子所说‘有命焉，君子不谓性也’，即《乐记》反躬节人欲之说也。欲生于情，在性之内，不能言性内无欲。欲不是善恶之恶，天既生人以血气心知，则不能无欲。惟佛教始言绝欲。若天下人皆如佛绝欲，则举世无生人，禽兽繁矣。此孟子所以说味、色、声、臭、安佚为性也。”（《揅经室一集》卷10）阮元《书东莞陈氏〈学蔀通辩〉后》:“理必出于礼也。古今所以治天下者，礼也。五伦皆礼，故宜忠宜孝即理也。然三代文质损益甚多，且如殷尚白，周尚赤，礼也。使居周而有尚白者，若以非礼折之，则人不能争；以非理折之，则不能无争矣。故理必附乎礼以行。空言理，则可彼可此之邪说起矣。”（《揅经室续集》卷3）绝学，指几近湮灭而只为少数人所掌握的学问。《近思录》卷2《为学》:“横渠先生（张载——引者）谓：……为天地立心，为生民立道，为去圣继绝学，为万世开太平。”即横渠四句，亦作：为天地立心，为生民立命，为往圣继绝学，为万世开太平。

〔□衢〕《警钟日报》“衢”上一字模糊，《刘师培年谱长编》本作“○”，《刘申叔遗书补遗》本作“大”，依词义似应为“天”。指广阔的天空。《楚辞》卷17王逸《九思·遭厄》:“蹑天衢兮长驱，踵九阳兮戏荡。”

【略考】

戴震有《孟子字义疏证》。焦循无“释理”“释欲”单篇，其说集中见于《孟子正义》。阮元有《论语论仁论》《孟子论人论》二篇。刘师培所撰《攘书·罪纲篇》（《刘申叔遗书》18册【45—50】）间注，原文引用了戴震《孟子字义疏证》卷上《理十五条》，和焦循《雕菰集》卷9《格物解二》，大意引用了阮元《论语论仁论》。

甲辰年自述诗（其四十二）

魏晋清谈启旷达，永嘉经济侈事功。惟有北方颜李学，欲从宋俗振儒风。（自注：余著有《颜习斋先生学术》一卷。）

【笺注】

〔魏晋清谈启旷达〕《续文献通考》卷48《学校考》:“孝宗弘治元年八月，少詹事程敏正上《考正孔庙祀典议》，……程敏政《考正祀典疏》曰：‘贵显王弼与何晏倡为清谈，所注《易传》，祖《老》《庄》。而范宁追究晋室之乱，以为王、何之罪，深于桀纣。”《陈寅恪魏晋南北朝史讲演录》（万绳楠整理）第三篇《清谈误国（附“格义”）》:“清谈的兴起，大抵由于东汉末年党锢诸名士遭到政治暴力的摧残与压迫，一变其具体评议朝廷人物任用的当否，即所谓清议，而为抽象玄理的讨论。启自郭泰，成于阮籍。他们都是避祸远嫌，消极不与其时政治当局合作的人物。”“如果是林泉隐逸清谈玄理，则纵使无益于国计民生，也不致误国。清谈误国，正因在朝廷执政即负有最大责任的达官，崇尚虚无，口谈玄远，不屑综理世务之故。”（黄山书社1987年4

月第 1 版 P44、58）旷达，闲散豁达。《晋书 · 裴頠传》:“立言藉于虚无，谓之玄妙；年处不亲所司，谓之雅远；奉用散其廉操，谓之旷达。”

〔永嘉经济侈事功〕“永嘉事功学派”源于北宋时永嘉（今浙江温州永嘉县）人王开祖（儒志）和伊洛二程，并受到张载“关学”的影响，其集大成者为南宋时人叶适。该学派反对空谈义理，主张“以利和义，不以义抑利”（叶适《习学记言》卷 27）。《宋元学案》卷 52《艮斋学案》:“宗羲案：永嘉之学，教人就事上理会，步步着实，言之必使可行，足以开物成务。”

〔颜李〕颜李学派，形成于清前期的直隶地区，代表人物是颜元（习斋）和李塨（恕谷）。

〔欲从宋俗振儒风〕颜李学派继承了宋代浙东学派永嘉、永康两枝的思想传统，反对宋明理学的空泛玄虚，力倡经世致用，主张“正其谊以谋其利，明其道而计其功”（颜元《四书正误》卷 1）。俗，《刘师培年谱长编》作“学”。

【略考】

1904 年 2 月 16 日，《中国白话报》第 5 期发表刘师培白话文《中国理学大家颜习斋先生学说》一文，署名光汉。载《刘申叔遗书补遗》上册 P105—109。

甲辰年自述诗（其四十三）

马迁作史贵博采，孰据遗编证旧闻。欲继厚斋编《考异》，胪陈众说习纷纭。（自注：余拟著《史记考异》。）

【笺注】

〔马迁作史贵博采〕《史记 · 五帝本纪》:“分命羲仲，居郁夷，曰旸谷。”司马贞《索隐》:“太史公博采经记而为此史，广记异闻，不必皆依《尚书》。”

〔遗编〕前世传承下来的典籍。《晋书 · 郭璞 / 葛洪传》史赞:“紬奇册府，总百代之遗编；纪化仙都，穷九丹之秘术。”

〔旧闻〕《史记 · 太史公自序》:“罔罗天下放失旧闻，王迹所兴，原始察终，见盛观衰，论考之行事，略推三代，录秦汉，上记轩辕，下至于兹，著十二本纪，既科条之矣。”

〔厚斋〕王应麟（1223—1296），字伯厚，号深宁居士，又号厚斋，庆元府鄞县（今浙江宁波市鄞州区）人。南宋著名学人，学术兼涉天文地理、经史百家，尤善考证。其存世的考证类作品有，《论语孟子考异》《逸诗考》《诗地理考》《汉艺文志考证》《汉制考》《困学纪闻》等，另有《春秋三传会考》《通鉴地理考》等多部亡佚。如今家喻户晓的《三字经》即其作品。

〔胪陈众说习纷纭〕胪陈，罗列，陈列。《周礼注疏》卷38《秋官司寇·司仪》："皆三辞拜受，皆旅摈。"郑玄注："旅，读为鸿胪之胪，胪陈之也。"习，调节、调和。《大戴礼记》卷8《子张问入官第六十五》："既知其以生有习，然后民特从命也。"卢辩注："习，调节也。"

【略考】

刘师培现存作品中无《史记考异》一篇。

甲辰年自述诗（其四十四）

虐焰无过忽必烈，武功无过帖木真。有元一代史藉缺，遗闻拟辑传其真。（自注：予著有《元史西北地附录补释》二卷、《〈西游记〉释地》一卷、《元秘史注正惧》一卷，余甚多。）

【笺注】

〔虐焰无过忽必烈〕谭嗣同《仁学》卷下："虽然，成吉思之乱也，西国犹能言之。忽必烈之虐也，郑所南《心史》纪之，有茹痛数百年不敢言，不敢纪者，不愈益悲乎！"（《谭嗣同全集》P59，三联书店1954年3月第1版）《元史·世祖本纪》："世祖圣德神功文武皇帝，讳忽必烈，睿宗皇帝第四子。母庄圣太后，怯烈氏。以乙亥岁八月乙卯生。"中统元年春三月，"辛卯，帝即皇帝位。"至元四年十一月乙巳，"南京宣慰刘整赴阙，奏攻宋方略，宜先从事襄阳。"七年八月戊辰朔，"筑环城以逼襄阳。"九年十一月己卯，"参知行省政事阿里牙言：'襄阳受围久未下，宜先攻樊城，断其声援。'从之。"十年二月丁未，"宋京西安抚使、知襄阳府吕文焕以城降。"十三年正月甲申，"宋主遣其保康军承宣使尹甫、和州防御使吉甫等，赍传国玉玺及降表诣军前。"庚寅，"伯颜建大将旗鼓，率左右翼万户，巡临安城，观潮浙江，于是宋宗室、大臣以次来见，暮还湖州市。"十六年春正月甲戌，"张弘范将兵追宋二王至崖山寨，张世杰来拒战，败之，世杰遁去，广王昺偕其官属俱赴海死，获其金宝以献。"（以上见《元史·世祖本纪》一,四—十）

〔武功无过帖木真〕《元史·太祖本纪》："太祖法天启运圣武皇帝，讳铁木真，姓奇渥温氏，蒙古部人。……二十二年秋七月……己丑，崩于萨里川哈老徒之行宫。……至元三年冬十月，追谥圣武皇帝。至大二年冬十一月庚辰，加谥法天启运圣武皇帝。庙号太祖。在位二十二年。帝深沉有大略，用兵如神，故能灭国四十，遂平西夏。其奇勋伟迹甚众，惜乎当时史官不备，或多失于纪载云。"《金史·哀宗本纪下》："大元灭国四十，以及西夏，夏亡及于我，我亡必及于宋。唇亡齿寒，自然之理。"《廿二史札记》卷 30《元史·黩武》："元自太祖起兵，灭国四十，降西夏，取金中都，又攻西域至东印度国，遇角端始还。太宗继之，灭金侵宋，西征钦察，去中国三万余里。迨宪宗又命世祖征大理，兀良合台征交趾。至世祖时，用兵已四十余年。世祖即位，又攻讨三十余年。自古用兵，未有如是久者。"

〔有元一代史藉缺〕《明太祖实录》卷 39 洪武二年二月丙寅朔："诏修《元史》。上谓廷臣曰：'近克元都，得元十三朝《实录》。元虽亡国，事当记载，况史纪成败示劝惩，不可废也。'乃诏中书左丞相、宣国公李善长为监修，前起居注宋濂、漳州府通判王袆为总裁，征山林遗逸之士汪克宽、胡翰、宋禧、陶凯、陈基、赵埙、曾鲁、高启、赵汸、张文海、徐尊生、黄篪、傅恕、王锜、傅著、谢徽十六人同为纂修，开局于天界寺。取元《经世大典》诸书以资参考。"《明史·文苑列传·危素传》："明师将抵燕，淮王帖木儿不花监国，起为承旨如故。素甫至而师入，乃趋所居报恩寺，入井。寺僧大梓力挽起之，曰：'国史非公莫知。公死，是死国史也。'素遂止。兵迫史库，往告镇抚吴勉辈出之，《元实录》得无失。"然元十三朝《实录》及元《经世大典》明代时均亡佚。藉，通"籍"。《增修互注礼部韵略》卷 4《去声·四十禡》："藉，……亦作籍。"藉，《刘师培年谱长编》本、《刘申叔遗书补遗》本径作"籍"。

【略考】

刘师培现存作品中未见《元史西北地附录补释》《〈西游记〉释地》及《元秘史注正悮》三篇。"余甚多"，未知其详。

1905 年 3 月 25 日，《国粹学报》第 2 期发表刘师培《重刊洪氏元史西北地附录释地序》一文，载《刘申叔遗书》57 册（100—104），《左盦外集》卷 17。

刘师培遗有手稿《元秘史地理考证驳》，收入《刘申叔遗书》51 册（52—53），《左盦外集》卷 11。

1910 年 6 月 26 日，《国粹学报》第 67 期发表刘师培《元太祖征西域年月考》（上中下），载《刘申叔遗书》51 册（110—124），《左盦外集》卷 11。

甲辰年自述诗（其四十五）

条支故国邻西海，大石遗都隔叶河。欲补前朝西域史，残编犹自溯张何。（自注：余拟著《〈唐书·西域传〉补注》，又著《中央亚细亚史》《西方亚细亚史》，均未成。）

【笺注】

〔条支故国邻西海〕条支，即古塞琉古王朝，与中国战国中后期至西汉基本同时代。其地包括今伊朗、亚美尼亚一带。《汉书·西域传上》：“行可百余日，乃至条支。国临西海，暑湿，田稻。有大鸟，卵如瓮。人众甚多，往往有小君长，安息役属之，以为外国。善眩。安息长老传闻，条支有弱水西王母，亦未尝见也。自条支乘水西行，可百余日，近日所入云。”

〔大石遗都隔叶河〕大石国，又称“赭时国”，位于今乌兹别克斯坦塔什干附近，叶河即今锡尔河。《隋书·西域传》：“石国，居于药杀水，都城方十余里。其王姓石，名涅。”《大唐西域记》卷 1《三十四国·序论》：“赭时国，周千余里。西临叶河，东西狭，南北长。土宜气序，同笯赤建国。城邑数十，名别君长，既无总主，役属突厥。”

〔张何〕指张穆、何秋涛。详见本诗略考。

【略考】

刘师培现存作品中无《〈唐书·西域传〉补注》《中央亚细亚史》《西方亚细亚史》三篇。

1903 年 4 月，俄国撕毁中俄《东三省交收条约》，并提出七项附加条件，其觊觎中国东北、内外蒙和新疆领土的野心昭然若揭。中国国内群情激愤，拒俄运动爆发。与此同时，中国留日学生集会抗议，组织拒俄义勇队，后更名为“军国民教育会”。上海各界在张园举行了拒俄大会，效法东京留学生，成立了拒俄义勇队、军国民教育会。

《苏报》6 月 5 日报道，驻日公使蔡钧致电署理湖广总督端方称：“东京留学生结义勇队，计有二百余人，名为拒俄，实则革命，现将奔赴内地，务饬各州县严密查拿。”同日的《苏报》中还公开了一份清廷《严拿留学生密谕》：“地方督抚于各学生回国者，遇有行踪诡秘，访闻有革命本心者，即可随时拿到，就地正法。”引发舆论哗然。

6 月 22 日，刘师培署名申叔，在《苏报》发表《论留学生之非叛逆》一文（载

《刘申叔遗书补遗》上册 P46—47）。文中称："吾今以一语告诸公曰：中国者，汉族之中国也。叛汉族之人，即为叛中国之人；保汉族之人，即为存中国之人。诸公！诸公！其愿为存中国之人耶？亦愿为叛汉族之人耶？惟诸公自采之可耳。"

1903 年底，蔡元培、陈竞全、王季同、陈去病、林獬、刘师培等人组织"对俄同志会"，创办《俄事警闻》，1904 年 2 月 25 日更名为《警钟日报》。

其时，刘师培留意于边疆史地，实为针对沙俄的鲸吞行径。

清人张穆曾著《蒙古游牧记》，其主要内容分内蒙古二十四部，外蒙古喀尔喀四部、额鲁特蒙古、额鲁特新旧土尔扈特等四大部，以盟旗为标准，详述其建制沿革及与中原王朝及清代时的会盟臣贡关系。所涉及的地理范围包括今内外蒙古、新疆、青海、宁夏、东北三省等广大蒙古族活动区域。至张穆去世，《蒙古游牧记》尚未最终定稿，由其好友何秋涛花十年工夫补写完成，初刊于咸丰九年（1859）。

何秋涛（1824—1862），字愿船，福建光泽人。在其仅 39 年的人生中著述甚丰，最著名者即汇集其一生心血的《朔方备乘》。《清史稿 · 何秋涛传》："道光二十四年进士，授刑部主事。留心经世之务，以俄罗斯与中国壤地连接，宜有专书资考镜，始著《北徼汇编》六卷。后复详订图说，起汉、晋讫道光，增为八十卷。文宗垂览其书，锡名《朔方备乘》。"《朔方备乘》后竟散佚，副本又毁于火灾。李鸿章延请《畿辅通志》编修黄彭年等人，以何秋涛家藏残稿重新整理补充，成今通行本。

张、何二人著作均为涉迤北之地的民族史地专著，《朔方备乘》更是针对"俄罗斯与中国壤地连接"而作，且二书都曾为不全之残编。刘师培"残编犹自溯张、何"句即指此。

甲辰年自述诗（其四十六）

不学和（矫）〈峤〉嗜钱癖，拟续洪遵《泉志》编。出土铜花犹炫碧，何时重见五铢年？（自注：喜藏古钱，著有《契刀考》《齐（力）〈刀〉考》数篇。）

【笺注】

〔和峤嗜钱〕《晋书 · 杜预传》："时王济解相马，又甚爱之，而和峤颇聚敛，预常称'济有马癖，峤有钱癖'。武帝闻之，谓预曰：'卿有何癖？'对曰：'臣有《左传》癖。'"《晋书 · 和峤传》："峤，字长舆，汝南西平人也。……峤家产丰富，拟于王者，然性至吝，以是获讥于世，杜预以为峤有‘钱癖’。”案：依文义，矫当为“峤”。和(矫)〈峤〉，《刘师培年谱长编》本作“矫○”，误。

〔洪遵《泉志》〕洪遵（1120—1174），字景严，饶州乐平（今江西乐平）人，南宋高宗绍兴十二年（1142）高中博学宏词科第一名。著有《泉志》15 卷，是古代重要的钱币学专著。洪遵自序曰：“呜呼！泉用于世旧矣，其始作之，艰且劳者也。不幸则为水之所溺、火之所燔、土之所蚀，又不幸则为金工所烁、童孺所鑢、夷航蛮舶之所负，其不耗也危乎殆哉。幸其犹有存者，而世未之见。余窃惜之，此《泉志》之所为作也。”

〔出土铜花犹炫碧〕指埋藏于地下的铜制品生出碧绿色的锈斑。《全唐诗》卷 393 李贺《长平箭头歌》：“漆灰骨末丹水沙，凄凄古血生铜花。”（第 6 册 P4444）汪克宽《环谷集》卷 2《题李营丘画骊山老姥赐李密火星剑图》：“九卿裂地藏琱弓，稠桑土蚀铜花碧。”

〔何时重见五铢年〕《史记 · 平准书》：“其明年……有司言三铢钱轻，易奸诈，乃更请诸郡国铸五铢钱，周郭其下，令不可磨取镕焉。”裴骃《集解》：“徐广曰：‘元狩四年。’”五铢钱，为汉武帝元狩四年（前 119）始铸，后通行于两汉时期的官方制钱。刘师培此句当指其反清排满、“百姓思汉”（《后汉书 · 王常传》）的思想。

【略考】

刘师培现存作品中未见《契刀考》《齐刀考》二篇。

刘师培《周末学术史序 · 文字学史序》：“锲、契古通，（如锲刀亦作契刀。）故文字古称书契。”（1905 年 5 月 23 日《国粹学报》第 4 期，署名刘光汉，《刘申叔遗书》14 册【66】）

刘师培《齐侯罍歌》：“齐刀虽云古，疑是世伪为。（齐刀铭文云：齐公化。人皆读公为吉。余据虢季子盘铭中有吉字，与刀上之字不同，因定吉字为公，别有考。又齐刀近日多有之，然皆伪造者。）”

刘师培手稿有一首《咏齐公刀》五古诗，见《仪征刘氏遗稿汇存》第 2 册 P805。

甲辰年自述诗（其四十七）

访古偶获宋代物，淮南城堡名犹镌。江山半壁盛戎马，令我长忆南渡年。（自注：喜搜藏南宋古砖，有考释数篇。）

【笺注】

〔访古〕《刘师培年谱长编》本作“考古”。

〔淮南城堡名犹镌〕据《江苏扬州市宋宝佑城西城门外挡水坝遗迹的发掘》：“边壁及其摆手的面砖多为整砖，填砖多为残砖。有的面砖模印‘大使府造’、‘武锋军’、‘宁淮军’、‘扬州’、‘镇江都统司前军’、‘涟水军’等铭文；砖的尺寸主要有长 35、宽 17、厚 6 厘米，长 36、宽 17 或 17.5 或 18、厚 5 或 5.5 或 6 厘米，长 36.5、宽 18.5、厚 5.5 或 6.5 厘米，长 37、宽 19、厚 7 厘米几类，均为南宋时期扬州城用砖。”（《考古》2014 年第 10 期 P43—60）武锋军，南宋时治楚州（今江苏淮安）；宁淮军，南宋时治和州（今安徽和县）；涟水军，北宋初年置涟水军，后改涟水县，经数次置废，南宋部分时期置涟水军，治涟水县（今江苏涟水县）。上述数“军”，在南宋时均隶属淮南东路、淮南西路。

〔江山半壁盛戎马〕南宋时期，为防范北方金国南侵，在与之交界的荆楚北路、淮南西路、淮南东路置有多处军政兼管的“军”，如，信阳军、安丰军、宁淮军、盱眙军、武锋军、涟水军、高邮军等。

〔南渡〕陆游《剑南诗稿》卷 77《寓叹》其二：“忆昔建炎南渡时，兵间脱死命如丝。奉亲百口一身在，许国寸心孤剑知。坐有客痞堪共醉，身今病忘莫求医。出门但畏从人事，临水登山却未衰。”

【略考】

刘师培现存作品中未见砖铭考释类专文。

刘师培《论古代人民以尚武立国》自注：“宋制，于每军之下，皆属有前、后、中（疑为左之误——引者）、右、中各火。余所得宋砖文多如此，言火犹之言队也。”（1905 年 3 月 25 日，《国粹学报》第 2 期，署名刘光汉。载《刘申叔遗书》50 册【89】，《左盦外集》卷 10）。

甲辰年自述诗（其四十八）

桐城文章有宗派，杰作无过姚刘方。我今论文主容甫，采藻秀出追齐梁。（自注：余作文以《述学》为法。）

【笺注】

〔桐城文章有宗派〕《皇朝经世文续编》卷 13《文教部十三 · 师友》曾国藩《欧阳

生文集序》:“乾隆之末，桐城姚姬传先生鼐，善为古文辞，慕效其乡先辈方望溪侍郎之所为，而受法于刘君大櫆及其世父编修君范。三子既通儒硕望，姚先生治其术益精。历城周永年书昌为之语曰:‘天下之文章，其在桐城乎!’由是学者多归向桐城，号‘桐城派’，犹前世所称‘江西诗派’者也。”

〔姚刘方〕姚鼐（1732—1815)，字姬传，一字梦谷，安徽桐城人，室名惜抱轩，世称“惜抱先生”。刘大櫆（1698—1780)，安徽桐城人，字才甫，一字耕南，号海峰。方苞（1668—1749)，安徽桐城人，字灵皋，亦字凤九，晚号望溪，世称“方望溪”。方苞、刘大櫆、姚鼐，史称“桐城派三祖”。

〔我今论文主容甫〕南桂馨《刘申叔遗书》序六:“清三百年骈文，莫高于汪容甫，六朝文笔之辨，以阮文达最坚。昔周书昌、程鱼门论定文章，称桐城为天下正宗。申叔承汪、阮风流，刻意骈俪。尝语人曰:‘天下文章，在吾扬州耳。后世当自有公论，非吾私其乡人也。’”（《刘申叔遗书》1 册【127】）汪中，见《甲辰年自述诗》总序〔江都汪氏作《自序篇》〕条笺注。

〔采藻秀出追齐梁〕刘师培《文章原始》:“惟歙县凌次仲先生以《文选》为古文正的，与阮氏《文言说》相符。而近世以骈文名者，若北江、容甫步趋齐梁。”（1905 年 2 月 23 日《国粹学报》第 1 期，署名刘光汉，载《刘申叔遗书》53 册【69】,《左盦外集》卷 13）采藻，本指采摘苹草，后喻采撷辞藻，措辞撰文。《诗经 · 周南 · 采苹》:“于以采藻，于彼行潦。”

【略考】

《述学》，为汪中著作。详见《甲辰年自述诗》总序〔江都汪氏作《自序篇》〕条笺注。

1905 年前后，骈文派（《文选》派）和散文派（桐城派）曾以《国粹学报》为阵地展开了一场论争，刘师培正是这场争论中骈文派的主将之一。他在那段时间发表了一系列文论，如《论文杂记》《文章原始》《文说》，提出了自己反对“桐城派”古文理论，力倡韵偶骈文的主张。其思想直接承继自扬州汪中、阮元，强调以“藻饰”“对偶”和“声律”为“文”之标准。

这场争论一直持续到了民初，当时同在北大任教、曾师事刘师培的黄侃也是骈文派的拥趸。“桐城派”的主将则是曾执教北大的姚永朴、姚永概兄弟。不过，此时的骈散之争并非媒体上的针锋相对，更不是面红耳赤的“面折”。姚氏兄弟在京师大学堂（民元改名北京大学）任文科教员时是在 1910 年至 1914 年，黄侃执教北大是在

1914 年至 1918 年间，刘师培受聘北大在 1917 年至 1919 年。那时，刘师培“谢绝交游，神志颓丧”，极少与外界交往，更不介入任何纷争。所以，两派的争论其实是在不同时空中的“自说自话”。“《文选》派”与“桐城派”的争论，正是那时力倡“汉学”的扬州学派在“汉宋之争”中开辟的另一个辩论场。

刘师培那个期间涉及拥骈的文章主要有《广阮氏〈文言说〉》，发表于 1916 年 4 月的《中国学报》复刊第 4 期，署名刘师培。载《刘申叔遗书》40 册（63—64），《左盦集》卷 8。另有《文心雕龙颂赞篇》和《文心雕龙诔碑篇口义》，这两篇都是刘师培在北大课堂上的讲课内容，由学生罗常培笔记，前者于 1941 年 7 月发表于《国文月刊》第 9、10、35 期，后者于 1945 年 6 月发表于《国文月刊》第 36 期。那时，离刘师培辞世已经过去 20 多年了。这两篇“龙学”文论载《刘申叔遗书补遗》下册 P1553—1583。

刘师培《耀采》篇是《文说》的第四篇。很多观点认为，刘师培《文说·耀采》，一文是一篇“全面论述骈文的迁演并为骈文辩护的论文”。2010 年 3 月 24 日，《中华读书报》第 7 版发表《金粉丹青属阿谁？——揭露刘师培“剿袭”〈四六丛话〉》一文，作者是人民文学出版社古典部主任葛云波先生。文中证据确凿地指出，刘师培此文系剿袭于孙梅的《四六丛话》叙论和阮元的《后序》。该文全篇（含夹注）1500 多字，文中剿袭自孙梅《四六丛话》一书叙论和阮元《后序》的文字，几乎达到了一半，对原作者却只字未提。

甲辰年自述诗（其四十九）

《小雅》哀音久不作，奇文郁起楚《离骚》。美人香草孤臣泪，缀玉编珠琐且劳。（自注：余著《楚词类对赋》一卷。）

【笺注】

〔《小雅》哀音〕《诗经·小雅·谷风之什·四月》：“滔滔江汉，南国之纪。尽瘁以仕，宁莫我有。匪鹑匪鸢，翰飞戾天。匪鳣匪鲔，潜逃于渊。山有蕨薇，隰有杞桋。君子作歌，维以告哀。”哀，《刘师培年谱长编》本作“○”。

〔《离骚》〕《楚辞章句》卷 1《离骚》王逸《序》：“《离骚》者，屈原之所作也。”《离骚》中有“惜诵以致愍兮，发愤以抒情”句，与《小雅》“君子作歌，维以告哀”所咏一脉相通。

〔美人香草〕《楚辞章句》卷 1《离骚》王逸《序》：“《离骚》之文，依《诗》取兴，引类譬谕，故善鸟香草，以配忠贞；恶禽臭物，以比谗佞；灵修美人，以媲于君；宓妃佚女，以譬贤臣；虬龙鸾凤，以托君子；飘风云霓，以为小人。”《楚辞章句》卷1《离骚》：“惟草木之零落兮，恐美人之迟暮。”王逸注：“迟，晚也。美人，谓怀王也。人君服饰美好，故言美人也。言天时运转，春生秋杀，草木零落，岁复尽矣。而君不建立道德，举贤用能，则年老耄晚暮，而功不成，事不遂也。”同上书同卷：“扈江离与辟芷兮”。王逸注：“江离、芷，皆香草名。”

〔孤臣〕本指势单力薄、孤立无援的臣子。详见《感事八首》（其二）一诗〔海枯石烂孤臣泪〕条笺注。至唐代，开始用孤臣特指屈原。《五百家注昌黎文集》卷9韩愈《晚泊江口》：“郡城朝解缆，江岸暮依村。二女竹上泪，孤臣水底魂。”魏仲举引樊汝霖注：“樊曰：《史记》：屈原仕楚，怀王为上官大夫所谗，王终不悟。于是怀石自投汨罗以死。”《全唐诗》卷336韩愈《赴江陵途中寄赠王二十补阙李十一拾遗李二十七员外翰林三学士》：“孤臣昔放逐，血泣追愆尤。”（第5册P3772）

〔缀玉编珠琐且劳〕《全唐诗》卷4宣宗皇帝（李忱）《吊白居易》：“缀玉联珠六十年，谁教冥路作诗仙。”（第1册P50）后以“缀玉联珠”喻诗词联缀之美。琐且劳，喻繁琐且辛劳。龚自珍《己亥杂诗》其六六：“西京别火位非高，薄有遗闻琐且劳。”（夏田蓝编《龚定盦全集类编》，上海世界书局1937年5月初版P369）

【略考】

刘师培现存作品中未见《楚词类对赋》一篇。

1916年2—5月，《中国学报》复刊第2—5册发表刘师培《楚词考异》一文，载《刘申叔遗书》35册（全册）。

甲辰年自述诗（其五十）

山谷吟诗句入神，西江别派倍清新。只缘生硬堪逃俗，终异西昆艳体陈。（自注：余著《匪风集》诗词。）

【笺注】

〔山谷〕黄庭坚（1045—1105），洪州分宁（今江西省九江修水）人，字鲁直，号清风阁、山谷道人、山谷老人等。山、吟，《刘师培年谱长编》本作“由”“吟”，误。

〔西江别派〕见《题梁公约诗册（二首）》其二〔西江〕条笺注。

〔生硬〕黄庭坚早年的诗风极好“用典”，刻意追求“无一字无来处”。如，在

《和钱穆父咏猩猩毛笔》这首只有 8 句的诗中用典就超过了 8 个。如此之多的用典，再加上他经常使用“险韵”，难免使诗作的含义过于晦涩，文辞有生硬之弊。先著、程洪《词洁辑评》卷 2 就如此评价黄庭坚的词作《江城子 · 画堂高会酒阑珊》：“山谷于诗词多失之生硬，而词尤伤雅。其在当时，固以柳七、黄九并称。此词单字韵句犹较可，若再一纵笔，便恐去恶道不远。”黄庭坚诗词作品中追求奇险的诗风，甚至影响到了他的书法和绘画风格，有“老辣生拙”之评。

〔西昆艳体〕《四库全书总目》卷 151《李义山诗集》三卷（内府藏本）提要：“自宋杨亿、刘子仪等沿其（指李商隐——引者）流波作《西昆唱酬集》，诗家遂有‘西昆体’，致伶官有挦撦之讥，刘攽载之《中山诗话》，以为口实。元佑诸人起而矫，终宋之世作诗者不以为宗。胡仔《渔隐丛话》至摘其《马嵬》诗《浑河中》诗诋为浅近。后江西一派渐流于生硬粗鄙，诗家又返而讲温李。”西昆体产生于北宋初年，代表人物是杨亿、刘筠、钱惟演。其诗风延承自晚唐五代，特点是辞藻华丽、格律严格、对仗工整。但西昆体刻意机械地模仿李商隐，堆砌典故，辞藻华丽，内容空洞，言之无物，颇受“金玉其外，败絮其中”之讥。同时，西昆体极喜使用转语代语，就是使用同一含义词汇的其他表述，其表达更为晦涩生僻。如，钱惟演《泪二首》：“银屏欲去连珠迸，金屋初来玉筋横。”以“玉筋横”代替眼泪。玉筋的原意是玉制的筷子，南朝梁刘孝威《独不见》即以之喻眼泪：“谁怜双玉筋，流面复流襟。”昆，《刘师培年谱长编》本作“○”。

【略考】

《匪风集》，刘师培第一部自订诗集。《刘师培年谱长编》P98—99：“署名刘光汉《警钟日报》9 月 11 日第 199 号《甲辰年自述诗》自注：‘予著《匪风集》。’知《匪风集》约成于此时。钱玄同谓编辑于 1906 ~ 1907 年间，误。收入《诗录》第 2（应为 1——引者）卷、《刘申叔遗书》第 61 册之《匪风集》，系钱玄同据刘师培家藏手稿编辑，录诗 55 首。刘师培外甥梅鹤孙谓，《刘申叔遗书》本较之木刻本少 22 首。‘《匪风集》木刻本，我但听见说过，从未寓目。1961 年辛丑 6 月，正在整理此稿时，扬州图书馆长刘梅先君于故纸堆中检出此刻，寄到上海。薄薄一册，板刻尚佳，上下书衣，均已零落，亦无序言，署名‘仪征刘光汉’……我当即与宁武南氏于民国廿五年印成之《刘申叔先生遗书》中的《左盦诗录》校对，乃发现《刘申叔遗书》内的《匪风集》比木刻本缺少诗 22 首。若云舅氏芟獲，则内有《明代三贤咏》及《怀人》杂诗等篇，均是有关文献之作，似乎不在删削之列。想是全集所收，并非根据此木刻本无疑了’。所缺 22 首中，已见刊发者 16 首。……未见刊发的 6 首。……”

甲辰年自述诗（其五十一）

一自归心服大雄，众生普度死何功。欲知物我相忘说，三界唯心万象空。（自注：余著有《读释典札记》一卷。）

【笺注】

〔大雄〕指佛陀释迦牟尼，详见《和周美权〈夜坐偶成〉》用原韵》一诗〔大雄〕条笺注。

〔众生普度〕见《和周美权〈夜坐偶成〉》用原韵》一诗〔众生未普度〕条笺注。度，《刘师培年谱长编》本作“渡”。

〔物我相忘〕见《赠杨仁山居士（四首）》其一一诗〔物我相忘〕条笺注。

〔三界唯心万象空〕见《赠杨仁山居士（四首）》其一一诗〔三界唯心万象虚〕条笺注。

【略考】

刘师培现存作品中未见《读释典札记》一篇。梅鹤孙《青溪旧屋仪征刘氏五世小记》辑录《匪风集补遗》，收《杂咏》（万物形盛衰）一诗，题为《读释典作》（上海古籍出版社 2004 年 7 月第 1 版 P59）。

刘师培现存作品，包括诗作和文章，涉及佛教内容的并不多。姑胪列于后：1903 年诗作《和周美权（《夜坐偶成》用原韵）》，1910 年《答周美权诗意》，系改写自《和周美权〈夜坐偶成〉用原韵》；1903 年诗作《赠杨仁山居士（四首）》；1904 年诗作《杂咏》，据其外甥梅鹤孙记载，该诗曾收入初刻本《匪风集》，题为《读释典作》；1904 年诗作《忆昔》；1904 年诗作《静坐》；1904 年《甲辰年自述诗》其五十一、五十二、五十四；1905 年文章《贾生〈鵩赋〉多佛家言》；1904 年《题照相片》诗；1907 年文章《利害平等论》；1907 年文章《梵文典序》。发表于《天义》第 6 卷，署名何震的《梵文典偈》亦应为刘师培所作；约 1909—1910 年诗作《八指头陀诗（三首）》。其中，《贾生〈鵩赋〉多佛家言》更像游戏之作；《梵文典序》为应和之作（《梵文典》作者苏曼殊是刘师培好友）；《利害平等论》中涉佛教内容系为政论服务；《八指头陀诗（三首）》是和答之作（八指头陀，即近代名僧释敬安，生平颇有诗名。释敬安 1912 年 11 月 2 日圆寂，杨度后为其刊刻《八指头陀诗文集》）。其他穿插于教科书类著作中，对佛教的一些简要介绍则不在此列。

通过对上述作品的分析可以得出如下推论：刘师培在 1903—1904 年间，曾短暂地喜欢上了佛学，似有深研的念头，但很快就失去了兴趣。也正是在那个时间段，刘师培结识了苏曼殊。据柳亚子《苏曼殊年谱及其他》P9："一九〇三年……初驻锡沪上，为《国民日日报》翻译。"（《民国丛书》第三编 030077）二人极可能即是此时相识。

甲辰年自述诗（其五十二）

西籍东来迹已陈，年来穷理倍翻新。只缘未识佉卢字，绝学何由作解人。

【笺注】

〔西籍东来〕《水经注》卷 16《谷水》："又东过河南县北，东南入于洛。"郦道元注："谷水又南迳白马寺东，昔汉明帝梦见大人，金色，项佩白光。以问群臣，或对曰：'西方有神名曰佛，形如陛下所梦，得无是乎？'于是发使天竺，写致经像，始以榆欓盛经，白马负图，表之中夏。故以白马为寺名。"《古今译经图纪》卷 1："后汉刘氏都洛阳。惟孝明皇帝以永平三年岁次庚申，帝梦金人，项有日月光飞来殿庭。上问群臣，太史傅毅对曰：'臣闻西域有神号之为佛，陛下所梦固其是乎？'至七年，岁次甲子，帝敕郎中蔡愔、中郎将秦景、博士王遵等一十八人西寻佛法。愔等至印度国，请迦叶摩腾、竺法兰共还，用白马驮经并将画释迦佛像，以永平十年岁次丁卯至于洛阳。帝悦，造白马寺。"

〔年来穷理倍翻新〕此句指刘师培那一年来曾专注于钻研佛典。

〔佉卢字〕佉卢文字起源于古印度犍陀罗，早期佛教的很多经文使用佉卢文。这种古文字曾广为流传，并通过丝绸之路的开辟和佛教的传播进入西域地区。公元 3 世纪，佉卢文字逐渐衰落，至隋唐时期彻底消亡。佉，《刘师培年谱长编》本作"〇"。

甲辰年自述诗（其五十三）

道教阴阳学派异，彰往察来理不殊。试证西方社会学，胪陈事物信非诬。（自注：余于社会学研究最深。）

【笺注】

〔道教阴阳学派异〕刘师培《周末学术史序·社会学史序》："东周以降，知社会学者有道德、阴阳二家。……班《志》有言：道家者流，历记存亡祸福、古今之道，然后知秉要执本，清虚自守。盖道德家言由经验而反玄虚，以心体为主观，以万物为逆旅，以本为精，以物为粗，以有积为不足，而与时为迁移，乃社会学之归纳派也。今西儒斯宾塞尔作《社会学原理》，以心理为主，考察万物，由静观而得其真，谓人类举止悉在因果律之范围，引其端于至真之原，究其极于不遁之效，旁及国种盛衰之故、民心醇驳之源，莫不挥斥旁推，精深微眇，而道家之说适与相符；阴阳学之书今多失传，惟《史记·孟荀列传》谓邹衍深观阴阳消息，作终始（五德始终说——引者，见《甲辰年自述诗》【其三十七】一诗〔邹衍而后此一人〕条笺注）。大圣之篇，其持论也必须先验小事小物，以至于无限。盖阴阳家言执一理，以推万事，推显而阐幽，由近而及远，即小以该大，乃社会学之分析派也（分析即演绎）。而西国社会学萌芽伊始，亦以物理证明。故英儒甄克思《社会通诠》亦胪陈事物实迹。凡论一事，持一说，必根据理极，旁征博采，以证宇宙所同然（此即是社会学之统计法也）。若达尔文诸家，复杂引动物植物学，眇虑穷思，求其会通之理，以证迁化之无穷。而阴阳家言亦与相合。”（《刘申叔遗书》14 册【19—21】）刘师培此句中的“道教”是指“道德家”，及“道家”学派，而非形成于汉魏之际的“道教”。《史记·太史公自序》：“谈（司马谈，司马迁之父——引者）为太史公。……乃论六家之要指曰：……夫阴阳、儒、墨、名、法、道德，此务为治者也，直所从言之异路，有省不省耳。……道家使人精神专一，动合无形，赡足万物。”

〔胪陈事物信非诬〕此句指，在社会学研究中，无论使用“西儒斯宾塞尔”的“归纳”法，还是“英儒甄克思”的“演绎（分析）”法，都必须“胪陈事物”，即以事实举证，才能得出使人信服的正确结论。参见本诗〔道教阴阳学派异〕条笺注。

【略考】

1904 年 11 月 21 日—28 日、30 日—12 月 4 日，《警钟日报》第 270—277、279—283 号发表刘师培《论小学与社会学之关系三十三则》，载《刘申叔遗书》46 册（46—90），《左盦外集》卷 6。

1905 年 2 月 23 日—6 月 23 日，《国粹学报》第 1—5 期发表刘师培《周末学术史序》，署名刘光汉，载《刘申叔遗书》14 册（全册）。其中有《社会学史序》一章（19—21）。

1905 年，上海国学保存会刊行刘师培经学教科书（2 册），载《刘申叔遗书》66 册（全册）。其中有《第二十七课论易学与社会学之关系》一课（146—149），观点与《周末学术史序·社会学史序》完全一致。

值得一提的是，1908 年 10 月 14 日，《国粹学报》第 46 期发表刘师培《论中土文字有益于世界》一文，载《刘申叔遗书》46 册（92—96），《左盦外集》卷 6。刘师培在该文中提出：汉字作为象形文字，字形的演变，反映了华夏民族演进过程中的社会制度、风俗礼仪、宗教信仰等的变化，为社会学研究提供了许多实证，有助于纠正社会学研究中的穿凿附会。而此前，他还力倡以世界语统一全球语言文字。刘氏这一思想骤变，反应了其极其微妙的心路历程。详见拙文《1908 年 10 月，刘师培思想的一次陡变—刘师培研究笔记（21）》。

刘师培以中国古代的道家附会"归纳"法，以阴阳家附会"演绎"法，理论颇为新颖奇特，但不免牵强之嫌。他在自注中称："余于社会学研究最深"，可见其对自己所创新论之自信。

他在《周末学术史序·社会学史序》文末写道："特道德家言多舍物而言理，阴阳家言复舍理而信数（如邹衍之言多流于术数方技），此其所以逊西儒也。后世此学失传，惟史学家言侈陈往迹，历溯古初，稍近斯学。然治化进退之由来，民体合离之端委，征之史册，缺焉未闻。此则史官不明社会学之故也。可不叹哉！"（《刘申叔遗书》14 册【21】）

理不殊，《刘师培年谱长编》本作"理小殊"；信非诬，《刘师培年谱长编》本作"倍非诬"。

甲辰年自述诗（其五十四）

现身偶说出世法，振聩发朦惟予责。我今更运广长舌，法音流布十方域。

【笺注】

〔现身〕指佛、菩萨幻化诸多化身出现于世间。丁福保《佛学大辞典》："现身（术语），……又佛菩萨化现种种之身也。"

〔出世法〕佛教语，指超出世间，入于涅槃之法要。丁福保《佛学大辞典》："出世，（术语）……又超出世间，入于涅（盘）〈槃〉，谓之出世。再如出家出尘等，超出世间以修净行，谓之出世。"《大般若波罗蜜多经》卷 567《第六分显相品第三》："如人夏热，遇水清凉。热恼有情，得闻如是甚深般若波罗蜜多，必获清凉，离诸热恼。如人患渴，得水乃止。求出世法，得深般若波罗蜜多，思愿便止。"

〔振聩发矇〕使耳聋者听到声音，让眼盲者看到东西。《续通志》卷 179《昆虫草木略（六）· 鱼类 · 鳄》："臣等紬绎之下，不啻发蒙振聩。千古虚词，一朝尽辟。"矇，《刘师培年谱长编》本作"蒙"。

〔广长舌〕丁福保《佛学大辞典》："广长舌（术语），三十二相之一。舌广而长，柔软红薄，能覆面至发际。《智度论 · 八》曰：'问曰：如佛世尊，大德尊重，何以故？出广长舌似如轻相。答曰：舌相如是，语必真实。如昔佛出广长舌，覆面上，至发际。语婆罗门言：汝见经书，颇有如此舌人而作妄语不？婆罗门言：若人舌能覆鼻无虚妄，何况至发际？我心信佛必不妄语。'《法华经 · 神力品》曰：'现大神力，出广长舌，上至梵世。'《阿弥陀经》曰：'恒河沙数诸佛各于其国，出广长舌相，偏覆三千大千世界，说诚实言。'"后喻宏论雄辩，口若悬河。王世贞《弇州四部稿续稿》卷 5《和苏长公妙高台韵》："卷我广长舌，避汝坚利齿。"

〔法音〕阐扬佛法之声音。《大宝积经》卷 49《菩萨藏会第十二之十五静虑波罗蜜多品第十之一》："又舍利子，是菩萨摩诃萨，为听法故，非于一佛所说法音而偏领受，于第二佛所说法音缠缚障碍。何以故？菩萨摩诃萨，闻法无厌故，虽复前后一切如来所说法音，皆能任持无有错谬。"

〔十方域〕即佛教之"十方世界"。丁福保《佛学大辞典》："十方世界（杂语），东西南北，四维，上下，十方有有情世界无量无边，故曰十方世界。"

甲辰年自述诗（其五十五）

少年颇慕陶元亮，诗酒闲情亦胜流。壮志未甘终为隐，巢由毕竟逊伊周。

【笺注】

〔陶元亮〕陶渊明，名潜，字元亮。

〔诗酒闲情〕《晋书 · 隐逸列传 · 陶潜传》："乃赋《归去来》。其辞曰：'……登东皋以舒啸，临清流而赋诗……'"《宋书 · 隐逸列传 · 陶潜传》："性嗜酒，而家贫不能恒得。亲旧知其如此，或置酒招之，造饮辄尽，期在必醉。既醉而退，曾不吝情去留。……义熙末，征著作佐郎，不就。江州刺史王弘欲识之，不能致也。潜尝往庐山，弘令潜故人庞通之赍酒具于半道栗里要之，潜有脚疾，使一门生二儿舆篮舆。既至，欣然便共饮酌。俄顷弘至，亦无忤也。先是，颜延之为刘柳后军功曹，在寻阳，与潜情款。后为始安郡，经过，日日造潜，每往必酣饮致醉。临去，留二万钱与潜，潜悉送酒家，稍就取酒。尝九月九日无酒，出宅边菊丛中坐久，值弘送酒至，即便就酌，醉而后归。潜不解音声，而畜素琴一张，无弦，每有酒适，辄抚弄以寄其意。贵贱造之者，有酒辄设，潜若先醉，便语客：'我醉欲眠，卿可去。'其真率如此。郡将候潜，值其酒熟，取头上葛巾漉酒，毕，还复着之。”陶渊明曾作《闲情赋》，载《陶渊明集》卷 6。闲（閒），《刘师培年谱长编》本作“间”。

〔胜流〕即名流、卓越者。顾恺之有《魏晋胜流画赞》，唐代《历代名画记》卷 5 引用其文。

〔巢由毕竟逊伊周〕巢由，指古代隐士巢父、许由。伊周，指伊尹、周公。王之道《相山集》卷 10《丽泽堂》：“莫向明时老岩壑，伊周元不羡巢由。”《文选注》卷 55 陆士衡（机）《演连珠五十首》其七：“巢箕之叟不盼丘园之币，洗渭之民不发傅岩之梦。”李善注：“皇甫谧《逸士传》曰：‘巢父者，尧时隐人也。及尧让位乎许由也，由以告巢父焉，巢父责由曰：“汝何不隐汝光？何故见若身、扬若名令闻？若汝，非友也。”乃击其膺而下之，由怅然不自得，乃过清泠之水洗其耳。’”伊尹为商代大臣，辅政太甲；周公为西周大臣，辅政周成王。《孟子 · 万章上》：“汤崩，太丁未立，外丙二年，仲壬四年。太甲颠覆汤之典刑，伊尹放之于桐。三年，太甲悔过，自怨自艾，于桐处仁迁义；三年，以听伊尹之训己也，复归于亳。”《尚书 · 大诰》“武王崩，三监及淮夷叛。周公相成王，将黜殷。作《大诰》。”

【略考】

从此诗可以看出，“学而优则仕”的思想一直深深影响着刘师培。1901 年，刘师培 17 岁，是年赴扬州应童子试，中秀才，有诗《咏扬州古迹》残句存世：“木兰已老吾犹贱，笑指花枝空自疑。”而他在《甲辰年自述诗》的第一首中就写道：“飞腾无术儒冠误，寂寞青溪处士家。”可见，不甘隐没、渴望飞腾的心态早已铸成，一直到他参加袁氏“筹安会”之后才彻底泯灭。背叛革命党，投靠端方，“亟欲立功自现”（冯自由《革命逸史》第二集，中华书局 1981 年 6 月第 1 版 P214），投靠阎锡山，加入袁氏“筹安会”莫不由此。

壮志未甘，《刘师培年谱长编》本作“壮志○甘”。

甲辰年自述诗（其五十六）

斜阳衰草气萧森，学界风潮四海深。天下兴亡匹夫责，未应党祸虑东林。

【笺注】

〔斜阳衰草气萧森〕刘师培《感事八首》（其二）曾用此句，文辞完全一样。

〔学界风潮〕当指发生于 20 世纪初的“拒俄运动”，详见《甲辰年自述诗》（其四十五）一诗“略考”。

〔天下兴亡匹夫责〕《日知录》卷 13《正始》：“有亡国有亡天下，亡国与亡天下奚辨？曰：易姓改号，谓之亡国；仁义充塞，而至于率兽食人，人将相食，谓之亡天下。……保天下者，匹夫之贱与有责焉耳矣。”梁启超《倡设女学堂启》（1897 年 11 月 15 日）：“天下兴亡，匹夫有责。昌而明之，推而广之。”（《梁启超全集》第 1 集 P283，中国人民大学出版社 2018 年 3 月第 1 版）

〔未应党祸虑东林〕“拒俄运动”兴起，《苏报》曾报道，清廷将对留日学生“访闻有革命本心者，即可随时拿到，就地正法”，详见《甲辰年自述诗》（其四十五）一诗“略考”。另参见《感事八首》（其二）〔党祸〕、〔东林〕条笺注。

甲辰年自述诗（其五十七）

努力神州俟异材，子衿佻达倍堪哀。何当重启光明藏，无量群生慧业开。（自注：余著《教育普及议》。）

【笺注】

〔努力神州俟异材〕毛奇龄《西河集》卷 174《登会城望江仝、金二鎏、何四十二之杰，沈太史、孙吴二征君》：“津亭饮宴当年事，努力神州藉数公。”龚自珍《己亥杂诗（其二百二十）：“九州生气恃风雷，万马齐喑究可哀。我劝天公重抖擞，不拘一格降人材。”（夏田蓝编《龚定盦全集类编》，上海世界书局 1937 年 5 月初版 P375）

〔子衿佻达〕《毛诗正义》卷 4—4《郑风 · 子衿》：“青青子衿，悠悠我心。……挑兮达兮，在城阙兮。”毛传：“青衿，清领，学子之所服。”“挑达，往来相见貌，乘城而见阙。”郑玄笺：“国乱，人废学业，但好登高见于城阙，以候望为乐。”子衿，后亦代指学子。佻达，后亦喻轻佻放荡。衿，《刘师培年谱长编》本作“○”。

〔何当重启光明藏，无量群生慧业开〕《赠杨仁山居士（四首）》其四：“何当共放光明藏，无量群生慧业开。”详见《赠杨仁山居士（四首）》其二一诗〔无量恒河无量劫〕条笺注，《赠杨仁山居士（四首）》其四一诗〔光明藏〕、〔无量群生慧业开〕条笺注。

【略考】

刘师培《教育普及议》，1904 年 6 月 3 日、4 日发表于《警钟日报》；6 月 8 日转载于《东方杂志》第 4 期。载《刘申叔遗书补遗》上册 P242—244。

自 1903 年始，刘师培即非常关注新式教育在中国的普及，其中也包括军事教育。

1903 年 3 月 10、11 日，刘师培在《苏报》发表《仪征刘君师培留别扬州人士书》（《刘申叔遗书补遗》上册 P38—40）。文中有言：“法皇拿破仑之言曰，幼儿之命运，全关其母之智愚若何。盖教育之道，以家庭教育为基，而妇女实据其本。虽重男轻女之风难于遽挽，而女子教育则为东西各国所行。若中国女教，则以卑弱为入德之门，而今所传之《女四书》《女孝经》，率迂陋不可卒读。渐摩濡染，迷信以生，故言语、思想之间，多鄙俗不经之说。本此而相夫教子，有不阻文明之进步者乎？今女学校之设，遍于沪渎，广东省会，次第推行。以扬州风气初开，女学固难骤立。然闺秀贤媛，似宜以人务本学塾为宜。此塾规则，以三年为卒业之期，而课程之中，复分高等、寻常二级。入塾数年，庶妇德可以修明，而家庭教育之基立矣。”这一观点在 1903 年的中国，真可谓一语中的、振聋发聩。当时，刘师培尚不足 20 岁。

3 月 18 日，《苏报》发表了刘师培的《扬州师范学会启》（《刘申叔遗书补遗》上册 P41—42），6 月 12 日，又发表其《创设师范学会章程》（《刘申叔遗书补遗》上册 P43—45）。他在《扬州师范学会启》中写道：“改良教法，为造就青年之本。”

1904 年 4 月 30 日，刘师培《军国民的教育》（白话文，《刘申叔遗书补遗》上册 P178—181）发表于《中国白话报》第 10 期。他在文中呼吁加强中国的军事教育，特别是尚武精神的宣传。

5 月 18 日、19 日，他又在《警钟日报》上发表了《论中国古代教育之秩序》（《刘申叔遗书补遗》上册 P220—222），指出中国教育中存在的学级、学科混乱现象，并提出了自己的修正意见，

6 月 23 日，《中国白话报》第 13 期发表其《讲教育普及的法子》（《刘申叔遗书补遗》上册 P256—258），该文为《教育普及议》的白话版，但二文中有一些内容并不相同。

7 月 12 日，刘师培在《中国白话报》第 13 期上发表了《教育》（《刘申叔遗书补遗》上册 P273—277）一文，他在文中简要回顾了中国历史上的教育事业及存在的问题，并提出一些颇为新颖，但言之有物的新观点。

甲辰年自述诗（其五十八）

畅好申江赋卜居，而今消渴类相如。料量身外无长物，止有随身数卷书。

【笺注】

〔畅好申江赋卜居〕畅好，很好。张养浩《云庄休居自适小乐府 · 清江引 · 咏秋

日海棠》："不幸遭风霜，叶儿都零落，畅好是有上梢无下梢。"黄景仁《两当轩集》卷19《诗余七十四首 · 月华清 · 十五夜偕金棕亭、王竹所集少云法源寺寓斋，因偕步灯市》："算年华畅好，忍教轻换。"申江，黄浦江，亦代指上海。因战国四公子之一的春申君黄歇得名。详见《步佩忍韵》一诗〔老木清霜黄歇浦〕条笺注。《楚辞章句》卷6屈原《卜居》王逸序："《卜居》者，屈原之所作也。屈原体忠贞之性，而见嫉妒。念谗佞之臣，承君顺非，而蒙富贵。己执忠直而身放弃，心迷意惑，不知所为。乃往至太卜之家，稽问神明，决之蓍龟，卜己居世何所宜行，冀闻异策，以定嫌疑。故曰《卜居》也。"后亦指选择居住地。

〔消渴类相如〕《史记 · 司马相如列传》："相如口吃而善著书，常有消渴疾。"《金匮钩玄》卷3《三消之疾燥热胜阴》："若饮水多而小便多者，名曰消渴；若饮食多而不甚渴，小便数而消瘦者，名曰消中；若渴而饮水不绝，腿消瘦，而小便有脂液者，名曰肾消。"消渴症，与今日所称糖尿病类似。此句指，刘师培少年时期即为肺病所苦。

〔料量身外无长物〕料量，揣度，推测。《全唐诗》卷442白居易《行简初授拾遗同早朝入阁因示十二韵》："老去何侥幸，时来不料量。唯求杀（一作致）身地，相誓答恩光。"（第7册P4956）丁福保《佛学大辞典》："长物（术语），……长物者，多余之衣钵药及金银米谷等也。"料量身外，《刘师培年谱长编》本作"○量生死"。

【略考】

本诗非常直白地记录了刘师培1903年出走至上海后真实且复杂的心情：一、对前途未卜的忧虑；二、对自己身体孱弱的担心；三、对个人终生清苦，除去才华别无长物的宿命"料量"。

1903年会试失利后，刘师培离家出走。他出走的第一站则是仪征十二圩。他去十二圩的目的非常明确——效仿祖父刘毓崧、伯父刘寿曾附曾国藩幕府的前辙，投奔幕主——淮盐督办蒯光典。但他当"师爷"的第一次尝试失败了。1903年"6月（五月～闰五月初），往上海，欲谋教职，未成。经王无生介绍，结识中国教育会、爱国学社蔡元培、章炳麟等人，思想发生变化，投身资产阶级民主革命，更名为光汉。与章士钊、林獬、吴敬恒、邹容、张继、陈由己（陈独秀）、谢无量等结交。"（《刘师培年谱长编》P41）关于此问题可参见抽文《041—刘师培〈怀桂蔚丞先生（时客汴省）〉诗写作时间考—刘师培研究笔记（41）》和《042—刘师培诗作中隐现的"师爷"生涯—刘师培研究笔记（42）》

刘师培很年轻时身体就不好。《青溪旧屋仪征刘氏五世小记》："舅氏是一个禀赋极弱的人，在不到二十岁的年纪，秋冬间就时常咳嗽。后来渐渐加重了，一两个月就见他咯出一点血丝。……才三十岁，头发已经花白。”（上海古籍出版社 2004 年 7 月第 1 版 P51）刘师培 1904 年作《甲辰年自述诗》64 首，其中第一首中就有“看镜悲秋鬓变华”一句。可见，刘师培 20 岁时就已经鬓有白发。刘师培常年患有肺病，到北大任教时，声音气息已经很弱。蔡元培《刘君申叔事略》:“君是时病瘵已深，不能高声讲演，然所编讲义，元元本本，甚为学生所欢迎。”（《刘申叔遗书》1 册【69—71】）

虽然对学而优则仕，甚至飞黄腾达一直充满幻想，但 20 岁的刘师培对一生清苦、诗书度日是有预感的。此后投身革命，固然有个人前程的考虑，肯定也有理想主义的一面。但其后来背叛革命党，投靠端方，加入袁氏“筹安会”的丑行，除去个人名利心理作祟，还有一个很重要的原因——那就是他那位颇有姿色的夫人何震。刘师培曾经的好友柳亚子在《曼殊的思想问题》一文中说:“他（指苏曼殊——引者）骂留学生，是因为他们贪财卖国，反颜事仇。骂女留学生，是因为她们奢侈浮华的生活，足以促成她们丈夫的卖国事仇而有余。单一个例子来讲，申叔是曼殊极好的朋友，申叔的变节堕落，我想是曼殊所极端引为痛心的，但申叔的一生，完全断送于他夫人何志剑之手，志剑不是女留学生吗？那真不如学髦儿戏的女戏子了。”（《柳亚子选集》上册 P305—306，人民出版社 1989 年 1 月第 1 版）。

甲辰年自述诗（其五十九）

闻到西邻又责言，更虑瓜步阵云屯。可怜天堑长江险，到此长鲸肆并吞。

【笺注】

〔西邻又责言〕《左传·僖公十五年》经文:“十有一月壬戌，晋侯及秦伯战于韩，获晋侯。”传:“初，晋献公筮嫁伯姬于秦，遇《归妹》之《睽》。史苏占之曰:‘不吉。其繇曰:“士刲羊，亦无衁也。女承筐，亦无贶也。西邻责言，不可偿也。”’” 1898 年初，时任江苏补用道的容闳提出，依靠西洋之力修建天津至镇江的铁路，即“津镇铁路”，其终点则将通到上海。第二年，中、英、德三方签订《津镇铁路借款草合同》，拟借款 740 万英镑，该线的建造和行车一切事宜，全部由英、德两国把控。在全国“收回利权”运动高涨的背景下，此事受到直隶、山东，江苏三省京官、地方绅商及留日学生的激烈反对，迟迟无法实施。中国各界对“津镇铁路”的抵制，遭到了英德两国的指责。刘师培此句当指此。

〔瓜步阵云屯〕南朝刘宋元嘉年间曾发动对北魏的“北伐”战争。元嘉二十七年（450），宋文帝刘义隆发动第二次北伐，结果得不偿失，反倒丧失江北大片土地。北魏太武帝拓跋焘率军大举反攻，于太平真君十一年十二月癸未（451 年 2 月 14 日），“车驾临江，起行宫于瓜步山”，亲临与刘宋都城建康一江之隔的瓜步山（位于今南京市六合区，亦称瓜埠山），史称“瓜步之战”。此句当指，列强势力纷纷觊觎、染指长江中下游地区，展开激烈争夺，甚至可能酿成战祸。阵云，《刘师培年谱长编》本作“陈云”。

〔可怜天堑长江险，到此长鲸肆并吞〕《仪征刘君师培留别扬州人士书》：“扬子江流域已属英人势力范围，京镇铁路旦夕兴功，则长、淮以南，且尽入英人之掌握，虽欲悔之，亦无及矣。”（《刘申叔遗书补遗》上册 P38—40）刘师培提到的“京镇铁路”，即“津镇铁路”。1908 年，在由中国全权负责修建和经营的前提下，搁置数年的筑路计划终于重启。由于沪宁铁路已先行通车，并考虑皖北的军事地位和两淮煤矿的开发，“津镇铁路”的南下终点从镇江改为南京浦口，“津镇铁路”也变成了“津浦铁路”。1912 年，津浦铁路全线通车。

甲辰年自述诗（其六十）

女娲炼石天难补，精卫衔冤海莫填。鸿鹄高飞折羽翼，辍耕陇上又何年。

【笺注】

〔女娲〕《列子 · 汤问第五》：“物有不足，故昔者女娲氏练五色石以补其阙。”《淮南子 · 览冥训》：“往古之时，四极废，九州裂，天不兼覆，地不周载，火爁炎而不灭，水浩洋而不息，猛兽食颛民，鸷鸟攫老弱。于是女娲炼五色石以补苍天，断鳌足以立四极，杀黑龙以济冀州，积芦灰以止淫水。”

〔精卫〕见《感事八首》（其四）一诗〔精禽填海〕条笺注。

〔鸿鹄高飞、辍耕陇上〕见《杂咏（二首）》其二一诗〔鸿鹄有高志，燕雀安能识〕条笺注。

甲辰年自述诗（其六十一）

一从辽海煽妖氛，莽莽东陲起战云。四海旧愁一惆怅，何时重整却胡军。

【笺注】

〔一从辽海煽妖氛，莽莽东陲起战云〕指日俄战争，见《壶中天慢·元宵望月》一词〔辽海音书急〕条笺注。煽，《刘师培年谱长编》本作“炉”。

〔旧愁〕指明朝灭亡，清朝入主中原。

〔却胡军〕《汉书·西域传上》：“鄯善国，本名楼兰，……辅国侯、却胡侯、鄯善都尉……各一人，……”《汉书·西域传下》：“龟兹国，……击胡侯、却胡都尉、击车师都尉、……各一人，……却胡君三人，……”《汉书·西域传下》：“危须国，……击胡侯、击胡都尉、……各一人。……”《汉书·西域传下》：“焉耆国，……击胡侯、却胡侯、……击胡左右君、……击胡都尉、击胡君各二人，……”此处指反清排满，驱逐列强。

甲辰年自述诗（其六十二）

瀛海壮游吾未遂，有人招我游扶桑。欲往从之复洄溯，天风浪浪海山苍。

【笺注】

〔瀛海壮游吾未遂，有人招我游扶桑〕刘师培《仪征刘君师培留别扬州人士书》：“今扬州富室子弟，不乏英俊人才，徒以轻去其乡，不克早图自立。诚能以延师课读之资，作留学东京之费，庶苏省同乡会中，得以增吾扬人士之名誉。且朝廷奖励游学，予以出身之阶，学成返国，不患无致用之期。凡吾扬人士所宜共勖者一也。”（发表于1903年3月10、11日《苏报》，载《刘申叔遗书补遗》上册P38—40）张之洞《劝学篇·游学第二》：“至游学之国，西洋不如东洋：一、路近省费，可多遣；一、去华近，易考察；一、东文近中文，易通晓；一、西书甚繁，凡西学不切要者，东人已删节而酌改之。中东情势风俗相近，易仿行。事半功倍，无过于此。若自欲求精求备，再赴西洋，有何不可？”（中州古籍出版社1998年9月第一版P117）此句当指，刘师培有游学日本的壮志，但未实现。也有人召唤其东渡日本。

〔洄溯〕《诗经·秦风·蒹葭》：“蒹葭苍苍，白露为霜。所谓伊人，在水一方。溯洄从之，道阻且长。溯游从之，宛在水中央。”洄，《刘师培年谱长编》本作“涧”，误。

〔天风浪浪海山苍〕《全唐诗》卷634司空图《诗品二十四则·豪放》：“由道返气，处得以狂。天风浪浪，海山苍苍。”（第10册P7338）

甲辰年自述诗（其六十三）

江天如镜客舟还，风雨萧条赋《闭关》。万种相思抛不得，零云老木沪城山。

【笺注】

〔江天如镜客舟还〕《全唐诗》卷 578 温庭筠《西江贻钓叟骞生（一作西江寄友人骞生）》："晴江（一作碧天）如镜月如钩，泛滟苍茫送（一作迷）客愁（一作游）。"（第 9 册 P6770）还，《刘师培年谱长编》本作"○"。

〔《闭关》〕《全唐诗》卷 430 白居易《闭（一作掩）关》："我心忘世久，世亦不我干。遂成一无事，因得长掩关。掩关来几时，仿佛二三年。著书已盈帙，生子欲能言。始悟身向（一作易）老，复悲世多艰。回顾趋时者，役役尘壤间。岁暮竟何得，不如且安闲。"（第 7 册 P4758）

〔零云老木沪城山〕"零云"疑为"寒云"之误。《全唐诗》卷 697 韦庄《金陵图》："谁谓伤心画不成，画人心逐世人情。君看六幅南朝事，老木寒云满故城。"（第 10 册 P8089）朱椿《玉澜集 · 十月上休日示求道人》："老禅独卧千岩表，枯木寒云伴此身。"沪城山，指上海。

【略考】

1905 年 3 月 25 日，《国粹学报》第 2 期有刘师培《归里》一诗，署名刘光汉，辞句与本诗完全一样。载《刘申叔遗书》61 册（122），《左盦诗录》卷 4《左盦诗别录》。

甲辰年自述诗（其六十四）

四海风尘虏骑喧，遗民避世有桃源。青门瓜事垂垂老，斜日江天独闭门。

【笺注】

〔四海风尘虏骑喧〕此句当指清朝朝廷仍统治中国。

〔遗民避世有桃源〕《艺文类聚》卷 86《菓部上 · 桃》录陶潜（渊明）《桃花源记》："晋太康中，武陵人捕鱼，从溪而行。忽逢桃花林夹两岸，数百步无杂木。芳华芬暖，落英缤纷。渔人异之，前行穷林。林尽见山，山有小口，髣髴有光，便舍船步入。初，极狭，行四五十步，豁然开朗，邑室连接，鸡犬相闻，男女被发，怡然并足。见渔人大惊，问所从来，要还为设酒食。云，先世避秦难，率妻子来此，遂与外隔绝，不知有汉，无论魏晋也。既出，白太守。太守遣人随而寻之，迷不复得路。”

〔青门瓜事垂垂老〕见《东京清明杂感（二首）》其二一诗〔瓜事老青门〕条笺注。

【略考】

赴上海后，刘师培投身反清排满革命，一时锐利无比。此诗与上诗，当是其愤懑于满人当道，列强环伺，内忧外患频仍，又负疚于自己身系各种牵绊，“万种相思抛不得”，毫无建树，只能掩关闭门，避世隐遁。

青门瓜事，《刘师培年谱长编》本作“青门风事”；斜日江天，《刘师培年谱长编》本作“斜阳江天”。

归里

江天如镜客舟还，风雨萧条赋《闭关》。万种相思抛不得，零云老木沪城山。

【刊载】

《国粹学报》第 2 期，1905 年 3 月 25 日，署名刘光汉。《刘申叔遗书》61 册（122），《左盦诗录》卷 4《左盦诗别录》。

【略考】

《甲辰年自述诗》（六十四首）第63首与本诗辞句完全一样。1905年3月25日，《警钟日报》被查封，刘师培逃亡。此时将已经发表过的旧诗作拿出来改个名字再次发表在《国粹学报》上，其用意颇为耐人寻味。我个人分析，逃离上海后，刘师培可能先回了扬州老家，后辗转藏匿于嘉兴。详见拙文《074—清末警钟日报案重探—刘师培研究笔记（74）》

题陈右铭先生西江墨瀋

雨覆云翻又一时，纵横贝锦怨南箕。行藏龙豹千秋史，得失鸡虫万劫棋。苍狗浮云空复尔，石泉槐火有余思。澧兰沅芷湘江路，楚客吟成涕泗垂。

【刊载】

《警钟日报》1904 年 9 月 15 日，署名光汉。《青溪旧屋仪征刘氏五世小记》P61；《刘申叔遗书补遗》上册 P391。

【类别】

七言，8 句。

【编年】

1904 年。依首次发表时间。

【笺注】

〔陈右铭〕陈宝箴（1831—1900），江西修水人，字相真，号右铭。曾任湖南巡抚，支持维新变法，戊戌政变后被罢黜。

〔墨瀋〕即墨汁，指墨迹。《说文解字注》卷 11 上二《水部》："瀋，汁也。从水審声。《春秋传》曰："犹拾瀋。" 段注："《左传 · 哀三年》曰：'无备而官办者，犹拾瀋也。' 杜云：'瀋，汁也。' 陆德明云：'北土呼汁为瀋。' 按:《礼记 · 檀弓》为'揄沈'，假沈为瀋。" 周必大《文忠集》卷 43《次韵章茂献谢茶》（并序）："墨瀋名高笔有花，胸中五色补皇家。"

〔雨覆云翻〕见《东京清明杂感（二首）其二》一诗〔云翻雨覆〕条笺注。

〔纵横贝锦怨南箕〕参见《癸卯夏记事》〔纵横贝锦〕条笺注。南箕，星宿。指诬陷他人的谗言。《毛诗正义》卷 12—3《小雅 · 节南山之什 · 巷伯》："萋兮斐兮，成是贝锦。彼谮人者，亦已大甚。哆兮侈兮，成是南箕。彼谮人者，谁适与谋?" 毛传："箕，箕星也。" 郑玄笺："箕星哆然，踵狭而舌广。今谗人之因寺人之近嫌而成言其罪，犹因箕星之哆而侈大之。" 孔颖达疏："二十八宿有箕星。"

〔行藏龙豹千秋史〕行藏，本指出世与隐居，后亦指行踪、行迹。《论语 · 述而第七》："子谓颜渊曰：'用之则行，舍之则藏，唯我与尔有是夫!'" 龙豹，比喻遁世隐居。龙，见《癸卯夏记事》一诗〔神龙隐〕条笺注。《列女传》卷 2《陶答子妻》："今夫子不然，贪富务大，不顾后害。妾闻南山有玄豹，雾雨七日而不下食者，何也? 欲以泽其毛而成文章也，故藏而远害。犬彘不择食以肥其身，坐而须死耳。今夫子治陶，家富国贫，君不敬，民不戴，败亡之征见矣。愿与少子俱脱。" 千秋，《五世小记》本作"千年"。

〔得失鸡虫〕《全唐诗》卷 221 杜甫《缚鸡行》："小奴缚鸡向市卖，鸡被缚急相喧争。家中厌鸡食虫蚁，不知鸡卖还遭烹。虫鸡于人何厚薄，吾叱奴人解其缚。鸡虫得失无了时，注目寒江倚山阁。"（第 4 册 P2339）

〔劫棋〕围棋中一种白黑双方吃掉对方棋子的下法，称为"打劫""劫争"等，是关系棋局胜负的重要手段。亦喻形势紧要，千钧一发的时刻。《周书 · 乐逊传》："譬犹棊（同棋——引者）劫相持，争行先后。若一行非当，或成彼利。"

〔苍狗浮云〕本指天上的云彩形态瞬息万变，亦指世事变化无常。详见《癸卯夏记事》一诗〔苍狗浮云〕条笺注。

〔石泉槐火〕苏轼《东坡志林》卷 1《梦寐 · 记梦参寥茶诗》："昨夜梦参寥师携一轴诗见过，觉而记其饮茶诗两句云：'寒食清明都过了，石泉槐火一时新。'梦中问：'火固新矣，泉何故新？'答曰：'俗以清明淘井。'当续成诗，以纪其事。"《周礼注疏》卷 30《夏官司马》："司爟，掌行火之政令，四时变国火。"郑玄注："郑司农说以《鄹子》曰：'春取榆柳之火，夏取枣杏之火，季夏取桑柘之火，秋取柞楢之火，冬取槐檀之火。'"

〔澧兰沅芷〕香草，亦喻贤才，详见《感事八首》（其四）一诗〔澧兰沅芷〕条笺注。

〔楚客吟成涕泗垂〕楚客，见《感事八首》（其四）一诗〔楚客〕条笺注。陈宝箴曾任湖南巡抚。上句与此句指，陈宝箴品行高洁，却因支持变法维新而遭祸被罢。

【略考】

戊戌政变后，光绪二十四年八月壬寅（1898 年 10 月 6 日），清廷下旨："湖南巡抚陈宝箴，以封疆大吏，滥保匪人，实属有负委任。陈宝箴着即行革职，永不叙用。伊子吏部主事陈三立，招引奸邪，着一并革职。"（《清德宗实录》卷 428 光绪二十四年八月壬寅）陈三立《仁先视女疾来匡山见过感赋》，诗中有句："充隐竟迷玄豹迹，长饥来接夜猿吟。"陈三立《题于省吾山居读书图》："玩世穷年簿领间，茅庵佳处托荆关。藏身一影如文豹，雾雨层层海上山。"陈三立《大雷电有作》："文豹号万仞，金蛇绕百转。"陈三立《袁伯夔母唐太夫人八十寿诗》："诱儿媚文学，屏世隐雾豹。"（均见陈三立《散原精舍诗别集》）陈寅恪有一副写给妻子唐筼的预挽联："涕泣对牛衣，卌载都成断肠史。废残难豹隐，九泉稍待眼枯人。"（《陈寅恪集 · 诗集 · 对联 · 輓晓莹》，三联书店 2001 年 9 月第 1 版 P190）

明代扬州三贤咏

【刊载】

《警钟日报》1904 年 9 月 16 日、17 日，署名光汉。《青溪旧屋仪征刘氏五世小记》P59—61；《刘申叔遗书补遗》上册 P392—394。

【类别】

五言，56 句。

【编年】

1904 年。依首次发表时间。

江都曾襄闵公铣

曾公古卫霍，正气何堂堂。早跻侍从班，嘉谟翊庙廊。辽兵肆猖獗，烟尘浩纵横。公时提义师，投袂亲戎行。一纸安反侧，辽海消欃枪。赤子皆吾民，群颂帝德滂。秉钺督晋秦，惠化苏疲忙。惟时逢艰虞，丑虏纷披猖。初战浮图峪，再战跨马梁。将军振臂呼，万貔惨不扬。禽其名王归，威弧殪天狼。功成谢弗居，雅度何觥觥。公言河套地，自古称朔方。巍巍受降城，屹立西河旁。藩篱守未坚，何以苏民殃。郁此攘夷心，结感回中肠。意待套虏除，再睹民物康。密陈攻守机，严城固金汤。昊天嗟不吊，党论纷蜩螗。竟无三字狱，遂以诛岳王。白日鉴精诚，暑路飞严霜。阴霾暗九阍，排云叫天阊。忆昔受书时，识公姓字香。检公《复套疏》，展诵声琅琅。想公天人姿，冠世真豪英。公如在庆（歷）〈曆〉，韩范富欧阳。遐思却虏功，西北浮云翔。惟有袁督师，后先相颉颃。

【笺注】

〔曾襄闵公铣〕曾铣（1500—1548），字子重，扬州江都人。曾任总督陕西三边军务，明嘉靖年间名将。受权臣严嵩构陷，被杀。明穆宗隆庆元年昭雪，谥襄愍。

〔卫霍〕卫青、霍去病。

〔侍从班〕曾铣曾任监察御史，故称“侍从班”。《康熙扬州府志》卷 25《人物二 · 曾铣传》：“曾铣，字子重，江都人。嘉靖己丑（八年，1529——引者）进士，授长乐知县。擢监察御史，巡按山东。”《明世宗实录》卷 157 嘉靖十二年十二月乙未（1534 年 1 月 11 日）：“选授……知县曾铣、徐宗鲁、王文光、顾坚，学正陈迁为试监察御史，铣河南道，宗鲁浙江道……”《明世宗实录》卷 163 嘉靖十三年五月戊子（1534 年 7 月 3 日）：“命试监察御史…………徐宗鲁、曾铣……实授。”明制，凡遇皇家重大典仪，专设文武侍从班。《明太祖实录》卷 28 上吴元年十二月辛酉（1368 年 1 月 9 日）：“中书左相国李善长率礼官以即位礼仪进。……文官侍从班，起居注、给事中、殿中侍御史、尚宝卿位于殿上之东，西向。武官侍从班，悬刀指挥位于殿上之西，东向。”《明史 · 职官志二》：“洪武九年汰侍御史及治书、殿中侍御史。”《明史 · 职官志二》：“寻罢御史台。（洪武——引者）十五年更置都察院。”后，都察院监察御史代替了殿中侍御史文官侍从班的位置。《明熹宗实录》卷 4 泰昌元年十二月戊辰（1620 年 1 月 23 日）：“礼部进冠礼仪注。……一、设文官侍从班，起居注、给事中、监察御史、尚宝卿位于殿上，东西相向。一、设武官侍从班，锦衣卫悬刀提督位于殿上之西，东向。”

〔嘉谟翊庙廊〕嘉谟，即“嘉谋”。《法言义疏》十九《孝至第十三》：“或问‘忠言嘉谋’。曰：‘言合稷、契之谓忠，谋合皋陶之谓嘉。’”汪荣宝疏：“‘忠言嘉谋’，钱本、世德堂本作‘嘉谟’，下‘谋合皋陶’作‘谟合’，此校书者因《皋陶谟》乃《尚书》篇名，故改‘谋合皋陶’字为‘谟’，而并改‘或问嘉谋’字为‘嘉谟’也。治平本两‘谟’字皆作‘谋’，今浙江局翻刻秦氏影宋本乃皆作‘谟’，此又校者用世德堂本改之。《汉书 · 匈奴传》赞：‘忠言嘉谟之士’，语即本此，明《法言》旧本作‘谋’也。”（中华书局 1987 年 3 月第 1 版 P531—532）庙廊，朝廷。《晋书 · 华谭传》：“中才之君，所资者偏，物以类感，必于其党，党言虽非，彼以为是。以所授有颜冉之贤，所用有庙廊之器，居官者日冀元凯之功，在上者日庶尧舜之义，彼岂知其政渐毁哉！”《集韵》卷 10《入声下 · 职第二十四》：“翊，……一曰辅也。”

〔辽兵肆猖獗〕《明史 · 世宗本纪一》：嘉靖十四年三月“己丑（1535 年 4 月 30 日——引者），辽东军乱，执都御史吕经。”《明世宗实录》卷 173 嘉靖十四年三月己丑：“巡抚辽东都御史吕经，以苛虐失众心。……诸军遂大噪，拥众入抚院，……击毁院门，……鸣钟鼓纠众，……尽闭诸城门。故游击将军高大息于狱，欲拥以为主。寻围苑马寺，搒得经，尽裂其冠裳，执副都司公署。于是，镇守总兵官刘淮以状闻。”

〔公时提义师—群颂帝德滂〕《康熙扬州府志》卷 25《人物二 · 曾铣传》：“辽阳兵乱，窘辱抚臣，闭门拒命。事闻，下廷臣议。咸谓，往年大同杀抚镇官，今兹效尤，不可不讨。铣上疏，请原宥之，以安边镇。上可其奏。即单骑往谕以朝廷恩威，叛者解散。铣密授将臣韩永庆等方略。不阅月，三城倡乱者率就缚，安堵如故。奏报，升大理寺右丞。辽人建祠祀之。”欃枪，亦作天欃。《尔雅 · 释天》：“彗星为欃枪。”《春秋左传正义》卷 19 下《文公十四年》：“秋，七月，有星孛入于北斗。”孔颖达疏：“《释天》云：‘彗星，欃枪。’郭璞曰：‘妖星也。’”《汉书 · 天文志》：“孝文后二年正月壬寅，天欃夕出西南。占曰：‘为兵丧乱。’”消，《五世小记》本、《刘申叔遗书补遗》本作“销”。欃，《刘申叔遗书补遗》本误作“攙”。

〔秉钺督晋秦〕《明世宗实录》卷 310 嘉靖二十五年四月乙未（1545 年 5 月 13 日）：“命提督雁门等关、巡抚山西兵部右侍郎曾铣，以原职总督陕西三边军务。”秉钺，指掌兵。《诗经 · 商颂 · 长发》：“武王载旆，有虔秉钺。如火烈烈，则莫我敢曷。”

〔惠化苏疲忙〕《明世宗实录》卷 275 嘉靖二十二年六月壬午（1543 年 7 月 10 日）：“巡抚山东都御史曾铣言：‘近议增州县民壮，山东地瘠民贫，不堪重役。然新以防虏所召集义勇在官，可即编入，均徭免其杂役，以充民壮。’报可。”忙，《五世小记》本作“甿”。

〔艰虞〕《六臣注文选》卷 46 任彦升（昉）《王文宪集序》：“宋末艰虞，百王浇季。”李周翰注：“艰虞，犹荒乱也。”

〔披猖〕猖獗。详见《甲辰年自述诗》（其十七）一诗〔“新周”“王鲁”说披猖〕条笺注。

〔初战浮图峪〕刘师培《攘夷实行家曾襄闵公传》：“乙巳年，公做了山西巡抚，兼管大同各关。……到了秋天，蒙古的兵，杀进浮屠峪。（现在蔚州南边。）公派了一支兵，向平型关驻扎，（现在灵邱县南。）这蒙古就不能西窜了。”（1904 年 10 月 8 日《中国白话报》第 21 至 24 期合刊，《刘申叔遗书补遗》上册 P411）《明世宗实录》卷 291 嘉靖二十三年十月庚辰（1544 年 10 月 30 日）：“上谕兵部曰：‘今日狄情可疑，此非其时也。……’兵部议：‘虏无远志，山西抚镇曾铣等据三关，遏其西；河南巡抚雒昂部军民，备其南；保定抚镇郑重等扼各关，制其东；王仪等部诸路，击其北；而翟鹏居中调度。若南窥龙泉、井陉，或东犯紫荆、白羊，则各镇分布关隘，严加把截。宣大三关，合兵跟袭，前后夹攻。万一越关深入，则畿辅当清野戒严，仍须敕各团营厉兵待遣。’上命如议行。”辛巳（10 月 31 日）“虏军浮图峪，副总兵周彻遇之，以兵少不能战。夜，虏分其半架梁，度本峪，入李家岭，卤去百户袁锦，散掠王安镇，由小路抵完县城北西野峪、上家台、烟熏崖、思家庄、黄土岭等处。”《明世宗实录》卷 292 嘉靖二十三年十一月丙申（11 月 15 日）：“巡按直隶御史李秀春言：‘虏攻浮图峪，时副总兵周彻拒敌二日，使虏不得进，向微彻，则紫荆关必不能守，真保内地不可捄矣。’上嘉其功，升彻为署都督同知，仍赐敕奖励。”

〔再战跨马梁〕《明世宗实录》卷316嘉靖二十五年十月戊子（1546年10月28日）：“七月中，虏十万余骑，由宁塞营入犯保安，西掠庆阳、环县等处。总督陕西三边侍郎曾铣疏陈其状，……方虏之入深也，铣率标兵数千驻塞门，乃遣中军官、原任参将李珍统之出塞，直捣虏巢于马梁山，后斩首百余级而还。铣复以其捷闻。”

〔貙〕《尔雅注疏》卷 11《释兽第十八》：“貙，似狸。”郭璞注：“今貙虎也。大如狗，文如狸。”《说文解字》卷 9 下《豸部》：“貙獌，似狸者。”此处，指蒙古的虎狼之师。

〔禽其名王归〕《明世宗实录》卷 323 嘉靖二十六年五月壬申（1547 年 6 月 9 日）："先是，二十五年，虏十万骑以七月二十五日，自宁塞营入犯延安、庆阳、保安、安化、合水、环县诸处，杀掠男妇八千四十四人，诸军御之，不能却。总督侍郎曾铣遣参将李珍夜出塞劫其营，帐斩虏百十一级，生擒虏一人。虏闻之，始遁去。"据此，曾铣遣将劫俺答军营，生擒一人，但并非所谓"名王"。刘师培《攘夷实行家曾襄闵公传》："丙午年，蒙古兵又杀进陕西。……公想到：现在蒙古把自己兵，齐调到中国来……就教参将李珍，领了一队大兵，去捣蒙古的巢穴，杀了一百多人。陕西的蒙古兵，听见这个消息，就一同儿跑回去了。……公……就自己率了一队兵，日夜的向西北走，由新安边外，（现在合水县北。）一直到定边。（现在环县西北。）蒙古看见中国兵跟着，也就吓得没有法想了。就杀了蒙古一百八十人，活捉的不计其数；就是各种的蒙古兵器，也都被他夺过来，真是数十年未有的奇功了。"（《刘申叔遗书补遗》上册 P412）《康熙扬州府志》卷 25《人物二 · 曾铣传》："铣即亲率将士，由新安边外直驱定边追击，败之。获畜马军器无算。"

〔威弧殪天狼〕《汉书 · 扬雄传》载其《河东赋》："掉奔星之流旃，彏天狼之威弧。"颜师古注："晋灼曰：'有狼、弧之星也。'"中国古代天文学认为，星空中有天狼星官和弧矢星官，天狼星主"贪残"，9 颗星组成的弧矢星官，状如箭矢雕弓，箭尖直指天狼。《楚辞章句》卷 2 屈原《九歌 · 少司命》："青云衣兮白霓裳，举长矢兮射天狼。"王逸注："天狼，星名，以喻贪残。日为王者，王者受命，必诛贪残，故曰举长矢，射天狼，言君当诛恶也。"苏轼《东坡词 · 江城子 · 猎词》："会挽雕弓如满月，西北望，射天狼。"弧，《五世小记》本作"狐"。

〔谢弗居〕《五世小记》本作"谢不居"。

〔公言河套地，自古称朔方〕《明世宗实录》卷 330 嘉靖二十六年十一月丁未（1548 年 1 月 10 日）："总督陕西三边侍郎曾铣，同抚按官疏陈边务十八事：曰恢复河套，……"曾铣《复套议》卷上："臣谨按：河套，古朔方地，三代以来悉（丽）〈隶〉中国。《诗》曰：'天子命我，城彼朔方。赫赫南仲，玁狁于襄。'汉武帝遣卫青出塞，取河南地为朔方郡，筑城缮寨，因河为固。后世称之曰雄才大略。"《汉书 · 地理志下》："朔方郡，武帝元朔二年开。西部都尉治窳浑。莽曰沟搜。属并州。"

〔巍巍受降城，屹立西河旁〕曾铣《复套议》卷上："唐初朔方军以河为境，嗣是张仁愿取漠南地于河北，筑三受降城，突厥不敢踰山牧马，朔方亦无寇，岁损费亿计。"《旧唐书 · 地理志》"朔方节度使，捍御北狄，统经略、丰安、定远，西受降城、东受降城、安北都护、振武等七军府。……西受降城，在丰州北黄河外八十里，……安北都护府治，在中受降城黄河北岸，……东受降城，在胜州东北二百里”。《汉书 · 地理志下》：“西河郡，武帝元朔四年置。南部都尉治塞外翁龙、埤是。莽曰归新，属并州。户十三万六千三百九十，口六十九万八千八百三十六。县三十六”。西汉西河郡的范围，即今陕西、山西两省交界黄河两岸地区。

〔藩篱守未坚，何以苏民殃〕曾铣《复套议》卷上：“孝庙有欲复之志，而未逮。至武庙，常欲征之而未能。因使虏酋吉囊得以据为巢穴，祸根既种，窃发无时，出套则贼寇宣大、三关，京师震恐；入套则寇延、宁、甘、固，生民涂毒。”

〔郁此攘夷心〕心，《五世小记》《刘申叔遗书补遗》本均作“志”。

〔意待套虏除，再睹民物康〕曾铣《复套议》卷上：“至是则祖宗故地已复，因河为险，修筑墩煌，一如榆林修守之议。且讲求屯政，建置卫所，处分戍卒，填实边民，墙堑既固，耕获可饶，全陕之转输渐省，而内帑之给发亦宽。三秦重地可保万万年安固矣。”

〔密陈攻守机，严城固金汤〕《明世宗实录》卷 330 嘉靖二十六年十一月丁未（1548 年 1 月 10 日）：“总督陕西三边侍郎曾铣，同抚按官疏陈边务十八事：曰恢复河套，曰修筑边垣，曰选择将材，曰选练将士，曰买补马羸，曰进兵机宜，曰转运粮饷，曰申明赏罚，曰兼备舟车，曰多备火器，曰招降用间，曰审度时势，曰防守河套，曰营田储饷，曰明职守，曰息讹言，曰宽文法，曰处孳畜。奏下，兵部覆言：‘铣经略甚详，但事体重大，请下其章于廷臣，令各疏所见，然后集议。’上曰：‘虏据河套，为国家患，朕轸怀宵旰有年矣。念无任事之臣，今铣前后所上方略，卿等既看详，即会众协忠，定策以闻。’已而，铣复上《营阵图》八：曰立营总图，曰遇虏驻战图，曰选锋车战图，曰骑兵逐战图，曰步兵搏战图，曰行营进攻图，曰变营长驱图，曰获功收兵图。上览而嘉之，令所司一并议奏。”

〔昊天嗟不吊〕《诗经 · 小雅 · 节南山之什 · 节南山》：“不吊昊天，不宜空我师。”欧阳修《诗本义》卷 7《节南山》：“不吊昊天者，言昊天不吊哀此下民，而使王政害民如此也。”《周礼 · 春官宗伯》：“大宗伯之职，掌建邦之天神人鬼地示之礼。以佐王建保邦国，以吉礼事邦国之鬼神，以禋祀祀昊天上帝”。

〔党论纷蜩螗〕《明世宗实录》卷 341 嘉靖二十七年十月癸卯（1548 年 11 月 1 日）：“杀原任大学士夏言。言，江西贵溪人，与大学士严嵩同乡，同在政府，以权势相轧。言初罢归，嵩尽斥去言亲党在朝者。言闻之怒，及复用，位乃居嵩上，亦斥去嵩党，以相报复。然嵩柔佞深险，虽心衔言，而貌敬之益甚，言益以气凌之。及言因复河套事失上意，嵩遂振暴言短，谓曾铣开边衅皆言主之。上怒，捕系铣诏狱，然无意杀言也。会有蜚语流禁中者，谓言去时，怨望，有讪谤语。于是，上益怒，遂坐铣交结近侍例，并言斩之。或曰：蜚语亦嵩所播。或曰：嵩以灾异密疏，引汉诛翟方进故事，上意遂决。然其事秘，世莫知也。"《毛诗正义》卷 18—1《大雅 · 荡之什 · 荡》："如蜩如螗，如沸如羹。"孔颖达疏："蜩螗，舍人曰：'皆蝉也。'……蜩螗多声之虫，故知号呼之声，如蜩螗也。"蝉喜鸣，后以蜩螗喻喧闹嘈杂。螗，《五世小记》本作"螳"。

〔三字狱〕《建炎以来系年要录》卷 143 绍兴十一年十二月癸巳（1142 年 1 月 27 日）："岳飞赐死于大理寺。……狱之成也，太傅醴泉观使韩世忠不能平，以问秦桧。桧曰：'飞子云与张宪书，虽不明其事体，莫须有。'世忠怫然曰：'相公'莫须有'三字，何以报天下乎！'"

〔遂以诛岳王〕《明世宗实录》卷 334 嘉靖二十七年三月癸巳（1548 年 4 月 25 日）："锦衣卫镇抚司鞫上曾铣狱情。谓铣交结大学士夏言，令其子曾淳先后持金数万托言，妻父苏纲致之言所，朋谋为奸，妄议复套，其前后掩覆失事，冒报功捷，具如咸宁侯仇鸾所讦。上曰：'曾铣妄议开边，隐匿丧败，殃虐百姓，欺蔽朕躬，罪在不宥。法司会同九卿、锦衣卫堂上官，从重议拟。苏纲发烟瘴地面充军，夏言令锦衣卫差官校逮系来京。'问已，法司会拟铣罪，律无正条，宜比守边将帅失陷城寨者斩。上曰：'铣情罪异常，有旨重拟，乃称律无正条，固可置不问乎？仍依所犯正律议拟以闻。'于是，法司请当铣交结近侍官员律，诏可。乃斩铣于市，妻子流二千里。……咸宁侯仇鸾，先为铣所劾。有旨，逮诏狱。鸾上书阙下自理，嵩因授鸾意，令以复套事攻铣贿言，表里作奸，觊图大福。及镇抚司奏狱具，下法司拟罪，凡再议铣、言，竟以交结近侍律，俱论死。鸾罪得释，遂厚赂嵩，两人深相得。鸾益横鷔不法，以及于诛。铣既死，家无余赀，妻子狼狈远徙，天下闻而冤之。"参见本诗〔三字狱〕条笺注。

〔白日鉴精诚〕《晋书 · 凉武昭王李玄盛传》："表略韵于纨素，托精诚于白日。"《全唐诗》卷 20《相和歌辞》李白《梁甫吟》："白日不照吾精诚，杞国无事忧天倾。"（第 1 册 P249）

〔暑路飞严霜〕《文选注》卷 39 江文通（淹）《诣建平王上书》："昔者贱臣叩心，飞霜击于燕地。"李善注："《淮南子》曰：邹衍尽忠于燕惠王，惠王信谮而系之，邹子仰天而哭，正夏而天为之降霜。"《汉书 · 于定国传》："东海有孝妇，少寡，亡子，养姑甚谨，姑欲嫁之，终不肯。姑谓邻人曰：'孝妇事我勤苦，哀其亡子守寡。我老，久累丁壮，奈何？’其后姑自经死，姑女告吏：‘妇杀我母。’吏捕孝妇，孝妇辞不杀姑。吏验治，孝妇自诬服。具狱上府，于公以为此妇养姑十余年，以孝闻，必不杀也。太守不听，于公争之，弗能得，乃抱其具狱，哭于府上，因辞疾去。太守竟论杀孝妇。郡中枯旱三年。后太守至，卜筮其故，于公曰：‘孝妇不当死，前太守强断之，咎党在是乎？’于是太守杀牛自祭孝妇冢，因表其墓，天立大雨，岁孰。郡中以此大敬重于公。”《搜神记》卷 11 亦有类似记载。关汉卿《感天动地窦娥冤 · 第四折》将“三伏飞雪”演绎得更加活灵活现（见万历丙辰本《元曲选 · 壬集下》）

〔九阍〕九重天外，亦喻指中央朝廷、皇帝之所在。刘禹锡《刘宾客文集》卷 1《楚望赋》：“高莫高兮九阍，远莫远兮故园。”《明史 · 王家屏传》：“今骄阳烁石，小民愁苦之声殷天震地，而独未彻九阍。”

〔排云吽天阊〕指赴阙谏诤。《全唐诗》卷 337 韩愈《龊龊》：“愿辱太守荐，得充谏诤官。排云叫阊阖，披腹呈琅玕。致君岂无术，自进诚独难。”（第 5 册 P3789）天阊，指天阙宫门，亦指宫廷大门。《全唐诗》卷 128 王维《和贾舍人早朝大明宫之作》：“九天（一作重）阊阖开宫殿，万国衣冠拜冕旒。”（第 2 册 P1296）案：吽，《五世小记》本、《刘申叔遗书补遗》均作“叫”。《正字通》丑集上《口部》：“叫，……俗作吽。”

〔受书〕读书、上学。《史记 · 苏秦列传》：“夫士业已屈首受书，而不能以取尊荣，虽多，亦奚以为！”司马贞《索隐》：“言本已屈首低头，受书于师也。”

〔姓字香〕指声名显赫，清誉为人称颂。周密《癸辛杂识》前集《袁彦纯客诗》：“袁彦纯同知始以史同叔同里之雅，荐以登朝，尹京。既以才猷自结上知，遂蹑文昌跻宥府，寖寖乎柄用矣。适诞辰，客有献诗为寿，云：‘见说黄麻姓字香，且将公论是平章。十年旧学资犹浅，二纪中书老欲僵。刑鼎岂堪金锁印，仙翁已在白云乡。太平宰相今谁是，惟有当年召伯棠。’刑鼎指薛，盖以金科赐第。仙翁指葛，时已七十。旧学则郑安晚也。此诗既传，史闻恶之，旋即斥去。”黄麻，指皇帝的制诰，亦作黄麻紫书、黄麻紫泥。

〔公如在庆（歷）〈曆〉，韩范富欧阳〕苏轼《东坡全集》卷 34《范文正公文集叙》：“庆历三年，轼始总角入乡校。士有自京师来者，以鲁人石守道所作《庆历圣德诗》示乡先生。轼从旁窃观，则能诵习其词。问先生以所颂十一人者何人也？先生曰：‘童子何用知之？’轼曰：‘此天人也耶？则不敢知。若亦人耳，何为其不可？’先生奇轼言，尽以告之，且曰：‘韩、范、富、欧阳，此四人者，人杰也。’时虽未尽了，则已私识之矣。”庆历，北宋仁宗赵祯年号。韩范富欧阳，指宋仁宗庆历年间的四位名臣：韩琦、范仲淹、富弼、欧阳修。庆历（曆），《警钟日报》本作“庆歷”，误；《五世小记》本作“庆曆”；《刘申叔遗书补遗》本作“庆（歷）〔曆〕”。此句指，曾铣可比肩宋代名臣韩琦、范仲淹、富弼、欧阳修。

〔袁督师〕袁崇焕（1584—1630），字元素，号自如，广东东莞人，明末抗清名将。《崇祯实录》卷 1 崇祯元年二月甲辰（1628 年 3 月 17 日）：“罢蓟辽督师王之臣。命袁崇焕为兵部尚书兼右副都御史，督师蓟、辽、登、莱、天津，移驻关门。”崇祯“三年八月，遂磔崇焕于市。兄弟妻子流三千里，籍其家。崇焕无子，家亦无余赀，天下冤之。……帝误杀崇焕。自崇焕死，边事益无人，明亡征决矣。”（《明史 · 袁崇焕传》）

〔颉颃〕《毛诗正义》卷 2—1《邶风 · 燕燕》：“燕燕于飞，颉之颃之。”毛传：“飞而上曰颉，飞而下曰颃。”后延伸为不相上下，匹敌。《三国志 · 蜀书 · 诸葛亮传》裴注：“委质魏氏，展其器能，诚非陈长文、司马仲达所能颉颃，而况于余哉！”《幼学琼林》卷 2《人事》：“事有低昂曰轩轾，力相上下曰颉颃。”

【略考】

刘师培有《攘夷实行家曾襄闵公传》，发表于 1904 年 10 月 8 日《中国白话报》第 21 至 24 期合刊，署名光汉，白话文，该文未完亦未续。载《刘申叔遗书补遗》上册 P411—412。

泰州王心斋先生艮

王公豪杰士，崛起海滨地。神解出天倪，道根具夙慧。忆昔皇明初，大道日沦替。老释杂伪真，朱陆析同异。俗学尚支离，考据矜破碎。惟公倡心宗，独与往古契。郁此瑰奇姿，崇尚无师智。六经皆注脚，奚用凭文字。忧时恐堕天，愤俗颇裂眥。论学得阳明，深契良知旨。正己立准绳，格物标新理。聊用觉愚蒙，兼拯末俗敝。区区化民心，与俗能无戾。口讲手画间，高天豁氛翳。欲挽叔季风，重睹唐虞世。耻作伊傅流，簪绂心何系。藜藿甘道腴，羔雁却书币。一作帝京游，公卿争倒屣。奇节傲王侯，雄谈复高睨。车服效古初，往往遭掣曳。盛名纵倾倒，下里竟沈滞。门材罗杞梓，庭阶森兰桂。遂令泰州学，举世皆风靡。馨香永未沫，名不随身瘗。因思吾郡士，闻风多兴起。乐吾起陶工，李珠弃胥吏。鄙事列多能，大道寓末艺。遐稽孟氏言，立志斯为士。

【笺注】

〔王心斋先生艮〕王艮（1483—1541），字汝止，号心斋，江苏泰州人，明代名儒。师从王守仁（阳明），创立延承阳明心学衣钵的泰州学派。本名银，王阳明为其改名为艮。

〔崛起海滨地〕李颙《二曲集》卷 22《观感录 · 心斋王先生（盐丁）》："门人王栋曰：'天生我先师（指王艮——引者），崛起海滨，慨然独悟，直起孔孟，直指人心。'"海滨，指扬州（旧时泰州属扬州）。参见《甲辰年自述诗》（其三十五）〔淮海英灵间世出〕条笺注。日本嘉永元年川胜鸿宝堂刻本《王心斋全集》卷 1《年谱》："御史陈公让按淮扬，来访。至泰州，病目不得行，作歌呈先生（指王艮——引者）。有句云：'海滨有高儒，人品伊傅匹。'"

〔神解出天倪，道根具夙慧〕《明儒学案》卷 32《泰州学案一 · 处士王心斋先生艮》："王艮字汝止，号心斋，泰州之安丰场人。七岁受书乡塾，贫不能竟学。从父商于山东，常衔《孝经》《论语》《大学》袖中，逢人质难，久而信口谈解，如或启之。"天倪，自然之道，此处指天才"生而知之"。《庄子注》卷 1《齐物论第二》："'何谓和之以天倪？'曰：'是不是，然不然。是若果是也，则是之异乎不是也亦无辩；然若果然也，则然之异乎不然也亦无辩。化声之相待，若其不相待。和之以天倪，因之以曼衍，所以穷年也。忘年忘义，振于无竟，故寓诸无竟。'"郭象注："天倪者，自然之分也。"《庄子 · 寓言第二十七》："万物皆种也，以不同形相禅，始卒若环，莫得其伦，是谓天均。天均者，天倪也。"焦竑《庄子翼》卷 7："然皆万物之种，其出未始不同。知其同，则知始卒，若环是谓天均。天均者，是非于此，而和万物所齐，无为之至，故曰天倪也。"

〔忆昔皇明初，大道日沦替〕兴起于宋代的程朱理学，至明初达到极盛。特别是朱熹的《四书章句集注》，在洪武年间成为皇帝钦定的科举考试标准答案。《明太祖实录》卷 160 洪武十七年三月戊戌（1384 年 3 月 22 日）："礼部颁行科举成式：凡三年大比，子午卯酉年乡试，辰戌丑未年会试。举人不知额数，从实充贡。乡试八月初九日第一场，试《四书》义三道，每道二百字以上，经义四道，每道三百字以上。未能者，许各减一道。《四书》义主朱子《集注》。经义，《诗》主朱子《集传》；《易》主程、朱《传》义；……"《四友斋丛说》卷 3《经三》："太祖时，士子经义皆用注疏，而参以程朱传注。成祖既修《五经四书大全》之后，遂悉去汉儒之说，而专以程朱传注为主。"

〔老释杂伪真，朱陆析同异〕李塨《恕谷后集》卷 6《万季野小传》："吾少从游黄梨洲，闻四明有潘先生者曰：'朱子道，陆子禅。'"潘先生，即潘平格，明末清初人，字用微，浙江慈溪人。

〔俗学尚支离，考据矜破碎〕李颙《二曲集》卷 22《观感录・心斋王先生（盐丁）》：“颙按：心斋先生不由语言文字，默契心宗，一洗俗学支离之陋，毅然以尧、舜、孔、孟以来道脉自任。”王阳明《王文成全书》卷 20《月夜二首（与诸生歌于天泉桥）》其二：“影响尚疑朱仲晦（朱熹，字元晦，又字仲晦，号晦庵——引者），支离羞作郑康成（郑玄——引者）。”皮锡瑞《经学历史》三《经学昌明时代》：“古文学出刘歆，而古文训诂之流弊先为刘歆所讥，则后世破碎支离之学，又歆所不取者。”参见本诗〔心宗〕条笺注。

〔心宗〕李颙《二曲集》卷 22《观感录・心斋王先生（盐丁）》：“颙按：心斋先生不由语言文字，默契心宗，一洗俗学支离之陋，毅然以尧、舜、孔、孟以来道脉自任。”丁福保《佛学大辞典》：“心宗（流派），佛心宗之略，禅宗也。《禅源诸诠・下》曰：‘所传心宗，实贯三尊。’”《重刻王心斋先生语录》卷上：“知得身是天下国家之本，则以天地万物依于己，不以己依于天地万物。‘若能握其要，何必窥陈编’，白沙之意有在，学者须善观之。《六经》正好印证吾心，孔子之时中，全在韦编三绝。”“经所以载道，传所以释经。经既明，传不复用矣，道既明，经何必用哉？经传之间，印证吾心而已矣。”《金刚经》第六品《正信希有分》：“如来常说：‘汝等比丘，知我说法，如筏喻者。法尚应舍，何况非法。’”

〔独与往古契〕《孟子・尽心上》：“孟子曰：‘万物皆备于我矣。反身而诚，乐莫大焉。强恕而行，求仁莫近焉。’”

〔无师智〕日本嘉永元年川胜鸿宝堂刻本《王心斋全集》卷 2《语录上》：“有学者问放心难于求，先生呼之，即起而应，先生曰：‘而心见在，更何求心乎？’有别先生者，以远师教为言，先生曰：‘涂之人皆明师也。’得深省。”丁福保《佛学大辞典》：“无师智（术语），谓无师独悟之佛智也。《法华经・譬喻品》曰：‘一切智，佛智，自然智，无师智。’《同嘉祥疏・六》曰：‘无师智者，前之三智并不从师得，故云无师智。’《大日经疏・一》曰：‘如是自证之境，说者无言，观者无见。不同手中庵摩勒果可转授他人也。若可以言语授人者，释迦菩萨蒙定光之授决之时，即可成佛。何故具修方便，要待无师自觉方名佛耶？’”《明史・王守仁传》：“守仁既卒，桂萼奏其擅离职守。帝大怒，下廷臣议。萼等言：‘守仁事不师古，言不称师。欲立异以为高，则非朱熹格物致知之论；知众论之不予，则为朱熹晚年定论之书。’”刘师培《王艮传》：“昔陆子讲学鹅湖，以自立自重勉后学。自立者，不欲傍他人之谓也；自重者，不欲后他人之谓也。然自立自重之基，在于自信。惟人人自信其所学，斯不复溺陷于陈言，不复自拘于流品。故能以身任道，特立于流俗之中。今观心斋先生，以盐贩而昌心学，见闻不与，独任真诚，而讲坛所在，渐摩濡染，几及万人，下至于樵夫牧竖。其始也，特基于先生一念自信之心耳。”（《刘申叔遗书》58 册【14】）此句当为刘师培以佛教“无师智”借喻王艮的无师自通。

〔六经皆注脚，奚用凭文字〕日本嘉永元年川胜鸿宝堂刻本《王心斋全集》卷 1《年谱》：“庚辰，十五年，三十八岁。……过金陵太学，曰：‘吾为诸君发六经大旨。夫六经者，吾心之注脚也。心即道，道明则经不必用，经明则传复何益？经传，印证吾心而已矣。’”刘师培《王艮传》：“继而复诣江西，舣舟金陵，集太学诸生讲学。先生曰：‘吾为诸君发六经大旨。六经者，吾心之注脚也。道具于心，道明则经不必用，经明则传注不必穷。”参见《甲辰年自述诗》（其二十四）〔六经注脚师陆子〕条笺注。李颙《二曲集》卷 22《观感录 · 心斋王先生（盐丁）》：“颙按：心斋先生不由语言文字，默契心宗。”

〔忧时恐堕天〕《明儒学案》卷 32《泰州学案一 · 处士王心斋先生艮》：“一夕梦天堕压身，万人奔号求救，先生举臂起之，视其日月星辰失次，复手整之。觉而汗溢如雨，心体洞彻。记曰：‘正德六年间，居仁三月半。’自此行住语默，皆在觉中。”堕，《五世小记》本、《刘申叔遗书补遗》本均作“坠”。

〔愤俗颇裂眥〕日本嘉永元年川胜鸿宝堂刻本《王心斋全集》卷 4《杂著 · 王道论》：“学校之外，虽王宫国都府郡之贤士大夫，一皆文艺之是贵，而莫知孝弟忠信礼义廉耻之学矣。而况穷乡下邑，愚夫愚妇又安知所以为学在？所以饱食暖衣逸居，无教而近于禽兽，以至伤风败俗，轻生灭伦，贼君弃父，无所不至。而冒犯五刑，诛之不胜其诛，刑之无日而已。岂非古所谓不教而杀，罔民者哉？呜呼！言至于此，可不痛心！”

〔论学得阳明，深契良知旨〕《明儒学案》卷 32《泰州学案一 · 处士王心斋先生艮》：“时阳明巡抚江西，讲良知之学，大江之南学者翕然信从。顾先生僻处，未之闻也。有黄文刚者，吉安人而寓泰州，闻先生论，诧曰：‘此绝类王巡抚之谈学也。’先生喜曰：‘有是哉！虽然王公论良知，艮谈格物，如其同也，是天以王公与天下后世也；如其异也，是天以艮与王公也。’”得，《警钟日报》本模糊难辨，《五世小记》本作“得”。

〔正己立准绳，格物标新理〕《明文海》卷 443 赵贞吉《泰州王心斋先生墓志铭》：“越中（指王阳明——引者）良知，淮北（指王艮——引者）格物，如车两轮，实贯一毂。后有作者，来登此车，无以未觉，而空著书。”《明儒学案》卷 32《泰州学案

一 · 处士王心斋先生艮 · 心斋语录》:"问:'反己是格物否?'曰:'物格知至，知本也；诚意正心，修身立本也，本末一贯。是故爱人、治人、礼人，格物也。不亲、不治、不答，是谓行有不得于心，然后反己也。格物然后知反己，反己是格物的工夫。反之如何，正己而已矣。反其仁治敬，正己也。其身正而天下归之，此正己而物正也，然后身安也。'" 格物，《五世小记》本作"格外"。

〔聊用觉愚蒙，兼拯末俗敝〕李颙《二曲集》卷 22《观感录 · 心斋王先生（盐丁）》:"门人王栋曰:'天生我先师（指王艮——引者），崛起海滨，慨然独悟，直起孔孟，直指人心。然后愚夫俗子不识一字之人，皆知自性自灵，自完自足，不假闻见，不烦口耳，而二千年不传之消息，一朝复明，先师之功可谓天高而地厚矣。'""颙按：心斋先生不由语言文字，默契心宗，一洗俗学支离之陋，毅然以尧、舜、孔、孟以来道脉自任。"末俗，浅陋、低俗的习俗、习惯。《申鉴 · 杂言下第五》:"君子嘉仁而不责惠，尊礼而不责意，贵德而不责怨。其责也先己，而行也先人。淫惠，曲意，私怨，此三者，实枉贞道，乱大德。然成败得失，莫匪由之。救病不给，其竟奚暇于道德哉。此之谓末俗。"

〔区区化民心，与俗能无戾〕日本嘉永元年川胜鸿宝堂刻本《王心斋全集》卷 2《语录上》:"圣人之道，无异于百姓日用。凡有异者，皆谓之异端。"《明儒学案》卷 32《泰州学案一 · 处士王心斋先生艮》:"阳明归越，先生从之。来学者多从先生指授，已而叹曰:'千载绝学，天启吾师，可使天下有不及闻者乎?'因问阳明以孔子辙环车制，阳明笑而不答。归家遂自创蒲轮，招摇道路。……当是时，阳明之学，谤议蜂起，而先生冠服言动，不与人同，都人以怪魁目之。"

〔口讲手画〕《韩愈集》卷 32《碑志九 · 柳子厚墓志铭》:"其经承子厚口讲指画为文词者，悉有法度可观。"

〔氛翳〕阴霾。《宋书 · 宗越传》:"诚略沉果，忠干勇鸷，消荡氛翳，首制鲸凶。"

〔叔季风〕《春秋左传正义》卷 14《僖公十四年》:"昔周公吊二叔之不咸，故封建亲戚以蕃屏周。"孔颖达疏:"伯仲叔季，长幼之次也。故通谓国衰为叔世，将亡为季世。"

〔唐虞世〕《孔子家语》卷 6《五帝第二十四》:"康子曰:'唐虞二帝，其所尚者何色?'孔子曰:'尧以火德王，色尚黄；舜以土德王，色尚青。'"《古诗纪》卷 28 嵇康《六言十首》其二《唐虞世道治》:"万国穆亲无事，贤愚各自得志。"

〔耻作伊傅流〕伊傅，指伊尹、傅说。《明儒学案》卷 32《泰州学案一 · 处士王心斋先生艮 · 心斋语录》:"先生以九二见龙为正位，孔子修身讲学以见于世，未尝一日隐也。故有以伊、傅称先生者，先生曰：‘伊、傅之事我不能，伊、傅之学我不由，伊、傅得君，可谓奇遇，如其不遇，终身独善而已。孔子则不然也。’”

〔簪绂〕古代官员穿戴的冠服，引申为仕宦。《梁书·谢朏列》：“昔居朝列，素无宦情，宾客简通，公卿罕预，簪绂未褫，而风尘摆落。”

〔藜藿甘道腴，羔雁却书币〕藜藿甘道腴，指王艮侍亲至孝。羔雁却书币，指王艮婉拒地方长官礼聘。日本嘉永元年川胜鸿宝堂刻本《王心斋全集》卷 1《年谱》：“癸丑，六年，十一岁。贫，乏束修资，成塾，服家事。丙辰，九年，十四岁。母孺人汤氏卒，居丧，甚戚。”《孔子家语》卷 2《致思第八》：“子路见于孔子曰：‘负重涉远，不择地而休，家贫亲老，不择禄而仕。昔者由也，事二亲之时，常食藜藿之实，为亲负米百里之外。亲殁之后，南游于楚，从车百乘，积粟万钟，累茵而坐，列鼎而食，愿欲食藜藿，为亲负米，不可复得也。枯鱼衔索，几何不蠹，二亲之寿，忽若过隙。’孔子曰：‘由也事亲，可谓生事尽力，死事尽思者也。’”李颙《二曲集》卷 22《观感录·心斋王先生（盐丁）》：“郡守托先生（指王艮——引者）门人欲隆礼敦迎，先生谓门人曰：‘礼闻来学，不闻往教。致师而学，则学不诚，往教则教不立矣。使其诚能为善，则当求于我，又何以召言哉。’”《周易正义》卷 3《贲》：“六五，贲于丘园，束帛戋戋，吝，终吉。”王弼注：“帛乃戋戋，用莫过俭，泰而能约，故必吝焉乃得终吉也。”孔颖达疏：“汉聘隐士，或乃用羔雁。”《仪礼注疏》卷 19《聘礼》：“宰书币。”郑玄注：“书聘所用币多少也。”孔颖达疏：“云‘书聘所用币多少也’者，谓聘邻国享君及夫人问卿之等币，《周礼·司仪》云：‘凡诸侯之交，各称其邦而为之币，以其币为之礼。’郑云：‘币，享币也。于大国则丰，于小国则杀’是也。”

〔一作帝京游，公卿争倒屐〕《明文海》卷 443 赵贞吉《泰州王心斋先生墓志铭》：“从先生（指王阳明——引者）居越，叹曰：‘风之未远也，是艮之罪也。’辞还家，驾小蒲车，二仆自随，比行，所至化导人，耸人听观，无虑千百，皆饱义感动。未至都下，先一夕，有老叟梦黄龙无首行雨，至崇文门，变为人立。晨起往候，而先生实应之。先生风格既高古，所为又卓荦如此。同志相顾愕然，共匿车，劝其止之。先生留一月，竟谐众心而返。”屐，《五世小记》本作“屣”。

〔车服效古初〕《明儒学案》卷 32《泰州学案一·处士王心斋先生艮》：“乃按《礼经》制五常冠、深衣、大带、笏板服之，曰：‘言尧之言，行尧之行，而不服尧之服，可乎？’”另参见本诗〔区区化民心，与俗能无戾〕条笺注。

〔往往遭掣曳〕李颙《二曲集》卷 22《观感录·心斋王先生（盐丁）》：“因念与人

为善，仁人之心，一夫不向于善，过在我也，思以其道易之。于是制轻车，将周流天下。先诣京师，沿途讲说，人士聚听，多感动。朝士以先生车服言论，悉典时异，相顾愕眙。阳明闻之，以书促归还会稽。自是，敛圭角，就夷坦。”

〔盛名纵倾倒，下里竟沈滞〕《楚辞》卷 8 宋玉《九辩》：“愿沉滞而不见兮，尚欲布名乎天下。”《明文海》卷 443 赵贞吉《泰州王心斋先生墓志铭》：“或问先生何不仕？曰：‘吾无往而不与二三子，是艮之仕也。’或谓先生为隐，曰：‘吾无往而不与二三子，艮何敢隐也。’”下里，指乡鄙、乡野。《说苑》卷 14《至公》：“臣窃选国俊下里之士，曰孙叔敖。”倾倒，《五世小记》本作“颠倒”。沈，《五世小记》本、《刘申叔遗书补遗》本作“沉”。

〔杞梓〕指良木，亦喻贤才。《左传 · 襄公二十六年》：“晋卿不如楚，其大夫则贤，皆卿材也，如杞梓皮革，自楚往也。虽楚有材，晋实用之。”

〔兰桂〕指香草嘉木，亦喻德才兼备之君子。《楚辞章句》卷 10 屈原（或景差）《大招》：“茝兰桂树，郁弥路只。”王逸注：“言所行之道，皆罗桂树，茝兰香草，郁郁然满路，动履芳洁，德义备也。”

〔遂令泰州学，举世皆风靡〕王艮泰州学派在当时和后世影响极广，黄宗羲《明儒学案》为泰州学派专设 5 卷，是以地域划分学派中篇幅最大的。据统计，王艮的学生有近 500 人，受其影响者更是不计其数。

〔馨香永未沫，名不随身瘗〕《楚辞章句》卷 1 屈原《离骚》：“菲菲而难亏兮，芬至今犹未沫。”王逸注：“沫，已也。”此句指王艮的学说长久流传，其声名不会随其身歿而湮没不显。

〔因思吾郡士，闻风多兴起〕旧时扬州的辖域很大，如兴化、泰州均属扬州。参见《甲辰年自述诗》（其三十五）一诗〔淮海英灵间世出〕条笺注。刘师培《泰州学派开创家王心斋先生学术》：“现在的扬州人，没有一个有志气的，他说：‘古人的事情，吾们都不能做；古人的学问，吾们都不能及。’一点儿争胜的心都没有。不能争胜，就不能独立，所以这一种人，我都说他是奴性。既然是个奴性，那里有人格呢！我甚可恨扬州人没有人格，所以，把从前王心斋先生的学术，一段一段演出来，给我们同乡看看。列位如若不立志，就不必做扬州人了。”

〔乐吾起陶工，李珠弃胥吏〕“泰州学派”的传人中，很多出身寒微，韩乐吾和李珠就是其中的两人。韩原是陶匠，李初为胥吏。李颙《二曲集》卷 22《观感录 · 韩乐吾（窑匠）》：“韩乐吾，名贞，字以中，兴化县人。居蓬屋三间，陶甓为生，常假贷于人为甓，甓（坏）为雨坏，负不能偿，并其蓬屋失之，居破窑中。闻樵者朱氏风，从之学。朱卒，复受业于心斋仲子，渐习识字，粗涉文史……”同上书同卷《观感录·李珠（吏胥）》：“李珠，字明祥，世居泰州，以农民报充州吏，事州守王瑶湖。闻学有感，遂弃吏从心斋游，勇决嗜学，躬体实践，久之，名闻逮迩，士大夫异其为人，争相褒美。”

〔鄙事列多能，大道寓末艺〕《明儒学案》卷32《泰州学案一·处士王心斋先生艮·心斋语录》：“一友持功太严，先生觉之曰：‘是学为子累矣。’因指斲木者示之曰：‘彼却不曾用功，然亦何尝废学。’”《明儒学案》卷32《泰州学案一·处士王心斋先生艮》：“阳明而下，以辩才推龙溪，然有信有不信，惟先生于眉睫之间，省觉人最多。谓‘百姓日用即道’，虽僮仆往来动作处，指其不假安排者以示之，闻者爽然。”《庄子·知北游第二十二》：“东郭子问于庄子曰：‘所谓道，恶乎在？’庄子曰：‘无所不在。’东郭子曰：‘期而后可。’庄子曰：‘在蝼蚁。’曰：‘何其下邪？’曰：‘在稊稗。’曰：‘何其愈下邪？’曰：‘在瓦甓。’曰：‘何其愈甚邪？’曰：‘在屎溺。’东郭子不应。”

〔遐稽孟氏言，立志斯为士〕《孟子·尽心上》：“王子垫问曰：‘士何事？’孟子曰：‘尚志。’”《孟子·离娄下》：“储子曰：‘王使人瞷夫子，果有以异于人乎？’孟子曰：‘何以异于人哉？尧舜与人同耳。’”《孟子·告子下》：“曹交问曰：‘人皆可以为尧舜，有诸？’孟子曰：‘然。’‘交闻文王十尺，汤九尺，今交九尺四寸以长，食粟而已，如何则可？’曰：‘奚有于是？亦为之而已矣。有人于此，力不能胜一匹雏，则为无力人矣；今曰举百钧，则为有力人矣。然则举乌获之任，是亦为乌获而已矣。夫人岂以不胜为患哉？弗为耳。徐行后长者谓之弟，疾行先长者谓之不弟。夫徐行者，岂人所不能哉？所不为也。尧舜之道，孝弟而已矣。子服尧之服，诵尧之言，行尧之行，是尧而已矣；子服桀之服，诵桀之言，行桀之行，是桀而已矣。’”《传习录》卷下：“先生锻炼人处，一言之下，感人最深。一日，王汝止（王艮，字汝止——引者）出游归，先生问曰：‘游何见？’对曰：‘见满街人都是圣人。’先生曰：‘你看满街人是圣人，满街人倒看你是圣人在。’”

【略考】

刘师培有《泰州学派开创家王心斋先生学术》，发表于1904年8月1日《中国白话报》第17期，署名光汉，白话文。载《刘申叔遗书补遗》上册P318—321。刘师培有《王艮传》，发表于1905年11月16日《国粹学报》第10期，署名刘光汉。载《刘申叔遗书》58册（6—14），《左盦外集》卷18。刘师培有《说立志（警语录之四）》，发表于1904年10月8日《中国白话报》，署名光汉，载《刘申叔遗书补遗》上册P419—423。

宝应刘练江先生永澄

皇明御九有，养士三百年。大哉练江公，岳岳忠格天。奇节慕文山，孤忠师屈原。揽辔盼澄清，耿耿心孤悬。斯时朝政缺，阉宦方柄权。困藩羊不触，厝火薪已然。当世岂乏才，莠苗杂（莆）〈甫〉田。置身清浊间，结舌同寒蝉。惟公膺此际，百感纷膺填。感叹士气颓，只手为转圜。大海回狂澜，一发千钧牵。首陈邪正淆，继陈刑赏愆。嫉恶森刚肠，直节朱丝絃。颇恋君父恩，宁受妻子怜。何以报主知，退恶兼进贤。叩阍帝不闻，吾道终迍邅。耻污京洛尘，思结焦山椽。言从高顾游，结交金兰坚。讲社辟东林，念国心忧煎。宁为珠玉破，耻作瓦釜全。幸免北寺诛，党籍名犹镌。觥觥史鳍节，清白贻子孙。独惜公去后，天骄方窥边。当年讲学场，化作腥与膻。我读练江文，字字森戈鋋。继诵《楚词注》，忠爱大缠绵。举世尚脂韦，习俗凭谁迁。惟有嫉俗心，与公同惓惓。

【笺注】

〔刘练江先生永澄〕刘永澄（1576—1612），字静之，一字练江，扬州宝应人。“登万历辛丑进士第，授顺天学教授，……壬子，起职方主事，未上而卒，年三十七。先生与东林诸君子为性命之交。”（《明儒学案》卷 60《东林学案三 · 职方刘静之先生永澄》

〔九有〕《毛诗正义》卷 20—3《商颂 · 玄鸟》：“方命厥后，奄有九有。”毛传：“九有，九州也。”

〔养士三百年〕《明太祖宝训》卷 6《育人材》：“太祖谓礼部尚书李原名曰：‘昔人有言，不素养士欲求贤，譬犹不琢玉而求文采。夫天下未尝无贤才，顾养之之道何如耳。’”《明史纪事本末》卷 16《燕王起兵》：“夏四月，平安营于小河，燕兵据河北，……平安遇王于北坂，王急，几为安槊所及，马蹶，不得前，燕番骑指挥王骐跃马入阵，援燕王，得脱。……平安被俘见王，曰：‘淝河之战，公马不蹶，何以遇我？’安大言曰：‘刺殿下如拉朽耳。’王太息曰：‘高皇帝好养壮士！’释之，遣还北平。”《荷牐丛谈》卷 2《列朝犯颜强谏杖毙惨杀诸公》：“嘉靖……甲申……修撰杨慎曰：‘国家养士百五十年，仗节义死，正在今日。’”《石匮书后集》卷 25《左良玉列传》：“我祖宗朝三百年养士之报，岂其决裂于佥壬；大明国十五省赴义之心，正宜暴白于斧钺。”

〔岳岳〕挺拔貌。详见《和周美权〈夜坐偶成〉用原韵》一诗〔珍重岁寒盟，岳岳青松姿〕条笺注。

〔文山〕文天祥（1236—1283），字宋瑞，又字履善，自号浮休道人、文山，江西吉安人。

〔揽辔盼澄清〕《后汉书·范滂传》："滂登车揽辔，慨然有澄清天下之志。"盻，依文义，疑当作"盼"。《五世小记》本作"盼"。

〔阉宦方柄权〕《明史·食货志一》："神宗乃加赋重征，矿税四出，移正供以实左藏。中涓群小，横敛侵渔。民多逐末，田卒污莱。吏不能拊循，而覆侵刻之。"《明史·食货志五》：万历"二十四年，张位秉政，前卫千户仲春请开矿，位不能止。开采之端启，废弁白望献矿峒者日至，于是无地不开。中使四出：昌平则王忠，真、保、蓟、永、房山、蔚州则王虎，……皆给以关防，并偕原奏官往。矿脉微细无所得，勒民偿之。而奸人假开采之名，乘传横索民财，陵轹州县。有司恤民者，罪以阻挠，逮问罢黜。时中官多暴横，而陈奉尤甚。富家巨族则诬以盗矿，良田美宅则指以为下有矿脉，率役围捕，辱及妇女，甚至断人手足投之江，其酷虐如此。帝纵不问。自二十五年至三十三年，诸珰所进矿税银几及三百万两，群小藉势诛索，不啻倍蓰，民不聊生。……识者以为，明亡盖兆于此。"《明史·神宗本纪一》：万历"二十四年冬十月……乙酉，始命中官榷税通州。是后，各省皆设税使。群臣屡谏不听。"阉宦，《刘申叔遗书补遗》本作"阉官"，误。

〔困藩羊不触〕《周易·大壮》："羝羊触藩，不能退，不能遂。"此句指，公羊尚且知道不能让自己的角挂到藩篱之上，以至进退维谷，（但明神宗万历却一意孤行，埋下王朝灭亡的种子）。

〔厝火薪已然〕《汉书·贾谊传》："夫抱火厝之积薪之下，而寝其上，火未及燃，因谓之安，方今之势，何以异此。"《明史·神宗本纪二》："赞曰：神宗冲龄践阼，江陵秉政，综核名实，国势几于富强。继乃因循牵制，晏处深宫，纲纪废弛，君臣否隔。于是小人好权趋利者驰骛追逐，与名节之士为仇雠，门户纷然角立。驯至悊、愍，邪党滋蔓。在廷正类无深识远虑以折其机牙，而不胜忿激，交相攻讦。以致人主蓄疑，贤奸杂用，溃败决裂，不可振救。故论者谓明之亡，实亡于神宗，岂不谅欤。光宗潜德久彰，海内属望，而嗣服一月，天不假年，措施未展，三案构争，党祸益炽，可哀也夫。"然，《五世小记》本作"燃"。

〔莠苗杂（莆）〈甫〉田〕》《毛诗正义》卷 5—2《齐风·甫田》："无田甫田，维莠骄骄。"毛传："甫，大也。大田过度，无人功，终不能获。"此句指，田地里秧苗和莠草（狗尾草）并存。喻君子与小人，贤人与佞人兼有。

〔寒蝉〕《后汉书 · 党锢列传 · 杜密传》："刘胜位为大夫，见礼上宾，而知善不荐，闻恶无言，隐情惜己，自同寒蝉，此罪人也。"李贤注："寒蝉谓寂默也。《楚词》曰：'悲哉秋之为气也，蝉寂漠而无声。'"后为成语"噤若寒蝉"，喻惧怕罹祸，不敢说话。

〔惟公膺此际〕膺，《五世小记》本作"值"。

〔感叹士气颓，只手为转圜〕《刘练江先生集》卷 6《书（三）· 与乔进士》："方今言事之人不过以耒榷未停、兴作未止、员缺未补、章疏未下等项为谆谆。其实，非切中膏肓之论。大约以前诸项，譬诸病人感受内外之邪，逐节攻治，未必有瘳法。当理其正气，而邪自散，所谓正气者，引用贤人君子是也。……近者不公不平之事，非不发贤者之愤，增世俗人之慨。然不过偶语窃叹，额蹙而不敢吐。则士气之沮丧，言路之废弛极矣。大老何尝以为忧，台省何尝以为言。看此景象，其究竟不至尽化为谗谄面谀不止。设有元恶大憝，谋害忠良，结植党与，凭墉伏社而起，断无一人敢借剑矣。此段病痛实为腹心之忧，少有言及之者，足下不可不首发也。"颓，《五世小记》本作"类（頮）"。

〔首陈邪正淆〕《刘练江先生集》卷 4《书（一）· 上归德沈公（大学士沈鲤——引者）》："伏睹阁下，几几之忠，休休之度，直超越三代以下诸名相而上之，海内之士，思望见丰采，以卜太平久矣。……澄观近日时事，非特与古之治世异，即乱世亦异。盖乱世不正则邪，不用君子则小人也。焉有君子、小人各韫蒙而不露，混扰而无别，可以成世界乎！"正，《五世小记》本作"士"。

〔继陈刑赏愆〕《刘练江先生集》卷 4《书（一）· 再上晋江李公（大学士李廷机——引者）》："所谓观人，不于所勉，于所忽者，固细行当矜之说也。不又有小事胡涂，大事不胡涂者乎！观其小事，则大者掩矣。傥以细行之偶亏，而令国家不得收宏巨之用，不亦过与！……如以其用人者自治，固非醇备之修。傥以其自治者律人，亦岂器使之道？且令敝车瓦器之伪儒获收，而真才反诎。则何以恢远略，撑宇宙哉！《大学》'平天下'章，其于贤不贤之进退，欲其勇决，固也。如韩魏公作相，而司马君实在谏垣，则不合；司马君实作相，而苏子瞻为台谏，则不合。当此之时，赏罚果行，则贤者必有一伤，是勇决亦何可易言也。……天下固有中正和平之君子，亦有意气未融之君子；固有百行皆备之君子，亦有行不掩言之君子。一一欲其合己，则迕己者退矣；一一欲其似己，则异己者退矣。其势至蔡京以奉行见售，而严挺之以素负气见疏，岂不可畏也哉！"

〔嫉恶森刚肠〕《文选》卷 43 嵇叔夜（康）《与山巨源绝交书》："刚肠疾恶，轻肆直言，遇事便发，此甚不可二也。"《明儒学案》卷 60《东林学案三 · 职方刘静之先生永澄》："先生天性过于学问，其疾恶之严，真如以利刃齿腐朽也。"刘师培《刘永澄传》："又世无中行，全凭一种高世抗俗之人砥柱颓波，而当事者多为假中庸所惑。(《答笪我真》）又不识清介廉洁四字，以逢迎世路之资，讬中行通变之道。(《与某茂才书》）汉儒以大中训极，而极之流遂为苟容。自唐儒以博爱为仁，而仁之道遂为小惠。自汉晋以来，有恕己恕人之说，而恕之弊遂为姑息。圣人浸远，道学无传，于是汉人之中庸，唐人之模棱皆足以自附于此三字之义。(《恕斋说》）"

〔直节朱丝絃〕《全唐诗》卷 221 杜甫《赠李十五丈别（李秘书文嶷）》："清高金茎（一作掌）露（一作茎掌），正直朱丝弦。"（第 4 册 P2345）《史记 · 礼书》："皮弁布裳，朱弦洞越"。裴骃《集解》："郑玄曰：'朱弦，练朱丝弦也。'" 絃，《五世小记》本、《刘申叔遗书补遗》本作 "弦"。

〔颇恋君父恩，宁受妻子怜〕《刘练江先生集》卷首附《明史稿 · 刘永澄传》："楚宗、妖书、京察诸事起，永澄将具疏有所纠弹。适其父至京师，焚其草而止。大学士沈鲤雅知永澄，较谘以时事。满三载，当迁官，永澄喟然叹曰：'阳城为国子师，斥诸生三年不省亲者。况身为国子师乎！' 遂引疾归，家徒四壁立，绝不干谒有司。"

〔叩阍帝不闻〕《刘练江先生集》卷 4《书（一）· 再上归德沈公（大学士沈鲤——引者）》："澄向欲沥胆以叩九阍，而今不获矣。"

〔迍邅〕亦作 "屯邅"。《经典释文》卷 2《周易音义 · 屯》："屯如邅如"。陆德明注："马云：'难行不进之貌。'"《艺文类聚》卷 27《人部十一 · 行旅》录蔡邕《述行赋》："余有行于京洛，遘淫雨之经时。涂迍邅其蹇连，潦污滞而为灾。"

〔耻污京洛尘〕洛阳，泛指帝都。《艺文类聚》卷 28《人部十二 · 游览》录班彪《游居赋》(亦作《冀州赋》)："遂发轸于京洛，临孟津而北厉。"《文选》卷 24 陆士衡（机）《为顾彦先赠妇二首》："京洛多风尘，素衣化为缁。" 污，《刘申叔遗书补遗》本作 "汙"。

〔思结焦山椽〕《刘练江先生集》卷 8 附录文震孟《明故兵部职方司主事刘静之先生行状》："归卧焦山，确乎有终焉之志，沉疴亦稍向瘳。" 同上书卷首附《刘职方公年谱》："三十五年丁未，三十二岁，养静焦山。时相国叶公向高自南而北，冠盖麇集于维扬。相国曰：'今朝良会，独少一人。' 佥曰：'其刘静之乎！' 或以轻舸逆公，公谢以河鱼腹疾。不往。" 此句指刘永澄 "归卧焦山，确乎有终焉之志"，即有结庐镇江焦山，终老于此之意。椽，《五世小记》本作 "掾"，似误。

〔言从高顾游〕《刘练江先生集》卷首附《明史稿 · 刘永澄传》："永澄尝至苏州与震孟习静竹坞，研穷名理。访顾宪成、高攀龙于东林，访刘宗周于西湖，皆深相契合。”《明儒学案》卷 60《东林学案三 · 职方刘静之先生永澄》：“先生与东林诸君子为性命之交，高忠宪曰：‘静之官不过七品，其志以为天下事莫非吾事。若何而圣贤吾君，若何而圣贤吾相，若何而圣贤吾百司庶职。年不及强而仕，其志以为千古事莫非吾事。生前吾者，若何扬揭之；生当吾者，若何左右之；生后吾者，若何矜式之。’”从，《五世小记》本作“念”。

〔结交金兰坚〕《刘练江先生集》卷 5《书（二）· 与笪我真》：“山居三月，烟云水石之胜，领略不尽。然识韩之幸，尤其大者，且添我金兰簿中一人，所得更不赀耳。”笪继良，字我箴，一字抑之，号我真，明代诗文家，京口（镇江）人。《李太白文集》卷 25《与韩荆州书》：“白闻天下谈士，相聚而言曰：‘生不用万户侯，但愿一识韩荆州。’何令人之景慕一至于此耶！”韩荆州即韩朝宗，后世以“识韩”喻见到平生景仰之人。

〔讲社辟东林〕《刘练江先生集》卷首附《崇祀道南祠录》：“公生与顾端文公宪成、高忠宪公攀龙、文文肃公震孟、刘忠端公宗周为性命交，讲学东林。……三上治安之策。已而情殷哺返，勃还南国以承欢。兼之念切传薪，亟入东林而讲学。析微言而明大义，师事端文，扶世教而植人心。”社，《五世小记》本作“席”。

〔宁为珠玉破，耻作瓦釜全〕《刘练江先生集》卷 5《书（二）· 答蒋笠泽》：“教云：‘宁为玉碎，毋为瓦全。’快哉！今人几能信此二语？知丈且为海内第一等人物，不徒以治行显也。”《北齐书 · 元景安传》：“初，永兄祚袭爵陈留王，祚卒，子景皓嗣。天保时，诸元帝室亲近者多被诛戮。疏宗如景安之徒议欲请姓高氏，景皓云：‘岂得弃本宗，逐他姓，大丈夫宁可玉碎，不能瓦全。’景安遂以此言白显祖，乃收景皓诛之，家属徙彭城。由是景安独赐姓高氏，自外听从本姓。”破，《五世小记》本作“碎”。

〔幸免北寺诛〕明熹宗天启朝，阉党得势，镇压东林，多人被害。刘永澄病逝于万历四十年五月初七（1612 年 6 月 5 日），年 37 岁，侥幸未及阉党的镇压诛杀。黄门北寺狱，即昭狱。此指明朝东厂、锦衣卫之北镇抚司狱。《后汉书 · 党锢列传 · 李膺传》：“帝愈怒，遂下膺等于黄门北寺狱。”《文献通考》卷 164《刑考三 · 刑制》：“九年，复置若卢狱官（若卢狱属少府，主鞫将相大臣）。是后，又有黄门北寺、若卢都内诸狱。”同上书卷 57《职官考十一 · 内侍省 · 内府局》：“汉自桓灵以来，有黄门北寺狱，是宦者得以专刑也。故穷捕钩党，剿戮名士，皆黄门北寺狱之所为也。”

〔党籍名犹镌〕《明史 · 刘宗周传》：“时有昆党、宣党与东林为难。宗周上言：‘东林，顾宪成讲学处。高攀龙、刘永澄、姜士昌、刘元珍，皆贤人。于玉立、丁元荐，较然不欺其志，有国士风。诸臣摘流品可也，争意见不可；攻东林可也，党昆、宣不可。’党人大哗，宗周乃请告归。”案：刘永澄虽与诸东林党人有“性命之交”，但因官职低且已于早先病逝，天启年阉党炮制的《东林党人榜》《东林朋党录》《东林点将录》《东林同志录》《东林籍贯》《盗柄东林伙》《伙坏封疆录》等未将其列入其中。清康熙时的《东林列传》亦未为之设专传。

〔史鳍〕字子鱼，亦称史鱼，春秋时卫国大夫。《孔子家语》卷5《困誓第二十二》：“卫蘧伯玉贤而灵公不用，弥子瑕不肖反任之，史鱼骤谏而不从。史鱼病将卒，命其子曰：‘吾在卫朝不能进蘧伯玉，退弥子瑕，是吾为臣不能正君也。生而不能正君，则死无以成礼。我死，汝置尸牖下，于我毕矣。’其子从之。灵公吊焉，怪而问焉，其子以其父言告公。公愕然失容曰：‘是寡人之过也。’于是命之殡于客位。进蘧伯玉而用之，退弥子瑕而远之。孔子闻之曰：‘古之列谏之者，死则已矣，未有若史鱼死而尸谏，忠感其君者也，不可谓直乎。’”《论语·卫灵公第十五子》：“子曰：‘直哉史鱼！邦有道，如矢；邦无道，如矢。君子哉蘧伯玉！邦有道，则仕；邦无道，则可卷而怀之。’”

〔清白贻子孙〕贻，《刘申叔遗书补遗》本作“遗”。

〔天骄〕《汉书·匈奴传上》：“其明年，单于遣使遗汉书云：‘南有大汉，北有强胡。胡者，天之骄子也。’”后以天之骄子、天骄喻北方少数民族君主。此处指努尔哈赤。《满州实录》卷 4：戊午天命三年（明万历四十六年，1618）“四月十三壬寅巳时，帝将步骑二万征明国，临行书七大恨告天”。

〔腥与氈〕古代常以“腥膻”蔑称少数民族，详见《水调歌头·书王船山先生〈龙舟会〉杂剧后》一诗〔腥膻〕条笺注。氈，似应作“羶”或“膻”。《警钟日报》本作“氈”，似误。《五世小记》本作“羶”，《刘申叔遗书补遗本》作“膻”。

〔我读练江文，字字森戈鋋〕戈鋋，指枪矛。《后汉书·班固传》录其《东都赋》：“元戎竟野，戈鋋彗云。”《说文解字》卷 12 下《戈部》：“戈，平头戟（戟——引者）也。”《说文解字》卷 14 上《金部》：“鋋，小矛也。”《明儒学案》卷 60《东林学案三·职方刘静之先生永澄》：“先师刘忠端曰：‘静之尚论千古得失，尝曰：“古人往矣，岂知千载而下，被静之检点破绽出来？安知千载后，又无检点静之者？”其刻厉自任如此。’大概先生天性过于学问，其疾恶之严，真如以利刃齿腐朽也。”鋋，《刘申叔遗书补遗》本误为“鋋”。

〔《楚词注》〕《刘练江先生集》卷首附《刘职方公年谱》：“三十六年戊申，三十三岁，入京候，作《离骚经纂注》。”今有乾隆宝应刘氏兴让堂刻本存世。

〔忠爱大缠绵〕大，《五世小记》本作“尤”。

〔脂韦〕意为油脂和软皮，后喻逢迎圆滑。《楚辞补注》卷 6 屈原《卜居》：“宁廉洁正直，以自清乎？将突梯滑稽，如脂如韦，以洁楹乎？”王逸注：“柔弱曲也。”“顺滑泽也。”洪兴祖补注：“五臣云：能滑柔也。”“《文选》作絜。五臣云：絜楹，谓同谄谀也。”《刘练江先生集》卷 5《书（二）·答文文起》：“或有所荐，称曰：‘彼非安静人，来则生事矣。’夫仗节死难之士，必于平居犯颜敢谏中求之，以为生事，则脂韦唯诺者反贤乎！”

〔惟有嫉俗心，与公同惓惓〕刘师培《刘练江先生的学术》：“现在的中国，除得‘激烈’两个字，无论用那种主义，都不能好起来。我恐怕现在的人，把‘激烈’两个字当做坏字面，所以在第六册《白话报》上，做了一篇《论激烈的好处》登上去，又恐怕现在的人说：‘激烈派的人，中国从前没有，我要他甚么事？’所以，我又把中国激烈派刘练江先生的学术，一层一层的说出来，教你们晓得‘激烈’两个字，也是中国前人说过的。我们的中国，或者有独立的日子了。”

【略考】

刘师培有《刘练江先生的学术》，发表于 1904 年 4 月 16 日《中国白话报》第 9 期，署名光汉，白话文。载《刘申叔遗书补遗》上册 P155—159。刘师培有《刘永澄传》，发表于 1906 年 4 月 13 日《国粹学报》第 15 期，署名刘光汉。载《刘申叔遗书》58 册（16—30），《左盦外集》卷 18。

春深

盻到春来春已深，残花如雪柳成阴。好凭烟月消佳节，岂有风云付壮吟。病起空增迟暮感，书成奚补济时心。光阴弹指惊驹隙，江上青山阅古今。

【刊载】

《警钟日报》，1904 年 9 月 19 日，署名光汉。《刘申叔遗书补遗》上册 P395。

【类别】

七言，8 句。

【编年】

1904 年。依首次发表时间。

【笺注】

〔盻〕依文义，疑当作“盼”。

〔烟月〕本指月色朦胧，亦称风月之事为烟月，泛指欢娱，狭指风流韵事。《全唐诗》卷 359 刘禹锡《送李中丞赴楚州》："万顷水田连郭秀，四时烟月映淮清。"（第 6 册 P4053）《清异录》卷上《蠡窠巷陌》："四方指南海为烟月作坊，以言风俗尚淫。今京师鬻色户将及万计，至于男子举体自货，进退恬然，遂成蠡窠巷陌，又不止烟月作坊也。"

〔风云〕局势，时局。《后汉书 · 朱佑、景丹、王梁等传》史论："中兴二十八将，前世以为上应二十八宿，未之详也。然咸能感会风云，奋其智勇，称为佐命，亦各志能之士也。"

〔壮吟〕豪迈雄壮的诗词。刘挚《忠肃集》卷 16《还郭祥正诗卷》："壮吟豪醉售佳境，日题百纸倾千钟。"

〔病起空增迟暮感〕刘师培很年轻时身体就不好。观此句，其时似为大病初愈，仅 20 岁即有"迟暮"之感。另见《甲辰年自述诗》（其一）一诗"略考"。

〔书成奚补济时心〕此句与《甲辰年自述诗》（其三十二）一诗中第四句完全一样。

〔光阴弹指惊驹隙〕典故"白驹过隙"。详见《端阳日偕地山泽山谷人泛湖言念旧游怆然有作》一诗〔百年一隙驶白驹〕条笺注。

〔江上青山阅古今〕"庭前绿树吟风雨，江上青山阅古今"为旧时楹联常用句。

吊何梅士

黄金宝剑肝肠热，破浪乘风壮志深。海水天风归不得，夜深风雨泣鹃禽。

【刊载】

《警钟日报》，1904 年 9 月 19 日，署名光汉。《刘申叔遗书补遗》上册 P396。

【类别】

七言，4 句。

【编年】

1904 年。依首次发表时间。

【笺注】

〔何梅士〕冯自由《兴中会时期之革命同志》："何梅士。福建侯官 / 学生 / 爱国学社 / 癸卯，字靡施，一号媒死，南阳公学学生，因该校当局不许学生谈论时政，全体退学，另组爱国学社，与诸同学发刊学生世界，持论甚激。苏报被封后，更与章士钊等另设国民日日报，后以愤世蹈死。事实见章士钊撰双枰记小说。”（冯自由《革命逸史》第三集 P82，中华书局 1981 年 7 月第 1 版）章士钊为陈独秀《哭何梅士》诗作注：“二月十六日（阳历——引者），福建何梅士以脚气病，死于东京。盖吾党中又失一健卒矣。余闻而痛极，然非深知何梅士者，亦不知所以为痛也。余与梅士居海上，形影相属者半年有余，无一日不促谈至漏尽。安徽陈由己（陈独秀——引者）亦与余及梅士同享友朋之乐者也。梅士之立志与行事，由己知之亦详。（士梅）〈梅士〉之死也，由己方卧病淮南，余驰书告之。余得由己报书谓：‘梅士之变，使我病益加剧。人生朝露，为欢几何。对此能弗自悲。哭诗一首，惨不成句矣。’”（1904 年 4 月 15 日《警钟日报》《杂录》栏）陈独秀共写有三首悼念缅怀何梅士的诗，分别是：《哭何梅士》《夜梦亡友何梅士觉而赋此》和《存殁六绝句》（其一）。章士钊写有两首，与陈独秀《哭何梅士》同发表于 1904 年 4 月 15 日《警钟日报》《杂录》栏。何去世后，章士钊曾在 1909 年 9、10 月的《帝国日报》连载小说《双枰记》，后又于 1914 年《甲寅》月刊第 4 期、第 5 期上连载。小说描写了男主人公“何靡施”和女主人公“沈棋卿”的爱情故事。在小说中，“何靡施”最终自杀殉情而死。何梅士曾参与编辑《国民日日报》，与刘师培亦相识。

〔黄金宝剑〕《全唐诗》卷 171 李白《陈情赠友人》：“延陵有宝剑，价重千黄金。观风历上国，暗许故人深。归来挂坟松，万古知其心。”（第 3 册 P1766）《史记 · 吴太伯世家》：“季札之初使，北过徐君。徐君好季札剑，口弗敢言。季札心知之，为使上国，未献。还至徐，徐君已死，于是乃解其宝剑，系之徐君冢树而去。从者曰：‘徐君已死，尚谁予乎？’季子曰：‘不然。始吾心已许之，岂以死倍吾心哉！’”张守节《正义》：“《括地志》云：‘徐君庙在泗州徐城县西南一里，即延陵季子挂剑之徐君也。’”此句喻刘师培与何梅士的相知与深厚情谊。

〔破浪乘风壮志深〕1903 年 12 月 4 日，《国民日日报》被迫停刊停刊后，何梅士东渡日本。《全唐诗》卷 25 李白《杂曲歌辞 · 行路难三首》其一：“长风破浪会有时，直挂云帆济沧海。”（第 1 册 P343）

〔海水天风归不得〕1904 年 2 月 16 日，何梅士病逝于日本东京，客死他乡。《六臣注文选》卷 27《饮马长城窟行》：“枯桑知天风，海水知天寒。”李善注：“枯桑无枝，尚知天风；海水广大，尚知天寒。”李周翰注：“枯桑无枝叶则不知天风，海水不凝冻则不知天寒。”王世禛《精华录》卷 8《今体诗 · 送董樵归成山旧隐》：“水仙操罢扁舟去，海水天风万里长。”

〔鵩禽〕猫头鹰，亦称鸒鵩、鸱鸮、鸱枭、鸮、鵩。《山海经》卷 3《北山经》："又北三百里曰北嚣之山，……有鸟焉其，状如乌，人面，名曰鸒鵩，宵飞而昼伏，食之已暍。"《汉书 · 贾谊传》："谊为长沙傅三年，有服飞入谊舍，止于坐隅。服似鸮，不祥鸟也。"孙存吾《皇元风雅后集》卷 10 傅谦则《东山有鸱枭》："金衣菊裳海头鹘，胡不啄此鸱枭目。剑翎钩爪鞲上鹰，胡不食此鸱枭肉。东飞西飞正颉颃，开口呀呀无饱足。天何生此不祥鸟，白日妖呼鬼夜哭。"猫头鹰夜鸣，中国人认为不祥，民间素有报丧、逐魂之说。

岁暮怀人（九首）

【刊载】

《警钟日报》，1904 年 10 月 24 日，署名光汉。《青溪旧屋仪征刘氏五世小记》P58—59；《刘申叔遗书补遗》上册 P425—426。

【类别】

七言，4 句。

【编年】

1904 年。依首次发表时间。

岁暮怀人（其一）

枚叔说经王戴伦，海滨绝学孤无邻。蕫斋无灵晚村死，中原徧地多胡尘。（自注：余杭章太炎。）

【笺注】

〔枚叔〕章炳麟（1869—1936），字枚叔，号太炎，后因倾慕顾炎武（名绛），改名为绛，浙江余杭人。中国近代学术大师，民主革命家，于经学、历史、语言文字、哲学、政论等造诣极高。

〔王戴〕指王念孙、王引之父子和戴震。见《甲辰年自述诗》（其八）一诗〔高邮王氏〕条笺注、《甲辰年自述诗》（其四十一）一诗〔东原立说斥三纲〕条笺注。此句指，章太炎的训诂学、经学研究可以比肩高邮王氏父子和戴震。

〔海滨绝学〕指仪征刘氏对《春秋左传》的家学研究。章太炎《与刘师培（一）》：

"仁君家世旧传贾、服之学，亦有雅言微旨，匡我不逮者乎？孟瞻先生所纂《正义》秘不行世，鄙人素治兹书，盖尝上溯周汉，得其传人，有所陈义，则以孙卿、贾傅为本，次即子骏父子。"（《章太炎全集》第 15 册《书信集上》P129）章太炎《与刘师培（二）》："《旧疏考（证）〈正〉》，家有是书，《正义》虽未完具，终望讽诵一过，未知他日可以借阅否？甚猥猥也！"（《章太炎全集》第 15 册《书信集上》P131）海滨，指扬州。详见《明代扬州三贤咏 · 泰州王心斋先生艮》一诗〔海滨地〕条笺注。

〔薑斋〕亦作"姜斋"，指王夫之。见《读王船山先生遗书》一诗〔王船山先生遗书〕条笺注、《甲辰年自述诗》（其三十七）一诗〔姜斋先生知其真〕条笺注。

〔晚村〕吕留良。见《咏晚村先生事》一诗〔晚村〕条笺注。

〔中原徧地多胡尘〕《青溪旧屋仪征刘氏五世小记》P35："这时（指 1903——引者）他（指刘师培——引者）在上海与章太炎、蔡元培诸先生订交，主张种族革命。在《警钟报》上口诛笔伐，锐利无前。"徧，《刘申叔遗书补遗》本作"遍"。

岁暮怀人（其二）

神州陆沉古人叹，屹然一士当颓澜。夔涓牙旷久不作，茫茫四海知音难。（自注：山阴蔡孑民。）

〔神州陆沉〕见《感事八首》（其二）一诗〔又向神州叹陆沉〕条笺注。

〔颓澜〕喻狂澜既倒、大厦将倾。文天祥《文山集》卷 15《西涧书院释菜讲义（知瑞州日）》："昔人有言：'今天下溺矣。'吾党之士犹幸而不尽溺于波颓澜倒之冲。缨冠束带相与于此，求夫救溺之策，则如之何？噫！宜亦知所勉矣。"

〔夔涓牙旷〕夔，传说中虞舜时期著名乐师；师涓，春秋时期卫国乐师；俞伯牙，战国时期楚国乐师；师旷，春秋时期晋国乐师。《尚书 · 舜典》："帝曰：'夔，命汝典乐，教胄子。直而温，宽而栗，刚而无虐，简而无傲。诗言志，歌永言，声依永，律和声。八音克谐，无相夺伦，神人以和。'夔曰：'于予击石拊石，百兽率舞。'"《韩非子 · 十过第十》："昔者卫灵公将之晋，至濮水之上，税车而放马，设舍以宿，夜分，而闻鼓新声者而说之，使人问左右，尽报弗闻。乃召师涓而告之，曰：'有鼓新声者，使人问左右，尽报弗闻，其状似鬼神，子为我听而写之。'师涓曰：'诺。'因静坐抚琴而写之。师涓明日报曰：'臣得之矣，而未习也，请复一宿习之。'灵公曰："诺。"因复留宿，明日，而习之，遂去之晋。"《吕氏春秋 · 本味》："伯牙鼓琴，钟子期听之，方鼓琴而志在太山，钟子期曰：'善哉乎鼓琴，巍巍乎若太山。' 少选之间，而志在流水，钟子期又曰：'善哉乎鼓琴，汤汤乎若流水。' 钟子期死，伯牙破琴绝弦，终身不复鼓琴，以为世无足复为鼓琴者。非独琴若此也，贤者亦然。"《孟子 · 离娄上》："师旷之聪，不以六律，不能正五音。"《全唐诗》卷426白居易《法曲（一本此下有歌字）美列圣，正华声也》："一从胡曲相参错，不辨兴衰与哀乐。愿求牙旷正华音，不令夷夏相交侵。"（第7册P4702）

〔蔡孑民〕蔡元培（1868—1940），字鹤卿，又字孑民、仲申、民友，浙江绍兴山阴（今绍兴）人。近代著名教育家、民主革命家。

岁暮怀人（其三）

孤芳写怨屈正则，神仙吏隐梅子真。生平傲骨压尘俗，结庐偶来淞江滨。（自注：庐江吴彦复。）

【笺注】

〔屈正则〕屈原。《楚辞》卷1屈原《离骚》："帝高阳之苗裔兮，朕皇考曰伯庸。摄提贞于孟陬兮，惟庚寅吾以降。皇览揆余初度兮，肇锡余以嘉名。名余曰正则兮，字余曰灵均。"

〔神仙吏隐梅子真〕《汉书 · 梅福传》："梅福，字子真，九江寿春人也。少学长安，明《尚书》《谷梁春秋》，为郡文学，补南昌尉。后去官归寿春，数因县道上言变事，求假轺传，诣行在所条对急政，辄报罢。……是时，成帝委任大将军王凤，凤专势擅朝，而京兆尹王章素忠直，讥刺凤，为凤所诛。王氏浸盛，灾异数见，群下莫敢正言。福复上书……福孤远，又讥切王氏，故终不见纳。……至元始中，王莽颛政，福一朝弃妻子，去九江，至今传以为仙。其后人有见福于会稽者，变名姓，为吴市门卒云。"仙，《五世小记》本作"交"。

〔生平傲骨压尘俗〕压、俗，《五世小记》本作"厌""緤"。

〔淞江滨〕上海。

〔吴彦复〕吴保初（1869—1913），字彦复，号君遂，庐江县沙湖山人（今安徽合肥），淮军名将吴长庆之子。与陈三立（湖南巡抚陈宝箴之子）、谭嗣同（湖北巡抚兼署湖广总督谭继洵之子）、丁惠康（福州船政大臣，福建巡抚丁日昌之子）赞同支持变法维新，世称"清末四公子"。其长女吴弱男，嫁给章士钊为妻。吴彦复曾于京师为官，因上疏匡正不被理睬，愤而"挂冠归"。参见《赠吴彦复》一诗相关笺注。

岁暮怀人（其四）

蹈海归来一握手，颖慧杰出无其俦。西土光明照震旦，期君才笔横九秋。（自注：桂林马君武。）

【笺注】

〔蹈海归来〕1901 年冬，马君武赴日留学。参见《赠君武》一诗〔蹈海归来再握手，颖慧杰出仍无俦〕条笺注。

〔俦〕伙伴、朋友，引申为匹敌之人、物。《六臣注文选》卷 27 鲍明远（照）《还都道中作》："侵星赴早路，毕景逐前俦。"李周翰注："俦，俦侣也。"

〔西土光明照震旦，期君才笔横九秋〕西土光明，指西洋新思想、新文化。震旦，指中国，见《赠杨仁山居士（四首）》其四一诗〔震旦〕条笺注。马君武曾留学日本和德国，有众多译著。至 1904 年时，马君武已有多篇介绍西方的文章和译作问世，如：1902 年，《新派生物学家小史》《法兰西今世史》《达尔文物竞篇斯宾塞女权篇合刻》；1903 年，《社会主义与进化论比较（附社会党巨子所著书记）》《斯宾塞〈社会学原理〉》；《达尔文物种由来（第 1 卷）》等等。见曾德珪《马君武诗文著译系年录（一）》，载《广西师范大学学报（哲学社会科学版）》2002 年 7 月第 3 期。秋季为阴历七八九 3 个月，共 9 旬（90 天），故曰"三秋""九秋"。《山堂肆考》卷 12《时令·秋》："前汉《律历志》：'秋曰白藏，亦曰三秋、九秋、素秋、素商、高商。'"《全宋诗》卷 1352《苏过二·送参寥师归钱塘》："作诗为文尽馀事，劲节凛凛横九秋。"（北京大学出版社 1998 年 12 月第 1 版第 23 册 P15477）。

〔马君武〕马君武（1881—1940），原名道凝，又名同，后改名和，字厚山，号君武，广西桂林恭城县人。近代著名教育家、翻译家、民主革命家。

【略考】

刘师培曾自诩："余于社会学研究最深。"（《甲辰年自述诗》（其五十三），而马君武翻译的斯宾塞《社会学原理》，对刘师培产生了很大影响，参见《甲辰年自述诗》（其五十三）一诗〔道教阴阳学派异〕条笺注。

岁暮怀人（其五）

六朝撷艳文派古，雠书哦诗百不堪。满眼衙官谁屈宋，天留词笔大江南。

（自注：吴江陈佩忍。）

【笺注】

〔六朝撷艳文派古，雠书哦诗百不堪〕陈去病《与宗素、济扶两女士论文》："六朝风格不堪看，欲论文章当世难。惟有先明数遗老，珠玑血泪两情殚。""未成格调岂成章，刻意规抚意便伤。千缕文心千缕血，都应荡气与回肠。""浪使才华讵足奇，锦袍败絮昔相嗤。文从字顺词由己，此语吾师韩退之。"杨天石《陈去病全集序》（一）："陈去病是革命家，也是宣传家。在文章写作上，他批评六朝的浮华文风，反对形式重于内容，锦袍其外，败絮其中，也反对桐城派的'空谈义理'，'俚浅不根'，更反对分别门户，模仿古人。他重视内容，强调文从字顺，既有格调，又能使读者回肠荡气。"（上海古籍出版社 2009 年 10 月第 1 版 P8）《说文解字》卷 2 上《口部》："哦，吟也。"雠（讎），《五世小记》本作"讐"。

〔满眼衙官谁屈宋〕《新唐书·杜审言传》："杜审言，字必简，襄州襄阳人，晋征南将军预远裔。……尝语人曰：'吾文章当得屈、宋作衙官，吾笔当得王羲之北面。'其矜诞类此。"衙官指僚从，屈宋指屈原、宋玉。陈去病诗中有"欲论文章当世难"句，刘师培此句与下句为恭维陈去病文采卓然，当世无匹。

〔陈佩忍〕陈去病。见《题佩忍与林宗素孙济扶女士论文绝句后》一诗〔佩忍〕条笺注。

【略考】

刘师培仰慕遵从六朝骈文，参见《甲辰年自述诗（其四十八）》一诗"略考"。但在《题佩忍与林宗素孙济扶女士论文绝句后》及本诗中，又表达了对陈去病反对"六朝风格"的支持。刘师培参与骈文派与散文派论争，在 1905 年初之后。我个人认为，刘师培此时支持陈去病文论，一是因挚友间的情谊唱和，二是观点尚未确定坚定。前者为主因。1905 年参与骈文派与散文派论争后，刘师培再无此类言论。

岁暮怀人（其六）

著书不作郑思肖，拭剑偶慕吴要离。纷纷蛾眉工谣诼，蜩鸠安识鲲鹏奇。（自注：侯官林少泉。）

【笺注】

〔著书不作郑思肖〕林白水是福建侯官人，郑思肖是福建连江人，二地均旧属福州府，可算同乡。郑思肖著《心史》，封于铁函，藏于枯井，300 多年后的明末才重见天日。而林白水是近代著名报人，其存世著作几乎全是发表在报刊上，有思即撰，撰毕即刊，故曰“著书不作郑思肖”。

〔拭剑偶慕吴要离〕1904 年 8 月 1 日《中国白话报》第 17 期发表署名白话道人（林白水）的文章——《国民意见书：论刺客的教育》一文（第 18 期续完）。文中鼓吹：“中国除了做刺客，更无处置民贼的好法子了。”“要保人民的幸福，非做刺客不可。”要离，春秋时吴国刺客，曾为吴王阖闾刺杀王子庆忌。《战国策 · 魏四》：“安陵君因使唐且使于秦，……唐且曰：‘要离之刺庆忌也，仓鹰击于殿上。’”要离刺庆忌，见《吴越春秋 · 阖闾内传第四》《吕氏春秋 · 忠廉》。

〔纷纷蛾眉工谣诼〕《楚辞章句》卷 1 屈原《离骚》：“众女嫉余之蛾眉兮，谣诼谓余以善淫。”王逸注：“众女，谓众臣。女，阴也，无专擅之义，犹君动而臣随也，故以喻臣。蛾眉，好貌。”“谣，谓毁也。诼，犹谮也。淫，邪也。言众女嫉妒蛾眉美好之人，谮而毁之，谓之美而淫，不可信也。犹众臣嫉妒忠正，言己淫邪不可任也。”案：林白水办报文风犀利，嬉笑怒骂皆成文章，故而得罪了很多权贵。1904 年 10 月 8 日，林白水主办的《中国白话报》被迫停刊。此诗发表于 10 月 24 日。刘师培“纷纷蛾眉工谣诼，蜩鸠安识鲲鹏奇”二句或指此。

〔蜩鸠安识鲲鹏奇〕《庄子 · 逍遥游第一》：“北冥有鱼，其名为鲲。鲲之大，不知其几千里也。化而为鸟，其名为鹏。鹏之背，不知其几千里也；怒而飞，其翼若垂天之云。……鹏之徙于南冥也，水击三千里，抟扶摇而上者九万里……蜩与莺鸠笑之曰：‘我决起而飞，抢榆枋而止，时则不至而控于地而已矣，奚以之九万里而南为？’”蜩，蝉；莺鸠，斑鸠。均喻胸无大志之人。

〔林少泉〕林獬（1874—1926），又名万里，字少泉，曾用笔名宣樊、退室学者、白话道人等，福建侯官（今福州）人，近代著名报人、记者。后将“少泉”中之“泉”字拆为“白水”，用作笔名。洪宪帝制时，曾与刘师培一同参与袁世凯复辟。1926 年，与著名报人邵飘萍先后被奉系军阀张宗昌杀害。梅鹤孙《青溪旧屋仪征刘氏五世小记》P35—36：“到了次年（1903——引者）四五月间，这一天舅氏忽然出外未归。举家皇急，派人四处寻觅。有人说看见乘红船过江的，后来接到自上海来信，其实当时是林少泉与他一同赴沪的。”另参见《哀王郁仁》一诗“略考”。

岁暮怀人（其七）

琼琚玉佩美无度，少年奇气干将横。眼前腐儒不称意，从君共入寥天行。（自注：潼川谢无量。）

【笺注】

〔琼琚玉佩〕《诗经·郑风·有女同车》："有女同车，颜如舜华。将翱将翔，佩玉琼琚。"《毛诗正义》卷3—3《卫风·木瓜》："投我以木瓜，报之以琼琚。"毛传："琼，玉之美者。琚，佩玉名。"后亦指美文。《文苑英华》卷987《交旧十·祭亡友柳子厚文一首》韩愈《祭亡友柳子厚文》："玉佩琼琚，大放厥辞。"佩，《五世小记》本作"珮"。

〔干将〕《荀子·性恶篇第二十三》："阖闾之干将、莫邪、巨阙、辟闾，此皆古之良剑也。"《吴越春秋·阖闾内传第四》："阖闾复使子胥、屈盖余、烛佣习术战骑射御之巧，未有所用，请干将铸作名剑二枚。干将者，吴人也，与欧冶子同师，俱能为剑。越前来献三枚，阖闾得而宝之，以故使剑匠作为二枚：一曰干将，二曰莫耶。莫耶，干将之妻也。"

〔腐儒〕《荀子·非相篇第五》："鄙夫反是：好其实不恤其文，是以终身不免埤污佣俗。故《易》曰：'括囊无咎无誉。'腐儒之谓也。"《史记·黥布列传》："项籍死，天下定，上置酒。上折随何之功，谓何为腐儒，为天下安用腐儒。"司马贞《索隐》："谓之腐儒者，言如腐败之物不任用。"

〔寥天〕广袤无际的天空。《庄子集释》卷3上《（内篇）大宗师第六》："汝梦为鸟而厉乎天，梦为鱼而没于渊。不识今之言者，其觉者乎？其梦者乎？造适不及笑，献笑不及排，安排而去化，乃入于寥天一。"郭庆藩引郭象注："安于推移而与化俱去，故乃入于寂寥而与天为一也。"

〔谢无量〕谢无量（1884—1964），原名蒙，字大澄。后改名沉，字无量，号希范，四川乐至（清末时属潼川府）人。近代著名学者、民主革命家、诗人、书法家。

岁暮怀人（其八）

荆卿不作渐离死，易水萧萧白日寒。言念渔阳豪侠士，四方多故薄儒冠。（自注：沧州张溥泉。）

【笺注】

〔荆卿不作渐离死〕战国末，卫国人荆轲受燕国太子丹之托，至咸阳行刺秦王政，失败被杀。其临行前，“太子及宾客知其事者，皆白衣冠以送之”，高渐离是送行者之一。“秦并天下，立号为皇帝。于是秦逐太子丹、荆轲之客，皆亡。高渐离变名姓，为人庸保，匿作于宋子。……闻于秦始皇，秦始皇召见，人有识者，乃曰：‘高渐离也。’秦皇帝惜其善击筑，重赦之，乃矐其目，使击筑，未尝不称善。稍益近之。高渐离乃以铅置筑中，复进得近，举筑扑秦皇帝，不中。于是遂诛高渐离，终身不复近诸侯之人。”详见《史记·刺客列传·荆轲传》。此句指，像荆轲、高渐离这样仇恨“敌国”，甘作刺客的志士已经没有了。案：张继为人性如烈火，清末极力主张暗杀并身体力行。1904 年，张继在上海与刘师培均加入暗杀团，前者因万福华刺王之春案被捕入狱。

〔易水萧萧〕《史记·刺客列传·荆轲传》：“太子及宾客知其事者，皆白衣冠以送之。至易水之上，既祖，取道，高渐离击筑，荆轲和而歌，为变征之声。士皆垂泪涕泣。又前而歌曰：‘风萧萧兮易水寒，壮士一去兮不复还！’复为羽声慷慨，士皆瞋目，发尽上指冠。于是荆轲就车而去，终已不顾。”

〔言念渔阳豪侠士〕《文苑英华》卷 730《饯送十三·送董邵南游河北序一首》韩愈《送董邵南游河北序》：“燕赵古称多感慨悲歌之士。”后世常称，“燕赵多慷慨悲歌之士”。《全唐诗》卷 218 杜甫《后出塞五首》其四：“渔阳豪侠地，击鼓吹笙竽。”（第 4 册 P2296）渔阳，即燕赵故地，指今河北省及北京、天津两市所在地。张继，河北沧县孙清屯（今属沧州市南皮县）人。

〔四方多故薄儒冠〕1897 年，张继始就读于保定莲池书院，1899 年即赴日本早稻田大学留学。其一生均未参加清朝的科举考试。儒冠，儒家弟子佩戴的帽冠，此指科举。参见《甲辰年自述诗（其一）》一诗〔飞腾无术儒冠误〕条笺注。

〔张溥泉〕张继（1882—1947），字溥泉，河北沧县人，是最早的同盟会会员，国民党元老。在日本期间，曾与刘师培一起鼓吹“无政府主义”，是中国“无政府主义”思潮中的重要人物。

岁暮怀人（其九）

东门倚啸郁奇志，南阳抱膝歌长吟。漆室敢论天下计，独有炯炯千秋心。（自注：甘泉朱菊平。）

【笺注】

〔东门倚啸〕见《感事八首》（其八）一诗〔倚笑东门〕条笺注。

〔南阳抱膝〕《三国志 · 蜀书五 · 诸葛亮传》裴注引《魏略》:“亮在荆州，以建安禄与颍川石广元、徐元直，汝南孟公威等俱游学。三人务于精熟，而亮独观其大略。每晨夜从容，常抱膝长啸，而谓三人曰:‘卿三人仕进可至刺史、郡守也。’三人问其所至，亮但笑而不言。”

〔漆室〕见《读王船山先生遗书》一诗〔漆室〕条笺注。

〔炯炯〕《广雅》卷 6《释训》:“炯炯，……光也。”

〔朱菊平〕朱黄（1872—1944），字菊坪，号樗庵，扬州甘泉县（民初并入江都县）丁沟人。扬州冶春后社成员，诗文大家。刘师培堂兄刘师苍有一封致朱菊坪的信函存世，见杨丽娟《学海遗珍—仪征刘氏家藏书札笺注 · 刘师苍致朱菊坪书札（1 通）》（广陵书社 2014 年 12 月第 1 版 P46—47）。

黄罏歌呈彦复穗卿

吴侯四十豪无俦，快如健鹘横高秋。钱塘先生富绝学，奇思直与龚章侔。招携胜侣出门去，萧然同作黄罏游。良朋胜地今合并，有酒不醉非良谋。举觞痛饮杂谐谑，狂歌直欲笑孔邱。持论往复各一义，切直如见嘤鸣求。方今神（洲）〈州〉悲板荡，茫茫横海多长虬。渤澥风潮荡未已，中原北望荆榛稠。劝君买醉勿复忧，风花瞥眼如浮沤。浮云蚁蠓等闲事，安得羁束学楚囚。众醉独醒举世嫉，始知刘伶阮籍工消愁。

【刊载】

《警钟日报》，1904 年 10 月 29 日，署名光汉。《刘申叔遗书补遗》上册 P427。

【类别】

杂言。七言，21 句；九言，1 句。

【编年】

1904 年。依首次发表时间。

【笺注】

〔黄罏〕应为清末上海某酒家之名，其具体位置未详。“黄公酒垆”，典出《世说新语》，指魏晋时竹林七贤的聚饮之处。《世说新语 · 伤逝第十七》:“王浚冲为尚书令，著公服，乘轺车，经黄公酒垆下过，顾谓后车客：'吾昔与嵇叔夜、阮嗣宗共酣饮于此垆，竹林之游，亦预其末。自嵇生夭、阮公亡以来，便为时所羁绁。今日视此虽近，邈若山河。'"《全唐诗》卷 628 陆龟蒙《和袭美春夕酒醒》："几年无事傍江湖，醉倒黄公旧酒垆。觉后不知明月上，满身花影倩人扶。"（第 9 册 P7257）

〔彦复〕吴保初，字彦复。详见《岁暮怀人》（其三）一诗〔吴彦复〕条笺注。

〔穗卿〕夏曾佑（1863—1924），字穗卿，亦作遂卿，浙江钱塘（今浙江省杭州市）人。近代诗人、学者，曾任清末礼部主事。

〔健鹘〕《全唐诗》卷 217 杜甫《义鹘》："斯须领健鹘，痛愤寄所宣。"（第 4 册 P2284）《旧唐书·回纥传》："元和四年，蔼曷里禄没弭施合密毗迦可汗遣使改为回鹘，义取回旋轻捷如鹘也。"

〔钱塘先生〕指夏曾佑。

〔奇思直与龚章侔〕龚章，指龚自珍、章学诚。夏曾佑于历史学和今文经学均有很深的研究。他著有《最新中学教科书中国历史》一书，其今文经学思想虽无专门著作，亦无系统经学见解，但贯穿其众多史学著作中。他提出："凡经义之变迁，皆以历史因果之理解之，不专在讲经也。"他之所以尊崇今文经学，是因为公羊三世诸学说与其历史进化论思想、历史阶段性思想具有某些相似点。《刘申叔遗书补遗》本作"奇思〔堪〕与龚章侔"。

〔招携胜侣出门去，萧然同作黄罏游〕吴保初《北山楼集·北山楼诗·甲辰》（1938 年上海商务印书馆铅印本）有诗——《九月五日泥饮大醉因次穗卿后黄垆见赠韵》。该诗作于光绪三十年九月初五，1904 年 10 月 13 日。

〔良朋胜地今合并，有酒不醉非良谋〕吴保初《九月五日泥饮大醉因次穗卿后黄垆见赠韵》："醒狂醉骂聊复尔，有酒不饮心何居。"王勃《王子安集》卷 5《滕王阁诗序》："四美具，二难并。"《文选注》卷 30 谢灵运《拟魏太子邺中集诗八首（五言并序）》序："极天下良辰美景，赏心乐事，四者难并。"二难，一解为"贤主、嘉宾"。

〔举觞痛饮杂谐谑，狂歌直欲笑孔邱〕吴保初《九月五日泥饮大醉因次穗卿后黄垆见赠韵》："于今且莫论皇难，蔑弃礼乐焚诗书。"夏曾佑《后黄公卢（赠吴君遂）》："嗟乎梦觉那不殊，孔丘代温（自注：即达尔文）皆吾徒。"（《夏曾佑集》上册 P434，上海古籍出版社 2011 年 12 月第 1 版）

〔持论往复各一义〕《新唐书·刘洎传》："太宗好持论，与公卿言古今事，必往复难诘，究臧否。"此句指，各自发表观点，反复争论。

〔嘤鸣求〕《诗经 · 小雅 · 鹿鸣之什 · 伐木》：“嘤其鸣矣，求其友声。相彼鸟矣，犹求友声，矧伊人矣。”后喻寻找志同道合的朋友。

〔板荡〕形容天下大乱。详见《读王船山先生遗书》一诗〔板荡〕条笺注。

〔茫茫横海多长虬〕横海，泛指大海。汉代设“横海将军”，谓纵横海上。《盐铁论》卷 4《地广第十六》：“横海征南夷，楼船戍东越”。《史记 · 卫将军骠骑列传》：“将军韩说，弓高侯庶孙也。以校尉从大将军有功，为龙额侯。坐酎金失侯。元鼎六年，以待诏为横海将军，击东越有功，为按道侯。”此句指当时中国内忧外患，列强环伺，海疆完全被列强所控制。

〔渤澥风潮荡未已〕渤澥，即渤海。《齐乘》卷 2《济南水 · 海》：“海岱惟青州，谓东北跨海，西南距岱。跨小海也，本名渤海，亦谓之渤澥，海别枝名也。”此句似指日俄战争。

〔中原北望荆榛稠〕荆榛，荆棘灌木，亦喻险境危局。《吴越春秋 · 勾践阴谋外传第九》：“夫虎不可餧以食，蝮蛇不恣其意。今大王捐国家之福，以饶无益之雠，弃忠臣之言，而顺敌人之欲，臣必见越之破吴，豸鹿游于姑胥之台，荆榛蔓于宫阙。愿王览武王伐纣之事也。”此句当指中国北方地区面临列强觊觎，特别是日本和沙俄对东北地区的威胁。

〔浮沤〕《汉书 · 艺文志》：“《杂山陵水泡云气雨旱赋》十六篇。”颜师古注：“泡，水上浮沤也。”

〔蚁蠓〕亦作蠛蠓，指微小的飞虫。《史记 · 周本纪》：“麋鹿在牧，蜚鸿满野。”司马贞《索隐》：“按：高诱曰：‘蜚鸿，蠛蠓也。’言飞虫蔽田满野，故为灾，非是鸿雁也。”

〔楚囚〕《左传 · 成公九年》：“楚子重侵陈以救郑，晋侯观于军府，见钟仪，问之曰：‘南冠而絷者，谁也?’有司对曰：‘郑人所献楚囚也。’使税之，召而吊之。再拜稽首，问其族。对曰：‘泠人也。’公曰：‘能乐乎?’对曰：‘先父之职官也，敢有二事!’使与之琴，操南音。”参见《东京清明杂感（二首）》其二一诗〔痛哭新亭〕条笺注。

〔众醉独醒〕《楚辞》卷 7 屈原《渔父》：“屈原既放，游于江潭，行吟泽畔，颜色憔悴，形容枯槁。渔父见而问之，曰：‘子非三闾大夫与? 何故至于斯?’屈原曰：‘举世皆浊我独清，众人皆醉我独醒，是以见放。’”

〔刘伶阮籍工消愁〕《晋书 · 刘伶传》：“伶跪祝曰：‘天生刘伶，以酒为名。一饮一斛，五斗解酲。妇儿之言，慎不可听。’仍饮酒御肉，隗然复醉。”《晋书 · 阮籍传》：“籍本有济世志，属魏晋之际，天下多故，名士少有全者，籍由是不与世事，遂酣饮为常。文帝初欲为武帝求婚于籍，籍醉六十日，不得言而止。钟会数以时事问之，欲因其可否而致之罪，皆以酣醉获免。”《文选注》卷 27 魏武帝（曹操）《乐府二首・短歌行》：“对酒当歌，人生几何。譬如朝露，去日苦多。慨当以慷，忧思难忘。何以解忧，唯有杜康。”李善注：“《毛诗》曰：‘微我无酒，以遨以游。’《博物志》曰：杜康作酒。王著《与杜康绝交书》曰：康字仲宁。或云黄帝时宰人，号酒泉太守。《汉书》东方朔曰：臣闻消忧者，莫非酒也。”《刘申叔遗书补遗》本作“刘伶阮（藉）〔籍〕工消愁”。

【略考】

吴保初长刘师培 16 岁，夏曾佑长刘师培 21 岁，但三人私交甚笃。此诗为刘师培唱和二人之作。

光绪三十年九月初五（1904 年 10 月 13 日），吴保初与夏曾佑有一次豪饮。夏曾佑曾写诗纪念他们这次欢宴——《后黄公卢（赠吴君遂）》，载《夏曾佑集》上册 P434（上海古籍出版社 2011 年 12 月第 1 版）

吴保初有诗唱和——《九月五日泥饮大醉因次穗卿后黄垆见赠韵》，载吴保初《北山楼集・北山诗集・甲辰》（1938 年上海商务印书馆铅印本）。

题照相片

人相我相众生相，无人无我无众生。现身偶说出世法，大千世界开光明。

【刊载】

《警钟日报》，1904 年 10 月 30 日，署名光汉。《刘申叔遗书》61 册（24），《左盦诗录》卷 1《匪风集》。

【类别】

七言，4 句。

【编年】

1904 年。依首次发表时间。

【笺注】

〔人相我相众生相〕《金刚经・大乘正宗分第三品》：“若菩萨有我相、人相、众生相、寿者相，即非菩萨。”丁福保《佛学大辞典》：“智境四相（名数），一、我相，众生于涅（盘）〈槃〉之理，心有所证，于取其所证，心执着而不忘。认之为我，是名为‘我相’；二、人相，比前‘我相’，已进一步，不复认证为我，尚持我悟之心，是名为‘人相’；三、众生相，较前‘人相’又进一步，虽已超过我人之相，尚存了证了悟之相，是名为‘众生相’；四、寿命相，比前‘众生相’复进一步，虽已超过证悟之心，尚存能觉之智，如彼之命根，潜续于内，是名‘寿命相’。见《圆觉略疏·下》。”

〔无人无我无众生〕《金刚经·正信希有分第六品》：“是诸众生无复我相、人相、众生相、寿者相；无法相，亦无非法相。何以故？是诸众生若心取相，则为着我、人、众生、寿者。若取法相，即着我、人、众生、寿者。何以故？若取非法相，即着我、人、众生、寿者，是故不应取法，不应取非法。以是义故，如来常说：‘汝等比丘，知我说法，如筏喻者。法尚应舍，何况非法。’”

〔现身偶说出世法〕《甲辰年自述诗》（其五十四）一诗第一句即“现身偶说出世法”，与此句同。见该诗〔现身偶说出世法〕条笺注。案：现身，《警钟日报》本作“现生”。

〔大千世界〕丁福保《佛学大辞典》：“三千大千世界（术语），须弥山为中心，七山八海交互绕之，更以铁围山为外郭，是曰一小世界，合此小世界一千为小千世界，合此小世界一千为中千世界，合此中千世界一千为大千世界。大千世界之数量为一〇〇〇〇〇〇〇〇〇〇也。大千世界之上有三千者，示此大千世界，成自小千中千大千三种之千也，内容即一大千世界。以此一大千世界为一佛之化境。且此三千大千世界之广，恰等于第四禅天，成坏必同时焉。见《智度论·七》《佛地论·六》。”

后湘汉吟

翠盖澹凝雾，碧旂轻拂霓。水弄洛神珮，竹凄湘妃啼。蓉老残红褪，蘼深惨绿齐。销魂自有地，不必襄阳堤。

【刊载】

1931 年林思进清寂堂《左盦遗诗》刻本；《刘申叔遗书》61 册（41），《左盦诗录》卷 2《左盦诗》。

【类别】

五言，8 句。

【编年】

1904 年。《左盦诗》署“甲辰”。

【笺注】

〔翠盖〕《淮南鸿烈解》卷 1《原道训》：“驰要褭，建翠盖。”高诱注：“翠盖，以翠鸟羽饰盖也。”后亦喻指帝王。《宋书 · 礼志》：“汉氏因秦之旧，亦为乘舆，所谓乘殷之路者也。……文虎伏轼，龙首衔轭，鸾雀立衡，樚文画辕，翠羽盖黄里，所谓黄屋也。”《全唐诗》卷 223 杜甫《咏怀二首》其一：“西京复陷没，翠盖蒙尘飞。”（第 4 册 P2379）澹，《林本》作“淡”。

〔碧旍〕即“翠旍”。旍，同“旌”。《集韵》卷 4《平声四 · 清第十四》：“旌，……或作旍。”《楚辞章句》卷 2 屈原《九歌 · 少司命》：“孔盖兮翠旍，登九天兮抚彗星。”王逸注：“言司命以孔雀之翅为车盖，翡翠之羽为旗旍，言殊饰也。”

〔洛神珮〕《文选》卷 19 曹子建（植）《洛神赋》：“无良媒以接懽兮，托微波而通辞。愿诚素之先达兮，解玉珮以要之。”

〔竹凄湘妃啼〕《博物志》卷 8《史补》：“尧之二女，舜之二妃，曰湘夫人。舜崩，二妃啼，以涕挥竹，竹尽斑。”《周书 · 庾信传》：“信虽位望通显，常有乡关之思。乃作《哀江南赋》以致其意云。其辞曰：……城崩杞妇之哭，竹染湘妃之泪。……”《全唐诗》卷 26 李白《杂曲歌辞 · 远别离》：“恸哭兮远望，见苍梧之深山。苍梧山崩湘水绝，竹上之泪乃可灭。”（第1册 P355）另见《古意》一诗〔苍梧云去后，明月冷湘阴〕条笺注。

〔蓉老残红褪〕司马光《传家集》卷 12《和秉国芙蓉五章》其一：“清晓霜华漫自浓，独凭爱日养残红。劝君秉烛须勤赏，阊阖难禁一夜风。”芙蓉，荷花。

〔蘼深惨绿齐〕《本草纲目》卷 14《蘼芜》李时珍注：“蘼芜，一作蘪芜。其茎叶蘼弱而繁芜，故以名之。”《尔雅注疏》卷 6《释草第十三》：“蘪芜。”郭璞注：“香草，叶小如萎状。《淮南子》云：似蛇牀。《山海经》曰：臭如蘪芜。”陆德明《音义》：“蘪芜，一名薇芜，一名江蓠，芎䓖苗也。陶注云：叶似蛇牀而香。”邢昺疏：“芎䓖苗也。一名蕲茝，一名蘪芜，《本草》一名薇芜，一名江蓠。陶注云：似蛇牀而香。郭云：香草，叶小如萎状者，言如萎蕤之状也。”惨绿，暗绿色。《太平广记》卷 157《定数十二 · 李敏求》：“门外多是着黄衫、惨绿衫人。又见着绯紫端笏而侦立者，披白衫露髻而倚墙者。”《仪礼注疏》卷 41《既夕礼》：“马不齐髦。”郑玄注：“齐，翦也。”

〔销魂自有地，不必襄阳堤〕《乐府诗集》卷 48 刘宋随王刘诞《襄阳乐》九首其一：“朝发襄阳城，莫至大堤宿。大堤诸儿女，花艳惊郎目。”此句的真实内涵可能有三个：刘师培选择离开家乡扬州，寓居上海；放弃科举，另谋他途；放弃入幕，选择做报人。或三者兼而有之。

招隐诗

闲云自恋峤，艸露奚成珠。畸人偃岩谷，湛士轻安车。陆通惴宦荆，子真怿栖吴。嵬隗严濑台，寥寂南阳庐。剑华韬尺匣，风胡今则无。宁为投林鸟，毋为吞鉤鱼。君看鸟投林，北山多枋榆。游鱼愉吞鉤，何时返江湖。

【刊载】

1931 年林思进清寂堂《左盦遗诗》刻本;《刘申叔遗书》61 册（41—42),《左盦诗录》卷 2《左盦诗》。

【类别】

五言，16 句。

【编年】

1904 年。《左盦诗》署“甲辰”。

【笺注】

〔峤〕《尔雅注疏》卷 7《释山第十一》:“山小而高，岑；锐而高，峤。”陆德明《音义》:“峤，渠骄反，郭又音骄，《字林》作嶠，云山锐而长也。巨照反。鑯（同尖——引者），子廉反。”邢昺疏:“锐则鑯也，言山形鑯峻而高者名峤。《列子》曰：浡海之东有壑，其中曰员峤，盖同此也。”《全唐诗》卷 547 朱景玄《华山南望春》:“闲云恋岩壑，起灭苍翠中。”（第 8 册 P6365）此句的隐含之意为，隐士自然喜爱幽静的高山。

〔艸露奚成珠〕白居易《白氏长庆集》卷 15《放言五首（并序）》其一:“草萤有耀终非火，荷露虽团岂是珠。”露水沾衣，是古时对隐居、隐士的隐喻。陶潜《陶渊明集》卷 2《归园田居（六首）》其三:“种豆南山下，草盛豆苗稀。晨兴理荒秽，带月荷锄归。道狭草木长，夕露沾我衣。衣沾不足惜，但使愿无违。”苏轼《东坡全集》卷 4《诗八十八首 · 梵天寺见僧守诠小诗清婉可爱次韵》:“幽人行未已，草露湿芒屦。”陆游《剑南诗稿》卷 677《归兴》二首其二:“闲游要是幽人事，草露从教湿短衣。”权德舆《权文公集》卷 6《杂诗 · 嘉兴九日寄丹阳亲故》:“草露荷衣冷，山风菊酒香。”《六臣注文选》卷 43 孔德璋（稚珪）《北山移文一首》:“焚芰制而裂荷衣，抗尘容而走俗状。”吕延济注:“芰制、荷衣，隐者之服。”此句指，草上露水岂会真变成珍珠。喻指，幽人高士岂会贪慕荣华富贵。艸，《林本》作“草”。

〔畸人偃岩谷〕畸人，特立独行的高士。《庄子 · 大宗师第六》:“子贡曰:‘敢问畸人。’曰:‘畸人者，畸于人，而侔于天。’”《国语》卷 19《吴语》:“两君偃兵接好，日中为期。”韦昭注：“偃，匿也。”岩谷，深山峡谷。《类经》卷 26《五郁之发之治 ·〈素问 · 六元正纪大论〉· 二十三》：“土郁之发，岩谷震惊。”张介宾自注：“岩谷者，土深之处。”

〔湛士轻安车〕湛士，即“堪士”，指高士。《吕氏春秋新校释》卷 15《慎大览 · 报更》：“堪士不可以骄恣屈也。”陈奇猷注：“……毕沅曰：孙云：‘“堪士”疑是“湛士”。’俞樾曰：高氏读堪为湛，故曰：‘堪，乐也’，奇猷案：……堪士即高士也。《说文》‘堪，地突也’，朱骏声《通训定声》云：‘堪为高处’，是堪有高意。《淮南子 · 天文训》‘堪舆徐行’，注云‘堪，天道；舆，地道也’，天至高，地至卑。故堪舆有高卑之义，亦可为证。”（上海古籍出版社 2002 年 4 月第 1 版 P904）《礼记正义》卷 1《曲礼上》：“适四方，乘安车”。郑玄注：“安车，坐乘，若今小车也。”

〔陆通惴宦荆〕孔子周游列国时，来到楚国寻求仕宦。楚人接舆“歌而过孔子”，提醒他“从政者殆而”，见《论语 · 微子第十八》。《史记 · 邹阳列传》：“卞和献宝，楚王刖之；李斯竭忠，胡亥极刑。是以箕子佯狂，接舆辟世，恐遭此患也。”司马贞《索隐》：“《高士传》曰：‘楚人陆通，字接舆’是也。’”《列仙传》卷上《陆通》：“陆通者，云楚狂接舆也。好养生，食橐卢木实及芜菁子。游诸名山，在蜀峨嵋山上，世世见之，历数百年去。”《孟子注疏》卷 3 上《公孙丑章句上》：“虽褐宽博，吾不惴焉。”赵岐注：“惴，惧也。”

〔子真怿栖吴〕见《岁暮怀人》（其三）一诗〔神仙吏隐梅子真〕条笺注。

〔嵬隺严濑台〕《后汉书 · 逸民列传 · 严光传》：“严光字子陵，一名遵，会稽余姚人也。少有高名，与光武同游学。及光武即位，乃变名姓，隐身不见。……除为谏议大夫，不屈，乃耕于富春山，后人名其钓处为严陵濑焉。”嵬隺，即崔嵬，亦作崔巍，高大雄伟貌。《说文解字注》卷 9《山部》：“崔，大高也。”段注：“《齐风》：南山崔崔。《传》曰：崔崔，高大也。此云大高，未知孰是。嵬下曰：山石崔嵬，高而不平也，亦即《毛传》之土山戴石曰崔嵬也。”

〔南阳庐〕《三国志 · 蜀书五 · 诸葛亮传》载其《出师表》：“臣本布衣，躬耕于南阳，苟全性命于乱世，不求闻达于诸侯。先帝不以臣卑鄙，猥自枉屈，三顾臣于草庐之中，谘以当世之事，由是感激，遂许先帝以驱驰。”《全唐文》卷 608 刘禹锡《陋室铭》：“南阳诸葛庐，西蜀子云亭。”

〔剑华韬尺匣，风胡今则无〕《晋书 · 张华传》：“初，吴之未灭也，斗牛之间常有紫气，……及吴平之后，紫气愈明。华闻豫章人雷焕妙达纬象，乃要焕宿，……华曰：‘是何祥也？’焕曰：‘宝剑之精，上彻于天耳。’……因问曰：‘在何郡？’焕曰：‘在豫章丰城。’……即补焕为丰城令。焕到县，掘狱屋基，入地四丈余，得一石函，光气非常，有双剑，并刻题，一曰龙泉，一曰太阿。其夕，斗牛间气不复见焉。……遣使送一剑并土与华，留一自佩。”王勃《王子安集》卷 5《滕王阁诗序》：“物华天宝，龙光射牛斗之墟。”风胡，春秋时楚国相剑师。详见《杂咏（二首）》其一一诗〔风胡〕条笺注。

〔投林鸟、吞鉤鱼〕见《杂咏（二首）》其一〔投林鸟〕、〔吞鉤鱼〕条笺注。投林鸟，《林本》作“投林禽”。吞鉤鱼，《林本》皆作“吞鈎鱼”。

〔枋榆〕枋树和榆树，《庄子·逍遥游》：“蜩与鸴鸠笑之曰：‘我决起而飞，抢榆枋，时则不至，而控于地而已矣。’”《世说新语》卷上之下《文学第四》：“庄子逍遥篇，旧是难处，诸名贤所可钻味，而不能拔理于郭、向之外。”刘孝标注：“向子期、郭子玄《逍遥义》曰：‘夫大鹏之上九万尺，鷃之起榆枋，小大虽差，各任其性。苟当其分，逍遥一也’。”刘师培《杂咏（二首》）其一：“君看鸟投林，尤借一枝居。”

反招隐诗（残缺）

（前缺）聘却安车。鲁连蹈东海，梅福入勾吴。严陵留钓台，诸葛隐艸庐。岂无出匣志？知音待风胡。宁为投林鸟，不为吞鉤鱼。君看鸟投林，犹惜一枝居。游鱼吞鉤去，何时返江湖？（其二。）

十月十九日，右录反招隐诗五古二首。师培。

【刊载】

《刘申叔遗书补遗》下册 P1474。

【类别】

五言（残缺）。

【编年】

1904 年。依《招隐诗》编年，详见本诗“略考”。

【笺注】

〔反招隐〕《文选》卷 22 王康琚《反招隐诗一首》：“小隐隐陵薮，大隐隐朝市。伯夷窜首阳，老聃伏柱史。昔在太平时，亦有巢居子。今虽盛明世，能无中林士。放神青云外，绝迹穷山里。鹍鸡先晨鸣，哀风迎夜起。凝霜凋朱颜，寒泉伤玉趾。周才信众人，偏智任诸己。推分得天和，矫性失至理。归来安所期，与物齐终始。”《乐府古题要解》卷下《招隐 / 反招隐》：“右招隐。本《楚词》汉淮南王安小山所作也，言山中不可以久留。后人改以为五言，若晋左思‘杖策招隐’等数篇，最为首出。晋王康居反其致，谓之《反招隐》。旧说，《淮南》书有小山，亦有大山。政有大小，犹《诗》之有《大雅》《小雅》焉。”

〔鲁连蹈东海〕《战国策》卷 20《赵策三》：“此时鲁仲连适游赵，会秦围赵。闻魏将欲令赵尊秦为帝，乃见平原君曰：‘事将奈何矣？’……鲁连曰：‘……彼秦者，弃礼义而上首功之国也。权使其士，虏使其民。彼则肆然而为帝，过而遂正于天下，则连有赴东海而死矣。吾不忍为之民也！’”《史记 · 鲁仲连列传》：“其后二十余年，燕将攻下聊城，聊城人或谗之燕，燕将惧诛，因保守聊城，不敢归。齐田单攻聊城岁余，士卒多死而聊城不下。鲁连乃为书，约之矢以射城中，遗燕将。……燕将见鲁连书，泣三日，犹豫不能自决。欲归燕，已有隙，恐诛；欲降齐，所杀虏于齐甚众，恐已降而后见辱。喟然叹曰：‘与人刃我，宁自刃。’乃自杀。聊城乱，田单遂屠聊城。归而言鲁连，欲爵之。鲁连逃隐于海上，曰：‘吾与富贵而诎于人，宁贫贱而轻世肆志焉。’”

〔梅福入勾吴—何时返江湖〕均见《杂咏（二首）》其一一诗相关笺注。尤惜，刘师培手稿作“尤借”。见《仪征刘氏遗稿汇存》第 2 册 P766。

【略考】

《刘申叔遗书补遗》该诗题记：“其中‘诸葛隐艸庐’下原有‘素志淡泉石，委怀在诗书’，已用墨笔圈去。按：《刘申叔先生遗书 · 左盦诗录》卷一《匪风集》有《杂咏》二首，其一云：‘朝饮燕市酒，夕驱夷门车。丈夫不得志，寥落悲穷途。长铗鸣秋风，知音无风胡。宁为投林鸟，不为吞钩鱼。君看鸟投林，尤借一枝居。游鱼吞钩去，何时返江湖？’与此诗后半同。而卷二有《招隐诗》，系于‘壬寅’年，其诗云：‘闲云自恋峤，艸露奚成珠。畸人偃岩谷，湛士轻安车。陆通惴宦荆，子真怿栖吴。嵬隆严濑台，寂寥南阳庐。剑华韬尺匣，风胡今则无。宁为投林鸟，毋为吞钩鱼。君看鸟投林，北山多枋榆。游鱼愉吞钩，何时返江湖？’均与此诗后半相类。”（下册 P1474）案：据《遗书》本《左盦诗》和林思进《左盦遗诗》，《招隐诗》系于甲辰年，而非壬寅年。

此诗残缺的前半部分，及“其一”全诗，见《仪征刘氏遗稿汇存》第 2 册 P761。

据刘师培手稿，本诗在“诸葛隐艸庐”、“岂无出匣志”之间尚有“素志淡泉石，委怀在诗书”二句，此二句有墨笔圈画。但依手稿中第一首，全诗共 18 句。见《仪征刘氏遗稿汇存》第 2 册 P761、766。

约1904—1905年

答袁康侯（二首）

【刊载】

《刘申叔遗书》61 册（31—32），《左盦诗录》卷 1《匪风集》。

【类别】

七言，4 句。

【编年】

约 1904—1905 年。排于《癸卯夏记事》之后，故定编年于约 1904—1905 年。

答袁康侯（二首）其一

守雌已违柱下史，玩世莫学东方生。劳生岁月堂堂去，未入中年百感并。

【笺注】

〔袁康侯〕袁祖成（1878—1927），字康侯，号退生，江苏泰州人，号称民初“海陵三才子”之一。擅诗文书法，其为人慷慨好义，思想进步。辛亥革命后，任扬州军政分府参谋长。北伐战争起，遭军阀吴佩孚部杀害。

〔守雌〕见《和周美权〈夜坐偶成〉用原韵》一诗〔老氏雌〕条笺注。

〔柱下史〕指老子。《史记·张丞相列传》：“张丞相苍者，阳武人也。好书律历。秦时为御史，主柱下方书。”司马贞《索隐》：“周秦皆有柱下史，谓御史也。所掌及侍立恒在殿柱之下，故老聃为周柱下史。”

〔玩世莫学东方生〕《史记·滑稽列传·东方朔传》：“武帝时，齐人有东方生，名朔，……人主左右诸郎半呼之‘狂人’。人主闻之，曰：‘令朔在事无为是行者，若等安能及之哉！’……朔行殿中，郎谓之曰：‘人皆以先生为狂。’朔曰：‘如朔等，所谓避世于朝廷间者也。古之人乃避世于深山中。’时坐席中，酒酣，据地歌曰：‘陆沉于俗，避世金马门。宫殿中可以避世全身，何必深山之中蒿庐之下。’”《汉书·东方朔传》：“朔名过实者，以其诙达多端，不名一行，应谐似优，不穷似智，正谏似直，秽德似隐。非夷齐而是柳下惠，戒其子以上容：‘首阳为拙，柱下为工，饱食安步，以仕易农。依隐玩世，诡时不逢。’其滑稽之雄乎！”

〔劳生〕《庄子集释》卷 3 上《内篇·大宗师第六》：“夫大块载我以形，劳我以生，佚我以老，息我以死。”郭庆藩注：“《文选》郭景纯《江赋》注引司马云：‘大块，自然也’。”

答袁康侯（二首）其二

荃荪芳洁写忠爱，松柏轮囷忘岁寒。落落知音谈海内，七絃谁复广陵弹。

【笺注】

〔荃荪〕《楚辞章句》卷 1 屈原《离骚》："荃不察余之中情兮，反信谗而齌怒。"王逸注："荃，香草，以谕君也。人君被服芬香，故以香草为喻。"《楚辞补注》卷 4 屈原《九章 · 哀郢》："数惟荪之多怒兮"。王逸注："荪，香草也，以喻君。"洪兴祖补注："荪，一作荃。"后以荃荪喻品行高洁的贤人。

〔轮囷〕《礼记正义》卷 10《檀弓下》："美哉轮焉，美哉奂焉。"郑玄注："轮，轮囷，言高大。"

〔七絃谁复广陵弹〕七弦，代指琴。《太平御览》卷 579《乐部十七 · 琴下》："《琴书》曰：……皆长三尺六寸，法朞之数也；上圆而敛，象天也；下方相平，法地；十三徽，配十二律；余一，象闰也。本五弦，宫、商、角、徵、羽也，加二弦，文武也。"《晋书 · 嵇康传》："康将刑东市，太学生三千人请以为师，弗许。康顾视日影，索琴弹之，曰：'昔袁孝尼尝从吾学《广陵散》，吾每靳固之，《广陵散》于今绝矣！'"《太平御览》卷 596《文部十二 · 吊文》李充《吊嵇中散》："味孙觞之浊胶，鸣七弦之清琴。"

静坐

鸡虫得失曾何补，蛮触纷争近有因。棋罢不知身阅世，诗成浑觉墨磨人。扬舲极浦灵修远，弹指华严佛谛真。别有奇怀超物外，何时重脱六根尘。

【刊载】

《刘申叔遗书》61 册（32），《左盦诗录》卷 1《匪风集》。

【类别】

七言，8 句。

【编年】

约 1904—1905 年。排于《癸卯夏记事》之后，故定编年于约 1904—1905 年。

【笺注】

〔鸡虫得失〕见《题陈右铭先生西江墨瀋》一诗〔得失鸡虫〕条笺注。

〔蛮触纷争〕见《偶成》一诗〔触蛮战〕条笺注。

〔棋罢不知身阅世〕欧阳修《文忠集》卷 12《梦中作》："夜凉吹笛千山月，路暗迷人百种花。棋罢不知人换世，酒阑无奈客思家。"《述异记》卷上："信安郡石室山，晋时王质伐木至。见童子数人，棋而歌，质因听之。童子以一物与质，如枣核，质含之，不觉饥。俄顷，童子谓曰：'何不去？'质起视，斧柯烂尽。既归，无复时人。"此句指，棋局下完，不知道已过去一生。喻人生短暂。

〔墨磨人〕苏轼《东坡全集》卷 9《次韵答舒教授观余所藏墨》："非人磨墨墨磨人，瓶应未罄罍先耻。"《山堂肆考》卷 177《器用 · 墨 · 悬墨满堂》："《志林》：李公择见墨輙夺，相知间抄取殆遍。近有人从渠许来，云'悬墨满堂'。此亦通人之一蔽也。余尝有诗曰：'非人磨墨墨磨人'，此语殆可凄然云。"

〔扬舲极浦灵修远〕《元风雅 · 前集》卷 10 陈中山（植）《饯郭端友赴椽巴陵并寄希仁兄问讯之敬》："极浦扬舲清漳阔，亨衢迁辔碧霄通。"《楚辞集注》卷 4 屈原《九章 · 涉江》："乘舲船余上沅兮，齐吴榜以击汰。"朱熹注："舲船，船有窗牖者，或曰小船也。"《楚辞章句》卷 2 屈原《九歌 · 湘君》："望涔阳兮极浦，横大江兮扬灵。"王逸注："极，远也。浦，水涯也。"灵修，专指楚怀王，亦泛指帝王人主。《楚辞章句》卷 1 屈原《离骚》："夫唯灵修之故也。"王逸注："灵，神也。修，远也。能神明远见者，君德也，故以谕君。言己将陈忠策，内虑之心，上指九天，告语神明，使平正之，唯用怀王之故，欲自尽也。"

〔弹指华严佛谛真〕弹指华严，见《泛舟小金山》一诗〔华严弹指〕条笺注。佛谛，佛教之真理。丁福保《佛学大辞典》："谛（术语），真实不虚之义，言真实之道理不虚妄也。如俗事虚妄之道理，名为俗谛，涅（盘）〈槃〉寂静之道理，名为真谛。见此谛理者为圣者，不然为凡夫。"

〔奇怀〕异于常人的志向情趣。陶潜《陶渊明集》卷 2《和刘柴桑》："良辰入奇怀，挈杖还西庐。"

〔六根尘〕丁福保《佛学大辞典》："六尘（名数），色、声、香、味、触、法之六境也。此六境，有眼等六根入身，以坌污净心者，故谓之尘。《圆觉经》曰：'妄认四大为自身相，六尘缘影为自心相。'《净心诫观 · 下》曰：'云何名尘？坌污净心，触身成垢，故名尘。'《法界次第 · 上之上》曰：'尘以染污为义，以能染污情识，故通名为尘也。'"《心经》："无眼耳鼻舌身意，无色声香味触法。""眼耳鼻舌身意"，为人的六种肉体本能，称"六根"；由此"六根"，使人产生"色声香味触法"六种对外界的认知反应，称“六尘”。佛教认为，由六根，产生六尘；由六尘，产生六识……此为一切“烦恼”之本源。

赠子言

江关萧瑟古今哀，书剑飘零海上来。爱写诗篇《韶》《濩》响，从知襟抱海天开。近游为补吟边草，归兴聊谋剑外杯。回首梁园宾客尽，天留词笔嗣邹枚。

【刊载】

《刘申叔遗书》61 册（33），《左盦诗录》卷 1《匪风集》。

【类别】

七言，8 句。

【编年】

约 1904—1905 年。排于《癸卯夏记事》之后，故定编年于约 1904—1905 年。

【笺注】

〔子言〕陈诗（1864—1943），字子言，号鹤柴，安徽庐江（今合肥）人，清末民国著名诗人。曾师从吴保初（彦复），并于 1900 年追随其旅居上海，与文廷式、吴昌硕、陈三立、沈曾植、郑孝胥、冒广生、章士钊等人均交谊很深。汪辟疆《光宣诗坛点将录》将其列为“地角星独角龙邹闰（润）”，赞其“孤往不屑之气，天寒翠袖之韵，出以精思，自成馨逸。孰谓中晚不可为邪？尝见其《尊瓠室诗话》一卷，批却导窾，语多造微。至其不轻许人，亦异乎世之专事标榜者。”

〔江关萧瑟〕见《怀桂蔚丞先生（时客汴省）》一诗〔江关空萧瑟〕条笺注。

〔书剑飘零〕《宋元诗会》卷 54 郑思肖（所南）《飘零》：“飘零书剑十年吴，又见西风脱尽梧。”书剑，喻文武。《史记 · 项羽本纪》：“项籍少时学书不成，去学剑，又不成。”

〔《韶》《濩》〕亦作“韶护”，上古雅乐。《春秋左传正义》卷 39《襄公二十九年》：“见舞《韶》《濩》者，曰圣人之弘也。”杜预注：“殷汤乐。”《史记 · 礼书》：“步中《武》《象》，骤中《韶》《护》，所以养耳也”。裴骃《集解》：“郑玄曰：“《武》，武王乐也；《象》，武舞也；《韶》，舜乐也；《护》，汤乐也。”

〔襟抱〕胸怀抱负。《艺文类聚》卷 77《内典下 · 寺碑》后魏温子升《寒陵山寺碑序》:“运鼎阿于襟抱，纳山岳于胸怀。”

〔近游为补吟边草〕吟边，指吟诗。《全唐诗》卷 151 刘长卿《观校猎上淮西相公》:“笳随晚吹吟（一作晓月吹）边草，箭没寒（一作青）云落塞鸿。”（第 3 册 P1567）陆游《剑南诗稿》卷 37《身世》:“醉里不辞嘲兀兀，吟边时得寄悠悠。”袁说友《东塘集》卷 3《归自郊外遇雪》:“酒里寒犹重，吟边语未新。”此句指，到离家乡不远的地方游赏，是为了触发诗兴、积累素材。

〔剑外杯〕依本诗韵脚，疑为“剑外怀”之误，指归乡之情。《全唐诗》卷 227 杜甫《闻官军收河南河北》:“剑外忽传收蓟北，初闻涕泪满衣裳。却看妻子愁何在，漫卷诗书喜欲狂。白日（一作首）放歌须纵酒，青春作伴好还乡。即从巴峡穿巫峡，便下襄阳向洛阳。（原注：余田园在东京。）”（第 4 册 P2461）此句指，回归家乡，欢娱之情昂然。案:“怀”与“懷”，古时并行。《六艺之一录》263《古今书体九十五 · 俗讹》:“怀，……俗作懷。”同上书同卷《杜撰字》:“褱，……懷作怀。”

〔梁园宾客〕见《怀桂蔚丞先生（时客汴省）》一诗〔言念梁园客，于今赋倦游〕条笺注。

〔天留词笔嗣邹枚〕邹枚，指邹阳、枚乘，与司马相如都曾是梁孝王梁园的侍从宾客。《水经注》卷 24《睢水》:“东过睢阳县南。”郦道元注:“东即梁王之吹台也。……晋灼曰：或说平台在城中东北角，亦或言兔园在平台侧。……梁王与邹、枚，司马相如之徒，极游于其上，故齐随郡王《山居序》所谓‘西园多士，平台盛宾，邹、马之客咸在，《伐木》之歌屡陈，是用追芳昔娱，神游千古，故亦一时之盛事’。”邹阳，有《上书吴王》《于狱中上书自明》和《酒赋》《几赋》传世；枚乘有著名的《七发》，被《昭明文选》收录。二人都是西汉文学大家。上句与此句，均为刘师培恭维陈诗的诗文造诣。

杂诗（二首）

【刊载】

《刘申叔遗书》61 册（33),《左盦诗录》卷 1《匪风集》。

【类别】

五言，8 句。

【编年】

约 1904—1905 年。排于《癸卯夏记事》之后，故定编年于约 1904—1905 年。

杂诗（二首）其一

世界一微尘，千百亿化生。一切世间法，幻境何纵横。人相苟不离，尘网与世婴。试作平等观，诸法惟一心。

【笺注】

〔世界一微尘〕《维摩经疏》卷 3《弟子品第三》："以一微尘纳无数世界，微尘不大，世界不小。"《新华严经论》卷 1："如《华严经》中，以本法力，法如是故，能以一尘之内，含容十方一切佛刹、众生刹，总在尘中。世界不小，微尘不大。十方世界所有微尘，一一尘中总皆如是。"

〔千百亿化生〕丁福保《佛学大辞典》："化生（术语），四生之一。谓依托无所，忽然而生者。如诸天，诸地狱，及劫初之人是也。《俱舍论・八》曰：'有情类，生无所托，是名化生。如那落迦天中有等，具根无缺，支分顿生，无而欻有，故名为化。'《大乘义章・八・本》曰：'言化生者，如诸天等，无所依托，无而忽起，名曰化生。若无依托，云何得生？如《地论释》，依业故生。'"刘师培此句似与佛教之"化生"有异，而指"化育"。《周易・咸》："天地感，而万物化生。"《列子・天瑞第一》："故天地含精，万物化生。"《论语・阳货第十七》："子曰：'天何言哉？四时行焉，百物生焉，天何言哉？'"

〔世间法〕《大方广佛华严经・菩萨十无尽藏品第十八》："何等为世间法？所谓色、受、想、行、识。何等为出世间法？所谓戒身、定身、慧身、解脱身、解脱知见身；何等为有为法？所谓欲界、色界、无色界、众生界。何等为无为法？所谓虚空涅（盘）〈槃〉、数缘灭、非数缘灭、十二缘起及法界。"

〔幻境何纵横〕《金刚经・应化非真分第三十二品》："一切有为法，如梦幻泡影，如露亦如电，应作如是观。"

〔人相〕见《题照相片》一诗〔人相我相众生相〕条笺注。

〔尘网与世婴〕丁福保《佛学大辞典》："尘网（术语），色等之六尘网人者。《行事钞・上・一》曰：'迹超尘网。'"同上书："六尘（名数），色、声、香、味、触、法之六境也。此六境，有眼等六根入身，以坌污净心者，故谓之尘。《圆觉经》曰：'妄认四大为自身相，六尘缘影为自心相。'《净心诫观・下》曰：'云何名尘？坌污净心，触身成垢，故名尘。'《法界次第・上之上》曰：'尘以染污为义，以能染污情识，故通名为尘也。'"《六臣注文选》卷 24 陆士衡（机）《于承明作与士龙》："牵世婴时网，驾言远徂征。”李善注：“邹阳《上书》曰：‘岂拘于俗，牵于世。’曹子建《责躬诗》曰：‘举挂时网。’”吕延济注：“婴，缠也。”此句指，纠结、缠绕于尘世网罗之中。

〔平等观〕见《杂咏》一诗〔平等观〕条笺注。

〔一心〕丁福保《佛学大辞典》：“一心（术语），谓万有之实体真如也。《止观·五·上》曰：‘一心具十法界。’又唯一之信心，不为他心所夺，谓之一心。《止观·四·下》曰：‘一心者，修此法时，一心专志，更不余缘。’《探玄记·三》曰：‘一心者，心无异念故。’《教行信证文类·三·末》曰：‘言一念者，信心无二心，故曰一念。是名一心，一心则清净报土真因也。’又，一心有事理之二种：无余念为事之一心，入实相为理之一心。《观音义疏·上》曰：‘一心归凭，更无二意，故名事一心也，（乃至）理一心者，达此心自他共无，因不可得。’”

杂诗（二首）其二

心法两无碍，无物心何障。我执与法执，有相皆虚妄。光明未普照，浩劫复无量。静趣随物寓，即境生遐想。

【笺注】

〔心法两无碍〕《宗镜录》卷 97：“第三祖商那和修传法偈云：非法亦非心，无心亦无法。说是心法时，是法非心法。”丁福保《佛学大辞典》：“心即法（术语），《传心法要·上》曰：‘但契本心，不用求法，心即法也。’”

〔无物心何障〕宗宝本《六祖坛经·行由第一》：“菩提本无树，明镜亦非台。本来无一物，何处惹尘埃。”

〔我执与法执〕丁福保《佛学大辞典》：“二执（名数），一、我执，又名人执，以五蕴假和合而有见闻觉知之作用，固执此中有常一主宰之人我者。一切之烦恼障从此我执而生；二、法执，不明五蕴等法由因缘而生，如幻如化，固执法有实性者。一切之所知障从此法执而生。《唯识论·一》曰：‘由执我法，二障具生。’《法苑义林·章二·执章》详说之。此二执，为五见中萨迦耶见（即我见）之所执也。同体之我见有二用：一执取物之常一主宰为我执，一固执法体之实有为法执。此中法执为本，而起十我执。起法执者，必非我执；而我执起时，必有法执也。由此我执而生烦恼障，由法执而生所知障。”

〔有相皆虚妄〕《金刚经·如理实见分第五品》：“佛告须菩提：‘凡所有相，皆是虚妄。若见诸相非相，即见如来。'"

〔光明未普照，浩劫复无量〕《佛地经论》卷 1："放大光明普照一切无边世界者，谓大宫殿放大光明，普照一切无边世界。或大宫殿其体周遍无边界故，放大光明普照一切。由此二句，显佛净土显色圆满。"浩劫复无量，见《赠杨仁山居士（四首）》其二一诗〔无量恒河无量劫〕条笺注，《杂咏（二首）》其二一诗〔浩劫常离生灭门〕条笺注。此二句指，佛的智慧尚未被万物所证悟理解，浩劫尚要无限循环下去。

〔静趣随物寓〕趣，通趋。《说文解字》卷 2 上《走部》："趣，疾也。"《集韵》卷 6 上声下《厚第四十五》："趣，……或作趋。"物寓，寄形于物。《一切经音义》卷 82《大唐西域记第二卷（三国）》："寓物，音遇，《韵诠》云：寓，寄也。"《关尹子·二柱》："天地寓，万物寓，我寓，道寓，苟离于寓，道亦不立。"《周易参同契解》卷上："如人之魂神本自无体，寓物而现。"此句指，随其所寄形之外物而有动静、行止等行为变化。

〔即境生遐想〕即境，即"随遇"。遐想，此处指佛教所指的"妄心""妄念"。此句指，随其所遇，而生出种种妄念。上句与此句，均喻受到外界外物的左右和牵制。

静观

大造育群生，周行罕止境。逝水无停波，浮云无留影。观化万虑空，有适心独领。树木发辉光，幽鸟弄清景。当前理俱新，反视情弥静。兀兀良可伤，昭昭用自省。

【刊载】

《刘申叔遗书》61 册（34），《左盦诗录》卷 1《匪风集》。

【类别】

五言，12 句。

【编年】

约 1904—1905 年。排于《癸卯夏记事》之后，故定编年于约 1904—1905 年。

【笺注】

〔大造育群生〕大造，大自然。《弘明集》卷 13 王该《日烛》："寻大造之冥本，测化育之幽根。"群生，即"众生"。详见《赠杨仁山居士（四首）》其四一诗〔无量群生慧业开〕条笺注。

〔周行〕循环往复。《老子·道经》："有物混成，先天地生。寂漠！独立不改，周行不殆，可以为天下母。吾不知其名，强字之曰道，强为之名曰大。大曰逝，逝曰远，远曰返。道大，天大，地大，王大。域中有四大，而王处一。人法地，地法天，天法道，道法自然。”

〔逝水无停波〕《论语 · 子罕第九》：“子在川上曰：‘逝者如斯夫！不舍昼夜。’”

〔浮云无留影〕辛弃疾《稼轩词》卷 5《鹧鸪天 · 和人龙有所赠》：“事如芳草春长在，人似浮云影不留。”

〔观化万虑空〕观化，本意为观察天地造化之玄妙，后引申为去世的婉辞。《庄子 · 至乐第十八》：“支离叔与滑介叔观于冥伯之丘，昆仑之虚，黄帝之所休。俄而柳生其左肘，其意蹶蹶然恶之。支离叔曰：‘子恶之乎？’滑介叔曰：‘亡，予何恶！生者，假借也。假之而生生者，尘垢也。死生为昼夜。且吾与子观化而化及我，我又何恶焉！’”《列仙传》卷上《瑕丘仲》郭元祖赞：“瑕邱通玄，谪脱其迹。人死亦死，泛焉言惜。遨步观化，岂劳胡驿。苟不覩本，谁知其谪。”《邵氏闻见录》卷 20：“熙宁十年夏，康节先生感微疾，气日益耗，神日益明，笑谓司马温公曰：‘某欲观化一巡，如何？’温公曰：‘先生未应至此。’康节先生曰：‘死生常事耳。’”《列朝诗集 · 闰集第六 · 神鬼》明无名氏《墓鬼诗》：“墓头古树号秋风，墓底幽人万虑空。”

〔有适心独领〕《祖堂集》卷 2《第三十二祖弘忍和尚》：“慧明云：‘某甲虽在黄梅剃发，实不得宗乘面目。今蒙行者（指六祖慧能——引者）指授，也有入处，如人饮水，冷暖自知。从今向后，行者即是慧明师，今便改名，号为道明。’”《全唐诗》卷 271 窦群《冬日晓思寄杨二十七炼师》：“所遇各有适，我怀亦自怡。”（第 4 册 P3032）

〔树木发辉光〕《山海经》卷 1《南山经》：“招摇之山……有木焉，其状如谷而黑理，其华四照，其名曰迷谷，佩之不迷。”郭璞注：“榖，楮也，皮作纸。璨曰：‘榖，亦名构。名榖者，以其实如榖也。’”“言有光焰也。若木华赤，其光照地，亦此类也。见《离骚经》。”

〔幽鸟弄清景〕幽鸟，幽静之处啼叫的鸟。《全唐诗》卷 522 杜牧《睦州四韵》：“好树鸣幽鸟，晴楼入野烟。”（第 8 册 P6014）清景，清幽的景致。《艺文类聚》卷 39《礼部中 · 燕会》：“魏陈王曹植《公宴诗》曰：……明月澄清景，列宿正参差。”

〔当前理俱新，反视情弥静〕此二句指，如今我研习了佛家、道家理论，看待事物的理念与以往大不相同。反观以往种种经历，内心愈加平静。参见《甲辰年自述诗》（其五十二）一诗〔年来穷理倍翻新〕条笺注。

〔兀兀〕昏聩无知貌。《祖堂集》卷 14《百丈和尚》：“粗食接命，补衣寒暑，兀兀如愚如聋相似。”

〔昭昭〕通晓，明白。《孟子·尽心下》：“孟子曰：‘贤者以其昭昭，使人昭昭；今以其昏昏，使人昭昭。’”

秋风萧瑟池荷零落感而赋此

大化斡神运，兴谢常无私。微物乘其中，荣枯难自持。负性惬孤赏，敷华媚幽姿。亭亭朱华芳，嫋嫋秋风吹。霜露日已深，摇落诚难知。即非霜露零，良与世俗违。朱颜一朝去，采撷将遗谁。君子贵贞性，人情生妍媸。凄凉王勃吟，怆恍班姬辞。西洲秋水深，芳情终勿移。

【刊载】

《青溪旧屋仪征刘氏五世小记》P57；《刘申叔遗书补遗》上册 P439。

【类别】

五言，20 句。

【编年】

约 1904—1905 年。《五世小记》录于《匪风集》补遗下，故定编年于 1904—1905 年。

【笺注】

〔大化斡神运〕大化，天地造化，天道。《艺文类聚》卷 35《人部十九·愁》：“魏陈王曹植《叙愁赋》曰：……嗟大化之移易，悲性命之攸遭。”《荀子·天论篇第十七》：“列星随旋，日月递照，四时代御，阴阳大化，风雨博施，万物各得其和以生，各得其养以成，不见其事，而见其功，夫是之谓神。”《说文解字注》卷 14 上：“斡，……蠡柄也。”段注：“杨雄曰：瓢也。郭云：瓠勺也。判瓠为瓢以为勺，必执其柄而后可以挹物，执其柄则运旋在我，故谓之斡。引申之，凡执柄枢转运皆谓之斡。”此句指，宇宙天地，化育万物，运转乾坤。

〔兴谢常无私〕兴谢，兴衰，荣枯。高启《大全集》卷 1《门有车马客行》：“当时同游人，十有八九死。松栢长新坟，荆棘生故址。欢言方未终，悲感还复始。因思兴谢端，叹息不能止。”同上书卷 4《杂诗》：“旷途不见人，忧心何由写。兴谢固其常，吾将尤谁者。”无私，指万物生灭荣枯，本自天地造化，天地并无私心厚此薄彼。《管子·任法第四十五》：“以法制行之，如天地之无私也。”《庄子·大宗师第六》：“天无私覆，地无私载。”

〔微物〕渺小的人与物。《古文苑》卷 2 宋玉《小言赋》："宋玉曰：无内之中，微物潜生。比之无象，言之无名。蒙蒙灭景，昧昧遗形。'"

〔自持〕自己掌控。《魏书 · 萧宝夤传》："是以赏罚之柄，恒自持也。"《北史 · 艺术列传下 · 姚僧垣传》："武成元年，授小畿伯下大夫。金州刺史伊娄穆以疾还京，请僧垣省疾，乃云自腰至脐，似有三缚，两脚缓纵，不复自持。"

〔孤赏〕孤芳自赏。《全唐诗》卷 49 张九龄《登临沮楼》："同怀不在此，孤赏欲如何。"（第 1 册 P606）

〔敷华媚幽姿〕敷华，花朵绽放。《汉书 · 礼乐志》："《青阳》三："敷华就实，既阜既昌。登成甫田，百鬼迪尝。" 颜师古注："敷，布也。" 媚幽姿，指自赏于幽雅的风姿。《文选》卷 22 谢灵运《登池上楼》："潜虬媚幽姿，飞鸿响远音。"

〔亭亭朱华芳〕《释名 · 释宫室第十七》："楹，亭也。亭亭然孤立，旁无所依也。"《北齐书 · 徐之才传》："武成酒色过度，恍惚不恒，曾病发，自云初见空中有五色物，稍近，变成一美妇人，去地数丈，亭亭而立。食顷，变为观世音。之才云：'此色欲多，大虚所致。'"《文选注》卷 20 曹子建（植）《公燕诗一首》："秋兰被长坂，朱华冒绿池。" 李善注："朱华，芙蓉也。"《楚辞章句》卷 1 屈原《离骚》："制芰荷以为衣兮，集芙蓉以为裳。" 王逸注："芙蓉，莲华也。"

〔嫋嫋〕同袅袅。《楚辞章句》卷 2 屈原《九歌 · 湘夫人》："嫋嫋兮秋风，洞庭波兮木叶下。" 王逸注："嫋嫋，秋风摇木貌也。"《文选注》卷 30《杂诗》谢灵运《拟魏太子邺中集诗八首 · 平原侯植》："平衢修且直，白杨信袅袅。" 李善注："袅袅，风摇木貌。"《正字通》丑集下《女部》："嫋，……俗作袅。"

〔朱颜〕本指女子美貌，此处指荷花之艳丽。《楚辞章句》卷 10 屈原（或景差）《大招》："容则秀雅，穉（稚的异体字——引者）朱颜只。" 王逸注："穉，幼也。朱，赤也。言美女仪容闲雅，动有法则，秀异于人，年又幼穉，颜色赤白，体香洁也。"

〔采撷〕采摘，采集。《艺文类聚》卷 82《草部下 · 芙蕖》梁简文帝（萧纲）《采莲赋》："常闻蕖可爱，采撷欲为裙。"《全唐诗》卷 128 王维《相思》："红豆生南国，秋来发故（一作几）枝。愿（一作赠）君多采撷（一作劝君莫采撷），此物最相思。"（第 2 册 P1304）

〔贞性〕《太平广记》卷 62《女仙七 · 鲁妙典》："况女子之身，岂可复埋没贞性，混于凡俗乎？"

〔妍媸〕美丑。《抱朴子 · 外篇 · 崇教》："校弹棋樗蒲之巧拙，计渔猎相掊之胜负，品藻妓妾之妍蚩，指摘衣服之鄙野。”

〔王勃吟〕《旧唐书 · 王勃传》：“上元二年，勃往交趾省父，道出江中，为《采莲赋》以见意，其辞甚美。”《采莲赋》载《文苑英华》卷 148，《王子安集》卷 2。

〔班姬辞〕指班婕妤《怨歌行》（亦称《纨扇歌》）。诗中以素秋来临，纨扇捐弃，喻怨妇“恩情中道绝”。参见《咏汉长无相忘瓦》一诗〔纨绮西风咽暮秋〕条笺注。

〔西洲秋水深，芳情终勿移〕《乐府诗集》卷 72《西洲曲（古辞）》：“忆梅下西洲，折梅寄江北。……开门郎不至，出门采红莲。采莲南塘秋，莲花过人头。低头弄莲子，莲子青如水。置莲怀袖中，莲心彻底红。忆郎郎不至，仰首望飞鸿。鸿飞满西洲，望郎上青楼。……海水梦悠悠，君愁我亦愁。南风知我意，吹梦到西洲。”

愚园（二首）

【刊载】

《青溪旧屋仪征刘氏五世小记》P58；《刘申叔遗书补遗》上册 P440。

【类别】

七言，4 句。

【编年】

约 1904—1905 年。《五世小记》录于《匪风集》补遗下，故定编年于 1904—1905 年。

【略考】

《五世小记》作诗一首，据韵律，当为两首。《刘申叔遗书补遗》本分为两首。

愚园（二首）其一

一角斜阳倚石幽，萧骚梧竹自鸣秋。无端触我家园梦，归去羞为马少游。

【笺注】

〔愚园〕钱化佛口述、郑逸梅撰《三十年来之上海 · 以往之园林》：“愚园原在静安寺东北半里许。清光绪十六年（1890——引者），四明张氏所创葺，后屡次易主，民国五六年后废。今西区愚园路，即以园而得名也。园未废时，其假山上有花神阁，春秋假日，游屐甚众。车辙所经，犹如昨日，乃忽忽二十年矣。……愚园一度为常州人刘葆良所有，园中具亭台竹木之胜，和张园一味空旷大相径庭，且蓄着猩猩孔雀吐绶鸡，以邀游客的观赏。南社同人雅集，常假座愚园。”（上海书店影印学者书店 1947 年版，1984 年 11 月第 1 版 P46）

〔萧骚〕风吹叶响的飒飒之声。《全唐诗》卷 559 薛能《寄河南郑侍郎（一作郎中）》：“寒窗不可寐，风地叶萧骚。”（第 9 册 P6545）《全唐诗》卷 698 韦庄《南省伴直（甲寅年自江南到京后作）》：“何事爱留诗客宿，满庭风雨竹萧骚。”（第 10 册 P8112）

〔梧竹〕梧桐与翠竹，喻高洁素雅。《毛诗正义》卷 17—4《大雅 · 生民之什 · 卷阿》：“凤皇鸣矣，于彼高冈。梧桐生矣，于彼朝阳。”郑玄笺：“凤凰之性，非梧桐不栖，非竹实不食。”

〔马少游〕东汉名将马援从弟。《后汉书 · 马援传》：“封援为新息侯，食邑三千户。援乃击牛酾酒，劳飨军士。从容谓官属曰：‘吾从弟少游常哀吾慷慨多大志，曰：“士生一世，但取衣食裁足，乘下泽车，御款段马，为郡掾史，守坟墓，乡里称善人，斯可矣。致求盈余，但自苦耳。”当吾在浪泊、西里间，虏未灭之时，下潦上雾，毒气重蒸，仰视飞鸢跕跕堕水中，卧念少游平生时语，何可得也！今赖士大夫之力，被蒙大恩，猥先诸君纡佩金紫，且喜且惭。’”

愚园（二首）其二

尘梦廿年一炊黍，年年辜负是花时。槐黄已过芙蓉老，一夕秋霜上鬓丝。

【笺注】

〔尘梦廿年一炊黍〕见《感事八首》（其六）一诗〔黄粱一枕梦初醒〕条笺注，《甲辰年自述诗》（其三）一诗有“廿年一枕黄粱梦”句。

〔年年辜负是花时〕韩维《南阳集》卷 3《绝句 · 和子华对雨有感》二首其二：“雪白朱红已万枝，年年长恨失花期。”

〔槐黄已过芙蓉老〕《南部新书》卷 2《清令》：“长安举子，自六月以后落第者不出京，谓之过夏。多借静坊、庙院及闲宅居住，作新文章，谓之夏课。亦有十人五人醵率酒馔，请题目于知己朝达，谓之私试。七月后，投献新课，并于诸州府拔解。人为语曰：‘槐花黄，举人忙。’”芙蓉，莲花的别称。槐花每年阳历 4、5 月间开放，花期只有十几天。莲花则一般在 6 月开放，花期可至 9 月。

〔一夕秋霜上鬓丝〕见《甲辰年自述诗》（其一）一诗“略考”。

送佩忍归吴江

今夕客申江，颇多文字俦。素心良独难，结交得陈侯。雄才锐干将，佚步追骅骝。谈艺辄就我，谓遂嘤鸣求。四旬乐合并，掔古奇字搜。昨闻理征櫂，归作吴中游。此行息尘驾，家开柴门幽。胜斯赁庑栖，勿复离索愁。方今板荡余，横海多长虬。逆胡亦跳梁，已是天亡秋。君抱终军愿，努力恢神州。慎勿效季鹰，长作莼鲈谋。木落群山昏，大江浩东流。握手黄浦滨，念子不可留。襟期了无阂，讵谓路阻修。送君意酸辛，何时话绸缪。

【刊载】

《青溪旧屋仪征刘氏五世小记》P58；《刘申叔遗书补遗》上册 P440。

【类别】

五言，32 句。

【编年】

约 1904—1905 年。《五世小记》录于《匪风集》补遗下，故定编年于 1904—1905 年。

【笺注】

〔申江〕黄浦江，亦代指上海。因战国四公子之一的春申君黄歇得名。详见《步佩忍韵》一诗〔老木清霜黄歇浦〕条笺注。

〔俦〕伙伴、朋友。详见《岁暮怀人（其四）》一诗〔俦〕条笺注。

〔素心〕心地纯净。详见《古意》一诗〔素心人〕条笺注。

〔陈侯〕指陈去病（佩忍）。陈去病曾以“东阳令史子孙”的笔名发表诗文。东阳令史指陈婴，《史记 · 项羽本纪》：“陈婴者，故东阳令史。”此东阳，在今天的江苏盱眙县。陈婴后被刘邦封为棠邑侯，见《史记 · 高祖功臣侯者年表》。陈姓，多以陈婴为其始祖。刘师培称陈去病为“陈侯”，当出于此。

〔雄才锐干将〕指才略、文思如宝剑般犀利、锐利。《文心雕龙》卷 5《奏启第二十三》：“笔锐干将，墨含淳酖。”另见《岁暮怀人》（其七）一诗〔干将〕条笺注。干，《刘申叔遗书补遗》本作“幹”，误。

〔佚步追骅骝〕此句指，步伐飞快，可与骏马并驰。佚，通轶。《文选注》卷 11 鲍明远（照）《芜城赋》：“故能奓秦法，佚周令。”李善注：“轶，过也。佚与轶通。”《庄子集释》卷 8 中《（杂篇）徐无鬼第二十四》：“天下马有成材，若恤若失，若丧其一。若是者，超轶绝尘，不知其所。”郭庆藩引成玄英疏：“轶，过也。驰走迅速，超过群马，疾若迅风”。佚，亦通“逸”。逸步，指步伐飞快。《说文通训定声 · 履部弟十二》：“佚，……[叚借]……又为逸”。《晋书 · 文苑列传 · 庾阐传》：“信道居正，而以天下为公。方驾逸步，不以曲路期通。”骅骝，骏马，详见《水调歌头 · 书王船山先生〈龙舟会〉杂剧后》一词〔骅骝三百〕条笺注。

〔婴鸣求〕寻找志同道合的朋友。详见《黄鑪歌呈彦复穗卿》一诗〔嘤鸣求〕条笺注。《刘申叔遗书补遗本》作“嘤鸣求”。

〔四旬乐合并，擘古奇字搜〕合并，见面，聚首。《文选》卷 29 王仲宣（粲）《杂诗》：“回身入空房，托梦通精诚。人欲天不违，何惧不合并？”《古诗纪》卷 29 阮嗣宗（籍）《咏怀八十二首》其十八：“君子在何许，叹息未合并。瞻仰景山松，可以慰吾情。”《全唐诗》卷 171 李白《献从叔当涂宰阳冰》：“遥知礼数绝，常恐不合并。”（第 3 册 P1769）秦观《淮海集》卷 3《春日杂兴十首》其五：“合并会有时，索居不必叹。”由本诗中“四旬乐合并”“此行息尘驾，家开柴门幽”“胜斯赁庑栖，勿复离索愁”等句分析，1904 年下半年，刘师培有可能与陈去病在上海合租居住了四旬，即 40 天。二人朝夕相处，探讨学问。擘，《刘申叔遗书补遗》本作“研”。

〔征櫂〕櫂，同“棹”，远行之意。《艺文类聚》卷 29《人部十三 · 别上》载王褒《别陆才子诗》：“解缆出南浦，征棹且凌晨。”同上书同卷庾信《应令诗》：“浦喧征棹发，亭空送客还。”

〔尘驾〕指在外奔波，亦指逆旅，客居。《全唐诗》卷 325 权德舆《晓发武阳馆即事书情》：“终当税尘驾，盥濯依春溪。”（第 5 册 P3654）张耒《张耒集》卷 10《五言古诗 · 次韵七兄龟山道中》：“怅此故里违，尘驾何时息。”（中华书局 1999 年 7 月第 1 版 P164）

〔柴门〕柴草捆扎的院门，多喻自己简陋寒酸的家。《全唐诗》卷 221 杜甫《柴门》：“万物附本性，约（一作处）身（一作性）不愿（一作欲）奢。茅栋盖一床，清池有余花。浊醪与脱粟，在眼无咨嗟。山荒人民少，地僻日夕佳。”（第 4 册 P2341）《全唐诗》卷 222 杜甫《锦树行》：“飞书白帝营斗粟，琴瑟几杖柴门幽。”（第 4 册 P2369）

〔庑〕正房边上的偏房。《说文解字注》卷 9：“庑……堂下周屋。”段注：“堂周屋也。”当时，上海租界遍布“石库门”民居，主房正中是客堂，客堂两侧是次间，次间南侧是厢房。二层包括前楼、前后厢房和晒台。这种住宅设计是为了适合三世同堂的传统大家庭聚居。至清末民初，随着上海工商业的进一步发展，来上海讨生活的移民越来越多，他们中的大多数是公司职员、商贩和知识分子。这些移民囊中羞涩，往往租住在“石库门”的次间、厢房，甚至亭子间。栖，《刘申叔遗书补遗》本作“栖”。

〔离索〕分离，别离。《魏书 · 萧宝夤传》：“又在京之官，积年一考。其中或所事之主迁移数四，或所奉之君身名废绝，或具僚离索，或同事凋零。”《齐东野语》卷 1《放翁钟情前室》：“陆务观初娶唐氏，闳之女也，于其母夫人为姑侄。伉俪相得，而弗获于其姑。既出，而未忍绝之，则为别馆，时时往焉。姑知而掩之，虽先知挈去，然事不得隐，竟绝之，亦人伦之变也。唐后改适同郡宗子士程。尝以春日出游，相遇于禹迹寺南之沈氏园。唐以语赵，遣致酒肴，翁怅然久之，为赋《钗头凤》一词，题园壁间云：‘红酥手，黄縢酒，满城春色宫墙柳。东风恶，欢情薄，一怀愁绪，几年离索。错！错！错！春如旧，人空瘦，泪痕红浥鲛绡透。桃花落，闲池阁，山盟虽在，锦书难托。莫！莫！莫！’实绍兴乙亥岁也。”

〔板荡〕形容天下大乱。详见《读王船山先生遗书》一诗〔板荡〕条笺注。

〔横海多长虬〕刘师培《黄鑪歌呈彦复穗卿》一诗有“茫茫横海多长虬”句，见该条笺注。虬，《刘申叔遗书补遗》本作“蚪”。

〔逆胡〕《晋书 · 刘曜载记》：“安引军追武曰：‘叛逆胡奴！要当生缚此奴，然后斩刘贡。’”《搜神记》卷 7：“永嘉五年，枹罕令严根婢，产一龙，一女，一鹅。《京房易传》曰：‘人生他物，非人所见者，皆为天下大兵。’时帝承惠帝之后，四海沸腾，寻而陷于平阳，为逆胡所害。”此处指清朝政府。

〔天亡秋〕幽光阁本顾炎武《亭林诗稿》卷 2《金山》：“况兹蠢逆虏，已是天亡秋。”康熙初年潘耒遂初堂本《亭林诗集》将此句窜为“祖生奋击揖，肯效南冠囚”，之后诸多传本均依此。参见拙文《039—刘师培与幽光阁本〈亭林诗稿〉之关系—刘师培研究笔记（39）》。

〔终军愿〕《汉书 · 终军传》：“终军，字子云，济南人也。……南越与汉和亲，乃遣军使南越，说其王，欲令入朝，比内诸侯。军自请：‘愿受长缨，必羁南越王而致之阙下。’”《文苑英华》卷 718《饯送一 · 秋日登洪府滕王阁饯别序一首》王勃《秋日登洪府滕王阁饯别序》：“勃三尺微命，一介书生。无路请缨，等终军之弱冠；有怀投笔，爱（一作慕）宗悫之长风。”

〔慎勿效季鹰，长作莼鲈谋〕见《题佩忍与林宗素孙济扶女士论文绝句后》一诗〔思蓴〕条笺注。莼，《刘申叔遗书补遗》本作“蓴”。

〔木落〕《吕氏春秋 · 义赏》："春气至则草木产，秋气至则草木落"。

〔握手黄浦滨〕《刘申叔遗书补遗》本作"执手黄浦滨"。

〔襟期了无阂，讵谓路阻修〕襟期，志趣。《文苑英华》卷 685《劝谕上 · 与侯景书一首》高澄《与侯景书》："先王与司徒，契阔夷险。孤子相依，偏所眷属。缱绻襟期，绸缪素分。义贯终始，情存岁寒。"《文选注》卷 2 张平子（衡）《西京赋》："右有陇坻之隘，隔阂华戎。"李善注："《说文》曰：隔塞也。"讵，岂。详见《和周美权〈夜坐偶成〉用原韵》一诗〔相彼鹏与鹍，讵慕枳棘栖〕条笺注。此二句指，你我志趣相同，绝无隔阂，即使相隔遥远，路途险阻也不能让我们的心分开。

〔绸缪〕情深意切。《文选注》卷 29 李少卿（陵）《与苏武诗三首》其二："独有盈觞酒，与子结绸缪。"李善注："《毛诗》曰：'绸缪束薪。'毛苌曰：'绸缪，缠绵之貌也。'"

六言诗效山谷

拂菻钱布金地，大秦珠缀华冠。梯航毕集西域，威仪重睹汉官。

【刊载】

《青溪旧屋仪征刘氏五世小记》P59；《刘申叔遗书补遗》上册 P440。

【类别】

六言，4 句。

【编年】

约 1904—1905 年。《五世小记》录于《匪风集》补遗下，故定编年于 1904—1905 年。

【笺注】

〔六言诗效山谷〕山谷，黄庭坚，详见《甲辰年自述诗》（其五十）一诗〔山谷〕条笺注。六言诗，在中国诗词史上是一种比较另类的形式，黄庭坚是六言诗形成和发展过程中的重要人物。据述者自己统计的数据（未必准确），黄庭坚存世六言诗有 79 首，其中绝句占绝大多数，有 71 首。这 79 首六言中，有 17 首与刘师培此诗同韵。

〔拂菻钱布金地〕《旧唐书 · 西戎列传 · 拂菻传》："拂菻国，一名大秦，在西海之上，东南与波斯接，地方万余里，列城四百，邑居连属。……以瑟瑟为殿柱，水精、琉璃为棁，香木梁，黄金为地，象牙阖。"

〔大秦珠缀华冠〕《旧唐书 · 西戎列传 · 拂菻传》："王冠如鸟翼，缀珠。"

〔梯航毕集西域，威仪重睹汉官〕梯航，即“梯山航海”，指登山渡海，形容长途跋涉。《宋书 · 明帝本纪》：“泰始元年冬十二月丙寅，上即皇帝位。诏曰：‘高祖武皇帝德洞四瀛，化绵九服，太祖文皇帝以大明定基，世祖孝武皇帝以下武宁乱。日月所照，梯山航海；风雨所均，削衽袭带。所以业固盛汉，声溢隆周。’”隋炀帝杨广曾于大业年间用 10 个月时间西巡河西。《资治通鉴》卷 181：“帝之将西巡也，命裴矩说高昌王曲伯雅及伊吾吐屯设等，啖厚利，召使入朝。壬子，帝至燕支山，伯雅、吐屯设等及西域二十七国谒于道以左，皆令佩金玉，被锦罽，焚香奏乐，歌舞喧噪。帝复令武威、张掖士女盛饰纵观，衣服车马不鲜者，郡县督课之。骑乘嗔咽，周亘数十里，以示中国之盛。吐屯设献西域数千里之地，上大悦。”威仪重睹汉官，详见《甲辰年自述诗》（其十三）一诗〔睹汉官〕条笺注。东汉后期，中原王朝对西域地区的控制和影响开始减弱。魏晋时，这种控制和影响进一步减弱。五胡十六国时期，汉人势力几乎完全退出西域。至隋初，隋炀帝开始重新经营西域，汉人势力逐渐重返西域。至唐前期，达到全盛。此句，即指隋炀帝西征吐谷浑后的那次西巡。此后，中原与西域，乃至中亚、中东和欧洲的联系越来越紧密。

1905年

和孟厂作

韩何（雨）〈两〉字属谐声，谱牒分明古合（汉）并。今日木兰当户织（自注：韩女公子今习手工），何年蹦漠却胡兵？

【刊载】

《警钟日报》，1905 年 1 月 6 日。《刘申叔遗书补遗》上册 P441。

【类别】

七言，4 句。

【编年】

1905 年。依首次发表时间。

【笺注】

〔孟厂〕何琪，字阆仙、朗轩，号孟庵（广、厂），绍兴山阴人。清末时，何琪与夫人俞树萱热心教育，特别是女子教育，是中国女子新式教育的先行者。曾任绍兴中西学堂首任监董、绍兴通艺中学堂监学兼东文教习、绍兴山会初级师范学堂教员。编纂过《上古三代史论略》《皇朝纪略》《最新女子初等小学修身教科书》等教科书。1903 年和蔡元培等人在上海创办《俄事警闻》，1904 年与夫人俞树萱在上海创办自立女子传习所。1907 年汤寿潜为绍兴旅杭同乡会会长，何为副会长。旧时，“厂”与“广”均为“庵”字的异体字。《警钟日报》本作“厂”，而非“廠”。案:《刘申叔遗书补遗》本，“厂”作“广”。《警钟日报》该日《杂录》唱和何孟庵的其他诗作中亦有作“广”者。《说文解字义证》卷 28《广部 • 广》桂馥注:“广即‘庵’字。隶嫌其空，故加‘奄’。”陈三立即在诗作中称梁鼎芬（节庵）为“节厂”，详见《东坡生日集无闷园》一诗“略考”。

〔韩何两字属谐声，谱牒分明古合（汉）并〕《佩觿》卷上:“虢郭韩何（……又，周武王母弟唐叔虞后封于韩，韩灭，子孙分散，江淮间以韩为何，随音生变，遂为何氏），载笔通用，其声近有如此者。”杨慎《古音附录》:“何（韩文《送何坚序》曰:‘何与韩同姓为近。’《史记 · 周本纪》注:‘以何姓为韩后。’邓名世云:‘何出自臣食采韩，原为韩氏。’郭忠恕曰:‘田陈郗郄，史籍互书；虢郭韩何，载笔通用。’）”《警钟日报》本衍一“汉”字。并，《警钟日报》本即作“并”，《刘申叔遗书补遗》本作“併”。

〔木兰当户织〕《乐府诗集》卷 25《木兰诗二首》其一:“唧唧复唧唧（一作促织何唧唧），木兰当户织。”

〔韩女公子〕韩平卿，浙江萧山人，韩澄之女，能书画篆刻。韩澄（1860—?），号靖盦、说圃。韩澄思想进步，终生以教书办学为已任，曾参与创办“石门公立文明女塾”，并任经理。后又与同志创立“石门女学讲习会”，是近代女子教育事业的开创人之一。有《说圃随笔》,《劳生余稿文录》《诗录》《词录》等传世。

〔踰漠却胡兵〕《乐府诗集》卷 25《木兰诗二首》其二：“木兰代父去，秣马备戎行。易却纨绮裳，洗却鉛粉妆。驰马赴军幕，慷慨携干将。朝屯雪山下，暮宿青海傍。夜袭燕支虏，更携于阗羌。将军得胜归，士卒还故乡。”踰，《刘申叔遗书补遗》本作“逾”。

【略考】

何孟庵原诗自序：“甲辰秋，内子创自立女工传习所于沪上。有韩靖盦君之女公子平卿从游，情旨甚恰，不忍相离。兹承靖盦君函许，作为义女，遂于仲冬下旬留日作汤饼之燕，以燕同志，喜成俚句三章，乞大疋赐和。”（何孟庵自序及原诗均发表于《警钟日报》1905 年 1 月 3 日，载《刘申叔遗书补遗》上册 P441）。《刘申叔遗书补遗》本将“内子”误为“丙子”。

《警钟日报》1 月 6 日在署名“中休”诗《奉和孟广新得义女之作》自注曰：“孟广单生一女，数岁而殇”。

柳亚子有《读山阴何孟厂得韩平卿女士为义女诗，和其原韵》三首，载中国革命博物馆编《磨剑室诗词集》上册 P24，上海人民出版社 1985 年 1 月第 1 版。

上海自立女工传习所创立于 1904 年，初设于爱国女学内。后因上海已有多所女工传习所，遂于 1905 年 2 月迁至山阴。

饮酒楼

画烛当筵辩论雄，浮生奚必叹飘蓬。□忘雅会邗江集，颇杂危言泰始风。宝剑酬恩何处是，酒杯邀醉几人同。微生蓬鬓垂垂老，留取诗篇证雪鸿。

【刊载】

《警钟日报》《杂录》栏目《光汉室诗话》，1905 年 1 月 17 日。《刘申叔遗书补遗》上册 P442—443。

【类别】

七言，8 句。

【编年】

1905 年。依首次发表时间。

【笺注】

〔画烛当筵〕《全唐诗》卷 160 孟浩然《岁除夜会乐城张少府宅》:“续明催画烛，守岁接长筵。”（第 3 册 P1658）

〔浮生奚必叹飘蓬〕浮生，指人生虚幻，并非实有。详见《鸳鸯湖放棹歌》一诗〔浮生早谢六尘缚〕条笺注。飘蓬，喻无根蓬草，随风飘荡，征无止处。参见《端阳日偕地山泽山谷人泛湖言念旧游怆然有作》一诗〔蓬梗〕条笺注。

〔□忘雅会邗江集〕邗江，扬州有古邗沟，亦指代扬州。此诗作于上海一次聚会之上。根据刘师培《光汉室诗话》，参加此次聚会的有刘师培、马君武、王钟麒、陈去病、马一浮、谢无量、“常州谈君”“林校书”等人。据此句，参加此次上海聚会的部分人，此前曾在扬州聚会过。案:《警钟日报》本在“忘”字之上本缺一字。

〔颇杂危言泰始风〕泰始是晋武帝司马炎称帝后的第一个年号。西晋初建，一派歌舞升平、太平盛世景象。但表象之下，隐藏巨大危机。《晋书 · 索靖传》:“靖有先识远量，知天下将乱，指洛阳宫门铜驼，叹曰:‘会见汝在荆棘中耳!’”不久，“八王之乱”爆发，西晋五十年而亡。参见《感事八首》（其三）一诗〔铜驼秋雨人悲（落）〈洛〉〕条笺注。

〔宝剑酬恩何处是〕《全唐诗》卷 210 皇甫曾《送李中丞归本道（一作送人作使归）》:“上将还专席（一作宜分阃），双旌复出（一作去）秦。关河三晋路，宾从五原人。孤戍云连海，平沙雪度春。（一作碣石山通海，滹沱雪度春。）酬恩看玉剑，何处有烟尘。”（第 3 册 P2181）《全唐诗》卷 692 杜荀鹤《乱后宿南陵废寺寄沈明府》:“男儿仗剑酬恩在，未肯徒然过一生。”（第 10 册 P8039）参见《吊何梅士》一诗〔黄金宝剑〕条笺注。

〔微生蓬鬓垂垂老〕微生，卑微之人。萧统《昭明太子集》卷 3《启 · 无射九月》:“但某衡门贱士，瓮牖微生。既无白马之谈，且乏碧鸡之辨。”蓬鬓，乱发。鲍照《鲍明远集》卷 8《拟行路难十八首》其十三:“形容憔悴非昔悦，蓬鬓衰颜不复妆。”贯休《禅月集》卷 20《陈情献蜀皇帝》:“一瓶一钵垂垂老，千水千山得得来。”

〔留取诗篇证雪鸿〕刘师培《甲辰年自述诗（其三）》:“廿年一枕黄粱梦，留得诗篇证雪鸿。”雪鸿，痕迹。详见该诗〔雪鸿〕条笺注。

赠君武

蹈海归来再握手，颖慧杰出仍无俦。文豪不幸逢亡国，党狱于今多伪流。

醉酒无端生痛哭，著书不就为穷愁。西风黄叶申江上，姑作平原十日留。

【刊载】

《警钟日报》《杂录》栏目《光汉室诗话》，1905 年 1 月 17 日。《刘申叔遗书补遗》上册 P442—443。

【类别】

七言，8 句。

【编年】

1905 年。依首次发表时间。

【笺注】

〔君武〕马君武。详见《岁暮怀人（其四）》一诗〔马君武〕条笺注。

〔蹈海归来再握手，颖慧杰出仍无俦〕刘师培《光汉室诗话》："君武自日本西京归"。刘师培《岁暮怀人（其四）》："蹈海归来一握手，颖慧杰出无其俦。西土光明照震旦，期君才笔横九秋。（自注：桂林马君武。）"详见该诗笺注。

〔文豪〕《渑水燕谈录》卷 7《歌咏》："濮人杜默师雄，少有逸才，尤长于歌篇，师事石守道。作三豪诗以遗之，称默为'歌豪'，石曼卿'诗豪'，永叔'文豪'。而永叔亦有诗曰：'赠之三豪篇，而我滥一名。'"欧阳修《归田录》卷 1："杨大年每欲作文，则与门人宾客饮、博、投壶、弈棋，语笑喧哗，而不妨构思。以小方纸细书，挥翰如飞，文不加点，每盈一幅则命门人传录，门人疲于应命，顷刻之际，成数千言，真一代之文豪也。"

〔党狱于今多伪流〕党狱，古代指因朋党所兴大狱。此指"戊戌维新"派康有为、梁启超等人，世称"康党"。案：马君武曾是康有为的追随者。1900 年秋，马君武追随康有为到新加坡，执弟子礼。1901 年冬，马君武第一次赴日，接触到以孙中山为首的革命派主张，开始逐渐摒弃、远离康、梁的"改良派"主张。1903 年，马君武在东京结识了孙中山本人，遂彻底与康、梁分道扬镳，转而追随孙中山。他曾说："康、梁者，过去之人物也。孙公，则未来之人物也。"（邓家彦《故工学博士马君武少年轶事》，见《马君武先生纪念册》。转引自唐志敏《马君武评传》，《广西社会科学》1988 年第 3 期 P191）刘师培与康、梁政见、学术观点始终不合，故称其为"伪流"。刘师培《赠李诚菴（二首）》其二："中庸昔笑胡伯始，狂狷而今多伪流。"

〔著书不就为穷愁〕《史记·平原君虞卿传》史赞："虞卿非穷愁，亦不能著书以自见于后世云。"宋庠《元宪集》卷 2《七言古诗·正月望夜闻影灯之盛斋中孤坐因写所怀》:“坐久更阑可奈何，著书自古穷愁多。”

〔西风黄叶〕寇准《忠愍集》卷下《呈诸官》:“菊老东篱人病酒，西风黄叶满荒田。”

〔平原十日留〕《史记 · 范睢列传》:“秦昭王闻魏齐在平原君所，欲为范睢必报其仇，乃详为好书遗平原君曰:‘寡人闻君之高义，愿与君为布衣之友，君幸过寡人，寡人愿与君为十日之饮。’平原君畏秦，且以为然，而入秦见昭王。”胡应麟《少室山房集》卷 57《七言律诗七十六首 · 同蔡观察苏别驾集张文学园亭分赋》:“无论河朔千秋胜，已过平原十日留。”

赠无量

狂歌当哭不称意，嬉笑怒骂皆文章。李白苏坡皆蜀产，惟君有才相颉颃。

【刊载】

《警钟日报》《杂录》栏目《光汉室诗话》, 1905 年 1 月 17 日。《刘申叔遗书补遗》上册 P442—443。

【类别】

七言，4 句。

【编年】

1905 年。依首次发表时间。

【笺注】

〔无量〕谢无量，见《岁暮怀人（其七）》一诗〔谢无量〕条笺注。无量,《警钟日报》本即作“无量”,《刘申叔遗书补遗本》本作“(无)〔無〕量”。

〔狂歌当哭不称意〕《乐府诗集》卷 62 古辞《悲歌》:“悲歌可以当泣，远望可以当归。”李梦阳《空同集》卷 51《序 · 结肠操谱序》:“李子曰：予为是篇也，长歌当哭焉矣。”《唐诗品汇》卷 27《七言古诗三 · 正宗（二）· 李白（下）》《宣州谢朓楼饯别校书叔云》:“人生在世不称意，明朝散发弄扁舟。”

〔嬉笑怒骂皆文章〕黄庭坚《山谷集》卷 14《东坡先生真赞三首》其一:“嬉笑怒骂，皆成文章。”

〔李白苏坡皆蜀产〕谢无量，四川乐至人。李白，长于四川绵州彰明县（今江油）。苏东坡，四川眉州人。

〔颉颃〕不相上下，匹敌。详见《明代扬州三贤咏·江都曾襄闵公铣》一诗〔颉颃〕条笺注。

游张园

地兼金谷玉山胜，敦盘四集觞咏多。青山白云自怡悦，别有襟抱宜若何。

【刊载】

《警钟日报》《杂录》栏目《光汉室诗话》，1905 年 1 月 17 日。《刘申叔遗书补遗》上册 P442—443。

【类别】

七言，4 句。

【编年】

1905 年。依首次发表时间。

【笺注】

〔张园〕位于今上海市静安区南京西路南侧。清末，商人张叔和从和记洋行购买此园，起名“张氏味莼园”，俗称“张家花园”，简称“张园”。1885 年，“张园”对外开放。其内有游艺设施、商场、演出场地，还设有餐厅和礼堂。是那个时代上海极有名的公共休闲娱乐场所，亦是人们的欢宴之所。民初，随着上海“大世界”的兴起，张园逐渐衰落，后被建成住宅区。如今的“张园”，已经成为上海里弄石库门游览的热门地点。

〔金谷玉山〕金谷，西晋石崇在洛阳筑“金谷别馆”，极尽奢华。详见《游天津公园》一诗〔流连金谷吟〕条笺注。《山海经》卷 2《西山经》:“又西三百五十里曰玉山，是西王母所居也。”

〔敦盘四集觞咏多〕《周礼注疏》卷 6《天官冢宰·玉府》:“玉府掌王之金玉。……若合诸侯，则共珠盘、玉敦。”郑玄注:“敦，盘类，珠玉以为饰。古者，以盘盛血，以敦盛食。合诸侯者，必割牛耳，取其血，歃之以盟。珠盘，以盛牛耳，尸盟者执之，故书珠为夷。郑司农云：夷盘或为珠盘。玉敦，歃血玉器。”《晋书·王羲之传》载其《兰亭序》:“虽无丝竹管弦之盛，一觞一咏，亦足以畅叙幽情。”

〔青山白云自怡悦〕《全唐诗》卷 859 吕岩（洞宾）《勉牛生夏侯生》:“青山白云好居住，劝君归去来兮归去来。”（第 12 册 P9771）《文选》卷 17 傅武仲（毅）《舞赋》:

"观者称丽，莫不怡悦。"

〔别有襟抱宜若何〕襟抱，胸怀抱负。详见《赠子言》一诗〔襟抱〕条笺注。宜若何，"应该如何、怎样"之意。《文苑英华》卷 458《制书十一 · 节镇七》韩仪《授李成庆夏州节度使制》："服我休命，所宜若何。"

读《天演论》（二首）

【刊载】

《政艺通报》乙巳第 1 号，1905 年 2 月 18 日；《醒狮》第 2 期，1905 年 10 月 28 日。《刘申叔遗书》61 册（20—21），《左盦诗录》卷 1《匪风集》。

【类别】

五言，10 句。

【编年】

1905 年。依首次发表时间。

读《天演论》（二首）其一

园柳转微黄，隄草弄新翠。感此微物姿，亦具争存志。春风动和煦，桃李竞争媚。繁华能几时，过眼伤憔悴。长松傲岁寒，物以后凋贵。

【笺注】

〔《天演论》〕见《赠杨仁山居士（四首）》其三一诗〔物竞风潮日夜深〕条笺注。

〔园柳转微黄〕《全唐诗》卷 443 白居易《腊后岁前遇景咏意》："海梅半白柳微黄，冻水初融日欲长。"（第 7 册 P4975）《东坡词 · 蝶恋花 · 黄同安生日放鱼，取〈金光明经〉救鱼事》："泛泛东风初破五。江柳微黄"。

〔隄草弄新翠〕《全唐诗》卷 798 花蕊夫人《宫词》其五十："三月金明柳絮飞，岸花堤草弄春时。"（第 12 册 P9067）陈允平《日湖渔唱 · 西湖十咏 · 黄莺儿 · 柳浪闻莺》："飞绕，翠接断桥云，绿漾新堤草。"

〔微物〕渺小的人与物。详见《秋风萧瑟池荷零落感而赋此》一诗〔微物〕条笺注。

〔争存志〕严复《天演论上 · 导言一 ·〈察变〉》："斯宾塞尔曰：'天择者，存其最宜者也。'夫物既争存矣，而天又从其争之后而择之，一争一择，而变化之事出矣。"

志，《醒狮》本作“意”。

〔春风动和煦〕《全唐诗》卷 188 韦应物《寄柳州韩司户郎中》：“春风吹百卉，和煦变闾井。”（第 3 册 P1921）

〔桃李竞争媚〕冯梦龙《情经》卷下《自从别后》：“画廊前桃李争媚，绣帏中日暖风柔。”

〔繁华能几时，过眼伤憔悴〕《全唐诗》卷 861 沈廷瑞《寄袁州陈智周》：“休羡繁华事，百年能几时。”（第 12 册 P9794）《古今事文类聚前集》卷 8 晏叔原（几道）《晚春》：“春风自是人间客，主管繁华得几时。”《文选》卷 23 阮嗣宗（籍）《咏怀诗十七首》其三：“嘉树下成蹊，东园桃与李。秋风吹飞藿，零落从此始。繁华有憔悴，堂上生荆杞。”憔，《醒狮》本作“惟”，显误。

〔长松傲岁寒，物以后凋贵〕《论语・子罕第九》：“子曰：‘岁寒，然后知松柏之后凋也。’”

读《天演论》（二首）其二

芙蓉何青青，铅华冒芳池。秋风一以起，花叶何纷披。岂无向荣志，摇落不自持。吾欲涉江采，芳馨将谁贻。莲子堕寒波，苦心终不移。

【笺注】

〔芙蓉何青青〕青青，同“菁菁”。《毛诗正义》卷 3—2《卫风・淇奥》：“瞻彼淇奥，绿竹青青。”毛传：“青青，茂盛貌。”陆德明《音义》：“青，……本或作菁。”芙蓉，荷花的别称。青青，《醒狮》本作“青之”。

〔铅华〕指花朵。元好问《元遗山集》卷 44《新乐府四・清平乐・杏花》：“一树铅华春事了，消甚珠围翠绕。”

〔纷披〕零落。《文苑英华》卷 358《骚五・秋风摇落一首》梁元帝萧绎《秋风摇落》：“树参差兮稍密，紫荷纷披兮疏且黄。”

〔向荣〕《文选》卷 45 陶渊明《归去来（并序）》：“木欣欣以向荣，泉涓涓而始流。”

〔自持〕自己掌控。详见《秋风萧瑟池荷零落感而赋此》一时〔自持〕条笺注。

〔吾欲涉江采，芳馨将谁贻〕《文选》卷 29《杂诗上・古诗一十九首》其六：“涉江采芙蓉，兰泽多芳草。采之欲遗谁？所思在远道。”

〔苦心〕见《采莲謡》一诗〔莲子苦〕条笺注。

寒夜望月

玉宇琼楼想像中，广寒宫阙冷西风。姮娥漫诩通灵术，大地山河已不同。

【刊载】

《政艺通报》乙巳第 1 号，1905 年 2 月 18 日，署名申叔。《刘申叔遗书》61 册（21），《左盦诗录》卷 1《匪风集》。

【类别】

七言，4 句。

【编年】

1905 年。依首次发表时间。

【笺注】

〔玉宇琼楼〕苏轼《东坡词 · 水调歌头（丙辰中秋，欢饮达旦，大醉。作此篇，兼怀子由）》：“我欲乘风归去，又恐琼楼玉宇，高处不胜寒。”同上书《念奴娇 · 中秋》：“玉宇琼楼，乘鸾来去，人在清凉国。”

〔广寒宫〕柳宗元《龙城录》卷上《明皇梦游广寒宫》：“开元六年，上皇与申天师、道士鸿都客八月望日夜，因天师作术，三人同在云上游月中。过一大门，在玉光中，飞浮宫殿，往来无定，寒气逼人，露濡衣袖皆湿。顷见一大宫府，榜曰：‘广寒清虚之府’。”《初学记》卷 23《道释部 · 事对 · 西华 / 北灵》：“《曲素决辞经》曰：高上玉皇辞曰：目即西华馆，意合广寒宫。”《全唐诗》卷 749 李中《春日招宋维先辈》：“为报广寒攀桂客，莫辞相访共衔杯。”（第 11 册 P8623）

〔姮娥漫诩通灵术〕姮娥即嫦娥，后裔之妻，后避汉文帝刘恒讳，改为嫦娥。《淮南鸿烈解》卷 6《览冥训》：“羿请不死之药于西王母，姮娥窃以奔月。”高诱注：“姮娥，羿妻。羿请不死之药于西王母，未及服之，姮娥盗食之，得仙，奔入月中，为月精。”漫诩，肆意夸耀。钱大昕《潜研堂诗集》卷 5《恭和御制哈萨克使至俾观围元韵》：“汉家漫诩长杨赋，蕃使来观讵有诸。”黄遵宪《人境庐诗草》卷 1《古今体诗共七十二首 · 羊城感赋六首》其六：“骑羊漫诩仙人鹤，驱鳄难除海大鱼。”

〔大地山河已不同〕《东坡诗集注》卷 28《题咏》苏轼《和黄秀才鉴空阁》：“明月本自明，无心孰为境。挂空如水鉴，写此山河影。”王十朋集注：“次公：《酉阳杂俎》载：佛氏言月所有，乃大地山河影也。”山河，《政艺通报》本作“河山”。现存刘师培手稿一份，文辞与本诗完全一致，亦作“山河”。见《仪征刘氏遗稿汇存》第 2 册 P824。

台湾行

九州分壤海波环，圆峤方壶碧浪间。声教昔时沾四海，神仙何处访三山。片隅更辟东方地，天教岛屿成都会。入贡曾缘海水来，卜居或等桃源避。文物声名古来通，鲸波千顷日轮东。波萦弱水三千里，地绕蓬山一万重。强封自昔称荒服，一朝竟入倭人属。封域遥临吕宋邦，地名竟改毗邪国。断发文身自古然，民心好异渐思迁。氈裘有长求通市，异教从今又蔓延。海上年年番舶至，景教流行祆庙起。曲律还居大石都，郅支久寄康居地。闻道楼船海上翔，有时鳞介易冠裳。鸣鸡自古曾占兆，五马于今又渡江。印绶遥从上国赐，尉佗立国雄三世。宋臣有志保崖山，句践居然称夏裔。当年定阙建东都，贡税都从内府输。徐福舟师曾入海，孙恩兵甲欲窥吴。城犹弹丸地赤子，畏首畏尾身余几。潮水曾迎战舰来，地形况失澎湖势。虎师一旅下汀州，亲见降帆下石头。南越旧朝由内乱，夜郎降汉亦封侯。沧海桑田几迁变，丹青无复延平殿。边防从此撤三藩，故国何妨夷九县。遗民三度抗胡兵，海外夷氛未扫平。货舶纵通黄浦水，遗基谁访赤嵌城。明珠翠羽纷来贡，艳说扶桑茧如瓮。鹿耳门边禾稼丰，龙湖院内芙蓉种。东南文化渐胚胎，陆岛孤悬碧海限。边衅纵云开秽貊，汉民安肯弃珠崖。东邦地隔沧溟水，谓此区区应予畀。横海楼船一矢加，河山寸土千金拟。十万雄师镇海滨，降全难屈两河民。不图劲旅班韩岳，遂致孤城困远巡。当年畛域区夷夏，可怜易主如传舍。故郡犹思蒲坂归，名城或等商于假。精卫沈冤海莫填，蛮烟蜑雨又年年。汉家竟弃轮台土，闽地仍分婺女躔。况复东隅时势异，舍旧谋新齐改制。沧海何曾禹贡归，边城终类维州弃。禹迹茫茫又变移，神州亦有陆沈悲。何人更忆金门战，空念夷奴渡梅时。

【刊载】

《国粹学报》第 1 期，1905 年 2 月 23 日，署名刘光汉。《刘申叔遗书》61 册（114—116），《左盦诗录》卷 4《左盦诗别录》。

【类别】

七言，84 句。

【编年】

1905 年。依首次发表时间。

【笺注】

〔九州分壤海波环〕《尚书 · 禹贡》:"禹别九州,随山浚川,任土作贡。……东渐于海,西被于流沙,朔南暨,声教讫于四海。禹锡玄圭,告厥成功。"汉代邹衍认为,九州(中国)之外,环绕以大海。详见《译石门和夫氏〈希望诗〉(二首)》其二一诗〔八瀛〕条笺注。《全唐诗》卷 511 张祜《鸿沟》:"宁似九州分国土,地图初割海中流。"(第 8 册 P5892)朱熹《晦庵集》卷 1《诗 · 远游篇》:"九州何茫茫,环海以为疆。"

〔圆峤方壶碧浪间〕《列子 · 汤问第五》:"渤海之东不知几亿万里,有大壑焉,实惟无底之谷,其下无底,名曰归墟。八弦九野之水,天汉之流,莫不注之,而无增无减焉。其中有五山焉:一曰岱舆,二曰员峤,三曰方壶,四曰瀛洲,五曰蓬莱。其山高下周旋三万里,其顶平处九千里。山之中闲相去七万里,以为邻居焉。其上台观皆金玉,其上禽兽皆纯缟。珠玕之树皆丛生,华实皆有滋味,食之皆不老不死。所居之人皆仙圣之种,一日一夕飞相往来者,不可数焉。"

〔声教昔时沾四海〕《尚书正义》卷 6《禹贡》:"禹别九州,随山浚川,任土作贡。……东渐于海,西被于流沙,朔南暨,声教讫于四海。禹锡玄圭,告厥成功。"孔传:"渐,入也,被及也。此言五服之外,皆与王者声教而朝见。"孔颖达疏:"言五服之外,又东渐入于海,西被及于流沙,其北与南,虽在服外,皆与闻天子威声文教,时来朝见。是禹治水之功尽加于四海。"

〔三山〕《史记 · 秦始皇本纪》:"齐人徐市等上书,言海中有三神山,名曰蓬莱、方丈、瀛州,仙人居之。请得斋戒,与童男女求之。于是遣徐市发童男女数千人,入海求仙人。"《拾遗记》卷 1:"三壶,则海中三山也。一曰方壶,则方丈也;二曰蓬壶,则蓬莱也;三曰瀛壶,则瀛洲也。形如壶器,此三山,上广中狭下方,皆如工制犹华山之似削成。"传统观点认为,秦时的瀛洲,即台湾。上句与此句指,王者的声威教化遍及天下,哪里有什么神仙居住的世外仙山。

〔片隅更辟东方地,天教岛屿成都会〕《三国志 · 吴书一三 · 陆逊传》:"权欲遣偏师取夷州及朱崖,皆以咨逊,……权遂征夷州,得不补失。"魏晋时,称台湾为"夷州(洲)"。此二句指,台湾弹丸偏远之地,最终入中华版图,成繁庶之地。

〔入贡曾缘海水来〕《旧唐书 · 东夷列传》中,将"倭国"与"日本"并列。有传统观点认为,此"倭国"即隋唐时期的"流求",泛指今琉球群岛、台湾等中国大陆东方海中的一连串岛屿。也有观点认为，隋唐时期的“流求”是对台湾的专指。《旧唐书·东夷传·倭国传》：“倭国者，古倭奴国也。去京师一万四千里，在新罗东南大海中。依山岛而居，东西五月行，南北三月行。世与中国通。”《旧唐书·东夷传·日本传》：“日本国者，倭国之别种也。以其国在日边，故以日本为名。”《旧唐书·东夷传·倭国传》：“贞观五年，（指倭国——引者）遣使献方物。太宗矜其道远，敕所司无令岁贡，又遣新州刺史高表仁持节往抚之。表仁无绥远之才，与王子争礼，不宣朝命而还。至二十二年，又附新罗奉表，以通起居。”

〔卜居或等桃源避〕郑成功收复台湾前，东南汉人很少有移居台湾者。郑成功收复台湾后，有十数万福建人移居台湾，以躲避满人的统治，此为大陆地区移民台湾的第一次高潮。详见本诗〔东南文化渐胚胎，陆岛孤悬碧海限〕条笺注。卜居，见《甲辰年自述诗（其五十八）》一诗〔卜居〕条笺注。

〔文物声名〕声名，应为“声明”，指载之典籍的典章制度与王者的声威教化。《左传·桓公二年》：“文物以纪之，声明以发之。”

〔鲸波〕指惊涛骇浪。《全唐诗》卷 815 皎然《赠李中丞洪一首》：“海底取明月，鲸（一作冲）波不可度。”（第 12 册 P9253）

〔日轮〕太阳。《玉台新咏》卷 8 鲍泉《落日看还》：“苔轻变水色，霞浓掩日轮。”

〔弱水三千里〕《尚书·禹贡》：“导弱水，至于合黎。”《史记·夏本纪》：“弱水既西”。司马贞《索隐》：“《水经》云：‘弱水出张掖删丹县西北，至酒泉会水县入合黎山腹’。《山海经》云：‘弱水出昆仑墟西南隅’也。”《太平广记》卷 21《神仙二十一·司马承祯》：“蓬莱隔弱水三十万里，非舟楫可行，非飞仙无以到。……（出《续仙传》）”苏轼《东坡全集》卷 15《金山妙高台》：“我欲乘飞车，东访赤松子。蓬莱不可到，弱水三万里。”刘基《诚意伯文集》卷 12《写情集二·苏幕遮》：“弱水三千，人隔蓬莱岛。”程乙本《红楼梦》第 91 回《纵淫心宝蟾工设计，步疑阵宝玉妄谈禅》：“宝玉呆了半晌，忽然大笑道：‘任凭弱水三千，我只取一瓢饮。’”

〔蓬山一万重〕《全唐诗》卷 539 李商隐《无题四首》其一：“刘郎已恨蓬山远，更隔蓬山一万重。”（第 8 册 P6213）蓬山，即蓬莱山。

〔强封自昔称荒服〕强封，疑为“疆封”之误。“疆”与“彊”形近；“彊”通“强”。《国粹学报》本即作“强”。“疆封”，指疆界、疆域。《续资治通鉴长编》卷 276：“富弼言：‘臣退伏草茅，不预人事。近者，窃闻蠢尔蛮獠犯我疆封。’”荒服，指极远蛮荒之地。《尚书正义》卷 5《益稷》：“弼成五服，至于五千。”孔传：“五服：侯、甸、绥、要、荒服也。服五百里，四方相距为方五千里。”

〔一朝竟入倭人属〕此句有两解，均通：一、《旧唐书 · 东夷列传》将台湾归于“倭人”之列。详见本诗〔入贡曾缘海水来〕条笺注。二、中日甲午战争后，台湾沦于倭寇之手。

〔封域遥临吕宋邦，地名竟改毗邪国〕毗舍邪，一作毗舍耶，有观点认为，即宋代时的台湾。《台海使槎录》卷 1《赤坎笔谈 · 原始》：“按：彭湖东南，即今台湾。其情状相似，殆即毗舍耶国也。……台湾海中番岛……琉球之余种，自哈喇分支。近通日本，远接吕宋，控南澳，阻铜山，以彭湖为外援。”南宋孝宗年间，毗舍邪人曾寇略福建沿海。具体记载详见周必大《文忠集》卷 67《敷文阁学士宣奉大夫赠特进汪公（大猷）神道碑（嘉泰元）》，楼钥《攻媿集》卷 88《敷文阁学士宣奉大夫致仕赠特进汪公行状》，赵汝适《诸蕃志》卷上《毗舍耶》，《文献通考》卷 327《琉球》，《宋史 · 汪大猷传》，《宋史 · 外国列传七 · 流求国》。

〔断发文身自古然〕《太平御览》卷 780《四夷部一 · 东夷一 · 叙东夷》录三国东吴沈莹《临海水土志》：“夷州，在临海东南，去郡二千里土。……人皆髡头穿耳，女人不穿耳。”楼钥《攻媿集》卷 88《敷文阁学士宣奉大夫致仕赠特进汪公行状》：“毗舍邪，面目如漆，黥涅不辨。”

〔毡裘有长求通市，异教从今又蔓延〕毡裘，古代北方少数民族的皮制服装，亦代指异族、异族君长。《后汉书 · 郑众传》：“臣诚不忍持大汉节对毡裘独拜，如令匈奴遂能服臣，将有损大汉之强。”此二句指，元代时，波斯、阿拉伯等地区争相与中国通商，那些地区的宗教，如伊斯兰教、景教、拜火（祆）教等传入中土。吴鉴《岛夷志略》原序：“中国之外，四州维海之外，夷国以万计，唯北海以风恶不可入。东、西、南数千万里，皆得梯航以达其道路，象胥以译其语言。惟有圣人在乎位，则相率而效朝贡通互市。虽天际穷发、不毛之地，无不可通之理焉。”

〔海上年年番舶至，景教流行祆庙起〕前一句指元代海外贸易兴盛繁忙。景教，基督教聂斯托利派，起源于今中东地区叙利亚，被正统基督教斥为异端。唐代传入中国，西安碑林博物馆藏有刻于唐建中二年（781）、出土于明天启年间的《大秦景教流行中国碑》。唐武宗会昌灭佛，景教亦随之销声匿迹。至元代，再次传入中国，被称为“也里可温”。旧时，为国人对天主教、新教的泛称。祆教，即琐罗亚斯德教，产生于古波斯。魏晋时期传入中国，亦称火祆教、拜火教。唐武宗会昌灭佛，祆教衰微。元代，随着中国对外交往的增加，祆教在中原地区再次兴起。元代散曲和民间文学作品中对袄教的描写比比皆是，如马致远《夜行船》之二《风入松》："劣冤家，真个负心别，恁的随邪，好姻缘，取次磨灭。谩交人感叹伤叹，楚岫被云遮，袄庙火烧绝。"（《明抄六卷本阳春白雪》P232，辽沈书社 1985 年 10 月第 1 版）。关于景教和袄教在中国的传播，可参阅陈垣先生所著《元也里可温教考》《火袄教入中国考》，载《陈垣史学论著选》P1—50，P109—129（上海人民出版社 1981 年 5 月第 1 版）。

〔曲律还居大石都〕曲律，指屈出律，或译为曲书律。契丹乃蛮部被蒙古成吉思汗灭亡后，太阳汗之子屈出律（古失鲁克）投奔西辽国古儿汗（耶律直鲁古）。西辽，契丹王室耶律大石建立于宋宣和四年（1124），都城在虎思斡耳朵（又称八剌沙衮，位于今吉尔吉斯斯坦托克马克附近）。1211 年，屈出律联合花剌子模推翻古儿汗，夺取西辽政权。由于与中亚各地伊斯兰势力水火不容，屈出律于 1215 年迁都喀什。几年后，成吉思汗的大将哲别率大军进攻西辽，屈出律被杀，西辽灭亡。

〔郅支久寄康居地〕郅支，西汉时匈奴单于，呼韩邪单于的兄长。匈奴分裂，呼韩邪降汉，郅支西迁至康居国。《资治通鉴》卷 29《汉纪二十一 · 孝元皇帝下 · 永光三年（前 36——引者）》："冬，使西域都护、骑都尉北地甘延寿、副校尉山阳陈汤共诛斩郅支单于于康居。……四年春，正月，郅支首至京师。延寿、汤上疏曰：'臣闻天下之大义当混为一，昔有唐、虞，今有强汉。匈奴呼韩邪单于已称北藩，唯郅支单于叛逆，未伏其辜，大夏之西，以为强汉不能臣也。郅支单于惨毒行于民，大恶通于天。臣延寿，臣汤，将义兵，行天诛，赖陛下神灵，阴阳并应，天气精明，陷陈克敌，斩郅支首及名王以下，宜县头槁街蛮夷邸间，以示万里，明犯强汉者，虽远必诛！'"上句与此句借用汉宋匈奴契丹被驱逐的史实，喻指朱元璋"驱除胡虏，恢复中华"，将蒙元逐出中原。

〔闻道楼船海上翔，有时鳞介易冠裳〕楼船，《六臣注文选》卷 5 左太冲（思）《吴都赋》："轻舆按辔以经隧，楼船举飒而过肆。"刘良注："楼船，船有楼也。"鳞介，披鳞戴甲的水中生物，亦是对少数民族的蔑称。《扬子法言》卷 10《孝至篇》："朱厓之绝，捐之之力也，否则介鳞易我衣裳。"李轨注："汉朱厓，南海水中郡，元帝时背叛不臣，议者劝往征之。贾捐之以为无异禽兽也，弃之不足惜，不击不损威，元帝听之。事在《汉书》。""否，不也，言不然，则介鳞之类易我衣裳之民也。"司马光注："朱厓，岛夷，故云介鳞。"《后汉书 · 杨终传》："不以介鳞易我衣裳。"李贤注："光武绝西域之国，不以介鳞易我衣裳。"李贤注："介鳞，喻远夷。言其人与鱼鳖无异也。衣裳谓中国也。"参见本诗〔汉民安肯弃珠崖〕条笺注。连横《台湾通史》卷 1《开辟纪》：

“永乐中，太监郑和舟下西洋，诸夷靡不贡献，独东番远避不至。东番者，台湾之番也。和恶之，率师入台。东番降服。家贻一铜铃，俾挂项间。其后人反宝之，富者至掇数枚。是为中国三略台湾之事。初，和入台，舟泊赤嵌，取水大井。赤嵌，番社名，为今台南府治，共井尚存。而凤山有三宝姜，居民食之疾瘳，云为郑和所遗。则和入台且至内地，或谓在大冈山也。”此二句指，郑和深入台湾，中华文明复入边鄙。

〔鸣鸡自古曾占兆〕《尚书·牧誓》：“王曰：‘古人有言曰：“牝鸡无晨。牝鸡之晨，惟家之索。”’”《绥寇纪略》卷12：“（崇祯——引者）十年，京师宣武门外斜街，民家白鸡，羽毛鲜好，喙距纯赤，重四十觔。慈溪孝廉应廷吉见之，愀然曰：‘此鷟也，所见之处国亡。’万历三十六年，靖边营军人家鸡，雌化为雄，《五行传》曰：‘不鸣不将，无距者事不成。今鷟则鸣，将有距矣。’盖是年寇患已大成，故鸡祸也。”

〔五马于今又渡江〕《晋书·五行志中》：“太安中，童谣曰：‘五马游渡江，一马化为龙。’后中原大乱，宗藩多绝，唯琅邪、汝南、西阳、南顿、彭城同至江东，而元帝嗣统矣。”西晋“八王之乱”后，琅琊王司马睿、汝南王司马佑、弋阳王司马羕、南顿王司马宗、彭城王司马纮南渡避祸。司马睿后于建康（今南京）建立东晋，即晋元帝。此句指，明朝灭亡，一些明宗室南渡至江南。福王朱由崧在南京建立南明弘光小朝廷。

〔印绶遥从上国赐〕《汉书·陆贾传》：“时中国初定，尉佗平南越，因王之。高祖使贾赐佗印为南越王。……贾卒拜佗为南越王，令称臣奉汉约。归报，高帝大说”。《从征实录》：“永历……七年癸巳（1653——引者）……五月……是月，行在遣兵部万年英赍敕册封藩（郑成功——引者）延平王……藩拜表辞不敢受。”《台湾外记》卷4：“永历依议，着礼部铸‘延平王印’，并册一道。另着杨廷世、刘九皋举成功部下将官有功者奏闻，以便加爵。”

〔尉佗立国雄三世〕尉佗，即赵佗。赵佗于秦始皇时奉命平定岭南，秦亡后攻占桂林郡、象郡，自立为南越王。汉高后五年（前183）自号“南越武帝”。赵佗死，传位于其孙赵眜，赵眜传位于其子赵婴齐，赵婴齐传位于其次子赵兴，赵兴被权臣吕嘉所害，吕嘉又立其兄长赵建德。汉武帝元鼎六年（前111）西汉灭南越。南越国自赵佗，世袭统治南越共3代。上句与此句似为一语双关，以西汉初南越国事，映射台湾郑氏。郑成功驱逐荷兰，收复台湾。南明永历帝朱由榔遥封郑成功为延平王，其子郑经，其孙郑克塽袭爵，亦历3世。

〔宋臣有志保崖山〕《宋史·瀛国公本纪附赵昺》：至正“十六年正月壬戌，张弘范兵至崖山。……陆秀夫走卫王舟，王舟大，且诸舟环结，度不得出走，乃负昺投海中，后宫及诸臣多从死者。七日，浮尸出于海十余万人。杨太后闻昺死，抚膺大恸曰：'我忍死艰关至此者，正为赵氏一块肉尔，今无望矣！'遂赴海死，世杰葬之海滨，已而世杰亦自溺死。宋遂亡。"另见《甲辰年自述诗》（其四十四）一诗〔虐焰无过忽必烈〕条笺注。此句似亦以南宋故事隐喻，南明遗臣立志固守东南，延续明朝正统。

〔句践居然称夏裔〕《史记·越王勾践世家》："越王勾践，其先禹之苗裔，而夏后帝少康之庶子也。封于会稽，以奉守禹之祀。文身断发，披草莱而邑焉。"张守节《正义》："《吴越春秋》云：'禹周行天下，还归大越，登茅山以朝四方群臣，封有功，爵有德，崩而葬焉。至少康，恐禹迹宗庙祭祀之绝，乃封其庶子于越，号曰无余。'贺循《会稽记》云：'少康，其少子号曰于越，越国之称始此。'"《清世祖实录》顺治四年六月丁丑（1647 年 7 月 9 日）："初，琉球、安南、吕宋三国各遣使于明季进贡，留闽未还。大兵平闽，执送京师，命赐三国贡使李光耀等衣帽、缎布，仍各给敕谕，遣赴本国招谕国王。谕琉球国王敕曰：'朕抚定中原，视天下为一家。念尔琉球，自古以来世世臣事中国，遣使朝贡，业有往例，今故遣人敕谕尔国：若能顺天循理，可将故明所给封诰印敕，遣使赍送来京，朕亦照旧封锡。'谕安南、吕宋二国文同。"此句隐含之意为，满人入关，自称"中国"。

〔当年定阙建东都，贡税都从内府输〕《从征实录》：永历十五年"五月初二日（1661 年 5 月 29 日——引者），藩驾（指郑成功——引者）驻台湾。……改赤崁地方为东都明京，设一府二县。以府为承天府，天兴县、万年县。杨戎政为府尹。以庄文烈知天兴县事，祝敬知万年县事。行府尹查报田园册籍，征纳□银。改台湾为安平镇。十八日，本藩（指郑成功——引者）令谕云：'东都明京，开国立家，可为万世不拔基业。本藩已手辟草昧，与尔文武各官，及各镇大小将领、官兵家眷□来胥宇，总必创建田宅等项，以遗子孙。计但一劳永逸，当以已力（京）〈经〉营，不准混侵土民，及百姓现耕物业。兹将条款开列于后，咸使遵依。如有违越，法在必究。着户官刻板颁行。特谕。'"

〔徐福舟师曾入海，孙恩兵甲欲窥吴〕徐福，见本诗〔三山〕条笺注。《清圣祖实录》康熙二十年十月丙午（1681 年 12 月 6 日）："总督姚启圣，统辖福建全省兵马，同提督施琅，进取彭湖、台湾。"另参见本诗〔夷奴渡海〕条笺注。《晋书·孙恩传》："孙恩，字灵秀，琅邪人孙秀之族也。世奉五斗米道。"东晋安帝隆安三年（399），孙恩与卢循聚众起事，曾长期据守东南地区海岛，与东晋朝廷对抗。401 年，孙恩曾率众从海岛登陆，企图夺取东晋都城建康（今南京）。后兵败自尽。明亡后，据守福建沿海的郑成功、张煌言曾于 1659 年率军北伐，与清军大战于南京城下。此二句以徐福、孙恩事借指施琅帅清军入海攻台，郑成功曾率军北伐。

〔城犹弹丸地赤子，畏首畏尾身余几〕《周书 · 庾信传》载其《哀江南赋》：“地惟黑子，城犹弹丸。”《左传 · 文公十七年》：“古人有言曰：‘畏首畏尾，身其余几。’”郑成功于 1659 年北伐，曾占领瓜州、仪征、镇江等地，并与清军大战于南京城下，最终失败，退回厦门。此后，郑成功放弃进攻内陆，而将隔海相望的台湾作为继续抗清的根据地。1661 年，郑成功击败荷兰人，退守台湾。至此，孤悬海外，复明无望。1683 年，其孙郑克塽降清。此二句指，台湾本弹丸之地，郑氏困守孤岛，畏手畏尾，终遭覆灭。

〔潮水曾迎战舰来，地形况失澎湖势〕《南天痕》卷 25《镇臣传 · 郑成功传》：“辛丑（1661——引者），成功攻台湾。台湾者，荷兰属邑也。……三月，至澎湖。前望鹿耳门，水浅难入，酾而祷于神曰：‘天苟祚明，愿大水助我。’俄而水骤涨，舟毕渡。举炮攻其城，红夷出不意，惊溃。克赤嵌，进围王城。十二月，红夷食尽出降，送其主归国。土番亦奉约束，尽收其地。”《野史无文》卷 12《郑成功传》：“壬戌（1682——引者），清取厦门。癸亥（1683——引者）夏，姚启圣与施琅攻澎湖，国轩败绩。八月，施琅自澎湖攻台湾，舟入鹿耳门。壬子（1683 年 10 月 3 日），郑克塽降，宁静王朱术桂死之。国轩之败绩也，退守鹿耳门，潮流骤涨，清师遂入沙线。锡范以下无固志，率宗人出降。”

〔虎师一旅下汀州〕清康熙年间，郑经趁“三藩之乱”出兵西征，曾攻占汀州（今福建长汀）。《靖海志》卷 4：“丙辰（康熙十五年，1676——引者）……五月，耿逆调汀州镇刘应麟兵出关，应麟不从，密通款于郑经。经乃遣吴淑统兵，驰书于精忠，言欲假道汀州以出江右。耿贼遣兵防城，应麟惧其图己，率所部出掠瑞金、石城。吴淑兵至，应麟与之合兵共攻汀州，遂下之。”

〔亲见降帆下石头〕《全唐诗》卷 359 刘禹锡《西塞山怀古》：“西晋（一作王濬）楼船下益州，金陵王气黯（一作漠）然收。千寻铁锁沉江底，一片降幡出石头。”（第 6 册 P4065）郑成功北伐期间，攻克了南京上游的芜湖、太平，下游的镇江等州县，并进攻至南京近郊。《野史无文》卷 12《郑成功海东事 · 郑成功传》：“夏六月，煌言入瓜洲，丙午拔之。明日，延平破京口军，乘胜至城下，降其城。煌言已克瓜洲，放舟而上，至芜湖，分其军为三：以一军攻广德，一军取和州，一军己自将之，以招降者。于是大江南北多附之者。延平既破京口军，集兵金陵城下。秋七月朔，延平谒孝陵，既拜而哭，军士人人愤激。”降帆，疑为“降幡”之误。石头，指石头城，即南京。详见《石头城》一诗〔石头城〕条笺注。

〔南越旧朝由内乱〕《史记·南越列传》：“太子兴代立，其母为太后。太后自未为婴齐姬时，尝与霸陵人安国少季通。及婴齐薨后，元鼎四年，汉使安国少季往谕王、王太后以入朝，比内诸侯。……王年少，太后中国人也，尝与安国少季通，其使复私焉。国人颇知之，多不附太后。……其相吕嘉年长矣，相三王，……阴与大臣作乱。……吕嘉等乃遂反，……与其弟将卒攻杀王、太后及汉使者。……天子……乃下赦曰：‘天子微，诸侯力政，讥臣不讨贼。今吕嘉、建德等反，自立晏如，令罪人及江淮以南楼船十万师往讨之。’……吕嘉、建德已夜与其属百人亡入海，以船西去。……越郎得嘉，封为临蔡侯。……戈船、下厉将军兵及驰义侯所发夜郎兵未下，南越已平矣。遂为九郡。……自尉佗初王后，五世九十三岁而国亡焉。”此句似暗喻，台湾郑氏之败亡，亦源于冯锡范发动的内讧“东宁之变”。《清史稿·郑锦（经——引者）传》：“子克壓，自锦出师时为居守，永华请于锦号‘监国’。年未冠，明察能治事，顾乳媪子锡范等意不属，先构罢永华兵，永华郁郁死。及锦卒，遂共缢杀克壓，奉锦次子克塽嗣为延平王。塽幼弱，事皆决于锡范。行人傅为霖谋合诸将从中起，事泄，锡范执而杀之，并及续顺公沈瑞。诏用施琅为水师提督，与启圣规取台湾。”“东宁之变”的详细始末可参见《台湾外记》卷 9 记载。

〔夜郎降汉亦封侯〕《后汉书·西南夷列传·夜郎传》：“武帝元鼎六年，平南夷，为牂柯郡，夜郎侯迎降，天子赐其王印绶。”郑克塽降清后，被封为“海澄公”。《清史稿·诸臣封爵世表一·海澄公》：“初封，郑克塽，正红旗汉军。郑成功孙。初，顺治十年五月，封成功为海澄公，不受。十一月，复封，仍不受。康熙二十二年，克塽归顺，仍封海澄公。四十六年病故。无袭。”

〔沧海桑田几迁变〕见《东京清明杂感（二首）其二》一诗〔几见桑田成碧海〕条笺注。

〔丹青无复延平殿〕连横《台湾通史》卷 16《城池志·衙署》：“延平郡王府：在安平镇王城内，今圮。”（商务印书馆 1947 年 3 月版上册 P325）郑成功收复台湾，将王府设于荷兰人修建的热兰遮城，故该处也称“王城”，其遗址即今台南市的“安平古堡”。康熙年间收复台湾后，逐渐废弃倾颓。日据时期被彻底夷平。丹青，指史籍。《论衡》卷 20《须颂篇》：“笔墨之力，定善恶之实，言行毕载，文以千数，传流于世，成为丹青，故可尊也。”

〔三藩〕汪荣宝、许国英《清史讲义》第一编第八章《三藩起兵 · 三藩之起源及其势力》:“先是，世祖定鼎，东南未安，故命大学士洪承畴经略五省，而以定南王孔有德循广西，平南王尚可喜、靖南王耿仲明循广东，平西王吴三桂循四川及云南。耿仲明以顺治六年七月道死于江西吉安府，而孔有德亦以九年李定国之乱自裁于桂林。有德无子，爵除，而仲明子继茂袭封。及南方略定，承畴偕宗室罗托、信郡王铎尼引禁旅还京师，而诸王各率所部绿旗兵留镇一方。于是三桂王云南，可喜、继茂王广东；寻徙继茂王福建。继茂卒，子精忠嗣。是为三藩并建之始。”（民国上海商务印书馆印本《清史讲义 · 第一编》P70）康熙十二年（1673），清廷下旨撤藩，吴三桂、尚之信（尚可喜之子）、耿精忠起兵。至康熙二十年（1681），三藩尽灭。尚之信被赐死，耿精忠被凌迟，已死去的吴三桂被戮尸。

〔九县〕《后汉书 · 光武帝纪下》:“炎正中微，大盗移国。九县飙回，三精雾塞。”李贤注:“九县，九州也。”

〔遗民三度抗胡兵〕《东瀛识略》卷 7《兵燹》:“康熙间，台湾新附，不四十年，乱民三起。三十五年秋七月，台湾县民吴球谋乱。众未集，台湾道高拱乾、总兵王国兴设计擒之。不一月，平。四十年冬十二月，今改嘉义之诸罗县民刘却复乱。却以拳棒自负，日与无赖往来。密置樟脑于屋瓦，深夜然之，诧于众，谓每夕红光烛天。遂率党毁营汛，四出焚掠。北路参将白道隆整队御之。岁将除，歼其党殆尽。却走匿山谷，久之就获，伏诛。六十年夏五月，凤山县民朱一贵乱作，祸尤烈。一贵以豢鸭为业；鸭行皆成列，众异焉。逆党杜君英以其姓朱，假托明裔，拥之。攻据冈山汛，伪称义王，僭号永和。总兵官欧阳凯、副将许云战死，道府以下官咸遁澎湖。北路奸民赖池、张岳等闻乱响应。府城及凤、嘉二邑同日陷。闽浙总督满保得报，疾驰至厦门，调遣军旅。提督施世骠先已登舟，总兵蓝廷珍继之，以万七千兵东渡，克安平镇，七日而复府城并凤山、嘉义。一贵窜沟尾乡，乡民醉以酒，缚献军前。闰六月，槛送入都，磔之，余逆次第擒斩。弃城各官均伏法，知府王珍已死，剖棺枭示。后遂无闻警先逸者。”

〔海外夷氛未扫平〕此句当指西洋列强和沙俄、日本开始觊觎和侵略中国。

〔货舶纵通黄浦水〕此句当指，第一次鸦片战争后，五口通商，上海取代广州，成为中西贸易中心。

〔赤嵌城〕高拱乾康熙《台湾府志》卷 1《建置》:“崇祯间，荷兰人居台，亦舍澎湖，惟建台湾、赤嵌二城（台湾城，今安平镇城。赤嵌城，今红毛楼），规制甚小，名城而实非城。”同上书卷 2《城池》：“赤嵌城。在府治西北隅。周围广四十五丈三尺，高约三丈六尺余。无雉堞之设，名虽为城，其实楼台而已，故又名红毛楼。红毛酋长居之。郑氏因以贮火药军械。今仍之。”

〔明珠翠羽纷来贡〕《汉纪》卷 26《孝成三》：“赵皇后既立，宠乃少衰，而弟绝幸。为昭阳舍，其中，庭彤朱而壁髹漆，切皆铜沓，黄金涂白玉陛，金釭函蓝田璧，明珠翠羽饰之。自有宫室以来，未之有也。”本句当指，各种外洋珍宝纷纷贩卖至中国。

〔艳说扶桑茧如瓮〕艳说，贪慕艳羡。《弇州四部稿》卷 61《大司寇景山钱公七十序》：“朱公繇状元及第三十年，为尚书以归。归又三十年，及见后甲子之为状元者。海内所艳说而奇瑞之。”《述异记》卷上：“园客者，济阴人，貌美，邑人多欲妻之，客终不娶。常种五色香草，积十余年服食其实，忽有五色蛾集香草上，客荐之以布，生华蚕焉。至蚕时，有一女自来助养蚕，以香草食之，得茧一百二十枚，茧大如瓮，每一茧缫六七日丝方尽。缫讫，此女与客俱神仙去。”《太平广记》卷 81《异人一 · 梁四公》：“杰公尝与诸儒语及方域云：东至扶桑，扶桑之蚕长七尺，围七寸，色如金，四时不死。五月八日呕黄丝，布于条枝，而不为茧。脆如綖，烧扶桑木灰汁煮之，其丝坚韧，四丝为系，足胜一钧。蚕卵大如燕雀卵，产于扶桑下。赍卵至句丽国，蚕变小，如中国蚕耳。……（出《梁四公记》）”苏轼《东坡全集》卷 16《赵令晏崔白大图幅径三丈》：“扶桑大蚕如瓮盎，天女织绡云汉上。”此句当指，国人纷纷羡慕外洋传入的新奇之物。

〔鹿耳门〕高拱乾康熙《台湾府志》卷 2《厄塞》：“台湾环海依山，延袤二千余里。……详其要津，则鹿耳门者，又台之咽喉也。港口甚窄，外则北有大线头、海翁窟、淡水线及南北昆身线，又南有七昆身线、中港线。其间浮线、暗线，内外难以悉数。而且随流变迁，不可测识。至若海道，周围错出。于南则有打狗、下淡水、凤山、鼻头诸港，北则半线港、竹堑港、上淡水港，支分派流，潆洄湍激，皆为水道之要津而不可忽者也。”郑成功收复台湾，清军攻台，均由鹿耳门登陆。位于今台南市安平区西北。参见本诗〔潮水曾迎战舰来，地形况失彭湖势〕条笺注。

〔龙湖院内芙蓉种〕赤山龙湖岩，台湾著名佛教寺院，位于今台湾台南县六甲乡龙湖村，郑成功军师陈永华建于永历十六年（清康熙元年，1662）。芙蓉，荷花的别称。高拱乾康熙《台湾府志》卷 9《外志 ·（附）宫庙》：“龙湖岩：在诸罗县开化里，陈永华建。环岩，皆山也，前有潭，名‘龙潭’。潭之左右，列植杨柳、桃花。亭内碧莲浮水，苍桧摩空，又有青梅数株，众木茂荣，晚山入画。真岩居之胜境，幽僻之上方也。”

〔东南文化渐胚胎，陆岛孤悬碧海限〕郑成功收复台湾后，有大量福建人移民台湾垦荒。清康熙年间复台后，更多的大陆人民渡海赴台（清廷在前期有严厉的禁令和限制，多为“偷渡”）。台湾的文化正是大陆东南沿海文化的翻版。连横《台湾通史》卷 7《户役志》：“台湾为荒服之地，当明中叶，漳、泉人之至者已数千人。及荷兰来，……郑氏因之，每丁改为六钱，熟番如之。其时航海而至者十数万人，是皆赴忠蹈义之徒，而不忍为满洲臣妾也。”（商务印书馆 1947 年 3 月版上册 P106）

〔边衅纵云开秽貊〕中日甲午之战，其起因是朝鲜的“东学党起义”。1894 年 2 月 15 日，东学党信徒全琫准在全罗道古阜郡集众揭竿而起，起义爆发。起义的口号是：“逐灭夷倭，澄清圣道，驱兵入京，尽灭权贵。”朝鲜向清廷乞兵镇压起义，日本同时派兵在朝鲜登陆。中日双方最终开战，中国战败。秽貊是古代生活于中国东北地区和朝鲜半岛的少数民族，此处代指朝鲜。《梁书 · 诸夷 · 东夷 · 高句骊传》：“高句骊者，……汉、魏世，南与朝鲜、秽貊，东与沃沮，北与夫余接。”有观点认为，秽貊是后世朝鲜族的古代族源。

〔汉民安肯弃珠崖〕海南岛，古称珠崖。《汉书 · 地理志》：“自合浦徐闻南入海，得大州，东西南北方千里，武帝元封元年略以为儋耳、珠厓郡。”珠崖土人屡次叛乱，难以平息。在大臣贾捐之（贾谊之孙）的建议下，汉元帝放弃珠崖。《汉书 · 贾捐之传》：“上乃从之。遂下诏曰：‘珠崖虏杀吏民，背畔为逆，今廷议者或言可击，或言可守，或欲弃之，其指各殊。朕日夜惟思议者之言，羞威不行，则欲诛之；狐疑辟难，则守屯田；通于时变，则忧万民。夫万民之饥饿，与远蛮之不讨，危孰大焉？且宗庙之祭，凶年不备，况乎辟不嫌之辱哉！今关东大困，仓库空虚，无以相赡，又以动兵，非特劳民，凶年随之。其罢珠崖郡。民有慕义欲内属，便处之；不欲，勿强。’珠崖由是罢。”郑献甫（字小谷）《补学轩诗集》卷 1《鸦吟集一 · 岭南感事八首》（其六）：“海水偶然侵赤县，汉家安肯弃珠崖。”参见本诗〔鳞介易冠裳〕条笺注。此句暗喻，中国人不忍放弃台澎，任其沦入倭寇之手。

〔东邦地隔沧溟水，谓此区区应予畀〕马自毅《析清政府割让台湾之缘由》：“在（1895——引者）3 月 24 日举行的第三次谈判中，伊藤博文突然言及台湾之事，并称：‘我国之兵已向台湾行进。’李鸿章十分惊愕，立即意识到其中的阴谋：‘几日前议及停战，贵大臣不肯轻许，盖为出兵台湾之故欤？’明确表示：‘台湾已为一行省，不能送给他国。’并以‘台湾地近香港，英国不会听任日本占领’为由，劝说日本收敛。伊藤对英国与日本的外交默契了然于胸，微笑着说：‘岂止台湾而已！不论贵国版图内之何地，我倘欲割之，何国能出面拒绝?'”注解:“参见《马关议和中日谈话录》，载《东行三录》，第 227—239 页;《马关会谈纪要》，《日本外交文书》第 28 卷，第 1089 号，附件 2；王芸生:《六十年来中国和日本》，第二卷，第 234—238 页。”（华东师范大学学报【哲学社会科学版】1996 年第 3 期 P80、82）《中日马关条约》(《媾和条约》，签订于 1895 年 4 月 17 日上午 10 时）第二款:“中国将管理下开地方之权并将该地方所有堡垒、军器工厂及一切属公对象，永远让与日本。一、下开划界以内之奉天省南边地方。从鸭绿江口溯该江抵安平河口，又从该河口划至凤凰城、海城及营口而止，画成折线以南地方；所有前开各城市邑，皆包括在划界线内。该线抵营口之辽河后，即顺流至海口止，彼此以河中心为分界。辽东湾东岸及黄海北岸在奉天所属诸岛屿，亦一并在所让界内。二、台湾全岛及所有附属各岛屿。三、澎湖列岛。即英国格林尼次东经百十九度起，至百二十度止及北纬二十三度起，至二十四度之间诸岛屿。”《尔雅 · 释诂》:“畀，……赐也。”

〔横海楼船一矢加〕汉代设“横海将军”，谓纵横海上，亦指大海。详见《黄罏歌呈彦复穗卿》一诗〔茫茫横海多长虬〕条笺注。此句当指中日甲午海战。

〔河山寸土千金拟〕《三朝北盟会编》卷 14 :“时女真既得契丹，故大臣皆言南朝自来畏怯，又见刘延庆败走，左企弓尝上阿骨打诗云:‘君王莫听捐燕议，一寸山河一寸金。’故有败盟之意。”黄遵宪《人境庐诗草》卷 8《赠梁任父同年》(六首）其四:“寸寸山河寸寸金，瓜离分裂力谁任。”

〔十万雄师镇海滨〕李鸿章《李文忠公奏稿》卷 24《筹议海防折（同治十三年十一月初二日，附议覆各条清单)》:“前督臣曾国藩于同治十年正月覆奏《筹备海防折》内谓:‘沿海之直隶、奉天、山东三省，江苏、浙江两省，广东、福建两省，沿江之安徽、江西、湖北三省，各应归并设防。沿海七省共练陆兵九万，沿江三省共练陆兵三万，统计每年需饷八百万两。……’臣愚以为，沿海、沿江各省，现有练兵枪队，虽不及曾国藩、丁日昌所拟十余万之多，然与其多而无用，不若少而求精。但就现有陆军认真选汰，一律改为洋枪炮队。凡绿营额兵疲弱勇营，酌加裁减。”

〔降全难屈两河民〕降全，疑为“降金”之误。《续资治通鉴》卷 97《宋纪九十七》宋钦宗靖康元年（金天会四):“十二月……丙寅，遣陈过庭、折彦质往两河，割地以畀金，又分遣欧阳珣等二十人持诏而往。……”同上书卷 97《宋纪九十七》宋钦宗靖康二年（金天会五):“春正月……癸巳，康王（南宋高宗赵构——引者）次东平府。金元帅宗翰、宗望遣人奏捷，并呈帝之降表。诏使出割两河地，民坚守不奉诏，凡累月，金人止得石州。甲午，诏两河民开门出降。”宋代的“两河”，指河北、河东地区。《靖康纪闻》:“靖康二年正月……初四日，金遣使乞朝廷再诏谕河北、河东诸州，交割地界。盖自聂昌、耿南仲出使，继遣陈过庭，皆寻为交割地界，两河守臣百姓等作坚计，例不奉诏。至是，凡累日，竟不得石州，金人患之，乞朝廷再以诏谕。朝廷不得已，乃降敕:‘某州守臣，大金元帅府领兵来，不可失信，欲尽割河北、河东，永图结好。虽即时应许，遣聂昌、耿南仲前去，其实念祖宗之地，不可与人。故自大金临城，坚守御敌，终致失守，出城归款，上表称臣，受其正朔。所有重兵皆不下城，犹守候交割抚定了，而后收敛。仍取应系合州官员在京血属为质，候抚定了日放归。其在外者，亦别作根勾去讫，近勾到知石州种广家属，遣还，军还，石州早已归款，不用。知其余家属才候抚定，亦为归还。今闻某州某守未降，盖谓勤王保卫社稷，不愿归属分界。但大金尚在城上，若更坚守，别有施行，则汝之忠勤，反为宗社之祸，不如早与烧毁楼橹，开门出降抚定，除本土人民外，原系河南百姓、官兵、客旅，元许放还，则公私各得其所。再念，京师不能保，若汝依前不顺，岂止宗社无所裨益，在汝亦必不保，谨无执迷，故兹诏示，想宜知悉。’是晚，遣使持此诏书之寨中。”此句暗喻台湾人民不甘沦陷，奋起抗击日军的占领。

〔不图劲旅班韩岳，遂致孤城困远巡〕宋金议和时期，高宗赵构先后命令岳飞、韩世忠等放弃北伐战果，班师回朝。最终，韩世忠被明升暗降，削夺兵柄，而岳飞受诬遇害。远巡，指平定唐代安史之乱时同守孤城睢阳而罹难的忠臣许远和张巡。详见《中兴颂》一诗〔忠臣既赠巡与远〕条笺注。此二句当指，清廷割台后，台湾军民对日本的占领进行了殊死抵抗，最后弹尽援绝而败。日军派遣海陆军数万人，经近半年搏杀，最终占领台湾。连横《台湾通史》卷 4《独立记》:“光绪二十一年夏五月朔，台湾人民自立为民主国，奉巡抚唐景崧为大总统。……初二日，绅士邱逢甲率人民等公上大总统之章。景崧受之，建元永清，旗用蓝地黄虎。以兵部主事邱逢甲为义勇统领，……十三日，日军以一大队迫狮球岭。台人请景崧驻八堵，为死守计，不从。营官李文魁驰入抚署，大呼曰:‘狮球岭亡在旦夕，非大帅督战，诸将不用命。’景崧见其来，悚然立，举案上令架掷地曰:‘军令俱在，好自为之。’文魁侧其首以拾，则景崧已不见矣。景崧既入，携巡抚印奔沪尾，乘德商轮船逃。将出口，炮台开炮击之；适德兵舰泊附近，以其击己船也，亦开炮击。当是时溃兵四出，劫藩库，焚抚署，土匪亦乘发，斗死者五百余人，哭声满巷。如是两昼夜。林维源、林朝栋、邱逢甲相率去。……九月朔，永福议退于关帝庙庄，据山以守，而警报迭至，仓猝未能行。初二日过午，有武弁自安平驰马入，大呼援兵至，郡人欣然有喜色。入夜，永福率亲兵数人视安平炮台，遂乘英船爹利士以去。翌日，陈修五、吴道源介英牧师宋忠坚至第二师团前哨，请镇抚。初四日辰刻，日军入城，海军亦至安平，遗兵二十余人被杀，而台湾民主国亡。”（商务印书馆 1947 年 3 月版上册 P59—68）

〔传舍〕即客栈、旅社。《史记 · 孟尝君列传》：“初，冯讙闻孟尝君好客，蹑屩而见之。……孟尝君置传舍十日。”司马贞《索隐》：“按：传舍、幸舍及代舍，并当上、中、下三等之客所舍之名耳。”上句与此句当指，当年的台湾曾是区分华夷的疆域，可怜易主就像客栈换了住客一般。

〔故郡犹思蒲坂归〕魏襄王十六年，魏、韩、齐联合伐楚，楚向秦求援。秦军援楚，击败三国联军，并在回师途中占领了魏国的蒲坂、晋阳、封陵及韩国的武遂等地。秦昭王为了孤立齐国，将蒲坂归还给魏国。归还蒲坂，不过是秦国的缓兵之计。几十年之后，秦灭魏国。《史记 · 六国年表》魏襄王十七年（周赧王十三年、秦昭王五年，前 302）：“与秦会临晋，复我蒲坂。”

〔名城或等商于假〕商于，位于今陕西、河南交界，战国时为秦楚边界。商于原为楚有，秦孝公时期为秦国所吞并。战国后期，秦惠文王欲瓦解齐楚联盟。张仪献计，以向楚国归还商于故地为诱饵，欺骗楚国与齐国绝交，楚怀王中计。《战国策》卷 1《秦策二 · 齐助楚攻秦》：“齐助楚攻秦，取曲沃。其后，秦欲伐齐，齐、楚之交善，惠王患之，谓张仪曰：‘吾欲伐齐，齐、楚方欢，子为寡人虑之，奈何？’张仪曰：‘王其为臣约车并币，臣请试之。’张仪南见楚王曰：‘弊邑之王所说甚者，无大大王；唯仪之所甚愿为臣者，亦无大大王。弊邑之王所甚憎者，亦无先齐王；唯仪之甚憎者，亦无大齐王。今齐王之罪，其于弊邑之王甚厚，弊邑欲伐之，而大国与之欢，是以弊邑之王不得事令，而仪不得为臣也。大王苟能闭关绝齐，臣请使秦王献商于之地，方六百里。若此，齐必弱，齐弱则必为王役矣。则是北弱齐，西德于秦，而私商于之地以为利也，则此一计而三利俱至。’”《汉书 · 循吏传 · 龚遂传》：“乃开仓廪，假贫民。”颜师古注：“假，谓给与。”上句与此句似指，国土沦于敌手，再也没有回归的可能。即使有，也不过是敌人的缓兵之计和欺骗伎俩。

〔精卫沈冤〕精卫亦称“冤禽”，故称“精卫沈冤”。参见《感事八首》（其四）一诗〔精禽填海〕条笺注。

〔蛮烟蜑雨〕亦作蛮烟瘴雨，蛮风蜑雨，蛮云蜑雨，指南方的烟瘴之气，喻荒蛮烟瘴的边远之地。《全唐诗》卷 492 殷尧藩《九日》：“瘴雨蛮烟朝暮景，平芜野草古今愁。”（第 8 册 P5609）赵蕃《淳熙稿》卷 19《段元衡出示与晦翁九日登紫霄峰诗及手帖并及贾八十兄诗既敬读之得三绝句》其三：“冰水玉山元自好，蛮烟蜑雨只生悲。”苏轼《东坡全集》卷 22《十一月二十六日松风亭下梅花盛开》：“蛮风蜑雨愁黄昏，长条半落荔支浦。”刘克庄《后村集》卷 35《秦伯举哀词》：“蛮云蜑雨兮，瘗玉其邦。”《说文解字》卷 13 上：“蜑，南方夷也。”

〔汉家竟弃轮台土〕轮台，古西域地，位于天山南麓、塔里木盆地北缘，是西汉西域都护府所在地。汉武帝晚年，对自己的穷兵黩武、劳民伤财有所悔悟，下“轮台罪己诏”，放弃轮台之地。《汉书 · 西域传下》史赞：“孝武之世，图制匈奴，……是以末年遂弃轮台之地，而下哀痛之诏，岂非仁圣之所悔哉！”

〔闽地仍分婺女躔〕婺女，星宿名。福建地区古属闽越，婺女为其分野。《史记 · 天官书》：“婺女，其北织女。”张守节《正义》：“须女四星，亦婺女，天少府也。南斗、牵牛、须女皆为星纪，于辰在丑，越之分野，而斗、牛为吴之分野也。”乾隆《续修台湾府志》卷 1《封域 · 星野 · 附考》：“闽分野，《史记 · 天官书》《前汉 · 天文志》皆云属牵牛、婺女之分。《明一统志》谓属牛、女之分。刘向、蔡邕、皇甫谧谓属牛、女、斗三星之分。”躔，天体运行。扬雄《方言》（卷）12：“躔，历行也。日运为躔，月运为逡。”此句暗喻，台湾府本属福建省。割让给日本，也改变不了这一事实。躔，《国粹学报》本作“躚”。

〔况复东隅时势异，舍旧谋新齐改制〕此二句似指日本明治维新。1867 年，日本发生“倒幕运动”，幕府被迫“归政”天皇，明治维新开始。日本变革政体，颁行《宪法》，发展工商业，整个国家向近代化的转型卓有成效。日本国力迅速提升，在短短几十年间即跻身欧美列强之列。《春秋左传正义》卷 16《僖公二十八年》：“舍其旧而新是谋”。杜预注：“高平曰：‘原喻晋君美盛若原田之草每每然，可以谋立新功，不足念旧惠。’”

〔沧海何曾禹贡归〕《全唐诗》卷 230 杜甫《诸将五首》其三：“沧海未全归禹贡，蓟门何处尽（一作觅）尧封（时河北幽瀛皆安史余孽盘据）。”（第 4 册 P2511）此句指，海外诸地，并未全部划入中华版图。

〔边城终类维州弃〕《旧唐书 · 牛僧孺传》：太和“六年（唐文宗李昂年号，832——引者），吐蕃遣使论董勃义入朝修好，俄而西川节度李德裕奏，吐蕃维州守将悉怛谋以城降。德裕又上利见云：‘若以生羌三千，出戎不意，烧十三桥，捣戎之腹心，可以得志矣。’上惑其事，下尚书省议，众状请如德裕之策。僧孺奏曰：‘此议非也。吐蕃疆土，四面万里，失一维州，无损其势。况论董勃义才还，刘元鼎未到，比来修好，约罢戍兵。中国御戎，守信为上，应敌次之，今一朝失信，戎丑得以为词。闻赞普牧马茹川，俯于秦、陇。若东袭陇坂，径走回中，不三日抵咸阳桥，而发兵枝梧，骇动京国。事或及此，虽得百维州，亦何补也。’上曰：‘然。’遂诏西川不内维州降将。僧孺素与德裕仇怨，虽议边公体，而怙德裕者以僧孺害其功，谤论沸然，帝亦以为不直。”

〔禹迹茫茫又变移，神州亦有陆沈悲〕此二句指，昔日大禹划分九州时的疆域又发生了变化（指台湾沦陷），神州国土已沦陷残缺。

〔金门战〕明朝灭亡后，郑成功在东南坚持抗清，金门是其重要的基地。郑成功收复台湾后，清军曾联手荷兰东印度公司于 1664 年夺取金门。郑经于 1674—1679 年曾短暂恢复了对金门的控制。次年，清军再度攻占金门岛，并沿袭旧制将之隶属于福建省同安县。

〔夷奴渡海〕林谦光《台湾纪略（附澎湖）· 沿革》：“朝廷允姚总督之奏，命靖海将军侯施琅为提督，与总督姚启圣、巡抚吴兴祚讨之。康熙二十二年癸亥六月十四日，大师由铜山开驾。十五日，兵入八罩湾。十六日，进澎湖，大战竟日，胜负未决。十七日，舟停八罩湾。十八日，进取虎井、桶盘屿，克之。十九日，将军乘小舟暗渡海中，亲观营垒。遥见澎湖妈祖台屿上下炮城三座、风柜尾一座，四角山炮城一座、鸡笼山炮台一座、东西巅炮台一列四座、西南内外堑西屿头一列炮台四座、牛心湾炮台一座，沿海之处小船可以登岸者，尽设短墙、置炮石，连绕三十余里，海兵星罗棋布。将军决策，遂于二十一日誓师，二十二日分兵进剿。左师直入鸡笼山，右师直入牛心澳。中权分为八阵，每阵三叠；将军居中调度，将左者兴化镇吴英、金门镇陈龙、铜山镇陈昌，将右者平阳镇朱天贵、海坛镇林贤、厦门镇杨嘉瑞、提标中营罗士珍。旌旗蔽空，舳舻千里，自辰至申，戮力夹攻，击沉熕船八只、烧鸟船二十六只，其余奔散无迹。平阳镇朱天贵阵亡，海兵死伤无算，遂下澎湖。刘国轩知事不可为，劝克塽缮表归诚，乃赍印八颗，又延平王金印一颗，辅政公、武平侯、忠诚伯、武卫将军等银印四颗，稽首归顺。时明宗室宁靖王朱术桂向依郑公，台湾破，阖室自缢，妻妾俱殉。先是，澎湖最险，难以泊舟。至是，水神效灵，九日海不扬波，麓涌甘泉，大师直抵台湾。七月初三日，将军飞章奏捷。八月初二日，扬旗入湾，文武官僚薙发迎师。兵不血刃，台湾已归我版图矣。”

齐侯罍歌

陈氏祖虞舜，先世出有妫。敬仲奔齐日，特受桓公知。其后传数世，乃至夷孟思（自注:《世本》：敬仲生夷孟思）。当时齐国弱，公室日以卑。繁刑兼重敛，陈氏知厚施。五世身其昌，兆已定卜龟。田氏日以兴，姜氏于此衰。罍为饮酒器（自注:《尔雅》郭注云：罍，酒器），景公亲赐之（自注：此为齐侯赐桓子及孟姜之器）。受命自周王，天子曰“尔期”（自注：铭文有“奉齐侯受命于天子尔期”等语）。桓子拜首受，子孙永保持。色似焦山鼎（自注：阮文达云：“(黝)〈黝〉色泽绝似焦山鼎。”），铭词类晋姬（自注：周有晋姬鬲。文云：晋姬作）。钟鼓与璧玉（自注：铭：玉有璧玉、壶、鼎、钟鼓诸字），眉寿用以祈（自注：铭文云：洹子孟姜用祈眉寿）。桓子得此器，用授田乞厘（自注：田乞乃桓子子）。田和为诸侯，齐室遂倾危。此器虽云微，已兆齐社移。年历二千载（自注：此罍至今凡二千四百余年），此器犹在斯。出土铜花碧，光怪兼陆离。双环既交络，两耳更低垂（自注：此器有两耳，耳上有环）。篆文杂蝌蚪，蟠以蛟与螭。铭文在腹内，一十九行辞（自注：铭文在腹内，凡十九行）。罍形本甚古，宝贵等鼎彝。《卷耳》歌酌彼，《泂酌》咏注兹。如壶征《雅》注（自注:《尔雅》注云：罍形似壶），作雷考周《诗》（自注:“我姑酌彼金罍”，一本作“雷”字）。宋氏昔藏此（自注：文达云：予昔购之安邑宋氏葆淳），何君释其词（自注：子贞先生曾考数字）。阮公得此器（自注：此器后归文达），更为析其疑（自注：文达有跋文及诗）。绍字当作韶，闻乐忆宣尼（自注：舞绍、大绍二字，文达谓即韶字，且谓孔子在齐闻韶，是齐国之韶胜于鲁）。洹字通作桓（自注：文达云，洹字与桓同），古训承经师。堇即子疆字，左氏文可推（自注：何氏谓，《左传》陈子疆即铭文之子堇）。亹为武子开，白皙鬒须眉（自注：阮公又谓，《世本》之子亹即是《左传》之子开）。然后知此罍，造自东周时。独惜齐国物，至今靡有遗。柏寝所陈器（自注：见《史记·封禅书》中），变灭烟云随。齐刀虽云古，疑是世伪为（自注：齐刀铭文云：齐公化。人皆读公为吉。予据虢季子盘铭中有吉字，与刀上之字不同，因定吉字为公，别有考。又齐刀近日多有之，然皆伪造者）。吾阅金石存，曾录齐侯匜（自注：齐侯匜铭云：齐侯作为孟姬良女，其万年无疆，子子孙孙永宝用）。又闻陈逆簋（自注：汪荣甫先生所藏者），其形尤权奇。此罍虽尚全，出土亦云迟。器物信完美，篆文勤榻槌。文同虢叔盘（自注：近出凤翔者），字异岣嵝碑。晴窗偶抚玩，光彩何淋漓。遐想齐国政，虽识景公悲。

【刊载】

《国粹学报》第 1 期，1905 年 2 月 23 日，署名刘光汉。《刘申叔遗书》61 册（116—118），《左盦诗录》卷 4《左盦诗别录》。

【类别】

五言，80 句。

【编年】

1905 年。依首次发表时间。

【笺注】

〔齐侯罍〕春秋时齐景公赐与大臣田桓、孟姜夫妇的青铜器，亦称洹子孟姜壶、齐侯壶。齐侯罍共有一对两只，清乾嘉年间现世，都没有盖，形制和纹饰相同，而铭文略异。其中一件曾为阮元所得（据阮元《齐侯罍歌》诗序："余昔购之安邑宋氏葆醇。"），另一件由苏州贝氏（建筑家贝聿铭家族）所得，后入曹载奎（秋舫）收藏。浙江归安人吴云（字少甫，号平斋）于 1854、1864 年分别得到二器，并将自己的书斋定名为"两罍轩"。齐侯罍在晚清民国闻名遐迩，与毛公鼎、散氏盘齐名。众多学人都曾考释过齐侯罍的铭文，如，阮元、龚自珍、吴云、吴式棻、陈庆镛、吴大澄、孙诒让、杨树达、郭沫若、于省吾等。阮元及其长子阮常生都有诗作《齐侯罍歌》。如今，甲器藏上海博物馆，乙器藏国家博物馆（阮元旧藏）。

〔陈氏祖虞舜，先世出有妫〕《史记 · 周本纪》："封诸侯，班赐宗彝，……褒封……帝舜之后于陈"。张守节《正义》曰："《括地志》云：'陈州宛丘县在陈城中，即古陈国也。'"《史记 · 周本纪》："襄王母早死，后母曰惠后。"裴骃《集解》："《左传》曰：'陈妫归于京师，实惠后也。'"张守节《正义》："陈国，舜后，妫姓也。"

〔敬仲奔齐日，特受桓公知〕《史记 · 田敬仲完世家》："陈完者，陈厉公佗之子也。……厉公既立，娶蔡女。蔡女淫于蔡人，数归，厉公亦数如蔡。桓公之少子林，怨厉公杀其父与兄，乃令蔡人诱厉公而杀之。林自立，是为庄公。故陈完不得立，为陈大夫。……庄公卒，立弟杵臼，是为宣公。宣公十一年，杀其太子御寇。御寇与完相爱，恐祸及己，完故奔齐。齐桓公欲使为卿，辞曰：'羁旅之臣幸得免负担，君之惠也，不敢当高位。’桓公使为工正。齐懿仲欲妻完，卜之，占曰：‘是谓凤皇于蜚，和鸣锵锵。有妫之后，将育于姜。五世其昌，并于正卿。八世之后，莫之与京。’卒妻完。完之奔齐，齐桓公立十四年矣。完卒，谥为敬仲。……敬仲之如齐，以陈字为田氏。”裴骃《集解》：“徐广曰：‘应劭云：始食采地，由是改姓田氏。’”司马贞《索隐》：“据史，此文敬仲奔齐，以陈、田二字声相近，遂为田氏。”张守节《正义》：“敬仲既奔齐，不欲称本故国号，故改陈字为田氏。”

〔夷孟思〕秦嘉谟辑补《世本》卷 4《田敬仲完世家》：“田齐，妫姓，侯爵。陈厉公佗之子敬仲完奔齐，以陈字为田氏。敬仲生夷孟思。”《史记 · 田敬仲完世家》：“仲生稚孟夷。”司马贞《索隐》：“《系本》作‘夷孟思’。盖稚是名，孟夷，字也。”

〔当时齐国弱—陈氏知厚施〕《左传 · 昭公三年》：“齐侯使晏婴请继室于晋。……既成昏，晏子受礼。叔向从之宴，相与语。叔向曰：‘齐其何如?’晏子曰：‘此季世也，吾弗知齐其为陈氏矣。公弃其民，而归于陈氏。齐旧四量，豆、区、釜、钟。四升为豆，各自其四，以登于釜，釜十则钟。陈氏三量，皆登一焉，钟乃大矣。以家量贷，而以公量收之。山木如市，弗加于山。鱼盐蜃蛤，弗加于海。民叁其力，二入于公，而衣食其一。公聚朽蠹，而三老冻馁。国之诸市，屦贱踊贵，民人痛疾，而或燠休之。其爱之如父母，而归之如流水，欲无获民，将焉辟之。箕伯、直柄、虞遂、伯戏，其相胡公大姬，已在齐矣。’”“初，景公欲更晏子之宅。曰：‘子之宅近市，湫隘嚣尘，不可以居。请更诸爽垲者。’辞曰：‘君之先臣容焉，臣不足以嗣之，于臣侈矣。且小人近市，朝夕得所求，小人之利也，敢烦里旅。’公笑曰：‘子近市，识贵贱乎?’对曰：‘既利之，敢不识乎!’公曰：‘何贵何贱?’于是景公繁于刑，有鬻踊者，故对曰：‘踊贵屦贱。’……景公为是省于刑。”案：“公室”，《国粹学报》本作“公宝（寶）”，似误。

〔五世身其昌，兆已定卜龟〕《左传 · 庄公二十二年》：“春，陈人杀其大子御寇，陈公子完与颛孙奔齐。颛孙自齐来奔，齐侯使敬仲为卿。辞曰：‘羁旅之臣，幸若获宥。及于宽政，赦其不闲于教训，而免于罪戾，弛于负担，君之惠也。所获多矣，敢辱高位，以速官谤，请以死告。《诗》云：“翘翘车乘，招我以弓。岂不欲往，畏我友朋。”’使为工正。饮桓公酒，乐。公曰：‘以火继之。’辞曰：‘臣卜其昼，未卜其夜。不敢。’君子曰：‘酒以成礼，不继以淫，义也。以君成礼，弗纳于淫，仁也。’初，懿氏卜妻敬仲，其妻占之，曰：‘吉。是谓凤皇于飞，和鸣锵锵。有妫之后，将育于姜。五世其昌，并于正卿。八世之后，莫之与京。’”另参见本诗〔敬仲奔齐日，特受桓公知〕条笺注。

〔姜氏〕《史记 · 齐太公世家》：“太公望吕尚者，东海上人。”司马贞《索隐》曰：“谯周曰：‘姓姜，名牙。炎帝之裔，伯夷之后’”。《礼记 · 檀弓上》：“大公封于营丘。”《史记 · 齐太公世家》：“武王已平商而王天下，封师尚父于齐营丘。”

〔罍为饮酒器〕罍，同“櫑”。《说文解字》卷 6 上《木部》：“罍，櫑，或从缶。”《说文解字注》卷 6 上《木部》：“櫑，龟目酒尊，刻木作云雷象，象施不穷也。”段注：“《五经异义 · 韩诗说》：‘金罍，大器也。天子以玉，诸侯、大夫以金，士以梓。’《古毛诗说》：‘金罍，酒器也。诸臣之所酢，人君以黄金饰，尊大一硕，金饰龟目。盖刻为云靁之象。’”

〔景公亲赐之〕阮元《揅经室四集 · 诗》卷 10《文选楼诗存 · 乙亥（嘉庆二十年，1815——引者）· 齐侯罍歌》序：“此罍铭在腹内，十九行，一百六十八字，乃齐侯铸赐田洹子及其妻孟姜之器”。诗：“于戏！此罍乃齐景公之所为，赐与田桓孟姜宝用之。”

〔受命自周王，天子曰“尔期”〕《齐侯罍铭文》（乙器，阮元所藏）：“齐灰（侯）命大（太）子乘遽来叩宗白（伯），听命于天子。曰：‘朞（期）鼎（则）尔朞（期），余不其事（使），女（汝）受朿（刺），遄传淄（祇）御，尔其隮（跻）受御。’”尔，《国粹学报》本作“尒”，刘师培自注亦作“尒”。

〔子孙永保持〕“子子孙孙永宝用”，或相类似的词句是周代青铜器中常见的铭文。那时，凡发生需要永久纪念的重大事件，就会铸造一件或数件青铜器，将事件的简要情况以铭文的形式铸刻于青铜器的内壁，以期传之子孙，垂之久远。

〔色似焦山鼎〕阮元《齐侯罍歌》序：“语工字古，铜坚而黝，色泽绝似焦山之鼎。”焦山鼎，又名无叀鼎、无惠鼎，西周晚期重器。晚明时期现世，旧藏镇江焦山定慧寺。今已不存，或言抗战时期毁于战火。色，《国粹学报》本作“邑”，显误。刘师培自注“黜”当作“黝”。《国粹学报》本、《南本》均误。

〔铭词类晋姬〕吴荣光《筠清馆金石文字》卷 4《周晋姬鬲》：“晋姬作曩齐鬲。（《说文》己部有‘曩’，训长踞，于意无取。《齐归父盘》，‘己’作‘忌’。此作‘曩’，实皆‘己’字。……叶东卿藏器。）”叶志诜（1779—1863），字仲寅，号东卿，晚自号遂翁，湖北汉阳人。著名金石、书画藏家，鉴赏家，是著名的汉口“叶开泰”中药房第六代传人。

〔钟鼓与璧玉〕《齐侯罍铭文》（乙器，阮元所藏）：“于上天子用璧玉备，于大无嗣（司）折（誓）、于大嗣（司）命用璧、两壶、八鼎，于南宫子用璧二备，玉二嗣（笥）、鼓钟［一肆］”。

〔眉寿用以祈〕《齐侯罍铭文》（乙器，阮元所藏）：“洹子孟姜用乞𬄴（嘉）命，用旂賁（眉）耈（寿），万年无疆”。

〔田乞厘〕《史记 · 田敬仲完世家》：“文子卒，生桓子无宇。田桓子无宇有力，事齐庄公，甚有宠。无宇卒，生武子开与厘子乞。田厘子乞事齐景公为大夫，其收赋税于民以小斗受之，其粟予民以大斗，行阴德于民，而景公弗禁。由此田氏得齐众心，宗族益强，民思田氏。”

〔田和为诸侯，齐室遂倾危〕《史记 · 齐太公世家》：“康公二年，韩、魏、赵始列为诸侯。十九年，田常曾孙田和始为诸侯，迁康公海滨。”《史记 · 田敬仲完世家》：“田常卒，子襄子盘代立……襄子卒，子庄子白立……庄子卒，子太公和立……三年，太公与魏文侯会浊泽，求为诸侯。魏文侯乃使使言周天子及诸侯，请立齐相田和为诸侯。周天子许之。康公之十九年，田和立为齐侯，列于周室，纪元年。”

〔此器虽云微，已兆齐社移〕阮元《齐侯罍歌》：“凤皇于飞陈厚施，晏子谏礼知齐衰。此罍之铸当此时，玩辞可见公室卑。”

〔此罍至今凡二千四百余年〕“至”“四”，《国粹学报》本作“玉”“西”，显误。

〔铜花〕指埋藏于土中的铜制品生出的碧绿色锈斑。详见《甲辰年自述诗》（其四十六）一诗〔出土铜花犹炫碧〕条笺注。

〔光怪兼陆离—两耳更低垂〕阮元《齐侯罍歌》：“云雷繶带交陆离，兽面两耳双镮垂。”阮元所藏齐侯罍（乙器）有双耳，耳上有环。该器现藏国家博物馆。

〔篆文杂蝌蚪，蟠以蛟与螭〕《墨池编》卷 1：“蝌蚪篆者，其流出于《古文尚书序》。费氏注云：‘书有二十法，蝌蚪书是其一法。’以其小尾伏头，似虾蟆子，故谓之蝌蚪。昔鲁恭王坏孔子宅以广宫室，得蝌蚪《尚书》，又《礼记》《论语》，足数十篇，皆蝌蚪文字。”吴云《两罍轩彝器图释》卷 4《周齐侯罍》：“左右饕餮衔环。”

〔铭文在腹内，一十九行辞〕见本诗〔景公亲赐之〕条笺注。

〔罍形本甚古，宝贵等鼎彝〕鼎、彝、罍均为古代礼器，亦是后代珍贵的收藏品。《挥尘录 · 余话》卷 1：“又东入便门至宣和殿止三楹，左右挟，中置图书笔砚，古鼎、彝、罍、洗陈几案。”彝，《国粹学报》本作“彛”。

〔《卷耳》歌酌彼，《泂酌》咏注兹〕《诗经 · 周南 · 卷耳》诗序：“我姑酌彼金罍，维以不永怀。”《诗经 · 大雅 · 生民之什 · 泂酌》：“泂酌彼行潦，挹彼注兹，可以濯罍。”

〔如壶征《雅》注〕《尔雅注疏》卷 4《释器第六》：“彝、卣、罍，器也。小罍谓之坎。”郭璞注：“皆盛酒尊。彝，其总名。”“罍，形似壶，大者受一斛。”

〔宋氏昔藏此〕宋葆淳，字帅初，号芝山，晚号倦陬，山西安邑人。乾隆四十八年（1783）中举，曾任解州学正。书画、收藏大家，长于金石考据鉴别。阮元《齐陈氏韶乐罍铭释》（亦名《齐侯罍铭释》）：“余于嘉庆十八年，从安邑宋芝山购得齐侯罍，藏之家庙。”（《揅经室续集》卷 1）《清稗类钞 · 饮食类 · 阮文达宴宋鲍二老》：“宋葆淳，字芝山，安邑人。乾隆时，尝官解州学正，与歙县鲍廷博渌饮皆赡闻耆宿。阮文达公元开府浙江时，尝置酒西湖冷泉亭，专燕二老，道古竟日。二老席帽单衣，风貌闲远。”（第 13 册 P6289，中华书局 1984 年 12 月第 1 版）

〔作雷考周《诗》〕刘师培自注中“‘我姑酌彼金罍’，一本作‘雷’字”，究竟指《诗经》的哪个版本？未详。王应麟《王氏诗考 · 诗异字异义》（清照堂丛书次编本）：“‘酌彼金罍（《汉书》注）。我乃酌彼金罍，陟彼岨矣（《说文》）。’”（四库本同）《汉书 · 文三王列传 · 梁平王刘襄传》：“初，孝王有罍尊”。颜师古注：“应劭曰：‘《诗》云‘酌彼金罍。’罍，画云雷之象，以金饰之也。’郑氏曰：‘上盖刻为山云雷之象。’师古曰：‘郑说是也。罍，古雷字。’”

〔何君释其词〕何绍基《东洲草堂金石跋》卷 1 有《跋阮相国藏齐侯罍文拓本》《阮相国藏齐侯罍文堇字考（二则）》（中国艺术文献丛刊《东洲草堂金石跋 / 郑斋金石题跋记》P1—5，浙江人民美术出版社 2012 年 10 月第 1 版）。何绍基（1799—1873），字子贞，号东洲，湖南道州人。曾任翰林院编修、国史馆总纂，晚清著名书画家、诗人。

〔此器后归文达〕详见本诗〔宋氏昔藏此〕条笺注。

〔文达有跋文及诗〕阮元有《齐侯罍歌》诗及序，见《揅经室四集 · 诗》卷 10《文选楼诗存 · 乙亥》；《齐陈氏韶乐罍铭释》（《齐侯罍铭释》），见《揅经室续集》卷 1。

〔绍字当作韶〕阮元《齐陈氏韶乐罍铭释》：“拓本第六条‘玉二’之下，‘鼓钟’之上，是‘绍’字，甚明白。然则第五条第二字，近接‘舞’字下，亦是‘绍’字（朱本释绍）。第二行‘于大’下、‘命’上亦是‘绍’字（绍从糸，《说文》：糸，古字，从系。检钟鼎文‘司’字，糸旁皆作中，无作巾者）。元谓：‘绍’即‘韶’字也。”

〔闻乐忆宣尼〕阮元《齐陈氏韶乐罍铭释》：“孔子在齐闻《韶》，有不图至斯之叹。然则齐陈之《韶》，胜于鲁《韶》明矣。”《论语 · 述而第七》：“子在齐闻《韶》，三月不知肉味。曰：‘不图为乐之至于斯也！’”

〔洹字通作桓〕阮元《齐陈氏韶乐罍铭释》：“余所纂《积古斋钟鼎款识》有《陈逆簠》（罍为《韶》乐，簠为封地），篆曰：‘余陈狟子之裔孙，作季姜之祥器。’此狟子，亦即桓子。《牧誓》：'尚桓桓。'《说文》作'狟'。'狟'可以假'桓'，亦可以假'洹'矣。"

〔古训承经师〕阮元《揅经室集 · 自序》："余之说经，推明古训，实事求是而已。"

〔堇即子疆字，左氏文可推〕何绍基《阮相国藏齐侯罍文堇字考（二则）》："'𦳬'下一字，相国师定为'夏'字，精确至。然则'堇'一字为人名，如陈君说。'子'上是'支'字，窃意'支子堇'即武子疆也。……按《左传 · 昭二十六年》：'冉竖射陈武子以告平子，平子曰：必子彊也。'杜注：'子彊，武子字。'夫名'堇'而字子彊，音义皆相近。《史记 · 田敬仲世家》作'武子开'。"（中国艺术文献丛刊《东洲草堂金石跋 / 郑斋金石题跋记》，浙江人民美术出版社 2012 年 10 月第 1 版 P3、4）疆，《国粹学报》本作"彊"，本句自注中亦作"彊"。

〔亹为武子开，白皙鬒须眉〕阮元《齐陈氏韶乐罍铭释》："《史记 · 齐太公世家》索隐引《世本》云：'陈桓子无宇产（于）〈子〉亹'。然则宇又有一子名亹……亹乃子开之名，开，其名也。"雷学淇校辑《世本》上："陈桓子无宇产子亹，亹产子献，献产鞅。"《左传 · 昭公二十六年》："冉竖射陈武子，中手，失弓而骂。以告平子曰：'有君子白皙，鬒须眉，甚口。'平子曰：'必子彊也，无乃亢诸。'对曰：'谓之君子，何敢亢之。'"

〔柏寝所陈器〕《史记 · 孝武本纪》："是时，李少君亦以祠灶、谷道、却老方见上，上尊之。少君者，故深泽侯舍人。……少君见上，上有故铜器，问少君。少君曰：'此器，齐桓公十年陈于柏寝。'已而案其刻，果齐桓公器。一宫尽骇，以为少君神，数百岁人也。"裴骃《集解》："服虔曰：'地名，有台也。'瓒曰：'《晏子书》：柏寝，台名也。'"张守节《正义》："《括地志》云：'柏寝台在青州千乘县东北二十一里。'"《晏子春秋》卷 6《内篇杂下第六 · 景公成柏寝而师开言室夕晏子辨其所以然第五》："景公新成柏寝之台，使师开鼓琴。"

〔齐刀虽云古，疑是世伪为〕刘师培《甲辰年自述诗》（其四十六）一诗自注云："喜藏古钱，著有《契刀考》《齐（力）〈刀〉考》数篇。"参见该诗笺注。袁玉红《阮元与〈积古图〉》："阮元是清代一位杰出的经学名臣，同时也是清代学术史上地位显赫的人物。阮元喜藏金石文物，尤重铭文，而证史实。拓本中'禄康钟'、'虢叔大林钟'、'父乙鼎'、'太祝鼎'、'陶陵鼎'、'师酉敦'、'诸女'等器物铭文都收入在《积古斋钟鼎彝器款识》内，并附铭文考证。阮元在铭文考证上独有心得。如在'齐宝货'刀币拓本下，有阮元书'歙程易田以为宝字非吉字。'程氏名瑶田，字易畴，又字易田，清经学家，江永的弟子，多与阮元有文字研究。在这里，阮氏显然同意程易田之说。冯云鹏所辑《金石索》‘金索四 · 齐刀’图下也将面文识‘齐宝货’，并注文：‘此钱往往得于章邱、临淄等处。《嘉佑杂志》称为齐太公杏九，今人呼为齐吉化，皆非也，缘不识古文宝货字耳。’后来学者多将‘齐宝货’三字识为‘齐法化’。‘齐’指齐都城临淄，‘法化’意为标准货币。”（《文物天地》2006 年第 11 期 P69）参见此句刘师培自注。参见《甲辰年自述诗（其四十六）》相关笺注。

〔吾阅金石存，曾录齐侯匜〕齐侯匜，西周晚期齐侯为其夫人所铸盥洗器。该器在晚清的传承轨迹与齐侯罍甲器相似，都是先入曹载奎（秋舫）“怀米山房”，后归吴云“两罍轩”。今藏上海博物馆。吴云《两罍轩彝器图释》卷 7《周齐侯匜》：“旧藏怀米山房曹氏。乱后，为亲家杜筱舫方伯所得。余先于旧肆中见一紫檀座子，刻‘齐侯匜怀米山房收藏’数字。曹氏当秊（年——引者）讲究装饰，精选名匠。大约非历数秊不能蒇工，吴中推为第一。余默念座子既在，其器或亦可遘，姑收买之。越秊余，筱舫从嘉兴购获古铜器数种，属余品定，此匜在焉。余不仅叹为奇遇，筱舫遂割爱相赠。因备记之，而余耆古，亦于此略见矣。”《齐侯匜》铭文：“齐候作虢孟姬良女宝匜，其万年无疆，子子孙孙永宝用”22 字。侯，《国粹学报》本作“候”，显误。此二句自注中之“无疆”，《国粹学报》本作“无彊”。案：点校本《仪征刘申叔遗书》（第 12 册 P5552）将“金石存”，标以书名号，状如某本特定著作，疑误。

〔陈逆簋（汪荣甫先生所藏者）〕阮元《齐侯罍歌》序：“‘洹’与‘桓’通，借字。汪容甫所藏‘陈逆簠’又作‘狟子’。”阮元《积古斋钟鼎彝器款识》卷 7 录《陈逆簠》：“右，陈逆簠，铭七十七字。据甘泉江子屏（藩）手拓本摹入。”阮元释文为：“唯王正月初吉丁 / 亥少子陈逆曰 / 余陈狟子之裔孙余 / 奭事齐侯欢恤 / 宗家睪（择的异体字——引者）乃吉金 / 以作乃原配季姜 / 之祥器铸兹 / 宝笑以享以孝 / 于大宗封椳封 / 犬封于封母作龙 / 永命沔寿万 / 年子孙羕保用”。陈逆簠全器型拓片载《中日欧美澳纽所见所拓所摹金文汇编》第 3 册 P140—145（中国画报出版社 2019 年 11 月第 1 版）。案：刘师培将“陈逆簠”误为“陈逆簋”。陈逆簋为另一件青铜器，器型与铭文均与陈逆簠不同，且并非汪中旧藏。

〔榻槌〕应作“拓槌”。将宣纸晕湿覆于金石、碑铭、甲骨等器物之上，再覆以一层或数层纸张保护纸面，以专用毛刷反复捶敲，使纸张完全贴合于该物表面。然后揭去保护纸层，待宣纸稍干，将适量的墨汁涂于纸上。宣纸上就会形成与器物表面凹凸相反的等比例复制图案。宣纸反转，即为该物纹样的正相复制。称“拓片”。

〔虢叔盘〕在目前存世上古青铜器中，述者尚未见“虢叔盘”一器，更未见“近出凤翔者”之“虢叔盘”。案：刘师培“虢叔盘”之述可能有三种可能：一、将“虢季子白盘”误为“虢叔盘”。道光间，陕西宝鸡曾出土“虢季子白盘”，有铭文 111 字。其身世异常离奇，在多部文艺作品中得到过戏剧性演绎。曾得到该盘的刘铭传撰《盘亭小录》（同治十一年刻本），以记其事，并录吴云释文，使该重器名扬天下。二、将“虢叔簠”误为“虢叔盘”。据《殷周金文集成》第 9 册 4498 号（P142）著录，该器铭文为“虢叔作叔殷穀簠盖”。据《商周青铜器铭文暨图像集成》，该器器型与盘相似，但体量更小。“原藏潘祖荫，现藏上海博物馆”。出土时间地点未详（第 13 册 P42，上海古籍出版社 2012 年 9 月第 1 版）。三、确曾有此器，但不知所终。

〔岣嵝碑〕孙承泽《庚子销夏记》卷 4《夏禹衡岳碑》：“岣嵝碑。余所藏有二本：一乃嘉定壬申何致游南岳，至祝融峰下遇樵者，访禹碑。樵者言：石壁有数十字，俾之导前，过隐真屏，复渡一二小涧，攀萝扪葛至碑。所得古篆七十余字，乃取随行市麽，碎而摹之，归献长沙转运曹彦约，刻之岳麓书院者。一乃湛甘泉先生重刻新泉精舍者。其碑韩昌黎、刘禹锡俱有诗，称不得见。而欧阳《集古录》、赵氏《金石录》、郑渔仲《金石略》俱未载，其为真伪不可知。然字画奇古，非近代人所能为，自可宝也。释文有三家，从杨慎。其沈镒、杨廷相则参注其下：承帝曰咨（沈云：嗟），翼辅佐（杨云：硕）卿。洲渚（沈云：水处）与登，鸟兽（杨云：万有）之门。参身洪流（杨云：一鱼一池），而明发尔兴。久旅（沈云：以此）忘家，宿岳麓庭。智营形折，心罔弗辰。往求平定，华岳泰衡。宗疏事裒，劳余伸（杨云：祇神）禋。郁（沈云：嬴）塞昏徙，南渎衍亨（沈云：暴昌言）。衣制食备，万国其宁（杨云：宇奠）。窜（杨云：鼠）舞永（沈云：蒸）奔。”湛若水《泉翁大全集》卷 34《文集 · 杂著 · 跋程生所藏白沙先生真迹后》：“昔神禹岣嵝碑篆，偶一见于道人而隐，及昌黎韩子求之不得见而悲。后埋没千载，今复见于予，予摹而刻之。碑其一隐一见，系天地间大数也。石翁，神禹之徒也，其真迹湮没，分割于缪氏者数十年，一朝复合于程氏之子，宝而藏之。与神禹碑，皆天固将显之于无穷矣。谨书其左方，以归程氏。戊戌十月初九日。”

〔虽识景公悲〕虽（雖），《国粹学报》本作“誰（谁）”，《南本》似误。

【略考】

金石铭文的释读，自古即有不同观点。阮元、何绍基、刘师培及后人的释读均非定论。

扫花游·读《南宋杂事诗》

残山賸水，听鸟唤东风，鹃传南渡。繁华暗数。惜珠帘锦幕，美人迟暮。賸有华堂蟋蟀，芳园杜宇。伤心处。将无限闲愁，诉与鹦鹉。

西湖堤畔路。賸渺渺寒波，萧萧秋雨。暮潮来去。送楼台歌管，夕阳萧鼓。芳事凄迷，梦断苏堤烟树。无情绪。酒醒时，江山非故。

【刊载】

《国粹学报》第 1 期，1905 年 2 月 23 日，署名刘光汉。《刘申叔遗书》61 册（152），《左盦词录》。

【类别】

词牌《扫花游》，也称《扫地游》。

【编年】

1905 年。依首次发表时间。

【笺注】

〔《南宋杂事诗》〕《四库全书总目》卷 190《南宋杂事诗》七卷《提要》："国朝沈嘉辙、吴焯、陈芝光、符曾、赵昱、厉鹗、赵信等同撰，鹗有《辽史拾遗》已著录。嘉辙，字栾城；焯，字尺凫；曾字幼鲁，皆钱塘人。芝光，字蔚九；昱字功千；信字意林，皆仁和人。七人之中，惟曾以荐举，官至户部郎中。鹗以康熙庚子，举于乡。余皆终于诸生。是书以其乡为南宋故都，故捃摭轶闻，每人各为诗百首，而以所引典故注于每首之下。意主纪事，不在修词，故警句颇多。而牵缀填砌之处，亦复不少。然援据浩博，所引书几及千种。一字一句，悉有根柢。萃说部之菁华，采词家之腴润。一代故实巨细兼该，颇为有资于考证。盖不徒以文章论矣。"

〔残山賸水〕《全唐诗》卷 224 杜甫《陪郑广文游何将军山林十首（山林在韦曲西塔陂）》其五："剩水沧江破，残山碣石开。"（第 4 册 P2402）《全唐诗》卷 273 戴叔伦《暮春感怀》二首其一："落花飞絮成春梦，剩水残山异昔游。"（第 5 册 P3087）《桃花扇传奇》上卷《第十齣（出——引者）· 修札（癸未八月）》："（丑）：相公不知，那热闹局就是冷淡的根芽，爽快事就是牵缠的枝叶。倒不如把些剩水残山，孤臣孽子，讲他几句，大家滴些眼泪罢。"《集韵》卷 8《去声下 · 证第四十七》："賸，……俗作剩"。

〔鸟唤东风〕王令《广陵集》卷 15《春怨》（亦有作《春晚》《送春》）："子规夜半犹啼血，不信东风唤不回。"

〔鹃传南渡〕见《满江红》一词〔又天津桥畔送春归，鹃声起〕条笺注。

〔繁华暗数〕此句典出白居易诗。《全唐诗》卷 446 白居易《答微之夸越州州宅》："知君暗数江南郡，除却余杭尽不如。"（第 7 册 P5021）

〔珠帘锦幕〕《全唐诗》卷 527 杜牧《为人题赠二首》其一："月落珠帘卷，春寒锦幕深。"（第 8 册 P6082）

〔美人迟暮〕《楚辞》卷 1《离骚》："惟草木之零落兮，恐美人之迟暮。"

〔华堂蟋蟀〕《诗经 · 唐风 · 蟋蟀》："蟋蟀在堂，岁聿其莫。"秦观《淮海集 · 兰陵王》："孤灯暗，独步华堂，蟋蟀莎阶弄时节。"《石仓历代诗选》卷 175《宋诗五十二》陆游《感秋》："华堂蟋蟀悲清夜，金井梧桐恋故枝。"

〔芳园杜宇〕《全唐诗》卷 273 戴叔伦《暮春感怀》二首其一："杜宇声声唤客愁，故园何处此登楼。"（第 5 册 P3087）

〔诉与鹦鹉〕柳永《乐章集 · 甘草子》："秋暮。乱洒衰荷，颗颗真珠雨。雨过月华生，冷彻鸳鸯浦。池上凭阑愁无侣。奈此个情绪。却傍金笼共鹦鹉。念粉郎言语。"李昱《草阁诗集拾遗 · 三月辞》："十二巫山尽神女，屏风照见芳心苦。宫辞裁罢酒微醺，自向金笼教鹦鹉。"

〔西湖堤〕杭州西湖有著名的"三堤"：白堤，唐时白居易主持修筑；苏堤，北宋时苏轼主持修筑；杨堤，明时杨孟瑛主持修筑。

〔渺渺寒波〕《全唐诗》卷 819 皎然《送文会上人还富阳》："悠悠渺渺属寒波，故寺思归意若何。"（第 12 册 P9316）

〔萧萧秋雨〕《全唐诗》卷 523 杜牧《秋浦途中》："萧萧山路穷秋雨，淅淅溪风一岸（一作片）蒲。"（第 8 册 P6027）陆游《剑南诗稿》卷 5《夜读了翁遗文有感》："秋雨萧萧夜不眠，挑灯开卷意凄然。"

〔暮潮来去〕韦应物《韦苏州集》卷 5《酬柳郎中春日归扬州南郭见别之作》："南北相过殊不远，暮潮从去早潮来。"陈允平《点绛唇》："输与闲鸥，朝暮潮来去。空凝伫。小桥樊素。"（唐圭璋《全宋词》，中华书局 1965 年 6 月第 1 版第 5 册 P3132）

〔楼台歌管〕《全唐诗》卷 680 韩偓《中秋禁直》："天衬楼台笼苑外，风吹歌管下云端。"（第 10 册 P7852）欧阳修《文忠集》卷 133《蓦山溪》："楼台上下，歌管咽春风。"苏轼《东坡全集》卷 30《春夜》："春宵一刻值千金，花有清香月有阴。歌管楼台声细细，秋千院落夜沉沉。"

〔夕阳萧鼓〕陆游《剑南诗稿》卷 76《幽居记今昔事十首以诗书从宿好林园无俗

情为韵》其七：“夕阳箫鼓散，高柳拥庙门。”案：本词原载 1905 年 2 月 23 日《国粹学报》第 1 期《诗录》。萧鼓，《国粹学报》本作“箫鼓”。上引陆游诗，《全宋诗》本亦作“箫鼓”（北京大学出版社 1998 年 12 月第 1 版第 41 册 P25594）。另，徐元杰《楳埜集》卷 12《湖上》：“风物晴和人意好，夕阳箫鼓几船归。”《左盦词录》本似误。

〔芳事〕本指繁花绽放，亦泛指美好之事。《全唐诗》卷 885 唐彦谦《紫薇花》：“素秋寒露重，芳事固应稀。”（第 13 册 P10077）《涧泉集》卷 8 韩淲《次韵周五哥》：“芳事诚须酒，交情岂为诗。”

〔烟树〕云雾缭绕的树林。鲍照《鲍明远集》卷 7《从登香炉峰》：“青冥摇烟树，穹跨负天石。”《长安客话》卷 1《皇都杂记 · 古蓟门》：“京师八景有蓟门烟树，即此。”

〔江山非故〕《全唐诗》卷 230 杜甫《日暮》：“风月自清夜，江山非故园。”（第 4 册 P2528）《西昆酬唱集》卷上刘筠《泪二首》：“建业江山非故国，灞陵风雨又残春。”《杨维桢集》卷 7《题王粲登楼图》：“江山破碎非旧土，版图何日还金刀？”

桂殿秋 · 望月作

三五夜，月朦胧。琼楼玉宇冷秋风。琪花落地无人拾，九曲瑶台何处通。

【刊载】

《国粹学报》第 1 期，1905 年 2 月 23 日，署名刘光汉。《刘申叔遗书》61 册（152），《左盦词录》。

【类别】

词牌《桂殿秋》。

【编年】

1905 年。依首次发表时间。

【笺注】

〔三五夜〕指阴历十五的夜晚。《玉台新咏》卷 7 沈约《昭君辞》：“惟有三五夜，明月暂经过。”《元氏长庆集补遗》卷 6 元稹《莺莺传》：“是夕，红娘复至，持采笺以授张。曰：崔所命也。题其篇曰：《明月三五夜》。其词曰：‘待月西厢下，迎风户半开。拂墙花影动，疑是玉人来。’”

〔琼楼玉宇〕见《寒夜望月》一诗〔玉宇琼楼〕条笺注。

〔琪花〕仙界之花。《全唐诗》卷 694 王毂《梦仙谣三首》其一："前程渐觉风光好，琪花片片粘瑶草。"（第 10 册 P8059）胡奎《斗南老人集》卷 4《梦游庐山歌》："望断蓬莱青鸟书，琪花落尽无人折。"《李太白集注》卷 1《惜余春赋》："把瑶草兮，思何堪。"王琦注："瑶草，草之珍美者。故以美玉喻，犹琪花玉树之谓。"《全唐诗》卷 724 唐求《赠道者》："披霞戴鹿胎，岁月不能催。饭把琪花煮，衣将藕叶裁。鹤从归日养，松是小时栽。往往樵人见，溪边洗药来。"

〔九曲瑶台〕九曲，喻回旋曲折。《楚辞》卷 15 王逸《九怀 · 危俊》："历九曲兮牵牛，聊假日兮相佯。"瑶台，仙人居所。详见《甲辰年自述诗》（其二十八）一诗〔瑶台玄圃〕条笺注。

孤鸿

孤鸿飞江渚，万里度潇湘。不言对以臆，憔悴因自伤。忆昔春风起，送我来冀方。羞与燕雀群，冀列鹓鹭行。秋风动关塞，吹我入南荒。朔方岂不美，胡地多雪霜。苟免矰缴婴，遑计谋稻粱。山川既阻深，何日再随阳。南方不可留，来过清渭旁。系帛落汉宫，冀遇顺风翔。秦关隔楚水，千里遥相望。

【刊载】

《政艺通报》乙巳第 3 号，1905 年 3 月 20 日，署名申叔。《刘申叔遗书》61 册（18—19），《左盦诗录》卷 1《匪风集》。

【类别】

五言，22 句。

【编年】

1905 年。依首次发表时间。

【笺注】

〔孤鸿〕现存一份刘师培手稿，文辞与本诗完全一样，诗题作《咏孤鸿》。见《仪征刘氏遗稿汇存》第 2 册 P823。

〔孤鸿飞江渚，万里度潇湘〕相传，北雁南归至衡阳"回雁峰"而止。详见《菩萨蛮 · 咏雁》一词〔衡阳春色暮〕条笺注。

〔不言对以臆〕《文选注》卷 13 贾谊《鹏鸟赋（并序）》："鹏乃叹息，举首奋翼，口不能言，请对以臆。"李善注："请以臆中之事以对也。"岳珂《玉楮集》卷 4《九月一日闻雁》：“雁来过期已一月，汝来之迟果何说。雁对以臆不能言，来时胡儿将寇边。”

〔冀方〕泛指北方。《尚书 · 五子之歌》：“惟彼陶唐，有此冀方。”《太平御览》卷162《州郡部八 · 幽州》：“《晋地道记》曰：‘舜以冀州南北广大，分燕地、北地为幽州。’”

〔羞与燕雀群〕燕雀安知鸿鹄之志。详见《杂咏（二首）》其二一诗〔鸿鹄有高志，燕雀安能识〕条笺注。

〔鹓鹭〕凤凰与白鹭，喻贤者，亦喻朝班。《梁书 · 文学列传下 · 伏挺传》：“故当捐此薜萝，出从鹓鹭，无乖隐显，不亦休哉。”《北齐书 · 文苑列传》序：“于是辞人才子，波骇云属，振鹓鹭之羽仪，纵雕龙之符采。”《全唐诗》卷280卢纶《元日朝回中夜书情寄南宫二故人》：“鸣佩随鹓鹭，登阶见冕旒。”（第5册P3184）《山海经》卷1：“佐水出焉，而东南流注于海，有凤凰鹓雏。”郭璞注：“亦凤属。”《文选注》卷48扬子云（雄）《剧秦美新》：“振鹭之声充庭，鸿鸾之党渐阶。”李善注：“振鹭、鸿鸾，喻贤也。《毛诗》：‘振鹭于飞，于彼西雍。我客戾止，亦有斯容。’《易》曰：‘鸿渐于陆。’”

〔秋风动关塞〕《全唐诗》卷225杜甫《秦州见敕（一作除）目薛三璩（一作据）授司议郎毕四曜除监察与二子有故远喜迁官兼述索居凡三十韵》：“秋风动关塞，高卧想仪形。”（第4册P2429）

〔南荒〕南方极远的蛮荒之地。《楚辞章句》卷1屈原《离骚》：“忽反顾以游目兮，将往观乎四荒。”王逸注：“荒，远也。”《文选注》卷55刘孝标（峻）《广绝交论》：“骋黄马之剧谈，纵碧鸡之雄辩。”李善注：“王褒《碧鸡颂》曰：‘……归来翔兮，何事南荒也。’”

〔朔方〕《毛诗正义》卷9—4《小雅 · 出车》：“天子命我，城彼朔方。”毛传：“朔方，北方也。”《尔雅注疏》卷4《释训第三》：“朔，北方也。”郭璞注：“谓幽、朔。”《书经集传》卷1《尧典》：“申命和叔宅朔方，曰幽都。”蔡沉注：“朔方，北荒之地。”

〔胡地多雪霜〕《汉书 · 匈奴传下》：“胡地秋冬甚寒，春夏甚风。”《乐府诗集》卷40吴均（《文苑英华》卷196作吴筠）《胡无人行》（《文苑英华》卷196作《塞上曲》）：“高秋八九月，胡地草风霜。”（胡地，《文苑英华》卷196作“边地”）《唐诗品汇》卷29《七言古诗五 · 名家（上）》岑参《白（云）〈雪〉歌送武判官归》：“北风卷地白草折，胡天八月即飞雪。”

〔矰缴婴〕《周易正义》卷4《遁》：“上九，肥遁，无不利。”王弼注：“矰缴不能及。”孔颖达疏：“矰，矢名也。郑注《周礼》：‘结缴于矢谓之矰。’缴，《字林》及《说文》云：‘缴，生丝缕也。’”《文选注》卷 7 扬子云（雄）《甘泉赋一首（并序）》：“骈交错而曼衍兮，崚嶂隗乎其相婴。”李善注：“婴，绕也。”

〔谋稻粱〕《全唐诗》卷 216 杜甫《同诸公登慈恩寺塔》：“君看随阳雁，各有稻粱谋。”（第 4 册 P2259）沈与求《龟溪集》卷 3《维心过邵子非溪亭夜话有伤时感旧之作索余次韵》：“鹓鸾霄汉侣，凫雁稻粱谋。”粱，《政艺通报》本作“梁”。

〔随阳〕追随太阳。《周礼注疏》卷 18《大宗伯》：“大夫执雁”。郑玄注：“雁，取其候时而行。”贾公彦疏：“雁取其候时而行者，凡雁以北方为居，但随阳南北。木落南翔，冰泮北徂。”参见本诗〔谋稻粱〕条笺注。

〔清渭〕指清澈的渭河。《毛诗正义》卷 2—2《邶风·谷风》：“泾以渭浊，湜湜其沚。”毛传：“泾渭相入，而清浊异。”郑玄笺：“小渚曰沚，泾水以有渭，故见渭浊。”即“泾渭分明”的词源。此句指，来到关中渭河平原地区，即汉代都城长安。

〔系帛落汉宫〕见《菩萨蛮·咏雁》一词〔系帛汉时宫〕条笺注。

〔顺风翔〕《文选》卷 23 阮嗣宗（籍）《咏怀十七首》其二：“二妃游江滨，消遥顺风翔。”

〔秦关隔楚水，千里遥相望〕王夫之《鼓棹二集·玉楼春·归雁》：“秦关楚水天涯路。唯有归鸿知住处。”（同治四年曾氏金陵刊《船山遗书·六十一》）

效长吉

芙蓉泣湘江，幽兰愁澧浦。水弄洛神珮，竹啼湘妃苦。帝子苟不来，白云冷玄圃。巫咸下云旗，飕飕风吹雨。洞庭八千里，风浪谁能渡。江头明月黑，来照青枫树。薜萝风萧萧，夜深山鬼语。

【刊载】

《政艺通报》乙巳第 3 号，1905 年 3 月 20 日，署名申叔。《刘申叔遗书》61 册（19），《左盦诗录》卷 1《匪风集》。

【类别】

五言，14 句。

【编年】

1905 年。依首次发表时间。

【笺注】

〔效长吉〕《海录碎事》卷 19《文学部下 · 诗门 · 鬼才》：“世传杜甫诗，天才也；李白诗，仙才也；李贺诗，鬼才也。（《迂斋诗话》）”《尘史》卷 2：“庆历间，宋景文诸公在馆尝评唐人之诗，云：太白仙才，长吉鬼才。其余不尽记也。然长吉才力奔放，不惊众绝俗，不下笔。”

〔芙蓉泣湘江—竹啼湘妃苦〕李贺《昌谷集》卷 2《黄头郎》：“南浦芙蓉影，愁红独自垂。水弄湘娥珮，竹啼山露月。”刘师培《后湘汉吟》有“水弄洛神珮，竹凄湘妃啼。蓉老残红褪，蘼深惨绿齐”句，见该诗相关条笺注。洛神珮，《政艺通报》本作“洛神佩”。珮，刘师培手稿作“佩”。见《仪征刘氏遗稿汇存》第 2 册 P812。

〔帝子苟不来，白云冷玄圃〕李贺《昌谷集》卷 1《帝子歌》：“九节菖蒲石上死，湘神弹琴迎帝子。”帝子，指娥皇、女英，详见《读王船山先生遗书》一诗〔帝子不归愁苍梧〕条笺注。玄圃，亦作悬圃，传说中仙人在昆仑山顶的居所。详见《甲辰年自述诗》（其二十八）一诗〔瑶台玄圃〕条笺注。刘向《列女传》卷 1《母仪传 · 有虞二妃》：“舜陟方，死于苍梧，号曰重华。二妃死于江湘之间，俗谓之湘君。”白居易《白氏长庆集》卷 30《郎中杂言》：“红尘闹热白云冷，好于冷热中闲安。”玄圃，《政艺通报》本作“元圃”。刘师培手稿作“元圃”。见《仪征刘氏遗稿汇存》第 2 册 P812。

〔巫咸下云旗〕李贺《昌谷集》卷 1《浩歌》：“王母桃花千遍红，彭祖巫咸几回死。”《楚辞章句》卷 1 屈原《离骚》：“巫咸将夕降兮，怀椒糈而要之。”王逸注：“巫咸，古神巫也，当殷中宗之世。降，下也。”章太炎《訄书（重订本）· 尊史第五十六》：“《世本》称：巫咸，尧臣也，以鸿术为帝尧之医。（《御览》七百二十一引。）而《书序》言伊陟赞于巫咸。其后郑有神巫曰季咸，与列御寇同时。（《庄子 · 应帝王》。）又巫咸袑者，（《庄子 · 天运》。）不知何世人也。”（《章太炎全集》第 3 册《〈訄书〉初刻本 /〈訄书〉重订本 / 检论》P318，上海人民出版社 2014 年 5 月第 1 版）《楚辞章句》卷 2 屈原《九歌 · 少司命》：“驾龙輈兮乘雷，载云旗兮委蛇。”王逸注：“言日以龙为车辕，乘雷而行，以云为旌旗，委蛇而长。”

〔飔飔风吹雨〕李贺《昌谷集》卷 4《巫山高》：“楚魂寻梦风飔然，晓风飞雨生苔钱。”同上书卷 1《苏小小墓》：“西陵下，风吹雨。”《字汇补》戌集《风部》：“飔，与飒同。”

〔洞庭八千里，风浪谁能渡〕李贺《昌谷集》卷 1《帝子歌》：“洞庭帝子（或作‘明月’——引者）一千里，凉风雁啼天在水。”《史记 · 秦始皇本纪》：“始皇还，过彭城，斋戒祷祠，欲出周鼎泗水。使千人没水求之弗得。乃西南渡淮水，之衡山、南郡。浮江，至湘山祠。逢大风，几不得渡。上问博士曰：'湘君何神？'博士对曰：'闻之，尧女，舜之妻，而葬此。'于是始皇大怒，使刑徒三千人皆伐湘山树，赭其山。"

〔江头明月黑，来照青枫树〕李贺《昌谷集》卷 1《湘妃》："幽愁秋气上青枫，凉夜波间吟古龙。"《楚辞章句》卷 9 屈原（一说为宋玉）《招魂》："湛湛江水兮，上有枫。目极千里兮，伤春心。魂兮归来哀江南。"王逸注："枫，木名也。言湛湛江水，浸润枫木，使之茂盛。伤己不蒙君惠，而身放弃，曾不若树木得其所也。或曰：水旁林木中，鸟兽所聚，不可居之也。"《全唐诗》卷 443 白居易《正月十五日夜月》："春风来海上，明月在江头。"（第 7 册 P4985）《全唐诗》卷 218 杜甫《梦李白二首》其一："恐非平生魂，路远（一作迷）不可测。魂来枫叶（一作林）青，魂（一作梦）返关塞黑。"（第 4 册 P2292）

〔薜萝〕《楚辞章句》卷 2 屈原《九歌 · 山鬼》："若有人兮山之阿，被薜荔兮带女罗。"王逸注："若有人，谓山鬼也。阿，曲隅也。""女罗，兔丝也。言山鬼仿佛若人，见于山之阿，被薜荔之衣，以兔丝为带也。薜荔、兔丝，皆无根，缘物而生。山鬼亦晻忽无形，故衣之以为饰也。"《聊斋志异》蒲松龄《自序》："披萝带荔，三闾氏感而为骚；牛鬼蛇神，长爪郎吟而成癖。"

〔夜深山鬼语〕李贺《昌谷集》卷 4《神弦》："女巫浇酒云满空，玉炉炭火香咚咚。海神山鬼来座中，纸钱窸窣鸣旋风。相思木贴金舞鸾，攒蛾一啑重一弹。呼星召鬼歆杯盘，山魅食时人森寒。终南日色低平湾，神兮长在有无间。神嗔神喜师更颜，送神万骑还青山。"案：《楚辞》卷 2 屈原《九歌》有《山鬼》一篇。

【略考】

郭院林、朱德印《论刘师培诗词对〈楚辞〉的接受》："这首诗（指《效长吉》——引者）是仿照李贺的诗风所作的，李贺受楚骚的影响深远，诗人在效仿其诗风时自然使用大量带有楚骚特征的语言，如'芙蓉''湘江''帝子''巫咸''薜萝'等，使其诗歌风格带有明显的与《楚辞》相似的楚骚特征。从刘师培效仿李贺所作的诗来看，他对李贺诗歌中的楚骚风格很清楚，但刘氏并没有拘于学习李贺，而是仿照李贺诗歌的风格将自己的学习对象上溯至《楚辞》，创作出属于自己的作品。刘氏只是效仿了李贺学习《楚辞》的方式，将李贺作为学习《楚辞》的中介，足以见得刘师培对《楚辞》的学习虽然是模仿演绎式的，但他能够直指源头而并非对他人学习成果的亦步亦趋。"（《云梦学刊》2018 年 9 月第 39 卷 5 期 P30）

杂咏

大块劳我生，于人何厚薄。人生天地间，何事生哀乐。吾思造化初，万物各有讬。一画肇开天，然后浑真凿。物我不相形，安在分强弱。智慧苟不开，焉用圣人作。褒贬在人心，奚事参笔削。得失亦偶然，所贵解尘缚。

【刊载】

《政艺通报》乙巳第3号，1905年3月20日，署名申叔。《刘申叔遗书》61册（19），《左盦诗录》卷1《匪风集》。

【类别】

五言，16句。

【编年】

1905年。依首次发表时间。

【笺注】

〔大块劳我生〕《庄子集释》卷1下《内篇·齐物论第二》："夫大块噫气，其名为风。"郭庆藩引成玄英疏："大块者，造物之名，亦自然之称也。言自然之理通生万物，不知所以然而然。"同上书卷3上《内篇·大宗师第六》："夫大块载我以形，劳我以生，佚我以老，息我以死。"郭庆藩注："《文选》郭景纯《江赋》注引司马云：'大块，自然也'。"刘敞《公是集》卷9《五言古诗·和江十饮范景仁家晚宿秘阁睹伯镇题壁记番直日月感之作五古》："吾闻至人语，大块劳我生。"

〔于人何厚薄。人生天地间，何事生哀乐〕《六臣注文选》卷25刘越石（琨）《答卢谌诗并书》："昔在少壮，未尝检括。远慕老庄之齐物，近嘉阮生之放旷，怪厚薄何从而生，哀乐何由而至。"张铣注："老子、庄周之书，以大小是非为执性，不以法俗自拘，言少纵诞，慕此齐物放旷之事，以为厚薄、哀乐不关于心。"

〔万物各有讬〕《文选》卷30陶渊明（潜）《咏贫士》："万族各有托，孤云独无依。"

〔一画肇开天，然后浑真凿〕传说伏羲画八卦造文字。详见《仲夏感怀（二首）》其二一诗〔寄傲羲皇聊复尔〕条笺注。

〔物我不相形，安在分强弱〕吕胜己《满江红》："分物我，争强弱。都做梦，谁先觉。"（唐圭璋《全宋词》第3册P1759，中华书局1965年6月第1版）相形，相互比较。刘师培《老子斠补》："长短相较"。刘师培注："河上公本作'长短相形'。案：《文子》

云：‘长短不相形。’《淮南子 · 齐俗训》曰：‘短修相形。’疑老子本文亦作‘形’，与‘生’‘成’‘倾’协韵，‘较’乃后人旁注之字，以‘较’释‘形’，校者遂以‘较’易‘形’矣。”

〔智慧苟不开〕开智慧，佛教语。大乘佛教认为：“一切众生具有如来智慧德相，但以妄想执着而不证得。”（裴休《注华严法界观门 · 序》）。所谓开智，即开启本性中固有之“如来智慧德相”，证悟大道。此“智”，指佛教中所言之“佛智”，而非尘世所谓之“智”。《大方广佛华严经》卷 67《入法界品第三十九之八》：“坚固精进以为墙堑，不思议三昧而为园苑，以慧日光破无明闇，以方便风开智慧华。”同上书卷 69《入法界品第三十九之十》：“开智慧境界，竭一切众生疑海。”

〔焉用圣人作〕圣人作，圣人出现、兴起。《周易 · 乾》：“云从龙，风从虎，圣人作而万物睹。”上句与此句指，如果人本性中的智慧开启，何用世现圣人启迪。

〔褒贬在人心，奚事参笔削〕《史记 · 孔子世家》：“孔子在位听讼，文辞有可与人共者，弗独有也。至于为《春秋》，笔则笔，削则削，子夏之徒不能赞一辞。弟子受《春秋》，孔子曰：‘后世知丘者以《春秋》，而罪丘者亦以《春秋》。’”《史记 · 太史公自序》：“子曰：‘我欲载之空言。’”司马贞《索隐》：“孔子言我徒欲立空言，设褒贬，则不如附见于当时所因之事。人臣有僭侈篡逆，因就此笔削以褒贬，深切著明而书之，以为将来之诫也。”《正字通》申集下《衣部》：“褎，同褒。”

〔尘缚〕佛教语，“色声香味触法”带来的牵绊束缚。《古诗纪》卷 78《梁第五 · 简文帝二 · 旦出兴业寺讲诗》：“由来六尘缚，宿昔五缠朦。”参见《静坐》一诗〔六根尘〕条笺注。

文信国祠

王气消京邑，中原逼寇氛。有光争日月，无会际风云。壁垒千军合，河山四镇分。身先貔虎士，威扫犬羊群。傥使遭新运，应教立战勋。武侯躬尽瘁，陶侃志忠勤。国已更新主，人思反旧君。降王终走传，都统罢行军。翟义心忠汉，周王墓表殷。卖鱼湾畔路，望断海天曛。

【刊载】

《国粹学报》第 2 期，1905 年 3 月 25 日，署名刘光汉。《刘申叔遗书》61 册（118），《左盦诗录》卷 4《左盦诗别录》。

【类别】

五言，20 句。

【编年】

1905 年。依首次发表时间。

【笺注】

〔文信国祠〕《春明梦余录》卷 22《宋丞相文信国祠》："宋丞相文信国祠，在郡学西，乃元之柴市，公授命所。永乐六年，太常博士刘履节奉命正祀典，谓天祥忠于宋室，而燕京乃其死节之所，请祠祀，从之。祠堂三楹，前为门，又前为大门。祠之西，为怀忠会馆，江右士夫岁时集会于此，以祭公者也。宣德四年，保定李庸为府尹，重拓其祠。信国所著有《日录吟啸集》《指南录》《集杜二百首》，并刊板祠中。"《宋史·文天祥传》："至元十五年（南宋祥兴元年，1278——引者）……八月，加天祥少保、信国公。"案："文丞相祠"位于今北京市东城区府学胡同 63 号，全国重点文物保护单位。

〔王气消京邑，中原逼寇氛〕南宋末，蒙元逐步南侵，最终灭掉南宋。参见《甲辰年自述诗》（其四十四）一诗〔虐焰无过忽必烈〕条笺注。

〔有光争日月〕《明英宗实录》卷 270《废帝郕戾王附录第八十八》景泰七年九月乙未（1456 年 10 月 27 日）："巡抚江西右佥都御史韩雍言：'宋丞相少保、信国公文天祥，弱冠状元，临危拜相，跋涉于艰难险阻之中，经营于颠覆流离之际。志专恢复，屡折挫而不移心，切报君滨颠危而不变。国亡被执，系狱累年，诱之以大用而不从，挟之以刀锯而不屈，卒之杀身成仁。而收三百年养士之功，立千载为臣之极。精忠大节，与日月争光，与天地悠久……乞赐谥并录用其子孙……'少保大学士陈循等议：'天祥孤忠大节，为宋臣首。按谥法，临患不忘国曰忠，秉德遵业曰烈，请谥曰忠烈……'从之。"《文天祥全集》卷 6《文集·书·回岳县尉》："惟中兴之初，先武穆王（岳飞——引者）手扶天戈，忠义与日月争光，名在旂常，功在社稷。"（中国书店影印 1936 年世界书局本，1985 年 3 月第 1 版 P156）

〔无会际风云〕际会，相遇、交汇。《礼记集解》卷 34《大传》："同姓从宗，合族属。异姓主名，治际会。名著而男女有别。"孙希旦注："际会，谓于吉凶之事相交际而会合也。"（中华书局 1989 年 2 月第 1 版中册 P908）风云际会，喻人得天时、地利、人和之便，遇重大机遇。《全唐诗》卷 230 杜甫《夔府书怀四十韵》："社稷经纶地，风云际会期。"（第 4 册 P2516）《文天祥全集》卷 13《指南录·后续》："德佑二年二月十九日，予除右丞相，兼枢密使，都督诸路军马。时北兵已迫修门，外战守迁皆不及施。缙绅大夫士萃于左丞相府，莫知计所出。会使辙交驰，彼邀当国者相见。众谓予一行，为可以纾祸。国事至此，予不得爱身，意彼亦尚可以口舌动也。初奉使往来，无留北者，予更欲一觇北军，而求救国之策。于是辞相印不拜，翌日以资政殿学士行。初至北营，抗辞慷慨，上下颇惊动，彼亦未敢遽轻吾国。不幸吕师孟构恶于前，贾余庆献谄于后，予羁縻不得还，国事遂不可收拾。”（中国书店影印 1936 年世界书局本，1985 年 3 月第 1 版 P312）

〔河山四镇分〕《宋史·文天祥传》：“天祥陛辞，上疏言：‘……宋惩五季之乱，削藩镇，建郡邑，一时虽足以矫尾大之弊，然国亦以浸弱。故敌至一州则破一州，至一县则破一县，中原陆沈，痛悔何及。今宜分天下为四镇，建都督统御于其中。以广西益湖南而建阃于长沙，以广东益江西而建阃于隆兴，以福建益江东而建阃于番阳，以淮西益淮东而建阃于扬州。责长沙取鄂，隆兴取蕲、黄，番阳取江东，扬州取两淮，使其地大力众，足以抗敌。约日齐奋。有进无退，日夜以图之，彼备多力分，疲于奔命，而吾民之豪杰者又伺间出于其中。如此则敌不难却也。’时议以天祥论阔远。书奏，不报。”

〔身先貔虎士，威扫犬羊群〕《全宋诗》卷 2548《楼钥十三·复见官军诗》：“元帅平京邑，声声夹道闻。不图当此日，复得见官军。将钺来何莫，壶浆意已勤。重瞻貔虎士，尽扫犬羊群。”（北京大学出版社 1998 年 12 月第 1 版第 47 册 P29545）。

〔武侯躬尽瘁〕《三国志·蜀书·诸葛亮传》裴注引《汉晋春秋》录诸葛亮《后出师表》：“先帝虑汉贼不两立，王业不偏安，故托臣而弗疑也。……臣鞠躬尽力，死而后已，至于成败利钝，非臣之明所能逆睹也。”《文天祥全集》卷 13《指南录·后续》：“所谓誓不与贼俱生，所谓鞠躬尽力，死而后已，亦义也。嗟夫！若予者，将无往而不得死所矣。”（中国书店影印 1936 年世界书局本，1985 年 3 月第 1 版 P312）

〔陶侃志忠勤〕陶侃，字士行（一作士衡），东晋名将。《晋书·陶侃传》：“尚书梅陶与亲人曹识书曰：‘陶公机神明鉴似魏武，忠顺勤劳似孔明，陆抗诸人不能及也。’”

〔国已更新主，人思反旧君〕《宋史·文天祥传》：“天祥至潮阳，见弘范，左右命之拜，不拜，弘范遂以客礼见之。与俱入厓山，使为书招张世杰。天祥曰：‘吾不能捍父母，乃教人叛父母，可乎？’索之固，乃书所过《零丁洋诗》与之。其末有云：‘人生自古谁无死，留取丹心照汗青。’弘范笑而置之。厓山破，军中置酒大会，弘范曰：‘国亡，丞相忠孝尽矣，能改心以事宋者事皇上，将不失为宰相也。”天祥泫然出涕，曰：‘国亡不能救，为人臣者死有余罪，况敢逃其死而二其心乎。’弘范义之，遣使护送天祥至京师。”

〔降王终走传〕《三国志 · 蜀书 · 后主传》：“六年夏，魏大兴徒众，命征西将军邓艾、镇西将军钟会、雍州刺史诸葛绪数道并攻。艾至城北，后主舆榇自缚，诣军垒门。艾解缚焚榇，延请相见。因承制拜后主为骠骑将军。诸围守悉被后主敕，然后降下。……后主举家东迁。”《全唐诗》卷 539 李商隐《筹笔驿》：“猿鸟犹疑畏简书，风云常为护储胥。徒令上将挥神笔，终见降王走传车。管乐有才终不忝，关张无命欲何如。他年锦里经祠庙，梁父吟成恨有余。”（第 8 册 P6211）《元史 · 世祖本纪六》：至正十三年三月，“乙亥，伯颜等发临安。丁丑，阿塔海、阿剌罕、董文炳诣宋主宫，趣宋主㬎同太后入觐。郎中孟祺奉诏宣读，至‘免系颈牵羊’之语，太后全氏闻之泣，谓宋主㬎曰：‘荷天子圣慈，活汝，当望阙拜谢。’宋主㬎拜毕，子母皆肩舆出宫，唯太皇太后谢氏以疾留。……五月乙未朔，伯颜以宋主㬎至上都，制授㬎开府仪同三司、检校大司徒，封瀛国公。”

〔都统罢行军〕至正十三年正月甲申（1276 年 2 月 4 日），南宋恭帝赵㬎奉表向元军投降。都统，统领，多特指统领军队，后成为专门的武职。《东雅堂昌黎集注》卷 32《碑志》韩愈《司徒兼侍中中书令赠太尉许国公神道碑铭》：“弘正以济诛吴元济也，命公都统诸军。”廖莹中注：“元和十年九月，以弘充淮西行营都统使。”行军，泛指军事行动。《孙子兵法 · 行军篇第九》：“兵非贵益多，惟无武进，足以并力料敌取人而已。夫惟无虑而易敌者，必擒于人。”上句与此句指，宋帝投降，各地的军事抵抗也渐渐平息。

〔翟义心忠汉〕《后汉书 · 光武帝纪上》：“邑曰：‘吾昔以虎牙将军围翟义，坐不生得，以见责让。’”李贤注：“翟义，字文仲，方进少子，为东郡太守。王莽居摄，义心恶之，乃立东平王云子信为天子，义自号柱天大将军，以诛莽。莽乃使孙建、王邑等将兵击义，破之。义亡，自杀，故坐不生得。坐音才卧反。见《前书》。”详见《汉书 · 翟义传》。

〔周王墓表殷〕相传，商末比干被纣王剖心而死。周武王灭商后，为比干墓铸铜盘，镌以铭文。《历代钟鼎彝器款识法帖》卷 16《封比干墓铜盘》：“开元四年，游子武之奇于偃师耕耘获一铜片，盘形，四尺六寸，上镂文，深二分，……考诸图籍，即比干之墓。”顾炎武《金石文字记》卷 1《商 · 比干铜盘铭》：“今在汲县北十五里比干墓上。《卫辉府志》曰：周武王封比干墓铜盘铭”。学界普遍认为，该盘铭文风格及篆字形制与西周初年不符，疑为秦汉间作。此句以取代殷商的周朝旌表前朝忠臣的故事，喻文天祥甚至得到了蒙古人的敬重。《宋史·文天祥传》："至元十九年，……召入谕之曰：'汝何愿？'天祥对曰：'天祥受宋恩，为宰相，安事二姓？愿赐之一死足矣。'然犹不忍，遽麾之退。言者力赞从天祥之请，从之。俄有诏使止之，天祥死矣。"

〔卖鱼湾〕又名石港渔湾，在今江苏南通市通州区石港镇。文天祥被北解至大都途中，曾过此地。后人于此建有渡海亭，以纪念文天祥。《文天祥全集》卷 13《指南录·卖鱼湾》序："卖鱼湾去石港十五里许。是日，曹大监胶舟，候潮方能退。"诗："风起千湾浪，潮生万顷沙。春红堆蟹子，晚白结盐花。故国何时讯，扁舟到处家。狼山青两点，极目是天涯。"（中国书店影印 1936 年世界书局本，1985 年 3 月第 1 版 P342）同上《即事》序："宿卖鱼湾，海潮至，渔人随潮而上。买鱼者邀而即之，鱼甚平。"诗："飘蓬一叶落天涯，潮溅青纱日未斜。好事官人无勾当，呼童上岸买青虾。"（P342—343）

〔曛〕《宋本广韵》卷 1《上平声·文第二十》："曛，日入也。又，黄昏时。"

读楚词

秋风吹班竹，木叶下潇湘。洞庭舣归舟，极浦望涔阳。岂无楚泽兰，孤芳袭我裳。惟恐鶗鴂鸣，百草先不芳。帝子一以去，杜若年年香。千秋梦泽水，犹自悲怀王。

【刊载】

《国粹学报》第 2 期，1905 年 3 月 25 日，署名刘光汉。《刘申叔遗书》61 册（118—119），《左盦诗录》卷 4《左盦诗别录》。

【类别】

五言，12 句。

【编年】

1905 年。依首次发表时间。

【笺注】

〔秋风吹班竹，木叶下潇湘〕班竹，见《后湘汉吟》一诗〔竹凄湘妃啼〕条笺注。班，通斑。《广雅疏证》卷 1 上《释诂》："斑，分也。"王念孙注："斑与班通。"另见《古意》一诗〔西风吹湘水〕条笺注。《楚辞》卷 2 屈原《九歌·湘夫人》："袅袅兮秋风，洞庭波兮木叶下。"

〔舣〕《类篇》卷 24："舣，……南方人谓整舟向岸曰舣。"

〔极浦望涔阳〕《楚辞章句》卷 2 屈原《九歌 · 湘君》："望涔阳兮极浦，横大江兮扬灵。"王逸注："涔阳，江碕名，近附郢。极，远也。浦，水涯也。"涔阳，今湖南澧县。《方舆胜览》卷 30《澧州 · 建置沿革》："郡名澧阳、涔阳，风俗有屈原之遗风。"

〔泽兰〕《楚辞章句》卷 9 屈原（一说为宋玉）《招魂》："皋兰被径兮，斯路渐。"王逸注："皋，泽也。""言泽中香草茂盛。"

〔孤芳袭我裳〕《楚辞》卷 4 屈原《九章 · 涉江》："吾不能变心而从俗兮，固将愁苦而终穷。"《楚辞》卷 7 屈原《渔父》："屈原曰：'举世皆浊我独清，众人皆醉我独醒'。"《艺文类聚》卷 37《人部二十一 · 隐逸下》："梁沈约《谢齐竟王教撰传士传启》曰：'……贞操与日月俱悬，孤芳随山壑共远。'"《楚辞章句》卷 2 屈原《九歌 · 少司命》："绿叶兮素枝，芳菲菲兮袭予。"王逸注："袭，及也。"

〔惟恐鶗鴂鸣，百草先不芳〕见《和周美权〈夜坐偶成〉用原韵》一诗〔百卉既不芳，忍听鹍鴂啼〕条笺注。

〔帝子〕指娥皇、女英。详见《读王船山先生遗书》一诗〔帝子不归愁苍梧〕条笺注。

〔杜若〕香草，喻志行高洁忠贞。《楚辞》卷 2 屈原《九歌 · 湘君》："采芳洲兮杜若，将以遗兮下女。"《经典释文》卷 30《尔雅音义下 · 释草第十三》："杜，郭云杜衡也。……《本草经》又有杜若，一名杜衡。陶注云：'叶似姜根，亦似高良姜而细，气味辛香，又绝似旋葍根。'"

〔梦泽〕《楚辞章句》卷 9 屈原（一说为宋玉）《招魂》："与王趋梦兮，课后先。"王逸注："梦，泽中也。楚人名泽中为梦中。《左氏传》曰：楚大夫斗伯比与邧公之女，淫而生子，弃诸梦中。"《汉书 · 地理志上》："南郡……华容，云梦泽在南，荆州薮。"

〔悲怀王〕《楚辞章句》卷 16 刘向《九叹 · 远逝》："览屈氏之《离骚》兮，心哀哀而怫郁。"王逸注："言己观屈原所作《离骚》之经，博达温雅，忠信恳恻，而怀王不寤，心为之悲而怫郁也。"现存刘师培手稿一份，题作《读楚词》，文辞与本诗基本一致，悲作"怨"。见《仪征刘氏遗稿汇存》第 2 册 P830。

读楚词

秋风吹湘竹，木叶下潇湘。洞庭舣归舟，极浦望涔阳。岂无楚泽兰，孤芳袭我裳。惟恐鶗鴂鸣，百艸先不芳。帝子一以去，杜若年年香。千秋云梦水，犹自悲怀王。

【刊载】

《刘申叔遗书补遗》下册 P1477。

【类别】

五言，12 句。

【编年】

1905 年。依《左盦诗别录》中《读楚词》编年。

【略考】

《刘申叔遗书补遗》本诗题记："此件为扬州某私人藏品。"据刘师培手稿，"秋风"当作"西风"。见《仪征刘氏遗稿汇存》第 2 册 P764。本诗与《刘申叔遗书》所录《读楚词》仅有两字之差——"秋风"作"西风"；"班竹"作"湘竹"。

书杨雄传后

荀孟不复作，六经秦火余。笃生杨子云，卜居近成都。文学穷典坟，头白勤著书。循循善诱人，门停问字车。《法言》象《论语》，《太玄》开《潜虚》。《反骚》吊屈平，作赋比相如。《训纂》辨蝌蚪，《方言》释虫鱼。虽非明圣道，亦复推通儒。紫阳作《纲目》，笔削更口诛。惟据《美新》文，遂加莽大夫。吾读华阳志，雄卒居摄初。身未事王莽，兹文将无诬。雄本志淡泊，何至工献谀。班固传信史，微词雄则无。大纯而小疵，韩子语岂疏。宋儒作苛论，此意无乃拘。吾读杨子书，思访杨子居。斯人今则亡，吊古空踌躇。

【刊载】

《国粹学报》第 2 期，1905 年 3 月 25 日，署名刘光汉。《刘申叔遗书》61 册（119—120），《左盦诗录》卷 4《左盦诗别录》。

【类别】

五言，36 句。

【编年】

1905 年。依首次发表时间。

【笺注】

〔荀孟〕荀子、孟子。扬雄极崇孟子，而微贬荀子，但二家并重。就荀子的“性恶论”和孟子的“性善论”，扬雄提出了著名的“人之性也，善恶混。”（《法言·修身篇第三》）扬雄《法言·君子篇第十二》：“或问：‘孟子知言之要，知德之奥。’曰：‘非苟知之，亦允蹈之。’或曰：‘子小诸子，孟子非诸子乎？’曰：‘诸子者，以其知异于孔子也。孟子异乎？不异。’或曰：“孙卿非数家之书，侻也；至于子思、孟轲，诡哉！’曰：‘吾于孙卿，与见同门而异户也，惟圣人为不异。’”《唐文粹》卷 46 韩愈《读荀》：“始吾读孟轲书，然后知孔子之道尊，圣人之道易行，王易王，霸易霸也。以为孔子之徒没，尊圣人者，孟氏而已。晚得扬雄书，益尊信孟氏，因雄书而孟氏益尊，则雄者亦圣人之徒欤！……及得荀氏书，于是又知有荀氏者也。考其辞时若不粹，要其归与孔子异者鲜矣，抑犹在轲、雄之间乎！”历史上，常将荀子、孟子和扬雄并称。《扬子法言》司马光序：“韩文公（韩愈——引者）称荀子，以为在轲、雄之间。又曰：孟子，醇乎醇者也。荀与扬，大醇而小疵。三子皆大贤，祖六艺而师孔子。孟子好《诗》《书》，荀子好《礼》，扬子好《易》，古今之人共所宗仰。如光之愚，固不敢议其等差。”《四库全书总目》卷 91《法言集注》十卷《提要》：“北宋之前，则大抵以（扬雄——引者）为孟、荀之亚。”

〔笃生杨子云，卜居近成都〕笃生，见《读王船山先生遗书》一诗〔笃生〕条笺注。《汉书·扬雄传上》：“扬雄，字子云，蜀郡成都人也。”杨子云，《国粹学报》本作“扬子云”。刘师培手稿作“扬子云”。见《仪征刘氏遗稿汇存》第 2 册 P770。

〔典坟〕《左传·昭公十二年》：“王曰：‘是良史也，子善视之。是能读三坟五典、八索九丘。’”《尚书正义》卷 1 孔安国《尚书序》：“伏牺、神农、黄帝之书，谓之三坟，言大道也；少昊、颛顼、高辛、唐虞之书谓之五典，言常道也。至于夏、商、周之书，虽设教不伦，雅诰奥义，其归一揆。是故历代宝之，以为大训；八卦之说，谓之八索，求其义也；九州之志，谓之九丘。丘，聚也，言九州所有，土地所生，风气所宜，皆聚此书也。”参见《答梁公约赠诗》一诗〔渊玄穴坟素〕条笺注。

〔头白勤著书〕《全唐诗》卷 25 李白《杂曲歌辞·侠客行》：“谁能书阁下，白首太玄经。”（第 1 册 P332）《扬子法言》司马光序：“扬子之生最后，监于二子（荀孟——引者），而折衷于圣人，潜心以求道之极致，至于白首，然后著书。故其所得为多，后之立言者莫能加也。”

〔循循善诱人〕扬雄《法言·学行卷一》：“师哉！师哉！桐子之命也。务学不如务求师。师者，人之模范也。一哄之市不胜异意焉，一卷之书不胜异说焉。一哄之市必立之平，一卷之书必立之师。”

〔门停问字车〕《汉书 · 扬雄传下》：“雄以病免，复召为大夫。家素贫，耆酒，人希至其门。时有好事者载酒肴从游学，而巨鹿侯芭常从雄居，受其《太玄》《法言》焉。”黄庭坚《山谷集》卷 3《谢送碾赐壑源拣芽》：“已戒应门老马走，客来问字莫载酒。”陆游《剑南诗稿》卷 25《小园》：“客因问字来携酒，僧趁分题就赋诗。”

〔《法言》象《论语》〕《汉书 · 扬雄传下》：扬雄“以为……传莫大于《论语》，作《法言》。”

〔《太玄》开《潜虚》〕《郡斋读书志》卷 3 上《子部》：“《潜虚》一卷。右。皇朝司马光君实撰。光拟《太玄》撰此书，以五行为本，五五相乘为二十五，两之得五十。首有气、体、性、名、行、变、解七图，然其辞有阙者，盖未成也。其手写草稿一通，今在子健侄房。”《宋史 · 艺文志四》：“司马光《潜虚》一卷。”太玄，《国粹学报》本作“太元”，避清圣祖康熙讳改。《太玄》，刘师培手稿作“太元”。见《仪征刘氏遗稿汇存》第 2 册 P770。

〔《反骚》吊屈平〕《汉书 · 扬雄传上》：“先是时，蜀有司马相如，作赋甚弘丽温雅，雄心壮之，每作赋，常拟之以为式。又怪屈原文过相如，至不容，作《离骚》，自投江而死，悲其文，读之未尝不流涕也。以为君子得时则大行，不得则龙蛇，遇不遇，命也，何必湛身哉！乃作书，往往摭《离骚》文而反之，自岷山投诸江流以吊屈原，名曰《反离骚》。”

〔作赋比相如〕《汉书 · 扬雄传下》：“辞莫丽于相如，作四赋，皆斟酌其本，相与放依而驰骋云。”（四赋，指《河东赋》《甘泉赋》《羽猎赋》和《长杨赋》。《河东赋》《甘泉赋》《长杨赋》，详见《汉书 · 扬雄传》上下；《羽猎赋》详见《艺文类聚》卷 66《产业部 · 田猎》）另参见本诗〔《反骚》吊屈平〕条笺注。

〔《训纂》辨蝌蚪〕《汉书 · 扬雄传下》：扬雄“以为……史篇莫善于《仓颉》，作《训纂》。”《汉书 · 艺文志》：“《训纂》一篇（扬雄作）。……《苍颉》七章者，秦丞相李斯所作也；……汉兴，闾里书师合《苍颉》《爰历》《博学》三篇，断六十字以为一章，凡五十五章，并为《苍颉》篇。……扬雄取其有用者以作《训纂》篇，顺续《苍颉》，又易《苍颉》中重复之字，凡八十九章。”蝌蚪，古篆文。详见《齐侯罍歌》一诗〔篆文杂蝌蚪，蟠以蛟与螭〕条笺注。

〔《方言》释虫鱼〕扬雄在《方言》（卷）11 中，集中解释了蛥蚗、蝉、蜩螃、蜻蛚、螳螂、蚍蜉、蚰蜒等虫类在各地方言中的叫法。但《方言》中无对鱼类集中解释的篇目。

〔虽非明圣道〕《唐文粹》卷 43《五原》韩愈《原道》:“吾所谓道也，非向所谓老与佛之道也。尧以是传之舜，舜以是传之禹，禹以是传之汤，汤以是传之文武、周公，文武、周公传之孔子，孔子传之孟轲，孟轲之死不得其传焉。荀与扬也，择焉而不精，语焉而不详。”

〔亦复推通儒〕曾巩《元丰类稿》卷 18《筠州学记》:“周衰，先王之迹熄。至汉，六艺出于秦火之余，士学于百家之后。言道德者，矜高远而遗世用；语政理者，务卑近而非师古。刑名兵家之术，则狃于暴诈。惟知经者为善矣，又争为章句训诂之学，以其私见，妄穿凿为说。故先王之道不明，而学者靡然溺于所习。当是时，能明先王之道者，扬雄而已。”《法言·君子篇第十二》:“圣人之于天下，耻一物之不知。”儒，刘师培手稿作“伃”。见《仪征刘氏遗稿汇存》第 2 册 P758。伃，通“儒”。《六艺之一录》卷 263《古今书体九十五·杜撰字》:“儒，作伃。”

〔紫阳作《纲目》，笔削更口诛〕紫阳，朱熹。详见《咏晚村先生事》一诗〔紫阳〕条笺注。朱熹《资治通鉴纲目》卷 8 上:“(戊寅五)……莽大夫扬雄死。……书法(莽臣皆书死，贼之也。莽大夫多矣，特书扬雄，所以深病雄也。终《纲目》，卒书死者，莽臣之外，前范增，后胡僧不空而已。)”朱熹《楚辞后语》卷 2《反离骚第十六》:“《反离骚》者，汉给事黄门郎、新莽诸吏中散大夫扬雄之所作也。雄少好词赋，慕司马相如之作‘以为式。又怪屈原文过相如，至不容，作《离骚》，自投江而死。悲其文，读之未尝不流涕也。以为君子得时则大行，不得则龙蛇。遇不遇命也，何必湛身哉。’……始，雄好学博览，恬于势利，仕汉三世不徙官。然王莽为安汉公时，雄作《法言》已称其美，比于伊尹、周公。及莽篡汉，窃帝号，雄遂臣之。以耆老久，次转为大夫。又放相如《封禅文》献《剧秦美新》，以媚莽意，得校书天禄阁上。会刘寻等以作符命为莽所诛，辞连及雄。使者来，欲收之。雄恐惧，从阁上自投下，几死。先是，雄作《解嘲》，有‘爰清爰静，游神之廷，惟寂惟寞，守德之宅’之语。至是，京师为之语曰:‘爰清静作符命，唯寂寞自投阁’。雄因病免，既复，召为大夫，竟死莽朝。其出处大致本末如此，岂其所谓‘龙蛇’者耶！然则，雄固为屈原之罪人，而此文乃《离骚》之谗贼矣。他尚何说哉!”

〔惟据《美新》文〕《文选》卷 48 扬子云(雄)《剧秦美新一首》:“诸吏中散大夫臣雄稽首再拜，上封事皇帝陛下：臣雄经术浅薄，行能无异，数蒙渥恩，拔擢伦比，与群贤并，愧无以称职。臣伏惟陛下以至圣之德，龙兴登庸，钦明尚古，作民父母，为天下主，执粹清之道，镜照四海，听聆风俗，博览广包，叁天贰地，兼并神明，配五帝，冠三王。开辟以来，未之闻也。臣诚乐昭著新德，光之罔极。往时，司马相如作《封禅》一篇，以彰汉氏之休。臣常有颠眴病，恐一旦先犬马填沟壑，所怀不章，长恨黄泉，敢竭肝胆，写腹心，作《剧秦美新》一篇。虽未究万分之一，亦臣之极思也。臣雄稽首再拜以闻。曰：……"

〔遂加莽大夫〕见本诗〔紫阳作《纲目》，笔削更口诛〕条笺注。

〔吾读华阳志，雄卒居摄初〕《华阳国志》卷 10 上《先贤士女总赞论》："子云玄达，焕乎弘圣。杨雄，字子云，成都人也。……初与刘歆、王莽、董贤同官，并至三公，雄历三帝，独不易官。年七十一卒。"《汉书 · 扬雄传下》明确记载："年七十一，天凤五年卒。" 刘师培此说值得怀疑。详见本诗"略考"。

〔雄本志淡泊〕《汉书 · 扬雄传上》："雄少而好学，不为章句，训诂通而已，博览无所不见。为人简易佚荡，口吃不能剧谈，默而好深湛之思，清静亡为，少耆欲，不汲汲于富贵，不戚戚于贫贱，不修廉隅以徼名当世。"

〔献谀〕阿谀逢迎。《全唐诗》卷 791 韩愈与李正封《晚秋郾城夜会联句》韩愈句："左右供谄誉，亲交献谀噱。名声载揄扬，权势实熏灼。"（第 11 册 P9003）谀，《国粹学报》本作"腴"，误。

〔班固传信史，微词雄则无〕指《汉书 · 扬雄传上下》。班固在扬雄本传中，对其无一辞责难贬斥。

〔大纯而小疵，韩子语岂疏〕《唐文粹》卷 46 韩愈《读荀》："孟氏，醇乎醇者也；荀与扬，大醇而小疵。"

〔宋儒作苛论〕指宋人对扬雄的责难。除上文已引的朱熹言论外，程颐亦有贬斥。《二程遗书》卷 18（刘元承手编）："扬雄去就不足观。如言'明哲煌煌，旁烛无疆'，此甚悔恨不能先知。'逊于不虞，以保天命'，则是只欲全身也。若圣人先知，必不至于此。必不可奈何天命，亦何足保耶！问：《太玄》之作如何？曰：此亦赘矣。必欲撰《玄》，不如明《易》。邵尧夫之数，似《玄》而不同数，只是一般（一作数无穷），但看人如何用之。虽作十《玄》，亦可况一《玄》乎！荀卿才高，其过多；扬雄才短，其过少。韩子称其大醇，非也。若二子，可谓大驳矣。然韩子责人甚恕。" 此外，苏轼亦有相关评论。《经进东坡文集事略》卷 46《书》苏轼《答谢民师书》："扬雄好为艰深之辞，以文浅易之说，若正言之，则人人知之矣。此正所谓雕虫篆刻者，其《太玄》《法言》，皆是类也。而独悔于赋，何哉？终身雕篆，而独变其音节，便谓之经，可乎？屈原作《离骚》，盖风雅之再变者，虽与日月争光可也。可以其似赋而谓之雕虫乎？使贾谊见孔子，升堂有余矣，而乃以赋鄙之，至与司马相如同科，雄之陋如此，比者甚众。”儒，刘师培手稿作“仔”。见《仪征刘氏遗稿汇存》第 2 册 P758。

〔吾读杨子书，思访杨子居〕辛亥革命后，刘师培流落四川。从现有史料，无法断定其是否游览过“西蜀子云亭”。但刘师培滞留成都 1 年半，想必是去过自己曾经的向往之地凭吊吧。可参见拙文《刘师培离蓉时间地点考及个人感慨—刘师培研究笔记（24）》杨子，《国粹学报》本作“扬子”。杨子，刘师培手稿作“扬子”。见《仪征刘氏遗稿汇存》第 2 册 P758。

【略考】

《汉书》扬雄本传记录了扬雄去世的确切年份：“年七十一，天凤五年卒。”且记载了扬雄在王莽篡汉后的史实。那么，刘师培为什么说“吾读华阳志，雄卒居摄初”呢？述者分析，刘师培此说源自焦竑的《扬子云始末辩》，该文载《焦氏笔乘》卷 2。焦竑在文中独出心裁地提出：“雄决无仕莽、投阁、美新之事。”理由是：“予考雄至京见成帝，年四十余矣。自成帝建始改元至天凤五年，计五十有二岁。以五十二合四十余，已近百年，则与所谓年七十一者又相抵牾矣。”并进一步提出：“今年春按部郫县，而雄郫人也。读其邑志，得于乡人简公绍芳辩证尤悉。简引桓谭《新语》曰：雄作《甘泉赋》一首，梦肠出收而内之，明日遂卒。而祠甘泉在永始四年，雄卒永始四年，去莽篡尚远。而《剧秦美新》或出于谷子云。以予校之，莽自平帝元始间始号安汉公。今《法言》称汉公，且云汉兴二百一十载，爰自高帝至平帝末盖其数矣。而谓雄卒永始，亦未必然。计雄之终，或在平帝末，则其年正七十余矣。”参见《上海赠谢无量》一诗“略考”及拙文《341—谢无量题〈左盦遗诗〉手稿诗再考—刘师培研究笔记（341）》。刘师培所谓“华阳志”，当指焦竑文中的“郫县邑志”，却称“吾读”。

其实，在朱熹将扬雄“钉上历史耻辱柱”之后，就有很多学人为扬雄辩白。刘师培绝不是第一人。但从其卒年入手，利用《华阳国志》中本与此毫无关系的词句为据，说他在王莽居摄初年即已离世，“身未事王莽”，刘师培倒是前无古人。

刘师培在《赠兴化李审言（二首）》其二一诗中曾自喻“子云”，章士钊则在《论近代诗家绝句》李审言条中，将刘师培喻为“轻薄子云”。详见该诗“略考”。

也许，刘师培在《书杨雄传后》一诗中为扬雄的辩白，为其自己之后加入“筹安六君子”埋下了伏笔吧。

刘师培存手稿一份，诗题作“咏扬子云”，见《仪征刘氏遗稿汇存》第 2 册 P770、758。与本诗文辞微有不同，“韩子言岂疏”后多 2 句：“可知扬子云，本属圣人徒”；兹文将无诬，作“兹文恐为诬”。

台城柳

台城何巍巍，故垒空斜阳。遐想六朝时，都邑遥相望。嘉树郁千株，杨柳生道旁。倡条与冶叶，一一披宫墙。时势一朝殊，转瞬如流光。极目皆荆榛，无复见垂杨。悽怆悲江潭，摇落能毋伤。因思植物理，生灭殊无常。菀枯在俄顷，转绿旋回黄。人事苟不施，会见天行强。细绎《天演》篇，怀古心茫茫。

【刊载】

《国粹学报》第 2 期，1905 年 3 月 25 日，署名刘光汉。《刘申叔遗书》61 册（120），《左盦诗录》卷 4《左盦诗别录》。

【类别】

五言，22 句。

【编年】

1905 年。依首次发表时间。

【笺注】

〔台城柳〕台城故址在今南京市鸡鸣寺一带。《景定建康志》卷 20《城阙志一 · 古城郭》：“台城，一曰苑城，本吴后苑城。晋成帝咸和中新宫成，名建康宫，即今所谓台城也。在上元县东北五里，周八里，濠阔五丈，深七尺。今胭脂井南，至高阳楼基二里，即古台城之地，尽为军营及居民蔬圃（旧志）。考证:《实录》注：苑城即建康宫城，吴国之后苑地，一名建平园，又云台城。南正中大司马门，南对宣阳门，相去二里。宣阳即苑城，则台城在苑城内明矣。《宫苑记》云：古台城即建康宫城，本吴后苑城。晋咸和中修缮为宫。”《全唐诗》卷 697 韦庄《台城》：“江雨霏霏江草齐，六朝如梦鸟空啼。无情最是台城柳，依旧烟笼十里堤。”（第 10 册 P8093）

〔故垒空斜阳〕刘辰翁《须溪集》卷 10《金缕曲 · 代贺丞相（有序）》：“赤壁周郎神游处，料羞看、故垒斜阳里。”苏轼《东坡词 · 念奴娇（赤）壁怀古》：“大江东去浪淘尽，千古风流人物。故垒西边，人道是三国周郎赤壁。”

〔都邑〕国都。《礼记·缁衣第三十三》："国家以宁，都邑以成，庶民以生，谁能秉国成。"

〔嘉树〕美俊之木，常以喻行止高洁的翩翩君子。《左传·昭公二年》："武子赋《节》之卒章。既享，宴于季氏，有嘉树焉，宣子誉之。武子曰：'宿敢不封殖此树，以无忘《角弓》。'遂赋《甘棠》。"《楚辞》卷4《九章·橘颂》："后皇嘉树，橘徕服兮。"王逸注："屈原自喻才德如橘树，亦异于众也。"

〔倡条与冶叶，一一披宫墙〕倡，轻柔。《音韵述微》卷8《下平声·七阳》："倡，……又柔也。李商隐诗：'冶叶倡条偏相识'。"冶，妖艳。《荀子》卷13《礼论篇第十九》："故其立文饰也不至于窕冶。"杨倞注："窕，读为姚。姚冶，妖美也。"《全唐诗》卷541李商隐《燕台四首·春》："蜜房羽客类芳心，冶叶倡条遍相识。"（第8册P6287）《全唐诗》卷303刘商《柳条歌送客》："露井夭桃春未到，迟日犹寒柳开早。高枝低枝飞鹂黄，千条万条覆宫墙。几回离别折欲（一作欲折）尽，一夜东风吹又长。毵毵拂人行不进，依依送君无远近。青春去住随柳条，却寄来人以为信。"（第5册P3448）

〔荆榛〕荆棘。详见《黄鑪歌呈彦复穗卿》一诗〔中原北望荆榛稠〕条笺注。

〔垂杨〕《国粹学报》本作"埀杨"。《正字通》丑集中《土部》："埀，俗垂字。"

〔悽怆悲江潭，摇落能毋伤〕《艺文类聚》卷88《木部上·木》："周庾信《枯树赋》曰：……桓大司马闻而叹曰：昔年移柳，依依汉南。今看摇落，悽怆江潭。树犹如此，人何以堪。"毋，刘师培手稿作"无"。见《仪征刘氏遗稿汇存》第2册P862。

〔因思植物理，生灭殊无常〕严译《天演论》卷下《论一·能实》："一本之植也，……蔚然茂者浸假而凋矣，荧然晖者浸假而瘁矣，夷伤黄落，荡然无存。"（商务印书馆1981年10月第1版P49、50）《大智度论》卷18《释初品中般若波罗蜜第二十九》："必得利益上生天上，若一切法念念生灭无常。"丁福保《佛学大辞典》："无常（术语），梵语阿儞怛也Anitya，世间一切之法，生灭迁流，刹那不住，谓之无常。无常有二：一、刹那无常，谓刹那刹那有生住异灭之变化也；二、相续无常，谓一期相续之上有生、住、异、灭之四相也。《涅（盘）〈槃〉经·一》曰：'是身无常，念念不住，犹如电光暴水幻炎。'《智度论·二十三》曰：'一切有为法无常者，新新生灭故，属因缘故。'《六祖坛经》曰：'生死事大，无常迅速。'《无常经》曰：'未曾有一事，不被无常吞。'"

〔菀枯〕即荣枯，亦借指宠辱顺逆。《国语·晋语二》："骊姬告优施曰：'君既许我杀太子而立奚齐矣，吾难里克，奈何！’优施曰：‘吾来里克，一日而已。子为我具特羊之飧，吾以从之饮酒。我优也，言无邮。’骊姬许诺，乃具，使优施饮里克酒。中饮，优施起舞，谓里克妻曰：‘主孟啖我，我教兹暇豫事君。’乃歌曰：‘暇豫之吾吾，不如鸟乌。人皆集于苑，己独集于枯。’里克笑曰：‘何谓苑？何谓枯？’优施曰：‘其母为夫人，其子为君，可不谓苑乎？其母既死，其子又有谤，可不谓枯乎？枯且有伤。’”《正字通》申集上《艸部》：“菀，……与苑通。”

〔转绿旋回黄〕《古诗纪》卷 53《晋第二十三 · 杂曲歌辞》无名氏《休洗红二首》其二：“回黄转绿无定期，世事反复君所知。”

〔人事苟不施，会见天行强〕严译《天演论》卷上《导言一 · 察变》：“数亩之内，战事炽然，强者后亡，弱者先绝，年年岁岁，偏有留遗，未知始自何年，更不知止于何代。苟人事不施于其间，则莽莽榛榛，长此互相吞并，混逐蔓延（面）〈而〉已，而诘之者谁耶？”（商务印书馆 1981 年 10 月第 1 版 P1）

〔《天演》篇〕严译《天演论》。详见《赠杨仁山居士（四首）》其三一诗〔物竞风潮日夜深〕条笺注。

楚词

幽梦阳台化雨云，吉占何事信灵氛。幽兰纫佩空相赠，椒椴当帏已不芬。时向湘中愁帝子，独从天末望夫君。众芳摇落休相忆，鶗鴂先鸣不忍闻。

【刊载】

《国粹学报》第 2 期，1905 年 3 月 25 日，署名刘光汉。《刘申叔遗书》61 册（120），《左盦诗录》卷 4《左盦诗别录》。

【类别】

七言，8 句。

【编年】

1905 年。依首次发表时间。

【笺注】

〔楚词〕现存刘师培手稿一份，与本诗文辞一致，诗题作《读楚词有感》。见《仪征刘氏遗稿汇存》第 2 册 P825。

〔阳台化雨云〕《文选》卷 19 宋玉《高唐赋》序：“妾在巫山之阳，高丘之阻，旦为朝云，暮为行雨。朝朝暮暮，阳台之下。”

〔吉占何事信灵氛〕《楚辞章句》卷 1 屈原《离骚》：“索藑茅以筳篿兮，命灵氛为余占之。”王逸注：“灵氛，古明占吉凶者。言己欲去则无所集，欲止又不见用，忧懑不知所从，乃取神草竹筳，结而折之，以卜去留，使明智灵氛占其吉凶也。”

〔幽兰〕见《幽兰》一诗〔幽兰〕条笺注。

〔纫佩〕《楚辞章句》卷 1 屈原《离骚》：“扈江离与辟芷兮，纫秋兰以为佩。”王逸注：“纫，索也。兰，香草也，秋而芳。佩，饰也，所以象德。故行清洁者佩芳，德仁明者佩玉，能解结者佩觿，能决疑者佩玦，故孔子无所不佩也。言己修身清洁，乃取江离、辟芷，以为衣被；纫索秋兰，以为佩饰；博采众善，以自约束也。”后亦指感佩，即对别人的恩德、教诲铭记于心。王元穉编《甲戌公牍钞存·日本柳原公使致潘帮办函》：“昨获良晤，多聆大教，不啻纫佩。”

〔椒椴当帷〕见《和周美权〈夜坐偶成〉用原韵》一诗〔椒榝犹当帷〕条笺注。因誊写笔误，“椴”与“榝”常混用。刘师培手稿作“椒榝”，见《仪征刘氏遗稿汇存》第 2 册 P825。

〔帝子〕指娥皇、女英。详见《读王船山先生遗书》一诗〔帝子不归愁苍梧〕条笺注。

〔望夫君〕《楚辞章句》卷 2 屈原《九歌·湘君》：“望夫君兮未来，吹参差兮谁思。”王逸注：“君，谓湘君。未，一作归。”“参差，洞箫也。言己供修祭祀，瞻望于君，而未肯来，则吹箫作乐，诚欲乐君，当复谁思念也。”参见拙文《329—“夫君”考—刘师培研究笔记（329）》。

〔众芳摇落〕众芳，指各种香草花卉，亦喻群贤。《楚辞》卷 1 屈原《离骚》：“昔三后之纯粹兮，固众芳之所在。杂申椒与菌桂兮，岂维纫夫蕙茝。”王逸注：“芳，喻群贤。”《楚辞章句》卷 8 宋玉《九辩》：“萧瑟兮草木摇落而变衰。”王逸注：“华叶陨零，肥润去也。”

〔鶗鴂先鸣不忍闻〕见《和周美权〈夜坐偶成〉用原韵》一诗〔百卉既不芳，忍听鹈鴂啼〕条笺注。刘师培《读楚词》一诗有“惟恐鶗鴂鸣，百草先不芳”句。

咏扇

赤日行天空，静坐湘帘垂。挥扇挹清风，瑟瑟风生帷。炎运无穷期，却暑无已时。嗟尔小民愚，暑雨兴怨咨。消夏岂无方，所在招凉飔。炎凉由境生，易境天无为。弃捐岂足悲，所盼炎景衰。齐纨尔微物，愿君长保持。

【刊载】

《国粹学报》第 2 期,1905 年 3 月 25 日，署名刘光汉。《刘申叔遗书》61 册（120—121),《左盦诗录》卷 4《左盦诗别录》。

【类别】

五言，16 句。

【编年】

1905 年。《左盦诗》中《扇》(五言，8 句)，由本诗改写而来，署“乙巳”。二诗文字颇不同，少 8 句。

【笺注】

〔赤日行天空〕陆游《剑南诗稿》卷 5《东湖新竹》:“清风掠地秋先到，赤日行天午不知。”胡仲弓《苇航漫游稿》卷 4《五言绝句 · 咏松》其一:“赤日行炎天，林下自秋至。”

〔湘帘〕湘地出产的竹制帘幕，或特指湘妃竹所制作的帘幕。范成大《石湖诗集》卷 3《夜宴曲》:“明琼翠带（有他本作“押带”“光带”——引者）湘帘斑，风帏绣浪千飞鸾。”郑燮（板桥）《笋竹》二首其二:“此身愿劈千丝篾，织就湘帘护美人。”(乾隆十四年清晖书屋刻本《板桥集》五编《题画六十五则》)

〔挥扇挹清风〕《文选》卷 27 班婕妤《怨歌行一首》:“新裂齐纨素，皎絜如霜雪。裁为合欢扇，团团似明月。出入君怀袖，动摇微风发。常恐秋节至，凉风夺炎热。弃捐箧笥中，恩情中道绝。”戴复古《石屏诗集》卷 1《婕妤词（丹霞张诚子作此词，出以示仆，仆疑其太文，因作此)》:“纨扇六月时，似妾君恩重。避暑南熏殿，清风随扇动。妾时侍君王，常得沾余凉。秋风飒庭树，团团无用处。妾亦宠顾衰，栖栖度朝暮。扇为无情物，用舍不知恤。妾有深宫怨，无情不如扇。”

〔瑟瑟风生帷〕《全唐诗》卷 541 李商隐《燕台四首》其二《夏》:“绫扇唤风阊阖天，轻帷翠幕波渊旋。”(第 8 册 P6287）瑟瑟，风声。《乐府诗集》卷 28 古辞《陌上桑 · 楚辞钞》:“风瑟瑟，木萧萧，思念公子徒离忧。”(《古诗纪》卷 16《乐府古辞》作:“风瑟瑟，木搜搜，思念公子徒以忧。”案：搜，古“萧”字。)

〔炎运无穷期，却暑无已时〕炎运，指炎热季节，亦指汉朝、宋朝、明朝等以五行中“火德”兴起的汉族王朝。详见《和周美权〈夜坐偶成〉用原韵》一诗〔炎运〕

条笺注。此二句似语意双关，以炎热天气无穷止，喻汉族政权绵延不绝，借以表达其排满思想。

〔嗟尔小民愚，暑雨兴怨咨〕《礼记 · 缁衣》：“君雅曰：‘夏日暑雨，小民惟曰怨；资冬祁寒，小民亦惟曰怨。’” 伪古文《尚书 · 君牙》：“夏暑雨，小民惟曰怨咨；冬祁寒，小民亦惟曰怨咨。”《古今图书集成》卷 79《历象汇编 · 庶征典 · 雨灾部艺文一》真德秀《祈晴祝文》：“庶宽暑雨之咨，迄底丰年之庆。” 咨，嗟叹、悲叹之义。《毛诗正义》卷 18—1《大雅 · 荡之什 · 荡》：“文王曰咨，咨汝殷商。” 毛传：“咨，嗟也。”

〔所在招凉飔〕《文选》卷 26 谢玄晖（朓）《在郡卧病呈沈尚书》：“珍簟清夏室，轻扇动凉飔。”《说文解字》卷 13 下《风部》：“飔，凉风也。”

〔炎凉由境生，易境天无为〕《五灯会元》卷 1《西天祖师 · 二十二祖摩拏罗尊者》：“说偈曰：‘心随万境转，转处实能幽。随流认得性，无喜复无忧。’” 此二句指，冷热的感觉由人的心境而生，心境改变，即使上天也不能左右人对冷热的感知。

〔弃捐岂足悲，所盼炎景衰〕炎景，暑季的烈日。《初学记》卷 10《帝戚部 · 王第五 · 曲观 / 平台》：“曹植《娱宾赋》曰：‘感夏日之炎景兮，游曲观之清凉。’” 另见本诗〔挥扇挹清风〕条笺注。盼，《国粹学报》本作 “盻”，似误。

〔齐纨〕白色丝织品。《列子 · 周穆王第三》：“衣阿锡，曳齐纨。”《太平御览》卷 819《布帛部六 · 纨》：“《释名》曰：纨，焕也，细泽有光焕然也。《汉书》曰：齐俗作冰纨。……《范子计然》曰：白纨素，出齐鲁。” 另见本诗〔挥扇挹清风〕条笺注。

【略考】

《文选》卷 27 班婕妤《怨歌行一首》：“新裂齐纨素，皎絜如霜雪。裁为合欢扇，团团似明月。出入君怀袖，动摇微风发。常恐秋节至，凉风夺炎热。弃捐箧笥中，恩情中道绝。”

出郭

幽怀了无着，与世渐忘机。流水自终古，青山空夕晖。沙禽临岸立，瘦蝶背人飞。试访招提境，钟声出翠微。

【刊载】

《国粹学报》第 2 期，1905 年 3 月 25 日，署名刘光汉。《刘申叔遗书》61 册（121），《左盦诗录》卷 4《左盦诗别录》。

【类别】

五言，8 句。

【编年】

1905 年。依首次发表时间。

【笺注】

〔出郭〕《全唐诗》卷 226 杜甫《出郭》："霜露晚凄凄，高天逐望低。远烟盐井上，斜景雪峰西。故国犹兵马，他乡亦鼓鼙。江城今夜客，还与旧乌啼。"（第 4 册 P2437）

〔幽怀〕《全唐诗》卷 337 韩愈《幽怀》："幽怀不能写，行此春江浔。"（第 5 册 P3778）

〔忘机〕《文心雕龙义证》卷 2《明诗第六》："江左篇制，溺乎玄风，嗤笑徇务之志，崇盛忘机之谈。" 詹锳注："'忘机' 指忘记人世一切机巧之事的一种淡泊宁静的心境。李白《下终南山过斛斯山人宿置酒》诗：'我醉君复乐，陶然共忘机。'"（上海古籍出版社 1989 年 8 月第 1 版上册 P205）参见《再渡日本舟中作》一诗〔静娩沤忘机〕条笺注。

〔流水自终古〕《乾隆御制诗集 · 二集》卷 48《题徐贲听泉图即用其韵》："滔滔流水自终古，落落长松是大年。"

〔夕晖〕夕阳。《全唐诗》卷 429 白居易《游悟真寺诗》："西北日落时，夕晖红团团。"（第 7 册 P4745）

〔沙禽临岸立，瘦蝶背人飞〕沙禽，栖息于近水岸边的水禽，习性胆小，易受惊扰。故临岸而立，远离人和其他禽鸟、动物。《艺文类聚》卷 27《人部十一 · 行旅》录南朝陈阴铿《郎岁暮还湘州》诗："戍人寒不望，沙禽回未惊。"《全唐诗》卷 250 皇甫冉《送裴员外往（一作赴）江南》："岸草知春晚，沙禽好夜惊。"（第 4 册 P2819，一作李嘉佑诗，见《全唐诗》卷 206）此句似为刘师培自喻。《青溪旧屋仪征刘氏五世小记》："舅氏胆小好静，不喜与家人共处一室。乃辟东偏藏书房旁三间房子，白天一人读书其中。到了夜晚，仍不肯不往，其实心中是有点畏惧的。"（P27—28）汪莘《方壶存稿》卷 3《绝句七言 · 篱阴》："篱阴双蝶趁春晖，轻展新黄试舞衣。点草扑花如得意，因何相逐背人飞。"《全宋诗》卷 3084《张明中 · 赋山茶示陈慧甫三首》其三："绛雪腻酥犹未有，饥蜂瘦蝶漫交加。"（北京大学出版社 1998 年 12 月第 1 版第 58 册 P36790—36791）《全唐诗》卷 621 陆龟蒙《水鸟》："精神卓荦（一作槊）背人飞，冷（一作合）抱蒹葭宿烟月。"（第 9 册 P7194）同上书卷 579 温庭筠《渭上题三首》其一："桥上一通名利迹，至今江鸟背人飞。"（第 9 册 P6785）近人陈衍《石遗室诗话》卷 30："诗情幽诗笔峭者，其人多瘦。张如香（培挺），瘦人也。《秋怀》四首云：'……疏花明晚照，瘦蝶不一顾。……"（商务印书馆 1929 年 5 月铅印本第 4 册卷 30 第 18 页）王炎《双溪类稿》卷 3《野凫》："白水满塘蒲荇青，野凫相对浴春晴。背人飞去犹回顾，我已忘机莫浪惊。"《元诗选二集 · 丙集 · 李宣慰京（鸠巢漫稿）》李京《过牂牁江》："珍重沙禽频见下，也应知我久忘机。"此二句，刘师培似以胆小、羸弱的沙禽、瘦蝶自喻，表达自己无心世俗、离群索居的心境。

〔招提〕丁福保《佛学大辞典》："招提（术语），具名拓斗提舍，梵音 Caturdeśa，译曰四方。谓四方之僧为招提僧，四方僧之施物为招提僧物，四方僧之住处为招提僧坊。魏太武造伽蓝，以招提名之，招提二字，遂为寺院之异名。"《明诗综》卷 95 金宗直《佛国寺》："为访招提境，松间紫翠重。"招提，《国粹学报》本作"招隄"，误。

〔钟声出翠微〕《新唐书 · 地理志一》："京兆府京兆郡……长安（南五十里太和谷有太和宫，武德八年置，贞观十年废，二十一年复置，曰翠微宫，笼山为苑，元和中以为翠微寺）。"《全唐诗》卷 514 朱庆余《和刘补阙秋园寓兴之什十首》其十："斜分紫陌树，远隔翠微钟。"（第 8 册 P5915）同上书卷 224 杜甫《重过何氏五首》其二："云薄翠微寺，（长安县南太和谷有太和宫，后改翠微宫，又改寺。）天清（一作寒）黄子陂。"（第 4 册 P2403）

【略考】

此诗发表于 1905 年 3 月 25 日的《国粹学报》，而同日，《警钟日报》被上海租界当局查封，多人被捕。刘师培于此前已得到消息而藏匿，后避难嘉兴。此诗题名"出郭"，似与此事件有直接关联。另，《国粹学报》同日还发表了刘师培《归里》一诗，而该诗其实是《甲辰年自述诗》64 首中的第 63 首，二诗文辞完全一样，只是改了诗题。可参见拙文《074—清末警钟日报案重探—刘师培研究笔记（74）》《075B—刘师培避难嘉兴考—刘师培研究笔记（75B）》。

读戴子高先生《论语注》

素王大业垂端门，《公羊春秋》古谊敦。圣王不作感获麟，改周受制存微言。麟经义例通《齐论》，《问王》《知道》篇目存。古经廿卷秦火焚，董颜而降齐学湮。各守所知溺所闻，经义晦蚀谁探源。先生绝学粪魏伦，遗世特立无攀援。邵公家法辙可遵，群言淆乱白黑分。三科九旨穷篱藩，宋刘经说跻劓轩。廿篇作注古意申，石渠博士舌可扪。曲学媚世嗤公孙，遗经独抱孤无邻。汉学师承今古尊，西京坠绪永不泯。太平郅治不可臻，通经致用思申辕。

【刊载】

《国粹学报》第 2 期,1905 年 3 月 25 日，署名刘光汉。《刘申叔遗书》61 册（121—122),《左盦诗录》卷 4《左盦诗别录》。

【类别】

七言，24 句。

【编年】

1905 年。依首次发表时间。

【笺注】

〔戴子高先生《论语注》〕戴望（1837—1873），字子高，浙江德清人，晚清著名今文经学家。其主要著作有:《论语注》《管子校正》《颜氏学记》《谪麟堂遗集》等。钱玄同《刘申叔遗书》序五:“《左盦诗录》卷四之《读戴子高先生〈论语注〉》一诗，对于戴书大加赞扬（戴先生专以《公羊》之义诠释《论语》)，可为刘君兼采《公羊》之证。”戴望曾入两江总督曾国藩金陵书局，与刘师培的祖父刘毓崧、伯父刘寿曾一起参与校书。戴望去世后，其部分藏书由刘寿曾续藏，后传至刘师培。刘师培曾作《戴望传》，发表于 1906 年 3 月 14 日《国粹学报》第 14 期，署名刘光汉。载《刘申叔遗书》58 册（134—141),《左盦外集》卷 18。

〔素王大业垂端门〕素王，指孔子，详见《甲辰年自述诗（其十七）》一诗〔改制如何罔素王〕条笺注及该诗“略考”。《春秋公羊传注疏》卷 28《哀公十四年》:“君子曷为为《春秋》？拨乱世，反诸正，莫近乎《春秋》。”何休注:“得麟之后，天下血，书鲁端门，曰:‘趍作法，孔圣没，周姬亡，彗东出，秦政起，胡破术，书记散，孔不绝。’子夏明日往视之，血书飞为赤乌，化为白书，署曰《演孔图》，中有作图制法之状。孔子仰推天命，俯察时变，却观未来，豫解无穷，知汉当继大乱之后，故作拨乱之法，以授之。”徐彦疏:“孔子未得天命之时，未有制作之意，故但领缘旧经，以济当时而已。既获麟之后，见端门之书，知天命已制作，以俟后王，于是选理典籍，欲为拨乱之道，以为《春秋》者，赏善罚恶之书，若欲治世，反归于正，道莫近于《春秋》之义，是以得天命之后，乃作《春秋》矣。”《古今图书集成》卷 367《理学汇编

经籍典 · 谶纬部杂录》：“《兖州府志》：端门在至圣庙东南，孔子将没，谓子贡曰：‘端门当有赤书。’子贡候之，果然。书曰：‘趣作法。孔圣没，周姬亡，彗星出，秦人灭胡亥，术书既散，孔不灭。’子贡以告，因往观之，化为赤乌飞去，盖纬书依托之辞也。’”《戴氏注论语》戴望《自叙》：“望尝发愤于此，幸生旧学昌明之后，不为野言所夺，乃遂博稽众家，深善刘礼部《述何》及宋先生《发微》，以为欲求素王之业，太平之治，非宣究其说不可。”（同治十年刻本）

〔《公羊春秋》古谊敦〕《春秋公羊传》，是今文经学最重要的典籍。钱玄同《刘申叔遗书》序五：“刘君虽尊信古文之《左氏》，却并不屏斥今文之《公羊》。其前期之著述中，如《中国民约精义》第一篇，《攘书 · 夷异》篇，《周末学术史序》之《社会学史序》及《哲理学史序》，皆引《公羊》之说而发挥其微旨。《左盦诗录》卷四之《读戴子高先生〈论语注〉》一诗，对于戴书大加赞扬（戴先生专以《公羊》之义诠释《论语》），可为刘君兼采《公羊》之证。刘君作《群经大义相通论》，谓‘汉初经学，只有齐学、鲁学之别耳。齐学详于典章，而鲁学详于故训；齐学多属于今文，而鲁学多属于古文。后世学者拘执一经之言，昧于旁推交通之义，其于古人治经之初法去之远矣。’（序）”（《刘申叔遗书》1 册【115—116】）古谊敦，指古籍义理渊深。《魏书 · 礼志二》：“良由去圣久远，经礼残缺，诸儒注记，典制无因。虽稽考异闻，引证古谊，然用舍从世，通塞有时，折衷取正，固难详矣。”

〔圣王不作感获麟〕《春秋左传正义》卷 59《哀公十四年》：“经：十有四年春，西狩获麟。”杜预注：“麟者，仁兽，圣王之嘉瑞也。时无明王，出而遇获，仲尼伤周道之不兴，感嘉瑞之无应，故因鲁《春秋》而修中兴之教，绝笔于获麟之一句者，所感而作，固所以为终也。”

〔改周受制存微言〕《春秋公羊传注疏》卷 2《隐公二年》：“纪子伯者何?”何休注：“《春秋》有改周受命之制。孔子畏时远害，又知秦将燔诗书，其说口授相传。至汉公羊氏及弟子胡毋生等，乃始记于竹帛，故有所失也。”《汉书 · 刘歆传》：“歆因移书太常博士责让之曰：‘……孔子忧道之不行，制作《春秋》以纪帝王之道。及夫子没而微言绝，七十子终而大义乖。’”

〔麟经义例通《齐论》〕《戴氏注论语》戴望《自叙》：“《齐论》盖与《公羊》家言相近，是两篇者（指《问王》《知道》——引者），当言素王之事，改周受命之制，与《春秋》相里表……劭公（指何休——引者）为公羊大师，其本当依《齐论》……顾其书（指《论语》——引者）皆约举，大都不列章句，则复因其义据，推广未备。依篇立注，为二十卷，皆囊括《春秋》及五经义例……”麟经，又称麟史，指《春秋》。详见《甲辰年自述诗（其十九）》一诗〔独抱麟经承祖业〕条笺注。《齐论》，指《齐论语》。陆德明《经典释文》卷1《序录·注解传述人》：“《论语》者，鲁人所传，即今所行篇次是也。……《齐论语》者，齐人所传，别有《问王》《知道》二篇，凡二十二篇，其二十篇中，章句颇多于《鲁论》。”义例，著述的主旨和体例。此句指，《春秋》义例多与《齐论语》相通。

〔《问王》《知道》篇目存〕《戴氏注论语》戴望《自叙》：“遭秦燔书，文、武道尽，《论语》亦臧壁中。汉兴，传之者有齐、古、鲁三家，文字各异，而《古论》分《尧曰》‘子张问’以下为《从政篇》，《齐论》更多《问王》《知道》两篇，而河间《论语》有三十篇，其增益不可考。”案：《论语》曾有3个版本，即《古论语》《鲁论语》和《齐论语》。今通行本《论语》，即西汉安昌侯张禹所定之20篇本《张侯论》。《隋书·经籍知一》：“张禹本授《鲁论》，晚讲《齐论》，后遂合而考之，删其烦惑，除去《齐论》《问王》《知道》二篇，从《鲁论》二十篇为定，号《张侯论》……郑玄以《张侯论》为本，参考《齐论》《古论》而为之注。魏司空陈群、太常王肃、博士周生烈皆为义说，吏部尚书何晏又为集解。是后，诸儒多为之注，《齐论》遂亡。”马国翰《玉函山房辑佚书》卷41辑有《齐论语》1卷，王绍兰《萧山王氏十万卷楼辑佚七种》辑有《齐论语〈问王〉〈知道〉逸文补》1卷。2016年，南昌海昏侯墓出土《论语·知道》篇竹简。

〔董颜而降齐学湮〕董，指董仲舒，西汉《公羊》学派的领军人物。颜，指颜安乐，开创了西汉《公羊》学派的“颜氏学”。详见《汉书》二人本传。二人之后，以“公羊学”为代表的“齐学”逐渐衰落。

〔经义晦蚀〕《戴氏注论语》戴望《自叙》：“自后圣绪就湮，乡壁虚造之说，不可殚究，遂使经义晦蚀，陷于异端，斯诚儒者之大耻也。”晦蚀，本指月亮遇月食而亏蚀晦暗，亦指残缺不明。《宋史·吴潜传》：“近年公道晦蚀，私意横流”。

〔龚魏〕指龚自珍、魏源，二人均是清后期今文经学的代表人物。

〔邵公〕何休（129—182），字邵公，任城樊人（今山东兖州）。东汉今文经学大师，著有《春秋公羊传解诂》12卷，后收入《春秋公羊传注疏》。《后汉书·儒林传》有本传。

〔群言淆乱〕陆九渊《象山集》卷12《书·与朱元晦·二》：“吾人皆无常师，周旋于群言淆乱之中，俯仰参求，虽自谓其理已明，安知非私见诐说。”

〔三科九旨〕《春秋公羊传注疏》卷1《隐公卷第一》徐彦疏：“问曰：‘《春秋说》

云:《春秋》设三科九旨，其义如何?’答曰:‘何氏（指何休——引者）之意，以为三科九旨，正是一物。若总言之，谓之三科，科者，段也；若析而言之，谓之九旨，旨者，意也，言三个科段之内，有此九种之意。故何氏作《文谥例》云：三科九旨者，新周、故宋，以《春秋》当新王，此一科三旨也。又云：所见异辞，所闻异辞，所传闻异辞，二科六旨也。又内其国，而外诸夏，内诸夏，而外夷狄，是三科九旨也。’问曰:‘案宋氏（指宋衷——引者）之注《春秋说》，三科者：一曰张三世，二曰存三统，三曰异外内，是三科也；九旨者，一曰时，二曰月，三曰日，四曰王，五曰天王，六曰天子，七曰讥，八曰贬，九曰绝。时与日月详略之旨也。王与天王、天子是录远近亲疎之旨也，讥与贬绝则轻重之旨也。如是，三科九旨聊不相干，何故然乎?’答曰:‘《春秋》之内具斯二种理，故宋氏又有此说，贤者择之。’”何休著有《春秋公羊文谥例》，已佚，马国翰《玉函山房辑佚书》卷 33 辑有《春秋文谥例》1 卷。

〔宋刘经说跻顨轩〕指宋翔凤（于庭）的《论语发微》和刘申受（逢禄）的《论语述何》。《戴氏注论语》戴望《自叙》:“望尝发愤于此，幸生旧学昌明之后，不为野言所夺，乃遂博稽众家，深善刘礼部《述何》及宋先生《发微》，以为欲求素王之业，太平之治，非宣究其说不可。”孔广森（1751—1786），字众仲，号顨（巽的异体字）轩，山东曲阜人，孔子六十九代孙。《清史稿 · 儒林传二 · 孔广森传》:“广森聪颖特达，尝受经戴震、姚鼐之门，经、史、小学，沈览妙解。所学在《公羊春秋》，尝以《左氏》旧学湮于征南，《谷梁》本义汨于武子，王祖游谓何休志通《公羊》，往往为《公羊》疚病，其余啖助、赵匡之徒，又横生义例，无当于经，唯赵汸最为近正。何氏体大思精，然不无承讹率臆。于是旁通诸家，兼采《左》《谷》，择善而从，著《春秋公羊通义》十一卷，《序》一卷。凡诸经籍义有可通于《公羊》者，多著录之。”顨,《国粹学报》本作“巽”。

〔廿篇〕指《论语》，今本《论语》共 20 篇，包括学而第一、为政第二、八佾第三、里仁第四、公冶长第五、雍也第六、述而第七、泰伯第八、子罕第九、乡党第十、先进第十一、颜渊第十二、子路第十三、宪问第十四、卫灵公第十五、季氏第十六、阳货第十七、微子第十八、子张第十九、尧曰第二十。

〔石渠博士舌可扪〕《三辅黄图》卷 6《阁》:“石渠阁，萧何造。其下礲石为渠以导水，若今御沟，因为阁名。所藏入关所得秦之图籍。至于成帝，又于此藏秘书焉。《三辅故事》曰:‘石渠阁，在未央宫殿北，藏秘书之所。’”清乾隆年间有《石渠宝笈》。《汉书 · 刘向传》:“会初立《谷梁春秋》，征更生受《谷梁》，讲论五经于石渠。”颜师古注:“《三辅旧事》云：石渠阁，在未央大殿北，以藏秘书。”《汉书 · 薛广德传》:

"薛广德，字长卿，沛郡相人也。以《鲁诗》教授楚国，龚胜、舍师事焉。萧望之为御史大夫，除广德为属，数与论议，器之，荐广德经行宜充本朝。为博士，论石渠"。扪舌，喻握住舌头，闭口不言。《毛诗正义》卷 18—1《大雅 · 荡之什 · 抑》："无易由言，无曰苟矣。莫扪朕舌，言不可逝矣。"毛传："扪，持也。"郑玄注："无曰苟且，如是今人无持我舌者而自听恣也。"此句指，那些官方学者们，可以闭口不言了。

〔曲学媚世嗤公孙〕《史记 · 儒林列传 · 辕固传》："今上初即位，复以贤良征固。诸谀儒多疾毁固，曰'固老'，罢归之。时固已九十余矣。固之征也，薛人公孙弘亦征，侧目而视固。固曰：'公孙子，务正学以言，无曲学以阿世！'"

〔孤无邻〕《论语 · 里仁第四》："子曰：'德不孤，必有邻。'"《文苑英华》卷 991《亲族一 · 祭外舅房州李使君文一首》符载《祭外舅房州李使君文》："道孤无邻，怨抑不平。"方逢辰《蛟峰文集》卷 6《和佥事夹谷之奇韵》："卓哉洙泗翁（指孔子——引者），道大孤无邻。于是作六经，以救万世人。"

〔汉学〕见《甲辰年自述诗（其二十）》一诗〔汉宋纷争〕条笺注。

〔西京坠绪〕西京，指西汉都城长安。坠绪，指行将断绝的帝系，或接近消亡的学说。南桂馨《刘申叔遗书》序六："桂磬窃闻之，昔在有清乾隆之初，世儒尊汉而薄宋。其所谓汉，汉之东京也。乾嘉之际，乃有西京汉说起而争胜。"（《刘申叔遗书》1 册【125】）上句与此句指，西汉儒学的传统，古往今来都受到尊崇，永远不会消亡泯灭。此处似特指"公羊学"。《公羊传》在西汉时首先立于学官，《汉书 · 武帝本纪》：建元"五年春，……置五经博士。"其中的《春秋》博士，仅有"公羊学"。《汉书 · 儒林列传 · 颜安乐传》："于是上因尊《公羊》家，诏太子受《公羊春秋》，由是《公羊》大兴。"

〔郅治〕同"致治"，即大治。王恽《秋涧集》卷 53《解州闻喜县重修庙学碑铭》："遂率建教官勉士，以德趋民于学，其比隆郅治之意，固云极矣。"《明太宗实录》卷 192 永乐十五年九月丁卯（1417 年 10 月 24 日）："修孔子庙讫工，上亲制碑文刻石，其词曰：'……自孔子没，于今千八百余年。其间道之隆替与时陟降，遇大有为之君，克表章之则，其政治有足称者，若汉唐宋郅治之君可见已。"

〔通经致用〕通经致用一词，始见于清代，但这一思想则肇端于西汉今文经派。《古经解钩沉》卷 1 上记载了董仲舒已佚的《公羊治狱》十六篇、《春秋决事》十卷、《春秋决狱 / 春秋断狱》五卷。可见，西汉今文经派认为，通晓儒家经典的目的，是在现实政治中发挥其实际作用。戴望《戴氏注论语》卷 12《颜渊第十二》："子曰：'听讼，吾犹人也，必也使无讼乎！'"戴望注："'《春秋》之治狱，论心定罪。志善而违于法

者免，志恶而合于法者诛。'"案：戴望注文引自《盐铁论·刑德第五十五》）

〔申辕〕指西汉的申培和辕固。申培，亦称申公、申培公，西汉今文《诗》学"鲁诗学"的开创人。《史记·儒林列传·申公传》："申公者，鲁人也。……言《诗》虽殊，多本于申公。"辕固，又称"辕固生"，西汉今文《诗》学"齐诗学"的开创人。《史记·儒林列传·辕固传》："清河王太傅辕固生者，齐人也。以治《诗》孝景时为博士。……窦太后好《老子》书，召辕固生问《老子》书。固曰：'此是家人言耳。'太后怒曰：'安得司空城旦书乎？'乃使固入圈刺豕。景帝知太后怒而固直言无罪，乃假固利兵，下圈刺豕，正中其心，一刺，豕应手而倒。太后默然，无以复罪，罢之。居顷之，景帝以固为廉直，拜为清河王太傅。"陈奇《刘师培年谱长编》："名师培，字申叔，号左盦，乳名闰郎。乳名由闰月出生而来。名字中的申与培，取效法汉代经学家申培之意。申培，西汉鲁人，今文鲁《诗》的开创人，文帝时立为博士，弟子愈千人。刘师培在堂弟兄中排行第三，故取叔字，与申字结合，为申叔。堂长兄师苍，字张侯，取效法西汉历算家张苍之意；堂次兄师慎，字许仲，取效法东汉经学大师许慎之意；堂弟师颖，字容季，取效法东汉古文经学家颍容之意。"（P25—26）

【略考】

《戴氏注论语》戴望《自叙》："昔者仲尼自卫反鲁，始定五经，《诗》《书》《礼》《乐》《易》是也。由以为未备，念道既不行，当留其迹以昭明世，于是感麟至而作《春秋》。《春秋》之书成而梦奠作矣。仲弓、子游、子夏之徒，共撰微言，逮至战国七十子后学者合记所得，次为《论语》。遭秦燔书，文、武道尽，《论语》亦臧壁中。汉兴，传之者有齐、古、鲁三家，文字各异，而《古论》分《尧曰》'子张问'以下为《从政篇》，《齐论》更多《问王》《知道》两篇，而河间《论语》有三十篇，其增益不可考。安昌张禹合齐鲁两家为之章句，名《张侯论》，篇章与《鲁论》同，无《问王》《知道》两篇。《齐论》盖与《公羊》家言相近，是两篇者，当言素王之事，改周受命之制，与《春秋》相里表，而为禹所去，不可得见，悕已！后汉何劭公、郑康成皆为此经作注，而康成遗说今犹存佚相半。劭公为公羊大师，其本当依《齐论》，必多七十子相传大义，而孤文碎义，百不遗一，良可痛也。魏时郑冲、何晏集包咸至王肃诸家作解，至梁皇侃，附以江熙等说，为之义疏，虽旧义略具，而诸家之书，则因此亡佚矣。自后圣绪就湮，乡壁虚造之说，不可殚究，遂使经义晦蚀，隃于异端，斯诚儒者之大耻也。望尝发愤于此，幸生旧学昌明之后，不为野言所夺，乃遂博稽众家，深善刘礼部《述何》及宋先生《发微》，以为欲求素王之业，太平之治，非宣究其说不可。顾其书皆约举，大都不列章句，则复因其义据，推广未备。依篇立注，为二十卷，皆囊括《春秋》及五经义例，庶几先汉齐学所遗，邵公所传，世有明达君子，乐道尧、舜之道者，尚冀发其旨趣，是正违失，以俟将来。如有覩为非常异义可怪之论，缘是罪我，则故无识焉尔。”

此诗，亦可以反映刘师培之今古文经学观。可参见《甲辰年自述诗（其十七）》一诗诸条笺注及“略考”、《甲辰年自述诗（其十八）》一诗诸条笺注。

幽兰吟

幽兰生湘江，孤芳正可采。采之寄所思，所思在东海。余情苟信芳，忍令瑶华萎。幽香閟空谷，迟暮复何悔。一卷《离骚》词，此意灵均解。

【刊载】

《国粹学报》第 2 期，1905 年 3 月 25 日，署名刘光汉。《刘申叔遗书》61 册（122），《左盦诗录》卷 4《左盦诗别录》。

【类别】

五言，10 句。

【编年】

1905 年。依首次发表时间。

【笺注】

〔幽兰〕见《幽兰》一诗〔幽兰〕条笺注。

〔孤芳正可采〕孤芳，见《读楚词》一诗〔孤芳袭我裳〕条笺注。《文选注》卷 19 束广微（皙）《补亡诗六首》其一：“循彼南陔，言采其兰。”李善注：“采兰以自芬香也。”

〔采之寄所思〕《楚辞》卷 2 屈原《九歌·山鬼》：“被石兰兮带杜衡，折芳馨兮遗所思。”

〔所思在东海〕《文选》卷 29《杂诗上·古诗一十九首》其六：“采之欲遗谁？所思在远道。”《李太白集分类补注》卷 4《乐府》李白《古有所思行》：“我思仙人乃在碧海之东隅。”萧士赟注：“《十洲记》：扶桑在东海之东岸，一万里复得碧海。”

〔余情苟信芳〕《楚辞补注》卷 1 屈原《离骚》：“不吾知其亦已兮，苟余情其信芳。”洪兴祖补注：“五臣云：‘言君不知我，我亦将止。’然我情实美。”

〔瑶华〕玉白色的花朵。详见《扫花游·宿迁道中见杏花》一词〔瑶华〕条笺注。

〔幽香閟空谷〕见《幽兰》一诗〔幽兰閟隐谷〕条笺注。

〔灵均〕屈原。《楚辞》卷 1 屈原《离骚》：“帝高阳之苗裔兮，朕皇考曰伯庸。摄提贞于孟陬兮，惟庚寅吾以降。皇览揆余初度兮，肇锡余以嘉名。名余曰正则兮，字余曰灵均。”

【略考】

现存刘师培手稿一份，题作“幽兰吟”，与本诗文辞略不同，“所思在东海”至“空谷”4 句作“相思在东海。美人苟不来，空嗟芳华萎。馨香閟空谷”。此意，作“此义”。见《仪征刘氏遗稿汇存》第 2 册 P842。

据本诗“采之寄所思，所思在东海”二句，刘师培之“所思”似在日本。本诗发表于 1905 年 3 月 25 日的《国粹学报》；同日，《警钟日报》案案发。此前，作为主笔的刘师培得到讯息逃遁。《申报》1905 年 3 月 28 日《初讯警钟报案》一文报道：“专司发报”的戴普鹤在被捕后遭当局讯问：“此事主笔等因何闻风先避?”戴供称：“伊等早有所闻，因此主笔欲至东洋，但不知实在何处。”参见《和万树梅花绕一庐》一诗〔瀛海壮游（令）〈今〉已矣〕条笺注。

菩萨鬘 · 无题

一树梨花深院隔，游丝飞去无踪迹。金琐闼门开，传书青鸟来。
帘栊残月晓，梦断青楼道。晓色绿杨枝，流莺对语时。

【刊载】

《国粹学报》第 2 期，1905 年 3 月 25 日，署名刘光汉。《刘申叔遗书》61 册（153—154），《左盦词录》。

【类别】

词牌《菩萨鬘》。

【编年】

1905 年。依首次发表时间。

【笺注】

〔一树梨花〕《全唐诗》卷 522 杜牧《鹭鸶》：“惊飞远（一作低）映碧山去，一树梨花落晚风。”（第 8 册 6018）

〔游丝〕蜘蛛网。详见《扫花游 · 汴堤柳》一词〔游丝十丈〕条笺注，《如梦令・游丝》一词〔游丝〕条笺注。

〔金琐闼门〕《说文解字》卷 12 上《门部》:“闼，门也。”参见《菩萨蛮・一树梨花》一词〔青锁闼〕条笺注。

〔传书青鸟〕《艺文类聚》卷 91《鸟部中・青鸟》:“《山海经》曰:‘三危之山有青鸟居之。’《纪年》曰:‘穆王十三年，西征至于青鸟之所憩。’《汉武故事》曰:‘七月七日，上于承华殿斋正中，忽有一青鸟从西方来，集殿前。上问东方朔，朔曰:“此西王母欲来也。有顷，王母至，有二青鸟如乌，挟持王母旁。”’”《全唐诗》卷 539 李商隐《无题》:“蓬山此去无多路，青鸟殷勤为探看。”（第 8 册 P6219）《山海经》卷 12《海内北经》:“王母梯几而戴胜杖，其南有三青鸟，为西王母取食，在昆仑墟北。”《山海经》卷 16《大荒西经》:“西有王母之山，……有三青鸟，赤首黑目。一名曰大鵹，一名少鵹，一名曰青鸟。”郭璞注:“皆西王母所使也。”

〔帘栊残月晓〕刘师培词作《菩萨鬘》中有句:“帘栊残月落，夜雨愁珠箔。”

〔梦断青楼道〕青楼，古指女性闺楼。《古诗纪》卷 115《陈第八・江总（二）・诗・闺怨篇》其一:“寂寂青楼大道边，纷纷白雪绮牕前。”《全唐诗》卷 77 骆宾王《帝京篇》:“小堂绮帐三千户，大道青楼十二重。”（第 2 册 P834）《全唐诗》卷 599 于濆《青楼曲》:“青楼临大道，一上一回老。所思终不来，极目伤春草。”（第 9 册 P6981）《全唐诗》卷 143 王昌龄《青楼曲二首》其二:“驰道杨花满御沟，红妆缦绾上青楼。金章紫绶千余骑，夫婿朝回初拜侯。”（第 2 册 P1446）

〔晓色绿杨枝，流莺对语时〕《全唐诗》卷 866 金车美人《与谢翱赠答诗》其二:“相思无路莫相思，风里花开只片时。惆怅金闺却归去，晓莺啼断绿杨枝。”（第 12 册 P9872）案：唐张读《宣室志・补遗》载:“陈郡谢翱，举进士，寓居长安升道里”，“庭中多牡丹”。后遇一乘“金车”而来之“美人”,“年十六七，风貌闲丽，代所未识”。谢翱“好为七字诗”，与此女相互唱和，其中即有此诗。《太平广记》卷 364《妖怪六・谢翱》亦采此事。康与之《杏花天・慈宁殿春晚出游》:“黄昏院落人归去。犹有流莺对语。”（唐圭璋《全宋词》第 2 册 P1308，中华书局 1965 年 6 月第 1 版）

菩萨蛮・一树梨花

一树梨花深院隔，游丝飞去无踪迹。青锁闼门开，传书青鸟来。

嫣红愁不语，春事浑无主。晓色绿杨枝，流莺对语时。

【刊载】

《刘申叔遗书补遗》下册P1480。

【类别】

词牌《菩萨蛮》。

【编年】

1905年。依《左盦词录》中《菩萨鬘·无题》编年。

【笺注】

〔青锁闼〕青锁闼，即“青琐闼”，指帝王宫门。《玉台新咏》卷6吴均《春咏》：“春从何处来，拂衣复惊梅。云障青琐闼，风吹承露台。”

【略考】

《刘申叔遗书补遗》该词题记：“此据扬州某私人藏品录。原件一纸，末尾署‘无隅写申ホ词’。未注词牌，此据原作推出。考方地山（一八七二—一九三六），名尔谦，以字行，又字无隅，别署大方。江苏江都人。其兄弟均与刘师培相识。《匪风集》有《端阳日偕地山、泽山、谷人泛湖，言念旧游，怆然有作》诗一首。”（下册P1480）

此词与刘师培《菩萨鬘·无题》一词文辞略同：“一树梨花深院隔，游丝飞去无踪迹。金琐闼门开，传书青鸟来。帘栊残月晓，梦断青楼道。晓色绿杨枝，流莺对语时。”参见《菩萨鬘》一词〔一树嫣红娇不语，寻芳望断江南路〕条笺注。

菩萨鬘

一树嫣红娇不语，寻芳望断江南路。春去已多时，流莺犹未知。

帘栊残月落，夜雨愁珠箔。王母下云旗，传书青鸟归。

【刊载】

《国粹学报》第2期，1905年3月25日，署名刘光汉。《刘申叔遗书》61册（154），《左盦词录》。

【类别】

词牌《菩萨鬘》。

【编年】

1905年。依首次发表时间。

【笺注】

〔一树嫣红娇不语，寻芳望断江南路〕无名氏《点绛唇》：“玉管休吹，更要留春住。人何处。对花无语。望断江南路。”（唐圭璋《全宋词》第 5 册 P3644，中华书局 1965 年 6 月第 1 版）《全唐诗》卷 576 温庭筠《惜春词》：“百舌问花花不语，低回似恨横塘雨。”（第 9 册 P6760）《全唐诗》卷 892 韦庄《归国遥》其一：“南望去程何许，问花花不语。”（第 13 册 P10145）《容斋随笔》卷 15《唐诗人有名不显者》：“有严恽《惜花》一绝云：‘……尽日问花花不语，为谁零落为谁开。……’”嫣红，红艳的花朵。李贺《昌谷集》卷 3《牡丹种曲》：“归霞帔拖蜀帐昏，嫣红落粉罢承恩。”《全唐诗》卷 541 李商隐《河阳诗》：“百尺相风插重屋，侧近嫣红伴柔绿。”（第 8 册 P6293）

〔春去已多时，流莺犹未知〕晏几道《小山词·踏莎行》：“花开花谢蝶应知，春来春去莺能问。”《类聚名贤乐府群玉》卷 3 钱子云（霖）《清江引》：“蛛丝挂柳棉，燕嘴粘花片，啼莺一声春去远。”黄莺，也称黄鹂，是春季鸣叫的鸟类，古典诗词中常以之喻指春天。如，《文苑英华》卷 296《行迈八·奉使五十首》何胥《被使出关》：“莺啼落春后，雁度在秋前。”《全唐诗》卷 42 卢照邻《折杨柳》：“莺啼知岁隔，条变识春归。”（第 1 册 P526）

〔帘栊残月落，夜雨愁珠箔〕刘师培词作《菩萨鬘·无题》有句：“帘栊残月晓，梦断青楼道。”刘师培《宫怨》诗有句：“帘栊夕雨梦珠箔”。刘师培《咏汉长无相忘瓦》诗有句：“帘栊夜雨愁珠箔”。参见此三作笺注。

〔王母下云旗，传书青鸟归〕见《效长吉》一诗〔巫咸下云旗〕条笺注，《菩萨鬘·无题》一词〔传书青鸟〕条笺注。

咏明末四大儒（四首）

【刊载】

《国粹学报》第 4 期，1905 年 5 月 23 日，署名刘光汉。《刘申叔遗书》61 册（122—123），《左盦诗别录》。

【类别】

七言，4 句。

【编年】

1905 年。依首次发表时间。

咏明末四大儒（四首）其一

壮怀久慕祖士（雅）〈稚〉，田牧甘随马伏波。精卫非无填海志，也应巧避北山罗。（自注：顾亭林。先生有闻鸡起舞诗，又有《精卫》诗。）

【笺注】

〔壮怀久慕祖士（雅）〈稚〉〕《晋书 · 祖逖传》："祖逖，字士稚。"1905 年 5 月 23 日，《国粹学报》第 4 期《文篇 · 文录》发表本诗时，铅印为"士雅"。《刘申叔遗书》刊刻时，沿袭为"士雅"，显误。顾炎武《亭林诗集》卷 1《京口即事（已下旃蒙作噩）》二首其一："白羽出扬州，黄旗下石头。六双归雁落，千里射蛟浮。河上三军合，□□（神京——引者）一战收。祖生多意气，击楫正中流。"（朱氏校经山房本）《晋书 · 祖逖传》："与司空刘琨俱为司州主簿，情好绸缪，共被同寝。中夜闻荒鸡鸣，蹴琨觉曰：'此非恶声也。'因起舞。逖、琨并有英气，每语世事，或中宵起坐，相谓曰：'若四海鼎沸，豪杰并起，吾与足下当相避于中原耳。'""帝乃以逖为奋威将军、豫州刺史，给千人廪，布三千匹，不给铠仗，使自招募。仍将本流徙部曲百余家渡江，中流击楫而誓曰：'祖逖不能清中原而复济者，有如大江！'辞色壮烈，众皆慨叹。"

〔田牧甘随马伏波〕顾炎武《亭林诗集》卷 2《秀州》："将从马伏波，田牧边郡北。复念少游言，凭高一凄恻。"（朱氏校经山房本）《后汉书 · 马援传》："马援字文渊，扶风茂陵人也。……转游陇汉间，常谓宾客曰：'丈夫为志，穷当益坚，老当益壮。'因处田牧，至有牛马羊数千头，谷数万斛。既而叹曰：'凡殖货财产，贵其能施赈也，否则守钱虏耳。'乃尽散以班昆弟故旧，身衣羊裘皮绔。……又交址女子征侧及弟征贰反，攻没其郡，九真、日南、合浦蛮夷皆应之，寇略岭外六十余城，侧自立为王。于是玺书拜援伏波将军，以扶乐侯刘隆为副，督楼船将军段志等南击交址。"

〔精卫非无填海志〕见《感事八首》（其四）一诗〔精禽填海〕条笺注。参见本诗〔《精卫》诗〕条笺注。

〔也应巧避北山罗〕《搜神记》卷 16 载，吴王夫差的女儿紫玉与"童子韩重"相恋，夫差不允。紫玉郁郁而死。后韩重至紫玉坟茔吊唁。紫玉之魂"从墓出见重"，赋诗曰："南山有乌，北山张罗。乌既高飞，罗将奈何。"详见《有感》一诗〔北山〕条笺注。《说文解字》卷 7 下《网部》："罗，以丝罟鸟也。"案：明亡后，顾炎武曾参加抗清。失败后乔装商贾，自署"蒋山佣"以避祸自保。但亦遭遇了 2 次牢狱之灾，幸而最终都化险为夷。"顾亭林尝以世仆陆恩叛投里豪，数其罪，投之于江。盖亭林之先世，曾以良田数顷，向里人叶方恒押银，亭林急欲赎归，而叶意图吞没，再三延阁。亭林迫之急，叶遂以一千金啖陆恩，使讦亭林通郑成功事，冀亭林畏罪逃逸，无暇问田也。其后移狱松江，幸而免。"（《清稗类钞 · 狱讼类 · 顾亭林通郑成功案》，中华书局 1984 年 12 月第 1 版第 3 册 P980—981）康熙初年，顾炎武又卷入山东"黄培诗案"，入狱 7 个月。他积极应对，坚不承认。后在好友李因笃、朱彝尊等人的营救下出狱。可参见林东海《顾炎武两次入狱考论》，载《黑龙江社会科学》2019 年第 2 期 P144—149。

〔闻鸡起舞诗〕顾炎武《亭林诗集》卷 1《拟唐人五言八韵》六首其五《祖豫州闻鸡》："万国秋声静，三河夜色寒。星临沙树白，月下戍楼残。击柝行初转，提戈梦未安。沈几通物表，高响入云端。岂足占时运，要须振羽翰。风尘怀抚剑，天地一征鞍。失旦何年补，先鸣意独难。函关犹未出，千里路漫漫。（《吴志 · 周瑜传》：'使失旦之鸡，复得一鸣。'《左传 · 襄二十一年》：州绰曰：'臣不敏，平阴之役，先二子鸣。'）"（朱氏校经山房本）

〔《精卫》诗〕顾炎武《亭林诗集》卷 1《精卫》："万事有不平，尔何空自苦？长将一寸身，衔木到终古。我愿平东海，身沈心不改。大海无平期，我心无绝时。呜呼！君不见西山衔木众鸟多，鹊来燕去自成窠。"（朱氏校经山房本）

咏明末四大儒（四首）其二

惊心西浙非王土，伺籍东林作党人。毕竟艰贞成大节，晦明无复九畴陈。（自注：黄梨洲。）

【笺注】

〔惊心西浙非王土〕南明弘光小朝廷覆灭后，清军继续南下，很快攻占了浙西大片地区。黄宗羲回乡后参加了浙东抗清，并曾试图收复浙西失地，但没有成功。全祖望《明兵部尚书兼东阁大学士赠太保谥忠襄孙公（孙嘉绩——引者）神道碑铭》："五月，加公兵部尚书兼东阁大学士，督师如故。公以老营驻龙王堂前，而宗羲等潜师出潭山，会太仆陈公潜夫军议取沿海诸县，尚宝司卿朱公大定、平吴将军陈公万良、职方查公继佐等皆来听命，浙西震动。公蒿目望之，俟捷音至，欲令郑公遵谦等夹攻杭城。而国安七条沙之军已溃，列戍四窜。公急还会稽，则王已登舟而去，乃亦航海入翁洲以观时变。"（《鲒埼亭集外编》卷 4《碑铭一》）鲁王监国朱以海遁海后，黄宗羲经短暂结寨自保，也辗转回乡，遭到清廷追缉。详见《甲辰年自述诗（其三十九）》一诗〔戎马间关余大节〕条笺注。

〔伺籍东林作党人〕李元度《国朝先正事略》卷 27《名儒 · 黄梨洲先生事略》："及周延儒再召，谋翻逆案，起马士英督凤阳，为阮大铖地。于是南太学诸生作《留都防乱公揭》，斥大铖。陈公子贞慧、沈征君寿民、吴秀才应箕、沈上舍士柱共议，东林子弟，推无锡顾杲居首；珰祸诸家，推先生为首，余以次列名。戊寅（崇祯十一年，1638——引者）秋七月事也。壬午，先生入都，延儒欲荐为中书舍人，力辞免。偶游市中，闻铎声，曰：'非吉声也。'遂南下。已而，大清兵果入塞，甲申难作。大铖骤起南中，案揭中姓氏得百四十人，将尽杀之。先生同里有阉党，首劾刘文正公及其三大弟子，则祁、章二公暨先生也。先生与杲并逮。太夫人叹曰：'章妻、滂母，乃萃吾一身耶！'会大兵下南都，先生得免，踉跄归浙东。"另见《甲辰年自述诗》（其三十九）一诗〔未应名字伺儒林〕条笺注。

〔毕竟艰贞成大节，晦明无复九畴陈〕《周易正义》卷 4《明夷》："明夷，利艰贞。象曰：明入地中，明夷。内文明而外柔顺，以蒙大难，文王以之。利艰贞，晦其明也。"孔颖达疏："明夷。卦名夷者，伤也。此卦日入地中，明夷之象。施之于人事，闇主在上，明臣在下，不敢显其明智，亦明夷之义也。时虽至闇，不可随世倾邪，故宜艰难坚固，守其贞正之德，故明夷之世，利在艰贞。"明夷，为《周易》第 36 卦，喻逆境失意，当坚守正道，韬光养晦。黄宗羲著有《明夷待访录》，此书的内涵即是，智者遭遇黑暗之世，其智言智行，要待后世的圣王发现和弘扬。刘师培"毕竟艰贞成大节"为一语双关，既褒扬了黄宗羲的坚贞气节，亦暗指其著作《明夷待访录》。九畴，孔安国认为即《洛书》，是圣王降世的征兆，亦喻指治国安邦的深谋大略。《尚书正义》卷 12《洪范》："天乃锡禹洪范九畴，彝伦攸叙。"孔传："天与禹，洛出书，神龟负文而出，列于背有数至于九。禹遂因而第之，以成九类常道，所以次叙。"《全唐诗》卷 141 王昌龄《箜篌引》："仆本东山（一作山东）为国忧，明光殿前论九畴。"（第 2 册 P1436）案：黄宗羲曾追随鲁王监国抗清数年，后因清廷威胁其家人，迫不得已归乡奉母，躲避时祸。详见《甲辰年自述诗（其三十九）》一诗〔戎马间关余大节〕条笺注。

咏明末四大儒（四首）其三

《井中心史》郑思肖，泽畔哀吟屈大夫。甄别华戎垂信史，麟经大义昭天衢。（自注：王船山。）

【笺注】

〔《井中心史》郑思肖〕见《读王船山先生遗书》一诗〔井中心史传遗书，所南忠愤古所无〕条笺注。

〔泽畔哀吟屈大夫〕《楚辞》卷 7 屈原《渔父》："屈原既放，身斥逐也。游于江潭，行吟泽畔。"王夫之曾著《楚辞通释》，并仿屈原《九歌》创作了诗作《九昭》，以表达自己对屈原的崇敬之情，附载于《船山遗书》四十五《楚辞通释》卷末。该诗叙文曰："有明王夫之，生于屈子之乡，而遘悯戢志，有过于屈者。爰作《九昭》而叙之曰：仆以为抱独心者，岂复存于形埒之知哉！故言以奠声，声以出意，相逮而各有体。声意或留，而不肖者多矣，况敛事征华于经纬者乎！故以宋玉之亲承音旨，刘向之旷世同情，而可绍者言，难述者意。意有疆畛，则声有判合。相勤以貌悲，而幽蚤之情不宣。无病之讥，所为空群于千古也。聊为《九昭》，以旌三闾之志。"（同治四年湘乡曾氏金陵节署本）

〔甄别华戎〕王夫之著有《春秋家说》3 卷，《春秋稗疏》2 卷，《春秋世论》5 卷，《续春秋左氏传博议》2 卷，其书中多次强调"华戎之辨""夷夏之防"。如《春秋家说》卷 3 中《昭公二十九论》中曰："所恶于夷者，无君臣父子之伦也。以大伦故而别夷夏，不以夷故而废大伦。商臣、比所以服刑于司寇，所恶于无君臣父子者，疑于禽也，疑禽则治之。断发文身已成乎禽，君臣之义、父子之恩复何望焉？号举吴以视，司冠之所不治也。别夷于夏而王事兴，别人于禽而天道正。以王治晋，以天治吴，圣人无异用，人事有异受，故曰：理一而分殊。"（《船山遗书》十四，同治四年湘乡曾氏金陵节署本中多刻□以避讳，此段据岳麓版《船山遗书》第 6 册补）。

〔麟经大义昭天衢〕麟经，指《春秋》。见《甲辰年自述诗（其三十六）》一诗〔区别内外三《传》同〕条笺注。程端学《春秋本义·问答》："《春秋》大义，则在于正义明道，尊君抑臣，贵王贱伯，内夏外夷。防微慎始，因事立教。以正人心，以扶纲常。"天衢，指广阔的天空。详见《读王船山先生遗书》一诗〔鹏鲲展翼垂天衢〕条笺注。

咏明末四大儒（四首）其四

自古儒文嗤武侠，纷纷经术惜迂疏。先生教法师周孔，六艺昭垂耻著书。

（自注：颜习斋。先生以格物即《周礼》三物，乃六艺也。）

【笺注】

〔自古儒文嗤武侠，纷纷经术惜迂疏〕颜元尚武。李塨、王源《颜习斋先生年谱》卷首《颜习斋先生传》："商水李子青，大侠也。馆先生，见先生携短刀，目曰：'君善是耶？'先生谢不敏。子青曰：'拳法，诸技本。君欲习此，先习拳。'月下饮酣，子青解衣，演诸家拳数路。先生笑曰：'如是，可与君一试。'乃折竹为刀舞，相击数合，中子青腕。子青大惊，掷竹拜伏地曰：'吾谓君学尔技至此乎？'遂深相结，使其三子拜，从游。"《颜习斋先生言行录》卷下《教及门第十四》记载了他的尚武言论："兵学、才武，圣教之所先，经世大务也，而人皆视如不才寇盗，反皆以为轻矣。惟袖手文墨、语录、禅宗，为至尊而至贵，是谁为之也！"（《颜元集》下册 P672，中华书局 1987 年 6 月第 1 版）刘师培《中国理学大家颜习斋先生学说》："颜先生学问的第五层，是叫人都要晓得兵法。"（《中国白话报》第 5 期，1904 年 2 月 16 日，署名光汉。载《刘申叔遗书补遗》上册 P107）

〔先生教法师周孔，六艺昭垂耻著书〕颜元《存学编》卷 1《上太仓陆桴亭先生书》："著《存学》一编，申明尧、舜、周、孔，三事、六府、六德、六行、六艺之道，大旨：明道不在诗书章句，学不在颖悟诵读，而期如孔门博文、约礼，身实学之，身实习之，终身不懈者。"同上书同卷《上征君孙钟元先生书》："周公、孔子教人以礼、乐、射、御、书、数，故曰：'以三物教万民而宾兴之'，故曰：'身通六艺者七十二人'。故性道不可闻，而某长治赋、某长礼乐、某长足民，一如唐虞之廷某农、某刑、某礼、某乐之旧，未之有爽也。近世言学者，心性之外无余理，静敬之外无余功。细考其气象，疑与孔门若不相似然。即有谈经济者，亦不过说场话、著种书而已。"颜元《朱子语类评》："文家以有用精神费在行墨上，甚可惜矣。先生辈舍生尽死在思读讲著四字上做工夫。……千余年来，率天下人故纸堆中，耗尽身心气力，作弱人病人无用人者，皆晦庵为之也。可谓迷人魂第一。"刘师培《中国理学大家颜习斋先生学说》："颜先生学问的第二层，是教人不要乱著书。"（《中国白话报》第 5 期，1904 年 2 月 16 日，署名光汉。载《刘申叔遗书补遗》上册 P106）

〔先生以格物即《周礼》三物，乃六艺也〕《周礼 · 地官司徒 · 大司徒》："以乡三物教万民。而宾兴之。一曰六德：知、仁、圣、义、忠、和；二曰六行：孝、友、睦、姻、任、恤；三曰六艺：礼、乐、射、御、书、数。"颜元《存学编》卷 1《上征君孙钟元先生书》："周公、孔子教人以礼、乐、射、御、书、数，故曰：'以三物教万民而宾兴之’，故曰：‘身通六艺者七十二人’。”《颜习斋先生言行录》卷上《理欲第二》：“彭好古问实学，曰：‘学者学为人子，学为人弟，学为人臣也。’又问，曰：‘学自六艺为要。’”（《颜元集》下册 P624，中华书局 1987 年 6 月第 1 版）颜元《四书正误》卷 3《论语上》：“六德是成德事，急难作成。六行是施为处，急难如法。先之以六艺，则所以为六行之材具、六德之妙用，艺精则行实，行实则德成矣。”颜元《习斋记余》卷 7《季秋祭孔子文（壬子）》：“离去六艺，而求明理，‘半日静坐，半日读书’，或直捷顿悟者，非夫子之学也。”刘师培《周末学术史序 · 教育学史序》：“儒家尊崇德育，而智育、体育二端亦所不废。（自注：颜习斋以《大学》格物即《周礼》三物，而三物之中又以六艺为最要。似未必然。特智育各科已该于六艺，则固彰彰可信者也。又孔门弟子若子路、有若之徒，皆知用武，亦孔子不废体育之征。特孔门未尝重视之耳。）”（《周末学术史序》于 1905 年 2 月 23 日—6 月 23 日《国粹学报》第 1—5 期连载，署名刘光汉，《刘申叔遗书》14 册全册，本段引文载【44】）

〔颜习斋〕《清史稿 · 儒林一 · 颜元传》：“颜元，字易直，博野人。明末，父戍辽东，殁于关外。元贫无立锥，百计觅骨归葬，世称孝子。……著《存学》《存性》《存治》《存人》四编以立教。名其居曰习斋。……后八年而卒，年七十。门人李塨、王源编元《年谱》二卷，钟錂辑《言行录》二卷、《辟异录》二卷。”另参见《甲辰年自述诗》（其四十二）一诗相关笺注及“略考”。

【略考】

《韩非子 · 五蠹第四十九》：“儒以文乱法，侠以武犯禁。”《史记 · 游侠列传》：“今游侠，其行虽不轨于正义，然其言必信，其行必果，已诺必诚，不爱其躯，赴士之厄困，既已存亡死生矣，而不矜其能，羞伐其德，盖亦有足多者焉。”《汉书 · 游侠传》：“以匹夫之细，窃杀生之权，其罪已不容于诛矣。”

至清末，随着民族危亡日益加剧，尚武任侠之风被压制千年后逐渐抬头。当时革命党人勇于政治暗杀，即基于此种思想。在此股游侠之风中较有代表性的，当属谭嗣同和秋瑾。谭嗣同在《仁学》中写道：“西汉民情易上达而守令莫敢肆，匈奴数犯边而终驱之于漠北，内和外威，号称一治。彼吏士之顾忌者谁欤？未必非游侠之力也。与中国至近而亟当效法者，莫如日本。其变法自强之效，亦由其俗好带剑行游，悲歌叱咤，挟其杀人报仇之侠气，出而鼓更化之机也。儒者轻诋游侠，比之匪人，乌知困于君权之世，非此益无以自振拔，民乃益愚弱而窳败！言治者不可不察也。”（《谭嗣同全集》P61，三联书店 1954 年 3 月第 1 版）秋瑾，号鉴湖女侠，“其生平喜读《游侠传》，慕朱家、郭解者流，任侠好义，挥金如土，广交游，诚女界之豪杰。”（徐寄尘【自华】《秋女士历史》，载丁未年【1907】十月第6期《小说林·文苑》）。

包括颜元在内的古今“尚武”思想显然深刻影响了刘师培，促使其对体育教育和军事训练非常重视。

关于这一点，详见《杂赋》一诗“略考”。

咏女娲

古圣继伏羲，乃以女蜗名。欲补五色天，先炼采石精。此语出《淮南》，其说殆无凭。自古掌天有鳌骨，天维地柱谁能倾。乃知女祸炼石补天阙，亦犹虞廷当日调玑衡。古人作一事，必为后人利。后人作事多逞奇，乃以妄测古人意。岂知盘古开辟来，天地形势常如此。缩地岂果长房功，触天奚必共工罪。试诵《鸿烈》篇，聊补洪荒史。

【刊载】

《国粹学报》第4期，1905年5月23日，署名刘光汉。《刘申叔遗书》61册（123），《左盦诗别录》。

【类别】

杂古，掺杂五言、七言、九言。

【编年】

1905年。依首次发表时间。

【笺注】

〔古圣继伏羲，乃以女蜗名〕宋翔凤《帝王世纪集校·弟一·自开辟至三皇》：“太昊帝庖牺氏。庖牺氏，风姓也。蛇身人首，有圣德，都陈，作瑟三十六弦。燧人氏没，庖牺代之，继天而王。……女娲氏亦风姓也，承庖牺制度（宋翔凤校注：《艺文类聚》十一引此文无此五字，有‘作笙簧’三字——引者）。亦蛇身人首。一号女希，是为女皇。其（未）〈末〉诸侯有共工氏，任智刑以强，伯而不王，以水承木，非行次，故易不载。及女娲氏没，次有大庭氏、柏皇氏、中央氏、栗陆氏、骊连氏、赫胥氏、尊卢氏、浑混氏、昊英氏，有巢氏、朱襄氏、葛天氏、阴康氏、无怀氏，凡十五世，皆袭庖牺之号。”（训纂堂丛书本）

〔欲补五色天—其说殆无凭〕《淮南子·览冥训》：“古之时，四极废，九州裂，天不兼覆，地不周载，火爁炎而不灭，水浩洋而不息，猛兽食颛民，鸷鸟攫老弱。于是女娲炼五色石以补苍天，断鳌足以立四极，杀黑龙以济冀州，积芦灰以止淫水。苍天补，四极正，淫水涸，冀州平，狡虫死，颛民生。背方州，抱圆天，和春阳夏，杀秋约冬，枕方寝绳。阴阳之所壅沈不通者，窍理之。逆气戾物、伤民厚积者，绝止之。”

〔自古掌天有鳌骨〕《淮南子 · 览冥训》：“女娲炼五色石以补苍天，断鳌足以立四极。”

〔天维地柱谁能倾〕《淮南子 · 天文训》：“昔者共工与颛顼争为帝，怒而触不周之山，天柱折，地维绝。天倾西北，故日月星辰移焉；地不满东南，故水潦尘埃归焉。”

〔虞廷当日调玑衡〕虞廷，帝舜的朝廷。舜又称虞舜。《尚书正义》卷 2《舜典》：“正月上日，受终于文祖。在璇玑玉衡，以齐七政。”孔传：“在，察也。璇，美玉。玑衡，王者正天文之器，可运转者。七政，日月、五星，各异政。舜察天文，齐七政，以审己当天心与否。”现存一份刘师培手稿，诗题作“女娲”，玑衡作“机衡”。见《仪征刘氏遗稿汇存》第 2 册 P798。

〔后人作事多逞奇〕现存一份刘师培手稿，诗题作“女娲”，逞奇作“好奇”。见《仪征刘氏遗稿汇存》第 2 册 P798。

〔盘古开辟〕《艺文类聚》卷 1《天部上 · 天》：“徐整《三五历纪》曰：天地混沌如鸡子，盘古生其中万八千岁，天地开辟。阳清为天，阴浊为地，盘古在其中。一日九变，神于天，圣于地。天日高一丈，地日厚一丈，盘古日长一丈。如此万八千岁，天数极高，地数极深，盘古极长，后乃有三皇。数起于一，立于三，成于五，盛于七，处于九，故天去地九万里。”

〔缩地岂果长房功〕《艺文类聚》卷 72《食物部 · 食 · 鲊》：“《列异传》曰：费长房又能缩地脉，坐客在家，至市买鲊，一日之间，人见之千里外者数处。”《后汉书 · 方术列传下》有费长房本传。

〔触天奚必共工罪〕《列子 · 汤问第五》：“其后共工氏与颛顼争为帝，怒而触不周之山，折天柱，绝地维。故天倾西北，日月辰星就焉；地不满东南，故百川水潦归焉。”现存一份刘师培手稿，诗题作“女娲”，奚必作“何必”。见《仪征刘氏遗稿汇存》第 2 册 P798。

〔《鸿烈》篇〕《淮南子》，亦称《淮南鸿烈》，西汉淮南王刘安及其幕僚著。《淮南子》中保存了一些远古时期的历史神话，如“女娲补天”“后羿射日”“共工怒触不周山”“嫦娥奔月”等。案：据刘师培手稿，“试诵《鸿烈》篇，聊补洪荒史”句作“试诵《天问》篇，谁识灵均意”。见《仪征刘氏遗稿汇存》第 2 册 P798。

【略考】

我个人认为，此诗或可佐证刘师培“惧内”的一段趣闻。

刘师培“惧内”是很有名的。其实，关于刘师培怕老婆的原始记录并不是很多，最有名的当属张继从床下硬把刘师培拽出的故事。

李渔叔《鱼千里斋随笔》卷上《刘师培别记》：“袁氏将窃号，师培则又入筹安会，上表列名劝进，识者讥其内热，至诡随流俗，末路不终，实则师培惧内，筹安诸人，以重金贿何班，劫持至此，非其本意也。闻张溥泉先生旧寓北京时，某夜师培匆匆至，喘息未定，仓皇四顾，甫坐，闻叩门声，惊曰：‘吾妻何班至矣！’立抱头趋床下伏焉，少选，知叩门者非班，溥泉先生大笑曳师培出，犹战战也。溥泉夫人崔震华女士，尝举此事以告林景伊，景伊为余所言。”（近代中国史料丛刊续编第八十三辑 P11）李渔叔此说或为不经，考张刘二人在北京行迹及住所之地，断无此故事。如“北京”作“东京”，或有可能。参见拙文《237—刘师培惧内史料一则—刘师培研究笔记（237）》。

1913 年 10 月，离开四川的刘师培夫妇到达上海。陈独秀也恰于此时因反袁失败逃至上海，两人在分别 5 年后再次见面。“独秀问他们怎么打算，他太太嚣张的说，要北上找‘袁项城’，使独秀不便说下去。”（台静农《〈早期三十年的教学生活〉读后》，《龙坡杂文》，台湾洪范书店 1988 年版 P162—163）

从这条记录可以看出刘氏夫妇话语权的轻重。不过，分析本诗，似可佐证，刘师培在与何震结婚初期，对这位悍妻的跋扈及其“女权”也是不以为然的。曾经有过短暂的“抗争”——

刘氏夫妇到日本后，以何震的名义创办了《天义》报，这是一份鼓吹“无政府主义”和“女权”的报纸。当时，宣传女权在国内并非什么新鲜事。如著名的作品《女界钟》，刘师培曾任主笔的《警钟日报》《国民日日报》等。但论观点之激进，言辞之激烈，《天义》和继起的《衡报》绝对首屈一指。

1907年6月10日，《天义》报创刊于日本东京。第一期中发表了何震的作品——《女娲像并赞》。这是一张女娲的画像，并配有何震手书的文字：“于穆娲皇，厥姓惟风。断鳌足，杀黑龙，先禹有功，抑下鸿，辟除民害，逐共工，是宜报功崇德，与轩羲并隆。震敬绘。”（万仕国、刘禾编《天义 · 衡报》P3，中国人民大学出版社 2016 年 4 月第 1 版）

女娲，是中国早期女权运动先驱们极力讴歌的一面旗帜，何震自然也不例外。

然而，我们在这首《咏女娲》诗中却隐约可以看出刘师培的一点点“小心思”。

作本诗时，刘师培与何震结婚只有一年多。

细分析本诗，可以发现，刘师培全诗都在质疑“女娲补天”传说的真实性。他还说：“乃知女祸炼石补天阙，亦犹虞廷当日调玑衡。”这句诗的意思是：于是知道了女娲炼石补天，跟当年大禹使用璇玑玉衡观测天象是一样的。也就是彻底否认了女祸曾炼石补天的伟大功绩。

我个人认为，夫妇二人对女娲的一贬一褒，并不是巧合。

刘师培《咏女娲》诗，极有可能是对何震的一种回应——你尊崇的女神，根本没补过天，你还牛什么？！

不过，刘师培似乎没能说服何震，并在惧内的道路上越走越远。

从这首诗中，隐约可以看出这样一点端倪。

此外，《咏女娲》与刘师培惯常写作的诗在形式上也很不一样，这是一首掺杂了五言、七言、九言为一体的古体杂言诗。更像是游戏之作，是刘师培存世诗作中为数不多的一首杂古诗。在《仪征刘氏遗稿汇存》中新发现的刘师培佚诗中，又有数首杂古，应为其早期作品，但总体数量仍然很少。

黄天荡怀古

滔滔黄天荡，烟水（河）〈何〉迷离。荻芦风萧萧，战垒余故基。忆昔宋南迁，临安建新畿。金人图江淮，爰起南征师。战舰被江渚，千里排旌旗。饮马效魏文，临江同佛貍。韩公提一旅，三军赖指挥。使船如使马，金人叹神奇。独惜此一举，敌军脱重围。既开老鹳河，奇勋一朝隳。遂使秦长脚，乞降饰卑词。他日湖上游，末路能毋悲。我今渡秋水，旧垒峙江湄。英雄不复作，吊古空相思。

【刊载】

《国粹学报》第 4 期，1905 年 5 月 23 日，署名刘光汉。《刘申叔遗书》61 册（123—124），《左盦诗别录》。

【类别】

五言，28 句。

【编年】

1905 年。依首次发表时间。

【笺注】

〔黄天荡〕宋高宗建炎三年（1130），金军南下。第二年 4 月，宋金两军激战于黄天荡。《资治通鉴》卷 260《唐纪七十六 · 昭宗圣穆景文孝皇帝上之下 · 乾宁三年》："淮南兵与镇海兵战于皇天荡。"胡三省注："大江过升州界，浸以深广，自老鹳觜渡白沙，横阔三十余里，俗呼为皇天荡。"今南京栖霞区尚有黄天荡湿地公园。宋金黄天荡之战的史料散见于《宋史》《金史》《建炎以来系年要录》《三朝北盟会编》等典籍，记述较集中的见《宋史纪事本末》卷 64《金人渡江南侵》。

〔烟水何（河）〈何〉迷离〕烟水，雾霭笼罩的水域。《陈书 · 孙玚传》："秋风动竹，烟水惊波，几人樵径，何处山阿？"纳兰性德《渌水亭杂识》卷 4："《花间》之词如古玉器，贵重而不适用，宋词适用而少贵重。李后主兼有其美，更饶烟水迷离之致。"《国粹学报》本原作"烟水何迷离"，《南本》误为"烟水河迷离"。刘师培手稿作"何"。见《仪征刘氏遗稿汇存》第 2 册 P864。

〔荻芦风萧萧，战垒余故基〕刘师培《雨花台》诗有句："故垒空余芦荻影"，详见该诗此条笺注。

〔忆昔宋南迁，临安建新畿〕《宋史 · 高宗本纪六》绍兴八年（1138）："是岁，始定都于杭。"《建炎以来朝野杂记》卷 5《中兴定都本末》："靖康末，高宗初建元帅府于河北。后闻京城破，汪廷俊等遂奉王如山东。久之，闻张邦昌僭立，廷俊等欲奉王走宿州，谋渡江。左先锋至山口镇，三军藉藉，乃罢行。五月，王即位于南都。六月，李伯纪入相，将奉銮舆狩襄、邓。八月，伯纪去位。十月，上遂幸维扬。时黄懋和汪廷俊为政也。三年（绍兴——引者）二月，粘罕满遣五千骑犯扬州，上幸杭州驻跸。三月，苗傅、刘正彦谋逆，以上为睿圣仁孝皇帝，居别宫。四月，傅等败，上进幸江宁。冬，兀术兵入寇，上用吕元直议，自明州幸海，四年春始还越州，时范觉民为相也。觉民罢，绍兴二年正月，以漕运不继，复移临安。冬，兀术兵入，赵元镇、张德远共事上幸平江。时朱藏一首建避兵之议，元镇辟之，朱由此罢相。明年，兵退，上复还临安。六年秋，刘豫入寇，上进幸平江。七年春，元镇罢，德远独相，乃有建康之幸。秋，郦琼叛，德远罢，元镇复相。八年二月，复奉上还临安。其冬，元镇罢，秦会之（秦桧，字会之——引者）独相，自此不复迁都矣。"

〔金人图江淮，爰起南征师〕《宋史纪事本末》卷 64《金人渡江南侵》："高宗建炎三年六月，金兀术请大起燕、云、河朔兵南侵。……冬十月，金兀术分兵南侵，一自滁、和入江东，一自蕲、黄入江西。"滁，今安徽滁州。和，今安徽马鞍山。蕲、黄，今湖北黄冈。爰，刘师培手稿作“乃”。见《仪征刘氏遗稿汇存》第 2 册 P864。

〔战舰被江渚，千里排旌旗〕《景定建康志》卷 19《山川志三・河港》：“新河：在白鹭洲西南流通大江二十余里。事迹：《韩忠武王世忠碑》云：建炎四年，金人入境，车驾幸四明，王闻之，亟以舟师赴难。兀术闻王在京口，遽勒三十万骑北逐，王遂提兵截大江以邀之，相持黄天荡四十八日。”旗，刘师培手稿作“旂”。见《仪征刘氏遗稿汇存》第 2 册 P864。

〔饮马效魏文〕《艺文类聚》卷 41《乐部一・论乐》：“魏文帝（曹丕）《饮马长城窟行》曰：浮舟横大江，讨彼犯荆虏。武将齐贯甲，征人伐金鼓。长戟十万队，幽冀（冀——引者）百石弩。发机若雷电，一发连四五。”

〔临江同佛貍〕北魏太武帝拓跋焘小字“佛貍”。《宋书・索虏传》：“嗣死，谥曰明元皇帝。子焘，字佛貍代立。”刘宋元嘉年间，拓跋焘曾“饮马长江”。详见《甲辰年自述诗（其五十九）》一诗〔瓜步阵云屯〕条笺注。另，《宋书・臧质传》：“焘与质书曰：……质答书曰：‘……尔谓何以不闻童谣言邪：‘虏马饮江水，佛貍死卯年。’此期未至，以二军开饮江之径尔，冥期使然，非复人事。寡人受命相灭，期之白登，师行未远，尔自送死，岂容复令生全，飨有桑干哉！……’是时，虏中童谣曰：‘轺车北来如穿雉，不意虏马饮江水。虏主北归石济死，虏欲渡江天不徙。’故质答引。”

〔韩公提一旅，三军赖指挥〕《名臣碑传琬琰集上集》卷 13 赵雄《韩忠武王世忠中兴佐命定国元勋之碑》：“兀术入寇，车驾复幸临安。遂自建康取宣城，直至广德，径趋临安。车驾又幸四明。王闻之，亟以舟师赴难，未发。兀术闻王在京口，遽勒三十万骑北还。王即奏愿留江上剿除，使绝南牧之患。遂提兵截大江以邀之。”另参见本诗〔战舰被江渚，千里排旌旗〕条笺注。挥，刘师培手稿作“麾”。见《仪征刘氏遗稿汇存》第 2 册 P864。

〔使船如使马，金人叹神奇〕《建炎以来系年要录》卷 32 建炎四年四月丙申（1130 年 6 月 2 日）：“先是，宗弼在镇江，世忠以海舟扼于江中，乘风使篷，往来如飞。宗弼谓诸将曰：‘使船如使马，何以破之？’”《金史・宗弼传》：“宗弼，本名斡啜，又作兀术，亦作斡出，或作晃斡出，太祖第四子也。”

〔独惜此一举，敌军脱重围〕《三朝北盟会编》卷 138：“金人在建康，韩世忠以海船扼于江中，乘风使篷，往来如飞，兀术谓将军曰：‘使船如使马，何以破之？’韩常曰：‘虽然，见常军则自遁矣。’兀术令常以舟师犯之，多没，常见兀术，伏地请死，兀术贷之。乃揭榜立赏，许献所以破海船之策。有福州百姓，姓王，人侨居建康，开米铺为生。见榜有希赏之心，乃教兀术于舟中载土，以平板铺之，穴船板以擢浆。俟无风则出江，有风则不出。海船无风不可动也，以火箭射其箬篷，则不攻自破矣。兀术信之，一夜造火箭成。以戊申出江，棹桨行舟，其疾如风。天霁无风，赫日丽天，海船皆不能动，金人以火箭射篷则火起。世忠海船本备水陆之战，人皆全装，马皆铁面皮甲，每船有兵，有马，有老少，有粮食，有辎重，无风不能行。火烘日曝，人乱而呼，马惊而嘶，被焚与堕江者不可胜计。远望江中，层层皆火，火船蔽江而下，金人鼓棹以轻舟追袭之，金鼓之声，震动天地。世忠败散，孙世询、严永吉皆力战而死。"

〔既开老鹳河，奇勋一朝隳〕同上书同卷："兀术既胜，欲之建康府，谋北归，而世忠海船扼于江中，不得去。或献谋于金人曰：'江水方涨，宜于芦阳地开掘新河二十余里。上接江口，舟出江背，皆世忠之上流矣。'兀术信之，乃命掘河。一夜河成，次日早出舟。世忠大惊，金人悉趋建康，世忠尾袭之而已。……世忠海船狼狈而来，金人至长芦亦回。世忠与余兵至瓜步，弃舟而陆，奔还镇江。"《金史·宗弼传》："宗弼乃因老鹳河故道开三十里通秦淮，一日一夜而成，宗弼乃得至江宁。"勋，刘师培手稿作"绩"。见《仪征刘氏遗稿汇存》第 2 册 P864。

〔秦长脚〕《夷坚丁志》卷 10《建康头陀》："政和初，建康学校方盛。有头陀道人之学，至养望斋前，再三瞻视不去。斋中钱、范二秀才诣之曰：'道人何为者？'对曰：'异事！异事！八坐贵人，都着一屋关了。两府直如许多，便没兴不唧溜底，也是从官。'有秦秀才者，众目为'秦长脚'，范素薄之，乃指谓曰：'这长脚汉也，会做两府？'客曰：'君勿浪言，他时生死都在其手。'满坐大笑。客瞠曰：'诸君莫笑，总不及此公。'时同舍生十人，唯邢之綍者最负才气，为一斋推重。适从外来，众扣之，曰：'也是个官人。'略无褒语，遂退。后四十年间，其言悉验，秦乃太师桧也。"《鹤林玉露》卷 15《格天阁》："秦桧少游太学，博记工文，善干鄙事，同舍号为'秦长脚'。每出游饮，必委之办集。"（万历甲申仁实堂刊本）

〔乞降饰卑词〕黄天荡之役前后，秦桧由江北归宋，"自言杀金人监己者奔舟而来"，得到了高宗赵构的信任和重用。绍兴十一年（1141），在高宗和秦桧的授意下，宋金达成《绍兴和议》。高宗赵构在给金人的《誓表》中口气卑微，其辞如下："臣构言：今来画疆，以淮水中流为界，西有唐、邓州割属上国，自邓州西四十里，并南四十里为界，属邓。四十里外并西南，尽属光化军，为敝邑。沿边州城既蒙恩造，许备藩方，世世子孙谨守臣节，每年皇帝生辰，并正旦，遣使称贺不绝，岁贡银绢二十五万两匹，自壬戌年为首，每春季搬送至泗州交纳。有渝此盟，明神是殛，坠命

亡氏，踣其国家。臣今既进誓表，伏望上国早降誓诏。庶使敝邑永为凭焉。”（《宋史纪事本末》卷 17）

〔我今渡秋水〕我，刘师培手稿作“吾”。见《仪征刘氏遗稿汇存》第 2 册 P864。

〔他日湖上游，末路能毋悲〕《建炎以来系年要录》卷 142 绍兴十一年冬十月：“癸巳（1141 年 11 月 28 日——引者），扬武翊运功臣、太保、枢密使、英国公韩世忠罢为横海武宁安化军节度使，充醴泉观使，奉朝请，进封福国公。世忠既不以和议为然，由是为秦桧所抑。……世忠再上章力陈秦桧误国，词意剀切，桧由是深怨世忠，言者因奏其罪，上留章不出。世忠亦惧桧阴谋，乃力求闲退，遂有是命。世忠自此杜门谢客，绝口不言兵。时跨驴携酒，从一二童奴游西湖以自乐。平时，将佐罕（罕——引者）得见其面云。”

〔江湄〕江岸。《列仙传》卷上《江妃二女》赞：“灵妃艳逸，时见江湄。”峙，刘师培手稿作“恃”。见《仪征刘氏遗稿汇存》第 2 册 P864。

〔吊古〕凭吊古人、古迹。《艺文类聚》卷 40《礼部下 · 吊》录南朝刘宋袁淑《吊古文》：“贾谊发愤于湘江，长卿愁悉于园邑。彦真因文以悲出，伯喈衔史而求入。”

申江杂感用苏东坡《秋怀》诗韵（二首）

【刊载】

《国粹学报》第 4 期，1905 年 5 月 23 日，署名刘光汉。《刘申叔遗书》61 册（124—125），《左盦诗别录》。

【类别】

其一为五言，18 句；其二为五言，16 句。

【编年】

1905 年。依首次发表时间。

【略考】

苏轼《东坡全集》卷 4《秋怀二首》其一：“苦热念西风，常恐来无时。及兹遂凄凛，又作徂年悲。蟋蟀鸣我床，黄叶投我帏。窗前有栖鹏，夜啸如狐狸。露冷梧叶脱，孤眠无安枝。熠耀亦求偶，高屋飞相追。定知无几见，迫此清霜期。物化逝不留，我兴为嗟咨。便当勤秉烛，为乐戒暮迟。”其二：“海风东南来，吹尽三日雨。空阶有余滴，似与幽人语。念我平生欢，寂寞守环堵。壶浆慰作劳，裹饭救寒苦。今年秋应熟，过从饱鸡黍。嗟我独何求，万里涉江浦。居贫岂无食，自不安畎亩。念此坐达晨，残灯翳复吐。

申江杂感用苏东坡《秋怀》诗韵（二首）其一

浮云一东西，逝水无已时。木叶一以落，谁知秋气悲。凉风扇曲榭，明月入我帷。豺狼尚当道，安复问狐狸。因念倦鸟飞，犹思假一枝。长绳系白日，春去谁能追。有如黄金华，适与秋风期。寒暑岁所有，奚事兴怨咨。君看木槿花，敢怨雨露迟。

【笺注】

〔申江〕黄浦江，亦代指上海。因战国四公子之一的春申君黄歇得名。详见《步佩忍韵》一诗〔老木清霜黄歇浦〕条笺注。

〔浮云一东西〕陈长方《唯室集》卷 4《近体诗二十五首 · 观云》："浮云聚散复西东，此处容君一线通。"元好问《遗山集》卷 14《旧与赵景温》："浮云流水易西东，回首梁园似梦中。"

〔逝水无已时〕见《古意》一诗〔逝水一以去，东流无已时〕条笺注。

〔木叶一以落〕见《古意》一诗〔西风吹湘水〕条笺注。

〔秋气悲〕《艺文类聚》卷 34《人部十八 · 哀伤》庾信《伤心赋》："悲哉秋气，摇落变衰。"《全唐诗》卷 49 张九龄《郡内闲斋》："拙病宦情少，羁闲秋气悲。"（第 1 册 P607）

〔豺狼尚当道，安复问狐狸〕《汉书 · 孙宝传》："征为京兆尹。故吏侯文以刚直不苟合，常称疾不肯仕，宝以恩礼请文，欲为布衣友。……宝曰：'其次。'文曰：'豺狼横道，不宜复问狐狸。'宝默然。"《后汉书 · 张纲传》："汉安元年，选遣八使徇行风俗，皆耆儒知名，多历显位，唯纲年少，官次最微。余人受命之部，而纲独埋其车轮于洛阳都亭，曰：'豺狼当路，安问狐狸！'"李贤注："《前书》京兆督邮侯文之辞。"

〔因念倦鸟飞，犹思假一枝〕刘师培《杂咏（二首）》其一："君看鸟投林，尤借一枝居。"《招隐诗》："君看鸟投林，北山多枋榆。"《反招隐诗》（残缺）："君看鸟投林，尤惜一枝居。"

〔长绳系白日〕喻留住时光。《古乐苑》卷 32 傅玄《九曲歌》："岁暮景迈群光绝，安得长绳系白日。"《艺文类聚》卷 64《居处部四 · 庭》沈炯《幽庭赋》："那得长绳系白日，年年日月但如春。"《全唐诗》卷 25《杂曲歌辞》白居易《浩歌行》："既无长绳

系白日，又无大药驻朱颜。”（第 1 册 P335）

〔春去谁能追〕苏辙《栾城集》卷 5《次韵刘敏殿丞送春》：“春去堂堂不复追，空余草木弄晴晖。”同上书卷 9《游景仁东园》：“春来莫嫌早，春去恐莫追。”

〔黄金华〕亦作“黄金花”，指菊花。《全唐诗》卷 182 李白《忆崔郎中宗之游南阳遗吾孔子琴抚之潸然感旧》：“时过菊潭上，纵酒无休歇。泛此黄金花，颓然清歌发。”（第 3 册 P1865）《全唐诗》卷 216 杜甫《九日寄岑参（参，南阳人）》：“维南有崇山，恐（一作漭）与川浸溜。是节（一作时）东篱菊，纷披为谁秀。岑生多新诗（一作语言），性亦嗜醇酎。采采黄金花，何由满（一作洒）衣袖。”（第 4 册 P2259）陈耆卿《筼窗集》卷 10《种菊》：“手种黄金花，摩抄（同挲——引者）待其成。”

〔寒暑岁所有，奚事兴怨咨〕见《咏扇》一诗〔嗟尔小民愚，暑雨兴怨咨〕条笺注。

〔木槿花〕朝开暮谢。《尔雅翼》卷 3《释草 · 木堇》：“其花朝开暮落，一名为舜，或呼为日及。”《全唐诗》卷 133 李颀《别梁锽》：“莫言富贵长可托，木槿朝看暮还落。”（第 2 册 P1352）《全唐诗》卷 540 李商隐《槿花》：“风露凄凄秋景繁，可怜荣落在朝昏。”（第 8 册 P6256）参见《咏怀（五首）》其二一诗〔擥条玩蕣华〕条笺注。

申江杂感用苏东坡《秋怀》诗韵（二首）其二

梧桐植西阶，萧萧滴秋雨。万籁杳然息，嘅嘅寒虫语。和我金石声，萧然出环堵。宇宙岂不宽，为闵众生苦。睠言怀旧都，诗人歌彼黍。彼美隔湘江，扬舲辞极浦。申椒不结实，蕙草空盈亩。感此节序移，东岭月光吐。

【笺注】

〔梧桐植西阶，萧萧滴秋雨〕苏轼《东坡全集》卷 21《东府雨中别子由》：“庭下梧桐树，三年三见汝。前年适汝阴，见汝鸣秋雨。”《全唐诗》卷 160 孟浩然《句》：“微云淡河汉，疎雨滴梧桐。”（第 3 册 P1672）《全唐诗》卷 435 白居易《长恨歌》：“春风桃李花开夜（一作日），秋雨梧桐叶落时。”（第 7 册 P4829）葛长庚《水调歌头 · 丙子中元后风雨有感》：“万象正萧爽，秋雨滴梧桐。”（唐圭璋《全宋词》第 4 册 P2571，中华书局 1965 年 6 月第 1 版）

〔万籁杳然息〕《全唐诗》卷 643 李山甫《山中答刘书记》：“穷搜万籁息，危坐千峰静。”（第 10 册 P7423）文同《丹渊集》卷 13《吾友务深有叹琴之什运使子骏答之佳章务深亦使余继作》：“萧条变林野，万籁一以息。”《全宋诗》卷 1931 饶廷直《夜游黄鹤楼遇道人》："夜深人散万籁息，独对清影凭阑干。"（北京大学出版社 1998 年 12 月第 1 版第 34 册 P21565）。

〔嘅嘅寒虫语〕《楚辞补注》卷 16 刘向《九叹 · 远逝》："情慨慨而长怀兮"。王逸注："慨慨，叹貌也。《诗》云：'慨我寤叹。'"《六书故》卷 11："嘅，苦盖切，叹也。《诗》云：'嘅其叹矣。'与慨通。"寒虫，指促织蟋蟀。（朝鲜）李奎报《东国李相国全集》卷 7《古律诗 · 促织叹》："织成五色云锦罗，不待寒虫苦相促。"白居易《白氏长庆集》卷 27《劝酒十四首 · 何处难忘酒七首》其四："暗声啼蟋蟀，干叶落梧桐。"陈师道《后山集》卷 4《秋怀四首》其二："寒心生蟋蟀，秋色傍梧桐。"

〔金石声〕《重修玉篇》卷 18《金部第二百六十九》："铿，……铿锵，金石声也。"《战国策》卷 17《楚四》："骥于是俛而喷，仰而鸣，声达于天，若出金石声者，何也？彼见伯乐之知己也。"

〔萧然出环堵〕环堵，陋室。《礼记正义》卷 59《儒行第四十一》："儒有一亩之宫，环堵之室"。郑玄注："环堵，面一堵也。五版为堵，五堵为雉。"孔颖达疏："环堵之室者，环谓周回也。东西南北唯一堵。"《晋书 · 陶潜传》："著《五柳先生传》以自况曰：'……环堵萧然，不蔽风日。……'"《唐新语》卷 6《举贤第十三》："张嘉贞落魄有大志，亦不自异，亦不下人。自平乡尉免归乡里，布衣环堵之中，萧然自得，时人莫之知也。"

〔宇宙岂不宽〕《全唐诗》卷 52 宋之问（《唐诗纪事》作李峤）《奉和九日幸临渭亭登高应制得欢字》："御气云霄近，乘高宇宙宽。"（第 1 册 P635）苏辙《栾城后集》卷 3《见儿侄唱酬次韵五首》其三："宇宙非不宽，闭门自为阻。"赵秉文《滏水集》卷 3《岁暮言怀》："宇宙岂不宽，盘礴入容膝。"

〔为闵众生苦〕《大智度论》卷 90《释实际品第八十》："问曰：'一切菩萨见众生苦恼，为度众生故发大悲心，今何以言为实际？'答曰：'初发意，菩萨但为灭众生苦，故发大悲心。苦者，所谓老、病、死等及身心衰恼。'"《大乘起信论裂网疏》卷 1："或藉大悲悯众生苦为缘，或以护持正法久住为缘，乃能三心圆发也。"《班马字类》卷三《上声 · 十六轸十七準》："闵，……与悯同。"

〔睠言怀旧都，诗人歌彼黍〕《毛诗正义》卷 13—1《小雅 · 谷风之什 · 大东》："睠言顾之，潸焉出涕。"毛传："睠，反顾也。"陆德明《音义》："睠，音卷，本又作眷。"《毛诗正义》卷 4—1《王风 · 黍离》诗序："闵宗周也。周大夫行役至于宗周，过故宗庙，宫室尽为禾黍，闵周室之颠覆，彷徨不忍去，而作是诗也。"孔颖达疏："作《黍离》诗者，言闵宗周也。周行从征役，至于宗周镐京，过历故时宗庙宫室，其地民皆垦耕，尽为禾黍。以先王宫室忽为平田，于是大夫闵伤周室之颠坠覆败，彷徨省视，不忍速去，而作《黍离》之诗以闵之也。”姜夔《扬州慢》序：“淳熙丙申至日，余过维扬，夜雪初霁，荠麦弥望，入其城则四顾萧条，寒水自碧，暮色渐起，戍角悲吟。予怀怆然，感慨今昔，因自度此曲。千岩老人以为有《黍离》之悲也。”（唐圭璋《全宋词》第 3 册 P2180，中华书局 1965 年 6 月第 1 版）

〔彼美隔湘江〕彼美，那美人。详见《甲辰年自述诗（其二十八）》一诗〔犹闻彼美艳西方〕条笺注。《唐诗纪事》卷 23 岑参《春梦》：“洞庭（一作洞房）昨夜春风起，故人尚隔（一作遥忆美人）湘江水。”柳宗元《柳河东集》卷 42《初秋夜坐赠吴武陵》：“美人隔湘浦，一夕生秋风。”

〔扬舲辞极浦〕见《静坐》一诗〔扬舲极浦灵修远〕条笺注。

〔申椒〕《楚辞章句》卷 1 屈原《离骚》：“杂申椒与菌桂兮，岂维纫夫蕙茝。”王逸注：“申，重也。椒，香木也。其芳小，重之乃香。”

〔蕙草空盈亩〕《楚辞》卷 1 屈原《离骚》：“余既滋兰之九畹兮，又树蕙之百亩。”后以“兰蕙”指代贤才。此句中的“蕙草”与上句的“申椒”，指气味芬芳的香草和香木。上句与此句指，申椒并未结子繁衍，蕙草虽种植繁盛也没有用处。以此喻贤才未得用武之地。

〔节序移〕指节气更替，时光流逝。韩琦《安阳集》卷 20《三月五日会浮醴亭》：“且看真洞杯盘出，岂顾尘寰节序移。”卫宗武《秋声集》卷 1《寓萧塘皆春堂偶成》：“昔嗟节序移，今苦岁月长。”

〔东岭月光吐〕《古诗纪》卷 45《晋第十五 · 陶渊明二 · 杂诗十二首其二》：“白日沦西河，素月出东岭。”李贺《昌谷集》卷 1《河南府试十二月乐词（并闰月）· 八月》：“帘外月光吐，帘内（有本作中——引者）树影斜。”

烟雨楼（二首）

【刊载】

《国粹学报》第 4 期，1905 年 5 月 23 日，署名刘光汉。《刘申叔遗书》61 册（125），《左盦诗别录》。

【类别】

七言，4 句。

【编年】

1905 年。依首次发表时间。

【略考】

刘师培在 1905 年期间，有 3 组 6 首诗涉及到嘉兴，第一组是《烟雨楼（二首）》，另两组是《咏禾中近儒（三首）》和《鸳鸯湖放棹歌》。这与其那段经历有关——1905 年 3 月 25 日，《警钟日报》被上海道袁树勋伙同公共租界当局查封，刘师培被迫逃亡藏匿于浙江嘉兴，此后开始了其一生中最跌宕起伏的一段经历。刘师培这三组诗，当写于隐匿嘉兴期间。其中，本组诗发表于 1905 年 5 月 23 日《国粹学报》第 4 期；《咏禾中近儒（三首）》发表于 1905 年 8 月 20 日《国粹学报》第 7 期；《鸳鸯湖放棹歌》发表于 1905 年 11 月 16 日《国粹学报》第 10 期。可参见拙文《074—清末〈警钟日报〉案重探—刘师培研究笔记（074）》和《075B—刘师培避难嘉兴考—刘师培研究笔记（75B）》。

烟雨楼（二首）其一

水光摇荡碧波涵，买艇来游日未衔。不愧名楼号烟雨，满湖凉意上征衫。

【笺注】

〔烟雨楼〕位于嘉兴南湖湖心岛。现存建筑始建于明嘉靖年间。

〔水光摇荡碧波涵〕《全宋诗》卷 3107《吴惟信二 · 赠别》其一："月色水光摇荡处，鸳鸯飞过别离船。"（北京大学出版社 1998 年 12 月第 1 版第 59 册 P37069）。王十朋《梅溪集 · 后集》卷 19《知宗柑诗用韵颇险予既和之复取所未用之韵续赋一首三十韵》："金衣初日照，珠实碧波涵。"

〔买艇来游日未衔〕买艇，亦作"买舟""买船"，指雇船。《齐东野语》卷 19："庚申岁，客辇下，会菖蒲节，余偕一时好事者邀子固，各携所藏，买舟湖上，相与评赏。"秦观《淮海集》卷 8《别程公辟给事》："买舟江上辞公去，回首蓬莱梦寐中。"衔，衔接。日衔山，指太阳与山峦相接，即日落。《全唐诗》卷 414 元稹《岳阳楼》："岳阳楼上日衔窗，影到深潭赤玉幢。"（第 6 册 P4590）《全唐诗》卷 889 李煜《阮郎归（一名醉桃源，一名碧桃春。）》："东风吹水日衔山，春来长是闲。"（第 13 册 P10117）（曾慥编《乐府雅词》卷上，周必大编《欧阳文忠公集》卷 131，《六一词》将此词收为欧阳修之作，文辞略不同）

〔征衫〕旅人所穿衣衫。《全唐诗》卷 520 杜牧《村行》："半湿解征衫，主人馈鸡黍。"（第 8 册 P5992）

烟雨楼（二首）其二

尘海茫茫一局棋，侧身天地更何之。何当散发鸳湖里，一舸鸱夷逐范蠡（自注：蠡本平声）。

【笺注】

〔尘海茫茫一局棋〕邵雍（康节）《伊川击壤集》卷 4《答客》："升沉休问百年事，今古都归一局棋。"《文天祥全集》卷 1《诗 · 又送前人琴棋书画四首 · 棋》："纷纷玄白方龙战，世事从他一局棋。"（中国书店影印 1936 年世界书局本，1985 年 3 月第 1 版 P13）《晚晴簃诗汇》卷 144 张金镛《书吴祭酒集》："世事茫茫一局棋，沧桑阅尽鬓添丝。"

〔侧身天地〕《全唐诗》卷 228 杜甫《将赴成都草堂途中有作先寄严郑公五首》其五："侧身天地更怀古，回首风尘甘（一作且）息机。"（第 4 册 P2478）同上书卷 273 戴叔伦《巫山高》："故乡回首思绵绵，侧身天地心茫然。"（第 5 册 P3066）

〔何当散发鸳湖里〕《全唐诗》卷 177 李白《宣州谢朓楼饯别校书叔云（一作倍侍御叔华登楼歌）》："人生（一作男儿）在世不称意，明朝散发弄扁舟（一作举棹还沧州）。"（第 3 册 P1814）《全唐诗》卷 161 李白《古风》其十八："何如鸱夷子，散发棹（一作弄）扁舟。"（第 3 册 P1676）朱熹《水调歌头》："何似鸱夷子，散发弄扁舟。鸱夷子，成霸业，有余谋。"（唐圭璋《全宋词》第 3 册 P1675，中华书局 1965 年 6 月第 1 版）《后汉书 · 袁闳传》："延熹末，党事将作，闳遂散发绝世，欲投迹深林。"鸳湖，即鸳鸯湖。嘉兴南湖与西南湖合称鸳鸯湖。

〔一舸鸱夷逐范蠡〕传说，范蠡和西施避祸隐世后曾泛舟鸳鸯湖。今嘉兴有范蠡湖，与鸳鸯湖不通，据传古时二湖连通一体。《史记 · 越王勾践世家》："范蠡浮海出齐，变姓名，自谓鸱夷子皮。"司马贞《索隐》："范蠡自谓也。盖以吴王杀子胥而盛以鸱夷，今蠡自以有罪，故为号也。韦昭曰：'鸱夷，革囊也。'或曰生牛皮也。"《全唐诗》卷 520 杜牧《杜秋娘诗》："西子下姑苏，一舸逐鸱夷。"（第 8 册 P5982）苏轼《减字木兰花 · 寓意》："一舸姑苏。便逐鸱夷去得无。"（唐圭璋《全宋词》第 1 册 P312，中华书局 1965 年 6 月第 1 版）王世禛《精华录》卷 2《古体诗 · 分赋得馆娃宫送子吉编修归吴》："回首秾华能几时，羡君一舸逐鸱夷。"朱彝尊《曝书亭集》卷 9《鸳鸯湖棹歌一百首（有序）》其四十八：“落花三月葬西施，寂寞城隅范蠡祠。水底尽传螺五色，湖边空挂网千丝。（自注：城西南金铭寺有范蠡祠，旧并塑西子像，湖中产螺皆五色。）”蠡，在《集韵》卷 1 属《平声一 · 支第五》

闻某君卒于狱作诗哭之

七字凄凉墨迹新，当年争说自由神（自注：某君前赠予箑，隶书“中国自由神出现”七字）。草间偷活吾滋愧，奇节而今属故人（自注：梅村词曰：“故人慷慨多奇节。恨当日，沈吟不断，草间偷活。”）。

【刊载】

《国粹学报》第 4 期，1905 年 5 月 23 日，署名光汉子。《刘申叔遗书》61 册（125），《左盦诗别录》。

【类别】

七言，4 句。

【编年】

1905 年。依首次发表时间。

【笺注】

〔某君卒于狱〕1905 年 4 月 4 日《申报》第 4 版：“邹容狱毙：前年，章、邹《革命军》一案，判定章监禁三年，邹监禁两年。兹闻，邹容于昨日黎明四点钟时病死狱中。由某君派人收殓，髀肉尽消，空存皮骨生。敬邹容者，当为惨然。（适）”

〔自由神〕邹容《革命军》第七章《结论》：“尔之独立旗已高标于云霄；尔之自由钟，已哄哄于禹域；尔之独立厅，已雄镇于中央；尔之纪念碑已高耸于高冈；尔之自由神已左手指天，右手指地，为尔而出现。”（《中国近代史资料丛刊 · 辛亥革命》第 1 册 P363，上海人民出版社 1957 年 7 月第 1 版）古希腊神话中有自由神弥涅耳瓦。1831 年，法国画家德拉克洛瓦以 1830 年法国七月革命为背景，创作了著名的油画《自由引导人民》。画作的主体是一位年轻女性，她的右手高举一面红、白、蓝三色相间的法国国旗，左手持来福枪，冲在起义队伍的最前面。1876 年，为纪念美国独立 100 周年，法国建造了自由女神像赠送给美国，并远渡重洋将其运送到美国纽约。自由女神像矗立于纽约市哈德逊河口的自由岛，以古希腊神话中阿西娜女神的形象为蓝本，成为自由、民主、平等的象征。清末，随着西方新思潮的东渐，自由神的形象和概念渐渐传入中国。特别是法国铸造的法属印度支那贸易银元“坐洋”，成为在清末中国流通的货币，使得自由女神的形象更加深入民间。所谓“坐洋”，与英国“站洋”相对，其正面是自由女神坐姿的浮雕。《申报》1906 年 5 月 29 日第 9 版《江震征兵答词（苏州）》：“孟夏十九日，吴江、震泽两邑应征诸君，由征兵官张君师谨率领入省归队。……兹将《征兵答词》录后：‘……呜呼！茫茫平原，愿洒遍自由神之血；茫茫碧落，更招来鲁童子之魂。请赋同仇，毋忘宿耻。（容）’”吴恭亨《对联话》卷 10《哀挽五》：“秋瑾女侠既葬，海上开会追悼，胡君复挽一联云：‘化身作自由神，姓氏皆香，剑花飞上天去；呕心作长吉语，龙鸾一啸，诗草还让君传。’语庄而意悲，文如其人矣。”阿英《晚清文学丛钞 · 小说戏曲研究卷》卷 4 高旭《题剑雄〈自由花〉说部（四首）》其二：“声声入破管弦新，酿出神州异样春。万古馨香几媒妁，大家拜倒自由神。（《天梅遗集》）”（中华书局 1960 年 3 月第 1 版 P573）同上书卷 5 崇冷庐主《法国女英雄弹词》：“巴黎特起女英雄，人是梅花剑是虹。意气激成秋水白，血心啼出杜鹃红。里昂创报倡新议，内务膺权建伟功。长揖自由神一诀，断头此去御天风。（原载《月月小说》第八期【1907】）”（同上书 P633—634）”蔡元培《挽孙中山联》（一九二五年三月）：“是中国自由神，三民五权，推翻历史数千年专制之局；愿吾侪后死者，齐心协力，完成先生一二件未竟之功。（据《总理哀思录》，1925 年出版）”（《蔡元培全集》第五卷 P6，中华书局 1988 年 8 月第 1 版）

〔箑〕《说文解字》卷 5 上《竹部》：“箑，扇也。”

〔梅村词〕吴伟业（梅村）《贺新郎 · 病中有感》：“故人慷慨多奇节。为当年，沉吟不断，草间偷活。”（《吴梅村全集》卷 22《诗后集十四 · 诗余长调三十六首》，上海古籍出版社 1990 年 12 月第 1 版 P585）。案：原文为“为当年”，非“恨当日”。

【略考】

章太炎《狱中赠邹容》（一九〇三年七月二十二日）：“邹容吾小弟，被发下瀛洲。快剪刀除辫，干牛肉作糇。英雄一入狱，天地亦悲秋。临命须掺手，乾坤只两头。”（《章太炎全集》第 18 册《太炎文录补编【上】》P242，上海人民出版社 2014 年 5 月第 1 版）

章太炎《邹容传》：“邹容，字威丹，四川巴人。父某，行商陇、蜀间，略知书。容少慧敏，年十二，诵九经，《史记》、《汉书》皆上口。父以科甲期之，君弗欲，时熹雕刻，父怒，辄榜笞至流血。然愈重爱。稍长，从成都吕冀文学。与人言，指天画地，非尧、舜，薄周、孔，无所避。冀文惧，摈之。父令就日本学，时年十七矣。与同学钮永建规设中国协会，未就。学二岁，陆军学生监督姚甲有奸私事，容偕五人排闼入其邸中，榜颊数十，持剪刀断其辫发。事觉，潜归上海，与章炳麟见于爱国学社。是时社生多习英吉利语，容调之曰：'诸君堪为贾人耳。'社生皆怒，欲殴之。广州大驵冯镜如，故入英吉利籍，方设国民议政厅于上海，招容。容诘镜如曰：'若英吉利人，此国民者，中国民邪？英吉利国民邪？'镜如惭，事中寝。容既明习国史，学于冀文，复通晓《说文》部居，疾异族如仇雠。乃草《革命军》以摈满洲。自念语过浅露，就炳麟求修饰。炳麟曰：'感恒民当如是。'序而刻之。会虏遣江苏候补道俞明震检察革命党事，将逮爱国学社教习吴朓，朓故惎容、炳麟，又幸脱祸，直诣明震，自归，且以《革命军》进。明震缓朓，朓逸。遂名捕容、炳麟。容在狱，日就炳麟说经，亦时时讲佛典。炳麟以《因明入正理论》授之曰：'学此，可以解三年之忧矣。'明年，狱决，容、炳麟皆罚作。西人遇囚无状，容不平，又啖麦饭不饱，益愤激，内热溲膏。炳麟谓容曰：'子素不嗜声色，又未近女，今不梦寐而髓自出，宜惩忿自摄持；不者，至春当病温。'明年正月，疾果发。体温温不大热，但欲寐，又懊憹烦冤，不得卧；夜半独语詈人，比旦皆不省。炳麟知其病少阴也，念得中工进黄连、阿胶，鸡子黄汤，病日已矣。则告狱卒长，请自为持脉疏汤药，弗许；请召日本医，弗许。病四十日，二月二十九日夜半，卒于狱中，年二十一矣。诘朝，日加巳，炳麟往抚其尸，目不瞑。内外哗言，西医受贿，下毒药杀之，疑不能明。然西医视狱囚至微贱，凡病，皆令安坐待命，勿与药。狱囚五百，岁瘐死者率一百六十人！容疾始发，而医不知其剧，比日久，病态已著，顾予以热病常药，亦下毒之次也。容卒之岁，日本与露西亚始成。"（《章太炎全集》第4册《太炎文录初编·卷二》P222—223，上海人民出版社2014年5月第1版）

蔡元培《读章氏所作〈邹容传〉》（传载日本《革命评论》）（一九〇七年冬）："余久与吴君稚辉友，深知其为人勇猛、坚忍、克苦，牺牲其家之利益，而专心一志以从事于利他之事业，历久而不渝。虽古之大禹、墨翟，殆无以过也。而余近读章太炎君所作《邹容传》有曰：'清政〈府〉遣江苏候补道俞明震，穷治爱国学社昌言革命事，明震故爱朓，召朓往，出总督札曰："余奉命治公等，公与余昵，余不忍，愿条数人姓名以告，令余得复命制府。"朓即出《革命军》及《驳康有为书》上之，曰："为首逆者，此二人也。"遽归，告其徒曰："天去其疾矣，尔曹静待之。"'云云。朓为吴君旧名，若以章、邹二君之入狱，实由吴君陷害之者。余以吴君之为人断之，必无此事，余于是博询《苏报》案前后之事实，以相印证。而益信章君之言全非实录。盖吴君与俞明震本不相识。惟俞之子名大砥者，自东京回上海，曾再访吴君于爱国学社。因吴君在日本时，其牺牲己利以利他，亦如今日。而其与蔡钧龃龉，亦全为他人之事。故东京留学界颇传诵，而俞大砥因以知吴君也。俞明震之邀吴君也，乃以其子之名作札，托病邀吴君往谈。及见面问讯，始知为明震。然则俞必无‘公与余昵’之言如章君所记也。及吴、俞相见，俞询及学社激烈之演说，吴君挺然自任。其后俞曾询及龙、陈诸人，未尝及章、邹。又名捕之人，不止章、邹二君，其中如陈范陈梦坡者，一人而名号互出。而陈君避地时，吴君且为之尽力，此章君所目睹而冷嘲之者。然则数人姓名之不出于吴君所告，可知也。（吴、俞相见时，尚有朱君仲超在座，可以为证人。）邹君之《革命军》，章君之《驳康有为政见书》，吴君非日日置怀袖者，何由一见俞而即出之检？《苏报》案供状，则问案者止询章、邹二君是否《苏报》主笔？而二君谓主笔者乃吴稚辉，非某等，（然则二君实图陷害吴君，而吴君则实无陷害二君之事也。）惟某有某某著作云。因是问案者索此二书，及《訄书》细检之，并译作英文，始检得‘载湉小丑’一语，以为章君罪案。又检得‘杀尽满人’等，以为邹君罪案。然则章君所谓‘吴君出《革命军》及《驳康有为书》上之曰：首逆者此二人也’云云之必非事实，可知也。自爱国学社与教育会冲突后，吴君已迁居社外，不与闻其事。章君所谓：社生问计，及吴归告其途〔徒〕之言，尤不合于当日之情事。余于是深为吴君不平，适以事至柏林，晤蔡君民友。蔡君曾与章、吴二君共事于爱国学社者。余以章君之文示之，且述余见，渠亦力言吴君必无此事，且曰：‘君之言，已足为铁案矣。抑吾犹有进者，即吴君果有陷害章、邹二君之意，亦必不出此下策，如章君所言。盖自戊戌政变后，黄遵宪逗留上海，北京政府欲逮之而租界议会以保护国事犯自任，不果逮。自是人人视上海为北京政府权力所不能及之地。演说会之所以成立，《革命军》、《驳康有为政见书》之所以能出板，皆由于此。故《苏报》案未出以前，无一人能料租界之裁判所忽助政府以仇民党者。爱国学社诸教员多被警局传询，而吴君被传至四五次，警吏皆煦煦作安慰语，谓‘上海道欲名捕公等，我辈恐公等受差役暗算，故询明姓名住址，以便保护’云云。吴君亦安知后此之名单果足以害人者，而特窜其所仇之人于中乎？’余曰：‘然则章君何为而有此不情之言？’蔡君曰：‘此章君之神经作用也。凡人之神经，皆有想象作用，苟举一想象而屡屡缫返之，则积久而神经中认为实事。又或他人有一想象而屡屡传述于吾，吾屡屡闻之，则积久而亦认为实事。常人于鬼怪无稽之事，往往自以为目睹耳闻，确实无疑者，率由于此。章君在爱国学社时，本不慊于吴君，其原因大抵在章君颇提倡国学，而社生以习惯横议之故，殊不耐烦。是时吴君以教员兼斋监，社生之意见多由吴君代述，章君疑其事悉由吴君指使，常言吴太揽权，至戏拟以《红楼梦》中之王熙凤，又常斥为钱洵、康有为之流。及社员与教育会冲突，章君尤疑为吴君主谋，至与邹君面诋之。其后《苏报》案起，章、邹诸君皆入狱，章君又以往日疑吴君之习惯，疑为吴君所陷。既有此疑，则不免时时想象其相陷之状，且不免时时与邹君互相拟议，而诟詈之。大约二年之中，神经口耳间缫返此想象，已不知若干次，故不知不觉而认为实事也。’余以蔡君之言，颇足为章解嘲，故并著之以告世之读章氏《邹容传》者。（据影印手迹，见孙常炜编《蔡元培先生全集》‘遗墨’）”（《蔡元培全集》第一卷 P398—401，中华书局 1988 年 8 月第 1 版）

刘成禺《世载堂杂忆 · 腊肠下酒著新书》：“经重庆邹容路，巍然与杨沧白纪念堂并传者，渝革命元勋邹容也。容字幼丹，弱冠留学日本，立志革命。所著《革命军》一书，风行全国，为国内出版革命书籍之开路先锋。当予等入成城学校习陆军预备时，幼丹每日必来谈。予携新会腊肠多斤，课毕，围炉大谈排满，每人各谈一条，幼丹书之，书毕，幼丹则烘腊肠为寿。月余，所书寸余，腊肠亦尽。胡景伊、蔡锷、蒋百里，皆当时围炉立谈人也。松坡签其稿面曰《腊肠书》。予因获罪清廷，出陆军学校，居松元馆。一夜幼丹肩半只火腿来，属下女活火烹腿饮酒。予问腿从何来？幼丹曰：‘今日大快人意，往湖北留学生监督姚昱处，彼抱姚而我剪其辫。持辫又往总监督汪大燮处，汪礼貌甚恭，且曰：“有人赠我东阳腿，以一肩奉送。”乃以姚昱辫发，予与某君同作火腿绳，肩之而归，食其半，今以半奉子，为我烹之。’问辫何在？曰：‘钉在留学生会馆柱上矣。’食腿饮酒，出《革命军》全稿读之曰：‘予将署名“革命军马前卒邹容”，回沪付印。我为马前卒，汝等有文章在书中者，皆马后卒也。’归沪，与章太炎、苏报馆主陈范改良《苏报》，印行《革命军》，致酿成惊天动地之‘苏报案’。章太炎、邹容拿禁英巡捕房狱，邹容瘐死狱中，太炎获免。当在监房时，予等往视，邹容曰：‘革命军马后卒来矣。’大笑。太炎有《狱中赠幼丹剪辫诗》五律一首，载集中。‘苏报案’有一趣闻，当时绰号‘野鸡大王’之徐敬吾，每日在茶肆书会，兜售排满革命新书，发行《革命军》。两江总督端方照会英总领事，拿获解宁。《申报》时评有曰：‘擒贼擒王，一擒擒了个野鸡大王，两江大吏，可以高枕无忧矣。’端方见《申报》，以为太不雅观，密令不究。贺徐者曰：‘野鸡大王，今日头插野鸡毛矣。’”

咏汉长无相忘瓦

甘泉烽燧年年警，茂陵回首秋风冷。三十六宫秋色寒，平芜一片斜阳影。忆昔深宫建未央，鸳鸯瓦上有新霜。同心莲子千春发，连理名花两地芳。妾颜未老君恩薄，秋月春风俱萧索。绨绤秋风怨绿衣，帘栊夜雨愁珠箔。怨粉零香怆落花，后宫砧杵怨禽华。可怜飞燕新承宠，回首昭阳日已斜。玉阶窈窕知何处，谁说捣衣工作赋。月冷长门草不芳，萤飞永巷花无语。纨绮西风咽暮秋，珠零锦粲不知愁。滴残秋雨蟾蜍影，遮断零烟鳷鹊楼。长杨五柞空焦土，金茎尚挹三霄露。苔藓青青蚀土花，松楸渺渺悲陵树。况复昆明有劫灰，松风吹冷柏梁台。一天残月铜人泣，秋雨空言落绿槐。

【刊载】

《国粹学报》第7期，1905年8月20日，署名刘光汉。《刘申叔遗书》61册（126—127），《左盦诗别录》。

【类别】

七言，32句。

【编年】

1905年。依首次发表时间。

【笺注】

〔汉长无相忘瓦〕程敦《秦汉瓦当文字》卷下《长毋相忘瓦一》："右长毋相忘瓦。遍访汉城数年不获，因以张舍人（江苏吴县人张埙——引者）所拓本仿为之。乾隆戊申（1788——引者）六月，得于淳化县北钩弋夫人云陵，始将仿本易去。考《汉书·昭帝纪》：'追尊赵倢伃为皇太后，起云陵。'文颖曰：'倢伃先葬于云阳，是以就云阳起陵。'此瓦当是武帝葬倢伃时所制也。"（横渠书院乾隆五十九年续刻本）案：钩弋夫人赵氏，汉昭帝刘弗陵之母。刘弗陵被武帝视为嗣君，其母因此命绝。《史记·外戚世家》："其后帝闲居，问左右曰：'人言云何？'左右对曰：'人言且立其子，何去其母乎？'帝曰：'然。是非儿曹愚人所知也。往古国家所以乱也，由主少母壮也。女主独居骄蹇，淫乱自恣，莫能禁也。女不闻吕后邪？'故诸为武帝生子者，无男女，其母无不谴死，岂可谓非贤圣哉！"刘师培手稿有《汉长无相忘瓦》一诗，七言24句，其中一部分文辞与本诗完全或基本一致，另一部分则截然不同。见《仪征刘氏遗稿》第2册P808。

〔甘泉烽燧年年警〕燧，同候。《文选注》卷22徐敬业（悱）《古意酬到长史溉登琅邪城诗一首》："甘泉警烽候，上谷拒（《六臣注》本作抵——引者）楼兰。"李善注："《汉书》：扬雄上疏曰：孝文时，匈奴侵暴北边，候骑至雍，烽火通甘泉。"《史记·匈奴列传》："军臣单于立四岁，匈奴复绝和亲，大入上郡、云中各三万骑，所杀略甚众而去。于是汉使三将军军屯北地，代屯句注，赵屯飞狐口，缘边亦各坚守以备胡寇。又置三将军军长安西细柳、渭北棘门、霸上以备胡。胡骑入代句注边，烽火通于甘泉、长安。"《后汉书 · 南匈奴传》："论曰：……逮孝武亟兴边略，有志匈奴，赫然命将，戎旗星属，候列郊甸，火通甘泉，列置候兵于近郊畿，天子在甘泉宫，而烽火时到甘泉宫也。" 李贤注："列置候兵于近郊畿，天子在甘泉宫，而烽火时到甘泉宫也。"《长安志》卷4《宫室二 · 汉中 · 林光宫》："《关中记》曰：林光宫，一曰甘泉宫，秦所造。在今池阳县西北，故云阳县甘泉山上，周回十余里，汉武建元中增广之，周回十九里一百二十步。有宫十二，台十一。武帝常以五月避暑于此，八月乃还。" 同上书同卷《甘泉宫》："《关中记》曰：林光宫，一曰甘泉宫，秦所造。在今池阳县西北，故云阳县甘泉山上，周回十余里，有铜人二枚在门外。"

〔茂陵〕《汉书 · 武帝纪》后元二年二月："丁卯（前87年3月29日——引者），帝崩于五柞宫，入殡于未央宫前殿。三月甲申，葬茂陵。" 颜师古注："臣瓒曰：'自崩至葬凡十八日。茂陵在长安西北八十里也。'"

〔三十六宫〕《后汉书 · 班固传》录其《西都赋》："离宫别馆，三十六所。" 李贤注："《三辅黄图》曰：'上林有建章、承光等一十一宫，平乐、茧观等二十五，凡三十六所。'"《全唐诗》卷391李贺《金铜仙人辞汉歌》："茂陵刘郎秋风客，夜闻马嘶晓无迹。画栏桂树悬秋香，三十六宫土花碧。"（第6册P4416）《全唐诗》卷524杜牧《月》："三十六宫秋夜深，昭阳歌断信沉沉。唯应独伴陈皇后，照见长门望幸心。"（第8册P6045）

〔平芜一片斜阳影〕《白雨斋词话》卷4："郑抡元，字桥。……抡元《高阳台 · 柳》云：'平芜一片斜阳影，问韶光何处句留。'"

〔未央〕《史记 · 高祖本纪》："八年……萧丞相营作未央宫"。张守节《正义》："《括地志》云：'未央宫在雍州长安县西北十里长安故城中。' 颜师古云：'未央殿虽南向，而当上书奏事谒见之徒皆诣北阙，公车司亦在北焉。' 是则以北阙为正门，而又有东门、东阙，至于西南两无门阙也。萧何初立未央宫，以厌胜之术理宜然也。' 按：北阙为正者，盖象秦作前殿，渡渭水属之咸阳，以象天极阁道绝汉抵营室。"

〔鸳鸯瓦上有新霜〕鸳鸯瓦，指中国传统屋瓦的叠覆形式，二瓦成对，一俯一仰，形同鸳鸯，故称鸳鸯瓦。《全唐诗》卷435白居易《长恨歌》："鸳鸯瓦冷霜华重，翡翠衾寒（一作旧枕故衾）谁与共。"（第7册P4829）王世贞《弇州四部稿》卷47《诗部 · 七言绝句一百三十首 · 西宫怨二首》其二："点点莲花漏未央，乍寒如水透罗裳。谁怜金井梧桐露，一夜鸳鸯瓦上霜。"《艺文类聚》卷92《鸟部下 · 鸳鸯》："《魏书》曰：'文帝问周宣曰："吾梦殿屋两瓦坠地，化为鸳鸯。何也?" 宣对曰："后宫当有暴死者。"'"

〔同心莲子千春发〕《玉台新咏》卷 10《近代杂歌三首》无名氏《青阳歌曲》："青荷盖绿水，芙蓉发红鲜。下有并根藕，上生同心莲。"《乐府诗集》卷 50 徐彦伯《采莲曲》："妾家越水边，摇艇入江烟。既觅同心侣，复采同心莲。折藕丝能脆，开花叶正圆。春歌弄明月，归棹落花前。"《乐府诗集》卷 50 梁简文帝（萧纲）《采莲曲二首》其二："常闻蕖可爱，采撷欲为裙。叶滑不留綖，心忙无假薰。千春谁与乐，唯有妾随君。"

〔连理〕草木异根，枝干连生。古为祥兆，亦喻夫妻和睦恩爱。《白虎通义》卷 3 上《封禅 · 符瑞之应》："德至草木，朱草生，木连理。"（卢文弨抱经堂丛书本）袁宏《后汉纪》卷 12《孝章皇帝纪下第十二》："自元和已来，凤皇、麒麟、白虎、黄龙、鸾鸟、嘉禾、朱草、三足乌、木连理，为异者数百，不可胜纪，咸曰福祥，以为瑞应。"《乐府诗集》卷 77 江总《杂曲三首》其三："合欢锦带鸳鸯鸟，同心绮袖连理枝。"《全唐诗》卷 435 白居易《长恨歌》："在天愿作比翼鸟，在地愿为连理枝。天长地久有时尽，此恨绵绵无绝（一作尽）期。"（第 7 册 P4830）

〔妾颜未老君恩薄〕《全唐诗》卷 441 白居易《后宫词》："泪湿罗巾梦不成，夜深前殿按歌声。红颜未老恩先断，斜倚熏笼坐到明。"（第 7 册 P4949）

〔秋月春风俱萧索〕晏几道《小山词 · 鹧鸪天》："回头满眼凄凉事，秋月春风岂得知。"《全唐诗》卷 435 白居易《琵琶引》（亦作《琵琶行》）："今年欢笑复明年，秋月春风等闲度。"（第7册P4832）《廿一史弹词注》卷3上《说秦汉》杨慎《临江仙》："白发渔樵江渚上，惯看秋月春风。"（中华书局 1938 年 10 月香港版第 1 册 P69）

〔绨绤秋风怨绿衣，帘栊夜雨愁珠箔〕见《宫怨》一诗〔帘栊夕雨梦珠箔〕、〔绨绤西风欺绿衣〕条笺注。

〔怨粉零香〕指落花，亦喻失宠的怨妇。王世禛《精华录》卷 3《和沈石田钩弋夫人歌》："云阳南去女陵旁，怨粉零香水呜咽。"《牡丹亭》第二十五出《忆女》："[前腔 · 老旦]：但见他读残书本，绣罢花枝，断粉零香，余簪弃履，触处无非泪眼，见之总是伤心。"《晚晴簃诗汇》卷 188 多敏《钩弋夫人小印歌》："玉钩冰筋棱棱起，故印珍藏识天水。照人颜色黯人魂，颓粉零香汉宫史。绿绨自署昭阳春，倢伃故是拳夫人。金屋沉沉阿娇老，河间灵气钟其身。" 康有为《蝶恋花》："词客看花心意苦，坠粉零香，果是谁相误。"（《康有为全集》第 12 册《集外韵文 · 词》P412，中国人民大学出版社 2007 年 9 月第 1 版）

〔后宫砧杵怨禽华〕《古文苑》卷 3《赋》班婕妤《捣素赋》："见禽华以麃色，听霜鹤之传音。" 砧杵，洗衣时用以捣衣的棒槌和砧垫。《古文苑》卷 3 录班婕妤《捣素赋》，章樵注："班婕妤，班彪之姑也，为成帝婕妤。汉后宫十四等婕妤，视上卿三夫人之位也。古者后、夫人亲蚕，分茧，缫丝，朱绿之，玄黄之，以备君之祭服。君服之，以事天地祖宗敬之至也。成帝耽于酒色，政事废弛，婕妤贞静而失职，故托捣素以见意。"《玉台新咏》卷 4 鲍令晖《题书后寄行人》："自君之出矣，临轩不解颜。砧杵夜不发，高门昼常关。"《玉台新咏》卷 6 费昶《华光省中夜闻城外捣衣诗》："金波正容与，玉步依砧杵。"《全唐诗》卷 442 白居易《闻夜砧》："谁家思妇秋捣帛，月苦风凄砧杵悲。"（第 7 册 P4965）《全唐诗》卷 639 张乔《长门怨》："御泉长绕凤凰楼，自是恩波别处流。闲揲舞衣归未得，夜来砧杵六宫秋。"（第 10 册 P7385）禽华，菊花。详见《宫怨》一诗〔未央霜溧禽华肥〕条笺注。此句借班婕妤的典故，借喻后宫失宠女子的凄凉境况。杵，《国粹学报》本作"碎"。

〔可怜飞燕新承宠，回首昭阳日已斜〕昭阳殿，赵飞燕妹妹赵合德居住的宫殿。详见《台湾行》一诗〔明珠翠羽纷来贡〕条笺注。《汉书·外戚列传下·班婕妤传》："孝成班婕妤，帝初即位，选入后宫。……自鸿嘉后，上稍隆于内宠。婕妤进侍者李平，平得幸，立为婕妤。……赵氏姊弟骄妒，婕妤恐久见危，求共养太后长信宫，上许焉。"《全唐诗》卷 20《相和歌辞》王諲《长信怨》："飞燕倚身轻，争人巧笑名。生君弃妾意，增妾怨君情。日落昭阳殿，秋来长信城。寥寥金殿里，歌吹夜无声。"（第 1 册 P259）同上书同卷王昌龄《长信怨》："金井梧桐秋叶黄，珠帘不卷夜来霜。金炉玉枕无颜色，卧听南宫清漏长。奉帚平明金殿开，暂将团扇共裴回。玉颜不及寒鸦色，犹带昭阳日影来。"（第 1 册 P259）此二句喻赵飞燕、赵合德姐妹先后得宠，班婕妤失宠，为避祸退居长信宫奉养太后。

〔玉阶窈窕知何处〕《玉台新咏》卷 10 谢朓《谢朓诗四首》其一《玉阶怨》："夕殿下珠帘，流萤飞复息。长夜缝罗衣，思君此何极。"另见《宫怨》一诗〔试看玉墀苔迹稀〕、〔金屋佳人〕条笺注。此句喻班婕妤失宠落寞。

〔谁说捣衣工作赋〕班婕妤有《自伤赋》《捣素赋》和《怨歌行》（亦称《纨扇歌》）存世。《文选》卷 16 司马长卿（相如）《长门赋（并序）》序："孝武皇帝陈皇后时得幸，颇妒。别在长门宫，愁闷悲思。闻蜀郡成都司马相如天下工为文，奉黄金百斤为相如文君取酒，因于解悲愁之辞。而相如为文以悟主上，陈皇后复得亲幸。"此句指，班婕妤后宫失宠，以"捣素"度日，虽作辞赋，只是自抒哀怨之情，并非工于作赋。

〔月冷长门草不芳〕长门宫本是馆陶大长公主刘嫖私邸，后献给汉武帝。陈阿娇失宠后，"罢退居长门宫"。长门宫后成为"冷宫"的代名词。《汉书·外戚列传

上 · 孝武陈皇后传》："孝武陈皇后，长公主嫖女也。曾祖父陈婴与项羽俱起，后归汉，为堂邑侯。传子至孙午，午尚长公主，生女。初，武帝得立为太子，长主有力，取主女为妃。及帝即位，立为皇后，擅宠骄贵，十余年而无子，闻卫子夫得幸，几死者数焉。上愈怒。后又挟妇人媚道，颇觉。元光五年，上遂穷治之，女子楚服等坐为皇后巫蛊祠祭祝诅，大逆无道，相连及诛者三百余人。楚服枭首于市。使有司赐皇后策曰：'皇后失序，惑于巫祝，不可以承天命。其上玺绶，罢退居长门宫。'"

〔萤飞永巷〕《史记 · 吕太后本纪》："吕后最怨戚夫人及其子赵王，乃令永巷囚戚夫人，而召赵王。"裴骃《集解》："如淳曰：'《列女传》曰：周宣姜后脱簪珥待罪永巷，后改为掖庭。'"司马贞《索隐》："永巷，别宫名，有长巷，故名之也。韦昭云以为在掖门内，故谓之掖庭也。"孙星衍《汉官六种 · 汉官一卷》："永巷，员吏六人，吏从官三十四人。右丞一人，暴室一人。"《乐府诗集》卷 42 李白《长门怨》："天回北斗挂西楼，金屋无人萤火流。月光欲到长门殿，别作深宫一段愁。"

〔纨绮西风咽暮秋〕此句借班婕妤诗，以扇到秋凉无用处，喻女子年老色衰而见弃。《文选》卷 27 班婕妤《怨歌行一首》："新裂齐纨素，皎絜如霜雪。裁为合欢扇，团团似明月。出入君怀袖，动摇微风发。常恐秋节至，凉风夺炎热。弃捐箧笥中，恩情中道绝。"《乐府诗集》卷 43 刘孝绰《班婕妤》(亦作《婕妤怨》)："应门寂已闭，非复后庭时。况在青春日，萋萋绿草滋。妾身似秋扇，君恩绝履綦。讵忆游轻辇，从今贱妾辞。"纨绮，精美华丽的丝织品。《汉书 · 地理志下》："齐地，虚、危之分野也。……其俗弥侈，织作冰纨绮绣纯丽之物"。颜师古注："冰，谓布帛之细，其色鲜洁如冰者也。纨，素也。绮，文缯也，即今之所谓细绫也。纯，精好也。丽，华靡也。"

〔珠零锦粲不知愁〕珠零锦粲，本指珠玉绢帛，亦喻指锦绣文章。《魏书 · 宗钦传》："口吐琼音，手挥霄翰，弹毫珠零，落纸锦粲。"此句指，虽然《自伤赋》《捣素赋》《怨歌行》和《长门赋》这些辞章华丽悱恻，但也不能真正体现失宠见弃女子的凄凉愁苦，换不回帝王的垂怜宠幸。

〔蟾蜍〕指月亮，亦称蟾月。《初学记》卷 1《天部 · 事对 · 娥姮月 / 少女风》："《淮南子》曰："羿请不死之药于西王母，羿妻姮娥窃之奔月，托身于月，是为蟾蠩，而为月精。"《搜神记》卷 14："羿请不死之药于西王母，嫦娥窃之以奔月。将往，枚筮之于有黄。有黄占之曰：'吉。翩翩归妹，独将西行，逢天晦芒，毋恐毋惊，后且大昌。'嫦娥遂托身于月，是为蟾蠩。"另见《壶中天慢 · 元宵望月》一词〔蟾光〕条笺注。

〔零烟〕惨淡的雾霭烟气，喻清冷孤寂。《词苑萃编》卷 17《纪事四》："望春楼故邸在青州，丁药园（丁澎）祠部入关后，偶游山左，来寻旧址。睹蔓草零烟，不胜华清宫阙之感。赋《玉女摇仙佩》一阕，令故妓歌之。听者恍如置身津阳门外、奉诚园内也。”

〔鳷鹊楼〕《汉书 · 司马相如传上》录其《上林赋》：“道尽涂殚，回车而还。消摇乎襄羊，降集乎北纮，率乎直指，掩乎反乡，蹷石关，历封峦，过鳷鹊，望露寒”。颜师古注：“张揖曰：‘此四观武帝建元中作，在云阳甘泉宫外。’”《三辅黄图》卷4《苑囿》：“甘泉苑，武帝置。缘山谷行，至云阳三百八十一里，西入扶风，凡周回五百四十里。苑中起宫殿台阁百余所，有仙人观、石阙观、封峦观、鳷鹊观。”《李太白集注》卷 8 李白《古近体诗共五十三首 · 永王东巡歌十一首》其四：“龙盘虎踞帝王州，帝子金陵访古丘。春风试暖昭阳殿，明月还过鳷鹊楼。”王琦集注：“吴均诗：‘春生鳷鹊楼’，是皆谓金陵之昭阳殿、鳷鹊楼也。旧注以为在长安者，非是。”《拾遗记》卷 6：“安帝永宁元年，条支国来贡异瑞。有鸟名鳷鹊，形高七尺，解人语。其国太平，则鳷鹊群翔。昔汉武时四夷宾服，有献驯鹊。若有喜乐事，则鼓翼翔鸣。按：庄周云，雕陵之鹊，盖其类也。《淮南子》云：鹊知人喜。今之所记，大小虽殊，远近为异，故略举焉。”

〔长杨五柞〕《三辅黄图》卷 1《秦宫驰道 / 阁附》：“长杨宫，在今周至县东三十里，本秦旧宫，至汉修饰之以备行幸。宫中有垂杨数亩，因为宫名，门曰射熊观，秦汉游猎之所。”《三辅黄图》卷 3《甘泉宫》：“五柞宫，汉之离宫也，在扶风周至。宫中有五柞因以为名，五柞皆连抱上枝，覆荫数亩。”《水经注》卷 19《渭水》：“又东过槐里县南，又东，涝水从南来注之。”郦道元注：“东北迳五柞宫西，长杨、五柞二宫，相去八里，并以树名宫，亦犹陶氏以五柳立称。”《汉书 · 宣帝纪》：“巫蛊事连岁不决。至后元二年，武帝疾，往来长杨、五柞宫”。颜师古注：“长杨、五柞二宫并在盩厔，皆以树名之。帝往来二宫之间也。”《汉书 · 武帝纪》后元二年二月：“丁卯（前 87 年 3 月 29 日——引者），帝崩于五柞宫。”

〔金茎尚挹三霄露〕《史记 · 孝武本纪》：“其后，则又作柏梁、铜柱、承露仙人掌之属矣。”裴骃《集解》：“苏林曰：‘仙人以手掌擎盘承甘露也。’”司马贞《索隐》：“服虔云：‘用梁柏头。’按：今字皆作‘柏’。《三辅故事》云：‘台高二十丈，用香柏为殿梁，香闻十里。中建章宫承露盘高三十丈，丈七围，以铜为之。上有仙人掌承露，和玉屑饮之。’故张衡《赋》曰：‘立修茎之仙掌，承云表之清露’是也。”《后汉书 · 班固传》录其《西都赋》：“抗仙掌与承露，擢双立之金茎。”李贤注：“《前书》曰，武帝时作铜柱承露仙人掌之属。《三辅故事》云：‘建章宫承露盘，高二十丈，大七围，以铜为之。上有仙人掌承露，和玉屑饮之。' 金茎即铜柱也。"《全唐诗》卷 230 杜甫《秋兴八首》其五："蓬莱宫阙对南山，承露金茎霄汉间。"（第 4 册 P2510）《全唐诗》卷 540 李商隐《和友人戏赠二首》其一："仙人掌冷三霄露，玉女窗虚五（一作午）夜风。"（第 8 册 P6238）今北京北海琼岛北坡有铜仙承露台，一铜铸仙人头顶铜盘立于蟠龙石柱之上，即此。据传，铜仙承露盘承接露水，帝后和玉屑饮之，以求长生。

〔苔藓青青蚀土花〕土花，即苔藓。《笺注评点李长吉歌诗》卷 2 李贺《金铜仙人辞汉歌（并序）》："画栏桂树悬秋香，三十六宫土花碧。" 吴正子注："土花碧，谓故宫荒凉生绿苔也。" 吕祖谦《东莱外集》卷 5《汉铜弩机歌》："土花蚀尽缪篆青，千年遗恨今未平。"

〔松楸渺渺悲陵树〕见《宋故宫》一诗〔七陵风雨松楸老〕条笺注。渺渺，《国粹学报》本作"渺渺"。

〔魂复昆明有劫灰〕《搜神记》卷 13："汉武帝凿昆明池，极深，悉是灰墨，无复土。举朝不解，以问东方朔。朔曰：'臣愚不足以知之。' 曰：'试问西域人。' 帝以朔不知，难以移问。至后汉明帝时，西域道人入来洛阳，时有忆方朔言者，乃试以武帝时灰墨问之。道人云：'经云："天地大劫将尽，则劫烧。" 此劫烧之余也。' 乃知朔言有旨。"《全唐诗》卷 681 韩偓《乱后春日途经野塘》："眼看朝市成陵谷，始信昆明是（一作有）劫灰。"（第 10 册 P7880）《三辅黄图》卷 4《池沼》："汉昆明池，武帝元狩四年穿，在长安西南，周回十里。《西南夷传》曰：天子遣使，求身毒国市竹，而为昆明所闭。天子欲伐之，越巂昆明国有滇池，方三百里，故作昆明池以象之，以习水战。因名曰昆明池。"《全唐诗》卷 230 杜甫《秋兴八首》其七："昆明池水汉时功，武帝旌旗在眼中。"（第 4 册 P2510）

〔柏梁台〕《史记 · 平准书》："是时，越欲与汉用舡战逐，乃大修昆明池，列观环之。治楼舡，高十余丈，旗帜加其上，甚壮。于是天子感之，乃作柏梁台，高数十丈。宫室之修，由此日丽。"《三辅黄图》卷 5《台榭》："柏梁台，武帝元鼎二年春起。此台在长安城中北阙。《三辅旧事》云：以香柏为梁也。帝尝置酒其诏群臣和诗，能七言诗者乃得上。"

〔铜人泣〕《文苑英华》卷 349《杂歌中 · 金铜仙人辞汉歌一首》李贺《金铜仙人辞汉歌》序："魏明帝青龙元年八月，诏宫官牵车西取汉孝武捧露盘仙人，欲立置前殿。宫官既拆盘，仙人临载乃潸然泪下。唐诸王孙李长吉遂作《金铜仙人辞汉歌》。"《三国志 · 魏书 · 明帝纪第三》："景初元年……十二月……" 裴注："《魏略》曰：'是岁，徙长安诸钟簴、骆驼、铜人、承露盘。盘折，铜人重不可致，留于霸城。大发铜铸作铜人二，号曰“翁仲”，列坐于司马门外。’”

〔绿槐〕尉迟偓《中朝故事》卷上：“天街两畔槐树，俗号为槐衙。曲江池畔多柳，亦号为柳衙。意谓其成行列，如排衙也。”天街，指帝都的主街。《全唐诗》卷 342 韩愈《南内朝贺归呈同官》：“绿槐十二街，(《中朝故事》曰：天街两畔树槐，俗号为槐街。）涣散驰轮蹄。”（第 5 册 P3840）《唐两京城坊考》卷 1《西京 · 皇城》：“城中南北七街，东西五街。……宫城南门外（即承天门），有东西大街，谓之横街。横街之南，有南北大街，曰承天门街（东西广百步，南出皇城之朱雀门。《中朝故事》：‘天街两畔槐树，俗号为槐衙。’）”此句以唐长安“天街槐衙”，指代长安。意指，两汉衰亡，长安只余破败凄凉。

【略考】

刘师培存手稿一份，诗题《长安无相忘瓦》，见《仪征刘氏遗稿汇存》第 2 册 P808：“甘泉封燧年年警，茂陵回首秋风冷。三十六宫秋色寒，平芜一片斜阳影。忆昔深宫建未央，鸳鸯瓦上有新霜。萤飞永巷花空（【秎】〈秀〉？），燕入昭阳艸自芳。一从别殿禽华落，长门秋雨愁珠箔。团扇裁成怨合欢，离宫（回首？）悲长乐。纨绮西风咽暮秋，可怜华屋倏山邱。（清？）殊秋雨蟾蜍影，遮断零烟鳷鹊楼。长杨五柞空焦土，金茎尚挹三霄露。苔藓青ミ蚀土花，松楸渺ミ悲陵树。况复昆明有劫灰，松风回首柏梁台。一天残月铜人泣，秋雨空宫落绿槐。”

刘师培有《宫怨》诗：“朝阳日瞑栖鸦飞，未央霜溧禽华肥。帘栊夕雨梦珠箔，绨绤西风欺绿衣。欲知金屋佳人怨，试看玉墀苔迹稀。”（《刘申叔遗书》61 册【38】，《左盦诗录》卷 2《左盦诗》）本诗与《宫怨》意境和辞句皆有相似。

咏怀（五首）

【刊载】

《国粹学报》第 7 期，1905 年 8 月 20 日，署名刘光汉。《刘申叔遗书》61 册（127—128），《左盦诗别录》。

【类别】

其一：五言，8 句；其二、其三：五言，10 句；其四、其五：五言，12 句。

【编年】

1905 年。依首次发表时间。

咏怀（五首）其一

春兰发华滋，秋菊含媚婉。竞秀各一时，何须惜太晚。佳人本幽贞，杂佩长委宛。芳馨盈素怀，焉得不缱绻。

【笺注】

〔春兰发华滋，秋菊含媚婉〕《楚辞章句》卷 2 屈原《九歌 · 礼魂》：“春兰兮秋菊，长无绝兮终古。”王逸注：“言春祠以兰，秋祠以菊，为芬芳长相继承，无绝于终古之道也。”《荀子 · 王制篇第九》：“圣王之制也：草木荣华滋硕之时，则斧斤不入山林，不夭其生，不绝其长也。”《玉台新咏》卷 1《枚乘杂诗九首》其七：“庭前有奇树，绿叶发华滋。”《艺文类聚》卷 97《虫豸部 · 蜂》录郭璞《蜜蜂赋》：“咀嚼华滋，酿以为蜜。”《汉书 · 佞幸传》：“汉兴，佞幸宠臣，高祖时则有籍孺，孝惠有闳孺。此两人非有材能，但以婉媚贵幸。”《搜神记》卷 4：“妇年可十八九，姿容婉媚。”

〔竞秀〕《世说新语 · 言语第二》：“顾长康（顾恺之，字长康——引者）从会稽还，人问山川之美，顾云：‘千岩竞秀，万壑争流，草木蒙笼其上，若云兴霞蔚。’”

〔佳人本幽贞〕《周易正义》卷 2《履》：“九二：履道坦坦，幽人贞吉。”孔颖达疏：“幽人贞吉者，既无险难，故在幽隐之人，守正得吉。”《周易正义》卷 5《姤》：“彖曰：……刚遇中正，天下大行也。”孔颖达疏：“庄氏云：‘一女而遇五男，既不可取，天地匹配，则能成品物。’由是言之，若刚遇中正之柔，男得幽贞之女，则天下人伦之化乃得大行也。”《千字文》：“女慕贞洁，男效才良。”

〔杂佩长委宛〕《毛诗正义》卷 4—3《郑风 · 女曰鸡鸣》：“知子之来之，杂佩以赠之。知子之顺之，杂佩以问之。知子之好之，杂佩以报之。”毛传：“杂佩者，珩、璜、琚、瑀、冲牙之类。”《楚辞》卷 16 刘向《九叹 · 远逝》：“结琼枝以杂佩兮，立长庚以继日。”委宛，即委婉。

〔芳馨盈素怀〕丁福保《佛学大辞典》：“素怀（杂语），平素之希望。多就念佛行者之往生而言，《续高僧传 · 智者传》曰：‘时过三载，方遂素怀。’”此句的字面意思是，此芬芳香馨乃平生所愿，隐含义指自己素怀高洁之志。

〔缱绻〕萦绕眷恋。《毛诗正义》卷 17—4《大雅 · 生民之什 · 民劳》：“无纵诡随，以谨缱绻。”毛传：“缱绻，反复也。”郑玄笺：“昭二十五年《左传》：‘缱绻从公，无通外内。’则缱绻者，牢固相着之意。”《春秋左传正义》卷 51《昭公二十五年》：“缱绻从公，无通外内。”杜预注：“缱绻，不离散。”

【略考】

本诗似以“春兰发华滋，秋菊含媚婉。竞秀各以时，何须惜太晚”为喻，暗指无论少年得志，还是大器晚成，自己素怀高洁之志，都将处之泰然。

咏怀（五首）其二

白日无留情，大运有回薄。我生如飘蓬，天地安可讬。擥条玩蕣华，容辉相照灼。霜露逼岁寒，朝开暮已落。时事如浮云，倏忽易哀乐。

【笺注】

〔白日无留情〕白日，指时光、光阴。《潜夫论》卷 3《忠贵第十一》：“此等之俦，既不助长农工，女无有益于世，而坐食嘉谷，消费白日，毁败成功，以见为破，以牢为伪，以大为小，以易为难，皆宜禁者也。”《文选》卷 23 阮嗣宗（籍）《咏怀诗十七首》其五：“娱乐未终极，白日忽蹉跎。”《玉台新咏》卷 10 刘孝仪《咏织女》：“金钿已照曜，白日未蹉跎。”此句指，时光蹉跎，对任何人都不会留情顾惜。

〔大运有回薄〕大运，天命，天道。《史记 · 天官书》：“云风，此天之客气，其发见亦有大运。”《六臣注文选》卷 13 潘安仁（潘安，本名潘岳）《秋兴赋（并序）》：“四运忽其代序兮，万物纷以回薄。”李善注：“《庄子》：黄帝曰：‘阴阳四时运行，各得其序。’《楚辞》曰：‘日月忽其不淹兮，春与秋其代序。’《鵩鸟赋》曰：‘万物回薄。’”吕向注：“薄，迫也。言四时代为节序，万物递相迁迫也。”此句指，天道循环，变化无常。

〔飘蓬〕《六臣注文选》卷 29 曹子建（植）《朔风诗（四言）》：“风飘蓬飞，载离寒暑。”李善注：“《商君书》曰：‘夫飞蓬遇飘风，而行千里，乘风之势也。’”李周翰注：“植自云，如风飘蓬飞，常不定止也。”

〔天地安可讬〕《文选注》卷 27 魏文帝（曹丕）《善哉行》：“人生如寄，多忧何为。”李善注：“《尸子》曰：‘老莱子曰：人生天地之间，寄也。寄者，固也。’”《全唐诗》卷 428 白居易《秋山》：“人生无几何，如寄天地间。”（第 7 册 P4730）同上书卷 603 许棠《陈情献江西李常侍五首》其三：“天地虽云广，殊难寄此身。”（第 9 册 P7028）

〔擥条玩蕣华〕《毛诗正义》卷 4—3《郑风 · 有女同车》：“有女同车，颜如舜华。”毛传：“舜，木槿也。”孔颖达疏：“《释草》云：‘椴，木槿。榇，木槿。’樊光曰：‘别二名也，其树如李，其华朝生暮落，与草同气，故在草中。’陆机疏云：‘舜，一名木槿，一名榇，一名曰椴，齐鲁之间谓之王蒸，今朝生暮落者是也。五月始华，故《月令》“仲夏木槿荣”’。”《正字通》卯集中《手部》：“擥，……别作揽”。《正字通》申集上《艸部》：“蕣，……《诗》作舜。”

〔容辉相照灼〕容辉，仪容光彩照人。《玉台新咏》卷 1《古诗八首》其二：“独宿累长夜，梦想见容辉。”（《文选》卷 29 作《古诗十九首》，为其十六）《古诗纪》卷 28《魏第八》嵇康《述志诗二首》其二：“慷慨思古人，梦想见容辉。”照灼，照耀，有时特指花朵光彩照人。《玉台新咏》卷 5 沈约《咏桃》：“红英已照灼，况复含日光。”

〔朝开暮已落〕木槿花朝开暮谢。详见《申江杂感用苏东坡〈秋怀〉诗韵（二首）》其一一诗〔木槿花〕，另参见本诗〔擥条玩蕣华〕条笺注。

〔倏忽易哀乐〕《坡门酬唱集》卷 3 苏轼《游灵隐寺得来诗复用前韵》：“盛衰哀乐两须臾，何用多忧心郁纡。”

咏怀（五首）其三

丹穴有翔凤，北溟有大鲲。举吭谐六律，一击沧波浑。背翼虽负天，失地不飞翻。取笑鸠与蜩，得失奚足论。不见奇服士，嚣嚣徒自烦。

【笺注】

〔丹穴有翔凤〕《山海经》卷 1《南山经》：“又东五百里，曰丹穴之山，其上多金玉。丹水出焉，而南流注于渤海。有鸟焉，其状如鸡，五采而文，名曰凤皇。”

〔北溟有大鲲〕《庄子 · 逍遥游第一》：“北冥有鱼，其名为鲲。鲲之大，不知其几千里也。”

〔举吭谐六律〕《吕氏春秋 · 古乐》：“听凤皇之鸣，以别十二律。其雄鸣为六，雌鸣亦六。”《格物通》卷 58《学校一》：“六律者，黄钟、大簇、姑洗、蕤宾、夷则、无射为六阳律；大吕、夹钟、仲吕、林钟、南吕、应钟为六阴。”

〔一击沧波浑〕《庄子 · 逍遥游第一》：“鹏之徙于南冥也，水击三千里，抟扶摇而上者九万里，去以六月息者也。”《孟子译注》卷 7《离娄章句上》：“7.8 孟子曰：……有孺子歌曰：‘沧浪之水清兮，可以濯我缨；沧浪之水浊兮，可以濯我足。’”杨伯峻注：“沧浪——卢文弨《钟山札记》云：‘仓浪，青色；在竹曰苍筤，在水曰沧浪。’按卢说是也。前人有以沧浪为水名者（或云，汉水之支流；或云即汉水），又有以为地名者（在湖北均县北），恐都不可靠。朱珔《小万卷斋文集》有《沧浪非地名辨》。”

（中华书局 1960 年 1 月第 1 版 P170—171）

〔背翼虽负天，失地不飞翻〕《庄子 · 逍遥游第一》："北冥有鱼，其名为鲲。鲲之大，不知其几千里也。化而为鸟，其名为鹏。鹏之背，不知其几千里也；怒而飞，其翼若垂天之云。" 此二句指，大鹏虽背广千里，翼展垂天，但失去大地作倚凭，也不能自由翱翔。参见《读庄子逍遥游（二首）》其二一诗〔扶摇不送培风翼〕条笺注。

〔取笑鸠与蜩，得失奚足论〕见《岁暮怀人》（其六）一诗〔蜩鸠安识鲲鹏奇〕条笺注。

〔不见奇服士，嚣嚣徒自烦〕《楚辞》卷 4 屈原《九章 · 涉江》："余幼好此奇服兮，年既老而不衰。带长铗之陆离兮，冠切云之崔嵬。被明月兮佩宝璐。……接舆髡首兮，桑扈裸行。忠不必用兮，贤不必以。伍子逢殃兮，比干菹醢。与前世而皆然兮，吾又何怨乎今之人！" 王夫之《船山遗书》四十五《楚辞通释》卷 3《涉江》，王夫之注："奇服，喻其志行之美，即所谓修能也。"（同治四年湘乡曾氏金陵节署本）此句指，君不见那"奇服"之士，徒自杞人忧天，自寻烦恼吗。

咏怀（五首）其四

书契易结绳，官事纷以治。六籍厄秦炬，两汉尊经师。道虽归简易，理实明彰施。奈何后生辈，学弗勤深资。断简摭残蠹，摹画工入时。不挽末流失，翻为文雅嗤。

【笺注】

〔书契易结绳，官事纷以治〕《周易正义》卷 8《系辞下》："上古结绳而治，后世圣人易之以书契，百官以治，万民以察，盖取诸夬。" 孔颖达疏："夬者，决也。造立书契，所以决断万事，故取诸夬也。结绳者，郑康成注云：事大，大结其绳；事小，小结其绳，义或然也。"

〔六籍厄秦炬，两汉尊经师〕参见《感事八首》（其五）一诗〔焚书〕条笺注。《后汉书 · 班固传》："盖六籍所不能谈，前圣靡得而言焉。" 李贤注："六籍，六经也。"《庄子 · 天运第十四》："孔子谓老聃曰："丘治《诗》《书》《礼》《乐》《易》《春秋》六经，自以为久矣，孰知其故矣。" 经秦焚书，儒家经典几乎失传。多靠授业经师以记忆口耳相传，后以隶书今文书录。故而，两汉经师身系儒学的存亡绝续，身份非常重要。《汉书 · 武帝纪》史赞："孝武初立，卓然罢黜百家，表章六经。"《史记 · 儒林 · 伏生列传》：“伏生者，济南人也。故为秦博士。孝文帝时，欲求能治《尚书》者，天下无有，乃闻伏生能治，欲召之。是时伏生年九十余，老不能行，于是乃诏太常使掌故朝错往受之。”另见《甲辰年自述诗（其十九）》一诗〔《公》《谷》多类口耳传〕条笺注。

〔道虽归简易，理实明彰施〕《大戴礼记》卷 11《小辨第七十四》：“夫小辨破言，小言破义，小义破道，道小不通，通道必简。”《礼记 · 中庸》：“君子之道，淡而不厌，简而文，温而理。”朱熹《晦庵集》卷 41《为学之道戛戛乎难哉》：“为学之道，至简至易，但患不知其方而溺心于浅近，无用之地则反见其难耳。”民间谚语：“真传一句话，假传万卷书。”彰施，显露昭彰。《尚书 · 益稷》：“以五采彰施于五色。”

〔深资〕指深入研习，学识积累深厚。《孟子 · 离娄下》：“孟子曰：‘君子深造之以道，欲其自得之也。自得之，则居之安；居之安，则资之深；资之深，则取之左右逢其原，故君子欲其自得之也。’”

〔断简摭残蠹〕见《甲辰年自述诗（其四）》一诗〔零编断简〕、〔丹铅〕、〔蠹鱼〕条笺注。

〔摹画工入时〕《全唐诗话》卷 3《朱庆余》：“庆余遇水部郎中张籍知音，索庆余新旧篇，择留二十六章，置之怀袖而推赞之。时人以籍重名，皆缮录讽咏，遂登科。庆余作《闺意》一篇以献曰：‘洞房昨夜停红烛，待晓堂前拜舅姑。妆罢低声问夫婿，画眉深浅入时无？’籍酬之曰：‘越女新妆出镜心，自知明艳更沉吟。齐纨未足时人贵，一曲菱歌敌万金。’由是朱之诗名，流于海内矣。”上句与此句指，学子抱残守缺，缺少新意，胸无大志，只热衷于自售仕进。

〔末流〕李流谦《澹斋集》卷 3《比观仲结诸公课会皆勍敌也行就举南宫作此赠之》：“文章末流乃科举，剽东掠西何等语。”

〔嗤〕《国粹学报》本作“嗤”。嗤，嗤的异体字。《庄子集释》卷 6 下《（外篇）秋水第十七》：“吾长见笑于大方之家。”郭庆藩引成玄英疏：“既而所见狭劣，则长被嗤笑于大道之家。”

咏怀（五首）其五

龙门百尺桐，直上旁无枝。斲之为古琴，饰以轸与丝。杂声筝琶间，俗子无乃嗤。苟免爨下苦，谁识梁栋资。弃置久不用，不如弃路歧。夔旷既不逢，此音知者谁。

【笺注】

〔龙门百尺桐—饰以轸与丝〕《六臣注文选》卷 34 枚叔（乘）《七发八首》："客曰：龙门之桐，高百尺，而无枝。"李善注："《周礼》曰：'龙门之琴瑟'。孔安国《尚书传》曰：'龙门山在河东之西界。'鲁连子曰：'东方有松枞，高千仞而无枝也。'"吕向注："龙门，山名，出桐木，堪为琴瑟。"轸，弦乐器上系绑弦线的小柱，可转动以调节弦的松紧。《列女传》卷 6《阿谷处女》："有琴无轸，愿借子调其音。"《魏书·乐志》："中弦须施轸如琴，以轸调声，令与黄钟一管相合。"丝，琴弦，亦指弦乐器。《周礼注疏》卷 23《春官宗伯下·大师》："大师掌六律六同。……皆播之以八音：金、石、土、革、丝、木、匏、竹。"郑玄注："丝，琴瑟也。"

〔杂声筝琶间，俗子无乃嗤〕琴瑟是中国古代最早出现的弹拨乐器，其音色中正平和，意境悠远，被古人视为正音雅乐。《诗经》中已经出现"窈窕淑女，琴瑟友之"（《周南·关雎》）和"琴瑟在御，莫不静好"（《郑风·女曰鸡鸣》）的诗句。至隋唐时期，由于演奏技巧和表现力等方面的原因，琴瑟逐渐衰落，人们渐渐代之以声音更加明快动听的筝、琵琶和笛萧。《全唐诗》卷 147 刘长卿《听弹琴》："泠泠七丝（一作弦）上，静听松风寒。古调虽自爱，今人多不弹。"（第 3 册 P1483）《全唐诗》卷 424 白居易《废琴》："丝桐合为琴，中有太古声。古声澹无味，不称今人（一作日）情。玉徽光彩灭，朱弦尘土生。废弃来已久，遗音尚泠泠。不辞为君弹，纵弹人不听。何物使之然，羌笛与秦筝。"（第 7 册 P4668—4669）至明代，琴瑟则几近失传。朱载堉《乐律全书》卷 7 上《律吕精义内篇七·旋宫琴谱》："雅乐失传，赖琴及笙二器尚在。虽与古律不无异同，若与歌声高下相协，虽不中，不远矣。"同上书卷 9《律吕精义内篇·乐器图样第十之下·论近代琴瑟失传》："嘉靖间，太常寺典簿李文察上疏曰：'今奏乐者，以琴瑟为虚器。虽设而不能尽鼓，虽鼓而少得正音。盖因琴瑟久贮内库，临祭领出，其弦多腐而不可调，或因瑟柱临鼓而仆。是故鼓琴瑟者不求其声之正，惟求不绝、不仆，以免罪耳。'"康有为在《广艺舟双楫》卷 1《原书第一》中就写道："夫变之道有二，不独出于人心之不容已也，亦由人情之竞趋简易焉。繁难者人所共畏也，简易者人所共喜也。去其所畏，导其所喜，握其权便，人之趋之若决川于堰水之坡，沛然下行，莫不从之矣。几席易为床榻，豆登易为盘碗，琴瑟易以筝琶，皆古今之变，于人便利。"（《康有为全集》第一集 P254，中国人民大学出版社 2007 年 9 月第 1 版）嗤，《国粹学报》本作"嗤"。嗤，嗤的异体字。详见《咏怀（五首）》其四一诗〔嗤〕条笺注。

〔爨下苦〕《西清诗话》卷上："李义山《杂纂》，品目数十，盖以文滑稽者。其一曰‘杀风景’，谓清泉濯足、花上晒裈、背山起楼、烧琴煮鹤、对花饮茶、松下喝道。”后亦作“焚琴煮鹤”。《孟子注疏》卷 5 下《滕文公章句上》：“许子以釜甑爨，以铁耕乎？”赵岐注：“爨，炊也。”

〔梁栋〕即“栋梁”，房屋的主架梁，以喻担负重任之人。《庄子 · 人间世第四》：“仰而视其细枝，则拳曲而不可以为栋梁。”

〔路歧〕亦作“路岐”“岐路”“歧路”，指岔道、小路。《后汉书 · 崔寔传》：“或犹豫歧路，莫适所从。”

〔夔旷〕指古代乐师夔、师旷。详见《岁暮怀人》（其二）一诗〔夔涓牙旷〕条笺注。

咏禾中近儒（三首）

【刊载】

《国粹学报》第 7 期，1905 年 8 月 20 日，署名刘光汉。《刘申叔遗书》61 册（128），《左盦诗别录》。

【类别】

七言，4 句。

【编年】

1905 年。依首次发表时间。

咏禾中近儒（三首）其一

水竹萧疏带草庐，行人争指晚村居。而今怕说坑儒祸，万卷楹书劫火余。（自注：吕晚村。晚村书籍存者甚鲜，惟《四书讲义》及所评时文尚有流传于世者。）

【笺注】

〔禾中〕浙江嘉兴古称。朱彝尊《经义考》卷 94《书（二十三）》：“严氏（观）《禹贡辑要》一卷。未见。《嘉兴县志》：“严字质人，贡生。与弟进士勲、舍人临并负才名，称为‘禾中三严’”。

〔水竹萧疏〕《宋书 · 谢灵运传》录谢灵运《山居赋》自注：“水竹，依水生，甚细密，吴中以为宅援。”萧疏，稀疏貌。《艺文类聚》卷 61《居处部一 · 总载居处》庾阐

《扬都赋》："单棘箜椤，薪蔚萧疏。"

〔晚村居〕《大义觉迷录 · 雍正上谕》："吕留良之诗文书籍，不必销毁；其财产令浙江地方官变价，充本省工程之用。"吕留良故居的位置，今已不可考。1956 年，在吕留良的家乡嘉兴桐乡县崇福镇的旧货商店里，曾发现雍正十三年（1735）石门县知县奉旨变卖吕留良田产的一张田契执照。这纸执照上写道："嘉兴府石门县，为钦奉上谕事，蒙本府宪帖，蒙按察司宪碟，奉总督、部院、管巡抚事程（程元章——引者）案验准刑部咨，开吕留良名下家产、房屋，应令该督作速照估变价，以济本省工程之用可也。"（褚谨翔《清雍正变卖吕留良田产执照》,《文物》1980 年第 3 期 P96）

〔坑儒〕见《咏晚村先生事》一诗〔坑儒〕条笺注。

〔楹书〕遗书，亦指人存留世间的作品。《晏子春秋》卷 6《内篇 · 杂下第六》："晏子病，将死，凿楹纳书焉，谓其妻曰：'楹语也，子壮而示之。'及壮，发书之言曰：'布帛不可穷，穷不可饰；牛马不可穷，穷不可服；士不可穷，穷不可任；国不可穷，穷不可窃也。'"南桂馨辑刊刘师培的存世作品，即名之曰《刘申叔遗书》。

〔吕晚村〕见《咏晚村先生事》一诗〔晚村〕条笺注。

〔《四书讲义》及所评时文〕《清世宗实录》雍正八年十二月癸丑："刑部等衙门会议。……将大逆吕留良所著文集、诗集、日记，及他书已经刊刷，及抄录者，于文到日，出示遍谕，勒限一年，尽行焚毁。"《清世宗实录》雍正九年十二月乙巳："谕内阁：顷翰林顾成天奏称，吕留良所刊《四书讲义》《语录》等书，粗浮浅鄙，毫无发明，宜敕学臣晓谕多士，勿惑于邪说。爰命在廷儒臣详加检阅。兹据大学士朱轼等于其《讲义》《语录》逐条摘驳纂辑成帙，呈请刊刻，遍颁学宫。朕以逆贼所犯者，朝廷之大法也。诸臣所驳者，章句之末学也。朕惟秉至公以执法，而于著书者之为醇为疵与驳书者之或是或非，悉听之天下之公论、后世之公评。朕皆置之不问也。大学士朱轼等既请刊刻颁布学宫，俾远近寡识之士子不至溺于邪说。朕思此请亦属可行，姑从之。以俟天下后世之读书者。"吕留良存世有《四书讲义》《吕子评语》《天盖楼偶评》等著作。2015 年 8 月，国家清史编纂委员会文献丛刊《吕留良全集》由中华书局出版，全书共 10 册，约 500 万字。

咏禾中近儒（三首）其二

伪儒发冢缘《诗》《礼》，心性空言饰簿书。始信盗名犹盗货，清廉犹自说三鱼。（自注：陆稼书。《日知录》言：“廉易而耻难。”今观于稼书所为，益信其言之确矣。）

【笺注】

〔伪儒发冢缘《诗》《礼》〕《庄子 · 外物第二十六》：“儒以《诗》《礼》发冢。大儒胪传曰：‘东方作矣，事之何若？’小儒曰：‘未解裙襦，口中有珠。’《诗》固有之曰：‘青青之麦，生于陵陂。生不布施，死何含珠为？’接其鬓，压其顪，儒以金椎控其颐，徐别其颊，无伤口中珠！”（《庄子》所引《诗经》诗句为逸诗，今本无此句。）陆陇其官至四川道监察御史。其为人、为官清廉，在朝野颇有清誉。但因其出仕清朝，为当时反满情绪高涨的刘师培所不齿。刘师培在《近儒学案序 · 目录》中将陆陇其列于“儒术学案上 ·（伪儒）”中的第一位。

〔心性空言饰簿书〕陆陇其的理学，尊朱（熹）黜王（阳明），极其推崇朱熹的心性论。陆陇其《四书讲义困勉录》卷 36：“天与人，以心性存。养心性，便所以事天。”陆陇其《读朱随笔》卷 1：“心性皆天之所以与我者。不能存养而梏亡之，则非所以事天也。”簿书，官府文书。此句指，陆陇其伪师朱子，以满嘴的心性之学掩饰自己出仕清朝的事实。

〔盗名犹盗货〕《荀子 · 不苟篇第三》：“人之所恶者，吾亦恶之。夫富贵者，则类傲之；夫贫贱者，则求柔之。是非仁人之情也，是奸人将以盗名于晻世者也，险莫大焉。故曰：盗名不如盗货。田仲、史鰌不如盗也。”刘师培《清儒得失论》：“梨洲之学传于四明，万经、全祖望辱身□（虏——引者）廷，生平志节犹隐约于意言之表。李塨受学习斋，而操行弗逮。汤斌亦受学夏峰，然腼颜仕门，官至一品，贻儒学之羞。时陆陇其兴于浙，拾张、吕之唾余，口诵洙泗之言，身事毡裘之主，惟廉介之名与汤相埒。自此以降，而伪学之风昌。”“经世之学，可以耸公卿之听，而不足以得帝王之尊。欲得帝王之尊，必先伪托宋学以自固。故治宋学者，上之可以备公辅，下之可以得崇衔。……故近世以来，士民所尊，莫若汤（汤斌——引者）、陆（陆陇其——引者），则以伪行宋学配享仲尼也。”

〔三鱼〕指杨震。《后汉书 · 杨震传》：“（杨震——引者）不答州郡礼命数十年，众人谓之晚暮，而震志愈笃。后有冠雀衔三鳣鱼飞集讲堂前，都讲取鱼进曰：‘蛇鳣者，卿大夫服之象也；数三者，法三台也。’先生自此升矣，年五十乃始仕州郡。大将军邓骘闻其贤而辟之，举茂才，四迁荆州刺史、东莱太守。当之郡，道经昌邑，故所举荆州茂才王密为昌邑令，谒见，至夜怀金十斤以遗震。震曰：‘故人知君，君不知故人，何也？’密曰：‘暮夜无知者。’震曰：‘天知，神知，我知，子知。何谓无知！’密愧而出。后转涿郡太守。性公廉，不受私谒。子孙常蔬食步行，故旧长者或欲令为开产业，震不肯，曰：‘使后世称为清白吏子孙，以此遗之，不亦厚乎！’……延光二年，代刘恺为太尉。”陆陇其名其书斋为“三鱼堂”，以此表明自己效仿杨震清廉的决心。

〔陆稼书〕陆陇其（1630—1692），字稼书，嘉兴平湖人，清代著名理学家。康熙九年（1670）中进士，官至四川道监察御史，是清代与于成龙齐名的廉吏。乾隆元年（1736）追谥清献，加赠内阁学士兼礼部侍郎衔，从祀孔庙。

【略考】

梁启超《中国近三百年学术史》九《程朱学派及其附属者》：“陆稼书，名陇其，浙江平湖人，……他是鲠直而恬淡的人，所以做官做得不得意，自己也难进易退。清朝讲理学的人，共推他为正统。清儒从祀孔庙的头一位便是他。他为什么独占这样高的位置呢？因为他门户之见最深最严，他说：今之论学者无他，亦宗朱子而已。宗朱子为正学，不宗朱子即非正学。董子云：诸不在六艺之科、孔子之术者，皆绝其道勿使并进，然后统纪可一而法度可明。今有不宗朱子者，亦当绝其道勿使并进。质而言之，他是要把朱子做成思想界的专制君主，凡和朱学稍持异同的都认为叛逆。他不惟攻击陆、王，乃至高景逸、顾泾阳学风介在朱、王之间者，也不肯饶恕。所以程、朱派的人极颂他卫道之功，比于孟子距杨、墨。平心而论，稼书人格极高洁，践履极笃实，我们对于他不能不表相当的敬意。”（《梁启超全集》第十二辑《论著十二》P400，中国人民大学出版社 2018 年 3 月第 1 版）

章太炎《诸子略说》：“清代理学家甚多，然在官者不可以理学论。汤斌、杨名时、陆陇其辈，江郑堂（指江藩——引者）《宋学渊源记》所不收，其意良是。何者？炎黄之胄，服官异族，大节已亏，尚得以理称哉？”（《章太炎全集》第 10 册《演讲集上》P993—994，上海人民出版社 2015 年 10 月第 1 版）

咏禾中近儒（三首）其三

竹垞才名腈江左，著书避世类深宁。一从奏赋承明殿，晚节黄花惨不馨。（自注：朱竹垞。竹垞早年固亭林、青主之流。设隐居不出，不愧纯儒也。）

【笺注】

〔竹垞〕朱彝尊（1629—1709），字锡鬯，号竹垞，浙江嘉兴秀水人，清代著名词人、学者。曾任翰林院检讨，入直南书房，参加纂修《明史》。

〔瞶〕《玉篇》卷 4《目部第四十八》："瞶。……张目也。"

〔著书避世类深宁〕朱彝尊生于明末，入清后以著述游历为业。康熙十八年（1679），51 岁的朱彝尊终于出仕，举博学鸿词，以布衣身份授翰林院检讨，参与编写《明史》。王应麟（1223—1296），字伯厚，号深宁居士，又号厚斋，宁波鄞县人，南宋大学者，曾官至起居郎兼权吏部侍郎。入元后，王应麟隐居不出，直至去世。《文献集》卷 8 下《前承务郎王公墓志铭》："宋季，文学侍从之臣言博物洽闻者，必曰厚斋先生。厚斋，尚书公别号也。尚书公于书无不读，记诵绝人，且练习台阁故事，有不知必问焉。暮年深自晦匿，不与世接。而东南学者以为宋三百年文献所存，莫不翕然宗之。"王应麟极博学，曾撰百科全书式著作《玉海》200 卷，其著作《三字经》更是尽人皆知。

〔一从奏赋承明殿〕《三辅黄图》卷 3："承明殿。未央宫有承明殿，著述之所也。班固《西都赋》（序）云：内有承明著作之庭。即此也。"此句指，入清后，朱彝尊早年隐居不仕，51 岁却出仕清朝，从事官方著述。

〔晚节黄花〕韩琦《安阳集》卷 14《九日水阁》："池馆隳摧古榭荒，此延嘉客会重阳。虽惭老圃秋容淡，且看寒花晚节香。"姚勉《沁园春 · 寿程丞相》："似青山流水，涑川贤相，黄花晚节，魏国元臣。"（唐圭璋《全宋词》第 5 册 P3094，中华书局 1965 年 6 月第 1 版）

〔青主〕傅山（1607—1684），字青主，山西太原人，明末清初大学者。清康熙朝开博学鸿词科，傅山曾被迫晋京，但至北京城外 30 里，坚不入城。后，皇帝殿试博学鸿词，傅山七日不食，称病卧床不起。康熙赐"中书舍人"。

【略考】

刘师培《书曝书亭集后》："秀水朱氏，博极群书，虽考古多疏，然不愧博物君子。夫朱氏以故相之裔，值板荡之交，甲申以还，蛰居雒诵，高栗里之节，卜梅氏之居，东发、深宁，差可比迹。观于马草之什，伤满政之苛残；北邙之篇，吊皇陵而下泣。亡国之哀，形于言表，此一时也。及其浪游岭峤，回车云朔，亭林引为知音，翁山高其抗节，虽簪笔佣书，争食鸡鹜；然哀明妃于青冢，吊李陵于虏台，感慨身世，迹与心违，此一时也。至于献赋承明，校书天禄，文避北山之移，径夸终南之捷，甚至轺车秉节，朵殿承恩，仕莽子云，岂甘寂寞；陷周庾信，聊赋悲哀，此又一时也。后先异轨，出处殊途，冷落青门，忆否故侯之宅；萧条白发，难沾处士之称。此则后凋松柏，莫傲岁寒；晚节黄花，顿改初度者矣。秋风戒寒，朗诵遗集，因论其行藏之概，以备信史之采焉。”（1906 年 11 月 6 日发表于《国粹学报》第 22 期，署名刘光汉。载《刘申叔遗书》57 册【120】,《左盦外集》卷 17）

1947 年 5 月 11 日,《大公晚报》发表了一篇署名林辰的文章《谈“筹安”一丑——拟刘师培的墓志铭》。该文指出，刘师培 1906 年《书曝书亭集后》一文曾以“仕莽子云”喻指朱彝尊，讥朱“后先异轨，出处殊途”，“晚节黄花，顿改初度者矣”；而其自己“后来的行为，竟堕落到比朱彝尊还不如万分的地步”。斥其“丑态可掬，令人作呕!”文章在最后对刘师培“盖棺定论”:“由同盟会会员一变而为端方的密探，再变而为袁世凯的走卒，真是每况愈下，充分表现出他的无定见，无节操。然而，端方既被杀于前，袁世凯又失败于后，他虽善变，结果也是徒劳。我们现在看来，他当年批评朱彝尊的‘后先异轨，出处殊途’，‘后凋松柏，莫傲岁寒；晚节黄花，顿改初度’等话，简直可以一字不易地用来作他的墓志铭。”

林辰（1912—2003），原名王诗农，以笔名林辰行，贵州郎岱人。曾任重庆大学中文系教授，西南师范学院中文系教授、系主任，人民文学出版社编审。专心于《鲁迅全集》的整理、注释、编修工作，为著名的鲁迅研究专家。2010 年 6 月，山东教育出版社出版《林辰文集》，共四辑。

题陈去病拜汲楼诗集（二首）

【刊载】

《国粹学报》第 7 期,1905 年 8 月 20 日，署名刘光汉。《刘申叔遗书》61 册（128—129）,《左盦诗别录》。

【类别】

七言，4 句。

【编年】

1905 年。依首次发表时间。

题陈去病拜汲楼诗集（二首）其一

松陵诗学有宗派，鲁望云林昔擅名。坛坫主盟谁继起，汉槎哀怨稼堂清。

【笺注】

〔陈去病〕见《题佩忍与林宗素孙济扶女士论文绝句后》一诗〔佩忍〕条笺注。

〔拜汲楼诗集〕陈去病原名庆林，仰慕汉代霍去病的武勇，改名“去病”；仰慕汉代汲黯的耿介，将自己的书斋和老家旧宅定名为“汲楼”“拜汲楼”。1901 年，陈去病将自己 28 岁前所作之诗辑为《拜汲楼诗稿》，此稿后散佚殆尽，搜罗遗稿仅得十余首。1922 年，以《东江集》之名编入《浩歌堂诗钞》。陈去病《浩歌堂诗钞 · 东江集 · 又跋》：“此余二十八岁以前作也。年少学不足，曷敢自矜。徒以其时先节孝（指陈去病的母亲倪太夫人——引者）犹健在，家况虽清寂，而弦诵未辍。又得先师诸杏庐详为评骘，俾明向往，因稍稍写而存之，名《拜汲楼诗稿》。自辛丑夏先慈见背，逾年，先师亦捐馆舍。一时志念凄绝，竟致辍业。其后尘事纷迫，荒落弥甚，间有吟咏，恒随手散去，不复存稿。”（朝华出版社影印民国 13 年刊本 P29—30，2017 年 8 月第 1 版）同上书《壮游集》：“夏夕读殷氏《松陵诗征》，时予方尽失其《拜汲楼诗稿》。而所辑乡邦遗文数十卷，及此本独未散佚，一若有阴护之者。爰感而赋此。卷故有陈梦琴希恕题词，即同其韵。”（P47—48）

〔松陵诗学〕松陵，陈去病的家乡，即今江苏苏州吴江区松陵街道，2018 年前为镇。今有《松陵集》传世，为晚唐诗人皮日休与陆龟蒙在苏州诗歌唱和的结集。清乾隆时期袁景辂编《国朝松陵诗征》20 卷，选录清代前期吴江 441 位诗人之作。后殷增又续编《松陵诗征前编》12 卷，陆日爱编《松陵诗征续编》14 卷。

〔鲁望云林〕陆龟蒙，字鲁望，长洲（今江苏苏州）人，晚唐著名诗人。倪瓒（1301—1374），字泰宇，别字符镇，号云林子，江苏无锡人，元末著名书画家、诗人。倪瓒不是苏州人，但曾常年寓居苏州。陆龟蒙和倪瓒都是世家子弟，家饶于财，终生隐居不仕，清雅自娱。陈去病《松陵诗派行（己亥）》：“晚元寓贤惠我顾，云林铁箫欣遭逢。东溪（自注：谢常）钓鳌（自注：陶振）受其学，争以彩笔横词锋。”（陈去病《浩歌堂诗钞 · 东江集》，朝华出版社影印民国 13 年刊本 P20，2017 年 8 月第 1 版）铁箫，即杨维桢（1296—1370），字廉夫，号铁崖、铁笛道人，绍兴诸暨人，元末著名书画家、诗人，曾与倪瓒交往甚密。吴江著名学人谢常、陶振都是杨维桢的学生。

〔坛坫〕会盟时的坛台。《史记 · 鲁仲连传》：“桓公朝天下，会诸侯，曹子以一剑之任，枝桓公之心于坛坫之上。”

〔汉槎哀怨稼堂清〕吴兆骞（1631—1684），字汉槎，号季子，吴江松陵镇（今属江苏苏州）人，清初著名诗人。与陈去病是同乡。顺治十四年（1657），南闱科场案起，当时诗名早已大盛的吴兆骞与多名举人奉旨到北京参加覆试，以证清白。“顺治丁酉科，命南北中式者，在瀛台覆试，题即为《瀛台赋》。是时每举人一名，命护军二员，持刀夹两旁，与试者咸栗栗危惧。”（《郎潜纪闻初笔》卷 12《顺治丁酉科举人在瀛台覆试》）吴兆骞受到惊吓，最终没能完成考卷，并父母、兄弟、妻子被流放宁古塔。一去就是 23 年。吴兆骞在宁古塔著诗 500 多首，收入《秋笳集》。因自身遭遇和境况，其诗多慷慨苍凉、凄苦哀怨之声。潘耒（1646—1708），字次耕，又字稼堂，江苏吴江人，清初著名学者、诗人，曾师事顾炎武，顾氏诸多作品传世，皆依潘耒的刊刻行世。潘耒有《遂初堂集》，其中有诗 15 卷，诗补遗 1 卷。潘耒的诗作，格律规整，辞藻清丽。刘师培对潘耒的诗文非常推崇：“江、淮以南，吴、越之间，文人学士应制科之征，大抵涉猎书史，博而不精。谙于目录词章之学，所为之文，以修洁擅长，句栉字梳，尤工小品，竹垞、次耕其最著者也。”（刘师培《论近世文学之变迁》）

题陈去病拜汲楼诗集（二首）其二

乡邦文献沦亡尽，胜国遗书掇拾多。太息山河今异昔，那堪挥泪问铜驼。

【笺注】

〔乡邦文献沦亡尽，胜国遗书掇拾多〕乡邦文献，指同乡人的著作，详见《甲辰年自述诗（其三十五）》一诗〔乡邦文献〕条笺注。《周礼注疏》卷 14《地官司徒 · 媒氏》：“凡男女之阴讼，听之于胜国之社。”郑玄注：“胜国，亡国也。”此处指已经灭亡的明朝。陈去病《与宋紫佩书》：“惟历年搜集乡先生诗文词曲日益繁富，又考订纪述等类，亦动盈几案。”（《陈去病诗文集 · 笺启》P468，社科文献出版社 2009 年 4 月第 1 版）陈去病搜集家乡苏州地方文献、明季和清代史料不遗余力。他自 1899 年开始辑录《松陵文集》（三编，20 余卷，未完成），又辑录《笠泽诗征》26 卷、《吴江诗录》60 卷，历时 27 年，直至其病重过世。为传承苏州前辈学人诗文，发扬苏地文化做出了巨大贡献；因为抱有排满革命的理念，他还热衷于辑录乡党中前明遗民和抗清人士的史料。1907 年，陈去病辑录的《吴长兴伯遗集》刊行，他还专门撰写了《长兴伯吴易传》。吴易是吴江人，南明抗清名将，被鲁王监国封为“长兴伯”。吴易于 1646 年（顺治二年）在嘉善被俘，不屈而死。他还辑录了《吴赤溟先生遗集》。吴炎（1624—1663），字赤溟，吴江人，参与潘柽章（潘耒之兄）私著《明史》的编纂，后因“《明史》案”文字狱，与潘一同被凌迟处死。陈去病并辑有《明遗民录》；同时，他还热衷于辑录清代被满人刻意湮灭的史料，如他辑有《陆沈丛书》初集，收录了被清廷列为禁书的《建州女直考》《扬州十日记》《嘉定屠城记》《忠文（李邦华——引者）殉节记》。陈去病所辑《清秘史》（署名“有妫血胤”），曾在当时传诵一时。《清秘史》分上下两卷，上卷列满洲世系、职官变迁等，下卷载清代野史传闻，目的正是丑诋其类，1905 年由陆沈丛书社印行。刘师培曾为《清秘史》撰写序文（署名光汉子），并以《新史篇》（署名无畏）为题将该序文发表于 1904 年 8 月 2 日《警钟日报》第一板《徵文》栏目（序文与《新史篇》文字略有异，分别载《刘申叔遗书》57 册【92—95】，《刘申叔遗书补遗》上册 P326—327）。为之写序的，还有柳亚子（署名弃疾子，见陆沈丛书社印本卷首）。掇，《国粹学报》本此字处空白。

〔挥泪问铜驼〕见《感事八首》（其三）一诗〔铜驼秋雨人悲（落）〈洛〉〕条笺注。

点绛唇·咏白荷花

罗袜无声，晶帘一片斜阳里。碧云无际。隔断银河水。

缟袂凌波，洗尽铅华泪。鸣环佩。月明千里。水殿风初起。

【刊载】

《国粹学报》第 7 期，1905 年 8 月 20 日，署名刘光汉。《刘申叔遗书》61 册（155），《左盦词录》。

【类别】

词牌《点绛唇》。

【编年】

1905 年。依首次发表时间。

【笺注】

〔咏白荷花〕《六臣注文选》卷 19 曹子建（植）《洛神赋》：“迫而察之，灼若芙蕖出渌波，秾纤得中，修短合度。”刘良注：“迫近视之，灼然如莲花出渌波也。”辽宁博物馆藏顾恺之《洛神赋图》南宋摹本，洛神所持羽扇呈莲瓣状，其身旁环绕荷花。刘师培这首词作显系化用《洛神赋》中意境辞句以“咏白荷花”。

〔罗袜无声，晶帘一片〕《六臣注文选》卷 19 曹子建（植）《洛神赋》：“陵（五臣作凌）波微步，罗袜生尘。”李善注：“陵波而袜生尘，言神人异也。……《淮南子》曰‘圣人行于水’，无迹也；‘众生行于霜’，有迹也。《说文》曰‘袜，足衣也。’”吕向注："微步，轻步也。步于水波之上，如尘生也。"《全唐诗》卷 164 李白《玉阶怨》："玉阶生白露，夜久侵罗袜。却下水晶帘，玲珑望秋月。"（第 3 册 P1703）纳兰性德《菩萨蛮》："晶帘一片伤心白，云鬟香雾成遥隔。"（《饮水词笺校》P212，辽宁教育出版社 2001 年 7 月第 1 版）

〔碧云无际。隔断银河水〕《诗话总龟前集》卷 41《送别门》："唐节度使薛嵩，有人献小鬟十三岁，左右手俱有纹隐若红线，因号为红线。十九年方辞嵩去，不可留，乃饯别，请坐客冷潮阳作诗曰：'采菱歌罢木兰舟，送客魂消百尺楼。还似洛妃乘雾去，碧云无际水长流。'"（《全唐诗》卷 305 录冷朝阳《送红线》，"碧云无际水长流"作"碧天无际水空流"。）苏氏《更漏子·寄季玉妹》："弄珠江，何处是，望断碧云无际。"（唐圭璋《全宋词》第 1 册 P200，中华书局 1965 年 6 月第 1 版）张翥《蜕岩词》卷下《点绛唇·舟行书见》："正如牛女。隔断银河路。"《六十种曲·寅集》高濂《玉簪记》第二十三出《追别》："[小桃红]恨煞那野水平川，生隔断银河水，断送我春老啼鹃。"（开明书店民国二十四年印本）

〔缟袂凌波〕缟袂，白衣，亦喻白花。苏轼《东坡全集》卷 4《诗八十八首·于潜女》："青裙缟袂于潜女，两足如霜不穿屦。"张翥《蜕岩词》卷下《渔家傲·舟行自西溪至秦川，荷花一望，百里云锦中》："红白芙渠千万朵。水仙恰试新梳裹。缟袂霞衣争婀娜。香霞堕。凌波忽载行云过。"参见本诗〔罗袜无声，晶帘一片〕条笺注。缟，《国粹学报》本作"褠"，似误。

〔洗尽铅华泪〕《文选》卷 19 曹子建（植）《洛神赋》："迫而察之，灼若芙蕖出渌波，秾纤得中，修短合度。……芳泽无加，铅华弗御。"姜特立《梅山续稿》卷 5《次杨元会白莲二首》其二："不御鈆（铅的异体字——引者）华似洛妃，清虚全与道相宜。"王沂孙《水龙吟·白莲》："铅华净洗，涓涓出浴，盈盈解语。"（唐圭璋《全宋词》第 5 册 P3355，中华书局 1965 年 6 月第 1 版）

〔鸣环佩〕《文选》卷 19 曹子建（植）《洛神赋》："感交甫之弃言兮，怅犹豫而狐疑。"《列仙传》载，郑交甫于汉水遇二神女，欲得其珮。神女与之。详见《古意》一诗〔郑交甫〕条笺注。《全唐诗》卷 160 孟浩然《陪独孤使君同与萧员外证登万山亭》："神女鸣环佩，仙郎接献酬。"（第 3 册 P1650）同上书卷 26 崔颢《卢姬篇》："君王日晚下朝归，鸣环佩玉生光辉。"（第 1 册 P359）柳宗元《柳河东集》卷 29《至小丘西小石潭记》："从小丘西行百二十步，隔篁竹，闻水声，如鸣佩环，心乐之。"佩，《国粹学报》本作"珮"。

〔月明千里〕《六臣注文选》卷 13 谢希逸（庄）《月赋》："歌曰：美人迈兮音尘阙，

隔千里兮共明月。”李善注：“《淮南子》曰：道德之论，譬如日月驰骛，千里不能改其处也。”张铣注：“美人喻君子也。迈，行也。君子行去，音信复阙，隔绝千里，共此明月而已。”《玉台新咏》卷 10《近代吴歌九首 · 秋歌》：“仰头看明月，寄情千里光。”《全唐诗》卷 526 杜牧《秋霁寄远》：“唯应待明月，千里与君同。”（第 8 册 P6072）苏轼《水调歌头》：“但愿人长久，千里共婵娟。”（唐圭璋《全宋词》第 1 册 P280，中华书局 1965 年 6 月第 1 版）千，《国粹学报》本作“干”，显误。

〔水殿风初起〕水殿，指水上楼阁和画舫。《全唐诗》卷 143 王昌龄《西宫秋怨》：“芙蓉不及美人妆，水殿风来珠翠香。”（第 2 册 P1445）同上书卷 184 李白《口号吴王美人半醉》：“风动荷花水殿香，姑苏台上宴吴王。”（第 3 册 P1888）同上书卷 8 孟昶《避暑摩诃池上作》：“冰肌玉骨清无汗，水殿风来暗香暖。”（第 1 册 P84）同上书卷 798 花蕊夫人《宫词》：“内庭秋燕玉池东，香散荷花水殿风。”（第 12 册 P9066）

好事近 · 杨花

飞上玉阑干，才被东风吹起。最是一天春雨，踏入轻尘里。

更怜清影别深宫，漂泊随流水。慎勿化萍飞去，荡春心千里。

【刊载】

《国粹学报》第 7 期，1905 年 8 月 20 日，署名刘光汉。《刘申叔遗书》61 册（156），《左盦词录》。

【类别】

词牌《好事近》。

【编年】

1905 年。依首次发表时间。

【笺注】

〔杨花〕柳絮。见《杨花曲》一诗〔杨花〕条笺注。

〔飞上玉阑干〕《全宋诗》卷 3137《白玉蟾二 · 友人陈櫺得杨补之三昧赏之以诗》：“梅花不寒是风寒，落英飞上玉阑干。”（北京大学出版社 1998 年 12 月第 1 版第 60 册 P37556）

〔才被东风吹起〕宋伯仁《西塍集 · 寄征夫》：“不禁春事已阑珊，东风吹起杨花絮，东风吹落杨花絮。”

〔最是一天春雨，踏入轻尘里〕苏轼《水龙吟 · 次韵章质夫杨花词》："晓来雨过，遗踪何在，一池萍碎。春色三分，二分尘土，一分流水。细看来，不是杨花。点点是、离人泪。"（唐圭璋《全宋词》第 1 册 P277，中华书局 1965 年 6 月第 1 版）陈霆《水龙吟 · 杨花 · 和章质夫韵》："晓雨初晴，半归泥土，半随流水。"（陈霆《水南集》卷 10 下，新文丰《丛书集成续编》第 140 册 P733）

〔更怜清影别深宫〕袁凯《海叟集》卷 1《杨白花》："杨白花，飞入深宫里。宛转房栊间，谁能复禁尔，胡为高飞渡江水。江水在天（一作本无）涯，杨花去不归。安得杨花作杨树，种向深宫飞不去。" 参见《杨花曲》一诗〔风花漂荡入秦宫〕条笺注。

〔漂泊随流水〕见本诗〔最是一天春雨，踏入轻尘里〕条笺注。

〔慎勿化萍飞去〕见《杨花曲》一诗〔渡江勿化新萍去〕条笺注。

〔荡春心千里〕《楚辞章句》卷 9 屈原（一说为宋玉）《招魂》："目极千里兮伤春心。" 王逸注："言湖泽博平，春时草短，望见千里，令人愁思而伤心也。或曰：荡春心。荡，涤也。言春时泽平望远，可以涤荡愁思之心也。一作伤心悲。" 许顗《彦周诗话》："杨华既奔梁，元魏胡武灵后作《杨白华歌》，令宫人连臂踏之，声甚凄断。柳子厚《乐府》云：'杨白华，风吹渡江水，坐令宫树无颜色，摇荡春心几千里。回看落日下长秋，哀歌未断城乌起。' 言婉而情深，古今绝唱也。"

浣溪纱 · 读《钱塘纪事》

一曲琵琶咽故宫。西陵风雨冷梧桐。淡烟疏柳夕阳中。
湖水千寻莲叶碧，楼台十里杏花红。而今残照怨西风。

【刊载】

《国粹学报》第 7 期，1905 年 8 月 20 日，署名刘光汉。《刘申叔遗书》61 册（156），《左盦词录》。

【类别】

词牌《浣溪纱》。

【编年】

1905 年。依首次发表时间。

【笺注】

〔钱塘纪事〕疑应为《钱塘遗事》。《钱塘遗事》四库提要："臣等谨按，《钱塘遗事》十卷，元刘一清撰。一清，临安人，始末无可考。其书虽以钱塘为名，而实纪南宋一代之事。高、孝、光、宁四朝所载颇略，理、度以后叙录最详。大抵杂采宋人说部而成，故颇与《鹤林玉露》《齐东野语》《古杭杂记》诸书互相出入。虽时有详略同异，亦往往录其原文。”

〔一曲琵琶咽故宫〕汪元量《水云集》卷 1《湖州歌九十八首》其五：“一掬吴山在眼中，楼台累累间青红。锦帆后夜烟江上，手抱琵琶忆故宫。”汪元量（1241—1317），宋末元初人，字大有，号水云，钱塘（今浙江杭州）人。年轻时的汪元量因精于音律诗词，入侍宋廷。南宋降元后，被迫随南宋皇室北上大都，侍奉元帝。后获准南归，回到钱塘。钱塘于汪元量是故乡，南宋宫阙于他是故宫，而南宋于他是故国。他留有大量吟咏故乡、故宫和故国的诗作，记录了南宋亡国前后的诸多史实。

〔西陵风雨冷梧桐〕西陵，杭州苏小小墓，后改为“西泠”。李贺《昌谷集》卷 1《苏小小墓》：“西陵下，风吹雨。”《乐府诗集》卷 85《苏小小歌》题解：“《乐府广题》曰：‘苏小小，钱塘名倡也，盖南齐时人。西陵在钱塘江之西，歌云“西陵松柏下”是也。’”《西湖游览志余》卷 16《香奁艳语》：“苏小小者，钱唐名娼也，盖南齐时人。其墓或云湖曲，或云江干。”《全唐诗》卷 482 李绅《真娘墓》序：“嘉兴县前亦有吴妓人苏小小墓，风雨之夕，或闻其上有歌吹之音。”（第 8 册 P5520）苏小小墓在杭州西湖孤山岛西泠桥边，其地曾遍植梧桐。《御选明诗》卷 113 方以智《西湖杂兴》：“露冷芙蓉色不红，孤山无限老梧桐。当时油壁车前路，犹在西陵风雨中。”

〔淡烟疏柳〕见《满江红》一词〔淡烟疏柳〕条笺注。

〔湖水千寻莲叶碧，楼台十里杏花红〕莲荷与杏花是杭州的标志性美景。杨万里《诚斋集》卷 23《晓出净慈送林子方》二首其二：“毕竟西湖六月中，风光不与四时同。接天莲叶无穷碧，映日荷花别样红。”陆游《剑南诗稿》卷 17《临安春雨初霁》：“小楼一夜听春雨，深巷明朝卖杏花。”陈缵《与吴先生》：“半榻清风莲叶绿，一坛香雨杏花红。”（《唾余集》，民国二十四年海南书局《海南丛书》第五集）。

〔残照怨西风〕《全唐诗》卷 890 李白《忆秦娥（一名秦楼月，一名碧云深，一名双荷叶）》：“音尘绝，西风残照，汉家陵阙。”（第 13 册 P10123）

临江仙 · 咏蝶

残月当门春不语，小园竟日花飞。红栏回首惜芳菲。绿阴庭院，曲曲琐残晖。

飘泊不随风絮影，而今犹恋罗衣。芳情梦断画桥西。斜阳花雨，未忍抱香归。

【刊载】

《国粹学报》第 7 期，1905 年 8 月 20 日，署名刘光汉。《刘申叔遗书》61 册（156），《左盦词录》。

【类别】

词牌《临江仙》。

【编年】

1905 年。依首次发表时间。

【笺注】

〔残月当门春不语〕黄孝迈《湘春夜月》：“空樽夜泣，青山不语，残月当门。”（唐圭璋《全宋词》第 4 册 P2773，中华书局 1965 年 6 月第 1 版）韩淲《风入松 · 远山横》：“问春何事春将老，春不语、春恨难平。”（唐圭璋《全宋词》第 4 册 P2246，中华书局 1965 年 6 月第 1 版）

〔小园竟日花飞〕《全唐诗》卷 539 李商隐《落花》：“高阁客竟去，小园花乱飞。”（第 8 册 P6215）

〔红栏回首惜芳菲〕韩琦《安阳集》卷 16《辛亥二月十五日》：“凭栏更为芳菲惜，重取轻苫拥旧科。”晁端礼《春晴》：“向此多应念远，凭栏无语。芳菲可惜轻负。”（唐圭璋《全宋词》第 1 册 P428，中华书局 1965 年 6 月第 1 版）苏庠（养直）《阮郎归》：“西园风暖落花时。绿阴莺乱啼。倚栏无语惜芳菲。絮飞蝴蝶飞。”（唐圭璋《全宋词》第 2 册 P658，中华书局 1965 年 6 月第 1 版）

〔绿阴庭院，曲曲琐残晖〕田为《南柯子 · 春思》：“帘风不动蝶交飞。一样绿阴庭院、锁斜晖。”（唐圭璋《全宋词》第 2 册 P813，中华书局 1965 年 6 月第 1 版）《全唐诗》卷 429 白居易《朝归书寄元八》：“柿树绿阴合，王家庭院宽。”（第 7 册 P4747）《乐府雅词》卷下李易安（清照）《转调满庭芳》：“芳草池塘，绿阴庭院，晚晴寒透牕纱。”

〔飘泊不随风絮影〕《全唐诗》卷 539 李商隐《蝶》：“相兼惟柳絮，所得是花心。”（第 8 册 P6222）《全唐诗》卷 893 毛文锡《纱窗恨》其二：“双双蝶翅涂铅粉，咂花心。绮窗绣户飞来稳，画堂阴。二三月，爱随风絮，伴落花，来拂衣襟。更剪轻罗片，傅黄金。”（第 13 册 P10154）

〔而今犹恋罗衣〕《全唐诗》卷 710 徐夤《蝴蝶二首》其一：“防患每忧鸡雀口，怜香偏绕绮罗衣。”（第 11 册 P8254）黄庭坚《山谷词·采桑子》：“樱桃着子如红豆，不管春归。闻道开时。蜂惹香须蝶惹衣。”陈造《江湖长翁集》卷 11《陪盱眙王使君东游四首》其一：“飞花窥碧酒，舞蝶傍红衣。”

〔芳情梦断画桥西〕芳情，春意花讯。元稹《元氏长庆集》卷 18《律诗·早春寻李校书》：“今朝何事偏相觅，撩乱芳情最是君。”王沂《伊滨集》卷 12《词·清平乐·春去》：“蝴蝶不知春去，画桥贪趁流红。”缪公恩《梦鹤轩梅澥诗钞》卷 3《题落花蝴蝶》：“东君归去落花中，万点阑珊一夜风。蛱蝶也知春可惜，共沿溪水觅残红。”

〔斜阳花雨〕侯寘《风入松·西湖戏作》：“入扇柳风残酒，点衣花雨斜阳。”（唐圭璋《全宋词》第 3 册 P1428，中华书局 1965 年 6 月第 1 版）

〔抱香归〕《全唐诗》卷 583 温庭筠《牡丹二首》其一：“蝶繁经（一作轻）粉住，蜂重抱香归。”（第 9 册 P6814）

一萼红·题碧海乘槎图

海波平。正相思无限，隔秋水盈盈。徐福不还，鲁连避世，千秋呜咽潮声。试寄语燕昭汉武，问求仙何日到蓬瀛。成连一去，天风海水，何处移情。

日暮碧云天远，见蜃楼明灭，蛟渚澄清。千仞银涛，片帆飞度，云山划断空青。快此际乘风破浪，指东南九万里鹏程。立向蓬莱高处，目断瑶京。

【刊载】

《国粹学报》第 7 期，1905 年 8 月 20 日，署名刘光汉。《刘申叔遗书》61 册（157），《左盦词录》。

【类别】

词牌《一萼红》。

【编年】

1905 年。依首次发表时间。

【笺注】

〔碧海乘槎图〕《博物志》卷 10《杂说下》：“旧说云，天河与海通。近世有人居海滨者，年年八月有浮槎去来不失期。人有奇志，立飞阁于槎上，多赍粮，乘槎而去。十余日中，犹观星月日辰，自后芒芒忽忽，亦不觉昼夜。去十余日，奄至一处，有城郭状，屋舍甚严，遥望宫中多织妇。见一丈夫牵牛渚次饮之，牵牛人乃惊问曰：‘何由至此！’此人具说来意，并问此是何处。答曰：‘君还至蜀郡，访严君平则知之。’竟不上岸，因还。如期后至蜀，问君平，曰：‘某年月日有客星犯牵牛宿。’计年月，正是此人到天河时也。”后以乘槎、浮槎喻入海求仙。历史上此类绘画作品很多，刘师培所述之《碧海乘槎图》，未详其确指。

〔海波平〕《全唐诗》卷 343 韩愈《学诸进士作精卫衔石填海》：“鸟有偿冤者，终年抱寸诚。口衔山石细，心望海波平。”（第 5 册 P3853）《全唐诗》卷 486 鲍溶《得储道士书》：“为问蓬莱近消息，海波平静好东游。”（第 8 册 P5563）戚继光《止止堂集·横槊稿上·韬钤深处》：“封侯非我意，但愿海波平。”

〔相思无限〕《全唐诗》卷 348 陈羽《长相思》：“相思长（一作复）相思，相思无限极。相思苦相思，相思损容色。”（第 6 册 P3899）《全唐诗》卷 475 李德裕《到恶溪夜泊芦岛》：“岭头无限相思泪，泣向寒梅近北枝。”（第 7 册 P5434）苏辙《栾城集》卷 9《次韵子瞻过淮见寄兼简孙奕职方三首》其二：“无限相思意，新诗句句传。”

〔秋水盈盈〕详见《采莲謌》一诗〔秋水方盈盈〕条笺注。

〔徐福不还，鲁连避世〕世传，徐福入海求仙山，到达了今天的日本，一去不返。参见《台湾行》一诗〔三山〕条笺注。鲁连避世，见《反招隐诗》（残缺）一诗〔鲁连蹈东海〕条笺注。

〔千秋鸣咽潮声〕石孝友《水调歌头·送张左司》：“长沙何在，风送鸣咽暮潮声。”（唐圭璋《全宋词》第 3 册 P2031，中华书局 1965 年 6 月第 1 版）《明词综》卷 3 许谷《风入松·癸亥端午》：“吊屈添来余恨，江边鸣咽潮声。”王安石《临川文集》卷 30《陇东西二首》其二：“陇西流水向西流，自古相传到此愁。添却征人无限泪，怪来鸣咽已千秋。”

〔试寄语燕昭汉武，问求仙何日到蓬瀛〕《史记·封禅书》：“自威、宣，燕昭使人入海求蓬莱、方丈、瀛洲。此三神山者，其传在渤海中，去人不远。患且至，则船风引而去。盖尝有至者，诸仙人及不死之药皆在焉。其物禽兽尽白，而黄金银为宫阙。未至，望之如云；及到，三神山反居水下。临之，风辄引去，终莫能至云。世主莫不甘心焉。及至秦始皇并天下，至海上，则方士言之不可胜数。始皇自以为至海上而恐不及矣，使人乃赍童男女入海求之。”《史记·封禅书》“今天子（指汉武帝——引者）初即位，尤敬鬼神之祀。……是时，李少君亦以祠灶、谷道、却老方见上，上尊之。……少君言上曰：‘……臣尝游海上，见安期生，安期生食巨枣，大如瓜。安期生，仙者，通蓬莱中，合则见人，不合则隐。’于是天子始亲祠灶，遣方士入海求蓬莱安期生之属，……求蓬莱安期生莫能得，而海上燕齐怪迂之方士多更来言神事矣。……入海求蓬莱者，言蓬莱不远，而不能至者，殆不见其气。上乃遣望气佐候其气云。……今上封禅，其后十二岁而还，遍于五岳、四渎矣。而方士之候伺神人，入海求蓬莱，终无有验。”

〔成连一去，天风海水，何处移情〕《乐府古题要解》卷下《水仙操》：“伯牙学鼓琴于成连先生，三年而成。至于精神寂寞，情志专一，尚未能也。成连云：‘吾师子春在海中，能移人情。’乃与伯牙延望，无人。至蓬莱山，留伯牙曰：‘吾将迎吾师。’刺船而去，旬时不返，但闻海上水汩汲湖澌之声。山林窅冥，群鸟悲号，怆然叹曰：‘先生将移我情。’乃援琴而歌之。曲终，成连刺船而还。伯牙遂为天下妙手。”（《事类赋》卷 11《乐部 · 琴》：“若夫水仙之引，文王之操，揩击称工”。吴淑自注引《乐府解题》，词句与此略同）天风海水，见《吊何梅士》一诗〔海水天风归不得〕条笺注。邓廷祯《双砚斋诗钞》卷 9《丙戌 · 古今体诗三十六首 · 叠前韵赠异之兼索湘帆平甫和》：“谓从龟堂拓粉本，天风海水能移情。”《老残游记》第一回《土不制水历年成患，风能鼓浪到处可危》：“老残道：‘天风海水，能移我情，即是看不着日出，此行亦不为辜负。’”参见《题佩忍与林宗素孙济扶女士论文绝句后》一诗〔成连不作牙弦绝〕条笺注。案：《双砚斋诗钞》咸丰年即有刻本；《老残游记》第一回最早面世于 1903 年上海商务印书馆《绣像小说》半月刊第 9 期。

〔日暮碧云〕《玉台新咏》卷 5 江淹《休上人怨别》：“西北秋风至，楚客心悠哉。日暮碧云合，佳人殊未来。”《全唐诗》卷 319 许康佐《日暮碧云合》：“日际愁阴生，天涯暮云碧。重重不辨盖，沉沉乍如积。”（第 5 册 P3603）

〔蜃楼明灭〕苏轼《登州（并叙）》（或作《登州海市》）序：“予闻登州海市旧矣，父老云常出于春夏，今岁晚不复见矣。予到官五日而去，以不见为恨，祷于海神广德王之庙，明日见焉，乃作此诗。”（《苏轼全集校注 · 诗集》卷 26，河北人民出版社 2010 年 6 月第 1 版 P2915）登州府，旧时山东行政辖区，蓬莱为其辖域。苏轼《东坡全集》卷 9《虔州八境图八首》其七：“想见之罘观海市，绛宫明灭是蓬莱。”明灭，忽隐忽现。《九家集注杜诗》卷 24 杜甫《倦夜》：“重露成涓滴，稀星乍有无。”郭知达集注引师尹（民瞻）注：“曹孟德云：‘月明星稀’。有无者，星明灭之状也。”

〔蛟渚澄清〕《梦溪笔谈》卷 21：“登州海中，时有云气，如宫室、台观、城堞、人物、车马、冠盖，历历可见，谓之‘海市’。或曰蛟蜃之气所为，疑不然也。欧阳文忠曾出使河朔，过高唐县，驿舍中夜有鬼神自空中过，车马人畜之声一一可辨，其说甚详，此不具纪。问本处父老，云：‘二十年前尝昼过县，亦历历见人物。’土人亦谓之‘海市’，与登州所见大略相类也。”此句中的“蛟渚”与上句中的“蜃楼”相对，

“澄清”与“明灭”相对，并无实指。

〔千仞银涛〕叶梦得《江城子·湘灵鼓瑟》：“银涛无际卷蓬瀛，落霞明。”（唐圭璋《全宋词》第 2 册 P771，中华书局 1965 年 6 月第 1 版）《瑶华集》卷 15 钱芳标《和少游韵·望海潮》：“穷桑一发，银涛千仞，羲轮吐尽朝华。徐福不归，成连既去，酸风乱点惊沙。”

〔片帆飞度〕黄季嬴《候张伯阳州判不至奉寄》：“且持宝剑穷南溟，片帆飞度遥山青。”（《全元诗》第 24 册 P190，中华书局 2013 年 6 月第 1 版）

〔云山划断空青〕空青，即青天。《全唐诗》卷 229 杜甫《不离西阁二首》其二：“江云飘素练（一作叶），石壁断（一作斩）空青。”（第 4 册 P2496）《全唐诗》卷 173 李白《早过漆林渡寄万巨》：“水色倒空青，林烟横积素。”（第 3 册 P1782）

〔乘风破浪〕《全唐诗》卷 25 李白《杂曲歌辞·行路难三首》其一：“长风破浪会有时，直挂云帆济沧海。”（第 1 册 P343）

〔指东南九万里鹏程〕《庄子·逍遥游第一》：“有鸟焉，其名为鹏，背若泰山，翼若垂天之云，抟扶摇羊角而上者九万里，绝云气，负青天，然后图南，且适南冥也。”

〔瑶京〕神仙居所。《渔隐丛话前集》卷 58：“《夷坚志》云：陈东，靖康间尝饮于京师酒楼。有娼打坐而歌者，东不顾乃去。倚阑独立，歌《望江南》词，音调清越。东不觉倾听，视其衣服皆故弊，以手揭衣爬搔，肌肤绰约如雪，乃复呼使前。再歌之，其词曰：‘阑干曲，红扬绣帘旌，花嫩不禁纤手捻，被风吹去意还惊。眉黛蹙山青。铿铁板，闲引步虚声，尘世无人知此曲，却骑黄鹤上瑶京。风泠月华清。’东问何人制，曰：‘上清蔡真人词也。’歌罢，得数钱即下楼，亟遣仆追之，已失矣。”《宋史·乐志十五（鼓吹上）》：“中太一宫奉安神像《导引》一首：‘九霄仙驭，四纪乐西清，游衍遍黄庭。云骈万里归真室，上应泰阶平。金舆玉像下瑶京，彩仗拥霓旌。天下感会千年运，福祚永昌明。’”

鸳鸯湖放棹歌

秀州风景看不殊，东城城外如画图。十日梅雨更五日，诗情直寄鸳鸯湖。东西两水夹明镜，奇形宛与葫芦符。且喜今朝放晴好，上船未午阴犹纡。睥睨堞低笼翠黻，窣堵波方如玉壶。插竹桥尾艇鱼利，列花瓦当楼女娱。几年曾见白飞絮，一水依然青没蒲。细叶玲珑皁角树，浅咮唼喋黄鸭雏。人憩野亭烟市散，塚埋石表蓬颗孤。思莼岂复慕张翰，放龟那更思孔愉。浮生早谢六尘缚，叹逝翻惜虞渊晡。揽古刚逢吴接越，吟诗不见谭与朱（自注：皆有《鸳湖棹歌》诗）。静中揽胜取适可，客里思乡何有无。人生百年短长梦，得意失意皆须臾。

【刊载】

《国粹学报》第 10 期，1905 年 11 月 16 日，署名刘光汉。《刘申叔遗书》61 册（129），《左盦诗别录》。

【类别】

七言，28 句。

【编年】

1905 年。依首次发表时间。

【笺注】

〔鸳鸯湖〕见《烟雨楼（二首）》其二一诗〔何当散发鸳湖里〕条笺注。

〔秀州〕嘉兴古称秀州。《太平寰宇记》卷 95《江南东道七 · 秀州》："秀州，理嘉兴县。本苏州嘉兴县地。晋天福四年于此置秀州，从两浙钱元瓘之所请也，仍割嘉兴、海盐、华亭三县，并置崇德县以属焉。"

〔东城城外如画图〕嘉兴鸳鸯湖景区位于嘉兴旧城墙东侧，东门之外。嘉兴城墙于民国十七年（1928）被拆除。冯自由《兴中会时期之革命同志》："刘光汉……甲辰冬由蔡元培介绍入光复会，先后任上海俄事警闻及警钟日报记者，因辱詈德人，报馆横被封禁，遂匿同志敖嘉熊家，并助理温台处会馆事宜。"（冯自由《革命逸史》第三集 P115，中华书局 1981 年 7 月第 1 版）冯自由《兴中会时期之革命同志》："敖嘉熊……字梦姜"。（同上书 P82）林大同《记平湖敖梦姜先生之于嘉兴温台会馆》："组织温台会馆。己（指敖嘉熊——引者）为出资以成立之。于嘉兴东门外购地数亩，建筑馆舍，倡仪于光绪甲辰六月，成立于同年九月。"（《温州旅杭同乡会第七届年刊》）案："温台处会馆"位于"嘉兴东门外"，与"鸳鸯湖"比邻，刘师培故称"东城城外"。

〔十日梅雨更五日〕《太平御览》卷 970《果部七 · 梅》："《风俗通》曰：夏禹庙中有梅梁，忽一春生枝叶。又曰：五月有落梅风，江淮以为信风，又其霖霪，号为梅雨，沾衣服皆败黦。"《埤雅》卷 13《释木 · 梅》："今江湘二浙，四五月之间，梅欲黄落，则水润土溽，础壁皆汗，蒸郁成雨，其霏如雾，谓之梅雨，沾衣服皆败黦。故自江以南，三月雨谓之迎梅，五月雨谓之送梅。转淮而北，则否，亦梅至北方多变而成杏，故人有不识梅者，地气使然也。传曰：五月有落梅风，江淮以为信风，亦华信风之类。”刘师培避居嘉兴时，正值梅雨季节。

〔东西两水夹明镜，奇形宛与葫芦符〕嘉兴南湖在东北方，西南湖在西南方，二湖相连，合称鸳鸯湖。西南湖狭长，南湖较阔，鸳鸯湖形状宛似一只亚腰葫芦。

〔纡〕萦绕盘旋。《说文解字》卷 13 上《糸部》：“纡，诎也，从糸于声。一曰萦也。”《六臣注文选》卷 19 宋玉《高唐赋》：“水澹澹而盘纡兮，洪波淫淫之溶滴。”张铣注：“水之回屈缓流之貌。”

〔睥睨堞低笼翠繖〕《释名 · 释宫室第十七》：“城上垣，曰睥睨，言于其孔中睥睨非常也。亦曰，陴，陴裨也，言裨助城之高也。亦曰，女墙，言其卑小，比之于城，若女子之于丈夫也。”《重修玉篇》卷 2《土部第九》：“堞，城上女墙也。《左氏传》曰：‘环城传于堞。’”《集韵》卷 7《去声上 · 换第二十九》：“繖，……或作伞。”此句指，从城下仰望，城垣上的女墙，将流连其上的士女们所撑花伞遮掩得若隐若现。

〔窣堵波方如玉壶〕窣堵波，佛塔。丁福保《佛学大辞典》：“率都婆（术语），Stūpa，又作窣堵波、窣覩波、素覩波、薮斗婆，旧称薮偷婆、私鍮簸、数斗波、鍮婆、塔婆、兜婆、塔、浮图等。奉安佛物或经文，又为标帜死者生存者之德，埋舍利、牙、发等，以金石土木筑造，使瞻仰者。译曰大聚、方坟、圆冢、灵庙、高显处、功德聚等。”此句指，佛塔四廓方正，俨如玉壶。此“窣堵波”应指位于南湖景区的壕股塔。壕股塔约始建于五代、北宋，明代曾重建，20 世纪 70 年代初倒塌，2002 年在南湖勺园旧址易地重建。《弘治嘉兴府志》卷 4《古迹》：“壕股塔，在府城南澄海门外隍池中。其水弯曲如股，有塔七级，高十余丈，制极工巧，屹然于烟波之中。”《浙江档案》2007 年第 3 期发表《嘉兴“七塔”影踪》一文，该文刊有壕股塔 1942 年时实景照片一张。照片中壕股塔七级，塔刹和腰檐缺失，塔身呈比较少见的正四方形，且上下粗细一致。（P35）

〔插竹桥尾艇鱼利〕此句指，在远离岸边的桥墩、桥桩处水底插上竹竿，防止过往船只碰撞，以利航行。艇鱼，即鱼艇，指灵活轻便的小渔船。《释名 · 释船第二十五》：“二百斛以下曰艇，其形径挺，一人二人所行也。”《全唐诗》卷 201 岑参《六月三十（一作十三）日水亭送华阴王少府还县（得潭字）》：“荷叶藏鱼艇，藤花罥客簪。”（第 3 册 P2101）

〔列花瓦当楼女娱〕此句指，雕刻有各类图案花卉的瓦当，为居于闺楼之上的女子提供了视觉之娱。嘉兴，特别是嘉善县干窑镇，自古盛产瓦当，有些瓦当雕刻有各种图案花卉，如莲花纹、菊花纹、石榴纹、缠枝藤蔓纹等吉祥纹饰，还有一些属江南水乡特有的植物，如莲藕、菱角、葫芦等。

〔几年曾见白飞絮〕此句指，前几年前曾来过鸳鸯湖，那是早春时节，正飘荡着白色的柳絮。

〔一水依然青没蒲〕此句指，如今的湖水青青，淹没了蒲草。案：由上句与此句分析，刘师培在 1905 年之前曾去过嘉兴。

〔皁角树〕《正字通》午集中《白部》："皂，俗皁字。"皂角树，在我国大江南北广有栽种，其树叶呈细长椭圆状。皂荚旧时用以洗衣，亦可入药。

〔浅味唼喋黄鸭雏〕《说文解字》卷 2 上《口部》："味，鸟口也。"《史记·司马相如传》载其《上林赋》："唼喋菁藻，咀嚼菱藕。"张守节《正义》："唼，疏甲反。喋，丈甲反。鸟食之声也。"

〔人憩野亭烟市散〕野亭，路旁供人临时休憩的亭子。《太平御览》卷 256《职官部五十四·良刺史上》录引《东观汉记》："郭伋，字细侯，河南人也。……伋念负诸童儿，遂止于野亭，须期乃入。"烟市，人烟市井。《东京梦华录》卷 2《潘楼东街巷》："两街有妓馆，桥头人烟市井，不下州南。"金君卿《金氏文集》卷上《离山阳阻风少憩归思浩然》："舟刺水村衔燕尾，桥横烟市隐虹腰。"此句指，人小憩于野外亭子，远离人烟市井的喧闹繁杂。

〔塚埋石表蓬颗孤〕蓬颗，代指坟茔。石表，指石碑，此处指墓碑。《汉书·贾山传》："为葬埋之侈至于此，使其后世曾不得蓬颗蔽冢而托葬焉。"颜师古注："颗，谓土块。蓬颗，言块上生蓬者耳。举此以对冢上山林，故言蓬颗蔽冢也。"张昱《可闲老人集》卷 3《七言律诗·题桃源州知州李尚志母暨阳县君蒋氏墓志后（承旨学士荣禄大夫晋宁张翥撰）》："小龙冈上有高坟，石表新题蒋院君。"《三国志·魏书二·文帝纪》："以魏郡东部为阳平郡，西部为广平郡。"裴注引《魏略》："改长安、谯、许昌、邺、洛阳为五都，立石表。"

〔思蓴岂复慕张翰〕见《题佩忍与林宗素孙济扶女士论文绝句后》一诗〔思蓴〕条笺注。

〔放龟那更思孔愉〕《搜神记》卷 20："孔愉，字敬康，会稽山阴人，元帝时以讨华轶功，封侯。愉少时尝经行余不亭，见笼龟于路者，愉买之，放于饮不溪中。龟中流左顾者数过。及后，以功封余不亭侯，铸印，而龟钮左顾，三铸，如初，印工以闻，愉乃悟其为龟之报，遂取佩焉。累迁尚书左仆射，赠车骑将军。"此事亦载《晋

书 · 孔愉传》，文字略同。

〔浮生早谢六尘缚〕浮生，指人生虚幻，并非实有。《庄子 · 刻意第十五》：“其生若浮，其死若休。不思虑，不豫谋。”六尘缚，“色声香味触法”带来的牵绊束缚。详见《静坐》一诗〔六根尘〕条笺注、《杂咏》一诗〔尘缚〕条笺注。

〔虞渊晡〕《淮南子 · 说林训》：“日出旸谷，入于虞渊。”《楚辞章句》卷 16 刘向《九叹 · 远逝》：“鞭风伯使先驱兮，囚灵玄于虞渊。”王逸注：“虞渊，日所入也。《淮南》言：‘日出汤谷，入于虞渊’。”晡，下午 3 点—5 点间。详见《端阳日偕地山泽山谷人泛湖言念旧游怆然有作》一诗〔晡〕条笺注。

〔揽古刚逢吴接越〕春秋时，嘉兴古地为吴越两国交壤之地。今嘉兴市秀洲区洪合镇旗杆下村现有一座“国界桥”。传说，春秋时桥北属吴国，桥南属越国。此桥始建于宋代，重建于明代。

〔谭与朱〕朱彝尊有《鸳鸯湖棹歌》100 首，其自序云：“甲寅岁暮，旅食潞河，言归未遂。爰忆土风，成绝句百首，语无诠次，以其多言舟楫之事，题曰：《鸳鸯湖棹歌》，聊比《竹枝》《浪陶沙》之调。冀同里诸君子见而和之，云尔。”（见朱彝尊《曝书亭集》卷 9《鸳鸯湖棹歌一百首（有序）》）谭吉璁是朱彝尊的表兄，他有唱和朱彝尊《鸳鸯湖棹歌》诗 88 首，又续作 30 首。其自序云：“予自弱岁从戎，瓯海闽山，梯涉殆遍，今又往来燕秦间，且以转饷入褒斜谷，几几死者数矣。稍稍息肩榆林，适逢寇至。婴城固守，自知必无生理，赖援师围解，庶几可告无罪以去。此莼鲈之思，肠一日而九回也。表弟朱锡鬯（朱彝尊字锡鬯——引者）以《鸳鸯湖棹歌》简寄，依韵和之，即鄙俚者亦不加点，取其不失吴音已耳。嗟呼！人穷则返本。盖吾二人出处不同，而所遇之穷大都相类。况枌榆之社入之梦寐者与，若以为庄舄之越吟也，则吾岂敢。嘉兴谭吉璁自序。”（见谭吉璁《鸳鸯湖棹歌（和原韵八十八首）》，槜李遗书本，新文丰《丛书集成续编》第 140 册 P396）

〔得意失意皆须臾〕《玉台新咏》卷 9 吴均《行路难二首》其一：“得意失意须臾顷，非君方寸逆所裁。”

焦山放船至金山（用苏东坡《金山放船至焦山》韵）

沧溟形势夙所耽，焦仙招我来江南。天遣奇观夸眼福，有如沧海神山三。江流发源自岷蜀，开阖谁者鱼与蚕。金焦两点亦奇绝，持较蜀岭宜无惭。江天万里动寒色，蛟龙千顷盘深潭。中流仰首望绝壁，蒲帆十幅烟雨酣。白云无心自来往，空山佚事无人谈。松风泠泠入衣袖，空余石影侵云龛。几年作客饮江水，酌泉且试中泠甘。桑阴三宿恐增恋，山灵笑我林泉贪。江潭自古有悽怆，树犹摇落人何堪。卧吹箫管便归去，何由坐我云中菴。

【刊载】

《国粹学报》第10期，1905年11月16日，署名刘光汉。《刘申叔遗书》61册（129—130），《左盦诗别录》。

【类别】

七言，24句。

【编年】

1905年。依首次发表时间。

【笺注】

〔用苏东坡《金山放船至焦山》韵〕苏轼《自金山放船至焦山》："金山楼观何耽耽，撞钟击鼓闻淮南。焦山何有有修竹，采薪汲水僧两三。云霾浪打人迹绝，时有沙户（公自注：吴人谓水中可田者为沙。）祈春蚕。我来金山更留宿，而此不到心怀惭。同游尽返决独往，赋命穷薄轻江潭。清晨无风浪自涌，中流歌啸倚半酣。老僧下山惊客至，迎笑喜作巴人谈（公自注：焦山长老，中江人也）。自言久客忘乡井，只有弥勒为同龛。困眠得就纸帐暖，饱食未厌山蔬甘。山林饥卧古亦有，无田不退宁非贪。展禽虽未三见黜，叔夜自知七不堪。行当投劾谢簪组，为我佳处留茆庵。"（《施注苏诗》卷4《诗四十七首》）

〔沧溟形势夙所耽〕沧溟，指悠远无际的大海。《六臣注文选》卷40谢玄晖（朓）《拜中军记室辞隋王笺》："不悟沧溟未运，波臣自荡。"吕向注："沧溟，海也。"《毛诗正义》卷3—3《卫风·氓》："无与士耽"。毛传："耽，乐也。"此句指，我素常喜爱观览大自然的景致风光。耽，《国粹学报》本"眈"，似误。

〔焦仙〕焦光，东汉隐士，曾隐居于镇江焦山，焦山因此得名。《艺文类聚》卷36《隐逸上》："后汉蔡邕《焦君赞》曰：猗欤焦君，常此玄墨。衡门之下，栖迟偃息。泌之洋洋，乐以忘食。鹤鸣九皋，音亮帝侧。乃征乃用，将受衮职。昊天不吊，贤人遘慝。不惟一志，并此四国。如何穹苍，不诏斯惑。惜哉！朝廷丧兹，旧德恨矣！学士将何法则。"《海录碎事》卷3上："焦山，焦光所隐。"

〔沧海神山三〕传说中的海上蓬莱、方丈、瀛州三座仙山。见《台湾行》一诗

〔三山〕条笺注。镇江有焦山、北固山、金山三山，位于长江南岸，东西向排列。孙星衍《辛未岁（1871——引者）腊八前一日游焦山遇大雪信宿而返山僧借庵索诗用苏子瞻放舟焦山韵走笔付之》："望若海上神山三。"

〔江流发源自岷蜀〕此句指，长江发源于四川岷山（岷蜀）。《尚书 · 禹贡》："岷山导江，东别为沱。"《全宋诗》卷 1981 唐文若《登金山》："江流出岷蜀，万折东南倾。"（北京大学出版社 1998 年 12 月第 1 版第 35 册 P22199）

〔开阖谁者鱼与蚕〕《太平御览》卷 888《妖异部四 · 变化下》："《蜀王本纪》曰：'蜀王之先名蚕丛，后代名曰栢濩，后者名鱼凫。'"《全唐诗》卷 20 李白《蜀道难》："噫吁戏，危乎高哉！蜀道之难，难于上青天。蚕丛及鱼凫，开国何茫然。尔来四万八千岁，乃与秦塞通人烟。"（第 1 册 P244）上句与此句，似指苏轼是四川人。

〔金焦〕指金山、焦山。

〔持较蜀岭宜无惭〕上句与此句指，金山和焦山景致奇绝，可以媲美蜀地四川的山峦。

〔江天万里动寒色，蛟龙千顷盘深潭〕孙星衍《辛未岁（1871——引者）腊八前一日游焦山遇大雪信宿而返山僧借庵索诗用苏子瞻放舟焦山韵走笔付之》："江天万里动寒色，蛟龙百丈蟠深潭。"

〔中流仰首望绝壁〕孙星衍《自焦山放舟登岸仍次前韵》："中流回首望绝壁。"

〔蒲帆十幅烟雨酣〕俞德邻《佩韦斋集》卷 7《过高邮新开湖》："新湖渺渺接张沟，露冷菰丛一雁秋。十幅蒲帆风力饱，回头烟雨暗文游。"李昱《草阁诗集》卷 5《答陶生羽渐寄诗》："十幅蒲帆挂烟雨，江流元不限西东。"蒲帆，蒲草编制的船帆。详见《泛舟小金山》一诗〔蒲帆〕条笺注。

〔白云无心自来往〕孙觌《鸿庆居士集》卷 1《明水寺五代末危全讽据临川时所建画像至今存焉寺旁最高峰有祠屋一区道士居之二首》其二："无心自来往，空羡白云闲。"《全宋诗》卷 1661 虞祺《句》："留得甘泉作霖雨，白云来往自无心。（《舆地纪胜》卷一七七《夔州路 · 万州》）"（北京大学出版社 1998 年 12 月第 1 版第 29 册 P18607）往，《国粹学报》本作"徃"。《字汇》寅集《彳》："往，俗作徃"。

〔空山佚事无人谈〕佚事，亦作"轶事"，指不为人知的事迹。《史记 · 管晏列传》史赞："至其书，世多有之，是以不论，论其轶事。"龚自珍《己亥杂诗》其十二："掌故罗胸是国恩，小胥脱腕万言存。他年金匮如收采，来叩空山夜雨门。"（夏田蓝编《龚定盦全集类编》，上海世界书局 1937 年 5 月初版 P364）

〔松风泠泠〕《全唐诗》卷 727 马冉《岑公岩》："泠泠松风下，日暮空苍山。"（第

11 册 P8410）

〔空余石影侵云龛〕《全唐诗》卷 150 刘长卿《夜宴洛阳程九主簿宅送杨三山人往天台寻智者禅师隐居》:“云龛闭遗影，石窟无人烟。”（第 3 册 P1553）此句指，只留下山石的影子遮挡了高耸入云的龛窟（山壁上的洞窟）。

〔几年作客饮江水，酌泉且试中泠甘〕孙星衍《自焦山放舟登岸仍次前韵》:“江流有时杂澄浊，泉性自合分廉贪。”此二句指，刘师培几年间一直客居上海，日常以黄浦江水为饮水源。如今，终于可饮用山泉，暂且试尝一下清泉的甘洌。

〔桑阴三宿恐增恋，山灵笑我林泉贪〕孙星衍《辛未岁（1871——引者）腊八前一日游焦山遇大雪信宿而返山僧借庵索诗用苏子瞻放舟焦山韵走笔付之》:“桑阴三宿恐增恋，中泠一酌原非贪。”桑阴，本指桑树的树荫，此处喻幽静的隐居之地。《全唐诗》卷 576 温庭筠《故城曲》:“雉声何角角（音谷），麦秀桑阴闲。”（第 9 册 P6755）林泉，指隐居之地。《梁书 · 世祖二子 · 忠壮世子萧方等传》:“性爱林泉，特好散逸。”此二句指，在幽静之地居住了三晚，担心自己更为眷恋此地，山神要笑我太贪恋山林和清泉。

〔江潭自古有悽怆，树犹摇落人何堪〕见《台城柳》一诗〔悽怆悲江潭，摇落能毋伤〕条笺注。

〔卧吹箫管〕苏轼《东坡全集》卷 14《金山梦中作》:“江东贾客木绵裘，会散金山月满楼。夜半潮来风又熟，卧吹箫管到扬州。”

〔云中菴〕镇江焦山自北宋即建有很多庵寺，焦山的庵为比丘所居而非比丘尼。明代和清末民初是焦山庵的鼎盛时期，山上山下最多时有 18 座庵。历史上的焦山各庵都以文人雅士为接待对象，是文人暂避尘嚣的胜景之地。详见张大华《天开胜境话焦山》第二编《山藏古寺》第六章《焦山历史上的庵》，江苏大学出版社 2017 年 3 月第 1 版 P121—128。

【略考】

1905 年秋，刘师培自浙江嘉兴赴安徽芜湖。此诗，疑为路过镇江时所作。参见《芜湖赭山秋望》一诗〔芜湖赭山〕条笺注。

孙星衍《辛未岁腊八前一日游焦山遇大雪信宿而返山僧借庵索诗用苏子瞻放舟焦山韵走笔付之》:“一邱一壑目所眈，何况名胜夸东南。兹山屡过不一到，望若海上神山三。穷冬病体幸无恙，裹裘瑟缩如僵蚕。凿山疑贼灵运惧，有田不归子美惭。江天万里动寒色，蛟龙百丈蟠深潭。登山拾给焦洞近，枕流高卧神魂酣。涛声激石壮心骨，松风入户侵笑谈。夜来飞雪照岩谷，琼瑶装饰金仙龛。佳辰腊八适相值，斋粥味胜膏梁甘。桑阴三宿恐增恋，中泠一酌原非贪。长歌趁韵才力薄，济胜有具衰年堪。诗僧高绝况同志，明春再访山中庵。”（《平津馆丛书》本，《芳茂山人诗录（附长离阁集）》第六《冶城絜养集》卷上）

孙星衍《自焦山放舟登岸仍次前韵》：“象山招人远目眈，破浪忽返江之南。胜游难得雪盈尺，快友应记人同三（自注：同游为刘司马台斗、顾文学鹤庆）。中流回首望绝壁，天然画本王荆惭。八驺不换此寂寂，万瓦未醒居潭潭。鲸波吞山石欲裂，虬枝战风声正酣。漫空天花助禅悦，照座玉屑开清谈。剡溪既到忍回棹，焦仙有约当同龛。才名画饼岂足饱，世味嚼蜡无余甘。江流有时杂澄浊，泉性自合分廉贪。鸿归寥廓弋空篡，树犹摇落人何堪。急图清浮屏尘俗，归途梦绕临江庵。”（出处同上）

拟茂先情诗（二首）

【刊载】

1931 年林思进清寂堂《左盦遗诗》刻本；《刘申叔遗书》61 册（42），《左盦诗录》卷 2《左盦诗》。

【类别】

五言，10 句。

【编年】

1905 年。《左盦诗》署“乙巳”。

【略考】

《晋书 · 张华传》：“张华，字茂先，范阳方城人也。”

《玉台新咏》卷2张华《情诗》五首，其一：“北方有佳人，端坐鼓鸣琴。终晨抚管弦，日夕不成音。忧来结不解，我思存所钦。君子寻时役，幽妾怀苦心。初为三载别，于今久滞淫。昔邪生户牖，庭内自成林。翔鸟鸣翠隅，草虫相和吟。心悲易感激，俯仰泪流衿。愿托晨风翼，束带侍衣衾。”其二：“明月曜清景，胧光照玄墀。幽人守静夜，回身入空帷。束带俟将朝，廓落晨星稀。寐假交精爽，觌我佳人姿。巧笑媚欢靥，联娟眸与眉。寐言增长叹，凄然心独悲。”其三：“清风动帷帘，晨月烛幽房。佳人处遐远，兰室无容光。衿怀拥虚景，轻衾覆空床。居欢惜夜促，在戚怨宵长。抚枕独吟叹，绵绵心内伤。”其四：“君居北海阳，妾在南江阴。悬邈修途远，山川阻且深。承欢注隆爱，结分投所钦。衔恩守笃义，万里托微心。”其五：“游目四野外，逍遥独延伫。兰蕙缘清渠，繁华荫绿渚。佳人不在兹，取此欲谁与？巢居觉风飘，穴处识阴雨。未曾远别离，安知慕俦侣。”

《文选》卷 29 收录了其中的第三、第五首，故刘师培作“二首”。

拟茂先情诗（二首）其一

白商荡炎浊，素月流澹晖。柳色讶非昔，采菉终朝稀。相彼女罗丝，匪松将何依。鷾鸸知嘒俦，候鸿不孤飞。愿为陌上尘，随风集君衣。

【笺注】

〔白商荡炎浊〕白商，秋季。《文选注》卷 35 张景阳（协）《七命》：“若乃白商素节，月既授衣。”李善注：“《周礼》曰：‘西方白’。《礼记》曰：‘孟秋之月，其音商’。刘桢《与临淄侯书》曰：‘肃以素秋则落’。《毛诗》曰：‘九月授衣。天凝地闭，风厉霜飞’。”炎浊，暑热。胡翰《胡仲子集》卷 10《青霞洞天偕章三益佥事观石桥》：“凉风度如水，炎浊荡然清。”

〔素月流澹晖〕素月，明月。《艺文类聚》卷 3《岁时部上·秋》苏彦《秋夜长》：“轻云飘霏以笼朗，素月披曜而舒光。”澹晖，轻柔之光。黄庭坚《山谷集·外集》卷 14《寄张仲谋次韵》：“风力萧萧吹短衣，茅檐霜日淡晖晖。”《正字通》已集上《水部》：“澹，……与淡通”。澹，《林本》作“淡”。

〔柳色讶非昔〕《诗经·小雅·鹿鸣之什·采薇》：“昔我往矣，杨柳依依。今我来思，雨雪霏霏。”

〔采菉终朝稀〕《毛诗正义》卷 15—2《小雅·渔藻之什·采绿》：“终朝采绿，不盈一匊。”毛传：“自旦及食时为终朝，两手曰匊。”郑玄笺：“绿，王刍也，易得之菜也。终朝采之而不满手。”《集韵》卷 9《入声上·烛第三》：“菉，艸名，……或从绿。”

〔相彼女罗丝，匪松将何依〕《毛诗正义》卷 14—2《小雅·甫田之什·頍弁》：“茑与女萝，施于松柏。”毛传：“茑，寄生也。女萝，菟丝、松萝也。”陆德明《音义》：“在草曰菟丝，在木曰松萝。”《乐府诗集》卷 86 伍缉之《劳歌二首》其二：“女萝依附松，终已冠高枝。浮萍生托水，至死不枯萎。”此句指，女子如失去夫君，就像那女萝失去松柏，无所攀援依附。

〔鷾鸸知嘒俦〕鷾鸸，燕子。《庄子·山木第二十》：“鸟莫知于鷾鸸，目之所不宜处，不给视，虽落其实，弃之而走。”陆德明《经典释文》卷 27《庄子音义中·山木第二十》：“或云：鷾鸸，燕也。”《乐府诗集》卷 58 沈君攸《双燕离》：“双燕双飞，双情相思。”《全唐诗》卷 225 杜甫《归燕》：“不独避霜雪，其如俦侣稀。”（第 4 册 P2424）《正字通》丑集上《口部》：“嘑，……与呼……音义实相通。”嘑，《林本》作“呼”。

〔候鸿不孤飞〕大雁群飞，非特殊情况绝不孤飞。《艺文类聚》卷 91《鸟部中 · 雁》庾信《赋得集池雁诗》：“逢风时迴度，逐侣乍争飞。犹忆方塘水，今秋已复归。”

〔愿为陌上尘，随风集君衣〕裘万顷《竹斋诗集》卷 1《出门》：“慎勿出门去，尘埃染人衣。”此句指，愿身化尘埃，随风集落于恋人衣衫。

拟茂先情诗（二首）其二

阶兰摧晨霜，园菊滋秋露。蜻蛚既吟壁，蟏蛸亦在户。侧闻檐溜滴，触怅商絃抚。冷红不上栏，寒碧纷盈宇。试询香杵声，可写边城苦。

【笺注】

〔阶兰摧晨霜，园菊滋秋露〕《全唐诗》卷 1 李世民《赋得残菊》：“阶兰凝曙霜，岸菊照晨光。”（第 1 册 P16）露，《林本》作“雨”。

〔蜻蛚〕《经典释文》卷 30《尔雅音义下 · 释虫第十五》：“《广雅》云：‘蜻蛚，促织也。’《字林》云：‘蟋蟀也。’”《玉台新咏》卷 2 傅玄《朝时篇 · 怨歌行》：“蜻蛚吟床下，回风起幽闼。”《全唐诗》卷 626 陆龟蒙《和袭美新秋即事次韵三首》其三：“鸬鹚阵合残阳少，蜻蛚吟高冷雨疏。”（第 9 册 P7235）

〔蟏蛸亦在户〕《毛诗正义》卷 8—2《豳风 · 东山》：“伊威在室，蟏蛸在户。”《毛传》：“蟏蛸，长踦也。”陆德明《音义》：“长踦，长脚蜘蛛。”孔颖达疏：“长踦，小蜘蛛长脚者，俗呼为喜子。”蟏蛸，《林本》作“蛸蟏”。

〔溜滴〕水滴落。《艺文类聚》卷 7《山部上 · 首阳山》杜笃《首阳山赋》：“青罗落漠而上覆，穴溜滴沥而下通。”《全唐诗》卷 439 白居易《雨夜赠元十八》：“卑湿沙头宅，连阴雨夜天。共听檐溜滴，心事两悠然。”（第 7 册 P4904）

〔商絃〕《正字通》未集中《糸部》：“絃，……八音之丝，通作弦。”《列子》卷 5《汤问第五》：“当春而叩商弦以召南吕，凉风忽至，草木成实。”张湛注：“商，金音，属秋。南吕，八月律。”《初学记》卷 16《乐部下 · 琴第一 · 叙事》：“《三礼图》曰：‘琴第一弦为宫，次弦为商，次为角，次为羽，次为征，次为少宫，次为少商。’”《六臣注文选》卷 18 成公子安（绥）《啸赋》：“动商则秋霖春降，奏角则谷风鸣条。”李周翰注："商，秋音也。"《全唐诗》卷 818 皎然《送穆寂赴举》："夙驾别情远，商弦秋意新。"（第 12 册 P9298）紘，《林本》作"弦"。

〔冷红不上栏〕冷红，指夕阳。赵时奚《恋绣衾》："待欲寄、飞鸿信，望前山、夕照冷红。"（唐圭璋《全宋词》第 5 册 P3175，中华书局 1965 年 6 月第 1 版）易顺鼎《林屋诗录（楚颂楼诗第二十）· 丙戌十二月二十四日雪中游邓尉三十二绝句（附）》其四："凄绝桃花盦主墓，冷红何处吊斜阳。"（《琴志楼丛书本》）上栏，光影漫上栏杆。王安石《临川文集》卷 31《律诗（七言绝句）· 夜直》："春色恼人眠不得，月移花影上栏干。"

〔寒碧纷盈宇〕寒碧，指夜色。赵长卿《惜香乐府》卷 8《总词 · 水调歌头（赏月）》："把酒相劳苦，月色耀天章。冰轮碾破寒碧，飞入酒樽凉。"盈宇，充斥宇宙天地。魏了翁《鹤山集》卷 3《古诗 · 领客君子轩木芙蓉盛开分韵得红字》："天公富万有，盈宇何充充。"

〔试询香杵声，可写边城苦〕《艺文类聚》卷 85《布帛部 · 素》班婕妤《捣素赋》："于是投香杵，叩玟砧。"《全唐诗》卷 21 李白《子夜四时歌四首 · 秋歌》："长安一片月，万户捣衣声。秋风吹不尽，总是玉关情。何日平胡虏，良人罢远征。"（第 1 册 P263）试询，《林本》作"更憎"；可，《林本》作"不"。

咏蝙蝠

大造覆众有，施质非乖睽。云何尘壒踪，转企岩壁栖。蛰伏踵沈阴，翩反循天倪。多伎儗夷由，陶穴羞鼬鼷。迺悟屈伸理，能俾飞伏齐。僊踪傥非遏，奚辞丹厓跻。

【刊载】

1931 年林思进清寂堂《左盦遗诗》刻本；《刘申叔遗书》61 册（42—43），《左盦诗录》卷 2《左盦诗》。

【类别】

五言，12 句。

【编年】

1905 年。《左盦诗》署"乙巳"。

【笺注】

〔大造覆众有〕大造，大自然。详见《静观》一诗〔大造〕条笺注。《尹文子简

注 · 大道上》："大道不称，众有必名。" 厉时熙注："众有，指万物。"（上海人民出版社 1977 年 4 月第 1 版 P2）

〔施质非乖睽〕施质，指塑造某人、某物的核心本质、特征。《文选注》卷 45 班孟坚（固）《答宾戏》（并序）》："乃文乃质，王道之纲。" 李善注："项岱曰：或施质道，或施文道，此王者所以为纲维也。《春秋元命苞》曰：一质一文，据天地之道，天质而地文。又曰：正朔三而改，文质再而复。" 乖睽，悖离，错谬。《周易正义》卷 4《睽》："初九。悔亡。丧马，勿逐，自复见。" 孔颖达疏："'丧马，勿逐，自复'者，时方睽离，触目乖阻。"《横渠易说》卷 2《睽》："九二。遇主于巷，无咎。象曰：遇主于巷，未失道也。" 张载注："守正居中，故能求主于乖丧之际，不失其道。乖睽主有不可显遇之时。" 刘师培《燕雁代飞歌（集杜）》诗："大造本无私，难教一物违。" 上句与此句指，天地化育万物，造物并无错谬。

〔尘壒〕即尘埃。《集韵》卷 7《去声上 · 夳第十四》："壒，尘也。" 踪，《南本》即作"踪"，《林本》作"蹤"。

〔蛰伏踵沈阴〕《淮南子 · 天文训》："介鳞者，蛰伏之类也，故属于阴。" 同上书同篇："至秋三月，地气不藏，乃收其杀，百虫蛰伏，静居闭户，青女乃出，以降霜雪。"《说文解字注》卷 13 上《虫部》："蛰，臧也。" 段注："臧者，善也。善必自隐，故别无藏字。凡虫之伏为蛰，《周南》曰：螽斯羽，蛰蛰兮。"《礼记正义》卷 15《月令》："行秋令，则天多沈阴，淫雨蚤降。" 郑玄注："阴气胜也。" 孔颖达疏："天多沈阴，淫雨蚤降，并天灾也；兵革并起，人灾也。"《孟子注疏》卷 5 下《滕文公章句上》："许行自楚之滕，踵门而告文公曰"。赵岐注："踵，至也。" 此句指，随着阴冷季节的到来，遂藏匿蛰伏。

〔翩反循天倪〕翩反，相反，返回。《毛诗正义》卷 15—1《小雅 · 鱼藻之什 · 角弓》："骍骍角弓，翩其反矣。" 毛传："骍骍，调利也。不善绁檠巧用，则翩然而反。" 孔颖达疏："此角弓虽则调和，当善用之。若不善置，绁檠而巧用之，则翩然而其体反戾矣。" 天倪，天际。江淹《江文通集》卷 1《翡翠赋》："远人迹而独立，揽天倪而为俦。" 此句指，到了和暖（与"沈阴"相反）的季节，又返回天际，活跃起来。

〔多伎儗夷由〕《老子注译及评介》第五十七章："人多伎巧，奇物滋起。" 陈鼓应注："伎巧：技巧，即智巧。"（中华书局 1984 年 5 月第 1 版 P285）《尔雅注疏》卷 10《释鸟第十七》："鼯鼠，夷由。" 郭璞注："状如小狐，似蝙蝠，肉翅。翅尾项胁毛紫赤色，背上苍艾色，腹下黄，喙颔杂白，脚短，爪长，尾三尺许。飞且乳，亦谓之飞生。声如人呼，食火烟。能从高赴下，不能从下上高。" 伎，《林本》作"技"。

〔陶穴羞鼬鼪〕《诗经今注 · 大雅 · 文王之什 · 绵》:“古公亶父，陶复陶穴”。高亨注:“陶，借为掏。复，借为覆。从旁掏的洞叫做覆，即山洞（窑洞）；向下掏的洞叫做穴，即地洞。”（上海古籍出版社 1980 年 10 月第 1 版 P378）《说文解字注》卷 10 上《鼠部》:“鼬，如鼠，赤黄而大，食鼠者。”段注:“如鼠，小徐作如鼦。鼦乃俗貂字。貂，鼠属也，赤黄色，尾大，食鼠者。见《小正》《尔雅》。今之黄鼠狼也。”《康熙字典》亥集下《鼠部》:“按：鼪，即鼠狼也。今曰狼猫，江北曰黄鼠狼。”

〔迺悟屈伸理〕《荀子 · 不苟篇第三》:“与时屈伸，柔从若蒲苇，非慑怯也。”邵雍（康节）《伊川击壤集》卷 7《代书寄前洛阳簿陆刚叔秘校》:“知行知止唯贤者，能屈能伸是丈夫。”迺，《林本》作“乃”。

〔飞伏〕《经义考》卷 7《易（六）·《京氏（房）易传》》:“京房（前 77—前 37 年，著有《京氏易传》3 卷——引者）于世爻用飞伏法：凡卦见者为飞，不见者为伏。”后以飞伏喻人的身份地位悬殊或行止进退。《大唐西域记》卷 2《三国 · 健馱罗国》:“曩者，南海之滨有一枯树，五百蝙蝠于中穴居。有诸商侣止此树下，时属风寒，人皆饥冻，聚积樵苏，蕴火其下，烟焰渐炽，枯树遂燃。时商侣中有一贾客，夜分已后，诵《阿毗达磨藏》。彼诸蝙蝠虽为火困，爱好法音，忍而不去，于此命终。随业受生，俱得人身，舍家修学，乘闻法声，聪明利智，并证圣果，为世福田。近迦腻色迦王与胁尊者招集五百贤圣，于迦湿弥罗国作《毗婆沙论》，斯并枯树之中五百蝙蝠也。余虽不肖，是其一数。斯则优劣良异，飞伏悬殊。仁今爱子，可许出家。出家功德，言不能述。”《全唐诗》卷 86 张说《赠崔公》:“无嗟异飞伏，同气幸相求。”（第 2 册 P924）上句与此句指，（从蝙蝠身上，）证悟了能屈能伸，视宠辱为同一的道理。

〔僊踪倘非遏〕《尔雅 · 释诂》:“遏，……远也。”僊，《林本》作“仙”。

〔奚辞丹厓跻〕国内有数座丹崖山，如山东蓬莱，浙江温岭，河南淅川，陕西洛南，且均有仙人传说。述者分析，此丹厓或指山东蓬莱丹崖山。蓬莱阁建于丹崖山顶。蓬莱天后宫有“福”“寿”二字刻石，据传为陈抟所书。“福”文化、神仙文化是蓬莱胜景中的重要组成部分。天后宫后殿门额即为“福锡丹崖”。“蝠”“福”谐音，刘师培此句或指此。《说文解字》卷 2 下《足部》:“跻，登也。”《毛诗正义》卷 6—4《秦风 · 蒹葭》:“遡洄从之，道阻且跻。”毛传:“跻，升也。”郑玄笺:“升者，言其难至，如升阪。”上句与此句指，仙人踪迹如非太远，何不攀上丹厓之巅，飞升登仙。

【略考】

蝙蝠因谐音“福”，在中国民间历来被视为吉祥之物。然而，蝙蝠也因“非禽非兽”，被斥为左右逢源的小人，并传说此物颇有“法术”。《艺文类聚》卷 97《虫豸部 · 蝙蝠》曹植《蝙蝠赋》:“吁何奸气，生兹蝙蝠。形殊性诡，每变例程。行不由足，飞不假翼。明伏暗动，尽似鼠形，谓鸟不似。二足为毛，飞而含齿。巢不哺鷇，空不乳子。不容毛群，斥逐羽族。下不蹈陆，上不冯木。”乐天大笑生《解愠编》卷 9《偏驳 · 蝙蝠推奸》:“凤凰庆寿，百鸟皆贺，而蝙蝠不往，曰:‘我有足能走，属兽者也。’及麒麟庆寿，百兽皆贺，而蝙蝠又不往，曰:‘我翼能飞，属禽者也。’后麟凤相会，各语及蝙蝠事，乃叹曰:‘世间自有这般推奸避事的禽兽，真是无可奈何。’”（《续修四库全书》第 1272 册 P376）《太平御览》卷 946《虫豸部三 · 蝙蝠》引《抱朴子》:“千岁蝙蝠，色如白雪。集则倒悬，脑重故也。此物得而阴干，末服之，令人寿万岁。”《太平广记》卷 30《神仙三十 · 张果》:“时又有道士叶法善，亦多术。玄宗问曰:‘果何人耶?’答曰:‘臣知之，然臣言讫即死，故不敢言。若陛下免冠跣足救臣，即得活。’玄宗许之。法善曰:‘此混沌初分白蝙蝠精。’言讫，七窍流血，僵仆于地。玄宗遽诣果所，免冠跣足，自称其罪。果徐曰:‘此儿多口过，不谪之恐败天地间事耳。’玄宗复哀请久之，果以水噀其面，法善实时复生。”

刘师培诗词编年笺注稿

（中册）

康涛　编著

线装书局

目　录

（中册）

1906 年

夜月（集杜）…… 443
读楚词（集杜）…… 444
燕雁代飞歌（集杜）…… 445
拟杜工部赠李十二白二十韵（用原韵集杜句）…… 447
谒冶山顾亭林先生祠…… 451
铜人辞汉歌…… 456
送春…… 458
相忘…… 459
书怀…… 460
题风洞山传奇（三首）…… 461
观物吟…… 466
多能…… 468
芜湖赭山秋望…… 469
对月…… 473
燕子矶…… 475
燕子矶…… 476
清凉山夕望…… 476

1907 年

滴翠轩…… 481
留别（二首）…… 482
赠李诚菴（二首）…… 485

留别邓绳侯先生…… 487
偶成（二首）…… 488
杂赋…… 492
日本道中望富士山…… 497
和万树梅花绕一庐…… 500
张园…… 503
冬日旅沪作…… 507
从军苦歌（七首）…… 510
滇民逃荒行…… 517

1908年

再渡日本舟中作…… 523
步佩忍韵…… 528
工女怨（二首）…… 529
译石门和夫氏《希望诗》（二首）…… 532

1909年

八指头陀诗（三首）…… 541
赋得八指头陀诗三首…… 547
金陵城北春游…… 550
从匋斋尚书北行初发焦山…… 554
答梁公约赠诗…… 558
秋怀…… 562
得陈仲甫书…… 566
咏史（四首）…… 573
励志诗…… 581

1910年

游天津公园……593
折柳词（三首）……595
季夏雨霁游北洋公立种植园泛舟竟夕……597
新白紵曲……602
秋思……605
题赵受亭黄山松图……607
夕雨初晴登西山重兴寺孤亭……610
送诸贞壮……613
西山观秋获……616
伤女颎（二首）……621
湘汉吟……626
宋故宫……627
佳人……628
咏史（二首）……629
答周美权诗意……633
有感……636
扇……637
怀桂蔚丞丈……638
从军行（六首）……638
滇民逃荒行……646
工女怨（三首）……647
译石门和夫氏《希望诗》（二首）……651

1911年

乌孙公主歌……657
东坡生日集无闷园……658

沪上送佩忍赴杭州…………………………………………………………… 666
蓟烟………………………………………………………………………………… 672
沪上送陈佩忍至杭州………………………………………………………… 672
杂咏（三首）…………………………………………………………………… 675
横江词（四首）………………………………………………………………… 677
九江烟水亭夕望………………………………………………………………… 679
望庐山……………………………………………………………………………… 683
舟中望庐山……………………………………………………………………… 685
黄鹤楼夕眺……………………………………………………………………… 690

约 1911—1912 年

独漉篇……………………………………………………………………………… 697

1912 年

蜀中赠吴虞（三首）………………………………………………………… 703
蜀中赠朱云石…………………………………………………………………… 713
花园镇关帝庙夜宿……………………………………………………………… 720
升天行……………………………………………………………………………… 724
游仙诗……………………………………………………………………………… 734
大隄曲（八首）………………………………………………………………… 737
浣花溪夕望……………………………………………………………………… 744
阴氛篇……………………………………………………………………………… 746
八埏篇……………………………………………………………………………… 765
大象篇……………………………………………………………………………… 784
咏史（十二首）………………………………………………………………… 816
南河修禊图山腴先生属题（壬子）………………………………………… 865
再题南河图（前诗意有未尽作此广之）…………………………………… 868

1913 年

凌云山夕望…… 875
重庆老君洞夕眺有感…… 880
题江永澄春湖载酒图…… 883
题文绮奩溪亭夜谯图…… 886
题张船山南台饮酒图…… 888
未遂…… 900
已分…… 902
壮志…… 905
嘉树（二首）…… 906
上海赠谢无量…… 909
哀王郁仁…… 911

1906年

夜月（集杜）

秋月仍圆夜，珠帘半上钩。七星在北户，大火复西流。玉露团清影，高风吹早秋。何时倚虚幌，高（杭）〈枕〉对南楼。

【刊载】

《国粹学报》第 12 期,1906 年 1 月 14 日，署名刘光汉。《刘申叔遗书》61 册（130），《左盦诗录》卷 2《左盦诗别录》。

【类别】

五言，8 句。

【编年】

1906 年。依首次发表时间。

【笺注】

〔秋月仍圆夜〕《全唐诗》卷 230 杜甫《十七夜对月》:“秋月仍圆夜，江村独老身。”（第 4 册 P2529）

〔珠帘半上钩〕《全唐诗》卷 230 杜甫《月》:“尘匣元开镜，风帘自上钩。”（第 4 册 P2530）《文苑英华》卷 179《应令 · 应令三十七首》庾肩吾《奉和春夜应令》:“春牖对芳洲，珠帘新上钩。”《全唐诗》卷 302 王建《宫词一百首》其二十一:“城东北面望云楼，半下珠帘半上钩。”（第 5 册 P3437）苏轼《东坡全集》卷 3《吉祥寺赏牡丹》:“醉归扶路人应笑，十里珠帘半上钩。”

〔七星在北户〕《全唐诗》卷 216 杜甫《同诸公登慈恩寺塔》:“七星在北户（一作户北），河汉声西流。”（第 4 册 2259）

〔大火复西流〕《全唐诗》卷 228 杜甫《立秋（一本有日字）雨院中有作》:“山云行绝塞，大火复西流。”（第 4 册 P2483）

〔玉露团清影〕《全唐诗》卷 230 杜甫《江月》:“玉露团清影，银河没半轮。”（第 4 册 P2522）

〔高风吹早秋〕《全唐诗》卷 230 杜甫《夜雨》:“小雨夜复密，回风吹早秋。”（第 4 册 P2527）

〔何时倚虚幌〕《全唐诗》卷 224 杜甫《月夜》:“何时（一作当）倚虚幌，双照泪痕干。”（第 4 册 P2407）

〔高（杭）〈枕〉对南楼〕《全唐诗》卷 228 杜甫《立秋（一本有日字）雨院中有

作》："解衣开北户，高枕对南楼。"（第 4 册 P2483）《国粹学报》误"枕"为"杭"，《刘申叔遗书》因之未改。二字字形相近，显误。据刘师培手稿，即作"杭"。见《仪征刘氏遗稿汇存》第 2 册 P881。

【略考】

现存刘师培手稿一份，文辞与本诗一致，诗题作"十六日夜望月"。见《仪征刘氏遗稿汇存》第 2 册 P881。

集句诗是中国传统诗歌中一种独特的形式。杨慎《升庵诗话》卷 1《〈七经诗〉集句之始》："晋傅咸作《七经诗》，其《毛诗》一篇略曰：'聿修厥德，令终有淑。勉尔遁思，我言维服。盗言孔甘，其何能淑。谗人罔极，有腼面目。'此乃集句诗之始，或谓集句起于王安石，非也。"

集句诗有集一人诗句，亦有集多人诗句者。

这种诗歌题材，至宋代变得非常时髦，其形式和规则亦日趋成熟。其中最著名的作者有两位，一是王安石，一是文天祥。

《全宋诗》（北京大学出版社 1998 年 12 月第 1 版）第 10 册卷 538—577，P6473—6786 为王安石存世诗。其中，集句诗有 68 首。《全宋词》（唐圭璋编，中华书局 1965 年 6 月第 1 版）第 1 册 P204—208 收录王安石存世词作，其中集句词有 1 首（《菩萨蛮》）。

全部自杜甫诗中集句，创于文天祥。《四库全书》收有《文信国集杜诗》，共 200 首，均为五言绝句。此前，集句诗的内容多为写景，历来被人目为游戏之作。但文天祥的集杜诗却与此不同。这 200 首集杜诗，其内容包括对南宋亡国前后的重要人物、重大事件的描述和评价，也包括文天祥对家人的记忆及其自己的情感心态，具有很高的史料价值和文学价值。

清代和民初，集句诗和集杜诗也是很流行的诗歌题材。

《左盦诗录》中有集杜诗共 4 首：《夜月（集杜）》《读楚词（集杜）》《燕雁代飞歌（集杜）》《拟杜工部赠李十二白二十韵（用原韵集杜句）》，均发表于 1906 年 1 月 14 日《国粹学报》第 12 期，收入《刘申叔遗书》61 册（130—132），《左盦诗录》卷 2《左盦诗别录》。在新出版的《仪征刘氏遗稿汇存》中又发现数首刘师培的集杜诗。

读楚词（集杜）

巫咸不可问，投诗赠汨罗。山鬼迷春竹，幽人泣薜萝。风骚共推激，英贤遇坎轲。梦魂归未得，惨惨暮（雲）〈寒〉多。

【刊载】

《国粹学报》第 12 期，1906 年 1 月 14 日，署名刘光汉。《刘申叔遗书》61 册（130），《左盦诗录》卷 2《左盦诗别录》。

【类别】

五言，8 句。

【编年】

1906 年。依首次发表时间。

【笺注】

〔巫咸不可问〕《全唐诗》卷 224 杜甫《上韦左相二十韵（见素）》："巫咸不可问，邹鲁莫容身。"（第 4 册 P2394）参见《效长吉》一诗〔巫咸下云旗〕条笺注。

〔投诗赠汨罗〕《全唐诗》卷 225 杜甫《天末怀李白》："应共冤魂语，投诗赠汨罗。"（第 4 册 P2426）汨，《国粹学报》本作"泊"，显误。

〔山鬼迷春竹〕《全唐诗》卷 233 杜甫《祠南夕望》："山鬼迷春竹，湘娥倚暮花。"（第 4 册 P2566）

〔幽人泣薜萝〕《全唐诗》卷 228 杜甫《伤春五首（巴阆僻远伤春罢始知春前已收宫阙）》其五："春色生烽燧，幽人泣薜萝。"（第 4 册 P2472）

〔风骚共推激〕《全唐诗》卷 216 杜甫《夜听许十损（一作许十一，一作许十，无损字）诵诗爱而有作》："陶谢不枝梧，风骚共推激。"（第 4 册 P2264）

〔英贤遇坎轲〕《全唐诗》卷 217 杜甫《喜晴（一作喜雨）》："英贤遇轗轲，远引蟠泥沙。"（第 4 册 P2273）《正字通》酉集下《车部》："轗，坎、埳并通。"《正字通》酉集下《车部》："轲，……亦作轗轲，《楚辞》作埳轲，别作坎坷。"

〔梦魂归未得〕《全唐诗》卷 228 杜甫《归梦》："梦归（一作魂）归未（一作亦）得，不用楚辞招。"（第 4 册 P2476）

〔惨惨暮（雲）〈寒〉多〕《全唐诗》卷 228 杜甫《暮寒》："沉沉春色静，惨惨暮寒多。"（第 4 册 P2475）《国粹学报》本作"暮雲"，《刘申叔遗书》因之未改。"寒""雲"二字字形相近，显误。

燕雁代飞歌（集杜）

双双新燕子，八月自知归。塞雁与时集，一一背人飞。大造本无私，难教一物违。亦知故乡好，故乡不可思。侧身千里道，不得相追随。凉风起天末，兼催宋玉悲。

【刊载】

《国粹学报》第 12 期，1906 年 1 月 14 日，署名刘光汉。《刘申叔遗书》61 册（131），《左盦诗录》卷 2《左盦诗别录》。

【类别】

五言，12 句。

【编年】

1906 年。依首次发表时间。

【笺注】

〔燕雁代飞〕《淮南鸿烈解》卷 4《墬形训》："磁石上飞，云母来水，土龙致雨，燕雁代飞。"高诱注："燕，玄鸟也，春分而来；雁，春分而去，北诣漠中也。燕，秋分而北；雁，秋分而南，诣彭蠡也。故曰代飞，代更也。"

〔双双新燕子〕《全唐诗》卷 227 杜甫《春日梓州登楼二首》其一："双双新燕子，依旧已衔泥。"（第 4 册 P2461）

〔八月自知归〕《全唐诗》卷 225 杜甫《归燕》："四时无失序，八月自知归。"（第 4 册 P2424）

〔塞雁与时集〕《全唐诗》卷 233 杜甫《登舟将适汉阳》："塞雁与时集，樯乌终岁飞。"（第 4 册 P2570）

〔一一背人飞〕《全唐诗》卷 233 杜甫《归雁二首》其一："双双瞻客上，一一背人飞。"（第 4 册 P2574）

〔大造本无私〕杜甫存世诗中无与此句近似之句。《全唐诗》卷 226 杜甫《后游》："江山如有待，花柳更无私。"（第 4 册 P2444）《全唐诗》卷 223 杜甫《次空灵岸》："青春犹无（一作有）私，白日亦（一作已）偏照。"（第 4 册 P2382）谢迁《归田稿》卷 5《雪湖诗谢谷种次韵二首奉答》其二："嘉禾原有种，大造本无私。"《庄子集释》卷 3 上《大宗师第六》："伟哉造化！又将奚以汝为？将奚以汝适？以汝为鼠肝乎？以汝为虫臂乎？"郭庆藩引成玄英疏："叹彼大造，弘普无私。"

〔难教一物违〕《全唐诗》卷 229 杜甫《秋野五首》其二："易识浮生理，难教一物违。"（第 4 册 P2499）

〔亦知故乡好〕《全唐诗》卷 218 杜甫《两当县吴十侍御江上宅》："亦知故乡乐，未敢思夙昔。"（第 4 册 P2297）

〔故乡不可思〕《全唐诗》卷 218 杜甫《赤谷》:“贫病转零落，故乡不可思。”（第 4 册 P2298）

〔侧身千里道〕《全唐诗》卷 225 杜甫《得弟消息二首》其一:“侧身千里道，寄食一家村。”（第 4 册 P2420）

〔不得相追随〕《全唐诗》卷 216 杜甫《送高三十五书记》:“惊风吹（一作飘）鸿鹄，不得相追随。”（第 4 册 P2253）

〔凉风起天末〕《全唐诗》卷 225 杜甫《天末怀李白》:“凉风起天末，君子意如何。”（第 4 册 P2426）

〔兼催宋玉悲〕《全唐诗》卷 230 杜甫《雨》:“直觉巫山暮，兼催宋玉悲。”（第 4 册 P2531）

拟杜工部赠李十二白二十韵（用原韵集杜句）

不见李生久，江山憔悴人。凉风起天末，秋月解伤神。交态遭轻薄，浮生有屈伸。文章亦不尽，爽气必殊伦。北阙心常息，南阳气已新。奈何迫物役，况乃久风尘。天意高难问，交情老更亲。犹残数行泪，有愧百年身。俗态犹猜忌，行高无污真。竟无宣室（日）〈召〉，传语故乡春。忝迹朝廷旧，无心栋宇邻。圣朝无弃物，我（辇）〈辈〉本常贫。祖帐维舟数，荒城系马频。白头趋幕府，此贼本王臣。降集翻翔凤，斯文起获麟。接舆还入楚，范叔已归秦。国有乾坤大，恩倾雨露辰。羁离交屈宋，万古重雷陈。策杖古樵路，观棋积水滨。所过频问讯，沧海阔无津。

【刊载】

《国粹学报》第 12 期，1906 年 1 月 14 日，署名刘光汉。《刘申叔遗书》61 册（131—132），《左盦诗录》卷 2《左盦诗别录》。

【类别】

五言，40 句。

【编年】

1906 年。依首次发表时间。

【笺注】

〔赠李十二白二十韵〕《全唐诗》卷 225 杜甫《寄李十二白二十韵》:“昔年有狂客，

号尔谪仙人。笔落惊风雨，诗成泣鬼神。声名从此大，汩没一朝伸。文彩承殊渥，流传必绝伦。龙舟移棹晚，兽锦夺袍新。白日来深殿，青云满后尘。乞归优诏许，遇我宿心亲。未负幽栖志，兼全宠辱身。剧谈怜野逸，嗜酒见天真。醉舞梁园夜，行歌泗水春。才高心不展，道屈善无邻。处士祢衡俊，诸生原宪贫。稻粱求未足，薏苡谤何频。五岭炎蒸地，三危放逐臣。几年遭鵩鸟，独泣向麒麟。苏武先还汉，黄公岂事秦。楚筵辞醴日，梁狱上书辰。已用当时法，谁将此义陈。老吟秋月下，病起暮江滨。”（第 4 册 P2432）

〔不见李生久〕《全唐诗》卷 227 杜甫《不见（原注：近无李白消息）》：“不见李生久，佯狂真可哀。”（第 4 册 P2460）

〔江山憔悴人〕《全唐诗》卷 231 杜甫《送孟十二仓曹赴东京选》：“藻镜留连客，江山憔悴人。”（第 4 册 P2546）

〔凉风起天末〕《全唐诗》卷 225 杜甫《天末怀李白》：“凉风起天末，君子意如何。”（第 4 册 P2426）

〔秋月解伤神〕《全唐诗》卷 228 杜甫《赠王二十四侍御契四十韵（王契，字佐卿，京兆人。元结有送契之西蜀序。）》：“晓莺工迸泪，秋月解伤神。”（第 4 册 P2481）

〔交态遭轻薄〕《全唐诗》卷 232 杜甫《移居公安敬赠卫大郎钧》：“交态遭轻薄，今朝豁所思。”（第 4 册 P2561）

〔浮生有屈伸〕《全唐诗》卷 225 杜甫《寄张十二山人彪三十韵》：“自古皆悲恨，浮生有屈伸。”（第 4 册 P2432）

〔文章亦不尽〕《全唐诗》卷 234 杜甫《送窦九归成都》：“文章亦不尽，窦子才纵横。”（第 4 册 P2582）

〔爽气必殊伦〕《全唐诗》卷 224 杜甫《奉赠鲜于京兆二十韵（鲜于仲通，天宝末为京兆尹。）》：“异才应间出，爽气必殊伦。”（第 4 册 P2395）

〔北阙心常息〕《全唐诗》卷 231 杜甫《九日五首》其二：“北阙心长恋，西江首独回。”（第 4 册 P2534）“恋（戀）”与“息”字形相近，刘师培“字迹荒率，力求迅速”，疑手民误识。

〔南阳气已新〕《全唐诗》卷 225 杜甫《喜达行在所三首（原注：自京窜至凤翔。）》其二：“司隶章初睹，南阳气已新。”（第 4 册 P24）

〔奈何迫物役〕《全唐诗》卷 218 杜甫《发同谷县（原注：乾元二年十二月一日自陇右赴剑南纪行。）》：“奈何迫物累，一岁四行役。”（第 4 册 P2301）

〔况乃久风尘〕《全唐诗》卷 229 杜甫《谒先主庙（刘昭烈庙在奉节县东六里）》："如何对摇落，况乃久风尘。"（第 4 册 P2504）

〔天意高难问〕《全唐诗》卷 232 杜甫《暮春江陵送马大卿公恩命追赴阙下》："天意高难问，人情老易悲。"（第 4 册 P2555）

〔交情老更亲〕《全唐诗》卷 226 杜甫《奉简高三十五使君》："行色秋将晚，交情老更亲。"（第 4 册 P2445）

〔犹残数行泪〕《全唐诗》卷 227 杜甫《登牛头山亭子》："犹残数行泪，忍对百花丛。"（第 4 册 P2463）

〔有愧百年身〕《全唐诗》卷 230 杜甫《中夜》："长为万里客，有愧百年身。"（第 4 册 P2523）

〔俗态犹猜忌〕《全唐诗》卷 225 杜甫《秦州见敕（一作除）目薛三璩（一作据）授司议郎毕四曜除监察与二子有故远喜迁官兼述索居凡三十韵》："俗态犹猜忌，妖氛忽杳冥。"（第 4 册 P2429）

〔行高无污真〕《全唐诗》卷 223 杜甫《敬寄族弟唐十八使君》："物白讳受玷，行高无污真。"（第 4 册 P2375）

〔竟无宣室（日）〈召〉〕《全唐诗》卷 228 杜甫《过故斛斯校书庄二首》其一："竟无宣室召，徒有茂陵求。"（第 4 册 P2483）《国粹学报》与《刘申叔遗书》均作"日"。"召""日"字形相近，疑为手民误识。

〔传语故乡春〕《全唐诗》卷 226 杜甫《赠别何邕》："五陵花满眼，传语故乡春。"（第 4 册 P2450）

〔忝迹朝廷旧〕《全唐诗》卷 228 杜甫《弊庐遣兴奉寄严公》："迹忝（一作寄）朝廷旧，情依节制尊。"（第 4 册 P2486）杜诗作"迹忝"，刘师培作"忝迹"。

〔无心栋宇邻〕《全唐诗》卷 228 杜甫《赠王二十四侍御契四十韵（王契，字佐卿，京兆人。元结有送契之西蜀序。）》："但使芝兰秀，何烦（一作须）栋宇邻。"（第 4 册 P2481）杜诗作"何烦（一作须）"，刘师培作"无心"。

〔圣朝无弃物〕《全唐诗》卷 227 杜甫《客亭》："圣朝无弃物，老病已成（一作衰）翁。"（第 4 册 P2460）

〔我（辇）〈辈〉本常贫〕《全唐诗》卷 222 杜甫《寄薛三郎中（据）》："天未厌戎马，我辈本常贫。"（第 4 册 P2374）《国粹学报》本作"辈"，《刘申叔遗书》误"辈"为"辇"。

〔祖帐维舟数〕《全唐诗》卷 231 杜甫《送鲜于万州迁巴州（鲜于炅乃仲通子，有父风。）》:“祖帐排（一作维）舟数，寒江触石喧。”（第 4 册 P2545）

〔荒城系马频〕《全唐诗》卷 229 杜甫《谒先主庙（刘昭烈庙在奉节县东六里）》:“绝域归舟远，荒城系马频。”（第 4 册 P2504）

〔白头趋幕府〕《全唐诗》卷 228 杜甫《正月三日归溪上有作简院内诸公》:“白头趋幕府，深觉负平生。”（第 4 册 P2486）

〔此贼本王臣〕《全唐诗》卷 227 杜甫《有感五首》其三:“不过行俭德，盗贼本王臣。”（第 4 册 P2467）杜诗作“盗贼”，刘师培作“此贼”。

〔降集翻翔凤〕《全唐诗》卷 232 杜甫《秋日荆南送石首薛明府辞满告别奉寄薛尚书颂德舒怀斐然之作三十韵》:“降集翻翔凤，追攀绝众狙。”（第 4 册 P2560）

〔斯文起获麟〕《全唐诗》卷 225 杜甫《寄张十二山人彪三十韵》:“高兴知笼鸟，斯文起（一作岂）获麟。”（第 4 册 P2432）

〔接舆还入楚〕《全唐诗》卷 228 杜甫《赠王二十四侍御契四十韵（王契，字佐卿，京兆人。元结有送契之西蜀序。）》:“接舆还入楚，王粲不归秦。”（第 4 册 P2481）

〔范叔已归秦〕《全唐诗》卷 224 杜甫《上韦左相二十韵（见素）》:“韦贤初相汉，范叔已归秦。”（第 4 册 P2394）

〔国有乾坤大〕《全唐诗》卷 229 杜甫《奉汉中王手札》:“国有乾坤大，王今叔父尊。”（第 4 册 P2491）

〔恩倾雨露辰〕《全唐诗》卷 224 杜甫《奉赠鲜于京兆二十韵（鲜于仲通，天宝末为京兆尹。）》:“交合丹青地，恩倾雨露辰。”（第 4 册 P2395）

〔羁离交屈宋〕《全唐诗》卷 221 杜甫《赠郑十八贲（云安令）》:“羁离交屈宋，牢落值颜闵。”（第 4 册 P2337）羁，《国粹学报》本作“羈”。

〔万古重雷陈〕《全唐诗》卷 228 杜甫《赠王二十四侍御契四十韵（王契，字佐卿，京兆人。元结有送契之西蜀序。）》:“莫令胶漆地，万古重雷陈。”（第 4 册 P2481）

〔策杖古樵路〕《全唐诗》卷 223 杜甫《宿花石戍（长沙有渌口、花石二戍）》:“系舟盘藤轮，策杖古樵路。”（第 4 册 P2383）

〔观棋积水滨〕《全唐诗》卷 228 杜甫《赠王二十四侍御契四十韵（王契，字佐卿，京兆人。元结有送契之西蜀序。）》:“置酒高林下，观棋积水滨。”（第 4 册 P2481）

〔所过频问讯〕《全唐诗》卷 234 杜甫《奉使（一作送）崔都水翁下峡》:“所过频问讯，到日自题诗。”（第 4 册 P2583）

〔沧海阔无津〕《全唐诗》卷 224 杜甫《上韦左相二十韵（见素）》：“豫樟深出地，沧海阔无津。”（第 4 册 P2394）

谒冶山顾亭林先生祠

北阙河山渺，东林党祸延。先生抱幽绪，大道未迍邅。忆昔新都建，曾闻谏草传。志频知耻励，官早职方迁。填海悲精卫，伤春泣杜鹃。管宁辞魏日，绮季避秦年。治法师三古，兵机悉九边。秦关曾卜宅，燕塞忆屯田。抗志希元亮（自注：先生诗集中有“陶渊明归里”诗），传经老服虔。墓门吴市侧，祠宇冶山巅（自注：同治时所建）。涧远苹繁洁，阶空草木妍。明宫今寂寞，望断孝陵前。

【刊载】

《国粹学报》第 13 期，1906 年 2 月 13 日，署名刘光汉。《刘申叔遗书》61 册（132），《左盦诗录》卷 2《左盦诗别录》。

【类别】

五言，24 句。

【编年】

1906 年。依首次发表时间。

【笺注】

〔冶山顾亭林先生祠〕国内有数处顾炎武祠，南京冶山东侧山腰朝天宫附近曾有一处顾炎武祠，建于清同治十三年（1874），民国期间拆除。光绪《续纂江宁府志》卷 4《祠祀》：“顾亭林祠在府学东南山陬。府学为朝天宫旧址。亭林三至江宁，曾寓居其中。同治十三年，教授赵彦修、教谕吴绍伊因余屋改建，以江宁先正翁荃、程廷祚、严长明、谈泰、胡镐、金鳌、陈宗彝、杨大堉、车持谦、朱绪曾、陈立，寓贤仪征刘毓崧、德清戴望祔祀。其楼龛祀明侍郎顾章志、赞善顾绍芳、国子生顾绍芾、官荫生顾同荫、处士顾同吉（顾侍郎亭林之曾王父，旧有祠在朝天宫，今推本所生，更祀赞善以下）。岁以五月二十八日亭林生日，由府学教授、教谕率绅士致祭（光绪三年江宁布政使孙公衣言议准札行府学）。”

〔北阙河山渺，东林党祸延〕北阙，皇宫北门，后泛指朝廷。《史记 · 高祖本纪》：“萧丞相营作未央宫，立东阙、北阙。”裴骃《集解》：“《关中记》曰：‘东有苍龙阙，北有玄武阙。玄武所谓北阙。'”司马贞《索隐》：“东阙名苍龙，北阙名玄武，无西南二阙者，盖萧何以厌胜之法故不立。《说文》云：'阙，门观也。'秦家旧宫皆在渭北，而立东阙北阙，盖取其便。”张守节《正义》：“《括地志》云：'未央宫在雍州长安县西北十里长安故城中。'颜师古云：'未央殿虽南向，而当上书奏事谒见之徒皆诣北阙，公车司亦在北焉。是则以北阙为正门，而又有东门、东阙，至于西南两无门阙也。萧何初立未央宫，以厌胜之术，理宜然也。'按：北阙为正者，盖象秦作前殿，渡渭水属之咸阳，以象天极阁道绝汉抵营室。”东林党祸，见《感事八首》（其二）一诗〔东林〕条笺注。此二句指，明朝廷已经覆亡，而南明小朝廷却在马士英、阮大铖等阉党余孽的操纵下，对以前的东林党人及与之有关人士继续进行残酷镇压和迫害。渺，《国粹学报》本作“渺”。

〔幽绪〕强烈且深远的思绪。叶适《水心集》卷 23《故大理正知袁州罗公墓志铭》：“嗟夫！振三世之幽绪，跨一宗之显爵。”

〔迍邅〕迍邅，亦作“屯邅”，难行不进之貌。详见《明代扬州三贤咏 · 宝应刘练江先生永澄》一诗〔迍邅〕条笺注。

〔新都建〕《弘光实录钞》卷 1：“崇祯十七年夏五月庚寅（1644 年 6 月 7 日——引者），福王监国于南京。”

〔曾闻谏草传〕明亡后，原明昆山知县杨永言举荐顾炎武做了南明弘光兵部司务。1645 年，顾炎武连上《军制论》《形势论》《田功论》和《钱法论》四道奏疏，曾广为流传，史称“乙酉四论”，四文均见《亭林文集》卷 6《补遗》。参见《书顾亭林先生墨迹后》一诗〔拜表至行朝，真意达肝鬲〕条笺注。

〔志频知耻励〕顾炎武有《廉耻》一文，他在文中写道：“古人治军之道，未有不本于廉耻者。吴子曰，凡制国治军，必教之以礼，励之以义，使有耻也。夫人有耻，在大足以战，在小足以守矣。尉缭子言，国必有孝慈廉耻之俗，则可以死易生。而太公对武王将有三胜，一曰礼将，二曰力将，三曰止欲将。故礼者所以班朝治军，而兔罝之武夫皆本于文王后妃之化，岂有淫刍荛窃牛马而为暴于百姓者哉？”（《日知录》卷 13《廉耻》）志频，急于匡扶、去恶。《毛诗正义》卷 18—2《大雅 · 荡之什 · 桑柔》：“于乎有哀，国步斯频。”毛传：“频，急也。”《周易正义》卷 4《明夷》：“君子于行，三日不食。”王弼注：“故曰：君子于行也，志急于行，饥不遑食，故曰'三日不食'也。”

〔官早职方迁〕钱邦彦《校补顾亭林年谱》：顺治二年（1645），“唐王（朱聿键——引者）遥授先生兵部职方司。”

〔填海悲精卫〕见《咏明末四大儒（四首）》其一一诗〔《精卫》诗〕条笺注。

〔伤春泣杜鹃〕顾炎武《亭林诗集》卷 3《宋六陵》："六陵饶荆榛，白日愁春雨。山原互起伏，井邑犹成聚。偃折冬青枝，哀哀叫杜宇。海水再桑田，江头动金鼓。蹑屩一迁逡，泪洒攒宫土。"

〔管宁辞魏〕管宁，字幼安，北海朱虚人（今山东临朐），东汉末、三国时期隐士。曾避乱辽东，曹魏时返乡，又数次拒绝曹魏皇帝征召，终老于家。《三国志 · 魏书》有本传。

〔绮季避秦〕绮季，亦称绮里季。为避秦乱，与东园公、夏黄公、角（或作"甪"）里先生隐居商山，世称"商山四皓"。《史记 · 留侯世家》："上欲废太子，立戚夫人子赵王如意。大臣多谏争，未能得坚决者也。吕后恐，不知所为。人或谓吕后曰：'留侯善画计策，上信用之。'吕后乃使建成侯吕泽劫留侯，曰：'君常为上谋臣，今上欲易太子，君安得高枕而卧乎？'留侯曰：'始上数在困急之中，幸用臣策。今天下安定，以爱欲易太子，骨肉之间，虽臣等百余人何益。'吕泽强要曰：'为我画计。'留侯曰：'此难以口舌争也。顾上有不能致者，天下有四人。四人者年老矣，皆以为上慢侮人，故逃匿山中，义不为汉臣。然上高此四人。今公诚能无爱金玉璧帛，令太子为书，卑辞安车，因使辩士固请，宜来。来，以为客，时时从入朝，令上见之，则必异而问之。问之，上知此四人贤，则一助也。'于是吕后令吕泽使人奉太子书，卑辞厚礼，迎此四人。四人至，客建成侯所。"司马贞《索隐》："四人，四皓也，谓东园公、绮里季、夏黄公、角里先生。"

〔治法师三古〕顾炎武《日知录》卷 7《不践迹》："服尧之服，诵尧之言，行尧之行，所谓践迹也。先王之教，若《说命》所谓学于古训，《康诰》所谓'绍闻衣德言'，以至于诗书六艺之文，三百三千之则，有一非践迹者乎？善人者，忠信而未学礼，笃实而未日新，虽其天资之美，亦能闇与道合。而卒以不学，无自以入圣人之门矣。治天下者亦然。故曰：'周监于二代，郁郁乎文哉！'不然则以汉文之几致刑措，而不能成三代之治矣！"

〔兵机悉九边〕顾炎武著《天下郡国利病书》120 卷，这是一部涉及政治、军事、历史、经济、社会等诸多方面的地理学专著。顾炎武著此书，极重各地军事意义和战略价值，兼述赋税、水利等民生和社会问题，并在最后专辟《九边四夷》章。《明史 · 兵制三 · 边防》："元人北归，屡谋兴复。永乐迁都北平，三面近塞。正统以后，敌患日多。故终明之世，边防甚重。东起鸭绿，西抵嘉峪，绵亘万里，分地守御，初设辽东、宣府、大同、延绥四镇，继设宁夏、甘肃、蓟州三镇，而太原总兵治偏头，三边制府驻固原，亦称二镇，是为九边。"

〔秦关曾卜宅〕顾炎武在其 51 岁后，曾于康熙二年、十六年、十七年、十八年、二十年五次入陕游历考察，并曾在华山脚下筑庐短住，名"顾庐"。《晚晴簃诗汇》卷 26 杨端本《顾亭林卜居华山》："谷有图南卧，卜邻古洞幽。莲开犹十丈，松老自千秋。扪虱应难识，翔鸿未可求。不须丹诏至，野性白云留。"

〔燕塞忆屯田〕顾炎武《昌平山水记》卷下："元至正十二年，丞相脱脱言，京畿近水地，召募江南人耕种，岁可收粟麦百万余石，不烦海运，京师足食，从之。于是西自西山，南至保定、河间，北抵檀、顺，东至迁民镇，凡官地及元管各处屯田，悉从分司农司立法佃种，合用工价、牛具、农器、谷种给钞五百万锭，命悟良哈台乌古、孙良祯并为大司农卿。又于江南召募能种水田及修筑围堰之人各一千名为农师，降空名添设职事敕牒十二道，募农夫一百名者授正九品，二百名正八品，三百名从七品，就令管领所募之人，农夫人给钞十锭，岁乃大稔。此京东水田之利已行于元人者也。然近京之地参错不一，有京卫屯地，有陵卫屯地，有外卫屯地，有马房地，有良牧署地。而县西北板桥村有钞没太监曹吉祥地一十顷一十三亩，天顺八年十月奉旨拨为宫中庄田，皇庄之设自此始。先是，洪武中诏北平、山东、河南荒闲地土听民开垦，永不起科。久之则有无籍之徒指为空地，投献内官权要请为庄业者。小民失业，无所控诉。成化七年十二月，彗出天田，言者以为天田畿内之田也，宜罢庄田还之百姓。事寝不行。"（吴县朱氏校经山房《亭林遗书》本）

〔抗志希元亮〕《亭林诗集》卷 1《陶彭泽归里》："结驷非吾愿，躬耕力尚堪。咄嗟聊绾绶，去矣便投簪。望积庐山雪，行深渡口岚。芟松初作径，荫柳乍成庵。瓮盎连朝浊，壶觞永日酣。秋篱寻菊蕊，春箔理桑蚕。旧德陈先祖，遗书付五男。因多文义友，相与卜村南。"陶潜，字元亮。曾任彭泽县令，亦称陶彭泽。《后汉书·文苑下·赵壹传》："缙绅归慕，仰高希骥。"李贤注："希，慕也。"

〔传经老服虔〕顾炎武著有《左传杜解补正》，其自序曰："《北史》言：周乐逊'著《春秋序义》，通贾、服说，发杜氏违。'今杜氏单行，而贾、服之书不传矣。吴之先达邵氏宝，有《左觿》百五十余条，又陆氏粲有《左传附注》，傅氏逊本之为《辨误》一书。今多取之，参以鄙见，名曰《补正》。"顾炎武的《春秋》学和史学，注重贾逵、服虔的注释，其《日知录》亦多引贾、服古注。另参见《甲辰年自述诗（其三十六）》一诗〔贾服遗书待折衷〕条笺注。

〔墓门吴市侧〕据吴映奎《顾亭林先生年谱》，顾炎武康熙二十一年正月初九（1682 年 2 月 15 日）病逝于山西曲沃。顾炎武后归葬于昆山，其墓地在今江苏省苏州市昆山市千灯镇顾氏故居之内。

〔祠宇冶山巅〕见本诗〔冶山顾亭林先生祠〕条笺注。

〔苹蘩〕即"苹蘩"，都是水草，可用于祭祀和正式宴会。《诗经 · 周南 · 采蘩》诗序："采蘩，夫人不失职也，夫人可以奉祭祀，则不失职矣。"诗："于以采蘩，于沼于沚。"《诗经 · 周南 · 采苹》诗序："采苹，大夫妻能循法度也，能循法度，则可以承先祖共祭祀矣。"诗："于以采苹，南涧之滨。"《春秋左传正义》卷 3《隐公三年》："涧、溪、沼、沚之毛；苹、蘩、薀、藻之菜；……可荐于鬼神，可羞于王公。"杜预注："苹，大蓱也。蘩，皤蒿。"案：繁，《国粹学报》本作"蘩"。

〔明宫今寂寞〕南京明皇宫至明后期已经颓败，至清初则仅存"颓垣残壁"。经太平天国运动，明故宫彻底湮灭。康熙（玄烨）《圣祖仁皇帝御制文集》卷 18《论 · 过金陵论》："道出故宫，荆榛满目。昔者凤阙之巍峩，今则颓垣断壁矣。昔者玉河之湾环，今则荒沟废岸矣。路旁老民跽而进曰，若为建极殿，若为乾清宫，阶碱陛级，犹得想见其华构焉。"嘉庆《新修江宁府志》卷 9《古迹中》："明故宫在今驻防城内，即旧紫禁城。由西华门出东华门，两门之中，有高墙。依墙有废址，为文华、武英等殿基。面墙十余丈，为五凤楼，左右皆城，连东西二华门，即紫禁城门（今之西华门疑系顺治十七年所重建者，延旧西华门名称之，非明宫城之旧西华门也。）楼城外，为六部堂，今废。直南行三门，与楼相对为午门。出门有小河，为金水河。跨河石桥五，中稍阔。再南，为正阳门（一曰洪武）。门外为象房，由大街折而东南，为神乐观。今皆废。"

〔望断孝陵前〕顾炎武有多首谒孝陵和瞻仰朱元璋"御容"的诗作，如，《恭谒孝陵》《再谒孝陵》《恭谒高皇帝御容于灵谷寺》《孝陵图（有序）》《闰五月十日恭诣孝陵》《重谒孝陵》。顾炎武《亭林诗集》卷 2《闰五月十日恭诣孝陵》："忌日仍逢闰，星躔近一周。空山传御幄，苇路想行驺。寝殿神衣出，祠官玉斝收。蒸尝凭绝隝，蝥蟊托荒陬。薄海哀思结，遗臣涕泪稠。礼应求草野，心可对玄幽。寥落存王事，依稀奉月游。尚余歌颂在，长此侑春秋。"

【略考】

刘师培存一份手稿《冶山谒顾亭林先生祠》，与本诗文辞颇有不同："北阙河山渺，东林党祸延。先生抱幽绪，吾道未迍邅。忆昔新都建，曾闻谏草传。志频知耻励，官已职方迁。战垒吴山侧，孤城渐水边。何心思避地，无计更回天。填海悲精卫，啼枝泣杜鹃。管宁辞魏日，绮季避秦年。台峤空秋水，昌平冷暮烟。风尘犹扰攘，车马几周旋。聊赋归来什，时传箸述编。披图探境域，论政溶言泉。讲学缘朱陆，研经续服虔。伤时工部什，忧国子山篇。（学?）术前仔继，衣冠古制沿。墓门吴市侧，祠宇冶山巅。地近吴王阙，堂邻卞氏阡。柳痕飞阁畔，艸色石阶前。涧远苹繁洁，山空草木妍。西风萧瑟冷，回首倍凄然。”（见《仪征刘氏遗稿汇存》第 2 册 P873、847）

铜人辞汉歌

建章宫殿西风急，沈阴黯淡天无色。闻到昆明有劫灰，空余仙掌留真迹。龙去鼎湖不可攀，茂陵秋雨铜花湿。一朝牵向鼎门前，空对秋风思故国。西望长安里数千，五云宫阙长相忆。微物犹知恋主恩，人生况复非金石。君不见，周鼎沈沦泗水阴，奇珍不为秦人获。休屠金人亦祭天，一朝移向郊坛侧。

【刊载】

《政艺通报》丙午第 3 号，1906 年 3 月 9 日，署名光汉。《刘申叔遗书》61 册（18），《左盦诗录》卷 1《匪风集》。

【类别】

古体，七言，16 句；三言，1 句。

【编年】

1906 年。依首次发表时间。

【笺注】

〔铜人辞汉歌〕《文苑英华》卷 349《杂歌中 · 金铜仙人辞汉歌一首》李贺《金铜仙人辞汉歌》序："魏明帝青龙元年八月，诏宫官牵车西取汉孝武捧露盘仙人，欲立置前殿。宫官既拆盘，仙人临载乃潸然泪下。唐诸王孙李长吉遂作《金铜仙人辞汉歌》。"诗："茂陵刘郎秋风客，夜闻马嘶晓无迹。画栏桂树悬秋香，三十六宫土花碧。魏官牵车指千里，东关酸风射眸子。空将汉月出宫门，忆君清泪如铅水。衰兰送客咸阳道，天若有情天亦老。携盘独出月荒凉，渭城已远波声小。"后世多有仿作和续作。刘师培此诗仿李贺的痕迹亦非常明显。

〔建章宫〕《史记 · 封禅书》："十一月乙酉，柏梁灾。……其后天子又朝诸侯甘泉，甘泉作诸侯邸。勇之乃曰：'越俗有火灾，复起屋必以大，用胜报之。'于是作建章宫，度为千门万户。"《三辅黄图》卷 2《汉宫》："建章宫。武帝太初元年，栢梁殿灾。粤巫勇之曰：‘粤俗有火灾，即复起大屋以厌胜之。’帝于是作建章宫，度为千门万户。宫在未央宫西，长安城外。”同上书卷 3《长乐、未央、建章、北宫、甘泉宫中宫室台殿》：“神明台。《汉书》曰：建章有神明台。《庙记》曰：神明台，武帝造，祭仙人处。上有承露盘，有铜仙人舒掌捧铜盘玉杯，以承云表之露。以露和玉屑服之，以求仙道。”

〔闻到昆明有劫灰〕见《咏汉长无相忘瓦》一诗〔魂复昆明有劫灰〕条笺注。

〔仙掌〕《三辅黄图》卷 3《长乐、未央、建章、北宫、甘泉宫中宫室台殿》：“《长安记》：‘仙人掌大七围，以铜为之。魏文帝徙铜盘，折，声闻数十里。’”《汉书 · 郊祀志上》：“其后又作柏梁、铜柱、承露仙人掌之属矣。”颜师古注：“苏林曰：仙人以手掌擎盘承甘露。师古曰：《三辅故事》云：建章宫承露盘，高二十丈，大七围，以铜为之，上有仙人掌承露，和玉屑饮之。盖张衡《西京赋》所云‘立修茎之仙掌，承云表之清露，屑琼蘂以朝餐，必性命之可度’也。”

〔龙去鼎湖不可攀〕见《三月十九日，俗传太阳生辰，乃明怀宗殉国之日，而中国亡国之一大纪念也，作诗一章》一诗〔鼎湖龙去泣轩辕〕条笺注。

〔茂陵秋雨铜花湿〕茂陵，汉武帝陵寝。详见《咏汉长无相忘瓦》一诗〔茂陵〕条笺注。《全唐诗》卷 539 李商隐《寄令狐郎中》：“嵩云秦树久离居，双鲤迢迢一纸书。休问梁园旧宾客，茂陵秋雨病相如。”（第 8 册 P6206）铜花，铜锈，详见《甲辰年自述诗（其四十六）》一诗〔出土铜花犹炫碧〕条笺注。

〔一朝牵向鼎门前〕曹魏景初元年，魏明帝欲将长安汉武帝所铸铜人迁移至洛阳，后因过于沉重，将之弃于灞桥。详见《咏汉长无相忘瓦》一诗〔铜人泣〕条笺注。《后汉书 · 郡国志一 · 河南尹 · 雒阳》：“东城门名鼎门。”刘昭注：“《帝王世记》曰：‘东南门九鼎所从入。’又曰：‘武王定鼎雒阳西南，雒水北鼎中观是也。’”

〔五云宫阙〕亦称五云宫殿，指天上仙人宫殿，亦指帝王宫殿。《周礼注疏》卷 26《春官宗伯 · 保章氏》：“以五云之物，辨吉凶。”郑玄注：“青为虫，白为丧，赤为兵荒，黑为水，黄为丰。”《庾开府集笺注》卷 3 庾信《周祀圆丘歌十二首 · 雍夏（彻奠）》：“翠凤摇，和鸾响，五云飞。”吴兆宜注：“《汉书》：范增曰：吾令人望沛公，其上有云，皆为龙虎，成五采，此天子气也。”王安石《临川文集》卷 30《六年》：“六年湖海老侵寻，千里归来一寸心。西望国门搔短发，九天宫阙五云深。”程公许《沧洲尘缶编》卷 6《题会庆建福宫长歌》：“丛霄其上为昆仑，上帝宫阙森五云。”

〔微物犹知恋主恩〕见《咏汉长无相忘瓦》一诗〔铜人泣〕条笺注。此句指，涉小之物尚知眷恋主人的恩德。

〔人生况复非金石〕《文选》卷 29《古诗一十九首》其十一："人生非金石，岂能长寿考？"此句指，何况人非草木金石，孰能无情。

〔周鼎沈沦泗水阴，奇珍不为秦人获〕《史记·封禅书》："其后百二十岁而秦灭周，周之九鼎入于秦。或曰宋太丘社亡，而鼎没于泗水彭城下。"《史记·秦始皇本纪》："始皇还，过彭城，斋戒祷祠，欲出周鼎泗水。使千人没水求之弗得。"《坡门酬唱集》卷 3 苏轼《甘露寺（并引）》："泗水逸周鼎，渭城辞汉盘。"

〔休屠金人亦祭天，一朝移向郊坛侧〕《史记·匈奴列传》："其明年春，汉使骠骑将军去病将万骑出陇西，过焉支山千余里，击匈奴，得胡首虏骑万八千余级，破得休屠王祭天金人。"裴骃《集解》："《汉书音义》曰：'匈奴祭天处本在云阳甘泉山下，秦夺其地，后徙之休屠王右地，故休屠有祭天金人，象祭天人也。'"司马贞《索隐》："韦昭云：'作金人以为祭天主。'崔浩云：'胡祭以金人为主，今浮图金人是也。'……案：得休屠金人，后置之于甘泉也。"《汉书·礼乐志》："至武帝定郊祀之礼，祠太一于甘泉，就乾位也。"颜师古注："言在京师之西北也。"《史记·孝武本纪》："公卿言：'皇帝始郊见泰一云阳'。"张守节《正义》："《括地志》云：汉云阳宫在雍州云阳县北八十一里，有通天台，即黄帝以来祭天圆丘之处。"《三辅黄图》卷 2《汉宫》："甘泉宫，一曰云阳宫。"

【略考】

现存刘师培一份手稿，诗题作《铜人辞汉歌》，其中，"空余仙掌留真迹"之后，"龙去鼎湖不可攀"之前多两句："汉武当年好列仙，柏梁台畔金茎立"。见《仪征刘氏遗稿汇存》第 2 册 P817。

送春

落花流水惜春去，别酒初醒雨似尘。杨柳不知迟暮恨，隔墙犹作两家春。

【刊载】

《政艺通报》丙午第 3 号，1906 年 3 月 9 日，署名光汉。《刘申叔遗书》61 册（22），《左盦诗录》卷 1《匪风集》。

【类别】

七言，4 句。

【编年】

1906 年。依首次发表时间。

【笺注】

〔落花流水〕见《东京清明杂感（二首）》其一一诗〔落花流水〕条笺注。

〔别酒〕饮酒饯别。《古诗纪》卷 99《梁第二十六》宗夬《别萧咨议（衍）》:“别酒正参差，乖情将陆离。”《全唐诗》卷 200 岑参《送刘郎将归河东（同用边字）》:“山雨醒别酒，关云迎渡船。”（第 3 册 P2073）同上书同卷岑参《虢州送天平何丞入京市马》:“回风醒别酒，细雨湿行装。”（第 3 册 P2082）

〔杨柳不知迟暮恨，隔墙犹作两家春〕《全唐诗》卷 438 白居易《欲与元八卜邻先有是赠》:“平生心迹最相亲，欲隐墙东不为身。明月好同三径夜，绿杨宜作两家春。”（第 7 册 P4875）宋褧《燕石集》卷 7《张女挽诗》附“张阿庆”所作对句:“满地梨花三月暮，隔墙杨柳两家春。”

相忘

相忘惟物我，尘鬓渐霜侵。咄咄深源事，悠悠《梁父吟》。酒泉千日醉，春水一池深。何用谈兴废，浮云自古今。

【刊载】

《政艺通报》丙午第 3 号，1906 年 3 月 9 日，署名光汉。《刘申叔遗书》61 册（29），《左盦诗录》卷 1《匪风集》。

【类别】

五言，8 句。

【编年】

1906 年。依首次发表时间。

【笺注】

〔相忘惟物我〕见《赠杨仁山居士（四首）》其一一诗〔物我相忘〕条笺注。

〔尘鬓渐霜侵〕见《甲辰年自述诗（其一）》一诗〔看镜悲秋鬓变华〕条笺注，及“略考”。刘师培《愚园（二首）》其二:“尘梦廿年一炊黍，年年辜负是花时。槐黄已过芙蓉老，一夕秋霜上鬓丝。”

〔咄咄深源事〕《世说新语》卷下之下《黜免第二十八》:“殷中军被废，在信安，终日书空作字。扬州吏民寻义逐之，窃视，唯作‘咄咄怪事’四字而已。”《晋书·殷浩传》：“殷浩，字深源，陈郡长平人也。……竟坐废为庶人，徙于东阳之信安县。……浩虽被黜放，口无怨言，夷神委命，谈咏不辍，虽家人不见其有流放之戚。但终日书空，作‘咄咄怪事’四字而已。”

〔悠悠《梁父吟》〕诸葛亮曾作《梁甫吟》（亦作《梁父吟》），后世亦有仿作。《乐府诗集》卷 41 录有诸葛亮、陆机、沈约、陆琼、李白等 5 人所作《梁甫吟》。刘师培此句指李白所作《梁甫吟》。该诗为李白写于怀才不遇之际。诗中抒发了李白遭遇逆境的苦闷与对未来“风云感会”的热切期待。李白《梁甫吟》另载《全唐诗》卷 20（第 1 册 P249）和卷 162（第 3 册 P1683—1684）。

〔酒泉千日醉，春水一池深〕《汉书·地理志下》：“酒泉郡，武帝太初元年开。”颜师古注：“应劭曰：‘其水若酒，故曰酒泉也。’师古曰：‘旧俗传云城下有金泉，泉味如酒。’”王绩《东皋子集》卷中《尝春酒》：“野觞浮郑酌，山酒漉陶巾。但令千日醉，何惜两三春。”《全唐诗》卷 182 李白《月下独酌四首》其二：“天若不爱酒，酒星不在天。地若不爱酒，地应无酒泉。天地既爱酒，爱酒不愧天。”（第 3 册 P1859）元好问《遗山集》卷 7《寄王丈德新二首（德新时在汝州）》：“酒能千日醉，春必万金酬。”

〔浮云自古今〕《全唐诗》卷 228 杜甫《登楼》：“锦江春色来天地，玉垒浮云变古今。”（第 4 册 P2480）《全唐诗》卷 600 欧阳玭《清晓卷帘》：“秀色还朝暮，浮云自古今。”（第 9 册 P6993）

书怀

旧游如梦江淮海，物我相忘《形影神》。四海风尘艰涕泪，中年哀乐损天真。江山入画常宜我，花月无情又送春。漫说桃源堪避世，武陵犹有问津人。

【刊载】

《国粹学报》第 23 期，1906 年 12 月 5 日，署名光汉。《刘申叔遗书》61 册（132），《左盦诗录》卷 4《左盦诗别录》。

【类别】

七言，8 句。

【编年】

1906 年。依首次发表时间。

【笺注】

〔江淮海〕指刘师培的家乡扬州。见《甲辰年自述诗（其三十五）》一诗〔淮海英灵间世出〕条笺注。

〔物我相忘《形影神》〕物我相忘，见《赠杨仁山居士（四首）》其一一诗〔物我相忘〕条笺注。陶渊明有《形影神》三首（见《古诗纪》卷 45《晋第十五 · 陶渊明（二）》），其一为《形赠影》，其二为《影答形》，其三为《神释》。诗序曰："贵贱贤愚，莫不营营以惜生，斯甚惑焉。故极陈形影之苦，言神辨自然以释之。好事君子，共取其心焉。"其一《形赠影》，叹人妄求长生；其二《影答形》，慨人贪图虚名；其三《神释》，则以"神"的名义，化解人之烦恼。

〔四海风尘〕《全唐诗》卷 226 杜甫《奉酬李都督表丈早春作》："望乡应未已，四海尚风尘。"（第 4 册 P2440）李纲《梁溪集》卷 28《上元日同王丰甫叶梦授会饮》："当年玉辇侍端门，岂意风尘四海奔。"

〔中年哀乐损天真〕中年哀乐，见《杂咏（二首）》其一一诗〔中年哀乐〕条笺注。天真，指人天生的质朴本性。《晋书 · 阮籍、稽康等人合传》史赞："其退也，餐和履顺，以保天真。若乃一其本原，体无为之用。"

〔江山入画〕赵蕃《淳熙稿》卷 13《三月十七日以檄出行赈贷旬日而复反自州门至老竹自老竹至鹅口复回老竹由乾溪上入浦口泛舟以归得诗十首（铜马、丁女诸峰，皆舟行所历云）》其八："非斗邮传憎尘土，自爱江山入画图。"

〔花月无情〕蔡襄《端明集》卷 7《十三日吉祥探花》："花未全开月未圆，看花候月思依然。明知花月无情物，若使多情更可怜。"陈云厓《玉楼春》："年年花月年年病。花月无情人有恨。"（唐圭璋《全宋词》第 4 册 P2783，中华书局 1965 年 6 月第 1 版）

〔漫说桃源堪避世，武陵犹有问津人〕见《甲辰年自述诗（其六十四）》一诗〔遗民避世有桃源〕条笺注。

题风洞山传奇（三首）

【刊载】

《国粹学报》第 23 期，1906 年 12 月 5 日，署名光汉。《刘申叔遗书》61 册（132—133），《左盦诗录》卷 4《左盦诗别录》。

【类别】

七言，4 句。

【编年】

1906 年。依首次发表时间。

题风洞山传奇（三首）其一

潇水西流落日斜，越王城阙急胡笳。山河大地今非昔，忍向西风哭桂华。

【笺注】

〔风洞山传奇〕近代戏曲理论家吴梅创作的传奇剧。吴梅（1884—1939），字瞿安（瞿庵），号霜厓，江苏长洲（今苏州）人。1904 年 1 月 31 日，《中国白话报》第 4 期发表了吴梅《风洞山传奇》的《首折 · 先导》，3 月 1 日第 6 期又发表了《第一折 · 忧国》。1906 年 5 月（丙午年四月），全剧由“小说林社”出版。该剧此前在《中国白话报》上发表的内容，在全剧发表时删去很多并做了重大修改。《风洞山传奇》共 24 出，核心内容是描写明末爱国大臣瞿式耜等人坚持抗清，最终于桂林风洞山殉国的故事。该剧设计的主线，则是虚构的生角王开宇和旦角于绀珠的爱情悲剧。该剧的出现，正是清末排满革命大背景下的产物。瞿式耜（1590—1650），字起田，号稼轩，苏州府常熟县人。万历四十四年（1616）进士。明亡后，瞿式耜被授弘光小朝廷应天府丞，后升任右佥都御史，广西巡抚。1646 年，瞿式耜等在广东肇庆拥立桂王朱由榔称帝，年号永历。1650 年，清军大举进攻桂林，永历帝君臣大多窜逃避难。瞿式耜与张同敞独坚守不去。城破，二人被俘，后一同就义。瞿式耜、张同敞在《明史》均有本传。张同敞为张居正曾孙，其传附于《张居正传》之后。

〔潇水西流落日斜〕潇水，湖南湘江支流。《大明一统志》卷 65《永州府 · 山川》：“潇水。在府城外，源出九疑山，南流至三江口，东北与沲水合，又东北流至此，北流至湘口，会于湘。”《禹贡锥指》卷 7：“古无潇水。郦道元云：‘潇者，水清深也。’《湘中记》曰：‘湘川，清照五六丈，下见底，石如樗蒲。’是纳潇湘之名矣。然则潇湘犹言清湘，非别有潇源。隋唐以后始谓潇水，出九疑山，北合湘水，是曰潇湘耳。”潇水是一条水系，各段分别有名称，仅道县北流至零陵段，约 70 公里称“潇水”。潇水水系河道曲折弯曲，先自北向南，再自东南向西北，最后自南向北，于零陵（今湖南永州）汇入湘江。其流向呈顺时针绕了半个不规则环状。此句指，以瞿式耜等人为首的南明臣子，曾短暂恢复湖南部分地区，但最终失败，清军占领湖南全境。钱遹朋《清史纪事本末 · 经略中原 · 桂藩之兴灭》：“顺治三年（1646——引者）九月，唐王既亡，明臣丁魁楚、瞿式耜、何腾蛟、堵胤锡等复拥桂王由榔监国肇庆，旋称帝，改元永历。……何腾蛟迭陷永州、常德、衡州、长沙，恢复湖南。……而云贵、两广、江西、湖南、四川、山陕之地，几尽为明所复。……五年春，清廷命……济尔哈朗率师会孔有德征湖南、广西。……湖南，则孔有德以顺治六年二月进军。适堵胤锡所部李锦与何腾蛟所部马进忠争常德，进忠焚常德，走武冈，李锦尾之而西。各郡县中将，皆焚城遁，沿途剽略，并窜桂林。腾蛟入守湘潭空城，为清将徐勇所获，死之。孔有德分路进军，迭克衡州、永州，而湖南复。"（上海国学社 1923 年 9 月印本 P23—24）

〔越王城阙急胡笳〕西汉初，秦将赵佗曾以广州为中心建立南越政权。当时的两广，还包括如今的贵州、福建和越南部分地区，均为南越所控制。刘师培此句，是以"越王城阙"借喻广州，以"胡笳"意指广州在 1650 年年底被清军攻占。当时，广州和桂林相继被清军攻占，瞿式耜于桂林被俘后就义。《南明野史》卷下《永历皇帝纪》：永历四年（清顺治七年）"十月，清师陷广州，范承恩迎降，杜永和率舟师入海，奔琼州。十一月五日，清定南王孔有德入桂林。"胡笳，北方少数民族使用的吹奏乐器。《皇朝礼器图式》卷 9《乐器二》："胡笳，木管三孔，两端加角，末翘而上口哆。管长二尺三寸九分六厘，内径五分七厘，角哨长三寸八分四厘，径三分六厘，口径一寸七分二厘，长八寸九厘，管以桦皮饰之。"

〔山河大地今非昔〕刘师培《寒夜望月》："姮娥漫诩通灵术，大地山河已不同。"

〔忍向西风哭桂华〕桂华，即"桂花"。风洞山在广西桂林市北，因山上有一风洞而得名。风洞山亦名叠彩山，又因山上遍布桂花树，而名桂山。据传，孔有德攻陷桂林，瞿式耜就义于此地（有风洞山、独秀岩、仙鹤岩等多种说法）。《东明闻见录》：（庚寅）永历四年（清顺治七年）："清师入桂林，督师阁部临桂伯瞿式耜、总督楚师司马张同敞不屈，死之。……闰十一月十七日晨，……总督藏一白网巾于怀。至是服之，曰：'为先帝服也，将服此以见先帝。'至独秀岩下，留守指曰：'一生只爱泉石，愿死于此。'整衣冠，争就刃，俱被杀。……越三日，侍御姚端，留守门下士也，杨艺入王邸，谋殓两公。……遂具衣冠浅葬二公于风洞山之旷地。"梁章钜《三管诗话》卷下《一一六、桂林栖霞寺旁双忠亭祀瞿式耜张同敞一则》："桂林城中有双忠祠，祀马文毅（雄镇）、傅忠毅（宏烈），皆以广西巡抚殉吴三桂之难者也。而城外栖霞寺旁，又有双忠亭，则祀常熟瞿稼轩（式耜）、江陵张别山（同敞），皆明末以广西留守镇臣为桂王尽节者也。相传二公成仁之地在风洞山，今无可考。而栖霞寺旁之亭，亦芜废将圮。余与吴次山郡丞，捐廉重修，焕然一新。题一联云，'崖山柴市同千古，楚尾吴头共一心。’陈莲史方伯以为工切。忆赵瓯北先生有《风洞山怀瞿张二公诗》，云：‘景略有孙光祖德，彭宣为弟陋师门。’盖张为江陵曾孙，瞿为钱牧斋门人。用事沈着，尤合咏史体裁，余所不及也。”（《〈三管诗话〉校注》P284，广西人民出版社 1994 年 5 月第 1 版）

题风洞山传奇（三首）其二

班竹萧骚冷翠凝，瑟声凄绝吊湘灵。而今怕诵《招魂》赋，江上枫林惨不青。

【笺注】

〔班竹萧骚冷翠凝〕班竹，即“斑竹”，指湘妃竹。详见《后湘汉吟》一诗〔竹凄湘妃啼〕条笺注。萧骚，即萧瑟。《全唐诗》卷 522 杜牧《栽竹》：“萧骚寒雨夜，敲劼晚风时。”（第 8 册 P6016）《全唐诗》卷 698 韦庄《南省伴直（甲寅年自江南到京后作）》：“何事爱留诗客宿，满庭风雨竹萧骚。”（第 10 册 P8112）冷翠，常用于喻指竹子清冷色调的绿色。《全唐诗》卷 442 白居易《连雨》：“碎声笼苦竹，冷翠落芭蕉。”（第 7 册 P4955）苏轼《东坡全集》卷 28《诗一百十首 · 入峡》：“冷翠多崖竹，孤生有石楠。”

〔瑟声凄绝吊湘灵〕《楚辞补注》卷 5 屈原《远游》：“使湘灵鼓瑟兮，令海若舞冯夷。”王逸注：“百川之神皆谣歌也。”洪兴祖补注：“上言二女，则此湘灵乃湘水之神，非湘夫人也。”《全唐诗》卷 539 李商隐《七月二十八日夜与王郑二秀才听雨后梦作》：“逡巡又过潇湘雨，雨打湘灵五十弦。”（第8册P6206）范成大《石湖诗集》卷113《浮湘行》：“吹箫拊瑟吊湘灵，水妃风御缤来迎。”

〔而今怕诵《招魂》赋，江上枫林惨不青〕见《效长吉》一诗〔江头明月黑，来照青枫树〕条笺注。

题风洞山传奇（三首）其三

郁李花开杜宇飞，孤臣泣血泪沾衣。鹤归华表知何处，城郭人民半是非。

【笺注】

〔郁李花开杜宇飞〕《齐民要术》卷 10：“郁。《豳诗义疏》曰：其树高五六尺，实大如李，正赤色，食之甜。《广雅》曰：一名雀李，又名车下李，又名郁李，亦名棣，亦名薁李。《毛诗》：'六月食郁及薁。'" 杜宇，杜鹃。详见《感事八首》（其四）一诗〔杜宇啼枝空有泪〕条笺注、《感事八首》（其八）一诗〔鹃声啼血〕条笺注。案：郁李花期一般在阳历 4 月的暮春时节，而杜鹃则于此时鸣叫最欢。二者时间基本重合。杜鹃，常喻指君主，亦指臣子感伤于君主孤危。《杜诗详注》卷 10 杜甫《杜鹃行》："君不见昔日蜀天子，化为杜鹃似老乌。寄巢生子不自啄，群鸟至今为哺雏。" 仇兆鳌注："《杜鹃行》，伤旧主之孤危也。" 刘师培以此喻瞿式耜对故明的忠诚和眷恋。

〔孤臣泣血泪沾衣〕郑所南《心史 · 久久书》："时大宋德佑四年戊寅岁冬至日，大宋孤臣三山所南郑思肖亿翁泣血誓心而书。" 另见《感事八首》（其二）一诗〔海枯石烂孤臣泪〕条笺注及 "略考"，《甲辰年自述诗（其四十九）》一诗〔孤臣〕条笺注。

〔鹤归华表知何处，城郭人民半是非〕陶渊明《搜神后记》卷 1："丁令威，本辽东人，学道于灵虚山。后化鹤归辽，集城门华表柱。时有少年，举弓欲射之。鹤乃飞，徘徊空中而言曰：'有鸟有鸟丁令威，去家千年今始归。城郭如故人民非，何不学仙冢垒垒。' 遂高上冲天。今辽东诸丁云，其先世有升仙者，但不知名字耳。" 瞿玄（元）锡（瞿式耜之子）《庚寅十一月初五日始安事略》："（瞿式耜——引者）日惟方巾偃坐一室，与张公（张同敞——引者）赓和赋诗，以明厥志。间同张公徘徊城市，登眺山川，有华表鹤归之叹。"（《台湾文献丛刊》第 251 种）瞿玄（元）锡《稼轩瞿府君暨邵氏合葬行实》："张公语府君曰：'快哉行也！厉鬼杀贼，讵敢忘之？' 行至仙鹤岩下，见一盘石，府君曰：'吾生平癖爱佳山水，此地颇佳，可以止矣！' 大声疾呼 '皇上' 者一〔三〕，遂同张公南面遇害。顷刻雷电交作，雪花如掌，当空震击者三，众为股栗。"（《明史研究论丛》第五辑，浙江古籍出版社 1991 年 5 月第 1 版 P410）光绪《重修常昭合志稿》卷 25《人物志四 · 明耆旧下 · 瞿式耜》："孙昌文，字寿名，性豁达。年十七，念其祖在远，欲往省，恐父母惜其年少，不听。一日早起，襆被独行。家人觉之，急倩人赍资用追及之杭州僧舍。微服隐名，冒锋刃，涉波涛，死者再，然后得达。式耜诵退之，知汝远来之句，且喜且悲。荐授翰林院检讨。式耜殉节后，裹骨归，又几落虎口。抵家前一日，有鹤集其所居坊，久之乃冲举。见者感叹。"《合志》的记载，其本源为瞿昌文（瞿式耜之孙）所著之《粤行纪事》。瞿昌文在《粤行纪事》中对自己的这段亲身经历有更为详细的记述。该书卷 3 曰："至家之时为十月二十（顺治八年，1651——引者）之夕也。拜见父母，告不孝罪负山积。父母抚慰有加，复不胜悲感。先是三日，有两白鹤栖止于先文懿会元坊，高鸣数声，果为王父千年华表之兆。"

【略考】

乾隆四十年（1775），乾隆下旨为明代殉节诸臣封谥，并编订《钦定胜朝殉节诸臣录》，瞿式耜被列为“专谥者二十六人”之一。其六世族孙瞿颉以此为契机，创作了歌颂先祖瞿式耜事迹的传奇剧《鹤归来》，以光耀本族门楣。剧名《鹤归来》，即来源于“有两白鹤栖止于先文懿会元坊”之说。而吴梅创作《风洞山传奇》，正是因为对《鹤归来》一剧淡化瞿式耜抗清爱国事迹非常不满。他在《风洞山传奇》例言中写道：“嘉道间，瞿菊亭谱有《鹤归来》一剧，可谓举世所不为矣。然此君宗旨，以填词当立传，昭示子孙。故通本家事咸备，反不足以衬忠宣之忠。盖余所尤不喜者，其开场、结尾处，以自己登场，以赐谥结穴。我不知何所用心，而为此狡狯伎俩也。”

观物吟

鼠肝虫臂幻中境，鱼跃鸢飞物外机。尘洗輭红甘阔略，室生虚白悟希微。青门瓜事垂垂老，江上莼丝蔌蔌肥。闻说朔方霜信紧，海天辽阔盼鸿归。

【刊载】

《国粹学报》第 23 期，1906 年 12 月 5 日，署名光汉。《刘申叔遗书》61 册（133），《左盦诗录》卷 4《左盦诗别录》。

【类别】

七言，8 句。

【编年】

1906 年。依首次发表时间。

【笺注】

〔鼠肝虫臂〕《庄子集释》卷 3 上《大宗师第六》：“俄而子来有病，喘喘然将死，其妻子环而泣之。子犁往问之，曰：‘叱！避！无怛化！’倚其户与之语曰：‘伟哉造化！又将奚以汝为？将奚以汝适？以汝为鼠肝乎？以汝为虫臂乎？’”郭庆藩引成玄英疏：“倚户观化，与之而语。叹彼大造，弘普无私，偶尔为人，忽然返化。不知方外适往何道，变作何物。将汝五藏为鼠之肝，或化四支为虫之臂。任化而往，所遇皆适也。”

〔鱼跃鸢飞物外机〕《毛诗正义》卷 16—3《大雅 · 文王之什 · 旱麓》：“鸢飞戾天，鱼跃于渊。”毛传：“言上下察也。”孔颖达疏：“毛以为，大王、王季德教明察，着于上下。其上则鸢鸟得飞至于天以游翔，其下则鱼皆跳跃于渊中而喜乐。”后以之喻顺其本性，怡然自乐。王阳明《王文成全书》卷 5《与黄勉之 · 二（甲申）》附黄来书："阴阳之气，䜣合和畅而生万物。物之有生，皆得此和畅之气。故人之生理，本自和畅，本无不乐。观之鸢飞鱼跃，鸟鸣兽舞，草木欣欣向荣，皆同此乐。但为客气物欲搅此和畅之气，始有间断不乐。"物外机，超然物外，自得天机。《顾亭林诗文集 · 亭林文集》卷 6《补遗 · 广师》："萧然物外，自得天机，吾不如傅青主"。（中华书局 1983 年第 2 版 P134）

〔尘洗輭红甘阔略〕輭，同"软"。《重修玉篇》卷 18："輭，而兖切，柔也。软，俗。"软红，即"红尘"，指尘世繁华。《施注苏诗》卷 32 苏轼《次韵蒋颖叔钱穆父从驾景灵宫二首》其一："半白不羞垂领发，软红犹恋属车尘。"施元之注："公自注：'前辈戏语，有西湖风月，不如东华软红香土。'"阔略，疏放简约。《汉书 · 王莽传上》："愿陛下爱精休神，阔略思虑。"颜师古注："阔，宽也。略，简也。"此句指，繁华尘世多烦恼，宁愿过疏放简约的生活。

〔室生虚白悟希微〕《庄子集释》卷 2 中《（内篇）人间世第四》："瞻彼阕者，虚室生白。"郭庆藩引成玄英疏："观察万有，悉皆空寂，故能虚其心室，乃照真源，而智惠明白，随用而生。"《文苑英华》卷 248《寄赠二 · 杨素十七首》杨素《山斋独坐赠薛内史二首》其一："兰庭动幽气，竹室生虚白。"陆游《剑南诗稿》卷 71《道室秋夜二首》其二："道室生虚白，仙经写硬黄。"《老子注译及评介 · 第十四章》："视之不见，名曰夷；听之不闻，名曰希；抟之不得，名曰微。此三者不可致诘，故混而为一。"陈鼓应注："'夷'、'希'、'微'：这三个名词都是用来形容感官所不能把捉的'道'。"（中华书局 1984 年 5 月第 1 版 P114）此句指，心中虚空，才能觉悟"不可道""不可名"之大道。希，《国粹学报》本作"纤"。

〔青门瓜事垂垂老〕见《东京清明杂感（二首）》其二一诗〔瓜事老青门〕条笺注。刘师培《甲辰年自述诗（其六十四）》："青门瓜事垂垂老，斜阳江天独闭门。"垂垂，《国粹学报》本作"垂垂"。

〔江上莼丝蔌蔌肥〕莼丝，即莼菜。详见《题佩忍与林宗素孙济扶女士论文绝句后》一诗〔思蓴〕条笺注。《尔雅注疏》卷 5《释器第六》："菜谓之蔌。"郭璞注："蔌者，菜茹之总名。"欧阳修《文忠集》卷 39《醉翁亭记》："山肴野蔌，杂然而前陈者，太守宴也。"蔌蔌，《国粹学报》本作"蔌盼"。

〔闻说朔方霜信紧，海天辽阔盼鸿归〕朔方，北方。详见《孤鸿》一诗〔朔方〕条笺注。《尔雅翼》卷 17《雁》："北方有白雁，似鸿而小，色白，秋深乃来。来则霜降，河北谓之霜信。盖白露降五日而鸿雁来，寒露五日而候雁来，候雁之来在霜降前十日，所以谓之霜信也。”盼，《国粹学报》本作“兮”，似误。

多能

雄心昔忆青门客，禅法今师黄蘖僧。日月跳丸人易老，江湖华首渐多能。

【刊载】

《国粹学报》第 23 期，1906 年 12 月 5 日，署名光汉。《刘申叔遗书》61 册（133），《左盦诗录》卷 4《左盦诗别录》。

【类别】

七言，4 句。

【编年】

1906 年。依首次发表时间。

【笺注】

〔青门客〕青门为长安东城门（详见《东京清明杂感（二首）》其二一诗〔瓜事老青门〕条笺注），亦是人们离开长安时常走的城门，故青门为饯别之地。唐代赴长安参加科举的学子，皆由此门出入，故称“青门客”。《全唐诗》卷 200 岑参《送胡象落第归王屋别业原文》：“看君尚少年，不第莫凄然。可即疲献赋，山村归种田。野花迎短褐，河柳拂长鞭。置酒聊相送，青门一醉眠。”（第 3 册 P2076）《全唐诗》卷 638 张乔《送庞百篇之任青阳县尉》：“都堂公试日，词翰独超群。品秩台庭与，篇章圣主闻。乡连三楚树，县封九华云。多少青门客，临岐共羡君。”（第 10 册 P7358）毕仲游《西台集》卷 19《就南排岸谒宋成伯不值而还蒙诗见赠次韵》：“懒作青门客，来寻隐吏居。”此句指，刘师培当年曾热衷科举，雄心勃勃。

〔黄蘖僧〕黄蘖禅师，唐代禅宗高僧。裴休《黄檗山断际禅师传心法要》序：“有大禅师，法讳希运，住洪州高安县黄檗山鹫峰下，乃曹溪六祖之嫡孙，西堂百丈之法侄，独佩最上乘离文字之印，唯传一心更无别法。心体亦空，万缘俱寂，如大日轮升虚空中。光明照曜净无纤埃，证之者无新旧无浅深。说之者不立义解，不立宗主，不开户牖，直下便是。动念即乖，然后为本佛。故其言简其理直，其道峻其行孤。四方学徒望山而趋，睹相而悟，往来海众常千余人。予会昌二年廉于钟陵，自山迎至州，憩龙兴寺，旦夕问道。大中二年廉于宛陵，复去礼迎至所部，安居开元寺，旦夕受法，退而纪之，十得一二，佩为心印不敢发扬。今恐入神精义，不闻于未来，遂出之授门下僧大舟法建，归旧山之广唐寺，问长老法众。与往日常所亲闻，同异如何也。”黄蘗禅师开创禅宗临济宗黄蘗派。明代时，释隆琦（字隐元），东渡日本，开创了日本佛教禅宗黄蘗宗，后黄蘗宗在日本大兴。刘师培此句似在暗指，自己将赴日本（刘师培携妻子何震、表弟汪公权、好友苏曼殊于 1907 年年初东渡日本）。蘗，《国粹学报》本作“蘖”，显误。

〔日月跳丸〕跳丸，双手抛接多球的杂耍游戏。袁宏《后汉纪》卷 15《孝殇皇帝纪第十五》：“及安帝元初中，徼南塞外檀国献幻人，能变化吐火，自支解，又善跳丸，能跳十丸。”日月跳丸，指日月在天空中如球丸般更替跳跃升落，喻时光荏苒，日月如梭。《全唐诗》卷 336 韩愈《秋怀诗十一首》其八：“忧愁费晷景，日月如跳丸。”（第 5 册 P3772）《全唐诗》卷 523 杜牧《寄浙东韩八评事》：“一笑五云溪上舟，跳丸日月十经秋。”（第 8 册 P6026）《山堂肆考》卷 229《跳丸》：“唐诗：‘光景如跳丸’。言日月之流，若跳丸也。”

〔江湖华首渐多能〕华首，即白发，衰老。《后汉书 · 樊宏传附樊准传》：“故朝多皤皤之良，华首之老。”李贤注：“皤皤，白首貌也。……华首，谓白首也。”参见《甲辰年自述诗（其一）》一诗〔看镜悲秋鬓变华〕条笺注及“略考”。《论语 · 子罕第九》：“大宰问于子贡曰：‘夫子圣者与？何其多能也？’子贡曰：‘固天纵之将圣，又多能也。’子闻之，曰：‘大宰知我乎！吾少也贱，故多能鄙事。君子多乎哉？不多也。’牢曰：‘子云：“吾不试，故艺。”’”此句指，我漂泊江湖，鬓发渐白，学会了很多技能。

芜湖赭山秋望

浪迹涉艰阻，颇讶游瞩移。缘麓瞰蒙密，陟岨涤尘羁。金风氾寒色，爔阳戢炎晖。仰眺霄汉昭，俛眄川原肥。掬壤辨鹊陵，涌流渺长淝。麻黀茁故垒，芀华辉曲碕。临幽感虑慑，睇景衷怀违。且尼新亭哀，（末）〈未〉忘柴桑归。

【刊载】

1931 年林思进清寂堂《左盦遗诗》刻本；《刘申叔遗书》61 册（43），《左盦诗录》卷 2《左盦诗》。

【类别】

五言，16 句。

【编年】

1906 年。《左盦诗》署“丙午”。

【笺注】

〔芜湖赭山〕位于今安徽省芜湖市镜湖区九华路中路西侧，是芜湖著名景点。应陈独秀邀请，刘师培于 1905 年 9、10 月间赴芜湖任教于皖江中学堂。当年，皖江中学堂坐落于赭山山顶附近。受刘师培邀请到皖江中学堂任教的苏曼苏曾与其一同居于赭山山顶。苏曼殊《与刘三书》（丙午八月芜湖）：“赐教寄芜湖皖江中学苏湜收。”（《苏曼殊全集》第 1 册 P181，中国书店 1985 年 9 月第 1 版）。苏曼殊《与刘三书》（丙午七月芜湖）中写道：“太炎先生现寓东京新宿，兄处常通信息否？少甫（刘师培化名——引者）兄同住山顶，体弱异常，日以颎颎。”（《苏曼殊书信集》P1，上海中央书店 1948 年印本）

〔浪迹涉艰阻〕《列仙传》卷上《介子推》郭元祖赞：“遯影介山，浪迹海右。”《六臣注文选》卷 31 江文通（淹）《杂体诗三十首（并序）· 张（五臣作孙）廷尉绰》：“浪迹无蚩妍，然后君子道。”李善注：“浪，犹放也。”吕向注：“言放迹混然无丑好，乃得为君子之道。”《乐府诗集》卷 59 蔡琰（文姬）《胡笳十八拍》第四拍：“寻思涉历兮何艰阻，四拍成兮益凄楚。”

〔颇讶游瞩移〕游瞩，观览。《晋书 · 武十五王、元四王、简文三王列传 · 会稽文孝王司马道子传》：“府内有山，因得游瞩，甚善也。然修饰太过，非示天下以俭。”《吕氏春秋》卷 7《荡兵》：“而工者不能移”。高诱注：“移，易。”此句指，赭山景致，异于他处。移，《林本》作“稀”，疑误。

〔缘麓瞰蒙密〕《诗经今注 · 大雅 · 文王之什 · 旱麓》：“瞻彼旱麓，榛楛济济。”高亨注：“麓，山脚。”（上海古籍出版社 1980 年 10 月第 1 版 P384）《后汉书 · 光武帝纪上》：“瞰临城中”。李贤注：“俯视曰瞰。”蒙密，草木繁盛。《文选》卷 20 范蔚宗（晔）《乐游应诏诗》：“遵渚攀蒙密，随山上岖嵚。”此句指，自山顶俯视山脚，只见草木繁盛。

〔陟岨涤尘羁〕陟岨，攀登山中险阻之地。《诗经今注 · 周南 · 卷耳》：“陟彼砠矣，我马瘏矣。”高亨注：“砠（jū 苴），山中险阻之地。”（上海古籍出版社 1980 年 10 月第 1 版 P384）《正字通》寅集中《山部》：“岨，同砠。《诗 · 周南》：陟彼岨矣。今作砠。”《汉书 · 刑法志》：“是犹以鞿而御駻突”。颜师古注：“孟康曰：‘以绳缚马口之谓鞿。’晋灼曰：‘鞿，古羁字也。’……师古曰：‘马络头曰羁也。’”尘鞿，即尘世束缚。陆游

《剑南诗稿》卷 6《书怀》:“万里驰驱坐一饥，自怜无计脱尘羁。”此句指，攀登山中险地，荡涤心中的尘世羁绊。

〔金风氾寒色〕《文选注》卷 29 张景阳（协）《杂诗十首》其三:“金风扇素节，丹霞启阴期。”李善注:“西方为秋而主金。故秋风曰金风也。”《班马字类》卷 4《去声 · 五十八陷五十九鉴六十梵》:“氾,《汉书 · 伍被传》:‘氾爱烝庶’，与泛同。”

〔熌阳戢炎晖〕熌阳，即太阳。《龙龛手鉴》卷 2《上声 · 火部第四》:“熌，……日中火也。”《宋本广韵》卷 5《入声 · 二十六缉》:“戢，……止也，敛也。”《文选注》卷 20 王仲宣（粲）《公燕诗》:“凉风彻蒸暑，清云却炎晖。”李善注:“孔安国《论语注》曰:‘……南方为火而主夏，火性炎上，故谓夏日为炎晖也。’”

〔霄汉〕悠远高峻的天空。《后汉书 · 仲长统传》:“消摇一世之上，睥睨天地之间。不受当时之责，永保性命之期。如是，则可以陵霄汉，出宇宙之外矣。”

〔俛眄川原肥〕《类篇》卷 22:“俛，……或作俯。”《广雅》卷 1《释诂》:“眄，……视也。”《太平御览》卷 663《道部五 · 地仙》:“《述异记》曰:‘庐山上有三石梁，长数十丈，广不盈尺，俯眄而杳不见底。’”秦观《淮海集》卷 3《春日杂兴十首》其四:“俛眄区中人，飞埃集毛锋。”川原，河流平原。《国语 · 周语下》:“且绝民用以实王府，犹塞川原而为潢污也。”俛,《林本》作“俯”。

〔掬壤辨鹊陵〕《毛诗正义》卷 15—2《小雅 · 甫田之什 · 采绿》:“终朝采绿，不盈一匊。”毛传:“两手曰匊。”孔颖达疏:“匊物必用两手，故曰‘两手曰匊’。”《正字通》子集下《勹部》:“匊，……别作掬”。鹊陵，即鹊岸。指今安徽省铜陵市，芜湖市繁昌区、无为市等地长江沿岸地区。《庾开府集笺注》卷 2 庾信《哀江南赋》:“雷池栅浦，鹊陵焚戍。”吴兆宜注:“鹊陵即鹊头山，在今池州府铜陵县北十里，临大江。”《禹贡锥指》卷 14 下:“又东北径铜陵县西，又东北径繁昌县北，其对岸则无为州。（铜陵在池州府东北一百里，本汉陵阳、春谷二县地。大江去县里许，鹊头山在县北。《左传 · 昭五年》: 楚伐吴，吴人败诸鹊岸，即此。）”此句指，眺望广阔的鹊岸，如一抔土般依稀可辨。

〔涌流渺长淝〕长淝，即淝水，亦称淝河。《资治通鉴》卷 292《后周纪三》:“丙辰，帝至寿州城下，营于淝水之阳。”胡注:“淝水，自安丰县界流入寿春县界，经寿春城北入于淮，去城二里。”公元 383 年，前秦和东晋之间著名的“淝水之战”即发生于此地。涌,《林本》作“涓”。据上句“掬壤”，疑当作“涓”。此句指，眺望淝水，如涓滴细流般渺小。

〔麻黂茁故垒〕《说文解字》卷 7 下《麻部》："黂，麻藍也。"《重修玉篇》卷 14《麻部第一百八十五》："黂，……麻茎也。" 故垒，指芜湖因扼守一段长江沿岸地区，自古为兵家必争之地。

〔芀华辉曲碕〕芀华，即芦花。《说文解字》卷 1 下《艸部》："芀，苇华也。"《宋本广韵》卷 1《上平声 · 支第五》："碕，曲岸。" 此句指，芦苇花将曲折的江岸衬托得光彩熠熠。

〔临幽感虑惙〕虑惙，焦虑忧郁。《说文解字》卷 10 下《心部》："惙，忧也。" 此句指，来到幽静之处，更感忧郁烦闷。冯自由《刘光汉事略补述》："乙巳年（一九〇五）春是报（《警钟日报》——引者）以批评清廷外交失败为德人所忌，于二月廿日（3 月 25 日——引者）为清吏封禁。光汉以是逃匿于平湖大侠敖嘉熊家者数月。旋易名金少甫，主讲皖江中学及安徽公学，二年成就甚众。"（《革命逸史》第三集 P186—187，中华书局 1981 年 7 月第 1 版）在皖江中学任教期间，刘师培一直很不开心。参见本诗〔芜湖赭山〕条笺注。

〔睇景衷怀违〕《宋本广韵》卷 1《上平声 · 齐第十二》："睇，视也。" 衷怀，心中最真实的想法。《文苑英华》卷 677《赠答上 · 梁贞阳侯与王太尉僧辨书一首》徐陵《为梁贞阳侯与王太尉僧辨书》："望能喻此衷怀，思之无忽。" 此句指，看到眼前景色，而羁留此地却并非自己所愿。

〔且尼新亭哀〕新亭，故迹在今南京。东晋南渡后，周顗等人曾于此相对而泣，哀叹时事。详见《东京清明杂感（二首）》其二一诗〔痛哭新亭〕条笺注。《孟子注疏》卷 2 上《梁惠王章句下》："行或使之，止或尼之。" 赵岐注："尼，止也。"

〔（末）〈未〉忘柴桑归〕《昭明太子集》卷 4《传 · 陶渊明传》："陶渊明，字符亮，或云潜，字渊明，浔阳柴桑人也。"《古诗纪》卷 44《晋第十四》陶渊明《和刘柴桑》："山泽久见招，胡事乃踌躇。直为亲旧故，未忍言索居。良辰入奇怀，挈杖还西庐。荒涂无归人，时时见废墟。茅茨已就治，新畴复旧畬。谷风转凄薄，春醪解饥劬。弱女虽非男，慰情良胜无。栖栖世中事，岁月共相疎。耕织称其用，过此奚所须。去去百年外，身名同翳如。"《说郛》卷 19 下《碧湖杂记（谢枋得）》："刘遗民，名程之，字仲思，遗民其号也。曾作柴桑令，与渊明同隐。渊明有《和刘柴桑》诗，时又有周续之者为抚州参军，渊明呼为周掾，亦隐于柴桑，时号浔阳三隐。" 案：柴桑，亦有指代故乡之义。黄溍《文献集》卷 2《七言古诗 · 题张清夫心远堂》："吾闻古来贤达士，不择山林与朝市。……翩然一舸鲈鱼乡，归来不待秋风起。……柴桑之人去我久，风味何妨略相似。”《明文海》卷 477《哀文五》瞿汝稷《祭于健文》：“兹岁孟陬，闻灵有陨珠之伤，累章上陈，乞归柴桑。”王之道《相山集》卷 15《七言绝句 · 过含山邮亭和子厚弟壁间韵三首》其三：“渐近柴桑旧家路，清风来报稻花香。”朱翌《灊山集》卷 2《七言律诗 · 送杨倅致政还乡》：“快指柴桑还我里，遥瞻神虎到君门。”1906 年秋，刘师培离开芜湖，沿江而下，先返家乡（详见《癸丑纪行六百八十八韵》一诗〔秋山辞北固〕条笺注），后至上海，于 1907 年初东渡日本。据本句句意，当为刘师培归乡之思。上句与此句指，且放家国忧患，莫忘归乡情思。末，《林本》作“未”，《南本》疑误，从改。

对月

列星翕耀明河垂，纤阿舒彩追阳曦。帝台兔影荡琼魄，碧海蜃辉凝玉脂。璇宫閟謫桂芳溢，金华流汋灵药滋。即看轮影今非昔，为报素娥知未知。

【刊载】

1931 年林思进清寂堂《左盦遗诗》刻本；《刘申叔遗书》61 册（43—44），《左盦诗录》卷 2《左盦诗》。

【类别】

七言，8 句。

【编年】

1906 年。《左盦诗》署“丙午”。

【笺注】

〔列星翕耀明河垂〕《春秋公羊传注疏》卷 6《庄公七年》：“夏四月辛卯，夜，恒星不见。夜中，星霣如雨。恒星者何？列星也。”何休注：“恒，常也。常以时列见。”《经典释文》卷 2《周易下经 · 丰传第六》：“翕，虚级反，敛也。”明河，银河。《全唐诗》卷 51 宋之问《明河篇》：“雁飞萤度愁难歇，坐见明河渐微没。……明河可望不可亲，愿得乘槎一问津。”（第 1 册 P630）此句指，银河高挂，使散布天空的恒星黯然失色。

〔纤阿舒彩追阳曦〕《初学记》卷 1《天部上 · 月第三 · 叙事》：“《淮南子》云：月，一名夜光。月御曰望舒，亦曰纤阿。”《楚辞章句》卷 16 刘向《九叹 · 思古》：“纤阿不御，焉舒情兮？”王逸注：“纤阿，古善御者。”《史记 · 司马相如传》载其《子虚赋》：

“纤阿为御”。裴骃《集解》:“《汉书音义》曰:‘……纤阿，月御也。’”司马贞《索隐》:“或曰:‘纤阿，美女姣好貌。’又乐彦曰:‘纤阿，山名，有女子处其岩，月历数度，跃入月中，因为月御也。’郭璞云:‘纤阿，古之善御者。’”所谓月御，即运转月亮之神。阳曦，即阳光。《水经注》卷 26《潍水》:“又北过高密县西”。郦道元注:“应劭曰:……山势高峻，隔绝阳曦。”此句指，太阳落山，运转月亮之神纤阿立即挥洒出月色，紧跟在渐渐隐去的夕阳之后。纤阿，《林本》做“耀灵”。

〔帝台兔影荡琼魄〕《六臣注文选》卷 13 谢希逸（庄）《月赋》:“引玄兔于帝台，集素娥于后庭。”李善注:“张衡《灵宪》曰:‘月者，阴精之宗，积成为兽，象兔形。’”李周翰注:“玄兔，月也，中有兔象，故以名焉。娥，羿妻常娥也。窃药奔月，因以为名。月色白，故云素娥。言照曜帝王之台、后妃之庭。”魄，同霸。指阴历月初新月的月光。《尚书正义》卷 14《周书·康诰》:“惟三月哉生魄。”陆德明《音义》:“马云：魄，朏也。谓月三日始生兆朏，名曰魄。”朏，月初的月光。《说文解字》卷 7 上《月部》:“朏，月未盛之明。”王国维有《生霸死霸考》一文（载《观堂集林》卷 1），可参阅。此句指，月初的新月放射出如美玉般莹润的光辉。

〔碧海蜃辉凝玉脂〕蜃，龙属。《宋本广韵》卷 4《去声·震第二十一》:“蜃，蛟蜃。”另参见《一萼红·题碧海乘槎图》一词〔蛟渚澄清〕条笺注。此句指，在月光的映照下，海中蛟蜃吐出的云气泛起美玉般的光辉。

〔璇宫閟謌桂芳溢〕璇宫，指帝王宫殿，亦指仙人居住的殿宇。《六臣注文选》卷 19 宋玉《高唐赋（并序）》:“进纯牺祷琁室。”李善注:“《淮南子》曰：昆仑之山有琼宫琁室。高诱曰：琁宫，以玉饰宫也。”琁，古同璇，并同瓊（琼）。璇宫，即琼宫。《六臣注文选》卷 15 张平子（衡）《思玄赋》:“叫帝阍使辟扉兮，觌天皇于琼宫。”吕延济注:“琼宫，天帝之宫也。”閟謌，仙界神曲。《毛诗正义》卷 20—2《鲁颂·駉之什·閟宫》:“閟宫有侐”。郑玄笺:“閟，神也。姜嫄神所依，故庙曰神宫。”《酉阳杂俎》卷 1《天咫》:“旧言，月中有桂，有蟾蜍，故异书言，月桂高五百丈，下有一人，常斫之，树创随合，人姓吴名刚，西河人，学仙有过，谪令伐树。”此句指，天帝居住的璇宫中，神曲缭绕，充盈着月中桂树的芬芳。謌，同“歌”，《林本》做“歌”。

〔金华流汋灵药滋〕金华流汋，即“金汋”，道家丹药。详见《升天行》一诗〔金汋飡玄珠〕条笺注。《乐府诗集》卷 34《相和歌辞九》游童《董逃行五解》:“白兔长跪捣药虾蟆丸。奉上陛下一玉柈，服此药可得神仙。”《太平御览》卷 4《天部

四 · 月》:“傅玄《拟天问》曰:‘月中何有? 玉兔捣药。’”《艺文类聚》卷 1《天部上 · 月》录此诗，将作者定为傅玄之子傅咸，且多“兴福降祉”一句。

〔轮影〕月亮。《全唐诗 · 全唐诗续拾》卷 60《先宋诗下》无名氏《咏月诗》:“玉钩千丈挂，金波万里遥。蚌亏轮影灭，蓂落桂阴销。”(第 15 册 P11928)

〔素娥〕即嫦娥，见本诗〔帝台兔影荡琼魄〕条笺注。

燕子矶

清秋苦行役，舣舟江上矶。为怜补霄石，不作鸟双飞。

【刊载】

1931 年林思进清寂堂《左盦遗诗》刻本;《刘申叔遗书》61 册 (44),《左盦诗录》卷 2《左盦诗》。

【类别】

五言，4 句。

【编年】

1906 年。《左盦诗》署“丙午”。刘师培 1906 年末自芜湖返上海，疑为路过南京时所作。

【笺注】

〔燕子矶〕号称“万里长江第一矶”，在今南京市栖霞区临江街 3 号，与安徽马鞍山的采石矶、湖南岳阳的城陵矶，合称“长江三矶”。矶，岸边突入水中的岩石。另见《舟发金陵望月》一诗〔江岸石〕条笺注。

〔苦行役〕疲于奔波。详见《题梁公约诗册》(二首) 其一一诗〔苦行役〕条笺注。

〔舣舟〕泊舟。详见《读楚词》一诗〔舣〕条笺注。舣 (艤),《林本》作“艤”，似误。

〔为怜补霄石，不作鸟双飞〕燕子矶矗立江上，三面临空，形似一只展翅欲飞的燕子，故名。燕子，多双宿双飞。《文选》卷 29《古诗一十九首》其十二:“思为双飞燕，衔泥巢君屋。”《文苑英华》卷 205《乐府十四 · 古意三十三首》卢照邻《长安古意》:“双燕双飞绕画梁，罗帏翠被郁金香。”补霄石，详见《甲辰年自述诗 (其六十)》一诗〔女娲〕条笺注。此二句指，巨石形成的燕子，本应是两只，但其中一只做了补天的五色石，使得燕子不能双宿双飞。

【略考】

1906 年 11—12 月间，刘师培自芜湖返回上海，第二年 2 月初离沪赴日。此诗当写于其自芜湖返回上海，乘船路过南京时。从诗中“为怜补霄石，不作鸟双飞”句分析，赴日之前的刘师培为救时事意气风发，似有孤身前往，不携妻子何震的打算。

燕子矶

江上舣舟处，波心燕子矶。可怜补天石，不作鸟双飞。

【刊载】

《刘申叔遗书补遗》下册 P1471。

【类别】

五言，4 句。

【编年】

1906 年。依《左盦诗》中《燕子矶》编年。

【笺注】

见前诗《燕子矶》(《左盦诗》)。

清凉山夕望

羁游百不怿，况值群卉腓。阪隅陟嵚吟，烟江析稀微。禅栖嗡尘思，岩居丰静机。宅心毖泉清，矫首孤云飞。

【刊载】

1931 年林思进清寂堂《左盦遗诗》刻本;《刘申叔遗书》61 册 (44),《左盦诗录》卷 2《左盦诗》。

【类别】

五言，8 句。

【编年】

1906 年。《左盦诗》署“丙午”。刘师培 1906 年终自芜湖返上海，疑为路过南京时所作。

【笺注】

〔清凉山〕位于今南京市鼓楼区清凉山路，石头城遗迹东北侧，有清凉寺，是南京著名胜景。今辟为清凉山公园。

〔羁游百不怿〕羁游，亦作“羇游”，指身在外乡，旅程不定。《水经注》卷 6《晋水》：“晋水出晋阳县西悬瓮山。”郦道元注：“至有淫朋密友，羁游宦子，莫不寻梁契集，用相娱慰，于晋川之中，最为胜处。”《隋书 · 文学 · 孙万寿传》：“羁游岁月久，归思常搔首。”《尚书正义》卷 13《周书 · 金縢》：“既克商，二年，王有疾，弗豫。”孔颖达疏：“《顾命》云：王有疾，不怿。怿，悦也。故不豫为不悦豫也。”

〔群卉腓〕《毛诗正义》卷 13—1《小雅 · 谷风之什 · 四月》：“秋日凄凄，百卉具腓。”毛传：“腓，病也。”孔颖达疏：“严秋之日，凄凄然有寒凉之风。由此寒凉之风用事于时，故使百草皆被凋残，以致伤病。”《说文解字》卷 1 下《艸部》：“卉，草之总名也。”

〔阪隅陟嵚吟〕阪隅，山角。《说文解字注》卷 14 下《𨸏部》：“陬，阪隅也。”段注：“谓阪之角也。”同上书同卷：“陟，登也。”段注：“《释诂》曰：‘陟，升也。’《毛传》曰：‘陟，升也。升者，升之俗字。升者，登之假借。’”《集韵》卷 4《平声四 · 侵第二十一》：“嵚，巇山险貌。”案：吟，《林本》作“岑”，《南本》似误。嵚岑，指山势险峻。《楚辞》卷 12 淮南小山《招隐士》：“嵚岑埼礒兮，硱磳磈硊。”

〔烟江析稀微〕《全唐诗》卷 130 崔颢《黄鹤楼》：“日暮乡关何处是，烟波江上使人愁。”（第 2 册 P1329）同上书卷 436 白居易《秋江晚泊》：“四望不见人，烟江澹秋色。”（第 7 册 P4847）稀微，隐约，微弱。《晋书 · 陶潜传》载其《去来》（即《归去来兮辞》）：“问征夫以前路，恨晨光之希微。”此句指，努力分辨烟波浩渺的江上若隐若现的景色。析，《林本》作“辨”。

〔禅栖噏尘思〕《集韵》卷 10《入声下 · 职第二十四》：“噏，敛也。”此句指，暂栖佛境，尘世之想因之暂息。案：南京清凉山有清凉寺。

〔岩居丰静机〕岩居，山中隐居。《庄子 · 达生第十九》：“鲁有单豹者，岩居而水饮，不与民共利。”《韩非子 · 诡使第四十五》：“焉得无岩居苦身以争名于天下哉。”静机，使内心清静的机缘。韩琦《安阳集》卷 7《过甘泉寺》：“自笑逃尘境，䵝来触静机。”此句指，隐居山中，使内心更加清静。丰，《林本》作“多”。

〔宅心毖泉清〕《尚书正义》卷 14《康诰》：“宅心知训”。孔传：“常以居心，则知训民。”孔颖达疏：“居之于心，即知训民矣。”《书经集传》卷 4《康诰》：“宅心知训”。蔡沈注：“宅心，处心也。”《重修玉篇》卷 29《比部第四百四十七》：“毖，……又泉流貌。”《诗经 · 陈风 · 衡门》：“衡门之下，可以栖迟。泌之洋洋，可以乐饥。”参见《西山观秋获》一诗〔庶瘵衡泌饥〕条笺注。《诗经通义》卷 5《陈 · 衡门》朱鹤龄注："王志长曰：泌、毖通。"此句指，自己衷心喜悦于涓涓流淌的清泉，暗喻远离尘嚣，清心寡欲。

〔矫首〕抬头，喻怅然貌。《楚辞章句》卷 4 屈原《九章 · 惜诵》："矫兹媚以私处兮"。王逸注："矫，举也。"《古诗纪》卷 47《晋第十七》惠远《游石门诗（并序）》："矫首登灵阙，眇若凌太清。"

1907年

滴翠轩

草木沿山一境香，白云深处故祠荒。霜寒欲染颠毛白，风紧犹欺病叶黄。物外逢迎从老衲，人间兴废问空王。旧游恍忆寻春句，修竹千竿翠拂廊。

【刊载】

《政艺通报》丙午第 25 号，1907 年 1 月 28 日，署名少甫。《刘申叔遗书》61 册（134），《左盦诗录》卷 4《左盦诗别录》。

【类别】

七言，8 句。

【编年】

1907 年。依首次发表时间。

【笺注】

〔滴翠轩〕位于今芜湖市赭山广济寺旁，又名“桧轩”。北宋黄庭坚曾在此读书。

〔白云深处故祠荒〕《全唐诗续拾》卷 14 李白《太华观》：“厄磴层层上太华，白云深处有人家。”（第 15 册 P11100）《全唐诗》卷 522 杜牧《赠朱道灵》：“朱渚矶南谢山北，白云深处有岩居。”（第 8 册 P6021）故祠，滴翠轩曾作为祭祀场所。根据记载，在此祭祀的有文昌帝君、张孝祥（北南宋之际著名词人，别号于湖居士，南宋高宗绍兴二十四年【1154】中状元。张曾寓居芜湖并病逝于此，殁年仅 38 岁）、黄庭坚和黄得功。民国八年《芜湖县志》卷 59《杂识 · 诗》录谢崧《移祀张于湖于桧轩》诗，其自注曰：“此戊子岁五月十八日（1840 年 6 月 17 日——引者），移祀张于湖先生于桧轩，即今滴翠轩东。……又王泽记：道光辛卯五月初九日（1831 年 6 月 18 日——引者），祀文昌帝君于滴翠轩。”其诗曰：“况有二黄共香火（自注：祠之中楹记黄涪翁暨黄靖南），云车来往灵旗掀。”案：“二黄”指黄庭坚和黄得功。黄得功，明末著名抗清将领，受封靖南伯。南明弘光小朝廷败亡，福王逃至芜湖黄得功军中。黄得功咽喉中箭后自杀身亡，福王被俘遇害。同上书同卷录黄钺《纪张孝祥事》诗：“先生背湖坐，郁郁四十年。昨朝移赭山，始见湖中人。”其自注：“张于湖祠，在来佛亭东，即澹人居故址。割其南半，以祀先生。今移赭山滴翠轩矣。”

〔颠毛〕《国语》卷 6《齐语》：“班序颠毛，以为民纪统。”韦昭注：“班，次也。序，列也。颠，顶也。毛，发也。统，犹经也。言次列顶发之白黑，使长幼有等，以为治民之经纪也。”

〔病叶〕《全唐诗》卷 227 杜甫《薄游》:“病叶多先坠（一作堕），寒花只暂香。”（第 4 册 P2470）《全唐诗》卷 427 白居易《隋堤柳 · 悯亡国也》:“老枝病叶愁杀人，曾经大业年中春。”（第 7 册 P4719）

〔物外逢迎从老衲〕物外，超越凡尘之外。《文选》卷 15 张平子（衡）《归田赋》:“苟纵心于物外，安知荣辱之所如。”逢迎，相处、相交。《北齐书 · 元孝友传》:“凡今之人，通无准节。父母嫁女，则教以妬；姑姊逢迎，必相劝以忌。以制夫为妇德，以能妬为女工。”丁福保《佛学大辞典》:“衲（衣服），比丘之粪扫衣谓之纳衣，纳俗作衲。着衲衣者为十二头陀行之一，故以为僧衣之都名，又禅僧多着衲衣，故称曰衲僧、衲子。”此句指，想远离尘嚣，置身物外，就多与老僧来往。

〔人间兴废问空王〕《全唐诗》卷 492 殷尧藩《登凤凰台》（二首）其二:“莫问人间兴废事，百年相遇且衔杯。”（第 8 册 P5612）丁福保《佛学大辞典》:“空王（术语），佛之异名。法曰空法，佛曰空王。以空无一切邪执，为入涅（盘）〈槃〉城之要门故也。《圆觉经》曰:‘佛为万法之王，又曰空王。’沈佺期诗曰:‘无言诵居远，清净得空王。’《颂古联珠集》曰:‘空王以此垂洪范，锦上敷华知几重。’”此句指，人世间的盛衰兴亡还是要询问佛陀。

〔旧游恍忆寻春句〕旧游，指以前过往的游历。《宋书 · 乐志四》载何承天《临高台篇》:“愿言桑梓，思旧游。”此句指，恍惚记得以前游览时曾思量酝酿过吟咏春天的诗句。

留别（二首）

【刊载】

《政艺通报》丙午第 25 号，1907 年 1 月 28 日，署名少甫。《刘申叔遗书》61 册（134），《左盦诗录》卷 4《左盦诗别录》。

【类别】

七言，8 句。

【编年】

1907 年。依首次发表时间。

留别（二首）其一

沈冥自晦中山酒，去住无心不系舟。三载饥驱战冰蘖，万重哀怨悟浮沤。

风潇雨晦增萧瑟，絮果萍因任去留。江上云帆催我去，欲从沧海挟沙鸥。

【笺注】

〔沈冥自晦中山酒〕沈冥自晦，韬光养晦，自隐其能。《扬子法言》卷 5《问明篇》：“蜀庄沉冥。”吴秘注：“庄遵，字君平，蜀人也。晦迹不仕，故曰沉冥。”扬雄《太玄经 · 晦》：“日正中，月正隆，君子自晦不入穷。测曰：日中月隆，明恐挫也。”《晋书 · 山涛传》：“性好《庄》《老》，每隐身自晦。”《搜神记》卷 19：“狄希，中山人也。能造千日酒，饮之，千日醉。时有州人，姓刘名玄石，好饮酒，往求之。希曰：‘我酒发来未定，不敢饮君。’石曰：‘纵未熟，且与一杯，得否？’希闻此语，不免饮之。复索曰：‘美哉！可更与之。’希曰：‘且归，别日当来。只此一杯，可眠千日也。’石别，似有怍色。至家醉死，家人不之疑，哭而葬之。经三年，希曰：‘玄石必应酒醒，宜往问之。’既往石家，语曰：‘石在家否？家人皆恠（即“怪”——引者）之，曰：‘玄石亡，来服已阕矣。’希惊曰：‘酒之美矣，而致醉眠千日，今合醒矣。’乃命其家人凿冢破棺看之，冢上汗气彻天。遂命发冢，方见开目张口，引声而言曰：‘快哉醉我也！’因问希曰：‘尔作何物也？令我一杯大醉，今日方醒。日高几许？’墓上人皆笑之，被石酒气冲入鼻中，亦各醉卧三月。”此句当指，隐居匿迹，自晦其能，如饮中山千日酒，长醉不醒。刘师培 1905 年春因“警钟日报案”逃匿于浙江嘉兴，同年 9、10 月间赴芜湖。1906 年 11—12 月间，刘自芜湖返回上海，第二年 2 月初离沪赴日。此诗为其向芜湖时的同仁、同志告别。

〔去住无心不系舟〕去住无心，见《偶成》一诗〔去住两无心〕条笺注。《庄子 · 列御寇第三十二》：“巧者劳而知者忧，无能者无所求，饱食而敖游，泛若不系之舟，虚而敖游者也。”后亦指，如未拴缆绳的舟船，漂泊不定。

〔三载饥驱战冰蘖〕《古诗纪》卷 45《晋第十五》陶渊明《乞食》：“饥来驱我去，不知竟何之。”同上书同卷陶渊明《饮酒二十首》（并序）其十：“此行谁使然，似为饥所驱。”冰蘖，亦作“食檗”，指生活清苦，却不改高洁之操守。《全唐诗》卷 468 刘言史《初下东周赠孟郊》：“素坚冰蘖心，洁持保坚贞。”（第 7 册 P5354）《全唐诗》卷 431 白居易《三年为刺史二首》其二：“三年为刺史，饮冰复食檗。唯向天竺山，取得两片石。此抵有千金，无乃伤清白。”（第 7 册 P4773）此句指，三年来为衣食奔忙，考验着我生活清苦，却不改高洁操守的决心。刘师培 1903 年夏出走上海，先后参与了《中国白话报》《俄事警闻》《警钟日报》《国粹学报》的编撰。1905 年春，因“警钟日报案”被迫避难浙江嘉兴、安徽芜湖。至 1906 年底、1907 年初，约 3 年时间。

〔浮沤〕水中的浮沫，喻世事无常，随生随灭。《汉书 · 艺文志》："《杂山陵水泡云气雨旱赋》十六篇。"颜师古注："泡，水上浮沤也。"

〔絮果萍因〕古传柳絮（杨花）入水化为浮萍，喻漂泊不定，世事无常。参见《杨花曲》一诗〔渡江勿化新萍去〕条笺注。吴锡麒《有正味斋词续集》卷 1《江上寻烟雨 · 一萼红 · 凌芝泉招同人过筱园观芍药，归集停云馆谯会甚盛。汪調昙以此调赋词三章纪事。芝泉因嘱友人绘图索题，余亦继作》其二："后日萍波，前因絮果，此度花房。"王敬之《扬州慢 · 送春和萝溪》："碧漾几湾流水，三生幻、絮果萍因。"（陈乃乾辑《清名家词》王敬之《三十六陂渔唱》，开明书店 1937 年 5 月初版第 7 册）

〔欲从沧海挟沙鸥〕1907 年 2 月 13 日，刘师培从上海乘船东渡日本。《全唐诗》卷 229 杜甫《旅夜书怀》："飘飘何所似，天地一沙鸥。"（第 4 册 P2490）

留别（二首）其二

皖中论学尚宗派，经术文章自昔传。江戴高名垂日月，方刘遗著琐云烟。而今时学轻耆旧（自注：陆放翁诗："人亡耆旧多时学"），欲挽颓风仗后贤。陈迹低徊一俯仰，江天回首倍凄然。

【笺注】

〔江戴〕指江永、戴震。江永（1681—1762），字慎修，又字慎斋，徽州府婺源县人。清代经学大师，戴震的老师；戴震，见《甲辰年自述诗》（其四十一）〔东原立说斥三纲〕条笺注。此二人均为"徽学"及清后期古文经学的代表人物。焦循认为："近世以来，在吴有惠氏之学，在徽有江氏之学、戴氏之学"。（《雕菰集》卷 13《与孙渊如观察论考据著作书》）黄承吉认为："自汉晋以来，经学集成于本朝，而邃学者尤以徽、苏两郡为众盛，即吾扬诸儒亦皆后出。徽自婺源江氏首倡，戴氏出于休宁继之。"（《梦陔堂文集》卷 5《序 · 字诂义府合按后序》）参见《偶成（二首）》其二一诗"略考"。

〔方刘〕方苞、刘大櫆，见《甲辰年自述诗》（其四十八）一诗〔姚、刘、方〕条笺注。此二人均为"桐城派"和清后期今文经学的代表人物。

〔而今时学轻耆旧〕陆游《剑南诗稿》卷 32《穷居有感》："人亡耆旧多时学，地废陂湖失古堤。"耆旧，此处当指"中学（国学）"，与"西学"相对。此句指，现在的学人轻视中国国学。

【略考】

刘师培是清末民初古文经学和“文选学”的领军人物之一，其文章、诗作中多有对今文经学和“桐城文”的贬斥。但在其著作和诗作中，也曾多次表达过对今文经学、“桐城文”及其代表人物的赞美。我个人认为，此诗为赠别之作，难免奉承，但诗中对今古文经学和桐城派均有赞美，也反映出刘师培在今古文经学和“选学”“桐城文”之争中，并不是一个门户之见很深的人，而是颇具“兼容并蓄”的气度。参见《甲辰年自述诗》（其十七）、《甲辰年自述诗》（其十八）二诗的“略考”。

赠李诚菴（二首）

【刊载】

《政艺通报》丙午第 25 号，1907 年 1 月 28 日，署名少甫。《刘申叔遗书》61 册（135），《左盦诗录》卷 4《左盦诗别录》。

【类别】

七言，4 句。

【编年】

1907 年。依首次发表时间。

赠李诚菴（二首）其一

巢湖风浪激奇响，和汝高歌金石声。杯茗瓶花自怡悦，茫茫尘海说因明。

【笺注】

〔李诚菴〕“李绪昌（生卒年不详），字诚庵，安徽合肥人。早年由吴春阳介绍加入同盟会，与胡渭清等相善。1911 年任合肥学会（同盟会合肥分会对外的公开名称）会长，参加合肥光复之役，与葛质夫（1883—1859，字盛章，安徽肥东人）负责筹办枪械。”（《刘师培年谱（修订本）》P398）案：据杨亮功《早期三十年的教学生活・五四・五年北大读书生活》记载，李诚庵民初曾任安徽省立第二中学校长（黄山书社 2008 年第 1 版 P15）。

〔金石声〕见《申江杂感用苏东坡《秋怀》诗韵》（二首）其二一诗〔金石声〕条笺注。

〔杯茗瓶花〕佛前敬供茶、鲜花是佛教礼仪。丁福保《佛学大辞典》："奠茶（仪式），供茶于佛前祖前灵前也。凡禅规以奠茶奠汤为恒例。又葬式据棺于龛堂后，有奠茶奠汤之佛事。茶与汤之前后，午前先汤后茶，午后先茶后汤。必并供。"同上书："香华（物名），香与华俱为供养佛者，六种供养之二。《法华经·序品》曰："'香华伎乐，常以供养。'《后分涅（盘）〈槃〉经》举如来荼毘之式曰：'大众各持无数香华、宝幢、幡盖供养。'"

〔因明〕丁福保《佛学大辞典》："因明（术语），五明之一。梵名酰都费陀 Hetuvidyā，属于论理之学科。立宗因喻三支作法而为言论之法。例如'声无常（宗），为所作性故（因），如瓶等（喻）。'此三支中，以因支为最要，故云因明。《因明大疏·上·本》曰：'明此因义，故曰因明。'释尊以前，足目 Akṣapāda 仙人创之。至佛灭后，大乘论师陈那完成之。其书名《因明正理门论》。见《因明大疏·上·本》。"玄奘自印度取经回国后，将因明学介绍到中国。他曾翻译《因明入正理论》一卷。案：李绪昌信仰佛教。据黄健六、舒铁香《浩劫祥殃中之问答》一文，载《李诚庵居士跋语一》。该文发表于 1930 年 7 月《海潮音》杂志，载中国台湾 2006 年出版之《民国佛教期刊文献集成》第 175 卷 P553—558。

赠李诚菴（二首）其二

中庸昔笑胡伯始，狂狷而今多伪流。落落贞松倚幽壑，清姿独为岁寒留。

【笺注】

〔中庸昔笑胡伯始〕《后汉书·胡广传》："胡广，字伯始，南郡华容人也。……性温柔谨素，常逊言恭色。达练事体，明解朝章。虽无謇直之风，屡有补阙之益。故京师谚曰：'万事不理问伯始，天下中庸有胡公。'及共李固定策，大议不全，又与中常侍丁肃婚姻，以此讥毁于时。自在公台三十余年，历事六帝，……凡一履司空，再作司徒，三登太尉，又为太傅。"其本传史赞曰："胡公庸庸，饰情恭貌。朝章虽理，据正或桡。"李贤注："桡，曲也。"胡广为人圆滑世故，八面玲珑，为世所讥。

〔狂狷〕《论语译注·子路篇第十三》："子曰：'不得中行而与之，必也狂狷乎！狂者进取，狷者有所不为也。'"杨伯峻注："狂狷——《孟子尽心篇》下有一段话可以为本文的解释，录之于下：'孟子曰："孔子不得中道而与之，必也狂獧（同"狷"）乎！狂者进取，狷者有所不为也。孔子岂不欲中道哉？不可必得，故思其次也。""敢问何如斯可谓狂矣?”（此万章问词，下同。）曰:“如琴张、曾皙、牧皮者，孔子之所谓狂矣。”“何以谓之狂也?”曰:“其志嘐嘐然，曰：古之人！古之人！夷考其行而不掩焉者也。狂者又不可得，欲得不屑不洁之士而与之，是獧也，是又其次也。”’孟轲这话未必尽合孔子本意，但可备参考。”杨伯峻译:“孔子说:‘得不到言行合乎中庸的人和他相交，那一定要交到激进的人和狷介的人罢！激进者一意向前，狷介者也不肯做坏事。’”（中华书局 1980 年 12 月第 2 版 P141）

留别邓绳侯先生

英英邓夫子，媚古惬幽情。博雅黄长睿，收藏项子京。论文来众誉，载酒许同行。此会今难再，吾犹及老成。

【刊载】

《政艺通报》丙午第 25 号，1907 年 1 月 28 日，署名少甫。《刘申叔遗书》61 册（135），《左盦诗录》卷 4《左盦诗别录》。

【类别】

五言，8 句。

【编年】

1907 年。依首次发表时间。

【笺注】

〔邓绳侯〕邓艺孙（1857—1913），字绳侯，安徽怀宁人，近代著名教育家，书法家、收藏家。刘师培执教安徽公学时，邓绳侯任学堂监督。邓绳侯是新中国两弹元勋邓稼先的祖父。

〔媚古〕即好古，思慕古人，喜爱古代的文化遗存。

〔黄长睿〕黄伯思（1079—1118），字长睿，别字霄宾，号云林子，福建邵武人。北宋著名文字学家、书法家和书学理论家。《宋史 · 文苑五》有本传。

〔收藏项子京〕项元汴（1525—1590），字子京，号墨林，浙江嘉兴人，明代著名收藏大家、书画鉴赏家。《韵石斋笔谈》卷下《项墨林收藏》:“项元汴，墨林，生嘉靖、隆庆之世，资力雄赡，享素封之乐。出其绪余，购求法书、名画及鼎彝奇器，三吴珍秘，归之如流。王弇州（王世贞——引者）与之同时，主盟风雅，搜罗名品，不遗余力。然所藏不及墨林远甚。墨林不惟好古，兼工绘事山水。法黄子久、倪云林，兰竹松石，饶有别韵。每得名迹，以印钤之累累满幅，亦是书画一厄。譬如，石卫尉以明珠精镠聘得丽人，而虞其他适，则黥面记之，抑且遍黥其体，使无完肤。较蒙不洁之西子，更为酷烈矣。复载其价于楮尾，以示后人，此与贾竖甲乙账簿何异！不过欲子孙长守，纵或求售，亦期照原直而请益焉。贻谋亦既周矣。百余年来，嘉禾被燹，项氏累世之蔵藏，尽为千夫长汪六水所掠，荡然无遗。讵非枉作千年计乎！物之尤者，应如烟云过眼观可也。"《谢无量至邓绳侯书》："绳侯先生足下：旧年芜湖之游得见足下，盖乐道好古振奇人也。愿望履门下之日久矣，春初乃获省足下于家，因尽观足下先世法书及他所藏古书画金石，璀瑰炫目，殆不可纪，善哉，善哉！"（见该函原件彩色扫描件）

〔论文来众誉，载酒许同行〕论文，指评议辞章。来，同"徕"，招来。载酒，本指带着酒，亦指朋友间的燕饮。《汉书 · 扬雄传下》："雄以病免，复召为大夫。家素贫，耆酒，人希至其门。时有好事者载酒肴从游学，而巨鹿侯芭常从雄居，受其《太玄》《法言》焉。"此二句指，邓绳侯的文采赢得众人赞誉，朋友们都愿意与其聚会燕饮，把酒言欢。

〔此会今难再，吾犹及老成〕苏轼《东坡全集》卷 2《诗八十三首 · 和子由初到陈州见寄二首次韵》其一："道丧虽云久，吾犹及老成。"文天祥《文山集》卷 1《诗 · 题得鱼集史评》："诸父渊源在，吾犹及老成。"老成，指年高德劭。罗泌《路史》卷 21《后纪十二 · 疏仡纪 · 有虞氏》："觐四方群后，问百年而见之。"罗苹注："郑云：百年，老成人。见，尊之至也。"此二句指，虽然此后再难与先生相会，但我也算有幸得识过您这样年高德劭之人。

偶成（二首）

【刊载】

《政艺通报》丙午第 25 号，1907 年 1 月 28 日，署名少甫。《刘申叔遗书》61 册（135），《左盦诗录》卷 4《左盦诗别录》。

【类别】

七言，4 句。

【编年】

1907 年。依首次发表时间。

偶成（二首）其一

子瞻正叔皆贤哲，党论纷拏本激成。翻笑史臣工左袒，至今贝锦尚纵横。

【笺注】

〔子瞻正叔〕苏轼，字子瞻。程颐，字正叔。

〔党论纷拏本激成〕北宋哲宗元佑初年，司马光去世。以司马光去世后的典仪问题为导火索，程颐和苏轼，及二人的门生故旧之间发生了一场激烈的辩争。史称“洛蜀党议”，或称“蜀洛朔党争”。“党议”中的三派，都是支持司马光，反对王安石变法的“守旧派”。随着王安石变法的失败，其内部也开始发生纷争。这场纷争，既有学术观点的差异，也因苏轼和程颐二人性格上的不同，更有各自政见方面的分歧。可参见《宋史纪事本末》卷 45《洛蜀党议》。《汉书 · 霍去病传》：“汉、匈奴相纷拏，杀伤大当。”颜师古注：“纷拏，乱相持搏也。”纷拏，亦作“纷挐”。

〔翻笑史臣工左袒〕《续资治通鉴长编》卷 393 哲宗元佑元年十二月（1086 年 1 月）：“又言：明堂降赦，臣僚称贺讫，两省官欲往奠司马光。是时，程颐言曰：‘子于是日哭则不歌，岂可贺赦才了，却往吊丧？’坐客有难之曰：‘孔子言哭则不歌，即不言歌则不哭。今已贺赦了，却往吊丧，于礼无害。’苏轼遂戏程颐云：‘此乃枉死市叔孙通所制礼也。’众皆大笑。其结怨之端盖自此始，轼非无过也。”《史记 · 吕太后本纪》：“太尉（周勃——引者）将之入军门，行令军中曰：‘为吕氏右袒，为刘氏左袒。’军中皆左袒为刘氏。”袒，即脱掉上衣，裸露肩背。后亦称偏护某人、某方为左袒、偏袒、袒护。《续资治通鉴长编》作者李焘认为，“洛蜀党议”的导火索是苏轼出言戏弄程颐，苏轼对此是有过错的。刘师培则认为，这是“史臣”在偏袒程颐一方。《宋史 · 苏轼传》史论：“或谓：‘轼稍自韬戢，虽不获柄用，亦当免祸。’虽然，假令轼以是而易其所为，尚得为轼哉？”

〔至今贝锦尚纵横〕贝锦，指谗言、谣言。详见《癸卯夏记事》一诗〔纵横贝锦〕条笺注。此句指，直至今日，认为“洛蜀党议”的起因是苏轼出言不慎，戏弄程颐的观点，仍然盛行。

偶成（二首）其二

皖南经训有师承，提倡宗风愧未能。闻说蔡陈屡相讯（自注：孑民先生及去病近日均有函来，询芜湖学界近况），秋窗应负读书灯。

【笺注】

〔经训〕对儒家典籍的解读。《后汉书 · 蔡邕传》：“其高者，颇引经训风喻之。”

〔宗风〕见《赠兴化李审言（二首）》其一一诗〔宗风〕条笺注。

〔蔡陈〕蔡元培，字孑民。陈去病，字佩忍。二人均是刘师培在上海时结交的好友。

〔读书灯〕《全宋诗》卷 71 王禹偁《清明感事（三首）》其一：“昨夜邻家乞新火，晓窗分与读书灯。”（北京大学出版社 1998 年 12 月第 1 版第 2 册 P806）

【略考】

清代，与浙东学派、扬州学派、常州学派等学术派别相比，皖南学派被单独列出是很晚近的事情。江藩《国朝汉学师承记》卷 1：“至本朝，三惠之学盛于吴中，江永、戴震诸君继起于歙，从此汉学昌明，千载沉霾一朝复旦。”但在当时，将皖南归为单独的学术派别尚属雏形。

1904 年，章太炎的《訄书》修订本出版，他在其中的《清儒第十二》中首次将“皖南学派”归为单独的派别。他写道：“然草创未精博，时糅杂元明谰言。其成学箸系统者，自乾隆朝始：一自吴，一自皖南。吴始惠栋，其学好博而尊闻；皖南始江永、戴震，综形名，任裁断。”（《章太炎全集》第 3 册《〈訄书〉初刻本 /〈訄书〉重订本 / 检论》P154，上海人民出版社 2014 年 5 月第 1 版）

有观点认为：江永、戴震属扬州学派。很多扬州学人更是奉此二人为师承（亦有观点认为：“扬学”实为“徽学”的支派传承）。

刘师培的伯父刘寿曾就曾说：“国初东南经学，昆山顾氏开之，吴门惠氏、武进臧氏继之。迨乾隆之初，老师略尽，儒术少衰。婺源江氏崛起穷乡，修述大业，其学传于休宁戴氏。戴氏弟子以扬州为盛，高邮王氏传其形声训故之学，兴化任氏传其典章制度之学，仪征阮文达公友于王氏、任氏，得其师说。风声所树，专门并兴，扬州以经学鸣者凡七八家，是为江氏之再传。先大父（刘文淇——引者）早受经于江都凌氏，又从文达问故，与宝应刘先生宝楠切劘至深，淮东有‘二刘’之目。并世治经者又五六家，是为江氏之三传。先征君（刘毓崧——引者）承先大父之学，师于刘先生，博综四部，宏通淹雅，宗旨视文达为尤近。其游先大父之门，而与先征君为执友者，又多缀学方闻之彦，是为江氏之四传。”（《传雅堂文集》卷 1《沤宧夜集记》，《清代诗文集汇编》第 737 册 P19，上海古籍出版社 2010 年 12 月第 1 版）

刘师培于 1904 年 12 月 13、14、17 日，在《警钟日报》上连载了《近儒学案序目》一文。在该文中，他列出了自己计划撰写的 25 个学案。其中，涉及到安徽的有：徽州学案、东原学案和桐城学案。但并没有将皖南学派单独列出。

不过，刘师培确曾提到过“皖南学者”的概念。他在《南北学派不同论 · 南北考证学不同论》中写道：“时，皖南学者亦以经学鸣于时。皖南多山，失交通之益，与江南殊。故所学亦与江南迥异。先是宣城梅文鼎精推步之学，著书百余万言，足裨治历明时之用。婺源汪绂兼治汉学、宋学，又作《物诠》一书，善于即物穷理。故士学益趋于实用。江永崛起，穷陬深思，独造于声律、音韵、历数、典礼之学。咸观其会通，长于比勘。弟子十余人，以休宁戴震为最著。戴氏之学，先立科条，以慎思明辨为归。凡治一学，立一说，必参互考验，曲证旁通。以辨物正名为基，以同条共贯为纬。……戴氏既殁，皖南学者各得其性之所近。治数学者有汪莱，治韵学者有洪榜，治三礼者有金榜、胡匡衷，以凌廷堪、胡培翚为最深。歙人程瑶田亦深于三礼之学。……戴氏弟子，舍金坛段氏外，以扬州为最盛。”（1905 年 8 月 20 日，《国粹学报》第 7 期;《刘申叔遗书》15 册【111】）

这就证明，刘师培是将诸多扬州学人作为“戴氏弟子”的。这与刘寿曾的观点一脉相承。

此外，刘师培在《近儒学术统系论》一文中还提到：“皖北之学莫盛于桐城。方苞幼治归氏古文，讬宋学以自饰，继闻四明万氏之论，亦兼言三礼。惟姚范校核群籍，不惑于空谈。及姚鼐兴，亦挟其古文宋学与汉学之儒竞名。继慕戴震之学，欲执贽于其门。为震所却，乃饰汉学以自固，然笃信宋学之心不衰。”（1907 年 5 月 2 日，《国粹学报》第 28 期。《刘申叔遗书》49 册【129】,《左盦外集》卷 9）

那么，刘师培属什么学派？目前，学界比较一致的观点，自然是其郡望——扬州学派。

但通过仔细分析则可以发现——刘师培自己似乎并不这么认为。

据本诗“皖南经训有师承，提倡宗风愧未能”句可知，刘师培将自己视为“徽学”一派的一员。故在本诗中称“提倡宗风”，是指自己曾希望倡导皖南学界古文经学（汉学）和考据学（朴学）传统的复兴，但没有成功，自己为此感到惭愧。

而且，刘师培在其存世著作和文章中，也从未提及“扬学”一词。《刘申叔遗书》仅在尹炎武和南桂馨的序言中出现过“扬州学派”的字样。

我们再来分析一下《近儒学案序目》一文（载《刘申叔遗书》57 册【16—24】），

就会发现，其实，在刘师培心中，早已对中国以郡望作为学派名称的传统不再感冒，而是开始以某位学人的名字作为学派的名称。其实质则是以学术流派的观点异同作为分判依据。这种做法，显然是受到“西学”的影响。其实，刘师培此一学术倾向，早在 1905 年的《周末学术史序》总序中就有体现：“予束发受书，喜读周秦典籍，于学派源流反复论次，拟著一书，颜曰《周末学术史》，采集诸家之言，依类排列，较前儒学案之例稍有别矣。学案之体以人为主，兹书之体拟以学为主。义主分析，故稍变前人著作之体也。”参见《甲辰年自述诗》（其二十一）一诗“略考”。

在《近儒学案序目》一文中，刘师培一共列出学案 25 个。其中，以学人为名的学案和以郡望为名的学案，相互杂掺。但这些郡望（或郡望中的胜景），多是以“学案带头人”的家乡指代其本人，其实质是效仿西方以学术性质作为分类。如“余姚学案”的黄宗羲，“仁和学案”的应㧑谦，“蕺山学案”的刘汋。其他则以“学案带头人”的字号为名。纯以郡望为名的，只有“山西学案”“山东学案”“徽州学案”“桐城学案”等几个。

杂赋

觥觥游侠士，意气凌盛都。杀人长安中，挟刃游交衢。一朝禁网严，伏尸城西隅。古人尚力竞，赴义甘捐躯。今人竞以心，翻嗤古人愚。力竞敌一人，心竞敌万夫。万矢纷相集，万刃厉以须。肠毂日九回，变境生斯臾。下伤万民仁，上启造物吁。造物亦辅强，心强天所趋。遂令贤与豪，生共愚忠俱。老氏识此旨，治化陈虚无。

【刊载】

《政艺通报》丙午第 25 号，1907 年 1 月 28 日，署名少甫。《刘申叔遗书》61 册（136），《左盦诗录》卷 4《左盦诗别录》。

【类别】

五言，24 句。

【编年】

1907 年。依首次发表时间。

【笺注】

〔觥觥游侠士〕《后汉书 · 方术上 · 郭宪传》：“帝曰：‘常闻“关东觥觥郭子横”，

竟不虚也。'" 李贤注:"觥觥,刚直之貌。"《韩非子 · 五蠹第四十九》:"儒以文乱法,侠以武犯禁,而人主兼礼之,此所以乱也。""废敬上畏法之民,而养游侠私剑之属。"荀悦《汉纪》卷 10《孝武一》:"立气势,作威福,结私交,以立强于世者,谓之游侠。""游侠之本,生于武毅。不挠久要,不忘平生之言,见危授命,以救时难,而济同类。以正行之者谓之武毅,其失之甚者,至于为盗贼也。"

〔盛都〕繁盛的都城。员兴宗《九华集》卷 15《与汉嘉李清叔》:"某去岁道经盛都,遂获披奉,殊以为慰。"

〔杀人长安中〕长安,是古代游侠诗中最常虚置的地理位置。《乐府诗集》卷 17 昭明太子萧统《将进酒》:"洛阳轻薄子,长安游侠儿。"《乐府诗集》卷 24 陈后主(叔宝)《刘生》:"游侠长安中,置驿过新丰。"《乐府诗集》卷 66《杂曲歌辞》卢照邻《结客少年场行》:"长安重游侠,洛阳富才雄。"《全唐诗》卷 18 王维《陇头吟》:"长安少年游侠客,夜上戍楼看太白。"(第1册P181)《全唐诗》卷25李白《侠客行》:"十步杀一人,千里不留行。事了拂衣去,深藏身与名。"(第 1 册 P332)

〔交衢〕《说文解字》卷 2 下《行部》:"衢,四达谓之衢。"《楚辞章句》卷 3 屈原《天问》:"靡蓱九衢,枲华安居?"王逸注:"九交道曰衢。"《孔子家语》卷 5《入官第二十一》:"马之乖离,必于四达之交衢。"

〔一朝禁网严,伏尸城西隅〕《史记 · 游侠列传 · 郭解传》:"解入关,关中贤豪知与不知,闻其声,争交欢解。解为人短小,不饮酒,出未尝有骑。已又杀杨季主。杨季主家上书,人又杀之阙下。上闻,乃下吏捕解。解亡,置其母家室夏阳,身至临晋。临晋籍少公素不知解,解冒,因求出关。籍少公已出解,解转入太原,所过辄告主人家。吏逐之,迹至籍少公。少公自杀,口绝。久之,乃得解。穷治所犯,为解所杀皆在赦前。轵有儒生侍使者坐,客誉郭解,生曰:'郭解专以奸犯公法,何谓贤!'解客闻,杀此生,断其舌。吏以此责解,解实不知杀者。杀者亦竟绝,莫知为谁。吏奏解无罪。御史大夫公孙弘议曰:'解布衣为任侠行权,以睚眦杀人,解虽弗知,此罪甚于解杀之。当大逆无道。'遂族郭解翁伯。自是之后,为侠者极众,敖而无足数者。"

〔力竞〕以力相搏。《晋书 · 郗鉴传》:"群逆纵逸,其势不可当,可以算屈,难以力竞。"

〔赴义甘捐躯〕赴义,即仗义,行义事。袁宏《后汉纪》卷 16《孝安皇帝纪》:"虽赴义从善之人,不能无怨恨。"《艺文类聚》卷 71《舟车部 · 车》后汉李尤《小车铭》："追仁赴义，惟礼是恭。"捐躯，为"取义成仁"而赴死。《淮南子 · 泛论训》："使管仲出死捐躯，不顾后图，岂有此霸功哉!"《越绝书》卷 13《外传枕中第十六》："欲捐躯出死，以报吴仇，为之奈何?"

〔竞以心〕以心智、计谋相争。《晋书 · 荀勖传》："君子心竞，而不力争。"

〔力竞敌一人，心竞敌万夫〕《史记 · 项羽本纪》："项籍少时学书不成，去学剑，又不成。项梁怒之。籍曰：'书足以记名姓而已，剑一人敌，不足学，学万人敌。'"《孟子 · 滕文公上》："或劳心，或劳力。劳心者治人，劳力者治于人。"

〔厉以须〕《春秋左传正义》卷 45 昭公传十二年："子革曰：'摩厉以须，王出，吾刃将斩矣。"杜预注："以己喻锋刃，欲自摩厉，以斩王之淫慝。"后喻指磨刀以待。上句与此句指，面对的是万箭千矢的敌方壁垒和万刃千刀的严阵以待。

〔肠毂日九回〕本意以车轮（毂）旋转，喻人愁肠百转。此处似指人的心思、想法一日数变。《汉书 · 司马迁传》载其《报任安书》："是以肠一日而九回，居则忽忽若有所亡，出则不知所如往。每念斯耻，汗未尝不发背沾衣也。"梅尧臣《宛陵集》卷 20《和范景仁王景彝殿中杂题三十八首并次韵》其二十九《再观牡丹》："闻说偷观近玉栏，肠如车毂走千盘。"

〔斯臾〕即须臾，瞬间。详见《端阳日偕地山泽山谷人泛湖言念旧游怆然有作》一诗〔斯须〕条笺注。上句与此句似指，世人心思多变多诈，情势经常瞬息万变。

〔遂令贤与豪一治化陈虚无〕《老子 · 道经》第三章："不上贤，使民不争；不贵难得之货，使民不盗；不见可欲，使心不乱。圣人治，虚其心，实其腹，弱其志，强其骨。常使民无知无欲，使知者不敢为，则无不治。"《老子 · 道经》第二十章："众人皆有余，我独若遗。我愚人之心，纯纯。俗人昭昭，我独若昏。俗人察察，我独闷闷。"《老子 · 德经》第六十五章："古之善为道者，非以明人，将以愚之。民之难治，以其多智。以智治国，国之贼；不以智治国，国之福。"《老子 · 德经》第六十章："治大国若亨小鲜。"（以上《老子》引文皆依朱谦之《老子校释》本）此四句指，于是让睿智、豪杰之士，与蠢笨只知服从的人共生于世上。老子深知此理，所以在评论治理天下时，提倡"无为而治"。

【略考】

此诗题名《杂赋》，可见诗的主题并不统一。从其中内容分析，似涉及两个问题：一、"一人敌"与"万人敌"；二、贤豪与愚笨。

那么，刘师培这首看似"没头没脑"的诗作，究竟要表达什么意思?

述者的第一反应是，其诗中“力竞敌一人，心竞敌万夫”的表述是反对那时革命党人极其热衷的政治暗杀。

但很快就推翻了这个推论——

1904 年秋，刘师培曾参与刺杀王之春的“万福华案”，并被巡捕房羁押一夜才侥幸脱身。梅鹤孙回忆道：“舅氏一直在家庭庇荫与外祖母劬劳慈爱之下生长的，当然对于人情世故是生疏的。所以在上海与孑民、太炎诸公朝夕谈论，思想日新。加以性情急躁，听见人提一个意见，不假思索，不记利害，马上实行。……舅氏与陈等甫到楼梯上层，目睹情形，随即弃枪于地奔出。当被逻者盘问。见其形色仓黄，言语支吾，知为怯弱书生，加以嫌疑罪名，拘入捕房坐了一夜，次日释放。”（《青溪旧屋仪征刘氏五世小记》P36，上海古籍出版社 2004 年 7 月第 1 版）

另据柏文蔚回忆：“甲辰年（1904——引者），余二十九岁。余由皖北来至芜湖，是时郭其昌已死，徒众四散，官厅究缉之事，亦渐寝息。于是由湘迁芜之旅湘公学，易名为安徽公学，主持人李光炯邀余入校。是时延请教授，有精于汉学之刘光汉君，改姓名为金少甫，组织黄氏学校，是专门从事暗杀者。余与光炯诸友，皆歃血为盟加入团体。旋以反清革命，徒众宜多，主义虽定，宣传宜广，又于中学及师范两校以内，集学生之优秀者联络组织，成立岳王会。”（柏文蔚《五十年大事记 · 二 · 鸠江授课》，载《柏文蔚自述》P14，人民日报出版社 2011 年 7 月第 1 版）

可见，刘师培不仅主张暗杀，自己更是身体力行。

难道是在芜湖期间，刘师培有所猛醒，忽然改变了自己的想法？这似乎也很符合其多变的性格。但细较之下又发现不合——

1907 年 7 月 25 日出版的《天义》第四卷“时评”栏目，发表了一篇无署名文章——《暗杀之影响》：“世人之所欲者，生也；世人之所恶者，死也。而在上位之人，则尤贪生而畏死。暗杀者，百死不无一生者也。暗杀官吏难，暗杀大吏为尤难。暗杀出于民党难，暗杀出于官吏，尤难中之难。今竟有绍兴徐君刺杀皖抚恩铭事！徐君者，服官之人也；恩铭者，亦服官之人也。徐君无贪生畏死之心，故甘于一死；恩铭具贪生畏死之心，而仍不能免一死。今世界之官吏，人人不欲速死者也，而足以使之速死者，惟有暗杀。使人人不畏死如徐君，则不独大臣可杀，即皇帝亦可杀。在上之人，无一日不在危险之中。使人人畏死如恩铭，则不独君主不敢为，即大臣亦不敢为，而在上之人将绝迹。吾深望在上之人，鉴于徐君之不顾利害，益进而杀其在己上之人；吾尤望在上之人，鉴于恩铭之死，人人不欲为在上之人。由是而言，则徐君之功又岂

区区在排满之一端!”（《天义 · 衡报》P281—282，中国人民大学出版社 2016 年 4 月第 1 版）

如果刘师培一度反对暗杀，怎么会在自己完全把控的报纸上发表这样的文字？

经过思考，最后推定，刘师培此诗的主旨，是其“革命教育”观点最佳的诠释——清朝愚民政策，革党启迪民智。

其实，刘师培自始至终都是重视体育教育和军事训练的。

早在 1902 年，18 岁的刘师培在“试帖”文《富强基于兴学，应比较中西学派性情风尚之异同，参互损益，以定教育之宗旨论》一文中就提出：普及小学堂、普通中学堂应设立体操课（《刘申叔遗书补遗》上册 P10、11）。

1904 年 4 月 30 日发表于《中国白话报》的《军国民的教育》一文，刘师培倡导国民“尚武”，“要有强力”。“但‘强力’两个字，也不是只着重体魄的。……‘强力’两个字，一半是重在体魄的，一半是重在精神的。如若志向不坚，就是有野蛮体魄，也是不能卫国的。”（《刘申叔遗书补遗》上册 P178—181）。

1905 年 3 月 25 日，《国粹学报》第 2 期发表刘师培的《论古代人民以尚武立国》，该文洋洋洒洒数千言，比较系统地论述了中国古人尚武的传统（见《刘申叔遗书》50 册【84—101】）。

至于涉此的零散记述也很多，见于刘师培的一些文章和著作中。如，《伦理学》上册第三十二课《说学》、第三十三课《说尚武》(《刘申叔遗书》64 册【75—79】)、《论小学与社会学之关系 · 臣儒》(《刘申叔遗书》46 册【54—66】) 等等。

而在其教育实践中，也体现了他的一贯主张。刘师培《徐慕达传》：“丙午（1906——引者），师培游芜湖，招嘉熊往，慕达与偕，居安徽公学。间授校生技击。居数月，随嘉熊归。”（《刘申叔遗书》58 册【156】）陶成章《浙案纪略》中卷《列传五 · 敖嘉熊》：“丙午（1906——引者）……六月，（敖嘉熊——引者）偕成章（陶成章——引者）、味荪（龚宝铨，字未生，号薇生、味荪——引者）赴芜湖，九月归。”

据此，刘师培此诗的主旨可以确定——正如其在《军国民的教育》一文所说：“‘强力’两个字，一半是重在体魄的，一半是重在精神的。”也就是说，既要培养人的武勇豪侠之气，更不可忽视文化思想教育。一人武勇，只是“一人敌”，只有启迪民智，才能塑造“万人敌”。清廷与历代朝廷并无二致，都奉行“愚民政策”。社会上只知苟活“愚忠”的人太多，如果民智不启迪，仅靠少数人的勇敢，面对的却是千弹万箭的敌方壁垒和千刀万刃的严阵以待。壮士虽有“赴义甘捐躯”的豪迈，也只能是无谓的牺牲。如此，则“下伤万民仁，上启造物吁”。

另参见《咏明末四大儒（四首）》其四一诗相关笺注及“略考”。

日本道中望富士山

朱明返羲辔，昔慕匡庐崇。讶兹高寒区，移屭榑木东。庬薄衍峻壤，崛崎培峣峰。冰液凝夏条，雪尘涴春丛。吐曜逴龙赩，委羽僊禽翀。冈冢艸罢绿，嵠渎樱燃红。侧观拭游目，遐览愉旅衷。颇疑嬴氏臣，瞻影标瀛蓬。逋士有坏丘，仙俦无遗踪。空闻珠玗林，奇光开澒蒙。

【刊载】

1931年林思进清寂堂《左盦遗诗》刻本；《刘申叔遗书》61册（44），《左盦诗录》卷2《左盦诗》。

【类别】

五言，20句。

【编年】

1907年。《左盦诗》署“丁未”。此诗当为刘师培1907年2月初到日本时所作。

【笺注】

〔日本道中望富士山〕道，《林本》作“途”。

〔朱明返羲辔〕朱明，太阳。《楚辞章句》卷9屈原（一说为宋玉）《招魂》：“朱明承夜兮，时不可以淹。”王逸注：“朱明，日也。”《广雅》卷9《异祥》：“朱明曜灵，东君，日也。”《古诗纪》卷29阮籍《咏怀八十二首》之三十五：“愿揽羲和辔，白日不移光。”《楚辞章句》卷1屈原《离骚》：“吾令羲和弭节兮，望崦嵫而未迫。”王逸注：“羲和，日御也。”《礼记正义》卷3《曲礼上》：“执策分辔，驱之五步而立。”孔颖达疏：“辔，御马索也。”此句指，太阳在御者羲和的驾驭下重返天空，即早晨。

〔匡庐〕江西庐山。《说郛》卷32下：“匡谷先生，姓匡名谷，商周之际，遯世隐居，庐于庐山，故号匡庐。”《后汉书 · 郡国志四 · 庐江郡》：“南有九江，东合为大江。”刘昭注：“释慧远《庐山记略》曰：‘山在寻阳南，南滨宫亭湖，北对小江，山去小江三十余里。有匡俗先生者，出殷周之际，隐遯潜居其下，受道于仙人而共岭，时谓所止为仙人之庐而命焉。’”

〔讶兹高寒区〕区，《林本》作“墟”。

〔移屭榑木东〕屭，储藏。《说文解字注》卷 8 上《尸部》："屭，偫也。"段注："偫者，储偫也。"榑木，即扶桑。《淮南鸿烈解》卷 5《时则训》："东方之极，自碣石山，过朝鲜，贯大人之国，东至日出之次，榑木之地，青土树木之野，太皞、句芒之所司者万二千里。"高诱注："榑木，榑桑。"扶桑，日本别称。《梁书·诸夷·东夷·扶桑国传》："扶桑国者，齐永元元年，其国有沙门慧深来至荆州，说云：'扶桑在大汉国东二万余里，地在中国之东，其土多扶桑木，故以为名。'"上句和此句指，惊讶于如此高峻寒冷的庐山，却被移储于东瀛扶桑之国，造就了富士山。

〔厖薄〕即磅礴。《庄子集释》卷 1 上《（内篇）逍遥游第一》："将旁礴万物以为一"。郭庆藩引陆德明《经典释文》："旁，……字又作磅，同。礴，……司马云：旁礴，犹混同也。"《汉书·扬雄传下》："旁薄群生。"颜师古注："旁薄，犹言荡薄也。"《说文解字篆韵谱》卷 1《上平声·江部（四）》："庞，庞薄。"厖，通"庞（龐、龎）"。《汉书·司马相如传下》："湛恩厖洪"。《六臣注文选》，卷 48 司马长卿（相如）《封禅文》："湛恩龎鸿"。

〔崛崎培峣峰〕《六臣注文选》卷 8 司马长卿（相如）《上林赋》："摧崣崛崎"。李善注："崛崎，斗绝也。"吕向注："崛崎，崄貌。"《说文解字注》卷 13 下《土部》："培，培敦。"段注："引申为凡裨补之称。"《说文解字》卷 9 下《山部》："峣，焦峣，山高貌。"上句与此句指，磅礴之势生成此陡峻之地，崎岖之状助成此高耸之峰。

〔冰液凝夏条〕夏条，夏天的枝条。《文选注》卷 28 陆士衡（机）《从军行》："夏条焦鲜藻，寒冰结冲波。"李善注："《文子》曰：'夏条可结。'《毛诗》曰：'诞寘之寒冰。'"

〔涴〕《宋本广韵》卷 4《去声·过第三十九》："涴，泥着物也，亦作污。"上句与此句指，寒冰凝结于夏季繁盛的枝条，白雪沾浸于春天茂密的绿丛。喻富士山地势高峻，一日四季。

〔吐曜逴龙赩〕吐曜，闪耀。《三国志·魏书三·明帝纪第三》裴注引《献帝传》之《孝献皇帝赠册文》（青龙二年四月丙寅）："乾精承祚，坤灵吐曜。"《初学记》卷 30《虫部·萤第十四·赋》南朝梁萧和《萤火赋》："悲扶桑之吐曜，翳微躯而不明。"《楚辞章句》卷 10 屈原《大招》："北有寒山，逴龙赩只。"王逸注："逴龙，山名也。赩，赤色，无草木貌也。言北方有常寒之山，阴不见日，名曰逴龙。其土赤色，不生草木，不可过之，必冻杀人也。"

〔委羽偎禽翀〕《淮南鸿烈解》卷 4《墬形训》："北方曰积冰，曰委羽。"高诱注：

“北方寒冰所积，因以为名积冰也。委羽，山名也，在北极之阴，不见日。”《明一统志》卷47《台州府 · 山川》：“委羽山。在黄岩县南一十里，山东北有洞，世传仙人刘奉林于此控鹤轻举，鹤尝坠翮，故名。道书以此山为第二洞天，号大有空明之天。地产石，无小大，百碎皆方正。宋范宗尹诗：‘当年孤鹤知何处，遥想天风坠羽翰。’”《楚辞补注》卷2屈原《九歌 · 大司命》：“乘龙兮辚辚，高驼兮冲天。”洪兴祖补注：“《集韵》作翀，与冲通。”《宋本广韵》卷1《上平声 · 东第一》：“翀，直上飞也。”僊，《林本》作“仙”。

〔冈冢艸罢绿，嵠渎樱燃红〕冈冢，山脊与山顶。《尔雅注疏》卷7《释山第十一》：“山脊，冈。”郭璞注：“谓山长脊。”《尔雅注疏》卷7《释山第十一》：“山顶，冢。”郭璞注：“山颠。”《毛诗正义》卷12—2《小雅 · 节南山之什 · 十月之交》：“百川沸腾，山冢崒崩。”毛传：“山顶曰冢。”嵠，同溪。《集韵》卷2《平声二 · 齐第十二》：“溪，……或……从山、石。”《说文解字》卷11上《水部》：“渎，沟也。”冢艸，《林本》作“冢草”。此二句指，山顶的草刚刚发黄，山间溪流旁的樱花却绽放出红艳的花朵。喻其地势高峻，一日四季。

〔游目〕纵览。《楚辞》卷1屈原《离骚》：“忽反顾以游目兮，将往观乎四荒。”

〔遐览愉旅衷〕遐览，远望。《抱朴子 · 外篇 · 审举》：“必假目以遐览，借耳以广听。”《弘明集》卷2南朝宋宗炳《明佛论》：“升岳遐览，妙观天宇。”旅衷，旅途中的心情。衷，真实的内心。《古今韵会举要》卷1：“衷，……又诚也。《左传》：‘发命之不衷’。”上句与此句指，从旁侧观览，为纵览无遗而擦亮眼睛。远望观览，使人旅行时的心情愉悦。愉，《林本》作“怡”。

〔颇疑嬴氏臣，瞷影标瀛蓬〕世传，徐福入海求仙山，到达了今天的日本，一去不返。参见《台湾行》一诗〔三山〕条笺注。《说文解字》卷4上《目部》：“瞷，视也。”此句指，颇为怀疑徐福入海来到日本国，就认为到了海外仙山。

〔逋士有坏丘，仙俦无遗踪〕逋士，指徐福，入海求仙，一去不返。《说文解字注》卷2下：“逋，亡也。”段注：“《亡部》曰：亡，逃也。”丘，坟墓。《战国策》卷1《东周》：“薛公故主，轻忘其薛，不顾其先君之丘墓。”《史记 · 范雎列传》：“楚王封之以荆五千户，包胥辞不受，为丘墓之寄于荆也。”日本和歌山县新宫市有徐福墓，但建于18世纪前叶。丘，《林本》作“邱”。此二句指，逃亡者（指徐福）已颓败的坟墓尚在，却未见神仙的踪迹。

〔珠玗林〕珠，即珠玉；玗，即琅玗。林，即琳。皆指珍宝。《尚书正义》卷6

《禹贡》：“黑水西河惟雍州。……厥贡惟球琳、琅玕。”孔传：“球琳皆玉名。琅玕，石而似珠。”参见《台湾行》一诗〔圆峤方壶碧浪间〕条笺注。

〔奇光开澒蒙〕澒蒙，即鸿蒙，指开天辟地前的混沌状态。《楚辞章句》卷 16 刘向《九叹·远逝》：“贯澒蒙以东朅兮，维六龙于扶桑。”王逸注：“澒蒙，气也。”“言遂贯出澒蒙之气而东去，系六龙于扶桑之木也。”参见《阴氛篇》一诗〔天苞擠玄蒙〕条笺注。此句指，奇异的光芒照射，冲破混沌，开辟天地。此句巧借《远逝》“维六龙于扶桑”句，暗喻日本。

和万树梅花绕一庐

天梅先生工赋诗，欲与元气争春回。南枝北枝竞窈窕，北枝香谢南枝开。根干轮囷郁奇致，芳香悱恻时袭余。不偕众卉斗妩媚，此中应中孤山庐。瀛海壮游（令）〈今〉已矣，西归料理买青山。知君别具岁寒操，携鹤抱琴独往还。哀乐过人最悽绝，无端枨触故乡心。小园花发归无计，一任虹桥春色深（自注：前日，同里方泽山赠予诗，有“梅花已发归无计”句。）。

【刊载】

《复报》第 9 期 1907 年 3 月 30 日，署名刘光汉。《刘申叔遗书补遗》上册 P571。

【类别】

七言，16 句。

【编年】

1907 年。依首次发表时间。

【笺注】

〔万树梅花绕一庐〕此诗为和高旭（天梅）之作。高旭原诗共 4 首，七言、4 句，有序：“鄙人近倩名手，绘《万树梅花绕一庐》卷子，托此孤芳，用以寄意。海内外诗豪词杰，有与我表同情者，乞惠一二佳什为感。高剑公天梅氏启。原诗录后，并乞大雅之士教之。”（《刘申叔遗书补遗》上册 P571）除刘师培外，当时还有多人曾与高旭和诗或词，如柳亚子的《和天梅自题万树梅花绕一庐卷子诗四首，即次其韵》《金缕曲·为天梅题万树梅花绕一庐卷子，意有所触，不自知其言之悲矣。时海上祝虏廷立宪之前一夕也》，黄节的《题天梅万树梅花绕一庐卷子》，高燮的《一剪梅·题天梅万树梅花绕一庐卷子》，刘三的《题天梅万树梅花绕一庐卷子》和佛子的《满庭芳·天梅哥有万树梅花绕一庐卷子之作为填此阕》等。

〔天梅〕高旭（1877—1925），字天梅，号剑公，江苏金山（今属上海）人。近代著名诗人，南社主要创始人，同盟会骨干成员。《醒狮》和《复报》的创刊人。

〔欲与元气争春回〕《楚辞章句》卷 17 王逸《九思 · 守志》“食元气兮长存。”王逸注：“元气，天气。”《论衡》卷 23《言毒篇》：“元气，天地之精微也。”《后汉书 · 赵咨传》：“元气，天之气也。”高旭原诗其一：“岂必难堪寂寞滨，无生趣后始回春。”其二：“放翁死后便无诗，驴背沈吟又一时。”陆游《放翁词 · 卜算子 · 咏梅》：“驿外断桥边，寂寞开无主。”陆游《剑南诗稿》卷 9《故蜀别苑在成都西南十五六里梅至多有两大树夭矫若龙相传谓之梅龙予初至蜀尝为作诗自此岁常访之今复赋一首丁酉十一月也》：“摧伤虽多意愈厉，直与天地争春回。”

〔南枝北枝竞窈窕，北枝香谢南枝开〕植物因朝向问题，朝南面向阳光的枝叶更暖，花朵先开后谢；朝北枝叶上的花朵则后开先谢。亦喻人的处境苦乐不同。《全唐诗》卷 57 李峤《鹧鸪（一作韦应物诗）》：“南枝日照暖，北枝霜露滋。”（第 2 册 P689）《全唐诗》卷 147 刘长卿《廨中见桃花南枝已开北枝未发因寄杜副端》：“何意同根本，开花每后时。应缘去日远，独自发春迟。结实恩（一作应）难忘（一作望），无言恨岂知。年光不可待，空羡向南枝。”（第 3 册 P1500）《全唐诗》卷 801 刘元载妻《早梅（一作观梅女仙诗）》：“南枝向暖北枝寒，一种春风有两般。”（第 12 册 P9114）梅尧臣《宛陵集》卷 4《后园桃李花》“南枝开已繁，北枝萦尚少。”陆游《剑南诗稿》卷 38《梅花》：“一花两花春信回，南枝北枝风日催。”

〔轮囷〕喻树木高大，详见《答袁康侯（二首）》其二一诗〔轮囷〕条笺注。

〔芳香悱恻〕本指香气缠绵萦绕，引申为情绪悱恻缠绵，郁结于心。《文苑英华》卷 742《文 · 雕虫论一首》裴子野《雕虫论（并序）》：“若悱恻芳芬，楚骚为之祖。”袁枚《随园诗话》卷 14：“人必先有芬芳悱恻之怀，而后有沉郁顿挫之作。”

〔不偕众卉斗妩媚〕陆游《渭南文集》卷 49《卜算子 · 咏梅》：“无意苦争春，一任群芳妒。”吕本中《东莱诗集》卷 11《梅》：“独自不争春，都无一点尘。”《正字通》丑集下《女部》：“娬，同妩。”《说文解字》卷 1 下《艸部》：“卉，草之总名也。”

〔此中应中孤山庐〕张岱《西湖梦寻》卷 3《孤山》：“梅花屿介于两湖之间，四面岩峦，一无所丽，故曰孤也。是地水望澄明，皦焉冲照，亭观绣峙，两湖反景，若三山之倒水下。山麓多梅，为林和靖放鹤之地。林逋隐居孤山，宋真宗征之不就，赐号和靖处士。常畜双鹤，豢之樊中。逋每泛小艇，游湖中诸寺，有客来，童子开樊放鹤，纵入云霄，盘旋良久，逋必棹艇遄归，盖以鹤起为客至之验也。”《宋诗钞》卷 14 林逋《和靖诗钞》吴之振序：“林逋，字君复，杭之钱塘人。少孤，力学，刻志不仕，结庐西湖孤山。真宗闻其名，赐粟帛，诏长吏岁时劳问。《临终诗》有：‘茂陵他日求遗稿，犹喜曾无封禅书。’时人高其志识，赐谥和靖先生。逋不娶，无子，所居多植梅畜鹤。泛舟湖中，客至则放鹤致之，因谓‘梅妻鹤子’。”

〔瀛海壮游（令）〈今〉已矣〕1905 年春“警钟日报案”案发前，提前得到消息准备避祸的刘师培即有东渡日本的想法。《申报》1905 年 3 月 28 日《初讯警钟报案》：“明府（孙耳三——引者）又谓戴（戴普鹤——引者）等曰，此事主笔（指刘师培——引者）等因何闻风先避？戴称，伊等早有所闻，因此主笔欲至东洋，但不知实在何处。”1906 年 6 月 29 日，章太炎出狱，随即赴日本。此后，刘师培亦因在安徽的革命活动在国内难以立足。1907 年 2 月，应章太炎的邀请，刘师培携妻子何震、表弟汪公权和好友苏曼殊东渡日本。刘师培《甲辰年自述诗（其六十二）》：“瀛海壮游吾未遂，有人招我游扶桑。”

〔买青山〕隐居。《世说新语笺疏》卷下之下《排调第二十五 · 28》：“支道林因人就深公买印山，深公答曰：‘未闻巢、由买山而隐。’”余嘉锡笺疏：“《逸士传》曰：‘巢父者，尧时隐人。山居，不营世利，年老以树为巢，而寝其上，故号巢父。’”（中华书局 2007 年 10 月第 2 版下册 P942）

〔岁寒操〕见《题袁季枚丈松林庵古松画册（四首）》其三一诗〔岁寒操〕条笺注。

〔携鹤抱琴〕此句与“焚琴煮鹤”相对，喻其高雅。焚琴煮鹤，参见《咏怀（五首）》其五一诗〔爨下苦〕条笺注。

〔哀乐过人〕《世说新语》卷下之上《任诞第二十三》：“桓南郡（桓玄——引者）被召作太子洗马，船泊荻渚。王大服散后已小醉，往看桓。桓为设酒，不能冷饮，频语左右令温酒来。桓乃流涕呜咽，王便欲去。桓以手巾掩泪，因谓王曰：‘犯我家讳（桓玄为桓温之子——引者），何预卿事。”刘孝标注：“《晋安帝纪》曰：‘玄哀乐过人，每戚之发，未尝不至呜咽。’”

〔枨触〕触碰，触动。《朝野佥载》卷 2：“又苏州嘉兴令杨廷玉，则天之表侄也，贪狠无厌，著词曰：‘回波尔时廷玉，打獠取钱未足。阿姑婆见作天子，傍人不得枨触。’”《全唐诗》卷 541 李商隐《戏题枢言草阁三十二韵》：“君时卧振触，劝客白玉杯。”（第 8 册 P6396）枨，同“振”。《佩觿》卷中《平声自相对》：“枨、振，……触也。”

〔虹桥〕扬州有虹桥，位于今瘦西湖南缘，现为一三孔拱桥。《扬州画舫录》卷 10

《虹桥录上》："虹桥即红桥，在保障湖中。《府志》云：在北门外，一名虹桥。朱阑跨岸，绿杨盈堤，酒帘掩映，为郡城胜游地。《鼓吹词》序云：在城西北二里。……红桥原系板桥，桥桩四层，层各四桩；桥板六层，层各四板。南北跨保障湖水口，围以红栏，故名红桥。丙辰，黄郎中履昴改建石桥。辛未后，巡盐御史吉庆、普福、高恒相次重建。上建过桥亭，红改作虹。国初，制府于公建虹桥书院，亦纪此桥之胜也。"同上书卷 11《虹桥录下》："虹桥为北郊佳丽之地。《梦香词》云：'扬州好，第一是虹桥。杨柳绿齐三尺雨，樱桃红破一声箫。处处住兰桡。'游人泛湖，以秋衣蜡屐打包，茶觿灯遮。点心酒盏，归之茶担，肩随以出。若治具待客湖上，先投柬帖，上书湖舫候玉，相沿成俗，寖以为礼。平时招携游赏，无是文也。"

〔方泽山〕见《端阳日偕地山泽山谷人泛湖言念旧游怆然有作》一诗〔泽山〕条笺注。

张园

海上归来百感新，西风吹冷沪江滨。迷离衰草恋斜日，历落寒梅逗早春。犹有楼台供入画，那堪金粉易成尘。独从陈迹低徊处，阅尽繁华梦里人。

【刊载】

《政艺通报》丁未第 19 号，1907 年 11 月 20 日，署名无畏。《刘申叔遗书》61 册（137），《左盦诗录》卷 4《左盦诗别录》。

【类别】

七言，8 句。

【编年】

1907 年。依首次发表时间。

【笺注】

〔张园〕位于今上海市静安区南京西路南侧，旧上海著名的燕饮游乐之地。详见《游张园》一诗〔张园〕条笺注。

〔迷离衰草恋斜日〕《全唐诗》卷 690 王涣《悼亡》："今日青门葬君处，乱蝉衰草夕阳斜。"（第 10 册 P7989）邵雍（康节）《伊川击壤集》卷 3《闲行》："衰草衬斜日，暮云扶远天。"陆游《剑南诗稿》卷 63《客中作》："投空飞鸟杂落叶，极目斜阳衬衰草。"

〔历落〕参差不齐貌。《世说新语》卷下之上《容止第十四》：“周伯仁道桓茂伦：‘嵚崎历落可笑人。’或云谢幼舆言。”

〔那堪金粉易成尘〕见《石头城》一诗〔六朝金粉已成尘〕条笺注。

〔低徊〕《汉书·司马相如传下》载其《大人赋》：“低徊阴山翔以纡曲兮，吾乃今日睹西王母。”颜师古注：“低徊，犹徘徊也。”

〔繁华梦里人〕苏轼《东坡全集》卷 9《诗六十七首·和鲜于子骏郓州新堂月夜二首（前次韵，后不次）》其一：“繁华真一梦，寂寞两荣朽。”苏辙《栾城集》卷 8《次韵王巩上元见寄三首》其二：“过眼繁华真一梦，终宵寂寞未应愁。”陆游《剑南诗稿》卷 10《怀成都十韵》：“放翁五十犹豪纵，锦城一觉繁华梦。”

【略考】

此诗发表于 1907 年 11 月 20 日的《政艺通报》丁未第 19 号。但此时，刘师培仍身在日本东京。

出版于 1907 年 11 月 30 日的《天义》第十一、十二卷合册“记事”栏，有《社会主义讲习会记事》一文：“西历……十一月之第四星期，社会主义讲习会复开会清风亭。首由刘光汉报告，次由张君继演说无政府党大会事，次由大杉荣君续演巴枯宁联邦主义，次由乔君宜斋演说基督教中无政府共产主义。午后一时开会，至六时始散。”（万仕国、刘禾编《天义·衡报》P329，中国人民大学出版社 2016 年 4 月第 1 版）

西历 11 月的第四星期为 11 月 24 日，《天义》中提到社会主义讲习会于某月第某个星期开会，都是指星期日。也就是说，至少到 11 月 24 日，刘师培仍在日本东京。

《刘师培年谱（增订本）》：“刘师培回国实在 12 月 5 日后、10 日前，……《政艺通报》丁未第 19 号虽标示出版日期为本年 11 月 20 日，而真正印刷时间应当在张园集会之后。清末民初期刊，每有正式发行日期虽晚，仍按出版周期标示其出版日期的做法。”（广陵书社 2022 年 12 月第 1 版 P306）

柳亚子曾唱和此诗。柳亚子《张园，次申叔、巢南韵》：“久别重逢握手新，飘零又向此江滨。辽东皂帽归何晚，海上红梅岂又春。金碧楼台仍照眼，沧桑歌泣易成尘。明朝散发扁舟去，天地苍茫失此人。”（《磨剑室诗词集》上册 P57，上海人民出版社 1985 年 1 月第 1 版）

柳亚子（弃疾）《南社纪略》二《成立以前的南社》：

南社的成立，大家知道是公元一九〇九年十一月十三日（清宣统元年己酉十月一日）的事情了。但翻开我的《磨剑室诗初集》，却在一九〇八年（清光绪三十四年戊申）春间，已有《海上题南社雅集写真》的两首诗：云间二妙不可见，（原注天梅、聘斋里居未出）一客山阴正独游。（原注陈巢南时客绍兴）别有怀人千里外，罗兰玛利海东头。（原注谓刘申叔何志剑伉俪）

鸡鸣风雨故人稀，几复风流事已非。回首天涯惟汝在，相逢朱沈倍依依。（原注南社诸子时在海上者惟朱少屏沈道非而已）

这样，是一九〇八年春间，已有南社的名目了。事情还不止此，照诗上所讲，完全是追忆的口气，所以《南社写真》的摄拍，决非就是一九〇八年的事情。再翻上去，在一九〇七年（清光绪三十三年丁未）冬天，又有下面一首诗：偕刘申叔何志剑杨笃生邓秋枚黄晦闻陈巢南朱少屏沈道非张聘斋海上酒楼小饮约为结社之举即席赋此：慷慨苏菲亚，艰难布鲁东。佳人真绝世，余子亦英雄。忧患平生事，文章感慨中。相逢拼一醉，莫教酒樽空。

并且，我家里还藏着一张照片，上面正是我诗题中的几个人。这样，南社之名目，开始于一九〇七年冬天，是没有疑义的了。南社的人物，除掉后来作为南社发起人的陈巢南、高天梅和我，次第加入社籍的黄晦闻朱少屏沈道非、张聘斋以外，还有刘申叔何志剑、杨笃生邓秋枚四人，笃生和秋枚后来始终没有加入社籍。笃生名守仁，号寒秋，别署三户愤民，湖南长沙人，革命志士，曾为《神州日报》主笔，一九一一年（清宣统三年辛亥）夏间，痛愤国事，在英国利物浦蹈海而死，遗著有《新湖南》等书。秋枚名实，字枚子，广东顺德人，发起国学保存会，创办藏书楼，出版《国粹学报》，《国粹丛书》，《风雨楼丛书》，《古学汇刊》，《神州国光集》等，现在还在上海，以书画古玩自娱。这两位都是了不起的人物，但不晓得后来南社正式成立时，为什么没有罗致到，这原因已记不清楚了。申叔名师培，一名光汉，字无畏，志剑名震，同为江苏仪征人。他俩是当时有名的革命夫妻，曾在日本发刊《天义杂志》，提倡无政府主义，表面上主干是志剑，实际却是申叔在揽。所以一九〇七诗上说他俩是布鲁东和苏菲亚，而一九〇八年的诗上又说是法国大革命时代的罗兰先生和玛利侬夫人了。但他俩后来摇身一变，做了满清两江总督端方的间谍，南社社友陈陶遗张同伯两人的被捕，都是他俩告密的。所以在一九〇九年夏间我的诗集上又有《重题南社写真》两绝句（《磨剑室诗词集》上册 P99 收此诗，诗题有“时闻申叔已降虏矣”一句，上海人民出版社 1985 年 1 月第 1 版——引者）：

风流坛坫成陈迹，盟誓河山葆令名。风泊鸾漂吾辈事，未须憔悴诉生平。

扬子美新成绝学，士龙入洛正华年。千秋谁信舒章李，几社中间着此贤。

还有《有感次巢南韵》一律（《磨剑室诗词集》上册 P101 收此诗，诗题有“仍为申叔作也”一句，上海人民出版社 1985 年 1 月第 1 版——引者）：

聂姊庞娥旧等伦，如何竟作息夫人？琵琶青终方辞汉，歌舞邯郸已入秦。国外争传司马语，梦中犹是坠楼身。伤心一传河间妇，刻画无盐恐未真。

也是对申叔痛惜不堪的。这就是刘申叔夫妇没有正式加入南社的原因了。申叔随端方入川，光复时几死乱军中，后在北平，又加入筹安会，两次都是身败名裂。蔡孑民先生长北大，不念旧恶，依旧罗致讲学，但申叔内心痛苦，终于郁郁而死。社友林秋叶有《哀仪征》长歌，讲他的本事甚详。申叔死后，志剑神经病发作，曾在北大校门外伏地痛哭，后来削发为尼，法名小器，再后来就不知下落，有人说她是已经去世了。当南社一九〇九年十一月十三日在苏州虎丘开第一次正式雅集时，他俩还正在南京呢。（沈云龙主编《近代中国史料丛刊续编》第二十六辑 P253—257，文海出版社 1976 年版）

柳亚子文中提及的“林秋叶”，本名林之夏。其《哀仪征》为一首七言古体长诗，共 116 句。1920 年 2 月，林之夏以“黄须”的署名，在一本专业军事杂志，浙江军事编辑处出版发行的《兵事杂志》第 70 期《文艺 · 诗录》栏目发表了该诗。

此诗内容中涉及多处刘师培生平中不为人知的细节。如，“珍重尺书初介绍，扁舟七夕过芜湖。芜湖门巷逢君处，星汉分明牛女渡。夜阑挽我上重楼，四壁残书堆败絮。篝灯低语涕横流，吾族宁忘九世仇。优劣争存排世变，始终勿懈贵人谋。前途成败视朋友，刀插盟书血濡手。后土皇天实鉴临，吾曹生死毋相负。”

说明，经人书信介绍，林之夏乘船在七夕（1906 年 8 月 15 日）路过芜湖，初识刘师培。夜深后，林与刘师培一同去了其住处。刘的住处很破败，只有“残书败絮”。二人在灯下深谈，刘师培说到汉人与清朝的“九世仇”，涕泪横流。他提到了严译《天演论》中的“优劣争存”，说到了当时的民族危亡，激励林之夏“始终勿懈”。林被刘师培的话深深感动，称其为“贵人谋”。二人遂成莫逆，林之夏当即也歃血为盟，加入了刘师培的“黄氏学校”，该校是“专门从事暗杀者”。二人相约：“后土皇天实鉴临，吾曹生死毋相负”！

再如，“武昌汉帜蔽江红，亡命私交总再逢。颇以姓名问緜上，知无面目返江东”。据此，刘师培流落四川时，二人曾见面或通信。刘自感无颜面重返东南旧地，向林询问了山西某些人物。说明他在“二次革命”爆发的前一年已知何震人在山西，曾思忖赴晋团聚。可参见拙文《084—刘师培生平中一段被人忽视的经历—刘师培研究笔记（84）》。绵上，指春秋介子推隐居之绵山，在山西介休。

冬日旅沪作

襂绊忮縶骓，藿泽聆弋凫。栖菑纵得基，入浦终憎濡。临溪有蟠枝，济舟慨瓠枯。请曳江海纶，戒哉金庐渝。

【刊载】

1931 年林思进清寂堂《左盦遗诗》刻本;《刘申叔遗书》61 册（44—45),《左盦诗录》卷 2《左盦诗》。

【类别】

五言，8 句。

【编年】

1907 年。《左盦诗》署“丁未”。

【笺注】

〔襂绊忮縶骓〕襂，华丽的绳带。《后汉书·舆服志下》:“公、列侯以下皆单缘襈，制文绣为祭服。自皇后以下，皆不得服诸古丽圭襂闺缘加上之服。”刘昭注:“司马相如《大人赋》曰:‘垂旬始以为襂。’注云:‘葆下旒也。’则襂之容如旌旒也。”《说文解字》卷 13 上《糸部》:“绊，马縶也。”《集韵》卷 7《去声上·寘第五》:“忮，……或作伎，通作跂。”跂，同“企”。《说文通训定声·解部弟十一》:“跂，……[叚借]为企。《方言·一》:‘跂，登也。’《庄子·德充符》:‘闉跂支离无脤。’司马注:‘企也。’”企，盼望。《后汉书·袁术传》:“谓使君与国同规，而舍是弗恤，完然有自取之志，惧非海内企望之意也。”《类篇》卷 37 :“縶，……《博雅》:‘絣也。’”絣，捆绑。谢应芳《龟巢稿》卷 7《启·上周郎中陈言五事启》:“但将各处里正絣扒吊打，责限陪比，破荡家产，终不能足。”《宋史·忠义传三·唐琦传》:“金人怒絣诸庭柱，脔割之，肤肉垂尽，腹有余气，犹骂不绝口。”《毛诗正义》卷 20—1《鲁颂·駉之什·駉》:“有骓有駓，有骍有骐”。毛传:“苍白杂毛曰骓。”此句指，华丽绳带做成的马缰绳，正期盼着将马儿捆绑住。忮縶骓,《林本》作“企縶骊”。

〔藿泽聆弋凫〕《焦氏易林》卷 3《咸之第三十一》:“双凫俱飞，以归稻池，经涉萑泽，为矢所伤，损我胸臆。”藿，通萑。《古今韵会举要》卷 5《平声上·十四》:“萑，俗作藿。”《春秋左传正义》卷 49《昭公二十年》:“郑国多盗，取人于萑苻之泽。”杜预注:“萑苻，泽名，于泽中劫人。”《毛诗类释》卷 4《释水》:“甫草，即圃田泽。在今开封府中牟县西北七里，亦曰萑苻之泽。”《毛诗正义》卷 4—3《郑风·女曰鸡鸣》:“将翱将翔，弋凫与雁。”郑玄笺：“弋，缴射也。”孔颖达疏：“缴射，谓以绳系矢而射也。《说文》云：缴，谓生丝为绳也。”《宋本广韵》卷 1《上平声·虞第十》：“凫，野鸭。”此句指，在芦苇丛生的沼泽之地听遭绳箭射伤的水鸟悲鸣。凫（梟），《林本》作“梟”。

〔栖菑纵得基〕《太玄本旨》卷 1《上》：“上九。栖于菑，初亡后得基。测曰：栖菑得基，后得人也。”叶子奇注：“菑，槁木也。故上之极如栖于菑木，既极必通，故初虽亡，而后得基也。”《毛诗正义》卷 16—4《大雅·文王之什·皇矣》：“作之屏之，其菑其翳。”毛传：“木立死曰菑。”此句指，栖息于已死而未倒伏的树木之上纵然暂获根基。栖，《林本》作“棲”。

〔入浦终憎濡〕《文子缵义》卷 6《上德篇》：“腐鼠在阼，烧薰于堂。入水而憎濡，怀臭而求芳。虽善者，不能为工。”杜道坚注：“旧注：腐鼠，犹奸佞也。言君昵近佞人，而求国之治，犹入水致溺，挟臭求芳，薰鼠烧堂，其祸不小也。”《淮南子·说林训》亦有相似记载，作“腐鼠在坛，烧薰于宫；入水而憎濡，怀臭而求芳；虽善者，弗能为工。”浦，水边。《说文解字》卷 11 上《水部》：“浦，濒也。”《毛诗正义》卷 18—5《大雅·荡之什·常武》：“率彼淮浦”。毛传：“浦，涯也。”濡，沾染。《宋本广韵》卷 1《上平声·虞第十》：“濡，……又霑濡。”霑，同“沾”。此句字面意思是，临近水涯，懊恼于被水沾湿。暗指，为自己做了南辕北辙、自取其辱的蠢事而懊恼。

〔临溪有蟠枝〕《焦氏易林注》卷 5《临之第十九》：“离。临溪桥疢，虽恐不危，乐以笑歌。”尚秉和注：“兑为溪，伏艮为桥，伏坎为恐、为危，震为乐、为笑歌。桥疢，宋元本作‘蟠枝’，汲古作‘桥疢’。疢，疑为仄，故虽恐不危。蟠当为播。播，种也。播枝，言种树也。”此句指，自己将入险境，暂无性命之忧。

〔济舟慨瓠枯〕《焦氏易林注》卷 13《震之第五十一》：“震。枯瓠不朽，利以济舟，渡踰江海，无有溺忧。”尚秉和注：“艮为匏，伏巽，故曰枯匏。震为舟、为济，伏巽为利，坎为河海、为忧，震出，故无有溺忧。材，依顾校，各本皆作朽。顾云：‘《国语》：枯匏不材于人。’河，汲古作江，依宋元本。首句言枯匏虽无用，然以为舟可利济也。”《说文解字》卷 7 下《瓠部》：“瓠，匏也。”《论语译注·阳货篇第十七》：“子曰：‘……吾岂匏瓜也哉？焉能系而不食？……’”杨伯峻注：“匏瓜——即匏子，古有甘、苦两种，苦的不能吃，但因它比水轻，可以系于腰，用以泅渡。《国语·鲁语》‘苦瓠不材，于人共济而已。’《庄子·逍遥游》：‘今子有五石之匏，何不虑以为大樽，而浮乎江湖。’皆可以为证。”（中华书局 1980 年 12 月第 2 版 P184）此句指，自己虽浸于水中，但身上绑着枯匏，暂时没有溺没的危险。

〔请曳江海纶〕《焦氏易林注》卷 14《丰之第五十五》:“坤。曳纶江海，钓魴与鲤。王孙列俎，以飨仲友。”尚秉和注:“此用丰卦。互巽为纶，兑为江海，巽为鱼，故曰魴鲤。伏艮为王孙，伏震为俎，兑食，故曰飨。兑为朋友，伏坎，故曰仲友。列俎，宋元本作‘利得’，皆形讹字，依汲古。”《毛诗正义》卷 15—2《小雅 · 鱼藻之什 · 采绿》:“之子于钓，言纶之绳。”郑玄笺:“纶，钓缴也。”孔颖达疏:“是子之夫往钓与，我当与之纶之绳，谓钓竿之上须绳”。此句的字面意思是，我要擎起钓曳江海的巨纶。隐含的意思则是，我要经纶天下，匡时济世。曳，《林本》作“曵”。

〔戒哉金庐渝〕《太玄本旨》卷 1《周》:“次五。土中其庐，设于金舆，厥戒渝。测曰：庐金戒渝，小人不克也。”叶子奇注:“渝，变也。五为土，属中，在君之位，故有庐，有金舆之设，以其居贵盛之极，故当戒其变也。”“小人在上福祟则骄久乐必淫。”此句指，谨戒因得富贵而使自己发生变化，处身骄淫。

【略考】

此诗用辞生僻，含义极其晦涩。通过分析刘师培当时的经历，可以断定是其叛变革命，投靠端方前后的真实心路。

刘师培将此诗的写作时间标为“丁未”，即 1907 年 2 月 13 日—1908 年 2 月 1 日。而据该诗之“冬日”，则可缩小至 1907 年 11 月 6 日—1908 年 2 月 1 日。刘师培 1907 年 11 月底，或 12 月上旬自日本东京回到上海。此诗当写于这段时间。1908 年 2 月下旬，他返回日本东京。

在此期间，他还做了另外一件关乎其一生名誉与荣辱的事，那就是做实了投靠端方的劣迹。这些，都可以在本诗的词句中得到印证。

从这首诗来看，刘师培当时亦有诸多的无奈。

1908 年年初，刘师培曾亲笔给端方写了一封告密信。这封告密信也是一份投名状。

1932 年 8 月，北京大学教授马鉴以 4 元大洋价格买到了这封信的原件。钱玄同为了不让此信公之于世，还曾作了很多努力。（见《钱玄同日记》整理本中册 P876）

1934 年 11 月 2 日，天津《大公报 · 史地周刊》第 7 期刊登了《清末革命史料之新发现：刘师培与端方书》，将这封信的内容曝光于天下。做此事的，是著名历史学家洪业。

刘师培的学生黄侃在看到这封信的内容后，曾为他辩解:“丁未秋冬间，申叔师与太炎师同居日本东京小石川一椽，贫窶日甚。适其戚汪公权俭人也，为申叔设策，谓伪为自首于端方，可以络取矩资。申叔信之，先遣汪西渡，展转闻于端方。端方言非面晤申叔，钱不可得。申叔乃赴上海，与端方之用事者交谈，固未敢径赴江宁也。既而端方手书致申叔，道倾慕已久，得一握手为幸，不敢縶维，矢以天日，申叔又信之。至则遽以肩舆舁入督署，三月不见，申叔遂见幽矣。此书盖为脱身之计，兼遂给资之谋，以迂闇之书生，值狡黠之戎虏，宁有幸乎？书稿流传，贻人笑柄，至可痛惜！然谓申叔反复无恒，卖友卖党，又谓所言可充史料，则何不于书中辞气细玩绎之？且书中所引之人，如张继、谷斯盛、刘揆一皆存，所谓申叔所言，悉是当时实状耶？若太炎师无故受诬，至今犹在梦中，则申叔师发言不慎之咎也。要之，申叔不谙世务，好交佞人，忧思伤其天年，流谤及于身后，尝尽言而不听，有失匡教之义，侃亦何能无媿乎？乙亥（1935——引者）八月门人黄侃记。"（黄侃《申叔师与端方书题记》，见汤志钧《读〈量守遗文合钞〉——黄侃与章太炎、刘师培》，载《南京师范大学文学院学报》2003 年 12 月第 4 期 P175—176）

1912 年 6 月 4 日—6 月 6 日，《亚细亚日报》连续 3 天于第 7 版《文苑》栏目《文录一首》子栏目，刊登了刘师培写给章太炎的信。刘在信中称："夫八年亡命，丧乱未资，公所知也。家室勃溪，交相谪诒，公所睹也。顾乃任重力少，希张言微，訾业有限，诱窃官金，始衿齐给，终罹胁持，特其罪一也。"

对于投靠端方，刘师培说自己是"訾业有限，诱窃官金"，黄侃说老师是"为脱身之计，兼遂给资之谋"。二者的说法其实是一致的。说白了，是为了钱。

1919 年，刘师培在临终前曾对黄侃说："我一生应当论学而不问政，只因早年一念之差，误了先人清德，而今悔之已晚。"（陶菊隐《筹安会"六君子"传》P129，中华书局 1981 年 7 月第 1 版）

从军苦歌（七首）

【刊载】

《天义》第 13—14 合卷，1907 年 12 月 30 日，署名申叔；《刘申叔遗书》61 册（138—140），《左盦诗录》卷 4《左盦诗别录》。

【类别】

五言，12 句。

【编年】

1907 年。依首次发表时间。

从军苦歌（七首）其一

霜雪凝肃杀，西风杂凄声。车马纷在门，戒旦歌长征。问君将何之，含悲诉中情。为言朔方地，敌骑方纵横，官帖驰近郊，促我边域行。王事既靡盬，畴能获长宁？

【笺注】

〔从军苦〕古代，吟咏边陲戍守、从军艰辛和“闺怨”的诗赋非常多。其中最脍炙人口的大概是唐代陈陶《陇西行（四首）》其二中的两句：“可怜无定河边骨，犹是春闺梦里人。”（《全唐诗》卷 746）《乐府诗集》卷 32 王粲《从军行五首》题记：“《乐府解题》曰：‘《从军行》皆军旅辛苦之辞。’《广题》曰：‘左延年辞云：“苦哉边地人，一岁三从军。三子到敦煌，二子诣陇西。五子远斗去，五妇皆怀身。”’陈伏知道又有《从军五更转》。”梁启超在《读陆放翁集（四首）》其一的自注中说：“中国诗家无不言从军苦者，惟放翁则慕为国殇，至老不衰。”（《梁启超全集》第 17 集《诗文》P583，中国人民大学出版社 2018 年 3 月第 1 版）。

〔戒旦〕黎明。何逊《何水部集 · 与沈助教同宿湓口夜别》：“我为浔阳客，戒旦乃西游。君随春水驶，鸡鸣亦动舟。”

〔长征〕长途征战。《全唐诗》卷 143 王昌龄《出塞二首》其一：“秦时明月汉时关，万里长征人未还。”（第 2 册 P1444）

〔朔方〕北方，详见《孤鸿》一诗〔朔方〕条笺注。

〔官帖〕官方文书。《乐府诗集》卷 25《木兰诗（二首）》其一：“昨夜见军帖，可汗大点兵。军书十二卷，卷卷有爷名。”

〔靡盬〕《诗经 · 唐风 · 鸨羽》：“王事靡盬，不能蓺稷黍。”《诗经 · 小雅 · 鹿鸣之什 · 四牡》：“王事靡盬，我心伤悲。”王引之《经义述闻》卷 5《毛诗上五十一条 · 王事靡盬》：“今案：盬者，息也。王事靡盬者，王事靡有息止也。”盬，《天义》报作“鹽”，显误，见《天义 · 衡报》上册 P573，中国人民大学出版社 2016 年 4 月第 1 版。

〔畴〕《尚书正义》卷 2《尧典第一》：“帝曰：畴咨，若时登庸。”毛传：“畴，谁；庸，用也。谁能咸熙庶绩，顺是事者将登用之。”上句与此句指，君王发动的战事无休无止，谁能长久安宁？

从军苦歌（七首）其二

邻人扣柴荆，念我长相睽。饮我双樽酒，惆怅不忍持。翘首续余欢，俯首中心摧。不知酒和泪，一一沾征衣。相逢不须臾，转瞬在天陲。岂无桑梓情，化鹤当来归。

【笺注】

〔柴荆〕荆条、树枝扎成的简陋院门、屋门。《九家集注杜诗》卷 32《自瀼西荆扉且移居东屯茅屋四首》其二："枕带还相似，柴荆即有焉。"赵彦材（次公）注："柴荆，亦是两字。盖言荆扉、柴扉之义，而字则谢灵运《初去郡》云'促装反柴荆'即有焉，又言冯都使与己俱有柴荆以居也。"扣柴荆，《天义》报作"和柴荆"，显误，见《天义·衡报》上册 P573，中国人民大学出版社 2016 年 4 月第 1 版。

〔睽〕同"暌"，不顺利，倒霉。《周易·序卦》："家道穷必乖，故受之以睽。睽者，乖也。乖必有难。"《重修玉篇》卷 15《北部第二百二十三》："乖，……睽也，戾也，背也。"

〔中心〕亦作衷心，即心中。《诗经·邶风·终风》："谑浪笑敖，中心是悼。"《周易·系辞下》："将叛者其辞惭，中心疑者其辞枝。"

〔须臾〕《天义》报作"湏叟"，显误，见《天义·衡报》上册 P574，中国人民大学出版社 2016 年 4 月第 1 版。湏，通"须"。《太平御览》卷 9《天部九·风》："又葛玄行过神庙，乘车不下，湏臾有大回风。"（商务印书馆四部丛刊三编影宋本）

〔陲〕《宋本广韵》卷 1《上平声·支第五》："陲，边也。《说文》：'危也。'"

〔桑梓〕《诗经·小雅·节南山之什·小弁》："维桑与梓，必恭敬止。靡瞻匪父，靡依匪母。"后以桑梓喻故乡。《三国志·蜀书八·许靖传》裴注引《魏略》："永与华夏乖绝，而无朝聘中国之期缘，瞻睎故土桑梓之望也。"袁宏《后汉纪》卷 9《孝明皇帝纪第九》："夫中国者，先王之桑梓也。"

〔化鹤当来归〕见《题风洞山传奇（三首）》其三一诗〔鹤归华表知何处，城郭人民半是非〕条笺注。

从军苦歌（七首）其三

出门白日夕，妻孥泣路歧。为语闺中人，转转徒伤悲。眼枯复何为，荷戈安获辞。愿言寄好音，慰我长相思。娇儿不识愁，牵裳询归期。为言当早归，背儿双泪垂。

【笺注】

〔白日夕〕《文选注》卷 19 宋玉《神女赋（并序）》："其始来也，耀乎若白日初出照屋梁。" 李善注："《韩诗》曰：'东方之日'。薛君曰：诗人所说者，颜色美盛若东方之日。"《文选》卷 42 应休琏（璩）《与满公琰书》："徒恨宴乐始酣，白日倾夕。"《列朝诗集 · 丁集第十四 · 王山人野一十七首》王野《访王伯谷》："白日待将夕，青山去未回。"

〔妻孥泣路歧〕《重修玉篇》卷 30《子部第五百二十七》："孥，……子也。亦作帑。" 路歧，指岔道、小路。见《咏怀（五首）》其五一诗〔路岐〕条笺注。《全唐诗》卷 56 王勃《杜少府之任蜀州》："无为在岐路，儿女共沾巾。"（第 2 册 P678）

〔转转〕愁肠百转。《乐府诗集》卷 71《杂曲歌辞》孟云卿《古别离》："含酸欲谁诉，转转伤怀抱。"

〔眼枯〕《杜诗详注》卷 7 杜甫《新安吏》："莫自使眼枯，收汝泪纵横。" 仇兆鳌注："眼枯，泪竭也。"

〔荷戈〕身负兵器，泛指军事、军人。《诗经 · 桧风 · 候人》："彼候人兮，何戈与祋。"

〔寄好音〕苏舜钦《苏学士集》卷 8《依韵和王景章见寄》："夫君自上丹霄去，莫忘云泉寄好音。"

从军苦歌（七首）其四

浮云朝在天，暮不知所归。聚散既靡恒，飘摇随风吹。征夫志四方，对此含余悲。朝发受降城，暮宿瀚海湄。亦知去不归，安识葬我谁。悠悠仰苍天，何为一至兹。

【笺注】

〔靡恒〕即"无常"。《晋书 · 慕容暐载记》："兵不速济者何也？皆由赋法靡桓，役之非道。"

〔征夫〕接受君王命令远行之人，指使臣，亦指征戍之人。《毛诗正义》卷 9—2《小雅 · 鹿鸣之什 · 皇皇者华》："骁骁征夫，每怀靡及。" 毛传："征夫，行人也。" 郑玄笺："众行夫既受君命，当速行。"《毛诗正义》卷 15—3《小雅 · 鱼藻之什 · 何草不黄》："哀我征夫，独为匪民。"郑玄笺："征夫，从役者也。"

〔受降城〕见《明代扬州三贤咏 · 江都曾襄闵公铣》一诗〔巍巍受降城，屹立西河旁〕条笺注。

〔瀚海湄〕瀚海，亦作"翰海"。《史记 · 卫将军骠骑列传》："骠骑登临翰海"。司马贞《索隐》："按：崔浩云：'北海名。群乌之所解羽，故云翰海。'《广志》：'在沙漠北。'"湄，岸边。《尔雅 · 释水》："水草交为湄。"参见《燕》一诗〔海国〕条笺注。

〔苍天〕天，《天义》报作"夫"，显误，见《天义 · 衡报》上册 P574，中国人民大学出版社 2016 年 4 月第 1 版。

从军苦歌（七首）其五

紫塞多悲风，冰海多苦寒。去去七千里，迢迢越关山。道逢从征人，为言边庭艰。边庭方苦争，战骨委草菅。君行同逝水，此去何当还。闻言起彷徨，侧身独长叹。

【笺注】

〔紫塞〕《文选注》卷 11 鲍明远（照）《芜城赋》："南驰苍梧涨海，北走紫塞雁门。"李善注："崔豹《古今注》曰：秦所筑长城土色皆紫，汉塞亦然，故称紫塞。"

〔冰海〕《唐会要》卷 100《骨利干国》："骨利干处北方瀚海之北，二俟斤同居，胜兵四千五百，口万余人。草多百合，地出名马。其国北接冰海（《四库》本作"溟海"，此依江苏书局光绪甲申本、广雅书局本、丛书集成初编本、万有文库第二集本），昼长夕短。日没后，天色正曛，煮一羊胛才熟，而东方已曙，盖近日出之所也。贞观二十一年正月内附。"

〔关山〕山岭关隘。江淹《江文通集》卷 1《横吹赋（有序）》："白登之二曲起，关山之一引吐。"《乐府诗集》卷 25《木兰诗二首》其一："万里赴戎机，关山度若飞。

〔草菅〕《汉书 · 贾谊传》录其《保傅》："其视杀人若艾草菅然"。颜师古注："菅，茅也。"草，《天义》报作"艸"，见《天义 · 衡报》上册 P574，中国人民大学出版社 2016 年 4 月第 1 版。

从军苦歌（七首）其六

屯云黯大荒，瘴疠古多疟。主将乐欢宴，军（土）〈士〉餍葵藿。峥嵘

幕府地，咫尺区哀乐。主将若朝华，军士同秋莽。朝华杂嫣红，耀彩增璀灼。秋莽一朝陨，谁与伤摇落。

【笺注】

〔屯云黯大荒〕屯云，蓄积于空中的浓云。《列子 · 周穆王第三》："化人之宫构以金银，络以珠玉，出云雨之上，而不知下之据，望之若屯云焉。"《水经注》卷 21《汝水》："又东南过汝南上蔡县西"。郦道元注："水渚即栗州也。树木高茂，望若屯云积气矣。" 大荒，极荒远之地。《山海经》卷 14《大荒东经》："大荒东南隅有山，名皮母地丘。"《广雅疏证》卷 1 上《释诂》："荒，……远也。" 王念孙注："《广雅》极荒俱训为远也。要服之外谓之荒服，亦其义也。凡远与大同义，远谓之荒，犹大谓之荒也。"

〔瘴疠古多疟〕《外台秘要方》卷 5："夫瘴与疟分作两名，其实一致。或先寒后热，或先热后寒。岭南率称为瘴，江北总号为疟。此由方言不同，非是别有异病。然南方温毒，此病尤甚。原其所归，大略有四：一、山溪毒气，二、风温痰饮，三、加之鬼疠，四、发以热毒。在此之中，热毒最重。" 古人认为疟疾由瘴气所致，故将南方，特别是两广地区称为"瘴疠之地"。

〔主将乐欢宴〕欢，《天义》报作"叹"，显误，见《天义 · 衡报》上册 P574，中国人民大学出版社 2016 年 4 月第 1 版。

〔军（土）〈士〉餍葵藿〕《重修玉篇》卷 9《食部第一百十二》："餍，……饱也。" 葵藿，指粗疏的食物。《说文解字注》卷 1 下《艸部》："葵，菜也。" 段注："崔寔曰：'六月六日可种葵，中伏后可种冬葵，九月可作葵菹干葵。'《齐民要术》有种葵法、种冬葵法。"《文选注》卷 23 阮嗣宗（籍）《咏怀诗十七首》其三："秋风吹飞藿，零落从此始。" 李善注："《说文》曰：'藿，豆之叶也。'" 军土，《天义》本作"军士"。《南本》作"军土"，显误。葵藿，《天义》报作"葵伤"，显误，见《天义 · 衡报》上册 P574，中国人民大学出版社 2016 年 4 月第 1 版。

〔峥嵘幕府地〕峥嵘，本指高峻，后引申指才干出众或仕宦显达。《全宋诗》卷 983《黄庭坚五 · 次韵子瞻武昌西山》："山川悠远莫浪许，富贵峥嵘今鼎来。"（北京大学出版社 1998 年 12 月第 1 版第 17 册 P11353）《史记 · 廉颇蔺相如列传》："以便宜置吏，市租皆输入莫府。" 裴骃《集解》："如淳曰：'将军征行无常处，所在为治，故言莫府。莫，大也。' 司马贞《索隐》："如淳解莫为大，非也。崔浩云：'古者出征为将帅，军还则罢，理无常处，以幕帘为府署，故曰莫府。' 则莫当作幕字之误也。"

〔朝华杂嫣红〕朝华，即朝花，早晨开放的花朵。《艺文类聚》卷 34《人部十八·哀伤》曹植《行女哀辞》："方朝华而晚敷，比晨露而先晞。" 嫣，《天义》报作"妈"，显误，见《天义·衡报》上册 P574，中国人民大学出版社 2016 年 4 月第 1 版。

〔璀灼〕光耀璀璨。《古诗纪》卷 23 曹植《弃妇篇》："丹华灼烈烈，璀彩有光荣。"（《玉台新咏》卷 2 录该诗，作"帷彩有光荣"。）《抱朴子·外篇·君道》："四灵备觌，芝华灼粲。"《说文解字》卷 1 上《玉部》："璀，璀璨，玉光也。" 璀，同"燿"。详见《再渡日本舟中作》一诗〔爝银燿精液〕条笺注。《说文解字》卷 10 上《火部》："燿，灼也。"

〔萚〕《说文解字》卷 1 下《艸部》："萚，草木凡皮叶落陊地为萚。"

〔摇落〕见《楚词》一诗〔摇落〕条笺注。

从军苦歌（七首）其七

良人苦行役，思妇鸣清丝。当窗理新声，声响亦何哀。我能解此曲，未识作者谁。上言征夫悲，下言长相离。壮士感此意，长与戎行辞。为君卸征装，请废《无衣》诗。

【笺注】

〔良人苦行役〕《孟子译注·离娄章句下》："齐人有一妻一妾而处室者，其良人出，则必餍酒肉而后反。" 杨伯峻注："良人——《仪礼士昏礼》：'媵御良席在东。' 郑玄《注》云：'妇人称夫曰良。' 按六朝仍存此称，《乐府诗集·读曲歌》：'白门前，乌帽白帽来。白帽郎，是侬良，不知乌帽郎是谁' 可证。王念孙《广雅疏证》云：'"良"与"郎"声之侈弇耳，犹古者妇称夫曰"良"，而今谓之"郎"也。'"（中华书局 1960 年 1 月第 1 版 P203—204）苦行役，疲于奔波。详见《题梁公约诗册》（二首）其一一诗〔苦行役〕条笺注。

〔清丝〕亦作"青丝"，琴弦，亦代指弦乐器。《拾遗记》卷 6："灵帝初平三年，游于西园，起裸游馆千间……又奏招商之歌以来凉气也。歌曰：'……惟日不足乐有余，清丝流管歌玉凫……'"《全唐诗》卷 200 岑参《陪封大夫宴瀚海亭纳凉（得时字）》："细管杂青丝，千杯倒接䍦。"（第 3 册 P2087）《全唐诗》卷 148 刘长卿《杂咏八首上礼部李侍郎·幽琴》："飕飕青丝上，静听松风寒。"（第 3 册 P1519）

〔《无衣》诗〕《诗经·秦风·无衣》："岂曰无衣，与子同袍。王于兴师，修我戈矛，与子同仇。岂曰无衣，与子同泽。王于兴师，修我矛戟，与子偕作。岂曰无衣，与子同裳。王于兴师，修我甲兵，与子偕行。”上句与此句指，我为夫君卸去戎装，夫君请再莫去征战而唱那《无衣》之歌。

滇民逃荒行

小车声辚辚，突兀行道边。车旁何所有，垂髫杂华颠。中有饥妇人，弃子歧路前。子啼牵母衣，百啼母不旋。问伊何从来，妾身籍南滇。滇南山崎岖，瘠土多凶年。去岁苦赤旱，飞蝗翅盈天。粒米未入囷，石粟或万钱。贪隶虎而冠，催租若火煎。鬻田偿官租，无食谁能延。郁郁去故乡，里程越三千。八口罹嘸瘏，衣薄无轻棉。稚子未总角，亦复饔粥饘。儿生母死饥，母死儿谁怜。未知死何方，畴能两相全。道旁多征夫，闻言涕沦涟。鼎食尔何人，请诵灾民篇。

【刊载】

《天义》第13—14合卷，1907年12月30日。《刘申叔遗书》61册（137—138），《左盦诗录》卷4《左盦诗别录》。

【类别】

五言，34句。

【编年】

1907年。依首次发表时间。

【笺注】

〔辚辚〕《毛诗正义》卷6—3《秦风·车邻》：“有车邻邻，有马白颠。”毛传：“邻邻，众车声也。”《诗演义》卷6《秦国风·车邻》：“有车邻邻，有马白颠。”梁寅注：“邻与辚同。”《乐府诗集》卷91杜甫《兵车行》：“车辚辚，马萧萧，行人弓箭各在腰。”

〔突兀〕奇怪，扎眼。《朱子语类》卷75《易十一·上系下》：“柔变而趋于刚，刚变而趋于柔，与这个意思也只一般。自阴来做阳，其势浸长，便觉突兀。”

〔垂髫杂华颠〕垂髫，古时幼儿尚不束发，头发下垂，因指幼年。《说文解字》卷9上《髟部》：“髫，小儿垂结也。”《三国志·毛玠传》：“臣垂龆执简，累勤取官。”《干禄字书·平声》：“……龆、髫，并上俗下正。”《文选注》卷7潘安仁（潘安，本名潘岳）《藉田赋一首》：“被褐振裾，垂髫总发”。李善注：“《魏志》：‘毛玠曰：臣垂髫执简’。”《后汉书·蔡邕传》载其《释诲》：“有务世公子诲于华颠胡老曰”。李贤注：“颠，顶也。华顶谓白首也。”

〔歧路〕岔路。详见《咏怀（五首）》其五一诗〔路岐〕条笺注。

〔瘠土多凶年〕《重修玉篇》卷 11《疒部第一百四十八》：“瘠，才亦切，瘦也。”《诗经 · 王风 · 中谷有蓷》诗序：“凶年饥馑，室家相弃尔。”《礼记正义》卷 4《曲礼下第二》：“岁凶，年谷不登。”孔颖达疏：“岁凶者，谓水旱灾害也。年谷不登者，岁既凶荒，而年中谷稼不登。登，成也。”

〔赤旱〕酷暑旱灾。《酉阳杂俎》卷 1《天咫》：“夫匹夫匹妇不得其所，则殒霜赤旱。”

〔囷〕圆形的粮仓。《说文解字》卷 6 下《口部》：“囷，廪之圜者。从禾在口中。圜谓之囷，方谓之京。”

〔石〕《说文解字注》卷 9 下《石部》：“石，山石也。”段注：“或借为柘字。柘，百二十斤也。”

〔贪隶虎而冠〕《史记 · 齐悼惠王世家》：“齐王母家驷钧，恶戾，虎而冠者也。”裴骃《集解》：“张晏曰：‘言钧恶戾，如虎而着冠。’”同上书《酷吏列传 · 王温舒》：“其爪牙吏，虎而冠。”《礼记 · 檀弓下》：“孔子过泰山侧，有妇人哭于墓者而哀，夫子式而听之，使子路问之曰：‘子之哭也，壹似重有忧者。’而曰：‘然。昔者吾舅死于虎，吾夫又死焉，今吾子又死焉。’夫子曰：‘何为不去也？’曰：‘无苛政。’夫子曰：‘小子识之！苛政猛于虎也。’”《唐诗品汇》卷 7《五言古诗七 · 大家（一）· 杜甫（上）· 石壕吏》：“暮投石壕村，有吏夜捉人。老翁踰墙走，老妇出门看。吏呼一何怒，妇啼一何苦。”

〔催租若火煎〕租，《天义》报作“粗”，显误，见《天义 · 衡报》上册 P575，中国人民大学出版社 2016 年 4 月第 1 版。

〔鬻〕《重修玉篇》卷 16：“鬻，羊六切，鬻卖也。”

〔罹噍瘏〕《类篇》卷 21：“罹……遭也。”噍瘏，饥饿。噍，同“嚼”。《说文解字》卷 2 上《口部》：“嚼，噍，或从爵。”《汉书 · 高祖上》：“尝攻襄城，襄城无噍类。”裴骃《集解》：“如淳曰：‘噍，音祚笑反。无复有活而噍食者也。青州俗呼无孑遗为无噍类。’”《毛诗正义》卷 1—2《周南 · 卷耳》：“陟彼砠矣，我马瘏矣。”毛传：“瘏，病也。”

〔轻棉〕《天义》报作“轻绵”，见《天义 · 衡报》上册 P575，中国人民大学出版社 2016 年 4 月第 1 版。

〔总角〕《毛诗正义》卷 3—3《卫风 · 氓》：“无所拘制，总角之宴。”毛传：“总角，结发也。”高亨注：“小孩子头发束成两个结形似牛角，叫做总角。”（《诗经今注》P87，上海古籍出版社 1980 年 10 月第 1 版）古时男孩度过幼儿期，即“垂髫”之年后，头发扎成“总角”。15 岁，开始束发。20 岁，戴成人冠帽，表示正式成年。所以，年轻时亦称“弱冠之年”。

〔饕粥饘〕饕，同“餡”，以……为美味。《类篇》卷 14：“饕，……味过甘也。”饘，稠粥。《礼记正义》卷 6《檀弓上第三》：“饘粥之食，自天子达。”孔颖达疏：“饘粥之食者，厚曰饘，希曰粥。”饕粥饘，《天义》报作“縻粥尔”，见《天义 · 衡报》上册 P575，中国人民大学出版社 2016 年 4 月第 1 版。案：《天义 · 衡报》出注：“‘縻粥尔’，《仪征刘申叔遗书》作‘虩粥饘’。”（P575）似误。《仪征刘申叔遗书》作“饕粥饘”。（第 12 册 P5495）

〔畴〕谁。详见《从军苦歌（七首）》其一一诗〔畴〕条笺注。

〔鼎食〕列鼎而食，喻生活奢华。《墨子 · 七患第五》：“故凶饥存乎国，人君彻鼎食五分之五。”《孔子家语 · 致思第八》：“从车百乘，积粟万钟。累茵而坐，列鼎而食。”

【略考】

1905—1907 年，云南发生水旱大灾。此次大灾非常严重，尤以滇南的建水、蒙自、通海和滇中昆明一带为最。

1907 年 6 月 25 日、7 月 4 日，《申报》发表了云南籍东京留学生的《云南水旱灾募捐公启》和一封署名刘厚福的求援公开信——

“窃以凶荒溢者，国家之所时有；睦婣任恤者，国民之所应尽。故齐侯粜粮，以苏鲁困，君子嘉之；秦伯输粟，以赈晋饥，《春秋》大之。滇处金沙江上游，为西南之门户。近日，英法交迫，形势阽危，无可言喻。滇人士方汲汲延师兴学，筹饷练兵，举行各种新政，以捍卫桑梓，兼以屏藩腹地。无如事出于意所未料，患生于人所不防。乙巳（1905——引者）秋间，省城一带洪水暴起，田园庐舍一夕荡然。丙午（1906——引者）之岁，复遇旱魃为虐，相延至今，甘霖未沛，迤东迤南，赤地千里，人民之困于饥馑者，不下数百万。老弱妇稺，或饿毙道侧，或转死沟壑，善会棺椁为之一空。见者惨目，闻者酸鼻。壮夫黠民穷无所措，互相啸聚，御人于呈贡板桥间。有司骈而戮之，头颅累累，悬铁道左，其实皆十四郡良家，迫于饥寒者也。特地处僻远，与内地罕通消息，而地方官吏复壅不上闻。故一切颠连无告之状，知者甚少。实则人民之陷于死亡，嗷嗷待哺者，其数与江北相埒。前经马介堂军门、赵樾材观察，于川楚直晋各省募集欵项，汇省振济。但水旱频年，乡间米粟咸告乏绝，饥民得金，无米可易，奔走终日，怀璧以殒者，比比皆是。留东同人等屡得滇中来函，道及一切惨状。西望故乡，血泪交迸。惜人数寥寥，财力尤苦棉薄，只手不足以障狂澜之滔天，杯水不足以救车薪之燎原。将伯频呼，其曷能已。刻经开会提议，公举席君聘臣，至中外各地募集捐欵，往暹逻一带采办米谷，运滇振济。凡我中国同胞，有隆博爱，表同情，解衣推食相助为理者，祈掷交席君聘臣。或寄交上海天顺祥，或由他号转上海天顺祥及交日本东京牛込区砂土原町三 / 三云南诸乡会收汇寄前途。则千余万之滇人，当结草衔环，永佩盛德于无既，正不独留东同人镂肝铭心已也。颛此，肃请道安，伏乞侠鉴。云南留东学生谨启。”

“启者：予于四月初二日由云南省起程，米价每百觔洋十一元。道过临安府，米价十三元，石屏州米价十四元，至蒙自县，米价十二元。一路井涸水竭，土焦草枯，几于赤地千里，尸骸徧山道路无人埋。沿途驼粮，人马食去大半，皆因树皮草根食尽。若再不雨，生机绝矣。因旱太久，去年杂粮未种，故有全家饿毙。山路崎岖，运粮维艰，些微振欵，何能救此僻乡灾民，深为可叹。予今到香港，得云南电报，四月十六、十九日，三夜得有甘霖下沛。纵可栽种，然收割在八、九月间矣。以上灾情奇重，此数月青黄不接之时，何以为生？边省路远实乏。善士闻见，谨代滇灾呼将伯而已。刘厚福又启。”

云南的灾情，也受到了时在东京的刘师培的关注。除去作《滇民逃荒行》一诗，他主持下的《衡报》第 8 号还于 1908 年 7 月 8 日发表了《论官绅放赈之弊》一文。该文写道：“前年云南大旱，收了好多的捐欵。那种做官的人，就把银子去生利，又派委员到四川买米。那委员中饱的钱，就有一大半。随后，那种书吏、差人，都帮官吏去放，也没有一个不发财的。”此文无署名，万仕国先生认为是刘师培所作。（《刘申叔遗书补遗》下册 P1181—1182）

那时，刘师培持无政府主义及平等主义，对国内外民生疾苦非常关注，并发表了数篇宣传平等的文章。如，1907 年 5 月 5 日《民报》第 13 号《利害平等论》（《刘申叔遗书》54 册【72—92】，《左盦外集》卷 14）；1907 年 7 月 25 日、8 月 10 日、9 月 15 日《天义》第 4、5、7 卷《无政府主义之平等观》（《刘申叔遗书补遗》上册 P719—732）。

1908年

再渡日本舟中作

曳轮利涉川，水牡俪火妃。朝别黄歇城，夕辨长门崎。崩腾众峰驰，吸噏群流归。岱舆眩曬眇，郁夷瞷峻巍。推牖震风急，倚槛阳景微。爥银爟精液，车渠绚瑶辉。蘸英曳紫波，石华㵶绿矶。习习鲛旗搴，轩轩鳐翼蜚。浥清慕遐尚，观澜研静几。负石嗤偃磏，遁踪嘉鼂肥。深感鲲徙溟，静媿沤忘机。

【刊载】

1931 年林思进清寂堂《左盦遗诗》;《刘申叔遗书》61 册（45—46),《左盦诗录》卷 2《左盦诗》。

【类别】

五言，22 句。

【编年】

1908 年。《左盦诗》署“戊申”。

【笺注】

〔曳轮利涉川〕《周易正义》卷 6《既济》:“象曰：水在火上，既济，君子以思患而豫防之。初九，曳其轮，濡其尾，无咎。”王弼注:“最处既济之初，始济者也，始济未涉于燥，故轮曳而尾濡也。虽未造易，心无顾恋，志弃难者也。”《子夏易传》卷 6《既济》:“刚为既济之初，力微而去险未远也。既济深险而未达于陆，故曳轮濡尾也。初济而不敢怠，其义岂有咎乎。”此句指，车子刚刚渡过河流，还没有完全到达干燥坚硬之地，要拖曳着车轮慢慢前进，防止车子滑动，这样才安全。曳,《林本》作“曳”。

〔水牡俪火妃〕《春秋左传正义》卷 48《昭公十七年》:“水，火之牡也。”杜预注:“牡，雄也。”《春秋左传正义》卷 45《昭公九年》:“火，水妃也。”杜预注:“火畏水，故为之妃。”《重修玉篇》卷 3《人部第二十三》:“俪，……偶也。”水火本不相容，而二者“俪”于一处，喻危险。

〔黄歇城〕即上海。详见《步佩忍韵》一诗〔老木清霜黄歇浦〕条笺注。

〔长门崎〕长门，古日本长门国，其位置大约为今山口县的西北部，本州岛最西端。崎，通“埼、碕、隑”。《集韵》卷 1《平声一 · 微第八》:“埼，……曲岸也。或从石，从山，亦作隑。”此处指半岛的前端或陆地突入海的部分。参见《癸丑纪行六百八十八韵》一诗〔浪急失悬碕〕条笺注。案：清末，上海开通有多条赴日本的客运轮船航路。清末葛元煦刊刻于光绪二年（1876）的《沪游杂记》卷 4《轮船码头（附开轮日期）》："往长崎、神户、横滨（礼拜三黎明开轮）：三菱洋行轮船，在虹口本行码头。"葛元煦在该书"弁言"中强调："各洋行外国往来轮船甚夥，其不载客者，一概不列。"据此，无论刘师培此行是直赴神户还是横滨，都必过山口县赤间关马关港（今山口县下关市下关港）。依时代背景、马关地理位置及其与上海距离，刘师培此句当指此。《钱玄同日记（整理本）》记载（见上册 P115、117），刘氏夫妇 1908 年 2 月 16 日尚不在东京，23 日则已到东京。而据葛元煦"礼拜三黎明开轮"的记述，刘氏夫妇极有可能于 1908 年 2 月 19 日（周三）登上开往日本的轮船。

〔崩腾〕《史记 · 司马相如》载其《上林赋》："牢落陆离，烂曼远迁。"张守节《正义》："郭云：奔走，崩腾走也。"《文选注》卷 8 司马长卿（相如）《上林赋》："牢落陆离，烂曼远迁。"李善注："郭璞曰：群奔走也。""郭璞曰：崩腾群走貌也。"

〔吸噏〕《正字通》丑集上《口部》："噏，同吸。"《楚辞章句》卷 16 刘向《九叹 · 思古》："风骚屑以摇木兮，云吸吸以湫戾。"王逸注："吸吸，云动貌也。"

〔岱舆眩矊眇〕岱舆，海中仙山。详见《台湾行》一诗〔圆峤方壶碧浪间〕条笺注。《古玉图谱》卷 24《古玉天鸡元（玄——引者）璜》："《元（玄——引者）中记》：蓬莱之东，岱舆之山，上有扶桑之树。"（乾隆四十四年江春康山草堂刻本）刘师培此处是以"岱舆"指代日本。矊，同矏。《宋本广韵》卷 2《下平声 · 仙第二》："矏，……矏眇，远视。"

〔郁夷瞷峻巍〕此句中"郁夷"与上句"岱舆"相对，亦指日本。《尚书正义》卷 6《禹贡》："嵎夷既略，潍淄其道。"孔传："嵎夷，地名。"孔颖达疏："嵎夷，地名，即《尧典》'宅嵎夷'是也。嵎夷、莱夷、和夷为地名；淮夷为水名；岛夷为狄名、皆观文为说也。……《地理志》云：潍水出琅邪箕屋山，北至都昌县入海，过郡三行五百二十里，淄水出，泰山莱芜县源山东北，至千乘、博昌县入海。"《史记 · 五帝本纪》："分命羲仲，居郁夷，曰旸谷。"张守节《正义》："《禹贡》青州云：'嵎夷既略。'案：嵎夷，青州也。"《说文解字》卷 4 上《目部》："瞷，视也。"案：嵎夷，中国古代泛指东部地区的"夷人"。有观点将日本、朝鲜亦纳入其范围。彭孙遹《松桂堂全集》卷 42《日本佩刀歌》："淬刀唯用瀚海水，采铁远在嵎夷山。"章太炎首倡"嵎夷（郁夷）"即日本说，是学术界的主流观点。《菿汉雅言劄记 · 经学 · 群经第一 · 书》："先生曰：《尧典》'嵎夷'，《说文》引作'堣鐵'，惟《五帝本纪》作'郁夷'，此为安国所得壁中真本。‘夷’乃后汉诸儒之治古文者以今文改字耳。按《毛诗》‘周道倭夷’，《韩诗》‘倭’作‘郁’，知此‘郁夷’即‘倭夷’。《汉书 · 地理志》：‘乐浪海中，有倭人分为百余国’，是也。”（《章太炎全集》第 12 册 P156）这里须说明一点，文中的“堣鐵”，当作“堣銕”。銕，“鐵（铁）”的异体字。应系编者疏忽。案：《蓟汉雅言劄记》由章门弟子但焘在太炎先生过世后辑录而成，1948—1949 年才成稿。章太炎这一观点究竟形成于何时，已不可考。但从刘师培此句分析，早在 1908 年年初，其即有“郁夷”即日本的思想。二人究竟是谁影响了谁？只能存疑。案：刘师培在《无题八首（其五）》一诗中有句“嵎夷千里烽烟逼”，指中日甲午战争。为其以“嵎夷”明指日本之证。此组诗不能确定写作年代，但从词句分析，当为其早年作品，早于 1908 年的可能性很大。

〔推牖震风急〕《说文解字注》卷 7 上：“牖，穿壁以木为交窗也。”段注：“交窗者，以木横直为之，即今之窗也。在墙曰牖，在屋曰窗。”《六臣注文选》卷 55 陆士衡（机）《演连珠五十首》其三十九：“震风洞发，则夏屋有时而倾。”刘良注：“震风，大风也。”

〔阳景〕《六臣注文选》卷 29 曹子建（植）《情诗》：“微阴翳阳景，清风飘我衣。”李周翰注：“阳景，日也。”

〔爥银燿精液〕《正字通》巳集中《火部》：“爥，同烛（燭）。”《穆天子传》卷 1：“天子之珤、玉果、璇珠、烛银、黄金之膏。”郭璞注：“银有精光如烛。”“金膏，亦犹玉膏，皆其精汋也。”精液，即指“金之精汋”。《说文通训定声 · 小部弟七》：“汋，[叚借]……又为液。”李白《李太白文集》卷 28《化城寺大钟铭》：“金精转涾以融熠，铜液星萦而燿灿。”燿，同“璀”，光耀。《文苑英华》卷 109 刘禹锡《砥石赋（并序，时在朗州）》：“睨燿以耀芒（一作丑燿燿以辉芒），翕淫夷而腾膻。”《说文解字》卷 1《玉部》：“璀，璀璨，玉光也。”《说文解字》卷 10 上《火部》：“燿，灼也。”《重修玉篇》卷 21《火部第三百二十三》：“灼，……明也。”

〔车渠绚瑶辉〕车渠，即砗磲。《本草纲目》卷 46《车渠 · 释名》：“时珍曰：案《韵会》云：车渠，海中大贝，背上垄文，如车轮之渠，故名车。’瑶辉，亦作“瑶晖”，美玉焕放出的璀璨之光。《明文海》卷 3《赋三 · 国事三》魏学礼《大祀山陵赋》：“炳瑶晖于泰阶兮，睹斗纬之清明。”

〔虈英曳紫波〕《说文解字注》卷 1 下《艸部》：“虈，楚谓之蓠，晋谓之虈，齐谓之茝。”段注：“此一物而方俗异名也。茝，《本草经》谓之白芷。茝芷同字。”英，花。《宋本广韵》卷 2《下平声 · 庚第十二》：“英，华也，荣而不实曰英也。”紫波，泛着紫色光芒的水面。《文苑英华》卷 148《草木六 · 采莲赋一首》王勃《采莲赋（并序）》："况洞庭兮紫波，复潇湘兮绿水。"案：江蓠呈红褐、紫褐色，故曰"紫波"。曳，《林本》作"曵"。

〔石华㝷绿矶〕《本草纲目》卷 28《菜之四》："石花菜……久浸皆化成胶冻也。郭璞《海赋》所谓水物则玉珧、海月、土肉、石华，即此物也。"㝷，又作㜦、蕁、荨、蕁等。《类篇》卷 2："蕁，徐心切，草名，海萝也。"矶，岸边突入水中的岩石。贺双卿《咏蛙两首》其二《和张梦觇》："映水幽间坐绿矶，蓼辛荼苦敢嫌饥。"（《贺双卿集》P65，中州古籍出版社 1993 年 7 月第 1 版）㝷，《林本》作"㜦"。㜦为"㝷"的异体字。

〔习习鲛旗搴〕《重修玉篇》卷 26《习部第四百十一》："习，……飞也。"《楚辞集注》卷 6 宋玉《九辩》："骖白霓之习习兮，历群灵之丰丰。"朱熹注："习习，飞动貌。"鲛旗，即鲛鳍，鲨鱼的背鳍。《通雅》卷 47："鲛，海沙鱼之大者也。……一名虎鱼，即大鲨也。"搴，翻卷飘扬。《史记 · 叔孙通列传》："诸生宁能斗乎！故先言斩将搴旗之士。"裴骃《集解》："张晏曰：搴，卷也。"此句指，鲨鱼的背鳍如高举的旗帜在飘扬。

〔轩轩鳐翼蜚〕《淮南子 · 道应训》："轩轩然，方迎风而舞。"《文选注》卷 23 王仲宣（粲）《赠蔡子笃诗一首》："潜鳞在渊，归雁载轩。"李善注："轩，飞貌。"鳐翼，传说中的文鳐鱼生有鸟类的双翅。《山海经》卷 2《西山经》："又西百八十里，曰泰器之山，观水出焉，西流注于流沙。是多文鳐鱼，状如鲤鱼，鱼身而鸟翼，苍文而白首赤喙，常行西海，游于东海，以夜飞，其音如鸾鸡。"《龙龛手鉴》卷 2《上声 · 虫部第二》："蜚，……又古飞字。"此句指，鳐鱼的双鳍如鸟儿的翅膀在飞翔。

〔浥清慕遐尚〕浥清，指受到清新空气的润泽。《字汇》巳集《水部》："浥，……渍也，湿润也。"邓深《大隐居士诗集》卷上《遡峡诗》："恣深游露宿，风飡浥清气。"慕遐尚，指崇尚高远出世的节操。王世贞《弇州四部稿》卷 12《由张公后洞出前洞》："冥搜出天巧，遐尚穷真域。"《说文解字》卷 2 下《辵部》："遐，远也。"

〔观澜研静几〕《孟子注疏》卷 13 下《尽心章句上》："观水有术，必观其澜。"赵岐注："澜，水中大波也。"静几，亦作"净几"，本指干净的台几。如，窗明几净，亦喻指澄澈空明的内心。梅尧臣《宛陵集》卷 6《还文雅师书帙》："编绝不加新，于今十二春。绿窗重展目，静几勿生尘。岂爱吾庐日，终将道者亲。莫嫌同刺字，漫灭看难真。"

〔负石嗤偃礁〕负石，指负石投水而死。《庄子集释》卷 10 上《(杂篇）列御寇第三十二》："缘循，偃佒"。郭庆藩注："偃，矢志也。"礁，指廉洁守正，嫉恶如仇之仁。详见《已分》一诗〔抱石缅礁仁〕条笺注。贾谊《新书》卷 7《耳痹》："事济功成，范蠡负石而蹈五湖。"（有本作"负室"）

〔遁踪嘉蠡肥〕遁，同遯。《周易正义》卷 4《遯》："肥遯无不利。"王弼注："最处外极，无应于内。超然绝志，心无疑顾。忧患不能累，矰缴不能及，是以肥遯无不利也。"孔颖达疏："内心无疑顾是遯之最优，故曰肥遯。遯而得肥，无所不利。故云无不利也。"蠡，范蠡。传说，范蠡功成身退，与西施避祸隐世。详见《烟雨楼（二首)》其二一诗〔一舸鸱夷逐范蠡〕条笺注。

〔深感鲤徙溟〕《太平广记》卷 46《水族三 · 魚 · 龙门》："龙门山，在河东界。禹凿山断门一里余，黄河自中流下，两岸不通车马。每暮春之际，有黄鲤鱼逆流而上，得者便化为龙。又，林登云：龙门之下，每岁季春，有黄鲤鱼自海及诸川争来赴之，一岁中登龙门者不过七十二。初登龙门，即有云雨随之，天火自后烧其尾，乃化为龙矣。其龙门水浚箭涌，下流七里，深三里。(出《三秦记》)"晁说之《景迂生集》卷 4《三川言十数年前尝有一短帽骑驴之士半醉徘徊原上久之曰三川非昔时比矣恍惚失其人所在有收杜老醉游图者物色之知为杜之再来也予独鄙之作诗二首》其一："亦尝寄书问讯之，鲤鱼何在沧溟徙。"徙，《林本》作"涉"。

〔静媿沤忘机〕沤，同"鸥"。《列子 · 黄帝第二》："海上之人有好沤鸟者，每旦之海上，从沤鸟游，沤鸟之至者百住而不止。其父曰：'吾闻沤鸟皆从汝游，汝取来，吾玩之。'明日之海上，沤鸟舞而不下也。故曰，至言去言，至为无为。齐智之所知，则浅矣。"后以"鸥鸟忘机"喻人心无巧诈，则可亲近。《唐文粹》卷 78 李商隐《太仓箴》："海翁无机，鸥故不飞。"忘机，见《出郭》一诗〔忘机〕条笺注。媿，《林本》作"愧"。此句指，静寂时，想到"忘机之鸥"，为自己存有"机心"而惭愧。此"机心"，似即 1912 年《与章太炎书》中所述"诱取官金"的机诈之心。自己落入端方之手，写下自首书，虽然脱离了险境，值得庆幸，但原其根本，则是缘于"诱取官金"的机诈之心。

【略考】

仔细分析此诗，仍可以发现其中与刘师培叛变革命，投靠端方一事的关联。此诗写于 1908 年一二月间，那时，刘师培与何震刚刚完成了投靠端方的事宜，乘船从上海返回日本东京。

此诗以“曳轮利涉川，水牡俪火妃”开头，喻存在危险，须谨慎从事。可见，此时的刘师培内心亦矛盾重重。他此时仍心怀“隐居遁迹”，且对前路感到迷茫和不安。

“浥清慕遐尚，观澜研静几”句，说明了他此时此刻最真实的心情——我还是以前那个我吗？那个崇尚高洁操守、内心澄净的那个自己吗？

“负石嗤偃礁，遁踪嘉蠡肥”句，说明他不愿求仁而死，希望隐遁出世。

他深深感受到了“鲤鱼跃龙门”时的惶恐和茫然，内心惭愧于自己与当初的理想渐行渐远。

可参见《冬日旅沪作》一诗笺注及“略考”。

步佩忍韵

老木清霜黄歇浦，故人应讶我重来。海天归棹人千里，江国消愁酒一杯。尽有文章志离合，似闻欢笑杂悲哀。四方豪侠今寥落，越水吴山汩霸才。

【刊载】

《神州日报》，1908 年 1 月 7 日，署名无畏。《刘申叔遗书补遗》下册 P926—927。

【类别】

七言，8 句。

【编年】

1908 年。依首次发表时间。

【笺注】

〔老木清霜黄歇浦〕黄歇浦，即黄浦江。莫晋、孙星衍、朱渌总纂嘉庆《松江府志》卷 8《山川志 · 水》：“黄浦：在郡南境，即古之东江，乃《禹贡》三江之一也。战国时，楚黄歇（春申君——引者）凿其旁支流。土人相传，称为黄浦。又以歇故，或称春申浦。”王世贞《弇州续稿》卷 19《诗部 · 七言律 · 别书此纪事》：“晴日好停黄歇浦，秋风追并李膺舟。”元好问《遗山集》卷 8《横波亭（为青口帅赋）》：“疏星澹月鱼龙夜，老木清霜鸿雁秋。”

〔归棹〕归舟，归来。《艺文类聚》卷 63《居处部三 · 楼》梁简文帝萧纲《奉和登北顾楼》：“悠悠归棹入，眇眇去帆惊。”

〔似闻懽笑杂悲哀〕懽，《刘申叔遗书补遗》本作“歡（欢）”。

〔四方豪侠今寥落〕侠，《刘申叔遗书补遗》本作“傑（杰）”。

〔越水吴山汩霸才〕越水吴山，指吴越之地，即江苏、浙江。此次聚会的几人中，刘师培是江苏仪征人，高旭是江苏金山（今属上海）人，柳亚子是江苏吴江黎里人，陈去病是江苏吴江同里人，沈砺是浙江嘉善魏塘人。汩，汩没，埋没，湮没。《全唐诗》卷 224 杜甫《赠陈二补阙》："世儒多汩没，夫子独声名。"（第 4 册 P2400）《全唐诗》卷 665 罗隐《大梁见乔诩》："迹卑甘汩没，名散称逍遥。"（第 10 册 P7670）上句与此句指，天下攘乱，让大家四散分离。这些生于江苏、浙江的霸业之才被埋没。

【略考】

陈去病原诗《无畏、天梅、亚庐、嘐公翩然萍集，喜作此什》："星辰昨夜聚，豪俊四方来。别久忘忧患，欢多罄酒杯。文章余老建，生死半凄哀。（原注：谓冯沼清。）待续云间事，词林各骋才。"（《刘申叔遗书补遗》下册 P926）《刘申叔遗书补遗》录此诗题记曰："原载一九〇八年十一月七日（十一月七日，应作"一月七日"——引者）《神州日报》，署无畏。一九〇八年一月七日，刘师培、高旭、柳亚子、沈砺、陈去病相聚上海。陈去病提议继续明末云间几社事业，组织文社，遂作此诗。"

《陈去病全集》第 1 册《诗词集三 · 浩歌堂诗补钞》亦载此诗，编者按语曰："一九〇七年十二月，刘师培夫妇从日本归国，受到党人热烈欢迎。一九〇八年一月七日，陈去病等在上海设宴为刘氏夫妇洗尘。众皆知之。席间，陈去病提议继明云间几社事业，倡组文社。《神州日报》发表了他们的唱酬诗作，是南社之先声。"编者将此诗出处标为"《神州日报》一九〇八年一月七日，署名佩忍。"（《陈去病全集》第 1 册 P229）

根据《刘申叔遗书补遗》和《陈去病全集》所述，此次聚会的时间是 1908 年 1 月 7 日。这里则有一个问题——既然几人的唱酬诗作均发表于 1 月 7 日，按照报纸印刷出版的时间规律，聚会断无可能即在 1 月 7 日当天，肯定早于此。

刘师培，自署无畏。高旭，字天梅。柳亚子，号亚庐。沈砺（1879—1946），字勉后，号道非，别署嘐公，浙江嘉善人。同盟会会员，南社成员。民国后曾任上海卫戍司令和国民政府文官处参事、人事室主任。

工女怨（二首）

【刊载】

《天义》第 16—19 合卷《贫民唱歌集》，1908 年 3 月，署名申叔。《刘申叔遗书》

61 册（138),《左盦诗录》卷 4《左盦诗别录》;《刘申叔遗书补遗》下册 P1005。

【类别】

七言，14 句。

【编年】

1908 年。依首次发表时间。

工女怨（二首）其一

朝阳被华宇，照耀柔桑枝。盈盈谁家女，纤手弄素丝。织缣日盈丈，主人犹责词。诉情岂无方？所愧执役卑。我欲谢役归，素与箠楚辞。箠楚畏陨躯，无食恒苦饥。身躯一朝陨，得食夫何为？

【笺注】

〔华宇〕华丽的房子。《艺文类聚》卷 59《武部 · 战伐》应玚《撰征赋》:“崇殿郁其嵯峨，华宇烂而舒光。”

〔柔桑〕《毛诗正义》卷 8—1《豳风 · 七月》:“女执懿筐，遵彼微行，爰求柔桑。”郑玄笺:“柔桑，稺（同稚——引者）桑也。蚕始生，宜稺桑。”

〔盈盈〕形容女子容貌美丽，仪态万方。《文选注》卷 29《古诗一十九首》其二:“盈盈楼上女，皎皎当窗牖。”李善注:“草生河畔，柳茂园中，以喻美人当窗牖也。《广雅》曰:‘嬴，容也。’盈与嬴同，古字通。”《方言》(卷）1:“娥、嬴，好也。秦曰娥，宋魏之间谓之嬴，秦晋之间凡好而轻者谓之娥。自关而东河济之间谓之媌，或谓之姣。赵魏燕代之间曰姝，或曰妦。自关而西秦晋之故都曰妍。好，其通语也。”郭璞注:“言嬴嬴也。”《通雅》卷 9《释诂（重言)》:“嬴嬴犹盈盈，《方言》曰:娥、嬴，好也。秦曰娥，宋魏曰嬴。郭璞曰：言娥娥嬴嬴也。嬴，音盈。按，声义如此，再无他见，则《十九首》之‘盈盈楼上女’，即此嬴嬴矣。”

〔纤手〕女子纤细的手。《古诗纪》卷 11《汉第一》汉昭帝刘弗陵《淋池歌》:“秋素景兮泛洪波，挥纤手兮折芰荷。”

〔素丝〕白色丝绢，详见《古意》一诗〔白素丝〕条笺注。

〔缣〕《说文解字注》卷 13 上《糸部》:“缣，并丝缯也。”段注:“谓骈丝为之，双丝缯也。”《淮南子 · 齐俗训》:“夫素之质白，染之以涅则黑；缣之性黄，染之以丹则赤。”《正字通》未集中《糸部》:“缣，……按:《淮南》所云缣，即今生丝绢;《说文》

所云缣，即今双丝绢。”《释名 · 释彩帛第十四》：“缣，兼也。其丝细致，数兼于布绢也。细致染缣为五色，细且致，不漏水也。”

〔执役〕做事，干活。《晋书 · 孝友列传 · 许孜传》：“送丧还会稽，蔬食执役，制服三年。”

〔箠楚〕《汉书 · 韩延寿传》：“奸人莫敢入界。其始若烦，后吏无追捕之苦，民无箠楚之忧，皆便安之。”颜师古注：“箠，杖也。楚，荆木也。即今之荆子也。”《六臣注文选》卷 41 司马子长（迁）《报任少卿书》：“其次关木索，被箠楚受辱。”李善注：“《汉书》曰：‘箠长五尺。’《说文》曰：‘箠，以杖击也。’箠与捶同，以之笞人，同谓之箠楚。箠、楚皆杖木之名也。”张铣曰：“箠，杖也。楚，荆也。”

〔陨躯〕死亡，亦作“殒躯”。《魏书 · 世祖太武帝纪》：“其所部将士有尽忠竭节以殒躯命者，今皆追赠爵号。”

工女怨（二首）其二

白日下原隰，孑身返衡庐。娇儿迎门呼，问母归何徐。母去儿啼饥，母归儿牵裾。探手入母囊，询母钱有余？今朝儿别母，粒米未入厨。持钱易撮粟，作糜不盈盂。劝儿且加餐，明日夫何如？

【笺注】

〔原隰〕平原与潮湿的洼地。《尚书正义》卷 6《禹贡》：“原隰厎绩，至于猪野。”孔传：“下湿曰隰。”《尔雅 · 释地》：“下湿曰隰，大野曰平，广平曰原。”

〔衡庐〕门用横木捆扎而成的房子，形容其简陋。《毛诗正义》卷 7—1《陈风 · 衡门》：“衡门之下，可以栖迟。”毛传：“衡门，横木为门，言浅陋也。”《宋书 · 王僧达传》：“生平素念，愿闲衡庐。”

〔裾〕衣服的后襟。《尔雅注疏》卷 5《释器第六》：“衱，谓之裾。”郭璞注：“衣后裾也。”邢昺疏：“衱一名裾，即衣后裾也。”

〔粒米〕《刘申叔遗书补遗》本作“料”，显误。《天义 · 衡报》P500 及《南本》均作“粒”。

〔撮〕几根手指拈取的量，形容其少。《类篇》卷 34：“撮，……指取物也。”

〔作糜不盈盂〕糜，粥。《释名 · 释饮食第十三》：“糜，煮米使糜烂也。粥濯于糜，粥粥然也。”《说文解字》卷 5 上《皿部》：“盂，饭器也。”

〔加餐〕多吃。《文选》卷 27 汉乐府《饮马长城窟行》："客从远方来，遗我双鲤鱼。呼儿烹鲤鱼，中有尺素书。长跪读素书，书上竟何如？上有加餐食，下有长相忆。"《后汉书 · 桓荣传》："今蒙下列，不敢有辞，愿君慎疾加餐，重爱玉体。"

译石门和夫氏《希望诗》（二首）

【刊载】

《天义》第 16—19 合卷《贫民唱歌集》，1908 年 3 月，署名申叔译。《刘申叔遗书》61 册（140），《左盦诗录》卷 4《左盦诗别录》（仅录第一首，标注"二首佚一"）；《刘申叔遗书补遗》下册 P1006。

【类别】

第一首：四言，8 句；第二首：四言，16 句。

【编年】

1908 年。依首次发表时间。

【略考】

刘师培关注、提倡甚至痴迷于"世界语"，当在其 1908 年 2 月自上海返回日本东京之后的一段时间。

本诗发表于 1908 年 3 月《天义》第 16—19 卷合刊。在同一期中，刘师培还以申叔之名，发表了《Esperanto（即"世界语"——引者）词例通释》一文。载《刘申叔遗书补遗》下册，P1010—1018；《天义 · 衡报》P504—513。

同时，他还开始开设培训班，教授和推广世界语。

4 月 28 日，刘师培在继《天义》后创刊的《衡报》第 1 号上发表了《劝同志肆习世界语》一文。载《刘申叔遗书补遗》下册，P1033—1034；《天义 · 衡报》P737—738。

5 月 8 日，《衡报》第 2 号发表无署名《大杉荣君世界语 Esperanto 开班演说词（节录）》。载《天义 · 衡报》P739

5 月 28 日、6 月 8 日，《衡报》第 4、5 号，《世界语夏期讲习会开班广告》。载《刘申叔遗书补遗》下册 P1094；《天义 · 衡报》P872—873。

6 月 18 日、7 月 8 日，《衡报》第 6、8 号发表《世界新语 Esperantisto 发达记》。载《天义 · 衡报》P740—743。

那年的 7 月 1 日，钱玄同在日记中记录了自己与刘师培当天的一次面谈："因申叔处又将开エスペラント（即日语的‘世界语’——引者）班（夏期），自（阳历）本月一日起，至八月十五日止，每日晚间六至八时教授，颇愿往习，因往其处。知近日报名诸君，都将考校课，故不果行，须初五、六间云。与申叔讲时事，伊总主张进步说，因甚以《新世纪》为是，又谓世界语言必可统一云云。果哉其难化也！然不斥旧学，贤于吴朓（吴稚晖——引者）诸人究远矣！”（《钱玄同日记（整理本）》上册 P134，北京大学出版社 2014 年 8 月第 1 版）

1908 年 11 月底，刘师培又在《时报》《神州日报》和《中外日报》上发表了《劝告中国人士宜速习世界新语》。载《刘申叔遗书补遗》下册 P1237—1243。

此后，刘师培的存世文字中，再未提到过“世界语”。

其实，他在 1908 年 10 月，就曾经历过一次对“世界语”态度的变化。

章太炎，是反对以世界语取代汉语最坚决的人。1908 年 5 月 19 日、6 月 18 日《国粹学报》第41、42期，1908年6月10日《民报》第21号，刊登了章太炎的万字长文《驳中国用万国新语说》（《章太炎全集》第 4 册 P353—369）。那时，章太炎正在与《新世纪》就世界语问题隔空论战。

而就在那一年的 10 月 14 日，刘师培也在《国粹学报》第 46 期上发表了《论中土文字有益于世界》一文（《刘申叔遗书》46 册【92—96】，《左盦外集》卷 6）。他在文中明确表示：“中土文字有益于世界”。汉字作为象形文字，字形的演变，反映了华夏民族演进过程中发生于社会制度、风俗礼仪、宗教信仰等诸多方面的变化，为社会学研究提供了许多实证，有助于纠正社会学研究中的穿凿附会。为了扩大“中土文字”的影响和使用范围，他建议用“世界语”翻译《说文》一书，“首列篆文之形，或并列古文籀文二体，切以 Esperanto 之音，拟以 Esperanto 相当之义，并用彼之文详加解释，使世界人民均克援中土篆籀之文，穷其造字之形义，以考社会之起源。此亦世界学术进步之一端也。”（见《刘申叔遗书》46 册【92—96】，《左盦外集》卷 6）显然，刘师培此时的主张已并非全盘消灭中国文字，代之以“世界语”。

这其实与钱玄同此时对刘师培的印象正契合：“谓世界语言必可统一云云。果哉其难化也！然不斥旧学，贤于吴朓诸人究远矣！”

刘师培的《论中土文字有益于世界》一文，实际上是对章太炎的隔空声援。虽然二人此时已经反目，水火不容。

世界语，迄今仍有一些支持者，虽然数量很少。而在清末，却是一些如刘师培般激进者最热衷的事情。据《申报》上刊登的广告，那时上海也有一家“上海世界语学社”，他们也开班招生（1909 年 3 月 24 日）。1909 年 12 月 8 日，《申报》还报道了“世界新语第五次大会”的消息（转译自《世界新语报》）。

我不懂世界语，但从其英译和现代汉语译本来看，刘师培当年的翻译是基本准确的，基本做到了严译要求的“信达雅”。

兹将《幸福诗》的“世界语”原文，英译和现代汉语译本录于后。

La Espero

En la mondonvenis nova sento
Tra la mondoirasfortavoko
Per flugiloj de facilavento
Nun de lokofluguĝi al loko
Ne al glavosango n soifanta
Ĝilahomantirasfamilion
Al la mond' eternemilitanta
Ĝipromesassanktanharmonion
Sub la sanktasigno de l' espero
Kolektiĝaspacajbatalantoj
Kajrapidekreskas la afero
Per la boro de la esperantoj
Forte starasmuroj de miljaroj
Inter la popolojdividitaj
seddissaltoslaobstinajbaroj
Per la sanktaamodisbatitaj
Sur neŭtralalingvafundamento
Komprenanteunu la alian
La popoloj faros enkonsento
Unugrandanrondonfamilian
Nia diligentakolegaro
Enlaboropaca ne laciĝos
Ĝis la belasonĝo de l' homaro
Por eterna ben' efektiviĝos

La Espero（The Hope）

Into the world came a new feeling
through the world goes a powerful call
by means of wings of a gentle wind
now let it fly from place to place
Not to the sword thirsting for blood
does it draw the human family
to the world eternally fighting
it promises sacred harmony
Under the sacred sign of the hope
the peaceful fighters gather
and this affair quickly grows
by the labours of those who hope
The walls of millennia stand firm
between the divided peoples
but the stubborn barriers will jump apart
knocked apart by the sacred love
On a neutral language basis
understanding one another
the people will make in agreement
one great family circle
Our bad set of colleagues
in peaceful labor will never tire
until the beautiful dream of humanity
for eternal blessing is realized

希望

邱关瑾 / 译

新的感情已经来到人间，强烈呼声正在世界传遍；快让它乘上顺风的翅膀，轻捷地飞遍那地角天边。它不是把人类幸福家庭引向那杀人嗜血的利剑；面对这战乱无尽的世界，它承诺给予神圣的和谐。和平的战士们正集合在那神圣的希望旗下，经过希望者们辛勤劳动，我们的事业正迅速得到发展。

千百年来的一道道高墙，把各族人民分隔离间；但那顽固障碍终将崩溃，被那神圣之爱打成碎片，在中立语言的基础上边，人们彼此能够互相理解，各族人民必将和衷共济，结成一个大家庭的集团，我们勤奋努力的同志们，为了和平奔忙永不厌倦；直到全人类的美好理想，为了永恒祝福彻底实现。

译石门和夫氏《希望诗》（二首）其一

以情洽群，新机句萌。风声所彻，弥纶八荒。有若毛羽，从风（搏）〈抟〉翔。翩翩远将，覃及殊方。

【笺注】

〔石门和夫〕今译拉扎鲁·路德维克·柴门霍夫（Ludwig Lazarus Zamenhof）（1859—1917），波兰籍犹太人。柴门霍夫是一位执业医生，获得过医学博士学位。1887 年 7 月 26 日，由其发明创立的“世界语（Esperanto）”方案公布。柴门霍夫认为，世界语将打破全人类之间的语言障碍，可以成为世界通用的标准语言。

〔希望诗〕柴门霍夫以世界语创作的一首 24 行诗。该诗后由人谱曲，成为“世界语”运动的一面旗帜。

〔洽〕和谐、融洽。《类篇》卷 32：“洽……一曰和也。”

〔新机句萌〕新机，新的生机。苏辙《栾城集》卷 5《次韵子瞻二月十日雪》：“林下细花添百草，阶前轻素剪新机。”句萌，春季植物萌芽破土。《礼记正义》卷 15《月令》：“是月也，生气方盛，阳气发泄。句者毕出，萌者尽达，不可以内。”郑玄注：“句，屈生者。芒而直曰萌。”同上书卷 17《月令》：“行春令，则胎夭多伤。”郑玄注：“此月，物甫萌芽，季春乃句者毕出，萌者尽达。”孔颖达疏：“句者毕出，萌者尽达者，甫始也。此十二月，萌者始牙，至三月乃出达地上也。”

〔弥纶八荒〕弥纶，包覆、统御。《周易·系辞上》：“《易》与天地准，故能弥纶天地之道。”陆德明《经典释文》卷 2《周易音义》：“京云：弥，遍；纶，知也。”八荒，极辽远荒蛮之地。《汉书·陈胜项籍传》史赞引贾谊《过秦论》：“君臣固守而窥周室，有席卷天下，包举宇内，囊括四海，并吞八荒之心。”颜师古注：“八荒，八方荒忽极远之地也。”《说苑》卷 18《辨物》：“八荒之内有四海，四海之内有九州，天子处中州而制八方耳。”

〔（搏）〈抟〉翔〕《周礼注疏》卷 16《地官司徒下·羽人》：“凡受羽，十羽为审，百羽为抟，十抟为縳。”郑玄注：“审、抟、縳，羽数束名也。《尔雅》曰：一羽谓之箴，十羽谓之縳，百羽谓之緷。其名音相近也。”《庄子 · 逍遥游第一》：“鹏之徙于南冥也，水击三千里，抟扶摇而上者九万里，去以六月息者也。”《文选注》卷 26 范彦龙《古意赠王中书》：“逸翮凌北海，抟飞出南皮。”李善注：“《庄子》曰：鹏抟扶摇而上。司马彪曰：‘抟，圜也，圜飞而上，若扶摇也。’”《天义 · 衡报》P501 注①：“‘抟’，原本误作‘搏’，据文义改。”（中国人民大学出版社，2016 年 4 月第 1 版）抟（搏），《南本》亦误作“搏”。

〔远将〕远行。《毛诗正义》卷 19—3《周颂 · 闵于小子之什 · 敬之》：“日就月将，学有缉熙于光明。”毛传：“将，行也。”《艺文类聚》卷 47《职官部三 · 特进》陈江总《特进光禄大夫徐陵墓志铭》：“余因病免，君事远将。”《唐诗品汇》卷 34《七言古诗十 · 正变（上）》王建《远将归》：“远将归，胜未别离时。”

〔覃及殊方〕《诗经 · 大雅 · 荡之什 · 荡》：“内奰于中国，覃及鬼方。”《字汇》申集《襾部》：“覃，……又长也、延也。”殊方，偏远的外国。《列子 · 杨朱第七》：“至其情所欲好，耳所欲听，目所欲视，口所欲尝，虽殊方偏国，非齐土之所产育者，无不必致之。”《西京杂记》卷 3：“扬子云好事，常怀铅提椠，从诸计吏访殊方绝域四方之语。”此句指，远播到最辽远偏僻之地。

译石门和夫氏《希望诗》（二首）其二

战血凝腥，染斯剑硎。民习于戎，室家靡宁。恢恢大圜，竞戒戎兵。爰有圣灵，臻世于平。惟此圣灵，众希其生。勗我杰儁，永休厥争。休争何由？新业云萌。觥觥新语，被我八瀛。

【笺注】

〔硎〕《宋本广韵》卷 2《下平声 · 青第十五》：“硎，砥石。”

〔大圜〕《吕氏春秋》卷 12《序意》：“爰有大圜在上，大矩在下。”高诱注：“圜，天也。矩，方地也。”

〔臻〕《说文解字》卷 12 上《至部》：“臻，至也。”

〔希〕盼望，渴望。《孝经注疏》唐玄宗李隆基《孝经序》：“希升堂者，必自开户牖。”邢昺疏：“希，望也。”

〔勗我杰儁〕勗，《正字通》子集下《力部》：“勗，俗勖字。”《说文解字》卷 13

下《力部》:“勖，勉也。”《正字通》子集中《人部》:“儁，同俊。” 儁，《天义·衡报》P501 作 “儁”。《刘申叔遗书补遗》下册 P1006 作 “儶”，似误。

〔觥觥〕盛大貌。《全宋诗》卷 2342《喻良能一·月山诸峰》:“觥觥石柱峰，孤峭仍轩昂。”（北京大学出版社 1998 年 12 月第 1 版第 43 册 P26918）。参见《杂赋》一诗〔觥觥游侠士〕条笺注。此句指，世界语蓬勃发展，气势如虹。

〔八瀛〕《史记·孟子荀卿列传》:“驺衍……以为儒者所谓中国者，于天下乃八十一分居其一分耳。中国名曰赤县神州。赤县神州内自有九州，禹之序九州是也，不得为州数。中国外如赤县神州者九，乃所谓九州也。于是有裨海环之，人民禽兽莫能相通者，如一区中者，乃为一州。如此者九，乃有大瀛海环其外，天地之际焉。” 后以八瀛喻天下。《宋书·乐志二》载谢庄《世祖孝武皇帝歌》:“泽牣九有，化浮八瀛。”

1909年

八指头陀诗（三首）

【刊载】

《刘申叔遗书》61 册（58—59），《左盦诗录》卷 3《左盦诗续录》。

【类别】

七言，8 句。

【编年】

1909 年。排于《左盦诗续录》中《伤女颎》之前，故定编年于 1909 年。

八指头陀诗（三首）其一

法雨频施象教宏，更捐双指证虚明。技叉（自注：技即支字，见《史记 · 鲁连传》）**转陋温歧薄，屈戟翻嗤卫辄轻**（自注：《左传 · 哀廿五年》："公戟其手。"公即卫侯辄，又戟为有枝兵，古戟之锋计八出）。**俪四永偕肤制合**（自注：《礼》戴记《投壶篇》云："室中五扶，堂上七扶，庭中九扶。"郑注云：铺四指曰扶。案：扶，即《公羊传》"肤寸而合"之肤。《正韵》曰："四指为肤"，此其证也），**用三恍睹叉文呈**（自注：古字"叉"，即"手"字。"叉"字篆文作ㄟ，象三指之形。盖上古人民屈三指以计数，故以三表其众多之数也）。**先民计数垂遗则**（自注：近阅西人"群学"书，言番民部落有以指记数者。中国太古亦然。指止于五，故数恒限于五。中国文字五字以下，有古文。五字以上，无古文。此其证也。黄氏以周释《公羊 · 文十四年》传，已发明古代计指稽数之说），**为志方名及卦名。**

【笺注】

〔八指头陀〕释敬安（1851—1912），俗名黄读山，字福余。法名敬安，字寄禅，湖南湘潭人，近代著名诗僧。寄禅曾在宁波阿育王寺舍利塔前礼拜，剜掉自己的臂肉，注入灯油燃烧，又将左手的无名指和小根用棉花包裹沾着灯油燃掉，以此供佛，故称"八指头陀"。

〔法雨频施象教宏〕丁福保《佛学大辞典》："法雨（譬喻），妙法能滋润众生，故譬之为雨。《无量寿经 · 上》曰：'澍法雨演法施。'《法华经 · 序品》曰：'雨大法雨，吹大法螺。'同《普门品》曰：'澍甘露法雨，灭除烦恼焰。'《涅（盘）〈槃〉经 · 二》

曰：‘无上法雨，雨汝身田，令生法芽。’嘉祥《无量寿经疏》曰：‘澍雨有润泽之功，譬说法能沾利众生也。’”象教，即佛教，详见《赠杨仁山居士（四首）》其二一诗〔象教沦夷〕条笺注。

〔更捐双指证虚明〕证虚明，即证心。《六臣注文选》卷 46 任彦升（昉）《王文宪集序》：“固通人之所包，非虚明之绝境不可穷者，其唯神用者乎！”李善注：“虚明，亦心也。”刘良注：“虚明，心也。绝，远也。言此道术，固乃通人君子所能兼包，固非其致心绝远之境也。”证心，为佛教用语，亦称心证。丁福保《佛学大辞典》：“心证（术语），心与佛相印证也。释皎然诗曰：‘花空觉性了，月尽知心证。’”捐双指，指八指头陀燃双指供佛。

〔技叉转陋温歧薄〕《北梦琐言》卷 4《温李齐名》：“温庭云，字飞卿，或云作筠字，旧名岐，与李商隐齐名，时号曰‘温李’。才思艳丽，工于小赋，每入试，押官韵作赋，凡八叉手而八韵成，多为邻铺假手，号曰救数人也。”《六书故》卷 15《人八》：“叉，初加切，指错也。或曰指叉，取物也。（木之支叉别作杈叉，又去声，别作䟕。）”陋，轻视。《旧唐书 · 礼仪志七》：“今贬舅而宗姨，是陋今而荣古。”此句指，与八指头陀仅余八指而赋诗相比，温庭筠“八叉手而八韵成”反倒显得陋薄。参见本句自注。案：技，通“枝”。《诸子平议》卷 17《庄子平议 · 养生主》：“技经肯綮之未尝。”俞樾注：“技疑枝字之误。《素问 · 三部九候论》：‘治其经络。’王注引《灵枢经》曰：‘经脉为里，支而横者为络。’古字支与枝通。枝，谓枝脉；经，谓经脉。枝经，犹言经络也。”《史记 · 鲁仲连列传》：“曹子以一剑之任，枝桓公之心于坛坫之上。”司马贞《索隐》：“枝，犹拟也。”今存古本《史记》均作“枝”。参见《赋得八指头陀诗三首》（其一）一诗〔技义〕条、〔为互揞之谊〕条笺注。

〔屈戟翻嗤卫辄轻〕《春秋左传注 · 哀公二十五年》：“公（卫侯辄——引者）戟其手，曰：‘必断而足。’”杨伯峻注：“以左手叉腰右手横指如戟形，今人怒骂时犹有作此状者。”（中华书局 2016 年 11 月第 4 版第 6 册 P1926）此句指，与八指头陀仅余八指相比，卫侯辄屈指怒向时的轻狂样子反倒让人嗤笑。参见本句自注。

〔俪四永偕肤制合〕俪，成对对称。《广雅》卷 4《释诂》：“俪，谐耦也。”此句指，四四对称，正合乎“四指为肤”的古制。参见本句自注。案：寸、肤，均为古代长度单位，一指宽为寸，四指宽为肤。

〔用三恍睹又文呈〕此句指，八指头陀左手只余 3 根手指能使用，让人仿佛看到了篆文“ㄡ”字呈现在眼前。参见本句自注。案：篆文的“手”字，作“龵”，与

“又”（⺕）字有异。

〔“西人群学”句〕1903 年，严复翻译的斯宾塞《社会学研究》由上海文明编译局出版。严译本使用文言，定名为《群学肄言》。当时，“社会学”即被称为“群学”。《群学肄言》一书中无“番民部落有以指计数”的任何内容。严译《社会通诠 · 宗法社会 · 豢扰禽兽分第四 · 人功价值》：“有牧畜之事，然后民知人功之价值，而手足勤动之得报优也。使其部牛羊众多，则必有多数之手指，而后足与其事副。”（商务印书馆 1981 年 10 月第 1 版 P23）此段，似为刘师培自注中所述之“番民部落有以指计数”。严译本《社会通诠》，今译《社会进化简史》，作者是英国人甄克思，商务印书馆 1904 年出版。《群学肄言》和《社会通诠》甫一出版，刘师培就读过，其存世作品中曾数次述及和引用二书内容。如，《论小学与社会学之关系 · 邑》（《警钟日报》1904 年 11—12 月）、同上篇《则贼》等。

〔“黄氏以周释《公羊》”句〕黄以周《元同文钞 · 记用指分数法》在解释《公羊传 · 文公十四年》“子以其指”句时认为：“先民志数均以指记，盖以左手撮右手之指，指止于五，故数亦止于五。……自五以上均有古文，自六以下均无古文，则古代以五为止数。”黄以周（1828—1899），字符同，号儆季，浙江定海人，清后期著名学者。其所著《礼书通故》一书影响巨大。刘师培非常认同黄以周这一观点。他在《释数》一文中写道：“定海黄氏《元同文钞》有《记用指分数法》一篇，引《公羊传》‘子以其指’为证，因思先民志数均以指记，盖以左手撮右手之指，指止于五，故数亦止于五。《说文》：弌，古文一；弍，古文二；弎，古文三；丣，古文四如此；乂，古文五如此。自五以上均有古文，自六以下均无古文，则古代以五为止数，故声味色彩均以五计。古代金文六七八九或以𝍥𝍦𝍧𝍨代之，如莽布是。元人算草犹沿其法，即一二二四（原注：惟四为籀文倒形）之纵形，仍古代数止于五之遗则也。《说文》‘爻’字下云：‘交也，象易六爻头交也。’予谓爻从两乂，即古五字，乃《易 · 系辞》‘五位相得，各有合’之义也，故爻义训交与五训阴阳交午义合。疑爻字之象取于两乂相乘，盖两数相乘，即生交互旁通之法。此《周易》所由有爻词之名也。”（《刘申叔遗书》38 册【47—48】，《左盦集》卷 4）此外，刘师培的《论小学与社会学之关系》《中国历史教科书》第 1 册第 22 课《古代之学术》（出版于 1905 年，《刘申叔遗书》69 册【91—96】）和《小学发微补》中，都提到过“数止于五”这一观点。

〔为志方名及卦名〕《礼记正义》卷 28《内则》：“六年，教之数与方名。”郑玄注：“方名，东西。”卦名，即指《释数》一文中所述之“爻词”。参见上句笺注。

八指头陀诗（三首）其二

起度（自注：见《周官·典瑞》）**虽伤一撮亏**（自注：《说文》：撮，两指撮也。《汉书·律历志》云：‘四圭为撮，三指撮之也。’三，盖二字之讹），**数该三五状非畸。访经休惜蛇伤显**（自注：法显往身毒时，有毒蛇伤其指），**垂戒遥追象著倕**（自注：《吕氏春秋》曰：“周鼎著倕而龁其指，先王有以见大巧之不可为。”倕，盖兽名，而巧工亦取以为号）。**虚一数应浮大衍，断双理亦彻骈枝**（自注：见《庄子》）。**洵知八字音通别**（自注：古字八与别同。《说文》仌字下云：“分也，从重八。八，别也，亦声。”则八字即古别字，故分字、公字，均从八。又《说文》公字下云：“八，犹背也。”背，亦歧别之谊），**“分别”常蠲契佛思。**

【笺注】

〔起度虽伤一撮亏〕起度，计量。《周礼注疏》卷 20《春官宗伯第三·典瑞》：“璧羡以起度。”郑玄注：“羡，长也。此璧径长尺，以起度量。”撮，见《工女怨（二首）》其二一诗〔撮〕条笺注。此句指，虽然（因手只有三指），计量拈物时比常人少一些。

〔三五〕中国古代儒家素有“三五之道”说。《性理群书句解》卷 6 胡宏《通书序》：“孔子述三五之道。”熊刚大注：“夫子继三皇五帝之大道。”又，《周易》学亦有“三五之数”说，指卜筮之法。《周易·系辞上》：“参伍以变，错综其数。”朱熹在《周易本义》卷 5《系辞上传》中分析道：“参者，三数之也；伍者，五数之也。既参以变，又伍以变，一先一后，更相考核，以审其多寡之实也。错者，交而互之，一左一右之谓也。综者，总而挈之，一低一昂之谓也。此亦皆谓揲蓍求卦之事，盖通三揲两手之策，以成阴阳老少之画。究七八九六之数，以定卦爻动静之象也。参伍错综，皆古语，而参伍尤难晓。按：《荀子》云：‘窥敌制变，欲伍以参。’韩非曰：‘省同异之言，以知朋党之分。偶参伍之验，以责陈言之实。’又曰：‘参之以此物，伍之以合参。’《史记》曰：‘必参而伍之。’又曰：‘参伍不失’。《汉书》曰：‘参伍不伍其贾，以类相准。’此足以相发明矣。”此处指，八指头陀左手三指，右手五指，正和古人“三五之道”。

〔蛇伤显〕法显，晋末南北朝时高僧，东晋隆安三年（399）西行印度取经，归国后译经多卷。著有《佛国记》，影响深远。但述者未发现“有毒蛇伤其指”的史料记载。

〔垂戒遥追象著倕〕垂戒，训诫后人。《三国志·郄正传》：“虽跱者未一，伪者未分，圣人垂戒，盖均无贫。”《吕氏春秋》卷 18《离谓》：“周鼎著倕而龁其指，先王有以见大巧之不可为也。”高诱注：“倕，尧之巧工也，以巧闻天下。周家铸鼎，著倕于鼎，使自龁其指，明不当大巧为也。”《庄子・胠箧第十》：“毁绝钩绳而弃规矩，攦工倕之指，而天下始人有其巧矣。故曰大巧若拙。”《类篇》卷 34：“攦，……折也。《庄子》：‘攦工倕之指。’”此句指，垂戒后世“不当大巧”之功，可上追周鼎铸成，巧工倕自啮其指的往事。

〔虚一数应浮大衍〕《周易正义》卷 7《系辞上》：“大衍之数五十，其用四十有九。”韩康伯注：“王弼曰：演天地之数所赖者，五十也。”《易传灯》卷 3《大衍五十》：“然圣人虽不言虚一数，但言其用四十有九，则知此一者，常周流于四十九之用，其四十九数已用毕，事而元数五十，未尝不合也。”《书经集传》卷 3《商书・盘庚中》：“鲜以不浮于天”。蔡沈注：“浮之言胜也。”

〔断双理亦彻骈枝〕断双，指八指头陀焚二指供佛。《庄子集释》卷 4 上《(外篇)骈拇第八》“骈拇枝指，出乎性哉?”郭庆藩引陆德明《经典释文》：“司马云：‘骈拇，谓足拇指连第二指也。’崔云：‘诸指连大指也。’”“《三苍》云：‘枝指，手有六指也。’”彻，毁坏。《毛诗正义》卷 12—2《小雅・节南山之什・十月之交》：“彻我墙屋，田卒污莱。”郑玄笺：“乃反彻毁我墙屋。”《说文解字注》卷 3《攴部》：“彻，通也。”段注：“按:《诗》：‘彻彼桑土。’《传》曰：‘裂也。’‘彻我墙屋’，曰毁也。”此句指，八指头陀焚二指供佛与切除手上多余的六指是一样的道理。

〔洵知八字音通别〕洵，确实、诚然。《正字通》巳集上《水部》：“洵，……又信也。《诗・邶风》：于嗟洵兮。”此句指，确切了解到，八字的读音与别字相通。参见本句自注。

〔“分别”常蠲契佛思〕蠲，澄明纯洁。《宋本广韵》卷 2《下平声・先第一》：“蠲，……洁也，明也。”分别，此处特指上句自注中的“古字八与别同。《说文》穴字下云：‘分也，从重八。八，别也，亦声。’则八字即古别字，故分字、公字，均从八。又《说文》公字下云：‘八，犹背也。’背，亦歧别之谊。”此句指，(八指头陀)切断尘缘，内心总是澄明纯洁，契合于佛法的境界。

八指头陀诗（三首）其三

藉甚诗名震甬江，常留寸迹著经幢。挥琴应使弦增一，适履应嗤趾截双。

再刖匪同和氏遇，片言难屈霁云降。即将喻指参真悟，省识庄生说未哤。

【笺注】

〔藉甚诗名震甬江〕《孟子注疏》卷 2 上《梁惠王章句下》：“王之好乐甚，则齐其庶几乎。”赵岐注：“甚，大也。”甬江，指宁波。《吴越春秋》卷 3《夫差内传第五》：“请献勾甬东之地。”徐天佑注：“甬，甬江；东，东境也。杜预曰：甬东，会稽、句章县东海中洲也。今鄞县境。”八指头陀曾在宁波盘桓多年，其燃指供佛即在宁波阿育王寺。此句指，凭借盛大的诗名，名震宁波。

〔经幢〕“我国佛教一种最重要的刻石。凿石为圆柱或棱柱，一般为八角形，高三四尺，上覆以盖，下附台座。幢各面及底头部，各刻佛或佛龛，在周幢雕像下，遍刻经咒，以《密经》及《尊胜陀罗足（‘尼’之误——引者）》为最多。其制式由印度的幢形变化而来，自唐代永淳以后盛行各地。”（《辞源》P2438，商务印书馆 1983 年 12 月修订第 1 版）此句指，他经常留下微眇的行迹，使佛法得到发扬光大。

〔挥琴应使弦增一〕古琴七弦，详见《答袁康侯（二首）》其二一诗〔七弦谁复广陵弹〕条笺注。此句指，古琴七弦，八指头陀存有八指，若抚琴应增一弦。

〔适履应嗤趾截双〕《淮南子 · 说林训》：“骨肉相爱，谗贼间之，而父子相危。夫所以养而害所养，譬犹削足而适履，杀头而便冠。”此句用“削足适履”典故，其内涵之意指，那种牵于世故，曲意逢迎的行为，应该受到嗤笑。

〔再刖匪同和氏遇〕《韩非子 · 和氏第十三》：“楚人和氏得玉璞楚山中，奉而献之厉王，厉王使玉人相之，玉人曰：‘石也。’王以和为诳，而刖其左足。及厉王薨，武王即位，和又奉其璞而献之武王，武王使玉人相之，又曰‘石也’，王又以和为诳，而刖其右足。武王薨，文王即位，和乃抱其璞而哭于楚山之下，三日三夜，泣尽而继之以血。王闻之，使人问其故，曰：‘天下之刖者多矣，子奚哭之悲也？’和曰：‘吾非悲刖也，悲夫宝玉而题之以石，贞士而名之以诳，此吾所以悲也。’王乃使玉人理其璞而得宝焉，遂命曰：‘和氏之璧’。”《重修玉篇》卷 17《刀部第二百六十六》：“刖，……断足也。”《字汇》丑集《匚部》：“匪，……又非也。”

〔霁〕《尔雅注疏》卷 5《释天第八 · 月名》：“济谓之霁。”郭璞注：“今南阳人呼雨止为霁。”《全唐诗》卷 52 宋之问《内题赋得巫山雨（一作沈佺期诗，题云巫山高）》：“霁云无处所，台馆晓苍苍。”（第 1 册 P645）

〔省识庄生说未哤〕省识，了解、认识。《全唐诗》卷 230 杜甫《咏怀古迹五首》其三：“画图省识春风面，环佩空归月夜魂。”（第 4 册 P2511）《庄子 · 骈拇第八》：“且夫骈于拇者，决之则泣；枝于手者，龁之则啼。二者，或有余于数，或不足于数，其于忧一也。今世之仁人，蒿目而忧世之患；不仁之人，决性命之情而饕贵富。故意仁义其非人情乎！”《宋本广韵》卷 1《上平声 · 江第四》：“哤，语杂乱曰哤。”上句与此句指，于是以八指头陀燃指供佛的深意去参悟佛法的真谛，认知到《庄子》“骈拇”之说并非胡言乱语。

赋得八指头陀诗三首

【刊载】

1935 年故宫博物院《文献丛编》第 31 辑；《刘申叔遗书补遗》下册 P1478—1479。

【类型】

七言，8 句。

【编年】

1909 年。依《左盦诗续录》中《八指头陀诗（三首）》编年。两组诗文字略有不同。

【略考】

本组诗以《文献丛编》本为底本。此本疑即为《左盦诗续录》中所录《八指头陀诗（三首）》的手稿本之一。

赋得八指头陀诗三首（其一）

法雨频施象教宏，更捐双指证虚明。技义（自注：“技”即“支”字，为互搘之谊，见《史记 · 鲁连传》）转陋温歧薄，屈戟翻嗤卫辄轻。（自注：《左传 · 哀廿五季》：“公戟其手。”公即卫侯辄。又，戟为有枝兵，古戟之锋计八出）俪四允偕肤制合（自注：《小戴记 · 投壶篇》云：“堂中五扶，堂上七扶，庭中九扶。”郑注云：“铺四指曰扶”。□，扶，即《公羊传》“肤寸而合”之肤。《正韵》曰：“四指为肤。”此其证也），用三恍睹又文呈。（自注：古字“又”即“手”字。“又”字篆文亼“ㄋ”，象三指之形。盖上古人民恒屈三指以计数，故以三表其众多，如江都汪氏中《释三九》篇所举是）先民计数垂遗则（自注：近阅西人“群学”书，言番民或以指记数。疑中国太古筹祘未兴，亦用此制。指止于五，故数恒限于五。观中国文字五字以下有古文，五字以上无古文。此其证也。定海黄氏以周解《公羊·文十四年传》，已诠古人计指稽数之说），为志方名暨卦名。

【笺注】

〔明〕《正字通》午集中《目部》：“明，……俗以为明暗之明。”

〔技义〕《正字通》卯集中《手部》：“技，俗支字。”《刘申叔遗书补遗》本作“技”。义，通“叉”。商务印书馆四部丛刊百衲本《后汉书·儒林上·杨政传》：“旄头又以戟义政，伤胷，政犹不退。”《刘申叔遗书补遗》本作“叉”。

〔为互搘之谊〕《刘申叔遗书补遗》本作“为互□之谊”。搘，通“支”。《龙龛手鉴》卷 2《上声·手部第一》：“搘，俗支。”

〔戟〕《篇海类编》卷 15《器用类（一）·戈部第二》：“戟，……亦作戟。”《刘申叔遗书补遗》本中均作“戟”。

〔嗤〕嗤的异体字。详见《咏怀（五首》）其四一诗〔嗤〕条笺注。《刘申叔遗书补遗》本作“嗤”。

〔哀廿五季〕《正字通》午集下《禾部》：“季，年本字。”《刘申叔遗书补遗》本作“年”。

〔肤制合〕《刘申叔遗书补遗》本作“肤利合”，误。

〔堂上七扶〕《刘申叔遗书补遗》本作“堂上一扶”，误。

〔□〕疑为“案”。《刘申叔遗书补遗》本脱。

〔乍〕《正字通》子集中《人部》：“乍，乍本字。”乍，通“作”。《集韵》卷 10《入声下·铎第十九》：“作，……乍，《说文》：‘起也。’……亦省”。《刘申叔遗书补遗》本作“作”。

〔《释三九》〕汪中《述学·内篇一》有《释三九》一文，分上中下三个分篇。该文称：“一奇二偶，一二不可以为数，二乘一则为三，故三者数之成也。积而至十则复归于一，十不可以为数，故九者数之终也。于是先王之制礼，凡一二之所不能尽者，则以三为之节，三加三推之属是也。三之所不能尽者，则以九为之节，九章、九命之属是也，此制度之实数也。因而生人之措辞，凡一二之所不能尽者，则约之三，以见其多。三之所不能尽者，则约之九，以见其极多。此言语之虚数也。实数可稽也，虚数不可执也。”汪中，见《甲辰年自述诗》总序〔江都汪氏作《自序篇》〕条笺注。

〔为志方名暨卦名〕暨，《刘申叔遗书补遗》本作“叠”，误。

赋得八指头陀诗三首（其二）

起度（自注：见《周官·典瑞》）虽伤一撮亏（自注：《说文》："撮，两指撮也。"《汉书》亼"四圭为撮，三指撮之。"三，盖二字之误。《玉篇》亦误二为三），数该三五状非畸。访经犹忆蛇伤显（自注：法显往身毒时，有毒蛇伤其指），垂戒遥追象著倕。（自注：《吕氏萅𪚥》曰："周鼎著倕而龁其指。先王有㠯见大巧之不可为。"倕，为古巧人之名）。虚一数应浮大衍，断双理亦彻骈枝。洵知八字音通别（自注：古字八与别同。《说文》公字下云："分也，从重八。八，别也。"则八字即古别字，故分字、公字，均从八。又，《说文》公字下云："八犹背也。"背，亦歧别之谊），分别常𪗑契佛思。

【笺注】

〔《汉书》亼〕《刘申叔遗书补遗》本作"《汉书》作"。

〔萅𪚥〕"春秋"的异体字。《刘申叔遗书补遗》本作"春秋"。

〔㠯〕"以"的异体字。《刘申叔遗书补遗》本作"以"。

赋得八指头陀诗三首（其三）

藉甚诗名震甬江，常留寸迹著经幢。挥琴应使絃增一，适履应嗤趾截双。再刖匪同和氏遇，孤标傥令霁云降。即将喻指参真悟，省识蒙庄说未哤。

【笺注】

〔常留〕《刘申叔遗书补遗》本作"当留"。

〔嗤〕《刘申叔遗书补遗》本作"嗤"。

〔孤标傥令霁云降〕手稿原作"寸怀适拟霁云慷"，经多处涂改，字迹难辨。述者依己意臆断为此。《刘申叔遗书补遗》本作"孤标当令霁雪降"。

〔蒙庄〕《文选注》卷 20 潘安仁（潘安，本名潘岳）《悼亡诗三首》其二："上惭东门吴，下愧蒙庄子。"李善注："庄子，蒙人，故云蒙庄子。"《史记·老庄申韩列传》："庄子者，蒙人也，名周。周尝为蒙漆园吏。"张守节《正义》："郭缘生《述征记》云：'蒙县，庄周之本邑也。'""《括地志》云：'漆园故城在曹州冤句县北十七里。'此庄周为漆园吏，即此。按：其城古属蒙县。"

金陵城北春游

旷眺怡素忱，清遨濯尘轨。俊风嘘暄柔，宿莽演繁祉。嘤嘤止灌鹂，鸗鸗踤林雉。蹊纡疑绝踪，径险凛折屐。东瞰融湖泓，北瞩峥陵峙。且罄览景娱，遐勰登台旨。

【刊载】

1931 年林思进清寂堂《左盦遗诗》刻本；《刘申叔遗书》61 册（49），《左盦诗录》卷 2《左盦诗》。

【类型】

五言，12 句。

【编年】

1909 年。《左盦诗》署“己酉”。

【笺注】

〔旷眺怡素忱〕旷眺，远眺。《艺文类聚》卷 63《居处部三 · 楼》：“晋郭璞《登百尺楼赋》曰：……陟兹楼以旷眺，情慨尔而怀古。”素忱，一向以来的志向、喜好。袁桷《清容居士集》卷 44《杂文 · 梓潼青词》：“庸展素忱，式陈薄荐。”

〔清遨濯尘轨〕清遨，心无杂务的游赏观览。《宋诗钞》卷 53 刘子翚《屏山集钞 · 云岩竹源二禅俱与招客三月二十一日遂饭于竹源庵谋诸野则获也刘奇仲有约不至吴周宝游德华刘致中暨公望刘才仲陈圣叔某会焉从容辨论怀抱甚适因赋诗以纪之》：“余衰气不华，清遨惭辄与。”尘轨，人在尘世中的历程。东汉延熹六年（163）《桐柏淮源庙碑》：“慕君尘轨，报走忘食。”（见洪适《隶释》卷 2）

〔俊风嘘暄柔〕《大戴礼记》卷 2《夏小正第四十七 · 正月》：“时有俊风，寒日涤冻涂。俊者，大也。大风，南风也。”《说文解字》卷 2 上《口部》：“嘘，吹也。”《宋本广韵》卷 1《上平声 · 元第二十二》：“暄，温也。”此句指，南风吹拂，天气柔暖温和。

〔宿莽演繁祉〕《楚辞章句》卷 1 屈原《离骚》：“朝搴阰之木兰兮，夕揽洲之宿莽。”王逸注：“草冬生不死者，楚人名曰宿莽。”亦指陵墓前的草。《世说新语》卷下之上《伤逝第十七》：“戴公见林法师墓”。刘孝标注：“王珣《法师墓下诗序》曰：‘余以宁康二年，命驾之剡石城山，即法师之丘也。高坟郁为荒楚，丘陇化为宿莽，遗迹未灭，而其人已远。感想平昔，触物凄怀。’其为时贤所惜如此。”从诗中内容分析，似指南京钟山明孝陵。《释名 · 释言语第十二》:“演，延也。言蔓延而广也。”《说文解字》卷 1 上《示部》:“祉，福也。”《毛诗正义》卷 19—3《周颂 · 臣工之什 · 雝》:“绥我眉寿，介以繁祉。”郑玄笺:“繁，多也。”此句指，明孝陵上的荒草延续流播着先人遗留的福祉。莽、演，《林本》作“莽”“衍”。

〔嘤嘤止灌鹂〕《毛诗正义》卷 9—3《小雅 · 鹿鸣之什 · 伐木》:“伐木丁丁，鸟鸣嘤嘤。”郑玄注:“嘤嘤，两鸟声也。”灌鹂，指灌木丛中的黄鹂。此句指，灌木丛中嘤嘤的黄鹂鸣叫，吸引了同类于此栖止。

〔鷕鷕踤林雉〕《文选注》卷 9 潘安仁（潘安，本名潘岳）《射雉赋》:“麦渐渐以擢芒，雉鷕鷕而朝鸲。”徐爰注:“鷕鷕，雉声也。”《正字通》酉集中《足部》:“踤，……通作萃。”《文选注》卷 9 杨子云（扬雄）《长杨赋（并序）》:“帅军踤阹，锡戎获胡。”李善注:“《汉书音义》曰：踤，聚也。”林雉，树林中的雉鸡。此句指，雉鸡被同类鷕鷕的叫声聚集到林中。

〔蹊纡疑绝踪〕蹊，只可步行的小路。《释名 · 释道第六》:“步所用道曰蹊。”纡，曲折。《说文解字注》卷 13 上《糸部》:“纡，诎也。”段注:“诎者，诘诎也。今人用屈、曲字。”此句指，小路弯曲，疑是到了尽头。

〔径险凛折屐〕凛，同懔，惧怕。《尚书正义》卷 11《泰誓》:“百姓懔懔，若崩厥角。”孔颖达疏:“懔懔，是怖惧之意。”（古有版本作“凛凛”）《晋书 · 谢安传》:“任玄等既破坚，有驿书至。安方对客围棋，看书既竟，便摄放床上，了无喜色，棋如故。客问之，徐答云：‘小儿辈遂已破贼。’既罢还内。过户限，心喜甚，不觉屐齿之折。其矫情镇物如此。”此句指，小径险峻，怕折断了木屐的屐齿。

〔东瞰融湖泓，北瞩峥陵峙〕瞰，俯视。详见《芜湖赭山秋望》一诗〔缘麓瞰蒙密〕条笺注。《说文解字》卷 11 上《水部》:“泓，下深皃（貌——引者）。”湖泓，似指南京玄武湖。瞩，《类篇》卷 10 :“瞩，朱欲切，视之甚也。”峥陵，高峻的陵墓。似指朱元璋孝陵。

〔罄〕《尔雅 · 释诂》:“罄，……尽也。”

〔遐缌登台旨〕《宋本广韵》卷 5《二十九叶》:“缌，思也。”上句与此句指，暂且放下游览景观的欢娱，好好想想登临高台是为了什么。

【略考】

1908 年 11 月上中旬（11 月 14 日前），刘师培启程回国返回上海。1908 年 11 月 14 日，苏曼殊在南京给好友刘三的信中称:“少公已返国，衲前日过沪。日遇即返。……（戊

申十月）二十一日。”（《苏曼殊全集》第 1 册 P214，中国书店 1985 年 9 月第 1 版）

据缪荃孙 1909 年 4 月 4 日（闰二月十四）日记：“十四日庚午，阴。拜吴福丞、蒋笃斋、连荷生、刘（笙）〈申〉叔。赴具并会，同人咸集。见黄仲弢所集棋谱体例尚佳。拜震在亭，见其所撰《书人传》。许午楼来。入署晤匋帅，见百衲本《史记》。接张（鞠）〈菊〉生信。发子龄信。”（《艺风老人日记》第 6 册 P2157，北京大学出版社 1984 年影印版）当时，缪全孙就住在南京。

另据柳诒徵宣统元年三月初三日（4 月 22 日）日记：“初三日写龙藏寺碑一纸。得初一日家信。是日，予与梁公约、李审言、吴温叟公宴缪小山师及况夔笙、朱仲我、王寿萱、丁秉衡、陈善余、刘申叔、毛元征、王道农、雷夏昆仲、刘蘧六、逊甫叔侄于鸡鸣寺之豁蒙楼。楼五楹，踞鸡鸣埭之颠，俯逼台城故址，北瞰后湖，东眺龙膊子，光绪甲辰张抱冰督两江时所建也。予以午前九时自商校乘人力车循马路往，沿途柳絮扑面毵毵然。迟日吞吐于薄云中，天气半阴半晴，体目爽朗，忘路之远。至寺下车，拾级登山径造楼下，则寿萱、仲我、道农、秉衡、审言、温叟已先在。……王氏昆仲，直隶正定人，侨寓泰州。刘氏叔侄，安徽贵池人，侨寓金陵。况夔笙，广西临桂人，亦寓此。仲我，长洲人。秉衡，常熟人。缪师父子，江阴人。温叟、寿萱，淮安人。公约，江都人。元征，甘泉人。申叔，仪真人。审言，兴化人。善余与予，均丹徒人。十七人无一江宁籍，而同时聚于兹地。耆年宿德如缪师、仲我者，犹及见道咸时事，述中兴战业如指掌。最少者为蘧六僧保，得奉杖履。闻先朝掌故，是皆不可不记。予以昔人兰亭诗序、曲水诗序率皆藻绩景物，述事不详，使后人读其文者不能推见当时谈宴之乐，故创为变体，以记其事，俾异日得览观而想象焉。”（见《有关太平天国的两则史料——宣统元年三月初三日记（摘录）》，《江海学刊》1983 年第 2 期 P73—74）

“寿萱者，小方壶斋主人也。家故以资雄淮甸，而寿萱性嗜学，不事家人生产，以刻书倾其家，垂老奔走衣食于外，为人蔼然可亲，而形状枯槁，须发萧然，如荒山古寺中老居士。”“元征者，蓬六师也，擅词赋，工史学，辑后梁录及印度、尼泊尔、古巴诸志。有史家义法。”“盖善余（陈庆年）、申叔（刘师培）均以学术雄长海内，为今制军洹阳尚书（端方）所引重，数至节署谈宴者也。”（见蒋顺兴《关于柳诒徵宣统元年三月初三的日记》，《徐州师范学院学报（哲学社会科学版）》1983 年第 1 期 P111）

由以上资料可证，刘师培至迟于 1909 年 4 月 4 日已到南京，至迟于 4 月 22 日已经公开入端方幕府。

据记载，刘师培入端方幕府，曾“拜端方为师”，端方还为此举行了盛大的拜师仪式——

“余之主撰《新世界学报》也，邻有顺德邓秋枚实所治之《政艺（画）〈通〉报》，然初不相往还，及《学报》中废，而秋枚时尚科举之业，欲赴开封应顺天乡试，（以庚子义和团故，和议成后，犹不许于京师举试，故权移开封），乃（缴）〈邀〉余为代，既而乃有《国粹学报》之组织。其始仅秋枚与余及黄晦闻节、陈佩忍去病数人任其事，实阴谋藉此以激动排满革命之思潮，其后刘申叔、章太炎皆加入焉。而申叔不克符其初志，为端方所收，转以（讽）〈讽〉刺革命党焉。申叔之及端方门也，端方为举盛宴，大集僚属士绅，名流毕至，都百余人，以自伐，盖申叔世传经术而当其年少已负盛名也。人谓申叔盖为其妇所胁，然袁世凯图帝制自为，而申叔乃与筹安会发起人之列，当筹安会未发表前，申叔抵京，余往访之，申叔语余曰：‘今无纪元之号，于吾辈著书作文者甚为不便。’余不意申叔之加入筹安会也，虽怪其言，然答之曰：‘是何害，未有纪元之前，古人亦尝著书作文矣。且《汉书 · 艺文志》有太古以来年纪也。’申叔瞠然。明日而筹安会发表矣，俄而洪宪纪元之令下矣，然则果为妇胁而然耶?”（马叙伦《石屋余渖 · 鼓吹民族革命之〈国粹学报〉》P192，《民国丛书》第三编 87）

另据陈燕《刘师培及其文学理论》：“据说刘师培拜端方为师，场面十分盛大：不仅事前由端方下帖邀请百官须身着朝服前来观礼，当时更令刘师培在现场面对宾客向端方行跪拜之礼，其慎重可见一斑。”据《刘师培及其文学理论》一书注释，此说法之由来为“笔者曾向业师台静农先生请教有关刘氏生平，其中入端方幕拜师一节，据台先生谓：乃陈独秀亲口所述，十分可信。”（台湾华正书局 1989 年 9 月初版 P17）

刘师培《将渠鉩考》：“鉩计五字，曰：[illegible]。昔为吴氏愙斋物，载入《古玉图考》，……今归匋斋师。师作考二篇。”（《刘申叔遗书》39 册【79】，《左盦集》卷 6）刘师培《汉土圭考》：“匋斋师所藏东汉土圭，……”（《刘申叔遗书》39 册【81】，《左盦集》卷 6）正式称“× × 师”，为及门弟子专用。如黄侃称章太炎为“太炎师”，称刘师培为“申叔师”（参见《冬日旅沪作》一诗“略考”）；钱玄同称章太炎为“太炎师”（参见钱玄同 1909 年 2 月 20 日日记，《钱玄同日记》整理本上册 P152）；袁克文称方地山为“地山师”（参见袁克文 1926 年 2 月 23 日日记，《辛丙秘苑 · 寒云日记》P57，山西古籍出版社 1999 年 1 月第 1 版；《端阳日偕地山泽山谷人泛湖言念旧游怆然有作》一诗〔地山〕条笺注）。据此，刘师培曾正式拜端方为师为确论，证据确凿。

从匋斋尚书北行初发焦山

别景析万揆，哀乐相嬗周。涸鲋志呴湿，饥凤奚穴幽。连玺征扬牧，楼舻指皇州。绚旍藻行川，鼚鼓振岭陬。明撍勼貂蝉，宾从捊琳璆。跂予飞蓬姿，靦公英簜搜。蹑屐辞焦岩，展舲泳沧流。丹橘愓逾淮，抓挌歧首丘。亭亭乡树睽，洸洸溟波浮。拱揖江侧峰，绝目天尽头。

【刊载】

1931 年林思进清寂堂《左盦遗诗》刻本；《刘申叔遗书》61 册（49），《左盦诗录》卷 2《左盦诗》。

【类型】

五言，20 句。

【编年】

1909 年。《左盦诗》署“己酉”。

【笺注】

〔匋斋尚书〕托忒克 · 端方（1861—1911），字午桥，号陶斋（匋斋），满洲正白旗人。其人酷爱收藏、鉴别金石。1905 年作为五大臣之一，出洋考察欧美和日本 10 国。曾任湖南巡抚、陆军部尚书、两江总督。宣统元年五月己未（1909 年 6 月 28 日），“调两江总督端方为直隶总督，兼北洋大臣，迅速来京。未到任前，以外务部会办大臣那桐署理。”（《宣统政纪》卷 13）刘师培作为随员与其一同北上，任督辕文案、学部谘议官。

〔别景析万揆〕别景，分别时的情景。《全唐诗》卷 32 褚亮《奉和禁苑饯别应令》：“金笳催别景，玉管切离声。”（第 1 册 P447）《尔雅 · 释言》：“揆，度也。”此句指，离开时对未来生出无数种分析揣度。

〔哀乐相嬗周〕嬗周，周期性变化更替。《史记 · 贾生列传》：“形气转续兮，化变而嬗。”裴骃《集解》：“服虔曰：‘嬗，音如蝉反，变蜕也。’或曰蝉蔓相连也。”司马贞《索隐》：“韦昭云：‘而，如也。如蝉之蜕化也。’苏林云：‘嬗音蝉，谓其相传之也。’”此句指，悲伤和快乐相互更替变换。

〔涸鲋志呴湿〕《艺文类聚》卷 26《人部十 · 言志》：“周庾信《咏怀诗》曰：……涸鲋常思水，惊飞每失林。”《尔雅注疏》卷 2《释诂下》：“涸，竭也。”郭璞注：“《月令》曰：无漉陂池。《国语》曰：水涸而成梁。”《本草纲目》卷 44《鳞之三》：“鲫鱼。释名：鲋鱼（音附。时珍按：陆佃《埤雅》云：‘鲫鱼旅行，以相即也，故谓之鲫。以相附也，故谓之鲋。’)"《重修玉篇》卷 5《口部第五十六》:"啕，……饮也。"啕,《林本》作"响"，似误。

〔饥凤奚穴幽〕《山海经》卷 1《南山经》:"又东五百里，曰丹穴之山，其上多金玉。丹水出焉，而南流注于渤海。有鸟焉，其状如鸡，五采而文，名曰凤皇。"《六臣注文选》卷 3 张平子（衡）《东京赋》:"鸣女牀之鸾鸟，舞丹穴之凤皇。"旧注:"又曰：丹穴之山有鸟焉，其狀如鹄，五采，名曰凤皇。是鸟也，饮食自歌、自舞，见则天下安宁。"陈造《江湖长翁集》卷 6《题刘行父净香轩》:"饥凤吟夜良，斑犀散春晚。"郝经《陵川集》卷 3《古诗 · 荒竹》:"寂寞秋不实，饥凤将奈何?"另参见《八𡏖篇》一诗〔绛凤穴其巅〕条笺注。

〔连玺征扬牧〕连玺，身兼两项官职。《文选注》卷 21 左太冲（思）《咏史诗八首》其三:"连玺耀前庭，比之犹浮云。"李善注:"将加之官，必授之以印。后仲连为书遗燕将，燕将自杀。田单欲爵之，仲连游海上，再封。故言连玺。郑玄《周礼》注曰：玺，印也。"扬牧，扬州牧，扬州的最高长官。此处的扬州并非今天意义上的扬州。据《尚书 · 禹贡》，扬州为九州之一，范围远大于今日。而据《汉书 · 地理志上》:"淮、海惟扬州。"颜师古注:"北据淮，南距海。"则淮河以南，以东直至东海、南海的广大地区均属扬州。包括了华东、华中和华南的大部分地区。端方于 1906 年 9 月 2 日（光绪三十二年七月十四）接替周馥任两江总督兼南洋大臣（据《端忠敏公奏稿》卷 7《调补江督谢恩折》)。宣统元年五月己未（1909 年 6 月 28 日)，"调两江总督端方为直隶总督，兼北洋大臣，迅速来京。未到任前，以外务部会办大臣那桐署理。"(《宣统政纪》卷 13）刘师培此句指，端方以两江总督兼南洋大臣奉调为直隶总督兼北洋大臣。

〔楼舻指皇州〕楼舻，甲板之上有多层建筑的大船。《说文解字注》卷 8 下《舟部》:"舻，舳舻也。"段注:"《释名》曰：舟，‘其上屋曰庐，象庐舍也。其上重室曰飞庐，在上故曰飞也。’"皇州，帝都。《文选》卷 28 鲍明远（照）《结客少年场行》:"升高临四关，表里望皇州。"

〔绚旍藻行川〕《集韵》卷 4《平声四 · 清第十四》:"旌，……或作旍。"《六臣注文选》卷 31 江文通（淹）《袁太尉淑（从驾)》:"诏徒登季月，戒凤藻行川。"吕延济注:"凤，凤盖也。藻，文彩也。言凤盖散文彩于所行之川。"此句指，绚丽的旌旗在船行的江面上光彩夺目。

〔韸鼓振岭陬〕《重修玉篇》卷 9《音部第一百》:"韸，薄公切，和也，鼓声也。"陬，山角。《说文解字注》卷 14《𨸏部》:"陬，阪隅也。"段注:"谓阪之角也。"

〔明撍勼貂蝉〕撍，《林本》作“簪”。《正字通》卯集中《手部》：“撍，通作簪。”《释名 · 释首饰第十五》：“簪，先也。以先连冠于发也。”明，当作“朋”，《林本》作“朋”。《周易集解》卷 4《豫》：“九四，由豫。大有得，勿疑朋盍簪。”李鼎祚注：“侯果曰：为豫之主，众阴所宗，莫不由之。以得其逸，体刚心直，志不怀疑，故得群物依归，朋从大合，若以簪篸之固括也。”《周易正义》卷 2《豫》：“勿疑朋盍簪。”王弼注：“盍，合也。”《释名 · 释宫室第十七》：“勼，聚也。”貂蝉，古代高级官员冠帽上的饰物。《陆氏诗疏广要》卷下之下：“如蜩如螗。”毛晋注：“《尔雅》云：蠹丑䗜。郭注：剖母背而出。邢疏谓：蝉属，礼冠饰附蝉。徐广《车服杂注》云：侍臣加貂蝉者，取其清高饮露而不食。”《初学记》卷 12《职官部下 · 侍中第一 · 叙事》：“《汉官》云：侍中冠武弁大冠，亦曰惠文冠（《汉书》云：昌邑王贺冠惠文。《音义》云：惠文，今侍中所着）。加金珰附蝉为文，貂尾为饰，谓之貂蝉（侍中服之，则左貂。常侍服之，则右貂。董巴《舆服志》云：金取坚刚百炼不耗，蝉取居高饮清，貂取内劲悍、外温润。本赵武灵王之制，秦始皇破赵，得其冠以赐侍中）。”《汉书 · 刘向传》：“今王氏一姓，乘朱轮华毂者二十三人，青紫貂蝉充盈幄内，鱼鳞左右。”此句指，端方身边，高朋满座，高级官员丛集。

〔宾从捊琳璆〕《重修玉篇》卷 6《手部第六十六》：“捊，步沟切。《说文》曰：引聚也。《诗》曰：原隰捊矣。捊，聚也。本亦作裒。”琳璆，亦作“琳球”，美玉，后亦指文学俊才。参见《日本道中望富士山》一诗〔珠玕林〕条笺注。《全唐诗》卷 36 虞世南《奉和至寿春应令》：“调谐金石奏，欢洽羽觞浮。天文徒可仰，何以厕琳球。”（第 1 册 P478—479）此句指，端方的侍从，众多才俊汇聚。

〔跂予飞蓬姿〕跂，同“企”，盼望。详见《冬日旅沪作》一诗〔襂绊忮繄骓〕条笺注。《毛诗正义》卷 1—5《召南 · 驺虞》：“彼茁者蓬”。毛传：“蓬，草名也。”程瑶田《通艺录》十《释草小记一 · 释蓬一》：‘蓬之干，草本也。枯黄后，其质松脆，近本处易折，折则浮置于地，受风旋转不定。……大风举之，乃戾于天，故言飞蓬也。”姿，此处指状态。《说文解字》卷 12 下《女部》：“姿，态也。从女次声。”

〔靦公英簜搜〕《说文解字注》卷 9 上《面部》：“靦，面见也。”段注：“谓但有面相对，自觉可憎也。”英簜，亦作“英荡”，古代官员的符节。《正字通》未集上《竹部》：“簜，……俗本讹作荡。”《后汉书 · 百官志三》：“符节令一人……，本注曰：旧二人在中，主玺及虎符、竹符之半者。”刘昭注：“《周礼》又曰：‘以英荡辅之。’干宝曰：‘英，刻书也。荡，竹箭也。刻而书其所使之事，以助三节之信，则汉之竹使符者，亦取则于故事也。'" 上句和此句指，期盼我这种如飞蓬般漂泊不定之人，也能汗颜惭愧地被端方大人收入幕府。

〔蹑屐辞焦岩〕蹑屐，穿着木屐。在此处，是刘师培在暗喻自己很穷困但清廉。《南齐书 · 虞玩之传》："太祖镇东府，朝野致敬，玩之犹蹑屐造席。太祖取屐视之，讹黑斜锐，蒵断，以芒接之。问曰：'卿此屐已几载？'玩之曰：'初释褐拜征北行佐买之，着已二十年，贫士竟不办易。'太祖善之，引为骠骑谘议军参军。" 焦岩，指镇江焦山。李彭《日涉园集》卷 6《七言古诗 · 先成都访故园得颜家断垄碑》："正书不数《黄庭经》，况复焦岩《瘗鹤铭》。"

〔舲〕船，详见《静坐》一诗〔扬舲极浦灵修远〕条笺注。

〔丹橘惕逾淮〕《楚辞》卷 4《九章 · 橘颂》："后皇嘉树，橘徕服兮。" 王逸注："屈原自喻才德如橘树，亦异于众也。"《晏子春秋 · 内篇杂下第六》："晏子避席对曰：'婴闻之，橘生淮南则为橘，生于淮北则为枳，叶徒相似，其实味不同。所以然者何？水土异也。'"《正字通》卯集上《心部》："惕，与伤通。" 此次北上之前，刘师培从未有北方居住工作的经历。案：张九龄《曲江集》卷 3《诗 · 感遇》其七："江南有丹橘，经冬犹绿林。岂伊地气暖，自有岁寒心。可以荐嘉客，奈何阻重深。运命唯所遇，循环不可寻。徒言树桃李，此木岂无阴。" 张九龄《感遇》，为咏丹橘的 "岁寒" 高洁。刘师培以 "丹橘" 自喻：我本是江南高洁的 "丹橘"，被迫北移，终将成不堪之 "北枳"。参见《答梁公约赠诗》一诗〔橘华昔辞枝，枳实今盈林〕条笺注。1914 年，章太炎作《丹橘》诗表达了对刘师培的思念，参见拙文《236—章太炎〈丹橘〉诗略考—刘师培研究笔记（236）》

〔抓挌跂首丘〕《林本》作 "狐狢企首邱"。万仕国先生在广陵点校本中为该句专门出注："'抓挌'，疑为 '狐狢' 之误。"（《仪征刘申叔遗书》第 12 册 P5499，广陵书社 2014 年 2 月第 1 版）。跂，同 "企"，盼望。详见《冬日旅沪作》一诗〔幓绊跂鬉骓〕条笺注。首丘，指故乡。《楚辞章句》卷 13 东方朔《七谏 · 怨思》："狐死必首丘兮，夫人孰能不反其真情。" 王逸注："真情，本心也。言狐狸之死犹向丘穴，人年老将死，谁有不思故乡乎？言己尤甚也。"《晋书 · 慕容垂载记》："卿家国失和，委身投朕。贤子志不忘本，犹怀首丘。"

〔亭亭乡树睽〕《文选注》卷 2 张平子（衡）《西京赋》："干云雾而上达，状亭亭以苕苕。" 薛综注："亭亭、苕苕，高貌也。" 睽，违、离。《正字通》辰集上《日部》："《玉篇》：'暌，……违也。……《正韵笺》：'睽孤之睽从目，暌违之暌从日，俗多误用。'" 此句指，故乡亭亭而立的树木尽在咫尺，竟不得见。案：镇江隔江北侧即是扬州，刘师培的家乡。

〔洸洸溟波浮〕《说文解字》卷 11 上《水部》："洸，水涌光也。" 溟波，碧波浩渺，茫若无涯。《文苑英华》卷 890《王爵一》庾信《周上柱国齐王宪神道碑》："溟波欲运，弱木将危。"《经典释文》卷 26《庄子音义上 · 内篇逍遥游第一》："北冥。本亦作溟，觅经反，北海也。嵇康云：取其溟漠无涯也。梁简文帝云：窅冥无极，故谓之冥。" 洸洸，《林本》作 "潢潢"。

〔拱揖〕拱手作揖。《荀子 · 富国篇第十》："威强足以捶笞之，拱揖指挥，而强暴之国莫不趋使。"

〔绝目天尽头〕绝目，即极目。《出三藏记集》卷 7 释道安《道行经序》："宏喆者望其远标而绝目。" 天，《林本》作 "夭"。夭，通 "夭" "天"。《字鉴》卷 2《平声上 · 四宵》："夭，……凡枖、沃、乔、笑之类，从 夭，俗作夭、天。"

【略考】

端方此次北上，先乘船由南京沿长江至上海，再由上海换乘海圻号巡洋舰由海路至天津。

《申报》1909 年 7 月 18 日《专电》栏目《电十一（镇江）》："端午帅于今日（初一）午后乘兵舰至镇，拟登金、焦各山游览。"

《申报》1909 年 7 月 21 日《本埠新闻》栏目《端午帅过淞》："调任直督端午帅，昨晨乘轮至吴淞三夹水，换坐海圻兵轮赴津。沪道蔡观察、上海县田大令、南汇县王大令，暨沪上各官绅咸至淞口送行。午帅分别接见，略谈片刻，即于午后鼓轮北上。"

《申报》1909 年 7 月 21 日《京师近事》栏目："新简直隶总督北洋大臣端午帅之瀛眷，现已乘轮北上，于前日下午抵塘沽，随换坐火车至津。"

《申报》1909 年 7 月 25 日《宫门抄》栏目："六月初八日（7 月 24 日——引者）召见军机，端方、李树棠、朱祖年、音德布、景昌、崇祥、志广。"

答梁公约赠诗

鴳吟阕越响，钟琴戢荆音。之子贶嘉（詋）〈讯〉，感念凄余忱。挈阔仳素玄，绸缪抵璆金。发篇思与积，诵言情难任。楸桐有直条，杞楝无郁阴。橘华昔辞枝，枳实今盈林。所幸兰槐苞，不忘糜醢湛。渊玄穴坟素，静默练德心。载赓白珪章，用酬良侣箴。

【刊载】

《中国学报》复刊第 2 册，1916 年 2 月。1931 年林思进清寂堂《左盦遗诗》刻本；《刘申叔遗书》61 册（49—50），《左盦诗录》卷 2《左盦诗》。

【类型】

五言，18 句。

【编年】

1909 年。《左盦诗》署“己酉”。

【笺注】

〔梁公约〕见《题梁公约诗册（二首）》其一一诗〔梁公约〕条笺注。

〔舄吟阕越响，钟琴戢荆音〕《文选》卷 11 王仲宣（粲）《登楼赋》：“钟仪幽而楚奏兮，庄舄显而越吟。”《史记 · 张仪列传》：“陈轸适至秦，惠王曰：‘子去寡人之楚，亦思寡人不？’陈轸对曰：‘王闻夫越人庄舄乎？’王曰：‘不闻。’曰：‘越人庄舄仕楚执珪，有顷而病。楚王曰：“舄故越之鄙细人也，今仕楚执珪，贵富矣，亦思越不？”中谢对曰：“凡人之思故，在其病也。彼思越则越声，不思越则楚声。”使人往听之，犹尚越声也。今臣虽弃逐之楚，岂能无秦声哉！’”《重修玉篇》卷 11《门部第一百四十一》：“阕，……止也，讫也，息也，终也。”钟琴戢荆音，见《黄鑪歌呈彦复穗卿》一诗〔楚囚〕条笺注。《宋本广韵》卷 5《入声 · 缉第二十六》：“戢，……止也，敛也。”

〔之子贶嘉（詎）〈讯〉〕之子，这个人。详见《幽兰》一诗〔之子倘可贻，川广终思越〕条笺注。《说文解字》卷 6 下《贝部》：“贶，赐也。”詎，义未详。《林本》作“讯”。又，《左盦诗 · 从军行（六首）》其六：“詎言远征人，请废无衣诗”，《林本》亦作“讯”。故此，疑为误字。

〔感念凄余忱〕此句指，先生为我的现实处境和真实心境而感到悲伤，这让我非常感动。

〔挈阔仳素玄〕挈，通“契”。《说文通训定声 · 泰部弟十三》：“挈，……[叚借] 为契。”契阔，久别。《诗经集传》卷 2《邶风 · 终风》：“死生契阔，与子成说。”朱熹注：“契阔，隔远之意。”《义府》卷上《契阔》：“今人谓久别曰契阔。本《诗》‘死生契阔’之语。按：《诗》意死生与契阔并对，言契，合也；阔，离也。‘死生契阔，与子成说。执子之手，与子偕老’，言有生必有死，有契必有阔，此人事之不可保者。”《后汉书 · 独行列传 · 范冉传》：“奂曰：‘行路仓卒，非陈〈契〉阔之所，可共到前亭宿息，以叙分隔。'”（《通志》卷 168 引文作“契阔”）《说文解字》卷 8 上《人部》：“仳，别也。”《六书故》卷 1《人一》：“仳，普比切，分判也。”素玄，亦作“玄素”，即黑白，喻事务完全相反或情况发生了逆转。《文选注》卷 26 颜延年（延之）《和谢监灵运一首》：“虽慚丹雘施，未谓玄素睽。”李善注：“玄素，喻别也。卢谌答刘琨书曰：始素终玄，墨翟垂涕。”此句指，久别未见，情况已如天壤之别。阔，《林本》作“闻”，显误。

〔绸缪抵璆金〕绸缪，情谊深厚。《六臣注文选》卷 18 嵇叔夜（康）《琴赋（并序）》：“激清响以赴会，何弦歌之绸缪。”吕延济注：“绸缪，密合貌。”《六臣注文选》卷 25 卢子谅（谌）《赠刘琨一首并书》：“运筹之谋厕燕私之欢，绸缪之旨有同骨肉。”吕延济注：“绸缪，相亲也。”抵，《林本》作“抵”，《南本》疑误。《战国策》卷 33《中山》：“司马熹顿首于轼曰：‘臣自知死至矣！’君曰：‘何也？’‘臣抵罪。’君曰：‘行，吾知之矣。’”姚宏注：“抵，当也。”《史记·高祖本纪》：“吾与诸侯约，先入关者王之，吾当王关中。与父老约法三章耳：杀人者死，伤人及盗抵罪。”司马贞《索隐》：“韦昭云：抵，当也。”《杜诗详注》卷 4 杜甫《春望》：“烽火连三月，家书抵万金。”璆金，美玉黄金。璆亦作球。参见《日本道中望富士山》一诗〔珠玕林〕条笺注。

〔发篇思与积〕发篇，属文时谋篇布局。《后汉书·班固传》载其《西都赋》：“启发篇章，校理秘文。”思与积，即积思，指长时间的谋虑。《荀子·性恶篇第二十三》：“圣人积思虑，习伪故，以生礼义而起法度。”此句指，梁公约做此诗时的谋篇布局，经过了长时间的深思熟虑。

〔诵言情难任〕诵言，劝谏之言。《国语》卷 1《周语上》：“蒙诵。”韦昭注：“诵，谓箴谏之语也。”任，承受。《春秋左传正义》卷 14《僖公十五年》：“重怒难任，背天不祥，必归晋君。”杜预注：“任，当也。”

〔楸桐有直条〕楸桐，指楸树、桐树。《毛诗正义》卷 3—1《鄘风·定之方中》：“椅桐梓漆，爰伐琴瑟。”孔颖达疏：“《释木》云：‘椅，梓也。’舍人曰：‘梓，一名椅。’郭璞曰：‘即楸也。’《湛露》曰：‘其桐其椅’。……陆玑云：‘梓者，楸之疏理白色而生子者为梓，梓实桐皮曰椅。’”据此，《诗》中之“椅”即“楸”。《诗经·小雅·南有嘉鱼之什·湛露》：“其桐其椅，其实离离。岂弟君子，莫不令仪。”此篇中之“椅”，亦可作“楸”解。分析《湛露》篇含义——该篇序曰：“湛露，天子燕诸侯也。”可见，通篇为赞美参加燕饮的诸侯。而“其桐其椅，其实离离”两句，表面上是描写树木果实累累，其实是写诸侯子弟繁盛。那么，刘师培此句就很容易理解了：那些世家子弟，都有家族背景的荫庇。而通过对下句的分析，亦可印证对本句的理解。

〔杞桋无郁阴〕《毛诗正义》卷 13—1《小雅 · 谷风之什 · 四月》:“山有蕨薇，隰有杞桋。”毛传:“杞，枸檵也；桋，赤楝也。”郑玄笺:“此言草木尚各得其所，人反不得其所，伤之也。”《尔雅注疏》卷 9《释木第十四》:“杞，枸檵。”郭璞注:“今枸杞也。”同上书同卷:“桋，赤楝。”郭璞注:“赤楝。树叶细而岐锐，皮理错戾，好丛生山中，中为车辋。”《四月》篇有句:“先祖匪人，胡宁忍予”，此二句翻译成现代汉语:“我的先祖真不仁慈，为何不佑护我，让我遭此困厄。”杞和桋都属于丛生灌木，树形矮小，枝杈凌乱。郁阴，亦作“荫郁”，指浓密的树荫。《全唐诗》卷 336 韩愈《南山诗》:“夏炎百木盛，荫郁增埋覆。”（第 5 册 P3768）此句指，我没有祖上福佑，没有家族背景的荫庇。

〔橘华昔辞枝，枳实今盈林〕见《从匋斋尚书北行初发焦山》一诗〔丹橘愓逾淮〕条笺注。此二句指，淮南的橘树花已经零落，淮北的枳树如今已果实挂满枝头。枳，味酸苦不可食。《本草纲目》卷 36《木之三 · 灌木类五十种》:“枳……近道所出者俗呼臭橘，不堪用。”“枳实气味苦寒，无毒。”此句的真实内涵为，当年在江南的荣光已经逝去，现在江北（指天津。曾国藩处理完天津教案后，天津即成为直隶总督的轮驻地，且重要性高于此前的保定。端方时任直隶总督兼北洋通商大臣，驻天津）备尝苦涩。

〔所幸兰槐苞，不忘麋醢湛〕《荀子》卷 1《劝学篇第一》:“兰槐之根是为芷。其渐之滫，君子不近，庶人不服，其质非不美也，所渐者然也。”杨倞注:“兰槐，香草也，其根是为芷也。《本草》：白芷一名白茝。陶弘景云:《离骚》所谓兰茝也。盖苗名兰茝，根名芷也。兰槐当是兰茝别名，故云兰槐之根是为芷也。渐，渍也，染也。滫，溺也。言虽香草浸渍于溺中，则可恶也。”《毛诗正义》卷 7—3《曹风 · 下泉》:“洌彼下泉，浸彼苞稂。”毛传:“苞，本也。”本，即指植物的根。《说文解字》卷 6 上《木部》:“本，木下曰本。”《晏子春秋》卷 5《内篇 · 杂上第五》:“今夫兰本，三年而成，湛之苦酒，则君子不近，庶人不佩。湛之麋醢，而贾匹马矣。非兰本美也，所荡然也。”兰本，兰草的根，即《荀子 · 劝学篇第一》:“兰槐之根是为芷”。湛，浸泡。《吕氏春秋》卷 11《仲冬纪第十一 · 十一月纪》:“湛饎必洁，水泉必香。”高诱注:“湛，渍也。”麋醢，亦作“麇醢”，麇鹿肉酿成的肉酱。《说文解字》卷 14 下《酉部》:“醢，肉酱也。”另，《荀子 · 大略篇第二十七：》“兰茝，槀本，渐于蜜醴，一佩易之。正君渐于香酒，可谗而得也。君子之所渐，不可不慎也。”《埤雅》卷 18《释草 · 兰》:“《荀子》曰:‘兰茝，槀本，渐于蜜醴，一佩易之。’又曰:‘其渐之滫，君子不近，庶人不服。’此言善恶在所与游而已，故交不可以不择也。”此二句的字面意思是，所幸这兰槐之根，不忘要沾濡于“麋醢”、蜜醴。隐含之意为，我虽然身处逆境，身边尽是小人（指身处端方幕府），但仍不忘与君子相交，以求近朱而赤。

〔渊玄穴坟素〕渊玄，深邃、玄奥。《弘明集》卷 11 晋释慧远《答桓南郡书》："大道渊玄，其理幽深。"坟素，典籍。《文选注》卷 16 潘安仁（潘安，本名潘岳）《闲居赋》："傲坟素之场圃，步先哲之高衢。"李善注："《左氏传》：楚灵王曰：左史倚相，能读三坟五典，八索九丘。贾逵曰：三坟，三皇之书。五典，五帝之典。八索，素王之法。九丘，亡国之戒。坟，大也，言三皇之大道。孔子作《春秋》素王之文也。"《庾子山集》卷 13 庾信《周太子太保步陆逞神道碑》："留连坟素，怊怅文词。"倪璠注："素，即索。《左氏传》曰：三坟、五典、八索、九丘。"参见《书杨雄传后》一诗〔典坟〕条笺注。穴，蛰伏。《大戴礼记》卷 2《夏小正第四十七》："熊罴、貊貉、鼶鼬则穴，言蛰也。"此句指，钻研历代典籍，追求玄奥之理，以韬晦保身。

〔德心〕《诗经集传》卷 8《鲁颂 · 泮水》："济济多士，克广德心。"朱熹注："德心，善意也。"

〔载赓白珪章〕载赓，即"赓载"，指属文、赋诗以应答唱和。《尚书正义》卷 5《益稷第五》："帝庸作歌曰：'敕天之命，惟时惟几。'乃歌曰：'股肱喜哉，元首起哉，百工熙哉。'皋陶拜手稽首，扬言曰：'念哉！率作兴事，慎乃宪。钦哉！屡省乃成，钦哉！'乃赓载歌曰：'元首明哉！股肱良哉！庶事康哉！'"毛传："赓，续。载，成也。帝歌归美股肱，义未足，故续歌。"白珪章，指《诗经 · 大雅 · 荡之什 · 抑》一诗中句："白圭之玷，尚可磨也。斯言之玷，不可为也。"这段诗的意思是："白圭有什么污点，尚可以磨而去之；如果是话说错了，那便一点办法没有了。"（马持盈《诗经今注今译》P464，台湾商务印书馆 1979 年 3 月六版）《论语译注 · 先进第十一》："南容三复白圭，孔子以其兄之子妻之。"杨伯峻译："南容把'白圭之玷，尚可磨也；斯言之玷，不可为也'的几句诗读了又读，孔子便把自己的侄女嫁给他。"（中华书局 1980 年 12 月第 2 版 P111）刘师培将梁公约的赠诗誉为具有劝诫之意的"白圭章"，将自己的答诗称为"载赓"之作。珪，《林本》作"圭"。

〔用酬良侣箴〕上句与此句指，我对先生赠诗劝诫复以答诗，以报答好朋友用心良苦的金玉箴言。

秋怀

人生若蕣华，殷忧迺靡涯。闺妇感刀尺，征夫惕鞞笳。渊邃孰测端，触怆中怀嗟。况我失路人，静值商氛加。仄聆飔风挚，起视长庚斜。茅秀弗崇朝，菊精岂再华。阳波激逝湍，羲御无回车。默阅候序移，渐若渊陵差。所以偓佺子，长跂登朝霞。

【刊载】

1931 年林思进清寂堂《左盦遗诗》刻本;《刘申叔遗书》61 册（50),《左盦诗录》卷 2《左盦诗》。

【类型】

五言，18 句。

【编年】

1909 年。《左盦诗》署“己酉”。

【笺注】

〔蕣华〕木槿花，朝开暮谢。刘师培《咏怀（五首）》其二:“擥条玩蕣华，容辉相照灼。霜露逼岁寒，朝开暮已落。”详见该诗〔擥条玩蕣华〕条笺注、《申江杂感用苏东坡〈秋怀〉诗韵（二首）》其一一诗〔木槿花〕条笺注。此句指，人生短暂，如木槿花之朝开暮谢。华,《林本》作“荣”。

〔殷忧迺靡涯〕殷忧，深深的忧虑。《文选注》卷 15 陆士衡（机)《叹逝赋（并序)》:“在殷忧而弗违，夫何云乎识道。”李善注:“殷，深也。”《毛诗正义》卷 2—3《邶风 · 北门》:“出自北门，忧心殷殷。”郑玄笺:“喻己仕于闇君，犹行而出北门，心为之忧殷殷然。”《潜夫论》卷 8《交际第三十》:“夫处卑下之位，怀北门之殷忧。”《尔雅注疏》卷 4《释训第三》:“殷殷，……忧也。”邢昺疏:“《小雅 · 正月》云:‘忧心殷殷。’毛传云:‘殷殷然痛也。’”《尔雅 · 释诂》:“迺，……乃也。”《尔雅 · 释言》:“靡，……无也。”此句指，深深的忧虑没有尽头。迺,《林本》作“乃”。

〔闺妇感刀尺〕闺妇，已婚妇女。《玉台新咏》卷 10《许瑶之诗二首 · 闺妇答邻人》:“昔如影与形，今如胡与越。不知行远近，忘去离年月。”刀尺，剪刀和量尺，裁剪服装的工具。《颜氏家训》卷上《风操篇第六》:“江南风俗，儿生一期，为制新衣，盥浴装饰。男则用弓矢纸笔，女则刀尺针缕，并加饮食之物，及珍宝服玩，置之儿前，观其发意所取，以验贪廉愚智，名之为试儿。”《玉台新咏》卷 1《古诗无名人为焦仲卿妻作（并序)》(《孔雀东南飞》):“左手持刀尺，右手执绫罗。”

〔征夫惕鼙笳〕征夫，征戍之人。详见《从军苦歌（七首)》其四一诗〔征夫〕条笺注。《宋本广韵》卷 5《入声 · 锡第二十三》:“惕，怵惕，忧也。”鼙笳，鼙鼓（亦作鼓鼙）与胡笳之声，喻边关战事。鼓鼙，军中用以指挥进攻的鼓。《礼记·乐记》："鼓鼙之声讙，讙以立动，动以进众。君子听鼓鼙之声，则思将帅之臣。"胡笳，北方少数民族使用的吹奏乐器。详见《题风洞山传奇（三首）》其一一诗〔越王城阙急胡笳〕条笺注。夫，《林本》作"人"。

〔渊邃孰测端〕此句指，渊穴深邃，谁会知道哪里才见底。

〔触怆中怀嗟〕中怀，内心。《文选》卷 29 苏子卿（武）《古诗四首》其二："幸有弦歌曲，可以喻中怀。"此句指，触到伤心处，内心悲叹。

〔失路人〕《文苑英华》卷 240《酬和一·吕让一首》吕让《和入京》："既谢平吴利，终成失路人。"《全唐诗补编·全唐诗续拾》卷 46《吴越下》延寿《永明山居诗（六十九首）》其十一："触目堪嗟失路人，坦然王道却迷津。"（中华书局 1992 年 10 月第 1 版下册 P1429）

〔静值商氛加〕商，指商音，五音之一。商音五行属金，代表秋季。此处，刘师培以"商"喻指"秋"。详见《拟茂先情诗（二首）》其二一诗〔商絃〕条笺注。此句指，静静地感受着秋季肃杀氛围日益浓重。

〔仄聆飕风揫，起视长庚斜〕仄聆，即"仄闻""侧闻"，指未见其景，只闻其声。亦指传闻、听说。《艺文类聚》卷 3《岁时部上·秋》："宋孝武《初秋诗》(《古诗纪》卷 55 作《秋夜》——引者）曰：……侧闻飞壶急，坐见河宿移。……"《汉书·贾谊传》："仄闻屈原兮，自湛汨罗。"颜师古注："仄，古侧字。"刘师培《拟茂先情诗（二首）》其二："侧闻檐溜滴"。聆，《林本》作"闻"。飕风，亦作"飂风"，指西风。《吕氏春秋·有始》："何谓八风？东北曰炎风，东方曰滔风，东南曰熏风，南方曰巨风，西南曰凄风，西方曰飂风，西北曰厉风，北方曰寒风。"（《太平御览》卷 9《天部九·风》引《吕氏春秋》作"飕风"）揫，通"遒"，急。《说文解字》卷 12 上《手部》："揫，束也，从手秋声，《诗》曰：'百禄是揫'。"《诗经·商颂·长发》："敷政优优，百禄是遒。"《广雅》卷 1《释诂》："遒，……急也。"长庚，金星。《毛诗正义》卷 10—1《小雅·谷风之什·大东》："东有启明，西有长庚。"毛传："日旦出，谓明星为启明。日既入，谓明星为长庚。"此二句指，听着西风吹得越来越急，起身看到长庚星斜倚在天边。

〔茅秀弗崇朝〕茅秀，茅草生出的小花。《毛诗正义》卷 4—4《郑风·出其东门》："出其闉阇，有女如荼。"郑玄笺："荼，茅秀。物之轻者，飞行无常。"《汉书·礼乐志》："颜如荼，兆逐靡。"颜师古注："应劭曰：'荼，野菅白华也。'"《毛诗正义》卷

3—2《召南·鄘风·蝃蝀》:“朝隮于西，崇朝其雨。”毛传:“崇，终也。从旦至食时为终朝。”

〔菊精岂再华〕元稹《元氏长庆集》卷7《遣春十首》其五:“梅芳勿自早，菊秀勿自赊。各将一时意，终年无再华。”精，通“菁”，花。《文选注》卷13宋玉《风赋》:“翱翔于激水之上，将击芙蓉之精。”李善注:“广雅曰：菁，华也。精与菁古字通。”

〔阳波激逝湍〕阳波，即“阳侯之波”，巨浪。《淮南鸿烈解》卷6《览冥训》:“武王伐纣，渡于孟津。阳侯之波逆流而击，疾风晦冥，人马不相见。”高诱注:“阳侯，陵阳国侯也。其国近水，溺死于水，其神能为大波，有所伤害。因谓之阳侯之波。”逝湍，奔腾的急流。《六臣注文选》卷26谢灵运《七里濑》:“羁心积秋晨，晨积展游眺。孤客伤逝湍，徒旅苦奔峭。”吕向注:“湍，急流。”《论语·子罕第九》:“子在川上曰:‘逝者如斯夫！不舍昼夜。’”

〔羲御无回车〕羲御，驾驭太阳运转的神灵羲和，亦喻太阳。详见《日本道中望富士山》一诗〔朱明返羲辔〕条笺注。此句指，时光逝去，永无回头。无,《林本》作“旡”。

〔候序移〕四季节气更替。韩琦《安阳集》卷20《三月五日会浮醴亭》:“且看真洞杯盘出，岂顾尘寰节序移。”

〔渐若渊陵差〕渊陵，深渊与高山。《广雅》卷3《释诂》:“渊，……深也。”《释名·释山第三》:“大阜曰陵。陵，隆也，体高隆也。”《列子》卷6《力命第六》:“季梁得疾，七日大渐。”张湛注:“渐，剧也。”此句指，两相比较，如高山与深渊之别。暗喻自己的境况变化犹如天壤。

〔所以偓佺子，长跂登朝霞〕此二句化用自杜诗。《杜诗详注》卷8杜甫《空囊》:“翠柏苦犹食，明霞高可餐。”仇兆鳌注:“《列仙传》:‘赤松子好食柏实，齿落更生。’又仙人偓佺食松柏之实。《楚辞》:‘漱正阳而餐朝霞。’”《艺文类聚》卷88《木部上·柏》:“《列仙传》曰：赤松子好食栢实，齿落更生。”《史记·司马相如传》录其《上林赋》:“偓佺之伦暴于南荣”。裴骃《集解》:“《汉书音义》曰:‘偓佺，仙人名也。’”司马贞《索隐》:“韦昭曰:‘古仙人，姓偓。’《列仙传》云:‘槐里采药父也，食松，形体生毛数寸，方眼，能行逮走马也。’”《列仙传》卷上《偓佺》:“偓佺者，槐山采药父也。好食松实，形体生毛长数寸，两目更方，能飞行逐走马。以松子遗尧，尧不暇服也。松者，简松也。时人受服者，皆至二三百岁焉。”所以，即所为，也就是“所做之事”。《论语注疏》卷2《为政第二》:“子曰:‘视其所以’。”何晏注:“以，用也。言视其所行用。”刘师培《大象篇》有句：“载魄晞朝霞，游魂周六区。”《楚辞章句》卷 5 屈原《远游》：“载营魄而登霞兮，掩浮云而上征。”王逸注：“抱我灵魄而上升也，霞谓朝霞，赤黄气也。”跂，通“企”，登升。见《冬日旅沪作》一诗〔㵝绊㧃繄骓〕条笺注。《楚辞》卷 16 刘向《九叹·忧苦》：“登巑岏以长企兮”。案：朝霞，古时认为，清晨吞吐朝霞可助修道成仙。《楚辞章句》卷 5 屈原《远游》：“餐六气而饮沆瀣兮，漱正阳而含朝霞。保神明之清澄兮，精气入而粗秽除。”王逸注：“远弃五谷，吸道滋也。”“餐吞日精，食元符也。《陵阳子明经》言：春食朝霞。朝霞者，日始欲出赤黄气也。秋食沦阴。沦阴者，日没以后赤黄气也。冬饮沆瀣。沆瀣者，北方夜半气也。夏食正阳。正阳者，南方日中气也。并天地玄黄之气，是为六气也。”“常吞天地之英华也。”“纳新吐故，垢浊清也。”《汉书·司马相如传下》载其《大人赋》：“呼吸沆瀣兮餐朝霞”。颜师古注：“应劭曰：‘《列仙传》：陵阳子言，春食朝霞，朝霞者，日始欲出赤黄气也。夏食沆瀣，沆瀣，北方夜半气也。并天地玄黄之气为六气。”《论衡》卷 7《道虚篇》：“曼都好道学仙，委家亡去，三年而返。家问其状，曼都曰：‘去时不能自知，忽见若卧形，将我上天，离月数里而止。见月上下幽冥，幽冥不知东西。居月之旁，其寒凄怆。口饥欲食，仙人辄饮我以流霞一杯。每饮一杯，数月不饥。’”《江湖小集》卷 2《洪迈〈野处类稿〉·九月十七日夜度蔡道岭宿弥勒院》：“偓佺何时见，沆瀣聊独挥。”

得陈仲甫书

天南尺素书，中有瑶华辞。旧好见肝鬲，崇情凛箴规。伊昔志标举，奇侅违尘羁。霿昱云雨乖，儳互阴阳仳。踸踸蘧蒢闲，蚩蚩千丘饴。翕羽企擢罼，键足奚绝纆。偋徕蒋阜根，掩息揭石坻。河檀余穹条，场苗无丰穖。尘冥雺不圆，曦逝晖何追。人情隆藻棨，君子伤金屎。所希珠夜昭，为澼练帛缁。秋芳纫荃心，春荣镌留荑。媿无双玉盘，酬子琅玕贻。

【刊载】

1931 年林思进清寂堂《左盦遗诗》刻本；《刘申叔遗书》61 册（50—51），《左盦诗录》卷 2《左盦诗》。

【类型】

五言，26 句。

【编年】

1909 年。《左盦诗》署“己酉”。

【笺注】

〔陈仲甫〕陈独秀（1879—1942），原名陈庆同，字仲甫，曾自署由已，安徽怀宁人。新文化运动的发起者、倡导者，中国最早的马克思主义者，中国共产党的主要创始人。1903 年夏，陈刘二人初识于上海梅福里，后一同参与了《国民日日报》的撰稿和编辑。1905 年 9、10 月间，因“警钟日报案”藏匿嘉兴的刘师培受陈独秀邀请，赴芜湖皖江中学任教。二人道路不同，但感情甚笃。1917 年，刘师培在陈独秀的举荐下执教北大，寓居南长街老爷庙胡同。刘那时已经病笃，陈独秀时常登门探望。刘于 1919 年 11 月 20 日去世，陈是参与料理后事最勤者之一。刘师培出殡、公祭仪式在今长椿街长椿寺旁的妙光阁举行，主持人就是陈独秀。

〔天南尺素书〕天南，指南方。刘禹锡《刘宾客外集》卷 5《杂诗 · 酬国子崔博士立之见寄》：“烦君远寄相思曲，慰问天南一逐臣。”《陈独秀年谱》：1909 年“9—10 月间陈独秀去沈阳，将其在沈病逝的大哥孟吉的棺木护送返里。”“年底……旋即赴杭州，……任杭州陆军小学历史、地理教员”。（上海人民出版社 1988 年 12 月第 1 版 P48、49）是时，刘师培则居于天津，做直隶总督端方的幕宾。尺素书，指书信。造纸术发明前，书信多写于一尺来长的本色（白色）丝织物上，故称“尺素书”。《文选注》卷 27 汉乐府《饮马长城窟行》：“客从远方来，遗我双鲤鱼。呼儿烹鲤鱼，中有尺素书。长跪读素书，书上竟何如？上有加餐食，下有长相忆。”李善注：“郑玄《礼记》注曰：素，生帛也。”

〔瑶华辞〕瑶华，本指玉白色的花朵，详见《扫花游 · 宿迁道中见杏花》一词〔瑶华〕条笺注。亦喻指美好的词章或话语。《六臣注文选》卷 26 谢玄晖（朓）《郡内高斋闲坐答吕法曹》：“惠而能好我，问以瑶华音。”张铣注：“瑶，䒷玉也。言能以思惠好我，故遗我玉音。玉音，谓诗也。”辞，《林本》作“词”。

〔旧好见肝鬲〕肝鬲，亦作“肝膈”，即肺腑。《三国志 · 魏书一 · 武帝纪第一》裴注：“《魏武故事》载公十二月《己亥令》（亦称《述志令》《让县自明本志令》——引者）曰：“此言皆肝鬲之要也。所以勤勤恳恳叙心腹者，见周公有《金縢》之书以自明，恐人不信之故。”此句指，老朋友肝胆相照。

〔崇情凛箴规〕崇情，即“高情”，指深情厚谊。《六臣注文选》卷 26 王僧达《答颜延年》：“崇情符远迹，清气溢素襟。”李周翰注：“崇，高。符，同。素，本也。高情，同往贤之远迹。”凛，严肃、严正貌。《孔子家语 · 致思第八》：“夫子凛然曰：‘美哉！德也。’”箴规，劝喻规谏。《三国志 · 魏书二十五 · 高堂隆传》：“圣王乐闻其阙，故有箴规之道。”此句指，严肃的规劝充满深情厚谊。

〔伊昔志标举〕伊昔，从前。《艺文类聚》卷 6《州部 · 幽州》扬雄《幽州箴》：“荡荡平川，惟冀之别。伊昔唐虞，实为平陆。”标举，卓越、高远。《郡君王氏墓志》：“故骠骑将军沧州刺史高建，风宇明畅，器识标举”。（《汉魏南北朝墓志汇编 · 北齐》天津古籍出版社 2008 年 7 月第 1 版 P460—461）《唐诗品汇》卷 24《五言古诗二十四 · 长篇》李白《经乱离后天恩流夜郎忆旧游书怀赠江夏韦太守良宰凡八十三韵》：“叹君倜傥才，标举冠群英。”此句指，从前的志向高远。

〔奇侅违尘羁〕奇侅，奇怪，异常。《说文解字》卷 8 上《人部》：“侅，奇侅，非常也。”《说文解字》卷 2 下《辵部》：“违，离也。”尘羁，尘世的束缚。《释文纪》卷 5 丘道护《道士支昙谛诔（并序）》：“摆落尘羁，振拕灵渊。”此句指，言行特立独行，不受世俗束缚。

〔靎昱云雨乖〕《文选注》卷 12 木玄虚（华）《海赋》：“靎昱绝电。”李善注：“靎昱，疾貌。”《重修玉篇》卷 15《北部第二百二十三》：“乖，古怀切，睽也，戾也，背也。”此句指，天气反常，遭遇疾风暴雨。

〔儳互阴阳仳〕儳互，参差不齐。《说文解字》卷 8 上《人部》：“儳，儳互，不齐也。”《六书故》卷 1《人一》：“仳，普比切，分判也。”此句指，已成阴阳两个极端。上句与此句的隐含之意为，世事无常，瞬息万变，形势已判若天地。

〔跙跙籧篨闲〕《太玄经》卷 1《闲》：“次七，跙跙，闲于籧除，或寝之庐。测曰，跙跙之间，恶在舍也。”范望注：“跙跙，恶貌也。七为无道，故曰籧除。籧除之人，不能俯者也。家性为闲，当防闲恶人，以清王道。防而不固，谗恶进入，故或寝之庐也。”“谗人进入，故在舍也。”《汉书 · 叙传第七十下》：“舅氏籧篨，几陷大理。”颜师古注：“籧篨，口柔观人颜色而为辞佞者也。”此句指，我引狼入室，为巧言令色之小人所害。刘此句当指汪公权。

〔蚩蚩千丘饴〕千，当为“干”之误。《林本》作“干邱”。《太玄经》卷 1《干》：“次五，蚩蚩干于丘饴，或锡之坏。”范望注：“坏，未成瓦也。五为土，故称坏。丘，聚也。饴，美食也。家性为干，五处天位，当有坏身。约己干禄，百福而反。蚩蚩，求非其正，故或锡坯土之辱。有似晋文求食五鹿，获块反国之庆也。”《太玄本旨》卷 1《干》，叶子奇注：“蚩蚩，无知貌。丘，冢也。饴，饧粥也。坏，土块也。五，虽得中，然在夜阴，不明于德，故蚩蚩然。不知愧耻，而干求墦间之食，故人不之与，而或锡之以土块也，可耻甚矣！孟子论乞墦，晋文公出亡，乞食于野人，野人与之块，杨子取义于此。”蚩蚩，惑乱，迷惑。刘师培《杨子法言斠补 · 先知卷九》：“六国蚩蚩，为嬴弱姬。”刘师培案语：“《后汉书 · 袁绍传》载沮授引此文，注云：《方言》：‘蚩，悖也。’”此句字面意思为，昏聩糊涂，至坟冢求食，人却给我土块吃。实为刘师培自喻，我昏聩糊涂，妄求不正之官禄，不义之货财，反而自取其辱。

〔翕羽企撝罦〕翕羽，合上翅膀。《经典释文》卷 2《周易下经 · 丰传第六》：“翕，虚级反，敛也。”企，希望。详见《冬日旅沪作》一诗〔襂绊忮縶骓〕条笺注。撝，同“挥”，抖落、振落。此处引申为躲开、逃避。《集韵》卷 1《平声一 · 微第八》：“挥，……《说文》：‘奋也。’一曰竭也，或作撝。”《仪礼注疏》卷 44《特牲馈食礼》：“尸盥，匜水实于盘中，箪巾在门内之右。”郑玄注：“设盥水及巾，尸尊不就洗，又不挥”。贾公彦疏：“云‘不挥’者，挥振去水，使手干。今有巾，故不挥也。”《一切经音义》卷 34《增一阿含经 · 第二卷》：“挥泪，许归反。挥，洒也。《说文》：‘挥，奋也。’谓奋迅振去之也。”罦，捕捉鸟类的“打笼”。《类篇》卷 21：“罦……《尔雅》：罦，覆车也。今曰翻车，有两辕，中施罥，以捕鸟。”此句指，合上翅膀藏匿起来，是希望躲避捕鸟的机关罗网。

〔键足奚绝纚〕键足，把脚锁住，闭门不出。键，插入车轮轮辐之中的金属造件，使之不能旋转移动。《说文解字注》卷 14 上《金部》：“键，……一曰车辖。”段注：“一曰车舝，各本作辖。今正。辖虽亦训键，而非正字也。《舛部》曰：舝，车轴端键也。谓铁贯于轴端，如鼎铉之贯于鼎耳。”《太玄经》卷 2《乐》：“次四。拂其繄，绝其纚。”范望注：“纚，网也。”此句指，我的脚被锁住，如何才能挣破这罗网。

〔偓徙蒋皐根〕偓徙，即“栖迟”，歇息，游歇。《隶释》卷 8《博陵太守孔彪碑》：“余暇偓徙，弹琴击磬”。《别雅》卷 1：“栖遟、西迟、偓伲、迟遟、偓徙，栖迟也。”《毛诗正义》卷 7—1《陈风 · 衡门》：“衡门之下，可以栖迟。”毛传：“栖迟，游息也。”蒋皐，指南京钟山，此处喻指南京。《石仓历代诗选》卷 241 卢琦《蒋皐丛林》：“沉沉青莲宇，隐隐闻疎钟。桂殿荒藓碧，兰阶落叶红。水声出溪竹，石濑鸣寒松。东林有佳兴，解绶来相从。”参见《舟发金陵望月》一诗〔蒋侯〕条笺注。此句指，歇息于钟山脚下。案：两江总督府在南京。

〔掩息揭石坻〕掩息，止息。《文选》卷 46 王元长（融）《三月三日曲水诗序》：“谗莠蔑闻，攘争掩息，稀鸣桴于砥路，鞠茂草于圆扉。”揭石坻，即碣石山。《尚

书 · 禹贡》："至于碣石，入于海。"《乐府诗集》卷 37 魏武帝（曹操）《古辞》(《观沧海》)："东临碣石，以观沧海。水何澹澹，山岛竦峙。" 碣石山，位于今河北省秦皇岛市昌黎县。此句指，止息于碣石山下。案：端方时任直隶总督，碣石山所在的永平府在其辖区之内。曾国藩处理完天津教案后，天津即成为直隶总督的轮驻地，且重要性高于此前的保定。刘师培此句之"碣石山"为虚指。

〔河檀余穹条〕河檀，指《诗经 · 魏风 · 伐檀》。穹，《林本》作甹，即"甹"。《南本》做"穹条"，似误。《左传 · 昭公八年》："陈，颛顼之族也。岁在鹑火，是以卒灭。陈将如之。今在析木之津，犹将复由。"《春秋左传注 · 昭公八年》杨伯峻注："由，即《说文》之甹，木生条也。"（中华书局 2016 年 11 月第 4 版第 5 册 P1446）《春秋左氏传旧注疏证续 · 昭公八年》吴静安注："魏了翁曰：'由义，如《尚书》："颠末之有由蘖。" 今按《说文》无由字，惟甹字。注云：木生条也，古人省弓作由，后人因省之，通用为由。以此言陈兴，如已仆之木，复生甹蘖也。杜注训用，失之矣。'"（东北师范大学出版社 2005 年第 1 版 P1032）徐锴《说文系传》卷 13："甹，木生条也，从马由声。《商书》曰：若颠木之有甹枿。臣锴曰：谓是已倒之木，更生孙枝也。甹者，犹可也，止之言也。枿者，余也。" 案："甹" 当作 "甹" 或 "甹"，《春秋左传注》《旧注疏证续》排印似误。《左传 · 昭公八年》中的 "今在析木之津" 句，指代京津地区。古人以天上星宿与地面区域一一对应，于天文学称之 "分星"，于地理称之 "分野"。依据寿星、大火、析木、星纪、玄枵、诹訾、降娄、大梁、实沈、鹑首、鹑火、鹑尾等十二星次的天文位置划出与之相对应的地面上州、国的位置。《周礼注疏》卷 26《春官宗伯》："保章氏掌天星。以志星辰日月之变动，以观天下之迁，辨其吉凶。以星土辨九州之地所封，封域皆有分星，以观妖祥。" 郑玄注："析木，燕也。"《汉书 · 地理志下》："燕地，尾、箕分野也。……自危四度至斗六度，谓之析木之次，燕之分也。"《晋书 · 天文志上》："自尾十度至南斗十一度为析木，于辰在寅，燕之分野，属幽州。" 幽燕，即今京、津、河北地区（直隶总督府在天津）。刘师培实际是用 "昭公八年" 此句暗喻自己的处境。这也正是他以此为典源的原因——《诗经 · 魏风 · 伐檀》，全诗均为劳动者对 "彼君子" 的内心怨恨，但敢怒不敢言。"甹条"，则指 "已仆之木" 复生新枝，象征微弱的希望。刘师培此句指，我内心充满怨恨，敢怒不敢言。唯有在这直隶总督府保持希望，修养生息。

〔场苗无丰穖〕《毛诗正义》卷 11—1《小雅 · 鸿雁之什 · 白驹》："皎皎白驹，食我场苗。絷之维之，以永今朝。所谓伊人，于焉逍遥。" 毛传："宣王之末，不能用贤，贤者有乘白驹而去者。絷，绊；维，系也。”郑玄笺：“云永久也。愿此去者，乘其白驹而来，使食我场中之苗，我则绊之系之，以永今朝，爱之欲留之。”后以“场苗”喻求贤。《说文通训定声 · 履部弟十二》：“穖，禾颖贯穗者也。”《说文解字注》卷7上《禾部》：“穖，禾穖也。”段注：“《九谷考》曰：‘禾采，成实离离，若聚珠相联贯者，谓之穖。与珠玑之玑同意。’《吕氏春秋》：‘得时之禾，疏穖而穗大；得时之稻，长桐疏穖。’高注云：‘穖，禾穗果蠃是也。’玉裁谓：穖贵疏者，禾采紧密，每颗皆绽，而后能疏也。穖疏而穗乃大。”《重修玉篇》卷15《禾部第一百九十四》：“穖，……禾也。”此句指，招引白驹者并未在田地里预备丰裕的禾苗。隐含之意为，端方并没有为延揽贤才而拿出多少财富，也就是说，我并没有因为投靠端方而获得多少财富。

〔尘冥雺不闓〕《毛诗正义》卷13—1《小雅 · 谷风之什 · 无将大车》：“无将大车，维尘冥冥。”郑玄笺：“冥冥者，蔽人目明，令无所见也。犹进举小人，蔽伤己之功德也。”雺，或作“霿”，同“雾”。《集韵》卷7《去声 · 上送第一》：“《说文》：天气下，地不应曰霿。或作雾。”闓，疑当为“闓”（闿）。《说文解字注》卷12上《门部》：“闿，开也。”段注：“本义为开门，引申为凡启导之称。”闿无“闓”这一异写体，据刘师培外甥梅鹤孙回忆：“舅氏除展卷外，日写数千言，字迹荒率，力求迅速，墨盒常干涸失润，惟以破笔触之；又参用《说文》或隶书偏旁以图省事，文稿类鼠须虫迹，至不易辨认。”（《青溪旧屋仪征刘氏五世小记》P66，上海古籍出版社2004年7月第1版）此句指，尘烟障眼，世道混乱不清，迷雾笼罩不散。

〔曦逝晖何追〕《宋本广韵》卷1《上平声 · 支第五》：“曦，日光。”此句指，阳光逝去，光辉如何能够追及。喻时光荏苒。

〔人情隆藻窾〕《荀子》卷9《致仕篇第十四》：“君者，国之隆也。父者，家之隆也。”杨倞注：“隆，犹尊也。”藻窾，指梁上装饰华美的短柱。亦喻文采华丽。《论语注疏》卷5《公冶长第五》：“子曰：‘臧文仲居蔡，山节藻棁，何如其知也？’。”邢昺疏：“山节者，节栭也。刻镂为山形，故云山节也。藻棁者，藻水草有文者也。棁，梁上短柱也。画为藻文，故云藻棁。”《扬子法言》卷1《学行篇》：“吾未见好斧藻其德，若斧藻其窾者欤。”李轨注：“斧藻，犹刻桷丹楹之饰。窾，栌也。”司马光注：“窾，音节。斧，斲削也。藻，文饰也。”此句指，贪慕浮华，是人之常情。

〔君子伤金柅〕柅，同“柅”。《说文解字》卷6上《木部》：“柅，柅，或从木尼声。”《周易正义》卷5《姤》：“初六，系于金柅，贞吉。有攸往，见凶。羸豕孚蹢躅。象曰：系于金柅，柔道牵也。”王弼注：“金者，坚刚之物。柅者，制动之主。”系于金柅，即拴系于金属车辖之上。此句指，君子因依附、受制于人而受到伤害。此为刘师培自况，指其依附于端方做其幕宾。

〔所希珠奁昭〕《列女传》卷 5《珠崖二义》："二义者，珠崖令之后妻，及前妻之女也。女名初，年十三，珠崖多珠，继母连大珠以为系臂。及令死，当送丧。法，内珠入于关者死。继母弃其系臂珠。其子男年九岁，好而取之，置之母镜奁中，皆莫之知。遂奉丧归，至海关，关候士吏搜索，得珠十枚于继母镜奁中，吏曰：'嘻！此值法，无可奈何，谁当坐者？'初在左右顾，心恐母去置镜奁中，乃曰：'初当坐之。'吏曰：'其状何如？'对曰：'君不幸，夫人解系臂弃之。初心惜之，取而置夫人镜奁中，夫人不知也。'继母闻之，遽疾行问初，初曰：'夫人所弃珠，初复取之，置夫人奁中，初当坐之。'母意亦以初为实，然怜之，乃因谓吏曰：'愿且待，幸无劾儿，儿诚不知也。此珠妾之系臂也，君不幸，妾解去之，而置奁中。迫奉丧，道远，与弱小俱，忽然忘之，妾当坐之。'初固曰：'实初取之。'继母又曰：'儿但让耳，实妾取之。'因涕泣不能自禁。女亦曰：'夫人哀初之孤，欲强活初耳，夫人实不知也。'又因哭泣，泣下交颈，送葬者尽哭，哀动傍人，莫不为酸鼻挥涕。关吏执笔书劾，不能就一字，关候垂泣，终日不能忍决，乃曰：'母子有义如此，吾宁坐之？不忍加文，且又相让，安知孰是？'遂弃珠而遣之。既去，后乃知男独取之也。君子谓二义慈孝。《论语》曰：'父为子隐，子为父隐，直在其中矣。'若继母与假女推让争死，哀感傍人，可谓直耳。"《宋本广韵》卷 2《下平声 · 盐第二十四》："匳，盛香器也，又镜匳也。俗作奁。"此句指，希望因藏珠于奁而蒙受冤屈之事能得到昭雪。隐含之意为，刘师培希望自己背负背叛革命、出卖同志的不实之名，能得到昭雪。

〔为澣练帛缁〕《说文解字》卷 11 上《水部》："澣，濯衣垢也。"练帛，经过练煮的本色（白色）丝织品。《礼经本义》卷 12《凶礼 · 士丧礼上》："掩帛，广终幅，长五尺，析其末。"蔡德晋注："练帛，熟素帛也。"缁，黑色。详见《古意》一诗〔缁〕条笺注。此句指，要把白色熟帛上的污渍洗掉。其隐含之意为，还我清白。

〔秋芳纫荃心〕《楚辞章句》卷 1《离骚》："荃不察余之中情兮"。王逸注："荃，香草。"参见《楚词》一诗〔纫佩〕条笺注。

〔春荣镌留荑〕镌（鐫），疑为"纗"之误。《文选注》卷 15 张平子（衡）《思玄赋》："纗幽兰之秋华兮"。旧注："纗，系也。"《集韵》卷 2《平声二 · 齐第十二》："纗，……或作纗。"《广雅》卷 5《释言》："镌，凿也。"留荑，亦作"留夷"。《楚辞章句》卷 1《离骚》："畦留夷与揭车兮"。王逸注："留夷，香草也。"《广雅疏证》卷

10《释草》:“挛夷，芍药也。”王引之疏证:“挛夷即留夷，留，挛声之转也。张注《上林赋》云:‘留夷，新夷也。’新与辛同。……郭璞注《西山经》云:‘芍药，一名辛夷。’”上句与此句的隐含之意为，我内心感佩铭记您一直以来的眷念爱护之情。上句的“秋芳”与本句的“春荣”为虚指，意为一年到头，自始至终。

〔媿无双玉盘，酬子琅玕贻〕《文选》卷 29 张平子（衡）《四愁诗四首（并序）》其二:“美人赠我金琅玕，何以报之双玉盘。”琅玕，美石。参见《日本道中望富士山》一诗〔珠玕林〕条笺注。《说文解字》卷 6 下《贝部》:“贻，赠遗也。”媿，《林本》作“愧”。

【略考】

本诗有句:“翕羽企攡罦，键足奚绝纗”。分析其意，刘师培在天津时似乎确实遭到了软禁。1912 年 6 月 4 日—6 月 6 日，《亚细亚日报》的《文苑》栏目《文录一首》子栏目连续 3 天刊载了《刘申叔与章太炎书》。从该信的内容来看，刘师培在天津直隶总督府时曾遭到端方的监视和软禁。

“及北征，履弗踰阈，无结引旁驰之务。俭德避难，好爵不縻，政党时论曾无一字。清吏积疑，伺察日加。虽葱灵挚轴，楼台荐棘弗是过也。少侯、□仙颇悉厥况，津署幕僚见闻尤番。”

这一诗、一信虽然都是刘师培自己所述，但也能从侧面佐证其当时的境况。

咏史（四首）

【刊载】

1931 年林思进清寂堂《左盦遗诗》刻本;《刘申叔遗书》61 册（51),《左盦诗录》卷 2《左盦诗》。

【类型】

五言，8 句。

【编年】

1909 年。《左盦诗》署“己酉”。

【略考】

该组诗以《咏史》为题，实际是刘师培当时真实心境的自照。

第一首，写西汉李陵。李陵投降匈奴，昭帝时霍光遣使召还，李陵以“吾已胡服矣”“丈夫不能再辱”放弃返汉。实为刘师培对自己“陷虏”，投靠异族（端方），且无法回头的感叹。

第二首，写东汉初冯衍。冯衍学识高深，却终生未获大用。还曾因上疏光武帝，受到他人的谗言构陷。他心怀故国故土，特意将坟茔定在骊山脚下，期盼自己死后也能继续守望家乡。此与刘师培的境况何其相似。从“陈书终呢訾”句分析，刘师培在端方幕府中可能也曾遇到过类似的情形。

第三首，写三国时陈琳。陈琳才华横溢，但命运多舛。其善写“檄文”，但终究只是个文学侍从，未能一展政治抱负。刘师培“骐足有时縶，劲弦不可挥”句，实为自叹空负大才，却无人识用。而“俛惭振鹭质，仰叹羁鹦飞”句，则是在悲叹“惭愧于空负白鹭般高洁的品质，感叹于鹦鹉被困于牢笼”。

第四首，写南北朝的颜之推。但除去首两句，其余六句均为刘师培自述。他惭愧于没有将先人未竟的书稿完成，自己常年染病，身陷尘世俗务，很怀念初入端方幕府在南京时的闲暇日子。

综观这四首诗的“主人公”，有一个相同的特点——均曾“背叛”：李陵叛汉；冯衍先事更始帝刘玄，后降光武帝刘秀；陈琳初为袁绍臣僚，后降曹操；颜之推本仕南朝，后为北朝西魏俘虏，历仕西魏、北齐、北周，最后仕隋。刘师培本为革命党，后降清入端方幕府。该组诗为刘师培借古咏今，自叹身世。

咏史（四首）其一

少卿偾军将，（汨）〈汩〉迹单于台。帛书弗渡漠，酪浆犹盈杯。河梁愁云逝，冥壄玄冰开。击柱郁孤痛，抚环空低回。

【笺注】

〔少卿偾军将〕李陵，字少卿，西汉名将李广之孙，《汉书》有本传。汉武帝天汉二年（前 99）贰师将军李广利北击匈奴，李陵自请率军五千随战，于浚稽山与单于主力八万余骑遭遇。李陵虽力战，但最终粮尽矢绝而降。后来，汉武帝听信谣言，认为李陵教习匈奴军队，族灭其家。汉昭帝继位后，霍光曾遣使招之归汉，不还。居匈奴 20 多年，病卒。李陵投降后，司马迁曾为其辩白，被汉武帝处以腐刑。偾军将，即败军之将。《礼记正义》卷 60《大学第四十二》：“此谓一言偾事，一人定国。”郑玄注：“偾，犹覆败也。”

〔(汨)〈汩〉迹单于台〕汩迹，指隐没不出。《文苑英华》卷 218《人事五 · 逢遇六十八首》罗隐《大梁见乔诩》："迹卑甘汩没，名散称逍遥。"单于台，匈奴王庭。《汉书 · 武帝纪》："元封元年冬十月，诏曰：'南越、东瓯咸伏其辜，西蛮北夷颇未辑睦，朕将巡边垂，择兵振旅，躬秉武节，置十二部将军，亲帅师焉。'行自云阳，北历上郡、西河、五原，出长城，北登单于台，至朔方，临北河。勒兵十八万骑，旌旗径千余里，威震匈奴。"此句指李陵投降匈奴，匿迹于单于之廷。案：汩，《南本》《林本》《万本》均作"汨"。

〔酪浆〕动物的奶汁。《文选注》卷 41 李少卿（陵）《答苏武书》："韦鞲毳幙以御风雨，膻肉酪浆以充饥渴。举目言笑，谁与为欢！"李善注："《乌孙公主歌》曰：'肉为食，酪为浆。'"

〔河梁愁云逝〕《文选注》卷 29 李少卿（陵）《与苏武诗三首》其二："携手上河梁，游子暮何之。"李善注："《楚辞》曰：'浮云兮客与，导予兮何之'也。"后以河梁喻饯别之地。

〔冥壄玄冰开〕冥壄，幽暗的旷野。《汉书 · 五行志上》："远四佞而放诸壄。"颜师古注："壄，古野字。"《汉隶字源》卷 4《上声 · 三十五马》："野，亦作壄。"《文选注》卷 41 李少卿（陵）《答苏武书》："胡地玄冰，边土惨裂，但闻悲风萧条之声。"壄，《林本》作"野"。玄，《林本》作"元"。

〔击柱郁孤痛〕《文选注》卷 16 江文通（淹）《恨赋》："至如李君降北，名辱身冤，拔剑击柱，吊影惭魂。"李善注："《汉书》：武帝天汉二年，李陵为骑都尉，领步卒三千，出居延，至浚稽山，与匈奴相值，战败，弓矢并尽，陵遂降。孙卿子曰：功废而名辱，社稷必危。""《汉书》曰：汉高已并天下，尊为皇帝。群臣饮，争功，醉，或妄呼，拔剑击柱。"郁孤痛，指怀念故国的悲痛。《方舆胜览》卷 20《赣州》："郁孤台，在丽谯坤维，隆阜郁然，孤起平地数丈，冠冕一郡之形势，而襟带千里之江山。唐李勉为虔州刺史，登临北望，慨然曰：'余虽不及子牟，而心在魏阙一也。郁孤岂令名乎！改为望阙。"辛弃疾《菩萨蛮 · 书江西造口壁》："郁孤台下清江水，中间多少行人泪。西北望长安，可怜无数山。青山遮不住，毕竟东流去。江晚正愁余，山深闻鹧鸪。"（唐圭璋《全宋词》第 3 册 P1880，中华书局 1965 年 6 月第 1 版）

〔抚环空低回〕《汉书 · 李陵传》："昭帝立，大将军霍光、左将军上官桀辅政，素与陵善，遣陵故人陇西任立政等三人俱至匈奴招陵。立政等至，单于置酒赐汉使者，李陵、卫律皆侍坐。立政等见陵，未得私语，即目视陵，而数数自循其刀环，握其足，阴谕之，言可还归汉也。后陵、律持牛酒劳汉使，博饮，两人皆胡服椎结。立政大言曰：'汉已大赦，中国安乐，主上富于春秋，霍子孟、上官少叔用事。'以此言微动之。陵墨不应，孰视而自循其发，答曰：'吾已胡服矣！'有顷，律起更衣，立政曰：'咄，少卿良苦！霍子孟、上官少叔谢女。'陵曰：'霍与上官无恙乎？'立政曰：'请少卿来归故乡，毋忧富贵。'陵字立政曰：'少公，归易耳，恐再辱，奈何！'语未卒，卫律还，颇闻余语，曰：'李少卿贤者，不独居一国。范蠡遍游天下，由余去戎入秦，今何语之亲也！'因罢去。立政随谓陵曰：'亦有意乎？'陵曰：'丈夫不能再辱。'陵在匈奴二十余年，元平元年病死。"低回，徘徊。《汉书·扬雄传上》载其《河东赋》："汨低回而不能去兮，行睨陔下与彭城。"颜师古注："低回，犹言徘徊也。"

咏史（四首）其二

敬通入东雒，晢憩郦山陲。周墟寄遐瞩，晋峰萦故思。离尘跂高引，陈书终呢呰。蕙堂芳空烨，枳篱苔已滋。

【笺注】

〔敬通入东雒，晢憩郦山陲〕冯衍，字敬通，京兆杜陵人（今陕西西安），《后汉书》有本传。光武帝刘秀在位时曾任曲阳县令，后入京城洛阳任司隶从事。冯衍因先降更始帝，后降刘秀，属"二臣"，故而终生未获大用。晚年时贫居骊山脚下，卒于家。冯衍曾亲自在新丰之东为自己选择了墓穴。《后汉书·冯衍传下》："于是以新丰之东，鸿门之上，寿安之中，地势高敞，四通广大，南望骊山，北属泾渭，东瞰河华，龙门之阳，三晋之路，西顾丰鄗，周秦之丘，宫观之墟，通视千里，览见旧都，遂定茔焉。"雒，《林本》作"洛"。憩，《林本》作"憇"。

〔周墟寄遐瞩〕周墟，周代都城镐京的废墟，指长安。《后汉书·冯衍传下》载其《显志赋》："发轫新丰兮，裴回镐京。"参见本诗〔敬通入东雒，晢憩郦山陲〕条笺注。此句指，以周代都城镐京废墟寄托悠远的遐思。

〔晋峰萦故思〕晋峰，晋地（约为今山西地区）的峰峦。见本诗〔敬通入东雒，晢憩郦山陲〕条笺注。《后汉书·冯衍传下》载其《显志赋》："览河华之泱漭兮，望秦晋之故国。"此句指，对过往的怀念萦绕在晋地的峰峦之上。

〔离尘跂高引〕离尘，脱离俗世。《后汉书·冯衍传下》载其《显志赋》："离尘垢之窈冥兮，配乔松之妙节。"跂，同"企"，企望之意。详见《冬日旅沪作》〔穇绊跂繄骓〕条笺注。高引，志行高远。《后汉书 · 冯衍传下》载其《显志赋》："惟吾志之所庶兮，固与俗其不同；既俶傥而高引兮，愿观其从容。"李贤注："庶几守道，与俗不同。俶傥犹卓异也。凡言观者，非在己之言。从容犹在后也。衍虽摈斥当年，身穷志沮，而令问期于不朽，声芳县诸日月，故曰愿观其从容。"此句指，脱离尘俗企望更高远的志行。

〔陈书终哫訾〕《后汉书 · 冯衍传上》："建武六年日食，衍上书陈八事：其一曰显文德，二曰曬武烈，三曰修旧功，四曰招俊杰，五曰明好恶，六曰简法令，七曰差秩禄，八曰抚边境。书奏，帝将召见。初，衍为狼孟长，以罪摧陷大姓令狐略，是时略为司空长史，谗之于尚书令王护、尚书周生丰曰：'衍所以求见者，欲毁君也。'护等惧之，即共排间，衍遂不得入。"哫訾，阿谀逢迎。《楚辞补注》卷 6 屈原《卜居》："将哫訾栗斯"。王逸注："承颜色也。"洪兴祖补注："哫訾，以言求媚也。"哫訾另有一解。俞樾《俞楼杂纂》卷 24《读楚词 · 卜居》："'将哫訾栗斯，喔咿儒儿，以事妇人乎？'愚按：韩昌黎文'足将近而越趄，口将言而嗫嚅'即本乎此。哫訾即越趄也。訾从此声，越从次声，本同部字，古得相通。哫之转为趄，犹足恭之足，音沮也。"二解均通。俞樾是章太炎的老师，章氏对老师的著作和观点必然精熟，而刘师培与章太炎在日本东京曾朝夕相处，同住一年有余。刘师培取俞樾对"哫訾"的解释，是有可能的。此句指，上书陈奏，最终还是招致了佞幸小人的排挤（或仕途坎坷，未获重用）。

〔蕙堂芳空烨，枳篱苔已滋〕《后汉书 · 冯衍传下》载其《显志赋》："揵六枳而为篱兮，筑蕙若而为室。"《说文解字》卷 10 上《火部》："爗，盛也。"《正字通》巳集中《火部》"烨，同爗，俗省。"此二句指，布满兰蕙的房子空有强烈浓郁的芬芳，枳棘扎成的篱笆早已长满青苔。隐含的意思为，空有一身韬略，满腹经纶，却无人问津。烨，《林本》作"晔（曅）"。

咏史（四首）其三

孔璋慄丧乱，未得韩江归。规何策弗雠，檄曹忱已违。骐足有时絷，劲弦不可挥。俛惭振鹭质，仰叹羁鹦飞（自注：孔璋作《鹦鹉赋》中有"抱振鹭之素质"语，见《蓺文类聚》）。

【笺注】

〔孔璋慄丧乱〕陈琳，字孔璋，广陵射阳人（今盐城射阳县），"建安七子"之一，

《三国志》有传，附于《王粲传》中。《古今韵会举要》卷26《入声·四》："慄，……又哀怆。……亦通作栗。"《汉书·外戚列传·孝武李夫人传》："憯栗不言，倚所恃兮。"颜师古注："憯栗，哀怆之意也。"此句指，陈琳哀痛悲怆于生逢乱世。

〔未得韩江归〕韩江，即邗江，指陈琳的家乡广陵。《重修玉篇》卷2《邑部第二十》："邗，……《左氏传》云：吴城邗，今广陵韩江是。"陈琳死于建安二十二年（217）的大瘟疫，最终没有回到家乡广陵。《六臣注文选》卷42魏文帝（曹丕）《与吴质书》："昔年疾疫，亲故多离其灾，徐、陈、应、刘一时俱逝，痛可言邪！"李周翰注："徐幹、陈琳、应玚、刘桢俱死。"

〔规何策弗雠〕《三国志·魏书二十一·王粲传附陈琳》："琳前为何进主簿。进欲诛诸宦官，太后不听，进乃召四方猛将，并使引兵向京城，欲以劫恐太后。琳谏进曰：'《易》称"即鹿无虞"，谚有"掩目捕雀"。夫微物尚不可欺以得志，况国之大事，其可以诈立乎？今将军总皇威，握兵要，龙骧虎步，高下在心。以此行事，无异于鼓洪炉以燎毛发。但当速发雷霆，行权立断，违经合道，天人顺之；而反释其利器，更征于他。大兵合聚，强者为雄，所谓倒持干戈，授人以柄，必不成功，只为乱阶。'进不纳其言，竟以取祸。"《毛诗正义》卷18—1《大雅·荡之什·抑》："无言不雠，无德不报。"毛传："雠，用也。"此句指，陈琳劝谏何进没有被采纳。

〔檄曹忧已违〕《三国志·魏书六·袁绍传》裴注引《魏氏春秋》载袁绍《檄州郡文》，该文为陈琳替袁绍所拟。文中痛骂曹操，其中有言："司空曹操祖父腾，故中常侍，与左悺、徐璜并作妖孽，饕餮放横，伤化虐民。父嵩，乞丐携养，因赃假位，舆金辇璧，输货权门，窃盗鼎司，倾覆重器。操赘阉遣丑，本无令德，僄狡锋侠，好乱乐祸。"《太平御览》卷597《文部十三·檄》："（王沈——引者）《魏书》曰：陈琳作檄草成，呈太祖。太祖先苦头风，是日疾发，卧读琳所作，翕然而起曰：'此愈我疾。'初，太祖平邺，谓陈琳曰：'君昔为本初作檄书，但罪孤而已，何乃上及父祖乎？'琳谢曰：'矢在弦上，不得不发。'太祖爱其才，不咎。"此句指，替袁绍撰写讨伐曹操的檄文已经违背他的本心。

〔骐足有时絷〕《说文解字注》卷10上《马部》："骐，马青骊，文如博棊（同棋——引者）也。"段注："谓白马而有青黑纹路相交如綦也"。（段玉裁认为"棊"为"綦"之误。）《尚书正义》卷18《周书·顾命第二十四》："四人綦弁，执戈上刃。"孔颖达疏："郑玄云：青黑曰綦。"《说文解字》卷10上《马部》："馽，绊马也。""絷，馽，或从糸执声。"此句指，马儿的脚有时会被绊住。

〔劲弦不可挥〕此句指，强劲的弓弦拉拽不动（所以没人会去拉拽）。

〔俛惭振鹭质，仰叹羁鹦飞〕俛，同俯。《魏书·王慧龙传》："非唯仰愧国灵，实亦俯惭后土。"《艺文类聚》卷 91《鸟部中·鹦鹉》魏陈琳《鹦鹉赋》："咨乾坤之兆物，万品错而殊形。有逸姿之令鸟，含嘉淑之哀声。抱振鹭之素质，被翠羽之缥精。"《毛诗正义》卷 20—1《鲁颂·駉之什·有駜》："振振鹭，鹭于下。"毛传："鹭，白鸟也，以兴洁白之士。"此句指，惭愧于空负白鹭般高洁的品质，感叹于鹦鹉被困于牢笼。《林本》刘师培自注无"见《蓺文类聚》"5 字。《正字通》申集上《艸部》："蓺，……与藝（艺）同。"

咏史（四首）其四

颜推丰粹言，靳骖儒家流。刘略惜未缵，仓诂谙冥搜。浸渐丝色更，�

【笺注】

〔颜推丰粹言〕颜之推，南北朝末至隋时人，有《颜氏家训》传世，为中国家训类著作之始。《北齐书》有本传。粹言，言语、词章之精华，指《颜氏家训》。《楚辞》卷 16 刘向《九叹》："吸精粹而吐氛浊兮"。《后汉书·张衡传》载其《思玄赋》："欻神化而蝉蜕兮，朋精粹而为徒。"李贤注："精粹，美也。"

〔靳骖儒家流〕《春秋左传正义》卷 55《定公九年》："东郭书（春秋时齐人——引者）让登，犁弥（春秋时齐人王猛——引者）从之，曰：'子让而左，我让而右，使登者绝而后下。'书左，弥先下。书与王猛息，猛曰：'我先登。'书敛甲曰：'曩者之难，今又难焉。'猛笑曰：'吾从子，如骖之靳。'"杜预注："靳，车中马也。猛不敢与书争，言己从书，如骖马之随靳也。"靳，驾辕之马。骖，车辕两旁的马。后喻前后追随。此句指，后世儒家都追随在颜之推之后（指重视家教、家训）。

〔刘略惜未缵〕《集韵》卷 11《入声下·药第十八》："略，一曰智也。""刘略"谓仪征刘氏家族自刘文淇传承下来的《左传》家学，但终四代未能完成《春秋左氏传旧注疏证》。《说文解字》卷 13 上《糸部》："缵，继也。"刘师培也曾对未能继承和发扬刘氏家学而惭愧。《刘申叔与章太炎书》："至于覃精著作书，三载若一。左氏经例豁然通贯，赓续旧疏业逾十卷。"（《亚细亚日报》1912 年 6 月 5 日）钱玄同 1935 年 1 月 2 日日记："午张重威赏饭于其家（原注：其家在西城武定侯胡同卅二号），同座为郑友渔、南佩兰、黎勖西、（六）〈陆〉颖民等人。张谓刘氏三世之《左传》稿已得（原注：惟无申叔者。申叔自云，此稿（与）〈于〉入蜀时失去。张谓彼确于彼时失书稿等二箱，张谓盖即申叔所续者失去也，似是）。”（《钱玄同日记》整理本第3册P1059）钱玄同1936年4月13日日记：“下午至某海，摘抄刘次孙（应为“羽”——引者）答其叔容季书二遍，记刘氏三世之《左》疏如下：隐——闵（清稿），共二八〇页，三十万字。僖元——廿二（刘望【应为“谦”——引者】甫抄本，经传文下仅注征引书名，无杜注及贾注、服注等。刘次孙【应为“羽”——引者】疑系辛亥革命时，申叔在汉口遗失）共四十四页，约三万四千字。僖廿二——文公末，刘望（应为“谦”——引者）甫所抄清稿，共二六二页，约廿七万七千字。宣至襄五五年完，非四年也（草稿），共三三〇页，约卅六万三千字。襄以前申叔间有补注之处。280+44+262+330=916页。30,000+3,4000+27,7000+36,3000=97,4000字。”（《钱玄同日记》整理本第3册P1190）刘师培《与朱云石笺》：“鳞杂鲜要，近亦屏遗。”（《刘申叔遗书》56册（76），《左盦外集》卷16），可参见拙文《295A—刘师培〈与朱云石笺〉中隐含的相关史迹—刘师培研究笔记（295A）》。

〔仓诂谙冥搜〕仓，即仓颉。《说文解字》卷15上许慎《叙》：“黄帝之史仓颉，见鸟兽蹏迒之迹，知分理之可相别异也，初造书契。”仓诂，即“小学”，指文字训诂学。此句指，在文字训诂学领域艰难地探寻求索。

〔浸渐丝色更〕浸渐，逐渐。《论衡》卷7《道虚篇》：“且夫物之生长，无卒成暴起，皆有浸渐。”此句指，头发渐渐花白。刘师培很年轻时身体就不好，年纪轻轻就鬓有白发。详见甲辰年自述诗（其一）一诗“略考”。

〔嘳沓琵音稠〕《类篇》卷4：“嘳，……声多也。”《说文解字》卷5上《曰部》：“沓，语多沓沓也。”《近事会元》卷4《琵琶名》：“传载云：唐时，汉中王瑀见康昆仑弹之，曰：‘琵声多，琶声少，亦未可弹五十四弦大弦也。’自上而下谓之琵，自下而上谓之琶。”此句指，声音嘈杂，乐音烦嚣。其隐含之意是，为喧嚣的世事所烦扰，不能专心续缵《春秋左氏传旧注疏证》。

〔悔缠漳滨迹〕“漳滨”，指患病。《文选注》卷23刘公幹（桢）《赠五官中郎将四首》其二：“余婴沉痼疾，窜身清漳滨。”李善注：“《礼记》曰：‘身有痼疾。’《说文》曰：‘痼，久也。’《汉书》曰：‘魏郡武始县，漳水至邯郸，入漳。’《山海经》曰：‘少山清，漳水出焉。东流于浊漳之水。’”谢朓《谢宣城集》卷1《酬德赋（并序）》：“昔痁病于漳滨，思继歌而莫写。”《全唐诗》卷3明皇帝（李隆基）《句》：“昔见漳滨卧，言将人事违。”（第 1 册 P42）《全唐诗》卷 580 温庭筠《感旧陈情五十韵献淮南李仆射》：“稷下期方至，漳滨病未痊（自注：一年抱疾，不赴乡荐，试有司）。”（第 9 册 P6789）缠（纏），《林本》作“纒”。此句为刘师培自况。

〔长干〕长干里，南京古地名。《资治通鉴》卷 157《梁纪十三》：“上（南朝梁武帝萧衍——引者）修长干寺阿育王塔，出佛爪发舍利。辛卯，上幸寺，设无碍食，大赦。”胡注：“今建康府上原县有长干里，去县五里。李白《长干行》所谓‘同居长干里’乃秣陵县东里巷，江东谓山垅之间曰干。”《全唐诗》卷 163 李白《长干行二首》其一：“妾发初覆额，折花门前剧。郎骑竹马来，绕床弄青梅。同居长干里，两小无嫌猜。十四为君妇，羞颜未尝开。”（第 3 册 P1697）此句为刘师培怀念刚入幕端方时居于南京。梅鹤孙《青溪旧屋仪征刘氏五世小记》：“舅氏到南京，住在大行宫。舍旁有一小花园。我时已十四，随母亲去住过两月。客厅中常有陈善余、夏午诒、樊云门、杨梓勤诸公。舅氏不常入署，仍在家中著述。我见他仍然不修边幅，经月才肯理发。衣服固然敝旧的多，即制新衣也是墨痕香烟灰狼藉。但随身仆从数名，都是衣服整洁华美，出去马车，亦极鲜亮。当时南京官场慕名来谒者，不轻接见，每日案头请柬成束，赴者极少。这一年湖南王壬秋先生到江宁拜会，舅氏请他在园内小厅中谈了半日。我见王先生着白罗衫，纱马褂，手摇纸扇，黝黑的面，须发皆白。打着湘潭官话，狂谈大笑，滔滔不绝。舅氏频呼换茶，拿点心。自午至酉始去。次日，端督宴王先生，请舅氏去照相。舅氏回来向我说：‘王先生真是海涵地负之才，国内不能多见。汝辈得见风采，已是幸运了。’”（上海古籍出版社 2004 年 7 月底第 1 版 P50）陈庆年，字善余。端方的首席幕僚，曾帮忙说情助刘师培入职两江师范学堂（见《青溪旧屋仪征刘氏五世小记》P47—48）。夏寿田，字午诒，王闿运的高足，杨度的挚交。樊增祥，字嘉父，号云门，一号樊山。1915 年，刘师培有诗《樊云门七十寿诗（二首）》。杨钟羲，字子勤，号梓励，时任江宁知府。王闿运，字壬秋，晚清经学大家，杨度的老师。

励志诗

麐经殿六蓺，素臣属左丘。劝惩史讬鲁，替凌道愍周。藻文绚云彩，萧斧森霜秋。兰陵轩谊搴，北平贯绪抽。汉例崇便秩，晋说迺瞀犹。洸洸贾服书，祖考劭纂修。蹠实绣鞶进，攟佚湛珠鉤。贱子悾悯姿，竦（标）〈慓〉先业休。追时失播获，曷云麣芸秣。踵武忮似续，（腾）〈胜〉词袪曚雺。阐同节翕符，掇异畺区沟。栉句在理棼，诠诂崇缒幽。辟若纯朴樽，无侈丹雘流。迁史谙拣差，歆历洞迪繇。庶俾壁经业，永杜何范掊。僶俛戒税志，礲错惕寡俦。锲金古有训，勉哉屏息游。

【刊载】

1931 年林思进清寂堂《左盦遗诗》刻本；《刘申叔遗书》61 册（51—52），《左盦诗录》卷 2《左盦诗》。

【类型】

五言，34 句。

【编年】

1909 年。《左盦诗》署“己酉”。

【笺注】

〔麐经殿六蓺〕《集韵》卷 2《平声二・真十七》：“麐，……通作麟。”“麐经”即“麟经”，指《春秋》。详见《甲辰年自述诗（其十九）》一诗〔独抱麟经承祖业〕条笺注。殿，最后。《正字通》辰集下《殳部》：“《汉书音义》曰：上功曰最，下功曰殿。殿，后也，谓课居后也。”《正字通》申集上《艸部》：“蓺，……与藝（艺）同。”《文选注》卷 49 班孟坚（固）《公孙弘传赞》：“亦讲论六艺，招选茂异。”李善注：“六艺，六经也。”六经即儒家六部经典，古文派的排列顺序为：《易》《书》《诗》《礼》《乐》《春秋》。今文派的排列顺序为：《诗》《书》《礼》《乐》《易》《春秋》。《春秋》皆排在最后一位，故曰“殿”。蓺，《林本》作“藝”。

〔素臣属左丘〕《春秋左传正义》卷 1 杜预《春秋左氏传序》：“说者以仲尼自卫反鲁，修《春秋》，立素王，丘明为素臣。”素王指孔子，虽无帝王名分，其权力和威望却万世不易。详见《甲辰年自述诗（其十七）》一诗〔素王〕条笺注。素臣则指左丘明，与孔子没有君臣名分的属下和追随者。参见《甲辰年自述诗（其十九）》一诗〔邱明亲授孔门业〕条笺注。丘，《林本》作“邱”。

〔劝惩史讬鲁，替凌道愍周〕《史记・孔子世家》：“子曰：‘弗乎弗乎，君子病没世而名不称焉。吾道不行矣，吾何以自见于后世哉？’乃因史记作《春秋》，上至隐公，下讫哀公十四年，十二公。据鲁，亲周，故殷，运之三代。约其文辞而指博。故吴楚之君自称王，而《春秋》贬之曰‘子’；践土之会实召周天子，而《春秋》讳之曰‘天王狩于河阳’。推此类以绳当世。贬损之义，后有王者举而开之。《春秋》之义行，则天下乱臣贼子惧焉。”司马贞《索隐》：“言夫子修《春秋》，以鲁为主，故云据鲁。时周虽微而亲周王者，以见天下之有宗主也。”替凌，亦作“替陵”“陵替”。《春秋左传正义》卷 48《昭公十八年》：“于是乎下陵上替，能无乱乎！”孔颖达疏：“不识上下之序，不知尊卑之义。于是在下者陵侮其上，在上者替废其位，上下失分，能无乱乎。”“替凌道愍周”句指，哀悯于尊卑颠倒，周襄王被晋文公宣召，参加其称霸的“践土之盟”。凌，《林本》作“陵”。

〔藻文〕亦作“文藻”，指华丽的辞藻，优美的文辞。《三国志 · 魏书二 · 文帝纪第二》：“文帝天资文藻，下笔成章。”《史通》卷 9《核才第三十一》：“但自世重文藻，词宗丽淫。于是沮诵失路，灵均当轴。”

〔萧斧森霜秋〕《史记 · 孔子世家》：“至于为《春秋》，笔则笔，削则削，子夏之徒不能赞一辞。”

〔兰陵轩谊搴〕兰陵，指萧望之。《汉书 · 萧望之传》：“萧望之字长倩，东海兰陵人也。”轩，本指前高后低的车子，后亦喻轻重之重。《诗经 · 小雅 · 鹿鸣之什 · 六月》：“戎车既安，如轾如轩。”《后汉书 · 马援传》：“夫居前不能令人轾，居后不能令人轩。”李贤注：“言为人无所轻重也。《诗》云：‘如轾如轩’。”《重修玉篇》卷 9《言部第九十》：“谊，……理也。”《经典释文》卷 29《尔雅音义上 · 释言第二》：“搴……取也，与攓同。”《汉书 · 儒林列传 · 房凤传》：“汉兴，北平侯张苍及梁太傅贾谊、京兆尹张敞、太中大夫刘公子皆修《春秋左氏传》。谊为《左氏传》训故，授赵人贯公，为河间献王博士，子长卿为荡阴令，授清河张禹长子。禹与萧望之同时为御史，数为望之言《左氏》，望之善之，上书数以称说。后望之为太子太傅，荐禹于宣帝，征禹待诏，未及问，会疾死。授尹更始，更始传子咸及翟方进、胡常。常授黎阳贾护季君，哀帝时待诏为郎，授苍梧陈钦子佚，以《左氏》授王莽，至将军。而刘歆从尹咸及翟方进受。由是言《左氏》者本之贾护、刘歆。”萧望之在两份给皇帝的上疏中引用过《春秋》内容，以之作为劝谏皇帝的理论依据。《汉书 · 萧望之传》：“宣帝自在民间闻望之名，曰：‘此东海萧生邪？下少府宋畸问状，无有所讳。’望之对，以为‘《春秋》昭公三年大雨雹，是时季氏专权，卒逐昭公。乡使鲁君察于天变，宜亡此害。陛下以圣德居位，思政求贤，尧舜之用心也。然而善祥未臻，阴阳不和，是大臣任政，一姓擅势之所致也。附枝大者贼本心，私家盛者公室危。唯明主躬万机，选同姓，举贤材，以为腹心，与参政谋，令公卿大臣朝见奏事，明陈其职，以考功能。如是，则庶事理，公道立，奸邪塞，私权废矣。’对奏，天子拜望之为谒者。”《汉书 · 萧望之传》：“五凤中，匈奴大乱，议者多曰匈奴为害日久，可因其坏乱举兵灭之。诏遣中朝大司马车骑将军韩增、诸吏富平侯张延寿、光禄勋杨恽、太仆戴长乐问望之计策，望之对曰：‘《春秋》：晋士丐帅师侵齐，闻齐侯卒，引师而还，君子大其不伐丧，以为恩足以服孝子，谊足以动诸侯。前单于慕化乡善称弟，遣使请求和亲，海内欣然，夷狄莫不闻。未终奉约，不幸为贼臣所杀，今而伐之，是乘乱而幸灾也，彼必奔走远遁。不以义动兵，恐劳而无功。宜遣使者吊问，辅其微弱，救其灾患，四夷闻之，咸贵中国之仁义。如遂蒙恩得复其位，必称臣服从，此德之盛也。’上从其议，后竟遣兵护辅呼韩邪单于定其国。”此句指，萧望之将《春秋》中重要的理论选取出来作为决事的依据。

〔北平贯绪抽〕北平，指张苍。《史记·张丞相传》：“燕王臧荼反，高祖往击之，苍以代相从攻臧荼有功，以六年中封为北平侯，食邑千二百户。”《淮南鸿烈解》卷 5《时则训》：“贯大人之国”。高诱注：“贯，通也。”《增订文心雕龙校注》卷 7《章句第三十四》：“然章句在篇，如茧之抽绪。”李详补注：“按文选张衡南都赋：‘白鹤飞兮茧曳绪。’李周翰注：‘犹蚕茧曳丝绪而相连。’”（中华书局 2000 年 8 月第 1 版 P443）“章句”，指为典籍作注。《六书正讹》周伯琦《自叙》：“章句者，传训诂，工词藻者。资声韵日趋便易，本原渐失矣。”（明嘉靖刻万历修本）《经义考》卷 156《礼记十九·朱子（熹）大学章句》“章句者，分章析句，以发明之也。”经秦末焚书，《左传》曾逸，张苍献《左传》，使之重现于世并为之作注。《说文解字》卷 15 上许慎《叙》：“壁中书者，鲁共王坏孔子宅，而得《礼记》《尚书》《春秋》《论语》《孝经》，又北平侯张苍献《春秋左氏传》。”《隋书·经籍志一》：“《左氏》，汉初出于张苍之家。”《前汉纪》卷 25《孝成二》：“始，鲁人左丘明又为《春秋》作传。汉兴，张苍、贾谊皆为《左氏》训，刘歆尤善《左氏》。”此句指，张苍为《左传》作注。刘师培有《左氏学行于西汉考》一文，述《左传》学在西汉的传承与传播颇详，可参阅。载《刘申叔遗书》37 册（80—89），《左盦集》卷 1。

〔汉例崇便秩〕秩，处理，处置。《正字通》午集下《禾部》：“秩，……职也，整也。”此句指，汉代注解《左传》崇尚简约的方法。案，从贾逵残余下来的《左传》注释可见，他为《左传》作注，虽然比较注意名物训诂和对史事的阐述，但整体上仍重在义理，强调微言大义，比较简约。

〔晋说乃瞀犹〕《荀子》卷 3《非十二子篇第六》：“世俗之沟犹瞀儒，嚾嚾然不知其所非也。”杨倞注：“犹，犹豫不定之貌。瞀儒，暗也。”刘师培《中国中古文学史讲义·第一课·概论》：“世儒瞀犹，以质诠诚。”（《刘申叔遗书》74 册【6】）清儒认为，晋代杜预注《左传》错谬甚多。如刘文淇在《与沈小宛先生书》中说：“窃叹《左氏》

之义，为杜征南（杜预，受封征南大将军——引者）剥蚀已久。……覆勘杜注，真觉瘢痏横生，其稍可观览者，皆是贾、服旧说。”（《青溪旧屋文集》卷 3）刘师培《答章太炎论左传书》：“手书具悉。一是讨论《左氏》之学，疏通证明，足征卓识。惟今之所欲辨析者，则以前函疑贾、服释《左氏》，多撷取《公》《谷》六家之例。然静以思之，觉《左氏》之例不仅五十。征南凡例，实多未备。《左传》之例有着‘凡’字以为标者，有不着‘凡’字而亦为例者。征南据其着‘凡’字者以为言，故所释之例仅五十条。”（《刘申叔遗书》56 册【6】，《左盦外集》卷 16）

〔洸洸贾服书，祖考劬纂修〕贾服书，指贾逵、服虔注《左传》，详见《甲辰年自述诗（其三十六）》一诗〔贾服遗书待折衷〕条笺注。祖考，祖先，指刘师培的上三代，刘文淇、刘毓崧、刘寿曾。《类篇》卷 39：“劬，……勤也。”

〔蹠实绣鞶迸〕蹠实，亦作“跖实”，本指兽类践地而走，引申为脚踏实地，勤勤恳恳。《淮南鸿烈解》卷 1《原道训》：“鸟排虚而飞，兽跖实而走。”高诱注：“跖，足也。实，地也。”绣鞶，本指盛放佩巾的精美锦囊，后喻文辞浮躁，华而不实。《礼记正义》卷 28《内则》：“男鞶革，女鞶丝。”郑玄注：“鞶，小囊盛帨巾者。男用韦，女用缯。有饰缘之则是鞶裂。”《后汉书 · 蔡玄传》：“杨雄曰：今之学者，非独为之华藻，又从而绣其鞶帨。”李贤注：“杨雄《法言》之文也，喻学者文烦碎也。鞶，带也，字或作幋。《说文》曰：鞶，覆衣巾也。”《文心雕龙》卷 10《序志第五十》：“而去圣久远，文体解散，辞人爱奇，言贵浮诡，饰羽尚画，文绣鞶帨，离本弥甚，将遂讹滥。”《正字通》酉集下《辵部》：“迸，……又斥逐，与屏通。”此句指，父祖撰述《旧注疏证》朴实无华，唯依准确切实，屏弃浮华不实之文。

〔攟佚湛珠鉤〕攟，同捃。《类篇》卷 34：“捃，……《说文》：‘拾也。’亦作攟。”《六臣注文选》卷 22 谢叔源（混）《游西池》：“景昃鸣禽集，水木湛清华。”李周翰注：“湛，澄。”此句指，采辑到的《左传》旧注佚文如美玉制成的带钩般晶莹华美。

〔贱子悾恫姿〕贱子，涉及父祖时对自己的谦称。《汉书 · 游侠列传》：“时请召宾客，邑居樽下，称‘贱子上寿’。”颜师古注：“言以父礼事。”悾恫，同“倥侗”。《康熙字典》卷 2《子集中 · 人部》：“倥，……与悾同。”《说文解字注》卷 8 上《人部》：“恫，大皃。……《诗》曰：‘神罔时侗’。”段注：“《大雅 · 思齐》文，今本作恫。……许所据本作侗，偁之以见《毛诗》假侗为恫也。”《明文海》卷 33《赋三十三》戴钦《暌难赋》：“帝复靳予厥初兮，性悾恫而颛顬。”（涵芬楼藏旧抄本。中华书局 1987 年 2 月第 1 版，第 1 册 P247）悾恫，《林本》作“倥侗”，愚昧无知。《汉书 · 杨雄传下》

录其《法言》语：“天降生民，倥侗颛蒙。”颜师古注：“郑氏曰：童蒙无所知也。”姿，此处指状态。与《从匋斋尚书北行初发焦山》“跂予飞蓬姿”句中的“姿”同义。《说文解字》卷 12 下《女部》：“姿，态也。从女次声。”

〔竦（标）〈慄〉先业休〕竦标（檦），《林本》作“竦慄”，害怕之义。《南本》似误，从改。《后汉书·循吏传》序：“故朱浮数上谏书，箴切峻政，钟离意等亦规讽殷勤，以长者为言，而不能得也。”李贤注：“时明帝性褊察，好以耳目隐发为明，又引杖撞郎，朝廷竦栗，争为苛刻，唯意独敢谏争，数封还诏书。”此句指，害怕先人留下的功业（特指仪征刘氏《左传》家学）中断。

〔迨时失播获，曷云醻芸秼〕《尔雅注疏》卷 3《释言第二》：“迨，及也。”邢昺疏：“迨，音待，谓相及也。”《重修玉篇》卷 30《酉部第五百三十九》：“酬，……厚也。”《集韵》卷 7《去声上·焮第二十四》：“耘，……除艸也。……通作芸。”《重修玉篇》卷 113《艸部第一百六十二》：“秼，……除田草。”此二句指，该播种收获的节令却错过了时间，更何谈善待庄稼，在田亩拔稗锄草。隐含之意为，自己没有尽到继承刘氏《左传》家学的责任和义务。王开学辑校《郭象升藏书题跋》：“余与刘申叔同一室而处者两年，曾勉以停罢他课，早就《左疏》。申叔攒眉曰：‘人人见我作此语，君亦尔乎？家业不终，诚哉余责，然安得此光阴？且其书卷目烦多，幸而成就，谁为刻之矣？余不暇为之矣。’申叔四世传经，万卷著录，然不肯整比先业而自骋其才，亦以人生任性情则乐、负义务则苦也。《左传新疏》其终无出版之日乎？（三世所撰，止于襄公二年）观此《年谱》，亦足动人感慨耳！”（山西古籍出版社 2007 年 4 月第 1 版 P44）郭象升《左盦集笺》：“余于为学属文，兴之所发，一往而深，往往万言倚马，申叔亦然。曩尝语之曰：‘君家三世疏《左》，止于襄公二十三年。卒此大业，非君而谁。君今广心务博，乃束置《左疏》不谈，殊失海内之望矣。’申叔曰：‘君言是也。然此心移不到《左疏》上，奈何。（余删去七跋中有一节已及此）心移不到，即小跋短引，尚将因循岁月，况《左疏》繁重，能无望而却步。然此事终吾责也，自号“左盦”，所以识也。’今申叔褭然，然《左疏》迄无一字，而《左盦集》中小跋短引特多。可以知学士文人著述多由兴发，余之小德，亦申叔终身出入者也。”（《辛勤庐丛刻》第一辑，民国三十一年铅印本第 7 叶。）

〔踵武跂似续〕《楚辞章句》卷 1《离骚》：“忽奔走以先后兮，及前王之踵武。”王逸注：“踵，继也。武，迹也。《诗》曰：‘履帝武敏歆’。”跂，同“企”，盼望。详见《冬日旅沪作》一诗〔襂绊跂縶骓〕条笺注。似续，继承。《毛诗正义》卷 11—2《小

雅 · 鸿雁之什 · 斯干》:“似续妣祖”。毛传:“似，嗣也。” 伎,《林本》作“跂”。

〔(腾)〈胜〉词祛曚雺〕腾,《林本》作“胜(勝)”,《南本》似误，从改。胜词，理胜于词。即，立论的水平高于修辞的水平。《文选注》卷 52 魏文帝(曹丕)《典论论文》:“孔融体气高妙，有过人者，然不能持论，理不胜词。”李善注:“《汉书》: 东方朔、枚皋不根持论。《孔丛子》: 平原君‘谓公孙龙曰:“公无复与孔子高辩事也，其理胜于辞，公辞胜于理。”’”雺，同雾。详见《得陈仲甫书》一诗〔尘冥雺不圝〕条笺注。此句指，著文更重持论，以理胜词，拨开蔽人眼目的迷雾。

〔阐同节翕符〕节，调和，调整。《类篇》卷 13 :“节，……一曰制也”。翕，聚集。《方言》(卷)3 :“翕，……聚也。”《篇海类编》卷 9《花木类 · 竹部第二》:“符，……合也。”此句指，发现其中相同之处，汇集在一起，以阐明其同。

〔掇异畺区沟〕畺，同“疆”。《说文解字》卷 13 下《畕部》:“畺，界也。”“疆，畺或从彊土。”沟，隔绝，此处引申为差别。《春秋左传正义》卷 54《定公元年》:“公氏将沟焉。”杜预注:“季孙恶昭公，欲沟绝其兆域，不使与先君同。”此句指，识别其中不同之处，分置于两旁，以区分其异。

〔栉句在理棼〕栉，本意为梳头，引申为梳理。《字汇》辰集《木部》:“栉，……又梳发。”《类篇》卷 17 :“棼，……一曰乱也。”此句指，梳理文辞，重点在于理清句词中的杂乱繁芜。

〔诠诂崇绹幽〕诠诂，诠释训诂。《广雅》卷 7《释器》:“绹，……索也。”绹，本意为绳索。引申为探索、求索。《楚辞》卷 1《离骚》:“路漫漫其修远兮，吾将上下而求索。”《尔雅 · 释言》:“幽，深也。”此句指，诠释训诂注重求索字句的本源之义。

〔辟若纯朴樽，无侈丹臒流〕丹臒，优质贵重的颜料，引申为华丽的辞藻。《说文解字注》卷 5 下《丹部》:“臒，善丹也。”段注:“按:《南山经》曰: 鸡山，其下多丹臒。仑者之山，其下多青臒。然则凡采色之善者，皆称臒。盖本善丹之名，移而他施耳。亦犹白丹、青丹、黑丹，皆曰丹也。”《后汉书 · 班彪传》:“启恭馆之金縢，御东序之秘宝，以流其占。”李贤注:“流，犹遍也。”黄淳耀《陶庵全集》卷 11《五言古 · 书怀寄奉常张笃棐先生》:“况今科目文，堂奥甚蹇浅。丹臒变空质，青紫堪立搴。”吴伟业《梅村集》卷 2《送宛陵施愚山提学山东》其三:“伊昔嘉隆时，文章尚丹臒。”此二句的字面意思是，就好比朴实无华的酒樽，不应浪费优质贵重的颜料涂遍其表面。隐含之意为，文章崇尚质朴，不尚华丽。辟,《林本》作“譬”。无,《林本》作“无”。臒,《林本》作“艧”，二字通。《正字通》未集下《舟部》:“艧，一说臒字之讹。”

〔迁史谙拣差〕此句指，司马迁作《史记》，在引述《左传》时有繁有简，谙于区别对待。案：刘师培作《司马迁左传义序例》一文，他在文中就《史记》引述《左传》的标准和原则有详细的分析："故知史公作书，折衷《左氏》。丘明绪说，赖以仅存。西汉张、贾而外，说《左》之书莫古于《史记》。予治《左氏》久，因依《传》文之序，取《史记》述《传》文者，条比其文，排列众说，成《司马迁左传义》若干卷，以正后儒说经之讹。今将凡例列于后。一、《左传》记事记言，间有文词省约者，史公引述《传》文，则增字以显其义。……一、《史记》引经，如《易》《书》之属，均以训故之字代本字，其述《左传》亦然。……一、《史记》释《传》，有既已易字为训，复增字以显其意者。……一、《史记》述《传》，有省约其词，易繁为简者。……一、《左传》古文为史公所亲睹，《史记》之中，虽以训故之字改古文，亦有存古文而不改者。而今本所传《左传》，则字沿俗体，失古文之真，故《史记》所存之古文，可以正今本《传》文之误。……"

〔歆历洞迪繇〕《尔雅注疏》卷 2《释诂下》："迪繇，训道也。" 邢昺疏："《虞书·大禹谟》云：'惠迪吉'。《小雅·巧言》云：'秩秩大猷'。猷，繇音。义同。又《周书·顾命》云：'命汝嗣训'。" 刘歆作《三统历》，以《春秋》经义解释节气时令，褒贬人物事件。《汉书·律历志上》："至孝成世，刘向总六历，列是非，作《五纪论》。向子歆究其微眇，作《三统历》及《谱》以说《春秋》，推法密要，故述焉。"《汉书·律历志》对此有非常详尽的记载，可参看。此句指，刘歆著《三统历》，洞悉《春秋》经义，以之弘扬大道。历（曆），《林本》作"厤"。《康熙字典》子集下《厂字部》："厤，《玉篇》：'古文曆字。'" 案：司马迁和刘歆都是继承家学而有大成就。司马迁之父司马谈，刘歆之父刘向。上句与此句，似为刘师培继承延续家学的自勉。

〔庶俾壁经业，永杜何范掊〕壁经，指西汉从孔子家壁中重新发现的儒家古文经典。此处专指《左传》。《论衡》卷 29《案书篇》："《春秋左氏传》者，盖出孔子壁中。孝武皇帝时，鲁共王坏孔子教授堂以为宫，得《佚春秋》三十篇，《左氏传》也。" 永杜，永久杜绝，根除。程俱《北山集》卷 6《古诗六·得小圃城南用渊明归田园居韵六首（丁未）》其六："莫言三径微，永杜声利隙。" 何，何休，为《公羊传》作注，《三国志·魏书》有本传。范，范宁，为《谷梁传》作注，《晋书》有本传。《集韵》卷 6《上声下·厚第四十五》："掊，击也。" 此二句指，庶几可以彻底根除《左传》古文学被《公羊》《谷梁》今文学排挤击败的危险。

〔僶俛戒税志〕僶俛，亦作"黾勉"，勉力为之。《毛诗正义》卷 12—2《小雅·节

南山之什 · 十月之交》："黾勉从事，不敢告劳。"郑玄笺："诗人贤者见时，如是自勉，以从王事。虽劳不敢自谓劳，畏刑罚也。"《文选注》卷 17 陆士衡（机）《文赋（并序）》："在有无而僶俛，当浅深而不让。"李善注："《毛诗》曰：'何有何无，僶俛求之。'僶俛，由勉强也。"《礼记正义》卷 57《服问第三十六》："以有本为税。"郑玄注："税，亦变易也。"《尔雅 · 释诂》："税，……舍也。"

〔礲错惕寡俦〕礲，切磋琢磨，《诗经 · 卫风 · 淇奥》："有匪君子，如切如磋，如琢如磨。"《扬子法言》卷 1《学行篇》："或曰：'学无益也，如质何？'曰：'未之思矣。夫有刀者，礲诸。有玉者，错诸。不礲，不错，焉攸用。'"李轨注："礲错，石名也。"宋咸注："扬子善诱于人，以为未之思尔。苟思矣，何无益焉？犹夫刀玉非磨而琢之，则安能成割圭璋之用。"司马光注："虽有良金，以为刀不礲则不能断割。虽有美玉，不错则不能成器。"《集韵》卷 3《阳第十》："惕，痛也，忧也，通作伤。"俦，伙伴、朋友。详见《岁暮怀人（其四）》一诗〔俦〕条笺注。章太炎《与刘光汉书二》："数岁以来，以世无巎人，自分臣之质死。今者奉教君子，吾道因以不孤，积年郁结，始一发舒，胜得清酒三升也。"（《刘申叔遗书》1 册【76】）此句指，切磋琢磨学问，却为缺少伙伴同好而忧伤。

〔锲金古有训〕《荀子 · 劝学篇第一》："锲而舍之，朽木不折；锲而不舍，金石可镂。"

〔勉哉屏息游〕屏息，因精神专注或恐惧而屏住呼吸。此句指，要高度专注于《左传》的研究（以续成父祖未竟的事业），勉之！勖之！1909 年，刘师培到南京入端方幕后写给林宝麒（刘师培堂姐刘师昭之夫）的信中说："近旅白门，暂为栖身之计。顾念先著未成，于《左疏》一书，不得不速为赓续，于二年以内刊板行世，以为缵述先业之一助。"（《刘申叔遗书补遗》下册 P1285）

【略考】

刘师培属古文经学派，但其本人的门户之见其实并不强。他对杜预注《左传》，何休注《公羊传》和范宁注《谷梁传》的内容和观点都很关注，曾在著作和文章中多次引用和使用。当然，他对之有褒有贬。如，1911 年 3—5 月间发表于《国粹学报》的《春秋左氏传时月日古例诠微》。他在该文的《序》中写道："是则《春秋》一经，首先以时月日示例。《公》《谷》二家，其例各诠于本传。何、范作注，更扩《传》文所未备。《左氏》传经，远出《公》《谷》前，所诠尤为近实。""杜例则均属有日无月，不复施以别区。……孔疏本之，更谓褒贬不系于书晦。于先儒日月例，指为横造。且以溺于二传为讥。而汉儒所诠大义，至是尽沦，不克与何范之书并著，岂不恫哉！"

《刘申叔遗书》收录该文，载第 7 册（110—145），题《春秋左氏传时月日古例考》。但《刘申叔遗书》本收录该文《序目》时，对正文，特别是间注做了很多删改。故此处直录《国粹学报》原本文字。他在《甲辰年自述诗》（其十五）的自注中写道："余拟作《王制义疏》，以分析三代制度及今文、古文各家师法。"关于刘师培的"今古文"观，参见《甲辰年自述诗》（其十八）一诗略考。

1910年

游天津公园

商思对韶景，群枭閟（研）〈妍〉淑。及兹春木芒，迺复跂游瞩。阳气施孚微，宿雨休溟沐。径骈药畦歧，桥转葭杝曲。柳稊漾短青，桐芭茁纤绿。麌麌兽走林，喈喈羽迁木。寓目物自怡，抚候时空促。流连金谷吟，曼税河桥躅。

【刊载】

1931年林思进清寂堂《左盦遗诗》刻本;《刘申叔遗书》61册（52),《左盦诗录》卷2《左盦诗》

【类型】

五言，16句。

【编年】

1910年。《左盦诗》署“庚戌”。

【笺注】

〔商思对韶景〕商思，悲秋之情，参见《秋怀》一诗〔静值商氛加〕条笺注。韶景，指春景。《初学记》卷3《岁时部上・春第一・叙事》:“梁元帝《纂要》曰:‘春曰青阳，……景曰……韶景。”此句指，面对春日暖景，我的心中却是悲秋之情。

〔群枭閟（研）〈妍〉淑〕《龙龛手鉴》卷4《入声・日部第六》:“枭，旧藏作彙。”《经典释文》卷2《周易上经・泰传第二》:“彙，古伟字，美也。”閟，隐藏。详见《幽兰》一诗〔幽兰閟隐谷〕条笺注。研，《林本》作“妍”，依句意从改。妍淑，美。宋祁《景文集》卷51《兖州学士书》:“春序妍淑，公余自爱，毋忽。”此句指，在我眼中，春日的佳物都闭藏了它们的美。枭，《林本》作“彙”。

〔芒〕《集韵》卷3《平声三・唐第十一》:“芒，广大皃（貌——引者)。

〔迺复跂游瞩〕刘师培《芜湖赭山秋望》诗有句:“浪迹涉艰阻，颇讶游瞩移。”参见该句笺注。跂，通“歧”，不同之意。《大戴礼记》卷7《劝学第六十四》:“行歧涂者不至，事两君者不容。”四库馆臣案语:“歧，他本讹作跂。今从方本。”此句指，再次游览天津这个公园，看到与以往不同的景致。迺，《林本》作“颇”。

〔阳气施孚微〕孚微，指事物处于萌芽期，尚微弱之时。《太玄集注》卷1《戾》:“戾，阳气孚微，物各乖离，而触其类。”司马光注:“卵之始化谓之孚，艸之萌甲亦曰孚，然则孚者物之始也。阳气始化，其气尚微，万物之形粗可分别。”此句指，春日

的阳气让万物萌动。（中华书局 1998 年 9 月第 1 版 P15）

〔宿雨休溟沐〕宿雨，夜雨。《古诗纪》卷 115 江总《诒孔中丞奂》：“初晴原野开，宿雨润条枚。”扬雄《太玄经》卷 1《少》：“上九。密雨溟沐，润于枯渎，三日射谷。测曰：密雨射谷，谦之敬也。”范望注：“雨之细者称溟沐，细密之雨能润于枯渎，况于谷耶？”

〔径骈药畦歧〕骈，本意指驾驭两匹马，后引申为并列平行。《字汇》亥集《马部》：“骈，……联也。”药，此处专指芍药，亦称“红药”。《文选》卷 30 谢玄晖（朓）《直中书省》：“红药当阶翻，苍苔依砌上。”白居易有《草词毕遇芍药初开因咏小谢红药当阶翻诗以为一句未尽其状偶成十六韵》诗（《全唐诗》卷 442，第 7 册 P4962—4963）。此句指，芍药成块种植，将园中的道路分隔得规正并行，交差错落。

〔桥转葭榹曲〕《诗经集传》卷 1《召南・驺虞》：“彼茁者葭。”朱熹注：“葭，芦也，亦名苇。”《大戴礼记》卷 2《夏小正第四十七・正月》：“梅杏榹桃则华。榹，桃，山桃也。”此句指，园中生长的芦苇和山桃随着桥的走向而曲折。参见《癸丑纪行六百八十八韵》一诗〔葭藿萌岸苇，桃萼绽山榹〕条笺注。

〔柳稊漾短青〕柳稊，柳树新生的嫩枝。《周易正义》卷 3《大过》：“枯杨生稊。”王弼注：“杨之秀也。”《大戴礼记》卷 2《夏小正第四十七・正月》：“柳稊。稊也者，发孚也。”孚，此处指草木初生。参见本诗〔阳气施孚微〕条笺注。短青，指柳树新生的绿色嫩枝尚短小。漾，《林本》作“荡”。

〔桐芭茁纤绿〕桐芭，桐树的花朵。《大戴礼记》卷 2《夏小正第四十七・三月》：“拂桐芭。拂也者，拂也。桐芭之时也。或曰，言桐芭始生貌，拂拂然也。”纤绿，纤细嫩绿的新芽。

〔麌麌〕兽类群聚貌。《毛诗正义》卷 10—3《小雅・南有嘉鱼之什・吉日》：“兽之所同，麀鹿麌麌。”毛传：“鹿牝曰麀。麌麌，众多也。”郑玄笺：“同，犹聚也。麕牡曰麌。麌复麌，言多也。”

〔喈喈〕《毛诗正义》卷 1—2《周南・葛覃》：“黄鸟于飞，集于灌木。其鸣喈喈，葛之覃兮。”毛传：“喈喈，和声之远闻也。”郑玄笺：“葛延蔓之时，则抟黍。飞鸣亦因以兴焉，飞集丛木。”

〔寓目〕观看，过目。《左传・僖公二十八年》：“请与君之士戏。君冯轼而观之，得臣与寓目焉。”

〔抚候〕静待。

〔流连金谷吟〕西晋石崇在洛阳筑“金谷别馆”，极尽奢华。《晋书·石崇传》：“崇有别馆在河阳之金谷，一名梓泽，送者倾都，帐饮于此焉。”王羲之以他人将自己的《兰亭集序》媲美石崇的《金谷集序》，将自己媲美石崇之豪富而颇为自得，可见其盛。《世说新语》卷中之下《品藻第九》：“谢公云：《金谷》中，苏、绍最胜。绍是石崇姊夫，苏则孙愉子也。”刘孝标注：“石崇《金谷诗叙》曰：‘余以元康六年，从太仆卿出为使，持节监青、徐诸军事、征虏将军。有别庐在河南县界金谷涧中，或高或下，有清泉茂林，众果竹柏、药草之属，莫不毕备。又有水碓、鱼池、土窟，其为娱目欢心之物备矣。时征西大将军祭酒王诩当还长安，余与众贤共送往涧中，昼夜游宴，屡迁其坐。或登高临下，或列坐水滨。时琴瑟笙筑，合载车中，道路并作。及住，令与鼓吹递奏。遂各赋诗，以叙中怀。或不能者，罚酒三斗。感性命之不永，惧凋落之无期。故具列时人官号、姓名、年纪，又写诗箸后。后之好事者，其览之哉！”《世说新语》卷下之上《企羡第十六》：“王右军得人以《兰亭集序》方《金谷诗序》，又以己敌石崇，甚有欣色。”流连，《林本》作“庶连”，疑误。

〔曼税河桥躅〕曼，通“漫”。《楚辞补注》卷1《离骚》：“路曼曼其修远兮”。洪兴祖补注：“《释文》曼作漫。五臣云：漫漫，远貌。”《毛诗正义》卷20—2《鲁颂·駉之什·閟宫》：“孔曼且硕，万民是若。”毛传：“曼，长也。”郑玄笺：“曼，修也，广也。”税，通“悦”。《史记·礼书》：“凡礼，始乎脱，成乎文，终乎税。”裴骃《集解》：“徐广曰：‘一作悦。’”司马贞《索隐》：“音悦，言礼终卒和悦人情。”躅，踯躅，即徘徊。《荀子·礼论篇第十九》：“过故乡，则必徘徊焉，鸣号焉，踯躅焉，踟蹰焉，然后能去之也。”此句指，在河边桥畔踯躅流连，让人心情愉悦。

折柳词（三首）

【刊载】

1931 年林思进清寂堂《左盦遗诗》刻本;《刘申叔遗书》61 册（52—53),《左盦诗录》卷 2《左盦诗》。

【类型】

五言，4 句。

【编年】

1910 年。《左盦诗》署“庚戌”。

折柳词（三首）其一

白紵璇闺曲，雕辎锦陌尘。芳心弗可折，应妒柳条春。

【笺注】

〔折柳词〕这是一组思念故人的送别诗。古人饯别时，有折柳相送的习俗。《三辅黄图》卷 6《桥》："灞桥，在长安东，跨水作桥。汉人送客至此桥，折柳赠别。"《全唐诗》卷 48 张九龄《折杨柳》："纤纤折杨柳，持此寄情人。一枝何足贵，怜是故园春。迟景那能久，芳菲不及新。更愁征戍客，容鬓老边尘。"（第 1 册 P584）

〔白紵璇闺曲〕紵，亦作"苎"。《乐书》卷 176《乐图论·俗部·舞·吴蜀乐舞》："《古今乐录》有白紵舞。盖紵本吴地所出，疑是吴舞也。晋《俳歌》曰：'〈交〉交白绪'。岂吴呼绪为紵邪？今宣州有白紵山，其命名之意盖出于此。"《太平御览》卷 574《乐部十二·舞》："《古今乐录》曰：白苎舞。案：辞有巾袍之言，苎本吴地所出，宜是吴地舞也。晋《徘徊歌》曰：'交交白绪，节节为双'。吴音呼绪为苎，疑白绪即白苎也。"《尚书正义》卷 2《舜典》："正月上日，受终于文祖。在璇玑玉衡，以齐七政。"孔传："璇，美玉。"闺曲，指女子思夫。此句指，饯别处奏着吴地的白紵歌，曲子的内容是女子思夫的春闺曲，曲调如美玉般华美。

〔雕辎锦陌尘〕雕辎，雕饰华美的车子。《乐府诗集》卷 56 王融《齐明王歌辞》其四《采菱曲》："雕辎（一作青辂）傃平隰，朱棹泊安流。"此句指，通体雕饰的车子在道路上腾起的尘土中更显华丽。

〔芳心〕本指人的心思聪慧，后特指女性的心思。北魏《甄凯墓志铭》："既敦坟史，兼好词翰，芳心令質，日就月将。"（见孟昭林《无极甄氏诸墓的发现及其有关问题》，载《文物》1959 年第 1 期 P45）《全唐诗》卷 161 李白《古风》其四十九："美人出南国，灼灼芙蓉姿。皓齿终不发，芳心空自持。"（第 3 册 P1680）

折柳词（三首）其二

愆我朝阳梦，暄风不可期。柳花如有信，应付玉台知。

【笺注】

〔愆〕《春秋左传正义》卷 52《昭公二十六年》："王昏不若，用愆厥位。"杜预注：

“愆，失也。”

〔暄风〕暖风。韩淲《涧泉集》卷 16《暄风》：“暄风移日过庭皋，倦拨残书首重搔。”另见《金陵城北春游》一诗〔俊风嘘暄柔〕条笺注。

〔玉台〕女子的梳妆台。《全唐诗》卷 175 李白《送族弟凝之滁求婚崔氏》：“与尔情不浅，忘筌已得鱼。玉台挂宝镜，持此意何如。”（第 3 册 P1795）

折柳词（三首）其三

玉勒金丝辔，青骢踏翠归。莫渡阳关去，轻尘尚积衣。

【笺注】

〔玉勒金丝辔〕勒，马嚼子。《说文解字》卷 3 下《革部》：“勒，马头络衔也。”辔，马缰绳。《礼记正义》卷 3《曲礼上》：“执策分辔”。孔颖达疏：“辔，御马索也。”

〔骢〕《说文解字》卷 10 上《马部》：“骢，马青白杂毛也。”

〔莫渡阳关去，轻尘尚积衣〕《全唐诗》卷 128 王维《渭城曲（一作送元二使安西）》：“渭城朝雨浥轻尘，客舍青青（一作依依）杨柳春（一作柳色新）。劝君更尽一杯酒，西出阳关无故人。”（第 2 册 P1306）刘师培《拟茂先情诗（二首）》其一：“愿为陌丘尘，随风集君衣。”

季夏雨霁游北洋公立种植园泛舟竟夕

海壖蕴暄氛，尘陌愆新寒。缅怀阴旷游，屏遏离炎曮。郊痕逗疏樊，璜影萦曲湍。萎木菀菑翳，彩卉纷煸斓。椮差陂茁蒲，戞击风鸣雚。蝭蟧扬静响，舂箕播文翰。横沥维绋缡，泳川狎漪澜。謦耳礉雷阒，泫裾霝露霏。袢延谢絺服，饪鬻倾�篁。睇眄物滋适，阚仰情弥宽。折麻缅阳阿，伐轮惭河干。无忘挹潦清，庶踵临濠观。

【刊载】

1931 年林思进清寂堂《左盦遗诗》刻本；《刘申叔遗书》61 册（53），《左盦诗录》卷 2《左盦诗》。

【类型】

五言，24 句。

【编年】

1910 年。《左盦诗》署“庚戌”。

【笺注】

〔北洋公立种植园〕清光绪三十二年（1906），时任直隶总督的袁世凯派周学熙在天津城外北郊筹建了北洋公立种植园，种植各种花卉树木。当时，此地还是一片荒郊野地。其旧址今为北宁公园，位于天津北站东北侧。案：其时，刘师培正在端方幕府。而端方时任直隶总督，常驻天津。

〔海壖蕴暄氛〕《史记·河渠书》：“五千顷故尽河壖。”裴骃《集解》：“韦昭曰：‘壖，音而缘反。谓缘河边地。’”《宋本广韵》卷 1《上平声·元第二十二》：“暄，温也。”

〔愆〕愆，耽搁。《三国志·蜀书十四·费祎传》裴注引《祎别传》：“董允代祎为尚书令，欲教祎之所行，旬日之中，事多愆滞。”

〔缅怀阴旷游〕缅怀，遥思。《艺文类聚》卷 36《人部二十·隐逸上》陶潜《周妙珪赞》：“缅怀千载，托契孤游。”（《陶渊明集》卷 7 诗题作“扇上画赞·周阳珪”）阴旷，指阴凉的旷野。

〔屏遏离炎曮〕屏遏，亦作“屏逖”，远隔之义。许相卿《云村集》卷 5《书简·与桂洲夏公言宗伯（二首）》其二：“某自惟屏逖疎野，十数年间”。炎曮，酷热。《广雅疏证》卷 3 上《释诂》：“暍、曮……煗（同暖——引者）也。”王念孙注：“《说文》：‘暍，伤热暑也……曮者，《说文》云：‘安曮，温也。’”

〔郊痕逗疏樊〕郊，田野。《汉书·司马相如传上》载其《上林赋》：“而命有司曰：地可垦辟，悉为农郊，以赡氓隶。”颜师古注：“邑外谓之郊，郊野之田故曰农郊也。《卫风·硕人》之诗曰：‘说于农郊’也。”《说文解字》卷 2 下《辵部》：“逗，止也。”《尔雅注疏》卷 3《释言第二》：“樊，藩也。”郭璞注：“谓藩篱。”邢昺疏：“藩以细木为之，《齐风·东方未明》云：‘折柳樊圃。’《小雅·青蝇》云：‘营营青蝇，止于榛毛。’《传》云：‘棘榛，所以为藩是也。’”此句指，田野的状貌至种植园稀疏的栅栏而消失。案：种植园周边当时还是一片荒郊野地。

〔璜影萦曲湍〕璜影，即阳光。《白虎通义》卷 3 上《瑞贽·五瑞制度名义》：“璜之为言，光也。阳光所及，莫不动也。”（卢文弨《抱经堂丛书》本）此句指，阳光萦绕着曲折的流水。

〔萎木菀菑翳〕《毛诗正义》卷 10—2《大雅·荡之什·桑柔》：“彼桑柔菀。”毛传：“菀，茂貌。”《尔雅注疏》卷 9《释木第十四》：“木自獘，柛。立死，椔。獘者，翳。”邢昺疏：“说者引李巡曰：‘以当死害生曰菑，毙死也。’然则以立死之木妨他木长生，为木之害，故曰菑也。自毙者，生木自倒，枝叶覆地为阴翳，故曰翳也。”此句指，已经枯死的树木繁多且挺立不倒。从此句之意分析，种植园内引种、移栽的树木成活率似乎不高。

〔彩卉纷斒斓〕斒斓，即“斑斓”。《正字通》卯集下《文部》：“斒，俗斑字。”《说文解字》卷 1 下《艸部》：“卉，草之总名也。”彩卉，《林本》作“卉色”。

〔槮差陂茁蒲〕槮差，即“参差”。《别雅》卷 1：“槮差、篸篕、柴池、傑池、柴虒，参差也。《说文》引《诗 · 周南》作‘槮差荇菜’。”《说文解字注》卷 14 下《𨸏部》：“陂，一曰沱也。”段注：“池，各本作沱，误。今依《韵会》正。”《说文解字》卷 1 下《艸部》：“蒲，水草也。”此句指，池塘里的蒲草长短不一，生长茂盛。

〔戛击风鸣藋〕戛击，亦作“戞击”，敲击。戛，《林本》作“戞”。《字汇》卯集《戈部》：“戛，俗戞字。”《书经集传》卷 1《虞书 · 益稷》：“戛击鸣球，搏拊琴瑟。”蔡沈注：“戛击，考击也。”《六书统》卷 20《假借 · 声义兼借》：“戛，……以戈击首也。凡戛击之义，皆借之。”藋，通“萑”。《六艺之一录》卷 185《复古编下 · 形声相类》：“藋，萑也”。《重修玉篇》卷 113《艸部第一百六十二》：“萑，……细苇。”

〔蝭蟧〕《大戴礼记》卷 2《夏小正第四十七 · 七月》：“寒蝉、鸣蝉也者，蝭蟧也。”

〔舂箕播文翰〕舂箕，蝗类，如蝈蝈、蝗虫。《埤雅》卷 10《释虫 · 螽》：“螽斯，一名舂黍，亦或谓之舂箕。《草木疏》云：蝗类，青色长角长股，股鸣者也。或曰似蝗而小，股黑有文。五月中以两股相切作声，闻数步者是也。”《诗经 · 豳风 · 七月》：“五月，斯螽动股。”《诗经 · 周南》另有《螽斯》一篇，毛传曰：“后妃子孙众多也。言若螽斯不妒忌，则子孙众多也。”国人以螽斯繁衍繁盛喻多子多福之意。文翰，本指学问文章，此处指禽虫类高声鸣叫。高启《大全集》卷 5《五言古诗 · 斗鸭篇》：“宛转回翠吭，襹褷振文翰。声兼江雨喧，影逐浦云乱。”

〔横沥维绋缡〕《楚辞章句》卷 16《九叹 · 离世》：“棹舟杭以横沥兮”。王逸注：“沥，渡也。”《毛诗正义》卷 15—1《小雅 · 鱼藻之什 · 采菽》：“泛泛杨舟，绋缅维之。”毛传：“绋，䌰也；缅，緌也。”《尔雅 · 释器》：“缡，緌也。”朱谋㙔《诗故》卷 8《小雅 · 采菽》：“绋缅，皆维舟之索。大曰绋，小者曰缅。舟有大有小，故系维之具亦有绋有缅。”缅，通“缡”。《集韵》卷 1《平声一 · 支第五》：“缅，緌也，通作缡。”

〔泳川狎漪澜〕泳川，鱼游戏水。包恢《敝帚稿略》卷 8《酬袁守方秋崖遗宝带桥诗以顾我老非题柱客知君材是济川功为韵十四首》其十三："上观云飞鸟，下看鱼泳川。"《陈子龙诗集》卷 4《五言古诗 · 田家诗（二首）》其一："飞鸟或鸣树，游鲦时泳川。"（上海古籍出版社 1983 年第 1 版上册 P93）《文选注》卷 5 左太冲（思）《吴都赋》："雕啄蔓藻，刷荡漪澜。" 刘渊林（逵）注："漪澜，水波也。"

〔訾耳磤雷阗〕《宋本广韵》卷 3《上声 · 十九隐》："磤，雷声。" 阗，鼓声、雷声。《楚辞补注》卷 8 宋玉《九辩》："属雷师之阗阗兮，通飞廉之衙衙。" 王逸注："整理车驾而鼓严也。" 洪兴祖补注："阗音田，鼓声。"

〔泫裾霝露霄〕泫，露水繁多晶莹之貌。《六臣注文选》卷 22 谢灵运《从斤竹涧越岭溪行》："岩下云方合，花上露犹泫。" 李周翰注："泫，露重貌。"《龙龛手鉴》卷 2《上声 · 水部第三》："泫，……露光也。"《说文解字》卷 8 上《衣部》："裾，衣袍也。" 霝，同灵（靈）。《说文解字注》卷 11 下《雨部》："霝，雨零也。" 段注："霝亦叚灵为之。"《宋本广韵》卷一《上平声 · 二十六桓》："霄，露皃（貌——引者）。" 此句指，露水繁多，沾湿了衣服。

〔祥延谢絺服〕《毛诗正义》卷 3—1《鄘风 · 君子偕老》："蒙彼绉絺，是绁袢也。" 孔颖达疏："绁袢者，去热之名，故言袢延之服。袢延是热之气也。" 谢，衰落。《正字通》酉集上《言部》："谢，……又退也，衰也。《淮南子 · 兵略篇》：'若春秋有代谢，若日月有昼夜。'" 絺服，指夏装。详见《宫怨》一诗〔絺绤西风欺绿衣〕条笺注。此句指，穿上细麻布制成的夏装，使酷热的感觉消退。

〔饪鬻倾筠箪〕饪鬻，亦作"饪馀"，指鼎中烹熟的热食。《说文解字》卷 3 下《䰜部》："鬻，鼎实。惟苇及蒲。陈留谓健为鬻，从䰜速声。""馀，鬻，或从食束。"《正字通》亥集上《鬲部》："鬻，同鬻。俗省。"《全唐诗》卷 156 王翰《奉和圣制同二相已下群官乐游园宴》："饪（一作鼎）馀调元气，歌钟溢雅声。"（第 3 册 P1608）《集韵》卷 2《平声二 · 谆第十八》："筠，……竹青皮。"《重修玉篇》卷 14《竹部第一百六十六》："箪，……苇器也。《论语》曰：'一箪食'。" 此句指，滚烫的热食要倒进竹苇制成的清凉餐具里，使温度降下来。鬻，《林本》作"鬻"，似误。《万本》亦作"鬻"。

〔睇眄物滋适〕睇眄，指目光游移，斜目而视，后亦泛指注视。《礼记正义》卷 2《曲礼上》："毋淫视"。郑玄注："淫视，睇眄也。" 孔颖达疏："毋淫视者，淫谓流移也。目当直瞻视，不得流动邪眄也。"《文选注》卷 34 曹子建（植）《七启八首（并序）》："红颜宜笑，睇眄流光。" 李善注："《楚辞》曰：'既含睇兮又宜笑。' 王逸曰：'睇，微眄貌’。”滋，繁茂。《字汇》辰集《水部》:“滋，……多也，蕃也。”适，喜悦。《一切经音义》卷 27《妙法莲花经 · 譬喻品》:“适其:……《三苍》:‘适，悦也，谓称适耳。’”此句指，看着园中景致而内心愉悦。

〔阚仰情弥宽〕阚仰，疑应作“瞰仰”，俯瞰仰视之意。秦观《淮海集》卷 38《记 · 五百罗汉图记》:“据危迫险，俛瞰仰睇。”阚仰，亦指威武雄壮、士气高涨貌。与此句意显然不合。《周礼注疏》卷 14《地官司徒第二 · 保氏》:“五曰军旅之容”。郑玄注:“军旅之容，阚阚仰仰。”《周礼正义》卷 26《地官司徒 · 保氏》孙诒让注:“云‘军旅之容，阚阚仰仰’者，《诗 · 大雅 · 常武》:‘阚如虓虎’，笺云:‘阚然如虎之怒。’仰，《释文》云:‘文又作卬。’案：卬仰古通用。《诗 · 大雅 · 卷阿》疏引孙炎《尔雅注》云:‘卬卬，志气高远也。’”此句指，俯瞰仰视，心情更加开阔。

〔折麻缅阳阿〕《楚辞章句》卷 2 屈原《九歌 · 大司命》:“折疏麻兮瑶华，将以遗兮离居。”王逸注:“疏麻，神麻也。瑶华，玉华也。”“离居，谓隐者也。言己虽出阴入阳，涉历殊方，犹思离居隐士，将折神麻，采玉华，以遗与之。”后以“折麻”喻思念故人。《玉台新咏》卷 8 闻人蒨《春日》:“行人今不返，何劳空折麻。”缅，思。详见本诗〔缅怀阴旷游〕条笺注。《楚辞补注》卷 2 屈原《九歌 · 少司命》:“晞女发兮阳之阿。”王逸注:“晞，干也。《诗》曰:‘匪阳不晞。’阿，曲隅，日所行也。言己愿托司命，俱沐咸池，干发阳阿，斋戒洁己，冀蒙天佑也。”洪兴祖补注:“晞，音希。《淮南》曰:‘日出汤谷，浴于咸池，拂于扶桑。’是谓晨明登于扶桑，是谓朏明至于曲阿，是谓旦明。《远游》曰:‘朝濯发于汤谷兮，夕晞余身兮九阳。’”缅，《林本》作“企”。

〔伐轮惭河干〕《诗经 · 小雅 · 南有嘉鱼之什 · 六月》诗序:“宣王北伐也。《鹿鸣》废则和乐缺矣，……《伐木》废，则朋友缺矣。”《诗经 · 小雅 · 鹿鸣之什 · 伐木》诗序:“伐木，燕朋友故旧也。自天子至于庶人，未有不须友以成者。亲亲以睦，友贤不弃，不遗故旧，则民德归厚矣。”诗:“伐木丁丁，鸟鸣嘤嘤。出自幽谷，迁于乔木。嘤其鸣矣，求其友声。相彼鸟矣，犹求友声。矧伊人，不求友生。”《诗经 · 魏风 · 伐檀》:“坎坎伐轮兮，寘之河之漘兮，河水清且沦猗。”此句为刘师培自况，以“伐木”喻朋友之情，以“惭河干”喻面对“清且涟……”的河水感到惭愧，指其思念朋友故交，又无颜面对他们。1913 年，刘师培《未遂》诗有句“伐木愧河干”，《述怀一百四十韵示蜀中诸同好》诗有句“伐辐愧河漘”，皆与此句义同。惭（慚），《林本》作“慙”。

〔无忘挹潦清〕《诗经今注今译 · 大雅 · 生民之什 · 泂酌》:“泂酌彼行潦，挹彼注兹。可以濯罍。”马持盈译：“远远的去酌取那行潦之水，以注入于此间的容器之内，可以洗涤酒器。”（台湾商务印书馆 1979 年 3 月六版 P446）《新译大方广佛华严经音义 · 经序音义》：“挹，……《珠丛》曰：凡以器斟酌于水，谓之挹。”此句指，不要忘记从那“行潦”中舀取清水，以洗涤酒器。隐含之意为，不要忘记洗刷自己身上的耻辱（指投靠端方）。

〔庶踵临濠观〕临濠观，即典故“子非鱼，安知鱼之乐。”详见《东京清明杂感（二首）》其一一诗〔庄惠观鱼物外天〕条笺注。此句指，庶几还能追随自己曾经超然物外的志向。

新白紵曲

韎韐宝袜鲜支裳，纤襦直裾皜罽凉。香屧揉韦玄云光，双璧裁镜金溶珰。蒻莎办彩氍毹张，綦绮摇丹蒸缥黄。晶釭莹辉爗琼芳，商丝曳响秋宵长。曜灵舒魄窥誃廊，兰枝团露珠瀼瀼。津汉无梁休断肠，滮池应有鸳鸶翔。

【刊载】

1931 年林思进清寂堂《左盦遗诗》刻本;《刘申叔遗书》61 册（53—54),《左盦诗录》卷 2《左盦诗》。

【类型】

七言，12 句。

【编年】

1910 年。《左盦诗》署“庚戌”。

【笺注】

〔新白紵曲〕白紵，白色的苎麻布。魏晋南北朝时，宫廷流行“白紵舞”，妙龄女子着白紵制成的舞服，起舞曼妙。详见《折柳词（三首）》其一一诗〔白紵璇闺曲〕条笺注。而与舞蹈配合的，即“白紵曲”，亦称“白紵歌”，是一种六朝宫体诗的重要形式。其内容多为描写舞者轻柔灵动的舞姿。如刘铄《白紵曲》：“仙仙徐动何盈盈，玉腕俱凝若云行。佳人举袖耀青蛾，掺掺擢手映鲜罗。状似明月泛云河，体如轻风动流波。”鲍照《白紵歌》：“珠履飒沓纨袖飞，凄风夏起素云回。”刘师培此诗名《新白紵曲》，其描写的内容与传统《白紵曲》明显不同，诗的前半部分是描写奢华的服装和装饰，后半部分则是对景物和心情的描写。

〔韎韐宝袾鲜支裳〕韎韐，亦作“韎鞈”“韎韦”，红色的皮制祭服，武士祭祀时穿着，用以遮蔽膝盖。《毛诗正义》卷 14—2《小雅 · 甫田之什 · 瞻彼洛矣》：“韎韐有奭，以作六师。”毛传：“韎韐者，茅搜染草也。一入曰韎。韐，所以代韠也。”孔颖达疏：“韎韐者，衣服之名。奭者，赤貌，《传》解言奭之由，以其用茅搜之草染之，其草色赤故也。‘一入曰韎。韐，所以代韠’者。案《尔雅》云：‘一染谓之縓，再染谓之赪，三染谓之纁。’此曰韎韐即一入，曰韎韐，是縓也。’定本云：‘一入曰韎韐’，是以他服谓之韨，祭服则谓之韎韐。以此韎韐代他服之韠。大夫以上，祭服谓之韨。士无韨名，谓之韎韐。士言韎韐，亦犹大夫以上之言韨也。若然，《玉藻》云：‘一命缊韨黝珩。’注云：‘侯伯之士一命。’则士亦名韨矣。言韎韐者，彼注亦云：‘子男大夫一命。’则一命缊韨。以子男大夫为文，故言韨耳。其实士正名韎韐。《士冠礼》：‘爵弁服韎韐’，不言韨，是也。”《宋本广韵》卷 5《入声 · 洽第三十一》：“韐，韎韐，韦蔽膝。”韐，《林本》作“韦”。袾，束衣带。《类篇》卷 23：“袾，……所以束衣也。”鲜支，素绢，即白绢。《广雅疏证》卷 7 下《释器》：“鲜支，縠绢也。”王念孙注：“《周官 · 内司》服注云：‘素沙者，今之白縳也。’……鲜支，一作鲜卮。《说文》：‘縳，白鲜卮也。’”《汉书 · 司马相如传上》载其《上林赋》：“于是郑女曼姬，被阿锡揄紵缟。”颜师古注：“缟，鲜支也。今之所谓素者也。”此句疑指西洋式装束，长礼服，配白色丝绸衬衫、黑色腰封。这是旧时在正式场合穿着的西洋服饰。

〔纤襦直裾皜罽凉〕纤襦直裾，指纤薄的短上衣。《说文解字》卷 8 上《衣部》：“襦，短衣也。”《说文通训定声》豫部弟九：“裾，……衣之前襟也，今苏俗曰大襟。”《说文解字注》卷 8 上《衣部》：“褕，……曰直裾谓之襜褕。”段注：“方言：‘襜褕，江淮南楚谓之穜褣。自关而西谓之襜褕。《释名》：‘荆州谓禪衣曰布襹，亦曰襜褕。言其襜襜弘裕也。’师古注《急就篇》及《隽不疑传》曰：‘直裾禪衣也。’《史记 · 索隐》曰：‘谓非正朝衣，如妇人服也。’”皜，同“皓”。《类篇》卷 21：“皓、皜、皡，下老切，白皃（貌——引者）。或作皜、皡、皓。”《尔雅注疏》卷 2《释言第二》：“牦，罽也。”郭璞注：“毛牦所以为。”邢昺疏：“胡人续羊毛而作衣，然则罽者，织毛为之。若今之毛氍毹，以衣马之带鞅也。”此句疑指毛料西服配白色衬衫。

〔香屧揉韦玄云光〕《香乘》卷 1《香品 · 屧衬沈香》：“无瑕屧，屧之内皆衬沈香，谓之生香屧。”屧，木屐。《重修广韵》卷 5《入声 · 怗第三十》：“屧，屐也。”《说文解字注》卷 3 下《瓷部》：“瓷，柔韦也。”段注：“柔者，治之使鞣也。韦，可用之皮也。”玄云光，如乌云般的黑色。白居易《白氏长庆集》卷 10《叹老三首》其二：“昔似玄云光，今如素丝色。”此句疑指西洋式皮鞋。

〔双璧裁镜金溶珰〕此句疑指金丝边眼镜。《青溪旧屋仪征刘氏五氏小记》P28：“舅氏为深度近视眼，十余岁即戴眼镜，当时外国眼镜还未风行，只有银框椭圆式，已比从前大圆镜时髦了；但银质日久必起黑釉，必须常用粉擦。舅氏那有此种闲情，因此常为眼镜变黑发怒，甚至摔掷。有一年冬天伯外祖母寿辰，宾客甚盛。江阴何秋辇中丞彦升来祝寿，章服鲜华，目御黄金镜架，自增璀璨。舅氏见之，即询以何处可购。秋老即告以可向宝盛银楼定制。次日，即向外祖母说必须得此。外祖母言：‘何来如此多金，无已，将我的首饰持去改制吧。’即出饰金数件。舅氏向来未与市贾交易，并不知银楼所在，遂展转托人代办，不数日携归，舅氏大乐，跳跃而出。”珰，《林本》作“铛”。

〔薠莎办彩氍毹张〕《说文解字注》卷 1 下《艸部》：“青薠，似莎者。”段注：“佀（即“似”——引者）莎而大者。”《宋本广韵》卷 2《下平声 · 戈第八》：“莎，草名。”《楚辞》卷 12 淮南小山《招隐士》：“青莎杂树兮，薠草靃靡。”《史记 · 司马相如传》载其《子虚赋》：“薛莎青薠。”裴骃《集解》：“徐广曰：……莎，镐侯也。青薠，似莎而大也。”《说文解字注》卷 4 下《刀部》：“辨，判也。”段注：“辧，从刀，俗作辨。……别作从力之辦。”办彩，即“斑彩”。案：办（辦、辧），疑当为“辨”，《林本》即作“辨”。辨与“班”通，班又与“斑”通。《仪礼注疏》卷 43《士虞礼》：“明日以其班祔。”郑玄注：“古文班，或为辨。”《广雅疏证》卷 1 上《释诂》：“……斑，分也。”王念孙注：“斑与班通。”氍毹，有花纹图案的毛织物。《太平御览》卷 708《服用部十 · 氍毹》：“《略魏》曰：‘大秦国以野蚕丝织成氍毹，文出黄白黑绿。’”《字汇》己集《毛部》：“毹，同毹。”毹，《林本》作“毺”。疑指西式建筑庭院中的人工草坪和屋内铺设的羊毛地毯。

〔綦绮摇丹蒸缥黄〕《广雅疏证》卷 7 下《释器》：“綦绮，……彩也。”王念孙注：“綦绮，谓织绮文如綦也。《说文》：‘绮，文缯也。’”摇丹，红。陆游《剑南诗稿》卷 3《送范西叔赴召》：“天涯流落过重阳，枫叶摇丹已着霜。”缥，《林本》作“缥”，《南本》似误。《广雅疏证》卷 7 下《释器》：“蒸縹（蒸缥的异体字——引者），……彩也。”王念孙注：“蒸缥，本作烝栗。……《释名》云：蒸栗，染绀使黄色，如蒸栗然也。”《类篇》卷 37：“缥，力质切，黄色缯。”

〔晶釭莹辉燿琼芳〕《宋本广韵》卷 1《上平声 · 冬第二》：“釭，灯也。”燿，闪亮。《说文解字》卷10上《火部》：“燿，灼也。”《楚辞补注》卷2屈原《九歌 · 东皇太一》：

“瑶席兮玉瑱，盍将把兮琼芳。”王逸注：“琼，玉枝也。言已修饰清洁，以瑶玉为席，美玉为瑱。灵巫何持乎？乃复把玉枝以为香也。”洪兴祖补注：“五臣云：灵巫何不持琼枝以为芳香，取美洁也。”此句疑指西洋式水晶吊灯发出美玉般的光辉。辉，《林本》作“煇”。

〔商丝曳响秋宵长〕商丝，指忧伤的旋律。详见《拟茂先情诗（二首）》其二一诗〔商絃〕条笺注。丝曳，《林本》作“弦曳”。

〔曜灵舒魄窥誃廊〕《楚辞章句》卷 3 屈原《天问》：“角宿未旦，曜灵安藏。”王逸注：“曜灵，日也。”舒魄，此处指太阳挥出光芒。参见《对月》一诗〔帝台兔影荡琼魄〕条笺注。誃廊，亦作“謻廊”，离宫别馆之廊道。《新唐书 · 韦弘机传》：“狄仁杰曰：‘古天子陂池台榭皆深宫，复禁不欲百姓见之，恐伤其心。而今列岸謻廊亘王城外，岂爱君哉？’”誃，同“謻”。《正字通》酉集上《言部》：“謻，同誃。”靈（灵），《林本》作“霛”。

〔瀼瀼〕《毛诗正义》卷 4—4《小雅 · 南有嘉鱼之什 · 蓼萧》：“蓼彼萧斯，零露瀼瀼。”毛传：“瀼瀼，露蕃貌。”

〔津汉无梁〕《楚辞》卷 14 严夫子（庄忌）《哀时命》：“道壅塞而不通兮，江河广而无梁。”《全唐诗》卷 101 李如璧《明月》：“三五月华流炯光，可怜怀归郢路长。逾江越汉津无梁，遥遥永夜思茫茫。”（第 2 册 P1078）

〔滮池应有鸳鴺翔〕《诗经 · 小雅 · 鱼藻之什 · 白华》：“滮池北流，浸彼稻田。……鸳鸯在梁，戢其左翼。”《资治通鉴》卷 106《晋纪二十八 · 烈宗孝武皇帝中之上》太元十一年：“冠军将军邓景拥众五千，据彭池与窦冲为首尾，以击后秦。”胡注：“彭池恐当作彪池。彪池在长安西，《诗》所谓‘滮池北流’者也。”鴺，鵜的异体字，大雁。《宋本广韵》卷 1《上平声 · 支第五》：“鵜，……又云雁。”鸳，《林本》作“鸯”。

秋思

宵梦蘼芜径，秋心兰蕙帏。排云蟾半暧，徯露鹤双飞。琼瑀湛洛浦，珠珮谢江妃。为恨南来燕，空缠锦合归。

【刊载】

1931 年林思进清寂堂《左盦遗诗》刻本；《刘申叔遗书》61 册（54），《左盦诗录》卷 2《左盦诗》。

【类型】

五言，8 句。

【编年】

1910 年。《左盦诗》署“庚戌”。

【笺注】

〔蘼芜〕《尔雅注疏》卷 8《释草第十三》：“蕲茝，蘪芜。”郭璞注：“香草，叶小如萎状。《淮南子》云：似蛇牀。《山海经》曰：臭如蘪芜。”邢昺疏：“芎藭苗也。一名蕲茝，一名蘪芜。”蘪，通蘼。《说文通训定声 · 履部弟十二》：“蘪，……字亦作蘼。”

〔兰蕙帏〕兰蕙，香草，详见《癸卯夏记事》一诗〔秋到湘江蕙已锄〕条笺注。帏，见《和周美权〈夜坐偶成〉用原韵》一诗〔椒椴犹当帷〕条笺注。

〔蟾半曀〕蟾，指月亮。详见《壶中天慢 · 元宵望月》一词〔蟾光〕条笺注，《咏汉长无相忘瓦》一诗〔蟾蜍〕条笺注。《说文解字注》卷 7 上《日部》：“曀，天阴沈也。”段注：“天阴沈也。各本作‘阴而风也’，今正。考《开元占经》引作‘天地阴沈也’，《大（即“太”——引者）平御览》引作‘天阴沈也’。”

〔徯露〕徯，只可步行的小路。详见《金陵城北春游》一诗〔蹊纡疑绝踪〕条笺注。《说文解字》卷 2 下《彳部》：“蹊，徯或从足。”露，即露水。

〔琼珶湛洛浦〕《六臣注文选》卷 19 曹子建（植）《洛神赋》：“抗琼珶以和予兮，指潜渊而为期。”李善注：“珶，玉也。”吕向注：“愿达心素，故解所佩玉乃将要而与之。叹神女修信习礼，抗举琼玉以应和我指所居之川为期会。”湛，澄澈。详见《励志诗》一诗〔擿佚湛珠钩〕条笺注。洛浦，洛水之滨。《文选注》卷 15 张平子（衡）《思玄赋》：“载大华之玉女兮，召洛浦之宓妃。”旧注：“浦，涯也。”李善注：“《楚辞》曰：迎宓妃于伊浦。”

〔珠珮谢江妃〕见《古意》一诗〔郑交甫〕条笺注。

〔为恨南来燕，空缠锦合归〕锦合，即“锦盒”。《宋本广韵》卷 5《入声 · 二十七合》：“合，……亦器名。”《全唐诗》卷 766 刘兼《春怨》：“锦书雁断应难寄，菱镜鸾孤貌可怜。”（第 11 册 P8781）辛弃疾《新荷叶（和赵德庄韵）》：“南云雁少，锦书无个因依。”（唐圭璋《全宋词》第 3 册 P1875，中华书局 1965 年 6 月第 1 版）参见《菩萨蛮 · 咏雁》一词〔系帛汉时宫〕条笺注。此二句指，饮恨于南来的大雁，脚上只缠着空空的锦盒，而无来信。

题赵受亭黄山松图

鸿濛三天都，郁浃精气萃。贞木隐独荣，蟠株侧崖隧。冲飚厉修条，凝雪浣劲翠。自惟孚筠质，甘僾樗散弃。桷椹艰断榩，斧斤谢天劓。何期丹青手，未忍幽姿閟。咫尺练素间，礌砢标奇致。犹含出尘想，惜偃凌霄势。林空玄鹤戢，涧老蛰龙寐。会当破纸飞，孤岭任茂悴。

【刊载】

1931 年林思进清寂堂《左盦遗诗》刻本;《刘申叔遗书》61 册（54),《左盦诗录》卷 2《左盦诗》。

【类型】

五言，20 句。

【编年】

1910 年。《左盦诗》署“庚戌”。

【笺注】

〔赵受亭〕其人未详。

〔鸿濛三天都〕鸿濛，指开天辟地前的混沌状态。详见《日本道中望富士山》一诗〔奇光开澒蒙〕条笺注。《周易正义》卷 9《说卦》:“叁天两地而倚数，观变于阴阳而立卦。”韩康伯注:“叁，奇也；两，耦也。七九阳数，六八阴数。”“叁天”，原为《周易》设立卦数奇偶之义。以天取奇数，三为奇数之始，故称“三天”；以地取偶数，二为偶数之始，故称“两地”。此处，刘师培则是以“叁天”喻指宇宙。《广雅》卷 3《释诂》:“都，……聚也。”此句指，鸿蒙之初，天地混沌，聚合杂糅于一体。

〔郁浃精气萃〕郁浃，聚集充盈。《初学记》卷 27《宝器部 · 玉第四 · 事对 · 神宝 / 帝瑞》:“蔡邕《琴操》曰：卞和者，楚野人，常居山耕种，因得玉璞以献于怀王。王以为欺慢，斩其足。和作歌曰：‘悠悠沂水，经荆山兮。精气郁浃，谷岩中兮。中有神宝，灼灼明兮’。”此句指，天地精气聚集充盈其间。

〔贞木隐独荣〕贞木，经冬不凋的树木，亦特指松树。《宋书 · 顾觊之传》:“尔乃松柳异质，荠荼殊性，故疾风知劲草，严霜识贞木。”《平津馆丛书》本蔡邕《琴操校本》卷上《贞女引》:“《贞女引》者，鲁漆室女所作也。……自伤怀结，而为人所疑，于是褰裳入山林之中，见女贞之木，喟然叹息，援琴而弦，歌以女贞之辞云：‘菁菁茂木，隐独荣兮。变化垂枝，合秀英兮。修身养行，建令名兮。厥道不移，善恶并兮。屈躬就浊，世彻清兮。怀忠见疑，何贪生兮。’遂自经而死。”此句指，高洁之木孤隐于幽閟之地，独自生长繁茂。

〔蟠株侧崖隧〕蟠株，回转盘曲的枝干。隧，回转。《经典释文》卷 28《庄子音义下 · 天下第三十三》：“若磨石之隧。”陆德明注：“音遂，回也。”

〔冲飚厉修条〕《六臣注文选》卷 33 屈平（原）《九歌二首 · 少司命》：“冲飚起兮水扬波”。吕延济注：“冲飚，暴风也。”《文选注》卷 24 曹子建《赠白马王彪一首》：“归鸟赴乔林，翩翩厉羽翼。”李善注：“厉，疾貌。”修条，树木的长枝大条。《六臣注文选》卷 22 魏文帝（曹丕）《芙蓉池作》：“卑枝拂羽盖，修条摩苍天。”吕向注：“卑，低；修，长也。”

〔浣〕《春秋公羊传注疏》卷 9《庄公三十一年》：“何以书？讥。何讥尔？临民之所漱浣也。”何休注：“去垢曰浣。”

〔自惟孚筠质〕自惟，自认为，自忖。《汉书 · 司马迁传》载其《报任安书》：“所以自惟上之不能纳忠效信。”颜师古注：“惟，思也。”《礼记正义》卷 63《聘义》：“孚尹旁达，信也。”郑玄注：“孚，读为浮。尹，读如竹箭之筠。浮筠，谓玉采色也。采色旁达，不有隐翳，似信也。”《全唐诗》卷 65 苏味道《咏霜》：“自有贞筠质，宁将庶（一作众）草腓。”（第 2 册 P750）此句指，自忖有竹子般忠信的品格。

〔甘儗樗散弃〕《庄子集释》卷 1 上《逍遥游第一》：“惠子谓庄子曰：‘吾有大树，人谓之樗，其大本拥肿而不中绳墨，其小枝卷曲而不中规矩，立之涂，匠者不顾。今子之言，大而无用，众所同去也。’庄子曰：‘子独不见狸狌乎？卑身而伏，以候敖者；东西跳梁，不辟高下；中于机辟，死于罔罟。今夫斄牛，其大若垂天之云。此能为大矣，而不能执鼠。今子有大树，患其无用，何不树之于无何有之乡，广莫之野，彷徨乎无为其侧，逍遥乎寝卧其下。不夭斤斧，物无害者，无所可用，安所困苦哉！’”郭庆藩引成玄英疏：“樗，栲漆之类，嗅之甚臭，恶木者也。”“樗栲之树，不材之木，根本拥肿，枝干挛卷，绳墨不加，方圆无取，立之行路之旁，匠人曾不顾盼也。”《说文系传》卷 11：“樵，散木也。从木焦声。臣锴曰：散木不入于用也。庄子曰：樗，散材也。”儗，同“拟”。《汉书 · 文三王 · 梁孝王武传》：“得赐天子旌旗，从千乘万骑，出称警，入言趩，儗于天子。”颜师古注：“儗，比也，音拟。”此句指，自甘被当作废材而丢弃。

〔桷椹艰断棱〕《广雅》卷 8《释器》：“桷，……椳也。”《尔雅注疏》卷 5《释宫第五》:“椹，谓之榩。”郭璞注:“斫木櫍也。”此句指，用木槌难以砸断木制的砧垫。隐含之意为，松树本天成，非人工所能成就。

〔斧斤谢天劘〕《说文解字注》卷 14 上《斤部》:“斤，斫木也。”段注:“凡用斫物者皆曰斧。斫木之斧，则谓之斤。”谢，逊让，不如。《魏书 · 韩麒麟传》:“上睹陛下明明之德，亦何谢钦明于《唐典》，慎徽于《虞书》。”劘，同“劓”。《正字通》子集下《刀部》:“劓，劘本字。”《广雅》卷 1《释诂》:“劓，断也。”此句指，人使用斧子的断砍之效比不上上天的鬼斧神工。天，《林本》作“夭”，误。

〔丹青手〕画工，画家。胡仔《苕溪渔隐丛话后集》卷 8《杜子美四》:“苕溪渔隐曰：世有碑，本子美画像，上有诗云：‘迎旦东风骑蹇驴，旋呵冻手暖髯须。洛阳无限丹青手，还有工夫画我无。’子美决不肯自作，兼集中亦无之。必好事者为之也。”

〔幽姿閟〕幽姿，见《秋风萧瑟池荷零落感而赋此》一诗〔媚幽姿〕条笺注。閟，隐藏。详见《幽兰》一诗〔幽兰閟隐谷〕条笺注。閟，《林本》作“闷（悶）”，疑误。

〔练素〕素色（白）的丝织品。《淮南鸿烈解》卷 17《说林训》:“墨子见练丝而泣之，为其可以黄，可以黑。”高诱注:“练，白也。”《毛诗正义》卷 1—4《召南 · 羔羊》:“羔羊之皮，素丝五紽。”毛传:“素，白也。”此处指作画的绢本。

〔礧砢标奇致〕《六臣注文选》卷 8 司马长卿（相如）《上林赋》:“蜀石黄碝，水玉磊砢。”李善注:“郭璞曰：……磊砢，魁礨貌也。”吕向注:“磊砢，相委积貌。”礧，同“磊”。《文选注》卷 18 嵇叔夜（康）《琴赋》:“踸踔礧硌，美声将兴。”李善注:“礧，与磊同。”标奇致，品格卓异。袁宏道《袁中郎全集》（崇祯佩兰居刻本）卷 28《五言古诗 · 途中怀大兄》:“东林十八贤，高举标奇致。”标（標），《林本》作“摽”，似误。

〔出尘〕脱离尘俗。《大智度论》（赵城藏本）卷 28 初品中《欲住六神通释论第四十三》:“有三昧名出尘。菩萨得是三昧，灭一切大众三毒。”

〔惜偃凌霄势〕《汉书 · 礼乐志》:“海内安宁，兴文匽武。”颜师古注:“匽，古偃字。”《说文解字》卷 12 下《匚部》:“匽，匿也。”此句指，可惜隐藏了其摩天凌云之势。

〔戢〕《宋本广韵》卷 5：“戢：……止也，敛也。”

〔老〕陈旧、久远。《全唐诗》卷 391 李贺《致酒行》:“吾闻马周昔作新丰客，天荒地老无人识。”（第 6 册 P4421）

〔蛰龙〕《周易集解》卷 15：“龙蛇之蛰，以存身也。”李鼎祚注:“虞翻曰：潜藏也，龙潜而蛇藏。”

〔破纸飞〕《林本》作“化枬林”。《字汇》辰集《木部》：“枬，俗楳字。”《说文解字》卷6上《木部》：“楳，梅也。”

〔茂悴〕繁盛和衰败。《文选注》卷29曹子建（植）《朔风诗》：“繁华将茂，秋霜悴之。”李善注：“《方言》曰：‘悴，伤也。’”此句指，在孤岭之上或繁茂，或枯萎，自生自灭。

夕雨初晴登西山重兴寺孤亭

孤亭插众岫，云石媚幽独。蹑登僾𡼏𡾊，曳攀屏欃桐。雨姓夜星见，浪动贴风飓。圛云荡有无，瀸泉互现伏。苴蘽黏寒碧，沆瀣凝宵绿。竹闇蚈流耀，叶陊鸒警宿。遐瞻契颍蹤，静蹈税盘轴。未摅悲秋忧，且炳游宵烛。

【刊载】

1931年林思进清寂堂《左盦遗诗》刻本；《刘申叔遗书》61册（54—55），《左盦诗录》卷2《左盦诗》。

【类型】

五言，16句。

【编年】

1910年。《左盦诗》署“庚戌”。

【笺注】

〔重兴寺孤亭〕即北京八大处放鹤亭。庚子之变中，八大处景区遭毁。人们后筹集资金开始了漫长的重修历程，灵光寺也因此被称为重兴灵光寺，甚至直称重兴寺。据记载，当年唯有放鹤亭逃过战火而独存，故称“孤亭”。1930年，《铁路公报：平绥线》第68期发表了图片《西山重兴寺》，其说明曰：“重兴寺旧名灵光寺，亦西山八大处之一。寺基弘敞，有十三层塔一座。殿后山际有韬光庵，庵有观音崖、放鹤亭、甘露泉诸胜，皆毁于庚子之乱。嗣经寺僧募资重建，规模稍简，已非旧观，惟放鹤亭巍然独存。”

〔岫〕《六臣注文选》卷46王元长（融）《三月三日曲水诗序一首》：“新萍泛沚，华桐发岫。”吕向注：“岫，山也。”《庐山略记》王乔之《五言奉和》：“众阜平寥廓，一岫独凌空。”《全唐诗》卷573贾岛《宿山寺》：“众岫耸寒色，精庐向此分。”（第9册P6722）

〔云石〕高耸入云的山石。《太平御览》卷 871《火部四 · 烟》:“王子年(嘉——引者)《拾遗记》曰:员峤之山四百里,有池周千里。色随四时变,中有神龟。八足六眼,背负七星、日月、八方之图。腹有五岳,四渎象时。出云石之上,望之煌煌,如列星矣。”

〔蹑登儗尳尶〕《方言》(卷)1:“蹑,……登。”儗,同“拟”。详见《题赵受亭黄山松图》一诗〔甘儗樗散弃〕条笺注。《说文解字注》卷 10 下《尢部》:“尳,尲(跛——引者)不能行,为人所引,曰尳尶。”段注:“叠韵字也,与提携义相近。”尳尶,《林本》作“㔳㔳”。

〔曳攀屏欙梮〕欙梮,类似肩舆、滑竿的登山乘具。《说文解字》卷 6 上《木部》:“欙,山行所乘者。”《类篇》卷 16:“欙……,或作樏。”《汉书 · 沟洫志》:“陆行载车,水行乘舟,泥行乘毳(橇——引者),山行则梮。”屏,拒绝。《荀子》卷 2《荣辱篇第四》:“恭俭者偋五六也。”杨倞注:“偋当为屏,却也。”曳,《林本》作“曵”。

〔姓〕《说文解字》卷 7 上《夕部》:“姓,雨而夜除,星见也。”《说文系传》卷 13《夕部》徐锴注:“姓,……此即今日作晴字。”

〔浪动飐风飕〕《说文解字》卷 13 下《风部》:“飐,风吹浪动也。”《正字通》戌集下《风部》:“凡风动物与物受风摇曳者,皆谓之飐。《说文》专训‘浪动’,泥。”《广雅》卷 4《释诂》:“飕,……风也。”《宋本广韵》卷 5《入声 · 一屋》:“飕,风声。”

〔圛云〕《说文解字》卷 6 下《口部》:“圛,回行也。从口睪声。《尚书》:‘曰圛。’圛,升云半有半无。”《正字通》丑集上《口部》:“圛,……‘升云半有半无’,《史 · 龟策》所谓‘雨不雨,霁不霁’,与气不联属之说符。”

〔瀸泉〕《楚辞补注》卷 13 东方朔《七谏 · 怨世》:“清泠泠而殲灭兮”。洪兴祖补注:“殲一作瀸,一作纎,一云‘而日瀸兮’。补曰:殲,尽也。瀸,泉一见一否。”《尔雅注疏》卷 7《释水第十二》:“泉一见一否为瀸。”邢昺疏:“言此泉其水有时出见,有时不出而竭涸者,名瀸。”

〔苴蘩黏寒碧〕苴蘩,枯草丛聚。《逸周书》卷 4《大聚第三十九》:“陂沟道路,蘩苴丘坟不可树谷者,树以材木。”《楚辞章句》卷 4 屈原《九章 · 悲回风》:“兽鸣以号群兮,草苴比而不芳。”王逸注:“生曰草,枯曰苴。”《正字通》申集上《艸部》:“蘩,旧注与丛(叢——引者)同。”寒碧,此处指清冷的碧空。《乐府诗集》卷 53 陆龟蒙《吴俞儿舞歌》:“北斗离离在寒碧”。黏,通“粘”,连接。《说文解字》卷 7 上《黍部》:“黏,相箸也。”《集韵》卷 4《平声四 · 盐第二十四》:“黏,……或从米。”杨慎《升庵集》卷 72《粘天》：“庾阐《扬都赋》：‘涛声动地，浪势粘天’本自奇语；昌黎祖之曰：‘洞庭漫汗，粘天无壁’；张祜诗：‘草色粘天鶗鴂恨’；黄山谷：‘远水粘天吞钓舟’；秦少游小词：‘山抹微，云天粘衰草’正用此字为奇，今俗本作‘天连’，非矣。”王安石《临川文集》卷 21《舟还江南阻风有怀伯兄》：“白浪黏天无限断，玄云垂野少晴明。”陆游《剑南诗稿》卷 23《秋晚思梁益旧游》：“沧波极目江乡恨，衰草连天塞路愁。”同上书卷 10《出游》：“卷地风号云梦泽，黏天草映伏波祠。”

〔沆瀣凝宵绿〕沆瀣，夜晚之气。详见《秋怀》一诗〔所以偃佺子，长跂登朝霞〕条笺注。宵绿，即“青宵”，指清冷的夜晚。《楚辞章句》卷 4《九章 · 橘颂》：“绿叶素荣，纷其可喜兮”。王逸注：“绿，犹青也。”邱云霄《山中集》卷 2《送人归芗溪》：“青宵檠独冷，白日剑长鸣。”《六臣注文选》卷 19 曹子建（植）《洛神赋》：“怅神宵而蔽光。”吕延济注：“宵，闇冥也，言忽不见所舍止，怅然闇冥隐其光彩。”

〔竹闇蚈流耀〕《正字通》戌集《门部》：“闇，……与暗、晻并通。”蚈，萤火虫。《集韵》卷 3《平声三 · 先第一》：“蚈，虫名，萤火也。”

〔叶陊鸒警宿〕《说文解字》卷 14 下《𨸏部》：“陊，落也。”《集韵》卷 6《上声下 · 果第三十四》：“陊，……亦书作堕。”鸒，寒鸦。《毛诗正义》卷 12—3《小雅 · 鸿雁之什 · 小弁》：“弁彼鸒斯，归飞提提。”毛传：“鸒，卑居。卑居，雅乌也。”警宿，睡觉时保持高度戒备。《法苑珠林》卷 54《择交篇第五十五 · 引证部》：“围侍左右，昼夜警宿，不复眠睡，甚为苦事。”

〔颍蹤〕许由，上古著名隐士，隐居于颍水之阳。《高士传》卷上《许由》：“由于是遁耕于中岳颍水之阳，箕山之下，终身无轻天下色。尧又召为九州长，由不欲闻之，洗耳于颍水滨。时其友巢父牵犊欲饮之，见由洗耳，问其故。对曰：‘尧欲召我为九州长，恶闻其声，是故洗耳。’”蹤，《林本》作“蹤（踪）”。蹤，同踪（蹤）。《集韵》卷 1《平声一 · 钟第三》：“蹤、蹤，迹也。”

〔税盘轴〕《诗经集传》卷 2《卫风 · 考盘》：“考盘在陆，硕人之轴。”朱熹注：“考，成也。盘，盘桓之意。言成其隐处之室也。”“高平曰陆。轴，盘桓不行之意。”《洪武正韵》卷 11《七队》：“税，……又税驾脱鞅，憩息也。”案：《考盘》为咏隐士之诗。

〔摅〕抒发。《淮南鸿烈解》卷 19《修务训》：“摅书明指以示之。”高诱注：“摅，舒也。”

〔炳〕《林本》作“秉”。

送诸贞壮

商籁肃凄响，越鸟惊流光。朔风驱羁羽，不得晞朝阳。岂为凌氛矜，弗怀觺毳伤。冈梧自莑萋，竹华悴严霜。北林集菀区，怏媲鶡风翔。顾瞻宾鸿南，轩翮抟旻苍。荆山富贞榦，簬杆青琳琅。欲从川涂修，矧忧罣罗张。安得斗与箕，化作银汉梁。

【刊载】

《中国学报》复刊第 4 册，1916 年 4 月。1931 年林思进清寂堂《左盦遗诗》刻本；《刘申叔遗书》61 册（55），《左盦诗录》卷 2《左盦诗》。

【类型】

五言，18 句。

【编年】

1910 年。《左盦诗》署“庚戌”。

【笺注】

〔诸贞壮〕诸宗元（1875—1932），字贞壮，浙江绍兴人。近代著名藏书家，曾与邓实、黄节等人在上海创办“国学保存会”，创办《国粹学报》，并加入同盟会，为“南社”成员。《万本》出注：“《中国学报》一九一六年第四期题作‘庚戌八月送诸君贞壮由北京南归山，时君将游武昌’。”（《仪征刘申叔遗书》第 12 册 P5505，广陵书社 2014 年 2 月第 1 版）

〔商籁〕秋天自然界的声响。商，喻指秋季。详见《秋怀》一诗〔静值商氛加〕条笺注。籁，本指一种吹奏管乐器，后泛指声响。《说文解字》卷 5 上《竹部》：“籁，三孔龠也。大者谓之笙，其中谓之籁，小者谓之箹。”《庄子集解》卷 1《内篇齐物论第二》：“子游曰：‘地籁则众窍是已，人籁则比竹是已。敢问天籁。’子綦曰：‘夫吹万不同，而使其自已也，咸其自取，怒者其谁邪！’”王先谦注：“宣云：‘待风鸣者地籁，而风之使窍自鸣者，即天籁也。’”

〔越鸟〕指南方之鸟。《玉台新咏》卷 1《枚乘杂诗九首》其三：“胡马嘶北风，越鸟巢南枝。”诸贞壮是浙江绍兴人，此处以“越鸟”喻之。

〔朔风驱羁羽〕朔风，北风。《六臣注文选》卷 29 曹子建（植）《朔风诗》：“仰彼朔风，用怀魏都。”李善注：“《韩诗外传》曰：《诗》云：代马依北风。”羁羽，羁留的候鸟。《全唐诗》卷 337 韩愈《北极赠李观》："北极有羁羽，南溟有沈鳞。"（第 5 册 P3776）此句指，寒冷的北风驱赶羁留的候鸟南下。羁羽，《万本》出注："《中国学报》本作'羁翮'。"（《仪征刘申叔遗书》第 12 册 P5505，广陵书社 2014 年 2 月第 1 版）

〔不得晞朝阳〕《文选注》卷 7 潘安仁（潘岳，本名潘安）《藉田赋一首》："若湛露之晞朝阳，似众星之拱北辰也。"李善注："《毛诗》曰：'湛湛露斯，匪阳不晞。'毛苌曰：'晞，干也。'言露见日而干。"《文选注》卷 53 嵇叔夜（康）《养生论》："晞以朝阳，绥以五弦"。李善注："毛苌《诗传》曰：'晞，干也。'"《毛诗正义》卷 5—1《齐风 · 东方未明》："东方未晞，颠倒裳衣。"毛传："晞，明之始升。"孔颖达疏："谓将旦之时，日之光气始升。"此句指，（羁留的候鸟）不能在朝阳下晒干羽毛上的露水。

〔岂为凌氛矜，弗怀髾毳伤〕《六臣注文选》卷 15 张平子（衡）《思玄赋》："鱼矜鳞而并凌兮，鸟登木而失条。"旧注："凌，冰也。"李善注："矜，寒貌。"吕延济注："矜，竦其鳞也。并凌，冻貌。鸟登木失柯条，寒也。"《方言》（卷）12："髾，尾梢尽也。"郭璞注："髾，毛物渐落去之名。"《宋本广韵》卷 1《上平声 · 冬第二》："髾，发落。"此二句指，难道是害怕北方寒冷，不惜长途飞行而伤损了自己的羽毛？怀，《林本》作"慇"。毳，《万本》出注："《中国学报》本作'羽'。"（《仪征刘申叔遗书》第 12 册 P5505，广陵书社 2014 年 2 月第 1 版）

〔冈梧自萋萋〕《毛诗正义》卷 17—4《大雅 · 生民之什 · 卷阿》："凤皇鸣矣，于彼高冈。梧桐生矣，于彼朝阳。……菶菶萋萋，雝雝喈喈。"郑玄笺："凤凰之性，非梧桐不栖，非竹实不食。"毛传："梧桐盛也，凤皇鸣也。"梧，《林本》作"桐"。此句指，高冈上的梧桐尚繁茂葱郁。喻诸贞壮南行是凤凰循高冈梧桐而居。

〔竹华悴严霜〕参见《题赵受亭黄山松图》一诗〔茂悴〕条笺注。此句指，竹子在秋季霜寒的摧折下而枯败。喻北方已经寒冷凋敝。

〔北林集菀区，惧媿鷐风翔〕《诗经今注今译 · 秦风 · 晨风》："鴥彼晨风，郁彼北林。"马持盈译："那疾飞的晨风，还飞回于茂盛的北林。"（台湾商务印书馆 1979 年 3 月六版 P186）《毛诗正义》卷 6—4 该诗毛传："鴥，疾飞貌。晨风，鹯也。郁，积也。北林，林名也，先君招贤人，贤人往之，驶疾如晨风之飞入北林。"《毛诗正义》卷 18—2《大雅 · 荡之什 · 桑柔》："菀彼桑柔"。毛传："菀，茂貌。"《字汇》卯集《心部》"惧，……心惭也。"《集韵》卷 2《平声二 · 真第十七》："鷐，……《说文》：鷐风也。或从隹，通作晨。"《尔雅注疏》卷 10《释鸟第十七》："晨风，鹯。"郭璞注："鹞属。"此二句指，晨风鸟在茂盛的北林飞翔，心怀惭愧希望与之一同翱翔。其隐含之意为，你们是一群贤人相聚，大家其乐融融，而我也想与诸君在一起，虽然这让我感到惭愧。媲，《林本》作“媿”。《万本》出注：“惧媲鶡风翔，《中国学报》本作‘日夕晨风翔。”（《仪征刘申叔遗书》第 12 册 P5505，广陵书社 2014 年 2 月第 1 版）

〔顾瞻宾鸿南〕宾鸿，鸿雁为候鸟，随季节变化而南北迁徙，故称“宾鸿”。《文苑英华》卷 686《宗亲上 · 在北齐与宗室书一首》徐陵《在北齐与宗室书》：“望冀马而增劳，瞻宾鸿而永叹。”此句指，看到鸿雁南飞。

〔轩翮抟旻苍〕《文选注》卷 21 颜延年（延之）《五君咏 · 向常侍》：“交吕既鸿轩，攀嵇亦凤举。”李善注：“轩，飞貌。”《说文解字》卷 4 上《羽部》：“翮，羽茎也。”抟，螺旋式而上。详见《译石门和夫氏〈希望诗〉（二首）》其一一诗〔抟翔〕条笺注。旻苍，秋季的苍穹。《尔雅 · 释天》：“穹，苍，苍天也。……秋为旻天”。《艺文类聚》卷 44《乐部四 · 琴》：“晋嵇康《琴赋》曰：……郁纷纭以独茂，飞英蕤于旻苍。”

〔荆山富贞榦〕贞榦，即“干桢”，喻指栋梁支柱之材。《扬子法言》卷 6《五百篇》：“经营，然后知干桢之克立也。”李轨注：“干桢，筑墙版之属也。言经营宫室，立城郭，然后知干桢之能有所立也。”《说文解字》卷 6 上《木部》：“干，筑墙耑木也。”《正字通》酉集中《贝部》：“贞，……亦作桢。”宣统年间，诸宗元曾游幕于湖广总督瑞澄任上，并署湖北黄州知府。刘师培此句中的“荆山”，指诸宗元即将赴湖北任职。参见本诗〔诸贞壮〕条笺注。榦（干），《林本》作“幹”。

〔簬杆青琳琅〕簬杆，箭杆，喻指人耿介正直。《说文解字注》卷 5 上《竹部》：“箘，箘簬，竹也。”段注：“谓之好箭干耳。”琳琅，美玉美石。详见《日本道中望富士山》一诗〔珠玕林〕条笺注。青琳琅，指竹子如珠宝般珍贵，喻人品行高洁。黄幹《勉斋集》卷 40《食竹鼺》：“有竹山之阿，挺挺青琳琅。”李东阳《怀麓堂集》卷 3《题丁御史同年墨竹走笔长句》：“深知良工心独苦，爱画不减青琳琅。”杆，《林本》作“杅”，显误。琳琅，《万本》出注：“《中国学报》本作‘琅琅’。”（《仪征刘申叔遗书》第 12 册 P5505，广陵书社 2014 年 2 月第 1 版）

〔欲从川涂修〕川涂，亦作“川途”，路途、旅途。《陶渊明集》卷 3《始作镇军参军经曲阿》：“我行岂不遥，登陟千里余。目倦川涂异，心念山泽居。”《尔雅注疏》卷 4《释宫第五》：“陕而修曲曰楼。”郭璞注：“修，长也。”此句指，我想随您同赴遥远的旅途。

〔矧忧畦罗张〕王引之《经传释词》卷 9：“矧，犹亦也。《书 · 康诰》曰：‘元恶大憝，矧惟不孝不友。’言元恶大憝者，亦惟此不孝不友之人。”《类篇》卷 10：“畦，目恶视。”《说文解字》卷 7 下《网部》：“罗，以丝罟鸟也。” 此句指，但担心张开的罗网正虎视眈眈。《万本》出注：“《中国学报》本作‘道阻而且长’。”（《仪征刘申叔遗书》第 12 册 P5505，广陵书社 2014 年 2 月第 1 版）

〔安得斗与箕，化作银汉梁〕北斗星和南箕星，二星宿一北一南，隔银河相望。《毛诗正义》卷 13—1《小雅 · 谷风之什 · 大东》：“维南有箕，不可以簸扬。维北有斗，不可以挹酒浆。” 孔颖达疏：“言维此天上其南则有箕星，不可以簸。维此天上其北则有斗星，不可以挹斢其酒浆。” 钱谦益《投笔集》卷上《后秋兴之六（九月初二日，泛舟吴门而作）》其二：“淮水尚沈龙虎气，汉津犹隔斗箕槎。” 银汉，《万本》出注：“《中国学报》本作‘河汉’。”（《仪征刘申叔遗书》第 12 册 P5505，广陵书社 2014 年 2 月第 1 版）。

西山观秋获

羁翮跂轩翥，伏兽志逴驰。氾湛暄浊场，想像嵚岖奇。京西富岩谷，众峰竞岃嵹。譬彼瑗与珑，抱拱递合离。流目极垠堮，踡身忘崄巇。纤林訚郁烟，憬野缙商飔。岩居十百家，塍隰区齐畸。施蔓瓜绵蛮，疏穊禾倚移。西成幸便程，旨蓄今可期。眷怀历陵耕，庶瘵衡泌饥。挥手划尘婴，长谢衣化缁。

【刊载】

1931 年林思进清寂堂《左盦遗诗》刻本；《刘申叔遗书》61 册（55），《左盦诗录》卷 2《左盦诗》。

【类型】

五言，22 句。

【编年】

1910 年。《左盦诗》署“庚戌”。

【笺注】

〔羁翮跂轩翥〕羁翮，羁留的候鸟。参见《送诸贞壮》一诗〔羁羽〕条笺注。跂，通“企”，盼望。详见《冬日旅沪作》一诗〔襂绊跂繄骓〕条笺注。轩，飞貌。详见《送诸贞壮》一诗〔轩翩抟旻苍〕条笺注。《说文解字》卷 4 上《羽部》：“翥，飞举也。” 跂，《林本》作“企”。

〔伏兽志逴驰〕伏兽，隐藏起来的动物。《列子 · 汤问第五》：“甘蝇，古之善射者。彀弓而兽伏鸟下之。”晁补之《鸡肋集》卷 31《潜斋记》：“高室双翼外荫，老木翳其前，小竹丛其右。朦胧晻暧，光景不曜。盖若蛰虫伏兽之所潜焉。”《广雅 · 释诂》：“逴，……远也。”

〔氾湛暄浊场〕氾湛，即“浮沉”。氾，同“泛”。《一切经音义》卷 59《四分律第二十六卷》：“泛，……古文氾同。”《说文解字》卷 11 上《水部》：“泛，浮也。”《说文解字注》卷 11 上《水部》：“湛，没也。”段注：“古书浮沈字多作湛。湛沈古今字，沉又沈之俗也。”暄浊，闷燥污浊之气。《玉台新咏》卷 3 张协《杂诗一首》：“秋夜凉风起，清气荡暄浊。”此句指，在污浊之地随波沉浮。氾，《林本》作“汩”。

〔想像嵚岖奇〕《集韵》卷 4《平声四 · 侵第二十一》：“嵚，巇山险貌。”岖奇，即“岖崎”，亦作“崎岖”。此句指，憧憬高洁辽远的志行。

〔岃嵻〕山势低矮但绵亘不绝。《正字通》寅集中《山部》：“岃，……岃嵻，山卑长貌。”

〔瑗与珑〕《说文解字》卷 1 上《玉部》：“瑗，大孔璧。”《正字通》午集上《玉部》：“珑，……或曰，古玉盈尺，刻龙形，质偏不全，即其物也。”案：据《正字通》解，珑即红山文化出土之“玉龙”型器。器型呈环形，但不封口。

〔抱拱递合离〕抱拱，即抱拳拱手礼，俗称“作揖”。《汉书 · 王莽传上》：“依诸将之递据相扶之势。”颜师古注：“递，绕也，谓相围绕也。”合离，聚合和分开。“作揖”前，双手先是分开，两臂呈不封口的环形状，就像“玉珑”；继而双手合拢，两臂呈封口的环形状，就像“玉瑗”；礼毕后，双手再次分开。上句与此句指，京西山中的众多岩谷，其形状有的如带孔的玉瑗，有的如半环形的玉珑，好似人行抱拳拱手礼时，行礼前双臂分开，礼中双臂聚拢，礼毕再分开一般。

〔流目极垠塄〕流目，左顾右盼，随意观览。《礼记正义》卷 5《曲礼下》：“凡视，上于面则敖，下于带则忧，倾则奸。”孔颖达疏：“若视尊者，而欹侧旁视，流目东西，则似有奸恶之意也。”《古音骈字》卷下《仄韵 · 十药》：“垠塄，崖岸曰垠塄。”

〔跧身忘崄巇〕跧身，弯曲身体、低头猫腰。跧，通“蜷”。《广雅疏证》卷 6 上《释训》：“𧾷局，𠊱跧也。”王念孙注：“《楚辞 · 离骚》：‘仆夫悲余马怀兮，蜷局顾而不行。’王逸注：‘蜷局，诘屈不行貌。’《九思》：‘跧跼兮寒局数’。注：跧跼，伛偻也。并与‘𧾷局’同。”《汉书 · 扬雄传上》载其《甘泉赋》：“蛟龙连蜷于东崖兮，白虎敦圉虖昆仑。”颜师古注：“连蜷，卷曲貌。”崄巇，山势险峻。《佛国记》：“佛在石室前，东西经行，调达于山北崄巇间，横掷石伤佛足指处，石犹在。”

〔纤林闿郁烟〕纤林，纤弱低矮的树林。《明词综》卷 6 吕福生《多丽》：“空怅望、纤林带月，不堪闻、孤雁啼霜。”《方言》（卷）2：“纤，……小也。自关而西，秦晋之郊，梁益之间，凡物小者，……或曰纤。” 闿，开。见《得陈仲甫书》一诗〔尘冥霁不圆〕条笺注。郁烟，本指积聚的烟气，此处指雾霭。《乐府诗集》卷 64 鲍照《松柏篇》：“郁烟重冥下，烦冤难具说。”

〔憬野緧商飔〕《毛诗正义》卷 20—1《鲁颂 · 駉之什 · 泮水》：“憬彼淮夷，来献其琛。” 陆德明《音义》：“憬，……《说文》作應，音犷，云阔也，一曰广大也。”《释名 · 释天第一》：“秋，緧也。緧，迫品物使时成也。” 商飔，秋季的凉风。商，即秋，详见《拟茂先情诗（二首）》其二一诗〔商絃〕条笺注。飔，凉风。详见《咏扇》一诗〔所在招凉飔〕条笺注。

〔塍隰区齐畸〕塍，田埂。《说文解字》卷 13 下《土部》：“塍，稻中畦也。”《毛诗正义》卷 19—4《周颂 · 闵予小子之什 · 载芟》：“千耦其耘，徂隰徂畛。” 郑玄笺：“隰谓新发田也，畛谓旧田有径路者。”《荀子》卷 11《天论篇第十七》：“墨子有见于齐，无见于畸。” 杨倞注：“畸，谓不齐也。” 塍，《林本》作 “塖”。

〔施蔓瓜绵蛮〕施，绵延。《礼记正义》卷 39《乐记》：“施于孙子，此之谓也。” 郑玄注：“施，延也。”《史记 · 蔡泽列传》：“利施三川，以实宜阳。” 张守节《正义》：“施，犹展也。”《御纂诗义折中》卷 9《豳风一之十五 · 东山》：“果蠃之实，亦施于宇。” 乾隆注：“施，蔓延也。”《太平御览》卷 571《乐部九 · 歌二》录《古今乐录》：“许由者，古之贞固之士也，……乃作《箕山之歌》曰：……甘瓜施兮弃绵蛮”。弃（棄），《古乐苑》《古诗纪》《汉魏遗书钞》本皆作 “叶（葉）”。《毛诗正义》卷 15—3《小雅 · 鱼藻之什 · 绵蛮》：“绵蛮黄鸟，止于丘阿。” 毛传：“绵蛮，小鸟貌。” 另见本诗 “略考”。

〔疏穖禾倚移〕穖，指庄稼所结总穗上的分枝。穗的分枝少，总穗结实的子粒就更饱满。疏穖，就是指总穗的分枝少。详见《得陈仲甫书》一诗〔场苗无丰穖〕条笺注。《说文解字注》卷 7 上《禾部》：“移，禾相倚移也。” 段注：“相倚移者，犹言虚而与之委蛇也。《吕氏春秋》曰：‘苗其弱也欲孤，其长也欲相与俱，其熟也欲相扶。’倚移，连绵字，叠韵，读若 ‘阿那’。《考工记》郑司农注两引 ‘倚移从风’。今《上林赋》作 ‘旖旎从风’。《说文》于 ‘禾’ 曰 ‘倚移’，于 ‘旗’ 曰 ‘旖施’，于 ‘木’ 曰 ‘檹施’。皆谓 ‘阿那’ 也。……移犹广大也，禾泛移盖谓禾蕃多。” 此句指，田地里禾苗繁密，单株都是疏穖大穗。

〔西成幸便程〕《史记 · 五帝本纪》:“敬道日入，便程西成。”裴骃《集解》:“孔安国曰:‘秋，西方，万物成也。’”《史记 · 五帝本纪》记载：帝尧命臣子“敬授民时”，以“便程东作”“便程南讹”“便程西成”，即，依节令，管理好春、夏和秋三季的农事。秋季为收获季，故曰“便程西成”。

〔旨蓄〕《毛诗正义》卷 2—2《邶风 · 谷风》:“我有旨蓄，亦以御冬。”毛传:“旨，美；御，禦也。”郑玄笺:“蓄聚美菜者，以禦冬月乏无时也。”

〔历陵耕〕相传，舜帝曾于历山躬耕。历山，又称“历阪”“历陵”。《尚书正义》卷 4《大禹谟》:“帝初于历山，往于田。日号泣于旻天。于父母，负罪引慝。”孔传:“言舜初耕于历山之时，为父母所疾，日号泣于旻天。及父母克己自责，不责于人，负罪引慝。”《史记 · 五帝本纪》:“舜耕历山。”司马贞《索隐》:“郑玄曰:‘在河东。’”张守节《正义》:“《括地志》云:‘蒲州河东县雷首山，一名中条山，亦名历山，亦名首阳山，亦名蒲山，亦名襄山，亦名甘枣山，亦名猪山，亦名狗头山，亦名薄山，亦名吴山。此山西起雷首山，东至吴坂，凡十二名，随州县分之。历山南有舜井。’又云:‘越州余姚县有历山舜井，濮州雷泽县有历山舜井，二所又有姚墟，云生舜处也。及妫州历山舜井，皆云舜所耕处，未详也。’”《后汉书 · 张衡传》载其《思玄赋》:“嘉曾氏之《归耕》兮，慕历陵之钦崟。”李贤注:“《琴操》曰:‘《归耕》者，曾子之所作也。曾子事孔子十余年，晨觉，眷然念二亲年衰，养之不备，于是援琴鼓之曰:“往而不反者年也，不可得而再事者亲也。歔欷归耕来日！安所耕历山盘乎！”’”《文选》卷 15 张平子（衡）《思玄赋》，历陵作“历阪”。历（歷），《林本》作“歴”。

〔庶瘵衡泌饥〕瘵，同“疗（療）”。《正字通》午集中《疒部》:“瘵，疗本字。”《毛诗正义》卷 7—1《陈风 · 衡门》:“衡门之下，可以栖迟。泌之洋洋，可以乐饥。”毛传:“泌，泉水也。洋洋，广大也。乐饥，可以乐道忘饥。”郑玄笺:“饥者，不足于食也。泌水之流洋洋然，饥者见之，可饮以瘵饥。”泌，《林本》作“毖”。

〔划尘婴〕《类篇》卷 12：“划，楚限切。平也，翦也。《韩诗》:‘勿划勿败。’”尘婴，尘世俗务牵绊。详见《杂诗（二首）》其一一诗〔尘网与世婴〕条笺注。

〔长谢衣化缁〕谢，避免、拒绝。《正字通》酉集上《言部》:“谢，辞也，绝也。”衣化缁，见《古意》一诗〔缁〕条笺注。

【略考】

本诗有句“施蔓瓜绵蛮”。

《太平御览》卷 571《乐部九 · 歌二》录《古今乐录》:“许由者，古之贞固之士也，……乃作《箕山之歌》曰：……甘瓜施兮弃绵蛮。”这是此句的典源。

《古今乐录》已佚，仅散见于《乐府诗集》《太平御览》等书的引用。

《太平御览》本作“棄”，后出的《古乐苑》《古诗纪》《汉魏遗书钞》本皆作“葉”。

《毛诗正义》卷 15—3《小雅 · 鱼藻之什 · 绵蛮》：“绵蛮黄鸟，止于丘阿。”毛传：“绵蛮，小鸟貌。”

如以“小鸟貌”释“绵蛮”，“甘瓜施兮弃绵蛮”殊难理解。即使将“棄”改作“葉”，同样让人费解。

瓜与小鸟有什么关系呢？

《文选注》卷 11 何平叔（晏）《景福殿赋》：“绵蛮黮䨴，随云融泄。”李善注：“《韩诗》曰：绵蛮黄鸟。薛君曰：绵蛮，文貌。黮䨴，黑貌。……融泄，动貌也。”

“文貌”是一个不同于“小鸟”的释读，但并没有使“甘瓜施兮弃绵蛮”或“甘瓜施兮叶绵蛮”全句的解释顺理成章，至少没有说服我。

于是，我大胆推测——绵蛮，实为“绵蔓”。“蛮”“蔓”读音很接近。

《文选》卷 18 潘安仁（潘安，本名潘岳）《笙赋》：“若乃绵蔓纷敷之丽，浸润灵液之滋，隅隈夷险之势，禽鸟翔集之嬉。”李善与五臣均未对“绵蔓”出注。分析该句，“绵蔓”即为“滋长蔓延”之意。

而“蔓”与“曼”二字互通。《史记 · 司马相如传》载其《上林赋》：“布濩闳泽，延蔓太原”;《汉书 · 司马相如传上》，则作“延曼”。《文选注》本作“曼”，而《六臣注文选》本则作“蔓”。

“曼”，又与“蛮”通。《春秋左传正义》卷 57《哀公四年》：“晋人执戎蛮子赤归于楚。”《春秋公羊传注疏》卷 27《哀公四年》：“晋人执戎曼子赤归于楚。”

我们都有常识，瓜类作物的枝蔓既不同于木本，也不同于草本，而是与藤本植物更接近。而且枝蔓间还有细长的须状物。

故而，我得出自己的推论——“蔓”与“蛮”通。佚本《古今乐录》所录《箕山之歌》之原本当作：“甘瓜施兮弃绵蔓”。其大意为，甘香的瓜成熟了，就废弃掉它长长的瓜秧和卷须。

而刘师培使用“施蔓瓜绵蛮”，虽未直言“绵蛮”应作“绵蔓”，但似乎已经意识到了二者之间的关联。

伤女颎（二首）

【刊载】

1916年3月《中国学报》复刊第3册。1931年林思进清寂堂《左盦遗诗》刻本；《刘申叔遗书》61册（59—60），《左盦诗录》卷3《左盦诗续录》。

【类型】

五言，20句。

【编年】

1910年。《左盦遗诗》署“庚戌”，详见本组诗“略考”。

伤女颎（二首）其一

梧桐陊西轩，蜻蛚鸣何急。思尔隔重泉，抚景滋于佶。仄闻籁音泠，鬌髳尔呱泣。涉室搴床帷，惟觉蟾晖入。架侧洨长书，尔手昔持执。指编意若稔，欲语词终濇。潭潭六书谊，希尔髫年习。何期玉莹质，不遂芳华煜。恍疑朱鸟魂，春至秋复蛰。伫立忘夜深，清露襟头浥。

【笺注】

〔梧桐陊西轩〕陊，落。详见《夕雨初晴登西山重兴寺孤亭》一诗〔叶陊鸐警宿〕条笺注。西轩，西侧的长廊。参见《端阳日偕地山泽山谷人泛湖言念旧游怆然有作》一诗〔轩〕条笺注。《陶渊明集》卷6《闲情赋（并序）》：“曲调将半，景落西轩。”

〔蜻蛚〕促织，蟋蟀。见《拟茂先情诗（二首）》其二一诗〔蜻蛚〕条笺注。

〔重泉〕九泉，阴阳永隔。《文选注》卷31江文通（淹）《杂体诗三十首 · 古离别 · 潘黄门（岳）〈述哀〉》：“美人归重泉，凄怆无终毕。”李善注：“潘岳《悼亡诗》曰：之子归穷泉，重壤永幽隔。”

〔抚景滋于佶〕《集韵》卷9《入声上 · 质第五》：“佶，《字林》：佶佶，勇壮。”此句指，物是人非，睹物思人，需要鼓起更大的勇气。

〔仄闻籁音泠〕仄闻，指未见其景，只闻其声。亦指传闻、听说。详见《秋怀》一诗〔仄聆飕风挚，起视长庚斜〕条笺注。籁音，自然界发出的声音。参见《送诸贞壮》一诗〔商籁〕条笺注。泠，清泠。《文选注》卷13宋玉《风赋》：“清清泠泠，愈病析酲。”李善注：“清清泠泠，清凉之貌。”

〔髣髴尔呱泣〕髣髴，即佛仿，犹仿佛。《说文解字注》卷 8 上《人部》：“仿，相似也。”段注：“仿佛或作俩佛，或作髣髴，或作拂彷，或作放悲，俗作彷佛。仿或又作髣。”呱泣，婴儿啼哭。《尚书 · 益稷》：“辛壬癸甲，启呱呱而泣。”

〔搴〕揭起。详见《咏史（十二首）》其五一诗〔卿云亘中天，八伯休褰裳〕条笺注。

〔蟾晖〕月光。见《壶中天慢 · 元宵望月》一词〔蟾光〕条笺注。晖，《林本》作“辉”。

〔洨长书〕指《说文解字》。《后汉书 · 儒林下 · 许慎传》：“许慎字叔重，汝南召陵人也。……为郡功曹，举孝廉，再迁除洨长。卒于家。”洨，西汉置县名，在今安徽灵璧南。《汉书 · 地理志》：“沛郡，故秦泗水郡。……县三十七：……洨，侯国。”

〔指编意若稔〕稔，本意为庄稼成熟，后亦喻指熟悉，稔熟。《宋本广韵》卷 3《上声 · 寝第四十七》：“稔，年也，亦岁熟。《广雅》曰：稔，秋谷熟也。”《正字通》午集下《禾部》：“稔，又凡积久亦曰稔。”韩琦《安阳集》卷 48《墓志 · 故寿安县君王氏墓志铭》：“自幼已稔习其门法。”编，《林本》作“篇”。

〔词终濇〕艰于说话，口吃，此处指婴儿尚不能正常说话。《正字通》巳集上《水部》：“濇，同涩。”《方言》（卷）10：“讙极，吃也。……或谓之跫。”郭璞注：“语跫，难也。今江南又名吃。”

〔潭潭六书谊〕潭潭，水深貌，后亦喻指深奥。《古今韵会举要》卷 10《平声下 · 十三》：“沈，沉沉，深邃貌。……通作潭。”六书，共有三义：指《易》《书》《诗》《礼》《乐》《春秋》，一般称为“六经”；指造字六法，象形、会意、转注、处事、假借、谐声；指六种字体，古文、奇字、篆书、左书（隶书）、缪篆（印篆）、鸟虫书（鸟虫篆）。谊，义理、含义。详见《读戴子高先生〈论语注〉一诗〔古谊敦〕条笺注。

〔髫年〕童年，详见《滇民逃荒行》一诗〔垂髫杂华颠〕条笺注。

〔不遂芳华煜〕芳华，芳华之年，妙龄。《玉台新咏》卷 9 鲍照《代白紵曲二首》其二：“齐讴秦吹卢女弦，千金顾笑买芳年。”《说文解字》卷 10 上《火部》：“煜，耀也。”上句和此句指，没承想晶莹美玉般的你，却没长到妙龄芳华、光彩照人的年纪。

〔怳疑朱鸟魂，春至秋复蛰〕《说文通训定声 · 壮部第十八》：“怳，……亦作恍。”《扬子法言》卷 5《问明篇》：“朱鸟翾翾归其肆矣。或曰奚取于朱鸟哉？曰时来则来，时往则往，能来能往者，朱鸟之谓欤！”宋咸注：“朱鸟随阳之鸟，谓雁也。雁以时来时往。”吴秘注：“朱鸟，雁也。翙翙，飞貌。肆其所止，集之肆，非归其肆，伤时之言也。”此二句指，恍惚间怀疑，你的魂魄就像那鸿雁，春来秋去。

〔浥〕《字汇》巳集《水部》：“浥，……渍也，湿润也。”

伤女颎（二首）其二

昔读仲任书，短修数实然。葳蕤木槿华，弗匹冥灵年。皇天岂不惠，大运多循旋。诗人謌陨苕，君子惕逝川。物情懔摇落，矧尔长相捐。荧魂尔曷休，微颜岂终妍。匣中文褓裳，黄尘集何遄。堲周不盈趌，榛薄纷盈阡。掩曀阴岫云，眇漠萧林烟。命驾巡尔丘，暝色瞻芊眠。

【笺注】

〔昔读仲任书，短修数实然〕《后汉书 · 王充传》：“王充，字仲任，会稽上虞人也，……箸《论衡》八十五篇、二十余万言。”《论衡》卷 2《命义篇第六》：“人有寿夭之相，亦有贫富贵贱之法，俱见于体。故寿命修短，皆禀于天。骨法善恶，皆见于体。命当夭折，虽禀异行，终不得长；禄当贫贱，虽有善性，终不得遂。”刘师培《与朱云石笺》：“惟是五十甫半，颇志知命。仲任所笔，实餍寸忱。”（《刘申叔遗书》56 册【76】,《左盦外集》卷 16）

〔葳蕤木槿华〕《集韵》卷 1《平声一 · 微第八》：“葳，葳蕤，草木盛貌。”木槿华，即木槿花，朝开慕落。详见《申江杂感用苏东坡〈秋怀〉诗韵（二首）》其一一诗〔木槿花〕条笺注。

〔冥灵年〕《庄子集释》卷 1 上《逍遥游第一》：“楚之南有冥灵者，以五百岁为春，五百岁为秋。”郭庆藩引成玄英疏：“木名也，以叶生为春，以叶落为秋。冥灵生于楚之南，以二千岁为一年也。”冥，《林本》作“寘”。

〔惠〕《说文解字》卷 4 下《叀部》：“惠，仁也。”

〔大运多循旋〕见《咏怀（五首）》其二一诗〔大运有回薄〕条笺注。

〔诗人謌陨苕〕《毛诗正义》卷 15—3《小雅 · 鱼藻之什 · 苕之华》：“苕之华，芸其黄矣。”毛传：“苕，陵苕也，将落则黄。”郑玄笺：“陵苕之华，紫赤而繁兴者。陵苕之干，喻如京师也。其华犹诸夏也，故或谓诸夏为诸华。华衰则黄，犹诸夏之师旅罢病将败，则京师孤弱心之忧矣。”謌，《林本》作“歌”。

〔君子惕逝川〕《论语 · 子罕第九》：“子在川上曰：‘逝者如斯夫！不舍昼夜。’”

《集韵》卷 3《平声三 · 阳第十》："慯，痛也，忧也。通作伤。"慯，《林本》作"伤"。

〔物情懔摇落〕物情，世间常情。《后汉纪 · 孝顺皇帝纪下卷十九》："侍中张衡上书曰：'……亲履艰难，犹知物情，故能一贯万机，无所疑惑。'"懔，憎恶。《说文通训定声 · 临部弟三》："癛，……字亦作凛，又作懔。"《集韵》卷 6《上声下 · 寝第四十七》："癛，疾也。"《艺文类聚》卷 88《木部上 · 木》："周庾信《枯树赋》曰：……桓大司马闻而叹曰：昔年移柳，依依汉南。今看摇落，悽怆江潭。树犹如此，人何以堪。"懔，《林本》作"凛"。

〔矧尔长相捐〕矧，亦。详见《送诸贞壮》一诗〔矧忧眭罗张〕条笺注。捐，舍弃，亦为去世的婉称。《说文解字》卷 12 上《手部》："捐，弃也。"《淮南子 · 泛论训》："使管仲出死捐躯，不顾后图，岂有此霸功哉！"

〔荧魂尔曷休〕荧魂，即"营魂"，魂魄。《文选注》卷 17 陆士衡（机）《文赋并序》："揽营魂以探赜，顿精爽于自求。"李善注："《楚辞》曰：'营魂而升遐。'《周易》曰：'探赜索隐，钩深致远。'《左氏传》：'乐祁曰：心之精爽，是谓魂魄。'"《法言》卷 2《修身篇》："荧魂旷枯，糟莩旷沈。"刘师培《法言补释 · 修身篇》："李注云：'莩，熟也。'柳注以'糟'为'精'之误，而训'莩'为'目精之表'。俞氏樾曰：'荧魂以喻轻清之气，糟莩以喻重浊之气。糟者酒之汁，莩者米之皮也。其轻清者日以枯，其重浊者日以沈，斯盲矣。'案：众说均非。惟柳改'糟'为'精'，则其说甚确。《淮南子 · 俶真训》云：'夫人之事，其神而娆其精营，慧然而有求于外，此皆失其神明，而离其宅也。''精营'二字，正此文'荧魂精莩'之的解。（高注以'营慧'连文，失之。）'荧'当作'营'，《老子》云：'载营魄。'注云：'神之常居处也。'《法言》之'荧魂'，即《老子》之'营魄'。（《素问 · 调经论》云：'取血于营。'与《老子》'营魄'同义。）盖神之养于中者谓之'营'，神之显于外者谓之'精'。凡从孚声之字均含有外字之义。（如'浮'字、'郛'字、'烰'字之类是。）精莩者，精之浮露于外者也。柳注以为目皮，失之矣。考扬子此文，盖以神之内蓄者日以枯，神之外著者日以沈，（沈即消减之义。）则其智日昏。以此为学，是皆冥行索途也。（荧、营古通。《淮南 · 原道篇》：'精神乱营。'注云：'营，惑也。'《汉书 · 礼乐志》云：'以营乱富贵者之耳目。'注云：'营犹回绕也。'案：乱营、营乱，与《庄子 · 齐物论第二》'黄帝之所听荧'、《史记 · 孔子世家》'以匹夫而荧惑诸侯'之'荧'字同义，则'荧'字当作'营'。此'荧''营'古通之证也。"此句指，你的魂魄就这样逝去了吗？尔，《林本》作"尒"。

〔微颜岂终妍〕微颜，指人婴儿时期的容貌。此句指，你幼小的模样，难道就成了最终的容颜？

〔文褓裳〕绣有图案花纹的婴儿衣被。《史记 · 赵世家》：“二人谋取他人婴儿负之，衣以文葆，匿山中。”裴骃《集解》：“徐广曰：小儿被曰葆。”《史记 · 鲁周公世家》：“武王既崩，成王少在强葆之中。”司马贞《索隐》：“强葆即襁褓，古字少，假借用之。”张守节《正义》：“强阔八寸，长八尺，用约小儿于背而负行。葆，小儿被也。”

〔遄〕《正字通》酉集下《辵部》：“遄，……速也。”

〔塈周不盈跬〕《礼记正义》卷 6《檀弓上第三》：“有虞氏瓦棺，夏后氏塈周，殷人棺椁，周人墙置翣。周人以殷人之棺椁葬长殇，以夏后氏之塈周葬中殇、下殇。”郑玄注：“火熟曰塈，烧土冶以周于棺也。或谓之土周。”《说文解字注》卷 2 上《走部》：“跬，半步也。”段注：“今字作跬。《司马法》曰：一举足曰跬，跬三尺。两举足曰步，步六尺。”此句指，你小小的坟茔只有半步宽窄。塈，《林本》作“节（節）”，似误。跬，《林本》作“跬”。

〔榛薄纷盈阡〕榛薄，丛生的乱木杂草。《楚辞》卷 16 刘向《九叹 · 愍命》：“剸谗贼于中廇兮，选吕管于榛薄。”《淮南鸿烈解》卷 1《原道训》：“隐于榛薄之中。”高诱注：“藂木曰榛，深草曰薄。”《说文解字》卷 14 下《𨸏部》：“阡，路东西为陌，南北为阡。”

〔掩噎阴岫云〕掩噎，掩面哽咽哭泣。《全唐诗》卷 76 徐彦伯《题东山子李适碑阴二首（并序）》其一：“忽惊薤露曲，掩噎东山云。”（第 2 册 P822）岫云，穴中郁积飘出的云气。《杜诗详注》卷 15 杜甫《雨二首》其二：“落落出岫云，浑浑倚天石。”仇兆鳌注：“岫，山穴也。陶潜词云：无心而出岫。”

〔眇漠〕缥缈。萧统《昭明太子集》卷 1《宴阑思旧》：“如何离灾尽，眇漠同埃尘。”《云笈七签》卷 73《内丹 · 金丹金碧潜通诀》：“银为铅子，子隐铅中。汞者铅子，子藏母胎。素真眇漠，似有似无。”

〔命驾巡尔丘〕命驾，乘车。《左传 · 哀公十一年》：“退，命驾而行。”《穆天子传》卷 4：“癸酉，天子命驾八骏之乘”。丘，《林本》作“邱”。

〔瞑色瞻芊眠〕《文选注》卷 4 张平子（衡）《南都赋》：“攒立丛骈，青冥盱瞑。”李善注：“言林木攒罗，众色幽昧也。《楚辞》曰：远望兮芊眠。王逸曰：芊眠，遥视闇未明也。‘芊眠’与‘盱瞑’音义同。”此句指，在夜色下看到你的坟茔，晦暗不明。

【略考】

刘师培《女颎圹铭》：“师培以宣统元年从事天津。越岁春正，妻何氏举女，名曰颎。扬且之皙，鬒发如云，朗质彻乎玉莹，慧识形于岐嶷，亦既咳笑，授色知心。禀命不兼，历旬一十有六，以七月七日罹疾而殇。殡以塈周，舆机即葬，哀矣！既潸悼之摧怀，虑谷陵之有易，乃刓石以志其圹，词曰：蕣华丽都，荣弗崇朝。猗兰青青，先霜悴凋。尒魂曷归，秋原栗缪。”

颎，古同“炯”，本指“光明貌”。《毛诗正义》卷13—1《谷风之什》：“无思百忧，不出于颎。”毛传：“颎，光也。”《六臣注文选》卷13潘安仁（潘安，本名潘岳）《秋兴赋》：“登春台之熙熙兮，珥金貂之炯炯。”李周翰注：“颎颎，光明貌。”但“颎”（炯）还有另一个含义——忧虑，指心中烦闷，夜不成眠。《楚辞章句》卷14严夫子（庄忌）《哀时命》：“夜炯炯而不寐兮，怀隐忧而历兹。”王逸注：“言己中心愁怛，目为炯炯，而不能眠。如遭大忧，常怀戚戚，经历年岁，以至于此也。”1906年9月13日，苏曼殊在《与刘三书》（丙午七月芜湖）中写道：“太炎先生现寓东京新宿，兄处常通信息否？少甫兄同住山顶，体弱异常，日以颎颎。……七月念五日，曼殊稽首。”（《苏曼殊书信集》P1，上海中央书店1948年印本）1910年3月4日，刘师培与何震的女儿出生，取名“颎”。刘师培取此字，自然是以取其“光明貌”。但他一定是忽略或忽视了其“忧虑”这层的含义。结果一语成谶，孩子不到半岁就夭折了。

湘汉吟

西风吹班竹，候鸟流商音。鬼歔薜萝月，魂凄枫树林。岫寒哀狖避，云冷潜龙吟。言念交甫珮，汉江水自深。

【刊载】

1931年林思进清寂堂《左盦遗诗》刻本;《刘申叔遗书》61册（37），《左盦诗录》卷2《左盦诗》。

【类型】

五言，8句。

【编年】

1910年。由1900年《古意》改写而来。《左盦诗》中收录之改写自前诗者，因无法确定具体改写时间，均定编年为1910年，即《左盦诗》刊刻的年份。下同，不再注明。钱玄同《左盦诗录后记》：“第二册名《左盦诗》，……亦申叔所自定而属人钞录者。……篇末有‘宣统庚戌八月二十日录毕付刊师培记’。”（《刘申叔遗书》1册【143–

144】)《左盦诗》中改写诗与前诗文辞相同或近似处，不再出注，请参看前诗笺注。

【笺注】

〔班竹〕见《题风洞山传奇（三首）》其二一诗〔班竹萧骚冷翠凝〕条笺注。班，《林本》作“斑”。

〔商音〕秋季之声。详见《秋怀》一诗〔静值商氛加〕条笺注。商，《林本》作“哀”。

〔鬼歗薜萝月，魂凄枫树林〕见《效长吉》一诗〔青枫〕、〔薜萝〕条笺注。歗，《林本》作“啸”。

〔岫寒哀狖避〕《说文解字》卷 9 下《山部》：“岫，山穴也。”《文选》卷 26 谢灵运《入彭蠡湖口一首》：“乘月听哀狖，浥露馥芳荪。”《淮南鸿烈解》卷 6《览冥训》：“猨狖颠蹶而失木枝”。高诱注：“狖，猨属，长尾而昂鼻。”《正字通》巳集下《犬部》：“猨，……俗作猿。”避，《林本》作“宿”。

〔潜龙吟〕《周易正义》卷 1《乾》：“初九，潜龙勿用。”孔颖达疏：“潜者，隐伏之名。龙者，变化之物。言天之自然之气，起于建子之月，阴气始盛，阳气潜在地下，故言‘初九潜龙’也。此自然之象，圣人作法，言于此潜龙之时，小人道盛，圣人虽有龙德，于此时，唯宜潜藏，勿可施用，故言勿用。”《正字通》巳集上《水部》：“潜，俗潜字。”

宋故宫

汴水隄边杨柳生，黍华开罢杜鹃鸣。七陵风雨松杉老，塞艸凄凉五国城。

【刊载】

1931 年林思进清寂堂《左盦遗诗》刻本;《刘申叔遗书》61 册（40),《左盦诗录》卷 2《左盦诗》。

【类型】

七言，4 句。

【编年】

1910 年。由 1903 年《宋故宫》改写而来。

【笺注】

〔汴水隄边杨柳生〕见《扫花游 · 汴堤柳》一词〔汴堤柳〕条笺注。

〔黍华开罢杜鹃鸣〕《毛诗正义》卷 9—4《小雅 · 鹿鸣之什 · 出车》：“昔我往矣，

黍稷方华。今我来思，雨雪载涂。王事多难，不遑启居。”郑玄笺：“黍稷方华，朔方之地六月时也。”孔颖达疏：“《月令·孟秋》云：农乃登谷。则中国黍稷亦六月华矣。”《诗经·豳风·七月》：“七月鸣鵙，八月载绩。”《增修互注礼部韵略》卷5《入声·二十三锡》：“鵙，伯劳。《左传》谓之伯赵，以夏至鸣，冬至止。《诗·七月》：‘鸣鵙’，亦作‘鴂’‘鴃’。”《孟子·滕文公章句上》：“今也南蛮鴃舌之人”。赵岐注引《诗·七月》作“鸣鴃”，并释为“伯劳”。鴃、鴂，均可指杜鹃。《洪武正韵》卷15《入声·五屑》：“鴂，鶗鴂，鸟名。又鷤鴂，子规也，亦作鵜鴃。……鴃，同上。”《说文解字注》：“鴂，宁鴂也。”段注：“《离骚》：‘恐鹈鴂之先鸣。’杨雄作‘鷤鴂’。或释为子规，或释为伯劳，未得其审。而《广韵》乃合鶗鴂、鷤鴂为一物。凡物名，因一字相同而溷误之类如此。”《正字通》亥集中《鸟部》：“鵙，……《说文》作鶪。《毛诗》《尔雅》讹作鵙。”华，《林本》作“花”。案：刘师培此句以《出车》郑玄笺“黍稷方华，朔方之地六月时也”、孔颖达疏“黍稷亦六月华”与《七月》“七月鸣鵙”两典入诗。

〔艸〕，《林本》作“草”。

佳人

佳人鸣寒机，攕指擘素丝。颢质媲裻裳，倏蒙香尘缁。往者不可思，来者安可期。逝水无回澜，落英岂返枝。红颜弗自保，憯怆彫娥眉。寄语素心人，蹇修慎莫迟。

【刊载】

1931年林思进清寂堂《左盦遗诗》刻本；《刘申叔遗书》61册（40），《左盦诗录》卷2《左盦诗》。

【类别】

五言，12句。

【编年】

1910年。由1903年《古意》改写而来。

【笺注】

〔鸣寒机〕鸣机，织机。寒机，寒夜的织机。《玉台新咏》卷10谢朓《同王主簿有所思》：“佳期期未归，望望下鸣机。徘徊东陌上，月出行人稀。”同上书卷5沈约

《夜夜曲》："孤灯暖不明，寒机晓犹织。零泪向谁道，鸡鸣徒叹息。"

〔攕〕同掺。《说文解字》卷 12《手部》："攕，好手皃（貌——引者）。《诗》曰：'攕攕女手'。"《毛诗正义》卷 9《魏风 · 葛屦》："掺掺女手，可以缝裳。"毛传："掺掺，犹纤纤也。"郑玄笺："掺，……《说文》作'攕'，山廉反，云好手貌。"

〔擘〕分开，剖开。《说文解字》卷 12："擘，扐也，从手辟声，博戹切。"《广雅》卷 5《释言》："擘，剖也。"《林本》作"檗"，似误。

〔颢质媲褧裳〕颢质，洁白貌。《说文解字注》卷 9《页部》："颢，白皃（貌——引者）。《楚词》曰：'天白颢颢。'"段注："见《大招》。王逸曰：'颢颢，光貌。'"褧裳，平民女子套在外衣之外的麻制轻薄罩衫，用于嫁衣。《毛诗正义》卷 4《郑风 · 丰》："衣锦褧衣，裳锦褧裳。"毛传："衣锦、褧裳，嫁者之服。"郑玄笺："褧，禅也，盖以禅縠为之中衣。裳用锦，而上加禅縠焉，为其文之大著也，庶人之妻嫁服也。士妻纨衣纁袡。"媲，《林本》作"媲"。

〔倏〕忽然。《关尹子 · 四符篇》："其余声者，犹之魂魄，知夫倏往倏来"。《林本》作"倐"。

〔尘缁〕尘垢。详见《古意》一诗〔缁〕条笺注。《文选注》卷 26 谢玄晖（朓）《酬王晋安》："谁能久京洛？缁尘染素衣。"李善注："陆机《为顾彦先赠妇》诗曰：'京洛多风尘，素衣化为缁。'"

〔落英岂返枝〕见《古意》一诗〔落花辞故林，何时返旧枝〕条笺注。落英，落花。详见《古意（用李樊南〈效长吉〉诗韵）》一诗〔英〕条笺注。

〔憯〕憯的异体字。《说文解字》卷 10 下《心部》："憯，痛也。"《字汇》卯集《心部》："憯，与惨同。"《林本》作"憯"。

〔蹇修〕《林本》作"蹇脩"。

咏史（二首）

【刊载】

1931 年林思进清寂堂《左盦遗诗》刻本；《刘申叔遗书》61 册（39），《左盦诗录》卷 2《左盦诗》。

【类别】

五言，10 句。

【编年】

1910 年。由 1902 年《杂咏（二首）》改写而来。

咏史（二首）其一

朝倾蓟市酒，夕驰梁门车。丈夫诎鸣铗，志士慯郁居。罝兔在中馗，亡羊多歧塗。钓璜隐姜公，乞飧羁荆胥。掉手谢湎纷，条歗归江湖。

【笺注】

〔蓟〕燕、蓟都是今北京及其周边地区的代称。《尔雅注》卷中《释地第九》："燕曰幽州。" 郑樵注："今燕蓟是其地。郭解云：自易水至北狄。"

〔梁门〕《资治通鉴》卷 272《后唐纪一 · 庄宗光圣神闵孝皇帝上》："是日，帝入自梁门。" 胡注："梁门，大梁城西面北来第一门。梁开平元年改为乾象门，晋天福三年改为乾明门。" 大梁，今河南开封。

〔丈夫诎鸣铗〕《战国策》卷 11《齐四 · 齐人有冯谖者》："居有顷，倚柱弹其剑，歌曰：'长铗归来乎！食无鱼。' 左右以告。孟尝君曰：'食之，比门下之客。'"《广雅》卷 1《释诂》："诎，……曲也。""诎，……折也。" 此句指，大丈夫为求衣食，不得不屈节折腰。

〔志士慯郁居〕志士，《林本》作 "策士"。策士，为人出谋划策之人。《史记 · 樗里子、甘茂列传》史论："太史公曰：……虽非笃行之君子，然亦战国之策士也。" 刘师培此处似指门客、幕宾。郁居，困于一处而踌躇不前、郁郁寡欢。《通志》卷 94《列传第八 · 前汉 · 韩信》："王曰：'吾亦欲东耳，安能郁郁居此乎！'" 慯，通 "伤"，《林本》作 "怖"。《说文解字》卷 10 下《心部》："怖，恨怒也。"

〔罝兔在中馗〕《说文解字》卷 7 下《网部》："罝，兔网也。" 馗，通 "逵"。同上书卷 14 下《九部》："馗，九达道也。""逵，馗，或从辵从坴。"《诗经 · 周南 · 兔罝》："肃肃兔罝，施于中逵。"《文选注》卷 20 颜延年（延之）《皇太子释奠会作诗一首》："都庄云动，野馗风驰。" 李善注："《韩诗》曰：'施于中馗。' 薛君曰：'中馗，馗中九交之道也。'"

〔亡羊多歧塗〕《列子 · 说符第八》："心都子曰：'大道以多歧亡羊，学者以多方丧生。'" 塗，《林本》作 "途"。

〔钓璜隐姜公〕《艺文类聚》卷 10《符命部 · 符命》："《尚书中候》曰：季秋，赤雀衔丹书入酆，止于昌户。昌拜稽首受。最曰：‘姬昌，苍帝子。’又曰：‘吕尚，钓磻溪得玉璜。刻曰：姬受命，吕佐旌。’”《史记 · 齐太公世家二》：“吕尚盖尝穷困，年老矣，以渔钓奸周西伯。西伯将出猎，卜之，曰：‘所获非龙非彲，非虎非罴，所获霸王之辅。’于是周西伯猎，果遇太公于渭之阳，与语大说，曰：‘自吾先君太公曰：“当有圣人适周，周以兴。”子真是邪？吾太公望子久矣。’故号之曰‘太公望’，载与俱归，立为师。”隐，《林本》作“翳”。

〔乞飧羁荆胥〕《集韵》卷 2《平声二 · 元第二十二》：“飧，……《说文》：餔也，谓晡时食。或作餐，通作湌。”荆胥，伍子胥。《史记 · 范雎列传》：“伍子胥橐载而出昭关，夜行昼伏，至于陵水，无以餬其口，膝行蒲伏，稽首肉袒，鼓腹吹篪，乞食于吴市，卒兴吴国，阖闾为伯。’”飧，《林本》作“餐”。荆，《林本》作“伍”。

〔掉手谢湎纷〕掉手，即“掉臂”，甩手不顾。《史记 · 孟尝君列传》：“明旦侧肩争门而入，日暮之后过市朝者掉臂而不顾。”范梈《范德机诗集》卷 4《歌行曲类 · 题姑苏丁氏一乐斋》：“他人束缚我掉手，此又一乐信所过。”湎纷，亦作“缅纷”，纷杂混乱。《三国志 · 魏书九 · 夏侯玄传》：“自州、郡中正品度官才之来，有年载矣，缅缅纷纷，未闻整齐，岂非分叙参错，各失其要之所由哉！”《说文解字注》卷 3 上《言部》：“谢，辞去也。”段注：“辞，不受也。”

〔条歗〕《正字通》辰集下《欠部》：“歗，籀文啸。”长啸。《毛诗正义》卷 4—1《王风 · 中谷有蓷》：“有女仳离，条其啸矣”毛传：“条，条然啸也。”

咏史（二首）其二

出门何钦钦，俛仰纮维窄。悲云默岌峘，苴卉蕛阡陌。驰晖不我徯，晨阳倏已夕。丹凤跂轩翱，樊鸟畴能测。阕我陇头唫，冥湛甘艸泽。

【笺注】

〔钦钦〕《毛诗正义》卷 9—4《秦风 · 晨风》：“未见君子，忧心钦钦。”毛传：“思望之，心中钦钦然。”郑玄笺：“思望而忧之。”《林本》作“茫茫”。

〔俛仰纮维窄〕俛仰，即“俯仰”。《集韵》卷 6《上声下 · 狝第二十八》：“俛，俯也。”纮维，指天下。《淮南鸿烈解》卷 4《墬形训》：“八殥之外，而有八纮。”高诱注：“纮，维也。维落天地而为之表，故曰纮也。”

〔悲云默岌峘〕《宋本广韵》卷 3《上声 · 感第四十八》：“默，……黑也。”《尔雅注疏》卷 7《释山第十一》：“小山岌大山，峘。”郭璞注：“岌谓高过。”邢昺疏：“言小山与大山相并，而小山高过于大山者名峘。非谓小山名岌，大山名峘也。”刘伯温《诚意伯文集》卷 4《覆瓿集四 · 古诗 · 赠道士蒋玉壶长歌》：“岚餐霨饮喧岌峘，先生皮冠衣绛缯。”

〔苴卉茀阡陌〕苴，枯草。详见《夕雨初晴登西山重兴寺孤亭》一诗〔苴藂黏寒碧〕条笺注。《说文解字》卷 1 下《艸部》：“卉，草之总名也。”《国语》卷 2《周语中》：“道茀不可行也。”韦昭注：“草秽塞路为茀。”《说文解字》卷 14 下《𨸏部》：“阡，路东西为陌，南北为阡。”

〔驰晖不我徯〕《文选注》卷 26 谢玄晖（朓）《暂使下都夜发新林至京邑赠西府同僚一首》：“驰晖不可接，何况隔两乡。”李善注：“驰晖，日也。眺（《六臣注文选》本作‘朓’——引者）《至寻阳》诗曰：过客无留轸，驰晖有奔箭。”《说文解字》卷 2 下《彳部》：“徯，待也。”

〔倏〕忽然。详见《佳人》一诗〔倏〕条笺注。《林本》作“曶”。《汉书 · 扬雄传上》载其《羽猎赋》：“昭光振耀，蠁曶如神。”颜师古注：“曶，与忽同。”

〔丹凤忮轩翺〕《骈雅》卷 7《释鸟》：“鸡趣，鸾也。首翼赤曰丹凤，青曰羽翔，白曰化翼，玄曰阴翥，黄曰土符。”忮，同“企”，盼望。详见《冬日旅沪作》一诗〔襂绊忮鹥骓〕条笺注。轩翺，飞翔。翺，“翱”的异体字。忮，《林本》作“岐”；翺，《林本》作“鸣”。

〔樊鸟畴能测〕樊鸟，笼中鸟。樊，藩篱。详见《季夏雨霁游北洋公立种植园泛舟竟夕》一诗〔郊痕逗疏樊〕条笺注。畴，谁，详见《从军苦歌（七首）》其一一诗〔畴〕条笺注。《礼记正义》卷 37《乐记》：“穷高极远，而测深厚。”孔颖达疏：“测，知也。”《太玄经》卷 1《玄测序》：“夜则测阴，昼则测阳。”范望注：“测，知也。”此句指，笼中之鸟的凄苦，有谁能知道呢。

〔阕我陇头唫〕阕，终止。《毛诗正义》卷 12—1《小雅 · 节南山之什 · 节南山》：“君子如届，俾民心阕。”毛传：“阕，息。”《汉书 · 匈奴传上》：“今歌唫之声未绝，伤痍者甫起”。颜师古注：“唫，古吟字。”唫，《林本》作“吟”。《史记 · 陈涉世家》：“陈涉少时，尝与人佣耕，辍耕之垄上，怅恨久之，曰：‘苟富贵，无相忘。’庸者笑而应曰：‘若为庸耕，何富贵也！’陈涉太息曰：‘嗟乎，燕雀安知鸿鹄之志哉！’”

〔冥湛甘艸泽〕冥湛，亦作“湛冥”，清净无欲，缄默无言。《汉书 · 王贡两龚鲍传》：“蜀严湛冥，不作苟见，不治苟得，久幽而不改其操，虽随、和何以加诸？”颜师古注："孟康曰：蜀郡严君平，湛深玄默无欲也。师古曰：湛，读曰沈。"另参见《癸丑纪行六百八十八韵》一诗〔湛冥从卜肆〕条笺注。艸，《林本》作"草。"

答周美权诗意

茝蘅不盈畦，椵椒搴我帷。木零鹍鸡啁，芳歇鹈鴂啼。值兹炎运熸，坐待漻风凄。翕虑溶化机，洞冥憭劫棋。騄駬惘羽琌，寐虬攜曲池。所跂鲁戈抏，庶偭耽史雌。獜囷蕴深植，岳岳青松姿。

【刊载】

1931 年林思进清寂堂《左盦遗诗》刻本;《刘申叔遗书》61 册（41），《左盦诗录》卷 2《左盦诗》。

【类别】

五言，14 句。

【编年】

1910 年。由 1903 年《和周美权〈夜坐偶成〉用原韵》改写而来。

【笺注】

〔茝蘅〕以香草喻德行高尚的君子仁人。茝，香草，即白芷。《楚辞章句》卷 2 屈原《九歌 · 湘君》："沅有茝兮醴有兰。"王逸注："言沅水之中有盛茂之茝，澧水之内有芬芳之兰，异于众。"《楚辞补注》卷 2 洪兴祖补注："茝，一作芷。"《楚辞章句》卷 1 屈原《离骚》："杂申椒与菌桂兮，岂维纫夫蕙茝。"王逸注："蕙、茝，皆香草，以谕贤者。"蘅，杜蘅，亦作"杜衡"，香草之名。《楚辞章句》卷 1 屈原《离骚》："畦留夷与揭车兮，杂杜衡与芳芷。"王逸注："杜衡、芳芷，皆香草也。言己积累众善，以自洁饰，复植留夷、杜衡，杂以芳芷，芬香益畅，德行弥盛也。"《楚辞补注》洪兴祖补注："衡，一作蘅。"《全唐诗》卷 48 张九龄《林亭寓言》："蘅茝不时与，芬荣奈汝何。"（第 1 册 P588）

〔搴〕揭起。详见《咏史（十二首）》其五一诗〔卿云亘中天，八伯休褰裳〕条笺注。

〔木零鹍鸡啁〕《礼记 · 月令》："行秋令，则草木零落。"《楚辞》卷 1 屈原《离骚》："惟草木之零落兮，恐美人之迟暮。"鹍，同"鵾"。《五音集韵》卷 1《微第六》："鹍，鸡三尺曰鹍。又作昆。"《集韵》卷 2《平声二 · 魂第二十三》："鹍，……《说文》：鹍鸡也。……或从昆。"《楚辞》卷 8 宋玉《九辩》："雁雍雍而南游兮，鵾鸡啁哳而悲鸣。"《说文解字注》卷 4 上《鸟部》："鶤，鶤鸡也。"段注："高注《淮南》曰：鶤鸡，凤皇别名。"《说文解字注》卷 2 上《口部》："啁，啁嘐也。"段注："《楚语》（似当作'楚词'或'楚辞'——引者）：'鹍鸡啁哳而悲鸣'。啁，大声。哳，小声也。"

〔芳歇鶗鴂啼〕芳歇，芬芳消逝。《楚辞》卷 4 屈原《九章 · 橘颂》："蘋蘅槁而节离兮，芳以歇而不比。"《玉台新咏》卷 3《刘铄杂诗五首》其二《代明月何皎皎》："谁谓行客游，屡见流芳歇。"鶗鴂，亦作"鹈鴂""鷤鴃"，指子规，即杜鹃。《说文解字注》卷 4《鸟部》："鴂，宁鴂也。"段注："《离骚》：'恐鹈鴂之先鸣。'杨雄作'鶗鴂'。或释为子规，或释为伯劳，未得其审。而《广韵》乃合鷤鴂、鷤鴂为一物。凡物名，因一字相同而溷误之类如此。"《文选注》卷 23 阮嗣宗《咏怀诗十七首》其十："鸣雁飞南征，鷤鴃发哀音。"李善注："沈约曰：此鸟鸣则芳歇也。芬芳歇矣，所存者臭腐耳。"《楚辞》卷 1 屈原《离骚》："恐鹈鴂之先鸣兮，使夫百草为之不芳。"参见《和周美权〈夜坐偶成〉用原韵》一诗〔百卉既不芳，忍听鹃鴂啼〕条笺注。

〔熸〕熸的异体字。《重修玉篇》卷 21《火部第三百二十三》："熸，子廉切，火灭也。"《林本》作"熸"。

〔漻风〕即"蓼风"，秋风。《初学记》卷 3《岁时部上 · 秋第三 · 事对 · 蓼风 / 葭露》："蔡邕《月令章句》曰：仲秋白露节，盲风至。秦人谓蓼风为盲风。"案：漻、蓼二字通。《集韵》卷 9《入声上 · 屋第一》："蓼，……或作漻。"《正字通》巳集上《水部》："漻，俗漻字，别作漻。"

〔翕虑溶化机〕《经典释文》卷 2《周易下经 · 丰传第六》："翕，虚级反，敛也。"刘师培《和周美权〈夜坐偶成〉用原韵》有句："息静参化机"。此句中的"溶"与"参"同义，均为参与、介入之义。参见该句笺注。

〔洞冥憭劫棋〕《新语》卷上《术事第二》："登高及远，达幽洞冥。"《文选》卷 47 陆士衡（机）《汉高祖功臣颂》："文成作师，通幽洞冥。"《宋本广韵》卷 3《上声 · 筱第二十九》："憭，照察。"劫棋，见《题陈右铭先生西江墨瀋》一诗〔劫棋〕条笺注。此句指，洞察晦暗不明之处，就能看清事物的关键本质。

〔騄駬憪羽琇〕騄駬，亦作"绿耳"，良马，亦喻俊才。《荀子 · 性恶篇第二十三》："骅骝、騹骥、纤离、绿耳，此皆古之良马也。"《穆天子传》卷 1："天子之骏：赤骥、盗骊、白义、踰轮、山子、渠黄、华骝、绿耳。"《商君书 · 画策第十八》："麒麟騄駬，日行千里，有必走之势也。"《尔雅注疏》卷 11《释畜第十九》："天子之骏：盗骊、绿耳……"郭璞注："绿，力玉反，本或作騄駬。"《重修玉篇》卷 8《心部第八十七》：

“僩，……《说文》曰：‘愉也。’” 羽琌，古地名。琌，同陵。《字汇补》午集《玉部》：“琌，疑即陵字。”《奇字韵》卷 2《十蒸》：“琌，陵。《穆天子传》。”《穆天子传》卷 3：“天子大飨正公诸侯王，勒七萃之士于羽琌之上。” 郭璞注：“下有羽陵，疑亦同。”《太平御览》卷 24《时序部九 · 秋上》：“《穆天子传》曰：‘仲秋甲戌，天子东游次雀梁，蠹书于羽陵。（谓暴书蠹虫，因日蠹书也。）”（今本《穆天子传》作“羽林”）后以“羽陵”喻藏书之处。《晚晴簃诗汇》卷 172 毛澂《扬州文汇阁四库全书残叶歌》：“纯皇郅治深宫闲，羽陵蠹简高于山。” 此句指，周美权为扬州才俊，喜爱攻读诗书典籍。

〔寐虬攜曲池〕寐虬，睡龙。《春秋左传正义》卷 12《僖公七年》：“招攜以礼，怀远以仁。” 杜预注：“攜，离也。” 相传，隋炀帝杨广游江都，作《水调》九曲，于蜀岗之麓的湖池上演奏，此地遂被称为“九曲池”。苏辙《栾城集》卷 9《扬州五咏 · 九曲池》：“嵇老清弹怨广陵，隋家水调继哀音。可怜九曲遗声尽，惟有一池春水深。” 九曲池的大致位置，即今天扬州瘦西湖“双峰云栈”景区所在的一片水域。据《扬州画舫录》卷 16《蜀冈录》记载：“今蜀冈在郡城西北大仪乡丰乐区，三峰突起，……冈之东西北三面，围九曲池于其中。池即今之平山堂坞，其南一线河路，通保障湖。” 宋元明清历代吟咏扬州九曲池的诗词非常多，如宋秦观的《次韵子由题九曲池广陵五题》，宋沈括的《扬州九曲池新亭记》，宋王令的《九曲池悼古》，宋陆游的《寄题扬州九曲池》，元张翥的《秋日偕成竹居秦景桓游蜀冈万花园》，明夏掞的《广陵》，清邹祗谟的《游广陵词》，等等等等。《三国志 · 吴书九 · 周瑜传》：“聚此三人（指刘、关、张——引者），俱在疆场，恐蛟龙得云雨，终非池中物也。” 此句指，周美权如水底睡龙，将飞离扬州的九曲池。攜，《林本》作“攜”。曲，《林本》作“尺”。

〔跂〕同“企”，盼望。详见《冬日旅沪作》一诗〔襂绊跂縶骓〕条笺注。

〔扝〕通“扜”。《正字通》卯集中《手部》：“扜，……又持也，《六书统》作扝。” 林本作“扝”。扝，扜的异体字。

〔庶偭耽史雌〕耽史，指老子，亦称“老聃”“老耽”。参见《答袁康侯（二首）》其一一诗〔柱下史〕条笺注。雌，指“知雄守雌”，详见《和周美权〈夜坐偶成〉用原韵》一诗〔老氏雌〕条笺注。《老子 · 道经》二十八章：“知其雄，守其雌，为天下蹊。” 偭，违背。《宋本广韵》卷 3《上声 · 铣第二十七》：“偭，背也。”

〔辚囷蕴深植〕《文选注》卷 2 张平子（衡）《西京赋》：“白象行孕，垂鼻辚囷。” 薛综注：“伪作大白象从东来，当观前，行且乳，鼻正辚囷也。” 囷，《六臣注文选》本作“輑”。刘良注：“辚輑，象鼻下垂貌。” 扬州旧有象鼻桥（亦称相别桥），今扬州市邗江区有复建之象鼻桥，位于平山堂路东口与相别路交叉口，宋夹城体育休闲公园东北角，横跨于邗沟河上，其北侧即为汉广陵王墓博物馆，属瘦西湖总体景区。相传，此地为古人城外送别饯行之处，故名“相别桥”，后亦称“象鼻桥”。深，《林本》作“森”。

有感

鳍鱼蛰遐溆，偶忮文禽霏。羽毳一朝傅，溟瀛何时归。冥尘积四维，敢怼虞人机。不见鲲与鹏，嬗易靡休时。

【刊载】

1931 年林思进清寂堂《左盦遗诗》刻本；《刘申叔遗书》61 册（38），《左盦诗录》卷 2《左盦诗》。

【类别】

五言，8 句。

【编年】

1910 年。由 1901 年《有感》改写而来。

【笺注】

〔鳍鱼蛰遐溆〕《尔雅注疏》卷 9《释鱼第十六》：“鳛，鳍。”郭璞注：“今泥鳍。”《集韵》卷 4《平声四 · 尤第十八》：“鳍，……鱼名。《说文》：鳛也。或从秋。”《说文解字》卷 2 下《辵部》：“遐，远也。”《说文解字》卷 11 上《水部》：“溆，水浦也。”

〔偶忮文禽霏〕忮，盼望。详见《冬日旅沪作》一诗〔㺀绊忮縶骓〕条笺注。《六臣注文选》卷 42 应休琏（璩）《与满公琰书》：“高树翳朝云，文禽蔽绿水。”李周翰注：“文彩之鸟也。”《正字通》戌集中《雨部》：“霏，……古文作霏，言悠扬如飞也。古‘非’与‘飞’通。”段玉裁《毛诗故训传》第三《邶风 · 北风》：“北风其喈，雨雪其霏。”毛传：“霏，甚皃（貌——引者）。”段注：“霏，《说文》无此字。古当作非，非犹飞也。”（《皇清经解》卷 602）忮，《林本》作“企”。

〔毳〕《广雅》卷 8《释器》：“毳，……毛也。”

〔溟瀛〕大海。方回《桐江续集》卷 10《清湖小酌得生字》：“彼我跬步间，奚翅重溟瀛。”李颙《二曲集》卷 2《学髓》王化泰《跋》：“一时争趋其门博辩者，讷〈者〉倨，傲者恭。朝夕寅侍，先生为之剖惑析疑。令人惕然深省，如沧溟瀛海莫窥其际。”

〔冥尘积四维〕冥尘，尘埃，亦喻指尘世的俗务、罣碍。《全唐诗》卷 49 张九龄

《南还以诗代书赠京师旧寮》:“朝罢冥尘事，宾来话酒卮。”（第 1 册 P609）四维，指天下，世界。丁福保《佛学大辞典》:“四维（杂名），东西南北四方之中间曰四维。《无量寿经》曰:‘照东方恒沙佛刹，南西北方，四维上下，亦复如是。’”

〔敢怼虞人机〕《说文解字》卷 10 下《心部》:“怼，怨也。”虞人机，指掌管山泽苑囿之官所设的捕捉兽禽的机关。《春秋左传正义》卷 49《昭公二十年》:“十二月，齐侯田于沛，招虞人以弓，不进。”杜预注:“虞人，掌山泽之官。”

〔嬗易〕变化更替，详见《从匋斋尚书北行初发焦山》一诗〔嬗周〕条笺注。

扇

湘�静弗卷，却暑齐纨资。飐飐清飔嘘，煜煜暄景衰。好凭卷舒力，隐促炎凉移。勿悲秋箔捐，庶泯暑雨咨。

【刊载】

1931 年林思进清寂堂《左盦遗诗》刻本;《刘申叔遗书》61 册（43),《左盦诗录》卷 2《左盦诗》。

【类别】

五言，8 句。

【编年】

1910 年。由 1905 年《咏扇》改写而来，二诗文辞颇不同，形似重作。本诗比《咏扇》少 8 句。

【笺注】

〔湘筠〕湘妃竹，此处指竹帘。白居易《白氏长庆集》卷 26《酬郑侍御多雨春空过诗三十韵》:“楚柳腰肢亸，湘筠涕泪滂。”卷，《林本》作“捲”。

〔飐飐清飔嘘〕《广雅》卷 6《释训》:“飐飐……风也。”《字汇补》戌集《风部》:“飐，与飒同。飐飐，风声也。”飔，凉风。详见《咏扇》一诗〔所在招凉飔〕条笺注。《说文解字》卷 2 上《口部》:“嘘，吹也。”

〔煜煜暄景衰〕煜煜，光亮貌。《说文解字》卷 10 上《火部》:“煜，耀也。”暄景，指暖热季节。《宋本广韵》卷 1《上平声 · 元第二十二》:“暄，温也。”《全唐诗》卷 111 席豫《奉和圣制答张说南出雀鼠谷》:“前林已暄景，后壑尚寒氛。”（第 2 册 P1143）煜煜，《林本》作“晔晔”。《广雅》卷 4《释诂》:“晔，……明也。”

〔好凭卷舒力〕好凭，凭借、依靠。《全唐诗》卷 858 吕岩（洞宾）《绝句》其五："闪灼虎龙神剑飞，好凭身事莫相违。"（第 12 册 P9756）欧阳修《居士外集》卷 5《律诗五十八首 · 送窦秀才》："一驿赋成应援笔，好凭飞翼寄归云。"《淮南鸿烈解》卷 1《原道训》："与刚柔卷舒兮，与阴阳俛仰兮"。高诱注："卷舒，屈伸也。俛仰，升降也。"从此句"卷舒"分析，似指折扇。卷，《林本》作"捲"。

〔秋笥〕秋笥，指秋季来临，储放暑热时用品的竹器。《石仓历代诗选》卷 339 王谊（或作怿）《秋夕有怀》："灯近暗窗星有焰，扇归秋笥月无光。"

怀桂蔚丞丈

江关近萧飒，从菊弄残秋。颇念梁园客，于今赋倦游。淮南桂树落，招隐空山幽。九曲黄河水，东流且未休。

【刊载】

1931 年林思进清寂堂《左盦遗诗》刻本；《刘申叔遗书》61 册（40），《左盦诗录》卷 2《左盦诗》。

【类别】

五言，8 句。

1910 年。由 1903 年《怀桂蔚丞先生（时客汴省）》改写而来。

【笺注】

二诗只有"近""飒""从""颇"4 字不同，不再出注，均见前诗笺注。

从军行（六首）

【刊载】

1931 年林思进清寂堂《左盦遗诗》刻本；《刘申叔遗书》61 册（46—48），《左盦诗录》卷 2《左盦诗》。

【类别】

五言，12 句。

【编年】

1910 年。由 1907 年《从军苦歌（七首）》改写而来。

从军行（六首）其一

霜氛萃肃瑟，急飚轧凄声。骊驹纷在门，诘旦歌遄征。询君今何之，凝悲揭中情。为言朔丑炽，平乐方祠兵。府帖昨至郊，促我阴凌行。瘴人志靡盬，启处畴遑宁。

【笺注】

〔霜氛萃肃瑟〕《艺文类聚》卷 1《天部上 · 月》："梁邵陵王萧纶《咏新月诗》曰：霜氛含月彩，霭霭下南楼。雾浓光若昼，云驶影疑流。"《集韵》卷 2《平声二 · 文第二十》："氛，……通作雰。"《毛诗正义》卷 13—2《小雅 · 谷风之什 · 信南山》："上天同云，雨雪雰雰。"毛传："雰雰，雪貌。"《楚辞章句》卷 4 屈原《九章 · 悲回风》："吸湛露之浮源兮，漱凝霜之雰雰。"王逸注："雰雰，霜貌也。"《南史 · 梁本纪下第八》载梁元帝萧绎《幽逼诗》四首其三："松风侵晓哀，霜雰当夜来。"肃，通萧。《说文通训定声》："萧，……[叚借] 为肃。"《论语注疏》卷 16《季氏第十六》："吾恐季孙之忧不在颛臾，而在萧墙之内。"何晏注："郑曰：萧之言肃也，墙谓屏也。君臣相见之礼，至屏而加肃敬焉，是以谓之萧墙。"

〔飚〕《宋本广韵》卷 2《下平声 · 萧第三》："飙，风也。俗作飚。"

〔骊驹纷在门〕《汉书 · 儒林列传 · 王式传》："博士江公，世为鲁诗宗，至江公著《孝经说》，心嫉式，谓歌吹诸生曰：'歌《骊驹》。'" 颜师古注："服虔曰：'逸《诗》篇名也。见《大戴礼》，客欲去，歌之'。文颖曰：'其辞云："骊驹在门，仆夫具存。骊驹在路，仆夫整驾" 也。'"《乐府诗集》卷 84、《古诗纪》卷 9 据此收录。《毛诗正义》卷 20—1《鲁颂 · 駉之什 · 駉》："有骊有黄，以车彭彭。" 毛传："纯黑曰骊。"

〔诘旦歌遄征〕诘旦，清晨。《魏书 · 斛斯椿传》："帝诘旦戎服，与椿临阅焉。" 遄征，赶路。《后汉书 · 列女传 · 董祀妻》："陈留董祀妻者，同郡蔡邕之女也，名琰，字文姬。……悲愤作诗二章，其辞曰：'……去去割情恋，遄征日遐迈。悠悠三千里，何时复交会。'"《尔雅 · 释诂》："遄，……疾也。"

〔朔丑〕指朔方之地的丑类，即边远之地凶恶的敌人。

〔平乐方祠兵〕平乐观（馆），两汉、曹魏时期皇帝观角斗、阅兵和燕饮之所。西汉时建于长安，东汉时建于洛阳。《汉书 · 武帝纪第六》：元封六年 "夏，京师民观角抵于上林平乐馆。"《三辅黄图》卷 5《观》："后汉明帝永平五年至长安，悉取飞廉并铜马，置之西门外，为平乐观。"《后汉书·灵帝纪》：中平五年十月，"甲子，帝自称'无上将军'，耀兵于平乐观。" 李贤注："平乐观在洛阳城西。"《文选注》卷 27 曹子建（植）《名都篇》："我归宴平乐，美酒斗十千。" 李善注："平乐，观名。"《文苑英华》卷 195《乐府四·将进酒三首》李白《将进酒》："陈王昔日（一作时）宴平乐，斗酒十千恣欢谑。"《资治通鉴》卷 76《魏纪八·高贵乡公上》：正元元年 "九月，昭（司马昭——引者）领兵入见，帝幸平乐观，以临军过见洛。"《春秋公羊传注疏》卷 7《庄公八年》：春王正月 "甲午，祠兵。祠兵者何？出曰祠兵，入曰振旅，其礼一也，皆习战也。" 何休注："礼兵，不徒使。故将出兵，必祠于近郊。陈兵习战，杀牲飨士卒。" 徐彦疏："解云：何氏之意，以为祠兵有二义也：一则祠其兵器，二则杀牲享士卒，故曰祠兵矣。"

〔府帖〕即 "军帖"，涉及军事的官方文书。《全唐诗》卷 217 杜甫《新安吏》："府（一作符）帖昨（一作日）夜下，次选中男行。"（第 4 册 P2285）参见《从军苦歌（七首）》其一一诗〔官帖〕条笺注。

〔阴凌〕寒冰，寒冷。苏轼《东坡全集》卷 91《祭文四十一首·祭黄几道文》："有斐君子，传车是乘。穆如春风，解此阴凌。" 真德秀《西山文集》卷 26《重建王忠文公祠堂记》："穆然如春风之解阴凌，霈然如暑雨之苏枯渴。" 王应麟《通鉴答问》卷 3《汉高帝·上闻河南守吴公治平为天下第一召以为廷尉》："吴公虽无传，而廉平不严，为循吏之首。其在廷尉，如阳春之解阴凌，斯民生意既剥而复。善政无赫赫之名，所以为贤欤!"

〔瘅人〕《毛诗正义》卷 13—1《小雅·谷风之什·大东》："契契寤叹，哀我惮人。" 毛传："惮，劳也。"《经典释文》卷 29《尔雅音义上·释诂第一》："瘅，丁贺反，本或作惮，音同。"

〔启处畴遑宁〕《毛诗正义》卷 9—2《小雅·鹿鸣之什·四牡》："王事靡盬，不遑启处。" 毛传："遑，暇。启，跪。处，居也。"《诗经今注》高亨注："启处，安居休息。"（上海人民出版社 1981 年 10 月第 1 版 P219）畴，谁。详见《从军苦歌》（七首）其一一诗〔畴〕条笺注。宁（寧），《林本》作 "甯"。

从军行（六首）其二

出门白日夕，中妇伤临歧。亦知嘉逅希，荷祋焉获辞。□□□□□，□□□□□。□□递北南，且舒刀环思。憨儿不识愁，曳裳诹归期。语儿当早归，背儿双涕垂。

【笺注】

〔中妇〕初指贵族的妻妾，后泛指已出嫁的女性。《大戴礼记解诂》卷 9《千乘第六十八》:“大夫、中妇私谒不行。”王聘珍注:“中妇，谓嬖妾。”《全唐诗》卷 77 骆宾王《从军中行路难二首》(一作行军军中行路难，一作军中行路难)其二:“但使封侯龙额贵，讵(一作颇)随中妇凤楼寒。(同辛常伯作)”(第 2 册 P832)

〔逅〕《说文解字》卷 2 下《辵部》:“邂，邂逅，不期而遇也。”

〔祋〕《说文解字》卷 3 下《殳部》:“祋，殳也。”《毛诗正义》卷 3—3《卫风 · 伯兮》:“伯也执殳，为王前驱。”毛传:“殳，长丈二，而无刃。”郑玄笺:“兵车六等，轸也、戈也、人也、殳也，车戟也、酋矛也，皆以四尺为差。”

〔□……递北南〕《林本》作“为惜卿虑惕，愆我瑶华遗。鸿鳦递北南”。愆，丧失。《春秋左传正义》卷 52《昭公二十六年》:“王昏不若，用愆厥位。”杜预注:“愆，失也。”瑶华遗，此处指辞别之言，参见《得陈仲甫书》一诗〔瑶华〕条笺注。《宋本广韵》卷 5《入声 · 五质》:“鳦，燕也。《说文》本作乙。燕乙，玄鸟也。”《说文解字》卷 2 下《辵部》:“递，更易也。”“为惜卿虑惕，愆我瑶华遗”二句指，担心你思虑悲伤，辞别的话已到嘴边，却说不出口。

〔刀环思〕指征人思乡。见《咏史(四首)》其一一诗〔抚环空低回〕条笺注。

〔曳〕《林本》作“曵”。

〔诹〕询问，咨询。《左传 · 襄公四年》:“咨事为诹。”

【略考】

周作人《书房一角》卷 1《旧书回想记二十八则 · 十三 · 左盦诗》:“《刘申叔遗书》近已上市，因购得一部，铅印白纸七十四册，价颇不廉，闻且有上涨之趋势，至其原因则未详也。申叔卒于民国八年，十五年后宁武南氏乃为编刊遗稿，及钱玄同君参与编订，常来谈及，始知其事，盖已在民国二十四五年顷矣。当申叔避难居东时，余亦在东京，曾数为天义报撰稿，唯终未相见，后来同在北京大学教书，除在校遇见外亦无往来，对于申叔绝学不能了知，故亦无悔，但于编《刘申叔遗书》时余亦得有一、二贡献，殊出望外，如《鲍生学术发微》，是亦寒斋之光荣也。买到遗书之后，无意中却又得到几种申叔著作的刻本，其一是《周书补正》六卷，后附《周书略说》一卷，板心下端刻左盦丛书四字，题叶为秦树声署，未记刻书年月。案遗书中所收《周书补正》据总目注明系用抄本，在后记中亦未说及曾经刊刻，但取两本比校，别无大异，后与赵斐云君谈及，则所云抄本即是赵君手笔，昔年在南京据刻本移写者，乃知此刻本实是祖本，其无异同宜也。〔其偶异处恐是遗书校字者之误。〕其二是《左盦诗》一卷，题叶书辛未八月，李植署，背面云华阳林氏清寂堂刊。前有林进思（应为林思进——引者）校刻左盦诗序，时为辛未，目录后又有癸酉题记，盖初刻于民国二十年。至廿二年补刻十九首，别有自序，乃无年月。遗书中《诗录》四卷，为玄同所编定，卷二即名《左盦诗》，系据刘氏家藏抄本编入，后记云，《匪风集》与《左盦诗》似皆有刻本，但从未见过。后记作于廿五年五月，刻本早已出板，卷首有朱印曰成都茹古书局印行，可知亦是发客者，不审其时何以不至北京，不克供编集者之参考，而余乃于无意中得之，奇矣。刻本系根据申叔自定本，与《诗录》相较，除续刻十九首外，全本相同，唯《诗录》有阙字，《从军行》之二第三四联原文云，为惜卿忧惕，慭我瑶华遗，鸿鳦递南北，且舒刀环思。今缺为惜至鸿鳦十二字，借刻本得以补正，亦是可喜事也。玄同为申叔编诗文集，备极辛勤，而未及见此二刻本，念之怅惘，今乃归于余，得无有明珠投暗之叹邪。”（新民印书馆 1945 年 2 月再版 P17—19）

从军行（六首）其三

故人晨叩荆，慭我长相睽。酌我白玉樽，憯懆弗忍持。矫首罄君懽，俛首中怀摧。不知酒和泪，一一沾征衣。泰风吹浮云，转瞬天西陲。多谢父老情，化鹤当来归。

【笺注】

〔慭我长相睽〕《广雅》卷 2《释诂》：“慭，……痛也。”睽，违、离。详见《从匋斋尚书北行初发焦山》一诗〔亭亭乡树睽〕条笺注。

〔白玉樽〕《艺文类聚》卷 83《宝玉部上 · 玉》：“《凉州记》曰：吕纂咸宁二年，有盗发张骏陵，得白玉樽、玉箫、玉笛。”

〔憯懆〕伤痛忧愁。憯，见《佳人》一诗〔憯〕条笺注。《说文解字》卷 10 下《心部》：“懆，愁不安也。”《林本》作“憯”。

〔矫首罄君懽〕矫首，抬头。喻怅然貌。详见《清凉山夕望》一诗〔矫首〕条笺注。罄，尽。详见《金陵城北春游》一诗〔罄〕条笺注。《九家集注杜诗》卷 19 杜甫《九日蓝田崔氏庄》：“老去悲秋强自宽，兴来今日尽君欢。”郭知达集注：“宋鲍照诗云：酌酒小自宽。王维诗亦云：酌酒与君君自宽也。”懽，同“欢”。《宋本广韵》卷 1

《上平声 · 桓第二十六》:“欢，喜也。……懽，上同。”

〔泰风〕《尔雅 · 释天》:“西风谓之泰风。”

从军行（六首）其四

紫塞多终风，瀚海常苦寒。朝发受降城，暮息金微山。道遻从征人，为言戎车啴。边城未寝烽，骴骼掩草菅。君行儗逝水，注海何当还。闻言涕汍澜，起视星阑干。

【笺注】

〔终风〕《毛诗正义》卷 2—1《邶风 · 终风》:“终风且暴，顾我则笑。”毛传:“终日风为终风。”

〔金微山〕《后汉书 · 孝和帝纪》永元三年:“二月，大将军窦宪遣左校尉耿夔出居延塞，围北单于于金微山，大破之，获其母阏氏。”金微山，即今阿尔泰山脉外蒙境内东南段。

〔遻〕《类篇》卷 5 :“遻，……遇也。”

〔戎车啴〕《毛诗正义》卷 10—2《小雅 · 南有嘉鱼之什 · 采芑》:“戎车啴啴，啴啴焞焞。”毛传:“啴啴，众也。”

〔寝〕《大戴礼记》卷 5《曾子制言上第五十四》:“无席则寝其趾。”卢辩注:“寝，犹止也。”

〔骴骼〕《周礼注疏》卷 36《秋官司寇下》:“蜡氏，掌除骴。”郑玄注:“《月令》曰:‘掩骼埋胔。’骨之尚有肉者也，及禽兽之骨皆是。”骴，通“胔”。《说文解字》卷 4 下《骨部》:“骴，鸟兽残骨曰骴。……骴或从肉。”《吕氏春秋》卷 1《孟春纪第一 · 正月纪》:“揜骼霾髊”。高诱注:“白骨曰骼，有肉曰髊。”

〔儗〕同“拟”，详见《题赵受亭黄山松图》一诗〔甘儗樗散弃〕条笺注。

〔汍澜〕《类篇》卷 31 :“汍，……汍澜，泣貌。”《林本》作“澜汍”。

〔星阑干〕天上星辰错落。《古乐府》卷 5《相和曲歌辞下》古辞《满歌行》:“昔蹈沧海，心不能安。揽衣瞻夜，北斗阑干。星汉照我，去自无他。奉事二亲，劳心可言。”《艺文类聚》卷 41《乐部一 · 论乐》:“魏陈思王曹植《善哉行》曰: ……月没参横，北斗阑干。”《文选注》卷 5 左太冲（思）《吴都赋》:“珠琲阑干”。刘渊林（逵）注:“阑干，犹纵横也。”

从军行（六首）其五

阴云接大荒，瘴疠古多疟。主将委肉粱，军士餍葵藿。峥嵘莫府地，尺咫析悲乐。主将若朝华，军士同秋萚。朝华孕红蕤，秋萚歌黄落。黄落秋为期，春转嫣红灼。

【笺注】

〔肉粱〕即“粱肉”，粮食和肉食，泛指美食。《礼记正义》卷 44《丧大记第二十二》：“不辟粱肉”。孔颖达疏：“不辟粱肉者，粱，粱米也，虽以粱米之饭及肉命食，孝子食之。”《战国策》卷 13：“舍其粱肉，邻有糟糠而欲窃之。”粱，《林本》作“梁”，二字通。《说文通训定声 · 壮部弟十六》：“梁，……[叚借] 为粱”。

〔莫〕《林本》作“幕”。《万本》出注：“‘莫’，林氏清寂堂刻《左盦遗诗》本作‘暮’。”（第 12 册 P5497），误。

〔析〕《宋本广韵》卷 5《入声 · 锡第二十三》：“析，分也。”

〔红蕤〕因沉甸而下垂的红色花朵。《文苑英华》卷 322《花木二 · 石榴八首》王筠《摘安石榴枝赠刘孝威》：“素茎表朱实，绿叶厕红蕤。”《文选注》卷 17 陆士衡（机）《文赋（并序）》：“播芳蕤之馥馥，发青条之森森。”李善注：“《说文》曰：蕤，草木华垂貌。《纂要》曰：草木华曰蕤。”

从军行（六首）其六

良人赋行役，思妇鸣瑶丝。逷怀零雨濛，静写商絃悲。一弹“别鹤翔”，再鼓“寡鹄”凄。上有邵女吟，下言莒城隳。我欲赓此声，未识讴者谁。訑言远征人，请废《无衣》诗。

【笺注】

〔瑶丝〕琴弦，亦指弹拨乐器。《六臣注文选》卷 31 江文通（淹）《杂体诗三十首（并序）· 休上人（怨别）》：“报书为君掩，瑶琴讵能开。”李周翰注：“瑶琴，玉琴也。”萨都剌《雁门集》卷 1《江南乐》：“楚舞吴歌劝郎酌，紫竹瑶丝相间作。”

〔逷怀零雨濛〕《字汇》酉集中《辵部》：“逷，与逖同。”《说文解字》卷 2 下《辵部》：“逖，远也。”《毛诗正义》卷 8—2《豳风 · 东山》：“我来自东，零雨其濛。”孔颖达疏：“道上乃遇零落之雨，其濛濛然。”逷，《林本》作“轸”；

〔商絃〕指忧伤的旋律，详见《拟茂先情诗（二首）》其二一诗〔商絃〕条笺注。

〔别鹤翔〕《艺文类聚》卷 44《乐部四 · 琴》："后汉蔡邕《琴赋》曰：……仲尼思归，《鹿鸣》三章。《梁甫》悲吟，周公越裳。青雀西飞，别鹤东翔。饮马长城，楚曲明光。"

〔寡鹄〕《西京杂记》卷 5："齐人刘道强，善弹琴，能作《单鹄寡凫》之弄，听者皆悲不能自摄。"《玉台新咏》卷 9 沈约《杂诗八咏四首 · 望秋月》："闲阶悲寡鹄，沙洲怨别鸿。"

〔上有邵女吟〕邵，通"召"。《集韵》卷 8《去声下 · 笑第三十五》："邵、召，时照切，《说文》：'晋邑也。'或省。"刘向《列女传》卷 4《贞顺传 · 召南申女》："召南申女者，申人之女也。既许嫁于酆，夫家礼不备而欲迎之，女与其人言：'以为夫妇者，人伦之始也，不可不正。传曰："正其本，则万物理。失之毫厘，差之千里。"是以本立而道生，源治而流清。故嫁娶者，所以传重承业，继续先祖，为宗庙主也。夫家轻礼违制，不可以行。'遂不肯往。夫家讼之于理，致之于狱。女终以一物不具，一礼不备，守节持义，必死不往，而作诗曰：'虽速我狱，室家不足。'言夫家之礼不备足也。君子以为得妇道之仪，故举而扬之，传而法之，以绝无礼之求，防淫欲之行焉。又曰：'虽速我讼，亦不女从。'此之谓也。颂曰：召南申女，贞一修容，夫礼不备，终不肯从，要以必死，遂至狱讼，作诗明意，后世称诵。"

〔下言莒城隳〕刘向《列女传》卷 4《贞顺传 · 齐杞梁妻》："齐杞梁殖之妻也。庄公袭莒，殖战而死。庄公归，遇其妻，使使者吊之于路。杞梁妻曰：'今殖有罪，君何辱命焉。若令殖免于罪，则贱妾有先人之敝庐在，下妾不得与郊吊。'于是庄公乃还车诣其室。成礼，然后去。杞梁之妻无子，内外皆无五属之亲。既无所归，乃枕其夫之尸，于城下而哭。内诚动人，道路过者莫不为之挥涕，十日而城为之崩。"《水经注》卷 26《沭水》："又东南过莒县东"。郦道元注："《列女传》曰：齐人杞梁殖，袭莒战死，其妻将赴之，道逢齐庄公，公将吊之。杞梁妻曰：'如殖死有罪，君何辱命焉；如殖无罪，有先人之敝庐在，下妾不敢与郊吊。'公旋车吊诸室，妻乃哭于城下，七日而城崩。故《琴操》云：'殖死，妻援琴作歌曰："乐莫乐兮新相知，悲莫悲兮生别离。"哀感皇天，城为之堕。'即是城也。其城三重，并悉崇峻，惟南开一门。"《中华古今注》卷下《杞梁妻歌》："植妻妹朝月之所作也。植战死，妻曰：上无考，中无夫，下无子，人之苦至矣。乃抗声长哭，长城感之颓，遂投水而死。其妹悲其姊之贞操，乃为作歌，名曰《杞梁妻贤》。杞梁，植字也。"《后汉书 · 刘瑜传》："孰不悉然，无缘空生此谤。邹衍匹夫，杞氏匹妇，尚有城崩霜陨之异，况乃群辈咨怨，能无感乎！”李贤注：“《列女传》曰：齐人杞梁袭莒，战死。其妻无所归，乃就夫尸于城下而哭之，七日城崩”也。”案：刘向《列女传》卷4《贞顺传》篇首即《召南申女》，第8篇即《齐杞梁妻》，故曰“上有”“下言”。莒，《林本》作“芑”，显误。

〔赓〕接续。详见《答梁公约赠诗》一诗〔载赓白珪章〕条笺注。

〔訊言〕《林本》作“讯言”，参见《答梁公约赠诗》一诗〔之子贶嘉訊〕条笺注。讯言，告诉，托人带话或书信传递讯息。

滇民逃荒行

小车行辚辚，黄埃曀其颠。病妇无完裾，捐子馗路边。儿奔呼母前，百啼母不旋。问妇来何方，答言籍南滇。曩岁愆阳多，飞蝨翼盈天。粒米未入甑，撮粟或万钱。使君报有秋，责租若靡煎。为言余粟罄，胥曰鬻尔田。无田奚眷乡，去乡今期年。昨宵雪花寒，裳薄无轻棉。顾兹总角僮，颇复饕粥饘。儿生母殒饥，母死儿谁怜。道旁有征夫，闻言泪沦涟。寄言鼎食者，请诵滇民篇。

【刊载】

1931年林思进清寂堂《左盦遗诗》刻本；《刘申叔遗书》61册（45），《左盦诗录》卷2《左盦诗》。

【类别】

五言，28句。

【编年】

1910年。由1907年《滇民逃荒行》改写而来。

【笺注】

〔曀其颠〕曀，本意为云遮日月，此处引申为遮蔽。详见《秋思》一诗〔排云蟾半曀〕条笺注。《正字通》戌集下《页部》：“颠，头之上为颠。凡高之所极者皆曰颠。”

〔捐子馗路边〕《说文解字》卷12上《手部》：“捐，弃也。”馗，道路。详见《咏史（二首）其一》一诗〔置兔在中馗〕条笺注。

〔曩岁愆阳多〕曩，以前。《尔雅注疏》卷3《释言第二》：“曩，向也。”邢昺疏：“在今而道既往或曰曩，或曰向。”《正字通》辰集上《日部》：“曩，……昔也。”愆阳，酷暑。《春秋左传正义》卷 42《昭公四年》："夫冰以风壮，而以风出。其藏之也周，其用之也遍，则冬无愆阳，夏无伏阴。" 杜预注："愆，过也，谓冬温。"

〔螽〕蝗虫。详见《季夏雨霁游北洋公立种植园泛舟竟夕》一诗〔春箕播文翰〕条笺注。

〔甑〕《说文解字注》卷 12 下《瓦部》："甑，甗也。" 段注："《考工记》：陶人为甑。实二鬴，厚半寸，唇寸。……七穿。' 按：甑所以炊烝米为饭者，其底七穿，故必以箅蔽甑底，而加米于上，而餴之，而馏之。"

〔使君报有秋〕汉代及以后，尊称州郡长官为"使君"。《后汉书 · 郭伋传》："帝以卢芳据北土，乃调伋为并州牧。……伋问：'儿曹何自远来？' 对曰：'闻使君到，喜，故来奉迎。'" 有秋，丰收。《尚书 · 盘庚上》："若农服田力穑，乃亦有秋。"

〔靡煎〕即"煎靡"，煎熬榨取至一无所剩。《韩非子 · 亡征第十五》："好宫室台榭陂池，事车服器玩好，罢露百姓，煎靡货财者，可亡也。"

〔罄〕尽。详见《金陵城北春游》一诗〔罄〕条笺注。

〔胥〕本意为辅助，引申为辅助主官的小吏，即胥吏。《方言》（卷）6："胥、由，辅也。吴越曰胥，燕之北鄙曰由。" 郭璞注："胥，相也。由、正皆谓辅持也。""案：《广雅》：由、胥，辅助也。义本此。"

〔期年〕《论语正义》卷 16《子路第十三》："子曰：'苟有用我者，期月而已可也，三年有成。'" 刘宝楠《正义》："《说文》：'稘，复其时也。从禾，其声。期，会也。从月，其声。' 训义略同。会者，合也。复其时，仍合于此月也。积月成年，故周年谓之期年，又谓之期月，言十二月至此以合也。"

〔棉〕《林本》作"绵"。

〔僮〕《林本》作"童"

工女怨（三首）

【刊载】

1931 年林思进清寂堂《左盦遗诗》刻本;《刘申叔遗书》61 册（46），《左盦诗录》卷 2《左盦诗》。

【类别】

五言，12 句。

【编年】

1910 年。由 1908 年《工女怨（二首）》改写而来。

工女怨（三首）其一

朝阳被华宇，照曜柔枝桑。皎皎谁家女，织缣日七襄。云何婉娈姿，不怀掐指伤。皋兰弗我纫，园葵况陨霜。潭潭泉客居，粲粲罗帱张。眷顾同俦人，淇梁譎无裳。

【笺注】

〔曜〕《林本》作“耀”。

〔皎〕《毛诗正义》卷 7—1《陈风·月出》：“月出皎兮，佼人僚兮。”毛传：“僚，好貌。”郑玄笺：“喻妇人有美色之白皙。”孔颖达疏：“言月之初出，其光皎然而白兮，以兴妇人白皙，其色亦皎然而白兮，非徒面色白皙，又见佼好之人，其形貌僚然而好兮。”《礼记正义》卷 16《月令》：“养壮佼。”孔颖达疏：“佼，谓形容佼好。”《通雅》卷 9《释诂》：“《广韵》：佼，又与姣通，好也。”

〔七襄〕丝织品。详见《蜀中赠吴虞（三首）》其一一诗〔七襄慾报章〕条笺注。

〔婉娈〕《毛诗正义》卷 7—3《曹风·候人》：“婉兮娈兮，季女斯饥。”毛传：“婉，少貌。娈，好貌。”

〔掐〕《林本》作“搯”，误。《字汇》卯集《手部》：“搯，他力切，音淘。《周书》：师乃搯搯。与爪‘掐’字不同。”《万本》出注：“林氏清寂堂刻《左盦遗诗》本误作‘慆’。”（《仪征刘申叔遗书》第 12 册 P5496，广陵书社 2014 年 2 月第 1 版），亦误。

〔皋兰弗我纫〕皋兰，水泽中的香草。详见《读楚词》一诗〔泽兰〕条笺注。纫，连缀。详见《楚词》一诗〔纫佩〕条笺注。

〔园葵〕指园圃中种植的葵菜，指粗疏之食。《管子·轻重甲第八十》：“千钟之家，不得为唐园。去市三百灸者，不得树葵菜。”《史记·循吏列传·公仪休传》：“食茹而美，拔其园葵而弃之。”《说文通训定声·履部弟十二》：“葵，菜也。……《尔雅》：‘菺，菟，葵。’注：‘沟啖之滑。’又芹，楚葵，今水芹菜。《广雅》：‘蘻，茆，凫，葵也。’今莼菜。许书所说，当即三者之大名。”陆机有《园葵诗二首》，载《文选》卷 29。上句的“皋兰”与本句的“园葵”相对，指，我没有香草可采撷以为佩饰，何况作为粗食的园中葵菜又遭遇寒霜。喻指“工女”处境艰难，既无女子本应有的华美衣饰，尚且以衣食为忧。

〔潭潭泉客居〕潭潭，水深貌。详见《伤女殒（二首）》其一一诗〔潭潭六书谊〕条笺注。泉客，即“渊客”，指“鲛人”。传说中的“鲛人”居于深渊，善于纺织。《述异记》卷上：“扬州有蚍市，市人鬻珠玉而杂货鲛布。鲛人，即泉先也，又名泉客。南海出鲛绡纱，泉先潜织，一名龙纱，其价百余金，以为服入水不濡。南海有龙绡宫，泉先织绡之，处绡有白如霜者。”案：“泉”，原为“渊”，唐初为避高祖李渊讳，改为“泉”。萧统《昭明太子集》卷 1《貌雪》：“既同摽梅英散，复似太谷花飞。密如公超所起，皎如渊客所挥。无羡昆岩列素，岂匹振鹭群归。”刘师培此处是以善于纺织的“泉客”喻指纺织女工。

〔粲粲罗帱张〕《毛诗正义》卷 9—3《小雅 · 鹿鸣之什 · 伐木》：“于粲洒埽，陈馈八簋。”毛传：“粲，鲜明貌。”《楚辞章句》卷 9 屈原（一说为宋玉）《招魂》：“蒻阿拂壁，罗帱张些。”王逸注：“罗，绮属也。张，施也。言房内则以蒻席薄床，四壁及与曲隅，复施罗帱，轻且凉也。”《尔雅注疏》卷 4《释训第三》：“帱，谓之帐。”郭璞注：“今江东亦谓帐为帱。”

〔俦〕伙伴、朋友。详见《岁暮怀人（其四）》一诗〔俦〕条笺注。

〔淇梁謌无裳〕《诗经今注今译 · 卫风 · 有狐》：“有狐绥绥，在彼淇梁。心之忧矣，之子无裳。”马持盈译：“在那淇河桥上，有一头野狐缓步而行。我心中发愁，怕的是你没有衣裳穿。”（台湾商务印书馆 1979 年 3 月六版 P97）謌，《林本》作“歌”。

【略考】

《宋文鉴》卷 26《五言绝句》张俞《蚕妇》：“昨日到城郭（或作‘入城市’——引者），归来泪满巾。遍身罗绮者，不是养蚕人。”

工女怨（三首）其二

同俦愍我瘅，讶我损玉肌。主人使致言，颇哼成纨迟。亦知根食艰，所惕持役卑。我欲休役归，庶与捶扑辞。捶扑畏陨躯，无食忧輖饥。輖饥可乞飧，陨躯诉伊谁。

【笺注】

〔同俦愍我瘅〕俦，伙伴、朋友。详见《岁暮怀人（其四）》一诗〔俦〕条笺注。瘅，劳苦。详见《从军行》（六首）其一一诗〔瘅人志靡盬〕条笺注。

〔颇哼成纨迟〕哼，通“谆”，怪罪。《荀子》卷 20《哀公篇第三十一》：“无取口哼。”杨倞注：“哼，与谆同。”《说文通训定声 · 屯部弟十五》：“谆，……又为憝，罪也。《方言 · 三》：‘谆，罪也。’”纨，白（素）色丝绸。详见《咏汉长无相忘瓦》一诗〔纨绮西风咽暮秋〕条笺注。

〔根食〕食用植物根部。古人认为，只有谷物才是正经主食，“根食”是受苦。《优婆塞戒经 · 义菩萨心坚固品第九》：“孟冬之节，冻冰皴体，或受草食、根食、茎食、叶食、果食、土食、风食，作如是等诸苦行时，自身、他身俱无利益。”《四分律》卷 14（初分之十四）《九十单提法之四 · 三十八》：“食有二种：正食、非正食。非正食者，根食乃至细末食。正食者，饭麦干饭鱼及肉。”另参见《咏史（十二首）》其六一诗〔万邦根食艰〕条笺注。

〔惄〕《方言》（卷）1：“惄，……忧也。”

〔休〕《林本》作“谢”。

〔輖饥〕亦作“朝饥”“调饥”，晨起时的饥饿感。《毛诗正义》卷 1—3《周南 · 汝坟》：“未见君子，惄如调饥。”毛传：“惄，饥意也。调，朝也。”郑玄笺：“惄，思也，未见君子之时，如朝饥之思。”陆德明《音义》：“调，张留反，又作輖，音同。”輖，《林本》作“輈”。

〔飧〕食物。详见《咏史（二首）》其一一诗〔乞飧羁荆胥〕条笺注。《林本》作“飱”。《正字通》戌集下《食部》：“飱，俗飧字。”

工女怨（三首）其三

白日下原隰，孑行返衡庐。娇儿迎门嘑，讶母归何徐。母去釜积尘，母归儿牵裾。掬指探母橐，怡声谘余储。罄币易勺粟，作糜弗盈盂。慰儿且加餐，明日夫何如？

【笺注】

〔嘑〕《林本》作“呼”。《正字通》丑集上《口部》：“嘑，……与呼……音义实相通。”

〔釜〕无足锅。《毛诗正义》卷 1—4《召南 · 采苹》：“于以湘之，维锜及釜。”毛传：“湘，亨也。锜，釜属。有足曰锜，无足曰釜。”

〔裾〕《林本》作“裙”。

〔掬指探母橐〕掬，用手抓取。《重修玉篇》卷 28《勹部第四百四十二》：“匊，……物在手也，亦作掬。《说文解字》卷 6 下《橐部》：“橐，囊也。”

〔罄〕尽。详见《金陵城北春游》一诗〔罄〕条笺注。

译石门和夫氏《希望诗》（二首）

波兰石门和夫氏创制爱斯帕兰脱文字，泰东称为世界语。氏工作诗，以《希望诗》为尤著。依意译之。

【刊载】

1931 年林思进清寂堂《左盦遗诗》刻本；《刘申叔遗书》61 册（48），《左盦诗录》卷 2，《左盦诗》。

【类型】

第一首四言，8 句；第二首四言，12 句。

【编年】

1910 年。完全重作自 1908《译石门和夫氏〈希望诗〉（二首）》（《左盦诗别录》仅录其第一首）。

【笺注】

〔爱斯帕兰脱〕世界语英文“Esperanto”。

译石门和夫氏《希望诗》（二首）其一

殷殷我思，异乡同堂。递我好音，飚旋八方。有若绵羽，踵风聿扬。翩联远将，覃梟遐荒。（其一）

【笺注】

〔殷〕深切，详见《秋怀》一诗〔殷忧乃靡涯〕条笺注。

〔异乡同堂〕《乐府诗集》卷 36 曹植《当来日大难》：“今日同堂，出门异乡。别易会难，各尽杯觞。”此句指，使用大家都能懂的世界语，即使异乡之人，也能济济一堂。

〔飚〕风，详见《从军行（六首）》其一一诗〔飚〕条笺注。

〔绵羽〕黄雀。《六臣注文选》卷 46 王元长（融）《三月三日曲水诗序一首》：“杂天采于柔荑，乱嘤声于绵（五臣本作锦）羽。”李善注：“《毛诗》……又曰：鸟鸣嘤嘤，又曰：绵蛮黄鸟。薛君注：曰绵蛮，文皃（貌——引者）。”《艺文类聚》卷 4《岁时部上 · 三月三日》王融《三日曲水诗》：“杂夭采于柔荑，乱嘤声于锦羽。”

〔踵风聿扬〕踵风，随风。《说文解字》卷 2 下《足部》：“踵，追也。”聿扬，迅疾飞扬。《六臣注文选》卷 12 郭景纯（璞）《江赋》：“聿经始于洛沫拢，万川乎巴梁。”刘良注：“聿，疾也。”

〔翩联〕即“联翩”。《六臣注文选》卷 17 陆士衡（机）《文赋》：“浮藻联翩，若翰鸟缨缴。”李周翰注：“联翩，鸟飞貌。”《全唐诗》卷 390 李贺《李夫人歌（一本无歌字）》：“翩联（一作翩）桂花坠秋月，孤鸾惊啼商丝发。”（第 6 册 P4413）

〔覃臮遐荒〕《尔雅注疏》卷 3《释言第二》：“流，覃也。覃，延也。”郭璞注：“皆谓蔓延相被及。”臮，通“暨”。《史记 · 夏本纪》：“淮夷蠙珠臮鱼”。司马贞《索隐》：“臮，古‘暨’字。”《史记 · 秦始皇本纪》：“地东至海暨朝鲜”。张守节《正义》“暨，及也。”金幼孜《金文靖集》卷 6《瑞应麒麟赋（有序）》：“覃暨无外，和气融朗。”遐荒，偏远之地。《汉书 · 韦贤传》：“彤弓斯征，抚宁遐荒。”臮，《林本》作“暨”。

译石门和夫氏《希望诗》（二首）其二

青青剑铏，髓液凝腥。矛戟聿修，室家靡宁。缅瞻大圜，竞诘戎兵。徯我喆人，屡民于平。熠熠新荑，众旟其萌。邕邕喈音，洽我纮瀛。（其二）

【笺注】

〔青青剑铏〕古时常以青，喻宝剑的锋利和耀眼寒光，并以菖蒲与剑互喻。《全唐诗》卷 623 陆龟蒙《江南秋怀寄华阳山人》：“举楫挥青剑，鸣榔扣远钲。”（第 9 册 P7212）《全宋诗》卷 3346《贾似道一 · 长衣》：“总然口似青锋剑，只宜口快不宜迟。”（北京大学出版社 1998 年 12 月第 1 版第 64 册 P39979）。《全唐诗》卷 434 白居易《开元寺东池早春》：“簇簇青泥中，新蒲叶如剑。”（第 7 册 P4814）张耒《柯山集》卷 18《东池》：“菖蒲绕堤青似剑，荷叶出水大如钱。”解缙《文毅集》卷 5《菖蒲》：“三尺青青古太阿，午风池畔荡晴波。”（或作元代贯云石诗）铏，通“硎”，磨刀石。白居易《白氏长庆集》卷 40《哀祭文 · 哀二良文（并序）》：“如刀剑发铏，割而无滞。”《天义》报《译石门和夫氏〈希望诗〉（二首）》其二一诗本作“剑硎”，可参见。

〔髓液〕指人体中的精血体液。《景岳全书》卷 15：“阳亢乘阴，而见于精血髓液之间者，此其金水败而铅汞干，所谓阴虚之火也。”

〔矛戟聿修〕聿修，整饬，修葺，修行。《毛诗正义》卷 16—1《大雅 · 文王之什 · 文王》："无念尔祖，聿修厥德。"毛传："聿，述。"孔颖达疏："毛以为，作者戒成王，既无不念汝祖文王进臣之法，当述而修行其德。"戟，《林本》作"戟"。

〔宁〕宁（寧），《林本》作"甯"。

〔缅瞻〕远观瞻仰。周孚《蠹斋铅刀编》卷 15《贺今上皇帝表》："臣幸生盛时，得覩熙事，缅瞻天阙。"

〔竞诘〕争相诘责、指责。《春秋左传正义》卷 47 昭公十四年："赦罪戾，诘奸慝。"杜预注："诘，责问也。"

〔徯我喆人〕《说文解字》卷 2 下《彳 部》："徯，待也。"喆，《林本》作"哲"。《集韵》卷 9《入声上 · 薛第十七》："哲，……古从三吉"。

〔奠〕通"定"。《说文通训定声 · 坤部弟十六》："奠，……[叚借] 为定。《太元（玄——引者）· 元（玄——引者）攡》：'天地奠位'。"

〔煜煜新荑〕煜煜，光亮貌。详见《扇》一诗〔煜煜暄景衰〕条笺注，《林本》作"爗爗"。新荑，亦作"新夷""辛夷""辛荑""新雉"。《楚辞》卷 13 东方朔《七谏 · 自悲》："杂橘柚以为囿兮，列新夷与椒桢。"《六臣注文选》卷 7 杨子云（扬雄）《甘泉赋（并序）》："平原唐其坛漫兮，列新荑（善作雉）于林薄。"李周翰注："新荑，香草也。"

〔旟〕通"祈"。《正字通》卯集下《方部》："旟，祈，蕲并通。"《林本》作"愉"。

〔邕邕喈音〕《诗经 · 大雅 · 生民之什 · 卷阿》："菶菶萋萋，雝雝喈喈。"邕，通"雍"，和谐貌。《说文通训定声 · 丰部弟一》："邕，又为雝（雍——引者）。《汉书 · 儿宽传》：'邕，和也。'"《集韵》卷 2《平声二 · 皆第十四》："喈，……一曰喈喈，和声。"

〔纮瀛〕指天下，世界。《清通礼》卷 18《嘉礼 · 御殿》："群臣行礼，乐奏《庆平》之章。辞曰：'重熙累洽，纮瀛被仁'。"

1911年

乌孙公主歌

胡筝拨怨黄金徽，尘毂凝香纰繝帏。镜里青鸾知惜别，歌中黄鹄宁羁飞。狼望春花雪絮积，龙堆秋草阳晖稀。到此应输青塚骨，芳魂犹共珮环归。

【刊载】

《刘申叔遗书》61 册（60），《左盦诗录》卷 3，《左盦诗续录》。

【类型】

七言，8 句。

【编年】

1911 年。在《左盦诗续录》中排于《伤女颎》之后，《沪上送陈佩忍至杭州》之前，故定编年于 1911 年。

【笺注】

〔乌孙公主歌〕《汉书 · 西域传下》："乌孙国，大昆弥治赤谷城，去长安八千九百里。……汉元封中，遣江都王建女细君为公主，以妻焉。"《玉台新咏》卷 9《乌孙公主歌诗一首（并序）》："汉武元封中，以江都王女细君为公主，嫁与乌孙昆弥。至国而自治宫室，岁时一再会，言语不通，公主悲愁，自作歌曰：吾家之嫁我兮天一方，远托异国兮乌孙王。穹庐为室兮毡为墙，肉为食兮酪为浆。常思汉土兮心内伤，愿为飞黄鹄兮还故乡。"（《艺文类聚》卷 43、《乐府诗集》卷 84 作《乌孙公主歌》，《古诗纪》卷 12 作乌孙公主《悲愁歌》，文辞略不用）此诗似为刘师培因思念家乡扬州而作。

〔胡筝拨怨黄金徽〕《宋书 · 乐志一》："琵琶。傅玄《琵琶赋》曰：汉遣乌孙公主嫁昆弥，念其行道思慕，故使工人裁筝、筑为马上之乐，欲从方俗语，故名曰琵琶。取其易传于外国也。"《太平御览》卷 583《乐部二十一 · 琵琶》："又曰：琵琶始自乌孙公主造。马上弹之，有直项者，曲项者。盖便于急关中也。"《通志》卷 50《乐略第二 · 八音 · 丝五》："阮咸，亦秦琵琶也，而项长过于今制，列十有三柱。武后时，蜀人蒯朗于古墓中得之《晋竹林七贤图》。阮咸所弹与此类同，因谓之阮咸。咸世实以善琵琶，知音律称。"因魏晋时阮咸善于弹奏秦琵琶，故称"阮咸"，即今天的乐器"阮"。黄金徽，弹拨乐器上以黄金制作的划分音位的品丝（亦称音品），亦为琴的代称。《乐府诗集》卷 60 晋刘妙容《宛转歌二首》其二："低红掩翠方无色，金徽玉轸为谁锵。"《玉台新咏》卷 7 南梁湘东王萧绎《咏秋夜》："金徽调玉轸，兹夕抚离鸿。"

《全唐诗》卷 453 白居易《对琴酒》："角尊白螺醆，玉轸黄金徽。未及弹与酌，相对已依依。"（第 7 册 P5146）

〔尘毂凝香纰繝帏〕尘毂，车辆。梅尧臣《宛陵集》卷 30《送樊秀才归安州》："此趣自可嘉，非如走尘毂。"纰繝，少数民族制作使用的兽类毛织品。《说文解字》卷 13 上《糸部》："纰，氐人繝也。"《说文解字》卷 13 上《糸部》："繝，西胡毳布也。"帏，同"帷"，帐幔。《说文通训定声 · 履部弟十二》："帏，[叚借] 为帷。"《文选注》卷 23 潘安仁（潘安，本名潘岳）《悼亡诗三首》其一："帷屏无髣髴，翰墨有余迹。"李善注："《广雅》曰：帷，帐也。《声类》作帏。"

〔镜里青鸾知惜别〕《艺文类聚》卷 90《鸟部一 · 鸾》："宋范泰《鸾鸟诗》序曰：昔罽宾王结罝峻卯之山，获一鸾鸟。王甚爱之，欲其鸣而不致也。乃饰以金樊，飨以珍羞，对之愈戚，三年不鸣。其夫人曰：尝闻物见其类而后鸣，何不悬镜以映之？王从其意。鸾覩形悲鸣，哀响中宵，奋而绝。嗟乎！兹禽何情之深！昔钟子破琴于伯牙，匠石韬斤于郢人。盖悲妙赏之不存，慨神质于当年耳。矧乃一举而殒其身者哉。悲夫！"

〔歌中黄鹄宁羁飞〕《乌孙公主歌》："常思汉土兮心内伤，愿为飞黄鹄兮还故乡。"

〔狼望〕《汉书 · 匈奴传下》："且夫前世岂乐倾无量之费，役无罪之人，快心于狼望之北哉？"颜师古注："匈奴中地名也。"

〔龙堆〕《汉书 · 匈奴传下》："岂为康居、乌孙能踰白龙堆，而寇西边哉！"颜师古注："孟康曰：龙堆，形如土龙身，无头有尾，高大者二三丈，埤者丈余。皆东北向，相似也。在西域中。"

〔到此应输青塚骨〕输，通报，通知。《战国策》卷 3《秦一》："张仪谓秦王曰：'陈轸为王臣，常以国情输楚。'"青塚骨，指王昭君。《全唐诗》卷 820 皎然《昭君怨》："黄金不买汉宫貌，青冢空埋胡（一作秦）地魂。"（第 12 册 P9329）《山堂肆考》卷 30："青冢，王昭君墓。在古丰州西六十里，地多白草，此冢独青，故名青冢。"

〔芳魂犹共珮环归〕《全唐诗》卷 230 杜甫《咏怀古迹五首》其三："群山万壑赴荆门，生长明妃尚有村。一去紫台连朔漠，独留青冢向黄昏。画图省识春风面，环佩空归月夜魂。千载琵琶作胡语，分明怨（一作愁）恨曲中论。"（第 4 册 P2511）

东坡生日集无闷园

阳煦散凛冽，寒律调暄妍。浅浅曦展轮，稜稜冰融川。壶觞平泉集，履綦雒社联。勉蕿岁寒贞，尚缅峨嵋贤。乃兹览揆辰，精享森明禋。焦黄篚实灿，寒碧溪毛搴。画像摹吴都，宝珉溯蜀川。展字焕真彩，雠文匄琅玕。方知球璗珍，足拟馨香蠲。图成证雪踪，纪远稽奎躔。思旧遥情集，伤时殷忧缠。磨蝎契吕论，归鸟赓陶篇。愧非裘笛宾，静抚桓筝篇。

【刊载】

1931 年林思进清寂堂《左盦遗诗》刻本;《刘申叔遗书补遗》下册 P1295。

【类型】

五言，26 句。

【编年】

1911 年。《左盦遗诗》署“庚戌”。详见本诗略考。

【笺注】

〔无〕《林本》作“无”,《刘申叔遗书补遗》本径改作“無（无)”，未出校注。案:“無”与“无”自古均通行，并非汉字简化后的产物。如，国家图书馆藏南宋初两浙东路茶盐司刻本《周易正义》孔颖达《周易正义序》:“宗社所以无窮，風聲所以不朽。”又如，南宋宁宗年间杭州刻本《大宋重修广韵》卷 1《上平声 · 虞第十》:“无，虚无之道。”“无”与“无”在古籍中常混用。

〔阳煦〕亦作“阳藴”，和煦温暖之意。《古音骈字续编》卷 3《仄韵 · 六语》:“阳藴，阳煦，《太玄经》。”扬雄《太玄经》卷 6《养》:“阴弸于野，阳藴万物，赤之于下。”《文选注》卷 4 左太冲（思)《蜀都赋一首》:“甘蔗辛姜，阳藴阴敷。”刘渊林（逵）注:“扬雄《太玄经》曰:‘阳藴万物’。言阳气藴煦，生万物也。”

〔寒律调暄妍〕寒律，冬令、冬季。鲍照《鲍明远集》卷 5《还都道中三首》其二:“寒律惊穷蹊，爽气起乔木。”《说文解字》卷 3 上《言部》:“调，和也。”暄妍，春季温暖，景色优美。《玉台新咏》卷 4 鲍照《采桑诗》:“是节最暄妍，佳服又新烁。”

〔洩洩曦展轮〕洩，泄的异体字。《古今韵会举要》卷 19:“泄，……与洩同。”泄泄，舒缓闲适貌。《诗经集传》卷 3《魏风 · 十亩之间》:“十亩之外兮，桑者泄泄兮。”朱熹注:“泄泄，犹闲闲也。”《春秋左传注 · 隐公元年》“大隧之外，其乐也洩洩。”杨伯峻注:“‘洩’本作‘泄’，今作‘洩’者，盖仍《唐石经》避唐太宗李世民讳改。《金泽文库》本作‘泄’。今‘洩’已通行，故不改。”（中华书局 2016 年 11 月第 4 版第 1 册 P16）曦轮，太阳。《全唐诗》卷 803 薛涛《斛石山晓望寄吕侍御》:“曦轮初转照仙扃，旋擘烟岚上窅冥。”（第 12 册 P9134）洩,《刘申叔遗书补遗》本作“洩”。

〔稜稜〕《正字通》午集下《禾部》："稜，……别作棱。"《文选注》卷 11 鲍明远（照）《芜城赋》："棱棱霜气，簌簌风威。"李善注："棱棱霜气，严冬之貌。"

〔壶觞平泉集〕壶觞，盛酒、饮酒的器具。《晋书 · 陶潜传》："义熙三年，解印去县，乃赋《归去来》。其辞曰：……携幼入室，有酒盈樽。引壶觞以自酌，眄庭柯以怡颜。"平泉，唐代李德裕于洛阳城南 30 里为自己营造的豪宅——"平泉庄"，也称"平泉别墅""平泉旧墅"。故址在今龙门山南伊川境内的梁沟村。《剧谈录》卷下《李相国宅》："平泉庄，去洛城三十里。卉木台榭，若造仙府。有虚槛，前引泉水萦回穿凿，像巴峡、洞庭十二峰、九派，迄于海门，皆隐隐见云霞龙凤草树之形。有巨鱼胁骨一条，长二丈五尺，其上刻云：'会昌六年，海州送到。'在东南隅，即征士韦楚老拾遗别墅。楚老风韵高致，雅好山水。相国居廊庙日，以白衣擢升谏署，后归平泉，造门访之，楚老避于山谷。相国题诗云：'昔日征黄诏，余惭在凤池。今来招隐士，恨不见琼枝。'"《全唐诗》卷 455 白居易《醉游平泉》："狂歌箕踞酒尊前，眼不看人面向天。洛客最闲唯有我，一年四度到平泉。"（第 7 册 P5178—5179）苏轼《东坡全集》卷 21《次韵范纯父涵星砚月石风林屏诗》："陶泓不称管城沐，醉石可助平泉醒。故持二物与夫子，欲使妙质留天庭。"《古今事文类聚前集》卷 14："醒酒石。李德裕于平泉别墅采天下珍木怪石为园池之玩，有醒酒石，德裕尤所宝惜，醉即踞之。"

〔履綦雒社联〕履綦，足迹。《汉书 · 外戚下 · 孝成班婕妤传》："俯视兮丹墀，思君兮履綦。"颜师古注："綦，履下饰也。言视殿上之地，则想君履綦之迹也。"雒社，亦作"洛社"，即洛阳耆英会。北宋文彦博、富弼、司马光等年高者，共聚洛阳 13 人（一说 11 人），置酒相乐，称"洛阳耆英会"。苏轼《东坡全集》卷 8《司马君实独乐园》："洛阳古多士，风俗犹尔雅。先生卧不出，冠盖倾洛社。"上句与此句系恭维端方的"无闷园"，如唐代李德裕的"平泉庄"和宋代司马光等的"洛阳耆英会"一样，群贤毕至，高朋满座。

〔勉蘉岁寒贞〕蘉，勤勉。《重修玉篇》卷 4《苜部第五十四》："蘉，……勉也。"《尚书正义》卷 15《洛诰》："汝乃是不蘉，乃时惟不永哉。"孔传："汝乃是不勉为政。"《文选注》卷 10 潘安仁（潘安，本名潘岳）《西征赋》："劲松彰于岁寒，贞臣见于国危。"李善注："《论语》：子曰：岁寒，然后知松柏之后雕。《老子》曰：国家昏乱有贞臣。"

〔峨嵋贤〕指苏轼。苏轼是眉州人，其出生地离峨眉山很近。《宋史 · 苏轼传》："苏轼，字子瞻，眉州眉山人。"

〔览揆辰〕生日。《楚辞章句》卷 1 屈原《离骚》:“皇览揆余初度兮，肇锡余以嘉名。”王逸注:“皇，皇考也。览，观也。揆，度也。余，我也。初，始也。”后以“览揆之辰”代指生辰，此处指苏东坡的诞辰。

〔精享森明禋〕《说文解字》卷 1 上《示部》:“禋，洁祀也。一曰精意，以享为禋。”《尚书正义》卷 15《洛诰》:“予以秬鬯二卣，曰明禋，拜手稽首，休享。”孔传:“明洁致敬”。《尚书今注今译 · 洛诰》屈万里注:“明禋，与酒诰之明享相似；即禋祭也。”（台湾商务印书馆 1977 年 4 月七版 P129）《文选注》卷 7 潘安仁（潘安，本名潘岳）《藉田赋一首》:“森奉璋以阶列，望皇轩而肃震。”李善注:“森，盛貌也。”《太平广记》卷 19《神仙十九 · 马周》:“大殿之前，羽卫森肃，若帝王所居。”

〔焦黄篚实灿〕《宋本广韵》卷 3《上声 · 尾第七》:“篚，竹器。方曰筐，圆曰篚。”《尚书正义》卷 11《武成》:“篚厥玄黄，昭我周王。”孔传:“言东国士女，筐篚盛其丝帛，奉迎道次，明我周王，为之除害。”《文选注》卷 15 张平子（衡）《思玄赋》:“献环琨与琛缡兮，申厥好以玄黄。”刘良注:“又以玄黄之缯，申其好也。”篚实，指竹篚中盛放的物品。《全唐诗》卷 791 韩愈、孟郊《纳凉联句》:“篚实摘林珍，盘殽馈禽觳。”（第 11 册 P8997）焦黄，指《武成》篇之“玄黄”。《楚辞章句》卷 9 宋玉《招魂》:“玄玉之梁些”。王逸注:“玄，黑也。”焦，指黑色。《真诰》卷 2《六月二十九日九华真妃授书》:“心悲则面焦，脑减则发素。”《六臣注文选》卷 57 潘安仁（潘安，本名潘岳）《马汧督诔（并序）》:“爨陈焦之麦，柿梠桷之松。”刘良注:“焦，黑也。”《全唐诗》卷 791 韩愈、孟郊《纳凉联句》:“篚实摘林珍，盘殽馈禽觳。”（第 11 册 P8997）

〔寒碧溪毛搴〕寒碧，指清冷的绿色（喻“溪毛”之绿）。《施注苏诗》卷 20《诗四十九首》苏轼《食甘》:“露叶霜枝剪寒碧，金盘玉指破芳辛。”溪毛，溪涧边的野菜。《左传 · 隐公三年》:“苟有明信，涧、溪、沼、沚之毛，苹、蘩、薀、藻之菜，筐、筥、锜、釜之器，潢污、行潦之水，可荐于鬼神，可羞于王公，而况君子结二国之信。行之以礼，又焉用质。《风》有《采蘩》《采苹》,《雅》有《行苇》《泂酌》，昭忠信也。”搴，采撷。《楚辞章句》卷 2 屈原《九歌 · 云中君》:“搴芙蓉兮木末。”王逸注:“搴，手取也。”

〔画像攈吴都〕《林本》作“攗”，显误。攗，指菱角。《尔雅 · 释草》:“菱，蕨、攗。”据文意应为“攈”。《说文解字》卷 12 上《手部》:“攈，拾也。”《刘申叔遗书补遗》本径改作“攈”，未出校注。吴都，此处指扬州。《春秋左传正义》卷 58《哀公九年》："秋，吴城邗，沟通江淮。"杜预注："于邗江筑城穿沟，东北通射阳湖西，北至末口入淮，通粮道也。今广陵韩江是。"清末，扬州小金山出土一块苏东坡画像残石。先归扬州三贤祠，后归端方所有。端方曾拓像赠人。今故宫博物院所藏《东坡像团扇页》，即此残碑所拓。刘师培此句当指此。

〔宝珉溯蜀川〕《集韵》卷二《平声二 · 真第十七》："珉，……《说文》：石之美者。……或作瑉"。《说文解字》卷 1《玉部》："瑉，石之美者。"南宋乾道年间，四川制置使汪圣锡于成都广搜东坡墨迹，并刊石以广流布，此即举世闻名的《西楼苏帖》。经数百年时间，至清末，传世的《西楼苏帖》宋拓本已极少，其残本曾入端方之手。现藏天津艺术博物馆。端方在该拓本题记中曰："此西楼帖三本，旧藏英兰坡中丞家（名棨），甚加宝爱。由陕抚罢归，家甚贫，欲嫁女无资，遂以三千金售归南海叶氏。光绪辛丑，余复于粤中收来。宣统元年，王子展兄复以所藏七卷归我，共成十卷。是汪圣锡刻坡书三十卷，又于其间择十卷，名《东坡书髓》，即此十卷也。十卷之散为七卷、三卷，不知其年。乃于今日复聚于宝华盦，殆有神灵与为呵护而凑合之者，岂非异事！是年二月初七日，浭阳端方记。"（见上海文明书局珂罗版影印本 1920 年再版《宋拓西楼苏帖东坡书髓》第六册）刘师培此句当指此。珉，《刘申叔遗书补遗》本作"瑉"。

〔雠文匋琅玕〕雠文，校勘。《太平御览》卷 618《学部十二 · 正谬误》："《刘向别传》曰：雠校者，一人持本，一人读折。若怨家相对，故曰雠也。"章太炎《检论》卷 2《徵七略》："《御览》引刘氏书，或云《刘向别传》，或云《七略别传》。"（《章太炎全集 · 三》P428，上海人民出版社 2014 年 5 月第 1 版）《释名 · 释宫室第十七》："匋，聚也。"琅玕，美石。此处指文字、文章。详见《日本道中望富士山》一诗〔珠玕林〕条笺注。杜甫《玄都坛歌寄元逸人》："知君此计成长往，芝草琅玕日应长。"《文苑英华》卷 303 释护国《伤蔡处士》："箧中遗草是琅玕，对此空令洒泪看。"青琅玕，本指竹，亦代指竹简、诗文、书籍。刘弇《龙云集》卷 5《古诗三 · 寄李知章》："新诗遗我章江曲，百首洗出青琅玕。"文天祥《文山集》卷 19《送行中斋三首》其一："愿持丹一寸，写入青琅玕。"

〔方知球璗珍〕球，美玉。详见《日本道中望富士山》一诗〔珠玕林〕条笺注。《尔雅 · 释器》："黄金谓之璗，其美者谓之镠。"《宋本广韵》卷 3《上声 · 养第三十六》："璗，玉名。《说文》曰：金之美。与玉同色者也。"

〔足拟馨香黐〕馨香，祭祀使用的谷物。《左传 · 僖公五年》："故《周书》曰：'皇天无亲，惟德是辅。’又曰：‘黍稷非馨，明德惟馨。’……若晋取虞，而明德以荐馨香，神其吐之乎。”《毛诗正义》卷 9—3《小雅 · 鹿鸣之什 · 天保》：“吉蠲为饎，是用孝享。”毛传：“吉，善；蠲，絜也。饎，酒食也。享，献也。”孔颖达疏：“毛以王既为天安定，民事已成，乃善絜为酒食之馔，是用致孝敬之心而献之。”上句与此句指，这才知道，祭祀时使用金玉，与使用洁净的黍稷没有区别。隐含之意为，陈列东坡遗留下来的这些珍贵文物，与用洁净的黍稷祭祀他没有区别。

〔图成证雪踪〕雪踪，即“飞鸿雪踪”，指过往之陈迹。《坡门酬唱集》卷 17《栾城怀渑池寄子瞻兄》苏轼《东坡次韵》：“人生到处知何似，应似飞鸿踏雪泥。泥上偶然留指爪，鸿飞那复计东西。”施士洁《后苏龛诗钞》卷 9《四绝》其三：“吟场把手笑相逢，此是飞鸿印雪踪。佛助（润庵）、阿蒙（郁文）君鼎足，海天初日见三峰。”图，指此次雅集所成之《无闷园雅集图》，参见本诗“略考”。

〔奎躔〕奎，奎星，即魁星，古人认为主文运。《初学记》卷 21《文部 · 文字第三 · 事对 · 效奎 / 取夬》：“《孝经援神契》曰：‘奎主文章，苍颉效象；洛龟曜书丹青，垂萌画字。’宋均注曰：‘奎星屈曲相钩，似文字之画。’《周易》曰：‘上古结绳以治，后世圣人易之以书契。’盖取诸夬。”躔，躔的异体字。躔，天体的运行。《方言》（卷）12：“躔，历行也。日运为躔，月运为逡。”郭璞注：“躔，犹践也。”“运，犹行也。”奎躔，即奎星运行的轨迹。躔，《刘申叔遗书补遗》本作“躔”。

〔思旧遥情集，伤时殷忧纆〕此二句指，缅怀过往，旧时的思绪油然重生；感伤今时，深深的忧虑萦绕心间。纆，纆（缠）的异体字。《刘申叔遗书补遗》本作“纆”。

〔磨蝎契吕论〕磨蝎，星宿名。古人认为，命居此宫，多有磨难，命运多舛。苏轼《东坡志林》卷 1：“退之（韩愈——引者）诗云：我生之辰月，宿直斗乃知。退之磨蝎为身宫，而仆乃以磨蝎为命，平生多得谤誉，殆是同病也。”吕论，指吕不韦《吕氏春秋》。《吕氏春秋 · 功名》：“贤不肖不可以不相分，若命之不可易，若美恶之不可移。”蝎，《刘申叔遗书补遗本》作“蠍”（《林本》即作“蝎”，未使用“蠍”）。

〔归鸟赓陶篇〕赓，接续。详见《答梁公约赠诗》一诗〔载赓白珪章〕条笺注。陶篇，指陶渊明《归鸟》诗。《古诗纪》卷 44《晋第十四》陶渊明《归鸟（四章）》其一：“翼翼归鸟，晨去于林。远之八表，近憩云岑。和风不洽，翻翮求心。顾俦相鸣，景庇清阴。”其二：“翼翼归鸟，载翔载飞。虽不怀游，见林情依。遇云颉颃，相鸣而归。遐路诚悠，性爱无遗。”其三：“翼翼归鸟，驯林徘徊。岂思天路，欣及旧栖。虽无昔侣，众声每谐。日夕气清，悠然其怀。”其四：“翼翼归鸟，戢羽寒条。游不旷林，宿则森标。晨风清兴，好音时交。赠缴奚施，已卷安劳（卷与倦同）。”上句与此句，是刘师培自伤身世，想念家乡之喻。

〔裘笛宾〕苏轼《李委吹笛（并引）》：“元丰五年十二月十九日东坡生日，置酒赤壁矶下，踞高峰，俯鹊巢，酒酣，笛声起于江上。客有郭尤二生，颇知音，谓坡曰：‘笛声有新意，非俗工也。’使人问之，则进士李委闻坡生日，作南曲曰《鹤南飞》以献。呼之使前，则青巾紫裘腰笛而已。既奏新曲，又快作数弄，嘹然有穿云裂石之声，坐客皆引满醉倒。委袖出嘉纸一幅曰：‘吾无求于公，得一绝句足矣。’坡笑而从之。山头孤鹤向南飞，载我南游到九嶷。下界何人也吹笛，可怜时复犯龟兹。”（《苏轼全集校注·苏轼诗集校注·卷 21》P2406，河北人民出版社 2010 年 6 月第 1 版）

〔桓筝篇〕即“桓伊筝”，指以乐曲表达心声。《晋书·桓伊传》：“伊，字叔夏。……伊性谦素，虽有大功，而始终不替。善音乐，尽一时之妙，为江左第一。有蔡邕柯亭笛，常自吹之。王徽之赴召京师，泊舟青溪侧。素不与徽之相识。伊于岸上过，船中客称伊小字曰：‘此桓野王也。’徽之便令人谓伊曰：‘闻君善吹笛，试为我一奏。’伊是时已贵显，素闻徽之名，便下车，踞胡床，为作三调，弄毕，便上车去，客主不交一言。时谢安女婿王国宝专利无检行，安恶其为人，每抑制之。及孝武末年，嗜酒好内，而会稽王道子昏蕾尤甚，惟狎昵谄邪，于是国宝谗谀之计稍行于主相之间。而好利险诐之徒，以安功名盛极，而构会之，嫌隙遂成。帝召伊饮燕，安侍坐。帝命伊吹笛。伊神色无迕，即吹为一弄，乃放笛云：‘臣于筝分乃不及笛，然自足以韵合歌管，请以筝歌，并请一吹笛人。’帝善其调达，乃敕御妓奏笛。伊又云：‘御府人于臣必自不合，臣有一奴，善相便串。’帝弥赏其放率，乃许召之。奴既吹笛，伊便抚筝而歌《怨诗》曰：‘为君既不易，为臣良独难。忠信事不显，乃有见疑患。周旦佐文武，《金滕》功不刊。推心辅王政，二叔反流言。’声节慷慨，俯仰可观。安泣下沾衿，乃越席而就之，捋其须曰：‘使君于此不凡！’帝甚有愧色。”此句似替端方被罢免直隶总督而鸣不平。

【略考】

苏轼的出生日为北宋仁宗景佑三年腊月十九（1037 年 1 月 8 日），故此诗应写于某年的腊月十九。

《刘师培年谱》（增订本）P442—443，将《东坡生日集无闷园》一诗的写作时间置于 1910 年 1 月 29 日。

我个人认为，这一结论似可商榷。其时间是 1911 年 1 月 19 日。

万老师原文如下——

“案,《左盦遗诗》系此诗于‘庚戌’年下，实误。此次无闷园雅集所绘之图，端方曾邀名流题诗，其中陈三立有《题匋斋尚书京师无闷园东坡生日雅集图》(自注：图后有自题兼喜梁节庵至诗)，郑孝胥有《匋斋属题无闷园雅集图》，而陈曾寿有《匋斋尚书作东坡生日，宴集同人，节庵师会张文襄公之葬，亦来京师》。查张之洞于1909 年 10 月 4 日去世，其会葬在当年（即宣统元年己酉），无闷园雅集即在己酉十二月十九日（1910 年 1 月 29 日），而非庚戌十二月十九日（1911 年 1 月 19 日）。”

万老师在书中出注，陈三立《题匋斋尚书京师无闷园东坡生日雅集图》出自“《散原精舍诗续集》卷上，民国十五年（1926）上海商务印书馆铅印本，第 43 页。又见《南洋官报》1911 年第 174 期，‘艺文存略’，署‘散原’。”

查陈三立《散原精舍诗续集》第四十三叶至四十四叶，有诗《题陶斋尚书京师无闷园东坡生日雅集图》。但查此诗手稿，比《散原精舍诗续集》多出数字，如下：“去题此卷时，未及一岁，已有国破人亡之感。补录供节庵一恸。壬子五月。三立。”

陈三立题写此诗的时间是“壬子五月”，即 1912 年 6 月 15 日—7 月 13 日。端方被杀在 1911 年 11 月 27 日。可证，端方召集此次“东坡生日雅集”的具体时间当在庚戌年腊月十九，阳历为 1911 年 1 月 19 日。

再来审视张之洞归葬南皮的时间。

张之洞逝世于宣统元年八月己亥（二十二，1909 年 10 月 5 日），但归葬南皮的时间却是第二年的十二月乙酉（十五，1911 年 1 月 15 日）。这可详见许同莘《张文襄公年谱》卷 10。

江苏盱眙有“云山四园”，即：西园、无闷园、闻得园和四逸园。这四座园林均在盱眙故城东面东阳城北侧的大、小云山山麓。其中，“无闷园”位于小云山麓，是清康熙年间优贡戚玾的旧居，中有“就闲堂”，常有诗友唱和。遗迹今已不存。

盱眙位于南京北约 90 公里，端方曾任江苏巡抚、两江总督，熟知这个“无闷园”应在情理之中。

但此“无闷园”非彼“无闷园”。

端方于 1911 年 1 月 19 日召集的这次“东坡生日雅集”，应在其北京府邸（今北京王府井大鹁鸽胡同）或某处郊野别墅，他借用了“无闷园”之名。

1909 年 11 月 23 日，端方因在慈禧太后奉安大典上“沿途派人照相”，并有“乘舆横冲神路而过，又于风水墙内借行树为电杆”等行为，被清廷以“恣意任性，不知大体”为由革去直隶总督职务。至 1911 年 5 月复出。“东坡生日雅集”，正发生于端方被革职闲住期间。

所谓“无闷”，就是没有烦恼，出世隐居的意思。端方那时也很愿意对外表露自己远离政坛，修身养性的雅致。《申报》1910 年 7 月 23 日“京师近事”栏目就曾报道：“端午桥尚书自奉旨被谴后，侨寓京中，雅负宏奖名流之誉。用是，坐客常满，杯酒不空。近复入山，颇有优游林泉之意。近日尝向人云：为宦数年，心力交瘁，刻得闲暇，颇用自得。揆其旨，似无出山之意。”

郑孝胥 1911 年 2 月 2 日在日记中记道：“初四日（2 月 2 日——引者），过端午桥，不见，其家人云：‘上山矣。’”2 月 5 日日记：“初七日（2 月 5 日——引者），午帅来简，约至福全馆午饭。”（《郑孝胥日记》第 3 册 P1306，中华书局 1993 年 10 月第 1 版）

据此，京师这个“无闷园”，在端方山中某处别墅里的可能性更大。

陈三立《题匋斋尚书京师无闷园东坡生日雅集图》（手稿）

“东坡生日觞咏夸，都下盛集称乾嘉。祁（文端）曾（文正）嗣响道光季，补图述作犹满家。兵火屡劫蚀文物，韵事稍歇听金笳。从知欢赏纪运会，亦赖坛坫相罗遮。尚书高心压尘土，别营林屋留三花。西山蜡屐苔已破，南洼香径梅初芽。无闷园中聚俊髦，竞祝奎宿堆羔豭。岭海梁髯讶猝至，座客行酒冠攲斜。踵条前典谂来者，自摅伟抱盟幽遐。苏公光气烛百代，当时窜逐侪麇麚。搀论得失制科习，笑坐颠踬形叹嗟。节厂同病溺文字，志尚所极天难瘥。老饕说食颇复类，两髯宁掩瑜与瑕。主人尚友泯今古，图中岳立知谁耶。万物冥殉得至乐，欲持圣证穷无涯。暑风揩眼读此卷，更爱吐句如飞蛇。去提此卷时，未及一岁，已有国破人亡之感。补录供节庵一恸。壬子五月。三立。”

郑孝胥《陶斋属题无闷园雅集图》

“名园萧疏带林壑，胜事飞觞破寂寞。千秋尚友谁与归，奎宿精灵如可作。陶斋心醉为梁髯，图就还将险韵拈。闲杀诸贤终凛凛，可能蜍志共厌厌。”（《海藏楼诗集》上海古籍出版社 2003 年 8 月第 2 版 P213）

沪上送佩忍赴杭州

蓟烟荡悽踪，越峰闷憬吟。尺咫春浦渍，尒我同滞渍。抚旧词苦促，摅怀酒慵斟。食苍潜蝬姿，点白扬蝇音。沈表笔攡藻，蔡拍声凄琴。所幸沙在缁，恒凛城完金。谷萑忘旱曦，岭栖志凌阴。睠怀礲砺资，怅望孤山岑。

【刊载】

1931 年林思进清寂堂《左盦遗诗》刻本；《刘申叔遗书》61 册《左盦诗录》卷 3《左盦诗续录》收录此诗，题名《蓟烟》，二诗文辞略有不同。

【类型】

五言，16 句。

【编年】

1911 年。《左盦遗诗》署“辛亥”。

【笺注】

〔佩忍〕陈去病。详见《题佩忍与林宗素孙济扶女士论文绝句后》一诗〔佩忍〕条笺注。

〔蓟〕指刘师培曾随端方进驻的京津地区。参见《咏史（二首）》其一一诗〔蓟〕条笺注。

〔越峰闷憬吟〕越，指江浙，陈去病当时供职于浙江高等学堂。憬吟，远行的感叹。《毛诗正义》卷 20—1《鲁颂 · 駉之什 · 泮水》：“憬彼淮夷，来献其琛。”毛传：“憬，远行貌。”《楚辞章句》卷 4《九章 · 惜诵》：“中闷瞀之忳忳”。王逸注：“闷，烦也。”

〔春浦渍〕春浦，指上海黄浦江，《蓟烟》一诗作“申浦渍”。详见《步佩忍韵》一诗〔老木清霜黄歇浦〕条笺注。《说文解字》卷 11 上《水部》：“渍，水厓也。”

〔尒我同滞滛〕尒，同“尔”。《说文解字注》卷 2 上《八部》：“尒，词之必然也。”段注：“后世多以尔字为之。”滛，同“淫”。《字汇》巳集《水部》：“淫，……俗作滛。”《尚书正义》卷 4《大禹谟》：“罔淫于乐”。孔传：“淫，过也。”《礼记正义》卷 15《月令》：“行秋令，则天多沈阴，淫雨蚤降。”郑玄注：“淫，霖也。雨三日以上为霖。”

〔抚旧词足促〕《字汇》子集《人部》：“促，……短也。”此句指，回想过去，苦于言尽词穷。

〔摅怀酒慵斟〕摅怀，抒发胸臆，表达想法。《文苑英华》卷 27《地类三 · 小山赋一首》唐太宗李世民《小山赋》：“聊夕翫而朝临足，摅怀而荡志。”《说文解字》卷 10 下《心部》：“慵，懒也。”此句指，只顾倾诉衷肠，忘记了把酒杯斟满。

〔食苍潜蠖姿〕《说苑》卷 1《君道》：“臣闻之，君好之则臣服之。君嗜之，则臣食之。夫尺蠖食黄，则其身黄。食苍，则其身苍。”另参见《读王船山先生遗书》一诗〔尺蠖伸曲〕条笺注。《说文解字》卷 11 上《水部》：“潜，……一曰藏也。”

〔点白扬蝇音〕《玉台新咏》卷 4 鲍照《拟乐府白头吟》：“食苗实硕鼠，点白信苍蝇。”《诗经 · 小雅 · 甫田之什 · 青蝇》：“营营青蝇，止于樊。岂弟君子，无信谗言。”《诗故》卷 8《小雅 · 青蝇》：“青蝇，大夫刺幽王也，非刺幽也。讽王勿近小人也。蝇类有二：一青一苍。苍蝇能乳卵于俎豆中，青蝇唯善污点洁白之物。‘营营青蝇’，鸣飞求入之貌。语此点白为黑之蝇，当驱而远之，使止樊篱榛棘间可也。若使近人，则必污秽饮食，变白为黑矣。其谗谮之言，宁足听乎。”上句与此句指，虽然食苍，但避免尺蠖“食苍则身苍”之性；青蝇嗡嗡乱叫，沾污洁白之物。其隐含之意是，我没有近墨则黑；他人却对我肆意污蔑。此为刘师培的自辩之辞。

〔沈表笔攡藻〕沈表，指沈约因母亲年老而求解职的上表。《梁书 · 沈约传》：“沈约字休文，吴兴武康人也。祖林子，宋征虏将军。父璞，淮南太守。璞元嘉末被诛，约幼潜窜，会赦免。既而流寓孤贫，笃志好学，昼夜不倦。母恐其以劳生疾，常遣减油灭火。而昼之所读，夜辄诵之，遂博通群籍，能属文。……永元二年，以母老表求解职。”攡藻，文辞华丽。《汉书 · 叙传上》：“虽驰辩如涛波，摛藻如春华”。颜师古注：“摛，布也。藻，文辞也。”攡，同“摛”。《集韵》卷 1《平声一 · 支第五》：“摛，……《说文》：‘舒也。’扬子云作攡。”刘师培此句似以沈约“以母老表求解职”，喻指自己因母亲年迈而辞去端方幕宾之意。详见本诗“略考”。

〔蔡拍声凄琴〕蔡拍，指蔡琰（文姬）的《胡笳十八拍》，见《乐府诗集》卷 59。《乐府诗集》卷 59 蔡琰《胡笳十八拍》题解：“《后汉书》曰：蔡琰，字文姬，邕之女也。博学有才辩，又妙于音律，适河东卫仲道。夫亡无子，归宁于家。兴平中，天下丧乱，文姬没于南匈奴。在胡中十二年，生二子。曹操痛邕无嗣，乃遣使者以金璧赎之，而重嫁陈留董祀。后感伤乱离，追怀悲愤，作诗二章。”第四拍曰：“无日无夜兮不思我乡土，禀气含生兮莫过我最苦。”此句借“文姬思汉”的典故喻指自己对家乡的思念。

〔所幸沙在缁，恒凛城完金〕《艺文类聚》卷 36《人部二十 · 隐逸》：“梁沈约《高士赞》曰：……如金在沙，显然自异。犹玉在泥，涅而不缁。”恒凛，始终秉持。毛奇龄《西河集》卷 187《五言格诗（三）· 寿方母七十》：“所藉母圣善，恒凛冰檗操。”城完金，指城池仍固若金汤。吕陶《净德集》卷 30《勇烈侯庙》：“誓将扫妖祲，得以完金汤。”此二句是刘师培自诩出污泥而不染。

〔谷蓷忘旱暵〕《诗经今注今译 · 王风 · 中谷有蓷》：“中谷有蓷，暵其干矣。”马持盈注：“蓷：音推，草名，即益母草。”“暵：音汉，干燥的样子。”马持盈译：“谷中的蘔，因为缺乏雨水而干燥了。”（台湾商务印书馆 1979 年 3 月六版 P104）曬，燥热。详见《季夏雨霁游北洋公立种植园泛舟竟夕》一诗〔屏遏离炎曬〕条笺注。《蓟烟》一诗作“谷蓷忘旱暵”。此句指，山谷中的益母草，已经忘记了燥热干旱。

〔岭槱志凌阴〕《正字通》辰集中《木部》：“槱，……省作楢。”《说文解字》卷 6 上《木部》：“槱，积木燎之也。”《毛诗正义》卷 8—1《豳风 · 七月》：“三之日纳于凌阴。”毛传：“凌阴，冰室也。”此句指，山岭上被焚烧的木头，期望着冰室的寒凉。上句和此句的隐含之意是，自己现在的情况比以前更糟（以前只是干旱缺水，尚能忍受，如今却是烈火焚烧），为刘师培自喻处境恶劣艰难。

〔睠怀礲砺资〕睠，回顾，回想。详见《申江杂感用苏东坡《秋怀》诗韵（二首）》其二一诗〔睠言怀旧都，诗人歌彼黍〕条笺注。礲砺，磨砺。礲，见《励志诗》一诗〔礲错惕寡俦〕条笺注。《广雅》卷 3《释诂》：“砺，磨也。”《汉书 · 陈平传》：“然大王资侮人”。颜师古注：“资，谓天性也。”

〔孤山岑〕指杭州西湖孤山。岑，小而高的山。详见《招隐诗》一诗〔峤〕条笺注。

【略考】

1911 年 5 月，丢了直隶总督顶戴的端方被重新启用，调督办粤汉、川汉铁路大臣，后赴武昌。是年秋，率湖北新军第八镇第十六协第三十一标及三十二标一部入川。

刘师培随端方入川。

目前，很多专著和论文都记述，刘师培的南下，与端方南下的时间节点基本同步。

万仕国《刘师培年谱》P198：5 月“22 日，端方奉旨南下，强收粤鄂川湘四省铁路公司。刘师培与其母李氏由天津抵上海，其母由人护送回扬州，一直居住至老死。刘师培夫妇随端方赴四川。”

陈奇《刘师培年谱长编》P301：5 月“18 日，清廷重新起用端方，以侍郎衔为督办粤汉、川汉铁路大臣。22 日，端方南下接收鄂、湘、粤、川 4 省铁路公司。刘师培充参议官，随同赴任。遣人护送其母返回扬州故居。”

郭院林《彷徨与迷途——刘师培思想与学术研究》附《刘师培年谱》P277：“5 月 23 日，端方奉命南下，强收鄂、粤、川，湘四省铁路公司，师培随之南下。其母则由人护送返回扬州青溪旧屋。（据万《表》）”

王韬《江苏历代文化名人传 · 刘师培》：“1911 年 5 月 18 日，端方东山再起，以侍郎衔出任督办粤汉、川汉铁路大臣。22 日奉旨南下，强收粤、鄂、川、湘四省路权

为国有。申叔充参议官随行。”（江苏人民出版社 2018 年 11 月第 1 版 P287）

这里有一个问题需要细究——端方南下的时间。

端方被重新启用确在 5 月 18 日（《宣统政纪》卷 53 宣统三年四月戊子条），但真正离京南下的时间并非 22 或 23 日。而是迟至 6 月 29 日才出京（见《申报》7 月 4 日《电二》报道）。他乘火车专列南下（见《申报》7 月 6 日《端督办之夹袋中人物》报道），“中途在天津、卫辉、彰德等处小作躭延，与陈贵阳（陈夔龙，时任直隶总督——引者）、袁项城（袁世凯，时“垂钓洹上”——引者）、锡清弼（锡良，前东三省总督，时在河南“养病”——引者）诸公商榷要政。”7 月 4 日，端方乘坐的专列抵达汉口（见《申报》1911 年 7 月 9 日《紧要新闻二 · 端大臣抵鄂纪详》报道）。

而刘师培南下的时间却远早于端方被重新启用的 5 月 18 日。证据如下——

刘师培《沪上送佩忍赴杭州》：“尺咫春浦濆，介我同滞淫。”《沪上送陈佩忍至杭州》：“尺咫通浒濆，尔我同滞淫。”

“淫”，即“淫雨”，也就是降水时间长、降水量大的雨。“尔我同滞淫”，即你我二人同被淫雨所滞留。滞留在哪里？当然是上海。但具体时间呢？

考陈去病《春夜苦雨（辛亥）》：“春雷隐隐雨绳绳，欲上扁舟计未能。中夜似逢双翠羽，梦回犹剩一龛灯。梅花消息要能谙，几度孤山许共探。怎得春风无限好，清明时刻在江南。（以上见《南社》第四集，一九一一年六月廿六日）”（《陈去病全集》第 1 册《浩歌堂诗补钞》P237，上海古籍出版社 2009 年 10 月第 1 版）

陈去病另有一首也标于“辛亥”的《西湖游唐庄赋比》，其中有句：“已是渐交三月节，怎生迟汝七香车。”（同上书 P238）

三月节，即清明节。1911 年的清明，是 4 月 6 日。由此可证，刘师培与陈去病在上海见面的时间，还要早于 1911 年 4 月 6 日。陈去病已经到达杭州，时间才“渐交三月节”。那时，距离端方被重新启用尚有近一个半月，何来刘师培随端方南下赴任之说？

那么，夏季也有淫雨。刘陈见面会不会是在更晚些的夏季呢？答案是否定的——1911 年 6 月，陈去病即离开杭州回乡，创办了《苏苏报》（见杨天石《辛亥革命家，南社诗人陈去病传》，载《浙江学刊》1991 年第 5 期 P20）。俞前、殷安如《陈去病年谱简编》：1911 年“6 月 / 先生离开杭州返乡。”（见《吴江文史资料第十八辑》，2000 年 7 月版）。

《刘申叔遗书》60 册（42）《左盦外集》卷 20 载有刘师培《轸春思词》一首，他在序中写道：“辛亥之春，予旅天津，忧思郁湮，词心泄志，因名《轸春思词》。”词曰：“献岁兮发春，扬朔风兮载和。桃虫兮群飞，顾朱蓼兮方华。北流兮扬扬，聊假日兮徜徉。因高兮遐望，思夫君兮天一方。思君兮永叹，撷芳馨兮缱绻。棣华兮翩反，望所思兮室远。思君兮日夕，辟独处兮异域。肥泉兮何极，轸余车兮长太息。太息兮何为？邈长途兮逶迤。鳦鸟兮南飞，余怊怅兮何归？老冉冉兮将迈，羌惸独兮靡依。”思乡之情跃然纸上。

而本诗有句：“沈表笔攡藻，蔡拍声凄琴。”当指刘师培以母亲老迈为由，辞去了端方的幕宾。详见本诗相关笺注。

此外，《申报》一则报道亦可佐证端方南下时，刘师培并不在其随行人员名单中。《申报》1911 年 6 月 16 日第五版《将预备接收铁道矣》：“端督办在南北洋时，幕府中人不下数百。退居后，宾东仍常团聚。此次既膺简命，求见者日数百人，端氏大有左右做人难之势。现闻所带随员中，最著名者为左全孝、熊仁、陈毓华三人，并闻熊系湘省留学生，且为激烈派。今既为其利用，湘省风潮可保无虞矣。……督办铁路大臣公费现定二千两，一切幕友随员及办事各费皆在内。故午帅甚为支绌，幕友、随员皆不敢多带人去。”

据此，述者得出推论——

1911 年三四月间，刘师培以母亲老迈为由，辞去了端方的幕宾。与端方脱钩或仅保持“软连接”，去了上海。后因走投无路，在端方被重新启用后，二次投靠。

《亚细亚日报》1912 年 6 月 5 日载《刘申叔致章太炎书》：“故友李光炯，去夏招游滇南，中途殄资，故为端方迫致，牵率西行。”可见，刘师培此言并非虚言。

当然，除去曾于三四月间在上海与陈去病见面外，这期间的其他细节尚模糊不清。

此外，万仕国先生述：“刘师培与其母李氏由天津抵上海，其母由人护送回扬州”；陈奇先生述：“刘师培充参议官，随同赴任。遣人护送其母返回扬州故居。”但均未标注资料来源，我尚未找到出处。录此存疑。

1910 年代初时，津浦铁路尚未通车，大运河断航，海路是上海与京津往返的唯一选择。据郑孝胥日记记载，1911 年 5 月 19 日，郑孝胥从北京返回上海时，即先乘火车至天津，又从大沽改乘海轮，25 日抵达上海（《郑孝胥日记》第 3 册 P1321—1322，中华书局 1993 年 10 月第 1 版）。这说明，万仕国先生的记述是存在合理性的。而端方 1909 年北上赴任时，也是自上海乘海轮北上。

蓟烟

蓟烟荡凄怀，越峰闷憬吟。尺咫申浦渍，尔我同滞淫。抚旧词苦促，摅怀觞傭斟。食苍潜蠖姿，点白扬蝇音。沈表笔摛藻，蔡拍声凄琴。慨言沙在淄，愿凛城完金。谷蓷忘旱暵，□楸志凌阴。□□礲砺资，怅望孤山岑。

【刊载】

《刘申叔遗书》61 册（87），《左盦诗录》卷 3《左盦诗续录》。此诗与 1931 年林思进清寂堂《左盦遗诗》刻本《沪上送佩忍赴杭州》为同一首，二诗文辞略不同。

【类型】

五言，16 句。

【编年】

1911 年。编年依《沪上送佩忍赴杭州》。

【笺注】

见《沪上送佩忍赴杭州》一诗。

沪上送陈佩忍至杭州

冥鳞艳寒彩，越羽流商音。尺咫通浒渍，尔我同滞淫。语君进一觞，余怀实难任。迁木昔同条，巢枝今异林。中蓷忘湿暵，杨舟有浮沈。载驰嵎垒乡，息偃沧溟浔。南箕曜中天，谷风嘘重阴。眇纶休明章，婉娈江婔吟。黄裳岂不珍，葛绤难为襟。所期扬水石，化作雍都琳。睠言礲砺资，怅望孤山岑。

【刊载】

《刘申叔遗书》61 册（60—61），《左盦诗录》卷 3《左盦诗续录》。

【类型】

五言，22 句。

【编年】

1911 年。此诗改写自《沪上送佩忍赴杭州》，依其编年。

【笺注】

〔冥鳞艳寒彩〕冥鳞，蛰伏潜藏的鱼龙之属，喻指隐居韬晦之人。《荀子》卷 16

《正名篇第二十二》:“说不行则白道而冥穷。”杨倞注:“冥，幽隐也。”《周易·乾》有“潜龙勿用”之说。《文选》卷 36 任彦升（昉）《宣德皇后令》:“在昔晦明，隐鳞戢翼。”李善注:“曹植《矫志诗》曰:‘仁虎匿爪，神龙隐鳞。’成公绥《慰志赋》曰:‘惟潜龙之勿用，戢鳞翼而匿景。’”《全唐诗》卷 337 韩愈《北极赠李观》:“北极有羁羽，南溟有沈鳞。”（第 5 册 P3776）《广雅》卷 2《释诂》:“赩，……色也。”寒彩，阴冷的色彩。《艺文类聚》卷 39《礼部中·籍田》:“宋谢庄《侍东耕诗》曰:……阴台承寒彩，阳树迎初薰。”《文苑英华》卷 10《天象十·天上种白榆赋一首》薛逢《天上种白榆赋》:“寒彩沉沉，轮囷既出于中台，偃蹇亦临乎上将。”

〔越羽流商音〕越羽，越地（即江浙）的鸟类。陈去病当时供职于浙江高等学堂。商音，感伤之音。参见《秋怀》一诗〔静值商氛加〕条笺注。

〔浒〕水岸。《尔雅注疏》卷 7《释地第九》:“岸上，浒。”郭璞注:“岸上地。”邢昺疏:“岸上平地，去水稍远者名浒。《诗·大雅·绵》篇云‘率西水浒’之类也。”

〔余怀实难任〕此句指，我的内心愤懑，已经难以承受。《国语》卷 4《鲁语上》:“吾闻之，不厚其栋，不能任重。”韦昭注:“厚，大也。任，胜也。”

〔迁木昔同条〕此句指，分离出去的枝杈昔日与本枝同根一体。

〔巢枝今异林〕此句指，如今筑巢于不同的树林。上句与此句，都是刘师培对自己与陈去病昔日志同道合，如今分道扬镳的悲叹。

〔杨舟有浮沈〕《毛诗正义》卷 10—1《小雅·南有嘉鱼之什·菁菁者莪》:“泛泛杨舟，载沉载浮。”毛传:“杨木为舟，载沉亦浮，载浮亦浮。”

〔载驰嵔垒乡〕《诗经今注·鄘风·载驰》:“载驰载驱，归唁卫侯。”高亨注:“载，犹乃也，发语词。驰、驱，车马疾行。”（上海古籍出版社 1980 年 10 月第 1 版 P77）嵔垒，指山峦。《庄子注》卷 8《杂篇庚桑楚第二十》:“以北居畏垒之山。”郭象注:“《偏音篇》:畏本或作嵔。……嵔垒，山名也。或云在鲁，又云在梁州。”此句指，在山路上驱车驰骋。

〔息偃沧溟浔〕息偃，止息。《三国志·蜀书六·赵云传》:“成都既定，以云为翊军将军。”裴注引《云别传》:“公军追至围，此时沔阳长张翼在云围内，翼欲闭门拒守，而云入营，更大开门，偃旗息鼓。公军疑云有伏兵，引去。”沧溟，指悠远无际的大海。”详见《焦山放船至金山（用苏东坡金山放船至焦山韵）》一诗〔沧溟形势夙所耽〕条笺注。《广雅》卷 9《释北（丘——引者）》:“浔，……厓也。”此句指，在海岸边蛰伏韬晦。喻己在上海蛰伏待机。

〔南箕曜中天〕南箕，星宿名。《毛诗正义》卷 12—3《小雅 · 节南山之什 · 巷伯》："哆兮侈兮，成是南箕。彼谮人者，谁适与谋。" 毛传："南箕，箕星也。" 郑玄笺："箕星哆然，踵狭而舌广。今谗人之因寺人之近嫌而成言其罪，犹因箕星之哆，而侈大之。" 中天，天空。《列子 · 周穆王第三》："王执化人之祛，腾而上者，中天乃止。" 刘师培以《巷伯》篇喻指自己遭受了谣言的攻击和伤害。

〔谷风嘘重阴〕《诗经 · 小雅 · 谷风之什 · 谷风》："习习谷风，维风及雨。将恐将惧，维予与女。将安将乐，女转弃予。……忘我大德，思我小怨。" 刘师培以《谷风》篇喻指自己昔日的恩德被他人遗忘，却因小瑕疵而遭人怨恨。

〔眇纶休明章〕眇纶，即"妙论"，指精妙、玄远之道。《云笈七签》卷 101《纪 · 中央黄老君纪》："仍眇纶上思，钦纳真玄"。《汉书 · 王褒传》："眇然绝俗离世哉"。颜师古注："眇然，高远之意也。"《广雅疏证》卷 3 上《释诂》："纶……道也。" 王念孙注："纶，亦伦字也。故《管子 · 幼官图》篇 '伦理' 字作 '纶'，诸书无训。"《史记 · 货殖列传》："使俗之渐民久矣，虽户说以眇论，终不能化。" 司马贞《索隐》："眇，音妙。论，如字。" 休明章，指白居易诗《答刘和州禹锡》："换印虽频命未通，历阳湖上又秋风。不教才展休明代，为罚诗争造化功。我亦思归田舍下，君应厌卧郡斋中。好相收拾为闲伴，年齿官班约略同。"（《白氏长庆集》卷 24《律诗（凡一百首）》）《左传 · 宣公三年》：楚庄王向周定王问九鼎"大小轻重"。定王大臣王孙满巧妙回答道："商纣暴虐，鼎迁于周。德之休明，虽小，重也。……周德虽衰，天命未改。鼎之轻重，未可问也。"《春秋左传注》杨伯峻注："休，美也；明。光明。休明言美善光明。"（中华书局 2006 年第 4 版第 3 册 P733）此句，刘师培以白居易、刘禹锡喻指自己与陈去病的友情。

〔婉娈江婓吟〕江婓，即江妃，亦作"江斐"。《正字通》丑集下《女部》："婓，同斐"。《别雅》卷 1："江斐，江妃也。《列仙传》：'江斐二女'。《文选》左思《蜀都赋》：'娉江斐与神游'。《吴都赋》：'江斐于是往来'。《五臣本》并作妃。"《文选注》卷 23 阮嗣宗（籍）《咏怀十七首》其二："二妃游江滨，消遥顺风翔。交甫怀环佩，婉娈有芬芳。……如何金石交，一旦更离伤。" 颜廷年沈约等注："毛苌《诗传》曰：婉娈，少好貌。""沈约曰：婉娈则千载不忘，金石之交，一旦轻绝，未见好德如好色。" 李善注："《汉书》曰，楚王使武涉说韩信曰：足下虽自以为与汉王为金石交，然今为汉王所禽矣。" 参见《古意》一诗〔郑交甫〕条笺注。刘师培以此句喻自己与陈去病昔日的"金石交"，"一旦更离伤"。

〔黄裳〕喻人内在的道德高尚。《周易正义》卷 1《坤》：“五六，黄裳元吉。”孔颖达疏：“能以中和通于物理，居于臣职，故云‘黄裳元吉’。元，大也，以其德能如此，故得大吉也。象曰：‘文在中者’，释所以‘黄裳元吉’之义。以其文德在中故也。……以内有文德，通达物理，故象云‘文在中’也。”

〔葛绤〕《说文解字》卷 13 上《糸部》：“绤，粗葛也。”上句和此句指，岂会不珍视黄色（富贵之色）的服饰，粗葛布做成的衣服才难以上身。其隐含之意为，我岂不想做一个文德君子，奈何为贫穷所困，言行违心。

〔扬水石〕《诗经今注今译 · 唐风 · 扬之水》：“扬之水，白石凿凿。”马持盈译：“激扬的水，把白石冲洗得更为鲜洁。”（台湾商务印书馆 1979 年 3 月六版 P163）

〔雍都琳〕雍州之地的美玉。详见《日本道中望富士山》一诗〔珠玕林〕条笺注。

杂咏（三首）

【刊载】

《刘申叔遗书》61 册（60），《左盦诗录》卷 3，《左盦诗续录》。

【类型】

四言，4 句。

【编年】

1911 年。详见本组诗“略考”。

杂咏（三首）其一

穴空知风，瓶冰知寒。天灾所游，蓍策无言。

【笺注】

〔穴空知风〕《文选注》卷 13 宋玉《风赋》：“枳句来巢，空穴来风。”李善注：“《庄子》……又曰：空阅来风，桐乳致巢。此以其能苦其性者。司马彪曰：门户孔空，风善从之。”

〔瓶冰知寒〕《吕氏春秋 · 察今》：“见瓶水之冰，而知天下之寒。”

〔天灾所游〕《焦氏易林》卷 1《大有之第十四 · 艮》：“艮，天灾所游，凶不可居。转徙获福，留止忧危。”同上书卷 4《丰之第五十五 · 讼》：“讼，天灾所游，凶不可居。

转徙获福，留止危忧。”

〔蓍策〕以蓍草占卜。《周易正义》卷 7《系辞上》：“易与天地准，故能弥纶天地之道。仰以观于天文，俯以察于地理，是故知幽明之故。原始反终，故知死生之说。”孔颖达疏：“用易道参其逆顺，则祸福可知。用蓍策求其吉凶，则死生可识也。”蓍，蓍草，古代用以占卜。《说文解字注》卷 5 上《竹部》：“筮，《易》卦用蓍也。”段注：“《曲礼》曰：‘龟为卜，策为筮。’策者，蓍也。《周礼 · 簭人》注：‘问蓍曰筮，其占《易》’。《艸部》曰：‘蓍，《易》以为数。’”

杂咏（三首）其二

乘骝匪喜，蹑虺匪艰。孰云砥道，羊肠崛蟠。

【笺注】

〔乘骝〕喻获得朋友的帮助。《焦氏易林》卷 2《剥之第二十三 · 坎》：“坎，乘骝驾骊，东至于济。遭遇仁友，送我以资，厚得利归。”同上书卷 4《中孚之第六十一 · 临》：“临，乘骝驾骊，游至东齐。遭遇行旅，送我以货，厚得利归”

〔蹑虺〕喻与恶人相处，身入险境，骑虎难下。《焦氏易林》卷 2《坎之第二十九 · 观》：“观，履蛇蹑虺，与鬼相视。惊恐失气，如骑虎尾。”

〔砥道〕《毛诗正义》卷 13—1《小雅 · 谷风之什 · 大东》：“周道如砥，其直如矢。”郑玄笺：“如砥矢之平。”

〔羊肠崛蟠〕指地势高耸且如羊肠般盘绕难行的小道。《宋书 · 氐胡传》：“仇池地方百顷，因以百顷为号。四面斗绝，高平地方二十余里，羊肠蟠道三十六回。”

杂咏（三首）其三

瞻彼中流，白石如丸。我欲转石，惜无回澜。

【笺注】

〔白石〕《诗经 · 唐风 · 扬之水》：“扬之水，白石凿凿。……既见君子，云何不乐。……扬之水，白石粼粼。我闻有命，不敢以告人。”

〔转石〕《文选注》卷 2 张平子（衡）《西京赋》：“复陆重阁，转石成雷。”薛综注：“复陆，复道阁也。于上转石，以象雷声。”

〔回澜〕回旋的浪涛。《文苑英华》卷 193《乐府二 · 日出东南隅四首》沈约《日出东南隅行》:“延躯似纤约，遗视若回澜。”

【略考】

刘师培此组诗似写于赴武汉与端方汇合前某一时刻。

《杂咏（三首）》组诗文辞并不深奥，但其内涵之意晦涩难懂，一定与刘师培当时的心境和处境有直接关系。

述者认为，此组诗写于端方被任命为“督办粤汉、川汉铁路大臣”之后的某一个时刻，其背后隐藏了一段不为人知的史实。

清末“铁路国有”，是“辛亥革命”爆发的导火索，也是压倒清王朝的最后一根稻草。

端方奉命南下，是极其凶险之事。这在当时的朝野是共识。

刘师培身居端方幕府，虽诸事不顺，甚为悔恨。但此前，他至少自认为没有性命之忧。关于这一点，可以参见《再渡日本舟中作》中“临溪有蟠枝”句笺注及该诗“略考”。

但“穴空知风，瓶冰知寒。天灾所游，蓍策无言”，显然指一叶知秋，大祸临头。分析端方和刘师培的生平，可以称得上“天灾所游”的，仅有这么一个时刻。

《刘申叔与章太炎书》:“故友李光炯，去夏招游滇南，中途殄资，故为端方迫致，牵率西行。”而《杂咏（三首）》其二曰:“乘骝匪喜，蹑虺匪艰。孰云砥道，羊肠崛蟠。”二者可以两相印证。

据此，我个人认为,《杂咏（三首）》极有可能写于此时。那时，刘师培随李光炯赴云南之事泡汤，又为端方召唤以身犯险。

再看第三首，“白石如丸”句典出《扬之水》，从其中“我闻有命，不敢以告人”句分析，极有可能是指端方命令刘师培“归队”。

关于 1911 初春，刘师培与端方分道扬镳的考证，可参见《沪上送佩忍赴杭州》一诗笺注和“略考”。

横江词（四首）

【刊载】

《刘申叔遗书》61 册（62),《左盦诗录》卷 3《左盦诗续录》。

【类型】

五言，4 句。

【编年】

1911 年。此组诗似为刘师培西进至武汉与端方汇合前，路过采石时所作。

横江词（四首）其一

横江风波恶，妾住横江曲。语郎行不得，郎行车没毂。

【笺注】

〔横江词〕见《题梁公约诗册（二首）》其一一诗〔横江词〕条笺注及该诗略考。

〔横江风波恶〕横江，当指安徽马鞍山采石矶段长江，即今马鞍山市雨山区采石矶，为横跨长江的重要渡口。李白《横江词（六首）》其二：“横江欲渡风波恶，一水牵愁万里长。”

〔江曲〕江岸的曲折处。《楚辞补注》卷 16 刘向《九叹 · 离世》：“遵江曲之逶移兮”。王逸注：“逶移，长貌。”洪兴祖补注：“一云：‘遵曲江之逶虵。’”

〔毂〕车轮中心插轴的圆洞。《说文解字》卷 14 上《车部》：“毂，辐所凑也。”《六书故》卷 27《工事三》：“毂，……轮之中为毂，空其中，轴所贯也。”

横江词（四首）其二

矶头同心石，是妾舣舟处。石痕渺何许，洲渚今非故。

【笺注】

〔矶〕指采石矶。

〔舣〕泊舟，详见《读楚词》一诗〔舣〕条笺注。

〔洲渚〕水中的小岛。详见《古意》一诗〔渺渺洞庭渚〕条笺注。

横江词（四首）其三

花骢昔何系，门外青杨树。为郎今折枝，欲折无舟渡。

【笺注】

〔骢〕青白色相间的马。详见《折柳词（三首）》其三一诗〔骢〕条笺注。

〔青杨树〕指蒲柳。《尔雅 · 释木》："杨，蒲柳。"

〔折枝〕喻分离。详见《折柳词（三首）》其一一诗〔折柳词〕条笺注。

横江词（四首）其四

望郎郎不归，渡口盼归船。莫上瓦官阁，白浪高于天。

【笺注】

〔莫上瓦官阁，白浪高于天〕李白《横江词（六首）》其一："一风三日（一作一月）吹倒山（一作猛风吹倒天门山），白浪高于瓦官阁。"（第 3 册 P1722）《江南通志》卷 30《舆地志 · 古迹》："瓦官阁在江宁县城西南隅瓦官寺。《舆地纪胜》谓梁所建，邵思《雁门野说》云晋哀帝时造。一说晋时陆地生莲，因掘得瓦棺，莲从僧舌底出，始建寺，遂名阁，高二百四十尺。" 今天位于南京秦淮区花露北岗的古瓦官寺为迁址重建，其基址为妙悟庵原址。李白有《登瓦官阁》一诗，曰："晨登瓦官阁，极眺金陵城。钟山对北户，淮水入南荣。……雷作百山动，神扶万栱倾。灵光何足贵，长此镇吴京。"

九江烟水亭夕望

夕阴澹薄霁，洪辉宣景炎。眄怀傅原踪，延伫彭离帆。浦阔雁居渺，梁空龟迹潜。牝溪皱烟縠，窍籁琤冰帘。峨峨亭翼云，瑟瑟湖开篛。朱欃媚晴漪，绿阴藻文檐。澜澄试容裔，嶂远瞻嶃岩。即景萃忻戚，睇物齐洪纤。坐惜萍波遥，矧悲兰径渐。会当撷紫芝，无为怅苍蒹。

【刊载】

《刘申叔遗书》61 册（61），《左盦诗录》卷 3《左盦诗续录》。

【类型】

五言，20 句。

【编年】

1911 年。此诗似为刘师培西进至武汉与端方汇合前，路过九江时所作。

【笺注】

〔烟水亭〕位于今江西省九江市长江南岸的甘棠湖中，是九江市的著名景点。《清一统志》卷 244《九江府 · 古迹》："烟水亭，在德化县甘棠湖上。宋周濂溪（即周敦颐——引者）子司封郎官寿（周敦颐长子周寿，曾任司封郎中——引者）建。久废，本朝康熙五十九年重建。"案：寻（浔）阳县，南唐时改德化县。1914 年因与福建省德化县同名而改为九江。

〔夕阴澹薄霁〕夕阴，指傍晚黄昏。《六臣注文选》卷 26 谢灵运《永初三年七月十六日之郡初发都》："秋岸澄夕阴，火旻团朝露。"刘良注："夕阴，晚景也。"《文选注》潘安仁（潘安，本名潘岳）《金谷集作诗一首》："绿池泛淡淡，青柳何依依。"李善注："《东京赋》曰：'绿水澹澹'。澹，与淡同。"霁，雨住转晴。详见《八指头陀诗（三首）》其三一诗〔霁〕条笺注。

〔洪辉宣景炎〕洪辉和景炎均指耀眼的光芒。《六臣注文选》卷 58 班孟坚（固）《典引》："扬（《后汉书 · 班固传》作'炀'——引者）洪辉（《后汉书 · 班固传》作'晖'——引者），奋景炎，扇遗风，播芳烈，久而逾（《后汉书 · 班固传》作'愈'——引者）新。"李周翰注："洪，大。辉，光。奋，振。景，明。炎，盛也。"

〔眄怀傅原踪〕傅，指白居易。白居易晚年官至太子少傅，故世称"白傅"。白居易曾贬职为江州司马，并留下了千古绝唱《琵琶行》。九江，古称江州。眄怀，即"缅怀"，感怀，怀念之意。《全宋诗》卷 2376《项安世七 · 杨侍郎之侄有文刘左史之婭靖之携文见过》："眄怀薛仲章，刚肠久逾清。"（北京大学出版社 1998 年 12 月第 1 版第 44 册 P29362）。《广雅》卷 1《释诂》："眄，……视也。"《庄子口义》卷 4《外篇在有第十一》："我为汝遂于大明之上矣，至彼至阳之原也。"林希逸注："原，初也。"此句指，触景生情，感怀当初白居易被贬官江州司马时留下的踪迹。

〔延伫彭离帆〕彭，指陶潜（渊明）。陶渊明曾任彭泽令，故世称"陶彭泽"。彭泽在晋时属寻（浔）阳郡，隶江州，即今九江。陶在任时曾感叹："吾不能为五斗米折腰，拳拳事乡里小人邪！"而去职，并留下了著名的《归去来兮》，详见《晋书 · 隐逸 · 陶潜传》。《楚辞章句》卷 1 屈原《离骚》："悔相道之不察兮，延伫乎吾将反。"王逸注："延，长也。伫，立貌也。"《古诗纪》卷 44《晋第十四》陶渊明《停云（并序）》四首其一："良朋悠邈，搔首延伫。"此句指，长久伫立，仿佛看到陶渊明离开彭泽时船上的风帆。

〔浦阔雁居渺〕浦，水边。详见《冬日旅沪作》一诗〔入浦终憎濡〕条笺注。《管子》卷 16《内业第四十九》："渺渺乎如穷无极"。尹知章注："渺渺，微远貌。"此句指，水滨辽阔，大雁的巢渺不可见。

〔梁空龟迹潜〕燕子筑巢于屋梁之上，故以“梁空”喻指燕已离去。《类说》卷 13《树萱录 · 吴神乐部》：“金陵进士姓黄，梦遇台城故妓赋诗云：……网断蛛犹织，梁空燕不归。”龟迹潜，亦称“龟藏六”，佛家语。本以龟将头尾和四足藏于甲内，喻脱离六根（眼耳鼻舌身意），以摆脱六尘（色声香味触法）之苦，见《法句譬喻经》卷 1《心意品第十一》。后喻指离群索居，隐居避世。王守仁《王阳明集》卷 19《外集一 · 泰山高次王内翰司献韵》：“中有逐世之流，龟潜雌伏，餐霞吸秀于其间，往往怪谲多仙才。”此句指，燕子弃梁上之巢而去，龟隐藏了踪迹。

〔牝溪皴烟縠〕《淮南子 · 墬形训》：“丘陵为牡，溪谷为牝。”高诱注：“丘陵高敞，阳也，故为牡。溪谷污下，阴也，故为牝。”皴，褶皱，皱缩。《画鉴 · 吴画》：“曹弗兴，古称善画。作人物衣纹皴皱，画家谓曹衣出水，吴带当风。”縠，有褶皱的丝织品。《说文通训定声 · 需部弟八》：“縠，……按：今之绉纱也。”《字汇补》未集《糸部》：“绉，……衣不申也。亦縠子名。”此句指，溪谷中的雾霭尘烟，如布满褶皱的绉纱般缭绕回旋。

〔窍籁琤冰帘〕窍籁，自然之音。详见《送诸贞壮》一诗〔商籁〕条笺注。《说文解字》卷 1 上《玉部》：“琤，玉声也。”冰帘，瀑布。冯子振《云林清远四时词四首》其三：“冰帘不倩匡山瀑，万丈银潢泻玉天。”（《全元诗》第 18 册 P275，中华书局 2013 年 6 月第 1 版）

〔峨峨亭翼云〕《文选注》卷 2 张平子（衡）《西京赋》：“神山峩峩”。薛综注：“峩峩，高大也。”《正字通》寅集中《山部》：“峩，同峨。”翼，承托。《文选注》卷 11 孙兴公（绰）《游天台山赋》：“彤云斐亹以翼棂，皦日炯晃于绮疏。”李善注：“翼，犹承也。”此句指，烟水亭高峻，承接着天上的云彩。

〔瑟瑟湖开籢〕瑟瑟，风声。见《咏扇》一诗〔瑟瑟风生帷〕条笺注。籢，同“奁”，通“敛”。《正字通》丑集下《大部》：“《说文》：籢，镜籢也。或作奁。《集韵》作奁。亦作匳、槏，俗作奁。”《一切经音义》卷 49《大庄严论 · 第十三卷》：“香奁，又作籢、槏，二形同，力占反。《韵集》云：奁，敛也，收敛物也。《三苍》：盛镜器名也。今粉奁、棋奁皆是也。”此句指，风瑟瑟吹拂，让湖面涟漪忽开忽闭。

〔朱櫋媚晴漪〕櫋，《万本》出注：“‘櫋’未详，据文意，疑当作‘甍’。”甍，同“甍”。《集韵》卷 4《平声四 · 耕第十三》：“甍，……或从木。”《释名 · 释宫室第十七》：“屋脊曰甍。甍，蒙也，在上覆蒙屋也。”漪，波纹涟漪。详见《季夏雨霁游北洋公立种植园泛舟竟夕》一诗〔泳川狎漪澜〕条笺注。此句指，朱红色的屋脊在晴空照耀下，将湖中涟漪映衬得分外华美。

〔绿阴藻文檐〕《后汉书 · 郭太傅传》史赞："林宗怀宝，识深甄藻。"李贤注："藻，犹饰也。"此句指，浓密的绿荫将装饰精致的屋檐烘托得富丽堂皇。

〔澜澄试容裔〕澜澄，水体清澈。《艺文类聚》卷 8《水部上 · 总载水》："晋庾肃之《水赞》曰：湛湛涵渌，清澜澄浚。"《汉书 · 酷吏传 · 王温舒传》："已而试县亭长。"颜师古注："试，补也。"容裔，水波荡漾。《艺文类聚》卷 8《水部上 · 总载水》魏文帝曹丕《济川赋》："临济川之鲁淮，览洪波之容裔。"此句指，湖水的清澈澄湛，与荡漾的水波纹相映成趣。

〔嶂远瞻崭岩〕嶂，山峰。详见《舟发金陵望月》一诗〔西南群嶂影〕条笺注。《集韵》卷 4《平声四 · 衔第二十八》："嶄，……高也，……亦书作崭（嶃）。"

〔忻戚〕欢喜与悲伤。忻，通"欣"。《说文通训定声 · 屯部弟十五》："忻，……［叚借］为欣。"《淮南鸿烈解》卷 11《览冥训》："而忻忻然常自以为治病。"高诱注："忻忻，犹自喜得意之貌也。"（明万历九年广居堂叶近山刊本）《正字通》卯集中《戈部》："戚，……又忧也、哀也，俗作慼。"

〔洪纤〕《文选注》卷 48 班孟坚（固）《典引》："铺观二代洪纤之度。"蔡邕注："洪，大也。纤，细也。"

〔萍波遥〕萍波，水上浮萍，随波逐流。白居易《白氏长庆集》卷 8《邓州路中作》："自问波上萍，何如涧中石。"元好问《遗山集》卷 13《戏赠柳花》："只愁更作浮萍了，风转波冲去转遥。"

〔矧悲兰径渐〕王引之《经传释词》卷 9："矧，犹亦也。《书 · 康诰》曰：'元恶大憝，矧惟不孝不友。'言元恶大憝者，亦惟此不孝不友之人。"《楚辞章句》卷 9 屈原（一说为宋玉）《招魂》："皋兰被径兮，斯路渐。"王逸注："皋，泽也。被，覆也。径，路也。""渐，没也。言泽中香草茂盛，覆被径路，人无采取者，水卒增溢，渐没其道，将至弃捐也。以言贤人久处山野，君不事用，亦将陨颠也。五臣云：埋没凋落。"

〔会当撷紫芝〕会当，定要。《唐诗品汇》卷 8《五言古诗八 · 大家（二）杜甫（下）· 望岳》："会当凌绝顶，一览众山小。"《淮南鸿烈解》卷 2《俶真训》："巫山之上，顺风纵火，膏夏紫芝，与萧艾俱死。"高诱注："膏夏紫芝，皆谕贤智也。萧艾贱草，皆谕不肖。"《古诗纪》卷 44《晋第十四》陶渊明《赠羊长史（并序）》："紫芝谁复采，深谷久应芜。"撷，采摘。详见《秋风萧瑟池荷零落感而赋此》一诗〔采撷〕条笺注。参见《癸丑纪行六百八十八》一诗〔商岩阔紫芝〕条笺注。

〔无为怅苍蒹〕无为，不要。《唐诗品汇》卷 56《五言律诗一 · 正始（上）· 王勃 · 杜少府之任蜀州》："无为在岐路，儿女共霑巾。"《诗经 · 秦风 · 蒹葭》："蒹葭苍苍，白露为霜。所谓伊人，在水一方。溯洄从之，道阻且长。溯游从之，宛在水中央。" 蒹葭，喻微贱。《韩诗外传》卷 2："闵子曰：'吾出蒹葭之中，入夫子之门'。"

望庐山

晴峦魅烟水，明灭滢波隈。入夕岚彩横，苍紫纷凝�。俯临灊霍雄，远挹阆崑陪。大壑聆菀风，遒湫激晴雷。抚景有余适，历境恒悽怀。猋轮斡地维，海客匄埏垓。（以下原阙）

【刊载】

1931 年林思进清寂堂《左盦遗诗》刻本;《刘申叔遗书补遗》下册 P1300。

【类型】

五言，12 句。原诗缺。

【编年】

1911 年。《左盦遗诗》署"辛亥"。此诗似为刘师培西进至武汉与端方汇合前，路过九江时所作。

【笺注】

〔晴峦媚烟水〕晴峦，晴空下的峰峦。《宣和画谱》卷 11《山水二 · 宋》李成："《晴峦图》二、《晴峦平远图》三、《晴峦萧寺图》二。" 烟水，雾霭笼罩的水域。详见《黄天荡怀古》一诗〔烟水何迷离〕条笺注。烟，《左盦遗诗》即作"烟"（未使用繁体"煙"),《刘申叔遗书补遗》本作"煙"。

〔明灭滢波隈〕明灭，忽隐忽现。《九家集注杜诗》卷 24 杜甫《倦夜》："重露成涓滴，稀星乍有无。" 郭知达集注引师尹（民瞻）注："曹孟德云：'月明星稀'。有无者，星明灭之状也。" 滢波，清澈的水。《字汇》巳集《水部》："滢，……汀滢，水澄。" 隈，山水弯曲处的外侧。《尔雅 · 释丘》："厓内为隩，外为隈。"

〔岚彩〕山中雾霭反射光线发出的绚丽色彩。《正字通》："岚，……又山气烝润也。"《全唐诗》卷 128 王维《送方尊师归嵩山》："瀑布杉松常带雨，夕阳苍（一作彩）翠忽成岚。"（第 2 册 P1297）

〔苍紫纷凝衃〕苍紫，深紫色。《艺文类聚》卷 69《服饰部 · 簟》：“《梁简文帝答定襄侯饷卧簟书》曰：筠篁多品，筱簜杂名。校色比奇，独此为贵。自含苍紫，似久暴于柯亭。乍舒黝素，若屡沾于湖水。” 衃，应作 “衃”。《说文解字》卷 5 上《血部》：“衃，凝血也。”《刘申叔遗书补遗》本径作 “衃”。

〔灊霍〕灊，灊的异体字。灊霍，即今安徽潜山市天柱山，又名潜山。汉武帝时，曾因祭祀南岳衡山道远，而将祭祀南岳的地点改为天柱山。《北堂书钞》卷 190《衡山三十八》：“灊霍为副，《搜神记》云：衡山，南岳也。至轩辕乃以灊霍之山为副焉，故《尔雅》云，霍山为南岳，因其制也。至汉武南巡，又以衡山遐远，道隔江汉，乃徙南岳之祭于庐江潜县之霍山。” 陈禹谟补注：“案：《山海经》云：衡山，一名岣嵝山，其上多青雘，鸟多鸜鹆。又《尔雅注》云：霍山，在庐江郡潜县，别名天柱。” 灊，《刘申叔遗书补遗》本作 “灊”。

〔远挹阆崑陪〕挹，通 “抑”，抑制，遏制，胜于。《正字通》卯集中《手部》：“挹，……又与抑通。《荀子》：‘抑而损之。’ 注：‘挹，退也。’” 阆崑，即 “昆阆”。《六臣注文选》卷 14 鲍明远（照）《舞鹤赋》：“指蓬壶而翻翰，望昆阆而扬音。” 李善注：“东方朔《十洲记》：昆仑山有三角。一角正北，名阆。风巅一角。正东名昆仑宫。” 吕向注：“蓬壶、昆阆，皆仙人名。” 陪，据《舟中望庐山》，当作 “培”。《宋本广韵》卷 3《上声 · 厚第四十五》：“培，培塿，小阜。或作嶏。”《阿毗达磨法蕴足论》卷 12 释靖迈《后序》：“是知登昆阆者，必培塿于众山。”

〔大壑聆菀风〕大壑，东海。菀风，即 “苑风”，亦作 “宛风”，大风。《庄子 · 天地第十二》：“谆芒将东之大壑，适遇苑风于东海之滨。苑风曰：‘子将奚之？’ 曰：‘将之大壑。’” 陆德明《经典释文》卷 27《庄子音义中 · 天地第十二》：“苑风，本亦作宛，徐于阮反。李云：小貌，谓游世俗也。一云：苑风，人姓名。一云：扶摇大风也。”“李云：大壑，东海也。”

〔遒湫激晴雷〕此句特指庐山瀑布群的奇观。古人常以 “晴雷”（晴日响雷）喻指瀑布坠落潭水时发出的巨响。《全宋诗》卷 1408 卢襄《接山堂》：“修篁舞瘦蛟，怒瀑生晴雷。”（北京大学出版社 1998 年 12 月第 1 版第 24 册 P16219）。林季仲《竹轩杂著》卷 2《次韵和康侍郎游仙岩》：“石卧松根横碧玉，瀑悬天外转晴雷。”《广雅》卷 1《释诂》：“迺，……急也。”《字汇》酉集《辵部》：“迺，古遒字。”《正字通》巳集上《水部》：“湫，……又，北人呼水池为湫。”

〔猋轮斡地维〕猋轮，亦作 “飙轮”，或 “飚轮”，传说中御风而行的神仙之车。

《真诰》卷 13《稽神枢第三》“茂曾作书与太极官僚”：“昔学道于鬼谷，道成于少室，养翮于华阳，待举于逸域，时乘飙轮宴我。”颜真卿《颜鲁公文集》卷 9《晋紫虚元君领上真司命南岳夫人魏夫人仙坛碑铭》：“蜕形神剑，托驭飙轮。适抵阳洛，遄登隐元。”《史记 · 贾生列传》录贾谊《吊屈原赋》：“斡弃周鼎兮，而宝康瓠。”裴骃《集解》：“如淳曰：‘斡，转也。’”地维，见《咏女娲》一诗〔触天奚必共工罪〕条笺注。

〔海客匄埏垓〕海客，指漂泊无定的旅行者，亦指泛海求仙、贸易者。《全唐诗》卷 256 刘眘虚《越中问海客》：“风雨沧洲暮，一帆今始归。自云发南海，万里速如飞。初谓落何处，永将无所依。”（第 4 册 P2863）《全唐诗》卷 540 李商隐《海客》：“海客乘槎上紫氛，星娥罢织一相闻。只应不惮牵牛妒，聊用支机石赠君。”（第 8 册 P6251）《云笈七签》卷 122《成都卜肆支机石验》：“成都卜肆支机石，即海客携来，自天河所得，织女令问严君平者也。”另见《一萼红 · 题碧海乘槎图》一词〔碧海乘槎图〕条笺注。《酉阳杂俎》卷 4《境异》：“近有海客，往新罗，吹至一岛上，满山悉是黑漆匙筯，其处多大木，客仰窥匙筯，乃木之花与须也。因拾百余双还，用之，肥不能使。后偶取搅茶，随搅而消焉。”《释名 · 释宫室第十七》：“匄，聚也。”埏垓，世界的边缘。《明文海》卷 11 马一龙《泰山赋》：“灵蠢粲错，阅广轮之埏垓兮，莫高匪山。”间注：“大司徒掌天下地土之图，如广轮之数，见《周礼》。九州之外有八埏垓，地际也，见《淮南子》。”参见《游仙诗》一诗〔俛极坛埏垠〕条笺注。

舟中望庐山

晴峦媚烟水，苍紫纷凝岠。辰光爌阳陆，珠影苞阴崖。仰临衡霍雄，远挹阆崐培。大壑聆荛风，寒湫激晴雷。抚景有余妍，历境恒悽怀。猋轮斡地维，海客匄埏垓。险岨今杭庄，驰道蠲埽埃。九阳煇章宇，绚烂丹成开。感念禅诵林，重睇中天台。运流有灼寂，质文递移推。大钧型众态，镕物无甄坯。悬知百禩下，綦组蔽菹莱。玄扃委化多，灵氛无去来。

【刊载】

《刘申叔遗书》61 册（61—62），《左盦诗录》卷 3《左盦诗续录》。

【类型】

五言，26 句。

【编年】

1911 年。此诗似为《望庐山》一诗的定稿，故依其编年。

【笺注】

〔辰光爌阳陆〕《六臣注文选》卷 6 左太冲（思）《魏都赋》："兼重悂以贻缪，偭辰光而罔定。"张铣注："辰光，日也。"《集韵》卷 6《上声下 · 荡第三十七》："晄，……《说文》：'明也。'或作熿、爌、纩、煌。"阳陆，山南侧的向阳面。《六臣注文选》卷 22 颜延年（延之）《应诏观北湖田收》："阳陆团精气，阴谷曳寒烟。"李善注："《吴越春秋》：越王曰：昆仑乃天地之镇柱也，五帝处其阳陆。贾逵《国语》注曰：精，明也。山北曰阴。"刘良注："阳陆，天道也。精气，谓太阳精也。阴谷之气，如寒烟也。"

〔珠影苞阴崖〕珠影，此处指露水凝结成珠。韩鄂《岁华纪丽》卷 3《七月》："晓露而长垂珠影，凉风而遽振金声。"《经典释文》卷 27《庄子音义中 · 天运第十四》："苞裹。"陆德明注："音包，本或作包。"阴崖，山的北侧（背阴面）。《六臣注文选》卷 18 马季长（融）《长笛赋》："惟籦笼之奇生兮，于终南之阴崖。"李善注："《尚书大传》曰：'观乎南山之阴。'谓山北。"吕向注："崖，畔也。"

〔衡霍〕指安徽天柱山。《文选注》卷 12 郭景纯（璞）《江赋》："衡霍磊落以连镇，巫庐嵬崫而比峤。"李善注："《周礼》曰：'荆州之镇山曰衡山。'郑玄曰：'在湘水南，镇山名，安地德者也。'《尔雅》曰：'霍山为南岳。'郭璞曰：'今在庐江西。'《汉书》曰：'南郡巫县巫山，在西南。'释慧远《庐山记》曰：'山在江州浔阳之南。'"参见《望庐山》一诗〔灊霍〕条笺注，《癸丑纪行六百八十八韵》一诗〔列雉雄衡霍〕条笺注。

〔险岨今杭庄〕险岨，即"险阻"，详见《芜湖赭山秋望》一诗〔陟岨涤尘鞿〕条笺注。《管子 · 轻重丁第八十三》："决濩洛之水，通之抗庄之间。"焦竑《俗书刊误》卷 8《音义同字异》："杭庄（管子），康庄。"《广雅疏证》卷 1 上："抗，……张也。"王念孙注："抗，……各本伪作杭。"戴望《管子校正 · 轻重丁第八十三》："王（王念孙——引者）云：杭，当为抗。抗，古读若康。抗庄即康庄。"《尔雅 · 释宫》："一达，谓之道路。二达，谓之歧旁。三达，谓之剧旁。四达，谓之衢。五达，谓之康。六达，谓之庄。七达，谓之剧骖。八达，谓之崇期。九达，谓之逵。"参见《望庐山》一诗〔灊霍〕条笺注，《癸丑纪行六百八十八韵》一诗〔列雉雄衡霍〕条笺注。

〔驰道躅埽埃〕《史记 · 秦始皇本纪》："是岁，赐爵一级治驰道。"裴骃《集解》：

“应劭曰：驰道，天子道也。道若今之中道。然《汉书 · 贾山传》曰：秦为驰道于天下，东穷燕齐，南极吴楚。江湖之上，滨海之观毕至。道广五十步，三丈而树，厚筑其外，隐以金椎，树以青松。”《广雅》卷 3《释诂》：“䦨，……除也。” 埽，义未详，疑当为“晞”。《淮南鸿烈解》卷 16《说山训》：“上食晞堁，下饮黄泉。” 高诱注：“晞，干也。堁，土尘也，楚人谓之堁。” 参见《游仙诗》一诗〔灵崖䦨堁尘〕条笺注。

〔九阳煇章宇〕《后汉书 · 仲长统传》：“沆瀣当餐，九阳代烛。” 李贤注：“九阳谓日也。《山海经》曰：阳谷上有扶木，九日居下枝，一日居上枝也。” 煇，同“晖”“辉”。《宋本广韵》卷 1：“煇，光也。辉，上同。晖，亦同，又日色。”《吕氏春秋》卷 26《审时》：“其臭香，其味甘，其气章。” 高诱注：“章，盛也。”《楚辞章句》卷 9 屈原（一说为宋玉）《招魂》：“像设君室，静闲安些，高堂邃宇。” 王逸注：“宇，屋也。” 此句指，太阳照亮了华丽的屋宇。

〔绚烂丹成开〕成开，指黄历中的“吉日”。《星历考原》卷 5《日时总类 · 月建十二神》：“月建十二神：除、危、定、执、成、开为吉。建、破、平、收、满、闭为凶。历书所谓：‘建满平收黑，除危定执黄。成开皆可用，闭破不相当’者也。” 成、开日，无论做什么事都大吉。此句指，阳光绚烂，把这吉祥之日映照得通红。

〔感念禅诵林〕庐山东林寺，始建于东晋太和年间。天台宗创始人智者大师（释智顗）曾驻锡与此。《全唐诗》卷 151 刘长卿《送惠法师游天台因怀智大师故居》：“忆想东林禅诵处，寂寥惟听旧时钟。”（第 3 册 P1570）林，佛教寺院称“丛林”。丁福保《佛学大辞典》：“丛林（譬喻），僧俗和合，住于一处，如树木之丛集为林也。特为禅庭之名。以禅之翻名，有功德丛林之语也。《智度论 · 三》曰：‘僧伽，秦言众，多比丘一处和合是名僧伽，譬如大树丛聚是名为林，（中略），僧聚处得名丛林。’”

〔重睇中天台〕《宋本广韵》卷 1《上平声 · 齐第十二》：“睇，视也。”《天台山方外志》卷 1《山名考第一》：“此山称名始于何人，上古荒藐（藐的异体字，同邈——引者），无以稽焉。仅可考者，始于刘阮名传。后因孙公赋显，海内方知有天台山也。正以兹山顶对三辰，当牛女分野，而上应三台，故以名焉。”《赤城志》卷 21《山水门三 · 山 · 天台》：“天台山在县北三里。按：陶弘景《真诰》：‘高一万八千丈，周回八百里。山有八重，四面如一。’《十道志》谓之‘顶对三辰’，或曰‘当牛女之分，上应台宿’，故曰天台。” 案：智者大师（释智顗）长期于浙江天台山弘法，故其宗派称“天台宗”。此句指，想到智者大师曾驻锡的庐山东林寺，仿佛看到了他弘法的天台山。

〔运流有灼寂〕《文选注》卷 21 郭景纯（璞）《游仙诗七首》其四："六龙安可顿，运流有代谢。"李善注"《庄子》：黄帝曰：阴阳四时运行，各得其序。《淮南子》曰：二者代谢舛驰。高诱曰：代，更也。谢，叙也。"灼寂，兴衰、荣枯。《真诰》卷 1《运象篇第一》："六月二十四日夜，紫微王夫人来降，……即见授令书此以答曰：……此二行皆浮沈冥沦，倏迁灼寂。"

〔质文递移推〕质文，内在本质与外在形式。《论语·雍也第六》："子曰：'质胜文则野，文胜质则史。文质彬彬，然后君子。'"《说文解字》卷 2 下《辵部》："递，更易也。"1902 年参加金陵乡试前，刘师培有"试帖文"11 篇，其中一篇为《质胜文则野，文胜质则史。文质形影，然后君子》，载《刘申叔遗书补遗》上册 P28—29。文中无任何新奇、惊人之语，文末称："君子之于学也，著述所以立法，立法所以经世。学不苟博，必求其实。文不苟作，必求其用。揆天道，质人情，按古法，正时事。举则合于时宜，动则期有实效，亦惟用其质必益以文，观其文必求其质。故曰：'文质彬彬，然后君子。'"1904 年 5 月 1 日、2 日，《警钟日报》第 66、67 号《社说》栏目连载了刘师培的《质文篇》，载《刘申叔遗书补遗》上册 P194—196。文中通篇批驳所谓中国在学术和政治两方面上"舍文从质"的传统。文末称："呜乎！中国之所以退化者，仅以尚朴、尚俭之陋俗耳。以朴制伪，而伪由朴生。（人藏其心，不可测度。周氏《原识篇》云：'其外恒朴，而不能禁其内之浇；其外恒拙，而不能禁其内之伪。岂不然哉？）以俭济贫，而贫由俭生。（《仁学》谓：'愈俭则愈陋。''由一乡一县而逋毒四海，遂成至贫极窘之中国。'）昔葛履、园桃刺于魏，山枢、蟋蟀刺于唐，则尚质之不足立国，明矣。（孔子曰：'质胜文则野，〈文胜质〉则（鄙）〈史〉。'质之不足尚，明矣。）吾观西人社会学，谓事物之理，莫不由简趋繁，故政治日即乎新，即物质文明，亦日有进步。而计学家发明之理，亦以物产愈贵，则工值日加，而一国之中，贫民以鲜。此则不尚质之效也。与中国尚质、尚俭之旨，大相背驰。今中国不欲文明则已，欲自进文明之域，则舍'从文舍质'，别无进化之可言。彼唐子尚朴之说，（《潜书》有《尚朴篇》。）亭林厚俗之言，（见《日知录》论两汉风俗、北宋风俗诸条。）何足为当今之定论哉。"（依《警钟日报》原文）

〔大钧〕《汉书·贾谊传》载其《鵩鸟赋》："大钧播物，坱圠无垠。"颜师古注："如淳曰：陶者作器于钧上，此以造化为大钧也。……师古曰：今造瓦者，谓所转者为钧，言造化为人，亦犹陶之造瓦耳。"

〔镕物无甄坯〕镕物，本指以铸器的型范铸造器物，亦指自然造化。《汉书·董仲舒传》载其《贤良对策》："犹金之在镕，唯冶者之所铸。"颜师古注："镕，谓铸器之模范也。"《扬子法言》卷 6《先知篇》："甄陶天下者，其在和乎，刚则甈，柔则坯。"李轨注："甈，燥也；坯，湿也，言失和也。夫陶者失刚柔之和，则不成器。为政失宽猛之中，则不成治。"宋咸注："甈，破瓦，又破罂也。坯，怌恐也。言陶法太刚则破裂，太柔则恐弱而不能成。"司马光注："宋吴本坯作怌，今从李本。……坯，土踈慢不黏也，言甄者和土刚柔之齐，太刚则破裂，太柔则踈慢，治天下亦犹是也。"上句和此句指，天地造物千姿百态，如型范铸陶，和土有刚有柔，成器有坚有绵。

〔悬知百禩下〕悬知，揣测，料想。梁元帝萧绎《金楼子》卷 4《立言篇九上》："古语云：不鉴于镜，而鉴于人。鉴镜则辨形，鉴人则悬知善恶。是知鉴于人，胜鉴乎镜矣。"禩，同"祀"。《集韵》卷 5《上声上 · 止第六》："祀，……或……从異。"百祀，本指各种祭祀活动，后亦喻指年代久远。《礼记正义》卷 10《檀弓下》："虞人致百祀之木，可以为棺椁者斩之。"郑玄注："百祀，畿内百县之祀也。"孔颖达疏："百祀者，王畿内诸臣采地之祀也。言百者，举其全数也。"《魏书 · 肃宗本纪》："皇魏开基，道迈周汉。蝉连二都，德盛百祀。"《隋书 · 音乐志上》："帝轩百祀，人思未忘。"

〔綦组蔽菹莱〕綦组，即"纂组"，指五彩锦缎。《管子 · 重令第十五》："而女以美衣锦绣綦组相稺也。"王念孙《管子义证》卷 2《重令第十五》："念孙案：'綦'当为'纂'字之误也。"戴望在《管子校正》中完全认同王念孙的观点。《汉书 · 景帝纪》："夏四月，诏曰：'雕文刻镂，伤农事者也；锦绣纂组，害女红者也。'"颜师古注："应劭曰：纂，今五采属綷是也。组者，今绶纷绦是也。""綦组"与"锦绣"并列，此处喻指秀美景色、壮丽山川。《西京杂记》卷 2："名士尝问以作赋。相如曰：合綦组以成文，列锦绣而为质。一经一纬，一宫一商，此赋之迹也。"李白《李太白文集》卷 6《上皇西巡南京歌十首》其二："草树云山如锦绣，秦川得及此间无。"陈允平《六丑：“自清明过了，渐柳底、莺梭慵掷。万红御风，飘飘如附翼。锦绣陈迹。障地香尘暗，乱蜂似雨，漫冶游南国。"（唐圭璋《全宋词》第 5 册 P3117，中华书局 1965 年 6 月第 1 版）魏了翁《鹤山集》卷 96《水调歌头 · 贺许侍郎奕得孙》："三十作龙首，四十珥貂蝉。幡然携取名节，锦绣蜀山川。"菹莱，荒地。《管子 · 国准第七十九》："彼菹菜之壤，非五谷之所生也，麋鹿牛马之地。"王念孙《读书杂志》八《管子第十一 · 国准》："'菹菜'当作'菹莱'，字之误也。……菹、莱皆生草之地也。"上句与此句指，料想千百年后，这眼前美景或许已变成荒山野地。即"沧海桑田"之喻。

〔玄扃委化多〕玄扃，指修玄入道的门户，后亦婉称墓门。《古诗纪》卷 47 释惠远《庐山东林杂诗（一作游庐山）》:“挥手抚云门，灵关安足辟。流心叩玄扃，感至理弗隔。”委化，遵从自然造化的变迁，后亦婉称辞世。《晋书 · 苻坚载记下》附《苻朗》:“命也归自天，委化任冥纪。”

〔灵氛无去来〕《楚辞章句》卷 1 屈原《离骚》:“索藑茅以筳篿兮，命灵氛为余占之。”王逸注:“灵氛，古明占吉凶者。”上句与此句指，天地造化变化无常，善占卜者也无法侦知过去，预判未来。

黄鹤楼夕眺

巨势翕江汉，峻岨钤蛮荆。崚嶒峭壁巉，拱侧孤矶撑。蹑踪谢轩跻，游目欣周营。抯抯炎飚嘘，暒暒曛曦明。朱衣组云彩，素练淙涛声。黄图岂远规，羽丘多化城。重隅翠堞合，万突黔烟生。曬矚极堐垠，洞焕穷峥嵘。屈渚闿灵观，眈台韬恺情。惜无“曲沮”怀，空涤沧浪缨。

【刊载】

《刘申叔遗书》61 册（63),《左盦诗录》卷 3《左盦诗续录》。

【类型】

五言，20 句。

【编年】

1911 年。是年秋，刘师培西进至武汉与端方汇合，后自武昌乘船溯江西进四川。

【笺注】

〔黄鹤楼〕始建于三国吴黄武二年，位于武昌，濒临长江。《文苑英华》卷 810《楼下 · 黄鹤楼记一首》阎伯里《黄鹤楼记》:“州城西南隅有黄鹤楼者，《图经》云：费祎登仙，尝驾黄鹤返憩于此，遂以名楼。事列神仙之传，迹存述异之志。”另一说为，周灵王太子王子晋（亦称王子安、王子乔）登仙，曾驾鹤从此经过。《南齐书 · 州郡志下》:“夏口城据黄鹄矶，世传仙人子安乘黄鹄过此上也。边江峻险，楼橹高危，瞰临沔、汉，应接司部，宋孝武置州于此，以分荆楚之势。”黄鹤楼因崔颢的《黄鹤楼》一诗而闻名天下，自古为江南三大名楼之一（江西南昌滕王阁、湖北武汉黄鹤楼，湖南岳阳岳阳楼）。今天的黄鹤楼重建于 1985 年。

〔巨势翕江汉，峻岨钤蛮荆〕武汉位于汉江汇入长江的入口，在战略上控制着古称“蛮荆”的湖北长江中游地区。翕，聚集。《方言》三：“翕，……聚也。”岨，险阻。详见《芜湖赭山秋望》一诗〔陟岨涤尘鞿〕条笺注。钤，控制，约束。《文苑英华》卷 901《职官九（东宫官二）· 太子少保韦君碑一首》吕温《故太子少保赠尚书左仆射京兆韦府君神道碑》：“前后历奉天、长安二县令，仁护鳏惸，智钤豪右。舆人之道，咏在焉。”蛮荆，本指据守荆州附近地区的少数民族，后泛指长江中游、湖北地区。《毛诗正义》卷 10—2《小雅 · 南有嘉鱼之什 · 采芑》：“蠢尔蛮荆，大邦为雠。”毛传：“蛮荆，荆州之蛮也。”《方舆胜览》卷 27《湖北路 · 江陵府 · 风俗》：“蛮荆之地，《诗》：蛮荆来威。《晋元康记》：荆州，为古蛮荆之地。”《文苑英华》卷 718《饯送一 · 秋日登洪府滕王阁饯别序一首》王勃《秋日登洪府滕王阁饯别序》：“豫章（一作南昌）故郡，洪都新府。星分翼轸，地接衡庐。襟三江而带五湖，控蛮荆而引瓯越。”

〔崚嶒峭壁巉〕《重修玉篇》卷 22《山部第三百四十三》：“崚，……崚嶒，山皃（貌——引者）。”《正字通》寅集中《山部》：“巉，……山险绝如劖刻也。巉嵒，多石高峻也。”

〔拱侧孤矶撑〕矶，岸边突入水中的岩石。详见《舟发金陵望月》一诗〔江岸石〕条笺注。撐，同“撑”，支撑，支柱。《类篇》卷 34：“撐，……柱也。”《正字通》卯集中《手部》：“撑，俗撐字。”相传，黄鹤楼原建于江岸的矶石之上。《水经注》卷 35《江水》：“又东北至江夏沙羡县西北，沔水从北来注之。”郦道元注：“江之右岸有船官浦，历黄鹄矶西而南矣。直鹦鹉洲之下尾，江水溠曰洑浦，是曰黄军浦。”《山堂肆考》卷 171《宫室 · 楼 · 黄鹤》：“黄鹤楼，在武昌府城西南隅黄鹤矶上。世传仙子安乘黄鹤过此，唐崔颢有诗。”《通雅》卷 45《动物》：“今武昌黄鹤楼下曰黄鹄矶。”

〔蹑踪谢轩跻〕蹑踪，追踪，跟随，追随。《朱子语类》卷 16《大学三 · 传一章释明明德》：“问：苟日新，日日新。曰：这个道理未见得时，若无头无面，如何下工夫才剔拨得有些通透处，便须急急蹑踪，趱乡前去。”《文选注》卷 26 颜延年（延之）《赠王太常一首》：“属美谢繁翰，遥怀具短札。”李善注：“谢，犹惭也。”轩跻，飞升登仙。轩，飞貌。详见《再渡日本舟中作》一诗〔轩轩鰩翼翡〕条笺注。《尔雅 · 释诂》：“跻，登升也。”

〔游目欣周营〕游目，纵览。详见《日本道中望富士山》一诗〔游目〕条笺注。周营，即“周萦”，指周围、周遭。《春秋公羊传注疏》卷 8《庄公二十五年》：“以朱丝营社”。陆德明《音义》：“营，一倾反，又如字，本亦作萦。”《汉书 · 李寻传》：“日且入为妻妾役使所营。”颜师古注：“营，谓绕也。”

〔挹挹炎飔嘘〕挹，通“揖”，交错，交汇。《正字通》卯集中《手部》：“挹，……又与揖同。”《毛诗正义》卷1—2《周南·螽斯》：“螽斯羽，揖揖兮。”毛传：“揖揖，会聚也。”飔，凉风。详见《咏扇》一诗〔所在招凉飔〕条笺注。

〔晎晎曛曦明〕晎，通“煜”。《全唐文》卷696李德裕《重台芙蓉赋（并序）》序：“红葩炜而晎晎，翠叶小而田田。”《至顺镇江志》卷4《土产·莲》：“唐李德裕有《白芙蓉赋》序曰：……红葩伟而煜煜，翠叶小而田田。”《说文解字》卷10上《火部》：“煜，耀也。”《重修玉篇》卷20《日部第三百四》：“曛，……黄昏时。”《宋本广韵》卷1《上平声·支第五》：“曦，日光。”上句与此句，以暖风与冷风、黄昏与清晨交替，喻时间推移、时光流逝。

〔朱衣组云彩〕朱衣，红色的礼服。《礼记·月令》：“天子居明堂左个，乘朱路，驾赤駵，载赤旂，衣朱衣，服赤玉”。此句指，云彩如红色的礼服连缀而成一般。

〔素练淙涛声〕素练，白色的丝织品。详见《题赵受亭黄山松图》一诗〔练素〕条笺注。《说文解字》卷11上2《水部》：“淙，水声也。”此句指，水流如白色的丝带一般，潺潺有声。

〔黄图岂远规〕黄图，指《三辅黄图》。该书的内容为记录秦都咸阳和汉都长安的城市建设与格局。所谓三辅，即组成长安的三个行政区划：京兆尹、左冯翊、右扶风。远规，长远规划，深谋远虑。《抱朴子·外篇·博喻》：“小鲜不解灵虬之远规，凫鹥不知鸿鹄之非匹。”此句指，《三辅黄图》所记述的秦京汉都，岂能永久存在，一成不变。

〔羽丘多化城〕羽丘，神仙居住的仙山。虞集《道园学古录》卷3《送江声伯》：“仙都群老浑相识，定着云裘访羽丘。”吴莱《渊颖集》卷4《望马秦桃花诸山问安期生隐处》：“羽丘杳如梦，玄圃深更疑。”丁福保《佛学大辞典》：“《化城喻品》（经名），《法华经》第三之《终说化城之喻》之品名也。化城者，一时化作之城郭也。”此句指，神仙居住的仙山多是一时幻化而成。

〔重隅翠堞合〕重隅，多重边角。《水经注》卷13《㶟水》：“㶟水出雁门阴馆县，东北过代郡桑干县南。”郦道元注：“明堂上圆下方，四周十二户九堂，而不为重隅也。”堞，城墙上的矮墙。《春秋左传正义》卷30《襄公六年》：“甲寅，堙之，环城。傅于堞。”杜预注：“堞，女墙也。”

〔万突黔烟生〕“墨突不黔”，本指墨子忙于传道授业，无暇生火做饭，安享生活。

后亦以“突黔”形容做饭时灶台烟囱冒出的黑烟。《汉书 · 叙传上》载班固《答宾戏》：“是以圣喆之治栖栖皇皇。孔席不燠，墨突不黔。”颜师古注：“突，灶突也。黔，黑也。”《新唐书 · 东夷传》：“帝闻城中鸡彘声曰：围久，突无黔烟。今鸡彘鸣，必杀以飨士，虏且夜出。”《宋本广韵》卷 1《上平声 · 东第一》：“囱，竈突。”焦竑《俗书刊误》卷 3《刊误去声 · 十三效》：“竈，俗作灶。”

〔矖瞩极堐垠〕《重修玉篇》卷 4《目部第四十八》：“矖，……视也。”《一切经音义》卷 77《释迦谱》卷 4：“瞻瞩，……瞩，视也。”堐垠，亦作“崖垠”，或“厓垠”“涯垠”，边际。《全唐诗》卷 339 韩愈《陆浑山火和皇甫湜用其韵》：“天跳地踔颠乾坤，赫赫上照穷崖垠。”（第 5 册 P3904—3905）

〔洞焕穷峥嵘〕洞焕，清晰呈现。《云笈七签》卷 4《道教经法传授部 · 上清原统经目注序》：“忽有五色紫光，洞焕眼前。”《后汉书 · 班固传》载其《西都赋》：“岩峻崔崒（《文选》本作‘嶊崪’——引者），金石峥嵘。”李贤注：“峥嵘，高峻也。”

〔屈渚闿灵观〕屈渚，亦作“曲渚”，指水中形状弯曲的小洲。《古诗纪》卷 93《梁第二十》何逊《送韦司马别》：“送别临曲渚，征人慕前侣。”渚，水中小岛。详见《古意》一诗〔渺渺洞庭渚〕条笺注。闿，开启。详见《得陈仲甫书》一诗〔尘冥霁不圛〕条笺注。灵观，道观。此处专指武昌长春观。《湖广通志》卷 78《古迹志 · 武昌府 · 江夏县（寺观）》：“长春观，在东门外宋真人丘处机结庵处。”武昌长春观位于武昌蛇山东麓，今黄鹤楼东侧一公里许，是中国著名的道教场所之一。

〔眈台韬恺情〕《广雅》卷 6《释训》：“眈眈，……视也。”台，此处专指汉阳古琴台，又名伯牙台。古琴台位于汉阳龟山西麓，与今黄鹤楼隔江相望，北宋时为纪念俞伯牙碎琴谢知音（钟子期）始建。清嘉庆初，湖广总督毕沅主持重建古琴台，由扬州著名学者汪中代笔撰写了《琴台之铭并序》并《伯牙事考》，一时脍炙人口。《宋本广韵》卷 2《下平声 · 豪第六》：“韬，藏也。”《尔雅 · 释诂》：“恺，……乐也。”

〔惜无“曲沮”怀〕《文选注》卷 11 王仲宣（粲）《登楼赋》：“挟清漳之通浦兮，倚曲沮之长洲。”李善注：“挟，犹带也。《山海经》曰：荆山漳水出焉，而东南注于雎。《汉书 · 地理志》曰：汉中房陵东山，沮水所出，至郢入江，雎与沮同。”《登楼赋》，王粲为自己怀才不遇、思念故乡而作。他在赋中也倾吐了对得偿所愿，施展抱负的渴望。

〔空涤沧浪缨〕《孟子 · 离娄上》：“孟子曰：‘不仁者可与言哉？安其危而利其菑，乐其所以亡者。不仁而可与言，则何亡国败家之有？有孺子歌曰：“沧浪之水清兮，可以濯我缨；沧浪之水浊兮，可以濯我足。”孔子曰：“小子听之！清斯濯缨，浊斯濯足矣，自取之也。”夫人必自侮，然后人侮之；家必自毁，而后人毁之；国必自伐，而后人伐之。太甲曰：“天作孽，犹可违；自作孽，不可活。”此之谓也。’”《楚辞》卷7屈原《渔父》：“渔父莞尔而笑，鼓枻而去，乃歌曰：‘沧浪之水清兮，可以濯我缨，沧浪之水浊兮，可以濯我足。’遂去，不复与言。”上句与此句指，可惜我并没有王粲施展抱负的情怀，但即使只想远离尘嚣，洁身自好亦不可得。

约1911—1912年

独漉篇

独漉独漉，波深渐车。直波渐车，逆波荡闾。鸿雁于飞，爰集中乡。阳失厥莹，炎风霣霜。相彼西南，有煌其都。粱肉苦饱，置委道周。大车啴啴，小车班班。峻霍拄天，车不得前。

【刊载】

1931 年林思进清寂堂刻《左盦遗诗》刻本；《刘申叔遗书补遗》下册 P1299。

【类型】

四言，16 句。

【编年】

约 1911—1912 年。详见本诗略考。

【笺注】

〔独漉篇〕乐府旧题。《晋书 · 乐志下 · 拂歌舞歌诗五篇》有《独漉篇》，郭茂倩《乐府诗集》卷 54 录之，文字略异。后世多有仿作者。

〔渐〕沾湿。《毛诗正义》卷 3—3《卫风 · 氓》："淇水汤汤，渐车帷裳。"陆德明《音义》："渐，子廉反，注同，渍也，湿也。"

〔闾〕《说文解字注》卷 12 上《门部》："闾，里门也。"段注："周制，二十五家为里，其则后人所聚集为里，不限二十五家也。《里部》曰：'里，凥也。'里门曰闾。"

〔鸿雁于飞，爰集中乡〕《诗经今注今译 · 小雅 · 鸿雁》："鸿雁于飞，集于中泽。之子于垣，百堵皆作。虽则劬劳，其究安宅。"马持盈译："鸿雁于飞，慢慢的集栖于泽中了。使臣督导流民们建造垣屋，于是百堵同时都兴建起来，这种工作，虽然是很辛苦，但是毕竟大家都有了安定的住宅了。"（台湾商务印书馆 1979 年 3 月六版 P274）中乡，百姓居所。《毛诗正义》卷 10—2《小雅 · 南有嘉鱼之什 · 采芑》："于此中乡，方叔莅止。"郑玄笺："中乡，美地名也。"《诗集传》卷 10《小雅 · 彤弓之什 · 采芑》："于此中乡，方叔莅止。"苏辙注："中乡，民居在焉。"《文选注》卷 51 张平子（衡）《思玄赋》："将答赋而不暇兮，爰整驾而亟行。"旧注："爰，于是也。"

〔厥莹〕《尔雅 · 释言》："厥，其也。"《太玄经》卷 7《玄攡第九》："一生一死，性命莹矣。"范望注："莹，明也。"

〔炎风霣霜〕炎风，东北风。详见《秋怀》一诗〔仄聆飕风挚，起视长庚斜〕条笺注。《文选注》卷 8 司马长卿（相如）《上林赋》："临坻注壑，瀺灂霣坠。"李善注："霣，即陨字也。"

〔相彼西南，有煌其都〕《成都文类》卷 38《记・寺观三》苏轼《大圣慈寺大悲圆通阁记》："成都，西南大都会也"。"相彼"为《诗经》中的固定句式，"看那"之意。如《小雅・鹿鸣之什・伐木》："相彼鸟矣，犹求友声。"《毛诗正义》此句郑玄笺："相，视也。"再如《小雅・节南山之什・小弁》："相彼投兔，尚或先之。"《小雅・谷风之什・四月》："相彼泉水，载清载浊。""有……其……"，为《诗经》中的固定句式，"他的……是多么的……"之意。如《小雅・甫田之什・桑扈》："交交桑扈，有莺其羽。"再如《小雅・节南山之什・节南山》："节彼南山，有实其猗。"《成都文类》袁说友《序》："益，古大都会也。有江山之雄，有文物之盛。奇观绝景，仙游神迹，一草一木，一丘一壑，名公才士，骚人墨客，窥奇吐芳，声流文畅，散落人间，何可一二数也。"《太平寰宇记》卷 72《剑南西道一・益州》："成都县，旧二十四乡，今十九乡，汉旧县也。以周太王从梁山止岐山，一年成邑，二年成都，因名之成都。"此二句指，看那西南，那里的都会是多么的辉煌。此指成都。

〔粱肉苦饱，置委道周〕粱肉，指粮食和肉类，泛指美食。《列子・力命第六》："子衣则文锦，食则粱肉。"参见《从军行（六首）》其五一诗〔肉粱〕条笺注。置委，"弃置于……"之意。《玉台新咏》卷 2《曹植杂诗五首・乐府三首・种葛篇》："往古皆欢遇，我独困于今。弃置委天命，愁愁安可任。"道周，道路的弯曲之处。《毛诗正义》卷 6—2《唐风・有杕之杜》："有杕之杜，生于道周。"毛传："周，曲也。"孔颖达疏："言道周绕之，故为曲也。"此二句极言成都乃天府之国，富庶异常。粱肉食之不尽，以致弃置道旁。粱，《刘申叔遗书补遗》本作"梁"。

〔大车啴啴，小车班班〕《毛诗正义》卷 10—2《小雅・南有嘉鱼之什・采芑》："戎车啴啴，啴啴焞焞。"毛传："啴啴，众也。"车班班，车辆络绎不绝貌。《后汉书・五行志一》："桓帝之初，京都童谣曰：'城上乌，尾毕逋。公为吏，子为徒。一徒死，百乘车。车班班，入河间。……'……'车班班，入河间'者，言上将崩，乘舆班班入河间迎灵帝也。"《杜诗详注》卷 13 杜甫《忆昔二首》其二："齐纨鲁缟车班班，男耕女桑不相失。"仇兆鳌注："车班班，言商贾不绝于道。"

〔峻霍拄天〕《尔雅注疏》卷 7《释山第十一》："大山宫小山，霍。"郭璞注："宫，谓围绕之。《礼记》曰：'君为庐宫之'是也。"邢昺疏："宫犹围绕也，谓小山在中，大山在外围绕之。山形若此者，名霍，非谓大山名宫，小山名霍也。《礼记》曰者，

《丧大记》文也。郑注云：‘宫谓围障之也。’引之者，证宫为围绕之义也。”《集韵》卷 5《上声上 · 嚔第九》：“拄，掌也，通作柱。”掌，通撑。《正字通》已集中《牙部》：“掌，俗作撑。”

【略考】

述者认为，此诗写于端方被杀，刘师培资州被拘获释之后。具体时间在 1911 年年底，或 1912 年年初。

《辛亥革命回忆录》第二集载有亲历者丁振华的回忆文章《记鄂军杀端方与回援武汉》，该文详细回顾了随端方入川的湖北新军之行程及时间，而端方那段时间的行动轨迹也就一清二楚了。

“七月二十日（1911 年 9 月 12 日——引者），各部队在武昌开始乘轮西上，到宜昌集结待命。七月底，将齐集宜昌之各部队，区分为四个纵队，西向成都进发。第三十一标本部及第一、二、三营，编为三个队，均由宜昌乘木船至重庆待命。第三十二标之一营（缺两队），为一纵队，担任钦差行辕卫队，直接受钦差行辕指挥。步队第十六协司令部殿后，未列入行军序列。”“八月二十六日（10 月 17 日——引者），路过奉节县，第三十一标第一营士兵听得武昌起义传闻，抗命不进。端方被迫，乃于防范之中施以笼络。当即集合随行队伍，阅兵讲话，许以每士兵奖给功牌及银质奖章，并电请嘉奖，以鼓士气。九月二十三日（11 月 13 日——引者），各部队齐集重庆。端方令各部队散驻于郊外无人之区，严禁士兵进入城市，以防泄露武昌革命消息。”“九月二十八日（11 月 17 日——引者），部队进驻资州。钦差行辕及卫队驻扎城内天后宫。”（《辛亥革命回忆录》第二集 P98—100，中华书局 1962 年 6 月第 1 版）

案：据当时与端方同路的郑观应在其《西行日记》记载，丁振华回忆中的部分时间细节存在误差。可参见拙文《227—郑观应〈西行日记〉涉端方入川行迹摘录—刘师培研究笔记（227）》

刘师培《述怀一百四十韵示蜀中诸同好》有句：“浩歌余野哭，叹逝诵车辚”，前句显指端方被杀；后句显指《独漉篇》。而从“叹逝诵车辚”句分析，《独漉篇》写于端方被杀之后。

清末，重庆和成都之间的交通，只能走陆路的“成渝古道”。刘师培可能走的是较为宽阔的南路——“东大路”。本诗描写了他在这条古道上的见闻。“成渝古道”为蜀中商贸的重要通道，商贾在道上络绎不绝，诗中“大车啴啴”（《诗经》原句为“戎车啴啴”）和“小车班班”，正契合此意。

诗中“相彼西南，有煌其都”句，明确指向成都。故而本诗很可能写于，或酝酿于刘师培从资州被释后去往成都的路上。

诗中“炎风賈霜”句，也与 12 月底、1 月初重庆、四川地区的气候基本契合。

据《刘师培年谱》(增订本)，万仕国老师认为 1911 年 11 月 27 日端方被杀时，刘师培正与夏寿田在成都游说士绅，人未在资州（P491、492）。“关于刘师培由资州入成都，《年谱》增订本有新的考证。刘师培在端方被杀前，与夏寿田随朱山（朱云石）回成都，与成都革命党交涉。途中端方被杀，二人遂留成都，且与谢无量等相交往（刘师培无返回资州事）。外间不知蜀中消息，故章太炎有《宣言》，章太炎、蔡元培有《求刘申叔通信》，大总统府有致四川军政府、资州军政分府电，然而四川、资州均无回覆大总统府电文，则两者亦不知刘师培已滞留成都事。”（万仕国老师致述者函）

考《述怀一百四十韵示蜀中诸同好》一诗中有“琯嗾邹衍律，璧閟卞和珍”二句，刘师培确曾被资州军政府羁押。详见该诗此二条笺注。

另，考刘师培《与朱云石笺》(《刘申叔遗书》56 册【76】,《左盦外集》卷 16)，亦可证刘师培曾被拘押。可参见拙文《295A—刘师培〈与朱云石笺〉中隐含的相关史迹—刘师培研究笔记（295A）》。

1912年

蜀中赠吴虞（三首）

【刊载】

四川《公论日报》，1912 年 4 月 27 日；《中国学报》复刊第 2 册，1916 年 2 月。吴虞《秋水集》；《刘申叔遗书》61 册（65—66），《左盦诗录》卷 3《左盦诗续录》。

【类型】

五言，12 句。

【编年】

1912 年。依首次发表时间，参见本诗略考。

【略考】

一、写作时间

吴虞《秋水集 · 书陈伯严散原精舍诗后》附录刘师培《赠爱智》三首，此诗标注时间为“辛亥年十一月”，即 1911 月 12 月 20—1912 年 1 月 18 日（《吴虞集》P283—284，中华书局 2013 年 4 月第 1 版）。《赠爱智》三首即《蜀中赠吴虞（三首）》，

吴虞 1912 年 1 月 13 日（辛亥冬月二十五日）日记：“晤廖季平、谢无量，同至无量处谈。晤刘申叔。”（《吴虞日记》P14，四川人民出版社 1984 年 5 月第 1 版）

吴虞 1912 年 4 月 27 日（壬子三月十一日）日记：“《公论日报》登有刘申叔赠余五言诗三首。”（同上书 P34）

据此，《蜀中赠吴虞（三首）》最早发表于 1912 年 4 月 27 日的四川《公论日报》。《公论日报》，1912 年 2 月 25 日创刊于成都，为“统一党”四川支部机关报。其主理人孙少荆与吴虞、刘师培均有交谊。

《读刘申叔感怀诗漫书三首》：

“市国仍多难，劳生负遂初。徒非辨命论，强写茂陵书。骏骨怜虚市，峨眉恨有余。重华不可就，江海日萧疏。

丛桂新阴满，逍遥悟养生。庄遵知弃世，李叟贵无名。仙圣愁迁播，栖迟得性情。沧浪堪鼓枻，清浊未须明。

众寡相倾久，推移感变迁。人夸河曲智，世绝广陵弦。屎溺争谈道，椿芝岂辨年。儒生方甚密，哀乐几时捐。（申叔谓蜀人自为风气俨如异国，余三年来亦深有感于夔门以内之言论焉。吁！）”

载《四川公报》特别增刊《娱闲录》第十六册，署名爱智。”（《吴虞集》P392—

393《集外诗》，中华书局 2013 年 4 月第 1 版）

二、写作背景

《蜀中赠吴虞（三首）》的诗意隐晦含混，殊难理解，有必要加以梳理考证。兹就述者个人的分析理解，略作说明，并为笺注做一铺垫。

这三首诗的写作时间为 1912 年 1 月中旬。是时，刘师培刚从资州脱险来到成都，寓居谢无量家。二人于 1 月 13 日第一次见面。而吴虞正经历一场巨大的家庭变故，刚刚结束逃亡，返回成都。

范朴斋《吴又陵先生事略》："归国后，再遭家庭之变，述《家庭苦趣》送亲友，白冤苦。'离经叛道'之行，因此几招奇祸。其事世多知者而未得其详，传说又多异词也。先是，先生父私李氏孀，不惜破产以供奢用，母屡劝不听，反目相视，致母以忧郁死。母死未期年，父迎李入家，益荒纵无所忌，责子媳以嫡母礼，不从，乃大不悦，以祖遗薄田若干亩授先生，逐令乡居，以挫折之。时先生仅二十一岁，先二年取曾孝廉恒夫女名兰字纫秋号香祖者为妇。曾夫人能诗文，工篆书，夫妇爱情甚笃。甫生子周岁，乃不得不相随迁居新繁县韩村龚家碾，耦耕而食，未尝废学。先生因名其子阿迁，己亦易名曰虞，志忧患也。不一年，阿迁病，乡僻无良医，又窘于资，不能就医城市，坐视夭殇。先生终身引此为恨事。乡居数年，始返成都。及至日本归，祖遗田数百亩已为父罄售无余。先生乃迎养父于家。然不改旧行，遇先生夫妇极无礼。又责供靡费，稍违其意，怫然不悦。先生屡谏，屡遭诟骂。一日，偶失言称李孀曰'李寡妇'，触父大怒，辱詈终日，夜草讼牍达旦，将以不孝之罪出首先生于官。婢泄其事，先生拦之于门，夺状裂之。益怒，操杖挞逐，邻舍相劝始息，遂逢人辄道先生过。因述《家庭苦趣》以自白。有周泽者，先生日本同学，持以告徐炯等，以为扬亲之过，名教罪人，不可恕。约学中人签名逾百，诉之于官，诬绝孝养，且大逆挝父。初，先生好为诗讥切时事，非儒之作，尤为人所传诵，清吏已闻而恶之，至是乃兴大狱，将欲置之重典。先生另一同学欧阳理东，任职法院，知拘签已发，急走告先生，促令速逃。先生不及携行李，仓皇遁走，离家未逾刻而捕役至，且杂兵勇，如拿巨奸。搜捕未获，法院令曾夫人具限交人，且将下令通缉。曾夫人泣诉于先大父，先大父大为不平，向大吏周善培、王人文缓颊白其冤，始免深究。此庚戌年间事也。先生既逃，隐身五通桥妻弟曾天宇家屡月。时乐山县令某，非俗吏，知先生踪迹，曲加护庇，延居县斋，使易姓名，为司笔札，近一年。辛亥秋，四川保路事起，先生始返成都。世所知《家庭苦趣》之狱，始末如此。"（《吴虞集·附录》P442—443，中华书

局 2013 年 4 月第 1 版）

另据吴虞 1911 年底—1912 年初日记，其 11 月 4 日（九月十四日）抵达成都，开始在《日记》中称其父“魔鬼”或“老魔”。12 月 30 日（冬月十一日）中午，因被其父控告，吴虞至统领吴庆熙营中应诉陈情。吴庆熙当堂“判决”：“有后娘便有后老子，你汤着他也是无法。我今公断。案月给其二人十二元，令其迁出与后妇同居。此后不得再生事端，复行需索。此系其自愿迁出，并非你不与同居，逼其他往。日后亦不得任意翻案再控。十二元有余，听其贮蓄。若浪费不孚，即穿敝衣亦不与你相涉。遵断后我当备案送军政府。如彼二人有违我令，惟我是问可也。”

1912 年 1 月 19 日（仝月初一日），吴虞在日记中写道：“大吉大利，老魔迁出，月给十二元交刘意如经手。饭后扫除一切。午饭后过意如，请六身母、八舅母、大表妹、二表妹明日午饭，皆答应来，余即归。”（见《吴虞日记》P15，四川人民出版社 1984 年 5 月第 1 版）

刘师培写此组诗时，吴虞与父亲的纷争还没有结束，尚有很多未知数。离吴虞所说的“大吉大利”还有数天。其内容自然与吴虞当时的境况和心情有关。详见下文笺注。

三、刘师培向今文派的“示好”

刘师培在本组诗末加了双行间注：“《晨风》《黍离》《干旄》均用韩、鲁《诗》。”《韩诗》《鲁诗》均为今文经学经典，早已亡佚，仅存辑本。

而在清末民初今古文之争中，刘师培是与章太炎并肩战斗的古文派旗手之一。他当时的态度是极其坚决的，这在其《甲辰年自述诗（六十四首）》中有最集中的体现。

那么，他刚到四川，为什么会刻意使用今文派的经典？

四川，是一个今文派占据主导地位的地区，加之时过境迁，刘师培的今古文观愈发柔化，为今文派说了很多好话。而刘师培的学术，本就是兼采今古文，其经学思想一向比较开放。这就是个顺理成章的结果了。

吴虞的老师是廖平，近代今文经派大师，也是刘师培当年极力攻击的对手之一。如今，他却在给其学生的诗中，刻意使用今文经典。这可以视为一种“示好”。

而《蜀中赠吴虞》三首中“《晨风》《黍离》《干旄》均用韩、鲁《诗》”，完全可以看作刘师培在“今古文之争”中，心态转变的路标牌。

关于刘师培在今古文经之争中的前后表现，详见《甲辰年自述诗（其十七）》和《甲辰年自述诗（其十八）》二诗“略考”。

蜀中赠吴虞（三首）其一

素丝傅鲁纨，裁为双弋绨。回纹匝丝周，四角流苏垂。欲理菜无耑，美人解其纗。七襄愆报章，斐锦鲜秋机。绵绵牵牛箱，历历长庚晖。启明弗尔昭，念此摧中怀。

【笺注】

〔吴虞〕吴虞（1872—1949），字又陵，号爱智，四川新繁龙桥人。少年时师从经学大师廖平习经，曾任北京大学教授。刘师培居蜀期间，二人交谊甚笃。吴虞是新文化运动的积极参与者，被胡适称为“四川省只手打孔家店的老英雄”。

〔素丝傅鲁纨，裁为双弋绨〕素丝，白色丝绢。详见《古意》一诗〔白素丝〕条笺注。鲁纨，齐鲁特产的白色丝织品。详见《咏扇》一诗〔齐纨〕条笺注。《说文通训定声·豫部弟九》：“傅，……[叚借]为附。”《集韵》卷 7《去声上·遇第十》：“傅，着也。”《汉书·文帝纪》：“孝文皇帝……身衣弋绨，所幸慎夫人衣不曳地，帷帐无文绣，以示敦朴，为天下先。”颜师古注：“弋，黑色也。绨，厚缯。”此二句暗指，吴虞、曾香祖夫妇冰清玉洁，天作之合，生活清苦。

〔回纹匝丝周，四角流苏垂〕回纹，中国传统纹饰，形如“回”字，故名。《乐府诗集》卷 69 陈后主（叔宝）《长相思》：“上林书不归，回纹徒自织。”匝，环绕。《古今韵会举要》卷 30：“帀，……俗作匝。”《宋本广韵》卷 5《入声·合第二十七》：“帀，……周也。”《格致镜原》卷 53《居处器物类（一）·帷帐（附流苏等）》：“流苏，挚虞《决疑要注》：‘天子帐，以流苏为饰’。左思《吴都赋》：‘张组帐，设流苏。’注：‘组，绣色也。流苏者，五色羽饰帷而垂之也。’《邺中记》：‘石虎冬月施蜀锦流苏，斗帐四角安纯金龙头，衔五色流苏。’《倦游录》：‘流苏者，乃盘线绘绣之球，五彩错为之，同心而下垂者也。’《丹铅总录》《倦游录》述流苏之制，但云五彩同心而下垂者，莫能言其始。黄公绍《书林》亦止引《晋书》‘割流苏为马幭’，皆后世帏帐间所悬耳。古者，流苏盖乐器之饰。《前汉书·礼乐志》薛瓒注作流遡。《周礼》：‘金镯节鼓。’郑元（玄——引者）注云：‘后世合宫悬用之。’而有流苏之饰乐器，而用以为帏帐之悬，则自晋以后始也。”案：回纹在中国传统中寓意男女相思，详见《癸丑纪行六百八十八韵》一诗〔彩贝回文锦〕条笺注；而流苏亦寓意相思。王建《王司马集》卷 2《七夕曲》：“流苏翠帐星渚间，环佩无声灯寂寂。两情缠绵忽如故，复畏秋风生晓路。幸回郎意且斯须，一年中别今始初，明星未出少停车。”此二句暗喻，吴虞避祸出逃，夫妇分离。

〔欲理棻无耑，美人解其纗〕《文选注》卷 1 班孟坚（固）《西都赋》：“五谷垂颖，桑麻铺棻。”李善注：“棻，与纷古字通。”《广雅疏证》卷 1 下《释诂》：“耑，……末也。”王念孙注：“耑者，《方言》：‘末绪也。’南楚或曰端，或曰末。端，与耑通。”《说文解字注》卷 13 上《糸部》：“纗，维纲中绳也。”段注：“纲者，网之纮也。又用绳维之，左右皆有绳，而中绳居要，是曰纗。《思玄赋》旧注云：纗，系也。盖引申之为凡系之称。《思玄赋》曰：‘纗幽兰之秋华。’李善引《通俗文》曰：‘系帏曰纗。’”此二句暗喻，吴虞身陷漩涡，“剪不断，理还乱”，幸得其夫人香祖巧为斡旋（指其找到范朴斋“先大父”范蕊生泣诉，范蕊生向布政使王人文、警局总办周善培“缓颊白其冤”，使吴虞免于被深究）而脱险。

〔七襄愆报章〕《诗经今注今译 · 小雅 · 大东》：“跂彼织女，终日七襄。”“虽则七襄，不成报章。”马持盈注：“跂：隅也，三角也，织女七星，成三角，故言跂以形容之。”“终日七襄：襄，驾也，驾谓变更其所止也。昼夜周天十二辰，终日则由卯至酉，共七辰，五辰移一次，故曰七襄。”“报章：文绣锦帛也。”马持盈译：“再像那三隅峙立的织女星，每日移更七次，似乎是很忙碌的了，但是它能作些什么呢？”“那每日七移的织女星，并不能织成片段锦帛。”（台湾商务印书馆 1979 年 3 月六版 P334—335）《春秋左传正义》卷 52《昭公二十六年》：“王昏不若，用愆厥位。”杜预注：“愆，失也。”刘师培以织女星喻吴虞夫人曾香祖的贤淑。

〔斐锦鲜秋机〕斐锦，形容华丽的织锦，后亦指诬陷他人的谗言。《诗经 · 小雅 · 节南山之什 · 巷伯》：“萋兮斐兮，成是贝锦。彼谮人者，亦已大甚。”庾信《庾子山集》卷 16《周仪同松滋公拓跋竞夫人尉迟氏墓志铭》：“春冰浴蚕，秋机秉杼。”倪璠注：“王子年《拾遗记》曰：东海员峤山有冰蚕，长七寸，有鳞角，以霜雪覆之，始为茧。其色五彩，织为文锦，入冰不濡，投火不燎。浴蚕，注见前篇。《月令》曰：促织鸣，懒妇惊。故曰秋机。”上句与此句暗指，吴虞夫人香祖担心思念逃亡避祸的丈夫，又受到家乡流言的困扰逼迫，无心纺织，耽误了生计。

〔绵绵牵牛箱一念此摧中怀〕《诗经今注今译 · 小雅 · 大东》：“睆彼牵牛，不以服箱。东有启明，西有长庚。”马持盈注：“睆，音莞，光明的。牵牛：星名。”“服箱：箱，车厢。服箱，驾车也。”“启明、长庚：一星之名，晨曰启明，暮曰长庚。（即金星——引者）”马持盈译：“那光明灿烂的牵牛星，并不曾驾过车子；那东边的启明星，那西边的长庚星，也都是无用之物。”（台湾商务印书馆 1979 年 3 月六版 P335）《毛诗正义》卷 4—1《王风·葛藟》:“绵绵葛藟，在河之浒。”毛传:“绵绵，长不绝之貌。”历历，清晰分明貌。《琴操》卷下《河间杂歌·箕山操》:“由操饮毕，以瓢挂树，风吹树动，历历有声。”刘师培以牵牛星喻吴虞。此四句暗指，吴虞孤身逃亡，历时已经很久，无力照顾家庭，璀璨的金星东升西落，却不能为其昭雪沉冤。每一想到此处，心中就无比沉重。启明弗尔昭，《吴虞集·秋水集·赠爱智》作“启明弗尔焞”。

蜀中赠吴虞（三首）其二

盘盘桓是峰，阿坂艰且夷。子行夫如何，适与岖嵚期。寒楟沛晨葩，菀柳稊痗枝。漼渊滂馥多，欲采秋萑希。鷐风亦有钦，鸣鸠亦有怀。咏言罹昔瘥，天伐焉克睽。

【笺注】

〔盘盘桓是峰〕盘盘，曲折回旋貌。《李太白集分类补注》卷 3 李白《古乐府·蜀道难》:“青泥何盘盘，百步九折萦岩峦。”萧士赟注:“此特言青泥之路萦纡。”桓，即“盘桓”，指山路盘旋环绕。《水经注》卷 36《桓水》:“桓水出蜀郡岷山，西南行羌中，入于南海。”郦道元注:“桓是陇坂名，其道盘桓，旋曲而上，故名曰桓。是今其下民谓是坂曲为盘也。”

〔阿坂艰且夷〕阿坂，亦作“阿阪”，山岭和山坡。《广雅疏证》卷 2 下《释诂》:“阿，阪……衺也。”王念孙注:“阿者,《商颂·长发》笺云：阿，倚也。《尔雅》云：‘偏高阿邱。’《魏风·考盘》传云：‘曲陵曰阿’。皆衺之义也。阿与奇衺之奇声亦相近。阪者,《说文》:‘(阪)〈坡〉者曰阪，一曰泽障，一曰山胁也。’《吕氏春秋·正月纪》:‘善相邱陵，阪险原隰。’高诱注云:‘阪，险倾危也。’”《正字通》申集下《衣部》:“衺，……通作邪。”且，将要。《战国策》卷 3《秦一》:“城且拔矣”。高诱注:“且，将也。”此句指，由山顶至山腰，山路将由险峻逐渐平坦。1912 年 1 月中旬，吴虞在与父亲的纷争中逐渐占据上风，即将迎来官方结论。参见本组诗略考。

〔岖嵚〕《六臣注文选》卷 20 范蔚宗（晔）《乐游应诏诗》:“遵渚攀蒙密，随山上岖嵚。”李周翰注:“岖嵚，不平貌。”

〔寒楟沛晨葩〕《文选注》卷 4 左太冲（思）《蜀都赋一首》:“园则有林檎枇杷，橙柿梬楟。”刘渊林（逵）注:“张楫曰：楟，山梨。”《文选注》卷 17 王子渊（褒）《洞箫赋》:“或漫衍而骆驿兮，沛焉竞溢。”李善注:“沛，多貌。”晨葩，清晨的花朵。

《文选》卷 19 束广微（皙）《补亡诗六首 · 白华孝子之洁白也》："鲜侔晨葩，莫之点辱。"《六臣注文选》卷 2 张平子（衡）《西京赋》："骊驾四鹿，芝盖九葩。"吕延济注："葩，花也。"

〔菀柳稊瘣枝〕《毛诗正义》卷 15—1《小雅 · 鱼藻之什 · 菀柳》："有菀者柳，不尚息焉。"毛传："菀，茂木也。"郑玄笺："有菀然枝叶茂盛之柳。"稊，柳树新生的嫩枝。详见《游天津公园》一诗〔柳稊漾短青〕条笺注。瘣枝，高峻的树枝。《史记 · 司马相如传》载其《上林赋》："阜陵别岛，崴磈嵔瘣。"张守节《正义》"瘣，……高峻貌。"《六臣注文选》卷 28 陆士衡（机）《挽歌诗三首》其二："昔居四民宅，今托万鬼邻。"李善注："《海东经》曰：东海中有山焉，名度索，上有大桃树，东北瘣枝名曰鬼门，万鬼所聚。"案：瘣枝，《文选注》本作"廆枝"。

〔漼渊滂馥多〕《毛诗正义》卷 12—3《小雅 · 节南山之什 · 小弁》："有漼者渊，萑苇淠淠。"毛传："漼，深貌。"郑玄笺："渊深而旁生萑苇，言大者之旁无所不容。"孔颖达疏："有漼然而深者，彼渊水也。此渊由深，故傍生萑苇，其众淠淠然。"滂，"傍"之借字。《说文解字》卷 7 上《香部》："馥，香气芬馥也。"此句指，深邃的渊潭，其周边伴生的香草极多。

〔欲采秋萑希〕秋萑，秋季生长成熟的荻草。《毛诗正义》卷 8—1《豳风 · 七月》："七月流火，八月萑苇。"毛传："薍为萑，葭为苇。"孔颖达疏："《释草》云：菼薍。樊光云：菼，初生葸，息理反，骍色，海滨曰薍。郭璞曰：似苇而小，又云葭华。舍人曰：葭，一名华。樊光引《诗》云：彼茁者葭。郭璞曰：即今芦也，又云葭芦。郭璞曰：苇也。然则此二草初生者为菼，长大为薍，成则名为萑。初生为葭，长大为芦，成则名为苇。小大之异名，故云薍为萑，葭为苇。"《风俗通义》卷 8《祀典 · 桃梗 \ 苇茭 \ 画虎》："周礼，卿大夫之子名曰门子。《论语》：'谁能出不由户'。故用苇者，欲人子孙蕃殖，不失其类，有如萑苇。"案：吴虞曾有一子，但周岁即夭折。吴虞亦因此与其父产生了无法调和的矛盾。此后，吴虞生育了众多女儿，但终其一生再无儿子。参见本组诗"略考"。

〔鷐风亦有钦〕《韩诗外传》卷 8："魏文侯有子曰击，次曰诉，诉少而立以嗣，封击中山。三年莫往来，其傅赵苍唐曰：'父忘子，子不可忘父，何不遣使乎？'击曰：'愿之，而未有所使也。'苍唐曰：'臣请使。'击曰：'诺。'于是乃问君所好与所嗜，曰：'君好北犬，嗜晨雁。'遂求北犬、晨雁赍行。苍唐至，曰：'北蕃中山之君有北犬晨雁，使苍唐再拜献之。'文侯曰：'击知吾好北犬晨雁也，则见使者。'文侯曰：'击无恙乎？’苍唐唯唯而不对，三问而三不对。文侯曰：‘不对何也？’苍唐曰：‘臣闻：诸侯不名。君既已赐弊邑，使得小国侯，君问以名，不敢对也。’文侯曰：‘中山之君无恙乎？’苍唐曰：‘今者臣之来，拜送于郊。’文侯曰：‘中山之君长短若何矣？’苍唐曰：‘问诸侯，比诸侯；诸侯之朝，则侧者皆人臣，无所比之，然则，所赐衣裘，几能胜之矣。’文侯曰：‘中山之君亦何好乎？’对曰：‘好《诗》。’文侯曰：‘于《诗》何好？’曰：‘好《黍离》与《晨风》。’文侯曰：‘《黍离》何哉？’对曰：“彼黍离离，彼稷之苗。行迈靡靡，中心摇摇。知我者，谓我心忧。不知我者，谓我何求。悠悠苍天，此何人哉？’文侯曰：‘怨乎？’曰：‘非敢怨也，时思也。’文侯曰：‘《晨风》谓何？’对曰：‘鴥彼晨风，郁彼北林。未见君子，忧心钦钦。如何如何！忘我实多。’于是文侯大悦，曰：‘欲知其子，视其母；欲知其君，视其所使。中山君不贤，恶能得贤。’遂废太子䜣，召中山君以为嗣。”案：刘师培此句是以《韩诗外传》为借喻，形容吴虞之父忘记了对儿子的慈爱，而儿子则对父亲非常思念（当时，吴虞父子关系非常紧张。刘师培此句是对吴虞的恭维）。

〔鸣鸠亦有怀〕《诗经 · 小雅 · 节南山之什 · 小宛》：“宛彼鸣鸠，翰飞戾天。我心忧伤，念昔先人。明发不寐，有怀二人。”全诗均表达对父母先人的怀念。诗末“温温恭人，如集于木。惴惴小心，如临于谷。战战兢兢，如履薄冰”，描写人子恭敬孝顺父母极其用心谨慎。《论语 · 泰伯第八》：“曾子有疾，召门弟子曰：‘启予足！启予手！《诗》云：“战战兢兢，如临深渊，如履薄冰。”而今而后，吾知免夫！小子！’”即是指为人子者对待父母的敬谨之状。此句暗指，儿子对父亲充满敬谨和思念。

〔咏言罹昔瘥，天伐焉克睽〕《尔雅 · 释诂》：“瘥，……病也。”天伐，上天讨伐，上天的惩罚。《初学记》卷 2《天部下 · 雪第二 · 事对 · 周阙 / 齐宫》：“《太公伏符阴谋》曰：……王曰：‘何以教之？’神曰：‘天伐殷立周，谨来受命，各奉其使。’”焉克，即“焉能”。睽，违背、乖离，详见《大象篇》一诗〔睽睽双玄疏〕条笺注。此二句指，吴虞慨叹遭遇了昔日的苦痛（指其与父亲的矛盾），这是上天的惩罚，怎么能逃过呢。

蜀中赠吴虞（三首）其三

昊天霜露多，玄阴渺无极。之子罹百忧，感此迁昕夕。周流倦间关，摽躄疏夷怿。遥遥行迈心，弗识中田稷。税迹允天仁，疢首徒心惄。浚郊有组丝，斯理期君析。（自注：《晨风》《黍离》《干旄》均用韩、鲁《诗》。）

【笺注】

〔昊天霜露多〕《全唐诗》卷 217 杜甫《北征》："昊天积霜露，正气有肃杀。"（第 4 册 P2278）《尔雅 · 释天》："夏为昊天。"

〔玄阴〕冬季的阴寒之气。张耒《柯山集》卷 2《病暑赋》："玄阴大冬，冰雪积兮。"

〔之子〕之子，这个人。详见《幽兰》一诗〔之子倘可贻，川广终思越〕条笺注。此指吴虞。

〔感此迁昕夕〕昕，当作"肵"。迁昕，即"迁肵俎"，本意为搬移祭祀中使用的盛放牺牲心舌的器皿。此处引申为祭祀祖先。《仪礼 · 少牢馈食礼》："佐食迁肵俎于阼阶西"。《仪礼注疏》卷 44《特牲馈食礼第十五》："佐食升肵俎，鼎之，设于阼阶西。"郑玄注："肵，谓心舌之俎也。《郊特牲》曰：肵之为言，敬也，言主人之所以敬尸之俎。"案：中国自古有冬至祭祖的习俗，此处指吴虞依习俗祭祖。辛亥年冬至是阳历 1911 年 12 月 23 日，与吴虞标注本组诗写于"辛亥年十一月"（1911 月 12 月 20—1912 年 1 月 18 日）的记载正和。参见本组诗"略考"。《太平御览》卷 28《时序部十三 · 冬至》："崔寔《四民月令》曰：冬至之日，荐黍羔。先荐玄冥，以及祖祢。其进酒尊老，及谒贺君师耆老，如正旦。"

〔周流倦间关〕周流，漫游。《楚辞》卷 1 屈原《离骚》："览相观于四极兮，周流乎天余乃下。"《汉书 · 王莽传下》："士死伤略尽，驰入宫，间关至渐台。"颜师古注："间关，犹言崎岖展转也。"此句指，吴虞逃亡在外，厌倦了这崎岖辗转。《吴虞集 · 秋水集 · 赠爱智》（中华书局版 P284）作"周流倦问关"，疑误。

〔摽躄疏夷怿〕《毛诗正义》卷 2—1《邶风 · 柏舟》："静言思之，寤辟有摽。"毛传："辟，拊心也。摽，拊心貌。"孔颖达疏："辟既为拊心，即云有摽，故知摽，拊心貌，谓拊心之时，其手摽然。"躄，与"辟"通。《类篇》卷 6："躃，……人不能行也。……亦书作躄。"《汉书 · 贾谊传》："非亶倒县而已，又类辟，且病痱。"颜师古注："服虔曰：'病癖，不能行也。' 师古曰：辟，足病。"《毛诗正义》卷 20—3《商颂 · 那》："我有嘉客，亦不夷怿。"毛传："夷，说也。"郑玄笺："说，怿也。"此句指，拊心扪胸而哀痛，心中很少有欢娱。

〔遥遥行迈心，弗识中田稷〕《毛诗正义》卷 4—1《王风 · 黍离》："彼黍离离，彼稷之苗。行迈靡靡，中心摇摇。知我者，谓我心忧。不知我者，谓我何求。"毛传："迈，行也。靡靡，犹迟迟也，摇摇，忧无所愬。"郑玄笺："行，道也，道行犹行道也。"孔颖达疏："在道而行"。此二句指，跋涉于道路之上忧心忡忡，他人如何能理解我内心的凄苦。案：此二句，以《韩诗外传》为借喻，形容吴虞对与父亲的矛盾忧心忡忡，他人对其忧虑却无法了解。《韩诗外传》相关内容详见上诗〔鷫风亦有钦〕条笺注。

〔税迹允天仁〕税迹，即"脱迹"，隐藏行迹。《类篇》卷 20："税，……脱，或作税"。《艺文类聚》卷 45《职官部一 · 总载职官》："晋陆机《汉高祖功臣颂》曰：……脱迹违难，披榛来洎。"允，符合。《梁书 · 张缵传》："金陵之兆，允符厥祥。"《晋书 · 齐王司马冏传》："成都王颖明德茂亲，功高勋重，往岁去就，允合众望，宜为宰辅，代冏阿衡之任。"天仁，上天仁爱。董仲舒《春秋繁露》卷 11《王道通三第四十四》："人之受命于天也，取仁于天而仁也。是故人之受命天之尊，父兄子弟之亲，有忠信慈惠之心，有礼义廉让之行，有是非逆顺之治。文理灿然而厚，知广大有而博，唯人道为可以参天。"王禹偁《小畜集》卷 26《黄屋非尧心赋》："神智天仁，自流芳于百世。"此句指，吴虞逃过缉捕，隐藏行迹，避免了因父亲状告而入狱，是符合"父兄子弟之亲，有忠信慈惠之心"的"天仁"。

〔疢首徒心惄〕《毛诗正义》卷 12—3《小雅 · 节南山之什 · 小弁》："我心忧伤，惄焉如捣。假寐永叹，维忧用老。心之忧矣。疢如疾首。"毛传："惄，思也。"郑玄笺："疢，犹病也。"孔颖达疏："我心之忧矣，以成疢病，如人之疾首者。疾首，谓头痛也。"《方言》（卷）1："慎、……桓，忧也。……自关而西，秦晋之间或曰惄。"

〔浚郊有组丝〕《诗经 · 鄘风 · 干旄》诗序："美好善也，卫文公臣子多好善贤者，乐告以善道也。"《鲁诗故》卷上《鄘风 · 干旄》："孑孑干旄，在浚之郊。素丝纰之，良马四之。彼姝者子，何以畀之。"申培公注："姜宣者，齐侯之女，卫宣公之夫人也。初，宣公夫人夷姜生伋子，以为太子。又娶于齐，曰宣姜，生寿及朔。夷姜既死，宣姜欲立寿，乃与寿弟朔阴构伋子。公使伋子之齐，宣姜乃阴使力士待之界上而杀。有四马，白旄至者，必要而杀之。寿闻之，以告太子曰：'太子其避之。'伋子曰：'不可，夫弃父之命则恶用子也。'寿度太子必行，乃与太子饮，夺之旄而行。盗杀之。伋子醒，求旄不得，遽往追之。寿已死矣。伋子痛寿为己死，乃谓盗曰：'所欲杀者乃我也，此何罪，请杀我。'二子既死，朔遂立为太子。"（马国翰《玉函山房辑佚书》卷 12）此句是以《鲁诗》为借喻，劝告吴虞不可一味愚孝。

〔斯理期君析〕此句指，这个道理希望您能好好分析理解。

〔《晨风》《黍离》《干旄》均用韩、鲁《诗》〕参见其二一诗〔鷫风亦有钦〕条笺注，本诗〔遥遥行迈心，弗识中田稷〕、〔浚郊有组丝〕条笺注。

蜀中赠朱云石

劲弦无驽羽，乔榦无曲阴。之子挺明德，弱龄扬妙音。朝讴《扶风》章，夕披《东武吟》。宝剑七流星，白马千黄金。揽骓游侠场，回轩文雅林。（砂珠璀卢卜，银缕皑沱灢。份份艭彩鲜，萋萋翘颖森。）凝飚结晨辔，微霜变春岑。西南遘闵多，丧乱天难谌。愿挹滮池流，无俾樵薪煁。巴橔闾雩霿，邛车狎嵚崟。无为效蜀庄，垂帘矜冥湛。

【刊载】

《中国学报》复刊第 2 册，1916 年 2 月。1933 年林思进清寂堂《左盦遗诗》续刻本，题《赠朱云石》;《刘申叔遗书》61 册（66），《左盦诗录》卷 3《左盦诗续录》。

【类型】

五言，20 句。

【编年】

1912 年。朱山 1912 年末遇难。参见本诗“略考”。

【笺注】

〔朱云石〕朱山（1886—1912），又名昌时，字云石，四川江安人。1904 年，18 岁的朱山即任《广益丛报》记者。1910 年 8 月 15 日，《蜀报》在成都创刊，朱山任总编纂。朱山是四川保路运动的重要参与者。端方入蜀后，曾与刘师培一同赴成都替端方游说士绅。1912 年 11 月，四川都督胡景伊下令逮捕朱山，宣布其罪名是“在北门武担山照像、测量，企图炮轰都督府”。后将朱山诛杀于成都致公堂外摩诃池畔。其生平详见《成都文史资料选辑》第一辑黄稚荃《朱山事迹》（纪念辛亥革命七十周年专辑，内部发行，P202—217）。“朱山，原名昌时，字云石。祖光远，父策勋，本生父瑞熙，皆本省乡试举人。祖为江南同知。昌时天资高敏，长于诗、古文、词，往来多知名士。岁己酉，开办《平论日报》，四川报纸始与外省交换。次年任《蜀报》总编纂，鼓吹独立，自此报始。路事既兴，蜀绅不得自由演说，昌时在铁道公司痛切敷陈，拍案大哭，不觉碎碗破掌，血流几席，众皆感动，人心至此始坚固不可解。王采臣方伯始决意弃官保路，委昌时为川南保路会演说员。既而赵督逮捕蜀绅，昌时走说端方，极力营救，归省与某君议论不合，买舟归县，任县知事，旋卸。晋省受叙属中学校聘，将以含华遁曜矣。忽被谗口，遂罹重辟，竟以煽惑军队谋为不轨定案。呜呼！国之有材，如山之有木，绳而削之，尺寸可用，必概芟除，划削异己，大厦将倾，其将以一木支乎！呜呼！亦可谓谋国不臧也已。昌时著述散佚，兹录诗文数首，载入文征。”（民国十二年《江安县志》卷 3《文学第二十一》）请参阅本诗“略考”。《中国学报》本题作《蜀中赠沄石》，1933 年林思进《左盦遗诗》续刻本题作《赠朱云石》。

〔劲弦无驽羽〕劲弦，强弓。金君卿《金氏文集》卷上《范资政移镇杭州一百韵》：“归来复践谏静列，正似猛矢加劲弦。”驽羽，劣箭。《荀子》卷 1《修身篇第二》：“庸众驽散，则刦之以师友。”杨倞注：“驽谓材下，如驽马者也。”

〔乔榦无曲阴〕乔榦，高大挺直的树木主干。《古诗纪》卷 84《梁第十一 · 沈约三 · 寒松》：“疎叶望岭齐，乔干临云直。”曲阴，弯曲扭折的树荫。白居易《白氏长庆集》卷 5《赠能七伦》：“涧松高百寻，四时寒森森。临风有清韵，向日无曲阴。”

〔之子挺明德，弱龄扬妙音〕刘师培《与四川都督胡景伊书》：“窃见江安朱昌时，少怀迈世之略，逴而清厉，有高世君子之度。”《毛诗正义》卷 16—4《大雅 · 文王之什 · 皇矣》：“帝谓文王，予怀明德。”郑玄笺：“谓人君有光明之德。”妙音，佛教语，指玄奥的佛法。亦指美妙的乐曲歌曲，引申为高妙的事理、道理。《六臣注文选》卷 21 郭景纯（璞）《游仙诗七首》其六：“姮娥扬妙音，洪崖颔其颐。”刘良注：“妙音，谓善歌也。”

〔《扶风》章〕《文选》卷 28 载刘越石（琨）《扶风歌》一首，该诗是作者刘琨赴任并州刺史途中的见闻，抒发了作者悲叹乱世，伤时感事的凄苦心情。详见《壶中天慢 · 元宵望月》一诗〔扶风歌〕条笺注。

〔《东武吟》〕古乐府。《乐府诗集》卷 41《相和歌辞十六 · 楚调曲上》：“《古今乐录》曰：‘王僧虔《技录》：楚调曲有《白头吟行》《泰山吟行》《梁甫吟行》《东武琵琶吟行》《怨诗行》。’”晋陆机、南朝刘宋鲍照、梁沈约等均有拟作。内容多叹息人生短促，荣华易逝。李白有《东武吟》，五言古体，载《文苑英华》卷 201。抒发了作者当初辅佐名主，建功立业的壮志；受唐玄宗眷顾时的志得意满；及失宠后的落寞凄凉。

〔宝剑七流星，白马千黄金〕《吴越春秋》卷 1《王僚使公子光传第三》：“胥乃解百金之剑以与渔者：‘此吾前君之剑，中有七星，价直百金，以此相答。’”《初学记》卷 22《武部 · 剑第二 · 叙事》：“吴有白虹、紫电、辟邪、流星、青冥、百里六剑（见崔豹《古今注》）。”《艺文类聚》卷 50《职官部六 · 尹》：“梁庾肩吾《为南康王让丹阳尹表》曰：臣闻剑镂七星，非有司天之用。”《云笈七签》卷 113 下《传（续仙）· 鄞去奢》：“剑乃张天师七星剑。”刘向《新序》卷 3《杂事第三》：“古之人君有以千金求千里马者。”《乐府诗集》卷 40《相和歌辞十五 · 瑟调曲五》虞世南《门有车马客行》：“赭汗千金马，绣毂五香车。”同上书卷 85《杂歌谣辞三 · 歌辞三》李白《襄阳歌》:“千金骏马换少妾，醉坐雕鞍歌《落梅》。”参见《感事八首（其一）》一诗〔黄金台〕条笺注。

〔揽骓游侠场〕揽骓，乘马。《楚辞》卷 8 宋玉《九辩》:“揽骓辔而下节兮，聊逍遥以相佯。”《全唐诗》卷 125 王维《济上四贤咏 · 成文学》:“使气公卿坐，论心（一作交）游侠场。”（第 2 册 P1252）《史记 · 太史公自序》:“救人于厄，振人不赡，仁者有乎。不既信，不倍言，义者有取焉。作《游侠列传》第六十四。”《史记 · 游侠列传》裴骃《集解》:“荀悦曰:‘立气齐，作威福，结私交，以立强于世者，谓之游侠。’”场，1933 年林思进《左盦遗诗》续刻本作“坊”。

〔回轩文雅林〕回轩，回车。喻留恋、眷顾。《六臣注文选》卷 30 鲍明远（照）《翫月城西门廨中》:“回轩驻轻蓋，留酌待情人。”刘良注:“轩，车也。言回车将归，复驻轻盖，而留酌以待情人。情人，友人之别离者。”《文选注》卷 48 扬子云（雄）《剧秦美新一首》:“是以发秘府，览书林，遥集乎文雅之囿，翱翔乎礼乐之场。”李善注:“言以文雅为园囿，以礼乐为场圃也。”

〔凝飚结晨辔，微霜变春岑〕凝飚，夹带着霜雪的疾风。晨辔，清晨时马匹身上的缰绳和笼头，引申为早行。王祎《王忠文集》卷 25《月余还至渭南适克正博士为丞于兹欵遇有加意义兼至因用赋诗以道旧并以留别》:“黉斋夜灯苦，辇路晨辔偶。”春岑，春山。《全唐诗》卷 221 杜甫《水阁朝霁奉简严云安（一作云安严明府）》:“东城抱春岑，江阁邻石面。”（第 4 册 P2337）此二句似指，我们上一次见面时，是冰雪严霜时节。如今又见面，已到了春暖之时。案: 1911 年 11 月，刘师培与朱山曾为端方至成都游说当地士绅而无果。后端方在资州被杀，刘师培在返回资州后被拘禁。详见本诗“略考”。凝，1933 年林思进《左盦遗诗》续刻本作“回”。

〔遘闵〕亦作“觏闵”“遘愍”，遭遇忧患。《毛诗正义》卷 2—1《邶风 · 柏舟》:“觏闵既多，受侮不少。”《毛传》:“闵，病也。”孔颖达疏:“小人见困病于我既多，又我受小人侵侮不少。”《汉书 · 叙传上》载班固《幽通赋》:“巨滔天而泯夏兮，考遘愍以行谣。”颜师古注:“遘，遇也。愍，忧也。”

〔天难谌〕《尚书正义》卷 8《咸有一德》:“呜呼！天难谌，命靡常。”孔传:“以其无常，故难信。”《尔雅 · 释诂》:“谌，……信也。”

〔愿挹滮池流，无俾樵薪煁〕《新译大方广佛华严经音义 · 经序音义》:“挹，……《珠丛》曰: 凡以器斟酌于水，谓之挹。”滮池，古水名，在长安西。详见《新白紵曲》一诗〔滮池应有鸳鴜翔〕条笺注。《毛诗正义》卷 2—1《邶风 · 日月》:“胡能有定，俾也可忘。”郑玄笺：“俾，使也。”樵薪，柴草。《墨子·旗帜第六十九》：“凡守城之法：石有积，樵薪有积”。《正字通》巳集中《火部》：“煁，……无釜，其上然火，若今火炉。可燎不可烹饪。”此二句指，愿汋取滮池之水，不使柴草火起成灾。其隐含之意为，朱山愿赴时艰，挽救危局，拯民于水火。樵，1933年林思进清寂堂《左盦遗诗》续刻本作“燋”。

〔巴檄闿雺霿〕巴檄，指巴地的战事。闿，开启。雺、霿，均为“雾”义。详见《得陈仲甫书》一诗〔尘冥雺不圜〕条笺注。此句指，辛亥革命成功，笼罩四川的阴云雾霭渐开。

〔邛车狎嵚崟〕邛，邛笮为古时西南少数民族。后四川有以邛命名的州郡、山水，如邛州、邛水、邛崃等。此处代指四川。参见《癸丑纪行六百八十八韵》一诗〔邛笮古羁縻〕条笺注。嵚崟，亦作“嵚岑”。《通雅》卷8《释诂》：“嵚崟，……山险貌。”《楚辞补注》卷12淮南小山《招隐士》：“嵚岑碕礒兮”。洪兴祖补注：“嵚一作嶔，岑一作崯。……嵚岑，山高险也。”崯，同“崟”。《集韵》卷4《平声四·侵第二十一》：“崟，……或书作崯”。狎，拥挤。《文选注》卷17傅武仲（毅）《舞赋》：“车骑并狎，巃嵸逼迫”李善注：“狎，谓多而相排也。”此句指，战事渐稀，商旅再次拥挤于道路。狎，林思进1933年《左盦遗诗》续刻本作“押”，似误。

〔蜀庄〕庄遵，字君平。其本姓庄，班固著《汉书》时，因避汉明帝刘庄讳，改庄为严，故称严君平。西汉四川地区著名隐士。《扬子法言》卷6《问明篇》：“蜀庄沉冥”。李轨注：“蜀人，姓庄，名遵，字君平。沈冥犹玄寂，泯然无迹之貌。是故成、哀不得而利之，王莽不得而害也。”（四部丛刊初编本，上海涵芬楼影印秦恩复石砚斋翻刻宋治平监本）参见《留别（二首）》其一一诗〔沈冥自晦中山酒〕条笺注。

〔垂帘矜冥湛〕垂帘，指闲居无事。《南史·顾觊之传》：“觊之御繁以约，县用无事。昼日垂帘，门阶闲寂。”矜，崇尚。《吕氏春秋·节丧》：“其葬则心非为乎死者虑也，生者以相矜尚也。”冥湛，即上句笺注中的“沉冥”，指隐士遁世韬晦。《说文解字注》卷11上二《水部》：“湛，没也。”段注：“古书浮沈字多作湛。湛、沈古今字，沉又沈之俗也。”《晋书·阮籍传附阮裕传》：“羲之曰：此公近不惊宠辱，虽古之沉冥，何以过此！”上句与此句，指辛亥成功后，朱山曾任江安县知事，“旋卸。晋省受叙属中学校聘，将以含华遁曜矣。”参见本诗〔朱云石〕条笺注。

【略考】

朱山过继给叔父朱策勋承嗣。朱策勋，字笃臣，又字青长，以字行，号还斋、天完、天顽。刘师培滞蜀，与朱青长私谊甚笃。1913 年夏末，刘师培夫妇离蓉，朱青长曾写词《解佩令 · 送人南行》送行："楼头尔汝，马头津鼓，不天明迫人东去！去也归来，只不定早秋残暑。晓行当避闲风雨！夕阳荒浦，隔层层树，是君今夜销魂处。柳岸孤吟，莫忘了谭诗旧侣。（醅）〈倍〉相思，比君更苦！"（《民视日报五周纪念汇刊》P238）

朱山是四川保路运动的重要参与者。端方入蜀后，曾与刘师培一同赴成都替端方游说士绅。

本诗〔朱云石〕条笺注中所述《成都文史资料选辑》第一辑中有一篇回忆文章——《鄂军起义杀端方》，署名为"黄绶遗稿，黄海基、蔡济生整理。"该文记述："端方离重庆到达资中后，就再不敢向前走了……他派刘师培、朱山到成都当说客，向保路运动的领导人表明他愿意扶助川人自治，妄图以此迎合川人，从而保住自己的既得利益。刘师培、朱山到成都后，先找到第一届铁路股东董事会主席刘紫骥，但刘已不能左右整个局势，不得要领。朱山只好去密会蒲殿俊、罗纶。"（P244—247）

另据李劼人的长篇小说《大波》，亦有刘师培、朱山同去成都游说的内容：

"但是常驻资州，如何是了？湖北陕西两条路，已经不通，为今之计，仍然只有到成都去。一打听，赵尔丰已经变计，不再做恶人，竟自乘其刚到资州，便把要首们释放了，以要好绅士；看他办法，不但横了心不受朝命，并且还在打自保主意，若其贸然前去，很好，周善培已把秘密揭穿于前，他正好一盆火整个奉还，那时，处在他的势力之下，加以绅民交閧，这亏吃得一定不小。于是他思之思之，又同幕僚们一商量，方今潮流所趋，各省纷纷独立，大抵都是绅士出头，要求疆吏允许。如今，不如利用时机，即以四川总督的资格，去和绅士接洽，请他们出头来宣布独立自治。这一定是绅士们所愿，而条件只是公举他来做正都督，即以曾经到过重庆的那位代表邵从恩做副都督，其余官吏，全用四川绅士；这么一来，既可揽得四川人的心，而赵尔丰也在无形中坍了台，都督也就是以前的总督，姑且就了任，再想以后恢复名实的办法。好在四川绅士都不甚有多大魄力，只要略施小术，便可置诸掌握之中的，于是，才派了一个曾由同盟会而投降于他的经师刘师培，和那由同志会代表而投降于他的诗人朱山，联袂上省来，和邵从恩、徐炯、蒲殿俊诸绅士商量独立自主的事件。"（中华书局云南 1940 年 11 月三版下册 P139—140）

刘师培和朱山是如何相识的？我还没有找到能确切证实的史料。但从朱山曾任《广益丛报》记者这一点看，二人可能早在 1905 年时即已相识。

从 1905 年至 1911 年，刘师培在《广益丛报》上发表文章近 20 篇。这些文章中既有学术性的，也有政论性的。我分析，二人极可能正是因此而相识。端方入蜀后，也正是在刘师培的荐举下，朱山才会为端方所用。

1912 年 11 月，四川都督胡景伊下令逮捕朱山，宣布其罪名是“在北门武担山照像、测量，企图炮轰都督府”。后将朱山诛杀于成都致公堂外摩诃池畔。

刘师培有一封写给胡景伊的上书《与四川都督胡景伊书》，载《刘申叔遗书》56 册（72），《左盦外集》卷 16。

这份上书正是为了申救朱山。该书全文如下——

“盖闻五教在宽，著于帝典。与其失善，宁失不经。故以唐虞之明，犹慎四凶之狱。钦哉刑谧，慎之至也。窃见江安朱昌时，少怀迈世之略，逴而清厉，有高世君子之度。立言振辩，粲盛可观。足以宣赞风美，广益时务。是实羽翮之妙用，群士之楷式。徒以直道孤立，不能协同朋类，乃有司卒然见构，用坠祸辟。察其所坐，未暴理官。拘对考验，迄无申证。若罪非殊死，得在宽宥，未蒙皋陶惟允之察，横被共工滔天之恶。卒迫吏议，赍恨幽冥。上令国家获杀士之名，下令学者丧师资之益。恐临河之叹，复章于世。师培弗敏，虑国失贤。虽无祁老知人之哲，窃慕范宣听言之美。岂敢避咎，不尽偻偻。愿垂明恕，广量山薮。俾从三宥之科，以示无讳之美。无令刍荛以言得罪。书不尽意，伏维裁察。”

朱山死于 1912 年 11 月，而从本诗“凝飚结晨辔，微霜变春岑”句分析，约写于 1912 年春。

刘师培 1914 年《癸丑纪行六百八十八韵》诗有缅怀朱山句：“晚宿江安县，孤城峡水湄。朱生今寂漠，蜀道古吁嚱。赋笔题鹦鹉，儒冠薄鵕鸃。别来纷琬琰，时去惜镃錤。太息嵇琹逝，悽凉楚些悲。浩歌余翰墨，归旐夹灵輀。桂酒倾觞奠，桐车屏翣柩。人生看到此，吾道竟何之。碧血应滋恨，黄罏感在斯。朅来芳婉晚，此别草萎蕤。泸邑弹丸小，三泉故迹澌。”可参见该诗相关笺注。

王天华《辛亥革命的热血斗士朱山》：“朱山（1886—1912），字云石，四川省江安县南街人。他幼年承家学渊源，饱读诗书，聪慧过人，12 岁应童子试，获全县第一名。时清王朝腐败无能，帝国主义列强对中国虎视眈眈；清政府与列强签定的各种丧权辱国的卖国条约接踵而至。少年时代的朱山为之痛心疾首，曾写下‘填海不衔精卫石，回天空望鲁阳戈！’‘颈血誓将溅西帝，头颅何用戴南冠’的诗句，表达了他少年时代便立下了以身许国的志向。以后，朱山发誓不参加清王朝的科举考试，年龄稍长，毅然赴成都知耻中学就读，逐渐接受了孙中山的旧民主主义革命思想。”（《文史杂志》

1997 年第 3 期 P49）

刘师培另有《与朱云石笺》："蜀都弛担，恭承嘉惠。行理供乏，(竺)〈笃〉厚不忘。别景驹驰，书疏希阔。迩闻（淮）〈惟〉汉，克敏戎功。天眷邦人，南风其竞。然峻城三仞，楼季莫逾。泰岱麦迟，跛羊可牧。孟生进喻于镃錤，苏子兴言于牛后。自今思之，辄复莞尔。金柅之困，旬月于斯。蹇遏陬隅，惸独特处。进愆泰二包康之吉，退丧遯九有蜚之利。游好辽绝，日与忧并。习实为常，皤若恒物。辟如槢木，百尺无枝。阴惨阳舒，被若同致。惟是五十甫半，颇志知命。仲任所笔，实餍寸忱。始知禾掩周郊，弗繇德政。积善余庆，徒謷词耳。昔旅津门，颇研竹素。亦欲绍纵先轨，恢廓艺文。湛渍弥年，(硧)〈诵〉通回穴。鳞杂鲜要，近亦屏遗。执事思虑恂通，立言粲盛。江沱歌啸，知富咏言。穆音之贻，敢忘延伫？略陈契阔。辞不宣心。"（《刘申叔遗书》56 册【76】,《左盦外集》卷 16）

《遗书》本《蜀中赠朱云石》为五言，20 句。而考林思进 1933 年《左盦遗诗》续刻本，该诗题名作《赠朱云石》，却有 24 句，比《刘申叔遗书》本多出 4 句——"砂珠璀卢卜，银缕皑沱灊。份份艭彩鲜，萋萋翘颖森。"这多出的 4 句位于"回轩文雅林"之后，"凝（林本作"回"——引者）飙结晨辔"之前。

兹将此四句的笺注附后——

〔砂珠璀卢卜〕砂珠，朱砂。《太平广记会校》卷 2《燕昭王》："然绿桂膏以照夜，忽有飞蛾衔火，集王之宫。得圆丘砂珠，结而为佩。"校记："砂珠原作'朱砂'。现据孙本、沈本、陈本改。"（第 1 册 P15，北京燕山出版社 2011 年 11 月第 1 版）《尚书正义》卷 6《禹贡》："荆及衡阳惟荆州。……厥贡……砺、砥、砮、丹"。孔传："丹，朱类。"孔颖达疏："丹者，丹砂。故云朱类。王肃云：'丹可以为采。'"《说文解字》卷 1 上《玉部》："璀，璀璨玉光也。"卢卜，即"卜卢"。《逸周书》卷 7《王会解第五十九》："卜人以丹沙。"孔晁注："卜人，西南之蛮，丹沙所出。"刘师培《周书王会篇补释》："卜卢为牛紈。"刘师培注："下文又有巴蜀，则卜卢即《书 · 牧誓》之濮卢，非《左传》'卢戎'之'卢'。盖在今四川南界，即古泸水附近之地也。今四川泸州亦因近泸水得名。若卜读为濮，则下文卜人，何氏注之已详。卜卢者，盖卢国之近于百濮者也。"

〔银缕皑沱灊〕银缕，银丝。《隋书 · 礼仪志六》："鞶囊，二品已上金缕，三品金银缕，四品银缕，五品、六品采缕"。《说文解字》卷 7 下《白部》："皑，霜雪之白也。"沱灊，指四川沱江和灊水。古灊水即今渠江。

〔份份臒彩鲜〕份份，即彬彬。《说文解字注》卷 8 上《人部》：“份，文质備也。……《论语》曰：‘文质份份。’”“彬，古文‘份’。”段注：“今《论语》作‘彬’，古文也。”臒，通“雘”。雘，优质贵重的颜料。详见《励志诗》一诗〔辟若纯朴樽，无侈丹雘流〕条笺注。

〔萋萋翘颖森〕《毛诗正义》卷 1—2《关雎·葛覃》：“维叶萋萋”。毛传：“萋萋，茂盛貌。”《全唐诗》卷 130 崔颢《黄鹤楼》：“晴川历历汉阳树，春（一作芳）草萋萋鹦鹉洲。”（第 2 册 P1329）翘颖，本指植物某处尖端高于、长于其他部分或植株，引申为出类拔萃。《全宋诗》卷 2890《洪咨夔一·送兴元聂帅》：“自昔树勋业，莫先拔翘颖。”（北京大学出版社 1998 年 12 月第 1 版第 55 册 P34476）森，树木高大挺直貌。《重修玉篇》卷 12《林部第一百五十九》：“森，所今切，长木貌。”

花园镇关帝庙夜宿

渫云荡重幕，翔阳扃九阴。策景罔浪乡，总辔招提林。浩浩朱衡迁，潭潭玄牖沈。壁碣阕微迹，幢铃扬邃音。罳尘向晦积，塔籁先秋吟。噪枝宿鸒鹜，缘壁饥鼯噤。篁烟织锦篠，果露零珠櫁。睇眄众态臻，怆悦中怀歒。冥尘无夷轨，蘧庐岂遐心。际此去留会，羁思安可任。

【刊载】

《刘申叔遗书》61 册（62—63），《左盦诗录》卷 3《左盦诗续录》

【类型】

五言，20 句。

【编年】

1912 年。详见本诗“略考”。

【笺注】

〔花园镇〕位于郫县，成都主城区西北约 20 公里处。2019 年年末撤销建制，划入友爱镇。

〔渫云荡重幕〕渫云，被风吹散的云彩。渫，分散，散落，通“泄”。《汉书·王莽传中》：“前后相乘，愦眊不渫。”颜师古注：“渫，散也。”《集韵》卷 9《入声上·薛第十七》：“渫，……或作泧、泄、洩。”《六臣注文选》卷 27 谢玄晖（朓）《敬亭山》：“渫（五臣作泄）云已漫漫，多（五臣作夕）雨亦凄凄。”吕向注：“泄，犹舒也。漫漫，云布皃（貌——引者）。”此句指，云彩被风吹散，如重重帘幕的阴霾被一扫而尽。

〔翔阳扃九阴〕《山堂肆考》卷 229《补遗 · 天文 · 頳魄倾阳》：“又日曰翔阳，言日中有乌，故云翔。”《六臣注文选》卷 57 谢希逸（庄）《宋孝武宣贵妃诔（并序）》：“八颂扃和，六祈辍渗。”吕向注：“扃，关闭也。”九阴，极幽冥隐晦之地。《山海经》卷 17《大荒北经》：“西北海之外赤水之北有章尾山有神人，……是烛九阴。”郭璞注：“照九阴之幽隐也。”

〔策景罔浪乡〕策景，御祥云而行。《真诰》卷 1《运象篇第一》“九华真妃赠杨羲诗”：“遂策景云驾，落龙辔玄阿。”《后汉书 · 郎顗注》：“如是则景云降集，眚沴息矣。”李贤注：“景云，五色云也，一曰庆云。《孝经援神契》曰：德至山陵则景云出。”《真诰》卷 3《运象篇第三》：“策景五岳阿，三素眄君房。”《江湖后集》卷 10 张炜《寄任居士》：“炼成真积力，策景到瑶关。”罔浪乡，指虚空之境。罔浪，亦作“冈㝗”“罔㝗”“康㝗”，虚空之意。《淮南鸿烈解》卷 12《道应训》：“若我南游乎冈㝗（高诱注：浪）之野，北息乎沉墨之乡，西穷冥冥之党，东开鸿蒙之先浪。”《俗书刊误》卷 9《音同字义异》：“康㝗，空也。”案：“冈”在古籍中常为“罔”之讹字。参见白艳章《“罔”“冈”的讹变考察及相关字辨析》，载《科学 · 经济 · 社会》杂志 2018 年第 4 期 P115—118。此句指，御祥云游于虚空之境。

〔总辔招提林〕总辔，将马缰全部抓在手中，指驾驭马车。《孔子家语》卷 6《执辔第二十五》：“是故善御马者正身以总辔，均马力，齐马心”。招提，佛教寺庙。详见《出郭》一诗〔试访招提境〕条笺注。此句指，驾车遨游于“佛境”之中。

〔浩浩朱衡迁〕浩浩，宏大。《全唐诗》卷 160 孟浩然《下赣石》：“沸声常活活（一作浩浩），洊势亦潺潺。”（第 3 册 P1668）陆游《剑南诗稿》卷 27《送佛照光老赴径山》：“御香霭霭云共布，法音浩浩潮收声。”《六臣注文选》卷 11 王文考（延寿）《鲁灵光殿赋》：“朱鸟舒翼以峙衡，腾虵蟉虬而遶榱。”张载注：“榱亦椽也。有三名，一曰椽，二曰桷，三曰榱。”李善注：“《春秋汉含孳》曰：太一之常，居前朱鸟。衡，四阿之长衡也。”李周翰注：“峙，立也。朱鸟，朱雀，南方神也。尽之于南，舒翼而立于衡上。衡，门上木。”《文苑英华》卷 810《楼下 · 朝阳楼记一首》皇甫湜《朝阳楼记》：“朱（一作成）衡旅楹，君子攸宁。”《重修玉篇》卷 10《辵部第一百二十七》：“迁，……移也。”此句指，朱鸟峙立于门楣之上的神殿大门轰然洞开。

〔潭潭玄牖沈〕潭潭，深邃貌。详见《伤女颎（二首）》其一一诗〔潭潭六书谊〕条笺注。玄，暗红色。《说文解字》卷 4 下《玄部》：“黑而有赤色者为玄。”牖，窗。

见《再渡日本舟中作》一诗〔牖〕条笺注。此句指，殿宇暗红色的窗户显得格外幽深。

〔壁碣阕微迹〕《正字通》午集下《石部》："碣，……碑碣，方者为碑，圆者为碣。"《妙云雄禅师语录》卷 6《佛事 · 礼无趣空祖塔》："浮幢卓出蠡湖边，活祖师名墨迹鲜。模范犹存壁碣语，车溪流远布千川。（有雪峤六师题活祖师额）"《汉书 · 王莽传上》："物物卬市，日阕亡储。"颜师古注："阕，尽也。"此句指，庙宇内墙壁上镶嵌碑碣，其上镌刻的文字已磨灭不见。

〔幢铃扬邃音〕《说文解字》卷 7 下《巾部》："幢，旌旗之属。"幢，亦指有刻文的石柱，如佛教寺院中的经幢。参见《八指头陀诗（三首）》其三一诗〔经幢〕条笺注。此句指，庙宇内经幢上挂的铃铛，发出幽邃的声音。

〔罳尘向晦积〕《埤雅》卷 15《释草 · 藻》："今屋上覆橑，谓之藻井，取象于此。亦曰绮井，又谓之覆海，亦或谓之罳顶。"《汉书 · 高帝纪上》："是时，雷电晦冥。"颜师古注："晦、冥，皆谓暗也。"此句指，藻井中阴暗幽晦，尘土堆积。

〔塔籁先秋吟〕塔籁，指风吹过佛塔发出的声音。籁，见《送诸贞壮》一诗〔商籁〕条笺注。丁福保《佛学大辞典》："塔（术语），又作塔婆、兜婆、偷婆、浮图等。皆梵语窣堵波（Stūpa，巴 Thūpa）之讹略也。高积土石，以藏遗骨者。又名俱攞。译言聚、高显、坟、灵庙等。别有所谓支提或制底（Chaitya），言不藏身骨者。或通称为塔。"案：塔为佛教寺院所独有，刘师培在关帝庙言及"塔"，未知其确指，或为某种塔状建筑，如焚炉。此句指，风吹塔窍，未至秋季就发出了秋天的吟唱。

〔噪枝宿鸒警〕《梁书 · 沈约传》载其《郊居赋》："秋蜩吟叶，寒雀噪枝。"鸒，寒鸦。《尔雅注疏》卷 10《释鸟第十七》："鸒斯、鹎鶋。"郭璞注："鸦乌也。小而多群，腹下白。江东亦呼为鹎乌。"此句指，栖于枝头的寒鸦吖吖鼓噪，警示着危险的来临。

〔缘壁饥鼯噤〕鼯，鼯鼠。详见《咏蝙蝠》一诗〔多伎儗夷由〕条笺注。《说文解字》卷 2 上《口部》："噤，口闭也。"此句指，攀援于墙壁上的饥饿鼯鼠，噤不出声。

〔篁烟织锦篠〕篁，竹林。《说文解字》卷 5 上《竹部》："篁，竹田也。"篁烟，指竹林中弥漫的雾气。《重修广韵》卷 3《上声 · 篠第二十九》："篠，细竹。"

〔果露零珠檎〕果露，沾缀于果实上的露水。《毛诗正义》卷 3—1《鄘风 · 定之方中》："灵雨既零，命彼倌人。"毛传："零，落也。"《文选注》卷 4 左太冲（思）《蜀都赋一首》："其园则有林檎、枇杷、橙柿、梬楟。"刘渊林（逵）注："皆果名也。林檎，实似赤奈而小，味如梨。"

〔睇眄众态臻〕睇眄，看。详见《季夏雨霁游北洋公立种植园泛舟竟夕》一诗

〔睇眄物滋适〕条笺注。众态，各种姿态、状态，亦指各类物种。《列子 · 力命第六》："穷年不相顾眄，自以时之适也。此众态也。其貌不一，而咸之于道，命所归也。"朱晞颜《瓢泉吟稿》卷1《题刘山驿和鲜于伯机韵》："众态备媸妍，造化机自警。"《重修玉篇》卷26《至部第四百十五》："臻，……聚也，众也。"

〔怆怳中怀歊〕《楚辞补注》卷8宋玉《九辩》："怆怳懭悢兮，去故而就新。"王逸注："中情怅惘，意不得也。"洪兴祖补注："五臣云：怆怳懭悢，皆悲伤也。补曰：怆怳，失意貌。……懭悢，不得志。"中怀，内心。详见《秋怀》一诗〔触怆中怀嗟〕条笺注。《尔雅注疏》卷2《释诂下》："歊，……兴也。"邢昺疏："皆谓兴作。……《周官》者，即《周礼》也。笙师职云：大丧歊其乐。郑注：'歊，兴也。……兴谓作之。'"此句指，内心的悲伤失意之情，油然而生。

〔冥尘无夷轨〕冥尘，指尘埃，亦喻指尘世的俗务、罣碍。详见《有感》一诗〔冥尘积四维〕条笺注。夷轨，坦途，正道。《艺文类聚》卷28《人部十二 · 游览》陆冲诗："我行一何艰，山川阻且深。洿泽无夷轨，重峦有曾阴。"柳宗元《柳河东集》卷10《唐故中散大夫检校国子祭酒兼安南都护御史中丞充安南本管经略招讨处置等使上柱国武城县开国男食邑三百户张公墓志铭（并序）》："及受命专征，得陈嘉谟，暂拔祸本，纳于夷轨。"此句指，尘世中没有坦途。

〔蘧庐岂遐心〕蘧庐，客栈，驿舍。《庄子注》卷5《天运第十四》："仁义，先王之蘧庐也。"郭象注："犹传舍也。"此处指寄居于尘世。遐心，幽深、玄远之心，指隐居出世，成仙得道。《南齐书 · 苏侃传》载其《塞客吟》："悟樊笼之或累，怅遐心以栖玄。"此句指，寄居于尘世（甘于沉沦），岂能出世成仙。

〔际此去留会〕此句指，值此去留之际。

〔羁思安可任〕羁思，他乡羁旅，思念故乡的情思。《艺文类聚》卷35《人部十九 · 愁》王徽（《古诗纪》卷63作"王微"）《咏愁诗》："自予抱羁思，耿与日月长。"安可任，如何能够承受。《国语》卷4《鲁语上》："吾闻之，不厚其栋，不能任重。"韦昭注："厚，大也。任，胜也。"

【略考】

据该诗"际此去留会，羁思安可任"和"塔籁先秋吟"句，似作于1912年春夏季。1912年春夏之际，刘师培曾计划离开成都东归，后放弃。《刘申叔与章太炎书》："今者，诸夏光复，不失旧物，本拟迅赴秣陵，躬诣参议院法廷伸诉枉抑。积疑既白，退从彭居，惟蜀都夺攘儳仍，彼都学人因以讲学属文相稽。近则陈兵清途，行旅无阂，东征有期，弗踰一旬，晤言匪遥，祈公释怀。”刘师培于该信末所署时间是“三月朔日”，即 1912 年 4 月 17 日。载《亚细亚日报》1912 年 6 月 4 日—6 月 6 日第 7 版《文苑》栏目《文录一首》。

升天行

柔翰蔚冥契，玄筌豁灵居。耽凝幽始遥，邈转盱真疏。道逢西姆鸾，俾驾王乔凫。矫涂绛阙扉，辉翮朱陵都。丹霞绚晨郭，碧汉潆秋渠。黑华谷四照，黄条桑五衢。斐斐篁兰馨，的的沙蕖舒。萝烟嵘峰鹤，桃雨琴溪鱼。延目情未终，众仙恢元枢。《歌》《韶》延夏开，司囿伻陆吾。排霄羽帔搴，逐景流軿趋。芝彩丽琼扇，枣花韬绿舆。露凝汉浦佩，风奏商丘竽。紫芭摭荔实，翠颖撰蒲菹。缅兹上景娱，静觉浇波濡。愿谢九域丘，领心三元书。玉瓶漱灵津，金汋飡玄珠。何必困株木，委形湫尘区。石火鲜恒晖，朝阳倏西晡。不见蒿里间，敛魄无贤愚。

【刊载】

《刘申叔遗书》61 册（63—64），《左盦诗录》卷 3《左盦诗续录》。

【类型】

五言，40 句。

【编年】

1912 年。排于《黄鹤楼夕眺》之后，《蜀中赠朱云石》之前，故定编年于 1912 年。

【笺注】

〔升天行〕最早以《升天行》为诗题者是曹植，南朝鲍照后有《代升天行》。隋唐及以后，以《升天行》为诗题者代代皆有。其内容均与道家有关，描写羽化飞天、飞升遇仙。其形式则多为五言古体。

〔柔翰蔚冥契〕《真诰》卷 2《运象篇第二》“七月二十六日夜云林右英王夫人喻书见与勿答”：“有心洞于飞滞，柔翰蔚乎冥契也。”《六臣注文选》卷 21 左太冲（思）《咏史诗八首》其一：“弱冠弄柔翰，卓荦观群书。”刘良注：“柔翰，笔也。”《汉书·叙传下》：“多识博物，有可观采，蔚为辞宗，赋颂之首。”颜师古注：“蔚，文采盛也。音郁。”冥契，指与上天的意旨契合。李白《李太白文集》卷 15《江夏送倩公归汉东（并序）》：“大人君子，神冥契合，正可乃尔。”此句指，下笔书写，文采飞扬，与上天的意旨正相契合。

〔玄筌豁灵居〕玄筌，指玄妙深奥的文字语言。《真诰》卷 2《运象篇第二》“司命君与南岳夫人言”：“处东山以晦迹，握玄筌于妙领。”《庄子·外物第二十六》：“荃者所以在鱼，得鱼而忘荃；蹄者所以在兔，得兔而忘蹄；言者所以在意，得意而忘言。吾安得夫忘言之人而与之言哉！”筌，通“荃”。《正字通》未集上《竹部》：“又，荃与筌同。”陆德明《经典释文》卷 28《庄子音义下·外物第二十六》：“荃，……一云鱼笱也。”《重修玉篇》卷 14《竹部第一百六十六》：“筌，……捕鱼笱。”案：筌本指捕鱼的竹器，后因《庄子》句，亦指文字语言等外在形式。就如佛教所谓“筏喻”和“指月之指”。丁福保《佛学大辞典》：“筏喻（譬喻），佛之教法如筏，渡河既了，则筏当舍，到涅（盘）〈槃〉之岸，则正法尚当舍，因之一切所说之法，名为筏喻之法。示不执着于法也。……《金刚经》曰：‘是故不应取法，不应取非法。以是义故，如来常说，汝等比丘知我说法如筏喻者。法尚应舍，何况非法？’”《大乘入楞伽经》卷 5《刹那品第六》：“如愚见指月，观指不观月。”另参见《题张船山南台饮酒图》一诗〔未觉金经翳慧月（张诗，慧月不受金经翳）〕条笺注。豁，疏通、开拓，如“豁然”。《古今韵会举要》卷 27《入声·七》：“豁，……又疏通也。”《文选注》卷 12 木玄虚（华）《海赋》：“吐云霓含龙鱼，隐鲲鳞潜灵居。”李善注：“鲲鳞或为昆山。昆山，方壶之属也。灵居，众仙所处也。”此句指，玄妙深奥的辞章打通了飞升登仙的通路。

〔耽凝幽始遥〕耽凝，停止、终止。《真诰》卷 2《运象篇第二》“紫微王夫人所喻令示许长史”：“录名太极，金书东州。褰裳七度，躭凝洞楼。内累既消，魂魄亦柔。守之不倦，积之勿休。五难既遣，封伯作侯。（七度，飞步事也。洞楼，洞房事也。）”躭，同“耽”，停留，延迟。《集韵》卷 4《平声四·覃第二十二》：“耽，……俗作躭。”《楚辞章句》卷 16 刘向《九叹·忧苦》：“折锐摧矜凝氾滥兮”。王逸注：“凝，止也。”幽始，深远幽深的本源。《真诰》卷 6《甄命授第二》“紫微夫人服术叙”：“夫晨齐浩元，洞冥幽始”。《重修玉篇》卷 21《丝部第三百十八》：“幽，……深远也”。此句指，如果停步不前，天界玄远幽深的本源将遥不可及。

〔邈转盰真疏〕《真诰》卷 16《阐幽微第二·辛玄子自叙并诗》：“事与道德为阔，眼与盰真为踈。”《正字通》酉集中《足部》：“踈，疎字之讹。本从疋，作疏。”《说文解字》卷 2 下《辵部》：“邈，远也。”《重修玉篇》卷 18《车部第二百八十二》：“转，……回也。”《文选注》卷 11 王文考（延寿）《鲁灵光殿赋（并序）》：“鸿荒朴略，厥状睢盰。”张载注：“睢盰，质朴之形。”《广雅》卷 6《释训》：“盰盰，元气也。”《楚辞章句》卷 2 屈原《九歌 · 大司命》：“不寖近兮愈疏。”王逸注：“疏，远也。”此句指，如果远远地转身离去，只会离仙境最本质奥妙的玄理愈来愈远。

〔道逢西姆鸾〕西姆鸾，即为西王母传书的青鸟。见《菩萨蛮 · 无题》一词〔传书青鸟〕条笺注。

〔俾驾王乔凫〕《后汉书 · 方术上 · 王乔传》：“王乔者，河东人也。显宗世，为叶令。乔有神术，每月朔望，常自县诣台朝。帝怪其来数，而不见车骑，密令太史伺望之。言其临至，辄有双凫从东南飞来。于是候凫至，举罗张之，但得一只舄焉。乃诏尚方諦视，则四年中所赐尚书官属履也。每当朝时，叶门下鼓不击自鸣，闻于京师。后天下玉棺于堂前，吏人推排，终不摇动。乔曰：‘天帝独召我邪？’乃沐浴服饰寝其中，盖便立覆。宿昔葬于城东，土自成坟。其夕，县中牛皆流汗喘乏，而人无知者。百姓乃为立朝，号叶君祠。牧守每班录，皆先谒拜之。吏人祈祷，无不如应。若有违犯，亦立能为祟。帝乃迎取其鼓，置都亭下，略无复声焉。或云此即古仙人王子乔也。”李贤注：“《列仙传》曰：‘王子乔，周灵王太子晋也。好吹笙，作凤鸣。游伊洛间，道士浮丘公接上嵩山。三十余年后，来于山上，见桓良曰：“告我家，七月七日待我缑氏山头。”果乘白鹤驻山颠，望之不得到，举手谢时人而去。’”《毛诗正义》卷 2—1《邶风 · 日月》：“胡能有定，俾也可忘。”郑玄笺：“俾，使也。”

〔矫涂绛阙扉〕矫涂，由低向高抬升的道路，如坡道、山路、高台阶。《北堂书钞》卷 13 徐幹：“总螭虎之劲卒，即矫涂其如夷。”《楚辞章句》卷 4 屈原《九章 · 惜诵》：“矫兹媚以私处兮”。王逸注：“矫，举也。”《文选注》卷 15 张平子（衡）《思玄赋》：“云师䨴以交集兮，冻雨沛其洒涂。”旧注：“涂，路也。”绛阙，红色的宫阙，喻帝王宫殿或神仙府庭。《真诰》卷 2《运象篇第二》“七月二十六日夕紫微夫人喻作令与许长史”：“绛阙扉广，霄披丹登。”《说文解字》卷 12 上《户部》：“扉，户扇也。”此句指，攀登而上，来到绛阙仙府的大门。

〔辉翮朱陵都〕辉翮，亦作“晖翮”，即“挥翮”，指振翅高飞。《真诰》卷 13《稽神枢第三》郭四朝“常乘小船游戏其中每叩船而歌”四首其三：“圆景焕明霞，九凤唱朝阳。晖翮扇天津，晻蔼庆云翔。”案：晖翮，《云笈七签》卷 96 作“挥翮”。《说文解字》卷 4 上《羽部》：“翮，羽茎也。”《抱朴子 · 内篇 · 金丹》：“余忝大臣之子孙，虽才不足以经国理物。然畴类之好，进趋之业而所知不能远余者，多挥翮云汉、耀景辰霄者矣。”朱陵，道教有“三十六小洞天”之说，其中第三洞天即为南岳衡山。《真诰》卷 16《阐幽微第二》“辛玄子所言说冥中事”：“近得度名，南宫定策，朱陵藏精，待时方列为仙。"《说郛》卷66录杜光庭《名山洞天福地记》:"第三洞,南岳衡山,周回七百里,名朱陵之天,在衡州衡山县。……右三十六小洞天,出本教《龟山白玉山(应为上——引者)经》。"此句指,振翅高飞于衡山朱陵洞天。

〔碧汉潆秋渠〕碧汉,蓝天。《文苑英华》卷213《音乐二·歌妓四十三首》江总《和衡阳殿下高楼看妓》:"绮楼侵碧汉,初日照红妆。"《类篇》卷31:"潆,……水回貌。"秋渠,秋天的沟渠。在古代诗歌中,常以之喻指一种恬淡无欲的超脱境界。《艺文类聚》卷56:"梁范云《建除诗》曰:……开渠纳秋水,相土播春畴。闭门谢世人,何欲复何求。"《全唐诗》卷186韦应物《与韩库部会王祠曹宅作》:"闲(一作闭)门荫堤柳,秋渠含夕清。微风送荷气,坐客散尘缨。守默共无吝,抱冲俱寡营。良时颇高会,琴酌共开情。"(第3册P1905)此句指,蓝天在秋季河渠中的倒影,随水波荡漾回旋。

〔黑华谷四照,黄条桑五衢〕《山海经》卷1《南山经》:"南山(经)之首曰鹊山……其首曰招摇之山。……有木焉,其状如榖而黑理,其华四照,其名曰迷榖,佩之不迷。"郭璞注:"榖,楮也,皮作纸。璨曰:'榖,亦名构。名榖者,以其实如榖也。'""言有光焰也。若木华赤,其光照地,亦此类也。见《离骚经》。"《山海经》卷5《中山经》:"又东五十里曰少室之山,百草木成囷。其上有木焉,其名曰帝休,叶状如杨,其枝五衢。"郭璞注:"树枝交错,相重五出,有象衢路也。"黄条,指桑树等树木长出的嫩枝。《艺文类聚》卷31《人部十五·赠答》繁钦《赠梅公明诗》:"瞻我北园,有条者桑。遘此春景,既茂且长。氤氲吐叶,柔润有光。黄条蔓衍,青鸟来翔。"四照,指花朵光彩四射。五衢,指树木分出多个枝杈,如大路分出多条岔路一般。《艺文类聚》卷76《内典上·内典》梁简文帝(萧纲)《慈觉寺碑序》:"雪山忍辱之草,天宫陁树之花。四照芬吐,五衢异色。"庾信《庾子山集》卷3《任洛州酬薛文学见赠别》:"五衢开辩路,四照起文峰。"《六臣注文选》卷59王简栖(巾,或作中)《头陀寺碑文》:"九衢之草千计,四照之花万品。"刘良注:"九衢,草其枝交错相重九出也。四照,即若木花其光四照也。"

〔斐斐簟兰馨〕《真诰》卷10《协昌期第二》"杨羲书一条":"斐斐乘云彩,灵像凭紫烟。"《六臣注文选》卷22谢惠连《泛湖归出楼中翫月》:"斐斐气幕(五臣作幂)岫,泫泫露盈条。"李善注:"斐斐,轻貌。"李周翰注:"斐斐,山气貌。"簟,本指竹席,亦指平整貌。毕沅《释名疏证》卷6《释床帐第十八》:"簟,覃也,布之覃覃然平正也。"(今传本《释名》作"簟,簟也,布之簟簟然平正也。"毕沅据《艺文类聚》卷69、《太平御览》卷708校改)《资治通鉴》卷288《后汉纪三·高祖睿文圣武昭肃孝皇帝下》：“以一人立功，而覃及天下。”胡注：“覃，徒含翻，布也，广也。”《真诰》卷 4《运象篇第四》：“倾观晨景，德音兰馨。方及十载，季玮（谓应作伟字）举名。每事勖焉，勿复不精。”此句指，兰草散发出充溢四周的幽香。

〔的的沙蕖舒〕《淮南鸿烈解》卷 17《说林训》：“的的者获，提提者射。”高诱注：“的的，明也，为众所见故获。”《毛诗正义》卷 17—1《大雅·生民之什·凫鹥》：“凫鹥在沙，公尸来燕来宜。”毛传：“沙，水旁也。”蕖舒，荷花绽放。洪皓《鄱阳集》卷 2《次韵朱少章潭园马上口占》：“杨柳垂阴连北道，芙蕖舒艳亚西湖。”《尔雅注疏》卷 8《释草第十三》：“荷，芙渠。”郭璞注：“别名芙蓉，江东呼荷。”《经典释文》卷 30《尔雅音义下·释草第十三》：“渠，本又作蕖，音同。”此句指，水边滩地上生长的荷花竞相开放，让人看得清清楚楚。

〔萝烟嵊峰鹤〕萝烟，指烟气缭绕，如爬满树木山间的松萝（即薜萝，又称女萝、菟丝子）一般。韩维《南阳集》卷 7《和象之同孔宁极游石桥且简宁极》：“蒙蒙桃李雨，幂幂薜萝烟。”《列仙传》卷上《王子乔》：“王子乔者，周灵王太子晋也。好吹笙，作凤凰鸣。游伊洛之间，道士浮丘公接以上嵩高山。三十余年后求之于山上，见栢良曰：‘告我家，七月七日待我于缑氏山巅。’至时，果乘白鹤驻山头，望之不得到，举手谢时人，数日而去。亦立祠于缑氏山下及嵩高首焉。”嵊峰，即《列仙传》中的“缑氏山巅”。

〔桃雨琴溪鱼〕桃雨，指暮春时节，桃花的花瓣漫天飞舞如落雨一般。《乐府诗集》卷 17 李贺《将进酒》：“况是青春日将暮，桃花乱落如红雨。”《东坡诗集注》卷 25 苏轼《次韵表兄程正辅江行见桃花》：“净眼见桃花，纷纷堕红雨。萧然振衣裓，笑问散花女。”王十朋注：“次公：‘李贺《将进酒》歌：况是青春日将暮，桃花乱落如红雨。’”《宾退录》卷 5：“《列仙传》：琴高，赵人也，以鼓琴为宋康王舍人。……今宁国府泾县东北二十里，有琴溪。溪之侧石台，高一丈，曰琴高台，俗传琴高隐所，有庙存焉。溪中别有一种小鱼，他处所无。俗谓琴高投药滓所化，号琴高鱼。岁三月，数十万一日来集，渔者网取，渍以盐而曝之。州县须索无艺，以为苞苴，土宜其来久矣。旧亦入贡，乾道间始罢。前辈多形之赋咏，梅圣俞、王禹玉、欧阳文忠公皆有《和梅公仪（挚）琴高鱼》诗。”

〔延目情未终〕延目，放眼望去。《后汉书·文苑下·边让传》：“延目广望，骋观终日，顾谓左史倚相曰：盛哉斯乐，可以遗老而忘死也。”萧统《昭明太子集》卷 1《钟山解讲》：“精理既已详，玄言亦兼逞。方知蕙带人，嚣虚成易屏。眺瞻情未终，龙境忽游骋。非曰乐逸游，意欲识箕颍。”

〔众仙恢元枢〕《增修互注礼部韵略》卷 1《上平声 · 十五灰》:“恢，……大之也。”元枢，即“玄枢”，为避清圣祖康熙讳改，指玄理奥义之枢机关键。《弘明集》卷 14 释宝林《破魔露布文》:“握玄枢之妙鉴，把战胜之奇术。控亿兆之雄将，拥尘沙之劲卒。”上句与此句指，放眼望去，余情未了。众多仙人，恢宏发扬光大了玄理奥义之枢机关键。

〔《歌》《韶》延夏开〕《乐书》卷 166《乐图论 · 雅部 · 大夏》:“《周官 · 大司乐》言：奏《九德之歌》《九磬之舞》。瞽蒙掌《九德之歌》以役大师。《春秋传》曰：水、火、金、木、土、谷谓之六府。正德、利用、厚生谓之三事。六府、三事谓之九功。九功之德皆可歌也，谓之《九歌》。磬，舜乐也，谓之《九磬之舞》。则《大夏》，禹乐也。谓之《九德之歌》，得非《九夏之乐》乎?”磬，通“韶”。《集韵》卷 3《平声三 · 宵第四》:“韶，……或作磬。”夏开，即“夏启”，大禹之子，夏朝开国之君。相传，夏启从天帝那里得到了《九歌》和《九辩》。《山海经》卷 16《大荒西经》:“西南海之外，赤水之南，流沙之西有人，珥两青蛇，乘两龙，名曰夏后开。开上三嫔于天，得《九辩》与《九歌》以下。”延，延续。《汉书 · 班固传》载其《西都赋》:“历十二之延祚，故穷奢而极侈。”此句指，天帝所创之《九德之歌》、虞舜所创之《九韶之舞》，由夏启继承延续。参见《咏史（十二首）》其七一诗〔穆野径千里—无乃夏后开〕条笺注。

〔司囿伻陆吾〕《尔雅 · 释诂》:“抨，使也。”郭璞注：“皆谓使令。”《经典释文》卷 29《尔雅 · 释诂》:“抨，……字又作伻，音同。”《山海经》卷 2《西山经》:“西南四百里曰昆仑之丘，是实惟帝之下都……神陆吾司之。……其神状虎身而九尾，人面而虎爪，是神也，司天之九部及帝之囿时。”郭璞注：“天帝都邑之在下者也。《穆天子传》曰：吉日辛酉，天子升于昆仑之丘，以观黄帝之宫，而封丰隆之葬，以诏后世。言而增封于昆仑山之上。”“即肩吾也。庄周曰：肩吾得之，以处大山也。”“主九城之部界、天帝苑囿之时节也。”此句指，天帝的苑囿，由神兽陆吾（肩吾）负责管理。

〔排霄羽帔搴〕排霄，亦作“排云”，指拨开天上的云层，扶摇而上。《真诰》卷 1《运象篇第一 · 萼绿华诗》:“神岳排霄起，飞峰郁千寻。寥笼灵谷虚，琼林蔚萧森。”刘长卿《刘随州集》卷 6《登扬州西岩寺塔》:“稍登诸劫尽，若骋排霄翮。”《文选》卷 21 郭景纯（璞）《游仙诗七首》其六：“神仙排云出，但见金银台。”羽帔，羽毛制成的披肩，仙人装饰。《真诰》卷 3《运象篇第三》“九月三日夕云林王夫人喻作令示许长史”:“朱烟缠旌旄，羽帔扇香风。”《全唐诗》卷 533 许浑《闻释子栖玄欲奉道因寄》："欲求真诀恋禅扃，羽帔方袍尽有情。"（第 8 册 P6134）搴，翻卷飘扬。详见《再渡日本舟中作》一诗〔习习鲛旗搴〕条笺注。

〔逐景流軿趋〕《真诰》卷 2《运象篇第二》："紫微夫人授书曰：夫黄书赤界虽长生之秘要，实得生之下术也。非上宫天真流軿晏景之夫所得言也。"逐景，即《真诰》所言之"晏景"，追逐饱览胜景之意。《南齐书·张融传》载其《海赋》："越汤谷以逐景，渡虞渊以追月。"晏，通"宴"。《南齐书·江斅传》："数与晏赏，留连日夜。"《太平御览》（南宋庆元五年刊本）卷 443《人事部八十四·知人上》作"数与宴赏，流连日夜。"案：《真诰》中"晏"字数出，其中即有"晏游（宴游）"之义。《真诰》卷 16《阐幽微第二·辛玄子自叙并诗》："玄真并罗，同晏琨墉。"晏游，即游览，并不一定与宴会有关。《岁时广记》卷 36《吸药气》："张仲殊作《望江南》以咏之曰：成都好药市，晏游闲步出。"胡俨《颐庵文选》卷下《杂诗·拟游仙》："晏景餐太霞，遨游入霄路。"軿，本指外罩车衣的车辆。《说文解字》卷 14 上《车部》："軿，辎车也。"流軿，专指神仙乘坐的仙车。《太上洞玄灵宝无量度人上品妙经》卷 42《祈求嗣续庆延门阀品》："十方至真飞天降庆神王，长生度世无量大神。并乘轻霄流軿，翠霞琼辇"。

〔芝彩丽琼扇〕芝彩，灵芝仙草焕发出的华彩。王夫之《船山遗书》五十一《七十自定稿·五言古诗·见诸生咏瓶中勺药聊为俪句示之（庚申）》："冰纹簇紫雪，芝彩涌黄银。"琼扇，亦作"琼扉"，指装饰华丽的门户。《真诰》卷 3《运象篇第三》东宫灵照夫人"临去授作一纸诗毕乃吟歌"："云墉带天构，七气焕神冯。琼扇启晨鸣，九音绛枢中。"案：琼扇，《云笈七签》卷 97、《古诗纪》卷 142 收录此诗均作"琼扉"。《艺文类聚》卷 63《居处部三·门·诗》："晋袁宏《拟古诗》曰：'……文幌曜琼扇，碧疏映绮棂。'"道家极重灵芝，认为服食芝草可以延命成仙。《太上灵宝芝草品》一卷，专门记述各类芝草数十种。"诸芝"也是道家"炼丹术"使用的重要成分。

〔枣花韬绿舆〕枣花，指枣花形状的花纹。《真诰》卷 1《运象篇第一》"兴宁三年岁在乙丑六月二十五日夜，紫微王夫人见降，又与一神女俱来"："妃手中先握三枚枣，色如干枣，而形长大，内无核，亦不作枣味，有似于梨味耳。妃先以一枚见与，次以一枚与紫微夫人，自留一枚。语令各食之。""交梨火枣"在道教典籍中经常出现，是食之可"腾飞"的"仙药"。《真诰》卷 2《运象篇第二》"丑年八月七日夜云林右英王夫人口授答许长史"："玉醴金浆、交梨火枣，此则腾飞之药，不比于金丹也。"此外，道家炼丹，常以枣泥作为成丸的原料。马王堆出土帛书《养生方》："……各冶，并以□若枣脂丸，大如羊矢，五十里一食。"《庾开府集笺注》卷 3 庾信《道士步虚词十首》

其五："汉帝看桃核，齐侯问枣花。"吴兆宜注："《汉武故事》：王母出桃七枚，以五与帝，自啖其二。帝留核欲种。母曰：此桃三千年一实，非上下所植也。""《晏子春秋》：景公谓晏子曰：东海之中有水而赤，其中有枣，花而不实，何也？晏子曰：昔者，秦缪公乘赤龙，治天下，以黄布裹蒸枣而投其布。故水赤，蒸枣故华而不实。"绿舆，在道教中专指神仙乘坐的绿衣仙车。《太上洞玄灵宝无量度人上品妙经》卷 1："天真大神，上圣高尊，妙行真人，无鞅数众，乘空而来。飞云丹霄，绿舆琼轮，羽盖垂荫。"《云笈七签》卷 51："其时，太极真君、太极真人乘玄景绿舆，上诣紫微宫，九见太极舆者，则白日升仙。"韬，本指装剑和弓矢的囊衣，引申为隐藏。此处指车衣覆盖车体。《广雅》卷八《释器》："韬，……弓藏也。"《重修玉篇》卷 26《韦部第四百二十四》："韬，……又韬杠也。"《山堂肆考》卷 187《白地韬杠》："《尔雅》：'素锦韬杠。'注云：'以白地锦，韬旗之竿也。'"《说文解字注》卷 5 下《韦部》："韬，剑衣也。"段注："引伸为凡包藏之偁（同称——引者）。"此句指，仙人乘坐的绿色仙车，外罩装饰有枣花形状花纹的车衣。

〔汉浦佩〕见《古意》一诗〔郑交甫〕条笺注。

〔商丘竽〕《列仙传》卷下《商丘子胥》："商丘子胥者，高邑人也。好牧豕吹竽，年七十不娶妇而不老。邑人多奇之，从受道，问其要。言但食术、菖蒲根，饮水，不饥不老如此。传世见之三百余年。贵戚富室闻之，取而服之，不能终岁辄止，惰慢矣。谓将复有匿术也。"

〔紫芑摭荔实〕紫芑，即"紫葩"，紫色的花朵。《方言》（卷）2："摭，取也。"《通志》卷 75《昆虫草木略第一·草类》："蠡实，曰荔实，曰剧草，曰三坚，曰豕首，曰马薤，即马蔺子也。北人呼为马楝子，江东呼为旱蒲，多植于阶庭。《说文》云：荔，似蒲而小，根可作刷。《月令》云：荔，挺生。"《广雅》卷 1《释诂》："摭，……取也。"案：荔实，即今所称"马齿苋"，又称"马蔺菜"，其花朵为淡紫色，故言"紫芑"。

〔翠颖搴蒲葅〕《说文解字注》卷 7 上《禾部》："颖，禾末也。"段注："颖之言茎也、颈也。近于采及贯于采者皆是也。"搴，同"搴"，取。《集韵》卷 6《上声下·獮第二十八》："搴，……亦作搴。"详见《励志诗》一诗〔兰陵轩谊搴〕条笺注。蒲菹，即蒲菜，是一种历史极其悠久的美味，多生食或拌食。《齐民要术》卷 9《蒲菹》："《诗义疏》曰：蒲，深蒲也。《周礼》以为菹。谓菹始生，取其中心入地者，蒻，大如匕柄，正白，生噉之，甘脆。又煮，以苦酒受之，如食笋法，大美。今吴人以为菹，又以为酢。"菹，通"葅"。《宋本广韵》卷 1《上平声·鱼第九》："菹，……亦作葅。"

案：蒲菹可食用的部分为茎（有些品种食根），其色翠绿，故言“翠颖”。

〔缅兹上景娱〕上景，道教名词。道教认为，人体内“身神”共分上、中、下三景，每景各八神，“上景”八神即头部八神。《真诰》卷 9《协昌期第一》：“三八景二十四神，以次念之，亦可一时顿存三八，亦可平旦存上景，日中存中景，夜半存下景，在人意为之也。”上景，在道教中亦专指最玄奥之道旨。《大洞仙经注释》卷上《详源章第五》：“帝一上景”。娄德先注：“上景，无上之理也。”刘师培此处之“上景”，当指后者。三景二十四神，可参看《太上二十四神回元经》。《说文解字》卷 12 下《女部》：“娱，乐也。”此句指，遥想最玄奥道旨带来的欢娱。

〔静觉浇波濡〕浇波，指世情浮躁，人情凉薄。《广弘明集》卷 15 王僧孺《礼佛唱导发愿文》：“仰愿皇帝陛下……反淳源于三古，舍浇波于九代。”《辩正论》卷 2《三教治道篇第二（下）》：“自世运推革，时节流动。淳源一变，浇波四起。既失序于结绳，因照俗以书契。”《毛诗正义》卷 4—3《郑风 · 羔裘》：“羔裘如濡，洵直且侯。”毛传：“如濡，润泽也。”此句指，沉静中就能体会出尘世中世情浮躁，人情凉薄的沾渍侵扰。

〔愿谢九域丘〕谢，避免、拒绝。《正字通》酉集上《言部》：“谢，辞也，绝也。”《文选注》卷 35 潘元茂（勖）《册魏公九锡文》：“绥爰九域，罔不率俾。”李善注：“《韩诗》曰：‘方命厥后，奄有九域。’薛君曰：‘九域，九州也。’”九域丘，即“九丘”，指尘世典籍。另见《书杨雄传后》一诗〔典坟〕条间笺注。此句指，愿意放弃尘世间那些文字典籍。

〔领心三元书〕领心，托心，归心。《法苑珠林》卷 46《摄念篇第二十八 · 引证部》：“大士领心，不拘外轨。”《真诰》卷 3《运象篇第三》“十二月十六日夜右英告”：“秀霄空上，托心玄宅，神栖入领，心标寂刃”。三元，道教名词，亦有多种解释。如，《云笈七签》卷 3《道教三洞宗元》：“三元者，第一混洞太无元，第二赤混太无元，第三冥寂玄通元。从混洞太无元化生天宝君；从赤混太无元化生灵宝君；从冥寂玄通元化生神宝君。”刘一明《道书十二种 · 悟真直指卷一 · 十一》：“三元者，天元、地元、人元。又上元、中元、下元，亦为三元。”等等。三元在此处，代指道教。三元书，即道教的玄理。此句指，归心追随道教的玄理。

〔玉瓶漱灵津〕玉瓶，道教指盛放甘露的玉制瓶子。《三洞珠囊》卷 3《服食品》：“《上清消魔经》云：……兰液金粕，甘露玉瓶。”灵津，津液、唾液。《真诰》卷 10《协昌期第二》：“子所以不得升度者，以子身有大病，脑宫亏减，筋液不注，灵津未溢。”

〔金汋飡玄珠〕金汋，道家丹药。《真诰》卷 5《甄命授第一》“道授卷”：“若得金汋神丹，不须其他术也，立便仙矣。”《云笈七签》卷 67《金丹部 · 金液法》：“以金汋和黄土，内六一泥瓯中，猛火炊之，尽成黄金。复以火灼之，皆化为丹。服之，如小豆大，可以入名山大川，为地仙。”《抱朴子神仙金汋经》卷上：“金汋还丹，太一所服而神仙，白日升天者也。”《字汇》戌集《食部》：“飡，……吞食。俗以餐、飡通用。”《经典释文》卷 28《庄子音义下 · 则阳第二十五》：“飡，又作飧。”玄珠，道家名词，指道家思想的关键核心，亦指水银（道家炼丹之用）。《庄子 · 天地第十二》：“黄帝游乎赤水之北，登乎昆仑之丘而南望。还归，遗其玄珠。”陆德明《经典释文》卷 27《庄子音义 · 中天地第十二》：“玄珠，司马云：道真也。”《阴真君金石五相类》：“配合水银相类门第二十名，……二名玄珠流汞。”

〔困株木〕《周易正义》卷 5《困》：“初六，臀困于株木，入于幽谷，三岁不觌。”王弼注：“最处底下，沈滞卑困，居无所安，故曰：臀困于株木也。欲之其应，二隔其路，居则困于株木，进不获拯，必隐遯者也，故曰：入于幽谷也。困之为道，不过数岁者也，以困而藏，困解乃出，故曰：三岁不觌也。”

〔委形湫尘区〕《庄子 · 知北游第二十二》：“舜曰：吾身非吾有也，孰有之哉？曰：是天地之委形也。生非汝有，是天地之委和也。性命非汝有，是天地之委顺也。”湫，狭窄卑下。《说文解字》卷 11 上《水部》：“湫，隘下也。”《正字通》巳集上《水部》：“湫，《说文》作湫，义同。”尘区，尘世、俗世。司空图《司空表圣文集》卷 10《十会斋文》：“无缘，则三道宝阶如登剑树；有愿，则十方净域便越尘区。”《宋高僧传》卷 14《唐杭州灵智寺德秀传》：“释德秀，俗姓孙氏，富阳人也。少出尘区，早栖梵宇。”

〔石火〕石块碰撞摩擦发出的火星，喻短暂瞬间。《关尹子 · 五鉴》：“来干我者，如石火顷，以性受之，则心不生物浮浮然。”

〔西晡〕夕阳西下，傍晚。张说《张燕公集》卷 18《梁国公姚文贞公碑奉勅撰》：“川归东极，日去西晡。”

〔蒿里〕坟茔。《汉书 · 武帝纪第六》：“十二月，禮高里。”颜师古注：“伏俨曰：山名，在泰山下。师古曰：此高字自作高下之高，而死人之里，谓之蒿里，或呼为下里者也。”《汉书 · 酷吏 · 田延年传》：“先是，茂陵富人焦氏、贾氏以数千万阴积贮炭苇诸下里物。”颜师古注：“孟康曰：死者归蒿里，葬地，故曰下里。”

〔敛魄无贤愚〕魄，指必须依附于人的肉体而存在的精神。详见《大象篇》一诗〔载魄晞朝霞，游魂周六区〕条笺注。敛魄，去世的婉称。《吴都文粹续集》卷 52 伊策《苏武慢（苏台怀古）》：“物换人非，千年俯仰，伯业竟归。何处宝剑埋精，铜棺敛魄”。上句与此句指，君不见那些荒烟漫草间的坟茔，不论优劣贤愚，人的最终归宿无非一死。

游仙诗

仙陌嘘广风，灵崖斸堁尘。羽旍焕重阿，虹裳晖城闉。熙哉元灵謶，欲斡钧天春。何以志绸缪，纂组千百纯。瑶函与君期，惜无赪水鳞。丹丘富穹谷，绛浦多迷津。安得比间华，鞣为猋车轮。仰横星汉端，俛极坛埏垠。

【刊载】

《刘申叔遗书》61 册（64），《左盦诗录》卷 3《左盦诗续录》。

【类型】

五言，16 句。

【编年】

1912 年。排于《黄鹤楼夕眺》之后，《蜀中赠朱云石》之前，故定编年于 1912 年。

【笺注】

〔游仙诗〕汉魏以降，流行以《游仙诗》为题命诗，内容则以遨游仙境为主。如嵇康、张华、郭璞等均有《游仙诗》。直至近现代，《游仙诗》始终层出不穷，传世作品极多。

〔仙陌嘘广风〕仙陌，仙境中之阡陌（道路）。王偁《虚舟集》卷 3《双桂堂为彭进士汝器赋》：“人言此种蟾宫得，曾映清光满仙陌。”何乔新《椒丘文集》卷 23《双桂堂为秋官李时赐赋》：“移得灵根下仙陌，素娥含情不敢惜。”《说文解字》卷 2 上《口部》：“嘘，吹也。”广风，即“广莫风”，指北风。《史记 · 律书》：“广莫风，居北方。广莫者，言阳气在下，阴莫阳广大也，故曰广莫。”《汉书 · 礼乐志》：“《天门》十一：……四兴递代八风生。”颜师古注：“……北方曰广莫风。”《群书考索 · 续集》卷 21《八律门 • 律声》：“八风括不周广莫条：……正北，子位，广风。”

〔灵崖斸堁尘〕灵崖，山崖的雅称，亦指仙境中之山崖。《艺文类聚》卷 78《灵异部上 · 仙道》庾阐《游仙诗》：“玉树标云，翠蔚灵崖。”《广雅》卷 3《释诂》：“斸，……除也。”《淮南鸿烈解》卷 16《说山训》：“上食晞堁，下饮黄泉。”高诱注：“晞，干也。堁，土尘也，楚人谓之堁。”

〔羽旍焕重阿〕旍，同“旌”。《集韵》卷 4《平声四 · 清第十四》：“旌，……或作旃。”《周礼 · 春官宗伯 · 司常》：“司常掌九旗之物名。……全羽为旞，析羽为旌。”《春秋左传正义》卷 28《闵公二年》：“卫懿公唯不去其旗，是以败于荧，乃内旌于弢中。”孔颖达疏：“《周礼》：‘全羽为旞，析羽为旌。’谓空建鸟羽者也。但凡旗竿首皆有析羽，故旌为之总名，皆以旌言之。”重阿，崇山峻岭。《真诰》卷 15《阐幽微第一》：“纣绝标帝晨，谅事遘重阿。”《晋书 · 后妃上 · 武元杨皇后传》：“及元杨皇后崩，芬献诔曰：……千乘万骑，迄彼峻山。峻山峨峨，层阜重阿。”此句指，羽毛装饰的旌旗，将崇山峻岭映照得光彩夺目。

〔虹裳晖城闉〕虹裳，虹霓制成的下衣，多指仙人所服。亦指彩色的下衣，泛指彩色的服饰。《述异记》卷上：“荀瓌，字叔伟。潜栖即妆，尝东游憩江夏黄鹤楼上。望西南有物飘然降自霄汉，俄顷已至，乃驾鹤之宾也。鹤止户侧，仙者就席，羽衣虹裳，宾主欢对，已而辞去，跨鹤腾空，眇然而灭。”闉，瓮城，亦泛指城市。《文选注》卷 27 颜延年（延之）《始安郡还都与张湘州登巴陵城楼作一首》：“经途延旧轨，登闉访川陆。”李善注：“闉，城曲重门也。”此句指，仙人彩色的服饰将城市映衬得辉煌夺目。

〔熙哉元灵謌〕熙，广大，广阔。《尚书正义》卷 5《益稷》：“乃歌曰：股肱喜哉，元首起哉，百工熙哉。”孔传：“百官之业乃广。”《尔雅 · 释诂》：“熙，兴也。”元灵，即“玄灵”，避清圣祖御讳改。《汉武帝内传》：“王母……又命侍女安法婴歌元灵之曲，其词曰：‘大象虽寥廓，我把天地户。……韶尽至韵存，真音辞无邪。’歌毕，帝乃下地叩头自陈”。（补守山阁丛书光绪十五年石印本）张志和《玄真子》：“作《太寥之歌》曰：化元灵哉，碧虚清哉，红霞明哉，冥哉茫哉，惟化之工无疆哉。”（崇文书局子书百家光绪刻本）

〔欲斡钧天春〕斡，统辖。《汉书 · 食货志》：“浮食奇民欲擅斡山海之货，以致富羡。”颜师古注：“斡，谓主领也。读与管同。”《吕氏春秋》卷 13《有始览第一》：“天有九野，……何谓九野？中央曰钧天，其星角、亢、氐。”高诱注：“钧，平也，为四方主，故曰钧天。”《史记 · 赵世家》：“赵简子疾，五日不知人，……居二日半，简子寤。语大夫曰：‘我之帝所甚乐，与百神游于钧天，广乐九奏万舞，不类三代之乐，其声动人心。’”

〔绸缪〕本意为缠裹、捆扎，引申为道家的深奥之理。《毛诗正义》卷 8—2《豳风 · 鸱鸮》：“迨天之未阴雨，彻彼桑土，绸缪牖户。”郑玄笺：“绸缪，犹缠绵也。”孔颖达疏：“及天之未阴雨之时，剥彼桑根以缠绵其牖户。”《庄子集释》卷 8 下《（杂篇）则阳第二十五》：“圣人达绸缪，周尽一体矣。”郭庆藩引郭象注：“所谓玄通。”引陆德明《经典释文》：“绸缪，犹缠绵也。又云：深奥也。”

〔纂组千百纯〕纂组，编织，引申为组织语言，编纂文章。《管子·轻重甲第八十》："昔者桀之时，女乐三万人，端噪晨乐，闻于三衢，是无不服文绣衣裳者，伊尹以薄之游女，工文绣纂组，一纯得粟百钟于桀之国。"张九成《孟子传》卷 2："至于纂组为工，骈俪为巧，以要富贵，而取召声，而曰此吾之学也。呜呼！其亦可用乎？"纯，计量单位。《淮南鸿烈解》卷 4《墬形训》："门间四里，里间九纯。纯，丈五尺。"高诱注："纯，量名。"上句与此句指，如何才能阐明这道家深奥之理？须编纂出千言万语。

〔瑶函与君期，惜无赪水鳞〕瑶函，亦称瑶札、瑶笺、瑶缄，书信的美称。黄滔《黄御史集》卷 7《书·薛舍人》："金口开时，讲贯则处其异等。瑶函发处，推扬则寘彼极言。"上天曾授予姜太公一块藏于鱼腹，刻有谶语的玉璜，故称"瑶函"。《艺文类聚》卷 10《符命部·符命》："《尚书中候》曰：季秋，赤雀衔丹书入酆，止于昌户。昌拜稽首受。最曰：'姬昌，苍帝子。'又曰：'吕尚，钓磻溪得玉璜。刻曰：姬受命，吕佐旌。'"《太平御览》卷 67《地部三十二·溪》："《尚书大传》曰：吕尚钓于磻溪，得鱼，腹中有玉璜。"赪鳞，红色的鱼。《列仙传》卷上《吕尚》："吕尚者，冀州人也。……西适周，匿于南山，钓于磻溪，三年不获鱼，比间皆曰可已矣。尚曰'非尔所及也。'已而，果得兵钤于鱼腹中。文王梦得圣人，闻尚，遂载而归。"郭元祖赞："吕尚隐钓，瑞得赪鳞。通梦西伯，同乘入臣。沈谋籍世，芝体炼身。远代所称，美哉天人。"参见《咏史（二首）》其一一诗〔钓璜隐姜公〕条笺注、《阴氛篇》一诗〔弋绨起隐珪〕条笺注。

〔丹丘富穹谷〕丹丘，仙人居住的昼夜常明之所。《楚辞补注》卷 5 屈原《远游》："仍羽人于丹丘兮，留不死之旧乡。"王逸注："因就众仙于明光也。丹丘，昼夜常明也。《九怀》曰：夕宿乎明光。明光，即丹丘也。"洪兴祖补注："羽人，飞仙也。《尔雅》曰：距齐州以南，戴日为丹穴。"《汉书·班固传》载其《西都赋》："其阳则崇山隐天，幽林穹谷。"李贤注："穹谷，深谷。"

〔绛浦多迷津〕绛浦，指银河。银河亦称绛河、银浦。《真诰》卷 3《运象篇第三》"九月九日紫微夫人喻作因许示郗"："紫空朗明景，玄宫带绛河。济济上清房，云台焕嵯峨。"《汉武帝内传》："远隔绛河，扰以官事，遂替颜色。"《山堂肆考》卷 2《绛河》："按：天河一曰绛河，曰明河，曰银河，曰云汉，曰天汉，曰银汉，曰银潢，曰银湾，曰斜汉，曰金汉，曰星河，曰倾河。言天汉将斜而晓也。曰绳河，言如绳之直也。"李贺《昌谷集》卷 1《天上谣》："天河夜转漂回星，银浦流云学水声。"《类说》

卷 29《鸡跖集 · 银浦》:“李贺谓天河为银浦。”迷津，找不到渡水的渡口，亦指误导人的错误道路，引申为迷茫、困惑。萧统《昭明太子集》卷 3《南吕八月》:“登山失路，涉海迷津。”

〔安得比间华，毴为猋车轮〕《逸周书》卷 7《王会解第五十九》:“白州比间。比间者，其华若羽，伐其木以为车，终行不败。”比间，棕榈树。《骈雅》卷 6《释木》:“栟间、比间、蒲葵，椶也。”《正字通》辰集中《木部》:“椶，……俗作棕。”《类篇》卷 16：“椶，祖丛切，椶榈，木名，叶似车轮。”毴，义未详，疑应为“鞣”。《荀子》卷 1《劝学篇第一》:“木直中绳，鞣以为轮。其曲中规，虽有槁暴，不复挺者，鞣使之然也。”杨倞注:“鞣，屈也。”猋车，传说中御风而行的神仙之车。详见《望庐山》一诗〔猋轮斡地维〕条笺注。此二句指，如何能得到棕榈树，鞣制成神仙之车的车轮。

〔仰横星汉端〕星汉，银河。《六臣注文选》卷 27 魏文帝（曹丕）《燕歌行》:“明月皎皎照我床，星汉西流夜未央。”吕延济注:“星汉，天河央极也。”《淮南鸿烈解》卷 9《主术训》:“主道员者，运转而无端。”高诱注:“端，涯也。”此句指，（驾着那棕榈制成车轮的神仙之车）向上横越银河最遥远的边际。

〔俛极坛埏垠〕《类篇》卷 22：“俛，……或作俯。”坛埏，即“纮埏”，指极偏远之地。《初学记》卷 5《地部上 · 总载地第一 · 叙事》:“《淮南子》云：天有九部八纪，地有九州八柱。九州之外有八埏，八埏之外有八纮，八纮之外有八极。”刘师培《中国中古文学史讲义 · 第一课 · 概论》:“物成而丽，交错发形。分动而明，刚柔判象。在物佥然，文亦犹之。惟是捈欲通嘘，纮埏实同，偶类齐音，中邦臻极。”《正字通》丑集中《土部》:“垠，……从土从㫐。㫐，止也，止于此也。……俗作垠。”此句指，（驾着那棕榈制成车轮的神仙之车）向下走遍天之涯，地之角。

大隄曲（八首）

【刊载】

《刘申叔遗书》61 册（64—65），《左盦诗录》卷 3《左盦诗续录》。

【编年】

1912 年。排于《黄鹤楼夕眺》之后，《蜀中赠朱云石》之前，故定编年于 1912 年。

【类型】

五言，4 句。

大隄曲（八首）其一

杂珮何锵锵，赠君君勿諠。上衡下双璜，中有蠙珠魂。

【笺注】

〔大隄曲〕乐府旧题。《乐府诗集》卷 94 刘禹锡《堤上行三首》解题："《古今乐录》曰：清商西曲《襄阳乐》云：朝发襄阳城，暮至大堤宿。大堤诸女儿，花艳惊郎目。梁简文帝由是有《大堤曲》，《堤上行》又因《大堤曲》而作也。"李白、李贺等均有《大堤曲》传世，五言，内容则为女子对情郎的思念。

〔杂珮何锵锵〕杂佩，以各种不同小件玉饰连缀成的玉佩。《毛诗正义》卷 4—3《郑风·女曰鸡鸣》："知子之来之，杂佩以赠之。"《毛传》："杂佩者，珩、璜、琚、瑀、冲牙之类。"《毛诗正义》卷 4—3《郑风·有女同车》："佩玉将将，彼美孟姜。"毛传："将将，鸣玉而后行。"孔颖达疏："云鸣玉而后行者，此解锵锵之意。将动而玉已鸣，故于将翱将翔之时，已言佩玉锵锵也。"

〔諠〕《集韵》卷 2《平声二·元第二十二》："諼，……《尔雅》：'忘也。'亦作諠。"

〔上衡下双璜，中有蠙珠魂〕《大戴礼记》卷 3《保傅第四十八》："上车以和鸾为节，下车以佩玉为度。上有双衡，下有双璜。冲牙、玭珠以纳其间，琚瑀以杂之。"卢辩注："玭，亦作蠙。"《说文通训定声·壮部弟十八》："珩，佩上玉也。……按：珩者，佩首横玉，所以系组。组有三：中组之末，其玉曰冲牙。左右组之末，其玉曰璜。而蠙珠、琚、瑀则贯于珩之下，双璜与冲牙之上。"衡，通"珩"。《广雅疏证》卷 9 下《释地·池》："白珩"。王念孙注："《礼记》通作衡。珩之言衡也，衡施于佩上也。"《尚书正义》卷 6《禹贡》："淮夷蠙珠暨鱼"。孔颖达疏："蠙是蚌之别名，此蠙出珠，遂以蠙为珠名。"

大隄曲（八首）其二

栵栭为君辕，赤楝为君毂。坚心君弗识，化作君车木。

【笺注】

〔栵栭为君辕〕《毛诗正义》卷 16—4《大雅·文王之什·皇矣》："修之平之，其灌其栵。"毛传："灌，丛生也。栵，栭也。"《尔雅注疏》卷 9《释木第十四》："栵，栭"。郭璞注："树似槲樕而庳小。子如细栗，可食。今江东亦呼为栭栗。"邢昺疏：

“栵，一名栭。《诗 · 大雅 · 皇矣》云：‘其灌其栵’。陆玑疏云：‘叶如榆也，木理坚韧而赤，可为车辕。’郭云：‘树似槲樕而庳小，子如细栗，可食。今江东亦呼为栭栗。’《礼记 · 内则》云：‘芝栭蔆椇’是也。”

〔赤楝为君毂〕《尔雅注疏》卷 9《释木第十四》：“楝，赤楝。”郭璞注：“赤楝，树叶细而岐锐，皮理错戾，好丛生山中。中为车辋。”邢昺疏：“楝，赤者名楝，……《诗 · 小雅》云：‘隰有杞楝’。陆玑疏云：‘楝叶如柞，皮薄而白，其木理赤者为赤楝。一名楝，白者为楝，其木皆坚韧，今人以为车毂。”

〔坚心君弗识，化作君车木〕刘师培《拟茂先情诗（二首）》其一：“愿为陌丘尘，随风集君衣。”

大隄曲（八首）其三

椒聊不可析，朱实裹如裘。侬心不可剖，中有相思苞。

【笺注】

〔椒聊不可析，朱实裹如裘〕《诗经今注 · 唐风 · 椒聊》：“椒聊之实，蕃衍盈升。”高亨注：“椒聊，一种丛木，今名花椒。”（上海古籍出版社 1980 年 10 月第 1 版 P154）《尔雅翼》卷 11《释木 · 椒》：“椒实多而香，故唐诗以椒聊喻曲沃之蕃衍盛大。聊，语助也。”《说文通训定声 · 孚部弟六》：“茮，……亦作椒。”《说文解字注》卷 1 下《艸部》：“茮，茮莍也。”段注：“茮莍盖古语，犹《诗》之‘椒聊（同聊——引者）’也。单呼曰茮，絫（同累——引者）呼曰茮莍、茮聊。《唐风》：‘椒聊之实’。毛曰：椒聊，椒也。《释木》曰：椒、椴、丑莍、檓、大椒。《神农本草经》：有蜀椒，又有秦椒。”陆德明《经典释文》卷 30《尔雅音义下 · 释木第十四》：“莍，音求。《说文》云：椴，椒实。裹如裘也。”案：今本《说文》作“裹如表者”。《说文解字注》卷 1 下《艸部》：“莍，椴实，裹如裘（同裘——引者）者。”段注：“依《尔雅音义》正误。裘、莍同音也。郭云：莍、萸子聚生成房皃（貌——引者）。”闻一多《风诗类钞甲 · 椒聊》：“草木实聚生成丛，古语叫作聊，今语叫作嘟噜。”（《闻一多全集》【四】辛集 P26，民国丛书第三编第 91 册）朱实，花椒的果实成熟干燥后，呈朱红色。《蜀中广记》卷 64《方物记第六 · 药石》：“《蜀都赋》云：‘或蕃丹椒’。注曰：‘岷山多药草，椒尤好，异于天下。’《寰宇记》：黎州产红椒，即丹椒也，入贡。《本草》：茂州椒，其殻一开一合为佳。即岷山界。又云：蜀椒生于巴郡，八月采实阴干，《范子计然》曰：蜀椒出武都山，赤色者佳。《尔雅》：檓木椒。按：丛生实大者为檓，树如茱萸，有刺，叶坚而滑泽。蜀人作茶皆合煮其叶，以为香。”此二句指，花椒的果实结成硕大的嘟噜串子，难以拆开。子实外面裹着坚硬的红色外壳。

〔侬心不可剖，中有相思苞〕《重修玉篇》卷 3《人部第二十三》：“侬，……吴人称我是也。”《文选注》卷 4 左太冲（思）《蜀都赋》：“或丰绿荑，或蕃丹椒。”刘渊林（逵）注：“一曰：出广都山、岷山，特多药草，其椒尤好，异于天下。渐苞相苞，裹而同长也。《书》曰：‘草木渐苞’。”《尚书正义》卷 6《禹贡》：“草木渐包。”孔传：“渐，进长。包，丛生。”陆德明《经典释文》卷 3《尚书音义上·禹贡第一·卷之三·夏书》：“渐，如字。本又作蔪。《字林》：才冉反，草之相包裹也。包，必茅反字。或作苞，非丛生也。马云：相包裹也。”

大隄曲（八首）其四

葛藟施条枚，同心不同色。君为玄粉纯，侬作青苹席。

【笺注】

〔葛藟施条枚〕《诗经今注·大雅·文王之什·旱麓》：“莫莫葛藟，施于条枚。”高亨注：“葛藟，葛藤。”（上海古籍出版社 1980 年 10 月第 1 版 P385）《诗经今注今译·大雅·文王之什·旱麓》马持盈注：“施：音移，延曼也。条：树枝。枚：树干。”（台湾商务印书馆 1979 年 3 月六版 P413）

〔同心不同色〕《玉台新咏》卷 10 梁武帝（萧衍）《夏歌四首》其一：“江南莲花开，红光覆碧水。色同心复同，藕异心无异。”《全宋诗》卷 3647《陈普三·和菜花（二首）》其一：“不问异根仍异味，尽令同色亦同心。”（北京大学出版社 1998 年 12 月第 1 版第 68 册 P43756）此句指，葛藟的藤蔓与其所攀援依附而生的树木交错缠绕，二者品类颜色本不同，但沿着同一个轴心向上生长。人们常以树喻指男性，以藤蔓喻指女性，以藤缠树喻指夫妻关系。

〔玄粉纯〕《尚书正义》卷 18《顾命》：“西夹南向，敷重笋席，玄纷纯，漆仍几。”孔传：“笋，蒻竹。玄纷，黑绶。”纯，边缘。苏轼《书传》卷 17《周书·顾命第二十四》注：“黼纯：黼，黑白也。纯，缘也。”阮元《尚书正义校勘记》卷 18《顾命第二十四》：“元（即玄——引者）纷，黑绶：古本、岳本、宋板、闽本、《纂传》同。毛本作‘粉’，非。”

〔依作青苹席〕《宋本广韵》卷 1《上平声 · 冬第二》:“侬，我也。”《尚书正义》卷 18《顾命》:“西序东向，敷重厎席，缀纯，文贝仍几。”孔传:“厎，蒻苹。”《尚书日记》卷 15《顾命》:“蒻苹，蒲也。”《说文通训定声 · 履部弟十二》:“厎，……青蒲为席，柔滑而平也。”上句与此句指，君是那软竹席上黑色丝带装饰的边饰，我做那用在大典上的青蒲席。

大隄曲（八首）其五

青青朴樕枝，裁作中堂栌。勿讶木心湿，幕巾多泪珠。

【笺注】

〔朴樕〕《毛诗正义》卷 1—5《召南 · 野有死麕》:“林有朴樕，野有死鹿。”毛传:“朴樕，小木也。”陆德明《音义》:“朴樕，小树也。”

〔中堂栌〕中堂，建筑群落中正中央，即最重要的厅堂建筑。《仪礼注疏》卷 8《聘礼第八》:“公侧袭受玉于中堂与东楹之间。”郑玄注:“中堂，南北之中也，入堂深尊宾事也。”栌，房屋梁柱上支撑重量的方木，即斗拱。《释名 · 释宫室第十七》:“卢在柱端，都卢负屋之重也。”《尔雅注疏》卷 5《释宫第五》:“栭，谓之楶。”郭璞注:“即栌也。”《六书故》卷 21《植物一》:“欂栌，……枅也。《尔雅 · 疏》以栱为枅，又名欂，又名沓。以楶为栌，又名栭，又谓斗栱。”《汉书 · 叙传上》(殿本):“楶棁之材，不荷栋梁之任。”注:“萧该《音义》曰:‘韦昭:楶，音节，一名檽，即柱上方木也。’”

〔木心湿〕《毛诗正义》卷 1—5《召南 · 野有死麕》:“林有朴樕，野有死鹿。”孔颖达疏:“《释木》云:朴樕，心。某氏曰:朴樕，斛樕也。有心能湿，江河间以作柱。孙炎曰:朴樕一名心，是朴樕为木名也。”《说文解字注》卷 6 上《木部》:“樕，朴樕，小木也。”段注:“朴当作樸，樸、朴正俗字也。各本无小字，今依《五音韵谱》《韵会》《集韵》《类篇》补。《召南》:‘林有朴樕。’毛曰:‘朴樕，小木也。’《释木》云:‘樕朴，心。’樕朴，即《诗》之朴樕。俗书‘立’‘心’多同‘小’。又草书‘心’似‘小’。《毛传》《说文》当本作‘心木’，讹为小木耳。《诗 · 正义》云:‘某氏曰:朴樕，斛樕也。有心能湿。江河间以作柱。’孙炎曰:朴樕，一名心。据此及许立文之次弟，知朴樕乃木名，非凡小木之称也。”

〔幕巾〕《正字通》寅集中《巾部》:“幕，……亦作幙。”《类篇》卷 21 :“幙，……系也，巾也。”幕，通“綦”。《集韵》卷 1《平声一 · 之第七》:“幙，……或作綦”。

《诗经 · 郑风 · 出其东门》："缟衣綦巾，聊乐我员。"《诗经 · 郑风 · 出其东门》："缟衣綦巾，聊乐我员。" 参见《述怀一百四十韵示蜀中诸同好》一诗〔筐缟丽綦巾〕条笺注。

大隄曲（八首）其六

行行重行行，紫塞三千里。君行傥可止，愿作中田（苣）〈芑〉。

【笺注】

〔行行重行行〕《玉台新咏》卷 1《枚乘杂诗九首》其三："行行重行行，与君生别离。相去万余里，各在天一涯。"《行行重行行》为古乐府，《文选》卷 29 亦收此诗，作《古诗一十九首》，题"不知作者，或云枚乘。疑不能明也。"《乐府诗集》卷 71 江淹《古别离》解题："《楚辞》曰：'悲莫悲兮生别离。'《古诗》曰：'行行重行行，与君生别离。相去万余里，各在天一涯。' 后苏武使匈奴，李陵与之诗曰：'良时不可再，离别在须臾。' 故后人拟之为《古别离》。梁简文帝又为《生别离》，宋吴迈远有《长别离》，唐李白有《远别离》，亦皆类此。"

〔紫塞〕长城边关。详见《从军苦歌（七首）》其五一诗〔紫塞〕条笺注。

〔中田（苣）〈芑〉〕苣，当作"芑"。《毛诗正义》卷 10—2《小雅 · 南有嘉鱼之什 · 采芑》："薄言采芑，于彼新田。" 毛传："芑，菜也。" 孔颖达疏："陆机疏云：芑，似苦菜也。茎青白色，摘其叶，白汁出，肥可生食，亦可蒸为茹。青州人谓之芑，西河、雁门芑尤美。"《毛诗正义》卷 13—2《小雅 · 谷风之什 · 信南山》："中田有庐，疆埸有瓜。" 郑玄笺："中田，田中也。"《采芑》诗序："采芑，宣王南征也。" 刘师培以此喻女子思念出征的夫君，悲叹"良人戍边"之苦。

大隄曲（八首）其七

绸缪复绸缪，送君木兰舟。孰云扬水狭，一任束蒲流。

【笺注】

〔绸缪复绸缪〕绸缪，情深意切。《诗经 · 唐风 · 绸缪》："绸缪束薪，三星在天。……绸缪束刍，三星在隅。……绸缪束楚，三星在户。" 诗中连用"绸缪"，故曰"绸缪复绸缪"。《毛诗正义》卷 6—2《唐风 · 绸缪》："绸缪束薪，三星在天"。毛传："绸缪，犹缠绵也。" 刘大观《玉磬山房诗集》卷 11《娱老集卷一（道光壬午癸末）· 题兰皋中丞生圹图》：“绸缪复绸缪，万古无离别。”参见《送佩忍归吴江》一诗〔绸缪〕条笺注。

〔木兰舟〕《述异记》卷下：“木兰舟在浔阳江中，多木兰树。昔吴王阖闾植木兰于此，用构宫殿也。七里洲中有鲁班刻木兰为舟，舟至今在洲中。诗家云木兰舟，出于此。”《全唐诗》卷 541 李商隐（或作陆龟蒙）《木兰花》：“洞庭波冷晓侵云，日日征帆送远人。几度木兰舟上望，不知元是此花身。”（第 8 册 P6309）欧阳修《文忠集》卷 58《外集八 · 古赋 · 荷花赋》：“香荃桡兮木兰舟，澹容与兮怅夷犹。”

〔孰云扬水狭，一任束蒲流〕《毛诗正义》卷 4—1《王风 · 扬之水》：“扬之水，不流束薪。……扬之水，不流束蒲。”毛传：“扬，激扬也。”“蒲，草也。”郑玄笺：“激扬之水至湍迅，而不能流移束薪。”“蒲，蒲柳。”孔颖达疏：“以首章言薪，下言蒲、楚，则蒲、楚是薪之木名，不宜为草。故《易传》以蒲为柳。陆玑疏云：蒲柳有两种，皮正青者曰小杨，其一种皮红者曰大杨。其叶皆长广似柳叶，皆可以为箭干。故《春秋传》曰：董泽之蒲，可胜既乎，今又以为箕鑵之杨也。”狭，指“扬之水”狭窄。欧阳修《诗本义》卷 3《扬之水》：“激扬之水，其力弱不能流移于束薪。”《扬之水》诗序：“扬之水，刺平王也。不抚其民，而远屯戍于母家，周人怨思焉。”全诗写戍边者思乡，渴望早日回家。

大隄曲（八首）其八

搔首望城隅，思君忘晦朔。浞浞新台流，玼鲜安可濯。

【笺注】

〔搔首望城隅〕《毛诗正义》卷 2—3《邶风 · 静女》：“静女其姝，俟我于城隅。爱而不见，搔首踟蹰。”毛传：“静，贞静也。女德贞静而有法度，乃可说也。姝，美色也。俟，待也。城隅，以言高而不可踰。”

〔晦朔〕阴历的月末日和月初日，亦指昼夜，均可指代时间岁月。《说文解字注》卷 7 上《日部》：“晦，月尽也。”段注：“朔者，月一日始苏。朢（望——引者）者，月满与日相朢，似朝君。字皆从月，月尽之字独从日者，明月尽而日如故也。”《吕氏春秋 · 贵因》：“推历者，视月行而知晦朔。”《庄子集释》卷 1 上《（内篇）逍遥游第一》：“朝菌不知晦朔”。郭庆藩引陆德明《经典释文》：“晦，冥也。朔，旦也。”薛嵎《云泉诗 · 闲居杂兴十首》其六：“荣枯忘晦朔，霜雪抱贞坚。”

〔浘浘新台流，玼鲜安可濯〕《毛诗正义》卷 2—3《邶风 · 新台》诗序：“新台，刺卫宣公也。纳伋之妻，作新台于河上而要之。”诗：“新台有泚，河水弥弥。……新台有洒，河水浼浼。”毛传：“泚，鲜明貌。”陆德明《音义》：“《韩诗》作浘浘，音尾，云盛貌。”《宋本广韵》卷 3《上声 · 尾第七》：“浘，水流貌。”参见《癸丑纪行六百八十八韵》一诗〔新台吊頳頞〕条笺注。玼，通“泚”。《说文解字注》卷 11 上二《水部》：“泚，清也。”段注：“此本义也。今《诗》‘新台有泚。’毛曰：‘泚，鲜明貌。’此假泚为玼也。”《说文解字注》卷 1 上《玉部》：“玼，玉色鲜也。从玉此声。《诗》曰：‘新台有玼。’”段注：“《诗 · 邶风》文。今本作泚，《韩诗》作漼，云鲜皃（貌——引者），即今璀璨字也。”《毛诗正义》卷 3—1《鄘风 · 君子偕老》：“玼兮玼兮，其之翟也。”毛传：“玼，鲜盛貌。”此二句借卫宣公之子公子伋妻子之口，控诉卫宣公强纳子妇为妾，即使河水清澈鲜亮，也洗刷不去这丑事。

浣花溪夕望

擥思缅往懽，幽寻憬孤策。林霏澹霜辰，波镜舒烟夕。零零湛露晞，瑟瑟流尘集。绪风结孤忱，冰籁警凄魄。远游思何任，苦羡翻飞翮。

【刊载】

《刘申叔遗书》61 册（71），《左盦诗录》卷 3《左盦诗续录》。

【编年】

1912 年。排于《阴氛篇》之前，《蜀中赠朱云石》之后，故定编年于 1912 年。

【类型】

五言，10 句。

【笺注】

〔浣花溪〕成都著名景点，位于杜甫草堂南侧，杜诗中有多处述及此处。《古今事文类聚续集》卷 6《居处部 · 浣花草堂》：“杜甫在成都，剑南节度使裴冕为卜西郭浣花溪，作草堂居焉。”《全唐诗》卷 226 杜甫《卜居》：“浣花流（一作之，一作溪。溪在成都西郭外，一名百花潭）水水西头，主人为卜林塘幽。已知出郭少尘事，更有澄江销客愁。无数蜻蜓齐上下，一双鸂鶒对沉浮。东行万里堪乘兴，须向山阴上（一作入）小舟。”（第 4 册 P2433）

〔擥思缅往懽〕擥，同“揽”。《正字通》卯集中《手部》：“擥，……别作揽”。懽，同“欢”。《宋本广韵》卷 1《上平声 · 桓第二十六》:“欢，喜也。……懽，上同。”

〔憬孤策〕《毛诗正义》卷 20—1《鲁颂 · 駉之什 · 泮水》:“憬彼淮夷，来献其琛。”毛传:“憬，远行貌。”孤策，独行。《广弘明集》卷 19 沈约《内典序》:“孤策独骛，莫知所限。”《淮南鸿烈解》卷 4《天文训》:“夸父弃其策，是为邓林。”高诱注:“策，杖也。”

〔林霏澹霜辰〕林霏，林中雾气。欧阳修《文忠集》卷 39《醉翁亭记》:“日出而林霏开，云归而岩穴暝。”鲍照《鲍明远集》卷 10《河清颂（并序）》:“和协律吕，烟霏雾集。”《经典释文》卷 29《庄子音义上 · 内篇 · 逍遥游第一》:“澹然，徒暂反，恬静也。”霜辰，寒冷的秋冬季。《初学记》卷 3《岁时部上 · 秋第三 · 叙事》:“时曰凄辰、霜辰（霜辰可施九月）。”《全唐诗》卷 189 韦应物《送刘评事》:“况复岁云暮，凛凛冰霜辰。”（第 3 册 P1946）

〔波镜舒烟夕〕波镜，亦作“镜波”，喻水面如镜子般平整安静。贡奎《云林集》卷 6《舟中偶成》:“林影倒涵波镜动，白鸥低傍钓船飞。”《全唐诗》卷 480 李绅《寿阳罢郡日有诗十首与追怀不殊今编于后兼纪瑞物 · 忆东湖（《南昌志》: 洪州城内有大湖，通章江，名曰东湖。）》:“霞散浦边云锦截，月升（一作临）湖面镜波开。”（第 8 册 P5505）烟夕，雾霭缭绕的傍晚。《文苑英华》卷 142《虫鱼四 · 听秋虫赋一首》李子卿《听秋虫赋》:“吟泽畔之风秋，卧江皋之烟夕。”

〔零零湛露晞〕零零，落。《大戴礼记》卷 2《夏小正第四十七 · 八月》:“栗零零也者，降也。零而后取之，故不言剥也。”《文苑英华》卷 129《哀伤一 · 伤心赋一首》庾信《伤心赋（并序）》:“凄其零零飏焉，秋草去矣。”《毛诗正义》卷 10—1《小雅 · 南有嘉鱼之什 · 湛露》:“湛湛露斯，匪阳不晞。”毛传:“湛湛，露茂盛貌。阳，日也。晞，干也。”

〔瑟瑟流尘集〕瑟瑟，风声。详见《咏扇》一诗〔瑟瑟风生帷〕条笺注。流尘，飞尘。《文选注》卷 31 刘休玄（铄）《拟行行重行行》:“堂上流尘生，庭中绿草滋。”李善注:“曹植《曹仲雍诔》曰:‘流尘飘荡魂安归。’”

〔绪风结孤忱〕绪风，冬末春初的风。《楚辞章句》卷 4 屈原《九章 · 涉江》:“乘鄂渚而反顾兮，欸秋冬之绪风。”王逸注:“欸，叹也。绪，余也。言已登鄂渚高岸，还望楚国，向秋冬北风，愁而长叹中心忧思也。”孤忱，不被他人了解、理解的赤忱之心。陈起《江湖小集》卷 37《赠陈时可》:“百年母子命相倚，一片孤忱谁与明。”《元音遗响》卷 9 张达《古意》:“所适尽惛朦，孤忱向谁雪。”《名山藏》（卷 67）《臣林记（成化臣三）· 陈选》："口能铄金，毁足销骨也。窃见故罪人陈选，夙崇正学，一蕴孤忱，孑处群邪之中，独立众憎之表。"

〔冰籁警凄魄〕冰籁，寒冷季节发出的自然之响。参见《送诸贞壮》一诗〔商籁〕条笺注。俞明震《觚庵诗存》卷 1《出都宿杨村作（己卯）》："旅思凋华年，春晖警凄魄。"（上海聚珍仿宋书局铅印本）凄魄，凄凉孤寂的魂魄。魄，指必须依附于人的肉体而存在的精神。详见《大象篇》一诗〔载魄晞朝霞，游魂周六区〕条笺注。

〔远游思何任，苦羡翻飞翮〕任，通"凭"，凭借。《说文通训定声 · 临部弟十三》："任，[叚借]……又为凭。"曹植《曹子建集》卷 4《蝉赋》："欲翻飞而逾滞兮，知性命之长捐。"《说文解字》卷 4 上《羽部》："翮，羽茎也。"此二句指，我想四方远游，思索须凭借什么载具。内心苦苦艳羡鸟儿自由翱翔的羽翅。

阴氛篇

阴氛煽嬛薄，佻俗盛贾胡。天苞擠玄蒙，灵斧挥神枢。风伯甘转轮，电母供拸书。司煊荐金遂，奇肱蜚羽车。华景展流州，神光移漆吴。桔皋汉阴木，璞石锟鋘炉。海错张千名，川珍罗万殊。逶迤锦纂场，绰沟金银庐。重屋殷四阿，列墉汉五都。飞拱粲重霄，回轩开曲隅。缇屏云母扇，火树珊瑚株。丹庭栟榈森，碧野薠莎敷。珠尘璀夜光，鹜服鲜春腴。藻凤九华幰，花骢七宝舆。鸣镳蹁跹市，击毂康庄衢。弋绨起隐珪，荷毡辉绮疏。带鞮红靺鞈，裘羽青氍毹。朝集博徒窟，暮顾名媛居。楚妃为损腰，硕人悔凝肤。蝉縠作上绡，狨裳裁下裾。轩轩帱影张，泠泠琴音愉。莀蘅袭金馥，葡萄醅琼酥。舞蹈未终曲，坐惜圆灵徂。隩火郁余温，焉念寒无襦。朱门富恺耽，鬻仪拗康虞。枢桑默尘彩，瓶粟窒斗储。鲂鱼尾方徉，《鸱鸮》吭瘁瘏。玄化有偏诐，尺咫沟菀枯。俯怜井渫寒，仰慨旃茵娱。四运若循环，繁蔼难久舒。楚楚蜉蝣裳，文彩不须臾。化人无璧台，赤乌亦榛墟。三归终小器，千驷贱饿夫。般斤岂弗珍，桑筹焉足摹。相彼蠭蚁群，殊质相役驱。人生秉恒格，穷达宁相踰。明星怨服箱，阴雨嗟薰胥。睠兹役车休，未觉日月除。愿携薪野泪，漱作昆冈珠。孰云河不清，跂影徯灵符。

【刊载】

《四川国学杂志》第 1 号，1912 年 9 月 20 日，署名刘师培；《独立周报》16、17

号合刊,1913 年第 2 卷，标题《刘师培诗》。1933 年林思进清寂堂《左盦遗诗》续刻本;《刘申叔遗书》61 册（71—73),《左盦诗录》卷 3《左盦诗续录》。

【类型】

五言，80 句。

【编年】

1912 年。依首次发表时间。

【笺注】

〔阴氛煽嬛薄〕阴氛，有多重词义——指夜晚，宋祁《景文集》卷 6《晓过二里山》:“阳光排暗升，阴氛值明却。”指寒凉的秋冬季节，刘基《诚意伯文集》卷 16《秋怀（八首）》其三:“阴氛方腾达，密雨已弥漫。”指心情忧郁,《全唐诗》卷 98 赵冬曦《陪张燕公登南楼》:“抑郁（一作宽慰）何以欢，阴氛（一作气）亦登望。”（第 2 册 P1051）指天气阴晦,《大复集》卷 23 何景明《闻河南捷呈合内诸公》:“霁色瞻宫殿，阴氛散渺茫。”指世道阴暗，苏轼《东坡全集》卷 99《祝文六十八首 · 告文宣王祝文》:“回狂澜于既倒，支大厦于将倾。揭日月之昭昭，破阴氛之冥冥。嗟乎一气之委和，与万物之至精。”指中医中的“阴证（阴寒之症)”,《临证指南易案》卷 5《痰饮》:“冯:……古人法则，必通其阳以扫阴氛。但宿病无急攻方，况平素忧郁，气滞血濇（涩——引者)，久耗之体，不敢纯刚，防劫液耳。”嬛薄，轻浮佻薄。李吕《澹轩集》卷 1《家有含笑花开因成三首》其二:“若为忍一噱，耻效嬛薄态。”《夜谭随录》卷 4《秀姑》:“留亲下榻，竟成揖盗入门。为是自家侄子，且似谨愿，非嬛薄者，故坦然付托，出外不疑。不意亲骨月（肉——引者)，才半月之久，何意草创便尔，禽处兽爱?”

〔贾胡〕《后汉书 · 李恂传》:“西域殷富，多珍宝。诸国侍子及督使、贾胡数遗恂奴婢、宛马、金银、香罽之属，一无所受。”李贤注:“贾胡，胡之商贾也。”

〔天苞擡玄蒙〕天苞,《河图》。《周易正义》卷 7《系辞上》:“河出《图》，洛出《书》。”孔颖达疏:“《春秋纬》云：河以通乾出天苞，洛以流坤吐地符。河龙图发，洛龟书感。《河图》有九篇,《洛书》有六篇。”《广雅》卷 3《释诂》:“擡，……开也。”玄蒙，即“鸿蒙”，亦作“蒙鸿”，指天地未开，混沌一体。《太平御览》卷 1《天部一 · 元气》:“《三五历记》曰：未有天地之时，混沌状如鸡子，溟涬始牙（芽——引者)，蒙鸿滋萌，岁在摄提，元气肇始。又清轻者上为天，浊重者下为地，冲和气者为人，故天地含精，万物化生。《河图》曰：元气闿，阳为天。”《庄子集释》卷 4 下《(外篇）在宥第十一》:“云将东游，过扶摇之枝而适遭鸿蒙。”郭庆藩引成玄英疏:

“鸿蒙，元气也。”参见《日本道中望富士山》一诗〔奇光开澒蒙〕条笺注。

〔灵斧挥神枢〕灵斧，即“鬼斧神工”之“鬼斧”，喻大自然造化之神奇。《太平御览》卷 15《天部十五 · 气》：“《遁甲开山图》曰：巨灵者，偏得元气之道，故以元气一时生混沌。”《文选注》卷 2 张平子（衡）《西京赋》：“左有崤函，重险桃林之塞。缀以二华，巨灵赑屃，高掌远蹠。”薛踪注：“华，山名也。巨灵，河神也。巨，大也。古语云：‘此本一山，当河水过之而曲行。河之神，以手擘开其上，足蹋离其下，中分为二，以通河流。手足之迹，于今尚在。’赑屃，作力之貌也。”李善注：“贾逵《国语注》曰：‘缀，连也。’《山海经》曰：‘太华之西，小华之山。’《遁甲开山图》曰：‘有巨灵胡者，遍得坤元之道，能造山川，出江河。’扬雄《河东赋》曰：‘河灵矍踢，掌华蹈襄。’”《搜神记》卷 13：“二华之山本一山也，当河，河水过之而曲行。河神巨灵，以手擘开其上，以足蹈离其下，中分为两以利河流。今观手迹于华岳上，指掌之形具在。脚迹在首阳山下，至今犹存。故张衡作《西京赋》所称‘巨灵赑屃，高掌远跖。以流河曲’是也。”王世贞《弇州四部稿》卷 17《诗部 · 七言古体三十八首 · 醉歌赠明卿》：“羲和鞭，巨灵斧，王子借尔挥千古。”屈大均《广东新语》卷 3《山语 · 三峡》：“盖皆与弹子矶本一圆峰，而削其半以为壁者，此巨灵斧凿之迹也。”神枢，玄理真道的关键核心，亦指朝堂中的重要职位。《真诰》卷 11—14 有《稽神枢》篇。王世贞《弇州四部稿》卷 148《说部 ·〈艺苑卮言〉六》：“王子衡云：执符于雅谟，游精于汉魏。以雄浑为堂奥，以蕴藉为神枢。思入玄而调寡和，如凤矫龙变。”

〔风伯甘转轮〕黄斐默《集说诠真》第四册第三百四十八面《风伯 / 雨师》：“《事物异名录》曰：风神名巽二，又名封姨，又名方道彰。”同上书《风伯 / 雨神 · 辨》“按：今俗塑风伯像，白须老翁，左手持轮，右手执箑，若扇轮状，称曰：风伯方天君。”（上海慈母堂光绪已卯年刻本）

〔电母供拸书〕供，通“共”。《尔雅注疏》卷 1《释诂第一》：“供，峙，共，具也。”邢昺疏：“供、共，音义同。”《尚书正义》卷 3《舜典》：“俞咨垂汝共工。”孔传：“共，谓供其职事。”臧晋叔《元曲选（十集）》癸集上《洞庭湖柳毅传 · 第二折》：“（泾河老龙上，云）吾神泾河老龙是也。今有钱塘火龙与俺小龙斗胜，未知胜败。我使的雷公电母看去了，这早晚敢来报捷也。（正旦改扮电母两手持镜，上，云）这一场厮杀，非同小可也呵。（唱）”（万历刊本）黄斐默《集说诠真》第四册第三百五十八面《雷公 / 电母 · 辨》：“按：今俗塑雷神像，若力士，裸胸坦腹，背插两翅，额具三目，脸赤如猴，而下颏长而锐。足如鹰鹯，而爪更厉。左手持楔，右手持槌，作欲击状。自顶至傍，环旋连鼓五个，左足盘蹑一鼓。称曰：雷公江天君。又塑电神像，其容如女，貌端雅。两手各执镜，号曰：电母秀天君。”（上海慈母堂光绪己卯年刻本）
拸书（書），疑为“拸画（畫）”之误，不饰妆容之意。書（书）与畫（画）字形相近。《庄子注》卷 8《杂篇庚桑楚第二十三》：“介者拸画，外非誉也。”郭象注：“画，所以饰容貌也。刖者之貌既以亏残，则不复以好丑在怀，故拸而弃之。”此句指，电母双手执镜，勤勉于其司电之任，而不是为梳妆之用。拸，《独立周报》本作“栘”。

〔司煊荐金遂〕煊，应为“烜”。1933 年林思进清寂堂《左盦遗诗》续刻本作“烜”。《周礼注疏》卷 36《秋官司寇下 · 司烜氏》：“司烜氏，掌以夫遂取明火于日，以鉴取明水于月，以共祭祀之明齍、明烛，共明水。”郑玄注：“夫遂，阳遂也。”贾公彦疏：“云‘夫遂，阳遂也’者，以其日者太阳之精，取火于日，故名阳遂。取火于木，为木遂者也。”阳遂，即“金燧”，金属制成的凹面镜，用以聚集阳光取火。《周礼正义》卷 70《秋官 · 司烜氏》孙诒让注：“注云‘夫遂，阳遂也’者，即《内则》之‘金燧’，攻金之工以金锡半铸之者。……古阳遂盖用窐镜，故《凫氏》注云：‘隧在鼓中，窐而生光，有似夫隧。’”遂，通“燧”。《正字通》已集中《火部》：“燧，……《周礼》省作遂。”《春秋左传正义》卷 47《昭公十五年》：“以镇抚其社稷，故能荐彝器于王。”杜预注：“荐，献也。”金，《四川国学杂志》本、《独立周报》本作“全”，林思进《左盦遗诗》续刻本作“夫”，似误。

〔奇肱蜚羽车〕《山海经》卷 7《海外西经》：“奇肱之国在其北，其人一臂三目，有阴有阳，乘文马。有鸟焉，两头，赤黄色，在其旁。”《博物志》卷 2：“结胸国，有灭蒙鸟。奇肱民善为拭扛，以杀百禽。能为飞车，从风远行。汤时西风至，吹其车至豫州，汤破其车，不以视民十年。东风至，乃复作车遣返。而其国去玉门关四万里。”《述异记》卷下：“奇肱国，其国人机巧，能为飞车，从风远行。汤时西风吹，奇肱人乘车东至豫州界。后十年而风复至，使遣归国，去玉门四万里。”蜚，通“飞”。《龙龛手鉴》卷 2《上声 · 虫部第二》：“蜚，……又古飞字。”《史记 · 楚世家》：“庄王曰：‘三年不蜚，蜚将冲天；三年不鸣，鸣将惊人。举退矣，吾知之矣。’”

〔华景展流州〕《六臣注文选》卷 28 陆士衡（机）《长安有狭邪行》：“轻盖承华景，腾步蹑飞尘。”李善注：“华景，日也。《汉书》云：‘日华曜’也。”吕延济注：“华景，日光也。”流州，应作“流洲”。《海内十洲记》：“流洲，在西海中。地方三千里，去东岸十九万里。上多山川，积石名为昆吾，冶其石成铁，作剑光明洞照，如水精状，割玉物如割泥，亦饶仙家。”流州，1933 年林思进清寂堂《左盦遗诗》续刻本作“瀛州”。

〔神光移漆吴〕《楚辞章句》卷 17 王逸《九思 · 哀岁》“神光兮颎颎，鬼火兮荧荧。”王逸注：“神光，山川之精，能为光者也。荧荧，小火也。”《山海经》卷 1《南山经》：“又东五百里曰漆吴之山，无草木，多博石，无玉，处于海，东望丘山，其光载出载入，是惟日次。凡南次二经之首，自柜山至于漆吴之山，凡十七山，七千二百里，其神状皆龙身而鸟首，其祠毛用糈用稌。”漆，《四川国学杂志》本、《独立周报》本作“添”，1933 年林思进清寂堂《左盦遗诗》续刻本作“天”。天吴，传说中的神兽。详见《述怀一百四十韵示蜀中诸同好》一诗〔冀奋天吴勇〕。

〔桔皋汉阴木〕《骈雅》卷 4《释器》：“桔槔，汲具也。”《庄子集释》卷 5 下《(外篇)天运第十四》：“且子独不见夫桔槔者乎？引之则俯，舍之则仰。”郭庆藩引成玄英疏：“桔槔，挈水木也。人牵引之则俯下，舍放之则仰上。”《庄子 · 天地第十二》：“子贡南游于楚，反于晋，过汉阴，见一丈人方将为圃畦，凿隧而入井，抱瓮而出灌，搰搰然用力甚多而见功寡。子贡曰：‘有械于此，一日浸百畦，用力甚寡而见功多，夫子不欲乎？’为圃者卬而视之曰：‘奈何？’曰：‘凿木为机，后重前轻，挈水若抽，数如泆汤，其名为槔。’为圃者忿然作色而笑曰：‘吾闻之吾师，有机械者必有机事，有机事者必有机心。机心存于胸中，则纯白不备；纯白不备，则神生不定，神生不定者，道之所不载也。吾非不知，羞而不为也。’子贡瞒然惭，俯而不对。”陈子昂《陈拾遗集》卷 2《杂诗 · 题田洗马游岩桔槔》：“谁怜北陵井，未息汉阴机。”皋，通“槔”。《淮南子 · 泛论训》：“后世为之耒耜耰鉏，斧柯而樵，桔皋而汲，民逸而利多焉。”阴，《四川国学杂志》本、《独立周报》本作“荫”。

〔璞石锟鋘炉〕璞石，貌似顽石，内裹美玉的石头。《潜夫论》卷 1《论荣第四》：“和氏之璧出于璞石，隋氏之珠产于蜃蛤。”锟鋘，亦作“锟铻”“昆吾”。《孔丛子》卷中：“周穆王大征西戎，西戎献锟鋘之剑，火浣之布。其剑长尺有咫，炼钢赤剑，用之切玉如泥焉。”《列子》卷 5《汤问第五》：“周穆王大征西戎，西戎献锟铻之剑，火浣之布。其剑长尺有咫，练钢赤刃，用之切玉，如切泥焉。”张湛注：“昆吾，龙剑也。《河图》曰：瀛州多积石，名昆吾，可为剑。《尸子》云：昆吾之剑，可切玉。”参见本诗〔华景展流州〕条笺注。

〔海错张千名〕海错，不同种类的海货。《尚书正义》卷 6《禹贡》：“厥贡盐絺，海物惟错。”孔传：“错杂非一种。”《六臣注文选》卷 28 陆士衡（机）《齐讴行》：“海物错万类，陆产尚千名。”张铣注：“错，杂也；万类、千名，言所出非一种。”《乐府诗集》卷 23 韦应物《长安道》：“山珍海错弃藩篱，烹犊炮羔如折葵。”

〔川珍罗万殊〕川珍，河中出产的珍稀之物。《古今事文类聚前集》卷 20 赵汝谈

《端庆节贺表》:“社鼓斗枢，赫圣朝之诞节；川珍岳贡，凑良月以毕来。”万殊，种类繁杂。《淮南子 · 本经训》:“故圣人者，由近知远，而万殊为一。”

〔逶迤锦纂场〕逶迤，本指道路曲折，后引申为流连自得貌。《六臣注文选》卷 57 潘安仁（潘安，本名潘岳）《马汧督诔》:“牧人逶迤，自公退食。”刘良注:“逶迤，委曲自得貌。”锦纂，亦作“纂锦”，华丽的丝织品。锦纂场，指奢华之地。《淮南鸿烈解》卷 11《齐俗训》:“且富人则车舆衣纂锦，马饰傅旄象，帷幕茵席，绮绣绦组，青黄相错，不可为象。”参见《游仙诗》一诗〔纂组千百纯〕条笺注。

〔绰汋金银庐〕汋，通“绰”。绰汋，即“绰绰”，舒缓闲适貌。《楚辞补注》卷 5 屈原《远游》:“质销铄以汋约兮，神要眇以淫放。”洪兴祖补注:“汋，音绰。”《尔雅 · 释训》:“绰绰，……缓也。”《孟子注疏》卷 4 上《公孙丑章句下》:“我无官守，我无言责也，则吾进退，岂不绰绰然有余裕哉。”赵岐注:“今我居师宾之位，进退自由，岂不绰绰然舒缓有余裕乎。绰、裕，皆宽也。”白居易《白氏长庆集》卷 43《记序（凡一十二首）· 江州司马厅记》:“惟司马绰绰，可以从容于山水诗酒间。”上句与此句指，流连自得于锦衣华服之所，从容徜徉于金楼银屋之地。

〔重屋殷四阿〕《周礼注疏》卷 41《冬官考工记下 · 匠人》:“营国，……殷人重屋，堂修七寻，堂崇三尺，四阿，重屋。”郑玄注:“重屋者，王宫正堂若大寝也。其修七寻五丈六尺，放夏周，则其广九寻七丈二尺也。五室各二寻。崇，高也。四阿，若今四注屋。重屋，复笮也。”贾公彦疏:“四阿，四霤者也。”《说文解字》卷 11 下《雨部》:“霤，屋水流也。”

〔列壥汉五都〕《汉书 · 食货志下》:“遂于长安及五都立五均官，更名长安东西市令及洛阳、邯郸、临甾、宛、成都市长皆为五均司市（称）师。东市称京，西市称畿，洛阳称中，余四都各用东西南北为称，皆置交易丞五人，钱府丞一人。”壥，同“廛”，泛指城镇中的住宅和店铺。《正字通》丑集中《土部》:“壥，俗廛字。”《说文解字注》卷 9 下《广部》:“廛，二亩半，一家之凥。”段注:“二，各本作一。凥，各本作居。今正。……在野曰庐，在邑曰里，各二亩半，赵注尤明，里即廛也。”《集韵》卷 3《平声三 · 僊第二》:“廛，……一曰，廛，市物邸舍。”壥，《四川国学杂志》本、1933 年林思进清寂堂《左盦遗诗》续刻本作“壥”。

〔飞拱粲重霄〕飞拱，飞檐斗拱的略称，指房屋的顶部。胡翰《胡仲子集》卷 10《卧龙冈观贾秋壑故第》:“飞栱凌丹霞，交疏激清吹。上极高明居，下有幽深隧。”斗栱，亦作“斗拱”。吴绮《林蕙堂全集》卷 10《募修镇海楼观音阁小引》:“南阁高楼，名曰镇海。丹甍飞拱，凭陵百雉之巅。"《六臣注文选》卷 5 左太冲（思）《吴都赋》："披重霄而高狩，笼乌兔于日月。"李周翰注："霄，近天之薄云。"《弘明集》卷 6 晋释道恒《释驳论（并序）》："豁然醒觉，若披重霄以覩朗日，发蒙盖而悟真慧。"拱，1933 年林思进清寂堂《左盦遗诗》续刻本作"栱"。

〔回轩开曲隅〕回轩，曲折的长廊。参见《端阳日偕地山泽山谷人泛湖言念旧游怆然有作》一诗〔轩〕条笺注。曲隅，角落。《楚辞》卷 14 严夫子（庄忌）《哀时命》："块独守此曲隅兮，然欲切而永叹。"

〔缇屏云母扇〕缇屏，车前用来遮挡泥土的红色油布，亦代指车辆或红色的屏风。《汉书 · 循吏 · 黄霸传》："宣帝下诏曰：制诏御史，其以贤良高第扬州刺史霸为颍川太守，秩比二千石。居官赐车盖，特高一丈，别驾主簿车。缇油屏泥于轼前，以章有德。"《全宋诗》卷 3515《牟巘六 · 宴黄倅乐语口号》："向来南岳凤曾鸣，再驾缇屏又一星。"（北京大学出版社 1998 年 12 月第 1 版第 67 册 P41985）王迈《臞轩集》卷 14《近体 · 送陈宗谕进叔晋接赴庆元添倅及乃弟泰来四首》其二："去上缇屏最，行陈丹扆箴。"《西京杂记》卷 1："赵飞燕为皇后，其女弟在昭阳殿遗飞燕书曰：今日嘉辰，贵姊懋膺洪册，谨上襚三十五条，以陈踊跃之心：……云母扇、孔雀扇、翠羽扇、九华扇、五明扇，……"

〔火树珊瑚株〕火树，指红珊瑚。《太平广记》卷 403《宝四 · 珊瑚》："汉宫积草池中有珊瑚，高一丈二尺，一本三柯，上有四百六十三条，是南越王赵佗所献，号曰烽火树。夜有光，常欲然。（出《西京杂记》）"《世说新语》卷下之下《汰侈第三十》："石崇与王恺争豪，并穷绮丽以饰舆服。武帝，恺之甥也，每助恺。尝以一珊瑚树高二尺许赐恺，枝柯扶疏，世罕其比。恺以示崇。崇视讫，以铁如意击之，应手而碎。恺既惋惜，又以为疾己之宝，声色甚厉。崇曰：'不足恨，今还卿。'乃命左右悉取珊瑚树，有三尺四尺，条干绝世，光彩溢目者六七枚，如恺许比甚众。恺惘然自失。"

〔丹庭栟榈森〕丹庭，指仙庭，亦指宫廷。洪迈《六州》："功成了，脱屣遗荣。访崆峒，容与丹庭。"（唐圭璋《全宋词》第 3 册 P1489，中华书局 1965 年 6 月第 1 版）《艺文类聚》卷 62《居处部二 · 宫》："宋孝武帝《巡幸旧宫颂》曰：列装青野，动斩丹庭。"栟榈，棕榈树。详见《游仙诗》一诗〔安得比闾华，粿为猋车轮〕条笺注。森，布列、排列。梅尧臣《宛陵集》卷 43《夜》："群物各已息，众星燦然森。"

〔碧野蘋莎敷〕蘋莎，莎草。详见《新白紵曲》一诗〔蘋莎办彩氍毾张〕条笺注。《毛诗正义》卷 12—2《小雅 · 节南山之什 · 小旻》："旻天疾威，敷于下土。"毛传："敷，布也。"蘋，《四川国学杂志》本、《独立周报》本作"蘋"。

〔珠尘璀夜光〕《拾遗记》卷 1《虞舜》:“舜葬苍梧之野，有鸟如雀，丹州而来，吐五色之气，氤氳如云，名曰凭霄。雀能群飞，衔土成丘坟，此鸟能反形变色，集于峻林之上，在木则为禽，行地则为兽，变化无常，常游丹海之际，时来苍梧之野。衔青砂珠，积成垄阜，名曰珠丘。其珠轻细，风吹如尘起，名曰珠尘。今苍梧之外，山人采药时，有得青石，圆洁如珠，服之不死，带者身轻，故仙人方廻《游南岳》七言赞曰:‘珠尘圆洁轻且明，有道服者得长生。’”《说文解字》卷 1 上《玉部》:“璀，璀璨玉光也。”《楚辞章句》卷 3 屈原《天问》:“夜光何德，死则又育。”王逸注:“夜光，月也。”结合下句分析，“珠尘璀夜光”似典出唐玄宗宠妃梅妃事。《说郛》卷 111 下曹邺《梅妃传》:“梅妃，姓江氏，莆田人。……开元中，高力士使闽粤，妃笄矣，见其少丽，选归侍明皇，大见宠幸。……会太真杨氏入侍，宠爱日夺，上无疎意，而二人相疾，避路而行。……妃以千金寿高力士，求词人拟司马相如为《长门赋》，欲邀上意。力士方奉太真，且畏其势，报曰:‘无人解赋。’妃乃自作《楼东赋》……太真闻之，诉明皇曰:‘江妃庸贱，以庾词宣言怨望，愿赐死。’上默然。会岭表使归，妃问左右:‘何处驿使来？非梅使耶？’对曰:‘庶邦贡杨妃果实使来。’妃悲咽泣下。上在花萼楼，会夷使至，命封珍珠一斛，密赐妃。妃不受，以诗付使者曰:‘为我进御前也。’曰:‘柳叶双眉久不描，残妆和泪污红绡。长门自是无梳洗，何必珍珠慰寂寥。’上览诗怅然不乐，令乐府以新声度之，号《一斛珠》，曲名始此也。”

〔骛服鲜春腴〕骛服，驾马乘车疾驰。鲍照《拟青青陵上栢》:“飞镳出荆路，骛服指秦川。”丁福林等注:“骛服，犹急驰而行。”(《鲍照集校注》卷 4 上册 P330，中华书局 2012 年 4 月第 1 版)《毛诗正义》卷 4—2《郑风・叔于田》:“叔适野，巷无服马。”郑玄笺:“服马，犹乘马。”孔颖达疏:“《易》称：服牛乘马，俱是驾用之义，故云‘服马，犹乘马’也。”《宋本广韵》卷 4《去声・遇第十》:“骛，驰也，奔也，驱也。”春腴，指春天万物繁盛季节出产的鲜腴之物。张炎《山中白云词》卷 71《一枝春为陆浩斋赋梅》:“须酿成、一点春腴，暗香在鼎。”仇远《山村遗集・勾龙爽毛女》:“松蜜春腴差可饱，槲衣秋碎不须纫。”结合上句分析，“骛服鲜春腴”似典出唐玄宗宠妃杨玉环事。《新唐书・后妃列传上・杨贵妃传》:“妃嗜荔支，必欲生致之，乃置骑传送，走数千里，味未变已至京师。”《全唐诗》卷 521 杜牧《过华清宫绝句三首》其一:“长安回望绣成堆，山顶千门次第开。一骑红尘妃子笑，无人知是（一作道）荔枝来。”(第 8 册 P5997)参见本诗〔珠尘璀夜光〕条笺注。

〔藻凤九华幰〕藻凤，指以凤作为装饰。《后汉书・郭太传》史赞:“赞曰：林宗怀宝，识深甄藻。”李贤注：“藻，犹饰也。”参见《从匋斋尚书北行初发焦山》一诗〔绚旍藻行川〕条笺注。九华，各种花朵的图案。《乐府诗集》卷 53 魏陈思王（曹植）《大魏篇》：“玉马充乘舆，芝盖树九华。”《六臣注文选》卷 2 张平子（衡）《西京赋》：“骊驾四鹿，芝盖九葩。”吕延济注：“葩，花也。”《全唐诗》卷 276 卢纶《送崔邠拾遗》：“皎洁无瑕清玉壶，晓（一作晚）乘华幰向天衢。”（第 5 册 P3127）《说文解字》卷 7 下《巾部》：“幰，车幔也。”幰，《四川国学杂志》本、《独立周报》本、1933 年林思进清寂堂《左盦遗诗》续刻本作“幔”。

〔花骢七宝舆〕花骢，毛色杂陈的马。《全唐诗》卷 302 王建《宫词一百首》其三十五：“云驳花骢各试行，一般毛色一般缨。”（第 5 册 3439）《说文解字》卷 10 上《马部》：“骢，马青白杂毛也。”《白孔六帖》卷 11《车（九）》：“七宝舆。崔宁，严武奏为汉州刺史，吐蕃引杂羌寇西山。于是，武遣宁将而西，既薄贼城，城皆累石不得攻，惟东西不合者丈许。谍知之，乃为地道，再宿而拔，拓地数百里，虏众惊相谓曰：宁神兵也。及还，武大悦，装七宝舆迎入成都，以夸于军。”另见《旧唐书》《新唐书》之《崔宁传》。七宝，各种珍宝，并无确指，泛指其多。

〔鸣镳蹹跲市〕《六臣注文选》卷 34 枚叔（乘）《七发八首》：“逐马鸣镳，鱼跨麋角。”李善注：“鸣镳，銮鸣于镳也。”李周翰注：“镳，马衔也。言行急，故衔鸣也。”蹹跲市，指因为人经常穿行，被踩踏出来的区域，坑洼不平，有诸多障碍。蹹，同“踏”。《集韵》卷 10《入声下 · 合第二十七》：“踏，……践也，或作蹹”。跲，本义为绊倒，引申为障碍、阻碍。《礼记正义》卷 52《中庸》：“言前定则不跲。”郑玄注：“跲，踬也。”孔颖达疏：“《字林》云：跲，踬也。踬，谓行倒蹶也。将欲发言，能豫前思定，然后出口，则言得流行，不有踬蹶也。”

〔击毂康庄衢〕击毂，道路繁忙，车辆交错，轮毂相互碰撞。《战国策》卷 3《秦一》：“古者使车毂击驰”。《史记 · 主父偃传》：“合纵连横，驰车击毂。”《六臣注文选》卷 6 左太冲（思）《魏都赋》：“百隧毂击，连轸万贯。”刘良注：“隧，路也，言有隧路多也。毂击者，车多相靡击也。”康庄衢，指人工修筑的通衢大路。详见《舟中望庐山》一诗〔险岨今杭庄〕条笺注。

〔弋绨起隐珪〕《玉台新咏》卷 3 荀昶《拟青青河边草》：“客从北方来，遗我端弋绨。命仆开弋绨，中有隐起珪。长跽读隐珪，辞苦声亦凄。上言各努力，下言长相怀。”《汉书 · 张汤附张安世传》：“安世尊为公侯，食邑万户，然身衣弋绨”。颜师古注：“弋，黑色也。绨，厚缯也。”隐珪，即“隐起珪”，指阴刻在珪玉上的文字图案，引申为情深意切、真知灼见的书信。

〔荷毡辉绮疏〕荷毡，披盖、穿戴厚重的毛织物。《汉书 · 王褒传》："既至，诏褒为圣主得贤臣颂其意。褒对曰：夫荷旃被毳者，难与道纯绵之丽密。"《六臣注文选》卷47 王子渊（褒）《圣主得贤臣颂》："夫荷旃被毳者，难与道纯绵之丽密。"刘良注："旃，毡也。被，服也。"旃，通"毡"。《正字通》辰集下《毛部》："氈，……通用旃，俗用氊（毡）。"绮疏，精美的图案纹饰。《文选注》卷 11 孙兴公（绰）《游天台山赋》："彤云斐亹以翼棂，皦日炯晃于绮疏。"李善注："李尤《东观铭》曰：房闼内布，绮疏外陈。薛综《西京赋》注曰：……刻为绮文，谓之绮疏也。"绮文，华丽的纹路。《玉台新咏》卷 5《范靖妇四首》其三《咏五彩竹火笼》："织作回风苣，制为萦绮文。"毡（氊），《四川国学杂志》本、《独立周报》本、1933 年林思进清寂堂《左盦遗诗》续刻本作"氈"。

〔带鞮红韎韐〕带鞮，即"革带鞮鞻"，指兽皮制作的鞋，以皮制带子束扎。《盐铁论》卷 6《散不足第二十九》："庶人贱骑绳控，革鞮皮荐而已。"王逢《梧溪集》卷 1《任月山少监职贡图引》："革带鞮鞻貂襜褕，左女执盏右执壶。"《周礼注疏》卷17《春官宗伯》："鞮鞻氏，下士四人，府一人，史一人，胥二人，徒二十人。"郑玄注："鞻，读如屦也。鞮，屦。四夷舞者所扉也。今时倡蹋鼓沓行者，自有扉。"贾公彦疏："案其职云：'掌四夷之乐与其声歌'，亦是乐事，故列职于此也。……释曰：此郑读从屦人之屦也。案：郑注《曲礼》云：'鞮鞻，无絇之扉也。'此鞮鞻亦是无絇之扉。彼为大夫。欲去国行丧礼之屦，此为四夷舞者所扉，其屦无絇一也。云'今时倡蹋鼓沓行者，自有扉'者，谓汉时倡优作乐蹋地之人，并击鼓沓沓作声者，行自有扉屦。引之者，证四夷舞者亦自有扉，与中国者不同也。"韎韐，红色的皮制祭服，武士祭祀时穿着，用以遮蔽膝盖。详见《新白纻曲》一诗〔韎韐宝袜鲜支裳〕条笺注。

〔裘羽青氍毹〕裘羽，即"羽裘"，羽毛制作的裘服。《太平御览》卷 694《服章部十一 · 裘》："《田休子（即"田俅子"——引者）》……又曰：少昊氏都于曲阜，鞬鞮毛人献其羽裘。"氍毹，毛毯。《宋本广韵》卷 1《上平声 · 虞第十》："氍，氍毹，毛席也。《风俗通》云：织毛褥，谓之氍毹。"

〔博徒〕赌徒。《史记 · 袁盎传》："富人有谓盎曰：'吾闻剧孟博徒，将军何自通之？'"裴骃《集解》："如淳曰：'博荡之徒，或曰博戏之徒。'"

〔名媛〕本指富于文采的女中翘楚，后亦指上流社会女子。清末民初始，则亦被用以暗讽品行不洁之女性。明代钟惺曾辑有《名媛诗归》36 卷。《蜃楼志》第八回《申观察遇恩复职，苏占村闻劫亡身》："表姐阀阅名媛，岂可辱为妾媵？这事断不敢领命！”《申报》1911 年 10 月 12 日第三张第二版《游戏文章》栏目《戏拟淫务学堂章程》：“一、本校以振兴淫务，交通女界为宗旨，故以淫务命名。俾可顾名思义。……一、吾国妇女，深居闺帷，素鲜开通，以致桃源荒芜，红颜薄命，殊可悯惜。本校有鉴于此，特聘阅历深久之人充当教习，并搜罗各种淫书，教授房中术、媚术诸科学。养成吊膀专家，庶几内无怨女，外无旷夫。……一、凡各种秘戏图，及名媛淑女照片，均可送校陈列，藉壮观瞻。本校即与以相当之报酬。……”

〔楚妃为损腰〕《墨子·兼爱中》：“昔者，楚灵王好士细要，故灵王之臣皆以一饭为节，胁息然后带，扶墙然后起。比期年，朝有黧黑之色。”《后汉书·马援传》：“吴王好剑客，百姓多创瘢。楚王好细腰，宫中多饿死。”

〔硕人悔凝肤〕硕人，美女。《诗经·卫风·硕人》：“硕人其颀，衣锦褧衣。……肤如凝脂，领如蝤蛴。”悔，通“痗”。《毛诗正义》卷 12—2《小雅·节南山之什·十月之交》：“悠悠我里，亦孔之痗。”毛传：“痗，病也。”陆德明《音义》：“痗，莫背反，又音悔，本又作悔。”

〔蝉縠作上绡〕蝉縠，薄如蝉翼的纱绢。《汉书·礼乐志·练时日》：“被华文，厕雾縠，曳阿锡，佩珠玉。”颜师古注：“雾縠，言其轻细若云雾也。”《云笈七签》卷 13《三洞经教部·九气真仙章第十四》：“真君衣琼文锦蝉縠之衣也。”上绡，以极薄的纱绢制成的上衣。白居易《白氏长庆集》卷 30《旱热二首》其二：“数匙粱饭冷，一领绡衫香。”《六臣注文选》卷 19 曹子建（植）《洛神赋》：“践远游之文履，曳雾绡之轻裾。”李善注：“《神女赋》曰：‘动雾縠以徐步’。”吕向注：“雾绡，薄缣也。”

〔狨裳裁下裾〕狨，通“绒”。《宋本广韵》卷 1《上平声·东第一》：“狨，细布。绒，上同。”陈作霖《可园词存》卷 3《洗红簃曼调·寿楼春·南冈九老会仿香山晴丈作图附书纸尾》：“披鹤氅，拖狨裳。浑不同，如今时装。”下裾，下衣，裙。《乐府诗集》卷 28 傅玄《艳歌行》：“白素为下裾，丹霞为上襦。”

〔轩轩帱影张〕轩轩，飞舞貌。详见《再渡日本舟中作》一诗〔轩轩鳐翼翡〕条笺注。帱影张，见《工女怨（三首）》其一一诗〔粲粲罗帱张〕条笺注。

〔泠泠〕《六臣注文选》卷 17 陆士衡（机）《文赋》：“文徽徽以溢目，音泠泠而盈耳。”吕向注：“泠泠盈耳，音韵清也。”

〔茝蘅袭金馥〕茝蘅，香草。详见《答周美权诗意》一诗〔茝蘅〕条笺注。袭，熏染。《全唐诗》卷 277 卢纶《和赵给事白蝇拂歌》：“柄裁沈节香袭人，上结为文下垂穗。”（第 5 册 P3144）金馥，即“郁金香”，指香草“郁金”焕发出的香气。《说文解字》卷 7 上《香部》:“馥，香气芬馥也。”郁金，中药材，常以之泡酒。《周礼注疏》卷 17《春官宗伯》:“郁人，下士二人，府二人，史一人，徒八人。”郑玄注:“郁，郁金，香草，宜以和鬯。”贾公彦疏:“郑云‘郁，郁金，香草’者，《王度记》谓之鬯，鬯即郁金，香草也。云‘宜以和鬯’者，鬯人所掌者，是秬米为酒，不和郁者。若祭宗庙及灌宾客，则鬯人以鬯酒入郁人，郁人得之，筑郁金草煮之以和鬯酒，则谓之郁鬯也。”《全唐诗》卷 181 李白《客中行》:“兰陵美酒郁金香，玉碗盛来琥珀光。”（第 3 册 P1848）《本草纲目》卷 14《草之三 · 郁金》李时珍《集解》:“恭曰：郁金生蜀地及西戎，苗似姜黄，花白质红，末秋出茎心而无实。其根黄赤，取四畔子根，去皮火干，马药用之，破血而补。胡人谓之马蒁。”

〔葡萄醅琼酥〕《史记 · 大宛列传》:“宛左右以蒲陶为酒，富人藏酒至万余石，久者数十岁不败。”《全唐诗》卷 156 王翰《凉州词二首》其一:“蒲萄美酒夜光杯，欲饮琵琶马上催。醉卧沙场君莫笑，古来征战几人回。”（第 3 册 P1609）《宋本广韵》卷 1《上平声 · 灰第十五》:“醅，酒未漉也。”琼酥，亦作“琼苏”，酒名。《北堂书钞》卷 148《酒食部 · 酒六十》:“王屋琼苏，《南岳夫人传》云：夫人在王屋山，王子乔等降，夫人设琼苏绿酒。”

〔舞蹈〕《四川国学杂志》本、《独立周报》本、1933 年林思进《左盦遗诗》续刻本作“舞踏”。

〔坐惜圆灵徂〕圆灵，疑应作“元灵”，即“玄灵”，指西王母为汉武帝所奏之仙曲。详见《游仙诗》一诗〔熙哉元灵謌〕条笺注。徂，消逝，逝去。《楚辞章句》卷 4 屈原《九章 · 抽思》:“烦冤瞀容，实沛徂兮”。王逸注:“徂，去也。言己忧愁思念烦冤，容貌愦乱，诚欲随水，沛然而流去也。”上句与此句指，舞蹈未至曲终，因《元灵之曲》渐渐消逝而惋惜。

〔隩〕《说文通训定声 · 孚部弟六》:“隩，……[叚借]……又为燠。《书 · 尧典》：厥民隩。马注：暖也。《史记》作燠。”

〔焉念寒无襦〕《说文解字》卷 8 上《衣部》:“襦，短衣也。”上句与此句指，富贵人家烧火取暖，室内温暖如春。哪会去想贫寒之人连保暖的短衣都穿不上。

〔朱门富恺耽〕朱门，即“朱户”，红色大门，喻指富贵之家。《韩诗外传》卷 8：“诸侯之有德，天子锡之。一锡车马，再锡衣服，三锡虎贲，四锡乐器，五锡纳陛，六锡朱户，七锡弓矢，八锡鈇钺，九锡秬鬯。”《全唐诗》卷 216 杜甫《自京赴奉先县咏怀五百字》:“朱门酒肉臭，路有冻死骨。”（第 4 册 P2266）《尔雅 · 释诂》:“恺，……乐也。”

《尚书正义》卷16《周书·无逸》："不闻小人之劳，惟耽乐之从。"孔传："过乐谓之耽。"

〔黧仪尠康虞〕黧仪，亦作"黎仪"，人民、百姓。《金薤琳琅》卷3《汉泰山都尉孔宙碑》："乃绥二县，黎仪以康。"《史记·秦始皇本纪》："更名民曰'黔首'。"《正字通》亥集下《黑部》："黧，……通作黎。"《说文解字》卷10上《黑部》："黔，黎也，从黑今声。秦谓民为黔首，谓黑色也。周谓之黎民。《易》曰：'为黔喙。'"《礼记正义》卷47《祭义》："明命鬼神，以为黔首。"郑玄注："黔首，谓民也。"孔颖达疏："云'黔首，谓民也'者，黔，谓黑也。凡人以黑巾覆头，故谓之黔首。案:《史记》云：'秦命民曰黔首。'此纪作在周末秦初，故称黔首。"尠，通"尟""鲜"，少。《说文解字注》卷2下《是部》："尟，是少也。"段注："《易·毄（系——引者）辞》：'故君子之道鲜矣。'郑本作'尟'，云少也。……本亦作鲜。……本或作尠。尠者，尟之俗。"《尔雅·释诂》："康，……乐也。"虞，通"娱"，安乐。《国语》卷3《周语下》："虞于湛乐。"韦昭注："虞，安也。"《汉书·王褒传》："今世俗犹皆以此虞说耳目。"颜师古注："虞，与娱同。说，读曰悦。"

〔枢桑黕尘彩〕枢桑，做户枢（门轴）的桑树枝，代指贫寒之家。《庄子集释》卷9下《(杂篇）让王第二十八》："原宪居鲁，环堵之室，茨以生草，蓬户不完，桑以为枢，而瓮牖二室。"郭庆藩引陆德明《经典释文》："司马云：屈桑条为户枢也。"《六臣注文选》卷39江文通（淹）《诣建平王上书》："下官本蓬户桑枢之人，布衣韦带之士。"吕向注："言自微贱。"《集韵》卷6《去声下·寑第四十七》："黕，污也。"尘彩，尘土的颜色。《字汇》寅集《彡部》："彩，……文色也。"此句指，做门轴的桑树枝被沾污成了尘土的颜色。

〔瓶粟窒斗储〕瓶粟，小瓶中所储的粮食，形容余粮极少。赵蕃《章泉稿》卷1《雪中过在伯》："刍薪价高瓶粟竭，妻子亦作异县隔。"《说文解字注》卷7下《穴部》："窒，空也。"段注："《诗》曰：'瓶之窒矣'，《小雅·蓼莪》文，今《诗》作罄。《传》：'罄，空也。'与《尔雅·释诂》合，空与尽，义相因。"斗储，一斗储粮，形容余粮极少。《六臣注文选》卷21左太冲（思）《咏史诗八首》其八："外望无寸禄，内顾无斗储。"李善注："《国语》叔向曰：绛之富商而无寻尺之禄。……古《出东门行》曰：盎中无斗米，架上无悬衣。……储，蓄也。谓蓄积以待用也。"吕延济注："寸禄斗储虽至少，此皆无之。"

〔鲂鱼尾方赪〕《毛诗正义》卷1—3《周南·汝坟》："鲂鱼赪尾，王室如毁。"毛传："赪，赤也，鱼劳则尾赤。"孔颖达疏："《释器》云：再染谓之赪。郭云：赪，浅赤也。鲂鱼之尾不赤，故知劳则尾赤。”《春秋左传正义》卷 60《哀公十七年》：“卫侯贞卜，其繇曰：如鱼竀尾，衡流而方羊裔焉。”杜预注：“横流方羊，不能自安。裔，水边。”孔颖达疏：“杜以鱼劳则尾赤，方羊不能自安。裔焉，谓鱼至水边，以喻卫侯将如此。是贾逵之说，杜用之也。郑众以为，鱼劳则尾赤。方羊，游戏，喻卫侯淫纵。杜不然者，以此鱼喻卫侯。《诗》云：‘鲂鱼赪尾，王室如毁。’鱼劳则尾赤，以劳苦之鱼比喻卫侯。则方羊为劳苦之状。若其方羊是纵恣之状，何得比劳苦之鱼也。”《十三经注疏正字》卷 9《诗 · 汝坟》：“‘疏：……如鱼赪尾，衡流而彷徉。’《左传》：赪作竀，彷徉作方羊。”《说文解字注》卷 11 下《鱼部》：“鲂，赤尾鱼。”段注：“《周南》曰：鲂鱼赪尾。《释鱼》曰：鲂、魾。《传》曰：鱼劳则尾赤。按此，《传》当有‘鲂鱼也’三字，以鲂劳赤尾兴如焜，非谓鲂必赪尾也。《左传》：‘如鱼竀尾，衡流而方羊。’亦谓其困顿。许以赤尾鱼释鲂，殆失之。鲂即鳊鱼也。”此句指，鲂鱼因劳苦，鱼尾变红，彷徨徘徊不安。喻指贫寒之家生活艰辛，动荡不安。

〔《鸱鸮》吭瘁瘏〕《诗经今注 · 豳风 · 鸱鸮》“鸱鸮鸱鸮，既取我子，无毁我室。恩斯勤斯，鬻子之闵斯。迨天之未阴雨，彻彼桑土，绸缪牖户。今女下民，或敢侮予。予手拮据，予所捋荼，予所蓄租，予口卒瘏，曰予未有室家。”高亨注：“鸱鸮，……猫头鹰。”“卒，借为瘁。瘁瘏（tú 屠），劳累致病。”（上海古籍出版社 1980 年 10 月第 1 版 P207—208）《尚书 · 金縢》：“武王既丧，管叔及其群弟，乃流言于国曰：‘公将不利于孺子。’周公乃告二公曰。我之弗辟。我无以告我先王。周公居东二年。则罪人斯得。于后。公乃为诗以贻王。名之曰《鸱鸮》。王亦未敢诮公。”吭，喉咙。《集韵》卷 3《平声三 · 唐第十一》：“吭，……咽也。”卒瘏，亦作“瘁瘏”“瘏悴”。《楚辞》卷 16 刘向《九叹 · 思古》：“发披披以鬤鬤兮，躬劬劳而瘏悴。”《经典释文》卷 6《毛诗音义中 · 豳 · 七月第十五 · 鸱鸮》：“卒瘏，本又作屠，音徒，病也。”此句指，《诗经 · 鸱鸮》篇唱出了喉咙生病，无法出声的悲哀。喻指受冤屈者、被伤害者，有口难言，只能默默忍受。

〔玄化有偏诐〕玄化，指大自然的造化运转之功，亦指圣人之教化、感化。《雁门公妙解录（并序）》：“所以我仙人天地之玄化成宝，同日月之光。如神符白雪修炼功毕，即有上升之路。”《文选注》卷 34 曹子建（植）《七启八首（并序）》：“玄化参神，与灵合契。”李善注：“蔡邕《陈留太守颂》曰：玄化治矣，黔首用宁。”偏诐，偏颇，不平允。《孟子注疏》卷 3 上《公孙丑章句上》：“‘何谓知言？’曰：‘诐辞知其所蔽，淫辞知其所陷，邪辞知其所离，遁辞知其所穷。’”孙奭疏：“诐辞，其言有偏诐不平也。孟子言，人有偏诐不平之言，我则知其蔽于一曲而已。”

〔尺咫沟菀枯〕沟，隔绝。详见《励志诗》一诗〔掇异畺区沟〕条笺注。菀枯，荣枯。详见《台城柳》一诗〔菀枯〕条笺注。上句与此句指，大自然的造化运转之功有偏颇，近在咫尺之物，却荣枯盛衰不同。

〔俯怜井渫寒〕《周易正义》卷 5《井》："九三，井渫不食，为我心恻。"王弼注："渫，不停污之谓也。……当井之义而不见食，修己全洁而不见用。故为我心恻也。"孔颖达疏："井渫不食者，渫，治去秽污之名也。井被渫治，则清洁可食。……井渫而不见食，犹人修己全洁而不见用，使我心中恻怆。"寒，贫寒窘迫。《史记 · 范雎列传》："须贾意哀之，留与坐饮食，曰：'范叔一寒如此哉！'乃取其一绨袍以赐之。"此句指，洁身自好却得不到任用，因而身受贫寒之苦，让人不禁恻隐怜惜。

〔仰慨旃茵娱〕旃茵，毡子等以动物皮毛制成的席垫。《淮南子 · 原道训》："吾所谓乐者，人得其得者也。夫得其得者，不以奢为乐，不以廉为悲，……无以自得也，虽以天下为家，万民为臣妾，不足以养生也。能至于无乐者，则无不乐；无不乐，则至极乐矣。夫建钟鼓，列管弦，席旃茵，傅旄象，耳听朝歌北鄙靡靡之乐，齐靡曼之色，陈酒行觞，夜以继日，强弩弋高鸟，走犬逐狡兔，此其为乐也，炎炎赫赫，怵然若有所诱慕。解车休马，罢酒彻乐，而心忽然若有所丧，怅然若有所亡也。是何则？不以内乐外，而以外乐内，乐作而喜，曲终而悲，悲喜转而相生，精神乱营，不得须臾平。察其所以，不得其形，而日以伤生，失其得者也。"《说文解字》卷 12 下《女部》："娱，乐也。"此句指，以奢侈享受为乐者，整日以奢华宫室陈设为居，以美酒珍馐为食，以靡靡之音为伴，以郊野游猎为戏，让人不禁感慨万千。

〔四运〕春夏秋冬。《文选注》卷 26 潘安仁（潘安，本名潘岳）《在怀县作二首》其一："春秋代迁逝，四运分可喜。"李善注："《楚辞》曰：春与秋其代序。《庄子》曰：黄帝曰：阴阳四时运行，各得其序。"

〔繁蘤难久舒〕蘤，花的异体字。《集韵》卷 3《平声三 · 麻第九》："华（華），……或从化，亦作蘤。"《说文解字》卷 4 下《予部》："舒，伸也。"

〔楚楚蜉蝣裳，文彩不须臾〕《毛诗正义》卷十四《曹风 · 蜉蝣》："蝣之羽，衣裳楚楚。"毛传："蜉蝣，渠略也，朝生夕死，犹有羽翼，以自修饰。楚楚，鲜明貌。"孔颖达疏："《释虫》云：蜉蝣，渠略。舍人曰：蜉蝣，一名渠略。南阳以东曰蜉蝣，梁宋之间曰渠略。孙炎曰：《夏小正》云：蜉蝣，渠略也，朝生而暮死。郭璞曰：似蛣蜣，身狭而长，有角，黄黑色，聚生粪土中，朝生暮死，猪好啖之。陆玑疏云：蜉蝣，方土语也。通谓之渠略，似甲虫，有角，大如指，长三四寸，甲下有翅，能飞。夏月阴雨时，地中出，今人烧炙噉之，美如蝉也。樊光谓之粪中蝎虫，随阴雨时为之，朝生而夕死。”

〔化人无璧台〕化人，仙人。璧台，如以美玉垒砌成的高台。《列子·周穆王第三》：“周穆王时，西极之国有化人来，入水火，贯金石，反山川，移城邑，乘虚不坠，触实不碍。千变万化，不可穷极。既已变物之形，又且易人之虑。穆王敬之若神，事之若君。路寝以居之，引三牲以进之，选女乐以娱之。化人以为王之宫室卑陋而不可处，王之厨馔腥蝼而不可飨，王之嫔御膻恶而不可亲。穆王乃为之改筑。土木之功，赭垩之色，无遗巧焉。五府为虚，而台始成。其高千仞，临终南之上，号曰中天之台。”《穆天子传》卷 6：“天子赐之上姬之长，是曰盛门。天子乃为之台，是曰重璧之台。”郭璞注：“言台状如垒璧。”《艺文类聚》卷 34《人部十八·哀伤》宋孝武帝《拟汉武帝李夫人赋》曰：观周氏之逸篇，览汉室之遗篆。吊新宫之掩映，嗟璧台之芜践。虽媛德之有载，竟滞悲其何遣。”

〔赤乌亦榛墟〕《穆天子传》卷2：“甲戌，至于赤乌之人，丌献酒千斛于天子，……赤乌之人丌献好女于天子，女听、女列为嬖人。曰：‘赤乌氏，美人之地也，宝玉之所在也。’”榛墟，荒烟漫草之废墟。《全唐诗》卷 618 陆龟蒙《奉和袭美酬前进士崔璐盛制见寄因赠至一百四十言》：“其间王道乖，化作荆榛墟。”（第 9 册 P7168）参见《伤女频（二首）》其二一诗〔榛薄纷盈阡〕条笺注。

〔三归终小器〕《论语译注·八佾篇第三》：“子曰：‘管仲之器小哉！’或曰：‘管仲俭乎？’曰：‘管氏有三归，官事不摄，焉得俭？’”杨伯峻译：“孔子说：‘管仲的器量狭小得很呀！’有人便问：‘他是不是很节俭呢？’孔子道：‘他收取了人民的大量的市租，他手下的人员，[一人一职，]从不兼差，如何能说是节俭呢？’”杨伯峻注：“‘三归’的解释还有：（甲）国君一娶三女，管仲也娶了三国之女（《集解》引包咸说，皇侃《义疏》等）；（乙）三处家庭（俞樾《群经平议》）；（丙）地名，管仲的采邑（梁玉绳《瞥记》）；（丁）藏泉币的府库（武亿《群经义证》）。我认为这些解释都不正确。郭嵩焘《养知书屋文集》卷一《释三归》云：‘此盖《管子》九府轻重之法，当就《管子》书求之。《山至数篇》曰，“则民之三有归于上矣。”三归之名，实本于此。是所谓三归者，市租之常例之归之公者也。桓公既霸，遂以赏管仲。《汉书》《地理志》、《食货志》并云，桓公用管仲设轻重以富民，身在陪臣，而取三归。其言较然明显。《韩非子》云，“使子有三归之家”，《说苑》作“赏之市租”。三归之为市租，汉世儒者犹能明之，此一证也。《晏子春秋》辞三归之赏，而云厚受赏以伤国民之义，其取之民无疑也，此又一证也。’这一说法很有道理。我还再举两个间接证据。（甲）《战国策》一说：‘齐桓公宫中七市，女闾七百，国人非之。管仲故为三归之家以掩桓公，非自伤于民也。’似亦以三归为市租。（乙）《三国志·魏志·武帝纪》建安十五年令曰：‘若必廉士而后可用，则齐桓其何以霸？’亦以管仲不是清廉之士，当指三归。”（中华书局 1980 年 12 月第 2 版 P31—32）

〔千驷贱饿夫〕《论语·季氏第十六》：“齐景公有马千驷，死之日，民无德而称焉。伯夷、叔齐饿于首阳之下，民到于今称之。其斯之谓与?”《扬子法言》卷 8《渊骞篇》：“无仲尼，则西山之饿夫与东国之绌臣恶乎闻。”李轨注：“饿夫，夷、齐。”《全宋诗》卷 2373《项安世四·次老沈秀才韵》：“千驷不数齐封君，西山饿夫万古名。”（北京大学出版社 1998 年 12 月第 1 版第 44 册 P27280）

〔般斤岂弗珍〕般斤，鲁班之斧，亦泛指斧头。《扬子法言》卷 9《君子篇》：“般之挥斤，羿之激矢，君子不言，言必有中也；不行，行必有称也。”吴秘注：“般输之挥斤，后羿之激矢，犹如君子之言行素习于内，发中绳准。”苏轼《东坡全集》卷 2《诗八十三首·次韵张安道读杜诗》：“般斤思郢质，鲲化陋鯈濠。”《庄子集解》卷 6《杂篇徐无鬼第二十四》：“庄子送葬，过惠子之墓，顾谓从者曰：‘郢人垩慢其鼻端若蝇翼，使匠石斲之。匠石运斤成风，听而斲之，尽垩而鼻不伤，郢人立不失容。宋元君闻之，召匠石曰：“尝试为寡人为之。”匠石曰：“臣则尝能斲之。虽然，臣之质死久矣。”自夫子之死也，吾无以为质矣，吾无与言之矣。’”王先谦注：“宣云：质，施技之地，谓郢人也。”“夫子，谓惠。庄、惠行事不同，而相投契，惠死而庄无可与纵言之人，是以叹也。”

〔桑筹焉足慕〕苏轼《东坡志林》卷 7：“尝有三老人相遇，或问之年。一人曰：‘吾年不可记，但忆少年时与盘古有旧。’一人曰：‘海水变桑田时，吾辄下一筹，尔来，吾筹已满十间屋。’一人曰：‘吾所食蟠桃，弃其核于昆仑山之下，今已与昆仑齐矣。’以予观之，三子者，与蜉蝣、朝菌何以异哉!”上句与此句指，要结交那些即使志道不同但能相互砥砺启发的挚友，不要结交那些聚在一起相互自夸以逞强的佞友。

〔相彼蠭蚁群，殊质相役驱〕相彼，看那。见《独漉篇》一诗〔相彼西南，有煌其都〕条笺注。蠭，同“蜂”。《集韵》卷 1《平声一·钟第三》：“蠭，……《说文》：飞虫螫人者。古作蠭，或作逢，……通作蜂。”《艺文类聚》卷 97《虫豸部·蜂》：“《抱朴子》曰：鸡有搏栖之雄，雉有擅泽之骄，蚁有兼弱之智，蜂有攻寡之计。人相投御亦是耳。”《埤雅》卷 10《释虫·蜂》：“《抱朴子》曰：鸡有专栖之雄，雉有擅泽之骄，蚁有兼弱之智，蜂有攻寡之计。援理观之，人之强弱相制，众寡相役，何以异此。是故，齐与魏閧，而庄周以为战于蜗角也。”此二句指，渺小如蜂群蚁群，也是弱肉强食。蠭，《独立周报》本作“蜂”。

〔人生秉恒格〕恒格，定数，固定的标准。《陈书 · 高祖本纪下》：“二年春正月乙未诏曰：……虞官夏礼岂曰同科，殷朴周文固无恒格。”毛奇龄《西河集》卷 92《朝廷狩幕北沿途上书》：“夫诈则何不可为？夫诈则必求之于恒格之外，而其为规例，不可问矣。”

〔穷达宁相踰〕上句与此句指，人生有定数，贫贱或显达怎么能改变呢。

〔明星怨服箱〕《毛诗正义》卷 13—1《小雅 · 谷风之什 · 大东》：“睆彼牵牛，不以服箱。”毛传：“睆，明星貌。何鼓谓之牵牛。服，牝服也。箱，大车之箱也。”郑玄笺：“以，用也。牵牛不可用于牝服之箱。”孔颖达疏：“睆然而明者，彼牵牛之星虽则有牵牛之名，而不曾见其牵牛以用于牝服大车之箱也。”服，驾乘负载。详见本诗〔骛服鲜春腴〕条笺注。参见《蜀中赠吴虞（三首）》其一一诗〔绵绵牵牛箱—念此摧中怀〕条笺注。此句指，抱怨那明亮的牵牛星，虽徒有牵牛之名却不能驾辕拉车。

〔阴雨嗟薰胥〕《毛诗正义》卷 12—2《小雅 · 节南山之什 · 雨无正》：“若此无罪，沦胥以铺。”郑玄笺：“胥，相铺遍也。言王使此无罪者，见牵率相引，而遍得罪也。”《汉书 · 叙传下》：“呜呼！史迁熏胥以刑。”颜师古注：“晋灼曰：齐、韩、鲁《诗》作熏。薰，帅也，从人得罪相坐之刑也。师古曰：晋说近是矣。《诗 · 小雅 · 雨无正》之篇曰：若此无罪，沦胥以铺。胥，相也。铺，遍也。言无罪之人遇于乱政，横相牵率，遍得罪也。《韩诗》沦字作薰。薰者，谓相薰蒸亦渐及之义耳。此叙言史迁因坐李陵横得罪也。”殿本《汉书》录有萧该《汉书音义》注：“萧该《音义》曰：韦昭曰：腐刑必薰之余残，曰胥。”阴雨，指《诗经》该诗之篇名——《雨无正》。孔颖达疏：“经无此‘雨无正’之字，作者为之立名。叙又说名篇及所刺之意。雨是自上下者也，雨从上而下于地，犹教令从王而下于民。而王之教令众多如雨，然事皆苛虐，情不恤民，而非所以为政。作此诗以刺之。既成，而名之曰‘雨无正’也。”案：《雨无正》全篇诗句与“雨”毫无关系，历代学人或为之强解，或疑脱句，一直莫衷一是。姚际恒《诗经通论》卷 10《小雅 · 雨无正》：“此篇名《雨无正》不可考，或误，不必强论。”此句指，读《诗经 · 雨无正》篇，感慨真正的罪人逃脱，而无辜之人却受罚。

〔睠兹役车休〕睠，回顾，回想。详见《申江杂感用苏东坡〈秋怀〉诗韵（二首）》其二一诗〔睠言怀旧都，诗人歌彼黍〕条笺注。《毛诗正义》卷 6—1《唐风 · 蟋蟀》：“蟋蟀在堂，岁聿其莫。……蟋蟀在堂，役车其休。”陆德明《音义》：“莫，音暮。”孔颖达疏：“九月之时，蟋蟀之虫在于室堂之上矣，是岁晚之候。岁遂其将欲晚矣，此时农功已毕，……时当九月，则岁未为暮。而言岁聿其暮者，言其过此月后，则岁遂将暮耳。谓十月以后为岁暮也，此月未为暮也。”郑玄笺：“庶人乘役车，役车休农，功毕无事也。”孔颖达疏：“庶人乘役车，《春官·巾车》文也。彼注云：‘役车方箱，可载任器以供役。’然则，收纳禾稼亦用此车，故役车休息是农功毕，无事也。《酒诰》云：‘肇牵车牛，远服贾用，孝养厥父母。’则庶人之车冬月亦行。而云休者，据其农功既终，载运事毕，故言休耳。不言冬月不行也。”

〔日月除〕《毛诗正义》卷6—1《唐风·蟋蟀》：“今我不乐，日月其除。”孔颖达疏：“日月其将过去”。

〔愿携薪野泪〕《孔子家语》卷4《辨物第十六》：“叔孙氏之车士曰子鉏商，采薪于大野，获麟焉。折其前左足，载以归。叔孙以为不祥，弃之于郭外。使人告孔子曰：‘有麕而角者，何也？’孔子往观之，曰：‘麟也。胡为来哉？胡为来哉？’反袂拭面，涕泣沾衿。叔孙闻之，然后取之。子贡问曰：‘夫子何泣尔？’孔子曰：‘麟之至，为明王也。出非其时而见害，吾是以伤焉。’”《文选注》卷25刘越石（琨）《重赠卢谌一首》：“宣尼悲获麟，西狩涕孔丘。”李善注：“《公羊传》曰：‘哀公十四年春，西狩获麟。何以书？记异也。……孔子曰：“孰谓来哉！孰谓来哉！”反袂拭面，涕泣沾袍。’”鲁哀公十四年，哀公西狩，叔孙氏家臣猎杀了一只麒麟。孔子至此绝笔《春秋》，不久即去世。参见《读戴子高先生〈论语注〉》一诗〔圣王不作感获麟〕条笺注。《春秋》有“麟经”之称。刘师培此句以“薪野泪”喻指其《春秋左传》家学。薪野，1933年林思进清寂堂《左盦遗诗》续刻本作“莘野”，疑误。

〔漱作昆冈珠〕《六臣注文选》卷22陆士衡（机）《招隐诗》：“山溜何泠泠，飞泉漱鸣玉。”李善注：“枚乘上书曰：‘泰山之溜穿石。’《楚辞》曰：‘吸飞泉之微液。’鸣玉，亦琼瑶也。《楚辞》曰：‘饮石泉兮荫松栢。’漱，犹荡也。毛苌《诗》传曰：琼瑶，美玉也。”李周翰注：“飞泉漱荡玉石而有声也。”《梁文纪》卷14周兴嗣《千字文》：“金生丽水，玉出昆冈。剑号巨阙，珠称夜光。”漱玉，本指水流击石，发出如玉撞之声。后亦喻指锦绣文章和诗词。《直斋书录解题》卷21《歌词类》：“《漱玉集》一卷。易安居士李氏清照撰。元佑名士格非文叔之女，嫁东武赵明诚德甫，晚岁颇失节。别本分五卷。”上句与此句指，我愿意继承《左传》家学，将之续补发扬成传世巨著。冈，《四川国学杂志》本、1933年林思进清寂堂《左盦遗诗》续刻本作“岗”，《独立周报》本作“崙（仑）”。

〔孰云河不清，跂影徯灵符〕《北堂书钞》卷2《帝王部·征应五》：“黄河清，圣人生。……河出书，雒受法。黄精受道，河清受图。掘图书，得地符。”跂，同“企”，盼望。详见《冬日旅沪作》一诗〔襂绊岐繄骓〕条笺注。影，通“景”。《周礼注疏》

卷 10《地官司徒第二 · 大司徒》:“正日景以求地中，日南则景短。”陆德明《音义》:“景，如字，本或作影。”跂影，即“企景”，或作“景企”，企盼，仰慕之意。《唐文粹》卷 88 李峤《上雍州高长史书》:“将恐慕义之夫，思为黄鹤之举；企景之客，不作真龙之游。”《明文海》卷 213 彭辂《烟雨楼志后序》:“陆敬舆风猷声烈，令人至今景企者也。”《后汉书 · 刘恺传》:“今恺景仰前修，有伯夷之节。”李贤注:“景，犹慕也。《诗》云:‘景行行止。’”《说文解字》卷 2 下《彳部》:“徯，待也。”灵符，上天降示的开运福瑞之兆。《后汉书 · 班彪传》:“彪既疾嚣言，又伤时方艰，乃著《王命论》，以为汉德承尧，有灵命之符。”《三国志 · 魏书二 · 文帝纪》裴注引《献帝传》:“侍中刘廙、常侍卫臻等奏议曰:‘汉氏遵唐尧公天下之议，陛下以圣德膺历数之运，天人同欢，靡不得所，宜顺灵符，速践皇阼。’”《六臣注文选》卷 43 孙子荆（楚）《为石仲容与孙皓书一首》:“协建灵符，天命既集。”李善注:“曹植《大魏篇》曰：大魏应灵符，天禄乃始。”吕向注:“灵符，谓神灵之瑞符也。”此二句指，谁说黄河未清，圣人不出呢？企盼着上天降示的开运福瑞之兆。

【略考】

《阴氛篇》一诗多达 80 句，其表达的意思主要有 4 个部分：一、世风的凉薄与佻浮；二、贫富差距，富人的奢靡和穷人的困苦；三、对世事无常，荣枯不恒的感慨；四、对黄河清，世道明的渴望。

刘师培对百姓疾苦的关注，主要集中在旅日后接受无政府主义那段时间。时间跨度不长，1907 年年中至 1908 年年底。当时所著文章和诗很多，全部发表于《天义》和《衡报》。

1908 年年底回国后不久，刘师培背叛革命，公然入端方幕府，此类作品戛然而止。

民初，政局混乱，民生凋敝。本以为铸成共和，实行民主，一切弊端当迎刃而解。万没想到，老账未还，新债又欠。这使很多社会精英大失所望。

我个人认为，此诗所表达的情绪即与此有关。

阴氛，含世道阴暗之意。

八墺篇

八墺匝维络，九天多隈隅。天地有沈浮，孰云荣弗枯。梦游良怿怡，控飚焉所如。仙人导我行，为言穷六区。西摕沙棠实，东薄榑桑株。蹀音朱陵庭，濯景冰夷都。俯烛九阴窟，仰轩八景舆。启彼洞清源，造此鉤陈枢。辰阿范羽宫，玄涯瀹灵渠。甘渊为泥澖，寒门为闉阇。琅峰践为城，礵林周为郛。襟以暘谷汧，缭以闉阛闾。当关虎豹侁，夹道青龙趺。绛凤穴其巅，黄麟遨其陬。前野错榆柤，后庭植桂栌。雨虹缨金阙，霜日滢瑶铺。嘉卉弗知年，大椿与古俱。膏煇玉井汋，砂熟圆丘硃。眄兹遐境恢，未觉中溏逾。众真莅天骀，轻镳灿华腴。璧月丽芝盖，琳云垂藻旟。《六莹》娱化人，九光降离朱。操翳舞代驹，鸣琴招鳐鱼。钧籁扬妙新，秦箫吟太无。抚御元降章，敖佛消摇墟。玄范不待雕，灵颜一何姝。借问此何方，答云元始居。受我世民歌，栖我清华庐。琼蕤缀我冠，蕃草辉我裾。朝从渌景游，夕睹丹房娱。昌图掷羽絓，双成贻紫襦。为披《缠璇》章，中有《西壁图》。绮文碧林字，银检青泥壶。相期匏瓜廷，拜授《金珰》书。妙领运亿津，灵发跻三涂。良德信所钦，大文未可纾。一盼玄搆标，再视冥情摅。三复身世非，寤歌滋欷歔。众鸟各有趋，十洲宁足拘。寄语世间人，六龙骧天衢。

【刊载】

《四川国学杂志》第 1 号，1912 年 9 月 20 日，署名刘师培；《独立周报》16、17 号合刊，1913 年第 2 卷，标题《刘师培诗》。1933 年林思进清寂堂《左盦遗诗》续刻本；《刘申叔遗书》61 册（73—74），《左盦诗录》卷 3《左盦诗续录》。

【类型】

五言，80 句。

【编年】

1912 年。依首次发表时间。

【笺注】

〔八墤匝维络〕八墤，应作“八殥”。《淮南鸿烈解》卷 4《墬形训》：“九州之外乃有八殥，亦方千里。”高诱注：“殥，犹远也。”维络，中医术语，指人的循环经络。此处指大地上山川相缪，交错纵横。《史记 · 扁鹊传》：“中经维络，别下于三焦、膀胱。”裴骃《集解》：“徐广曰：维，一作结。”张守节《正义》：“《八十一难》云：十二经脉，十五络脉，阳维阴维之脉也。”《文选注》卷 2 张平子（衡）《西京赋》：“尔乃振天维，衍地络。”李善注：“维，网也。络，网也。谓其大如天地矣。振，整理也。”匝，同“帀”，遍布之意。《古今韵会举要》卷 30：“帀，……俗作匝。”《说文解字注》卷 6 下《帀部》：“帀，匊也。”段注：“匊，各本作周，误，今正。勹部匊，帀，遍也。是为转注，按古多假杂为帀。”

〔九天多隈隅〕《楚辞章句》卷 3 屈原《天问》：“圜则九重，孰营度之。”王逸注：“言此天有九重”。《吕氏春秋 · 有始》曰，天有九野，中央曰钧天，其他八个方向各有名称。参见《游仙诗》一诗〔欲斡钧天春〕条笺注、《杂诗（二首）》其二一诗〔钧天聆九霄〕条笺注。隈隅，亦作“隅隈”，指角落。《楚辞补注》卷 3 屈原《天问》：“隅隈多有，谁知其数。”王逸注：“言天地广大，隅隈众多，宁有知其数乎?”洪兴祖补注：“隅，角也。《尔雅》：厓内为隩，外为隈。《淮南》曰：天有九野，九千九百九十九隅，去地五亿万里。注云：九野，九天之野，一野千一百一十一隅。”

〔怿怡〕亦作“怡怿”。《尔雅注疏》卷 1《释诂第一》：“怡，怿，……乐也。”郭璞注：“皆见《诗》。”邢昺疏：“皆谓喜乐。怡者，和乐也。《小雅 · 节南山》云：‘既夷既怿’。怡、夷音义同。怿者，悦乐也。《商颂 · 那》篇云：‘亦不夷怿’。”《六臣注文选》卷 17 傅武仲（毅）《舞赋（并序）》：“严颜和而怡怿兮，幽情形而外扬。”李善注：“《尔雅》曰：怿，乐也。”刘良注：“怡怿，和色也。”

〔控飚焉所如〕控飚，驾驭御风而行的神仙之车。见《望庐山》一诗〔猋轮斡地维〕条笺注。焉所如，去往何处。元稹《元氏长庆集》卷 6《酬乐天早夏见怀》：“我亦辞社燕，茫茫焉所如。”

〔穷六区〕《文选注》卷 15 张平子（衡）《思玄赋》：“愿得远渡以自娱，上下无常穷六区。”李善注：“《楚辞》曰：‘远渡世以忘归。’六区，上下四方也。《周易》曰：上下无常，非为邪也。”

〔西摕沙棠实〕摕，同“搴”，取。《集韵》卷 6《上声下 · 獮第二十八》：“摕，……亦作搴。”详见《励志诗》一诗〔兰陵轩谊搴〕条笺注。《吕氏春秋》卷 14《本味》：“果之美者，沙棠之实。”高诱注：“沙棠，木名也，昆仑山有之。”

〔东薄榑桑株〕薄，求取，获得。《广雅》卷 5《释言》：“薄，致也。”杨慎《升庵集》卷 63《致字说》：“致，……有取与纳之意。”榑桑株，扶桑树。详见《日本道中望富士山》一诗〔移屟榑木东〕条笺注。

〔蹀音朱陵庭〕蹀音，脚踏出声。《广雅》卷 1《释诂》：“蹀，……履也。”《真诰》卷 16《阐幽微第二》“辛玄子所言说冥中事”：“蹀足吟幽唱，仰首翫鸣条。”朱陵庭，指仙府。详见《升天行》一诗〔辉翮朱陵都〕条笺注。

〔濯景冰夷都〕濯景，游览景致。《毛诗正义》卷 16—5《大雅 · 文王之什 · 灵台》：“麀鹿濯濯，白鸟翯翯。”毛传：“濯濯，娱游也。”《真诰》卷 12《稽神枢第二》

“南岳夫人言”：“若人羡彼子之濯景，邪可谓‘瞻之在前，忽焉在后’？”《艺文类聚》卷 73《杂器物部 · 盘 · 赋》：“魏毌丘俭《承露盘赋》曰：树根芳林，濯景天池。”冰夷，亦作“冯夷”，河神。《楚辞补注》卷 5 屈原《远游》：“令海若舞冯夷。”王逸注：“冯夷，水仙人也。《淮南》言：冯夷得道，以潜于大川也。”洪兴祖补注：“冯夷，河伯也。”《山海经》卷 12《海内北经》：“从极之渊，深三百仞，维冰夷恒都焉，冰夷人面乘两龙，”郭璞注：“冰夷，冯夷也。《淮南》云：‘冯夷得道，以潜大川。’即河伯也。《穆天子传》所谓河伯无夷者。《竹书》作冯夷，字或作冰也。”

〔俯烛九阴窟〕九阴，极幽冥隐晦之地。详见《花园镇关帝庙夜宿》一诗〔翔阳扃九阴〕条笺注、《杂诗（二首）》其二一诗〔烛龙燿神薪〕条笺注。烛（爥），《独立周报》本作“爥”。

〔仰轩八景舆〕轩，仰视。《文选注》卷 9 潘安仁（潘安，本名潘岳）《射雉赋》：“郁轩翥以余怒，思长鸣以效能。”徐爰注：“轩，起望也。”八景舆，道教语，指仙境中一种仙人之车。《真诰》卷 5《甄命授第一》“道授卷”：“仙道有八景之舆，以游行上清。”《云笈七签》卷 96《王母赠魏夫人歌一章（并序）》：“驾我八景舆，欻然入玉清。”《乐府诗集》卷 11《紫极舞 · 序入破第一奏》：“一奏三清乐，长回八景舆。”《海录碎事》卷 13 上《鬼神道释部 · 仙门 · 八景舆》：“玄一真人曰：八景龙舆，可得乘之。”《云笈七签》卷 8《三洞经教部 · 经释 · 释太上大道君洞真金玄八景玉箓》：“太上大道君，初乘一景之舆，驾八素紫云，摄希微苍帝，名录丰子，俱东行，诣郁悦那林昌玉台天，见玉清紫道虚皇上君，受九晖大晨隐符；……太上大道君，次乘八景之舆，驾一素灵云，摄洞微真帝，名洄澄摅，俱西北行，诣单绿察报轮法天，见玉清八观高元虚皇渟景君，受高上龙烟隐符。”

〔洞清源〕洞，在道教中具有特定含义。指“虚”“空”“无”，即“道”本身。《太平经合校》卷 68（丁部之十七）《戒六子诀第一百四》：“夫道迺洞，无上无下，无表无里，守其和气，名为神。”（中华书局 1960 年 2 月第 1 版 P258）。同上书卷 41（丙部之七）《件古文名书诀第五十五》：“洞者，其道德善恶，洞洽天地阴阳，表里六方，莫不响应也。皆为慎善，凡物莫不各得其所者。其为道迺拘校天地开辟以来，天文地文人文神文皆撰简得其善者，以为洞极之经，帝王案用之，使众贤共迺力行之，四海四境之内，灾害都扫地除去，其治洞清明，状与天地神灵相似，故名为大洞极天之政事也。”（P87）洞清源，指“道”清净澄澈的源头。《云笈七签》卷 102《太微天帝君纪》：“澄流九霄之霞，飞眺洞清之源。”同上书卷 41《七籤杂法 · 沐浴 · 沐浴吉日》：

"天地洞清，洗秽除尘。炼化九道，返形太真。"

〔钩陈枢〕钩陈星宿中最中心的一星，也称"纽星"，即北极星，又称北辰、紫微星。《前汉书 · 扬雄传上》载其《甘泉赋》："诏招摇与泰阴兮，伏钩陈使当兵。"颜师古注："服虔曰：钩陈，紫官外营陈星。"《晋书 · 天文志上 · 中宫》："北极五星，钩陈六星，皆在紫宫中。北极，北辰最尊者也。其纽星，天之枢也。……钩陈口中一星，曰天皇大帝，其神曰耀魄宝，主御群灵，执万神图。"《论语 · 为政第二》："子曰：'为政以德，譬如北辰，居其所而众星共之。'"钩陈，亦作勾陈、句陈。

〔辰阿范羽宫〕辰阿，高挂于天空中的星辰。《真诰》卷 12《稽神枢第二》："七月十五日夜茅中君受书，……自分必能鹏飞辰阿，云扇灵元，高振玉宇，携辔秀真，可谓邈乎?"羽宫，仙人宫殿。《真诰》卷 4《运象篇第四》"紫微诗"："携襟登羽宫，同宴广寒里。"《云笈七签》卷 42《存思 · 存大洞真经三十九真法 · 读太玄都九气丈人主仙君道经》："世世入仙堂，玄玄登羽宫。"《淮南鸿烈解》卷 2《俶真训》"一范人之形而犹喜。"高诱注："范，犹遇也，遭也。"

〔玄涯瀹灵渠〕玄涯，亦作"玄崖""玄厓"，道教语，指道门仙境中之涯岸，亦泛指道教。《真诰》卷 3《运象篇第三》"九月十八日夜云林右英夫人作喻曰吾辞讫此"："心眇玄涯感，年随积椿崇。"《云笈七签》卷 101《纪 · 元始天王纪》："内气玄崖，潜想幽穷，忽焉逍遥，流盼忘旋。"《汉天师世家》王德新《序三》："曩予柄玄崖，梦老子与之谭道，窃有感于赤松之游，而不知嗣教者。"李涵秋《广陵潮》第十九回《赌局翻新快谈麻雀，仙机入妙误掷番蚨》："自念我家这点点年纪的小孙子，仙人尚且想度脱他，何况我这精参玄涯，遁迹空门的老全真呢。"灵渠，位于今广西桂林市兴安县境内，为秦始皇时期开凿的运河，长约 33 公里，沟通湘江、漓江两流域。《全唐文》卷 804 鱼孟威《桂州重修灵渠记》："灵渠乃海阳山水一派也，谓之漓水焉。旧说，秦命史禄吞越峤而首凿之，汉命马援征徵侧而继疏之。"刘师培此处非专指兴安灵渠，而是泛指道门仙境中之灵异河渠。瀹，疏通。《孟子集注》卷 3《滕文公章句上》："禹疏九河，瀹济漯，而注诸海。"朱熹注："瀹，亦疏通之意。"

〔甘渊为泥淈〕《山海经》卷 14《大荒东经》："东海之外，……有甘山者，甘水出焉，生甘渊。"郭璞注："水积则成渊也。"同上书卷 15《大荒南经》："东南海之外，甘水之间有羲和之国，有女子名曰羲和，方日浴于甘渊。"《庄子集释》卷 6 下《(外篇）秋水第十七》："天下之水，莫大于海，万川归之，不知何时止而不盈；尾闾泄之，不知何时已而不虚。"郭庆藩引成玄英疏："尾闾者，泄海水之所也，在碧海之东，其处有石，阔四万里，厚四万里，居百川之下尾而为闾族，故曰尾闾。"《别雅》卷 1："涅澖，尾闾也。《庄子 · 秋水》篇：'天下之水，莫大于海，万川归之，尾闾泄之。'《集韵》作'涅澖'。"

〔寒门为闉阇〕寒门，有二解，一、指"天之北门"；二、即谷口，位于今陕西礼泉，传为黄帝成仙之处。《史记 · 司马相如传》载其《大人赋》："遗屯骑于玄阙兮，轶先驱于寒门。"裴骃《集解》："骃案：《汉书音义》曰：玄阙，北极之山。寒门，天北门。"《六臣注文选》卷 15 张平子（衡）《思玄赋》："望寒门之绝垠兮，纵余绁乎不周。"李周翰注："言寒门，北极门也。"《史记 · 孝武本纪》："其后黄帝接万灵明廷。明廷者，甘泉也。所谓寒门者，谷口也。"裴骃《集解》："《汉书音义》曰：黄帝仙于寒门也。"司马贞《索隐》："服虔云：寒门，黄帝所仙之处。小颜云：谷，中山之谷口。汉时为县，今呼为冶谷，去甘泉八十里，盛夏凛然，故曰寒门。"闉阇，城门外之瓮城。《说文解字注》卷 12 上《门部》："闉，城内重门也。从门垔声。《诗》曰："出其闉阇。"段注："城曲重门也。城曲，各本作'城内'，今依《诗正义》正。《郑风》曰：'出其闉阇。'《传》曰：'闉，曲城也。阇，城台也。'《正义》曰：'《释宫》云："阇谓之台，阇是城上之台，谓当门台也。"'阇既是城之门台，则知闉是门外之城，即今之门外曲城是也。故云：闉，曲城。阇，城台。按：毛分言之，许并言之者，许意说字从门之恉也。有重门，故必有曲城。其上为门台，即所谓城隅也。故闉阇字皆从门，而《诗》曰'出其闉阇'，谓出此重门也。城曲，曲城意同。"

〔琅峰践为城〕琅，美玉、美石。《宋本广韵》卷 2《下平声 · 唐第十一》："琅，琅玕，玉名。《尔雅》曰：西北之美者，有昆仑璆琳、琅玕焉。"参见《日本道中望富士山》一诗〔珠玕林〕条笺注。践，整齐排列。《毛诗正义》卷 9—3《小雅 · 鹿鸣之什 · 伐木》："笾豆有践，兄弟无远。"郑玄笺："践，陈列貌。"此句指，以如峰峦般排列齐整的琅玕美玉作为城市的内城墙。

〔礵林周为郛〕《山海经》卷 5《中山经》："又西九十里曰阳华之山，……门水出焉，而东北流注于河，其中多玄礵。"郭璞注："黑砥石，生水中。"郛，古代城市的外城墙。《说文解字注》卷 6 下《邑部》："郛，郭也。"段注："《公羊传》：入其郛。注：郛，恢郭也，城外大郭也。"此句指，以排列如林的砥石作为围绕内城墙的外郭城墙。

〔襟以旸谷汧〕襟，以……为衣襟，以……为屏障。王勃《滕王阁序》："襟三江而带五湖"。旸谷，亦作"汤谷"，日出之处。《淮南子 · 说林训》："日出旸谷，入于虞渊。"《六臣注文选》卷 55 陆士衡《演连珠五十首》其十九："臣闻，钻燧吐火，以续旸谷（善本作汤字）"。吕延济注："旸谷，日出处。"《楚辞章句》卷 3 屈原《天问》：

"日月安属，列星安陈。出自汤谷，次于蒙汜。"王逸注："言日出东方汤谷之中，暮入西极蒙水之涯也。"汧，地下泉水上溢形成的水泽。《尔雅注疏》卷 7《释水第十二》："汧出不流。"郭璞注："水泉潜出，便自停成污池。"此句指，此地以日出之处旸谷中泉水上溢形成的水泽为屏障。

〔缭以闉阖间〕《楚辞章句》卷 16 刘向《九叹·远逝》："肠纷纭以缭转兮，涕渐渐其若屑。"王逸注："缭，绕也。"闉阖，亦作"阊阖"，天庭之门。《汉书·扬雄传上》载其《校（羽）猎赋》："乃诏虞人典泽，东延昆邻，西驰闉阖。"颜师古注："闉阖，门名也。闉，读与阊同也。"《文选》作"阊阖"。《文选》卷 8 扬子云（雄）《羽猎赋（并序）》："乃诏虞人典泽，东延昆邻，西驰阊阖。"《春秋公羊传注疏》卷 17《成公二年》："二大夫出，相与踦闾而语。"何休注："闾，当道门。"此句指，天庭之门环绕四周。

〔当关虎豹侁〕《楚辞章句》卷 9 屈原（一说为宋玉）《招魂》："魂兮归来，君无上天些。虎豹九关，啄害下人些。"王逸注："啄，啮也。言天门九重，使神虎豹执其关闭，主啄啮天下欲上之人而杀之。"《楚辞补注》卷 9 屈原（一说为宋玉）《招魂》："豺狼从目，往来侁侁些。"王逸注："侁侁，往来声也。《诗》曰：侁侁征夫。言天上有豺狼之兽，其目皆从奔走往来，其声侁侁，争欲啖人也。"洪兴祖补注："侁，一作莘。五臣云：'从竖也。侁侁，众貌。'"

〔夹道青龙趺〕《乐府诗集》卷 37 古辞《步出夏门行》："邪径过空庐，好人常独居。卒得神仙道，上与天相扶。……桂树夹道生，青龙对伏趺。"趺在此处非佛教"趺坐"之意，而指"伏地"。颜师古《匡谬正俗》卷 6："趺。或问曰：'今山东俗谓伏地为趺，何也？'答曰：'趺者，俯也。按张楫《古今字诂》云：'俯府，今俯俛也。'许氏《说文解字》曰：'俯，低头也。'太史《卜书》'俯仰'字如此。斯则呼俯音讹，故为趺耳。'"趺，《四川国学杂志》本作"跌"。《独立周报》本作"夹青龙道□趺"，显误。

〔绛凤穴其巅〕绛凤，赤色的凤鸟。《乐府诗集》卷 78 庾信《步虚词十首》解题："《乐府解题》曰：步虚词，道家曲也。备言众仙缥缈轻举之美。"其二："赤凤来衔玺，青鸟入献书。"《艺文类聚》卷 90《鸟部一·鸾》："《决疑注》曰：……凡象凤者有五：多赤色者，凤；多青色者，鸾；多黄色者，鹓雏；多紫色者，鸑鷟；多白色者，鹄。"《文献通考》卷 279《象纬考二·二十八宿》："南方，朱鸟七宿。……《中兴天文志》石氏云：……师旷《禽经》：鹑，凤也。青凤谓之鶡，赤凤谓之鹑，白凤谓之鹔，紫凤谓之鷟。盖凤生于丹穴，鹑又凤之赤者，故南方七宿取象焉。"《山海经》卷 1《南山经》："又东五百里曰丹穴之山。其上多金玉，丹水出焉，而南流注于渤海。有鸟焉，其状如鸡，五采而文，名曰凤皇。”

〔黄麟遨其陬〕《神仙传》卷 3《王远》：“王远，字方平，东海人也。……王君出时，或不尽将百官，惟乘一黄麟，将士数十人侍。每行，常见山林在下，去地常数百丈。所到山海之神，皆来奉迎拜谒。”《图书编》卷 67《广东各郡诸名山 · 罗浮山》：“南曰麻姑峰，仙女之所集也。有兽焉，麕身狼尾，马足而黄色，名曰麒麟，或降于麻姑台（道书：黄麟真人王远乘之以陟降，至则神祇迎请会宴，闻灵箫之声，尝集于麻姑台，人或见之。）。”高启《大全集》卷 9《蔡经宅》：“昆仑主者王方平，身骑黄麟朝紫京。举手长辞汉公卿，得道不愿世上名。”陬，山角。《说文解字注》卷 14《𨸏部》：“陬，阪隅也。”段注：“谓阪之角也。”案:《云笈七签》卷 43 中，有以“朱雀凤凰”与“黄龙黄麟”对偶对称的记载，刘师培上句中的“绛凤”与此句中的“黄麟”对仗，似典出于此。《云笈七签》卷 43《存思 · 老君存思图十八篇（并叙）· 斋存云气兵马第十四》：“正中思，赤云之气帀满斋堂，朱雀凤凰悲鸣左右（次思赤气从师心中出，如云之升。凤凰朱雀在赤云中往覆，弟子家合宅大小之身，仙童玉女，天仙飞仙，日月星宿，五帝兵马，九亿万骑，监斋直事，三界官属罗列左右）。日入思，黄云之气帀满斋堂，黄龙黄麟备守四方（次思黄气从师脾中出，如云之升。黄龙黄麟在黄气之中往覆，弟子合家大小之身，仙童玉女，天仙地仙飞仙，日月星宿，五帝兵马，九亿万骑，监斋直事，三界官属罗列左右。此三时行道，六时依如后科）。”

〔柤〕同“楂”“樝”，木名，其果实似梨而味酸。《古音骈字续编》卷 1《平韵 · 八齐》：“柤、……楂、……樝、……”《山海经》卷 8《海外北经》：“平丘在三桑东。爰有遗玉、青鸟、视肉、杨柳、甘柤”。郭璞注：“其树枝干皆赤，黄华，白叶，黑实。《吕氏春秋》曰：其山之东有甘柤焉。音如柤梨之柤。”《宋本广韵》卷 2《下平声 · 麻第九》：“樝，似梨而酸，或作柤。”

〔桂栌〕《高士传》卷上《陆通》：“陆通，字接舆，楚人也。好养性，躬耕以为食。楚昭王时，通见楚政无常，乃佯狂不仕。故时人谓之楚狂……楚王闻陆通贤，遣使者持金百镒，车马二驷往聘通。曰：‘王请先生治江南。’通笑而不应。使者去，妻从市来曰：‘先生少而为义，岂老违之哉。门外车迹何深也。妾闻义士非礼不动，妾事先生躬耕以自食，亲织以为衣。食饱衣暖，其乐自足矣。不如去之。’于是夫负釜甑，妻戴纴器，变名易姓，游诸名山，食桂栌实，服黄菁子，隐蜀峩眉山，寿数百年，俗传以为仙云。”

〔雨虹缨金阙〕《孟子集注》卷 2《梁惠王章句下》：“民望之，若大旱之望云霓也。”朱熹注：“霓，虹也。云合则雨，虹见则止。”《六臣注文选》卷 17 陆士衡（机）

《文赋》："浮藻连联翩，若翰鸟缨缴。"李周翰注："缨，缠也。"金阙，仙人宫阙。《初学记》卷 5《地部上 · 总载山第二 · 事对 · 崖馆 / 云府》："《史记》曰：燕昭王使人求蓬莱、方丈、瀛洲，此三山黄金白银为宫阙。"《皇王大纪》卷 28《三王纪 · 康王》："三十五年……诸方士言，神仙宫阙园林，有紫府、黄庭、玉京、金阙、玉树、龟台、金堂、蜃阁、青溪、洞府、琼林之异。"

〔霜日滢瑶铺〕此句之"霜日"与上句之"雨虹"对仗，其意为霜降时节的阳光。滢，回旋萦绕。《杜诗详注》卷 3 杜甫《桥陵诗三十韵因呈县内诸官》："高岳前嵂崒，洪河左滢潆。"仇兆鳌注："滢潆，回旋貌。"钱注《杜工部集》卷 1 该诗："高岳前嵂崒，洪河左滢濙。"钱谦益注："滢，《玉篇》同荥，胡坰、乌迥二切，无营音。濙字，《玉篇》《韵略》俱无，毛氏据此诗增，恐非，当作'萦'。"瑶铺，应作"瑶圃"，生满美玉的园圃，泛指神仙苑囿。《楚辞章句》卷 4 屈原《九章 · 涉江》："吾与重华，游兮瑶之圃。登昆仑兮食玉英。"王逸注："重华，舜名。瑶，玉也。圃，园也。言己想侍虞舜游玉园，犹言遇圣帝升清朝也。"

〔嘉卉弗知年〕《毛诗正义》卷 13—1《小雅 · 谷风之什 · 四月》："山有嘉卉，侯栗侯梅。"郑玄笺："嘉，善。侯，维也。山有美善之草，生于梅栗之下。"《说文解字》卷 1 下《艸部》："卉，草之总名也。"此句指，美丽的花草，生命短暂，不可能整年存活。

〔大椿〕传说中长生不朽的树。详见《和周美权〈夜坐偶成〉用原韵》一诗〔彭殇齐〕条笺注。

〔膏煇玉井汮〕煇，同"辉"，《四川国学杂志》本、《独立周报》本、1933 年林思进清寂堂《左盦遗诗》续刻本作"辉（輝）"。详见《舟中望庐山》一诗〔九阳煇章宇〕条笺注。膏辉，亦作"膏晖"，即"皓曜"，亦作"皜曜"，"皛曜"，形容洁白光亮。《蜀中广记》卷 68《方物记第十 · 服用》："《华阳国志》：江州县清水穴，巴人以此水为粉，则膏辉鲜芳。贡粉京师，因名粉水。故世谓江州堕林粉也。"《华阳国志》卷 1《江州县》："县下有清水穴，巴人以此水为粉，则膏晖鲜芳。贡粉京师，因名粉水，故世谓江州堕林粉也。"《水经注》卷 33《江水》："又东北至巴郡江州县东，强水、涪水、汉水、白水、宕渠水五水合，南流注之。"郦道元注："县下又有清水穴，巴人以此水为粉，则皜曜鲜芳。贡粉京师，因名粉水。故世谓之为江州堕林粉、粉水，亦谓之为粒水矣。"《文选注》卷 11 王文考（逸）《鲁灵光殿赋（并序）》："皓壁皜曜以月照，丹柱歙赩而电烻。"张载注："其色状也。"李善注："皜，白也。"案：刘师培作此诗时，正在四川成都。"膏辉"一词，当依《华阳国志》《蜀中广记》等版本，故写为"膏辉"。

玉井，道教认为服食其水可长生。《上清道宝经》卷 2《地品第四》：“玉华宫，有玉井，服之寿同三光。”《洞真上清青要紫书金根众经》卷下《谒青宫投金简上格》：“宫内有玉树数百株，上有鹍鹞、凤皇，九色之鸟，下有芝草、玉井，自生之泉，饮之寿同三光。”《集韵》卷 10《入声下 · 药第十八》：“勺，……《说文》：挹取也。……或从水。”

〔砂熟圆丘硃〕砂熟，即“丹砂熟”，指道家为成仙所炼的丹砂已经成功。《全唐诗》卷 862 黄冠野夫《授马氏女诗》：“早早上三清，莫候丹砂熟。”（第 12 册 P9807）同上书卷 689 李昭象《学仙词寄顾云》：“丹砂未熟心徒切，白日难留鬓欲苍。”（第 10 册 P7986）圆丘硃，即“圆丘朱砂”，指产于神山圆丘的朱砂。道教炼丹，常用朱砂。《太平广记》卷 2《神仙二 · 燕昭王》：“燕昭王者，王哙之子也，及即位好神仙之道，……夜忽有飞蛾衔火集王之宫，得圆丘朱砂，结而为佩。王登握日之台，得神鸟所衔洞光之珠，以消烦暑。自是，王母三降于燕宫。”参见《蜀中赠朱云石》一诗“略考”中所附〔砂珠璀卢卜〕条笺注。《初学记》卷 26《服食部 · 酒第十一》：“缥青，《列仙传》曰：安期先生与神女会圆丘，酣玄碧之香酒。曹植赋曰：苍梧缥青。”

〔眄兹遐境恢〕《广雅》卷 1《释诂》：“眄，……视也。”遐境，遥远、幽远之地，亦喻指隐居之地。张说《大唐西域记序》：“以绝伦之德，属会昌之期，杖锡拂衣，第如遐境。”《清江三孔集》卷 5 孔武仲《汴河汲井》：“昔有少陵翁，卜居在遐境。”《文选注》卷 9 杨子云（扬雄）《长杨赋一首（并序）》：“乃展人之所诎，振人之所乏规，亿载恢帝业。”李善注：“杜预《左氏传》注曰：恢，大也。”

〔中溏〕池沼中央。《云笈七签》卷 110《洞仙传 · 车子侯》：“车子侯者，扶风人也。汉武帝爱其清净，稍迁其位至侍中。一朝语家云：我今补仙官，此春应去，至夏中当暂还，还少时复去。如其言。武帝思之，乃作歌曰：嘉幽兰兮延秀，蕈妖媱兮中溏。华斐斐兮丽景，风徘徊兮流芳。皇天兮无慧，至人逝兮仙乡。天路远兮无期，不觉涕下兮沾裳。”《古诗纪》卷 141 载为汉武帝《车子侯歌》。《重修玉篇》卷 19《水部第二百八十五》：“溏，……池也。”

〔众真莅天骀〕众真，诸多仙人。道家称得道者为“真人”。《说文解字》卷 8 上《七部》：“真，仙人变形而登天也。”《陔余丛考》卷 36《真人、道士》：“《吕览》：‘精气日新，邪气尽去，及其天年，此之谓真人。’《庄子》：‘入水不濡，入炎不热，谓之真人。’《史记》：‘卢生说始皇，亦言：“真人者，凌云气，驾日月，与天地长久。”’《淮南子》：‘莫死莫生，莫虚莫盈，是谓真人。’又云：‘真人者，动乎至虚，游于灭亡之野，驰于方外，休乎宇内，臣雷公，役夸父，妾宓妃，妻织女。’蔡邕作《王子乔碑》及

《仙人唐公碑》文，皆有真人之称。李善《文选 · 南都赋》'真人' 注引《文子》曰：'得天地之道，故谓之真人。此皆真人之所本也。'《楼观本记》曰：'周穆王因尹真人草楼之观，召逸人居之，谓之道士。平王东迁，置七人。汉明帝永平三年，置三十七人。晋惠帝度四十九人。'《续通考》云：'据此，则道士之名自周已有之。' 又《抱朴子 · 仙药篇》：'凡庸道士心不专精，行秽德薄，是终不能得也。' 此又道士之所本也。" 天驺，指仙界天庭之苑囿。《新书》卷 6《礼》："嗟乎驺虞！驺者，天子之囿也。虞者，囿之司兽者也。"《文选注》卷 6 左太冲（思）《魏都赋》："显文武之壮观，迈梁驺之所著。" 刘渊林（逵）注："《鲁诗》传曰：古有梁驺。梁驺，天子猎之田曲也。"

〔轻镳灿华腴〕轻镳，亦作 "轻驫"，快马。《古文苑》卷 9 王融《游仙诗》五首其五："命驾随所即，烛龙导轻驫。" 章樵注："烛龙，驾日之神。言仙者驫御所至，烛龙为之引导。"《古诗纪》卷 67 王融《游仙诗》五首其五作 "轻镳"。《正字通》亥集上《马部》："驫，同镳。" 吴文英《梦窗甲稿》卷 1《应天长 · 吴门元夕》："素娥下，小驻轻镳，眼乱红碧。" 华腴，本指生活锦衣玉食，此处指仙人所乘 "轻镳" 神采卓然，膘肥体壮。《韵补》卷 2《下平声 · 十八尤》："腴，肥也。"《大金集礼》卷 8《大定二十七年册皇太孙仪》："皇孙某，官某，庆袭灵源，系承正统，英姿秀发，德器少成。动循谨厚之风，居远华腴之习。" 轻镳，《四川国学杂志》本、《独立周报》本作 "轻鏣"，似误。

〔璧月丽芝盖〕璧月，如圆形玉璧般的满月。《艺文类聚》卷 83《宝玉部上 · 玉》："晋庾肃之《玉赞》曰：圆璧月镜，璆琳星罗。"《梁文纪》卷 3《简文帝二 · 南郊颂》："乘熛祗之盛曜，即璧月之遐照。"《六臣注文选》卷 2 张平子（衡）《西京赋》："含利颬颬，化为仙车。骊驾四鹿，芝盖九葩。" 薛综注："以芝为盖，盖有九葩之采也。" 吕延济注："芝盖，以芝英为盖。葩，花也。"

〔琳云垂藻旟〕琳云，如美玉般的云彩。琳，本指美玉，亦有特指道家仙境、道观之意。《全唐诗》卷 853 吴筠《游仙二十四首》其二十："上元降玉闼，王母开琳宫。"（第 12 册 P9706）《云笈七签》卷 54《魂神 · 四存魂精法》："镇在月宫琳琅之都，凡修上道，旦夕坐起卧息常当存念。" 藻旟，装饰华丽的旌旗。陆云《陆士龙集》卷 5《晋故散骑常侍陆府君诔》："龙章舒藻，旟旐有辉。"《尔雅注疏》卷 6《释天第八》："错革鸟曰旟。" 郭璞注："此谓合剥鸟皮毛，置之竿头。《礼记》云：载鸿及鸣鸢。" 邢昺疏："孙炎曰：错，置也。革，急也。画急疾之鸟于縿也。郑志答张逸亦云：画急疾之鸟隼。以《司常》云：鸟隼为旟。"

〔《六莹》娱化人〕《列子》卷 3《周穆王第三》："周穆王时，西极之国有化人来，……奏《承云》《六莹》《九韶》《晨露》以乐之。”张湛注：“《承云》，黄帝乐。《六莹》，帝喾乐。《九韶》，舜乐。《晨露》，汤乐。”《淮南鸿烈解》卷 1《原道训》：“耳听《九韶》《六莹》。”高诱注：“《九韶》，舜乐。《六莹》，颛顼乐。”《说文解字》卷 12 下《女部》：“娱，乐也。”化人，仙人。详见《阴氛篇》一诗〔化人无璧台〕条笺注。

〔九光降离朱〕九光，道教语，指仙人、仙器、仙物所焕发出的五光十色，亦专指道门某种丹药。《道教义枢》卷 1《三宝义第三》：“从诸天以上至乎界外，不必帔黄巾玄，多是七宝为冠，九光作帔。”《抱朴子 · 内篇 · 金丹 · 神丹》：“又有九光丹，与九转异法，大都相似耳。作之法，当先以诸药合，火之转五石。”离朱，有二解，黄帝时明目人，神禽名。《孟子注疏》卷 7 上《离娄章句上》赵岐注：“离娄者，古之明目者也，盖以为黄帝之时人也。黄帝亡其玄珠，使离朱索之。离朱，即离娄也。能视于百步之外，见秋毫之末。”《山海经校注 · 海经新释卷一 · 海外南经》：“狄山，帝尧葬于阳，帝喾葬于阴。爰有熊、罴、文虎、蜼、豹、离朱、视肉。吁咽、文王皆葬其所。”袁珂注：“郭璞云：‘木名也，见《庄子》。今图作赤鸟。’郝懿行云：‘……又云见《庄子》者，《天地篇》有其文，然彼以离朱为人名，则此亦非矣。又云今图作赤鸟者，赤鸟疑南方神鸟焦明之属也。然《大荒南经》离朱又作离俞。’珂案：离朱在熊、罴、文虎、蜼、豹之间，自应是动物名，郭云木名，误也。此动物维何？窃以为即日中踆乌（三足乌）。《文选》张衡《思玄赋》：‘前长离使拂羽兮。’注：‘长离，朱鸟也。’《书 · 尧典》：‘日中星鸟，以殷仲春。’传：‘鸟，南方朱鸟七宿。’离为火，为日，故神话中此原属于日后又象征化为南方星宿之朱鸟，或又称为离朱。《山海经》所记古帝王墓所所有奇禽异物中，多有所谓离朱者。郭注云今图作赤鸟者，盖是离朱之古图象也。是乃日中神禽即所谓踆乌、阳乌或金乌者。而世传古之明目人，又或冒以离朱之名，喻其如日之明丽中天、无所不察也。日乌足三，足讹为头，故又或传有三头离珠（朱），于服常树上，递卧递起，以伺琅玕也（见《海内西经》‘服常树’节注）。神话演变错综无定，大都如此。”（上海古籍出版社 1980 年 7 月第 1 版 P202—204）

〔操翳舞代驹〕翳，古代舞者所持之幡幢状道具，以羽毛装饰。《山海经》卷 7《海外西经》：“大乐之野，夏后启于此儛《九代》，乘两龙，云盖三层。左手操翳，右手操环，佩玉璜。”郭璞注：“羽葆幢也。”“九代，马名。儛，谓盘作之令舞也。”《尔雅注疏》卷 3《释言第二》：“翢，纛也。纛，翳也。”郭璞注：“今之羽葆幢。”“舞者所以自蔽。”《乐书》卷 170《乐图论 · 雅部 · 舞 · 羽葆幢》：“《君子阳阳》曰：‘左执翢。’《宛丘》诗曰：‘值其鹭翢。’《尔雅》曰：‘翢，纛也。’郭璞以为今之羽葆幢，盖舞者所建以为容，非其所持者也。圣朝太乐所用，高七尺，干首栖木凤，注髦一重，缀纁帛，画升龙焉。二工执之，分立于左右，以引文舞，亦得古之遗制也。”代驹，即指本条笺注所引《山海经》之“九代”之舞，详见上文。

〔鸣琴招鳐鱼〕鳐鱼，疑当作“淫鱼”，即江鲟鱼。《淮南鸿烈解》卷16《说山训》：“瓠巴鼓瑟，而淫鱼出听。”高诱注：“瓠巴，楚人也。善鼓瑟，淫鱼喜音，出头于水而听之。淫鱼长头身相半，长丈余。鼻正白，身正黑，口在颔下，似鬲狱鱼而身无鳞，出江中也。”《韩诗外传》卷6：“昔者瓠巴鼓瑟，而潜鱼出听。”参见《答陆著那诗（二首）》其一一诗〔游鱏亦感絃〕条笺注。

〔钧籁扬妙新〕钧籁，即天籁。《真诰》卷3《运象篇第三》“九月三日夕云林王夫人喻作令示许长史”：“钧籁昆庭响，金筌唱神钟。”《正字通》戌集上《金部》：“钧，……大钧，天也。”参见《舟中望庐山》一诗〔大钧型众态〕条笺注。《宋书·乐志四·玄化曲》：“君臣酣宴乐，激发弦歌扬妙新。”

〔秦箫吟太无〕《列仙传》卷上《萧史》：“萧史者，秦穆公时人也。善吹箫，能致孔雀、白鹤于庭。穆公有女，字弄玉，好之，公遂以女妻焉。日教弄玉作凤鸣，居数年，吹似凤声，凤凰来止其屋，公为作凤台，夫妇止其上，不下。数年，一旦皆随凤凰飞去。故秦人为作凤女祠于雍宫中，时有箫声而已。”太无，不可捉摸的虚空之境。《通玄真经》（即《文子》）卷2《精诚》：“老子曰：若夫圣人之游也，即动乎至虚，游心乎太无，驰于方外，行于无门，听于无声，视于无形，不拘于世，不系于俗。”《真诰》卷3《运象篇第三》“紫微歌此二篇”：“列坐九灵房，叩璈吟太无。”《云笈七签》卷56《诸家气法元气论》序：“元气先清，升上为天。元气后浊，降下为地。太无虚空之道已生焉。”太无，《四川国学杂志》本作“大旡”，《独立周报》本作“大无”，林思进《左盦遗诗》续刻本作“朱于”。朱于，古乐名。清人孙之騄辑本《尚书大传》卷1：“羲伯之乐，舞将阳，其歌声比大谣，名曰朱干（干，一作于）。”

〔抚御元降章〕元降章，指上天降示的旨意。元降，即“玄降”，为避清圣祖康熙讳改。《册府元龟》卷24《帝王部·符瑞第三》：“开元……二年……八月，太子宾客薛谦光献东都九鼎铭。其豫州鼎铭，武后所制，文曰：羲农首出，轩昊膺期。唐虞继踵，汤禹乘时。天下光宅，域内雍熙。上玄降祉，方建隆基。”上玄，即上天。《文选注》卷7扬子云（雄）《甘泉赋一首（并序）》：“惟汉十世，将郊上玄。”李善注：“上玄，天也。”《云笈七签》卷101《纪·元始天王纪》：“散形灵馥之烟，栖心霄霞之境，炼容洞波之滨，独秉灵符之节，抗御玄降之章。”案：此句当为直接引用自《云笈七签》，

《云笈七签》作“抗御”，而刘师培此句作“抚御”（《四川国学杂志》《独立周报》《左盦遗诗》续刻本及《南本》均同）。抗御，为抵抗防御之意，《春秋谷梁传注疏》卷19《定公三年》：“庚辰，吴入楚。”范宁注：“吴人坏楚宗庙，徙其乐器，鞭其君之尸，楚无能抗御之者，若曰无人也。”抚御，为安抚约束之意，《世说新语》卷下之下《尤悔第三十三》：“刘琨善能招延，而拙于抚御。一日虽有数千人归投，其逃散而去，亦复如此，所以卒无所建。”刘孝标注：“敬彻（或作胤——引者）按：琨以永嘉元年为并州。于时，晋阳空城，寇盗四攻，而能收合士众，抗行渊、勒。十年之中，败而能振，不能抚御，其得如此乎？”述者认为，联系所引《云笈七签》上下文，“抗御”一词显然不通。刘师培此句径改为“抚御”，虽仍显勉强，但辞意略通。

〔敖佛消摇墟〕敖佛，即“敖拂”，遨游，游赏。《真诰》卷1《运象篇第一》“上真司命南岳夫人授令书”：“若但应景下旋，回灵尘埃，参辇弊宇，敖拂朝市”。消摇，即“逍遥”。《庄子·天运第十四》：“古之至人，假道于仁，托宿于义，以游逍遥之虚，食于苟简之田，立于不贷之圃。逍遥，无为也。”《说文解字注》卷8上《北（丘——引者）部》：“虚，大丘也。昆仑丘谓之昆仑虚。”段注：“虚者，今之墟字。”

〔玄范不待雕〕范，本指铸器使用的模子，引申为规范、标准。玄范，指高深玄奥之法则、标准。《真诰》卷8《甄命授第四》“右英告公”：“德匠既凝，玄范自天。安危之事，未宜问也。”《阴符经玄解正义》闵一得注：“此乃显言，太阴正见，太阴中有太阳真火，在依符盗取，诚为修道之玄范”。此句指，高深玄奥之理，非人为雕琢所能成就。

〔灵颜一何姝〕灵颜，仙人容颜。《真诰》卷11《稽神枢第一》：“所以运达意旨，既蒙眷逮，亲奉觐对司命君二仙灵颜，则天启其愿，沐浴圣恩。”《云笈七签》卷44《存思紫书存思元父玄母诀》：“玄母含畅，帝妃喜欢。天真下降，得见灵颜。”《妙法莲华经玄赞》卷5（末）《譬喻品第三》：“经：驾以白牛（至）其疾如风。”窥基赞：“赞曰：下显牛相有七。……四，形体姝好。《字林》：‘姝，好貌也。’《方言》：‘赵、魏、燕、代之间谓好为姝。’《诗》云：‘静女其姝。’传及《玉篇》：‘美色曰姝。’”

〔元始居〕道家三清之一元始天尊（另二为灵宝天尊，亦称灵宝道君；道德天尊，亦称太上老君）的居处。《天皇至道太清玉册》卷下《数目纪事章》：“三清三境：玉清圣境，元始居之。上清真境，道君居之。太清仙境，老君居之。”《隋书·经籍志四·道经》：“道经者，云有元始天尊，生于太元之先，禀自然之气，冲虚凝远，莫知其极。所以说天地沦坏，劫数终尽，略与佛经同。以为天尊之体，常存不灭。”

〔世民歌〕《山海经》卷2《西山经》：“又西三百五十里曰玉山，是西王母所居也。

西王母，其状如人，豹尾虎齿，而善啸。蓬发戴胜，是司天之厉及五残。”郭璞注：“《穆天子传》曰：……西王母又为天子吟曰：‘徂彼西土，爰居其所。虎豹为群，乌鹊与处。嘉命不迁，我惟帝女。彼何世民，又将去子。吹笙鼓簧，中心翱翔。世民之子，惟天之望。’”

〔栖我清华庐〕清华庐，即“青华宫”，亦作“清华宫”，道家传说中的仙宫。《云笈七签》卷83《三洞经教部·经释·释天关三图七星移度经》：“天关三图者，九天之上有关玉台，一名天关，一名天图，一名天开，是九天之生门，关之枢机也……东九千里，则青华宫。上去玉清宫七千里，是众真之所经，神仙之所历，学者之所由也。”栖，《四川国学杂志》本、《独立周报》本、林思进《左盦遗诗》续刻本作“居”。

〔琼蕤缀我冠〕琼蕤，白色的花朵。《六臣注文选》卷30陆士衡（机）《拟东城一何高》：“京洛多妖丽，玉颜侔琼蕤。”张铣注：“琼蕤，玉花也。”案：道门喜佩戴以花叶扎成的道冠，称“花冠”。《道法会元》卷200：“巨门星君。字员门子。形如天女，戴五色花冠，披天衣，挂缨络，左手执花盘，右手把通明扇。”查慎行《敬业堂诗集》卷43《齿会集·雪中玉兰花盛开》：“阆苑移根巧耐寒，此花端合雪中看。羽衣仙女纷纷下，齐戴华阳玉道冠。”明世宗嘉靖崇信道教。据《明世宗实录》卷263嘉靖二十一年六月辛巳条记载，是日，嘉靖“手谕都察院”，切责大学士夏言。其中一罪即“朕以香叶束发巾，命用皮帛鞋，以便跪起，彼谓不可”。“香叶束发巾”即“香叶冠”，也就是所谓“花冠”。《明史·夏言传》：“入直西苑诸臣，帝皆令乘马，又赐香叶束发巾，用皮帛为履。言谓非人臣法服，不受。”《明史·佞幸·陶仲文传》：“夏言以不冠香叶冠，积他衅至死。”

〔䔑草辉我裾〕《山海经》卷5《中山经》：“又东三十里曰泰室之山，其上有……有草焉，其状如茉，白华黑实，泽如蘡薁，其名曰䔑草。服之不昧，上多美石。”《六臣注文选》卷16：“君结绶兮千里，惜瑶草之徒芳。”李善注：“郭璞曰：瑶与䔑并皆遥，然䔑与瑶同。”吕向注：“瑶草，香草以自喻也。”《说文解字》卷8上《衣部》：“裾，衣袍也。”

〔渌景〕渌，同绿。渌景即绿景，指仙境之景。《北史·宇文述传》：“述与九军至鸭渌水，粮尽议欲班师，诸将多异同。”《艺文类聚》卷43《乐部三·歌》：“《汉武内传》曰：西王母命侍女安法婴歌《玄云曲》，上元夫人自弹云林之瑟，乃歌《步玄之曲》，曰：‘渌景清飙起，云盖映朱葩。’”《汉武帝内传》：“时酒酣周宴，言请粗毕，上元夫人自弹云林之璈，鸣弦骇调，清音灵朗，玄风四发，乃歌《步元》之曲，辞曰：……绿景清飙起，云盖映朱葩。”顾况《华阳集》卷中《朝上清歌》：“洁眼朝上清，绿景开紫霞。”

〔丹房〕指仙人居所。《汉武帝内传》：“王母曰：昔先师元始天王时及闲居，登于虆霄之台，侍者天皇搏桑大帝君及九真诸王、十方众神仙官，爰延弟子丹房之内，说玄微之言”。《洞渊集》卷 3《九仙山》：“长离山者，天之南岳也。在南海之中，上有朱宫、绛阙、赤室、丹房，朱草、虹芝、霞膏、金醴，莫可名状。”

〔昌图掷羽絓〕昌图，疑当作“昌容”。《列仙传》卷下《昌容》：“昌容者，常山道人也。自称殷王子，食蓬虆根，往来上下，见之者二百余年，而颜色如二十许人。能致紫草，卖与染家，得钱以遗孤寡，历世而然。奉祠者万计。”《云笈七签》卷108《列仙传》：“昌容，常山道人，自称汤王女。”羽絓，应为“羽袿”，林思进《左盦遗诗》续刻本即作“羽袿”，指羽毛装饰的上衣。《宋本广韵》卷 1《上平声 · 齐第十二》：“《释名》曰：妇人上服曰袿。《广雅》曰：袿，长襦也。”《古诗纪》卷 31 张华《游仙诗三首》其一：“云霓垂藻旒，羽袿扬轻裾。”

〔双成贻紫襦〕双成，西王母侍女董双成。《汉武帝内传》：“王母乃命诸侍女王子登弹八琅之璈，又命侍女董双成吹云和之笙，石公子击昆庭之金，许飞琼鼓震灵之簧，婉凌华拊五灵之石，范成君击湘阴之磬，段安香作九天之钧。”紫襦，紫色的短衫。元稹《元氏长庆集》卷 7《表夏十首》其八：“啖食筋力尽，毛衣成紫襦。”

〔为披《缠璇》章〕《云笈七签》卷 6《三洞经教部 · 三洞（并序）》：“太元真人茅盈，受西城王君所传《玉佩》《金珰》《缠璇》之经。”披，翻阅。《旧唐书 · 韩愈传》载其《进学解》：“口不绝吟于六艺之文，手不停披于百家之编。”缠（纏），《四川国学杂志》本作“纆”，1933 年林思进清寂堂《左盦遗诗》续刻本作“纆”。

〔《西壁图》〕《太平经合校》（已部之十六）卷 101《西壁图第一百六十四》：“上古神人真人诫后学者为恶图象，无为阴贼，不好顺事，反好为害嫉妒，令人死凶。天道不可强劫，劫必致兵丧威之死，灭世亡道，神书必败，欲以为利，反以为害，此即响应天地之性也。乃致自然之际会，审乐以长存，慎之慎之。无好无害，善者自兴，恶者自败。观此二象，思其利害。凡天下之事，各从其类，毛发之间，无有过差。但人不自精，自以不知，罪名一着，不可奈何。不守其本，身死有余过。乃为恶于内，邪气相召于外。故前有害狱，后有恶鬼，皆来趋斗，欲止不得也，因以亡身。故画象以示后来，贤明得之以为大诫。愚者不信道，自若忽事，书审如言，不失铢分。故守柔者长寿，好斗者令人不存。物事各从其类，不复得还，虽悔之无益，鬼已着焉。见诫当觉，以时自还。今尚未伤，固可得为善人。善者乃上行，恶者下降。天道无私，乃有自然，故不失法也，其事若神。”（中华书局 1960 年 2 月第 1 版 P457—458）

〔绮文碧林字〕绮文，华丽的纹路、图案。详见《阴氛篇》一诗〔荷毡辉绮疏〕条笺注。《海录碎事》卷 13 上《鬼神道释部 · 仙门 · 丹缯宇》："梁简文《升仙歌》：丹缯碧林字，绿玉黄金篇。"案:《广博物志》卷 28 录此诗作"碧琳字"。《文苑英华》《乐府诗集》《古诗纪》等本录此诗均作"碧林字"。分析简文帝《升仙歌》前后句，述者认为，"碧林字"应与"黄金篇"对仗，刘师培所采是也，《文苑英华》《乐府诗集》《古诗纪》似误。《六臣注文选》卷 8 司马长卿（相如）《上林赋》："玫瑰碧琳珊瑚丛生"。吕向注："碧琳，玉也。"此句指，以碧玉镌刻出华丽的纹路。

〔银检青泥壶〕《拾遗记》卷 3："浮提之国献神通善书二人，乍老乍少，隐形则出影，闻声则藏形。出肘间金壶，四寸，上有五龙之检，封以青泥。壶中有黑汁，如淳漆，洒地及石，皆成篆隶科斗之字。"《宋史 · 舆服志六 · 宝》："中兴宝，龟钮，金涂银检，上勒'皇太子宝'四字。"检，封签。《释名 · 释书契第十九》："检，禁也。禁闭诸物，使不得开露也。"

〔匏瓜廷〕即"匏瓜庭"，指天庭、天宫。《真诰》卷 3《运象篇第三》"九月二十五日夜云林右英夫人授作"："手携炽（谓应作'织'字）女儛，并衿匏瓜庭。"《云笈七签》卷 98《云林右英夫人喛杨真人许长史诗二十六首（并序）》其七："手携织女儛，并衿匏瓜庭。"《汉武帝内传》："王母又命侍女田四飞答歌曰：……洒足匏瓜河，织女立津盘。"匏瓜，星名。《古今韵会举要》卷 7《平声下 · 三》："匏，……匏瓜，星名，在河鼓东。"

〔拜授《金珰》书〕见本诗〔为披《缠璇》章〕条笺注。

〔妙领运亿津〕妙领，玄奥之理的要领、核心。《真诰》卷 2《运象篇第二》"司命君与南岳夫人言"："握玄筌于妙领，保随珠以含照。"陈造《江湖长翁集》卷 4《题雍和堂》："是身储至和，举世乏妙领。"亿津，亿万（泛指其多）处要津，此处指悟道的无数种途径。《云笈七签》卷 101《元始天王纪》："元始天王，……于时受命，总统亿津，玄降玉华之女、金晨之童各三千人。"《云笈七签》卷 102《太微天帝君纪》："明机览于极玄，领综运于亿津。"此句指，悟道的途径有万千，最终归于领悟玄奥之理的要领、核心。

〔灵发跻三涂〕灵发，道家语，指人学道修真，发见心中本有之灵性，得以证悟大道。《真诰》卷 3《运象篇第三》"十月十八日紫微夫人作"："灵发无涯际，勤思上清文。"《道书十二种 · 无根树解》张三丰《无根树 · 其七言药生之时》："无根树，花正新"。刘悟元注："新者，本来之物埋没已久，忽而又有之谓。花至于新，光辉复生，如月现于西南坤方，纯阴之下，一点微阳吐露，比人之虚室生白，真灵发现，复见本来面目矣。”跻，与“济”通。《十七史商榷》卷 11《汉书五 · 济隮通》：“王吉上疏：‘驱一世之民，济之仁寿之域’。‘济’字本传同。《诗》‘朝隮于西’，又‘南山朝隮’，‘济’与‘隮’通也。监版志传并改为‘跻’，此俗儒所改。跻字《说文》无之。”《尚书 · 微子》：“今尔无指告予，颠隮若之何其。”《史记 · 宋微子世家》：“今女无故告予颠跻如之何其。”唐太宗李世民《帝范》卷 4《崇文第十二》：“但我济育苍生其益多。”旧注：“济，救也。”三涂，即“三途”，道教语。《云笈七签》卷 37《说杂斋法》：“《四极明科》云：……三涂五苦，不累我身。”《道教大辞典》：“三涂 /（1）天地厄运。指天涂、地涂、水涂，即天、地、水所行三厄运，《皇经集注》卷八《护持品一章》：‘三涂五苦。’原注：‘三涂，天涂、地涂、水涂。’亦指地狱、饿鬼、畜生为三涂。详见‘三恶趣’条。（2）生人之三恶界。天涂界、人涂界、地涂界。一名‘三恶’。《太清玉册》卷八：‘三涂，一曰三恶：一色欲门上尸道，天涂界；二爱欲门中尸道，人涂界；三贪欲门下尸道，地涂界。’（3）三涂者：其一为火涂，地狱道猛火所烧之处。其二为血涂，畜生道互相啖食之处。其三为刀涂，饿鬼道被刀剑逼迫之处。又以：一者考对非之涂，二者畜生偿酬往业之涂，三者饿鬼苦对最深，渴饮火精，饥则食炭之涂，号曰三涂。”（华夏出版社 1994 年 6 月第 1 版 P71）此句指，证悟大道，免堕“三途”恶界。

〔良德信所钦〕良德，贤良有德。《真诰》卷 2《运象篇第二》“七月二十八日夕右英王夫人授书此诗以与许长史”：“良德映灵晖，颖根粲华蔚。”《通志》卷 119《列传第三十二 · 吴 · 太史慈传》：“华子鱼（指华歆——引者），良德也。然非筹略才，无他方规，自守而已。”《尔雅 · 释诂》：“钦，……敬也。”

〔大文未可纾〕大文，道家语，指天帝秘密垂示之灵文宝书。《云笈七签》卷 3《道教本始部 · 灵宝略纪》：“昔帝喾时，太上遣三天真皇赍《灵宝》五篇真文以授帝喾。……孔子愀然不答，良久乃言曰：‘丘闻童谣云：“吴王出游观震湖，龙威丈人山隐居。北上包山入灵墟，乃入洞庭窃禹书。天帝大文不可舒，此文长传百六初，若强取出丧国庐。”若是此书者，丘能知之。赤乌所衔，则丘未闻。’使者乃叩首谢曰：‘实如所言。’于是孔子曰：‘此是《灵宝》五符真文，昔夏禹得之于钟山，然后封之于洞庭之室。’”张三丰《大道论 · 上篇》：“外扫旁门邪径，一归于穷理尽性，以至于命之道，振聋发聩之洪响，经天纬地之大文。”纾，通“舒”。《集韵》卷 1《平声一 · 鱼第九》：“纾，……通作舒。”《黄帝内经 · 素问》卷 20《五常政大论篇第七十》：“其令条舒”。王冰次注：“舒，启也。”此句指，天帝秘密垂示之灵文宝书不可贸然发启。

〔一眄玄搆标〕《广雅 · 释诂》:"眄，……视也。" 玄搆，即 "玄构"，高妙玄奥之构思，指不可言状的玄理妙道。《高僧传》卷 2《译经中 · 晋 · 鸠摩罗什》:"慧解入微，玄搆文外。" 王洪《毅斋诗文集》卷 4《武当山瑞应祥光》:"圣心乾乾笃灵勋，眷彼玄构久乃湮。" 标，显扬、弘扬。《魏书 · 景穆十二王 · 任城王拓跋云传》附其长子《拓跋澄传》:"高祖曰：朕何德能，幽感达士也。然实思追礼先贤，标扬忠懿"。眄，《四川国学杂志》本、《左盦遗诗》续刻本作 "盼"，似误。

〔再视冥情摅〕冥情，道家语，幽深难测、不可名状之事理情由。《真诰》卷 1《运象篇第一》"兴宁三年岁在乙丑六月二十五日夜"："真妃少留在后，而言曰：冥情未摅，意气未忘，想君俱咏之耳。"《文始真经言外经旨》上卷《一宇篇 · 宇者道也》:"关尹子曰：……一情冥者，自有之无，不可得而示。" 陈显微注："抱一子曰：文王之不识不知，孔子之无知，老子之能无知乎，皆圣人之冥情也。自有之无，荡荡乎不可名状，岂可得而示哉。" 摅。表达，抒发。《史记 · 司马相如列传》载其《封禅文》:"摅之无穷，俾万世得激清流。" 司马贞《索隐》:"《广雅》云：摅，张舒也。"

〔三复身世非〕三复，反复三次。《论语注疏》卷 11《先进第十一》:"南容三复白圭"。何晏注："孔曰：诗云：白圭之玷，尚可磨也。斯言之玷，不可为也。南容读诗至此，三反复之，是其心慎言也。" 此句是刘师培自况。他初始用心科举;1903 年会试失败，至上海后，投身排满革命；1907 年赴日本东京，加入无政府主义阵营；1909 年，入端方幕府;1911 年，随端方入川，遇险;1912 年年初脱险后，入四川国学院，以学术教育为生。

〔寤歌滋欷歔〕《诗经今注今译 · 卫风 · 考盘》:"独寐寤歌，永矢弗过。" 马持盈注："独卧独歌，永远自誓不与世人相往来。"（台湾商务印书馆 1979 年 3 月六版 P85）《说文解字》卷 11 上《水部》:"滋，益也。" 欷歔，亦作 "歔欷"，"唏嘘"，悲叹，啜泣。《重修玉篇》卷 9《欠部第一百十一》:"歔，……歔欷也，又啼皃（貌——引者）。""欷，……悲也，泣余声也。"

〔众鸟各有趋，十洲宁足拘〕《全宋诗》卷 2914《方信孺一 · 虎头岩》:"绝壁空岩踞虎头，鸟飞不渡野猿愁。人间有此真奇境，便好乘风访十洲。"（北京大学出版社 1998 年 12 月第 1 版第 55 册 P34752）《海内十洲记》:"汉武帝既闻王母说八方巨海之中，有祖洲、瀛洲、玄洲、炎洲、长洲、元洲、流洲、生洲、凤麟洲、聚窟洲。有此十洲，乃人迹所稀绝处。" 此二句指，鸟儿各有去处，岂会受 "十洲" 的局限。洲，《四川国学杂志》本、《独立周报》本、《左盦遗诗》续刻本作 "州"。

〔六龙骧天衢〕《乐府诗集》卷 64 张正见《神仙篇》:"葛水留还杖，天衢鸣去鸡。

六龙骧首起云阁，万里一别何寥廓。”《字汇》亥集《马部》：“骧，马低昂腾跃也，……举也。”

大象篇

大象无灼寂，梦觉均斯须。鶂鸟识风化，涸鱼忘江湖。离跂桎梏中，攘臂嗤墨儒。内犍菀性渊，外韄洪情郛。心荄萎阳筴，欲颖滢阴濡。意物育三惑，张编罗万殊。煜煜蜃嘘楼，憧憧虻嚼肤。四游有积迁，百感森忧虞。汎景神辔挥，罩彩天弢舒。游飔迁静沦，慧日扃冥枢。素德丧厥标，蓬心安可祛。至人玩妙钧，畸士笑守株。尚习希惠津，达观阐洪炉。阅我《八墳篇》，语我真一符。人身眇微物，漂若过郤驹。渌水春冰华，青条秋露珠。凝释在一朝，幻化沦空无。大哉灵明资，流渟恣所如。萌肇剖蕴蒙，玄根阕型模。金胚爌华汋，琼刃游方嵎。吾身岂所讬，偶讬终蘧庐。有如银蟾津，噏以金方诸。明水乃无涯，鉴形多迁渝。储液轮郭间，奄曶睽玄初。得象在遗环，为圆梯破觚。髑髅愁返形，灵羽期抟扶。滞质非元同，遗物斯恬愉。清虚真宰存，寂灭天倪孚。柱史珍无身，邹贤贱养躯。漆叟缅豨韦，列生諵华胥。觥觥复初训，万譬同一涂。载魄晞朝霞，游魂周六区。鸾鸣谢啾啾，蝶化昭蘧蘧。太清神独征，神征形不俱。箫阁阏凤吹，弓湖稽象舆。不见秋至草，宁回西日榆。吁嗟逐生客，耽综遐年书。羽霓络尘缨，琅圃恢歧衢。迢遥殷铿室，諔诡秦仓图。吾思耽喜术，本物沟精粗。泯热譬焚泽，无撄徽坠车。所真非我形，在物终游华。有身物自宾，诱物神斯拘。暧暧五缠纠，睽睽双玄疏。滓垩无素沙，映浊忘清渠。弗闻糟莩沈，渐惜荧魂枯。木萌有梏亡，草烬奚重苏。九天纵可跻，羽化侪鹑驾。天龄矧弗延，超劫惟苍虚。境虚尘弗栖，蜚龙焉所趋。何不寂色身，三幡归一无。无生亦何伤，有象非真吾。颖关指真宅，独与神明居。何必栖形影，迍邅生死途。愿子植遐想，熙心滋内娱。慧炬叜灵薪，莹泉沛神蔬。揔德贵忘筌，遗形基损余。妙运皆自然，摄颐非吾徒。聆言意彷徨，俾我元思纾。邈悽霄汉昏，静慨川谷洿。偷俗凋粹淳，众芳蘘秽芜。羝羊冥触藩，鶫雉甘罹罦。弥纶嚣浊陬，焉知舟壑诬。誓息域中驾，旋真云根都。絜心白素丝，闲虑青篴篨。巽风条秽蔼，解雨葩精敷。濯性澡寂波，挥玄拂尘墟。阒阒窈冥门，潭潭昌盍闾。归魂自有乡，《大招》谢灵巫。

【刊载】

《四川国学杂志》第1号，1912年9月20日，署名刘师培;《独立周报》16、17号合刊,1913年第3卷，标题《刘师培诗》。1933年林思进清寂堂《左盦遗诗》续刻本;《刘申叔遗书》61册（74—76),《左盦诗录》卷3《左盦诗续录》。

【类型】

五言，138句。

【编年】

1912年。依首次发表时间。

【笺注】

〔大象无灼寂〕《老子注译及评介》三十五章:“执大象，天下往。”陈鼓应注:“大象：大道。河上公注:‘“象”，道也。’成玄英疏:‘大象，犹大道之法象也。’林希逸注:‘大象者，无象之象也。’”（中华书局1984年5月第1版P203)《汉武帝内传》:“王母……又命侍女安法婴歌元灵之曲，其词曰：大象虽寥廓，我把天地户。”灼寂，喧盛与冷清，即热与冷、盛与衰。《真诰》卷1《运象篇第一》“六月二十四日夜紫微王夫人”:“夫泛景，虚玄无涂可寻。言发空中，无物可纵。流浪乘忽，化遁不滞者也。此二行，皆浮沈冥沦，倏迁灼寂。”《文选注》卷9潘安仁（潘安，本名潘岳)《射雉赋》:“莺绮翼而䞓挝，灼绣颈而衮背。”徐爰注:“灼，盛貌也。”《宋本广韵》卷5《入声·业第三十三》:“寂，……静也，安也。”

〔斯须〕即须臾，瞬间。详见《端阳日偕地山泽山谷人泛湖言念旧游怆然有作》一诗〔斯须〕条笺注。

〔鵦鸟识风化〕《正字通》亥集中《鸟部》:“鵦，同鶂。”《埤雅》卷7《释鸟》:“鶂，《三苍》云：苍，鶂也。善高飞，似雁，目相击而孕，吐而生子，其色苍白。《庄子》所谓：白鶂相视，眸子不运，而风化者也。”《庄子集解》卷4《外篇天运第十四》:“夫白鶂之相视，眸子不运而风化。”王先谦注:“司马云：风化，相待风气而化生也。又曰：相视而成阴阳。宣云：不运，定睛注视。案：风，读如‘马牛其风’之风，谓雌雄相诱也。化者，感而成孕。”《山堂肆考》卷237《补遗·禽·鶂善高飞》:“《博物志》:‘鶂亦雄鸣上风，雌鸣下风而孕。’”

〔涸鱼忘江湖〕《庄子·大宗师第六》:“泉涸，鱼相与处于陆，相呴以湿，相濡以沫，不如相忘于江湖。”案:《天运》篇亦有此文。

〔离跂桎梏中，攘臂嗤墨儒〕《庄子集释》卷4下《(外篇）在宥第十一》:“今世殊死者相枕也，桁杨者相推也，刑戮者相望也，而儒、墨乃始离跂攘臂乎桎梏之间。意，甚矣哉！其无愧而不知耻也甚矣！”郭庆藩引成玄英疏：“离跂，用力貌也。圣迹为害物之具，而儒、墨方复攘臂分外，用力于桎梏之间，执迹封教，救当世之弊，何荒乱之能极哉！故发噫叹息，固陋不已，无愧而不知耻也。”《庄子翼》卷 3《在宥第十一》焦竑注：“离跂，足底半离地。”桎梏，古代禁锢手足的木制械具。《重修玉篇》卷 12《木部一百五十七》“桎，……在足曰桎。梏，……在手曰梏。”

〔内犍菀性渊，外韄洪情郛〕犍，为“揵”之误。林思进《左盦遗诗》续刻本作“揵”，《四川国学杂志》《独立周报》《南本》均作“犍”。犍有四意：一为公牛去势（阉割）；二为四川地名犍为；三为一种传说中人首牛耳长尾类豹的动物；四为梵语古音译，用于佛家语。显然不通。《庄子集解》卷 6《杂篇庚桑楚第二十三》：“夫外韄者不可繁而捉，将内揵；内韄者不可缪而捉，将外揵。”王先谦注：“《释文》：韄，音获。李云：韄，缚也。向云：揵，闭也。案：此言外韄者，耳目为物所缚，不可以其繁扰而捉搤之，将必内闭其心，以息耳目之纷。内韄者，心思为欲所缚，不可以其缪乱而捉搤之，将必外闭其耳目，以绝心思之缘。”《庄子》此句的大意为，人为外物束缚，应关闭心门，以隔绝外物的内侵；人为内欲束缚，应关闭耳目杜绝沾染，以断绝妄心的外溢。菀，通蕴。《集韵》卷 5《上声上・吻第十八》：“菀，……《说文》：积也。……或作蕴。”菀性，指蓄积于心的妄欲。《黄帝内经素问》卷 1：“恶气不发，风雨不节，白露不下，则菀藁不荣。”王冰次注：“菀，谓蕴积也。”洪情，指尘世中数不胜数的诱惑。《初学记》卷 24《居处部・城郭第二・叙事）：“《风俗通》曰：‘郭或谓之郛。郛者，亦大也。’”此二句指，“内闭其心”，将蓄积于心的非实妄欲深深遏抑；因为外物对耳目的诱惑，数不胜数，来势凶猛。

〔心荄萎阳筴，欲颖滢阴濡〕《说文解字》卷 10 下《心部》：“情，人之阴气有欲者。”《说文系传》卷 34《通论中》：“情，性者，人之阳气也。情者，人之阴气有欲者也。人六情所以扶成五性也。性犹火也，情犹烟也；火盛则烟微，性盛则情微。君子以性抑情，企及者以情扶性也。故于文，心青为情。情，青声也。情者，亦精神之所生，积精成青也。”《云笈七签》卷 90《七部语要・连珠》：“阴阳粹灵胎化而成，乃成乃生，乃性乃情。所以性者，阳也；情者，阴也。性者，静也；情者，动也。性有愚智，情有利欲。性者，仁、义、礼、智、信也；情者，喜、怒、哀、惧、好、恶、欲也。夫清净恬和，人之性也；恩宠爱恶，人之情也。”《论衡》卷 3《本性篇》：“天之大经，一阴一阳；人之大经，一情一性。性生于阳，情生于阴。阴气鄙，阳气仁。曰性善者，是见其阳也；谓恶者，是见其阴者也。若仲舒之言，谓孟子见其阳，孙卿见其阴也。”《古微书》卷 30《孝经钩命诀》：“情生于阴，欲以时念也；性生于阳，以就理也。阳气者，仁；阴气者，贪。故情有利欲，性有仁也。”《方言》（卷）3：“荄，……根也。”心荄，即“心根”，指人的本性。儒家所讲之“心根”指仁善，即所谓“人之初，性本善”。《全宋诗》卷 3649《陈普五 · 孟子 · 仁熟》：“虽然仁道系心根，熟处工夫在所存。”（北京大学出版社 1998 年 12 月第 1 版第 58 册 P43786）道家所讲之“心根”指清净无为。闵一得《天仙心传》自序：“身之本在心，心之根在神，神非虚不灵，非寂不宁，不灵不宁，神何克纯。是以学尚虚寂，运道惟神。”筴，本指囚禁用的栅栏，此处引申为禁锢。《庄子集释》卷 7 上《（外篇）达生第十九》：“祝宗人元端以临牢筴。”郭庆藩引成玄英疏：“筴，圈也。”引陆德明《经典释文》：“李云：牢，豕室也。筴，木栏也。”颖，庄稼结出的穗，或指物体的尖端、末端，引申为出类拔萃，异于其他。《后汉书 · 班固传》上：“五谷垂颖，桑麻敷菜。”李贤注：“《尔雅》曰：禾穗谓之颖。”欲颖，指人七情六欲中超过正常的过分之欲，即妄欲。《史记 · 范雎列传》：“欲而不知止，失其所以欲；有而不知足，失其所以有。”滢，与“莹”字形相近，读音相同，古籍中有混用。《新刊五百家注音辨昌黎先生文集》卷 7《古诗 · 奉酬卢给事云夫四兄曲江荷花行见寄并呈上钱七兄阁老张十八助教》：“玉山前却不复来，曲江汀莹水平杯。”魏仲举注：“孙曰：汀滢，水平定貌。”（上海商务印书馆涵芬楼影宋版）刘师培诗中亦有混用，参见本诗〔莹泉沛神蔬〕、《答陆蓍那诗（二首）》其一一诗〔德音譬流莹〕条笺注。莹，凋敝、萧瑟貌。《康熙字典》午集上《玉部》：“莹，……又凋也。《楚辞 · 九思》：‘堇荼茂兮扶疎，蘅芷雕兮莹嫇。’”汤炳正等《楚辞今注 · 九思 · 伤时》注：“莹嫇：枯萎貌。《说文 · 女部》有‘婴嫇’，义为小心之态（参段注）。王逸作‘嫇’，乃引申为枯萎之意。”（上海古籍出版社 1995 年 12 月第 1 版 P395）濡，通“輭”“耎”（即“软”），并通“懦”。《集韵》卷 6《上声下 · 璽第二十八》：“报輭软需濡，柔也。或从耎，从欠，亦作需，濡通作耎。”《别雅》卷 3：“柔需，柔耎也；濡弱，耎弱也。《周礼 · 考工记》：‘脂之则需。’注：少师曰：‘读为柔需之需。’《庄子 · 天下篇》：‘濡弱谦下为表。’《战国策》：‘其需弱者来使则王，必听之。’需、濡音义皆当同，耎即软字也。经史耎、需、愞、懦、偄诸字声义皆相通。”《字诂 · 耎偄嬬懦报》：“《庄子》云：‘以濡弱谦下为表。’此以濡为懦字也。”《医学正传》卷 1《医学或问 · 中风一 · 论 · 脉法》：“阴濡而弱，或浮而滑。”虞抟注：“濡当作輭，与软通，下同。”此二句指，（人的本性，得之阳气；情欲，得之阴气。）阳气受阻，人的仁善本性就会衰微；阴气濡弱，人的奸恶妄欲就会凋萎。颖（穎），《四川国学杂志》本、《独立周报》本作“頴”。

〔意物育三惑〕意物，指人的感官接触外界事物后，对其产生意象。《荀子》卷 16《正名篇第二十二》：“凡同类同情者，其天官之意物也。同故比方之疑似而通，是所以共其约名，以相期也。”杨倞注：“同类同情，谓若天下之马，虽白黑小大不同，天官意想其同类，所以共其省约之名，以相期会而命之。名，为制名也。”“三惑”之说有多种，俗家、佛家与道家所指均不同。《后汉书 · 杨震传》：“我有三不惑：酒，色，财也。……赞曰：……震畏四知，秉去三惑。”丁福保《佛学大辞典》：“三惑（名数），或云惑，或云烦恼，或云漏，或云垢，或云结。皆为同体异名。天台一家统收一切之妄惑为三类：一、见思惑，如身见边见等，邪分别道理而起，谓之见惑，如贪欲瞋恚等。倒想世间事物而起。谓之思惑，离此见思二惑即离三界，声闻缘觉以之为涅（盘）〈槃〉，菩萨更进而断后之二惑。如此见思，三乘之人通断，故名为通惑，后之二惑，名为别惑。二、尘沙惑，为化道障。菩萨教化人之障也。菩萨教化人，必通如尘如沙无量无数之法门，然心性闇昧，不能达此尘沙无数之法门，自在教化，谓为尘沙之惑。盖非谓惑体有尘沙之数，惑体唯为劣慧之一，而不知之法门多故名尘沙也。菩萨欲断此劣慧，得所谓道种智，必于长劫之间学习无量之法门。三、无明惑，又称障中道之惑，为障蔽中道实相理之惑，与前思惑中之痴惑异。彼为障蔽空理之惑，枝末无明也。此为迷于根本理体之惑，根本无明也。此无明十二品断，即为别教之佛，四十二品断，即为圆教之佛，藏通二教之佛，亦不知其名。”道家所谓“三惑”，含义则更多。《道德真经注疏》卷 3：“是以圣人去甚，去奢，去泰。”成玄英疏：“甚则美其声色，奢则丽其服翫，泰则广其宫室，去此三惑，处于中一，治国则祚历遐延，治身则长生久视。”（嘉业堂丛书本）《无上内秘真藏经》卷 8《集仙品》：“何谓三惑？一者心惑贪生，二者情惑财色，三者意惑善恶。”邵雍《伊川击壤集》卷 10《三惑》：“老而不歇是一惑，安而不乐是二惑，闲而不清是三惑，三者之惑自戕贼。”

〔张编罗万殊〕张编，将事物铺陈编次，顺序排列。《楚辞章句》卷 2 屈原《九章 · 湘夫人》：“与佳期兮夕张”。王逸注：“张，施也。”《汉书 · 贾谊传》：“输之司寇，编之徒官。”颜师古注：“编，次列也。”罗，包罗，包括。《广雅》张揖《上广雅表》：“若其包罗天地，纲纪人事，权揆制度，发百家之训诂，未能悉备也。”万殊，包罗万象，各不相同。《淮南子 · 本经训》：“阴阳者，承天地之和，形万殊之体。”此句指，世间万物，包罗万象，各不相同。

〔煜煜蜃嘘楼〕煜煜，光亮貌。详见《扇》一诗〔煜煜暄景衰〕条笺注。传说，海中蛟龙大蛤（蜃）呼气，而成“海市蜃楼”。详见《一萼红 · 题碧海乘槎图》一词〔蛟渚澄清〕条笺注。此句指，外物虚幻不实，就像光彩熠熠的海市蜃楼一般。

〔憧憧虻噆肤〕《周易 · 咸》：“九四，贞吉，悔亡。憧憧往来，朋从尔思。”《经典释文》卷 2《周易音义 · 周易下经 · 咸传第四》陆德明注：“马云：行貌。王肃云：往来不绝貌。《广雅》云：往来也。刘云：意未定也。”噆，噆的异体字。《庄子集释》卷 5 下《（外篇）天运第十四》：“蚊虻噆肤，则通昔不寐矣。夫仁义憯然，乃愦吾心，乱莫大焉。”郭庆藩引郭象注：“外物加之虽小，而伤性已大也。”引成玄英疏：“蚊虻噆肤，肤痛则彻宵不睡。是以外物虽微，为害必巨。……噆，啮也。”此句指，外物对人心不断侵扰，就像蚊子虻虫反复叮咬人的肌肤一样。噆，《四川国学杂志》本作“嗒”。

〔四游有积迁〕《尔雅注疏》卷 6《释天第八》邢昺疏：“地有升降，星辰有四游。又郑注《考灵耀》云：天旁行四表之中，冬南，夏北，春西，秋东，皆薄西表而止。地亦升降于天中，冬至而下，夏至而上，二至上下，盖极地厚也。地与星辰俱有四游升降。四游者，自立春，地与星辰西游，春分西游之极，地虽西极，升降正中，从此渐渐而东，至春末复正。自立夏之后北游，夏至，北游之极，地则升降极下，至夏末复正。立秋之后东游，秋分，东游之极，地则升降正中，至秋末复正。立冬之后南游，冬至，南游之极，地则升降极上，至冬末复正。此是地及星辰四游之义也。”积迁，多次迁移，亦指做官累积政绩而升迁。《真诰》卷 18《握真辅第二》：“味三辰以积迁（日月五星）。”《汉书 · 食货志下》：“使入陷阱，孰积于此。”颜师古注：“积，多也。”《北史 · 宋隐传》：“拜隐尚书吏部郎，积迁行台右丞。”此句指，大地和星辰，要无数次在东西南北间迁移。喻时光流逝，永不停歇。

〔百感森忧虞〕《六臣注文选》卷 10 江文通（淹）《别赋》：“或春苔兮始生，乍秋风兮蹔起，是以行子肠断，百感凄恻。”吕延济注：“行者多以此时感物凄伤矣。称百，言多也。”森，森列，排列。吕祖谦《东莱集别集》卷 12《读易纪闻》：“苟大明乾之终始，则事事物物中，六位历然森列，应时俱成，更无渐次。”梅尧臣《宛陵集》卷 43《夜》：“群物各已息，众星灿然森。”忧虞，忧虑、忧愁。《周易 · 系辞上》：“悔吝者，忧虞之象也。”《乐府诗集》卷 19 何承天《雉子游原泽篇》：“冰炭结六府，忧虞缠胸襟。”森，《四川国学杂志》本、《独立周报》本作“生”。

〔汎景神辔挥〕汎景，即“泛景”，游赏。《集韵》卷 10《入声下 · 乏第三十四》：“汎，……或从乏。”《全宋诗》卷3420张森《仙华重午韵》：“乘飚控玄鹤，泛景苍下岷。”

（北京大学出版社 1998 年 12 月第 1 版第 65 册 P40664）。《太上黄箓斋仪》卷 12《重称法位》："开光至极之初，泛景太无之上。"《玉箓资度宿启仪 · 请称法位》："具位臣姓某等今故烧香，愿以是香功德，上愿某灵凤驭凌霄，鸾軿泛景，登神快乐，证果逍遥。"神辔，仙车。《初学记》卷 2《天部下 · 霁晴第八 · 叙事》："晋湛方生《天晴诗》：'屏翳寝神辔，蜚廉收灵扇'。"汎景，1933 年林思进《左盦遗诗》续刻本作"汛景"，疑误。

〔罩彩天弢舒〕罩彩，指仙境中祥云瑞霭笼罩。《全金元词》王处一《满庭芳 · 因福山县王远村北丹灶山道友聚话，论及此山，乃方平修炼之处，话间空中忽有报应，遂作》："五彩祥云覆罩，三天上、仙韵琅琅。"（中华书局 1979 年 10 月第 1 版 P437）同上书王喆《江城子》："彩色般般笼罩定，处清凉，永长生。"（P177）阙名《紫微宫庆贺长春节》第二折："[小桃红] 仲冬节序始相交，胜景多奇妙。瑶池内瑞彩祥云尽笼罩，总堪描。"（中国戏剧出版社影印民国商务印书馆《孤本元明杂剧》第 4 册，1958 年 1 月第 1 版）《庄子集释》卷 7 下《（外篇）知北游第二十二》："解其天弢，堕其天袠。"郭庆藩引成玄英疏："弢，囊藏也。袠，束囊。言人执是竞非，欣生恶死，故为生死束缚也。今既一于是非，忘于生死，故堕解天然之弢袠也。"引陆德明《经典释文》："天弢，敕刀反。《字林》云：弓衣也。"《说文通训定声 · 豫部弟九》："舒，……[叚借] 为纾。"《春秋左传正义》卷 13《僖公二十一年》："蛮夷猾夏，周祸也。若封须句，是崇皞济而修祀纾祸也。"杜预注："纾，解也。"

〔游飔迁静沦〕飔，凉风。详见《咏扇》一诗〔所在招凉飔〕条笺注。李梦阳《空同集》卷 1《宣归赋》："背朱明之游飔兮，面长庚而北道。"静沦，平静的水面。《毛诗正义》卷 5—3《魏风 · 伐檀》："河水清且涟猗。"毛传："风行水成文曰涟。"《说文解字》卷 11 上《水部》："沦，小波为沦。"此句指，凉风吹皱平静的水面。

〔慧日徧冥枢〕慧日，佛教语，道教亦以之喻至高无上之道法。丁福保《佛学大辞典》："慧日（譬喻），佛智能照世之盲冥，故比之于日。《无量寿经 · 下》曰：'慧日照世间，消除生死云。'《法华经 · 方便品》曰：'慧日大圣尊。'同《普门品》曰：'慧日破诸闇，能伏灾风火。'"《太上消灭地狱升陟天堂忏》："当愿天恩普度，地狱咸开，慧日照临，慈光摄受。"《太上一乘海空智藏经》卷 4《普说品》："大智开盲闇，一切人非人。由如慧日光，分别于假真。"徧，通"遍"。《庄子集释》卷七 7 下《（外篇）知北游第二十二》："徧然而万物自古以固存。"郭庆藩引成玄英疏："徧然，遍生之貌也。"冥枢，玄理之枢机、关键。《庄子集释》卷 8 中《（杂篇）徐无鬼第二十四》："尽有天，循有照，冥有枢，始有彼。"郭庆藩引郭象注："至理有极，但当冥之，则得其枢要也。”引成玄英疏：“窈冥之理，自有枢机，而用之无劳措意也。”《真诰》卷 6《甄命授第二》“六月八日夜保命告许长史”：“古之至人，独秉灵一之符，玄览委顺之化。明坦途而合变，扪冥枢以齐物。”此句指，智慧的光芒照亮了幽玄难明的道法枢机精要。扁，《四川国学杂志》本、《独立周报》本、1933 年林思进《左盦遗诗》续刻本作“扃”。

〔素德丧厥标〕素德，清净无为的本性。《天乐集・八、玄宗十德》：“所谓素者，指本元自性，天真而妙，不属迷悟。《庄子》曰：‘纯素之道，唯神是守。守而勿失，与神为一。一之精通，合于天伦。’故素也者，谓其无所与杂也；纯也者，谓其不亏其神也。能体纯素，谓之真人。见素抱朴，少思寡欲。夫一切纷华，皆有生以后事，本源自性，清净恬淡，虚无寂寞，情识未起，更有于何欲习？故玄宗归真复朴，乃与道合真。《庄子》曰：‘一而不变，静之至矣；无所于忤，虚之至也；不与物交，淡之至也；无所于逆，粹之至也。’是谓素德。”标，准则。《晋书・王羲之传》：“桢之曰：‘亡叔一时之标，公是千载之英。’”

〔蓬心安可祛〕蓬心，邪心杂念。《庄子集释》卷 1 上《(内篇)逍遥游第一》：“则夫子犹有蓬之心也夫。”郭庆藩引郭象注：“蓬，非直达者也。”引成玄英疏：“蓬，草名，拳曲不直也。……惠生既有蓬心，未能直达玄理。”引陆德明《经典释文》：“向云：蓬者，短不畅，曲士之谓。”《六书故》卷 3《天文下・示之会意（五）》：“祛，……犹驱除也。”

〔至人玩妙钧〕《庄子集释》卷 1 上《(内篇)逍遥游第一》：“故曰，至人无己，神人无功，圣人无名。”郭庆藩引成玄英疏：“至言其体，……诣于灵极，故谓之至。”《史记・贾生列传》载其《鵩鸟赋》：“至人遗物兮，独与道俱。”司马贞《索隐》：“《庄子》云：古之至人先存诸己，后存诸人。张机云：体尽于圣，德美之极，谓之至人。”妙钧，亦作“妙均”，指玄妙的天道造化。《集韵》卷 2《平声二・谆第十八》：“均，……通作钧。”《广弘明集》卷 30《通归篇第十・庾僧渊答（张君祖）》：“中有冲漠士，躭道玩妙均。”另见《舟中望庐山》一诗〔大钧型众态〕条笺注。《文选注》卷 24 潘正叔（尼）《赠陆机出为吴王郎中令一首》：“玩尔清藻，味尔芳风。”李善注：“玩，犹爱也。”

〔畸士笑守株〕《韩非子・五蠹第四十九》：“宋人有耕田者，田中有株，兔走触株，折颈而死。因释其耒而守株，冀复得兔。兔不可复得而，身为宋国笑。”畸士，即“畸人”，指奇人异士。《庄子・大宗师第六》：“子贡曰：‘敢问畸人。’曰：‘畸人者，畸于人，而侔于天。’”《抱朴子・内篇・明本》：“夫侏儒之手，不足以倾嵩华。焦侥之胫，不足以测沧海。每见凡俗守株之儒，营营所习，不博达理，告顽令嚚，崇饰恶言。诬诘道家说糟粕之滓，则若覩骏马之过隙也；涉精神之渊，则沦溺而自失也。”

〔尚习希惠津〕尚习，世代受人推崇传承下来的风俗习惯。《隋书·地理志中·辽西郡·冀州》：“士女被服，咸以奢丽相高，其性所尚习，得京、洛之风矣。”《旧唐书·太宗本纪下》：“恐身后之日，子子孙孙习于流俗，犹循常礼，加四重之榇”。惠津，即“庄惠津”，指庄子和惠施在濠水津梁上发生的“鱼乐之辩”。详见《东京清明杂感（二首）》其一一诗〔庄惠观鱼物外天〕条笺注。《真诰》卷 1《运象篇第一·萼绿华诗》：“栖情庄慧津，超形象魏林。”庄慧，即“庄惠”，指庄子和惠施。《云笈七签》卷 97《萼绿华赠羊权诗三首（并序）》其一：“栖情庄惠津，超形象魏林。”《后汉书·文苑列传下·赵壹传》：“君学成师范，缙绅归慕，仰高希骥，历年滋多。”李贤注：“希，慕也。”此句的字面意思是，人们推崇仰慕庄子与惠施的“鱼乐之辩”。隐含之意为，人们推崇仰慕道家学说。

〔达观阐洪炉〕达观，不为环境所左右，不为悲喜所转移。《晋书·曹毗传》载其《对儒》：“故大人达观，任化昏晓。出不极劳，处不巢皓。在儒亦儒，在道亦道。”《广弘明集》卷 30《统归篇第十》晋沙门支遁《述怀诗二首》其二：“达观无不可，吹累皆自然。”洪炉，本指巨大的炉灶，引申为天地造化。《汉魏六朝百三家集》卷 57《晋郭璞集·山海经图赞·海外南经图赞·贯胸交胫支舌国》：“铄金洪炉，洒成万品。造物无私，各任所禀。归于曲成，是见兆朕。”阐，参悟、领悟。《文章辨体汇选》卷 737《诔二》陆云《晋故散骑常侍陆府君诔》：“瑰光既耀，灵宝未阐。”

〔《八埏篇》〕刘师培诗作《八埏篇》。

〔真一符〕符，指符箓，以各种符号、图案书写勾画，道教“法术”之一。《后汉书·方术列传下·费长房传》：“长房辞归，……翁……为作一符，曰：‘以此主地上鬼神。’……后失其符，为众鬼所杀。”真一，道教语，指道法之本体，道法之核心关键。《太上九要心印妙经》：“夫真一者，纯而无杂谓之真，浩劫长存谓之一。太上曰：天得一，以日月星辰长清；地得一，以珠玉珎长宁；人得一，以神气精长存。一者，本也，本乃道之体，道本无体，强名曰体。有体之体，乃非真体，无体之体，日用不亏矣。真体者，真一是也。真乃人之神，一者人之气。”《云笈七签》卷 7《符字》：“一切万物，莫不以精气为用。故二仪三景，皆以精气行乎其中。万物既有，亦以精气行乎其中也。是则，五行六物莫不有精气者也。以道之精气，布之简墨，会物之精气，以却邪伪，辅助正真，召会群灵，制御生死，保持劫运，安镇五方。然此符本于结空太真，仰写天文，分置方位，区别图象。符书之异符者，通取云物星辰之势。书者，别析音句铨量之旨。图者，画取灵变之状。然符中有书，参以图像。书中有图，形声并用。故有八体六文，更相发显。”《太上除三尸九虫保生经 · 虫色黑》：“其虫长一尺，饮心血而通灵。常宜以丹砂书真一符塞之，及吞二气水银杀之。”

〔人身眇微物，漂若过卻驹〕眇微，渺小。《文苑英华》卷 664《投知七 · 上盐铁路纲判官启一首》顾云《上盐铁路纲判官启》：“鲋游沧海，方愧眇渺。” 白驹过隙。详见《端阳日偕地山泽山谷人泛湖言念旧游怆然有作》一诗〔百年一隙驶白驹〕条笺注。卻，《四川国学杂志》本、《独立周报》本均作“郤”。案：《南本》作“卻”，似误。《六艺之一录》卷 256《二字辩》：“郤卻，顾云：郤与郄同，姓也，又与隙同。卻，不受也，与却同。”

〔渌〕水清澈。《文选》卷 5 左太冲（思）《吴都赋》：“树以青槐，亘以渌水。玄荫耽耽，清流亹亹。” 冰，《独立周报》本作“氷”。

〔青条〕绿色的枝条。《艺文类聚》卷 89《木部中 · 长生》：“晋嵇含《长生树赋》曰：……振奇木之青条，结根擢干，载生无渐。弱茎猗猗，绿叶染染。”

〔凝释〕即“冰释”，冰融化。凝，同“冰”。《洪武正韵》卷 6《平声 · 十八庚》：“凝，古文作冰。《说文》：冰，谓水凝也。”

〔幻化沦空无〕空无，虚无。《晋书 · 裴頠传》载其《崇有之论》：“盖有讲言之具者，深列有形之故，盛称空无之美。形器之故有征，空无之义难检，辩巧之文可悦，似象之言足惑，众听眩焉，溺其成说。虽颇有异此心者，辞不获济，屈于所狎，因谓虚无之理，诚不可盖。” 沦，指变化。《云笈七签》卷 6《三洞经教部 · 四辅 · 太上所说正一经》：“自尔之后得此文者，乃七千人，皆飞龙玄升，或沦化潜引，不可具记。得道者，藏文五岳，精思积感。” 上句与此句指，玄冰一朝融化，那些虚幻不实重回清净虚无。无，《四川国学杂志》本、1933 年林思进清寂堂《左盦遗诗》续刻本作“旡”。

〔大哉灵明资〕灵明，上通神明之智慧明达。释竺原永盛《证道歌注颂》：“在人分上即是自己本有灵明真觉之性，一切神通三昧本自具足。” 长生子刘处玄《黄帝阴符经注》：“人心方寸空虚，内有灵明，上人心有九窍，中人七窍，下人五窍，心无窍谓之愚人。” 资，天性。详见《沪上送佩忍赴杭州》一诗〔睠怀礲砺资〕条笺注。

〔流渟恣所如〕流渟，亦作“流停”，本指水或流动，或停止。引申为大道玄妙无形，其行止踪影无迹可寻。《类篇》卷 31：“渟，水止曰渟。”《真诰》卷 3《运象篇第三》“南极紫元夫人歌”：“玄心空同间，上下弗流停。”《广弘明集》卷 30《统归篇第十》晋沙门支遁《咏八日诗三首》其二：“真人播神化，流渟良有因。” 此句指，道心玄妙无形，其行止踪影无迹可寻，任意驰骋纵横。流渟，《四川国学杂志》本、《独立周报》本、1933 年林思进清寂堂《左盦遗诗》续刻本作“流停”。

〔萌肇剖蕴蒙〕萌肇，植物的嫩芽刚刚长出。引申为事情已经萌生肇端，出现苗头。《真诰》卷6《甄命授第二》“紫微夫人服术叙”：“拥萌肇于未剖，塞万源于机上。”蕴蒙，指天地未分时的鸿蒙混沌时代，引申为混杂，没有分别。《周易参同契解》卷上：“形炁未具曰鸿蒙，具而未离曰浑沦，……合乾坤而言之谓之浑沦，分乾坤而言之谓之天地。仲尼赞《易》，首陈乾坤，为《易》之门户。以乾坤洞虚之德，而蕴鸿蒙之《易》也。”《盛京通志》卷 116《国朝艺文赋（二）》金士松《祖陵礼成恭赋（癸卯）》：“永陵元气蔚蒸，蕴蒙鸿而开运启。”《刘练江先生集 · 刘职方公年谱》：“三十三年乙巳三十岁，……三上相国沈公书，……有君子小人，各蕴蒙而不露，混扰而无别，可以成世界乎?”

〔玄根阕型模〕玄根，指道法之源。《老子》第五章：“玄牝之门，是谓天地根。”《六臣注文选》卷 25 卢子谅（谌）《赠刘琨并书》：“处其玄根，廓焉靡结。”李善注：“《广雅》曰：玄，道也。张衡《玄图》曰：玄者，无形之类，自然之根。作于太始，莫与为先。”李周翰注：“玄根，无形类自然之根。”型模，即模型，模板。《明文海》卷 24 赵时春《司命赋》：“萃两间之精华，丽至道之模型。”阕，指虚无。《庄子集释》卷 2 中《（内篇）人间世第四》：“瞻彼阕者，虚室生白，吉祥止止。”郭庆藩引陆德明《经典释文》：“阕者，……司马云：‘空也。’”此句指，大道虚空，浑然无形。

〔金胚爙华汋〕金胚，指道家炼丹使用的黄金原料。《尔雅注疏》卷 1《释诂第一》：“胎，……始也。”郭璞注：“胚胎未成，亦物之始也。”《抱朴子神仙金汋经》卷上：“金汋还丹，太一所服而神仙，白日升天者也。求仙而不得此道，徒自苦也。其方列之如后：上黄金十二两，水银十二两，取金鑢作屑，投水银中令和合。恐鑢屑难锻，铁质锻金成薄如绢，铰刀万之，令如韭叶许，以投水银中，此是世间以涂仗法。金得水银，须臾皆化为泥。”华汋，指道家炼丹形成的液态“精华”。《云笈七签》卷 65《太清金液神丹阴君歌》：“作金液还丹之道，……用代赭瓦，屑如前，以涂其会。牢涂之。无令泄。泄则华汋飞去。”参见《再渡日本舟中作》一诗〔爥银爞精液〕条笺注。《集韵》卷 6《上声下 · 荡第三十七》：“晄，……明也，或作……爙”。

〔琼刃游方嵎〕《真诰》卷 13《稽神枢第三》“挺契”：“方嵎游琼刃，华阳栖隐居。重离傥或似，七元乃扶胥。”《真诰》卷 2《运象篇第二》“与许玉斧”：“琼刃应数，精心高栖。（此琼刃，字即是掾小名，玉斧也。）”《小字录》：“玉斧。许长史小男名翙，字道翔，小字玉斧，幼有珪璋标挺。长史器异之，郡举上计掾簿，并不赴。清秀莹洁，糠粃尘务，居雷平山下，修业勤精。常愿早游洞室，不欲久停人世，遂诣北洞告终。《真诰》有云：琼刃者，譬许掾小名也。(《真诰》)”方嵎，亦作“方隅”，指天下四方。《三国志 · 魏书 · 栈潜传》：“而方隅匪宁，征夫远戍”。《别雅》卷 1：“海嵎，海隅也。《虞书 · 益稷》‘至于海隅’，《古文尚书》作‘海嵎’。汉《李翊碑》：‘声冠方嵎’，亦以嵎为隅。”

〔吾身岂所託，偶託终蘧庐〕蘧庐，客栈，驿舍。佛道都有“托身寄形”理论，认为肉身为人在尘世间所假托之形，如暂时栖身的客栈、驿舍。详见《花园镇关帝庙夜宿》一诗〔蘧庐岂遐心〕条笺注。《唐文粹》卷 97 李白《春夜宴诸从弟桃园序》：“夫天地者，万物之逆旅。光阴者，百代之过客。而浮生若梦，为欢几何。”白居易《白氏长庆集》卷 36《律诗 · 老病幽独偶吟所怀》：“已将身出浮云外，犹寄形于逆旅中。”

〔有如银蟾津〕银蟾，月亮。白居易《白氏长庆集》卷 16《律诗 · 中秋月》：“照他几许人肠断，玉兔银蟾远不知。”蟾津，亦称“蟾露”，月中的精华之液，其实就是露水。《吴都文粹》卷 6 陈洙《太湖石赋并序》：“露气晓蒸，蟾津夜滴。”《江湖后集》卷 11 储泳《胡定斋惠墨求诗》：“万杵玄霜玉兔魂，刀圭炼就许平分。流珠轻滴银蟾露，化作催诗一片云。”有如，若，如同。《孟子 · 尽心上》：“孟子曰：‘君子之所以教者五：有如时雨化之者，有成德者，有达财者，有答问者，有私淑艾者。此五者，君子之所以教也。’”蟾，《四川国学杂志》本、《独立周报》本作“蝉”，显误。

〔噏以金方诸〕方诸，放置在月光下吸取月中精华之水（实为承接露水）的蚌壳或金属制品。《淮南鸿烈解》卷 3《天文训》：“阳燧见日则燃，而为火。方诸见月则津，而为水。”高诱注：“方诸，阴燧，大蛤也。熟磨拭，令热，月盛时以向月下，则水生，以铜盘受之，下水数滴。”《尔雅注》卷下《释鱼第十六》：“蚌含浆。”郑樵注：“郭云：即蜃也。按此今谓之珠母。老能产珠，其甲曰方诸。照月生水，故曰含浆。”《正字通》丑集上《口部》：“噏，同吸。”

〔明水乃无涯〕明水，以“方诸”吸取的月中精华之水，供祭祀之用。亦指露水、洁净之水。《周礼注疏》卷 36《秋官司寇下 · 司烜氏》：“司烜氏。掌以夫遂，取明火于日。以鉴，取明水于月。以共祭祀之明齍、明烛，共明水。”郑玄注：“夫遂，阳遂也。鉴，镜属，取水者，世谓之方诸。取日之火、月之水，欲得阴阳之洁气也。”《全唐诗》卷 609 皮日休《鲁望昨以五百言见贻过有褒美内揣庸陋弥增愧悚因成一千言上述吾唐文物之盛次叙相得之欢亦迭和之微旨也》：“明水在稿秸，太羹临豆笾。”（第 9 册 P7080）此句指，月中精华之水取之不竭。

〔鉴形多迁渝〕鉴，此处指收集明水的器具，即郑玄所谓“鉴，镜属，取水者，世谓之方诸”。（见上句笺注）鉴形，对镜览形。《贞观政要》卷 2《求谏第四》：“魏征随事谏正，多中朕失。如明镜鉴形，美恶必见。”《六臣注文选》卷 25 张平子（衡）《思玄赋》：“俗迁渝而事化兮，泯规矩之圆方。”旧注：“迁，移也。渝，变也。”张铣注：“言俗迁变，灭规矩之。”此句指，映照在收集明水之鉴（镜）中的容颜，却随岁月播迁而变化。

〔储液轮郭间〕轮郭，即“轮廓”。《尚书正义》卷 10《武成》：“惟一月壬辰，旁死魄。”孔颖达疏：“魄者，形也。谓月之轮郭无光之处名魄也。朔后明生而魄死，望后明死而魄生。”《释名 · 释宫室第十七》：“郭，廓也。廓落在城外也。”道家称明水（月亮的精华之水）为“黄水”，认为其藏于月魄。《汉武帝内传》：“致日精，得阳光之珠；求月魄，获黄水之华。”《道枢》卷 20《还丹参同篇》：“黄水为月魄”。《洞玄灵宝自然九天生神章经 · 元白禹余灵宝章》：“骞林耀朱日，黄水逐月生。”《真诰》卷 5《甄命授第一》：“君曰：仙道有黄水月华，服之化而为月。”《云笈七签》卷 23《服日月气法》：“日月上精，黄水月华。太一来饮，神光高罗。”《太上玉佩金珰太极金书上经 · 太极金字玉文九真阴符》：“黄水月华未可得饮”。此句指，月亮的精华之水储存在“轮郭无光之处”。储液，《独立周报》本作“诸液”，似误。

〔奄曶睽玄初〕奄曶，即“奄忽”，忽然。《文选注》卷 18 马季长（融）《长笛赋》：“奄忽灭没，晔然复扬。”李善注：“《方言》曰：奄，遽也。”《汉书 · 扬雄传上》载其《羽猎赋》：“昭光振耀，蠁曶如神。”颜师古注“曶，与忽同。”《别雅》卷 5：“奄曶，奄忽也。……《樊敏碑》又作奄曶，曶即忽。”睽，分离，差别。《正字通》辰集上《日部》：“睽，……《玉篇》：违也。”玄初，疑应为“弦初”，指上弦月之前的月相，即月初的“眉月”。案：根据月相，阴历月初时称“眉月”，也就是所谓“新月”；至初七、初八称“上弦月”；月中十五、十六为满月；下半月则经历一个与上半月正相反的过程。月亮的有光部分，在上半月至望日（阴历十五）渐增，无光部分渐减，称“死魄（霸）”。下半月，有光部分至晦日（二十九或三十）渐减，无光部分渐增，称“生魄（霸）”。每个月的晦日无月，至下一个月的初一则正为“眉月”。上句的意思为，明水储存在月“魄”，也就是“无光之处”。而根据月相，月“魄”于每月的初一和十五会在方向上突然发生反转。其中，月末至下月月初，由“残眉月”突然变为方向正相反的“新眉月”，这正是此句的含义。

〔得象在遗环〕得象，指洞悉本质。《全唐诗》卷 634 司空图《诗品二十四则 · 雄浑》:“超以象外，得其环中。”（第 10 册 P7337）司空图此句指，超越于事物表象之外，于虚空中得其妙处。《周易正义》王弼《周易略例・明象》:“象生于意而存象焉，则所存者乃非其象也；言生于象而存言焉，则所存者乃非其言也。然则，忘象者，乃得意者也；忘言者，乃得象者也。得意在忘象，得象在忘言。”这是王弼周易思想的重要组成部分。其所指为，以卦象、言、意三者之间关系，说明只有忘掉语言和物象等外在形式，才能认识到世界万物的核心本质。遗环，指丢弃圆环本身，而取其中空部分。喻丢弃为人束缚的诸多外物。《庄子集释》卷 8 下《(杂篇）则阳第二十五》:“冉相氏得其环中以随成”。郭庆藩引成玄英疏:“环中之空也。言古之圣王，得真空之道，体环中之妙，故道顺群生，混成庶品。”同上书卷 1《(内篇）齐物论第二》:“枢始得其环中，以应无穷。”郭庆藩引郭象注:“夫是非反复，相寻无穷，故谓之环。环中，空矣。今以是非为环而得其中者，无是无非也。无是无非，故能应夫是非。是非无穷，故应亦无穷。”

〔为圆梯破觚〕《史记・酷吏列传》:“汉兴，破觚而为圜，斵雕而为朴，网漏于吞舟之鱼。”裴骃《集解》:“《汉书音义》曰:‘觚，方。’”司马贞《索隐》:“应劭云:‘觚，八棱有隅者。’”《集韵》卷 3《平声三・僊第二》:“圜，……或作圆。”《山海经》卷 12《海内北经》:“西王母梯几而戴胜杖。”郭璞注:“梯，谓凭也。”

〔髑髅惄返形〕《庄子・至乐第十八》:“庄子之楚，见空髑髅，髐然有形。撽以马捶，因而问之，曰:‘夫子贪生失理，而为此乎？将子有亡国之事、斧钺之诛，而为此乎？将子有不善之行，愧遗父母妻子之丑而为此乎？将子有冻馁之患，而为此乎？将子之春秋故及此乎？’于是语卒，援髑髅，枕而卧。夜半，髑髅见梦曰:‘子之谈者似辩士，视子所言，皆生人之累也，死则无此矣。子欲闻死之说乎？’庄子曰:‘然。’髑髅曰:‘死，无君于上，无臣于下。亦无四时之事，从然以天地为春秋。虽南面王乐，不能过也。’庄子不信，曰:‘吾使司命复生子形，为子骨肉肌肤，反子父母、妻子、闾里、知识，子欲之乎？’髑髅深矉蹙頞曰:‘吾安能弃南面王乐而复为人间之劳乎！’”惄，失意，忧伤。《方言》(卷）1:“自关而西，秦晋之间，凡志而不得，欲而不获，高而有坠，得而中亡，谓之溼。或谓之惄。”返形，复生为人形。《真诰》卷 16《阐幽微第二》“辛玄子所言说冥中事”:“何次道今在南宫承华台中，已得受书，行至南岳中。此人在世施惠之功甚多，故早得返形。”

〔灵羽期抟扶〕灵羽，神鸟。《真诰》卷 7《甄命授第三》“杨书又有掾写”:“灵羽振翅于玄圃之峰，以遗罗絙之患，何其识吉凶哉。”《庄子・逍遥游第一》:“鹏之徙于南冥也，水击三千里，抟扶摇而上者九万里，去以六月息者也。”抟（搏),《四川国学杂志》本、《独立周报》本作“搏”，显误。

〔滞质非元同〕滞质，指寄居尘世中一切存在物的外在形制，包括活着的人和尚存的物。《金楼子》卷 6《杂记篇十三上》：“潘君慕之，遂无冬夏置金镂龙盘于侧，而不以洗墨渝也。此岂所谓爱其滞质，而失其实也。”朱宗元（维城）《答客问》第三十五节《白日飞升 · 二、人物不能穿越宇宙天体》：“宇宙形势：天包火，火包气，气包水土。自此而上，二百六十里有奇为气域，进此即为火域。万物至火域者，莫不燃灭。禽兽宫室，可得历乎？且天体坚凝，惟神灵可以透越。一切负形滞质之物，何以入之？”（北京大学宗教研究所 2003 年《明末清初耶稣会思想文献汇编》第三卷 P299）元同，即“玄同”，避清圣祖康熙讳改。《老子注释及评介 · 五十六章》：“知者不言，言者不知。塞其兑，闭其门，挫其锐，解其忿，和其光，同其尘，是谓玄同。故不可得而亲，不可得而疏；不可得而利，亦不可得而害，不可得而贵，亦不可得而贱。故为天下贵。”陈鼓应注：“玄同：玄妙齐同的境界。即‘道’的境界。王纯甫说：‘玄同者，与物大同而无迹可见者。’（引自《老子亿》）”（中华书局 1984 年 5 月第 1 版 P282）

〔遗物斯恬愉〕遗物，舍弃外物，超脱于尘俗之外。《六臣注文选》卷 13 贾谊《鵩鸟赋（并序）》：“至人遗物兮，独与道俱。”李善注：“《庄子》曰：‘不离于真，谓之至人。’又孔子谓老聃曰：‘形体若槁木，似遗物而立于独也。’《鹖冠子》曰：‘圣人捐物。’又曰：‘至人不遗，动与道俱。’”李周翰注：“至人能遗去物累，与道俱行。”《庄子集释》卷 9 下《（杂篇）盗跖第二十九》：“惨怛之疾，恬愉之安，不监于体。”郭庆藩引成玄英疏：“恬愉，乐也。”愉，《独立周报》本作“渝”，似误。

〔清虚真宰存〕清虚，清净无为。《汉书 · 艺文志》：“道家者流，盖出于史官，历记成败、存亡、祸福、古今之道，然后知秉要执本，清虚以自守，卑弱以自持。此君人南面之术也。”真宰，道家语，冥冥之中主宰一切的玄理真道。《南华真经新传》卷 2《齐物论篇》：“若有真宰而特不得其眹。”王雱注：“真宰者，至道之妙宰，制造化者也。以其自然，故曰真。以其造制，故曰宰。其为物也，不在乎阴阳之内，亦不在乎阴阳之外，可以神会，而不可以象求。故曰若有，而不得其眹也。”（涵芬楼影印《正统道藏》本，载“洞神部 · 玉诀类 · 恶上 · 恶二”）

〔寂灭天倪孚〕丁福保《佛学大辞典》：“寂灭（术语），寂灭为梵名涅（盘）〈槃〉Nirvāna 之译语，其体寂静，离一切之相，故云寂灭。《法华经 · 序品》曰：‘或有菩萨见寂灭法。’《维摩经 · 佛国品》曰：‘知一切法皆悉寂灭。’注曰：‘肇曰：去相故言寂灭。’同《弟子品》曰：‘法本不然，今则无灭，是寂灭义。’《无量寿经 · 上》曰：‘超出世间，深乐寂灭。'《智度论 · 五十五》曰：'灭三毒及诸戏论故名寂灭。'"天倪，自然之道。详见《明代扬州三贤咏 · 泰州王心斋先生艮》一诗〔神解初天倪，道根具夙慧〕条笺注。《一切经音义》卷 27《音妙法莲花经八卷 · 譬喻品》："孚，《通俗文》：'卵化曰孚。'《方言》：'鸡伏。《通俗文》：'卵是也'。……《广雅》《玉篇》：'孚，生也。'"

〔柱史珍无身〕柱史，指老子。详见《答袁康侯（二首）》其一一诗〔柱下史〕条笺注。《老子 · 第十三章》："吾所以有大患，为我有身。及我无身，吾有何患！故贵身于天下，若可托天下；爱以身为天下者，若可寄天下。"

〔邹贤贱养躯〕邹贤，指孟子。《史记 · 孟子荀卿列传》："孟轲，邹人也。"司马贞《索隐》："邹，鲁地名。"张守节《正义》："轲，字子舆，为齐卿。邹，兖州县。"《孟子 · 告子上》："孟子曰：'人之于身也，兼所爱。兼所爱，则兼所养也。无尺寸之肤不爱焉，则无尺寸之肤不养也。所以考其善不善者，岂有他哉？于己取之而已矣。体有贵贱，有小大。无以小害大，无以贱害贵。养其小者为小人，养其大者为大人。今有场师，舍其梧槚，养其樲棘，则为贱场师焉。养其一指而失其肩背，而不知也，则为狼疾人也。饮食之人，则人贱之矣，为其养小以失大也。饮食之人无有失也，则口腹岂适为尺寸之肤哉？'"

〔漆叟缅狶韦〕漆叟，指庄子。详见《赋得八指头陀诗三首（其三）》一诗〔蒙庄〕条笺注。《庄子集释》卷 3 上《（内篇）大宗师第六》："夫道，有情有信，无为无形；可传而不可受，可得而不可见；自本自根，未有天地，自古以固存；神鬼神帝，生天生地；在太极之先而不为高，在六极之下而不为深，先天地生而不为久，长于上古而不为老。狶韦氏得之，以挈天地。"郭庆藩引成玄英疏："狶韦氏，文字已前远古帝王号也。得灵通之道，故能驱驭群品，提挈二仪。"王先谦《庄子集解 · 内篇补正 · 大宗师第六》注："狶韦，即豕韦，盖古帝王也。"案：刘师培曾署名"豕韦之裔"，在 1907 年 4 月 25 日《民报》临时增刊《天讨》上发表《普告汉人》。署名"韦裔"，在 1907 年 6 月 8 日《民报》第 14 号上发表《清儒得失论》。相传，豕韦为刘姓始祖。《文选注》卷 23 王仲宣（粲）《赠文叔良》："缅彼行人，鲜克弗留。"李善注："贾逵《国语》注曰：缅，思貌也。"

〔列生鼆华胥〕列生，指列子。《列子 · 黄帝第二》：黄帝"昼寝而梦，游于华胥氏之国。华胥氏之国在弇州之西，台州之北，不知斯齐国几千万里。盖非舟车足力之所及，神游而已。其国无师长，自然而已。其民无嗜欲，自然而已。不知乐生，不知恶死，故无夭殇。不知亲己，不知疏物，故无爱憎。不知背逆，不知向顺，故无利害。

都无所爱惜，都无所畏忌。入水不溺，入火不热。斫挞无伤痛，指擿无痟痒。乘空如履实，寝虚若处床。云雾不硋其视，雷霆不乱其听，美恶不滑其心，山谷不踬其步，神行而已。黄帝既寤，怡然自得，召天老、力牧、太山稽，告之曰：'朕闲居三月，斋心服形，思有以养身治物之道，弗获其术。疲而睡，所梦若此。今知至道不可以情求矣。朕知之矣！朕得之矣！而不能以告若矣。'又二十有八年，天下大治，几若华胥氏之国，而帝登假，百姓号之，二百余年不辍。"《广雅 · 释诂》："諰，……誉也。"諰华胥，《四川国学杂志》本作"熙华胥"、《独立周报》本作"华熙胥"。

〔毓毓复初训〕毓毓，盛大貌。参见《译石门和夫氏〈希望诗〉（二首）》其二一诗〔毓毓〕条笺注。复，验证。《论语集解义疏》卷 1《学而第一》："有子曰：'信近于义，言可复也'"。皇侃疏："复，验也。"初训，先贤的训导，指前四句中《老子》《孟子》《庄子》和《列子》的相关主张。

〔万譬同一涂〕此句的字面意思是，譬喻虽多，但其真意却殊途同归。指上几句老庄孟列都垂训，贪恋尘世肉身苦，超脱凡尘能解脱。

〔载魄晞朝霞，游魂周六区〕魄，指必须依附于人的肉体而存在的精神。《春秋左传正义》卷 44《昭公七年》："人生始化曰魄。"杜预注："魄，形也。"《太平御览》卷 549《礼仪部二十八 · 复魂》："《礼记外传》曰：人之精气曰魂，形体谓之魄。"载魄，"载营魄"的简称。《周易正义》卷 7《系辞上》："精气为物，游魂为变。"韩康伯注："精气，烟煴聚而成物，聚极则散，而游魂为变也。游魂，言其游散也。"《老子解》卷上《载营魄章第十》："载营魄，抱一能无离乎？"苏辙注："魄之所以异于魂者，魄为物，魂为神也。《易》曰：精气为物，游魂为变。是故知鬼神之情状，魄为物，故杂而止。魂为神，故一而变。谓之营魄，言其止也……圣人性定而神凝，不为物迁，虽以魄为舍，而神所欲行，魄无不从，则神常载魄矣。"《楚辞章句》卷 5 屈原《远游》："载营魄而登霞兮，掩浮云而上征。"王逸注："抱我灵魄而上升也，霞谓朝霞，赤黄气也。"晞，晨曦初升。详见《送诸贞壮》一诗〔晞〕条笺注。六区，指上下东西南北。详见《八埏篇》一诗〔穷六区〕条笺注。另参见《秋怀》一诗〔长跂登朝霞〕条笺注。

〔鸾鸣谢啾啾〕鸾，即挂在车辆上的銮铃。《楚辞章句》卷 1 屈原《离骚》："扬云霓之晻蔼兮，鸣玉鸾之啾啾。"王逸注："鸾，鸾鸟，以玉为之，着于衡和，着于轼。啾啾，鸣声也。"《六臣注文选》卷 32 屈平（原）《离骚》："扬志（五臣无志字）云霓之晻蔼兮，鸣玉鸾之啾啾。"李周翰注："鸾，车铃也。啾啾，铃佩之声。"谢，避让，避免。《宋书 · 王弘传》："既鲸鲵折首，西夏底定，便宜诉其本怀，避贤谢拙。"章炳麟

《国故论衡》校订本《中卷文学七篇 · 文学总略》:“必以俪辞为文，何缘《十翼》不能一致，岂波澜既尽有所谢短乎?”(《章太炎全集》第 14 册《国故论衡先校本、校定本》P221，上海人民出版社 2014 年 5 月第 1 版）此句指，銮铃鸣响，以提醒人们避让车辆。

〔蝶化昭蘧蘧〕庄周化蝶。详见《赠杨仁山居士（四首）》其一一诗〔物我相忘〕条笺注。《古今韵会举要》卷 3《平声上 · 六（鱼独用）》:“蘧，……蘧蘧，自得貌。《庄子》:‘蘧蘧然周也。’注:‘有形貌。’”昭，明显，显著。《尔雅注疏》卷 2《释诂下》:“显、昭……见也。”郭璞注:“显、昭，明见。”邢昺疏:“显、昭，皆明见也。”

〔太清神独征，神征形不俱〕《嵇康集》卷 1《四言诗十一首》其八:“抄抄翔鸾，舒翼太清。俯眺紫辰，仰看素庭。凌蹑玄虚，浮沉无形。将游区外，啸侣长鸣。神□不存，谁与独征。”(鲁迅校本，见 1947 年《鲁迅三十年集》印本 P30）太清，道教语，指“三清天”之“太清天”，为太上老君所主宰之处。《元始无量度人上品妙经四注》卷 3 :“三十五分，总炁上元。”成玄英注:“三十五分者，三十五天分界也。三界有二十八天，兼北斗七星，星主一天，是为三十五天也。北斗以阳明、阴精、丹元、北极此四星主种民四天，以玄冥、真人、天关此三星主最上三天，总为三十五天也。最上三天曰玉清、上清、太清天是也。”《三才定位图》上篇:“《灵枢经》曰：玉京天之上有三清天。泰（即太——引者）清天，又谓之大赤天。《列子》亦曰：仰不见日月，俯不见河海。盖此天也。上清天，又曰禹余天，玉清天，又曰清微天，盖九皇降气，肇有阴阳，神通变化，物我受乐，即此天也。”《道法会元》卷 2《太上三尊十方众神玄中大法师》:“三尊即三清上帝，传教之祖。由人道而升仙境者曰道德天尊，由仙道而升真境者曰灵宝天尊，由真道而升圣境者曰元始天尊。如泰（即太——引者）清道德天尊，即泰清天之主，故曰泰清仙境道德天尊，即是人道而生仙界者。上清、玉清皆然，境犹方之谓也。”案：道德天尊即太上老君的别称。刘师培“太清神独征”当为化用嵇康诗句，句中“神”，指前句中的“游魂”;“形”，则指前句中的“载魄”。此二句指，脱离人肉体而存在的“魂”可以独自遨游“太清天”，而必须依附于人肉体而存在的“魄”，不能伴随“魂”遨游。对此二句的详细分析，见本诗“略考”。

〔箫阁阕凤吹〕秦穆公时，有萧史与穆公之女弄玉相恋，后二人一同随凤凰飞去。详见《八埏篇》一诗〔秦箫吟太无〕条笺注。阕，结束、终止。《楚辞章句》卷 17《九思 · 遭厄》:“与日月兮殊道，志阕绝兮安如。”王逸注:“志望已讫，不知所之。”

〔弓湖稽象舆〕弓湖，指黄帝于鼎湖乘龙升仙，飞升时坠落其弓。详见《三月十九日，俗传太阳生辰，乃明怀宗殉国之日，而中国亡国之一大纪念也，作诗一章》

一诗〔鼎湖龙去泣轩辕〕条笺注。象舆，轩辕黄帝的座驾。《韩非子 · 十过第十》："师旷曰：'不可。昔者黄帝合鬼神于泰山之上，驾象车而六蛟龙。'"《论衡》卷 22《纪妖篇》："师旷曰：'不可。昔者，黄帝合鬼神于西大山之上，驾象舆，六玄龙。'" 稽，停止、阻止。《后汉书 · 段颎传》："凉州刺史郭闳贪共其功，稽固颎军，使不得进。" 李贤注："稽固，犹停留也。"《旧唐书 · 吴元济传》："陵虐封疆，遂致稽阻。绝朝廷之理，忘父子之恩。"

〔不见秋至草〕李梦阳《空同集》卷 14《五言古 · 杂诗三十二首》其十一："不见秋至草，零落愁春心。"

〔宁回西日榆〕桑榆，喻傍晚，故曰"西日榆"。详见《和阮文达公秋桑》一诗〔日落首山柯改碧〕条笺注。吴宽《家藏集》卷 19《诗六十三首 · 记园中草木二十首 · 榆》："始我种三榆，近在亭之左。西日待隐蔽，阴成客能坐。" 宁（寧），《独立周报》本作"甯"。

〔吁嗟逐生客，耽综遐年书〕吁嗟，亦作"于嗟"，叹息。《毛诗正义》卷 1—3《周南 · 麟之趾》："于嗟麟。" 毛传："于嗟，叹辞。"《文选注》卷 30 谢玄晖（朓）《和王著作八公山诗一首》："平生仰令图，吁嗟命不淑。" 李善注："薛君《韩诗章句》曰：吁嗟，叹辞也。" 逐生，追求长生。《艺文类聚》卷 77《内典下 · 寺碑》："北齐邢子才《景明寺碑》曰：……迁延爱欲，驰逐生死。眷彼深尘，迷兹大夜。坐积薪于火宅，负沈石于苦海。" 耽综，醉心、专注。《隶释》卷 6《敦煌长史武斑碑》："耽综典藉"。遐年书，指追求长生的经书、丹方。《资治通鉴》卷 11《汉纪三 · 太祖高皇帝中》："臣光曰：夫生之有死，譬犹夜旦之必然。自古及今，固未有超然而独存者也。"

〔羽霓络尘缨〕羽霓，霓裳羽衣，仙人所着的仙衣，又指唐代宫廷乐舞《霓裳羽衣曲》，亦代指仙道、仙人、道士。《灵宝领教济度金书》卷 61《天河灌沐天尊》："灌金泉玉醴以澄神，既端容止。被霓裳羽衣而映质，宜俨威仪"。《楚辞》卷 2 屈原《九歌 · 东君》："青云衣兮白霓裳，举长矢兮射天狼。"《北极真武普慈度世法忏》卷 6："一日，祥云满庭，光烛殿坛，旌幢鹤盖，浮空而下，见一天官，羽衣宝冠，升殿而坐"。《六臣注文选》卷 43 孔德璋《北山移文一首》："昔闻投簪逸海岸，今见解兰缚尘缨。" 李周翰注："尘缨，世事也。" 络，马笼头，此处引申为控制、阻止。《正字通》未集中《糸部》："络，……又笼络，马羁鞚也。" 此句指，修仙求道，可以摒却尘嚣俗事的羁绊。

〔琅圃恢歧衢〕琅圃，亦称"灵囿""灵圃""瑶圃"，指神仙苑囿。《真诰》卷 4《运象篇第四》"右英夫人作"："琳琅敷灵囿，华生结琼瑶。"《文选注》卷 26 潘安仁（潘安，本名潘岳）《在怀县作二首》其一：“灵圃耀华果，通衢列高椅。”李善注：“灵圃，犹灵囿也。”《文心雕龙》卷10《才略第四十七》：“及乎春秋大夫，则修辞聘会，磊落如琅玕之圃。”另见《八埏篇》一诗〔霜日滢瑶铺〕条笺注。《增修互注礼部韵略》卷1《上平声·十五灰》：“恢，……大之也。”歧衢，岔路，歧途。《荀子》卷7《王霸篇第十一》：“杨朱哭衢涂曰”。杨倞注：“衢涂，岐路也。”《古今韵会举要》卷2《平声上·四（支与脂之韵通）》：“岐，……或作歧。”此句指，修真悟道，可以使得岔路歧途变得宽阔。喻指迷途知返，重归正道。

〔迢遥殷铿室〕迢遥，遥远。《玉台新咏》卷4颜延之《秋胡诗九首》其四：“迢遥行人远，婉转年运徂。”（《玉台新咏》《乐府诗集》作“迢”，《文选》作“超”）殷铿室，指彭祖仙室。《搜神记》卷1：“彭祖者，殷时大夫也。姓籛名铿，帝颛顼之孙，陆终氏之中子。历夏而至商末，号七百岁，常食桂芝。历阳有彭祖仙室，前世云，祷请风雨，莫不輒应，常有两虎在祠左右。今日祠之讫，地则有两虎迹。”

〔諔诡秦仓图〕《庄子集释》卷2下《（内篇）德充符第五》：“彼且蕲以諔诡幻怪之名闻，不知至人之以是为己桎梏邪?”郭庆藩引成玄英疏：“諔诡，犹奇谲也。”引陆德明《经典释文》：“李云：諔诡，奇异也。”秦仓图，指秦人阮仓所作之《列仙图》，早已亡佚。《列仙传》卷下郭元祖《总赞》：“秦大夫阮仓撰仙图，自六代迄今，有七百余人。”《神仙传》葛洪《原序》：“弟子滕升问曰：‘先生曰神仙可得不死，可学古之得仙者，岂有其人乎?’答曰：‘昔秦大夫阮仓所记有数百人，刘向所撰又七十一人。’”《隋书·经籍志二》：“汉时阮仓作《列仙图》，刘向典校经籍，始作《列仙》《列士》《列女》之传。”

〔吾思耽喜术，本物沟精粗〕耽喜，指老子与关尹子。老子，亦称“老聃”“老耽”。《史记·老子韩非列传》：“老子者，楚苦县厉乡曲仁里人也。”张守节《正义》：“姓李，名耳，字伯阳，一名重耳，外字聃。”《吕氏春秋·不二》：“老耽贵柔，孔子贵仁，墨翟贵廉，关尹贵清”。《列仙传》卷上《关令尹》：“关令尹喜者，周大夫也。善内学，常服精华，隐德修行，时人莫知。老子西游，喜先见其气，知有真人当过，物色而遮之。果得见老子，老子亦知其奇，为著书授之。后与老子俱游流沙化胡，服苣胜实，莫知其所终。尹喜亦自著书九篇，号曰《关令子》（即《关尹子》——引者）。”《庄子集释》卷10下《（杂篇）天下第三十三》：“以本为精，以物为粗。以有积为不足，淡然独与神明居。古之道术有在于是者，关尹、老聃闻其风而说之，建之以常无有，主之以太一，以濡弱谦下为表，以空虚不毁万物为实。”郭庆藩引成玄英疏：“本，无也。物，有也。用无为妙，道为精。用有为事，物为粗。”沟，隔绝。详见《励志诗》一诗〔掇异罿区沟〕条笺注。

〔涙热譬焚泽〕《南华真经新传》卷 2《齐物论篇》:“啮缺曰:‘子不知利害，则至人固不知利害乎?’王倪曰:‘至人，神矣。大泽焚而不能热，河汉冱而不能寒，疾雷破山风振海而不能惊。若然者，乘云气，骑日月，而游乎四海之外。死生无变于己，而况利害之端乎!’”王雱注:“至人无己，与齐为一，而物莫敢犯。故水火不能伤，寒暑不能挫，风雷不能动。是以蹑空虚御，阴阳出于形器之外，而始终不易其守也。忧乐岂足累其心。”《说文解字》卷 11 上《水部》:“涙，灭也。”譬，比如、譬如。《说文系传 · 通释第五》:“譬，谕也。……臣锴曰:譬犹匹也，匹而谕之也。”

〔无撄徵坠车〕《庄子集释》卷 7 上《（外篇）达生第十九》:“夫醉者之坠车，虽疾不死。骨节与人同而犯害与人异，其神全也。乘亦不知也，坠亦不知也，死生惊惧不入乎其胸中，是故遻物而不慑。彼得全于酒而犹若是，而况全于天乎?”郭庆藩引成玄英疏:“夫醉人乘车，忽然颠坠，虽复困疾，必当不死。其谓心无缘虑，神照凝全，既而乘坠不知，死生不（人）〈入〉，是故遻于外物而情无慑惧。”“彼之醉人，因于困酒，犹得暂时凝淡，不为物伤，而况德全圣人，冥于自然之道者乎!物莫之伤，故其宜矣。”撄，拦接坠落之物。《庄子集释》卷四 4 下《（外篇）在宥第十一》:“老聃曰:“女慎无撄人心。”郭庆藩引陆德明《经典释文》:“撄……崔云:羁落也。”《荀子》卷 7《王霸篇第十一》:“则虽幽间隐辟，百姓莫敢不敬分安制以化其上，是治国之徵也。”杨倞注:“徵，验也。”

〔所真非我形〕所真，真理之所在，指自然之道。《庄子集释》卷 3 上《（内篇）大宗师第六》:“死生，命也，其有夜旦之常，天也。人之有所不得与，皆物之情也。彼特以天为父，而身犹爱之，而况其卓乎。人特以有君为愈乎己，而身犹死之，而况其真乎。”郭庆藩引郭象注:“夫真者，不假于物而自然也。”《汉书 · 杨王孙传》:“王孙者，孝武时人也，学黄老之术，家业千金，厚自奉养生，亡所不致。及病且终，先令其子曰:‘吾欲羸葬，以反吾真’。”颜师古注:“真者，自然之道也。”我形，我的身体。《庄子集释》卷 2 下《（内篇）德充符第五》:“今子与我游于形骸之内，而子索我于形骸之外，不亦过乎。”郭庆藩引郭象注:“形骸外矣，其德内也。今子与我德游耳，非与我形交也，而索我外好，岂不过哉!”

〔在物终游华〕物，外物。《广弘明集》卷 24 沈约《述僧中食论》:“人所以不得道者，由于心神昏惑。心神所以昏惑，由于外物扰之。扰之大者，其事有三:一则势利荣名，二则妖妍靡曼，三则甘旨肥浓。”游华，虚妄不实的浮华。《礼记正义》卷 55《缁衣第三十三》:“故大人不倡游言。”郑玄注:“游，犹浮也，不可用之言也。”《文选注》卷 35 张景阳（协）《七命》:“于是徇华，大夫闻而造焉。”李善注:“华，浮华。”

〔有身物自宾〕《道德经河上公章句》卷上《厌耻第十三》:“吾所以有大患者，为吾有身，及吾无身，吾有何患。”河上公注:“吾所以有大患者，为吾有身，有身忧其勤劳，念其饥寒，触情从欲，则遇祸患也。”《尔雅 · 释诂》:“宾，……服也。”此句指，人有妄欲烦恼之身，就会屈从于外物的诱惑。

〔诱物神斯拘〕《通玄真经》（即《文子》）卷 2《精诚》:“夫人拘于世俗，必形系而神泄，故不免于别，使我可拘系者，必其命有在外者。”此句指，被外物诱惑，其清净无为的本性必然遭到束缚。

〔暧暧五缠纥〕暧暧，昏暗不明。《楚辞章句》卷 1 屈原《离骚》:“时暧暧其将罢兮”。王逸注:“暧暧，闇昧貌。”五缠，佛教语，指五种罣碍。《中阿含经》卷 4《相应品尼乹（尼乾——引者）经第九》:“有五因缘，心生忧苦。云何为五？淫欲缠者，因淫欲缠故，心生忧苦。如是，瞋恚、睡眠、掉悔、疑惑缠者”。《大方广佛华严经随疏演义钞》卷 78《普贤行品第三十六》:“更有五缠，谓爱、恚、慢、嫉、悭。”《古诗纪》卷 78《梁第五 · 简文帝（二）· 旦出兴业寺讲诗》:“由来六尘缚，宿昔五缠朦。”《类篇》卷 7 :“纠，……或作纥。”缠（纏），《四川国学杂志》本、《独立周报》作“纆”。

〔睽睽双玄疏〕睽，通“暌”，违背、乖离。《周易正义》卷 9《序卦》:“家道穷必乖，故受之以睽。睽者，乖必有难，故受之以蹇。”郑玄注:“睽者，乖也。”《正字通》辰集上《日部》:“《玉篇》:‘暌，……违也。……《正韵笺》:‘睽孤之睽从目，暌违之暌从日，俗多误用。’”双玄，亦作“重玄”，即《老子》第一章:“玄之又玄，众妙之门”，指“玄外之玄”，即至高的“道”。《王右丞集笺注》卷 4 王维《送韦大夫东京留守》:“君子从相访，重玄其可寻。”赵殿成笺注:“陆机《汉高祖功臣颂》:‘重玄匪奥’，《晋书 · 索袭传》:‘味无味于慌惚之际，兼重玄于众妙之内’，皆用《老子》‘玄之又玄’语。”此句指，背离了“玄之又玄”的“众妙之门”。睽睽，《四川国学杂志》本作“暌暌”，《独立周报》本作“睽睽”。

〔滓垽无素沙〕滓垽，即“滓泥”，淤泥、污泥。后讹为“滋泥”。《集韵》卷 2《平声二 · 齐第十二》:“垽，……通作泥。”孙思邈《备急千金要方》卷 77《备急方 · 诸般伤损第三》:“又方：以磨石下滓泥涂之，取瘥止，大验。”素沙，洁净的沙子。江淹《江文通集》卷 4《悼室人十首》其四:“素沙匝广岸，雄虹冠尖峰。”垽，《四川国学杂志》本、《独立周报》本作“泥”。

〔映浊忘清渠〕《古诗纪》卷 47《晋第十七》支遁《咏怀诗五首》其二:“怅快浊

水际，几忘映清渠。”《史记 · 孟尝君列传》：“非好朝而恶暮，所期物忘其中。” 司马贞《索隐》：“忘者，无也。” 上句与此句指，污泥中没有洁净的沙子。污浊之水中没有澄清的河渠。

〔弗闻糟莩沈，渐惜茨魂枯〕此二句典出《法言 · 修身篇》：“茨魂旷枯，糟莩旷沈”。另详见《伤女颎（二首）》其二一诗〔茨魂尔曷休〕条笺注。

〔梏亡〕树木的生长受到搅扰而死亡。《孟子注疏》卷 23《告子上》：“牛山之木尝美矣，……其日夜之所息，平旦之气，其好恶与人相近也者几希，则其旦昼之所为，有梏亡之矣。” 赵岐注：“旦昼，日昼也。其所为万事，有梏乱之，使亡失其日夜之所息也。梏之反复，利害干其心，其夜气不能复存也。” 焦循《孟子正义》注：“案:《字书》: 梏从手，即古文搅字，谓搅扰也。”

〔草烬奚重苏〕《说文解字》卷 10 上《火部》：“㶳，火余也。……今俗别作烬。”《春秋左传正义》卷 31《襄公十年》：“队则又县之，苏而复上者三。” 孔颖达疏：“苏者，死而更生之名也”

〔九天纵可跻，羽化侪鹑鴽〕九天，《楚辞补注》卷 3 屈原《天问》：“圜则九重”。洪兴祖补注：“圜与圆同，……《淮南》曰：天地九重”。参见《游仙诗》一诗〔欲斡钧天春〕条笺注，《杂诗（二首）》其二一诗〔钧天聆九霄〕条笺注。《尔雅 · 释诂》：“跻，登升也。” 羽化，指生出羽毛，亦指成仙。《晋书 · 许迈传》：“许迈，字叔玄，一名映，丹杨句容人也。……玄自后莫测所终，好道者皆谓之羽化矣。”《悟道录》卷下《毛蛆蝌蚪》：“大功到日，忽的打破虚空，露出清静法身，跳出三界之外。亦如毛蛆之化蛾，破茧飞升，蝌蚪之成蛙，脱壳跳跃。身外有身，别一世界。故道成之后，或谓之羽化飞升，或谓之脱壳成真，盖言其肉身之中，又生出一真身也。”《仪礼注疏》卷 26《公食大夫礼》：“上大夫庶羞二十，加于下大夫以雉兔鹑鴽。” 郑玄注：“鴽，无母。” 贾公彦疏：“释曰：云‘鴽，无母’者，按《尔雅 · 释鸟》云：‘鴽，鴾母。’郭氏曰：‘䳺也，青州人呼曰鴾母。’《庄子》曰：‘田鼠化为鹑。’《淮南子》云：‘虾蟆所化也。’《月令》曰：‘田鼠化为鴽。’然则，鴽、鹑一物也。”《正字通》子集中《人部》：“侪，……齐声。吴音读‘齐’如‘侪’，古今通也。” 此二句指，纵使能飞上天去，也不过如田鼠、蛤蟆长出翅羽，化为鹑鴽一般。

〔天龄矧弗延〕天龄，自然寿数。《全唐诗》卷 859 吕岩《赠刘方处士》：“玄洲旸谷悉可居，地寿天龄永相保。”（第 12 册 P9768）朱长文《乐圃余稿》卷 5《挽诗 · 英宗皇帝挽词五首》其四：“虽享天龄浅，终成睿算深。” 矧，亦。详见《送诸贞壮》一诗〔矧忧眭罗张〕条笺注。此句指，人的自然寿数亦无法延长。

〔超劫惟苍虚〕劫，佛教中的时间概念，亦指灾难。超劫，即超越生死，永世长存。《天仙正理直论增注》伍守阳序："专言神而不见其简，操一机，贯一义也。"伍守阳、伍守虚注："始也，欲了命，为长生超劫之基，则以性而配命为修，固双修之一机；终也，欲了性，为长生超劫运之性，则以长生之命配性而为修，亦此双修之一机也。"。同上书《直论九章 · 先天后天二炁论第一》："有往来不穷者谓呼吸之气。"伍守阳、伍守虚注："以凡夫之呼吸穷而死者，修成真人之呼吸，穷而长生不死以超劫也。"参见《杂咏（二首）》其二一诗〔浩劫常离生灭门〕条笺注。苍虚，指苍茫无极的太虚之境。赵完璧《海壑吟稿》卷 2《五言律诗 · 中秋对月小饮十韵》："寂寂苍虚阔，明明皓魄来。"

〔境虚尘弗栖，蜚龙焉所趋〕《太上老君说常清静经注》："所空既无，无无亦无。"杜光庭注："空者，亦非大非小，喻如道性，本无长短，亦无尘垢。"《性命双修万神圭旨》贞集《第八节口诀 · 移神内院端拱冥心》："阴长生曰：无为真人居上界，空寂更无尘可碍。"惠昕本《六祖坛经》："菩提本无树，明镜亦非台。本来无一物，何处惹尘埃。"《全唐诗》卷 192 韦应物《同元锡题琅琊寺》："情虚澹泊生，境寂尘妄灭。"（第 3 册 P1988）蜚，通"飞"。《龙龛手鉴》卷 2《上声 · 虫部第二》："蜚，……又古飞字。"《楚辞章句》卷 16 刘向《九叹 · 远游》："升虚凌冥，沛浊浮清，入帝宫兮。"王逸注："言龙能登虚无凌清，冥弃浊秽，入天帝之宫。"日本弘法大师（空海）《遍照发挥性灵集》卷 1《游山慕仙诗》："飞龙何处游，寥廓无尘方。无尘宝珠阁，坚固金刚墙。"此二句指，虚空之境，没有俗世尘垢沾污，本是飞龙应往之处。既已至此，还要去往哪里呢？

〔何不寂色身〕丁福保《佛学大辞典》："寂（术语），又云灭，涅（盘）〈槃〉之异名。《维摩 · 问疾品》曰：'导人入寂。'净影疏曰：'寂是涅（盘）〈槃〉，又寂真谛。'"同上书："色身（术语），三种身之一，自四大、五尘等色法而成之身，谓之色身。《楞严经 · 十》曰：'由汝念虑，使汝色身。'"

〔三幡归一无〕三幡，道家语。《文选注》卷 11 孙兴公（绰）《散骑游天台山赋》："释二名之同出，消一无于三幡。"李善注："三幡，色一也，色空二也，观三也。言三幡虽殊，消令为一，同归于无。郄敬舆《与谢庆绪书》论三幡义曰：'近论三幡，诸人犹多欲，既观色空，别更观识，同在一有，而重假二观，于理为长。'然敬舆之意，以色、空及观为三幡，识、空及观亦为三幡。"

〔无生〕《毛诗正义》卷 15—3《鱼藻之什 · 苕之华》："我王如此，不如无生。"郑玄笺："我，我王也。知王之为政如此，则已之生，不如不生也。"丁福保《佛学大辞典》："无生（术语），涅（盘）〈槃〉之真理，无生灭，故云无生。因而观无生之理以破生灭之烦恼也。《圆觉经》曰：'一切众生于无生中，妄见生灭，是故说名转轮生死。'《最胜王经·一》曰：'无生是实，生是虚妄，愚痴之人，漂溺生死，如来体实，无有虚妄，名为涅（盘）〈槃〉。'《仁王经·中》曰：'一切法性真实空，不来不去，无生无灭，同真际，等法性。'《梵网经·上》曰：'伏空假，会法性，登无生山。'《止观大意》曰：'众教诸门，大各有四，乃至八万四千不同，莫不并以无生为首。今且从初于无生门徧破诸惑。'《肇论新疏游刃·中》曰：'清凉云：若闻无生者，便知一切诸法皆悉空寂无生无灭。但于严土利他不生喜乐，而趣于寂故，成声闻乘也。若闻无生，便知从缘，故无生等，成缘觉乘。若闻无生，便知诸法本自不生。今则无灭，即生灭而无生灭，无生灭不碍于生灭。以此灭恶生善，利自利他，成菩萨乘。'《垂裕记·二》曰：'无生寂灭，一体异名。'"

〔有象非真吾〕有象，道教语，指事物有外在可见之形象，佛教作"有相"。《黄帝阴符经解·神仙抱一演道章》："观天之道，执天之行，尽矣。"蹇昌辰注："物有象而可观，道无形而可得。"丁福保《佛学大辞典》："有相（术语），对于无相之语，有造作之相者，有虚假之相者。《大日经疏·一》曰：'可见可现之法，即为有相。凡有相者，皆是虚妄。'"此句指，可见之形并非真我。

〔颖关指真宅〕颖关，即"破关"，指突破修行中的障碍。《修真辩难参证·前篇》："邪说之行，病在功不破关，类不识类，破关直指，无过置此身心于先天之先，行到自自在在地位，不劳功力，玄关自开，自见自入。"《史记·平原君列传》："毛遂曰：'臣乃今日请处囊中耳。使遂早得处囊中，乃颖脱而出，非特其末见而已！'"《列子集释》卷 1《天瑞第一》："精神离形，各归其真；故谓之鬼。鬼，归也，归其真宅。"杨伯峻引张湛注："真宅，太虚之域。"引卢重玄解："神明离于形，谓之死也。归真宅，反乎太清也。以太清为真宅者，明此形骸而为虚假耳。"（中华书局 1979 年 10 月第 1 版 P20）颖（穎），《四川国学杂志》本、《独立周报》本作"顥"。

〔独与神明居〕《庄子·天下第三十三："以本为精，以物为粗，以有积为不足，淡然独与神明居。"

〔形影〕指人有形可见的肉身。《陶渊明集》卷 2 载其《形影神》三首，分别为《形赠影》《影答形》《神释》。其自序曰："贵贱贤愚，莫不营营以惜生，斯甚惑焉。故极陈形影之苦，言神辨自然以释之。好事君子，共取其心焉。"参见《书怀》一诗

〔物我相忘《形影神》〕条笺注。

〔迍邅〕亦作“屯邅”，徘徊，难行不进之貌。详见《明代扬州三贤咏 · 宝应刘练江先生永澄》一诗〔迍邅〕条笺注。

〔熙心滋内娱〕《真诰》卷 2《运象篇第二》：“何不肆天标之极纵，适求真之内娱，从幽净以熙心，绥所托以栖意，处东山以晦迹，握玄筌于妙领，保随珠以含照，遣五难于胸次耶。”熙心，开阔心胸。《尚书正义》卷 2《尧典》：“允厘百工，庶绩咸熙。”孔传：“熙，广也。”内娱，内心满足。李梦阳《空同集》卷 57《南园翁九十寿序》：“夫外足者，内娱。心歉者，体顣耳。”

〔慧炬颎灵薪〕丁福保《佛学大辞典》：“慧炬（譬喻），智慧之灯炬也。智慧能照无明之闇，使知道之险难，故譬为灯炬。《涅（盘）〈槃〉经 · 二十一》曰：‘汝于佛性犹未明了，我有慧炬能为照明。’《寄归传 · 二》曰：‘舣法舟于苦津，秉慧炬于长夜。’”灵薪，指仙界的薪柴，喻指优秀的大道传承者。《庄子集释》卷 2 上《(内篇)养生主第三》：“指穷于为薪，火传也，不知其尽也。”郭庆藩引成玄英疏：“穷，尽也。薪，柴樵也。为，前也。言人然火，用手前之，能尽然火之理者，前薪虽尽，后薪以续，前后相继，故火不灭也。”《弘明集》卷 8 释玄光《辩惑论 · 禁经上价一逆》：“又其方术秽浊不清，乃扣齿为天鼓，咽唾为醴泉，马屎为灵薪，老鼠为芝药资。此求道焉能得乎!”《古诗纪》卷 47 支遁《述怀诗二首》其二：“穷理增灵薪，昭昭神火传。”《宋本广韵》卷 3《上声 · 梗第三十八》：“颎，火也。”颎，《四川国学杂志》本、《独立周报》本作“照”。

〔莹泉沛神蔬〕莹泉，即“滢泉”，指清澈的泉水。神蔬，仙界的菜蔬。《古诗纪》卷 47 支遁《咏怀诗五首》其三：“霄崖育灵蔼，神蔬含润长。”《韵补》卷 3《上声 · 三十三哿》：“下，……庚阐诗：‘蓬岭挺神蔬，綍岑嵢灵果。”沛，多。详见《蜀中赠吴虞（三首）》其二一诗〔寒梈沛晨葩〕条笺注。

〔揔德贵忘筌〕揔德，即“总德”。《庄子 · 天运第十四》：“吾子使天下无失其朴，吾子亦放风而动，总德而立矣。”案：目前通行本皆作“总（緫）德”。包括刘师培《庄子斠补 · 天运篇》亦作“总德”（《刘申叔遗书》26 册【70】)。而《正统道藏》本《庄子》(《南华真经》) 作“揔德”（《正统道藏》贞四，上海商务印书馆影印本第 350 册）。另，明世德堂《南华真经》刊本，日本宫内厅室町钞本，朝鲜《南华经》林希逸《口义》刊本均作“揔德”。揔，通“总”。《集韵》卷 5《上声上 · 董第一》：“揔，……《说文》：聚束也。一曰皆也。或从手，古作总”。其实，在“揔”与“总”

之间，还隔着一个“緫”。《正字通》未集中《糸部》：“緫，俗总字。”忘筌，指舍弃文字言语等外在形式。详见《升天行》一诗〔玄筌豁灵居〕条笺注。此句指，秉持大德，贵在舍弃文字言语等外在形式（指儒家倡导的‘仁义’等理念）。

〔遗形基损余〕《六臣注文选》卷 14 贾谊《鵩鸟赋（并序）》：“真人恬漠兮，独与道息，释智遗形兮，超然自丧。”李善注：“《文子》曰：‘得天地之道，故谓之真人也。’《庄子》曰：‘虚静恬淡，寂漠无为者，道德之至也。’《庄子》云：‘仲尼问于颜回曰：“何谓坐忘？”回曰：“堕支体，黜聪明，离形去智，同于大道，此谓坐忘。”’司马彪曰：‘坐而自忘其身。’《老子》曰：‘燕处超然。’《庄子》曰：‘南伯子綦曰：“嗟乎！我悲人之自丧。”’”张铣注：“至真之人，其性静漠，绝去人事，与道游息，离智虑遗形体，超然如丧忘其形体耳。”基，凭借。《释名·释言语第十二》：“基，据也。”此句指，能够做到舍弃形体，超然物外，凭借的是摒弃虚浮多余的妄欲妄念。

〔妙运〕玄妙的运行、运转。《慧命经·正道工夫直论第十一》：“物既归乎其源，则有法轮之妙运。”刘基（伯温）注：“此造化必然之妙运”。《全宋诗》卷 1779《释正觉二·颂古一百则》其七十七：“妙运天轮地轴，密罗武纬文经。”（北京大学出版社 1998 年 12 月第 1 版第 31 册 P19752）

〔摄颐〕即“颐摄”，指保养身体。《广弘明集》卷 24 刘峻（孝标）《与举法师书》：“道胜则肥，固应颐摄。”《文苑英华》卷 569《杂贺一·贺圣躬痊复表三首》于公异《贺圣躬痊复表》：“痊愈之初，宜加颐摄之道。”

〔聆言意仿徨，俾我元思纾〕《别雅》卷 2：“方皇、徬偟、房皇、仿偟，彷徨也。”元思，即“玄思”，因清圣祖讳改，指遐想、冥想，悠远的思绪。《六臣注文选》卷 31 江文通（淹）《杂体诗三十首（并序）· 张（五臣作孙）廷尉（杂述）绰》：“亹亹玄思清，胸中去机巧。”吕延济注：“亹亹，勉也。玄，远也。言勉力远思清静之道。”纾，抒发、舒解。《说文解字注》卷 13《糸部》：“纾，缓也。”段注：“亦叚抒为之。”

〔邈悽霄汉昏〕邈悽，烦闷伤感。《尔雅注疏》卷 4《释训第三》：“邈邈，闷也。”郭璞注：“皆烦闷。”邢昺疏：“舍人曰：藐藐，忧闷也。《大雅·抑》篇云：‘听我藐藐’。毛传云：‘藐藐然不入也’。是皆烦闷之谓也。”霄汉，悠远的天空。详见《芜湖赭山秋望》一诗〔霄汉〕条笺注。

〔静慨川谷洿〕静慨，失望感叹。《太玄经》卷 7《玄攡第九》：“其静也，日减其所有，而损其所成。”范望注：“静谓怠也。”洿，污秽。《春秋左传正义》卷 19 上《文公六年》：“由质要，治旧洿”。杜预注：“洿，秽。”洿，《四川国学杂志》本作“湾”。

〔偷俗凋粹淳〕偷俗，亦作“媮俗”，指薄俗，风俗凉薄。《集韵》卷 2《平声二 · 虞第十》：“媮，《说文》：薄也。”欧阳修《文忠集附录》卷 1《制词 · 三任謫夷陵制词》：“臣恣陈讪上之言，显露朋奸之迹，致其奏述，备见狂邪，令寘严科，用警偷俗。尚轸包荒之念，祗从贬秩之文。”粹淳，亦作“粹纯”，淳朴单纯。王安石《临川文集》卷 77《与孙子高书》：“兄粹淳静深，文彩焰然。而摧缩锋角，不自夸奋，具大树立之器。”楼钥《攻媿集》卷 31《除中书舍人举莫光朝自代状》：“右臣伏覩迪功郎，临安府盐官县尉莫光朝，粹纯无玷，廉介自将，种学绩文，足为后来之秀，臣今举以自代。”

〔众芳藂秽芜〕众芳，指各种香草花卉，以喻群贤。详见《楚词》一诗〔众芳〕条笺注。《正字通》申集上《艸部》：“藂，旧注与叢（丛——引者）同。”秽芜，亦作“芜秽”。《楚辞补注》卷 9 屈原（一说为宋玉）《招魂》：“主此盛德兮，牵于俗而芜秽。”王逸注：“不治曰芜，多草曰秽。”洪兴祖补注：“使荒芜秽污而不得进。”《太平广记》卷 56《女仙一 · 云华夫人》：“宋玉作《神仙赋》以寓情，荒淫秽芜，高真上仙岂可诬而降之也。……（出《集仙录》）”

〔羝羊冥触藩〕见《明代扬州三贤咏 · 宝应刘练江先生永澄》一诗〔困藩羊不触〕条笺注。冥，逃遁。《荀子》卷 16《正名篇第二十二》：“正说不行，则白道而冥穷。”杨倞注：“冥穷谓退而穷处也。”

〔鷷雉甘罹罦〕鷷雉，雉鸡，野鸡。《尔雅注疏》卷 10《释鸟第十七》：“五彩皆备，成章曰翚。南方曰𠃿，东方曰鶅，北方曰鵗，西方曰鷷。”郭璞注：“即翚雉也”，“说四方雉之名”。罦，捕捉鸟类的“打笼”。详见《得陈仲甫书》一诗〔翕羽企撢罦〕条笺注。

〔弥纶嚣浊陬，焉知舟壑诬〕弥纶，涵括天地万物。《周易 · 系辞上》：“《易》与天地准，故能弥纶天地之道。”陆德明《经典释文》卷 2《周易音义 · 周易系辞上第七》：“京云：弥，遍；纶，知也。王肃云：纶，缠裹也。荀云：弥，终也；纶，迹也。”嚣浊，喧嚣污浊。《云笈七签》卷 114《传 · 墉城集仙录叙》：“或身离嚣浊，控鸾鹤以冲虚。”陬，角落。《广雅 · 释言》：“陬，角也。”《庄子集释》卷 3 上《(内篇）大宗师第六》：“夫藏舟于壑，藏山于泽，谓之固矣。然而夜半有力者负之而走，昧者不知也。若夫藏天下于天下而不得所遁，是恒物之大情也。”郭庆藩引成玄英疏：“遁，变化也。藏舟于壑，藏山于泽，此藏大也；藏人于室，藏物于器，此藏小也。然小大虽异而藏皆得宜，犹念念迁流，新新移改。是知变化之道，无处可逃也。”此二句指，天覆地载之下，尽是污浊之处。怎知“藏舟于壑”的谬误（指天下尽是藏污纳垢之所，人无处可逃，难以洁身自好）。

〔暂息域中驾〕域中，指尘世。《六臣注文选》卷 11 孙兴公（绰）《游天台山赋》："释域中之常恋，畅超然之高情。"刘良注："将释舍俗中常情所恋，通畅我超纵自然之道。"此句指，发誓脱离尘世间的羁旅。

〔旋真云根都〕《文选注》卷 19 宋玉《神女赋（并序）》："似近而既远兮，若将来而复旋。"李善注："《字林》曰：旋，回也。"真，自然之道。详见本诗〔所真非我形〕条笺注。云根都，即"云根之都"，指仙人在上天所居之所。《云笈七签》卷 8《三洞经教部 · 经释 · 释太上大道君洞真金玄八景玉箓》："太上大道君又乘洞景玉舆，驾太霞紫烟玄景之晖，摄九微内帝君。名申明闲，及上皇九玄九天诸真仙王等，俱仰登弥梵罗台霄绝寥丘飞元云根之都玉清上天，见玉清紫晖太上玉皇明上大道君，受高清太虚无极上道君隐符。"真，《四川国学杂志》本、《独立周报》本作"直"。

〔絜心白素丝〕絜心，即"洁心"，指去除杂念。《云笈七签》卷 69《金丹部 · 七返灵砂论 · 第五返灵砂篇》："每日清晨，洁心东向，启告三清上帝君真仙官众，然后叩拜而服之，即得心神明达，彻视表里，身生红光，而调合于真也。"白素丝，白色丝绢。详见《古意》一诗〔白素丝〕条笺注。絜，《独立周报》本作"潔（洁）"。

〔闲虑青簾篨〕闲虑，邪心杂念。《朱子语类》卷 118《朱子十五 · 训门人六》："人须打迭了心下闲思杂虑，如心中纷扰，虽求得道理，也没顿处。"《说文解字》卷 5 上《竹部》："籧，籧篨，粗竹席也。"《尔雅注疏》卷 4《释训第三》："籧篨，口柔也。"郭璞注："籧篨之疾，不能俯。口柔之人，视人颜色，常亦不伏，因以名云。"簾，《独立周报》本作"籧"。

〔巽风条秽蠲〕《淮南鸿烈解》卷 4《墬形训》："东南曰景风"。高诱注："巽气所生也，一曰清明风。"条（條），通涤（滌）。《古今韵会举要》卷 29《入声 · 十二》："涤，《说文》：洒也，从水条声。《广韵》：除也，净也。《集韵》或作条。《礼记》：条荡其心。"秽蠲，即"蠲秽"，去除污秽。《文苑英华》卷 148《草木六 · 莲蕊散赋一首》萧颖士《莲蕊散赋（并序）》："宜蠲秽而荡邪，救吾人之疾。"

〔解雨葩精敷〕解雨，下雨。《周易正义》卷 4《解》："天地解而雷雨作。"王弼注："天地否结，则雷雨不作。交通感散，雷雨乃作。"葩精，即"葩菁"，花朵。《广雅 · 释草》："葩、菁、蘂、花，华也。"《文选注》卷 13 宋玉《风赋》："翱翔于激水之上，将击芙蓉之精。"李善注："《广雅》曰：菁，华也。精与菁古字通。"《汉书 · 礼乐志 · 青阳三 · 邹子乐》："朱明盛长，旉与万物。"颜师古注："旉，古敷字也。敷与，言开舒也。"

〔濯性澡寂波〕濯性，洗涤灵性，此处指去除性情中的虚妄浮华，归于清净无为之本性。《释门归敬仪》上卷《随机立教篇第三（谓智有昏明敬存理事）》："利人行理剋正念，而濯性灵用以清心，心清而出有也。"《礼记正义》卷 59《儒行》："儒有澡身而浴德。"孔颖达疏："澡身，谓能澡洁其身不染浊也。浴德，谓沐浴于德，以德自清也。"寂波，清净无为。《真诰》卷 2《运象篇第二》"六月二十九日夜桐柏真人同来降复谕授令某书"："沈滞于眇罗之外，凝和于寂波之表。"

〔挥玄拂尘墟〕挥玄，修道。《广弘明集》卷 30《统归篇第十》支遁《咏怀诗五首》其三："抱朴镇有心，挥玄拂无想。"尘墟，化为尘埃的废墟。王世贞《弇州山人四部稿选》卷 1《赋部 · 骚 · 哀梁有誉》："疑睨大伾之尘墟兮，庶几念故侣而来翔。"（万历壬辰年克勤斋余碧泉刻本）

〔阒阒窈冥门〕《龙龛手鉴》卷 1《平声 · 门部第八》："阒，……寂静也。"刘子翚《屏山集》卷 10《赋 · 闻药杵赋》："喧喧兮方震于厢荣，阒阒兮忽沉于寥廓。"《庄子集释》卷 4 下《（外篇）在宥第十一》："至道之精，窈窈冥冥；至道之极，昏昏默默。……我为女遂于大明之上矣，至彼至阳之原也；为女入于窈冥之门矣，至彼至阴之原也。"郭庆藩引郭象注："窈冥昏默，皆了无也。"《后汉书 · 冯衍传》："遵大路而裴回兮，履孔德之窈冥。"李贤注："窈冥，谓幽玄也。"窈，《四川国学杂志》《左盦遗诗》续刻本作"窅"。《增广字学举隅》卷 2《正讹》："窈，窅、……均非。"

〔潭潭昌盍间〕潭潭，深邃貌。详见《伤女颎（二首）》其一一诗〔潭潭六书谊〕条笺注。昌盍间，即"阊阖间"，亦作"阊阖间"，指天庭之门。详见《八墺篇》一诗〔缭以阊阖间〕条笺注。

〔归魂自有乡，《大招》谢灵巫〕《楚辞》卷 9 载屈原（一说为宋玉）《招魂》。诗曰："朕幼清以廉洁兮，身服义而未沬。主此盛德兮，牵于俗而芜秽。上无所考此盛德兮，长离殃而愁苦。帝告巫阳曰：'有人在下，我欲辅之。魂魄离散，汝筮予之！'巫阳对曰：'掌梦。上帝其命难从。若必筮予之，恐后之谢，不能复用。'巫阳焉乃下招曰：魂兮归来！去君之恒干，何为四方些？舍君之乐处，而离彼不祥些！"此段后，诗中又写道：魂兮归来，不可归于东、南、西、北，亦不可"上天""下此幽都"。而要"入修门""反故居"，也就是返回自己的故乡。修门，指楚国都城郢都的城门（《楚辞章句》王逸注："修门，郢城门也。"）《楚辞》卷 10 录屈原（一说为景差）《大招》。诗中遍言"魂乎归徕"，不可归于东、西、南、北，那里充满了各种险恶。魂魄要归于"荆楚"，也就是屈原的故乡，那里"乐不可言"。灵巫，巫师。《重修广韵》

卷 2 下《下平声·青第十五》:“灵，……巫也”。此处的“灵巫”，指上引《招魂》之“巫阳”，即名“阳”的巫师。《说文解字注》卷 3 上《言部》:“谢，辞去也。”段注：“辞，不受也。”此二句指，魂魄自有归处（指故乡），不需巫师做法招魂。

【略考】

刘师培在《论文杂记》第十二篇中写道:“渊明之诗，淡雅冲泊，近于道家（陶潜虽喜老、庄，然其诗则多出于《楚词》，若嵇康之诗，颇得道家之意。郭景纯之诗，亦有道家之意）。”（《刘申叔遗书》20 册【68】）

刘师培此文最早发表于 1905 年 6 月出版的《国粹学报》第 5 期《文篇》栏目。

这说明，刘师培早在 1905 年即很留意嵇康诗作。

本诗中有“太清神独征，神征形不俱”二句。

查《嵇康集》（鲁迅校本）第一卷《四言诗十一首》其八:“抄抄翔鸾，舒翼太清。俯眺紫辰，仰看素庭。凌蹑玄虚，浮沉无形。将游区外，啸侣长鸣。神□不存，谁与独征?”

这可以明证，刘师培此二句诗，化用自嵇康之句。

今天通行的《嵇康集》有两个母本——一是明成化、弘治年间长洲吴宽的丛书堂钞本；二是明嘉靖四年的黄省曾刻本。前者在清末归“学部图书馆”，民初转入“京师图书馆”，今藏国家图书馆善本部；后者在清末归江安傅氏（傅增湘）“双鉴楼”。民国期间，上海商务印书馆借傅氏藏本影印出版，以《嵇中散集》之名收入《四部丛刊初编》。

前者比后者多出诗作数首，上文提到的《四言诗十一首》其八即其中之一。而且，录有该诗的早期版本，只有吴宽钞本。其他，如黄省曾刻本，《汉魏六朝二十名家集》和《汉魏六朝百三家集》本《嵇中散集》都未录此诗。

1913 年 10 月，鲁迅在京师图书馆借阅吴宽的丛书堂钞本，做了全文抄录。后对此书做了详尽校勘。1938 年，鲁迅《嵇康集》校本收入《鲁迅全集》。这是后来很多新本使用的底本。

1962 年 7 月，人民文学出版社出版戴名扬《嵇康集校注》，该本以黄刻本为底本，以吴钞本、鲁迅校本等为对校本。是目前最善本之一。

1983 年 9 月，中华书局出版逯钦立《先秦汉魏晋南北朝诗》。该书《魏诗第九》全收了鲁迅校本的嵇康诗作（见该书 P479—492）。

据此，可以发现一个小细节——

鲁迅开始抄录吴宽钞本在 1913 年 10 月，鲁迅校本的面世则迟至 1930 年代。

刘师培《大象篇》最早发表于 1912 年 9 月 20 日，而该诗中已经化用了嵇康《四言诗十一首》其八一诗的诗句。

在当时，吴宽《嵇康集》钞本是唯一录有此诗的版本，该本当时藏于京师图书馆。

这说明，在鲁迅从京师图书馆抄录吴宽钞本之前，刘师培肯定已经见过这个钞本。最大的可能性是，刘氏在 1909 年 7 月随端方至京津任职至 1911 年孟春离开京师的那个时间段。

那期间，缪荃孙奉旨至北京筹办京师图书馆，刘师培曾参与其事。京师图书馆的筹建地点在后海的广化寺，缪荃孙当时就住在护国寺街，两地相距不足一公里。刘师培则在端方被免职后，寓居在白云观一段时间，并在那里读完了《道藏》，写出了《读道藏记》。

鲁迅曾骂刘师培是"坏种"，但从旧学的角度来比较，他跟刘氏是差了若干个级别的。

另，本诗有"宁回西日榆"一句，查吴宽《家藏集》卷 19《诗六十三首 · 记园中草木二十首 · 榆》："始我种三榆，近在亭之左。西日待隐蔽，阴成客能坐。"刘师培此句显然是化用吴宽诗句，则更可证其曾见吴宽丛书堂《嵇康集》钞本。

1986 年 12 月，殷翔、郭全芝所著之《嵇康集注》由黄山书社出版。该本完全使用了鲁迅的校本，并做了注解。该书 P84 收录嵇康《四言诗十一首》其八一诗。作者的注解如下："太清：太空，高空。""'神'下脱一字，依文意当为'伴'、'俦'等字。""独征：独行。此句谓无人相伴而行。"

《嵇康集注》对全句的理解，应该如下：没有了神仙之侣，谁能与我相伴独行。但此解存在问题——

一、既为"独征"，何来"伴""俦"？既然是"独征"，就不存在"与谁"的问题。正如蔡邕的《述行赋》所言："翩翩独征，无俦与兮。"

二、嵇康"神□不存，谁与独征"句，应为《诗经 · 唐风 · 葛生》中"予美亡此，谁与独处（独息、独旦）"的化用。

高亨先生在《诗经今注》中，将此诗的句读作"予美亡此，谁与？独处（独息、独旦）。"（上海古籍出版社 1980 年 10 月第 1 版 P160）。高亨先生的句读，是根据《毛诗正义》郑玄《笺》而做出的："予，我；亡，无也。言我所美之人无于此，谓其君子也。吾谁与居乎？独处家耳。"

如此，嵇康此句也可句读为"神□（伴？俦？——引者）不存，谁与？独征。"

这里要说明一点，鲁迅校本本来已经使用了句读——“神□不存，谁与独征?”这与《嵇康集注》的作者无关，他们只是将“?”改成了“。”。

此外，我还有一个大胆，但可能有些矫情的推断——

“谁与”不能解释为“与谁”。

在古汉语中将“谁与”解释为“与谁”很正常。如范仲淹的《岳阳楼记》：“微斯人，吾谁与归?”

但嵇康此句不应解释为“与谁”。理由如下——

“谁”与“孰”通，“谁与”可作“孰与”。而“孰与”有另外一个解释——“何如……”“不如……”，与“孰若”同义。《荀子 · 天论第十七》：“大天而思之，孰与物畜而制之。从天而颂之，孰与制天命而用之。望时而待之，孰与应时而使之。因物而多之，孰与骋能而化之。思物而物之，孰与理物而勿失之也。愿于物之所以生，孰与有物之所以成。故错人而思天，则失万物之情。”《风俗通义 · 过誉第四》：“此既无君，又复无臣。君臣俱丧，孰与偏有。”

“神□不存，谁与独征”，可以解释为：“神仙之侣已经不在，不如独自遨游于‘区外’。”这个‘区外’，指比“太清天”更加高远幽玄的天际。

如此，《诗经》中《葛生》一诗中的“予美亡此，谁与独处（独息、独旦）”也有了新解——我的爱侣亡于此地，我不如独处（独息、独旦）。

当然，这个解释纯属我的异想天开，做不得数。

此外，戴名扬先生《嵇康集校注》以吴钞本为对校本。吴钞本并无句读，所以戴先生出校：“案‘神’上或‘神’下当夺一字”。也就是说，其原文是“□神不存”或“神□不存”。而鲁迅校本直接在“神”下加一“□”，意为“神”下“夺一字”。这与戴先生所作的校记相比，就显得不够严谨了。

咏史（十二首）

【刊载】

《甲寅杂志》第 1 卷第 1 号，1914 年 5 月 10 日。1933 年林思进清寂堂《左盦遗诗》续刻本；《刘申叔遗书》61 册（76—80），《左盦诗录》卷 3《左盦诗续录》。

【类型】

五言，句数不一，详见单首标注。

【编年】

1912 年。排于《大象篇》之后，《凌云山夕望》之前，故定编年于 1912 年。

咏史（十二首）其一

嵎谷驶六蜚，华渚策九虹。六蜚无朔南，九虹有西东。昔为瑶光星，今入幽房宫。大宇多阿池，飞跃齐鱼蝚。五钤未可甄，六节畴能通。何不逐离光，绚发歌阴风。

【类型】

五言，12 句。

【笺注】

〔嵎谷驶六蜚，华渚策九虹〕嵎谷，亦作“隅谷”。《列子》卷 5《汤问第五》：“夸父不量力，欲追日影，逐之于隅谷之际，渴，欲得饮，赴饮河渭，河渭不足，将走北饮大泽，未至，道渴而死。”张湛注：“隅谷，虞渊也，日所入。”参见《鸳鸯湖放棹歌》一诗〔虞渊晡〕条笺注、《八埏篇》一诗〔襟以旸谷汧〕条笺注。六蜚，即“六龙”，亦作“六飞”“六騑”，指代太阳，亦指神人驾乘的六只神鹿驱使的仙车，或指皇帝乘驾的六马并辔的马车，代指皇权。《初学记》卷 1《天部上 · 日第二 · 叙事》：“爰止羲和，爰息六螭，是谓悬车。”徐坚注：“日乘车，驾以六龙，羲和御之。日至此而薄于虞泉（即“虞渊”——引者），羲和至此而回。六螭即六龙也。”（据南宋绍兴十七年东阳崇川余四十三郎宅刊本，今本无“即六龙也”四字）《太平御览》卷 906《兽部十八 · 鹿》：“《春秋命历序》曰：皇神驾六飞鹿，化三百岁。”《史记 · 袁盎传》：“圣主不乘危而侥幸。今陛下骋六騑，驰下峻山，如有马惊车败，陛下纵自轻，奈高庙、太后何?”裴骃《集解》：“如淳曰：‘六马之疾若飞。’”参见《日本道中望富士山》一诗〔朱明返羲辔〕条笺注，本诗〔绚发歌阴风〕条笺注。华渚，传说之地。《金楼子》卷 1《兴王篇一》：“少昊帝，金天氏，一号穷桑，二曰白帝、朱宣帝，黄帝之子，姬姓，母曰女节。黄帝时，有大星如虹，下流华渚，意感生少昊于穷桑。”九虹，指君王的女人，祸乱王事。《尔雅注疏》卷 6《释天》：“螮蝀谓之雩。螮蝀，虹也。”郭璞注：“俗名为美人”。《唐开元占经》卷 98《虹蜺占》：“《感精符》曰：九虹俱出，五色从横，或头冲尾，或尾绕头。失节，九女并讹，妃族悉黜，天外若兵起威内夺。京氏曰：蜺有九，皆主身也。专君者以色专爱及君事也。”

〔六蜚无朔南，九虹有西东〕此二句指，太阳东升西落，绝无南北间移动。彩虹为日光所映，也多出现于东西方的天空。《尔雅 · 释训》："朔，北方也。"《诗经 · 鄘风 · 蝃蝀》诗序："蝃蝀，止奔也。卫文公能以道化其民。淫奔之耻，国人不齿也。"《诗经集传》卷 2《鄘一之四 · 蝃蝀》："蝃蝀在东，莫之敢指。女子有行，远父母兄弟。朝隮于西，崇朝其雨。女子有行，远兄弟父母。乃如之人也，怀昏姻也。大无信也，不知命也。"朱熹注："蝃蝀，虹也。日与雨交，倏然成质，似有血气之类，乃阴阳之气不当交而交者。盖天地之淫气也。在东者，莫虹也。虹随日所映，故朝西而莫东也。"朔南，《甲寅杂志》本、《左盦遗诗》续刻本作"南北"。此二句的隐含之意为，有皇帝、皇权，就有与之相应的女宠。

〔昔为瑶光星，今入幽房宫〕瑶光星，又称"破军"，北斗七星斗柄处的第七星。《文选注》卷 2 张平子（衡）《西京赋》："上飞闼而仰眺，正睹瑶光与玉绳。"李善注："《春秋运斗枢》曰：'北斗七星第七曰瑶光。'"《竹书纪年》卷上："帝颛顼高阳氏，母曰女枢，见瑶光之星贯月如虹，感已于幽房之宫，生颛顼于若水。首戴干戈，有圣德，生十年而佐少昊氏，二十而登帝位。"昔为，《甲寅杂志》本作"昔日"。此二句指，母以子贵，女人借为帝王生下子嗣而显贵。

〔大宇多阿池，飞跃齐鱼蝀〕大宇，宇宙，天下。《荀子 · 赋篇第二十六》："此夫大而不塞者与？充盈大宇而不窕入，郄穴而不偪者与？"阿池，本指华清池。《江湖小集》卷 32 朱继芳《静佳乙稿 · 读黄玉溪汤婆传》："君不见汤家阿泉骊山阴，出入宫掖承恩深。只流妃子脂粉气，不暖少陵如铁衾。又不见汤家阿池紫塞上，沉香雾拥将军帐。"林景熙《霁山文集》卷 4《白石稿一 · 汤婆传》："汤婆，温乡人。其先居骊山之阳，得汤泉，因以为氏。……天宝中，上召杨太真，赐浴华清，由散地入直，暄津香液，宠于妃。妃贵，予之沐邑，封温乡君。"咸池，本指太阳"沐浴"之处。《楚辞章句》卷 1 屈原《离骚》："饮余马于咸池兮，总余辔乎扶桑。"王逸注："咸池，日浴处也。"洪兴祖补注："补曰：……《九歌》云：与女沐兮咸池。逸云：咸池，星名。盖天池也。《天文大象赋》云：咸池，浮津而淼漫。注云：咸池三星，天潢南，鱼鸟之所托也。又《七谏》云：属天命而委之咸池。注云：咸池，天神。按：下文言扶桑，则咸池乃日所浴者也。"《淮南子 · 天文训》："日出于旸谷，浴于咸池。"古时常以"咸池"喻指骊山温泉，即指代"华清池"。此二句中之"阿池"，即指"咸池"。《艺文类聚》卷 9《水部下 · 泉》："周庾信《温汤碑》曰：咸池浴日，先应绿甲之图。砥柱浮天，始受玄夷之命。"今嵌于华清池温泉总源西壁的《温泉颂》，北魏元苌作，是华清池现存最早的碑铭实物资料。其文曰："孤忝发轸，咸池分条。"（见《陕西通志》卷 90《艺文六》）毛奇龄《西河集》卷 153《排律 · 驾幸温泉恭赋》："咸池长浴日，华渚自流虹。……起居长乐辇，扈从华清宫。"而"咸池"有更深层的含义——《史记 · 天官书》："西宫咸池"。司马贞《索隐》："《文耀钩》云：西宫白帝，其精白虎。"张守节《正义》："咸池三星，在五车中，天潢南，鱼鸟之所托也。"《晋书 · 天文志》："天潢南三星曰咸池，鱼囿也。"此二句中之"飞跃齐鱼蠑"，即与《史记 · 天官书》张守节《正义》之"鱼鸟之所托"和《晋书 · 天文志》之"鱼囿"相对应。案：咸池，即四象（青龙、白虎、朱雀、玄武）中的"白虎"。依据古时迷信说法，命带"咸池（白虎）"的女子邪淫不贞。《三命通会》卷 2《总论诸神煞》："大忌元辰、咸池同宫，不论男女，皆淫。如男得戊午，多妇人相爱；女得丙子，多男子挑诱。"《滴天髓阐微》卷 1《上篇 · 通神论 · 知命》任铁樵注："桃花咸池，专论女命邪淫。"（见 1947 年 4 月上海大东书局初版 P4）据古时"命理书"，杨贵妃即命带"咸池"。《火珠林 · 占形性 · 论女人性形》："水性为人多变更，未有风来浪自生，若加玄武咸池并，巧似杨妃体态轻。"白居易《白氏长庆集》卷 12《感伤四 · 长恨歌》："杨家有女初长成，养在深闺人未识。天生丽质难自弃，一朝选在君王侧。回头一笑百媚生，六宫粉黛无颜色。春寒赐浴华清池，温泉水滑洗凝脂。侍儿扶起娇无力，始是新承恩泽时。"齐，不倦，乐此不疲。《淮南鸿烈解》卷 19《修务训》："一言而万民齐。"高诱注："齐，无倦。"蠑，同"螽"，蝗虫，蚂蚱。《正字通》申集中《虫部》："蠑，……螽字重文。"蠑，《甲寅杂志》本作"蠓"。

〔五钤未可甄，六节畴能通〕钤，本指车辆的制动装置，引申为限制、控制，如"钤（钳）制"。《重修玉篇》卷 18《金部第二百六十九》："钤，……车辖也。"《集韵》卷 3《僊第二》："甄，察也。"《周礼正义》卷 62《夏官司马 · 校人》："校人掌王马之政。……趣马掌赞正良马，而齐其饮食，简其六节。"孙诒让注："王应电曰：'六节谓行止进退驰骤之节。'"畴，谁。详见《从军苦歌》（七首）其一一诗〔畴〕条笺注。此二句指，皇帝与女宠，男欢女爱，不知节制罢休。

〔离光〕人名，传说中蜀地上古时期的统治者。《古微书》卷 13："帝辰放在位二百五十年，离光次之，号曰皇谈。锐头日角，驾六凤凰，出地，衡治二百五十岁。"孙縠注："按：《因提纪》：辰放氏之后为蜀山氏，蜀之为国，肇自人皇。其始蚕丛、拍濩、鱼凫，各数百岁，最后乃得望帝，杜宇实为满，盖蜀之先也。次有陋傀氏、浑沌氏、东户氏。当是之时，禽兽成群，竹木遂长，道上颜行而不拾遗，耕者余饩宿之陇首。其歌乐而无谣，其哭哀而不声，皆至德之世也。其次，乃至皇覃氏，即离光氏也。”

〔绹发歌阴风〕罗泌《路史》卷 4《前纪四 · 因提纪 · 辰放氏》：“辰放氏，是为皇次屈。渠头四乳，驾六蜚麐，出地郛，而从日月上下天地。与神合谋，古初之人，卉服蔽体。次民氏没，辰放氏作，时多阴风，乃教民搴木茹皮，以御风霜，绹发閐首以去灵雨，而人从之。命之曰：衣皮之人，治三百有五十载。”罗苹注：“宋均注：《春秋命历叙》云：辰放，皇次屈之名也。《洛书》摘亡辟以次是民，即皇次屈，非也。”“同上云：离光次之。”《毛诗正义》卷 8—1《豳风 · 七月》：“昼尔于茅，宵尔索绹。”毛传：“绹，绞也。”绹，《甲寅杂志》本作“綱（网）”，似误。

【略考】

此诗为讽咏“红颜祸水”，女宠乱政。

咏史（十二首）其二

狟神出长淮，六龙带悲音。羲驭有真宅，不必榑桑林。都士歌狐裘，风人慨鱼鬵。驱我白羽车，讴我金天吟。轩台阕灵踪，稷泽今蹄涔。木禾不结实，堇草敷重阴。侧闻群玉山，册府森璆琳。发册披《河图》，华胥无近寻。玉羊阔华峰，金鸡思岱岑。长揖谢泰皇，天栘安可任。

【类型】

五言，20 句。

【笺注】

〔狟神出长淮〕狟神，亦作“駏神”。《集韵》卷 5《上声上 · 语第八》：“駏，……或作狟。”罗泌《路史》卷 3《前纪三 · 循蜚纪》：“狟神氏，人皇氏没，狟神次之，出于长淮，驾六蜚羊，政三百岁，五叶，千五百岁。（见《春秋命历叙》）”

〔六龙带悲音〕六龙，喻指太阳。详见《咏史（十二首）》其一一诗〔嵎谷驶六蜚，华渚策九虹〕条笺注，参见《日本道中望富士山》一诗〔朱明返羲辔〕条笺注。《淮南鸿烈解》卷 3《天文训》：“日出于旸谷，浴于咸池，拂于扶桑，是谓晨明。……至于悲谷，是谓餔时。……至于悲泉，爰止其女，爰息其马，是谓县车。”高诱注：“悲谷，西南方之大壑。言其深峻，临其上令人悲思，故曰悲谷。”《艺文类聚》卷 1《天部上 · 日》：“《山海经》曰：……有女子名曰羲和，浴日于甘泉。羲和者，帝俊之妻，是生十日。”

〔羲驭有真宅，不必榑桑林〕羲驭，指太阳。详见《日本道中望富士山》一诗〔朱明返羲辔〕条笺注。真宅，虚空。参见《大象篇》一诗〔颖关指真宅〕条笺注。榑桑，即“扶桑”。《正字通》辰集中《木部》：“榑，……俗作‘扶’”。传说扶桑为日出之地。参见《日本道中望富士山》一诗〔移屭榑木东〕、〔奇光开澒蒙〕条笺注。《山海经》卷 9《海外东经》：“汤谷上有扶桑，十日所浴，在黑齿北。”郭璞注：“扶桑，木也。”“庄周云：‘昔者十日并出，草木焦枯。’”《淮南子 · 天文训》：“日出于旸谷，浴于咸池，拂于扶桑，是谓晨明。”此二句指，太阳栖于无限虚空，不必在那扶桑之地。榑，《甲寅杂志》本、《左盦遗诗》续刻本作“搏”，似误。

〔都士歌狐裘〕《诗经 · 小雅 · 鱼藻之什 · 都人士》诗序：“都人士，周人刺衣服无常也。古者长民，衣服不贰，从容有常，以齐其民，则民德归壹，伤今不复见古人也。”《诗经集传》卷 5《小雅 · 都人士之什二之八 · 都人士》：“彼都人士，狐裘黄黄。其容不改，出言有章。行归于周，万民所望。”朱熹注：“都，王都也。黄黄，狐裘色也。不改，有常也。章，文章也。周，镐京也。乱离之后，人不复见昔日都邑之盛、人物仪容之美，而作此诗以叹惜之也。”都士，都中之士，泛指居住在都会中之人。《盐铁论》卷 7《国病第二十八》：“世人有言：鄙儒不如都士。”张之象注：“都，美也。都者，鄙之对也。《左传》曰：‘都鄙有章。’《淮南子》云：‘始乎都者，常卒乎鄙。’盖天子所居辇毂之下，声名文物之所聚，故其士女雍容闲雅之态生，故谓之都。”此句以《都人士》用典，喻怀思古人。

〔风人慨鱼鬵〕《毛诗正义》卷 9—2《桧风 · 匪风》诗序：“匪风，思周道也。国小政乱，忧及祸难而思周道焉。”诗：“匪风发兮，匪车偈兮。顾瞻周道，中心怛兮。匪风飘兮，匪车嘌兮。顾瞻周道，中心吊兮。谁能亨鱼，溉之釜鬵。谁将西归，怀之好音。”毛传：“鬵，釜属。”“周道在乎西。怀，归也。”《六臣注文选》卷 37 曹子建（植）《求通亲亲表》：“是以雍雍穆穆，风人咏之。”吕延济注：“风人，诗人也。”此句以《匪风》用典，喻怀思古人。鬵，《甲寅杂志》本作“鬻”。

〔白羽车〕指仙人驾乘之车。葛洪《神仙传》卷 6《李少君》：“安期乘羽车而升天也。”《太平御览》卷 660《道部二 · 真人上》：“《白羽经》曰：太真丈人登白鸾之车，驾黑凤于九源，自天已下，莫不范德。”参见《阴氛篇》一诗〔奇肱蜚羽车〕条笺注。

〔金天吟〕似指张衡的《思玄赋》。《六臣注文选》卷 15 张平子（衡）《思玄赋》：“顾金天而叹息兮，吾欲往乎西嬉。”吕向注：“金天，西方少皞所主也。”《李太白集分类补注》卷 3 李白《上云乐》：“金天之西，白日所没。”杨齐贤注：“西方为金，故西曰金天。”案：古人认为西方为仙佛所居，如西极昆仑、西王母；西天佛祖等。李华

《李遐叔文集》卷 4《咏史十一首》其六："日照昆仑上（一作山），羽人披羽衣。乘龙驾云雾，欲往心无违。此山在西北，乃是神仙国。"《三宝太监西洋记》第二回《补陀山龙王献宝，涌金门古佛投胎》："老祖本是西天的佛祖爷爷"。上句与此句，似与本诗"风人慨鱼鬵"句典源《匪风》中的"谁将西归，怀之好音"亦有呼应。

〔轩台阙灵踪〕轩台，即"轩辕台"。《庾开府集笺注》卷 4 庾信《北园射堂新成》："轩台聊可习。"吴兆宜注："《山海经》：西王母之山有轩辕台，射者不敢西向，畏轩辕之台。"《山堂肆考》卷 172《宫室・台・铸鼎》："岳州君山有轩辕台，一名铸鼎台。黄帝铸鼎荆山之下，鼎成，骑龙上升。唐胡曾诗：'五月扁舟过洞庭，鱼龙吹浪水云腥。轩辕黄帝今何在，回首巴山芦荻青。'"《宋本广韵》卷 5《入声・月第十》："阙，……失也。"灵踪，此处指轩辕黄帝的踪迹。案：轩台在西方"西王母之山"，即昆仑山。

〔稷泽今蹄涔〕《山海经》卷 2《西山经》："丹水出焉，西流注于稷泽。"郭璞注："后稷神所冯（即"凭"——引者），因名云。"《淮南鸿烈解》卷 13《汜论训》："夫牛蹏之涔，不能生鳣鲔。"高诱注："涔，雨水也，满牛蹏迹中，言其小也，故不能生鳣鲔。鳣，大鱼，长丈余，细鳞黄首，白身短头，口在腹下。鲔，大鱼，亦长丈余。仲春二月，从西河上，得过龙门，便为龙。"《正字通》酉集中《足部》："蹏，蹄本字。"案：后稷为周人始祖，居于西方。

〔木禾不结实，堇草敷重阴〕《穆天子传》卷 4："庚寅，至于重䝉氏，黑水之阿，爰有野麦，爰有荅堇。西膜之所，谓木禾。"郭璞注："木禾，粟类也。长五寻，大五围，见《山海经》云。"《文选注》卷 15 张平子（衡）《思玄赋》："发昔梦于木禾兮，谷昆仑之高冈。"李善注："《淮南子》曰：'昆仑之上有木禾焉，其穗长五寻。'《山海经》曰：'帝之下都，昆仑之墟高万仞，上有木禾。长五寻，大五围。'郭璞曰：'木禾，谷类也。'《说文》曰：'嘉谷也。'二月生，八月熟，得中和，故曰禾。木王而生，木衰而死，故曰木禾。"不结实，不结籽实。《说文解字》卷 1 下《艸部》："堇，艸也。根如荠，叶如细柳，蒸食之甘。从艸堇声。"《太平御览》卷 990《药部七・乌头》："堇草，郭璞注曰：即乌头，江东今呼为堇。"《毛诗正义》卷 12—2《小雅・节南山之什・小旻》："旻天疾威，敷于下土。"毛传："敷，布也。"《六臣注文选》卷 18 成公子安（绥）《啸赋》："济洪灾于炎旱，反亢阳于重阴。"李周翰注："云雨谓之重阴也。"堇，《甲寅杂志》本作"堇"，《左盦遗诗》续刻本作"堇"。案：木禾、荅堇均生于西方昆仑山。

〔侧闻群玉山，册府森璆琳〕侧闻，传闻、听说。《列子・天瑞第一》："吾侧闻之，试以告女。”群玉山，西王母所居之处，藏典籍之所。《穆天子传》卷 2：“癸巳，至于群玉之山，……先王之所谓策府。”郭璞注：“即《山海》云群玉山，西王母所居者。”“言往古帝王以为藏书册之府，所谓藏之名山者也。”策府，即册府，帝王藏书之所。森，森列，排列。详见《大象篇》一诗〔百感森忧虞〕条笺注。璆琳，美玉。详见《八埏篇》一诗〔琅峰践为城〕条笺注。《太平御览》卷 38《地部三 · 玉山》：“《穆天子传》曰：天子西征东还，乃循黑水至于群玉之山。天子于是取玉板、玉器、服物，载玉万候。（双玉为珏。半璧为候，见《左传》。）”

〔发册披《河图》〕发册，本指帝王向被册封者颁发册命之书，如册封皇后等。此处指发启典藏。《尚书正义》卷 18《顾命》：“大玉、夷玉、天球、河图，在东序。”毛传：“河图，八卦。伏牺氏王天下，龙马出河，遂则其文以画八卦，谓之河图。”披，翻阅。详见《八埏篇》一诗〔为披《缠璇》章〕条笺注。

〔华胥〕传说中的极乐国度。详见《大象篇》一诗〔列生讔华胥〕条笺注。

〔玉羊阔华峰，金鸡思岱岑〕玉羊、金鸡，是西岳华山、东岳泰山之灵。《易纬是类谋》：“太山失金鸡，西岳亡玉羊。鸡失羊亡，臣从恣主方佯。”郑玄注：“金鸡、玉羊，二岳之精。为玉羊推义宜然，未昔闻也。”“五岳之灵，主生贤佐，以因王者。故《诗》云：‘嵩高维岳，峻极于天。维岳降神，生甫及申。维申及甫，维周之翰。’鸡失羊亡，谓不复生贤辅佐，故臣放恣其欲，而至方佯，无所主之也。”《太平御览》卷 5《天部五 · 星上》：“《易是类谋》曰：‘……太山失金鸡，西岳亡玉羊。’太山失金鸡者，箕星亡也。箕者，风也。风动鸡鸣。今箕候亡，故鸡亦亡也。西岳亡玉羊者，羊星在未，未为羊。臣纵恣，万人愁不祥。”华峰，即太华峰，指华山。《全唐诗》卷 338 韩愈《古意》：“太华峰头玉井莲，开花十丈藕如船。”（第 5 册 P3794）另参见《咏史（十二首）》其八一诗〔太华缭其东〕条笺注。岱岑，泰山。《尚书正义》卷 3《舜典》：“岁二月，东巡守至于岱宗。”孔传：“岱宗，泰山，为四岳所宗。”《全唐诗》卷 216 杜甫《望岳》：“岱宗夫如何，齐鲁青未了。”（第 4 册 P2253）《尔雅 · 释诂》：“阔，远也。”

〔泰皇〕《史记 · 秦始皇本纪》：“古有天皇，有地皇，有泰皇，泰皇最贵。”司马贞《索隐》：“天皇、地皇之下即云泰皇，当人皇也。而《封禅书》云：‘昔者太帝使素女鼓瑟而悲’，盖三皇已前称泰皇。一云泰皇，太昊也。”参见本诗〔狙神出长淮〕条笺注。泰，《甲寅杂志》本作“秦”。

〔天椓安可任〕天，似应作“夭”。《诗经今注 · 节南山之什 · 正月》：“天夭是椓。”高亨注：“夭，借为妖。天妖，天上的妖魔，指统治贵族。椓，击也。即摧残剥削。”（上海古籍出版社 1980 年 10 月第 1 版 P279—280）安可任，如何能够承受。详见《花园镇关帝庙夜宿》一诗〔羁思安可任〕条笺注。天，《甲寅杂志》本、《左盦遗诗》续刻本作“夭”。

【略考】

海纳川《冷禅室诗话 · 刘师培》：“刘申叔先生（师培），古文大家，诗学巨子。读所作《咏史》诗，斑剥陆离，如见周秦古器。诗云：‘犷神出长淮，六龙带悲音。羲驭有真宅，不必搏桑林。都士歌“狐裘”，风人慨“鱼鬵”。驱我白羽车，讴我《金天吟》。轩台阒灵踪，稷泽今蹄涔。木禾不结实，堇草敷重阴。侧闻群玉山，册府森璆琳。发册披《河图》，华胥无近寻。玉羊阔华峰，金鸡思岱岑。长揖谢（秦）〈泰〉皇，夭椓安可任。’又‘驾言适亳都，东眺洪河流。薄亭亘其西，太华缭其陬。火钺颎炎华，纰罽鲜霜旒。黄鳞为沈圭，白狼供衔钩。三腰荐玉瑶，九囿桴珙球。间君何为然，佥云荷天休。镳宫有吉灵，江水多败舟。骏庞昔异逵，貌貙今同邱。勿逐牟光尘，蓼溪非澄湫。’李义山《韩碑》有云：‘点窜《尧典》《舜典》字，涂改《清庙》《生民》诗。’先生与昌黎，殆后先辉映矣。”（《民国诗话丛编》第 2 册 P709—710，上海书店 2002 年 12 月第 1 版）

咏史（十二首）其三

素矩无堮垠，雕俗颠檜恒。不闻朱紘越，宁知玄酒升。五德箢始终，三正轮废兴。殷乐付挚干，夏祀余杞鄫。栾释车前辙，彩帛弘岐缯。昔履芃野霜，今睹明都冰。否泰有平诐，高深移谷陵。杂县殉鼓钟，丹凤怡巢橧。所以漆园叟，长跂抟扶鹏。

【类型】

五言，18 句。

【笺注】

〔素矩无堮垠〕素矩，指本原、朴素的习俗、规矩。《宋大诏令集》卷 36《皇女一 · 封拜一 · 皇第十一女封永寿公主制（嘉祐六年三月壬寅）》：“蹈珩璜之素矩，服图史之前箴。”邹守益《东廓邹先生文集》卷 2《序类 · 虔州申赠》：“故匪廉、匪明、匪正、匪慎、匪断，举弗矩也。公执素矩以往，其患弗方乎？”《古音骈字》卷下《仄韵 · 十药》：“垠堮，崖岸曰垠堮。”此句指，本原、朴素的习俗让民情顺畅，社会各方无碍。

〔雕俗颠楮恒〕雕俗，浮华虚伪的风俗。《管子》卷2《七法第六》："一体之治者，去奇说，禁雕俗也。"尹知章注："雕俗，谓浮伪之俗。"《说文解字》卷6上《木部》："楮，柱砥。古用木，今以石。从木耆声。《易》：'楮恒，凶。'"《周易·恒》："上六，振恒，凶。象曰：振恒在上，大无功也。"惠士奇《惠氏易说》卷3："上六，振恒，凶。按：振恒，《说文》作'楮恒'。楮，柱砥也。后世用石，古用木。震、巽皆木。震，阳木。巽，阴木。故取象于楮。楮当在下，今反在上。故《象》曰：'楮恒在上，大无功也。'"此句指，浮华虚伪的风俗，让本末倒置，上下颠倒。

〔不闻朱絃越，宁知玄酒升〕《史记·礼书》："朱弦洞越，大羹玄酒，所以防其淫侈，救其雕敝。是以君臣、朝廷、尊卑、贵贱之序，下及黎庶车舆、衣服、宫室、饮食、嫁娶、丧祭之分，事有宜适，物有节文。"裴骃《集解》："郑玄曰：'弦，练朱丝弦也。越，瑟底孔。'""郑玄曰：'大羹，肉湆不调以盐菜也。'玄酒，水也。"司马贞《索隐》："雕谓雕饰也，言雕饰是奢侈之弊也。"《礼记正义》卷37《乐记第十九》："礼乐皆得谓之有德。德者，得也。是故乐之隆，非极音也。食飨之礼，非致味也。清庙之瑟，朱弦而疏越，壹倡而三叹，有遗音者矣。大飨之礼，尚玄酒而俎腥鱼。大羹不和，有遗味者矣。是故先王之制礼乐也，非以极口腹耳目之欲也，将以教民平好恶，而反人道之正也。"孔颖达疏："朱弦谓练朱丝为弦，练则声浊也。越谓瑟底孔也，疏通之使声迟，故云'疏越'。弦声既浊，瑟音又迟，是质素之声，非要妙之响。……大飨之礼尚玄酒，而俎腥鱼，大羹不和，有遗味者矣者。此覆上飨之礼，非致味也。"宁（寧），《甲寅杂志》本作"甯"。

〔五德筦始终〕《史记·封禅书》："自齐威、宣之时，驺子之徒，论著终始五德之运，及秦帝而齐人奏之，故始皇采用之。"裴骃《集解》："韦昭曰：'名衍。'""如淳曰：'今其书有《五德始终》。五德各以所胜为行。秦谓周为火德，灭火者水，故自谓之水德。'"《后汉书·冯衍传》："究阴阳之变化兮，昭五德之精光。"李贤注："五德，五行之德也。施之于物则为金木水火土，施之于人则为仁义礼智信也。"《汉书·刘向传》："周大夫尹氏筦朝事。"颜师古注："筦，与管同。"参见《甲辰年自述诗（其三十七）》一诗〔邹衍而后此一人〕条笺注。

〔三正〕夏商周三代使用的不同历法，亦指代夏商周三代。《文献通考》卷85《郊社考十八·八蜡》："夏正建寅，殷正建丑，周正建子，三正不同。"

〔殷乐付挚干〕殷乐，指商代的雅乐。挚、干，皆商周时的宫廷乐师。《日知录集释》卷2《少师》："《论语》之少师阳，则乐官之佐，而《周礼》谓之小师者也。故

《史记》言纣之将亡，其太师疵、少师强抱其乐器奔周。”黄汝成《集释》：“杨氏曰：《古今人表》以挚、干、缭，皆作纣之乐官。”《文献通考》卷 128：“周室既衰，雅乐渐废，淫声迭起。夫子欲起而正之，而不得其位，以行其志。然当时虽以优伶贱工，犹有所守，而不轻为流俗所移。如师旷止濮上之音，挚、干而下，至逾河蹈海，以避世者，必以不能谐世俗之乐故也。”

〔夏祀余杞鄫〕商周时，消灭前朝后，不绝其祭祀，故对其族裔亦有分封，以奉其祭祀。如商灭夏，封其后代于杞、鄫，周灭商，封其后代于宋。《春秋左传正义》卷 17《僖公 31 年》：“鬼神非其族类，不歆其祀，杞、鄫何事？”杜预注：“杞、鄫，夏后，自当祀。”

〔栾释车前辙〕栾，通“鸾”“銮”，指“鸾车”，挂有銮铃的车辆。《史记 · 封禅书》：“春夏用骍，秋冬用駵。畤驹四匹，木禺龙栾车一驷，木禺车马一驷，各如其帝色。”司马贞《索隐》：“栾车，谓车有铃，乃有和栾之节，故取名也。”《周礼注疏》卷 40《冬官考工记》：“凫氏，为钟，两栾谓之铣。”陆德明《音义》：“栾，本又作鸾。”《汉书 · 文帝纪》：“故高帝设之以抚海内，今释宜建而更选于诸侯宗室，非高帝之志也。”颜师古注：“释，舍也。”此句的字面意思指，车辆舍弃了前车碾压出的车辙沟痕而不用。其隐含之意为，后人对前人的作为改弦易辙。栾释，《左盦遗诗》续刻本作“栾绎”。

〔彩帛弘岐缯〕岐，有“并”“双”之义。《释名 · 释道第六》：“二达曰岐旁。物两为岐，在边曰旁。此道并通出似之也。”《文选注》卷 2 张平子（衡）《西京赋》：“岐梁汧雍。”薛综注：“《说文》曰：岐山在长安西美阳县界，山有两岐，因以名焉。”《说文解字注》卷 13 上《糸部》：“缣，并丝缯也。”段注：“谓骈丝为之。双丝缯也。”《释名 · 释彩帛第十四》：“缣，兼也。其丝细致，数兼于布绢也。细致染缣为五色，细且致，不漏水也。”《玉台新咏》卷 1《古诗八首》其一：“上山采蘼芜，下山逢故夫。长跪问故夫，新人复何如。新人虽言好，未若故人姝。颜色类相似，手爪不相如。新人从门入，故人从阁去。新人工织缣，故人工织素。织缣日一匹，织素五丈余。将缣来比素，新人不如故。”弘，大。引申为“优于”。《尔雅 · 释诂》：“弘，……大也。”《华阳国志》卷 10 上《蜀郡士女 · 子云（扬雄——引者）》：“赋莫弘于《离骚》，故反屈原而广之。”白居易《白氏长庆集》卷 47《才识兼茂明于体用科策一道》：“陛下之道已弘于前代，臣之才识劣于古人。”此句暗喻，新不如故，旧优于新。是与上句的呼应。岐，《甲寅杂志》本作“歧”。《正字通》辰集下《止部》：“歧，同岐。”

〔艽野〕《毛诗正义》卷 13—1《小雅 · 谷风之什 · 小明》:“我征徂西，至于艽野。”毛传:“艽野，远荒之地。”

〔明都〕《史记 · 夏本纪》:“道荷泽，被明都。”裴骃《集解》:“孔安国曰:‘荷泽在胡陵。明都，泽名，在荷东北，水流溢覆被之。’”司马贞《索隐》:“荷泽在济阴定陶县东。明都音孟猪。孟猪泽在梁国睢阳县东北。《尔雅》《左传》谓之‘诸’，今文亦为然，唯《周礼》称‘望诸’，皆此地之一名。”王应麟《诗地理考》卷 6《陈》:“明猪。《禹贡》谓之孟猪，《职方氏》谓之望诸，《春秋传》谓之孟诸，《史记》谓之明都，《汉志》谓之盟猪，其实一也。《郡县志》:‘孟诸泽在宋州虞城县西北十里，周回五十里，俗号盟诸泽。’今应天府。”冰，《甲寅杂志》本作“氷”。

〔否泰有平诐〕否泰，凶吉、衰盛。《云笈七签》卷 63《金丹诀 · 上篇 · 旨教五行内用诀》:“否极泰来，阴尽阳生，皆顺天道而为也。”《楚辞章句》卷 16 刘向《九叹 · 离世》:“不从俗而诐行兮”。王逸注:“诐，犹倾也。”此句指，事情有吉与凶，道路有平坦和坎坷。诐，《甲寅杂志》本作“陂”。

〔高深移谷陵〕谷，低洼之地。陵，土丘。此句指，有低洼的谷地，也有高耸的土丘。上句与此句皆指人事有吉凶盛衰。

〔杂县殉鼓钟〕《尔雅注疏》卷 10《释鸟第十七》:“爰居，杂县。”郭璞注:“《国语》曰:‘海鸟，爰居。’汉元帝时，琅邪有大鸟，如马驹，时人谓之爰居。”《庄子集释》卷 6 下《(外篇）至乐第十八》:“昔者海鸟，鲁侯御而觞之于庙，奏九韶以为乐，具太牢以为膳。鸟乃眩视忧悲，不敢食一脔，不敢饮一杯，三日而死。”郭庆藩引成玄英疏:“昔有海鸟，名曰爰居，形容极大，头高八尺，避风而至，止鲁东郊。”《国语》卷 4《鲁语上》:“海鸟曰爰居，止于鲁东门之外三日。臧文仲使国人祭之。”韦昭注:“爰居，杂县也。”《史记 · 贾生列传》:“贪夫徇财兮，烈士徇名。”裴骃《集解》:“瓒曰：以身从物曰殉。”司马贞《索隐》:“臣瓒云：亡身从物谓之殉也。”鼓钟，喻指祭祀。此句指，鲁国淫祀海鸟爰居，反而害了其性命。

〔丹凤怡巢橧〕《禽虫述》:“鸾，一曰鸡趣。体备五色，声中五音。应颂声音而至，集德舆而鸣。首翼赤曰丹凤，青曰羽翔，白曰化翼，玄曰阴翥，黄曰土符。”《礼记正义》卷 21《礼运》:“昔者先王未有宫室，冬则居营窟，夏则居橧巢。”郑玄注:“寒则累土，暑则聚薪柴，居其上。”

〔漆园叟〕指庄子，详见《赋得八指头陀诗三首》(其三）一诗〔蒙庄〕条笺注。

〔长跂抟扶鹏〕跂，同“企”，盼望、企望。详见《冬日旅沪作》一诗〔襂绯伎鞶骓〕条笺注。《庄子 · 逍遥游第一》："鹏之徙于南冥也，水击三千里，抟扶摇而上者九万里，去以六月息者也。"

咏史（十二首）其四

泰符阐元宫，燎彩开神州。驾言发奉高，上陟梁甫丘。龙检舒玉苞，凤牒涵金谬。上有丹陵甑，下有山车勾。捔功齐百王，陪毂驰元侯。东皇傥可臻，帝德诚无逑。岱云不崇朝，玄景惊西流。绿蓂恋华春，黄芝怨藻秋。灵运有诎伸，譬彼寒暑周。借问悲泉女，宁知玉仪游。

【类型】

五言，20 句。

【笺注】

〔泰符阐元宫〕泰符，祥瑞之兆。王洋《东牟集》卷 4《七言律诗 · 赠吉父得女孙》："两两星阶协泰符，为嘉瑞雪胜维旟。"《说文解字》卷 12 上《门部》："阐，开也。"元宫，即"玄宫"，指帝王宫殿，亦指仙人所居之宫殿，为避清圣祖讳改。《史记 · 天官书》："后六星绝汉抵营室，曰阁道。"张守节《正义》："营室七星，天子之宫，亦为玄宫，亦为清庙，主上公，亦天子离宫别馆也。王者道被草木，营室历九象而可观。"《汉书 · 外戚下 · 孝成班婕妤传》载其《自悼赋》："潜玄宫兮幽以清，应门闭兮禁闼扃。"《云笈七签》卷 7《三洞经教部 · 琼札》："玄书既刻于玉章，绛名始刊于灵阙。四遇三元于玄宫，六造五老于灵室。"

〔燎彩开神州〕《六臣注文选》卷 25 刘越石（琨）《答卢谌》："火燎神州，洪流华域。"李善注："火燎洪流，以喻乱也。《尚书》曰：'若火之燎于原。'《河图括地象》曰：昆仑东，地方千里，名曰神州。《孟子》曰：'洪水横流，氾滥天下。'"吕延济注："神州，华域，皆帝乡也。洪流，大水也，喻群贼横乱，竞相奔逐，如大水燎火之漂焚而为患于其中国也。"《宋广韵本》卷 4《去声 · 笑第三十五》："燎，照也。"《史记 · 孟子列传》引驺（邹）衍"《终始》《大圣》之篇"："中国名曰赤县神州。"详见《感事八首》（其七）一诗〔瀛海初消鹬蚌争〕条笺注。

〔驾言发奉高〕《诗经今注今译 · 邶风 · 泉水》："驾言出游，以写我忧。"马持盈注："驾：驾车。言：语助词。"（台湾商务印书馆 1979 年 3 月六版 P59）《水经注》卷 24《汶水》："又西南过奉高县北。"郦道元注："奉高县，汉武帝元封元年立，以奉泰山之祀，泰山郡治也。”《元和郡县图志》卷 11《河南道 · 兖州》：“乾封县，本齐之博邑。延陵季子适齐，子死，葬于嬴博之间。至汉武帝封禅，分嬴博二县，立奉高县，以奉泰山之祀。后魏改博县为博平。隋开皇十七年，改博平为博城县。乾封元年，高宗封岳，析长安以置乾封。长安元年废，乃于岱山下改博城县为乾封县，属兖州。”

〔上陟梁甫丘〕《说文解字》卷 14 下《𨸏部》：“陟，登也。”梁甫丘，即“梁父山”，在泰山东南约 25 公里，海拔不足 300 米。《史记 · 封禅书》：“秦缪公即位九年，齐桓公既霸，会诸侯于葵丘，而欲封禅。管仲曰：‘古者封泰山，禅梁父者，七十二家’。”张守节《正义》：“《括地志》云：梁父山在兖州泗水县北八十里也。”《水经注》卷 24《汶水》：“过博县西北。”郦道元注：“又径梁父县故城南，县北有梁父山。《开山图》曰：泰山在左，亢父在右。亢父知生，梁父主死。王者封泰山，禅梁父，故县取名焉。”丘，《甲寅杂志》本、《左盦遗诗》续刻本作“邱”。

〔龙检舒玉苞，凤牒涵金漻〕龙检、凤牒，指帝王封禅时进献上天的“封神之文”，其内容曾秘而不宣，至唐玄宗封禅时，其文始有公布。《文苑英华》卷 761《封禅 · 封禅议一首》颜师古《封禅议》：“玉牒玉检，式韫灵琦（《会要》作‘事韬灵琦’）。”《说文解字注》卷 6 上《木部》：“检，书署也。”段注：“书署谓表署书函也。《后汉 · 祭祀志》曰：‘尚书令奉玉牒检，皇帝㠯二分玺亲封之讫，太常命人发坛上石。尚书令藏玉牒已，复石覆讫。尚书令以五寸印封石检。’按上云玉牒检者，玉牒之玉函也。所谓玉检也，下云石检者，上文云石覆讫是也。检以盛之，又加以玺印。《周礼》注曰：玺节、印章，如今斗检封矣。《广韵》云：‘书检者，印窠封题也。’则通谓印封为检矣。”《说文解字》卷 7 上《片部》：“牒，札也。”《宋本广韵》卷 5《入声 · 怗第三十》：“牒，……书版曰牒。”《史记 · 孝武本纪》：“封泰山下东方，如郊祠泰一之礼。封广丈二尺，高九尺，其下则有玉牒书，书秘。”《汉书 · 武帝纪》：“夏四月癸卯，上还登封泰山。”颜师古注：“孟康曰：王者功成治定，告成功于天。封，崇也，助天之高也。刻石纪号，有金策石函，金泥玉检之封焉。”《大唐新语》卷 13《郊禅第三十》：“开元十三年，玄宗既封禅，问贺知章曰：‘前代帝王，何故秘玉牒之文？’知章对曰：‘玉牒本通神明之意。前代帝王所求各异，或祷年算，或求神仙，其事微密，故外人莫知之。’玄宗曰：‘朕今此行，皆为苍生祈福，更无私请，宜将玉牒示百寮。’词曰：‘有唐嗣天子臣某乙，敢昭告于昊天上帝：天启李氏，运兴土德。高祖、太宗，受命立极。高宗升平，六合殷盛。中宗绍复，继体丕定。上帝眷佑，锡臣忠武。底绥内难，翼戴圣父。恭承大宝，十有三年。敬若天意，四海宴然。封祀岱岳，谢成于天。子孙百禄，苍生受福。'"《古微书》卷 25《论语纬 · 论语比考谶》："仲尼曰：吾闻尧舜等游首山，观河渚，乃有五老游河渚。一曰:《河图》将来告帝期。二曰:《河图》将来告帝谋。三曰:《河图》将来告帝书。四曰:《河图》将来告帝图。五曰:《河图》将来告帝符。有顷，赤龙衔玉苞，舒图刻版，题命可卷，金泥玉检，封盛书。咸曰：知我者，重瞳也。五老乃为流星，上入昴。"《古微书》卷 18《礼稽命征》："其五行之序，则木爇生火，火炖生土，土丱生金，金漻生水，水液生木。"漻，《甲寅杂志》本作"璆"。

〔丹陵甑〕丹陵，帝尧的出生地，此处指尧。《艺文类聚》卷 11《帝王部一 · 帝尧陶唐氏》："《帝王世纪》曰：帝尧陶唐氏，祁姓也。母庆都孕十四月而生尧于丹陵，名曰放勋。"丹甑，传说中"不炊而自熟"的炊具，古人认为祥瑞。《太平御览》卷 757《器物部二 · 甑》："《白虎通》曰：王者德至，山林丹甑见。"《宋书 · 符瑞志下》："丹甑，五谷丰孰则出。"《古微书》卷 19《礼斗威仪》："王者盛德，则出丹甑。"《蜀中广记》卷 68《方物记第十 · 服用》："丹甑不炊而自熟，玉皋不汲而常满。"《礼记正义》卷 22《礼运》："故天降膏露，地出醴泉，山出器车。"郑玄注："器谓若银瓮、丹甑也。"《说文解字注》卷 12 下《瓦部》："甑，甗也。"段注："《考工记》：陶人为甑，实二鬴，厚半寸，唇寸，七穿。按：甑所以炊烝米为饭者，其底七穿，故必以箅蔽甑底。而加米于上，而餴之，而馏之。"

〔山车勾〕指舜帝的圣德大治。《太平御览》卷 773《车部二 · 叙车下》："《孝经援神契》曰：虞舜德盛于山陵，故山车出。山车，自然之物也，山藏之精，与象车相似。舜德盛，山车有垂绥。"《礼记正义》卷 22《礼运》："故天降膏露，地出醴泉，山出器车。"孔颖达疏："山出器车，案:《礼纬斗威仪》云：'其政太平，山车垂钩。'注云：'山车，自然之车。垂钩不揉治，而自圆曲。'"《古微书》卷 28《孝经援神契》："虞舜德盛于山陵，故山车出。山者，自然之物也，山藏之精，与象车相似。舜时德盛，山车有䍃缓。"

〔捔功齐百王〕《白虎通义》卷 3 上《巡狩 · 祭天告祖祢载迁祖义》："巡狩必祭天，何本？巡狩为天，祭天所以告至也（旧脱'必'字，下句作本名'巡狩为祭天告至'。今据《御览》共补五字）。"同上书同卷《巡狩 · 五岳四渎》："岳者何谓也？岳之为言捔，捔功德。东方为岱宗者，言万物更相代于东方也。"（卢文弨《抱经堂丛书》本）捔，通"角"，角力、较量。《集韵》卷 9《入声上 · 觉第四》："捔，……通作角。"百王，齐桓公之前，有 72 位帝王曾至泰山封禅，详见本诗〔上陟梁甫丘〕条笺注。捔，《甲寅杂志》本作"犄"，似误。

〔陪毂驰元侯〕陪毂，随侍在最重要人物旁边侍从的车辆。《冷庐杂识》卷 8《重次千字文汇编跋》："骡跃犖驰，摄衣陪毂。"《春秋左传正义》卷 29《襄公四年》："天子所以享元侯也。"杜预注："元侯，牧伯。"孔颖达疏："诸侯之长也。"齐桓公春秋称霸后，于葵丘大会诸侯，欲封禅。参见本诗〔上陟梁甫丘〕条笺注。

〔东皇傥可臻〕《楚辞补注》卷 2 屈原《九歌 · 东皇太一》，洪兴祖补注："五臣曰：'……太一，星名。天之尊神，祠在楚东，以配东帝，故云东皇。'补曰：《汉书 · 郊祀志》云：'天神，贵者太一。太一佐曰五帝。古者天子以春秋祭太一东南郊。'《天文志》曰：'中宫天极星，其一明者，太一常居也。'《淮南子》曰：'太微者，太一之庭；紫宫者，太一之居。'说者曰：'太一，天之尊神，曜魄宝也。'《天文大象赋》注云：'天皇大帝，一星在紫微宫内，勾陈口中。其神曰曜魄宝，主御群灵，秉万机神图也。其星隐而不见。其占以见则为灾也。'又曰：'太一一星，次天一南，天帝之臣也。主使十六龙，知风雨、水旱、兵革、饥馑、疾疫，占不明反移为灾。'"《重修玉篇》卷 26《至部第四百十五》："臻，……至也。"傥（儻），《甲寅杂志》本作"倘"。

〔帝德诚无逑〕帝德，帝王之德，亦特指帝尧之德。《书传》卷 3《大禹谟》："益曰：都，帝德广运"。苏轼注："舜特申之曰：是德也，惟尧能之，他人不能也。"《史记 · 五帝本纪》："命十二牧论帝德，行厚德，远佞人。"张守节《正义》："舜命十二牧论帝尧之德。"《重修玉篇》卷 10《辵部第一百二十七》："逑，……匹也，合也。"

〔岱云不崇朝〕《论衡》卷 13《效力篇》："山大者，云多。泰山不崇朝，而徧雨天下。"同上书卷 15《明雩篇》："如云雨者，气也。云雨之气何用歆享？触石而出，肤寸而合，不崇朝而遍雨天下，泰山也。泰山雨天下，小山雨国邑。"《毛诗正义》卷 3—2《鄘风 · 蝃蝀》："朝隮于西，崇朝其雨。"毛传："崇，终也。从旦至食时为终朝。"

〔玄景惊西流〕玄景，夜色。《六臣注文选》卷 29 傅休奕（玄）《杂诗》："摄衣步前庭，仰观南雁翔。玄景随形运，流响归空房。"吕向注："景，影也。谓雁影映于月光而色玄也。"西流，夕阳西下。《文选》卷 25 刘越石（琨）《重赠卢谌一首》："功业未及建，夕阳忽西流。"

〔绿蓂恋华春〕《艺文类聚》卷 39《礼部中 · 籍田》："梁简文帝（萧纲——引者）和诗曰：……三春润蓂荚，七月待鸣蝉。"《宋本广韵》卷 2《下平声 · 青第十五》："蓂，蓂荚。尧时生于庭，随月凋荣。"《竹书纪年》卷上："又有草荚阶而生。月朔始生一荚，月半而生十五荚。十六日以后，日落一荚。及晦而尽月小，则一荚焦而不落，名曰蓂荚。一曰历荚。"此句指，绿色的蓂荚喜欢万物萌生的春天。

〔黄芝怨藻秋〕黄芝，即“黄精”，药用植物，传说为仙家长寿之物。一般至秋季，采摘其根状茎。《格致镜原》卷 26《饮食类（六）·（附）药饵·散》：“《后汉·方术》：……‘青黏，生丰沛彭城及朝歌间。’注：‘青黏，一名地节，一名黄芝。’”《本草纲目》卷 12 上《草之一·萎蕤》李时珍《发明》：“青黏，一名黄芝，与黄精同名。”《三国志·魏书·华佗传附樊阿传》：“佗授以漆叶青黏散，漆叶屑一升，青黏屑十四两，以是为率。言久服去三虫，利五藏，轻体，使人头不白。阿从其言，寿百余岁。”藻，美也。《文选注》卷 9 潘安仁（潘安，本名潘岳）《射雉赋》：“敷藻翰之陪鳃。”李善注：“藻翰，翰有华藻也。”《唐诗拾遗》卷 8 李颀《赠别张兵曹》：“荀令焚香日，潘郎振藻秋。”此句指，黄芝（因秋季会被采摘，而）怨恨华美的秋季。

〔灵运有诎伸〕灵运，天命、大运。《艺文类聚》卷 10《符命部·符命·颂》：“魏傅遐《皇初颂》云：……应灵运以承统，排阊阖以龙升。”诎伸，顺逆、动止。《淮南子·兵略训》：“动作周还，倨句诎伸，可巧诈者，皆非善者也。善者之动也，神出而鬼行，星耀而玄逐；进退诎伸，不见朕垐。”

〔譬彼寒暑周〕此句指，好比寒暑季节周而复始，更相叠替。彼，《甲寅杂志》本、《左盦遗诗》续刻本作“若”。

〔借问悲泉女〕悲泉，传说中的地名，后引申为悲叹时光易逝。详见《咏史（十二首）》其二一诗〔六龙带悲音〕条笺注。《论衡校释》卷 30《自纪篇》：“年渐七十，时可悬舆。”黄晖注：“《淮南子》曰：‘至于悲泉，爰止其女，爰息其马，是谓县舆。’旧说云：‘日在县舆，一日之暮；人年七十，亦一世之暮，而致其政事于君，故曰县舆致仕也。亦有作县车者。’”（中华书局 1990 年 2 月第 1 版 P1208）

〔宁知玉仪游〕玉仪，浑天仪的别称。《晋书·天文志上·仪象》：“《虞书》曰：‘在璇玑玉衡，以齐七政。’《考灵曜》云：‘分寸之晷，代天气生，以制方员。方员以成，参以规矩。昏明主时，及命中星观玉仪之游。’郑玄谓以玉为浑仪也。《春秋文曜钩》云：‘唐尧即位，羲和立浑仪。’此则仪象之设，其来远矣。”玉仪之游，指天体运行，全部体现在小小的浑天仪之上。上句与此句指，问问那悲泉慨叹人生短暂的女子，哪里知道还有星际间无边无际，无始无终的漫游。宁（寧），《甲寅杂志》本作“甯”。

咏史（十二首）其五

春宾嵎夷日，秋饯柳谷阳。璿轮运七机，尺玉无停衡。岂无瑶华珍，畴能久芬芳。解珍贻所钦，辞我文府堂。卿云亘中天，八伯休褰裳。不见大鹿野，淡然歌帝唐。

【类型】

五言，12 句。

【笺注】

〔春宾嵎夷日〕嵎夷，东夷之地，日出之处。《尚书正义》卷 2《尧典》："分命羲仲宅嵎夷，曰旸谷。寅宾出日，平秩东作。"毛传："宅，居也。东表之地，称嵎夷。旸，明也。日出于谷，而天下明。故称旸谷。旸谷、嵎夷一也。""寅，敬。宾，导。秩，序也。岁起于东而始就耕，谓之东作。东方之官敬导出日，平均次序东作之事，以务农也。"陆德明《音义》："嵎，音隅。马云：嵎，海嵎也。夷，莱夷也。《尚书考灵曜》及《史记》作'禺銕'。……马云：旸谷、海嵎，夷之地名。"参见《再渡日本舟中作》一诗〔郁夷瞰峻巍〕条笺注。此句指，春天，在东方嵎夷之地，迎接（引导）日出。

〔秋饯柳谷阳〕《尚书正义》卷 2《尧典》："分命和仲宅西，曰昧谷。寅饯纳日，平秩西成。"毛传："昧，冥也。日入于谷，而天下冥，故曰昧谷。昧谷曰西，则嵎夷东可知。此居治西方之官，掌秋天之政也。""饯，送也。日出言导，日入言送，因事之宜。秋，西方万物成，平序其政，助成物。"《周礼注疏》卷 8《天官冢宰 · 缝人》："衣翣柳之材。"郑玄注："柳之言聚，诸饰之所聚。《书》曰：'分命和仲，度西，曰柳谷。'"《周礼正义》卷 15《天官冢宰 · 缝人》："衣翣柳之材。"孙诒让《正义》引贾逵疏："贾疏曰：'是济南伏生《书》传文，故曰"度西，为柳谷"'。见今《尚书》云：'宅西，曰昧谷'。度亦居也。柳者，诸色所聚。日将没，其色赤，兼有余色，故云柳谷。"此句指，秋天，在西方柳谷之地，恭送日落。

〔璿轮运七机〕璿轮，即"璿玑"，亦作"璇玑"，古代测量天体运行的仪器。七机，即"七政"，指日月及金木水火土五星。参见下句笺注"蔡沈注"。《云笈七签》卷 53《太上丹景道精隐地八术》："第七，回晨转玄之术。……祝曰：太微九玄，化为螣蛇。回轮五星，运转七机。"《尚书正义》卷 3《舜典》："在璇玑玉衡，以齐七政。"孔传："在，察也。璇，美玉。玑衡，王者正天文之器，可运转者。七政，日月五星各异政。"孔颖达疏："七政，谓日月与五星也。木曰岁星，火曰荧惑星，土曰镇星，金曰太白星，水曰辰星。"此句指，璇玑浑仪，演示着日月五星的运转。运，《甲寅杂志》本作"连"，似误。

〔尺玉无停衡〕尺玉，本指一尺左右长的柱状玉石，此处指古代测量天体运行的“玉衡”。《书经集传》卷 1《舜典》：“在璇玑玉衡，以齐七政。”蔡沈注：“在，察也。美珠谓之璇。玑，机也。以璇饰玑，所以象天体之转运也。衡，横也，谓衡箫也。以玉为管，横而设之，所以窥玑而齐七政之运行。犹今之浑天仪也。”此句指，尺把长的玉衡，演示着永无停息的天体运行。

〔瑶华珍〕玉白色的花朵。详见《扫花游 · 宿迁道中见杏花》一词〔瑶华〕条笺注。

〔畴〕谁。详见《从军苦歌》（七首）其一一诗〔畴〕条笺注。上句与此句指，难道没有洁白如玉的花朵，但什么花能永葆绽放芬芳？

〔解珍贻所钦〕此句指，拿出珍爱之物赠送给自己敬重的人。

〔文府堂〕《六臣注文选》卷 26 王僧达《答颜延年》：“珪璋既文府，精理亦道心。”吕延济注：“珪璋，玉也，喻长卿（指司马相如——引者）。文府谓文章为府库之富。”

〔卿云亘中天，八伯休褰裳〕卿云，即“庆云”，祥瑞之云。《春秋左传正义》卷 48《昭公十七年》：“昔者黄帝氏以云纪，故为云师而云名。”孔颖达疏：“明其初受天命有云瑞也，云之为瑞，未能审也。《史记 · 天官书》曰：‘若烟非烟，若云非云，郁郁纷纷，萧索轮囷，是为卿云。’或作庆云，或作景云。《孝经援神契》曰：‘德至山陵，则景云出。’服虔云：‘黄帝受命得景云之瑞，故以云纪事。’黄帝云瑞，或当是景云也。”《增修互注礼部韵略》卷 4《去声 · 四十八嶝》：“亘，……延袤也。”中天，天空。详见《沪上送陈佩忍至杭州》一诗〔南箕曜中天〕条笺注。《太平御览》卷 571《乐部九 · 歌二》：“《尚书大传》曰：维五（纪）〈祀〉奏钟石，论人声（始欲改尧乐）。及乃鸟兽咸变于前（百兽率舞之属）。秋养耆老，而春食孤子，乃浡然《招》乐，兴于大麓之野。报事还归二年，谈然乃作《大唐之歌》（谈犹灼也。《大唐之歌》，美尧之禅也）。歌者三年，昭然乃知乎王世，明有不世之义。《招》为宾客，而《雍》为主人（《招》《雍》皆乐音名也。宾人奏《招》，主人入奏《雍》也）。始奏《肆夏》，纳以《孝成》（始谓尺入时也，纳谓荐贤时也。《肆夏》《考成》皆乐章名也）。舜为宾客，而禹为主人（舜既使禹摄天子之事，于祭祀避之，居宾客之位。献之以酒则为亚贤也矣）。乐正道赞曰：‘尚考太室之义，唐为虞宾（尚考犹言古考，谓往时也。太室，明堂之中央室也。义当为仪。仪，礼也。谓祭大室礼，先为舜，宾之也），至今衍于四海（衍犹溢也，言舜之禅天下至于今，其德义溢满四海也）。成禹之变，垂于万世之后。’帝乃唱之曰：‘卿云烂兮（和气之明者也），礼缦缦兮（教化广远），日月光华，旦咸旦兮（言明明相代）。’八伯咸进稽首曰：‘明明上天，烂然星陈。日月光华，弘于一人。’帝乃再歌曰：‘日月有常，星辰有行。四时从经，万姓允诚。施于论乐，配天之灵。迁于贤圣，莫不咸听，鼚乎鼓之，轩乎舞之，精华已竭，褰裳去之。’于时八风循涌，卿云丛丛。蟠龙偾信于其藏，蛟鱼跃踊于其渊。鱼鳖咸出于其穴，迁虞而事夏也。”八伯，尧舜时的辅佐大臣。《周礼注疏》贾公彦《周礼正义序》：“始羲、和之时，主四岳者谓之四伯。至其死，分岳事置八伯，皆王官。其八伯唯驩兜、共工、放齐、鲧四人而已，其余四人无文可知。”褰裳，掀起衣服。《毛诗正义》卷 4—3《郑风 · 褰裳》：“子惠思我，褰裳涉溱。”郑玄笺：“揭衣渡溱水。”休，赞美，称颂。《六臣注文选》卷 58 蔡伯喈（邕）《郭有道碑文一首》：“群公休之”。吕向注：“休，美也。”此二句指，大禹贤明可任，“八伯”称颂舜帝无私禅让给禹。

〔大鹿野〕即“大麓之野”。详见本诗〔卿云亘中天，八伯休褰裳〕条笺注所引《太平御览》卷 571 文。

〔淡然歌帝唐〕此句指赞美尧禅让给舜的《大唐之歌》。淡然，亦作“谈然”，即“灼然”，煊赫貌、盛大貌。帝唐，指“尧帝”。详见本诗〔卿云亘中天，八伯休褰裳〕条笺注所引《太平御览》卷 571《尚书大传》文。

咏史（十二首）其六

百川安可涤，天怒方遭回。万邦根食艰，九域珍辉开。灿灿夷水珠，灼灼荆山玑。珠玑不我昭，中有襄陵哀。

【类型】

五言，8 句。

【笺注】

〔百川安可涤〕百川，陆地上江河湖沼的总称。《诗经 · 小雅 · 节南山之什 · 十月之交》：“百川沸腾，山冢崒崩。”《说文通训定声 · 孚部第六》：“涤，[叚借]……又为荡。《周礼 · 司烜氏》注：‘明水滫涤’。疏：‘谓荡涤’。”本诗全诗皆咏上古禹王所治之大洪水。

〔天怒方遭回〕天怒，古人以暴风惊雷为上天之怒。《论衡校释》卷 5《感虚篇》：“人喜天怒”。黄晖注：“《淮南 · 天文篇》：‘天之偏气，怒者为风。’《后汉书 · 郎顗传》：‘风者号令，天之威怒。’是当时说感应者，有风为天怒之说，故据以为义。”（中华书局 1990 年 2 月第 1 版 P229）《论衡》卷 6《龙虚篇》：“世名雷电为天怒。”《淮南鸿烈解》卷 6《览冥训》：“邅回蒙汜之渚”。高诱注：“邅回，犹倘佯也。”

〔万邦根食艰〕万邦，天下。《尚书正义》卷 4《大禹谟》：“野无遗贤，万邦咸宁。”孔传：“贤才在位，天下安宁。”根食艰，即“艰食”。《尚书正义》卷 5《益稷》：“庶艰食鲜食。”孔传：“艰，难也。众难得食处。”案：“庶艰食鲜食”，东汉马融《尚书》注本（已佚）作“庶根食鲜食”。《汉魏遗书钞 · 经翼第一集》王谟《马融〈尚书注〉》辑本：“‘庶艰食鲜食’（艰，马本作‘根’），根生之食谓百谷。”《尚书考异》卷 5：“庶根食鲜食。”梅鷟注：“马本如此。注云：‘根生之食谓百谷。’古文作‘艰食’。郑玄云：‘稷教人种菜蔬，艰戹之食。’则古文用郑本。”另见《工女怨（三首）》其二一诗〔根食〕条笺注。

〔九域珍辉开〕九域，九州、天下。详见《升天行》一诗〔愿谢九域丘〕条笺注。珍辉，指水中出产的珍物。张英《文端集》卷 37《笃素堂文集一 · 赋 · 璇玑玉衡赋（有序）》：“其取乎璇玑也，川泽之珍辉，联象纬，配景庆之光华，萃蠙珠而非侈。”此句指，大洪水使天下水生珍物繁盛。

〔夷水珠〕《尚书正义》卷 6《禹贡》：“泗滨浮磬，淮夷蠙珠暨鱼。”孔传：“蠙珠，珠名。淮夷二水，出蠙珠及美鱼。”陆德明《音义》：“郑云：‘淮水之夷民也。’马云：‘淮夷，二水名。’”孔颖达疏：“蠙是蚌之别名。此蠙出珠，遂以蠙为珠名。蠙之与鱼皆是水物，而以淮夷冠之，知淮夷是二水之名。淮即四渎之淮也。夷盖小水，后来竭涸不复有其处耳。王肃亦以淮夷为水名，郑玄以为淮水之上夷民献此珠与鱼也。”另参见本诗〔九域珍辉开〕条笺注。

〔荆山玑〕即和氏璧。详见《八指头陀诗（三首）》其三一诗〔再刖匪同和氏遇〕条笺注。《六臣注文选》卷 25 刘越石（琨）《重赠卢谌》：“握中有悬璧，本自荆山璆。”李善注：“悬璧，县黎以为璧，以喻谌也。《琴操 · 卞和歌》曰：‘攸攸沂水经荆山兮，穴山采玉难为功兮。’孔安国《尚书传》曰‘璆玉’也。”吕向注：“玄璧，瑞玉也。荆山出玉之山。璆，美玉也。”

〔珠玑不我昭〕珠玑，珠宝。《墨子 · 节葬下》：“然后金玉珠玑比乎身”。《楚辞章句》卷 1《离骚》：“唯昭质其犹未亏”。王逸注：“昭，明也。”

〔襄陵〕洪水浩荡，漫上了高岗山陵。《尚书正义》卷 2《尧典》：“汤汤洪水方割，荡荡怀山襄陵。浩浩滔天。”孔传：“荡荡，言水奔突有所涤除。怀，包。襄，上也。包山上陵。”

咏史（十二首）其七

穆野径千里，中有双龙飞。华盖疁赤霄，玉璜炳朱辉。借问操翳谁，无乃夏后开。将将筦磬音，《万》舞闻天扉。康娱天亦耽，颠倒三灵妃。遂令《九辨》乐，不共灵《韶》归。

【类型】

五言，12 句。

【笺注】

〔穆野径千里—无乃夏后开〕《山海经》卷 7《海外西经》："大乐之野（郭璞注：一曰大遗之野），夏后启于此儛《九代》（郭璞注：九代，马名。儛，谓盘作之令舞也。"），乘两龙，云盖三层（郭璞注：层，犹重也），左手操翳（郭璞注：羽葆幢也），右手操环（郭璞注：玉空边等为环），佩玉璜（郭璞注：半璧曰璜），在大运山北（郭璞注:《归藏 · 郑母经》曰：'夏后启筮御飞龙，登于天吉。'明启亦仙也）。一曰大遗之野（郭璞注:《大荒经》云：'大穆之野'）。"《山海经》卷 16《大荒西经》："外赤水之南，流沙之西有人珥两青蛇，乘两龙，名曰夏后开。开上三嫔于天，得《九辩》与《九歌》以下。此天穆之野，高二千仞，开焉得始歌《九招》。"郭璞注："皆天帝乐名也。开登天而窃以下用之也。《开筮》曰：'昔彼《九冥》，是与帝《辩》同宫之序，是为《九歌》。'又曰：'不得窃《辩》与《九歌》以国于下。义具见于《归藏》。"大穆之野，即"天穆之野"。案："穆野径千里"至"无乃夏后开"句，均典出于此。

〔华盖疁赤霄〕华盖，车舆上之伞盖。《名义考》卷 12《物部 · 车制》："车盖，车上覆者曰盖。其形圆，以象天。《风俗通》：'黄帝战蚩尤于涿鹿，常有五色云气，金枝玉叶，止于帝上，因作华盖。'"《集韵》卷 10《入声下 · 昝第二十二》："疁，光也。或从火"。《淮南鸿烈解》卷 18《人间训》："凌乎浮云，背负青天，膺摩赤霄。"高诱注："赤霄，飞云也。"华盖，指《海外西经》中所述之"云盖三层"。

〔玉璜炳朱辉〕朱辉，红色的光芒。《全唐诗》卷 338 韩愈《李花赠张十一署（或作李有花）》："金乌海底初飞来，朱辉散射青霞开。"（第 5 册 P3797、3798）辉，《甲寅杂志》本、《左盦遗诗》续刻本作"煇"。玉璜，指《海外西经》中所述之"佩玉璜"。

〔翳〕古代舞者所持之幡幢状道具，以羽毛装饰。详见《八埏篇》一诗〔操翳舞代驹〕条笺注。

〔夏后开〕又曰“夏开”“夏启”“夏后启”，大禹之子，夏朝开国之君。详见《升天行》一诗〔《歌》《韶》延夏开〕条笺注。

〔将将筦磬音，《万》舞闻天扉〕《墨子·非乐上第三十二》：“于《武观》曰：启乃淫溢康乐，野于饮食，将将铭，苋磬以力，湛浊于酒，渝食于野，《万》舞翼翼，章闻于大，天用弗式。”《墨子间诂》卷 8《非乐上第三十二》孙诒让注：“惠云：启乃当作启子，溢与泆同。江声说同。江又云：启子，五观也。启是贤王，何至淫溢？据《楚语》士亹比五观于朱、均、管、蔡，则五观是淫乱之人，故知此文当为启子，乃字误也。案：此即指启晚年失德之事，乃非子之误也。《竹书纪年》及《山海经》皆盛言启作乐，《楚辞·离骚》亦云：‘启《九辩》与《九歌》，夏康娱以自纵，不顾难以图后兮，五子用失乎家巷’，并古书言启淫溢康乐之事。淫溢康乐，即《离骚》所谓‘康娱自纵’也。王逸《楚辞》注云：‘夏康，启子太康也’，亦失之。”将将，即“锵锵”。详见《大隄曲（八首）》其一一诗〔杂佩何锵锵〕条笺注。《集韵》卷 6《上声下·铣第二十七》：“筦，竹名。”《墨子间诂》卷 8《非乐上第三十二》孙诒让注：“毕云：句未详，苋疑筦字之误，形声相近。孙说同。孙又云：将将上疑有脱文，作乐声也。乐声枪枪，铭力于磬管。江云：苋当为莧。莧，喜说也，胡官反。俞云：将将铭苋磬以力，疑有脱文，盖亦八字作二句也。”磬，石制的敲击乐器。《毛诗正义》卷 20—3《商颂·那》：“既和且平，依我磬声。”毛传：“磬声之清者也。”郑玄笺：“磬，玉磬也。”《毛诗正义》卷 2—3《邶风·简兮》：“简兮简兮，方将《万》舞。”郑玄笺：“祭祀当《万》舞也。《万》舞，干舞也。”孔颖达疏：“《万》，舞名也。谓之万者，何休云：象武王以万人定天下，民乐之，故名之耳。……以《万》者，舞之揔名，干戚与羽钥皆是。”《五百家注昌黎文集》卷 4 韩愈《送区弘南归》：“我当为子言天扉。”魏仲举注：“孙曰：天扉，天门。”

〔康娱天亦耽〕《楚辞章句》卷 1 屈原《离骚》：“济沅湘以南征兮，就重华而陈词。启《九辩》与《九歌》兮，夏康娱以自纵。”王逸注：“重华，舜名也。”“启，禹子也。《九辩》《九歌》，禹乐也。”“夏康，启子太康也。娱，乐也。纵，放也。”《史记·夏本纪》：“后帝启崩，子帝太康立。帝太康失国。”裴骃《集解》：“孔安国曰：盘于游田，不恤民事，为羿所逐，不得反国。”《楚辞章句》卷 1 屈原《离骚》：“保厥美以骄傲兮，日康娱以淫游。”王逸注：“康，宴也。言宓妃用志高远，保守美德。骄傲侮慢曰：自娱乐以游戏，无有事君之意也。”耽，沉溺。《尚书正义》卷 16《无逸》：“惟耽乐之从。”孔传：“过乐谓之耽。”

〔颠倒三灵妃〕《山海经》卷 16《大荒西经》："外赤水之南，流沙之西有人珥两青蛇，乘两龙，名曰夏后开。开上三嫔于天，得《九辩》与《九歌》以下。"郭璞注："嫔，妇也。言献美人于天帝。"《山海经笺疏》卷 16《大荒西经》郝懿行注："《离骚》云：'启《九辩》与《九歌》'，《天问》云：'启棘宾商，九辩九歌。'是'宾''嫔'古字通，'棘'与'亟'同。盖谓启三度宾于天帝，而得九奏之乐也。故《归藏·郑母经》云：'夏后启筮，御飞龙登于天，吉。'正谓此事。《周书·王子晋》篇云：'吾后三年，上宾于帝所。'亦其证也。郭注大误。"颠倒，混乱，错乱。《吕氏春秋·情欲》："颠倒惊惧，不知所为。"上句与此句指，上天也沉溺于享乐，颠倒错乱于夏启进献的 3 个美女。

〔遂令《九辨》乐，不共灵《韶》归〕《楚辞补注》卷 8 宋玉《九辩》王逸序："《九辩》者，楚大夫宋玉之所作也。辩者，变也，谓陈道德以变说君也。九者，阳之数，道之纲纪也。故天有九星，以正机衡；地有九州，以成万邦；人有九窍，以通精明。屈原怀忠贞之性，而被谗邪，伤君闇蔽，国将危亡，乃援天地之数，列人形之要，而作《九歌》《九章》之颂，以讽谏怀王。明己所言，与天地合度，可履而行也。宋玉者，屈原弟子也。闵惜其师，忠而放逐，故作《九辩》以述其志。至于汉兴，刘向、王褒之徒，咸悲其文，依而作词，故号为'楚词'。亦采其九以立义焉。"洪兴祖补注："辩，一作'辨'。辩，治也。辨，别也。""五臣云：宋玉惜其师忠信见放，故作此辞以辩之，皆代原之意。九义亦与《九歌》同。"《楚辞通释》卷 8《九辩》王夫之注："九者，乐章之数。凡乐之数至九而盈。……辩，犹遍也，一阕谓之一遍。盖亦效夏启《九辩》之名，绍古体为新裁，可以被之管弦。其词激宕淋漓，异于风雅，盖楚声也。后世赋体之兴，皆祖于此。"《楚辞章句》卷 1《离骚》："奏《九歌》而舞《韶》兮，聊假日以媮乐。"王逸注："《九歌》，《九德》之歌，禹乐也。《韶》，《九韶》，舜乐也，《尚书》：'箫韶九成'是也。"《说文解字注》卷 3 上《音部》："韶，虞舜乐也。"本诗〔穆野径千里—无乃夏后开〕条笺注所引《山海经·大荒西经》出现之"《九招》"，即"九韶"。《通雅》卷 29《乐曲》："九磬，即九韶也。一作九招。"罗泌《路史》卷 223《后纪十四·疏仡纪·夏后纪下》："爰棘宾商，《九辨》《九歌》。"罗苹注："《天问》《骚经》云：'启《九辨》与《九歌》，夏康豫以自纵。'王逸以《九辨》《九歌》为禹乐，诸说皆妄。予谓，启之所急在以商均作宾，《九辨》即《九韶》。盖商均以帝后得用备乐也，'辨'当如'遍'。夫禹九功之德皆可歌也。而王逸以为：九州物可以辨治，启能承先德，育群品而作之，妄也。"朱熹《楚辞辩证》卷上："《九辩》，不见于经传，不可考。而《九歌》著于《虞书》《周礼》《左氏春秋》，其为舜禹之乐无疑。至屈子为《骚经》乃有启《九歌》《九辩》之说，则其为误亦无疑。王逸虽不见《古文尚书》。然据《左氏》为说则不误矣。顾以不敢斥屈子之非，遂以启修禹乐为解，则又误也。至洪氏为《补注》，正当据经传以破二误，而不唯不能顾，乃反引《山海经》三嫔之说以为证，则又大为妖妄，而其误益以甚矣。然为《山海经》者，本据此书而傅会之。其于此条，盖又得其误本。若他谬妄之可验者，亦非一。而古今诸儒皆不之觉，反谓屈原多用其语，尤为可笑。”参见本诗〔将将筦磬音，《万》舞闻天扉〕条笺注。此二句指，《九辩》“不见于经传”，而《韶》记载自古传承有序。

【略考】

夏启究竟勤勉还是荒淫，自古有分歧。《墨子》记述其“淫溢康乐”。王逸注《离骚》则将“夏康娱”释为启子太康荒淫。郭璞注《大荒西经》，释“开上三嫔于天”为启向上天进献美女三人，而后人则认为此句指启登天“作客”三次。对《离骚》“夏康娱以自纵”句、《大荒西经》“开上三嫔于天”句的理解，历来有诸多分歧。对此，本诗笺注不做过多介入和分析。

咏史（十二首）其八

驾言适亳都，东眺洪河流。薄亭亘其西，太华缭其陬。火钺颎炎华，纰罽鲜霜旒。黄鳞为沈珪，白狼供衔钩。三腰荐宝玉，九圄捊珙球。问君何为然，签云荷天休。镳宫有吉灵，江水多败舟。骏庬昔异逵，狙豿今同丘。勿逐牟光尘，蓼溪非澄湫。

【类型】

五言，18 句。

【笺注】

〔驾言适亳都〕驾言，出游。详见《咏史（十二首）》其四一诗〔驾言发奉高〕条笺注。《史记 · 殷本纪》：“成汤，自契至汤八迁。汤始居亳，从先王居。”裴骃《集解》：“孔安国曰：‘契父帝喾都亳，汤自商丘迁焉，故曰“从先王居”。’”张守节《正义》：“《括地志》云：宋州谷熟县西南三十五里，南亳故城，即南亳，汤都也。宋州北五十里大蒙城为景亳，汤所盟地，因景山为名。河南偃师为西亳，帝喾及汤所都。盘庚亦从都之。”“按：亳，偃师城也。商丘，宋州也。汤即位，都南亳，后徙西亳也。《括地志》云：‘亳邑故城在洛州偃师县西十四里，本帝喾之墟，商汤之都也。’”

〔洪河〕洪河，即“大河”，指黄河。《六臣注文选》卷 1 班孟坚（固）《西都赋》：“带以洪河，泾、渭之川。”吕向注：“洪河，大河也。”

〔薄亭亘其西〕薄，通“亳”。薄亭，即“亳亭”，古地名，故址在今西安。《史记 · 封禅书》：“于社、亳有三社主之祠。”司马贞《索隐》：“徐广云：‘京兆杜县有亳亭。’则‘杜’字误，合作‘杜亳’。且据文列于下皆是地邑，则杜是县。”《汉书 · 郊祀志上》：“天子辟池于杜亳，有五杜主之祠、寿星祠。”颜师古注：“韦昭曰：‘亳音薄，汤所都也。’臣瓒曰：‘济阴亳县是也。’师古曰：‘杜即京兆杜县也，此亳非汤都也，不在济阴。徐广云：“京兆杜县有薄亭。”斯近之矣。”

〔太华缭其陬〕太华，华山。《六臣注文选》卷 28 陆士衡（机）《前缓声歌》：“宓妃兴洛浦，王韩起太华。”张铣注：“太华即华山也。”缭，环绕、围绕。详见《八埏篇》一诗〔缭以闤阓间〕条笺注。陬，角落、边缘。《集韵》卷 2《平声二 · 虞第十》：“陬，隅也。”陬，《甲寅杂志》本作“诹”，显误。

〔火钺颎炎华〕《毛诗正义》卷 20—4《商颂 · 长发》：“武王载旆，有虔秉钺。如火烈烈，则莫我敢曷。”毛传：“武王，汤也。”郑玄笺：“又固持其钺，志在诛有罪也。其威势如猛火之炎炽，谁敢御害我。”同上书卷 13—1《小雅 · 谷风之什 · 无将大车》：“无思百忧，不出于颎。”毛传：“颎，光也。”《六臣注文选》卷 13 潘安仁（潘安，本名潘岳）《秋兴赋》：“登春台之熙熙兮，珥金貂之炯炯（五臣作颎颎）。”李周翰注：“颎颎，光明貌。”炎华，太阳的光辉。《古诗纪》卷 36《晋第六》陆云《答兄平原》：“羲阳趣驾，炎华电征。”

〔纰罽鲜霜旒〕纰罽，毛毡，毛织品。《逸周书》卷 7《王会解第五十九》：“汤问伊尹曰：‘诸侯来献，或无马牛之所生，而献远方之物，事实相反，不利。今吾欲因其地势所有献之，必易得而不贵，其为四方献令。’伊尹受命，于是为四方令曰：‘……正西，昆仑、狗国、鬼亲、枳巳、闟耳、贯胸、雕题、离丘、漆齿，请令以丹青、白旄、纰罽、江历、龙角、神龟为献……’汤曰：‘善。’”另见《新白紵曲》一诗〔纤襦直裾縞罽凉〕条笺注。旒，本指古代帝王皇冠前后下垂的珠串或旌旗上下垂的装饰物。霜旒，冰霜结冻形成的倒垂状冰柱，即“冰旒”。今多讹为“冰流子”“冰溜子”。此处引申为寒冷。

〔黄鳞为沈珪，白狼供衔钩〕《艺文类聚》卷 12《帝王部二 · 殷成汤》：“《尚书中候》曰：天乙在亳，诸邻国襁负归德，东观乎雒，降三分璧，黄鱼双跃，出济于坛，化为黑玉。”天乙，即成汤。《荀子》卷 18《成相篇第二十五》：“十有四世，乃有天乙，是成汤。天乙汤，论举当身让卞隋，举牟光。”杨倞注：“《庄子》曰：汤让天下于卞隋、务光，二人不受，皆投水死。牟，与务同。”《论衡》卷 19《恢国篇》：“汤起，白狼衔钩。”《艺文类聚》卷 99《祥瑞部下 · 白狼》：“《尚书中候》曰：汤牵白狼，握禹箓。”“《田俅子》曰：商汤为天子，都于亳。有神手牵白狼，口衔金钩而入汤庭。”“晋郭璞《白狼赞》曰：矫矫白狼，有道则游。应符变质，乃衔灵钩。惟德是适，出殷见周。”《幽怪诗谭》卷首听石居士《小引》：“此《幽怪诗谭》所以破枕而出也。……何言‘怪’？白狼啣钩，黄鳞出玉，每现在人间，非同龟毛兔角。以此谭诗，真堪捉尘耳。”钩（鉤），《甲寅杂志》本、《左盦遗诗》续刻本作“鉤”。

〔三朡荐宝玉〕《尚书正义》卷 8《汤誓》：“夏师败绩，汤遂从之。遂伐三朡，俘厥宝玉。”孔传：“三朡，国名。桀走保之，今定陶也。桀自安邑东入山，出太行，东南涉河，汤缓追之，不迫，遂奔南巢。俘，取也。玉以礼神，使无水旱之灾，故取而宝之。”孔颖达疏：“桀必载宝而行，弃于三朡。取其宝玉，取其所弃者也。《楚语》云：‘玉足以庇荫嘉谷，使无水旱之灾，则宝之。’韦昭云：‘玉，礼神之玉也。’言用玉礼神，神享其德，使风雨调和，可以庇荫嘉谷，故取而宝之。”荐，向神进献。《管子》卷 8《中匡第十九》：“以誓要于上下荐神。”尹知章注：“谓以上下之神祇为盟誓，又以其牲荐之于神。”宝玉，《甲寅杂志》本作“玉瑶”，《左盦遗诗》续刻本作“瑶玉”。朡，《左盦遗诗》续刻本作“朡”。

〔九囿捊珙球〕九囿，即“九州”，指天下。《初学记》卷 5《地部上 · 总载地第一 · 事对 · 四柱 / 九囿》：“《洛书》曰：人皇始出于堤地之口，九男兄弟相像，以别长九州，为九囿。人皇乃有中州，制八辅。”《华阳国志》卷 1《巴志》：“昔在唐尧，洪水滔天。鲧功无成，圣禹嗣兴，导江疏河，百川蠲修，封殖天下，因古九囿以置九州。”《毛诗正义》卷 20—4《商颂 · 长发》：“受小共大共，为下国骏厖。何天之龙，敷奏其勇。”郑玄笺：“共，执也。小共、大共，犹所执搢小球、大球也。”孔颖达疏：“毛以为此又言成汤之用事也。……郑以为，此又覆述上章。言汤受小玉而执之，受大玉而执之，执此二玉，与诸侯会同。”珙，通“共”，指美玉。捊，聚集。《重修玉篇》卷 6《手部第六十六》：“捊，步沟切。《说文》曰：引聚也。《诗》曰：原隰捊矣。捊，聚也，本亦作裒。”

〔签云荷天休〕签，《甲寅杂志》本、《左盦遗诗》续刻本作“佥”。案：《说文解字》卷 5 下《亼部》：“佥，皆也。”依文义，《南本》似误。《毛诗正义》卷 20—4《商颂 · 长发》：“受小共大共，为下国骏厖。何天之龙，敷奏其勇。”郑玄笺：“龙当作宠。

宠，荣名之谓。”孔颖达疏：“言成汤与诸侯，作英俊厚德之君也。又荷天之龙，与上荷天之休，其文和。值休为美誉，则此宜为荣名。且韵宜为宠，故易之也。”《春秋左传正义》卷 38《襄公二十八年》：“镇抚其民人，以礼承天之休。”杜预注：“休，福禄也。”

〔镳宫有吉灵〕镳宫，成汤受天命代夏时的宫殿。《墨子 · 非攻下第十九》：“乃命汤于镳宫，用受夏之大命。夏德大乱，予既卒其命于天矣。往而诛之，必使女堪之。”吉灵，降示吉祥的神祇。严可均辑《全后汉文》卷 88《仲长统二 · 昌言上 · 篇名缺》：“召天地之嘉应，降鬼神之吉灵者，实德是为，而非刑之攸致也。”

〔江水多败舟〕《韩诗外传》卷 2：“昔者，桀为酒池、糟堤，纵靡靡之乐，而牛饮者三千。群臣皆相持而歌：‘江水沛兮，舟楫败兮。我王废兮，趣归于亳，亳亦大兮。’”

〔骏厖昔异逵〕骏厖，笃实淳厚，古籍中常以“骏厖”“骏庬”“骏厐”混用。《毛诗正义》卷20—4《商颂 · 长发》：“受小共大共，为下国骏庬。何天之龙，敷奏其勇。”毛传：“骏，大。庬，厚。”孔颖达疏：“骏庬，亦是诸侯之言，天子故读骏为俊。言成汤与诸侯作英俊厚德之君也。”逵，可以通向九个方向的大道。详见《咏史（二首）》其一一诗〔罝兔在中馗〕条笺注。此句指，过去，笃实淳厚的君子比比皆是。厖，《甲寅杂志》本、《林本》作“庞”。

〔貆貉今同丘〕貆，似应作“貆”。《汉书 · 杨敞传附杨恽传》：“古与今如一丘之貉。”颜师古注：“言其同类也。貉，兽名，似狐而善睡。”《毛诗正义》卷 5—3《魏风 · 伐檀》：“胡瞻尔庭有县貆兮”。郑玄笺：“貉子曰貆。”《说文解字注》卷 9 下《豸部》：“貈，似狐，善睡，兽也。”段注：“凡狐貉连文者，皆当作此貈字。今字乃皆假貉为貈。造貊为貉矣。”貆貉，《甲寅杂志》本作“貔貊”；《左盦遗诗》续刻本作“貆貈”。

〔勿逐牟光尘〕牟光，即“务光”，夏末隐士。商汤曾让位于牟光，不受，投水死。详见本诗〔黄鳞为沈圭，白狼供衔钩〕条笺注。尘，行迹、踪迹。如“前尘”“后尘”。《后汉书 · 陈寔传赞》：“庆基既启，有蔚颍滨，二方承则，八慈继尘。”

〔蓼溪非澄湫〕蓼溪，长满水草的小溪。《毛诗正义》卷 19—4《周颂 · 闵予小子之什 · 良耜》：“以薅荼蓼”。毛传：“蓼，水草也。”澄湫，澄澈的水塘。见《望庐山》一诗〔遒湫激晴雷〕条笺注。

咏史（十二首）其九

檀车无停轨，周道悠且长。借问君何之，四牡征朔方。忆昔初别君，猃狁犹未襄。惓怀君子车，旂旐驰央央。薇黄知岁深，杞绿知春阳。日夕雨雪霏，鱼箙凋胡霜。崔嵬纵易跻，君马嗟玄黄。南山有殷雷，汝濆多赪鲂。览序怀所思，会言安可常。夕聆草虫悲，晨睹仓庚翔。黍华昔盈畴，蘩实今盈筐。不见焦濩间，飚风吟《国殇》。请韬《大武》篇，一抉金版藏。阴钤不能言，试讯蟠溪璜。

【类型】

五言，28 句。

【笺注】

〔檀车〕《毛诗正义》卷 9—4《小雅·鹿鸣之杜·杕杜》："檀车幝幝，四牡痯痯。"毛传："檀车，役车也。"《毛诗正义》卷 16—2《大雅·文王之什·大明》："牧野洋洋，檀车煌煌，驷騵彭彭。"郑玄笺："言其战地宽广，明不用权诈也。兵车鲜明，马又强"。孔颖达疏："陈檀木之兵车，煌煌然。"

〔周道悠且长〕《毛诗正义》卷 9—2《小雅·鹿鸣之什·四牡》："四牡騑騑，周道倭迟。"毛传："周道，岐周之道也。倭迟，历远之貌。"

〔四牡征朔方〕《毛诗正义》卷 9—4《小雅·鹿鸣之杜·杕杜》："檀车幝幝，四牡痯痯。"孔颖达疏："役夫以从征之故，其甲士三人所乘之车，而备四马，故曰四牡。非庶人寻常得乘四马也。"《广雅》卷 10《释兽》："牡，……雄也。"朔方，北方。详见《孤鸿》一诗〔朔方〕条笺注。

〔猃狁犹未襄〕《毛诗正义》卷 9—4《小雅·鹿鸣之什·出车》："天子命我，城彼朔方。赫赫南仲，猃狁于襄。"毛传："襄，除也。"《毛诗正义》卷 9—3《小雅·鹿鸣之什·采薇》："靡室靡家，猃狁之故。"毛传："猃狁，北狄也。"郑玄笺："北狄，今匈奴也。"

〔惓怀君子车〕惓怀，深深思念。《全宋诗》卷 403《陈舜俞二·南阳春日十首（其二）》："惓怀春晚脱征骖，官况喧卑昔未谙。"（北京大学出版社 1998 年 12 月第 1 版第 8 册 P4964）《毛诗正义》卷 9—3《小雅·鹿鸣之什·采薇》："彼路斯何，君子之车。戎车既驾，四牡业业。"郑玄笺："君子，谓将率。"孔颖达疏："戍役之行，随从将帅。故说将帅之车。"

〔旃旐驰央央〕《毛诗正义》卷 10—2《小雅 · 南有嘉鱼之什 · 采芑》:“其车三千，旂旐央央。方叔率止，约軝错衡。”郑玄笺:“交龙为旂，龟蛇为旐。”《毛诗正义》卷 9—4《小雅 · 鹿鸣之什 · 出车》:“王命南仲，往城于方。出车彭彭，旂旐央央。”毛传:“央央，鲜明也。”《文选注》卷 28 陆士衡（机）《饮马长城窟行》:“将遵甘陈迹，收功单于旃。”李善注:“旃，旌旗也。”《尔雅注疏》卷 5《释天第八》:“旌旗。”邢昺疏:“旌旗者，凡旗之名虽异，旌旗为之总称。”

〔薇黄知岁深，杞绿知春阳〕《诗经 · 小雅 · 鹿鸣之什 · 采薇》诗序:“《采薇》，遣戍役也。文王之时，西有昆夷之患，北有猃狁之难。以天子之命，命将率，遣戍役，以守卫中国。故歌《采薇》以遣之,《出车》以劳还,《杕杜》以勤归也。”《诗经》中的《六月》《采薇》《出车》《杕杜》等诗据传均为尹吉甫所作，以纪念宣王北伐猃狁之役。《采薇》篇有句:“采薇采薇，薇亦作止。曰归曰归，岁亦莫止。”岁亦莫止，指快到年末了，也就是“岁深”。《杕杜》篇有句:“陟彼北山，言采其杞。王事靡盬，忧我父母。”（《谷风之什 · 北山》亦有此四句）此二句，是以《采薇》《杕杜》二诗中的“薇”“杞”，借喻人们长年困于戍役征战之苦。

〔日夕雨雪霏〕《毛诗正义》卷 9—3《小雅 · 鹿鸣之什 · 采薇》:“昔我往矣，杨柳依依。今我来思，雨雪霏霏。”孔颖达疏:“汝戍守役等，至岁暮还反之时，当云昔出家往矣之时，杨柳依依然。今我来思事得还返，又遇雨雪霏霏然。”

〔鱼箙〕《诗经今注 · 小雅 · 鹿鸣之什 · 采薇》:“四牡翼翼，象弭鱼服。”高亨注:“弭，弓的两端缚弦处为弭，镶上象牙叫做象弭。服，借为箙，箭袋，外面蒙上一层鱼皮，叫做鱼箙。”（上海古籍出版社 1980 年 10 月第 1 版 P229）

〔崔嵬纵易跻，君马嗟玄黄〕《毛诗正义》卷 1—2《周南 · 卷耳》:“陟彼崔嵬，我马虺隤。……陟彼高冈，我马玄黄。”毛传:“陟，升也。崔嵬，土山之戴石者。虺隤，病也。”“玄，马病则黄。”郑玄笺:“臣以兵役之事，行出离其列位，身勤劳于山险，而马又病。”孔颖达疏:“我升彼崔嵬山颠之上者。我，使臣也。我使臣以兵役之事，行出离其列位，在于山险，身已勤苦矣。其马又虺隤而病。……《释诂》云:‘虺隤，玄黄，病也。’孙炎曰:‘虺隤，马罢不能升高之病。’玄黄，马更黄色之病。然则虺隤者，病之状。玄黄者，病之变色。二章互言之也。”

〔南山有殷雷〕《毛诗正义》卷 1—4《召南 · 殷其靁》:“殷其靁，在南山之阳。”毛传:“殷，靁声也。山南曰阳。靁出地奋，震惊百里山，出云雨以润天下。”《正字通》戌集中《雨部》:“靁，同雷。”

〔汝渍多赪鲂〕《毛诗正义》卷 1—3《周南 · 汝坟》:“遵彼汝坟，伐其条枚。……鲂鱼赪尾，王室如毁。”毛传:“汝，水名也。坟，大防也。”“赪，赤也。鱼劳则尾赤，毁火也。”《尔雅注疏》卷 9《释鱼第十六》:“鲂魾。”郭璞注:“江东呼鲂鱼为鳊，一名魾。”邢昺疏:“鲂一名魾，江东呼为鳊。《诗》云:‘其鱼鲂鳏。’陆玑云:‘鲂，今伊洛济颍鲂鱼。广而薄肥，恬而少力，细鳞鱼之美者。辽东梁水鲂特肥而厚，尤美于中国鲂。故其乡语曰：居就粮，梁水鲂是也。’”《诗经今注》高亨注:“坟，借为渍（fén 焚），水边。”（上海古籍出版社 1980 年 10 月第 1 版 P12—13）赪，《甲寅杂志》本作“赬”。

〔览序怀所思〕序，指《诗经 · 小雅 · 鹿鸣之什 · 采薇》的诗序，详见本诗〔薇黄知岁深，杞绿知春阳〕条笺注。此句指，看了《采薇》诗的序文，心有所感。

〔会言安可常〕《毛诗正义》卷 9—4《小雅 · 鹿鸣之什 · 杕杜》:“卜筮偕止，会言近止，征夫迩止。”毛传:“卜之筮之，会人占之。迩，近也。”郑玄笺:“偕，俱。会，合也。或卜之或筮之，俱占之，合言于繇为近，征夫如今近耳。”《诗经今注今译 · 小雅 · 杕杜》马持盈译:“我曾求卜问筮，都说你快要回来了。丈夫啊，想必是你快要回来了。”（台湾商务印书馆 1979 年 3 月六版 P249—250）此句指，占卜得到你将归来的佳音，却迟迟没有实现，这岂能长久抚慰我心。

〔夕聆草虫悲，晨睹仓庚翔〕《诗经今注 · 小雅 · 鹿鸣之什 · 出车》:“喓喓草虫，趯趯阜螽。未见君子，忧心忡忡。……仓庚喈喈，采蘩祁祁。”高亨注:“喓喓，虫鸣声。草虫，即蝈蝈。”“仓庚，黄莺。喈喈，鸟鸣声。”（上海古籍出版社 1980 年 10 月第 1 版 P231—232）

〔黍华昔盈畴〕《诗经 · 小雅 · 鹿鸣之什 · 出车》:“昔我往矣，黍稷方华。”《文选》卷 11 王仲宣（粲）《登楼赋》:“华实蔽野，黍稷盈畴。”案:“黍华”在阴历六月。详见《宋故宫》一诗〔黍华开罢杜鹃鸣〕条笺注。此句指，黍子结出的花昔日里曾布满田地。黍，《甲寅杂志》本作“麦（麥）”。

〔蘩实今盈筐〕《毛诗正义》卷 9—4《小雅 · 鹿鸣之什 · 出车》:“仓庚喈喈，采蘩祁祁。”孔颖达疏:“其在野，已有采蘩菜之人，祁祁然众多。”《说文解字》卷 1 下《艸部》:“蘩，白蒿也。”案：白蒿阴历九月成熟结实。此句指，白蒿如今装满了采摘的筐子。蘩，《甲寅杂志》本、《左盦遗诗》续刻本作“繁”。

〔不见焦濩间〕濩，当为“獲（获）”或“護”。《毛诗正义》10—2《小雅 · 南有嘉鱼之什 · 六月》:“玁狁匪茹，整居焦获。侵镐及方，至于泾阳。”毛传:“焦获，周地，接于猃狁者。"《尔雅注疏》卷 7《释地第九》："周有焦護。" 郭璞注："今扶风池阳县瓠中是也。" 邢昺疏："孙炎云：'周，岐周也。'《诗·六月》云：'猃狁匪茹，整居焦获'是也。时人谓之瓠中也。"

〔飕风吟《国殇》〕《重修玉篇》卷 20《风部第二百九十九》："飙，……暴风也。"《宋本广韵》卷 2《下平声·萧第三》："飙，风也。俗作飚。"《楚辞补注》卷 2 屈原《九歌·国殇》洪兴祖补注："谓死于国事者，《小尔雅》曰：无主之鬼谓之殇。" 上句与此句指，北伐猃狁的主帅尹吉甫率领大军在焦获与猃狁大战，兵士战殁，为国捐躯。屈原在《国殇》中描写的战争场景"操吴戈兮被犀甲，车错毂兮短兵接，旌蔽日兮敌若云，矢交坠兮士争先"与《小雅·六月》描述尹吉甫指挥的这场战争场景"织文鸟章，白旆央央，元戎十乘，以先启行"有异曲同工之处。

〔请韬《大武》篇〕《宋本广韵》卷 2《下平声·豪第六》："韬，藏也。"《周礼注疏》卷 10《地官司徒·大司徒》："以六乐防万民之情，而教之和。" 郑玄注："六乐谓《云门》《咸池》《大招》《大夏》《大濩》《大武》。" 同上书卷 12《地官司徒·鼓人》："鼓兵舞，帗舞者。" 郑玄注："兵，谓干戚也。" 贾公彦疏："《礼记·乐记》云：'干戚之舞非备乐'。《祭统》又云：'朱干玉戚，并是《大武》之舞'。是知兵舞，干戚也。"《毛诗正义》卷 19—3《臣工之什·武》诗序："武，奏《大武》也。" 郑玄笺："《大武》，周公作乐所为舞也。" 孔颖达疏："周公摄政六年之时，象武王伐纣之事，作《大武》之乐。既成，而于庙奏之。"

〔一抉《金版》藏〕《庄子集释》卷 8 中《（杂篇）徐无鬼第二十四》："吾所以说吾君者，横说之则以诗书礼乐，从说之则以《金板六弢》。" 郭庆藩引成玄英疏："《金版六弢》，《周书》篇名也，或言秘谶也。本有作'韬字'者，随字读之，云是太公兵法，谓文、武、虎、豹、龙、犬《六弢》也。"《庄子口义》卷 8《杂篇徐无鬼第二十四》，林希逸注："《金版六弢》，即太公兵法也。此书藏于朝廷，故曰'金版'，犹曰金匮石室之书也。"《集韵》卷 9《入声上·屑第十六》："抉，剔也。" 上句与此句指，请收起兵舞《大武》，丢弃掉写军事谋略的《六韬》。隐含之意为，偃武，停止战争。

〔阴钤〕诡秘不能示人的权术谋略，特指姜太公所著谋略类著作《阴符钤录》，已亡佚。《隋书·经籍志三（子）》："《太公六韬》五卷，《太公阴谋》一卷，《太公阴符钤录》一卷，《太公金匮》二卷，《太公兵法》二卷"。胡应麟《少室山房笔丛》卷 15《四部正讹·中》："《隋志》有《太公阴符钤录》一卷，又《周书阴符》九卷，未知孰是，当居一于斯。或疑季子所攻，必权术，而《阴符》兼养生，夫《阴符》实兵家之祖，非养生可概也。”

〔试讯蟠溪璜〕《说文解字》卷 3 上《言部》：“讯，问也。”蟠溪璜，姜太公在“磻溪”钓得玉璜，上刻有周文王将崛起，姜太公为辅佐的字样。详见《咏史（二首）》其一一诗〔钓璜隐姜公〕条笺注。

咏史（十二首）其十

趋车适京雒，愿观大教宫。八窗豁重轩，九室垣崇墉。明庭知屏阳，应门司藩东。辰极榘玑衡，隅流型璧琮。灵鱼泳南沼，皎鹭翚西廱。渊渊斧扆张，屹屹玄扉崇。嗣王沛缉熙，百辟虔竫恭。多士颂噪凫，方国辉衮龙。十夫陟殷仪，三恪宾虞公。荐琛姑妹珍，服猛屠何熊。明德裕多方，鲜光迪前庸。煇台知瑞云，嚨律知祥风。六气迓嘉休，五璜开昭融。太和傥可徯，相期臻大同。

【类型】

五言，28 句。

【笺注】

〔京雒〕洛阳，泛指帝都。详见《明代扬州三贤咏·宝应刘练江先生永澄》一诗〔京洛〕条笺注。

〔大教宫〕蔡邕《蔡中郎集》卷 3《明堂月令论》：“明堂者，天子太庙。所以崇礼其祖，以配上帝者也。……朝诸侯，选造士于其中，以明制度。生者，乘其能而至。死者，论其功而祭。故为大教之宫。”《宋本广韵》卷 1《上平声·冬第二》：“廱，辟廱，天子教宫。”辟廱，即辟雍，天子设立的教化学习之所。《太平御览》卷 534《礼仪部十三·辟雍》：“《毛诗·大雅》曰：‘镐京辟雍，自西自东，自南自北，无思不服（武王作邑于镐京。笺云：‘自，由也。’武王于镐京行辟雍之礼日，四方来观者皆感化其德，心无不归服）。’《礼记·王制》曰：‘天子曰辟雍，诸侯曰泮宫（尊卑学异名。辟，明；雍，和也。所以明和天下也。泮之言恤政教也）。’《礼记礼统》曰：‘所以制辟雍何？数化天下也。辟雍之制奈何？《王制》曰：“辟雍，圆如璧，雍以水，内如覆，外如偃盘也。诸侯泮宫，半有水，半有宫也”’。”

〔八窗豁重轩，九室垣崇墉〕此句指古时天子所设明堂的规制。明堂是天子设立的宣明政教之所。《初学记》卷 13《礼部上·明堂第六·叙事》：“《孝经援神契》：‘明堂者，天子布政之宫。上员下方，八窗四闼。在国之阳。'《释名》云：'明堂者，犹堂堂高明貌也。'《大戴礼》曰：'明堂凡有九室，一室而有四户八牖。'"《礼记正义》卷31《明堂位第十四》孔颖达疏："今《戴礼·说盛德记》曰：'明堂者，自古有之，凡九室，室四户八牖……其外有水，名曰辟雍'。"豁，开阔。《文选注》卷12郭景纯（璞）《江赋》："骹如地裂，豁若天开。"李善注："豁，开貌。"重轩，重重叠叠的栏干，喻高堂大屋。《六臣注文选》卷1班孟坚（固）《西都赋》："于是左墄右平，重轩三阶。"吕延济注："重轩，谓重栏干。"《艺文类聚》卷77《内典下·寺碑》："陈徐陵《四元畏寺刹下铭》曰：……乃命将作修成梵宫，复殿重轩，凌霄负汉。"崇墉，高城墙。《毛诗正义》卷16—4《大雅·文王之什·皇矣》："与尔临冲，以伐崇墉。……临冲闲闲，崇墉言言。"毛传"墉，城也。""言言，高大也。"

〔明庭知屏阳〕明庭，亦作"明廷"，即"明堂"。《礼记正义》卷29《玉藻第十三》："玄端而朝日于东门之外，听朔于南门之外。"郑玄注："明堂制，明堂在国之阳。"《太平御览》卷533《礼仪部十二·明堂》："《礼记外传》曰：明堂，古者天子布政之宫，在国南十里之内、七里之外，黄帝享百神于明廷是也。（南方阳明之地，因为明堂、路寝、宫室之制同。）"毛奇龄《明堂问》："明堂，自昔有之。古名嵩宫，亦名明庭。"《国语》卷6《齐语》："以诛无道，以屏周室。"韦昭注："屏，犹藩也。"

〔应门司藩东〕应门，指王宫正（南）门。此处则指明堂东门。《毛诗正义》卷16—2《大雅·文王之什·绵》："乃立应门，应门将将。"毛传："王之正门曰应门。"《太平御览》卷533《礼仪部十二·明堂》："《周书·明堂》曰：明堂方百一十二尺，高四尺，阶广六尺三寸，室居中，方百尺，室中方六十尺。东应门，南库门，西皋门，北雉门。"《太平御览》所引为《逸周书》佚文，刘师培《周明堂考》亦引（《刘申叔遗书》41册【95】）。

〔辰极枈玑衡〕辰极，北斗星，亦指北极星。《六臣注文选》卷18嵇叔夜（康）《琴赋》："披重壤以诞载兮，参辰极而高骧。"吕向注："辰极，北斗也。"《春秋左传正义》卷51《昭公二十五年》："为父子、兄弟、姑姊、甥舅、昏媾、姻亚，以象天明。"杜预注："六亲和睦，以事严父，若众星之共辰极也。"孔颖达疏："《论语》云：'北辰居其所，而众星共之。'六亲，父为尊严。众星，北辰为长。六亲和睦，以事严父，若众星之共北极。"《集韵》卷5《上声上·噳第九》："矩，……法也。或作枈。"玑衡，古代观测天体的仪器，浑天仪。详见《咏女娲》一诗〔虞廷当日调玑衡〕条笺注。

〔隅流型璧琮〕唐代规定，明堂基座规制呈八边形，与玉琮形状一致；其上建筑呈圆形，与玉璧形状一致。《旧唐书 · 礼仪志二》：“其明堂院每面三百六十步，当中置堂。……基八面，象八方。按《周礼》‘黄琮礼地’。郑玄注：琮者，八方之玉，以象地形，故以祀地。则知地形八方。又按《汉书》，武帝立八觚坛以祀地。登地之坛，形象地，故令为八方之基，以象地形。……基之上为一堂，其宇上圆。……又按《周礼》‘苍璧礼天’。郑玄注：璧圆以象天。故为宇上圆。”《周礼注疏》卷 18《春官宗伯 · 大宗伯》：“以玉作六器，以礼天地四方。以苍璧礼天，以黄琮礼地，以青圭礼东方，以赤璋礼南方，以白琥礼西方，以玄璜礼北方。”郑玄注：“璧圜，象天；琮八方，象地。”《广雅》卷 5《释言》：“隅、陬，角也。”流，流水。古代辟雍以环形渠水环绕宫殿。《毛诗正义》卷 16—5《大雅 · 文王之什 · 灵台》：“于论鼓钟，于乐辟廱。”毛传：“水旋丘如璧曰辟廱。”璧，《甲寅杂志》本作“壁”。

〔灵鱼泳南沼〕《毛诗正义》卷 16—5《大雅 · 文王之什 · 灵台》：“王在灵沼，于牣鱼跃。”毛传：“沼，池也。灵沼，言灵道行于沼也。”郑玄笺：“灵沼之水，鱼盈满其中，皆跳跃，亦言得其所。”孔颖达疏：“于是作乐在此辟廱宫中，是王之灵道行于人物之验。”曹植《曹子建集》卷 1《幽思赋》：“观跃鱼于南沼，聆鸣鹤于北林。”

〔皎鹭翚西廱〕《毛诗正义》卷 19—3《周颂 · 臣工之什 · 振鹭》：“振鹭于飞，于彼西雝。”毛传：“振振，群飞貌。鹭，白鸟。雝，泽也。”《吕氏家塾读诗记》卷 29《周颂 · 臣工之什 · 振鹭》吕祖谦注：“孔氏曰：‘泽名为雝。在西有此泽，无取于西之义也。’王氏曰：‘西雝，盖辟廱也。辟廱有水鹭所依也。’朱氏曰：‘先儒多谓辟廱在西郊，故曰西廱。’”皎，洁白。详见《工女怨（三首）》其一一诗〔皎皎〕条笺注。《说文解字》卷 4 上《羽部》：“翚，大飞也。”

〔渊渊斧扆张〕《楚辞章句》卷 17 王逸《九思 · 悯上》：“川谷兮渊渊”。王逸注：“深貌。”《逸周书》卷 6《明堂解第五十五》：“明堂之位，天子之位，负斧扆南面立，率公卿士侍于左右。”《仪礼注疏》卷 26 下《觐礼第十》：“天子设斧依于户牖之间，左右几。”郑玄注：“依，如今绨素屏风也，有绣斧文，所以示威也。斧谓之黼。几，玉几也。”《尔雅注疏》卷 5《释宫第五》：“牖户之间谓之扆。”郭璞注：“窻东户西也。《礼》云：‘斧扆者，以其所在处名之，其内谓之家。’”

〔屹屹玄扉崇〕屹屹，高耸貌。《毛诗正义》卷 16—4《大雅 · 文王之什 · 皇矣》：“临冲茀茀，崇墉仡仡。”毛传：“仡仡，犹言言也。”《毛诗正义》卷 16—4《大雅 · 文王之什 · 皇矣》：“临冲闲闲，崇墉言言。”毛传：“言言，高大也。”《说文通训定声 · 履部弟十二》：“仡，……[叚借]……又为屹。”玄扉，此处指明堂四面的四个门。《孔子家语》卷 3《观周第十一》："孔子观乎明堂，睹四门墉有尧舜之容，桀纣之象，而各有善恶之状，兴废之诫焉。又有周公相成王，抱之负斧扆，南面以朝诸侯之图焉。"蔡邕《蔡中郎集》卷 3《明堂月令论》："故言明堂事之大义之深也。取其宗祀之貌，则曰清庙。取其正室之貌，则曰太庙。取其尊崇，则曰太室。取其堂，则曰明堂。取其四门之学，则曰大学。取其四面周水、圆如璧，则曰辟廱。异名而同事，其实一也。"参见本诗〔八窗豁重轩，九室垣崇墉〕条笺注。

〔嗣王沛缉熙〕《毛诗正义》卷 19—3《周颂 · 闵予小子之什 · 闵予小子》诗序："闵予小子，嗣王朝于庙也。"郑玄笺："嗣王者，谓成王也。"《毛诗正义》卷 19—3《周颂 · 闵予小子之什 · 敬之》："维予小子，不聪敬止。日就月将，学有缉熙于光明。"郑玄笺："缉熙，光明也。"

〔百辟虔竫恭〕《毛诗正义》卷 17—3《大雅 · 生民之什 · 假乐》诗序："嘉成王也。"诗："百辟卿士，媚于天子也。"郑玄笺："百辟，畿内诸侯也。"竫恭，即"靖共"。《诗经今注 · 小雅 · 谷风之什 · 小明》："靖共尔位，正直是与。"高亨注："靖，犹敬也。共，奉也。位，犹职也。此句言敬奉汝职。"（上海古籍出版社 1980 年 10 月第 1 版 P320）《别雅》卷 3："竫恭，靖共也。《帝尧碑》：'竫恭祈福。'按：《诗 · 小雅》：'靖共尔位，好是正直。神之听之，介尔景福。'《碑》盖用《小雅》之文，而变靖为竫，易共以恭耳。"

〔多士颂噪凫〕多士，众多贤德之士。《毛诗正义》卷 19—1《周颂 · 清庙之什 · 清庙》："济济多士，秉文之德。"郑玄笺："济济之众士，皆执行文王之德。"孔颖达疏："又诸侯有明著之德，来助祭也。其祭之时，又有济济然美容仪之众士亦来助祭于此。众士等皆能执持文王之德，无所失坠。"案：《诗经 · 大雅 · 生民之什》中有《既醉》《凫鹥》前后连贯的二诗。《既醉》为第三首，《凫鹥》为第四首。二诗显然具有关联。高亨先生在《诗经今注》中认为："周代贵族在祭祀祖先的次日，为了酬谢尸的辛劳，摆下酒食，请尸来吃，这叫做'宾尸'，这首诗（指《凫鹥》——引者）正是行宾尸之礼所唱的歌。"（上海古籍出版社 1980 年 10 月第 1 版 P410）范处义《诗补传》卷 23《正大雅》："《既醉》《凫鹥》皆祭毕燕饮之诗，故皆言公尸，然《既醉》乃诗人托公尸告嘏以祷颂，《凫鹥》则诗人专美公尸之燕饮。"胡承珙《毛诗后笺》卷 24《大雅 · 生民之什 · 凫鹥》："承珙案：观《既醉》《凫鹥》二篇序，可见为编诗时所作，故文义相承如此。……《既醉》为正祭后燕饮之诗，《凫鹥》为事尸日燕饮之诗。"刘师培本句中的"多士"指参加助祭的众多贤德之士。"颂噪凫"，则指"多士"借对

“凫鹥”的赞美，歌颂祭典的主人宴请答谢“公尸”（古代天子祭祀，代被祭者的神灵而受祭的活人）和参加助祭者的恭敬与虔诚。凫，野鸭。野鸭性喜呱噪，故曰“噪凫”。《全唐诗》卷 231 杜甫《孤雁（一作后飞雁）》：“野鸦无意绪，鸣噪自（一作亦）纷纷。”（第 4 册 P2548）凫（鳧），《左盦遗诗》续刻本作“凫”。

〔方国辉衮龙〕方国，《甲寅杂志》本、《左盦遗诗》续刻本作“万（萬）国”。《毛诗正义》卷 16—2《大雅 · 文王之什 · 大明》：“厥德不回，以受方国。”郑玄笺：“方国，四方来附者。”邓雅《玉笥集》卷 9《朝京纪行 · 早朝》：“九重城阙五云中，万国衣冠拜衮龙。”衮龙，即“龙衮”，天子以龙装饰的礼服。《礼记 · 礼器》：“礼有以文为贵者。天子龙衮，诸侯黼，大夫黻，士玄衣纁裳。”《说文解字》卷 8 上《衣部》：“衮，天子享先王，卷龙绣于下幅，一龙蟠阿上乡。”

〔十夫陟殷仪〕“十夫”，即殷商遗民。《尚书正义》卷 13《大诰》：“翼日，民献有十夫予翼。”孔传：“今之明日，四国人贤者，有十夫来翼佐我周。”孔颖达疏：“明日，四国民之贤者，有十夫不从叛逆，其来为我翼佐。”根据孔传和孔疏，“民献”指“四国”之贤人。《毛诗正义》卷 8—3《豳风 · 破斧》：“周公东征，四国是皇。”毛传：“四国，管、蔡、商、奄也。”刘师培在《文献解》一文中曰：“《周书》‘民献’，《大传》作‘民仪’，是文献即文仪也。……《史记》：鲁‘诸儒讲礼、乡饮、大射于孔子冢。’又言：汉兴，‘徐生善为容’。是秦汉学者仍习行周代礼仪。则周代之时，杞、宋二国亦必习行夏、殷之礼仪。惟礼仪不备，故孔子惜其不足徵。若郑注训‘献’为‘贤才’，则因三代礼不下庶人，习礼之人必系故族。古以知礼、不知礼判贤愚，故以知礼者为贤。实仅‘献’字引伸之谊。”（《刘申叔遗书》38 册【3—5】，《左盦集》卷 2）《六臣注文选》卷 27 颜延年（延之）《宋郊祀歌二首》其二：“陟配在京，降德在民。”李周翰注：“陟，升也。……言天子升祖考以配天下。”殷仪，商代的礼仪。案：1962 年，顾颉刚先生在《历史研究》第 4 期上发表了《〈尚书 · 大诰〉今译（摘要）》。他对《大诰》中的“民献有十夫”作出了与前人截然不同的解释。他在《释读》中提出：“《大传》作‘民仪’，《莽诰》作‘民献仪’。《撰异》谓古文作‘献’，今文作‘仪’，此必《莽诰》止作‘仪’而后人两存之。《大系》据《令段》‘鬲百人’、《大盂鼎》‘人鬲千又五十夫’，谓‘民献’即‘人鬲’，‘仪’古音在歌部，‘鬲’古音在支部，阴阳对转。按‘鬲’为本字，‘献’为引申字。《说文 · 犬部》‘“献”，宗庙犬曰“羹献”，犬肥者以献之，从犬，鬳声。’‘鬳’为‘鬲’之繁文。‘鬲’为俘虏，于宗庙中行献俘礼则曰‘献’。本篇的‘民献’和《洛诰》的‘献民’都是献于宗庙的俘虏。拿今语说来，就是一个民族被征服之后成为征服民族的种族奴隶。这种奴隶的领袖，从《大盂鼎》上看，称为‘邦司伯’和‘夷司王臣’，依然是奴隶主。本篇的‘民献有十夫’就是指的这一批人。”（P36）他在《今译》中翻译此句：“今年春天，我们举行翌祭的那一天，在归顺我们的殷人里有一群有力量的人自动出来辅佐我们，得到他们的帮助，一同上前线，必然可以完成文王和武王的功勋。”（P47）此句指，不随管、蔡、商、奄叛乱，反而协助周公平叛的殷商遗民，保住了商代的文化礼仪遗存（否则将被全部消灭，彻底断绝）。

〔三恪宾虞公〕虞公，虞阏父，周文王时大臣，管理制陶，传为帝舜后裔。武王灭商后，其子满受封于陈国，与被封于杞的夏人后裔、封于宋的商人后裔合称“三恪”。《春秋左传正义》卷 36《襄公二十五年》：“昔虞阏父为周陶正，以服事我先王。我先王赖其利器用也，与其神明之后也，庸以元女大姬配胡公，而封诸陈，以备三恪。”杜预注：“周得天下，封夏、殷二王后，又封舜后，谓之恪，并二王，为三国。其礼转降，示敬而已，故曰三恪。”《管子》卷 11《四称第三十三》：“昔者，有道之臣，委质为臣，不宾事左右。”尹知章注：“宾，敬也。”

〔荐琛姑妹珍〕《逸周书》卷 7《王会解第五十九》：“东越海蛤，欧人蝉蛇，蝉蛇顺食之美，于越纳□，姑妹珍，且瓯文蜃，共人玄贝。”孔晁注：“姑妹，国，后属越。”荐，进献。详见《阴氛篇》一诗〔司煊荐金遂〕条笺注。《尔雅 · 释言》：“琛，宝也。”琛，《甲寅杂志》本作“宸”。

〔服猛屠何熊〕服猛，降伏猛兽。《礼记 · 郊特牲》：“虎豹之皮，示服猛也。”《艺文类聚》卷 95《兽部下 · 熊》：“《周书》曰：‘成王时，不屠国献青熊’。”《玉海》卷 152《朝贡 · 外夷来朝 · 周王会 / 汤四方献令》：“不屠何青熊（不屠何，东北夷）。”

〔明德裕多方〕《尚书正义》卷 11《泰誓下》：“惟我文考若日月之照临，光于四方，显于西土。惟我有周，诞受多方。”孔传：“称父以感众也。言其明德充塞四方，明著岐周。”

〔鲜光迪前庸〕光迪，发扬光大。庸，指先人既定的法度、规矩。陆云《陆士龙集》卷 2《大安二年夏四月大将军出祖王羊二公于城南堂皇被命作此诗》其二：“惟常思庸，大兴光迪。”宋祁《景文集》卷 35《藉田颂》：“惟太宗光廸于前，陛下述宣于后。”《尚书正义》卷 8《太甲上》：“太甲既立，不明，伊尹放诸桐。三年，复归于亳，思庸。”孔颖达疏：“太甲既立为君，不明居丧之礼。伊尹放诸桐宫，使之思过。三年，复归于亳都。以其能改前过，思念常道故也。”《尔雅 · 释诂》：“庸，……常也。”迪，

《甲寅杂志》本作作“迴”、《左盦遗诗》续刻本作“迴”，似误。

〔燀台知瑞云〕《春秋左传正义》卷 11《僖公五年》：“公既视朔，遂登观台以望，而书，礼也。凡分、至、启、闭，必书云物，为备故也。”杜预注：“视朔，亲告朔也。观台，台上构屋，可以远观者也。朔旦、冬至，历数之所始。治历者，因此则可以明其术数，审别阴阳，叙事训民。鲁君不能常修此礼，故善公之得礼。”“分，春、秋分也。至，冬、夏至也。启，立春、立夏。闭，立秋、立冬。云物，气色灾变也。”燀，同“辉”。详见《舟中望庐山》一诗〔九阳燀章宇〕条笺注。此句指，登上辉煌的高台以观察云气的变化，就知道祥瑞之云何时到来。

〔噰律知祥风〕古人认为，音律与风是对应的，音律可以调节节气。《春秋左传正义》卷 3《隐公五年》：“夫舞所以节八音，而行八风。”杜预注：“八音，金、石、丝、竹、匏、土、革、木也。八风，八方之风也。”陆德明《音义》：“八音，金钟、石磬、丝琴瑟、竹箫管、土埙、木柷敔、匏笙、革鼓也。八方之风，谓东方谷风、东南清明风、南方凯风、西南凉风、西方阊阖风、西北不周风、北方广莫风、东北方融风。”孔颖达疏：“八方风气寒暑不同，乐能调阴阳，和节气。”《尔雅·释诂》：“噰噰，音声和也。”

〔六气迓嘉休〕《春秋左传正义》卷 41《昭公元年》：“天有六气，降生五味。”杜预注：“谓阴、阳、风、雨、晦、明也。”嘉休，吉祥福祉。《古文苑》卷 19 卫觊《汉金城太守殷君碑》：“生有嘉休，终则鼎铭。”《说文解字》卷 3 上《言部》：“迓，相迎也。”

〔五璜开昭融〕五璜，亦作“五黄”，美玉。《艺文类聚》卷 87《菓部下·荔支》：“后汉王逸《荔支赋》曰：……润侔和璧，奇喻五黄。”严可均辑《全后汉文》卷 57 王逸《荔支赋》作“五璜”（中华书局影印光绪刻本，1958 年 12 月第 1 版 P784）。参见《咏史（十二首）》其七一诗〔玉璜炳朱辉〕条笺注。昭融，永放光明。《毛诗正义》卷 17—3《大雅·生民之什·既醉》：“昭明有融，高朗令终。”毛传：“融，长；朗，明也。”郑玄笺：“天既与女以光明之道，又使之长有高明之誉，而以善名终是其长也。”五璜，《左盦遗诗》续刻本作“五潢”。

〔太和傥可徯〕太和，太平。《扬子法言》卷 10《孝至篇》：“或问泰和。曰：其在唐、虞、成周乎？”宋咸注：“问太平和乐之道。”司马光注：“天下和平之至。”刘师培《杨子法言斠补·孝至卷十三》：“或问泰和。曰：其在唐、虞、成周乎？”刘师培案语：“案：《文选·宋元后哀策文》注，引‘泰’作‘太’。《七启》注、《求自试表》注，亦引作‘太’，‘乎’作‘也’。又《七启》注，引注文云：‘天下太和也’，《求自试表》注，亦引‘天下太和’四字，今本捝。”（《刘申叔遗书》32 册【43】）《说文解字》卷

2 下《彳部》："徯，待也。"

〔相期臻大同〕《礼记 · 礼运》："大道之行也，天下为公，选贤与能，讲信修睦。故人不独亲其亲，不独子其子。使老有所终，壮有所用，幼有所长，矜寡孤独废疾者皆有所养。男有分，女有归。货恶其弃于地也，不必藏于己。力恶其不出于身也，不必为己。是故谋闭而不与，盗窃乱贼而不作，故外户而不闭。是谓大同。"《说文解字》卷 12 上《至部》："臻，至也。"

咏史（十二首）其十一

入亦无所唫，出亦无所讴。请息四座喧，聆我歌成周。双阙壮台门，五轨枝中馗。檀车马四骡，锦縿龙九旒。八音协瞍矇，三田驰梁驺。射豝发未终，宾筵倾千羞。《湛露》耽绮宵，《鹿鸣》歈素秋。主称束帛贻，宾拜金罍酬。纯瑕觋（荎）〈壬〉林，乐湛扬孔休。不惜侧弁俄，所嗟日月慆。何不泝南淮，伐蓉舣三洲。岂效舟人子，瘏叹熊罴求。

【类型】

五言，24 句。

【笺注】

〔唫〕同"吟"，详见《咏史（二首）》其二一诗〔阕我陇头唫〕条笺注。《甲寅杂志》本作"吟"。《艺文类聚》卷 27《人部十一 · 行旅》："魏陈王曹植《杂诗》曰：悠悠远行客，去家千余里。出亦无所之，入亦无所止。"

〔请息四座喧〕《全唐诗》卷 485 鲍溶《述德上太原严尚书绶》："愿陈田舍歌，暂息四座喧。"（第 8 册 P5547）

〔成周〕洛邑，西周初，周公营建洛邑，称"成周"，实际形成了"镐京"与"洛邑"两京制。《尚书正义》卷 16《多士》序："成周既成，迁殷顽民。"孔传："洛阳下都。"周幽王灭国，平王东迁洛邑，历史进入东周时代。

〔双阙壮台门〕双阙，宫殿、高台、陵墓大门两相对峙的楼宇。《说文系传》卷 23："阙，门观也。……臣锴按：中央阙而为道。……盖为二台于门外，人君作楼观于上。上员下方，以其阙然为道，谓之阙。以其上可远观，以其县法谓之象。"《礼记正义》卷 31《明堂位》："疏屏，天子之庙饰也。"郑玄注："屏谓之树，今桴思也。刻之为云气蟲兽，如今阙上为之矣。"孔颖达疏："桴思，小楼也。故城隅阙上皆有之。然则屏上亦为屋，以覆屏墙，故称屏曰桴思。或解屏则阙也，古诗云：'双阙百余尺'。则阙于两旁，不得当道，与屏别也。阙虽在两旁，相对近道，大略言之，亦谓之当道。"《礼记·礼器》："有以高为贵者。天子之堂九尺，诸侯七尺，大夫五尺，士三尺。天子、诸侯台门，此以高为贵也。"《礼记正义》卷 23《礼器》："诸侯以龟为宝，以圭为瑞。家不宝龟，不藏圭，不台门。"孔颖达疏："卿大夫不得执玉，故不得藏圭。不台门者，两边筑阇为基，基上起屋曰台门。诸侯有保捍之重，故为台门。而大夫轻，故不得也。"

〔五轨枝中馗〕《周礼注疏》卷 41《冬官考工记下·匠人》："匠人营国，方九里，旁三门，国中九经、九纬。……经涂九轨，环涂七轨，野涂五轨。"郑玄注："广狭之差也。"贾公彦疏："环涂，道如环然，故谓之环也。野涂，国外谓之野，通至二百里内，以其下有都之涂三轨。言都，则三百里大夫家，涂亦三轨也。故知此野，通二百里内也。不言纬者，以与经同也。"枝，分支。《说文解字》卷 14 下《九部》："馗，九达道也。"

〔檀车马四骠〕檀车，四马拉的战车。《毛诗正义》卷 16—2《大雅·文王之什·大明》："牧野洋洋，檀车煌煌，驷骠彭彭。"毛传："駵马白腹曰骠。"参见《咏史（十二首）》其九一诗〔檀车〕、〔四牡征朔方〕条笺注。

〔锦縿龙九旒〕《礼记正义》卷 38《乐记》："所谓大辂者，天子之车也。龙旗九旒，天子之旌也。"孔颖达疏："'大辂者，天子之车也'者，大辂谓金辂也。据上公及同姓侯伯，故下云'龙旗九旒'，亦上公也。……'龙旗九旒，天子之旌也'者，据上公言之，侯、伯则七旒，子、男则五旒。"縿，旌旗的正幅。《集韵》卷 4《平声四·盐第二十四》："幓，……旗正幅为幓，或从糸。"《尔雅注疏》卷 6《释天第八》："纁帛縿，素升龙于縿，练旒九，饰以组。"郭璞注："众旒所著"，"画白龙于縿，令上向"，"练，绛练也"，"用綦组饰旒之边"。此句指，旌旗正幅以龙的图案装饰，缀以九条旌旒（飘带）。縿，《甲寅杂志》本作"骖"，疑误。

〔八音协瞍矇〕八音，八种乐器，泛指乐器。详见《咏史（十二首）》其十一诗〔噰律知祥风〕条笺注。瞍矇，亦作"蒙瞍"，任乐官的盲人。《毛诗正义》卷 16—5《大雅·文王之什·灵台》："鼍鼓逢逢，蒙瞍奏公。"毛传："有眸子而无见曰蒙，无眸子曰瞍。"郑玄笺："凡声，使瞽蒙为之。"协，协调、和谐。《集韵》卷 10《入声下·帖第三十》："协，……和也。"

〔三田驰粱骀〕《礼记正义》卷 13《王制》："天子诸侯无事，则岁三田。一为乾豆，二为宾客，三为充君之庖。"郑玄注："三田者，夏不田，盖夏时也。周礼：春曰搜，夏曰苗，秋曰狝，冬曰狩。乾豆，谓腊之以为祭祀豆实也。庖，今之厨也。"孔颖达疏：

“‘天子诸侯无事’者，谓无征伐、出行、丧凶之事，则一岁三时田猎。猎在田中，又为田除害，故称田也。‘一为乾豆’者，谓乾之以为豆实。豆实非脯，而云乾者，谓作醢及臡，先乾其肉，故云乾豆，是上杀者也。‘二为宾客’者，中杀者也。‘三为充君之庖’者，下杀者也。”梁驺，帝王狩猎场。《后汉书·班固传》载其《东都赋》：“制同乎梁驺，义合乎灵囿。”李贤注：“《鲁《诗》传》曰：‘古有梁邹者，天子之田也。’”

〔射豝发未终〕《毛诗正义》卷1—5《召南·驺虞》：“彼茁者葭，壹发五豝，于嗟乎驺虞。”毛传：“豕牝曰豝。虞人翼五豝以待公之发。”孔颖达疏：“国君此草生之时出田猎，壹发矢而射五豝。兽五豝，唯壹发者，不忍尽杀。仁心如是。”《汉书·匈奴传下》：“佩刀弓一张，矢四发。”颜师古注：“服虔曰：‘发，十二矢也。’韦昭曰：‘射礼，三而止。每射四矢，故以十二为一发也。’师古曰：发，犹今言箭一放、两放也。今则以一矢为一放也。”此句指，国君出猎，依礼只向母猪射出的十二箭尚未全部射出。

〔宾筵倾千羞〕宾筵，宴请宾客的正式筵席。周天子宴请宾客的食单没有记载，但可从周天子自己的食单中窥见一斑。《周礼·天官冢宰·膳夫》：“膳夫掌王之食饮膳羞，以养王及后、世子。凡王之馈食用六谷，膳用六牲，饮用六清，羞用百二十品，珍用八物，酱用百有二十瓮。王日一举，鼎十有二，物皆有俎，以乐侑食。”《周礼·天官冢宰·食医》：“食医掌和王之六食、六饮、六膳、百羞、百酱、八珍之齐。”

〔《湛露》耽绮宵〕《诗经·小雅·南有嘉鱼之什》有《湛露》一篇，诗序曰：“天子燕诸侯也。”描写周天子与诸侯夜饮，不醉不归。参见《浣花溪夕望》一诗〔零零湛露晞〕条笺注。耽，喜爱。详见《仲夏感怀（二首）》其一一诗〔耽〕条笺注。绮宵，指美丽、迷人的夜晚。《后汉书·宦者列传》：“嫱媛、侍儿、歌童、舞女之玩，充备绮室。”李贤注：“绮室，室之绮丽者。”《说文解字》卷7下《宀部》：“宵，夜也。”《明诗综》卷78钱栴《七夕狱中作》：“对泣南冠度绮宵，江乡千里客愁遥。”耽，《左盦遗诗》续刻本作“眈”，似误。

〔《鹿鸣》歈素秋〕《诗经·小雅·鹿鸣之什》有《鹿鸣》一篇，诗序曰：“燕群臣嘉宾也。”描写周天子宴请诸侯，君臣欢饮。案：唐以后，乡试发榜后，有宴请新科举人的习俗。因宴会上要歌《鹿鸣》诗，故称“鹿鸣宴”。乡试往往在秋季举行，故有“秋闱”之称。歈，通“愉”。《古诗纪》卷33刘伶《北芒客舍诗》：“陈醴发悴颜，色歈畅真心。”《文选注》卷19张茂先（华）《励志诗》：“星火既夕，忽焉素秋。”李善注：“《尔雅》曰：‘秋为白藏。’故云素秋。”《六臣注文选》卷25刘越石（琨）《重赠卢谌》：“朱实陨劲风，繁英落素秋。”李善注：“刘桢《与临淄侯书》曰：‘肃以素秋。’”

吕延济注："秋，西方白也，故曰素秋。"歊，《甲寅杂志》本作"□"。

〔主称束帛贻〕依周礼，宾主相见，客人要敬献礼物。宾主相互敬酒，主人还要以"束帛"回赠。《仪礼注疏》卷 1《士冠礼》："遂以摰见于乡大夫乡先生，乃醴宾以壹献之礼。主人酬宾，束帛俪皮，赞者皆与，赞冠者为介。宾出，主人送于外门外。再拜，归宾俎。"郑玄注："壹献者，主人献宾而已，即燕无亚献者。献酢酬，宾、主人各两爵而礼成。"称，感谢。主称，主人酬谢宾客。《史记 · 绛侯周勃世家》："天子为动，改容式车。使人称谢：'皇帝敬劳将军。'"曹植《曹子建集》卷 6《箜篌引》："主称千金寿，宾奉万年酬。"《史记 · 鲁仲连传》："于是平原君欲封鲁连，鲁连辞让使者三，终不肯受。平原君乃置酒，酒酣起前，以千金为鲁连寿。"束帛，卷扎成一捆的丝织品，古代以此作为馈赠的礼物。《周礼注疏》卷 17《春官宗伯 · 大宗伯》："孤执皮帛。"郑玄注："皮帛者，束帛而表以皮为之。"贾公彦疏："又云'束帛乘马'，故知此帛亦束，束者十端，每端丈八尺，皆两端合卷，总为五匹，故云束帛也。"《说文解字》卷 6 下《贝部》："贻，赠遗也。"束，《甲寅杂志》本作"朱"。

〔宾拜金罍酬〕《毛诗正义》卷 1—1《周南 · 卷耳》："我姑酌彼金罍"。陆德明《音义》："罍，卢回反，酒罇也。《韩诗》云：'天子以玉饰，诸侯大夫皆以黄金饰，士以梓。'《礼记》云：'夏曰山罍，其形似壶，容一斛，刻而画之为云雷之形。'"《仪礼注疏》卷 9《乡饮酒礼第四》："宾西阶上疑立，主人实觯酬宾。"郑玄注："酬，劝酒也。"贾公彦疏："云'宾西阶上疑立'者，待主人自饮故也。云'酬之言周，忠信为周'者，此解主人将酬宾，先自饮之意。以其酬宾若不自先饮，主人不忠信，恐宾不饮，示忠信之道，故先自饮，乃饮宾为酬也。"

〔纯嘏贶（荎）〈壬〉林〕荎，当作"壬"。《毛诗正义》卷 14—3《小雅 · 甫田之什 · 宾之初筵》："百礼既至，有壬有林。锡尔纯嘏，子孙其湛。"毛传："壬，大。林，君也。""嘏，大也。"郑玄笺："壬，任也，谓卿大夫也。诸侯所献之礼既陈于庭，有卿大夫，又有国君。言天下遍至，得万国之欢心。""纯，大也。嘏，谓尸（供奉神灵的牌位——引者）与主人以福也。"《说文解字》卷 6 下《贝部》："贶，赐也。"荎，《甲寅杂志》本作"芊"。

〔乐湛扬孔休〕乐湛，长久的欢愉。《毛诗正义》卷 9—2《小雅 · 鹿鸣之什 · 鹿鸣》："鼓瑟鼓琴，和乐且湛。"毛传："湛，乐之久。"孔休，大福。《诗经 · 豳风 · 破斧》："哀我人斯，亦孔之休。"《尔雅 · 释言》："孔，甚也。"《春秋左传正义》卷 38《襄公二十八年》："镇抚其民人，以礼承天之休。"杜预注："休，福禄也。"

〔侧弁俄〕《毛诗正义》卷 14—3《小雅 · 甫田之什 · 宾之初筵》："侧弁之俄，屡舞傞傞。"孔颖达疏："此言宾曰既已醉，则不自知其过失。倾侧其弁（帽冠——引者），使之俄然。数起舞傞傞然，又不能止。以此荒醉，败乱天下。"

〔所嗟日月慆〕日月慆，时光消逝。《毛诗正义》卷 6—1《唐风 · 蟋蟀》："今我不乐，日月其慆。"毛传："慆，过也。"

〔何不泝南淮，伐鼛舣三洲〕《毛诗正义》卷 13—2《小雅 · 谷风之什 · 鼓钟》："鼓钟伐鼛，淮有三洲。"毛传："鼛，大鼓也。三洲，淮上地。"孔颖达疏："鼓击其钟，伐击其鼛，于淮水有三洲之地者。……鼛，即皋也，古今字异耳。《韗人》云：'皋鼓，寻有四尺'。长丈二，是大鼓也。三洲系淮言之，水中可居曰洲。故知淮上之地。"案：《钟鼓》一诗，记载了钟、鼓、琴、瑟、笙、磬等多种乐器和鸣，演奏《雅乐》《南乐》等雅乐（另一说认为，雅、南亦为乐器名）。泝，同"溯"。《正字通》巳集上《水部》："泝，泲、溯同。逆流而上曰泝洄，顺流而下曰泝游。"《鼓钟》有句"以雅以南"。另有观点认为，"南乐"为"南夷之乐"，刘师培此处用"南淮"，即指处于南方的淮地。舣，泊舟，详见《读楚词》一诗〔舣〕条笺注。

〔岂效舟人子，寤叹熊罴求〕《诗经 · 小雅 · 谷风之什 · 大东》："舟人之子，熊罴是裘。"对此句的解释，自古存在分歧。毛氏认为，"舟人之子"即操舟之人，穿着熊罴皮毛制成的衣服，言其富有。而郑玄认为，"舟"当作"周"，"裘"当作"求"。"周世臣之子孙，退在贱官，使搏熊罴。"具体见《毛诗正义》卷 13—1《大东》一诗相关注释。后世的注解，多以此二观点为基础。述者揣以已意认为，郑玄释"舟"为"周"、释"裘"为"求"十分准确，但"退在贱官，使搏熊罴"值得商榷。该句的解释应该为：周的世家子弟，以穿着熊罴皮毛制作的华服为时尚追求。"……是求"，是"以……为求"的固定句式，这一用法在先秦典籍中有例子。如，《左传 · 成公十三年》："寡人帅以听命，唯好是求。"《左传 · 文公十二年》："裹粮坐甲，固敌是求。敌至不击，将何俟焉。"《左传 · 宣公十二年》："率师以来，唯敌是求。克敌得属，又何俟！"《左传 · 僖公十五年》："愎谏违卜，固败是求，又何逃焉。"《管子 · 幼官第八》："至善之为兵也，非地是求也。"从刘师培此二句及整首诗的文辞来看，他对"舟人之子，熊罴是裘"的理解应该与述者一致。《毛诗正义》卷 7—3《曹风 · 下泉》："忾我寤叹，念彼周京。"郑玄笺："忾，叹息之意。寤，觉也。"

【略考】

本诗是对东周王室、贵族贪图享乐，安于现状，不思进取的讽喻。《竹书纪年》

卷下《厉王》：“三年，淮夷侵洛，王命虢公长父征之，不克。”《后汉书 · 东夷传》：“厉王无道，淮夷入寇，王命虢仲征之，不克。”周厉王之子宣王即位，励精图治，力图恢复周室王权。即位后不久，就发动了北征𤞤狁，南征淮夷的战争，并大获全胜。但宣王之子幽王荒淫，最终镐京失陷，西周灭亡。幽王之子平王东迁洛邑（成周），是为东周。周王室、贵族贪图享乐，生活奢靡，丧失了周宣王时期的雄心和锐气。本诗先是描写了周王室和贵族在成周奢华、安定的生活享乐，末尾话风一转——以“何不泝南淮，伐馨舣三洲。岂效舟人子，瘏叹熊罴求”4 句，表达了对周宣王南征淮夷的赞誉，对东周王室和贵族安于现状，追求享乐的不屑。

咏史（十二首）其十二

仲尼昔栖皇，儒风恢鲁邹。低回彼黍章，悯惕王辙休。文质丧恒宗，韦编靡近求。空文奚劝惩，宝书资迪繇。举正二仪中，轮化三正周。五始囊坤乾，八枋移王侯。绵绵经礼延，馘馘火德修。感兹大角灵，愿言中央游。赤书荡鲁尘，黄瑞閟轩丘。崇替显百王，焉知姬与刘。感精无元符，更制终心雩。璜玉傥昭灵，九阴烛玄苞。

【类型】

五言，24 句。

【笺注】

〔仲尼昔栖皇〕指孔子为忙于传道授业，不暇安坐暖席。详见《黄鹤楼夕眺》一诗〔万突黔烟生〕条笺注。《史记 · 孔子世家》：“孔子适郑，与弟子相失，孔子独立郭东门。郑人或谓子贡曰：‘东门有人，其颡似尧，其项类皋陶，其肩类子产，然自要以下不及禹三寸，累累若丧家之狗。’子贡以实告孔子。孔子欣然笑曰：‘形状，末也。而似丧家之狗，然哉！然哉！”裴骃《集解》：“王肃曰：‘丧家之狗，主人哀荒，不见饮食，故累然而不得意。孔子生于乱世，道不得行，故累然不得志之貌也。《韩诗外传》曰：“丧家之狗，既敛而椁，有席而祭，顾望无人”也。’”

〔儒风恢鲁邹〕孔子，鲁国曲阜阙里人。孟子，邹人。《增修互注礼部韵略》卷 1《上平声 · 十五灰》：“恢，……大之也。”

〔低回彼黍章，悯惕王辙休〕低回，徘徊。详见《咏史（四首）》其一一诗〔抚环空低回〕条笺注。《诗经 · 王风 · 黍离》诗序：“黍离，闵宗周也。周大夫行役，至于宗周，过故宗庙宫室，尽为禾黍，闵周室之颠覆，彷徨不忍去而作是诗也。”诗：“彼黍离离，彼稷之苗。行迈靡靡，中心摇摇。知我者，谓我心忧。不知我者，谓我何求。悠悠苍天，此何人哉。”王辙，君王的车辙，代指其行迹。《诗解颐》卷 1《秦 · 总论》：“若是，则王辙可以不东，戎难可以必除，而先王之雠亦可以少报矣。”悯慯，即“悯伤”，哀怜。袁宏《后汉纪》卷 9《孝明皇帝纪第九》：“荣病笃，上疏谢恩，让还爵土。上悯伤之，临幸其家。”《正字通》卯集上《心部》：“慯，与伤通。”《吕氏春秋》卷 20《观表》：“而日月星辰，云气雨露未尝休矣。”高诱注：“休，止也。”此二句指，《黍离》之诗表达了对周天子再不能重返宗周（西周旧都镐京）的哀伤。慯，《甲寅杂志》本、《左盦遗诗》续刻本作“伤（傷）”。

〔文质丧恒宗〕《论语注疏》卷 6《雍也第六》：“子曰：‘质胜文则野，文胜质则史，文质彬彬，然后君子。”何晏注：“包曰：‘野如野人，言鄙略也。’”“包曰：‘史者，文多而质少。’”“包曰：‘彬彬，文质相半之貌。’”恒宗，恒久的宗师、传统，指孔子。邵宝《容春堂后集》卷 2《萧山县新修儒学记》：“惟道术裂而学无恒宗，于是乎有诸师。人才杂而仕无恒途，于是乎有诸科。”

〔韦编〕《史记 · 孔子世家》：“读《易》，韦编三绝。曰：‘假我数年，若是，我于《易》则彬彬矣。’”

〔空文奚劝惩〕空文，指不容于当世的文章。《史记 · 太史公自序》：“孔子之时，上无明君，下不得任用，故作《春秋》，垂空文以断礼义，当一王之法。”劝惩，详见《励志诗》一诗〔劝惩史讬鲁，替凌道愍周〕条笺注。

〔宝书资迪繇〕《春秋公羊传注疏》卷 1《隐公元年》徐彦疏：“闵因叙云：昔孔子受端门之命，制《春秋》之义，使子夏等十四人求周史记，得百二十国宝书，九月经立。《感精符》《考异邮》《说题辞》具有其文。以此言之，夫子修《春秋》，祖述尧舜，下包文武，又为大汉用之训世，不应专据鲁史，堪为王者之法也。故言据百二十国宝书也。周史而言宝书者，宝者，保也，以其可世世传保，以为戒，故名宝书也。”迪繇，训道。详见《励志诗》一诗〔歆历洞迪繇〕条笺注。

〔举正二仪中〕举正，制定中允的标准。二仪中，天地之间。《左传 · 文公元年》：“举正于中，民则不惑。”《周易 · 系辞上》：“易有太极，是生两仪，两仪生四象，四象生八卦。”《文选注》卷 36 任彦升（昉）《宣德皇后令》：“九星仰止，不易日月，而二仪贞观。”李善注：“王肃曰：两仪，天地也。”冯椅《厚斋易学》卷 44《易外传第十二 · 说卦上》：“两仪生四象，在《易》则固有在矣，在造化则两仪阴阳也。”

〔轮化三正周〕轮化，像轮子一样循环运转。《云笈七签》卷 16《三洞经教部 · 无想无结无爱天生神章第九 · 帝真神府命元自然玄照之气》："无结固无情，玄玄虚中澄。轮化无方序，数来亦叵乘。" 三正，夏商周三代使用的不同历法。详见《咏史（十二首）》其三一诗〔三正〕条笺注。《尚书大传》卷 1："正朔三而改，文质再而复。三统者，所以序生也。三正者，所以统天也。是故三统三正，三王之统，若循连环，周则又始，穷则反本也。"《太平御览》卷 76《皇王部一 · 叙皇王上》："《周书》曰：三王之统，若循连环，周则复始，穷则反本。"

〔五始囊坤乾〕《春秋左传正义》卷 1《隐公元年》经文："元年，春，王正月。" 孔颖达疏："说《公羊》者云：'元者气之始，春者四时之始，王者受命之始，正月者政教之始，公即位者一国之始。'《春秋纬》云：'黄帝受图，有五始。' 谓此五事也。杜于《左氏》之义虽无此文，而五始之理，亦于杜无害。" 囊，《甲寅杂志》本作"书"。

〔八枋移王侯〕《周礼注疏》卷 26《春官宗伯 · 内史》："内史，掌王之八枋之法，以诏王治。一曰爵，二曰禄，三曰废，四曰置，五曰杀，六曰生，七曰予，八曰夺。" 陆德明《音义》："枋，本又作柄。" 此句指，以"爵、禄、废、置、杀、生、予、夺"八种手段处置控制王侯。

〔绵绵经礼延〕《毛诗正义》卷 4—1《王风 · 葛藟》："绵绵葛藟，在河之浒。" 毛传："绵绵，长不绝之貌。"《礼记正义》卷 23《礼器》："《经礼》三百，《曲礼》三千"。郑玄注："《经礼》，谓《周礼》也。《周礼》六篇，其官有三百六十。曲，犹事也。事礼，谓今礼也。礼篇多亡，本数未闻，其中事仪三千。"

〔戫戫火德修〕戫，通"郁"。戫戫，即"郁郁"。《正字通》卯集中《戈部》："戫，有文采也。与彧、郁通。"《文苑英华》卷 331《天 · 云二首》陈子昂《庆云章》："丛兮烂漫，戫戫（《集》作郁郁）纷纷。"《史记 · 封禅书》："周得火德，有赤乌之符。" 另参见《咏史（十二首）》其三一诗〔五德筦始终〕条笺注。戫戫，《甲寅杂志》本作"戫々"。々，叠字符号。

〔感兹大角灵，愿言中央游〕《史记 · 天官书》："东宫苍龙，房、心。……左角，李；右角，将。大角者，天王帝廷。" 司马贞《索隐》："《援神契》云：'大角为坐候。' 宋均云：'坐，帝坐也。'" 张守节《正义》："大角一星，在两摄提间，人君之象也。占：其明盛黄润，则天下大同也。"《隋书 · 天文志上》："后汉张衡为太史令，铸浑天仪，总序经星，谓之《灵宪》。其大略曰：星也者，体生于地，精发于天。紫宫为帝皇之居，太微为五帝之坐。在野象物，在朝象官。居其中央谓之北斗，动系于占，实司王命。四布于方，为二十八星。日月运行，历示休咎。五纬经次，用彰祸福。则上天之心于是见矣。”此二句指，大角星为帝座人君之象，孔子无帝王之位，有素王之业。参见《甲辰年自述诗》（其十七）一诗〔改制如何罔素王〕条笺注及“略考”。

〔赤书荡鲁尘〕赤书，指孔府“端门”所降谶书。详见《读戴子高先生《论语注》〔素王大业垂端门〕条笺注。

〔黄瑞闢轩丘〕《史记・五帝本纪》：“黄帝者……有土德之瑞，故号黄帝。”司马贞《集解》：“按：有土德之瑞，土色黄，故称黄帝。”《史记・五帝本纪》：“黄帝居轩辕之丘”。裴骃《集解》：“皇甫谧曰：‘受国于有熊，居轩辕之丘，故因以为名，又以为号。’”《文苑英华》卷 562《贺祥瑞二・中书门下贺元和殿甘露降表一首》权德舆《中书门下贺元和殿甘露降表》：“轩丘颁瑞，汉史纪年。徒习前闻，岂如目覩。”闢，开启。《说文解字》卷 12 上《门部》：“闢，辟门也。”丘，《甲寅杂志》本、《左盦遗诗》续刻本作“邱”。

〔崇替显百王〕崇替，兴衰立废。《国语》卷 18《楚语下》：“君子惟独居，思念前世之崇替”。韦昭注：“崇，终也。替，废也。《诗》云：‘曾不崇朝。’”《尔雅注疏》卷 2《释诂下》：“显，……代也。”郭璞注：“鸿雁知运代。昏主代明，明亦代昏，显即明也。间错亦相代。”邢昺疏：“皆谓更代也。”

〔姬与刘〕《史记・周本纪》：“周后稷，名弃。……号曰后稷，别姓姬氏。”《史记・高祖本纪》：“高祖，沛丰邑中阳里人，姓刘氏”。案：据《公羊传》及谶纬，孔子修《春秋》预示了刘氏汉王朝将兴起。参见本诗〔宝书资迪繇〕、〔璜玉倪昭灵〕条笺注。

〔感精无元符〕《古微书》卷 10《春秋感精符》孫瑴注：“《春秋感精符》，此言一切灾祥，皆精神之感召，而天物来符，故多述人事。”《春秋公羊传注疏》卷 1《隐公元年》徐彦疏：“闵因叙云：昔孔子受端门之命，制《春秋》之义，使子夏等十四人求周史记，得百二十国宝书，九月经立。”《汉书・扬雄传下》载其《长扬赋》：“方将俟元符”。颜师古注：“元，善也。符，瑞也。”感，《甲寅杂志》本作“恒”。

〔更制终心雺〕《盐铁论注》卷 12《诏圣第五十八》：“故衣弊而革裁，法弊而更制。”张之象注：“董仲舒曰：‘琴瑟不调甚者，必解而更张之，乃可鼓也。为政而不行甚者，必变而更化之，乃可理也。当更张而不更张，虽有良工，不能善调也。当更化而不更化，虽有大贤，不能善治也。’”案：作为今文经学大家，康有为在《孔子改制考》一书中提出：孔子作《春秋》以微言大义寓改制精义于其中，以成素王之业。其微言大义集中于《公羊传》中。雺，同“雾”“霿”，详见《得陈仲甫书》一诗〔尘冥雺不圛〕条笺注。心雺，蒙蔽在心上的迷雾，指迷惑。荀悦《前汉纪》卷 16《孝昭一》：“元凤元年，……燕王……宫中井水皆竭，有黄鼠舞燕王殿前端门中，视之不去，一日一夜死者数千。……黄鼠舞端门者，近黄祥也。思心霿乱之应，将败死亡之象也。”结合“崇替显百王，焉知姬与刘”二句分析，上句与此句指，天人感应，天降福祸皆因世间人事善恶，上天在鲁端门降示给孔子的并非祥瑞。孔子因此作《春秋》寓改制于其中，拨开了蒙蔽在人们心中的迷雾，（但与预示刘氏汉王朝兴起无关）。

〔璜玉傥昭灵〕璜玉，亦作“黄玉”。《白虎通义》卷 3 上《瑞贽 · 五瑞制度名义》：“半珪为璋，方中圆外曰璧，半璧曰璜，圆中牙身玄外曰琮。”同上书卷 4 下《崩薨 · 坟墓》：“孔子卒，所以受鲁君之璜玉葬鲁城。”（卢文弨《抱经堂丛书》本）《古微书》卷 8《春秋演孔图》：“得麟之后，天下血书鲁端门曰：‘趋作法，孔圣没。周姬亡，彗东出。秦起政，胡破术。书记散，孔不绝。’子夏明日往视之，血书飞为赤鸟，化为帛。鸟消书出，署曰《演孔图》，中有作图制法之状。又曰：鸟化为书，孔子奉以告天，赤爵集书上，化为黄玉，刻曰：‘孔提命，仰应法，为赤制。’”同上书卷 11《春秋说题辞》：“孔子卒，以所受黄玉葬鲁城北。”《搜神记》卷 8：“孔子修《春秋》，制《孝经》既成，斋戒，向北辰而拜，告备于天。乃洪郁，起白雾摩地，白虹自上而下，化为黄玉，长三尺，上有刻文。孔子跪受而读之曰：‘宝文出，刘季握。卯金刀，在轸北。字禾子，天下服。’”参见《咏史（十二首）》其十一诗〔五璜开昭融〕条笺注。《楚辞章句》卷 17 王逸《九思 · 伤时》：“惟昊天兮昭灵”。王逸注：“昭，明也。灵，神也。”

〔九阴烛玄苞〕九阴，极幽冥隐晦之地。详见《花园镇关帝庙夜宿》一诗〔翔阳扃九阴〕条笺注。玄苞，亦作“玄包”。《后汉书 · 苏竟传》：“夫孔丘秘经，为汉赤制，玄包幽室，文隐事明。”李善注：“包，藏也。言纬书玄秘，藏于幽室。文虽微隐，事甚明验。”《文苑英华》卷 511《教授文书门二十一道 · 谶书判二道》薛邕《谶书判 · 对》：“幽家玄苞，秘书赤制。贾逵是擿，且未能言。郑兴不为，孰云有学。”同上书卷 610 陈子昂《为陈御史进奉和秋景观竞渡诗表（武后）》：“信探颐（集作‘道’）于玄苞，得斯文于紫极，太平允矣。”玄苞在此处特指孔子学说的微言大义。《几社壬申合稿》卷 4《骚》陈子龙《闵奄 · 悼友人潘子桓也》：“继微言于孔繇兮，属玄苞之菁荣。”《六臣注文选》卷 48 班孟坚（固）《典引》：“夫图书亮章天哲也，孔繇先命圣孚也。”蔡邕注：“繇，道也，言孔子先定道，诚至信也。”吕延济注：“孔子之道，先王教命，圣人信而行之也。孔，谓孔子也。繇，道。孚，信也。”上句和此句指，上天降示给孔子的璜玉倘若真的灵异光明，孔子之道必将照亮暗藏于幽冥之中的玄理。

南河修禊图山腴先生属题（壬子）

长安二三月，灼灼城南花。都人熙晢旸，君子扬柔嘉。驾言芮阸游，缅延盘干僴。南溪信漻清，北流亦滮沱。柔风蔚桐蕤，阳景开萍波。祁祁物序迁，雍雍繁祉和。洛觞藻华羽，沂服鲜轻罗。景触物不违，事迈情谁那。沧浪如未远，兰亭焉足多。

【刊载】

1931 年林思进清寂堂《左盦遗诗》刻本；1932 年（壬申）成都霜甘小阁刻本《清寂堂诗录》卷 1；《刘申叔遗书补遗》下册 P1314。

【编年】

1912 年。《左盦遗诗》署“壬子”。

【类型】

五言，18 句。

【笺注】

〔南河〕北京的南河泊，即今西客站边上的莲花池。《天咫偶闻》卷 9《郊坰》：“南河泊，俗呼莲花池，在广宁门外石路南。有王姓者，于此植树木，起轩亭。有大池广十亩许，红白莲满之，可以泛舟，长夏游人竞集。厂榭三间，一水回折，八窗洞开。夕照将倾，微风偶拂。扁舟不帆，环流自远。新荷点点，茁水如然。浓绿阴阴，周回成幄。浊酒微酣，清兴不竭，于此间大有江湖之思。故宣南士大夫趋之若鹜，亦粉署中一服清凉散也。”

〔修禊〕《清寂堂诗录》卷 1《五言诗》附录林纾（琴南）《辛亥三月三日（1911 年 4 月 1 日——引者）山腴先生集同人修禊于南河泊属余作图并纪以诗》。《事物纪原》卷 8《岁时风俗部四十二》：“祓禊。《韩诗》曰：‘三月桃花水下之时，郑国之俗，以上巳于溱洧之上，执兰招魂，续魄祓除不祥。’沈约《宋书》曰：‘魏已后，但用三日，不复用巳也。’《岁时记》：‘按：《周礼 · 女巫》有“岁时祓除之事”。郑注云：今上巳，水上之类。’又《论语》：‘暮春者，春服既成，浴乎沂，风乎舞雩。’谓水滨祓除，由来远矣，盖周典也。今岁三月，西池之游，其遗事尔。”《晋书 · 王羲之传》录其《兰亭集序》："永和九年，岁在癸丑。暮春之初，会于会稽山阴之兰亭，修禊事也。"

〔山腴先生〕林思进（1874—1953），字山腴，号清寂翁，成都人，著名学者。刘师培在蜀时，与之过从甚密。1931 年，林思进以刘师培手稿为底本，刊刻其《左盦诗》，名《左盦遗诗》。1933 年，又补充数首，刻《左盦遗诗》续刻本。

〔长安〕古时常以长安代指京师，此处指北京。

〔灼灼城南花〕《毛诗正义》卷 1《关雎 · 桃夭》："桃之夭夭，灼灼其华。" 毛传："灼灼，华之盛也。" 莲花池位于北京城南，南城城墙之外。今丰台、海淀、西城三区交界处，属丰台辖区。

〔都人熙晢旸〕都人，居于京城者。《诗经今注今译 · 小雅 · 都人士》："彼都人士，狐裘黄黄。" 马持盈注："彼都，指西周旧京之镐京。"（台湾商务印书馆 1979 年 3 月六版 P381）《列子》卷 6《力命第六》："出则结驷，在家熙然。" 张湛注："《字林》云：'欢笑也。'" 晢旸，阳光明媚的晴天。《尚书正义》卷 11《洪范》："曰雨曰旸"。孔传："雨以润物，旸以干物。" 孔颖达疏："其名曰雨，所以润万物也。曰旸，所以干万物也。" 晢，本意为白，此处引申为光亮、明亮。

〔君子扬柔嘉〕君子，此处指参加修禊的林思进及其朋友们。《毛诗正义》卷 18—1《大雅 · 荡之什 · 抑》："敬尔威仪，无不柔嘉。" 郑玄笺："柔，安。嘉，善也。"

〔驾言芮阸游〕驾言，出游。详见《咏史（十二首）》其四一诗〔驾言发奉高〕条笺注。《毛诗正义》卷 17—3《大雅 · 生民之什 · 公刘》："止旅乃密，芮鞫之即。" 毛传："芮，水厓也。鞫，究也。" 郑玄笺："芮之言内也，水之内曰隩。水之外曰鞫。公刘居豳既安，军旅之役止，士卒乃安，亦就涧水之内外而居，修理田事也。" 孔颖达疏："公刘见其布在水旁，各服田亩，又止其军旅之役，乃安息其士卒，令此士卒于彼芮鞫之就也。芮，水内也。鞫，水外也。"《汉书 · 地理志上》："右扶风，……汧，吴山在西，古文以为汧山。雍州山。北有蒲谷乡弦中谷，雍州弦蒲薮。汧水出西北，入渭。芮水出西北，东入泾。《诗》'芮阸'，雍州川也。" 颜师古注："阸，读与鞫同。《大雅 · 公刘》之诗曰：'止旅乃密，芮鞫之即'，《韩诗》作'芮阸'。言公刘止其军旅，欲使安静，乃就芮阸之间耳。" 此句以公刘率众耕种安居于"芮阸"，喻指林思进欲返回家乡四川。参见《再题南河图（前诗意有未尽作此广之）》一诗〔今睹东陵瓜〕条笺注。

〔缅延盘干傴〕缅延，即绵延。《说文通训定声 · 乾部弟十四》："缅，……[叚借] 为緜。《谷梁 · 庄三》传：'举下，缅也。'《释文》：'远也。'"《诗经集传》卷 2《卫风 · 考盘》："考盘在涧，硕人之宽。……考盘在阿，硕人之薖。" 朱熹注："盘，盘桓之意，言成其隐处之室也。……诗人美贤者隐处涧谷之间，而硕大宽广，无戚戚之意。”“曲陵曰阿。薖义未详，或云亦宽大之意也。”干，通“涧”。《周易 · 渐》：“初六，鸿渐于干。”陆德明《经典释文》卷 2《周易音义 · 周易下经夬传第五 · 渐》：“于干。……又云，涧也。荀、王肃云：山间涧水也。”《毛诗正义》卷 3—2《卫风 · 考盘》陆德明《音义》：“薖，……《韩诗》作䞈。䞈，美貌。”此句指，在幽远宽广之地隐居。亦为对林思进欲返回家乡四川的暗喻。干，《林本》作“干”；《刘申叔遗书补遗》本作“幹”，误。

〔南溪信谬清，北流亦滮沱〕莲花池水东南流，形成“洗马沟”，今称“莲花河”。《明一统志》卷 1《京师 · 山川》：“太湖在府西南四十五里，广袤十数亩，傍有二泉涌出，经冬不冻，东流为洗马沟。”“洗马沟在府西南四十五里，流出蓟南太湖。世传光武北徇于蓟尝洗马于此。”《日下旧闻考》卷 93《郊坰（西三）》：“臣等谨按：洗马沟旧迹今不可辨，《水经注》又谓源出西湖，亦称太湖。”南溪，当指“洗马沟”。谬，水清。详见《答周美权诗意》一诗〔漻〕条笺注。《毛诗正义》卷 22《小雅 · 鱼藻之什 · 白华》：“滮池北流，浸彼稻田。”郑玄笺：“池水之泽，浸润稻田。”滮池，亦名“滮沱”，古水名，在长安西。详见《新白紵曲》一诗〔滮池应有鸳鴟翔〕条笺注。

〔柔风蔚桐蕤〕《宋书 · 乐志二 · 青帝词》：“雁将向，桐始蕤。柔风舞，暄光迟。”《淮南鸿烈解》卷 15《兵略训》：“审错规虑，设蔚施伏。”高诱注：“草木蕃盛曰蔚也。”蕤，草木繁盛。详见《伤女颎（二首）》其二一诗〔葳蕤木槿华〕条笺注。

〔阳景开萍波〕阳景，阳光。详见《再渡日本舟中作》一诗〔阳景〕条笺注。萍波，浮萍随水波荡漾。司马光《传家集》卷 13《送王殿丞（景阳）知眉山县二首（其一）》：“风树悲欢异，萍波聚散频。”

〔祁祁物序迁〕祁祁，众多貌。详见《咏史（十二首）》其九一诗〔蘩实今盈筐〕条笺注。物序，岁时移转。江淹《江文通集》卷 4《赤亭渚》：“坐识物序晏，卧视岁阴空。”

〔雍雍繁祉和〕《毛诗正义》卷 19—3《周颂 · 清庙之什 · 雝》：“有来雝雝，至止肃肃。……绥我眉寿，介以繁祉。”郑玄笺：“雝雝，和也。”“繁，多也。文王之德，安及皇天。谓降瑞应，无变异也。又能昌大其子孙，安助之以考寿，多与福禄。”《正字通》戌集中《隹部》：“雝，……又与雍同。”

〔洛觞藻华羽〕《文选注》卷 20 颜延年（延之）《应诏燕曲水作诗一首》：“伊思镐饮，每惟洛宴。”李善注：“《齐谐记》：‘束皙对武帝曰：“昔周公卜洛邑，因流水以泛酒。故逸《诗》曰：‘羽觞随流波’。”’”

〔沂服鲜轻罗〕《论语注疏》卷 11《先进第十一》：“子曰：‘何伤乎？亦各言其志也。’曰：‘莫春者，春服既成。冠者五六人，童子六七人，浴乎沂，风乎舞雩，咏而归。’夫子喟然叹曰：‘吾与点也！’”何晏注：“浴乎沂水之上。”

〔景触物不违〕此句指，再睹此景，昔日景中之物没有改变。

〔事迈情谁那〕事迈，物是人非。《广雅》卷 1《释诂》：“迈，……往也。”《正字通》酉集下《邑部》：“那……俗作那。旧本以那为本字，谓那同那。”那，通“挪”。包拯《包孝肃奏议集》卷 8 录有《议兵（七篇）·请那移河北兵马事（一章）》。那，《刘申叔遗书补遗》本作“那”。

〔沧浪〕《孟子·离娄上》：“有孺子歌曰：沧浪之水清兮，可以濯我缨；沧浪之水浊兮，可以濯我足。”

再题南河图（前诗意有未尽作此广之）

九衢丽飞甍，五陵富鸣珂。黄金络骏镳，翠羽缨明驼。贻蕑及良辰，秉椒扬清謌。康会良独难，流蕤宁久华。麦阴液玄都，飘风开卷阿。昔聆南山萁，今睹东陵瓜。訾云阕晌盱，枌雨疏盘娑。一为《渌水》吟，川逝今如何。

【刊载】

1931 年林思进清寂堂《左盦遗诗》刻本；1932 年（壬申）成都霜甘小阁刻本《清寂堂诗录》卷 1；《刘申叔遗书补遗》下册 P1315。

【编年】

1912 年。《左盦遗诗》署“壬子”

【类型】

五言，16 句。

【笺注】

〔九衢丽飞甍〕九衢，四通八达的街道。详见《杂赋》一诗〔交衢〕条笺注。《文选注》卷 5 左太冲（思）《吴都赋》：“飞甍舛互”。刘渊林（逵）注：“飞甍舛互，言室屋之多，相连下之貌。”

〔五陵富鸣珂〕西汉初，将全国各地很多人民强制迁徙至长安附近的帝陵区，其中多为豪强和富人。《太平寰宇记》卷 26《关西道二》：“长陵故城在今县东北四十里。

初，汉徙关东豪族以奉陵邑，长陵、茂陵各万户，其余五陵各五百户。”《史记·游侠列传·郭解传》：“及徙豪富茂陵也，解家贫，不中赀，吏恐，不敢不徙。卫将军为言：‘郭解家贫不中徙。’上曰：‘布衣权至使将军为言，此其家不贫。’解家遂徙。”《汉书·游侠传·原涉传》：“谷口豪桀为杀秦氏，亡命岁余，逢赦出。郡国诸豪，及长安五陵诸为气节者，皆归慕之。”颜师古注：“五陵，谓长陵、安陵、阳陵、茂陵、平陵也。班固《西都赋》曰：‘南望杜霸，此眺五陵。’是知霸陵、杜陵非此五陵之数也。而说者以为，高祖以下至茂陵为五陵，失其本意。”鸣珂，以海中珍稀贝类装饰马笼头，马车行驶，车饰相碰，叮咚作响，后亦喻权贵。《集千家注杜工部诗集》卷 4 杜甫《春宿左省》：“不寝听密钥，因风想玉珂。”注：“《本草》：珂，贝类。可以为马饰。《通俗文》曰：马勒饰曰珂。”《一切经音义》卷 21《大方广佛花严经音义卷上·经卷第十五·贤首品下》：“珂雪色。珂，可何反，《玉篇》曰：珂，谓螺属，所出于海，其白若雪，所以婴马膺者也。”《玉台新咏》卷 8 鲍泉《南苑看游者》：“洛阳小苑地，车马盛经过。缘沟驻行幰，傍柳转鸣珂。”《西京杂记》卷 2：“武帝时……长安始盛饰鞍马，竞加雕镂。或一马之饰，直百金。皆以南海白蜃为珂，紫金为花，以饰其上。犹以不鸣为患，或加以铃镊，餙以流苏，走则如撞钟磬。”上句和此句中的“九衢”“五陵”，皆喻京师，借指北京，喻其繁盛豪华。

〔黄金络骏镳〕镳，马勒，亦喻指马。参见《阴氛篇》一诗〔鸣镳蹁跆市〕条笺注。此句指，黄金制成的马勒，羁络着骏马。

〔翠羽缨明驼〕《六臣注文选》卷 17 陆士衡（机）《文赋》：“浮藻联翩，若翰鸟缨缴。”李周翰注：“缨，缠也。”驼，通“駞”。《集韵》卷 3《平声三·戈第八》：“驼，……或从㐌，通作它。”《酉阳杂俎》卷 16《广动植之一·毛篇》：“駞，性羞。《木兰篇》：‘明駞千里脚’，多误作‘鸣’字。駞卧腹不帖地，屈足漏明，则行千里。”《尔雅翼》卷 22《释兽五·駞》：“駞，外国之奇畜。……其卧腹不帖地，屈足漏明者，曰明駞。能行千里。《古乐府》云：‘明駞千里足，送儿还故乡。’多误作‘鸣’字。唐天宝间，岭南贡荔枝，杨贵妃使明駞使驰赐安禄山。明駞使日驰五百里，取若驰足之捷，云明駞，亦或作鸣駞。”此句指，翠羽装饰的缰绳，系牵着“明驼”。

〔贻蕑及良辰〕《说文解字》卷 6 下《贝部》：“贻，赠遗也。”《毛诗正义》卷 4—4《郑风·溱洧》：“士与女，方秉蕑兮。”毛传：“蕑，兰也。”刘师培《毛诗词例举要详本·以正字释经文叚字例》：“《溱洧》篇：‘方秉蕑兮’。传云：‘蕑，蘭也。’明经‘蕑’即‘蘭’叚。”《楚辞》卷 2 屈原《九歌·东皇太一》：“吉日兮辰良，穆将愉兮上皇。”《诗补传》卷 7《郑 · 溱洧》范处义注：“郑之国俗，以三月溱洧水盛流深之时，秉兰以祓除不祥。” 蕳，《刘申叔遗书补遗》本作“簡（简）”，误。

〔揉椒扬清謳〕《类篇》卷 34：“揉，持也。” 椒，香木。详见《和周美权《夜坐偶成》用原韵》一诗〔椒椴犹当帷〕条笺注。清謳，即“清歌”，清唱，无伴奏歌唱。详见《莫愁湖》一诗〔流水增新劫，清謳荡古哀〕条笺注。

〔康会〕盛会。《淮南鸿烈解》卷 3《天文训》：“三岁而改节，六岁而易常。故三岁而一饥，六岁而一衰，十二岁一康。” 高诱注：“康，盛也，”

〔流蕤〕随季节荣枯的草木。《说文解字》卷 1 下《艸部》：“蕤，艸木华垂皃（貌——引者）。” 李梦阳《空同集》卷 17《九潭诗》：“流蕤扬寒清，跃鱼手可探。” 宁（寧），《刘申叔遗书补遗》本作“甯”。

〔夌阴液玄都〕夌，同“凌”。《说文解字注》卷 5 下《夊部》：“夌，越也。” 段注：“今字或作淩，或作凌，而夌废矣。” 凌阴，冰室。详见《沪上送佩忍赴杭州》一诗《岭栖志凌阴》条笺注。液，消散，融化。《文子》卷下《上仁》：“涣兮，其若冰之液。” 玄都，神仙府第。《艺文类聚》卷 37《人部二十一 · 隐逸下》：“齐孔稚珪《褚先生伯玉碑》曰：……是以子晋笙歌，驭凤于天海；王乔云举，控鹤于玄都。”

〔飘风开卷阿〕《毛诗正义》卷 17—4《大雅 · 生民之什 · 卷阿》：“有卷者阿，飘风自南。”《毛传》：“卷，曲也。飘风，回风也。” 郑玄笺：“大陵曰阿。有大陵卷然，而曲回风从长养之方来入之。”

〔昔聆南山萁〕《六臣注文选》杨子幼（恽）卷 41《报孙会宗书》：“其诗曰：‘田彼南山，芜秽不治。种一顷豆，落而为萁。人生行乐耳，须富贵何时。’” 李善注：“张晏《汉书》注曰：山高在阳，人君之象也。芜秽不治，朝廷荒乱也。一顷百亩，以喻百官也。言豆者，贞直之物，零落在野，喻己见放弃也。” 刘良注：“喻朝政乱也。” 吕向注：“须，待也。言国既无道，但当行乐，欲待富贵、职位亦何时也。言不可求之。” 此句指，昔日听到的是时政荒乱，想及时行乐。

〔今睹东陵瓜〕东陵瓜，指隐居民间。详见《东京清明杂感（二首）》其二一诗〔瓜事老青门〕条笺注。此句指，如今弃官不做，隐居民间。案：1932 年（壬申）成都霜甘小阁刻本《清寂堂诗录》卷 1《五言诗》附录潘之博（若海）唱和林思进之《集南河泊修禊赋应山朠舍人》，诗中有句：“林子蓄归思，日夜萦江沱。” 1907 年，林思进曾在北京任内阁中书。1911 年夏，也就是此次“修禊”之后，鉴于当时时局混乱，他以侍母为名，告假还乡，绝意仕进，专心教书。

〔菅云阕眴盱〕《毛诗正义》卷 15—2《小雅·鱼藻之什·白华》:“白华菅兮，白茅束兮。……英英白云，露彼菅茅。”毛传:“白华，野菅也。”“英英，白云貌。露亦有云，言天地之气，无微不着，无不覆养。”郑玄笺:“白云下露，养彼可以为菅之茅。”孔颖达疏:“《释草》云:‘茅菅、白华，一名野菅。’郭璞曰:‘茅属也。’此白华亦是茅菅类也。”眴盱，即“洵訏”。《毛诗正义》卷 4—4《郑风·溱洧》:“洧之外，洵訏且乐。”陆德明《音义》:“洵，……《韩诗》作‘恂’。訏，……《韩诗》作‘盱’，云:‘恂盱，乐貌也。’”《重修玉篇》卷 11《门部第一百四十一》:“阕，……止也，讫也，息也，终也。”案：此句以“菅云”指代《小雅·白华》之“白云”。而古时有“望云思亲”之说。《说略》卷 14《典述下》:“指云思亲，乃陆机事。今人但知始于狄仁杰也。士衡治洛，而亲在华亭，故其《思亲赋》有云:‘指南云而寄叹，望归风而效诚’是也。后，梁公仕并州法曹，亲在河阳。登太行山反顾白云孤飞，曰:‘吾亲舍其下。’又江总诗:‘心逐南云去。’杜甫诗:‘江东日暮云。’又‘忆弟看云白日眠’是‘东云’‘南云’‘看云’亦可施之兄弟朋友也。”此次聚会后不久，林思进即以侍母为名返回家乡四川。参见本诗〔今睹东陵瓜〕条笺注。刘师培此句是指林思进因思亲而心绪不佳，游览的欢愉之情戛然而止。眴，《刘申叔遗书补遗》本作“眗”，误。

〔枌雨疏盘娑〕枌雨，指榆树结的翅果“榆钱”洒落如雨。《毛诗正义》卷 7—1《陈风·东门之枌》:“东门之枌，宛丘之栩。子仲之子，婆娑其下。”毛传:“婆娑，舞也。”孔颖达疏:“《释木》云:‘榆，白枌。’孙炎曰:‘榆白者名枌。’郭璞曰:‘枌，榆。先生叶，郤着荚，皮色白是枌，为白榆也。’……云‘婆娑，舞也’,《释训》文:‘李巡曰:“婆娑，盘辟舞也。”孙炎曰:“舞者之容，婆娑然。”’”枌，此处代指汉高祖刘邦家乡的“枌榆社”，后亦代指家乡、故乡。《文选》卷 2 张平子（衡）《西京赋》:“岂伊不怀，归于枌榆。”参见《述怀一百四十韵示蜀中诸同好》一诗〔枌祠无白帝〕条笺注。疏，远离、舍弃。《国语》卷 10《晋语四》:“公令疏军而去之。”韦昭注:“疏，彻也。”《宋书·颜延之传》:“或亦神心沮废，岂但交友疏弃，必有家人诮让。”刘师培此句是指林思进思念家乡。上句与此句指，观白云而思亲，使游览缺少了欢愉；览榆钱纷落如雨，却因思乡而感受不到这婆娑之美。

〔一为《渌水》吟〕《六臣注文选》卷 18 马季长（融）《长笛赋》:“中取度于《白雪》《渌水》。”李善注:“宋玉《讽赋》曰:‘臣援琴而鼓之，作《幽兰》《白雪》之曲。’《淮南子》曰:‘手会《渌水》之趣。’高诱曰:‘《渌水》，古诗。’”李周翰注:“《白雪》《渌水》，雅曲名。”《乐府诗集》卷 69《杂曲歌辞》李白《长相思》三首其一："长相思，在长安。……上有青冥之长天，下有渌水之波澜。……长相思，摧心肝。"

〔川逝〕《论语 · 子罕第九》："子在川上曰：'逝者如斯夫！不舍昼夜。'"川，《刘申叔遗书补遗》本作"用"，误。

【略考】

林思进《校刻左盦诗序》："惟题余《南河修禊图》两诗，则塙然当补。两诗之后，君复缀其《释禊》一首，或亦刻君文者所未收也。"

刘师培《释禊》：《说文》无禊字。《广雅》"祓、禊"均诂祭。繇今考之，禊、絜谊同。《风俗通义 · 祀典》篇云："禊，絜也。"又云："《尚书》：'㠯殷中春，厥民析。'言人（民）解〈析〉。疗生疾之时，故于水上衅絜之也。"《续汉书 · 礼仪志》云：三"月上巳，官民皆絜于东流水上，曰洗濯祓除去宿垢疢为大絜。絜者，言阳气布（畼）〈畅〉，万物讫出，（故）〈始〉絜之矣。"遐稽二训，则修禊、修絜，古寔一文。《国语 · 周语》云："姑洗，所㠯修絜百物。"姑洗，律应季春，故上巳祓除，援絜锡名。惟絜字本谊，鄦诂麻端。絜除正字，寔当作䆙。《说文》："䆙，静也。"清、静谊符，引申为净。《广雅》"絜、静"互诠。《虞书》"直哉维清"，迁《纪》作"维静絜"，絜即䆙也。玄应《一切经音义》卷十六云：絜，"古文作䆙，同……"。亦其搉征絜、契同声，故即叚"絜"为"䆙"。禊为后起字，祭亦引延之诂。清儒释禊数十家，说或未谱。近撰《古本字考》，偶擭斯谊。适题斯图，因并志焉。

林思进《清寂堂诗录》卷 1《巳日招同弢老、尧翁、苏堪石、遗瘿公、毅甫、畏庐、若海、漱唐、众异、鹤亭、刚父南河泊修禊，曾参议，赵、温、胡三侍御并以事未至。晚仍集晤》："良辰不懽娱，为乐将奈何。古来贤达人，识此亦已多。朝彦美禊除，盛节惜轻过。兴言诵脂车，结游解鸣珂。羁旅厌北辰，延赏眺南河。既欣亭沼幽，复觏风日和。暮春淑气交，草碧水又波。新苕互晻蔼，余晴憺逶迤。佳客期不来，颓阳互西驰。轩窗一俯仰，林树非前柯。愿循物化推，无为损啸歌。"

《南河修禊图山腴先生属题（壬子）》《再题南河图（前诗意有未尽作此广之）》二诗为题和此诗所作。

1913年

凌云山夕望

驱蓬迈孤征，憬策寻幽践。岩居副遐旷，野好资凌缅。悬台起层阿，回崖抱陉岘。溪回清宇开，径密层盘转。霏雨蓄阴墟，烟霏霭阳巘。仰莹积雪寒，俯弄层冰涣。青坛荫夏寒，元扃閟冬煖。阴阳袭惨舒，水火资舒卷。感兹玄化超，未惜虚舟远。素想终勿倾，灵踪孰为阐。沈冥理不隔，棲物情谁遣。群籁亦希声，予怀劳缱绻。

【刊载】

《刘申叔遗书》61 册（80—81），《左盦诗录》卷 3《左盦诗续录》。

【编年】

1913 年。排于《大象篇》之后，诗中有描写春季层冰融化句（参见本诗〔积雪寒〕、〔层冰涣〕条笺注），故定编年于 1913 年。

【类型】

五言，24 句。

【笺注】

〔凌云山〕国内有多处凌云山，四川即有两处极为出名的凌云山景区——乐山和南充。据诗中内容分析，当指乐山凌云山。

〔驱蓬迈孤征〕驱蓬，即“蓬驱”，指如飞蓬般随风飘荡，身不由己。江淹《江文通集》卷 4《秋至怀归》：“蓬驱未止极，旌心徒自悬。”《王右丞集笺注》卷 9 王维《使至塞上》：“征蓬出汉塞，归雁入胡天。”赵殿成注：“蓬，《文苑英华》作鸿。”《全唐诗》卷 177 李白《送友人》：“此地一为别，孤蓬万里征。”（第 3 册 P1809）

〔憬策寻幽践〕憬策，指扶杖远行。详见《浣花溪夕望》一诗〔幽寻憬孤策〕条笺注。幽践，幽静之处的胜景。《全唐诗》卷 815 皎然《奉和薛员外谊赠汤评事衡反招隐之迹（一作作）兼见寄十二韵》：“幽践随麋麖，久期怨蟾兔。”（第 12 册 P9254）杨万里《诚斋集》卷 23《看刘寺芙蓉》：“山僧引幽践，绝巘恣佳陟。”

〔岩居副遐旷〕岩居，山中隐居。详见《清凉山夕望》一诗〔岩居丰静机〕条笺注。遐旷，辽远广阔。《乐府诗集》卷 78 吴筠《步虚词十首》其八：“天人诚遐旷，欢泰不可量。”《艺文类聚》卷 58《杂文部四 · 移》：“陈徐陵《为护军长史王质移文》曰：……况复洞庭遐旷，兵食殷阜。”《黄帝内经 · 素问》卷 23《疏五过论篇七十七》：“循经守数，按循医事，为万民副。”林亿等新校正：“杨上善云：副，助也。”

〔野好资凌缅〕野好，喜好天然景色，郊野之趣。《艺文类聚》卷 28《人部十二 · 游览》："宋谢庄《游豫章西山观洪崖井》诗曰：幽愿平生积，野好岁月弥。"凌缅，亦作"陵缅"，致远，高远。《六臣注文选》卷 22 谢灵运《从斤竹涧越岭溪行》："过涧既厉急，登栈亦陵（五臣作凌）缅。"李善注："《广雅》曰：陵，乘也。韦昭《国语》注曰：缅，犹邈也。"吕延济注："缅，远也。"戴良《九灵山房集》卷 3《同子充浚仲游北山夜宿觉慈院》："路夷始出幽，山暝复凌缅。"何白《汲古堂集》卷 5《五言古体 · 登镇淮楼寄怀杨木父王昭粹邵少文柯茂倩（即古北门）》："晤言不在兹，山川且凌缅。欲寄南飞鸿，苍茫古城晚。"《类篇》卷 18："资，……一曰助也。"

〔悬台起层阿〕悬台，峭壁上天然形成的外凸平台。陶弘景《周氏冥通记》卷 2《华阳童授曰》："悬台凌紫汉，峻阶登绛云。"《徐霞客游记》卷 2 上《西南游日记一 · 崇祯九年十一月初四日》："天柱北裂一隙，上有悬台可蹑，曰滴水岩。"层阿，层峦叠嶂。《古诗纪》卷 55《宋第一》南平王（刘）铄《过历山湛长史草堂》："层阿疲且引，绝岩畅方禁。"《魏书 · 袁翻传》："尔乃临峻壑，坐层阿，北眺羊肠诘屈，南望龙门嵯峨。"

〔回崖抱陉岘〕回崖，回环曲折的山崖。《先秦汉魏晋南北朝诗 · 梁诗卷二十四》王筠《诗》："缘岩蔓芳杜，回崖掩绿蕙。"（中华书局 1983 年 9 月第 1 版 P2022）《全唐诗》卷 173 李白《庐山谣寄卢侍御虚舟》："香炉瀑布遥相望，回厓沓嶂凌苍苍。"（第 3 册 P1778）《六臣注文选》卷 22 谢灵运《从斤竹涧越岭溪行》："逶迤傍隈隩，迢递陟陉岘"李善注："《说文》曰：'隈，山曲也。'《尔雅》曰：'隩，隈也。'郭璞曰：'今江东呼为浦隩。又于六反。'《尔雅》曰：'山绝曰陉。'郭璞曰：'连山中断曰陉。'《声类》曰：'岘，山岭小高也。'"刘良注："隈曲，隩涯也。山断曰陉，山岭曰岘也。"

〔清宇〕幽静高雅的房舍。曹植《曹子建集》卷 2《行适人有言之于予者予心感焉乃作赋曰》："去君子之清宇，归小人之蓬庐。"《全唐诗》卷 144 常建《张天师草堂》："灵溪宴清宇，傍倚枯松根。"（第 2 册 P1462）

〔径密层盘转〕此句指，山间小路密集，环绕山势拾级而上。

〔霏雨蓄阴墟〕霏雨，绵密的雨。《毛诗正义》卷 9—3《小雅 · 鹿鸣之什 · 采薇》："今我来思，雨雪霏霏。"毛传："霏霏，甚也。"墟，山脚下平地，与下句"阳巘"相对，因地势低，故称"阴墟"。《山海经》卷 6《海外南经》："昆仑墟在其东墟四方。"郭璞注："墟，山下基也。"

〔烟霏霭阳巘〕烟霏，雾气。详见《浣花溪夕望》一诗〔林霏澹霜辰〕条笺注。

《韵补》卷 2《下平声・一先》:“巘，山峰。谢灵运《山居赋》:‘九泉别涧，五谷异巘。抗北岭以葺馆，瞰南峰以启轩。’”与上句“阴墟”相对，因地势高，故称“阳巘”。

〔积雪寒〕《全唐诗》卷 281 阎济美《天津桥望洛城残雪》:“新霁洛城端，千家积雪寒。未收清禁色，偏向上阳残。”（第 5 册 P3292）《太平广记》卷 179《贡举二・阎济美》详载此诗来历的传奇故事。可参阅。

〔层冰涣〕《艺文类聚》卷 4《岁时部中・三月三日》:“晋闾丘冲《三月三日应诏》诗曰：暮春之月，春服既成。升阳土润，冰涣川盈。”《春秋左传正义》杜预《春秋左传序》:“若江海之浸，膏泽之润，涣然冰释，怡然理顺，然后为得也。”孔颖达疏：“江海以水深之故，所浸者远。膏泽以雨多之故，所润者博。以喻传之广记备言，亦欲浸润经文，使义理通洽。如是而求之，然后涣然解散，如春冰之释，怡然心说，而众理皆顺，然后为得其所也。”从此句分析，该诗似描写初春时节。再结合此诗在《左盦诗续录》中的位置，写作时间当为 1913 年春。上句与此句指，仰观山顶，寒冷的积雪尚清莹秀彻。俯视山下，层层坚冰正焕然融解。

〔青坛荫夏寒，元扃閟冬暖〕青坛，古代春季行籍田礼的先农坛。《隋书・音乐志下》:“先农奏《諴夏》辞（迎送神与方丘同）：农祥晨晰，土膏初起。春原俶载，青坛致祀。”《文献通考》卷 87《郊社考二十・籍田东郊仪》:“高宗绍兴……十四年十一月，诏以嗣岁之春，祗祓青坛，亲载黛耜躬三推之礼。”案：旧时，地方府州县都建有先农坛，并在春季有祭祀活动，并非京师帝王专属。乐山，旧属直隶嘉定府。文良同治《重修嘉定府志》卷 12《营建志・坛庙》:“乐山县：……先农坛，城西二里。”乐山先农坛今已不存，其故址就在与凌云山隔江相对的大渡河北岸，两地相距仅两公里多。今天的乐山师范学院附小就坐落于乐山先农坛故址。抗战时期，武汉大学西迁，其工学院附属工厂设于先农坛。1948 年，原武大工学院附属工厂厂房被改建成教室，乐山师范附小迁于此处，并使用至今。元扃，即“玄扃”，因避清圣祖康熙讳改，指佛法之精要，此处代指佛寺。乐山凌云山是乐山大佛所在地，随处是佛教寺院。参见《癸丑纪行六百八十八韵》一诗〔凌云森宝刹〕条笺注。《古今禅藻集》卷 1 慧远《庐山东林杂诗》:“流心叩玄扃，感至理弗隔。”《全唐诗》卷 541 李商隐《寄太原卢司空三十韵（卢钧）》:“何由叨末席，还得叩玄扃。庄叟虚悲雁，终童漫识鼮。”（第 8 册 P6308）叶颙《樵云独唱》卷 2《山中游》:“访仙人兮琳宫，扣释子之玄扃。”高心夔《经郡西南望庐山》:“日车侧升降，充谷冰葩生。元扃葆冬燠，自然殊世荣。”（《高陶堂遗集・陶堂志微录卷 2》，见《清代诗文集汇编》第 729 册 P226，上海古籍出版社

2010 年 12 月第 1 版）案：高心夔与王闿运是至交。二人与龙汝霖、李寿蓉、黄锡焘曾入肃顺幕府，时称“肃门五君子”。刘师培对王闿运非常钦佩，二人曾有交谊（详见拙文《094—刘师培与王闿运一则交谊考—刘师培研究笔记（94）》）。刘师培此句“元扃闼冬暖”似化用自高心夔“元扃葆冬燠”句。荫，遮蔽，阻挡。《韩非子 · 外储说左上第三十二》：“桃枣荫于街者，莫有援也。”《诗经集传》卷 2《鄘风 · 载驰》：“视尔不臧，我思不閟。”朱熹注：“閟，闭也，止也。”《周易要义》卷 2 上《天地之道谓四时之气宜谓地所宜》：“天地之道者，谓四时也。冬寒夏暑，春生秋杀之道，若气相交通，则物失其节。物失其节，则冬温夏寒，秋生春杀。君当财节成就，使寒暑得其常，生杀依其节，此天地自然之气，故云天地之道也。”民间谚语亦有“冬暖多瘟疫，夏冷不收田”之说。此二句指，在先农坛祭祀，祈求夏季不要过于寒凉。在寺庙礼拜，祈求冬季不要过于温暖。案：青坛，亦指道教祭祀坛场。《太上灵宝净明洞神上品经》卷上《列班升籍篇第九》：“升籍记名，简而不繁。左右二司，太妙禁坛。中有近禁，紫微青坛。中有要地，金阙赤坛。”《三洞修道仪 · 女官部 · 高玄女官》：“称太上高玄女弟子、紫虚童君，臣某姓名，冠游玄冠，黄褐、碧裳、素裙，玄履，执简，坐青坛。”《陶隐居集 · 碑 · 许长史旧馆坛碑》：“东位青坛，西表素塔。坛塔之间，通是基址。”凌云山北侧约 5 公里处有乐山著名道观——紫霞宫（始建于清咸丰年间）。

〔阴阳袭惨舒〕《六臣注文选》卷 2 张平子（衡）《西京赋》：“夫人在阳时则舒，在阴时则惨，此牵乎天者也。”薛综注：“阳谓春夏，阴谓秋冬，牵犹系也。”李善注：“《春秋繁露》曰：‘春之言，犹偆也。偆者，喜乐之貌也。秋之言，犹湫也。湫者，悲忧之状也。’”张铣注：“舒，逸也。惨，戚也。言此气牵属于天。”袭，上承沿袭，循环往复。《礼记正义》卷 53《中庸》：“仲尼祖述尧舜，宪章文武。上律天时，下袭水土。”郑玄注：“袭，因也。”《汉书 · 外戚传下 · 孝成许皇后传》：“咎根不除，灾变相袭。”

〔水火资舒卷〕长生阴真人《周易参同契注》卷上：“穷神以知化，阳往则阴来。辐辏而轮转，出入更卷舒。”长生阴真人注：“《系辞》曰：‘阴阳不测之谓神’，‘一阴一阳之谓道’。能穷阴阳之道，则知变化之源。金水即变化之源，水火乃阴阳之道，阴阳往来，相荡成宝。夫子曰：‘知变易之道者，其知神之所为乎？’”“谓水火之气争凑于器中，熏蒸金水之形，如车轮之常转。水气入则火气卷，火气入则水气舒，卷舒不离于器内。”（《正统道藏 · 映五》，上海商务印书馆影印本第 621 册）资，取用，引申为导致。《释名 · 释姿容第九》：“资，取也。”《周礼注疏》卷 39《冬官考工记》：“通四方之珍异以资之，谓之商旅。”郑玄注：“资，取也。”

〔玄化超〕玄化，指大自然的造化运转之功，亦指圣人之教化、感化。详见《阴氛篇》一诗〔玄化有偏诐〕条笺注。《广雅》卷1《释诂》:“超，……远也。”

〔虚舟〕《庄子 · 山木第二十》:“方舟而济于河，有虚船来触舟，虽有惼心之人不怒。有一人在其上，则呼张歙之。一呼而不闻，再呼而不闻，于是三呼邪，则必以恶声随之。向也不怒而今也怒，向也虚而今也实。人能虚己以游世，其孰能害之。”林希逸《庄子口义》卷6《外篇山木第二十》注:“方舟，两舟相并也。我舟方行，而为虚舟所触。舟既虚而无人，故虽触我而不怒。忽有一人而在虚舟之上，则必呼其人，使之张歙之。张，撑开也。歙，敛退也。呼而不应，至于三度，则必叫骂之。无人，虚也。有人，实也。向也无人则不怒，今也有人则不能不怒，人情然也。此喻极佳。盖言我若无心，则与物自无忤，游于斯世，而虚其心，又何患害之有。”

〔素想终勿倾〕《艺文类聚》卷7《山部上 · 总载山》:“宋孝武《游覆舟山》诗曰:‘束发好怡衍，弱冠颇流薄。素想终勿倾，聿来果丘壑。’”《诗经集传》卷7《大雅 · 荡之什三之三 · 荡》:“曾是莫听，大命以倾。”朱熹注:“大命倾覆，而不可侵也。”此句指，最初的志向终未泯灭。

〔灵踪孰为阐〕灵踪，指佛陀释迦牟尼的圣迹，亦称“太子灵踪”，此处引申为佛法。《法苑珠林》卷40《舍利篇第三十七 · 感福部第五》:“颂曰：金躯遗散骨，宝塔遍天龙。创开一十塔，终成八万重。珠盖灵光变，刹柱吐芙蓉。屡开朝雾露，数示晓灵踪。”《周易正义》卷8《系辞下》:“夫《易》，彰往而察来，而微显阐幽。”韩伯注:“阐，明也。”

〔沈冥理不隔〕丁福保《佛学大辞典》:“沈冥（术语），沈于生死，冥于无明也。《楞严经 · 四》曰:‘引诸沈冥，出于苦海。’”《古今禅藻集》卷1慧远《庐山东林杂诗》:“流心叩玄扃，感至理弗隔。”

〔棲物〕暂驻尘世，栖身形骸。《北史 · 李灵传附李公绪传》:“又自简诗赋二十四首谓之《达生丈人集》，其序曰：……是以遇荣乐而无染，遭厄穷而不闷，或出人间，或栖物表，逍遥寄托，莫知所终。”上句与此句指，沉沦生死，出于苦海的至理并未泯灭；栖身形骸，超脱尘世的幽情如何排遣。

〔群籁亦希声〕群籁，自然界的各种声响。详见《送诸贞壮》一诗〔商籁〕条笺注。《老子 · 四十一章》:“大音希声，大象无形。”“希声”此处指，声音稀落，渐趋寂静。

〔予怀劳缱绻〕缱绻，萦绕眷恋。详见《咏怀（五首）》其一一诗〔缱绻〕条笺注。《淮南鸿烈集解》卷7《精神训》:“嗜欲者使人之气越，而好憎者使人之心劳，弗疾去，

则志气日秏。”刘文典《集解》：“劳，病。”（中华书局 1989 年 5 月第 1 版 P223）

重庆老君洞夕眺有感

仙台伫灵气，岩扃郁幽缅。回轩眺西岑，拂驾凌东巘。潮回列屿平，景仄群峰转。丛崖荫修竹，绝磴凌苍藓。岩虚露气清，川媚冰华泫。飞光蔚霞塄，曳素淙湍练。悬萝藻碧澜，绵英翳朱坂。慰兹岩壑情，到此惊奇践。绵情缅古懽，恻想凄前眄。虽无濠濮怀，睇目苍波远。

【刊载】

《刘申叔遗书》61 册（81），《左盦诗录》卷 3《左盦诗续录》。

【编年】

1913 年。排于《凌云山夕望》之后，《上海赠谢无量》之前，故定编年于 1913 年。

【类型】

五言，20 句。

【笺注】

〔老君洞〕道观，位于今重庆市南岸区老君山。

〔仙台伫灵气〕仙台，道教语，指神仙之境。《真诰》卷 3《运象篇第三》“玄垄紫微作”：“超举步绛霄，飞飙北垄庭。神华映仙台，圆曜随风倾。”《文选注》卷 11 孙兴公（绰）《游天台山赋》：“惠风伫芳于阳林”。李善注：“宁，犹积也。伫，与宁同。”

〔岩扃郁幽缅〕岩扃，岩居的门户，喻指隐居修行之所。王勃《王子安集》卷 14《梓州通泉县惠普寺碑》：“则有拖身童子，戾止岩扃。忍辱仙人，来仪磵户。”《毛诗正义》卷 6—4《秦风 · 晨风》：“鴥彼晨风，郁彼北林。”毛传：“郁，积也。”幽缅，幽邃邈远。《几社壬申文选》卷 1《赋一》彭宾《避暑赋》：“听幼眇之空音兮，思幽缅而欲滔。入华山之潜穴兮，闻黄河之波涛。”

〔回轩眺西岑〕回轩，回车。详见《蜀中赠朱云石》一诗〔回轩文雅林〕条笺注。《尔雅 · 释山》：“山小而高，岑。”

〔拂驾凌东巘〕拂驾，舍车步行。《艺文类聚》卷 7《山部上 · 总载山》：“晋庾阐《登楚山》诗曰：拂驾升西岭，寓目临浚波。”巘，山峰。详见《凌云山夕望》一诗〔烟霏霭阳巘〕条笺注。

〔潮回列屿平〕《全唐诗》卷 555 马戴《赠别江客》：“湘中有岑穴，君去挂帆过。

露细蒹葭广，潮回岛屿多。”（第 9 册 P6489）

〔景仄〕《六臣注文选》卷 22 谢叔源（混）《游西池》：“景昃鸣禽集，水木湛清华。”李周翰注：“景昃，日斜也。”《经典释文》卷 2《周易音义 · 周易上经噬嗑传第三 · 离》：“日昃”。陆德明注：“昃，王嗣宗本作仄。”

〔丛崖〕叠立的崖壁。《全唐诗》卷 887 戴公怀《奉和郎中游仙山四瀑泉兼寄李吏部包秘监赵婺州齐处州》：“丛崖散滴沥，近谷藏飕飗。”（第 13 册 P10102）《徐霞客游记》卷 1 下《游九鲤湖日记（兴化府仙游县）· 六月十一日》：“仰见峰顶丛崖，如攒如劈。”

〔绝磴〕陡峭的山间阶梯。王勃《王子安集》卷 2《涧底寒松赋（并序）》：“岁八月壬子，旅游于蜀，寻茅溪之涧，深蹊绝磴，人迹罕到。”《徐霞客游记》卷 3 上《西南游日记三广西 · 五月二十三日》：“予必欲一登峰顶，南北俱壁立，绝磴从洞南缘峭梯险转，从峭壁南直抵崖半。”《重修玉篇》卷 22《石部第三百五十一》：“磴，……岩磴。”

〔岩虚露气清〕岩虚，岩壁间的空隙、岩洞。《明诗综》卷 45 华察《游善卷碧仙岩》：“岩虚露气清，坐觉心魂爽。”《全唐诗》卷 507 裴潾《前相国赞皇公早葺平泉山居暂还憩旋起赴诏命作镇浙右辄抒怀赋四言诗十四首奉寄》其六：“岫环如壁，岩虚若轩。”（第 8 册 P5806）《湖广通志》卷 8《山川志 · 黄州府 · 蕲水县》：“观音岩在龟峰山，岩虚如屋。”

〔川媚冰华泫〕《六臣注文选》卷 17 陆士衡（机）《文赋》：“石韫玉而山辉，水怀珠而川媚。”李善注：“若木石之藏珠玉，山川为之辉媚也。孙卿子曰：玉在山而木润，渊生珠而崖不枯。”张铣注：“如石藏美玉，山必有光。水含明珠，川则有媚。”冰华，洁白的浪花。《全唐诗》卷 486 鲍溶《玉山谣奉送王隐者》：“水玉丁东不可闻，冰华皎洁应如待。”（第 8 册 P5563）《重修广韵》卷 3《上声 · 铣第二十七》：“泫，露光。”

〔飞光蔚霞埒〕《六臣注文选》卷 22 沈休文（约）《宿东园》：“飞光忽我遒，岂（善作宁）止岁云暮。”张铣注：“飞光，日月光也。”《毛诗正义》卷 7—3《曹风 · 候人》：“荟兮蔚兮，南山朝隮。”毛传：“荟、蔚，云兴貌。”《徐霞客游记》卷 1 下《游九鲤湖日记（兴化府仙游县）· 六月初九日》：“然一带云蒸霞蔚，得趣故在山水中，岂必刻迹而求乎？”埒，边际。《洪武正韵》卷 15《入声 · 六药》：“埒，圻埒，崖岸也。”《说文系传》卷 3《口部》：“局，促也。”徐锴注：“人之无涯者唯口，故口在尺下则为局。博局外有垠埒周限也。”

〔曳素淙湍练〕曳素，拉拽之下的白色丝绢，以喻河流。《艺文类聚》卷 5《岁时下 · 热》：“梁刘孝威《奉和逐凉诗》曰：钟鸣夜未央，避暑起彷徨。长河似曳素，明星若散珰。”《说文解字注》卷 11 上《水部》：“淙，水声也。”段注：“水声淙淙然。”湍练，如白色丝绢般的水流。《淮南鸿烈解》卷 17《说林训》：“墨子见练丝而泣之，为其可以黄，可以黑。”高诱注：“练，白也。”湍，急流。详见《秋怀》一诗〔阳波激逝湍〕条笺注。

〔悬萝藻碧澜〕悬萝，攀挂在树木上的女萝（藤蔓）。《六臣注文选》卷 26 潘安仁（潘安，本名潘岳）《河阳县作二首》其二：“依水类浮萍，寄松似悬萝。”李善注：“《淮南子》曰：夫萍树根于水，水树根于土。天地性也。《毛诗》曰：‘茑与女萝，施于松栢。’曹植《杂诗》曰：‘寄松为女萝，依水如浮萍。’”李周翰注：“萍之依水，随水去留。萝之寄松，随松高下。”碧澜，清波绿水。《全唐诗》卷 242 张继（或作李群玉诗）《重经巴丘》：“昔年高接李膺欢，日泛仙舟醉碧澜。”（第 4 册 P2714）藻，装饰。详见《九江烟水亭夕望》一诗〔绿阴藻文檐〕条笺注。

〔绵英翳朱坂〕绵英，指绵延遍布的花朵。英，花。详见《再渡日本舟中作》一诗〔蘼英曳紫波〕条笺注。朱坂，红色的山坡。边贡《华泉集》卷 4《石桥驿南观涨》：“永路缘朱坂，余晖映绿畴。”《集韵》卷 5《上声上 · 阮第二十》：“阪、坂、岅，《说文》：‘坡者曰阪。一曰泽障，一曰山胁也。’或从土，从山。”《楚辞章句》卷 1《离骚》：“百神翳其备降兮，九疑缤其并迎。”王逸注：“翳，蔽也。”

〔慰兹岩壑情〕朱彝尊《曝书亭集》卷 3《古今诗（二）· 绕门山》：“舍舟复登陆，慰我岩壑情。”《六臣注文选》卷 25 谢灵运《酬从弟惠连》：“岩壑寓耳目，欢爱隔音容。”吕延济注：“岩壑，山水也。”

〔奇践〕神奇的胜景。《说文解字注》卷下《足部》：“践，履也。”段注：“履之箸地曰履。履，足所依也。”

〔绵情缅古懽〕绵情，延绵、持久的情怀。《一切经音义》卷 100《肇论》上卷：“虽缅，……贾注《国语》云：缅，思貌也。”《正字通》卯集上《心部》：“懽，同欢。”此句指，我长久以来的情怀，一直是遥思古人（逍遥物外）的欢娱。

〔恻想凄前眄〕《广雅》卷 3《释诂》：“恻，……悲也。”眄，看。详见《芜湖赭山秋望》一诗〔俛眄川原肥〕条笺注。此句指，眼前景色却让我心中恻然。

〔濠濮怀〕逍遥自在、清净无为的情怀，指《庄子》记载的庄子和惠施在濠水津梁上发生的“鱼乐之辩”及庄子垂钓于濮水的故事。详见《东京清明杂感（二首）》其一一诗〔庄惠观鱼物外天〕条笺注，《仲夏感怀（二首）》其二一诗〔濠濮鱼〕条笺注。《世说新语》卷上之上《言语第二十一》：“简文入华林园，顾谓左右曰：‘会心处不必在远，翳然林水，便自有濠濮间想也。’”

〔睇目苍波远〕睇，看。详见《芜湖赭山秋望》一诗〔睇景衷怀违〕条笺注。苍波，即“沧波”，水域浩渺。《剡录》卷 5 沈约《金庭馆碑》：“覩灵岳之骤启，见沧波之屡竭。”《汉魏六朝百三家集》卷 87 沈约《桐栢山金庭馆碑》作：“覩灵岳之骤启，见苍波之屡竭。”

题江永澄春湖载酒图

溪亭交绪风，融景稽澄华。周游倦闉阇，凌缅晞阳阿。重岩睇郁崟，回渚凌滂沱。兰薰怿凫鹥，桃溜熙鳍鲂。愔愔《渌水》章，嫋嫋沧浪歌。结言发清扬，合簪贞柔嘉。思贤怀搴裳，卷迹希盘遖。一为新亭哀，渺言望山河。

【刊载】

《刘申叔遗书》61 册（81—82），《左盦诗录》卷 3《左盦诗续录》。

【编年】

1913 年。排于《凌云山夕望》之后，《上海赠谢无量》之前，故定编年于 1913 年。

【类型】

五言，16 句。

【笺注】

〔江永澄〕其人未详。

〔溪亭交绪风〕溪亭，溪水边的亭子。《全唐诗》卷 529 许浑《溪亭二首》其一：“溪亭四面山，横柳半溪湾。”（第 8 册 P6101）绪风，冬末春初的风。详见《浣花溪夕望》一诗〔绪风结孤忱〕条笺注。

〔融景稽澄华〕融景，祥和融洽的景致。《玉台新咏》卷 4《鲍昭（照——引者）杂诗九首 · 采桑诗》：“蔼蔼雾满闺，融融景盈幕。”李梦阳《空同集》卷 12《自南康往广信完卷述怀十首》其一：“长湖迄华岳，融景递澄秀。”《广雅》卷 2《释诂》：“稽，……合也。”澄华，水质清澈洁净。《拾遗记》卷 3：“华清夏洁，洒以纖缟。华清，井之澄华也。”

〔周游倦闉阇〕《孔丛子》卷上《记问第五》：“文武既坠，吾将焉归。周游天下，靡邦可依。”闉阇，城门外之瓮城。详见《八墉篇》一诗〔寒门为闉阇〕条笺注。此句指，出外游赏，厌倦了身边近地之景。

〔凌缅晞阳阿〕凌缅，致远。详见《凌云山夕望》一诗〔野好资凌缅〕条笺注。

阳阿，朝阳初升之地。详见《季夏雨霁游北洋公立种植园泛舟竟夕》一诗〔折麻缅阳阿〕条笺注。《毛诗正义》卷 5—1《齐风 · 东方未明》："东方未晞，颠倒裳衣。" 毛传："晞，明之始升。" 孔颖达疏："晞是日之光气。《湛露》云：'匪阳不晞'，谓见日之光而物干，故以晞为干。《蒹葭》云：'白露未晞'，言露在朝旦，未见日气，故亦为干义。此言'东方未明'，无取于干。故言明之始升，谓将旦之时，日之光气始升，与上'未明'为一事也。" 此句指，去那辽远的朝阳初升之地游赏。

〔重岩睇郁崟〕重岩，层叠的山岩。《晋书 · 陆喜传》："叠意回舒，若重岩之积秀。" 睇，看。详见《芜湖赭山秋望》一诗〔睇景衷怀违〕条笺注。《文选注》卷 12 木玄虚（华）《海赋》："郁沏迭而隆頹"。李善注："郁，盛貌。"《正字通》寅集中《山部》："崟，……凡地高险者曰崟。

〔回渚凌滂沱〕回渚，盘曲的水中小洲。《文选》卷 22 谢灵运《于南山往北山经湖中瞻眺一首》："舍舟眺回渚，停策倚茂松。"《史记 · 秦始皇本纪》："匡饬异俗，陵水经地。" 张守节《正义》："陵作'凌'，犹历也。" 滂沱，水势浩大。《汉书 · 叙传下》："成有平年，后遂滂沱。" 颜师古注："刘德曰：'成帝治河已平，改元曰河平元年。'"

〔兰薰怿凫鹥〕兰薰，芬芳的兰草。《玉台新咏》卷 6 王僧孺《为何库部旧姬拟靡芜之句》："出户望兰薰，褰帘正逢君。" 怿，喜欢。详见《清凉山夕望》一诗〔羁游百不怿〕条笺注。《毛诗正义》卷 17—2《大雅 · 生民之什 · 凫鹥》："凫鹥在泾"。毛传："凫，水鸟也。鹥，凫属。"

〔桃溜熙鲿魦〕桃溜，即"逃罶"，从捕鱼的竹篓中逃走。熙，高兴，喜欢。《说文通训定声 · 颐部弟五》："熙，……[叚借]……又为娶。唐释慧苑《华严音义》引《说文》：一曰说也。"《毛诗正义》卷 9—4《小雅 · 鹿鸣之什 · 鱼丽》："鱼丽于罶，鲿鲨。" 毛传："罶，曲梁也，寡妇之笱也。鲿，杨也。鲨，鮀也。" 陆德明《音义》："《草木疏》云：'今江东呼黄鲿鱼，尾微黄，大者长尺七八寸许。' 鲨音沙，亦作魦，今吹沙小鱼也。体圆而有黑点文。舍人云：'鲨，石鮀也。'" 孔颖达疏："《释训》云：'凡曲者为罶。' 是'罶，曲梁也。'《释器》曰：'嫠妇之笱谓之罶。' 是'寡妇之笱'也。《释训》注郭璞引《诗》传曰：'罶，曲梁也。凡以薄取鱼者，名为罶也。'《释器》注，孙炎曰：'罶，曲梁，其功易，故谓之寡妇之笱。' 然则曲薄也，以薄为鱼笱，其功易，故号之寡妇笱耳。非寡妇所作也。"《正字通》亥集中《鱼部》："魦，鲉、鲨同。" 案：桃溜与"逃罶"谐音。《诗经》"桃之夭夭"，后戏为"逃之夭夭"。刘师培此处则将"罶"，戏为"溜"。而"溜"，本有逃走、溜走之意。

〔愔愔《渌水》章〕《春秋左传正义》卷 45《昭公十二年》："王曰：'子能乎？' 对曰：'能。' 其诗曰：'祈招之愔愔，式昭德音。'" 杜预注 "愔愔，安和貌。"《渌水》章，古曲。详见《再题南河图（前诗意有未尽作此广之）》一诗〔一为《渌水》吟〕条笺注。

〔嫋嫋沧浪歌〕嫋嫋，即 "袅袅"，声音悠扬。《六书故》卷 9："嫋，……与袅通。" 苏轼《东坡全集》卷 33《赤壁赋》："余音嫋嫋，不绝如缕。" 沧浪歌，古曲。详见《南河修禊图山腴先生属题》一诗〔沧浪〕条笺注。

〔结言发清扬〕结言，遣词属文。《文心雕龙》卷 2《铨赋第八》："至如郑庄之赋大隧，士蔿之赋狐裘。结言扭韵，词自己作，虽合赋体，明而未融。" 清扬，言辞清丽简洁。《荀子》卷 20《法行篇第三十》："扣之，其声清扬而远闻，其止辍然，辞也。" 杨倞注："似有辞辨，言发言则人乐听之。言毕更无繁辞也。"

〔合簪贞柔嘉〕合簪，指朋友间相互信任，志同道合。详见《从匋斋尚书北行初发焦山》一诗〔明撍匑貂蝉〕条笺注。柔嘉，温良仁善。详见《南河修禊图山腴先生属题（壬子）》一诗〔君子扬柔嘉〕条笺注。

〔思贤怀搴裳〕《太平御览》卷 571《乐部九 · 歌二》引《尚书大传》，述舜向禹禅让时，与辅政的 "八伯" 相互唱和。"八伯" 颂扬舜的贤明，舜则唱道："精华已竭，褰裳去之。" 即自己已经衰老，将揭衣而去，退隐以让位给禹。八伯，尧舜时的辅佐大臣。详见《咏史（十二首）》其五一诗〔卿云亘中天，八伯休褰裳〕条笺注。《正字通》卯集中《手部》："搴，……按：抠衣之攘，通作 '搴'。《毛诗》'褰裳涉溱'，省 '扌'。"

〔卷迹希盘薖〕卷迹，隐退。《晋书 · 隐逸传》："藏声江海之上，卷迹嚣氛之表。" 盘薖，喻隐居。详见《南河修禊图山腴先生属题（壬子）》一诗〔缅延盘干傀〕条笺注。希，盼望，渴望。详见《译石门和夫氏〈希望诗〉（二首）》其二一诗〔希〕条笺注。

〔新亭哀〕指为国家危难而痛心。新亭，故迹在今南京。东晋南渡后，周顗等人曾于此相对而泣，哀叹时事。详见《东京清明杂感（二首）》其二一诗〔痛哭新亭〕条笺注。

〔渺言望山河〕渺言，亦作 "眇言"，深邃、玄妙之言。李梦阳《空同集》卷 12《赠姚员外》二首其二："送归念维楫，眇言望江河。" 王世贞《弇州四部稿》卷 900《诗部 · 五言古体七十首 · 拟古（有序）其三十五 · 谢临川灵运游山》："想见羊裘客，眇言旷千纪。" 彭孙贻《茗斋集》卷 6《茗斋诗五古 · 春日二董一陆见访》："媿无要眇言，可以詶彼美。"（四部丛刊续部影印海盐张氏涉园藏本）望山河，指怀恋故国。辛弃疾《稼轩长短句》卷 11《菩萨蛮 · 书江西造口壁》："西北望长安，可怜无数山。"

题文绮盦溪亭夜谳图

大火贞昏中，炎光灿南溟。云涟澹暮姿，日镜舒晨英。迢迢融景延，陶陶层波生。苇萑沛旧涯，蒲茄缀鲜萌。缅斯川上怀，言振尘中缨。嘉会良独难，芳□亦以盈。《嘉鱼》康故风，《鹿鸣》扬新声。缅吟木李章，聊用酬瑶琼。

【刊载】

《刘申叔遗书》61 册（82），《左盦诗录》卷 3《左盦诗续录》。

【编年】

1913 年。排于《凌云山夕望》之后，《上海赠谢无量》之前，故定编年于 1913 年。

【类型】

五言，16 句。

【笺注】

〔文绮盦〕词义未详。

〔大火贞昏中〕《六臣注文选》卷 24 陆士衡（机）《赠尚书郎顾彦先二首》其一："大火贞朱光，积阳熙自南。"李善注："《尔雅》曰：'大火，谓之大辰。'郭璞曰：'大火，心也。在中最明，故时候主之也。'孔安国《尚书》传曰：'贞，正也。'"吕向注："大火，南方星也。"《春秋左传正义》卷 42《昭公三年》："张趯曰：'善哉，吾得闻此数也。然自今子其无事矣。譬如火焉，火中，寒暑乃退，此其极也'。"杜预注："心以季夏昏中而暑退，季冬旦中而寒退。"《春秋左传注·昭公三年》杨伯峻注："火，大火，即心宿二，天蝎座 α 星。""心宿二为一等星，夏末于黄昏时在天空中，暑期渐消；冬末在将天明时在天空中，寒期渐消。"（中华书局 1990 年 5 月第 2 版 P1233）

〔炎光灿南溟〕炎光，烈日。蔡邕《蔡中郎集》卷 5《光武济阳宫碑颂》："赫矣炎光，爰耀其辉。"《艺文类聚》卷 3《岁时部上·夏》："晋李颙诗曰：'炎光灿南溟，溽暑融三夏。黕黮重云荫，砰棱震靐咤。'"

〔云涟澹暮姿〕云涟，泛着如水波般纹路的云朵。《毛诗正义》卷 5—3《魏风·伐檀》："河水清且涟猗。"毛传："风行水成文曰涟。"高心夔《孤山》："堤草菀秋绿，云涟无故姿。"（《高陶堂遗集·陶堂志微录》卷 1，见《清代诗文集汇编》第 729 册 P219，上海古籍出出版社 2010 年 12 月第 1 版）《说文解字》卷 11 上《水部》："澹，水摇也。"

暮姿，傍晚的景色。徐照《芳兰轩集 · 挽王大夫》：“秦木凄秋韵，湘云结暮姿。”

〔日镜舒晨英〕日镜，太阳。《艺文类聚》卷 46《职官部二 · 太尉》：“梁王僧孺为临川王《让太尉表》曰：……陛下海涵春育，日镜云伸。”《说文解字》卷 4 下《予部》：“舒，伸也。”晨英，清晨的花朵。《全宋诗》卷 94《钱惟演一 · 禁中庭树》：“夜影瑶光接，晨英玉露滋。”（北京大学出版社 1998 年 12 月第 1 版第 2 册 P1057）。

〔迢迢融景延〕《集韵》卷 3《平声三 · 萧第三》：“迢……一曰：迢迢，高貌。”融景，祥和融洽的景致。详见《题江永澄春湖载酒图》一诗〔融景稽澄华〕条笺注。

〔陶陶层波生〕陶陶，亦作“滔滔”，水广大貌。《风俗通义校释 · 山泽第十》：“《诗》云：‘江、汉陶陶。’”王利器注：“今《大雅 · 荡之什 · 江汉》作‘江、汉浮浮’，王引之《经义述闻》谓当作‘江、汉滔滔，武夫浮浮’，与二章言‘江、汉汤汤，武夫洸洸’相应，其说曰：‘《风俗通 · 山泽篇》引此诗曰：“江、汉陶陶。”“陶”与“滔”古字通,(《楚辞 · 九章》“滔滔孟夏兮”,《史记 · 屈原传》作“陶陶”。) 若非经文本作“滔滔”，何以应劭引作“江、汉陶陶”？（《风俗通 · 穷通》篇云：“《诗》美‘滔滔江、汉，南国之纪。’”所引乃《四月》六章也，此云“江、汉陶陶”，则引《江汉》首章也。）此其明证也。’”（《中华书局》2010 年 5 月第 2 版下册 P457、459）层波，前后浪相逐，相互拍击。《全唐诗》卷 229 杜甫《天池》：“百顷青云杪，层波白石中。”（第 4 册 P2506）

〔苇萑沛旧涯〕苇萑，亦作“萑苇”。《毛诗正义》卷 8—1《曹风 · 七月》：“七月流火，八月萑苇。”毛传：“薍为萑，葭为苇。豫畜萑苇，可以为曲也。”孔颖达疏：“《释草》云：‘菼，薍。’樊光云：‘菼，初生葸，息理反，骍色，海滨曰薍。’郭璞曰：‘似苇而小，又云葭华。’舍人曰：‘葭，一名华。’樊光引《诗》云：‘彼茁者葭。’郭璞曰：‘即今芦也。’又云：‘葭芦。’郭璞曰：‘苇也。’然则此二草初生者为菼，长大为薍，成则名为萑。初生为葭，长大为芦，成则名为苇。小大之异名，故云‘薍为萑，葭为苇’，此对文耳，散则通矣。《蒹葭》云‘白露为霜’之时，犹名葭。《行苇》云：‘敦彼行苇’，夏时已名苇也。《月令》季春说养蚕之事云：‘具曲植筐筥。’注云：‘曲，薄也。植，槌也。’薄用萑苇为之，下句言蚕事，则萑苇为蚕之用。故云‘豫畜萑苇，可以为曲’也。”高叔嗣《苏门集》卷 1《再调考功作二首》其一：“鸟迷思故林，水落存旧涯。”

〔蒲茄缀鲜萌〕茄，应为“笳”。笳，通“葭”，蒲笳，即“蒲葭”，指蒲草与芦苇。《文选注》卷 20 谢灵运《九日从宋公戏马台集送孔令诗一首》：“鸣葭戾朱宫，兰卮献时哲。”李善注：“魏文帝书曰：‘从者鸣笳以启路。’”《文选》卷 12 郭景纯（璞）《江赋》：“葭蒲云蔓，䙰以兰红。”此句指，蒲草与芦苇上缀挂着新生的芽枝。

〔缅斯川上怀〕《论语 · 子罕第九》：“子在川上曰：‘逝者如斯夫！不舍昼夜。’”

〔言振尘中缨〕《六臣注文选》卷 43 孔德璋（稚珪）《北山移文一首》：“昔闻投簪逸海岸，今见解兰缚尘缨。”李周翰注：“尘缨，世事也。”言，语助词，无实意。《诗经今注今译 · 小雅 · 大东》：“睠言顾之，潸焉出涕。”马持盈注：“言：语词。”（台湾商务印书馆 1979 年 3 月六版 P331、332）《国色天香》卷 7《客夜琼谈 · 联咏录》：“迄元至正中，有曹睿辈宦游过此，登饮其间，用唐人句分韵赋诗。忽一老人长髯深眼，骨肉峥峥，飘然策杖而至，曰：‘老夫去此甚迩，闻诸君高怀，不揣驽朽，亦欲效一颦于英达之前，何如？’诸人心虽嫌异，姑缓而止之。睿即首倡云：‘清晨出城郭，悠然振尘缨。……’”《礼记正义》卷 4《曲礼下第二》：“振书、端书于君前有诛。”郑玄注：“振，去尘也。”

〔嘉会〕盛会，详见《再题南河图（前诗意有未尽作此广之）》一诗〔康会〕条笺注。

〔芳□亦以盈〕有缺字，句义未详。疑为“草”“菲”等字，喻“群贤毕至”。

〔《嘉鱼》康故风〕《诗经 · 小雅 · 南有嘉鱼之什 · 南有嘉鱼》，描写宾主燕饮，其乐融融。《毛诗正义》卷 6—1《唐风 · 蟋蟀》：“无已大康，职思其居。”毛传：“康，乐。”

〔《鹿鸣》扬新声〕《诗经 · 小雅 · 鹿鸣之什 · 鹿鸣》，描写周天子宴请诸侯，君臣乐乐陶陶。

〔缅吟木李章，聊用酬瑶琼〕缅，远。《国语》卷 17《楚语上》：“缅然引领而望”。韦昭注：“缅，犹邈也。”《诗经 · 卫风 · 木瓜》：“投我以木瓜，报之以琼琚。匪报也，永以为好也。投我以木桃，报之以琼瑶。匪报也，永以为好也。投我以木李，报之以琼玖。匪报也，永以为好也。”成语“投桃报李”的出处。

题张船山南台饮酒图

图为船山自绘，现归井研龚熙台（煦春）。南台寺者，昔改蚕桑讲习所，今则幼孩工厂也。

江山无灵閟今古，景仪嬗代成新故。长留画卷在人间，藻缋耑资觞咏补。遂宁公子文章伯，壮年奇气横干镆。谏草新裁《羽猎》篇，梦游合证蓬莱客。三年索米长安市，凤城仙袂飘归骑。笑指祇洹作酒乡，槐花疏雨城南寺（自注：本张诗）。城南山色背烟萝，曲水题襟别思多。未觉金经翳慧月（自注：

张诗，慧月不受金经翳），直遣流光泛酒波。画图缥绿春江水，半曲新词题锦字。荷锸曾随刘伯伦，招毫欲问倪高士（自注：张诗）。当年文酒乐升平，丝管常歌乐岁声。紫宫飞宇缠灵景，鲛绡媚彩倾江城。江城旧说人文薮，饱撷西英延颢秀。委约真情谢辨雕，笑抉苞符阐灵窦。吟罢江山词客老，遨头谯散春归早。转毂繇来无百年，醉乡日月阁浮小。尘海无端往迹非，隔垣烟树辨依稀。无复寒僧补秋衲，似闻红女罢春机。三冬万里桥边住，咫尺招提不知处。坐觉琴樽异哀乐，那堪笳鼓成羁旅。几回吊古锦江曲，独向郊南讯灵躅。柿叶当阶夕照黄，寒芜满地霜华绿。忽睹君图增太息，西音大雅今衰歇。青塚长啼杜宇魂，碧珠重灿苌弘血。苍狗浮云各一时，茂陵消渴鬓成丝。不须重谱《伽蓝记》，卧听巴僮唱《竹枝》。

【刊载】

《刘申叔遗书》61 册（82—84），《左盦诗录》卷 3《左盦诗续录》。

【编年】

1913 年。排于《凌云山夕望》之后，《上海赠谢无量》之前，故定编年于 1913 年。

【类型】

七言，52 句。

【笺注】

〔题张船山南台饮酒图〕张问陶（1764—1814），字仲冶，号船山，四川遂宁人。清代著名诗人、书画家。有《船山诗草》传世。《清史稿》和《清史列传》有本传。广陵书社《仪征刘申叔遗书》本万注：“此图现藏四川大学博物馆，有《跋》而无《序》。又据原图，‘南台’下当补‘寺’字。”（第 12 册 P5527）

〔龚熙台〕龚煦春（1883—1937），字熙台，号几山，四川井研人。早年曾留学日本，回到四川后致力于川盐的开采和销售。富于收藏，精于金石书画鉴别和考证。

〔南台寺〕在今成都市武侯区新南门成都医大医院北侧，有一条仅长 100 多米的东西向小街南台路，旧称南台寺街。以前，这里有一座恢宏的佛教寺院——“南台寺”，属佛教净土宗。据传，寺内原有苏东坡手书一联，上联是“半池荷香映月明”，下联是“一座古寺倚晨光”。清后期毁于大火，其地遂废。至今只存此地名。

〔江山无灵闷今古〕《弘明集》卷 5 晋释慧远《沙门不敬王者论 · 求宗不顺化三》：“凡在有方，同禀生于大化，虽群品万殊，精麤异贯，统极而言，唯有灵与无灵耳。有灵则有情于化，无灵则无情于化。无情于化，化毕而生尽，生不由情，故形朽而化灭；有情于化，感物而动，动必以情，故其生不绝，其生不绝，则其化弥广而形弥积，情弥滞而累弥深，其为患也，焉可胜言哉！"《集韵》卷 2《平声二 · 魂第二十三》："闷，闷然不觉皃（貌——引者）。"《仪征刘申叔遗书》本万注："'閟'，南氏本误作'闷'，据原图改。"（第 12 册 P5527）案：述者未见该画原作。《四川文物》2003 年第 6 期 P54—61，发表江玉祥《读张问陶〈南台寺饮酒图〉》一文。文中以原画为据，辑录了刘师培此诗的全文。据江文，原图作"閟"。《汉书 · 卢绾传》："绾愈恐，閟匿。"颜师古注："閟，闭也，闭其踪迹，藏匿其人也。閟，音秘。"但据本句词义，窃以为应作"闷"。

〔景仪嬗代成新故〕景仪，即影表，指立竿见影，观测日影以确定时刻，喻指时光消逝。《左传 · 文公六年》："陈之艺极，引之表仪。"王引之《经义述闻》卷 17《春秋左传上 · 表仪》："六年传：'陈之艺极，引之表仪。'家大人曰：'立木以示人谓之表，又谓之仪。'……表仪与艺极义相近，皆所以喻法度也。"《弘明集》卷 4 何承天《重答颜光禄》："物无妄然，必以类感。常善以救善，亦从之势，犹影表不虑自来。斯言果然，则类感之物，轻重必侔；影表之势，修短有度。"《周礼注疏》卷 10《大司徒》："以土圭之法测土深，正日景以求地中。"陆德明《音义》："景如字，本或作影。"嬗代，时代更迭。《三传折诸 · 谷梁折诸》卷 6《定公 · 不言正月定无正也 · 又》："公羊子曰：'定、哀多微词。'未知己之有罪焉。尔何等沉痛，嬗代易君，总非操笔者所欣然尔。"

〔藻缋耑资觞咏补〕藻缋，本意指五彩华丽，引申为文采飞扬。《史记 · 平准书》："乃以白鹿皮方尺，缘以藻缋，为皮币，直四十万。"柳宗元《柳河东集》卷 33《书四首 · 与杨诲之第二书》："若然者，圣自圣，贤自贤，众人自众人，咸任其意，又何以作言语，立道理，千百年天下传道之，是皆无益于世，独遗好事者藻缋文字，以矜世取誉，圣人不足道（有本作'重'——引者）也。"耑资，专门用于。耑，同"专"。《菽园杂记》卷 13："郭翼，字羲仲，吴之昆山人。博文史，不为举子业，专资以为诗。"《说文解字注》卷 7 下《耑部》："耑，物初生之题也。"段注："古发端字作此。今则端行而耑废，乃多用耑为专矣。"觞咏，饮酒赋诗。《晋书 · 王羲之传》载其《兰亭序》："虽无丝竹管弦之盛，一觞一咏，亦足以畅叙幽情。"

〔遂宁公子文章伯〕《清史稿 · 文苑二 · 张问陶传》："张问陶，字仲冶，遂宁人，大学士鹏翮玄孙。以诗名，书画亦俱胜。乾隆五十五年进士"。《春秋左传正义》卷 30《襄公八年》："八年春，公如晋朝，且听朝聘之数。"杜预注："晋悼复修霸业，故朝而禀其多少。"陆德明《音义》："本亦作伯，音霸，又如字。"

〔干镆〕干镆，即"干莫"，名剑"干将""莫邪"。张说《曲江集》卷18《墓志铭 · 故太仆卿上柱国华容县男王府君墓志》："挥干镆之锋，截无不断。"

〔谏草新裁《羽猎》篇〕胡传淮《张问陶年谱》："嘉庆十年乙丑（1805）四十二岁，……九月二十八日，出任江南道御史。据同治《苏州府志》卷一一二《流寓（二）》载：'（张问陶——引者）嘉庆十年改御史，屡有见白：奏请甄别九卿之衰老恋栈者，上是之，见于施行。又奏九卿会议会事，辄模棱无所可否，请饬令各书所见，不得仍蹈诡随之习。又奏请省巡幸，皆蒙嘉纳。'"（巴蜀书社2005年1月第2版P128—129）蔡坤《张船山先生年谱》："嘉庆十年乙丑，先生四十二岁。……九月二十八日，改官江南道御史。先生连上三疏，一劾六部九卿，一劾天下各省督、抚，一劾河漕监政，惜稿竟失传。（海昌陈子庄太守其元《庸闲斋笔记》载：遂宁张船山先生问陶，大学士文端公之孙也。性伉爽，无城府，书画妙一时。与先大夫最善。由检讨迁御史，连上三疏，一劾天下各省督、抚，一劾河漕监政。先大夫问之曰：'子不虑丛怨中外乎？'先生笑曰：'我所责难，皆大臣、名臣事业。其思为大臣、名臣者，方且感我为达其意；无志于此者，将他身分抬得如此高，惭愧不暇，何暇怨我乎？'先生尝画一鹰赠先大夫，上题云：'奇鹰瞥然来，敛身在高树。风劲乍低头，沈思击何处。'可想见其风采矣。按，此诗本集未载，故具录之。又，鄞陈康祺《郎潜纪闻》所记，亦与此同，略云：'船山先生，世以诗人目之，官谏垣时，连上三疏。尝画一鹰赠人，自题云云，风采如此，诗人也与哉！'）十二月，先生奏下九卿会议。又，吴璥条陈河、漕不能并治，请添造剥船一事，未闻九卿确议。（见嘉庆《东华录》）。"（《张问陶资料汇编》上册P94、95，中华书局2016年4月第1版）《羽猎》篇，指扬雄的《羽猎赋》。扬雄借《羽猎赋》劝谏皇帝减少巡幸、田猎。

〔梦游合证蓬莱客〕蔡坤《张船山先生年谱》："嘉庆十五年庚午，先生四十七岁。七月，部选山东莱州府知府。二十七日，重赴滦阳引见。（按，部选莱州，重赴滦阳，有诗及《到郡默坐得句》：'塞上承天语，民刁默化难'等。"（《张问陶资料汇编》上册P96，中华书局2016年4月第1版）张问陶的先世都在山东为官，其本人就出生在山东。张问陶《出守莱州九月二十日出都留别旧雨》："一门四世宦山东，曾为趋庭念祖风。生小齐人惯齐语，此方原在梦魂中。（予家五世宦游，惟先曾祖未官山东，先高祖守兖州，先祖守登州，予生时，先大父为馆陶县令。）"（张问陶《船山诗草》卷18《出守东莱集 · 庚午》，中华书局1986年第1版P515）案：蓬莱旧属登州，并非莱州辖区。刘师培此为虚指山东全域。

〔三年索米长安市〕索米长安，指在京为官。详见《运河诗（四首）》其四一诗〔太仓红粟侏儒饱（专养旗人）〕条笺注。《全唐诗》卷 391 李贺《勉爱行二首送小季之庐山》其二："辞家三载今如此，索米王门一事无。"（第 6 册 P4421）张问陶乾隆五十五年（1790）进士及第，在京曾任翰林院检讨、江南道监察御史和吏部郎中。

〔凤城仙袂飘归骑〕《李义山诗集注》卷 1 下李商隐《为有》："为有云屏无限娇，凤城寒尽怕春宵。"朱鹤龄注："梁戴暠诗：'丹凤俯临城。'赵次公《杜注》：'秦缪公女吹箫，凤降其城，因号丹凤城。'其后言京都之盛曰凤城。"《补注杜诗》卷 31 杜甫《送覃二判官》："饯尔白头日，永怀丹凤城。"黄希注："赵（赵次公——引者）曰：指言长安帝城也。秦穆公女弄玉吹箫，凤集其城，因号丹凤城。"案：张问陶在京任职期间，曾多次请假回乡，真正在京为官的时间并不长。

〔笑指祇洹作酒乡〕祇洹，即祇园，佛教中的祇树给孤独园。丁福保《佛学大辞典》："祇园（地名），又作祇洹，祇桓。祇园为祇树园，祇陀园，祇树给孤独园之略。洹、桓二字，经论互用。或云梵语，或云汉语。桓者，林也。《释要》曰：'祇桓者，梵语也。若作方言释者，应法师曰："桓即林也，即祇陀太子林也。以古桓字与园字同用也。"'案：祇园若为梵语，则洹字为正，桓为假借。若为汉语，则桓字为正，洹为假借也。见'祇树'条附录。"《金刚经·第一品法会因由分》："如是我闻。一时佛在舍卫国祇树给孤独园，与大比丘众，千二百五十人俱。尔时世尊，食时着衣持钵，入舍卫大城乞食。于其城中次第乞已，还至本处，饭食讫，收衣钵，洗足已，敷座而坐。"张问陶《船山诗草》卷 5《松筠集·庚戌》有《佛前饮酒浩然有得》4 首，均为七言，8 句。此句指，在佛教寺院饮酒。

〔槐花疏雨城南寺（本张诗）〕南台寺位于成都旧城南城墙外一点，故称"城南"。张问陶《成都冬日杂诗（四首）》其二："记住城南寺，文章哭暮秋。槐黄千佛笑，头白一僧愁。"（《船山诗草》卷 7《乞假还山集下·辛亥》，中华书局 1986 年第 1 版 P172）据江玉祥《读张问陶〈南台寺饮酒图〉》，"本张诗"，作"本船山诗"。

〔烟萝〕草木茂盛，雾气缭绕的景致。《全唐诗》卷 179 李白《同族侄评事黯游昌禅师山池二首》其二："惜去爱佳景，烟萝欲暝时。"（第 3 册 P1832）

〔曲水题襟〕《晋书·王羲之传》录其《兰亭集序》："永和九年，岁在癸丑。暮春之初，会于会稽山阴之兰亭，修禊事也。……引以为流觞曲水，列坐其次。"题襟，诗文唱和，抒发胸臆。《郡斋读书志》卷 4 下："《汉上题襟集》十卷，右唐段成式辑其与温庭筠、余知古酬和诗笔笺题。"

〔未觉金经翳慧月（张诗，慧月不受金经翳）〕张问陶《斋居写怀四首》其二："慧月本光明，金经乃其翳。"（《船山诗草》卷16《辛癸集 · 壬戌》，中华书局1986年第1版P463）案：据江玉祥《读张问陶〈南台寺饮酒图〉》，"张诗"，作"船山诗"。《船山诗草》中并无"慧月不受金经翳"的成句。据江玉祥《读张问陶〈南台寺饮酒图〉》，刘师培全诗直引其成句的只有"拈毫欲问倪高士"，刘师培自注使用了"船山句"。"槐花疏雨城南寺"和本句"未觉金经翳慧月"，自注均使用了"船山诗"。据此，本句应系化用其句。金经，指佛经。《古文观止》卷7《六朝唐文》刘禹锡《陋室铭》："谈笑有鸿儒，往来无白丁。可以调素琴，阅金经。"《楞严经》卷2："如人以手指月示人，彼人因指当应看月。若复观指以为月体，此人岂唯亡失月轮，亦亡其指。何以故？以所标指为明月故，指喻能诠言教，月喻所诠真理。若欲见月，须亡指以观之。若欲见性，须亡言而体之。不能亡言，岂能见性？不能遗指，岂识月轮？"《曹溪大师别传》："其年，大师（指禅宗六祖惠能——引者）游行至曹溪，与村人刘志略结义为兄弟，时春秋三十。略有姑出家，配山涧寺，名无尽藏，常诵《涅（盘）〈槃〉经》。大师昼与略役力，夜即听经。至明，为无尽藏尼解释经义。尼将经与读，大师曰：'不识文字。'尼曰：'既不识字，如何解释其义。'大师曰：'佛性之理，非关文字能解，今不识文字何怪？'众人闻之，皆嗟叹曰：'见解如此，天机自悟，非人所及。'"此句指，佛经于佛法而言，倒如掩蔽明月的障翳。

〔直遣流光泛酒波〕范成大《石湖诗集》卷34《楚辞 · 愍游》："奉君子兮眉寿，光风荡兮酒生波。"

〔缥〕《文选注》卷34曹子建（植）《七启八首（并序）》："乃有春清缥酒，康狄所营。"李善注："缥，绿色而微白也。"

〔半曲新词题锦字〕《全唐诗》卷541李商隐《河阳诗》："楚丝微觉竹枝高，半曲新辞写绵纸。"（第8册P6293）锦字，指锦绣文章，亦指书信。《文苑英华》卷715《诗序一 · 乐府杂诗序一首》卢照邻《乐府杂诗序》："霜台有暇，文律动于京师。绣服无私，锦字飞于天下。"

〔荷锸曾随刘伯伦〕《世说新语》卷上之下《文学第四》："刘伶著《酒德颂》，意气所寄。"刘孝标注："《名士传》曰：伶，字伯伦，沛郡人。肆意放荡，以宇宙为狭。常乘鹿车，携一壶酒，使人荷锸随之。云：死便掘地以埋。"锸，即锹。《释名 · 释用器第二十一》："锸，插也，插地起土也。"据江玉祥《读张问陶〈南台寺饮酒图〉》，"锸"，作"畚"，显误。

〔招毫欲问倪高士（张诗）〕张问陶《湘阴》："拈毫欲问倪高士，如此丹青何处寻。"（《船山诗草》卷2《戊丁集·壬寅》，中华书局1986年第1版P21）倪高士，倪瓒，详见《题陈去病拜汲楼诗集（二首）》其一一诗〔鲁望云林〕条笺注。据江玉祥《读张问陶〈南台寺饮酒图〉》，"招"作"拈"（《南本》显误），"张诗"作"船山句"。

〔当年文酒乐升平〕文酒，边饮酒边赋诗。《艺文类聚》卷50《职官部六·刺史》："陈徐陵《裴使君墓志铭》曰：……傍列丝桐，对扬文酒，一石之后，逾能断狱。五斗之量，犹未解酲。"乐升平，享太平。《全唐诗》卷52宋之问《扈从登封告成颂》："万方俱下拜，相与乐升平。"（第1册P636）

〔丝管常歌乐岁声〕《晋书·王羲之传》载其《兰亭集序》："虽无丝竹管弦之盛，一觞一咏，亦足以畅叙幽情。"乐岁，丰年。《孟子·梁惠王上》："乐岁终身饱，凶年免于死亡。"据江玉祥《读张问陶〈南台寺饮酒图〉》，此句作"岷云喷泄幻阳英"。岷，岷山、岷江，位于四川，代指四川。《文苑英华》卷716《诗序二·鄂州何大夫创制夏亭诗序一首》符载《鄂州何大夫创制夏亭诗序》："山川云气，一朝喷泄。"泄，同"泄"。阳英，阳光照耀下的光彩。马祖常《石田文集》卷5《天庆寺纳凉联句》："露葵炫昼艳，霞药敷阳英。"

〔紫宫飞宇缠灵景〕紫宫，传说中天帝所居，亦指帝王宫殿。《六臣注文选》卷21左太冲（思）《咏史八首》其五："皓天舒白日，灵景照神州。列宅紫宫里，飞宇若云浮。峨峨高门内，蔼蔼皆王侯。"吕向注："皓，大也。灵景，日景也。神州，京都也。"此句指，张问陶当年居住任官的京城，帝王之都，兴盛繁华。

〔鲛绡媚彩倾江城〕江城，指成都。《九家集注杜诗》卷21杜甫《出郭》："江城今夜客，还与旧乌啼。"郭知达集注："赵（赵次公——引者）云：江城，指言成都。公诗有曰：'鼓角动江城。'又曰：'独宿江城腊炬残。'皆指成都。大抵江滨州郡可谓之江城，公诗言之不一矣。"鲛绡，深海中"鲛人"织就的丝织品。详见《工女怨（三首）》其一一诗〔潭潭泉客居〕条笺注。此处指蜀锦，成都是蜀锦最主要的产地和集散地。

〔江城旧说人文薮〕宋濂《文宪集》卷8《送陈庭学序》："成都，川蜀之要地。扬子云、司马相如、诸葛武侯之所居。英雄俊杰战攻、驻守之迹，诗人文士游眺、饮射、赋咏、歌呼之所。"参见《独漉篇》一诗〔相彼西南，有煌其都〕条笺注。薮，渊薮，聚集之处。《六臣注文选》卷59沈休文（约）《齐故安陆昭王碑文一首》："渊薮胥萃，雚蒲攸在。"刘良注："胥，相萃聚也。渊薮，大林也。"

〔饱撷西英延颢秀〕撷，采摘，采集。详见《秋风萧瑟池荷零落感而赋此》一诗〔采撷〕条笺注。西英，西方的精华。成都位于西南地区，故称“西英”。颢，与“昊”通，指西方。《吕氏春秋 · 有始》：“西方曰颢天”。《淮南子 · 天文训》：“西方曰昊天”。《汉书 · 礼乐志 ·〈朱明〉四 · 邹子乐》：“西颢沆砀，秋气肃杀。”颜师古注：“韦昭曰：‘西方少昊也。’”此句指，充分撷取四川的精华，使其卓异的文脉得以延续发扬。

〔委约真情谢辨雕〕委约，指疲病穷困。《六臣注文选》卷 33 宋玉《九辩五首》：“离芳蔼之方壮兮，余委约而悲愁。”王逸注：“去已盛美之光容，身体疲病而忧穷。”吕向注：“芳蔼，盛皃（貌——引者）。言离去芳盛之德、方壮之年，使余委弃而悲愁也。约，弃也。”（《楚辞》本作“萎约”）辨雕，即“辩雕”，指虚伪矫饰。《庄子集释》卷 5 中《（外篇）天道第十三》：“辩虽雕万物，不自说也。”郭庆藩引成玄英疏：“弘辩如流，雕饰万物，而付之司牧，终不自言也。”刘勰《文心雕龙》卷 7《情采第三十一》：“庄周云：辩雕万物。谓藻饰也。”谢，避免、拒绝。详见《西山观秋获》一诗〔长谢衣化缁〕条笺注。案：张问陶为官清廉，辞官后生计困顿，51 岁即于苏州贫病而终。张问陶《濒行和顾文》（壬申）：“簿书久已妨诗草，衣食从今倚砚田。”（《船山诗草》卷 18《出守东莱集》）他晚年曾赴扬州卖画筹措返乡的川资，得到了朋友们的帮助。在《十七日泊扬州廖复堂都转假馆以待赋诗志感并谢杨髻斋太守（兆鹤）胡左君知事（源）》（癸酉）一诗中，张问陶写道：“人到扬州雪亦晴，长筵广厦早经营。闺装倚镜忘飘泊，宾刺沿江有送迎。事阅荣枯安义命，身当贫病见交情。亲朋把臂争料理，那得浮家隐姓名。”（《船山诗草》卷 20《药庵退守集下》）

〔笑抉苞符阐灵窦〕抉，挑开、撬开。《春秋左传正义》卷 31《襄公十年》：“郰人纥抉之，以出门者。”孔颖达疏：“抉，撅也。谓以木撅抉县门，使举令下容人。”苞符，指《河图》《洛书》，亦指天地乾坤。《周易正义》卷 7《系辞上》：“河出图，洛出书，圣人则之。”孔颖达疏：“《春秋纬》云：‘河以通乾出天苞，洛以流坤吐地符。’”灵窦，神异之源，玄妙之本。据江玉祥《读张问陶〈南台寺饮酒图〉》，“窦（竇）”作“宝（寶）”。案：张问陶一生命运多舛，但为人达观洒脱。他有著名的《观物四首 · 仙龙鬼碟》诗，将飞仙长生的虚妄、蝶化变幻的无稽滔滔敷述。另有《观我四首 · 生老病死》诗，将人的生老病死、悲欢离合、荣辱浮沉娓娓道来。整组诗悲而不戚，哀而不伤，将人生真谛浓缩于短短的 224 个字之中。上述两组诗载《船山诗草》卷 16《辛癸集 · 壬戌》。

〔吟罢江山词客老〕龚自珍《己亥杂诗》其三百十五：“吟罢江山气不灵，万千种䛐一灯青。忽然搁笔无言说，重礼天台七卷经。”（夏田蓝编《龚定盦全集类编》，上海世界书局 1937 年 5 月初版 P393）

〔遨头讌散春归早〕《施注苏诗》卷 28《诗五十八首》苏轼《卧病弥月闻垂云花开顺阇黎以诗见招次韵答之》：“何必遨头出，湖中有散仙。”施元之注：“《成都记》：‘太守凡出游乐，士女列于木床观之，势如磴道，谓之遨床，故谓太守为遨头。’”讌，宴会。《龙龛手鉴》卷 1《平声 · 言部第三》：“讌，……讌会也。”《正字通》酉集上《言部》：“讌、燕、宴并同。……与燕同。”据江玉祥《读张问陶〈南台寺饮酒图〉》，“讌”作“燕”。蔡坤《张船山先生年谱》：“嘉庆十五年庚午，先生四十七岁。七月，部选山东莱州府知府。”（《张问陶资料汇编》上册 P96，中华书局 2016 年 4 月第 1 版）张问陶任莱州知府时，与上司不睦，仅任职一年即辞官。蔡坤《张船山先生年谱》：“嘉庆十七年壬申，先生四十九岁。正月十七日，手具辞郡文书。二月初九日，辞郡交卸。三月初四日，去郡。”（《张问陶资料汇编》上册 P96—97，中华书局 2016 年 4 月第 1 版）

〔转毂繇来无百年〕《史记 · 平准书》：“转毂百数”。裴骃《集解》：“李奇曰：车也。”此句指，车轮不能转动百年，喻指人生无百年。

〔醉乡日月阎浮小〕阎浮，即“阎浮提”，佛教中指人所处的世界。丁福保《佛学大辞典》：“阎浮提（界名），Jambudvipa，旧称阎浮提，琰浮洲，阎浮提鞞波。新称赡部洲。当须弥山之南方大洲名，即吾人之住处。”《水浒传》第二十九回《施恩重霸孟州道，武松醉打蒋门神》：“门前一带绿油阑干，插着两把销金旗，每把上五个金字，写道：‘醉里乾坤大，壶中日月长’。”

〔尘海无端往迹非〕据江玉祥《读张问陶〈南台寺饮酒图〉》，“端”作“耑”。

〔隔垣烟树辨依稀〕上句和此句指，南台寺已不复存在，只留遗址。

〔衲〕僧衣。《字汇》申集《衣部》：“衲，……佛衲，《智度论》：五比丘曰：佛当着何等衣？佛言：应着衲衣。”

〔似闻红女罢春机〕红女，纺织女。《汉书 · 郦食其传》：“百姓骚动，海内摇荡。农夫释耒，红女下机。”颜师古注：“红，读曰工。”春机，春季用纺机纺织。案：刘师培作此诗在 1913 年的元宵节，参见本诗“略考”。据江玉祥《读张问陶〈南台寺饮酒图〉》，原画有跋文：“南台寺今已无僧，前岁改蚕桑讲习所。”

〔三冬万里桥边住〕万里桥，即今成都市老南门大桥。《太平御览》卷 73《地部三十八 · 桥》：“应璩《华阳国志》曰：……万里桥，在成都县南八里。蜀使费祎使吴，诸葛亮送之于此。叹曰：‘万里之路，始于此桥。’因名万里桥。”据此，刘师培居蜀期间，住在成都老南门大桥附近。

〔咫尺招提不知处〕招提，佛教寺庙。详见《出郭》一诗〔试访招提境〕条笺注。此句指，虽相隔仅咫尺，亦不知南台寺的具体位置。

〔琴樽〕琴乐与酒樽。谢朓《谢宣城集》卷 4《和宋记室省中》：“无叹阻琴樽，相从伊水侧。”据江玉祥《读张问陶〈南台寺饮酒图〉》，“樽”作“尊”。

〔那堪笳鼓成羁旅〕笳鼓，胡笳与鼓声，指军乐。梁元帝萧绎《金楼子》卷 1《兴王篇一》：“俄闻笳皷之声，云意天子出幸南苑。”《东坡全集》卷 26《西山戏题武昌王居士（并引）》：“篙竿击舸菰葵隔，笳鼓过军鸣狗惊。”《史记・陈杞世家》：“齐桓公欲使陈完为卿，完曰：‘羁旅之臣，幸得免负担，君之惠也，不敢当高位。’”裴骃《集解》：“贾逵曰：‘羁，寄。旅，客也。’”张祥龄《踏莎行・答文叔问送别，即用其韵》：“吴苑莺花，越溪烟雨，湖山风月谁为主。本图弦管送年华，那期笳鼓成羁旅。”（《张祥龄集・子苾词钞》P189，巴蜀书社 2018 年 12 月第 1 版）案：张祥龄（1853—1903），字子苾，蜀中名士，四川汉州人。曾以拔贡身份选送成都尊经书院学习。此句指，如何能承受因战乱羁留他乡的苦楚。

〔几回吊古锦江曲〕吊古，凭吊古人、古迹。详见《黄天荡怀古》一诗〔吊古〕条笺注。锦江，成都旧城东门外有一条南行转西南的河道——府河，属岷江支流，府河与岷江另一条支流——南河在合江亭汇流后东去往南，是流经今天成都市区的两条主要水道。这两条河道也被称为锦江或府南河，即今天成都市锦江区名称的由来。

〔独向郊南讯灵躅〕郊南，城市的南部郊区。南台寺位于成都旧城南城墙外一点，故称“郊南”。躅，足迹、行迹。《汉书・叙传上》：“伏周、孔之轨躅”。颜师古注：“郑氏曰：‘躅，迹也。’”

〔柿叶当阶夕照黄〕《全唐诗》卷 540 李商隐《华师》：“孤鹤不睡云无心，衲衣筇杖来西林。院门昼锁回廊静，秋日当阶柿叶阴。”（第 8 册 P6253）据江玉祥《读张问陶〈南台寺饮酒图〉》，“叶（葉）”作“业（業）”，显误。

〔寒芜满地霜华绿〕寒芜，草木在寒冷季节枯萎。《杜诗详注》卷 16 杜甫《昔游》：“昔者与高李，晚登单父台。寒芜际碣石，万里风云来。”仇兆鳌注：“颜延之诗：‘寝兴日已寒，白露生庭芜。’此‘寒芜’二字所本。”霜华，霜花。谢朓《谢宣城集》卷 5《奉和随王殿下》其十二：“岁远荒城思，霜华宿草陈。”

〔西音大雅今衰歇〕《吕氏春秋》卷 6《音初》：“殷整甲徙宅西河，犹思故处，实始作为西音。长公继是音，以处西山。”高诱注：“西音，周之音。”大雅，典雅中正的诗歌、乐曲。《全唐诗》卷 161 李白《古风》:“大雅久不作，吾衰竟谁陈。”（第 3 册 P1673）衰歇，衰微、败落。《全唐诗》卷 171 李白《自梁园至敬亭山见会公谈陵阳山水兼期同游因有此赠》:“我随秋风来，瑶草恐衰歇。”（第 3 册 P1765）据江玉祥《读张问陶〈南台寺饮酒图〉》,“雅”作“疋”。《说文解字注》卷 2 下《疋部》:“疋，……古文目为《诗 · 大雅》字。”段注:“雅，各本作疋，误。此谓古文叚借疋为雅字。”案：林思进《鱼雁集》收录刘师培手笺，其所用笺纸预刻有“疋言”二字，见《四川省图书馆馆藏珍品集》P147，四川美术出版社 2002 年 9 月第 1 版。

〔青塚长啼杜宇魂〕青塚，指王昭君墓。详见《乌孙公主歌》一诗〔到此应输青冢骨〕条笺注。杜宇，传说中的古蜀帝，亦称望帝，死后其魂化为杜鹃。详见《感事八首》(其四)〔杜宇啼枝空有泪〕条笺注。据江玉祥《读张问陶〈南台寺饮酒图〉》,“长啼”作“谁招”。

〔碧珠重灿苌弘血〕《庄子集释》卷 9 上《(杂篇）外物第二十六》:“人主莫不欲其臣之忠，而忠未必信，故伍员流于江，苌弘死于蜀，藏其血三年而化为碧。”郭庆藩引成玄英疏:“碧，玉也。子胥、苌弘,《外篇》已释。而言流江者，忠谏夫差，夫差杀之，取马皮作袋，为鸱鸟之形，盛伍员尸，浮之江水，故云流于江。苌弘遭谮，被放归蜀，自恨忠而遭谮，遂刳肠而死。蜀人感之，以匮盛其血，三年而化为碧玉，乃精诚之至也。”

〔苍狗浮云〕本指天上的云彩形态瞬息万变，喻指世事变化无常。详见《癸卯夏记事》一诗〔苍狗浮云〕条笺注。

〔茂陵消渴鬓成丝〕茂陵，指司马相如。《史记 · 司马相如列传》:“相如既病免，家居茂陵。天子曰:‘司马相如病甚，可往从悉取其书。若不然，后失之矣。’使所忠往，而相如已死，家无书。问其妻，对曰:‘长卿固未尝有书也。时时著书，人又取去，即空居。长卿未死时，为一卷书，曰有使者来求书，奏之。无他书。’其遗札书言封禅事，奏所忠。忠奏其书，天子异之。”后以“茂陵书生”“茂陵客”代指落魄文士。《全唐诗》卷 226 杜甫《琴台（司马相如宅在州西笮桥，北有琴台)》:“茂陵多病后，尚爱卓文君。”（第 4 册 2443)《全唐诗》卷 280 卢纶《秋晚山中别业》:“茂陵秋最冷（一作晚)，谁念一书生。”（第 5 册 P3175）消渴，消渴症，类似今天所说的糖尿病，司马相如罹患此病。详见《甲辰年自述诗》(其五十八）一诗〔消渴类相如〕条笺注。茂陵，汉武帝陵寝。详见《咏汉长无相忘瓦》一诗〔茂陵〕条笺注。刘师培“苍狗浮云各一时，茂陵消渴鬓成丝”句或为自伤。吴虞《读刘申叔感怀诗漫书三首》

其一：‘市国仍多难，劳生负遂初。徒非《辨命论》，强写茂陵书。”相传，汉武帝晚年亦罹患消渴症。《泊宅编》卷 8：“提点铸钱朝奉郎黄沔久病渴，极疲悴。予每见，必劝服八味丸。初不甚信，后累医不痊，谩服数两遂安。或问渴而以八味丸治之，何也？对曰：‘汉武帝渴，张仲景为处此方。盖渴多是肾之真水不足致然，若其势未至于痟，但进此剂殊佳，且药性温平无害也。’”案：汉武帝与张仲景所处年代不同，张不可能为汉武帝治病。《泊宅编》的作者方勺是两宋之际人，远述西汉事，此说不经可见一斑。

〔《伽蓝记》〕《洛阳伽蓝记》。《四库全书总目提要 · 洛阳伽蓝记》：“《洛阳伽蓝记》五卷，后魏杨衒之撰，刘知几《史通》作羊衒之，晁公武《读书志》亦同。然《隋志》亦作杨，与今本合。疑《史通》悮也。其里贯未详，据书中所称，知尝官抚军司马耳。魏自太和十七年作都洛阳，一时笃崇佛法，刹庙甲于天下。又永熙之乱，城郭邱墟。武定五年，衒之行役洛阳，感念废兴，因捃拾旧闻，追叙故迹，以成是书。以城内及四门之外分叙五篇，叙文之后，先以东面三门、南面三门、北面二门各署其新旧之名，以提纲领，体例绝为明晰。其文秾丽秀逸，烦而不厌，可与郦道元《水经注》肩随。其兼叙尔朱荣等变乱之事，委曲详尽，多足与史传参证。其他古迹、艺文及古迹之属，外国土风道里，采摭繁富，亦足以广异闻。”

〔卧听巴僮唱《竹枝》〕《乐府诗集》卷 81《近代曲辞（三）》顾况《竹枝》解题：“竹枝，本出于巴渝。唐贞元中，刘禹锡在沅湘，以俚歌鄙陋，乃依骚人《九歌》作《竹枝新辞》九章，教里中儿歌之。由是盛于贞元、元和之间。禹锡曰：‘竹枝，巴歈也。巴儿联歌，吹短笛，击鼓以赴节。歌者扬袂睢舞，其音协黄钟、羽末，如吴声含思宛转，有淇濮之艳焉。’”《全唐诗》卷 303 刘商《秋夜听严绅巴童唱竹枝歌》：“巴人远从荆山客，回首荆山楚云隔。思归夜唱竹枝歌，庭槐叶落秋风多。”（第 5 册 P3446）

【略考】

据江玉祥《读张问陶〈南台寺饮酒图〉》，原画有刘师培跋文如下：“南台寺今已无僧，前岁改蚕桑讲习所，今则幼孩工厂也。去冬再过其地，几山先生出此图索题，辄为赋此。癸丑元宵日，师培力疾书。”（《四川文物》2003 年第 6 期 P56）

《中国古代书画图目 · 十七》（文物出版社 1997 年 9 月第 1 版）P154 著录张问陶《南台寺饮酒图》图像，编号“川 2—136”。但图中无刘师培题诗。

未遂

未遂绵山隐，低回稷下冠。错薪劳汉广，伐木愧河干。日月跳丸易，风雷启籥难。孟涂如可证，早晚诉巴山。

【刊载】

《刘申叔遗书》61 册（84），《左盦诗录》卷 3《左盦诗续录》。

【编年】

1913 年。排于《凌云山夕望》之后，《上海赠谢无量》之前，故定编年于 1913 年。

【类型】

五言，8 句。

【笺注】

〔绵山隐〕《春秋左传正义》卷 15《僖公二十四年》："晋侯（指重耳，即后来的晋文公——引者）赏从亡者，介之推不言禄，禄亦弗及。推曰：'献公之子九人，唯君在矣。惠怀无亲，外内弃之。天未绝晋，必将有主。主晋祀者，非君而谁。天实置之，而二三子以为己力，不亦诬乎！窃人之财，犹谓之盗。况贪天之功，以为己力！下义其罪，上赏其奸。上下相蒙，难与处矣。'其母曰：'盍亦求之，以死谁怼。'对曰：'尤而效之，罪又甚焉。且出怨言，不食其食。'其母曰：'亦使知之，若何？'对曰：'言，身之文也。身将隐，焉用文之？是求显也。'其母曰：'能如是乎？与女偕隐。'遂隐而死。晋侯求之不获，以绵上为之田。曰：'以志吾过，且旌善人。'"杜预注："西河界休县南有地名绵上。"顾炎武《亭林诗集》卷 5《哭李侍御灌溪先生模》："廉里居龚胜，绵山隐介推。"

〔低回稷下冠〕低回，徘徊。详见《咏史（四首）》其一一诗〔抚环空低回〕条笺注。稷下冠，指淳于髡。《史记 · 孟子列传》："其后有驺子之属。齐有三驺子：其前邹忌，以鼓琴干威王，因及国政，封为成侯而受相印，先孟子。其次驺衍，后孟子。……自驺衍与齐之稷下先生如淳于髡、慎到、环渊、接子、田骈、驺奭之徒，各著书言治乱之事，以干世主，岂可胜道哉！"司马贞《索隐》曰："按：稷，齐之城门也。或云稷，山名。谓齐之学士集于稷门之下也。环渊、接子，古著书人之称号也。"张守节《正义》："《慎子》十卷，在法家，则战国时处士。《接子》二篇，《田子》二十五篇，齐人，游稷下，号'天口'。接、田二人，道家。《驺奭》十二篇，阴阳家。"《史记・田敬仲完世家》："宣王喜文学游说之士，自如驺衍、淳于髡、田骈、接予、慎到、环渊之徒，七十六人皆赐列第为上大夫。不治而议论，是以齐稷下学士复盛，且数百千人。"裴骃《集解》："刘向《别录》曰：'齐有稷门，城门也。谈说之士，期会于稷下也。'"司马贞《索隐》："《齐地记》曰：'齐城西门，侧系水，左右有讲室，趾往往存焉。盖因侧系水，故曰稷门。'"淳于髡，《史记・滑稽列传》有本传。其人其貌不扬，出身寒微，但绝顶聪明，辩才极佳，善游说之学。齐威王当政时，好"隐"。淳于髡以"三年不鸣，一鸣惊人"游说威王，使其振作图强，"威行三十六年"。

〔错薪劳汉广，伐木愧河干〕《诗经今注今译・周南・汉广》："翘翘错薪，言刈其楚。之子于归，言秣其马。汉之广矣，不可泳思。"马持盈译："众多的错薪，必要割取其中的嫩楚。汉江的游女，必要选取其中的美者。如果那个美女肯嫁给我，我就给她去喂马。无奈汉水太宽了，无法游泳过去。"（台湾商务印书馆1979年3月六版P14—15）"伐木愧河干"，详见《季夏雨霁游北洋公立种植园泛舟竟夕》一诗〔伐轮惭河干〕条笺注。此二句为刘师培自况，其隐含之意为，我思念昔日的朋友们，渴望找寻同道君子，但路途遥远，时过境迁，又无颜面对他们。案：1920 年 2 月，刘师培 1906 年"七夕"那天（1906 年 8 月 15 日）在芜湖结识的朋友林之夏，以"黄须"的署名，在一本专业军事杂志（林之夏是职业军人），浙江军事编辑处出版发行的《兵事杂志》第 70 期《文艺・诗录》栏目发表了诗作《哀仪征》。其中有句："武昌汉帜蔽江红，亡命私交总再逢。颇以姓名问绵上，知无面目返江东。"说明，刘师培向林之夏询问了山西某些人物，自己则无颜面再返东南旧地，再见那些知己故旧。参见《张园》一诗"略考"。

〔日月跳丸〕指日月在天空中如球丸般更替跳跃升落，喻时光荏苒，日月如梭。详见《多能》一诗〔日月跳丸〕条笺注。

〔风雷启籥难〕据《尚书・金縢》，周武王克商二年后，得了病。周公旦为此以三龟占卜，都是吉利的。"启籥见书，乃并是吉。"也就是打开王家藏书之处的锁钥，以图册查验得到的卜辞，也都是吉利的。周公于是将卜辞藏于"金縢"之中，"王翼日乃瘳"。后来，武王去世后，成王继位。管叔和他的几个弟弟在国内散布流言，说："周公将不利于成王。"成王被欺骗了，对周公产生了怀疑。结果，秋天百谷本该成熟时，却没有收获，"天大雷电以风"，庄稼都倒伏了，大树被拔起，国人都非常恐慌。成王和大夫们打开"金縢"，发现了当初武王生病时，周公愿以自身代武王而死的辞文。于是真相大白，成王明白自己让周公受到了冤屈。醒悟后的成王诚心忏悔，感动了上天。于是风向反转，倒伏的庄稼又全部复起。那一年是个大丰收。此句指，受到冤屈，想得到昭雪很难。

〔孟涂如可证，早晚诉巴山〕《山海经》卷 10《海内南经》：“夏后启之臣曰孟涂，是司神于巴。人请讼于孟涂之所，其衣有血者乃执之。”此句为刘师培自况，渴望冤屈得到昭雪。

【略考】

此诗似为刘师培感慨于自己因以前的经历，为流言所困，受到了冤屈。

《刘申叔与章太炎书》：“昔公旦礼葬，天动风雷，启縢省书，留言终白。夫公旦才美，自逊弗侔。至于艰贞晦明，内难正志，且身遘悯，万弗逮一。乃周郊偃禾，未闻表异，天道偏颇，固如是乎！自婴诽讟，久拟自明。顾清廷咫尺，言出祸随，又左右前后，罔弗为端方作耳目。中怀郁勃，潜讬咏歌，去岁所絜《左盦诗》可覆按也。今者，诸夏光复，不失旧物，本拟迅赴秣陵，躬诣参议院法廷伸诉枉抑。积疑既白，退从彭居，惟蜀都夺攘儴仍，彼都学人因以讲学属文相稽。近则陈兵清途，行旅无阂，东征有期，弗踰一旬，晤言匪遥，祈公释怀。”载 1912 年 6 月 5 日《亚细亚日报》第 7 版《文苑》栏目《文录一首》，万仕国《刘师培佚文两篇》，《扬州文化研究论丛》第 25 辑 P46，广陵书社 2020 年 12 月第 1 版。

已分

已分（自注：仄）同朝槿，何心慕大椿。怀沙钤短什，抱石缅磏仁。川雨睽鸣鸟，垌雷起获麟。彭殇原自定，不必问严遵。

【刊载】

《刘申叔遗书》61 册（84），《左盦诗录》卷 3《左盦诗续录》。

【编年】

1913 年。排于《凌云山夕望》之后，《上海赠谢无量》之前，故定编年于 1913 年。

【类型】

五言，8 句。

【笺注】

〔已分（仄）同朝槿〕已分，已经注定。《六臣注文选》卷 42 魏文帝曹丕《与吴质书》：“谓百年已分，可长共相保。何图数年之间，零落略尽。”吕延济注：“百年之欢，是已分之有，可长相保也。”朝槿，朝开暮谢的木槿花。详见《申江杂感用苏东坡《秋怀》诗韵（二首）》其一一诗〔木槿花〕条笺注。分，在此处读“fèn”，依“平水韵”为去声，属“仄”音。

〔大椿〕传说中以正常24000年为其1年的长生之树。详见《和周美权〈夜坐偶成〉用原韵》一诗〔彭殇齐〕条笺注。

〔怀沙钤短什〕怀沙，怀中揣上砂石投水而死。《楚辞》有屈原《九章·怀沙》一诗，此为屈原投水而死前的绝命诗。《楚辞补注》卷 4 洪兴祖补注：“此章言己虽放逐，不以穷困易其行。小人蔽贤，群起而攻之。举世之人，无知我者。思古人而不得见，伏节死义而已。太史公曰：‘乃作《怀沙》之赋，遂自投汨罗以死。’原所以死，见于此赋。故太史公独载之。”《楚辞章句》卷 13 东方朔《七谏·沈江》：“怀沙砾而自沈兮，不忍见君之蔽壅。”王逸注：“砾，小石也。言己所以怀沙负石，甘乐死亡，自沈于水者，不忍久见怀王壅蔽于谗佞也。”钤，盖章，用印。引申为注记，记录。《菽园杂记》卷 10：“会同尚宝监、尚宝司、兵科官于奉天门请用御宝钤记。”短什，短篇诗组成的组诗。《毛诗正义》卷 9—1《小雅·鹿鸣之什·小大雅谱》：“鹿鸣之什。”孔颖达疏：“《周礼·小司徒》职云：‘五人为伍。’五人谓之伍，则十人谓之什也。故《左传》曰：‘以什共车，必克。’然则什伍者，部别聚居之名。《风》及《商、鲁颂》以当国为别，诗少可以同卷。而《雅》《颂》篇数既多，不可混并，故分其积篇，每十为卷，即以卷首之篇为什长，卷中之篇皆统焉。言《鹿鸣》至《鱼丽》凡十篇，其总名之，是《鹿鸣之什》者，宛辞言《四牡》之篇等，皆《鹿鸣之什》中也。”《全唐诗》卷 78 骆宾王《于紫云观赠道士（并序）》序：“先生情均得兔，忘筌之契已深。路是亡羊，分岐之恨逾切。不题短什，何汰衷襟。”（第 2 册 P840）

〔抱石缅磏仁〕《韩诗外传》卷 1：“申徒狄非其世，将自投于河。崔嘉闻而止之，曰：‘吾闻圣人仁士之于天地之间也，民之父母也，今为儒雅之故，不救溺人，可乎？’申徒狄曰：‘不然。桀杀关龙逢，纣杀王子比干，而亡天下。吴杀子胥，陈杀泄冶，而灭其国。故亡国残家，非无圣智也，不用故也。’遂抱石而沉于河。”《文选注》卷 23 王仲宣（粲）《赠文叔良》：“缅彼行人，鲜克弗留。”李善注：“贾逵《国语》注曰：缅，思貌也。”《韩诗外传》卷 1：“仁道有四：磏为下。有圣仁者，有智仁者、有德仁者，有磏仁者。……廉洁直方，疾乱不治、恶邪不匡；虽居乡里，若坐涂炭；命入朝廷，如赴汤火；非其民、不使，非其食、弗尝；疾乱世而轻死，弗顾弟兄，以法度之，比于不详，是磏仁者也。传曰：山锐则不高，水径则不深，仁磏则其德不厚，志与天地拟者，其人不祥，是伯夷、叔齐、卞随、介子推、原宪、鲍焦、袁旌目、申徒狄之行也。其所受天命之度，适至是而亡，弗能改也，虽枯槁弗舍也。《诗》云：‘亦已焉哉！天实为之，谓之何哉！’磏仁虽下，然圣人不废者，匡民隐括，有在是中者也。”《字汇补》午集《石部》：“磏，又古廉字。《韩诗外传》：‘有磏仁者’。”

〔川雨睽鸣鸟〕《孔子家语》卷 3《辩政第十四》：“齐有一足之鸟，飞集于宫朝，下止于殿前，舒翅而跳。齐侯大怪之，使使聘鲁，问孔子。孔子曰：‘此鸟名曰商羊，水祥也。昔童儿有屈其一脚，振讯两眉而跳且谣曰：“天将大雨，商羊鼓舞。”今齐有之，其应至矣。’急告民趋治沟渠，修堤防，将有大水为灾。顷之大霖雨，水溢泛诸国，伤害民人，唯齐有备，不败。景公曰：‘圣人之言，信而徵矣。’”川雨，指大雨如注，落地成河。睽，通“睽”，看。《正字通》午集中《目部》：“睽，……又张目貌。”

〔坰雷起获麟〕坰雷，偏远郊野的雷声。《尔雅·释地》：“邑外谓之郊，郊外谓之牧，牧外谓之野，野外谓之林，林外谓之坰。”《左传·哀公十四年》：“春，西狩于大野。叔孙氏之车子鉏商获麟，以为不祥，以赐虞人。仲尼观之，曰：‘麟也。’然后取之。”《左传·哀公十六年》：“夏四月己丑，孔丘卒。”《史记·孔子世家》：“鲁哀公十四年春，狩大野。叔孙氏车子鉏商获兽，以为不祥。仲尼视之，曰：‘麟也。’取之，曰：‘河不出图，洛不出书，吾已矣夫！’颜渊死，孔子曰：‘天丧予！’及西狩见麟，曰：‘吾道穷矣！’”案：传说，麒麟“吼声如雷”。《汉书·礼乐志》：“《郊祀歌》十九章……《五神》十六：……雷电尞，获白麟。”《戒庵老人漫笔》卷 7《获麟地》：“子游武城，今兖州府嘉祥县，鲁之西郊狩而获麟之地。（王廷相曰：‘近岁华阴、舞阳二县，麟生于野，厥声雷鸣，厥口吐火，火即电也。’）”《七修类稿》卷 43《事物类·麒麟》：“嘉靖六年四月，舞阳产一麒麟，口吐火而声如雷。”《格致镜原》卷 82《兽类（一）·麒麟》：“《物类相感志》：蛷麟出罽宾国，似海兽，紫色，有鳞甲，顶有穴光，出圆珠，能入水与龙斗，吼声如雷。”

〔彭殇〕长生与夭短。详见《和周美权《夜坐偶成》用原韵》一诗〔彭殇齐〕条笺注。

〔严遵〕《高士传》卷中《严遵》：“严遵，字君平，蜀人也。隐居不仕，常卖卜于成都市，日得百钱以自给，卜讫则闭肆，下廉以著书为事。扬雄少从之游，屡称其德。李强为益州牧，喜曰：‘吾得君平，为从事足矣。’雄曰：‘君可备礼与相见，其人不可屈也。’”

【略考】

刘师培《述怀一百四十韵示蜀中诸同好》诗中有数句与此诗文辞有略同之处：“川

雨睽鸣鸟，荒云感御魑。”“自分同朝槿，何心慕大椿。汨渐泉客溢，材谢匠师抡。负石纾岑寂，怀沙诉楚辛。火痕绵谷树，乡梦洄溪莼。风絮琴三叠，沧桑镜一晌。彭殇原自定，不必问严遵。”此诗疑为《述怀一百四十韵示蜀中诸同好》的初稿或誊录稿残本。

壮志

壮志凌艰险，玄风扇弱龄。由来均梦觉，到此悟流渟。未觉椒丘远，宁闻菊水灵。劳生如可息，灵化委元扃。

【刊载】

《刘申叔遗书》61 册（84），《左盦诗录》卷 3《左盦诗续录》。

【编年】

1913 年。排于《凌云山夕望》之后，《上海赠谢无量》之前，故定编年于 1913 年。

【类型】

五言，8 句。

【笺注】

〔玄风扇弱龄〕玄风，道家语，修玄、修仙之道。李道纯《中和集》卷 4《歌 · 原道歌（赠野云）》“玉锁金枷齐解脱，急流勇退慕玄风。”弱龄，幼年，少年。《晋书 · 秃发利鹿孤载记》：“昔成王弱龄，周、召作宰；汉昭八岁，金、霍夹辅。”《六臣注文选》卷 50 沈休文（约）《宋书谢灵运传论》：“在晋中兴，玄风独扇。”张铣注：“扇，盛也。”此句指，少年时代即受到道门修仙之道的影响。

〔由来均梦觉〕此句指，早已从尘世幻梦中觉醒。

〔流渟〕本指水或流或停，引申为大道玄妙无形，其行止踪影无迹可寻。详见《大象篇》一诗〔流渟恣所如〕条笺注。

〔椒丘〕喻指清净高洁之所。《六臣注文选》卷 32 屈平（原）《离骚》：“步余马于兰皋兮，驰椒丘且焉止息。”吕延济注：“椒丘，丘上有椒也。”

〔菊水〕《水经注》卷 29《湍水》：“湍水出郦县北芬山”。郦道元注：“湍水又南，菊水注之。水出西北石涧山芳菊溪，亦言出析谷。盖溪涧之异名也。源旁悉生菊草，潭涧滋液，极成甘美。云此谷之水土，餐挹长年。”《太平御览》卷 67《地部三十二 · 溪》：“盛宏之《荆州记》曰：郦县北五十里有菊溪。源出石涧山。有甘菊村人食此水，多寿。”《尔雅翼》卷 3《释草 · 菊》：“汉南阳郦县北八里有菊水，其源旁悉芳菊，水极甘香。中有三十家不复穿井，仰饮水。上寿百二十、三十；中寿百余；七十者犹以为夭。汉司空王畅、太傅袁隗为南阳太守，令县月送三十余石，饮食、澡浴皆用之。”

〔劳生〕尘世让人劳累疲惫。详见《答袁康侯（二首）》其一一诗〔劳生〕条笺注。

〔灵化委元扃〕灵化，脱离肉身，得道飞升，亦是辞世的婉称。《六度集经》卷 8《明度无极章第六》：“斯一身所更视听，始今尚不自知。岂况异世舍故受新，更乎众艰、魑魅之拂、痱忤之困，而云欲知灵化所往受身之土，岂不难哉?”元扃，即“玄扃”，因避清圣祖康熙讳改，指道法、佛法之门，亦是墓穴之门的婉称。《灵宝领教济度金书》卷 162《科仪立成品（预修黄箓用）· 第一日午朝仪》：“荆棘雨滋于灵府，蓁茅日塞于玄扃。”另参见《凌云山夕望》一诗〔青坛荫夏寒，元扃閟冬暖〕条笺注。

嘉树（二首）

【刊载】

《刘申叔遗书》61 册（84—85），《左盦诗录》卷 3《左盦诗续录》;《刘申叔遗书补遗》下册 P1320。

案:《刘申叔遗书补遗》下册 P1320 载《感怀三首》，发表于《四川公报》增刊《娱闲录》第 16 期，1915 年 3 月;《戊午周报》第 24 期，1918 年 10 月 27 日。其中的第一首为《嘉树》（二首）的第二首，第二首为《嘉树》（二首）的第一首。

【编年】

1913 年。排于《凌云山夕望》之后，《上海赠谢无量》之前，故定编年于 1913 年。

【类型】

五言，8 句。

嘉树（二首）其一

嘉树滋春色，庭花澹夕阴。荣枯知应节，开落本无心。聊悟无生理，闲操物外吟。繇来弹指顷，綦迹去来今。

【笺注】

〔嘉树〕美俊之木，常以喻行止高洁的翩翩君子。详见《台城柳》一诗〔嘉树〕条笺注。

〔庭花澹夕阴〕《乐府诗集》卷 58 梁简文帝萧纲《贞女行》："庭花对帷满，隙月依枝度。"《文选注》卷 20 潘安仁（潘安，本名潘岳）《金谷集作诗一首》："绿池泛淡淡，青柳何依依。"李善注："《东京赋》曰：'绿水澹澹。'澹，与淡同。"夕阴，指傍晚黄昏。详见《九江烟水亭夕望》一诗〔夕阴澹薄霁〕条笺注。

〔应节〕应季。《后汉书 · 郎顗传》："立春前后温气应节者，诏令宽也。其后复寒者，无宽之实也。"

〔无生〕佛教语，无生无灭。详见《大象篇》一诗〔无生〕条笺注。

〔闲操物外吟〕物外，超脱于尘世之外。详见《偶成》一诗〔物外〕条笺注。《感怀三首》其二，"操"作"标"。

〔繇来弹指顷〕弹指顷，佛教语，指极短的瞬间。详见《泛舟小金山》一诗〔华严弹指〕条笺注。《尔雅注疏》卷 7《释水第十二》："繇膝以下为揭。"陆德明《音义》："繇，古由字。"

〔綦迹去来今〕涵盖了过去、现在和未来的全部踪迹，即人的前世、今生和来世。详见《偶成》一诗〔綦迹去来今〕条笺注。

嘉树（二首）其二

历历江东树，斯人竟索居。守雌周柱史，玩世汉相如。多病痴行药，忧生负灌蔬。犹惭《辨命论》，应寄秣陵书。

【笺注】

〔历历江东树〕历历，分明貌。《全唐诗》卷 130 崔颢《黄鹤楼》："晴川历历汉阳树（一作戍），春（一作芳）草萋萋鹦鹉洲。"（第 2 册 P1329）江东树，指思念朋友。《全唐诗》卷 224 杜甫《春日忆李白》："渭北春天树，江东日暮云。"（第 4 册 P2400）后以"云树之思""江东云树"喻思念朋友。《全唐诗》卷 216 杜甫《饮中八仙歌》："宗之潇洒美少年，举觞白眼望青天，皎如玉树临风前。苏晋长斋绣佛前，醉中往往爱逃禅。李白一斗诗百篇，长安市上酒家眠。天子呼来不上船，自称臣是酒中仙。"（第 4 册 P2260）郭奎《望云集》卷 4《送文景宗》："他乡岁暮萍逢水，此去江东树隔云。"

〔索居〕《礼记正义》卷 7《檀弓上》："吾离群而索居亦已久矣。"郑玄注："群，谓同门朋友也。索，犹散也"陆德明《音义》："群，朋友也。……索，犹散也。"

〔守雌周柱史〕周柱史，指老子。详见《答袁康侯（二首）》其一一诗〔柱下史〕

条笺注。守雌，指“知雄守雌”，详见《和周美权〈夜坐偶成〉用原韵》一诗〔老氏雌〕条笺注。”

〔玩世汉相如〕汉相如，指司马相如。玩世，玩世不恭，言行与世俗相违。《法言·渊骞》：“非夷尚容，依隐玩世，其滑稽之雄乎！”《汉书·司马相如传上》：“相如与俱（指卓文君——引者）之临邛，尽卖车骑，买酒舍。乃令文君当卢，相如身自着犊鼻裈，与庸保杂作涤器于市中。卓王孙耻之，为杜门不出。”《文选注》卷 23 谢惠连《秋怀诗一首》：“虽好相如达，不同长卿慢。”李善注：“嵇康《高士传·司马长卿赞》曰：‘长卿慢世，越礼自放。犊鼻居市，不耻其状。托疾避患，蔑比卿相。乃至仕人，超然莫尚。’”

〔多病痴行药〕《集韵》卷 1《平声一·支第五》：“痴，痴疵，病也。”此句是刘师培自况，其身体一直不好，常年与药为伴。

〔忧生负灌蔬〕忧生，指对生之恋与亡之痛。《文选》卷 30 谢灵运《拟魏太子邺中集诗八首（五言并序）·平原侯植》序：“公子不及世事，但美遨游，然颇有忧生之嗟。”灌蔬，指避世隐居。《高士传》卷中《陈仲子》：“陈仲子者，齐人也。其兄戴为齐卿，食禄万钟。仲子以为不义，将妻子适楚，居于陵。自谓于陵仲子，穷不苟求，不义之食不食。遭岁饥，乏粮三日，乃匍匐而食井上李实之虫者。三咽而能视。身自织履，妻擘纑以易衣食。楚王闻其贤，欲以为相，遣使持金百镒，至于陵，聘仲子。仲子入谓妻曰：‘楚王欲以我为相，今日为相，明日结驷连骑，食方丈于前。意可乎？’妻曰：‘夫子左琴右书，乐在其中矣。结驷连骑，所安不过容膝。食方丈于前，所甘不过一肉。今以容膝之安，一肉之味而怀楚国之忧。乱世多害，恐先生不保命也。’于是出谢使者，遂相与逃去，为人灌园。”杨亿《武夷新集》卷 5《诗五·受诏修书述怀感事三十韵》：“寡妇宜忧纬，三公亦灌蔬。”此句亦是刘师培自况，自己留恋人生，做不到古贤超然世外的高风亮节。

〔犹惭《辨命论》〕《文选注》卷 54 刘孝标（峻）《辩命论》，李善题注：“孝标植根淄右，流寓魏庭，冒履难危，仅至江左。负材矜能，自谓坐致云霄，岂图逡巡十稔，而荣惭一命。因兹著论，故辞多愤激。虽义越典谟，而足杜浮竞也。”文：“所谓命者，死生焉，贵贱焉，贫富焉，治乱焉，祸福焉，此十者，天之所赋也。”李善注：“死生有命，已见上文。《论衡》曰：‘凡人有死生夭寿之命，亦有贵贱贫富之命。’《墨子》曰：‘贫富治乱，固有天命，不可损益。’《吕氏春秋》曰：‘祸福之所自来，众人以为命焉。知其所由之也。’”案：1913 年 6 月 20 日，《四川国学杂志》第 10 号刊发刘师培文章《定命论》一文，载《刘申叔遗书》55 册（20—36），《左盦外集》卷 15。《定命论》并未对“命”是否存在，“命”之所由来做出论断。而是条析古今各方观点，是一篇纯哲学层面的研究论文。刘师培在该文《附讲学词》中写道：“命所由来说者，约有二端：（一）罹会。（二）积因。……惟中国旧说论命多歧。如《孟子》‘莫非命也’，又曰‘知命者，不立乎岩墙之下’，与前说背。话出一人之口，前后不同，此何故耶？诸君将此说研究清楚，则命之有无可以决。然于中国学术前途，亦有莫大之利益。”

〔应寄秣陵书〕《六臣注文选》卷 43 刘孝标（峻）《重答刘秣陵沼书》：“刘侯既重有斯难，值余有天伦之戚，竟未之致也。寻而此君长逝，化为异物，绪言余论，蕴而莫传。或有自其家得而示余者。余悲其音徽未沬，而其人已亡。青简尚新，而宿草将列，泫然不知涕之无从也。”李善注：“刘璠《梁典》曰：‘刘沼，字明信，为秣陵令。’”刘良注：“初，孝标以仕不得志，作《辨命论》。秣陵令刘沼作书难之，言不由命，由人行之。书达往来非一。其后，沼作书未出而死。有人于沼家得书以示孝标，孝标乃作此书达之，故云重也。”

上海赠谢无量

倦游良寡懽，揽辔轸千虑。之子沛清扬，款言发心素。凄凄聆谷风，恻恻怀阴雨。岂无揭车怀，缱绻劳鬻釜。

【刊载】

《中国学报》复刊第 2 册，1916 年 2 月。《刘申叔遗书》61 册（86），《左盦诗录》卷 3《左盦诗续录》。

【编年】

1913 年。刘师培 1913 年秋自四川至上海，故定编年于 1913 年。

【类型】

五言，8 句。

【笺注】

〔谢无量〕近代著名学者、民主革命家、诗人、书法家。详见《岁暮怀人（其七）》一诗〔谢无量〕条笺注。

〔倦游良寡懽〕《史记 · 司马相如列传》：“昆弟诸公更谓王孙曰：‘有一男两女，所不足者非财也。今文君已失身于司马长卿，长卿故倦游，虽贫，其人材足依也，且又令客，独奈何相辱如此！'" 裴骃《集解》："郭璞曰：'厌游宦也。'"《文选注》卷 28 陆士衡（机）《长安有侠邪行》："余本倦游客，豪彦多旧亲。" 李善注："《汉书》曰：'司马长卿故倦游'。"《正字通》卯集上《心部》："懽，同欢。"

〔揽辔轸千虑〕揽辔，本意为拉住马缰，引申为停住脚步，停止某种动作。《晋书·张载传附张协传》载其《七命》："临重岫而揽辔，顾石室而回轮。"《楚辞章句》卷 4 屈原《九章·哀郢》："出国门而轸怀兮"。王逸注："轸，痛也。"

〔之子沛清扬〕之子，这个人，具体则指谢无量。详见《幽兰》一诗〔之子倘可贻，川广终思越〕条笺注。清扬，言辞清丽简洁。详见《题江永澄春湖载酒图》一诗〔结言发清扬〕条笺注。沛，多。详见《蜀中赠吴虞（三首）》其二一诗〔寒梈沛晨葩〕条笺注。

〔款言发心素〕款言，真诚的语言。《南齐书·王俭传》："臣比年辞选，具简天明，款言彰于侍接，丹诚布于朝野。"《毛诗正义》卷 17—4《大雅·生民之什·板》："老夫灌灌"。毛传："灌灌，犹欵欵也。" 孔颖达疏："云'犹欵欵'，言己至诚，欵实而告之。"《正字通》辰集下《欠部》："欵，俗款字。" 心素，心愿。《法帖释文》卷 7 王羲之《时事帖》："足下时事少，可数来，至人相寻下官吏不？东西未委，若为言叙乖，足下不返，重遣信往问，愿知心素。"《全唐诗》卷 373 孟郊《古意》："芙蓉无染污，将以表心素。"（第 6 册 P4201）

〔凄凄聆谷风，恻恻怀阴雨〕《诗经·邶风·谷风》诗序："谷风，刺夫妇失道也。"《诗经今注今译·邶风·谷风》："习习谷风，以阴以雨。黾勉同心，不宜有怒。" 马持盈译："和舒的谷风，带来了阴雨。夫妇相处，要互相勉励，同心一德，不应当有一点的冲突忿怒。"（台湾商务印书馆 1979 年 3 月六版 P49—50）此二句，显指刘师培与何震夫妇的关系。何震千里入川寻夫，让刘师培感动。而她可能逼迫师培再走入人（阎锡山）幕府的老路，又让他感到不情愿和无奈。1913 年 10 月，离开四川的刘师培夫妇到达上海。陈独秀也恰于此时因反袁失败逃至上海，两人在分别 5 年后再次见面。"独秀问他们怎么打算，他太太嚣张的说，要北上找'袁项城'，使独秀不便说下去。"（台静农《〈早期三十年的教学生活〉读后》，《龙坡杂文》，台湾洪范书店 1988 年版 P162—163）

〔揭车〕《楚辞章句》卷 1 屈原《离骚》："畦留夷与揭车兮"。王逸注："揭车，亦芳草，一名䒿舆。"

〔缱绻劳鬵釜〕《释名·释宫室第十七》："囷，绻也，藏物缱绻，束缚之也。"《毛诗正义》卷十三《桧风·匪风》："谁能亨鱼，溉之釜鬵。" 毛传："溉，涤也。鬵，釜属。" 上句与此句指，我岂是不怀素洁君子之志，实是为衣食发愁，为生计所困。

【略考】

1913 年 10 月，离开四川的刘师培夫妇到达上海，于此地与谢无量重逢。

述者发现林思进、谢无量手稿一份。该件全文如下【述者毫无书法基础，只能半读半猜。未敢确认者以（?）标注，可参见拙文《341- 谢无量题〈左盦遗诗〉手稿诗再考—刘师培研究笔记（341）》】——

以下为林思进手迹——

刘申叔左龛诗手稿

此故人仪征刘申叔遗诗。辛未之岁，予已为镂版印行。惜其手笔，故重装而识之。

壬申嘉平清寂翁题（朱文印：林思进印）

以下为谢无量手迹——

山腴尝刻申叔左庵诗，其手稿尚存。前年以赠吾友云生。因忆与申叔旧游，不禁怆然。为书数绝句归之。

奇气纵横年少日，渡江相访独华予。扬州明月春风夜，忆共方干读《攘书》。

（自注）清末，余居上海。申叔自扬州来访。及余至扬州，友人方泽山在酒肆，招申叔携《攘书》来共读之。中有《帝洪篇》，犹《项羽本纪》之意。

胡虏天亡汉帜新，何期相遇锦江滨。廖吴把臂谈经学，齐鲁风流嗣古人。

（自注）辛亥年，申叔来成都。素食讲学，留蜀逾年。

魑服平生总误君，琴心绝后忽相闻。美新投阁千秋事，笔札难诬谷子云。

（自注）申叔为其妇所累，宾赞洪宪，时论讥之。

闭户宁因割席馀，京华虚荷两驱车。西河藉甚传风雅，北海俄闻失子鱼。

（自注）民七，余暂至京，申叔方讲学北大。曾两过余，未及相见。未几，即闻其丧。

左庵遗集遍当时，好事林逋独喜诗。一卷尚存鞣底样，卌年怀旧不胜悲。

一九五五年七月

无量题（白文印：无量）

哀王郁仁

之子起南域，文锋振音翮。清风藻中区，华绮扬心极。宁知永念辰，渺若平生隔。沈忧不可排，含凄望乡国。

【刊载】

《中国学报》复刊第 3 册，1916 年 3 月。《刘申叔遗书》61 册（86），《左盦诗录》卷 3《左盦诗续录》。

【编年】

1913 年。王无生病逝于 1913 年 12 月 23 日。

【类型】

五言，8 句。

【笺注】

〔王郁仁〕《南社社友录》第 1 册 P192："0099. 王钟麒（1880—1913），字毓仁，一字郁仁，号无生，别署天僇生、天僇、僇民、益厓、三函，安徽歙县人。1910 年 8 月由朱少屏、柳亚子介绍入社，同年 12 月 17 日补填入社书，入社书编号 99。1906 年到上海，担任《申报》笔政，参加国学保存会。1907 年 4 月参与创办《神州日报》，主笔政，后继任主编。1909 年 5 月任《民呼日报》撰述、编辑，后又任《民吁日报》编辑、撰述。1910 年参与编辑《天铎报》。1912 年 9 月在上海与章士钊创刊《独立周报》。著有《中国历代小说史论》、《论小说与改良社会之关系》、《中国三大小说家论赞》、《剧场之教育》、《孤臣碧血记》、《玉环外史》、《轩亭复活记》以及剧本《血泪痕传奇》、杂著《述庵秘录》等。"（上海大学出版社 2017 年 6 月第 1 版）

〔之子起南域〕之子，这个人，具体指王郁仁。详见《幽兰》一诗〔之子倘可贻，川广终思越〕条笺注。南域，南方。王郁仁祖籍安徽歙县，侨居扬州，与刘师培同里，二人少年时即是交好的伙伴。

〔文锋振音翩〕《艺文类聚》卷 34《人部十八 · 怀旧》："梁沈约……又诗曰：吏部信才杰，文锋振音响。……（《伤谢朓》）" 案:《文苑英华》卷 301 作 "文风振奇响"，《古诗纪》卷 84 作 "文锋振奇响"。马一浮《江都王君墓志》："君姿性敦敏，神采秀彻。耽玩艺文，早善辞笔。时人高其才艳，而君弃其幼志。"（《马一浮全集》第 2 册【上】《文集 · 铭》P253，浙江古籍出版社 2013 年 1 月第 1 版）陈去病《南社杂佩 · 丙 · 感逝录一》："王钟麒，字郁仁，号无生，歙人，居扬州。与刘申叔同里，相友善，因来上海主《神州日报》笔政。工小说，尤擅长骈俪。"（《陈去病全集》第 3 册 P1038，上海古籍出版社 2009 年 10 月第 1 版）。

〔清风藻中区〕《弘明集》卷 12 习凿齿《与释道安书》："清风藻于中夏，鸾响厉乎八冥。"《六臣注文选》卷 30 谢玄晖（朓）《始出尚书省》："中区咸已泰，轻生谅昭洒。”刘良注：“中区，中国也。”《文选注》卷34曹子建《七启八首（并序）》：“步光之剑，华藻繁缛。”李善注：“藻，文采也。”

〔华绮扬心极〕《梁文纪》卷3《简文帝（二）》萧纲《昭明太子集序》：“含芳腴于襟抱，扬华绮于心极。”华绮，华丽。心极，内心最深处，人最真实、真诚之思。犹言“渊抱”。《六臣注文选》卷46任彦升（昉）《王文宪集序》：“莫不揔制清衷，递为心极。斯固通人之所包，非虚明之绝境，不可穷者。其唯神用者乎！”李善注：“言金版玉匮之书，无不制在清衷，为心之极。斯故通人君子，或能兼而包之。故非王公之绝境也。然其不可穷而尽者，其唯有神用乎！言难测也。衷，中心也。虚明，亦心也。”张铣注：“緫，聚。衷，思也。言诸道术，莫不聚其制度，运于清思，递互为用于心中也。极，中也。”刘良注：“虚明，心也。绝，远也。言此道术，固乃通人君子所能兼包，固非其致心绝远之境也。然其不可穷究者，其唯神明之用者乎。非此所能论之。”丁福保《佛学大辞典》：“心极（杂语），心者，心髓也，极者，至极也，言义理之心髓至极也。《唯识述记·一·本》曰：‘囊括所遗，并包心极。’”

〔宁知永念辰〕宁知，岂知。《白虎通义》卷3上《圣人·知圣》：“圣人未没时，宁知其圣乎？”永念辰，长相思念的日子。《尚书正义》卷13《大诰》：“予永念曰：‘天维丧殷，若穑夫，予曷敢不终朕亩。’”孔颖达疏：“所以必当诛四国者，我长思念之曰：……”

〔渺若平生隔〕恍如隔世般遥远，阴阳永隔。《玉台新咏》卷7梁武帝萧衍《拟青青河边草》：“既寤了无形，与君隔平生。”

〔沈忧〕即“沉忧”，深深的忧伤，哀痛。

〔乡国〕故乡。《玉台新咏》卷7梁武帝萧衍《拟青青河边草》：“昔期久不归，乡国旷音辉。”

【略考】

《刘师培年谱》（增订本）P449—450：12月“23日，王无生在上海因病逝世，《神州日报》刊载《王无生先生之讣》云：本报前记者王无生先生秋间抱病返扬，于半月前因事来沪，寓居小花园一号独立周报社，不幸病棘，于二十三日下午七时逝世，定于今日成殓。因周报社中地位窄小，棺柩不克少停，入殓之后，即行移柩至西门外京江公所殡房，择日开会追悼，再行布闻。”

刘师培《王郁仁哀词》序：“予与江都王君郁仁少同州里，有（代）〈伐〉木之谊。癸丑之冬，君遘疾终，永念生平，难为胸臆，因作哀词。”（《民权素》第16集，1916

年 3 月 15 日;《刘申叔遗书补遗》下册 P1337）

梅鹤孙《青溪旧屋仪征刘氏五世小记》P35："舅氏中乡举后，在扬州常与王郁人往还。王先生是一个种族革命家，字无生，又号天僇生，安徽歙县人，侨居扬州，时任上海《神州日报》主笔，鼓吹新潮。我记得十岁左右时，舅氏携我至城外香影廊吃茶，就有王先生一同逛史公祠。他是一个清瘦有神的人，手携《浙江潮》一本，坐在梅花岭石头上，与舅氏谈到天黑方归。王先生每日必来，因他又与福建党人林少泉为密友，少泉就是林白水。到了次年四五月间，这一天舅氏忽然出外未归。举家皇急，派人四处寻觅。有人说看见乘红船过江的，后来接到自上海来信，其实当时是林少泉与他一同赴沪的。"

尹彦武《刘师培外传》："自任家贫，不能自给。乃从友人江都王钟麟（应为麒——引者）无生游上海。"（《刘申叔遗书》第 1 册【65】）

另据杨丽娟《刘师培家藏文献研究初集 · 新见刘师培早期生平史料考略》（商务印书馆 2017 年 11 月第 1 版 P172—187），真正影响刘师培从扬州出走上海的是蒯光典之侄蒯寿枢。

郑逸梅《南社丛谈》："当时西人在上海租界创办电车，他（指王钟麒——引者）在《神州日报》上撰写社论，痛骂西人搜刮金钱，断绝我们一般人力车夫的生计。不料这样一来，触怒了西人，派了警探四处捉拿他，他在上海不能立足，避到他的第二故乡扬州去。"（上海人民出版社 1981 年 2 月第 1 版 P99）

马一浮 1912 年写给王无生的一信："被教，知疢灾未安，深为县情。辛钘曰：'养神为上，养形为下。'……尊兄虽清羸，年方壮盛，善自摄卫，可期日强，无事郁郁锁损其气也。"（《甲寅杂志 · 文录》第 1 卷第 1 号，1914 年 5 月 10 日。《马一浮集》第 2 册《书札 · 致亲戚师友 · 王钟麒》P425，浙江古籍出版社 1996 年 12 月第 1 版）可见，王无生一向"清羸"多病。

1913 年 12 月 24 日《申报》第 10 版《来件》栏《王无生长别诸知好书》："呜呼诸公！无生与诸公长别矣！溯自弱龄以来，辄弄文翰。当前清之季，世变日非，窃窃忧之，每以文词力图挽救，几濒于危。丁未，入报界。世态一变，益尽厥志。辛亥改革，世态复一变。乃创办《独立周报》，以正论与当世商榷。今夏兵祸，世态又一变。弥用惄然，乃至成疾。愤慨既深，势将不起。呜呼！一棺附身，万事都已，鲍明远之言也；'人生到此，天道宁论'，江文通之言也。文人末路，千古伤心，生为无告之民，死作含冤之鬼。忍痛书此，长与诸公生死辞矣！痛哉！无生绝笔。"

刘师培诗词编年笺注稿

（下册）

康涛　编著

线装书局

目　录

（下册）

1914 年

独居 …… 917

杂诗（二首）…… 918

答陆саz那诗（二首）…… 922

1915 年、1918 年

感怀三首（其三）…… 931

题马彝初所藏明人残砚 …… 933

题董丈蜕盦菱湖泛舟图 …… 938

樊云门七十寿诗（二首）…… 945

春兴（三首）…… 955

暂不能确定时间

感事八首 …… 959

石头城 …… 976

扬子桥 …… 978

三岔河野望 …… 978

高旻寺 …… 979

隋堤柳 …… 980

泛湖 …… 980

游高邮文游台，畅然而作 …… 981

咏隋宫 …… 982

即且食腾蛇 …… 983

军国平章事重轻 …… 986

落叶 …… 989
七夕歌 …… 991
无题八首 …… 994
小金山亭 …… 1003
平山堂 …… 1004
虹桥 …… 1005
观音山 …… 1006
拟韩昌黎短灯檠 …… 1008
题桃源图（二首）…… 1009
夏后铸鼎歌 …… 1010
露筋词（二首）…… 1012
咏漂母饭韩信诗 …… 1014
秋夜望月 …… 1015
重宫怨 …… 1016
寒柳（二首）…… 1017
无题 …… 1019
无题 …… 1021
佳人 …… 1022
无题 …… 1024
无题 …… 1026
赠吴彦复 …… 1027

述怀一百四十韵示蜀中诸同好 …… 1033
癸丑纪行六百八十八韵 …… 1091

附录:《仪征刘氏遗稿汇存》中刘师培佚诗摘录 …… 1349
主要参考文献资料 …… 1388

1914年

独居

独居良寡懽，乘兴展晨眺。微霜变初条，湛露零丰草。阴阳有积迁，万卉递荣槁。沈思郁无端，对此伤襄抱。

【刊载】

《刘申叔遗书》61 册（86），《左盦诗录》卷 3《左盦诗续录》。

【编年】

1914 年。排于《哀王郁仁》之后，《癸丑纪行六百八十八韵》之前，故定编年于1914 年。

【类型】

五言，8 句。

【笺注】

〔独居〕《左盦诗续录》中有《壮志》《已分》《未遂》及《独居》四诗。据钱玄同《左盦诗录后记》，《左盦诗续录》"亦为申叔手稿而尚未编定者"。这四首诗均以篇首二字为题。《诗经》之篇，或径以篇首二字或撮其二字为题，此为诗词命名的惯例。刘师培此四诗，疑本就无题，钱玄同编《左盦诗录》，即以篇首二字为题。

〔微霜变初条〕《春秋谷梁传注疏》卷 18《昭公十五年》："君在祭乐之中，大夫有变，以闻，可乎？"范宁注："变，谓死丧。"初条，初生的嫩枝。于慎行《谷城山馆诗集》卷 20《栩栩园赋（有序）》："莫不槭坠叶于秋堤，煦初条于春陌。"

〔湛露零丰草〕《毛诗正义》卷 10—1《小雅 · 南有嘉鱼之什 · 湛露》："湛湛露斯，匪阳不晞。……湛湛露斯，在彼丰草。"毛传："湛湛，露茂盛貌。""丰，茂也。"零，落。《大戴礼记》卷 2《夏小正第四十七 · 八月》："栗零零也者，降也。零而后取之，故不言剥也。"

〔积迁〕多次迁移。详见《大象篇》一诗〔四游有积迁〕条笺注。

〔万卉递荣槁〕万卉，各种草。《说文解字》卷 1 下《艸部》："卉，草之总名也。"《全唐诗》卷 730 李九龄《寒梅词》："霜梅先拆岭头枝，万卉千花冻不知。"（第 11 册 P8444）《说文解字》卷 2 下《辵部》："递，更易也。"

〔沈思郁无端〕沈思，即沉思。《楚辞章句》卷 16 刘向《九叹 · 忧苦》："志纡郁其难释"。王逸注："郁，愁也。"无端，没有尽头。王十朋《梅溪后集》卷 17《提舶携具过云榭知宗示和章复用韵》其二："老来忧患苦无端，一笑相逢强自宽。"

〔褱〕《汉书 · 地理志上》：“尧遭洪水，褱山襄陵”。颜师古注：“褱字与古怀字同。”

杂诗（二首）

【刊载】

《刘申叔遗书》61 册（86—87），《左盦诗录》卷 3《左盦诗续录》。

【编年】

1914 年。排于《哀王郁仁》之后，《癸丑纪行六百八十八韵》之前，故定编年于 1914 年。

杂诗（二首）其一

惠风飏庆宵，翔云丽紫宫。羲车东南来，玉羁控蜚龙。六辔调素丝，顾瞻无弭弓。玄尘从奔轺，泉隅宁久悰。三辰嬗代多，晦明焉能穷。

【类型】

五言，10 句。

【笺注】

〔惠风飏庆宵〕惠风，和柔之风。《晋书 · 王羲之传》载其《兰亭序》：“是日也，天朗气清，惠风和畅。”飏，同“扬”，《说文解字》卷 13：“飏，风所飞扬也。”《文选注》卷 221 谢宣远（瞻）《张子房诗》：“明两烛河阴，庆霄薄汾阳。”李善注：“庆霄，即庆云也。”庆云，祥瑞之云。详见《咏史（十二首）》其五一诗〔卿云亘中天，八伯休褰裳〕条笺注。《说文通训定声 · 小部弟七》：“霄，……[叚借] 为宵。”

〔翔云丽紫宫〕翔云，天空中漂浮的云彩。《艺文类聚》卷 26《人部十 · 言志》：“魏陈王曹植《玄畅赋》曰：……望翔云之悠悠，羌朝霁而夕阴顾。”紫宫，传说中天帝所居，亦指帝王宫殿。详见《咏史（十二首）》其十二一诗〔感兹大角灵，愿言中央游〕条笺注、《题张船山南台饮酒图》一诗〔紫宫飞宇缠灵景〕条笺注。

〔羲车〕传说中太阳御者羲和驾驭太阳如车辆般运行，喻指太阳，详见《日本道中望富士山》一诗〔朱明返羲辔〕条笺注。

〔玉羁控蜚龙〕玉羁，玉制作的马嚼子。蜚，同飞。《艺文类聚》卷 1《天部上 · 日》：“晋傅玄诗曰：汤谷发清曜，九日栖高枝。愿得并天御，六龙齐玉羁。”

〔六辔调素丝〕《诗经今注 · 鹿鸣之什 · 小雅 · 皇皇者华》："我马维骐，六辔如丝。" 高亨注："如丝，马辔用麻绳编成，而其白柔如丝。"（上海古籍出版社 1980 年 10 月第 1 版 P220—221）

〔顾瞻无弭弓〕弭，"弓的两端缚弦处为弭"（高亨《诗经今注》P229），用以将缠绕杂乱的马缰绳理顺。《毛诗正义》卷 9—3《小雅 · 鹿鸣之什 · 采薇》："四牡翼翼，象弭鱼服。" 毛传："象弭，弓反末也，所以解紒也。" 郑玄笺："弭，弓反末别者。以象骨为之，以助御者解辔紒，宜滑也。"《说文解字注》卷下《弓部》："弭，弓无缘，可以解辔纷者。" 段注："《释器》曰：'弓有缘者谓之弓，无缘者谓之弭。' 孙云：'缘谓繁束而漆之，弭谓不以繁束，骨饰两头者也。'《小雅》：'象弭鱼服'。《传》曰：'象弭，弓反末也，所以解纷者。'《笺》云：'弓反末别者。以象骨为之。以助御者解辔纷。宜骨也。' 按：纷犹乱，今《诗》作紒，亦通。紒者，今之结字。许合《尔雅》《毛诗》为说也。" 参见《咏史（十二首）其九》一诗〔鱼箙〕条笺注。上句与此句指，白柔如丝的缰绳柔顺无缠结，不需用弓弭理顺。

〔玄尘从奔轺〕玄尘，尘土、尘埃。《古文苑》卷 5 张衡《髑髅赋》："命仆夫假之以缟巾，衾之以玄尘。" 章樵注："以土覆之也。" 奔轺，飞驰的轻型马车。《艺文类聚》卷 4《岁时部中 · 七月七日》："宋孝武《七夕诗》曰：……服箱从奔轺，纨绮阙成章。"《史记 · 季布列传》："朱家乃乘轺车之洛阳，见汝阴侯滕公。" 司马贞《索隐》："案：谓轻车，一马车也。"

〔泉隅宁久悰〕泉隅，即"渊虞"，日落之处。《初学记》卷 1《天部上 · 日第二 · 叙事》："经于泉隅，是谓高春。" 徐坚注："言尚未冥，上蒙先春，曰高春。"《淮南鸿烈解》卷 3《天文训》："至于渊虞，是谓高春。" 高诱注："渊虞，地名。高春，时加戌民碓春时也。"《淮南子 · 说林训》："日出旸谷，入于虞渊。" 参见《鸳鸯湖放棹歌》一诗〔虞渊晡〕条笺注。《文选注》卷 22 谢玄晖（朓）《游东田一首》："戚戚苦无悰，携手共行乐。" 李善注："悰，乐也。"《全唐诗》卷 539 李商隐《乐游原》："向晚意不适，驱车登古原。夕阳无限好，只是近黄昏。"（第 8 册 P6198）

〔三辰嬗代多〕《春秋左传正义》卷 5《桓公二年》："三辰旂旗，昭其明也。" 杜预注："三辰，日月星也。"《真诰》卷 18《握真辅第二》："味三辰以积迁。（原注：日月五星）" 嬗代，更替。详见《题张船山南台饮酒图》一诗〔景仪嬗代成新故〕条笺注。

〔晦明〕指昼夜。详见《答陆蓍那诗（二首）》其二一诗〔明晦各一时，荣凋奚异柯〕条笺注。

杂诗（二首）其二

妙梯接灵渊，芳绚敷阳韶。层城郁嵯峨，元圃薄扶摇。列辰光紫微，钧天聆九霄。烛龙燿神薪，青鸾吟鲜条。虽无旷世怀，缅兹神诣超。重玄运神锋，郢斤未可韬。何不策高怀，轩举超松乔。

【类型】

五言，14 句。

【笺注】

〔妙梯接灵渊〕《文苑英华》卷 855《释六 · 宣州大云寺碑一首》李峤《宣州大云寺碑》："而为颂云：……至道虽合，迷方未悟。树以妙梯，登之觉路。……（其五）。"《六臣注文选》卷 35 张景阳（协）《七命》："灵渊之龟，莱黄之鲐。"李周翰注："灵渊，深渊也。"

〔芳绚敷阳韶〕芳绚，绚丽的鲜花与香草。《广弘明集》卷 23《僧行篇第五》宋释惠琳《龙光寺竺道生法师诔（并序）》："如草之兰，如石之瑾。匪曰熏雕，成此芳绚。"《珊瑚网》卷 35《名画题跋十一 · 王叔明南邨草堂图》陈留张枢《南邨赋（有序）》："纷众树之蓊薆兮，羃文华以芳绚。"阳韶，即"韶阳"，春光。《全唐诗》卷 236 钱起《南中春意（一作思）》："客游南海曲，坐见韶阳早。"（第 4 册 P2607）《毛诗正义》卷 12—2《小雅 · 节南山之什 · 小旻》："旻天疾威，敷于下土。"毛传："敷，布也。"

〔层城郁嵯峨，元圃薄扶摇〕《艺文类聚》卷 26《人部十 · 言志》："晋枣据《表志赋》曰……：扶摇薄于悬圃，增城郁以嵯峨。"《六臣注文选》卷 28 陆士衡（机）《前缓声歌》："游仙聚灵族，高会曾城阿。长风万里举，庆云郁嵯峨。"李善注："《淮南子》曰：'掘昆仑墟以下，地中有层城九重，其高万一千里一十四步二尺六寸'。"李周翰注："曾城九重，王母所居处，在昆仑山上也。仙灵聚族，高会于曾城之曲。阿，曲也。"刘良注："庆云，瑞云也。嵯峨，云盛貌。"《汉武帝内传》："王母……又命侍女安法婴歌元灵之曲，其词曰：……二曲曰：元圃遏北台，五城焕嵯峨。"《广雅》卷 4《释诂》："嵯，峩，……高也。"元圃，即"玄圃"，亦作"悬圃"，仙人在昆仑山顶所居之所。为避清圣祖康熙讳改。详见《甲辰年自述诗（其二十八）》一诗〔瑶台玄圃〕条笺注。《说文通训定声 · 升部第二》："曾，……[叚借] 为层。"

〔列辰光紫微〕列辰，众星，各种星辰。《洞玄灵宝丹水飞术运度小劫妙经》："日月不能照，列辰不能纪。"紫微，紫微星，又称北极星、北辰。详见《八埏篇》一诗〔钩陈枢〕条笺注。《论语 · 为政第二》:“子曰:‘为政以德，譬如北辰，居其所而众星共之。’”

〔钧天聆九霄〕钧天，九天之中天，天之中央。详见《游仙诗》一诗〔欲斡钧天春〕条笺注。九霄，即九天，九重天。《通雅》卷 11《天文（历测）》:“天有九位，‘道书’言九霄、大霄。‘琅书’亦分九天之名。九天之名分析于《太玄》，详论于‘吴草庐’（指元代理学家吴澄——引者），核实于‘利西江’（指明后期传教士利玛窦——引者）。按:《太玄经》: 九天，一中天，二羡天，三从天，四更天，五睟天，六廓天，七咸天，八沈天，九成天。此虚立九名耳。”

〔烛龙燿神薪〕《文选注》卷 13 谢惠连《雪赋》:“若烛龙衔耀照昆山”。李善注:“《山海经》曰:‘赤水之北，有章尾山。有神，人面蛇身。其瞑乃晦，其视乃明。是烛九阴，是谓烛龙。’《楚辞》曰:‘日安不到，烛龙何照。’王逸曰:‘言天西北有幽冥无日之国，有龙衔烛而照之。’《山海经》曰:‘钟山之神名曰烛阴。’郭璞曰:‘即烛龙也。’《〈诗〉含神务》曰:‘天不足西北，无有阴阳。故有龙衔火精，以照天门中也。’”《正字通》巳集中《火部》:“燿、耀、曜，义通”。神薪，即“灵薪”，指仙界的薪柴，喻指优秀的大道传承者。详见《大象篇》一室诗〔慧炬奘灵薪〕条笺注。

〔青鸾吟鲜条〕《拾遗记》卷 10:“蓬莱山，……有浮筠之干，叶青茎紫，子大如珠，有青鸾集其上。”

〔旷世怀〕超越古今的博大胸怀。梁兰《畦乐诗集 · 南有棫朴林（五十韵）》:“丈夫旷世怀，耻为儿女悲。”

〔神诣〕天赐神授。胡应麟《诗薮内编》卷 6《近体下 · 绝句》:“杜之律、李之绝，皆天授神诣。”

〔重玄运神锋〕重玄，即《老子》第一章:“玄之又玄，众妙之门”，指“玄外之玄”，至高的“道”。详见《大象篇》〔睽睽双玄疏〕条笺注。神锋，本指利刃，亦指玄妙神异的才思机锋。《文苑英华》卷 654《谢辟署 · 为柳珪谢京兆公启三首》李商隐《为柳珪谢京兆公启》:“挥神锋而剑合阴阳”。欧阳修《文忠集》卷 51《外集一 · 古诗一》《七交七首 · 尹书记》:“师鲁天下才，神锋凛豪俊。”

〔郢斤未可韬〕典出《庄子 · 徐无鬼第二十四》的“郢匠挥斤”，详见《阴氛篇》一诗〔般斤岂弗珍〕条笺注。

〔何不策高怀〕《六臣注文选》卷 41 李少卿（陵）《答苏武书一首》:“勤宣令德，策名清时。”张铣注:“策，立。”高怀，壮志。《十六国春秋》卷 62《后秦录十 · 道恒道标》:“愿折至尊之高怀，遂匹夫之微志。”

〔轩举超松乔〕轩，飞。详见《再渡日本舟中作》一诗〔轩轩鳐翼蜚〕条笺注。松乔，仙人赤松子和王子乔。《后汉书·张衡传》载其《思玄赋》：“松乔高跱孰能离，结精远游使心携。”李贤注：“松，赤松子也。乔，王子乔也。《列仙传》曰：‘赤松子，神农时雨师，服水玉，教神农，能入火自烧。至昆仑山上，常止西王母石室，随风上下。’‘王子乔，周灵王太子晋也。好吹笙作凤鸣，游伊、洛间。道士浮丘公接上嵩高山，三十余年。后来于山上见桓良曰：“告我家，七月七日待我缑氏山头。”果乘白鹄住山颠，望之不得到，举手谢时人，数日去。’”

答陆蓍那诗（二首）

【刊载】

《国学荟编》民国四年第 1 期（1915 年 1 月），署名刘师培。1933 年林思进清寂堂《左盦遗诗》续刻本（题《赠陆香初》）；《刘申叔遗书》61 册（85），《左盦诗录》卷 3《左盦诗续录》。

【编年】

1914 年。详见本组诗其二一诗〔今愧盘阿薖〕条笺注。

答陆蓍那诗（二首）其一

蜀都昔饯君，搴裳栖故岑。敻阔旷朋㨮，讯歌臻穆音。莪馨馥绮阿，兰艳葩韶林。玩藻愧倨俯，味响知思深。君弘邹鲁风，惕怀彝训湛。棘心昔未扬，凯风今来南。游鱏亦感絃，玄鹤知聆音。德音譬流莹，心霁宁久阴。相期性道渊，桄阐《璇玑钤》。玉版《稽耀嘉》，金镛革昧任。惜哉晷运移，余衰负南琛。

【类型】

五言，22 句。

【笺注】

〔陆蓍那〕陆德馨（1882—1953），又名陆海，字香初，号蓍那，四川三台人。1904 年，入尊经书院攻读“经术科”，师从今文经学大师廖平。1949 年后，曾任四川省文史研究馆研究员。廖平《陆香初目录学叙》：“辛亥，香初居国学，创为孔子作《周礼》，子贡传《周礼》，智足知圣以启予。当时，刘申叔在蜀，叹此新锐之师。予窃笑香初为学能笃实，不能光辉，孤军深入，难以应敌，患在不治目录学。”（《国立四川大学周刊》第一卷二期《文艺》栏目，民国二十一年九月二十七日）

〔饯〕《春秋左传正义》卷 47《昭公十六年》：“夏，四月，郑六卿饯宣子于郊。”杜预注：“饯，送行饮酒。”

〔搴裳栖故岑〕搴裳，揭衣离去。参见《题江永澄春湖载酒图》一诗〔思贤怀《搴裳》〕条笺注。故岑，故乡。苏轼《东坡全集》卷 18《诗一百一十八首 · 参寥上人初得智果院，会者十六人，分韵赋诗，轼得心字》：“涨水返旧壑，飞云思故岑。念君忘家客，亦有怀归心。”据上句与此句，陆海曾离蓉回乡，刘师培为其饯行。

〔敻阔旷朋搢〕《宋本广韵》卷 4《去声 · 劲第四十五》：“敻，远也。”《孔子家语》卷 4《六本第十五》：“孔子曰：‘庭不旷山，不直地。’”王肃注：“旷，隔也。”朋搢，即“朋簪”，指朋友间相互信任，志同道合。详见《从匋斋尚书北行初发焦山》一诗〔明搢匄貂蝉〕条笺注，《题江永澄春湖载酒图》一诗〔合簪贞柔嘉〕条笺注。《正字通》卯集中《手部》：“搢，通作簪。”

〔讯歌臻穆音〕讯歌，此处指陆蓍那的赠诗。《毛诗正义》卷 7—1《陈风 · 墓门》：“夫也不良，歌以讯之。”毛传：“讯，告也。”郑玄笺：“歌，谓作此诗也。既作又使工歌之，是谓之告讯。”《重修玉篇》卷 26《至部第四百十五》：“臻，……聚也，众也。”穆音，德音善言，殷切之语。陆云《陆士龙集》卷 3《赠郑曼季往返八首》其二：“习习谷风，载穆其音。流莹鼓物，清尘拂林。”讯、穆，《左盦遗诗》续刻本作“试”“移”。

〔莪馨馥绮阿〕《说文解字》卷 1 下《艸部》：“莪，萝莪，蒿属。”馨、馥，皆形容气味芬芳。绮阿，指秀美的山丘。绮，美丽。详见《咏史（十二首）》其十一一诗〔《湛露》耽绮宵〕条笺注。

〔兰艳葩韶林〕《古诗纪》卷 66《齐第一》高帝（萧道成）《塞客吟》：“兰涵风而泻艳，菊笼泉而散英。”《说文解字注》卷 1 下《艸部》：“葩，华也。”段注：“葩之训华者，艸木花也。亦华丽也。”《集韵》卷 4《平声三 · 宵第四》：“韶，一曰美也。”上句与此句指陆蓍那的赠诗充满瑶华之辞。

〔玩藻愧倨侜〕玩藻，玩味辞章。陆云《陆士龙集》卷 3《答兄平原》：“披华玩藻，晔若翰林。”倨侜，即“娓侜”，1933 年林思进清寂堂《左盦遗诗》续刻本作“娓侜”。《毛诗正义》卷 7—1《陈风 · 防有鹊巢》：“谁侜予美，心焉忉忉。”毛传：“侜，张诬也。”郑玄笺：“侜，张诳，欺我所美之人。”陆德明《音义》：“侜，陟留反。《说文》

云：‘有壅蔽也。’美，《韩诗》作‘娓’，音尾。娓，美也。”

〔味响知思深〕响，本为回声之意，引申为回答、答复。《三国志·魏志·方技传·管辂传》：“毓未解辂言，无几，曹爽等诛，乃觉寤云。”裴注引《辂别传》：“魏郡太守钟毓，清逸有才，难辂《易》二十余事，自以为难之至精也。辂寻声投响，言无留滞。”上句与此句指，玩味您的辞章，我为辜负了您的期许而惭愧。从您的回答中，我了解到了您的良苦用心。味响，《左盦遗诗》续刻本作“味藻”。

〔邹鲁风〕指儒学。详见《咏史（十二首）》其十一诗〔儒风恢鲁邹〕条笺注。

〔惕怀彝训湛〕惕怀，谨记，谨遵。王珪《华阳集》卷 11《明堂礼成奏谢诸陵表二道》其二：“惕怀先训，遂格旷文。”《尚书正义》卷 14《酒诰》：“聪听祖考之彝训。”孔传：“言子孙皆聪听父祖之常教。”《文选注》卷 15 张平子（衡）《思玄赋》：“私湛忧而深怀兮，思缤纷而不理。”旧注：“湛，深也。”

〔棘心昔未扬，凯风今来南〕《毛诗正义》卷 2—2《邶风·凯风》：“凯风自南，吹彼棘心。棘心夭夭，母氏劬劳。”毛传：“南风，谓之凯风。乐夏之长养，棘难长养者。”郑玄笺：“以凯风喻宽仁之母。棘，犹七子也。”孔颖达疏：“棘木之难长者，凯风吹而渐大，犹七子亦难养者，慈母养之以成长。我母氏实亦劬劳病苦也。”据此，陆蓍那离蓉回乡似为侍奉母亲。

〔游鱏亦感絃〕《说文解字注》卷 11 下鱼部：“鱏，鱼名，从鱼覃声。传曰：‘伯牙鼓琴，鱏鱼出听。’”段注：“鱏，鱼也。……鱏，今字作鲟。”《荀子·劝学篇第一》：“昔者瓠巴鼓瑟，而流鱼出听；伯牙鼓琴，而六马仰秣。”王夫之《船山遗书·姜斋七十自定稿·五言律·待于礼》：“琅然琴韵在，莫只动游鲟。”参见《八壙篇》一诗〔鸣琴招鳐鱼〕条笺注。感弦，指被琴声感动。絃，《左盦遗诗》续刻本作“弦”。

〔玄鹤知聆音〕《韩非子·十过第十》：“平公曰：‘寡人之所好者，音也，愿试听之。’师旷不得已，援琴而鼓。一奏之，有玄鹤二八，道南方来，集于郎门之垝；再奏之而列；三奏之，延颈而鸣，舒翼而舞。”

〔德音譬流莹〕德音，善言。流莹，澄澈的水流。《古诗纪》卷 37《晋第七·陆云（二）·赠郑曼季四首·谷风（五章）·其二》：“流莹鼓物，清尘拂林。”参见本诗〔讯歌臻穆音〕条笺注。

〔心雺〕蒙蔽在心上的迷雾，指迷惑、错误。详见《咏史（十二首）》其十二一诗〔更制终心雺〕条笺注。宁（寗），《左盦遗诗》续刻本作“甯”。

〔相期性道渊〕性道，人性与天道。《论语·公冶长第五》：“子贡曰：‘夫子之文章，可得而闻也；夫子之言性与天道，不可得而闻也。'"《艺文类聚》卷 14《帝王部四 · 陈文帝》："陈徐陵《文帝哀策文》曰：'……机神不测，性道难称'。"此句指，先生与我相约，共同深入探索人性与天道。

〔桄阐《璇玑钤》〕桄，通"光""广"。《说文通训定声 · 壮部弟十八》："桄，……是借为光，为广。"《璇玑钤》，指汉代《尚书纬》5 种中的《尚书璇玑钤》。已佚，《古微书》有辑本。《古微书》卷 5《尚书璇玑钤》孙瑴注："或亦载历象之奥秘，而术已亡传矣。"璇玑，指古代测量天体运行的仪器。详见《咏史（十二首）》其五一诗〔璿轮运七机〕条笺注。钤，枢机，关键。此句指，将《尚书璇玑钤》发扬光大。桄阐，《左盦遗诗》续刻本作"恍闻"。

〔玉版《稽耀嘉》〕《稽耀嘉》，汉代《乐纬》三种之一。已佚，《古微书》有辑本。《古微书》卷 22《乐纬 · 乐稽耀嘉》："不必专述乐事，但于天地人物各挹其光大而微淑者，以为礼义立标，故其称如是。然以视诸纬益窜匿矣。"玉版，美玉制成的书板，指珍贵典籍。《韩非子 · 喻老第二十一》："周有玉版，纣令胶鬲索之，文王不予，费仲来求，因予之。"版，《左盦遗诗》续刻本作"板"。

〔金镛革昧任〕《六臣注文选》卷 3 张平子（衡）《东京赋》："宫悬金镛"。薛综注："镛，大钟也。"李善注："《毛诗》曰：'镛鼓有斁'。《诗》传曰：'大曰镛'。"革昧任，即"韎昧任"，指东部、南部少数民族的乐曲。《文选注》卷 6 左太冲（思）《魏都赋》："鞮鞻所掌之音，韎昧任禁之曲，以娱四夷之君，以睦八荒之俗。"李善注："毛苌《诗》传曰：'东夷之乐曰韎。'《孝经钩命决》曰：'东夷曰昧，南夷曰任，西夷之乐曰株离，北夷之乐曰禁。'然韎昧皆东夷之乐，而重用之，疑悮也。"案：韎、革均有"兽皮"义，故混用。

〔晷运〕太阳运行，引申为时光消逝。《文选注》卷 30 谢惠连《捣衣诗一首》："衡纪无淹度，晷运倏如催。"李善注："《说文》曰：'晷，日影也。'《周易》曰：'日月运行。'"

〔余衰负南琛〕余衰，我的身体已经衰弱。南琛，产自南方的珍宝。《庾开府集笺注》卷 2《哀江南赋》："西赆浮玉，南琛没羽。"吴兆宜注："《鲁颂》：'来献其琛。'琛，宝也。"

答陆蓍那诗（二首）其二

余生萃百罹，弱龄轻罼罗。翘节五湖阴，澡身旸谷波。刘穜后西成，挺荔先阳和。明晦各一时，荣凋奚异柯。昔伤井瓶累，今愧盘阿薖。莞莞汉楚薪，嫋嫋巴松萝。旅平跂蔡蒙，謌歗疏江沱。五降弗容弹，中声焉足多。感君孔硕怀，讯言酬祎嘉。上有六月章，下有绵谷歌。

【类型】

五言，20 句。

【笺注】

〔余生萃百罹〕《毛诗正义》卷 4—1《王风·兔爰》："我生之后，逢此百罹。"毛传："罹，忧。"《类篇》卷 3："萃……一曰聚也。"王禹偁《小畜集》卷 8《谪居感事（一百六十韵）》："我过徒三省，吾生自百罹。"

〔弱龄轻毕罗〕弱龄，幼年，少年，详见《壮志》一诗〔玄风扇弱龄〕条笺注。《吕氏春秋》卷 3《季春纪第三·三月纪》："田猎畢弋，罝罘罗网。"高诱注："畢，掩网也。……罗，鸟网也。"轻，轻视。《关尹子·九药》："勿轻小事，小隙沉舟；勿轻小物，小虫毒身；勿轻小人，小人贼国。"畢，《左盦遗诗》续刻本作"毕（畢）"。《正字通》未集中《网部》："畢，……本作毕。"

〔翘节五湖阴〕翘节，志存高远。《隶释》卷 8《金乡长侯成碑》："翘节建志，冠于群伦。"《玉台新咏》卷 3 陆云《为顾彦先赠妇往反四首》其一："我在三川阳，子居五湖阴。"五湖之说，古来记载不一。《周礼·夏官司马·职方氏》："东南曰扬州，其山镇曰会稽，其泽薮曰具区，其川三江，其浸五湖。"《初学记》卷 7《地部下·湖第一（叙事）》："案：张勃《吴录》：五湖者，太湖之别名。以其周行五百余里，故以五湖为名。或说以太湖、射贵湖、上湖、洮湖、滆湖为五湖。"《后汉书·冯衍传》："沈孙武于五湖兮，斩白起于长平。"李贤注："滆湖、洮湖、射湖、贵湖及太湖为五湖。"《山堂肆考》卷 22《地理·湖·具区》："或又以太湖、射阳湖、上湖、洮湖、滆湖为五湖。"案：山北水南为阴。射阳湖位于江苏宝应，在刘师培家乡扬州之北。刘师培此处"五湖阴"，似指此。此句指，我少年时在家乡扬州即志存高远。翘，《左盦遗诗》续刻本作"翅"，显误。

〔澡身旸谷波〕澡身，洗澡沐浴，引申为修持德行。《急就篇》卷 3《第十五》"澡身曰浴。"《礼记·儒行》："儒有澡身而浴德，陈言而伏，静而正之"。旸谷，日出之处，详见《八墳篇》一诗〔襟以旸谷汧〕条笺注。《山海经》卷 9《海外东经》："汤谷上有扶桑。"郭璞注："扶桑木也。"《集韵》卷 4《平声三·阳第十》："旸，……《说文》：'日出也。'引《书》'旸谷'。或作汤。"此句似指刘师培曾寓居日本。

〔刈穜后西成〕刈穜，收割庄稼。《正字通》子集下《刀部》："刈，……割也。"《集韵》卷 1《平声一 · 东第一》："穜，先种后熟为穜。"西成，秋天收获季。详见《西山观秋获》一诗〔西成幸便程〕条笺注。穜，《林本》作"種（种）"，似误。

〔挺荔先阳和〕《礼记正义》卷 17《月令》："仲冬之月，……芸始生，荔挺出。"郑玄注："荔挺，马𩮀也。"孔颖达疏："'芸始生，荔挺出'者，皇氏云：'以俱香草故，应阳气而出。'"李刘《四六标准》卷 40《贺冬 · 贺杨尚书》："和气生芸而挺荔"。孙云翼笺释："荔似蒲而小，根可为㕹。"阳和，春季渐生之和煦阳气。《史记 · 秦始皇本纪》："二十九年，始皇东游。……登之罘，刻石。其辞曰：'维二十九年，时在中春，阳和方起'。"上句与此句的隐含之意为，事情都有先后，有因果。

〔明晦各一时，荣凋奚异柯〕明晦，昼夜。《山海经》卷 15《大荒南经》："东南海之外，甘水之间，有羲和之国。有女子名曰羲和，方日浴于甘渊。"郭璞注："羲和，盖天地始生主日月者也。故《启筮》曰：'空桑之苍苍，八极之既张。乃有夫羲和，是主日月，职出入，以为晦明。'"此二句指，昼夜轮替，各居一时。同枝同气，荣枯无异。隐含之意为，境遇有顺有逆，有荣有辱。

〔昔伤井瓶累〕《乐府诗集》卷 48 释宝月《估客乐》："有客数寄书，无信心相忆。莫作瓶落井，一去无消息。"

〔今愧盘阿邁〕盘阿邁，喻隐居之地。详见《题江永澄春湖载酒图》一诗〔卷迹希盘邁〕条笺注。上句与此句指，之前为与朋友们隔绝了音讯而忧愁。如今却因背弃了隐居的初心而惭愧。据此句，此诗似作于刘师培又投靠阎锡山之后，故定其编年为 1914 年。

〔荛荛汉楚薪〕《说文解字》卷 1 下《艸部》："荛，薪也。"汉楚薪，典出《诗经 · 周南 · 汉广》："南有乔木，不可休息。汉有游女，不可求思。汉之广矣，不可泳思。……翘翘错薪，言刈其楚。之子于归，言秣其马。"此句的隐含之意为，我渴望找寻昔日的同道君子们，但路途遥远，时过境迁。详见《未遂》一诗〔错薪劳汉广，伐木愧河干〕条笺注。

〔嫋嫋巴松萝〕嫋嫋，同"袅袅"，风摇木貌。详见《秋风萧瑟池荷零落感而赋此》一诗〔嫋嫋〕条笺注。《诗经今注今译 · 小雅 · 頍弁》："茑与女萝，施于松柏。"马持盈译："犹之乎蔓延于松柏之上的茑萝一样，是互相依附的。"（台湾商务印书馆 1979 年 3 月六版 P364）刘师培似以"松萝"喻自己依附他人。此句中的"巴"为与上句的"汉"对仗，无实意。

〔旅平跂蔡蒙，謌歗疏江沱〕《尚书今注今译 · 禹贡》："华阳黑水惟梁州：岷嶓既艺，沱潜既道，蔡蒙旅平，和夷厎绩。" 屈万里注："华阳，华山之阳。黑水，即金沙江。禹贡锥指谓：梁州之黑水，汉时名泸水，唐以后名金沙江。""岷……，山名，即汶山，在今四川松潘县。……沱，岷江之支流，在今四川灌县分支，至泸县入江。""蔡、蒙，二山名。蒙山在今西康雅安县；蔡山，未详所在。旅，导。旅平，言开导平坦。"（台湾商务印书馆 1977 年 4 月七版 P39—40）《方言》（卷）1："跂，……登也。" 疏，通。《尚书正义》卷 6《禹贡》："浮于江沱潜汉。" 陆德明《音义》："江沱潜汉，四水名。" 刘师培以《禹贡》中的记载，喻四川山川无恙，水畅路平。跂，《左盦遗诗》续刻本作"跛"，似误；"謌歗" 作 "歗歌"。

〔五降弗容弹，中声焉足多〕《春秋左传注 · 昭公元年》："晋侯求医于秦，秦伯使医和视之。……公曰：'女不可近乎？' 对曰：'节之。先王之乐，所以节百事也，故有五节。迟速本末以相及，中声以降。五降之后，不容弹矣。'" 杨伯峻注："五音皆降，不可再弹。杜《注》：'降，罢退。'"（中华书局 2016 年 11 月第 4 版第 5 册 P1350—1351）案：此段《左传》，是为晋侯诊病的 "和"，借音律来描述晋侯疾病的严重。此二句是刘师培的自喻，即我的病已经非常严重，即使像常人凑合活着已经很难。

〔孔硕怀〕宽大的胸怀。《诗经集传》卷 3《秦风 · 驷驖》："奉时辰牡，辰牡孔硕。" 朱熹注："硕，肥大也。"

〔讯言酬祎嘉〕讯言，告诉，托人带话或书信传递讯息。参见《从军行》（六首）其六〔訊言〕条笺注。祎，应作 "袆"。袆嘉，美，善。《尔雅 · 释诂》："嘉，……袆，……美也。"《尔雅 · 释诂》："嘉，……善也。" 此句指，我答诗给您，以感谢您的美意。讯，1933 年林思进清寂堂《左盦遗诗》续刻本作 "试"，似误。

〔六月章〕指《诗经 · 小雅 · 南有嘉鱼之什 · 六月》。诗序曰："《伐木》废，则朋友缺矣。" 诗曰："饮御诸友，炰鳖脍鲤。侯谁在矣，张仲孝友。" 此句描写尹吉甫准备了珍馐美食与朋友欢宴，其中有一个孝敬父母、友于兄弟的朋友是张仲。刘师培似以此句喻饯别陆海时的燕饮场面，并以 "张仲" 喻陆海，恭维其是 "孝友" 君子。

〔绵谷歌〕指介子推携母隐居绵山，作《龙蛇歌》以表心志，其中有句："龙反其乡，得其处所。" 参见《未遂》一诗〔绵山隐〕条笺注、《咏漂母饭韩信诗》一诗〔报施直等晋文公〕条笺注、《癸丑纪行六百八十八韵》一诗〔龙歌阕介推〕条笺注。《答陆蓍那诗（二首）》其一一诗中有句："棘心昔未扬，凯风今来南"，为咏陆蓍那回乡奉母。再结合对 "上有六月章" 句的解释，此句似与之上下呼应。

1915年、1918年

感怀三首（其三）

牢落迷阳曲，凄凉《广泽篇》。栖迟成底事，哀乐嬗中年。春色生巴舞，秋心变蜀絃。坐看嵎谷日，万里下虞渊。

【刊载】

《四川公报》增刊《娱闲录》第 16 期，1915 年 3 月，署名刘师培；《戊午周报》第 24 期，1918 年 10 月 27 日，题目、次序略异。《刘申叔遗书补遗》下册 P1320。

案：《刘申叔遗书》有《嘉树》（二首），载 61 册（84—85），《左盦诗录》卷 3《左盦诗续录》。其中的第一首为《感怀三首》的第二首，第二首为《感怀三首》的第一首。此二首笺注见前。

【编年】

1915 年。依首次发表时间。

【类型】

五言，8 句。

【略考】

〔牢落迷阳曲〕《别雅》卷 2："牢落，辽落，廖落，寥落也。《文选》司马相如《上林赋》：'牢落陆离'。陆机《文赋》：'心牢落而无偶'。嵇康《琴赋》：'牢落凌厉'。注皆云：犹辽落也。昌黎《华山女诗》：'坐下廖落如明星'，皆与寥落（今本多作寥落）同。"阳曲，今山西阳曲县，隶太原。《旧唐书·地理志二·河东道》："定襄，汉阳曲县地。后汉末，移阳曲于太原界置。"此句，似为刘师培对客居太原的追忆。

〔凄凉《广泽篇》〕《尸子》有《广泽篇》，原书已佚，散见典籍及夹注中，今有辑本。《尸子·广泽篇》主旨为论"私心"与"公心"。《广泽篇》中提到"皇子"，其人不可考。而《庄子·达生第十九》亦提到"皇子"："桓公田于泽，管仲御，见鬼焉。公抚管仲之手曰：'仲父何见？'对曰：'臣无所见。'公反，诶诒为病，数日不出。齐士有皇子告敖者，曰：'公则自伤，鬼恶能伤公！夫忿滀之气，散而不反，则为不足；上而不下，则使人善怒；下而不上，则使人善忘；不上不下，中身当心，则为病。'桓公曰：'然则有鬼乎？'曰：'有。沈有履，灶有髻。户内之烦壤，雷霆处之；东北方之下者，倍阿鲑蠪跃之；西北方之下者，则泆阳处之。水有罔象，丘有峷，山有夔，野有彷徨，泽有委蛇。'公曰：'请问委蛇之状何如？'皇子曰：'委蛇，其大如毂，其长如辕，紫衣而朱冠。其为物也，恶闻雷车之声，则捧其首而立。见之者殆乎霸。’桓公辴然而笑曰：‘此寡人之所见者也。’于是正衣冠与之坐，不终日而不知病之去也。”郭庆藩《集释》引成玄英疏：“姓皇子，字告敖，齐之贤人也。”引俞樾语：“《广韵 · 六止》‘子’字注：‘复姓十一〈氏〉’。《庄子》有皇子告敖，则以皇子为复姓。《列子 · 汤问》篇末载‘锟铻剑’‘火浣布’事，云皇子以为无此物，殆即其人也。”刘师培“广泽篇”所指，似为《庄子》所述。参以此组诗另两首中的“多病痴行药，忧生负灌蔬”“犹惭《辨命论》，应寄秣陵书”及“聊悟无生理”等句，其隐含之意为，齐桓公是疑心生暗鬼而假病，我却是真正的重病缠身。据此，刘师培客居太原时，久病的身体似乎出现了更大的问题。《青溪旧屋仪征刘氏五世小记》：“听说到了山西后，肺病就更严重了。才三十岁，头发已经花白。”（P51）

〔栖迟成底事〕《毛诗正义》卷 7—1《陈风 · 衡门》：“衡门之下，可以栖迟。”毛传：“栖迟，游息也。”底事，何事、什么事。《九家集注杜诗》卷 22 杜甫《可惜》：“花飞有底急，老去愿春迟。”郭知达引赵次公注：“有底，唐人语其甚底事也。韩退之诗云：‘有底忙时不肯来’。”《全宋诗》卷 3584《徐钧一 · 朱买臣》：“衣锦还乡成底事，只将富贵耀前妻。”（北京大学出版社 1998 年 12 月第 1 版第 68 册 P42837）此句指，人生如过客游历，算得什么事。

〔哀乐嬗中年〕刘师培《杂咏（二首）》其一：“如此风尘行路难，中年哀乐苦无端。”见该诗此句笺注。嬗，更替。详见《从匋斋尚书北行初发焦山》一诗〔哀乐相嬗周〕条笺注。

〔春色生巴舞，秋心变蜀絃〕巴蜀，旧指四川。古有巴国、蜀国。巴在东，蜀在西，即今四川、重庆之地。《战国策》卷 14《楚一》：“楚王曰：‘寡人之国，西与秦接境，秦有举巴蜀，并汉中之心。’”《后汉书 · 南蛮西南夷传 · 西南夷》：“夷歌巴舞，殊音异节之技”。《乐府诗集》卷 30《相和歌辞 · 四弦曲》题解：“《古今乐录》曰：‘张永《元嘉技录》有《四弦》一曲，《蜀国四弦》是也。居相和之末，三调之首。古有四曲，其《张女四弦》《李延年四弦》《严卯四弦》三曲，阙《蜀国四弦》，节家旧有六解，宋歌有五解，今亦阙。”同上书同卷梁简文帝萧纲《蜀国弦》：“铜梁指斜谷，剑道望中区。通星上分野，作固下为都。……”此二句似指刘师培寓居四川。

〔坐看嵎谷日，万里下虞渊〕嵎谷，日落之处。详见《咏史（十二首）》其一一诗〔嵎谷驶六蜚，华渚策九虹〕条笺注。虞渊，日落之处。详见《鸳鸯湖放棹歌》〔虞渊晡〕条笺注。

【略考】

《刘申叔遗书补遗》下册P1320《感怀三首》题记："本期同刊爱智（即吴虞。）《读刘申叔感怀诗漫书三首》诗：'市国仍多难，劳生负遂初。徒非《辨命论》，强写茂陵书。骏骨怜虚市，峨眉恨有余。重华不可就，江海日萧疏。''丛桂新阴满，逍遥悟养生。庄遵知弃世，李叟贵无名。仙圣愁迁播，栖迟得性情。沧浪堪鼓枻，清浊未须明。''众寡相倾久，推移感变迁。人夸河曲智，世绝广陵弦。屎溺争谈道，椿芝岂辨年。儒生方甚密，哀乐几时捐。'自注云：'申叔谓蜀人自为风气，俨如异国，余三年来亦深有感于夔门以内之言论焉。吁！'"

题马彝初所藏明人残砚

杭县马君彝初（叙伦）出示所藏明人残砚。砚铭五行，白沙先生撰，其词曰："旋以转形象天，水四周体象地，用为砚，以发天地之祕。"砚缺右隅，末二行亦残数字。侧有屈翁山记，称"白沙此铭为顺德李孔修作。李居西樵山云如庄，是研乃其遗物。"记文百余言，字亦残缺。是此研又为翁山藏物也。马君得砚广州，属撰韵语，因赋斯诗。

白沙昔龙隐，李侯亦鸿标。遂令斯砚名，远媲洪崖砌。敷文越琳珪，铭德酬琼瑶。下言璿矩章，上有玄英包。二仪丽贞观，万象舒天苞。升降亦何常，飞跃今孔昭。绵绵化纪新，亹亹神机超。昔闻百六书，无乃《归藏》爻。苍牙不我期，羲和毁其隅（自注：繁钦《砚颂》："效羲和之毁隅。"）。岂无金玉相，慨兹灵朴彫。亏《谦》会有宜，盈《坎》谁能要。孰云涅不缁，介石贞终朝。

【刊载】

《刘申叔遗书》61 册（110），《左盦诗录》卷 3《左盦诗续录》。

【编年】

1915 年。马叙伦 1915 年冬离开北京，故定编年于 1915 年。详见本诗〔马君彝初〕条笺注及"略考"。

【类型】

五言，24 句。

【笺注】

〔马君彝初〕马叙伦（1885—1970），字彝初，号石翁，浙江杭县（今余杭）人。

近代著名学者、民主人士。民初，曾执教于北京大学。1915 年冬，为抗议袁世凯称帝，辞去北京教职回到上海。1917 年，蔡元培任北京大学校长，马叙伦应邀回到北京大学任教授。马叙伦《我在六十岁以前》："这年（指 1915——引者）寒假将近，我和汤尔和、邵裴子都不愿在袁皇帝'辇毂之下'混事，赶在他'登极'以前，我辞了北大和医专的教员，汤尔和辞了医专校长，邵裴子辞了财政部的主事，都离了北京。那时北京和上海的某报把我们辞职离京，当做特别的事情登了出来，我们本来都是光蛋，无乡可归，这样一来，只好借光上海的租界了。"（民国丛书第二编第 86 册《我在六十岁以前》P57—58）

〔白沙先生〕陈献章（1428—1500），字公甫，别号石斋，人称白沙先生，广东新会白沙里人。明代理学代表人物，桃李满天下，在儒学发展史上占有重要地位。《明史》有本传，《明儒学案》有"白沙学案"。

〔屈翁山〕屈大均（1630—1696），字翁山，广东番禺人，明末清初著名学者、诗人。明亡后参加反清运动，著有《广东新语》。《清史稿 · 文苑一》有极短之附传。

〔李孔修〕字子长，号抱真子，广东顺德人，侨居广州，擅诗画，陈献章门人。特立独行，终身不仕，居西樵山，二十年不入城。《明儒学案》卷 9《白沙学案二》有小传。

〔白沙昔龙隐，李侯亦鸿标〕白沙指陈献章，李侯指李孔修。龙隐，隐遁。详见《癸卯夏记事》一诗〔神龙隐〕条笺注。陈献章虽有科举功名，亦曾有官职，但一生以讲学为业。李孔修终生不仕，人称李征君，即"征士"（隐士）之谓。刘师培称其"李侯"，是反喻其高洁尊贵。鸿标，不同凡响、超越寻常的风格、风范，指李孔修的特立独行。

〔远媲洪崖劭〕洪崖，指陆游的"洪雅葛仙砚"。陆游《剑南诗稿》卷 41《洪雅葛仙砚》："异砚出汉嘉，温润苍玉质。因形作兽背，得墨如点漆。才高德亦全，终月不更笔。蛮溪大沱辈，乌敢相甲乙。从我归吴中，略计将万日。摩拂不去手，有若琴在膝。名晦知者稀，体重盗计窒。惟当艸太玄，不污管商术。（冬日读白集，爱其'贫坚志士节，病长高人情'之句。探斋中物作题，皆蜀砚之得名者。）"洪雅葛仙砚，陆游得之于蜀地嘉州（今眉山）。葛仙，即葛洪，相传其于四川洪雅得道成仙。《文选注》卷 26 潘安仁（潘安，本名潘岳）《河阳县作二首》其一："谁谓邑宰轻，令名患不劭。"李善注："《小雅》曰：劭，美也。"

〔敷文越琳珪〕敷文，连词作文。《艺文类聚》卷 48《职官部四 · 尚书》："晋裴希声《侍中嵇侯碑》曰：……弱冠登朝，则敷文秘阁；晚节强仕，则纳言枢极。”琳珪，均言珍宝。详见《日本道中望富士山》一诗〔珠玕林〕条笺注、《咏史（十二首）》其五一诗〔辞我文府堂〕条笺注。此句指，陈献章为李孔修撰写的砚铭文辞瑰丽。

〔铭德酬琼瑶〕铭德，此处指刻铭文于砚，以称其德。琼瑶，美玉。详见《阴氛篇》一诗〔漱作昆冈珠〕条笺注。

〔下言璿矩章〕璿矩，指观测天体的璇玑。详见《咏史（十二首）》其五一诗〔璇轮运七机〕条笺注。此句指陈白沙砚铭中的“旋以转形象天”一句。

〔上有玄英包〕《楚辞章句》卷 13 东方朔《七谏・怨世》：“服清白以逍遥兮，偏与乎玄英异色。”王逸注：“玄英，纯黑也。”《正字通》子集下《勹部》：“包，……容。”玄英包，指砚台上储存黑色墨汁的砚池。

〔二仪丽贞观〕《六臣注文选》卷 36 任彦升（昉）《宣德皇后令》：“不易日月而二仪贞观”。李善注：“《周易》曰：‘易有太极，是生两仪。’王肃曰：‘两仪，天地也。’又曰：‘天地之道，贞观者也。’”刘良注：“贞，正观视也。”《周易・系辞下》：“天地之道，贞观者也。”此句指陈白沙砚铭中的“旋以转形象天，水四周体象地，用为砚，以发天地之秘”句。

〔万象舒天苞〕《唐律疏义》卷 1《名例一》：“万象，万物也。《左传》：‘物生而后有象，有象然后有滋，有滋然后有数。’”苞，通“包”；天苞，即“天包”。《尚书正义》卷 6《禹贡》：“厥土赤埴坟，草木渐包。”陆德明《音义》：“包，……字或作苞。”张载《张子正蒙・乾称篇第十七》：“天包载万物于内，所感所性，乾坤阴阳二端而已。”

〔升降亦何常〕《文选注》卷 26 潘安仁（潘安，本名潘岳）《河阳县作二首》其一：“卑高亦何常，升降在一朝。”李善注：“二者升降在于倏忽，以喻人之荣辱亦在须臾。言不足叹也。”

〔飞跃今孔昭〕《毛诗正义》卷 9—2《小雅・鹿鸣之什・鹿鸣》：“我有嘉宾，德音孔昭。”郑玄笺：“孔，甚。昭，明也。”康熙十三年《顺德县志》卷 12《艺文志（三）・七言律》李孔修《游西樵》：“扶病涉江还上岭，寄情飞跃有高深。”

〔绵绵化纪新〕化纪，教化之关键、总要。《初学记》卷 13《礼部上・明堂第六・叙事・颂》虞通之《明堂颂》：“……绵绵教枢，翳翳化纪。……”《礼记正义》卷 39《乐记》：“故乐者，天地之命，中和之纪。”郑玄注：“命，教也。纪，总要之名也。”

〔亹亹神机超〕亹亹，连续不绝貌。《剧谈录》卷下《曲江》："好事者赏芳辰，翫清景，联骑携觞，亹亹不绝。"神机，即玄机，神异之枢机。

〔昔闻百六书，无乃《归藏》爻〕百六书，似指屈大均所撰之《翁山易外》。百六，灾厄之意。《汉书·谷永传》："遭《无妄》之卦运，直百六之灾阸。"《汉书·律历志上》："《易》九厄曰：初入元，百六，阳九；次三百七十四，阴九"。颜师古注："孟康曰：'《易传》也。所谓阳九之厄，百六之会者也。初入元百六岁有厄者，则前元之余气也，若余分为闰也。《易》爻有九六七八，百六与三百七十四，六乘八之数也，六八四十八，合为四百八十岁也。"文天祥《文山集》卷20《指南后录三·己卯十月一日至燕越五日罹狴犴有感而赋（一十七首）》其六："儿时爱读忠臣传，不谓身当百六秋。"屈大均生于明末清初，身逢乱世，年轻时参加抗清，终生不与清人妥协。屈大均《翁山诗外》卷1《五言古·赠徐处士》："乱世无全臣，欲仕非其国。"因其反清思想，屈大均的绝大多数著作均被列入《四库》禁毁名单，仅有少量钞本流传，至清末民初始有刊本。刘师培故而称其著作为"百六书"，称其"昔闻"，也就是仅只耳闻而未见其书。《翁山易外》71卷，是屈大均一部关于《周易》的专著。其《自序》云："古者，经传各为一书。先儒谓，西汉时六经与传皆别行。予《易》外不载经文，盖尊古也。亦不敢以为《易》传，而曰外。外之者，自外乎《易》也。亦取《韩诗外传》之义，为《易》之外篇也。"《连山易》《归藏易》和《周易》合称"三易"，《连山》《归藏》均已失传，与今日存世的《周易》"占法"截然不同。刘师培《连山归藏考》："《连山》《归藏》，近儒考释略备。惟《汉书·古今人表》，于少典、方雷氏之间，有列山、归臧二氏。列、连声转，臧为藏省。则连山、归藏为人名，值羲农、黄帝之间。所作占法，因以为名。杜子春谓，《连山》宓戏，《归藏》黄帝，亦谓此二易始于宓戏、黄帝时耳。非谓宓戏、黄帝所自作也。皇甫谧《帝王世纪》以《连山》为炎帝，别为一说，不与班、杜同。此邃古之《连山》《归藏》也。郑君《易赞》谓：'夏曰《连山》，殷曰《归藏》。'盖夏用列山氏占法，商用归藏氏占法。非连山作于夏，归藏作于殷也。"（《刘申叔遗书》37册【18】,《左盦集》卷1）此二句指，昔日曾耳闻屈大均《翁山易外》一书，莫非是《归藏易》的爻辞。

〔苍牙不我期〕《古微书》卷15《易坤灵图》："苍牙通灵，昌之成运，孔演命明道经。"孙瑴注："冥时无书，刻石而谓之。其文曰：'苍牙渠肩之人，能通神灵之意。'苍牙则伏羲也，昌则文王也，孔则孔子也。"传说，伏羲始画八卦造字，是中国文字产生传说中的一种。详见《仲夏感怀（二首）》其二一诗〔寄傲羲皇聊复尔〕条笺注。

此处以“苍牙”指代文字，即砚台上镌刻的铭文。全句指，砚台缺损，砚铭所缺之字，我已经不可得知。

〔羲和毁其隅〕《初学记》卷 21《文部 · 砚第八 · 颂》魏繁钦《砚颂》：“有般倕之妙匠兮，睨诡异于遐都。稽山川之神瑞兮，识嘉璇之内敷。遂萦绳于规矩兮，假卞氏之遗模。拟浑灵之肇制兮，效羲和之毁隅。钩三趾于夏鼎兮，象辰宿之相扶。供无穷之秘用兮，御几筵而优游。”

〔金玉相〕《毛诗正义》卷 16—3《大雅 · 文王之什 · 棫朴》：“追琢其章，金玉其相。”毛传：“追，雕也。金曰雕，玉曰琢。相，质也。”

〔灵朴〕质朴，朴素。《艺文类聚》卷 69《服饰部 · 扇》：“晋陆机《羽扇赋》曰：……宪灵朴于造化，审贞则而妙观。”

〔亏《谦》会有宜〕《周易 · 谦》：“谦，亨，君子有终。彖曰：谦亨。天道下济而光明，地道卑而上行。天道亏盈而益谦，地道变盈而流谦。”谦卦，喻谦逊，谦卑，自居下游。谦可自保其福。

〔盈《坎》谁能要〕《周易 · 坎》：“习坎，有孚，维心亨，行有尚。彖曰：习坎，重险也。水流而不盈，行险而不失其信。”坎卦，喻水满则溢，盛大过头，将面临险难。水不盈则平，盈则泛滥横流，难以阻挡。要，通“邀”，阻拦，拦截。《汉书 · 文帝纪》：“自欲征匈奴，群臣谏不听。皇太后固要上，乃止。”颜师古注：“文颖曰：‘要，劫也。’”上句与此句，均指砚台缺角，不完整。

〔孰云涅不缁〕《论语注疏》卷 17《阳货第十七》：“子曰：‘然，有是言也。不曰坚乎，磨而不磷。不曰白乎，涅而不缁。’”何晏注：“孔曰：‘磷，薄也。涅，可以染皂。言至坚者磨之而不薄，至白者染之于涅而不黑，喻君子虽在浊乱，浊乱不能污。’”此句的字面意思为，谁说“至白者染之于涅而不黑”。喻指墨汁浓黑。

〔介石贞终朝〕《周易正义》卷 2《豫》：“六二，介于石，不终日，贞吉。”王弼注：“故不改其操，介如石焉，‘不终日’明矣。”同上书卷 8《系辞下》：“《易》曰：‘介于石，不终日，贞吉。’介如石焉，宁用终日，断可识矣。君子知微知彰，知柔知刚，万夫之望。”韩康伯注：“定之于始，故不待终日也。”此句指，坚硬的石头一早晨就会被毁折，喻坚硬的砚台也会损毁缺角。

【略考】

马叙伦《石屋余渖 · 鼓吹民族革命之〈国粹学报〉》（《民国丛书》第三编第 87 册《石屋余渖》P192）：“余之主撰《新世界学报》也，邻有顺德邓秋枚实所治之《政艺（画）〈通〉报》，然初不相往还，及《学报》中废，而秋枚时尚科举之业，欲赴开封应顺天乡试，（以庚子义和团故，和议成后，犹不许于京师举试，故权移开封），乃（缴）〈邀〉余为代，既而乃有《国粹学报》之组织。其始仅秋枚与余及黄晦闻节、陈佩忍去病数人任其事，实阴谋藉此以激动排满革命之思潮，其后刘申叔、章太炎皆加入焉。而申叔不克符其初志，为端方所收，转以（诇）〈讽〉刺革命党焉。申叔之及端方门也，端方为举盛宴，大集僚属士绅，名流毕至，都百余人，以自伐，盖申叔世传经术而当其年少已负盛名也。人谓申叔盖为其妇所胁，然袁世凯图帝制自为，而申叔乃与筹安会发起人之列，当筹安会未发表前，申叔抵京，余往访之，申叔语余曰：'今无纪元之号，于吾辈著书作文者甚为不便。'余不意申叔之加入筹安会也，虽怪其言，然答之曰：'是何害，未有纪元之前，古人亦尝著书作文矣。且《汉书·艺文志》有太古以来年纪也。'申叔瞠然。明日而筹安会发表矣，俄而洪宪纪元之令下矣，然则果为妇胁而然耶？"（《民国笔记小说大观》第一辑 P142—143，山西古籍出版社 1995 年 12 月第 1 版亦载）

马叙伦将自己与刘师培争论"纪年"的这段经历亦记录于自传《我在六十岁以前》中："筹安会发表的头一日，我听说刘师培来了，我不晓得他是来发起筹安会的，很欢喜地就去访他，因为他和我是《国粹学报》的同事。可是，见面以后，他就提出一个问题，他说：'我们做文章要记年的时候，总写什么甲子、乙丑、但是甲子、乙丑、六十年一转，那末，便弄不清楚了。元年二年地下去也不方便。'我便马上答复他，这有什么问题，用什么什么记年，是汉武帝才起的，汉武帝以前写文章的没有发生问题，欧美各国用耶稣降世记年，到现在一千九百多年，也没有不方便。他听我这么一说，便没有话了。第二日在日报上看到筹安会发起人，这位国学大师名在第六，因此恍然大悟，怕他要给袁皇帝拟'年号'了。果然，不久，'明年著改为洪宪元年'的令就下来了。"（《民国丛书第二编第 86 册《我在六十岁以前》P48）

题董丈蜕盦菱湖泛舟图

江亭交景风，灊德辉南离。东溪汜余清，北流瀹滮池。理檝及良辰，濯景澄中怀。仰聆归鸿征，俯撷朱华披。朝霏变微岑，夕秀辉明漪。览物焕幽存，临川缅逶迤。河阳眷余谣，斜川睇层丘。眷言虚舟超，未惜搴裳迟。载歌行潦章，《泂酌》民攸归。

悲忻乖故风，嘉会宁久常。懽宴须及时，况复良觌并。嘤嘤黄鸟鸣，秩秩宾筵张。甘醪发芳颜，令德扬妙英。愔愔樽酒怀，习《坎》占不盈。诗人颂柔嘉，君子贞穆清。含凄缅往懽，申章奏中诚。境迁物不遗，景迈情斯征。逝川无停波，念此惕中情。

【刊载】

1929 年，《菱湖图咏》江都董氏拙修草堂上海铅印本；《刘申叔遗书》61 册（111），《左盦诗录》卷 3《左盦诗续录》。

【编年】

1915 年。排于《题马彝初所藏明人残砚》之后，《樊云门七十寿诗（二首）》之前，故定编年于 1915 年。

【类型】

五言，18 句。二首。

【笺注】

〔董丈蜕盦〕董玉书（1869—1952），字逸沧，号蜕盦，斋名拙修草堂、寒松庵，江都人，扬州冶春后社成员，诗人。

〔菱湖泛舟图〕菱湖，位于安徽省安庆市，是当地著名景区。董玉书曾长期在安徽任地方官，并任职于安庆内军械所，从此与菱湖结缘。1905 夏，董玉书、巴泽惠等 9 人吟咏于菱湖，并泛舟联句。董玉书后请画家严国栋绘成《菱湖泛舟图》，遍请名人题诗。1915 年，刘师培应董玉书邀，题此二诗。1928 年，为庆贺董玉书 60 寿诞，其子董肇夔编辑《菱湖图咏》一书，收录《菱湖泛舟图》，及其后的《菱湖烟雨图》和《重游菱湖图》，第二年于上海铅印刊行。该册所录三图中的题诗有 300 多首。《菱湖泛舟图》原件于嘉德拍卖公司 2019 年春季拍卖会上拍，册页（二十六开），水墨纸本，设色绢本，尺寸不一，约 25 × 15cm，编号 633，估价 80—120 万元人民币。流拍。

〔江亭交景风〕江亭，菱湖即位于长江安庆段北侧很近的距离。景风，东南风。详见《大象篇》一诗〔巽风条移鬬〕条笺注。刘师培《题江永澄春湖载酒图》一诗有句："溪亭交绪风"。

〔灊德辉南离〕灊德，即"潜德"，暗施恩泽，不事张扬，指董玉书曾在安庆任官，造福一方。《说文通训定声 · 临部弟三》："灊，……[叚借] 为潜。"《古文苑》卷 5 刘歆《遂初赋（并序）》："乱曰：处幽潜德，含圣神兮"。《乐府诗集》卷 9《北齐享庙乐辞 · 始基乐恢祚舞》："兆灵有业，潜德无声。韬光戢耀，贯幽洞冥。"南离，南方。

六十四卦中的“离卦”五行属“火”，方位则属南。《古文苑》卷 5 张衡《髑髅赋》：“取耳北坎，求目南离。”章樵注：“离，南方火。”

〔东溪氾余清〕东溪，指流经菱湖的康济河，今称“康熙河”“新河”，是一条流经菱湖东侧，经其东南入长江的人工河道。开挖于清前期。氾，同“泛”，详见《西山观秋获》一诗〔氾湛暄浊场〕条笺注。余清，空气清凉，川泽清澈。《六臣注文选》卷 22 谢灵运《游南亭》：“密林含余清，远峰隐半规。”刘良注：“含余清，谓雨后气尚清凉也。”《全唐诗》卷 264 顾况《酬本部韦左司》：“文雅一何盛（一作丽），林塘含余清。”（第 4 册 P2929）刘师培《南河修禊图山腴先生属题（壬子）》一诗有句：“南溪信瀏清”。

〔北流瀹滮池〕滮池，古水名，在长安西。详见《新白紵曲》一诗〔滮池应有鸳鳽翔〕条笺注。瀹，疏通。详见《八埏篇》一诗〔玄涯瀹灵渠〕条笺注。刘师培《南河修禊图山腴先生属题（壬子）》一诗有句：“北流亦滮沱”。

〔理檝〕即“理棹”，划桨行舟。《文选》卷 26 谢灵运《初去郡一首》：“理棹遄还期，遵渚骛修坰。”《集韵》卷 10《入声下 · 缉第二十六》：“楫，……《说文》：‘舟棹也。’或作檝。”檝，手稿作“楫”。《正字通》辰集中《木部》：“檝，同楫。”

〔濯景澄中怀〕濯景，游览景致。详见《八埏篇》一诗〔濯景冰夷都〕条笺注。澄中怀，廓清胸怀，愉悦心情。朱彝尊《曝书亭集》卷 3《古今诗（二）· 七星岩水月宫》：“以兹清旷地，结念澄中怀。”杨士奇《东里续集》卷 56《送御史方懋德还新安诗（有序）》：“中怀莹澄澈，外不事表襮。”怀，手稿作“褱”。怀，与“褱”同，详见《独居》一诗〔褱〕条笺注。

〔归鸿征〕鸿征，指大雁远徙高飞。李纲《梁溪集》卷 24《中秋月色佳甚与宗之对酌天宁寺宝华堂》：“一自裹囊来海上，更无系帛付鸿征。”《文选》卷 24 嵇叔夜（康）《赠秀才入军五首》其四：“目送归鸿，手挥五弦。”

〔俯擷朱华披〕李攀龙《沧溟集》卷 4《感怀八首》其四：“仰观素雪流，俯见朱华披。”朱华，红花。《艺文类聚》卷 81《草部上 · 鹿葱》：“晋夏侯湛《宜男花赋》曰：……萋萋翠叶，灼灼朱华。”《广雅》卷 1《释诂》：“披，……张也。”俯，手稿作“俛”。

〔朝霏变微岑〕朝霏，清晨的烟气雾霭。参见《浣花溪夕望》一诗〔林霏澹霜辰〕条笺注。微岑，小山。《全唐文》卷 708 李德裕《平泉山居诫子孙记》：“首阳微岑，尚有薇蕨。山阳旧径，唯余竹木。”唐文凤《梧冈集》卷 1《林泉归隐图为王悦中赋》：

“紫云近接眼，晴空露微岑。”此句指，清晨的烟气雾霭让小山的形状看起来若隐若现，飘忽不定。朝，手稿作“𦨣”，《正字通》未集下《舟部》：“𦨣，……《说文》‘朝’作‘𦨣’。”微，手稿作“㣲”，《集韵》卷 1《平声一 · 微第八》：“㣲，……通作微。”

〔夕秀辉明漪〕夕秀，本意为晚间的花朵，亦喻文采。王毓贤《绘事备考》卷 1《花鸟》：“五行之精，萃于天地之间。阴阳槖钥，一嘘而敷荣，一吸而揫敛。朝华夕秀发现于卉木者，不可胜计。”《文选注》卷 17 陆士衡（机）《文赋（并序）》：“谢朝华于已披，启夕秀于未振”李善注：“华、秀以喻文也。”明漪，明净澄澈的水面。《全唐诗》卷 634 司空图《诗品二十四则 · 精神》：“欲返不尽，相期与来。明漪绝底，奇花初胎。”（第 10 册 P7338）辉，手稿作“晖”；明，手稿作“朙”。《重修玉篇》卷 20《日部第三百四》：“晖，……或煇（辉）字。”

〔览物焕幽存〕李梦阳《空同集》卷 13《余怀百门山水尚矣，颇有移家之志，交春气熙忻焉独往，述情遣抱，四咏遂成，示同好数子》其三：“览物慨幽存，抚化怀冥筌。”幽存，幽暗之处不为人知之物。

〔临川缅逶迤〕《金石萃编》卷 133《宋（十一）》王庭扬《兴庆池禊宴诗》：“禊席临川花照耀，游车分路水逶迤。”《六臣注文选》卷 7 扬子云《甘泉赋》：“梁弱水之濎濴兮，蹑不周之逶迤。”吕向注：“逶迤，长曲貌。”

〔河阳眷余谣〕河阳，古地名，在今河南孟州市。《元和郡县图志》卷 6《河南道一 · 河南府》：“河阳县（望西南至府八十里）。在汉为河阳县，属河内。高齐省入温、轵二县。隋开皇十六年，分温、轵二县重置，属怀州。武德四年，平王世充后割属河南府。”余谣，遗留的传说、传诵。《文选注》卷 26 潘安仁（潘安，本名潘岳）《河阳县作二首》其一：“齐都无遗声，桐乡有余谣。”李善注：“《论语曰》：‘齐景公有马千驷，死之日人无得而称焉。’《汉书》曰：‘朱邑为桐乡啬夫，廉平不苛，及死，子葬之桐乡。邑人为之起冢立祠也。”案：潘岳曾任河阳令，故史称“潘河阳”。《晋书 · 潘岳传》：“潘岳，字安仁，荥阳中牟人也。……岳才名冠世，为众所疾，遂栖迟十年。出为河阳令，负其才而郁郁不得志。”阳，手稿作“昜”，《正字通》辰集上《日部》：“昜，阳本字。”眷，手稿作“睠”，《正字通》午集中《目部》：“睠，……通作睿（眷的异写体——引者）。”

〔斜川睇层丘〕斜川，古地名，在今江西九江庐山市。《江西通志》卷 12《山川（六）· 南康府》：“庐山，在府城北约二十里。……层城山，在府城西五里，今谓之乌石山。晋陶潜《游斜川》诗序‘临长流，望曾城’即此。”《古诗纪》卷 44《晋第十四·陶渊明·游斜川（并序）》："回泽散游目，缅然睇曾丘。" 手稿该诗末有间注："丘字旧属之部，周汉均奊。" 详见本诗 "略考"。

〔眷言虚舟超〕眷言，亦作 "睠言"，回顾看视。《毛诗正义》卷 13—1《小雅·节南山之什·大东》："睠言顾之，潸焉出涕。" 毛传："睠，反顾也。" 郑玄笺："我从今顾视之，为之出涕。" 虚舟，无人的空船。《六臣注文选》卷 22 谢灵运《游赤石进帆海》："溟涨无端倪，虚舟有超越。" 李善注："《庄子》曰：'有虚舟来触舟。'" 李周翰注："轻舟而进曰虚舟。超越，轻疾貌。" 参见《凌云山夕望》一诗〔虚舟〕条笺注。

〔搴裳〕搴裳，揭衣离去。参见《题江永澄春湖载酒图》一诗〔思贤怀《搴裳》〕条笺注。

〔载歌行潦章，《泂酌》民攸归〕载歌，唱歌。参见《答梁公约赠诗》一诗〔载赓白珪章〕条笺注。《诗经今注今译·大雅·生民之什·泂酌》："泂酌彼行潦，挹彼注兹。……岂弟君子，民之攸归。" 马持盈译："远远的去酌取那行潦之水，以注入于此间的器物之内。""和乐慈祥的君子，才能使人民安息啊。" 董玉书曾于安庆任官，刘师培此句系赞美其造福一方，得到百姓爱戴。歌，手稿作 "謌"，歌与謌同。手稿在此二句后有自注："丘字旧属之部，周汉均奊。"

〔悲忻乖故风〕悲忻，即 "悲欣"，悲伤与欢乐。《说文通训定声·屯部弟十五》："忻，……[叚借] 为欣。"《六臣注文选》卷 25 卢子谅（谌）《答魏子悌》："乖离令我感，悲欣使情惕。" 吕延济注："悲今别离，欣昔同聚。" 欧阳修《文忠集》卷 49《居士集四十九·祭文二十首·祭尹师鲁文》："而妻子不见其悲忻、用舍、进退、屈伸"。乖，悖离，错谬，详见《咏蝙蝠》一诗〔施质非乖睽〕条笺注。故风，以往的风范、规律。李梦阳《空同集》卷 12《自南康往广信完卷述怀十首》其六："芳辰下霜雹，寒暄乖故风。"

〔嘉会〕盛会。详见《再题南河图（前诗意有未尽作此广之）》一诗〔康会〕条笺注。

〔懽宴〕即 "欢宴"。《三国志·魏志·张绣传》："太祖执其手，与欢宴。"

〔良觌〕《文选注》卷 30 谢灵运《南楼中望所迟客一首》："搔首访行人，引领冀良觌。" 李善注："《尔雅》曰：'觌，见也。' 良觌，谓见良人也。"

〔嘤嘤黄鸟鸣〕喻朋友之间欢聚燕饮。《诗经·小雅·鹿鸣之什·伐木》诗序："伐木，燕朋友故旧也。自天子至于庶人，未有不须友以成者。亲亲以睦，友贤不弃，不遗故旧，则民德归厚矣。" 诗："伐木丁丁，鸟鸣嘤嘤。出自幽谷，迁于乔木。嘤其鸣矣，求其友声。相彼鸟矣，犹求友声。矧伊人，不求友生。”黄庭坚《山谷外集》卷 3《次韵叔父圣谟咏莺迁谷》：“鸦舅颇强聒，仆姑常勃溪。黄鸟怀好音，秋菊染春衣。嘤嘤求朋友，忧患同一枝。”嘤嘤，手稿作“嘤ㄟ”。ㄟ，叠字符号。

〔秩秩宾筵张〕喻燕饮。《毛诗正义》卷 14—3《小雅 · 甫田之什 · 宾之初筵》：“宾之初筵，左右秩秩。”毛传：“秩秩然，肃敬也。”郑玄笺：“筵，席也。”秩秩，手稿作“秩ㄟ”。ㄟ，叠字符号。

〔甘醪发芳颜〕李攀龙《沧溟集》卷 4《公燕诗 · 明帝》：“微音喟有和，甘醪发芳颜。”《后汉书 · 樊宏传附樊儵传》：“又野王岁献甘醪、膏饧”。李贤注：“醪，醇酒。”芳颜，美好的容貌，愉悦的表情。《陶渊明集》卷 2《诸人共游周家墓柏下》：“清歌散新声，绿酒开芳颜。”

〔令德扬妙英〕令德，美德，高尚的品德。《诗经今注 · 小雅 · 南有嘉鱼之什 · 蓼萧》：“宜兄宜弟，令德寿岂。”高亨注：“令，善也，美也。”（上海古籍出版社 1980 年 10 月第 1 版 P240）妙英，奇卓的花朵。秦观《淮海集》卷 6《游仙二首》其二：“花品不知数，妙英拆玄房。”德，手稿作“悳”。《集韵》卷 10《入声下 · 德第二十五》：“悳，……通作德。”

〔愔愔樽酒怀〕《春秋左传正义》卷 45《昭公十二年》：“祈招之愔愔，式昭德音。”杜预注：“愔愔，安和貌。”黄景仁《两当轩集》卷 2《古近体诗九十九首（己丑庚寅）· 春夜杂咏（并序）》其五：“别时一樽酒，余醉犹愔愔。”愔愔，手稿作“愔ㄟ”。ㄟ，叠字符号。怀，手稿作“褱”。怀，与“褱”同，详见《独居》一诗〔褱〕条笺注。

〔习《坎》占不盈〕《周易 · 坎》：“习坎，有孚，维心亨，行有尚。彖曰：习坎，重险也。水流而不盈，行险而不失其信。”坎卦，喻水满则溢，盛大过头，将面临险难。水不盈则平，盈则泛滥横流，难以阻挡。参见《题马彝初所藏明人残砚》一诗〔盈《坎》谁能要〕条笺注。此句喻韬晦低调。

〔柔嘉〕温良。详见《南河修禊图山腴先生属题（壬子）》一诗〔君子扬柔嘉〕条笺注。

〔穆清〕《史记 · 太史公自序》：“汉兴以来，至明天子，获符瑞，封禅，改正朔，易服色，受命于穆清。”裴骃《集解》：“如淳曰：‘受天命清和之气。’”

〔含凄缅往懽〕此句指，心中凄凉，怀念往日的欢娱。凄（淒），手稿作“悽”。

〔申章奏中诚〕申章，重申，反复说。《六臣注文选》卷 24 曹子建（植）《赠徐干》：“亲交义在敦，申章复何言。”李善注：“孔安国《尚书》传曰：‘敦，厚也。’又曰：‘申，重也。’”李周翰注：“敦，重也。言荣衰不常有，才者必达也。但保交亲义重，余复何言也。”中诚，真情。《白虎通义》卷 4 下《丧服 · 衰绖》：“故吉凶不同服，歌哭不同声。所以表中诚也。”

〔境迁物不遗〕喻时过境迁，人物两非。遗，原图作“违ミ”，“ミ”为修改标志。诗末标注“遗”。

〔景迈情斯征〕景迈，时光流逝，时过境迁。《太平御览》卷 766《杂物部一 · 绳》：“傅玄《九曲诗》曰：‘岁暮景迈时光绝，安得长绳系日月’。”情斯征，内心的真情如何抒发。《列朝诗集 · 丁集第三 · 施县丞渐五十六首 · 晨起行园治蔬》：“观化有消虚，征情既伸屈。”

〔逝川无停波〕《论语 · 子罕第九》：“子在川上曰：‘逝者如斯夫！不舍昼夜。’”

〔念此愓中情〕愓，同“伤”。详见《励志诗》一诗〔礲错愓寡俦〕条笺注。念，手稿作“对ミ”，“ミ”为删除标志。诗末标注“念”。手稿末有落款：“奉题蜕盦姻丈菱湖泛舟图，仪征鐂师培”。

【略考】

刘师培在手稿第一首诗末有间注：“丘字旧属之部，周汉均㸐。”㸐，同“然”。

汉字读音古今不同，上古、中古、近古和现当代的“韵部”亦有很多变化。如刘师培提到的“丘”字。

对古韵分部的研究，肇始于宋，至清代基本定型。自王念孙、江有诰之后，于近现代又涌现出章太炎、黄侃、曾运乾、王力等大家。

依《平水韵》，“丘”属“下平十一尤”部。而依古韵，丘字则属“之”部。

顾炎武在《音学五书 · 诗本音》卷 2《卫风 · 氓》中，即将“丘”归入“之”部。

王念孙《古韵谱》卷下《之弟十七（平上去）》：“蚩、丝、谋、淇、丘（即丘，避孔子讳缺笔——引者）、期、媒、期（《氓》一章）。”其意为，依《诗经 · 卫风 · 氓》第一章，这几个字的古韵均属“之”部。

据古体诗“平水韵”韵律，此诗应押平声“四支”韵，而“丘”属平声“十一尤”韵，依韵律属于“错韵”。刘师培故而加间注，注明此字依古韵属“之”部，并非“错韵”。

另，2021 年 8 月，广陵书社出版《菱湖图咏》一书。该书以 1929 年民国版《菱湖图咏》为底本整理而成。

樊云门七十寿诗（二首）

【刊载】

《刘申叔遗书》61 册（111—112），《左盦诗录》卷 3《左盦诗续录》。

【编年】

1915 年。详见本组诗其二一诗〔景星环紫微，庆云扶青阳〕条笺注及“略考”。

【类型】

五言，20 句。

樊云门七十寿诗（二首）其一

鹑火曜坤维，离照辉南服。含灵蕴随珍，藏用显荆璞。敷荣蔚国华，迪亮导天淑。紬书石室藏，奏记金门牍。二《南》济弘绩，六事总条俗。价人长维藩，乐只民胥谷。朅来板荡余，卷迹盘阿轴。风人歌《九罭》，永叹申遵陆。民伸有道慕，户効庚桑祝。惟德自永年，天命征于穆。

【笺注】

〔樊云门〕樊增祥，1846 年 12 月 18 日—1931 年 3 月 14 日，原名樊嘉，字嘉父，别字樊山，号云门，晚号天琴老人，湖北恩施人。樊增祥曾在两江任职多年，做过江宁布政使。1909 年，端方卸任两江总督北上任职，樊增祥曾任护理两江总督，很早即与刘师培相识。辛亥后，一度隐居上海。袁世凯当政时，樊增祥与刘师培都曾在北京任参政院参政，参与袁世凯称帝。樊增祥善诗，且极高产，但有“贪多务得”之弊，是近代著名学者、诗人。

〔鹑火曜坤维〕《晋书 · 天文志上》：“自柳九度至张十六度为鹑火，于辰在午，周之分野，属三河。”樊增祥生于道光二十六年（1846），丙午年，故称“鹑火”。《文选注》卷 29 张景阳（协）《杂诗十首》其二：“大火流坤维，白日驰西陆。”李善注：“《毛诗》曰：‘七月流火。’毛苌曰：‘火，大火也。’《淮南子》曰：‘坤维，在西南。’又曰：‘斗指西南，维为立秋。’”樊增祥是湖北恩施人，于地理方位而言，属西南地区。

〔离照辉南服〕离照，即“乾离照坤”，喻教化之德风行。《周易集解》卷 3《小畜》："君子以懿文德。" 李鼎祚《集解》："虞翻曰：'君子，谓乾；懿，美也；逸坤为文；乾为德；离为明。初至四体夬，为书契。乾离照坤，故懿文德也'。" 南服，指南方。《尚书正义》卷 5《益稷》："弼成五服，至于五千。" 孔传："五服：侯、甸、绥、要、荒服也。服五百里，四方相距为方五千里。"《文选注》卷 20 谢宣远（瞻）《王抚军庾西阳集别作》："祗召旋北京，守官反南服。" 李善注："南服，南方五服也。"

〔含灵蕴随珍〕含灵，人杰地灵。《初学记》卷 8《州郡部 · 总叙州郡第一 · 事对 · 八辅 / 九州》："张衡《灵宪》曰：'中州含灵，外制八辅。'" 随珍，即 "随珠和璧"，皆湖北出产的珍宝。《汉书 · 邹阳传》："虽出随珠和璧"。颜师古注："随国之侯见大蛇伤者，疗而愈之。蛇衔明珠以报其德，故称随珠。和氏之璧，即卞和所献之玉耳。" 此句指，湖北地区人杰地灵，蕴藏随国出产的宝珠与和氏璧。恭维樊增祥是湖北人中之精英。

〔藏用显荆璞〕《周易正义》卷 7《系辞上》："显诸仁，藏诸用。" 韩康伯注："日用而不知，故曰藏诸用。" 孔颖达疏："'藏诸用'者，谓潜藏功用，不使物知，是'藏诸用'也。"《论语 · 述而第七》："子谓颜渊曰：'用之则行，舍之则藏，唯我与尔有是夫！'" 荆璞，即 "和氏璧"，起初因美玉外裹石质而不被人识。详见《咏史（十二首）》其六一诗〔荆山玑〕条笺注。此句恭维樊增祥为人韬晦低调。

〔敷荣蔚国华〕敷荣，即 "敷华"，花朵绽放。《六臣注文选》卷 18 嵇叔夜（康）《琴赋（并序）》："若众葩敷荣。" 吕向注："葩，花。敷，布也。" 另见《秋风萧瑟池荷零落感而赋此》一诗〔敷华〕条笺注。蔚，草木繁盛，亦指文采飞扬。详见《南河修禊图山腴先生属题（壬子）》一诗〔柔风蔚桐蕤〕条笺注，《升天行》一诗〔柔翰蔚冥契〕条笺注。国华，本指国之瑰宝，喻国家荣耀或国之栋梁。此处则指高洁隐士，亦为对樊增祥的恭维。《后汉书 · 方术传上》史赞："至乃诮噪远术，贱斥国华"。李贤注："国华谓怀道隐逸之士也。"《国语》卷 4《鲁语上》："且吾闻以德荣为国华，不闻以妾与马。" 韦昭注："以德荣显者可以为国光华也。"《故使持节侍中太师大司□□□□录尚书事显蔚相冀定并恒瀛八州刺史广阿县开国公武贞窦（泰）公墓志铭》："世无升坠，道或隆洿。降生人杰，是谓国华。"（《汉魏南北朝墓志汇编 · 北齐》天津古籍出版社 2008 年 7 月第 1 版 P397）

〔迪亮导天淑〕迪亮，迪而亮之，启迪教化使之开化。天淑，上天赋予的美德、才智。蔡邕《蔡中郎集》卷 6《玄文先生李子材铭》："天淑厥命，以让以仁。"

〔紬书石室藏，奏记金门牍〕《史记 · 太史公自序》："卒三岁，而迁为太史令。紬史记石室金匮之书。”司马贞《索隐》:“如淳云:‘抽彻旧书故事而次述之。’小颜云:‘细，谓缀集之也。”“案：石室金匮皆国家藏书之处。”金门，金明门，指翰林院。《旧唐书 · 职官志二》:“翰林院（天子在大明宫，其院在右银台门内。在兴庆宫，院在金明门内）”。杨亿《武夷新集》卷 3《诗三 · 陈小著从易知邵武军》:“奏牍金门奉帝俞，平明鸾省剖铜符。”案：樊增祥光绪三年（1877）中进士，入翰林院为庶吉士，负起草诏书之责。

〔二《南》济弘绩〕二《南》,《诗经》的《周南》和《召南》。《六臣注文选》卷 25 卢子谅（谌）《答魏子悌》:“多士成大业，群贤济弘绩。”李周翰注:“成大业者，资众贤以成大功也。”此句指，樊增祥为翰林院庶吉士，以文学辞章为国家大计做出贡献。

〔六事总条俗〕《周礼 · 天官冢宰 · 小宰》:“以听官府之六计，弊群吏之治：一曰廉善，二曰廉能，三曰廉敬，四曰廉正，五曰廉法，六曰廉辨。”《金史 · 百官志一》:“宣宗兴定元年，行辟举县令法，以六事考之：一曰田野辟，二曰户口增，三曰赋役平，四曰盗贼息，五曰军民和，六曰词讼简。”条俗，整饬民情、民风。《说文通训定声 · 孚部弟六》:“条，……[叚借]……又为修。”樊增祥在翰林院庶吉士散馆后，外放地方官，曾任陕西宜川、渭南等县知事。

〔价人长维藩〕《毛诗正义》卷 17—4《大雅 · 生民之什 · 板》:“价人维藩”。毛传:“价，善也。藩，屏也。”孔颖达疏:“善人为官，维以为藩。”

〔乐只民胥谷〕《诗经今注 · 周南 · 樛木》:“乐只君子，福履绥之。”高亨注:“只，语气词。乐只，犹乐哉。”（上海古籍出版社 1980 年 10 月第 1 版 P6—7）同上书《小雅 · 鱼藻之什 · 角弓》:“尔之远矣，民胥然矣。”高亨注:“胥，皆也”。（P350、352）《毛诗正义》卷 7—1《陈风 · 东门之枌》:“谷旦于差，南方之原。”毛传:“谷，善也。”

〔朅来板荡余〕《六臣注文选》卷 60 陆士衡（机）《吊魏武帝文（并）序》:“咏归涂以反旆，登崤渑而朅来。”吕延济注:“朅来，言归去来也。”板荡，形容天下大乱。详见《读王船山先生遗书》一诗〔板荡〕条笺注。

〔卷迹盘阿轴〕卷迹，退隐。《论语 · 卫灵公第十五》:“子曰:‘直哉史鱼！邦有道，如矢；邦无道，如矢。君子哉蘧伯玉！邦有道，则仕；邦无道，则可卷而怀之。’”《晋书 · 隐逸传》:“古先智士体其若兹，介焉超俗，浩然养素，藏声江海之上，卷迹嚣氛之表。”《诗经集传》卷 2《卫风 · 考盘》:“考盘在阿，硕人之薖。……考盘在陆，硕人之轴。”朱熹注：“轴，盘桓不行之意。”另见《题江永澄春湖载酒图》一诗〔卷迹希盘邁〕条笺注。上句与此句指，辛亥后，樊增祥一度隐居上海。

〔风人歌《九罭》，永叹申遵陆〕风人，诗人。详见《咏史（十二首）》其二一诗〔风人慨鱼鬻〕条笺注。《毛诗正义》卷 8—3《豳风 · 九罭》：“九罭之鱼，鳟鲂。……鸿飞遵陆，公归不复，于女信宿。”毛传：“九罭，緵罟，小鱼之网也。鳟鲂，大鱼也。”“陆非鸿所宜止。”郑玄笺：“设九罭之罟，乃后得鳟鲂之鱼，言取物各有器也。”孔颖达疏：“笺以为避居则不复，当谓不得复位。”案：据《九罭》诗序，此诗为赞美并留恋周公而作。其时，周公摄政，东征“三监”和武庚叛乱。成王受佞人离间，怀疑周公对自己不利，不召还周公。周公居东三年，周人作此诗赞美留恋周公。辛亥革命爆发后，湖北军政府敦请樊增祥为湖北首任民政长，樊增祥坚辞不受。此句以此典故，恭维樊增祥隐居不仕，人们赞美他的政绩，希望他复出主政。

〔民伸有道慕〕民伸，百姓的利益得到维护，民众的正义得到伸张。《春秋繁露》卷 1《楚庄王第一》：“故屈民而伸君，屈君而伸天，《春秋》之大义也。”《论语注疏》卷 1《学而第一》：“子曰：‘君子食无求饱，居无求安，敏于事而慎于言，就有道而正焉，可谓好学也已。’”何晏注：“孔曰：……有道，有道德者。”此句指，为百姓伸张正义，为百姓做主，百姓就会把他当作有德之人去仰慕和崇拜。

〔户効庚桑祝〕《庄子 · 庚桑楚第二十三》：“老聃之役有庚桑楚者，偏得老聃之道，以北居畏垒之山。其臣之画然知者去之，其妾之挈然仁者远之。拥肿之与居，鞅掌之为使。居三年，畏垒大壤。畏垒之民相与言曰：‘庚桑子之始来，吾洒然异之。今吾日计之而不足，岁计之而有余。庶几其圣人乎！子胡不相与尸而祝之，社而稷之乎？’”効，同“效”。《正字通》卯集下《攴部》：“效，……别作効”。《类篇》卷 9：“效，……一曰功也。”此句指，治理地方，让百姓都得到利益实惠，百姓就会立起牌位祭祀他。

〔惟德自永年〕《尚书正义》卷 19《毕命》：“惟以永年，惟德惟义。”孔传：“而能顺义，则惟可以长年命矣。惟有德义，是乃大顺。”孔颖达疏：“能顺道义，则惟可以长年命矣。惟能用德，惟能行义是，乃为大顺德也。”此句恭维樊增祥以仁德而获长寿。

〔天命征于穆〕《诗经今注今译 · 周颂 · 清庙之什 · 维天之命》：“维天之命，于穆不已。”马持盈注：“这两句话是讲天道，命即道也。维天之命，即维天之道也。天道是什么呢？是‘于穆不已’，是奋勉前进，行建不息之意，就是易经所讲之道，‘天行健，君子以自强不息’之意，所以这‘于穆不已’四字，就是‘行建不息’之意。文王德行之美，事功之大，全得力于一个‘敬’字，这个‘敬’字最好的解释，就是大雅文王之什所谓‘穆穆文王，于缉熙敬止’，上天是穆穆不已，文王是穆穆敬止，所以文王之德，与上天相配。由此来理解‘穆穆’二字之义，当不以‘和也’‘美也’‘远也’为死板之界说，而是以‘行建不息’为其真谛的。敬者即行建不息之谓也。”（台湾商务印书馆 1979 年 3 月六版 P508—509）

樊云门七十寿诗（二首）其二

景星环紫微，庆云扶青阳。箾成瞽来格，图出跂会昌。敷奏蔚嘉谟，昌言庸赞襄。箕畴会有宜，辛箴宁易详。良时冠盖娱，容与坟丘场。骋翰流华芬，令德扬妙英。君子申芳讯，引领歌太康。《关雎》何洋洋，聆耳亦已盈。穆如扬清风，咏言难可忘。虽无吉甫怀，愿诵《烝民》章。

【笺注】

〔景星环紫微，庆云扶青阳〕袁世凯复辟帝制，曾于西苑瀛台赐宴“奉进诸臣”。各“赋诗纪瑞”，樊增祥被推为祭酒。后于西苑“纵游中、南两海”。樊增祥纂《瀛台赐宴恭纪》一卷，纪其事。文中有句“二楼南驰又附以景星、庆云二殿”。说明，西苑南海内，有二殿，名“景星”“庆云”。刘师培并没有参加此次“赐宴”。据刘成禺的记载，此次赐宴是“帝制诸老辈文人”的殊荣。刘师培的年纪显然不够老，分量也不够重。紫微，北极星，古称“帝座”，象征天子，此处指帝王宫城。详见《八墺篇》一诗〔钩陈枢〕条笺注。北京故宫称“紫禁城”。唐代东都洛阳宫城名“紫微城”，武则天于垂拱四年（688）于紫微城内建“明堂”。《新唐书 · 地理志二》：“东都，隋置，武德四年废。贞观六年号洛阳宫，显庆二年曰东都，光宅元年曰神都，神龙元年复曰东都，天宝元年曰东京，上元二年罢京，肃宗元年复为东都（皇城长千八百一十七步，广千三百七十八步，周四千九百三十步，其崇三丈七尺，曲折以象南宫垣，名曰太微城。宫城在皇城北，长千六百二十步，广八百有五步，周四千九百二十一步，其崇四丈八尺，以象北辰藩卫，曰紫微城）。”青阳，天子明堂。《新唐书 · 则天顺圣武皇后本纪第》：“垂拱……四年正月甲子，增七庙，立高祖、太宗、高宗庙于神都。庚午，毁乾元殿作明堂。”蔡邕《蔡中郎集》卷 3《明堂月令论》：“明堂者，天子太庙，所以崇礼其祖以配上帝者也。夏后氏曰世室，殷人曰重屋，周人曰明堂。东曰青阳，南曰明堂，西曰总章，北曰玄堂，中央曰太室。"《史记 · 天官书》："天精而见景星。景星者，德星也。其状无常，出于有道之国。" 庆云，祥瑞之云。详见《咏史（十二首）》其五一诗〔卿云亘中天，八伯休褰裳〕条笺注。案：樊增祥生于 1846 年 12 月 18 日（冬月初一），其 70（虚岁）寿诞的具体时间为 1915 年 12 月 7 日。由此二句分析，刘师培此诗作于"瀛台赐宴"之后，既是贺寿诗，亦为恭维樊增祥参加袁世凯瀛台赐宴而作。详见本诗"略考"。

〔箾成瞥来格〕《春秋左传正义》卷 39《襄公二十九年》："见舞《象箾》《南钥》者，曰：'美哉，犹有憾。'" 杜预注："《象箾》，舞所执。《南钥》，以钥舞也。皆文王之乐。" 孔颖达疏："杜云：'皆文王之乐'，则《象箾》与《南钥》各是一舞。《南钥》既是文舞，则《象箾》当是武舞也。"《春秋左传注》杨伯峻注："《象箾》《南钥》皆颂文王之舞"。（中华书局 2016 年 11 月第 4 版第 4 册 P1287）瞥，很快，忽然。《说文解字注》卷 4 上《目部》："瞥，过目也。" 段注："倏忽之意。"《尚书今注今译 · 皋陶谟》："搏拊琴瑟以咏，祖考来格"。屈万里注："祖、考，谓祖与父之灵。神降临曰格。"（台湾商务印书馆 1977 年 4 月七版 P30）《毛诗正义》卷 18—1《大雅 · 荡之什 · 抑》："神之格思"。毛传："格，至也。" 此句指，圣王忽然就降临了。此为阿谀袁世凯之辞。

〔图出跂会昌〕图出，河出图，天降圣王之祥瑞。《论语集注》卷 5《子罕第九》："子曰：'凤鸟不至，河不出图，吾已矣。'" 朱熹注："凤，灵鸟。舜时来仪，文王时鸣于岐山。《河图》，河中龙马负图，伏羲时出。皆圣王之瑞也。" 参见《题张船山南台饮酒图》一诗〔笑抉苞符阐灵窦〕条笺注。跂，登，升。详见《冬日旅沪作》一诗〔襂绊跂繄骓〕条笺注。会昌，帝王受天命而立，天下兴盛隆昌。《洛阳伽蓝记校注》卷 3："玺运会昌，龙图受命。" 范祥雍注："玺运犹言帝运。《魏书》七十四《尔朱荣传》载庄帝喻荣旨亦有'今玺运已移，天命有在'语，与此义同。"（上海古籍出版社 1978 年新 1 版 P159、166）此句指，河出图，圣王出，天下兴盛隆昌。此亦为阿谀袁世凯之辞。

〔敷奏蔚嘉谟〕敷奏，向君王上奏。《尚书正义》卷 3《舜典》："敷奏以言"。孔传："敷，陈。奏，进也。诸侯四朝各使陈进治理之言。" 蔚，本意为草木茂盛，引申为文采飞扬。详见《升天行》一诗〔柔翰蔚冥契〕条笺注。嘉谟，嘉谋，好谋略，好主意。《法言义疏》十九《孝至卷十三》："或问'忠言嘉谟谋'。曰：'言合稷契之谓忠，谟合皋陶之谓嘉。'" 汪荣宝疏："'忠言嘉谋'，钱本、世德堂本作'嘉谟'，下'谋合皋陶’作‘谟合’，此校书者因《皋陶谟》乃《尚书》篇名，故改‘谋合皋陶’字为‘谟’，而并改‘或问嘉谋’字为‘嘉谟’也。治平本两‘谟’字皆作‘谋’，今浙江局翻刻秦氏影宋本乃皆作‘谟’，此又校者用世德堂本改之。《汉书 · 匈奴传 · 赞》‘忠言嘉谟之士’，语即本此，明《法言》旧本作‘谋’也。”（中华书局 1987 年 3 月第 1 版 P531—532）

〔昌言庸赞襄〕昌言，正言，嘉言，有益之言。《尚书正义》卷 4《大禹谟》：“禹拜昌言曰：‘俞！’”孔传：“昌，当也。以益言为当，故拜受而然之。”孔颖达疏：“禹拜受益之当言，曰：‘然。’然益语也。”《毛诗正义》卷 4—1《王风 · 兔爰》：“我生之初尚无庸。”毛传：“庸，用也。”赞襄，即“襄赞”，帮助，支持。《尚书正义》卷 4《皋陶谟》：“予未有知，思曰赞赞襄哉。”孔颖达疏：“因赞成其辞。”

〔箕畴会有宜〕箕畴，即“九畴”，指大禹治理天下的九个方面，因为箕子所提出，故曰“箕畴”。《尚书 · 洪范》：“箕子乃言曰：‘我闻在昔，鲧陻洪水，汩陈其五行，帝乃震怒，不畀洪范九畴，彝伦攸斁。鲧则殛死，禹乃嗣兴。天乃锡禹洪范九畴，彝伦攸叙。初一曰五行；次二曰敬用五事；次三曰农用八政；次四曰协用五纪；次五曰建用皇极；次六曰乂用三德；次七曰明用稽疑；次八曰念用庶征；次九曰向用五福，威用六极’。”有宜，合适，恰当。《逸周书 · 大聚弟四十》：“武王再拜曰：‘呜呼！允哉！天民侧侧，余知其极有宜。’”

〔辛箴宁易详〕辛箴，谏言。《春秋左传正义》卷 29《襄公四年》：“昔周辛甲之为大史也，命百官，官箴王阙。”杜预注：“辛甲，周武王大史。阙，过也。使百官各为箴辞，戒王过。”易详，指容易理解领会。《隆平集》卷 15《儒学行义 · 孙复》：“治《春秋》不取传注，其言简而易详。”《文献通考》卷 223《经籍考五十 · 子（医家）》：“《养生必用方》十六卷：……此方其证易详，其法易用。”宁，相当于副词“乃”“曾”。《经传释词》卷 6《宁》：“宁，犹乃也。《毛郑诗考正》曰：《四月》首章‘胡宁忍予’，笺云‘宁犹曾也’。案：宁，犹乃也。”

〔良时冠盖娱〕良时，美好的时光。《文选》卷 29 李少卿（陵）《与苏武诗三首》其一：“良时不再至，离别在须臾。”冠盖，指豪富仕宦之人，亦指燕饮出游。《后汉书 · 班固传》载其《西都赋》：“绂冕所兴，冠盖如云，七相五公。”李贤注：“《苍颉篇》曰：‘绂，绶也。冕，冠也。’其所徙者皆豪右，富赀，吏二千石，故多英俊冠盖之人。如云，言多也。”《晋书 · 乐志上》张华《宴会歌》：“冠盖云集，罇俎星陈。”

〔容与坟丘场〕《六臣注文选》卷 24 潘正叔（尼）《赠陆机出为吴王郎中令》：“婆

娑翰林，容与坟丘。”李善注：“《答宾戏》曰：‘婆娑乎术艺之场。’《长杨赋》曰：‘借翰林以为主人。’《左氏传》：‘楚左史倚相趋过。王曰：是史也，能读三坟、五典、八索、九丘。’”吕延济注：“翰，笔也。林，谓儒林也。坟丘，皆古书也。婆娑、容与，皆游放之貌。”参见《书杨雄传后》一诗〔典坟〕条笺注，《答梁公约赠诗》一诗〔渊玄穴坟素〕条笺注。

〔骋翰流华芬〕李攀龙《沧溟集》卷 4《感怀（八首）》其三：“披褐玩明时，骋翰流华芬。”苏辙《栾城集·后集》卷 22《墓志铭一首·亡兄子瞻端明墓志铭》：“杜门深居，驰骋翰墨。”此句指，遨游于文学翰墨之中，其辞章华美芬芳。

〔令德扬妙英〕见《题董丈蜕盦菱湖泛舟图》一诗〔令德扬妙英〕条笺注。

〔芳讯〕《文选》卷 26 颜延年《直东宫答郑尚书一首》：“君子吐芳讯，感物恻余衷。”《六臣注文选》卷 28 陆士衡（机）《长安有狭邪行》：“倾盖承芳讯，欲鸣当及晨。”刘良注：“芳讯，美言也。”《海录碎事》卷 9 上《圣贤人事部下·送赠门·芳讯》：“芳讯，‘绸缪结风徽，絪缊吐芳讯’。注：芳言也。（谢宣远诗）”

〔引领歌太康〕太康，太平康宁。《全唐诗》卷 184 李白《流夜郎闻酺不预》：“北阙圣人歌太康，南冠君子窜遐荒。汉酺闻奏钧天乐，愿得风吹到夜郎。”（第 3 册 P1883）1915 年 12 月 11 日，袁世凯复辟帝制，于西苑瀛台赐宴“奉进诸臣”。樊增祥被推举为领班，向“今上”献诗。后撰《瀛台赐宴恭纪诗》一卷，极尽对袁世凯夸耀之能事。详见本诗“略考”。

〔《关雎》何洋洋，聆耳亦已盈〕《关雎》，此处为代指《诗经》全篇。此句指，《诗经》洋洋洒洒，千古传诵，如今早已听得满耳朵都是。其隐含之意为，樊增祥进献袁世凯的新诗，比《诗经》更佳。赵翼《瓯北集》卷 28《诗八十四首·论诗》：“李杜诗篇万口传，至今已觉不新鲜。江山代有才人出，各领风骚数百年。”

〔穆如扬清风，咏言难可忘〕《毛诗正义》卷 18—3《大雅·荡之什·烝民》诗序：“尹吉甫美宣王也。任贤使能，周室中兴焉。”诗：“吉甫作诵，穆如清风。”郑玄笺：“穆，和也。吉甫作此工歌之诵，其调和人之性，如清风长养万物。”李攀龙《沧溟集》卷 4《代建安从军公燕诗并引》其一《代文帝》：“零雨有遗篇，咏言难可忘。”

〔虽无吉甫怀，愿诵《烝民》章〕《诗经·大雅·荡之什·烝民》诗序：“尹吉甫美宣王也。任贤使能，周室中兴焉。”诗：“天生烝民，有物有则。民之秉彝，好是懿德。天监有周，昭假于下。保兹天子，生仲山甫。”《诗经集传》卷 7《大雅·荡之什·烝民》朱熹注：“宣王命樊侯仲山甫筑城于齐，而尹吉甫作诗以送之。”

【略考】

刘成禺《洪宪纪事诗本事簿注》有《瀛台赋诗》一节。全文如下：

瀛台赋诗

早发金鳌玉蝀桥，朝臣赐宴赋琼瑶。

当年圣雪飞三海，剩有瀛台水一条。

黎元洪迁出瀛台，项城以该地为宴集群臣之所，铺陈特丽，古称琼华岛也。康熙、乾隆屡赐朝宴于此，赋诗纪盛。故清初诗家纪宴之作，载在专集，触目皆是。项城常曰："清代文治武功，以康熙、乾隆为最，谋国者当师其政。"项城不重文事，胡为幸瀛台而觞咏雪天乎？当日大雪，项城诗思忽动，召帝制诸老辈文人，赐宴瀛台，赋诗纪瑞。项城首唱，群下推樊樊山为祭酒，恭坐项城之下。如易实甫、王书衡、郭曙楼、吴向之、夏武夷、杨皙子等以次列坐，各赋恭纪诗。诗成，随意游园，明日都下各报，争载诗章。与宴者纂《瀛台赐宴恭纪》一卷（原诗续录）。乌乎！瀛台历史，中凡三变，自清西太后幽光绪于此，夜抽吊桥，日进玻璃粉，曾广銮为护卫大臣，曾告人曰："皇上每食，手颤视碗，对予而泣。"再由项城软禁黎元洪，严察其出入，幸因帝制外迁。今则环绕华岛，有水一条，瑞雪年年，赋诗之雄风何在？诵曹孟德"月明星稀，乌鹊南飞，绕树三匝，无枝可依"句，不禁为袁氏诸子生今昔之感也。（录《后孙公园杂录》）

附录：瀛台赐宴游园记恭纪（隐名）

今上登极之前一月，召集奉进诸臣，赐宴瀛台。仿前清仁庙、纯庙旧典也。瀛台宴集，首由今上赋诗，群臣敬和有差，刊《瀛台赐宴恭纪诗》一卷。当时列宴诸人，纵游中、南两海。际快雪之时晴，抄宜春之帖子，赓飏圣世，荣记蓬瀛，一楼一阁，一石一树，一额一题，一山一水，罔敢遗漏。其词曰：自辽、金、元、明、清历史名胜，首推三海。三海者，北海、中海、南海是也。有清一世，凡兹皆属游幸范围，宫禁森严，门墙千仞，非参与内廷游赏者，不易至也。鼎革而后，中、南二海划为公府办事区域，居者又从而点缀润饰之，踵事增华，变本加厉。今逢景运，气象更新，其泉石山林之胜，洵超北海而上矣。

南海一名太液池，形圆，广袤可数里，水澄清为三海冠。入新华门而东北，即其东岸，先为土山，次为藏舟室，次为藏书楼，再次为日知阁，而东岸终矣。阁前有鱼乐序，驾石为梁，因山成洞，曲折纡回，以达流水音。自此而西，即为南海北岸，鱼乐序中有额曰"个中自有玉壶冰"，盖清高宗所题也。又有诗云："通闰今年春立迟，负萤三候尚非时。不须庄惠闲争论，冰底游鱼乐自知。”亦是高宗御笔。流水音以青石缀成，中通以水，水动则音生，然年久石坏，今不闻水声矣。皇二子抱存曾修禊此地。过此以往，有韵古堂。又西过白石桥，有《人字柳碑》三面。皆刻以诗，后刻《柳赋》（长不录）。诗云：“人字低临太液池，栽培谁办永宜时。居然后老同彭祖，未觉先零傲悦之。春景青瞳仍望望，秋风绿发故丝丝。世间松柏翻难并，得地迟年亦可思。”又云：“税枯和淖向妍韶，遗迹独堪指胜朝。太液池边人字柳，春来还发旧时条。”又云：“液池一例照芙蓉，袅袅柔丝濯濯容。设曰人应登列传，《晋书》曾见有王恭。”亦皆清高宗笔迹也。又西为仁曜门，折而南，经石桥驰道以至瀛台。瀛台者，本南海中一小岛，清孝钦后幽德宗之处也。其中屋宇，各有专构，瀛台特其总名耳。拾级而登，最北为翔鸾阁，左右有瑞曜、祥辉二楼，次为涵元殿。后楹悬一联曰：“鸾奏八音谐律吕，凤衔五色显丝纶。”前楹悬一联曰：“昼永窗琐闲，竹边棋墅；日迟帘幙静，花外琴声。”风流潇洒，异乎台阁体裁矣。殿东西有藻韵、绮思二楼，二楼南驰又附以景星、庆云二殿，而接于香扆。香扆者，涵元南向之正殿也。过此而南为蓬莱阁，高瞻远望，雄视八荒，而碧浪清波，苍然入望，尤有近水楼台之妙。阁前立长木一方，高可半丈，广尺有咫，色棕黄，弹之铿然，声出金石，所谓木变石古迹者也。又前为迎薰亭，南临太液，北枕蓬山，独立凭栏，风烟入化，佳景也。然至此而游鞭又当北转矣。亭中有额曰：“顺时育物。”诗赋亦多，今节录数首于下。《太液池观荷》云：“宿雨初收太液池，红花总是出尘姿。巧逢鸣跸旋清禁，似向人言正好时。迹久泥深花最稠，西池原在帝王州。人间如复才君主，应是八元入凯流。香霞难想檀兮麝，文锦何妨绿与红。切恨春明真梦语，独教佳景让秋风。”又《瀛台泛舟观荷》云：“朝来骤雨打新荷，雨后乘舟赏若何。白闪露光飞上下，红揃霞影舞婆娑。风翻露盖深还浅，雨洗红妆正复欹。宝月楼头回看好，分明宜画又宜诗。”自亭北转分为东西二道，东道有春明楼、镜光亭、物鱼亭，西道有湛虚楼、长春书室，而皆林木参差，泉石幽邃，层楼探碧，飞阁流舟，极人工意匠之巧。瀛台于是以名胜闻，然当高宗之经营施设时，不料数传之后，一变而为若孙之幽囚地也。更不料荆棘铜驼，河山改色，鞭丝帽影，再一变而为吾人游赏之资也。物无穷而不变，感人事之沧桑，皇运重开，吾人又变凭吊而为赓颂矣。

自仁曜门西行，有丰泽园，园边有亭，额曰：“荷风薰露。”更西为静谷，悬有联云：“胜赏寄云岩，万象总输奇秀；日阴留竹荫，四时不改茏葱。”过谷至一拱门，前额曰：“苍蔚适于幽处合。”附以联云：“悟物思遥托，悦心非外缘。”门后额曰：“硌砑每与望中深。”盖与前者对照也。亦附以联云：“芳径缭而曲，云林秀以重。”数联皆高宗所书，即事成辞，甚为工切。此中景物，观此可思过半矣。入门西行而南转，首为芳华楼，自此而北为石室，室方仅盈丈，皆以石构成，中置有铁质金匮一，又北有亭额曰“薰圃珠泉”，再北经霓萦绣栌、平湖漾绿二室，以抵卍字廊，此廊形似卍字，而四周曲折加多。廊下流泉，澄清如镜，抚晨对景，欣然久之。绕廊东转，至春藕斋，此地为大总统办事处，前后皆绕以清流，宽敞幽澹，自远尘俗。由斋北上出宝善门，至居仁堂，堂为西式，即大总统起居处也，今上居之。堂左偏有小房，一壁悬张九龄《千秋金鉴》，内史臣王寿彭、郑沅等奉敕恭书者。其下层内楹有联云：“雉尾烟明，三宵扬丽旭；螭头香动，万字篆祥云。”其上层外楹有联云：“水木清华开福地，星云纪绥丽中天。”后于墙端钳以“千栾交绮”四字，据地之雄，钩心斗角，其现象或如所云耳。又堂西有楼曰高芬远映堂，东有廊曰水木清华。

由廊而东，出宝华门后，穿园林而北，则中海俨然在望矣。中海形长，随堤造景，台榭鲜明，亦称胜地，惟比之南海，不无稍逊矣。背海而西进宝光门，转北为景福门，有一联云：“瑞协珠躔，琼宫辉紫气；祥凝玉陛，璇极拱丹书。”进门即怀仁堂，大总统会客处也。内分三厅，悬有联云：“松栋焕云霞，瑞图修景；蓬灵开日月，仙境年长。”又云：“旭日光临，锦原开百福；彩云辉映，金镜烛三台。”东厅额曰“绮兰晨露”，有联云：“凤苑驻花光，春涵湛露；龙池迎柳色，晴获祥云。”西厅额曰“光绚春华”，亦有联曰：“五色云英，瑶阶滋秀草；千年露实，玉食献蟠桃。”其中金碧辉煌，丹青黼黻，雍容华贵，气象万千，固盛世君臣之所盘桓也。出宝光门而北，以迄于紫光门，皆是中海西岸，而中海之景亦终矣。林木半间，霜风冷落，无足述者，惟岁寒松柏，苍萃参天，差足点缀此锦绣山河耳。有清一代，一二品大员及南书房入值者，交通苏拉，得畅游观。今上一视同仁，他年禁地，定有与民同乐之惠也。敬记。（《民国笔记小说大观》第三辑《洪宪纪事诗本事簿注》，山西古籍出版社 1997 年 1 月第 1 版 P225—230）

春兴（三首）

【刊载】

《戊午周报》第 24 期，1918 年 10 月 27 日，署名“左庵”。《刘申叔遗书补遗》下册 P1226。此三诗的第一首为《嘉树（二首）》其一，第二首为《感怀三首》中第三首的（“牢落迷阳曲”），第三首为《嘉树（二首）》其二。笺注均见前。

【编年】

1918 年。依首次发表时间。

【类型】

五言，8 句。

暂不能确定时间

感事八首

【刊载】

《大亚画报》1933年6月7日、14、21、28日;《〈大亚画报〉中新见刘师培佚诗九首考释》,《扬州文化研究论丛》2019年第1期P98—105。

【类别】

七言，8句。

【编年】

暂不能确定时间。疑为其早期作品。

感事八首（其一）

黄金台畔黯秋云，菜市萧条淡夕曛。奇祸旋兴文字狱，兵机偶动羽林军。岂因宋帝仇安石，不阻唐宗用叔文。逝水无情人易老，秦中何处吊商君。

【笺注】

〔黄金台〕又名招贤台。《战国策》卷29《燕一》:“燕昭王收破燕后即位，卑身厚币，以招贤者，欲将以报雠。故往见郭隗先生曰:‘齐因孤国之乱，而袭破燕。孤极知燕小力少，不足以报。然得贤士与共国，以雪先王之耻，孤之愿也。敢问以国报雠者奈何?’郭隗先生对曰:‘帝者与师处，王者与友处，霸者与臣处，亡国与役处。诎指而事之，北面而受学，则百己者至。先趋而后息，先问而后嘿，则什己者至。人趋己趋，则若己者至。冯几据杖，眄视指使，则厮役之人至。若恣睢奋击，呴籍叱咄，则徒隶之人至矣。此古服道致士之法也。王诚博选国中之贤者，而朝其门下，天下闻王朝其贤臣，天下之士必趋于燕矣。’昭王曰:‘寡人将谁朝而可?’郭隗先生曰:‘臣闻古之君人，有以千金求千里马者，三年不能得。涓人言于君曰:“请求之。”君遣之。三月得千里马，马已死，买其首五百金，反以报君。君大怒曰:“所求者生马，安事死马而捐五百金?”涓人对曰:“死马且买之五百金，况生马乎?天下必以王为能市马，马今至矣。”于是不能期年，千里之马至者三。今王诚欲致士，先从隗始。隗且见事，况贤于隗者乎?岂远千里哉?’于是昭王为隗筑宫而师之。乐毅自魏往，邹衍自齐往，剧辛自赵往，士争凑燕。”《文选注》卷28鲍明远（照）《放歌行》:“岂伊白璧赐，将起黄金台。”李善注：“王隐《晋书》曰：‘段匹磾讨石勒，进屯故安县故燕太子丹金台。’《上谷郡图经》曰：‘黄金台，易水东南十八里，燕昭王置千金于台上，以延天下之士。’二说既异，故具引之。”关于黄金台的位置历来争论很多，有北京、定兴、易县、固安、安肃（徐水）多种说法，此处则代指北京。北京“燕京八景”有“金台夕照”。

〔菜市萧条淡夕曛〕菜市口，清代刑场所在地。元代时刑场在大都柴市口，即今交道口。明代时刑场在西四，称“西市”。《清德宗实录》卷 427 光绪二十四年戊戌八月甲午（1898 年 9 月 28 日）：“谕军机大臣等：康广仁、杨深秀、杨锐、林旭、谭嗣同、刘光第等大逆不道，着即处斩。派刚毅监视，步军统领衙门派兵弹压。”《集韵》卷 2《平声二 · 文第二十》：“曛，日入余光。”

〔奇祸旋兴文字狱〕《清德宗实录》卷 427 光绪二十四年戊戌八月丁酉（1898 年 10 月 1 日）：“谕内阁：已革工部主事康有为，学术乖谬，大悖圣教。其所著作，无非惑世诬民离经畔道之言。着将该革员所有书籍板片，由地方官严查销毁，以息邪说而正人心。”《清德宗实录》卷 434 光绪二十四年戊戌十一月乙丑（1898 年 12 月 28 日）：“谕内阁：昨据两广总督谭钟麟在康有为本籍，抄出逆党来往信函多件，并石印呈览。查阅原信，悖逆之词连篇累牍，甚至称谭嗣同为伯理玺（总统的旧译——引者）之选，谓本朝为不足辅。各函均不用光绪年号，但以孔子后几千几百几十年，大书特书。迹其种种狂悖情形，实为乱臣贼子之尤。其信件往还，牵涉多人。朝廷政存宽大，不欲深究株连，已将原信悉数焚毁矣。前因康有为首倡邪说，互相煽惑，不得不明揭其罪，以遏乱萌。嗣闻无知之徒，浮议纷纭，有谓该逆仅止意在变法者。试证以抄出函件，当知康有为大逆不道，确凿可据。凡属本朝臣子，以及食毛践土之伦，应晓然于大义之所在，毋为该逆邪说所惑，以定国是而靖人心。将此通谕知之。”《晚晴簃诗汇》卷 135 龚自珍《咏史》：“避席畏闻文字狱，著书都为稻粱谋。”

〔兵机偶动羽林军〕《清德宗实录》卷 426 光绪二十四年戊戌八月丁亥（1898 年 9 月 21 日）：“谕军机大臣等：工部候补主事康有为，结党营私，莠言乱政，屡经被人参奏。着革职，并其弟康广仁，均着步军统领衙门拏交刑部按律治罪。”羽林军，古代掌皇帝禁卫的亲随部队。孙星衍《汉官六种 · 汉官仪卷上》：“武帝太初元年，初置建章营骑，后更名羽林。以天有羽林之星，故取名焉。又取从军死事之子孙养羽林官，教以五兵，号曰羽林孤儿。光武中兴，以征伐之士劳苦者为之，故曰羽林士。（《后汉书 · 顺帝纪注》）”《清朝文献通考》卷 86《职官考十》：“提督九门巡捕五营步军统领一人，掌管门禁锁钥，统率八旗步军五营，将备以肃清辇毂。……京师重地，禁旅宜严。初制，属兵部职方司，汉主事专管。康熙十三年，始设提督九门步军统领，又特简八旗大臣综理其事。至三十年，兼巡捕三营，乾隆四十六年，复兼巡捕五营，则制愈详，而责愈重矣。"

〔宋帝仇安石〕宋神宗熙宁七年四月丙戌（1074 年 5 月 17 日），王安石变法的成效和得失广受质疑，宋神宗被迫将王安石罢相（同中书门下平章事）。《宋大诏令集》卷 69《宰相十九 · 罢免五》："《王安石罢相，进吏部尚书、观文殿大学士、知江宁府制（熙宁七年四月丙戌）》：'推忠协谋同德佐理功臣、光禄大夫、行尚书礼部侍郎、同中书门下平章事、监修国史、上柱国、太原郡开国公、食邑三千一百户、食实封八百户王安石，……可特授行吏部尚书、观文殿大学士、知江宁军府事、兼管内劝农使，兼江南东路屯驻驻泊兵马钤辖，加食邑一千户，食实封四百户，改赐推诚保德崇仁翊戴功臣。'" 详见《续资治通鉴长编》卷 252，《宋史 · 王安石传》。

〔唐宗用叔文〕唐顺宗永贞元年（805），顺宗李诵任用王叔文等人实施变革，以期恢复中央集权，摒除藩镇割据、遏止宦官专权，史称"永贞革新"。变革仅持续 100 余天，俱文珍（刘贞亮）等人即发动政变，唐顺宗被迫立其子广陵郡王李纯为太子，并使太子监国，最终禅位于太子李纯。王叔文被贬为渝州司户，随即被杀。详见韩愈《顺宗实录》，《旧唐书》《新唐书》之《王叔文传》，《资治通鉴》卷 236—237。

〔逝水无情人易老〕《论语 · 子罕第九》："子在川上曰：'逝者如斯夫！不舍昼夜。'"

〔秦中何处吊商君〕商鞅在秦国实施变法，使秦国国力大增，迅速崛起，史称"商鞅变法"。秦孝公去世，太子嬴驷立，是为秦惠文王。《战国策》卷 3《秦一》："孝公以为相，封之于商，号曰商君。商君治秦，法令至行，公平无私，罚不讳强大，赏不私亲近，法及太子，黥劓其傅。期年之后，道不拾遗，民不妄取，兵革大强，诸侯畏惧。然刻深寡恩，特以强服之耳。孝公行之八年，疾且不起，欲传商君，辞不受。孝公已死，惠王代后，莅政有顷，商君告归。人说惠王曰：'大臣太重者国危，左右太亲者身危。今秦妇人婴儿皆言商君之法，莫言大王之法。是商君反为主，大王更为臣也。且夫商君，固大王仇雠也，愿大王图之。'商君归还，惠王车裂之，而秦人不怜。"《史记 · 商君列传》"后五月（前 338——引者），而秦孝公卒，太子立。公子虔之徒告商君欲反，发吏捕商君。商君亡至关下，欲舍客舍。客人不知其是商君也，曰：'商君之法，舍人无验者坐之。'商君喟然叹曰：'嗟乎，为法之敝一至此哉！'去之魏，魏人怨其欺公子卬而破魏师，弗受。商君欲之他国。魏人曰：'商君，秦之贼。

秦强而贼入魏弗归，不可。’遂内秦。商君既复入秦，走商邑，与其徒属发邑兵北出击郑。秦发兵攻商君，杀之于郑黾池。秦惠王车裂商君以徇，曰：‘莫如商鞅反者！’遂灭商君之家。”

感事八首（其二）

斜阳衰草气萧森，又向神州叹陆沉。去国谁悲随会志，上书岂识杜根心。海枯石烂孤臣泪，地覆天翻党祸深。太息前朝亡国事，不堪回首哭东林。

【笺注】

〔斜阳衰草气萧森〕刘师培《甲辰年自述诗》（其五十六）："斜阳衰草气萧森，学界风潮四海深。"

〔又向神州叹陆沉〕《世说新语·轻诋第二十六》："桓公（指桓温——引者）入洛，过淮、泗，践北境，与诸僚属登平乘楼，眺瞩中原，慨然曰：'遂使神州陆沈，百年丘墟，王夷甫诸人，不得不任其责！'"

〔去国谁悲随会志〕去国，离开故国。《礼记·檀弓下》："子路去鲁，谓颜渊曰：'何以赠我？'曰：'吾闻之也，去国，则哭于墓而后行，反其国不哭。'"随会，春秋时晋国大夫，又称士会、士季、会、武子、随会、范会、范会子、范武子等。晋襄公去世后，其太子夷皋年幼，正卿赵盾倾向于立年长的晋襄公之弟公子雍嗣位，而公子雍在秦国。于是，"使先蔑、士会如秦，逆公子雍。"（《左传·文公六年》）。秦康公遂派兵送公子雍回国。结果，赵盾等卿大夫又在晋襄公夫人穆嬴的压力之下拥立太子夷皋，发兵进攻秦国护送公子雍的军队，在令狐击败秦军，一直追到刳首。负责迎接公子雍的先蔑和随会只得逃亡秦国。《史记·秦本纪》："晋人患随会在秦为乱，乃使魏雠余详反，合谋会，诈而得会，会遂归晋。"晋景公时，随会以中军帅兼太傅身份曾聘于周，受教于周定王。回到晋国后，以周礼改革晋国法度，史称"范武子之法"。《国语·周语中》："晋侯使随会聘于周，定王享之肴烝，……武子遂不敢对而退，归乃讲聚三代之典礼，于是乎修执秩以为晋法。"《左传·成公十八年》："二月乙酉朔。晋侯悼公即位于朝。……使士渥浊为大傅，使修理范武子之法。"此句指，"百日维新"失败后，康有为、梁启超逃亡海外。

〔上书岂识杜根心〕《后汉书·杜根传》："根性方实，好绞直。永初元年，举孝廉，为郎中。时和熹邓后临朝，权在外戚。根以安帝年长，宜亲政事，乃与同时郎上书直谏。太后大怒，收执根等，令盛以缣囊，于殿上扑杀之。执法者以根知名，私语行事人使不加力，既而载出城外，根得苏。太后使人检视，根遂诈死。三日，目中生蛆，因得逃窜，为宜城山中酒家保。积十五年，酒家知其贤，厚敬待之。”谭嗣同《狱中题壁》：“望门投止思张俭，忍死须臾待杜根。我自横刀向天笑，去留肝胆两昆仑！”（《谭嗣同全集》三联书店 1954 年 3 月第 1 版 P496）

〔海枯石烂孤臣泪〕王奕《玉斗山人集》卷 3《法曲献仙音 · 和朱静翁青溪词》：“九曲青溪，千年陈迹，往史不堪依据。老我重来，海干石烂，那复断碑残础。”孤臣，指势单力薄、孤立无援的臣子。《全唐诗》卷 352 柳宗元《入黄溪闻猿（溪在永州）》：“溪路千里曲，哀猿何处鸣。孤臣泪已尽，虚作断肠声。”（第 6 册 P3959）陆游《剑南诗稿》卷 83《雨后殊有秋意》：“爱君忧国孤臣泪，临水登山节士心。”《孟子注疏》卷 13 上《尽心章句上》：“孟子曰：‘人之有德慧术知者，恒存乎疢疾。独孤臣孽子，其操心也危，其虑患也深，故达。’孙奭疏：“孤臣，不得于其君者也。孽子，不得于其亲者也。”传为李鸿章《临终诗》：“劳劳车马未离鞍，临事方知一死难。三百年来伤国步，八千里外吊民残。秋风宝剑孤臣泪，落日旌旗大将坛。海外尘氛犹未息，诸君莫作等闲看。”（《申报》1919 年 11 月 10 日《诗录》栏目录李鸿章诗一首：“威威车马据征鞍，临事方知一死难。三百年来伤国乱，八千里内吊民残。秋风宝剑孤臣泪，落日旌旗大将寒。海外干戈犹未息，英雄莫作等（间）〈闲〉看。”）

〔党祸〕《论语 · 卫灵公第十五》：“子曰：‘君子矜而不争，群而不党。’”东汉桓灵时，士大夫与宦官集团抗争，宦官集团两次以“党人”罪名终身禁锢士人，残酷镇压士大夫集团，史称“党锢之祸”。后世认为，两次“党锢之祸”彻底动摇了东汉的统治基础，并导致了之后的黄巾起义和三国鼎立。《后汉书 · 张俭传》：“乡人朱并，素性佞邪，为俭所弃，并怀怨恚，遂上书告俭与同郡二十四人为党，于是刊章讨捕。俭得亡命，因迫遁走，望门投止，莫不重其名行，破家相容。”

〔东林〕明万历三十二年（1604），顾宪成等人在无锡复建宋代理学家杨时曾讲学的东林书院，与高攀龙、钱一本等士林领袖讲学。天启朝，这些士大夫集团代表人物与把持朝政的宦官及其附庸激烈抗争，遭残酷镇压，史称“东林党”。阉党专横与东林党祸，最终导致了明朝的彻底覆亡。《明史 · 熹宗本纪》：天启五年“十二月乙酉，榜东林党人姓名，颁示天下。”魏忠贤死党曾撰《东林朋党录》《东林点将录》，将李三才、叶向高、赵南星、高攀龙、顾大章、杨涟、左光斗等 100 余人罗织其中。详见刘若愚《酌中志余》（光绪武昌崇文书局刻正觉楼丛书本）。

感事八首（其三）

一从析木锁妖氛，莽莽中原起战云。（佹）〈侂〉胄无谋能御敌，怀先有计欲要君。铜驼秋雨人悲（落）〈洛〉，白雁西风水渡汾。帝子不归春色暮，故宫钟鼓冷斜曛。

【笺注】

〔一从析木锁妖氛〕析木，古代天文学“分野”属幽州，即指北京，详见《得陈仲甫书》一诗〔河橦余穹条〕条笺注。1900年春夏之际，因教案及发生于北京的杉山彬事件、克林德事件，清朝廷及其支持的义和团与洋人剑拔弩张，战争一触即发。1900年6月21日，清廷明发上谕，在痛斥洋人多年来的肆意欺凌之后，表示：“朕今涕泣以告先庙，慷慨以誓师徒，与其苟且图成，贻羞万古，何若大张挞伐，一决雌雄？……其有同心敌忾，临阵冲锋，抑或尚义捐资，以助军饷，朝廷不惜破格加赏；苟其自外生成，临阵退诿，甘心从逆，竟为汉奸，朕即刻加诛，决不宽贷。大小臣庶，其各怀忠义之心，共泄神人之愤。朕实有厚望焉。钦此。”（罗惇曧《庚子国变记》P11，神州国光社1947年版）这就是著名的“万国宣战诏书”，八国联军侵华战争爆发，史称“庚子国变”。

〔佹胄无谋能御敌〕佹，《大亚画报》本作“佹”，义未详，似应为“侂”。《〈大亚画报〉中新见刘师培佚诗九首考释》本径作“侂”。宋宁宗开禧元年五月（1205年6月），宋宁宗采纳平章军国事韩侂胄的建议，下诏出兵北伐中原，史称“开禧北伐”。南宋先胜后败，双方开始谈判。而金人提出的谈判条件之一即是要韩侂胄的人头。开禧三年十一月初三（1207年11月24日），在宁宗杨皇后，与礼部侍郎史弥远、参知政事钱象祖的合谋下，韩侂胄在上朝途中被殿帅夏震派出的兵士杀死于玉津园中。韩侂胄的人头被送往金国示众。嘉定元年（1208），南宋与金签订了“嘉定和议”。《鹤林玉露》卷7《函首诗》：“开禧之举，韩侂胄无谋浪战，固可罪矣。然乃至函其首以乞和，何也？当时大学诸生之诗曰：‘晁错既诛终叛汉，于期已入竟亡燕。’此但以利害言耳，盖未尝以名义言也。譬如人家子孙，其祖父为人所杀，其田宅为人所吞，有一狂仆佐之复雠，谋疎计浅，迄不能遂，乃归罪此仆，送之雠人，使之甘心焉，可乎哉？”（万历甲申仁实堂刊本）此句似指“庚子国变”中初始主战，后因战败被杀头或惩处的端郡王载漪、辅国公载澜、庄亲王载勋、山西巡抚毓贤等人。1900年9月17日，德国正式提出将惩办“主谋者”作为谈判的先决条件。10月4日，法国将“惩凶”作为谈判的基础之一。12

月 22 日，列强签署了致清政府的联合照会，即“议和大纲”，将“惩凶”要求列入其中。德国首先将“真正的主谋者”指向慈禧，但没有得到其他诸国的附和。加之刘坤一和张之洞的从中斡旋，此事不了了之。但慈禧本人的脱身可不意味着旁人也能幸免。很快，列强就开列出了“首祸”名单。根据这个名单，清政府分别在 1900 年 9 月 25 日、11 月 13 日，1901 年 2 月 13 日、21 日发布了 4 道上谕来“落实”，共有曾主战的 15 名（12 人在洋人名单内，3 人在名单外）朝中高级官员和宗室受到惩罚。其中，庄亲王载勋、都察院左都御史英年、刑部尚书赵舒翘被赐令自尽，三人分别于 1901 年 2 月 21 日、2 月 24 日自尽；山西巡抚毓贤、礼部尚书启秀、刑部左侍郎徐承煜被判即行正法，三人分别于 1901 年 2 月 22 日、2 月 26 日被杀。甘肃提督董福祥，革职，俟应得罪名，定谳惩办。洋人点名要他的脑袋，后在清政府的抗争之下，终老于甘肃金积堡（今属宁夏吴忠）。

〔怀先有计欲要君〕“怀先”，为“怀光”之误。李怀光，唐德宗时朔方节度使。建中四年（783），从泾原移防长安的军队哗变，拥立太尉朱泚，自立国号，唐德宗逃到了奉天县（今陕西乾县）。李怀光率兵勤王，数败朱泚，解了奉天之围，朱泚被迫退回长安。李怀光上书德宗揭露宠臣宰相卢杞、宦官翟文秀等人之罪。此时的李怀光如日中天，有些居功自傲，德宗被迫诛杀了翟文秀，贬黜了卢杞，但由此与李怀光产生了巨大的嫌隙。《旧唐书 · 李怀光传》：“初，诏遣崔汉衡使于吐蕃，出兵佐收京城，蕃相尚结赞曰：‘蕃法，进军以统兵大臣为信。今奉制书，无怀光名署，故不敢前。’上闻之，遣翰林学士陆贽诣怀光议用蕃军，怀光坚执言不可者三，不肯署制，词慢，且谓贽曰：‘尔何所能？’兴元元年二月，诏加太尉，兼赐铁券，遣李升及中使邓鸣鹤赍券喻旨。怀光怒甚，投券于地曰：‘凡人臣反，则赐铁券，今授怀光，是使反也。’”李怀光于是与朱泚联合反叛，德宗又被迫逃到梁州（汉中）避难。“贞元元年（785——引者）秋，朔方部将牛名俊斩怀光首以降。”此句似指由赵凤昌首倡，盛宣怀牵线，多省督抚参与的“东南互保”。庚子国变中，清廷在 1910 年 6 月 21 日颁布“万国宣战诏书”的同时，即下令各地督抚招集义和团，抵御外侮。同时宣喻：“京师万分吃紧，着速催两江、湖南、山东、河南、安徽各省勤王之师，星速北上。”然而出乎清廷意料的是，多地督抚不仅不派“勤王之师”，还派人与列强驻沪领事当局谈判，单独媾和。两广总督李鸿章甚至提出一个更大胆的想法：以“万国宣战诏书”是“矫诏”“乱命”为由，拒不奉旨。“东南互保”的盟主是两江总督刘坤一和湖广总督张之洞，直接参与者有两广总督李鸿章、闽浙总督许应骙、山东巡抚袁世凯，陕西巡抚端方、四川总督奎俊虽未加入，实际上暗中支持。

〔铜驼秋雨人悲（落）〈洛〉〕《晋书 · 索靖传》："靖有先识远量，知天下将乱，指洛阳宫门铜驼，叹曰：'会见汝在荆棘中耳！'"《全唐诗》卷 392 李贺《铜驼悲》："落魄三月罢，寻花去东家。谁作送春曲，洛岸悲铜驼。桥南多马客，北山饶古人。客饮杯中酒，驼悲千万春。生世莫徒劳，风吹盘上烛。厌见桃株笑，铜驼夜来哭。"（第 6 册 P4434—4435）落，《大亚画报》本作"落"，似当作"洛"。《〈大亚画报〉中新见刘师培佚诗九首考释》本径作"洛"。

〔白雁西风水渡汾〕《全唐诗》卷 57 李峤《汾阴行》："路逢故（一作古）老长叹息，世事回环（一作还）不可测。昔时青楼对歌舞，今日黄埃聚荆棘。山川满目泪沾衣，富贵荣华能几时。不见只（一作即）今汾水上，唯有年年秋雁飞。（《明皇传信记》云：'上将幸蜀，登花萼楼，使楼前善水调者登而歌。至"山川满目"云云，上顾侍者曰："谁为此？"曰："宰相李峤词也。"因凄然涕下，遽起曰："峤真才子也。"不待曲终而去。'）"（第 2 册 P691）孟棨《本事诗 · 事感第二》："天宝末，玄宗尝乘月登勤政楼，命梨园弟子歌数阕。有唱李峤诗者，云'富贵荣华能几时，山川满目泪沾衣。不见只今汾水上，惟有年年秋雁飞'。时上春秋已高，问是谁诗。或对曰：'李峤。'因凄然泣下，不终曲而起曰：'李峤真才子也。'又明年，幸蜀，登白卫岭，览眺久之，又歌是词。复言：'李峤真才子。'不胜感叹。时高力士在侧，亦挥涕久之。"此句指慈禧、光绪"两宫""西狩"。

〔帝子不归〕本指尧帝的女儿娥皇、女英，"没于湘水之渚"，称"湘夫人"。此处则指光绪皇帝随慈禧避难西安。《清德宗实录》卷 467 光绪二十六年七月庚申（1900 年 8 月 15 日）："辰刻，上奉慈禧端佑康颐昭豫庄诚寿恭钦献崇熙皇太后启銮，出德胜门，巡幸太原。"辰刻是早上 7—9 点。《清德宗实录》卷 472 光绪二十六年九月壬申（1900 年 10 月 26 日）："上奉慈禧端佑康颐昭豫庄诚寿恭钦献崇熙皇太后，自临潼县启銮，至西安府行宫驻跸。"参见《读王船山先生遗书》一诗〔帝子不归愁苍梧〕条笺注。钟鼓，刘师培手稿作"钟虡"。见《仪征刘氏遗稿汇存》第 2 册 P875。

【略考】

《清德宗实录》卷 486 光绪二十七年八月丁巳（二十四，1901 年 10 月 6 日）："上奉慈禧端佑康颐昭豫庄诚寿恭钦献崇熙皇太后，自西安府行宫启銮。"十一月丙戌（1902 年 1 月 3 日）："是日驻跸保定府，至己丑皆如之。"十一月庚寅（1902 年 1 月 7 日）："上奉慈禧端佑康颐昭豫庄诚寿恭钦献崇熙皇太后自保定府御火车启銮，未刻至京师。诣正阳门关帝庙菩萨殿拈香，还宫。"本诗有"帝子不归春色暮"，疑其写作时间为 1901 年四五月间。

感事八首（其四）

天地悠悠白日沉，忽闻义旅起湘阴。风云感慨英雄老，沧海横流战血深。杜宇啼枝空有泪，精禽填海讵无心。澧兰沅芷谁攀折，犹入当年楚客吟。

【笺注】

〔义旅起湘阴〕似指湖南浏阳人唐才常1900年发动的“自立军起义”。《□清兴亡史》第三章《衰微时代》第八十节《唐才常之起事》：“初，康有为之出走海外也，愤西太后尽夺载湉之权，而载湉仅守一虚位，及立保皇党以谋恢复。迨义和团之祸起，康有为以机有可乘，令湖南志士唐才常在上海创中国独立协会。……布置既定，乃分三军：湖北为中军，安徽为前军，湖南为后军。各军总统由唐才常自任。约期七月二十九日，在汉口、汉阳、武昌三处同时举事。预令新提蒲圻之军速为接应，岳州、长沙之军遥为声援。适以事机不密，为鄂督张之洞所知，于举事前二日捕唐才常等二十余人于汉口，湘抚俞廉三亦访获才常之弟才中于浏阳，先后斩之。一腔热血，徒洒荒墟。而张之洞等之搜索同群，经年余始已。”上海《申报》自1910年8月27日—9月23日，以《鄂中诛乱记》为题连载了“自立军起义”及清廷镇压缉捕的详细经过。详见《申报合订本》65册P803、P809、P815、P821，66册P1、P25、P45、P57、P129。

〔沧海横流战血深〕《春秋谷梁传注疏》范宁序：“孔子覩沧海之横流乃喟然而叹……”杨世勋疏：“释曰：旧解引扬雄《剧秦篇》曰：‘当秦之世，海水群飞，海水喻万民，群飞言散乱。’又引《孟子》云：‘当尧之世，洪水横流。’言不复故道，喻百姓散乱，似水之横流。今以为沧海是水之大者。沧海横流喻害万物之大，犹言在上残虐之深也。”《太平御览》卷775《车部四·露車》：“《晋中兴书》曰：‘王尼，洛阳倾覆，避乱江夏。王澄时为荆州刺史，见尼欣然，愿共给之。尼常叹‘沧海横流无安处’。”《苏诗补注》卷47苏轼《读晋史》：“沧海横流血作津，犬羊角出竞称真。中原岂是无豪杰，天遣群胡杀晋人。”

〔杜宇啼枝空有泪〕严可均辑《全汉文》卷52《扬雄三·蜀王本纪》：“蜀王之先名蚕丛，后代名曰柏濩，……后有一男子，名曰杜宇，从天堕，止朱提。有一女子，名利，从江源井中出，为杜宇妻。乃自立为蜀王，号曰望帝。望帝……自以德薄不如鳖灵，乃委国授之而去，如尧之禅舜。鳖灵即位，号曰开明帝。……望帝去时子鹃鸣，故蜀人悲子鹃鸣而思望帝。望帝，杜宇也，从天堕。”《全唐诗》卷539李商隐《锦

瑟》："庄生晓梦迷蝴蝶，望帝春心托杜鹃。"（第 8 册 P6194）

〔精禽填海〕《山海经校注 · 山经柬释》卷 3《北山经 · 北次三经》："又北二百里，曰发鸠之山，其上多柘木。有鸟焉，其状如乌，文首、白喙、赤足，名曰精卫，其鸣自詨。是炎帝之少女，名曰女娃，女娃游于东海，溺而不返，故为精卫，常衔西山之木石，以堙于东海。"袁珂注："《述异记》云：'昔炎帝女溺死东海中，化为精卫。偶海燕而生子，生雌状如精卫，生雄如海燕。今东海精卫誓水处，曾溺此川，誓不饮其水。一名誓鸟，一名冤禽，又名志鸟，俗呼帝女雀。'"（中华书局 1980 年 7 月第 1 版 P92—93）

〔澧兰沅芷〕皆香草名。《楚辞补注》卷 2 屈原《九歌 · 湘夫人》："沅有茝兮醴有兰。"洪兴祖补注："茝，一作芷。醴，一作澧。五臣云：兰、芷，喻己之善。"

〔楚客〕指屈原。《李太白集分类补注》卷 1《古赋》李白《愁阳春赋》："明妃玉塞，楚客枫林。"萧士赟补注："楚客，屈原也。"《全唐诗》卷 230 杜甫《冬深（一作即日）》："易下杨朱泪，难招楚客魂。"（第 4 册 P2524）《全唐诗》卷 890 刘禹锡《潇湘神》："楚客欲听瑶瑟怨，潇湘深夜月明时。"（第 13 册 P10128）

感事八首（其五）

雨覆风翻又一时，神京回首更堪悲。青蒲伏阙空惆怅，黄阁平章孰主持。忧国片言思贾谊，撤帘大计少韩琦。秦皇别有愚民策，何用焚书待李斯。

【笺注】

〔神京〕帝都。《晋书 · 赫连勃勃载记》："自金晋数终，祸缠九服。赵魏为长蛇之墟，秦陇为豺狼之穴。二都神京，鞠为茂草。蠢尔群生，罔知凭赖。"

〔青蒲伏阙〕《汉书 · 史丹传》："竟宁元年，上寝疾，傅昭仪及定陶王常在左右，而皇后、太子希得进见。上（汉元帝——引者）疾稍侵，意忽忽不平，数问尚书以景帝时立胶东王故事。是时，太子长舅阳平侯王凤为卫尉、侍中，与皇后、太子皆忧，不知所出。丹以亲密臣得侍视疾，候上间独寝时，丹直入卧内，顿首伏青蒲上（颜师古注：服虔曰：'青缘蒲席也。'应劭曰：'以青规地曰青蒲，自非皇后不得至此。'孟康曰：'以蒲青为席，用蔽地也。'师古曰：应说是也。），涕泣言曰：'皇太子以适长立，积十余年，名号系于百姓，天下莫不归心臣子。见定陶王雅素爱幸，今者道路流言，为国生意，以为太子有动摇之议。审若此，公卿以下必以死争，不奉诏。臣愿先赐死以示群臣！'天子素仁，不忍见丹涕泣，言又切至，上意大感，喟然太息曰：'吾日困劣，而太子、两王幼少，意中恋恋，亦何不念乎！然无有此议。且皇后谨慎，先帝又爱太子，吾岂可违指！驸马都尉安所受此语？'丹即却，顿首曰：'愚臣妄闻，罪当死！'上因纳，谓丹曰：'吾病浸加，恐不能自还。善辅道太子，毋违我意！'丹嘘唏而起。太子由是遂为嗣矣。"《景定建康志》卷 43："后汉史君崇墓在溧阳县北三十里，……有神道碑在墓所。晋永和八年立，唐贞观十四年，十八代孙、越王府东阁祭酒常州长史仲谟题云：隋末大乱，避地闽越，碑坏再立。其颂曰：'駉颂美鲁，青蒲安汉。'"《全唐诗》卷 222 杜甫《壮游》："斯时伏青蒲，廷争守御床。"（第 4 册 P2363）《全唐诗》卷 439 白居易《东南行一百韵寄通州元九侍御澧州李十二舍人果州崔二十二使君开州韦大员外庾三十二补阙杜十四拾遗李二十助教员外窦七校书（《元稹集》和此诗注内本题末尚有兼投吊席八舍人七字）》："议高通白虎，谏切伏青蒲。"（第 7 册 P4893）此句似指"百日维新"失败后，慈禧欲废光绪。1898 年 9 月 25 日，政变之后的第 4 天，以皇帝的名义下了一道旨意：皇帝自当年阴历四月即龙体欠安，久治而疗效不大。命令"内外臣工，切实保荐候旨。其现在外省者，即日驰送来京，毋稍延缓。"10 月 18 日，法国公使馆医生多德福被允许入宫为光绪帝看病。根据中国医生的诊治，皇帝患有非常严重的肾病；而法国医生的诊断则显然轻得多。1899 年 1 月 28 日晚，慈禧从清晨一直到晚上连续召见了皇族中"溥"字辈孩童十多人。其心思已如"司马昭之心，路人皆知"了。太后老佛爷的心思朝臣焉能不知，但支持者有之，反对者更多。这些支持者，大多是在京师的廷臣，尤以军机大臣刚毅、体仁阁大学士徐桐和吏部尚书崇绮为首；反对者中，"封疆大吏"李鸿章和刘坤一是代表。1900 年 1 月 24 日，光绪皇帝以亲笔朱谕的形式昭告天下："朕痼疾在躬，艰于诞育，以致穆宗毅皇帝嗣续无人。统系所关至为重大，忧思及此，无地自容，诸病何能望愈？用是叩恳圣慈，于近支宗室中慎简元良为穆宗毅皇帝立嗣，以为将来大统之归。再四恳求，始蒙俯允。以多罗端郡王载漪之子溥儁承继为穆宗毅皇帝之子，钦承懿旨，感幸莫名。谨当仰遵慈训，封载漪之子溥儁为皇子，以绵统绪。将此通谕知之。"这道朱谕一发出，马上引发了朝野大地震。首先，上海电报局总办经元善于 1 月 26 日联合叶翰、章炳麟、蔡元培、唐才常、汪诒年、黄炎培等 1231 名上海绅商，联名致电总理衙门，恳请皇上不要退位；第二天，又在上海《苏报》发表电文进一步指出这是"名为立嗣，实则废立"。此举招致慈禧震怒，由此引发了清末著名的"经元善案"。

〔黄阁平章〕指朝中宰相级别的高官。《汉官旧仪》卷上："列侯为丞相、相国，号君侯。御史大夫为丞相，更春乃封。丞相车黑两轓，骑者衣绛，掾史见礼如师弟子，白录不拜朝，示不臣也。听事阁曰黄阁，无钟铃。”《日知录》卷 24《阁下》：“《汉旧仪》曰：“丞相听事门曰黄閤，不敢洞开朱门，以别于人主，故以黄涂之，谓之黄閤。”閤，同阁。《说文解字注》卷 15《门部》：“閤，门旁户也。”段注：“凡上书于达官曰閤下，犹言执事也。今人乃讹为阁下。”《文献通考》卷 50《职官考四》：“门下省：……国初循旧制，以中书门下平章事为宰相之职。……侍郎：……至于三省，则俱为政本之地，无所不统，长官则宰相，所谓中书门下同平章事是也，官则参知政事是也。”

〔忧国片言思贾谊〕《汉书·贾谊列传》：“是时，匈奴强，侵边。天下初定，制度疏阔。诸侯王僭儗，地过古制。淮南、济北王皆为逆诛。谊数上疏陈政事，多所欲匡建，其大略曰：……上设廉耻礼义以遇其臣，而臣不以节行报其上者，则非人类也。故化成俗定，则为人臣者，主耳忘身，国耳忘家，公耳忘私，利不苟就，害不苟去，唯义所在。”后世将此文称为《陈政事疏》。

〔撤帘大计少韩琦〕韩琦，北宋名臣，爵封魏国公。《邵氏闻见录》卷 3：“英宗即位之初，感疾不能视朝，大臣请光献太后垂帘权同听政，后辞之不获，乃从。英宗才康复，后已下手书复辟。魏公奏：‘台谏有章疏，请太后早还政。’后闻之遽起。魏公急令仪鸾司撤帘，后犹未转御屏，尚见其衣也。”《铁围山丛谈》卷 3：“仁庙登遐，英宗即位，日以悲伤得疾，国步方艰，万机惧旷，而慈圣光献曹后因垂帘视事者久之。魏公度上疾瘳矣，时旱甚，乃援故事，请天子以素仗出祷雨。当是时，都人争瞩目欢呼，大慰中外望。魏公遂得藉是执奏，匄归政天子。后许矣，未坚也。一旦，魏公袖诏书帘前曰：‘皇太后圣德光大，顷许复辟。今书诏在是，请付外施行。’后未及答，即顾左右曰：‘撤帘。’后乃还宫。”《清德宗实录》卷 426 光绪二十四年八月丁亥（1898 年 9 月 21 日）：“谕内阁：现在国事艰难，庶务待理。朕勤劳宵旰，日综万几，兢业之余，时虞丛脞。恭溯同治年闲以来，慈禧端佑康颐昭豫庄诚寿恭钦献崇熙皇太后两次垂帘听政，办理朝政，宏济时艰，无不尽美尽善。因念宗社为重，再三吁恳慈恩训政，仰蒙俯如所请，此乃天下臣民之福。由今日始，在便殿办事。本月初八日，朕率王大臣在勤政殿行礼，一切应行礼节。着各该衙门敬谨豫备。”《清德宗实录》卷 427 光绪二十四年八月壬辰（1898 年 9 月 26 日）：“谕内阁：朝廷振兴庶务，一切新政原为当此时局，冀为国家图富强，为吾民筹生计，并非好为变法，弃旧如遗，此朕不得已之苦衷。……此减彼增转多周折，不若悉仍其旧。着将詹事府、通政司、大理寺、光禄寺、太仆寺、鸿胪寺等衙门照常设立，毋庸裁并。……时务官报，无裨治体，徒惑人心，并着即行裁撤。……又谕：刑部奏，案情重大，请钦派大臣会同审讯一折。所有官犯徐致靖、杨深秀、杨锐、林旭、谭嗣同、刘光第，并康有为之弟康广仁，着派军机大臣，会同刑部、都察院，严行审讯。”八月甲午（1898 年 9 月 28 日）：“谕军机大臣等：康广仁、杨深秀、杨锐、林旭、谭嗣同、刘光第等，大逆不道，着即处斩，派刚毅监视，步军统领衙门派兵弹压。”

〔秦皇别有愚民策〕此句似映射清廷于 1901 年 1 月 29 日抛出的“新政上谕”。《清德宗实录》卷 476 光绪二十六年十二月丁未（1901 年 1 月 29 日）：“谕内阁：世有万古不易之常经，无一成不变之治法。穷变通久见于《大易》，损益可知着于《论语》。盖不易者三纲五常，昭然如日星之照世，而可变者令甲令乙，不妨如琴瑟之改弦。……自播迁以来，皇太后宵旰焦劳，朕尤痛自刻责。深念近数十年，积习相仍，因循粉饰，以致成此大衅。……误国家者在一私字，困天下者在一例字。……总之，法令不更，锢习不破，欲求振作，当议更张。着军机大臣、大学士、六部、九卿、出使各国大臣、各省督抚，各就现在情形，参酌中西政要，举凡朝章国故、吏治民生、学校科举、军政财政，当因当革，当省当并。或取诸人，或求诸己。如何而国势始兴，如何而人才始出，如何而度支始裕，如何而武备始修，各举所知，各抒所见。通限两个月，详悉条议以闻。再由朕上禀慈谟，斟酌尽善，切实施行。”《崇陵传信录》：“孝钦内惭，始特诏天下议改革。”（《乐斋漫笔·崇陵传信录【外二种】》P74，中华书局 2007 年 6 月第 1 版）

〔焚书〕《韩非子·和氏第十三》：“商君教秦孝公以连什伍，设告坐之过，燔诗书而明法令。”《史记·秦始皇本纪》记载：秦始皇三十四年（前 213），有“博士齐人淳于越”当面非议始皇帝的郡县制。秦始皇采纳了丞相李斯的建议：“非秦记皆烧之。非博士官所职，天下敢有藏《诗》《书》、百家语者，悉诣守、尉杂烧之。有敢偶语《诗》《书》者弃市，以古非今者族。”贾谊《新书》卷 1《过秦一》：“及至始皇，……废先王之道，燔百家之言，以愚黔首。”

感事八首（其六）

黄梁一枕梦初醒，浩劫茫茫几度经。元菟不闻归汉域，吐蕃从此绝唐庭。露凝太液花空落，日黯阴山草不青。匡复神州期努力，未须流涕泣新庭。

【笺注】

〔黄梁一枕梦初醒〕《文苑英华》卷 833《寓言》沈既济《枕中记》述：唐开元七年（719），卢生进京赶考，结果科举失败，郁郁寡欢。一日，卢生途经邯郸，在客店里遇到了道士吕翁。卢生在与吕翁的交谈中不免自怨自艾，说罢颇感疲惫，昏昏欲睡。吕翁便拿出一个青瓷枕，告诉卢生："子枕吾枕，当令子荣适如志。"那时，店主人"方蒸黍"，也就是蒸黄粱米饭。这个枕头两端有孔，卢生见那孔渐渐变大，其内有光甚明亮，"乃举身而入"。于是开始了一段神奇的旅程——卢生回到家后，娶了丽质柔顺的清河崔氏为妻。妻家是高门巨族，"生资愈厚"，夫妇二人琴瑟和鸣，伉俪情深。很快，卢生中了进士，当上了陕州牧、京兆尹，一步步爬上户部尚书兼御史大夫、中书令的高位，被封为燕国公。其5个孩子也是荣华富贵，嫁娶豪门。卢生儿孙满堂，享荣华富贵50余年，至80岁才寿终正寝。正要断气之时，"卢生欠伸而悟，见其身方偃于邸舍，吕翁坐其傍，主人蒸黍未熟，触类如故。生蹶然而兴，曰：'岂其梦寐也？'翁谓生曰：'人生之适，亦如是矣。'生怃然良久，谢曰：'夫宠辱之道，穷达之运，得丧之理，死生之情，尽知之矣。此先生所以窒吾欲也。敢不受教！'稽首再拜而去。"黄梁，《〈大亚画报〉中新见刘师培佚诗九首考释》本径改作"黄粱"。

〔元菟不闻归汉域〕元菟，当作"元菟"。元菟，即"玄菟"，避清圣祖讳改。汉武帝元封四年（前107），在今东北部分地区，包括朝鲜半岛北部设玄菟郡。《汉书·地理志下》："玄菟郡，武帝元封四年开。高句骊，莽曰下句骊。属幽州。"其地归属曾经历多次得而复失，至隋大业年间，隋炀帝3次东征高句丽，均以失败告终，损失惨重。《全唐诗》卷540李商隐《随师东》："东征日调万黄金，几竭中原买斗心。军令未闻诛马谡，捷书惟是报孙歆（原注：平吴之役，上言得歆，吴平，孙尚在）。但须鸑鷟巢阿阁，岂假鸱鸮在泮林。可惜前朝玄菟郡，积骸成莽阵云深。"（第8册P6260—6261）1896年6月3日，《中俄密约》签订，沙俄在中国东北攫取大量利益和特权。1900年，沙俄乘庚子事变，慈禧携光绪西逃之际侵占东北。在清廷的抗争和多国干涉之下，1902年4月8日，中俄签署《交收东三省条约》。此句似指此事。菟，《〈大亚画报〉中新见刘师培佚诗九首考释》本径改作"菟"。

〔吐蕃从此绝唐庭〕唐玄宗天宝十四载（755），安史之乱爆发，吐蕃借机侵占了陇右十八州和安西四镇，一度攻占长安。19世纪末20世纪初，沙俄加紧了对中国东北的侵略，并觊觎外蒙，同时在新疆和西藏与英国势力角逐。俄籍布里亚特喇嘛德尔智受沙俄派遣进入西藏活动，得到了十三世达赖的信任。1901年，达赖派德尔智以"西藏特使"身分，率领所谓"西藏使团"赴俄活动，受到沙皇尼古拉二世的接见，中国在西藏的主权岌岌可危。此句似指此。

〔露凝太液花空落〕《清会典事例》卷863《工部》："西苑。苑在西华门之西，门三，东向，门内为太液池。源出玉泉山，从德胜门水关导入，汇为巨池，周广数里，上跨长桥，修数百步，东西树坊各一：曰金鳌，曰玉蝀。桥之北曰北海，南曰中海，又南曰南海，即瀛台禁地，为皇帝驻跸之所。”北海，亦称“太液池”，琼岛北坡有铜仙承露台，一铜铸仙人头顶铜盘立于蟠龙石柱之上。据传，铜仙承露盘承接露水，为帝后拌食延年益寿之药。此句指，慈禧携光绪西逃，北京沦入八国联军之手。

〔阴山草不青〕阴山山脉，位于中国内蒙中部。此句似指，当时沙俄觊觎中国内外蒙地区主权。

〔泣新庭〕新庭，即新亭。新亭，故迹在今南京。东晋南渡后，周顗等人曾于此相对而泣，哀叹时事。详见《东京清明杂感（二首）》其二一诗〔痛哭新亭〕条笺注。

感事八首（其七）

瀛海初消鹬蚌争，赤眉青犊祸旋成。碑残景教灾谁弭，患起萧墙变易生。百粤河山旌旆影，南川风雨鼓鼙声。廷臣不识忧时切，欢舞酣歌饰太平。

【笺注】

〔瀛海初消鹬蚌争〕《战国策》卷30《燕二》：“赵且伐燕，苏代为燕谓惠王曰：‘今者臣来，过易水，蚌方出曝，而鹬啄其肉，蚌合而钳其喙。鹬曰：“今日不雨，明日不雨，即有死蚌。”蚌亦谓鹬曰：“今日不出，明日不出，即有死鹬。”两者不肯相舍，渔者得而并禽之。今赵且伐燕，燕、赵久相支，以弊大众，臣恐强秦之为渔父也。故愿王之熟计之也。’惠王曰：‘善。’乃止。”此句似指中日甲午战争。1895年4月17日上午10时，《中日马关条约》在马关春帆楼签定。4月23日，俄德法三国驻日公使向日本外务省提交了内容相似的备忘录，委婉表达了希望日本放弃割占辽东半岛的“劝告”。10月14日，李鸿章代表清政府与日本驻华公使林董开始谈判“赎辽”。11月8日《中日辽南条约》签订。日本向中国“归还”辽东半岛，清政府为此支付给日本3000万两白银作为赎金。清政府要将这笔钱在1895年11月16日一次性支付给日本政府，在日本政府收到钱后的3个月内，日本军队从该地区全部撤离。《史记·孟子列传》引用驺（邹）衍“《终始》《大圣》之篇”：“中国名曰赤县神州。赤县神州内自有九州，禹之序九州是也，不得为州数。中国外如赤县神州者九，乃所谓九州也。于是有裨海环之，人民禽兽莫能相通者，如一区中者，乃为一州。如此者九，乃有大瀛海环其外，天地之际焉。”司马贞《索隐》：“裨海，小海也。九州之外，更有大瀛海，故知此裨是小海也。且将有裨将，裨是小义也。”中国古代称日本倭国、扶桑国，清末开始将东瀛作为对日本的特称。

〔赤眉青犊〕《后汉书 · 祭祀志上》：“建武元年，光武即位于鄗，为坛营于鄗之阳。祭告天地，……其文曰：‘诛王郎、铜马、赤眉、青犊贼，平定天下，海内蒙恩，上当天心，下为元元所归。’”《东观汉记》卷 9《邓禹传》：“禹进说曰：‘更始虽都关西，今山东未安，赤眉、青犊之属，动以万数，三辅假号，往往群聚。’”此句似指因“教案”而兴起的义和团运动。

〔碑残景教灾谁弭〕《唐大秦景教流行中国碑》，由景教传教士伊斯出资，景净撰述，吕秀岩书刻，于唐德宗建中二年（781）落成于长安大秦寺，唐后期被埋入地下。明天启年间出土，现藏西安碑林博物馆。景教，基督教聂斯脱利派，起源于今叙利亚地区，被传统天主教派视为“异端”，唐代时传入中国。唐武宗会昌废佛，景教同时被严禁，遂销声匿迹。此处指西方天主教、新教在清末随着西方的坚船利炮扩大了在中国的传播，引发一系列“教案”。教案，是指晚清时期中国民众与外国基督教在华势力、华人教徒之间发生的冲突。据不完全统计，自 1844 年浙江定海教案发生始，至 1911 年陕西长武教案终，不到 70 年间，有案可查的教案就有 1700 多起。义和团运动的直接导火索，即是山东冠县（今属河北邢台市威县）教案、山东巨野教案和重庆大足教案。

〔患起萧墙〕《论语注疏》卷 16《季氏第十六》：“季氏将伐颛臾。……孔子曰：‘……吾恐季孙之忧，不在颛臾，而在萧墙之内也。’”何晏集解：“郑曰：萧之言肃也，墙谓屏也。君臣相见之礼，至屏而加肃敬焉，是以谓之萧墙。”

〔百粤河山旌旆影〕百粤，即百越，泛指南方。《汉书 · 地理志下》：“其君禹后，帝少康之庶子云，封于会稽。”颜师古注：“臣瓒曰：‘自交址至会稽七八千里，百越杂处，各有种姓，不得尽云少康之后也。’”旌旆，旌旗。《三国志 · 魏书八 · 公孙瓒传》裴松之注引《汉晋春秋》：“袁绍与瓒书曰：‘……是故战夫引领，竦望旌旆，怪遂含光匿影，寂尔无闻，卒臻屠灭，相为惜之。’”

〔南川风雨鼓鼙声〕南川，泛指南方。《陈书 · 陈宝应传》：“及我彀骑防山，定秦望之西部；戈船下濑，克汇泽之南川。”鼓鼙，军中用以指挥进攻的鼓。《礼记 · 乐记》：“鼓鼙之声讙，讙以立动，动以进众。君子听鼓鼙之声，则思将帅之臣。”上句与此句指，清末革命党在南方的起义风起云涌。

〔餙〕《大亚画报》本作“餙”。《俗书刊误》卷 4《七陌》：“饰，俗作餙”。《〈大亚画报〉中新见刘师培佚诗九首考释》本径作“饰”。

感事八首（其八）

欲挽狂澜事可伤，箫声呜咽剑苍茫。鹃声啼血心逾苦，螳背当车愿未偿。倚笑东门无石勒，辍耕陇上待陈王。堂堂万里中州地，从此挥戈盼鲁阳。

【笺注】

〔挽狂澜〕详见《赠杨仁山居士（四首）》其三一诗〔挽狂澜〕条笺注。

〔箫声呜咽剑苍茫〕苏轼《东坡全集》卷33《赤壁赋》：“客有吹洞箫者，倚歌而和之，其声呜呜然，如怨如慕，如泣如诉。”《草堂诗余》卷4宋谦甫《秋霁·檃括东坡前赤壁》：“壬戌之秋，是苏子与客泛舟赤壁，……又有客。能吹洞箫，和声呜咽。”《全唐诗》卷25李白《杂曲歌辞·行路难三首》其一：“金尊清酒斗十千，玉盘珍羞直万钱。停杯投箸不能食，拔剑四顾心茫然。”（第1册P343）

〔鹃声啼血心逾苦〕《本草纲目》卷49《禽部·杜鹃（拾遗）·集解》引陈藏器《本草拾遗》：“藏器曰：‘《蜀王本纪》云：杜宇为望帝，淫其臣鳖灵妻，乃禅位亡去。时子规鸟鸣，故蜀人见鹃鸣而悲望帝。……人言此鸟啼至血出乃止，……”《全唐诗》卷267顾况《子规》：“杜宇冤亡积有时，年年啼血动人悲。”（第4册P2960）《全唐诗》卷435白居易《琵琶引》（亦作《琵琶行》）：“其间旦暮闻何物，杜鹃啼血猿哀鸣。”（第7册P4832）《吕氏春秋》卷26《务大》：“此所以欲荣而逾辱也。”高诱注：“逾，益也。”《淮南鸿烈解》卷2《原道训下》：“火逾然而消逾亟。”许慎注：“逾，益也。”（万历九年叶近山刊本）逾，《〈大亚画报〉中新见刘师培佚诗九首考释》本作“愈”。

〔螳背当车〕《庄子·人间世第四》：“汝不知夫螳螂乎？怒其臂以当车辙，不知其不胜任也。”详见《有感》一诗〔螳螂奋臂思当车〕条笺注。《〈大亚画报〉中新见刘师培佚诗九首考释》作“螳臂”。

〔倚笑东门〕应作“倚啸东门”。《晋书·石勒载记上》：“年十四，随邑人行贩洛阳，倚啸上东门，王衍见而异之，顾谓左右曰：‘向者胡雏，吾观其声视有奇志，恐将为天下之患。’驰遣收之，会勒已去。”

〔辍耕陇上〕《史记·陈涉世家》：“陈涉少时，尝与人佣耕，辍耕之垄上，怅恨久之，曰：‘苟富贵，无相忘。’”

〔中州〕《汉书·司马相如传》：“下世有大人兮，在乎中州。”颜师古注：“师古曰：‘大人，以谕天子也。中州，中国也。’”

〔挥戈盼鲁阳〕《淮南子 · 览冥训》："鲁阳公与韩构难，战酣日暮，援戈而抝之，日为之反三舍。"后指力挽狂澜，拯救危局，亦作"鲁阳戈""鲁阳挥戈""鲁阳指日""鲁阳挥日"。

石头城

杨柳依依惨不青，六朝金粉已成尘。龙蟠虎踞英雄业，如此江山付与人。

【刊载】

《大亚画报》1933 年 6 月 28 日；《〈大亚画报〉中新见刘师培佚诗九首考释》，《扬州文化研究论丛》2019 年第 1 期 P105。

【类别】

七言，4 句。

【编年】

暂不能确定时间。疑为其早期作品。

【笺注】

〔石头城〕指南京。《文选注》卷 26 谢灵运《初发石首城》，李善注："伏韬《北征记》曰：'石头城，建康西界临江城也，是曰京师。'"《三国志 · 吴书一 · 朱异传》："是岁，魏遣胡遵、诸葛诞等出东兴，异督水军攻浮梁，坏之，魏军大破。"裴注引《吴书》："《吴书》曰：'异又随诸葛恪围新城。城既不拔，异等皆言，宜速还豫章，袭石头城，不过数日可拔。'"

〔杨柳依依惨不青〕《诗经 · 小雅 · 鹿鸣之什 · 采薇》："昔我往矣，杨柳依依。"谢枋得《诗传注疏》卷中《小雅 · 采薇》："依依者，初抽条之时，质柔性弱，袅娜不定，如欲依倚它物也。"刘禹锡《刘宾客文集》卷 27《竹枝词二首》其一："杨柳青青江水平，闻郎江上唱歌声。东边日出西边雨，道是无晴还有晴。"同上书同卷《纥那曲词二首》其一："杨柳郁青青，竹枝无限情。周郎一回顾，听唱纥那声。"

〔六朝金粉已成尘〕《全芳备祖前集》卷 6 岳东凡（珂）："六朝金粉今何处，赢得十年蕙帐名。"金粉，指妇人化妆使用的"铅粉"，亦喻奢靡繁华，纸醉金迷。陈维崧《陈检讨四六》卷 4《序 · 宋楚鸿文集序》："五茸绮丽，代产文人。九辨缠绵，世生才子。客来南国，相传金粉之篇。居本东邻，大有玉钗之句。"程师恭注："《古今注》：'纣烧铅为粉，名曰胡粉，又名铅粉。萧史炼飞雪丹，与弄玉涂之，后因曰铅华，曰金粉。今水银腻粉是也。'" 六朝，指三国东吴，东晋，南朝宋、齐、梁、陈，此六朝均曾在南京建都。参见《雨花台》一诗〔江南亦是消魂地，阅尽齐梁六代才〕条笺注。

〔龙蟠虎踞〕《太平御览》卷 156《州郡部二·叙京都·叙京都下》注引西晋张勃《吴录》："蜀主曾使诸葛亮至京，因睹秣陵山阜。叹曰：'钟山龙盘，石头虎踞，此帝王之宅。'"《〈大亚画报〉中新见刘师培佚诗九首考释》本作"盘"。

〔如此江山付与人〕陆游《剑南诗稿》卷 3《剑门城北回望剑关诸峰青入云汉感蜀亡事慨然有赋》："阴平穷寇非难御，如此江山坐付人。"

【略考】

《刘师培年谱（增订本）》："1933 年 6 月《大亚画报》载有刘师培感叹《辛丑条约》的《石头城》绝句，云：'杨柳依依惨不青，六朝金粉已成尘。龙蟠虎踞英雄业，如此江山付与人。'今查此诗最早见于 1917 年《小说新报》第三年第 11 期《妾何罪》，作者许指严，云：

刘申叔姻丈近来所为诗文，率多异昔，如出两人手笔。昨日往澳门，得晤容季叔，出丈庚子、戊戌后所为《石头城》一绝，云：'杨柳依依惨不青，六朝金粉已成尘。龙蟠虎踞英雄业，如此江山付与人。'

与《大亚画报》所载全同，疑《大亚画报》或即出于《妾何罪》小说，是否果为刘师培所作，待考。许指严（1875—1923），名国英，字志毅，一字子年，号苏庵，江苏武进人。小说家，南社社员。"（广陵书社 2022 年 12 月第 1 版 P27）

案：查《小说新报》第三年（1917）第 11 期 P1—8，确有《妾何罪》一文，作者许指严。但此段文字虽缀于《妾何罪》末页，却有单独署名——"庆霖"，且为三段文字的末段。细较之，似为"诗话"类文字。无标题，与主文无甚关联，无头无尾。本期《小说新报》总目录亦未标注该文。似为著名鸳鸯蝴蝶派小说家张庆霖手笔。张庆霖，生卒年不详，扬州人。查《民权素》杂志，1915 年第 9、11 期，1916 年第 14、17 期，分 4 期连载了张庆霖的《退思斋诗话》，共计 37 则。2016 年 9 月，凤凰出版社出版王培军、庆际虹所辑录《校辑民权素诗话廿一种》，其中的第 201—217 页即此《退思斋诗话》。《退思斋诗话》中并无此三段文字。

案：据《仪征刘氏遗稿汇存》，《大亚画报》所载《感事八首》及《石头城》均在手稿之内，确系刘师培诗作。见第 2 册 856、857、875、876、866。

扬子桥

扬子桥边夕照收，迷离烟树系孤舟。杨花飘落杨枝老，送尽春风又入秋。

【刊载】

《扬州晚报》，2001 年 7 月 16 日。《刘申叔遗书补遗》下册 P1458。

【类别】

七言，4 句。

【编年】

暂不能确定时间。疑为其早期作品。

【笺注】

〔扬子桥〕《清一统志》卷 49《扬州府 · 津梁 · 扬子桥》："在江都县南十五里，即扬子津。自古为江滨津要，《通鉴》：隋开皇十年，杨素帅舟师自扬子津入击贼帅朱莫间于京口。又唐武德二年，李子通据海陵，围江都，沈法兴遣其子纶救之，纶军扬子。《旧志》：宋建炎初，帝自瓜洲南渡，金人入扬子，追至扬子桥而还，即此。《县志》：今运舟，西自仪征，南自瓜洲，至此合而北出，盖总会之所也。"（阳湖薛子瑜道光二十九年活字本）今扬州市邗江区有古运河大桥，疑即其故址。

〔烟树〕云雾缭绕的丛林，详见《扫花游 · 读〈南宋杂事诗〉》一词〔烟树〕条笺注。

〔杨花〕柳絮。详见《杨花曲》一诗〔杨花〕条笺注。

三岔河野望

秋水何娟娟，风露漫天冷。斜阳有余辉，明月弄新影。

【刊载】

《扬州晚报》，2001 年 7 月 16 日。《刘申叔遗书补遗》下册 P1459。

【类别】

五言，4 句。

【编年】

暂不能确定时间。疑为其早期作品。

【笺注】

〔三岔河〕即扬州"三汊河"。《清一统志》卷 66《扬州府 · 山川》："三汊河，在江都县西南十五里。《府志》：仪征、瓜洲之水至此与江都合流，故名，亦名茱萸湾。本朝康熙二十八年，圣祖南巡，建行宫，驻跸于此。又，三汊河迤上，有三汊越河，乾隆五年发帑挑浚。”岔，刘师培手稿作“汊”。见《仪征刘氏遗稿汇存》第 2 册 P858。

〔秋水何娟娟〕娟娟，本指柔美貌，亦通“涓涓”，指水流缓慢纤细。《全唐诗》卷 220 杜甫《寄韩谏议》：“美人娟娟隔秋水，濯足洞庭望八荒。”（第 4 册 P2328）韦庄《浣花集》卷 2《今体诗凡二十七首 · 夜景》：“欲把伤心问明月，素娥无语泪娟娟。”《赵氏铁网珊瑚》卷 12 王钧《水村歌》：“飒飒秋风鸣老树，娟娟流水绕柴门。”

〔风露〕风霜雨露。陶潜《陶渊明集》卷 3《己酉岁九月九日》：“靡靡秋已夕，凄凄风露交。”

高旻寺

古槐阴密晚风凉，落叶萧萧石径长。多少阎浮随浩劫，塔铃犹自语斜阳。

【刊载】

《扬州晚报》，2001 年 7 月 16 日。《刘申叔遗书补遗》下册 P1460。

【类别】

七言，4 句。

【编年】

暂不能确定时间。疑为其早期作品。

【笺注】

〔高旻寺〕位于今扬州邗江区高旻寺路。相传始建于隋代，是著名佛教禅宗寺院。清康熙、乾隆南巡，均曾驻跸于此。旻，刘师培手稿作“明”。见《仪征刘氏遗稿汇存》第 2 册 P858。

〔落叶萧萧石径长〕边贡《华泉集》卷 6《游华严寺二首》其二：“行李萧萧石径斜，远游襄楚过章华。”萧萧，刘师培手稿作“潇〻”。见《仪征刘氏遗稿汇存》第 2 册 P859。

〔多少阎浮随浩劫〕阎浮，即“阎浮提”，佛教中指人所处的世界。详见《题张船山南台饮酒图》一诗〔醉乡日月阎浮小〕条笺注。浩劫，佛教中的时间概念，亦指大灾难。参见《杂咏（二首）》其二一诗〔浩劫常离生灭门〕条笺注。

〔塔铃犹自语斜阳〕释英《白云集》卷 2《废寺》：“白昼闲房一两僧，山门深掩藓花青。西风不管钟鱼破，自在斜阳语塔铃。”

隋堤柳

几曲重堤柳万条，春来依旧碧迢迢。风亭月榭今何在，賸有浓阴覆板桥。

【刊载】

《扬州晚报》，2004 年 5 月 29 日。《刘申叔遗书补遗》下册 P1461。

【类别】

七言，4 句。

【编年】

暂不能确定时间。疑为其早期作品。

【笺注】

〔隋堤柳〕隋堤，指隋朝开凿大运河时开通济渠，于两岸所筑堤坝。此处特指扬州虹桥附近的隋堤。“隋堤柳”为古诗中常用之诗题。白居易、杜牧均有《隋堤柳》诗传世。详见《扫花游 · 汴堤柳》一词〔汴堤柳〕条笺注。重堤，刘师培手稿中此诗两现，两处均作“长堤”，见《仪征刘氏遗稿汇存》第 2 册 P762、765。P765 处无诗题，“长”字右侧有一“重”字，显系编辑时的标注而非改字，为“重复”之重。

〔风亭月榭〕《全唐诗》卷 578 温庭筠《题友人池亭（一作偶题林亭）》：“月榭风亭绕曲池，粉（一作棘）垣（一作墙）回互瓦参差。”（第 9 册 P6772）柳永《乐章集 · 安公子 · 其一》：“自别后，风亭月榭孤欢聚。”

〔賸有浓阴覆板桥〕扬州虹桥，又名红桥，是扬州隋堤著名景致。据《扬州画舫录》记载：“红桥原系板桥，桥桩四层，层各四桩；桥板六层，层各四板。南北跨保障湖水口，围以红栏，故名红桥。”详见《和万树梅花绕一庐》一诗〔虹桥〕条笺注。朱彝尊《曝书亭集》卷 2《即席送王（廷璧）朱（士稚）同之松江》：“杨柳青青覆板桥，春江花月夜生潮。”賸，同“剩”。《集韵》卷 8《去声下 · 证第四十七》：“賸，……俗作剩”。

泛湖

月榭风亭近有无，绿波十里接平湖。扁舟一棹归何处，云影天光燕不孤。

【刊载】

《扬州晚报》，2004 年 5 月 29 日。《刘申叔遗书补遗》下册 P1462。

【类别】

七言，4 句。

【编年】

暂不能确定时间。疑为其早期作品。

【笺注】

〔月榭风亭〕见《隋堤柳》一诗〔风亭月榭〕条笺注。

〔绿波十里接平湖〕欧阳修《文忠集》卷四《伏日赠徐焦二生》：“平湖绿波涨渺渺，高榭（一作树）古木阴层层。”范仲淹《范文正集》卷 2《送谢景初廷评宰余姚》：“春风为君来，绿波满平湖。”《刘申叔遗书补遗》本作“绿波十裏”，误。

〔扁舟一棹归何处〕苏轼《东坡全集》卷 16《诗八十八首 · 书李世南所画秋景霜根》：“扁舟一棹归何处，家在江南黄叶村”

〔云影天光燕不孤〕朱熹《晦庵集》卷 2《观书有感二首》其一：“半亩方塘一鉴开，天光云影共徘徊。问渠那得清如许，为有源头活水来。”

游高邮文游台，畅然而作

忽忽平台上，常怀秦少游。文章千古垂，祠宇四贤留。平野山无色，明湖水自流。临怀思往事，萧飒北风秋。

【刊载】

《扬州晚报》，2007 年 1 月 8 日。《刘申叔遗书补遗》下册 P1463。

【类别】

五言，8 句。

【编年】

暂不能确定时间。疑为其早期作品。

【笺注】

〔高邮文游台〕位于今高邮市人民路。《方舆胜览》卷 46《高邮军》：“文游台，在城东二里。旧传东坡与王巩、孙（觉——引者）、秦（观——引者）诸公及李伯时同游，论文饮酒，因以名之。”

〔秦少游〕秦观。详见《题梁公约诗册（二首）》其二一诗〔淮海〕条笺注。

〔祠宇四贤留〕文游台西侧，明代始建“四贤祠”，祭祀北宋苏轼、秦观、王巩、孙觉四人。王巩，字定国，号介庵，山东莘县人，北宋诗人，画家，晚年寓居高邮，终老于此。孙觉，字莘老，北宋经学家，诗人，扬州高邮人。

〔萧飒〕凋零，萧条。《古文苑》卷5班固《竹扇赋》：“杳筱丛生于水泽，疾风时纷纷萧飒。”

【略考】

《仪征刘氏遗稿汇存》第2册P811载刘师培手稿《文游台》，与本诗文辞略有不同。其中，常作“长”，垂作“重”，临怀思往事作“登临怀往事”。

咏隋宫

一带玉沟斜，当年帝子家。春雨秋月里，一曲《后庭花》。

【刊载】

《扬州晚报》，2007年1月8日。《刘申叔遗书补遗》下册P1464。

【类别】

五言，4句。

【编年】

暂不能确定时间。疑为其早期作品。

【笺注】

〔隋宫〕隋大业年间，隋炀帝杨广幸江都，于此大规模建造宫殿。详见《端阳日偕地山泽山谷人泛湖言念旧游怆然有作》一诗〔隋宫芜〕条笺注。刘师培存手稿一份，诗题作《隋宫》。本诗为其中的第一首。见《仪征刘氏遗稿汇存》第2册P803。

〔一带玉沟斜，当年帝子家〕玉沟斜，刘师培手稿作“玉钩斜”。见《仪征刘氏遗稿汇存》第2册P803。《通雅》卷38《宫室》：“《春明退朝录》云：唐内人墓谓宫人斜。无功（指陈懋仁——引者）曰：‘唐以前已有之。隋炀帝葬宫人有玉钩斜，在江都治西。’”《历代诗话》卷70《壬后集下之上·元诗》：“宫人斜，廉夫《乐府》（指杨维桢的《铁崖古乐府》——引者）又赋《胭脂井》云：‘井中人，不殉死，宫人斜在雷塘址。’”吴景旭注：“吴旦生曰：《春明退朝录》：‘唐内人墓谓之宫人斜。’《秦京杂记》：‘长安旧墙外长三里，曰宫人斜。风雨夜，多闻歌哭声。’雍裕之诗：‘几多红粉委黄泥，野鸟如歌又似啼。应有春魂化为燕，年年飞入未央栖。’据此，则唐时事也。按，《广舆记》：‘隋炀帝葬宫人处名玉钩斜，在江都治之西。’则廉夫何不指玉钩斜于雷塘较合。”帝子家，指隋炀帝在扬州所建宫殿群。

〔《后庭花》〕《乐府诗集》卷 47 陈后主《玉树后庭花》题解：“《隋书·乐志》曰：‘陈后主于清乐中造《黄骊留》及《玉树后庭花》《金钗两鬓垂》等曲，与幸臣等制其歌词，绮艳相高，极于轻荡，男女唱和，其音甚哀。”其诗曰：“丽宇芳林对高阁，新妆艳质本倾城。映户凝娇乍不进，出帷含态笑相迎。妖姬脸似花含露，玉树流光照后庭。”《陈书·后主本纪》：“后主讳叔宝，字符秀，……三年春正月乙丑朔，雾气四塞。是日，隋总管贺若弼自北道广陵济京口，总管韩擒虎趋横江，济采石，自南道将会弼军。……弼进攻宫城，烧北掖门。是时，韩擒虎率众自新林至于石子冈，任忠出降于擒虎，仍引擒虎经朱雀航趣宫城，自南掖门而入。于是城内文武百司皆遁出，唯尚书仆射袁宪在殿内。尚书令江总、吏部尚书姚察、度支尚书袁权、前度支尚书王瑗、侍中王宽居省中。后主闻兵至，从宫人十余出后堂景阳殿，将自投于井。袁宪侍侧，苦谏不从，后合舍人夏侯公韵又以身蔽井，后主与争久之，方得入焉。及夜，为隋军所执。景戌，晋王广入据京城。三月己巳，后主与王公百司发自建邺，入于长安。”《全唐诗》卷 523 杜牧《泊秦淮》：“烟笼寒水月笼沙，夜泊秦淮近酒家。商女不知亡国恨，隔江犹唱后庭花。”（第 8 册 P6026）春雨秋月，刘师培手稿作“春风秋月”。见《仪征刘氏遗稿汇存》第 2 册 P803。

即且食腾蛇

即且食腾蛇，颈牛地烦釁。三户能亡秦，一夫能敌万。姑苏越人吴，开国制归鲁。毫俶本无成，英雄气多沮。乃知洞□微，□在能维武。君看天日间，微国安能侮？条桌□有者，吾当□存语。

【刊载】

《刘申叔遗书补遗》下册 P1465。

【类别】

五言，14 句。

【编年】

暂不能确定时间。疑为其早期作品。

【笺注】

〔即且食腾蛇〕《庄子集释》卷 1 下《(内篇)齐物论第二》:“民食刍豢，麋鹿食荐，蝍蛆甘带，鸱鸦耆鼠，四者孰知正味?”郭庆藩引成玄英疏:“蜈蚣食蛇。”引陆德明《经典释文》:“蝍音即。且或作蛆，子徐反。李云：蝍且，虫名也。《广雅》云：蜈公也。《尔雅》云：蒺藜蝍蛆。郭璞注云：似蝗，大腹，长角，能食蛇脑。……带，如字。崔云：蛇也。司马云：小蛇也，蝍蛆好食其眼。”《淮南鸿烈解》卷 17《说林训》:“腾蛇游雾，而殆于蝍蛆。”高诱注:“蝍蛆，蟋蟀。《尔雅》谓之蜻蛚之大腹也。上蛇，蛇不敢动，故曰‘殆于蝍蛆’也。”《史记·龟策列传》:“腾蛇之神而殆于即且。”裴骃《集解》:“郭璞曰:‘腾蛇，龙属也。蝍蛆，似蝗，大腹，食蛇脑也。’”张守节《正义》:“即，津日反。且，则余反。即吴公也，状如蚰蜒而大，黑色。”

〔颓牛地烦鼍〕句义未详。疑与《庄子·逍遥游》“今夫斄牛，其大若垂天之云。此能为大矣，而不能执鼠”句有关。《庄子集释》郭庆藩引成玄英疏:“斄牛，犹旄牛也，出西南夷。其形甚大，山中远望，如天际之云。薮泽之中，逍遥养性，跳梁投鼠，不及野狸。亦犹庄子之言，不狎流俗，可以理国治身，且长且久者也。”据刘师培手稿，此句疑当作“(斄?)牛畏鼷鼠”。见《仪征刘氏遗稿汇存》第 2 册 P839。

〔三户能亡秦〕《史记·项羽本纪》:“居鄛人范增，年七十，素居家，好奇计，往说项梁曰:‘陈胜败固当。夫秦灭六国，楚最无罪。自怀王入秦不反，楚人怜之至今。故楚南公曰:“楚虽三户，亡秦必楚也。”’”张守节《正义》:“虞喜《志林》云:‘南公者，道士，识废兴之数，知亡秦者必于楚。《汉书·艺文志》云:‘《南公》十三篇，六国时人，在阴阳家流。’”

〔一夫能敌万〕《史记·项羽本纪》:“项籍少时学书不成，去学剑，又不成。项梁怒之。籍曰:‘书足以记名姓而已，剑一人敌，不足学，学万人敌。’于是项梁乃教籍兵法，籍大喜，略知其意，又不肯竟学。”刘敞《公是集》卷 5《南伐诗》:“自古皆有言，一夫万人敌。”

〔姑苏越人吴〕人，据刘师培手稿，疑当作“入”。见《仪征刘氏遗稿汇存》第 2 册 P839。姑苏，春秋吴国的国都，今江苏苏州。春秋时，吴王夫差为报父亲阖闾兵败槜李，伤重身死之仇，击败越国。战败的越王勾践至吴都姑苏做侍候夫差的贱役。后勾践被放回国，卧薪尝胆，最终灭吴。集中记载参见《史记·吴太伯世家》《史记·越王勾践世家》《吴越春秋·夫差内传第五》《吴越春秋·勾践入臣外传第七》等。

〔开国制归鲁〕据刘师培手稿，此句疑当作“四隆制收鲁”。见《仪征刘氏遗稿汇存》第2册P839。四陲，国土疆域。《续资治通鉴长编》卷136《仁宗》:“今天文变于上，地理逆于下，人心怨于内，四陲攻于外，事势如此，殆非迟疑宽缓之时。”《说文解字》卷4下《刀部》:“制，……一曰止也。”《广雅》卷1《释詁》:“收，……取也。”齐大夫田常欲专权作乱，恐国内高、国、鲍、晏等家族牵制，想将他们控制的军队调离去进攻鲁国。鲁哀公十五年（前479），子贡受孔子委派出使齐、吴、越、晋四国。他使出连环计，诱骗齐国攻吴，夫差大胜齐国后又进攻晋国，勾践假意出兵助战，借吴军劳师远征，大败于晋军之际，突然进攻吴国。吴军仓皇回顾，“三战不胜”而被灭国。子贡此计“存鲁，乱齐，破吴，强晋而霸越”。刘师培此句似指此。详见《史记·仲尼弟子列传/伍子胥列传》《吴越春秋·夫差内传第五》。

〔毫俶本无成〕句义未详。据刘师培手稿，此句疑当作“毫杰本无成”。见《仪征刘氏遗稿汇存》第2册P839。毫，通“豪”。《增修校正押韵释疑·校正条例·本韵字异义异经子史合而同之之疑》:“毫豪，《孟》:‘若夫豪杰之士’乃豪杰之豪；‘察秋毫’‘一豪挫于人’乃毫毛之毫，二字而两用之。《记·经解》‘差若毫厘’,《汉高纪》‘秋毫无所取’,《张耳传》‘秋豪皆帝力’，亦以毫作豪，新制字同。”

〔乃知洞□微〕句义未详。据刘师培手稿，此句疑当作“乃知国虽微”。见《仪征刘氏遗稿汇存》第2册P839。

〔□在能维武〕句义未详。据刘师培手稿，此句疑当作“要在能经武”。见《仪征刘氏遗稿汇存》第2册P839。《左传·宣公十二年》:“见可而进，知难而退，军之善政也。兼弱攻昧，武之善经也。子姑整军而经武乎。”

〔微国〕微国，小国。《春秋公羊传注疏》卷3《隐公七年》:“滕侯卒。何以不名？微国也。”何休注:“小国，故略不名。”

〔条豪□有者〕句义未详。据刘师培手稿，此句疑当作“螽蠹犹有声”。见《仪征刘氏遗稿汇存》第2册P839。

〔吾当□存语〕句义未详。据刘师培手稿，此句疑当作“吾慕臧孙语”。见《仪征刘氏遗稿汇存》第2册P839。臧孙氏，鲁国公卿。此处臧孙，专指臧武仲。《论语注疏》卷14《宪问第十四》:“子路问成人。子曰:‘若臧武仲之知，公绰之不欲，卞庄子之勇，冉求之艺，文之以礼乐，亦可以为成人矣。’”何晏《集解》:“马曰：鲁大夫臧孙纥。”《左传·襄公十九年》:“季武子如晋拜师，晋侯享之。范宣子为政，赋黍苗。季武子兴，再拜稽首曰:‘小国之仰大国也，如百谷之仰膏雨焉。若常膏之，其天下辑睦，岂唯敝邑。’赋六月。季武子以所得于齐之兵，作林钟，而铭鲁功焉。臧武仲谓季孙曰：‘非礼也。夫铭，天子令德，诸侯言时计功，大夫称伐，今称伐，则下等也；计功，则借人也；言时，则妨民多矣。何以为铭。且夫大伐小，取其所得以作彝器，铭其功烈，以示子孙，昭明德而惩无礼也。今将借人之力，以救其死，若之何铭之？小国幸于大国，而昭所获焉，以怒之，亡之道也！”《左传·襄公四年》：“三月，陈成公卒。楚人将伐陈，闻丧乃止。陈人不听命，臧武仲闻之曰：‘陈不服于楚，必亡。大国行礼焉而不服，在大犹有咎，而况小乎！’夏，楚彭名侵陈，陈无礼故也。”

军国平章事重轻

军国平章事重轻，当年弓矢亦专征。老臣秉钺三朝节，义旅连营十道兵。建策原来资宰相，大功安必出书生。贺山楼头边关辟，壁垒纵横竟树旌。假节荆州镝武昌，独将形势阨江湘。轻裘绶带风浪度，鼓角云梯守备长。子弟知后谢安石，父兄仆射郭汾阳。上游自控东南镇，永奠金瓯靖海疆。

【刊载】

《刘申叔遗书补遗》P1466（666）。

【类别】

七言，16句。

【编年】

暂不能确定时间。疑为其早期作品。

【笺注】

〔军国平章事重轻〕《通志》卷52《宰相第二·宰相总序》：“唐侍中、中书令是真宰相。其余以他官参掌者，无定员，但加同中书门下三品及平章事、知政事、参知政事、参与政事及平章军国重事之名者，并为宰相，亦汉行丞相事之例也。”

〔当年弓矢亦专征〕《礼记·王制》：“诸侯赐弓矢，然后征。赐鈇钺，然后杀。”

〔老臣秉钺三朝节〕秉钺，有自行杀伐之权。参见本诗〔当年弓矢亦专征〕条笺注。《全唐诗》卷438白居易《题周皓（一作浩）大夫新亭子二十二韵》：“十载歌钟地，三朝节钺臣。”（第7册P4877）此句指，连续侍奉三代皇帝的老臣，备受信任，在三朝拥有杀伐之权。

〔义旅连营十道兵〕义旅，正义之师。《宋书·武帝纪上》：“诉苍天以为正，挥义旅而一驱。”十道，泛指全天下之地。《旧唐书·地理志一》：“自隋季丧乱，群盗初附，权置州郡，倍于开皇、大业之间。贞观元年，悉令并省。始于山河形便，分为十道：一曰关内道，二曰河南道，三曰河东道，四曰河北道，五曰山南道，六曰陇右道，七曰淮南道，八曰江南道，九曰剑南道，十曰岭南道。”《新唐书 · 玄宗皇帝本纪》：“是月，特进何履光率十道兵以伐云南。”此句指，拥有统帅全国军队之权。

〔建策原来资宰相〕建策，出谋划策。《汉书 · 平帝纪》：“及宗正刘不恶、执金吾任岑、中郎将孔永、尚书令姚恂、沛郡太守石诩，皆以前与建策，东迎即位”。资，取用，引申为依靠。《释名 · 释姿容第九》：“资，取也。”

〔大功安必出书生〕南宋虞允文，书生出身，高宗绍兴二十四年（1154）进士。绍兴三十一年（1161），金“海陵王”完颜亮率军南侵，虞允文以中书舍人任“督视江淮军马府参谋军事”，协助主帅叶义问抗金。金军进逼采石（今属安徽马鞍山）。淮西主帅王权因获罪被免职，李显忠接任主帅，但尚未至军中。虞允文本被派去采石犒师。时采石守军军心涣散，已有逃遁之意。危急时刻，虞允文鼓舞士气，亲自督师，以 18000 人的兵力与 15 万金军决战于采石矶，大败金军，即著名的“采石大捷”。此后，金军进攻长江下游，无人敢去镇江防守，又是虞允文主动请缨。虞允文至镇江，去拜见生病的招讨使刘锜，刘锜拉着虞允文的手说：“疾何必问！朝廷养兵三十年，一技不施，而大功乃出一儒生，我辈愧死矣！”详见《建炎以来系年要录》卷 194，《宋史 · 虞允文传》《宋史 · 刘锜传》。

〔贺山楼头边关辟〕现存刘师培该诗手稿一份，此句疑作“负山控海边关辟”。见《仪征刘氏遗稿汇存》第 2 册 P843。

〔假节荆州镝武昌〕《晋书 · 羊祜列传》：“帝（指晋武帝司马炎——引者）有灭吴之志，以祜为都督荆州诸军事、假节，散骑常侍、卫将军如故。祜率营兵出镇南夏，开设庠序，绥怀远近，甚得江汉之心。与吴人开布大信，降者欲去皆听之。时长吏丧官，后人恶之，多毁坏旧府，祜以死生有命，非由居室，书下征镇，普加禁断。吴石城守去襄阳七百余里，每为边害，祜患之，竟以诡计令吴罢守。于是戍逻减半，分以垦田八百余顷，大获其利。祜之始至也，军无百日之粮，及至季年，有十年之积。诏罢江北都督，置南中郎将，以所统诸军在汉东江夏者皆以益祜。在军常轻裘缓带，身不被甲，铃合之下，侍卫者不过十数人，而颇以畋渔废政。尝欲夜出，军司徐胤执棨当营门曰：‘将军都督万里，安可轻脱！将军之安危，亦国家之安危也。胤今日若死，此门乃开耳。’祜改容谢之，此后稀出矣。”建安二十四年，东吴孙权杀关羽，夺取荆州。黄初“二年四月，刘备称帝于蜀。权自公安都鄂，改名武昌。”（《三国志 · 吴志·吴主传第二·孙权》）此句指，镇守荆州，控扼武昌。镝，依刘师培手稿，当作“镇”。见《仪征刘氏遗稿汇存》第2册P843。

〔独将形势阨江湘〕孙权曾建都之武昌（鄂州），扼长江，南控湖湘之地。阨，应作“扼”。

〔轻裘绶带风浪度〕见本诗〔假节荆州镝武昌〕条笺注。浪，刘师培手稿作“流”。见《仪征刘氏遗稿汇存》第2册P843。

〔鼓角云梯〕《后汉书·公孙瓒传》：“袁氏之攻，状若鬼神，梯冲舞吾楼上，鼓角鸣于地中，日穷月急，不遑启处。”《三国志·魏书·方技传·管辂传》裴注引《辂别传》：“其欲战之士，于此鸣鼓角，举云梯，弓弩大起，牙旗雨集。”

〔子弟知后谢安石〕陈郡谢氏是东晋时期的大门阀。谢安，字安石，东晋权臣，官至太保、卫将军，曾与王坦之挫败桓温篡位。著名的“淝水之战”，谢安是东晋方主帅。其弟谢石，其侄谢玄都是东晋名将，指挥过“淝水之战”。《晋书·谢安传》：“玄等既破坚，有驿书至，安方对客围棋，看书既竟，便摄放床上，了无喜色，棋如故。客问之，徐答云：‘小儿辈遂已破贼。’既罢，还内，过户限，心喜，甚不觉屐齿之折，其矫情镇物如此。”知后，刘师培手稿作“知兵”。见《仪征刘氏遗稿汇存》第2册P843。

〔父兄仆射郭汾阳〕郭子仪，唐代名将，受封汾阳郡王，故称“郭汾阳”。郭子仪曾任尚书左仆射。郭暧，郭子仪第六子，去世后赠工部尚书，加赠尚书左仆射。

〔上游自控东南镇〕此句指，长江上中游扼控下游。长江下游属中国东南地区。

〔永奠金瓯靖海疆〕金瓯，喻国家疆土。详见《卖花声·登开封城》一词〔已缺金瓯〕条笺注。此句指，东南形胜之地，是中国重要的国土范围，是保护海疆安宁的重要地区。

【略考】

《刘申叔遗书补遗》本诗题记：“此据扬州某私人藏手稿录。原件一纸，无题。朱笔书于‘松竹斋’四行红格信笺上，有墨笔修改。此据修改稿录。其中，‘建策原来资宰相’以下四句，朱笔原作‘岂谓和戎羞宰相，谁知杀敌赖书生。龙蟠虎垣金陵地，父老于今咏太平’。‘上游自控东南镇’句，朱笔原作：‘可怜于地兵戈满，仅以孤城角一方’。”（P1466）案：据刘师培手稿，虎垣作“虎坦”。坦，似当作“踞”。于（於）地，当作“天地”。见《仪征刘氏遗稿汇存》第2册P843。

落叶

稻蟹横行声郭索，桑零公叶登苇箔。清□萧骚似缚薄，夜深芦苇扁舟泊。□中一曲奏爬沙，风回日斜雨窗纱。修竹千竿扫柳隙，吹笛万柄枯荷斜。河冰履碎声骆眉，寒窗半夜筛晴雪。群鸟回旋万翅飞，莎鸡振羽千声敦。苍虵锬纸弄微鸣，时作麻姑爬背声。明朝启径味□□，望断江南旅客情。

【刊载】

《刘申叔遗书补遗》下册 P1467。

【类别】

七言，16 句。

【编年】

暂不能确定时间。疑为其早期作品。

【笺注】

〔稻蟹横行声郭索〕稻蟹，生长在稻田中的螃蟹。《国语》卷 21《越语下》："今其稻蟹不遗种，其可乎？"韦昭注："蟹食稻。"郭索，螃蟹行走时的声音。《本草纲目》卷 45《介部·介之一·蟹·释名》："螃觧，郭索，横行介士，无肠公子。雄曰蜋蚁，雌曰博带。"李时珍注："以其横行，则曰螃觧。以其行声，则曰郭索。以其外骨，则曰介士。以其内空，则曰无肠。"岳珂《玉楮集》卷 4《螃蠏》："无肠公子郭索君，横行湖海剑戟群。"《正字通》亥集中《鱼部》："觧，与蟹同。"

〔桑零公叶登苇箔〕桑零，据刘师培手稿，疑当作"桑聚"。见《仪征刘氏遗稿汇存》第 2 册 P789。公叶，指属于天子诸侯的桑叶。《礼记·祭义》："古者天子诸侯，必有公桑蚕室。"陈廷敬《午亭文编》卷 14《孝懿皇后挽词六首》其四："公桑零露叶，犹望濯龙车。"苇箔，苇杆编成的席子。用于铺桑养蚕。《宋元诗会》卷 57 杨修《蚕室》："摘茧抽丝女在机，茅檐苇箔旧堂扉。"梅尧臣《宛陵集》卷 41《送吴季野太博移蜀灵泉先至辇》："苇箔蚕齐老，桑林叶更生。"参见《癸丑纪行六百八十八韵》一诗〔蚕槌〕条笺注。苇，刘师培手稿作"箪"。

〔清□萧骚似缚薄〕萧骚，风吹叶响的飒飒之声。详见《愚园（二首）》其一一诗〔萧骚〕条笺注。《集韵》卷 3《僊第二》："缚，缕也。"《礼记正义》卷 2《曲礼上》："帷薄之外不趋"。陆德明《音义》："薄，帘也。"□，据刘师培手稿，疑当作"景"。

见《仪征刘氏遗稿汇存》第 2 册 P789。此句指，景致清幽，风声飒飒，像卷帘时发出的声音。

〔夜深芦苇扁舟泊〕《全唐诗》卷 438 白居易《独树浦雨夜寄李六郎中》："可知风雨孤舟夜，芦苇丛中作此诗。"（第 7 册 P4890）

〔爬沙〕螃蟹在沙地爬行。《蟹略》卷 4 曾几《钱仲修饷新蟹》："毕竟爬沙能底事，祇应大嚼慰枯肠。"《晚晴簃诗汇》卷 158 王彬《避兵吴门经淀山湖即事》："横行蟹爬沙，直上龟曳涂。"□中，据刘师培手稿，疑当作"瑟中"。见《仪征刘氏遗稿汇存》第 2 册 P789。

〔修竹千竿〕《全唐诗》卷 263 严维《岁初喜皇甫侍御至》："明朝别后门还掩，修竹千竿一老身（一作人）。"（第 4 册 P2917）

〔吹笛万柄〕据刘师培手稿，疑当作"风吹万柄"。见《仪征刘氏遗稿汇存》第 2 册 P789。旧时，常以"万柄"喻荷。邵雍《击壤集》卷 19《为客吟》四首其三："万柄荷香经楚甸，一帆风软过扬州。"《晚晴簃诗汇》卷 100 杨芳灿《莲花博士歌为吴兰雪作》："鉴湖一曲云水涯，风吹万柄红荷花。"

〔骆眉〕据刘师培手稿，应作"骚屑"。见《仪征刘氏遗稿汇存》第 2 册 P789。《楚辞章句》卷 16 刘向《九叹·思古》："风骚屑以摇木兮"。王逸注："骚屑，风声也。"

〔寒窗半夜筛晴雪〕此句甚妙！窗纱如箩，筛滤晴雪。《全唐诗》卷 343 韩愈《喜雪献裴尚书》："宿云寒不卷，春雪堕如簁（一作筛）。"（第 5 册 P3848）

〔群鸟回旋万翅飞〕黄燮清《倚晴楼诗余》卷 3《齐天乐·鸦》："飕飕万翅连云起，寒声半空围绕。"

〔莎鸡振羽〕《毛诗正义》卷 8—1《豳风·七月》："六月莎鸡振羽"。毛传："莎鸡羽成而振讯之。"孔颖达疏："《释虫》文又云：'螒，天鸡。'樊光云：'谓小虫，黑身赤头，一名莎鸡。'李巡曰：'一名酸鸡。'郭璞曰：'一名莎鸡，又曰樗鸡。'陆玑疏曰：'莎鸡，如蝗而班色，毛翅数重，其翅正赤，或谓之天鸡。六月中飞而振羽，索索作声，幽州人谓之蒲错是也。'"《毛诗名物解》卷 12《释虫》："莎鸡，小虫，黑身赤首，一名樗鸡，一名天鸡。《尔雅》曰：'螒，天鸡。'盖其鸣以时，故有鸡之号。《诗》曰：'六月莎鸡振羽'。言于是时，莎鸡羽成而振迅之也。《草木疏》曰：'如蝗而斑色，毛翅数重，其翅正赤。六月中，飞而振羽，索索作声。幽州人谓之蒲错。'《古今注》曰：'莎鸡，一名络纬，谓其声如络纬也。'俗云络纬，雄鸣于上风，雌鸣于下风而风化。"敦，据刘师培手稿，疑当作"启（啟）"。见《仪征刘氏遗稿汇存》第 2 册 P789。

〔苍虵锬纸〕虵，同“蛇”。《宋本广韵》卷1《上平声·支第五》：“蛇，……虵，俗。”锬，疑应为“餤”，同“啖”。《类篇》卷14：“餤，……啖，或作餤，……《说文》：‘食也’。”

〔时作麻姑爬背声〕麻姑，传说中的仙人。《神仙传》卷3《王远》：“麻姑至，蔡经亦举家见之。是好女子，年十八九许，……又麻姑手爪不如人爪形，皆似鸟爪。蔡经中心私言：‘若背大痒时，得此爪以爬背当佳也。’方平已知经心中所言，即使人牵经鞭之曰：‘麻姑，神人也。汝何忽谓其爪可以爬背耶！’便见鞭着经背，亦不见有人持鞭者。方平告经曰：‘吾鞭不可妄得也。’”

〔明朝启径味□□〕据刘师培手稿，疑当作“明朝启径时帚拂”。见《仪征刘氏遗稿汇存》第2册P789。帚拂，以笤帚拂扫。《南齐书·王思远传》：“思远清修，立身简洁。衣服牀筵，穷治素净，宾客来通，辄使人先密觇视，衣服垢秽，方便不前，形仪新楚，乃与促膝。虽然，既去之后，犹令二人交帚拂其坐处。”

〔江南旅客情〕《全唐诗》卷131祖咏《江南旅情》：“楚山不可极，归路但萧条。海色晴看雨，江声夜听潮。剑留南斗近，书寄北风遥。为报空潭橘，无媒寄洛桥。”（第2册P1335）

【略考】

《刘申叔遗书补遗》本诗题记：“此为扬州某私人藏品，与《拟李义山效长吉》共一纸。题目据原稿。作年不详。”（下册P1467）该诗手稿尚存，见《仪征刘氏遗稿汇存》第2册P789。

七夕歌

一轮明月转金波，半湾流水分铜呵。焚香共乞天孙巧，庭前瓜果纷陈罗。结缕穿针向神祷，未必人人得天巧。人巧果能从天乞，世间巧者何其少？人间巧拙定于天，本来习惯成自然。如谓巧者由天助，天工之意无乃偏？即使天能益人智，世人之意有所恃。安得有祷神应之，亦当伸此还诎彼。加以世人贪天功，有求必遂天亦穷。是以古人预以此，重黎首绝地天通。天地之间相悬隔，人神之间非咫尺。意者天语果可通，否则此意难相合。况乎此事等刻舟，谁详织女与牵牛？天若有巧与人乞，其期何必待孟秋。即使人人得天助，人间巧者将无穷。世间巧拙向因什，世人转被聪明误。可知其效本来非，意者好事之所出。安得□□□□□，一为众世释其疑。

【刊载】

《刘申叔遗书补遗》下册 P1469。

【类别】

七言，36 句。

【编年】

暂不能确定时间。疑为其早期作品。

【笺注】

〔七夕〕阴历七月初七，为“乞巧节”。《月令辑要》卷 14《七月令 · 日次 · 初七日》：“乞巧，《增荆楚岁时记》：‘七月七日，是夕，人家妇女陈瓜果于庭中，以乞巧。有喜子（长脚小蜘蛛——引者）网于瓜上，则以为符应。’《开天遗事》：‘华清宫每七夕，陈花果酒食，祠牛女，以乞巧。又聚极小蜘蛛置盒中，至晓开视，以蛛丝疏密为得巧多少。’《东京梦华录》：‘七月初六日、七日晚，贵家多结彩楼于庭，谓之乞巧。楼铺陈“磨喝乐（泥木制成的娃娃偶像——引者）”、花瓜酒炙、笔砚针线。或儿童裁诗，女郎呈巧，焚香列拜，谓之乞巧。’《帝京景物略》：‘七月七日之午丢巧针，妇女曝盎水日中，顷之水膜生面，绣针投之则浮。看水底针影，有成云物花头鸟兽影者，有成鞋及剪刀水茄影者，谓乞得巧。其影粗如槌，细如丝，直如轴蜡，此拙征矣。’柳宗元《乞巧文》：‘柳子夜归，自外庭有设祠者，餐饵馨香，蔬果交罗，插竹垂绥，剖瓜犬牙，且拜且祈，怪而问焉。女隶进曰：“今兹秋孟七夕，天女之孙将嫔于河鼓，邀而祠者，幸而与之巧，驱去蹇拙，手目开利，组纴缝制，将无滞于心焉。为是祷也。”柳子曰：“苟然欤？吾亦有所大拙，倘可因是以求去之。”乃缨弁束衽，促武缩气，旁趋曲折，伛偻将事，再拜稽首，称臣而进。’权德舆《七夕见与诸孙题乞巧文》诗：‘外孙争乞巧，内子共题文。隐映花奁对，参差绮席分。鹊桥临片月，河鼓掩轻云。羡此婴儿辈，欢呼彻曙闻。”《天中记》卷 2《星》：“河鼓谓之牵牛（《尔雅》）。河鼓十二星在牵牛北，故或名为牵牛。牵牛、织女，《焦林大斗记》云：‘天河之西有星，煌煌与参俱出，谓之牵牛。天河之东有星，微微在氐之下，谓之织女。’《荆楚岁时记》云：‘尝见道书云：牵牛娶织女，取天帝二万钱备礼，久不还，被驱在营室。’又《小说》云：‘天河之东有织女，天帝之子也。年年机杼劳役，织成云锦天衣，容貌不暇整理。天帝怜其独处，许嫁河西牵牛郎，嫁后遂废织纴。天帝怒焉，责令归河东，但使其一年一度相会。’”

〔金波〕月光，详见《舟发金陵望月》一诗〔金波〕条笺注。

〔铜呵〕据刘师培手稿，当作“银河”。见《仪征刘氏遗稿汇存》第 2 册 P840。

〔天孙巧〕指七夕“乞巧节”。天孙，织女星。《史记 · 天官书》：“织女，天女孙也。”司马贞《索隐》：“《荆州占》云：‘织女，一名天女，天子女也。’”

〔安得有祷神应之〕据刘师培手稿，得，疑当作“能”；神当作“辄”。见《仪征刘氏遗稿汇存》第 2 册 P840。

〔诎〕屈，委屈。详见《金陵城北春游》一诗〔蹊纡疑绝踪〕条笺注。

〔预〕据刘师培手稿，疑当作“预”。见《仪征刘氏遗稿汇存》第 2 册 P840。

〔重黎首绝地天通〕《尚书今注今译 · 吕刑》：“乃命重黎，绝地天通。”屈万里注：“重、黎，二人名，相传为颛顼时分司天地之官。”译：“伟大的上帝……于是命令重和黎二人，断绝人间和天上的交通”。（台湾商务印书馆 1977 年 4 月七版 P177、178）

〔刻舟〕《吕氏春秋 · 察今》：“楚人有涉江者，其剑自舟中坠于水，遽契其舟曰：‘是吾剑之所从坠。’舟止，从其所契者入水求之。舟已行矣，而剑不行，求剑若此，不亦惑乎？”

〔织女与牵牛〕见本诗〔七夕〕条笺注。

〔天若有巧〕据刘师培手稿，疑当作“天苟有巧”。见《仪征刘氏遗稿汇存》第 2 册 P840。

〔孟秋〕阴历七月，是秋季的第一个月，故称“孟秋”。

〔无穷〕据刘师培手稿，疑当作“无堪”。见《仪征刘氏遗稿汇存》第 2 册 P840。无堪，无用。《五百家注昌黎文集》卷 7 韩愈《古诗 · 朝归》：“坐食取其肥，无堪等聋瞆。”魏仲举注：“孙曰：《国语》：瞽瞍使之司声，聋瞆使之司火。言己无堪，徒与聋瞆等耳。”

〔世间巧拙向因什〕据刘师培手稿，什当作“仍”。见《仪征刘氏遗稿汇存》第 2 册 P840。因仍，沿袭不变。《三国志 · 魏书一四 · 程昱传附程晓传》：“其后渐蒙见任，复为疾病，转相因仍，莫正其本。”

〔转被聪明误〕转，据刘师培手稿，当作“将”。见《仪征刘氏遗稿汇存》第 2 册 P840。

〔可知其效本来非〕其效，据刘师培手稿，当作“此说”。见《仪征刘氏遗稿汇存》第 2 册 P840。

〔意者好事之所出〕所出，据刘师培手稿，疑当作“所欺”。见《仪征刘氏遗稿汇存》第 2 册 P840。

〔安得□□□□□〕据刘师培手稿，此句疑当作“安得洗尽支离说”。见《仪征刘氏遗稿汇存》第 2 册 P840。

〔众世〕据刘师培手稿，疑当作“来世”。见《仪征刘氏遗稿汇存》第 2 册 P840。来世，将来、以后、后世。《尚书 · 仲虺之诰》：“予恐来世，以台为口实。”

无题八首

【刊载】

《刘申叔遗书补遗》下册 P1472—1473。

【类别】

七言，8 句。

【编年】

暂不能确定时间。疑为其早期作品。

【略考】

《刘申叔遗书补遗》本组诗题记：“此诗原件为扬州某私人藏品。原稿无题，字句亦多修改。其背面另有《读楚词》《咏燕》《燕子矶》三首。《读楚词》曾刊于《国粹学报》一九〇五年三月二十五日第二期，则此组诗亦当作于此时。”案，从此组诗的文辞风格和内容看，似早于 1905 年。

无题八首（其一）

秋云千里压燕城，几度兵戈绕帝京。师法敢缘黄石术，卒徒空拥绿林兵。楼船万里扶桑岛，笳鼓千声细柳营。朝士不知征战苦，犹将瘦辔望澄清。

【笺注】

〔秋云千里压燕城〕秋云，常用来形容处境艰险，兵临城下。程公许《沧洲尘缶编》卷 7《寿制使董侍郎》：“秋云阴阴压边城，秋风飒飒飞边尘。”《列朝诗集 · 丙集第三》杨荣《虢宫送河丞市马》：“夜月临关白，秋云压塞黄。”燕城，指北京。案：另据本诗“楼船万里扶桑岛”句，此句似指中日甲午战争。

〔帝京〕国都。《文选》卷 45 汉武帝《秋风辞（并序）》序：“上行幸河东，祠后土。顾视帝京，欣然中流，与群臣饮燕。”

〔黄石术〕《高士传》卷中《黄石公》：“黄石公者，下邳人也。遭秦乱，自隐姓名，时人莫知者。初，张良易姓为长，自匿下邳，步游沂水圯上，与黄石公相遇。未谒，黄石公故坠履圯下，顾谓良曰：‘孺子取履。’良素不知诈，愕然欲殴之，为其老人也，强忍下取履，因跪进焉。公以足受，笑而去。良殊惊。公行里所，还谓良曰：‘孺子可教也。后五日平明，与我期此。’良愈怪之，复跪曰：‘诺。’五日平旦，良往。公怒曰：‘与老人期，何后也！后五日早会。’良鸡鸣往，公又先在。复怒曰：‘何后也！后五日早会。’良夜半往。有顷，公亦至。喜曰：‘当如是。’乃出一编书与良曰：‘读是，则为王者师矣。后十三年，孺子见济北谷城山下，黄石即我矣。’遂去不见。良旦视其书，乃是《太公兵法》。良异之，因讲习以说他人，皆不能用。后与沛公遇于陈留，沛公用其言，辄有功。后十三年，从高祖退济北谷城山下，得黄石，良乃宝祠之。及良死，与石并葬焉。”《郡斋读书志》卷11《道家类》：“《素书》一卷，右题黄石公著，凡一千三百六十六言。其书言治国治家治身之道，而厖乱无统，盖采诸书以成之者也。”同上书卷14《兵家类》：“《黄石公三略》三卷，右题曰:《黄石公上中下三略》。其书论用兵机权之妙，严明之决，明妙审决，军可以死易生，国可以存易亡。《经籍志》云‘下邳神人撰’。世传此即圯上老人以一编书授汉张良者。”可参阅《史记·留侯世家》。师法，据刘师培手稿，疑为“阵法”。见《仪征刘氏遗稿汇存》第2册P763。

〔卒徒空拥绿林兵〕《庄子集释》卷78上《(外篇)达生第十九》：“夫畏涂者，十杀一人，则父子兄弟相戒也，必盛卒徒，而后敢出焉，不亦知乎！”郭庆藩引成玄英疏：“强盛卒伍，多结徒伴”。绿林兵，西汉末新莽时期，有绿林军起义。昆阳之战中，绿林军首领王凤与刘秀率绿林军2万与43万（号称百万）新莽军大战，取得胜利。绿林军的战斗力可见一斑（详见《资治通鉴》卷39《汉纪三十一·淮阳王》)。刘师培似以“绿林兵”喻清军人多势众却不堪一击。

〔楼船万里扶桑岛〕楼船，甲板建有楼的船。详见《台湾行》一诗〔楼船〕条笺注。扶桑岛，日本。梅尧臣《宛陵集》卷55《钱君倚学士日本刀》：“日本大刀色青荧，鱼皮帖欛沙点星。……归来天禄示朋游，光芒曾射扶桑岛。”

〔笳鼓千声细柳营〕笳鼓，胡笳与鼓声，亦指军乐。详见《题张船山南台饮酒图》一诗〔那堪笳鼓成羁旅〕条笺注。《汉书·周亚夫传》：“文帝六年，匈奴大入边。以宗正刘礼为将军军霸上，祝兹侯徐厉为将军军棘门，以河内守亚夫为将军军细柳，以备胡。上自劳，至霸上及棘门军，直驰入，将以下骑出入送迎。已而之细柳军，军士吏被甲，锐兵刃，彀弓弩，持满。天子先驱至，不得入。先驱曰：‘天子且至！’军门都尉曰：'军中闻将军之令，不闻天子之诏。' 有顷，上至，又不得入。于是上使使持节诏将军曰：'吾欲劳军。' 亚夫乃传言开壁门。壁门士请车骑曰：'将军约，军中不得驱驰。' 于是天子乃按辔徐行。至中营，将军亚夫揖，曰：'介胄之士不拜，请以军礼见。' 使人称谢：'皇帝敬劳将军。' 成礼而去。既出军门，群臣皆惊。文帝曰：'嗟乎，此真将军矣！乡者霸上、棘门如儿戏耳。'"《全唐诗》卷126王维《观猎》："风劲（一作动）角弓鸣，将军猎渭城。草枯鹰眼疾，雪尽马蹄轻。忽过新丰市，还归细柳营。回看射雕（一作落雁，一作失雁。）处，千里暮云平。"（第2册P1278）

〔朝士〕中央朝廷官员。《史记·日者列传》："今吾已见三公九卿朝士大夫，皆可知矣。"

〔瘦辔〕将，刘师培手稿疑作"待"；瘦辔，手稿作"揽辔"。见《仪征刘氏遗稿汇存》第2册P763。参见《明代扬州三贤咏·宝应刘练江先生永澄》一诗〔揽辔盼澄清〕条笺注。

无题八首（其二）

将士威权富六韬，汉家劲旅出临洮。穷边秋艸黄云暗，大漠清霜朔气高。十道河山空望灵，八方征戍乱波涛。将军早有征东志，渡海何时驾六鳌。

【笺注】

〔六韬〕《太公六韬》分六章，分别是：文、武、龙、虎、豹、犬。威权，据刘师培手稿，疑为"威怀"（见《仪征刘氏遗稿汇存》第2册P763）。威服怀柔之意。《六艺之一录》卷263《古今书体九十五·俗讹》："怀，……俗作懐。"《后汉书·荀彧传》："宣示汉德，威怀远夷。"

〔临洮〕位于今甘肃定西市。唐代，临洮是边塞重镇，常出现于边塞诗中。后世，常以临洮代指边关。《全唐诗》卷164李白《白马篇》："发愤去函谷，从军向临洮。叱咤万战场（一作经百战。），匈奴尽奔逃（一作波涛）。"（第3册P1701）

〔穷边秋艸黄云黯〕曹勋《松隐集》卷4《塞下曲》二首其二："秋草黄云塞马肥，汉家骠骑拥旌旗。"

〔大漠清霜朔气高〕朔气，北方寒气。《文苑英华》卷333《木兰歌》："朔气传金柝，寒光照铁衣。"李攀龙《沧溟集》卷5《刁斗篇》："征人马上援枯骨，满地清霜刁斗发。朔气遥传瀚海云，寒声乱动轮台月。"

〔十道河山空望灵〕十道，泛指全天下之地。详见《军国平章事重轻》一诗〔义旅连营十道兵〕条笺注。望灵，据刘师培手稿，当作“壁垒（壘）”。见《仪征刘氏遗稿汇存》第2册P763。

〔八方征戍乿波涛〕《正字通》子集上《乙部》“乿，古文始。”据刘师培手稿，疑当作“乱”。见《仪征刘氏遗稿汇存》第2册P763。

〔征东〕此处指征伐日本。

〔驾六鳌〕《列子·汤问第五》：“其中有五山焉：一曰岱舆，二曰员峤，三曰方壶，四曰瀛洲，五曰蓬莱。其山高下周旋三万里，其顶平处九千里。山之中间相去七万里，以为邻居焉。其上台观皆金玉，其上禽兽皆纯缟。珠玕之树皆丛生，华实皆有滋味，食之皆不老不死。所居之人皆仙圣之种。一日一夕飞相往来者，不可数焉。而五山之根无所连着，常随潮波上下往还，不得蹔峙焉。仙圣毒之，诉之于帝。帝恐流于西极，失群仙圣之居，乃命禺强使巨鳌十五举首而戴之。迭为三番，六万岁一交焉。五山始峙而不动。而龙伯之国有大人，举足不盈数步而暨五山之所，一钓而连六鳌，合负而趣归其国，灼其骨以数焉。于是岱舆、员峤二山流于北极，沈于大海，仙圣之播迁者巨亿计。”

无题八首（其三）

鼙鼓声声动地来，仓琅旋见北门开。钢枪石马秋风里，銕轴牙樯海上来。千里浮云空五墨，一天秋色扑金台。□□澒洞胡尘入，谁是中朝振乱才？

【笺注】

〔鼙鼓〕军中用以指挥进攻的鼓。详加《水调歌头·书王船山先生〈龙舟会〉杂剧后》一词〔鼙鼓震江皋〕条笺注。白居易《白氏长庆集》卷12《感伤四·长恨歌》：“渔阳鞞鼓动地来，惊破霓裳羽衣曲。”

〔仓琅旋见北门开〕仓琅，即仓琅根，门上的圆形装饰，多为猛兽头部形象。兽头口中衔门环，具有驱邪避祸的寓意。《汉书·五行志中之上》：“成帝时童谣曰：……‘木门仓琅根’，谓宫门铜鍰。”颜师古注：“门之铺首及铜鍰也。铜色青，故曰仓琅。铺首衔环，故谓之根。鍰，读与环同。”北门开，此处似指庚子国变时，慈禧带光绪从地安门出皇城，从西直门出内城西逃。

〔銕轴牙樯海上来〕庾信《庾子山集》卷2《哀江南赋（并序）》：“苍鹰赤雀，铁轴牙樯。”《白孔六帖》卷11《舟（十）》：“苍鹰、赤雀、铁轴、牙樯（并战船名）。”

《集韵》卷2《平声二·齐第十二》："銕，铁谓之銕，古以为铁字。"

〔千里浮云空五墨〕五墨，据刘师培手稿，当作"玉垒（垒）"。见《仪征刘氏遗稿汇存》第2册P763。《杜诗详注》卷13杜甫《登楼》："锦江春色来天地，玉垒浮云变古今。"仇兆鳌注："以天地春来起朝廷不改，以古今云变起寇盗相侵，所谓兴也。"玉垒，山名，在成都西北。详见《满江红》一词〔玉垒〕条笺注。

〔金台〕代指北京，详见《感事八首》（其一）一诗〔黄金台〕条笺注。

〔澒洞〕漫无涯际。详见《读王船山先生遗书》一诗〔胡氛澒洞风沙黀〕条笺注。□□，据刘师培手稿，疑当作"燕京"。见《仪征刘氏遗稿汇存》第2册P763。

〔谁是中朝振乱才〕中朝，朝廷，特指位高权重者。《后汉书·黄琼传》："桓帝欲褒崇大将军梁冀，使中朝二千石以上会议其礼。"振乱，据刘师培手稿，当作"拨乱"。见《仪征刘氏遗稿汇存》第2册P763。

无题八首（其四）

建章台畔冷秋风，千古昆明一炬中。玉女三千辞（叹）〈汉〉塞，铜人十二别秦宫。山川突兀愁云黑，玄阙其不落照红。为问周王巡守处，可能仙（仗）〈杖〉到崆峒？

【笺注】

〔建章台〕汉长安建章宫内的神明台。《汉书·郊祀志下》："上还，以柏梁灾故，受计甘泉。公孙卿曰：'黄帝就青灵台，十二日烧，黄帝乃治明庭。明庭，甘泉也。'方士多言古帝王有都甘泉者。其后天子又朝诸侯甘泉，甘泉作诸侯邸。勇之乃曰：'粤俗有火灾，复起屋，必以大，用胜服之。'于是作建章宫，度为千门万户。前殿度高未央。其西则商中，数十里虎圈。其北治大池，渐台高二十余丈，名曰泰液，池中有蓬莱、方丈、瀛州、壶梁，象海中神山龟鱼之属。其南有玉堂、璧门、大鸟之属。立神明台、井干楼，高五十丈，辇道相属焉。"颜师古注："《汉宫阁疏》云：神明台高五十丈，上有九室，恒置九天道士百人。然则神明、井干俱高五十丈也。"《全唐诗》卷167李白《上皇西巡南京歌十首》其一："胡尘轻拂建章台，圣主西巡蜀道来。"（第3册P1727）

〔千古昆明一炬中〕详见《咏汉长无相忘瓦》一诗〔魂复昆明有劫灰〕条笺注。

〔玉女三千辞（叹）〈汉〉塞〕辞，通"辞"。《五经文字》卷中《八十九辛部》："辞、辤、辝：上，《说文》；中，古文；下，籀文。经典相承，通用上字。"北宋末靖康之难中，金人曾从北宋掳走人口无数。据可恭《宋俘记》记载，被掳的人口共分 7 次北迁，“首起，宗室贵戚男丁二千二百余人，妇女三千四百余人。”玉女三千，本道教语，指众多仙女。《云笈七签》卷 50《祕要诀法三一九宫法 · 凡合五宫之道》：“太上所以出极八景，入骖琼轩，玉女三千，侍真扶辕，灵妃夹唱，神后执巾者，寔守雌一之道用以高会玄晨也。”张三丰《玄机直讲 · 返还证验说》：“厌居尘世，通遥蓬岛，自有三千玉女奉侍，终日蟠桃会上，饮仙酒，戴仙花，四大醺醺，浑身彻底玲珑”。

〔铜人十二别秦宫〕《史记 · 陈涉世家》载贾谊《过秦论》：“始皇……收天下之兵聚之咸阳，销锋鍉，铸以为金人十二，以弱天下之民。”裴骃《集解》：“徐广曰：一作‘镝’。”秦亡，十二金人的最终去向，现存史料并无记载。

〔突兀〕突然。《全唐诗》卷 284 李端《折杨柳（一作折杨柳送别）》：“突兀临荒渡，婆娑出旧营。”（第 5 册 P3230）

〔玄阙其不落照红〕据刘师培手稿，本句当作“宫阙苍凉夕落照红”。见《仪征刘氏遗稿汇存》第 2 册 P763。依句义，“落”字疑为衍字。

〔周王巡守处〕巡守，疑应为“巡狩”，指周穆王曾巡游过的西方神仙之都。详见《穆天子传》。

〔可能仙（仗）〈杖〉到崆峒〕《全唐诗》卷 217 杜甫《洗兵马》：“已喜皇威清海岱，常思仙仗过崆峒。”（第 4 册 P2281）上句与此句，似指慈禧带着光绪逃亡西北的西安。

无题八首（其五）

岁运黄杨厄闰时，寒晦萧瑟古今悲。嵎夷千里烽烟逼，朔漠三边羽檄驰。文种行成辟越国，弦商备具犒秦师。一处风雨无情甚，也动行人故国思。

【笺注】

〔岁运黄杨厄闰时〕苏轼《东坡全集》卷 6《退圃》：“园中草木春无数，只有黄杨厄闰年。（自注：俗说黄杨岁长一寸，遇闰退三寸。）”此句似指阴历乙未年（1895），该年闰五月。是年，中日《马关条约》签订。

〔寒晦〕阴冷昏暗。《玉台新咏》卷 5 柳恽《杂诗》：“山墟罢寒晦，园泽润朝晖。”

〔嵎夷千里烽烟逼〕嵎夷，东夷，指日本。详见《再渡日本舟中作》一诗〔郁夷瞰峻巍〕条笺注。此句指中日甲午战争。

〔朔漠三边羽檄驰〕朔漠，北方的沙漠。三边，指西北部边疆。《明史 · 职官志

二 · 都察院（附总督巡抚）》："总督陕西三边军务一员。弘治十年，火篩入寇，议遣重臣总督陕西、甘肃、延绥、宁夏军务，乃起左都御史王越任之。十五年以后，或设或罢。至嘉靖四年，始定设，初称提督军务。七年改为总制。十九年避制字，改为总督，开府固原，防秋驻花马池。"《史记 · 卢绾列传》："韩信非若所知！陈豨反，邯郸以北皆豨有，吾以羽檄征天下兵"。裴骃《集解》："魏武帝奏事曰：'令边有小警，辄露檄插羽，飞羽檄之意也。'骃案：推此言，则鸟羽插檄书，谓之羽檄，取其急速若飞鸟也。"此句指沙俄对中国北部地区的觊觎与侵略。

〔文种行成辟越国〕辟，通"辟"。详见《无题八首（其四）》一诗〔玉女三千辟（叹）〈汉〉塞〕条笺注。公元前 494 年，越国在与吴国的"夫椒之战"中战败，越国大夫文种代表越国向吴国求和。详见《吴越春秋 · 勾践入臣外传第七》。此句似指，甲午战争后，李鸿章代表清廷向日本求和。

〔弦商备具犒秦师〕弦商，据刘师培手稿，当作"弦高"。见《仪征刘氏遗稿汇存》第 2 册 P763。春秋时，秦国计划偷袭郑国。郑国的商人弦高带着十二头牛假托郑伯的命令前来犒劳秦军，秦军主帅孟明被欺骗，以为郑国已经知晓了其偷袭的计划，于是放弃了进攻郑国。详见《左传 · 僖公三十三年》。此句似指，清政府与日本签署《马关条约》，割地赔款。

无题八首（其六）

闻到将军赋出征，黄龙城阙闻节声。千年王气天开运，六骑营屯地拥兵。辽海有波通碣石，燕山无险阨长城。一处尺土天王柄，只有阿赦守北平。

【笺注】

〔黄龙城阙闻节声〕黄龙，辽金两代的军事重镇和政治经济中心。详见《赠侯官林宗素女士》一诗〔饮黄龙〕条笺注。节声，据刘师培手稿，疑当作"笳声"。见《仪征刘氏遗稿汇存》第 2 册 P763。

〔辽海有波通碣石〕碣石，位于今河北省秦皇岛市昌黎县。详见《得陈仲甫书》一诗〔碣石山〕条笺注。此句指，辽东地区可从海路绕过山海关从秦皇岛地区登陆。

〔燕山无险阨长城〕此句指，北京地区无险可守，只能依靠长城防守来自北部、东北部的进攻。

〔一处尺土天王柄，只有阿赦守北平〕据刘师培手稿，此二句涂抹凌乱，难以辨识，未知《遗书》本识读所据，不敢贸然笺注。见《仪征刘氏遗稿汇存》第2册P763。《仪征刘氏遗稿汇存》第2册P788有《又拟诸将》手稿五首，其第五首与本诗部分文辞略同，末二句作“朝廷岂肯开边衅，谁遣将军赋北征。”

无题八首（其七）

五岭飞烟接大荒，天教铜柱限南方。千秋戎事悲台峤，四海王灵阻越裳。赵氏河山开百长，虚祇兵甲隔三湘。汉家肯令朱崖弃，要在名臣奠海疆。

【笺注】

〔五岭飞烟接大荒〕五岭，今大庾岭、越城岭、骑田岭、萌渚岭、都庞岭，长江流域与珠江流域的分水岭。《汉书·张耳传》：“秦为乱政虐刑，残灭天下，北为长城之役，南有五领之戍。”颜师古注：“服虔曰：山领有五，因以为名。交趾、合浦界有此领。师古曰：服说非也。领者，西自衡山之南，东穷于海，一山之限耳。而别标名，则有五焉。裴氏《广州记》云：‘大庾、始安、临贺、桂阳、揭阳，是为五领。’邓德《明南康记》曰：‘大庾领一也，桂阳、骑田领二也，九真、都庞领三也，临贺、萌渚领四也，始安、越城领五也。’师古曰：裴说是也。”大荒，极荒远之地。详见《从军苦歌（七首）》其六一诗〔屯云黯大荒〕条笺注。

〔天教铜柱限南方〕《安南志略》卷1《古迹》：“交址安阳国，汉马伏波平交址，立铜柱为汉界。唐马总为安南都护，又建二铜柱。以总为伏波之裔。昔传钦州古森洞有马援铜柱，誓云：‘铜柱折，交址灭。’交人每过其下，以瓦石掷之，遂成丘。杜诗云：‘雨来铜柱北，应洗伏波军。’占城界亦有铜柱。”

〔台峤〕台湾。《乾隆御制诗集·五集》卷43《古今体二十七首·新正重华宫迭去岁二律韵（其二）》：“台峤已安起耕作，海邦复位免危疑。”原注：“台湾因逆匪滋事，民间耕种失时。及平定后，抚臣徐嗣曾驻彼安辑。据奏，农民已各归田里，耕作如常。”

〔四海王灵阻越裳〕王灵，指天子的德政教化。《左传·昭公十五年》：“晋居深山，戎狄之与邻，而远于王室，王灵不及”。越裳，越南。《艺文类聚》卷59《武部·战伐》：“《太公金匮》曰：……四夷闻乃惧，越裳氏献白雉。”蔡廷兰《海南杂著·越南纪略》：“越南，古越裳氏。在南海，由台湾水程八十三更可达。”

〔赵氏河山开百长〕百长，据刘师培手稿，当作“百粤”。见《仪征刘氏遗稿汇存》第2册P763。指秦末赵佗建立的南越国政权。详见《台湾行》一诗〔尉佗立国雄三世〕条笺注。

〔虚祗兵甲隔三湘〕虚祗，据刘师培手稿，当作“卢循”。见《仪征刘氏遗稿汇存》第 2 册 P763。卢循，东晋元兴元年（402）至义熙七年（411）发动义军起义。义军首领孙恩的妹夫。《晋书》有本传。

〔汉家肯令朱崖弃，要在名臣奠海疆〕朱崖，指汉元帝时放弃的海南岛。详见《台湾行》一诗〔鳞介易冠裳〕条笺注、〔汉民安肯弃珠崖〕条笺注。此二句指，汉朝之所以放弃海南岛，是没有守卫巩固海疆的名臣。

【略考】

本诗多处涉及越南，疑指 1883—1885 年的“中法战争”。此战，中国战败，丧失越南“宗主国”地位。

无题八首（其八）

金榜渭水自东沈，万里昆仑今骏游。边月三更寒鼓角，野外万灶宿貔貅。楼台箫管随流水，城阙悲笳起暮愁。吟水悲山空怅望，人非宋玉也悲秋。

【笺注】

〔金榜渭水自东沈〕据刘师培手稿，本句当作“金陵渭水自东流”。见《仪征刘氏遗稿汇存》第 2 册 P763。《关中胜迹图志》卷 17《大川（附水利）》：“金陵河，在宝鸡县东五里，源出五峰山，南流入渭。《通志》：在渭水北，自陇州流入县境，又南径陵原入渭。”

〔万里昆仑今骏游〕昆仑，位于中国西部地区。此句似亦指，慈禧、光绪逃至陕西西安。今骏，据刘师培手稿，当作“八骏”。见《仪征刘氏遗稿汇存》第 2 册 P763。指周穆王的八匹骏马。详见《癸丑纪行六百八十八韵》一诗〔南河骏饮洨〕条笺注。

〔边月三更寒鼓角，野外万灶宿貔貅〕程公许《沧洲尘缶编》卷 11《送别制置董侍郎东归》：“明月三更悲鼓角，晴烟万灶宿貔貅。”

〔城阙悲笳起暮愁〕《槜李诗系》卷 11 沃商舟《海门道中》：“落日催行色，悲笳起暮愁。”

〔怅望〕悲伤失意。《玉台新咏》卷 5 江淹《休上人怨别》：“相思巫山渚，怅望云阳台。”

〔人非宋玉也悲秋〕《楚辞》卷 8 宋玉《九辩》：“悲哉秋之为气也！萧瑟兮草木摇落

而变衰，憭栗兮若在远行，登山临水兮送将归，泬寥兮天高而气清，寂寥兮收潦而水清，憯凄增欷兮薄寒之中人，怆怳懭悢兮去故而就新，坎廪兮贫士失职而志不平，廓落兮羁旅而无友生，惆怅兮而私自怜。燕翩翩其辞归兮，蝉寂漠而无声。雁雍雍而南游兮，鹍鸡啁哳而悲鸣。独申旦而不寐兮，哀蟋蟀之宵征。时亹亹而过中兮，蹇淹留而无成。”

小金山亭

筍舆升崇冈，宛入烟云中。平地白云起，截断千万峰。惟有诸峰影，参差浮远空。径转何逼仄，一线偏能通。盘虚下绝磴，曲折趋琳宫。高阁俯林杪，月出开溟濛。

【刊载】

《刘申叔遗书补遗》下册 P1475。

【类别】

五言，12 句。

【编年】

暂不能确定时间。疑为其早期作品。

【笺注】

〔小金山〕扬州瘦西湖二十四景之一，瘦西湖中一小岛，筑于清乾隆二十二年（1757）前后，有水路可直达大明寺。

〔筍舆〕竹制肩舆，类似“滑竿”。《春秋公羊传注疏》卷 14《文公十五年》：“齐人归公孙敖之丧。何以不言来，内辞也，胁我而归之，筍将而来也。”何休注：“筍者，竹箯，一名编舆，齐鲁以此名之曰筍。”《全唐诗》卷 775 姚偓《南源山》：“明朝梯石路，更仗筍舆安。”（第 11 册 P8868）筍，同“笋”。《集韵》卷 5《上声上·准第十七》：“筍，……或作笋。”

〔逼仄〕狭窄。《文选注》卷 3 张平子（衡）《西京赋》：“麀鹿麌麌，骈田偪仄。”薛综注：“骈田偪仄，聚会之意。”逼，通“偪”。《集韵》卷 10《入声下·职第二十四》：“逼，……迫也，或作偪。”

〔盘虚下绝磴〕《全唐诗》卷 198 岑参《与高适薛据登慈恩寺浮图》：“登临出世界，磴道盘虚空。”（第 3 册 P2043）刘禹锡《刘宾客文集》卷 8《山南西道新修驿路记》：“栈阁盘虚，下临谽谺，层崖峭绝，袒木亘铁，因而广之，限以鉛栏。狭径深陉，衔尾相接，从而拓之，方驾从容。急宣之骑，宵夜不惑。”

〔琳宫〕道观，亦指华丽殿宇。金允中《上清灵宝大法》卷9《生产秽》：“道士出家，自处琳宫。一切生产，并合回避。”夏竦《文庄集》卷35《七言排律 · 奉和御制奉安圣像礼成》：“琳宫胥宇象清都，金阁丛楹閟宝符。”

〔杪〕树梢。《方言》（卷）2：“木细枝谓之杪。”郭璞注：“言杪，梢也。”

〔溟濛〕昏暗。《玉台新咏》卷9沈约《古诗题六首 · 被褐守山东》：“上瞻既隐轸，下睇亦溟濛。”

平山堂

片云随孤帆，欲行还荡漾。半规曰堕水，丹黄纷万壮。沙雁飞月中，浦树亙天上。中流石屿高，知已落秋涨。连峰何嵯峨，层叠如奔浪。楼观复缥缈，烟景何萧旷。翻愿舣舟迟，推蓬姿眺望。

【刊载】

《刘申叔遗书补遗》下册P1475。

【类别】

五言，14句。

【编年】

暂不能确定时间。疑为其早期作品。

【笺注】

〔平山堂〕位于今扬州大明寺内，欧阳修筑。《扬州画舫录》卷16《蜀冈录》：“平山堂，在蜀冈上。《寰宇记》曰：邗沟城在蜀冈上。宋庆历八年二月，庐陵欧阳文忠公继韩魏公之后守扬州，构厅事于寺之坤隅。江南诸山，拱揖槛前，若可攀跻，名曰平山堂。”

〔半规曰堕水〕半规，指太阳被山丘或云彩遮蔽，半隐半现。《六臣注文选》卷22谢灵运《游南亭》：“密林含余清，远峰隐半规。”刘良注：“隐半规，谓日落峰外，隐半见。规，圆日之形也。”《海录碎事》卷1《天部上 · 天门》：“半规。‘密林含余清，远峰隐半规。’谓日落峰外，半见日形也。（谢灵运诗）”此句指，被云彩遮挡的太阳映照水中。据刘师培手稿，当作“半规日堕水”。见《仪征刘氏遗稿汇存》第2册P836。

〔丹黄〕带黄色的暗红色。《说文解字》卷13上《糸部》：“缇，帛丹黄色。”万壮，据刘师培手稿，当作“万状”。见《仪征刘氏遗稿汇存》第2册P836。

〔沙雁〕大雁。萧统《昭明太子集》卷2《七契》：“幕燕北反，沙雁南征。”

〔浦树亙天上〕浦树，水岸边的树。《全唐诗》卷 51 宋之问《自洪府舟行直书其事》："浦树浮郁郁，皋兰覆靡靡。"（第 1 册 P627）亙，同"亘"。《康熙字典》子集上《二部》："亙，……今讹从日，作亘。"《增修互注礼部韵略》卷 4《去声 · 四十八嶝》："亘，……延袤也。"

〔落秋涨〕梅尧臣《宛陵集》卷 1《黄河》："川气迷远山，沙痕落秋涨。"

〔嵯峨〕高峻貌。详见《杂诗（二首）》其二一诗〔层城郁嵯峨〕条笺注。

〔层叠如奔浪〕《文苑英华》卷 211《乐府二十 · 登名山篇一首》李巨仁《登名山篇》："叠峰如积浪，分崖若断（一作斜）烟。"

〔烟景何萧旷〕烟景，烟雾缭绕的景致。《文选》卷 31 江文通（淹）《杂体诗三十首（并序）》其二十五《谢法曹惠连（赠别）》："烟景若离远，末响寄琼瑶。"萧旷，萧瑟旷远。《全宋诗》卷 1077《米芾三 · 奉酬山甫》："忽逢西浦士，谈彩何萧旷。"（北京大学出版社 1998 年 12 月第 1 版第 18 册 P12276）

〔翻愿舣舟迟〕翻愿，反而想、希望……。龚自珍《生查子 · 又即事一》："我已厌言愁，不理伤心话。翻愿得娇嗔，故惹莺喉骂。"（夏田蓝编《龚定盦全集类编》，上海世界书局 1937 年 5 月初版 P441）舣舟，泊舟，详见《读楚词》一诗〔舣〕条笺注。

〔推蓬〕推蓬，即"推篷"，指在舟中揭开船篷。陆游《剑南诗稿》卷 50《夜泊》："推篷一搔首，无处着悲欢。"

【略考】

现存刘师培手稿一份，题作"平山堂"，其中，半规曰堕水作"半规日堕水"；丹黄纷万壮，作"丹黄纷万状"。见《仪征刘氏遗稿汇存》第 2 册 P836。

虹桥

晚风送归潮，江岸与之趋。我步长堤上，道路何迂徐。沙村三五家，参差夹水居。门前垂弱柳，城外绕菰蒲。时有归飞鸟，随烟下平芜。遥望隔江山，白云满太虚。

【刊载】

《刘申叔遗书补遗》下册 P1475—1476。

【类别】

五言，12 句。

【编年】

暂不能确定时间。疑为其早期作品。

【笺注】

〔虹桥〕扬州有虹桥，位于今瘦西湖南缘。详见《和万树梅花绕一庐》一诗〔虹桥〕条笺注。

〔迂徐〕本指柔和舒缓、迁延耽搁，亦指道路弯曲平缓。阳枋《字溪集》卷2《书·代上刘察院论时政书（应起艮斋先生）》："夫栖神养性之剂，尝迂徐和缓，能使人心志和平，气体调适，精神舒畅。"王世贞《弇州四部稿》卷117《书牍二十八首·致李于鳞》："恐家太夫人以迂徐见谴，即无辞强从者，踯躅南首"。《樊榭山房续集》卷2厉鹗《答姚玉裁庚申秋日入黄鹤山见怀》附姚世钰原作："游记曾披画不如，笋舆香篆路迂徐。与君同有幽栖志，黄鹤山中好著书。"

〔沙村〕水边村落。《全唐诗》卷151刘长卿《春望寄王涔阳》："依微水戍闻钲鼓，掩映沙村见酒旗。"（第3册P1583）

〔夹水居〕在河岸居住。《史记·赵世家》："故寡人无舟楫之用，夹水居之民，将何以守河、薄洛之水？"

〔菰蒲〕水草，详见《端阳日偕地山泽山谷人泛湖言念旧游怆然有作》一诗〔菰蒲〕条笺注。城，刘师培手稿作"堤"。见《仪征刘氏遗稿汇存》第2册P837。

〔平芜〕杂草丛生的旷野，详见《一萼红·徐州怀古》一词〔衰草平芜，大河南北，天险谁凭〕条笺注。

〔太虚〕天空。《文选注》卷11孙兴公（绰）《游天台山赋》："太虚辽廓而无阂，运自然之妙有。"李善注："太虚，谓天也。"

观音山

阴崖画飞雨，晴空护皎白。惟有太古云，长风吹不出。山形亦奇观，山前惟一室。老树郁周遭，奇卉名不一。当前拥翠屏，一峰更崤（崒）〈崒〉。层槛与叠榭，幽楼亦邃密。何如无结构，天然莫无匹。流览意自惬，斯游真难必。

【刊载】

《刘申叔遗书补遗》下册P1476。

【类别】

五言，16 句。

【编年】

暂不能确定时间。疑为其早期作品。

【笺注】

〔观音山〕位于今瘦西湖景区内的西北角，与大明寺毗邻，有观音禅寺。《扬州画舫录》卷 16《蜀冈录》：“功德山亦名观音山，高三十三丈，在大仪乡，为蜀冈东岸。上建观音寺，一名观音阁。在宋《宝佑志》为摘星寺，明《维扬志》云即摘星亭旧址，《方舆胜览》谓之摘星楼。元僧申律开山，明僧惠整建寺，名曰功德山，又曰功德林，后僧善缘建额山门曰‘云林’。盐运使贞为记，本朝商人汪应庚重新之。丁丑后，商人程栴子玓瓒复加修葺。上赐‘功德林’‘天池’二扁，‘渌水入澄照，青山犹古姿’一联，‘峻拔为主’四字。临吴琚说帖卷子，均泐石供奉寺中。”

〔阴崖画飞雨〕阴崖，背阴面，即北侧的山崖。李廌《济南集》卷 2《二士避雨岩》：“阴崖避飞雨，群龙方怒吟。”画（畫），刘师培手稿作“昼（晝）”。见《仪征刘氏遗稿汇存》第 2 册 P837。

〔晴空护皎白〕皎白，形容月色洁白。周紫芝《太仓稊米集》卷 15《诗四十七首 · 十六夜月色甚明与客棹舟至普宁寺》：“不知谁令太虚空，着此皎皎白玉盆。”

〔太古云〕远古之云，喻古老久远。屈大均《翁山诗外》卷 2《五言古（二）· 登罗浮绝顶奉同蒋王二大夫作（蒋少恭莘田、王给谏黄湄）》：“霮霮太古云，至今未开辟。”

〔嶒（崪）〈崒〉〕崪，应作“崒”。《文选注》卷 1 班孟坚（固）《西都赋》：“于是灵草冬荣，神木丛生，岩峻嶒崒，金石峥嵘。”李善注：“嶒，高貌也。《尔雅》曰：‘崒者，厜㕒也。’”

〔层槛与叠榭〕此句指，层层的栏干和叠迭的轩榭。

〔幽楼亦邃密〕幽棲，隐居，闲居。《文选注》卷 20 谢灵运《邻里相送方山诗一首》：“资此永幽栖，岂伊年岁别。”李善注：“郭璞《山海经》曰：‘山居为栖。’”邃密，幽深。《搜神记》卷 7：“屋宇邃密，非龙所处。”

〔结构（構）〕刘师培手稿作“结搆”。见《仪征刘氏遗稿汇存》第 2 册 P837。

〔难必〕难以确定。《三国志 · 魏书 · 王基传》裴注引司马彪《战略》：“今者筋角弩弱，水潦方降，废盛农之务，徼难必之利，此事之危者也。”王安石《临川文集》

卷 9《古诗 · 送陈谔》:“论才相若子独弃，外物有命真难必。”

拟韩昌黎短灯檠

藏漏沈沈天未曙，兰膏照夜尖芒吐。风雪萧萧月色寒，一灯遥念兰山苦。

【刊载】

《扬州新见刘师培十七首佚诗》，古籍整理研究学刊 2012 年 7 月第 4 期 P43。

【类别】

七言，4 句。

【编年】

暂不能确定时间。疑为其早期作品。

【笺注】

〔藏漏〕刘师培手稿作“莲漏”，见《仪征刘氏遗稿汇存》第 2 册 P784。指计时用的莲花状铜漏。详见《癸丑纪行六百八十八》一诗〔漏日莲华永〕条笺注。

〔兰膏〕《楚辞章句》卷 9 屈原（一说为宋玉）《招魂》:“兰膏明烛，华容备些。”王逸注:“兰膏，以兰香炼膏也。”

〔兰山苦〕兰山，据刘师培手稿（见《仪征刘氏遗稿汇存》第 2 册 P784），应作“关（關）山”。《李太白文集》卷 15《宣城送刘副使入秦》:“此别又千里（一作此外别千里），秦吴渺天涯。月明关山苦，水剧陇头悲。”

【略考】

据刘师培手稿，此诗后尚有 12 句，见《仪征刘氏遗稿汇存》第 2 册 P784。所遗文字为:“颇闻夜宴启深宫，蚖膏百斛来海东。金釭衔璧如钱列，银花火树凌虚空。长安豪贵邀荣遇，金枝八尺辉莲炬。岂知当日校书时，辛苦殷勤究章句。虽云辛苦昔日尝，谁亿富贵无相忘。凤膏豹髓不之惜，岂知匡生犹凿壁。”

《全唐诗》卷 340 韩愈《短灯檠歌》:“长檠八尺空自长，短檠二尺便且光。黄帘绿幕朱户闭，风露气入秋堂凉。裁衣寄远泪眼暗，搔头频挑移近床。太学儒生东鲁客，二十辞家来射策。夜书细字缀语言，两目眵昏头雪白。此时提携当案前，看书到晓那能眠。一朝富贵还自恣，长檠高张照珠翠。吁嗟世事无不然，墙角君看短檠弃。”（第 5 册 P3827）

题桃源图（二首）

【刊载】

《扬州新见刘师培十七首佚诗》，古籍整理研究学刊 2012 年 7 月第 4 期 P43。

【类别】

七言，4 句。

【编年】

暂不能确定时间。疑为其早期作品。

题桃源图（二首）其一

青溪何处钓鱼舟，一抹斜阳一抹烟。渔父不来春亦老，落花流水自年年。

【笺注】

〔青溪何处钓鱼舟〕陶潜《陶渊明集》卷 5《杂文 · 桃花源记》："晋太元中，武陵人捕鱼为业。缘溪行，忘路之远近，忽逢桃花林，夹岸数百步，中无杂树"。《唐贤三昧集》卷上王维《青溪》："言入黄花川，每逐青溪水。随山将万转，趣途无百里。声喧乱石中，色静深松里。漾漾泛菱荇，澄澄映葭苇。我心素已闲，清川澹如此。请留盘石上，垂钓将已矣。"案：仪征刘氏世居扬州"青溪旧屋"老宅。参见《甲辰年自述诗（其一）》一诗〔青溪〕条笺注。舟，刘师培手稿作"船"。见《仪征刘氏遗稿汇存》第 2 册 P880。

〔渔父不来春亦老〕陶潜《陶渊明集》卷 5《杂文 · 桃花源记》：渔人"既出，得其船，便扶向路，处处志之。及郡下，诣太守，说如此。太守即遣人随其往，寻向所志，遂迷，不复得路。"

〔落花流水自年年〕《全唐诗》卷 889 后主煜（李煜）《浪淘沙（一名卖花声）》："流水落花春去也，天上人间。"（第 13 册 P10118）《江湖小集》卷 55 薛嵎《云泉诗 · 新春感怀五首》其一："新春风物旧山川，老大情怀一惘然。桃树不知秦世换，落花流水自年年。"

题桃源图（二首）其二

花落花开不计年，垂髫人似小游仙。可怜秦政求仙术，不识桃源别有天。

【笺注】

〔花落花开不计年，垂髫人似小游仙〕李石《方舟集》卷5《红梅阁二首》其二：“试来红阁觅飞仙，花落花开不记年。未问庭前几枯树，已将身世等桑田。”陶潜《陶渊明集》卷5《杂文·桃花源记》：“其中往来种作，男女衣着，悉如外人。黄发垂髫，并怡然自乐。……自云先世避秦时乱，率妻子邑人来此绝境，不复出焉，遂与外人间隔，问今是何世，乃不知有汉，无论魏晋。”

〔秦政求仙术〕秦政，秦始皇。《史记·秦始皇本纪》：“秦始皇帝者，秦庄襄王子也。庄襄王为秦质子于赵，见吕不韦姬，悦而取之，生始皇。以秦昭王四十八年正月生于邯郸。及生，名为政，姓赵氏。”求仙术，始皇帝曾命徐福入海求仙。详见《台湾行》一诗〔三山〕条笺注。

夏后铸鼎歌

夏后铸此鼎，用以镇冀方。成汤得此鼎，兴军灭夏亡。周武得此鼎，率师克殷商。宝鼎尔何物，竟乃关兴亡。暴主失以衰，沦没泗水旁。英王求此鼎，水际露微光。宝鼎若有知，迁□亦其常。奈何夷与齐，因之卧首阳。

【刊载】

《扬州新见刘师培十七首佚诗》，古籍整理研究学刊2012年7月第4期P43。

【类别】

五言，16句。

【编年】

暂不能确定时间。疑为其早期作品。

【笺注】

〔夏后铸此鼎，用以镇冀方〕《史记·封禅书》：“禹收九牧之金，铸九鼎。皆尝亨鬺上帝鬼神。遭圣则兴，鼎迁于夏商。周德衰，宋之社亡，鼎乃沦没，伏而不见。”《左传·宣公三年》：“楚子问鼎之大小轻重焉。对曰：‘在德不在鼎。昔夏之方有德也，远方图物，贡金九牧，铸鼎象物。'"《尚书正义》卷7《五子之歌》："惟彼陶唐，有此冀方。"孔传："陶唐，帝尧氏，都冀州，统天下四方。"孔颖达疏："以天子王有天下，非独冀州一方。故以冀方为'都冀州，统天下四方。'"

〔成汤得此鼎，兴军灭夏亡〕《左传·宣公三年》："桀有昏德，鼎迁于商。"亡，刘师培手稿作"王"，见《仪征刘氏遗稿汇存》第2册P809。

〔周武得此鼎，率师克殷商〕《左传·桓公二年》："武王克商，迁九鼎于雒邑。"

〔竟乃〕刘师培手稿作"意乃"。见《仪征刘氏遗稿汇存》第2册P809。

〔暴主失以衰，沦没泗水旁〕《汉书·郊祀志上》："周赧王卒，九鼎入于秦。或曰，周显王之四十二年，宋大丘社亡，而鼎沦没于泗水彭城下。"《史记·秦始皇本纪》："始皇还，过彭城，斋戒祷祠，欲出周鼎泗水。使千人没水求之，弗得。"据刘师培手稿，此二句前后为"暴主失以衰，英主得以昌。暴主求此鼎，沦没泗水旁"。见《仪征刘氏遗稿汇存》第2册P809。

〔英王求此鼎，水际露微光〕《史记·孝文本纪》："赵人新垣平以望气见，因说上设立渭阳五庙。欲出周鼎，当有玉英见。"《史记·封禅书》："平（赵人新垣平——引者）言曰：'周鼎亡在泗水中，今河溢通泗，臣望东北汾阴直有金宝气，意周鼎其出乎？兆见不迎则不至。'于是上使使治庙汾阴南，临河，欲祠出周鼎。"《史记·孝武本纪》："其夏六月中，汾阴巫锦为民祠魏脽后土营旁。见地如钩状，掊视得鼎。鼎大异于众鼎，文镂无款识，怪之，言吏。吏告河东太守胜，胜以闻。天子使使验问巫锦得鼎无奸诈，乃以礼祠，迎鼎至甘泉，从行，上荐之。至中山，晏温，有黄云盖焉。有麃过，上自射之，因以祭云。至长安，公卿大夫皆议请尊宝鼎。天子曰：'间者河溢，岁数不登，故巡祭后土，祈为百姓育谷。今年丰庑未有报，鼎曷为出哉？'有司皆曰：'闻昔太帝兴神鼎一，一者一统，天地万物所系终也。黄帝作宝鼎三，象天地人也。禹收九牧之金，铸九鼎，皆尝鬺烹上帝鬼神。遭圣则兴，迁于夏商。周德衰，宋之社亡，鼎乃沦伏而不见，《颂》云："自堂徂基，自羊徂牛，鼐鼎及鼒，不虞不骜，胡考之休。"今鼎至甘泉，光润龙变，承休无疆。合兹中山，有黄白云降盖，若兽为符，路弓乘矢，集获坛下，报祠大飨。惟受命而帝者心知其意，而合德焉。鼎宜见于祖祢，藏于帝廷，以合明应。'制曰：'可。'"汉武帝因得宝鼎，改元"元鼎"。英王，刘师培手稿作"英主"。见《仪征刘氏遗稿汇存》第2册P809。

〔宝鼎若有知，迁□亦其常〕宝鼎，刘师培手稿作"宝宝"；□，手稿作"变"。见《仪征刘氏遗稿汇存》第2册P809。

〔奈何夷与齐，因之卧首阳〕《史记·伯夷列传》："武王已平殷乱，天下宗周，而伯夷、叔齐耻之，义不食周粟，隐于首阳山，采薇而食之。及饿且死，作歌，其辞曰：'登彼西山兮，采其薇矣。以暴易暴兮，不知其非矣。神农、虞、夏忽焉没兮，我安适归矣？于嗟徂兮，命之衰矣。'遂饿死于首阳山。"《汉书·王贡两龚鲍传》序："昔武王伐纣，迁九鼎于雒邑，伯夷、叔齐薄之，饿死于首阳，不食其禄。"《两汉刊误补遗》卷7《夷齐》："《王贡传》序：'昔武王伐纣，迁九鼎于雒邑，伯夷、叔齐薄之，饿于首阳，不食其禄。'师古曰：'夷齐以武王父死不葬而用干戈，为不孝；以臣伐君，为不忠。'仁杰按：山谷《夷齐庙记》以谏武王不用去而饿死为疑，又载谢景平之言曰：'二子之事凡孔孟所不言，无取也。'其初盖出于庄周，空无事实，其后司马迁作列传，韩愈作颂事，传三人而空言成实。窃谓山谷之论可以一洗群疑而空之。然以谏武王不用饿死为疑，则犹有说所谏。谓武王不用者，非伐商之事，所谏乃迁鼎耳。《左传》曰：'武王迁九鼎于雒邑，义士犹或非之。'杜征南谓义士伯夷之属是也，饿于首阳谓不食其禄，非不食周粟也。"

露筋词（二首）

【刊载】

《扬州新见刘师培十七首佚诗》，古籍整理研究学刊2012年7月第4期P43。

【类别】

七言，4句。

【编年】

暂不能确定时间。疑为其早期作品。

露筋词（二首）其一

暮鸦远噪夕阳斜，祠宇巍峨近水涯。池树湖云两寂寞，半钩冷月浸莲花。

【笺注】

〔露筋〕扬州高邮有露筋祠，今已不存。《方舆胜览》卷46《高邮军·祠庙》："露筋庙，去城三十里。旧传有女子夜过此，天阴蚊盛，有耕夫田舍在焉。其嫂止宿，女曰：'吾宁处死，不可失节。'遂以蚊死，其筋见焉。欧阳永叔诗云'近闻高邮间，有虎夜凌辱。哀哉露筋女，万劫雠不复。”《随园诗话》卷 7：“……高邮露筋祠，“说部”书有四解：或云：‘鹿筋，梁地名也；有鹿为蚊所啮，露筋而死，故名。’或云：‘路金者，人名也；五代时将军，战死于此，故名。’或云：‘有远商二人，分金于此，一人忿争不已，一人悉以赠之，其人大惭，置金路上而去。后人义之，以其金为之立祠，故名路金，讹为露泾。’所云‘姑嫂避蚊者’，乃俗传一说耳。”米芾《宝晋英光集》卷 7 有《露筋之碑》，亦为歌颂“贞女”之作。

〔祠宇巍峨近水涯〕露筋祠故址在今邵伯湖大运河畔，北距高邮市区约 10 公里。巍峨，刘师培手稿作“峩〻”。见《仪征刘氏遗稿汇存》第 2 册 P758。〻，叠字符号。

〔两寂寞〕《文苑英华》卷 291《行迈三 · 杜甫十首》杜甫《过津口》：“圣贤两寂寞，眇眇独开襟。”

〔半钩冷月浸莲花〕《全唐诗》卷 573 贾岛《宿慈恩寺郁公房》：“竹阴移冷月，荷气带禅关。”（第 9 册 P6720）姜夔《白石道人歌曲》卷 4《自制曲 · 扬州慢（中吕宫）》：“二十四桥仍在，波心荡，冷月无声。”

露筋词（二首）其二

微波绕处寺门斜，杨柳依依碧波涯。三十六湾秋水碧，晚风吹落白萍花。

【笺注】

〔杨柳依依〕杨柳嫩枝初生貌，详见《石头城》一诗〔杨柳依依〕条笺注。碧波，刘师培手稿作“碧浪”。见《仪征刘氏遗稿汇存》第 2 册 P759。

〔三十六湾秋水碧〕《全唐诗》卷 538 许浑《三十六湾》：“夜深吹笛移船去，三十六湾秋月明。”（第 8 册 P6192）案：《两宋名贤小集》卷 270 作姜夔作，题为《过湘阴寄千岩》。清代扬州著名画家边寿民（亦可入“扬州八怪”之属）题画诗：“迢递关山计客程，湘云湘水动离情。夜深且傍芦边宿，三十六湾秋水明。”（据边寿民“莲洲集影”册页【十开】原件，此册页均画芦雁）

〔白萍花〕萍，刘师培手稿作“苹（蘋）”。见《仪征刘氏遗稿汇存》第 2 册 P759。《尔雅 · 释草》：“萍，蓱，其大者蘋。”《尔雅翼》卷 6《释草 · 蘋》：“蘋亦不沈，但比萍则有根，不浮游尔。五月有花，白色，故谓之白蘋。《吕氏春秋》曰：菜之美者，昆仑之蘋萍焉。”沈辽《云巢编》卷 5《白蘋花》：“白蘋花，生水中。绿叶牵紫茎，浩荡向西风。西风日夜冷，落日河洲静。”

咏漂母饭韩信诗

□竿钓淮水，英雄不遇有如此。使非一饭给盘飧，安得无双称国士。他年垓下建奇功，分符特受楚王封。致祭不同吴伍子，报施直等晋文公。

吁嗟呼！汉家大将诛钟室，壹餐小惠绵庙施。可知汉祖报功臣，不及韩侯报旧德。况乎小惠俱不忘，韩信岂肯背汉王。敌国已破谋臣亡，高祖安能得善良。

【刊载】

《扬州新见刘师培十七首佚诗》，古籍整理研究学刊 2012 年 7 月第 4 期 P43。

【类别】

三言、五言、七言，杂体。

【编年】

暂不能确定时间。疑为其早期作品。

【笺注】

〔□竿钓淮水—分符特受楚王封〕《史记·淮阴侯列传》："信钓于城下，诸母漂，有一母见信饥，饭信，竟漂数十日。信喜，谓漂母曰：'吾必有以重报母。'母怒曰：'大丈夫不能自食，吾哀王孙而进食，岂望报乎！'……信数与萧何语，何奇之。至南郑，诸将行道亡者数十人，信度何等已数言上，上不我用，即亡。何闻信亡，不及以闻，自追之。人有言上曰：'丞相何亡。'上大怒，如失左右手。居一二日，何来谒上，上且怒且喜，骂何曰：'若亡，何也？'何曰：'臣不敢亡也，臣追亡者。'上曰：'若所追者谁？'何曰：'韩信也。'上复骂曰：'诸将亡者以十数，公无所追；追信，诈也。'何曰：'诸将易得耳。至如信者，国士无双'。……汉四年，遂皆降平齐，使人言汉王曰：'齐伪诈多变，反覆之国也，南边楚，不为假王以镇之，其势不定。愿为假王便。'当是时，楚方急围汉王于荥阳，韩信使者至，发书，汉王大怒，骂曰：'吾困于此，旦暮望若来佐我，乃欲自立为王！'张良、陈平蹑汉王足，因附耳语曰：'汉方不利，宁能禁信之王乎？不如因而立，善遇之，使自为守。不然，变生。'汉王亦悟，因复骂曰：'大丈夫定诸侯，即为真王耳，何以假为！'乃遣张良往立信为齐王，征其兵击楚。……汉五年正月，徙齐王信为楚王，都下邳。"飧，据刘师培手稿，疑当作"飱"。《正字通》戌集下《食部》："飱，俗飧字。"《集韵》卷 2《平声二·魂第二十三》：

“飧，……或作餐。”案：据《仪征刘氏遗稿汇存》第 2 册 P777，此数句前所缺文字为：“漂母一饭哀王孙，韩侯千金报旧恩。虽云此母具深识，淮阴赖能不食言。当其投”。

〔致祭不同吴伍子〕后世，淮安建有“漂母祠”以祭祀。赵公豫《燕堂诗稿 · 漂母祠》：“英雄未得志，落魄有谁怜。一饭寻常事，千秋颂母贤。”吴伍子，伍子胥。伍子胥从楚国出亡，曾得一“渔父”相助而脱险。为打消伍子胥的疑虑，渔父“覆船自沉于江水之中”。详见《吴越春秋 · 王僚使公子光传第三》。此句指，给食韩信的“漂母”得到后世的祭祀，而救伍子胥性命的“渔父”却没得到祭祀。案：无史料可证，韩信在世时已经建庙祭祀“漂母”，应为后世之举。

〔报施直等晋文公〕《韩诗外传》卷 10：“晋文公重耳亡，过曹，里凫须从，因盗重耳资而亡，重耳无粮，馁不能行，子推割股肉以食重耳，然后能行。”重耳当上晋国国君后，欲重赏介子推。介子推不受，与母亲隐居绵山而终。晋文公深为愧疚，遂改绵山为介山，并立庙祭祀。参见《未遂》一诗〔绵山隐〕条笺注。此句指，对韩信有“一饭之恩”的“漂母”和“割股啖君”的介子推，都得到了祭祀。

〔汉家大将诛钟室〕《史记 · 淮阴侯列传》：“舍人弟上变，告信欲反状于吕后。吕后欲召，恐其党不就，乃与萧相国谋，诈令人从上所来，言豨已得死，列侯郡臣皆贺。相国绐信曰：‘虽疾，强入贺。’信入，吕后使武士缚信，斩之长乐钟室。信方斩，曰：‘吾悔不用蒯通之计，乃为儿女子所诈，岂非天哉！’遂夷信三族。”

〔绵庙〕指晋文公在介子推隐居而终的绵山立庙祭祀。餐，刘师培手稿作“飧”；施，刘师培手稿作“食”。见《仪征刘氏遗稿汇存》第 2 册 P774。

〔敌国已破谋臣亡〕《史记 · 淮阴侯列传》：“信曰：‘果若人言：‘狡兔死，良狗烹；高鸟尽，良弓藏；敌国破，谋臣亡。’天下已定，我固当亨！’”

秋夜望月

青天萧萧秋风起，月光照彻银河水。河水迢迢三千里，寒流潜入云天里。碧玉冥冥烟雾开，山鬼啸月凄风来。蟋蟀啼阶叶飘井，秋风秋露一天冷。

【刊载】

《扬州新见刘师培十七首佚诗》，古籍整理研究学刊 2012 年 7 月第 4 期 P43—44。

【类别】

七言，8 句。

【编年】

暂不能确定时间。疑为其早期作品。

【笺注】

〔寒流〕皎洁的月光。《全唐诗》卷 817 皎然《与卢孟明别后宿南湖对月》："五（一作南）湖生夜月，千里满寒流。"（第 12 册 P9287）潜，刘师培手稿作"洒（灑）"。见《仪征刘氏遗稿汇存》第 2 册 P775。

〔碧玉冥冥烟雾开〕碧玉，刘师培手稿作"碧空"。见《仪征刘氏遗稿汇存》第 2 册 P775。冥冥，夜晚。《荀子》卷 15《解蔽篇第二十一》："冥冥蔽其明也。"杨倞注："冥冥，暮夜也。"

〔山鬼啸月凄风来〕《楚辞》卷 2 有屈原《九歌 · 山鬼》篇，但篇中并无"啸月"情节，则此"山鬼"当为山中精怪之泛指。郑善夫《少谷集》卷 7《鳌岭》："空门闭云春寂寞，山鬼啸月夜萧骚。"

〔蟋蟀啼阶叶飘井〕《诗经 · 唐风 · 蟋蟀》："蟋蟀在堂，岁聿其莫。"黄景仁《两当轩集》卷 1《古近体诗八十三首（癸未至己丑）· 秋夜曲》："蟋蟀啼阶叶飘井，秋月还来照人影。"

〔秋风秋露〕孔凡礼《全宋词补辑》温镗《折丹桂》："秋风秋露清秋节。秋雨过、秋香初发。"（中华书局 1981 年 8 月第 1 版 P33）

重宫怨

池头箫鼓咽秋风，花落栏干惨不红。夜月不知人有恨，犹诱□□照深宫。

【刊载】

《扬州新见刘师培十七首佚诗》，古籍整理研究学刊 2012 年 7 月第 4 期 P44。

【类别】

七言，4 句。

【编年】

暂不能确定时间。疑为其早期作品。

【笺注】

〔重〕据《仪征刘氏遗稿汇存》第 2 册，此诗有两份手稿，分别见 P801、813。P801 诗题"宫怨"上有一"重"字。该"重"为重复之意，并非诗题。P813 诗题作"宫怨"。

〔池头箫鼓咽秋风〕张九龄《曲江集》卷 5《故徐州刺史赠吏部侍郎苏公挽歌词三首》其三：“返葬长安陌，秋风箫鼓悲。”此诗识读自手稿《(重)宫怨》(见《仪征刘氏遗稿汇存》第 2 册 P801)。《仪征刘氏遗稿汇存》第 2 册有《宫怨》一诗(P813)，与此诗文辞基本一致，据《宫怨》一诗，鼓作“管”；“咽秋风”句作“咽春风”。

〔栏干〕刘师培两份手稿均作“阑干”。见《仪征刘氏遗稿汇存》第 2 册 P801、813。

〔夜月不知人有恨〕《午梦堂诗钞》叶纨纨《愁言集·哭亡妹琼章(八首)》其四：“风景不知人有恨，月明依旧画栏干。”(《清代诗文集汇编》第 104 册 P733，上海古籍出版社 2010 年 12 月第 1 版)

〔犹诱□□照深宫〕两份手稿该句均作“犹将清影照深宫”。见《仪征刘氏遗稿汇存》第 2 册 P801、813。。

寒柳（二首）

【刊载】

《扬州新见刘师培十七首佚诗》，古籍整理研究学刊 2012 年 7 月第 4 期 P44。

【类别】

七言，8 句。

【编年】

暂不能确定时间。疑为其早期作品。

寒柳（二首）其一

柔条无力拂帘笼，尽在疏烟细雨中。城郭空余隋别苑，楼台不改汉离宫。昏鸦数点栖斜日，枥马群嘶系朔风。堤上垂垂萦几曲，寒枯林塞望溟濛。

【笺注】

〔柔条无力拂帘笼〕《全芳备祖前集》卷 15《花部·酴醿·七言绝句》戴石屏(复古)：“剩馥余姿扺兰麝，柔条无力带琼瑶。”帘笼，刘师培手稿作“帘栊”。见《仪征刘氏遗稿汇存》第 2 册 P799。指窗户、窗帘。详见《宫怨》一诗〔帘栊夕雨〕条笺注。

〔疏烟细雨〕韩维《南阳集》卷 14《绍隆院池上五首》其一：“细雨疏烟冒广池，危亭晨坐冷侵衣。”

〔城郭空余隋别苑，楼台不改汉离宫〕西汉吴王刘濞筑广陵城。隋大业年间，隋炀帝杨广幸扬州，在此修建了大量离宫别馆。详见《端阳日偕地山泽山谷人泛湖言念旧游怆然有作》一诗〔隋宫芜〕条笺注。

〔昏鸦数点〕周敦颐《周元公集》卷2《杂著·诗类·题春晚》：“花落柴门掩夕晖，昏鸦数点傍林飞。”

〔枥马〕拴在马厩中的马。《文选》卷57潘安仁（潘安，本名潘岳）《马汧督诔》：“用能薪刍不匮，人畜取给，青烟傍起，历（五臣本作枥）马长鸣。”《正字通》辰集中《木部》：“枥，……又牛马皂。《说文》：‘枥㯕，椑指’。谓马厩。”

〔堤上垂垂袅几曲〕扬州瘦西湖有“长堤春柳”一景。《扬州画舫录》卷13《桥西录》：“长堤春柳在虹桥西岸，为吴氏别墅。大门与冶春诗社相对。……扬州宜杨，在堤上者更大。冬月插之，至春即活，三四年即长二三丈。髡其枝，中空，雨余多产菌如碗。合抱成围，痴肥臃肿，不加修饰。或五步一株，十步双树，三三两两，跂立园中。”堤，刘师培手稿作“隄”（见《仪征刘氏遗稿汇存》第2册P799）。

〔寒枯林塞望溟濛〕寒枯林塞，据刘师培手稿，当作“寒林十里”（见《仪征刘氏遗稿汇存》第2册P799）。

寒柳（二首）其二

风条雨索大堤前，霜雪纷纷十月天。金缕新词沈夜月，玉关长笛咽寒烟。将军老去空营里，处士归来故宅边。我亦湘潭感摇落，行人攀折自年年。

【笺注】

〔风条雨索〕刘师培手稿作“风条雨叶（葉）”；堤，手稿作“隄”。见《仪征刘氏遗稿汇存》第2册P799。

〔霜雪纷纷〕彭汝砺《鄱阳集》卷4《和范学士韵》九首其八：“尘埃苒苒行其野，霜雪纷纷陟彼山。”

〔金缕新词〕词牌《贺新郎》，又名《金缕歌》《金缕曲》《金缕词》。详见《长亭怨慢·送春》一词〔歌残金缕〕条笺注。

〔玉关长笛咽寒烟〕玉关，指玉门关。《乐府诗集》卷22王之涣《出塞》：“黄沙直（或作‘黄河远’——引者）上白云间，一片孤城万仞山。羌笛何须怨杨柳，春光（或作‘风’——引者）不度玉门关。”

〔将军老去空营里，处士归来故宅边〕邓廷桢《双砚斋诗钞》卷2《甲戌/乙亥·古今体诗六十七首·钱塘怀古八首》其二：“处士归来惟放鹤，将军老去但骑驴。”案：“放鹤”，指林逋。详见《和万树梅花绕一庐》一诗〔此中应中孤山庐〕条笺注。“骑驴”，指韩琦。详见《黄天荡怀古》一诗〔他日湖上游，末路能毋悲〕条笺注。

〔湘潭感摇落〕《世说新语》卷上之上《言语第二》：“桓公北征经金城，见前为琅邪时种柳，皆已十围，慨然曰：‘木犹如此，人何以堪！’攀枝执条，泫然流泪。”庾信《庾子山集》卷1《枯树赋》：“桓大司马闻而叹曰：‘昔年种柳，依依汉南。今看摇落，凄怆江潭。树犹如此，人何以堪！”案：桓公、桓大司马指东晋权臣桓温。此“湘潭”并非专指地名，而是泛指河湖之“江潭”。《楚辞》卷7屈原《渔父》：“屈原既放，身斥逐也。游于江潭，行吟泽畔。”《渔父》之“江潭”，指楚国湘地之潭。故后世亦有将“江潭”作“湘潭”者。如，刘攽《彭城集》卷12《晚行》：“湘潭早摇落，稍稍怅平分。”再如，林鸿《鸣盛集》卷3《寄蔡殷》：“闵子长怀汶上田，桓公谩赋湘潭柳。”又如，黄景仁《两当轩集》卷1《古近体诗八十三首（癸未至己丑）·和仇丽亭》五首其五：“遥知此去湘潭柳，一夕清霜似鬓丝。”

〔行人攀折自年年〕古人饯别时，有折柳相送的习俗。详见《折柳词（三首）》其一一诗〔折柳词〕条笺注。

【略考】

据刘师培手稿（见《仪征刘氏遗稿汇存》第2册P799），《寒柳》二首次序相反，“其一”为“其二”，“其二”为“其一”。《扬州新见刘师培十七首佚诗》将“自年年”中的叠字符号“ミ”误为“二”字，故作此调换。

无题

霜襟雪羽不胜春，何地飘飘托此身。无意莫随朱户客，有情还恋素心人。轻钗有尽随神女，脂粉无颜笑太真。君看繁华桃李节，有谁身不恋红尘。

【刊载】

《扬州新见刘师培十七首佚诗》，古籍整理研究学刊2012年7月第4期P44。

【类别】

七言，8句。

【编年】

暂不能确定时间。疑为其早期作品。

【笺注】

〔霜襟雪羽〕本指仙鹤，此处指“白燕”。唐庚《眉山诗集》卷3《七言古诗 · 病鹤行》：“冰姿玉质仅生存，雪羽霜毛半零落。”《玉音法事》卷下《宋道君（宋徽宗赵佶——引者）圣制道词 · 白鹤词十首》其四：“霜雪羽毛冰玉性，瑶池深处啄灵苗。”

〔何地飘飘托此身〕《全唐诗》卷229杜甫《旅夜书怀》：“飘飘（一作零）何所似，天地一沙鸥。”（第4册P2490）《全唐诗》卷233杜甫《燕子来舟中作》：“可怜处处巢君（一作居）室，何异飘飘托此身。”（第4册P2574）托，刘师培手稿作“讬”。见《仪征刘氏遗稿汇存》第2册P795。

〔朱户〕豪门。详见《阴氛篇》一诗〔朱门富恺耽〕条笺注。

〔素心人〕心地纯净之人。详见《古意》一诗〔素心人〕条笺注。

〔轻钗有尽随神女〕《洞冥记》卷2：“神女留玉钗以赠帝（指汉武帝——引者），帝以赐赵婕妤。至昭帝元凤中，宫人犹见此钗。黄誎欲之。明日示之，既发匣，有白燕飞升天。后宫人学作此钗，因名玉燕钗，言吉祥也。”黄景仁《两当轩集》卷6《古近体诗六十一首（壬辰）· 归燕曲》：“玉京臂冷红丝断，神女钗归锦合空。”尽，刘师培手稿作“影”。见《仪征刘氏遗稿汇存》第2册P795。

〔脂粉无颜笑太真〕《说郛》卷111下《杨太真外传》卷上：“（天宝——引者）七载，加钊御史大夫，权京兆尹，赐名国忠。封大姨为韩国夫人，三姨为虢国夫人，八姨为秦国夫人，同日拜命，皆月给钱十万为脂粉之资。然虢国不施妆粉，自炫美艳，常素面朝天。”《全唐诗》卷511张祜《集灵台二首》：“日光斜照集灵台，红树花迎晓露开。昨夜上皇新授箓，太真含笑入帘来。”“虢国夫人承主恩，平明骑马入宫门。却嫌脂粉污颜色，淡扫蛾眉朝至尊。”（第8册P5883）案：太真，杨玉环。虢国夫人，杨玉环之姐。

〔桃李节〕《文选注》卷31鲍明远（照）《学刘公干体一首》：“艳阳桃李节，皎洁不成妍。”李善注：“《吕氏春秋》曰：‘仲春之月桃李华。’”

〔红尘〕本意指车马荡起的烟尘，后喻俗世繁华。《后汉书 · 班固传》载其《西都赋》：“红尘四合，烟云相连。”《全唐诗》卷806寒山《诗三百三首》其一百十一：“抛绝红尘境，常游好阅书。”（第12册P9169）

【略考】

《扬州新见刘师培十七首佚诗》中之《佳人》（舞袖触处落花香）、《无题》（一番风雨海天秋)、《无题》(霜襟雪羽不胜春)疑为刘师培手稿《白燕(八首七律)》中的第六、七、八首。见《仪征刘氏遗稿汇存》第2册794—795。

无题

一番风雨海天秋，冰䈦银床动客愁。□露何曾随皓鹤，掠波慎勿妒沙鸥。杏花春雨愁无际，芳草斜阳冷玉钩。多少文禽婴□□，寄巢何用傍妆柔。

【刊载】

《扬州新见刘师培十七首佚诗》，古籍整理研究学刊2012年7月第4期P44。

【类别】

七言，8句。

【编年】

暂不能确定时间。疑为其早期作品。

【笺注】

〔一番风雨海天秋〕张耒《柯山集》卷20《七言绝句·效李商隐》："昨夜雨昏今日朗，一番风雨一番愁。"同上书卷21《七言绝句·登乘槎亭》："海天秋雾暗乘槎，风响空山浪卷沙。"

〔冰䈦银床〕䈦，刘师培手稿作"簟"。见《仪征刘氏遗稿汇存》第2册P795。指凉爽的竹席和白银装饰的床具。《唐诗品汇》卷53《七言绝句八·正变》温庭筠《瑶瑟怨》："冰簟银床梦不成，碧天如水夜云轻。"

〔□露何曾随皓鹤〕□，刘师培手稿作"警"。见《仪征刘氏遗稿汇存》第2册P795。《艺文类聚》卷3《岁时部上·秋》："《风土记》曰：鸣鹤戒露，白鹤也。此鸟性儆，至八月白露降，即高鸣相儆。"《全唐诗》卷419元稹《五弦弹》："辞(一作避)雄皓鹤警露啼，失子哀猿绕林啸。"(第6册P4627)皓鹤，即"白鹤"。

〔掠波慎勿妒沙鸥〕详见《再渡日本舟中作》一诗〔静媿沤忘机〕条笺注。上句与此句指，能弃忘机巧，一任天然，何用时时戒备，高鸣警露。

〔杏花春雨愁无际〕虞集《道园学古录》卷4《风入松(寄柯九思——引者)》御沟冰泮水挼蓝。飞燕语呢喃。重重帘幕寒犹在，凭谁寄、银字泥缄。报道先生归也，杏花春雨江南。"《全唐诗》卷539李商隐《春风》："春风虽自好，春物太昌昌。若教春有意，惟遣一枝芳。我意殊春意，先春已断肠。"(第8册P6225)无际，刘师培手稿作“□箔”，疑为“珠箔”。见《仪征刘氏遗稿汇存》第 2 册 P795。刘师培词作《菩萨蛮》有句：“帘栊残月落，夜雨愁珠箔”；《咏汉长无相忘瓦》诗有句：“稀绤秋风怨绿衣，帘栊夜雨愁珠箔”。

〔芳草斜阳冷玉钩〕《全唐诗·全唐诗续补遗》卷 17（神仙鬼怪）吕岩（洞宾）《咏景十首》其四《缆船洲》：“笑抛渔艇入苍茫，岂意壶中岁月长。归到荒洲无觅处，萋萋芳草对斜阳。”（第 14 册 P10806）玉钩，新月。《六臣注文选》卷 30 鲍明远（照）《翫月城西门廨中》：“始出西南楼，纤纤如玉钩。”吕向注：“月初出于西南，纤纤然有似玉钩。”玉钩斜，指隋炀帝在扬州所建宫殿埋葬宫人的墓地。详见《咏隋宫》一诗〔一带玉沟斜，当年帝子家〕条笺注。

〔多少文禽婴□□〕文禽，色彩斑斓之鸟。详见《有感》一诗〔偶忮文禽罪〕条笺注。婴，通“撄”，触碰、触犯。《韩非子·说难第十二》：“然其喉下有逆鳞径尺，若人有婴之者，则必杀人。”何犿注：“婴，触。”□□，据刘师培手稿，当作“网缴”。见《仪征刘氏遗稿汇存》第 2 册 P795。

〔寄巢何用傍妆柔〕寄巢，刘师培手稿作“营巢”；妆柔，刘师培手稿疑作“朱楼”。见《仪征刘氏遗稿汇存》第 2 册 P795。

【略考】

《扬州新见刘师培十七首佚诗》中之《佳人》（舞袖触处落花香）、《无题》（一番风雨海天秋）、《无题》（霜襟雪羽不胜春）疑为刘师培手稿《白燕（八首七律）》中的第六、七、八首。见《仪征刘氏遗稿汇存》第 2 册 794—795。

佳人

舞袖触处落花香，金犀扮成碧玉筐。梁苑雪飞寻旧梦，汉宫日暖试新妆。珠帘卷罢三更月，玉阶能霏二月霜。省识入宫还见妒，双临从不到昭阳。

【刊载】

《扬州新见刘师培十七首佚诗》，古籍整理研究学刊 2012 年 7 月第 4 期 P44。

【类别】

七言，8 句。

【编年】

暂不能确定时间。疑为其早期作品。

【笺注】

〔佳人〕“佳人”二字是刘师培在手稿中对“粧成”二字的修改，《扬州新见刘师培十七首佚诗》误为诗题。见《仪征刘氏遗稿汇存》第2册P795。

〔舞袖触处落花香〕据刘师培手稿，此句当作“舞筵触处落花香”，见《仪征刘氏遗稿汇存》第2册P795。舞筵，指跳舞时铺设的席毯。《杜诗详注》卷3杜甫《城西陂泛舟》：“鱼吹细浪摇歌扇，燕蹴飞花落舞筵。”《仪礼注疏》卷2《士冠礼第一》：“主人之赞者，筵于东序”。郑玄注：“筵，布席也。

〔金犀扮成碧玉筐〕据刘师培手稿，该句应作“金屋佳人梦玉筐”。见《仪征刘氏遗稿汇存》第2册P795。《吕氏春秋·音初》：“有娀氏有二佚女，为之九成之台，饮食必以鼓。帝令燕往视之，鸣若谥隘。二女爱而争搏之，覆以玉筐，少选，发而视之，燕遗二卵，北飞，遂不反，二女作歌一终，曰‘燕燕往飞’，实始作为北音”。《古诗纪》卷116《陈第九》萧诠《咏衔泥双燕》：“衔泥金屋外，表瑞玉筐中。学飞疑汉妾，巢幕惮吴宫。爪截还犹短，窠成新尚空。讵并零陵石，飞舞逐春风。”

〔梁苑〕又名梁园、菟园、睢园、修竹园，俗名竹园，是西汉梁孝王刘武在封地睢阳营建的豪华园林，故址位于今河南省商丘市梁园区。详见《怀桂蔚丞先生（时客汴省）》一诗〔言念梁园客，于今赋倦游〕条笺注。

〔汉宫日暖试新妆〕《乐府诗集》卷80李白《清平调三首》其二：“一枝红艳露凝香，云雨巫山枉断肠。借问汉宫谁得似，可怜飞燕倚新妆。”

〔珠帘卷罢三更月〕《西京杂记》卷2：“汉诸陵寝皆以竹为帘，皆为水纹及龙凤之像。昭阳殿织珠为帘，风至则鸣如珩佩之声。”《全唐诗》卷474徐凝《汉宫曲》：“水色帘前流玉霜，赵家飞燕侍昭阳。掌中舞罢箫声绝，三十六宫秋夜长。”（第7册P5409）昭阳殿，赵飞燕妹妹赵合德居住的宫殿。详见《台湾行》一诗〔明珠翠羽纷来贡〕条笺注。

〔玉阶能霏二月霜〕玉阶，据刘师培手稿，当作“玉碮”，见《仪征刘氏遗稿汇存》第2册P795。《集韵》卷2《平声二·齐第十二》：“碮，砧也。”砧，洗衣时用以捣衣的砧垫，常寓失宠后妃对君王的哀怨、闺妇对丈夫的思念。详见《咏汉长无相忘瓦》一诗〔后宫砧杵怨禽华〕条笺注。

〔省识入宫还见妒〕《说郛》卷111上伶玄《赵飞燕外传》：“帝居鸳鸯殿便房，省帝簿。嫕上簿，嫕因进言：‘飞燕有女弟合德，美容体，性醇粹可信，不与飞燕比。’帝即令舍人吕延福以百宝凤毛步辇迎合德。合德谢曰：‘非贵人姊召不敢行，愿斩首以报宫中。’延福还奏，嫕为帝取后五采组文，手藉为符，以召合德。……帝御云光殿，帐使樊嫕进合德。合德谢曰：‘贵人姊虐妒，不难灭恩。受耻不受死，非姊教，愿以身易，耻不望旋踵。’音词舒闲清切，左右嗟赏之啧啧。帝乃归合德。”省识，认识，熟识。《尚书正义》卷13《大诰》：“王曰：‘尔惟旧人，尔丕克远省。”孔传：“特命久老之人，知文王故事者，大能远省识古事”。此指赵飞燕、赵合德是亲姐妹。即使如此亲密，姐姐也会因为帝王恩宠而妒忌妹妹。

〔双临从不到昭阳〕临，刘师培手稿作“栖”。袁凯《海叟集》卷3《白燕》：“赵家姊妹多相忌，莫向昭阳殿里飞。”陆深《俨山集》卷25《诗话（三十二则）》：“袁御史海叟能诗，国朝以来未见其比。有《海叟集》。予为编修时，尝与李献吉梦阳、何仲默景明校选其集，孙世祺继芳刻在湖广。献吉谓，海叟诸诗《白燕》最下、最传，故新集遂删之。尝闻故老云：会稽杨维祯廉夫以诗豪东南，赋《白燕》，其警句云：‘珠帘十二中间卷，玉剪一双高下飞。’时海叟在座，意若不满。遂赋一首云：‘故国飘零事已非，旧时王谢见应稀。月明汉水初无影，雪满梁园尚未归。柳絮池塘香入梦，梨花庭院冷侵衣。赵家姊妹多相忌，莫向昭阳殿里飞。’廉夫击节叹赏，遂废己作。手书数纸，尽散座客。一时声名振起，人称为袁白燕。”

【略考】

《扬州新见刘师培十七首佚诗》中之《佳人》（舞袖触处落花香）、《无题》（一番风雨海天秋）、《无题》（霜襟雪羽不胜春）疑为刘师培手稿《白燕（八首七律）》中的第六、七、八首。见《仪征刘氏遗稿汇存》第2册794—795。

无题

当年一纸报神京，争奈强藩拥进明。东郡亦残弦角下，青州虚撤苟晞兵。扶桑形势三千里，齐国河山七十城。北阁兵戈非义旅，将军且莫恼尚征。

【刊载】

《扬州新见刘师培十七首佚诗》，古籍整理研究学刊2012年7月第4期P44。

【类别】

七言，8句。

【编年】

暂不能确定时间。疑为其早期作品。

【笺注】

〔当年一纸报神京〕纸，据刘师培手稿，当作“旅”；报，当作“拱”（见《仪征刘氏遗稿汇存》第 2 册 P798）。神京，帝都，详见《感事八首》（其五）〔神京〕条笺注。

〔争奈强藩拥进明〕此句指，睢阳危急，张巡向坐拥重兵的贺兰进明、许叔冀求援，但被其拒绝。《新唐书·忠义中·张巡传》："御史大夫贺兰进明代巨节度，屯临淮，许叔冀、尚衡次彭城，皆观望莫肯救。巡使霁云如叔冀请师，不应，遗布数千端。霁云谩骂马上，请决死斗，叔冀不敢应。巡复遣如临淮告急，引精骑三十冒围出，贼万众遮之。霁云左右射，皆披靡。既见进明，进明曰：'睢阳存亡已决，兵出何益？'霁云曰：'城或未下。如已亡，请以死谢大夫。'叔冀者，进明麾下也，房琯本以牵制进明，亦兼御史大夫，势相埒而兵精。进明惧师出且见袭，又忌巡声威，恐成功，初无出师意。又爱霁云壮士，欲留之。为大飨，乐作，霁云泣曰：'昨出睢阳时，将士不粒食已弥月。今大夫兵不出，而广设声乐，义不忍独享，虽食，弗下咽。今主将之命不达，霁云请置一指以示信，归报中丞也。'因拔佩刀断指，一座大惊，为出涕。卒不食去。抽矢回射佛寺浮图，矢著砖，曰：'吾破贼还，必灭贺兰，此矢所以志也！'"

〔东郡亦残弦角下〕东郡，秦始建，西晋初年废。《史记·秦始皇本纪》："五年，将军骜攻魏，定酸枣、燕、虚、长平、雍丘、山阳城，皆拔之，取二十城。初置东郡。"弦角下，据刘师培手稿，当作"张角众"。见《仪征刘氏遗稿汇存》第 2 册 P798。黄巾大起义中，张角部将卜己与皇甫嵩大战于东郡。皇甫嵩"进击东郡黄巾卜己于仓亭，生禽卜己，斩首七千余级。"（《后汉书·皇甫嵩传》）

〔青州虚撤苟晞兵〕苟晞，据刘师培手稿当作"苟晞"（见《仪征刘氏遗稿汇存》第 2 册 P798）。苟晞，西晋"八王之乱"时期名将，《晋书》有本传。此句指，"八王之乱"时，东海王司马越自食其言，只将青州交给苟晞，遭其嫉恨，埋下了自己败亡的隐患。详见《晋书》司马越和苟晞本传。

〔扶桑形势三千里〕扶桑，古籍中指"日出之地"，此处则泛指中国东部地区。《淮南子·天文训》："日出于旸谷，浴于咸池，拂于扶桑，是谓晨明。"《管城硕记》卷 14《楚辞集注一》："饮余马于咸池兮，总余辔乎扶桑。集注曰：……扶桑，木名，日出其下也。"徐文靖按："《周髀经》曰：日径一千二百里。石氏曰：日晖径千里，周三千里。日如此之大，岂有出于一木之下者？"

〔齐国河山七十城〕《战国策》卷 30《燕二》："昌国君乐毅为燕昭王合五国之兵而攻齐，下七十余城，尽郡县之以属燕。三城未下，而燕昭王死。惠王即位，用齐人反间，疑乐毅，而使骑劫代之将。乐毅奔赵，赵封以为望诸君。齐田单欺诈骑劫，卒败燕军，复收七十城以复齐。燕王悔，惧赵用乐毅承燕之弊以伐燕。"

〔北阁兵戈非义旅，将军且莫恼尚征〕北阁，据刘师培手稿，疑当作“北阙”（见《仪征刘氏遗稿汇存》第2册P798）。北阙，指皇宫，亦代指朝廷。详见《癸丑纪行六百八十八韵》一诗〔黄图新北阙〕条笺注。恼，刘师培手稿字形似“恼”，疑为“赋”潦草所致（见《仪征刘氏遗稿汇存》第2册P798）。《国语》卷10《晋语四》：“公属百官，赋职任功。”韦昭注：“赋，授也。授职事，任有功也。”《周礼注疏》卷3《天官冢宰·宫伯》：“以时颁其衣裘”。郑玄注：“衣裘，若今赋冬夏衣。”孔颖达疏：“班之与赋，皆赐授之义。”尚征，据刘师培手稿，疑当作“专征”（见《仪征刘氏遗稿汇存》第2册P798），指对军队具绝对指挥权。详见《军国平章事重轻》一诗〔当年弓矢亦专征〕条、《癸丑纪行六百八十八韵》一诗〔元戎彤矢锡〕条笺注。此二句指，唐朝官军军纪涣散，战斗力低下，将军不可授予其专征之权。

无题

生女难弭七雄师，漠北和亲事可疑。百越河北南比辙，三朝节钺北湟陲。千秋论定功兼罪，四海官家夏变夷。自古英雄嗟末路，千兵去市乱旅时。

【刊载】

《扬州新见刘师培十七首佚诗》，古籍整理研究学刊2012年7月第4期P44。

【类别】

七言，8句。

【编年】

暂不能确定时间。疑为其早期作品。

【笺注】

〔生女难弭七雄师〕此句指，战国七雄之间常以联姻方式希望避免冲突，但难以消弭彼此间的战争。

〔漠北和亲〕指西汉初与匈奴的和亲。

〔百越河北南比辙〕据刘师培手稿，该句模糊难识，疑当作“百越洵兆南海徼”。见《仪征刘氏遗稿汇存》第2册P798。《毛诗正义》卷2—1《邶风·击鼓》：“于嗟洵兮”。毛传：“洵，远。”《尔雅·释言》：“兆，域也。”《正字通》寅集下《彳部》：“徼，……又边境也。”

〔三朝节钺北湟陲〕《全唐诗》卷438白居易《题周皓（一作浩）大夫新亭子

二十二韵》:“十载歌钟地，三朝节钺臣。”（第 7 册 P4877）北湟陲，北部边境的城垒。《文选注》卷 34 枚叔（乘）《七发八首》:“辇道邪交，黄池纡曲。”李善注:“黄当为湟。湟，城池也。”

〔四海官家夏变夷〕官，据刘师培手稿，疑当作“为”。见《仪征刘氏遗稿汇存》第 2 册 P789。《孟子 · 滕文公上》:“吾闻用夏变夷者，未闻变于夷者也。”此句指，天下混同，华夷不辨。

〔自古英雄嗟末路〕英雄末路，俗语。《桃花扇》上本第二十出《移防（甲申六月）》:“（副净）落日林梢照大旗,（生）从军北去慰乡思,（副净）黄河曲里防秋将,（生）好似英雄末路时。”

〔千兵去市乱旅时〕据刘师培手稿，该句疑当作“干兵玉帛乱离时”。见《仪征刘氏遗稿汇存》第 2 册 P798。兵，通“戈”。《六臣注文选》卷 9 扬子云《长杨赋（并序）》“回戈邪指，南越相夷。”李周翰注:“戈，亦兵也。”《诗经集传》卷 2《邶一之三 · 击鼓》:“击鼓其镗，踊跃用兵。”朱熹注:“兵谓戈戟之属。”

赠吴彦复

平生壮气凌湖海，卧对西风感鬓丝。谏艸耻留青史迹，骚心潜付美人知。更无大地容真隐，为写新愁入小诗。好待尘寰炊黍熟，劫灰影里辨残棋。

【刊载】

《刘申叔遗书补遗》下册 P1339。

【类别】

七言，8 句。

【编年】

暂不能确定时间。疑为其早期作品。

【笺注】

〔吴彦复〕吴保初，字彦复。详见《岁暮怀人（其三）》一诗〔吴彦复〕条笺注。

〔平生壮气凌湖海〕王安石《临川文集》卷 5《古诗 · 寄曾子固二首》其一:“平生湖海士，心迹非无素。”张孝祥《于湖集》卷 31《乐府 · 水调歌头（和庞佑父）》:“湖海平生豪气，关塞如今风景，剪烛看吴钩。”辛弃疾《稼轩词》卷 1《水调歌头 · 和赵国兴知录韵》:“更觉元龙楼百尺，湖海平生豪气。”

〔谏艸耻留青史迹〕欧阳修《六一诗话》:“闽人有谢伯初者，字景山，当天圣景佑之间，以诗知名。余谪夷陵时，景山方为许州法曹，以长韵见寄，颇多佳句：……‘典辞悬待修青史，谏草当来集皁囊’。”《后汉书 · 蔡邕传》：“以邕经学深奥，故密特稽问，宜披露失得，指陈政要，勿有依违，自生疑讳。具对经术，以皂囊封上。”李贤注：“《汉官仪》曰：‘凡章表皆启封，其言密事得皁囊’也。”皁，同“皂”。《正字通》午集中《白部》：“皂，俗皁字。”《尊瓠室诗话》卷 3：“吴彦复师讳保初，号君遂，武壮公仲子也……丁酉秋，朝廷下诏求言。先生陈时事疏，略谓：皇上宜亲贤正，远邪佞，乾刚独断，则万机咸理。若魁柄下移，则国非其国矣。尚书刚毅恶其言切直，抑不代达。先生忿诋之，遂挂冠归。”吴保初有《未焚草》传世，为其诗集，一册不分卷。卷首有其自序，署“光绪戊戌至日于北山楼”，应为 1898 年刊刻，收其 1898 年前诗作。另有《北山楼集》，分诗、词、文三部分。其中，文集中录其谏章若干，包括：《上本部堂官说帖》《上孙尚书书》《陈时事疏》《请还政疏》等。《陈时事疏》，即是导致其“挂冠归”的那份奏折。吴保初有《自题批鳞草后》三首，载《北山楼集 · 北山楼诗 · 丁酉（1897——引者）》。第一首曰：“一叩君门深九重，不知涕泗复何从。君无失德言空激，臣本当诛罪不容。为主应同狂犬吠，杀身还负逆鳞龙。横流四海疮痍甚，惭愧无能报列宗。”他在《请还政疏》中历数垂帘听政之弊，“亲政钜典一日不行，则外间浮言一日难靖，即邦本一日不安”。提出，“万寿山之风景依然，颐和园之花鸟无恙，湖山钟鼓，暮景堪娱”，劝慈禧“安居深宫，籍资颐养”。

〔骚心潜付美人知〕屈原在《离骚》中以“灵修美人”喻指楚怀王，劝谏其“建立道德，举贤用能”。详见《甲辰年自述诗》（其四十九）一诗〔美人香草〕条笺注。吴保初在《陈时事疏》中劝谏光绪：“今天下病亟矣！谁秉国钧？谁尸国政？祸阶之房，至于此极！”“诚恐皇上春秋鼎盛，犹日与宫人宦寺为狎暱，日以博奕演剧为戏乐，而四方解体，兆姓寒心。”

〔为写新愁入小诗〕辛弃疾《稼轩词》卷 4《菩萨蛮》：“少年不识愁滋味，爱上层楼，爱上层楼。为赋新词强说愁。”

〔好待尘寰炊黍熟〕即“一枕黄粱”，典出沈既济《枕中记》，详见《感事八首》（其六）一诗〔黄粱一枕梦初醒〕条笺注。

〔刼灰影里辨残棋〕《古今韵会举要》卷 30《入声 · 十六》：“劫，……通作刼。”劫灰，遭遇劫火后的灰烬。详见《咏汉长无相忘瓦》一诗〔魂复昆明有劫灰〕条笺注。残棋，指残破局势，形势岌岌可危。详见《和周美权《夜坐偶成》用原韵》一诗〔浩劫同残棋〕条笺注。刼，据原件。《刘申叔遗书补遗》本作“刧”。辨，原件改“证（證）”为“辨”。

【略考】

《刘申叔遗书补遗》录该诗题记："原书与团扇背面，署'彦复先生正，师培'。据其正面程建勋所绘梅花署'作于津门'，则应为刘师培一九一六至一九一七年旅居天津是时所作。……标题为编者所拟。"

张仲民《叶落知秋：清末民初的史事和人物》之《"以学殉时"——洪宪帝制期间的刘师培》一文注释〔169〕："万先生将此诗系为刘师培 1916 年—1917 年居住天津时所作，误，吴 1913 年即去世。"（上海人民出版社 2020 年 6 月第 1 版 P195）

述怀一百四十韵示蜀中诸同好

述怀一百四十韵示蜀中诸同好

【刊载】

《刘申叔遗书》61 册（66—71），《左盦诗录》卷 3《左盦诗续录》。

【类别】

五言，280 句。

【编年】

1912 年。排于《蜀中赠朱云石》之后，《浣花溪夕望》之前，故定编年于 1912 年。

【笺注】

该诗较长，每 8 句为一段。

汉业晖天德，乘时岂异人。蛟螭频失水，雕隼竟离尘。浩荡新机转，栖遑往迹陈。吾身富忧患，壮志岂沈沦。

〔汉业晖天德〕汉业，汉朝基业，后指汉族政权。《后汉书 · 杜林传》："明年，大议郊祀制，多以为周郊后稷，汉当祀尧。诏复下公卿议，议者佥同，帝亦然之。林独以为周室之兴，祚由后稷，汉业特起，功不缘尧。"晖，照耀。《说文解字》卷 7 上《日部》："晖，光也。"天德，上天之德，天意。《尚书今注今译 · 吕刑》："惟克天德，自作元命。"屈万里译："只是负荷着老天的美德（依照天意），自己造成了伟大的命运。"（台湾商务印书馆 1977 年 4 月七版 P179）

〔乘时岂异人〕《史记 · 淮阴侯列传》："上常从容与信言诸将能否，各有差。上问曰：'如我能将几何？'信曰：'陛下不过能将十万。'上曰："于君何如？"曰：'臣多多而益善耳。'上笑曰：'多多益善，何为为我擒？'信曰：'陛下不能将兵，而善将将，此乃信之所以为陛下擒也。且陛下所谓天授，非人力也。'"《史记 · 高祖本纪》："其先刘媪尝息大泽之陂，梦与神遇。是时雷电晦冥，太公往视，则见蛟龙于其上。已而有身，遂产高祖。""吕后与两子居田中耨，有一老父过请饮，吕后因餔之。老父相吕后曰：'夫人天下贵人。'令相两子，见孝惠曰：'夫人所以贵者，乃此男也。'相鲁元，亦皆贵。老父已去，高祖适从旁舍来，吕后具言客有过，相我子母皆大贵。高祖问，曰未远，乃追及，问老父。老父曰：'乡者夫人婴儿皆似君，君相贵不可言。'高祖乃谢曰：'诚如父言，不敢忘德。'及高祖贵，遂不知老父处。""高祖被酒，夜径泽中，令一人行前。行前者还报曰：'前有大蛇当径，愿还。'高祖醉曰：'壮士行何畏！'

乃前，拔剑击斩蛇，蛇遂分为两，径开。行数里醉，因卧。后人来至蛇所，有一老妪夜哭。人问：'何哭？'妪曰：'人杀吾子，故哭之。'人曰：'妪子何为见杀？'妪曰：'吾子白帝子也，化为蛇当道，今为赤帝子斩之，故哭。'人乃以妪为不诚，欲笞之，妪因忽不见。后人至，高祖觉。后人告高祖，高祖乃心独喜，自负。""秦始皇帝常曰：'东南有天子气。'于是因东游以厌之。高祖即自疑，亡匿，隐于芒砀山泽岩石之间。吕后与人俱求，常得之。高祖怪问之，吕后曰：'季所居上常有云气，故从往，常得季。'"上句与此句指，汉朝兴起，是刘邦顺势乘时而为，岂是什么异于常人的神人。

〔蛟螭频失水〕《资治通鉴》卷 273《后唐纪二》："蛟龙失水，蝼蚁足以制之。"梅尧臣《宛陵集》卷 14《依韵和永叔见寄》："蛟龙失水等蚯蚓，鳞角虽有辱在泥。"《说文解字》卷 13 上《虫部》："螭，若龙而黄，北方谓之地蝼。从虫离声，或云无角曰螭。"

〔雕隼竟离尘〕《补注杜诗》卷 17 杜甫《奉赠鲜于京兆二十韵（天宝十一载作）》："骅骝开道路，鹏鹗离风尘。"仇兆鳌注："洙曰：犹骏异得路者，然也。赵曰：骅骝、鹏鹗，言其俊也。"《说郛》卷 15 上《诗贵熟读》："梁揆叔子解试'鹏鹗离风尘'诗。当时无不击节，都人径说：鹏鹗冲天品，凡禽未易伦。三秋乘志气，一举离风尘。或者喜其自喻，见志果超诣上上。"

〔浩荡新机转〕此句指，在浩荡的时代大潮中迎来新的转机。此处为刘师培自喻，我寓居蜀中，迎来人生转机。

〔栖遑往迹陈〕栖遑，颠沛不安貌。详见《咏史（十二首）》其十二一诗〔仲尼昔栖皇〕条笺注。此句指，以往的经历颠沛不安。案：以上 8 句是刘师培的自况，哀叹自己身世凄凉，但壮志不堕。

逸致凌蘅鹄，遗闻对木麟。锦篇梁苑鹿，宝幰鲁郊驷。闻吹思游宋，褰裳罢涉溱。鼎膏贞玉铉，篚缟丽綦巾。

〔逸致凌蘅鹄〕逸致，高远闲适的情志。《全唐诗》卷 442 白居易《新昌新居书事四十韵因寄元郎中张博士》："逸致因心得，幽期遇境牵。"（第 7 册 P4959）蘅，杜蘅，亦作"杜衡"，香草。详见《答周美权诗意》遗书〔茝蘅〕条笺注。《史记·陈涉世家》："陈涉少时，尝与人佣耕，辍耕之垄上，怅恨久之，曰：'苟富贵，无相忘。'庸者笑而应曰：'若为庸耕，何富贵也！'陈涉太息曰：'嗟乎，燕雀安知鸿鹄之志哉！'"

〔遗闻对木麟〕"对木麟"，即"白麟奇木对"，此处指"骈俪文"。《汉书·终军传》："从上幸雍祠五畤，获白麟，一角而五蹄。时又得奇木，其枝旁出，辄复合于木上。上异此二物，博谋群臣。军上对曰：'臣闻《诗》颂君德，《乐》舞后功，异经而同指，明盛德之所隆也。南越窜屏葭苇，与鸟鱼群，正朔不及其俗。……今郊祀未见于神祇，而获兽以馈，此天之所以示飨，而上通之符合也。……'对奏，上甚异之，由是改元为元狩。后数月，越地及匈奴名王有率众来降者，时皆以军言为中。"刘师培《文说 · 耀采篇第四》："西汉文人，追踪三古，而终军有'奇木白麟'之对，儿宽摅奉觞上寿之辞。胎息微萌，俪形已具。迨及东汉，文益整赡，盖踵事而增自然之势也。"（《刘申叔遗书》20册【31】）案：刘师培此段文字直接剿袭于孙梅的《四六丛话》卷28《总论》叙。详见葛云波《金粉丹青属阿谁？——揭露刘师培"抄袭"〈四六丛话〉》（《中华读书报》2010年3月24日第7版）此句指，我倾心于六朝"骈俪文"。

〔锦篇梁苑鹿〕梁苑，又名菟园、睢园、修竹园，俗名竹园，是西汉梁孝王刘武在封地睢阳营建的豪华园林，故址位于今河南省商丘市梁园区。详见《怀桂蔚丞先生（时客汴省）》一诗〔言念梁园客，于今赋倦游〕条笺注。《西京杂记》卷4："梁孝王游于忘忧之馆，集诸游士各使为赋。……公孙诡为《文鹿赋》，其词曰：'麀鹿濯濯，来我槐庭。食我槐叶，怀我德声。质如缃缛，文如素綦。呦呦相召，《小雅》之诗。叹丘山之比岁，逄（通'逢'——引者）梁王于一时。'"此句指，我喜爱汉赋。

〔宝幰鲁郊驷〕《诗经 · 鲁颂 · 駉之什 · 駉》："駉駉牡马，在坰之野。薄言駉者，有驷有騢，有驔有鱼。以车祛祛，思无邪，思马斯徂。"《说文解字》卷7下《巾部》："幰，车幔也。"此句指，我喜爱《诗经》。《列子》卷2《天瑞第一》："客出行经坰外"。张湛注："坰，郊野之外也。"

〔闻吹思游宋〕《庄子 · 养生主第三》："庖丁为文惠君解牛，手之所触，肩之所倚，足之所履，膝之所踦，砉然向然，奏刀騞然，莫不中音。合于《桑林》之舞，乃中经首之会。"陆德明《经典释文》卷26《庄子音义上（内篇七）· 养生主第三》："《桑林》，司马云：'汤乐名。'崔云：'宋舞乐名。'案，即《左传》'舞师题以旌夏'是也。"案：西周灭商，封其王族后裔于宋，以奉殷商祭祀，故殷商很多风俗文化仍在宋国留存。此句指，听到演奏商乐，想去宋国一游。

〔褰裳罢涉溍〕《诗经 · 郑风 · 褰裳》："子惠思我，褰裳涉溱。……子惠思我，褰裳涉洧。"《诗经 · 郑风 · 溱洧》："溱与洧，方涣涣兮。"参见《咏史（十二首）》其五一诗〔卿云亘中天，八伯休褰裳〕条笺注。《集韵》卷2《平声二 · 臻第十九》："溍，《说文》：'水，出郑国。'引《诗》：'溍与洧，方涣涣兮。'通作溱、净。"

〔鼎膏贞玉铉〕《周易今注今译》五〇《鼎》："上九。鼎玉铉，大吉，无不利。"陈鼓应注：“鼎玉铉：‘玉铉’，鼎环之嵌玉者，较‘金铉’为更贵。二者皆大吉之象。”陈鼓应译：“筮得上爻，鼎器更换了饰玉的鼎环，非常吉祥，无所不利。”（商务印书馆 2005年11月第1版P447、449）膏，润泽、润滑。《晋书·刘聪载记》：“以臣等膏之鼎镬，皇朝上下自然雍穆矣。”《资治通鉴》卷 89《晋纪十一·孝愍皇帝下》：“愿以臣等膏鼎镬，则朝廷自然雍穆矣。”胡注：“膏，居号翻，润也。”《说文解字》卷 3 下《卜部》：“贞，卜问也。从卜，贝以为贽。一曰鼎省声。京房所说。”

〔篚缟丽綦巾〕《诗经今注今译·郑风·出其东门》：“缟衣綦巾，聊乐我员。”马持盈注：“缟衣：白色之衣。綦巾：苍艾色之巾，都是贫寒女子的服装。”马持盈译：“我宁愿和一个缟衣素巾的朴素女子相结合，倒觉得快活。”（台湾商务印书馆 1979 年 3 月六版 P131）《尚书今注今译·禹贡》：“厥篚玄纤缟”。屈万里译：“用筐子盛着进贡的东西有细致的黑绸和白绸。”（台湾商务印书馆 1977 年 4 月七版 P35—36）

海筏愆徐福，昆珍笑郗诜。载驱征捷捷，多难诲谆谆。朔气方嘘毒，群黎尚遘迍。薇红疏北伐，堇绿梦西巡。

〔海筏愆徐福〕世传，徐福入海求仙山，到达了今天的日本，一去不返。参见《台湾行》一诗〔三山〕条笺注。《文选注》卷 22 谢叔源（混）《游西池一首》：“美人愆岁月，迟暮独如何。”李善注：“愆，谓过期也。”

〔昆珍笑郗诜〕《晋书·郄诜传》：“郄诜，字广基，济阴单父人也。……累迁雍州刺史。武帝于东堂会送，问诜曰：‘卿自以为何如？’诜对曰：‘臣举贤良对策，为天下第一，犹桂林之一枝，昆山之片玉。’帝笑。侍中奏免诜官，帝曰：‘吾与之戏耳，不足怪也。’”《集韵》卷 10《入声下·陌第二十却》：“郄，地名。晋大夫叔虎邑，亦姓。”《古音余》卷 1《五微》：“郗，黄伯思云：郗，姓，为江左名族。其姓读如絺绣之絺，而俗书作郄。……后世因俗书相乱，郗、郄二姓遂不复分。”

〔载驱征捷捷〕《诗经今注·鄘风·载驰》：“载驰载驱，归唁卫侯。”高亨注：“载，犹乃也，发语词。驰、驱，车马疾行。”（上海古籍出版社 1980 年10月第1版 P77）《毛诗正义》卷 18—3《大雅·荡之什·烝民》：“征夫捷捷，每怀靡及。”孔颖达疏：“捷捷者，举动敏疾之貌。”

〔多难诲谆谆〕《诗经·大雅·荡之什·抑》诗序：“卫武公刺厉王，亦以自警也。”诗：“昊天孔昭，我生靡乐。视尔梦梦，我心惨惨。诲尔谆谆，听我藐藐。匪用为教，覆用为虐。”《诗经今注今译》马持盈译：“上天是极其昭明的，我这一生没有过过一天快乐的日子。看见你那样的昏昏倒倒，我的心忧伤的很！我对于你苦口婆心的劝告，而你却听之藐藐，全不留心。”（台湾商务印书馆 1979 年 3 月六版 P467）《宋本广韵》卷 1《上平声 · 谆第十八》：“谆，至也，诚恳貌。”

〔朔气方嘘毒〕《周礼注疏》卷 26《春官宗伯下 · 大史》：“正岁年以序事，颁之于官府及都鄙。”贾公彦疏：“节气，一名朔气。中气在晦，则后月闰。中气在朔，则前月闰。”嘘毒，喷吹出毒气。《大般涅槃经》卷 22《光明遍照高贵德王菩萨品之四》：“所谓毒蛇具四种毒，见毒、触毒、啮毒、嘘毒。”《大般涅槃经义记》卷 7：“见毒喻火，热增赤现故说为见。触毒喻蛇，地增身重故名为触。嘘毒喻风，风吹曰嘘，亦有经本说为气毒，其义相似。啮毒喻水，水渍名啮。四大亦可彰法同喻。”

〔群黎尚邅迍〕《毛诗正义》卷 9—3《小雅 · 鹿鸣之什 · 天保》：“群黎百姓，偏为尔德。”郑玄笺：“黎，众也。”邅迍，亦作“邅屯”，遭遇《屯卦》，喻遇到灾难。《说文解字》卷 1 下《屮部》：“屯，难也。象屮木之初生，屯然而难。……《易》曰：‘屯，刚柔始交而难生。’”《后汉书 · 皇后纪第十上》：“终于五子作乱，冢嗣邅屯。”李贤注：“邅，遇也。屯，难也。”《全唐诗》卷 541 李商隐《送从翁东川弘农尚书幕》：“宫掖方为蛊，边隅忽邅迍。”（第 8 册 P6294）

〔薇红疏北伐〕指《诗经 · 小雅 · 鹿鸣之什 · 采薇》篇，喻军队出征，发生战事。详见《咏史（十二首）》其九一诗〔薇黄知岁深，杞绿知春阳〕条笺注。疏，时间久。《孟子注疏》卷 3 上《公孙丑上》：“王者之不作，未有疏于此时者也。”赵岐注：“言王政不兴久矣。”

〔堇绿梦西巡〕《穆天子传》卷 4：“庚寅至于重黎䡞氏黑水之阿，爰有野麦，爰有荅堇。西膜之所谓木禾，重䡞氏之所食。”堇，通“堇”。《说文解字注》卷 1 下《艸部》：“堇，艸也。”段注：“《大雅》：‘堇荼如饴。’传曰：‘堇，菜也。’……今经典通用堇字。”郑珍《巢经巢诗钞》卷 2《玉蜀黍歌（庚寅）》：“我读《竹书》又知更名为荅堇，其时见之黑水阿。黑水今在云南中，益见我言非炙輠。”

京洛滋蛇豕，乾坤穴介鳞。辽砧榆月晓，燕笛柳烟春。驼帐金杯酪，貂幨绮陌轮。冰寒玄獏集，飚劲赤鹰瞵。

〔京洛滋蛇豕，乾坤穴介鳞〕京洛，泛指京师。详见《明代扬州三贤咏 · 宝应刘练江先生永澄》一诗〔京洛〕条笺注。蛇豕，长蛇大猪，喻贪婪残暴之徒。《左传 · 定公四年》：“吴为封豕长蛇，以荐食上国。”《全唐诗》卷 227 杜甫《有感五首》

其二：“幽蓟余蛇（一作封）豕（史朝义下诸降将仍据幽魏之地），乾坤尚虎狼。”（第 4 册 P2466）介鳞，亦作“鳞介”，指披鳞戴甲的水中生物，亦是对少数民族的蔑称。李纲《梁溪集》卷 32《诗二十八 · 正之复次前韵作四篇见示是日适登城楼以望江山且阅捷报因赋六章以报之》其二：“且将戈戟歼蛇豕，会把衣裳易介鳞。”参见《台湾行》一诗〔鳞介易冠裳〕条笺注。

〔辽砧榆月晓〕此句指隋唐时征戍辽东的史迹。详见《资治通鉴》卷 181、197、198 的记载。《全唐诗》卷 96 沈佺期《古意呈补阙乔知之（一作古意，又作独不见）》：“卢家少妇郁金堂（一作香），海燕双栖玳瑁梁。九月寒砧催木叶，十年征戍忆辽阳。”（第 2 册 P1037）《全唐诗》卷 889 李煜《望远行》：“辽阳月，秣陵砧，不传消息但传情。”（第 13 册 P10118）砧，洗衣时用以捣衣的砧垫，常寓闺妇对丈夫的思念。详见《咏汉长无相忘瓦》一诗〔后宫砧杵怨禽华〕条笺注。榆，指星辰。《古诗纪》卷 16《汉第六 · 乐府古辞 · 相和歌辞 · 瑟调曲 · 陇西行》：“天上何所有，历历种白榆。”《文苑英华》卷 855 李峤《释六 · 宣州大云寺碑》：“星榆月桂，泛河鼓之天津。露栢霜松，出巴陵之地道。”

〔燕笛柳烟春〕幽州，也就是“燕”地，今北京地区，是古代中原与少数民族的分界地，重要的军事屏障。隋唐时，曾数征辽东，幽州是重要的战略集结地。柳烟，指柳树枝叶浓密，似烟雾笼罩。李贺《昌谷集》卷 3《代崔家送客》：“行盖柳烟下，马蹄白翩翩。”

〔驼帐金杯酪〕《玉台新咏》卷 9《乌孙公主歌诗一首（并序）》：“汉武元封中，以江都王女细君为公主，嫁与乌孙昆弥。至国而自治宫室，岁时一再会，言语不通，公主悲愁，自作歌曰：‘吾家之嫁我兮天一方，远托异国兮乌孙王。穹庐为室兮毡为墙，肉为食兮酪为浆。常思汉土兮心内伤，愿为飞黄鹄兮还故乡。’”（《乐府诗集》卷 84 作《乌孙公主歌》，《古诗纪》卷 12 作《乌孙公主悲愁歌》）酪，动物奶汁凝成的膏状物。参见《咏史（四首）》一诗其一〔酪浆犹盈杯〕条笺注。

〔貂幨绮陌轮〕貂幨，动物皮毛制成的车帷。《六书故》卷 31《工事七》：“幨，昌廉切，车帷。”陌轮，即“九陌轮蹄”，指车辆行驶，道路繁忙。《全唐诗》卷 670 秦韬玉《题竹》：“却惊九陌轮蹄外，独有溪烟数十茎。”（第 10 册 P7719）李复《潏水集》卷 15《七言律诗 · 和朱给事上元早雪》：“万家灯火方行乐，九陌轮蹄肯放闲。”绮，美丽。详见《咏史（十二首）》其十一一诗〔《湛露》耽绮宵〕条笺注。

〔冰寒玄獏集〕《逸周书》卷 7《王会解第五十九》：“不令支玄獏。”孔晁注：“不令支，皆东北夷。貘，白狐。玄貘，则黑狐。”刘师培《周书补正》卷 5《王会解第五十九》：“孔注：貘，白狐。玄貘，则黑狐。案：《尔雅 · 释兽》：貔，白狐。又云：貘，白豹。据孔注，则本文自作玄貔。若作玄貘，则与下文黑豹复。《杂志》以孔注狐当作豹（何同），非也。”

〔飚劲赤鹰瞵〕《文选注》左太冲（思）《吴都赋》：“鹰瞵鹗视，趁趩翋㺒。”刘渊林（逵）注：“鹰瞵鹗视，言勇士似之也。”《宋书 · 沈攸之传》：“凡此诸帅，莫不勇力动天，劲志驾日，接冲拔距，鹰瞵鹗视，顾盼则前后风生，喑呜则左右电起。”《六臣注文选》卷 9 潘安仁（潘安，本名潘岳）《射雉赋》：“奋劲骹以角搓，瞵悍目以旁睐。”张铣注：“瞵，怒目貌。”《宋本广韵》卷 2《下平声 · 萧第三》：“飙，风也。俗作飚。”

阆圃犹堪忆，幽陵已不神。中原富萧菽，故老泣松筠。蚩野滋萧瑟，黎天幸燿焞。烬灰焄有鬲，温律斡伶伦。

〔阆圃〕指仙山昆仑及其山顶的玄圃。详见《望庐山》一诗〔远挹阆崑陪〕条笺注，《甲辰年自述诗（其二十八）》一诗〔瑶台玄圃〕条笺注。

〔幽陵已不神〕《史记 · 五帝本纪》：“帝颛顼高阳者，黄帝之孙，而昌意之子也。静渊以有谋，疏通而知事；养材以任地，载时以象天，依鬼神以制义，治气以教化，絜诚以祭祀，北至于幽陵，南至于交址。”张守节《正义》：“幽州也。”

〔萧菽〕《诗经今注 · 小雅 · 谷风之什 · 小明》：“岁聿云莫，采萧获菽。”高亨注：“萧，一种香蒿。菽，豆也。”（上海古籍出版社 1980 年 10 月第 1 版 P318、319）

〔松筠〕《全唐诗》卷 224 杜甫《奉赠鲜于京兆二十韵（鲜于仲通天宝末为京兆尹）》：“不得同晁错，吁嗟后郄诜。计疏疑翰墨，时过忆松筠。”（第 4 册 P2395）《礼记正义》卷 23《礼器》：“其在人也，如竹箭之有筠也，如松栢之有心也。二者居天下之大端矣，故贯四时，而不改柯易叶。”陆德明《音义》：“筠，于贫反。郑云：竹之青皮也。”后以松筠喻指坚贞。

〔蚩野〕即“涿鹿之野”。《史记 · 五帝本纪》：“蚩尤作乱，不用帝命。于是黄帝乃征师诸侯，与蚩尤战于涿鹿之野。遂禽杀蚩尤。”裴骃《集解》“服虔曰：‘涿鹿，山名，在涿郡。’张晏曰：‘涿鹿在上谷。’”司马贞《索隐》：“或作浊鹿，古今字异耳。按：《地理志》上谷有涿鹿县，然则服虔云在涿郡者，误也。”《山海经》卷 17《大荒北经》：“蚩尤作兵伐黄帝，黄帝乃令应龙攻之冀州之野。”涿鹿之野，即今华北平原地区。

〔黎天幸燿焞〕黎天，指由“火正”“重黎”掌管的天。《史记 · 楚世家》：“重黎为帝喾高辛居火正”。司马贞《索隐》:“此重黎为火正，彼少昊氏之后重自为木正，知此重黎即彼之黎也。”《史记 · 太史公自序》:“昔在颛顼，命南正重以司天，北正黎以司地。唐虞之际，绍重黎之后，使复典之，至于夏商。故重黎氏世序天地。”司马贞《索隐》:“张晏云：南方，阳也。火，水配也。水为阴，故命南方正重司天，火正黎兼地职。臣瓒以为，重黎氏是司天地之官，然司地者宜曰北正，古文作‘北’字，非也。案:《国语》:‘黎为火正，以淳曜敦大，光照四海’，又《幽通赋》云:‘黎淳耀于高辛”，则‘火正’为是也。”燿焞，光明照耀。米芾《宝晋英光集》卷 6《铭 · 章圣天临殿铭》:“祖烈耀焞，留倏后昆。”刘师培《四川国学会序》:“知深来物，汉诂耀焞。即比挢诬，理宜灖簃。”(《刘申叔遗书》57 册【170—172】,《左盦外集》卷 17）

〔烬灰焒有鬲〕《春秋左传今注今译 · 襄公四年》:“靡奔有鬲氏，浞因羿室。生浇及豷。……靡自有鬲氏，收二国之烬以灭浞，而立少康。”李宗侗注:“靡奔有鬲氏：靡是夏后氏的旧臣，而事奉后羿的，他就逃到有鬲氏去。据山东考古录说：‘有鬲在今山东省德县东南二十五里之五甲庄。’”“浞因羿室：寒浞就用羿的妻妾。”（台湾商务印书馆 1984 年 10 月六版 P778、779）《春秋左传正义》卷 29《襄公四年》，杜注:“烬，遗民。”《正字通》巳集中《火部》:“焒，……火热物也。”

〔温律斡伶伦〕温律，古人认为，音律可以调解气候变化。《艺文类聚》卷 9《水部下 · 谷》:“刘向《别录》曰：‘邹子在燕，燕有谷地，美而寒，不生五谷。邹子居之，吹律而温气至，而谷生，今名黍谷。’”伶伦，传说中黄帝时的乐官。《吕氏春秋》卷 5《古乐》:“昔黄帝令伶伦作为律。伶伦自大夏之西，乃之阮隃之阴，取竹于嶰溪之谷，以生空窍厚钧者，断两节间，其长三寸九分而吹之，以为黄钟之宫……”高诱注:“伶伦，黄帝臣。”《增修互注礼部韵略》卷 3《上声 · 二十四缓》:“斡，运也，转也。”

往训褎歼遂，亡征兆降莘。枌祠无白帝，草泽属黔民。都士思台笠，小灵效爥银。轩祥萌土蝼，姬制迓郊骍。

〔往训褎歼遂〕《春秋左传正义》卷 9《庄公十七年》:“夏，齐人歼于遂。”杜预注:“歼，尽也。齐人戍遂，翫而无备，遂人讨而尽杀之。故时史因以自尽为文。”孔颖达疏:“歼，尽也，《释诂》文。舍人曰：‘歼，众之尽也。’时史恶其轻敌，而以自尽为文。罪，齐戍也。《释例》曰：‘齐人歼于遂，郑弃其师，亦时史即事以安文，或从赴辞，故传不显明义例也。’”《正字通》申集下《衣部》:“褎，同褒。”此句指，《春秋》对遂人全歼轻敌的齐师使用了褒扬的笔法，其实是对齐人的鄙视。

〔亡征兆降莘〕《春秋左传正义》卷 10《庄公三十二年》："秋七月，有神降于莘。惠王问诸内史过曰：'是何故也？'对曰：'国之将兴，明神降之，监其德也。将亡，神又降之，观其恶也。故有得神以兴，亦有以亡。虞、夏、商、周皆有之。"杜预注："有神声以接人。莘，虢地。"孔颖达疏："今言神降，则人皆闻知，故知有神，谓'有神声以接人'也。吴孙权时，有神自称王表，言语与人无异，而形不可见。今此神降于莘，盖亦王表之类。神者，气也，当在人上。今下接人，故称降也。《国语》说此事，称内史过对王云：'昔昭王娶于房，曰房后，实有爽德，协于丹朱。丹朱冯身以仪之，生穆王焉。'若由是观之，其丹朱之神乎？下说神居莘，而虢公请土，内史过往，闻虢请命，知莘是虢地。"

〔枌祠无白帝〕枌祠，即"枌榆社"，汉高祖刘邦家乡祭祀社神之所。《史记 · 封禅书》："汉兴，高祖之微时尝杀大蛇。有物曰：'蛇，白帝子也。而杀者，赤帝子。'高祖初起，祷丰枌榆社。……后四岁，天下已定，诏御史令丰谨治枌榆社，常以四时春以羊彘祠之。"裴骃《集解》："张晏曰：'枌，白榆也。社在丰东北十五里。或，枌榆，乡名，高祖里社。"

〔草泽属黔民〕草泽，民间、江湖。详见《杂咏（二首）》其二一诗〔英雄在草泽〕条笺注。黔民，平民百姓。蔡邕《蔡中郎集》卷 6《王子乔碑》："佑邦国，相黔民。"详见《阴氛篇》一诗〔黧仪尠康虞〕条笺注。

〔都士思台笠〕《毛诗正义》卷 15—2《小雅 · 鱼藻之什 · 都人士》："彼都人士，台笠缁撮。"毛传："台所以御暑，笠所以御雨也。"郑玄笺："台，夫须也。都人之士，以台皮为笠，缁布为冠，古明王之时，俭且节也。"陆德明《音义》："台，如字。《尔雅》作'薹'，草名。"都士，都中之士，泛指居住在都会中之人。参见《咏史（十二首）》其二一诗〔都士歌狐裘〕条笺注。

〔小灵效爥银〕小灵，疑当作"人灵"。《文选注》卷 22 颜延年（延之）《车驾幸京口三月三日侍游曲阿后湖作》："人灵骞都野，鳞翰耸渊丘。"李善注："都野，民灵所居。"《文选注》卷 55 刘孝标（峻）《广绝交论》："比黔首以鹰鹯，媲人灵于豺虎。"李善注："《尚书》曰：'惟人万物之灵。'"李善《上〈文选注〉表》："协人灵以取则，基化成而自远。"爥银，闪亮的白银。详见《再渡日本舟中作》一诗〔爥银熣精液〕条笺注。《韵府群玉》卷 15《去声 · 十九效》："效，……亦作傚，效力也。"此句指，普通百姓为钱财奔忙。

〔轩祥萌土蝼〕轩，指轩辕黄帝。《吕氏春秋》卷 13《季冬纪第十二 · 名类》："凡帝王者之将兴也，天必先见祥乎下民。黄帝之时，天先见大螾大蝼，黄帝曰：‘土气胜。’土气胜，故其色尚黄，其事则土。”高诱注：“蚈，蝼；螾，蚯蚓。皆土物。”《宋书·符瑞志上》：“黄帝黄服斋于中宫，坐于玄扈洛水之上，……有大蝼如羊，大螾如虹，黄帝以土气胜，遂以土德王。”

〔姬制迓郊骍〕姬制，周天子“姬”姓，“姬制”即“周礼”。《礼记正义》卷 26《郊特牲》：“郊之祭也，迎长日之至也。大报天而主日也。兆于南郊，就阳位也。扫地而祭，于其质也。器用陶匏，以象天地之性也。于郊，故谓之郊。牲用骍，尚赤也。用犊，贵诚也。”郑玄注：“尚赤者，周也。”同上书卷 46《祭法》：“燔柴于泰坛，祭天也。瘗埋于泰折，祭地也。用骍犊。”孔颖达疏：“《郊特牲》云：郊之‘用犊，贵诚也。’”《毛诗正义》卷 20—1《鲁颂·駉之什·駉》：“駉駉牡马，在坰之野。薄言駉者，有驈有皇，有骍有骐。”毛传：“赤黄曰骍”。迓，通“御”。《尚书正义》卷 11《牧誓》：“弗迓克奔，以役西土。”陆德明《音义》：“迓，五嫁反，马作御，禁也。”御，奉献、贡献。《广雅》卷 2《释诂》：“奉、献、御、晋，……进也。”《后汉书·光武帝纪下》：“诏曰：往年已敕郡国，异味不得有所献御。”郊，祭天礼。《说文通训定声·小部弟七》：“郊，……[转注] 王者岁祭天于近郊五十里，故曰郊。”

渐觉洪钧转，犹烦漆室呻。斁舟期夏癸，摽剑吊春申。感念灵修远，咨嗟旧牒泯。徵文空杞宋，祝发侣瓯闽。

〔洪钧〕即“大钧”，指上天。《文选注》卷 24 张茂先（华）《答何劭二首》其二：“洪钧陶万类，大块禀群生。”李善注：“洪钧，大钧，谓天也。大块，谓地也。”另参见《舟中望庐山》一诗〔大钧型众态〕条笺住。

〔犹烦漆室呻〕漆室呻，喻对国家的忧思。详见《读王船山先生遗书》一诗〔漆室〕条笺注。《广雅》卷 1《释诂》：“烦，……劳也。”

〔斁舟期夏癸〕《集韵》卷 7《去声上·夬第十七》：“败，……古作斁”。败舟，指夏末群臣对夏桀荒淫无度、败亡国家的哀叹。详见《咏史（十二首）》其八一诗〔江水多败舟〕条笺注。夏癸，即“夏桀”。《汉书·叙传下》：“咨尔贼臣，篡汉滔天，行骄夏癸，虐烈商辛。”颜师古注：“张晏曰：‘桀名癸，纣名辛。’”

〔摽剑吊春申〕春申，楚国春申君黄歇。《史记·春申君列传》：“赵平原君使人于春申君，春申君舍之于上舍。赵使欲夸楚，为玳瑁簪，刀剑室以珠玉饰之，请命春申君客。春申君客三千余人，其上客皆蹑珠履以见赵使，赵使大惭。”摽，丢弃。《春秋公羊传》卷 7《庄公十三年》:“已盟，曹子摽剑而去之。”何休注:“摽，辟也。”此句指，春申君以奢亡身。

〔灵修〕指圣明之君，亦专指楚怀王。详见《甲辰年自述诗（其四十九）》一诗〔美人香草〕条笺注。

〔咨嗟旧牒泯〕旧牒，已经灭亡的王朝帝王世系谱牒。杨时《龟山集》卷 41《和李倅游武夷》:“枌社有谁藏旧牒，宾云无处问遗声。”案：枌社，指刘邦家乡的土地祠，引申为汉王朝的社稷。详见本诗〔枌祠无白帝〕条笺注。上句和此句指，圣明之君已远去，慨叹那王朝的帝王世系谱牒已经泯灭。

〔徵文空杞宋〕《论语・八佾第三》:“子曰:‘夏礼，吾能言之，杞不足徵也；殷礼，吾能言之，宋不足徵也。文献不足故也，足则吾能征之矣。’”

〔祝发侣瓯闽〕《庄子・逍遥游第一》:“宋人资章甫而适越，越人断发文身，无所用之。”《史记・赵世家》:“夫剪发文身，错臂左衽，瓯越之民也。”《文选注》卷 40 阮嗣宗（籍）《为郑冲劝晋王笺一首》:“威加南海，名慑三越。”李善注:“三越谓吴越，及南越，及闽越也。”《字汇》子集《人部》:“侣，……伴也，朋也。”

蕡烬钟阴烛，枫魂冀壄燐。戈痕延日驭，钟讯警霜晨。无复鲲鹏息，翻虞虎豹侁。援琴樗里引，滞迹会稽踆。

〔蕡烬钟阴烛〕《周礼注疏》卷 36《秋官司寇・司烜氏》:“凡邦之大事，共坟烛庭燎。”郑玄注:“故书‘坟’为‘蕡’。郑司农云：蕡烛，麻烛也。玄谓：坟，大也。树于门外曰大烛，于门内曰庭燎。皆所以照众为明。”孔颖达疏:“大事者，谓若大丧纪大宾客，则皆设大烛在门外，庭燎在大寝之庭。”《国语》卷 1《周语上》:“廪于藉东南，钟而藏之。”韦昭注:“钟，聚也。”《世说新语》卷下之上《伤逝第十七》:“圣人忘情，最下不及情。情之所钟，正在我辈。”阴烛，指“大丧”时点亮的“大烛”。

〔枫魂冀壄燐〕枫魂，典出《楚辞》卷 9 屈原（一说为宋玉）《招魂》。详见《效长吉》一诗〔江头明月黑，来照青枫树〕条笺注。《汉书・五行志上》:“远四佞而放诸壄。”颜师古注:“壄，古野字。”多隆阿《慧珠阁诗钞・征人怨其一》:“夜深未敢登台望，多恐青枫化鬼燐。”（辽海丛书本）《全唐诗》卷 218 杜甫《梦李白二首》其一:“恐非平生魂，路远不可测。魂来枫叶（一作林）青，魂返关塞黑。”（第4册P2292）《毛诗正义》卷 8—2《豳风・东山》:“町畽鹿场，熠耀宵行。”毛传:“熠耀，燐也。燐，萤火也。”孔颖达疏:“《淮南子》云:‘久血为燐。’许慎云:‘谓兵死之血为鬼火。’然则，燐者鬼火之名，非萤火也。陈思王《萤火论》曰：‘《诗》云：熠耀宵行。章句以为鬼火，或谓之燐，未有得也。’”冀，通“及”，及于、达到，至于。《礼记正义》卷 20《文王世子》：“群吏曰：反养老幼于东序，终之以仁也。”郑玄注：“大夫勤于朝，州里骓于邑是也。”陆德明《音义》：“骓，皇音冀。冀，及也。”《说文通训定声 · 颐部弟五》：“冀，……[叚借] 为隸。《礼记 · 文王世子》《释文》：‘冀，及也。’”《说文解字》卷 3 下《隶部》：“隸，及也。”《柳河东全集》卷 31《书》柳宗元《与杨京兆凭书》：“一不至则不可冀矣。”蒋之翘辑注：“冀，及也。”（四部备要本）此句指，江畔青枫树，化为鬼火磷。

〔戈痕延日驭〕即“鲁阳挥戈”，喻指力挽狂澜，拯救危局。详见《感事八首》（其八）一诗〔挥戈盼鲁阳〕条笺注。

〔钟讯警霜晨〕《山海经》卷 5《中山经》：“又东南三百里曰丰山……有九钟焉，是知霜鸣。”郭璞注：“霜降则钟鸣，故言知也。物有自然感应，而不可为也。”《全唐诗》卷 183 李白《听蜀僧浚弹琴》：“客心洗流水，余响入霜钟。”（第 3 册 P1874）

〔无复鲲鹏息〕《庄子 · 逍遥游第一》：“鹏之徙于南冥也，水击三千里，抟扶摇而上者九万里，去以六月息者也。”

〔翻虞虎豹侁〕翻虞，转而忧虑。何景明《大复集》卷 11《七言歌行三十一首 · 宝剑篇》：“砍地翻虞沧溟倒，倚天未觉虹霓高。”虎豹侁，指天门有众多虎豹把守。详见《八埏篇》一诗〔当关虎豹侁〕条笺注。

〔援琴樗里引〕《古今注》卷中《音乐第三》：“《走马引》，樗里牧恭所作也。为父报冤，杀人而亡，藏于山谷之下。有天马夜降，围其室而鸣。夜觉，闻其声，以为吏追，乃犇而亡去。明视之，马迹也。乃惕然大悟曰：‘岂吾居之处将危乎？’遂荷衣粮而去，入于沂泽，援琴鼓之，为天马之声，号曰《走马引》焉。”《太平御览》卷 482《人事部一百二十三 · 仇雠下》：“《琴操》曰：‘樗里牧恭所作也。樗里牧恭为父报怨，而亡林岳之下，有马夜降，围其室而鸣，于是觉而闻走马声，以为吏追之，乃奔而亡。明视，天马迹也。乃曰：“吾以义杀人，而天马来降以惊动，吾处不安，以告吾邪？”乃感惧入沂泽之中，作《走马引》。后果仇家候之不得也。’”

〔滞迹会稽踆〕《史记 · 越王勾践世家》：“勾践之困会稽也，喟然叹曰：‘吾终于此乎？’种曰：‘汤系夏台，文王囚羑里，晋重耳犇翟，齐小白犇莒，其卒王霸。由是观之，何遽不为福乎？’”《集韵》卷 2《平声二 · 谆第十八》：“踆，……《博雅》：止也，伏也。”

汲涧惊多蜮，潜渊愧隐蝓。漂零驾渚窟，局蹐皖江滨。草逐青袍黯，花迎绛帻新。五铢萦故业，三户奋孤臣。

〔汲涧惊多蜮〕汲涧，汲取涧水。《六臣注文选》卷 30 谢灵运《田南树园激流植援一首》："激涧代汲井，插槿当列墉。" 李周翰注："激涧，蹙水上高处，用之代汲水于井。"《全唐诗》卷 222 杜甫《奉酬薛十二丈判官见赠》："老夫自汲涧，野水日泠泠。"（第 4 册 P2371）《毛诗正义》卷 12—3《小雅 · 节南山之什 · 何人斯》："为鬼为蜮，则不可得。" 孔颖达疏："《洪范五行传》云：'蜮如鳖，三足，生于南越。南越妇人多淫，故其地多蜮。淫女惑乱之气所生也。' 陆玑疏云：'一名射影，江淮水皆有之。人在岸上，影见水中，投人影则杀之，故曰射影。南人将入水，先以瓦石投水中，令水浊，然后入。或曰，含沙射人皮肌，其疮如疥' 是也。"

〔潜渊愧隐蜦〕《说文解字》卷 13 上《虫部》："蜦，蛇属，黑色，潜于神渊，能兴风雨。"

〔漂零鸳渚窟〕《六十种曲》巳集陈汝元《金莲记》第三十出《同梦 · 北新水令》："几年梦里蜕蜉蝣，笑迷途谁人回首。飘零龙蜃窟，出入凤凰楼。"《文苑英华》卷 354《骚一 · 五悲文五首》卢照邻《悲昔游》："忽忆扬州扬子津，遥思蜀道蜀桥人。鸳鸯渚兮罗绮月，茱萸湾兮杨柳春。" 案：1905 年春，刘师培因避"警钟日报案"之祸，曾在嘉兴暂时栖身。嘉兴南湖与西南湖合称鸳鸯湖。详见《烟雨楼（二首）》其二一诗〔何当散发鸳湖里〕条笺注。此句当指刘师培此段经历。

〔局蹐皖江滨〕局蹐，亦作"跼蹐"，畏惧局促貌。《毛诗正义》卷 12—1《小雅 · 节南山之什 · 正月》："谓天盖高，不敢不局。谓地盖厚，不敢不蹐。" 郑玄笺："局蹐者，天高而有雷霆，地厚而有陷沦也。此民疾苦，王政上下皆可畏怖之言也。" 陆德明《音义》："局，本又作跼。"《后汉书 · 陈宠附陈忠传》："或有跼蹐比伍，转相赋敛。" 李贤注："《说文》曰：'蹐，小步也。' 言跼身小步，畏吏之甚也。" 皖江滨，指安徽。"警钟日报案" 发生后，刘师培在嘉兴暂住一段后，即受陈独秀之邀，赴安徽芜湖任教并从事革命排满宣传。此句当指刘师培此段经历。

〔草逐青袍黯〕《玉台新咏》卷 1《古诗八首》其八："青袍似春草，长条随风舒。"《全唐诗》卷 223 杜甫《送重表侄王砅（一作殊。砅，力制切，履石渡水也。今作厉）评事使南海》："水花笑白首，春草随青袍。"（第 4 册 P2378—2379）案：后世，青袍多用于喻指寒士。《李义山诗解 · 泪》："朝来灞水桥边问，未抵青袍送玉珂。" 陆昆曾注："其本旨全在结句。……然终不若灞水桥边，以青袍寒士，而送玉珂贵士。"

〔花迎绛帻新〕绛帻，秦代武将、汉代报晓宫人佩戴的绛红色的头巾，亦指鸡冠花。《演繁露》卷 15：“董巴《汉舆服志》曰：‘古者有冠无帻，秦以为武将首饰，为绛帻，以表贵贱。’”《续诗传鸟名卷》卷 1《齐风 ·（鸡鸣）鸡既鸣矣》：“两汉以后则专设鸡人一官。《苏氏志林》谓，《汉官仪》：宫中不畜鸡，旧谓但取善作鸡鸣者以代之，谓之鸡人。唐诗‘绛帻鸡人’，言首戴绛帻，如鸡冠也。然或不作鸡声，间有代之以歌者。”《全唐诗》卷 128 王维《和贾舍人早朝大明宫之作》：“绛帻鸡人送晓筹（一作报），尚衣方进翠云裘。”（第 2 册 P1296）顾光旭《梁溪诗钞》卷 2 尤隐士山（尤山）《鸡冠花》：“秋雨初晴后，鸡冠早放花。……金门多绛帻，分与野人家。”

〔五铢萦故业〕《全唐诗》卷 357 刘禹锡《蜀先主庙（汉末谣：黄牛白腹，五铢当复）》：“势分三足鼎，业复五铢钱。”（第 6 册 P4026）《汉书 · 食货志下》：“自孝武元狩五年，三官初铸五铢钱，至平帝元始中，成钱二百八十亿万余云。”

〔三户奋孤臣〕秦末谚语“楚虽三户，亡秦必楚也。”详见《即且食腾蛇》一诗〔三户能亡秦〕条笺注。上句与此句，喻排满革命。

鳬信聆萑泽，狐篝篮棘穜。傥携濠泗杰，应复沛丰裡。六镇终戡魏，三良惜殉秦。不逢诸葛恪，空负九方歅。

〔鳬信聆萑泽〕鳬信，即“信鳬”。《广东新语》卷 20《禽语 · 松鳬》：“《尔雅》云：‘鸭为舒鳬。’以其喜在松间，故名松鳬。其随潮下上者曰潮鳬，亦曰信鳬。”萑泽，古代湖泽。详见《冬日旅沪作》一诗〔藿泽聆弋鳬〕条笺注。此句似为“藿泽聆弋鳬”一句之化用。

〔狐篝篮棘穜〕《史记 · 陈涉世家》：“乃行卜者。卜知其指意，曰：‘足下事皆成，有功。然足下卜之鬼乎！’陈胜、吴广喜，念鬼，曰：‘此教我先威众耳。’乃丹书帛曰‘陈胜王’，置人所罾鱼腹中。卒买鱼烹食，得鱼腹中书，固以怪之矣。又间令吴广之次近所旁丛祠中，夜篝火，狐鸣呼曰：‘大楚兴，陈胜王’。卒皆夜惊恐。旦日，卒中往往语，皆指目陈胜。”《史记 · 陈涉世家》引贾谊《过秦论》：“陈涉之位，非尊于齐、楚、燕、赵、韩、魏、宋、卫、中山之君也；锄耰棘矜，非铦于句戟长铩也。适戍之众，非俦于九国之师也。”司马贞《索隐》：“棘，戟也。矜，戟柄，音勤。”《汉书 · 陈胜传》引贾谊《过秦论》：“鉏耰棘矜，不敌于钩戟长铩。”颜师古注：“矜，与穜同，谓矛铤之杷也。”

〔傥携濠泗杰，应复沛丰裡〕《汉书 · 高祖纪上》：“高祖，沛丰邑中阳里人也。”颜师古注：“应劭曰：‘沛，县也。丰，其乡也。’孟康曰：‘后沛为郡而丰为县。’师古曰：

‘沛者，本秦泗水郡之属县。丰者，沛之聚邑耳。”宋濂《文宪集》卷 16《临濠费氏先茔碑》：“帝乘六龙，起江淮东。濠泗之间，为汉沛丰。”《尔雅 · 释诂》：“禋，……祭也。”此句指，如果率领刘邦家乡的豪杰，应可恢复汉室天下。

〔六镇终戡魏〕指北魏时的“六镇之乱”。北魏孝文帝施行汉化改革，迁都洛阳。由此引发了其北部的“六镇”：沃野、怀朔、武川、抚冥、柔玄、怀荒的大规模叛乱。《剑桥中国隋唐史》第二章《隋朝（581—617）· 六世纪的中国》：“全面的汉化措施在孝文帝执政时（471—499）实行：废除鲜卑族的迷信而代之以中国尊奉的信仰和习俗；采用中国特有的选拔制度；鼓励与中国人通婚；进行土地改革——引进所谓的均田制；恢复儒家思想为国教；禁止在宫廷使用鲜卑语；采用中国的姓氏；也许最重要的是，从干草原边境的故土迁向洛阳建都，这里是充分反映中国王朝权力之地。这一系列汉化措施引起了强烈的反应，北方一批愤怒和怀有报复心理的集团联合起来发动叛乱（‘六镇之乱’）。这次叛乱由依恋故土和祖制并对洛阳的汉化政体深为不满的贵族领导，参与者为职业军人，他们是流放在长城一带的囚徒—戍卒和与其主人同样心怀不满的部落民组成的成分复杂的集团。这个集团在怨恨情绪和鲜卑民族沙文主义的推动下，于 523 年在中原发动叛乱。大屠杀随之而来：一个鲜卑领袖杀了洛阳宫廷中的一千多名中国显贵，其中包括皇太后。这里不再叙述以后发生的形形色色的勾结和阴谋。534 年，鲜卑帝国分裂成两部分：一为更加汉化的东魏，它以邺城（河南）为都；一为汉化程度较差的西魏，以陕西南部关中平原的长安为都。”（中国社会科学出版社 1990 年 12 月第 1 版 P53）

〔三良惜殉秦〕《毛诗正义》卷 6—4《秦风 · 黄鸟》诗序：“黄鸟，哀三良也。国人刺穆公以人从死而作是诗也。”郑玄笺：“三良，三善臣也。谓奄息、仲行、针虎也。从死，自杀以从死。”孔颖达疏：“文六年《左传》云：‘秦伯任好卒，以子车氏之三子奄息、仲行、针虎为殉。皆秦之良也。国人哀之，为之赋《黄鸟》。’”

〔不逢诸葛恪，空负九方歅〕诸葛恪，诸葛瑾之子，诸葛亮之侄。《三国志 · 吴书 · 诸葛恪传》：“诸葛恪，字符逊，瑾长子也。……他日复见，权问恪曰：‘卿父与叔父孰贤？’对曰：‘臣父为优。’权问其故，对曰：‘臣父知所事，叔父不知，以是为优。’权又大噱。……后蜀使至，群臣并会，权谓使曰：‘此诸葛恪，雅好骑乘，还告丞相，为致好马。’恪因下谢，权曰：‘马未至，而谢何也？’恪对曰：‘夫蜀者，陛下之外厩，今有恩诏，马必至也，安敢不谢？’”《列子集释》卷 8《说符第八》：“秦穆公谓伯乐曰：‘子之年长矣，子姓有可使求马者乎？’伯乐对曰：‘良马可形容筋骨相也。天下之马者，若灭若没，若亡若失。若此者绝尘弭辙。臣之子皆下才也，可告以良马，不可告以天下之马也。臣有所与共担缠薪菜者，有九方皋，此其于马非臣之下也。请见之。’穆公见之，使行求马。三月而反报曰：‘已得之矣，在沙丘。’穆公曰：‘何马也？’对曰：‘牝而黄。’使人往取之，牡而骊。穆公不说，召伯乐而谓之曰：‘败矣，子所使求马者！色物、牝牡尚弗能知，又何马之能知也？’伯乐喟然太息曰：‘一至于此乎？是乃其所以千万臣而无数者也。若皋之所观天机也，得其精而忘其粗，在其内而忘其外；见其所见，不见其所不见；视其所视，而遗其所不视。若皋之相者，乃有贵乎马者也。’马至，果天下之马也。”杨伯峻注：“《淮南子》及《吕览·观表篇》作‘九方堙’。胡怀琛曰：九方，姓；皋，名。《庄子》有九方歅。《通志》谓九方皋、九方歅是一个人。”（中华书局 1979 年 10 月第 1 版 P256）

寂浦渊鳣察，寒更国狗狺。剑虹韬蓟阙，箫月咽吴阊。处晦夷垂翼，知时《艮》列膑。羽凝桑扈皎，尾拨藻鱼鲜。

〔寂浦渊鳣察〕寂浦，寂静无声的水岸。《全唐诗》卷 84 陈子昂《宿空舲峡青树村浦》：“客思（一作愁）浩方乱，洲浦寂无喧。”（第 2 册 P909）《毛诗正义》卷 3—2《卫风·硕人》：“施罛濊濊，鳣鲔发发。”毛传：“鳣，鲤也。”察，至、到达。《广雅》卷 1《释诂》：“察，……至也。”《礼记正义》卷 52《中庸第三十一》：“《诗》云：‘鸢飞戾天，鱼跃于渊。’言其上下察也。”郑玄注：“察，犹着也。言圣人之德，至于天则鸢飞戾天；至于地则鱼跃于渊。”此句指，水岸边寂静安宁，本来活跃于深渊里的鱼来游弋。

〔寒更国狗狺〕寒更，寒夜。《全唐诗》卷 87 张说《奉和圣制野次喜雪应制》：“寒更玉漏催，晓色御前开。”（第 2 册 P940）《春秋左传正义》卷 59《哀公十二年》：“国狗之瘈，无不噬也。”孔颖达疏：“国狗，犹家狗。”《周礼注疏》卷 1《天官冢宰》序：“体国经野，设官分职。”孔颖达疏：“国，谓城中也。”《类篇》卷 28：“狺，……犬吠声，《楚辞》：‘猛犬狺狺’。”《杜诗详注》卷 4 杜甫《大云寺赞公房四首》其四：“泱泱泥污人，狝狝国多狗。”仇兆鳌注：“去声，与狺通，音银，旧作听。”此句指，夜寒更深，家犬狺狺狂吠。

〔剑虹韬蓟阙〕1909 年，刘师培曾随调任直隶总督的端方赴京津地区。据刘师培自述，其在此韬光养晦。《刘申叔与章太炎书》：“逮及北征，履弗踰阈，无结引旁驰之务，俭德避难，好爵不縻，政党时论曾无一字。清吏积疑，伺察日加，虽葱灵挈轴，楼台荐棘，弗是过也。”（载《亚细亚日报》1912 年 6 月 4 日第 7 版《文苑》栏目

《文录一首》）剑虹，剑光。《乐府诗集》卷 66 虞世南《结客少年场行》：“焰焰霜戈动，耿耿剑虹浮。”蓟阙指今京津地区。胡应麟《少室山房集》卷 45《五言排律三十三首・参知张公睿父博极群书侈于三箧而不佞猥以臭味国士龙门执手晤言兼旬欵洽辄因扬扢写寄诗歌凡六十四韵》：“苍茫辞蓟阙，濩落度延津。”《长安客话》卷 1《皇都杂记・古蓟门》：“京师八景有蓟门烟树，即此。本朝金幼孜诗：‘野色苍苍接蓟门，淡烟疏树碧絪缊。’”

〔箫月咽吴阓〕1909 年，刘师培叛变革命，至南京入两江总督端方幕府。据刘师培自述，其当时处于山穷水尽之境。《刘申叔与章太炎书》：“《衡报》既封，孑身如沪，希情作述，不能引决自裁，至为赵椿林、洪述轩所蛊，困株入幽，三年不觌，其罪二也。惟抵沪而后，思误浃旬，秋枚千里，佥可谘询。”（载《亚细亚日报》1912 年 6 月 4 日第 7 版《文苑》栏目《文录一首》）阓，瓮城，亦泛指城市。详见《游仙诗》一诗〔虹裳晖城阓〕条笺注。

〔处晦夷垂翼〕《周易今注今译》三六《明夷》：“初九。明夷于飞，垂其翼，君子于行，三日不食。有攸往，主人有言。”陈鼓应注：“明夷于飞，垂其翼：‘夷’，灭（《集解》引蜀才）、没（《小尔雅・广诂》）、‘伤’（〈序卦〉），‘明夷’即日明伤陨。‘于’，词头，无义。‘飞’即〈遁〉卦上九之‘飞遁’，指退飞、遁去。既说遁退，所以低垂羽翼，这是形象的说法，它的主语即是蒙后省略了的‘君子’，即问蓍者。高亨、李镜池等据荀爽‘火性炎上，离为飞鸟，故曰于飞’（《集解》引）及〈说卦〉‘离为雉’而读‘明夷’为‘鸣雉’或‘鸣鹈’。按：荀爽并未以雉鸟释‘明夷’。〈说卦〉的‘离为雉’只是就〈鼎〉、〈旅〉二卦而言，因此二卦上卦都是〈离〉，都含有‘雉’字（‘雉膏’、‘射雉’），而《明夷）卦并无雉鸟字样，出土帛书此二字亦不作‘鸣雉’或‘鸣鹈’而仍作‘明夷’。所以今不取释‘明夷’为雉鸟的说法。又按‘垂其翼’帛书作‘垂其左翼’。”译：“筮得初爻，日明伤陨之时向后飞遁，低垂羽翼，君子行隐，会多日得不到食物。若有所进往，问蓍者会遇到麻烦。”（商务印书馆 2005 年 11 月第 1 版 P325、326、327）《春秋左传正义》卷 27《成公十四年》：“《春秋》之称微而显，志而晦。”杜预注：“晦，亦微也。”此句指，处境不利时，要低垂羽翼，韬光养晦。

〔知时《艮》列膑〕知时，审时度势，了解现实态势。艮，《周易》第五十二卦《艮卦》。《周易・艮》：“彖曰：艮，止也。时止则止，时行则行。动静不失其时。”《周易正义》卷 5《艮》：“九三。艮其限，列其夤，厉薰心。”王弼注：“限，身之中也。三当两象之中，故曰‘艮其限’。夤，当中脊之肉也。止加其身，中体而分，故列其夤而忧危。熏，心也。艮之为义，各止于其所，上下不相与，至中则列矣。列加其夤，危莫甚焉。危亡之忧，乃熏灼其心也。施止体中，其体分焉，体分两主，大器丧矣。”陆德明《经典释文》卷 2《周易音义·艮》：“其限，马云：限，要也。郑、荀、虞同。夤，引真反，马云：夹脊肉也。郑本作腹，徐又音胤。荀作‘肾’，云互体有坎，坎为肾。薰，许云反，荀作‘动’，云互体有震震为动。”孔颖达疏：“‘艮其限，列其夤，厉熏心’者，限身之中，人系带之处。言三当两象之中，故谓之限。施止于限，故曰‘艮其限’也。夤，当中脊之肉也。熏，浇灼也。既止加其身之中，则上下不通之义也。是分列其夤，夤既分列，身将丧亡，故忧危之切，熏灼其心矣。然则，君臣共治，大体若身，大体不通，则君臣不接。君臣不接，则上下离心。列夤则身亡，离心则国丧。故曰：‘列其夤，厉熏心’。”《正字通》未集下《肉部》：“腹，……亦作夤。”此句指，审时度势，了解现实态势，该止则止，宜行则行，做到行止有度。不可躁动殃及其身。

〔羽凝桑扈皎〕《诗经今注今译·小雅·桑扈》：“交交桑扈，有莺其羽。”马持盈注：“交交：同咬咬，鸟鸣声。桑扈：鸟名，肉食，而不食粟，故亦名窃脂鸟。”“有莺：莺，文采也，有莺，即莺然有文采也。”马持盈译：“鸣声交交的桑扈，她的翅膀，多么的光采啊。”（台湾商务印书馆 1979 年 3 月六版 P361）《周易正义》卷 5《鼎》：“君子以正位凝命。”王弼注：“凝者，严整之貌也。”《广雅》卷 6《释训》：“皎皎，……明也。”《广雅》卷 8《释器》：“皎，……白也。”《尔雅注疏》卷 10《释鸟第十七》：“桑鳸，窃脂。”邢昺疏：“诸儒说窃脂，皆谓盗脂膏，即如下云‘窃玄’‘窃黄’者。岂复盗窃玄黄乎！案：下篇《释兽》云：‘虎窃毛谓之虦猫’，‘魋如小熊，窃毛而黄。’窃毛皆谓浅毛，窃即古之浅字。但此鸟其色不纯。窃玄，浅黑也。窃蓝，青也。窃黄，浅黄也。窃丹，浅赤也。四色皆具，则窃脂为浅白也。”《吕氏家塾读诗记》卷 23L《桑扈之什》：“交交桑扈，有莺其羽。”吕祖谦注：“《尔雅》有窃毛，皆谓浅色。浅色，浅白也。‘交交桑扈，有莺其羽’者，正以其色之窃脂者言之。此则陆农师之说也。”

〔尾拨藻鱼鲜〕《诗经今注今译·小雅·鱼藻》：“鱼在在藻，有莘其尾。”马持盈注：“藻：水草。”“有莘：音辛，即莘然，长而美的样子。”马持盈译：“鱼在什么地方？鱼在水草里面，得其所哉，所以体长而肥美。”（台湾商务印书馆 1979 年 3 月六版 P373）《集韵》卷 2《平声二·臻第十九》：“鲜，鱼名，长尾皃（貌——引者）。或省鲜，通作莘。”拨，摆动。《礼记正义》卷 2《曲礼上》：“两手抠衣，去齐尺，衣毋拨。”郑玄注：“拨，发扬貌。”

涅彩丹丘穴，珠条碧海津。鲸潮横铁弩，鹃铎曳金錞。问俗忧增切，开编意益振。哲人贵齐物，彼美竞工颦。

〔涅彩丹丘穴〕涅，染黑色使用的矾石。丹丘穴，指凤凰。《山海经广注》卷 2《西山经》："西南三百里曰女床之山，其阳多赤铜，其阴多石涅，其兽多虎豹犀兕。有鸟焉，其状如翟而五彩文，名曰鸾鸟，见则天下安宁。"吴任臣注："郭曰：即礬（同矾——引者）石也，楚人名为涅石。……任臣案：……杨慎补注曰：石涅，可以染黑色。《论语》'涅而不淄'，即此物也。""郭曰：旧说，鸾似鸡，瑞鸟也。周成王时，西国献之。任臣案：师旷《禽经》：鸾，瑞鸟，一曰鸡趣。顾野王《符瑞图》曰：鸡趣，王者有德则见。《尚书中侯》云：'周公归政于成王，太平制礼，鸾鸟见。'《禽虫述》曰：'鸾赤曰丹凤'。"《山海经》卷 1《南山经》："又东五百里曰丹穴之山，其上多金玉，丹水出焉，而南流注于渤海。有鸟焉，其状如鸡，五采而文，名曰凤凰。"《六臣注文选》卷 26 颜延年（延之）《赠王太常》："聆龙瞭九渊，闻凤窥丹穴。"刘良注："丹穴，山名也。凤鸟所从中出也。"案：凤在日本为天皇化身，"梧竹凤凰"为日本皇室御用纹章。刘师培似以此句暗喻日本。

〔珠条碧海津〕孙觌《鸿庆居士集》卷 2《宜黄尉李集义遣书问安否小诗为谢》："絙以朱丝绳，放之碧海津。"朱丝绳，琴瑟丝弦，喻孤直端厚。《艺文类聚》卷 40《乐部一 · 论乐》："宋鲍照……又《白头吟》曰：直如朱丝绳，清如玉壶冰。"珠，通"朱"。《后汉书 · 袁安传附袁逢传》："赐以珠画，特诏秘器。"李贤注："《前书》曰：董贤死，以砂画棺。《音义》云：以朱砂画之。珠，与朱同。"条，通"絛"。《礼记正义》卷 43《杂记下》："纯以素，紃以五采。"郑玄注"紃，施诸缝。若今时絛也。"陆德明《音义》："絛，本又作条。"《周礼注疏》卷 27《春官宗伯 · 御史》："条缨五就。"郑玄注："条，读为絛。"《字汇》未集《糸部》："絛，编丝绳也。"《礼记正义》卷 41《杂记上》："丧冠条属，以别吉凶。"郑玄注："条属者，通屈一条绳，若布为武。"絙，通"縆"。《重修广韵》卷 2《下平声 · 登第十七》："縆，大索。絙，上同。"《说文解字注》卷 13 上《糸部》："縆，大索也。一曰急也。"段注："《淮南子》曰：'张瑟者，小弦絙，大弦缓。'高氏注曰：'絙，急也。'王逸注《九歌》曰：'絙，急张弦也。''如月之恒。'《传》曰：'恒，弦也。'本亦作縆。"案：刘师培此句系化用自孙觌句。孙觌（1081—1169），字仲益，号鸿庆居士，常州晋陵（今江苏武进）人。幼年即获苏轼赏识。但其为人有文无行，为时论诟病。曾多次被贬并流放羁管。因鄙薄其为人，官修《宋史》未给其立传。《宜黄尉李集义遣书问安否小诗为谢》一诗，为其自辩之辞。刘师培上句与此句指，有仁有义，孤直端厚，却被迫流亡海外。指其 1907 年初，为躲避清廷侦缉而东渡日本。

〔鲸潮横铁弩〕《尔雅翼》卷 30《释鱼 · 鲸》："海中大鱼也，其大横海吞舟，穴处海底，出穴则水溢，谓之鲸潮。或曰，出则潮下，入则潮上，其出入有节，故鲸潮有时。"《史记 · 秦始皇本纪》："方士徐市等入海求神药，数岁不得，费多恐谴，乃诈曰：'蓬莱药可得，然常为大鲛鱼所苦，故不得至，愿请善射与俱，见则以连弩射之。'始皇梦与海神战，如人状。问占梦，博士曰：'水神不可见，以大鱼蛟龙为候。今上祷祠备谨，而有此恶神，当除去，而善神可致。'乃令入海者赍捕巨鱼具，而自以连弩候大鱼出射之。自琅邪北至荣成山，弗见。至之罘，见巨鱼，射杀一鱼。"《元和郡县图志》卷 1《关内道（一）· 京兆府（雍州）· 咸阳县》："秦兰池宫在县东二十五里……兰池陂，即秦之兰池也，在县东二十五里。初始皇引渭水为池，东西二百里，南北二十里，筑为蓬莱山，刻石为鲸鱼，长二百丈。"案：古时，常以"鲛鲸""鲸鲛"连称。《宋诗纪事》卷 60 金遁初《金焦行次梁必大韵》："鲛鲸无端怒生风，敕移三山填其胸。"刘弇《龙云集》卷 17《书 · 上运使蔡学士书》："而抟扶桑，挟方壶，列鲸鲛之怪，变嘘云气而直上。"古时，常以"鲸波""鲸浪"喻指与日本相隔的东海。《文苑英华》卷 297 徐凝《送日本使还》："绝国将无外，扶桑更有东。来朝逢圣日，归去及秋风。夜泛潮回际，晨征莽苍中。鲸波腾水府，蜃气壮仙宫。天眷何期远，王文久已同。相望杳不见，离恨托飞鸿。"《全宋诗》卷 2665 钟唐杰《送僧还日本》："扬帆渡鲸浪，帖帖如安流。慇勤不忍别，缱绻难为留。临风极遐睇，目断扶桑陬。他时托芳字，还能寄余不。"（北京大学出版社 1998 年 12 月第 1 版第 50 册 P31291）王应麟《少室山房集》卷 78《七言绝句 · 柬李汝藩四首》其一："万斛鲸波大海头，扶桑东指乱云愁。玉门生入殊堪乐，莫羡当年定远侯。"此句似指刘师培渡海赴日。

〔鹃铎曳金錞〕《周礼注疏》卷 12《地官司徒 · 鼓人》："鼓人，掌教六鼓四金之音声，以节声乐，以和军旅，以正田役。……以金錞和鼓，……以金铎通鼓。"郑玄注："錞，錞于也。圜如碓头，大上小下，乐作，鸣之与鼓相和。""铎，大铃也，振之以通鼓。"孔颖达疏："对金铃木舌者为木铎，施令时所振。"《论语注疏》卷 2《八佾第三》："天下之无道也久矣，天将以夫子为木铎。"何晏注："孔曰：木铎，施政教时所振也。"邢昺疏："'天将以夫子为木铎'者，木铎，金铃木舌，施政教时所振也。言天将命孔子制作法度以号令于天下如木铎以振文教也。"《国语》卷 11《晋五》："是故伐备钟鼓，声其罪也；战以錞于、丁宁，儆其民也。"王引之《经义述闻》卷 21《国

语下 · 战》："家大人曰：战非战斗之战。……战，读为惮。惮，惧也。"《正字通》子集中《人部》："儆，戒也。与警通。" 杜鹃鸣于春季，"遒人" 则适于此季 "徇于路" 以宣 "文教"，故曰 "鹃铎"。《尚书 · 胤征》："每岁孟春，遒人以木铎徇于路。"《唐诗品汇》卷 28《七言古诗四》杜甫《洗兵马行》"田家望望惜雨乾，布谷处处催春种。"《全唐诗》卷 539 李商隐《锦瑟》："庄生晓梦迷蝴蝶，望帝春心托杜鹃。"（第 8 册 P6194）此句指，启迪民智，警示国人。

〔问俗忧增切〕《礼记正义》卷 3《曲礼上》："入竟而问禁，入国而问俗，入门而问讳。" 郑玄注："俗，谓常所行与所恶也。"《文苑英华》卷 571 刘禹锡《为杜司徒慰义阳公主薨表》："臣某言：伏承义阳公主薨，伏惟圣怀伤悼增切。" 此句指，入乡探问其地风俗，忧虑之情更为加剧。结合后句 "哲人贵齐物" 分析，此句似指刘师培初到日本时的感受。

〔开编意益振〕开编，打开书卷。欧阳修《文忠集》卷 3《居士集三 · 古诗三十一首 · 重读〈徂徕集〉》："我欲哭石子，夜开《徂徕》编。开编未及读，涕泗已涟涟。" 此句指，展读书卷，精神为之更加振奋。

〔哲人贵齐物，彼美竞工颦〕齐物，《庄子 · 齐物论第二》提出的哲学观点，即万物无别，"天地一指也，万物一马也。"《庄子集释》卷 1 下《（内篇）齐物论第二》："故为是举莛与楹，厉与西施，恢恑憰怪，道通为一。" 郭庆藩引郭象注："夫莛横而楹纵，厉丑而西施好。所谓齐者，岂必齐形状，同规矩哉！故举纵横好丑，恢恑憰怪，各然其所然，各可其所可，则理虽万殊而性同得，故曰道通为一也。" 引成玄英疏："为是义故，略举八事以破之。莛，屋梁也。楹，舍柱也。厉，病丑人也。西施，吴王美姬也。恢者，宽大之名。恑者，奇变之称。憰者，矫诈之心。怪者，妖异之物。夫纵横美恶，物见所以万殊；恢憰奇异，世情用（之）为颠倒。故有是非可不可，迷执其分。今以玄道观之，本来无二，是以妍丑之状万殊，自得之情惟一，故曰道通为一也。"《庄子 · 天运第十四》："故西施病心而矉其里，其里之丑人见之而美之，归亦捧心而矉其里。其里之富人见之，坚闭门而不出；贫人见之，挈妻子而去走。彼知矉美而不知矉之所以美。"《诗经 · 邶风 · 简兮》："云谁之思，西方美人。彼美人兮，西方之人兮。" 案：1907、1908 年，刘师培在日本接受 "无政府主义" 思想，强调 "平等"，发表了《利害平等论》《人类均力说》《无政府主义之平等观》等一系列文章。此二句指，刘师培信奉无政府主义，其平等观源于庄子齐物思想，但吸收了大量西学思想。

幻术弘卤极，中枢巩北辰。苕华编户扰，槐石外朝询。乡论周三物，都官汉五均。锥刀山国轨，皮币水衡缗。

〔幻术弘卤极，中枢巩北辰〕西（卥），古作“卤”。《集韵》卷 2《平声二 · 齐第十二》：“西，……古作卥。”《说文解字注》卷 12 上《西部》：“卤，籀文卥。”段注：“按：卥下曰：‘从西省’。若籀文西如此，则卥正从籀文卤矣。”《楚辞章句》卷 1 屈原《离骚》：“朝发轫于天津兮，夕余至乎西极。”王逸注：“言己朝发天之东津，万物所生，夕至地之西极。”《列子 · 周穆王第三》：“周穆王时，西极之国有化人来，入水火，贯金石；反山川，移城邑；乘虚不坠，触实不碍。千变万化，不可穷极。既已变物之形，又且易人之虑。穆王敬之若神，事之若君。”《太平御览》卷 2《天部二 · 天部下》：“桓谭《新论》曰：……天之卯酉，当北斗极。北斗极，天枢；枢，天轴也。犹盖有保斗矣，盖虽转，而保斗不移。天亦转，周匝，斗极常在，知为天之中也。”案：此二句似有隐含之意，即，“幻术”（科技和新思想），兴盛于西洋诸国；清朝却全力维护帝王专制。西极、极西，至明清、近代亦指西方欧美各国。庞乃明《明清中国“大西洋”概念的生成与演变》：“崇祯三年（1630），由澳门进京的葡萄牙炮兵统领公沙 · 的西劳（Gonsales Texeira）自言为‘西极欧逻巴沿海国土人’，称其地‘在小西洋之西，故称曰西洋，其总名也。”十年（1637），艾儒略 (Julio Aleni) 撰成《西方答问》，其《国土》篇说：‘或问曰：贵邦名称，未之详闻，且不知与中国相距几何？予答曰：敝地总名为欧逻巴，在中国最西，故谓之太西、远西、极西。以海而名，则又谓之大西洋，距中国计程九万里云。’”（《学术研究》2019 年第 11 期 P129）1942 年 4 月 3 日《申报》第 5 版《一百年来耶稣会译注概论 · 编著书籍分三时期》：“第一时期自一八四二年至一八七九年，可谓创办时期；此时期中，其第一本出版之小册，是《圣会总问答》，署名泰西耶稣会士南有岳德郎氏译述，川沙庄行俭参订；第二本为《大赦例解》，极西耶稣会士晁德莅 Zottli 著。晁公意人。当时为徐汇圣依纳爵公学校长，后为耶稣会初学神师。”中枢，本指天之中央，引申为王权专制。《唐诗纪事》卷 2《明皇》唐玄宗李隆基《送忠州太守康昭远等诗》：“端拱临中枢，缅怀共予理。”北辰，即北极星，又称紫微星，中国古代天象学中代表帝王。

〔苕华编户扰〕《诗经 · 小雅 · 鱼藻之什 · 苕之华》诗序：“苕之华，大夫闵时也。幽王之时，西戎东夷，交侵中国。师旅并起，因之以饥馑。君子闵周室之将亡，伤己逢之，故作是诗也。”诗曰：“苕之华，芸其黄矣，心之忧矣，维其伤矣。苕之华，其叶青青，知我如此，不如无生。牂羊坟首，三星在罶。人可以食，鲜可以饱。”编户，普通百姓。《史记・货殖列传》:“夫千乘之王，万家之侯，百室之君，尚犹患贫，而况匹夫编户之民乎!”

〔槐石外朝询〕《周礼今注今译・秋官司寇・朝士》:“朝士掌建邦外朝之法。左九棘，孤卿大夫位焉，群士在其后。右九棘，公侯伯子男位焉，群吏在其后。面三槐，三公位焉，州长众庶在其后。左嘉石，平罢民焉。右肺石，达穷民焉。”林尹译:“朝士掌理建立外朝的政法，左侧竖立九根棘木。那地方是卿大夫的位置，群士在他们的后面，右侧竖立九根棘木，那地方是公侯伯子男的位置，乡遂都鄙公邑的官吏在他们的后面。前方立三根槐木，那地方是三公的位置，州长与百姓代表们在他们的后面。左边设置嘉石，用以感化那些不良的莠民，右边设置肺石，用以上达穷民的诉辞。”（台湾商务印书馆 1979 年 3 月三版 P377、378、379）

〔乡论周三物〕《周礼・地官司徒・大司徒》:“大司徒之职，掌建邦之土地之图与其人民之数，以佐王安扰邦国。……以乡三物教万民，而宾兴之。一曰六德:知、仁、圣、义、忠、和。二曰六行:孝、友、睦、姻、任、恤。三曰六艺:礼、乐、射、御、书、数。”

〔都官汉五均〕《汉书・食货志下》:“莽性躁扰，不能无为，每有所兴造，必欲依古得经文。国师公刘歆言周有泉府之官，收不雠，与欲得，即《易》所谓‘理财正辞，禁民为非’者也。莽乃下诏曰:‘夫《周礼》有赊贷，《乐语》有五均，传记各有斡焉。今开赊贷，张五均，设诸斡者，所以齐众庶，抑并兼也。’遂于长安及五都立五均官，更名长安东西市令及洛阳、邯郸、临甾、宛、成都市长皆为五均司市称师。东市称京，西市称畿，洛阳称中，余四都各用东西南北为称，皆置交易丞五人，钱府丞一人。”

〔锥刀山国轨〕锥刀，微利。《后汉书・舆服志上》:“争锥刀之利，杀人若刈草然，其宗祀亦旋夷灭。”《管子校注》卷 22《山国轨第七十四》:“桓公问管子曰:‘请问官国轨?’管子对曰:‘田有轨，人有轨，用有轨，乡有轨，人事有轨，币有轨，县有轨，国有轨，不通于轨数，而欲为国，不可。”黎翔凤注:“‘轨’为车辙。《贾子・道术》:‘缘法循理谓之轨。’此引申意。《齐策》‘车不得方轨’，注:‘车两轨间为轨。’‘轨’者两迹并行，轻重之数，国家制定，是为‘国轨’；宣布‘轨宜’，是为‘山国轨’。”（中华书局 2004 年 6 月第 1 版 P1282）此句指，利用各种名目，与百姓争夺微利。

〔皮币水衡缗〕皮币，指鹿皮制成的流通货币。《史记・平准书》:“于是县官大空，而富商大贾或蹛财役贫，转谷百数，废居居邑，封君皆低首仰给。冶铸煮盐，财或累万金，而不佐国家之急，黎民重困。于是天子与公卿议，更钱造币以赡用，而摧浮淫并兼之徒。是时，禁苑有白鹿而少府多银锡。自孝文更造四铢钱，至是岁四十余年，从建元以来，用少，县官往往即多铜山而铸钱，民亦间盗铸钱，不可胜数。钱益多而轻，物益少而贵。有司言曰：'古者皮币，诸侯以聘享。金有三等：黄金为上，白金为中，赤金为下。今半两钱法重四铢，钱益轻薄而物贵，则远方用币烦费不省。'乃以白鹿皮方尺，缘以藻缋，为皮币，直四十万。王侯宗室朝觐聘享，必以皮币荐璧，然后得行。"《汉书 · 百官公卿表上》："水衡都尉，武帝元鼎二年初置，掌上林苑，有五丞。属官有上林、均输、御羞、禁圃、辑濯、钟官、技巧、六厩、辩铜九官令丞。"颜师古注："应劭曰：'古山林之官曰衡。掌诸池苑，故称水衡。'张晏曰：'主都水及上林苑，故曰水衡。主诸官，故曰都。有卒徒武事，故曰尉。'师古曰：'衡，平也，主平其税入。'"缗，指汉武帝时期的"算缗"及"告缗"之法，即"固定商业税"和"举报提成法"。《史记 · 武帝本纪》："商贾以币之变，多积货逐利。于是公卿言：'郡国颇被灾害，贫民无产业者，募徙广饶之地。陛下损膳省用，出禁钱以振元元，宽贷赋，而民不齐出于南亩，商贾滋众。贫者畜积无有，皆仰县官。异时算轺车贾人缗钱皆有差，请算如故。诸贾人末作贳贷买，居邑稽诸物，及商以取利者，虽无市籍，各以其物自占，率缗钱二千而一算。诸作有租及铸，率缗钱四千一算。非吏比者三老、北边骑士，轺车以一算；商贾人轺车二算，船五丈以上一算。匿不自占，占不悉，戍边一岁，没入缗钱。有能告者，以其半畀之。贾人有市籍者，及其家属，皆无得籍名田，以便农。敢犯令，没入田僮。'"《史记 · 酷吏列传 · 张汤传》："于是丞上指，请造白金及五铢钱，笼天下盐铁，排富商大贾，出告缗令，锄豪强并兼之家，舞文巧诋以辅法。"张守节《正义》："缗，音岷，钱贯也。武帝伐四夷，国用不足，故税民田宅船乘畜产奴婢等，皆平作钱数，每千钱一算，出一等，贾人倍之；若隐不税，有告之，半与告人，余半入官，谓缗。出此令，用锄筑豪强兼并富商大贾之家也。"此句指，使用各种花招，聚敛巨资。

铁晕缠青宇，瑶光绚紫宸。蔓蒙中埜棘，湿浸氿泉薪。世已洪波汩，功矜息壤陻。凌阴钤《坎》窨，猋火荡坤垠。

〔铁晕缠青宇〕铁晕，金属发出的光晕。青宇，青灰色的屋宇。此句指，青灰色的屋宇泛着金属般的光泽。案：古代房屋覆瓦的颜色和材质有严格的等级标准，普通百姓的房屋只能使用青灰色、无釉的覆瓦。

〔瑶光绚紫宸〕瑶光，美玉般的光泽。《古诗纪》卷 29 阮籍《咏怀八十二首》其五十七："漭瀁瑶光中，忽忽肆荒淫。"紫宸，唐代有紫宸殿，亦喻皇宫、帝王。《唐六典》卷 7《尚书工部》："大明宫在禁苑之东南，西接宫城之东北隅。……宣政北曰紫宸门，其内曰紫宸殿（即内朝正殿也）。殿之南面紫宸门，左曰崇明门，右曰光顺门。"

〔蔓蒙中埜棘〕蔓蒙，亦作"蒙蔓"，藤蔓缠绕。柳宗元《柳河东集》卷 29《至小丘西石潭记》："青树翠蔓，蒙络摇缀。"《文苑英华》卷 779《杂颂・畋获虎颂一首》符载《畋获虎颂（并序）》"洞篁筱之冥密，划蒙蔓之累络。"《集韵》卷 6《上声下・马第三十五》："野，……古作……埜。"中埜，即"中野"，指原野。《周易・系辞下》："葬之中野，不封不树。"

〔湿浸氿泉薪〕《诗经今注今译・小雅・大东》："有洌氿泉，无浸获薪。"马持盈注："氿泉，测出之泉。"马持盈译："寒冷的氿泉啊！不要浸湿了已割的薪柴。"（台湾商务印书馆 1979 年 3 月六版 P333）

〔世已洪波汩〕洪波，浩大之水。《文选》卷 19 宋玉《高唐赋》："水澹澹而盘纡兮，洪波淫淫之溶潏。"汩，似当作"汩"。"汩"与"汩"字形相近，但字义不同。汩，汩没，淹没。《古今事文类聚・续集》卷 27 韩愈《三器论》："后王决不如大禹识鬼神之状，又无当时汩没之危。"

〔功矜息壤陻〕功矜，即"矜功"，夸耀己功。《鲍氏战国策注》卷 4《齐》："故曰矜功不立，虚愿不至。"鲍彪注："言徒有矜大好功之志，而不为，故功不立。"《山海经》卷 18《海内经》："洪水滔天，鲧窃帝之息壤以堙洪水，不待帝命。帝令祝融杀鲧于羽郊。鲧复生禹，帝乃命禹卒布土以定九州。"郭璞注："息壤者，言土自长息无限，故可以塞洪水也。《开筮》曰：'滔滔洪水，无所止极。伯鲧乃以息石、息壤以填洪水。'汉元帝时，临淮徐县地涌长五六里，高二丈，即息壤之类也。"陻，通"堙"。《国语》卷 3《周语下》："欲壅防百川，堕高堙庳，以害天下。"韦昭注："堙，塞也。"《正字通》戌集中《阜部》："陻，……通作堙。"上句与此句指，洪水泛滥，却希望以雍堵解决。暗喻，清政府以暴力镇压风起云涌的反满革命，但无济于事。

〔凌阴钤《坎》窞〕凌阴，冰室。详见《沪上送佩忍赴杭州》一诗〔岭栖志凌阴〕条笺注。《周易今注今译》二九《坎》："初六，习坎，入于坎窞。"陈鼓应注："窞，坎中的小坎，谓坑陷深处。"陈鼓应译："筮得初爻，面临重重困境，陷入深穴中，有凶险。"（商务印书馆 2005 年 11 月第 1 版 P270、271）钤，锁。《道德指归论》卷 2《天下有道篇》："天地钤结，阴阳隔闭。"

〔焱火荡坤垠〕焱火，即"炎火"，指火花。《说文解字注》卷 10 下《焱部》："焱，火华也。”段注：“古书猋与猋二字多互讹。”《文选注》卷 3 张平子（衡）《东京赋》：“建辰旒之太常，纷猋（一作飙）悠以容裔。”薛综注：“猋，火花也。言风鼓动旌旗，纷纭盛乱，如火花之飞起。”《三国志 · 吴书一 · 孙策传》：“勋独与麾下数百人，自归曹公。”裴注引《江表传》：“锋刃所截，猋火所焚。”坤垠，坤属西南，坤垠指西南边疆。柳宗元《柳河东集》卷 20《铭杂题一十二首 · 剑门铭（并序）》：“井络坤垠，时惟外区。”韩醇注：“蜀在星分野为井络，在卦为坤维。”上句与此句指，局势已岌岌可危，四川保路运动兴起，革命形势如星火燎原。

浩劫移今古，苍生有屈伸。由来民愦愦，莫返政淳淳。思挽中天运，潜移率土濒。用《乾》无首吉，远复独心醇。

〔浩劫移今古，苍生有屈伸〕浩劫，佛教中的时间概念，亦指大灾难。参见《杂咏（二首）》其二一诗〔浩劫常离生灭门〕条笺注。屈伸，进退、逆顺。详见《咏蝙蝠》一次〔屈伸〕条笺注。《六臣注文选》卷 47 史孝山（岑）《出师颂》：“苍生更始，朔风变律。”刘良注：“苍生，百姓也。”此二句指，自古及今，经历了漫长的时间，百姓的命运有时幸福，有时凄凉。

〔愦〕昏聩糊涂。《正字通》卯集上《心部》：“愦，……又，昏眊貌。”

〔政淳淳〕《老子注释及评介 · 五十八章》：“其政闷闷，其人淳淳。”陈鼓应注：“淳淳，敦厚的意思。”（中华书局 1984 年 5 月第 1 版 P289）案：有他本《老子》作“醇醇”。

〔中天运〕大运、国运。程公许《沧洲尘缶编》卷 8《五言律诗 · 送游提刑秘阁赴召三首》其二：“日驭中天运，冰山失势多。”

〔潜移率土濒〕濒，通“滨”。《正字通》巳集上《水部》：“濒，同滨。”《诗经 · 小雅 · 谷风之什 · 北山》：“溥天之下，莫非王土。率土之滨，莫非王臣。”潜移，于无形中变化。《颜氏家训》卷 2《慕贤第七》：“人在年少，神情未定，所与款狎，熏渍陶染，言笑举动，无心于学，潜移暗化，自然似之。”上句与此句指，想挽救衰败的国运，潜移默化中改良世界。

〔用《乾》无首吉〕《周易今注今译》一《乾》：“用九。见群龙无首，吉。”陈鼓应译：“筮得六爻皆为阳九，群龙涌现不见上下首尾，吉利。”（商务印书馆 2005 年 11 月第 1 版 P2）《周易今注今译 · 上经 · 乾》：“初九。潜龙。勿用。”南怀瑾译：“乾卦的第一爻（初九），象征潜伏着的龙，以不用为佳。”（台湾商务印书馆 1983 年 4 月七版

P2）此句指，想避世隐遁，但此路已经不通。

〔远复独心醇〕远复，远而复，指涉世已远欲返其初。《周易今注今译》二四《复》：“初九。不远复，无祇悔，元吉。”“〈象〉曰：……不远之复，以修身也。”陈鼓应注：“离家出行不过远即折返，则不至于悔恨，并有大吉。过远则迷，则超过复期，则有凶。”“出行，犹发挥阳气于事业上，《管子 · 内业》‘敬发其充’，〈坤 · 文言〉‘发于事业’即是；复而自修，谓修养心形以补充阳气。心形不修，则阳气往而不复、来而不舍（《管子 · 内业》）；阳气不返，则为大患（同上）。”陈鼓应译：“筮得初爻，离家出行不太远就往回返，这样就不至于有什么不好，而且非常吉利。”“〈象传〉说：……出行不远就及时回复，这是为了修养自身。”（商务印书馆 2005 年 11 月第 1 版 P226、228、231—233）《文选》卷 43 丘希范（迟）《与陈伯之书》：“迷途知反，往哲是与；不远而复，先典攸高。”心醇，心地质朴醇厚。《全唐文》卷 551《韩愈（五）· 答尉迟生书》：“行峻而言厉，心醇而气和。”独，岂。《毛诗正义》卷 15—3《小雅 · 鱼藻之什 · 何草不黄》：“矜哀我征夫，独为匪民。”毛传：“岂非民乎？”《经传释词》卷 6：“独，犹宁也，岂也。《礼记 · 乐记》曰：‘且女独未闻牧野之语乎？’《襄二十六年 · 左传》曰：‘夫独无族姻乎？’”此句指，涉世已远欲返其初，岂能真回到心地质朴醇厚之时。

濠濮知鱼乐，容台汩马真。素文先灏噩，彤朡谢份彬。草昧今虽远，华胥或可臻。井瓶模水准，离缶笑陶甄。

〔濠濮知鱼乐〕典出《庄子 · 秋水第十七》，喻从容自由之乐。详见《仲夏感怀（二首）》其二一诗〔濠濮鱼〕条笺注。

〔容台汩马真〕《庄子 · 马蹄第九》：“马，蹄可以践霜雪，毛可以御风寒，龁草饮水，翘足而陆，此马之真性也。虽有义台路寝，无所用之。及至伯乐，曰：‘我善治马。’烧之，剔之，刻之，雒之，连之以羁馽，编之以皂栈，马之死者十二三矣；饥之，渴之，驰之，骤之，整之，齐之，前有橛饰之患，而后有鞭筴之威，而马之死者已过半矣。”俞樾《诸子平议》卷 18《庄子二 · 马蹄》：“樾谨按：‘义’，徐音‘仪’，当从之。《周官 · 肆师》职郑注曰：‘故者书仪，但为义’。是‘义’即古‘仪’字也。仪台，犹言‘容台’。《淮南子 · 览冥篇》：‘容台振而掩覆’。高注曰：‘容台，行礼容之台。’‘仪’与‘容’，异名同实，盖是行礼仪之台，故曰仪台也。”汩，当作“汩”，湮没、淹没，引申为泯没、泯灭。

〔素文先灏噩〕素文，本指《春秋》，此处指文辞朴实的文章。《汉书 · 叙传上》：“素文信而底麟兮，汉宾柞于异代。”颜师古注：“孔子作《春秋》素王之文”。王建《王司马集》卷 1《寄李益少监兼送张实游幽州》：“篋中有素文，千里求发扬。”灏噩，恢弘博洽且清晰明了。《扬子法言 · 问神》：“虞夏之书浑浑（宋咸注：‘浑浑，犹淳淳也。尚有唐风，去道未远。’）尔，商书灏灏（吴秘注：‘灏灏，犹言浩浩也。’）尔，周书噩噩（宋咸注：‘噩噩，犹察察也。’）尔。”先，尊崇。《吕氏春秋》卷 3《先己》：“五帝先道而后”。高诱注：“先，犹尚也。”

〔彤臒谢份彬〕彤臒，红色的颜料，引申为华丽的辞藻。参见《励志诗》一诗〔无侈丹臒流〕条笺注。《说文解字注》卷 8 上《人部》：“份，文质备也。……《论语》曰：‘文质份份。’”同上书同卷 8 上《人部》：“彬，古文‘份’。”段注：“今《论语》作彬，古文也。”谢，逊让，不如。详见《题赵受亭黄山松图》一诗〔斧斤谢天劓〕条笺注。

〔草昧〕《周易正义》卷 1《屯》：“天造草昧。”王弼注：“天地造始之时也。造物之始，始于冥昧，故曰草昧。”

〔华胥或可臻〕华胥，指“华胥氏之国”，传说中的极乐国度。详见《大象篇》一诗〔列生謉华胥〕条笺注。《说文解字》卷 12 上《至部》：“臻，至也。”

〔井瓶模水准〕《周易今注今译》四八《井》：“井。改邑不改井；无丧无得，往来井井。汔至亦未繘井，羸其瓶，凶。〈象〉曰：巽乎水而上水，井。井养而不穷也。改邑不改井，乃以刚中也。汔至亦未繘井，未有功也。羸其瓶，是以凶也。”陈鼓应译：“筮得〈井〉卦，城镇的居民有时会迁徙而水井却不会因之改移；人们无论是否使用它，井水都不会因此减少或增加，人们或者离去或者迁来，水井依旧是水井。如果汲水井绳将出井口而尚未提出井口就把汲瓶倾覆坠毁，那是很凶险的。”“〈象传〉说：木制的汲水器具下入水中而将水抽上，这便是〈井〉卦的意象。水井养人而永不穷竭。城邑迁改而井不移徙，这是因为水井象征着君子能持守刚健中正之美德。汲绳将出而尚未出井口，这表明水井的养人之功犹未能实现。如果倾覆坠毁手中的汲瓶，那么他自然是有凶险的。”（商务印书馆 2005 年 11 月第 1 版 P427、430）《释名疏证》卷 1《释天第一》：“水准也，准平物也。”毕沅注：“《太平御览》引作‘平准物也。’《白虎通》云：‘水之为言，准也。养物平均，有准则也。’《说文》亦云：‘水准也。’案：《考工记 · 辀人》云：‘辀注则利准’。又《㮚氏》云：‘权之，然后准之。’‘故书准辄作水。’然则水不徒取准义，可直用以为准字。”《汉书 · 律历志上》：“量者，龠、合、升、斗、斛也，所以量多少也。本起于黄钟之龠，用度数审其容，以子谷秬黍中者千有二百实其龠，以井水准其概。”颜师古注：“孟康曰：‘概欲其直，故以水平之。井水清，清则平也。’师古曰：‘概所以概平斗斛之上者也，音工代反，又音工内反。’”《说文解字》卷6上《木部》：“模，法也。”案：《井》卦的寓意为，以井水的“水准”恒定不变为喻，劝谕君子须常持守刚健中正之美德。

〔离缶笑陶甄〕离缶，《周易·离》之“缶”。《周易今注今译·上经·离》：“九三日昃之离，不鼓缶而歌，则大耋之嗟凶。”南怀瑾译：“九三有日倾斜的现象，日有倾斜的时候，人有衰老的时期，人如不以豪放旷达的态度，取缶鼓之而唱歌，愉快的过日子，则到老时空自嗟叹，就有凶灾了。”（台湾商务印书馆 1983 年 4 月七版 P194）《六臣注文选》卷 56 张茂先（华）《女史箴一首》：“茫茫造化，二仪既分。散气流形，既陶既甄。”李周翰注：“茫茫，广大貌。二仪，天地也。陶甄，谓陶人为瓦器也。言天地散气流而为形，有似陶人为器也。”上句与此句指，君子应该常持守刚健中正的美德，以豪放旷达的态度，取缶鼓之而唱歌，愉快地生活。

鹪遂巢林适，狙忘赋芧嗔。樽占衢酒设，裾化袒裳贫。赤野轻捐玉，朱门范指囷。银河应洗甲，绣畈尽区畛。

〔鹪遂巢林〕《庄子集释》卷 1 上《(内篇）逍遥游第一》：“鹪鹩巢于深林，不过一枝。”郭庆藩引成玄英疏：“鹪鹩，巧妇鸟也，一名工雀，一名女匠，亦名桃虫，好深处而巧为巢也。”引陆德明《经典释文》：“‘鹪’，子遥反。‘鹩’，音辽。李云：‘鹪鹩，小鸟也。’郭璞云：‘鹪鹩，桃雀。’”

〔狙忘赋芧嗔〕《庄子集释》卷 1 下《(内篇）齐物论第二》：“狙公赋芧，曰：‘朝三而暮四。’众狙皆怒。曰：‘然则朝四而暮三。’众狙皆悦。名实未亏而喜怒为用，亦因是也。”郭庆藩引成玄英疏：“此解譬也。狙，猕猴也。赋，付与也。芧，橡子也，似栗而小也。《列子》曰：宋有养狙老翁，善解其意，戏狙曰：‘吾与汝芧，朝三而暮四，足乎？’众狙皆起而怒。又曰：‘我与汝朝四而暮三，足乎？’众狙皆伏而喜焉。朝三暮四，朝四暮三，其于七数，并皆是一。名既不亏，实亦无损，而一喜一怒，为用愚迷。此亦同其所好，自以为是。亦犹劳役心虑，辩饰言词，混同万物以为其一。因以为一者，亦何异众狙之惑耶！”

〔樽占衢酒设〕《淮南鸿烈解》卷 10《缪称训》：“圣人之道，犹中衢而致尊邪，过者斟酌，多少不同，各得其所宜。是故，得一人，所以得百人也。”高诱注：“道六通谓之衢。尊，酒器也。”占，自报数目。《汉书·昭帝纪》：“秋七月，罢榷酤官，令民得以律占租。”颜师古注：“如淳曰：律，诸当占租者，家长身各以其物占，占不以实，家长不身自书，皆罚金二斤，没入所不自占物及贾钱县官也。师古曰：占，谓自隐度其实，定其辞也。占，音章赡反。下又言占名数，其义并同。”设，合宜、合适。《广雅疏证》卷 2 下《释诂》：“设，……合也。”王念孙注：“设者，《礼器》云：夫礼者，‘合于天时，设计地财，顺于鬼神，合于人心。’设亦合也。”《诸子平议》卷 23《吕氏春秋二·长攻》：“各一则不设”。俞樾注：“《广雅·释诂二》：设，合也。《尚书·盘庚中》篇：‘各设中于乃心’。《隶释》载汉石经，‘设’作‘翕’。《尔雅·释诂》：翕，合也。是‘设’与‘翕’文异义同。‘各一则不设’者，言各一则不合也。”此句指，都能自报其数，各取所需，就能各得其宜。

〔裾化裋裳贫〕裾，服饰奢华。《五音集韵》卷 2《鱼第七》：“裾，衣侈曰裾。”化，风气、风俗。《史记·秦始皇本纪》：“黔首改化，远迩同度，临古绝尤。”裋，粗陋之衣。《正字通》申集下《衣部》：“裋，……又裋褐，虽竖使之服，亦士人贫贱衣，不完好之通称。”《宋本广韵》卷 1《上平声·真第十七》：“贫，乏也，少也。”《文心雕龙》卷 8《练字第三十九》：“富于万篇，贫于一字。”崇尚衣饰奢华成风，就少有人会愿意穿着粗陋之衣。

〔赤野轻捐玉〕《管子·地数第七十七》：“夫玉起于牛氏边山，金起于汝汉之右洿，珠起于赤野之末光。”《说文解字》卷 12 上《手部》：“捐，弃也。”

〔朱门范指囷〕《三国志·吴书·鲁肃传》：“周瑜为居巢长，将数百人故过候肃，并求资粮。肃家有两囷米，各三千斛，肃乃指一囷与周瑜。”《尔雅·释诂》：“范，……常也。”此举指，豪门惯常出手阔绰。

〔银河应洗甲〕《全唐诗》卷 217 杜甫《洗兵马（原注：收京后作）》：“安得壮士挽天河，净洗甲兵长不用。”（第 4 册 P2281）《说苑》卷 13《权谋》：“武王伐纣，……风霁而乘以大雨，散宜生又谏曰：‘此其妖欤？’武王曰：‘非也，天洒兵也。’”

〔绣畈尽区畛〕绣，锦绣、华丽。《集韵》卷 7《去声上·愿第二十五》：“畈，田也。”区畛，划分成块的田地。《广弘明集》卷 24 刘孝标《东阳金华山栖志》：“竹外则有良田，区畛通接。”上句与此句指，愿战乱平息，百姓安居乐业。

此谊共财古，初基偃武仁。七襄鸳织锦，独缕茧抽纶。跫籁融遐域，劳歌灿大钧。蜡游曾叹鲁，《狼跋》又讴豳。

〔此谊共财古〕《宋本广韵》卷 4《去声 · 寘第五》:“谊,……善也。”《逸周书》卷 1《常训解第三》:“哀乐不淫,民知其至,而至于子孙,民乃有古。”孔晁注:“皆有经远之规,谓之有古。”《礼记 · 祭法》:“黄帝正名百物,以明民共财。”《毛诗正义》卷首郑玄《诗谱序》:“公刘亦世修其业,以明民共财。”孔颖达疏:“共财,谓使之同有财用。”此句指,秉持与民共有财用的美德,是深谋远虑。

〔初基偃武仁〕初基,开创基业之初。《尚书 · 康诰》:“周公初基,作新大邑于东国洛。”偃武,停止军备和战争。《尚书 · 武成》:“王来自商,至于丰,乃偃武修文。”《周易 · 系辞上》:“古之聪明睿知,神武而不杀者夫。”此句指,基业开创之初,即偃武修文,是仁德之心

〔七襄鸳织锦〕七襄,丝织品。详见《蜀中赠吴虞(三首)》其一一诗〔七襄愆报章〕条笺注。鸳,鸳机,即织机。《全唐诗》卷 236 钱起《效古秋夜长》:“谁家少妇事鸳机,锦幕云屏深掩扉。”(第 4 册 P2601)郭世模《瑞鹤仙》:“想鸳机织锦,鸾台窥镜,秦丝幽怨未已。”(唐圭璋《全宋词》第 3 册 P1721,中华书局 1965 年 6 月第 1 版)

〔独缕茧抽纶〕《梦溪笔谈》卷 24《杂志一》:“方家以磁石磨针锋,则能指南,然常微偏东,不全南也。水浮多荡摇。指爪及碗唇上皆可为之,运转尤速,但坚滑易坠,不若缕悬为最善。其法取新纩中独茧缕,以芥子许蜡,缀于针腰,无风处悬之,则针常指南。”《全唐诗》卷 379 孟郊《寿安西渡奉别郑相公》:“岁去弦吐箭,忧来蚕抽纶。”(第 6 册 P4270)上句与此句,似指刘师培在日本所作之诗《工女怨》。

〔跫籁融遐域〕《宋本广韵》卷 1《上平声 · 江第四》:“跫,蹋地声。”籁,本指一种吹奏管乐器,后泛指声响。详见《送诸贞壮》一诗〔商籁〕条笺注。遐域,远地。《晋书 · 张骏传》:“上疏曰:……臣专命一方,职在斧钺,遐域僻陋,势极秦陇。”此句,似指刘师培旅居日本。

〔劳歌灿大钧〕《晋书 · 礼志中》:“新礼以为挽歌出于汉武帝役人之劳歌,声哀切,遂以为送终之礼。”大钧,指上天,详见本诗〔洪钧〕条笺注。此句,似指刘师培在日本出版《天义》报时发表的《惨哉工女》《哀我农人》《哀佃民》《呜呼劳动者》《贫民唱歌集》等文章和诗歌。这些作品均表达了对受剥削劳动者的同情。

〔蜡游曾叹鲁,《狼跋》又讴豳〕《礼记正义》卷 21《礼运》:“昔者仲尼与于蜡宾。事毕,出游于观之上,喟然而叹。仲尼之叹,盖叹鲁也。言偃在侧,曰:‘君子何叹?’孔子曰:‘大道之行也,与三代之英,丘未之逮也,而有志焉。’郑玄注:“蜡者,索也。岁十二月,合聚万物而索飨之,亦祭宗庙。时孔子仕鲁,在助祭之中。”狼跋,喻进

退两难。《毛诗正义》卷 8—3《豳风 · 狼跋》:“狼跋其胡，载疐其尾。”毛传:“跋，躐。疐，跲也。老狼有胡，进则躐其胡，退则跲其尾。进退有难，然而不失其猛。”此二句似指，刘师培曾胸怀大志东渡日本，欲大展宏图，不成想却使自己陷入进退两难之地。

自昔谐笙磬，曾闻鉴齿唇。祖氛期共涤，蓬问悔空宾。栎社阴犹合，桃潭恨莫湮。木萎风习习，榆逝日逡逡。

〔自昔谐笙磬，曾闻鉴齿唇〕自昔，往昔，以前。《诗经 · 小雅 · 谷风之什 · 楚茨》:“自昔何为，我蓺黍稷。”谐笙磬，笙和磬发出的乐调和谐，喻关系融洽。《诗经 · 小雅 · 谷风之什 · 鼓钟》:“笙磬同音，以雅以南。”《左传 · 僖公五年》:“晋侯复假道于虞以伐虢。宫之奇谏曰:‘虢，虞之表也。虢亡，虞必从之。晋不可启，寇不可玩。一之谓甚，其可再乎。谚所谓：辅车相依，唇亡齿寒者。其虞虢之谓也。’”此二句指，（两邻国）在往昔关系和睦，也曾有“唇亡齿寒”的前车之鉴。似暗喻刘师培与章太炎曾志同道合，却因流言反目。

〔祖氛期共涤，蓬问悔空宾〕《国语》卷 7《晋语一》:“献公田见翟柤之氛，归寝不寐。”韦昭注:“田，猎也。翟柤，国名。氛，祲氛，凶象也。凶曰氛，吉曰祥。”蓬问，道听途说。《管子》卷 1《形执第二》:“飞蓬之问，不在所宾。”尹知章注:“蓬飞因风，动摇不定，喻二三之声问，明主所不宾敬。”此二句指，期望能一起将凶象一扫而空；后悔听信了道听途说的谣言。似暗喻刘师培与章太炎曾志同道合，却因流言反目。

〔栎社阴犹合〕《庄子 · 人间世第四》:“匠石之齐，至于曲辕，见栎社树。其大蔽数千牛，絜之百围，其高临山十仞而后有枝，其可以为舟者旁十数。观者如市，匠伯不顾，遂行不辍。弟子厌观之，走及匠石，曰:‘自吾执斧斤以随夫子，未尝见材如此其美也。先生不肯视，行不辍，何邪?’曰:‘已矣，勿言之矣！散木也。以为舟则沉，以为棺椁则速腐，以为器则速毁，以为门户则液樠，以为柱则蠹，是不材之木也。无所可用，故能若是之寿。’匠石归，栎社见梦曰:‘女将恶乎比予哉？若将比予于文木邪？夫楂梨橘柚，果蓏之属，实熟则剥，剥则辱；大枝折，小枝泄。此以其能苦其生者也。故不终其天年而中道夭，自掊击于世俗者也。物莫不若是。且予求无所可用久矣，几死，乃今得之，为予大用。使予也而有用，且得有此大也邪？且也若与予也皆物也，奈何哉其相物也？而几死之散人，又乌知散木！’匠石觉而诊其梦。弟子曰:

'趣取无用，则为社何邪?'曰:'密！若无言！彼亦直寄焉！以为不知己者诟厉也。不为社者，且几有翦乎！且也彼其所保与众异，而以义喻之，不亦远乎！'”阴犹合，树荫犹可遮蔽其下，喻树还完整存在。此句指，栎社之树（因其不成材，才没被砍伐而长得巨大），树荫犹可遮蔽其下。此句似以《庄子》“以为不知己者诟厉”为典，喻不为世人理解、了解，受到讥讽辱骂。

〔桃潭恨莫湮〕《唐诗品汇》卷 47《七言绝句二 · 正宗》李白《赠汪伦》:“李白乘舟将欲行，忽闻岸上踏歌声。桃花潭水深千尺，不及汪伦送我情。”袁枚《随园诗话补遗》卷 6 :“唐时汪伦者，泾川豪士也，闻李白将至，修书迎之，诡云:‘先生好游乎? 此地有十里桃花。先生好饮乎? 此地有万家酒店。’李欣然至。乃告云:‘桃花者，潭水名也，并无桃花。万家者，店主人姓万也，并无万家酒店。’李大笑。款留数日，赠名马八匹、官锦十端，而亲送之。李感其意，作《桃花潭》绝句一首。”此句似为刘师培对自己与章太炎反目的悔恨。

〔木萎风习习〕《诗经 · 小雅 · 谷风之什 · 谷风》诗序:“刺幽王也。天下俗薄，朋友道绝焉。”《诗经今注今译 · 小雅 · 谷风》:“习习谷风，维风及雨。将恐将惧，维予与女。将安将乐，女转弃予。”马持盈译:“和舒的东风，交织着细雨。在忧危恐惧之时，只有我和你共患难。到了安乐之时，你反而抛弃了我。”（台湾商务印书馆 1979 年 3 月六版 P327—328）此句指，刘师培与章太炎朋友反目。

〔榆逝日逡逡〕榆逝，指时光逝去。《后汉书 · 冯异传》:“谓失之东隅，收之桑榆。”李贤注:“《淮南子》曰:‘至于衡阳，是谓隅中。’又《前书》谷子云曰:‘太白出西方六十日，法当参天。今已过期，尚在桑榆间。’桑榆谓晚也。”《说文解字注》卷 2 下《辵部》:“逡，复也。”段注:“《彳部》曰:‘复，往来也。’《方言》:‘躔，逡循也。日运为躔，月运为逡。’”

嘉遯原贞吉，求蒙惜往遴。悲凉驹谷怨，惆怅凤台姻。未惜乘桴数，其如脱辐频。蒹霜凌雁鹜，桐雾化鴐鹑。

〔嘉遯原贞吉〕《周易今注今译》三三《遁》:“九五。嘉遁贞吉。”陈鼓应译:“筮得五爻，值得嘉尚的隐遁，占问吉利。”（商务印书馆 2005 年 11 月第 1 版 P302）此句指，我本应遁世隐居。

〔求蒙惜往遴〕求蒙，此处指求得他人的赏识庇护。《周易今注今译》四《蒙》“蒙。亨。匪我求童蒙，童蒙求我。”陈鼓应译:“筮得〈蒙〉卦，通顺。并非我往求蒙昧的问筮者，而是蒙昧的问筮者来求我。”（商务印书馆 2005 年 11 月第 1 版 P62）《全唐诗》卷 159 孟浩然《书怀贻京邑同好》：“当途诉知己，投刺匪求蒙。”（第 3 册 P1625）遴，谨慎选择。《正字通》酉集下《辵部》：“遴，慎选也。谓相比而选之也。”此句应为刘师培对投靠端方之叹。

〔悲凉驹谷怨〕《毛诗正义》卷 11—1《小雅·鸿雁之什·白驹》：“皎皎白驹，食我场苗。……皎皎白驹，在彼空谷。”毛传：“宣王之末，不能用贤，贤者有乘白驹而去者。”参见《得陈仲甫书》一诗〔场苗无丰穖〕条笺注。案：结合《得陈仲甫书》“场苗无丰穖”句分析，此句是刘师培对入端方幕府的自我辩白。

〔惆怅凤台姻〕凤台姻，指秦穆公时萧史与穆公之女弄玉的婚姻。详见《八埏篇》一诗〔秦箫吟太无〕条笺注。结合下两句分析，此句似指刘师培与何震的婚姻。

〔未惜乘桴数，其如脱辐频〕乘桴，乘船，亦喻奔波劳顿。《周易今注今译》九《小畜》：“九三。舆说辐，夫妻反目。”陈鼓应译：“筮得三爻，车与轴脱节，夫与妻失和。”（商务印书馆 2005 年 11 月第 1 版 P103）此二句似为刘师培的自况，指不惜多次乘船往返于国内和日本，怎奈自己与何震夫妻频频失和。

〔葓霜凌雁鹜〕葓，草名，亦作“荭”，秋季成熟开花。《正字通》申集上《艸部》：“荭，……又作葓”。《五音集韵》卷 1《东第一》：“葓，水草名，一曰龙古。《诗》云：‘隰有游龙。’传曰：‘龙即红草也。’字或从艸。”葓霜，葓草秋季开花，故曰“葓霜”。翁元龙《水龙吟·雪霁登吴山见沧阁闻城中箫鼓声》：“官柳招莺，水荭飘雁，来年春意。”（唐圭璋《全宋词》第 4 册 P2942，中华书局 1965 年 6 月第 1 版）吴文英《高阳台·过种山即越文种墓》：“年年古苑西风到，雁怨啼、绿水葓秋。”（唐圭璋《全宋词》第 4 册 P2923，中华书局 1965 年 6 月第 1 版）鹜，野鸭。《艺文类聚》卷 91《鸟部中·鸭》：“《说文》曰：鹜，野凫也。”此句指，秋季葓草成熟，大雁、野鸭南归迁徙。

〔桐雾化驾鹑〕《逸周书》卷 6《时训解第五十二》：“清明之日，桐始华。又五日，田鼠化为驾。又五日，虹始见。桐不华，岁有大寒，田鼠不化驾。”参见《大象篇》一诗〔九天纵可跻，羽化侪鹑驾〕条笺注。《全唐五代词释注》冯延已《鹊踏枝十四首》其四：“檐际高桐凝宿雾，卷帘双鹊惊飞去。”（陕西人民出版社 1998 年 10 月第 1 版 P691）《字汇》亥集《鸟部》：“驾，……即鹌鹑也。”

风雨群离索，云雷命蹇屯。漼渊萑渒渒，扬水石粼粼。一自金柅系，难忘玉佩纫。困株三岁木，泛梗五湖苹。

〔群离索〕《礼记 · 檀弓上》:“子夏投其杖而拜，曰:‘吾过矣，吾过矣，吾离群而索居，亦已久矣。’”

〔云雷命蹇屯〕蹇屯，亦作“屯蹇”,《周易》之《屯》卦和《蹇》卦，指艰险磨难。《周易今注今译》三《屯》:“象曰：云雷，屯。……六二之难，乘刚也。”陈鼓应译:“〈象传〉说：云雷聚集，这便是〈屯〉卦的意象。……第二爻之所以艰难，是因为冒犯了尊贵。”（商务印书馆 2005 年 11 月第 1 版 P52、56、57）《周易 · 序卦》:“蹇者，难也。”《孔丛子》卷上:“仁道在迩，求之若远。遂迷不复，自婴屯蹇。”

〔灌渊萑渒渒〕见《蜀中赠吴虞（三首）》其二一诗〔灌渊滂馥多〕条笺注。

〔扬水石粼粼〕《毛诗正义》卷 6—1《唐风 · 扬之水》:“扬之水，白石粼粼。”毛传:“粼粼，清彻也。”

〔一自金柅系，难忘玉佩纫〕金柅，金属车辖。“一自金柅系”句指依附、受制于人。详见《得陈仲甫书》一诗〔君子伤金尿〕条笺注。玉佩纫，感佩朋友的金玉良言。详见《得陈仲甫书》一诗〔秋芳纫茎心〕条笺注。王结《文忠集》卷 2《寄王诚甫》:“荷衣扈江篱，玉佩纫芳芷。”此二句似指 1909 年陈独秀曾写信给刘师培，这让刘师培极为感动，作《得陈仲甫书》一诗。

〔困株三岁木〕《周易今注今译》四七《困》:“初六。臀困于株木，入于幽谷，三岁不觌。”陈鼓应译:“筮得初爻，受困而坐于木桩上，又迷路而误入深谷中，很长时间都找不到出路，有凶险。”（商务印书馆 2005 年 11 月第 1 版 P418）《刘申叔与章太炎书》:“《衡报》既封，孑身如沪，希情作述，不能引决自裁，至为赵椿林、洪述轩所蛊，困株入幽，三年不觌，其罪二也。”（1912 年 6 月 4 日《亚细亚日报》第 7 版《文苑》栏目《文录一首》）

〔泛梗五湖苹〕泛梗，漂泊。《鲍氏战国策注》卷 4《齐》:“（苏秦——引者）谓孟尝君曰:‘今者臣来，过于淄上，有土偶人与桃梗相与语。桃梗谓土偶人曰:“子，西岸之土也，挺子以为人，至岁八月，降雨下，淄水至，则汝残矣。”土偶曰:“不然。吾西岸之土也，土则复西岸耳。今子，东国之桃梗也，刻削子以为人，降雨下，淄水至，流子而去，则子漂漂者将何如耳。”今秦四塞之国，譬若虎口，而君入之，则臣不知君所出矣。’孟尝君乃止。”鲍彪注:“《集韵》:‘梗，略也，荒也。’此盖枯木。”苹，浮萍。《正字通》申集上《艸部》:“苹，……大萍也。”《刘申叔与章太炎书》:“夫八年亡命，丧乱末资，公所知也；家室勃豀，交相谪谄，公所睹也。”（1912 年 6 月 4

日《亚细亚日报》第 7 版《文苑》栏目《文录一首》）

鹈老常栖梓，蝇寒更集榛。葭愁抒蔡女，竹泪竭湘嫔。周锦翻成贝，淮珠靳献蠙。藩空羝罣触，笯密凤知驯。

〔鹈老常栖梓〕《尔雅 · 释地》："南方有比翼鸟焉，不比不飞，其名谓之鹣鹣。"《北堂书钞》卷 106《乐部 · 歌篇二》："梓上孤鹈乃承而歌。（《琴操》云：孔子游于山隅，见梓树上有孤鹈，乃承而歌之。）"

〔蝇寒更集榛〕《毛诗正义》卷 14—3《小雅 · 甫田之什 · 青蝇》："营营青蝇，止于榛。谗人罔极，构我二人。"毛传："榛，所以为藩也。"郑玄笺："构，合也。合，犹交乱也。"

〔葭愁抒蔡女〕蔡女，指蔡文姬，以《胡笳十八拍》闻名。《后汉书 · 列女传 · 董祀妻》："陈留董祀妻者，同郡蔡邕之女也，名琰，字文姬。"《文苑英华》卷 334《音乐上 · 琴七首》李颀《听董大弹胡笳声兼寄语弄房给事》："蔡女昔造胡笳声，一弹一十有八拍。"参见《沪上送佩忍赴杭州》一诗〔蔡拍声凄琴〕条笺注。葭，通"笳"。《文选注》卷 41 李少卿（陵）《答苏武书》："侧耳远听，胡笳互动"。李善注："傅玄《笳赋》序曰：'吹叶为声。'《说文》作葭。"《重修玉篇》卷 14《竹部第一百六十六》："笳，……卷葭叶吹之。"

〔竹泪竭湘嫔〕湘妃泪染"湘妃竹"。详见《读楚词》一诗〔秋风吹班竹，木叶下潇湘〕条笺注。

〔周锦翻成贝〕贝锦，形容华丽的织锦，后指诬陷他人的谗言。详见《癸卯夏记事》一诗〔纵横贝锦〕条笺注。

〔淮珠靳献蠙〕指淮地夷人进献的珍珠。详见《大隄曲（八首）》其一一诗〔上衡下双璜，中有蠙珠魂〕条笺注。靳，拾取，取得。《孔丛子》卷上《小尔雅第十一 · 广言二》："靳，取也。"《说文通训定声 · 屯部第十五》："靳，……[叚借]……又为攈，或为捃。《小尔雅 · 广言》：'靳，取也。'"

〔藩空羝罣触〕公羊不会把自己的角挂到藩篱陷阱之上。详见《明代扬州三贤咏 · 宝应刘练江先生永澄》一诗〔困藩羊不触〕条笺注。

〔笯密凤知驯〕《楚辞章句》卷 4 屈原《九章 · 怀沙》："凤皇在笯兮，鸡鹜翔舞。"王逸注："笯，笼落也。"《说文解字》卷 5 上《竹部》："笯，鸟笼也。"《刘申叔与章太炎书》："清吏积疑，伺察日加，虽蕙灵挈轴，楼台荐棘，弗是过也。"（1912 年 6 月 4

日《亚细亚日报》第 7 版《文苑》栏目《文录一首》)

扴石疏盱豫，莹珪厉慄恂。缅怀沧海鲽，怆怳菀林鷐。蒋阜寒株老，燕峰古黛皴。征鸿翔肃肃，挺鹿走甡甡。

〔扴石疏盱豫〕扴，通“介”。《说文通训定声 · 泰部第十三》：“介，……[叚借]……又为扴。《易 · 豫》：‘介于石。’马注：‘触小石声。’”介于石，典出《周易 · 豫》，如石头般刚直不阿。详见《题马彝初所藏明人残砚》一诗〔介石贞终朝〕条笺注。《周易今注今译》十六《豫》：“六三。盱豫，悔；迟有悔。”陈鼓应注：“‘盱’有喜义、有大义。‘盱豫’，谓自大自得而沉迷于逸乐。六三处下卦之终，故有自大自得之象。”（商务印书馆 2005 年 11 月第 1 版 P159、161）此句指，刚直不阿，远离逸乐。

〔莹珪厉慄恂〕莹珪，晶莹剔透的玉珪（圭）。王结《文忠集》卷 1《五言古诗 · 病中偶和韦苏州诗》：“坚贞莹圭璧，芳馨袭兰芷。”《大学章句集注》：“瑟兮僩兮者，恂慄也。”朱熹注：“恂慄，战惧也。”《礼记集说》卷 151《大学》：“如切如磋者，道学也。如琢如磨者，自修也。瑟兮僩兮者，恂慄也。赫兮喧兮者，威仪也。”卫湜注：“蓝田吕氏曰：……切磋者，解割之谓也。琢磨者，修治之谓也。有璞玉于此，将以为圭，则必先解而为圭之质。……故如圭之质，不能琢磨而成璧。璧之质，不能琢磨而成圭。故曰：‘如切如磋，道学也。如琢如磨，自修也。’恂慄者，敬其学也。”此句的表面意思指，雕琢玉圭，心怀敬畏。隐含意思指，求学解惑，心怀敬畏。

〔鲽〕《尔雅 · 释地》：“东方有比目鱼焉，不比不行，其名谓之鲽。”

〔怆怳菀林鷐〕怆怳，悲伤失意。详见《花园镇关帝庙夜宿》一诗〔怆怳中怀瘷〕条笺注。菀林鷐，林中的鷐风鸟，亦作“晨风”。详见《送诸贞壮》一诗〔北林集菀区，惧媲鷐风翔〕条笺注。

〔蒋阜寒株老〕蒋阜，指南京钟山，喻指南京。详见《得陈仲甫书》一诗〔徲徕蒋阜根〕条笺注。此句指刘师培在南京端方幕府。参见《得陈仲甫书》一诗〔徲徕蒋阜根〕条笺注。

〔燕峰古黛皴〕燕峰，燕地之山。蔡襄《端明集》卷 4《序宾亭》：“夹幕寒波颤，前峰古黛皴。”此句指，端方调任直隶总督，刘师培随之赴京津地区。

〔征鸿翔肃肃〕《诗经今注今译 · 小雅 · 鸿雁》：“鸿雁于飞，肃肃其羽。之子于征，劬劳于野。”马持盈译：“鸿雁四处的飞，羽声肃肃而急遽。使臣出来担任安抚工作，天天在野外对流民竭力慰问。”（台湾商务印书馆 1979 年 3 月六版 P273）

〔挺鹿走甡甡〕挺鹿，挺拔矫健之鹿。《艺文类聚》卷 34《人部十八 · 哀辞》："晋潘岳……《金鹿哀辞》曰：嗟我金鹿，天资特挺。"《元诗选 · 初集》卷 14 郝经《灵泉行二首（并序）》其一："查牙折角获挺鹿，模糊生血禽孤罴。"《毛诗正义》卷 18—2《大雅 · 荡之什 · 桑柔》："瞻彼中林，甡甡其鹿。" 毛传："甡甡，众多也。"

浪迹轻艰险，孤经尚率循。謏闻血化鸟，绝笔角生麕。祕纬齐方术，微言鲁缙绅。逸馨挹贾颖，沈焰郁虞荀。

〔浪迹轻艰险〕刘师培《芜湖赭山秋望》有句"浪迹涉艰阻"。

〔孤经尚率循〕孤经，《左传》中无其他文献可征引的部分。《春秋左传正义》卷 1 杜预《春秋左氏传序》："相与为部，凡四十部，十五卷。皆显其异同，从而释之，名曰《释例》。将令学者观其所聚异同之说，《释例》详之也。" 孔颖达疏："事同则为部，小异则附出。孤经不及例者，聚于终篇，故言'相与为部'也。"《旧唐书 · 杨玚传》："每至帖试，必取年头月日、孤经绝句，且今之明经，习《左传》者十无二三。"《尚书今注今译 · 顾命》："临君周邦，率循大卞。" 屈万里注："率，用。循，遵循。"（台湾商务印书馆 1977 年 4 月七版 P168、P169）案：《左传》为刘氏家学。

〔謏闻血化鸟〕謏闻，小有声誉。《礼记正义》卷 36《学记》："发虑宪求善良，足以謏闻，不足以动众。" 郑玄注："謏之言小也。" 孔颖达疏："闻，声闻也。" 血化鸟，指孔子以"素王"端门受命，"血书飞为赤鸟"。详见《读戴子高先生〈论语注〉》一诗〔素王大业垂端门〕条笺注。案：据《春秋公羊传注疏》卷 1《隐公元年》徐彦疏，孔子端门受命后，花 9 个月时间完成《春秋》。详见《咏史（十二首）》其十二一诗〔宝书资迪繇〕条笺注。此句指，孔子著《春秋》始于赤鸟端门降书（《春秋》的盛名才开始逐渐传播）。

〔绝笔角生麕〕《春秋公羊传 · 哀公十四年》："十有四年，春，西狩获麟。何以书？记异也。何异尔？非中国之兽也。……麟者，仁兽也。有王者则至，无王者则不至。有以告者曰：'有麇而角者。'……西狩获麟，孔子曰：'吾道穷矣。'《春秋》何以始乎隐？祖之所逮闻也。所见异辞，所闻异辞，所传闻异辞。何以终乎哀十四年？曰：'备矣。'" 麕，通"麇"，即獐子，无论雌雄皆不生角。《集韵》卷 2《平声二 · 谆第十八》："麇，……《说文》：'麞也'，或从囷，从君。"

〔祕纬齐方术〕祕，同"秘"。《正字通》午集下《礻部》："祕，……俗从禾，作秘。" 纬，纬书。秦汉时期，齐地盛行方术之学，儒生方士化倾向严重。后起的谶纬之学即肇兴于齐地。

〔微言鲁缙绅〕微言，指最正统的儒家典籍和学说。《汉书 · 艺文志》："昔仲尼没而微言绝，七十子丧而大义乖。"颜师古注："李奇曰：'隐微不显之言也。'师古曰：精微要妙之言耳。"《汉书 · 郦陆朱刘叔孙传》史赞："高祖以征伐定天下，而缙绅之徒骋其知辩，并成大业。"颜师古注："缙绅，儒者之服也。"孔子生于鲁，鲁地是正统儒家思想的汇集地。

〔逸馨摭贾颖〕贾颖，指贾逵、颖容。二人均曾注《左传》。贾逵有《春秋左氏传解诂》《春秋左氏长传》《国语解诂》《尚书古文同异》《毛诗杂义难》《周官解访》等著作，均已佚。颍容著有《春秋左氏条例》，已佚。二人著作仅散见典籍，有辑本。《后汉书》均有本传。杜预《春秋释例》卷 3《书弑例第十五书》："《传》以师出为例，是惟系于战伐。而刘许贾颖滥以经诸及字为义，本不在例。"逸馨，亦作"馨逸"，芬芳。《水经注》卷 4《河水》："又南过蒲坂县西。"郦道元注："别调氛氲，不与佗同。兰熏麝越，自成馨逸。"摭，同"搴"，取。《集韵》卷 6《上声下 · 獮第二十八》："摭，……亦作搴。"详见《励志诗》一诗〔兰陵轩谊搴〕条笺注。此句指，撷取贾逵、颖容的学术精华。

〔沈焰郁虞荀〕虞荀，指虞翻、荀爽。虞翻，曾为《周易》《老子》《论语》等多部经典作注，均已佚。其《周易》注散见唐李鼎祚《周易集解》，清人有辑本。《三国志 · 吴书》有本传。荀爽曾作《周易注》，已佚。其《周易》注散见唐李鼎祚《周易集解》，清人有辑本。《后汉书》有本传。沈焰，指经久不息的火光。《黄帝内经素问》卷 11："太阴司天，湿滛所胜则沈阴。"王冰注："沈，久也。"沈，同"沉"。《正字通》巳集上《水部》："沉，俗沈字。"焰，通"炎"。《正字通》巳集中《火部》："炎与……焰，……同。"《集韵》卷 8《去声下 · 艳第五十五》："炎，……火光，或作焰。"《文选注》卷 12 木玄虚（华）《海赋》："郁沏迭而隆颓"。李善注："郁，盛貌。"

红豆敷纤艳，青藜悟夙因。锲金功弗舍，攻错道无邻。绝学今人贱，残编几度擴。嬴灰终寂漠，雄阁转淄磷。

〔红豆敷纤艳〕纤艳，纤柔香艳的诗风。《新唐书 · 宗室列传 · 襄邑王神符传附李戡传》："常恶元和有元、白诗，多纤艳不逞，而世竞重之。"《碧鸡漫志》卷 2《易安居士词》："元（元稹——引者）《会真诗》，白（白居易——引者）《梦游春诗》，所谓纤艳不逞，淫言媟语，止此耳。温飞卿号多作侧辞艳曲，其甚者'合欢桃叶终堪恨，里许元来别有人’，‘玲珑骰子安红豆，入骨相思知不知’，亦止此耳。”温庭筠《新添声杨柳枝辞（一作南歌子词）二首》：“一尺深红胜曲尘，天生旧物不如新。合欢桃核终堪恨，里许元来别有人。”“井底点灯深烛伊，共郎长行莫围棋。玲珑骰子安红豆，入骨相思知不知。”案：核桃呈“心”型，且由两片果仁合二而成，古时以之喻夫妇男女恩爱。《演繁露》卷 6《投五木琼㮨玖骰》：“博之流，为摴蒱，为握槊（即双陆也），为呼博，为酒令，体制虽不全同，而行塞胜负取决于投，则一理也。……《御览》载繁钦《威仪箴》曰：其有退朝偃息闲居，操㮨弄棊，文局摴蒱，言不及义，胜负是图。注云：㮨，瞿营反，博子也。㮨之读与琼同，其字仍自从木，知其初制本以木为质也。唐世则镂骨为窍，朱墨杂涂数以为采。亦有出意为巧者，取相思红子纳置窍中，使其色明现而易见。故温飞卿艳词曰：玲珑骰子安红豆，入骨相思知也无。凡此二者，即今世通名骰子也。”

〔青藜悟夙因〕《三辅黄图》卷 6《阁》：“天禄阁，藏典籍之所。《汉宫殿疏》云：‘天禄麒麟阁，萧何造，以藏秘书处贤才也。’刘向于成帝之末，校书天禄阁，专精覃思。夜有老人着黄衣，植青藜杖，叩阁而进。见向暗中独坐诵书，老父乃吹杖端，烟然，因以见向，授五行洪范之文。恐词说繁广忘之，乃裂裳及绅以记其言，至曙而去。请问姓名，云：‘我是太乙之精，天帝闻卯金之子，有博学者，下而观焉。’乃出怀中竹牒，有天文地图之书，曰：‘余略授子焉。’至子歆，从授其术，向亦不悟此人焉。”后以“青藜”喻文士苦读。

〔锲金功弗舍〕《荀子 · 劝学篇第一》：“锲而舍之，朽木不折。锲而不舍，金石可镂。”

〔攻错道无邻〕《毛诗正义》卷 11—1《小雅 · 鸿雁之什 · 鹤鸣》：“他山之石，可以为错。……他山之石，可以攻玉。”毛传：“错，石也。可以琢玉，举贤用滞则可以治国。”“攻错也。”《礼记 · 大学》：“《诗》云：‘瞻彼淇澳，菉竹猗猗。有斐君子，如切如磋，如琢如磨。瑟兮僩兮，赫兮喧兮。有斐君子，终不可諠兮。’如切如磋者，道学也。如琢如磨者，自修也。瑟兮僩兮者，恂栗也。赫兮喧兮者，威仪也。”此句指，求学之路，无人相伴。

〔绝学〕几近湮灭而只为少数大才所掌握的学问。详见《甲辰年自述诗（其四十一）》一诗〔焦阮继兴恢绝学〕条笺注。

〔残编几度攟〕残编，不完整的传世典籍。详见《甲辰年自述诗（其四）》一诗〔零编断简〕条笺注。《集韵》卷 7《去声上 · 焮第二十四》：“攟，……《说文》：‘拾也。’”

〔嬴灰终寂漠，雄阁转淄磷〕《全唐诗》卷 230 杜甫《夔府书怀四十韵》："文园终寂寞，汉阁自磷缁。"（第 4 册 P2516）嬴灰，指秦始皇"焚书"的灰烬。秦王室，嬴氏。寂漠，即"寂寞"。《楚辞补注》卷 8 宋玉《九辩》："欲寂漠而绝端兮"。洪兴祖补注："漠，一作嘆，一作寞。五臣云：'寂寞，止息貌。'"雄阁，指汉代藏书之天禄阁，亦特指扬雄。王莽时期，扬雄在天禄阁校书，曾为免祸"从阁上自投下"，差点摔死。详见《书杨雄传后》一诗〔紫阳作《纲目》，笔削更口诛〕条笺注。《论语 · 阳货第十七》："不曰坚乎，磨而不磷。不曰白乎，涅而不缁。"后亦以"磷缁（淄）"或"缁（淄）磷"形容操守坚贞。此二句字面意思指，被秦火烧毁的典籍终成灰烬而湮没，天禄阁所藏典籍也渐渐散佚。隐含意指，刘师培为家学《春秋左氏传旧注疏证》所续篇章及重要藏书尽毁于武汉战火，其意志也逐渐被消磨。参见《咏史（四首）》其四一诗〔刘略惜未缵〕条笺注。

北使颁英荡，南材揽簬箘。赠珠悽汉广，伐辐愧河漘。小别辞鄢郢，征途折益岷。江门缄滟滪，溪嶂蔽渠潾。

〔北使颁英荡〕英荡，亦作"英簜"，古代官员的符节。此句指，1909 年夏，朝廷调两江总督端方北上任直隶总督，刘师培随之北上。详见《从匋斋尚书北行初发焦山》一诗〔膕公英簜搜〕条笺注。《集韵》卷 2《平声二 · 删第二十七》："颁，一曰赐也。"

〔南材揽簬箘〕簬箘，亦作"箘簵"，俊美之竹，亦喻贤才。《尚书正义》卷 6《禹贡》："荆及衡阳惟荆州，江汉朝宗于海。……惟箘、簵、楛，三邦厎贡厥名。"孔传："箘、簵，美竹。楛，中矢干。三物皆出云梦之泽，近泽三国常致贡之，其名天下称善。"《说文解字》卷 5 上："簵，古文簬从辂。"古云梦泽在鄂地，即今湖北。此句似指，1911 年夏，端方复起被任命为督办粤汉、川汉铁路大臣，赴武昌任职。刘师培再次追随。

〔赠珠悽汉广，伐辐愧河漘〕此二句与《未遂》一诗"错薪劳汉广，伐木愧河干"句义同，为刘师培自况，指其思念昔日的朋友们，渴望找寻同道君子，但路途遥远，时过境迁，又无颜面对他们。参见该条笺注，并详见《季夏雨霁游北洋公立种植园泛舟竟夕》一诗〔伐轮惭河干〕条笺注。《毛诗正义》卷 4—1《王风 · 葛藟》："绵绵葛藟，在河之漘。"孔颖达疏："《释丘》云：'夷上洒下，不漘。'李巡曰：'夷上，平上；洒下，陗下，故名漘。'孙炎曰：'平上，陗下，故名曰漘。'郭璞曰：'厓上平坦而下水深者为湑。'"《中华字海》："湑，同'湑'。见《六书故 · 地理》。"（中华书局、中国友谊出版公司 1994 年 9 月第 1 版 P559）

〔小别辞鄢郢，征途折益岷〕鄢郢，指今湖北襄阳地区，代指湖北。《春秋地理考实》卷 4《列国兴废说 · 楚》："昭王徙郡。《水经注》谓之鄢郢，今在宜城县西南。（汉改宜城县，今属襄阳府。）"益、岷，都是四川的别称。川渝地区旧属益州，有岷江、岷山。此二句指，刘师培于 1911 年 9 月随端方离武昌入川。

〔江门缄滟滪〕滟滪，指三峡中瞿塘峡之滟滪堆，是著名的险滩。《全唐诗》卷 163 李白《长干行》二首其一："十六君远行，瞿塘滟滪堆。"（第 3 册 P1697）《方舆胜览》卷 57《夔州路 · 夔州 · 事要 · 山川》："滟滪堆。在州西南二百步瞿唐峡口，蜀江之心。《水经注》：'白帝城西有孤石，冬出二十余丈，夏即没，名滟滪堆。'土人云：'滟滪大如象，瞿唐不可上。滟滪大如马，瞿唐不可下。'峡人以此为水侯。又曰：舟子取途不决，名曰犹豫。"《庄子集释》卷 5 下《（外篇）天运第十四》："意者其有机缄而不得已邪"。郭庆藩引成玄英疏："缄，闭也。"江门，指滟滪堆如门户锁闭长江航道。

〔溪嶂蔽渠潾〕溪嶂，重溪叠嶂，山重水复。《全唐诗》卷 91 韦嗣立《偶游龙门北溪忽怀骊山别业因以言志示弟淑奉呈诸大僚》："偶来伊水曲，溪嶂觉（一作各）依然。"（第 2 册 P981）渠潾，指四川达州渠县、广安邻水（古称潾水）县地区。《文献通考》卷 321《舆地考七 · 古梁州》："渠州。宋、齐以上，与达州同。梁置梁州，后魏置流江郡。隋初郡废。炀帝初，置宕渠郡。唐以为渠州，或为潾山郡，属山南道。领县五（流江、潾山、大竹、潾水、渠江）。宋以渠江属广安军。属梓州路。贡绵紬、买子木。领县四，治流江。流江（汉宕渠县故城，有宕渠山、流江），潾水（唐县，有潾水），潾山（梁县，有湟水），大竹（唐县）。"

朱绮枫崖晚，黄棻稻隰匀。枯松曾度鹤，疏楛尚闻蠊。賨布搴橦筴，黔羹餍竹苠。巫墟螽趯趯，梁徼螇蓁蓁。

〔朱绮枫崖晚〕绮，艳丽。《说文解字》卷 13 上《糸部》："绮，文缯也。"《广雅》卷 7《释器》："绮，……彩也。"枫崖，长有枫树的崖壁。刘师培随端方入川，时值 1911 年 9、10 月间。此时，正值枫叶变红的时节。

〔黄棻稻隰匀〕棻，通"纷"，指茂盛。《后汉书 · 班彪传附班固传》载其《西都赋》："五谷垂颖，桑麻敷棻。"李贤注："棻，茂盛也。"《六臣注文选》卷 1 班孟坚（固）《西都赋》："五谷垂颖，桑麻铺棻（五臣作敷纷）。"李善注："王逸《楚辞》注：

'纷，盛貌也。' 菶，与纷通。" 隰，新垦的田地。《毛诗正义》卷 19—4《周颂 · 清庙之什 · 载芟》："千耦其耘，徂隰徂畛。" 郑玄笺："隰谓新发田也，畛谓旧田。" 蒲道源《闲居丛稿》卷 22《祝文 · 城隍》："旱既太甚，稻隰扬尘。" 案：四川稻谷的成熟时间一般集中在八九月间，正是刘师培随端方入川之时，故曰"黄菶"。

〔度鹤〕仙鹤停栖之处。《全宋诗》卷 3768 丁西湖《送吴菊潭游越》："溪晴沙度鹤，地暖水生兮（应为"云"——引者）。"（北京大学出版社 1998 年 12 月第 1 版第 72 册 P45443）顾清《东江家藏集》卷 35（后集二）《归来稿 · 诗九十五首 · 六言》："藏舟不须巨壑，度鹤即是仙桥。"

〔疏楛尚闻蠑〕疏楛，稀疏的楛木。《毛诗正义》卷 16—3《大雅 · 文王之什 · 旱麓》："瞻彼旱麓，榛楛济济。" 陆德明《音义》："《草木疏》云：'楛，木。茎似荆而赤，其叶如蓍。上党人篾以为箱，又屈以为钗也。'"《集韵》卷 2《平声二 · 真第十七》："蠑，虫名，似蝉而小。"

〔賨布搴橦筴〕《后汉书 · 南蛮传》："岁令大人输布一匹，小口二丈，是谓賨布。" 李贤注："《说文》曰：'南蛮赋也'。"《文选注》卷 4 左太冲（思）《蜀都赋一首》："布有橦华，麪有桄榔。" 刘渊林（逵）注："张揖曰：……橦华者，树名。橦其花柔，毳可绩为布也。"《全唐诗》卷 126 王维《送梓州李使君》："汉女输橦（一作賨）布，巴人讼芋田。"（第 2 册 P1272）《庄子集释》卷 2 中《（内篇）人间世第四》："鼓筴播精，足以食十人。" 郭庆藩引成玄英疏："筴，小箕也。精，米也。言其扫市场，鼓箕筴，播扬土，简精粗也。" 此句指，四川地区织布种田以缴纳政府赋税。搴，取。详见《励志诗》一诗〔兰陵轩谊搴〕条笺注。

〔黔羹餍竹茵〕黔羹，普通百姓的饭食。黔，指"黔首"，平民百姓。详见《阴氛篇》一诗〔蟊仪尠康虞〕条笺注。《重修玉篇》卷 9《食部第一百十二》："餍，饱也。"《集韵》卷 2《平声二 · 真第十七》："茵，竹肤也。" 案：茵，同"筤"。《说文解字注》卷 5 上《竹部》："筤，竹肤也。" 段注："肤，皮也。竹肤曰筤，亦曰笋。" 刘师培此处之"竹茵"，当指可食用的"竹笋"。

〔巫墟螽趯趯〕巫，巫山、巫峡，泛指川东地区（今属重庆）。螽，蝗虫、蝈蝈。详见《季夏雨霁游北洋公立种植园泛舟竟夕》一诗〔春箕播文翰〕条笺注。《诗经今注 · 召南 · 草虫》："喓喓草虫，趯趯阜螽。" 高亨注："趯，虫跳貌。"（上海古籍出版社 1980 年 10 月第 1 版 P19）案："此行端故督上体朝廷德意，下念民生困苦，虽带有鄂军两标护行，实不主剿办宗旨。沿途皆由端故守（指端方之弟端锦——引者）竭诚演说，日行百余里，道路崎岖，宿于牛栏豕圈之间，寝食俱废。”（张海林《端方与清末新政》P540，南京大学出版社 2007 年 7 月第 1 版）

〔梁徼蝮蓁蓁〕梁，指古梁州，《尚书 · 禹贡》九州之一，其主体即四川地区。《尚书 · 禹贡》：“华阳黑水惟梁州”。《史记 · 五宗世家》：“常夜从走卒行徼。”司马贞《索隐》：“徼，郊外路。”《楚辞章句》卷 9 屈原（一说为宋玉）《招魂》：“魂兮归来！南方不可以止些。……蝮蛇蓁蓁，封狐千里些。”王逸注：“蝮，大蛇也。蓁蓁，积聚之貌。”《尔雅注疏》卷 9《释虫第十五》：“蝝，蝮蜪。”郭璞注：“蝗子未有翅者。”案：结合上句中的“螽”，“蝮”作“蝗子未有翅者”解似更妥。“端方家丁后来也逃至北京，他报告端方在四川两个多月的情形是：‘沿途饮食，并无菜蔬可食，每饭只有白饭咸菜。沿途所住之房即系养猪堆粪之屋，即钦差亦系此等之房。行至两三月均如是。’”（张海林《端方与清末新政》P540，南京大学出版社 2007 年 7 月第 1 版）

涪郭频牵缆，渝波偶泛艑。琯噤邹衍律，璧阏卞和珍。往节荧丹史，丰碑缺翠瑁。浩歌余野哭，叹逝诵车辚。

〔涪郭频牵缆，渝波偶泛艑〕涪郭，四川涪陵城（今属重庆），位于重庆主城区以东长江南岸。艑，船首横木。《集韵》卷 2《平声二 · 谆第十八》“艑，船前桄也。”此二句指，船行到涪陵，随时需要岸上纤夫拉纤才能逆水行进。到达重庆时，江水偶尔会漫到船首横木处。

〔琯噤邹衍律〕琯，吹奏乐器。《说文解字》卷 5 上《竹部》：“琯，古者玉琯以玉。舜之时，西王母来献其白琯。前零陵文学姓奚，于伶道舜祠下得笙玉琯。夫以玉作音，故神人以和凤皇来仪也。”邹衍律，相传邹衍吹奏乐律可以驱除严寒使暖风来临。详见本诗〔温律斡伶伦〕条笺注。《说文解字》卷 2 上《口部》：“噤，口闭也。”《后汉书 · 刘瑜传》：“孰不悉然，无缘空生此谤。邹衍匹夫，杞氏匹妇，尚有城崩霜陨之异，况乃群辈咨怨，能无感乎！”李贤注：“《淮南子》曰：邹衍事燕惠王尽忠，左右谮之，王系之。仰天而哭，五月天为之下霜。”参见《明代扬州三贤咏 · 江都曾襄闵公铣》一诗〔暑路飞严霜〕条笺注。

〔璧阏卞和珍〕《诗经集传》卷 2《鄘风 · 载驰》：“视尔不臧，我思不閟。”朱熹注：“閟，闭也，止也。”卞和珍，和氏璧。详见《八指头陀诗（三首）》其三一诗〔再刖匪同和氏遇〕条笺住。《嵇康集校注》卷 5 嵇康《声无哀乐论》：“必若所言，则浊质之饱，首阳之饥，卞和之冤，伯奇之悲，相如之含怒，不占之怖祇，千变百态。使各发一咏之歌，同启数弹之微，则钟子之徒各审其情矣。”（人民文学出版社 1962 年 7 月第 1 版 P206、207）上句与此句，以邹衍蒙冤系狱，卞和无辜受刑，喻指自己曾遭到资州军政分府的羁押且受到了虐待。参见《独漉篇》一诗“略考”。

〔往节荧丹史〕往节，以往高风亮节的事迹。《列朝诗集 · 甲集第十七 · 许训导继三十首》许继《秋夜（二首）》其一：“虚怀感末事，往节惊瞬目。”丹史，史册。江淹《江文通集》卷 2《为萧相国拜齐王表》：“理竭素牒，事罄丹史。”

〔丰碑缺翠瑉〕翠瑉，石碑，此处指墓碑。颜真卿《颜鲁公集》卷 9《碑 · 晋紫虚元君领上真司命南夫人魏夫人仙坛碑铭》：“曷表玄德，铭功翠瑉。垂诸来裔，块圠无垠。”《集韵》卷 2《平声二 · 真第十七》：“珉，……《说文》：‘石之美者。’或作瑉”。上句与此句指，端方在资州被杀，刘师培为此感到痛惜。

〔浩歌余野哭〕《楚辞章句》卷 2 屈原《九歌 · 少司命》：“临风怳兮浩歌”。王逸注：“临疾风而大歌。”《韩诗外传》卷 3：“子产病，将死，国人皆吁嗟，曰：‘谁可使代子产死者乎？’及其不免死也，士大夫哭之于朝，商贾哭之于市，农夫哭之于野。哭子产者皆如丧父母。”此句指端方被杀。

〔叹逝诵车辚〕刘师培此句特指其诗作《独漉篇》：“独漉独漉，波深渐车。直波渐车，逆波荡闾。鸿雁于飞，爰集中乡。阳失厥莹，炎风霣霜。相彼西南，有煌其都。梁肉苦饱，置委道周。大车啴啴，小车班班。峻霍拄天，车不得前。”叹逝，指端方被杀。

谕蜀犹中道，亡胡已浃旬。楚车新筚路，秦毂旧文茵。越甲思鸣镝，并谣证服衲。猿愁开峡柳，乌梦警齐栒。

〔谕蜀犹中道，亡胡已浃旬〕谕蜀，清末，清廷将铁路干线“收归国有”。端方被任命为督办粤汉、川汉铁路大臣，其入川的职责就是“晓谕人民”。武昌起义爆发于 1911 年 10 月 10 日，端方带湖北新军由重庆走陆路赴成都“晓谕人民”，于资州被杀是 11 月 27 日。亡胡，指清朝灭亡。浃旬，一旬，即 10 天，泛指过了一段时间。《乐府诗集》卷 77 卢思道《城南隅燕》：“公孙饮弥月，平原燕浃旬。”此句指，端方在四川“晓谕人民”尚在途中，清朝灭亡已经月余了。

〔楚车新筚路，秦毂旧文茵〕《春秋左传正义》卷 23《宣公十二年》“训之以若敖、蚡冒，筚路蓝缕，以启山林。”杜预注：“若敖、蚡冒，皆楚之先君。筚路，柴车。蓝缕，敝衣。言此二君勤俭以启土。”《毛诗正义》卷 6—3《秦风 · 小戎》诗序：“小戎，美襄公也。备其兵甲以讨西戎。西戎方强，而征伐不休。国人则矜其车甲，妇人能闵其君子焉。”诗：“文茵畅毂，驾我骐馵。”毛传：“文茵，虎皮也。畅毂，长毂也。”此二句指，湖北、陕西爆发起义。

〔越甲思鸣镝〕《史记 · 越王勾践世家》：“勾践自会稽归七年，拊循其士民，士民欲用以报吴。”越甲，越国的军队。《乐府诗集》卷 90 王维《老将行》：“愿得燕弓射大将，耻令越甲鸣吴军。”《史记 · 匈奴列传》：“冒顿乃作为鸣镝”。裴骃《集解》：“《汉书音义》曰：‘镝，箭也。如今鸣射也。’韦昭曰：‘矢镝飞则鸣。’”司马贞《索隐》：“应劭云：‘髐箭也。’”此句指，浙江响应武昌起义，爆发革命。

〔并谣证服袀〕并谣，指《并州歌》。《乐府诗集》卷 85《并州歌》：“士为将军何可羞。六月重茵（《古诗纪》作‘裀’——引者）披豹裘，不识寒暑断他头。雄儿田兰为报仇，中夜斩首谢并州。”《集韵》卷 2《平声二 · 谆第十八》：“袀，戒衣也。”此句指，山西响应武昌起义，爆发革命。

〔猿愁开峡柳〕猿愁，指巫峡沿岸路径险峻，敏捷如猿猴，亦以之为畏途。晁公遡《嵩山集》卷 9《律诗五十五首 · 龙爪滩》：“至今回思三峡路，蛇退猿愁心甚惊。”李刘《四六标准》卷 24《贺夔路徐运使》：“瞿唐五六月，自昔畏团团之天；巫山十二峰，何况济朝朝之雨。遂劳六辔，峻陟万山。蛇退猿愁，人何堪而至此；狨啼鼷啸，公所至以晏然。”《水经注》卷 34《江水》：“又东过巫县南，盐水从县东南流注之。”郦道元注：“其间首尾百六十里，谓之巫峡，盖因山为名也。自三峡七百里中，……有时朝发白帝，暮到江陵，其间千二百里，虽乘奔御风，不以疾也。……每至晴初霜旦，林寒涧肃，常有高猿长啸，属引凄异，空谷传响，哀转久绝。故渔者歌曰：巴东三峡巫峡长，猿鸣三声泪沾裳。”《全唐诗》卷 181 李白《早发白帝城（一作白帝下江陵）》：“朝辞白帝彩云间，千里江陵一日还。两岸猿声啼不尽，轻舟已过万重山。”（第 3 册 P1850）《艺文类聚》卷 89《木部中 · 杨柳》：“梁元帝（萧绎——引者）……又《折杨柳》诗曰：……巫山巫峡长，垂柳复垂杨。同心且同折，故人怀故乡。山似莲花艳，流如明月光。寒夜猨鸣彻，游子泪沾裳。”《乐府诗集》卷 81《近代曲辞 · 竹枝》刘禹锡《杨柳枝》三首其三：“巫峡巫山杨柳多，朝云暮雨远相和。”案：四川“保路运动”开辛亥革命先声。武昌起义还没有发生前，四川荣县即于 9 月 25 日宣布“独立”，脱离清王朝统治，建立“军政府”，实为辛亥“首义”，被称“首义实先天下”。此句指，四川响应“武昌起义”，于 1911 年 11 月 25 日宣布独立。

〔乌梦警齐栒〕鲁襄公十八年（前 555），齐国攻鲁。鲁国联合晋国等多国伐齐。

其间，齐军不敌联军而夜遁。联军攻至齐国都城临淄，鲁国孟庄子于临淄雍门砍掉一棵椭树，为鲁襄公制作一张琴，以示胜利。《尚史》卷 46《列传二十四 · 晋诸臣传 · 师旷》："平公三年（襄十八年），齐伐鲁，公会鲁同伐齐。齐侯御诸平阴，堑防门而守之。冬十月丙寅晦，齐师夜遁。"《左传 · 襄公十八年》："冬，十月，会于鲁济。寻溴梁之言，同伐齐。……丙寅晦，齐师夜遁。师旷告晋侯曰：'乌乌之声乐，齐师其遁。'邢伯告中行伯曰：'有班马之声，齐师其遁。'叔向告晋侯曰：'城上有乌，齐师其遁。'""十一月，丁卯，朔，入平阴。""十二月，戊戌，及秦周伐雍门之萩，范鞅门于雍门，其御追喜，以戈杀犬于门中。孟庄子斩其椭，以为公琴。"栒，当作"椭"或"楠"。武昌起义爆发后，山东曾于 11 月 13 日宣布"独立"，但仅仅维持了 11 天，就于 24 日取消"独立"。此句当指此。

赤剑锋三尺，玄圭组百纯。昆辉焵瑜瑾，辽彩失玗珣。《杕杜》休征猃，苞稂待劳郇。威仪官秩秩，原隰甸畇畇。

〔赤剑锋三尺〕《战国策》卷 10《齐三》："曹沫之奋三尺之剑，一军不能当；使曹沫释其三尺之剑，而操铫鎒与农夫居垄亩之中，则不若农夫。"《庄子集释》卷 8《（杂篇）徐无鬼第二十四》："丘愿有喙三尺"。郭庆藩引陆德明《经典释文》："三尺，匕首剑。"《汉书 · 高祖纪下》："于是上嫚骂之，曰：'吾以布衣提三尺取天下'。"颜师古注："三尺，剑也。"案：赤剑，刘邦所持之"赤霄剑"。《古今刀剑录》："前汉刘季在位十二年，以始皇三十四年于南山得一铁剑，长三尺，铭曰赤霄，大篆书。及贵常服之，此即斩蛇剑也。"参见本诗〔乘时岂异人〕条笺注。此句指，武昌首义，全国风起相应。

〔玄圭组百纯〕《穆天子传》卷 3："吉日甲子，天子宾于西王母。乃执白圭、玄璧以见西王母，好献锦组百纯（阙）组三百纯。"郭璞注："纯，疋端名也。《周礼》曰：'纯帛不过五两。'组，绶属，音祖。"纯，计量单位，一丈五尺为一纯。详见《游仙诗》一诗〔纂组千百纯〕条笺注。《尚书 · 禹贡》："东渐于海，西被于流沙。朔南暨声教，讫于四海。禹锡玄圭，告厥成功。"此句指，辛亥革命大功告成。

〔昆辉焵瑜瑾，辽彩失玗珣〕昆辉，昆仑山之光辉，传说昆仑山上有生满美玉的"瑶圃"。详见《八埏篇》一诗〔霜日滢瑶铺〕条笺注。瑜瑾，美玉。《说文解字》卷 1 上《玉部》："瑾瑜，美玉也。"《千字文》："金生丽水，玉出昆冈。"《艺文类聚》卷 83《宝玉部上 · 玉》："《淮南子》曰：……譬若钟山、昆仑之玉，炊炉炭三日三夜，而色泽不变，得天地之精也。又曰白玉不雕，美珠不文，质有余也。"今本《淮南子》无

“昆仑”二字。案：昆仑山，自古被认为华夏祖山。《穆天子传》卷 2：“吉日辛酉，天子升于昆仑之丘，以观黄帝之宫……天子□昆仑以守黄帝之宫，南司赤水而北守春山之宝。”辽彩，辽东地区的光彩。《说文解字注》卷 1 上《玉部》：“医无间珣玗琪，《周书》所谓夷玉也。”段注：“《尔雅》曰：‘东北之美者，有医无间之珣玗琪焉。’……医无间，山名。在今盛京锦州府广宁县西十里。”“夷玉，《顾命》文，郑注云：‘东北之珣玗琪也。’”此当指产于辽东地区的玉石，即所谓“岫岩玉”。岫岩玉杂质较多，故而颜色较杂，且色泽比较暗淡。案：清朝兴起于关外黑吉辽地区，刘师培以此句喻清朝失其龙兴之地。参见本诗“桥山思剑舄，辽海耀玗琪”条笺注。此二句指，汉族政权（民国）光复，清朝覆亡。

〔《杕杜》休征猃〕《杕杜》，《诗经》篇目。该诗描写了周宣王北征猃狁时征人的思乡之情。详见《咏史（十二首）》其九一诗〔薇黄知岁深，杞绿知春阳〕条笺注。《说文解字》卷 6 上《木部》：“休，息止也。”

〔苞稂待劳郇〕《诗经·曹风·下泉》诗序：“下泉，思治也。曹人疾共公侵刻下民，不得其所，忧而思明王贤伯也。”稂，田间杂草。《诗经今注今译·曹风·下泉》：“洌彼下泉，浸彼苞稂。忾我寤叹，念彼周京。”马持盈注：“苞：丛生也。稂音浪，牛尾蒿也。”马持盈译：“寒凛的下泉，浇浸了苞稂。想起了周京的衰微，使我忾然叹息。”（台湾商务印书馆 1979 年 3 月六版 P210）同上书同篇：“四国有王，郇伯劳之。”马持盈注：“郇，音荀，伯，即荀跞，亦即智伯。春秋昭公二十二年，王子朝作乱，晋荀跞率领九州的戎人，平定祸乱，保护周敬王进入王城。昭公二十六年，荀跞又卫护敬王返回成周。成周即东周。昭公二十七年，晋国又保卫周京。劳：招徕，号召。”（同上书 P211）上句与此句指，辛亥成功，战事平息，汉族政权光复。

〔威仪官秩秩〕《毛诗正义》卷 17—3《大雅·生民之什·假乐》“威仪抑抑，德音秩秩。”毛传：“抑抑，美也。秩秩，有常也。”郑玄笺：“抑抑，密也。秩秩，清也。成王立朝之威仪，致密无所失。”《后汉书·光武帝纪上》：“时三辅吏士东迎更始，见诸将过皆冠帻而服妇人衣，诸于绣镼，莫不笑之。或有畏而走者，及见司隶僚属，皆欢喜不自胜。老吏或垂涕曰：‘不图今日复见汉官威仪！’由是识者皆属心焉。”

〔原隰甸畇畇〕》《诗经今注·鹿鸣之什·皇皇者华》：“皇皇者华，于彼原隰。”高亨注：“原，广平之地。隰（xí 席），低湿之地。”同上书《小雅·谷风之什·信南山》：“信彼南山，维禹甸之。畇畇原隰，曾孙田之。”高亨注：“甸，治理。”“畇（yún 匀）畇，形容已开垦的土地平坦整齐。”（上海古籍出版社 1980 年 10 月第 1 版 P220、221、

325、326）上句与此句指，民国建立，人民安居乐业。

诸夏方旁午，严秋又践寅。已闻张挞伐，未息度嶙峋。哀思萦桋杞，归程阔括杶。月寒聆杜宇，飚急梦闻貙。

〔诸夏方旁午，严秋又饯寅〕《春秋左传正义》卷 11《闵公元年》："诸夏亲昵，不可弃也。"杜预注："诸夏，中国也。"旁午，指纷乱。《汉书 · 霍光传》："受玺以来二十七日，使者旁午。"颜师古注："如淳曰：'旁午，分布也。'师古曰：一从一横为旁午，犹言交横也。"张宁《方洲集》卷 24《墓志铭 · 许一樗墓志铭》："上输官税，下理私讼。旁午纷纭，不可举数。"严秋，寒凉肃杀的秋季。《宋书 · 索忠传》："忠臣表年暮，贞柯见严秋。"饯寅，即"寅饯"，指秋季恭送日落，详见《咏史（十二首）》其五〔秋饯柳谷阳〕条笺注。案：此二句为一语双关。诸夏，本指中原，而亦指夏季。旁午，本指纵横交错，而旁通"傍"，亦指接近中午。此二句的字面意思是，刚刚还是夏季接近中午时分，转眼就到了寒秋的傍晚。再结合下两句分析，隐含之意为，国家正处于纷扰动荡之中，各地的事端更是如雪上加霜般层出不穷。

〔已闻张挞伐，未息度嶙峋〕似指四川都督尹昌衡 1912 年 7 月带兵平定西藏地区叛乱。刘师培有《与四川都督尹昌衡论川边书》（《刘申叔遗书》56 册【66—67】，《左盦外集》卷 16），劝说尹昌衡不要用兵。尹未予理睬。挞伐，发正义之师讨伐。许纶《涉斋集》卷 13《五言排律 · 上梁丞相寿二十韵》："帝方张挞伐，天欲靖烽烟。"孙传庭《白谷集》卷 3《辞剿饷借充盐本疏》："皇上既从枢臣杨嗣昌之请，厚集师徒，大张挞伐。"嶙峋，山势高耸陡峭。《汉书 · 扬雄传》载其《甘泉赋》："岭巆嶙峋，洞无厓兮。"颜师古注："岭巆，深邃貌。嶙峋，节级貌。"

〔哀思萦桋杞〕桋杞，亦作"杞桋"，典出《诗经 · 小雅 · 谷风之什 · 四月》。此句指，因四海飘零，不得其所而哀伤。详见《答梁公约赠诗》一诗〔杞桋无郁阴〕条笺注。

〔归程阔括杶〕括，似为"栝"之误。《尚书正义》卷 6《禹贡》："淮海惟扬州……厥贡……齿、革、羽、毛。惟木。……荆及衡阳惟荆州。……厥贡羽、毛、齿、革。惟金三品。杶、干、栝、柏。"孔传："土所出，与扬州同。""干，柘也。柏叶松身曰栝。"孔颖达疏："惟木，不言木名。……扬州……所贡之木不止于此。"陆德明《音义》："杶，……木名，又作櫄。"孔颖达疏："陆玑《毛诗义疏》云：'杶、樗、栲、漆，相似如一'，则杶似樗、漆也。杶、枯、柏皆木名也。"林之奇《尚书全解》注：

“曾氏曰：‘扬州贡木，不言其名。所贡之木，不可胜名也。此州曰杶、干、栝、柏，其所贡者止于此而已。’此说是也。”（卷8）阔，久别、阔别。《汉书・诸葛丰传》：“京师为之语曰：‘间何阔，逢诸葛。’”颜师古注：“言间者何久阔不相见，以逢诸葛故也。”据《尚书・禹贡》，“杶栝”为荆州贡物，但“扬州贡木……不可胜名”，亦包括“杶栝”。故此句指，我离开家乡扬州已经很久，何时能重回故里。

〔杜宇〕杜鹃。详见《感事八首》（其四）一诗〔杜宇啼枝空有泪〕条笺注。

〔飚急梦闻獜〕《宋本广韵》卷2《下平声・萧第三》：“飙，风也。俗作飚。”《山海经》卷5《中山经》：“又东三百五十里曰几山，其木多楢、檀、杻，其草多香。有兽焉，其状如彘，黄身白头白尾，名曰闻獜，见则天下大风。”

冀奋天吴勇，难箴梼杌嚚。白旆轩孑孑，绛节戢甡甡。玉垒横戈数，铜山伐鼓鼘。劳旋鹏曜羽，逅愍象焚身。

〔冀奋天吴勇〕《国语》卷5：“吾冀而朝夕修我。”韦昭注：“冀，望也。”《山海经》卷9《海外东经》：“朝阳之谷，神曰天吴，是为水伯。在虹虹北两水间。其为兽也，八首人面，八足八尾，皆青黄。”郭璞注：“《大荒东经》作十尾。”同上书卷14《大荒东经》：“有夏州之国，有盖余之国，有神人，八首人面虎身，十尾，名曰天吴。”郭璞注：“水伯。”

〔难箴梼杌嚚〕箴，规诫。《集韵》卷4《平声四・侵第二十一》：“箴，……一曰诫也。”《春秋左传正义》卷20《文公十八年》：“颛顼有不才子，不可教训，不知话言。告之则顽，舍之则嚚。傲很明德，以乱天常。天下之民，谓之梼杌。”杜预注：“梼杌，顽凶无俦匹之貌。”《广雅》卷1《释诂》：“嚚，……愚也。”《一切经音义》卷22《新译大方广佛花严经音义卷中・经卷第二十・十行品之二》：“顽嚚，……《苍颉》篇曰：嚚，恶也。”

〔白旆轩孑孑〕《诗经今注・鄘风・干旄》：“孑孑干旄，在浚之郊。”高亨注：“孑孑，特出貌。干，同竿（《左传・定公九年》引作竿），旗竿。旄，一种旗竿头上饰有牦牛尾的旗。”（上海古籍出版社1980年10月第1版P75）轩，高扬。《文选注》卷12木玄虚（华）《海赋》：“翔雾连轩，泄泄淫淫。”李善注：“轩，举也。”

〔绛节戢甡甡〕绛节，红色的节符，古代帝王授予使者的信物。《文苑英华》卷247《寄赠一・庾信一首》庾信《赠司寇淮南公》：“传呼拥绛节，交戟映彤闱。”《广雅・释诂》：“戢，……插也。”《重修玉篇》卷29《先部第四百九十一》：“甡，……又兟兟，众多皃（貌——引者）。”

〔玉垒横戈数〕玉垒，山名，在成都西北，后亦为成都的代称。详见《满江红》一词〔玉垒〕条笺注。横戈，喻人勇武，代指战事。《北齐书 · 高昂传》：“昂既免缧绁，被甲横戈”。

〔铜山伐鼓鼘〕《太平寰宇记》卷 82《剑南东道一 · 地名》：“铜山县，西南一百二十里旧七乡，今三乡。本蜀道铜山之治，昔汉文帝时，邓通铸钱即此也。唐贞观二十三年置监，上元元年，废监为县，以铜山为名。”地名今已不存，其地属四川中江县。《说文解字》卷 5 上《鼓部》：“鼘，鼓声也。”

〔劳旋鹒曜羽〕劳旋，辛苦远征之军凯旋，亦指犒劳凯旋之师。《隋书 · 礼仪志七》：“其余行幸，送往劳旋，则槊仗。”《毛诗正义》卷 8-2《豳风 · 东山》诗序：“东山，周公东征也。”诗：“仓庚于飞，熠耀其羽。”郑玄笺：“仓庚，仲春而鸣，嫁取之候也。熠耀其羽，羽鲜明也。归士始行之时新合昏礼，今还，故极序其情以乐之。”仓庚，亦作“鸧鹒”，黄鹂鸟。《楚辞章句》卷 17 王逸《九思 · 悼乱》：“哀我兮寡独，靡有兮齐伦。……鸧鹒兮喈喈，山鹊兮嘤嘤。”王逸注：“鸧鹒，鹂黄也。”《释名 · 释天第一》：“曜，耀也，光明照耀也。”此句指，尹昌衡西藏平叛成功。时间约在 1912 年 10 月。

〔逅慜象焚身〕逅慜，即“遘慜”，亦作“觏闵”“遘闵”，遭遇忧患。详见《蜀中赠朱云石》一诗〔遘闵〕条笺注。《春秋左传正义》卷 35《襄公二十四年》：“象有齿以焚其身，贿也。”杜预注：“焚，毙也。”此句，似指朱山因在报刊上撰文抨击胡景伊而被其杀害。刘师培《蜀中赠朱云石》诗中有句：“西南遘闵多，丧乱天难谌。”刘师培在本诗中曾以朱山比祢衡（“赋笔题鹦鹉，儒冠薄鵕鸃”），此句似以“象焚身”喻朱山怀才遭忌而被杀害，时间约在 1912 年 11、12 月。尹昌衡西藏平叛成功与朱山被杀，是紧挨着发生的。故“劳旋鹒曜羽，逅慜象焚身”二句相连。

骄将惩严武，雄才进马璘。帝心睠赤县，吾道付苍旻。独客羁游倦，群公意气亲。经帷恢李谍，文囿扩苏洵。

〔骄将惩严武〕《魏书 · 李苗传》：“以骄将御惰卒，不思长久之计”。《旧唐书 · 严武传》：“严武，中书侍郎挺之子也。……上皇诰以剑两川合为一道，拜武成都尹、兼御史大夫，充剑南节度使。……广德二年，破吐蕃七万余众，拔当狗城。……前后在蜀累年，肆志逞欲，恣行猛政。梓州刺史章彝初为武判官，及是小不副意，赴成都杖杀之，由是威震一方。蜀土颇饶珍产，武穷极奢靡，赏赐无度，或由一言赏至百万。

蜀方闾里以征敛殆至匮竭，然蕃虏亦不敢犯境。而性本狂荡，视事多率胸臆，虽慈母言不之顾。初为剑南节度使，旧相房管出为管内刺史，管于武有荐导之恩，武骄倨，见管略无朝礼，甚为时议所贬。永泰元年四月，以疾终，时年四十。”此句显系对当时四川主军政之尹昌衡、胡景伊等人的暗讽，刘师培反对四川出兵平定西藏叛乱。

〔雄才进马璘〕《旧唐书 · 马璘传》：“马璘，扶风人也。祖正会，右威卫将军。……至德初，王室多难，璘统甲士三千，自二庭赴于凤翔。肃宗奇之，委以东讨。……尝从李光弼攻贼洛阳，史朝义自领精卒，拒王师于北邙，营垒如山，旌甲耀日，诸将愕眙不敢动。璘独率所部横戈而出，入贼阵者数四，贼因披靡溃去。副元帅李光弼壮之，曰：‘吾用兵三十年，未见以少击众，有雄捷如马将军者。’……璘虽生于士族，少无学术，忠而能勇，武干绝伦，艰难之中，颇立忠节，中兴之猛将也。”《旧唐书 · 吐蕃传下》：永泰“三年八月，吐蕃十万寇灵武，大将尚悉摩寇邠州，邠宁节度使马璘破二万余众，擒其俘以献之。”

〔帝心睠赤县〕帝心，上天之心，后亦指帝王之心。《论语注疏》卷 20《尧曰第二十》：“帝臣不蔽，简在帝心。”何晏注：“言桀居帝臣之位，罪过不可隐蔽，以其简在天心。”睠，同“眷”，顾惜也。详见《申江杂感用苏东坡《秋怀》诗韵（二首）》其二一诗〔睠言怀旧都，诗人歌彼黍〕条笺注。赤县，中国。详见《译石门和夫氏〈希望诗〉（二首）》其二一诗〔八瀛〕条笺注。

〔吾道付苍旻〕《公羊传 · 哀公十四年》：“十有四年，春，西狩获麟。……孔子曰：‘吾道穷矣。’”苍旻，上天。详见《送诸贞壮》一诗〔轩翮抟旻苍〕条笺注。刘师培《癸丑纪行六百八十八韵》：“朱生今寂漠，蜀道古吁巇。……人生看到此，吾道竟何之。”

〔独客羁游倦〕《全唐诗》卷 128 王维《九月九日忆山东兄弟（时年十七）》：“独在异乡为异客，每逢佳节倍思亲。”（第 2 册 P1305）羁游，身在外乡，旅程不定。详见《清凉山夕望》一诗〔羁游百不怿〕条笺注。

〔群公意气亲〕此句指，成都诸公热情相待。《左盦遗诗》林思进《校刻左盦诗序》：“君颇爱成都川原明秀，俗不轻客，欲买宅少城，不果而去。”林思进《清寂堂诗录》卷 1《五言诗 · 壬子二月，申叔、无量同游花市。时并有买园少城之约》：“危城坐送年，薄游始春半。晴曦几日照，风花已凌乱。佳客自南来，羁孤逢世难。岂无漂泊思，襟怀聊得散。青羊仙灵宅，红鹅人世换。谁言繁华异，未觉凋疭惯。大车感尘冥，清江目石烂。鲂鱼毁自深，山鸟嘤相唤。蹉跎顾余岁，濡迟乏长算。勤君抱瓮期，跂余买园灌。”

〔经帷恢李譔〕经帷，皇帝经筵，此处指经学。《宋大诏令集》卷 210《政事六十三 · 贬责八 · 龚原罢给事中降两官知南康军制（元符三年九月壬辰）》："朕初御图，召自藩服，寘之禁从，仍侍经帷。"《三国志 · 蜀书十二 · 李譔 传》："李譔，字钦仲，梓潼涪人也。父仁，字德贤，与同县尹默俱游荆州，从司马徽、宋忠等学。譔具传其业，又从默讲论义理，五经、诸子，无不该览，加博好技艺，算术、卜数、医药、弓弩、机械之巧，皆致思焉。……著古文《易》《尚书》《毛诗》《三礼》《左氏传》《太玄指归》，皆依准贾、马，异于郑玄。与王氏殊隔，初不见其所述，而意归多同。"《增修互注礼部韵略》卷 1《上平声 · 十五灰》："恢，……大之也。"

〔文囿扩苏洵〕文囿，文学领域。《文心雕龙》卷 6《风骨第二十八》："若风骨乏采，则鸷集翰林。采乏风骨，则雉窜文囿。唯藻耀而高翔，固文笔之鸣凤也。"苏洵，"三苏"之一，苏轼、苏辙之父，四川眉州人。《宋史 · 文苑五》有本传。

未觉荒秋驾，相期凛夕夤。龟图昭坦坦，雀瑞辨龈龈。自分同朝槿，何心慕大椿。泪渐泉客溢，材谢匠师抡。

〔未觉荒秋驾，相期凛夕夤〕荒秋，秋季肃杀荒凉。《宋文鉴》卷 14 钱易《温泉诗》："自兹游赏地，荆棘生荒秋。"凛夕夤，寒冷的深夜。《说文解字》卷 11 下《仌部》："凛，凛凛，寒也。"《夷坚乙志》卷 5《顾六耆》："然无由自明，但夤夜伺之，唯谨。"此二句指，与诸公作深秋一游，相约于寒冷的深夜。

〔龟图昭坦坦，雀瑞辨龈龈〕龟图，即"洛书"。雀瑞，指周文王受"赤雀丹书"事。《宋书 · 符瑞志上》："龙图出河，龟书出洛。赤文篆字，以授轩辕。"《尔雅 · 释诂》："昭，……光也。"《周易今注今译》一〇《履》："九二。履道坦坦，幽人贞吉。"陈鼓应注："'坦坦'，平坦。"（商务印书馆 2005 年 11 月第 1 版 P112、113）。龈龈，切齿争辩貌。《通雅》卷 10《释诂》："龈龈，……《刘向传》：'朝臣龂龂'。颜注：忿嫉貌。龂，自有咬牙争辨之义，用为双声，则随人以声取矣。龈龈龂龂之声，亦因狺狺来，见《九辨》。"南桂馨《刘申叔遗书》序六："申叔之力攻今文，……其于廖、康之学尤龈龈。"（《刘申叔遗书》1 册【126】）此二句，专指孔颖达为《毛诗 · 大雅 · 文王之什 · 文王》诗序郑玄"受命，受天命而王天下，制立周邦"笺语作疏时，对唐以前周文王既受《洛书》，又受"赤雀丹书"，曾两次受命于天的观点予以极力批驳。孔氏的核心观点是，周文王只受过一次"赤雀丹书"，其所受"赤雀丹书"即《洛书》，而非两次"受命"。孔颖达对唐以前观点的批驳，也是儒学历史上的一段公案。《毛诗正义》卷 16—1《毛诗 · 大雅 · 文王之什 · 文王》诗序："文王受命作周也。"郑玄笺："受命，受天命而王天下，制立周邦"。孔颖达疏："或以为文王再受天命，入戊午蔀二十四年受《洛书》，二十九年受'丹书'。若如此说，于《易纬》之文上下符合，于《中候》之注年数又同。必知不然者，以谶纬所言文王之事最为详悉，若赤鸟之外，别有《洛》命，则应有文言之。今未有闻焉，明其无也。所论《图》《书》，莫过《中候》，而《我应》及《雒师谋》皆说文王之事，只言赤雀、丹书，不言更有所命。详检诸纬，其辞亦然。《易通卦验》曰：有人侯亚，仓姬演步，有鸟将顾。其意言文王得赤鸟而演《易》也。《是类谋》曰：受赤雀丹书。《春秋元命苞》曰：凤皇衔丹书于文王之都。皆言丹书鸟雀而已，曾无斥言别有他命。郑言《洛书》即'丹书'，是也。不然，郑何处得《洛书》之言乎？说者虽云再命，既言七年而崩，则亦赤雀命后始改元矣。若二十四年已后受《洛书》，所以不即改元，而待后命，何也？且郑云'受《洛书》之命为天子'，若前命已为天子，后命更何所作？既天已使为天子，犹尚不肯改元，便是傲慢神明，违拒天命。圣人有作，决不然也。又郑于《六艺论》极言瑞命之事，云：太平嘉瑞，《图》《书》之出，必龟龙衔负焉。黄帝、尧、舜、周公是其正也。若禹观河见长人，皋陶于洛见黑公，汤登尧台见黑鸟，至武王渡河白鱼跃，文王赤雀止于户，秦穆公白雀集于车，是其变也。文王唯言赤雀，何得更有《洛书》？且《洛书》龟负而出，乃是太平正法，于文王之世，安得有之？此其所以大蔽也。然则文王所受，实赤鸟衔书，非洛而出。谓之《洛书》者，以其河龙《图》发，洛龟《书》感，此为正也。故得《图》者，虽不从河，谓之《河图》；《书》者，虽非洛出，谓之《洛书》，所以统名焉。"此二句指，刘师培与四川朋友曾就学术问题激烈辩争。

〔自分同朝槿，何心慕大椿〕刘师培《已分》诗："已分（仄）同朝槿，何心慕大椿。怀沙钤短什，抱石缅磏仁。川雨暌鸣鸟，垧雷起获麟。彭殇原自定，不必问严遵。"详见该诗相关笺注。

〔泪渐泉客溢〕泉客，即"鲛人"。《太平御览》卷 803《珍宝部二 · 珠下》："《博物志》曰：鲛人从水出，寓人家积日。卖绢将去，从主人索一器，泣而成珠满盘，以与主人。"另参见《工女怨（三首）》其一〔潭潭泉客居〕条笺注。

〔材谢匠师抡〕匠师，此特指制作棺柩墓碑的工匠。《周礼今注今译 · 地官司徒上 · 乡师》："大丧用役，则帅其民而至。遂治之。及葬，执纛以与匠师御匶而治役。及窆，执斧以莅匠师。"林尹注："匶，柩之古字。""窆，下棺圹中而葬也。"（台湾商务印书馆 1979 年 3 月三版 P115、116）《说文解字》卷 12 上《手部》："抡，择也。"此句指，不用工匠选材制作棺椁。据“自分同朝槿，何心慕大椿。泪渐泉客溢，材谢匠师抡”四句，刘师培对自己的夭寿有充分心理准备。

负石纾岑寂，怀沙诉楚辛。火痕绵谷树，乡梦泖溪莼。风絮琴三叠，沧桑镜一眴。彭殇原自定，不必问严遵。

〔负石纾岑寂，怀沙诉楚辛〕《广雅》卷 1《释诂》：“纾，……解也。”岑寂，寂寞。《文选注》卷 14 鲍明远（照）《舞鹤赋》：“去帝乡之岑寂，归人寰之喧卑。”李善注：“岑寂，犹高静也。”楚辛，楚国之祸患。《释名 · 释州国第七》：“楚辛也，其地蛮多而人性急，数有战争，相争相害。辛，楚之祸也。”另见《已分》一诗〔怀沙钤短什〕、〔抱石缅磏仁〕条笺注。此二句指，身怀砂石投水而死，以解脱这岑寂，向上天控诉楚国所遭遇的祸难。

〔火痕绵谷树〕绵谷，指介子推隐居的绵山。《庄子 · 盗跖第二十九》：“介子推至忠也，自割其股以食文公，文公后背之，子推怒而去，抱木而燔死。”彭孙贻《茗斋集》卷 5《章贡台》：“何处焚龙蛇，余灰照绵谷。”另参见《未遂》一诗〔绵山隐〕条笺注。

〔乡梦泖溪莼〕西晋张翰因思家乡莼羹鲈鱼鲜美，而辞官回乡。详见《题佩忍与林宗素孙济扶女士论文绝句后》一诗〔思蓴〕条笺注。刘师培《送佩忍归吴江》有“慎勿效季鹰，长作莼鲈谋”句。泖，通“茆”，指莼菜。《康熙字典》巳集上《水部》：“泖，……亦作茆。”《毛诗正义》卷 20—1《鲁颂 · 駉之什 · 泮水》：“思乐泮水，薄采其茆。”陆德明《音义》：“茆，音卯。……郑小同云：江南人名之蓴菜。”《春渚纪闻》卷 7《诗词事略 · 泖茆字异》：“或谓泖是水死绝处，故江左人目水之停潴不湍者为泖。”此句为刘师培思乡之喻。

〔风絮琴三叠〕风絮，风中柳絮。《全唐诗》卷 114 张潮《句》：“寒林苞晚橘，风絮露垂杨。（《纪事》，又见周瑀诗中）”（第 2 册 P1162）琴三叠，亦作“三迭”，指乐曲某一段落重复数遍。《东坡志林》卷 7：“旧传《阳关》三迭，然今世歌者每句再迭而已。若通一首言之，又是四迭。皆非是。或每句三唱，已应三迭之说，则丛然无复节奏。余在密州，有文勋长官以事至密，自云得古本《阳关》，其声宛转凄断不类。乃知唐本三迭，盖如此。”案：自古有以“阳关柳”“渭城柳”喻离愁别绪的惯例。故此句称“风絮琴三叠”。《乐府诗集》卷 80 王维《渭城曲》（有本作“送元二使安西”）：“渭城朝雨浥轻尘，客舍青青柳色春（有本作“新”——引者）。劝君更尽一杯酒，西出阳关无故人。”黄庭坚《山谷外集》卷 7《律诗 · 题阳关图二首》其二：“人事好乖当语离，龙眠见（有本作‘貌’——引者）出断肠诗。渭城柳色关何事，自是离人作许悲。”

〔沧桑镜一眴〕沧桑，沧海桑田。详见《东京清明杂感（二首）其二》一诗〔几见桑田成碧海〕条笺注。眴，通“瞬”。《正字通》午集中《目部》“眴，……俗作瞬。”此句指沧海变桑田，只是镜中一瞬。

〔彭殇原自定，不必问严遵〕刘师培《已分》诗有句：“彭殇原自定，不必问严遵。”见该诗〔彭殇〕、〔严遵〕条笺注。

癸丑纪行六百八十八韵

癸丑纪行六百八十八韵

【刊载】

"华新石印"本。《国学荟编》民国3年第10期、民国4年第4、7、9期，1914年10月、1915年4月、7月、9月；《雅言》第10期，1914年8月25日。成都存古书局，1915年木刻本；1933年林思进清寂堂《左盦遗诗》续刻本；《刘申叔遗书》61册（87—109），《左盦诗录》卷3《左盦诗续录》。

【类型】

五言，1376句。

【编年】

1914年。详见本诗"略考"。

【略考】

钱玄同在《左盦诗录》之末的说明中称："《左盦长律》一册，仅诗一首，名《癸丑纪行六百八十八韵》，为民国二年所作。"国图古籍馆藏《左庵长律》石印本检索目录定为1913年。石印本版心下方署"华新石印"，但找不到写作与刊印年代的任何信息。

据郭象升记载："刘申叔在晋时，忽一日贻余短简曰：'《广雅疏证》君当有之，顷有检查，请借一观。'余即举此本付之，留彼处，经年始还。复索《集韵》，余以姚觐之刊本付之。后问其何所考证，乃笑曰：'偶撰一诗耳！'余曰：'何事《广雅》、《集韵》耶？'则曰：'君曾见古今最长之诗几韵，我今作得六百韵诗一首，所以需此等书也。'申叔殁已十五年，偶展此书，感触往事，怅然题之。"（王开学辑校《郭象升藏书题跋》P20，山西古籍出版社2007年4月第1版）

《癸丑纪行六百八十八韵》篇幅长，用典多。且据诗中词句可以确认，为刘师培已经到达太原之后所作。虽然目前还无法断定其到晋的具体时间，但肯定已经接近1913年年底。

在如此短的时间内完成篇幅如此之长、用典如此之多的诗，我个人倾向于不太可能。

述者个人分析，《癸丑纪行六百八十八韵》一诗的成稿及石印，应于1914年。

【笺注】

该诗较长，每8句为一段。

江海飘零日，风云感会时。黄图新北阙，黑水古西陲。风雨他乡别，山川故土思。星霜歌舞换，岁月鬓毛衰。

〔江海飘零日〕晁补之《鸡肋集》卷 20《绝句（七言）· 次韵两苏公讲筵唱和四首》其一："白发归联侍从荣，未应江海叹飘零。"

〔风云感会时〕《全唐诗》卷 162 李白《梁甫吟》："风云感会起屠钓，大人㠊屼当安之。"（第 3 册 P1683）

〔黄图新北阙〕黄图，《三辅黄图》，代指京城。《三辅黄图》四库提要："其书皆记长安古迹，间及周代灵台、灵囿诸事，然以汉为主。亦间及河间日华宫、梁曜华宫诸事，而以京师为主，故称《三辅黄图》。三辅者，颜师古谓：长安以东为京兆，长陵以北为左冯翊，渭城以西为右扶风也。" 北阙，指皇宫。《古诗纪》卷 23 陈思王植（曹植）《精微篇》："盘桓北阙下，泣泪何涟如。" 参见《谒冶山顾亭林先生祠》一诗〔北阙河山渺，东林党祸延〕条笺注。此句指，改朝换代，清朝亡，民国兴。

〔黑水古西陲〕《太平御览》卷 38《地部三 · 玉山》："《穆天子传》曰：'天子西征东还，乃循黑水至于群玉之山。'"《尚书今注今译 · 禹贡》："华阳黑水惟梁州"。屈万里注："华阳，华山之阳。黑水，即金沙江。禹贡锥指谓：梁州之黑水，汉时名泸水，唐以后名金沙江。"（台湾商务印书馆 1977 年 4 月七版 P39）《宋本广韵》卷 1《上平声 · 支第五》："陲，边也。《说文》：'危也。'" 此句指，刘师培寓居四川。

〔风雨他乡别〕赵完璧《海壑吟稿》卷 3《七言律诗（上）· 哭水南翁》："他乡风雨愁相慰，故里觞诗老更同。"《列朝诗集 · 丙集第七》孙训导冕（孙冕）《和西涯相公春兴诗（二首）》其一："鹿麋昔日游偏好，风雨他乡梦更多。"

〔山川故土思〕《文选》卷 30 陆士衡（机）《拟古詩十二首 · 拟涉江采芙蓉》："故乡一何旷，山川阻且难。"《古诗纪》卷 85 江淹《还故园》："浮云抱山川，游子御故乡。"

〔星霜歌舞换〕《全唐诗》卷 438 白居易《岁晚旅望》："朝来暮去星霜换，阴惨阳舒气序牵。"（第 7 册 P4888）古代，逢改朝换代，常进行礼乐改制。《三国志 · 魏书二 · 文帝纪》："第二秋，八月，丁卯，以廷尉钟繇为太尉。" 裴注引《魏书》："有司奏改汉氏宗庙《安世乐》曰《正世乐》，《嘉至乐》曰《迎灵乐》，《武德乐》曰《武颂乐》，《昭容乐》曰《昭业乐》，《云翻舞》曰《凰翔舞》，《育命舞》曰《灵应舞》，《武德舞》曰《武颂舞》，《文昭舞》曰《大昭舞》，《五行舞》曰《大武舞》。" 此句指，民国替代清朝。

〔岁月鬓毛衰〕《全唐诗》卷 112 贺知章《回乡偶书二首》其一："少小离乡老大回，乡音难改鬓（一作面）毛衰。"（第 2 册 P1148）

往昔三正改，留都七庙隳。桥山思剑舄，辽海耀玗琪。西极驹生渥，南河骏饮汥。殷尘清阛耳，周舞集侏僸。

〔往昔三正改〕三正，夏商周三代使用的不同历法，亦指代夏商周三代。详见《咏史（十二首）》其三一诗〔三正〕条笺注。此句指，改朝换代，改了历法。《临时大总统改历改元通电》（一九一二年一月二日）："各省都督鉴：中华民国改用阳历，以黄帝纪元四千六百九年十一月十三日，为中华民国元年元旦。经由各省代表团议决，由本总统颁行。订定于阳历正月十五日，补祝新年。请布告。孙文。（据史委会编《总理全书》之九《文电》【台北一九五一年十二月版】）"（《孙中山全集》第二卷 P5，中华书局 1982 年 7 月第 1 版）民国建立，宣布使用阳历。刘师培曾撰写《废旧历论》一文明确表示反对，见《刘申叔遗书》55 册（4—8），《左盦外集》卷 15。

〔留都七庙隳〕留都，迁都后，仍派人留守旧都，称留都。此处指北京，清朝覆灭，民国临时政府建都南京。《诗经 · 王风 · 黍离》诗序："《黍离》，闵宗周也。周大夫行役，至于宗周，过故宗庙宫室，尽为禾黍。闵周室之颠覆，彷徨不忍去而作是诗也。" 宗周，指西周旧都镐京。《礼记正义》卷 49《祭统》："成公乃命庄叔随难于汉阳，即宫于宗周。" 郑玄注："周既去镐京，犹名王城，为宗周也。"《孔子家语》卷 8《庙制第三十四》："孔子曰：'天下有王，分地建国设祖宗，乃为亲疏贵贱多少之数。是故天子立七庙，三昭三穆，与太祖之庙七，太祖近庙，皆月祭之，远庙为祧，有二祧焉，享尝乃止。'"《史记 · 秦始皇本纪》载贾谊《过秦论》："然后以六合为家，殽函为宫，一夫作难而七庙堕（《文选》作'隳'——引者），身死人手，为天下笑者，何也？仁义不施而攻守之势异也。" 此句指，清朝覆灭，民国临时政府建都南京，满人在旧都北京太庙的祭祀断绝。

〔桥山思剑舄，辽海耀玗琪〕《史记 · 五帝本纪》："黄帝崩，葬桥山。" 裴骃《集解》："《皇览》曰：'黄帝冢在上郡桥山。'" 司马贞《索隐》："《地理志》：'桥山在上郡同阳县，山有黄帝冢也。'" 张守节《正义》："《括地志》云：'黄帝陵在宁州罗川县东八十里子午山。'《地理志》云：'上郡阳周县桥山南有黄帝冢。' 按：阳周，隋改为罢川。" "《列仙传》云：'轩辕自择亡日，与群臣辞，还葬桥山。山崩棺空，唯有剑舄在棺焉。'" 剑舄，剑与鞋。《集韵》卷 10《入声下 · 昝第二十二》："舄，……履也。" 黄帝陵位于今陕西省延安市黄陵县城北桥山。玗琪，指辽东地区产的岫玉。案：清朝兴起于关外黑吉辽地区，刘师培以此句喻神州光复。此二句指，汉族政权（民国）建立，辽东光复。参见《述怀一百四十韵示蜀中诸同好》一诗〔昆辉焰瑜瑾，辽彩失玗珣〕条笺注。

〔西极驹生渥〕《史记·乐书》："又尝得神马渥洼水中"。裴骃《集解》："李斐曰：'南阳新野有暴利长，当武帝时遭刑，屯田燉煌界。人数于此水旁见群野马中有奇异者，与凡马异，来饮此水傍。利长先为土人持勒靽于水傍，后马玩习。久之，代土人持勒靽，收得其马，献之。欲神异此马，云从水中出。'"《汉书·礼乐志》："《日出入》九。元狩三年，马生渥洼水中作：'天马徕，从西极。涉流沙，九夷服。'"

〔南河骏饮洔〕《穆天子传》卷 1："乃命正公郊父受敕宪，用伸□八骏之乘，以饮于枝洔之中，积石之南河。"郭璞注："水岐成洔。洔，小渚也。""积石，山名，今在金城河间县（应为河关县。西汉宣帝神爵二年置，隶金城郡。今青海贵德县河阴镇一带【一说在今甘肃积石山县大河家长宁驿古城】——引者）。南河出北山而东南流。"《说文解字注》卷 11 上二《水部》："洔，水都也。"段注："水都者，水所聚也。"

〔殷尘清闟耳〕《逸周书·王会弟五十九》："正西昆仑、狗国、鬼亲、枳已、闟耳、贯胸、雕题、离身、漆齿，请令以丹青、白旄、纰罽、江历、龙角、神龟为献。"刘师培《中国历史教科书》第九课《古代之交通》："殷汤之时，正西之地有昆仑、狗国、鬼亲、枳巳、闟耳（即《山海经·海外北经》之聂耳国，或云即今四川外之金川地）"。刘师培《周书补正·王会解第五十九》："闟耳。案：《后汉书·西南夷传》李注引作'闟茸'。"《文选注》卷 41 司马子长（迁）《报任少卿书》："为扫除之吏，在阘茸之中。"李善注："阘茸，猥贱也。茸，细毛也。张楫《训诂》以为犴劣也。吕忱《字林》曰：'阘茸，不肖也。'"闟，通"阘"。《正字通》戌集中《门部》："阘，篆作'闟'，俗从日，作'阘'。"此句为一语双关，"闟耳"本指商周时西南夷，亦指从事洒扫之贱役。故曰："殷尘清闟耳"，即殷商的尘土靠闟耳打扫之意。殷，石印本作"殸"。殷，同"殸"。《增广字学举隅》卷 2《正讹》："殷（殸）"。

〔周舞集侏僸〕《独断》卷上："四夷乐之别名。王者必作四夷之乐，以定天下之欢心。祭神明和而歌之，以管乐为之声。东方曰韎，南方曰任，西方曰株离（一作禁），北方曰禁（一作昧）。"《周礼正义》卷 24《春官宗伯下·鞮鞻氏》："鞮鞻氏，掌四夷之乐与其声歌。"郑玄注："四夷之乐，东方曰韎，南方曰任，西方曰侏离，北方曰禁。《诗》云'以雅以南'是也。王者必作四夷之乐。一天下也。"

鲸浪恬交趾，狼烽靖织皮。南溟无斥鷃，北海有文鲯。乌弋珍输鸟，黄支瑞献狮。三驱胡骑肃，万里宛军疲。

〔鲸浪恬交趾〕鲸浪，惊涛骇浪。《晋书·石季龙载记下》史赞："朝市沦胥，若沉航于鲸浪；王公颠仆，譬游魂于龙漠。"参见《台湾行》一诗〔鲸波〕条笺注。交趾，越南和中国华南部分地区古称。《汉书·地理志上》："汉兴，因秦制度，崇恩德，行简易，以抚海内。至武帝攘却胡、越，开地斥境，南置交阯，北置朔方之州。"颜师古注："胡广记云：'汉既定南越之地，置交阯刺史，别于诸州，令持节治苍梧'。"《说文解字》卷 10 下《心部》："恬，安也。"此句指，南部海上少数民族顺从服帖。

〔狼烽靖织皮〕《酉阳杂俎》卷 16《广动植之一·毛篇》："狼粪烟直上，烽火用之。"织皮，指西部少数民族。《尚书正义》卷 6《禹贡》："黑水西河惟雍州。……织皮，昆仑、析支、渠、搜，西戎即叙。"孔传："织皮，毛布。有此四国，在荒服之外，流沙之内。羌髳之属，皆就次叙美禹之功及戎狄也。"孔颖达疏："四国皆衣皮毛，故以织皮冠之。传言：'织皮，毛布。有此四国'，昆崘也、析支也、渠也、搜也。四国皆是戎狄也，末以西戎总之。"《春秋左传正义》卷 20《文公十八年》："崇饰恶言，靖谮庸回。"杜预注："靖，安也。"此句指，西部少数民族息战安靖。

〔南溟无斥鷃〕《庄子集释》卷 1 上《(内篇)逍遥游第一》："有鸟焉，其名为鹏，背若太山，翼若垂天之云，抟扶摇羊角而上者九万里，绝云气，负青天，然后图南，且适南冥也。斥鴳笑之曰：'彼且奚适也？我腾跃而上，不过数仞而下，翱翔蓬蒿之间，此亦飞之至也。而彼且奚适也？'此小大之辩也。"郭庆藩引成玄英疏："斥，小泽也。鴳，雀也。八尺曰仞。翱翔，犹嬉戏也。而鴳雀小鸟，纵任斥泽之中，腾举踊跃，自得蓬蒿之内，故能嗤九万之远适，欣数仞之近飞。斯盖辩小大之性殊，论各足之不二也。"《宋本广韵》卷 4《去声·谏第三十》"鴳，《尔雅》曰：鳸鴳。郭璞云：今鴳雀。鷃，上同"

〔北海有文鲯〕《宋本广韵》卷 1《上平声·之第七》："鲯，鳊鱼。"《山海经校注》卷 7《海内北经（山海经第十二）》："大鯾居海中。"袁珂注："郭璞云：'鯾即鲂也；音鞭。'珂案：《尔雅·释鱼》云：'鲂，魾。'郭璞注云：'江东呼鲂鱼为鳊。'《说文》十一云：'鳊，鯾。'故郭此注云'鯾即鲂'也。"（上海古籍出版社 1980 年 7 月第 1 版 P324）《说文解字注》卷 9 上《文部》："文，错画也。"段注："错，当作逪。逪画者，这逪之画也。"

〔乌弋珍输鸟〕《汉书·西域传上》："乌弋、山离国，王去长安万二千二百里。不属都护。户口胜兵，大国也。东北至都护治所六十日行，东与罽宾，北与扑桃，西与犁靬、条支接。”《汉书 · 西域传下》：“最凡国五十。……而康居、大月氏、安息、罽宾、乌弋之属，皆以绝远不在数中，其来贡献则相与报，不督录总领也。”“乌弋地暑热莽平，其草木、畜产、五谷、果菜、食饮、宫室、市列、钱货、兵器、金珠之属皆与罽宾同，而有桃拔、师子、犀牛。俗重妄杀。其钱独文为人头，幕为骑马。以金银饰杖。绝远，汉使希至。”庾信《庾子山集》卷 1《赋 · 三月三日华林园马射赋（并序）》：“乌弋、黄支，验东风而受吏。”倪璠注：“《汉书 · 西域传》：‘自玉门阳关出南道，历鄯善而南行至乌弋、山离，南道极矣’。服虔曰：‘三十六国，乌弋最在西。’《地理志》曰：‘自天甘都卢国船行可二月余，有黄支国，民俗略与珠厓相类。其州广大，户口多，多异物。自武帝以来，有译长属黄门。’应劭曰：‘黄支在日南之南，去京师三万里。’”现存史料中并没有乌弋进献珍贵鸟类的记录。珍，石印本作“珎”。《集韵》卷 2《平声二 · 真第十七》：“珍，……俗作珎”。

〔黄支瑞献狮〕《汉书 · 地理志下》：“平帝元始中，王莽辅政，欲耀威德，厚遗黄支王，令遣使献生犀牛。自黄支船行可八月，到皮宗；船行可二月，到日南、象林界云。黄支之南，有已程不国，汉之译使自此还矣。”参见本诗〔乌弋珍输鸟〕条笺注。现存史料中没有黄支献狮的记录。

〔三驱胡骑肃〕三驱，古代王者田猎时，三面驱赶猎物，留一面让其逃生，以示好生之德。《周易正义》卷 2《比》：“九五。显比，王用三驱。”孔颖达疏：“褚氏诸儒皆以为三面着人驱禽，必加三面者，禽唯有背己、向己、趣己，故左右及于后，皆有驱之。”胡骑，胡人的骑兵。《史记 · 绛侯周勃世家》：“击胡骑，破之武泉北。”

〔万里宛军疲〕宛军，征伐大宛的军队。《史记 · 酷吏列传 · 温舒》：“其岁余，会宛军发，诏征豪吏。”裴骃《集解》：“《汉书音义》曰：‘发兵伐大宛。’”《资治通鉴》卷 22《世宗孝武皇帝下之下》：征和四年“三月，上耕于钜定。还，幸泰山，修封。庚寅，祀于明堂。癸巳，禅石闾，见群臣，上乃言曰：‘朕即位以来，所为狂悖，使天下愁苦，不可追悔。自今事有伤害百姓，糜费天下者，悉罢之。’”

缔造原丕显，群公各翕訿。陈谟思厉翼，肆雅儆骍䑛。周政先三事，《商箴》怠四维。篡飱东国瘁，政事北门輶。

〔缔造原丕显〕缔造，创造，此指开国之君。丕显，大明，彰显。《尚书正义》卷 14《康诰》：“惟乃丕显考文王，克明德慎罚。”孔传：“惟汝大明父文王，能显用俊德慎去刑罚。”

〔群公各翕訿〕《尚书正义》卷 19《康王之诰》：“群公既皆听命”。孔颖达疏：“群公总谓朝臣与诸侯也。郑玄云：群公主为诸侯与王之三公，诸臣亦在焉。”《毛诗正义》卷 12—2《小雅 · 节南山之什 · 小旻》：“潝潝訿訿，亦孔之哀。”毛传：“潝潝然患其上，訿訿然思不称其上。”郑玄笺：“臣不事君，乱之阶也，甚可哀也。”《尔雅注疏》卷 4《释训第三》：“翕翕訿訿，莫供职也。”郭璞注：“贤者陵替，奸党炽，背公恤私，旷职事。”訿，《雅言》本作“呰”。《重修玉篇》卷 9《言部第九十》：“訿，……不善皃也，不思称其上也。……呰，同上。”

〔陈谟思厉翼〕陈谟，出谋划策。《后汉书 · 崔寔传》：“自尧舜之帝，汤武之王，皆赖明哲之佐，博物之臣。故皋陶陈谟而唐虞以兴。”厉翼，亦作“励翼”，全力辅佐。《尚书今注今译 · 皋陶谟》：“惇叙九族，庶明励翼。”屈万里注：“励，奋勉。翼，辅佐。”（台湾商务印书馆 1977 年 4 月七版 P21）

〔肄雅儆夸毗〕肄雅，本指习学雅乐，亦指研读儒家正统经典。吴伟业《梅村集》卷 21《序一 · 观始诗集序》：“昔成周之世，上自郊庙宴飨，下至委巷讴歌，采风肄雅无不隶于乐官。”夸毗，即“夸毗”，溜须谄媚。《诗经集传》卷 6《大雅 · 生民之什 · 板》：“无为夸毗。”朱熹注：“夸，大。毗，附也。小人之于人，不以大言夸之，则以谀言毗之也。”《说文解字》卷 8 上《人部》：“儆，戒也。”《说文解字》卷 3《聿部》：“肄，习也。”

〔周政先三事〕《左传 · 文公七年》：“正德，利用，厚生，谓之三事。”

〔《商箴》怠四维〕《商箴》，古逸典。《吕氏春秋 · 应同》：“《商箴》云：‘天降灾布祥，并有其职’，以言祸福人或召之也。”《管子 · 牧民第一》：“国有四维，一维绝则倾，二维绝则危，三维绝则覆，四维绝则灭。倾可正也，危可安也，覆可起也，灭不可复错也。何谓四维？一曰礼，二曰义，三曰廉，四曰耻。”此句指，怠惰废弃礼义廉耻以亡国，这是殷人留给后世的箴谏。

〔簋飧东国瘁〕《诗经 · 小雅 · 谷风之什 · 大东》诗序：“大东，刺乱也。东国困于役而伤于财。谭大夫作是诗以告病焉。”《诗经今注今译》马持盈题记：“这是东方诸国怨西方之周王征敛过重之诗。”《诗经今注今译 · 小雅 · 大东》：“有饛簋飧，有捄棘匕。”马持盈注：“饛：音蒙，满满的，有饛，即饛然。簋：音规，竹制之容器，内方外圆，以盛黍稷，可容一斗二升。飧：音孙，熟的食物。”（台湾商务印书馆 1979 年 3 月六版 P331、332）《集韵》卷 7《去声上 · 志第七》：“瘁，病也。”飧，石印本作“飧”。

《正字通》戌集下《食部》："飱，似飧字。"

〔政事北门轓〕《诗经今注今译 · 邶风 · 北门》："出自北门，忧心殷殷。……王事适我，政事一埤益我。"马持盈注："政事：政府的公事。埤益我：堆积于我，即把公事都堆到我身上。"轓，同"鼙"。《说文解字注》卷 5 下《会部》："鼙，益也。"段注："鼙、裨古今字。今字作裨益，古字作鼙益。"裨，通"埤"。《广雅疏证》：卷 7 上《释室》"埤堄……女墙也。"王念孙注："埤堄，字或作'裨倪'。"

化俗资齐紫，思贤倦郑缁。秦诤疏谔谔，鲁善距訑訑。冢宰周家父，宗卿郑罕蘬。鼎占公悚覆，荫谢本根芘。

〔化俗资齐紫〕《韩非子 · 外储说左上第三十二》："齐王好衣紫，齐人皆好也。齐国五素不得一紫，齐王患紫贵。傅说王曰：'《诗》云：不躬不亲，庶民不信。今王欲民无衣紫者，王以自解紫衣而朝，群臣有紫衣进者，曰：'益远，寡人恶臭。'是日也，郎中莫衣紫；是月也，国中莫衣紫；是岁也，境内莫衣紫。"化俗，移风易俗。《商君书 · 壹言第八》："夫圣人之立法化俗，而使民朝夕从事于农也，不可不知也。"齐（齊），《雅言》本作"斋（齋）"。《六书统》卷 20《假借 · 因省而借》："齊，……与齋字同用。"《文选注》卷 20 颜延年《皇太子释奠会作诗一首》："资此夙知，降从经志"。李善注："资，犹藉也。"

〔思贤倦郑缁〕《诗经 · 郑风 · 缁衣》诗序："缁衣，美武公也。父子并为周司徒，善于其职，国人宜之，故美其德，以明有国善善之功焉。"诗："缁衣之宜兮，敝予又改为兮。适子之馆兮，还予授子之粲兮。……"《礼记正义》卷 55《缁衣》："子曰：'好贤如《缁衣》，恶恶如《巷伯》。'"郑玄注："《缁衣》《巷伯》，皆《诗》篇名也。"倦，通"惓"。《集韵》卷 8《去声下 · 线第三十三》："倦……或作惓"。《字汇》卯集《心部》："惓，……与倦同。"惓，思念，回顾，与"眷"通。范景文《范文忠公文集》卷 9《行述行状 · 先母马宜人行述》："壬戌，白莲谋乱党遍齐鲁燕赵间。不孝惧惊两尊人，婉请宦游，以当避地。宜人惓念诸子若女，不孝诡言儿当往省，别仅数月耳。"

〔秦诤疏谔谔〕《史记 · 商君列传》："羊之皮，不如一狐之掖；千人之诺诺，不如一士之谔谔。武王谔谔以昌，殷纣墨墨以亡。"《广雅》卷 4《释诂》："诤，……谏也。"谔谔，亦作"咢咢"。《汉书 · 韦贤传》："睮睮谄夫，咢咢黄发"。颜师古注："咢咢，直言也。"《别雅》卷 5："咢咢，谔谔也。《汉书 · 韦贤传》：'咢咢黄发。'师古曰：'咢咢，直言也。'咢同谔。"疏，少。《重修玉篇》卷 30《厶部第五百三十》："疏，……稀也"。

〔鲁善距訑訑〕《孟子正义》卷 25《告子下》:“鲁欲使乐正子为政。孟子曰:‘吾闻之,喜而不寐。’……‘好善足乎?’曰:‘好善优于天下,而况鲁国乎?夫苟好善,则四海之内,皆将轻千里而来告之以善。夫苟不好善,则人将曰:“訑訑,予既已知之矣。”’訑訑之声音颜色,距人于千里之外。”焦循注:“訑訑者,自足其智,不嗜善言之貌。”

〔冢宰周家父〕《尚书 · 蔡仲之命》:“惟周公位冢宰,正百工。”《周礼注疏》卷 1《天官冢宰》孔颖达疏:“郑《目录》云:‘象天所立之官。冢,大也。宰者,官也。天者,统理万物。天子立冢宰,使掌邦治,亦所以总御众官,使不失职。不言司者,大宰总御众官,不主一官之事也。’”案:周公是武王之弟、成王之叔,故曰“周家父”。《毛诗正义》卷 9—3《小雅 · 鹿鸣之什 · 伐木》:“既有肥羜,以速诸父。”毛传:“天子谓同姓诸侯,诸侯谓同姓大夫皆曰父。”冢,《雅言》本作“冡”。冡,同“蒙”,古籍中常讹“冢”为“冡”。《建康实录》卷 20《后主长城公叔宝》:“御名(祯——引者)明元年,……周冡宰宇文护执喜手”。(光绪二十八年江宁甘氏新刊本)

〔宗卿郑罕虀〕罕氏,郑国贵族,世代公卿之家。《古今姓氏书辩证》卷 25《罕》:“出自姬姓。郑穆公之子曰公子喜,字子罕。其孙以王父字为氏。子罕生公孙舍之,字子展。子展生罕虎,字子皮,及其弟罕魋。子皮生婴齐,字子虀。”《春秋左传正义》卷 47《昭公十六年》:“子虀赋《野有蔓草》。宣子曰:‘孺子善哉,吾有望矣。’”杜预注:“子虀,子皮之子婴齐也。”《诗经 · 郑风》有《野有蔓草》一章,相传为子虀所作。罕,石印本作“罕”。《宋本广韵》卷 3《上声 · 二十三旱》:“罕,……《说文》作罕,或作罕”。

〔鼎占公馀覆〕《周易今注今译》五〇《鼎》:“九四。鼎折足,覆公馀,其形渥,凶。”陈鼓应注:“鼎以立为用,足折则不能立,是凶象。‘覆’犹打翻。‘公’即九四本爻。九四为大臣之位,故谓‘公’。‘馀’,即九二之鼎实、九三之‘雉膏’,谓雉肉羹。打翻羹汤,亦是凶象。‘其’指代‘公’(或谓指‘鼎’)。‘形’,体,身。‘渥’,沾污(《说文》:‘渥,沾也。’《广雅 · 释诂》:‘渥,浊也’。)。满身汤污,更是凶象。或释‘形渥’为‘刑渥’(训为重刑)或‘刑屋’(帛书作‘刑屋’,谓刑于屋下)。按:此‘其形’当与九三之‘其行’对看,故知释为‘刑渥’或‘刑屋’似不确。”(商务印书馆 2005 年 11 月第 1 版 P447、449)馀,石印本、《雅言》本作“蔌”,似误。

〔荫谢本根芘〕《左氏 · 文公七年》:“夏,四月,宋成公卒。于是公子成为右师,公孙友为左师,乐豫为司马,鳞矔为司徒,公子荡为司城,华御事为司寇。昭公将去群公子。乐豫曰:‘不可。公族,公室之枝叶也。若去之,则本根无所庇阴矣。葛藟犹能庇其本根，故君子以为比，况国君乎。'"《正字通》申集上《艸部》："茈，通庇。"《一切经音义》卷 7《大般若波罗蜜多经第五百二十三卷》："谢，……《考声》云：拜恩也。"

玉帛殊方集，金缯绝域縻。六师熸百济，重险撤三巇。世已灵修远，《诗》歌上帝諸。降威殷即丧，多罪夏如台。

〔玉帛殊方集〕《全唐诗》卷 367 张仲素《献寿词》："玉帛殊方至，歌钟比屋闻。华夷今（一作同一）一贯，同（一作共）贺圣朝君。"（第 6 册 P4149）殊方，异域。《列子 · 杨朱第七》："至其情所欲好，耳所欲听，目所欲视，口所欲尝，虽殊方偏国，非齐土之所产育者，无不必致之。"

〔金缯绝域縻〕刘攽《彭城集》卷 7《七言古诗 · 和陆子履鱼胶亦名阿胶可以羽箭又宜妇人贴花钿》："汉家金缯抚绝域，远夷畏威亦怀德。" 縻，通"靡"，没有。《宋本广韵》卷 3《上声 · 纸第四》："靡，无也。"《楚辞补注》卷 1 屈原《离骚》："精琼縻以为粻。" 洪兴祖补注："縻，音糜。《文选》音靡。"《说文解字》卷 13 上《糸部》："缯，帛也。" 绝域，辽远之地。《管子 · 轻重甲第八十》："故不远道里，而能威绝域之民。"

〔六师熸百济〕隋代，曾四征高丽，大败而归，将士死伤无数。《旧唐书 · 太宗本纪下》：贞观五年"七月甲辰，遣使毁高丽所立京观，收隋人骸骨，祭而葬之。"《册府元龟》卷 117《帝王部 · 亲征第二》：（贞观）"十九年二月，舆驾发雒阳。三月丁丑，幸定州。太宗谓侍臣曰：'辽东旧中国之有，自魏涉周，置之度外。隋氏出师者四，丧律而还，杀中国良善不可胜数。今彼弑其主，恃险骄盈。朕长夜思之而辍寝，将为中国复子弟之雠，为高丽讨弑君之贼。'" 六师，天子之师。《毛诗正义》卷 16—3《大雅 · 文王之什 · 棫朴》："周王于迈，六师及之。" 毛传："天子六军。" 郑玄笺："周王往行，谓出兵征伐也。二千五百人为师。今王兴师行者，殷末之制，未有周礼。《周礼》：'五师为军，军万二千五百人。'" 熸，石印本、《雅言》本作"熸"。熸，兵败。《春秋左传正义》卷 50《昭公二十三年》："子瑕卒，楚师熸。" 杜预注："吴楚之间谓火灭为熸。军之重主丧亡，故其军人无复气势。" 百济，为朝鲜古邦国，此以百济泛指东方之国。此句指，天子之师兵败于东方

〔重险撤三巇〕三巇，亦作"三危"，指极西之山。《集韵》卷 1《平声一 · 支第五》："巇，三巇，山名。在鸟鼠西，或书作峞，通作危"。《尚书正义》卷 6《禹贡》："三危既宅"。孔传："西裔之山"。孔颖达疏："《舜典》云：'窜三苗于三危'，是三危为西裔之山也。其山必是西裔，未知山之所在。《地理志》杜林以为敦煌郡，即古瓜

州也。《昭九年 · 左传》云：'先王居梼杌于四裔，故允姓之奸，居于瓜州。' 杜预云：'允姓之祖与三苗俱放于三危，瓜州，今敦煌也。' 郑玄引《地记》书云：'三危之山在鸟鼠之西南，当岷山，则在积石之西南。'《地记》乃妄书，其言未必可信，要知三危之山必在河之南也。" 此句指，将边防从原来的极西之地内迁东移。

〔世已灵修远〕灵修，专指楚怀王，亦泛指帝王。详见《静坐》一诗〔扬舲极浦灵修远〕条笺注。此句指，世上已无明君。

〔《诗》歌上帝諸〕《诗经今注今译 · 大雅 · 生民之什 · 板》："上帝板板，下民卒瘅。" 马持盈译："现在上帝反其常道，以致下民尽陷于病痛。"（台湾商务印书馆 1979 年 3 月六版 P452、453）《集韵》卷 1《平声一 · 脂第六》："諸，诃怒也。"

〔降威殷即丧〕《尚书今注今译 · 君奭》："天降丧于殷，殷既坠厥命"。屈万里译："老天降下了灭亡给殷朝，殷朝已丧失了的国运"。（台湾商务印书馆 1977 年 4 月七版 P141、142）殷，石印本作"殷"。

〔多罪夏如台〕《尚书今注今译 · 汤誓》："有夏多罪，天命殛之。……今汝其曰：'今夏罪其如台？' 夏王率遏众力，率割夏邑，有众率怠弗协。曰：'时日曷丧？予及汝皆亡！' 夏德若兹，今朕必往。" 屈万里注："如台，……若何。" 屈万里译："只因夏国的罪恶多端，老天命令我去伐灭他。""现在你们要说：'夏朝的罪恶是怎样的呢？' 夏王竭尽了民众的力量，损害了夏国，民众因而都怠慢不恭，跟他不和洽。都说：'这个太阳什么时候才会灭亡呢？我情愿跟你共同灭亡！' 夏的行为如此，所以我一定得去征服他。"（台湾商务印书馆 1977 年 4 月七版 P49、50）

艽野丰萧菽，劳歌诉杞椟。柳原蜩嘒嘒，蒲社鸟诶诶。芒孛瞖垂彗，轮曦气晕鐫。壮图生马角，故老话龙漦。

〔艽野丰萧菽〕艽野，荒远之地。详见《咏史（十二首）》其三一诗〔昔履艽野霜〕条笺注。萧菽，蒿草与豆类，形容荒芜。详见《述怀一百四十韵示蜀中诸同好》一诗〔中原富萧菽〕条笺注。

〔劳歌诉杞椟〕劳歌，劳作者之歌。详见《述怀一百四十韵示蜀中诸同好》一诗〔劳歌灿大钧〕条笺注。杞椟，指哀伤。详见《答梁公约赠诗》一诗〔杞椟无郁阴〕条笺注、《述怀一百四十韵示蜀中诸同好》一诗〔哀思萦椟杞〕条笺注。

〔柳原蜩嘒嘒〕《毛诗正义》卷 12—3《小雅 · 节南山之什 · 小弁》："菀彼柳斯，鸣蜩嘒嘒。" 毛传："蜩，蝉也。嘒嘒，声也。" 郑玄笺："柳木茂盛则多蝉。" 孔颖达疏："言有菀然而茂者，彼柳木也。此柳由茂，故上有鸣蝉，其声嘒嘒然。"嘒嘒，石印本、《雅言》本作"嚖嚖"。《类篇》卷 4："嘒，……《说文》：'小声也。'……或从慧。"

〔蒲社鸟诶诶〕蒲社，亦作"亳社"，指已灭亡的商朝祭祀土地之庙。《公羊传·哀公四年》："六月，辛丑，蒲社灾。蒲社者何？亡国之社也。"《春秋左传正义》卷 40《襄公三十年》："或叫于宋大庙，曰：'譆譆！出出！'鸟鸣于亳社，如曰'譆譆'。"杜预注："殷社。"孔颖达疏："哀四年，亳社灾。《谷梁传》曰：'亳社者，亳之社也。亳，亡国也。亡国之社以为庙屏，戒也。'然则此亳社是殷社也。殷都于亳，武王伐纣而颁其社于诸侯，以为亡国之戒。此鸟鸣于鲁国之亳社也。服虔云：'殷，宋之祖也，故鸣其社'。"《正字通》酉集上《言部》："譆，……《说文》：'痛也。'……《左传》：'或叫于大庙，"譆譆！出出！"'《说文·诶》，引《传》作'诶诶'。"

〔芒孛髾垂彗〕芒，光芒。《晏子春秋·内篇谏上第一》："变星有芒，荧惑回逆"。《春秋公羊传·昭公十七年》："有星孛于大辰。孛者何？慧星也。"《宋本广韵》卷 2《下平声·肴第五》："髾，发尾。"垂，《雅言》本作"垂"。彗，石印本、《雅言》本作"慧"。

〔轮曦气晕鐫〕轮曦，太阳的光辉。参见《东坡生日集无闷园》一诗〔泄泄曦展轮〕条笺注。气晕，日月周围之晕光。《史记·天官书》："气晕先至而后去，居军胜。"《周礼注疏》卷 25《春官宗伯·视祲》："视祲掌十辉之法，以观妖祥，辨吉凶。……三曰鐫。"郑玄注："鐫，谓日旁气，四面反乡如晕状也。"鐫，石印本、《雅言》本作"鐫"。

〔壮图生马角〕《燕丹子》卷上："燕太子丹质于秦，秦王遇之无礼，不得意，欲求归。秦王不听，谬言曰：'令乌白头、马生角，乃可许耳。'丹仰天叹，乌即白头，马生角。秦王不得已而遣之。"壮图，雄心壮志。《文选》卷 60 陆士衡（机）《吊魏武帝文（并序）》："雄心摧于弱情，壮图终于哀志。"

〔龙漦〕龙涎，因典涉褒姒，亦喻指女祸。《国语》卷 26《郑语》："训语有之曰：'夏之衰也，褒人之神化为二龙，以同于王庭，而言曰："余，褒之二君也。"夏后卜杀之与去之与止之，莫吉。卜请其漦而藏之，吉。乃布币焉而策告之，龙亡而漦在，椟而藏之，传郊之。'及殷、周，莫之发也。及厉王之末，发而观之，漦流于庭，不可除也。王使妇人不帏而噪之，化为玄鼋，以入于王府。府之童妾未既龀而遭之，既笄而孕，当宣王时而生。不夫而育，故惧而弃之。为弧服者方戮在路，夫妇哀其夜号也，而取之以逸，逃于褒。褒人褒姁有狱，而以为入于王，王遂置之，而嬖是女也，使至于为后而生伯服。天之生此久矣，其为毒也大矣，将俟淫德而加之焉。”韦昭注：“漦，龙所吐沫，龙之精气也。”《史记 · 周本纪》：“三年，幽王嬖爱褒姒。”司马贞《索隐》：“褒，国名，夏同姓，姓姒氏。礼，妇人称国及姓。其女是龙漦妖子，为人所收，褒人纳之于王，故曰褒姒。”

碧箭书衔雀，黄灵谶显麒。苍精姬受命，赤伏汉含孳。举俗规三古，吾生萃百罹。擘经参世业，相主九州瞝。

〔碧箭书衔雀〕碧简，道教语，指仙籍、仙笺。《乐府诗集》卷 51 梁武帝（萧衍）《方丈曲》：“金书发幽会，碧简吐玄门。”《全唐诗》卷 379 孟郊《送李尊（一作宗）师玄》：“口诵碧简文，身是青霞君。”（第 6 册 P4261）书衔雀，青鸟传书。详见《菩萨蛮 · 无题》一词〔传书青鸟〕条笺注。箭，《雅言》本作“简（簡）”。

〔黄灵谶显麒〕《文选注》卷 15 张平子（衡）《思玄赋》：“黄灵詹而访命兮，樛天道其焉如。”旧注：“黄灵，黄帝也。”《后汉书 · 马融传》：“遂栖凤皇于高梧，宿凤皇于西园，纳僬侥之珍羽，受王母之白环。”李贤注：“《尚书中候》曰：‘黄帝时，麒麟在园。’”谶，预言。《说文解字》卷 3 上《言部》：“谶，验也。”谶（讖），石印本作“譏”。

〔苍精姬受命〕周朝号为苍姬。《孟子注疏》赵岐《孟子题辞》：“孟子亦自知遭苍姬之讫，录值炎刘之未奋。”孙奭疏：“苍姬者，周以木德王，故号为苍姬。姬，周姓也。”参见《咏史（二首）》其一一诗〔钓璜隐姜公〕条笺注。

〔赤伏汉含孳〕《史记 · 封禅书》：“汉兴，高祖之微时尝杀大蛇。有物曰：‘蛇，白帝子也。而杀者，赤帝子。’”《汉书 · 郊祀志下》：“神农、黄帝下历唐虞三代而汉得火焉。故高祖始起，神母夜号，着赤帝之符，旗章遂赤，自得天统矣。”李贤注：“邓展曰：‘向父子（刘向、刘歆父子——引者）虽有此议，时不施行。至光武建武二年，乃用火德，色尚赤耳。’”伏，石印本、《雅言》本作“符”。

〔举俗规三古〕举俗，举世之风气。《后汉书 · 王符传》载其《浮侈篇》：“今举俗舍本农，趋商贾。”《汉书 · 艺文志》：“世历三古”。颜师古注：“伏羲为上古，文王为中古，孔子为下古。”《文选注》卷 3 张平子《东京赋》：“是以论其迁邑易京则同规乎殷盘。”薛综注：“规，法也。”

〔吾生萃百罹〕王禹偁《小畜集》卷 8《谪居感事（一百六十韵）》：“我过徒三省，吾生自百罹。”刘师培《答陆著那诗（二首）》其二一诗有“余生萃百罹”句。

〔揅经参世业〕揅，同“研”。《玉篇（残卷）》卷22《石部第三百五十一》：“研，或为揅”（《续修四库》第228册 P518）。揅经，研习经学。参，即“叁”“三”。世业，世代相传的事业。《汉书·叙传上》：“方今雄桀带州城者，皆无七国世业之资。”此句指，仪征刘氏世代研习《左传》。

〔相主九州瞝〕相主，辅佐君王。《史记列传·贾生（谊）列传》：“瞝九州而相君兮”。司马贞《索隐》：“瞝，音丑知反。谓历观也。《汉书》作‘历九州’。”此句似为刘师培自况，指其为人（先是端方，后是阎锡山）幕宾，四海飘零。

汉里风歌沛，徐亭迹辨鄬。褰裳歌涉洧，焕藻溯游濉。曼衍鱼龙戏，啁嘈燕雀嗤。赋裁梁苑鹿，颂献鲁坰駓。

〔汉里风歌沛〕汉里，刘邦故乡。《史记·高祖本纪》：“高祖，沛丰邑中阳里人，姓刘氏”。“高祖还归，过沛，留。置酒沛宫，悉召故人父老子弟纵酒，发沛中儿得百二十人，教之歌。酒酣，高祖击筑，自为歌诗曰：‘大风起兮云飞扬，威加海内兮归故乡，安得猛士兮守四方！’”

〔徐亭迹辨鄬〕徐亭，指春秋时徐国。《释名·释宫室第十七》：“亭，停也，亦人所停集也。”徐仪（义、鄬）楚，春秋时徐国国君。《春秋左传正义》卷43《昭公六年》：“徐仪楚聘于楚，楚子执之，逃归。”杜预注：“仪楚，徐大夫。”《春秋左传注》杨伯峻注：“清光绪十四年四月，江西高安县出土有郐王义楚鍴，见罗振玉《贞松堂吉金图》，铭云：‘郐王义楚睪（择）金自酢（作）祭鍴。’一九七九年江西靖安县发现郐王义楚盘。郐王义楚即此徐仪楚。聘楚时或为太子，其后继承王位。杜注‘仪楚，徐大夫’臆说。徐国本在今江苏泗洪县南，昭三十年被吴所灭，楚迁之于城父，今安徽亳县东南七十里。又有儠儿钟，铭云‘余义懋之良臣’，即此仪楚。”（中华书局2016年第4版第5册 P1417）《说文解字》卷6下《邑部》：“临淮徐地，从邑义声。《春秋传》曰：‘徐鄬楚。’”

〔褰裳歌涉洧〕褰裳，掀起衣服。详见《咏史（十二首）》其五一诗〔卿云亘中天，八伯休褰裳〕条笺注。《毛诗正义》卷4—3《郑风·褰裳》：“子惠思我，褰裳涉洧。”毛传：“洧，水名也。”参见《述怀一百四十韵示蜀中诸同好》一诗〔褰裳罢涉澧〕条笺注。

〔焕藻溯游濉〕《九家集注杜诗》卷29杜甫《夔府书怀二十（应为四十——引者）韵》：“衣冠迷适越，藻绘忆游睢。”郭知达集注引杜时可《注杜诗补遗正谬》：“《文选》陈孔璋《为曹洪与魏文帝书》曰：'过高唐者，效王豹之讴。游睢涣者，学藻绘之彩。'李周翰注：'睢、涣，二水名。其人多文章，又能织藻缋锦绮。天子郊庙御服出焉。《尚书》所为'厥篚织文'也。公少年尝游宋，故云忆游睢。"濉，通"睢"。《集韵》卷1《平声一 · 脂第六》："睢，……水名。在梁郡，受汴入泗。或从水。"

〔曼衍鱼龙戏〕《汉书 · 西域传》赞："设酒池肉林以飨四夷之客，作《巴俞》都卢、海中《砀极》、漫衍鱼龙、角抵之戏以观视之。"颜师古注："漫衍者，即张衡《西京赋》所云'巨兽百寻，是为漫延'者也。鱼龙者，为含利之兽，先戏于庭极，毕乃入殿前激水，化成比目鱼，跳跃漱水，作雾障日。毕，化成黄龙八丈，出水敖戏于庭，炫耀日光。《西京赋》云'海鳞变而成龙'，即为此色也。"柳永《乐章集 · 破阵乐》："绕金堤、曼衍鱼龙戏，簇娇春罗绮，喧天丝管。"

〔啁嘈燕雀嗤〕燕雀嗤，燕雀安知鸿鹄之志。详见《杂咏（二首）》其二一诗〔鸿鹄有高志，燕雀安能识〕条笺注。啁嘈，鸟叫声。《全宋诗》卷3049《刘克庄一七 · 四叠》其六："吾诗岂得无佳（冯本作嘉）瑞，枝上啁嘈翠羽声。"（北京大学出版社1998年12月第1版第58册P36366）

〔赋裁梁苑鹿〕指公孙诡《文鹿赋》。详见《述怀一百四十韵示蜀中诸同好全文》一诗〔锦篇梁苑鹿〕条笺注。

〔颂献鲁坰駓〕《毛诗正义》卷20—1《鲁颂 · 駉之什 · 駉》："駉駉牡马，在坰之野。"毛传："坰，远野也。邑外曰郊，郊外曰野，野外曰林，林外曰坰。"《尔雅 · 释畜》："黄白杂毛，駓。"献，《雅言》本作"獸（兽）"，似误。

波曲川流漯，山平地接茬。回轩行踽踽，振策度�。诸夏惊鼊午，群言沛詌譺。析觚矛陷盾，语璅指骈跂。

〔波曲川流漯〕《文选注》卷12木玄虚（华）《海赋》："濆沦而滀漯，郁沏迭而隆頯。"李善注："滀漯，攒聚貌。"此句指，河川弯曲，河道密集。

〔山平地接茬〕接茬，连续、持续、继续。此句指，地势平坦，一块块土地接续在一起，连绵不断。茬，石印本、《雅言》本作"茌"。《集韵》卷1《平声一 · 之第七》："茬，……或从仕。"

〔回轩行踽踽〕回轩，回车。详见《蜀中赠朱云石》一诗〔回轩文雅林〕条笺注。《诗经今注 · 唐风 · 杕杜》："独行踽踽，岂无他人。"高亨注："踽（jǔ举）踽，孤独貌。"（上海古籍出版社1980年第1版P155、156）

〔振策度�徙〕振策，挥动马鞭。《文选注》卷 17 傅武仲（毅）《舞赋》：“眄般鼓则腾清眸，吐哇咬则发皓齿。”李善注：“王粲《七释》曰：‘七盘陈于广庭，畴人俨其齐俟。揄皓袖以振策，竦并足而轩跱’。”《说文解字》卷 2 下《彳部》：“徙，徙徙，行皃（貌——引者）。”

〔诸夏惊蠭午〕蠭午，亦作“蜂午”。《史记 · 项羽本纪》：“今君起江东，楚蠭午之将皆争附君者，以君世世楚将，为能复立楚之后也。”裴骃《集解》：“如淳曰：‘蠭午，犹言蠭起也。众蠭飞起，交横若午，言其多也。’”司马贞《索隐》：“凡物交横为午，言蠭之起交横屯聚也。故《刘向传》注云：‘蠭午，杂沓也。’又郑玄曰‘一纵一横为午’。”《五音集韵》卷 1《钟第三》：“蠭，《说文》曰：‘螫人飞虫也。’……通作蜂。”参见《述怀一百四十韵示蜀中诸同好》一诗〔诸夏方旁午〕条笺注。

〔群言沛詍譪〕《说文解字》卷 3 上《言部》：“譪詍，多言也。”沛，多。详见《蜀中赠吴虞（三首）》其二一诗〔寒楟沛晨葩〕条笺注。

〔析觚矛陷盾〕析觚，即“破觚”，亦作“剖觚”，本指削斫、打磨掉棱角，此谓深入分析探讨。《汉书 · 酷吏传》：“汉兴，破觚而为圜，斲琱而为朴。”颜师古注：“孟康曰：‘觚，方也。’师古曰：去严刑而从简易，抑巧伪而务敦厚也。琱，谓刻镂也，字与雕同。”孙继皋《宗伯集》卷 3《寿周先生七十叙》：“乃其父子间，剖觚而为圜，斲雕而为朴，犹行古之道不衰。”《韩非子 · 难一第三十六》：“楚人有鬻楯与矛者，誉之曰：‘吾楯之坚，莫能陷也。’又誉其矛曰：‘吾矛之利，于物无不陷也。’或曰：‘以子之矛陷子之楯何如？’其人弗能应也。”

〔语璅指骿跂〕《正字通》午集上《玉部》：“璅，与琐通。”《扬子法言》卷 6《先知篇》：“政吏骿恶三勤也。”李轨注：“骿，并也。”《说文解字》卷 2 下《足部》：“跂，足多指也。”此句指，啰嗦多言，画蛇添足，弄巧成拙。

艺圃恢荆越，经郛扩歙黟。化成文馘馘，识小视覞覞。官学资扬榷，邦闻孰鉥摫。青箱高凤业，黄卷董生帷。

〔艺圃恢荆越〕艺圃，指学术文化之所汇。张咏《乖崖集》卷 3《律诗 · 上杨大谏（徽之）》：“文江横舫楫，艺圃划荆榛。”荆越，指楚地、越地。《吕氏春秋》卷 6《季夏纪第六 · 六月纪 · 明理》：“尽荆越之竹，犹不能书。”高诱注：“楚、越，竹所生也。”《增修互注礼部韵略》卷 1《上平声 · 十五灰》：“恢，……大之也。”

〔经郛扩歙黟〕经郛，指儒家经典之渊薮。刘弇《龙云集》卷 3《古诗一 · 送方绚解元赴试南宫用桂林一枝荆山片玉为韵八首》其六："经郛榛莱剪，圣海波澜闲。"《说文解字注》卷 6 下《邑部》："郛，郭也。"段注："郛，恢郭也，城外大郭也。"歙、黟，指今安徽南部的歙、黟两县，此处指"徽学"。

〔化成文馘馘〕化成，教化。《周易 · 恒》："圣人久于其道，而天下化成。"《文苑英华》卷 331《天 · 云二首》陈子昂《庆云章》："南风既熏丛兮（集作芳），烂漫馘馘（集作郁郁）。"《正字通》卯集中《戈部》："馘，……郁，有文采也。"

〔瞡瞡〕见识浅陋。《荀子》卷 3《非十二子篇第六》："填填然，狄狄然，莫莫然，瞡瞡然，瞿瞿然，尽尽然，盱盱然。"杨倞注："瞡瞡，未详。或曰，瞡与规同。规规，小见之貌。"

〔官学资扬榷〕官学，官府开办的学堂。孔子之前，官府与学堂合二为一，教育为官方垄断。扬榷，亦作"扬搉"，略举大要。《庄子集释》卷 8 中《（杂篇）徐无鬼第二十四》："颉滑有实，古今不代，而不可以亏，则可不谓有大扬搉乎。"郭庆藩引陆德明《经典释文》："许慎云：'扬搉，粗略法度。'王云：'搉略而扬显之。'"

〔邦闻孰錍摫〕《论语 · 颜渊第十二》："在邦必闻，在家必闻。"《文选注》卷 4 左太冲（思）《蜀都赋一首》："藏镪巨万，錍摫兼呈。"刘渊林（逵）注："扬雄《方言》云：'錍（《方言》作'鈲'——引者）摫，裁也。梁益之间，裁木为器曰錍，裂帛为衣曰摫。'"《通雅》卷 4《释诂》："钩鈲，分析也。裁木为器曰鈲，裂帛为衣曰槻。"錍，石印本、《雅言》本作"鈲"。《正字通》戌集上《金部》："錍，鈲字之讹。"

〔青箱高凤业〕青箱，喻学术、学习。《宋书 · 王淮之传》："王淮之，字符曾，琅邪临沂人。……自是家世相传，并谙江左旧事，缄之青箱，世人谓之'王氏青箱学'。"《后汉书 · 逸民列传 · 高凤》："高凤字文通，南阳叶人也。少为书生，家以农亩为业，而专精诵读，昼夜不息。妻尝之田，曝麦于庭，令凤护鸡。时天暴雨，而凤持竿诵经，不觉潦水流麦。妻还怪问，凤方悟之。其后遂为名儒，乃教授业于西唐山中。"

〔黄卷董生帷〕《抱朴子外篇校笺》卷 25《疾谬》："吟咏而向枯简，匍匐以守黄卷者所宜识，不足以问吾徒也。"杨明照注："古人写书用纸，以黄蘗汁染之防蠹，故称书为黄卷。"（中华书局 1991 年 12 月第 1 版，上册 P635、638）《史记 · 儒林列传 · 董仲舒》："董仲舒，广川人也。以治《春秋》，孝景时为博士。下帷讲诵，弟子传以久次相受业，或莫见其面，盖三年董仲舒不观于舍园，其精如此。"

柱下余藏室，河閒许摄齋。兰灯膏继晷，芸帙简盈轁。孔训弘多识，庄书耻见觭。清言聆正始，逸训识延熹。

〔柱下余藏室〕《史记 · 老子列传》:“老子者，姓李氏，名耳，字伯阳，谥曰聃，周守藏室之史也。”司马贞《索隐》:“按：藏室史，乃周藏书室之史也。又《张苍传》：老子为柱下史，即藏室之柱下，因以为官名。”参见《答袁康侯（二首）》其一一诗〔柱下史〕条笺注。

〔河閒许摄齌〕《史记 · 高祖本纪》:“西过高阳。郦食其谓监门曰：‘诸将过此者多，吾视沛公大人长者。’乃求见说沛公。沛公方踞床，使两女子洗足。郦生不拜，长揖曰：‘足下必欲诛无道秦，不宜踞见长者。’于是沛公起，摄衣谢之，延上坐。”《史记 · 齐悼惠王世家》:“后十二年，文帝十六年，复以齐悼惠王子安都侯。志为济北王。”张守节《正义》:“安都故城在瀛州高阳县西南三十九里。”案：河间古称瀛州。《史记 · 赵世家》:“十九年，与齐、宋会平陆，与燕会阿。”张守节《正义》:“《地理志》云：‘瀛州属河间，赵分也。’按：燕赵即此也。”《汉书 · 朱云传》:“有荐云者，召入，摄齌登堂，抗首而请，音动左右。”颜师古注:“齌，衣下之裳。”閒，石印本、《雅言》本作“間（间）”。齌，石印本、《雅言》本作“齋（斋）”，似误。

〔兰灯膏继晷〕兰灯膏，兰香熬炼的膏蜡，用以晚间照明。《文苑英华》卷 353《问答三 · 进学解一首》韩愈《进学解》:“焚膏油以继晷，恒矻矻以穷年。”另参见《拟韩昌黎短灯檠》一诗〔兰膏照夜尖芒吐〕条笺注。《明诗综》卷 13 宋璲《寄章允载兼简项思复》:“兰膏继日晷，矻矻警昏懈。”晷，日影，引申为白天。《说文解字》卷 7 上《日部》:“晷，日景也。”

〔芸帙简盈辎〕简，同“簡（简）”。石印本、《雅言》本作“簡”。《重订直音篇》卷 4《竹部》:“简，牒也。……简，同上。”芸帙、芸简、芸编，古代以黄蘖、芸香草为书籍防蠹，故代指书籍。《全宋诗》卷 2379《项安世一〇 · 又次韵邓汉卿秀才送行》:“去钻芸帙翻成蠹，飞下芹泥只愿顽。”（北京大学出版社 1998 年 12 月第 1 版第 44 册 P27410）陈著《本堂集》卷 26《次韵演雅》:“芸香虚辟蠹，鞠梅工两蛙。黄檗到里苦，紫荆无外遮。”陆游《剑南诗稿》卷 46《夏日杂题》:“天随手不去朱黄，辟蠹芸编细细香。”参见本诗〔黄卷董生帷〕条笺注。《后汉书 · 窦宪传》:“云辎蔽路，万有三千余乘。”李贤注:“辎，车也。”

〔孔训〕孔子的遗训，指儒学。《全唐诗》卷 459 白居易《遇物感兴因示子弟》:“上遵周孔训，旁鉴老庄言。”（第 7 册 P5246）

〔庄书耻见觭〕庄书，《庄子》。《庄子集释》卷 10 下《(杂篇)天下第三十三》：“庄周闻其风而说之，以谬悠之说，荒唐之言，无端崖之辞，时恣纵而傥，不以觭见之也。”郭庆藩引成玄英疏：“觭，不偶也。而庄子应世挺生，冥契玄道，故能致虚远深弘之说，无涯无绪之谈，随时放任而不偏党，和气混俗，未尝觭介也。”觭，通“奇”，奇怪。《说文通训定声・随部弟十》：“觭，[叚借]……又为奇。《周礼・大卜》：‘二曰觭梦’。按：怪异也。”

〔清言聆正始〕清言，魏晋清谈。张方平《乐全集》卷 3《律诗・故相赠侍中广平公挽辞三首》其一：“清言还正始，雅度合冲虚。”《汉魏六朝百三家集》卷 34 阮籍《清思赋》：“清言窃其如兰兮，辞婉婉而靡违。”正始，三国曹魏齐王曹芳年号。其时，玄学兴盛，诗文以清谈玄虚相尚，史称“正始之风”“正始体”。《文献通考》卷 41《学校考二・太学》：“风流在清简寡欲之目，以为有正始之风，善清言而已，师道恐不止于清言。”《诗人玉屑》卷 2《诗体(上)》：“正始体(魏年号，嵇、阮诸公之诗)。”

〔逸训识延熹〕逸训，散佚的典籍、古训。《说文解字》卷 10 上《兔部》：“逸，失也。”延熹，东汉桓帝刘志年号。东汉延熹二年(159)，始置“秘书监”。这是中国历史上最早的官方藏书机构。《册府元龟》卷 620《卿监部・总序》：“桓帝延熹二年，始置秘书监一人(秘书之名自此始也)，掌禁中图书秘记，故曰秘书。”

端策陈坟典，魁杓立斗櫼。芳条搴服颖，余绪茂京畦。五德周终始，三辰步宿俪。《考灵》苞极建，齐政黍铢厽。

〔端策陈坟典〕端策，恭敬貌。《六臣注文选》卷 33 屈平(原)《卜居》：“詹尹乃端策拂龟，曰：‘君将何以教之？’”王逸注：“整仪容也。”刘良注：“策，蓍也。立蓍拂龟，以展敬也。”坟典，指上古时的典籍。详见《书杨雄传后》一诗〔典坟〕条笺注，《答梁公约赠诗》一诗〔渊玄穴坟素〕条笺注。策，石印本作“筴”。

〔魁杓立斗櫼〕魁杓，北斗。《淮南鸿烈解》卷 3《天文训》：“斗杓为小岁”。高诱注：“斗第一星至第四为魁，第五至第七为杓也。”《重修玉篇》卷 12《木部第一百五十七》：“櫼，……杓也。”

〔芳条搴服颖〕芳条，俊矫的枝条。服颖，指服虔和颖容。二人均曾为《左传》作注。详见《甲辰年自述诗(其三十六)》一诗〔贾服遗书待折衷〕条笺注，《述怀一百四十韵示蜀中诸同好》一诗〔逸馨摭贾颖〕条笺注。搴，取。详见《励志诗》一诗〔兰陵轩谊搴〕条笺注。颖(穎)，石印本作“頴”。

〔余绪茂京眭〕余绪，留存。《颜氏家训》卷 3《勉学第八》：“或因家世余绪，得一阶半级，便谓为足，安能自苦。”京眭，指京房和眭弘。京房曾为《周易》作注。《京氏易传》四库提要：“《京氏易传》三卷，汉京房撰，吴陆绩注。房本姓李，吹律自定为京氏，字君明，东郡顿邱人。受《易》于焦延寿，元帝时以言灾异得幸，为石显等所嫉，出为魏郡太守，卒以谮诛。事迹具《汉书》本传。”眭弘，西汉时《春秋》学大家，曾以《春秋》断“大石自立”“枯木复生”的异事。《汉书》有本传。案：据《汉书·五行志中》记载，京房《易传》与眭弘，对于此次“异事”的分析结果如出一辙。

〔五德周终始〕邹衍创立的“五德始终说”。详见《甲辰年自述诗（其三十七）》一诗〔邹衍而后此一人〕条笺注。另参见《咏史（十二首）》其三一诗〔五德筦始终〕条笺注。

〔三辰步宿俪〕三辰，日，月及金木水火土五颗行星。详见《杂诗（二首）》其一一诗〔三辰嬗代多〕条笺注。《礼记正义》卷 14《月令》：“乃命大史，守典奉法，司天日月星辰之行，宿离不贷，毋失经纪，以初为常。”郑玄注：“离，读如俪偶之俪。宿俪，谓其属冯相氏、保章氏，掌天文者，相与宿偶，当审候伺不得过差也。”孔颖达疏：“大史令其属官，在其候处，止宿配偶，相与审候，不得贷变过差。若应候不候，应知不知，则是候过差。”

〔《考灵》苞极建〕考灵，指纬书《尚书考灵曜》。极建，即“建极”。《尚书今注今译·洪范》：“五、皇极：皇建其有极。”屈万里注：“皇极，谓君权之建立。”屈万里译：“第五是君主的法则：君主建立君权是要有法则的。”（台湾商务印书馆 1977 年 4 月七版 P77、78、79）《庄子集释》卷 5 下《（外篇）天运第十四》：“充满天地，苞裹六极。”郭庆藩引陆德明《经典释文》：“苞裹，音包，本或作包。”《古微书》卷 1《尚书考灵曜》孙瑴题记：“赍居子曰：学莫大于稽天，自尧历象，舜玑衡，于是，礼乐兵刑一祖以天矣。后世以宣夜为殷制，周髀托于周公。然于天度，多不相应。惟浑仪之图，师准璇玑，历代宝用。”此句指，《尚书考灵曜》中包罗了君王施政立极之道。

〔齐政黍铢厽〕齐政，施政，整饬治理。《荀子》卷 6《富国篇第十》：“必将修礼以齐朝，正法以齐官，平政以齐民，然后节奏齐于朝。”杨倞注：“齐，整也。”厽，为“絫”之省写。《说文解字注》卷 14 下《厽部》：“厽，絫坺土为墙壁。”段注：“絫者，今之累字。”黍铢厽，即“黍铢絫”，古代的重量单位。《汉书·律历志上》：“权轻重者不失黍絫。”颜师古注：“应劭曰：‘十黍为絫，十絫为一铢。’”《宋史·律历志一》：“取

《汉志》子谷秬黍为则，……自积黍而取絫。(从积黍而取絫，则十黍为絫，十絫为铢，二十四铢为两，锤皆以铜为之。)”

测地穷章亥，占天溯梓禆。辨名征豹鼠，肄雅状蟛蜞。玉篆庚辰籍，金文甲乙觯。东音衡莒矩，北语证禾私。

〔章亥〕太（大）章与竖亥，传说中善走之人。《淮南鸿烈解》卷 4《墬形训》：“禹乃使太章步自东极，至于西极，二亿三万三千五百里七十五步。使竖亥步自北极，至于南极，二亿三万三千五百里七十五步。”高诱注：“太章、竖亥，善行人，皆禹臣也。”《文选》卷 35 张景阳（协）《七命》：“尔乃踰天垠，越地隔，过汗漫之所不游，蹑章亥之所未迹。”

〔占天溯梓禆〕指梓慎、禆灶，春秋时的观天占卜家，《左传》中均有记载。《文选注》卷 15 张平子（衡）《思玄赋》：“慎灶显以言天兮，占水火而妄讯。”旧注：“慎者，鲁大夫梓慎；灶者，郑大夫禆灶。”李善注：“梓慎、禆灶是显明天道之人，在于水火，亦有妄为言事之难知也。”

〔辨名征豹鼠〕《尔雅注疏》卷 1 郭璞《尔雅序》：“《尔雅》者，盖兴于中古，隆于汉氏。豹鼠既辩，其业亦显。”

〔肄雅状蟛蜞〕肄雅，指学习《尔雅》。参见本诗〔肄雅儆䴂鼪〕条笺注。《世说新语》卷下之下《纰漏第三十四》：“蔡司徒渡江，见彭蜞，大喜曰：‘蟹有八足，加以二螯。’令烹之。既食，吐下委顿，方知非蟹。后向谢仁祖说此事，谢曰：‘卿读《尔雅》不熟，几为《劝学》死。’”刘孝标注：“《大戴礼 · 劝学》篇曰：‘蟹二螯、八足，非蛇蟺之穴无所寄托者，用心躁也。’故蔡邕为《劝学》章取义焉。《尔雅》曰：‘蜎螺，小者劳。’即彭蜞也，似蟹而小。今彭蜞小于蟹，而大于彭蜎，即《尔雅》所谓蜎螺也。然此三物皆八足二螯，而状甚相类。蔡谟不精其小大，食而致弊，故谓读《尔雅》不熟也。”《尔雅注疏》卷 10《释鱼第十六》：“蜎螺，小者蟧。”郭璞注：“螺属，见《埤苍》。或曰，即蟚蜎也，似蟹而小。”邢昺疏：“蜎，即蟚蜎也。似蟹而小，一名螺，其小者别名蟧。案:《埤苍》云即蟚蜎，郭氏两从之。”《古今注》卷中《鱼虫第五》：“蟚蜞，小蟹，生海边泥中，食土。一名长卿，其一有螯偏大者，名拥剑。一名执火，其螯赤，故谓之执火云。”蟛，《雅言》本作“蟚”。《正字通》申集中《虫部》：“蟚，同蟛。”

〔玉篆庚辰籍〕玉篆，道家语，指仙籍。《高上玉皇本行经髓》：“乃命五老上帝与诸真圣，上诣太玄玉都、寒灵丹殿、紫微上宫、洞阳玉馆，披九光八色之韫、云锦之囊，出灵宝金书玉篆文曰：……”《清微仙谱》：“故戒文有云：金书玉篆传于世，不可轻泄不可秘。”《太平广记》卷 467《水族四 · 鱼 · 李汤》：“唐贞元丁丑岁，陇西李公佐泛潇湘、苍梧……至九年春，公佐访古东吴，从太守元公锡泛洞庭，登包山，宿道者周焦君庐。入灵洞，探仙书，石穴间得古《岳渎经》第八卷，文字古奇，编次蠹毁，不能解。公佐与焦君共详读之：‘禹理水，三至桐柏山，……乃获淮、涡水神，名无支祁，善应对言语，辨江淮之浅深，原隰之远近。形若猿猴，缩鼻高额，青躯白首，金目雪牙，颈伸百尺，力逾九象，搏击腾踔疾奔，轻利倏忽，闻视不可久。禹授之章律，不能制；授之鸟木由，不能制；授之庚辰，能制。鸱脾桓木魅水灵山妖石怪，奔号聚绕以数千载，庚辰以战逐去。颈锁大索，鼻穿金铃，徙淮阴之龟山之足下，俾淮水永安流注海也。庚辰之后，皆图此形者，免淮涛风雨之难。’即李汤之见，与杨衡之说，与《岳渎经》符矣。（出《戎幕闲谈》）”《山堂肆考》卷 21《获涡水神》：“古《岳渎经》：禹治水，三至桐柏山，获淮涡水神，名曰无支祁，形犹獮猴，力踰九象，人不可视。乃命庚辰制之。是时，木魅水灵山妖水怪奔号，丛绕几以千数。庚辰持戟逐去，遂锁龟山之足。淮水乃安。”

〔金文甲乙觯〕光绪辛丑（1901）秋，陕西凤翔府宝鸡县三十里斗鸡台出土一组商代青铜器，后入端方手，端方命名为“柉禁”。端方在《陶斋吉金录》卷 1 中对此组青铜器有著录。其中有父甲觯和父乙觯（端方著录为“父乙尊”），二器底部内侧均有铭文。此组青铜器今藏美国大都会博物馆。容庚《商周彝器通考》下编第二章《酒器 · 禁》：“《礼器碑》云‘笾柉禁壶’，《陶斋吉金录》称柉禁盖本于此。然《隶辨》释柉为盌，杯也，不当称禁为柉禁也。”（上海人民出版社 2008 年 8 月第 1 版 P344）可参见拙文《225—“柉禁十三器拓片立轴刘师培跋”作伪考辨—刘师培研究笔记（225）》

〔东音衡莒矩〕《颜氏家训》卷 7《音辞第十八》：“北人之音，多以举、莒为矩；唯李季节云：‘齐桓公与管仲于台上谋伐莒，东郭牙望见桓公口开而不闭，故知所言者莒也。然则莒、矩必不同呼。’此为知音矣。”

〔北语证禾私〕《说文解字注》卷 7 上《禾部》：“私，禾也。从禾厶声。北道名禾主人曰私主人。”段注：“盖禾有名私者也，今则叚私为公厶。仓颉作字，自营为厶，背厶为公。然则古只作厶，不作私。”“北道盖许时语，立乎南以言北之辞。《周颂》：‘骏发尔私。’毛曰：‘私，民田也。’”

文始原根本，民艰尚唸叩。寸心千古事，显德弼时仔。南土基风化，东方慨日居。都人思尹姞，往牒溯妘娸。

〔文始原根本，民艰尚唸叩〕文始，指语言文字起源之始，引申为远古时代。章太炎有《文始》一书，9 卷，是著名的训诂学著作。《说文解字注》卷 2 上《口部》："唸，唸吚（逗）。呻也。从口念声。《诗》曰：'民之方唸吚。'" 段注："今本无唸者，浅人以为复字而删之。无呻者，浅人所改也。今依全书通例补正。"《正字通》丑集上《口部》："吚，叩字之讹。" 案：《说文解字》原文作 "唸叩"。此二句指，语言文字起源之始，是质朴无华的。百姓生活艰辛，也只会 "咿呀" 呻吟，而不会使用什么修辞。

〔寸心千古事〕《全唐诗》卷 230 杜甫《偶题》："文章千古事，得失寸心知。"（第 4 册 P2509）

〔显德弼时仔〕《诗经今注 · 周颂 · 闵予小子 · 敬之》："学有缉熙于光明，佛时仔肩，示我显德行。" 高亨注："缉熙，奋发前进。此二句言：我将奋发学习，坚持不懈，以期至于心明眼亮。""佛（bì 必），通弼，大也。时，是也。仔肩，负担、责任。此句言，重大呀，我的这个责任。""显，明也。此句指，请群臣示我以光明之德行。"（上海古籍出版社 1980 年 10 月第 1 版 P499、500）

〔南土基风化〕《诗经 · 周南 · 关雎》诗序："风，风也，教也。风以动之，教以化之。……然则《关雎》《麟趾》之化，王者之风。故系之周公。南，言化自北而南也。……《周南》《召南》，正始之道，王化之基。"

〔东方慨日居〕《诗经今注今译 · 邶风 · 日月》："日居月诸，出自东方。" 马持盈译："日呀，月呀，都是从东方的本源发出"。（台湾商务印书馆 1979 年 3 月六版 P40）

〔都人思尹姞〕《毛诗正义》卷 152《小雅 · 鱼藻之什 · 都人士》："彼君子女，谓之尹吉。" 郑玄笺："吉，读为姞。尹氏、姞氏，周室昏姻之旧姓也。"

〔往牒溯妘娸〕牒，家谱，谱系。详见《甲辰年自述诗（其二十九）》一诗〔为慨先民谱牒沉〕条笺注。《说文解字》卷 12 下《女部》："妘，祝融之后，姓也。"《说文解字》卷 12 下《女部》："娸，人姓也。"

赤县期全复，青山几度辞。曳歌聆甯戚，望气訙王擒。在昔谐笙磬，曾闻譬芥磁。秋芳兰佩结，春酒萸筐酾。

〔赤县期全复，青山几度辞〕赤县，中国。详见《译石门和夫氏〈希望诗〉（二首）》其二一诗〔八瀛〕条笺注。青山，指故乡。《唐诗品汇》卷 47《七言绝句二》王昌龄《送柴侍御》："青山一道同云雨，明月何曾是两乡。"《文苑英华》卷 275《送行十 · 司空曙十八首 · 贼平后送人北归》："他乡生白发，旧国见青山。"此二句指，为光复全部神州国土，几度辞别故乡，四处漂泊。喻刘师培曾为排满革命四处奔忙。辞（辭），石印本作"辭"。

〔曳歌聆甯戚〕曳，困顿。《后汉书 · 冯衍传》："贫而不衰，贱而不恨。年虽疲曳，犹庶几名贤之风。"李贤注："曳，犹顿也。"曳歌，指衰贫困顿而歌。《吕氏春秋 · 离俗览 · 举难》："宁戚欲干齐桓公，穷困无以自进，于是为商旅将任车以至齐，暮宿于郭门之外。桓公郊迎客，夜开门，辟任车，爝火甚盛，从者甚众。宁戚饭牛居车下，望桓公而悲，击牛角疾歌。桓公闻之，抚其仆之手曰：'异哉！之歌者非常人也。'命后车载之。桓公反，至，从者以请。桓公赐之衣冠，将见之。宁戚见，说桓公以治境内。明日复见，说桓公以为天下。桓公大说，将任之。群臣争之曰：'客，卫人也。卫之去齐不远，君不若使人问之，而固贤者也，用之未晚也。'桓公曰：'不然。问之，患其有小恶，以人之小恶，亡人之大美，此人主之所以失天下之士也已。'凡听必有以矣。今听而不复问，合其所以也。且人固难全，权而用其长者。当举也，桓公得之矣。"《史记 · 邹阳列传》："宁戚饭牛车下，而桓公任之以国。"裴骃《集解》："应劭曰：齐桓公夜出迎客，而宁戚疾击其牛角商歌曰：'南山矸，白石烂，生不遭尧与舜禅。短布单衣适至骭，从昏饭牛薄夜半，长夜曼曼何时旦？'"司马贞《索隐》："事见《吕氏春秋》。商歌者，谓为商声而歌也，或云商旅人歌也，二说并通。矸，音公弹反。矸者，自净貌也。顾野王音岸。禅，音善，如字读，协韵失之也。《埤苍》云：'骭，胫也。'"甯（宁），《雅言》本作"甯"。

〔望气訙王摛〕《南齐书 · 陆澄传》："时东海王摛，亦史学博闻，历尚书左丞。竟陵王子良校试诸学士，唯摛问无不对。永明中，天忽黄色照地，众莫能解。摛云是荣光。世祖大悦，用为永阳郡。"《山堂肆考》卷 125《文学 · 博学 · 知为荣光》："永明中，天中忽有黄色照地，众莫能解。司徒法曹上《金天颂》。王摛曰：'是非金天，所谓荣光是也。'武帝大悦。按，摛东海剡人，晋少傅雅之后，尝为秣陵令。"荣光，祥瑞之气。《艺文类聚》卷 11《帝王部一 · 帝尧陶唐氏》："《尚书中侯》曰：帝尧即政，荣光出河，休气四塞。"王炎《双溪类稾》卷 11《表 · 贺太上皇帝庆寿表（代）》："荣光瑞气，无远而不周；盛事缛仪，自今而继举。"杨士奇《东里集续集》卷 62《赐从游万岁山词》其三："乾坤六合皆春。荣光瑞彩津津。"《集韵》卷 7《去声上 · 稕第二十二》："讯，……《说文》：'问也。'古作……訙"。

〔在昔谐笙磬〕《毛诗正义》卷 13—2《小雅 · 谷风之什 · 鼓钟》："鼓钟钦钦，鼓瑟鼓琴，笙磬同音。" 毛传："钦钦，言使人乐进也。笙磬，东方之乐也。同音，四县皆同也。" 郑玄笺："同音者，谓堂上堂下八音克谐。" 此句指，刘师培曾与昔日好友志同道合。

〔曾闻譬芥磁〕《论衡校释》卷 16《乱龙篇》："顿牟掇芥，磁石引针"。刘盼遂注："王筠《菉友臆说》云：'顿牟，岂虎魄之异名邪？抑别自一物邪？是顿牟之为物，宜存区盖。'"（中华书局 1990 年 2 月第 1 版 P695）《艺文类聚》卷 6《地部 · 石 · 赞》："晋郭璞《磁石赞》曰：'磁石吸铁，琥珀取芥。气有潜通，数亦冥会。物之相感，出乎意外。'"《周易正义》卷 1《乾》："子曰：'同声相应，同气相求'。" 孔颖达疏："亦有异类相感者，若磁石引针，琥珀拾芥。" 此句指，刘师培与昔日好友，曾 "同声相应，同气相求"。刘师培《述怀一百四十韵示蜀中诸同好》诗有句："自昔谐笙磬，曾闻鉴齿唇。相氛期共涤，蓬问悔空宾。栎社阴犹合，桃潭恨莫湮"。

〔秋芳兰佩结，春酒蕒筐酾〕《楚辞》卷 1 屈原《离骚》："扈江离与辟芷兮，纫秋兰以为佩。" 详见《楚词》一诗〔纫佩〕条笺注，参见《得陈仲甫书》一诗〔秋芳纫荃心〕、〔春荣镌留萸〕条笺注。《诗经 · 小雅 · 鹿鸣之什 · 伐木》诗序："伐木，燕朋友故旧也。自天子至于庶人，未有不须友以成者。亲亲以睦，友贤不弃，不遗故旧，则民德归厚矣。"《诗经今注今译 · 小雅 · 伐木》："伐木许许，酾酒有藇。" 马持盈注："酾音师，酾酒者或以筐或以草洓之而去其糟，《礼记》所谓 '缩酌用茅' 是也。有藇：音与，美也，有藇，即美好也。"。（台湾商务印书馆 1979 年 3 月六版 P238）刘师培《述怀一百四十韵示蜀中诸同好》诗有句："一自金柅系，难忘玉佩纫。困株三岁木，泛梗五湖苹"。此二句指，刘师培与昔日好友曾莫逆于心，感佩于朋友们的深情厚谊。

誓水资投璧，刑牲伺错锟。商郊规秉翟，吴俗富藏鍦。未遂巢由隐，犹伤孔墨儽。悲凉询路铎，牢落牖民篪。

〔誓水资投璧〕《春秋左传今注今译 · 僖公传二十四年》："春，王正月，秦伯纳之。不书，不告入也。及河，子犯以璧授公子曰：'臣负羁绁，从君巡于天下，臣之罪甚多矣，臣犹知之，而况君乎，请由此亡。' 公子曰：'所不与舅氏同心者，有如白水。' 投其璧于河。" 李宗侗译："二十四年春天，秦穆公将晋文公送到晋国去不写在竹简上，因为晋国没来通知鲁国，说晋文公回到晋国。到了黄河，狐偃拿玉璧交给了公子说：'我拿着各种牵马的缰绳随着你在天下走，我的罪状已经很多，我还知道，何况你呢？请就由此离开你。' 公子说：'凡不同舅舅同心的人，我敢以黄河为誓。' 把他的玉璧投在黄河里。”（台湾商务印书馆 1982 年 6 月五版 P337、341）此句指，刘师培曾与昔日朋友们山盟海誓。

〔刑牲伺错锟〕《后汉书 · 隗嚣列传》：“嚣既立，遣使聘请平陵人方望，以为军师。望至，说嚣曰：‘足下欲承天顺民，辅汉而起，今立者乃在南阳，王莽尚据长安，虽欲以汉为名，其实无所受命，将何以见信于众乎？宜急立高庙，称臣奉祠，所谓“神道设教”，求助人神者也。且礼有损益，质文无常。削地开兆，茅茨土阶，以致其肃敬。虽未备物，神明其舍诸。’嚣从其言，遂立庙邑东，祀高祖、太宗、世宗。嚣等皆称臣执事，史奉璧而告。祝毕，有司穿坎于庭，牵马操刀，奉盘错锟，遂割牲而盟。曰：‘凡我同盟三十一将，十有六姓，允承天道，兴辅刘宗。如怀奸虑，明神殛之。高祖、文皇、武皇，俾坠厥命，厥宗受兵，族类灭亡。’有司奉血锟进，护军举手揖诸将军曰：‘锟不濡血，歃不入口，是欺神明也，厥罚如盟。’既而薶血加书，一如古礼。”李贤注：“萧该音引《字诂》：‘锟即题，音徒启反。’《方言》曰：‘宋楚之间，谓盎为题。’据下文云：‘锟不濡血’，明非盆盎之类。《前书 · 匈奴传》云：‘汉遣韩昌等与单于及大臣俱登诺水东山，刑白马，单于以径路刀、金留犁挠酒。’应劭云：‘留犁，饭匕也。挠，扰也。以匕搅血歃之。’今亦奉盘措匙而歃也。以此而言，锟即匙字。错，置也，音七故反。”此句指，刘师培曾与昔日朋友们歃血为盟，誓复汉人政权。参见《杂赋》《张园》二诗“略考”。

〔商郊规秉翟〕《毛诗正义》卷 2—3《邶风 · 简兮》诗序：“简兮，刺不用贤也。卫之贤者仕于伶官，皆可以承事王者也。”诗：“左手执钥，右手秉翟。”毛传：“钥，六孔。翟，翟羽也。”孔颖达疏：“硕人既有御众御乱之德，又有多才多艺之伎。能左手执管钥，右手秉翟羽而舞。”《尚书 · 康诰》：“成王既伐管叔、蔡叔。以殷余民，封康叔。作《康诰》《酒诰》《梓材》。”案：周公封康叔封于卫，很多殷商遗民被安置于卫，故其地多殷商遗俗。翟，石印本作“翟”。

〔吴俗富藏鍦〕《文选注》卷 5 左太冲（思）《吴都赋》：“藏鍦于人，去戫自闾。”刘渊林（逵）注：“鍦，矛也。扬雄《方言》曰：‘吴越以矛为鍦。’”

〔未遂巢由隐〕指古代隐者巢父、许由。详见《甲辰年自述诗（其五十五）》一诗〔巢由毕竟逊伊周〕条笺注。

〔犹伤孔墨儽〕《广雅》卷 6《释训》：“傫傫，疲也。”《集韵》卷 5《上声上 · 贿第十四》：“儽，……《说文》：垂皃。一曰儽儽，疲也。一曰懒解。或作傫、儡。”此句指忧伤于孔子、墨子忙于传道授业，无暇安享生活。详见《黄鹤楼夕眺》一诗〔万突黔烟生〕条笺注。

〔悲凉询路铎〕《尚书正义》卷 7《胤征》:“每岁孟春，遒人以木铎徇于路。”孔注:“遒人，宣令之官。木铎，金铃木舌，所以振文教。”此句指，古时宣令之官，在道路上振响铃铎，宣讲圣主之政令教化。(但如今已无此风)，这让人感到哀伤。

〔牢落牖民篪〕《文选注》卷 7 司马长卿(相如)《上林赋》:“牢落陆离”。李善注:“牢落，犹辽落也。”《诗经今注 · 大雅 · 生民之什 · 板》:“天之牖民，如埙如篪。”高亨注:“牖，通诱，诱导。”“埙(xūn 勋)，古代一种陶制圆形吹奏乐器。篪(chí 池)，古管乐器。”(上海古籍出版社 1980 年 10 月第 1 版 P425、427)《正字通》未集上《竹部》:“箎，同篪。”此句与以上诸句，似指刘师培曾与同志精诚团结，立誓启迪民智，向民众宣传新思想，并为此而奔忙。

往说腾咸辅，濡行筮壮頯。有彪蒙德育，归马夬行趑。郡古禾呈秀，亭荒李摘槜。朝荣舒槿彩，秋实熟桑椽。

〔往说腾咸辅〕《周易今注今译》三一《咸》:“上六。咸其辅颊舌。”“象曰:……咸其辅颊舌，滕口说也。”陈鼓应注:“‘辅颊’，脸颊。本书此次修订前，我们曾认为:‘辅颊’，指代口舌言语。‘舌’字高亨疑‘吉’字之误，可从。‘咸其辅颊，吉’与〈坤〉卦‘括囊，无咎’、〈艮〉卦‘艮其辅，言有序，悔亡’相同。‘咸(缄)其辅颊’与‘括囊’、‘艮辅’、〈二三子问〉‘箴(缄)小人之口’相同，上六〈象传〉的‘滕口说也’当亦读为‘縢口说也’(‘縢’，缄也)。缄其口说，盖恐言语不当而生婚讼也。仅供参考。”“‘滕’，《集解》作‘媵’，训为‘送’；程朱读‘滕’为‘腾’，谓驰骋言辞。按：在本书此次修订前，我们曾认为:‘滕’疑读为‘縢’。《礼记 · 檀弓注》《释文》云“縢，本又作滕”。《说文》、《广雅 · 释诂》‘縢，缄也’。圣人之感在于感心，不在口说，故〈象传〉戒之以缄口寡言。仅供参考。”(商务印书馆 2005 年 11 月第 1 版 P285、287、288、290、291、292)

〔濡行筮壮頯〕《周易今注今译》四三《夬》:“九三。壮于頄，有凶。君子夬夬独行，遇雨若濡，有愠，无咎。”“象曰:……君子夬夬，终无咎也。”陈鼓应译:“筮得三爻，勇壮见于颜色，有凶险。君子果决独行，遇雨而淋湿，转为柔和，没有咎害。”“〈象传〉说:……君子果决而行，是说九三最终能节之以柔而免于咎害。”(商务印书馆 2005 年 11 月第 1 版 P385、390、391)頯，通“頄”。《集韵》卷 1《平声一 · 脂第六》:“頯，颊骨。……或作頄”。《说文解字注》卷 9 上《页部》:“頯，权也。”段注:

"权者，今之颧字。"参见上一条笺注。

〔有彪蒙德育〕《周易正义》卷 1《蒙》："象曰：……君子以果行育德。""九二。包蒙，吉。"王弼注："果行者，初筮之义也。育德者，养正之功也。""以刚居中，童蒙所归，包而不距，则远近咸至。故曰'包蒙，吉'也。"《经典释文》卷 2《周易音义 · 蒙》："包蒙，如字。郑云：'苞，当作彪。彪，文也。'"

〔归马夬行趑〕《尚书 · 武成》："乃偃武修文，归马于华山之阳，放牛于桃林之野，示天下弗服。"夬，指《周易 · 夬》。经文中"君子夬夬"，指果决、坚决。经文中"其行次且"，次且，即"趑趄"，指行动艰难。郑刚中《北山集》卷 12《丁巳年七月二十一日祷雨中元水府八月六日展谢祠下皆被旨也然祷后越七日始雨神所为耶其不然也审自神出不无愆期之尤有如不然神之饗上赐也多矣为诗以问之》："趑趄念亡状，归马不敢鞭。"参见本诗〔濡行筮壮頯〕条笺注。

〔郡古禾呈秀〕郡古，地望年代久远。此句似特指"嘉兴"。嘉兴古称"禾中""禾城""秀州"。参见《咏禾中近儒（三首）其一》一诗〔禾中〕条笺注。1905 年，刘师培曾因避"警钟日报案"之祸藏匿于嘉兴，并在此地作《烟雨楼（二首）》，《咏禾中近儒（三首）》和《鸳鸯湖放棹歌》。

〔亭荒李摘檇〕嘉兴旧有"檇李亭"。朱彝尊《曝书亭集》卷 9《鸳鸯湖棹歌一百首（有序）》谭吉璁《和韵 · 苏小坟前水北流茗花梧叶满园秋月华不与高城隔飞上星湖第一楼》："檇李亭荒蔓草存，金陀坊冷寺钟昏。"自注："檇李亭址在金铭寺。北宋岳珂为劝农使，居金陀坊，著《金陀粹编》。寺南有楼名湖天海月。"

〔朝荣舒槿彩〕此句指，朝开暮谢的木槿花舒展其绚丽的色彩。参见《申江杂感用苏东坡《秋怀》诗韵（二首）》其一一诗〔木槿花〕条笺注，《咏怀（五首）》其二一诗〔擘条玩蕣华〕条笺注。舒，《雅言》本作"杼"。杼，通"抒"。详见本诗〔杼水斗斢柩〕条笺注。《后汉书 · 孝殇帝纪》："今悉免遣，及掖庭宫人皆为庶民，以抒幽隔郁滞之情。"李贤注："抒，舒也。"

〔秋实熟桑橡〕《说文解字》卷 6 上《木部》："橡，木实也。"桑橡，指收获。

昔往鱼登鲔，今来鼠穴鼮。新愁迷适越，往绩勉戡阢。系梏今方急，穿衦未可期。徵文空杞宋，启曜乞重黎。

〔昔往鱼登鲔〕《毛诗正义》卷 13—1《小雅 · 谷风之什 · 四月》："匪鳣匪鲔，潜逃于渊。"郑玄笺："鳣，鲤也。"孔颖达疏："鳣也，鲔也，长大之鱼"。鲔，大鱼，越过龙门即可成龙。详见《咏史（十二首）》其二一诗〔稷泽今蹄涔〕条笺注。此句指，昔日来这里（指嘉兴），如鱼入潭渊，怡然自得。

〔今来鼠穴鼷〕《尔雅义疏》卷 18《释兽第十六》："鼷鼠。" 郝懿行注："鼷，盖田鼠之大者也。" 此句指，今日来这里（指嘉兴），如鼠类躲进坑穴。

〔新愁迷适越〕此句指，避难逃亡到这越地（嘉兴），内心迷乱无主。适越，到越国去。典出《庄子 · 天下》，是中国古代哲学中一个著名的思辩命题。《庄子天下篇述义》："南方无穷而有穷，今日适越而昔来。" 马叙伦注："《释文》云：'智之适物，物之适智，形有所止，智有所行。智有所守，形有所从。故形智往来相为逆旅也。鉴以鉴影，而鉴亦有影。两鉴相鉴，则重影无穷。万物入于一智，而智无闲。万物入于一物，而物无（朕）〈眹〉。天在心中，则身在天外。心在天内，则天在心外也。远而思亲者，往也。病而思亲者，来也。智在物为物，物在智为智'。林希逸云：'足虽未至乎越，而知有越之名，而后来，则是今日方往，而亦可以为昔来矣'。司马云：'彼日犹此日。则见此犹见彼也，彼犹此见，则吴与越人交相见矣'。宣颖云：'知有越时，心已先到'。章炳麟云：'诸有割制一期，命之以今者，以一 "朅沙那" 言今，可以一岁言今犹可。方夏言今岁，不遗春秋。方禺中言今日，不遗旦莫。去者来者皆今也。禺中适越，餔时而至，从人定言之，命以一期，则为今日适越矣。分以数期，则为昔至越矣。以是见时者唯人所命，非有实也'。（按 '今日适越而昔来'，《齐物论》作 '今日适越而昔至'。是 '来'，训 '至' 也。）胡适云：'以地球既是圆，又是旋转成昼夜者，故此国之今日，或为彼国之昨日。（如北京今日午时之事，纽约今日晨报已登。）故可说今日适越而昔来'。案：宣、章、胡各说均通。"（上海龙门联合书局 1958 年 6 月第 1 版 P71、72—73）

〔往绩勉戡阢〕《宋本广韵》卷 5《入声 · 锡第二十三》："绩，……事也"。《史记 · 周本纪》："明年败耆国。" 裴骃《集解》："徐广曰：一作阢。" 张守节《正义》："即黎国也。"《尚书》有《西伯戡黎》一篇，记述了周文王攻伐殷商属国黎国，商纣王与大臣祖伊的对话。"戡黎" 是周灭商的序幕。刘师培以此自喻自己参与了灭亡清朝的前期事业，并以此勉励自己。阢，《雅言》本作 "阬"。"阢" 与 "阬"，因字形相近，古籍中常互讹。《册府元龟》卷 5《帝王部 · 创业》："明年败耆（一作阬）国。"

〔系梏今方急〕系梏，指身陷囹吾，遭受殴虐。系，拘禁。《史记 · 循吏列传》："纵其父而还自系焉。"《淮南鸿烈解》卷 14《诠言训》："羿死于桃棓。" 高诱注："棓，大杖，以桃木为之，以击杀羿。由是以来，鬼畏桃也。" 此句指，"警钟日报案" 发，刘师培遭遇追捕，情势危急。棓，《雅言》本作 "掊"，似误。

〔穿衻未可期〕衻，女人衣。《说文解字注》卷 8 上《衣部》：“衻，诸衧也。”段注：“按：当云诸衺，衣褎也。《篇》《韵》可证。《后汉书 · 光武帝纪上》：‘皆冠帻而服妇人衣，诸于绣镼。’李贤注：‘前书《音义》曰：“诸于，大掖衣，如妇人之袿衣。”’”《旧唐书 · 高宗中宗诸子传 · 燕王忠传》：“忠年渐长大，常恐不自安，或私衣妇人之服，以备刺客。”此句指，须穿上女人的衣服以避祸，也未可知。

〔徵文空杞宋〕《论语注疏》卷 3《八佾第三》：“子曰：‘夏礼吾能言之，杞不足徵也。殷礼吾能言之，宋不足徵也。’”何晏注：“包曰：‘徵，成也。杞、宋，二国名，夏殷之后。’”

〔启曜乞重黎〕启曜，发出光芒。《艺文类聚》卷 13《帝王部三 · 晋成帝 · 策文》：“晋成帝《哀策文》曰：‘五德代兴，素灵启曜’。”《艺文类聚》卷 76《内典上 · 内典》：“梁简文帝《慈觉寺碑序》曰：‘……龙星启曜，璧月仪天’。”《史记 · 楚世家》：“楚之先祖出自帝颛顼高阳。高阳者，黄帝之孙，昌意之子也。高阳生称，称生卷章，卷章生重黎。重黎为帝喾高辛居火正，甚有功，能光融天下，帝喾命曰祝融。”司马贞《索引》：“重氏、黎氏二官代司天地，重为木正，黎为火正。”参见《述怀一百四十韵示蜀中诸同好》一诗〔黎天幸燿焞〕条笺注。

日瑞开蓂荚，霜心懋卷葹。阒幽丰旆折，繘短井瓶羸。浦阔征鸿集，郊寒国狗猤。琴援樗里引，履结下邳圯。

〔日瑞开蓂荚〕蓂荚，一种传说中的祥瑞之草。详见《咏史（十二首）其四》一诗〔绿蓂恋华春〕条笺注。蓂荚可以用来计算日期，故曰“日瑞”。

〔霜心懋卷葹〕《尔雅注疏》卷 8《释草第十三》：“卷施，草，拔心不死。”郭璞注：“宿莽也，《离骚》云。”陆德明《音义》：“卷施，并如字。施，或作葹，同。”邢昺疏：“卷施，草，一名宿莽，拔其心亦不死也。案：《离骚》云：‘朝搴阰之木兰兮，夕揽中洲之宿莽。’王逸云：‘草冬生不死者，楚人名之曰宿莽。’”《正字通》卯集上《心部》：“懋，……古茂、懋通。”《书经集传》卷 1《大禹谟》：“予懋乃德”。蔡沈注：“懋、楙，古通用。楙，盛大之意。”

〔阒幽丰旆折〕阒，同“闃”。《龙龛手鉴》卷 1《平声 · 门部第八》：“闃，……寂静也。”“阒，俗。”旆折，即“折旆”，亦作“折旆”，折断旌旗之意。《说苑》卷 13《权谋》：“武王伐纣，过隧斩岸，过水折舟，过谷发梁，过山焚莱，示民无返志也。至于有戎之隧，大风折旆。散宜生谏曰：‘此其妖欤？’武王曰：‘非也，天落兵也。’”此句的字面意思是，平静之地经常忽起大风，摧折旌旗。内涵意指，危险往往潜伏于平静之下。

〔繘短井瓶羸〕《周易今注今译》四八《井》：“汔至亦未繘井，羸其瓶，凶。”陈鼓应译：“如果汲水井绳将出井口而尚未提出井口就把汲瓶倾覆坠毁，那是很凶险的。”（商务印书馆 2005 年 11 月第 1 版 P426）《周易正义》孔颖达为此句作疏曰：“喻今人行常德，须善始令终。若有初无终，则必至凶咎。”参见《述怀一百四十韵示蜀中诸同好》一诗〔井瓶模水准〕条笺注。羸，通“累”，受困、缠绕。《说文通训定声 · 随部弟十》：“羸，……[叚借] 为累。”《周易正义》卷 4《大壮》：“羝羊触藩，羸其角。”孔颖达疏：“羸，拘累缠绕也。”此句字面意思指，井绳短，汲水时就容易打翻井瓶。

〔浦阔征鸿集〕《楚辞章句》卷 2《九歌 · 湘君》：“望涔阳兮极浦，横大江兮扬灵。”王逸注：“浦，水涯也。”征鸿，大雁远徙高飞。详见《题董丈蜕盦菱湖泛舟图》一诗〔仰聆归鸿征〕条笺注。此句指，大雁翔集于宽阔的水面。

〔郊寒国狗狋〕《春秋左传正义》卷 59《哀公十二年》：“国狗之瘈，无不噬也。”杜预注：“瘈，狂也。噬，啮也。”孔颖达疏：“国狗，犹家狗。言家畜狂狗必啮人也。”狋，犬只争斗。《汉书 · 东方朔传》：“伊优亚者，辞未定也，狋吽牙者，两犬争也。”参见《述怀一百四十韵示蜀中诸同好》一诗〔寒更国狗猘〕条笺注。

〔琴援樗里引〕《述怀一百四十韵示蜀中诸同好》有句“援琴樗里引”，详见该条笺注。《雅言》本作“琴樗援里引”，误。

〔履结下邳圯〕指张良于下邳桥为黄石公拾履而获奇书《太公兵法》。详见《无题八首（其一）》一诗〔黄石术〕条笺注。履，《雅言》本作“屦”。

周釜鸣僄偈，殷鼗荡怿悏。缅怀樊圃柳，寤叹下泉蓍。萧瑟中林鹿，凄凉撼树蚍。秋山辞北固，春屿宅东倭。

〔周釜鸣僄偈〕周釜，亦作“周鬴”，周代的量器，亦指乐器。此处指后者。《周礼 · 考工记》：“量之以为鬴，深尺，内方尺而圜其外。其实一鬴，其臀一寸。其实一豆，其耳三寸。其实一升，重一钧，其声中黄钟之宫，概而不税。”《律吕新书》卷 2《律吕证辨 · 度量权衡第十》：“周鬴容六斗四升，实一千二百八十龠，计一百三万六千八百分，为一千三十六寸。”案：在古代，音律学是包括度量衡在内的诸多制度的直接来源和依据。《史记 · 乐书》：“六律为万事根本焉。”司马贞《索隐》：“《律历志》云：‘夫推历生律，制器规圆矩方，权重衡平，准绳嘉量，探赜索隐，钩深致远，莫不用焉，是万事之根本也。'"《史记 · 五帝本纪》："同律度量衡"。张守节《正义》："律以统气类物，一曰黄钟，二曰太蔟，三曰姑洗，四曰蕤宾，五曰夷则，六曰无射。吕以旅阳宣气，一曰林钟，二曰南吕，三曰应钟，四曰大吕，五曰夹钟，六曰中吕。度者，分、寸、尺、丈、引也。所以度长短也。本起黄钟之管长，以子谷秬黍中者一黍为一分，十分为一寸，十寸为尺，十尺为丈，十丈为引，而五度审矣。量者，龠、合、升、斗、斛也，所以量多少也。本起黄钟之龠，以子谷秬黍中者千有二百实为一龠，十龠为合，十合为升，十升为斗，十斗为斛，而五量嘉矣。衡权者，铢、两、斤、钧、石也，所以称物轻重也。本起于黄钟之一龠容千二百黍，重十二铢，二十四铢为两，十六两为斤，三十斤为钧，四钧为石，而五权谨矣。"《文献通考》卷131《乐考四 · 历代制造律吕》："周之鬴，其重一钧，声中黄钟；汉之斛，其重二钧，声中黄钟。鬴、斛之制，有容受，有尺寸，又取其轻重者，欲见薄厚之法，以考其声也。"参见本诗〔齐政黍铢厽〕条笺注。《史记 · 高祖本纪》："怀王诸老将皆曰：'项羽为人僄悍猾贼。'"司马贞《索隐》："《说文》云：僄，疾也。"《集韵》卷9《入声上 · 薛第十七》："偈，《博雅》：'疾也'。"此句指，周代乐器"釜"，发出急骤的乐律。

〔殷鼗荡怿恞〕鼗，同"鞀""鞉"，拨浪鼓。《正字通》戌集中《革部》："鞀，鞉、鼗并同。"《毛诗正义》卷20—3《商颂 · 那》："猗与那与，置我鞉鼓。……我有嘉客，亦不夷怿。"毛传："夷，说也。"郑玄笺："改夏之制，乃始植我殷家之乐，鞉与鼓也。""我客之来助祭者，亦不说怿乎！言说怿也。"夷，通"恞"，与"怿"均为愉悦快乐之意。此句指，商代乐器"鼗"，发出欢愉的乐律。

〔樊圃柳〕《毛诗正义》卷5—1《齐风 · 东方未明》："折柳樊圃，狂夫瞿瞿。"毛传："柳，柔脆之木。樊，藩也。圃，菜园也。折柳以为藩园，无益于禁矣。瞿瞿，无守之貌。"

〔寤叹下泉蓍〕7—3《曹风 · 下泉》："洌彼下泉，浸彼苞蓍。忾我寤叹，念彼京周。"毛传："洌，寒也。下泉，泉下流也。""蓍，草也。"郑玄笺："忾，叹息之意。寤，觉也。"

〔中林鹿〕《毛诗正义》卷18—1《大雅 · 荡之什 · 桑柔》："瞻彼中林，甡甡其鹿。"毛传："中林，林中也。""甡甡，众多也。"

〔撼树蚍〕《全唐诗》卷340韩愈《调张籍》："蚍蜉撼大树，可笑不自量。"（第5册P3921）树（樹），石印本作"树"。

〔秋山辞北固〕北固，镇江北固山。1906年秋，刘师培离开芜湖赴上海。11月28日，于舟中述《邗故拾遗》自序，此时或正从扬州赴上海，其文曰："昔焦理堂先生作《邗记》八卷，于郡邑沿革、职官变迁、兵争始末，旁及名宦乡贤之言行，记载靡遗，足补史乘之缺。虽所记之事，自古迄明，然明末遗闻，概从缺如。吾观汪容甫先生《广陵对》谓：'亡臣降子，不出于其间。'斯言也，非征之明季则不验。故参考志乘各书，旁及文集说部，作《邗故拾遗》，以彰乡邦节义之盛。其以明末为限者，则以有焦氏之书在前也。丙午十月十三日（1906 年 11 月 28 日——引者）序于焦山舟中。"（《刘申叔遗书》60 册【90】,《左盦外集》卷 20）

〔春屿宅东倭〕1907 年 2 月 13 日，刘师培离沪赴日。刘师培《上端方书》："暨去岁之冬，东南钩党甚急，乃于今春元旦移居日本东京。"（《刘申叔遗书补遗》下册 P944）《国粹学报》第 27 期《诗录》栏目，刊登了黄节的诗作《丙午海上除夕有怀广州兼送无畏元日东渡》，署名晦闻。刘师培曾以"无畏"为笔名，时上海国学保存会同志多称其为"无畏"，如陈去病、柳亚子。"出门以往缘何事，可惜年光付渺漫。已听鹃声不归去，且从马上报平安。残宵漏尽无多雨，近海料峭特地寒。又是故人临别际，平明风雪满林端。"黄节《蒹葭楼诗》卷 1 收录该诗，诗题作"除夕有怀广州故人兼送刘申叔元日东渡（丙午）"；诗中"渺漫"作"淼漫"，"料峭"作"楼高"，"又是"作"况是"。苏曼殊《画跋》："丙午元旦，与申叔过马关作。"（《苏曼殊全集》第 1 集 P141，中国书店影印影印北新书局本，1985 年 9 月第 1 版）。苏曼殊 1907 年 6 月 28 日《与刘三书》："嗣于元旦日同少甫、少甫夫人航海而东，今住东京已阅五月。"（文公直编《曼殊大师全集》P165，1946 年 11 月上海教育书店印本）

横海熙鸿鹄，知天属鷾鸸。裳韦珍鞑鞨，箭帙诵嘔咿。东作臻平秩，南箕沛侈誃。草玄宗寂寞，守白感磷淄。

〔横海熙鸿鹄，知天属鷾鸸〕汉代设"横海将军"，谓纵横海上。亦指大海。详见《黄鑪歌呈彦复穗卿》一诗〔茫茫横海多长虬〕条笺注。《尚书正义》卷 2《尧典》："允厘百工，庶绩咸熙。"孔传："熙，广也。"《史记 · 陈涉世家》："陈涉少时，尝与人佣耕，辍耕之垄上，怅恨久之，曰：'苟富贵，无相忘。'庸者笑而应曰：'若为庸耕，何富贵也！'陈涉太息曰：'嗟乎，燕雀安知鸿鹄之志哉！'"司马贞《索隐》："《尸子》云'鸿鹄之鷇，羽翼未合，而有四海之心'是也。鸿鹄是一鸟，若凤皇然，非鸿雁与黄鹄也。"知天，此处指知道上天对自己的安排、指派。《荀子 · 天论篇第十七》："其行曲治，其养曲适，其生不伤，夫是之谓知天。"鷾鸸，燕子。古人认为燕子知进退得失，最具智慧。详见《拟茂先情诗（二首）》其一一诗〔鶗鴂知嘒俦〕条笺注。此二句似指，刘师培秉承上天赋予自己的使命，胸怀壮志东渡日本。

〔裳韦珍靺鞨〕裳韦，劳作时穿着的皮制围裙，泛指粗陋的服装。《急就篇》卷2："裳韦不借为牧人。"颜师古注："韦，柔皮也。裳韦，以韦为裳也。不借者，小屦也，以麻为之。其贱易得，人各自有，不须假借，因为名也。言着韦裳及不借者，卑贱之服，便易于事宜以牧羊也。"靺鞨，古代东北地区的少数民族，满族前身。《旧唐书·北狄传·靺鞨》："靺鞨，盖肃慎之地，后魏谓之勿吉，在京师东北六千余里。东至于海，西接突厥，南界高丽，北邻室韦。"

〔簡帙诵嘔咿〕簡，通"简"。《重订直音篇》卷4《竹部》："簡，牒也。……简，同上。"简帙，书籍、典籍。刘敞《公是集》卷17《七言古诗·雷氏子推迹石鼓为隶古定圣俞作长诗叙之诸公继作予亦继其后》："雷生今复隶古定，如破鲁壁传简帙。"嘔咿，夷人之语言。《五百家注昌黎文集》卷4《古诗·和虞部卢四汀酬翰林钱七徽赤藤杖歌》："滇王扫宫邀使者，跪进再拜语嘔咿。"魏仲举集注："孙曰：嘔咿，夷语也。"《五百家注柳先生集》卷1杜甫《既克东蛮群臣请图蛮夷状如周书王会·为东蛮第十二》："睢盱万状乖，咿嘔九译重。"魏仲举集注："咿嘔，言不明也。韩曰：'前汉越裳氏重译献白雉。'张衡《东京赋》：'重舌之人，九译佥稽首而来王。'九译者，谓译语度九重之国，乃至于此也。"簡，石印本、《雅言》本作"简（簡）"。上句与此句指，日本服饰迥异，语言文字不通。

〔东作臻平秩〕《尚书正义》卷2《尧典》："分命羲仲宅嵎夷，曰旸谷。寅宾出日，平秩东作。"毛传："东表之地，称嵎夷。……秩，序也。岁起于东，而始就耕，谓之东作。东方之官敬导出日，平均次序，东作之事以务农也。"案：刘师培认为，嵎夷即日本。详见《再渡日本舟中作》一诗〔郁夷瞰峻巍〕条笺注。

〔南箕沛侈誃〕《诗经·小雅·节南山之什·巷伯》："哆兮侈兮，成是南箕。"指小人谗害。详见《题陈右铭先生西江墨瀋》一诗〔纵横贝锦怨南箕〕条笺注。誃，当作"哆"。上句与此句指，刘师培在日本的事业本来按部就班，却遭到小人（似指汪公权）的谗害。

〔草玄宗寂寞〕草玄，指扬雄撰写《太玄经》。《汉书·扬雄传下》："哀帝时，丁、傅、董贤用事，诸附离之者或起家至二千石。时雄方草《太玄》，有以自守，泊如也。或嘲雄以玄尚白，而雄解之号曰《解嘲》。"颜师古注："玄，黑色也。言雄作之不成，其色犹白，故无禄位也。"扬雄在《解嘲》中自喻："惟寂惟寞，守德之宅。"宗，尊崇循守。《后汉书 · 党锢列传》："及者，言其能导人追宗者也。"李贤注："宗，谓所宗仰者。"《青溪旧屋仪征刘氏五世小记》P47："舅氏于戊申年再赴日本，闭户著书，不问外事。"案：戊申年，1908 年。指刘师培 1907 年底回国投靠端方后，于次年年初第二次东渡日本。此句指，尊崇扬雄撰写《太玄》甘于寂寞，恪守自己的道德原则。

〔守白感磷淄〕磷淄，指布被磨薄，被染黑。详见《题马彝初所藏明人残砚》一诗〔孰云涅不缁〕条笺注，《述怀一百四十韵示蜀中诸同好》一诗〔雄阁转淄磷〕条笺注。此句指，想守住自己的清白，却受到来自各方的侵扰。

献璧荆和氏，怀金汉直疑。《巧言》周雅赋，谗说舜廷塈。阴雨乌瞻止，炎风虒齕麒。颠颐贞厉吉，远复悔无敍。

〔献璧荆和氏〕指卞和献和氏璧。详见《八指头陀诗（三首）》其三一诗〔再刖匪同和氏遇〕条笺住。此句隐含之意为，和氏璧外裹石质，内实珠玑。

〔怀金汉直疑〕《史记 · 万石张叔列传》："塞侯直不疑者，南阳人也。为郎事文帝，其同舍有告归，误持同舍郎金去。已而，金主觉，妄意不疑。不疑谢有之，买金偿。而告归者来而归金，而前郎亡金者大惭。以此称为长者。文帝称举，稍迁至太中大夫。朝廷见，人或毁之曰：'不疑状貌甚美，然独无奈其善盗嫂何也。'不疑闻曰：'我乃无兄。'然终不自明也。""各大报馆鉴：故人刘申叔，学问渊深，性情和厚。自戊申冬间一别，闻其转徙津、鄂，信息杳然。前者，为佥壬朦蔽，致犯嫌疑。现在民国维新，凡我同人，正宜消除意见。所有知其寓址者，代为劝驾，惠然来归。或先通信于杭州祠堂巷庄君新如处。以慰渴念。金华张恭叩。（杭州）"（1912 年 1 月 18 日，《新闻报》第一张第二版《公电》栏目）上句与此句均为刘师培自喻，指遭遇冤屈，却不愿自辩。

〔《巧言》周雅赋〕《诗经 · 小雅 · 节南山之什》有《巧言》一篇。诗序曰："巧言，刺幽王也。大夫伤于谗，故作是诗也。"巧言，指花言巧语，谗言。《巧言》篇中有句："巧言如簧，颜之厚矣。"此句指，小人花言巧语，谗言三及（指受到汪公权等小人的欺骗与蛊惑）。《刘申叔与章太炎书》："《衡报》既封，孑身如沪，希情作述，不能引决自裁，至为赵椿林、洪述轩所蛊，困株入幽，三年不觌，其罪二也。"（1912 年 6 月 4 日《亚细亚日报》第 7 版《文苑》栏目《文录一首》；万仕国《刘师培佚文两篇》，《扬州文化研究论丛》第 25 辑 P45，广陵书社 2020 年 12 月第 1 版）

〔谗说舜廷塈〕《尚书 · 舜典》："帝曰：'龙，朕堲谗说殄行，震惊朕师。命汝作纳言，夙夜出纳朕命，惟允。'"《史记 · 五帝本纪》："舜曰：'龙，朕畏忌谗说殄伪，振惊朕众。命汝为纳言，夙夜出入朕命，惟信。'" 裴骃《集解》："徐广曰：'一云齐说殄行，振惊众。' 骃案：郑玄曰：'所谓色取仁而行违，是惊动我之众臣，使之疑惑。'" 张守节《正义》："言畏恶利口谗说之人，兼殄绝奸伪人党，恐其惊动我众使龙遏绝之。""孔安国云：'纳言，喉舌之官也。听下言纳于上，受上言宣于下，必信也。"《说文解字》卷 1 下《土部》："垐，古文堲，从土。即《虞书》曰：'龙，朕堲谗说殄行。' 堲，疾恶也。" 此句隐含之意与上句同。

〔阴雨乌瞻止〕《毛诗正义》卷 12—1《小雅 · 节南山之什 · 正月》："瞻乌爰止，于谁之屋。" 毛传："富人之屋，乌所集也。" 郑玄笺："视乌集于富人之屋，以言今民亦当求明君而归之。"

〔炎风虺龁麒〕炎风，此处指南方炎热地区的风土。《正字通》申集中《虫部》："虺，……蛇属。《尔雅》：'蝮虺，博三寸，首大如擘。'"《楚辞章句》卷 9 屈原（一说为宋玉）《招魂》："魂兮归来！南方不可以止些。……蝮蛇蓁蓁，封狐千里些。" 王逸注："蝮，大蛇也。蓁蓁，积聚之貌。""封狐，大狐也。言炎土之气，多蝮虺恶蛇，积聚蓁蓁，争欲啮人。又有大狐，健走，千里求食，不可逢遇也。"《说文解字》卷 2 下《齿部》："龁，啮也。"《广雅》卷 3《释诂》："麒，……啮也。" 上句与此句指，刘师培为图富贵依附于人（指投靠端方），却使自己身遭险恶。

〔颠颐贞厉吉〕《周易今注今译》二七《颐》："六二。颠颐，拂。经于丘，颐征凶。""上九。由颐厉吉，利涉大川。" 陈鼓应注："'颠颐' 读为 '填颐'，犹言餬口、填饱肚皮（采焦循、高亨说）。……想要餬口却不动手经营，而去乞食，求养于人，非谋生之正道；自己动手，丰衣足食，方是六二应选择的谋生之道。""'由颐'，走上谋生的正路（《方言 · 六》'由，正'）。找到生存的正道，必历经危难，故云 '厉吉'。唯有寻到生存正道者能涉险济世，故又云 '利涉大川'。"（商务印书馆 2005 年 11 月第 1 版 P253、255、256）案："颠颐"，古解为 "以上养下"（王弼）。结合下句分析，此句当依焦循、高亨之解。亦为刘师培自喻，指谋生未走正道，求养于人（指端方），使自己历经危难。

〔远复悔无敍〕《广雅》卷 3《释诂》："敍，……多也。" 远复，典出《周易 · 复》，详见《述怀一百四十韵示蜀中诸同好》一诗〔远复独心醇〕条笺注。此句为刘师培自况，指对投靠端方的悔恨。

文豹终栖穴，童羊志绝纙。秋霜鸿篡弋，朝雨鸟黏籓。夙业疏秋驾，禔躬励夕賁。履祥昭坦坦，车逝惜伾伾。

〔文豹终栖穴〕此句典出“豹隐”，指遁世隐居。详见《题陈右铭先生西江墨瀋》一诗〔龙豹〕条笺注。

〔童羊志绝纆〕《毛诗正义》卷 18—1《大雅 · 荡之什 · 抑》：“彼童而角，实虹小子。”毛传：“童，羊之无角者也。”《太玄本旨》卷 2：“次四。拂其系，绝其纆，佚厥心。”叶子奇注：“拂，去也。系、纆，拘绊也。四在福初，能乐其乐，一切削去其拘绊，舒放自适，以乐其心也。”

〔秋霜鸿篡弋〕《扬子法言》卷 5《问明篇》：“鸿飞冥冥，弋人何篡焉。”李轨注：“君子潜神重玄之域，世网不能制御之。”吴秘注：“乐圣高迈，小人安能制之。”司马光注：“故书‘篡’作‘慕’。《音义》曰：‘《后汉书 · 逸民传》序引扬子，作“弋者何篡”。’宋衷注云：‘篡，取也。鸿高飞冥冥，虽弋人执缯缴，何所施巧而取焉。今“篡”或为“慕”，误也。’光谓：逆取曰篡。”

〔朝雨鸟黏黐〕《五百家注昌黎文集》卷 5《古诗 · 寄崔二十六立之》：“孜孜凭书案，譬彼鸟粘黐。”魏仲举集注：“唐曰：‘黐用以粘鸟。宋《幽明录》：‘多买黐以涂壁。’”

〔夙业疏秋驾〕秋驾，御马之术，亦指高深的学术、学问。《吕氏春秋》卷 24《博志》：“尹儒学御三年而不得焉，苦痛之。夜梦受秋驾于其师。”高诱注：“秋驾，御法也。”《汉书 · 礼乐志》：“飞龙秋游上天，高高贤愉乐民人。”颜师古注：“《庄子》有秋驾之法者，亦言驾马腾骧秋秋然也。”夙业，以往的事业、工作。林希元《易经存疑 · 序》：“山居无事，念夙业未终，爰取所藏《易》说，重加删饰。”此句为刘师培自喻，指疏于对以往学术研究的勤勉。

〔禔躬励夕賁〕禔躬，即“禔身”，指安身立命。《扬子法言》卷 2《修身篇》：“或问：‘士何如斯可以禔身？’李轨注：“禔，安。”吴秘注：“禔，福也。福者，百顺之名。”夕賁，深夜。参见《述怀一百四十韵示蜀中诸同好》一诗〔相期凛夕賁〕条笺注。此句指，夜以继日于学术，以安身立命，自求多福。《刘申叔与章太炎书》：“至于覃精著书，三载若一，左氏经例，豁然通贯，赓续旧疏，业逾十卷。又尚书古文、周官久谊，近儒诠释，往往纰谬。诤补所及，亦有成书。子史之属，日视勘讐，剖泮泯棼，书达百种，亦欲萃集大成，希垂善本。顾以录副鲜暇，稿存武昌，烽燧之余，存亡弗审。”（1912 年 6 月 6 日《亚细亚日报》第 7 版《文苑》栏目《文录一首》；万仕国《刘师培佚文两篇》，《扬州文化研究论丛》第 25 辑 P46，广陵书社 2020 年 12 月第 1 版）

〔履祥昭坦坦〕《周易今注今译》十《履》：“九二。履道坦坦，幽人贞吉。”陈鼓应译：“筮得二爻，走在平坦的道路上，幽隐之士占问吉利。”（商务印书馆 2005 年 11 月第 1 版 P112）履，《雅言》本作“屦”。

〔车逝惜伾伾〕《毛诗正义》卷 20—1《鲁颂 · 駉之什 · 駉》：“有骍有骐，以车伾伾。”毛传：“伾伾，有力也。”

楚岭猿声寂，幽陵马力駓。欑柯丰隰杞，垂荫密山樆。潞浦频牵缆，津门几载脂。春帘风似翦，晓幕雪如筛。

〔楚岭猿声寂〕据《水经注》记载，三峡至江陵的长江沿岸，山间多猿，故李白有“两岸猿声啼不住”之句。详见《述怀一百四十韵示蜀中诸同好》一诗〔猿愁开峡柳〕条笺注。三峡至江陵段长江属楚地（今湖北），故曰“楚岭”。此句指，刘师培曾随端方溯江自湖北入川。

〔幽陵马力駓〕幽陵，指古幽州，今京津地区。详见《述怀一百四十韵示蜀中诸同好》一诗〔幽陵已不神〕条笺注。《宋本广韵》卷 1《上平声 · 支第五》：“駓，马强。”此句指，刘师培曾随端方赴直隶总督任，羁旅于京津。

〔欑柯丰隰杞〕《诗经 · 小雅 · 谷风之什 · 四月》：“山有蕨薇，隰有杞桋。”欑柯，亦作“攒柯”“攅柯”，指枝条杂乱丛生。《正字通》卯集中《手部》：“攒，……亦作欑。”《六臣注文选》卷 5 左太冲（思）《吴都赋》：“攅柯挐茎，重葩晻叶。”吕向注：“葩，花也。言木攅其枝柯，乱其茎蔕，花叶重迭，以相掩覆。”隰，低洼的湿地。《尔雅 · 释地》：“下湿曰隰。”杞，杞柳，灌木，多生长于湿地河边。《尔雅注》卷下《释木第十四》：“旄泽柳。”郑樵注：“杞柳也，生泽中。如芦荻，可编为卷箱。”参见《答梁公约赠诗》一诗〔杞桋无郁阴〕条笺注。欑（欑），《雅言》本作“樌”。

〔垂荫密山樆〕《太平御览》卷 969《果部六 · 梨》：“梨，《尔雅》曰：‘梨，山樆（即今梨树）。’‘梨曰攅之。’”《礼记 · 内则》：“肉曰脱之，鱼曰作之，枣曰新之，栗曰撰之，桃曰胆之，相梨曰攒之。”《尔雅注疏》卷 9《释木第十四》：“梨，山樆。”郭璞注：“即今梨树。”邢昺疏：“梨生山中者名樆。郭云‘即今梨树’言，其在山之名则曰樆，人植之曰梨。”《急就篇》卷 2：“梨柿奈桃待露霜，言此四果皆得霜露之气乃能成熟。夏则待露，秋则待霜，故总云‘待霜露’也。梨，一名山樆。”《山海经笺疏》卷 2《西山经》：“又西北四百二十里，曰峚山，其上多丹木，员叶而赤茎，黄花而赤实，其味如饴，食之不饥。”郝懿行笺疏：“郭注《穆天子传》及李善注《南都赋》、

《天台山赋》引此经，俱作‘密山’。盖‘峚’、‘密’古字通也。”（中华书局 2019 年 8 月第 1 版 P51）《古诗纪》卷 45《晋第十五·陶渊明（二）·读山海经十三首》其四：“丹木生何许？乃在峚（音密）山阳。黄花复朱实，食之寿命长。”上句与此句为刘师培自伤，我出身寒微，前程只能依靠自已，而没有祖上荫庇。

〔潞浦频牵缆〕潞浦，指通州潞河，大运河北端之始。清末时，京津铁路已经通车。但大运河水路，仍是北京、天津之间的交通线路。此句指刘师培曾随端方赴任直隶总督，常往返于京津两地。至于是走陆路火车线路还是水路运河线，当为虚指。

〔津门几载脂〕清末，直隶总督府设于天津、保定两地，官员轮值，但前者的地位更为重要。脂，指功名利禄。《太玄经》卷 1：“次二，错于灵蓍，焯于龟资，出泥入脂。”范望注：“脂，美也，谓荣禄也。”此句指，刘师培随端方赴天津直隶总督任，得了几年官位和俸禄。

〔春帘风似翦〕《全唐诗》卷 112 贺知章《咏柳》（一作柳枝词）：“不知细叶谁裁出，二月春风似剪刀。”（第 2 册 P1148）翦，《雅言》本作“剪”。

〔晓幕雪如筛〕此句指，雪在清晨薄雾中如筛滤般落下。参见《落叶》一诗〔寒窗半夜筛晴雪〕条笺注。

珠翳抾眸瞥，金疡劀首疕。星缠淹析木，日景槷嵎峓。身世悲庄忌，朝冠异孔戣。乡心生朔草，羁梦訙南枝。

〔珠翳抾眸瞥〕珠翳，真珠翳，眼疾。《普济方》卷 71《眼目门》：“凡翳起于肺家受热，轻则朦胧，重则生翳。真珠翳，状如粹米者易散。”《方言》（卷）6：“抾，……去也。”眸瞥，看、视。袁桷《清容居士集》卷 2《古诗（五言）·车行二十八韵》：“两耳传鸣雷，双眸瞥飞电。”案：刘师培肺病严重，据中医理论，肺病会导致眼疾“真珠翳”。

〔金疡劀首疕〕《周礼注疏》卷 5《天官冢宰下·疡医》：“疡医，掌肿疡、溃疡、金疡、折疡之祝药，劀杀之齐。”郑玄注：“金疡，刀创也。”《说文解字》卷 4 下《刀部》：“劀，刮去恶创肉也。……《周礼》曰：‘劀杀之齐。’”《周礼注疏》卷 5《天官冢宰下·医师》：“医师掌医之政令，聚毒药以共医事。凡邦之有疾病者，疕疡者造焉。”郑玄注：“疕，头疡，亦谓秃也。”案：刘师培肺病严重，据现代医学病例，很多肺癌晚期患者会出现头部生疮的状况。

〔星缠淹析木〕星缠，即“星躔”，星辰运行，喻时光流逝。详见《台湾行》一诗

〔闽地仍分婺女躔〕条笺注。《六臣注文选》卷 14 颜延年（延之）《赭白马赋》："宝铰星缠，镂章霞布。"吕延济注："言以金组丹青饰其装具，如星霞之文。"缠（纏）与躔字形相近，易混用。析木，古代天象学说星次之一，其分野属"燕地"，即今京津地区。详见《得陈仲甫书》一诗〔河檀余穹条〕条笺注。缠（纏），《国学荟编》本作"纆"。

〔日景槷嵎峓〕日景，即"日影"，阳光被遮挡投下的阴影，喻时光流逝。《周礼注疏》卷 10《大司徒》："以土圭之法测土深，正日景以求地中。"陆德明《音义》："景如字，本或作影。"嵎峓，亦作"嵎夷"，刘师培指日本。详见《再渡日本舟中作》一诗〔郁夷瞰峻巍〕条笺注。槷，同"槷"，测量日影的木杆。《中华字海》："槷，槷的讹字。字见《集韵》。"（中华书局、中国友谊出版公司 1994 年 9 月第 1 版 P772）《正字通》辰集中《木部》："槷，……植木于地也。"上句与此句指，时光流逝，如今羁留京津，为端方幕宾，而此前曾在日本羁游。

〔身世悲庄忌〕庄忌，又称严忌、严夫子，西汉人。《楚辞》卷 14 有庄忌《哀时命》一篇。王逸注："《哀时命》者，严夫子之所作也。夫子名忌，与司马相如俱好辞赋，客游于梁，梁孝王甚奇重之。忌哀屈原受性忠贞，不遭明君而遇暗世，斐然作辞，叹而述之，故曰《哀时命》也。"此句为刘师培自况。

〔朝冠异孔戣〕朝冠，古代官员上朝时戴的正式礼冠。孔戣，唐朝名臣，为官清俭。唐宪宗时任谏议大夫，曾上疏论时政四事，切谏时弊。《旧唐书》《新唐书》均有本传。此句亦为刘师培自况，慨叹自己空有济世之心，却没有孔戣的禄位官职。

〔乡心生朔草〕朔草，北方的草。此句指，羁居北方，思念家乡。

〔羁梦訙南枝〕南枝，南方的树。訙，同"讯"。此句指，羁留于外乡，渴望得到南方家乡的讯息。上句和此句均为刘师培羁居京津，思念扬州家乡之叹。訙，石印本、《雅言》本作"訉"。

越野讴黄葛，商岩阔紫芝。《考盘》源瘖寐，饮郯梦徲徲。逝水嗟何及，冥尘衹自疷。风帆檥滟滪，星野辨娵觜。

〔越野讴黄葛〕《吴越春秋·勾践归国外传第八》："越王曰：'吴王好服之离体，吾欲采葛，使女工织细布献之，以求吴王之心，于子何如？'群臣曰：'善。'乃使国中男女入山采葛，以作黄丝之布。……吴王得葛布之献，乃复增越之封，赐羽毛之饰、机杖、诸侯之服。越国大悦。采葛之妇，伤越王用心之苦，乃作苦之诗，曰：'葛不连蔓棻台台，我君心苦命更之。尝胆不苦甘如饴，令我采葛以作丝。女工织兮不敢迟。弱于罗兮轻霏霏，号絺素兮将献之。越王悦兮忘罪除，吴王欢兮飞尺书。增封益地赐羽奇，机杖茵褥诸侯仪。群臣拜舞天颜舒，我王何忧能不移？'"

〔商岩阔紫芝〕《高士传》卷中《四皓》："四皓者，皆河内轵人也，或在汲。一曰东园公，二曰角里先生，三曰绮里季，四曰夏黄公，皆修道洁己，非义不动。秦始皇时，见秦政虐，乃退入蓝田山，而作歌曰：'莫莫高山，深谷逶迤。晔晔紫芝，可以疗饥。唐虞世远，吾将何归。驷马高盖，其忧甚大。富贵之畏，人不如贫贱之肆志。'乃共入商洛，隐地肺山，以待天下定。及秦败，汉高闻而征之，不至。深自匿终南山，不能屈己。"阔，本意为宽，引申为富于、多有。《汉书 · 王莽传上》："臣莽等不胜大愿，愿陛下爱精休神，阔略思虑"。颜师古注："阔，宽也。"刘大櫆《海峰文集》卷3《乞同里捐输以待周急引》："凡我里之宦游于外，与其退而家居者，抑或客游京师而资斧宽饶，抱仁人君子之忧，而情不自已者，悉任捐输。"《宋本广韵》卷1《上平声 · 桓第二十六》："宽，……裕也。"

〔《考盘》源寤寐〕《诗经今注今译 · 卫风 · 考盘》："考盘在涧，硕人之宽。独寐寤言，永矢弗谖。"马持盈译："居于山谷之涧，扣盘而歌。这一位达人高士，忘怀得失，优闲自乐，独卧独言，永远自誓以此为乐而终身不忘。"（台湾商务印书馆 1979 年 3 月六版 P84）案：《诗经 · 考盘》篇，为颂隐士之作。

〔饮邲梦僲伲〕《诗经今注今译 · 陈风 · 衡门》："衡门之下，可以栖迟。泌之洋洋，可以乐饥。"马持盈译："简陋的衡门，同样可以栖身，何必羡慕那高楼大厦？洋洋的泌泉，同样可以乐而忘饥，何必垂涎那山珍海味？！"（台湾商务印书馆 1979 年 3 月六版 P192、193）邲，当作"泌"。《说文解字注》卷 11 上二《水部》："泌，侠流也。"段注："侠流者，轻快之流，如侠士然。"参见《西山观秋获》一诗〔庶爢衡泌饥〕条笺注。僲伲，同"栖迟"。《隶释》卷 9《故繁阳令杨君之碑铭》："莫肯慰杨，僲伲乐志。"《义府》卷下《隶释（洪适）》："《玄儒先生娄寿碑》：'僲徲衡门'。字书：'僲，杜兮切。徲，延知切。'按：扬雄赋：'灵遅迡兮'。注：'音栖迟'。《说文》：'𡰥，古夷字。'此作僲徲，即扬赋之'遅迡'，即《诗》之栖迟。洪氏但以本音释之，踈矣。《繁阳令杨君碑》：'僲伲乐志'。此栖迟又作僲伲，益信'𡰥''夷'本一字也。"

〔逝水嗟何及〕《论语 · 子罕第九》："子在川上曰：'逝者如斯夫！不舍昼夜。'"

〔冥尘祇自疷〕《诗经今注今译 · 小雅 · 无将大车》："无将大车，祇自尘兮。无思百忧，祇自疷兮。"马持盈译："不要赶那大车，赶大车，徒徒弄了自己一身的灰尘。

不要想那百般的忧事，想百忧，徒徒病坏了自己的身体。”（台湾商务印书馆 1979 年 3 月六版 P341）疷，同“疷”，病也。《正字通》午集中《疒部》：“疷，同疷。”《说文解字》卷 7 下《疒部》：“疷，病也。”

〔风帆檥滟滪〕《正字通》辰集中《木部》：“檥，……与舣同。”《类篇》卷 24：“舣，……南方人谓整舟向岸曰舣。”滟滪，指三峡中瞿塘峡之滟滪堆，是著名的险滩。详见《述怀一百四十韵示蜀中诸同好》一诗〔江门缄滟滪〕条笺注。此句指，刘师培随端方入川。

〔星野辨娵觜〕星野，指星宿与分野。娵，当为“娵”。娵觜，亦作“娵訾”，星次名。《春秋左传正义》卷 40《襄公三十年》：“岁在娵訾之口”。杜预注：“娵訾，营室东壁。”孔颖达疏：“《释天》云：‘娵觜之口，营室东壁也。’李巡曰：‘娵訾，玄武宿也。营室东壁，北方宿名。’孙炎曰：‘娵訾之次，则口开方。营室东壁，四方似口，故因名云。’”《晋书 · 天文志上 · 十二次度数》：“自危十六度至奎四度为諏訾，于辰在亥，卫之分野，属并州。”并州，其地今属山西。此句指，刘师培离川后又赴太原入阎锡山幕府。娵，《雅言》本作“諏”，似误。

西土犹殷轸，南天已赫戏。平林民恋汉，篇竹罪书隋。素练舒旌羽，青茎淬箭錍。朱禩缨甲组，白羽析旄龘。

〔殷轸〕《淮南鸿烈解》卷 15《兵略训》：“士卒殷轸”。高诱注：“殷，众也。轸，乘轮多盛貌。”

〔南天已赫戏〕《楚辞章句》卷 1 屈原《离骚》：“陟升皇之赫戏兮”。王逸注：“皇，皇天也。赫戏，光明貌。”上句与此句似指，四川保路运动正喧喧嚷嚷，又爆发了武昌起义，南方已遍地烽火，光复在望。

〔平林民恋汉〕平林，西汉末地名，位于今湖北北部，与河南接壤。新莽时，全国起义风起云涌，“人心思汉”，故而汉室后裔往往被拥立为主。《后汉书 · 刘玄传》：“刘玄字圣公，光武族兄也。……平林人陈牧、廖湛复聚众千余人，号平林兵，以应之。圣公因往从牧等，为其军安集掾。……是时，光武及兄伯升亦起舂陵，与诸部合兵而进。四年正月，破王莽前队大夫甄阜、属正梁丘赐，斩之，号圣公为更始将军。众虽多而无所统一，诸将遂共议立更始为天子。”《建炎以来系年要录》卷 93：“昔汉之兴，困于平城，危于吕氏，颠蹙于七国，篡夺于王莽，而汉终不亡者，盖当是时，人心思汉，甚如饥渴，则民未厌汉故也。”此句指，中国百姓怀念汉族政权。喻指清末的排满革命。

〔罄竹罪书隋〕《旧唐书·李密传》载其讨隋檄文，历数隋朝罪恶。其中有曰："有一于此，未或不亡。况四维不张，三灵总瘁，无小无大，愚夫愚妇，共识殷亡，咸知夏灭。罄南山之竹，书罪未穷；决东海之波，流恶难尽。"此句指，清朝罪恶，罄竹难书。

〔素练舒旌羽〕素练，白色的丝织品。详见《题赵受亭黄山松图》一诗〔练素〕条笺注。周代旌旗，有以素帛装饰边缘者，故曰"素练"。旌羽，羽毛装饰的旌旗。《周礼注疏》卷27《春官宗伯·司常》："司常掌九旗之物名。……全羽为旞，析羽为旌。"郑玄注："杂帛者，以帛素饰其侧。白，殷之正色。全羽、析羽皆五采系之于旞旌之上。"孔颖达疏："全羽、析羽，直有羽而无帛。"

〔青茎淬箭錍〕《六韬》卷4《虎韬·军用第三十一》："强弩矛戟为翼，……电影，青茎赤羽，以铁为首。"《方言》（卷）9："凡箭镞，……其广长而薄镰，谓之錍。"《六臣注文选》卷47王子渊（褒）《圣主得贤臣颂》："清水淬其锋"。刘良注："淬，谓烧刃令热，渍于水中也。"上句与此句指，全国武装起义风起云涌。

〔朱祲缨甲组〕祲，义未详。《中华字海》："祲，祆。见朝鲜本《龙龛》。"（中华书局、中国友谊出版公司1994年9月第1版P1146）案：高丽本《龙龛手镜》卷1《衣部》中并无"祲"字。有"襖"字，注："乌老反，袍襖也。"未详《中华字海》所据。通行本《龙龛手鉴》卷1《平声·示部第十一》："祲，省；祲，正字，……日旁祆气也。"胡文学《甬上耆旧诗》卷20《火树篇》："朱祲翠旄迎中妇，灵鹊金凫引上仙。"甲组，即"组甲"，甲胄。《春秋左传正义》卷29《襄公三年》："使邓廖帅组甲三百，被练三千以侵吴。"杜预注："组甲、被练，皆战备也。组甲，漆甲，成组文。被练，练袍。"孔颖达疏："马融云：'组甲，以组为甲里，公族所服。被练，以练为甲里，卑者所服。'然则甲贵牢固，组、练皆用丝也。"《六臣注文选》卷17陆士衡（机）《文赋》："浮藻联翩，若翰鸟缨缴。"李周翰注："缨，缠也。"案：石印本、《国学荟编》本、《雅言》本，林思进《左盦遗诗》续刻本、《南本》均作"祲"。《仪征刘申叔遗书》本"祲"作"锓"，亦未出注，未详其据。

〔白羽析旄纛〕《尔雅注疏》卷5《释器第六》："旄谓之纛。"郭璞注："旄，牛尾也。"邢昺疏："郭云：旄，牛尾，一名纛，舞者所执也。"上句与此句指，全国武装起义风起云涌。《六臣注文选》卷36任彦升（昉）《宣德皇后令》："白羽一麾，黄鸟底定。"李善注："《吕氏春秋》曰：武王……左释白羽，右释黄钺。"李周翰注："白羽，白旄也。"《周礼·春官宗伯·司常》："司常掌九旗之物名。……全羽为旞，析羽为旌。"

越甲陈金鼓，滇城下杖箠。晋郊龙见绛，秦野凤鸣郊。黄矢三狐获，彤车六马趍。舍舟流夹汉，载旆岭升陑。

〔越甲陈金鼓〕越甲，指越国的军队。金鼓，指挥军队进退的工具。《吕氏春秋》卷 17《慎势》："有金鼓所以一耳"。高诱注："金，钟也，击金则退。击鼓则进。"另参见《述怀一百四十韵示蜀中诸同好》一诗〔越甲思鸣镝〕条笺注。此句指，武昌首义之后，1911 年 11 月 4 日，浙江新军第 81、82 标部分官兵在杭州起事响应。

〔滇城下杖箠〕滇城，指云南昆明。杖箠，古代的杖刑。引申为挞伐、讨伐。《北史 · 魏本纪第三》："戊申，诏：'今寒气劲切，杖箠难任。自今月至来年孟夏，不听拷问罪人。'" 1911 年 10 月 30 日，驻防昆明的新军第 19 镇第 37 协发动起义，协统是蔡锷。因为这一天是阴历的九月初九，故而史称"云南重九起义"。

〔晋郊龙见绛〕《左传 · 昭公二十九年》："秋，龙见于绛郊。"魏献子与蔡墨有一段关于龙的对话。绛，春秋时晋国都城，即今山西侯马。1911 年 10 月 29 日，太原新军第 85 标、86 标起义。起义的领导者是 86 标标统阎锡山。

〔秦野凤鸣郊〕《国语》卷 1《周语上》："周之兴也，鸑鷟鸣于岐山。"韦昭注："三君云：'鸑鷟，鸾凤之别名也。'"《汉书 · 地理志》："（秦——引者）襄公将兵救周有功，赐受郊酆之地，列为诸侯。"颜师古注："郊，亦岐字。"陕西新军于 1911 年 10 月 22 日举义，领导者是张凤翙。

〔黄矢三狐获〕《周易今注今译》四十《解》："九二。田获三狐，得黄矢，贞吉。"陈鼓应译："筮得二爻，田猎获得好几只狐狸，并得到黄金箭矢，占问吉利。"（商务印书馆 2005 年 11 月第 1 版 P358）

〔彤车六马趍〕《史记 · 五帝本纪》："帝尧者，放勋。……彤车乘白马，能明驯德"。六马，古代帝王乘坐的车辆配六匹马牵曳，此处泛指驾车之马众多，喻战事。详见《咏史（十二首）》其一一诗〔六蜚〕条笺注。《集韵》卷 7《去声上 · 遇第十》："趋，……行之速也。……或作趍。"

〔舍舟流夹汉〕《春秋左传正义》卷 54《定公四年》："冬。蔡侯、吴子、唐侯伐楚。舍舟于淮汭，自豫章与楚夹汉。"孔颖达疏："柏举之役，吴人舍舟于淮汭，而自豫章与楚师夹汉。此皆在江北、淮南，盖后徙在江南之豫章。"

〔载旆岭升陑〕《毛诗正义》卷 20—4《商颂 · 长发》："武王载旆，有虔秉钺。如火烈烈，则莫我敢曷。"毛传："旆，旗也。"孔颖达疏："成汤载其旌旗以出征伐，杀有罪。"《尚书正义》卷 8《汤誓》序："伊尹相汤伐桀，升自陑，遂与桀战于鸣条之野。

作《汤誓》。”孔传:“桀都安邑，汤升道从陑出其不意。陑在河曲之南，遂与桀战于鸣条之野。”孔颖达疏:“桀都安邑，相传为然，即汉之河东郡安邑县是也。《史记》吴起对魏武侯云:‘夏桀之居，左河济，右太华。伊阙在其南，羊肠在其北。修政不仁，汤放之也。’《地理志》云:‘上党郡壶关县有羊肠坂，在安邑之北。’是桀都安邑必当然矣。将明陑之所在，故先言桀都安邑在亳西。当从东而往，今乃升道从陑。升者，从下向上之名。言陑当是山阜之地。”旆，石印本、《雅言》本作“旆”。《正字通》卯集下《方部》:“旆，俗旆字。”升，石印本、《雅言》本作“舟”，疑为“升”之误。升，“升”的异体字，《集韵》即作“升”。

周旅基徂莒，齐盟盛会郑。蝼祥兴土德，鸟彩焕天睢。北伐车如轾，东征斧破锜。卑溪军束马，牧野士如离。

〔周旅基徂莒〕《诗经今注 · 大雅 · 文王之什 · 皇矣》:“王赫斯怒，爰整其旅，以按徂旅，以笃于周祜，以对于天下。”高亨注:“旅，读为莒，国名。(《孟子 · 梁惠王上【应为‘下’——引者】》引此句作‘以遏徂莒’。《韩非子 · 难二》:‘文王侵孟，克莒，举酆。’可见莒是国名，当在西周附近。)”(上海古籍出版社 1980 年 10 月第 1 版 P388、391、392)旅，石印本、《雅言》本作“旋”，显误。

〔齐盟盛会郑〕《左传 · 僖公九年》:“秋，齐侯盟诸侯于葵丘。曰:‘凡我同盟之人，既盟之后，言归于好。’”《孟子 · 告子下》:“五霸，桓公为盛。葵丘之会诸侯，束牲、载书而不歃血。”《正字通》酉集下《邑部》:“郑，地名。郑丘，通作‘葵丘’。齐桓会葵丘。”

〔蝼祥兴土德〕黄帝时，上天降示“大螾大蝼”，昭示其“土德”。详见《述怀一百四十韵示蜀中诸同好》一诗〔轩祥萌土蝼〕条笺注。

〔鸟彩焕天睢〕睢，似当作“雎”。《集韵》卷 1《平声一 · 鱼第九》:“雎，鸟名。《说文》:‘王鴡也。’”《诗经 · 周南 · 关雎》:“关关雎鸠，在河之洲。窈窕淑女，君子好逑。”《史记 · 天官书》:“岁阴在戌，星居巳。以九月与翼、轸晨出，曰天睢。白色大明。”(案:南宋黄善夫刻本、明崇祯监本、殿本《史记》均作“天雎”，中华书局点校本作“天睢”，似误。)天雎，在此处似代指“上天”。相传，周文王以“赤雀丹书”受命于天，故曰“鸟彩”。详见《述怀一百四十韵示蜀中同好》一诗〔龟图昭坦坦，雀瑞辨龃龃〕条笺注。彩，吉兆。《野叟曝言》卷 3《铸字卷十三 · 第九十四回》:“今日是妹子生日，恰得这全鹿的好彩头。”《金台全传》第五十九回《两先锋弃邪归正，一宝镜逐怪除妖》:“列位，比方不论怎么事情，总要些吉彩的。”睢，《国学荟编》

本、《雅言》本均作“睢”。

〔北伐车如轾〕《诗经 · 小雅 · 南有嘉鱼之什 · 六月》诗序：“《六月》，宣王北伐也。”《诗经今注 · 小雅 · 南有嘉鱼之什 · 六月》：“戎车既安，如轾如轩。”高亨注：“轾，车向下俯。轩，车向上仰。”（上海古籍出版社 1980 年 10 月第 1 版 P245、246）

〔东征斧破锜〕《诗经今注 · 豳风 · 破斧》：“既破我斧，又缺我锜。周公东征，四国是吪。”高亨注：“四国指殷、东、徐、奄。”“锜，一种兵器，形如锹，两面有刃，长柄。”（上海古籍出版社 1980 年 10 月第 1 版 P211）

〔卑溪军束马〕《管子 · 小问第五十一》：“桓公北伐孤竹，未至卑耳之溪十里，闟然止，瞠然视。援弓将射，引而未敢发也。”同上书《封禅第五十》：“桓公曰：‘寡人北伐山戎，过孤竹，西伐大夏，涉流沙，束马悬车，上卑耳之山。”《国语》卷 6《齐语》：“县车束马，踰大行，与辟耳之溪拘夏。”韦昭注：“大行、辟耳，山名。拘夏，辟耳之溪也。三者皆山险溪谷。故县钓其车，偪束其马，而以度也。”《史记 · 封禅书》：“西伐大夏，涉流沙，束马悬车，上卑耳之山。”裴骃《集解》：“卑耳，即《齐语》所谓‘辟耳’。”束，《雅言》本作“朿”。二字字形相近，古籍中常混用。《字汇》辰集《木部》：“朿，……与束字不同。束从口。”

〔牧野士如离〕《史记 · 周本纪》：“二月，武王朝至于商郊牧野，乃誓：‘……尚桓桓，如虎如罴，如豺如离。于商郊不御克犇，以役西土。勉哉夫子！’”裴骃《集解》：“徐广曰：‘此训与螭同。’”《汉书 · 扬雄传上》载其《甘泉赋》：“驷苍螭兮六素虬”。颜师古注：“韦昭曰：‘螭，似虎而鳞。’郑氏曰：‘螭，虎类也，龙形。’”《别雅》卷 1：“离，螭也。”

寰宇洪炉涤，当涂景运熙。肆经先广鲁，述史鉴分邿。释宋荆盟薄，存陈晋会鄍。金钲威上谷，飞檄静卢潍。

〔寰宇洪炉涤〕寰宇，宇宙。洪炉，本指巨大的炉灶，引申为天地造化。详见《大象篇》一诗〔达观阐洪炉〕条笺注。

〔当涂景运熙〕当涂，掌权者，得势者。景运，好运势。《宋书 · 乐志二》：“居极乘景运，宅德瑞中王。”《尔雅 · 释诂》：“熙，兴也。”《韩非子 · 孤愤第十一》：“处势卑贱，无党孤特。夫以疏远与近爱信争，其数不胜也；以新旅与习故争，其数不胜也；以反主意与同好争，其数不胜也；以轻贱与贵重争，其数不胜也；以一口与一国争，其数不胜也。法术之士，操五不胜之势，以岁数而又不得见；当涂之人，乘五胜之资，而旦暮独说于前。"

〔肄经先广鲁〕肄经，学习儒家典籍。参见本诗〔肄雅儆骻骫〕条笺注。《礼记正义》卷 31《明堂位》："纳夷蛮之乐于大庙，言广鲁于天下也。"孔颖达疏："'言广鲁于天下也'者，广鲁，欲使如天子示于天下，故云'广鲁于天下也'。"先，尊崇。《吕氏春秋》卷 3《先己》："五帝先道而后"。高诱注："先，犹尚也。"

〔述史鉴分郜〕述史，记述历史。郜，春秋时小国，曾为鲁国属国，后被鲁国吞并。《春秋左传正义》卷 32《襄公十三年》经文："夏取郜。"杜预注："郜，小国也。任城亢父县有郜亭。"传文："夏，郜乱，分为三。师救郜，遂取之。"杜预注："国分为三部，志力各异。"此句指，记述历史，要以郜国内乱分裂而被灭为鉴。

〔释宋荆盟薄〕薄，即亳，在今河南商丘北。《左传 · 僖公二十一年》："春，宋人为鹿上之盟，以求诸侯于楚，楚人许之。公子目夷曰：'小国争盟，祸也，宋其亡乎！幸而后败。'……秋，诸侯会宋公于盂。子鱼曰：'祸其在此乎！君欲已甚，其何以堪之？'于是楚执宋公以伐宋。冬，会于薄以释之。子鱼曰：'祸犹未也，未足以惩君。'"荆，指楚国。薄，《雅言》本作"簿"，似误。

〔存陈晋会鄬〕鄬，郑地，在今河南鲁山。《春秋左传正义》卷 30《襄公七年》："楚子囊围陈，会于鄬以救之。"杜预注："晋会诸侯。"参加鄬地盟会有鲁襄公、晋侯、宋公、陈侯、卫侯、曹伯、莒子、邾子。

〔金钲威上谷〕此句似指汉武帝元光六年（前 129）四路出击匈奴，"龙城之战"中的卫青。《史记 · 匈奴列传》："燕亦筑长城，自造阳至襄平。置上谷、渔阳、右北平、辽西、辽东郡以拒胡。当是之时，冠带战国七，而三国边于匈奴。"张守节《正义》："按：上谷郡，今妫州。"司马贞《索隐》："案：三国，燕、赵、秦也。"案：古时的上谷郡在今河北北部，包括一部分北京辖区，为汉地与北方游牧民族交界对峙之地。《六臣注文选》卷 3 张平子（衡）《东京赋》："戎士介而扬挥，戴金钲而建黄钺。"李周翰注："戎士，武士也。言武士带甲乃扬举挥发也。钲，铙类。黄钺，金饰斧。"《汉书 · 晁错传》："与金鼓之指相失"。颜师古注："金，金钲也。鼓所以进众，金所以止众也。"《汉书 · 卫青传》："元光六年，拜为车骑将军，击匈奴，出上谷。公孙贺为轻车将军，出云中。太中大夫公孙敖为骑将军，出代郡。卫尉李广为骁骑将军，出雁门。军各万骑。青至笼城，斩首虏数百。骑将军敖亡七千骑，卫尉广为虏所得，得脱归，皆当斩，赎为庶人，贺亦无功，唯青赐爵关内侯。是后匈奴仍侵犯边。语在《匈奴传》。"颜师古注："笼，读与龙同。"此句指，大将军卫青出兵上谷，北击匈奴，金鼓壮阔。

〔飞檄静卢潍〕此句似指秦末“伏轼下齐七十余城”的郦食其。卢潍，亦作“卢维”，地名，其地在今山东省西北部、河南省东北部，古为齐地。《周礼注疏》卷 33《夏官司马下 · 职方氏》：“职方氏掌天下之图。……河东曰兖州，其山镇曰岱山，……其浸卢维”。郑玄注：“卢维当为雷雍字之误也。《禹贡》曰：‘雷夏既泽，雍沮会同。’雷夏在城阳。”贾公彦疏：“卢维为雷雍者，《地理志》《禹贡》无‘卢维’，又字类‘雷雍’，故破从之。引《禹贡》为证也。”《史记 · 夏本纪》：“雷夏既泽，雍沮会同”。裴骃《集解》：“郑玄曰：‘雍水、沮水相触而合入此泽中。《地理志》曰雷泽在济阴城阳。’”司马贞《索隐》：“《尔雅》云‘水自河出为雍’也。”张守节《正义》：“《括地志》云：‘雷夏泽在濮州雷泽县郭外西北。雍、沮二水在雷泽西北平地也。’”在此句中，刘师培以“卢潍”泛指齐地。秦末楚汉之争中，郦食其代表刘邦游说齐王田广，以三寸不烂之舌说动其以齐地七十余城归降。虽未最终成功而身死，但田广却因之不设防，为韩信平齐奠定了坚实的基础。详见《史记 · 郦生列传》和《淮阴侯列传》。《史记 · 张耳、陈余列传》：“诚听臣之计，可不攻而降城，不战而略地，传檄而千里定”。此句指，秦末郦食其以一言而平定齐地。

戡代陉逾井，恬荆水夹泜。军恩深夹纩，士气鼓行糜。赵梦占扁鹊，荆情匿蔿罢。玄堂钟拊石，丹府约书剂。

〔戡代陉逾井〕代，其地在今山西北部，战国时属赵。《扬子法言》卷 7《重黎篇》：“刘龛南阳，项救河北。”李轨注：“刘，高祖。龛，取也。”司马光注：“龛与戡同，音堪。”《史记 · 张耳、陈余列传》：“汉三年，韩信已定魏地，遣张耳与韩信击破赵井陉，斩陈余泜水上，追杀赵王歇襄国。汉立张耳为赵王。”裴骃《集解》：“徐广曰：‘在常山。”司马贞《索隐》：“苏林音‘祇’，晋灼音‘邸’，今俗呼此水则然。案：《地理志》音脂，则苏音为得。郭景纯注《山海经》云‘泜水出常山中丘县’。”张守节《正义》：“在赵州赞皇县界。”井陉，由华北平原穿过太行山脉西进至山西的重要通道。参见本诗〔陉冈富楝櫋〕条笺注。此句指，戡定山西，要穿过井陉关。

〔恬荆水夹泜〕恬荆，指安定、平定楚地。《春秋左传正义》卷 16《僖公三十三年》：“晋阳处父侵蔡，楚子上救之，与晋师夹泜而军。”杜预注：“泜水出鲁阳县东，经襄城、定陵入汝。”案：此句中的“泜水”又名滍水，与上句笺注中出现的“泜水”并非同一条河。《太平寰宇记》卷 8《河南道八 · 汝州》：“滍水，《左氏》：‘晋阳处父侵蔡，楚子上救之，与晋师夹泜而军’是此处也。”《集韵》卷 5《上声上 · 旨第五》：

“淽，……或作泜。”

〔军恩深夹纩〕《春秋左传正义》卷 23《宣公十二年》：“冬，楚子伐萧。宋华椒以蔡人救萧，萧人囚熊相宜僚及公子丙。王曰：‘勿杀，吾退。’萧人杀之，王怒，遂围萧。萧溃。申公巫臣曰：‘师人多寒。’王巡三军，拊而勉之。三军之士皆如挟纩。遂傅于萧。”杜预注：“纩，绵也，言说以忘寒。”孔颖达疏：“《玉藻》云：‘纩为茧，缊为袍。’郑玄云：‘纩，新绵也。’”

〔士气鼓行糜〕《后汉书 · 冯异传》：“乃王郎起，光武自蓟东南驰，晨夜草舍，至饶阳无蒌亭。时天寒烈，众皆饥疲，异上豆粥。明旦，光武谓诸将曰：‘昨得公孙豆粥，饥寒俱解。’”钮琇《觚剩续编》卷 1《言觚上 · 圣武成功诗》：“康熙丁丑，今上亲征葛尔丹，歼魁系孥，大定漠北。……而昆山徐公果亭仿唐杨巨源体，献《圣武成功诗》五言十章，章十二句，尤为典雅。……七章云：‘……山形规聚米，士气鼓行糜。……’”《五音集韵》卷 1《江第四》：“糜，……粥也。”

〔赵梦占扁鹊〕《史记 · 扁鹊列传》：“当晋昭公时，诸大夫强而公族弱，赵简子为大夫，专国事。简子疾，五日不知人，大夫皆惧，于是召扁鹊。扁鹊入视病，出。董安于问扁鹊，扁鹊曰：‘血脉治也，而何怪！昔秦穆公尝如此，七日而寤。寤之日，告公孙支与子舆曰：“我之帝所甚乐。吾所以久者，适有所学也。帝告我‘晋国且大乱，五世不安。其后将霸，未老而死。霸者之子且令而国男女无别’。”公孙支书而藏之，秦策于是出。夫献公之乱，文公之霸，而襄公败秦师于殽而归纵淫，此子之所闻。今主君之病与之同，不出三日必间，间必有言也。’居二日半，简子寤，语诸大夫曰：‘我之帝所甚乐，与百神游于钧天，广乐九奏万舞，不类三代之乐，其声动心。有一熊欲援我，帝命我射之。中熊，熊死。有罴来，我又射之。中罴，罴死。帝甚喜，赐我二笥，皆有副。吾见儿在帝侧，帝属我一翟犬，曰：“及而子之壮也，以赐之。”帝告我：“晋国且世衰，七世而亡。嬴姓将大败周人于范魁之西，而亦不能有也。”’董安于受言，书而藏之。以扁鹊言告简子，简子赐扁鹊田四万亩。”

〔荆情匿蔿罢〕荆情，楚国的情势。蔿罢，即“薳罢”，楚国令尹。薳氏为楚国公族，世代公卿。《春秋分记》卷 14《世谱五 · 楚公子公族诸氏世谱》：“薳氏（蔿氏同）：……罢（字子荡，令尹）。”《左传 · 襄公三十年》：“春王正月，楚子使薳罢来聘，通嗣君也。穆叔问：‘王子之为政何如？’对曰：‘吾侪小人，食而听事，犹惧不给命，而不免于戾，焉与知政？’固问焉，不告。穆叔告大夫曰：‘楚令尹将有大事，子荡将与焉，助之匿其情矣。’”

〔玄堂钟拊石〕玄堂，北向之庙堂，此处泛指天子庙堂。《吕氏春秋》卷 10《孟冬纪第十 · 十月纪》：“天子居玄堂左个。”高诱注：“玄堂，北向堂也。左个，西头室也。”《礼记正义》卷 17《月令》：“天子居玄堂左个。”郑玄注：“玄堂左个，北堂西偏也。”《淮南子 · 时则训》：“天子衣黑衣，乘玄骊，服玄玉，建玄旗，食黍与彘，服八风水，爨松燧火，北宫御女黑色，衣黑采，击磬石，其兵铩，其畜彘，朝于玄堂左个，以出冬令。”《吕氏春秋 · 孟夏纪第四 · 四月纪》：“帝尧立，乃命质为乐。质乃效山林溪谷之音以歌，乃以麋鞈冒缶而鼓之，乃拊石击石，以象上帝玉磬之音，以致舞百兽。”《广雅》卷 3《释诂》：“拊，……击也。”

〔丹府约书剂〕丹府，即“策府”“册府”，官府收藏典籍契书之所。《唐大诏令集》卷 62《册李绩改封英国公文》：“南定维扬，北清大漠，威振殊俗，勋书丹府。”（《全唐文》卷 9 作“勋书册府”）《周礼正义》卷 26《春官宗伯下 · 大史》：“大史掌建邦之六典。……凡邦国都鄙，及万民之有约剂者藏焉。以贰六官，六官之所登，若约剂乱则辟法。”郑玄注：“约剂，要盟之载辞及券书也。”

大麓艰应试，灵场事可知。云亭今堦塿，泰岱古坛壝。拔本殷颠沛，康娱夏忸怩。周流萑渒渒，行迈黍穪穪。

〔大麓艰应试〕指尧为证实舜可以继承自己的大位和事业，对其进行了多方考验。《尚书正义》卷 3《舜典》：“慎徽五典，五典克从。纳于百揆，百揆时叙。宾于四门，四门穆穆。纳于大麓，烈风雷雨弗迷。帝曰：‘格汝舜，询事考言，乃言厎可绩。三载，汝陟帝位。”孔传：“麓，录也。纳舜使大录万几之政，阴阳和，风雨时，各以其节，不有迷错愆伏。明舜之德，合于天帝。”孔颖达疏：“言命之以位，试之以事也。尧使舜慎美笃行五常之教，而五常之教皆能顺从而行之，无违命也。又纳于百官之事，命揆度行之，而百事所揆度者，于是皆得次序，无废事也。又命使宾迎诸侯于四门，而来入者穆穆然，皆有美德，无凶人也。又纳于大官，总录万几之政，而阴阳和，风雨时，烈风雷雨不有迷惑错谬。明舜之德，合于天，天人和协，其功成矣。帝尧乃谓之曰：‘来。汝舜有所谋之事，我考验汝舜之所言，汝言致，可以立功。于今三年，汝功已成。汝可升处帝位。’告以此言，欲禅之也。”

〔灵场事可知〕指舜帝禅位于大禹时，向神明占卜，与其内心谋定之人完全契合。《扬子法言》卷 5《问明篇》：“灵场之威，宜夜矣乎。”李轨注：“灵场，鬼神之坛祠也。”《尚书正义》卷 4《大禹谟》：“禹曰：‘枚卜功臣，惟吉之从。’帝曰：‘禹，官占，惟先蔽志，昆命于元龟，朕志先定。询谋佥同，鬼神其依，龟筮协从，卜不习吉。'"孔颖达疏："禹以让而不许，更请帝曰：'每以一枚，历卜功臣，惟吉之人从而受之。'帝曰：'禹，卜官之占，惟能先断人志，后乃命其大龟。我授汝之志，先以定矣。又询于众人，其谋又皆同美矣。我后谋及鬼神，加之卜筮，鬼神其依我矣，龟筮复合从矣。卜法不得因前之吉更复卜之，不须复卜也。'"

〔云亭今坿塿〕云亭，指古帝王封禅时所封之"云云""亭亭"二山。《管子》卷16《封禅第五十》："管仲曰：'古者封泰山，梁父者七十二家。而夷吾所记者，十有二焉。昔无怀氏封泰山，禅云云。……黄帝封泰山，禅亭亭。……"尹知章注："云云山，在梁父东。""亭亭山，在牟阴。"坿塿，亦作"部娄""附娄""培塿"，指小土丘。《字汇》丑集《土部》："坿，……又益也，与'附'同。"《春秋左传注 · 襄公二十四年》："部娄无松柏"。杨伯峻注："《说文》引作附娄，云：'小土山也。'《文选 · 魏都赋》李善注又引作'培塿'。"（中华书局 2016 年 11 月第 4 版第 4 册 P1203）《说文解字》卷13 下《土部》："坿，益也。"《说文解字注》卷 13 下《土部》："培，培敦。"段注："引申为凡裨补之称。"参见《读庄子逍遥游（二首）》其二一诗〔扶摇不送培风翼〕条笺注。坿塿，《雅言》本作"附塿"。

〔泰岱古坛壝〕《史记 · 秦始皇本纪》："始皇……乃遂上泰山，立石，封，祠祀。"裴骃《集解》："瓒曰：'积土为封。谓负土于泰山上，为坛而祭之。'"《淮南子 · 缪称训》："泰山之上有七十坛焉"。《周礼注疏》卷 19《春官宗伯 · 鬯人》："凡祭祀社壝用大罍"。郑玄注："壝，谓委土为墠坛，所以祭也。"

〔拨本殷颠沛〕《诗经今注今译 · 大雅 · 荡之什 · 荡》："文王曰：'咨！咨女殷商，人亦有言："颠沛之揭，枝叶未有害，本实先拨。"殷鉴不远，在夏后之世。'"马持盈注："拨：败坏也。"译："文王说道：'可叹啊！可叹你这个商君啊！古人曾经说过这样的话，说是："树木僵仆，树根便蹶起来了。并不是枝叶有什么伤害，乃是因为树心败坏的原故"。殷朝的镜子，并不在远，只要看看夏朝的结局，就知道了。'"（台湾商务印书馆 1979 年 3 月六版 P461）拨，废绝。《毛诗正义》卷 18—1《大雅 · 荡之什 · 荡》："枝叶未有害，本实先拨。"郑玄笺："拨，犹绝也。"殷，石印本作"殷"。

〔康娱夏忸怩〕康娱，指夏启之子太康放逸淫乐。详见《咏史（十二首）》其七一诗〔康娱天亦耽〕条笺注及"略考"。《尚书 · 五子之歌》序："太康失邦，昆弟五，须于洛汭，作《五子之歌》。"《尚书正义》卷 7《五子之歌》："郁陶乎予心，颜厚有忸怩，弗慎厥德，虽悔可追。"孔传："郁陶，言哀思也。颜厚，色愧。忸怩，心惭，惭愧于仁人贤士。”“人君行已不慎其德，以速灭败，虽欲改悔，其可追及乎？言无益。”

〔周流萑淠淠〕周流，疑应作“舟流”。《毛诗正义》卷12—3《小雅·节南山之什·小弁》诗序：“刺幽王也，大子之傅作。”孔颖达疏：“太子谓宜咎也。幽王信褒姒之谗，放逐宜咎，其傅亲训太子，知其无罪。闵其见逐，故作此诗以刺王。”诗：“有漼者渊，萑苇淠淠。譬彼舟流，不知所届。”毛传：“漼，深貌。”郑玄笺：“渊深而旁生萑苇，言大者之旁无所不容。”“届，至也。言今太子不为王及后所容而见放逐，状如舟之流行，无制之者，不知终所至也。”孔颖达疏：“有漼然而深者，彼渊水也。此渊由深，故傍生萑苇，其众淠淠然。”

〔行迈黍穲穲〕《诗经·王凤·黍离》诗序：“黍离，闵宗周也。周大夫行役，至于宗周，过故宗庙宫室，尽为禾黍，闵周室之颠覆，彷徨不忍去而作是诗也。”参见《蜀中赠吴虞（三首）》其三一诗〔遥遥行迈心，弗识中田稷〕条笺注。《正字通》午集下《禾部》：“穲，与离通。”

瑞应龙图转，讴歌凤历迻。嬴车无白马，姒命有玄龟。日月辉营室，风雷丽《壮》规。百官箴献甲，八政范陈箕。

〔瑞应龙图转〕龙图，即《河图》。此句指，祥瑞之兆《河图》出现，预示着天运发生了转移，周朝将兴。《周易·系辞上》：“河出图，洛出书，圣人则之。”《尚书正义》卷18《顾命》：“大玉、夷玉、天球、《河图》，在东序。”孔传：“《河图》，八卦。伏牺王天下，龙马出河，遂则其文，以画八卦，谓之《河图》。”《墨子间诂》卷5《非攻下第十九》：“赤鸟衔圭，降周之岐社，曰：‘天命周文王伐殷有国。’泰颠来宾，河出绿图，地出乘黄。”孙诒让注：“《北堂书钞·地部》引《随巢子》云：‘姬氏之兴，河出绿图’。……易纬《乾凿度》云：‘昌以西伯受命，改正朔，布王号于天下，受箓应《河图》’。绿、箓通。”《风俗通义》卷14《四渎》：“河者，播为九流，出龙图也。”

〔讴歌凤历迻〕凤历，指周代历法，喻王朝正朔。参见《咏史（十二首）》其三一诗〔三正〕条笺注。《春秋左传正义》卷48《昭公十七年》：“我高祖少皞挚之立也。凤鸟适至，故纪于鸟，为鸟师而鸟名。凤鸟氏，历正也。”杜预注：“凤鸟知天时，故以名历正之官。”参见本诗〔秦野凤鸣郊〕条笺注。《集韵》卷1《平声一·支第五》：“迻，……通作移。”

〔嬴车无白马〕战国时赵国人公孙龙有著名的“白马非马”论。《列子·仲尼第四》：“中山公子牟者，魏国之贤公子也。好与贤人游，不恤国事，而悦赵人公孙龙。”

《公孙龙子》有《白马论》一篇。《韩非子 · 外储说左上第三十二》:“儿说，宋人，善辩者也。持白马非马也。服齐稷下之辩者，乘白马而过关，则顾白马之赋。故籍之虚辞则能胜一国，考实按形不能谩于一人。”《吕氏春秋》卷 18《淫辞》:“空雄之遇，秦、赵相与约约曰:‘自今以来，秦之所欲为，赵助之；赵之所欲为，秦助之。’居无几何，秦兴兵攻魏，赵欲救之。秦王不说，使人让赵王曰:‘约曰:“秦之所欲为，赵助之；赵之所欲为，秦助之。”今秦欲攻魏，而赵因欲救之，此非约也。’赵王以告平原君，平原君以告公孙龙。公孙龙曰:‘亦可以发使而让秦王曰:“赵欲救之，今秦王独不助赵，此非约也。”’孔穿、公孙龙相与论于平原君所，深而辩，至于藏三牙，公孙龙言藏之三牙甚辩，孔穿不应，少选，辞而出。明日，孔穿朝。平原君谓孔穿曰:‘昔者公孙龙之言甚辩。’孔穿曰:‘然。几能令藏三牙矣。虽然难，愿得有问于君，谓藏三牙甚难而实非也，谓藏两牙甚易而实是也，不知君将从易而是者乎？将从难而非者乎？’平原君不应。明日，谓公孙龙曰:‘公无与孔穿辩。’”高诱注:“公孙龙、孔穿皆辩士也。论，相易夺也。龙言藏之三牙。辩，说也。若乘白马禁不得度关，因言马‘白非白马’，此之类也。故曰甚辩也。”后讹为公孙龙乘白马过函谷关入秦，与官吏辩“白马非马”。岑参《岑嘉州诗》卷 2《七言古诗 · 函谷关歌送刘评事使关西》:“君不见函谷关，崩城毁屋至今在。树根草蔓遮古道，空谷千年长不改。寂寞无人空旧山，圣朝无外不须关。白马公孙何处去，青牛老人更不还。”案：赵国与秦国有共同的祖先，都为嬴氏。《史记 · 秦本纪》:“秦之先，帝颛顼之苗裔，……舜赐姓嬴氏。”《史记 · 赵世家》:“赵氏之先与秦共祖。”故曰“嬴车”。

〔姒命有玄龟〕姒，指大禹。《史记 · 五帝本纪》:“帝禹为夏后而别氏姓，姒氏。”司马贞《索隐》:“《礼纬》曰:‘禹母修己吞薏苡而生禹，因姓姒氏。’”《拾遗记》卷 2 :“禹尽力沟洫，导引川夷岳。黄龙曳尾于前，玄龟负青泥于后。玄龟，河精之使者也。”

〔日月辉营室〕《毛诗正义》卷 3—1《鄘风 · 定之方中》:“定之方中，作于楚宫。”毛传:“定营室也。”郑玄笺:“楚宫，谓宗庙也。定，星，昏中而正，于是可以营制宫室，故谓之营室。”《诗经集传》卷 2《鄘风 · 定之方中》:“定之方中，作于楚宫。揆之以日，作于楚室。”朱熹注:“赋也，定北方之宿。营室，星也。此星昏而正中，夏正十月也。于是时，可以营制宫室，故谓之营室。”另参见本诗〔星野辨娵觜〕条笺注。《国语》卷 1《周语上》:“日月底于天庙”。韦昭注:“底，至也。天庙，营室也。孟春之月，日月皆在营室。”

〔风雷丽《壮》规〕《周易正义》卷 4《大壮》:“象曰：雷在天上，大壮。君子以非礼弗履。”王弼注:“刚以动也。”“壮而违礼则凶，凶则失壮也。故君子以大壮而顺礼也。”孔颖达疏:“震雷为威动，乾天主刚健。雷在天上是刚以动所以为大壮。”“盛极之时，好生骄溢，故于大壮诫以非礼勿履也。”《六臣注文选》卷 24 张茂先（华）《答何劭二首》其二:“周任有遗规，其言明且清。”张铣注:“规，戒也。”

〔百官箴献甲〕《左传 · 襄公四年》，载周武王太史辛甲“使百官各为箴辞，戒王过”。详见《樊云门七十寿诗（二首）》其二一诗〔辛箴宁易详〕条笺注。《集韵》卷 4《平声四 · 侵第二十一》:“箴，……一曰诫也。”

〔八政范陈箕〕八政，即“洪范八政”。《尚书 · 洪范》:“武王胜殷，杀受，立武庚。以箕子归，作洪范。……箕子乃言曰:‘……三,八政：一曰食，二曰货，三曰祀，四曰司空，五曰司徒，六曰司寇，七曰宾，八曰师。……’”《汉书 · 梅福传》:“臣闻箕子佯狂于殷，而为周陈《洪范》。”此句指，箕子详述了“洪范八政”的具体内容。参见《樊云门七十寿诗（二首）》其二一诗〔箕畴会有宜〕条笺注。

辽水舟通鹢，高凉野献犤。八荒戈载戢，四国弁伊璂。朔毳宾獯鬻，西昆叙析支。赓歌怀喜起，享祉颂俟祎。

〔辽水舟通鹢〕辽水，今辽河。《后汉书 · 郡国志五 · 幽州刺史部 · 辽东郡》:“高句骊出辽山，辽水出。”刘昭注:“《山海经》曰:‘辽水出白平东。’郭璞曰:‘出塞外（衔）〈衛〉白平山。辽山，小辽水所出。’”《淮南鸿烈解》卷 8《本经训》:“龙舟鹢首”。高诱注:“龙舟，大舟也，刻为龙文以为饰也。鹢，大鸟也，画其象着船头，故曰鹢首。”鹢，亦代指舟船。此句指，船头饰有鹢鸟的大船可通辽河。案：古时辽东水运情况资料很少，约略可知，直至清前期，海运，特别是内陆水运并不发达。清后期有所改善。1861 年，牛庄（营口）依据《天津条约》开埠；19 世纪末，旅大开埠。辽东海运日益繁忙。但辽河内陆航运却随着中东铁路的通车走向衰落。

〔高凉野献犤〕高凉，地名，汉置，位于岭南广东地区。《汉书 · 地理志下》:“合浦郡，武帝元鼎六年开。莽曰桓合，属交州。……县五：徐闻，高凉，合浦，有关，莽曰桓亭。”《尔雅注疏》卷 10《释畜第十九 · 牛属》:“犤牛。”郭璞注:“犤牛，庳小，今之㹀牛也。又呼果下牛，出广州高凉郡。”上句中之“辽水”，和本句中之“高凉”均指绝远之地，喻交通便利，远地可达。

〔八荒戈载戢〕八荒，极辽远荒蛮之地。详见《译石门和夫氏〈希望诗〉（二首）》

其一一诗〔弥纶八荒〕条笺注。《诗经今注 · 周颂 · 清庙之什 · 时迈》:“载戢干戈”。高亨注:“载，乃也。戢，收藏。干，盾也。”（上海古籍出版社 1980 年 10 月第 1 版 P482）

〔四国弁伊璂〕《诗经今注 · 曹风 · 鸤鸠》:“其带伊丝，其弁伊骐。……其仪不忒，正是四国。”高亨注:“弁，一种帽子，圆顶，布帛或革制。骐，借为綦，青黑的绸帛。贵族的弁帽是青黑绸子做的。”“正是四国，四方之国以此为准则。”（上海古籍出版社 1980 年 10 月第 1 版 P196）《说文解字注》卷 1 上《玉部》:“璂，弁饰，往往冒玉也。”段注:“王之皮弁会五采玉琪。……綦，结也。皮弁之缝中每贯结，五采玉以为饰，谓之綦。盖后郑谓经，琪字乃玉名，故易为綦字。《曹风》:‘其弁伊骐’。笺亦云‘骐当作綦’。”《经典释文》卷 6《毛诗音义中 · 曹 · 蜉蝣第十四 · 鸤鸠》:“其弁伊骐。”陆德明注:“骐，……《说文》作璂。”

〔朔毳宾獯鬻〕朔毳，指朔北之地捕兽取皮为衣。毳，动物的细毛。详见《有感》一诗〔毳〕条笺注。《孟子注疏》卷 2 上《梁惠王下》:“大王事獯鬻，勾践事吴。”赵岐注:“獯鬻，北狄强者，今匈奴也。”《管子》卷 11《四称第三十三》:“昔者，有道之臣，委质为臣，不宾事左右。”尹知章注:“宾，敬也。”

〔西昆叙析支〕西昆，西部昆仑，指西部地区的少数民族。《逸周书 · 王会弟五十九》:“正西昆仑、狗国、鬼亲、枳已、闟耳、贯胸、雕题、离身、漆齿，请令以丹青、白旄、纰罽、江历、龙角、神龟为献。”析支，指西部析支人（少数民族）。详见本诗〔狼烽靖织皮〕条笺注。

〔赓歌怀喜起〕赓歌，接续歌唱。《尚书 · 益稷》:“帝庸作歌曰:‘敕天之命，惟时惟几。’乃歌曰:‘股肱喜哉，元首起哉。……’乃赓载歌曰”。施闰章《学余堂诗集》卷 44《五言排律 · 召试体仁阁下恭纪》:“赓歌怀喜起，射策笑模糊。”《全唐诗》卷 671 唐彦谦《留别四首》其三:“起喜赓歌日，明良际会时。”（第 10 册 P7728）此句指，接续歌唱，欢乐之情油然而生。喜，《雅言》本作“善”，似误。

〔享祉颂俟祎〕此句指，祭祀上天，以获福祉。《汉书 · 司马相如传》载其《封禅文》:“驰我君舆，帝用享祉。”颜师古注:“文颖曰:‘驰我君车之前也。’师古曰:帝，天帝也。以此祭天，天既享之，答以祉福也。”俟祎，美好珍贵。《毛诗正义》卷 4—3《郑风 · 羔裘》:“羔裘如濡，洵直且俟。”陆德明《音义》:“俟，《韩诗》云:‘美也’。”《尔雅 · 释诂》:“祎，……美也。”享、祎，《雅言》本作“亭”“祎”，误。

朱鸟祥仪凤，华虫彩焕虽。宅都深拱卫，调俗浃和晒。盖代洪模阔，陪都末俗漓。陆梁秦戍卒，绵蕝汉官仪。

〔朱鸟祥仪凤〕《尚书 · 益稷》："箫韶九成，凤皇来仪。"《后汉书 · 张衡传》载其《思玄赋》："前祝融使举麾兮，纚朱鸟以承旗。"李贤注："朱鸟，凤也。"

〔华虫彩焕虽〕《尚书正义》卷 5《益稷》："日、月、星、辰、山、龙、华虫"。孔传："华，象草。华虫，雉也。"孔颖达疏："草木虽皆有华，而草华为美，故云'华，象草。华虫，雉也'。《周礼 · 司服》有'驚冕'，驚则雉焉，雉五色，象草华也。"《正字通》戌集中《隹部》："虽，虫名。《说文》：'似蜥蜴而大'。"虫（蟲），石印本、《雅言》本作"虫"。

〔宅都深拱卫〕宅都，定都。《玉海》卷 157《宫室 · 宫（三）· 唐洛阳宫》："周家兴于岐邠，武王宅都于镐。"《释名 · 释宫室第十七》："宅，择也。择吉处而营之也。"拱卫，设藩屏以卫护皇帝、京师。《旧唐书 · 礼仪志六》："今国家定周秦之两地，为东西之两宅，辟九衢而立宫阙，设百司而严拱卫"。李纲《梁溪集》卷 46《备边御敌八事》："一、唐之藩镇，所以拱卫京师。"

〔调俗浃和晒〕调俗，整顿风俗。《册府元龟》卷 198《闰位部 · 务农》：南齐"明帝建武二年正月诏曰：守宰，亲民之主。牧伯，调俗之司。"浃和，和洽、和谐。《文苑英华》卷 810《阁下 · 重修滕王阁记一首》韩愈《新修滕王阁记》："其岁九月，人吏浃和，公与监军使燕于此阁，文武宾士皆与在席。"《类篇》卷 10："晒，……和也，调也。"案："晒""聏""胹"在古籍中常混用，均含和洽、调和之意。

〔盖代洪模阔〕盖代，即"盖世"，谓卓绝于同时代。洪模，伟大的楷模。《册府元龟》卷 191《闰位部 · 法制》："孝建（南朝宋孝武帝年号——引者）元年，江夏王义恭与骠骑大将军竟陵王诞奏曰：'……上哲之洪模，范世之明训'……"《尔雅 · 释诂》："阔，远也。"

〔陪都末俗漓〕陪都，指国都以外的另一处次要城市，亦有都城的功能。此处专指成周，即洛邑（今洛阳）。西周初，周公营建成周，形成两京制。后周平王将都城自镐京东迁至洛邑，史称"东周"。末俗，浅陋、低俗的习俗、习惯。详见《明代扬州三贤咏 · 泰州王心斋先生艮》一诗〔聊用觉愚蒙，兼拯末俗弊〕条笺注。《说文通训定声 · 随部弟十》："醨，……[转注]薄也，醇为厚，醨为薄。俗字作漓。"周王室东迁至陪都"成周"后，日益衰落，"礼崩乐坏"，"道德沦丧"。所以孔子说："天下有道，则礼乐征伐自天子出；天下无道，则礼乐征伐自诸侯出。自诸侯出，盖十世希不失矣；自大夫出，五世希不失矣；陪臣执国命，三世希不失矣。天下有道，则政不在大夫。天下有道，则庶人不议。”（《论语 · 季氏第十六》）此句当指此。

〔陆梁秦戍卒，绵蕝汉官仪〕《史记 · 秦始皇本纪》：“三十三年，发诸尝逋亡人，赘壻，贾人，略取陆梁地。为桂林、象郡、南海，以适遣戍。”司马贞《索隐》：“南方之人其性陆梁，故曰陆梁。”张守节《正义》：“岭南之人多处山陆，其性强梁，故曰陆梁。”绵蕝，即“绵绝”，绵延不绝之意。何梦桂《潜斋集》卷 1《寄谢夹谷书隐先生四十四韵》：“鲁庙祠太牢，汉庭定绵蕝。”《后汉书 · 光武帝纪上》：“更始将北都洛阳，以光武行司隶校尉，使前整修宫府。于是置僚属，作文移，从事司察，一如旧章。时三辅吏士东迎更始，见诸将过，皆冠帻，而服妇人衣，诸于绣镼，莫不笑之，或有畏而走者。及见司隶僚属，皆欢喜不自胜。老吏或垂涕曰：‘不图今日复见汉官威仪！’由是识者皆属心焉。”此二句指，秦末赵佗占领岭南地区，但汉人的政权、仪容在此地绵延不绝。

粤俗佗椎髻，陈宫涉夥颐。蛟龙得云雨，罝兔在中馗。荡涤鸿钧转，平蕃福禄腱。郎官新画省，都尉旧长鋋。

〔粤俗佗椎髻〕《汉书 · 陆贾传》：“高祖使贾赐佗印，为南越王。贾至，尉佗魋结箕踞见贾。贾因说佗曰：‘足下中国人，亲戚昆弟坟墓在真定。今足下反天性，弃冠带，欲以区区之越，与天子抗衡为敌国，祸且及身矣……’佗乃蹶然起坐谢贾曰：‘居蛮夷中久，殊失礼义。’”颜师古注：“服虔曰：‘魋音椎，今兵士椎头髻也。’师古曰：‘结读曰髻。椎髻者，一撮之髻，其形如椎。’”案：荀悦《前汉纪》卷 4《高祖四》径作“椎髻”。

〔陈宫涉夥颐〕《史记 · 陈涉世家》：“陈胜王凡六月。已为王，王陈。其故人尝与庸耕者闻之，之陈，扣宫门曰：‘吾欲见涉。’宫门令欲缚之。自辨数，乃置，不肯为通。陈王出，遮道而呼涉。陈王闻之，乃召见，载与俱归。入宫，见殿屋帷帐，客曰：‘伙颐！涉之为王沉沉者！’楚人谓多为伙，故天下传之，伙涉为王，由陈涉始。”裴骃《集解》：“应劭曰：沉沉，宫室深邃之貌也。”司马贞《索隐》：“服虔云：‘楚人谓多为伙。’又言‘颐’者，助声之辞也。谓涉为王，宫殿帷帐庶物伙多，惊而伟之，故称伙颐也。刘伯庄以‘沉沉’犹‘谈谈’，谓故人呼为“沉沉”，犹俗云‘谈谈汉’也。”夥，“夥”之异体字，均与“伙”通。《正字通》丑集下《夕部》：“夥，……多也。……《说文》作‘夥’。”

〔蛟龙得云雨〕《三国志 · 吴书九 · 周瑜传》："刘备以枭雄之姿，而有关羽、张飞熊虎之将，必非久屈为人用者。愚谓大计，宜徙备置吴，盛为筑宫室，多其美女玩好，以娱其耳目。分此二人，各置一方，使如瑜者，得挟与攻战，大事可定也。今猥割土地，以资业之，聚此三人，俱在疆场，恐蛟龙得云雨，终非池中物也。"

〔罝兔在中馗〕在四通八达的大路上设置捕捉兔子的机关罗网。详见《咏史（二首）》其一一诗〔罝兔在中馗〕条笺注。

〔鸿钧〕即"洪钧"，指上天。详见《述怀一百四十韵示蜀中诸同好》一诗〔渐觉洪钧转〕条笺注。

〔平蕃福禄膍〕平蕃，平定化外之少数民族。《乐府诗集》卷 20 岑参《唐凯歌六首》其三："鸣笳擂鼓拥回军，破国平蕃昔未闻。"福禄，指福祉与爵禄。《毛诗正义》卷15—1《小雅 · 鱼藻之什 · 采菽》："乐只君子，福禄膍之。"毛传："膍，厚也。"孔颖达疏："以福禄厚赐之。"据《史记 · 南越列传》，武帝平南越时，南越王赵建德与权臣吕嘉逃亡，被南越国归顺汉朝的苏弘和孙都擒获。前者因此受封海常侯，后者受封临蔡侯。

〔郎官新画省〕《初学记》卷 11《职官部上 · 尚书令第三 · 事对 · 天台 / 画省》："《汉官典职》曰：尚书奏事于明光殿省，中画古烈士，重行书赞。"《山堂肆考》卷46《臣职》："画省，《汉官典职》：尚书省以胡粉涂壁，画古贤臣烈士，重行书赞，故曰画省。"《全唐诗》卷 125 王维《送崔五太守》："欲持画省郎官笔（一作草），回与临邛父老书。"（第 2 册 P1259）郎官，指尚书郎。《资治通鉴》卷 71《魏纪三 · 烈祖明皇帝上之下》："吴王许之，时频有郎官诣鲂诘问诸事。"胡注："郎官，尚书郎也。"《文苑英华》卷 716 李白《泛沔州城南郎官湖诗序》："乾元岁秋八月，白迁于夜郎。遇故人尚书郎张谓出使夏口。"

〔都尉旧长鋋〕《汉书 · 高惠高后文功臣表》："隆虑克侯周灶，以卒从起砀，以连敖入汉，以长鋋都尉击项籍，侯。"颜师古注："如淳曰：'连敖，楚官。《左传》楚有连尹、莫敖，其后合为一官号。'师古曰：'长鋋，长刃兵也，为刀而剑形。《史记》作长铍，铍亦刀耳。'"上句与此句指，南越国被灭，其之前的文武官员纷纷迎降，继续留职，保住了禄位。

函夏车书壹，中天爵赏貤。屏藩弘夹辅，旌节建偏裨。秬鬯周厘瓒，芄兰卫佩觿。上公龙辂锡，好爵鹤阴縻。

〔函夏车书壹〕函夏，涵盖全华夏，全中国。《汉书 · 扬雄传上》载其《河东赋》：

“以函夏之大汉兮，彼曾何足与比功？”颜师古注：“服虔曰：‘函夏，函诸夏也。’师古曰：函，包容也。”《史记 · 秦始皇本纪》：“一法度衡石丈尺，车同轨，书同文字。”

〔中天爵赏貤〕中天，天之中央，喻中央朝廷。貤，重复，多次。《说文解字注》卷 6 下《贝部》：“重次弟物也。”段注：“《汉书》注引作‘物之重次弟也’。重次弟者，既次弟之，又因而重之也。汉武帝诏曰：‘受爵赏而欲移卖者，无所流貤。’”此句指，中央朝廷酬功，赏上加赏，爵上加爵。貤，石印本、《国学荟编》本、《雅言》本均作“貤”。

〔屏藩弘夹辅〕屏藩，亦作“藩屏”，指受分封的诸侯，共同拱卫中央王室。《左传 · 定公四年》：“昔武王克商，成王定之，选建明德，以藩屏周。”夹辅，辅佐。《左传 · 僖公四年》：“五侯九伯，女实征之，以夹辅周室。”《洪武正韵》卷 6《平声 · 十八庚》：“弘，……又大之也。”

〔旌节建偏裨〕旌节，军队中用于指挥的旌旗和节钺，代指指挥军队之权。《说苑》卷 15《指武》：“田成子常与宰我争，宰我夜伏卒，将以攻田成子，令于卒中曰：‘不见旌节毋起。’”偏裨，副将、助手。《汉书 · 传王莽下》：“内设大将，外置大司马五人，大将军二十五人，偏将军百二十五人，裨将军千二百五十人。”《汉书 · 冯奉世传》：“兵法曰：大将军出必有偏裨，所以扬威武，参计策。”

〔秬鬯周厘瓒〕《毛诗正义》卷 18—4《大雅 · 荡之什 · 江汉》：“厘尔圭瓒，秬鬯一卣。”毛传：“厘，赐也。”《毛诗正义》卷 16—3《大雅 · 文王之什 · 旱麓》：“瑟彼玉瓒，黄流在中。”毛传：“玉瓒，圭瓒也，黄金所以饰。流，鬯也。九命，然后锡以秬鬯。”郑玄笺：“黄流，秬鬯也。”孔颖达疏：“秬，音巨，黑黍也。鬯，敕亮反，以黑黍米捣郁金草取汁而煮之，和酿其酒，其气芬香调畅，故谓之秬鬯。”《后汉书 · 袁绍传》：“二年，使将作大匠孔融持节拜绍大将军，锡弓矢节钺，虎贲百人”。李贤注：“《礼含文嘉》曰：‘九锡，一曰车马，二曰衣服，三曰乐器，四曰朱户，五曰纳陛，六曰虎贲之士百人，七曰斧钺，八曰弓矢，九曰秬鬯。’”

〔芄兰卫佩觿〕《诗经今注 · 卫风 · 芄兰》：“芄兰之支，童子佩觿。”高亨注：“芄兰，草名，即萝藦，多年生蔓草，可入药。”“觿（xī 希），用骨制的小锥，头尖尾粗，形似牛角，俗语叫作角锥，解绳结的工具，成人所佩。童子结婚，等于成人身份，所以佩角锥。”（上海古籍出版社 1980 年 10 月第 1 版 P89）觿，石印本、《雅言》本作“觽”。

〔上公龙辂锡〕《山堂肆考》卷 42《臣职 · 三公》：“汉袭秦旧，至哀平间，以大司马、大司徒、大司空为三公。复置太师、太傅、太保，始尊师傅，位在三公上，谓之上公。"《文选注》卷 3 张平子（衡）《东京赋》："龙辂充庭，云旗拂霓。"薛综注："马八尺曰龙。辂，天子之车也。故曰龙辂。"《尔雅·释诂》："锡，……赐也。"古代帝王赐诸侯、重臣以"九锡"，其首即"车马"。参见本诗〔秬鬯周厘瓒〕条笺注。

〔好爵鹤阴縻〕《周易今注今译》六一《中孚》："九二，鸣鹤在阴，其子和之，我有好爵，吾与尔靡之。"陈鼓应译："筮得二爻，鹤鸟在树阴下低唱，小鹤在应和着它；我有美酒，与你共享。"（商务印书馆 2005 年 11 月第 1 版 P545）縻，通"靡"。《集韵》卷 1《平声一·支第五》："靡，分也。……或从分。"

观象章辉藻，垂光莀染茈。弓綅韬象弭，带玉锡犀毗。邑土褒庸谢，关征赉食彨。车旂鸾哕哕，旟兆牡骙骙。

〔观象章辉藻〕观象，取法于古人。《六臣注文选》卷 17 陆士衡（机）《文赋》："俯贻则于来叶，仰观象乎古人。"刘良注："通文章之津梁，使得达也，遗法则于来出，是见古人之象也。"辉藻，亦作"晖藻"，华丽的姿容，引申为人华美的风采、文采。《艺文类聚》卷 81《草部上·菊·赋》："魏钟会《菊花赋》曰：……芳实离离，晖藻煌煌。微风扇动，照曜垂光于是季……"《抱朴子·外篇·嘉遁》："谧清音则莫之或闻，掩辉藻则世不得睹。"

〔垂光莀染茈〕垂光，光芒照射，引申为遗泽于后世。范仲淹《范文正集》卷 8《上资政晏侍郎书》："使某罄诚于当时，垂光于将来。"《说文解字注》卷 1 下《艸部》："莀，艸也，可以染留黄。"段注："《糸部》'綟'下曰：'帛，莀艸，染色也。'留黄，辞赋家多作'流黄'。皇侃《礼记义疏》作'騳黄'。土克水，故中央騳黄，色黄黑也。"《山海经》卷 2《西山经》："北五十里曰劳山，多茈草。"郭璞注："一名茈莀，中染紫也。"此句以染色喻指影响、感染。上句与此句指，取法于古人，垂则于后世。

〔弓綅韬象弭〕《集韵》卷 4《平声四·盐第二十四》："綅，缯名，白经黑纬。"《毛诗正义》卷 10—1《小雅·南有嘉鱼之什·彤弓》："彤弓弨兮，受言櫜之。"毛传："櫜，韬也。"陆德明《音义》："韬本又作弢，吐刀反，弓衣也。"象弭，"弓的两端缚弦处为弭，镶上象牙叫做象弭。"详见《咏史（十二首）》其九一诗〔鱼箙〕条笺注、《杂诗（二首）》其一一诗〔愿瞻无弭弓〕条笺注。

〔带玉锡犀毗〕带玉，即"玉带"，以玉石连缀的衣带。《汉书·匈奴传上》："黄金饬具带一，黄金犀毗一"。颜师古注："孟康曰：'要中大带也。'张晏曰：'鲜卑郭洛带，瑞兽名也，东胡好服之。'师古曰：'犀毗，胡带钩也。亦曰鲜卑，亦谓师比，总一物也，语有轻重耳。'"《马氏日抄 · 犀毗》："髹器称犀毗者，人不解其义，讹为犀皮。《辍耕录》失于考究，遂据《因话录》改为西皮，以为西方马鞯之说，大可笑也。盖毗者，脐也。犀牛皮坚有文，其脐旁四面文如饕餮相对，中一圜眼，坐卧起伏，磨砺光滑。西域人剸西剜取之，以为腰带之饰，极珍爱之。曹操以犀毗一事与人，即今箱嵌条环之类是也。后世髹器仿而为之，曰白犀毗焉。有以细石水磨，混然成凹者，曰滑地犀毗焉。黑剔为是，红剔则失本义矣。"《尔雅 · 释诂》："锡，……赐也。"

〔邑土裦庸谢〕邑土，诸侯封地，亦泛指国土。《前汉纪》卷 12《孝武三》："春正月，令诸侯王得以邑土分子弟。于是，藩国子弟毕侯矣。"《字汇》申集《衣部》："裦，与褒同。"《集韵》卷 3《平声三 · 豪第六》："褎，……奖饰。……或作褒。"《增修互注礼部韵略》卷 4《去声 · 四十禡》："谢，……拜赐曰谢。"《春秋左传正义》卷 16《僖公二十七年》："车服以庸"。杜预注："庸，报其劳也。……庸，功也。"此句指，天子赏赐封地给诸侯，以酬谢其功劳。裦，石印本、《雅言》本作"褒"。

〔关征赉食耏〕关征，在关门设卡征税。《建炎以来系年要录》卷 50："今税租，免役，和买及关征榷酤之利，别无失陷，则军事所需，何容不足？"《说文解字》卷 6 下《贝部》："赉，赐也。"《春秋左传正义》卷 19 下《文公十一年》："初，宋武公之世，鄋瞒伐宋。司徒皇父帅师御之，耏班御皇父充石，公子谷甥为右，司寇牛父驷乘。以败狄于长丘，获长狄缘斯，皇父之二子死焉。宋公于是以门赏耏班，使食其征，谓之耏门。"杜预注："门，关门。征，税也。"此句指，宋武公将关门赏赐给耏班，允许其在此征税自养。

〔车旂鸾哕哕〕《毛诗正义》卷 20—1《鲁颂 · 駉之什 · 泮水》："其旂茷茷，鸾声哕哕。"毛传："茷茷，言有法度也。哕哕，言其声也。"孔颖达疏："僖公来至此泮宫，我观其车之所建之旂，而有文章法度，则旂乃茷茷然有法度。其鸾则哕哕然有声，言其车服得宜，行趍中节也。"《正字通》卯集下《方部》："旂，……俗作旗。"鸾，即挂在车辆上的銮铃。详见《大象篇》一诗〔鸾鸣谢啾啾〕条笺注。

〔旟兆牡骙骙〕《毛诗正义》卷 18—2《大雅 · 荡之什 · 桑柔》："四牡骙骙，旟旐有翩。"毛传："骙骙，不息也。鸟隼曰旟，龟蛇曰旐。"孔颖达疏："厉王无道，妄行征伐。乘四牡之马骙骙然，建旟旐之旗有翩翩然，在于道路常不息止。"旟，旟之异体字。南宋浙刊本《龙龛手鉴》卷 1《平声 · 方部第十七》："旟，……旌也。《周礼》云：'鸟隼曰旟'。"案，今本《周礼 · 春官宗伯 · 司常》作"鸟隼为旟"。兆，为"旐"之省写。

带砺丹书誓，盘盂碧彩劙。纡青高卫霍，结绿市陶猗。巴野金辉穴，河阳蜡代炊。雄图基燕颔，旧德爵虬髭。

〔带砺丹书誓〕《史记·高祖功臣侯者年表》："封爵之誓曰：'使河如带，泰山若厉。国以永宁，爰及苗裔。'"裴骃《集解》："应劭曰：'封爵之誓，国家欲使功臣传祚无穷。带，衣带也。厉，砥石也。河当何时如衣带，山当何时如厉石。言如带、砥，国乃绝耳。"《汉书·高祖纪下》："叔孙通制礼仪，陆贾造《新语》。又与功臣剖符作誓，丹书铁契，金匮石室，藏之宗庙。"裴骃《集解》："如淳曰：'谓《功臣表》誓：使河如带，泰山若厉'，国乃灭绝。"《集韵》卷 7《去声上·祭第十三》："厉，……亦作砺。"

〔盘盂碧彩劙〕《墨子间诂》卷 8《明鬼下第三十一》："古者圣王必以鬼神为，其务鬼神厚矣，又恐后世子孙不能知也，故书之竹帛，传遗后世子孙。咸恐其腐蠹绝灭，后世子孙不得而记，故琢之盘盂，镂之金石，以重之。"孙诒让注："王引之云：'……言或恐竹帛之腐蠹绝灭，故又琢之盘盂，镂之金石也。'"碧彩，铜器表面锈斑呈绿色，故曰"碧彩"，亦称"铜花"。参见《甲辰年自述诗（其四十六）》一诗〔出土铜花犹炫碧〕条笺注。《荀子集解》卷 11《强国篇第十六》："剥脱之，砥厉之，则劙盘盂，刎牛马忽然耳。"王先谦引杨倞注："劙，割也，音戾。劙盘盂，刎牛马，盖古用试剑者也。《战国策》赵奢谓田单曰：'吴干将之剑，肉试则断牛马，金试则截盘盂。盘盂，皆铜器。犹劁钟无声，及断牛马者也。忽然，言容易也。'""卢文弨曰：'"劙"，宋本作"𨪏"，元刻本作"蠡"，皆讹，今改正。'"（中华书局 1988 年 9 月第 1 版上册 P291）"劙"于此处指在铜器盘盂表面錾刻铭文。

〔纡青高卫霍〕《六臣注文选》卷 45 扬子云（雄）《解嘲（并序）》："纡青拖紫，朱丹其毂。"李善注："《东观汉记》曰：'印绶，汉制，公侯紫绶，九卿青绶。'"刘良注："纡，带也，拖服也。……青紫，并贵者服饰也。"卫霍，卫青、霍去病。《礼记正义》卷 15《月令》："以大牢祠于高禖"。孔颖达疏："高者，尊也。"

〔结绿市陶猗〕《鲍氏战国策注》卷 3《秦》："臣闻，周有砥厄，宋有结绿，梁有悬黎，楚有和璞。"鲍彪注："皆美玉名。"陶猗，陶朱公范蠡与猗顿，皆春秋时之富商。《孔丛子·陈士义第十四》："猗顿，鲁之穷士也。耕则常饥，桑则常寒。闻陶朱公富，往而问术焉。朱公告之曰：'子欲速富，当畜五牸。'于是乃适西河，大畜牛羊于猗氏之南。十年之间，其滋息不可计，赀拟王公，驰名天下。以兴富于猗氏，故曰猗顿。"市，求取。《战国策》卷 6《秦四》："王不如留之以市地"。高诱注："市，求也。"《国语》卷 6《齐语》："以其所有，易其所无，市贱鬻贵。"韦昭注："市，取也。"猗，石印本、《雅言》本作“陭”。

〔巴野金辉穴〕《史记 · 佞幸列传》:“邓通，蜀郡南安人也。文帝时，时如邓通家游戏。然邓通无他能，不能有所荐士，独自谨其身以媚上而已。上使善相者相通，曰:‘当贫饿死。’文帝曰:‘能富通者在我也。何谓贫乎?’于是赐邓通蜀严道铜山，得自铸钱，邓氏钱布天下。其富如此。”张守节《正义》:“《括地志》云:‘雅州荣经县北三里有铜山，即邓通得赐铜山铸钱者。’邑荣经即严道。”《后汉书 · 光武郭皇后纪》:“光武郭皇后讳圣通，真定槁人也。父昌，让田宅财产数百万与异母弟，国人义之。仕郡功曹。娶真定恭王女，号郭主，生后及子况。昌早卒。……二十年，中山王辅复徙封沛王，后为沛太后。况迁大鸿胪。帝数幸其第，会公卿、诸侯、亲家饮燕，赏赐金钱缣帛，丰盛莫比，京师号况家为金穴。”

〔河阳蜡代炊〕《世说新语》卷下之下《汰侈第三十》:“王君夫以粭精澳釜，石季伦用蜡烛作炊。”刘孝标注:“《晋诸公赞》曰:‘王恺字君夫，东海人，王肃子也。……’”《晋书 · 石崇传》:“崇，字季伦，……崇有别馆在河阳之金谷，一名梓泽，送者倾都，帐饮于此焉。”参见《游天津公园》一诗〔流连金谷吟〕条笺注。

〔雄图基燕颔〕雄图，宏图大略。《晋书 · 姚泓载记》:“岂宜骋彼雄图，被深恩于介士”。《后汉书 · 班超传》:“班超字仲升，扶风平陵人，徐令彪之少子也。……家贫，常为官佣书以供养。久劳苦，尝辍业投笔叹曰:‘大丈夫无它志略，犹当效傅介子、张骞立功异域，以取封侯，安能久事笔研间乎?’左右皆笑之。超曰:‘小子安知壮士志哉!’其后行诣相者，曰:‘祭酒，布衣诸生耳，而当封侯万里之外。’超问其状。相者指曰:‘生燕颔虎颈，飞而食肉，此万里侯相也。’”颔，下巴颏。《尔雅翼》卷 13《释鸟 · 凤》:“燕颔者，方也。”

〔旧德酹虬髭〕相传，隋末时，李靖与虬髯客、红拂女三人结拜。虬髯客将全部家产赠与李靖，助其辅佐李世民成就霸业，自己隐遁而去。后占据“扶余国”自立。“靖知虬髯成功也，归告张氏，具礼相贺，沥酒东南祝拜之。”详见《太平广记》卷 193《豪侠一 · 虬髯客》。《说文解字注》卷 14 下《酉部》:“酹，餟祭也。”段注:“《食部 · 餟》下曰:‘酹，祭也。’与此为转注。《广韵》曰:‘以酒沃地。’”《正字通》亥集上《髟部》:“髭，……《说文》:‘口上须也。’”

北里驰丹毂，南宫履赤墀。五陵盛冠盖，七校假横吹。鹏鹗乘时起，《鸱鸮》远道诒。达观忘物我，齐物任荣萎。

〔北里驰丹毂〕北里，诲淫荒乱之舞，后泛指声色场。《史记 · 殷本纪》："帝纣……好酒淫乐，嬖于妇人。爱妲己，妲己之言是从。于是使师涓作新淫声，北里之舞，靡靡之乐。"《全唐诗》卷 396 元稹《桐花》："北里当绝听，祸莫大于淫。"（第 6 册 P4465）丹毂，豪华车辆。《后汉书 · 崔骃传》："母师氏能通经学、百家之言，莽宠以殊礼，赐号义成夫人，金印紫绶，文轩丹毂，显于新世。"

〔南宫履赤墀〕南宫，此处泛指帝王宫殿，此处与上句"北里"相对，并无实指。《史记 · 高祖本纪》："置酒雒阳南宫。"张守节《正义》："《括地志》云：南宫在雒州雒阳县东北二十六里洛阳故城中。《舆地志》云：秦时已有南北宫。"《后汉书 · 朱景王杜马刘傅坚马传》史论："永平中，显宗追感前世功臣，乃图画二十八将于南宫云台。"《说文解字注》卷 13 下《土部》："墀，涂地也。从土犀声，《礼》：'天子赤墀。'"段注："《尔雅》：'地谓之黝。'然则惟天子以赤饰堂上而已。故汉未央殿青琐丹墀，后宫则玄墀而彤庭也。《汉典职仪》曰：'以丹漆地，故称丹墀。'"

〔五陵盛冠盖〕五陵，西汉五位皇帝的陵墓。西汉初，将全国各地很多人民强制迁徙至帝陵区，其中多为豪强和富人。详见《再题南河图（前诗意有未尽作此广之）》一诗〔五陵富鸣珂〕条笺注。冠盖，豪富仕宦之人。详见《樊云门七十寿诗（二首）》其二一诗〔良时冠盖娱〕条笺注。

〔七校假横吹〕《汉书 · 刑法志》："至武帝平百粤，内增七校"。颜师古注："晋灼曰：'《百官表》：中垒、屯骑、步兵、越骑、长水、胡骑、射声、虎贲，凡八校尉，胡骑不常置，故此言七也。'"《乐府诗集》卷 21《横吹曲辞》题解："横吹曲，其始亦谓之鼓吹，马上奏之，盖军中之乐也。北狄诸国皆马上作乐，故自汉已来，北狄乐总归鼓吹署。其后分为二部，有箫笳者为鼓吹，用之朝会、道路，亦以给赐。汉武帝时南越七郡皆给鼓吹是也。有鼓角者为横吹，用之军中，马上所奏者是也。……李延年因胡曲更造新声二十八解，乘舆以为武乐，后汉以给边将。和帝时，万人将军得用之。"《汉书 · 循吏传 · 龚遂传》："乃开仓廪，假贫民。"颜师古注："假，谓给与。"此句指，汉武帝设"七校"以平定南越国，收复后的南越国划为七郡，被帝王赐予《横吹曲》。

〔鹖鹗乘时起〕鹖鹗，鹰隼类猛禽。《文选注》卷 19 宋玉《高唐赋》："鹖鹗鹰鹞，飞扬伏窜。"李善注："《说文》曰：'鹞，鸷鸟也'。"《文苑英华》卷 888《将相六 · 故丞相太子少师赠太尉牛公神道碑一首》李珏《故丞相太子少师赠太尉牛公神道碑》："行险者乘时而起，凶德参会，倒置天下事。"鹖鹗，石印本、《雅言》本作"雕鹗"。

〔《鸱鸮》远道诒〕鸱鸮，猫头鹰。《诗经》有《鸱鸮》一篇，相传为周公所作。

据《尚书 · 金縢》，周公因流言遭周成王怨恨，东征“居东二年”。后写了《鸱鸮》一诗给成王。《重修广韵》卷 1《上平声 · 之第七》：“诒，赠言。”参见《阴氛篇》一诗〔《鸱鸮》吭瘁瘏〕条笺注。

〔达观忘物我〕达观，不为环境所左右，不为悲喜所转移。详见《大象篇》一诗〔达观阐洪炉〕条笺注。忘物我，即“物我两忘”，无身内、身外之分，无自我、非我之别。详见《杨仁山居士（四首）》其一一诗〔物我相忘〕条笺注。

〔齐物任荣萎〕齐物，《庄子 · 齐物论第二》提出的哲学观点，即万物无别。参见《述怀一百四十韵示蜀中诸同好》一诗〔哲人贵齐物，彼美竞工颦〕条笺注。荣萎，即荣枯，喻盛衰荣辱。《全唐诗》卷 340 韩愈《寄崔二十七立之》：“草木明覆载，妍丑齐荣萎。”（第 5 册 P3824）

流水牙絃绝，穷边广数奇。荐差天梦梦，逝隙日曨曨。杂语裁尸佼，泠渊訙卞随。《鼎》刚贞玉铉，《姤》吉系金柅。

〔流水牙絃绝〕据《吕氏春秋 · 本味》，俞伯牙鼓琴，钟子期是知音。当俞伯牙的琴韵奏到泰山、流水时，钟子期均能准确听出。“钟子期死，伯牙破琴绝弦，终身不复鼓琴。”详见《题佩忍与林宗素孙济扶女士论文绝句后》一诗〔成连不作牙弦绝〕条笺注。

〔穷边广数奇〕穷边，荒远的边陲。《文选注》卷 9 杨子云（扬雄）《长杨赋（并序）》：“二十余年矣，尚不敢惕息。”李善注：“《汉书》曰：汉不复出兵击匈奴。三年，武帝崩。前此者，汉兵深入穷边二十余年，匈奴极苦之，单于常欲和亲。”广，李广。数奇，多次失败，运数不吉。《史记 · 李将军列传》：“后二岁，大将军、骠骑将军大出击匈奴，广数自请行。天子以为老，弗许，良久乃许之，以为前将军。是岁，元狩四年也。广既从大将军青击匈奴，既出塞，青捕虏知单于所居，乃自以精兵走之，而令广并于右将军军，出东道。东道少回远，而大军行水草少，其势不屯行。广自请曰：‘臣部为前将军，今大将军乃徙令臣出东道，且臣结发而与匈奴战，今乃一得当单于。臣愿居前，先死单于。’大将军青亦阴受上诫，以为李广老，数奇，毋令当单于，恐不得所欲。”裴骃《集解》：“如淳曰：‘数为匈奴所败，奇为不偶也。’”司马贞《索隐》：“案：服虔云：‘作事数不偶也。’”

〔荐差天梦梦〕《诗经今注 · 小雅 · 节南山之什 · 节南山》：“天方荐瘥，丧乱弘多。”高亨注：“荐，进也。进犹加也。瘥，灾疫。此句言上天正在加重人民的灾难。”《尔雅 · 释诂》：“瘥，……病也。” 差，通 “瘥”。《增修互注礼部韵略》卷 4《去声 · 十五卦》：“瘥，……病瘳，亦作差”。《诗经今注 · 小雅 · 节南山之什 · 正月》：“民今方殆，视天梦梦。” 高亨注：“殆，危也。”“梦梦，昏愦不明。”（上海古籍出版社 1980 年第 1 版 P275、277）

〔逝隙日晻晻〕逝隙，白驹过隙，喻时光飞逝。《礼记 · 三年问》：“则三年之丧，二十五月而毕。若驷之过隙，然而遂之，则是无穷也。” 另参见《端阳日偕地山泽山谷人泛湖言念旧游怆然有作》一诗〔百年一隙驶白驹〕条笺注。《说文解字注》卷 7 上《日部》：“晻，日行晻晻也。” 段注：“晻晻，迤逦徐行之意。”

〔杂语裁尸佼〕《汉书 · 艺文志》：“《尸子》二十篇。”“右杂二十家，四百三篇。” 班固注：“名佼，鲁人，秦相商君师之。鞅死，佼逃入蜀。”《汉书》将《尸子》归入 “杂家”，故称 “杂语”。汪继培《尸子》辑本自序：“刘向序《荀子》，谓《尸子》著书‘非先王之法，不循孔氏之术’。刘勰又谓其‘兼总杂术’，‘术通而文钝’。” 佼，《雅言》本作 “狡”。

〔泠渊訙卞随〕《吕氏春秋 · 离俗》：“汤将伐桀，因卞随而谋。卞随辞曰：‘非吾事也。’ 汤曰：‘孰可？’ 卞随曰：‘吾不知也。’ ……汤遂与伊尹谋夏伐桀，克之，以让卞随。卞随辞曰：‘后之伐桀也，谋乎我，必以我为贼也。胜桀而让我，必以我为贪也。吾生乎乱世，而无道之人再来诟我，吾不忍数闻也。’ 乃自投于颍水而死。”《庄子 · 让王第二十八》：“舜以天下让其友北人无择，北人无择曰：‘异哉，后之为人也，居于畎亩之中，而游尧之门！不若是而已，又欲以其辱行漫我，吾羞见之。’ 因自投清泠之渊。”《正字通》巳集上《水部》：“泠，……又清也。《庄子》：‘清泠之渊’。” 泠，《雅言》本作 “冷”，误。訙，同 “讯”，石印本、《雅言》本作 “訵”。

〔《鼎》刚贞玉铉〕《周易今注今译》五〇《鼎》：“上九。鼎玉铉，大吉，无不利。”“象曰：玉铉在上，刚柔节也。” 陈鼓应译：“筮得上爻，鼎器更换了饰玉的鼎环，非常吉祥，无所不利。”“饰玉的鼎环高居在上，这是因为上九刚柔适宜。”（商务印书馆 2005 年 11 月第 1 版 P447、451、452）参见《述怀一百四十韵示蜀中诸同好》一诗〔鼎膏贞玉铉〕条笺注。

〔《姤》吉系金柅〕典出《周易 · 姤卦》。详见《得陈仲甫书》一诗〔君子伤金屎〕条笺注。

川雨暌鸣鸟，荒云感御魑。颐真从赤斧，长往侣严僖。蒋径弘三益，梁歌叟五噫。故人桑落酒，录事草堂赀。

〔川雨睽鸣鸟〕见《已分》一诗〔川雨睽鸣鸟〕条笺注。

〔荒云感御魑〕荒云，蛮荒之地的云，喻偏远之地。王士禛《精华录》卷8《今体诗・招魂》："八桂荒云外，三湘落照中。"《春秋左传正义》卷20《文公十八年》："舜臣尧，宾于四门。流四凶族，浑敦、穷奇、梼杌、饕餮，投诸四裔，以御螭魅。"杜预注："投，弃也。裔，远也。放之四远，使当螭魅之灾。螭魅，山林异气所生，为人害者。"魑，通螭。《正字通》申集中《虫部》："螭，……又为螭魅之螭，别作魑。"

〔颐真从赤斧〕《列仙传》卷下《赤斧》："赤斧者，巴戎人也。为碧鸡祠主簿，能作水澒炼丹，与硝石服之，三十年反如童子，毛发生皆赤。后数十年上华山取禹余粮饵，卖之于苍梧、湘江间。累世传见之，手掌中有赤斧焉。"郭元祖赞："赤斧颐真，发秀戎巴。寓迹神祠，澒炼丹砂。发虽朱蕤，颜晔丹葩。采药灵山，观化南遐。"颐真，清心寡欲，颐养心性。《琴苑心传全编》卷16《颐真》题解："《琴史》曰：'《颐真》者，唐董庭兰之所作也。颐，养也。谓寡欲以养心，息静以养真，守一处和，默契至道，是以《颐真》名之。"

〔长往侣严僖〕严僖，上古隐士。罗泌《路史》卷40《余论三・许由》："巢父、严僖、方回皆许由之友，凡数人者，迹不见于他传。"《升庵集》卷49《高士》："严僖，与许由为友，蜀之严道人，隐雅州，见蜀本纪。"长往，遁世隐居。《六臣注文选》卷10潘安仁（潘安，本名潘岳）《西征赋》："悟山潜之逸士，卓长往而不反。"李善注："班固《汉书》赞曰：'山林之士往而不能反'。"吕向注："既罹患难，方悟山中潜遁之士卓然长往之道为美也。"

〔蒋径弘三益〕《六臣注文选》卷30谢灵运《田南树园激流植援一首》："唯开蒋生径，永怀求羊踪。"李善注："《三辅决录》曰：'蒋诩，字符卿，隐于杜陵。舍中三径，唯羊仲、求仲从之游。二仲皆挫廉逃名。'毛苌《诗》传曰：'怀，思也'。"刘良注："将开此径，长怀此踪也。"《初学记》卷18《人部中・交友第二・事对・两龚/二仲》："赵岐《三辅决录》曰：蒋诩，字元卿。舍中三迳，唯羊仲、裘仲从之游，二仲皆推廉逃名。"《太平御览》卷409《人事部五十・交友四》："赵岐《三辅决录》曰：蒋诩，字符卿，舍中三径，唯羊仲、求仲从之游。二仲皆雅廉逃名之士。"三益，喻朋友间的真诚相待。《论语・季氏第十六》："孔子曰：'益者三友，损者三友。友直，友谅，友多闻，益矣。友便辟，友善柔，友便佞，损矣。'"弘，《雅言》作"弘"，避清乾隆御讳。

〔梁歌叟五噫〕《后汉书・逸民传・梁鸿传》："梁鸿，字伯鸾，扶风平陵人也。……

势家慕其高节，多欲女之，鸿并绝不娶。同县孟氏有女，状肥丑而黑，力举石臼，择对不嫁，至年三十。父母问其故，女曰：'欲得贤如梁伯鸾者。'鸿闻而娉之。女求作布衣、麻屦，织作筐缉绩之具。及嫁，始以装饰入门。七日而鸿不答。妻乃跪床下请曰：'窃闻夫子高义，简斥数妇，斥，远也。妾亦偃蹇数夫矣。今而见择，敢不请罪。'鸿曰：'吾欲裘褐之人，可与俱隐深山者尔。今乃衣绮缟，傅粉墨，岂鸿所愿哉？'妻曰：'以观夫子之志耳。妾自有隐居之服。'乃更为椎髻，着布衣，操作而前。鸿大喜曰：'此真梁鸿妻也，能奉我矣！'字之曰德曜，〈名〉孟光。居有顷，妻曰：'常闻夫子欲隐居避患，今何为默默？无乃欲低头就之乎？'鸿曰：'诺。'乃共入霸陵山中，以耕织为业……因东出关，过京师，作《五噫之歌》曰：'陟彼北芒兮，噫！顾览帝京兮，噫！宫室崔嵬兮，噫！人之劬劳兮，噫！辽辽未央兮，噫！'

〔故人桑落酒〕《水经注》卷 4《河水》："又南过浦坂县西"。郦道元注："民有姓刘名堕者，宿擅工酿，采挹河流，酝成芳酎，悬食同枯枝之年，排于桑落之辰，故酒得其名矣。"《山堂肆考》卷 191《饮食 · 酒（上）》："桑落，《国史补》：河中桑落坊，每至桑落时，取其井水酿酒，故号桑落酒。庾信《从蒲州刺史乞酒》诗：蒲城桑落酒，灞岸菊花秋。愿持河朔饮，分献东陵侯。一说京师呼桑落为索郎，乃桑落之反语声也。"《全唐诗》卷 224 杜甫《九日杨奉先会白水崔明府》："今日潘怀县（潘安），同时陆浚仪（陆云）。坐开桑落酒，来把菊花枝。"（第 4 册 P2404）

〔录事草堂赀〕《全唐诗》卷 228 杜甫《王录事许修草堂赀不到聊小诘》："为嗔王录事，不寄草堂赀。昨属愁春雨，能忘欲漏时。"（第 4 册 P2483）

自古岷山地，能疗泌水饥。东西廛背郭，深浅水盈陂。賨旅输橦布，巴童唱竹篾。琳宫标绀碧，绣壤错青黧。

〔自古岷山地〕岷山，四川的代称。川渝地区有岷山。参见《述怀一百四十韵示蜀中诸同好》一诗〔小别辞鄢郢，征途折益岷〕条笺注。

〔能疗泌水饥〕清泉之水可以疗饥解饿。详见《西山观秋获》一诗〔庶瘰衡泌饥〕条笺注，参见本诗〔饮邺梦僤伲〕条笺注。

〔东西廛背郭〕廛郭，城镇房屋。《六臣注文选》卷 1 班孟坚（固）《西都赋》："内则街衢洞达，闾阎且千。九市开场，货别隧分。人不得顾，车不得旋。阗城溢郭，旁流百廛。"李善注："《汉宫阙疏》曰：长安立九市，其六市在道西，三市在道东。……郑玄《礼记》注曰：填，满也，与阗同。又曰：廛，市物邸舍也。"吕延济注："阗，满也。满溢城郭，流出百廛。五亩曰廛。”另参见《阴氛篇》一诗〔列壥汉五都〕条笺注。廛，石印本作“壥”。《汉隶字源》卷 3《下平声 · 二僊》：“廛，壥。”《十一家注孙子》卷中《行军篇》：“吾远之，敌近之；吾迎之，敌背之。”杜牧注：“背，倚也。”

〔深浅水盈陂〕《两宋名贤小集》卷 376 宋无《翠寒集 · 春日野步书田家》“陂塘几曲深浅水，桃李一溪红白花。”陂，池塘。《说文解字注》卷 14 下《𨸏部》：“陂，一曰池也。”段注：“池，各本作沱，误。今依《韵会》正。”

〔賨旅输橦布〕东汉西南地区赋税称“賨布”，是一种以橦树花实织成的布。详见《述怀一百四十韵示蜀中诸同好》一诗〔賨布搴橦筴〕条笺注。《吕氏春秋》卷 8《仲秋纪第八 · 八月纪》：“是月也，易关市，来商旅。”高诱注：“商旅者，行商也。”賨，《雅言》本作“宾（賓）”，误。

〔巴童唱竹篪〕竹篪，指“竹枝词”。详见《题张船山南台饮酒图》一诗〔卧听巴僮唱《竹枝》〕条笺注。《龙龛手鉴》卷 4《入声 · 竹部第二》：“篪，音匙。《玉篇》：‘笙簧也’。”

〔琳宫标绀碧〕琳宫，道观。详见《小金山亭》一诗〔琳宫〕条笺注。绀碧，深青带赤色。《初学记》卷 2《天部下 · 霜第三 · 叙事》：“绀碧霜，王子年《拾遗记》曰：‘广延国霜色绀碧’。”《释名 · 释彩帛第十四》：“绀，含也，青而含赤色也。”

〔绣壤错青黧〕绣壤，条块分明、排列整齐的田地。《全唐诗》卷 392 李贺《昌谷诗（五月二十气作）》：“珍（一作玲）壤割绣段，里俗祖风义。”（第 6 册 P4435）彭孙遹《松桂堂全集》卷 6《交河道中》：“郭外人烟交绣壤，道傍游骑逐轻车。”《集韵》卷 1《脂第六》：“黧，黑而黄。”

阴火泉融井，滮流亩瀹池。连山开雾縠，百顷漾风漪。健翮凌鹏鹗，苞文炳蝌蛦。歌喉莺晛睆，舞翼鹤䙰褷。

〔阴火泉融井〕结合下句分析，此句当指西安骊山温泉，即华清池。阴火，地热。《九家集注杜诗》卷 2《奉同郭给事汤东灵湫作》：“阴火煮玉泉，喷薄涨岩幽。”郭知达集注：“赵云：《博物志》：凡水源有硫黄，其泉则温。《水经》云：丽山温水。俗云：始皇与神女戏，不以礼。神女唾之，生疮。始皇谢之，神女为出温水而洗除。今公以其水温，故假阴火煮之以为美。”

〔滮流亩瀹池〕滮流，即滮池，古水名，在长安西。详见《新白紵曲》一诗〔滮池应有鸳鴄翔〕条笺注。瀹，疏通。详见《八壝篇》一诗〔玄涯瀹灵渠〕条笺注。

〔连山开雾縠〕连山，连绵的山丘。鲍照《鲍明远集》卷 6《吴兴黄浦亭庾中郎别》："连山眇烟雾，长波迥难依。"《全唐诗》卷 175 李白《金乡送韦八之西京》："望望不见君，连山起烟雾。"（第 4 册 P1798）雾縠，应作"雾縠"，如薄雾般的轻纱，亦指薄雾。《六臣注文选》卷 7 司马长卿（相如）《子虚赋》："杂纤罗，垂雾縠。"李善注："司马彪曰：'纤，细也'。张揖曰：'縠，细如雾垂，以为裳也。'《神女赋》曰：'动雾縠以徐步'。"刘良注："杂谓错杂。纤，细也。雾縠，其细如雾，垂之为裳也。"

〔百顷漾风漪〕王炎《双溪类稿》卷 3《古律诗·题咸宁江宰德先清远堂》"筑屋俯平湖，百顷风漪涟。"漪，水波纹。详见《季夏雨霁游北洋公立种植园泛舟竟夕季夏雨霁游北洋公立种植园泛舟竟夕》一诗〔泳川狎漪澜〕条笺注。

〔健翮凌鹏鹗〕健翮，飞翔矫健。杨慎《墨池璅录》卷 3："欧阳询：'秋霄健翮，峭壁双清'。"鹏鹗，鹰隼类猛禽。详见本诗〔鹏鹗乘时起〕条笺注。鹏鹗，石印本、《雅言》本作"雕鹄"。

〔苞文炳蝌蛦〕苞文，即"九苞文"，凤凰的九种神异特质。《初学记》卷 30《鸟部·凤第一·事对·风翼 / 云仪》："《论语摘衰圣》曰：凤有六像，九苞。六像者，一曰头像天，二曰目像日，三曰背像月，四曰翼像风，五曰足像地，六曰尾像纬。九苞者，一曰口包命，二曰心合度，三曰耳听达，四曰舌诎伸，五曰彩色光，六曰冠矩州，七曰距锐钩，八曰音激扬，九曰腹文户。"释德洪（号觉范）《石门文字禅》卷 10《七言律诗·送净心大师住温州江心寺》："梦泽于菟三口视，丹山雏凤九苞文。"《文选注》卷 4 左太冲（思）《蜀都赋一首》："蝌蛦山栖，鼋龟水处。"刘渊林（逵）注："蝌蛦，鸟名也，如今之所谓山鸡。其雄色班，雌色黑，出巴东。"蝌，石印本、《雅言》本作"蜩"。

〔歌喉莺睍睆〕《毛诗正义》卷 2—2《邶风·凯风》："睍睆黄鸟，载好其音。"毛传："睍睆，好貌。"郑玄笺："'睍睆'，以兴颜色说也。'好其音'者，兴其辞令顺也。"

〔舞翼鹤襹褷〕《六臣注文选》卷 12 木玄虚（华）《海赋》："凫雏离褷，鹤子淋渗。"张铣注："离褷、淋渗，毛羽初生貌。"襹褷，即"离褷"。《山堂肆考》卷 238《补遗·总鸟兽鱼虫》："襹褷，凫雏毛羽初生貌。"

藻绿驰獱獭，莲红穴䲉鼊。林寒巢翡翠，沙煖宿箴訾。冬馥芬梫桂，春华绚棣栘。岭芳擛薜荔，陵卉被葴蕲。

〔藻绿驰獱獭〕藻绿，水中藻类呈绿色，喻指春夏的和暖季节。獱獭，水獭。《文选注》卷 8 扬子云（雄）《羽猎赋（并序）》："蹈獱獭，据鼋鼍。"李善注："郭璞《三苍解诂》曰：'獱似狐，青色，居水中，食鱼。'"《尔雅翼》卷 21："桑大夫曰：水有猵獭而池鱼劳，国有强御而齐民消。《淮南》曰：'养池鱼者不畜獱獭'，谓是物也。"

〔莲红穴醧鼁〕莲红，莲花绽放。莲花盛开于阳历七八月，喻指夏季。醧，通"鼀"。醧鼁，即蟾蜍。《说文解字》卷 13 下《黽部》："醧，鼀，或从酋。"《说文解字注》卷 13 下《黽部》："鼀，圥鼀，詹诸也。其鸣詹诸，其皮鼀鼀，其行圥圥。"段注："其字俗作蟾蠩，又作蟾蜍。"

〔翡翠〕翠鸟。《埤雅》卷 9《释鸟 · 鹬》："《异物志》曰：'翠鸟先高作巢，及生子，爱之，恐堕，稍下作巢。'……或谓之翡翠，名前为翡，名后为翠。旧云，雄赤曰翡，雌青曰翠。其小者谓之翠碧，一名鱼虎，一名鱼师，性善捕鱼。"

〔箴鸶〕亦作"箴疵""鱵鸶""鱵鴜"，即水鸟鸬鹚，亦称鱼鹰。《汉书 · 司马相如传》载其《上林赋》："箴疵鵁卢"。颜师古注："张揖曰：'箴疵，似鱼虎而苍黑色。'"《说文解字注》卷 4 上《鸟部》："鱵，鱵鸶也。"段注："《上林赋》'箴疵'，《史记》作'鱵鴜'。"鸶（鷥），《雅言》本作"鴜"。

〔梫桂〕《文选注》卷 4 左太冲（思）《蜀都赋一首》："其树则有木兰梫桂"。刘渊林（逵）注："扬雄《蜀都赋》曰：'树以木兰梫桂'，木桂也。"

〔棣移〕《论语注疏》卷 9《子罕第九》："唐棣之华，偏其反而。"何晏注："唐棣，移也。"邢昺疏："《诗 · 召南》云：'唐棣之华'。陆机云：'奥李也，一名雀梅，亦曰车下李，所在山皆有。其华或白，或赤，六月中熟，大如李子，可食。"《尔雅注疏》卷 9《释木第十四》："唐棣，移。"郭璞注："似白杨，江东呼夫移。"

〔岭芳搴薜荔〕《楚辞补注》卷 1《离骚》："贯薜荔之落蘂"。王逸注："薜荔，香草也。缘木而生，蘂实也。"洪兴祖补注："《山海经》：'小华之山，其草多薜荔，状如乌韭，而生于石上。'注云：'亦缘木生。'《管子》云：'薜荔，白芷，蘪芜，椒连五臭所校'，校谓馨烈之锐。《前汉 · 乐》章云：'都荔遂芳'，谓都、薜荔俱有芬芳也。花外曰萼，内曰蘂。蘂，花须头点也。"搴，同"搴"，取。《集韵》卷 6《上声下 · 獮第二十八》："搴，……亦作搴。"详见《励志诗》一诗〔兰陵轩谊搴〕条笺注。搴，石印本、《雅言》本作"槤"，似误。

〔陵卉被葴蔪〕陵卉，山上的草。《释名 · 释山第三》："大阜曰陵。陵，隆也，体高隆也。"《说文解字》卷 1 下《艸部》："卉，草之总名也。"《史记 · 司马相如列传》载其《子虚赋》："其高燥则生葴蔪苞荔。"裴骃《集解》："徐广曰：'葴，音针，马蓝也。蔪，或曰草，生水中，华可食。……骃案：‘《汉书音义》曰：‘苞，藨也。’”司马贞《索隐》：“蔪析，音针斯二音。孟康曰：‘葴，马蓝也。’郭璞云：‘葴，酸酱。江东名乌葴。’析，《汉书》作‘斯’。孟康云：‘斯，禾，似燕麦。’《埤苍》又曰：‘生水中，华可食。’《广志》云：‘凉州地生析草，皆如中国燕麦’是也。”葴，《雅言》本作“箴”，误。

九夏丹椒熟，三秋素奈巫。衡皋华晔晔，藉圃实猗猗。阳采蓝卢橘，霜津润紫梨。榴华游女折，樱实野人鑴。

〔九夏丹椒熟〕九夏，夏季。夏季为阴历四五六 3 个月，共 9 旬（90 天），故曰“三夏”“九夏”。《山堂肆考》卷 10《时令 · 夏》：“西汉《律历志》：‘夏，假也。’言物假大乃宣平也。《纂要 · 夏》曰：‘朱明亦曰长嬴、朱夏、炎夏、三夏、九夏。’”《管子》卷 14《四时第四十》：“九暑乃至。”尹知章注：“九暑，谓九夏之暑也。”丹椒，即“花椒”，亦称“川椒”“蜀椒”。《六臣注文选》卷 4 左太冲（思）《蜀都赋》：“或丰绿荑，或蕃丹椒。”刘渊林（逵）注：“岷山特多药草，其椒尤好，异于天下。”张铣注：“丹椒，椒名。”

〔三秋素奈巫〕三秋，秋季。秋季为阴历七八九 3 个月，共 9 旬（90 天），故曰“三秋”“九秋”。详见《岁暮怀人（其四）》一诗〔西土光明照震旦，期君才笔横九秋〕条笺注。《文选注》卷 4《蜀都赋一首》：“朱樱春熟，素奈夏成。”李善注：“《汉书 · 叔孙通》曰：‘古有春尝果，令樱桃熟，可尝也。’素奈，白奈也。”《山堂肆考》卷 205《果品 · 奈子》：“《格物总论》：‘奈子或白，或丹，或紫。或以为大如升，或以为大如兔头。熟于夏，固其时也。而或冬熟者亦有之。’”《说文解字》卷 6 下《巫部》：“巫，草木华叶巫，象形，凡巫之属皆从巫。”《正字通》子集上《丿部》：“巫，……俗作垂。”

〔衡皐华晔晔〕《六臣注文选》卷 19 曹子建《洛神赋》：“乃税驾乎蘅皋，秣驷乎芝田。”李善注：“蘅，杜蘅也。皋，泽也。”刘良注：“蘅皋，香草之泽也。”《正字通》未集下《自部》：“皐，俗皋字。”《汉书 · 叙传下》：“世宗晔晔，思弘祖业。”颜师古注：“晔晔，盛貌也。”华，通“花”。

〔藉圃实猗猗〕《六臣注文选》卷 4 左太冲（思）《蜀都赋》：“樊以藉圃，鬓以盐池。”刘渊林（逵）注：“樊，蕃也。……藉，草名也，亦名土茄，叶覆地而生，根可食，人饥则以继粮。”吕向注：“樊，藩也。藉，草名，根可食，故种之于圃，以为藩篱。”

甤，同“蕤”。《说文解字注》卷 6 下《生部》：“甤，草木实甤甤也。”段注：“甤与蕤音义皆同，甤之言垂也。”《说文通训定声 · 履部弟十二》：“甤，按：下𠂹（垂——引者）之皃（貌——引者）。”实，果实。

〔阳采蘁卢橘〕阳采，阳光。《全宋诗》卷 2796《释居简七 · 秋雨连冬雪寄常平使者王郎中》：“九月十月闰月雨，阴晶阳采云霾敝。”（北京大学出版社 1998 年 12 月第 1 版第 53 册 P33207、33208）。《类篇》卷 2：“蘁，……煦也。《太玄》：‘阳蘁万物’。”《史记 · 司马相如列传》载其《上林赋》：“于是乎卢橘夏孰”。裴骃《集解》：“郭璞曰：‘今蜀中有给客橙，似橘而非，若柚而芬香。冬夏华实相继，或如弹丸，或如拳，通岁食之，即卢橘也。”司马贞《索隐》：“应劭云：‘《伊尹书》曰：果之美者，箕山之东，青马之所有卢橘，夏熟。’晋灼曰：‘此虽赋上林，博引异方珍奇，不系于一也。’案：《广州记》云：‘卢橘皮厚，大小如甘，酢多，九月结实，正赤。明年二月更青黑，夏熟。’《吴录》云：‘建安有橘，冬月树上覆裹。明年夏，色变青黑，其味甚甘美’。卢即黑色是也。’”

〔霜津润紫梨〕霜津，秋霜凝结成的露水。宋祁《景文集》卷 19《五言长律 · 喜同朱舅秀才小饮》：“露叶燕兰老，霜津邓橘秋。”《六臣注文选》卷 4 左太冲（思）《蜀都赋》：“紫梨津润，樼栗罅发。蒲陶乱溃，甘至自零”。李善注：“《西京杂记》曰：‘上林有紫梨。’”刘良注：“紫梨、樼栗、蒲桃、石榴，皆果木名。津润，梨中含水也。……竞裂，石榴竞开也。甘至自零，言熟皆自落，酷裂香气也。”《艺文类聚》卷 86《菓部上 · 梨》：“《尹喜内传》曰：‘老子西游，省太真王母，共食碧桃紫梨。’”《四川通志》卷 38—6《物产 · 顺庆府》：“紫梨出广安州，入口即化者佳。”

〔榴华游女折〕榴华，石榴花。此句指，川地游玩的女子采折石榴花。

〔樱实野人饎〕樱实，樱桃的果实。详见本诗〔三秋素奈𠂹〕条笺注。野人，乡下人、农人。《仪礼注疏》卷 30《丧服》：“野人曰：父母何筭焉。都邑之士，则知尊祢矣。”贾公彦疏：“野人谓若《论语》郑注云‘野人粗略’，与都邑之士相对。亦谓国外为野人。野人稍远政化，都邑之士为近政化。”《宋本广韵》卷 1《上平声 · 支第五》：“饎，小餟之貌。”餟，通“啜”，饮食之意。《正字通》戌集下《食部》：“餟，俗本《荀子》啜混餟。”此句指，樱桃成熟，农人饱餐。饎，石印本、《雅言》本作“饎”。

方轨开三市，通衢错九逵。边氓输蜜蜡，稚子市蹲鸱。彩贝回文锦，旄牛截玉氂。文纰梳象约，脂酱熟鱼鮨。

〔方轨开三市〕《后汉书 · 邓张徐张胡传》论:“方轨易因，险涂难御。”李贤注:“方轨谓平路也。若履平路，易可因循；如践险涂，则难免颠覆也。”三市，泛指交易市场。《周礼 · 地官司徒 · 司市》:“大市日昃而市，百族为主。朝市朝时而市，商贾为主。夕市夕时而市，贩夫贩妇为主。”《文选注》卷 11 何平叔（晏）《景福殿赋》:“频眺三市，孰有孰无。”李善注:“《周礼》曰:‘大市，日仄而市。朝市，朝时为市。夕市，夕时为市。’《孟子》曰:‘古之为市，以其所有易其所无。’”案:1912 年春，刘师培与林思进、谢无量同游成都青羊宫花市。青羊宫花市是各种商贩云集的露天大市场，售卖的货物五花八门。刘师培在本诗中此句及前后多句所述，似与此次游春有关。参见《述怀一百四十韵示蜀中诸同好》一诗〔群公意气亲〕条笺注。

〔通衢错九逵〕通衢、九逵均指四通八达的道路。参见《杂赋》一诗〔交衢〕条笺注、《咏史（二首）》其一一诗〔置兔在中馗〕条笺注。

〔边氓输蜜蜡〕《史记 · 三王世家》:“侵犯寇盗，加以奸巧边萌。于戏！朕命将率徂征厥罪。”司马贞《索隐》:“萌，一作甿。韦昭云:‘甿，民也。’《三仓》云‘边人云甿’也。”《集韵》卷 4《平声四 · 耕第十三》“氓，《说文》:‘民也’，通作萌、甿。”蜜蜡、琥珀本为一物，前者不透明，后者透明。佛教认为，蜜蜡、琥珀是具有宗教意义的“七宝”之一。特别是藏传佛教地区，历来对蜜蜡和琥珀极为珍视。《佛本行集经》卷 46《大迦叶因缘品中》:“是迦尸国王，为佛舍利造七宝塔。其七宝者，所谓金、银、颇梨、琉璃、虎珀、玛瑙及车渠等。”但藏地并不出产此物，旧时从内地输入是一重要途径。由于当时的交通状况，商品必须经四川，过昌都运抵藏区，故而在四川形成了重要的汉藏贸易集散地。蜜，《雅言》本作“密”。

〔稚子市蹲鸱〕稚子，小孩。《汉书 · 匈奴传下》:“而使边城守境之民父兄缓带，稚子咽哺。”蹲鸱，大芋头，四川多产。《史记 · 货殖列传》:“吾闻汶山之下沃野，下有蹲鸱，至死不饥。民工于市，易贾。”裴骃《集解》:“骃案:《汉书音义》曰:‘水乡多鸱，其山下有沃野灌溉。一曰大芋。’”张守节《正义》:“蹲鸱，芋也。言邛州临邛县其地肥又沃，平野有大芋等也。《华阳国志》云:‘汶山郡都安县有大芋如蹲鸱也。’”《夜航船》卷 8《文学部 · 不学 · 蹲鸱》:“张九龄一日送芋于萧炅，书称‘蹲鸱’。萧答云:‘惠芋拜嘉，惟蹲鸱未至。然寒家多怪，亦不愿见此恶鸟也。’九龄以视座客，无不大笑。”

〔彩贝回文锦〕贝锦，织成贝形花纹的锦缎。参见《癸卯夏记事》一诗〔纵横贝锦〕条笺注。回文锦，将回文诗织成图案的锦缎。《六臣注文选》卷 16 江文通《别赋》："织锦曲兮泣已尽，回文诗兮影独伤。" 李善注："《织锦回文诗》序曰：'窦韬秦州被徙沙漠，其妻苏氏。秦州临去，别苏，誓不更娶。至沙漠，更娶妇。苏氏织锦端中，作此回文诗以赠之，符国时人也。" 刘良注："织锦为回文诗，使成章句，以寄于夫思念别离，故泣尽影伤也。"《晋书 · 列女传 · 窦滔妻苏氏》："窦滔妻苏氏，始平人也，名蕙，字若兰，善属文。滔，苻坚时为秦州刺史，被徙流沙，苏氏思之，织锦为回文旋图诗以赠滔。宛转循环以读之，词甚凄惋，凡八百四十字，文多不录。" 回文，或作 "回纹" "回字纹" "回形纹"，亦指圆弧形卷曲或方折的回旋线条，以连续的 "回" 字形线条所构成的图案。在中国陶瓷器，建筑、纺织物、家具等装饰中大量使用。苏轼《东坡全集》卷 18《诗一百一十八首 · 书刘景文所藏宗少文一笔画》："宛转回纹锦，萦盈连理花。"《长物志》卷 6《床》："彩漆卍字回纹等式"。

〔旄牛截玉氂〕旄牛，即牦牛，产于西南藏区。《汉书 · 西南夷传》："巴蜀民或窃出商贾，取其莋马、僰僮、旄牛，以此巴蜀殷富。"《说文解字》卷 2 上《犛部》："氂，犛牛尾也。"《淮南鸿烈解》卷 16《说山训》："割而舍之，镆邪不断肉；执而不释，马氂截玉。" 高诱注："氂，马尾也。" 此句指，牦牛之尾可用来截裁玉石。案：古代，常以马牛等动物的鬃毛、尾毛来回摩擦以截断玉石。

〔文纰梳象约〕纰，纺织物经纬线稀疏不整齐。《六书故》卷 30《工事六》："纰，经纬不相持之谓纰；错乱之谓缪。"《增修互注礼部韵略》卷 1《上平声 · 五支》："纰，……缯疏。"《六艺之一录》卷 205《古今书体三十七 · 六书正讹 · 平声下 · 六麻》："衺（邪——引者），……帛文疏纰。" 文，同 "纹"，纹路、纹理。《古今韵会举要》卷 2《平声上 · 十二》："文，……《说文》：'文，错画也。象交文。' 又理也，如木有文，亦名曰理。" 象约，象牙。《吕氏春秋》卷 14《本味》："肉之美者……旄象之约。" 高诱注："旄，旄牛也，在西方。象，象兽也，在南方。约，节也。以旄牛之尾、象兽之齿以饰物也。一曰：约，美也。旄象之肉美，贵异味也。" 唐顺之《荆川集》卷 9《铭 · 象梳铭》："翠则羽，象有齿。材之美，身之否。磋为栉，发乃理。处不才，鉴于此。" 案：去皮后的天然象牙表面有纵横交错的纹路，称 "井字纹" "人字纹"，与纺织品的经纬线相似，但非常不规则。此句指，象牙梳上的纹路像织品的经纬线，但错杂无序。

〔腤酱熟鱼鮨〕《说文解字注》卷 4 下《月部》："腤，豕肉酱也。" 段注："《鱼部》曰：'鮨，鱼腤酱也。' 是鱼肉酱亦称腤。"《说文解字》卷 11 下《鱼部》："鮨，鱼腤酱也。出蜀中。"

珠彩辉江历，缨纹灿毦鋋。边城通笮马，沃野扰岷犪。户种清溪玉，觥称大邑瓷。桑醪浓琥珀，芝醖拨酴醾。

〔江历〕《逸周书·王会第五十九》："正西昆仑、狗国、鬼亲、枳已、闟耳、贯胸、雕题、离身、漆齿，请令以丹青、白旄、纰罽、江历、龙角、神龟为献。"孔晁注："江历，珠名。"历（歷），石印本作"歴"。

〔缨纹灿毦鋋〕缨纹，即缠纹，各种事物相互缠绕的图案，如中国传统纹饰中的回字纹、云纹、缠枝纹等。《六臣注文选》卷 17 陆士衡（机）《文赋》："浮藻联翩，若翰鸟缨缴。"李周翰注："缨，缠也。"周必大《文忠集》卷 111《赐李龙翰封安南国王制诰勅书（四月）》："缨纹金紫润罗夹公服一领。"《广雅疏证》卷 8 上《释器》："毦、鋋，罽也。"王念孙注："《说文》：'𦆀，西戎毳布也。'𦆀与罽通。……毦鋋犹氉毲也。《广韵》：'毦鋋，轻毛皃（貌——引者）。'《太平御览》引《通俗文》云：'细葛谓之毦鋋。'义并相近也。"

〔边城通笮马〕边城，边隘、边陲之城，亦泛指偏远之地。《史记·商君列传》："秦民初言令不便者有来言令便者，卫鞅曰：'此皆乱化之民也。'尽迁之于边城。其后民莫敢议令。"《汉书·地理志下》："巴、蜀广汉本南夷，秦并以为郡，……西近邛，莋马、旄牛。"颜师古注："言邛、莋之地，出马及旄牛。"《后汉书·西南夷传》："莋都夷者，武帝所开，以为莋都县。其人皆被发左衽，言语多好譬类，居处略与汶山夷同。"案：莋马，《史记》之《西南夷列传》《货殖列传》作"笮马"。笮，石印本作"筰"，《雅言》本作"管"，似误。

〔岷犪〕《山海经》卷 5《中山经》："又东北三百里曰岷山，江水出焉。……其兽多犀象，多夔牛。"郭璞注："今蜀山中有大牛，重数千斤，名为夔牛。晋太兴元年，此牛出上庸，郡人弩射杀，得三十八担肉，即《尔雅》所谓魏。"《尔雅注疏》卷 11《释畜第十九》："犩牛。"郭璞注："即犪牛也。如牛而大，肉数千斤，出蜀中。《山海经》曰：'岷山多犪牛。'"

〔户种清溪玉〕《全蜀艺文志》卷 19 张愈（或作"张俞"——引者）《邛州青霞嶂（青霞嶂与石城山相连）》："雾山环合自云川，户有清溪种玉田。万本桃花不知处，几人曾得问秦年。"《元和郡县图志》卷 32《剑南道·邛州（临邛上）》："《禹贡》梁州之域，秦为蜀郡地。今州，即蜀郡之临邛县地也。"《搜神记》卷 11："杨公伯雍，雒阳县人也。本以侩卖为业，性笃孝。父母亡，葬无终山，遂家焉。山高八十里，上无水，公汲水作义浆于坂头，行者皆饮之。三年，有一人就饮，以一斗石子与之，使至高平好地有石处种之。云：'玉当生其中。' 杨公未娶，又语云：'汝后当得好妇。' 语毕不见。乃种其石。数岁，时时往视，见玉子生石上，人莫知也。有徐氏者，右北平著姓，女甚有行，时人求多不许。公乃试求徐氏，徐氏笑以为狂，因戏云：'得白璧一双来，当听为婚。' 公至所种玉田中，得白璧五双，以聘。徐氏大惊，遂以女妻公。天子闻而异之，拜为大夫，乃于种玉处四角作大石柱各一丈，中央一顷，地名曰 '玉田'。"

〔觥称大邑瓷〕《九家集注杜诗》卷 22 杜甫《又于韦处乞大邑瓷盌》："大邑烧瓷轻且坚，扣如哀玉（一作寒）锦城传。君家白盌胜霜雪，急送茅斋也可怜。" 郭知达集注："赵云：'大邑，邛州属县，出瓷器，今犹然也。"《毛诗正义》卷 1—2《关雎 · 卷耳》："我姑酌彼兕觥。" 毛传："兕觥，角爵也。" 郑玄笺："觥，罚爵也，飨燕所以有之者。饮酒礼，自立司正，之后旅酬，必有醉而失礼者，罚之，亦所以为乐。"

〔桑醪浓琥珀，芝醽拨酴醿〕《皇清文颖》卷 95 彭孙遹《瀛台赐宴纪恩诗（有序）》："蒲阪桑醪攒琥珀，酃湖芝酝泼酴醿。" 桑醪，即桑落酒，详见本诗〔故人桑落酒〕条笺注。酃湖芝醽，指湖南酃湖酿制的美酒。《后汉书 · 郡国志四 · 长沙郡》："临湘，攸，茶陵，安城，酃"。刘昭注："《荆州记》曰：'有酃湖，周回三里。取湖水为酒，酒极甘美。'"《晋书 · 世祖武帝纪》："丁卯，荐酃渌酒于太庙。" 晋张载有《酃酒赋》，载《艺文类聚》卷 72、《初学记》卷 26。《蜀中广记》卷 61《方物记第三》："《方物略》云：'蜀酴醿多白而黄者，时时有之，但香减于白花。赞曰：人情尚奇，贱白贵黄。厥英略同，实寡于香。' 宋临邛卢申之《酴醿词》云：'荡红流水无声，暮烟细草黏天远。低回倦蝶，往来忙燕，芳期顿懒。……'"《北山酒经》卷下《酴醿酒》："七月开酴醿，摘取头子，去青花萼，用沸汤绰过，纽干，浸法酒一升。经宿，漉去花头，匀入九升酒内，此洛中法。" 拨，通 "酦"，发酵酿酒。《苏诗补注》卷 21《蜜酒歌（并引）》："三日开瓮香满城，快泻银瓶不须拨。" 查慎行注："李焘《长编》：今醅酒，其齐冬以二十五日，春秋十五日，夏十日。拨醅瓮而浮蚁涌于面，谓之拨醅。岂所谓泛齐者耶。"

修禊辰维巳，游春斗建寅。采兰觞泛羽，藉草榼携椭。结佩芳搴若，裁琴木析樆。烟痕开岸杞，风叶荫溪桤。

〔修禊辰维巳〕古时，阴历三月上旬的巳日（三国魏以后始固定为三月初三）至水边涤洗，以袚除不祥，称 "修禊"。详见《南河修禊图山腴先生属题（壬子）》一诗〔修禊〕条笺注、《再题南河图（前诗意有未尽作此广之）》一诗 "略考" 附刘师培

《释禊》一文。辰，日期，日子。《六臣注文选》卷 46 颜延年（延之）《三月三日曲水诗序一首》："皇祇发生之始，后王布和之辰。"张铣注："辰，日也。"

〔游春斗建寅〕建寅，夏历（今天仍在使用的阴历）的岁首，即正月，也称"建寅月"，为春季的第一个月。《古今律历考》卷 2《经二 · 尚书考》："尧舜皆以建寅为正月，观日中星鸟，以殷仲春为卯月，则正月建寅可知。夏后氏因之，至商乃建丑，周乃建子。孔子曰：'行夏之时。'夏时，固遵唐虞者也。"另参见《咏史（十二首）》其三一诗〔三正〕条笺注。斗，指北斗。中国古代天文学，以北斗斗柄所指之辰曰"斗建"。《礼记正义》卷 14《月令》："孟春之月，日在营室。"郑玄注："此云孟春者，日月会于陬訾，而斗建寅之辰也。"《淮南子 · 天文训》："帝张四维，运之以斗。月徙一辰，复反其所。正月指寅，十二月指丑。一岁而匝，终而复始。"

〔采兰觞泛羽〕采兰，古代有"修禊"时伴以采摘兰花的习俗。贺铸《忆仙姿》九之一："白紵春衫新制，准拟采兰修禊。"（唐圭璋《全宋词》第 1 册 P523，中华书局 1965 年 6 月第 1 版）《晋书 · 王羲之传》录其《兰亭集序》："永和九年，岁在癸丑。暮春之初，会于会稽山阴之兰亭，修禊事也。……引以为流觞曲水，列坐其次。"觞泛羽，指羽觞，酒器。《汉书 · 外戚传 · 孝成班倢伃》："顾左右兮和颜，酌羽觞兮销忧。"颜师古注："刘德曰：'酒行疾如羽也。'孟康曰：'羽觞，爵也，作生爵形，有头尾羽翼。'如淳曰：'以瑇瑁覆翠羽于下彻上见。'师古曰：孟说是也。"

〔藉草榼携槃〕藉草，坐卧于草地上。《弘明集》卷 3 孙绰《喻道论》："遂垂条为宇，藉草为茵。"茵，坐垫。《说文解字》卷 1 下《艸部》："茵，车重席。"《正字通》辰集中《木部》："榼，酒器。……亦作榼。"《说文解字》卷 6 上《木部》："榼，酒器也。"《说文解字》卷 6 上《木部》："槃，盘也。"携（擕），石印本作"擕"；《雅言》本作"擕"。

〔结佩芳搴若〕若，指"杜若"，一种香草。详见《和周美权〈夜坐偶成〉用原韵》一诗〔言念汀洲中，杜若多纷披〕条笺注。搴，取。详见《励志诗》一诗〔兰陵轩谊搴〕条笺注。此句指，摘取香草，结成佩饰。

〔裁琴木析檹〕《说文解字》卷 6 上《木部》："檹，木檹施，从木旖声。贾侍中说：'檹即椅木，可作琴。'"《诗经今注 · 鄘风 · 定之方中》："树之榛栗，椅桐梓漆，爰伐琴瑟。"高亨注："榛、栗、椅、桐、梓、漆，都是树名。""伐琴瑟，伐木以造琴瑟。"此句指，裁伐檹（椅）木，制造琴瑟。

〔杞〕同杞。《孟子注疏》卷 11 上《告子上》："告子曰：'性犹杞柳也，义犹桮棬也。

以人性为仁义，犹以杞柳为桮棬。'" 赵岐注："杞柳，柜柳也。一曰杞，木名也。《诗》云：'北山有杞'。"

〔桤〕《蜀中广记》卷 61《方物记第三 · 木》："《山海经》：'单狐之山多机木。' 郭注：'机，似榆，可烧以粪稻田，出蜀中。'《丹铅录》以为即今之桤。《总志》云：'桤，古称蜀木，成都为盛也。'《酉阳杂俎》：'蜀中有木，类柞，众木荣时枯枿，隆冬方萌芽布阴，蜀呼为楷木。'《方物略》云：'桤木，民家莳之，不三年材可倍常薪，疾种亟取，人以为利。"

动植多含态，幽偏得自怡。由来民皞皞，及此俗欪欪。玉烛调《华黍》，和音肃《采齐》。曲台仪穆穆，璧水士祁祁。

〔动植多含态〕动植，动物与植物。《古今图书集成 · 经济汇编 · 礼仪典》卷 94《丧葬部艺文二》谢庄《宋孝武帝哀策文》："祯被动植，信洎翔泳"。谢朓《谢宣城集》卷一《酬德赋（并序）》："览斯物之用舍，相群方之动植。"《文心雕龙义证》卷 7《丽辞第三十五》："赞曰：……炳烁联华，镜静含态。" 詹锳注："《斠诠》：'……镜静含态，言对镜靓妆，扬眉瞬目，一颦一笑，其人之容态，莫不毕现于镜中也。'"（上海古籍出版社 1989 年 8 月第 1 版中册 P1327、1328）

〔幽偏得自怡〕《全唐诗》卷 226 杜甫《独酌》："薄劣惭真隐，幽偏得自怡。"（第 4 册 P2442）此句指，身处幽静偏僻之处，身心都怡然自得。

〔皞皞、欪欪〕皞，当作"皋"，指顽劣愚蠢。欪，当作"訿"，指懒惰。《毛诗正义》卷 18—5《大雅 · 荡之什 · 召旻》："皋皋訿訿，曾不知其玷。" 毛传："皋皋，顽不知道也。訿訿，窳不供事也。" 孔颖达疏："小人在位，皋皋然，志识顽钝，而不知治道。訿訿然，在公窳惰，而不供职事。心顽力惰"。《正字通》午集下《穴部》："窳，……又惰也。" 皞，石印本作"嘷"。

〔玉烛调《华黍》〕《诗经 · 小雅 · 鹿鸣之什 · 华黍（逸诗——引者）》诗序："华黍。时和岁丰，宜黍稷也。有其义，而亡其辞。"《文选注》卷 19 束广微（晳）《补亡诗六首》其三序："《华黍》，时和岁丰，宜黍稷也。" 诗："玉烛阳明，显猷翼翼。" 李善注："子夏序曰：'《华黍》废，则畜积缺矣。'" "《尔雅》曰：'四气和谓之玉烛。'" 案：《华黍》为《诗经 · 小雅》篇目，已佚，有目无诗。此句指，风调雨顺，庄稼丰收。

〔和音肃《采齐》〕和音，乐器合奏，音律和谐。《抱朴子 · 内篇 · 论仙》："又况管弦之和音"。《周礼注疏》卷 23《春官宗伯下 · 乐师》："行以《肆夏》，趋以《采荠》"。

郑玄注："《肆夏》《采荠》皆乐名。或曰皆逸《诗》。" 陆德明《音义》："荠，本又作齐。"

〔曲台仪穆穆〕《文选注》卷 16 司马长卿（相如）《长门赋（并序）》："抚柱楣以从容兮，览曲台之央央。" 李善注："《三辅黄图》曰：'未央东有曲台殿'。"《文选注》卷 3 张平子（衡）《东京赋》："肃肃之仪尽，穆穆之礼殚。" 李善注："《毛诗 · 颂》曰：'至止肃肃。'《礼记》曰：'天子穆穆'。"

〔璧水士祁祁〕璧水，即"辟雍"。太学，天子教化之所，以环形渠水环绕宫殿，故称"璧水"。参见《咏史（十二首）》其十一诗〔大教官〕条笺注。《文苑英华》卷 352《问答二 · 七召八首》何逊《七召》："璧水道庠序之风，石渠启珪璋之盛。"《陈书 · 儒林 · 沈不害传》载其《上文帝书请立国学》："臣闻立人建国，莫尚于尊儒；成俗化民，必崇于教学。故东胶西序，事隆乎三代；环林璧水，业盛于两京。" 祁祁，众多貌。详见《咏史（十二首）》其九一诗〔蘩实今盈筐〕条笺注。

邦绪今方茂，从风物自靡。锦文辉采鷨，和韵协冯蠵。讲宇弘鳣序，涓尘竭鼠坻。西山籤第竹，乙火杖燃藜。

〔邦绪今方茂〕邦绪，国家统系。《文选注》卷 3 张平子（衡）《东京赋》："汉初弗之宅也，故宗绪中圮。" 薛综注："绪，统也。圮，绝也。汉家不居于洛，故宗庙之统中途废绝也。" 此句指，国家回到汉人手中（清朝覆灭，民国肇建），如今正蒸蒸日上。

〔从风物自靡〕《论语 · 颜渊第十二》："君子之德风，小人之德草。草上之风，必偃。"《全唐诗》卷 47 张九龄《杂诗五首》其五："纤纤良田草，靡靡唯从风。"（第 1 册 P575）

〔锦文辉采鷨〕《通志》卷 76《昆虫草木略第二 · 禽类》："鷨，《尔雅》曰：'天鸡。' 鷨，音汗。《逸周书》曰：'蜀人献文鷨，文鷨者，若翚雉。' 按今有吐锦鸡，盖雉类，惟蜀中有之，仰日吐锦，甚有文彩。" 鷨，同 "翰"。《尔雅义疏》卷 5《释鸟第十七》："鷨，天鸡。" 郝懿行注："鷨，当作翰。"

〔和韵协冯蠵〕《汉书 · 礼乐志 · 〈景星〉十二》："景星显见，信星彪列。象载昭庭，日亲以察。参侔开阖，爰推本纪。汾脽出鼎，皇佑元始。五音六律，依韦飨昭。杂变并会，雅声远姚。空桑琴瑟结信成，四兴递代八风生。殷殷钟石羽钥鸣，河龙供鲤醇牺牲。百末旨酒布兰生，泰尊柘浆析朝酲。微感心攸通修名，周流常羊思所并。穰穰复正直往宁，冯蠵切和疏写平。上天布施后土成，穰穰丰年四时荣。《景星》

十二，元鼎五年得鼎汾阴作。”颜师古注：“依韦，谐和不相乖离也。飨，读曰响，昭明也。言声响之明也。”“晋灼曰：‘冯，冯夷，河伯也。蠵，觜蠵，龟属也。’师古曰：言冯夷命灵蠵，使切厉谐和水神，令之疏导川潦，写散平均，无灾害也。”蠵，石印本、《雅言》本作“蠵”。上句与此句指，文章锦绣，如天鸡文鷮般文彩斑斓。音律和谐，如《景星》之诗般依韦和韵。

〔讲宇弘鳣序〕讲宇，讲堂、课堂。《艺文类聚》卷 76《内典上 · 内典》：“（南朝——引者）宋谢灵运《石壁立招提精舍诗》曰：……禅室栖空观，讲宇析妙理。”鳣序，学校。邢璹《周易略例》序：“臣舞象之年，鼓箧鳣序。”《韵府群玉》卷 9《上声 · 六语 · 序》：“鳣序，‘舜象之年，鼓箧鳣序’，学校也。”

〔涓尘竭鼠坻〕涓尘，点滴之水，微粒之尘，喻其渺小。《册府元龟》卷 899《总录部 · 致政》：“宋璟为尚书右丞相，以年老累上表曰：……怀覆载之德，冀竭涓尘之效。”《古文苑》卷 10 扬雄《答刘歆书》：“张伯松不好雄赋诵之文，然亦有以奇之。常为雄道言其父及其先君喜典训，属雄以此篇目，颇示其成者。伯松曰：‘是县诸日月不刊之书也。’又言恐雄为《太玄经》，由鼠坻之与牛场也。”章樵注：“坻音墀，场音伤，皆粪也。《方言》：‘梁宋之间，蚍蜉犁鼠之场，谓之坻’。”此句指，虽然水平低微，也愿意为学术效绵薄之力。

〔西山籤第竹〕《太平御览》卷 49《地部十四 · 小酉山》：“小酉山，盛宏之《荆州记》曰：‘小酉上石穴中有书千卷，相传秦人于此讲学，因留之。’故梁湘东王云：‘访酉阳之逸典’是也。”《山堂肆考》卷 17《石穴留书》：“《荆州记》：小酉山石穴中有书千卷，相传昔人避秦于此学道，因留之。梁湘东王绎赋：‘访酉阳之逸典’，谓此。今山在湖广辰州府西北五十里，大酉山在府西北四十里，山巅有善卷墓。”案：辰州府即今湖南沅陵。籤第竹，排序的竹签，即竹简，指藏书。籤，同“签”。《正字通》未集上《竹部》：“籤，……今作签。”

〔乙火杖燃藜〕《太平御览》卷 710《服用部十二 · 杖》：“刘向于成帝之末校书天禄阁，专精覃思。夜有老人着黄衣植藜杖扣阁而进，向阁中独坐颂书。老人乃吹杖端，火出燃以照向，且说开辟以来。向因受五行、洪范之文。恐辞说繁广，向乃裂裳及绅以记其言。至曙而去，请问姓名，答曰：‘我是太乙之精，天帝闻卯金之姓有博学者，下而观焉。’乃出怀中竹牒，有天文地图之书。‘余略授子’。至向子歆从授术，亦不语人焉。”另参见《述怀一百四十韵示蜀中诸同好》一诗〔青藜悟夙因〕条笺注。燃，石印本作“爕”。

在冶金镕范，攻坚玉切劘。籀书存盖阙，陆赋镜妍歁。蜀学论宗派，前型植榘頍。灵曾江汉炳，俗拟鲁邹遗。

〔在冶金镕范〕此句指，冶炼者将溶化的金属注入范内，铸造器物。参见《舟中望庐山》一诗〔镕物无甄坯〕条笺注。

〔攻坚玉切劘〕攻坚，破坏坚固之物。《老子》七十八章："天下柔弱莫过于水，而攻坚。"《诗经·小雅·鸿雁之什·鹤鸣》："它山之石，可以攻玉。"《重修玉篇》卷 17《刀部第二百六十六》："劘，……削也。"

〔籀书存盖阙〕籀，同"籒"。《正字通》未集上《竹部》："籒，……史籒，周宣王太史，作大篆，故称籒文。"《论语注疏》卷 13《子路第十三》："君子于其所不知，盖阙如也。"何晏注："君子于其所不知，当阙而勿据。"籀，《雅言》本作"籒"。盖（蓋），石印本、《雅言》本作"葢"。

〔陆赋镜妍歁〕陆赋，陆机《文赋》。妍歁，应为"妍媸"，亦作"妍蚩"，美丑。《六臣注文选》卷 17 陆机《文赋（并序）》："余每观才士之所作，窃有以得其用心。夫放言遣辞，良多变矣，妍蚩好恶，可得而言。每自属文，尤见其情，恒患意不称物，文不逮意，盖非知之难，能之难也。……混妍蚩而成体，累良质而为瑕。"刘良注："妍，美；蚩，恶也。"后以"明镜照物，妍媸毕露"喻指美丑无法掩饰，优劣自现。

〔蜀学论宗派〕以学者籍贯为标准，将四川地区的传统学术称为"蜀学"。其著名人物，如汉代的司马相如、扬雄，宋代的"三苏"，明代的"杨慎"，等等。蜀学兼重文史，近代则成为今文经学的重要阵地，其代表人物是廖平。刘咸炘《蜀学论》："统观蜀学，大在文史。寡戈矛之攻击，无门户之眩眯，非封畛以阿私。"刘师培与四川近代今文经学派有着非常微妙的关系，参见《甲辰年自述诗（其十七）》，及《蜀中赠吴虞（三首）》"略考"。

〔前型植榘頍〕榘頍，即"矩规"。《集韵》卷 5《上声上·语第八》："矩，……法也，或作榘。"《广雅疏证》卷 4 下《释诂》："頍，……画也。"王念孙注："规与頍通。"《三国志·蜀书八·秦宓传》："蜀本无学士，文翁遣相如东受七经，还教吏民，于是蜀学比于齐、鲁。故《地理志》曰：'文翁倡其教，相如为之师。'汉家得士，盛于其世。"《汉书·循吏·文翁传》："文翁，庐江舒人也。少好学，通《春秋》，以郡县吏察举。景帝末，为蜀郡守，仁爱好教化。……又修起学官于成都市中，招下县子弟以为学官弟子，为除更繇，高者以补郡县吏，次为孝弟力田。常选学官僮子，使在便坐受事。每出行县，益从学官诸生明经饬行者与俱，争欲为学官弟子，富人至出钱以求之。繇是大化，蜀地学于京师者比齐鲁焉。至武帝时，乃令天下郡国皆立学校官，自文翁为之始云。”

〔灵曾江汉炳〕《文选注》卷 4 左太冲（思）《蜀都赋一首》：“近则江汉炳灵，世载其英。蔚若相如，皭若君平。王褒韡晔而秀发，扬雄含章而挺生”。刘渊林（逵）注：“相如，司马长卿也。君平，严遵也。王褒，字子渊。扬雄，字子云。皆蜀人。”

〔俗拟鲁邹遗〕鲁邹遗，指孔孟儒学遗风。详见《咏史（十二首）》其十一诗〔儒风恢鲁邹〕条笺注。刘敞《公是集》卷 17《七言古诗 · 题浙西新学》：“文翁昔时理蜀土，能令蜀人似邹鲁。”

迈德型龚壮，传经盛许慈。玑衡营统历，方部析玄摛。籍甚《凡将》业，余休《羽猎》辞。碧鸡傍绮采，白凤蕴灵琦。

〔迈德型龚壮〕《晋书 · 隐逸 · 龚壮传》：“龚壮，字子玮，巴西人也。洁己自守，与乡人谯秀齐名。……初，壮每叹中夏多经学，而巴蜀鄙陋，兼遭李氏之难，无复学徒，乃著《迈德论》，文多不载。”《东坡书传》卷 3《虞书 · 大禹谟第三》：“皋陶迈种德，德乃降。”苏轼注：“迈，远也。降，下也。种德者，如农夫之种殖也。众人之种其德也近，朝种而莫获，则其报亦狭矣。皋陶之种其德也远，造次颠沛未尝不在于德，而不求其报也。及其充溢而不已，则沛然下及于民。”

〔传经盛许慈〕《三国志 · 蜀书十二 · 许慈传》：“许慈，字仁笃，南阳人也。师事刘熙，善郑氏学，治《易》《尚书》《三礼》《毛诗》《论语》。建安中，与许靖等俱自交州入蜀。时又有魏郡胡潜，字公兴，不知其所以在益土。潜虽学不沾洽，然卓荦强识，祖宗制度之仪，丧纪五服之数，皆指掌画地，举手可采。先主定蜀，承丧乱历纪，学业衰废，乃鸠合典籍，沙汰众学，慈、潜并为博士，与孟光、来敏等典掌旧文。”

〔玑衡营统历〕玑衡，古代观测天体的仪器，浑天仪。详见《咏女娲》一诗〔虞廷当日调玑衡〕条笺注。《史记 · 历书》：“而巴落下闳运算转历。”裴骃《集解》：“徐广曰：‘陈术云：征士，巴郡落下闳也。’”司马贞《索隐》：“姚氏案：《益部耆旧传》云：闳，字长公。明晓天文，隐于落下。武帝征待诏太史，于地中转浑天，改《颛顼历》，作《太初历》，拜侍中，不受也。”《扬子法言》卷 7《重黎篇》：“或问浑天。曰：洛下闳营之，鲜于妄人度之。”参见《励志诗》一诗〔歆历洞迪繇〕条笺注。历（歷），当作“曆”，石印本作“歴”。

〔方部析玄摛〕《太玄集注》卷 1《玄首序》：“方州部家，三位疏成。”司马光注：“扬子名首之四重以方州部家者，取天下之象言之，故‘一玄都覆三方，方同九州，枝载庶邦，分正群家’。玄者，天子之象也；方者，方伯之象也；州者，州牧之象也；部者，一国之象也；家者，一家之象也。上以统下，寡以制众，而纲纪定矣。”（中华书局1998 年 9 月第 1 版 P2）《太玄经》卷 7《玄摛第九》：“玄者，幽摛万类而不见形者也。”范望注：“摛，张也，言张舒其大目也。”“玄者，幽摛万类而不见形者也。幽，深也。摛，张也。万类，万物之类也。言玄幽冥深远，故张舒万物之类，然而不见其形者也。”

〔籍甚《凡将》业〕籍甚，显赫，盛大。《汉书 · 陆贾传》：“贾以此游汉廷公卿间，名声籍甚。”颜师古注：“孟康曰：‘言狼籍甚盛。’”《汉书 · 艺文志》：“《凡将》一篇（司马相如作）。”“武帝时，司马相如作《凡将篇》，无复字。”颜师古注：“复，重也。”案：《汉书 · 艺文志》将《凡将篇》归入“小学”，属文字训诂之类，今已佚。

〔余休《羽猎》辞〕余休，荫庇。详见《甲辰年自述诗（其八）》一诗〔余休〕条笺注。扬雄著有《羽猎赋》，载《汉书 · 扬雄传》（题《校猎赋》）、《文选》卷 8，略载于《艺文类聚》卷 66。

〔碧鸡傍绮采〕《古文苑》卷 4 扬雄《蜀都赋》：“蜀都之地古曰梁州……其旁则有期牛兕旄，金马碧鸡。”章樵注：“《后汉 · 西南夷传》：‘越嶲郡青蛉县禺同山有碧鸡、金马，光景时出见。’注：‘金形似马，碧形似鸡。汉宣帝尝使王褒祠其神。’”绮采，亦作“绮彩”，华丽、艳丽。胡布《元音遗响》卷 4《胡永年兄弟石庄二隐卷》：“葳蕤吐绮采，彝鼎光轩墉。”《晋书 · 刘聪载记》：“先皇后嫔服无绮彩”。

〔白凤蕴灵琦〕《类说》卷 4《西京杂记 · 梦白凤》：“扬雄作《太玄》，梦白凤凰集其上。尝云：‘长卿赋不似从人间来。’其友曰：‘何如其佳?’曰：‘合纂组以成文，列锦绣以成质，遂为合组之歌，列锦之赋。”灵琦，有神异之功的美玉。《文苑英华》卷 761《封禅 · 封禅议一首》颜师古《封禅议》：“玉牒玉检，式韫灵琦（《会要》作‘事韬灵琦’）。”

综秀敷苕颖，缘波畅藻粲。师承绵石室，家法守皋比。能事原殊俗，斯文信在兹。前修贻典则，末学浸淫诐。

〔综秀敷苕颖〕综秀，集多种灵秀于一身。《元文类》卷 68 富珠哩翀（孛术鲁翀）《平章政事致仕尚公神道碑》：“神峰综秀，始遇世皇。”《六臣注文选》卷 17 陆士衡（机）《文赋》：“或苕发颖竖，离众绝致”。李善注：“苕草之苕也。言作文利害，理难俱美，或有一句同乎苕发颖竖，离于众辞，绝于致思也。孙卿子曰：‘蒙鸠为巢，系之苇苕。’《小雅》（指《小尔雅》——引者）曰：‘禾穗谓之颖。’”吕向注：“谓思得妙音，辞若苕草华发，颖禾秀竖，与众辞离，绝致于精理”。

〔缘波畅藻粲〕《六臣注文选》卷 17 陆士衡（机）《文赋》：“或因枝以振叶，或沿波而讨源。”李善注：“孔安国《尚书》传曰：‘顺流而下曰沿。源，水本也。”李周翰注：“或赋咏于枝，乃思发于叶。或流情于波，而求讨其源也。”《正字通》巳集上《水部》：“沿，同‘沿’。”藻棨，本指梁上装饰华美的短柱，此处指华丽的文采。参见《得陈仲甫书》一诗〔人情隆藻棨〕条笺注。

〔师承绵石室〕《成都文类》卷 30 席益《府学石经堂图籍记》：“蜀儒文章冠天下，其学校之盛，汉称石室礼殿，近世则石〈壁〉九经，今皆存焉。自孝景帝时，太守文翁始作石室。至东汉兴平元年，太守高眹作周公礼殿于石室东。”绵，绵延不绝。《广雅》卷 4《释诂》：“绵，……连也。”

〔家法守皋比〕家法，指儒学的学术出身和传承。详见《甲辰年自述诗》（其十五）一诗〔家法能窥今古文〕条笺注。《论语类考》卷 20《鸟兽考 · 虎豹》：“又虎皮谓之皋比，愚竟莫晓其义。朱子赞横渠云：‘勇撤皋比’，盖以虎皮为讲席也。然唐时戴叔伦诗云：‘猊座翻萧索，皋比喜接连’，是以皋比为讲席，唐时已然矣。”

〔能事原殊俗〕朱彝尊《曝书亭集》卷 2《古今诗二 · 赠别王山人（元慧）》：“王猷原爱竹，图画得天真。……能事原殊俗，当时信绝伦。”案：王元慧，明末清初人，字无颖，江苏昆山人，善画竹。王猷，指王徽之，字子猷，王羲之之子，魏晋名士。《世说新语》卷下之上《任诞第二十三》：“王子猷尝暂寄人空宅住，便令种竹。或问：‘暂住何烦尔？’王啸咏良久，直指竹曰：‘何可一日无此君？’”刘孝标注：“《中兴书》曰：‘徽之卓荦不羁，欲为傲达放肆，声色颇过度，时人钦其才，秽其行也。’”能事，能做事，有本领。殊俗，异于常俗，卓于常人。

〔斯文信在兹〕《论语 · 子罕第九》：“子畏于匡。曰：‘文王既没，文不在兹乎？天之将丧斯文也，后死者不得与于斯文也；天之未丧斯文也，匡人其如予何？’”

〔前修贻典则〕《文选注》卷 6 左太冲（思）《魏都赋》：“末上林之隤墙，本前修以作系。”刘渊林（逵）注：“前修，谓前贤也。”《尚书正义》卷 7《五子之歌第三》：“有典有则，贻厥子孙。”孔传：“典，谓经籍。则，法。贻，遗也。”此句指，前代贤人，遗典则于后世。

〔末学浸淫诐〕末学，后世学人。《文选注》卷 57 潘安仁（潘安，本名潘岳）《马汧督诔》：“我虽末学，闻之前典。”李善注：“《庄子》曰：‘末学，古之人有之。’《东京赋》曰：‘所谓末学肤受’。”《宋书 · 谢灵运传》载其《撰征赋》：“阙里既已千载，深儒流于末学。”淫诐，淫诐之辞，浮夸不实、偏颇极端之辞。见《阴氛篇》一诗〔玄化有偏诐〕条笺注。淫，石印本作“滛”。《字汇》巳集《水部》：“淫，……俗作滛。”

举俗犹僔沓，单文愧引嫠。游谈辞稷下，漂景悟须弥。象教源天竺，驮经肇月氏。衔花仪瑞鸟，献果感灵猕。

〔举俗犹僔沓〕举俗，举世之风气。详见本诗〔举俗规三古〕条笺注。《毛诗正义》卷 12—2《小雅 · 节南山之什 · 十月之交》："噂沓背憎，职竞由人。"毛传："噂犹噂噂，沓犹沓沓。"郑玄笺："噂噂沓沓，相对谈语，背则相憎。"今本《左传 · 僖公十五年》引《诗》作"僔沓"。

〔单文愧引嫠〕单文，单个的文字。陈维崧《百愚禅师语录》序："其上者，剽窃古德传灯，单文只字，支离挦扯，嚼蜡捕风，辄扬扬然。"《说文解字》卷 3 下《又部》："嫠，引也。"《广潜研堂说文答问疏证》卷 2《诗经》钱大昕注："嫠，即'釐尔女士'之'釐'（《既醉》）。"承培元疏证："嫠，引也。毛传：'釐，予也。'谓引而畀之也。嫠，正字。釐，家福也，通偺（借——引者）字。"此句指，孤陋寡闻，不知道"嫠"字作"引"解。

〔游谈辞稷下〕游谈，游说。《战国策》卷 19《赵二》："是以外宾客游谈之士，无敢尽忠于前者。"稷下，齐国讲学之所。淳于髡曾讲学于齐之稷下，其人其貌不扬，出身寒微，但绝顶聪明，辩才极佳。齐威王当政时，好"隐"。淳于髡以"三年不鸣，一鸣惊人"游说威王，使其振作图强，"威行三十六年"。详见《未遂》一诗〔低回稷下冠〕条笺注。

〔漂景悟须弥〕漂景，佛教语，指在佛境中游历。《广弘明集》卷 30 支遁《咏八日诗三首》其二："龙潜兜术邑，漂景阎浮滨。"丁福保《佛学大辞典》："须弥（杂名），……山名，一小世界之中心也。译言妙高，妙光，安明，善积，善高等。凡器世界之最下为风轮，其上为水轮，其上为金轮即地轮，其上有九山八海，即持双、持轴、担木、善见、马耳、象鼻、持边、须弥之八山八海与铁围山也。其中心之山，即为须弥山。"参见《和周美权〈夜坐偶成〉用原韵》一诗〔海水须弥山〕条笺注。

〔象教源天竺〕象教，即佛教，详见《赠杨仁山居士（四首）》其二一诗〔象教沦夷〕条笺注。丁福保《佛学大辞典》："天竺（地名），印度之古称。《西域记》曰：'天竺之称，异议纠纷。旧云身毒，或云贤豆。今从正音，宜云印度。'"

〔驮经肇月氏〕《佛祖统纪》卷 54《历代会要志第十九之四 · 三教出兴 / 释 / 道 / 儒》："汉明帝永平七年，帝梦金人丈六飞行殿庭。傅毅曰：'西方圣人，其名曰佛。'帝乃遣蔡愔等使西域，于月氏遇摩腾、竺法兰，得佛像梵经，载以白马，达于洛阳（此时三宝具足）。"另参见《赠杨仁山居士（四首）》其二一诗〔白马传经〕条笺注。

驮（馱），石印本、《雅言》本作“馱”。案:《雅言》本将“象教源天竺，驮经肇月氏”误为“象教馱源天竺，经肇月氏”。

〔衔花仪瑞鸟〕《大方广佛华严经随疏演义钞》卷 15：“瑞鸟衔华者，僧法诚，隐居蓝谷，后于南岭造华严堂。藻洁中外，庄严既毕，乃图画七处九会之像，乃屈弘文馆书生张静敬写之，诚亦亲执香炉，专精供养。后感瑞鸟，形色非常，衔华入室，旋绕供养，再三往复。经成之后，精心转读者，多蒙感佑。”《大方广佛华严经感应略记 · 瑞鸟衔花》:“僧法诚，隐居蓝谷，后于南岭造华严堂，图七处九会之像，专精供养。后感瑞鸟，形色非常，衔花入室，旋绕供养。”

〔献果感灵猕〕《贤愚经》卷 12《师质子摩头罗世质品第四十七》:“佛及众僧还归所止。路由一泽，中有泉水，甚为清美。佛与比丘僧便住休息。诸比丘众各各洗钵。有一猕猴，来从阿难，求索其钵。阿难恐破，不欲与之。佛告阿难，速与勿忧。奉教便与。猕猴得钵，持至蜜树，盛满钵来，奉上世尊。世尊告曰，去中不净。猕猴即时拾去蜂虫，极令洁净。佛便告言，以水和之。如语着水，和调已竟，奉授世尊。世尊受已，分布与僧。咸共饮之，皆悉周遍。”

漏日莲华永，经云贝叶披。挥玄遗万象，感惠遍昆蚑。因念经垂训，曾传德及骴。周台驯鹿鸟，鲁罟禁鲲鲕。

〔漏日莲华永〕《唐国史补》卷中:“越僧灵澈，得莲花漏于庐山，传江西观察使韦丹。初，惠远以山中不知更漏，乃取铜叶制器，状如莲花，置盆水之上，底孔漏水，半之则沈。每昼夜十二沈，为行道之节，虽冬夏短长，云阴月黑，亦无差也。”惠远，亦作“慧远”，俗姓贾，东晋高僧，常居庐山。有《沙门不敬王者论》《庐山东林杂诗》等传世。《高僧传》卷 6（义解三）有传。

〔经云贝叶披〕丁福保《佛学大辞典》:“贝叶（物名），贝多罗叶也。印度之人以写经文。《慈恩寺传 · 三》曰:‘经三月安居中集三藏讫，书之贝叶，方徧流通。’《唯识枢要 · 上 · 本》曰:‘虽文具传于贝叶，而义不备于一本。’”“贝叶经，（杂语）以贝多树叶书经文，故云贝叶经。《酉阳杂俎》曰:‘贝多出摩伽陀国，长六七丈，经冬不凋。此树有三种:一者多罗婆力叉贝多，二者多梨婆力叉贝多，三者部婆力叉多罗多梨。并书其叶部，阇一色，取其皮书之。贝多是梵语，汉翻为叶。贝多婆力叉者，汉言树叶也。西域经书用此三种皮叶，若能保护，亦得五六百年。’”披，翻阅。详见《八埏篇》一诗〔为披《缠璇》章〕条笺注。

〔挥玄遗万象〕挥玄，修道。详见《大象篇》一诗〔挥玄拂尘墟〕条笺注。万象，宇宙间存在之各种现象。详见《题马彝初所藏明人残砚》一诗〔万象舒天葩〕条笺注。

〔感惠遍昆蚑〕《六臣注文选》卷 35 张景阳（协）《七命》："于时昆蚑感惠，无思不扰。"李善注："《说文》云：'蚑，行也。'凡生之类，行皆蚑也。"吕向注："昆蚑，昆虫也。"

〔经垂训〕指佛典记载，教导。

〔德及骴〕《佛说父母恩重难报经》："如是我闻，一时佛在舍卫国祇树给孤独园与大比丘二千五百人，菩萨摩诃萨三万八千人俱，尔时世尊引领大众直往南行，忽见路边聚骨一堆。尔时，如来向彼枯骨，五体投地恭敬礼拜。阿难合掌白言：'世尊，如来是三界大师，四生慈父，众人归敬，以何因缘，礼拜枯骨？'佛告阿难：'汝等虽是吾上首弟子，出家日久，知事未广。此一堆枯骨，或是我前世祖先，多生父母。以是因缘，我今礼拜。'"案：明代袾宏（莲池大师）《竹窗三笔·伪造父母恩重经》："有伪造二经者，题以'父母恩重'等言。中不尽同，而假托古译师名。吾友二人各刻其一。二友者，忠孝纯正士也。见其劝孝，而不察其伪也。或曰：'取其足以劝孝而已，似不必辨其真伪'。予曰：'子但知一利，而不知二害。一利者，诚如子言，劝人行孝，非美事乎，故云一利。二害者何？一者，素不信佛人见之，则弥增其谤。佛言如是鄙俚，他经可知矣。遂等视大藏甚深无上法宝，重彼愆尤，一害也；二者，素信佛人，徒具信心，未曾博览内典。见此鄙俚之谈，亦复起疑，因谓谤佛者未必皆非，动彼惑障，二害也。害多而利少故也。况劝孝自有《大方便报恩经》及《盂兰盆经》。种种真实佛说者，流通世间。奚取于伪造者？"骴，尚存皮肉的骨头。详见《从军行》（六首）其四一诗〔骴骼〕条笺注。

〔周台驯鹿鸟〕《诗经·大雅·文王之什·灵台》诗序："灵台，民始附也。文王受命，而民乐其有灵德，以及鸟兽昆虫焉。"《诗经今注·大雅·文王之什·灵台》："麀鹿濯濯，白鸟翯翯。"高亨注："麀（yōu 幽），母鹿。""濯濯，肥泽貌。""翯（hè 鹤）翯，洁白有光泽貌。"

〔鲁罟禁鲲鲕〕《国语》卷 4《鲁语上》："宣公夏滥于泗渊，里革断其罟而弃之，曰："古者大寒降，土蛰发，水虞于是乎讲罛留，取名鱼，登川禽，而尝之寝庙，行诸国，助宣气也。鸟兽孕，水虫成，兽虞于是乎禁罝罗，矠鱼鳖以为夏犒，助生阜也。鸟兽成，水虫孕，水虞于是禁罝罜麗，设阱鄂，以实庙庖，畜功用也。且夫山不槎蘖，泽不伐夭，鱼禁鲲鲕，兽长麑麇，鸟翼鷇卵，虫舍蚔蝝，蕃庶物也，古之训也。今鱼方别孕，不教鱼长，又行网罟，贪无艺也。”韦昭注：“罟，网也。”“鲲，鱼子也。鲕，未成鱼也。”

万物原同宇，浮生讵有涯。玄文龙首律，净业虎头痴。兼味鬫鲑菜，加羞逮粉餈。冷槐鲜照著，甘堇滑流匙。

〔万物原同宇〕《荀子》卷 6《富国篇第十》：“万物同宇而异体”。杨倞注：“同生宇内，形体有异。”

〔浮生讵有涯〕《全唐诗》卷 229 杜甫《暮春题瀼西新赁草屋五首》其四：“事主非无禄，浮生即有涯。”（第 4 册 P2498）浮生，指人生虚幻，并非实有。详见《鸳鸯湖放棹歌》一诗〔浮生早谢六尘缚〕条笺注。讵，岂。详见《和周美权《夜坐偶成》用原韵》一诗〔相彼鹏与鹍，讵慕枳棘栖〕条笺注。

〔玄文龙首律〕《黄帝龙首经》2 卷，载《正统道藏 · 洞真部 · 众术类》（姜上），涵芬楼本第 135 册。该经序文曰：“黄帝将上天，次召其三子而告之曰：‘吾昔受此《龙首经》于玄女，经、章、传、义十有二绪，言六壬十二经也。盖吾所口受不传者。谓龙首记三十六用也。吾今日告汝，……三子拜受而起，龙忽腾翥，三子仰瞻，尚见龙头矣。遂以名其经曰《龙首》云。”

〔净业虎头痴〕丁福保《佛学大辞典》：“净业（术语），清净之善业也。又往生西方净土之业因也。《观无量寿经》曰：‘此三种业：过去、未来、现在，三世诸佛，净业正因。’”《历代名画记》卷 5《晋》：“顾恺之，字长康，小字虎头。”《世说新语》卷上之下《文学第四》：“或问顾长康：‘君《筝赋》何如嵇康《琴赋》？’顾曰：‘不赏者，作后出相遗。深识者，亦以高奇见贵。”刘孝标注：“宋明帝《文章志》曰：‘桓温云：顾长康体中痴黠各半。合而论之，正平平耳。世云有三绝：画绝，文绝，痴绝。’”顾恺之曾多作佛教题材画，此句中“净业”即指此。参见《历代名画记》卷 5《晋》“顾恺之”条。头（頭），《雅言》本作愿（願），误。

〔兼味鬫鲑菜〕兼味，吃两种以上的菜品。《春秋谷梁传 · 襄公二十四年》：“五谷不升谓之大侵……大侵之礼，君食不兼味，台榭不涂。”《南齐书 · 庾杲之传》：“庾杲之，字景行，新野人也。……清贫自业，食唯有韮菹、瀹韮、生韮杂菜。或戏之曰：‘谁谓庾郎贫，食鲑常有二十七种，言三九（‘九’与‘韮’同音——引者）也。”《诗传名物集览》卷 6《鳞介 · 黄耇台背》：“晋庾杲，每食三韮。任昉戏之曰：‘谁谓庾郎贫，每食鲑菜常有二十七种。’晋人以鱼为鲑菜，今吴语犹然。”《广雅》卷 3《释诂》：

“蠲，……除也。”此句指，饮食简单，食不兼味，且不濡荤。

〔加羞逮粉餈〕加羞，指加餐，进献美食。《春秋左传正义》卷 20《文公十六年》：“宋饥，竭其粟而贷之。年自七十以上，无不馈诒也。时加羞珍异。”杜预注：“羞，进也。”参见《工女怨（二首）》其二一诗〔加餐〕条笺注。《周礼注疏》卷 5《天官冢宰下 · 笾人》：“羞笾之实，糗饵、粉餈”。郑玄注：“郑司农云：糗，熬大豆与米也。粉，豆屑也。茨字或作餈，谓干饵饼之也。玄谓：此二物皆粉，稻米、黍米所为也。合蒸曰饵，饼之曰餈。糗者，捣粉熬大豆为饵餈之黏着，以粉之耳。”逮，仅得。《汉书 · 王莽传》：“克身自约，籴食逮给。”颜师古注：“才得粗及，仅足而已。”刘琪《助字辨略》卷 4《去声》：“逮，……又，《汉书 · 王莽传》：‘克身自约，籴食逮给。’师古曰：‘才得相及，仅足而已。’愚按：相及非有余之义。故逮，得为仅也。”案：刘师培熟识刘淇的《助字辨略》，参见《甲辰年自述诗（其八）》一诗〔高邮王氏雒山刘〕条笺注。此句指，即使改善伙食，也只能吃米面黍类的素食。

〔冷槐鲜照著〕《杜诗详注》卷 19 杜甫《槐叶冷淘》：“青青高槐叶，采掇付中厨。新面来近市，汁滓宛相俱。入鼎资过熟，加餐愁欲无。碧鲜俱照箸，香饭兼苞芦。……”仇兆鳌注：“朱曰：以槐叶汁和麫为冷淘。卢注：有槐牙温淘，有水花冷淘。”著，通“箸”，筷子。《集韵》卷 7《御第九》：“箸，……或从艸”。

〔甘堇滑流匙〕《说文解字》卷 1 下《艸部》：“堇，艸也。根如荠，叶如细柳。蒸食之，甘。”《九家集注杜诗》卷 20 杜甫《佐还山后寄三首》其二：“老人佗日爱，正想滑流匙。”郭知达集注：“《谢庄赋》：‘南山香黍，滑流杯匙’。”堇，《雅言》本作“堇”。堇，通“堇”。详见《述怀一百四十韵示蜀中诸同好》一诗〔堇绿梦西巡〕条笺注。

浣暑浮瓜实，清凉馈黍酏。绿苞葅荐笱，紫馥酢蒸堇。藜糁羹初熟，芹菹醢乍擩。雨芽春圃韭，露叶夕园葵。

〔浣暑浮瓜实〕浣暑，消暑。《全宋诗》卷 3705《黎廷瑞一 · 病归》：“慢火煎凉药，清泉浣暑衣。”（北京大学出版社 1998 年 12 月第 1 版第 70 册 P44483）。《文选》卷 42 魏文帝（曹丕）《与朝歌令吴质书》：“浮甘瓜于清泉，沉朱李于寒水。”

〔黍酏〕黍米熬成的粥。《礼记正义》卷 27《内则》：“或以酏为醴，黍酏。”郑玄注：“酿粥为醴。”“酏，粥。”酏，石印本、《雅言》本作“酡”。《集韵》卷 1《平声一 · 支第五》：“酏，……饮粥稀之清也。……或作酡”。

〔绿苞葅荐笱〕《全唐诗》卷 193 韦应物《对新篁》：“新绿苞初解，嫩气笋犹香。”

（第 3 册 P1996）笱，同“笋”。《集韵》卷 5《上声上 · 准第十七》：“笱，……或作笋。”菹，通“菹”，腌菜。《增修互注礼部韵略》卷 1《上平声 · 九鱼》：“菹，淹菜……亦作菹。”《字汇》申集《艸部》：“淹菜为菹”。菹荐笱，指腌制的笋。《周礼注疏》卷 6《天官冢宰下 · 醢人》：“笱菹”。郑玄注：“笱，竹萌。”孔颖达疏：“‘笱，竹萌’者，一名篡者也。萌皆谓新生者也，见今皆为菹。”荐笱，本指祭祀时进献竹笋，后亦指竹笋。《笋谱》：“齐孝宣陈皇后性嗜笋、鸭卵。永明九年，诏太庙祭后，荐笋、鸭卵云。”张孝祥《于湖集》卷 5《古诗 · 送张定叟》：“野饭荐笋蕨，幽寻剪榛菅。”梅鹤孙《青溪旧屋仪征刘氏五世小记》：“舅氏（指刘师培——引者）饮食清淡，不近肥腻。每日必瀹佳茗两三壶，佐以杭州天目笋，即是扁尖的别名。此笋置在外祖母房瓷罐内，须时补充。舅氏一日必来掇取数次或十余次。读书写稿时，口中必定咀嚼不停，常夸其味隽永。这可算是一种特嗜了。”（上海古籍出版社 2004 年 7 月第 1 版 P27）

〔紫馥酢蒸堇〕《集韵》卷 9《入声上 · 屋第一》：“堇，……艸名，羊蹄也。”《齐民要术》卷 10：“堇，《字林》曰：‘草，似冬蓝。蒸食之，酢。’”《陆氏诗疏广要》卷上之上《释草 · 言采其蓫》毛晋注：“堇，羊蹏也。……《图经》云：羊蹄，秃菜也。生下湿地，春生，苗高三四尺，叶狭长，颇似莴苣，而色深。茎节间紫赤，花青白。……郭璞云：似羊蹄，叶细，味酢可食，一名蓤是也。”案：羊蹄草，又名紫背草，茎条呈紫红色，故曰“紫馥”。《说文解字注》卷 14 下《酉部》：“酢，醶也。”段注：“酢，本截浆之名。引申之，凡味酸者皆谓之酢。”

〔藜糁羹初熟〕《尔雅翼》卷 6《释草 · 藜》：“藜，菜之微者也。故《韩子》（指《韩非子》——引者）曰：‘尧之王天下也，粝粱之食，藜藿之羹。’《庄子》曰：‘孔子穷于陈蔡间，七日不火食，藜羹不糁。’糁，米糁也。言其绝粮，虽藜羹中不办有糁。又曾子以蒸藜不熟，出其妻。季路食藜藿之实，而为亲负米于百里之外。物虽微矣，圣贤多食之。”

〔芹菹醢乍擩〕芹菹，用水芹腌制的咸菜。菹，腌菜，详见本诗〔绿苞菹荐笋〕条笺注。醢，肉酱。《周礼注疏》卷 6《天官冢宰 · 醢人》：“加豆之实，芹菹，兔醢”。郑玄注：“芹，楚葵也。”“醢，肉酱也。”擩，染，引申为蘸取。《仪礼注疏》卷 25《公食大夫礼第九》：“取韭菹以辩，擩于醢。”郑玄注：“擩，犹染也。”贾公彦疏：“按《少牢》云：‘尸取韭菹，辩抰（同“擩”，引者）于三豆，祭于豆间’。”乍，刚刚。《增修互注礼部韵略》卷 4《去声 · 四十禡》：‘乍，……初也，……甫然也。”

〔雨芽春圃韭〕《全唐诗》卷 216 杜甫《赠卫八处士》：“夜雨剪春韭，新（一作晨）

炊间（一作闻）黄粱。”（第 4 册 P2258）

〔露叶夕园葵〕露叶，沾染了露水的叶子。《初学记》卷 3《岁时部上 · 秋第三 · 事对 · 露叶 / 霜条》：“谢惠连诗曰：‘团团满叶露，淅淅振条风。’”园葵，指园圃中种植的葵菜。详见《工女怨（三首）》其一一诗〔园葵〕条笺注。

雪艳披檐蔔，霜虀实皿葅。饵丹嗤药鼎，范素式桑枇。情牖犹堪拂，玄风或可追。湛冥从卜肆，啐茹即山雌。

〔雪艳披檐蔔〕《通志》卷 76《昆虫草木略第二》：“栀子，曰木丹，曰越桃。其花六出，西域谓之簷蔔花。”案：栀子花洁白如雪，故曰“雪艳”。披，花开。《广雅》卷 1《释诂》：“披，……张也。”

〔霜虀实皿葅〕虀，通“齑”“菹”“葅”，腌菜。参见本诗〔绿苞菹荐笱〕条笺注。《广雅疏证》卷 8 上《释器》：“韲，……葅也。”王念孙注：“《说文》：‘葅，酢菜也。’……《说文》：‘韲，墜也。或作虀’。”葅，腌菜。《说文解字》卷 1 下《艸部》：“葅，葅也。”同上书同卷：“䓉，葅，或从皿。皿，器也。”案：旧时，秋冬为腌菜之季，其时缺乏新鲜蔬菜，须以腌菜佐餐，故曰“霜虀”。《苏诗补注》卷 5 苏轼《和子由种菜久旱不生》：“新春阶下笋芽生，厨里霜虀倒旧罂。”

〔饵丹嗤药鼎〕饵丹，服食道家所谓的金丹。《弘明集》卷 8 刘勰《灭惑论》：“尧舜缉政，宁肯书符。汤武抒暴，岂当饵丹。”药鼎，道家炼丹熬制延年长生药的器具。《全蜀艺文志》卷 15《诗 · 怀古》宋京《严真（〈蜀事补亡〉）》：“君不见庄遵卖卜成都市，市中仙隐无人值。百钱度日复何求，犹有沉冥见文字。不因问著牛女星，下士安能知姓名。云中鸡犬拔家去，旧宅寂寞秋芜平。楮机石在年年长，药鼎空留闭黄壤。前时发掘篆籀新，明水神丹光滉瀁。金雁桥边台观存，神仙遗事渺难论。安得先生为我卜，俗骨庶可遗天阍。”《抱朴子 · 内篇 · 极言》：“或问曰：‘世有服食药物，行气导引不免死者，何也?’抱朴子答曰：‘不得金丹，但服草木之药，及修小术者，可以延年迟死耳，不得仙也。或但知服草药而不知还年（悮作房中）之要术，则终无久生之理也。’”

〔范素式桑枇〕范素，即素常、平时。《尔雅 · 释诂》：“范，……常也。”《六臣注文选》卷 40 杨德祖（修）《答临淄侯笺》：“斯自雅量，素所蓄也。”李周翰注：“素，常也。”式，通“试”。《说文通训定声 · 颐部弟五》：“式，……[叚借]为试。”《尔雅 · 释言》：“试、式，用也。”桑枇，据中医理论，杂以桑皮、枇杷叶的中药汤剂可治肺止咳。刘师培患有严重的肺病。《普济方》卷 320《妇人诸疾门 · 吐血》：“含化丸（出《大全良方》）：昔有妇人患肺热久嗽。身如炙。肌瘦。将成肺劳。服此安。寇宗奭传此方。枇杷叶（去毛），桑白皮，款冬花，木通，紫菀，杏仁（各等分），大黄（减半），右为细末。炼蜜丸如樱桃大。食后夜卧。含化一丸。未终一剂而愈。”《医方类聚》卷 119《咳嗽门（六）》：“治咳嗽咯脓血，蛤蚧汤方：蛤蚧（酒浸、酥炙），知母（焙），贝母（炮），鹿角胶（炒令燥），甘草（炙，锉），杏仁（汤浸去皮尖双仁，炒），人参，葛根（锉），桑根白皮（炙，锉），枇杷叶（去毛，炙。各一两）。右一十味，粗捣筛，每服三钱匕，水一盏半，煎至八分，去滓，不拘时候，温服。”《丹溪先生治法心要》卷 1《欬嗽第十九》：“吐血嗽血：红花、杏仁去皮，紫苑、鹿茸、枇杷叶去毛，桑皮、木通，以上各一两，大黄半两，右为末，炼蜜为丸，噙化。”上句与此句指，可笑那本应用于炼丹的药鼎，平日里却用来熬制治疗肺病咳喘的桑枇汤。为刘师培对自己身患重病的自嘲之喻。

〔情牖犹堪拂〕情牖，即“情窦”，指尘世间的七情六欲。《礼记正义》卷 22《礼运》：“故礼义也者，……所以达天道，顺人情之大窦也。”郑玄注：“窦，孔穴也。”孔颖达疏：“案：《哀元年·左传》云：‘逃出自窦’，又‘筚门圭窦’。是窦，孔穴也。孔穴，开通人之出入；礼义者，亦是人之所出入。故云：‘达天道，顺人情之大窦也’。”《广弘明集》卷 30 支遁《五月长斋诗》：“萧索情牖颓，寥朗神轩张。谁谓冥津遐，一悟可以航。”《说文解字》卷 7 上《片部》：“牖，穿壁以木为交窗也。”此句指，尘世间的七情六欲尚可舍弃。

〔玄风或可追〕玄风，道家语，修玄、修仙之道。详见《壮志》一诗〔玄风扇弱龄〕条笺注。此句指，修仙之道或可追随。

〔湛冥从卜肆〕湛冥，清静无欲，缄默无言。详见《咏史（二首）》其二一诗〔冥湛甘艸泽〕条笺注。卜肆，算卦的摊位，此处专指严遵（君平）。详见《已分》一诗〔严遵〕条笺注。

〔啐茹即山雌〕《法言义疏》五《修身卷三》：“山雌之肥，其意得乎？或曰：‘回之箪瓢，臞如之何？’曰：‘明明在上，百官牛羊，亦山雌也；闇闇在上，箪瓢捽茹，亦山雌也，何其臞？’”李轨注：“箪食瓢饮，颜氏处之而乐，德盛也。”汪荣宝疏：“‘山雌之肥’者，《论语》云：‘山梁雌雉，时哉！时哉！’皇疏云：‘言人遭乱世，翔集不得其所，是失时矣。而不如山梁间之雉，十步一啄，百步一饮，是得其时，故叹之也。独云雌者，因所见而言也。’……《音义》：‘捽茹，上音在忽切，下音人恕切，菜也。’俞云：‘捽读为啐。《礼记·杂记篇》：“主人之酢也，哜之；众宾兄弟，则皆啐之。”郑注云：“哜、啐皆尝也，哜至齿，啐入口。”’按：当读为‘啐’。《说文》：‘啐，小饮也。’啐即啐之假。此以捽为之，其义亦同。《方言》云：‘茹，食也。吴、越之间，凡贪食者谓之茹。’然则捽茹犹言饮食耳。”（中华书局 1987 年 3 月第 1 版 P98、99）此句指，自得其乐，箪食瓢饮，犹如山雌美味。案：据谢无量 1955 年回忆，刘师培寓居四川期间“素食讲学”。此句之前，在大段描述佛家慈悲后（“象教源天竺”—“鲁罟禁鲲鲕”），转入描写各种素食（“兼味鬫鲑菜”—“啐茹即山雌”）。可以佐证，刘师培寓居四川确曾素食。而素食的原因有二：佛道二教的宗教原因（“玄文龙首律，净业虎头痴”“情牗犹堪拂，玄风或可追”）；身体疾病（“饵丹嗤药鼎，范素式桑枇”）。可参见拙文《341—谢无量题《左盦遗诗》手稿诗再考—刘师培研究笔记（341）》、《353—刘师培寓蜀食素考—刘师培研究笔记（353）》

尘梦黄粱熟，阳春卉木篩。葭蘿萌岸苇，桃萼绽山桅。风定帘睇燕，膏融穴抵蚳。物华原自丽，多难竟交讙。

〔尘梦黄粱熟〕黄粱，当作“黄粱”，即“黄粱一梦”。典出沈既济《枕中记》，详见《感事八首》（其六）一诗〔黄粱一枕梦初醒〕条笺注。

〔阳春卉木篩〕《诗经 · 小雅 · 鹿鸣之什 · 出车》：“春日迟迟，卉木萋萋。”《说文解字》卷 1 下《艸部》：“卉，草之总名也。”篩，同“筛”。《说文解字注》卷 5 上《竹部》：“篩，竹器也。可目取粗去细。”段注：“俗云簁箩是也。《广韵》云：‘篩，簉也。’能使粗者上存，细者簉下。篩、簁古今字也。《汉 · 贾山传》作‘筛’。”筛，摇动、抖动。《全元散曲》马致远《〔商调〕集贤宾 · 思情 · 尾》：“疎竹响，晚风筛，划地将芭蕉叶儿摆。”（中华书局 1964 年 2 月第 1 版 P265）篩（籭），石印本作“蓰”，似误。

〔葭蘿萌岸苇，桃萼绽山桅〕葭，芦苇。《尔雅注疏》卷 8《释草第十三》：“葭华。蒹，薕，葭，芦，菼，薍。其萌蘿。”郭璞注：“今江东呼芦笋为蘿。然则萑苇之类，其初生者皆名蘿。”《正字通》辰集中《木部》：“桅，同桅。”桅，山桃。详见《游天津公园》一诗〔桥转葭桅曲〕条笺注。萼，花外部承托花瓣的绿色柎片。《毛诗正义》卷 9—2《小雅 · 鹿鸣之什 · 常棣》：“常棣之华，鄂不韡韡。”郑玄笺：“承华者曰鄂。”蘿，石印本、《雅言》本作“蘿”。

〔风定帘睇燕〕睇，看。详见《芜湖赭山秋望》一诗〔睇景衷怀违〕条笺注。庄盘珠《秋水轩词 · 踏莎行 · 病起》：“风定帘閒，鷰眠梁静。”（《小檀栾室汇刻闺秀词 · 弟六集》，徐乃昌清末刻本）

〔膏融穴抵蚳〕膏融，土地解冻。《全宋诗》卷 3327《释文珦十三 · 客居多暇步过田家》："风和禽语乐，日暖土膏融。"（北京大学出版社 1998 年 12 月第 1 版第 63 册 P39693）《文选注》卷 4 左太冲（思）《蜀都赋一首》："内函要害于膏腴。" 刘渊林（逵）注："膏腴，土地肥沃也。" 据上句之 "睇"，抵，疑应作 "眡"，视、看。《周礼注疏》卷 2《天官冢宰 · 大宰》"及执事，眡涤濯，及纳亨。" 陆德明《音义》："眡，音视，本又作视。"《尔雅注疏》卷 9《释虫第十五》："飞蚁，其子蚳。" 郭璞注："蚳，蚁卵。"

〔物华〕万物繁盛。《太平经钞 · 丁部》卷 4："万物华荣，了然可知。"《全唐文》卷 181《王勃（五）· 秋日登洪府滕王阁饯别序》："物华天宝，龙光射牛斗之墟；人杰地灵，徐孺下陈蕃之榻。"

〔交讙〕讙，通 "摧"，讥讽，指责。《毛诗正义》卷 2—3《邶风 · 北门》："室人交徧摧我"。毛传："摧，沮也。" 郑玄笺："摧者，刺讥之言。"《类篇》卷 7："讙，……责也。……《韩诗》：'室人交徧讙我。'"《日知录》卷 32《谁何》："《诗》：'室人交徧摧我。'《韩诗》作 '讙'。"

地讶巫咸集，天教鬼伯覗。萧条冠卸鹖，岑寂壁生蠨。蕉雨聆鸧鸹，菁烟啸鵋鶀。行云庭斗蚁，残月弩惊蛇。

〔地讶巫咸集〕巫咸，传说中的神人。详见《效长吉》一诗〔巫咸下云旗〕条笺注。《集韵》卷 8《去声下 · 祃第四十》："讶，《说文》：'相迎也。'……或作迓。"

〔天教鬼伯覗〕天教，上天降示，命令。《晏子春秋》卷 1《内篇 · 谏上第一》："无几何，日暮，公西面望睹彗星，召伯常骞，使禳去之。晏子曰：'不可！此天教也。'" 鬼伯，阎王。《古今注》卷中《音乐第三》："《薤露》《蒿里》并丧歌也，出田横门人。横自杀，门人伤之，为之悲歌。……二曰：'蒿里谁家地，聚敛魂魄无贤愚。鬼伯一何相催促，人命不得少踟蹰。' 至孝武时，李延年乃分为二曲，《薤露》送王公贵人，《蒿里》送士。"《方言》（卷）10："䁋、䚯、窥、貼、占、伺，视也。……自江而北谓之貼，或谓之覗。"《广雅》卷 1《释诂》："覗，……视也。"

〔萧条冠卸鹖〕《九家集注杜诗》卷 36 杜甫《小寒食舟中作》："佳辰强饮食犹寒，隐几萧条带鹖冠。" 郭知达集注："赵云：……鹖冠者，隐人之冠也。"《文选注》卷 54 刘孝标《辩命论》："至于鹖冠瓮牖，必以悬天有期。鼎贵高门，则曰唯人所召。" 李善注："《七略》鹖冠子者，盖楚人也，常居深山，以褐冠，故曰鹖冠。" 卸，卸的异写体，《雅言》本作 "卸"。《古今韵会举要》卷 23《去声 · 二十二》："卸，……亦曰卸"。

〔岑寂壁生蠷〕岑寂，寂寞。详见《古意（用李樊南〈效长吉〉诗韵）》一诗〔岑寂〕条笺注。蠷，蚰蜒，俗称“钱串子”。《方言》（卷）11：“蚰蜒，自关而东谓之螾蜑，或谓之入耳，或谓之蛝蠷。”

〔蕉雨聆鸧鸹〕蕉雨，即芭蕉雨，指雨打芭蕉。《全唐诗》卷 614 皮日休《鸳鸯二首》其二：“烟浓共拂芭蕉雨，浪细双游菡萏风。”（第 9 册 P7142）《朱子语类》卷 140《论文下（诗）》：“举南轩诗云：‘卧听急雨打芭蕉’，先生曰：‘此句不响’，曰‘不若作“卧闻急雨到芭蕉”’。”《尔雅注疏》卷 10《释鸟第十七》：“鸧，麋鸹。”郭璞注：“今呼鸧鸹。”《史记·司马相如传》载其《子虚赋》：“双鸧下，玄鹤加。”张守节《正义》：“司马彪云：‘鸧似雁而黑，亦呼为鸧括。《韩诗外传》云胎生也。’”

〔菁烟啸鵋鶀〕菁，通“青”。《毛诗正义》卷 3—2《卫风·淇奥》：“瞻彼淇奥，绿竹青青。”陆德明《音义》：“青，……本或作菁。”鵋鶀，鶀同“鵙”，又作“鵋鵙”，猫头鹰。《集韵》卷 1《平声一·之第七》：“鶀，……鸟名，今江东呼鸺鹠为鵋鶀。或作鵙。”《名义考》卷 10《物部·鸱鸮》：“一种怪鸱，又分二种。一似鹰，性嗜鼠，俗名夜食鹰，头圆而有耳，俗又名猫儿头，即鸺鹠也。曰角鸱，曰鵋鵙”。

〔行云庭斗蚁〕《世说新语》卷下之下《纰漏》：“殷仲堪父病虚悸，闻床下蚁动，谓是牛斗。孝武不知是殷公，问仲堪：‘有一殷，病如此不?’仲堪流涕而起曰：‘臣进退唯谷。’”斗（鬬），石印本、《雅言》本作“鬥”。《正字通》亥集上《鬥部》：“鬥，……今通用鬬。”案：本诗此句及之后多处涉及“病”，似为刘师培的自喻。

〔残月弩惊蛇〕《风俗通义》卷 9《怪神·世间多有见怪惊怖以自伤者》：“予之祖父郴为汲令，以夏至日见主簿杜宣。因赐酒时，北壁上有悬赤弩，照于杯，形如虵，宣畏恶之，然不敢不饮。其日，便得胸腹痛切，妨损饮食，大用羸露，攻治万端，不为愈。后郴因事过至宣家，窥视问其变故。云：‘畏此虵，虵入腹中。’郴还厅事，思惟良久，顾见悬弩曰：‘必是也。’则使门下史，将铃下侍徐扶辇载宣于故处。设酒杯中，故复有虵。因谓宣：‘此壁上弩影耳，非有他怪。’宣遂解，甚夷怿，由是瘳。”虵，同“蛇”。《宋本广韵》卷 1《上平声·支第五》：“蛇，……虵，俗。”

玉雪肩生粟，银霜鬓染罩。孤灯心缱绻，高枕语谆謘。百叶窗疏阖，重熺炭束羡。芋灰融榾柮，秈粒节鎌鬵。

〔玉雪肩生粟〕粟，轸粟，寒冷时皮肤起的小疹粒，俗称“鸡皮疙瘩”。《海录碎事》卷 10 下《后妃门》：“轸粟。飞燕善行气术，微时通邻羽林射鵰儿，雪夜露立，闭息顺气，体温舒，亡轸粟。射鵰者异之，以为神仙。《飞燕外传》。”《东坡诗集注》卷28 苏轼《雪后书北堂壁二首》其二：“冻合玉楼寒起粟，光摇银海眩生花。”王十朋注：“《厚道经》以项肩骨为玉楼，眼为银海。起粟，谓冻起肉上为生粟。”《类说》卷15《侯鲭录·玉楼银海》：“东坡作雪诗云：冻合玉楼寒起粟，光摇银海眩生花。后见荆公曰：‘道家以两肩为玉楼，目为银海，是使此事否？’坡退曰：‘惟荆公知此出处。’”方夔《富山遗稿》卷8《王古樵观予苦疮鄙句遂自赋眉遭二韵各二首因次其韵为戏》其一：“吟罢肩寒生轸粟，坐来形槁似枯梨。”

〔䫿〕同“顩”“鬒”。《说文解字》卷9上《须部》：“顩，须发半白也。”《正字通》亥集上《部》：“鬒，鬒、䫿同。《说文》：‘顩，须发半白也。’”

〔缱绻〕萦绕眷恋。详见《咏怀（五首）》其一一诗〔缱绻〕条笺注。

〔谆謘〕谆，诚恳貌。详见《述怀一百四十韵示蜀中诸同好》一诗〔多难诲谆谆〕条笺注。《荀子·乐论篇第二十》：“众积意謘謘乎。”《通雅》卷10《释诂（重言）》：“謘謘，谆谆而缓也。”

〔百叶窗疏阖〕百叶窗，中国古时即有，称“亮隔”。竖者曰“直棂”，横者曰“卧棂”，但叶扇不能转动。如今这种形制的百叶窗从西方传入，当时多为木制。据科斯塔《澳门建筑史》第三篇《建筑物·风格》记载：“当时的一位中国作者曾这样描绘那个时代的住宅，……屋里有两扇开的门，外面的小窗户用百叶窗封住。”百叶窗具体的传入时间尚待考证，但至清末，百叶窗的记载在中国文献资料中已经出现。陆士谔《十尾龟》第十一回《乡曲辫洋行访友，小滑头酒馆谈心》：“见洋房的百叶窗尽都开着，玻璃窗却没有开，不知从那条路进去。”疏阖，即开闭。

〔重熺炭束羙〕《文选注》卷12木玄虚（华）《海赋》：“熺炭重燔，吹炯九泉。”李善注：“熺炭，炭之有光也。《广雅》曰：‘熺，炽也。’重燔，犹重然也。”《重修玉篇》卷21《火部第三百二十三》：“羙，……束炭也。”羙，石印本、《雅言》本作“羰”。羰，同“羡”“羙”。《说文解字》卷10上《火部》：“羰，束炭也。”束，《雅言》本作“束”。参见本诗〔卑溪军束马〕条笺注。

〔芋灰融榾柮〕芋灰，指覆盖于燃料表面，已燃烧完的灰烬。《毛诗正义》卷11—2《小雅·鸿雁之什·斯干》：“君子攸芋”。郑玄笺：“芋，当作幠。幠，覆也。”孔颖达疏：“‘芋，当作幠’，读如幠，覆也。郑以义言之，《尔雅》无此训也。”《六书故》卷21《植物一》：“柮，按：今以木块为榾柮。”《俗书刊误》卷11《俗用杂字》：“短木树根曰榾柮”。

〔秈粒节餻鬻〕秈粒，籼稻。《集韵》卷 3《平声三·僊第二》：“《方言》：江南呼稉为秈。或作……籼”。《尔雅翼》卷 1《释草·稻》：“又有一种曰籼，比于稉小，而尤不黏。其种甚早，今人号籼为早稻，稉为晚稻。”餻，通“嗛”。《韩诗外传》卷 8：“一谷不升谓之餻。”《春秋谷梁传注疏》卷 16《襄公二十四年》：“一谷不升谓之嗛。”范宁注：“嗛，不足貌。”鬻，通“粥”。《尔雅注疏》卷 3《释言第二》：“鬻，糜也。”陆德明《音义》：“鬻，之六反。《字林》亦作粥。”

久病亲桐籙，生涯付药簁。林寒风绪结，漏静雨声霼。绝学绵涪叟，筒书绎段医。达生兼止讬，至理契成亏。

〔桐籙〕《本草纲目》卷 1 上《序例上·历代诸家本草》：“《桐君采药录》”。李时珍注：“桐君，黄帝时臣也。书凡二卷，纪其花叶形色，今已不传。”《山堂肆考》卷 17《地理·山·桐君》：“桐君山，在严州府桐庐县东。有异人于此庐于桐木之下，人问其姓名，则指桐以示之，因号山为桐君山。”

〔药簁〕筛滤药材的筛子。簁，同“筛”，详见本诗〔阳春卉木簁〕条笺注。簁（籭），《雅言》本作“蘼”，似误。

〔林寒风绪结〕绪结，本指丝线缠绕，纠结，引申为风穿过树林，风向屡变。《文苑英华》卷 71《乐一·琵琶赋一首》虞世南《琵琶赋》：“或锦散而花开，或丝萦而绪结。”《全唐诗》卷 49 张九龄《自始兴溪夜上赴岭》：“深林风绪结，遥夜客情悬。”（第 1 册 P610）

〔漏静雨声霼〕漏静，夜晚。漏，即“铜壶滴漏”，古时的计时器。《说文解字》卷 11 上《水部》：“漏，以铜受水，刻节，昼夜百刻。”《全宋诗》卷 3561《周密六·漏静》：“漏静知宵永，灯昏觉夜阑。”（北京大学出版社 1998 年 12 月第 1 版第 67 册 P42561）。《集韵》卷 1《平声一·脂第六》：“霼，……雨声。或作䨲，亦书作霼。”

〔涪叟〕《后汉书·方术·郭玉传》：“初有老父，不知何出，常渔钓于涪水，因号涪翁。乞食人间，见有疾者，时下针石，辄应时而效。乃著《针经》《诊脉法》传于世。弟子程高寻求积年，翁乃授之。高亦隐迹不仕。”

〔筒书绎段医〕《后汉书·方术列传·段翳传》：“段翳，字元章，广汉新都人也。习《易经》，明风角。时有就其学者，虽未至，必豫知其姓名。尝告守津吏曰：‘某日当有诸生二人荷担问翳处者，幸为告之。’后竟如其言。又有一生来学积年，自谓略究要术，辞归乡里。翳为合膏药，并以简书封于筒中。告生曰：‘有急发视之。’生到葭萌，与吏争度，津吏檛破从者头。生开筒得书，言到葭萌与吏斗，头破者以此膏裹之。生用其言，创者即愈。生叹服，乃还卒业。翳遂隐居窜迹，终于家。"《搜神记》卷 3："段翳，字元章，广汉新都人也。习《易经》，明风角。有一生来学积年，自谓略究要术，辞归乡里。翳为合膏药，并以简书封于筒中。告生曰：'有急发视之。'生到葭萌，与吏争度。津吏挝破从者头，生开筒得书，言到葭萌，与吏斗，头破者以此膏裹之。生用其言，创者即愈。"《论语注疏》卷 3《八佾第三》："子语鲁大师乐。曰：'乐其可知也：始作，翕如也；从之，纯如也，皦如也，绎如也，以成。'"邢昺疏："'绎如也'者，言其音络绎然相续不绝也。"案：《广博物志》卷 22 录此事，"段翳"作"叚医"。段，石印本、《雅言》本作"叚"。

〔达生兼止讬〕达生，洞悉生命本质，通达生死之理。《庄子 · 达生第十九》："达生之情者，不务生之所无以为；达命之情者，不务知之所无奈何。"止讬，亦作"止托"，凭借，寄止。《六臣注文选》卷 10 潘安仁（潘安，本名潘岳）《西征赋》："陋吾人之拘挛，飘萍浮而蓬转。"张铣注："竟如浮萍转蓬，无所止讬也。"《庄子 · 逍遥游第一》："夫列子御风而行，泠然善也，旬有五日而反。彼于致福者，未数数然也。此虽免乎行，犹有所待者也。若夫乘天地之正，而御六气之辩，以游无穷者，彼且恶乎待哉！故曰：至人无己，神人无功，圣人无名。"待，通"恃"。兼，超过，胜于。《论语注疏》卷 11《先进第十一》："子曰：'求也退，故进之；由也兼人，故退之。'"何晏注："子路务在胜尚人。"

〔至理契成亏〕成亏，成败，得失。《列子 · 天瑞第一》："粥熊曰：'运转亡已，天地密移，畴觉之哉？故物损于彼者盈于此，成于此者亏于彼。损盈成亏，随世随死。往来相接，间不可省，畴觉之哉？"

素篃䌷金匮，丹礛砺石柴。琼华桐拨乳，蜜饵蔗煎饴。为识脾调滑，因之穴炙譩。兰池清晓梦，葛室健春痍。

〔素篃䌷金匮〕篃，通"简"。《重订直音篇》卷 4《竹部》："篃，牒也。……简，同上。"素简，书籍。《初学记》卷 12《职官部下 · 秘书监第九 · 诗》："梁沈约《奉和竟陵王抄书诗》：'……绿编方委阁，素简日盈锱。……'"䌷，缀集。金匮，国家藏书之处。详见《樊云门七十寿诗（二首）》其一一诗〔䌷书石室藏，奏记金门牍〕条笺注。篃，《雅言》本作"简（篃）"。

〔丹礛砺石柴〕《说文解字注》卷 9 下《石部》："礛，厉石也。一曰赤色。"段注："《广韵》曰：'礛，赤砺石也'。"柴，似应作"柴"。《广雅疏证》卷 8《释器》："石针谓之柴。"王念孙注："柴者，锐末之名。鸟喙谓之觜，义相近也。"

〔琼华桐拨乳〕《汉书 · 司马相如传下》载其《大人赋》："咀噍芝英兮，叽琼华。"颜师古注："张揖曰：'芝，草蒻也。荣而不实谓之英。叽，食也。琼树生昆仑西流沙滨，大三百围，高万仞。华，蕊也，食之长生。'"《艺文类聚》卷 88《木部上 · 桐》："《庄子》曰：'空门来风，桐乳致巢。'注曰：'门户空，风喜投之。桐子似乳，着叶而生，鸟喜投之也。'"《尔雅翼》卷 9《释木 · 梧》："《庄子》曰：'空阅来风，桐乳致巢。'盖子生累然，似乳，鸟悦于得食，因巢其上。"《齐民要术》卷 5《种槐柳楸梓梧柞第五十 · 梧桐》："青桐……成树之后剥下子一石，炒食甚美。"自注："子于叶上生，多者五六，少者二三也"，"子似菱芡，多噉亦无妨也。"拨，摆动。参见《述怀一百四十韵示蜀中诸同好》一诗〔尾拨藻鱼鲜〕条笺注。

〔蜜饵蔗煎饴〕蜜饵，以米面粉佐以蜜糖制成的甜食，类似今日常见的"蜜供"。《丹铅总录》卷 16《饮食类 · 粔籹蜜饵餦餭》："《楚辞》：'粔籹蜜饵，有餦餭'。王逸注：'餦餭，饧也。以蜜和米麪熬煎作粔籹，捣黍作饵。又有美饧，众味甘具也。'朱子注云：'以米麪煎熬作之寒具也。'可山林洪曰：'《楚辞》此句自是三品：粔籹，乃蜜麪之干者，十月开炉饼也；蜜饵，乃蜜麪少润者，七夕蜜食也；餦餭，乃寒食、寒具也。'"饴，糖浆。《说文解字》卷 5 下《食部》："饴，米蘖煎也。"蔗煎饴，煎榨甘蔗，获取糖浆。《本草纲目》卷 33《果之五 · 甘蔗》李时珍《发明》："《晁氏客话》云：……甘蔗煎饴则热"。《晁氏客语》："甘蔗煎为沙糖则热"。

〔脾调滑〕调理"脾滑"之疾。脾滑，中医名词。《理虚元鉴》卷下《治虚药讹一十八辨 · 黄柏、知母禁用》："胃伤则饮食不进，脾滑则泄泻无度。"《备急千金要方》卷 46《脾臓方 · 脾臓脉论第一》："脾在声为歌，在变动为噫，在志为思。思伤脾，精气并于脾则饥。"

〔穴灸譩〕譩嘻穴，可针灸，亦可艾灸，可治咳嗽气喘、热病、肩背痛。《普济方》卷 413《针灸门》："《甲乙经》：'譩嘻，在肩髆内廉侠第六椎下两傍各三寸，以手按之，痛病者言'譩嘻'，足太阳脉气，所发灸五壮。'……应手灸之，立以……热咳逆上，气虚喘喘，……"

〔兰池〕指秦始皇所筑之兰池宫，始皇在其中引渭水为池，象征大海；筑石，象征蓬莱山，以祈求长生。《元和郡县图志》卷 1《关内道（一）· 京兆府（雍州）· 咸阳县》："秦兰池宫在县东二十五里……兰池陂，即秦之兰池也，在县东二十五里。初始皇引渭水为池，东西二百里，南北二十里，筑为蓬莱山，刻石为鲸鱼，长二百丈。"《史记 · 秦始皇本纪》："与武士四人俱，夜出逢盗兰池，见窘，武士击杀盗，关中大索二十日。”裴骃《集解》:“《地理志》:‘渭城县有兰池宫。’”张守节《正义》:“《括地志》云:‘兰池陂即古之兰池，在咸阳县界。《秦记》云:“始皇都长安，引渭水为池。筑为蓬、瀛，刻石为鲸，长二百丈”。逢盗之处也。’”

〔葛室健春痜〕葛室，似指以葛布遮蔽室窗，防风保温。《广博物志》卷22《方伎·医》:“孔子有病，哀公使医视之。医曰:‘子居处、饮食何如?’孔子曰:‘春居葛室，夏居密阳，秋不风，冬不炀。饮食不馈，饮食不勤。’医曰:‘是良药也。’《公孙尼子》。”案:《太平御览》卷21、724,《天中记》卷40录此事作“葛笼”。孙星衍《孔子集语》卷13《事谱十一下》曰:“《御览》二十一又七百二十四引《公孙尼子》”，孙氏引文作“葛室”。《平书》卷3《物宜篇上》:“《四气调神大论篇》云:孔子有疾，哀公使医视之。医曰:‘居处饮食何如?’子曰:‘吾之春居葛笼，夏居密阳，秋不风，冬不炀。饮食不醎，饮酒不醉。’医曰:‘是良药也。’按:葛笼，未知何解。想其时无纸，必以葛糊窗，犹后世之以纱糊窗耳。纸大兴以后，糊窗费省而便，真万世之大利也。”《字汇》午集《疒部》:“痜，同瘊。”《广雅》卷1《释诂》:“瘊，……病也。”

大道无揵韄，神机起蹷痿。尘书知蠹箧，春服已悬椸。启户乾坤大，开帘景物滋。庭莎痕冉冉，窗竹影衖衖。

〔大道无揵韄〕韄，似应作“韄”。《庄子·庚桑楚第二十三》:“夫外韄者不可繁而捉，将内揵；内韄者不可缪而捉，将外揵。”大意为，人为外物束缚，应关闭心门，以隔绝外物的内侵；人为内欲束缚，应闭耳目杜绝沾染，以断绝妄心的外溢。详见《大象篇》一诗〔内犍菀性渊，外韄洪情郛〕条笺注。此句指，天地造化，本不存在什么“外内之韄”和“内外之揵”。韄,《雅言》本作“韄”。

〔神机起蹷痿〕毕沅新校本《吕氏春秋》卷1《本生》:“出则以车，入则以辇，务以自佚，命之曰招蹷之机。”高诱注:“蹷机，门内之位也。乘辇于宫中，游翔至于蹷机，故曰务以自佚也。《诗》云:‘不远伊尔，薄送我畿。’此不过蹷之谓。”毕沅校正:“案:此注全不谙文义而妄说。盖招，致也。蹷者，痿蹷。过佚则血脉不周通，骨干不坚利，故为致蹷之机括。高误以蹷为门橛，又误以‘机’即《诗》之‘畿’，故有斯讹。”(光绪元年浙江书局据毕氏灵岩山馆乾隆本校刻本)《六臣注文选》卷34枚叔(乘)《七发八首》:“且夫出舆入辇，命曰蹷痿之机。”吕向注:“蹷，足不能行；痿，痹也。舆辇之安，乃为此病之几兆也。”《正字通》酉集中《足部》:“蹷，与蹶同”。此句指，出入都乘辇坐车，是引发足疾的兆机。蹷,《雅言》本作“蹶”。

〔尘书知蠹箧〕《全唐诗》卷 623 陆龟蒙《江南秋怀寄华阳山人》："蠹简开尘箧，寒灯立晓檠。"（第 9 册 P7212）

〔春服已悬椸〕《论语 · 先进第十一》："莫春者，春服既成。冠者五六人，童子六七人，浴乎沂，风乎舞雩，咏而归。"《说文解字》卷 6 上《木部》："椸，衣架也。"

〔启户乾坤大，开帘景物滋〕《全宋诗》卷 3227《释普度 · 示马路钤》："六窗尽启乾坤大，万里无云一片天。"（北京大学出版社 1998 年 12 月第 1 版第 61 册 P38514）《古诗纪》卷 70《谢朓（三）· 新治北窗和何从事》："辟牖期清旷，开帘候风景。"

〔庭莎痕冉冉〕庭莎，生长在庭院中的莎草。《全唐诗》卷 277 卢纶《同柳侍郎题侯钊侍郎新昌里（一作酬侯钊侍郎春日见寄）》："庭莎成野席，阑药是家蔬。"（第 5 册 P3136）《宋文鉴》卷 77 晏殊《庭莎记》："介清思堂中燕亨之间隙地，其纵十八步，其横南八步，北十步，以人迹之罕践，有莎生焉。……" 冉冉，浓重，密集。《玉台新咏》卷 3 陆机《周夫人赠车骑一首》："湛露何冉冉，思君随岁晚。" 梅尧臣《宛陵集》卷 2《雨中归》："来时云冉冉，去值雨霏霏。"

〔僛僛〕疑当作"傲傲"，倾斜貌。《诗经集传》卷 5《小雅 · 桑扈之什二之七 · 宾之初筵》："屡舞傲傲，是曰既醉。" 朱熹注："傲傲，倾侧之状。" 王安石《临川文集》卷 30《律诗（七言绝句）· 春雨》："城云如梦柳傲傲，野水横来强满池。"

花粉痕捎蝶，苔文篆运蠯。萝痕明薄霭，微润浥轻霹。出郭江沿锦，披襟暑袗絺。插禾催布谷，编竹生鸬鹚。

〔花粉痕捎蝶〕捎，拂掠。《全唐诗》卷 224 杜甫《重过何氏五首》其一："花妥莺捎蝶，溪喧獭趁鱼。"（第 4 册 P2403）此句指，蝴蝶拂掠过花朵，在花粉上留下了痕迹。

〔苔文篆运蠯〕《字汇》未集《竹部》："篆，……又，盘曲貌。"《集韵》卷 1《平声一 · 支第五》："蠯，……一曰蠯蝓，蜗牛也。" 此句指，蜗牛在苔藓上爬行，留下了弯曲的爬痕。

〔萝痕明薄霭〕萝，多指攀援类藤蔓植物。薄霭，淡淡的雾气。《全宋诗》卷 664《吕陶四 · 送荣咨道》："亲闱极西望，薄霭似秋汾。"（北京大学出版社 1998 年 12 月第 1 版第 12 册 P7772）萝（蘿），《雅言》本作"蕴"，似误。

〔微润浥轻霹〕《字汇》巳集《水部》："浥，……渍也，湿润也。"《佩文韵府》卷 4 之 10《上平声 · 四支韵十》："霹，息移切，小雨。"

〔出郭江沿锦，披襟暑袗絺〕锦江，流经成都的水道。详见《题张船山南台饮酒图》

一诗〔几回吊古锦江曲〕条笺注。绨，细葛布制作的夏装。详见《宫怨》一诗〔绨绤西风欺绿衣〕条笺注。袗，薄衣、单衣。《论语注疏》卷 10《乡党第十》："当暑，袗絺绤，必表而出之。"何晏注："孔曰：暑则单服。絺绤，葛也。"1913 年，刘师培携何震离蓉赴申。7 月 29 日晚间，刘师培与何震于成都老东门外锦江码头登船，第二天舟行。详细考证见拙文《刘师培离蓉时间地点考及个人感慨—刘师培研究笔记（24）》，参见《刘师培年谱》（增订本）P546—547（广陵书社 2022 年 12 月第 1 版）。刘师培在本诗中另有 2 句："出郭余斜日，登舟趁夕飔"，亦当指此。参见此二句笺注。杜甫有《出郭》一诗："霜露晚凄凄，高天逐望低。远烟盐井上，斜景雪峰西。故国犹兵马，他乡亦鼓鼙。江城今夜客，还与旧乌啼。"诗中的"江城"即指成都。参见《题张船山南台饮酒图》一诗〔鲛绡媚彩倾江城〕条笺注。由此可以断定，此二句为刘师培对 1913 年离蓉的描写。另，1905 年 3 月，刘师培有《出郭》一诗："幽怀了无着，与世渐忘机。流水自终古，青山空夕晖。沙禽临岸立，瘦蝶背人飞。试访招提境，钟声出翠微。"可参见该诗笺注。

〔插禾催布谷〕《戒庵老人漫笔》卷 6《布谷鸟》："布谷鸟当四五月插秧时，自呼其名，分明云'布谷布谷'。因重叠其声，人骤闻之，音相近而疑似。如云'郭公郭婆'，又如云'看蚕看火'，今人遂称为'看蚕看火鸟'，亦称'郭公鸟'，失其本名矣。"

〔编竹生鸬鹚〕生，疑当作"坐"。朱彝尊《曝书亭集》卷 16《古今诗（十五）· 铅山》："穴山巢鹳鹊，编竹坐鸬鹚。"《尔雅翼》卷 17《释鸟五 · 鹚》："鹚，水鸟，色深黑，钩喙，善没水中逐鱼，亦名卢鹚……《隋书》：'倭国水多陆少，以小镮挂鸬鹚项，令入水捕鱼，日得百余头。'今蜀中尤多。临水居者，多畜养之。以绳约其吭，才通小鱼。其大鱼不可得下。时呼而取出之，乃复遣去，指顾皆如人意。有得鱼而不以归者，则押者喙而使归，比之放鹰鹯。无驰走之劳，而利有差厚。渔者养数十头，日得鱼可数十斤。"鹚（鷀），《雅言》本作"鷘"。

疏柳烟丝暗，新荷雨盖攲。流光惊磨蚁，过客倦听鹂。乡梦萦乌桕，羁怀郁白桵。胥丝捎蟏蠨，动股警螽蟴。

〔疏柳烟丝暗〕疏柳，稀疏的柳树。《全唐诗》卷 150 刘长卿《送薛据宰涉县（自永乐主簿陟状，寻复选受此官）》："驿路疏柳长，春城百花媚。"（第 3 册 P1551）烟丝，指细长的柳条。《全唐诗》卷 369 皇甫松《杨柳枝二首》其二："春入行宫映翠微，玄宗侍女舞烟丝。"（第 6 册 P4167）赵孟頫《松雪斋集》卷 5《七言律诗 · 东城》："野店桃花红粉姿，陌头杨柳绿烟丝。"

〔新荷雨盖猗〕雨盖，荷叶。《宋文鉴》卷 28 苏轼《赠刘景文》："荷尽已无擎雨盖，菊残犹有傲霜枝。"《古今韵会举要》卷 2《平声上 · 四》："猗，……通作猗。"《汉书 · 武帝纪》："猗与伟与!" 颜师古注："猗，美也。" 盖（蓋），石印本、《雅言》本作"盖"。

〔流光惊磨蚁〕流光，时光流逝。《艺文类聚》卷 18《人部二 · 美妇人》："魏应玚《正情赋》曰：'……伤住禽之无隅，悼流光之不归。愍伏辰之方逝，哀吾愿之多违。'"《晋书 · 天文志上 · 天体》："《周髀》家云：'天员如张盖，地方如棋局。天旁转如推磨而左行，日月右行，随天左转，故日月实东行，而天牵之以西没。譬之于蚁行磨石之上，磨左旋而蚁右去，磨疾而蚁迟，故不得不随磨以左回焉。'" 洪咨夔《平斋词 · 萨菩鬘（和子有韵）》："流光旋磨蚁，换调重拈起。"

〔过客倦听鹂〕朱彝尊《曝书亭集》卷 5《古今诗（四）· 于忠肃公祠》："碧草空祠长，黄鹂过客听。"

〔乡梦萦乌桕〕乌桕，树名。《格致镜原》卷 65《木类（二）· 桕》："《群芳谱》：乌桕，一名鸦桕，树高数仞，叶似小杏叶而微薄淡，绿色。五月开细花，色黄白。实如鸡头，初青，熟黑，分三瓣，八九月熟。种之佳者有二，曰葡萄桕，穗聚，子大而穰厚；曰鹰爪桕，穗散而殼薄，采桕子在中冬，以熟为候，榨取白油以制烛（详见油类）。《玄中记》：荆州有树名乌臼，其实如胡麻子，捣其汁可为脂，其味亦如猪脂。" 乌桕，江南地区多有分布。入秋，其叶变红，颇类梅花。陆游《剑南诗稿》卷 25《新黏竹隔作煖阁》："鹁姑声急雨方作，乌桕叶丹天已寒。" 黄镇成《秋声集》卷 3《东阳道中》："前村乌桕熟，疑是早梅花。" 乌桕为江南常见之树，寻常人家多有种植，故古人常以乌桕喻指家和故乡。辛弃疾《稼轩词》卷 4《玉楼春》："醉中忘却来时路，借问行人家住处。只寻古庙那边行，更过溪南乌桕树。" 谢榛《四溟集》卷 10《远别曲》："阿郎几载客三秦，好忆侬家汉水滨。门外两株乌桕树，叮咛说向寄书人。" 案：乌桕遍布扬州，是如今扬州重要的绿化景观树之一。

〔羁怀郁白桵〕羁怀，寄居外乡的心情。谢朓《谢宣城集》卷 3《冬绪羁怀示萧咨议虞田曹刘江二常侍》："去国怀丘园，入远滞城阙。"《全唐诗》卷 160 孟浩然《人日登南阳驿门亭子怀汉川诸友》："异县殊风物，羁怀多所思。"（第 3 册 P1641）《毛诗正义》卷 16—3《大雅 · 文王之什 · 棫朴》："芃芃棫朴，薪之槱之。" 毛传："棫，白桵也。" 郑玄笺："白桵，相朴属而生者，枝条芃芃然。"《尔雅注疏》卷 9《释木第十四》："棫，白桵。" 郭璞注："桵，小木丛生有刺，实如耳珰，紫赤可啖。" 邢昺疏："棫，一名白桵。郭云：'桵，小木丛生有刺，实如耳珰，紫赤可啖。'《诗 · 大雅》云：'芃芃棫朴。’陆玑云：‘《三苍》说：棫即柞也。其材理全白无赤心者为白桵，直理易破可为椟车辐，又可为矛戟矜。今人谓之白梂，或曰白柘。此二说不同，未知孰是。’”

〔罥丝捎蠛蠓〕罥，“罥”的异写体。《俗书刊误》卷 3《刊误去声 · 十一霰》：“罥，俗作罥。”《集韵》卷 8《去声下 · 霰第三十二》：“羂，……《说文》：‘网也。’一曰绾也，或作罥。”朱彝尊《曝书亭集》卷 7《风怀二百韵》：“罥丝捎蠛蠓，拒斧折螳螂。”蠛，“蠛”的异写体。《尔雅注疏》卷 9《释虫第十五》：“蠓，蠛蠓。”郭璞注：“小虫似蚋，喜乱飞。”邢昺疏：“小虫似蚋，乱飞者也。名蠓，又名蠛蠓。《列子》云：生‘朽壤之上，因雨布生，得阳而死。’一名醯鸡，《庄子》云：孔子与老聃语，‘出告颜回曰：“丘之于道也，其犹醯鸡与!”’郭象云：‘醯鸡者，瓮中蠛蠓是也。’”蠓，俗称“小咬”，其叮噬人畜，比蚊子更凶悍。《周礼注疏》卷 39《防》：“以其围之防捎其薮。”郑玄注：“捎，除也。”案：《风怀二百韵》中涉朱彝尊与其妻妹之不伦情事，四库本《曝书亭集》将其删去，后很多版本的《曝书亭集》无此诗。《四库》提要曰：“原本有《风怀二百韵》诗及《静志居琴趣》长短句，皆流宕艳冶，不止陶潜之赋《闲情》。夫绮语难除，词闲常态。然韩偓《香奁集》别有篇帙，不入《内翰集》中。良以文章各有体裁，编录亦各有义例，溷而一之，则自秽其书。今并刊除，庶不乖风雅之正也。”袁枚《小仓山房诗集》卷 9《题竹垞风怀诗后》序：“竹垞晚年自订诗集，不删《风怀》一首，曰：‘宁不食两庑特豚耳（指陪祀孔庙——引者）。’此躗言也。按元、明崇祀之典颇滥，盖有名行无考，附会性理数言，遽与程、朱并列。竹垞耻之，托词自免，意盖有在也。不然，使竹垞删此诗，其果可以厕两庑乎？亦未必然矣。”罥，石印本作“罥”。蠛，《雅言》本作“蠛”。

〔动股警螽蟴〕螽蟴，即“斯螽”，或称“螽斯”，指蝗虫、蝈蝈，以背部翅羽摩擦发声。《诗经 · 豳风 · 七月》：“五月，斯螽动股”。详见《季夏雨霁游北洋公立种植园泛舟竟夕》一诗〔春箕播文翰〕条笺注。蟴，与“斯”通。《龙龛手鉴》卷 2《上声 · 虫部第二》：“蟴，音斯，螽蟴也。”

流滞吟鸂鶒，归期訙子雉。音书传跃马，别思惜歌骊。鸟杙型柯椓，青筤挽竹篗。相风竿定綄，杼水斗斢梔。

〔流滞吟鸂鶒〕流滞，停留，羁留，亦指客居他乡。《韩诗外传》卷 3：“万物群来，无有流滞，以相通移。”《旧唐书 · 后妃下 · 穆宗贞献皇后萧氏传》：“侨寓流滞，久在闽中。”《文选注》卷 5 左太冲（思）《吴都赋》：“候雁造江，鸂鶒、鷛鷞”。刘渊林（逵）注：“鸂鶒，水鸟也。色黄赤，有班文，食短狐虫，在水中无毒。江东诸郡皆有之。”《尔雅翼》卷 17《释鸟五 · 鸳鸯》：“黄赤五彩，首有缨者乃是鸂鶒耳。然鸂鶒，亦鸳鸯之类，其色多紫。李白诗所谓‘七十紫鸳鸯，双双戏亭幽’，谓鸂鶒也。《临海异物志》：‘鸂鶒，水鸟，毛有五色，食短菰，其在溪中无毒气。’《说文》作‘溪鳷’。”《埤雅》卷 9《释鸟 · 溪鶒》：“溪鶒，五色，尾有毛，如船柂，小于鸭。沈约《郊居赋》所谓‘秋鹥寒鶒，修鹢短凫’是也。性食短狐，在山泽中无复毒气。故《淮赋》云：‘溪鶒寻邪而逐害，此鸟盖溪中之勑邪逐害者，故以名’云。”案：鸂鶒，江东地区多有，也就是今天的苏浙一带，而刘师培的家乡即在扬州。此为其思乡之叹。

〔归期訙子雉〕《全唐诗》卷 539 李商隐《夜雨寄北》：“君问归期未有期，巴山夜雨涨秋池。”（第 8 册 P6201）訙，同“讯”。详见本诗〔望气訙王擒〕条笺注。雉，通“鳺”。《集韵》卷 1《平声一 · 支第五》：“雉，……鸟名，或作鳺”。子鳺，即“子规”，杜鹃。《骈雅》卷 7《释鸟》：“子鳺、鶗鴂、杜鹃、谢豹，杜宇也。”案：传说蜀王杜宇，化为杜鹃啼血。详见《感事八首》（其四）〔杜宇啼枝空有泪〕条笺注。刘师培滞留四川，上句与此句相对，亦为其思乡之叹。訙，石印本、《雅言》本作“訊”。

〔音书传跃马〕《九家集注杜诗》卷 31 杜甫《阁夜》：“卧龙跃马终黄土，人事音书漫寂寥。”郭知达集注：“卧龙，谓孔明也。郭外有孔明庙。跃马，谓公孙述也。城有白帝祠。此二人，蜀之英雄，言不免归于土。”“《蜀都赋》：‘公孙跃马而称帝。’赵云：‘英雄皆不免于死，人事依依，何至漫自寂寥乎！一云，人事音尘无。”音书，指音讯、消息、书信。《全唐诗》卷 53 宋之问《渡汉江》：“岭外音书断，经冬复历春。近乡情更怯，不敢问来人。”（第 1 册 P656）公孙述，参见《述怀一百四十韵示蜀中诸同好》一诗〔枌祠无白帝〕条笺注，此处代指“白帝城”和四川。此句指，在四川与身处他处的故人互通音讯。

〔别思惜歌骊〕《汉书 · 儒林传 · 王式传》：“博士江公世为《鲁诗》宗，至江公著《孝经说》，心嫉式，谓歌吹诸生曰：‘歌《骊驹》。’”颜师古注：“服虔曰：‘逸《诗》篇名也，见《大戴礼》。客欲去，歌之。’文颖曰：‘其辞云：“骊驹在门，仆夫具存。骊驹在路，仆夫整驾”也。”案：《骊驹》，离别时所唱之歌也。《乐府诗集》卷 84《骊驹歌》题解：“骊驹者，客欲去，歌之。”此句指，刘师培计划离开四川。

〔鸟杙型柯椓〕鸟杙，栓鸟的木桩、木杆。《庄子集释》卷 2 中《人世间第四》：“其拱把而上者，求狙猴之杙者斩之。”郭庆藩引成玄英疏：“杙，橛也，亦杆也。”引陆德明《经典释文》：“李云：‘欲以栖戏狙猴也。’”《毛诗正义》卷 10—1《小雅 · 南有嘉鱼之什 · 湛露》：“湛湛露斯，匪阳不晞。”郑玄笺：“露之在物，湛湛然，使物柯叶低重。”孔颖达疏：“柯，谓枝也。”《正字通》辰集中《木部》：“栎，栎字之讹。《尔雅》：‘木立死，椔。’……并作‘栎’。”此句指，依着树枝的形状，做成栓鸟的木杆。栎，《雅言》本作“栎”。

〔青筤挽竹簟〕《说文解字注》卷5上《竹部》：“筤，竹肤也。”段注：“肤，皮也。”参见《述怀一百四十韵示蜀中诸同好》一诗〔黔羹餍竹莨〕条笺注。《集韵》卷1《平声一 · 支第五》：“篃，……《说文》：‘筡也。’筡，竹篾也，或作簟”。

〔相风竿定綄〕《集韵》卷2《平声二 · 桓第二十六》：“綄，船上候风羽。楚谓之五两。”《山堂肆考》卷4《天文 · 风 · 候风綄》：“《淮南子》曰：‘若綄之候风也。’许慎曰：‘綄，候风扇也，楚人谓之五两。’《文选》曰：‘占五两之动静。’注云：‘以鸡羽为之，重五两，系于樯尾，以候风。’故唐李憕《送杨少府贬柳州》诗：‘恶说南风五两轻’，胡宿《津亭》诗：‘五两风来不暂留’。”同上书同卷《天文 · 风 · 相风竿》：“晋车驾出，以相风竿在前，刻乌于竿上，名相风竿。今樯乌是其遗意。”

〔杼水斗斞柶〕杼，通“抒”。《楚辞补注》卷14严夫子（庄忌）《哀时命》：“杼中情而属诗”。洪兴祖补注：“杼，一作抒。”《汉书》：“忠臣之义，一抒愚意，退就农亩，死无所恨。”颜师古注：“抒，谓引而泄之也。”《礼记正义》卷44《丧大记第二十二》：“君丧，虞人出木、角。”郑玄注：“木给爨灶，角以为斞水斗。”陆德明《音义》：“斞，音俱，水斗也。《隐义》云：‘容四升也。’”《正字通》卯集下《斤部》：“斞，……与斞同。”《集韵》卷1《平声一 · 之第七》：“柶，《博雅》：㪷斗謂之柶，所以抒水，或从臣。”斞，石印本、《雅言》本作“斞”。

鼓棹波容裔，维舟暑郁伊。江湖庄瓠落，薮泽跖姿婎。来厉陵跻震，柔中履错离。蹊来梁益地，末复武侯治。

〔鼓棹波容裔〕《古诗纪》卷28《魏第八》嵇康《酒会诗七首》其一：“微啸清风，鼓檝容裔。放棹投竿，优游卒岁。”《龙龛手鉴》卷4《入声 · 木部第一》：“棹，……船中拨水木也。”《六臣注文选》卷16江文通（淹）《别赋》：“櫂（五臣作棹）容与而讵（五臣作未）前，马寒鸣而不息。”李周翰注：“棹，檝也。容与，不进貌。皆惜别之意。”容裔，水波轻柔貌。《艺文类聚》卷8《水部上 · 总载水》：“魏文帝《济川赋》曰：临济川之鲁淮，览洪波之容裔。”结合此后数句，此句指刘师培夫妇1913年7月乘船离蓉。

〔维舟暑郁伊〕维舟，以缆系船。《诗经 · 小雅 · 鱼藻之什 · 采菽》：“泛泛杨舟，绋缅维之。”参见《季夏雨霁游北洋公立种植园泛舟竟夕》一诗〔横沥维绋缡〕条笺注。郁伊，亦作“伊郁”。《文选注》卷 11 何平叔（晏）《景福殿赋》：“感乎溽暑之伊郁，而虑性命之所平。”李善注：“伊郁，烦热貌。”案：1913 年 7 月底，正值暑热，刘氏夫妇乘船离蓉。

〔江湖庄瓠落〕瓠，匏瓜，一种形似葫芦的大瓜，枯干后可浮于水。《庄子 · 逍遥游第一》：“惠子谓庄子曰：‘魏王贻我大瓠之种，我树之成而实五石。以盛水浆，其坚不能自举也。剖之以为瓢，则瓠落无所容。非不呺然大也，吾为其无用而掊之。’庄子曰：‘夫子固拙于用大矣。……今子有五石之瓠，何不虑以为大樽而浮乎江湖，而忧其瓠落无所容？’”参见《冬日旅沪作》一诗〔济舟慨瓠枯〕条笺注。

〔薮泽跖姿雎〕薮泽，山野草莽。《吕氏春秋》卷 13《有始览第一 · 有始》：“何谓九薮？”高诱注：“薮，泽也。有水曰泽，无水曰薮。”跖，盗跖，传说中的巨盗。《庄子集释》卷 9 下《（杂篇）盗跖第二十九》：“孔子与柳下季为友，柳下季之弟，名曰盗跖。盗跖从卒九千人，横行天下。”郭庆藩引成玄英疏：“姓展，名禽，字季，食采柳下，故谓之柳下季。亦言居柳树之下，故以为号。展禽是鲁庄公时，孔子相去百余岁，而言友者，盖寓言也。跖者，禽之弟名也，常为巨盗，故名盗跖。”引俞樾：“俞樾曰：‘《史记 · 伯夷传》正义又云：跖者，黄帝时大盗之名。是跖之为何时人，竟无定说。孔子与柳下惠不同时，柳下惠与盗跖亦不同时，读者勿以寓言为实也。’”《说文解字注》卷 12 下《女部》：“雎，姿雎，恣也。”段注：“恣，各本作姿，今正。按：《心部》：‘恣者，纵也。’诸书多谓暴厉曰恣睢。睢读香季切，亦平声。睢者，仰目也，未见纵恣之意。盖本作姿雎，或用恣睢为之也。《集韵》《类篇》皆云：姿雎，自纵皃（貌——引者）。此许义也。今用虽为语词，有纵恣之意，盖本当作雎。”案：清末民初，四川曾盗匪横行。

〔来厉陵跻震〕《周易今注今译》五一《震》：“六二。震来厉，亿丧贝，跻于九陵，勿逐，七日得。”陈鼓应译：“筮得二爻，霹雳轰响，有危险，匆忙登上高陵，估计丢失了不少财物，但不用着急追寻，不出七天必然失而复得。”（商务印书馆 2005 年 11 月第 1 版 P456）案：1913 年 7 月 30 日约午后 4 时，乘船离蓉的刘氏夫妇在红花场遭歹人劫掠，财务损失严重。详见拙文《刘师培离蓉时间地点考及个人感慨—刘师培研究笔记（24）》。另参见《刘师培年谱》（增订本）P546—547（广陵书社 2022 年 12 月第 1 版）。

〔柔中履错离〕《周易今注今译》三〇《离》：“初九。履错然，敬之，无咎。”“象曰：离，丽也。日月丽乎天，百谷草木丽乎土，重明以丽乎正，乃化成天下。柔丽乎中正，故亨，是以畜牝牛吉也。”陈鼓应译：“筮得初爻，往前行进，谨慎警觉，没有咎害。”“〈象传〉说：卦名‘离’，是附丽的意思。日月附丽于天上，百谷草木附丽于地上，重叠不断的光明附丽于正道，便能化育成就天下万物。柔爻附丽中正的位置上，所以卦辞说亨通，且畜养柔顺的母牛可获吉祥。”（商务印书馆 2005 年 11 月第 1 版 P277、280）

〔梁益〕川渝地区古属梁州、益州，故以“梁益”代指该地区。详见《述怀一百四十韵示蜀中诸同好》一诗〔梁徼蝮蓁蓁〕、〔小别辞鄢郢，征途折益岷〕条笺注。

〔末复武侯治〕末，疑当为“未”。武侯，指诸葛亮，诸葛亮受封“武乡侯”，后世称“诸葛武侯”。《三国志·蜀书五·诸葛亮传》：“建兴元年，封亮武乡侯，开府治事。顷之，又领益州牧。”《晋书·袁乔传》：“蜀土富实，号称天府。昔诸葛武侯欲以抗衡中国。”《皇朝经世文续编》卷 14《治体七（治法下）》邵辅《上陕抚陈关中十策（咸丰十）》：“武侯之治蜀也，以严为体。及其卒也，万里祭哭如丧父母。”

习坎犹重险，需沙惜止泜。金隄沿浣浦，玉垒别緜虒。古刹桐鱼寂，童歌竹马骑。彭山青羃䍥，江水碧玻璃。

〔习坎犹重险〕《周易今注今译》二十九《坎》：“象曰：习坎，重险也。”陈鼓应译：“〈象传〉说：〈习坎〉，是说险陷重重。”（商务印书馆 2005 年 11 月第 1 版 P272）参见《述怀一百四十韵示蜀中诸同好》一诗〔凌阴钤坎窞〕条笺注。

〔需沙惜止泜〕《周易今注今译》五《需》：“九二。需于沙，小有言，终吉。”“象曰：需于沙，衍在中也。虽小有言，以终吉也。”“六四。需于血，出自穴。”陈鼓应译：“筮得二爻，稽留于沙滩。略有不利，但终归无害。”“〈象传〉说：……稽留于近水的沙地，这是说患害已在酝酿中；不过虽然小有不利，最终还是没事的。”“筮得四爻，稽留于沟洼中，最终要从穴洞中逃出。”（商务印书馆 2005 年 11 月第 1 版 P71、75）《释名·释水第四》：“小沚曰泜。泜，迟也，能遏水使流迟也。”《尔雅注疏》卷 7《释水第十二》：“水中可居者曰洲，小洲曰陼，小渚曰沚，小沚曰坻。”邢昺疏：“《召南》云：‘江有渚’。《采蘩》云：‘于沼于沚’。《秦风·蒹葭》云：‘宛在水中坻’。是其所出之文也。”案：本句中之“止泜”，即《释名》之“沚泜”，《尔雅》之“沚坻”，指水中的小块陆地、沙洲。泜，石印本、《雅言》本作“泒”。案：自“鼓棹波容裔”句至此句，均为刘师培 1913 年 7 月离蓉时遇劫的暗喻。

〔金隄沿浣浦，玉垒别緜虒〕金隄，指都江堰一带的岷江江堤。《文选注》卷 4 左太冲（思）《蜀都赋一首》："西踰金堤，东越玉津。"刘渊林（逵）注："金堤在岷山都安县西，堤有左右口，当成都西也。"《水经注》卷33《江水》："岷山在蜀郡氐道县，大江所出，东南过其县北。"郦道元注："江水又历都安县，县有桃关、汉武帝祠。李冰作大堰于此。……俗谓之都安大堰，亦曰湔堰，又谓之金堤，左思《蜀都赋》云：'西踰金堤'者也。"浣浦，指四川半浣水，即今都江堰西北之白沙河。同上书同卷郦道元注："又有湔水入焉，水出绵虒道，亦曰绵虒县之玉垒山。吕忱云：一曰半浣水也，下注江。江水又东别为沱，开明之所凿也。郭景纯所谓'玉垒作东别之标'者也。"《水经注疏》卷33《江水一》郭守敬疏："今灌县北有白沙河，疑即湔水。"（日本京都大学藏钞本）玉垒，山名，在成都西北。《太平寰宇记》卷78《剑南西道七·茂州》："汶川县，南北里并是阁道，旧四乡，今三乡。本汉绵虒县地，晋置汶川州于此，周武保定四年移汶川州于广阳县。州废，置汶川县，以汶川水为县名。玉垒山在县北三里"。另参见《满江红》一词〔玉垒〕条笺注。

〔古刹桐鱼寂〕桐鱼，蜀地产桐木制成的鱼形敲打器，佛寺中五观堂（僧人用斋处）悬之，以通知用斋、晚课时间，称之为"鱼梆"，亦泛指佛寺中诵经之木鱼。《水经注》卷40《渐江水》："渐江水出三天子都，北过余杭，东入于海。"郦道元注："《异苑》曰：晋武时，吴郡临平岸崩，出一石鼓，打之无声，以问张华，华云：'可取蜀中桐材，刻作鱼形，扣之则鸣矣。'于是如言，声闻数十里。"《百丈丛林清规证义记》卷9《法器章第九·木鱼》："圆木鱼，念诵用之。相传谓鱼昼夜常醒，刻木象形，念诵击之，所以警昏惰，抑以齐众音也。长鱼即梆。悬斋堂，二时粥饭，及晚课，厨房击之。"刹，石印本、《雅言》本作"刹"。刹，刹之借字。《山东通志》卷9《古迹志·曹州府·寺碑·碑碣附》："洪福寺石幢。《新城志》：崔楼洪福寺，唐古刹也。"

〔童歌竹马骑〕刘禹锡首创《竹枝词》这一诗歌形式，教巴蜀儿童歌之。详见《题张船山南台饮酒图》一诗〔卧听巴僮唱《竹枝》〕条笺注、本诗〔巴童唱竹篦〕条笺注。

〔彭山青羃㦗，江水碧玻璃〕白居易《白氏长庆集》卷12《感伤四·长恨歌》："蜀江水碧蜀山青，圣主朝朝暮暮情。"彭山，即天彭山，又称天彭阙，今成都市西北彭州市之寿阳山，位于丹景山景区内。《水经注疏》卷33《江水一》："岷山在蜀郡氐道县，大江所出，东南过其县北。"郦道元注："岷江即渎山也，……而历天彭阙，亦谓之为天彭谷也。秦昭王以李冰为蜀守，冰见氐道县有天彭山，两山相对，其形如阙，谓之天彭门，亦曰天彭阙。"杨守敬疏："天彭阙当在今松潘厅西北，或谓即西北八十里之黄胜关。”熊会贞疏：“《续汉志 · 湔氐道》注引《蜀王本纪》：‘县前有两石对如阙，号曰彭门。’《华阳国志》（三）：‘秦孝文王以李冰为蜀守，冰能知天文、地理，谓汶山为天彭门，乃至湔氐县，见两山对如阙，因号天彭阙。’此注作昭王，与常说异，而言天彭门，所在则与二书同。氐道县，当作湔氐道，或作湔氐县。而刘渊林《蜀都赋》注系彭门于都安，《隋志》系天彭门于郫县，《通典》《元和志》《寰宇记》系天彭阙于导江，乃别指一山以当之，非此也。”（日本京都大学藏钞本）歷，“歷”之异写体。冪歷，亦作“幂歷”“幂历（歷）”。《文选注》卷 5 左太冲（逵）《吴都赋》：“夤缘山岳之岊，幂历江海之流。”刘渊林（逵）注：“幂历，分布覆被貌。”《六臣注文选》卷 5 李周翰注：“幂历，草掩覆于岸，而江海波流于草下也。”《正字通》寅集下《巾部》：“幂，同冪。”钱载《萚石斋诗集》卷 43《庚子五十九首 · 牛头山》：“安石榴花红玛瑙，嘉陵江水碧玻瓈。”《正字通》午集上《玉部》：“瓈，与璃通。”冪，石印本、《雅言》本作“冪”。冪，冪的异写体。

侧径循沙荐，颓垣茂竹埤。楚华夭沃沃，文柳细嫛嫛。馌亩童炊黍，耕畴妇秉鑃。晓寒余蠋野，晴色上蚕槌。

〔侧径循沙荐〕朱彝尊《曝书亭集》卷 7《风怀二百韵》：“侧径循莎荐，微行避麦蘔。”参见本诗〔胥丝捎蠛蠓〕条笺注。沙，当作“莎”。莎荐，莎草茂密，如席垫然。《全唐诗》卷 71 刘宪《奉和幸安乐公主山庄应制》：“庭莎作荐舞行出，浦树相将（一作障）歌棹回。”（第 2 册 P780）《类篇》卷 3：“荐，……艸也。……《说文》：‘荐席也。’”

〔颓垣茂竹埤〕陆游《剑南诗稿》卷 57《晨起行园中》：“草深移旧路，竹茂失颓垣。”《广雅》卷 7《释室》：“埤堄……女墙也。”

〔楚华夭沃沃〕《诗经今注 · 桧风 · 隰有苌楚》：“隰有苌楚，……夭之沃沃”。高亨注：“苌楚，木，又名羊桃、猕猴桃。”“夭，草木之初生者。沃沃，肥茂而有光泽。”（上海古籍出版社 1980 年 10 月第 1 版 P190）

〔文柳细嫛嫛〕文柳，柔弱之柳。《方言》（卷）2：“凡细而有容谓之嫛。”郭璞注：“嫛嫛，小成貌。”

〔馌亩童炊黍〕《诗经今注 · 豳风 · 七月》：“同我妇子，馌彼南亩。”高亨注：“馌（yè 叶），给耕作者送饭。”（上海古籍出版社 1980 年 10 月第 1 版 P199、201）《诗集传》卷 8《豳风 · 七月》，苏辙注：“丁壮无不适野，故馌者其妇子也。”宋祁《景文集》卷 7《怀三封墅》其二：“野老携晨馌，薄醪间炊黍。”炊黍，蒸煮黍米为食。《三国志·魏书二六·田豫传》裴注引《魏略》："豫为杀鸡炊黍，送诣至陌头。"

〔耕畴妇秉䎱〕耕畴，耕田。《成都文类》卷 13 范镇《和成都吴仲庶见寄五首》其二："耕畴拥耒春还动，织户鸣机夜不休。"《六书故》卷 21《植物一》："耙，……卧两耓，着齿其下，人立其上，而牛挽之，以摩田也。（别作䎱，《说文》曰：'枱属。'）"案：旧时，女性直接参与农业生产，甚至成为主要劳力的情况并不罕见，特别是兵燹灾荒之后。《乐府诗集》卷 91 杜甫《兵车行》："纵有健妇把锄犁，禾生陇亩无东西。"《唐音》卷 11 戴叔伦《女耕田行》："乳燕入巢笋成竹，谁家二女种新谷。无人无牛不及犁，持刀斫地翻作泥。"朱彝尊《曝书亭集外诗》卷 1《女耕田行》："荷锸复荷锸，耒耜中田声札札。谁家二女方盛年，短衣椎髻来耕田。"秉，《雅言》本作"秋"。

〔蠋野〕《毛诗正义》卷 8—2《豳风·东山》："蜎蜎者蠋，烝在桑野。"毛传："蜎蜎，蠋貌，桑虫也。"郑玄笺："蠋蜎蜎然特行，久处桑野，有似劳苦者。"

〔蚕槌〕放置蚕的木架。《王氏农书》卷 20《农器图谱十六·蚕缫门》："蚕槌（音坠）。《礼》：'季春之月，具曲植'。植即槌也。《务本直言》云：'谷雨日，竖槌。夫槌，立木四茎，各过梁柱之高，随屋每间竖之。其立木外旁，刻如锯齿而深。各每茎，挂桑皮圜绳（蚕不宜麻）。四角按二长椽，椽上平铺苇箔，稍下缒之。凡槌下悬中，离九寸以居箔，抬饲之间，皆可移之上下。'《农桑直说》云：'每槌上中下闲铺三箔。上承尘埃，下隔湿润，中备分抬。梅圣俞诗云："三月将扫蚕，蚕妾具其器。立植先捋括，室内亦涂塈。众材践以成，多箔所得寄。抬老归簇时，应无惭弃置。"'"参见《落叶》一诗〔桑零公叶登苇箔〕条笺注。

蜀野原天府，先民物土宜。鱼涔藩鰋鲤，豚栅殖豶豨。邦稼陈穜稑，垆原第薜萑。溪声喧野碓，山色丽农䎱。

〔蜀野原天府〕《晋书·袁乔传》："蜀土富实，号称天府。昔诸葛武侯欲以抗衡中国。"

〔先民物土宜〕《春秋左传正义》卷 25《成公二年》："先王疆理天下，物土之宜而布其利。"杜预注："物土之宜，播殖之物各从土宜。"

〔鱼涔藩鰋鲤〕《尔雅注疏》卷 4《释器第六》："槮，谓之涔。"郭璞注："今之作槮者，聚积柴木于水中，鱼得寒，入其里藏隐，因以薄围捕取之。"邢昺疏："云'今之作槮者'，李巡曰：'今以木投水中养鱼曰涔。'孙炎曰：'积柴养鱼曰槮。'……《小尔雅》曰：'鱼之所息，谓之潜。潜，槮也。积柴水中，鱼舍也。'《诗·周颂》云'潜有多鱼’是也。”《毛诗正义》卷 19—3《周颂 · 臣工之什 · 潜》：“猗与漆沮，潜有多鱼。有鳣有鲔，鲦鲿鰋鲤。”毛传：“潜，糁也。”郑玄笺：“鰋，鲇也。”陆德明《音义》：“糁，素感反。旧《诗》传及《尔雅》本并作米傍参。《小尔雅》云：‘鱼之所息，谓之橬。橬，糁也。’谓积柴水中，令鱼依之止息，因而取之也。郭景纯因改《尔雅》从《小尔雅》作木傍参。……《字林》作罧，……义同。”鰋，石印本、《雅言》本作“鰋”，义未详，似误。

〔豚栅殖豮豨〕豚栅，猪栏、猪圈。《全唐诗》卷 690 王驾《社日（一作张演诗）》：“鹅湖山下稻粱肥，豚栅鸡栖（一作埘）半（一作对）掩扉。”（第 10 册 P7988）豮，阉割的公猪。《说文解字注》卷 9 下《豕部》：“豮，羠豕也。”段注：“羠，騬羊也。騬，犗马也。犗，騬牛也。皆去势之谓也。或谓之剫，亦谓之犍。”豨，义未详，似当作“豣”或“豨”。豣，去势的小公猪。《说文解字注》卷 9 下《豕部》：“豣，豮也。”段注：“豣豮，《释兽》文。郭云：‘俗呼小豮猪为豣子。’按：盖羠豕之小者也。”豨，母猪。《集韵》卷 1《平声一 · 支第五》：“豨，豕牝之豨。”豨，石印本、《雅言》本作“獐”，义未详。

〔邦稼陈穜稑〕《周礼 · 地官司徒 · 司稼》：“掌巡邦野之稼，而辨穜稑之种，周知其名，与其所宜地以为法。”《周礼注疏》卷 7《天官冢宰下 · 内宰》：“上春，诏王后帅六宫之人而生穜稑之种，而献之于王。”郑玄注：“先种后孰谓之穜，后种先孰谓之稑。”

〔垆原第薛萑〕垆原，土壤黏湿疏松的旷野。《吕氏春秋》卷 26《士容论第六 · 辩土》“凡耕之道，必始于垆。”高诱注：“垆，埴垆地也。”《周礼注疏》卷 16《地官司徒下 · 草人》：“埴垆用豕”。郑玄注：“埴垆，黏疏者。”薛，薛萝、薛荔，攀援藤蔓植物。详见《述怀一百四十韵示蜀中诸同好》一诗〔岭芳撷薛荔〕条笺注，《升天行》一诗〔萝烟嵘峰鹤〕条笺注。萑，芦苇。详见《蜀中赠吴虞（三首）》其二一诗〔秋萑〕条笺注。第，排列，次序。《正字通》未集上《竹部》：“第，次第也。”薛，《雅言》本作“薛”，误。

〔溪声喧野碓〕碓，舂稻麦的器具。《宋本广韵》卷 4《去声 · 队第十八》：“碓，杵臼。《广雅》曰：‘硧，碓也。’《通俗文》云：‘水碓曰幡车。’杜预作‘连机碓’。孔融论曰：‘水碓之巧，胜于圣人之断木掘地。’”《石仓历代诗选》卷 356《明诗初集七十六》罗泰《题赵景文山水》：“野碓声喧近水家，锦鸠啼歇长洲树。”据此句“溪声”，“野碓”当为水力推动的“水碓”。

〔䙓〕指农人劳作时防止磨损衣服披于肩背的垫布。《方言疏证》卷 4："帬，陈魏之间谓之帔，自关而东或谓之䙓。"戴震注："案:《说文》云:'帬，下裳也。'帔，弘农谓:'帬，帔也。'《广雅》:'帔，帬也。'《玉篇》云:'䙓，关东人呼帬也。'徐坚《初学记》引《方言》:'陈魏之间谓帬为帔。'"《正字通》申集下《衣部》:"裙，同帬。"《释名·释衣服第十六》:"帔，披也。披之肩背，不及下也。"䙓，《雅言》本作"䙓"，义未详，似误。

雉呴原缇缟，蜩鸣亩树糜。月明迟荷锸，雨润洽沾犁。高廪丰稌黍，嘉禾诞秬秠。亩粮驯鸟雀，仓粟饱蛄螿。

〔雉呴原缇缟〕雉呴，雉鸡鸣叫。缇缟，指莎随草。《大戴礼记解诂》卷 2《夏小正第四十七·正月》:"雉震呴。呴也者，鸣也。震也者，鼓其翼也。正月必雷，雷不必闻，惟雉为必闻之。何以谓之雷？则雉震呴，相识以雷。"王聘珍注:"云'雷不必闻惟雉为必闻之'者，雷动地中，人或不闻，雉性精刚，故独知之应而鸣也。……云'相识以雷'者，人闻雉鸣，则可识雷之动于地中也。"同上书同卷同篇:"缇缟。缟也者，莎随也。缇也者，其实也。先言缇而后言缟何也？缇先见者也。何以谓之？《小正》以著名也。"王聘珍注:"《说文》云:'缇，帛丹黄色。'缟读曰薃。传云'缟也者，莎随也'者，《尔雅》曰'薃莎侯，其实媞'是也。……颜注《急就篇》云:'莎即今青莎草也。'云'缇也者，其实也'者，'实'当为'色'，声讹也，谓缇为缟之色也。云'缇先见者也'者，言缟初生，气色丹黄，先见也。"此句指，雉鸡鸣叫，原野中长满莎随。

〔蜩鸣亩树糜〕蜩，蝉。详见《明代扬州三贤咏·江都曾襄闵公铣》一诗〔党论纷蜩螗〕条笺注。《诗经·豳风·七月》:"四月秀葽，五月鸣蜩"。《正字通》亥集下《麻部》:"糜，穈、穄也。"此句指，五月蝉鸣，田地里开始播种穈子。

〔月明迟荷锸〕荷锸，拿着铲土用的锹，此处代指农事。《汉书·王莽传上》:"父子兄弟负笼荷锸，驰之南阳。"颜师古注:"笼，所以盛土也。锸，锹也。"此句指，夜晚来临，暂缓了农事的进行。

〔雨润洽沾犁〕沾犁，泥土沾黏在犁头上。《全宋诗》卷 1180《张耒二十六·春旱初雨》:"春泥不沾犁，四月若三伏。"（北京大学出版社 1998 年 12 月第 1 版第 20 册 P13319）洽，和谐、融洽。《史记·天官书》:"叶洽岁"。司马贞《索隐》:"《尔雅》云：在未为叶洽。李巡云：阳气欲化万物，故曰协洽。协，和也；洽，合也。"此句指，雨水丰沛，田地湿润，正益于犁地。

〔高廪丰稌黍〕《毛诗正义》卷 19—3《周颂 · 臣工之什 · 丰年》：“丰年多黍多稌，亦有高廪。”毛传：“丰，大稌稻也。廪，所以藏齍盛之穗也。数万至万曰亿，数亿至亿曰秭。”郑玄笺：“丰年，大有年也，亦大也。万亿及秭，以言谷数多。”孔颖达疏：“得大有之丰年，多有黍矣，多有稻矣。既黍稻之多，复有高大之廪于中盛五谷矣。”《说文解字》卷 7 上《禾部》：“稌，稻也。”

〔嘉禾诞秬秠〕《宋书 · 符瑞志下》：“嘉禾，五谷之长，王者德盛，则二苗共秀。于周德，三苗共穗；于商德，同本异穗；于夏德，异本同秀。”《毛诗正义》卷 17—1《大雅 · 生民之什 · 生民》：“诞降嘉种，维秬维秠。”毛传：“天降嘉种。秬，黑黍也。秠，一稃二米也。”陆德明《音义》：“秬，音巨。秠，孚鄙反，亦黑黍也。”孔颖达疏：“其言善种者，维是黑黍之秬，维是黑黍二米之秠。”案：一稃二米，指一个果实壳中有两粒果实。

〔亩粮驯鸟雀〕《九家集注杜诗》卷 21 杜甫《南邻》：“锦里先生乌角巾，园收芋粟不全贫。惯看宾客儿童喜，得食阶除鸟雀驯。”郭知达集注：“赵云：旧本作芋栗，非是芋与粟。所收之多可谓之园收。”“赵云：缘置食在阶除间，而雀得之以食，所以驯扰。”

〔蛄䗐〕《尔雅注疏》卷九《释虫第十五》：“蛄䗐，强蝆”。郭璞注：“今米谷中小蠹黑虫是也，建平人呼为蝆子。”邢昺疏：“《方言》云：‘蛄䗐，谓之强蝆’，今米谷中小黑蠹虫也。江东谓之蛒，音加。建平人呼蝆子音芈，楚姓芈。”

觞酒陈牲牡，盆缫绎茧蜱。升香登黍实，遗秉馈禾稏。寒具羞溏浃，春尘醉麯麴。崇墉禾百室，末富豉千瓻。

〔觞酒陈牲牡〕《仪礼注疏》卷 23《聘礼》：“荐脯醢，觞酒陈。”郑玄注：“主人酌进奠一献也。言陈者，将复有次也。先荐后酌，祭礼也。”牲牡，祭祀时献祭的雄性牺牲，如公牛、公羊、公猪。《晋书 · 石勒载记下》：“侍中任播等参议，以赵承金为水德，旗帜尚玄，牲牡尚白，子社丑腊，勒从之。”

〔盆缫绎茧蜱〕《说文解字》卷 13 上《糸部》：“缫，绎茧为丝也。”《方言》（卷）6：“绎……理也。……秦晋之间曰纰。凡物曰督之，丝曰绎之。”盆，缫丝时须使用盆盛热水才能操作。马祖常《石田文集》卷 5《杨花宛转曲》：“钗头烬坠玉虫初，盆里丝缫银茧乍。”《尔雅注疏》卷 9《释虫第十五》：“蜱，蛹。”郭璞注：“蚕蛹。”

〔升香登黍实〕升香，焚香祷告。秦观《蚕书·祷神》："卧种之日，升香以祷'天驷'，先蚕也。割鸡设醴，以祷妇人'寓氏公主'，盖蚕神也。毋治堰，毋诛草，毋沃灰，毋室入外人。四者，神实恶之。"《孟子集注》卷 3《滕文公章句上》："禽兽繁殖，五谷不登。"朱熹注："登，成熟也。"黍实，黍子结出果实。《论语集注》卷 5《子罕第九》："子曰：'苗而不秀者有矣夫，秀而不实者有矣夫。"朱熹注："谷之始生曰苗，吐华曰秀，成谷曰实。"《全宋诗》卷 2795《释居简六·刈麦》："秋高禾黍实，不与宿根期。"（北京大学出版社 1998 年 12 月第 1 版第 53 册 P33161）

〔遗秉馈禾稏〕《毛诗正义》卷 14—1《小雅·甫田之什·大田》："彼有遗秉，此有滞穗，伊寡妇之利。"毛传："秉，把也。"郑玄笺："成王之时，百谷既多，种同齐熟，收刈促遽，力皆不足。而有不获不敛，遗秉滞穗，故听矜寡取之以为利。"孔颖达疏："彼处有遗余之秉把，此处有滞漏之禾穗。"《集韵》卷 1《平声一·脂第六》："秠，……长沙谓禾四把曰秠，或作稏。"《重修玉篇》卷 15《禾部第一百九十四》："稏，……禾。"

〔寒具羞溏浹〕寒具，油炸的掺糖面食馓子。《丹铅总录》卷 16《饮食类·寒具》："晋桓玄喜陈书画，客有不濯手而执书帙者，偶涴之，后遂不设寒具。《齐民要术》并《食经》皆云环饼，世疑馓子也。刘禹锡《寒具》诗：'纤手搓来玉数寻，碧油煎出嫩黄深。夜来春睡无轻重，压匾佳人缠臂金。'盖以寒具为馓子也。宋人小说以寒具为寒食之具，即闽人所谓煎铺。以糯粉和麫油煎，沃以糖，食之不濯手，则能污物具，可留月余，宜禁烟用也。林和靖《山中寒食》诗云：'方塘波绿杜蘅青，布谷提壶已足听。有客初尝寒具罢，据梧慵复散幽经。'则寒具又非馓子。并存之，以俟博古者。"溏浹，以米面粉佐以蜜糖制成的甜食。《释名疏证补》卷 4《释饮食》："饵，而也，相黏而也。兖豫曰溏浹，就形名之也。"王先谦注："成蓉镜曰：'案：溏浹，疑即餹餅之讹。《集韵》："餅，饵也。兖豫谓之餹餅。"当本此。《御览》八百六十引本书："兖豫曰溏浹。"注："或作夷盖。"'"另参见本诗〔蜜饵蔗煎饴〕条笺注。羞，通"馐"，美食。《正字通》戌集下《食部》："馐，……膳也，荐也。义与羞同，误分为二。经传本借羞。"

〔春尘醉麯麰〕春尘，春天的尘埃，喻惬意的春季时光。董元恺《苍梧词》卷 2《小令（二）·忆少年·春闺》："春尘如雨，春风如醉，春光如梦。"《类篇》卷 15："麯，……酒母也。"《尔雅翼》卷 1《释草·麰》："《方言》曰：'麰，……麴也。……北鄙曰麰。麴，其通语也。盖大麦以为麴，……麰是小麦为之。麰，细饼麴也。"麯，同麴。《字汇》亥集《麦部》:“麯，俗麴字。”

〔崇墉禾百室〕《诗经 · 周颂 · 闵予小子之什 · 良耜》:“获之挃挃，积之栗栗。其崇如墉，其比如栉，以开百室。百室盈止，妇子宁止。”此句指，庄稼收获，堆满数百间高墙大屋。

〔末富豉干瓿〕末富，商人。《史记 · 货殖列传》:“是故本富为上，末富次之，奸富最下。”豉干，当作“豉千”。石印本、《雅言》本作“豉千”。《史记 · 货殖列传》:“夫用贫求富，农不如工，工不如商，刺绣文不如倚市门，此言末业，贫者之资也。……漆千斗，糵曲盐豉千答，鲐鮆千斤。”裴骃《集解》:“徐广曰:‘或作合，器名有瓿。’孙叔敖云:‘瓿，瓦器。受斗六升合为瓿。’”豉，豆豉，用盐腌制豆类发酵制作成的咸菜或调味品。

农政前王肃，亲耕令典垂。濯罍仁《泂酌》，终亩庆《噫嘻》。麦瑞殷天瑞，苗征相地瘼。剥鱓沿夏令，颂蜡协豳籥。

〔农政前王肃〕《诗经 · 鲁颂 · 駉之什 · 駉》诗序:“僖公能遵伯禽之法，俭以足用，宽以爱民，务农重谷，牧于坰野，鲁人尊之。”《吕氏春秋 · 上农》:“古先圣王之所以导其民者，先务于农。”《农政全书》卷 43《荒政 · 备荒总论》:“大抵荒政统而论之:先王有预备之政，上也；修李悝平粜之政，次也；所在蓄积，有可均处，使之流通，移民移粟，又次也；咸无焉，设糜粥，最下也。”《宋本广韵》卷 5《入声 · 屋第一》:“肃，……恭也，敬也，戒也。”

〔亲耕令典垂〕《礼记 · 祭统》:“凡天之所生，地之所长，苟可荐者，莫不咸在，示尽物也。外则尽物，内则尽志，此祭之心也。是故天子亲耕于南郊，以共齐盛。王后蚕于北郊，以共纯服。诸侯耕于东郊，亦以共齐盛。夫人蚕于北郊，以共冕服。天子诸侯，非莫耕也。王后夫人，非莫蚕也。身致其诚信，诚信之谓尽，尽之谓敬，敬尽，然后可以事神明。此祭之道也。”《吕氏春秋 · 上农》:“后稷曰:‘所以务耕织者，以为本教也。’是故天子亲率诸侯耕帝籍田，大夫士皆有功业。是故当时之务，农不见于国，以教民尊地产也。后妃率九嫔蚕于郊，桑于公田。是以春秋冬夏皆有麻枲丝茧之功，以力妇教也。是故丈夫不织而衣，妇人不耕而食，男女贸功，以长生，此圣人之制也。故敬时爱日，非老不休，非疾不息，非死不舍。”

〔濯罍仁《泂酌》〕《诗经今注今译 · 大雅 · 生民之什 · 泂酌》:“泂酌彼行潦，挹彼注兹，可以濯罍。岂弟君子，民之攸归。”马持盈译:“远远的去酌取那行潦之水，以注入于此间的容器之内，可以洗涤酒器。和乐慈祥的君子，才能使人民归服啊。”（台湾商务印书馆 1979 年 3 月六版 P446）罍，石印本作“罍”。

〔终亩庆《噫嘻》〕终亩，完成耕种。《初学记》卷 14《礼部下 · 籍田第一（叙事）》：“《礼记》曰：天子亲耕于南郊，诸侯耕于东郊，以供粢盛。《月令》曰：天子三推，三公五推，卿诸侯九推，庶人终亩。”《诗经今注今译 · 周颂 · 臣工之什 · 噫嘻》：“噫嘻成王，既昭假尔。率时农夫，播厥百谷。骏发尔私，终三十里。亦服尔耕，十千维耦。”马持盈注：“噫嘻，祈祷之声。”马持盈译：“成王既已在上帝之前，大声祷告，为你们祈求丰年。你要领导农夫们，播殖百谷，迅速耕治你们的私田，完成了三十里之数。并且要万人为耦，同心齐力，以从事你们的耕作。”（台湾商务印书馆 1979 年 3 月六版 P516、517）参见本诗〔穴炙譩〕条笺注。

〔麦瑞殷天瑞〕《尚书正义》卷 13《微子之命第十》：“唐叔得禾，异亩同颖，献诸天子。王命唐叔，归周公于东，作《归禾》。周公既得命禾，旅天子之命，作《嘉禾》。”孔传：“唐叔，成王母弟，食邑内得异禾也。亩，垄。颖，穗也。禾各生一垄，而合为一穗。”孔颖达疏：“嘉，训善也。言此禾之善，故以善禾名篇。”《礼记正义》卷 19《曾子问》：“君之丧服除，而后殷祭，礼也。”孔颖达疏：“殷，大也。”《汉书 · 艺文志》：“《易》曰：先王作乐崇德，殷荐之上帝，以享祖考。”颜师古注：“《豫卦》象辞也。殷，盛也。”殷，石印本作“殷”。

〔苗征相地瘥〕苗征，田赋。《国语》卷 6《齐语》：“桓公曰：‘伍鄙若何？’管子对曰：‘相地而衰征，则民不移’。”韦昭注：“相，视也。衰，差也。视土地之美恶及所生出，以差征赋之轻重也。移，徙也。”《正字通》午集中《疒部》：“瘥，《说文》：‘减也。’……通作衰。”

〔剥鱓沿夏令〕四库本《大戴礼记》卷 2《夏小正 · 二月》：“剥鱓（案：鱓、鼍，古通用），以为鼓也。”鼍，即扬子鳄。《毛诗正义》卷 16—5《大雅 · 文王之什 · 灵台》：“鼍鼓逢逢，蒙瞍奏公。”孔颖达疏：“《书》传注云：‘鼍如蜥蜴，长六七尺。’陆玑疏云：‘鼍，形似水蜥蜴，四足，长丈余，生卵，大如鹅卵。甲如铠甲，今合药鼍鱼甲是也，其皮坚，可以冒鼓。”

〔颂蜡协豳籥〕籥，义未详。疑当作“籥”或“龠”。《正字通》亥集下《龠部》：“龡。《说文》作籥，‘音律管埙之乐也’。”《康熙字典》亥集下《龠字部》：“龠，《篇韵》：与籥同。”《周礼注疏》卷 24《春官宗伯下 · 籥章》：“籥章，掌土鼓豳籥。……国祭蜡，则龡《豳颂》。”郑玄注：“郑司农云：‘豳籥，邠国之地竹。《豳诗》亦如之。’

玄谓：豳籥，郊人吹籥之声章。”“故书蜡为蚕。杜子春云：‘蚕当为蜡。《郊特牲》曰：“天子大蜡八，伊耆氏始为蜡。岁十二月，而合聚万物而索飨之也。蜡之祭也，主先啬而祭司啬也。黄衣黄冠而祭，息田夫也。既蜡而收，民息已。”’玄谓：十二月，建亥之月也。求万物而祭之者。万物助天成岁事，至此为其老而劳，乃祀而老息之。于是国亦养老焉。《月令》‘孟冬劳农以休息之’是也。《豳颂》亦《七月》也。”案：《诗经·豳风》有《七月》章，即《周礼》所谓《豳颂》。

甘雨和琴瑟，灵星赉鼎鼐。陈诗先后稷，闻乐祖伊帆。击壤民知庆，迎年户受禧。饮和春以妪，介福寿维祺。

〔甘雨和琴瑟〕《诗经今注今译·小雅·甫田》：“琴瑟击鼓，以御田祖，以祈甘雨，以介我稷黍。”马持盈注：“田祖：发明种田之始祖。”马持盈译：“于是奏起琴瑟，打着鼓儿，以迎接田祖，以祈求甘雨，以长大我的稷黍。”（台湾商务印书馆 1979 年 3 月六版 P354）

〔灵星赉鼎鼐〕《毛诗正义》卷 19—4《周颂·闵予小子之什·丝衣》诗序：“丝衣，绎宾尸也。高子曰：‘灵星之尸也。’”诗：“鼐鼎及鼒。”毛传：“大鼎谓之鼐，小鼎谓之鼒。”《群书考索》卷 34《礼门·群祀类》：“灵星。《诗》曰：‘高子曰：“灵星之尸也”’灵星，不知何星。《汉·郊祀志》云：‘高祖诏御史，其令天下立灵星祠。’张晏曰：‘龙星左角曰天田，则农祥也。辰见而祭之。’史传之说灵星，惟有此耳。（《汉·郊祀志》）《后汉·志》云：‘汉兴八年，有言周兴而邑立后稷之祀，于是高帝令天下立灵星祠。言祠后稷而谓之灵星者，以后稷又配食灵星也。祀用壬辰位祠之，壬为水，辰为龙，就其类也。牲用太牢，县邑令长侍祠。舞者用童男十六人。舞者象教田，初为芟除，次耕种、耘耨驱爵及获刈、舂簸之形，象其功也。’《通典》云：‘周制仲秋之月祭灵星于国之东南。’《唐开元礼》：‘祭灵星于国城东南。’天宝四载升为中祀。武帝乾封三年，诏天下尊祠灵星。”《诗经·周颂·闵予小子之什·赉》诗序：“赉，大封于庙也。赉，予也。言所以锡予善人也。”

〔陈诗先后稷〕《诗经·豳风·七月》诗序：“七月，陈王业也。周公遭变故，陈后稷先公风化之所由，致王业之艰难也。”案：后稷为周室先祖，故曰“先公”。《史记·周本纪》：“周后稷，名弃。……号曰后稷，别姓姬氏。”陈诗，采集布陈诗篇。《礼记正义》卷 11《王制》：“命大师陈诗，以观民风。”郑玄注：“陈诗，谓采其诗而视之。”孔颖达疏：“陈诗以观民风者，此谓王巡守见诸侯毕，乃命其方诸侯大师是掌乐之官，各陈其国风之诗，以观其政令之善恶。若政善，诗辞亦善。政恶，则诗辞亦恶。观其诗，则知君政善恶。”《重修玉篇》卷 22《阜部第三百五十四》：“陈，……列也，布也。”

〔闻乐祖伊帆〕《集韵》卷 1《平声一 · 脂第六》：“帆，……伊帆，古天子号，亦地名。……通作耆。”《礼记正义》卷 32《明堂位》：“土鼓，蒉桴，苇钥，伊耆氏之乐也。”郑玄注：“伊耆氏，古天子，有天下之号也。今有姓伊耆氏者。”孔颖达疏：“云‘伊耆氏，古天子，有天下之号也’者，《礼运》云：‘伊耆氏，始为蜡。’蜡是报田之祭。案：《易 · 系辞》：‘神农始作耒耜。’是田起于神农，故说者以伊耆氏为神农也。”《礼记正义》卷 26《郊特牲》：“伊耆氏始为蜡。”郑玄注：“伊耆氏，古天子号也。”陆德明《音义》：“或云即帝尧是也。”据本句“闻乐”一语，伊帆当指“神农氏”。

〔击壤民知庆〕击壤，喻太平盛世。《论衡》卷 8《艺增篇》：“《论语》曰：‘大哉尧之为君也！荡荡乎民，无能名焉。’传曰：‘有年五十击壤于路者。观者曰：“大哉尧德乎！”击壤者曰：“吾日出而作，日入而息，凿井而饮，耕田而食，尧何等力。”’”《高士传》卷上《壤父》：“壤父者，尧时人也。帝尧之世，天下太和，百姓无事。壤父年八十余，而击壤于道中。观者曰：‘大哉帝之德也。’壤父曰：‘吾日出而作，日入而息，凿井而饮，耕田而食，帝何德于我哉。’”《艺文类聚》卷 11《帝王部一 · 帝尧陶唐氏》：“《帝王世纪》曰：帝尧，陶唐氏，祁姓也……天下大和，百姓无事。有五十老人击壤于道。观者叹曰：‘大哉帝之德也。’老人曰：‘吾日出而作，日入而息，凿井而饮，耕田而食，帝何力于我哉。’于是景星曜于天，甘露降于地，朱草生于郊，凤皇止于庭，嘉禾孳于亩，醴泉涌于山，焦侥民来贡没羽，厨中自生肉脯，其薄如翣形，摇鼓自生风，使食物寒而不臭，名曰翣脯。又有草夹阶而生，随月生死，王者以是占日月之数，惟盛德之君应和而生。”《庄子 · 让王第二十八》：“舜以天下让善卷，善卷曰：‘余立于宇宙之中，冬日衣皮毛，夏日衣葛絺；春耕种，形足以劳动；秋收敛，身足以休息；日出而作，日入而息，逍遥于天地之间而心意自得。吾何以天下为哉？悲夫！子之不知余也！’遂不受。于是去而入深山，莫知其处。”

〔迎年户受禧〕《汉书 · 郊祀志下》：“明年，东巡海上，考神仙之属，未有验者。方士有言黄帝时为五城十二楼，以候神人于执期，名曰迎年。上许作之如方，名曰明年。上亲礼祠，上犊黄焉。”颜师古注：“迎年，若云祈年。”“言明其得延年也。”《汉书 · 贾谊传》：“后岁余，文帝思谊，征之。至，入见，上方受厘，坐宣室。”颜师古注：“苏林曰：‘宣室，未央前正室也。’应劭曰：‘厘，祭余肉也。《汉仪注》：祭天地五畤，皇帝不自行，祠还致福。厘，音禧。’师古曰：禧，福也。借厘字为之耳，言受神之福也。”此句指，虔诚祭祀上天，祈求丰年，百姓家家户户享其福祉。

〔饮和春以妪〕饮和，自得其乐，安乐和美。《庄子集释》卷 8 下《（杂篇）则阳第二十五》：“故或不言而饮人以和”。郭庆藩引郭象注：“人各自得，斯饮和矣，岂待言哉。”引成玄英疏：“荫芘群生，冥同苍昊，中和之道，各得其心，满腹而归，岂劳言教。”《礼记正义》卷 38《乐记》：“天地䜣合，阴阳相得，煦妪覆育万物。”郑玄注：“气曰煦，体曰妪。”孔颖达疏：“‘煦妪覆育万物’者，天以气煦之，地以形妪之，是天煦覆而地妪育，故言煦妪覆育万物也。”《正字通》丑集下《女部》：“妪，……母抚儿也。”此句指，春季怡和，抚育万物，使人自得其乐，安乐和美。

〔介福寿维祺〕《毛诗正义》卷 17—2《大雅 · 生民之什 · 行苇》：“寿考维祺，以介景福。”毛传：“祺，吉也。”郑玄笺：“介，助也。养老人而得吉，所以助大福也。”

往庶安熙皞，新猷急敛稸。鼎书先鼓铁，壤赋竭刀锥。溉釜鱼赪尾，穷兵畜龠背。谭歌忧杼柚，秦令急鞭笞。

〔往庶安熙皞〕往庶，从前的百姓、民众。《礼记 · 大学》：“自天子以至于庶人，壹是皆以修身为本。”熙皞，悠然和乐，怡然自得。方岳《秋崖集》卷 26《简札 · 回吴丞》：“与斯民熙皞于林霏”。《道德真经注》卷 1《道经上》：“众人熙熙，如享太牢。”吴澄注：“熙熙，和乐貌。”《孟子注疏》卷 13 上《尽心章句上》：“孟子曰：‘霸者之民，欢虞如也；王者之民，皞皞如也’。”孫奭疏：“故民皞皞然，自得而已矣。”皞，石印本、《雅言》本作“皡”。

〔新猷急敛稸〕新猷，新的政策方针。《方言》（卷）3：“裕、猷，道也。东齐曰裕，或曰猷。”郭璞注：“案：《坊记》引《书》：‘尔有嘉谋嘉猷。’郑注云：‘猷，道也。猷、繇古通用。《尔雅 · 释诂》：‘繇，道也。’《广雅》：‘裕，道也。’”《说文解字》卷 7 上《禾部》：“稸，积禾也。”此句指，新的国政是急于与民争利，聚敛财富。

〔鼎书先鼓铁〕《春秋左传注 · 昭公二十九年》：“遂赋晋国一鼓铁，以铸刑鼎，著范宣子所谓刑书焉。仲尼曰：‘晋其亡乎！失其度矣。……’”杨伯峻注：“鼓为衡名，亦为量名。《礼记 · 曲礼上》：‘献米者操量鼓’；《管子 · 地数篇》：‘武王立重泉之戍，令曰，民有百鼓之粟者不行’，注云：‘鼓，十二斛’”。（中华书局 2016 年 11 月第 4 版第 5 册 P1674）此句指，晋国铸刑鼎，先从民间征收铁。喻指“刑繁”且“聚敛”。

〔壤赋竭刀锥〕壤赋，田赋，土地税。张方平《乐全集》卷 14《刍荛论 · 食货

论 · 税赋》:“诚依古制，均定壤赋，随地所产，因民所工，省其杂名，专为谷帛。除折准之令，去钱刀之目。如此，则国之经入如故，民之输出有常。”刀锥，亦作“锥刀”，微利。《梁书 · 江淹传》:“宁当争分寸之末，竞刀锥之利哉!”详见《述怀一百四十韵示蜀中诸同好》一诗〔锥刀山国轨〕条笺注。

〔溉釜鱼赪尾〕《诗经今注 · 桧风 · 匪风》:“谁能亨鱼？溉之釜鬵。”高亨注:“亨，烹的本字。”“溉，洗也。又解：读为乞，借予。釜，锅。鬵（xín），大锅。”（上海古籍出版社 1980 年第 1 版 P191、192）鱼赪尾，指鲂鱼因劳苦，鱼尾变红。详见《阴氛篇》一诗〔鲂鱼尾方徉〕条笺注。此句以“溉釜烹鱼”和“鱼劳尾赤”喻指涸泽而渔，焚林而猎，对民众过度盘剥搜刮，使之困苦难当。

〔穷兵畜辥背〕穷兵，指穷兵黩武。《史记 · 平津侯（公孙弘——引者）、主父（偃——引者）列传》:“秦贵为天子，富有天下，灭世绝祀者，穷兵之祸也。”辥，同“瘁”。背，同“胔”。《大戴礼记》卷 11《用兵第七十五》:“公曰：‘用兵者，其由不祥乎？’子曰：‘胡为其不祥也？圣人之用兵也，以禁残止暴于天下也；及后世贪者之用兵也，以刈百姓，危国家也。……于是降之灾，水旱臻焉，霜雪大薄，甘露不降，百草蔫黄，五谷不升，民多夭疾，六畜辥胔’。”卢辩注:“瘁当字误，辥也。瘁，病也。胔，瘦也。”《经籍籑诂》:“背：背，瘦也。《大戴记 · 用兵》‘六畜辥背’注。”胔，“骨之尚有肉者也”。参见《从军行》（六首）其四一诗〔骴骼〕条笺注。此句指，穷兵黩武使经济凋敝，牲畜生病死亡丛然。

〔谭歌忧杼柚〕《毛诗正义》卷 13—1《小雅 · 谷风之什 · 大东》诗序:“大东，刺乱也。东国困于役而伤于财，谭大夫作是诗以告病焉。”郑玄笺:“谭国在东，故其大夫尤苦征役之事也。”孔颖达疏:“时东方之国偏于赋役，而损伤于民财。此谭之大夫作是《大东》之诗告于王，言己国之病困焉。”诗:“小东大东，杼柚其空。”毛传:“空，尽也。”郑玄笺:“小也，大也，谓赋敛之多少也。小亦于东，大亦于东，言其政偏失砥矢之道也。谭无他货，维丝麻尔。今尽杼柚不作也。”《山堂肆考》卷 234《补遗 · 器用 · 杼柚》:“杼，机之持纬者。柚，机之受经者。《小雅》:‘杼柚其空’。空，尽也。”

〔秦令急鞭笞〕《六臣注文选》卷 51 贾谊《过秦论》:“履至尊而制六合，执敲扑以鞭笞天下。”李善注:“臣瓒以为，短曰敲，长曰扑。《说文》曰：‘敲，击也’”刘良注:“履至尊，谓称始皇帝也。敲扑，击捶也。”此句指，秦之政令，残酷迫害役使天下之人。

父老思多稼，行歌和《楚茨》。中原方惨黩，西极最疮痍。晓过眉州郭，犹余学士祠。荒庭蹍麃鹿，古瓦宅鸺鹨。

〔多稼〕《毛诗正义》卷 14—1《小雅 · 甫田之什 · 大田》："大田多稼，既种既戒。"郑玄笺："大田，谓地肥美，可垦耕，多为稼，可以授民者也。"

〔行歌和《楚茨》〕行歌，在道路上边走边唱。《周礼注疏》卷 37《秋官司寇 · 衔枚氏》："禁嘂乎叹呜于国中者，行歌哭于国中之道者。"孔颖达疏："此经四事，皆是在道为之。"《毛诗正义》卷 13—2《小雅 · 谷风之什 · 楚茨》诗序："楚茨，刺幽王也。政烦赋重，田莱多荒，饥馑降丧，民卒流亡，祭祀不飨，故君子思古焉。"郑玄笺："田莱多荒，茨棘不除也。"诗："楚楚者茨，言抽其棘。"毛传："楚楚，茨棘貌。"郑玄笺："茨，蒺藜也。"和，唱和。

〔中原方惨黩〕惨黩，昏暗混乱。《艺文类聚》卷 34《人部十八 · 哀伤 · 赋》："周庾信《哀江南赋》曰：……溃溃沸腾，茫茫惨黩"。此句指，清末民初，中原地区战乱频仍。

〔西极最疮痍〕西极，此处指四川地区。《全唐诗》卷 167 李白《当涂赵炎少府粉图山水歌》："峨眉高出西极天，罗浮直与南溟连。"（第 3 册 P1726）疮痍，天灾人祸造成的损害。《盐铁论》卷 5《国疾第二十八》："然其祸累世不复，疮痍至今未息。"

〔晓过眉州郭〕《元和郡县图志》卷 33《剑南道（二）· 眉州》："《禹贡》梁州之域，在汉即犍为郡武阳县之南境。梁太清二年，武陵王萧纪开通外徼于此，立青州，取汉青衣县为名也。后魏二年，平蜀，改青州为眉州，因峨眉山为名也。武德元年，改眉州为嘉州。二年于通义县复置眉州。"案：眉州，即今四川省眉山市。此句为刘师培自述行程，自成都出发南行，途经眉州。

〔犹余学士祠〕苏洵，苏轼、苏辙父子三人，四川眉州人，史称"三苏"。参见《东坡生日集无闷园》一诗〔峨嵋贤〕条笺注，《述怀一百四十韵示蜀中诸同好》一诗〔文囿扩苏洵〕条笺注。《明一统志》卷 71《眉州 · 祠庙 · 三苏祠》："在州治西南，即宋苏洵故宅。元建为祠，本朝洪武间重修。"《蜀中广记》卷 12《名胜记第十二上 · 川南道 · 眉州》："有三苏祠，在纱线街，即苏氏故宅也。门前榆树，云老泉手植。奇恠碨磊，人争取去为假山。魏了翁知眉时，祭公文曰：'眉号士大夫郡，圣天子不以某不肖，奠守此土。其在境内，凡百辟卿士，有益于民，夙夜承祀，无忒矧，惟山川炳灵。世载苏氏一翁二季，先后相望。文章事业，在太史之典册。今居郡满岁，顾岁时奉，尝阙然弗谐，非所以风境律我有民也。用修圭荐，展于庑下，以内翰太师文忠公、黄门太师文定公从祀，既齐既稷，神保攸歆，敢不永与多士，承斁斯文，以无忘德。'" 犹（猶），石印本作"揂"，似误。

〔荒庭躔麀鹿〕荒庭，荒芜的庭院。《六臣注文选》卷 29 张景阳（协）《杂诗十首》其九："荒庭寂以闲，幽岫峭且深。"刘良注："荒庭，谓草木生于庭也。"《尔雅注疏》卷 11《释兽第十八》："麋，牡麔，牝麎，其子麇，其迹躔。"郭璞注："脚所践。"邢昺疏："此释麋之种类也。《说文》云：'鹿属也，冬至解其角。'《春秋 · 庄十七年》：'冬，多麋。'麋，总名也。其牡者名麔，其牝者名麎。《诗 · 吉日》云'其麎孔有'是也。其所生之子名麇，其脚迹所践之处名躔。"《集韵》卷 5《上声上 · 旨第五》："麀，《说文》：'大麋也。'"《诗经 · 豳风 · 东山》："町畽鹿场，熠耀宵行。"参见本诗〔鹿场躔町畽，蟏户罥长蛴〕条笺注。躔，石印本作"躧"。

〔古瓦宅鳻鹎〕《全唐诗》卷 217 杜甫《玉华宫》："溪回（一作迴）松风长，苍鼠窜古瓦。"（第 4 册 P2279）鳻鹎，斑鸠。《方言》（卷）8："鸠，……西秦汉之间谓之鵴鸠，其大者谓之鳻（郭璞注：音斑）鸠，其小者谓之𪂇鸠，或谓之鹎鸠。"《重修玉篇》卷 24《鸟部第三百九十》："鹎，……小鸠也。"

北牖仍榱桷，东箱鏁墼甎。荔丹羞筐实，薛碧拭钟镛。出郭余斜日，登舟趁夕飔。嘉州周濮土，灵境古峨嵋。

〔北牖仍榱桷〕北牖，房屋朝北的窗户。《礼记 · 郊特牲》："薄社北牖，使阴明也。"榱桷，房椽。《尔雅注疏》卷 5《释宫第五》："桷，谓之榱。"郭璞注："屋椽。"陆德明《经典释文》卷 29《尔雅音义上 · 释宫第五》："桷，音角。榱，疎追反。《说文》云：'秦名屋椽也。'周谓之榱，齐鲁谓之桷。《字林》云：'周人名椽曰榱。齐鲁名椽曰桷。'"仍，顺着，延着。《说文解字》卷 8 上《人部》："仍，因也。"

〔东箱鏁墼甎〕东箱，即"东厢"，东侧厢房。《仪礼注疏》卷 27《觐礼》："记。几俟于东箱"。郑玄注："东箱，东夹之前相翔待事之处。"贾公彦疏："云'相翔待事之处'者，翔谓翱翔无事，故《公食》宾将食辞于公亲临己食，公揖退于箱，以俟宾食，是相翔待事之处也。"《正字通》丑集中《土部》："墼，……《广韵》：'土墼。'未烧墫坯也。"《字汇》午集《瓦部》："《博雅》：'甎，瓴甋也。'"同上书同集同部："甎，……俗作砖。"《集韵》卷 6《上声下 · 果第三十四》："锁，……锒铛也，或作鏁。"此句指，东厢房成了贮存残砖烂瓦的库房。喻其破败。

〔荔丹羞筐实〕荔丹，即"丹荔"，荔枝。《王氏农书》卷 9《百谷谱七 · 果属 · 荔枝》:“荔枝，一名丹荔。”苏轼《东坡全集》卷 86《碑一十首 · 潮州韩文公庙碑》:“犦牲鸡卜羞我觞，于粲荔丹与蕉黄。”羞，通“馐”，美食。详见本诗〔寒具羞溏浃〕条笺注。篚实，盛放在竹篚中。《仪礼注疏》卷一《士冠礼第一》:“在服北，有篚实。”郑玄注:“篚，竹器，如笭者。”案：巴蜀自古盛产荔枝。《华阳国志》卷 1《巴志》:“江州……有荔枝园，至熟，二千石常设厨膳，命士大夫共会树下食之。”

〔藓碧拭钟㔶〕藓碧，绿色的苔藓。此处指铜器历久生出的绿色锈斑。《全唐诗》卷 73 苏颋《和杜主簿春日有所思》:“揽镜尘网滋，当窗苔藓碧。”（第 2 册 P795）陆游《剑南诗稿》卷 14《观张提刑周鼎》:“苔痕洗尽铜色见，坐卧摩挲欲忘食。”㔶，钟经钟杵反复撞击留下的磨损处。《周礼注疏》卷 40《冬官考工记》:“凫氏为钟，……于上之㔶谓之隧。”郑玄注:“㔶所集之处，㔶弊也。”

〔飔〕飔，凉风。详见《咏扇》一诗〔所在招凉飔〕条笺注。

〔嘉州周濮土〕嘉州，眉州古称。《元和郡县图志》卷 32《剑南道 · 嘉州》:“禹贡梁州之域，秦为蜀郡，今州即汉犍为郡之南安县地也。……大业二年，并嘉州入眉州，八年改为眉山郡。武德二年，改为嘉州，割通义、洪雅等四县，别置眉州。”古代巴、濮等少数民族，其地称“濮土”，大约位于今重庆、湖北等地。《春秋左氏传旧注疏证续 · 昭公九年》:“周甘人与晋阎嘉争阎田。……王使詹桓伯辞于晋曰:‘我自夏以后……巴、濮、楚、邓，吾南土也。’”吴静安疏证:“刘文淇曰:‘《楚语注》:“濮，蛮邑。”’杜注:‘百濮，夷也。’惠栋云:‘刘伯庄《史记地名》曰:“濮在楚西南。”’”（东北师范大学出版社 2005 年 5 月第 1 版 P1042）参见《蜀中赠朱云石》一诗“略考”中〔砂珠璀卢卜〕条笺注。此句指，眉州在周朝属于巴濮之地。案：民初离蓉东行最便捷的方式是走水路。由府河南行，在今彭山入岷江主流，顺岷江向南，过眉山、乐山，再折而向东南，在宜宾入长江东行。

〔灵境古峨嵋〕灵境，佛教语，指佛境，亦指佛寺所在之地。《宋高僧传》卷 5《义解篇第二之二 · 唐京师兴善寺潜真传（道超）》:“有金阁寺大德道超禅师，学尽法源，行契心本，亲覩灵境，密承圣慈。故久在清凉，属兴净业。”峨嵋山，佛教胜地，比邻眉州。眉州即以此得名。

净土三生业，嬴粮十日齎。地疑尘境隔，归讶橹声迟。蒲渚深容楫，花溪浅泛淇。前游仪范陆，遗迹訙班郦。

〔净土三生业〕丁福保《佛学大辞典》:“净土（界名），圣者所住之国土也。无五浊之垢染，故云净土。梁译之《摄论·八》曰：‘所居之土无于五浊，如彼玻璃珂等，名清净土。’《大乘义章·十九》曰：‘经中或时名佛地，或称佛界，或云佛国，或云佛土，或复说为净刹、净首、净国、净土。’” 三生，亦名“三世”。同上书：“三世（术语），又云三际，过去、现在、未来也。” 同上书：“业（术语），梵语羯磨 Karma，身口意善恶无记之所作也。”

〔赢粮十日赍〕《庄子集释》卷 4 中《(外篇）胠箧第十》：“今遂至使民延颈举踵曰：‘某所有贤者’，赢粮而趣之。” 郭庆藩引陆德明《经典释文》：“赢，音盈。崔云：‘裹也’。《广雅》云：‘负也。’”《汉书·食货志下》：“行者赍，居者送。” 颜师古注：“赍，谓将衣食之具以自随也。”《集韵》卷 7《去声上·霁第十二》：“赍，行道之财用。”

〔地疑尘境隔〕丁福保《佛学大辞典》：“尘境（术语），为六尘之心所对者。色声香味触法是也。” 此句指，觉得此地仿佛超然于物外，与凡尘之地隔绝。

〔归讶橹声迟〕此句指，归途之中，惊讶于船行得如此之慢。喻归心似箭。

〔蒲渚深容楫〕蒲渚，指生满蒲草的近岸水域。戴炳《东野农歌集》卷 3《春晚即事》：“蒲渚鸣姑恶，桑林啭伯劳。” 渚，水涯，指离岸很近的水域。参见《静坐》一诗〔扬舲极浦灵修远〕条笺注。楫，船桨。详见《题董丈蜕龛菱湖泛舟图》一诗〔理檝及良辰〕条笺注。此句指，生满蒲草的近岸水域很深，可以容得下船桨自如划行。

〔花溪浅泛艭〕花溪，长满花朵的溪流，似指成都杜甫草堂之浣花溪。《全唐诗》卷 228 杜甫《赠王二十四侍御契四十韵（王契，字佐卿，京兆人。元结有送契之西蜀序。)》：“锦里残丹灶，花溪得钓纶。”（第 4 册 P2481）参见《浣花溪夕望》一诗〔浣花溪〕条笺注。《广雅》卷 9《释水》：“艭，……舟也。”

〔前游仪范陆〕范陆，指范蠡、陆通，均为古代隐遁之士。参见《烟雨楼（二首）》其二一诗〔一舸鸱夷逐范蠡〕条笺注，《招隐诗》一诗〔陆通惴宦荆〕条笺注，《八墺篇》一诗〔桂栌〕条笺注。仪，向往。《汉书·外戚上·孝宣许皇后传》：“公卿议更立皇后，皆心仪霍将军女。” 颜师古注：“服虔曰：‘仪，音蚁。’ 晋灼曰：‘仪，向也。’ 师古曰：晋说是也，谓附向之。” 此句指，向往古时范蠡、陆通隐遁出世，云游天下的生活。

〔遗迹訙班郦〕訙，同“讯”。班郦，指班固、郦道元。班固著《汉书》，《汉书》首设《地理志》。郦道元著《水经注》。此句指，寻访古时遗迹，向班固《汉书·地理志》、郦道元《水经注》寻找线索。訙，石印本、《雅言》本作“訊”。

湔水重源接，青衣别派仳。至今双渎合，不异二渠厮。绕郭榕阴密，绵山葛藟虆。出林台岺岃，夹水岭嵾嵯。

〔湔水重源接〕湔水，指今四川彭州白沙河，又称湔江。《汉书 · 地理志上》：“蜀郡，秦置。……绵虒，玉垒山，湔水所出，东南至江阳入江，过郡三，行千八百九十里。”参见本诗〔金堤沿浣浦，玉垒别绵虒〕条笺注。重源，江河不止一个源头。《水经注》卷 2《河水》：“又南入葱岭山，又从葱岭出而东北流。”郦道元注：“河水重源有三，非惟二也。”《彭县志 · 自然地理 · 第四章水系 · 第一节湔江 · 一、河源段》：“湔江一源于太子城峰西南的红龙池（海拔 4020 米），另一源在其东北的乾龙池（海拔 4360—4380 米）。”（四川人民出版社 1989 年 4 月第 1 版 P147）

〔青衣别派仳〕青衣，古称青衣水，今称青衣江，大渡河支流。《水经注》卷 36《青衣水》：“青衣水出青衣县西蒙山，东与沫水合也。”郦道元注：“县，故青衣羌国也。《竹书纪年》：‘梁惠成王十年，瑕阳人自秦道岷山青衣水来归。’汉武帝天汉四年，罢沈黎郡，分两部都尉，一治青衣，主汉民。公孙述之有蜀也，青衣不服，世祖嘉之。建武十九年以为郡，安帝延光元年，置蜀郡属国都尉。青衣王子心慕汉制，上求内附。顺帝阳嘉二年，改曰汉嘉，嘉得此良臣也。县有蒙山，青衣水所发，东迳其县，与沫水会于越嶲郡之灵关道。青衣水又东，邛水注之，水出汉嘉严道邛来山，东至蜀郡临邛县，东入青衣水。”别派，指水系支流。《图书编》卷 67《云南山川 · 洱海》：“叶榆水，一名西洱河。出浪穹县罢谷山下，数处涌起如珠树，世传黑水伏流别派也。”《说文解字》卷 8 上《人部》：“仳，别也。”

〔至今双渎合〕《说文解字》卷 11 上《水部》：“渎，沟也。”此句以“渎”喻湔水和青衣江两条不大的水系，指二条小水在乐山汇流，形成岷江干流，最后流入长江。

〔不异二渠廝〕《正字通》寅集下《广部》：“廝，与斯通。又与釃同，读若诗。《汉 · 沟渠志》：‘釃二渠以引河。’《唐 · 高士廉传》：‘附故渠廝引旁出。’”《汉书 · 沟洫志》：“数为败，乃釃二渠以引其河”。颜师古注：“孟康曰：‘釃，分也。分其流，泄其怒也。二渠，其一出贝丘西南南折者也，其一则漯川也。河自王莽时遂空，唯用漯耳。’”廝，《雅言》本作“斯”。

〔绕郭榕隐密〕榕树在南方分布广泛，在四川亦然。至今，四川多地尚存“千年古榕”。

〔绵山葛藟虆〕绵山，山峦绵延纵横。《毛诗正义》卷 1—2《周南 · 樛木》“南有樛木，葛藟累之。”郑玄笺：“木枝以下垂之故，故葛也、藟也，得累而蔓之。”陆德明《音义》：“藟，本亦作虆，力轨反，似葛之草也。《草木疏》云：‘一名巨荒，似燕薁，亦连蔓，叶似艾，白色，其子赤，可食。’累，力追反，缠绕也，本又作虆。”《楚辞》卷 16 刘向《九叹 · 忧苦》：“葛藟虆于桂树兮，鸱鸮集于木兰。”

〔台崒峛〕《说文解字注》卷 12 上《至部》：“台，观，四方而高者。”段注：“其四方独出而高者则谓之台。”《说文解字》卷 9 下《山部》：“崒，危高也。”《重修玉篇》卷 22《山部第三百四十三》：“峛，……山卑长也，或作逦迤。”《明文海》卷 11《赋十一 · 山川三》王渐逵《青萝山赋》：“宅黄岭之崒峛，固溟壑之上都也。”

〔嵾嵯〕即“参差”，亦作“嵾嵳”。《楚辞章句》卷 16 刘向《九叹 · 惜贤》：“游兰皋与蕙林兮，睨玉石之嵾嵯。”王逸注：“嵾嵯，不齐貌也。……睨君门贤愚并进，嵾嵯不齐也。”《正字通》寅集中《山部》：“嵾，……嵾嵳，山不齐貌。通作参差。”嵾，《雅言》本作“嵾”。

升巘騉蹄趼，连峰象齿齹。凌云森宝刹，慧日炫灵姿。箵影排新筍，班痕駮古落。灵源超帝释，响附协人祇。

〔升巘騉蹄趼〕《毛诗正义》卷 17—3《大雅 · 生民之什 · 公刘》：“陟则在巘，复降在原。”毛传：“巘，小山别于大山也。”孔颖达疏：“‘小山别于大山’者，《释山第十一》云：‘重甗隒。’郭璞曰：‘谓山形如累两甗。甗，甑，山状似之，上大下小，因以为名。’”《尔雅注疏》卷 11《释畜第十九》：“騉蹄，趼，善升甗。”郭璞注：“甗，山形，似甑，上大下小。騉蹄，蹄如趼而健上山。秦时有騉蹄苑。”邢昺疏：“舍人云：‘騉蹄者，溷蹄也。研，平也，谓蹄平正，善升甗者，能登山隒也。’一云：‘甗者，阪也。’言騉善登高历险，上下于阪。秦时有騉蹄苑是也。李云：‘騉者，其蹄正坚而平似研也。’顾云：‘山岭曰甗。’郭云：‘甗，山形似甑，上大下小。騉蹄，蹄如研而健上山。’”

〔连峰象齿齹〕《诗经 · 鲁颂 · 駉之什 · 泮水》：“元龟象齿，大赂南金。”《说文解字》卷 2 下《齿部》：“齹，齿参差。”此句指，绵延的山峰如大象的白齿般参差不齐。

〔凌云森宝刹，慧日炫灵姿〕宝刹，佛土，寺院。《佛说大乘无量寿庄严经》卷上：“世尊，如来应正等觉，诸根清净，面色圆满，宝刹庄严。”《艺文类聚》卷 77《内典下 · 寺碑》：“梁沈约《内典序》曰：……灵姿炫日，宝刹凌云。”森，森列，排列。详见《大象篇》一诗〔百感森忧虞〕条笺注。丁福保《佛学大辞典》：“慧日（譬喻），佛智能照世之盲冥，故比之于日。《无量寿经 · 下》曰：‘慧日照世间，清除生死云。’《法华经 · 方便品》曰：‘慧日大圣尊。’同《普门品》曰：‘慧日破诸闇，能伏灾风火。'" 灵姿，佛教语，参悟佛法的慧根。释昙宁《深密解脱经》序："大圣秉独悟之灵姿，镜寰中之妙趣。"《佛祖历代通载》卷 1《序》："众服其有德。自非宿有灵姿，禀慧多生，曷以臻其明敏。" 案：乐山有凌云山，刘师培寓蜀时曾游览此地，并作诗《凌云山夕望》。参见该诗笺注。

〔簪影排新筍〕筍，同"笋"。竹笋初生，形状细长如发簪，故曰"簪笋"。《文苑英华》卷 226《道门二 · 宫观六十四首》庾信《入道士观》："野衣缝蕙叶，山巾篸笋皮。" 篸，同"簪"。《集韵》卷 4《平声四 · 侵第二十一》："篸，……或作簪。" 沈周《石田诗选》卷 2《山川（园池附）· 游张公洞（并引）》："支本万不齐，纂纂簪笋瘦。" 簪影，指竹笋、竹子或佛塔等细高建筑如簪钗般投下的阴影。《成都文类》卷 3《诗 · 江山 · 池沼》畅甫《偶宴西蜀摩诃池》："荫林簟光冷，照流簪影敧。" 乾隆《御制诗三集》卷 77《古今体一百十八首 · 远峰塔影》："却似行春桥上望，楞伽簪影石湖间。" 此句指，成排的竹子长出了新笋，投下如簪钗般的阴影。

〔班痕駮古菭〕班痕，斑驳陆离的痕迹。《正字通》亥集上《马部》："駮，与驳通。"《经典释文》卷 30《尔雅音义下 · 释草第十三》："菭，徒来反。郭云：'一名石发。'《说文》云：'水青衣也。' 或大之反，本今作'苔'。" 此句指，青绿色的常年苔藓，斑驳陆离。

〔灵源超帝释〕灵源，佛教语，一切的根源，指佛心、佛性。《大方广圆觉修多罗了义经略疏》卷上 2："言一真者，未明理事不说有空，直指本觉灵源也。"《祖堂集》卷 11《云门和尚》："灵源独曜少人逢，达者方知无所虑。" 丁福保《佛学大辞典》："帝释（天名），忉利天之主也，居须弥山之顶喜见城，统领他之三十二天（忉利天译三十三天），梵名释迦提桓因陀罗 Śakra devānām indra，略云释提桓因。" 案：根据佛教理论，帝释天为佛陀护法，其所居之"忉利天"为六欲天之一，故其未舍七情六欲。《佛祖统记》卷 31《世界名体志第十五之一》："其诸天女皆是帝释正妃，帝释与阿修罗女舍脂共住，化身与诸妃共住。"《法句譬喻经》卷 1《无常品第一》："昔者天帝释五德离身，自知命尽当下生世间，在陶作家受驴胞胎。何谓五德？一者身上光灭，二者头上华萎，三者不乐本坐，四者腋下汗臭，五者尘土著身。以此五事，自知福尽，甚大愁忧。自念三界之中，济人苦厄唯有佛耳，于是奔驰往到佛所。时佛在耆阇崛山石室中，坐禅入普济三昧。天帝见佛，稽首作礼，伏地至心三自归命佛法圣众。未起之间，其命忽出，便至陶家驴母腹中作子。时驴自解，走瓦坯间，破坏坯器。其主打之，寻时伤胎。其神即还入故身中。五德还备，复为天帝。"

〔响附协人祇〕《六臣注文选》卷 56 陆佐公（倕）《石阙铭一首》："龟筮协从，人祇响附。" 张铣注："龟筮，谓卜也。祇，神也。响附，谓如响应声也。"

穗献双歧麦，花飞六出栀。此行疑鹫岭，小别又犍为。黄卷仙人箧，丹瑎孝女碑。故关雄洙若，前俗革朱提。

〔穗献双歧麦〕双歧麦，指一根麦秆上生出两个麦穗，即所谓"嘉禾"，古人认为是祥瑞之兆，常以之进献君王。《乐府诗集》卷 85《张君歌》："桑无附枝，麦穗两歧。张君为政，乐不可支。" 参见本诗〔嘉禾诞秬秠〕条、〔麦瑞殷天瑞〕条笺注。

〔花飞六出栀〕花飞六出，喻雪花六瓣，亦指雪白的花朵分出六个花瓣。阳枋《字溪集》卷 11《和存子侄赋雪》："花飞六出瑞方春，不待剪裁开恁真。" 案：栀子花雪白，花朵分层，每层一般有 6 个或 7 个花瓣。《苏诗补注》卷 24 苏轼《古今体诗五十六首 · 章钱二君见和复次韵答之》："来牟有信迎三白，薝卜无香散六花。" 查慎行注："宋刻本公自注：'薝卜，栀子花也，与雪花皆六出。'" 陆游《剑南诗稿》卷 34《二友》："清芬六出水栀子，坚瘦九节石菖蒲。" 栀，石印本、《雅言》本作"梔"。

〔鹫岭〕即"灵鹫山"，佛教胜地。丁福保《佛学大辞典》："灵鹫山（地名），旧称耆阇崛（巴 Gijjhakūṭa），新称姞栗陀罗矩咤 Gṛdhrakūṭa，译曰灵鹫，鹫头，新译鹫峰，鹫台。又称灵山，灵岳，鹫岳。山形似鹫，名又以山上鹫鸟多，故名。摩竭陀国之正中名上茅城，五山周围如城郭，是为摩竭陀国之旧都。自此东北四五里，有王舍城，毘婆娑罗王之新都也，自此东北十里，灵鹫山在焉，即五山中之最高者，在上茅城之旧都东北十四五里（《西域记 · 九》《释迦方志 · 下》）。中土往往沿用其名，如福建福清县北之鹫峰，浙江杭州之飞来峰，亦名灵鹫是也。"

〔小别又犍为〕犍为，今属乐山。《四川通志》卷 2《嘉定府》："嘉定府（旧设直隶嘉定州，雍正十二年升为嘉定府，设乐山县为附郭）。" "犍为县，汉（犍为郡南安县地），后周（置沈犀郡，并置武阳县），隋（开皇三年郡废，改县曰犍为，属犍为郡），唐（初属戎州，前上元二年，割属嘉州），宋（属嘉定府），元（属嘉定路），明（属嘉定州），皇清因之。" 结合上句分析，刘师培离川前不久曾游览过犍为的佛教场所，此次离川顺路故地重游，具体地点则不详。

〔黄卷仙人箧〕黄卷，指古籍。详见本诗〔黄卷董生帷〕、〔芸帙簡盈辎〕条笺注。《太平广记》卷 43《神仙四十三 · 尹真人》："犍为郡东十余里，有道观在深岩中，石壁四壍，有颜道士居之。观殿有石函，长三尺余，其上鐾出鸟兽花卉，文理纤妙，邻于鬼工。而缄锁极固，泯然无毫缕之隙。里人相传，云是尹喜石函。真人事迹，显于纪传详矣。真人将上升，以石函付门弟子，约之曰：‘此函中有符箓，慎不得启之，必有大祸。’于是郡人尽敬之。大历中，有青河崔君为犍为守。崔君素以刚果自恃，既至郡，闻有尹真人函，笑谓属官曰：‘新垣平之诈见矣。’即诣之，且命破锁。颜道士曰：‘此尹真人石函，真人有遗教曰：“启吾函者有大祸。”幸君侯无犯仙官之约。’崔君怒曰：‘尹真人死千岁，安得独有石函在乎？吾不信。’颜道士确其词，而崔君固不从。于是命破其锁，久之而坚然不可动。崔君怒，又以巨絙系函鼻，用数十牛拽其絙，鞭而驱之，仅半日，石函遂开。中有符箓数十轴，以黄缣为幅，丹书其文，皆炳然如新。崔君既观毕，顾谓颜道士曰：‘吾向者意函中有奇宝，故开而阅之，今徒有符箓而已。’于是令缄锁如旧。既归郡，是夕，令忽暴卒，后三日而悟。其官属将吏辈，悉诣崔君问之，且讯焉。崔君曰：‘吾甚戆，未尝闻神仙事，前者偶开尹真人石函，果为冥官追摄。初见一人，衣紫衣，至寝，谓吾曰：“我吏于冥司者也，今奉命召君。固不可拒，拒则祸益大矣，宜疾去。”吾始闻忧，欲以辞免。然不觉与使者俱出郡城，仅行五十里，至冥司。其官即故相吕公也，谓吾曰：“子何为开尹真人石函乎？奉上帝命，且削君之禄寿，果如何哉！”已而召掾吏至，令按吾禄寿之籍。掾吏白吕公曰：“崔君有官五任，有寿十七年。今奉上帝符，尽夺五任官，又削十五年寿。今独有二年任矣。”’于是听崔君还，后二年果卒。（出《宣室志》）”

〔丹瑨孝女碑〕《舆地碑记目》卷 4《嘉定府碑记》：“孝女碑，在犍为清溪口杨洪山下。东汉永建初，孝女叔先雄以父泥和坠湍水，尸丧不归，雄于父溺处自投水死。后五日，与父尸相持浮江上。郡表言为雄立碑，国朝元佑中重立。”《搜神记》卷 11：“犍为叔先泥和，其女名雄。永建三年，泥和为县功曹。县长赵祉遣泥和拜檄谒巴郡太守，以十月乘船于城湍堕水死，尸丧不得。雄哀恸号咷，命不图存。告弟贤及夫人，令勤觅父尸：‘若求不得，吾欲自沈觅之。’时雄年二十七，有子男贡，年五岁；贯，年三岁。乃各作绣香囊一枚，盛以金珠环，预婴二子。哀号之声不绝于口，昆族私忧。至十二月十五日，父丧不得。雄乘小船于父堕处，哭泣数声，竟自投水中，旋流没底。见梦告弟云：‘至二十一日与父俱出。’至期如梦，与父相持，并浮出江。县长表言，郡太守肃登承上尚书。乃遣户曹掾为雄立碑，图象其形，令知至孝。”杨慎《升庵集》卷 38《长短句 · 孝津行》：“岷山青蟠空，下映犍为江。江滨有孝娥，自名叔先雄。娥父为功曹，冉冉趋府中。泛舟越洪涛，捐躯以凶终……”丹瑨，指石碑。瑨，美石。详见《东坡生日集旡闷园》一诗〔宝瑨溯蜀川〕条笺注。参见《述怀一百四十韵示蜀中同好》一诗〔丰碑缺翠瑁〕条笺注。《灵宝领教济度金书》卷 43：“勋藏紫笔，玉京膺九赉之华。功纪丹瑁，金阙峻三元之赏。”

〔故关雄沬若〕沬，应作“沫”。《史记 · 司马相如列传》：“司马长卿便略定西夷，邛、筰、冉、駹、斯榆之君皆请为内臣。除边关，关益斥，西至沫、若水”。司马贞《索隐》：“张揖曰：‘斥，广也。’”“张揖曰：‘沫水出蜀广平徼外，与青衣水合也。若水出旄牛徼外，至僰道（今宜宾——引者）入江。《华阳国志》：‘汉嘉县有沫水。’”案：沫水，今大渡河。若水，今雅砻江。近现代名人郭沫若“沫若”之名，即源此。沫，石印本、《雅言》本作“沬”。

〔前俗革朱提〕革，改变。《周易 · 杂卦》：“革，去故也。鼎，取新也。”《太平御览》卷 888《妖异部四 · 变化下》：“《蜀王本纪》曰：……时蜀民稀少，后有一男子名曰杜宇，从天堕，止朱提。有一女子，名利，从江源地井中出，为杜宇妻。宇自立为王，号曰蜀王。”《汉书 · 食货志下》：“朱提银，重八两，为一流，直一千五百八十。”颜师古注：“朱提，县名，属犍为，出善银。”案：朱提即今云南昭通，旧属四川犍为。此句指，如今的蜀地已不复上古蜀王杜宇时的风土人情。革，石印本作“草”；《雅言》本作“草”，疑误。

僰塞闻班马，貙氓解献罴。和夷今底绩，邛笮古羁縻。岸转群峰出，潮回众壑移。金沙纷北汇，岷水此东迆。

〔僰塞闻班马〕僰，当作“僰”。僰，《雅言》本作“僰”。《说文解字注》卷 8 上《人部》：“僰，楗为蛮夷也。”段注：“楗各本作犍，今依汉碑从木。《司马相如传》曰：‘唐蒙使略通夜郎西僰中。’文颖曰：‘夜郎、僰中皆西南夷。后以为牂柯、楗为二郡。’按：楗为郡，有僰道县，即今四川叙州府治也，其人民曰僰。《王制》：‘屏之远方，西方曰僰，东方曰寄。’郑注：‘僰当为棘，棘之言逼。使之逼寄于夷戎。’”古有僰道县，即今宜宾。《周官总义》卷 20《职方氏》：“其川江汉。”易祓注：“僰道县，今为叙州宜宾县。”班马，离群之马。《春秋左传正义》卷 33《襄公十八年》：“邢伯告中行伯曰：‘有班马之声，齐师其遁。’”杜预注：“夜遁，马不相见，故鸣。班，别也。”《全唐诗》卷 177 李白《送友人》：“挥手自兹去，萧萧班马鸣。”（第 3 册 P1809）《史记 · 西南夷列传》：“巴蜀民或窃出商贾，取其笮马、僰僮、髦牛，以此巴蜀殷富。”张说《张燕公集》卷 19《碑文赠凉州都督上柱国太原郡开国公郭君碑奉敕撰》：“于是料敌无备，间其师老，潜军一举，大俘九曲。锁甲文剑，僰马犛牛，既献戎捷，遂颁朝赐。”王禹偁《小畜集》卷 4《古诗 · 送笻杖与刘湛然道士》:“蛮貊尽臣妾，县道皆羁縻。僰僮与笮马，入贡何累累。”《吴梅村全集》卷 17《诗后集九 · 八风诗 · 其六（西南风）》:“武帝雄图邛筰开，相如驰传夜郎回。巴童引节旌旄动，僰马随车尘土来。”（上海古籍出版社 1990 年 12 月第 1 版 P478）

〔貙氓解献罴〕《文选注》卷 4 左太冲（思）《蜀都赋》:“畠貙氓于葽草，弹言鸟于森木。”刘渊林（逵）注:“貊，兽。毛黑白，臆似熊而小，以舌舐铁，须臾便数十斤，出建宁郡也。……貙氓，谓貙人也。言鸟，鹦鹉之属，皆出南中。文立《蜀都赋》:‘虎豹之人’。”李善注:“《博物志》曰:‘江汉有貙人，能化为虎。’畠，当为拍。《说文》曰:‘拍，拊也。’”《六臣注文选》李周翰注:“貙氓，野人也，亦兽类。”《蜀中广记》卷 59《方物记第一 · 兽》:“《蜀都赋》:‘畠貙氓于葽草’，注谓：貙氓，虎豹之人也。《博物志》‘江汉有貙人’，即此。”《尚书正义》卷 6《禹贡》:“华阳黑水惟梁州。……厥贡……熊罴狐狸织皮”。陆德明《音义》:“罴，……如熊而黄。”《华阳国志》卷 1《巴志》:“华阳黑水江汉为梁州，厥土青黎，厥田惟下上，厥赋惟下中，厥贡……熊罴狐狸织皮”。解，发送、解送。《资治通鉴》卷 57 :“案法当贵，而今更贱者，由赋发繁，数以解县官。”胡注:“解，……发也。”

〔和夷今底绩〕和夷，古时西南少数民族。《尚书今注今译 · 禹贡》:“华阳黑水惟梁州：……蔡蒙旅平，和夷厎绩”。屈万里注:“郑玄曰（见水经桓水注）:‘和夷，和上夷所居之地也。和，读曰桓。’按：桓水，殆即今之大渡河。大渡河源出大雪山，上流名大金川；由四川乐山县入岷江。绩，功。”（台湾商务印书馆 1977 年 4 月七版 P39—40）底绩，即“厎绩”，取得成功，收获功业。《后汉书 · 肃宗孝章帝纪》:“厎绩远图，复禹弘业”。李贤注:“《尚书》曰:‘覃怀厎绩。’孔安国注云:‘厎，置。绩，功也。’”

〔邛笮古羁縻〕邛笮，亦作“邛筰”，古时西南少数民族。《史记 · 司马相如列传》:“是时，邛筰之君长闻南夷与汉通得赏赐多，多欲愿为内臣妾。”司马贞《索引》:“邛笮之君长。文颖曰:‘邛者，今为邛都县。笮者，今为定笮县，皆属越嶲郡也。’”《后汉书 · 公孙述传》:“邛笮君长皆来贡献”。李贤注:“邛笮，皆西南夷国名。”参见本诗〔边城通笮马〕条笺注。《史记 · 司马相如传》:“盖闻天子之于夷狄也，其义羁縻勿绝而已。”司马贞《索隐》:“羁，马络头也。縻，牛纼也。《汉官仪》云:‘马云羁，牛云縻。’言制四夷如牛马之受羁縻也。”案：古时对少数民族既约束，又笼络的政策称为“羁縻”。《六臣注文选》卷 44 司马长卿（相如）《喻巴蜀檄》:“天子之牧夷狄也，其义羁縻勿绝而已。”刘良注：“羁縻，谓似以绳索绊縶而已。”邛，《雅言》本作“卬”；笮，石印本、《雅言》本作“筦”，似误。

〔岸转群峰出，潮回众壑移〕朱彝尊《曝书亭集》卷 5《永嘉除日述怀》：“岸转群峰出，潮回众壑趋。”

〔金沙纷北汇〕金沙，即金沙江，长江上游称金沙江。金沙江在今云南元谋段，流向本由北向南，至此，在短暂自西向东流向几十公里后，陡然向东北转向四川方向，形成了一个巨大的“U”型弯。在四川宜宾段的流向，又变为大致的由西向东。

〔岷水此东迆〕岷水，即岷江。岷江至宜宾，由西北向东南汇入长江干流，长江干流流向变为由西向东。迆，石印本、《雅言》作“迤”。

叙府雄山郭，乌舟集水嬉。吞刀程角觝，扬盾幻蒙魌。箫鼓灵旗集，笙歌里俗婴。此时同一醉，前路即隔崎。

〔叙府〕今宜宾。详见本诗〔僰塞闻班马〕条笺注。

〔乌舟集水嬉〕“乌舟”，疑应为“鳬舟”或“鸟舟”。《六臣注文选》卷 35 张景阳（协）《七命》：“乘鳬（五臣作鹢）舟兮为水嬉，临芳洲兮拔云芝。”李善注：“《穆天子传》曰：‘天子乘鳬舟。’郭璞曰：‘舟为鳬形，制今吴之青雀舫，此其遗象也。’”张铣注：“鹢舟，舟名。嬉，戏也。”《六臣注文选》卷 2 张平子（衡）《西京赋》：“于是命舟牧为水嬉，浮鹢首，翳云芝”。薛综注：“船头象鹢鸟”。李善注：“《淮南子》曰：‘龙舟鹢首’。”另参见本诗〔辽水舟通鹢〕条笺注。乌，《雅言》本作“鸟”。

〔吞刀程角觝〕吞刀，古时的魔术，将刀剑柄以下部分“吞”入腹中，再“拔”出来。《汉书 · 张骞传》：“大宛诸国发使随汉使来，观汉广大，以大鸟卵及牦靬眩人，献于汉。”颜师古注：“眩，读与幻同。即今吞刀吐火，植瓜种树，屠人截马之术皆是也。本从西域来。”角觝，亦作“角抵”“觳抵”，即摔跤，古时供人观看的杂耍表演。《史记 · 李斯列传》：“是时，二世在甘泉，方作觳抵优俳之观。”裴骃《集解》：“应劭曰：‘战国之时，稍增讲武之礼，以为戏乐，用相夸示。而秦更名曰角抵。角者，角材也。抵者，相抵触也。’文颖曰：‘案：秦名此乐为角抵，两两相当，角力、角伎艺射御，故曰角抵也。’骃案：觳抵，即角抵。”《正字通》酉集上《角部》：“觝，……又通作抵。”《广雅 · 释诂》：“程，……示也。”

〔扬盾幻蒙魌〕蒙魌，即“蒙倛”，古代驱鬼时要戴上面具，其状狰狞凶恶。《荀子》卷 3《非相篇第五》：“仲尼之状，面如蒙倛。”杨倞注：“倛，方相也，其首蒙茸然，故曰蒙倛。《子虚赋》曰：'蒙公先驱。' 韩侍郎云：'四目为方相，两目为倛，倛音欺。'《慎子》曰：'毛嫱、西施，天下之至姣也。衣之以皮倛，则见之者皆走也。'"《通雅》卷 18《身体》："荀子言，仲尼蒙倛，如蒙魌头也。"《周礼注疏》卷 31《夏官司马下 · 方相氏》："方相氏。掌蒙熊皮，黄金四目，玄衣朱裳，执戈扬盾，帅百隶而时难，以索室敺疫。" 郑玄注："蒙，冒也。冒熊皮者，以惊驱疫疠之鬼，如今魌头也。"

〔箫鼓灵旗集〕箫鼓，祭祀神明或军队出征时演奏的乐曲。《全唐诗》卷 126 王维《凉州郊外游望（时为节度判官，在凉州作）》："婆娑依里社，箫鼓赛田神。"（第 2 册 P1278）《艺文类聚》卷 13《帝王部三 · 吴大帝》："晋陆机《吴大帝诔》曰：……千乘结驷，万骑重营。箫鼓振响，和銮流声。" 灵旗，昭告神明使用的旗帜。《汉书 · 扬雄传上》载其《甘泉赋》："于是钦柴宗祈，燎熏皇天，招繇泰壹，举洪颐，树灵旗。" 颜师古注："张晏曰：'招摇、泰壹，皆神名也。' 服虔曰：'洪颐，旗名也。' 李奇曰：'欲伐南越，告祈太一，画旗树太一坛上，名灵旗，以指所伐之国也。' 见《郊祀志》。"

〔笙歌里俗婴〕笙歌，吹奏乐曲。《礼记正义》卷 6《檀弓上》："孔子既祥，五日弹琴而不成声，十日而成笙歌。" 郑玄注："琴以手，笙歌以气。" 里俗，乡里之俗，民间习俗。《旧唐书 · 蒋乂传》："臣闻里俗有不甚知礼法者，或女居父母服内。"《重修玉篇》卷 3《女部第三十五》："婴，……善也。"

〔此时同一醉，前路即傴陭〕焦竑《俗书刊误》卷 7《略记字始》："偶读汉碑，见其用字之异。乃知古义相通，而今人未之考者。……傴陭，即岖崎。" 从此二句分析，刘师培离川时，坐船至宜宾入长江，曾在此会晤故人，并欢饮辞别。

晚宿江安县，孤城峡水湄。朱生今寂漠，蜀道古吁巇。赋笔题鹦鹉，儒冠薄鵕鸃。别来纷琬琰，时去惜镃錤。

〔晚宿江安县，孤城峡水湄〕江安县，旧隶泸州，今属四川宜宾市，位于宜宾市主城区以东。水湄，岸边。《毛诗正义》卷 6—4《秦风 · 蒹葭》："所谓伊人，在水之湄。" 毛传："湄，水隒也。" 孔颖达疏："《释水》云：'水草交为湄。' 谓水草交际之处，水之岸也。《释山第十一》云：'重甗隒。' 隒是山岸，湄是水岸，故云水隒。"《增修互注礼部韵略》卷 5《入声 · 三十二洽》："峡，……又，山峭夹水曰峡。" 案：江安县城紧邻长江南岸。

〔朱生今寂漠〕朱生，指朱山，字云石（1886—1912），四川江安人。刘师培有诗

《蜀中赠朱云石》。1912 年，朱山被四川都督胡景伊杀害，刘师培曾写《与四川都督胡景伊书》申救未果。详见《蜀中赠朱云石》一诗〔蜀中赠朱云石〕条笺注及“略考”。

〔蜀道古吁嚱〕《李太白集注》卷 3 李白《蜀道难》:“噫吁嚱！危乎高哉，蜀道之难，难于上青天。”王琦集注:“《宋景文公笔记》:‘蜀人见物惊异，辄曰噫嘻嚱。李白作《蜀道难》，因用之。”

〔赋笔题鹦鹉，儒冠薄鵔鸃〕《九家集注杜诗》卷 23《近体诗》严武《寄题杜二锦江野亭（成都尹严武作）》:“莫倚善题《鹦鹉赋》，何须不着鵔鸃冠。”郭知达集注:“赵云：杜公之才如祢衡之俊，而刚直隐沦，不喜仕宦，决不肯为侍中而冠鵔鸃佞臣之例也。故严公劝之，不必倚恃才如祢衡，而鄙鵔鸃而不着也。”《文选注》卷 13 祢正平（衡）《鹦鹉赋》李善注:“范晔《后汉书》曰：祢衡，字正平，平原人也。少有才辩，而尚气傲。曹操欲见之，不肯往。操怀忿，而以才名不欲杀之。送刘表，后复侮慢于表。表不能容，以江夏太守黄祖性急，故送衡与之。祖长子射为章陵太守，尤善于衡。射大会宾客，人有献鹦鹉者。射举札于衡前曰：愿先生赋之。衡揽笔而作，辞彩甚丽。后黄祖杀之时，年二十六。”此句似以祢衡比朱山，祢衡曾“侮慢于表”，被黄祖所杀；朱山遭川督胡景伊杀害。祢衡《鹦鹉赋》是古代骈俪文的名篇，据朱山所撰《上赵芷荪提学请设四川藏书楼书》，其文受四六骈文影响很大，虽谈不上令人惊艳，亦有可观之处。祢衡遇害时“年二十六”，朱山生于 1886 年，1912 年遇害，亦得年二十六。儒冠，儒家弟子佩戴的帽冠。参见《甲辰年自述诗（其一）》一诗〔飞腾无术儒冠误〕条笺注。案：朱山 12 岁即中童子试，后愤恨于清廷与列强缔结《辛丑条约》而发誓终生不再参加科举。鵔鸃，亦作“鵕䴊”，指佞幸所戴帽冠。《史记 · 佞幸列传》:“至汉兴，高祖至暴抗也，然籍孺以佞幸，孝惠时有闳孺。此两人非有材能，徒以婉佞贵幸，与上卧起，公卿皆因关说。故孝惠时郎侍中皆冠鵔鸃，贝带，傅脂粉，化闳、籍之属也。”裴骃《集解》:“《汉书音义》曰：‘鵕䴊，鸟名。以毛羽饰冠，以贝饰带。’”司马贞《索隐》:“许慎云：‘鵔鸃，鷩鸟也。’《淮南子》云：‘赵武灵王服贝鵔鸃。’《汉官仪》云：‘秦破赵，以其冠赐侍中。’《三仓》云：‘鵔鸃，神鸟也，飞光映天者也。’”上句与此句指，朱山才华横溢，品行高洁，不屑为阿谀佞幸之徒。薄，《雅言》本作“簿”。

〔别来纷琬琰〕琬琰，本指美玉，此处指墓碑铭文。《名臣碑传琬琰集》四库提要:“《名臣碑传琬琰集》一百七卷，宋杜大珪编。大珪，眉山人，其仕履不可考。自署称进士，而序作于绍熙甲寅，则光宗时人矣。墓碑最盛于东汉，别传则盛于汉魏之间。张晏注《史记》据墓碑，知伏生名胜；司马贞作《史记索隐》，据班固《泗上亭长碑》知昭灵夫人姓温；裴松之注《三国志》亦多引别传。其遗文佚事，往往补正史所不及。”苏籀《双溪集》卷 5《古律 · 王季海求父宣义挽词二首》其二：“济美圭璋质，流芳琬琰铭。”魏了翁《鹤山集》卷 92《乐府君（材）》挽诗二首其二：“芜辞书琬琰，敢齿蔡邕铭。”纷，通“忿”。旧本《老子》第四章：“挫其锐，解其纷，和其光，同其尘。”俞樾《诸子平议》卷 8《老子平议》：“解其纷。樾谨按：《释文》，河上公本‘纷’作‘芬’。然‘芬’字无义。此句亦见五十六章，河上公于此注云：‘纷，结恨也。’……于彼注云：‘纷，结恨不休。’……注文大略相同。则河上本‘芬’字当读为‘忿’，若以本字读之，则注中结恨之义不可解。……王弼本五十六章作‘解其分’，注云：‘除争原也。’则亦读为‘忿’矣。顾欢本正作‘忿’，乃其本字，‘芬’‘纷’竝叚字耳。”朱谦之《老子校释》：“严可均曰：‘解其忿’，河上作‘纷’，王弼作‘分’。”“武内义雄曰：敦、景、遂三本作‘忿’，盖‘纷’为‘忿’之借字。”（龙门联合书局 1958 年印本 P146）今本河上公注《老子》，结恨作“结根”。《战国策》卷 7《秦五》：“臣闻，王兵胜而不骄，伯主约而不忿。”高诱注：“忿，怨也。”案：1912 年年末，朱山被四川都督胡景伊杀害。此句指，与朱山分别后，他遇害身亡，想到他的墓碑铭文，内心凄怨。参见《蜀中赠朱云石》一诗相关笺注及“略考”。

〔时去惜镃镆〕镃镆，亦作“镃基”，本指农具锄头，亦指才能，才略。《孟子注疏》卷 3 上《公孙丑章句上》：“虽有知慧，不如乘势。虽有镃基，不如待时。”赵岐注：“齐人谚言也。乘势，居富贵之势。镃基，田器耒耜之属。待时，三农时也。”《正字通》戌集上《金部》：“镆，……镃镆，鉏也，一作镃基。”《万首唐人绝句》卷 44 温庭筠《七言 · 简同志》：“开济由来变盛衰，五车才得号镃基。留侯功业何容易，一卷兵书作帝师。”刘师培《与朱云石笺》：“蜀都弛担，恭承嘉惠。行理供乏，（竺）〈笃〉厚不忘。别景驹驰，书疏希阔。迩闻（淮）〈惟〉汉，克敏戎功。天眷邦人，南风其竞。然峻城三仞，楼季莫逾。泰岱夌迟，跛羊可牧。孟生进喻于鎡錤，苏子兴言于牛后。自今思之，辄复莞尔。”（《刘申叔遗书》56 册【76】，《左盦外集》卷 16）

太息嵇琹逝，悽凉楚些悲。浩歌余翰墨，归旐夹灵輀。桂酒倾觞奠，桐车屏翣柩。人生看到此，吾道竟何之。

〔太息嵇琹逝〕《晋书 · 稽康传》：“康将刑东市，太学生三千人请以为师，弗许。康顾视日影，索琴弹之，曰：‘昔袁孝尼尝从吾学《广陵散》，吾每靳固之，《广陵散》于今绝矣！’时年四十。海内之士，莫不痛之。帝寻悟而恨焉。初，康尝游乎洛西，暮宿华阳亭，引琴而弹。夜分，忽有客诣之，称是古人，与康共谈音律，辞致清辩，因索琴弹之，而为《广陵散》，声调绝伦，遂以授康，仍誓不传人，亦不言其姓字。”焦竑《俗书刊误》卷 1《刊误平声 · 二十侵》：“琴，俗作琹。”琹，《雅言》本作“琴”。

〔悽凉楚些悲〕《说文解字》卷 2 上《此部》：“些，语辞也。见《楚辞》。”《楚辞》卷 9《招魂》，句尾多用“些”字，为楚地先秦方言。如，“何为四方些”“而离彼不祥些”。后以“楚些”指《招魂》一诗。些，石印本、《雅言》本作“竺”，似误。

〔浩歌余翰墨〕浩歌，纵声高歌。详见《述怀一百四十韵示蜀中诸同好》一诗〔浩歌余野哭〕条笺注。翰墨，指文章书画。《方言》（卷）13 扬雄《答刘歆书》：“著训于帝籍，但言词博览翰墨为事。”

〔归旐夹灵輀〕《六臣注文选》卷 16 潘安仁（潘安，本名潘岳）《寡妇赋》：“龙輀俨其星驾兮，飞旐翩以启路。”李善注：“然旐丧柩之旌也。《尔雅》曰：‘广辐曰旐。’凶幡，即今之旐旐。”吕延济注：“旐，引柩幡也。”《说文解字》卷 14 上《车部》：“輀，丧车也。”

〔桂酒倾觞奠〕《楚辞章句》卷 2 屈原《九歌 · 东皇太一》：“奠桂酒兮椒浆”。王逸注：“桂酒，切桂置酒中也。”倾觞奠，酹酒以祭奠亡者。徐乾学《读礼通考》卷 47《丧仪节十 · 筮宅至葬》：“酹酒，倾酒于地。”

〔桐车屏翣柩〕桐车，指运送逝者遗体的丧车。《北堂书钞》卷 92《礼仪部 · 挽歌三十三》：“傅玄《挽歌》云：灵坐飞尘起，魂衣正委移。茫茫丘墓间，松柏郁参差。明器无用时，桐车不可驰。平生坐玉殿，没归幽都宫。地下无满期，安知秋与冬。”《说文解字》卷 4 上《羽部》：“翣，棺羽饰也。天子八，诸侯六，大夫四，士二。下垂。”柩，楣柩，本指门框，此处指车子的外框。《字汇》辰集《木部》：“柩，……楣柩。”案：从以上 4 句分析，1912 年末朱山被杀后，刘师培似参与了其收殓。翣，石印本作“翜”。

〔人生看到此，吾道竟何之〕朱彝尊《曝书亭集》卷 2《哭王处士（翃）六首》其四：“人生看到此，天道复如何。”由此二句分析，这是刘师培“兔死狐悲，物伤其类”的悲哀吧。

碧血应滋恨，黄鑪感在斯。朅来芳婉晚，此别草萎䔫。泸邑弹丸小，三泉故迹澌。连甍廛列隧，坐甲战交绥。

〔碧血应滋恨〕典出“苌弘化碧”。详见《题张船山南台饮酒图》一诗〔碧珠重灿苌弘血〕条笺注。

〔黄鑪〕即“黄垆”，指坟茔。《淮南鸿烈解》卷 6《览冥训》：“考其功烈，上际九天，下契黄垆，名声被后世，光晖重万物。”高诱注：“黄垆，黄泉下有垆土也。”《尔雅注疏》卷 5《释天第八 · 祭名》：“宵田为獠”。郭璞注：“或曰，即今夜猎载鑪照也。”陆德明《音义》：“鑪，……或作垆。”

〔朅来芳婉晚〕《说文解字》卷 5 上《去部》：“朅，去也。”芳婉晚，即“芳婉娩”，指花木姿态柔媚。贺铸《庆湖遗老诗集》卷 1《歌行三十九首 · 三鸟咏》：“年芳婉娩欲辞人，啼鸟殷勤劝行乐。”《礼记正义》卷 28《内则》：“女子十年不出，姆教婉娩听从。”郑玄注：“婉，谓言语也。娩之言媚也。媚，谓容貌也。”

〔萎移〕即“逶迤”，婀娜旖旎，摇曳弯屈貌。《说文解字注》卷 1 下《艸部》“移，艸萎移。”段注：“萎移叠韵，萎平声。”《说文解字注笺 · 弟一下 · 艸部》徐灏笺：“凡言逶迤、委蛇，皆字异意同。”《说文通训定声 · 随部弟十》：“移，……按：亦叠韵连语，犹禾之倚移，木之橠施，华之猗傩也。”《六臣注文选》卷 8 司马长卿（相如）《上林赋》：“纡余委蛇”。刘良注：“纡余、逶迤，屈曲貌。”《说文解字注》卷 7 上《禾部》：“移，禾相倚移也。”段注：“相倚移者，犹言虚而与之委蛇也。……倚移，连绵字，叠韵，读若‘阿那’。《考工记》郑司农注两引‘倚移从风’。今《上林赋》作‘旖旎从风’。”参见《西山观秋获》一诗〔疏穖禾倚移〕条笺注。

〔泸邑弹丸小，三泉故迹澌〕泸邑，四川泸州。弹丸，形容其微小。详见《台湾行》一诗〔城犹弹丸地赤子〕条笺注。三泉，指坟茔。《史记 · 秦始皇本纪》：“九月，葬始皇郦山。始皇初即位，穿治郦山。及并天下，天下徒送诣七十余万人，穿三泉，下铜而致椁。”张守节《正义》：“颜师古云：‘三重之泉，言至水也。’”《正字通》巳集上《水部》：“澌，……凡物竭尽皆曰澌。”民国十二年《江安县志》卷 1《建制第一》：“大业初置泸州郡，江安隶之。……唐属剑南道泸州都督府。……宋属潼川府泸州泸州军。……元属四川南道重庆路泸州。……明属四川直隶布政司泸州。……清属四川下川南道泸州。……民国建泸州改县，直属川南道。”江安今属宜宾，但旧属泸州。此句指朱山坟茔已经湮没。

〔连甍廛列隧〕《六臣注文选》卷 4 左太冲（思）《蜀都赋》：“外则轨躅八达，里闬对出。比屋连甍，千庑万室。”刘良注：“甍，栋也。”《释名 · 释宫室第十七》：“屋脊曰甍。甍，蒙也，在上覆蒙屋也。”廛，城镇房屋。详见本诗〔东西廛背郭〕条笺注。《六臣注文选》卷 4 左太冲（思）《蜀都赋》：“市廛（通廛——引者）所会，万商之渊。列隧百重，罗肆巨千。”李周翰注：“言市廛之众，商贾如渊。隧，市中道。肆，铺也。罗，列百重巨千，言多也。”

〔坐甲战交绥〕《春秋左传正义》卷 19 下《文公十二年》：“裹粮坐甲，固敌是求。”孔颖达疏：“甲者，所以制御非常。临敌，则被之于身；未战，且坐之于地。”同上书同卷《文公十二年》：“宣子曰：‘秦获穿也，获一卿矣。秦以胜归，我何以报？’乃皆出战。交绥。”杜预注：“退军为绥。秦晋志未能坚战，短兵未至争而两退，故曰交绥。”案：1913 年“二次革命”期间，反袁的川军第 5 师师长熊克武于 8 月 4 日在重庆宣布独立。熊克武的部队进攻泸州，遭拥袁的刘湘部抵抗。两军并未发生大的激战即脱离接触。刘湘守住了泸州。至 9 月初，熊克武固守的泸州合江失守，熊 9 月 11 日离渝。12 日，重庆失守，四川“二次革命”失败。刘师培此句当指此。

巴水频催楫，渝城偶绋缅。估墙帆鹢合，渔舍瓦鳞迟。丹实砂辉濮，青筒酒载郫。春葩桐拂拂，夏果李旎旎。

〔巴水频催楫〕巴水，巴地的长江水。催楫，长江自西向东为顺流而下。

〔渝城偶绋缅〕渝城，重庆。绋缅，系船靠岸。《毛诗正义》卷 15—1《小雅 · 鱼藻之什 · 采菽》：“泛泛杨舟，绋缅维之。”毛传：“绋，繂也。缅，緌也。”郑玄笺：“杨木之舟，浮于水上。泛泛然，东西无所定。舟人以绋系其緌，以制行之。”

〔估墙帆鹢合〕估墙，即“鼓樯”，升帆鼓风。估，通“鼓”。《儒林外史》第十八回《约诗会名士携匡二，访朋友书店会潘三》：“卫先生估着眼道：‘前科没有文章！’”墙，应作“樯”，挂帆的桅杆，亦代指帆船、帆。《石仓历代诗选》卷 338《明诗初集五十八》刘绩《帆山夕照送顾大往辽海》：“斜憎樵笛送，迟赖估樯留。”《晚晴簃诗汇》卷 92 赵帅《青山晚泊同晓溪云澜拈得微韵》：“汉上估樯千树密，洲前渔火一星微。”鹢，指以鹢鸟装饰船头，亦代指船。详见本诗〔辽水舟通鹢〕条笺注，参见本诗〔乌舟集水嬉〕条笺注。

〔渔舍瓦鳞迟〕渔舍，渔人居所。柳宗元《柳河东集》卷 42《古今诗七十六首 · 同刘二十八院长述旧言怀感时书事，奉寄澧州张员外使君五十二韵之作。因其韵增至八十通赠二君子》：“渔舍茨荒草，村桥卧古槎。”瓦鳞，屋瓦如鱼鳞般密集成片。《太平广记》卷 55《神仙五十五 · 蔡少霞》：“碧瓦鳞差，瑶阶肪截。”迟，地势缓缓降低，平坦绵延貌。《荀子》卷 20《宥坐篇第二十八》：“三尺之岸而虚车不能登也，百仞之山任负车登焉，何则？陵迟故也。”杨倞注：“迟，慢也。陵迟，言丘陵之势渐慢也。王肃云：‘陵迟，陂陁也。’”

〔丹实砂辉濮〕详见《蜀中赠朱云石》一诗“略考”中〔砂珠璀卢卜〕条笺注。

〔青筒酒载郫〕《全唐诗》卷 228 杜甫《将赴成都草堂途中有作先寄严郑公五首》其一：“鱼知丙穴由来美，酒忆郫筒（郫县酒以竹筒盛之）不用酤。”（第 4 册 P2478）《白孔六帖》卷 15《酒（一）》：“酒忆郫筒不用沽。（郫，蜀县。《风俗录》曰：‘郫人刳竹之大者，倾春酿于筒闲，以耦丝蔽以焦叶。信宿，馨达于林外。然后断之以献，俗号为郫筒林也。）”

〔春葩桐拂拂〕《大戴礼记今注今译》卷 2《夏小正第四十七·三月》：“拂桐芭。拂也者，拂也。桐芭之时也。或曰，言桐芭始生貌，拂拂然也。”高明注：“拂桐芭：桐，就是梧桐。芭，读为‘葩’。《说文》：‘葩，华也。’拂，是拂拭。梧桐刚开的花，就像拂拭过的一样，这就叫‘拂桐芭’。”“言桐芭始生貌拂拂然也：蔡邕《月令章句》：‘桐，木之后华者也。穉之，古曰始。……这句是说，梧桐的花刚生，由于穉弱，受不了风，有点摇摇摆摆的样子。’”（台湾商务印书馆 1977 年 9 月二版 P78、80）

〔夏果李旎旎〕李子大多于夏季成熟，故曰“夏果”。《尔雅注疏》卷 9《释木第十四》：“痤，椄虑李。”郭璞注：“今之麦李。”邢昺疏：“痤，椄虑李。郭云：‘今之麦李。’与麦同熟，因名。”《本草纲目》卷 29《果之一·李》李时珍集解：“诸李早则麦李、御李，四月熟。”《文选》卷 42 魏文帝（曹丕）《与朝歌令吴质书》：“五月二十八日丕白季重无恙……浮甘瓜于清泉，沉朱李于寒水。”《楚辞章句》卷 13 东方朔《七谏》：“乱曰：……橘柚萎枯兮，苦李旖旎。”王逸注：“旖旎，盛貌也。言君乃拔去芝草，贱弃橘柚。种植芋荷，养育苦李，爱重小人，斥逐君子也。”

鸎实羞荆楔，猿枝熟樠槝。鱼陂登鲂鳡，鹑市萃瘖痹。往俗舟为屋，今过矢集欐。缘江烽列炬，缩版土盈虆。

〔鸎实羞荆楔〕《集韵》卷 4《平声四·耕第十三》：“莺，……《说文》：‘鸟也。’引《诗》：‘有莺其羽。’或作鸎。”羞，通“馐”，美食。详见本诗〔寒具羞溏浃〕条笺注。《尔雅注疏》卷 9《释木第十四》：“楔，荆桃。”郭璞注：“今樱桃。”邢昺疏：“楔，一名荆桃。郭云：‘今樱桃。’《广雅》云：‘樱桃，含桃也。’《月令·仲夏》云‘羞以含桃’是也。”

〔橫欘〕《集韵》卷 1《平声一 · 支第五》：“欑，……欑欘，木名，实可食。或从觜。”欘，石印本、《雅言》本作“欘”。

〔鱼陂登鲂鱮〕鱼陂，鱼塘。《史记 · 货殖列传》：“水居千石鱼陂，山居千章之材。”张守节《正义》：“言陂泽养鱼，一岁收得千石鱼卖也。”《诗经 · 小雅 · 鱼藻之什 · 都人士》：“其钓维何，维鲂及鱮。”鲂，鲂鱼，即鳊鱼。详见《咏史（十二首）》其九一诗〔汝渍多赪鲂〕条笺注。《本草纲目》卷 44《鳞之三 · 鱮鱼 · 释名》：“鲢鱼。”李时珍《集解》：“鱼之美者曰鱮。陆佃云：‘鱮好群行相与也，故曰鱮。相连也，故曰鲢。’传云‘鱼属连行’是矣。”《正字通》酉集中《豆部》：“登，……借为登升之登。”案：登，本指谷物丰收，此喻鱼获丰收。登，石印本、《雅言》本作“登”。

〔鹑市萃瘖痹〕鹑市，明清时，民间盛行斗鹌鹑，交易贩卖斗鹑，并当场组织斗鹌鹑赌博的市场因之出现，称“鹑市”“鹌鹑圈”。《大清会典则例》卷 150《都察院六》：“雍正元年覆准，凡有开鹌鹑圈、斗鸡坑、蟋蟀盆，并赌斗者，该司坊官严行禁止。”《聊斋志异》卷 1《王成》篇，对当时社会上权贵、无赖子痴迷斗鹌鹑赌博之风有传神的描写。《尔雅注疏》卷 10《释鸟第十七》：“鹑，其雄鹖，牝痹。”郭璞注：“鹑，鴽属。”邢昺疏：“李巡曰：别雄雌异方之言。鹑，一名鶉。其雄名鹖，其牝名痹。郭云：‘鹑鴽属’，鴽即上云‘鴽鴾母’，田鼠所化者。鹑，旧云虾蟇所化者也。”参见《大象篇》一诗〔九天纵可跻，羽化侪鹑鴽〕条笺注、《述怀一百四十韵示蜀中诸同好》一诗〔桐雾化鴽鹑〕条笺注。瘖，鹖之借字。案：“瘖”或为一语双关，本指疟疾，亦指定期举行的集市，且曾为蜀地特有的称谓。《说文解字》卷 7 下《疒部》：“瘖，二日一发疟。”《说文解字》卷 7 下《疒部》：“痹，湿病也。”《正字通》午集中《疒部》：“瘖，同痎。”《类说》卷 4《两京杂记 · 痎市》：“蜀有痎市，间旦集，如痎疟之发。其俗又以冷热发歇为市喻也。”《天中记》卷 16《市》：“亥市，分宁县，本常州亥市也。岭南村落有市，谓之虚，不常会，多虚日也。西蜀曰：痎如疟疾，间日复作也。江南人恶以疾称，故止曰亥耳。又荆吴俗有寅申巳亥日集于市，故称亥市（徐筠《水志》）。蜀有痎市，间日一集，如痎疟之发。其俗又以冷热发歇为市喻（《青箱》）。”痹，《雅言》本作“痴”。

〔往俗舟为屋〕旧时，川江上很多以船为生者，都以船为家，在陆上并无居所。这一习俗直至 2016 年前后仍有遗存。

〔今过矢集欐〕《集韵》卷 1《平声一 · 支第五》：“欐，屋栋也。一曰小船。”此句指，如今经过此地，小船上集满箭矢。案：刘师培当在 1913 年 8 月经过川江重庆段，此时，“二次革命”在此地的战火尚未完全平息。

〔缘江烽列炬〕此句指，沿江两岸，烽火连绵。

〔缩版土盈蘲〕缩版，以木板束土，夯筑土墙。《诗经集传》卷 6《大雅 · 文王之什 · 绵》：“缩版以载，作庙翼翼。”朱熹注：“司空掌营国邑，司徒掌徒役之事。绳所以为直几，营度位处，皆先以绳正之。既正，则束版而筑也。缩，束也。载，上下相承也。言以索束版，投土筑讫，则升下而上，以相承载也。”蘲，盛土的筐。《集韵》卷 1《平声一 · 脂第六》：“蘲，……盛土笼，或作虆。”此句似指军队构筑工事。

月黑弓韬影，星寒剑掩铍。戈鋋森壁垒，刁斗静重陴。鼓角催灯火，河山付酒卮。元戎彤矢锡，之子素丝纰。

〔月黑弓韬影，星寒剑掩铍〕韬，装弓的套子。详见本诗〔弓韔韬象弭〕条笺注。参见本诗〔残月弩惊蛇〕条笺注。《春秋左传正义》卷 52《昭公二十七年》：“夹之以铍”。孔颖达疏：“《说文》云：铍，剑也。则铍是剑之别名。”《说文解字注》卷十 14 上《金部》：“铍，……一曰剑如刀装者。”段注：“剑两刃，刀一刃，而装不同。实剑而用刀削裹之，是曰铍。《左传》曰：‘夹之以铍’。”《古诗纪》卷 102 费昶《发白马》：“弓弢不复挽，剑衣恒露铍。”《正字通》寅集下《弓部》：“弢，……与韬通。”

〔鋋〕《方言》（卷）9：“矛，吴扬、江淮、南楚、五湖之间谓之鍦，或谓之鋋。”

〔刁斗静重陴〕《史记 · 李将军列传》：“不击刁斗以自卫”。裴骃《集解》：“孟康曰：‘以铜作鐎器，受一斗，昼炊饭食，夜击持行，名曰刁斗。’”司马贞《索隐》：“刁，音貂。案：荀悦云：‘刁斗，小铃，如宫中传夜铃也。’苏林曰：‘形如鋗，以铜作之，无缘，受一斗，故云刁斗。’鐎即铃也。《埤苍》云：‘鐎，温器，有柄斗，似铫无缘。音谐。’”《说文解字》卷 14 下《𨸏部》：“陴，城上女墙，俾倪也。”

〔鼓角〕军鼓与号角，军队中用以传递讯息。《后汉书 · 公孙瓒传》：“鼓角鸣于地中”。

〔河山付酒卮〕《说文解字注》卷 9 上《卮部》：“卮，圜器也，一名觛，所以节饮食。”段注：“《内则》注曰：‘卮匜，酒浆器。’”范成大《石湖诗集》卷 2《臙脂井三首》其一：“昭光殿下起楼台，拚得山河付酒杯。”《太平御览》卷 134《偏霸部十八 · 陈叔宝》：“又于光昭殿前起临春、结绮、望仙三阁，阁高数丈，并数十间。”案：陈后主陈叔宝沉溺酒色享乐，隋兵攻陈，陈叔宝与妃张丽华、孔贵嫔投井，后被隋人从井中拽出。该井有石栏，呈红色，人传为胭脂所染，故名胭脂井（臙脂井）。因陈叔宝被俘于此，又称辱井。参见《咏隋宫》一诗〔后庭花〕条笺注。卮，《雅言》

本作“戹”。

〔元戎彤矢锡〕元戎，军队主帅。《艺文类聚》卷58《杂文部四 · 移》徐陵《移齐文》：“巴汉楼船，陵波无际。我之元戎上将，协力同心，承禀朝谟，致行明罚”。《毛诗正义》卷10—1《小雅 · 南有嘉鱼之什 · 彤弓》诗序：“天子锡有功诸侯也。”郑玄笺：“诸侯敌王所忾而献其功，王飨礼之。于是赐彤弓一，彤矢百，玈弓矢千。凡诸侯赐弓矢，然后专征伐。”陆德明《音义》：“彤弓，赤弓也。”《尔雅 · 释诂》：“锡，……赐也。”

〔之子素丝纰〕之子，这个人。详见《幽兰》一诗〔之子倘可贻，川广终思越〕条笺注。《诗经今注今译 · 鄘风 · 干旄》：“孑孑干旄，在浚之郊。素丝纰之，良马四之。”马持盈注：“素丝：白色的丝线或丝绳。纰：……组织，联系。”（台湾商务印书馆 1979 年 3 月六版 P77）

白发容疏放，朱威尚烁炜。登楼王粲赋，闻乐伯喈歆。沧海迟鹣鲽，蒙山富蛤蜊。《白驹》箴逸豫，斑马筮连洏。

〔白发容疏放，朱威尚烁炜〕白发，喻年老。《汉书 · 五行下之上》：“白发，衰年之象，体尊性弱，难理易乱。”疏放，率性而为，不受束缚。《全唐诗》卷225杜甫《奉赠严八阁老》：“客礼容疏放，官曹可（一作许）接联。”（第 4 册 P2410）容，喜欢。《吕氏春秋》卷25《似顺》：“夫顺令以取容者”。高诱注：“容，说也。”威，通“葳”，华美貌。朱葳，指朱颜华美。《文选注》卷77扬子云（雄）《甘泉赋一首（并序）》：“建光耀之长旓兮，昭华覆之威威”李善注：“威，犹葳蕤也。”《玉台新咏》卷1《古诗无名人为焦仲卿妻作（并序）》：“妾有绣腰襦，萎蕤自生光。”（《艺文类聚》卷32录此诗作“葳蕤”）《集韵》卷10《入声下 · 陌第二十》：“烁，火光。”《集韵》卷1《平声一 · 微第八》：“炜，《说文》：‘光也。’火之光。”炜，石印本、《雅言》本作“煝”。《重修玉篇》卷21《火部第三百二十三》：“煝，……烁也。”此二句指，年老后喜欢率性而为，不受束缚。年轻时崇尚声势烜赫。

〔登楼王粲赋〕东汉王粲有《登楼赋》，载《文选》卷11。《文选注》卷11王仲宣（粲）《登楼赋》李善注：“盛弘之《荆州记》曰：‘富阳县城楼，王仲宣登之而作赋。”案：旧本《文选注》作‘富阳’，后人考证应为“當（当）阳”。《登楼赋》之“楼”亦称“仲宣楼”，其究竟在哪里，有数种说法，如“当阳县城楼”“江陵城楼”“麦城城楼”，其大致位置应在今长江宜昌至江陵段的北岸附近。刘师培沿长江东去，必过此段。登，同“登”，石印本、《雅言》本作“登”。

〔闻乐伯喈歖〕《后汉书·蔡邕传》：“蔡邕，字伯喈，陈留圉人也。”蔡邕著有《琴操》一书，是一部古代音乐著作，已佚，有辑本。《说文解字》卷 5 上《喜部》：“歖，古文喜，从欠。与欢同。”

〔沧海迟鹣鲽〕鹣，比翼鸟。鲽，比目鱼。喻成双成对。《尔雅·释地》：“东方有比目鱼焉，不比不行，其名谓之鲽。南方有比翼鸟焉，不比不飞，其名谓之鹣鹣。”参见《述怀一百四十韵示蜀中诸同好》一诗〔鹣老常栖梓〕、〔缅怀沧海鲽〕条笺注。《文选注》卷 20 曹子建（植）《责躬诗一首》：“迟奉圣颜，如渴如饥。”李善注：“迟，犹思也。”

〔蒙山富蛤蜊〕《淮南鸿烈解》卷 12《道应训》：“卢敖游乎北海，经乎太阴，入乎玄阙，至于蒙谷之上。见一士焉，深目而玄鬓，泪注而鸢肩，丰上而杀下，轩轩然方迎风而舞。顾见卢敖，慢然下其臂，遁逃乎碑。卢敖就而视之，方倦龟壳而食蛤梨。”高诱注：“蛤梨，海蚌也。”《山海经笺疏·西山经》：“又西二百九十里，曰泑山。”郝懿行注：“李善注《思玄赋》引此经作‘濛山’，盖即淮南子云‘日至于蒙谷’是也。”（中华书局 2019 年 8 月第 1 版 P70、71）案：蛤梨即蛤蜊。

〔《白驹》箴逸豫〕《毛诗正义》卷 11—1《小雅·鸿雁之什·白驹》：“皎皎白驹，食我场苗。……尔公尔侯？逸豫无期。”毛传：“尔公尔侯邪？何为逸乐无期以反也。”参见《得陈仲甫书》一诗〔场苗无丰穖〕条笺注。《集韵》卷 4《平声四·侵第二十一》：“箴，……一曰诫也。”逸豫，即“逸乐”。逸，石印本作“逸”。《俗书刊误》卷 4《刊误入声·二质》：“逸，俗作逸”。

〔斑马筮连洏〕斑，同“班”。班马，指马逡巡不前。《周易正义》卷 1《屯》：“六二。屯如邅如，乘马班如。”孔颖达疏：“四马曰乘，下及注并同。郑云：马四牡曰乘。《子夏传》：音绳。班如字，《子夏传》云：相牵不进貌。郑本作‘般媾’。”“上六。乘马班如，泣血涟如。”王弼注：“处险难之极下，无应援，进无所适，虽比于五五，屯其膏不与相得，居不获安，行无所适，穷困闉厄，无所委仰，故泣血涟如。”连洏，亦作“涟洏”。《六臣注文选》卷 60 谢惠连《祭古冢文》：“纵锸涟而（五臣本作洏）”。吕延济注：“连而，流泪也。”本句典出《周易》，故曰“筮”。

鼓浪轻艰险，经涂迳崄巇。忠州三里郭，禹庙万年基。观象犹神鼎，飞龙绣羽旗。虎梁鬐奋疊，蚪桷颔躨跜。

〔鼓浪〕《古今注》卷中《鱼虫第五》：“鲸鱼者，海鱼也。……鼓浪成雷，喷沫为雨。水族惊畏，皆逃匿，莫敢当者。”鼓浪，亦指行船。贯休《禅月集》卷 9《五言律诗三十二首 · 别卢使君》：“晴雾和花气，危樯鼓浪文。”刘师培《芜湖赭山秋望》有句“浪迹涉艰阻”，《述怀一百四十韵示蜀中诸同好》有句“浪迹轻艰险”。

〔经涂迳崄巇〕经涂，即“途经”，指路程。《周书 · 辛昂传》：“时益州殷阜，军国所资。经涂难险，每苦劫盗。”崄巇，亦作“险戏”“险巇”“险巇”。《楚辞章句》卷 13 东方朔《七谏 · 怨世》：“何周道之平易兮，然芜秽而险戏。”王逸注：“险戏，犹言倾危也。”《文选注》卷 13 祢正平（衡）《鹦鹉赋》：“嗟禄命之衰薄，奚遭时之险巇。”李善注：“《楚辞》曰：‘何周道之平易，然芜秽而险巇。’王逸曰：‘险巇，颠危也。’”《集韵》卷 1《平声一 · 支第五》：“巇，……山险，或作巇”。迳，同径。《集韵》卷 8《去声下 · 径第四十六》：“径，……《说文》：‘步道。’一曰直也。亦从辵。”

〔忠州〕今重庆市忠县。

〔禹庙〕在今重庆市忠县。《全唐诗》卷 229 杜甫《禹庙（此忠州临江县禹祠也）》：“禹庙空山里，秋风落日斜。”（第 4 册 P2490）《方舆胜览》卷 61《咸淳府 · 祠墓》：“禹祠，在临江县，南过岷江二里。”案：汉置临江县，即今忠县。《旧唐书 · 地理志二 · 山南道 · 山南东道》：“忠州，隋巴东郡之临江县。”

〔观象犹神鼎〕古人讲“观象制器”，即《周易》所谓之“制器尚象”，指根据“卦爻之象”以制作器具，其核心是器物与“象”具有直接关联。《周易今注今译 · 系辞上》：“以制器者尚其象，以卜筮者尚其占。”陈鼓应译：“用《易》来指导制作器物的人尊尚它的卦爻取象，用《易》来问卜决疑的人尊尚它的卦爻占断。”（商务印书馆 2005 年 11 月第 1 版 P621—622）《史记 · 孝武本纪》：“黄帝作宝鼎三，象天地人也。禹收九牧之金，铸九鼎，皆尝鬺烹上帝鬼神。”《史记 · 秦本纪》：“五十二年，周民东亡，其器九鼎入秦。”张守节《正义》：“器，谓宝器也。禹贡金九牧，铸鼎于荆山下，各象九州之物，故言九鼎。”《艺文类聚》卷 99《祥瑞部下 · 鼎》：“《孙氏瑞应图》曰：……禹治水，收天下美铜以为九鼎，象九州。”

〔飞龙绣羽旗〕《礼记 · 乐记》：“龙旗九旒，天子之旌也。”《周礼 · 春官宗伯 · 司常》：“司常掌九旗之物名。……日月为常，交龙为旗。”《释名 · 释兵第二十三》：“交龙为旂。旂，倚也。画作两龙相依倚也。”《正字通》卯集下《方部》：“旂，……俗作旗。”此句及后几句，都是对忠州禹庙装饰陈设的描写。

〔虎梁翬奋亹，蚪桷颔躨跜〕《六臣注文选》卷 11 王文考（延寿）《鲁灵光殿赋》：

“奔虎攫挐以梁倚，仡奋舋而轩鬐。虬龙腾骧以蜿蟺，颔若动而躨跜。”李善注：“玃挐，相搏持也。《羽猎赋》曰：‘熊罴之挐玃。’张揖《汉书》注曰：‘梁倚，相着也。’‘仡，举头也。’郭璞曰：‘鬐，背上鬣也。’杜预《左氏传》注曰：‘舋，动也。’又曰：‘颔，摇头也。’李尤《辟雍赋》曰：‘万骑躨跜以玃挐。’躨跜，动皃（貌——引者）。”吕延济注：“画虎于梁也。欔，举爪也。挐，以手持也。若举爪持梁以相倚。‘仡奋舋而轩鬐’，谓勇而举头也。腾，飞。骧，举也。蜿蟺，盘屈皃（貌——引者）。颔，动也。躨跜，动皃（貌——引者）。言虬龙飞举盘屈，颔然若动也。”《说文解字》卷6上《木部》：“桷，榱也，椽方曰桷。”《俗书刊误》卷1《十九尤》：“虯，俗作虬。”桷，房椽。详见本诗〔北牖仍榱桷〕条笺注。虯，《雅言》本作“蚪”，显误；桷，石印本、《雅言》本作“桶”，显误。

楣转螭纹曲，衡舒鸟翼翃。炳文辉艴翕，作势鬣髬髵。栋讶仙人集，窗疑玉女闚。皇灵仪焕炳，胡跽首欺偲。

〔楣转螭纹曲〕《六臣注文选》卷11王文考（延寿）《鲁灵光殿赋》：“白鹿孑蜺于欂栌，蟠螭宛转而承楣。”李周翰注：“蟠，曲。螭，龙也。宛转，落貌。楣，门额木。一一画为龙，宛转以承之也。”《尔雅注疏》卷5《释宫第五》：“楣，谓之梁。”郭璞注：“门户上横梁。”螭，无角龙，参见《和周美权《夜坐偶成》用原韵》一诗〔蛟螭〕条笺注。

〔衡舒鸟翼翃〕《六臣注文选》卷11王文考（延寿）《鲁灵光殿赋》：“朱鸟舒翼以峙衡”。李周翰注：“朱鸟，朱雀，南方神也。尽之于南，舒翼而立于衡上。衡，门上木。”翃，即“翍”。《集韵》卷9《入声上·屋第一》：“翍，羽齐皃（貌——引者）。”

〔炳文辉艴翕〕炳文，华彩。《焦氏易林》卷3《恒之第三十二》：“比。章虎炳文，为禽败轩。”章虎炳文，指老虎皮毛色彩斑斓。典出《周易·革》：“九五。大人虎变，未占有孚。象曰：大人虎变，其文炳也。”艴翕，即“翕艴”。《六臣注文选》卷18嵇叔夜（康）《琴赋》：“珍怪琅玕，瑶瑾翕艴。”李善注：“翕艴，盛貌。”吕向注：“翕艴，光色也。”

〔作势鬣髬髵〕作势，摆出姿势，欲做出某种行动。《癸辛杂识》卷上《同里虎》：“近岁，平江虎丘有虎十余，据之同里。……或有遇之者，当作势与之敌，而旋退，引至曲路，即可避去。”《重修玉篇》卷5《髟部第六十五》：“鬣，……长须也。”《集韵》卷1《平声一·脂第六》：“髬，髬髵，猛兽奋鬣貌。”

〔栋讶仙人集，窗疑玉女闚〕《六臣注文选》卷 11 王文考（延寿）《鲁灵光殿赋》：“神仙岳岳于栋间，玉女闚窗而下视。”李善注：“岳岳，立貌。李尤《函谷关铭》曰：‘玉女流盼而下视。”张铣注：“言刻神仙致于栋间，行列而致之。刻玉女形于窗上，皆闚窗下，视于人也。”《正字通》午集下《穴部》：“窥，……同闚。”

〔皇灵仪焕炳〕皇灵，先祖的神灵，此处指黄帝尧舜的神灵。《古文苑》卷 13 崔骃《袜铭》：“皇灵既佑，祉禄来臻。”《六臣注文选》卷 11 王文考（延寿）《鲁灵光殿赋》：“焕炳可观，黄帝唐虞。”张载注：“至于焕炳可观，唯黄帝尧舜以来。《易》曰：‘黄帝尧舜，垂衣裳而天下治。’”李善注：“《尚书琁玑钤》曰：‘帝尧焕炳，隆兴可观。’”张铣注：“焕炳，明也。言黄帝、帝尧、帝舜，有明德可观也。”灵（靈），石印本作“霻”。灵（靈），同“霻”。《宋元以来俗字谱 · 雨部》：“《岭南逸事》/ 靈 / 灵 / 霻”。（中研院史语所 1930 年 3 月北平刊本 P104）

〔胡跽首欺偲〕《六臣注文选》卷 11 王文考（延寿）《鲁灵光殿赋》：“胡人遥集于上楹，俨雅跽而相对，仡欺猥以鵰眅”。张载注：“皆胡夷之画形也。”李善注：“俨雅，跽貌。《说文》曰：‘跽，长跪也。’欺猥，大首也。鵰眅，如雕之视也。声类曰瞲，惊视也。”李周翰注：“以木刻胡人形在于高处，故云‘遥集上楹’。俨雅，不动也。跽，长跪而相对。仡，丑也。欺猥，面狭也。鵰，鸟觜曲而目深者。”此句指，胡人深目高鼻而面狭，长跪于地。

往古洪流溢，甯论手足胝。万方宗律度，四载瘁楯樏。贡已通球弩，功真溢鼎彝。洪基兴杜宇，明德轶庖牺。

〔往古洪流溢〕指传说中上古时代的大洪水，大禹治水平患。

〔甯论手足胝〕《列子 · 杨朱第七》：“禹纂业事雠，惟荒土功，子产不字，过门不入；身体偏枯，手足胼胝。”《史记 · 李斯列传》：“禹凿龙门，通大夏，疏九河，曲九防，决渟水致之海，而股无胈，胫无毛，手足胼胝，面目黎黑。”胼胝，手足上的老茧。《重修玉篇》卷 7《肉部第八十一》：“胼，……皮厚也。《史记》曰：‘手足胼胝。’”甯，《雅言》本作“寗”。

〔万方宗律度〕万方，天下八方。《尚书 · 汤诰》：“王归自克夏，至于亳，诞告万方。”《史记 · 夏本纪》：“禹为人敏给克勤，其德不违，其仁可亲，其言可信；声为律，身为度”。裴骃《集解》：“王肃曰：‘以身为法度。’”司马贞《索隐》：“言禹声音应钟律。”

〔四载瘁楯樏〕《尚书正义》卷 5《益稷》:“禹曰:‘洪水滔天,浩浩怀山襄陵,下民昏垫。予乘四载,随山刊木。’”孔传:“所载者四,谓水乘舟,陆乘车,泥乘輴,山乘樏。”陆德明《音义》:“輴,丑伦反。《汉书》作橇。如淳:‘音蕝。蕝,以板置泥上。’服虔云:‘木橇,形如木箕,擿行泥上。’”樏,类似肩舆、滑竿的登山乘具。参见《夕雨初晴登西山重兴寺孤亭》一诗〔欙榻〕条笺注。楯,通“輴”。罗泌《路史》卷 46《余论九・四载》:“輴与楯、輴同。”

〔贡已通球砮〕《尚书・禹贡》:“华阳黑水惟梁州。……厥贡璆、铁、银、镂、砮、磬。”《尔雅注疏》卷 5《释器第六》:“璆,琳,玉也。”郭璞注:“璆,琳,美玉名。”陆德明《音义》:“璆,音虬,本或作球字。”《说文解字》卷 9 下《石部》:“砮,石,可以为矢镞。”砮,当作“砮”。此句指,古时川渝地区(华阳、梁州)进贡美玉和制作箭簇的坚石。

〔功真溢鼎彝〕《孔子家语》卷 3《观周第十一》:“孔子圣人之后也,……三命兹益恭。故其鼎铭曰:‘一命而偻,再命而伛,三命而俯。’”王肃注:“臣有功德,君命铭之于其宗庙之鼎也。”《六臣注文选》卷 46 任彦升(昉)《王文宪集序》:“或功铭鼎彝,或德标素尚。”李善注:“《礼记》曰:‘鼎有铭。’铭者,论譔其先祖之德美、功烈、勋劳,而酌之祭器。《左氏传》臧武仲曰:‘大伐小取,其所得,以作彝器铭其功,以示子孙。’”吕延济注:“鼎彝,皆器也。有大功者铭之于上,以示后世也。”《汉书・东方朔传》:“司马迁之伦,皆辩知闳达,溢于文辞。”颜师古注:“溢者,言其有余也。”此句指,大禹功德彪炳,铭刻于鼎彝之上的铭文尚不足以记载全部。

〔洪基兴杜宇〕洪基,大业。《后汉书・边让传》:“继高阳之绝轨,崇成庄之洪基。”《六臣注文选》卷 56 曹子建(植)《王仲宣诔一首》:“君以淑懿,继此洪基”。吕延济注:“洪,大也。言粲有善美,能继祖父大业也。”杜宇,古蜀王,死后化为杜鹃。详见《感事八首》(其四)一诗〔杜宇啼枝空有泪〕条笺注。

〔明德轶庖牺〕明德,至高的德行。《礼记正义》卷 60《大学》:“大学之道,在明明德”。郑玄注:“明明德,谓显明其至德也。”“《帝典》曰:‘克明峻德’。”郑玄注:“峻,大也。”轶,超过。《庄子集释》卷 8 中《(杂篇)徐无鬼第二十四》:“若是者,超轶绝尘,不知其所”。郭庆藩引成玄英疏:“轶,过也。驰走迅速,超过群马,疾若迅风”。庖牺,即伏羲。详见《咏女娲》一诗〔古圣继伏羲,乃以女娲名〕条笺注。

洞古余金簡,祠荒吊玉齍。淹留攀橘柚,容与荐茳蓠。旷世心滋感,经过几竚眙。犹闻耘鸟雀，到此富犀犛。

〔洞古余金簡〕《古诗纪》卷 3《包山谣》：“禹得金简玉字，书藏洞庭包山湖。”簡，石印本、《雅言》本作“简（簡）”。

〔祠荒吊玉齍〕《周礼注疏》卷 7《天官冢宰 · 九嫔》：“凡祭祀，赞玉齍”。郑玄注：“玉齍，玉敦，受黍稷器。”此句指，忠县禹庙虽已破败，但仍供奉礼器以祭祀大禹。

〔淹留攀橘柚〕朱彝尊《曝书亭集》卷 5《猕山桥观涨》：“淹留攀橘柚，想象驾鼋鼍。”淹留，久留。《楚辞章句》卷 1 屈原《离骚》：“时缤纷以变易兮，又何可以淹留。”王逸注：“言时世溷浊，善恶变易，不可以久留，宜速去也。”攀，拉拽使趋近。《全唐诗》卷 159 孟浩然《庭橘》：“女伴争攀摘，摘窥碍叶深。”（第 3 册 P1634）柳宗元《柳河东集》卷 43《古今诗七十五首 · 南中荣橘柚》：“橘柚怀贞质，受命此炎方。……攀条何所叹，北望熊与湘。”

〔容与荐茳蓠〕容与，怡然自得。详见《樊云门七十寿诗（二首）》其二一诗〔容与坟丘场〕条笺注。茳蓠，亦作“江蓠”。《文选注》卷 7 司马长卿（相如）《子虚赋一首》：“茳蓠蘪芜，诸柘巴苴。”郭璞注：“张楫曰：‘江蓠，香草也。’”荐，向鬼神进献、祭献。详见《咏史（十二首）》其八一诗〔三腏荐宝玉〕条笺注。阮大铖《咏怀堂丙子诗》卷上《雨中将理归棹过方肃之感赋》其二：“还携旧朋好，容与拾江蓠。”参见《东坡生日集无闷园》一诗〔寒碧溪毛搴〕条笺注。此句指，从容自在地向禹庙进献香草江蓠。

〔旷世〕年代久远。《文选注》卷 3 张平子（衡）《东京赋》：“故旷世而不觌，惟我后能殖之。”李善注：“范晔《后汉书》班固议曰：‘汉兴以来，旷世历年。’”《汉书 · 匈奴传下》赞曰：“自汉兴以至于今，旷世历年，多于春秋。”

〔竚眙〕伫立凝望。《楚辞补注》卷 4 屈原《九章 · 思美人》：“思美人兮，擥涕而竚眙。”王逸注：“竚立悲哀，涕交横也。”洪兴祖补注：“竚，……久立也。眙，直视也。……《文选注》云：‘佇眙，立视也。’今市聚人谓之立眙。”《集韵》卷 5《上声上 · 语第八》：“佇，……或作竚。”

〔耘鸟雀〕《文选注》卷 5 左太冲（思）《吴都赋》：“象耕鸟耘，此之自与。”李善注：“《越绝书》曰：‘舜葬苍梧，象为之耕。禹葬会稽，鸟为之耘。’”

〔犀犛〕犀，犀牛。犛，通“旄”“牦”，指产于西南地区青藏高原的牦牛。《国语 · 楚语上》：“巴浦之犀、犛、兕、象”。《国语补音》卷 3《楚语上第十七》：“犛、兕"。宋庠注："亦作旄"。《六臣注文选》卷 1 班孟坚（固）《西都赋》："曳犀犛，顿象罴。"李善注："犀，似水牛而猪头。黑色，有三蹄、三角，一在顶上，一在额上，一在鼻上。又曰，犛，黑色，出西南徼外。又曰，象兽之最大者也。长鼻大者，牙长一丈。"李周翰注："豹、熊、螭、犀、犛、象、罴，言猛大兽也。"

鼓峡缘流曲，岑峰隔岸覽。草迎南浦雨，花背北岩曦。古洞藤牵屋，悬崖枳结篱。参霄樗蔽芨，帀地木摧嶉。

〔鼓峡〕石鼓峡，故址位于今重庆云阳县长江段境内。旧时，江岸有一巨石，形如大鼓，相传石鼓能保平安。现已没入江中。清人金科豫著有《解脱纪行录》，记载了其自四川泸州沿长江而下的详细行程："川江之险甲天下，闻者色变，比于谭虎。劳人墨客诗状其险者伙矣。"据该书记载，过丰都后，经忠州，到达"张桓侯庙"（张飞庙，今重庆云阳县盘石镇长江南岸）。此后，"又四十里，泊舟石鼓峡。峡不甚长，相传上有石鼓云。"刘师培此句中之"鼓峡"，应即此地。

〔岑峰隔岸覽〕《尔雅 · 释山》："山小而高，岑。"《说文解字注》卷 8 下《见部》："覽，注目视也。"段注："专注之视也。"

〔南浦〕古地名，大致位置即今重庆万州。《蜀中广记》卷 23《名胜记第二十三 · 下川东道 · 夔州府三 · 万县》："《华阳国志》：'巴东郡南浦县，在郡南三百里，晋初置，主夷。'又云：'晋武帝平吴之后，巴东省羊渠置南浦，'按：南浦在县南岸。"《新元史 · 地理志三》："万州（下）：宋故州，属夔州路。旧领南浦、武宁二县。至元二十年，省南浦县入本州。"

〔北岩〕位于今重庆涪陵长江北岸北山坪南麓，与涪陵城隔江而望，是著名的北岩书院所在地。原为程颐注《周易》之处。南宋时，北岩书院建立。在蜀学、理学发展史上占有重要地位。刘师培《出峡赋》："瞻涪陵之隆崛兮，即北岩之昼阴。"

〔枳结篱〕枳，植物上的尖刺，常被用来捆扎篱笆。《山海经》卷 2《西山经》："又西百二十里曰浮山，多盼水枳叶而无伤。"郭璞注："枳，刺针也。能伤人，故名云。"《全唐诗》卷 340 韩愈《寄崔二十六立之》："旧籍在东郡，茅屋枳棘篱。"（第 5 册 P3824）

〔参霄樗蔽芨〕参霄，即"参天"，指高耸，高峻。《论衡》卷 5《感虚篇》："野火燔山泽，山泽之中，草木皆烧，其叶为灰，疾风暴起，吹扬之，参天而飞，风衰叶下，集于道路。"《徐霞客游记》卷 2 上《西南游日记一（浙江、江西）》："又有九股松，一本九分，参霄竞秀，俱不及览。”樗，无用但生长高大的树木。参见《题赵受亭黄山松图》一诗〔甘偎樗散弃〕条笺注。《说文解字》卷 1 下《艸部》：“茇，艸根也。”

〔帀地木摧嵯〕帀，当作“帀”。帀，同“匝”。焦竑《俗书刊误》卷 4《刊误入声 · 九合》：“帀，俗作匝。”匝地，满地。《魏书 · 韩麒麟传》：“缘此普天丧气，匝地愤伤。”《汉书 · 扬雄传上》载其《甘泉赋》：“于是大夏云谲波诡，摧嵯而成观”。颜师古注：“孟康曰：‘……摧嵯，材木之崇积貌也。’”帀，石刻本、《雅言》本作“匝”。

溜急溪流恶，山崩冢曳崒。摩空孤鹤语，视迹特麢圄。澗户通泉径，峰稜控峡崥。水归余断岸，浪急失悬碕。

〔溜急溪流恶〕溜急，水流湍急。《全唐诗》卷 56 王勃《泥溪》：“溜急船文乱，岩斜骑影移。”（第 2 册 P681）溪流恶，水势险恶。朱彝尊《曝书亭集》卷 5《永嘉除日述怀》：“水讶溪流恶，山将栈道纡。”

〔山崩冢曳崒〕《毛诗正义》卷 12—2《小雅 · 节南山之什 · 十月之交》：“百川沸腾，山冢崒崩。”毛传：“山顶曰冢。”郑玄笺：“云崒者，崔嵬。……山顶崔嵬者崩。”孔颖达疏：“山之冢顶，高峰之上崒然崔嵬者皆崩落。”《尔雅注疏》卷 7《释山第十一》：“山顶，冢。崒者，厜㕒。”郭璞注：“山巅”，“谓峰头巉岩”。邢昺疏：“此二句释《小雅 · 十月》云‘山冢崒崩’之文也。毛传云：‘山顶曰冢。’郑笺云：‘崒者，崔嵬。’虽音字小异，义实同也。是取此文为说。彼云冢者，谓山顶也。《释言》云：‘颠，顶也。’故此郭云‘山巅’。彼云崒者，谓山巅之末，其峰巉岩厜㕒然者也。”冢，《雅言》本作“冡”。详见本诗〔冡宰周家父〕条笺注。曳，石印本作“曵”。《正字通》辰集上《日部》：“曳，俗加点作曵。”

〔摩空〕即“摩天”，指迫近极高之天。《新唐书 · 南蛮传下 · 骠》：“四曰《白鹤游》，骠云《苏谩底哩》，谓翔则摩空，行则徐步也。”

〔视迹特麢圄〕圄，当为“昏”。《文选注》卷 18 马季长（融）《长笛赋》：“寒熊振颔，特麢昏髟。”李善注：“振，动也。《方言》曰：‘颔，颐也’。《尔雅》曰：‘鹿，牡麚，牝麀也。’昏，视。髟，苌髦也。言或顾视，或振髦。”《六臣注文选》同卷同篇吕延济注：“熊、麢，兽名。振颔，皆动口也。昏髟，谓回顾而起鬐鬣。寒谓山寒。特，壮也。昏，视也。髟，鬐鬣也。”圄，石印本、《雅言》本作“昏”。

〔澗户通泉径〕澗，同“涧”。涧户，指隐居于山水间的高士所居之陋室。《全唐诗》卷 148 刘长卿《栖霞寺东峰寻南齐明征君故居》：“泉源通石径，涧户掩尘容。”

（第 3 册 P1523）《六臣注文选》卷 43 孔德璋（稚珪）《北山移文一首》：“涧户（善本作涧石）摧绝无与归，石径荒凉徒延伫。”澗，石印本、《雅言》本作“涧（澗）”。

〔峰稜控峡崥〕峰稜，山尖。王称《东都事略》卷 106《列传八十九 · 王黼 / 朱勔传》史赞：“其余土积而为山，山骨巉露，峰稜如削，飘然有云姿鹤态，曰飞来峰。”峡崥，亦作“峡崥”，山脚。《太玄经》卷 1《增》：“上九。崔嵬不崩，赖彼峡崥。”范望注：“峡崥，山足也。崔嵬当崩而不崩者，以用强足之故也。”案：峡崥，有些《太玄》旧时版本作“峡崥”，如四库本叶子奇《太玄本旨》，四部丛刊初编影印明万玉堂翻宋本《太玄经》。

〔水归余断岸〕《全唐诗》卷 148 刘长卿《行营酬吕侍御时尚书问罪襄阳军次汉东境上侍御以州邻寇贼复有水火迫于征税诗以见谕》：“水归余断岸，烽至掩孤城。”（第 3 册 P1524）

〔浪急失悬碕〕悬碕，水流弯曲，岸边突入水中的部分。《文选注》卷 12 郭景纯（璞）《江赋》：“或挥轮于悬碕，或中濑而横旋。”李善注：“《埤苍》曰：‘碕，曲岸头也。’”此句指，波浪汹涌，淹没了岸边突入水中的部分。

宝刻前人迹，磨崖几度磃。墨华缇袭锦，笔篆画穷蓌。晓发云安市，舟从曲岸檥。中流分楚蜀，一径入巫夔。

〔宝刻〕碑石。《宝刻丛编》四库提要：“《宝刻丛编》二十卷，宋陈思撰。思，临安人。……是书搜录古碑，以《元丰九域志》京府州县为纲，其石刻地里之可考者，按各路编纂，未详所在者附于卷末。”案：长江重庆忠州、万州段沿岸，有多处大型摩崖石刻。此句及以下数句，均指此。

〔磨崖几度磃〕磨崖，亦作“摩崖”，指在崖壁上刻写文字或图画。《全宋诗》卷 1488《孙觌八 · 中兴颂》：“水部天宝中兴碑，浯溪摩崖天与齐”（北京大学出版社 1998 年 12 月第 1 版第 26 册 P17005）。《集韵》卷 1《平声一 · 支第五》：“磃，《博雅》：‘磨也。’通作磃。”崖，《雅言》本作“崕”。

〔墨华缇袭锦〕墨华，墨迹，指书信、书画。张宇初《岘泉集》卷 4《题方壶真人墨竹歌》：“壶子衿情海鹤闲，墨华纵写云烟趣。”郭祥正《青山集》卷 29《和北山泉老三首》其二：“手眼不知相拘否，墨华时寄两三行。”《艺文类聚》卷 6《地部 · 石》：“《阚子》曰：宋之愚人得燕石于梧台之东，归而藏之，以为宝。周客闻而观焉。主人斋七日，端冕玄服以发宝，革匮十重，缇巾十袭。客见之掩口而笑曰：‘此特燕石也，其与瓦甓不殊。'”《史记·滑稽列传》：“为治斋宫河上，张缇绛帷”。张守节《正义》：“顾野王云：‘黄赤色也。又音啼，厚缯也。'”

〔笔篆画穷嫠〕笔篆，雕刻。《集韵》卷 6《上声下·第二十八篆》：“瑑，……或从篆。”《前汉书·董仲舒传》：“或曰：良玉不瑑。”颜色古注：“瑑，谓雕刻为文也。”《史记·货殖列传》：“而巴蜀寡妇清，其先得丹穴，而擅其利数世，家亦不訾。清，寡妇也，能守其业，用财自卫，不见侵犯。秦皇帝以为贞妇而客之，为筑女怀清台。夫倮，鄙人牧长；清，穷乡寡妇。礼抗万乘，名显天下，岂非以富邪?”司马贞《索隐》：“巴，寡妇之邑；清，其名。”“巴蜀寡妇清”从事朱砂的开采。旧时刻碑，先以朱砂“书丹”，然后下刀。上句此句指，前人墨迹书于珍贵的绢锦之上；再书丹上石，以存久远。刘师培此句及以上诸句，均为对其乘船离川，途径长江万州段的描述。

〔云安市〕云安，重庆云阳县云安镇，旧时著名的盐都，是川盐出川的重要集散地。三峡库区蓄水后，已被水淹没。其故址位于长江即将进入三峡的上游不远处。《东坡诗集注》卷 8 苏轼《夜卧濯足》：“长安大雪年，束薪抱衾裯。云安市无井，斗水宽百忧。”王十朋集注：“次公（赵次公——引者）杜（甫——引者）《引水》诗：‘月峡瞿唐雪作顶，乱石峥嵘俗无井。云安汲水奴仆悲，鱼复移居心力省。白帝城西万竹盘，接筒引水喉不干。人生留滞生理难，斗水何直百忧宽。'”《全蜀艺文志》卷 9《诗·江山下》李石《瞿塘峡二首》其二：“花开归去客在船，人道云安有杜鹃。峡山无路续百丈，胡猕上树掛连天。”

〔檥〕通“舣”，泊舟。《正字通》辰集中《木部》：“檥，整舟向岸……与舣同。”参见《读楚词》一诗〔舣〕条笺注。

〔中流分楚蜀〕长江以三峡为界，其西为巴蜀，其东为楚地，也就是今天的重庆和湖北交界之地。

〔一径入巫夔〕三峡瞿塘峡段，亦称夔门。三峡自西向东分三段：瞿塘峡、巫峡、西陵峡。据《方舆胜览》卷 57，古夔州“治白帝城”，“为蜀重镇”。“今（指宋代——引者）统郡十五，领县三，治奉节。”三县为“奉节、巫山、云安”。

骈掌擎乾极，蟠根奠地示。猿声流暗壑，鸟路逼颠巇。铁壁双崖壮，苍穹一发窥。四时忘赤日，六月结寒澌。

〔骈掌擎乾极〕骈掌，双手。《文选注》卷 2 张平子（衡）《西京赋》：“列瀛洲与方丈，夹蓬莱而骈罗。”李善注：“骈，犹并也。”乾极，天。《周易·说》：“乾，天也。

故称乎父。”

〔蟠根奠地示〕蟠根，指树木盘根错节，亦指根基稳固。《艺文类聚》卷7《山部上·庐山》：“伏滔《游庐山》序曰：‘庐山者，江阳之名岳。其大形也，背岷流，面彭蠡。蟠根所据，亘数百里。’”地示，亦作“地祇”，掌管大地之神。《周礼今注今译·春官宗伯·大宗伯》：“大宗伯之职，掌建邦之天神、人鬼、地示之礼。”林尹注：“地示：释文：示或本作祇。按地祇，地神也。”（台湾商务印书馆1919年3月三版P192、193）奠，奠定，牢固地放置、安置。《集韵》卷8《去声下·霰第三十二》：“奠，……一曰定也。”

〔猿声流暗壑，鸟路逼颠厓〕朱彝尊《曝书亭集》卷4《古今诗（三）·送王（援）入蜀省其尊人观察（庭）》：“猿声流暗壑，鸟路入晴冥。”《说文解字》卷9下《厂部》：“厓，厓厱，山颠也。”参见本诗〔山崩冢曳崒〕条笺注。据《水经注》记载，三峡至江陵的长江沿岸，山间多猿，故李白有“两岸猿声啼不住”之句。详见《述怀一百四十韵示蜀中诸同好》一诗〔猿愁开峡柳〕条笺注。

〔铁壁双崖壮〕铁壁，形容山崖陡峻高直，如铁铸一般。《山堂肆考》卷174《金山》：“又湖广武昌府兴国州北有银山寺，苏轼与李仲览过此，书‘铁壁’二字。世传以为‘银山铁壁’。”此句指，江岸两旁崖壁高耸峙立，如铁铸一般。崖，《雅言》本作“崕”。

〔苍穹一发窥〕《全唐诗》卷381孟郊《峡哀》：“三峡一线天，三峡万绳泉。”（第6册P4287）

〔赤日〕太阳。《乐府诗集》卷66何逊《长安少年行》：“阵云横塞起，赤日下城圆。”

〔六月结寒澌〕《广弘明集》卷27下王融《净住子净行法门·沈冥地狱门十一》：“炎山飜（翻——引者）烈火，冰涧帀寒澌。”澌，同“凘”，漂在水中的浮冰。《初学记》卷7《地部下·冰第五·叙事》：“《风俗通》云：积冰曰凌，冰壮曰冻，冰流曰凘，冰解曰泮。”《洪武正韵》卷10《去声二·二寘》：“澌，……亦作凘。”

覆釜峰窪突，悬车径险陂。觚棱森戟棨，玉韵叩璁瑁。雨净虹纹错，云横蜺影漪。栗卷骍角茧，槎蘖虎牙犄。

〔覆釜峰窪突〕覆釜，倒扣的锅，喻山形。窪突，亦作“洼突”“窒突”“凹凸”，高低不平。章太炎《国故论衡·名见》：“若画工为图矣，分间布白，杂采调之，使无高下者而有高下，使无窒突者视之窒突。故曰‘天与地卑（卑借为比。），山与泽平’，是分齐废也。”（《章太炎全集》第 14 册之《国故论衡先校本、校定本》P138，上海人民出版社 2014 年 5 月第 1 版）窒，石印本作“窪”。

〔悬车径险陕〕悬车，指停车不前，喻路径险恶。《国语》卷 6《齐语》：“县车束马，踰大行与辟耳之溪。”韦昭注：“三者皆山险溪谷，故县钓其车，偪束其马，而以度也。”《宋本广韵》卷 1《上平声 · 支第五》：“陕，……险阻。”

〔觚稜森戟棨〕觚稜，即“觚棱”，指物体的边隅棱角。详见《大象篇》一诗〔为圆梯破觚〕条笺注、《述怀一百四十韵示蜀中诸同好》一诗〔析觚矛陷盾〕条笺注。戟棨，即“棨戟”，古代贵族官员之开道仪仗。亦指兵器、军队。《古今注》卷上《舆服第一》：“棨戟，殳之遗象也。《诗》所谓‘伯也执殳为王前驱’。殳，前驱之器也，以木为之。后世滋伪，无复典刑，以赤油韬之，亦谓之油戟，亦谓之棨戟。王公以下通用之以前驱。”此句指，山势高耸险峻，山岩边隅棱角尖锐，如刀戟林立。棨，石印本作“綮”，似误。

〔玉韵叩璁琄〕玉韵，玉器相击发出的清脆之声。《全唐诗》卷 363 刘禹锡《和牛相公题姑苏所寄太湖石兼寄李苏州》：“拂拭鱼鳞见，铿锵玉韵聆。”（第 6 册 P4108）《说文解字》卷 1 上《玉部》：“璁，石之似玉者。”《说文解字》卷 1 上《玉部》：“琄，石之似玉者。”

〔雨净虹纹错〕此句指，雨水洗净碧空，多道彩虹在空中交错。纹，石印本作“绞”。

〔云横蜺影旖〕《正字通》申集中《虫部》：“蜺，……与霓、蛪通。”此句指，空中云彩与霓虹交织，景致旖旎柔美。

〔栗卷骍角茧〕《礼记今注今译 · 王制第五》：“祭天地之牛，角茧栗。”王梦鸥注：“角茧栗，小牛初长角，如茧栗状。”（台湾商务印书馆 1979 年 2 月六版 P179）《汉书 · 郊祀志上》：“天地牲，角茧栗。”颜师古注：“牛角之形或如茧，或如栗，言其小。”《毛诗正义》卷 14—1《小雅 · 甫田之什 · 大田》：“来方禋祀看，以其骍黑。”毛传：“骍，牛也。”孔颖达疏：“毛以诸言骍者皆牛，故云‘骍，赤牛也’。定本、《集注》骍下无赤字，是也。”

〔槎蘖虎牙犄〕《汉书补注》卷 91《货殖传》：“然犹山不茬蘖，泽不伐夭。”颜师古注：“茬，古槎字也。槎，邪斫木也。蘖，髡斩之也。”王先谦补注：“刘奉世曰：蘖，读如牙。蘖之蘖，旁出嫩枝也，义与夭相对。”《集韵》卷 9《入声上 · 薛第十七》：

“蘖，……木余也，……或作櫱。”犄，疑当作“猗”，《雅言》本作“猗”。《宋本广韵》卷 1《上平声 · 支第五》：“猗，虎牙。”上句与此句指，岸边山间的短灌木如牛角、虎牙般参差遍布。櫱，同“蘖”。《宋本广韵》卷 5《入声 · 曷第十二》：“櫱，上同。《书》作蘖。”櫱，石印本作“孽”、《雅言》本作“擘”，似误。

拔地蛟虬跃，撐空虎豹踦。画屏张韐帀，曲鼎侈哆呐。并翦釵横燕，廉锋首射狸。云龙横蜿蜿，神鹰矗羇羇。

〔拔地蛟虬跃，撐空虎豹踦〕《俗书刊误》卷 1《十九尤》：“虬，俗作虯”。撐，同“撑”。《正字通》卯集中《手部》：“撑，俗撐字。”《类篇》卷 6：“踦，……踞地也。”此二句指，岸边山间的树木如蛟龙、虬龙般拔地而起，在空中遮天蔽日，如虎豹踞地般姿态雄健。虬，石印本、《雅言》本作“蚪”，似误。

〔画屏张韐帀〕《西京杂记》卷 4：“羊胜为《屏风赋》，其辞曰：‘屏风韐匝，蔽我君王。重葩累绣，沓璧连璋。饰以文锦，暎以流黄。画以古烈，颙颙昂昂。藩后宜之，寿考无疆。’”帀，同匝。石刻本、《雅言》本作“匝”。《骈雅》卷 1《释诂》：“韐匝，围绕也。”

〔曲鼎侈哆呐〕曲鼎，指异形青铜器，如鬲。鬲，一般有三只中空的“袋足”，使用圆形“侈口”，也就是口沿外翻。《六臣注文选》卷 54 刘孝标（峻）《辨命论一首》：“夫靡颜腻理，哆呐顣頞，形之异也。”张铣注：“哆呐，张口不正也。”上句与此句以画屏和鬲形容自然景色。指，其地步步皆景，如通景画屏一般。江岸突兀嶙峋，奇形怪状，如样子诡异的异形青铜器一般。

〔并翦釵横燕〕釵，似当作“钗”。《洞冥记》卷 2 载，有神女赠汉武帝玉钗，帝赐赵飞燕。至汉昭帝时此钗犹存，后化为白燕飞去。“后宫人学作此钗，因名玉燕钗”。详见《无题》一诗〔轻钗有尽随神女〕条笺注。《全唐诗》卷 20 李白《白头吟二首》其二：“头上玉燕钗，是妾嫁时物。”（第 1 册 P247）并翦，指燕尾分叉如剪刀。

〔廉锋首射狸〕《礼记正义》卷 62《射义第四十六》：“故射者，进退周还必中礼。……其节，天子以《驺虞》为节，诸侯以《狸首》为节，卿大夫以《采苹》为节，士以《采蘩》为节。《驺虞》者，乐官备也。《狸首》者，乐会时也。《采苹》者，乐循法也。《采蘩》者，乐不失职也。”郑玄注：“《驺虞》《采苹》《采蘩》，今诗篇名。《狸首》，逸。下云‘曾孙侯氏’是也。”同上书同卷：“故《诗》曰：‘曾孙侯氏，四正具举。大夫君子，凡以庶士。小大莫处，御于君所。以燕以射，则燕则誉。’”孔颖达疏："上经说诸侯君臣之射，此明诸侯之射，所歌乐章节者，此《狸首》之诗也。"廉，指尖锐的棱角。廉锋，此处指箭礤。《说文通训定声·谦部第四》："《广雅·释言》：廉，……稜也。按：凡稜利之义实借为礷。礷，厉也。"

〔云龙横蜿蜿〕《楚辞补注》卷 1《离骚》："驾八龙之婉婉兮，载云旗之委蛇。"王逸注："婉婉，龙貌。"洪兴祖补注："五臣云：'八龙，八节之气也。'……《释文》作'蜿'。"

〔神廌矗觺觺〕《龙龛手鉴》卷 2《上声·广部第十二》："廌，宅买反。解廌，仁兽也。似牛一角，与貒豸同。"《洪武正韵》卷 10《去声·一送》："矗，高起也，直貌。"《楚辞补注》卷 9 屈原（一说为宋玉）《招魂》："土伯九约，其角觺觺些。"王逸注："土伯，后土之侯伯也。约，屈也。觺觺，犹狺狺，角利貌也。言地有土伯，执卫门户，其身九屈，有角觺觺，主触害人也。"洪兴祖补注："五臣云：'觺觺，铦利貌。"

双植森桓表，歧金曲耒庛。簴枞联业捷，圭笏杼綊楑。凤翼疏箫管，龙文攡鼎鬵。矩句围折磬，栉比齿连篦。

〔双植森桓表〕《周礼注疏》卷 18《春官宗伯·大宗伯》："公执桓圭"。郑玄注："公，二王之后及王之上公。双植谓之桓。桓，宫室之象，所以安其上也。桓圭，盖亦以桓为瑑饰，圭长九寸。"孔颖达疏："'双植谓之桓'者，桓谓若屋之桓楹。按：《檀弓》云：'三家视桓楹。'彼注'四植谓之桓'者，彼据柱之竖者而言。柱，若竖之则有四棱，故云'四植'。植，即棱也。此于圭上而言，下二棱着圭不见，唯有上二棱，故以'双'言之也。云'桓，宫室之象，所以安其上也'者，以其宫室在上，须得桓楹乃安。若天子在上，须诸侯卫守乃安，故云'安其上'也。云'桓圭，盖亦以桓为瑑饰'者，以无正文，故亦云盖也。云'圭长九寸'者，案：《玉人》云：'桓圭九寸，公守之'是也。"《汉书·酷吏列传·尹赏传》："数日壹发视，皆相枕藉死，便舆出，瘗寺门桓东。"颜师古注："如淳曰：'瘗，埋也。旧亭传于四角，面百步，筑土四方，上有屋，屋上有柱出，高丈余，有大板贯柱四出，名曰桓表。县所治夹两边各一桓。陈宋之俗言桓声如和，今犹谓之和表。'师古曰：即华表也。"

〔歧金曲耒庛〕上古农具耒耜，前端的金属部分是平头的，称"一金"。至东汉，平头耒耜发展为前端分叉的形制，称"岐头两金"。《周礼注疏》卷 42《冬官考工记下》："车人为耒庛，长尺有一寸。中直者，三尺有三寸。上句者，二尺有二寸。"郑玄注："郑司农云：耒，谓耕耒。庛，读为其颡有疵之疵，谓耒下岐。玄谓：庛读为棘刺之刺。刺，耒下前曲接耜。”孔颖达疏：“此车人既为车，因使为耒之田器也。庛者，耒之面，但耒状，若今之曲杴柄也，面长尺有一寸。云‘中直’者，谓手执处为句，故谓庛。……‘句’者，谓人手执之处。”同上书同卷《匠人》：“耜广五寸，二耜为耦。”郑玄注：“古者耜一金，两人并发之，……今之耜，岐头两金，象古之耦也。”歧，《雅言》本作“岐”。

〔簴枞联业捷〕《毛诗正义》卷 16—5《大雅 · 文王之什 · 灵台》：“虡业维枞，贲鼓维镛。”毛传：“植者曰虡，横者曰栒。业，大版也。枞，崇牙也。”郑玄笺：“虡也，栒也，所以悬钟鼓也。设大版于上，刻画以为饰。”孔颖达疏：“《释器》云：‘木谓之虡。’孙炎曰：‘虡，栒之植，所以悬钟磬也。’郭璞曰：‘悬钟磬之木，植者名为虡。’然则悬钟磬者，两端有植木，其上有横木，谓直立者为虡，谓横牵者为栒，栒上加之大版为之饰。《释器》云：‘大版谓之业。’孙炎曰：‘业所以饰栒，刻板捷业，如锯齿也。其悬钟磬之处，又以采色为大牙，其状隆然，谓之崇牙。’言崇牙之状枞枞然，《有瞽》曰：‘设业设虡，崇牙树羽。’此枞亦文承‘虡业’之下，故知枞即崇牙之貌枞枞然也。”簴，石印本、《雅言》本作“簴”。

〔圭笏杼葵椎〕《周礼注疏》卷 41《冬官考工记下》：“玉人之事。……大圭长三尺，杼上，终葵首，天子服之。”郑玄注：“王所搢大圭也，或谓之珽。终葵，椎也，为椎于其杼上，明无所屈也。杼，閷也。《相玉书》曰：‘珽玉六寸，明自照。’”孔颖达疏：“云‘终葵，椎也’者，齐人谓椎为终葵，故云‘终葵，椎也’。云‘《相玉书》曰：“珽玉六寸，明自照”’者，谓于三尺圭上除六寸之下，两畔杀去之，使已上为椎头。言六寸，据上不杀者而言。……引之者，证大圭者为终葵六寸以下杼之也。”吴大澂《古玉图考》：“《说文》：‘珽，大圭。长三尺，杼上终葵首。’即本《考工记 · 玉人》文。郑《注》：‘终葵，椎也。为椎于其杼上，明无所屈也。杼，閷也。’《玉藻》注：‘终葵首者，于杼上又广其首，方如椎头。’大澂以为，天子之圭与‘剡上之制’（《说文解字》：“璋，剡上为圭，半圭为璋。”——引者）不同，以是圭度之。大圭、镇圭，皆系‘杼上终葵首’。《记》文举一以例其余，《方言》引《燕记》曰：‘“丰人杼首”，杼首，长首。’《轮人》：‘行泽者欲杼。’《注》：‘杼，谓削薄其践地者。是“杼上”者，言其长而薄；“终葵首”者，言其广而方也。’王氏《说文句读》‘椎’下引《纂文》：‘终楑，方椎。’今人不知古圭有与方椎相似者，辄以药铲目之，亦犹三代古琮概目之为头，是不可不考正之也。”葵楑，即“终葵”。

〔凤翼疏箫管〕《太平御览》卷 581《乐部十九 · 箫》：“《风俗通》曰：‘舜作箫，

其形参差，象凤翼，十管，长尺二寸。"

〔龙文攡鼎鬶〕《战国策》卷 1《东周》："秦兴师临周而求九鼎"。《史记 · 赵世家》："十八年，秦武王与孟说举龙文赤鼎，绝膑而死。"《方言》（卷）13："摩，灭也。"郭璞注："或作攡。"《宋本广韵》卷 1《上平声 · 支第五》："鬶，三足釜，有柄也。"攡，石印本、《雅言》本作"攠"。

〔矩句围折磬〕矩句，亦作"句矩"，即"勾矩""钩矩"，犹"规矩"。《汉书 · 扬雄传上》载其《反离骚》："带钩矩而佩衡兮，履搀枪以为綦。"颜师古注："应劭曰：'钩，规也。矩，方也。衡，平也。'"折磬，即"磬折"，本指石磬弯折，亦指角度和弓身致敬（鞠躬）。《文选注》卷 18 潘安仁（潘安，本名潘岳）《笙赋》："诀厉悄切，又何磬折。"李善注："磬折，言其声若磬形之曲折也。"句，石印本、《雅言》本作"勾"。

〔栉比齿连篦〕《毛诗》卷 19—4《周颂 · 闵予小子之什 · 良耜》："其崇如墉，其比如栉。"孔颖达疏："其比迫如栉齿之相次。"《说文解字注》卷 6 上《木部》："栉，梳比之总名也。"段注："疏者为梳，密者为比。"篦，梳头除虱的篦子。《说文解字注》卷 5 上《竹部》："篦，取虮比也。"段注："比、篦古今字。比，密也，引伸为栉发之比。《释名》曰：'梳言其齿疏也，数言比，比于梳其齿差数也。比言细相比也。'……虮者，虱子。云取虮比者，此之至密者也。"

众态犹堪拟，惊泷自古奇。穴山巢鸛鹊，叠石穴鲂鲃。神蝾千年宅，灵蠵未可抾。险犹鱼腹拟，功讶鳖灵卑。

〔众态犹堪拟〕诗中自"觚棱森戟棨"句至上句，都是借用古籍中的内容描述作者看到的实景，此句为一总结。众（眾），石印本、《雅言》本作"衆"。

〔惊泷〕激流。《山堂肆考》卷 229《惊泷》："唐张泌诗（《晚秋过洞庭》——引者）：'溪风送雨过秋寺，涧石惊泷落夜潭。'"（《唐诗品汇》卷 90 作"惊泉"，《全唐诗》卷 742 作"惊龙"）《正字通》巳集上《水部》："泷，……又奔湍，岭南急流谓之泷。"《宋元诗会》卷 94 丁鹤年《次小孤山》："峡束千雷怒击撞，危峰屹立压惊泷。"

〔穴山巢鸛鹊〕朱彝尊《曝书亭集》卷 16《古今诗（十五）· 铅山》："穴山巢鸛鹊，编竹坐鸬鹚。"参见本诗〔编竹生鸬鹚〕条笺注。

〔叠石穴鲂鲃〕叠，同叠（疊）。《俗书刊误》卷 5："疊，古作疉。"鲂鲃，鳊鱼，味道甘美。详见《咏史（十二首）》其九一诗〔汝渍多赪鲂〕条笺注。

〔神蜧〕《集韵》卷7《上声下·霁第十二》:“蜧,神蛇。”

〔灵蠵未可抾〕《周礼注疏》卷24《春官宗伯下·龟人》:“龟人掌六龟之属。……若有祭事则奉龟以往。”孔颖达疏:“二曰灵龟,涪陵郡出大龟,甲可以卜,缘甲文似瑇瑁,俗呼为灵龟,即今大觜蠵龟也。一名灵蠵,能鸣也。”《汉书·扬雄传上》载其《校猎赋》:“抾灵蠵”。颜师古注:“应劭曰:‘蠵,大龟也。雄曰毒冒,雌曰觜蠵。’师古曰:抾,挹取也。”蠵,石印本、《雅言》本作“蠵”。

〔险犹鱼腹拟,功讶鳖灵卑〕《文选注》卷15张平子(衡)《思玄赋》:“鳖令殪而尸亡兮,取蜀禅而引世。”旧注:“鳖令,蜀王名也。殪,死也。禅,传也。引,长也。”李善注:“《蜀王本纪》曰:‘望帝治汶山下邑,曰郫。积百余岁,荆地有一死人名鳖令,其尸亡随江水,上至郫。与望帝相见,望帝以鳖令为相。以德薄不及鳖令,乃委国授之而去。”《蜀中广记》卷5《名胜记第五·川西道·成都府五·郫县》:“扬雄《蜀纪》云:‘杜宇,一名杜主。代鱼凫王蜀,徙都于郫,即杜鹃城也。后传其位于鳖灵。’宋陈皋记云:‘杜宇、鳖灵墓在郫县南一里,二冢对峙若丘山,俱隶净林寺二里。’”卑,即“郫”,四川郫县。《楚辞章句》卷7屈原《渔父》:“宁赴湘流,葬于江鱼之腹中。”王逸注:“身消烂也。”洪兴祖补注:“一无‘之’字。《史记》云:‘而葬乎江鱼腹中耳。’”讶,通“迓”,本意为迎接,引申为追赶。《集韵》卷8《去声下·禡第四十》:“讶,……《说文》:‘相迎也’。……或作迓”。《韩非子·外储说右上第三十四》:“或令孺子怀钱挈壶瓮而往酤,而狗迓而龁之。”此二句指,顺长江而下,有葬身鱼腹之险,可与鳖灵从荆地溯江漂至郫邑的经历相比。

自昔矜天堑,凭斯绝地维。江流擎铁柱,飞将济方篳。一统原无外,居安转虑危。歙歌今鬟噪,周砥古平徕。

〔矜天堑〕《南史·恩幸·孔范传》:“长江天堑,古来限隔,虏军岂能飞度?”张嵲《紫微集》卷6《入瞿塘峡》:“瞿塘深窈窕,翠气晓空蒙。乱石增惊浪,长滩激迅风。舟行天堑内,身在夹城中。绝壁皆侵汉,于兹识禹功。”矜,自恃,自夸。《礼记正义》卷54《表记》:“不矜而庄,不厉而威。”郑玄注:“矜,谓自尊大也。”

〔凭斯绝地维〕《列子·汤问第五》:“其后共工氏与颛顼争为帝,怒而触不周之山,折天柱,绝地维。故天倾西北,日月辰星就焉;地不满东南,故百川水潦归焉。”此句指,这就是地维曾绝的证据。

〔江流擎铁柱〕《益部谈资》卷下:“峡口铁柱二,不知是何代物。上铸‘守关大将军徐宗武’等字。”案：南宋末，元军攻蜀，白帝城守将徐宗武在瞿塘峡口两岸各树立铁柱一根，上铸“守关大将军徐宗武”等字，在江中横拉拦江铁链，阻挡元军船只西行。这两根铁柱至今犹存，现藏奉节县夔州博物馆。

〔飞将济方箄〕飞将，指骁勇善战之将。《三国志·魏书七·吕布传》：“布便弓马，膂力过人，号为飞将。”《后汉书·岑彭传》：“九年，公孙述遣其将任满、田戎、程泛，将数万人乘枋箄下江关。”李贤注：“枋箄，以木竹为之，浮于水上。《尔雅》曰：‘舫，泭也。’郭景纯曰：‘水中以簰筏也。’《华阳国志》曰：巴楚相攻，故置江关，旧在赤甲城，后移在江南岸，对白帝城，故基在今夔州鱼复县南。”

〔一统原无外〕即“大一统”，天下一统，概莫能外，“普天之下莫非王土，率土之滨莫非王臣”之意。欧阳元《圭斋文集》卷 13《进〈宋史〉表（代丞相阿噜图撰）》：“载《宋史》而归秘府。然后告成郊庙，锡庆臣民，推大赉以惟均，视一统之无外。”（阿鲁图《进〈宋史〉表》，“视”作“示”）

〔居安转虑危〕《左传·襄公十一年》：“《书》曰：‘居安思危，思则有备，有备无患。”

〔歈歌今鼗噪〕《楚辞章句》卷 9 屈原（一说为宋玉）《招魂》：“吴歈蔡讴，奏大吕些。”王逸注：“吴、蔡，国名也。歈、讴，皆歌也。”《字汇》辰集《欠部》：“歈，歌也。渝水之人善歌舞。汉高祖伐秦，巴人从军，歌舞陷阵。高祖采其声，故曰巴歈。”《周礼注疏》卷 29《夏官司马·大司马》：“及所弊，鼓皆駴，车徒皆噪。”郑玄注：“郑司农云：‘及所弊，至所弊之处。’玄谓：所弊之处，田所当于止也。天子诸侯搜狩有常，至其常处，吏士鼓噪，象攻敌克胜而喜也。疾雷击鼓曰駴。噪，讙也。《书》曰：‘前师乃鼓鼗噪’，亦谓喜也。”《集韵》卷 5《上声上·嚷第九》：“鼗，军鼓声喧也。”此句指，巴地昔日的歌舞升平变成如今的战鼓声声。

〔周砥古平徯〕《毛诗正义》卷 13—1《小雅·谷风之什·大东》：“周道如砥，其直如矢。”郑玄笺：“如砥矢之平。”《说文解字注》卷 2 下《彳部》：“徯，行平易也。”段注：“《广雅》：‘徯，徯行也’。按：凡平训皆当作徯。今则‘夷’行‘徯’废矣。”

行水司空职，何年下土厘。百灵威象罔，大巧范工倕。往险梳迦互，神功策斧鉴。重源摘月窟，百堵奋星鎚。

〔行水司空职〕《尚书·舜典》：“佥曰：‘伯禹作司空。’帝曰：‘俞咨。禹，汝平水土，惟时懋哉。”《后汉书·百官志一》：“司空，公一人。本注曰：掌水土事。凡营城起邑、浚沟洫、修坟防之事，则议其利，建其功。”案：掌水利为古代司空之职。

〔何年下土厘〕《尚书正义》卷 2《舜典》：“帝厘下土，方设居方。”孔传：“言舜理四方诸侯，各设其官。”陆德明《音义》：“厘，力之反，马云：‘赐也，理也。’”孔颖达疏：“帝舜治理下土诸侯之事，为各于其方置设其官，居其所在之方而统治之。”上句与此句指，治理水利，疏浚航运是司空之职，何年何月才能整饬三峡这险恶之势？

〔百灵威象罔〕百灵，各种神灵。《文选注》卷 1 班孟坚《东都赋一首》：“于是荐三牺，效五牲，礼神祇，怀百灵。”李善注：“《毛诗》曰：‘怀柔百神’。”象罔，传说中无象无形，无心无想之神。《庄子集解》卷 3《（外篇）天地第十二》：“帝游乎赤水之北，登乎昆仑之丘而南望，还归，遗其玄珠。使知索之而不得，使离朱索之而不得，使吃诟索之而不得也。乃使象罔，象罔得之。黄帝曰：‘异哉，象罔乃可以得之乎？’”王先谦注：“宣云：‘似有象而实无，盖无心之谓。’”

〔大巧范工倕〕大巧，心灵手巧达到极致。《老子注》卷下《洪德第四十五》：“大巧若拙。”河上公注：“大巧，谓多才术也。”工倕，传说中的巧匠。《庄子集释》卷 7 上《（外篇）达生第十九》：“倕旋而盖规矩，指与物化而不以心稽，故其灵台一而不桎。”郭庆藩引陆德明《经典释文》：“司马本‘矩’作‘瞿’，云‘工倕’，尧工巧人也。”引郭象注：“虽工倕之巧，犹任规矩，此言因物之易也。”参见《八指头陀诗》（三首）其二一诗〔垂戒遥追象著倕〕条笺注。

〔往险梳迦互，神功策斧鉴〕《说文系传》卷 4《辵部》：“迦，迦互，令不得行也。”徐锴注：“互，犹犬牙左右相制也。”梳，梳理，整理。策，本意为拄着拐杖，引申为依靠。《说文解字注》卷 14 上《金部》：“鉴，鉴錍，釜也。”段注：“斧之一种也。”此二句指，将以前那种如犬牙交错般险恶的地势治理平整，依靠大自然的鬼斧神工。

〔重源摛月窟〕重源，江河不止一个源头。详见本诗〔湔水重源接〕条笺注。月窟，本指月亮升起前、落下后的栖止之所，亦喻极边远之处。《汉书・扬雄传下》载其《长杨赋》：“西厌月䠶，东震日域。”颜师古注：“服虔曰：‘䠶，音窟，穴。月䠶，月所生也。’师古曰：‘日域，日初出之处也。’”《山堂肆考》卷 229《月峡》：“《艺文》：‘对月峡而吟猿’。《长杨赋》：‘西厌月䠶，东震日域。”月䠶，月所生处也。日域，日初出处也。”《丹铅总录》卷 2《地理类・月窟日域》：“扬子云《长杨赋》：‘西压月䠶，东震日域’。”杨慎自注：“古窟字。”摛，通“离”。《说文通训定声・随部弟十》：“摛，……[叚借]……《魏都赋》：‘壮翼摛镂于青霄。’按：犹‘离娄’也。”《正字通》亥集上《骨部》：“䠶，古窟字。”

〔百堵奋星鎚〕百堵，喻指密集的房屋。《毛诗正义》卷 11—1《小雅 · 鸿雁之什 · 鸿雁》："之子于垣，百堵皆作。" 毛传："一丈为板，五板为堵。" 郑玄笺："征民起屋舍，筑墙壁，百堵同时而起。"《文苑英华》卷 48《宫室二 · 含元殿赋一首》李华《含元殿赋（并序）》："星鎚电交于万堵，霜锯冰解于千寻。" 案：李华赋中的 "星鎚" "霜锯" 皆喻神人之具，即 "鬼斧神工"。

觚破棱摧角，斤平迹运斲。羊肠奚诘詘，熊室几斜攲。此意绥坤轴，应教庆《坎》禔。徒劳般密勿，莫与厦民丌。

〔觚破棱摧角〕此句指，将有棱角之处削平。详见《大象篇》一诗〔为圆梯破觚〕条笺注、《述怀一百四十韵示蜀中诸同好》一诗〔析觚矛陷盾〕条笺注。

〔斤平迹运斲〕毕沅《释名疏证》卷 7《释用器第二十一》："斤（今本斤从金旁【旁——引者】，作釿。别也。《一切经音义》引作 '斤'，据改，下并同），谨也。板广不可得削，又有节，则用此斤之所以详谨，令平灭斧迹也。" 同上书同卷《释用器第二十一》："斲，斲弥也。斤有高下之迹，以此斲弥其上，而平之也。"

〔羊肠奚诘詘〕羊肠，如羊肠般盘绕难行的小道。《魏书 · 袁翻传》："尔乃临峻壑，坐层阿，北眺羊肠诘屈，南望龙门嵯峨。" 参见《杂咏（三首）》其二一诗〔羊肠崛蟠〕条笺注。诘詘，亦作 "诘屈" "结屈"，盘曲，曲折。《新语》卷下："当斯之时，不如道傍之枯杨，槀槀结屈（有本径作 '诘屈' ——引者），委曲不同。"《吕氏春秋》卷 1《孟春纪第一 · 正月纪 · 贵公》："今病在于朝夕之中，臣奚能言。" 高诱注："奚，何也。"

〔熊室几斜攲〕《六臣注文选》卷 5 左太冲（思）《吴都赋》："刦剞熊罴之室，剽掠虎豹之落。" 李善注："剞，亦劫也。" 李周翰注："刦剞，剽掠。" 斜攲，石印本、《雅言》本作 "刦攲"。据此，《南本》之 "斜攲"，石印本、《雅言》本之 "刦攲" 均误，当为 "刦剞"。

〔此意绥坤轴〕坤轴，地轴。《太平御览》卷 36《地部一 · 地上》："《河图括地象》曰：'……昆仑山为柱，气上通天。昆仑者，地之中也，下有八柱，柱广十万里，有三千六百轴，互相牵制，名山大川，孔穴相通。'"《博物志》卷 1《地》："昆仑山北地转下三千六百里，有八玄幽都，方二十万里，地下有四柱，四柱广十万里，地有三千六百轴，犬牙相举。"《全唐诗》卷 218 杜甫《青阳峡》："仰看日车侧，俯恐坤轴弱。"（第 4 册 P2299）《尔雅 · 释诂》："绥，……安也。"

〔应教庆《坎》禔〕《说文解字》卷1上《示部》:“禔，安福也。从示是声。《易》曰:‘禔既平。’”《墨子间诂》卷9《非命上第三十五》:“祸厥先神禔不祀。”孙诒让注:“《说文・示部》云:禔，安也。《易》曰:禔既平。今《易・坎九五》作‘祇既平’。《释文》云:‘祇,《京》作“禔”。’是祇、禔声近，古通用之证。”《周易今注今译・坎》:“九五。坎不盈，祇既平，无咎。”南怀瑾译:“九五有坎险不盈满的象征，安定而险平，就可以没有灾咎了。”（台湾商务印书馆1983年4月七版P190）上句与此句指，希望能安平地轴，消除这险恶地势，如占得《坎卦》那样安定而险平，没有灾咎。

〔徒劳殷密勿〕密勿，同“黾勉”，勤勉。《毛诗正义》卷12—2《小雅・节南山之什・十月之交》:“黾勉从事，不敢告劳。”郑玄笺:“自勉以从王事。”孔颖达疏:“黾勉然自勉以从王事。”《汉书・刘向传》:“《诗》曰:‘密勿从事，不敢告劳’”颜师古注:“此《小雅・十月之交》篇，……密勿，犹黾勉从事也。”殷，繁多芜杂。《晋书・郭璞传》载其《省刑疏》:“以义推之，皆为刑狱殷繁，理者有壅滥。”殷，石印本作“殷”。

〔莫与奠民丌〕奠，应为“奠”。《集韵》卷8《去声下・霰第三十二》:“奠，……《说文》:‘致祭也’从酋。酋，酒也。下其丌也。礼有奠祭。一曰定也。”《说文解字》卷5上《丌部》:“丌，下基也。”上句与此句指，徒劳于勤勉做事，却于济世安民毫无裨益。

楚庙丹墀古，巫峰翠岭皵。苍茫神女迹，指点榜人毻。蕤彩垂金羽，苕华缀玉蕤。几番溪藻荐，终古岭松樹。

〔楚庙丹墀古〕楚庙，指巫山神女庙。参见《楚词》一诗〔阳台化雨云〕条笺注。丹墀，指天子殿宇之阶，亦用于喻神殿庙宇之阶。详见本诗〔南宫履赤墀〕条笺注。

〔巫峰翠岭皵〕巫峰，即“巫山十二峰”，构成巫山山脉的众多山峰。《全唐诗》卷81乔知之《巫山高》:“巫山十二峰，参差互隐见。”（第2册P871）陆游《入蜀记》卷4：“二十三日，过巫山。凝真观谒妙用真人祠，真人即世所谓巫山神女也。祠正对巫山峰峦，上入霄汉，山脚直插江中。议者谓，太华、衡、庐皆无此奇。然十二峰者不可悉见，所见八九峰，惟神女峰最为纤丽奇峭，宜为仙真所讬。”皵，亦作“皵”，同“崎”。《说文解字注》卷9下《危部》:“皵，皵嶇也。”段注:“嶇者，嶇隅不安皃（貌——引者）。俗用崎嶇字，正此二字之隸（隶——引者）变。”《正字通》卯集下《支部》:“皵，皵字之讹。”皵，《雅言》本作“攲”。《重订直音篇》卷3《支部》:“皵，……攲，亦同上。”

〔苍茫神女迹〕见本诗〔楚庙丹墀古〕条、〔巫峰翠岭攲〕条笺注。参见《楚词》一诗〔阳台化雨云〕条笺注

〔指点榜人㐅〕《六臣注文选》卷 7 司马长卿《子虚赋》："榜人歌，声流喝。"李善注："榜人，船长也。主唱声而歌者也。"刘良注："榜人，船人也。"《正字通》子集下《匕部》："㐅，疑本字。"

〔薤彩垂金羽〕薤，根茎可食，即"荞头"，或称"藠头"。薤的花朵多为淡紫色，呈倒垂状，如悬钟，中有长蕊探出花心。故曰"垂金羽"。《本草纲目》卷 26《菜之一·薤》："释名：藠子"。李时珍集解："时珍曰：薤八月栽根，正月分莳。宜肥壤，数枝一本则茂，而根大叶状似韭，韭叶中实而背有剑春，薤叶中空似细葱叶而有棱。气亦如葱，秋月开细花，紫白色，根如小蒜，一本数颗，相依而生。"

〔苕华缀玉蕤〕苕华，芦苇花。《荀子》卷 1《劝学篇第一》："南方有鸟焉，名曰蒙鸠。以羽为巢，而编之以发，系之苇苕，风至苕折，卵破子死。巢非不完也，所系者然也。"杨倞注："苕，苇之秀也。"《说文解字》卷 1 下《艸部》："蕤，艸木华垂皃（貌——引者）。"芦花白色，呈倒垂状，故曰"缀玉蕤"。

〔溪藻荐〕指以涧溪间的普通蘩藻祭祀神明。详见《东坡生日集旡闷园》一诗〔寒碧溪毛搴〕条笺注，参见《谒冶山顾亭林先生祠》一诗〔苹蘩〕条笺注。荐（薦），《雅言》本作"荐"。

〔榯〕《六臣注文选》卷 19 宋玉《高唐赋》："王曰：'朝云始出，状若何也？'玉对：'其始出也，㬳兮若松榯。'"李善注："㬳，茂貌。榯，直坚貌。"李周翰注："榯，茂盛貌。"《重修玉篇》卷 12《木部第一百五十七》："榯，……树木立也。"

岩采红鹦鹉，滩声白鹭鸶。急湍流束楚，杈榦会双椅。径转临山郭，桥横跨石徛。冈平山有栎，浦静水生蘪。

〔红鹦鹉〕杨慎《诗话补遗》卷 3《三句诗》："近日，云南提学彭纲《咏刺桐花》云：'树头树底花楚楚，风吹绿叶翠翩翩，露中几枝红鹦鹉。'亦风韵可爱也。刺桐花，云南名为鹦哥花，花形酷似之。彭公此诗本四句，命吏写刻于扁。遗其一句，复诵之，自觉竟足，乃不更改。余闻之晋宁侍御唐池南云。"案：今重庆巫山县巫峡口盛产刺桐花。

〔滩声白鹭鸶〕《全唐诗》卷 177 李白《赋得白鹭鸶送宋少府入三峡》："白鹭拳一足，月明秋水寒。人惊远飞去，直向使君滩。"（第 3 册 P1813）

〔束楚〕《毛诗正义》卷 4—1《王风·扬之水》:“扬之水，不流束楚。”毛传:“楚木也。”

〔朻榦会双椅〕《古今韵会举要》卷 9《平声下·十一》:“樛，……《说文》:‘高木下曲也。’本作朻，从木丩”。《宋本广韵》卷 2《下平声·尤第十八》:“朻，高木。”《中华字海》:“榦，同‘干’。见《直音篇》。”(中华书局、中国友谊出版公司 1994 年 9 月第 1 版 P108)《六臣注文选》卷 19 宋玉《高唐赋(并序)》:“双椅垂房，朻(渠幽切，善作‘纠’)枝还会。”李善注:“双椅，椅桐属也。垂房，花作房生也。房椅，实也。还会，交相合也。纠枝，枝曲下垂也。《毛诗》曰:‘其桐其椅。’注:‘椅，梧属。’《尔雅》曰:‘下勾曰纠。’”吕延济注:“双椅，合枝也。朻枝，交枝也。”

〔径转临山郭〕径转，转过山间小径，突见刚才看不到的景物。《全唐诗》卷 62 杜审言《和韦承庆过义阳公主山池五首》其二:“径转危峰逼，桥回缺岸妨。”(第 2 册 P731)山郭，山城，山村。《全唐诗》卷 140 王昌龄《巴陵别刘处士(一作巴陵刘处士东斋作)》:“偃帆入山郭，一宿楚云里。”(第 2 册 P1428)

〔石徛〕《尔雅注疏》卷 5《释宫第五》:“石杠谓之徛。”郭璞注:“聚石水中以为步渡彴也。孟子曰:‘岁十月，徒杠成。’或曰，今之石桥。”邢昺疏:“《广雅》云:‘徛，步桥也。’”

〔冈平山有栎〕冈平，山势平缓。《徐霞客游记》卷6上《西南游日记九(云南)》:“东眺则南界山冈平亘，北界则崇峰屏立。”《山海经》卷 2《西山经》:“山上多松栢，下多栎檀。”郭璞注:“栎即柞。”

〔浦静水生蘪〕浦静，近岸边的水势平缓。《全唐诗》卷 412 元稹《渡汉江(去年春，奉使东川，经嶓冢山下。)》:“山遥远树才成点，浦静沉碑欲辨文。”(第 6 册 P4581)蘪，蘪芜，亦作“蘼芜”，香草。详见《后湘汉吟》一诗〔蘼〕条笺注。

碧瓦佽廛里，寒瓶汲瓮瓶。蚕原丰橡茧，螳翳阜桑蜱。岭树鸣鶗鴂，陵蔬富辣荑。訏川鲂甫甫，茂草鹿伎伎。

〔碧瓦佽廛里〕佽，通“次”，顺序排列。《集韵》卷 7《去声上·至第六》:“佽，……一曰递也……通作次。”廛，泛指城镇中的住宅和店铺。详见《阴氛篇》一诗〔列壥汉五都〕条笺注。廛，石印本作“㢆”。

〔寒瓶汲瓮瓶〕寒瓶，用以净手、饮用储水或插梅的瓶子。《温飞卿诗集笺注》卷 8 温庭筠《宿松门寺》:“西山旧是经行地，愿漱(漱——引者)寒絣(瓶——引者)

逐领军。”曾益注：“《寄归传》：梵云‘军持’，此云鉼，常贮水，随身净手。”《释氏要览》卷中《净瓶》：“梵语‘军迟’，此云瓶，常贮水，随身用以净手。《寄归传》云：‘军持’有二：若瓷瓦者，是净用；若铜铁者，是触用。”王洋《东牟集》卷 5《茶犇》：“蠹关草掩日萧疎，自汲寒鉼煮涧蔬。”朱长文《乐圃余稿》卷 3《次韵公权子通唱酬四首 · 春晚遣怀》：“拟把洌泉同一酌，为君林下洗寒瓶。”《全宋诗》卷 2893《洪咨夔四 · 梅》：“寒瓶虚插一枝斜，留待春风放霁华。”（北京大学出版社 1998 年 12 月第 1 版第 55 册 P34531）。《方言疏证》卷 5：“甂谓之甈。”戴震注：“甂即瓫，亦作甕。”《集韵》卷 1《平声一 · 支第五》：“甈，……一曰瓶也。……亦书作瓶。”

〔蚕原丰橡茧〕蚕原，即“原蚕”，一年孵化两次的蚕。《周礼注疏》卷 30《夏官司马 · 马质》：“禁原蚕者。”郑玄注：“原，再也。天文，辰为马。《蚕书》：蚕为龙精，月直大火，则浴其种，是蚕与马同气。物莫能两大，禁再蚕者，为伤马与?”《尔雅翼》卷 24《释虫一 · 蠠》：“蠠，再蚕也。原即再之义。”案：川贵地区自清中期即开始养殖“柞蚕”，也称“原蚕”“野蚕”或“山蚕”（桑蚕称“家蚕”）。这种蚕一年可两次孵化，以柞树叶为食，故称“柞蚕”。因柞树又称栎树或橡树，“柞蚕”之茧则称“橡茧”。“橡茧”缫出的丝为黄褐色，而非桑蚕丝般雪白，质地相对桑蚕丝也显粗糙。清刘祖宪有《橡茧图说》一书，即为介绍“柞蚕”养殖。刘祖宪道光年曾任贵州安平县令，其任职时大力提倡百姓多养柞蚕，故作此书。参见本诗〔冈平山有栎〕条笺注。

〔螳翳阜桑蜱〕螳翳，语出《庄子 · 山水第二十》，成语“螳螂捕蝉，黄雀在后”的出处，喻利令智昏，见利忘危。此处则指代螳螂。《庄子集释》卷 7 上《(外篇) 山木第二十》：“庄周游于雕陵之樊，睹一异鹊自南方来者。翼广七尺，目大运寸，感周之颡，而集于栗林。庄周曰：‘此何鸟哉！翼殷不逝，目大不睹。’蹇裳躩步，执弹而留之。睹一蝉，方得美荫而忘其身。螳螂执翳而搏之，见得而忘形；异鹊从而利之，见利而忘其真。庄周怵然曰：‘噫！物固相累，二类相召也。’捐弹而反走，虞人逐而谇之。”郭庆藩引郭象注：“执木叶以自翳于蝉，而忘其形之见乎异鹊也。”《尔雅翼》卷 25《释虫二 · 蜱蛸》：“不过（螳螂别称——引者），蟷蠰其子。蜱蛸，蟷蠰卵也。螳蜋逢树輒产其卵，皆相连缀，多在小桑上及丛棘间。三月、四月中，每枝出小螳蜋数百。螳蜋应杀之虫，故小暑至后五日而生，所应者微阴。故螳蜋司杀之小者也。蜱蛸所在有之，以桑上者为佳，是兼得桑皮之津气耳。市之伪者，以胶着桑枝之上，则无益矣。”案：蟷蠰、螳蜋，都是螳螂的异写。《毛诗正义》卷 14—2《小雅 · 甫田之什 · 頍弁》：“尔殽既阜”。郑玄笺：“阜，犹多也。”

〔鶗鴂〕杜鹃。详见本诗〔归期訙子雉〕条笺注。鴂，石印本作“鴂”。

〔陵蔬富辣羠〕《宋本广韵》卷1《上平声·脂第六》：“羠，《广雅》云：犍羊也（阉割的公羊——引者）。”辣，义未详。案：《左盦遗诗》续刻本作“羬”，指去势（阉割）的公羊，疑是。《广雅》卷10《释兽》：“羬，……羯也。”辣，石印本、《雅言》本作“辣”。此句指，山丘之上草蔬丰富，养育了众多羊群。

〔訏川魴甫甫〕《毛诗正义》卷18—4《大雅·荡之什·韩奕》：“川泽訏訏，魴鱮甫甫。”毛传：“訏訏，大也。甫甫然，大也。”郑玄笺：“韩之国土也，川泽宽大，众鱼禽兽备有，言饶富也。”

〔鹿伎伎〕《毛诗正义》卷12—3《小雅·节南山之什·小弁》：“鹿斯之奔，维足伎伎。”毛传：“伎伎，舒貌。谓鹿之奔走，其足伎伎然舒也。”

归峡流方急，阳坡地可耕。鼓帆朝旭丽，舣榜夕风飉。东下原俄顷，西征或倍蓰。夷陵瞻咫尺，屯甲别雇履。

〔归峡〕即今西陵峡。今三峡自西向东称瞿塘峡、巫峡、西陵峡。但三峡分段之名，自古并非一成不变。旧时，瞿塘峡曾称西陵峡，而今天的西陵峡称归峡。《山堂肆考》卷15《地理·地·三峡》：“巫峡在夔州巫山县，东即巫山也，与西陵峡、归峡并称三峡。”《警世通言》卷3《王安石三难苏学士》：“黄州至眉州，一水之地，路正从瞿塘三峡过。那三峡？西陵峡、巫峡、归峡。西陵峡为上峡，巫峡为中峡，归峡为下峡。那西陵峡又唤做瞿塘峡，在夔州府城之东。”

〔阳坡地可耕〕阳坡，面南朝阳的山坡。《北堂书钞》卷144《酒食部·茶篇八》陈禹谟续补：“阳坡，《茶谱》云：‘宣城县有了山、小方饼、横铺、茗芽、装面具，山东为朝日所烛，号曰阳坡，其茶最胜。太守常荐于京洛人士，题曰“了山阳坡横纹茶”。’”《广雅》卷9《释地》：“耕，……耕也。”

〔鼓帆朝旭丽，舣榜夕风飉〕鼓帆，行船。《六臣注文选》卷12郭景纯（璞）《江赋》：“徐而不飉，疾而不猛。鼓帆迅越，趠涨截涧。”李善注：“《埤苍》曰：‘飉，风迟也。’”“刘熙《释名》曰：‘随风张幔曰帆。’或以席为之，故曰帆。”刘良注：“徐，缓。飉，迟也。言虽缓不迟，虽疾不猛，和而得所。”朝旭，朝阳。《全唐诗》卷221杜甫《水阁朝霁奉简严云安（一作云安严明府）》：“崔嵬晨云白，朝旭射芳甸。”（第4册P2337）舣，泊舟，详见《读楚词》一诗〔舣〕条笺注。榜，船。《广雅》卷9《释水》：“榜，舡也。”

〔东下原俄顷，西征或倍蓰〕《集韵》卷 1《平声一 · 支第五》：“蓰，物数也，五倍曰蓰。” 此句指，沿长江顺流向东行船很快，而逆流向西则要花费数倍时间。

〔夷陵〕楚国先王陵墓，故址位于今湖北宜昌，长江三峡东端。《史记 · 楚世家第十》：“二十一年，秦将白起遂拔我郢，烧先王墓夷陵。” 司马贞《索隐》：“夷陵，陵名，后为县，属南郡。” 张守节《正义》：‘《括地志》云：峡州夷陵县是也，在荆州西。”

〔屯甲别岖嶬〕屯甲，指宜昌葛洲坝西坝之屯甲沱。相传，三国东吴大将陆抗（陆逊之子）曾在此屯兵抗击晋军，故得名屯甲沱。同治《续修东湖县志》（民国二十年铅印本）卷 6《山川志 · 沱》：“屯甲沱，在西坝去城五里。相传晋陆抗屯甲处，俗讹邓家沌。” 林有席《东湖杂咏》：“撑过黄陵庙，莫湾屯甲沱。沱前西坝嘴，嘴上多风波。” 岖嶬，山势高峻貌。详见本诗〔山崩冢曳崒〕条笺注。长江至葛洲坝，两岸山势见缓，故称“别岖嶬”。

巴雨缄三峡，湘云接九嶷。重围峰影合，万壑泽容庳。雨细山花发，风高谷木痿。孤芳兰擢颖，旅谷稻生秜。

〔巴雨缄三峡〕《全唐诗》卷 539 李商隐《夜雨寄北》：“君问归期未有期，巴山夜雨涨秋池。”（第 8 册 P6201）《庄子集释》卷 5 下《（外篇）天运第十四》：“意者其有机缄而不得已邪”。郭庆藩引成玄英疏：“缄，闭也。”

〔湘云接九嶷〕《全唐诗》卷 132 李颀《湘夫人》：“九嶷日已暮，三湘云复愁。”（第 2 册 P1338）《汉书 · 武帝本纪》：“五年冬，行南巡狩，至于盛唐，望祀虞舜于九嶷。” 颜师古注：“应劭曰：‘舜葬苍梧。九嶷，山名。今在零陵营道。’ 文颖曰：‘九嶷山半在苍梧，半在零陵。’ 如淳曰：‘舜葬九嶷。九嶷在苍梧冯乘县，故或云舜葬苍梧也。’ 师古曰：文说是也。嶷音疑，其山九峰，形势相似，故曰九嶷山。”

〔庳〕《集韵》卷 1《平声一 · 支第五》：“庳，下也。”

〔雨细山花发〕晏殊《元献遗文 · 临江仙》：“风吹梅蕊闹，雨细杏花香。”

〔风高谷木痿〕《宋本广韵》卷 1《上平声 · 支第五》：“痿，枯死。” 谷木，指山谷中之草木，与上句“山花”相对。痿，石印本、《雅言》本作“矮”。

〔孤芳兰擢颖〕孤芳，与众不同的花草，如兰菊。亦喻高洁脱俗、卓尔不群之士。《乐府诗集》卷 35 沈约《江蓠生幽渚》：“泽兰被荒径，孤芳岂自通。” 擢颖，本指植物的顶端向上生长，高于其他同类。亦指才能出类拔萃。《艺文类聚》卷 81《草部上 · 菊 · 诗》：“晋袁山松《菊》诗曰：‘灵菊植幽崖，擢颖凌寒飚。”

〔旅谷稻生秜〕《后汉书 · 光武帝纪上》:“至是野谷旅生，麻尗尤盛，野蚕成茧，被于山阜，人收其利焉。”李贤注:“旅，寄也。不因播种而生，故曰旅。今字书作‘稆’，音吕，古字通。”《史记 · 天官书》:“小三星隅置，曰觜觿，为虎首，主葆旅事。”裴骃《集解》:“晋灼曰:‘葆，菜也。野生曰旅，今之饥民采旅生也。’”《说文解字注》卷7上《禾部》:“秜，稻今季（——引者）落，来季自生，谓之秜。”段注:“他书皆作穞，力与切。《埤苍》:‘稆，自生也。’亦作稆，《后汉书 · 献帝纪》:‘尚书郎以下，自出采稆。’古作旅，《史》《汉》皆云:‘觜觿主葆旅事。’晋灼曰:‘葆，采也。野生曰旅。今之饥民采旅生。’按：离、秜、旅一声之转，皆谓不种而自生者也。”

故郢今泯灭，荆南望渺㳽。蕙华知树亩，兰实忆搴阰。夏贡余杶栝，秋原富菉薋。巢林鸠扈集，翻藻鲑鲮跻。

〔故郢今泯灭〕郢，楚都，代指楚国。参见本诗〔夷陵〕条笺注。

〔荆南望渺㳽〕《六臣注文选》卷53陆士衡（机）《辨亡论上》:“吴武烈皇帝慷慨下国，电发荆南。”张铣注:“坚（指孙坚——引者）起兵于荆州，故云荆南也。”渺㳽，形容水面宽广，浩渺迷蒙。《集韵》卷1《平声一 · 支第五》:“㳽，渺㳽，水貌。”《文选注》卷12木玄虚（华）《海赋》:“沖瀜沆瀁，渺㳽湠漫。”李善注:“渺㳽湠漫，旷远之貌。”陆游《入蜀记》卷1:“江面渺㳽无际，殊可畏。李太白诗云‘维舟至长芦，目送烟云高’是也。”上句与此句指，战国时的楚国，三国时的东吴，都已不复存在。

〔蕙华知树亩〕《楚辞章句》卷1屈原《离骚》:“余既滋兰之九畹兮，又树蕙之百亩。”王逸注:“树，种也。二百四十步为亩。言己虽见放流，犹种莳众香，循行仁义，勤身勉力，朝暮不倦也。”

〔兰实忆搴阰〕《楚辞补注》卷1屈原《离骚》:“朝搴阰之木兰兮，夕揽中洲之宿莽。”李善注:“搴，取也。阰，山名。”洪兴祖补注:“阰，频脂切，山在楚南。《本草》云:‘木兰皮似桂而香，状如楠树，高数仞。任昉《述异记》云:‘木兰川在寻阳江也，多木兰。’”

〔夏贡余杶栝〕《尚书今注今译 · 禹贡》:“荆及衡阳惟荆州……厥贡羽、毛、齿、革、惟金三品，杶、干、栝”。屈万里注:“杶……，木名；可为车辕。……栝……，桧树。”（台湾商务印书馆1977年4月七版P37、38）案:《禹贡》记载天下四方向大禹进贡之事，故曰“夏贡”。杶、栝为荆州贡物，此句喻刘师培船行至湖北。

〔菉薋〕《楚辞章句》卷1屈原《离骚》:“薋菉葹以盈室兮，判独离而不服。”王逸

注："蒉，蒺藜也。菉，王刍也。葹，枲耳也。《诗》曰：'楚楚者蒉'。又曰：'终朝采菉'。"《六家诗名物疏》卷 16《国风卫一 · 淇澳篇 · 绿》："传云：'绿，王刍。'"冯复京注："《本草》唐注云：荩草，叶似竹而细薄，茎亦圆小，生平泽溪涧之侧。荆襄人煮以染黄色，极鲜好。洗疮有効。《尔雅》所谓'王刍'。"

〔巢林鸠扈集〕巢林，鸟儿在林中筑巢栖息。《庄子 · 逍遥游第一》："鹪鹩巢于深林，不过一枝。"鸠、扈，皆鸟名。《重修玉篇》卷 24《鸟部第三百九十》："鸠，……鸟名。"《诗经今注 · 小雅 · 节南山之什 · 小宛》："交交桑扈，率场啄粟。"高亨注："桑扈，鸟名，又名青雀，青色，颈有花纹。"（上海古籍出版社 1980 年 10 月第 1 版 P291、293）

〔翻藻鯥鲮跻〕翻藻，在水中水藻间优游。《全唐诗》卷那 28 杜甫《绝句六首》其四："隔巢黄鸟并，翻藻白鱼跳。"（第 4 册 P2487）《六臣注文选》卷 12 郭景纯（璞）《江赋》："鲮鯥跻局于垠隒，獱獭睒瞲乎厱空。"李善注："《楚辞》曰：'鲮鱼何所出。'王逸曰：'鲮鱼，鲮鲤也。'《山海经》曰：'有鱼状如牛，陵居蛇尾，其名曰鯥。'《埤苍》曰：'跻，蹷跳也。"吕向注："鲮、鯥，二鱼名。"

往迹征三楚，先王守四夷。开基犹筚簬，化俗拟端委。令典垂孙叔，规箴爵苋譆。地雄云土梦，天界孟诸麋。

〔三楚〕《山堂肆考》卷 15《三楚》："楚文王都郢，楚昭王都鄂，楚考烈王都寿春，故为三楚。又谓，江陵为南楚，吴为东楚，彭城为西楚，乃以此三地在楚之东、西、南，故云。一说，以淮南、沛、陈、汝南为西楚；衡山、九江、江南、豫章、长沙为南楚；彭城、东海、广陵为东楚。"

〔先王守四夷〕《左传 · 昭公二十三年》："楚囊瓦为令尹，城郢。沈尹戌曰：'子常必亡郢，苟不能卫，城无益也。古者天子，守在四夷。天子卑，守在诸侯；诸侯守在四邻。诸侯卑，守在四竟。'"《文子 · 下德第九》："天子得道，守在四夷。天子失道，守在诸侯。诸侯得道，守在四境。诸侯失道，守在左右。故曰，无恃其不吾夺也，恃吾不可夺也。"此句指，先王以四夷为自己的守卫屏障。

〔开基犹筚簬〕《春秋左传正义》卷 23《宣公十二年》"训之以若敖、蚡冒，筚路蓝缕，以启山林。"杜预注："若敖、蚡冒，皆楚之先君。筚路，柴车。蓝缕，敝衣。言此二君勤俭以启土。"参见《述怀一百四十韵示蜀中诸同好全文》一诗"楚车新筚路"句。筚簬，即"筚路"，古籍中偶有混用。

〔化俗拟端委〕化俗，移风易俗。详见本诗〔化俗资齐紫〕条笺注。拟，效法。《楚辞章句》卷 17 王逸《九思怨》："上拟斯兮二踪"。王逸注："拟，则也。" 端委，礼服。《春秋左传正义》卷 41《昭公元年》："吾与子弁冕端委以治民"。杜预注："弁冕，冠也。端委，礼衣。" 案：楚庄王时，任用孙叔敖，施行变革。在政治、经济、军事、文化、礼仪服饰等诸多领域全面向中原地区学习。据《国语・楚语上》记载，楚庄王任用士亹为太子之师。士亹向申叔时请教教导太子之道，申叔时回答道："教之《春秋》，而为之耸善而抑恶焉，以戒劝其心；教之世，而为之昭明德而废幽昏焉，以休惧其动；教之《诗》，而为之导广显德，以耀明其志；教之《礼》，使知上下之则；教之《乐》，以疏其秽而镇其浮；教之令，使访物官；教之语，使明其德，而知先王之务用明德于民也；教之故志，使知废兴者而戒惧焉；教之训典，使知族类，行比义焉。" 可见其 "中原化" 之深。

〔令典垂孙叔〕《春秋左传正义》卷 23《宣公十二年》："蒍敖为宰，择楚国之令典。" 杜预注："宰，令尹。蒍敖，孙叔敖。" 杨伯峻《春秋左传注》："令，善也；典，法也，礼也。令典谓礼法政令之善者。"（中华书局 2016 年 11 月第 4 版第 3 册 P789）

〔规箴爵苋譆〕苋譆，楚国大臣，常以道义劝谏楚文王。《吕氏春秋・长见》："荆文王曰：'苋譆数犯我以义，违我以礼，与处则不安，旷之则不谷得焉。不以吾身爵之，后世有圣人，将以非不谷。' 于是爵之五大夫。'申侯伯善持养吾意，吾所欲则先我为之，与处则安，旷之而不谷丧焉，不以吾身远之，后世有圣人，将以非不谷。' 于是送而行之。申侯伯如郑，阿郑君之心，先为其所欲，三年而知郑国之政也，五月而郑人杀之。是后世之圣人，使文王为善于上世也。"

〔地雄云土梦〕《尚书正义》卷 6《禹贡》："荆及衡阳惟荆州……云土、梦作乂。" 孔传："云梦之泽在江南，其中有平土，丘水，去可为耕作畎亩之治。"《书传》卷 5《禹贡第一》："云土、梦作乂。" 苏轼注："《春秋》传曰：'楚子与郑伯田于江南之梦。' 又曰：'王寝于云中。' 则云与梦二土名也，而云 '云土、梦' 者，古语如此，犹曰 '玄纤缟' 云尔。"

〔天畀孟诸麋〕《春秋左传正义》卷 16《僖公二十八年》："初，楚子玉自为琼弁玉缨。未之服也，先战。梦河神谓己曰：'畀余，余赐女孟诸之麋。' 弗致也。" 杜预注："孟诸，宋薮泽。水草之交曰麋。" 孔颖达疏："《释地》云：'十薮，宋有孟诸。' 郭璞云：'今在梁国睢阳县东北。'《周礼・职方氏》：'正东曰青州，其泽薮曰望诸。'《禹贡》：'豫州导菏泽，被孟猪。' 明皆是一物，而字改易耳。《释水》云：'水草交为湄。'

李廵曰：‘水中有草木交会曰湄。’古字皆得通用，故此作‘麋’耳。”参见《咏史（十二首）》其三一诗〔明都〕条笺注。《尔雅 · 释诂》：“畀，……赐也。”

广泽熙驰䴀，邦图丧射鹋。怀沙思蹇产，哀郢俗嚅唲。台古松长鬣，宫寒柳细肢。荆勋昭烨烨，樊德颂嫪嫪。

〔广泽熙驰䴀〕熙，众多拥挤貌。《史记 · 货殖列传》：“故曰：天下熙熙，皆为利来。天下壤壤，皆为利往。”䴀，指船。详见本诗〔辽水舟通䴀〕条笺注。

〔邦图丧射鹋〕邦图，绘有疆域地图的方志，亦指国家。苏轼《东坡全集》卷 28《诗一百十首 · 夷陵县欧阳永叔至喜堂》：“清篇留峡洞，醉墨写邦图。”苏轼自注：“三游洞有诗，《夷陵图》后有留题处。”《宋大诏令集》卷 202《政事五十五 · 刑法下 · 定强盗刑诏（景祐二年壬子朔）》：“朕绍抚邦图，深惟治本。”《集韵》卷 1《平声一 · 之第七》：“鹋，……一曰小雁。”上句与此句指，广袤的水泽之中，密布飞驰的舟船。昔日的都会城镇，沦落成猎人的狩猎之所。

〔怀沙思蹇产〕怀沙，怀中揣上砂石投水而死。《楚辞》有屈原《九章 · 怀沙》一诗，此为屈原投水而死前的绝命诗。详见《已分》一诗〔怀沙钤短什〕条笺注。《楚辞章句》卷 4 屈原《九章 · 哀郢》：“心絓结而不解兮，思蹇产而不释。”王逸注：“絓，悬。蹇产，诘屈也。言已乘船蹈波，愁而恐惧，则心肝悬结，思念诘屈，而不可解释也。”

〔哀郢俗嚅唲〕《楚辞》有屈原《九章 · 哀郢》一章。嚅唲，强颜欢笑，取媚于人。《楚辞章句》卷 6 屈原《卜居》：“喔咿嚅唲以事妇人乎？宁廉洁正直以自清乎？”王逸注：“强笑噱也。”俗，以……为俗，引申为鄙夷，看不起。此句指，屈原悲哀于楚国的衰败，鄙夷那些佞幸之人谄媚阿谀。

〔台古松长鬣〕台古，指古老的人工筑造之高台。《说文解字注》卷 12 上《至部》：“台，观四方而高者。”段注：“其四方独出而高者则谓之台。”鬣，本指动物的鬣毛、鬃毛。此处则喻指松针刚直敷张，如动物的鬣毛。参见本诗〔作势鬣髽鬇〕条笺注。

〔宫寒柳细肢〕柳细肢，以女子的细腰与弱柳互喻。晏几道《小山词 · 生查子》：“远山眉黛长，细柳腰肢袅。”上句与此句指，昔日的楚国宫殿高台已荒芜废弃，长满了松树、柳树。有“楚王好细腰”一典，刘师培此处或有一语双关之意。参见《阴氛篇》一诗〔楚妃为损腰〕条笺注。

〔荆勋昭烨烨〕《楚辞章句》卷 3 屈原《天问》：“荆勋作师，夫何长先。”王逸注：“荆，楚也。师，众也。勋，功也。初，楚边邑处女与吴边邑处女争采桑于境上，相伤，二家怒而相攻。于是，楚为此兴师攻灭吴之边邑。而怒始有功时，屈原又谏言：‘我先为不直，恐不可长久也。’”《说文解字》卷 7 上《日部》：“昭，日明也。”《说文解字注》卷 10 上《火部》：“爗，盛也。”段注：“《十月之交》曰：‘爗爗震电。’传曰：‘爗爗，震电皃（貌——引者）。’按凡光之盛曰爗。”《字汇》巳集《火部》：“爗，……《六书正讹》：‘俗作烨’。”昭，石印本、《雅言》本作“照”。照，通“昭”。《经典释文》卷 25《老子道经音义》：“俗人昭昭。”陆德明《音义》：“一本作照。”

〔樊德颂姱姱〕《广雅》卷 5《释言》：“樊、裔，边也。”樊德，指楚国为维护本国边民利益而与吴国开战之“德”。参见本诗〔荆勋昭烨烨〕条笺注。《骈雅》卷 2《释训》：“姱姱，美好也。”《汉书 · 叙传下》：“姱姱公主，乃女乌孙。”颜师古注：“姱姱，好貌也。魏《诗 · 葛屦》之篇曰‘好人提提’，音义同耳。女，妻也，音乃据反。言汉以好女配乌孙也。”姱姱，喻女子美貌。当指本诗“荆勋昭烨烨”句笺注中的“楚边邑处女”。

沙市孤帆别，衡峰望眼眵。土融黏赤埴，波阔绝厓墹。积雨霑优渥，轻雷试啴霆。仙人骖赤豹，山鬼策文螭。

〔沙市〕古称“沙头市”，简称“沙市”，今湖北荆州市沙市区。《方舆胜览》卷 27《湖北路 · 江陵府 · 山川》：“沙头市，去府十五里，四方之商贾辐辏，舟车骈集。元稹《江陵翫月》诗：‘阛咽沙头市，玲珑竹岸窻。’”

〔衡峰望眼眵〕衡峰，即衡山。《续高僧传》卷 19《释灌顶》：“胜地名山尽皆游憩，三宫庐阜九向衡峰。”眵，眼睛昏花。《全唐诗》卷 340 韩愈《短灯檠歌》：“夜书细字缀语言，两目眵昏头雪白。”（第 5 册 P3827）

〔赤埴〕红色的黏土。《尚书正义》卷 6《禹贡》：“厥土赤埴坟，草木渐包。”孔传：“土黏曰埴。”孔颖达疏：“《考工记》：用土为瓦谓之‘抟埴之工’。是埴为黏土，故土黏曰埴。”

〔厓墹〕水岸。《广雅》卷 9《释丘》：“墹，……厓也。”案：旧本《广雅》作“墹”，钱大昕《广雅疏义》亦作“墹”，而王念孙《广雅疏证》作“湄”。墹，本指祭坛周边的矮墙。《集韵》卷 1《平声一 · 脂第六》：“墹，坛埒。”《毛诗正义》卷 6—4《秦风 · 蒹葭》：“所谓伊人，在水之湄。”毛传：“湄，水隒也。”孔颖达疏：“《释水》云：‘水草交为湄。’谓水草交际之处，水之岸也。”

〔积雨霑优渥〕优渥，雨水丰沛。《毛诗正义》卷 13—2《小雅 · 谷风之什 · 信南山》：“益之以霡霂，既优既渥，既霑既足，生我百谷。”毛传：“小雨曰霡霂。”郑玄笺：“成王之时，阴阳和，风雨时。冬有积雪，春而益之以小雨，润泽则饶洽。”孔颖达疏：“既已优洽，既已饶渥，既已霑润，既已丰足，是以故得生我之众谷也。”《别雅》卷 2：“瀀渥，优渥也。《说文》：‘瀀，泽多也。’引《诗》‘既瀀既渥’。今《诗·小雅·信南山》作‘优’。《说文》瀀、优二字义别，今但通用‘优’。”《字汇》戌集《雨部》：“霑，……雨淋也，濡也，渍也。”

〔轻雷试啴霆〕《毛诗正义》卷 18—5《大雅·荡之什·常武》：“王旅啴啴，如飞如翰。”毛传：“啴啴然盛也。”《广雅》卷 9《异祥》：“霆，……雷也。”

〔仙人骖赤豹，山鬼策文螭〕《楚辞章句》卷 2 屈原《九歌·山鬼》：“乘赤豹兮从文狸，辛夷车兮结桂旗。”王逸注：“辛夷，香草也。言山鬼出入，乘赤豹从文狸，结桂与辛夷以为车旗，言其香洁也。”《楚辞章句》卷 2 屈原《九歌·河伯》：“乘水车兮荷盖，驾两龙兮骖螭。”王逸注：“言河伯以水为车，骖驾螭龙而戏游也。”案：文螭，疑为“文狸”之误。螭，读音为“chī”，易误读为“lí”。

吊古悲怀瑾，投荒感歠醨。佳期迟北渚，炎德挹南娭。归思萦庄舄，招魂谢景瑳。儃佪频鄂浦，留滞又京泝。

〔吊古悲怀瑾〕吊古，凭吊、怀念古人古事。《艺文类聚》卷 40《礼部下·吊》：“宋袁淑《吊古文》曰：贾谊发愤于湘江，长卿愁悉于园邑。彦真因文以悲出，伯喈衔史而求入。文举疏诞以殃速，德祖精密而祸及。夫然，不患思之贫，无若识之浅。士以伐能见斥，女以骄色贻遣。以往古为镜鉴，以未来为针艾。书余言于子绅，亦何劳乎蓍蔡。”《楚辞章句》卷 4 屈原《九章·怀沙》：“怀瑾握瑜兮，穷不知所示。”王逸注：“在衣为怀，在手为握。瑾瑜，皆美玉也。”

〔投荒感歠醨〕投荒，被流放到荒蛮之地。《全唐诗》卷 352 柳宗元《别舍弟宗一》：“一身去国六千里，万死投荒十二年。”（第 6 册 P3950）《楚辞补注》卷 7 屈原《渔父》：“屈原既放，身斥逐也。游于江潭，……渔父曰：‘众人皆醉，何不餔其糟而歠其酾？’”王逸注：“食其禄也。”洪兴祖补注：“《文选》酾作醨。五臣云：‘餔糟歠醨’，微同其事也。餔，食也。歠，饮也。糟、醨皆酒滓。补曰：酾，力支切，以水釃糟也。醨，薄酒也。”歠，石印本、《雅言》本作“歠”。

〔佳期迟北渚〕《楚辞》卷 2 屈原《九歌·湘夫人》：“帝子降兮北渚，目眇眇兮愁予。袅袅兮秋风，洞庭波兮木叶下。登白薠兮骋望，与佳期兮夕张。”《全唐诗》卷

132 李颀《湘夫人》："九嶷日已暮，三湘云复愁。窅霭罗袂色，潺湲江水流。佳期来北渚，捐佩（一作玦）在芳洲。"（第 2 册 P1338）

〔炎德挹南娭〕炎德，火德，指炎热、温暖的气候。《楚辞》卷 5 屈原《远游》："嘉南州之炎德兮，丽桂树之冬荣。"译为现代汉语是："喜南方的温暖气候，爱桂树在冬季也茂盛葱郁。"南娭，亦作"南娭""南嬉"，指南方。《汉魏六朝百三家集》卷 6 王褒《九怀 · 陶壅》："吾乃逝兮南娭，道幽路兮九疑。"案:《楚辞》卷 15 王褒《九怀 · 陶壅》作"南娭"。《楚辞补注》洪兴祖补注："娭，音颐。《大人赋》云：'吾欲往乎南娭'。"挹，通"抑"，遏制。《荀子》卷 20《宥坐篇第二十八》："此所谓挹而损之之道也"杨倞注："挹亦退也，挹而损之，犹言损之又损。"《别雅》卷 5："损挹，损抑也。《荀子 · 宥坐篇》：'此所谓挹而损之之道'。注：'挹，退也。'《后汉书 · 光武帝纪下》：'陛下情存损挹，推而不居'，即损抑也。《魏书 · 彭城王勰传》：'其听勰辞蝉舍冕，遂其冲挹之性，'又：'履勤不惮，在功愈挹'，挹皆同抑。"

〔归思萦庄舄〕庄舄，越国人，在楚国为官。因思念故乡，其所听之音乐仍富含越地之声，后以此喻思乡。详见《答梁公约赠诗》一诗〔舄吟阕越响，钟琴戢荆音〕条笺注。

〔招魂谢景瑳〕《楚辞补注》卷 10 屈原《大招》王逸注："大招者，屈原之所作也。或曰景差，疑不能明也。"《史记 · 屈原列传》："屈原既死，之后楚有宋玉、唐勒、景差之徒者，皆好辞而以赋见称。然皆祖屈原之从容辞令，终莫敢直谏。"《扬子法言》卷 2《吾子篇》："或问：'景差、唐勒、宋玉、枚乘之赋也，益乎？'曰：'必也，淫。'"刘师培《杨子法言斠补 · 吾子卷第二》："或问景差（《音义》云：'旧本作"景瑳"。'）"。刘师培注："案：嘉祐本正作'瑳'。又《史记 · 屈原传》'景差'，《索隐》云：'《杨子法言》及《汉书 · 古今人表》并是"景瑳"。'足考唐本异文。"谢，认同，赞同。《礼记正义》卷 1《曲礼上》："大夫七十而致事，若不得谢，则必赐之几杖。"郑玄注："谢，犹听也。"孔颖达疏："'若不得谢'者，谢，犹听许也。"

〔儃佪频鄂浦〕儃佪，犹"徘徊"。《楚辞》卷 4 屈原《九章 · 涉江》："入溆浦余儃佪兮，迷不知吾所如。"《集韵》卷 2《平声二 · 灰第十五》："佪，……俳佪不进皃，或从彳，通作回。"频，通"濒"。《集韵》卷 2《平声二 · 真第十七》："频，……《说文》：'水厓。'……或从水。"此句指，徘徊于鄂地（湖北）的长江岸边。

〔留滞又京沶〕《楚辞补注》卷 15 王褒《九怀 · 陶壅》："浮溺水兮舒光，淹低佪兮京沶。"王逸注："中可居为洲，小洲为渚，小渚为沶。京沶，即高洲也。"洪兴祖补

注："一注云：小渚为沶，小沶曰泜。补曰：……泜，直尸切，沶与沚同。"案："京泜"，《楚辞章句》本作"京沚"。

江汉重源合，云山万里羇。残芳搴杜实，朝秀挹茅菽。汉女崇祠古，当年郑佩贻。春兰酬宝玦，秋菊屑琼糜。

〔江汉重源合〕重源，江河不止一个源头。详见本诗〔湔水重源接〕条笺注。《读史方舆纪要》卷 127《川渎异同一（〈禹贡〉山川）》："汉水自西北来，经其东而南入于江，所谓汉口也（详湖广重险夏口）。江汉合流而东，水势益盛，至浔阳之境"。此句指，长江与汉江至此合流。由此句分析，刘师培已经沿江重返武汉。

〔云山万里羇〕《乐府诗集》卷 59 蔡琰（文姬）《胡笳十八拍·第二拍》："戎羯逼我兮为室家，将我行兮向天涯，云山万重兮归路遐。"羇，客居异乡。《周礼注疏》卷 13《地官司徒下·遗人》："野鄙之委积，以待羇旅。"郑玄注："羇旅，过行寄止者。"羇，通"羁"。《古今韵会举要》卷 2《平声上·四》："羇，旅寓也。……通作羁。"羇，《雅言》本作"羈"。

〔残芳搴杜实〕残芳，残花。《全唐诗》卷 381 孟郊《哀孟云卿嵩阳荒居》："残芳亦可饵，遗秀谁忍除。"（第 6 册 P4284、4285）杜实，香草杜衡的果实。杜衡，亦名"杜若"，香草。《楚辞》中常以之喻志行高洁忠贞。详见《和周美权〈夜坐偶成〉用原韵》一诗〔言念汀洲中，杜若多纷披〕条笺注。搴，取。详见《励志诗》一诗〔兰陵轩谊搴〕条笺注。

〔朝秀挹茅菽〕《六臣注文选》卷 54 刘孝标（峻）《辨命论一首》："朝秀晨终，龟鹄千岁，年之殊也。"李善注："《淮南子》曰：'朝秀不知晦朔'。"吕向注："朝谓日未出时，晨谓日出时也。言朝秀之华，至日出乃死。"《说文解字义证》卷 4《艸部》："菽，茅秀也。"桂馥注："《广雅》：'蒤、菽，茅穗也。'《通志》：'茅之花曰茅秀。'《诗》：'出其东门，有女如荼。'笺云：'荼，茅秀。'……馥案:《广雅》'蒤'即'荼'。《集韵》'蒤'亦作'蒁'，古作'荼'。"

〔汉女崇祠古〕《水经注》卷 27《沔水》："沔水出武都沮县东狼谷中。"郦道元注："所谓沔，汉者也。……汉水又东径汉庙堆下，昔汉女所游，侧水为钓台。后人立庙于台上，世人覩其颓基崇广，因谓之汉庙堆。传呼乖实，又名之为汉武堆，非也。"

〔当年郑佩贻〕《列仙传》载，郑交甫于汉水遇二神女，欲得其珮，神女与之。然后，"趋去数十步，视佩空，怀无佩，顾二女忽然不见。"详见《古意》一诗〔郑交甫〕条笺注。

〔春兰酬宝玦〕《楚辞》中以“兰”结成的“佩”喻高洁。参见《楚词》一诗〔纫佩〕条笺注，本诗〔秋芳兰佩结〕条笺注。《楚辞章句》卷 2 屈原《九歌 · 湘君》：“捐余玦兮江中，遗余佩兮醴浦。”王逸注：“玦，玉佩也。”《汉书 · 五行志上》：“公衣之偏衣，佩之金玦。”颜师古注：“半环曰玦。”

〔秋菊屑琼糜〕《汉书 · 扬雄传上》载其《反离骚》：“精琼靡与秋菊兮，将以延夫天年。”颜师古注：“应劭曰：‘精，细。靡，屑也。琼，玉之华也。’晋灼曰：‘《离骚》云：‘精琼靡以为粻兮’，‘予夕餐秋菊之落英’。又曰：‘老冉冉其将至’，‘日忽忽其将暮’。”师古曰：此又讥屈原，云琼靡秋菊将以延年，崦嵫忽迫喜于未暮，何乃自投汨罗，言行相反。”靡，通“糜”。《说文解字注》卷 9 下《石》：“碎，糜也。”段注：“糜，各本作‘礳’。……今正。……糜，各书假‘靡’为之。”

宝瑟神絃寂，明珰鬼服魃。荫阶松桧老，缘径桂椒瓶。楚水三江接，浔阳九派歧。缘流舻舳集，近水垒培隳。

〔宝瑟神絃寂〕《楚辞》卷 5 屈原《远游》：“使湘灵鼓瑟兮，令海若舞冯夷。”《补注杜诗》卷 15 杜甫《追酬故高蜀州人日见寄》“鼓瑟至今悲帝子，曳裾何处觅王门。”黄希引王洙注：“洙曰：湘妃，尧之女也，故曰帝子。传言湘灵鼓瑟也。”邝露《海雪堂峤雅集》卷 2《五言律诗 · 君山怀二妃》“宝瑟嫂娟泪，云旗窈窕思。”《史记 · 封禅书》：“太帝使素女鼓五十弦瑟，悲，帝禁不止，故破其瑟为二十五弦。”

〔明珰鬼服魃〕《说文解字》卷 9 上《鬼部》：“魃，鬼服也。……《韩诗》传曰：‘郑交甫逢二女，魃服。’”杨慎《升庵集》卷 15《题交甫解佩图》：“交甫之楚游，息影依乔木。道逢两仙姝，逍遥汉皋曲。星宿缀明珰，云霞装魃服。婉娈荡茕魂，花艳惊凡目。目随袜尘扬，魂与芳风逐。结梦拟阳台，交辞同阿谷。荣华橘是柚，贞芳笋成竹。江永不可方，微波春自绿。”明珰，耳饰。《山堂肆考》卷 235《补遗 · 珍寶》：“明珰，耳珠也。刘熙《释名》：穿耳施珠曰珰。”

〔松桧老〕《施注苏诗》卷 36 苏轼《四月十一日初食荔支》：“云山得伴松桧老，霜雪自困樝梨粗。”松，石印本、《雅言》本作“杙”，似误。

〔桂椒瓶〕《文选注》卷 7 扬子云（雄）《甘泉赋一首》：“回猋肆其砀骇兮，瓶桂椒而郁移杨。”李善注：“服虔曰：‘回猋，回风也。’善曰：毛苌《诗》传曰：‘肆，疾也。砀，过也。’《广雅》曰：‘骇，起也。’瓶，与披同。《说文》曰：‘郁，木聚生也。’

《尔雅》曰：‘棠棣，移也。’杨，杨树也。言回风砀骇，披散桂椒，又郁众移杨也。”《汉书 · 扬雄传上》载其《甘泉赋》，颜师古注：“翍，古披字。……言回风放起，过动众树，则桂椒披散而移杨郁聚也。”

〔楚水三江接，浔阳九派歧〕《王右丞集笺注》卷 8 王维《汉江临眺》：“楚塞三湘接，荆门九派通。”赵殿成注：“湘，《髓瀛奎律》作‘江’。”“九派，郭璞《江赋》：‘流九派乎浔阳。’李善注：‘水别流为派。’《尚书》曰：‘九江孔殷。’应劭《汉书》注曰：‘江自庐江浔阳分为九也。’”《文苑英华》卷 718 王勃《秋日登洪府滕王阁饯别序》：“襟三江而带五湖”。浔阳，江西九江古称“浔阳”。《文苑英华》卷 249 骆宾王《在江南赠宋五之问》：“井络双源浚，浔阳九派长。”

〔舻舳〕船。《文选注》卷 12 郭景纯（璞）《江赋》：“舳舻相属，万里连樯。”李善注：“《说文》曰：舳，舟尾也。舻，船头也。”

〔垒培〕《国语》卷 15《晋语九》：“赵简子使尹铎为晋阳曰：‘必堕其垒培，吾将往焉。若见垒培，是见寅与吉射也。’韦昭注：“堕，坏也。垒，荀寅、士吉射（皆人名，晋国将领——引者）围赵氏所作壁垒也。垒墼曰培。”墼，土坯。《古今韵会举要》卷 29《入声 · 十二》：“墼，《说文》：……一曰未烧砖也。”

闻道江南地，犹劳蓟北师。陈谋先蒯彻，画诺后宗资。列雉雄衡霍，连鸡茈姚邳。折冲临铁瓮，擐甲下扬啇。

〔闻道江南地，犹劳蓟北师〕《全唐诗》卷 5 上官昭容（婉儿）《彩书怨（一云彩毫怨）》：“欲奏江南曲，贪封蓟北书。”（第 1 册 P62）此句似指，“二次革命”期间，拥袁的北洋军大举进攻江南地区。案：“二次革命”中，率先反袁的即原江西都督李烈钧。举兵反袁的江苏、安徽旧属江南省。

〔陈谋先蒯彻〕《史记 · 淮阴侯列传》记载，谋士蒯通（本名彻，以避汉武帝刘彻讳而被改）曾劝说韩信背叛刘邦而自立。韩信感念刘邦恩德而未采纳。韩信最终被吕后杀害前感慨：“吾悔不用蒯通之计，乃为儿女子所诈，岂非天哉！”详见《史记 · 淮阴侯列传》《汉书 · 蒯通传》。

〔画诺后宗资〕《后汉书集解》卷67《党锢列传》：“后汝南太守宗资任功曹范滂，南阳太守成瑨亦委功曹岑晊。二郡又为谣曰：‘汝南太守范孟博，南阳宗资主画诺。南阳太守岑公孝，弘农成瑨但坐啸。’”王先谦集解：“杭世骏曰：‘读者多以为唯诺之辞，非也。此王公守相答笺启符牒之文，如人主之制。’惠士奇曰：‘诺，犹今施行，谓之画诺，六朝有凤尾诺。王充《论衡》云:“曹下案目，然后可诺。”然则画诺天子亦然。'”吴仁杰《两汉刊误补遗》卷 10《画诺》:“《党锢传》:‘南阳宗资主画诺’。读者多以为唯诺之辞，仁杰曰：非然也。此王公守相批笺启符牒之文，如人主之制‘可’也。《宋书》载皇太子笺仪、符仪，关事仪，皆曰‘宜如是事，诺，奉行。’潘远《纪闻》云：前代王府寮吏笺启，可行则批‘诺’。晋元帝践阼，颇执谦逊，凡诸侯笺奏，批之曰‘诺’。‘若’字有尾婆娑，故谓之‘凤尾诺’。《南史》：陈伯之不识书，为江州刺史，得文牒词讼，惟作大诺而已。至唐始用花押。《国史补》云：宰相处分，有司花押是也。”

〔列雉雄衡霍〕列雉，城墙。《宋本广韵》卷 3《上声 · 旨第五》:“王肃云：城高一丈曰堵，三堵曰雉。”衡霍，南岳衡山，此处似指安徽天柱山。《尚书要义》卷 2《舜典 ·（二五）南岳自以衡霍两山名非从汉武》:“张揖云：天柱谓之霍山。《汉书 · 地理志》云：天柱在庐江灊县，则霍山在江北而与江南衡为一者。郭璞《尔雅注》云：霍山，今在庐江灊县，潜水出焉，别名天柱山。汉武帝以衡山辽旷，故移其神于此。今其彼土俗人皆呼之为南岳。”参见《望庐山》一诗〔灊霍〕条笺注,《舟中望庐山》一诗〔衡霍〕条笺注。此句喻指“二次革命”在安徽的战事。案:“二次革命”，安徽都督柏文蔚率先宣布“独立”反袁。

〔连鸡芘姚邳〕《鲍氏战国策注》卷 3《秦 · 惠文君》:“秦惠王谓寒泉子曰:‘苏秦欺寡人，欲以一人之智反复山东之君，从以欺秦。赵固负其众，故先使苏秦以其币帛约乎诸侯。诸侯不可一，犹连鸡之不能俱止于栖亦明矣’。”鲍彪注:“连，谓绳系之。栖，鸡所宿也。”《春秋左传正义》卷 41《昭公元年》:“商有姚邳，周有徐奄”。杜预注:“二国，商诸侯。邳，今下邳县。”孔颖达疏:“徐奄,《尚书》略有其事，其观与姚邳，则史传无文。”《庄子集释》卷 2 中《(内篇）人间世第四》:“南伯子綦游乎商之丘，见大木焉有异，结驷千乘，隐将芘其所藾。”郭庆藩引陆德明《经典释文》:“将芘，本亦作庇。”上句与此句指，城墙如天柱山般高大稳固，真正庇护“姚邳”这等小国的还是“合纵”之术。案：上句与此句，皆喻“二次革命”之战。指“独立”各省均力量单薄，非联合起来，行动一致，不能抗袁。详见本诗〔擐甲下扬芾〕条笺注。

〔折冲临铁瓮〕折冲，御敌。《吕氏春秋》卷 20《召数》:“夫修之于庙堂之上，而折冲乎千里之外者，其司城子罕之谓乎。”高诱注:“冲，车，所以冲突敌之军，能陷破之也。有道之国不可攻伐，使欲攻已者，折还其冲车于千里之外，不敢来也。”铁瓮，指镇江铁瓮城。《至顺镇江志》卷 2《地理 · 城池》:“子城，并东西夹城共长十二里七十步，高三丈一尺。子城，吴大帝所筑，周回六百三十步，内外固以甎，号铁瓮城。（《舆地志》：‘吴大帝孙权所筑，周回六百三十步，开南西二门，内外皆固以瓴甓。’《海录碎事》：‘润州铁瓮城孙权筑。’《唐图经》：‘古谓之铁瓮城者，谓坚若金城汤池之类。’又刘禹锡诗云‘铁瓮郡城□【应为‘牢’——引者】’，注云：‘润州城如铁瓮，见韩滉《南征记》’，其说与《图经》小异。）”

〔擐甲下扬莆〕擐甲，穿上甲胄，喻战斗。《左传·成公二年》：“擐甲执兵，固即死也。病未及死，吾子勉之。”《颜氏家训》卷 6《书证》：“《礼·王制》云：‘裸股肱。’郑注云：‘谓揎衣出其臂胫。’今书皆作擐甲之擐。国子博士萧该云：‘擐当作揎，音宣，擐是穿着之名，非出臂之义。’案《字林》，萧读是，徐爰音患，非也。”《说文解字注》卷 1 下《艸部》：“莆，艸多叶皃（貌——引者），从艸而声。沛城父有扬莆亭。”段注：“见《地理志》。”《汉书·地理志上》：“沛郡，故秦泗水郡。……城父，夏肥水东南至下蔡入淮，过郡二，行六百二十里。”案：城父，在今安徽亳州。《史记·高祖本纪》：“武王行屠城父，随何刘贾、齐梁诸侯皆大会垓下。立武王布为淮南王。”张守节《正义》：“父，音甫，今亳州县。”1913 年 7 月，国民党籍的原江西都督李烈钧率先在江西宣布“独立”反袁，“二次革命”爆发。随后，黄兴在南京，柏文蔚在安徽，陈其美在上海，谭延闿在湖南，许崇智和孙道仁在福建，熊克武在四川，陈炯明在广东，纷纷举兵反袁。北洋军与反袁军曾大战于江苏、江西、安徽、上海、四川等多地。上句之“铁瓮”，代指江苏；本句之“扬莆”代指安徽；而前句“闻道江南地”之“江南”则代指江苏、安徽和江西。本诗这几句及下几句既为记述古史，亦喻“二次革命”战事。

长岸艅艎失，连江羽檄拸。建瓴雄虎踞，合纵喻鸡户。汉将歌横海，周郊赋践郿。四方忧匪兕，一将筵非彨。

〔长岸艅艎失〕《文选注》卷 12 郭景纯（璞）《江赋》：“云运艅艎，舳舻相属，万里连樯。”李善注：“刘渊林《吴都赋》注曰：‘飞云，吴楼船之有名者。《左氏传》曰：‘楚败吴师，获其乘舟艅艎。’杜预曰：‘艅艎，舟名也。’”《春秋左传注·昭公十七年》：“战于长岸，子鱼先死，楚师继之，大败吴师。获其乘舟余皇。”杨伯峻注：“张洽《春秋集解》引《地谱》谓此为水战。长岸，《大事表》七之四谓今安徽当涂县西南三十里有西梁山，与和县南七十里东梁山夹江相对，如门之阙，亦曰天门山。”（中华书局 2016 年 11 月第 4 版第 5 册 P1545）这是喻指革命军在安徽与袁军的战斗中失败。岸，石印本作“岍”。岸，通“岍。《宋元以来俗字谱·山部》：“《东牕记》/ 岸 / 岍”。

（中研院史语所 1930 年 3 月北平刊本 P104）

〔连江羽檄拸〕连江，遍布江面。朱彝尊《曝书亭集》卷 7《风怀二百韵》："连江驰羽檄，尽室隐村艢。"《全唐诗》卷 143 王昌龄《芙蓉楼送辛渐二首》其一："寒雨连江夜入吴，平明送客楚山孤。" 有本作 "连天"。中华书局版《全唐诗》作 "寒雨连天夜入湖"，未详其所本。羽檄，插着羽毛的军事文书，喻军情紧急。详见《无题八首（其五）》一诗〔朔漠三边羽檄驰〕条笺注。拸，通 "移"。详见《阴氛篇》一诗〔电母供拸书〕条笺注。

〔建瓴雄虎踞〕《史记 · 高祖本纪》："地势便利，其以下兵于诸侯，譬犹居高屋之上建瓴水也。" 裴骃《集解》："如淳曰：'瓴，盛水瓶也。居高屋之上而幡瓴水，言其向下之势易也。' 晋灼曰：'许慎曰：'瓴，瓮似瓶者。'" 虎踞，指南京。详见《癸卯夏游金陵》一诗〔名山〕条笺注。瓴，石印本、《雅言》本作 "铃"，似误。

〔合纵喻鸡户〕鸡户，石印本、《雅言》本作 "鸡尸"，似是。《南本》似误。《史记 · 苏秦列传》："臣闻鄙谚曰：'宁为鸡口，无为牛后。'" 司马贞《索隐》："《战国策》云：'宁为鸡尸，不为牛从。' 延笃注云：'尸，鸡中主也。从，谓牛子也。言宁为鸡中之主，不为牛子之从后也。'"《史记》此段为苏秦游说韩宣惠王施行 "合纵" 之策。参见本诗〔连鸡芘姚邳〕条笺注。此句似指，革命军各自为战，各争雄长，缺乏统一指挥。

〔汉将歌横海〕汉代设 "横海将军"，谓纵横海上。亦指大海。详见《黄罏歌呈彦复穗卿》一诗〔茫茫横海多长虬〕条笺注。

〔周郊赋践郿〕《毛诗正义》卷 18—3《大雅 · 荡之什 · 崧高》："申伯信迈，王饯于郿。" 毛传："郿，地名。" 郑玄笺："迈，行也。申伯之意不欲离王室，王告语之复重，于是意解而信行。饯，送行饮酒也。" 案：郿，今陕西眉县。

〔四方忧匪兕〕《毛诗正义》卷 15—3《小雅 · 鱼藻之什 · 何草不黄》："何草不黄，何日不行，何人不将，经营四方。……匪兕匪虎，率彼旷野。哀我征夫，朝夕不暇。" 毛传："兕，虎，野兽也。旷，空也。" 郑玄笺："兕，虎，比战士也。"《广雅》卷 4《释诂》："匪，……非也。"

〔一将筮非彨〕《六韬》卷 1《文师第一》："文王将田，史编布卜曰：'田于渭阳，将大得焉。非龙，非彨，非虎，非罴。兆得公侯，天遗汝师，以之佐昌，施及三王。'"《集韵》卷 1《平声一 · 支第五》："螭，……《说文》：'若龙而黄，北方谓之地蝼。' 一说，无角曰螭。或作……彨。" 案：《六韬》之文，指姜子牙。《史记 · 齐太公世家》:“西伯将出猎，卜之曰:‘所获非龙、非彨、非虎、非罴，所获霸王之辅。’于是周西伯猎，果遇太公于渭之阳。与语大说。”

命召邦维翰，裒荆阻入罙。六军天策将，七萃羽林儿。戕斧三年梦，戎车六月圉。分曹陈虎旅，列阵必鱼丽。

〔命召邦维翰〕《诗经 · 大雅 · 荡之什 · 江汉》诗序:“江汉，尹吉甫美宣王也。能兴衰拨乱，命召公平淮夷。”诗:“文武受命，召公维翰。”《诗经今注》高亨注:“召公，指召虎之先祖、助武王灭商的召公奭（shì 式）。翰，辅翼。此句言召公是文王武王的辅佐大臣。”（上海古籍出版社 1980 年 10 月第 1 版 P463、464）

〔裒荆阻入罙〕《毛诗正义》卷 20—4《商颂 · 殷武》:“挞彼殷武，奋伐荆楚。罙入其阻，裒荆之旅。”毛传:“殷武，殷王武丁也。荆楚，荆州之楚国也。罙，深。裒，聚也。”郑玄笺:“有钟鼓曰伐。罙，冒也。殷道衰而楚人叛，高宗挞然奋扬威武，出兵伐之。冒入其险阻，谓踰方城之隘，克其军率，而俘虏其士众。”陆德明《音义》:“罙，……《说文》作‘罙’。”罙，石印本、《雅言》本作“罙”。案:罙、罙、罙、罙、罙、罙诸字通假。《六艺之一录》卷 187《增修复古编 · 平声》:“罙……俗作罙、罙。”《类篇》卷 21 :“罙、罙、罙，民卑切，《说文》:‘周行也。’引《诗》:‘罙入其阻’。一曰‘深也，冒也。’或作罙、罙、罙。”《康熙字典》未集中《网部》:“罙，俗作罙，通作罙。”毛氏释“裒”为“聚”。《周易 · 谦》:“君子以裒多益寡。”陆德明《经典释文》卷 2《周易音义 · 周易上经泰传第二 · 谦》:“裒，……郑、荀、董、蜀才作‘捊’，云取也。《字书》作‘掊’。《广雅》云:掊，减。”案:郑玄笺“俘虏其士众”；陆德明释裒为“捊”;《尔雅正义》卷 2《释诂下》:“俘，取也。”邵晋涵注:“俘，本又作捊。”据此，裒当作“俘”解。

〔六军天策将〕六军，天子之师。《周礼 · 夏官司马 · 行司马》:“凡制军，万有二千五百人为军。王六军，大国三军，次国二军，小国一军。”另参见本诗〔六师燂百济〕条笺注。《文献通考》卷 58《职官考十二 · 将军总叙》:“唐武德初，秦王既平王世充及窦建德，高祖以秦王功殊今古，自昔位号不足以为称，乃特置天策上将军以拜焉，位在王公上。及升储宫，遂废天策府。二年七月，高祖以天下未定，事资武力，将举关中之众以临四方，乃置十二军，分关中诸府隶焉。”

〔七萃羽林儿〕七萃，天子禁军。《山堂肆考》卷 233《七萃》:“《穆天子传》:‘天子赐七萃之士。’萃，聚也。以智力之士七等，聚为爪牙。”羽林儿，天子禁军。详见

《感事八首》（其一）一诗〔兵机偶动羽林军〕条笺注。

〔戕斧三年梦〕《诗经 · 豳风 · 东山》诗序："东山，周公东征也。周公东征，三年而归。劳归士大夫美之，故作是诗也。"《毛诗正义》卷 8—3《豳风 · 破斧》诗序："破斧，美周公也，周大夫以恶四国焉。"诗："既破我斧，又缺我斨。周公东征，四国是皇。"毛传："隋銎曰斧。斧、斨，民之用也。礼义，国家之用也。"孔颖达疏："毛以为，斧斨者，生民之所用，以喻礼乐者，亦国家之所用。有人既破我家之斧，又缺我家之斨，损其斧斨，是废其家用，其人是为大罪。以喻四国之君，废其礼义，坏其国用，其君是为大罪，不得不诛，故周公于是东征之。"案：戕，石印本、《雅言》本亦作"戕"。《释名 · 释用器第二十一》："斨，戕也。所伐皆戕毁也。"

〔戎车六月圝〕《诗经 · 小雅 · 南有嘉鱼之什 · 六月》诗序："宣王北伐也。"诗："六月栖栖，戎车既饬。"《事物纪原》卷 2《公式姓讳部八 · 敕》："三代而上，王言有典、谟、训、诰、誓、命，凡六等，其总谓之书。汉初定仪则四品，其四曰戒敕，今敕是也。自此，帝王命令始称敕。至唐显庆中始云，不经凤阁鸾台不得称敕。敕之名遂定于此。"圝，石印本作"敇"，《雅言》本作"敇"。《龙龛手鉴》卷 1《平声 · 支部第十五》："敇，古文勑字。"《集韵》卷 10《入声下 · 职第二十四》："敕，……古从力，或作勑。"

〔分曹陈虎旅〕分曹，两两分对。《楚辞章句》卷 9 屈原（一说为宋玉）《招魂》："分曹并进，遒相迫些。"王逸注："言分曹列偶，并进技巧，投箸行棋，转相遒迫，使不得择行也。或曰：分曹并进者，谓并用射礼进也。"《全唐诗》卷 539 李商隐《无题二首》其一："隔坐送钩春酒暖，分曹射覆蜡灯红。"（第 8 册 P6213）虎旅，《周礼 · 夏官司马》有"虎贲氏""旅贲氏"，皆掌天子仪仗禁卫。《玉海》卷 139《兵制 · 兵制（四）· 宋朝捧日奉宸队 / 绍兴宿卫亲兵》："黄帝以师兵为营卫，周有虎贲、旅贲，秦置宫门屯卫，汉置期门羽林。"

〔列阵必鱼丽〕《春秋左传正义》卷 6《桓公五年》："以中军奉公为鱼丽之陈，先偏后伍，伍承弥缝"。杜预注："《司马法》：车战二十五乘为偏，以车居前，以伍次之，承偏之隙而弥缝阙漏也，五人为伍，此盖鱼丽陈法。"

　　琱彩威弧矢，神锋励戟戣。莲花生剑锷，柳色拂旌旐。月幕笳声静，霜弢弩拊彛。乘墉公射隼，鞠旅士乘骐。

〔琱彩威弧矢〕《周易 · 系辞下》："弦木为弧，剡木为矢。弧矢之利，以威天下。"

《王右丞集笺注》卷 14 王维《少年行四首》："一身能擘两雕弧，虏骑千重只似无。"赵殿成注："《玉篇》：'弧，木弓也。'雕弧谓有雕画之弧。"《正字通》午集上《玉部》："琱，……通作雕。"

〔神锋励戟戭〕神锋，喻锋利，亦指刀枪等兵刃。《真诰》卷 15《阐幽微第一》："项梁城作《酆宫诵》曰：……武阳带神锋，恬昭吞青河。"（案：恬昭，《酉阳杂俎》卷 2《玉格》作"怙照"）。《全唐诗》卷 621 陆龟蒙《江湖散人歌（并传）》："神锋悉出羽林仗，缋画日月蟠龙螭。"（第 9 册 P7193）《说文解字》卷 12 下《戈部》："戭，长枪也。"锋，石印本作"鋒"。《正字通》戌集上《金部》："锋，……俗作鋒。"戟，《雅言》本作"戟"。《篇海类编》卷 15《器用类（一）· 戈部第二》："戟，……亦作戟。"

〔莲花生剑锷〕古时，以莲花纹样装饰宝剑，称"莲锷"，亦代指宝剑。《玉台新咏》卷 6 吴均《和萧洗马子显古意六首》其五："莲花穿剑锷，秋月掩刀环。"《文苑英华》卷 189《省试十 · 观淬龙泉剑一首》裴夷直《观淬龙泉剑》："莲华生宝锷，秋日励霜锋。"《文苑英华》卷 185《省试六 · 剑化为龙一首》张聿《剑化为龙》："掩尾迷莲锷，张鳞露锦容。"

〔柳色拂旌旄〕《全唐诗》卷 201 岑参《奉和中书舍人贾至早朝大明宫》："花迎（一作明）剑佩星初落，柳拂旌旗露未干。"（第 3 册 P2098）《集韵》卷 1《平声一 · 脂第六》："旄，麾谓之旄。"

〔月幕笳声静〕笳，《雅言》本作"茄"。

〔霜弢弩拊弆〕弢，亦作"韬"，装弓的套子。此处引申为遮蔽、覆盖。详见本诗〔弓緌韬象弭〕条笺注。《说文解字注》卷 3 上《収部》："弆，持弩拊。"段注："凡弓刀把处皆曰拊。今《考工记 · 弓人》作'柎'，从木。"弢，石印本、《雅言》本作"弢"。

〔乘墉公射隼〕《周易今注今译》四〇《解》："上六。公用射隼于高墉之上，获之，无不利。"陈鼓应注："'隼'，凶猛之恶鸟。'墉'，城。射获恶禽，喻晦事解去，故云'无不利'。《金史 · 石土门传》载：太祖射获乌鸟，石土门解释说：乌为恶鸟，今射获之，乃为吉兆。与此事相同。"（商务印书馆 2005 年 11 月第 1 版 P359、360、361）隼，《雅言》本作"準"，显误。

〔鞠旅士乘骐〕《诗经今注 · 小雅 · 南有嘉鱼之什 · 采芑》："方叔率止，乘其四骐，四骐翼翼。……方叔率止，钲人伐鼓，陈师鞠旅。"高亨注："方叔，周宣王的大臣。""鞠，告也。鞠旅，对军队讲话。"（上海古籍出版社 1980 年 10 月第 1 版 P247、

248、249）骐，有青黑纹路相交的白马。详见《咏史（四首）》其三一诗〔骐足有时絷〕条笺注。

舜舞敷干羽，齐金赐赎缁。劳旋歌杕实，归戍及瓜稘。风静爰居去，波寒鹬蚌持。绛宫盟赵鞅，稷里战栾旼。

〔舜舞敷干羽〕《尚书正义》卷 4《大禹谟》："帝乃诞敷文德，舞干羽于两阶。"孔传："远人不服，大布文德以来之。""干，楯。羽，翳也。皆舞者所执。修阐文教，舞文舞于宾主阶间，抑武事。"孔颖达疏："《释言》云：'干，扞也。'孙炎曰：'干，楯。自蔽扞也。'以楯为人扞，通以'干'为楯名，故干为楯。《释言》又云：'纛，翳也。'郭璞云：'舞者持以自蔽翳也。'"参见《八埏篇》一诗〔操翳舞代驹〕条笺注。案：《大禹谟》中所称之"帝"，指帝舜。

〔齐金赐赎缁〕《荀子》卷 10《议兵篇第十五》："齐人隆技击，其技也，得一首者，则赐赎锱金，无本赏矣。"杨倞注："八两曰锱。本赏，谓有功同受赏也。其技击之术，斩得一首，则官赐锱金赎之。斩首，虽战败亦赏。不斩首，虽胜亦不赏，是无本赏也。"

〔劳旋歌杕实〕劳旋，辛苦远征之军凯旋，亦指犒劳凯旋之师。详见《述怀一百四十韵示蜀中诸同好》一诗〔劳旋鹏曜羽〕条笺注。《毛诗正义》卷 9—4《小雅 · 鹿鸣之什 · 杕杜》诗序："杕杜，劳还役也。"郑玄笺："役，戍役也。"诗："有杕之杜，有睆其实。"毛传："睆，实貌。杕杜犹得其时蕃滋"。杕，石印本、《雅言》本作"杖"。杕，同"杕"。《附释文互注礼部韵略》卷 4《去声 · 十二霁》："杕，树独生。《诗》：'有杕之杜'。"

〔归戍及瓜稘〕《左传 · 庄公八年》："齐侯使连称、管至父戍葵丘。瓜时而往，曰：'及瓜而代。'期戍，公问不至。请代，弗许，故谋作乱。"及瓜，明年瓜熟之时。《正字通》午集下《禾部》："稘，……周年为稘。通作朞（期的异体字——引者）。"

〔风静爰居去，波寒鹬蚌持〕《五百家注昌黎文集》卷 10 韩愈《送郑尚书赴南海》："风静鶢鶋去，官廉蚌蛤回。"魏仲举集注："祝曰：'鶢鶋，海鸟。'《左氏》：'祀爰居。'《文选》：'海鸟鶢鶋，避风而至。'樊曰：'《国语》："海鸟曰鶢鶋，止于鲁东门之外三日。展禽曰：……今兹海其有灾乎，夫广川之鸟兽常避其灾也。是岁也，海多大风。"'鶢音爰，鶋音居。""樊曰：东汉孟尝为合浦太守，郡不产谷实，而海多珠宝。先时，守宰贪秽，珠徙交趾。尝到官，易前弊，珠复还。"爰居，海鸟。参见《咏史（十二首）》其三一诗〔杂县殉鼓钟〕条笺注。此二句为化用韩愈句。“鹬蚌”，指鹬蚌相争。详见《感事八首（其七）》一诗〔瀛海初消鹬蚌争〕条笺注。持，相持相争之意。此二句指，海上的大风停歇，避风于陆地的爰居就会回到海上（喻天下恢复太平，避乱的人们可以回乡）。水非常寒冷，鹬蚌相争，相持不下（喻战乱频仍，敌对双方相持不下）。

〔绛宫盟赵鞅〕据《左传·定公十三年》，晋国的两大公族——范氏和中行氏进攻赵氏赵鞅（即赵简子），赵鞅逃奔晋阳避祸。此后，范氏和中行氏为争利益进攻晋定公，结果遭到另几家公族的联合进攻而大败。晋国的两大公族——韩氏、魏氏给赵鞅求情。于是，赵鞅回到晋国都城绛邑，在晋定公的宫殿与另几家公族盟誓，誓死讨伐范氏和中行氏。详见《左传·定公十三年》传文、《史记·赵世家》。此句指，范氏、中行氏与他人鹬蚌相争而惨败，赵简子却从中获益，坐收渔人之利，转危为安。绛（絳），《雅言》本作“絳”，显误。鞅，似误，《雅言》本作“鞅”。

〔稷里战栾敀〕据《左传·昭公十年》，齐国的四大家族——陈（田）、鲍与栾、高混战，栾、高先败于“稷”，再败于“庄”，三败于“鹿门”。栾氏的栾施、高氏的高彊逃奔鲁国。陈（田）、鲍二氏，瓜分了他们的家产和地盘。详见《左传·昭公十年》传文。《说文解字注》卷 3 下《攴部》：“敀，敷也。”段注：“今字作施。”

计日师干吉，终朝讫带褫。绌殷先蔡霍，迁纪吊郱部。国孽歌韦顾，邦刑布里卒。达人齐得丧，天道有赢踦。

〔计日师干吉〕干吉，传说中东汉末道家方士，著有《太平经》170 卷，亦称《太平清领书》，是一部最早的道教经典。《后汉书·襄楷传》：“臣前上琅邪宫崇受干吉神书，不合明德。”李贤注：“干，姓；吉，名也。神书即今道家《太平经》也。其经以甲乙丙丁戊巳庚辛壬癸为部，每部一十七卷也。”计日，即方术中的“择日”，指占卜以预测某一天的吉凶。《太平经》中有很多涉及占卜的内容。

〔终朝讫带褫〕《周易今注今译》六《讼》：“上九。或锡之鞶带，终朝三褫之。”陈鼓应注：“或锡之鞶带：‘或’，或许。‘锡’，赐。‘鞶带’，男子腰间所系革制大带。《礼记·内则》‘男唯女俞，男鞶革，女鞶丝’。”“终朝三褫之：‘终朝’，一日之内。‘三’，喻多次。‘褫’，夺，剥夺。‘或锡之鞶带，终朝三褫之’，盖谓上九居卦之终，刚勇不已，诉讼不止，或许一时因胜诉而有受赏褫带之荣，但终有被夺回赏物之辱。”（商务印书馆 2005 年 11 月第 1 版 P81、83）

〔绌殷先蔡霍〕周灭殷商，封纣王之子武庚于朝歌。并封管叔鲜于管，蔡叔度于蔡，霍叔处于霍，以监督挟制殷商遗民，防止其叛乱，史称“三监”。但是，“三监”却与武庚联合叛乱。于是，周公旦东征平叛。先剿灭“三监”，后剿灭武庚。殷，石印本作“殷”。

〔迁纪吊郱鄑〕《春秋左传正义》卷7《庄公元年》经文：“齐师迁纪，郱、鄑、郚。”杜预注：“无《传》。齐欲灭纪，故徙其三邑之民，而取其地。郱在东莞临朐县东南，郚在朱虚县东南，北海都昌县西有訾城。”吊，通“钓”，取也。《论衡校释》卷30《自纪篇》：“不鬻智以干禄，不辞爵以吊名。”刘盼遂注：“盼遂案：‘吊名’当是‘钓名’之误。《汉书·公孙弘传》：‘饰诈欲以钓名。’师古曰：‘钓，取也。言若钓鱼。’则‘钓名’正与‘干禄’相对。”（中华书局1990年2月第1版P1190—1191）迁（遷），石印本作“遷”。郚，《国学荟编》本同，石印本、《雅言》本作“鄑”。

〔国孼歌韦顾〕《诗经今注·商颂·长发》：“武王载旆，有虔秉钺。如火烈烈，则莫我敢曷。苞有三蘖，莫遂莫达，九有有截。韦顾既伐，昆吾夏桀。”高亨注：“武王，殷人称汤为武王。”“苞，丛生之草。蘖，斩伐草木后萌出的新芽。此以苞草比夏桀，以三蘖比韦、顾、昆吾三国。”“韦，即豕韦，夏的同盟部落，彭姓。在今河南滑县东南。后为商汤所灭。顾，夏的同盟部落，已姓。在今河南范县东南。后为商汤所灭。”“昆吾，夏的同盟部落，己姓。在今河南许昌东。后为商汤所灭。”（上海古籍出版社1980年10月第1版P530、532）孼，同“孽”。《正字通》寅集上《子部》：“孽，俗孼字。”孽，通“蘖”。《庄子浅注·杂篇·则阳第二十五》：“故卤莽其性者，欲恶之孽为性。”曹础基注：“欲，喜爱。恶，厌恶。孽（niè聂），通蘖。树木被斩后再生出来的芽子。好恶是人的本性被残害之后再生出来的，故称为欲恶之孽。句谓世人把这种好恶之孽作为自己的心性。”（中华书局2000年6月第2版P393）孼，《国学荟编》本同，石印本、《雅言》本作“孽”。

〔邦刑布里丕〕里丕，指晋献公时期的权臣里克和丕郑。晋献公去世，里克私议废立，连杀继位的献公二子。后里克和丕郑，皆被新继位的晋惠公夷吾所杀。详见《左传·僖公九、十、十一年》，《国语·晋语一、二》。邦刑，国家刑罚。《周礼·天官冢宰·小宰》：“五曰秋官，其属六十。掌邦刑，大事则从其长，小事则专达。”《周礼注疏》卷34《秋官司寇第五》贾公彦疏：“天子立司寇，使掌邦刑。刑者，所以驱耻恶，纳人于善道也。”此句指，作乱的里克和丕郑被明正典刑，其罪行被昭告天下。丕，《国学荟编》本同，石印本、《雅言》本作“丕”。丕，同“丕”。《集韵》卷1《平

声一 · 脂第六》："丕，……或从十"。

〔达人齐得丧〕钱澄之《田间诗集》卷 5《江上集（己亥）· 草堂纪异（四首）》其二："达人齐得丧，志士重自修。"《春秋左传正义》卷 44《昭公七年》："圣人有明德者，若不当世，其后必有达人。"孔颖达疏："故言其后必有达人，谓知能通达之人。"《集韵》卷 1《平声一 · 脂第六》："齐，等也。"此句指，通达之人洞悉得与失并无二致。

〔天道有羸踦〕羸踦，有余与不足，盈亏、实虚。《太玄本旨》卷 6《羸赞二》："一虚一羸，踦奇所生。测曰：虚羸踦踦，禅无已也。"叶子奇注："踦奇，有余零也。一虚一羸，由其有余零不尽，所以相生无穷也。"羸，通"赢"。《逸周书》卷 2《大武解第八》："四赦：一胜人必羸，二取威信复，三人乐生身，四赦民所恶。"孔晁注："羸谓益之，复谓有之，皆赦救也。"参见《咏史（十二首）》其四一诗〔灵运有诎伸〕条笺注。

相古垂裳治，宁闻造律仳。雍喈桐集凤，均壹棘鸣鸤。惟念民犹体，应教惠浃肌。辰猷仪翼翼，子爱德忯忯。

〔相古垂裳治〕相古，古代。《尚书 · 召诰》："相古先民有夏。"《周易 · 系辞下》："黄帝、尧、舜，垂衣裳而天下治。"《尚书正义》卷 10《武成》："垂拱而天下治。"孔传："言武王所修皆是，所任得人，故垂拱而天下治。"孔颖达疏："《说文》云：'拱，敛手也。'垂拱而天下治，谓所任得人，人皆称职，手无所营，下垂其拱，故美其'垂拱而天下治'也。"

〔宁闻造律仳〕《六臣注文选》卷 45 扬子云（雄）《解嘲（并序）》："吕刑靡敝，秦法酷烈。圣汉权制，而萧何造律宜也。"李善注："《汉书》曰：'相国萧何捃摭秦法，取其宜于时者，作律《九章》。"张铣注："萧何制造律法，合其时宜也。"仳，通"骈"，多余。《论衡》卷 3《骨相篇》："晋公子重耳仳胁"。《通雅》卷 18《身体》："仳胁，即骈胁。"《正字通》亥集上《马部》："骈，……凡增赘旁（旁——引者）出者曰骈。"此句指，从未听说古人制定律例有什么多余冗繁的内容。宁（寧），《雅言》本作"甯"。仳，《国学荟编》本同，石印本、《雅言》本作"侳"，似误。《重修广韵》卷 3《上声 · 荠第十一》："侳，侳傒，开脚行也。"

〔雍喈桐集凤〕《毛诗正义》卷 17—4《大雅 · 生民之什 · 卷阿》："凤皇鸣矣，于彼高冈。梧桐生矣，于彼朝阳。菶菶萋萋，雝雝喈喈。"毛传："凤凰之性，非梧桐不栖，非竹实不食。"雝，通"雍"。《正字通》戌集中《隹部》："雝，……又与雍同。"

雝雝喈喈，喻鸣声和谐。参见《游天津公园》一诗〔喈喈〕条笺注，《译石门和夫氏〈希望诗〉（二首）》其二一诗〔邕邕喈音〕条笺注。

〔均壹棘鸣鸤〕《毛诗正义》卷 7—3《曹风 · 鸤鸠》诗序：“鸤鸠，刺不壹也。在位无君子，用心之不壹也。”孔颖达疏：“在人君之位，无君子之人也。在位之人既用心不壹，故《经》四章皆美用心均壹之人。”诗：“鸤鸠在桑，其子七兮。淑人君子，其仪一兮。其仪一兮，心如结兮。……鸤鸠在桑，其子在棘。淑人君子，其仪不忒。”毛传：“鸤鸠，秸鞠也。鸤鸠之养其子，朝从上下，莫从下上，平均如一。”《尔雅注疏》卷 10《释鸟第十七》：“鸤鸠，鴶鵴。”郭璞注：“今之布谷也，江东呼为获谷。”

〔惟念民犹体〕《礼记 · 缁衣》：“子曰：‘民以君为心，君以民为体，心庄则体舒’。”欧阳修《文忠集》卷 7《居士集七 · 古诗二十二首 · 送朱职方提举运盐》：“治国如治身，四民犹四体。”

〔应教惠浃肌〕《汉书 · 礼乐志》：“夫乐本情性，浃肌肤而臧骨髓，虽经乎千载，其遗风余烈尚犹不绝。”此句指，要让百姓如浸入肌骨般真切地感受到恩惠及身。

〔辰猷仪翼翼〕辰猷，治国的大政方略。《诗经今注 · 大雅 · 荡之什 · 抑》：“訏谟定命，远犹辰告。敬慎威仪，维民之则。”高亨注：“訏，（xū 虚），大也。谟，谋也。此句言以远大的谋划来确定政令。”“犹，同猷，谋也。辰，当读为底，定也。告，借为诰。此句言以远大计谋来确定诏诰。”“则，法则，榜样。”（上海古籍出版社 1980 年 10 月第 1 版 P433、436）胡寅《斐然集》卷 3《和任大夫赠别》：“斤斧且应存夜气，江湖那得献辰猷。”《礼记 · 孔子闲居》：“威仪翼翼”。《毛诗正义》卷 16—2《大雅 · 文王之什 · 大明》：“维此文王，小心翼翼。”郑玄笺：“小心翼翼，恭慎貌。”

〔子爱德恉恉〕子爱，爱民如子。《礼记 · 缁衣》：“故长民者，章志，贞教，尊仁，以子爱百姓。”恉恉，似应作“怟怟”。《尔雅注疏》卷 4《释训第三》：“怟怟……，爱也。”陆德明《音义》：“怟怟，和适之爱。”案：石印本、《国学荟编》本、《雅言》本皆作“恉”。《康熙字典》卯集上《心部》：“怟，……按：怟从氐，与从氏者不同。”

已见庭坚集，犹伤石父缧。作人基恺弟，慎罚勖庸祇。室有飞蓬问，邦无赋茅欺。群生原浑噩，大运有陵巨。

〔已见庭坚集〕庭坚，指皋陶。《春秋左传正义》卷 20《文公十八年》：“昔高阳氏有才子八人：苍舒、隤敳、梼戭、大临、龙降、庭坚、仲容、叔达。齐圣广渊，明允笃诚。天下之民谓之八恺。”杜预注：“此即垂、益、禹、皋陶之伦。庭坚，即皋陶字。”此句指，皋陶等“八恺”之贤已经汇集在一起。

〔犹伤石父缧〕《史记 · 管晏列传》：“越石父贤，在缧绁中。晏子出，遭之涂，解左骖赎之，载归。弗谢，入闺。久之，越石父请绝。晏子戄然，摄衣冠谢曰：‘婴虽不仁，免子于厄，何子求绝之速也？’石父曰：‘不然。吾闻君子诎于不知己，而信于知己者。方吾在缧绁中，彼不知我也。夫子既以感寤而赎我，是知己；知己而无礼，固不如在缧绁之中。’晏子于是延入为上客。”《晏子春秋 · 内篇 · 杂上》和《吕氏春秋 · 观世》亦载此事。

〔恺弟〕《汉书 · 刑法志》：“《诗》曰：‘恺弟君子，民之父母。’”颜师古注：“《大雅 · 泂酌》之诗也。言君子有和乐简易之德，则其下尊之如父，亲之如母也。”案：恺弟，《毛诗》作“岂弟”。

〔慎罚勖庸祇〕《尚书正义》卷 14《康诰》：“王若曰：孟侯，朕其弟，小子封。惟乃丕显考文王，克明德慎罚，不敢侮鳏寡。庸庸，祗祗，威威，显民。”孔传：“惟汝大明父文王，能显用俊德，慎去刑罚以为教首。不敢侮鳏寡。”“用可用，敬可敬，刑可刑，明此道，以示民。”《说文解字》卷 13 下《力部》：“勖，勉也。”祇，通“祗”。《正字通》午集下《示部》：“祇，……俗从氏，作祇。”《雅言》本作“祗”。

〔室有飞蓬问〕《管子 · 形势解第六十四》：“无仪法程序，蜚摇而无所定谓之蜚蓬之问。蜚蓬之问，明主不听也。无度之言，明主不许也。故曰，蜚蓬之问，不在所宾。”《龙龛手鉴》卷 2《上声 · 虫部第二》：“蜚，……又古飞字。”

〔邦无赋茅欺〕典出“朝三暮四”。详见《述怀一百四十韵示蜀中诸同好》一诗〔狙忘赋芧嗔〕条笺注。茅，应作“芧”。茅，石印本、《国学荟编》本、《雅言》本均作“芧”。《南本》显误。广陵书社点校本《仪征刘申叔遗书 · 左盦诗录》出校：“‘茅’，石印本误作‘芧’。”（第 12 册 P5543）点校本误矣。

〔群生原浑噩〕群生，即“众生”。详见《赠杨仁山居士（四首）》其四一诗〔无量群生慧业开〕条笺注。《扬子法言》卷 4《问神篇》：“虞、夏之书浑浑尔，商书灏灏尔，周书噩噩尔。下周者，其书谯（有本作‘谁’——引者）乎！”吴秘注：“浑浑，犹言混混也，谓其淳雅也夷旷。”司马光注：“浑浑，朴略难知之貌。灏灏，富大之貌。噩噩，明直之貌。‘其书谁乎’，言不足以为书也。”后以浑浑噩噩指愚昧糊涂。

〔大运有陵巳〕大运，天命，天道。详见《咏怀（五首）》其二一诗〔大运有回薄〕条笺注。巳，同“夷”。详见本诗〔饮郯梦徲伲〕条笺注。陵夷，本指山地逐渐变成平地，亦喻盛衰兴亡。《史记 · 司马相如列传》载其《封禅文》：“文王改制，爰周郅隆，大行越成。而后，陵夷衰微，千载无声。”参见本诗〔渔舍瓦鳞迟〕条笺注。

丧乱民多辟，天威国有呰。秦功先《驷铁》，卫俗瘁狐夂。氛祲犹巴徼，边烽尚令疵。探丸搜汉社，铸铁奋秦椎。

〔丧乱民多辟〕《诗经今注 · 大雅 · 生民之什 · 板》：“丧乱蔑资，曾莫惠我师？……民之多辟，无自立辟。”高亨注：“辟，借为僻，邪也。”（上海古籍出版社1980 年 10 月第 1 版 P425、427、428）

〔天威国有呰〕《尚书今注今译 · 大诰》：“天降威，知我国有疵，民不康。”屈万里注：“天降威，谓武王之丧。疵，病。康，安。”（台湾商务印书馆 1977 年 4 月七版 P90、91）呰，通“呰”“疵”，病。《正字通》丑集上《口部》：“呰，呰、呰通。”《龙龛手鉴》卷 2《上声 · 口部第七》：“呰、呰……毁也。”《汉书 · 叙传下》：“阉尹之呰，秽我明德。”颜师古注：“呰，与疵同。”上句与此句指，国家正遭遇祸乱。

〔秦功先《驷铁》〕《诗经 · 秦风 · 驷驖》诗序：“驷驖，美襄公也。始命有田狩之事，园囿之乐焉。”诗：“驷驖孔阜，六辔在手。公之媚子，从公于狩。奉时辰牡，辰牡孔硕。公曰左之，舍拔则获。游于北园，四马既闲。輶车鸾镳，载猃歇骄。”《说文解字》卷 10 上《马部》：“驖，马赤黑色。”案：驷铁（鐵），当作“驷驖”。古籍中，“驷驖”常讹为“驷铁（鐵）”。秦襄公，秦始列诸侯的首位国君。此句指，陕西遭遇战乱。

〔卫俗瘁狐夂〕《诗经 · 卫风 · 有狐》诗序：“有狐，刺时也。卫之男女失时，丧其妃耦焉。古者国有凶荒，则杀礼而多昏。会男女之无夫家者，所以育人民也。”诗：“有狐绥绥，在彼淇梁。心之忧矣，之子无裳。有狐绥绥，在彼淇厉。心之忧矣，之子无带。有狐绥绥，在彼淇侧。心之忧矣，之子无服。”《集韵》卷 77《去声上 · 至第六》：“瘁，病也。”夂，即偏旁“反文”，同“文”，此指《诗经》的《有狐》篇。案：传统解释，《有狐》篇为讽卫国因国家遭遇祸乱，男女“杀礼”婚配，也就是婚姻不合礼仪，故曰“卫俗”。此句指，河南遭遇战乱。

〔氛祲犹巴徼〕祲，似当作“祲”。氛祲，不祥的云气。《楚辞章句》卷 17 王逸《九思 · 守志》：“障覆天兮祲氛。”王逸注：“祲，恶气貌。”《宋本广韵》卷 1《上平声 · 文第二十》：“氛，氛侵（祲——引者），妖气。”巴徼，川渝地区在古时属边远地区，称“巴徼”。参见《述怀一百四十韵示蜀中诸同好》一诗〔梁徼蝮蓁蓁〕条笺注。参见本诗〔朱祲缨甲组〕条笺注。此句指，四川遭遇战乱。

〔边烽尚令疵〕边烽，边境烽火，喻指战争。《魏书 · 尔朱荣传》：“犹边烽迭举，妖寇不灭。”《吕氏春秋集释》卷 13《有始览》：“何谓九塞？大汾，冥厄，荆阮，方城，殽，井陉，令疵，句注，居庸。”许维遹集释：“毕沅曰：‘《淮南》注云：“令疵在辽西”，则即是令支，乃齐桓公所衶者’。”此句指，东北在日本和沙俄控制之下。

〔探丸搜汉社〕朱彝尊《曝书亭集》卷 7《风怀二百韵》：“探丸搜保社，结侣窜茅篁。”《汉书 · 酷吏 · 尹赏传》：“长安中奸猾浸多，闾里少年群辈杀吏，受赇报仇，相与探丸为弹，得赤丸者斫武吏，得黑者斫文吏，白者主治丧；城中薄暮尘起，剽劫行者，死伤横道，桴鼓不绝。”颜师古注：“为弹丸作赤、黑、白三色，而共探取之也。”汉社，汉朝祭祀社神之所在，即指长安。《汉书 · 武帝纪》：“冬十一月，发三辅骑士大搜上林。”颜师古注：“臣瓒曰：搜，谓索奸人也。”

〔铸铁奋秦椎〕《史记 · 留侯（张良——引者）世家》：“良尝学礼淮阳。东见仓海君。得力士，为铁椎，重百二十斤。秦皇帝东游，良与客狙击秦皇帝博浪沙中，误中副车。”上句与此句，似指 1913 年 3 月 20 日引发“二次革命”的“刺宋案”。

会见荆城郢，曾传鲁会袲。行吟辞楚泽，恤纬感周嫠。薄暮舟舣皖，滨江节弭羲。轻云承翠盖，斜日丽朱麾。

〔会见荆城郢〕会，恰巧，适逢。《汉书 · 苏武传》：“方欲发使送武等，……会武等至匈奴”。荆，楚国亦称“荆国”。《墨子 · 公输第五十》：“公输盘为楚造云梯之械，成，将以攻宋。子墨子起，再拜曰：‘……荆国有余于地，而不足于民’”。《左传 · 文公十四年》：“楚庄王立。……二子作乱，城郢。”此句的字面意思是：恰巧看到了楚国正在营造郢都。案：武昌起义时，武昌、汉口华埠和汉阳的城市建筑均遭受了不同程度的破坏。特别是汉口华埠，经冯国璋所部纵火，损失惨重。民国成立后，修复战乱中被毁坏的城市即提上日程。但因资金缺乏，曾计划向外商、中法实业银行和华侨借款，发行建筑公债，最后都不了了之，武汉城市重建也在喧嚣一段时间后黯然落幕。《申报》1912 年 6 月 2 日在第 2 版《译电》栏目刊发了一条电文：“黎副总统已与劳勃脱大来公司签定合同，借用英金三百万或四百万磅，以充建造汉口街道及江滨堤防经费，各街道拟用木块砌筑，并将修筑电车轨道，其材料悉由该公司供给，刻已订立合同（汉口）。”刘师培此句或指此。

〔曾传鲁会袲〕《春秋左传正义》卷 7《桓公十五年》：“公会宋公、卫侯、陈侯于袲，伐郑。”杜预注：“袲，宋地，在沛国相县西南。”“公”，指鲁桓公，故称“鲁会”。1913 年 7 月，“二次革命”首先爆发于江西。当时，武汉是北洋军镇压江西、湖南革命党的重要基地和军队集散地。刘师培此句或指此。

〔行吟辞楚泽〕《楚辞》卷 7《渔父》:“屈原既放，身斥逐也。游于江潭，戏水侧也。行吟泽畔，颜色憔悴，形容枯槁。”此句指，刘师培行船继续东下，离开楚地（湖北）。

〔恤纬感周嫠〕《春秋左传正义》卷 511《昭公二十四年》:“老夫其国家不能恤，敢及王室？抑人亦有言曰:‘嫠不恤其纬，而忧宗周之陨，为将及焉’。”杜预注:“嫠，寡妇也。织者常苦纬少，寡妇所宜忧。”后以“嫠不恤纬”喻忧国忘身。

〔薄暮舟舣皖，滨江节弭羲〕舣，泊舟，详见《读楚词》一诗〔舣〕条笺注。《楚辞章句》卷 1《离骚》“欲少留此灵琐兮，日忽忽其将暮。吾令羲和弭节兮，望崦嵫而勿迫。”王逸注:“羲和，日御也。弭，按也，按节徐步也。”上句与此句指，傍晚时分船到皖地（安徽）之境停泊，夕阳的余晖在江岸之上慢慢消退。

〔轻云承翠盖，斜日丽朱麾〕朱彝尊《曝书亭集》卷 4《显皇帝大阅图为吴金吾（国辅）赋（并序）》:“轻云承翠盖，丽日表朱竿。”《淮南鸿烈解》卷 1《原道训》:“故虽游于江浔海裔，驰要褭，建翠盖”。高诱注:“翠盖，以翠鸟羽饰盖也。”翠盖，此处似喻指云朵之上湛蓝的天空。朱麾，红色的旗帜。此处似指落日余晖。《宋书 · 礼志五》:“木路，建赤麾，以田。象、革驾玄，木驾赤，四马。”

南土绥申伯，东车迈赵岐。殷雷君子义，暑雨下民咨。建业今禾黍，江头市桝柂。白门杨系马，赤岸荻如雕。

〔南土绥申伯〕《诗经 · 大雅 · 荡之什 · 崧高》诗序:“崧高，尹吉甫美宣王也。天下复平，能建国亲诸侯，褒赏申伯焉。”诗:“王遣申伯，路车乘马。我图尔居。莫如南土。锡尔介圭，以作尔宝。往近王舅，南土是保。”《尔雅 · 释诂》:“绥，……安也。”案：周宣王为遏制“南土”（楚国）势力的威胁，封自己的舅舅“申伯”于申（今河南南阳）。“二次革命”失败后，袁世凯任命倪嗣冲坐镇安徽，黎元洪兼任江西都督。刘师培此句似指此。

〔东车迈赵岐〕《后汉书 · 赵岐传》:“赵岐字邠卿，京兆长陵人也。……及献帝西都，复拜议郎，稍迁太仆。及李傕专政，使太傅马日磾抚慰天下，以岐为副。日磾行至洛阳，表别遣岐宣扬国命，所到郡县，百姓皆喜曰:‘今日乃复见使者车骑。’”《三国志 · 魏书六 · 袁绍传》裴注引《英雄记》:“初平四年，天子使太傅马日磾、太仆赵岐和解关东。岐别诣河北，绍出迎于百里上拜奉帝命。”案：汉献帝被董卓挟持西迁至长安后，赵岐曾奉使安抚“关东”地区，故称“东车”。赵岐曾为《孟子》作注，今《十三经注疏》本《孟子注疏》中的注，即其所著。案：“二次革命”战场波及多地，地方受害巨大。袁世凯“特捐银二万元，饬财政部汇交上海中国红十字会兑收，分拨江西、徐州两处作为该会捐款，即由该会赶派医队、救护队分别前往战地，妥为救济，以恤生命而重人道。”（《政府公报》1913 年 8 月 4 日第 448 号 P1）刘师培此句或指袁世凯此类邀买人心之举。岐，《雅言》本作“歧”，误。

〔殷雷君子义〕《诗经 · 召南 · 殷其靁》诗序：“殷其靁，劝以义也。”诗：“殷其靁，在南山之阳。何斯违斯，莫敢或遑。振振君子，归哉归哉。”《诗经今注今译》马持盈译：“殷殷的雷声，在南山之阳；为什么你离开家这么久，就不敢有稍许的闲暇呢？忠厚的丈夫啊，回来吧，回来吧。”（台湾商务印书馆 1979 年 3 月六版 P26）案，旧时对此诗的理解与今日不同。郑玄笺：“召南大夫以王命施号令于四方，犹靁殷殷然发声于山之阳。”孔颖达疏：“喻君子行号令在彼远方之国，既言君子行王政于远方，故因而闵之，云何乎我此君子既行王命于彼远方，谓适居此一处。今复乃去，此更转远于余方，而无敢或闲暇之时，何为勤劳如此。既闵念之，又因劝之。”而今人多认为此诗只是女子思念在外征戍的丈夫。《正字通》戌集中《雨部》：“靁，同雷。”

〔暑雨下民咨〕典出《礼记 · 缁衣》，指夏季暑热多雨，百姓为此抱怨哀叹。详见《咏扇》一诗〔嗟尔小民愚，暑雨兴怨咨〕条笺注。

〔建业今禾黍〕建业，南京古称建业。《诗经 · 王风 · 黍离》诗序：“黍离，闵宗周也。周大夫行役，至于宗周，过故宗庙宫室，尽为禾黍，闵周室之颠覆，彷徨不忍去而作是诗也。”自此句至“新亭有涕洟”句，均为对南京的描写。当为刘师培乘船沿江至南京的感慨。

〔江头市栵栭〕江头，江边。《旧唐书 · 郑注传》：“即命左右神策军差人淘曲江、昆明二池，仍许公卿士大夫之家于江头立亭馆。”栵栭，栭栗，亦称“茅栗”。详见《大隄曲（八首）》其二一诗〔栵栭为君穰〕条笺注。

〔白门杨系马〕白门，南朝刘宋时，都城建康（今南京）宣阳门俗称“白门”。《宋书 · 明帝本纪》：“宣阳门，民间谓之白门，上以白门之名不祥，甚讳之。尚书右丞江谧尝误犯，上变色曰：‘白汝家门！’谧稽颡谢，久之方释。”杨，指柳。《全唐诗》卷 174 李白《广陵赠别》：“系马垂杨下，衔杯大道间。”（第 3 册 P1787）

〔赤岸蒸如雕〕赤岸，山名，在南京六合。《南齐书 · 高帝纪上》：“治新亭城垒未毕，贼前军已至……自新林至赤岸，大破之。”《方舆胜览》卷 45《真州（扬子六合）》："赤岸山，其山岩与江岸数里土色皆赤。罗君章诗云：'赤岸若朝霞'。郭景纯《江赋》云：'鼓洪涛于赤岸'。"《说文解字注》卷 1 下《艸部》："菼，雚之初生。一曰薍。一曰骓。"段注："骓，各本作'鵻'。今依《尔雅》。……《释言》云：'菼，骓也。菼，薍也'《王风》传云：'菼，鵻也，芦之初生者也。"岸，石印本作"岍"。

钟阜寒峰老，淮流浢水兹。横江今息战，京观几僵□。藉干蒢裁席，舆机辇载梩。沙寒原喋血，波急海流嵤。

〔钟阜〕南京钟山。参见《得陈仲甫书》一诗〔徲徕蒋阜根〕条笺注。

〔淮流浢水兹〕淮流，指南京秦淮河。曾极《金陵百咏·秦淮》序："在县南三里。始皇时，望气者言金陵有天子气。使朱衣凿山为渎，以断地脉，改金陵为秣陵。《晋阳秋》：'秦开，故曰秦淮。'或云，淮水发源屈曲，不类人工。"诗："石城几度更新主，赢得淮流尚系秦。"《说文解字》卷 11 上《水部》："浢，……温水也。"

〔横江〕《李太白集注》卷 16《送王屋山人魏万还王屋》："回桡楚江滨，挥策扬子津。"王琦注："《江南通志》：扬子津在扬州府城南十五里，一名扬子渡。唐高宗永淳间扬子县也。旧时，建康有四津：横江为建康之西津，扬子为建康之东津。"姚鼐《惜抱轩诗集》卷 6《今体七十九首·金陵晓发》："连宵雪压横江水，半壁山腾建业云。"参见《题梁公约诗册（二首）》其一一诗〔《横江词》〕条笺注及该诗"略考"。

〔京观几僵□〕□，石印本、《国学荟编》本、《雅言》本均作"尸"。《全唐诗》卷 230 杜甫《夔府书怀四十韵》："大庭终反朴，京观且僵尸。"（第 4 册 P2517）《春秋左传正义》卷 23《宣公十二年》："收晋尸以为京观。"杜预注："积尸封土其上，谓之京观。"《山堂肆考》卷 233《京观》："积战死之尸，封土其上，以彰克敌之功曰京观。京观，言大观视也。"

〔藉干蒢裁席〕藉干，装殓遗体。《春秋左传正义》卷 51《昭公二十五年》："获保首领以殁，唯是楄柎所以藉干者。"杜预注："楄柎，棺中苓床也。干，骸骨也。"《说文解字》卷 5 上《竹部》："籧，籧篨，粗竹席也。"蒢，通"篨"。《左传·文公十三年》："邾子蘧蒢卒。"《春秋谷梁传·文公十三年》："邾子籧篨卒。"干（榦），石印本、《国学荟编》本、《雅言》本作"榦"。《重订直音篇》卷 3《䡅部百八十三》："榦，榦（同上）"。

〔舆机辇载梩〕《礼记正义》卷 19《曾子问》："曾子问曰：'下殇土周，葬于园，遂舆机而往，涂迩故也'。"郑玄注："机，舆尸之床也。以绳絙其中央，又以绳从两旁钩之。礼以机举尸，舆之以就园而敛葬焉。”《孟子注疏》卷 5 下《滕文公章句上》：“盖归反，虆梩而掩之。”赵岐注：“虆、梩，笼臿之属，可以取土者也。”

〔喋血〕《史记 · 魏豹彭越列传》史赞：“太史公曰：魏豹、彭越虽故贱，然已席卷千里，南面称孤，喋血乘胜日有闻矣。”司马贞《索隐》：“音牒，喋犹践也，杀敌践血而行，《孝文纪》‘喋血京师’是也。”喋，石印本、《国学荟编》本作“蹀”。

〔胔〕尚有肉未腐烂的骸骨。详见《从军行》（六首）其四一诗〔骴骼〕条笺注。

朝露歌伤逝，寒冰馔荐侇。山邱《蒿里》曲，生死藁碪词。别思生庭草，仳离感谷蓷。鹿场躔町疃，蟏户冒长蛴。

〔伤逝〕为逝去的人而悲伤。《世说新语》有《伤逝》篇，鲍照有《伤逝赋》（载《艺文类聚》卷 34、《初学记》卷 14）。

〔寒冰馔荐侇〕《仪礼注疏》卷 38《既夕礼第十三》：“侇床馔于阶闲”。郑玄注：“侇之言尸也，朝正柩用此床。”贾公彦疏：“云‘夷之言尸也’者，迁尸于堂，亦言夷尸盘衾，皆依尸而言，故云‘夷之言尸也’。云‘朝正柩用此床’者，谓柩至祖庙两楹之间，尸北首之时，乃用此床，故名夷床也。”荐，向鬼神进献、祭献。详见《咏史（十二首）》其八一诗〔三腶荐宝玉〕条笺注。馔，饮食。此处指鬼神享用祭品。冰，石印本、《雅言》本作“氷”。

〔山邱《蒿里》曲〕山邱，亦作“山丘”，“丘山”，代指坟茔。《文选注》卷 23《七哀诗二首》其一张孟阳（载）：“昔为万乘君，今为丘山土。”李善注：“《方言》曰：‘冢大者为丘。’”《蒿里》，丧歌。详见本诗〔天教鬼伯覗〕条笺注。

〔生死藁碪词〕《玉台新咏》卷 10《古绝句四首》其一：“藁砧今何在？山上复有山。何当大刀头，破镜飞上天。”《山谷外集诗注》卷 11 黄庭坚《已未过太湖僧寺得宗汝为书寄山蓣白酒长韵诗寄答》：“摩手抚鳏寡，藁碪礫强梁。”史荣注：“《乐府》诗云：‘藁碪今何在’。藁碪，鈇也。《项籍传》：‘身伏斧质。’师古曰：‘质谓鍖也。古者斩人加于鍖上而斫之。鍖，竹林反。’”《李太白集注》卷 25 李白《代美人愁镜二首》其二：“藁砧一别若箭”。王琦注：“《乐府古题要解》古词：‘藁砧今何在’。藁砧，砆也。盖妇人谓其夫之隐语也。”碪，同“砧”。《集韵》卷 4《平声四 · 侵第二十一》：“碪，……捣缯石，或从占。”此句与以上数句，似指“二次革命”南京之役，生灵涂炭。

〔别思生庭草〕《乐府诗集》卷 72 常理《古离别》：“离别生庭草，征衣断戍楼。”刘师培在南京时，寓居大行宫。自此句至“丝绵在室蛴”句，当为对离开故居，物是人非的感慨。

〔仳离感谷蓷〕《诗经今注 · 王风 · 中谷有蓷》:“中谷有蓷，暵其干矣。有女仳离，慨其叹矣。”高亨注:“中谷，谷中。蓷（tuī 推），草名，又名益母草。暵（hàn 汉），干枯。”“仳（pǐ 痞），别离（离）也。”（上海古籍出版社 1980 年 10 月第 1 版 P100、101）

〔鹿场躔町疃，蟏户冐长蛸〕《毛诗正义》卷 8—2《豳风 · 东山》:“伊威在室，蟏蛸在户。町畽鹿场，熠耀宵行。”毛传:“伊威，委黍也。蟏蛸，长踦也。町畽，鹿迹也。”郑玄笺:“室中久无人，故有此五物，是不足可畏，乃可为忧思。”陆德明《音义》:“长踦，长脚蜘蛛。”孔颖达疏:“‘蟏蛸，长踦’,《释虫》文。舍人曰:‘伊威名委黍，蟏蛸名长踦。’郭璞曰:‘旧说，伊威，鼠妇之别名。长踦，小蜘蛛长脚者，俗呼为喜子。《说文》云:‘黍，鼠妇也。’陆玑疏云:‘伊威。一名委黍，一名鼠妇，在壁根下瓮底土中生，似白鱼者是也。’蟏蛸，长踦，一名长脚，荆州河内人谓之喜母。此虫来着人衣，当有亲客至，有喜也。幽州人谓之亲客。亦如蜘蛛为罗网居之是也。鹿场者，场是践地之处，故知町畽是鹿之迹也。”朱熹《诗经集传》卷 3 释“町疃”:“町畽，舍旁隙地也。无人焉，故鹿以为场。”《说文解字》卷 13 下《田部》:“疃，禽兽所践处也。《诗》曰:‘町疃鹿场。’”《尔雅 · 释兽》:“麋，牡麔，牝麎，其子麇，其迹躔。”伊威，今称“潮虫”。冐，同“罥”。《增修互注礼部韵略》卷 3《上声 · 二十七铣》:“罥，……古作冐。”参见本诗〔冐丝捎蟏蠓〕、〔荒庭躔麃鹿〕条笺注。躔，石印本、《国学荟编》本作“躩”。

泥落空梁燕，丝绵在室蛜。食贫桑沃若，思远棣翩其。河汉无终极，新亭有涕洟。寒流星的皪，燎火日炎爔。

〔泥落空梁燕〕赵以夫《念奴娇》其三:“闻道管领多才，清词好句，泥落空梁燕。”（唐圭璋《全宋词》第 4 册 P2670，中华书局 1965 年 6 月第 1 版）《乐府诗集》卷 79 薛道衡《昔昔盐》:“暗牖悬珠网，空梁落燕泥。”《资治通鉴》卷 182《隋纪六 · 炀皇帝》:“帝善属文，不欲人出其右。薛道衡死，帝曰:‘更能作“空梁落燕泥”否!’”洪迈《容斋续笔》卷 7《昔昔盐》:“《昔昔盐》，薛道衡以‘空梁落燕泥’之句为隋炀帝所嫉。考其诗，名《昔昔盐》，凡十韵。……唐赵嘏广之为二十章，其《燕泥》一章云:‘春至今朝燕，花时伴独啼。飞斜珠箔隔，语近画梁低。帷卷闲窥户，床空暗落泥。谁能长对此，双去复双栖。’《乐苑》以为羽调曲。”参见《莫愁湖》一诗〔郁金堂畔路，飞燕可重来〕条笺注。

〔丝绵在室蛜〕丝绵，蛛丝遍布之意。蛜，即《诗经》中《东山》篇之“伊威”，俗称“潮虫”。详见本诗〔鹿场躔町疃，蟏户冒长蛴〕条笺注。

〔食贫桑沃若〕食贫，指生活贫苦。《毛诗正义》卷 3—3《卫风·氓》：“桑之未落，其叶沃若。于嗟鸠兮，无食桑葚。于嗟女兮，无与士耽。”毛传：“桑，女功之所起。沃，若犹沃沃然。鸠，鹘鸠也。食桑葚过则醉而伤其性。耽，乐也。士与女耽则伤礼义。”郑玄笺：“桑之未落，谓其时仲秋也。于是时，国之贤者刺此妇人见诱，故于嗟而戒之。”案：此句字面意思是，鸠鸟饥饿难耐，见到桑葚，吃得太多，“醉而伤其性”。其隐含之意似为，生活贫苦，饥不择食，慌不择路，以至自遗后患。此句似为刘师培对自己在南京入端方幕府的回忆。

〔思远棣翩其〕《论语译注·子罕第九》：“‘唐棣之华，偏其反而。岂不尔思？室是远而。’子曰：‘未之思也，夫何远之有？’”杨伯峻译：“古代有几句这样的诗：‘唐棣树的花，翩翩地摇摆。难道我不想念你？因为家住得太遥远。’孔子道：‘他是不去想念哩，真的想念，有什么遥远呢？’”（中华书局 1980 年 12 月第 2 版 P96）此句指，以离得太远为借口，不去看望思念之人。似为刘师培对自己数年以路远为由没有回乡的自责。案：上句与此句前后数句均为对南京的描写，之后突然写到上海。自长江东行，过南京即是镇江，与刘氏故乡扬州仅一江之隔。刘师培可能过家门而未入，故有此自责。

〔河汉无终极〕《庄子·逍遥游第一》：“吾闻言于接舆，大而无当，往而不返，吾惊怖其言，犹河汉而无极也。”《诗经·周南·汉广》汉广：“汉有游女，不可求思。汉之广矣，不可泳思。”详见《幽兰》一诗〔之子倘可贻，川广终思越〕条笺注。此句指，江河宽广，难以渡过，思人而不得渡江见其面。

〔新亭有涕洟〕新亭，故迹在今南京。东晋南渡后，周顗等人曾于此相对而泣，哀叹时事。详见《东京清明杂感（二首）》其二一诗〔痛哭新亭〕条笺注。《说文解字》卷 11 上《水部》：“洟，鼻液也。”案：自“建业今禾黍”至本句，均为对南京的描写，此后直接写道“歇浦频年别，申江七日羁”，说明，刘师培沿长江径至上海，中途未回家乡扬州。

〔寒流星的皪〕寒流，清冷的光，多喻星月之光。皎然《杼山集》卷 3《五言与卢孟明别后宿南湖对月》：“五湖生夜月，千里满寒流。”郝经《陵川集》卷 14《律诗·仪真馆中暑一百韵》：“的皪星衔冻，严凝日隐光。”（刘师培家族占籍扬州仪征。仪征，古称仪真，避清世宗雍正御讳改）《六臣注文选》卷 8 司马长卿（相如）《上林赋》:“明月珠子，的皪江靡。”李善注:“明月珠子生于江中，其光耀乃照于江边也。”吕向注:“的皪，光明貌。”此句指，璀璨的星光，倒映在清冷的流水之上。

〔燎火日炎爔〕《六臣注文选》卷 50 班孟坚（固）《述成纪第十》:“孝成皇皇，临朝有光。威仪之盛，如珪如璋。阃闱恣赵，朝政在王。炎炎燎火，光允不阳。”李善注:“项岱曰:‘允，信也。内损于飞燕，外见壅于王凤等，信不得阳也。’张晏曰:‘天子之威，盛若燎火之阳。今委政王氏，不亦炽乎。’”张铣注:“天子之盛当如燎火之阳，今内蔽飞燕，外委王凤，信不得阳也。阳，明也。”《正字通》巳集中《火部》:“爔，燨字之讹。《韵瑞》引《玉篇》:‘炎盛也。’”此句与上句相对，喻阳光炽热光亮。似暗喻刘师培内受妻子何震所胁，外受谋生压力之迫投奔阎锡山。参见本诗〔《伐木》感偲偲〕条笺注。

歇浦频年别，申江七日羁。九廛移海市，万栋丽华榱。画栱森珠桷，金茎擢绣楣。丹翚舒鸟翼，朱锷瞰虹蜺。

〔歇浦〕上海黄浦江。详见《步佩忍韵》一诗〔老木清霜黄歇浦〕条笺注。

〔申江七日羁〕申江，黄浦江，亦代指上海。详见《步佩忍韵》一诗〔老木清霜黄歇浦〕条笺注。据此，刘师培此次离川后，在上海逗留了 7 天。羁，《雅言》本作“羈”。《篇海类编》卷 20《通用类 · 西部第九十四》:“羈，……本作羁。”

〔九廛移海市〕廛，泛指城镇中的住宅和店铺。详见《阴氛篇》一诗〔列壥汉五都〕条笺注。海市，海市蜃楼。此句指，上海的建筑富丽堂皇，如从海市蜃楼的幻境中搬移而来。廛，石印本作“壥”;《国学荟编》本作“廛”。

〔万栋丽华榱〕榱，椽子。详见《花园镇关帝庙夜宿》一诗〔浩浩朱衡迁〕条笺注。栋（棟)，石印本、《雅言》本作“揀”，显误。

〔画栱森珠桷〕画栱，装饰华美的斗拱。《文苑英华》卷 848《道一 · 老氏碑一首》薛道衡《老氏碑》:“雕楹画栱，磊砢相扶。”桷，椽子。详见《花园镇关帝庙夜宿》一诗〔浩浩朱衡迁〕条笺注。桷，石印本、《雅言》本作“桶”，显误。

〔金茎擢绣楣〕《后汉书 · 班固传》载其《西都赋》:“抗仙掌以承露，擢双立之金茎。”李贤注:“金茎，即铜柱也。”楣，即楣，指门上的横梁。眉，眉的异写体。详见本诗〔楣转螭纹曲〕条笺注。楣，石印本、《雅言》本作“楣”。

〔丹翚舒鸟翼〕《尔雅注疏》卷 10《释鸟第十七》:“伊洛而南，素质五彩皆备成章曰翚。”郭璞注:“翚，亦雉属，言其毛色光鲜。”《毛诗正义》卷 11—2《小雅 · 鸿雁之

什 · 斯干》诗序："宣王考室也。" 郑玄笺："考，成也。德行国富，人民殷众而皆佼好，骨肉和亲，宣王于是筑宫庙群寝。既成而衅之，歌《斯干》之诗以落之，此之谓成室。宗庙成则又祭祀先祖。" 诗："如鸟斯革，如翚斯飞。" 毛传："革，翼也。" 孔颖达疏："其 '斯革'、'斯飞'，言檐阿之势似鸟飞也。翼言其体，飞象其势，各取喻也。"《诗故》卷 6《小雅 · 斯干》："'如鸟斯革'，革者，疾也。谓栋宇之制，如征鸟厉疾盘于云中，高且平也。'如翚斯飞'，谓丹彩之饰如文雉奋翼，焕乎其有章也。" 此句指，房屋建筑的檐脊如振翅之鸟般舒阔，装饰如翚雉般华彩斑斓。翚（翬），石印本、《国学荟编》作 "翬"。翼，《国学荟编》作 "翼"。

〔朱锷瞰虹誓〕《文选注》卷 2 张平子（衡）《西京赋》："橧桴重棼，锷锷列列。" 李善注："锷锷列列，皆高貌。"《后汉书 · 光武帝纪上》："遂围之数十重，列营百数，云车十余丈，瞰临城中。" 李贤注："俯视曰瞰。" 虹誓，如彩虹状的弯曲物，亦指彩虹。《六臣注文选》卷 2 张平子（衡）《西京赋》："瞰宛虹之长誓。" 薛综注："誓，脊也。" 李善注："广雅曰：'瞰，视也。'" 张铣注："宛，谓屈曲也。誓虹，鬛也。" 龚自珍《最录南唐五百字》："春台霁敞，行（一本作纺）阁誓虹。"（据何绍基手录稿，"行" 作 "纡"）（夏田蓝编《龚定盦全集类编》，上海世界书局 1937 年 5 月初版 P292）此句亦喻上海建筑的高大宏伟。

台古禽游凤，楼高鹊集鸡。瑶光腾釦砌，铓彩缅文榥。丹井葩疏藻，乌棱干析椑。旃茵青毾㲪，唐甓碧甂瓯。

〔台古禽游凤〕相传，秦穆公女儿弄玉的夫君萧史教弄玉吹箫 "作凤鸣"，"凤凰来止其屋"，后穆公为之 "作凤台"。详见《八墤篇》一诗〔秦箫吟太无〕条笺注。

〔楼高鹊集鸡〕《六臣注文选》卷 8 司马长卿（相如）《上林赋》："蹷石关，历封峦，过鳷鹊，望露寒。" 李善注："郭璞曰：蹷，蹋也。张揖曰：此四观，武帝建元中作，在云阳甘泉宫外。" 李周翰注："皆宫观名，蹷，过下息，皆游止之称也。" 龚自珍《最录南唐五百字》："鹤鸾嵌饰，鳷鹊镙铜。"（据何绍基手录稿，"鹤" 作 "隺"）（夏田蓝编《龚定盦全集类编》，上海世界书局 1937 年 5 月初版 P291）

〔瑶光腾釦砌〕釦砌，台阶以金玉镶嵌装饰。《六臣注文选》卷 1 班孟坚（固）《西都赋》："于是玄墀釦砌，玉阶彤庭，碝磩綵致，琳瑉青荧，珊瑚碧树，周阿而生。" 李善注："《汉书》：'昭阳舍庭中彤朱而殿上髹漆，砌皆铜沓，黄金涂白玉阶。' 然墀以髹漆，故曰玄也。釦砌，以玉饰砌也。《说文》曰：'釦，金饰器。'《广雅》曰：'砌，阯也。'"张铣注："玄墀，以漆饰墀。墀，阶也。釦砌，镂砌也。"《后汉书 · 班固传》载其《西都赋》，"釦砌"作"釦切"。陆龟蒙《甫里集》卷 12《七言绝句 · 绣岭宫》："绣岭花残翠倚空，碧牕瑶砌旧行宫。"釦，石印本、《雅言》本作"扣"。

〔铛彩缅文櫋〕櫋，石印本、《国学荟编》本、《雅言》本作"櫋"。以上句"瑶光"分析，铛，疑当作"珰"。珰，华美的珠子，珍珠。参见本诗〔明珰鬼服魃〕条笺注。《说文系传》卷 11《木部》："櫋，……臣锴曰：按，櫋即连檐木也，在椽之耑际。"《六臣注文选》卷 11 何平叔（晏）《景福殿赋》："其奥秘则翳蔽暖昧，髣髴退概若幽星之缅连也。"李善注："缅，相连之貌。"张铣注："若夜星之相连缅缀。"

〔丹井葩疏藻〕丹井，指装饰华丽的藻井。《艺文类聚》卷 62《居处部二 · 宫》："陈阴铿《新成安乐宫》诗曰：……重櫚寒雾宿，丹井夏莲开。"参见《花园镇关帝庙夜宿》一诗〔罳尘向晦积〕条笺注。《管子》卷 9《问第二十四》："大夫疏器"。尹知章注："疏，谓饰画也。"

〔乌棱干析椑〕棱，即"屋棱"，指屋脊或屋檐。《王荆公诗注》卷 42 王安石《过法云寺》："招提雪脊隐云端"。李壁注："'招提雪脊'，谓寺之屋棱也。必加垩，故云雪脊。"《通雅》卷 17《地舆 · 释地》："屋棱曰檐。"椑，椭圆形的细木，亦指斧柄。《周礼注疏》卷 41《冬官考工记 · 庐人》："凡兵，句兵欲无弹，刺兵欲无蜎，是故句兵椑，刺兵抟。"郑玄注："齐人谓柯斧柄为椑，则椑隋圜也。"此句指，将树木主干剖分成椭圆形的细木，涂上黑漆，制成房檐。乌，石印本、《雅言》本作"鸟"，似误。

〔旃茵青毾氍〕旃茵，毛毡做成的坐卧席垫。《韩诗外传》卷 5："天子居广厦之下，帷帐之内，旃茵之上，被躧舄，视不出阃，莽然而知天下者，以其贤左右也。"《说文通训定声 · 乾部第十四》："旃，……[叚借] 为氈。"《后汉书 · 西域传》："珍物又有细布，好毾氍。"李贤注："《埤苍》曰：'毛席也。'"

〔唐甓碧瓻瓯〕《毛诗正义》卷 7—1《陈风 · 防有鹊巢》："中唐有甓，邛有旨鷊。"毛传："中，中庭也。唐，堂涂也。甓，瓴甋也。"孔颖达疏："以唐是门内之路，故知中是中庭。《释宫》云：'庙中路谓之唐。''堂涂谓之陈。'李巡曰：'唐，庙中路名。'孙炎引《诗》云：'"中唐有甓"，堂途堂下至门之径也。'然则唐之与陈，庙庭之异名耳，其实一也，故云'唐，堂涂也'。《释宫》又云：'瓴甋谓之甓。'李巡曰：'瓴甋，一名甓。'郭璞曰：'甋，砖也。今江东呼为瓴甓。'"《五音集韵》卷 4《桓第九》："瓻，瓻瓻，大甎（同'砖'——引者）。"《重修广韵》卷 1《上平声 · 之第七》："瓯，瓻瓯，甎也。"

庭树移丹桧，阶莎灿绿蓨。晓帱搴罘罳，春户网罘罳。却暑青蘧苗，游春白接䍦。裾绡裁燕尾，冠翼弭蝉緌。

〔庭树移丹桧〕《尔雅·释木》："桧，柏叶松身。"《至元嘉禾志》卷 14《仙梵·松江府·古迹》："陈朝桧在沪渎静安寺殿廷之左右，陆龟蒙、皮日休有《重元寺双桧》诗即此也。宋政和间，朱勔图以进，有旨遣中使取之，时中使欲毁三门而去，一夕风雨震雷，忽碎其一，今殿右者尚存。"《夜航船》卷 16《植物部·草木·陈朝双桧》："静安寺中有双桧，宋政和间，朱勔勒图以进，遣中使取之，风雨雷电震碎其一，遂止。"《宋史·礼志四（吉礼四）·明堂》："明堂五门……庭树松、梓、桧，门不设干，殿角皆垂铃。"郭祥正《青山集》卷 29《七言绝句·院庭桧树》："花开供蜜叶禁霜，老柏乔松气亦降。未遇李聃谁爱惜，柘塘西院碧油幢。"案：桧树，即圆柏。古时多种植于祭祀、庙宇等场所，以示庄重肃穆。《至元嘉禾志》《夜航船》中之"静安寺"，即今上海静安寺。

〔阶莎灿绿蓨〕阶莎，亦作"莎阶"。古诗词中常用以指莎草丛生于台阶之上和庭院之中。《全唐诗》卷 790《西池落泉联句》白居易句："照圃红分药，侵阶绿浸莎。"（第 11 册 P8984）《全唐诗》卷 639 张乔《省中偶作》："二转郎曹自勉旃，莎阶吟步想前贤。"（第 10 册 P7383）《集韵》卷 1《平声一·支第五》："蓨，……一曰莎也。"

〔晓帱搴罘罳〕帱，帐幔。《尔雅·释训》："帱，谓之帐。"晓帱，亦称"晓帷""晓帐"，指清晨时的床上帐幔。《玉台新咏》卷 6 王僧孺《与司马治书同闻邻妇夜织》："洞房风已激，长廊月复清。蔼蔼夜庭广，飘飘晓帐轻。"胡布《元音遗响》卷 4《曲类·黄鸟》："晓帷惊楚梦，春恨隔湘帘。"罘罳，亦作"篦蔽""麗罳"，下垂貌。温庭筠《花间集》卷 1《五十首·归国遥其一》："香玉，翠凤宝钗垂罘罳"。杨慎《丹铅总录》卷 18《篦蔽》："唐李郢诗：'薄雪燕蓊紫燕钗，钗垂篦蔽抱香怀。一声歌罢刘郎醉，脱取明金压绣鞋。'篦蔽，下垂之貌。又作麗罳。李贺《春坊正字剑匣歌》'挼丝团金悬麗罳'，其义一也。薛君采语予云。"罘罳，《雅言》本作"罜罭"。

〔春户网罘罳〕《艺文类聚》卷 49《职官部五·太常》："梁王僧孺《太常敬子任府君传》曰：……时乃高辟雪宫，广开云殿，秋窗春户，冬燠夏清。"《楚辞集注》卷 7 屈原（一说为宋玉）《招魂》："网户朱缀，刻方连些。"朱熹注："网户者，以木为门扉，而刻为方目，使如罗网之状，即汉所谓罘罳。而程泰之以为今之亮隔，其说是也。"亮隔，古时百叶窗。参见本诗〔百叶窗疏圔〕条笺注。罳，《雅言》本作"罳"。

〔蘧苗〕蘧，当作"籧"，指竹凉席。《方言》（卷）5："簟，宋魏之间谓之笙，或谓之篷苗。”

〔游春白接䍦〕《集韵》卷 1《平声一 · 支第五》：“䍦，……接䍦，白帽也。或作䍦。”《世说新语》卷下之上《任诞第二十三》：“山季伦为荆州，时出酣畅，人为之歌曰：‘山公时一醉，径造高阳池。日莫倒载归，酩酊无所知。复能乘骏马，倒箸白接䍦。举手问葛强，何如并州儿。’”欧阳澈《欧阳修撰集》卷 6《游春八咏（并引）》其八《步日晚归》：“风烟触处欢无限，倒着接䍦归去晚。”䍦，《雅言》本作“䍦”。

〔裾绡裁燕尾〕《六臣注文选》卷 34 枚叔（乘）《七发八首》：“杂裾垂髾”。李善注：“《子虚赋》注曰：‘髾，燕尾也。’刘良注：“裾，衣也。”《六臣注文选》卷 19 曹子建（植）《洛神赋》：“践远游之文履，曳雾绡之轻裾。”吕向注：“雾绡，薄缣也。裾，裙裾也。”

〔冠翼弭蝉緌〕《礼记正义》卷 10《檀弓下》：“范则冠而蝉有緌。”孔颖达疏：“‘范则冠而蝉有緌’者，范，蜂也。蜂头上有物，似冠也。蝉，蜩也。緌谓蝉喙长在口下，似冠之緌也。”《说文解字》卷 13 上《糸部》：“緌，系冠缨也。”《唐诗品汇》卷 38《五言绝句一》虞世南《蝉》：“垂緌饮清露，流响出疏桐。”《荀子》卷 13《礼论篇第十九》：“弥龙所以养威也。”杨倞注：“弥如字，又读为弭。弭，末也。谓金饰衡轭之末为龙首也。”案：蝉的口器细长，叠藏于腹部，如系冠帽的“緌”之下垂貌。此句指，冠帽下端的垂緌，如蝉叠藏于腹下的喙。翼，《国学荟编》作“翼”。

雾箨舒秦缕，云罗氅邓缌。带鞓围宝銙，裳縠裼縓綼。集腋裘青羽，连珠履赤綦。落花嘶玉勒，芳草丽金靡。

〔雾箨舒秦缕〕雾箨，指雾气浓淡不一，较浓的雾气如竹笋的外皮一般呈细长条状，一缕一缕飘散在空中。欧阳修《文忠集》卷 54《外集四 · 古诗四 · 初夏刘氏竹林小饮》：“惊雷迸狂鞭，雾箨舒文绣。”张元幹《芦川归来集》卷 5《词 · 宝鼎现（筠翁李似之作此词见招，因赋其事，使歌之者想象风味，如到山中也）》：“便袖手、向岩前溪畔，种满烟梢雾箨。”《六书故》卷 24：“萚，……今人亦谓笋壳为萚（别作箨）。”秦缕，秦国产的丝线。《广弘明集》卷 28 上梁简文帝萧纲《谢勑赉纳袈裟启（三首）》其二：“荀针秦缕，因制缉而成文。鲁缟齐纨，藉馨浆而受彩。”案：《荀子 · 赋篇第二十六》中有《箴（即“针”——引者）赋》一则，为歌咏“针”之作。萧纲“荀针”，即指此。《楚辞补注》卷 9 屈原（一说为宋玉）《招魂》：“秦篝齐缕，郑绵络些。”王逸注：“篝，络；缕，线也。”洪兴祖补注：“篝，古侯切，笼也，答也。箬，音落，可熏衣。”此句指，秦国出产的丝线，就像飘散在空中如笋皮般的雾气。

〔云罗氈邓缌〕云罗，云彩如张网般密布天空。《六臣注文选》卷 31 江文通（淹）《杂体诗三十首（并序）· 嵇中散康》：“旷哉宇宙惠，云罗更四陈。”李善注：“《鹦鹉赋》曰：‘冠云霓而张罗。’李周翰注：“言天地之惠，如云之罗列陈布于四方。”氈，当作“氎”。《重修玉篇》卷 26《毛部第四百十六》：“氎，……毛布也。”《仪礼注疏》卷 32《丧服》：“繐衰裳”。郑玄注：“凡布细而疏者谓之繐，今南阳有邓繐。”孔颖达疏：“云‘今南阳有邓繐’者，谓汉时南阳郡邓氏造布有名。”《释名 · 释丧制第二十七》：“缌麻，缌丝也。绩麻缌如丝也。”案：宋代聂崇义《三礼图集注》卷 16 引述《仪礼 · 丧服》文，旧时有的版本繐作“缌”，而有的版本作“繐”。在聂崇义集注中，引用《丧服》郑注，“邓缌”与“邓繐”在不同版本中均有。如《海录碎事》卷 15、《佩文韵府》卷 4 之 10 即作“邓缌”。氈，《雅言》本作“氎”。此句指，南阳产的“邓缌”，如张网般密布天空的云彩。

〔带鞮围宝韐〕带鞮，即“革带鞮鞻”，指兽皮制作的鞋，以皮制带子束扎。详见《阴氛篇》一诗〔带鞮红靺韐〕条笺注。韐，皮制祭服，武士祭祀时穿着，用以遮蔽膝盖。参见《新白纻曲》一诗〔靺韐宝袜鲜支裳〕条笺注。

〔裳縠裼縓綼〕縠，有褶皱的丝织品。《说文通训定声 · 需部弟八》：“縠，……按：今之绉纱也。”《仪礼注疏》卷 40《既夕礼》：“有前后裳，不辟，长及觳。縓綼緆。”郑玄注：“不辟积（辟积，指在衣服上人为缝成褶皱——引者）也。”“一染谓之縓，今红也。饰裳在幅曰綼，在下曰緆。”贾公彦疏：“云‘一染谓之縓’者，《尔雅》文谓：一入赤汁染之。即汉时红，故举以为况也。云‘饰裳在幅曰綼’者，案：深衣云纯袂，纯边。注云：纯，谓缘之也。缘边，衣裳之侧，广各寸半，则表里共三寸矣。此在幅亦衣裳之侧缘，法如彼也。”裼，当作緆。此句指，衣服以有褶皱的纱制成，以红色装饰其幅面和下摆。

〔集腋裘青羽〕集腋成裘，典出先秦《慎子》。《文选注》卷 25 卢子谅（谌）《答魏子悌一首》：“崇台非一干，珍裘非一腋。”李善注：“《慎子》曰：‘廊庙之材，盖非一木之枝。狐白之裘，非一狐之皮也。’”后以“集腋成裘”喻积少成多。青羽，翠绿色的羽毛，亦称“翠羽”。

〔连珠履赤綦〕綦，鞋带。《仪礼注疏》卷 35《士丧礼》：“皆繶缁絇纯组綦，系于踵。”郑玄注：“綦，屦系也，所以拘止屦也。”参见《述怀一百四十韵示蜀中诸同好》〔摽剑吊春申〕条笺注。此句指，红色的鞋带上连缀着珠玉。

〔落花嘶玉勒，芳草丽金靡〕玉勒，玉石装饰的马嚼子。《全唐诗》卷 521 杜牧《夏州崔常侍自少常亚列出领麾幢十韵》：“别风嘶玉勒，残日望金茎。”（第 8 册 P5998）《说文解字》卷 2 上《耳部》：“靡，乘舆金饰马耳也。”

方轨今连轸，圝衡古约蕲。双丝缨紫络，七宝蒨华轙。炙輠膏流滑，垂鞍葛作韉。鸣麃衢击毂，入肆阁连簃。

〔方轨今连轸〕《鲍氏战国策注》卷 4《齐 · 宣王》：“车不得方轨，马不得并行。”鲍彪注：“《尔雅》：‘方舟，并两舟。’则此亦两也。轨，车辙。”《六臣注文选》卷 6 左太冲（思）《魏都赋》：“百隧毂击，连轸万贯。”刘良注：“隧，路也，言有隧路多也。毂击者，车多相靡击也。轸，车后，言相连贯，至于万数。”

〔圝衡古约蕲〕圝，石印本、《雅言》本均作“绀”，似应作“绀”。《六臣注文选》卷 7 潘安仁（潘安，本名潘岳）《藉田赋》：“缌犗服于缥轭兮，绀辕缀于黛耜。”李善注：“辕轭，犁辕轭也。郑玄《周礼》注曰：‘辕端压牛领曰轭。’《说文》曰：‘绀，染青而扬赤色也。’”吕向注：“犗，牛也。轭，车轭也。耜，农器也。缀，谓置之于车也。葱、缥、绀、黛，皆青色，以取东方之象焉。”绀，古为庄重肃穆之色，故“藉田”时使用的“辕轭”为“绀”色。“绀衡”与此同，即绀青色的辕前横木。《庄子集释》卷 4 中《（外篇）马蹄第九》：“夫加之以衡扼，齐之以月题”。郭庆藩引陆德明《经典释文》：“衡，辕前横木，缚轭者。扼，叉马颈者也。”《说文解字》卷 13 上《糸部》：“约，缠束也。”蕲，同“羁”，马笼头。《集韵》卷 1《平声一 · 支第五》：“蕲，……《说文》：‘马络头也。’……亦作羁。”

〔双丝缨紫络〕双丝，以两根丝线为经纬线编织，其成品较单丝为厚。参见工女怨（二首）其一一诗〔缣〕条笺注。紫络，古代皇太后、皇后所乘车辆上的装饰。《通志》卷 48《器服略第二 · 车辂之制 · 皇太后皇后车辂》：“其箱饰以重翟羽，青油幢朱里，通幰绣紫帷，朱丝络网，绣紫络带。”

〔七宝蒨华轙〕七宝，车辆上的各种珍宝装饰。详见《阴氛篇》一诗〔花骢七宝舆〕条笺注。《正字通》申集上《艸部》：“蒨，……鲜明貌。”轙，同“轙”。《康熙字典》酉集下《車部》：“轙，……或作轙。”《宋本广韵》卷 1《上平声 · 支第五》：“轙，车上环，辔所贯也。”

〔炙輠膏流滑〕炙輠，古代车辆上用以盛装润滑车轴的膏脂的器具。《史记 · 孟子荀卿传》：“谈天衍，雕龙奭，炙毂过髡。”裴骃《集解》：“《别录》曰，‘过’字作

‘輠’。輠者，车之盛膏器也。炙之虽尽，犹有余流者。言淳于髡智不尽如炙輠也。”

〔鞴〕《宋本广韵》卷 1《上平声 · 灰第十五》：“鞴，鞍之边带也。”石印本、《雅言》本作“鞲”。

〔鸣麃衢击毂〕《古诗纪》卷 150《别集第六 · 品藻四 · 梁 · 刘孝绰》：“孝绰辞藻为后进所宗，时重其文。……又为诗二首，其一曰：‘鸣镳响夹毂，飞盖倚林庐。’……（《历代吟谱》）”《文选注》卷 7 傅武仲（毅）《舞赋》：“龙骧横举，扬镳飞沫。”李善注：“镳，马勒旁铁也。”麃，通“镳”。《毛诗正义》卷 3—2《卫风 · 硕人》：“四牡有骄，朱幩镳镳。”毛传：“镳镳，盛貌。”《汉书 · 刘向传》：“《诗》又云：‘雨雪麃麃，见晛聿消。’”颜师古注：“此《小雅 · 角弓》篇，刺幽王好谗佞之诗也。麃麃，盛也。”今本《诗经 · 角弓》作“雨雪瀌瀌，见晛曰消。”郑玄笺：“雨雪之盛，瀌瀌然。”衢击毂，闹市道路繁忙，车辆交错，轮毂相互碰撞。详见《阴氛篇》一诗〔击毂康庄衢〕条笺注，参见本诗〔方轨今连轸〕条笺注。麃，《雅言》本作“鹿”，似误。

〔入肆阁连簃〕肆，店铺。《文选注》卷 1 班孟坚（固）《西都赋》：“五方游士，拟于公侯。列肆侈于姬姜。”李善注：“郑玄《周礼》注曰：‘肆，市中陈物处也。’”《太平御览》卷 687《服章部四 · 帽》：“《晋书》曰：王蒙，字仲祖，美姿容。居贫，帽败，自入肆买之，妪悦其貌，争遗新帽。”《说文解字》卷 5 上《竹部》：“簃，阁边小屋也。”

雪乳香生颊，琼浆雪沁脾。羊铏斟乍熟，牛俎膴初醲。鱼味供鲭臛，禽羹荐鸟胵。腒修燔雉脯，酱剂洁麕腝。

〔雪乳〕茶水。《东坡诗集注》卷 8《闲适 · 汲江煎茶》：“雪乳已翻煎处脚，松风忽作泻时声。”王十朋注：“次公《茶谱》：‘袁州之界桥，其茶名甚著，不若湖州之研膏、紫笋，烹之有绿脚垂下也。”僧惠洪《石门文字禅》卷 12《空印以新茶见饷》：“要看雪乳急停筅，旋碾玉尘深住汤。”

〔琼浆〕美酒。《楚辞章句》卷 9 屈原（一说为宋玉）《招魂》：“华酌既陈，有琼浆些。”王逸注：“酌，酒斗也。”“言酒樽在前，华酌陈列，复有玉浆，恣意所用也。”

〔羊铏斟乍熟〕羊铏，盛放着羊羹的小鼎。《重修玉篇》卷 18《金部第二百六十九》：“铏……羹器也。”《仪礼 · 少牢馈食礼》：“上佐食受，坐设于羊铏之南。”《方言》（卷）3：“斟，……汁也。”

〔牛俎膴初醲〕《毛诗正义》卷 15—1《小雅 · 鱼藻之什 · 采菽》：“采菽采菽，筐之笘之。”毛传:“菽，所以芼太牢，而待君子也。羊则苦，豕则薇。”郑玄笺:“王飨宾客，有牛俎，乃用铏羹，故使采之。”孔颖达疏:“王飨宾客则有牛俎，谓以鼎煮牛，取其骨体，置之于俎，其汁则芼之以藿，调以咸酸，乃盛之于铏，谓之铏羹。”膴，大块的肉。《周礼注疏》卷4《天官冢宰·内饔》:“凡掌共羞，修、刑、膴、胖、骨、鱐，以待共膳。”郑玄注:“膴，牒肉大脔，所以祭者。”髀，同“骈”“髀”，分解，割裂。《龙龛手鉴》卷1《平声·卑部第七十七》:“髀，俗。骈，彼相分解也。”《说文通训定声·解部弟十一》:“髀，……隶作骈。《广雅·释诂二》:‘骈，裂也。’”

〔鱼味供鲭臛〕《楚辞章句》卷10屈原《大招》:“煎鰿臛雀，遽爽存只。”王逸注:“遽，趋也。爽，差也。存，前也。言乃复煎鲋鱼，臛黄雀，耖趣宰人，差次众味，持之而前也。”《集韵》卷4《平声四·清第十四》:“脠，……煮鱼煎肉曰脠，或作鲭”。《正字通》亥集中《鱼部》:“鲭，……似鲩，青色，食蛤蚌。”《正字通》未集下《肉部》:“臛，同膗。”《尔雅注疏》卷5《释器第六》:“肉谓之羹”。郭璞:“肉臛也。”

〔禽羹荐鸟胵〕《说文解字》卷4下《肉部》:“胵，鸟胃也，从肉至声，一曰胵，五藏总名也。”《重修玉篇》卷23《廌部第三百七十一》:“荐，……又进献也。”

〔腒修燔雉脯〕腒，腊干的雉（野鸡）肉。《重修玉篇》卷7《肉部第八十一》:“腒，……干雉也。”《论语译注·述而第七》:“子曰:‘自行束修以上，吾未尝无诲焉。’”杨伯峻注:“修是干肉，又叫脯。”（中华书局1980年12月第2版P67）《仪礼注疏》卷45《特牲馈食礼第十五》:“兄弟长以燔从”。郑玄注:“燔，炙肉也。”

〔酱剂洁麕腝〕酱剂，即“酱齐”，指酱类食物佐味料。《周礼注疏》卷5《天官冢宰下·食医》:“凡食齐视春时，羹齐视夏时，酱齐视秋时，饮齐视冬时。”郑玄注:“酱宜凉。”贾公彦疏:“云‘酱齐视秋时’者，案:醢人、醢人唯有酰醢，不言酱，即豆酱也。案:《公食·大夫》:‘公亲设酱’。酱者，食之主，言酱则该诸豆实，四时皆须凉，故言‘酱齐视秋时’。”剂，通“齐”，混合、调和为一。《后汉书·文苑下·刘梁传》:“《春秋传》曰:‘和如羹焉，酸苦以剂其味’。”李贤注:“《左传》‘剂’作‘齐’。《尔雅》曰:‘剂，剪齐也。’《字诂》:‘齐，古书字尚简，故斋、齌、齍、荠、齏、跻、剂等字，通借用齐。’”麕，獐子。《字汇》亥集《鹿部》:“麕，……均鹿属。《本草注》:麞（即‘獐’字——引者）类甚多，麕其总名。”腝，带脆骨的肉酱。《说文解字注》卷4下《肉部》:“腝，有骨醢也。”段注:“《酉部》曰:‘醢，肉酱也’。”洁，本义为清洁，扫除污秽，此处指以豆酱中和，压盖鹿肉酱的腥膻味道。

夕饮倾三爵，朝醒藉一甀。初筵宾醉止，晨燎夜何其。缅履宵鸣瑟，华灯夕鼓琵。红牙歌嫋嫋，白紵舞娑娑。

〔夕饮倾三爵，朝醒藉一甀〕朱彝尊《曝书亭集》卷 116《铅山》："晚饭惟三板，朝酲藉一甀。" 古礼，饮酒不过三爵，保持清醒，以防过饮而失态。《文选》卷 27 曹子建（植）《箜篌引》："乐饮过三爵，缓带倾庶羞。" 李善注："《礼记》曰：'君子之饮酒也，一爵而色洒如，二爵而言言斯，三爵而油油以退。'"《礼记正义》卷 29《玉藻》："君子之饮酒也，受一爵而色洒如也，二爵而言言斯，礼已三爵而油油以退。退则坐，取屦，隐辟而后屦。" 郑玄注："礼，饮过三爵则敬杀，可以去矣。"《左传 · 宣公二年》："臣侍君宴，过三爵，非礼也。"《集韵》卷 1《平声一 · 脂第六》："甀，……一曰盛酒器。"

〔初筵宾醉止〕《诗经今注今译 · 小雅 · 宾之初筵》："宾之初筵，温温其恭。其未醉止，威仪反反。曰既醉止，威仪幡幡。" 马持盈译："宾客初就席的时候，大家都是温雅而恭敬。在没有喝醉的时候，都是态度慎重；既至醉了以后，态度便轻狂不安了"。（台湾商务印书馆 1979 年 3 月六版 P371）

〔晨燎夜何其〕《诗经今注 · 小雅 · 鸿雁之什 · 庭燎》："夜如何其，夜未央。庭燎之光，君子至止，鸾声将将。" 高亨注："其（jī 基），表疑问的语气词。""未央，未尽。""庭燎，庭中用以照明的火炬。之，有也。古人早朝，庭上燃有麻稭等扎成的大烛。""君子，指大臣。止，语气词。此句言君子来上朝。""鸾，车铃。将将，同锵锵，铃声。"（上海古籍出版社 1980 年 10 月第 1 版 P255、256）

〔缅履宵鸣瑟〕缅履，喻人流如织，人们的鞋子前后相连，即"摩肩接踵"之意。《汉书 · 司马相如传上》载其《上林赋》："辇道缅属"。颜师古注："辇道，谓阁道可以乘辇而行者也。缅属，缅迤相连属也。" 履，鞋。章太炎《新方言 · 释器第六》："履，……今通谓履为鞵。"（《章太炎全集》第 7 册《新方言 / 岭外三州语等》P123，上海人民出版社 2014 年 5 月第 1 版）《集韵》卷 2《平声二 · 佳第十三》："鞵，……说文：'革生鞮也。' 或作鞋。" 此句指，夜晚，街市上人流如织，摩肩接踵。

〔华灯〕《楚辞集注》卷 7 屈原（一说为宋玉）《招魂》："华镫错些"。朱熹注："镫，锭也。徐锴曰：'锭中置烛，故谓之镫。' 华谓其刻饰华好，或为禽兽之形也。"《正字通》戌集上《金部》："镫亦作灯"。

〔红牙歌嫋嫋〕红牙，奏乐时指挥节律的牙板。《稼轩词》卷 2《满江红（建康史帅致道席上赋）》："金缕唱，红牙拍。" 李刘《四六标准》卷 14《生辰 · 谢丁制置

（黼）惠词》："春风杨柳之句，宜拍红牙。"孙云翼注："红牙，谓拍板。"《通雅》卷30《乐器》："乐府执红牙以节曲，牙版也。"《正字通》丑集下《女部》："嫋，……俗作袅。"

〔白纻舞娑娑〕白纻，白色的苎麻布。魏晋南北朝时，宫廷流行"白纻舞"，妙龄女子着白纻制成的舞服，起舞曼妙。详见《新白纻曲》一诗〔新白纻曲〕条笺注。《集韵》卷5《上声上 · 纸第四》："娑，舞也。一曰妇人皃（貌——引者）。"

刻羽弦繁响，踰宫管外逶。丁东音协佩，戌削彩扬袘。故国轮何满，新台吊頩頣。秉兰歌涣涣，《伐木》感偲偲。

〔刻羽弦繁响〕古代以"宫商角徵羽"为五音。刻羽，指技巧高超的乐曲。《文选》卷45宋玉《对楚王问》："客有歌于郢中者，其始曰《下里》《巴人》，国中属而和者数千人；其为《阳阿》《薤露》，国中属而和者数百人；其为《阳春》《白雪》，国中属而和者不过数十人。引商刻羽，杂以流征，国中属而和者不过数人而已。是其曲弥高，其和弥寡，故鸟有凤而鱼有鲲。"《新序校释》卷1《杂事》："引商刻角，杂以流徵，国中属而和者，不过数人。"石光瑛注："卢文弨曰：'《文选》角作羽。'……周寿昌《汉书注校补》，谓'和寡者以引商刻角流徵之曲为最高'。"（中华书局2017年8月第1版P130、131）繁响，声音密集。《全唐诗》卷375孟郊《秋怀》其七："商虫哭衰运，繁响不可寻。"（第6册P4221）

〔踰宫管外逶〕《国语》卷3《周语下》："臣闻之，琴瑟尚宫，钟尚羽，石尚角，匏竹利制。大不踰宫，细不过羽。夫宫音之主也，第以及羽。"韦昭注："凡乐轻者从大，重者从细，故琴瑟尚宫也"，"钟声大，故尚羽"，"石，磬也。轻于钟，故尚角。角，清浊之中。"，"匏，笙也。竹，箫管也。利制，以声音调利为制，无所尚也。""宫声大，故为主。第，次也。"《六臣注文选》卷18马季长（融）《长笛赋》："大不踰宫，细不过羽。"李周翰注："宫于五音为君，故大不踰也。羽于五音为物，故细不过也。"

〔丁东音协佩〕丁东，象声词，即"叮咚"。《全唐诗》卷541李商隐《今月二日不自量度辄以诗一首四十韵干渎尊严伏蒙仁恩俯赐披览奖踰其实情溢于辞顾惟疏芜曷用酬戴辄复五言四十韵诗献上亦诗人咏叹不足之义也》："鲍壶冰皎洁，王佩玉丁东。"（第8册P6298）此句指，乐器之声与玉佩相撞发出的叮咚之声调和一致。

〔戌削彩扬袘〕《六臣注文选》卷7司马长卿（相如）《子虚赋》："衯衯裶裶，扬袘戌削。”李善注：“郭璞曰：‘衯衯裶裶，皆衣长貌也。’张揖曰：‘扬，举也。袘，衣袖也。戌削，裁制貌也。’”喻女子身形清瘦，舞装裁剪适体，长袖飘逸，翩翩起舞之貌。

〔故国轮何满〕故国，昔日的祖国。《文选》卷 43 丘希范（迟）《与陈伯之书》：“见故国之旗鼓，感生平于畴日。抚弦登陴，岂不怆恨。”轮，月亮。何，石印本、《雅言》本作“河”，似误。

〔新台吊頳頣〕《毛诗正义》卷 2—3《邶风·新台》诗序：“新台，刺卫宣公也。纳伋之妻，作新台于河上而要之，国人恶之。”孔颖达疏：“此时，伋妻盖自齐始来，未至于卫。而公闻其美，恐不从己。故使人于河上为新台，待其至于河，而因台所以要之耳。若已至国，则不须河上要之矣。”诗：“新台有泚，河水弥弥。……燕婉之求，得此戚施。”毛传：“戚施，不能仰者。”郑玄笺：“戚施，面柔，下人以色，故不能仰也。”《山堂肆考》卷 231《补遗·身体·籧篨》：“戚施，本竹器名。喻人之伛偻不能仰者。”戚施，亦作“頳頣”。《字汇补》戌集《页部》：“頳，与戚同。《诗》：‘得此戚施’。《字书》：‘或作頳頣’。”頳，石印本、《雅言》本作“赤”。案：《新台》以卫宣公世子伋妻子之口，控诉卫宣公强纳子妇为妾。“燕婉之求，得此戚施”，指本意要嫁给一翩翩美少年，却嫁此佝偻驼背的老头（指卫宣公）。

〔秉兰歌涣涣〕《毛诗正义》卷 4—4《郑风·溱洧》：“溱与洧，方涣涣兮。士与女，方秉蕳兮。”毛传：“溱洧，郑两水名。涣涣，盛也。”“蕳，兰（蘭）也。”兰（蘭），石印本作“籣”，似误。

〔《伐木》感偲偲〕《诗经·小雅·鹿鸣之什·伐木》诗序：“伐木，燕朋友故旧也。”《论语注疏》卷 13《子路第十三》：“朋友切切偲偲，兄弟怡怡。”何晏注：“马曰：切切偲偲，相切责之貌。”1913 年 10 月，离开四川的刘师培夫妇到达上海。陈独秀也恰于此时因反袁失败逃至上海，两人在分别 5 年后再次见面。“独秀问他们怎么打算，他太太嚣张的说，要北上找‘袁项城’，使独秀不便说下去。”（台静农《〈早期三十年的教学生活〉读后》，《龙坡杂文》，台湾洪范书店 1988 年版 P162—163）据此句，刘师培在上海的故旧曾“相切责”。伐，石印本、《雅言》本作“代”，显误。

东海无匏实，南山有豆萁。转蓬辞沪渎，振櫂迳黄蕲。《杕杜》歌遑止，迷阳感殆而。泳流肠九折，睇远视双傒。

〔东海无匏实〕《论语译注·阳货第十七》：“佛肸召，子欲往。子路曰：‘昔者由也闻诸夫子曰：“亲于其身为不善者，君子不入也。”佛肸以中牟畔，子之往也，如之何！’子曰：‘然。有是言也。不曰坚乎，磨而不磷；不曰白乎，涅而不缁。吾岂匏瓜也哉？焉能系而不食？’”杨伯峻译：“佛肸叫孔子，孔子打算去。子路道：‘从前我听老师说过，“亲自做坏事的人那里，君子不去的。”如今佛肸盘踞中牟谋反，您却要去，怎么说得过去呢？’孔子道：‘对，我有过这话。但是，你不知道吗？最坚固的东西，磨也磨不薄；最白的东西，染也染不黑。我难道是瓜吗？哪里能够只是被悬挂着而不给人吃食呢？’”（中华书局 1980 年 12 月第 2 版 P183—184）此句为刘师培自况，指欲出仕大展宏图而没有机会。

〔南山有豆萁〕《汉书 · 杨敞传附杨恽传》：“其诗曰：‘田彼南山，芜秽不治，种一顷豆，落而为萁，人生行乐耳，须富贵何时！’”颜师古注：“张晏曰：‘山高而在阳，人君之象也。芜秽不治，言朝廷之荒乱也。一顷百亩，以喻百官也。言豆者，贞实之物，当在囷仓，零落在野，喻已见放弃也。萁曲而不直，言朝臣皆谄谀也。’师古曰：‘萁，豆茎也，音萁。须，待也。’”此句亦为刘师培自况，指自己怀才不遇，不如及时行乐。

〔转蓬辞沪渎〕转蓬，蓬草无根，飘荡不定。《全唐诗》卷 539 李商隐《无题二首》其一：“嗟余听鼓应官去，走马兰台类断（一作转）蓬。”（第 8 册 P6213）沪渎，上海。《太平寰宇记》卷 91《江南东道三 · 苏州》：“沪渎。按，《吴郡志》云：松江东泻海，曰沪海，亦谓之沪渎是也。”

〔振櫂迳黄蕲〕《集韵》卷 8《去声下 · 效第三十六》：“櫂，……行舟也。或作棹”。黄蕲，今湖北黄冈、黄石、蕲春一带。《太平寰宇记》卷 131《淮南道九 · 黄州》：“黄州，齐东郡，今理黄冈县。……唐武德三年，复为黄州，置总管府黄蕲亭南，司四州”。案：由此句分析，刘师培夫妇离开上海后，又沿原路逆江而上，到达湖北。1913 年时，京汉铁路已经通车，可由汉口坐火车北上。在河北正定转正太铁路窄轨火车至太原。刘师培为什么要兜一个大圈子，走这么长的回头路？我分析有两种可能：一、他必须在武汉见什么特别重要的人，而前次路过武汉未遇。或得到上海某旧友新朋的引荐，初次登门。二、去武汉寻找入川时寄放在那里的书籍和包括其续写的家学《春秋左氏传旧注疏证》书稿。《刘申叔致章太炎书》：“至于覃精著书，三载若一，左氏经例，豁然通贯，赓续旧疏，业逾十卷。又尚书古文、周官久谊，近儒诠释，往往纰谬。诤补所及，亦有成书。子史之属，日视勘雠，剖泮泯棼，书达百种，亦欲萃集大成，希垂善本。顾以录副鲜暇，稿存武昌，烽燧之余，存亡弗审。”（《亚细亚日报》1912 年 6 月 6 日第 7 版《文苑》栏目《文录一首》）钱玄同 1912 年 12 月 3 日日记：“访邓秋枚，知戴子高客死金陵，其遗书皆归刘慕（应为“恭”——引者）父，慕（应为“恭”——引者）父殁后悉归申叔。去岁申叔随端方入蜀，置书于鄂渚。及武汉事起，全毁灭矣。惨矣!”（《钱玄同日记》整理本上册 P244）我个人倾向于第二种可能。而这种可能，又有两种可能——（一）前次路过武汉因急于见上海故人，没有停留。（二）前次路过武汉没有找到，到上海后得到什么线索，或实在不甘心，再次回武汉寻找。但最终的结果都是没有找到，确如钱玄同所言：“惨矣!”参见拙文《263—《刘师培年谱》（增订本）存疑备忘录（六）—刘师培研究笔记（263）》。櫂，《雅言》本作“擢”，似误。

〔《杕杜》歌遑止〕《诗经 · 小雅 · 鹿鸣之什 · 采薇》诗序：“《杕杜》以勤归也。”《诗经 · 小雅 · 鹿鸣之什 · 杕杜》诗序：“杕杜，劳还役也。”诗：“女心伤止，征夫遑止。”《毛诗正义》卷 9—4 该诗郑玄笺：“十月为阳。遑，暇也。妇人思望其君子，阳月之时已忧伤矣。征夫如今已闲暇，且归也，而尚不得归。”此句为刘师培自况，自己已获闲暇，但还不能回家。杕，《雅言》本作“杖”。

〔迷阳感殆而〕《庄子集释》卷 2 中《(内篇)人间世第四》：“孔子适楚，楚狂接舆游其门曰：‘凤兮凤兮，何如德之衰也！来世不可待，往世不可追也。天下有道，圣人成焉；天下无道，圣人生焉。方今之时，仅免刑焉。福轻乎羽，莫之知载；祸重乎地，莫之知避。已乎已乎，临人以德！殆乎殆乎，画地而趋！迷阳迷阳，无伤吾行！吾行郤曲，无伤吾足！’”郭庆藩引郭象注：“迷阳，犹亡阳也。亡阳任独，不荡于外，则吾行全矣。天下皆全其吾，则凡称吾者莫不皆全也。”引成玄英疏：“迷，亡也。阳，明也，动也。陆通劝尼父，令其晦迹韬光，宜放独任之无为，忘遣应物之明智，既而止于分内，无伤吾全生之行也。”引陆德明《经典释文》：“司马云：‘迷阳，伏阳也，言诈狂。’”《论语 · 微子第十八》：“楚狂接舆歌而过孔子曰：‘凤兮！凤兮！何德之衰?往者不可谏，来者犹可追。已而，已而！今之从政者殆而！’孔子下，欲与之言。趋而辟之，不得与之言。”《说文解字》卷 4 下《歺部》：“殆，危也。”此句显为刘师培自况，即他对北上投靠阎锡山感到前途未卜，心中暗忖隐伏危险。

〔泳流肠九折〕泳流，喻江河流淌。《全唐诗》卷 229 杜甫《旅夜书怀》：“星垂（一作随）平野阔，月涌大江流。”（第 4 册 P2490）肠九折，回肠九转，喻人内心极度痛苦惶恐。详见《杂赋》一诗〔肠毂日九回〕条笺注。

〔睇远视双倏〕《宋本广韵》卷 1《上平声 · 齐第十二》：“睇，视也。”《说文解字注》卷 8 上《人部》：“倏，左右两视。”段注：“《目部》曰：‘睽，目不相听也。’倏即睽。”此句指左右旁顾，彷徨无措。

海气嘘晴蜃，沙痕篆仆累。班鳞龙衎衎，趫翼鲔蝼蝼。急浦波腾騂，澄泓浪泳鲻。阴滨辉蚌蛣，阳渚窟鲦鮤。

〔海气嘘晴蜃〕古人认为，海市蜃楼是蛟龙大蛤（蜃）呼出的气所形成。详见《一萼红 · 题碧海乘槎图》一词〔蛟渚澄清〕条笺注，参见《大象篇》一诗〔煜煜蜃嘘楼〕条笺注。

〔沙痕篆仆累〕《管子》卷 19《地员第五十八》："五塥之状，累然如仆累。"尹知章注："仆，附也。言其地附着而重累也。"《山海经》卷 5《中山经》："是多仆累蒲卢"。郭璞注："仆累，蜗牛也。"篆，本指篆体文字，此处引申为蜗牛在沙地上爬行，留下的痕迹如篆字曲折弯曲的笔画。《字汇》未集《竹部》："篆，……又，盘曲貌。"参见本诗〔苔文篆运蜒〕条笺注。

〔班鳞龙衎衎〕班鳞，亦作"斑鳞"，指水族五光十色的鳞片，亦特指龙。《艺文类聚》卷 78《灵异部上 · 仙道》："周庾信《和赵王游仙》诗曰：……丹丘乘翠凤，玄圃驭班鳞。"米芾《宝晋英光集》卷 5《同官送鲈二首》其一："斑鳞挣鬣玉为肌，梦入松江自可疑。"《楚辞章句》卷 13 东方朔《七谏 · 自悲》："驾青龙以驰骛兮，班衍衍之冥冥。"王逸注："言极疾也。"

〔趫翼鲔蝼蝼〕《吕氏春秋》卷 16《悔过》："皆以其气之趫与力之盛"。高诱注："趫，壮也。"《文选注》卷 19 宋玉《高唐赋》："鼋鼍鳣鲔，交积纵横。振鳞奋翼，蝼蝼蜿蜿。"李善注："谓张其鳞甲。翼，鱼腮边两鬣也。蝼蝼蜿蜿，龙蛇之貌。"鲔，长丈余的大鱼，越过龙门，便可成龙。详见《咏史（十二首）》其二一诗〔稷泽今蹄涔〕条笺注。翼，《国学荟编》作"異"。

〔急浦波腾騂〕急浦，岸边水流湍急。王世贞《弇州四部稿》卷 44《诗部 · 七言律四十一首 · 殷子以七言长韵见投聊抒鄙怀奉答凡二十韵》："长林草坐呦呦鹿，急浦萍眠泛泛鸥。"《六臣注文选》卷 12 郭景纯《江赋》："騂马腾波以嘘蹀"。李善注："《山海经》曰：'騂马，牛尾白身，一角，其音如虎。'"吕延济注："騂马，水兽。言腾出于波，嘘喷水也。"

〔澄泓浪泳鲻〕澄泓，清澈深邃的河湖。《六臣注文选》卷 5 左太冲（思）《吴都赋》："泓澄奫潫，澒溶沆瀁。莫测其深，莫究其广。"李善注："《说文》曰：'泓，下深大也。'澄，湛也。"李周翰注："此上皆水深广貌。"同上书同卷左太冲（思）《吴都赋》："于是乎，长鲸吞航，修鲵吐浪，跃龙腾蛇，鲛鲻琵琶，王鲔鯸鲐，鲫龟鳙鲭，乌贼拥剑，鼊鼊鲭鳄，涵泳乎其中。"刘渊林（逵）注："鲻鱼，形如鲵，长七尺，吴会稽、临海皆有之。”吕向注：“言此水族，皆游泳于水中。”

〔阴滨辉蚌蛄，阳渚窟鯠鮤〕《六臣注文选》卷 12 郭景纯（璞）《江赋》：“鸣石列于阳渚，浮磬肆乎阴滨。”张铣注：“鸣石似玉，撞之声闻数千里，生皆向阳，故云列于阳渚。浮磬，石也，可为磬者生北岸，故云阴滨。水南曰阳。”蛄，蟾蜍。《集韵》卷 5《上声上 · 语第八》：“鼀，……虫名。《尔雅》：‘鼀䱂，蟾诸。’一曰去父。或作蛄。”《集韵》卷 2《平声二 · 咍第十六》：“鯠，鮤鯠，鱼名，鮆也。”

紫楝三春鲔，青蒌四月鲥。乘涛鲸爆彩，跋浪鰊扬鳍。岸网鲜登蛎，湖舟鲊饷鮤。玑辉萤彩鳖，璆韵奏文鱿。

〔紫楝三春鲔〕紫楝，楝树花紫色，故曰“紫楝”。《列朝诗集 · 丙集第八 · 石田先生沈周一百六十八首 · 暮春送客（成化辛丑）》：“旧迹新痕酒满衣，东风紫楝又花飞。”古时有“二十四番花信风”之说，以楝花代表暮春初夏。详见《扫花游 · 汴堤柳》一词〔番风廿四〕条笺注。鲔，长丈余的大鱼，“仲春二月”时，越过龙门，便可成龙。详见《咏史（十二首）》其二一诗〔稷泽今蹄涔〕条笺注。

〔青蒌四月鲥〕《尔雅注疏》卷 8《释草第十三》：“购，蔏蒌。”郭璞注：“蔏蒌，蒌蒿也。生下田，初出可啖，江东用羹鱼。”《宋本广韵》卷 1《上平声 · 之第七》：“鲥，鱼名，似魴，肥美，江东四月有之。”

〔鲸爆彩〕鲸爆彩，指鲸鱼背部呼吸孔喷出水雾形成七彩霓虹。

〔跋浪鰊扬鳍〕跋浪，蹑于浪后。《补注杜诗》卷 10 杜甫《短歌行》：“鲸鱼跋浪沧溟开”。黄希注：“洙曰：‘鲸，鱼之大者。’《吴都赋》：‘长鲸吞航。’赵曰：‘以大鱼比之。’崔豹《古今注》：‘鲸，海鱼也。大者数千里，小者千丈。鼓浪成雷，喷沫如雨。’”《汉书 · 扬雄传上》载其《羽猎赋》：“拕苍狶，跋犀犛，蹶浮麋。”颜师古注：“张晏曰：‘跋，蹑也。’”《宋本广韵》卷 4《去声霰第三十二》：“鰊，鱼名，似鳊。”跋，石印本、《雅言》本作“拔”。

〔岸网鲜登蛎〕岸网，指在岸边撒网。《艺文类聚》卷 92《鸟部下 · 鸳鸯》：“梁元帝《鸳鸯赋》曰：……萍随流而傅，岸网因风而缀。”蛎，即牡蛎，自古被认为美味。登，本指谷物丰收，此喻鱼获丰收。

〔湖舟鲊饷鮤〕湖舟，此处指在船中垂钓或下网。鲊，腌鱼。《释名 · 释饮食第十三》：“鲊，菹也。以盐米酿之，如菹熟而食之也。”《说文解字》卷 11 下《鱼部》：“鮤，饮而不食，刀鱼也。九江有之。”《广雅》卷 2《释诂》：“饷，……食也。”

〔玑辉萤彩鳖〕《说文解字》卷 1 上《玉部》:“玑，珠不圜也。”《山海经》卷 4《东山经》:“又南三百八十里曰葛山之首，无草木，澧水出焉，东流注于余泽，其中多珠鳖鱼，其状如肺而有目，六足有珠，其味酸甘，食之无疠。”郭璞注:“无时气病也。《吕氏春秋》曰:‘澧水之鱼，名曰朱鳖，六足有珠，鱼之美也。’”

〔璆韻奏文魮〕《尔雅注疏》卷 5《释器第六》:“璆，琳，玉也。”郭璞注:“璆，琳，美玉名。”陆德明《音义》:“璆，音虬，本或作球字，渠周反。”《山海经》卷 2《西山经》:“滥水出于其西，西流注于汉水，多絮魮之鱼，其状如覆铫，鸟首而鱼翼，鱼尾音如磬石之声，是生珠玉。”《礼记正义》卷 29《玉藻》:“日中而馂，奏而食。”郑玄注:“奏，奏乐也。”韻（韵)，石印本作“韵”。璆,《国学荟编》本作“璆”。

鳣濑鳞差色，鸿洲羽产毻。忘机鸥浩荡，振鹭羽襂襹。肃肃衔芦雁，翩翩集栩隹。平沙眠鷫鷞，浅渚浴文鷁。

〔鳣濑鳞差色〕《说文解字》卷 11 下《鱼部》:“鳣，鲤也。”《楚辞章句》卷 2 屈原《九歌 · 湘君》:“石濑兮浅浅，飞龙兮翩翩。”王逸注:“濑，湍也。浅浅，流疾貌。”此句指，鳣鱼在湍急的浅滩中游弋，鳞片随光线的不同变换颜色。

〔鸿洲羽产毻〕毻，石印本、《雅言》本作“毻”。《集韵》卷 7《去声上 · 夳第十四》:“毻，……《博雅》:‘解也。’谓鸟兽解毛羽也。”此句指，大雁在水中岛洲上换羽。

〔忘机鸥浩荡〕典出“鸥鸟忘机”，详见《再渡日本舟中作》一诗〔静媿泯忘机〕条笺注。

〔振鹭羽襂襹〕《毛诗正义》卷 19—3《周颂 · 臣工之什 · 振鹭》:“振鹭于飞，于彼西雝。”毛传:“兴也。振振，群飞貌；鹭，白鸟也。”郑玄笺:“兴者，喻杞宋之君有洁白之德。”襂襹，亦作“襂纚”。《文选注》卷 12 木玄虚（华)《海赋》:“履阜乡之留舄，被羽翮之襂纚。”李善注:“襂纚，羽垂之貌。”李德裕《李卫公别集》卷 1《赋上十三首 · 振鹭赋并序》:“意态闲暇，羽毛襂襹。”

〔肃肃衔芦雁〕《毛诗正义》卷 11—1《小雅 · 鸿雁之什 · 鸿雁》:“鸿雁于飞，肃肃其羽。”毛传:“兴也。大曰鸿，小曰雁。肃肃，羽声也。”《淮南鸿烈解》卷 19《修务训》:“夫雁顺风以爱气力，衔芦而翔以备矰弋。”高诱注:“未秀曰芦，已秀曰苇。矰，矢。弋，缴。衔芦所以令缴不得截其翼也。”后常以“芦雁”“衔芦雁”称大雁。

〔翩翩集栩隹〕《毛诗正义》卷 9—2《小雅 · 鹿鸣之什 · 四牡》:“翩翩者雔，载飞载下，集于苞栩。”毛传：“鵻，夫不也。”郑玄笺：“夫不，鸟之悫谨者，人皆爱之，可以不劳，犹则飞则下，止于栩木。”陆德明《音义》：“鵻，音隹，本又作隹。……《草木疏》云：‘夫不，一名浮鸠。’”孔颖达疏：“《释鸟》云：‘鵻，其夫不。’舍人曰：‘鵻名其夫不。’李巡曰：‘夫不，一名鵻，今楚鸠也。……郭璞曰：‘今鵓鸠也。’”案：今本《尔雅·释鸟》：“隹，其鳺鴀。”《诗经集传》卷 4 该诗朱熹注：“翩翩，飞貌。”《毛诗正义》卷 6—2《唐风·鸨羽》：“肃肃鸨羽，集于苞栩。”毛传：“栩，杼也。”孔颖达疏：“‘栩，杼’，《释木》文。郭璞曰：‘柞树也。’陆玑疏曰：‘今柞栎也，徐州人谓栎为杼，或谓之为栩。’”苞，丛生。详见《大隄曲（八首）》其三一诗〔侬心不可剖，中有相思苞〕条笺注。

〔鸀鳿〕《史记·司马相如传》载其《上林赋》：“鸿鹔鹄鸨，鴐鹅鸀鳿”。裴骃《集解》：“郭璞曰：‘……鸀鳿，似鸭而大，长颈赤目，紫绀色也。’”张守节《正义》：“鸀鳿，烛玉二音。郭璞云：‘似鸭而大，长颈赤目，紫绀色。辟水毒，生子在深谷涧中。……江东呼为烛玉。’”鳿，石印、《雅言》本作“瑀”。

〔鷉〕《尔雅注疏》卷 10《释鸟第十七》：“鷉，沈凫。”郭璞注：“似鸭而小，长尾，背上有文，今江东亦呼为鷉。”邢昺疏：“陆玑云：‘大小如鸭，青色，卑脚短喙，水鸟之谨愿者也。’《大雅》云：‘凫鹥在泾’。”

风叶吟畦蒋，烟苗茁野莀。岸花丛似槿，江竹短如篃。沃土秋登稼，荆关画掩柴。樵原收橡栗，茭渚艺凫茈。

〔风叶吟畦蒋〕风叶，风中之叶。《全唐诗》卷 30 长孙无忌《灞桥待李将军》：“飒飒风叶下，遥遥烟景曛。”（第 1 册 P434）《文选注》卷 4 左太冲（思）《蜀都赋一首》：“其沃瀛则有攒蒋丛蒲，绿菱红莲。”刘渊林（逵）注：“《楚辞》曰：‘倚沼畦瀛。’王逸云：‘瀛，泽中也。’班固以为畦。蒋，菰名也。蕰、藻、苹、蘩，皆水草也。”《楚辞章句》卷 9 屈原（一说为宋玉）《招魂》：“倚沼畦瀛兮，遥望博。”王逸注：“畦，犹区也。瀛，池中也。楚人名池泽中曰瀛。”《尔雅翼》卷 1《释草·苽》：“苽者，蒋草也，生水中，叶如蔗荻，江南人呼为茭草。……其苗有茎梗者谓之菰蒋。”此句指，田间的菰蒋草，叶子在风中发出飒飒之声。

〔烟苗茁野莀〕烟苗，雾气中的青苗。《全唐诗》卷 886 孙魴《芳草》：“何处不相见，烟苗捧露心。”（第 13 册 P10089）《类篇》卷 3：“莀，……莀蒻，艸名，萍也。”《宋本广韵》卷 5《入声·黠第十四》：“茁，……草初生。”烟，《雅言》本作“姻”，显误。

茋，石印本、《雅言》本作“芪”。

〔槿〕木槿。详见《申江杂感用苏东坡《秋怀》诗韵（二首）》其一一诗〔木槿花〕条笺注、《咏怀（五首）》其二一诗〔擥条玩蕣华〕条笺注。

〔江竹短如篃〕《集韵》卷 1《平声一 · 脂第六》：“篃，竹名，江汉间谓之箭竿。一尺数节，叶大如扇，可以衣蓬。”李衎《竹谱详录》卷 4《竹品谱》：“篃竹，或作郿，或作篃，又名篛竹。枝叶与簝竹同，但每节止长五七寸，根深耐寒，夏秋出笋，可食。节长者名篃竹。戴凯之《竹谱》曰：‘篃亦箘徒，概节而短，江汉之间谓之簸竹。’《太平御览》云：‘簸音蒯。’恐即篛字之讹。《韵书》：‘篛竹，箭也。’《山海经》：英山其阳多箭篃，牡山其下多竹篃，暴山其木多竹箭、篃箘。郭氏云：‘今汉中郡出篃竹，厚里而长节，根深，笋冬生地中，人掘取食之。’《广志》曰：‘篃竹可以为屋椽。’恐非一种，然余未之见，俟别考。”案：篃竹，亦称“箬竹”，植株仅几十厘米高，至高不超过 2 米，竹节间的间距很短，故曰“短如篃”。

〔荆关画掩柴〕荆关，指柴门。《艺文类聚》卷 7《山部上 · 总载山》：“宋谢庄《山夜忧》曰：……回舲拓绳户，收棹掩荆关。”侯方域《壮悔堂文集》卷 6《倪云林十万图记》：“画家分南北二宗，摩诘为南宗创始，荆浩踵之，后则董、巨、二米、子久、松雪、云林。北则为马远、夏珪、戴文进辈，世不能无异议矣。荆浩，一称洪谷子，关仝尝北面者也，故世称‘荆关’。”《佩文韵府》卷 1 之 1《上平声 · 一东韵一 · 同》：“关仝，宋人，善画，世称‘荆关’，谓荆浩、关仝也。”“荆关”在此句中或为一语双关，既指柴门，又指荆浩、关仝。

〔樵原收橡栗〕樵原，指散布可作柴薪之木的旷野。《名义考》卷 9《物部 · 芧栗》：“杜甫诗‘园收芧栗未全贫’与《山农词》‘岁暮锄犁空傍壁，呼儿登山收橡栗’意同。芧栗，即橡栗，栎木子也。材善为炭，壳可以染，子涩肠，可御歉岁。《庄子》‘狙公赋芧’即此物。”参见《述怀一百四十韵示蜀中诸同好》一文〔狙忘赋芧嗔〕条笺注。案：橡栗之壳是烧炭的好材料，“樵原”即指此。

〔茭渚艺凫葩〕茭，茭草、菰草。参见本诗〔风叶吟畦蒋〕条笺注。茭渚，水中长满茭草的小岛。柳宗元《柳河东集》卷 9《故万年令裴府君墓碣》：“去人水祸，渚茭原茅，辟成稻粱。”葩，似当作“蔬”。凫蔬，亦作“凫茈”，今称“荸荠”。《尔雅注疏》卷 8《释草第十三》：“芍，凫茈。”郭璞注：“生下田，苗似龙须而细，根如指头，黑色，可食。”《古音骈字》卷上《平韵 · 四支》：“凫茈。荸齐也。”《正字通》申集上《艸部》：“蔬，俗茈字。”《孟子注疏》卷 5 下《滕文公章句上》：“树艺五谷，五谷熟而民人育。”赵岐注：“树，种；艺，植也。”皃（㒵），石印本、《雅言》本作“㒵”。

蠏簖新潮长，牛筐晓秣齝。轻烟笼鸟罟，残日下鸡埘。樗野时斤斧，桑原调绢絁。寒机催促织，岁酒酌爬蘦。

〔蠏簖新潮长〕高似孙《蟹略》卷2《蟹具·蟹簖》：“陆龟蒙《蟹志》曰：‘今之采捕于江浦间，承峻流苇萧而障之，其名曰簖。’《广五行记》曰：‘元嘉中，富阳民作蟹簖。’司马温公诗：‘稻肥初簖蟹，桑密不通鸦。’金嘉谟《鱼簖》诗：‘芒苇织帘箔，横当湖水秋。寄言鱼与蟹，机穽在中流。’陆放翁诗：‘水落枯萍粘蟹簖。’疎寮（高似孙号疏寮——引者）诗：‘簖头蟹大须都买，篘下醪香且竟酣。’”新潮长，指涨潮时，螃蟹容易进入蟹簖而被捕捉。顾禄《清嘉录》卷10《十月·煠蟹》：“湖蟹乘潮上簖，渔者捕得之，担入城市，居人买相馈贶，或宴客佐酒。有‘九雌十雄’之目，谓九月团脐佳，十月尖脐佳。”蠏，“蟹”的异体字。《古音骈字续编》卷2《平韵·四豪》：“蟹螯（作‘螯’非），蠏敖（《荀子》），䲒蹾。”蠏，《雅言》本作“蟹”。

〔牛筐晓秣齝〕《说文解字注》卷5上《竹部》：“篆，食牛筐也。从竹豦声。方曰筐，圜曰篆。”段注：“食，各本作饮，误。《韵会》作饭。按，萎下曰食牛，秣下曰食马，今正作‘食’。《匚部》曰：‘匡，饭器，筥也。篆，匡之圜者。饭牛用之。”《集韵》卷9《入声上·曷第十二》：“秣，……《说文》：‘食马谷也。’或从禾。”齝，反刍。《正字通》亥集下《齿部》：“齝，……《说文》：‘吐而噍也。’《尔雅》：‘牛曰齝。’注：‘食之已久，复出嚼之。’一说，牛羊麋鹿食艸。”

〔罟〕同“罔”“罟”，捕鸟网。《尔雅·释器》：“鸟罟谓之罗。”《字汇补》未集《罒部》：“罟……或作罟。”

〔鸡埘〕《毛诗正义》卷4—1《王风·君子于役》：“鸡栖于埘，日之夕矣。”毛传：“凿墙而栖曰埘。”郑玄笺：“鸡之将栖，日则夕矣。”孔颖达疏：“‘凿墙而栖曰埘’，《释宫》文也。又云，鸡栖于杙为桀。李巡曰：‘别鸡所栖之名，寒乡凿墙为鸡作栖曰埘。’”

〔樗野时斤斧〕此句典出《庄子·逍遥游》，指不成材的樗木被人砍伐。参见《题赵受亭黄山松图》一诗〔甘僟樗散弃〕条笺注。

〔桑原调绢絁〕《说文解字注》卷13上：“纆，粗绪也。”段注：“粗者，疏也。粗绪，盖亦缯名。《广韵》云：‘缯似布。’俗作絁。玉裁按：盖今之绵紬。”调，适合，调适。《淮南子·诠言训》：“阴阳之始，皆调适相似。”此句指，原野上的桑树，喂养桑蚕，织出绢绸。

〔寒机催促织〕寒机，寒夜的织机。详见《佳人》一诗〔鸣寒机〕条笺注。促织，蟋蟀。以蟋蟀秋鸣，天气转凉，催促妇人织布备冬衣，故曰“促织”。《诗经·唐风·蟋蟀》：“蟋蟀在堂，岁聿其莫。”《诗经·豳风·七月》：“十月蟋蟀入我床下。”《埤雅》卷 10《释虫·蟋蟀》：“一名促织。语曰：‘促织鸣，懒妇惊。’”《古今注》卷中：“莎鸡，一名促织，一名络纬，一名蟋蟀。促织谓鸣声如急织，络纬谓其鸣声如纺绩也。促织一曰促机，一名纺纬。”《尔雅翼》卷 25《释虫二·蟋蟀》：“一名促织，……趋妇女织绩。”参见《拟茂先情诗（二首）其二》一诗〔蜻蛚〕条笺注。

〔岁酒酌瓟𤬛〕岁酒，指当年酿的新酒，亦指岁末年初饮酒以庆祝新年。《容斋续笔》卷 2《岁旦饮酒》：“今人元日饮屠酥酒，自小者起，相传已久。……《初学记》载《四民月令》云：正旦进酒次第，当从小起，以年小者起。先唐刘梦得、白乐天元日举酒赋诗，刘云：‘与君同甲子，寿酒让先杯。’白云：‘与君同甲子，岁酒合谁先。’白又有《岁假内命酒》一篇云：‘岁酒先拈辞不得，被君推作少年人。”《楚辞章句》卷 16 刘向《九叹·愍命》：“瓟𤬚蠹于筐簏。”王逸注：“瓟，瓠也。𤬚，瓢也。方为筐，圆为簏。”《字汇补》午集《瓜部》：“𤬚，与𤬛同。”

信美洵吾土，相逢訙阿谁。行歌惊汉广，归宇阔沤宦。鄂渚今容苇，中州昔采蘼。迹残江夏禰，地尽汉阳姬。

〔信美洵吾土〕《六臣注文选》卷 11 王仲宣（粲）《登楼赋》：“虽信美而非吾土兮，曾何足以少留。”李善注：“《楚辞》曰：‘虽信美而无礼。’《北征赋》曰：‘曾不得乎少留。’《说文》曰：‘曾谓辞之舒也。’”吕向注：“言此虽高明寡匹，川原可赏，然非吾乡，何足停留也。”《古今韵会举要》卷 22《去声·十七》：“洵，远也。”从此句及之前“建业今禾黍”至“新亭有涕洟”句（参见本诗〔新亭有涕洟〕条笺注）分析，刘师培此次离川，沿长江直接到上海，又自上海赴武汉，中途均没有回家乡扬州。另考《青溪旧屋仪征刘氏五世小记》P53：“舅氏自入川后，我就未见过一面。看到以上几篇记载，联想到山西、四川几年。他的病体如此严重，有医生数十、诊各殊词之语，亟思早日生还故里之情，读之不禁泪下。而在这几年外祖母在扬州，皆不知其详，就是家书亦不提及，思念之切，无夜不形诸梦寐。我虽常随母亲归宁省亲，那能得到慰藉于万一呢？”刘、梅两家离得很近，梅鹤孙 1913 年时只有 19 岁。而据其子梅英超在《五世小记》前言（P2）中记载：“一九二一年父亲二十八岁，出外谋生。”可证 1913 年时，梅鹤孙尚居扬州，如果刘师培夫妇 1913 年曾归家，梅鹤孙没有见过他们的可能性几乎没有。

〔相逢訙阿谁〕《集韵》卷 7《去声上 · 稕第二十二》："讯，……《说文》：'问也。'古作……訙。"阿谁，谁。《三国志 · 蜀书七 · 庞统传》："先主谓曰：'向者之论，阿谁为失？'"訙，石印本、《雅言》本作"訊"。

〔行歌惊汉广〕行歌，在道路上边走边唱。详见本诗〔行歌和《楚茨》〕条笺注。汉广，《诗经 · 周南》有《汉广》一篇，指汉水宽阔，喻渴望找寻昔日的同道君子们，但路途遥远，时过境迁。详见《未遂》一诗〔错薪劳汉广，伐木愧河干〕条笺注。

〔归宇阔沤宧〕归宇，回家。《焦氏易林》卷 1《大有之第十四 · 升》："野有积庾，穑人驾取。不逢狼虎，暮归其宇。"沤宧，刘师培伯父刘寿曾在南京的斋名，位于其江宁武定桥宅，在今江苏南京市南镇淮桥东北，秦淮河上。刘寿曾《传雅堂文集》卷 1 有《沤宧夜集记》一文。文中有句："将与诸弟修先大父、先徵君故事，会于沤宧，为第一集。"（《清代诗文集汇编》第 737 册 P19—20，上海古籍出版社 2010 年 12 月第 1 版）刘寿曾《传雅堂诗集 · 和雨生》："谁识沤宧老居士，年年江上赋秋河。"刘葆儒（刘寿曾之孙，刘师苍之子）间注："葆儒按：先祖斋名。《文集》内有《沤宧夜集记》。"（《清代诗文集汇编》第 737 册 P97，上海古籍出版社 2010 年 12 月第 1 版）汪鋆《扬州风物册》刘寿曾题跋："光绪丙子除夕，仪征刘寿曾识于江宁武定桥宅沤宧。"（王金坪《〈扬州风物册〉里的昔日盛景》，载《收藏》杂志 2019 年 10 期）阔，久别也。宧，石印本、《雅言》本作"宦"，显误。此句似指刘师培重访南京故地。

〔鄂渚今容苇〕《楚辞补注》卷 4 屈原《九章 · 涉江》："乘鄂渚而反顾兮"。王逸注："鄂渚，地名。"洪兴祖补注："楚子熊渠封中子红于鄂。鄂州，武昌县地是也。隋以鄂渚为名。"《楚辞集注》卷 4 朱熹注："鄂渚，地名，今鄂州也。"容苇，只容得下一根芦苇，喻水道狭窄。《诗经 · 卫风 · 河广》："谁谓河广，一苇杭之。……谁谓河广，曾不容刀。"杭，同"航"。刀，通"舠"。《重修玉篇》卷 18《舟部第二百八十三》："舠，……小船。"《全唐诗》卷 434 白居易《初入峡有感》："苍苍两岸间，阔狭容一苇。"（第 7 册 P4807）

〔中州昔采蘼〕《楚辞补注》卷 16 刘向《九叹 · 惜贤》："搴薜荔于山野兮，采捻支于中洲。"王逸注："捻支，香草也。言己虽忧愁，犹采取香草，以自约束修善不怠也。"洪兴祖补注："支，一作枝。洲，一作州。补曰：捻，音烟。相如赋云：'枇杷橪柿。'其字从木。郭璞云：'橪支，木也。'"蘼，蘼芜，香草。详见《后湘汉吟》一诗〔蘼深惨绿齐〕条笺注。《全宋诗》卷 3558《周密三 · 游法华瑶阜蜃洞以糁径杨花铺白毡点溪荷叶叠青钱分韵余既有作复各赋古诗一以纪游事》十四首其八："中洲有蘼芜，芳意香荏苒。"（北京大学出版社 1998 年 12 月第 1 版第 67 册 P42527）。

〔迹残江夏禰〕禰，当作"禰（祢）"，《南本》显误。三国时，曹操将祢衡送到刘表处，刘表又将之送到江夏太守黄祖处，欲借刀杀人。后祢衡果然被黄祖杀害，年仅 26 岁。详见本诗〔赋笔题鹦鹉〕条笺注。禰，石印本、《雅言》本作"禰"。

〔地尽汉阳姬〕《春秋左传正义》卷 16《僖公二十八年》："公曰：'若楚惠何？'栾贞子曰：'汉阳诸姬，楚实尽之。'"杜预注："贞子，栾枝也。水北曰阳，姬姓之国在汉北者，楚尽灭之。'"案：周天子为防范南方少数民族，在汉水以北分封了很多姬姓的小国。楚国崛起之后，逐一灭掉了这些姬姓小国。参见本诗〔重险犹申息〕条笺注。

到此歌遵陆，行人赋《载驰》。晓酲消芳蔗，寒蔌饱胡荽。转毂萦心曲，棲尘眯目瞦。计程原瞴瞴，发轸轨徲徲。

〔到此歌遵陆〕遵陆，走陆路。《诗经 · 豳风 · 九罭》："鸿飞遵陆，公归不复。"此句指，至此，改走陆路。案：京汉铁路的南端为汉口，据此句分析：刘师培自上海沿长江逆流西进，至汉口改乘火车北上。

〔《载驰》〕乘车疾行。《诗经 · 鄘风 · 载驰》："载驰载驱，归唁卫侯。"

〔晓酲消芳蔗〕朱彝尊《曝书亭集》卷 7《风怀二百韵》："晓酲消芳蔗，寒具析餦餭。"《说文解字》卷 14 下《酉部》："酲，……一曰醉而觉也。"《糖霜谱 · 原委第三》："蔗有四色，曰杜蔗，曰西蔗，曰芳蔗，本草所谓荻蔗也，曰红蔗，《本草》所谓'昆仑蔗'也。红蔗止堪生噉，芳蔗可作沙糖，西蔗可作霜，色浅，土人不甚贵。"酲，石印本、《雅言》本作"醒"。

〔寒蔌饱胡荽〕《尔雅注疏》卷 5《释器第六》："菜谓之蔌。"郭璞注："蔌者，菜茹之总名。"蔌，通"蔌"。《重订直音篇》卷 4《艸部二百一》："蔌，……菜茹名。"胡荽，芫荽、香菜。《事物纪原》卷 10《草木花果部五十四》："胡荽，《博物志》曰：张骞使大夏，得胡荽。《邺中记》曰：石勒改曰香荽。"

〔转毂萦心曲〕转毂，本指车轮旋转。亦喻内心焦灼，愁肠百回。详见《杂赋》一诗〔肠毂日九回〕条笺注。参见《题张船山南台饮酒图》一诗〔转毂繇来无百年〕条笺注。心曲，心坎，心事。《毛诗正义》卷 6—3《秦风 · 小戎》："在其板屋，乱我心曲。"郑玄笺："心曲，心之委曲也。"

〔棲尘眯目瞦〕棲尘，沾染尘土，喻被世俗之事所牵绊。《全唐诗》卷 377 孟郊

《赠建业契公》："虽然到城郭，衣上不栖尘。"（第6册P4247）秦观《淮海集》卷4《同子瞻赋游惠山三首》其二："洞天不知老，金界无栖尘。"睛，瞳仁。《说文解字注》卷4上《目部》："睛，目童子精也。"段注："精谓精光也，俗作睛。"《说文解字注》卷4上《目部》："眯，艸入目中也。"段注："《庄子》：'簸穅眯目'。《字林》云：'眯物入眼为病。'然则非独艸也。"

〔计程原膴膴〕计程，计算路程时间。《全唐诗》全364刘禹锡《罢和州游建康》："官闲不计程，遍上南朝寺。"（第6册P4117）《毛诗正义》卷16—2《大雅·文王之什·绵》："周原膴膴，堇荼如饴。"毛传："周原，沮漆之间也。膴膴，美也。"郑玄笺："广平曰原，周之原地在岐山之南，膴膴然肥美。"

〔发轸轨徲徲〕发轸，乘车启程。《艺文类聚》卷28《人部十二·游览》："后汉班彪《游居赋》曰：……遂发轸于京洛，临孟津而北厉。"《广雅》卷6《释训》："徲徲，……往来也。"轨，指京汉铁路的铁轨。

楚塞开冥阨，般斤溯瑑锤。数峰灵蹠掌，一抹黛横眉。闻说辰躔柳，斯民稼熟粢。鲁云书错沴，殷雨沛庬褫。

〔楚塞开冥阨〕《吕氏春秋》卷13《有始》："山有九塞，……何谓九塞？大汾、冥阨、荆阮、方城、殽、井陉、令疵，句注，居庸。"高诱注："大汾处未闻，冥阨、荆阮、方城皆在楚。"

〔般斤溯瑑锤〕萧统《昭明太子集》卷2《七契》："乃使匠石运斤，班输瑑锤。"般斤，鲁班之斧。瑑锤，瑑石头、玉石的锤子。此句典出《庄子·徐无鬼第二十四》的"郢匠挥斤"，详见《阴氛篇》一诗〔般斤岂弗珍〕条笺注。瑑，《国学荟编》本作"琢"。

〔数峰灵蹠掌〕典出张衡《西京赋》，指巨灵神以双手劈大山为二。详见《阴氛篇》一诗〔灵斧挥神枢〕条笺注。

〔一抹黛横眉〕《西京杂记》卷2："司马相如初与卓文君还成都，……文君姣好，眉色如望远山，脸际常若芙蓉。"后常以黛眉喻山。《乐府诗集》卷26罗隐《江南曲》："江烟湿雨鲛绡软，漠漠远山眉黛浅。"

〔闻说辰躔柳，斯民稼熟粢〕柳，星宿名。《尔雅注疏》卷6《释天》："咮，谓之柳。柳，鹑火也。"郭璞注："咮，朱鸟之名。""鹑，鸟名，火属南方。"躔，天体运行。详见《台湾行》一诗〔闽地仍分婺女躔〕条笺注。《晋书·天文志上》："柳八星，天之厨宰也，主尚食，和滋味。"《汉书 · 天文志》："南宫朱鸟……柳为鸟喙，主木草。"《类经图翼》卷 1《四季日躔宿度昼夜长短刻数》："立秋七月节，日躔柳十度，入酉正三刻，昼五十六刻，夜四十四刻。后十日，昼五十五刻，夜四十五刻。"《历体略》卷上《二曜》："日与月，为阴阳之宗。而日尤为君。天之得以为天，岁之得以成岁者，日而已矣。不得其轨度，欲以步历何道之从而可……立秋躔柳。"《周礼注疏》卷 19《春官宗伯 · 小宗伯》："辨六齍之名物与其用，使六宫之人共奉之。"郑玄注："齍，读为粢。六粢，谓六谷，黍、稷、稻、粱、麦、苽。"同上书同卷《春官宗伯 · 肆师》："祭之日，表齍盛，告絜。"郑玄注："粢，六谷也。"此句指，立秋日，太阳通过人眼观察的运行轨迹到达柳星，正是庄稼成熟的季节。躔，石印本、《国学荟编》本作"躚"。

〔鲁云书错沴〕《春秋左传正义》卷 11《僖公五年》："春王正月，辛亥朔日，公（指鲁僖公——引者）既视朔，遂登观台以望，而书，礼也。凡分、至、启、闭，必书云物，为备故也。"杜预注："分，春秋分也。至，冬夏至也。启，立春、立夏。闭，立秋、立冬。云物，气色灾变也。""素察妖祥，逆为之备。"《周礼 · 春官宗伯 · 保章氏》："以五云之物，辨吉凶，水旱降，丰荒之祲象。"《汉书 · 谷永传》："《传》曰：'六沴作见，若不共御，六罚既侵，六极其下。'"颜师古注："此《洪范》之传也。沴，灾气也。"《楚辞章句》卷 4 屈原《九章 · 怀沙》："人生有命兮，各有所错兮"。王逸注："错，安也。"此句指，鲁国于立春、立夏，立秋、立冬节气必望云气并记录在案以预测吉凶、旱涝和丰欠，并为之做准备，以安国家。

〔殷雨沛庞褫〕褫，当作"禠"。《后汉书 · 张衡传》载其《思玄赋》："汤蠲体以祷祈兮，蒙厖禠以拯人。"李贤注："蠲，洁也。祈，求也。《尔雅》曰：'厖，大也。禠，福也。'《帝王纪》曰：'汤时大旱七年，殷史卜曰："当以人祷。"汤曰："必以人祷，吾请自当。"遂齐戒，翦发断爪，以己为牲，祷于桑林之社，果大雨。'言蒙天大福，以拯救人。"（《文选》卷 15 亦载此文）厖，通"庞"。《汉书 · 司马相如传下》载其《封禅文》："湛恩厖洪，易丰也。"《六臣注文选》卷 48 司马长卿（相如）《封禅文》："湛恩厖鸿，易丰也。"（明嘉靖二十八年钱塘洪楩刊本）殷，石印本作"殷"。庞（龐），石印本作"厖（龐）"。案：厖，"庞"的异体字。

下邑民悬釜，岑崖户汲甀。平畴膏黍沃，连隰湿禾黴。远近应同润，高卑讵异施。民生原况瘁，帝泽信无厶。

〔下邑民悬釜〕下邑，指地势低的城镇。《战国策》卷 18《赵一》：“三国之兵乘晋阳城（指晋国的智氏、韩氏、魏氏进攻赵氏——引者），遂战。三月不能拔，因舒军而围之，决晋水而灌之。围晋阳三年，城中巢居而处，悬釜而炊，财食将尽，士卒病羸。”后以“悬釜而炊”喻生活艰苦。

〔岑崖户汲甈〕岑崖，山崖，喻地势高。《淮南鸿烈解》卷 13《汜论训》：“木钩而樵，抱甈而汲。民劳而利薄。”高诱注：“钩，镰也。樵，薪。蒸甈，武。今兖州曰小武为甈，幽州曰瓦。”后以“抱甈而汲”喻劳作辛苦但获利微薄。《集韵》卷 7《去声上·寘第五》：“甈，《说文》：小口罂也。”

〔平畴膏黍沃〕平畴，平地、平原上的田地。此句指，平原土地肥沃，易于庄稼生长。

〔连隰湿禾黴〕连隰，接连成片的低洼潮湿处。黴，同“霉”，腐败、霉变。《广雅》卷 3《释诂》：“黴，……败也。”

〔远近应同润，高卑讵异施〕此二句指，无论远近，万物应同享恩泽，岂能因地势高低不同而有异同。

〔民生原况瘁，帝泽信无厶〕况瘁，憔悴。《毛诗正义》卷 9—4《小雅·鹿鸣之什·出车》：“忧心悄悄，仆夫况瘁。”孔颖达疏：“时既受命行，汝将帅则忧心悄悄然，临事而惧。仆夫忧马不正，亦然滋益憔悴矣。”厶，同“私”。《正字通》子集下《厶部》：“厶，隶作私。”此二句指，百姓生计本已困苦，上天的恩泽应中正而无偏私。

重险犹申息，涓流失颍沩。韦潭鳣泼泼，榛野兕騃騃。举世规秦鹿，余氛尚宛雒。笳音聆断续，杠锦曳参縒。

〔重险犹申息〕为遏止南方楚国和少数民族势力的威胁，周天子在汉水以北分封了很多姬姓小国。其大致位置即今河南南部、湖北北部地区。其中就包括申国和息国。申国大致在今河南南阳一带，而息国则在河南信阳一带。后“汉阳诸姬”均被楚国所灭。楚国利用申国和息国的年轻人，建立了著名的“申息之师”与中原争霸抗衡。参见本诗〔南土绥申伯〕、〔地尽汉阳姬〕条笺注。此句的字面意思为，周朝和楚国都曾以申息之地作为防御对方的险隘。其隐含之意则为，刘师培自汉口沿京汉铁路北上进入河南南部（信阳为京汉路河南南部第一个一等大站）。

〔涓流失颍沩〕颍，颍水（今称颍河），发源自河南少室山，东南向流入淮河。《水经注》卷 22《颍水》：“颍水出颍川阳城县西北少室山。……又东南至慎县（约今安徽颍上县——引者）东，南入于淮。”沩，疑应为“汝”。沩水，发源于湖南宁乡，自望城入湘江。汝水，今称“北汝河”和“南汝河”。发源于河南嵩县，东南向汇入淮河。“汝颍”地区位于今河南中心地带，古时常以之指楚国与中原抗衡的北部屏障。《荀子·议兵篇第十五》：“楚人……汝颍以为险，江汉以为池，限之以邓林，缘之以方城。然而秦师至，而鄢郢举，若振槁然，是岂无固塞隘阻也哉!”此句的字面意思为，楚国失去了颍水、汝水之地。其隐含之意与上句同，指刘师培沿京汉铁路进入河南地区。

〔韦潭鳣泼泼〕韦潭，生长着芦苇的水潭。《毛诗正义》卷3—2《卫风·硕人》：“施罛濊濊，鳣鲔发发。”毛传：“鳣，鲤也。鲔，鮥也。发发，盛貌。”陆德明《音义》：“鳣，陟连反，大鱼，口在颔下，长二三丈，江南呼黄鱼，与鲤全异。……马云：‘鱼着网，尾发发然。’《韩诗》作‘鱍’。”《吕氏春秋》卷3《季春纪第三·三月纪》：“天子焉始乘舟，荐鲔于寝庙，乃为麦祈实。”高诱注：“《诗》曰：‘鳣鲔泼泼’”。

〔榛野兕駓駓〕榛野，长满野草的荒野。《楚辞章句》卷9屈原（一说为宋玉）《招魂》：“土伯九约，其角觺觺些。敦脄血拇，逐人駓駓些。参目虎首，其身若牛些。”王逸注：“土伯，后土之侯伯也。约，屈也。觺觺，犹狺狺，角利貌也。言地有土伯，执卫门户，其身九屈，有角觺觺，主触害人也。”“敦，厚也。脄，背也。拇，手拇指也。”“駓駓，走貌也。言土伯之状，广肩厚背，逐人駓駓，其走捷疾，以手中血漫污人也。”“言土伯之头其貌如虎，而有三目，身又肥大，状如牛也。”駓，同“駓”。《重修玉篇》卷23《马部第三百五十七》：“駓，……又駓駓，马走皃（貌——引者）。駓，同上。”《尔雅翼》卷18《释兽一·兕》：“兕，似牛，一角，青色，重千斤。或曰，即犀之牸者。”《正字通》巳集下《牛部》：“牸，……牝牛。”案：从《招魂》对“土伯”的描述，其状似犀牛。

〔举世规秦鹿〕秦鹿，指中央政权。详见《一萼红·徐州怀古》一词〔中原逐鹿〕条笺注。规，图谋获取。《国语》卷2《周语中》：“昔我先王之有天下也，规方千里以为甸服。”韦昭注：“规，规画而有之。”

〔余氛尚宛雏〕余氛，指残存的贼寇。《旧唐书·韦云起传》：“盩厔、司竹，余氛未殄；蓝田、谷口，群盗实多。”《庄子集释》卷6下《（外篇）秋水第十七》：“惠子相梁，庄子往见之。或谓惠子曰：‘庄子来，欲代子相。’于是惠子恐，搜于国中三日三夜。庄子往见之，曰：‘南方有鸟，其名鹓鶵，子知之乎？夫鹓鶵，发于南海而飞于北海，非梧桐不止，非练实不食，非醴泉不饮。于是鸱得腐鼠，鹓鶵过之，仰而视之曰：“吓！”今子欲以子之梁国而吓我邪？’”郭庆藩引成玄英疏：“鹓鶵，鸾凤之属，亦言凤子也。”《方言疏证》卷 8：“宛、野谓鼠为䶂。”郭璞注：“宛、新野，今皆在南阳，音锥。”戴震疏证：“案：䶂亦作鼵。《玉篇》云：‘南阳呼鼠为鼵。’”此句指，残存的贼寇为高洁者所不齿的蝇头小利而争斗。上句与此句，均指民初混乱的时局。案：1913 年末，“白朗起义”的主战场正在豫南、鄂北一带。11 月，起义军攻陷南阳。可参见张显明、余进仓《白朗传：民国农民起义纪实》，中州古籍出版社 2000 年 1 月第 1 版。

〔笳音〕胡笳之声，喻指战事。《全唐诗》卷 87 张说《幽州夜饮》：“军中宜剑舞，塞上重笳音。不作边城将，谁知恩遇深。”（第 2 册 P943）

〔杠锦曳参縒〕杠锦，包裹旗杆的丝锦。此处指战旗，喻战事。《鹖冠子》卷上《天则第四》：“盖毋锦（一作绵）杠悉动者，其要在一也。”陆佃注：“盖无锦，杠而撩辐俱动者，其要在杠故也。是故明主好要以一倡万，以锦韬杠，故谓之锦杠。《尔雅》曰：‘素锦韬杠。’”参縒，即参差。《正字通》未集中《糸部》：“縒，通作差。”曳，石印本本作“曵”。参縒，《雅言》本作“参差”。

此去疆分郑，频年阪度隔。于行裳锦絅，聊乐帛巾綥。治蹟余东里，皇风訙大隗。雄关钤巩郏，远水眺瀍涧。

〔此去疆分郑〕郑国的疆域位于今河南省的中北部。此句亦为刘师培记述沿京汉线北上的行程。

〔频年阪度隔〕《说文解字注》卷 14 下《𨸏部》：“隔，郑地，阪。从𨸏为声。《春秋传》曰：‘将会郑伯于隔。’”段注：“隔，今经传皆作鄬。”案：鄬，郑国山名，在今河南平顶山鲁山县域。

〔于行裳锦絅〕絅，单衣。锦，华丽的服装。《礼记正义》卷 53《中庸》：“《诗》曰：‘衣锦尚絅’，恶其文之著也。”郑玄注：“禅为絅。锦，衣之美。而君子以絅表之，为其文章露见，似小人也。”陆德明《音义》：“絅，《诗》作褧，同。”今本《诗经 · 卫风 · 硕人》：“硕人其颀，衣锦褧衣。”《硕人》为《卫风》中的一篇，刘师培以此暗指自己北上的行程——到达古时卫国之地。春秋时，卫国的疆域大致在今河南北部、河北南部地区，其都城在今河南濮阳。

〔聊乐帛巾綥〕《毛诗正义》卷 4—4《郑风 · 出其东门》：“缟衣綦巾，聊乐我员。”毛传：“缟衣，白色，男服也。綦巾，苍艾色，女服也。愿室家得相乐也。”郑玄笺：

"缟衣綦巾，所为作者之妻服也。"孔颖达疏："彼服缟衣之男子，服綦巾之女人，是旧时夫妻。愿其还自配合，则可以乐我心云耳。"《集韵》卷 1《平声一 · 之第七》："緸，……《说文》：'帛，苍艾色。'引《诗》：'缟衣緸巾'，未嫁女所服。……或作綦。"刘师培以此暗指自己北上的行程——到达古时郑国之地。郑国的疆域位于今河南省的中北部。郑卫两国接壤，卫在郑的东北。緸，石印本、《国学荟编》本、《雅言》本作"綼"。

〔治迹余东里〕《论语注疏》卷 14《宪问第十四》："子曰：'为命：裨谌草创之，世叔讨论之，行人子羽修饰之，东里子产润色之。'"邢昺疏："东里，郑城中里名。子产居东里，因以为号。"《列子 · 仲尼第四》："郑之圃泽多贤，东里多才。"案：郑国大夫子产是著名的贤臣，深受百姓爱戴。东里，子产居住地，位于今河南新郑。参见《述怀一百四十韵示蜀中诸同好》一诗〔浩歌余野哭〕条笺注。

〔皇风訙大騩〕皇风，指轩辕黄帝。訙，同"讯"。大騩，山名，又名具茨山，位于今河南省禹州、新郑、新密三地交界处。《水经注》卷 22《溴水》："溴水出河南密县大騩山。"郦道元注："大騩即具茨山也。黄帝登具茨之山，升于洪堤上，受《神芝图》于华盖童子，即是山也。"《山堂肆考》卷 17《具茨受图》："《阳城记》：黄帝登具茨之山，升于洪堤之上，受《神芝图》于黄盖童子。山在开封府新郑县西南。"訙，石印本、《雅言》本作"訊"。

〔雄关钤巩郑〕雄关，指虎牢关，古代著名关隘，位于今河南荥阳市汜水镇。《穆天子传》卷 5："乃生捕虎而献之天子，命之为柙，而畜之东虞，是为虎牢。"《水经注》卷 5《河水》："洛水从县西北流注之，又东过成皋县北，济水从北来注之。"郦道元注："《穆天子》传曰：天子射鸟猎兽于郑圃，命虞人掠林，有虎在于葭中。天子将至，七萃之士高奔戎，生捕虎而献之天子，命之为柙，畜之东虢，是曰虎牢矣。然则虎牢之名自此始也。"《水经注疏》卷 77《济水》："与河合流，又东过成皋县北，又东过荥阳县北，又东至砾溪南，东出过荥泽北。"郦道元注："黄水又东北至荥泽南，分为二水，一水北入荥泽，下为船塘，俗谓之郑城陂，东西四十里，南北二十里。"郭守敬疏："荥泽久塞，此称一水北入荥泽，下为船塘，则塘在荥泽南，计周数十里，当在今郑州之西境，荥阳县之东境。"案：虎牢关西为巩义（古称巩县），东为荥阳，正位于巩义与荥阳间东西交通要道之上，故曰"雄关钤巩郑"。

〔瀍泋〕瀍水，古水名，今称瀍河，源出河南洛阳孟津任家岭，东南向注入洛水（洛河）。《水经注》卷 15《瀍水》："瀍水出河南谷城县北山，东与千金渠合，东南入于洛。”洢水，古水名，今称伊河。源出河南卢氏县熊耳山，东北向注入洛河。《集韵》卷 1《平声一 · 脂第六》：“洢，水名，在河南陆浑山入河，通作伊。”瀍，石印本作“瀍”，《国学荟编》本、《雅言》本作“瀍”。

汉鼎基营雒，周台丧筑誃。青坛臻瑞玉，翠羽拾琛褵。故阙祠开母，神峰拱少姨。按流图北氾，综邑得东訾。

〔汉鼎基营雒〕西周初，周公营建洛邑，即今洛阳，称“成周”，形成镐京和洛邑的“两京制”，奠定了周王朝的统治基础。参见《咏史（十二首）》其十一一诗〔成周〕条笺注。周朝的国姓为“姬”，被认为是后世汉民族之始，故称“汉鼎”。《六臣注文选》卷 43 丘希范（迟）《与陈伯之书一首》：“故知霜露所均，不育异类。姬汉旧邦，无取杂种。”刘良注：“姬，周姓也。言成王、光武皆都洛阳，故云旧邦也。”

〔周台丧筑誃〕《太平御览》卷 177《居处部五 · 台上》：“《帝王世纪》曰：周赧王虽居天子之位，为诸侯所侵逼，与家人无异。贳于民，无以归之，乃上台以避之。故周人因名台曰逃债台，故洛阳南宫誃台是也。”周赧王是东周的末代君主，亡国之君，故称“丧”。

〔青坛臻瑞玉〕青坛，指大伾山，在今河南浚县东，道教名山。《尚书正义》卷 6《禹贡》：“东过洛汭，至于大伾。”孔颖达疏：“郑玄云：大伾在修武、武德之界。张揖云：成皋县山也。《汉书音义》有臣瓒者，以为修武、武德无此山也。成皋县山又不一成，今黎阳县山临河，岂不是大伾乎？瓒言当然。”《禹贡锥指 · 略例》：“如大伾，亦名黎山，又名黎阳山，又名黎阳东山，又名青坛山。”瑞玉，指玉圭。《仪礼注疏》卷 26 上《觐礼》：“乘墨车，载龙旗、弧韣，乃朝以瑞玉，有缫。”郑玄注：“瑞玉，谓公桓圭，侯信圭，伯躬圭，子谷璧，男蒲璧。”《说文解字注》卷 13 下《土部》：“圭，瑞玉也。上圜下方，公执桓圭，九寸；矦执信圭，伯执躬圭，皆七寸；子执谷璧，男执蒲璧，皆五寸。以封诸矦，从重土。楚爵有执圭。”案：圭为道教法物，在道教文化中占有非常重要的地位，由高功（道功高深的道士）朝真谒帝时专用。《灵宝玉鉴》卷 19《飞神谒帝门 · 圭上朝真符》：“用金镂文圭上，玉帝诀，存元始一炁金光成符。”《重修玉篇》卷 26《至部第四百十五》：“臻，……聚也，众也。”

〔翠羽拾琛褵〕《文选》卷 19 曹子建《洛神赋》：“尔乃众灵杂沓，命俦啸侣，或戏清流，或翔神渚，或采明珠，或拾翠羽。”案：《文选注》，李善为《洛神赋》著者“曹子建”条目作注：“《记》曰：植初求甄逸女，不遂。后太祖回，与五官中郎将，植殊不平，昼思夜想，废寝与食。黄初中入朝，帝示植甄后玉镂金带枕，植见之，不觉泣下。……植还度轘辕，将息洛水上，因思甄后，忽若有见，遂述其事，作《感甄赋》。后明帝见之，改为《洛神赋》。”琛褵，玉带。《六臣注文选》卷15张平子（衡）《思玄赋》：“献环琨与琛缡兮，申厥好之玄黄。”李善注：“《韩诗章句》曰：‘缡，带也。’刘良注：“琛，玉也。缡，带。”拾翠羽，即于洛水岸边捡拾绿色的羽毛，刘师培亦以此喻河南风物。

〔故阙祠开母，神峰拱少姨〕开母，即“启母”涂山氏，大禹之妻，夏启之母，因避汉景帝刘启御讳，改为“开母”。嵩山有“开母庙”，今有刻于东汉的《嵩山开母庙石阙铭》拓本传世。开母庙石阙，与太室石阙、少室石阙，并称“嵩山三阙”。罗泌《路史》卷46《余论九·启母石》：“夏后氏生，而母化为石。……今登封东北十里有庙，庙有一石，号‘启母石’。……元封元年，武帝幸緱氏。制曰：‘朕用事华山，至中岳，见夏后启母石。’伏云，启母化为石，启生其中。地在嵩北，有少室姨神庙，登封北十二里，云启母之姨。……《淮南子》：‘禹通轘辕，涂山欲饷，闻鼓乃来。禹跳石误中鼓，涂山忽至，见禹为熊，惭而去，至嵩山下化为石。禹曰：“归我子!”石破北方而生启’。”杨炯《盈川集》卷5《碑·少室山少姨庙碑》：“臣谨按：少姨庙者，则《汉书·地理志》‘嵩高少室之庙’也。其神为妇人像者，则故老相传云，启母涂山之妹也。”

〔按流图北汜〕汜水，亦作“氾水”，发源于今河南巩义市东南，流经荥阳市汜水镇西，北入黄河。《元和郡县图志》卷5《河南道（一）·河南府·汜水县》：“汜水出县东南三十二里浮戏山，经虎牢城东，汉破曹咎于此。”《禹贡锥指》卷8：“浮于洛，达于河。”胡渭注：“其通河者，唯汜水耳。汜水出浮戏山北，流径虎牢城东，而北注于河。”图北，向北去。《庄子·逍遥游第一》：“背负青天而莫之夭阏者，而后乃今将图南。”此句指，汜水按照河道方向，向北流去。

〔综邑得东訾〕《春秋左传正义》卷51《昭公二十四年》：“冬十月癸酉，王子朝用成周之宝珪于河。甲戌，津人得诸河上。阴不佞以温人南侵，拘得玉者，取其玉，将卖之，则为石。王定而献之，与之东訾。”杜预注：“巩县西南訾城是也。”案：综邑，即指“东訾”。《后汉书·郡国志一·司隶·河南》：“巩……有东訾聚，今名訾城。”《周易正义》卷7《系辞上》：“参伍以变，错综其数。”孔颖达疏：“错谓交错，综谓总聚。”《说文解字》卷8上《㐺部》：“聚，会也，……邑落云聚。”

河水宣房迹，东流砥柱楮。滩痕鴩剖苇，沙彩贝余赋。鸟瑞残金检，鱼缸钓石菑。几闻襟汴洛，卻渡即温郗。

〔河水宣房迹〕《史记 · 河渠书》："自河决瓠子后二十余岁，岁因以数不登，而梁楚之地尤甚。……天子（指汉武帝——引者）既临河决，悼功之不成，乃作歌曰：'……颓林竹兮楗石菑，宣房塞兮万福来。'于是卒塞瓠子，筑宫其上，名曰宣房宫。"《史记 · 孝武本纪》："还至瓠子，自临塞决河，留二日，沉祠而去。"裴骃《集解》："服虔曰：'瓠子，堤名。'苏林曰：'在甄城以南，濮阳以北。'"

〔东流砥柱楮〕砥柱，指砥柱山，在今河南三门峡黄河之中。《尚书正义》卷 6《禹贡》："东至于厎柱"。孔传："厎柱，山名。河水分流，包山而过，山见水中若柱然，在西虢之界。"《山堂肆考》卷 17《砥柱三门》："砥柱山，在河南府陕州城东黄河中。《禹贡》导河'东至于砥柱'，即此。郦道元注《水经》：禹治洪水，凡山陵当水者凿之通河，河水分流包山，在水中若柱然，故曰砥柱山。有三门，南曰鬼门，中曰神门，北曰人门。"楮，柱础石。详见《咏史（十二首）其三》一诗〔雕俗颠楮恒〕条笺注。

〔滩痕鴩剖苇〕滩痕，涟漪。韩淲《鹧鸪天 · 兰溪舟中》："帆迎山色来还去，艕破滩痕散复圆。"（唐圭璋《全宋词》第 4 册 P2241，中华书局 1965 年 6 月第 1 版）鴩，一种小鸟，又名"巧妇鸟""桃雀"。详见《述怀一百四十韵示蜀中诸同好》一诗〔鴩遂巢林〕条笺注。《尔雅注疏》卷 10《释鸟第十七》："鴩鷯，剖苇。"郭璞注："好剖苇皮，食其中虫，因名云。江东呼卢虎，似雀，青斑长尾。"

〔贝余赋〕一种贝壳。《尔雅注疏》卷 9《释鱼第十六》："贝，居陆赚，在水者蜬。……余赋，黄白文。"郭璞注："以黄为质，白文为点。"

〔鸟瑞残金检〕《事类赋》卷 18《禽部 · 凤》："复有为唐尧而负图。"吴淑注："《合成图》（即《春秋合诚图》，或曰《春秋合成图》——引者）曰：'尧生丹朱，与太尉舜观。凤凰负图，授尧。图以赤玉为押，黄金检，白玉绳，其章曰：'天敕帝符玺'五字也。"（《太平御览》卷 915《羽族部二 · 凤》录《春秋合成图》，曰"黄玉检"，有"尧坐中舟，与太尉舜临观"句）案：帝尧所受即"洛书"。详见《述怀一百四十韵示蜀中诸同好》一诗〔龟图昭坦坦，雀瑞辨龃龃〕条笺注。检，即"斗检封"，指在"封泥"上盖印，以防文书被私自拆开。金检，指黄金制成的"封泥匣"，以保护"封泥"不被破坏。《通雅》卷 32《器用 · 印章》："古以泥封检而印之，曰斗检封。《周礼 · 司市》注：'玺节章，如今斗检封矣。'疏曰：'案：汉法，斗检封，其形方，上有封检。其内有书。则周时印章上书其物，识事而已。'"此句指，凤凰曾负洛书授帝尧，其上的黄金“封泥匣”已残破不全。喻指年代久远，时过境迁。

〔鱼矼钓石菑〕《东坡诗集注》卷 4 苏轼《江西一首》：“何人得隽窥鱼矼”。王十朋集注：“次公：‘聚石渡水曰矼。’今言鱼矼，盖聚石抵鱼处也。”《汉书 · 沟洫志》：“颓林竹兮楗石菑，宣房塞兮万福来。”颜师古注：“石菑者，谓臿石立之，然后以土就填塞之也。”此句指，昔日堵塞黄河决堤的臿石，如今成了钓鱼人站立垫脚之处。此句亦喻指年代久远，时过境迁。钓，石印本、《雅言》本作“钧”，似误。

〔几闻襟汴洛〕此句指郑州，郑州当时为京汉铁路一等大站。开封在东，洛阳在西，郑州正位于其间，故曰“襟汴洛”。

〔卻渡即温郗〕温、郗，春秋时小国。温位于今河南温县一带，郗即今河南沁阳市一带，位于黄河北岸，与郑州一河之隔。故曰“卻（却）渡”。却，又、再。《杜诗详注》卷 19《归》：“束带还骑马，东西却渡船。”仇兆鳌注：“及归，则束带骑马，又卸马渡船。”《玉台新咏》卷 1《古诗无名人为焦仲卿妻作（并序）》：“念母劳家里，却与小姑别。”卻，石印本、《雅言》本作“却”。

列壤鳞皴锦，连峰彩耀珁。霜原雄野鹘，雨浪涌河觝。同颖禾骈穗，杉枝木曲榑。衣纹缤马舄，茎穗擢牛茥。

〔列壤鳞皴锦〕列壤，本指划分国土的区划范围，或分封诸侯勋贵。此处指连绵的土地。吕陶《净德集》卷 6《表 · 谢成都府路转运副使表》：“昭示大公，终赐矜怜。俾尘寄任，况岷峨之列壤，乃桑梓之封。”鳞皴，褶皱粗糙如鱼鳞状。《全唐诗》卷 314 袁高《茶山诗》：“终朝不盈掬，手足皆鳞皴。”（第 5 册 P3536）《全唐诗》卷 365 刘禹锡《碧涧寺见元九侍御和展上人诗有三生之句因以和》：“廊下题诗满壁尘，塔前松树已皴鳞。”（第 6 册 P4131）此句形容河山锦绣，土地肥沃，景色秀美。

〔连峰彩耀珁〕连峰，峰峦叠嶂。白居易《白氏长庆集》卷 68《碑志序记表赞论衡书（凡十三首）· 沃洲山禅院记》：“故道猷诗云：连峰数千里，修林带平津。”（案：晋末宋初人帛道猷有文《与竺道台书》，其中有诗如此，载《释文集》卷 7。《古诗纪》卷 47《晋第十七》收录此诗，题作《陵峰采药触兴为诗》）《艺文类聚》卷 91《鸟部中 · 鸡》：“晋习嘏长《鸣鸡赋》曰：……殊姿艳溢，彩耀华披。”《集韵》卷 1《平声一 · 之第七》：“珁，……《说文》：‘石之似玉者。’一曰，五色玉。”

〔霜原雄野鹘〕霜原，霜降的原野。《全唐诗》卷 5 上官昭容（婉儿）《驾幸新丰温泉宫献诗三首》：“三冬季月景龙年，万乘观风出灞川。遥看电跃龙为马，回瞩霜原玉作田。”（第 1 册 P63）《本草纲目》卷 49《禽之三 · 鸱》李时珍《集解》：“鹘小于鸱，而最猛捷，能击鸠鸽，亦名鹬子，一名笼脱。”

〔雨浪涌河鮔〕雨浪，雨滴击打水面形成的水波。《全唐诗》卷 239 钱起《江行无题一百首（一作钱珝诗）》其八：“霁云疏有叶，雨浪细无花。”（第 4 册 P2671）《说文解字》卷 11 下《鱼部》：“鮔，哆口鱼也。”《广雅疏证》卷 10 下《释鱼》：“鮔，……魠也。”王念孙注：“案：鳡黄故一名黄颊，口大故谓之哆口鱼。”《汉书 · 司马相如传上》载其《上林赋》：“鰅鰫鰬魠”。颜师古注：“魠，音托。郭璞曰：‘鰅、魠，鳡也，一名黄颊。’”

〔同颖禾骈穗〕即嘉禾，指一根麦秆上生出两个或三个麦穗。详见本诗〔嘉禾诞秬秠〕、〔穗献双歧麦〕条笺注。颖（穎），《雅言》本作“頴”。

〔枓枝木曲榑〕枓枝，盘曲下垂的树枝。详见本诗〔枓榦会双椅〕条笺注。榑，向下长的树枝。《广雅疏证》卷 10 上《释木》：“下支谓之榑榭。”王念孙注：“支与枝同。《玉篇》云：‘榑榭，木下枝也。’凡木枝多向上，故于其向下者别为之名也。”

〔衣纹缤马舄〕《尔雅注疏》卷 8《释草第十三》：“马舄，车前。”郭璞注：“今车前草，大叶长穗，好生道边。江东呼为虾蟆衣。”案：车前草又名“虾蟆衣”，纹路斑斓，故曰“衣纹缤”。

〔茎穗擢牛茎〕《广雅疏义》卷 19《释草》：“牛茎，牛蓟也。”钱大昭注：“《本草经》：‘牛膝，一名百倍。苗高二三尺，叶尖圆，如匙两两相对。有节似牛膝，节上生花作穗，秋结实。’吴普：‘生河内或临邛，叶如夏蓝，茎本赤。’案：《牛类篇》作‘苼茎’，旧本讹‘茎’，据《御览》订正。”

入夕城瞻卫，渐车水涉淇。榛苓要彼美，丝布邮氓蚩。籥翟前容肃，笄珈故彩玭。《硕人》葭揭揭，君子竹猗猗。

〔入夕城瞻卫〕卫，指卫国。春秋卫国的疆域大致位于今黄河以北的河南北部和河北南部部分地区。此句亦为刘师培记述沿京汉路北上行程。

〔渐车水涉淇〕《诗经 · 卫风 · 氓》：“淇水汤汤，渐车帷裳。”淇，淇水，古代卫国水名。发源于今河南安阳市林州，流向东南，于淇县与浚县间注入卫河。渐车帷裳，指水浸没了车子的下部，打湿了车帷。详见《独漉篇》一诗〔渐〕条笺注。

〔榛苓要彼美〕《毛诗正义》卷 2—3《邶风 · 简兮》诗序：“简兮，刺不用贤也。卫之贤者仕于伶官，皆可以承事王者也。”诗：“山有榛，隰有苓。云谁之思，西方美人。彼美人兮，西方之人兮。”毛传：“榛，木名。下湿曰隰，苓，大苦。”孔颖达疏：“陆玑云：‘榛，栗属，其子小，似橡子，表皮黑，味如栗’是也。榛字或作蓁，盖一木也。《释草》云：‘蘦，大苦。’孙炎曰：‘《本草》云：“蘦，今甘草”’是也。蔓延生，叶似荷，青黄，其茎赤，有节，节有枝相当。或云蘦似地黄。”“上言西方之美人，彼美人谓硕人。西方之人，谓宜为西方之人。”《孟子注疏》卷 11 下《告子章句上》：“今之人修其天爵，以要人爵。”赵岐注：“要，求也。”据诗序，《简兮》为讽刺卫国不用贤。刘师培亦以此句喻行程路过河南。苓，《雅言》本作“鶹（鹠）”，似误。

〔丝布邮氓蚩〕《毛诗正义》卷 3—3《卫风・氓》：“氓之蚩蚩，抱布贸丝。”毛传“氓，民也。蚩蚩者，敦厚之貌。布，币也。”郑玄笺：“币者，所以贸买物也。季春始蚕，孟夏卖丝。”《礼记正义》卷 17《月令》：“恤孤寡”。孔颖达疏：“恤，供给也。”

〔籥翟前容肃〕《毛诗正义》卷 2—3《邶风・简兮》诗序：“简兮，刺不用贤也。卫之贤者仕于伶官，皆可以承事王者也。”诗：“左手执籥，右手秉翟。”毛传：“籥，六孔。翟，翟羽也。”孔颖达疏：“《释乐》云：‘大籥谓之产。’郭璞曰：‘籥，如笛，三孔而短小。’《广雅》云：‘七孔’。郑于《周礼・笙师》及《少仪》《明堂位》注皆云‘籥如笛，三孔’，此传云六孔，与郑不同。盖以无正文，故不复改。传：‘翟，翟羽’，谓雉之羽也，故《异义》:《公羊》说乐《万》舞，以鸿羽取其劲轻，一举千里。《诗》毛说《万》以翟羽，《韩诗》说以夷狄大鸟羽。谨案:《诗》云‘右手秉翟’，《尔雅》说‘翟，鸟名，雉属也。’知翟羽，舞也。”容肃，仪容庄重恭敬。《礼记正义》卷 30《玉藻》：“君子之容舒迟，见所尊者齐遬。……气容肃，……”郑玄注：“似不息也。”《礼记・缁衣》：“心肃则容敬”。据诗序，《简兮》为讽刺卫国“不用贤”。刘师培亦以此句喻行程路过河南。翟，《国学荟编》本作“翟”。

〔笄珈故彩玼〕《毛诗正义》卷 3—1《鄘风・君子偕老》诗序：“君子偕老，刺卫夫人也。夫人淫乱，失事君子之道。”诗：“君子偕老，副笄六珈。”毛传：“副者，后夫人之首饰，编发为之。笄，衡笄也。珈笄，饰之最盛者，所以别尊卑。”郑玄笺：“珈之言加也。副既笄，而加饰，如今步摇上饰。古之制所有，未闻。”孔颖达疏：“言珈者，以玉加于笄为饰，后夫人首服之尤尊，故云‘珈笄，饰之最盛者’，……以言六珈，必饰之有六，但所施不可知。”《正字通》午集上《玉部》：“玼，……凡物之鲜盛者，皆曰玼。”据诗序，《君子偕老》为讽刺卫君夫人淫乱。刘师培亦以此句喻行程路过河南。

〔《硕人》葭揭揭〕《毛诗正义》卷 3—2《卫风・硕人》：“葭菼揭揭，庶姜孽孽。”毛传：“葭，芦。菼，薍也。揭揭，长也。”孔颖达疏：“‘葭，芦。菼，薍’，《释草》

文。李巡曰：‘分别苇类之异名。’郭璞曰：‘芦，苇也。蔥，似苇而小。’”硕人，美女。

〔君子竹猗猗〕《毛诗正义》卷 3—2《卫风 · 淇奥》：“瞻彼淇奥，绿竹猗猗。有匪君子，如切如磋。”毛传：“绿，王刍也。竹，萹竹也。猗猗，美盛貌。”案：古人认为，‘绿’与‘竹’是两种不同的植物，今人则直接理解为“绿色的竹子”。

宝物何年迹，孤文尚可搛。汗青辉册府，土碧晕匋𧆠。龟契周经兆，蛟纹汉缶甾。中州富文献，此美敌盘匜。

〔孤文尚可搛〕孤文，以前遗留下的仅存文献。《高僧传》卷 14 释慧皎《高僧传序》：“尝以暇日遇览群作，辄搜捡杂录数十余家，及晋宋齐梁春秋书史，秦赵燕凉荒朝伪历，地理杂篇，孤文片记，并博咨古老，广访先达。”搛，梳理。《广雅》卷 2《释诂》：“搛，理也。”案：自“宝物何年迹”以下多句，均为咏河南文物、文献之盛。搛，《雅言》本作“操”。

〔汗青辉册府〕汗青，指简册，亦特指史书。《易经蒙引》卷 1 上：“简，竹板也，即汗青也。谓之汗青者，竹以大汗之，则不蛀也。”《名义考》卷 12《物部 · 方策》：“古者折竹为简，以火炙之，令其汗，取其青易书。青简、汗青、杀青，皆取炙竹为义。”文天祥《文山集》卷 19《指南后录一 · 过零丁洋》：“人生自古谁无死，留取丹心照汗青。”册府，帝王藏书之所。详见《咏史（十二首）》其二一诗〔侧闻群玉山，册府森璆琳〕条笺注。

〔土碧晕匋𧆠〕土碧，指绿苔。参见《咏汉长无相忘瓦》一诗〔苔藓青青蚀土花〕条笺注。《重修玉篇》卷 16《缶部第二百四十三》：“匋，……作瓦器也，今作陶。”《说文解字》卷 5 上《𧆠部》：“𧆠，古陶器也。”晕，光影色泽周边模糊称“晕”，如“月晕”“晕染”。

〔龟契周经兆〕《诗经今注 · 雅 · 文王之什 · 绵》：“爰始爰谋，爰契我龟。”高亨注：“契，钻刻，古代用龟甲占卜，先把龟甲钻刻一个小孔，然后用火烤，小孔处裂成文，看文的形态来判定吉凶。”（上海古籍出版社 1980 年 10 月第 1 版 P377、379）兆，本义为占卜时灼烧龟甲产生的裂纹。经兆，则指龟甲上裂纹代表的“信息”。《周礼注疏》卷 24《春官宗伯下 · 大卜》：“大卜掌三兆之灋：一曰玉兆，二曰瓦兆，三曰原兆。其经兆之体皆百有二十，其颂皆千有二百。”孔颖达疏：“云‘经兆’者，谓龟之正经。云‘体’者，谓龟之金木水火土五兆之体。云‘经兆之体’，名体为经也。云‘皆百有二十’者，三代皆同，百有二十，若经卦皆八然也。”周，指周朝。案：河南安阳殷墟甲骨文现世于清末，至民初已尽人皆知。

〔蛟纹汉缶甾〕《说文解字》卷 12 下《甾部》：“甾，……东楚名缶曰甾。”《尔雅注疏》卷 5《释器第六》：“盎，谓之缶。”郭璞注：“盆也。”邢昺疏：“缶是瓦器，可以节乐，如今击瓯。又可以盛水，盛酒，即今之瓦盆也。”案：汉代有龙纹缶。海昏侯墓即出土有“蟠螭纹十二棱青铜缶”。《艺文类聚》卷 63《居处部三 · 观》：“后汉李尤《平乐观》赋曰：……龟螭蟾蜍，挈琴鼓缶。”

〔中州富文献〕王樵《尚书日记》卷 2《舜典》：“豫为九土之中，并有中州之名焉。”《论语集注》卷 2《八佾第三》：“子曰：‘夏礼吾能言之，杞不足徵也。殷礼吾能言之，宋不足徵也。文献不足故也。足则吾能征之矣。’”朱熹注：“文，典籍也。献，贤也。”

〔此美敌盘匜〕《鲍氏战国策注，卷六》卷 6《赵 · 惠文王》：“金试则截盘匜”。鲍彪注：“匜，盥器。”上句与此句指，河南传世文献的价值可以媲美上古盘匜等青铜器上的铭文。

旷宇开雄邺，遥山尽大岯。宫霜寒露掌，台日薄冰漇。东祕余青甗，西陵茂绿蓏。香尘知冥漠，繐帐有嗟嗞。

〔旷宇开雄邺〕《楚辞章句》卷 9 屈原（一说为宋玉）《招魂》：“幸而得脱，其外旷宇些。”王逸注：“旷，大也；宇，野也。”邺，邺城，今属河北邯郸临漳县，1949 年前属河南。三国曹魏时曾为都城。

〔大岯〕即“大伾”，指大伾山，在今河南浚县东。详见本诗〔青坛臻瑞玉〕条笺注。

〔宫霜寒露掌〕《类说》卷 4：“楚僧惠崇工诗……《上杨翰林》云：‘露寒金掌重，天近玉绳低。’”古代帝王建“铜仙承露”，铜人以手掌托盘承接露水，帝王和玉屑饮之，以求长生。参见《咏汉长无相忘瓦》一诗〔金茎尚挹三霄露〕条笺注。案：魏明帝曹睿，曾欲将长安汉武帝所建“金铜仙人”移到洛阳，后因过于沉重而丢弃于“霸城”（今西安灞桥）。参见《咏汉长无相忘瓦》一诗〔铜人泣〕条笺注。此句喻邺城，邺城未建过“铜仙承露”，非实指。

〔台日薄冰漇〕台，指冰井台，与著名的“铜雀台”比邻，曹操建于邺城。其遗址在今河北邯郸临漳县。《集韵》卷 1《平声一 · 支第五》：“漇，……《埤仓》：‘冰室也。’”《艺文类聚》卷 62《居处部二 · 台》：“《邺中记》曰：邺城西北立台，皆因城为基趾。中央名铜雀台，北则冰井台，又曰西台，高六十七丈，上作铜凤，窗皆铜龙”。

《水经注》卷 10《浊漳水》:“又东出山，过邺县西。”郦道元注:“石虎更增二丈，立一屋，连栋接榱，弥覆其上，盘回隔之，名曰命子窟。又于屋上起五层楼，高十五丈，去地二十七丈。又作铜雀于楼巅，舒翼若飞，南则金虎台，高八丈，有屋百九间。北曰冰井台，亦高八丈，有屋百四十五间。上有冰室，室有数井，井深十五丈，藏冰及石墨焉。石墨可书，又燃之难尽，亦谓之石炭。又有粟窖及盐窖，以备不虞，今窖上犹有石铭存焉。”

〔东祕余青简，西陵茂绿蔉〕东祕，指三国曹魏时的藏书机构。《通典》卷 26《职官八 · 诸卿中 · 祕书监》:“魏武帝又置祕书令，典尚书奏事。文帝黄初初，乃置中书令，典尚书奏事。而祕书改令为监，掌艺文图籍之事。初属少府，后乃不属（自王肃为监乃不属）。”西陵，曹操之陵墓，详见下条笺注。青简，典籍。详见本诗〔汗青辉册府〕条笺注。《正字通》午集下《示部》:“祕，……俗从禾，作秘。”《说文解字》卷 1 下《艸部》:“蔉，蒿也。”案：古时以“蒿里”喻坟茔。参见《升天行》一诗〔蒿里〕条笺注。曹操有诗《蒿里行》，载《宋书 · 乐志三》《乐府诗集》卷 27。曹操陵位于邺城以西，故曰“西陵”；邺城位于曹操陵以东，故曰“东祕”，简（簡），石印本《国学荟编》本、《雅言》本作“簡”。

〔香尘知冥漠，繐帐有嗟嗞〕香尘，多指女子步履。《拾遗记》卷 9:“石季伦（崇——引者）又屑沉水之香如尘末，布象床上，使所爱者践之。无迹者赐以真珠百琲，有迹者节其饮食，令体轻弱。”《野客丛书》卷 22《杨妃袜事》:“《玄宗遗录》又载：高力士于妃子临刑遗一袜，取而怀之。后玄宗梦妃子云云，询力士曰：‘妃子受祸时，遗一袜，汝收乎？’力士因进之。玄宗作《妃子所遗罗袜铭》，有曰：‘罗袜，罗袜，香尘生不绝’。”《文选》卷 60 陆士衡（机）《吊魏武帝文（并序）》:“悼繐帐之冥漠，怨西陵之茫茫。”《太平御览》卷 820《布帛部七 · 布》:“《魏武遗令》曰：‘铜雀台上安六尺床，施繐帐，月旦、十五日，向帐作妓。女等时时登铜雀台，望吾西陵墓田。’……陆机《吊魏武文》曰：‘悼繐帐之冥漠，怨陵西之芒芒。”繐，服丧时所穿服装的用料。《说文解字》卷 13 上《糸部》:“繐，细疏布也。”段注:“《礼经》曰：‘繐衰裳，牡麻绖，既葬除之者。’”《通雅》卷 37《衣服（布帛）》:“凡丧帐曰繐帐。”冥漠，本指虚无，亦为死亡的婉称。嗟嗞，同“嗟咨”，哀叹。《正字通》丑集上《口部》:“嗞，同咨。《说文》:‘嗟也。’”

骋望空灵雀，归飞感鸒鶋。殷墟迷相耿，赵浸涉漷滮。冀野丰黐黍，陉

冈富楝檋。重霄云弗郁，孤馆雨涔濙。

〔骋望空灵雀〕《艺文类聚》卷 62《居处部二·台》:“魏文帝《登台赋》序曰：建安十七年春，游西园，登铜雀台，命余兄弟并作。其词曰：登高台以骋望，好灵雀之丽娴。……”

〔归飞感鸒鶋〕《毛诗正义》卷 12—3《小雅·节南山之什·小弁》:“弁彼鸒斯，归飞提提。”毛传:“鸒，卑居。卑居，雅乌也。提提，群貌。”陆德明《音义》:“鸒，音豫。鸒斯，鹎居也。《尔雅》云:‘小而腹下白，不反哺者，谓之雅乌。’《说文》云:‘雅，楚乌也。一名鸒，一名鹎居。秦谓之雅。’一云斯。”孔颖达疏:“‘鸒，卑居’，《释鸟》文也。卑居又名雅乌。郭璞曰:‘雅乌，小而多群，腹下白，江东呼为鹎乌’是也。此鸟名鸒，而云‘斯’者，语辞，犹‘蓼彼萧斯’‘菀彼柳斯’。传或有‘斯’者，衍字。定本无‘斯’字。以刘孝标之博学，而《类苑·鸟部》立‘鸒斯’之目，是不精也。此乌性好群聚，故云‘提提，群貌’。”《集韵》卷 1《平声一·支第五》:“鸒鶋，雅乌也。”

〔殷墟迷相耿〕《史记·项羽本纪》:“项羽乃与期洹水南殷虚上。”裴骃《集解》:“骃按：应劭曰:‘洹水在汤阴界。殷虚，故殷都也。’瓒曰:‘洹水在今安阳县北，去朝歌殷都一百五十里。’”相、耿，皆曾为殷商时的都城。相，约位于今河南安阳。耿，约位于今山西河津。《玉海》卷16《地理·京辅·商五邦》:“《盘庚（上）》:‘不常厥邑，于今五邦。’注：汤迁亳，仲丁迁嚣，河亶甲居相，祖乙居耿，我往居亳。凡五徙国都。《释文》:‘马氏云:“五邦谓商丘、亳、嚣、相、耿也。”’”殷，石印本作“殷”。

〔赵浸涉渪滮〕《说文解字注》卷 11 上《水部》:“寖，水。出魏郡武安东北，入呼沱水。”段注:“隶作‘浸’。”《说文解字》卷 11 上《水部》:“渪，水。出赵国襄国之西山，东北入寖。”《说文解字》卷 11 上《水部》:“滮，水。出赵国襄国，东入渪。”

〔冀野丰穈黍〕冀野，指河北地区的原野。《正字通》亥集下《黍部》:“穈，与糜（糜——引者）同。”《事物异名录》卷 24《蔬谷部下·黍》:“糜子，……余按:《诗缉》云：黍有二种，黏者为秫，可以酿酒。不黏者黍。今关西总谓之糜子。”穈，《雅言》本作“麻”。

〔陉冈富楝檋〕陉，指由华北平原穿过太行山脉西进至山西的狭窄通道。《元和郡县图志》卷 20《河北道（一）·怀州·河内县》:“太行陉在县西北三十里。连山中断曰陉。《述征记》曰:‘太行山首始于河内，自河内北至幽州，凡有八陉：第一曰轵关陉，今属河南府济源县，在县理西十一里；第二太行陉；第三白陉，此两陉今在河内；第四滏口陉，对邺西；第五井陉；第六飞狐陉，一名望都关；第七蒲阴陉，此三陉在中山；第八军都陉，在幽州。太行陉阔三步，长四十里。'" 楝，一种丛生于山间的灌木。详见《答梁公约赠诗》一诗〔杞楝无郁阴〕条笺注。《说文解字》卷 6 上《木部》："櫟，木也。" 案：民初，经京汉铁路至河北正定，转窄轨的正太铁路，穿越井陉，可进入山西。楝，《雅言》本作"楝"。

〔重霄云弗郁〕重霄，高空。详见《阴氛篇》一诗〔飞拱粲重霄〕条笺注。弗郁，众多盛貌。《汉书 · 沟洫志》："鱼弗郁兮柏冬日。" 颜师古注："弗郁，忧不乐也。"《读书杂志》志四之七《汉书弟七 · 沟洫志 · 弗郁》："念孙按：颜说亦非也……余谓弗郁读为沸渭（《河渠书》作沸郁），沸渭犹汾沄，鱼众多之貌也。"

〔孤馆雨涔濙〕孤馆，孤零零的馆驿。《艺文类聚》卷 4《岁时部中 · 九月九日》："宋傅亮《九月九日登陵嚣馆赋》曰：岁九旻之暮月，肃晨驾而北逝。度回壑以停辕，凌孤馆而远憩。……"《骈雅》卷 5《释天》："涔濙霳霫，久雨也。"

宿雾开原隰，新流挹勺稀。残虹明蝃蝀，彩雉耀鶾鷂。苦雨同张协，临河愧鲁尼。云山三晋阔，霜雪九秋滚。

〔宿雾开原隰，新流挹勺稀〕宿雾，头天夜里已经起的雾气。《全唐诗》卷 1 太宗皇帝（李世民）《咏雨》："新（一作细）流添旧涧，宿雾足朝烟。"（第 1 册 P15）《六臣注文选》卷 30 陶渊明（潜）《咏贫士》："朝霞开宿雾，众鸟相与飞。" 张铣注："宿雾，谓夜气也。" 原隰，平原上潮湿的洼地。详见《工女怨（二首）》其二一诗〔原隰〕条笺注。《说文解字》卷 14 上《勺部》："勺，挹取也。"《抱朴子 · 内篇 · 释滞》："挹勺水不足以削其广"。

〔蝃蝀〕《毛诗正义》卷 3—2《鄘风 · 蝃蝀》："蝃蝀在东，莫之敢指。" 毛传："蝃蝀，虹也。"

〔彩雉耀鶾鷂〕《尔雅注疏》卷 10《释鸟第十七》："五彩皆备成章曰鷂。……东方曰鶅，……西方曰鶾。" 郭璞注："即鷂雉也。""说四方雉之名。"

〔苦雨同张协〕朱彝尊《曝书亭集》卷 5《古今诗（四）· 山阴苦雨酬谢处士（孔渊）》："苦雨同张协，佳书报谢安。"《文选》卷 29 张景阳（协）《杂诗十首》其二有句："飞雨洒朝兰，轻露栖业菊。" 其三有句："腾云似涌烟，密雨如散丝。" 其四有句："翳翳结繁云，森森散雨足。" 其十有句："云根临八极，雨足洒四溟。霖沥过二旬，散漫亚九龄。"

〔临河愧鲁尼〕《史记·孔子世家》:“孔子既不得用于卫，将西见赵简子。至于河而闻窦鸣犊、舜华之死也，临河而叹曰:‘美哉水，洋洋乎！丘之不济此，命也夫!’子贡趋而进曰:‘敢问何谓也?’孔子曰:‘窦鸣犊、舜华，晋国之贤大夫也。赵简子未得志之时，须此两人而后从政；及其已得志，杀之乃从政。丘闻之也：刳胎杀夭则麒麟不至郊，竭泽涸渔则蛟龙不合阴阳，覆巢毁卵则凤皇不翔。何则？君子讳伤其类也。夫鸟兽之于不义也，尚知辟之，而况乎丘哉!’乃还，息乎陬乡，作为《陬操》以哀之。”《孔子家语》卷 5《困誓第二十二》亦有“孔子不入晋”的记载。此句为刘师培进入山西后的感慨。

〔三晋〕韩赵魏三家分晋，故后世称“三晋”，亦为山西地区的代称。《名义考》卷 3《地部·三楚三吴三晋三秦》:“魏斯、赵籍、韩虔，三晋也。”

〔霜雪九秋滚〕九秋，秋季。秋季为阴历七八九 3 个月，共 9 旬（90 天），故曰“三秋”“九秋”。详见《岁暮怀人（其四）》一诗〔西土光明照震旦，期君才笔横九秋〕条笺注。《淮南鸿烈解》卷 1《原道训》:“雪霜滚灖。”高诱注:“滚灖，雪霜之貌也。”

寒暑征途易，风霜短鬓髻。地闲宜负郭，车止筬累傂。绿树蝉声咽，平芜隼羽奞。苜原蕃騄耳，蒿野窟貍貁。

〔寒暑征途易〕此句指，随遇而为，无论寒暑，都跋涉在旅途之中。

〔髻〕《集韵》卷 2《平声二·虞第十》:“髻，美发谓之髻，或作鬐。”同上书卷 6《上声下·厚第四十五》:“髻，发短皃（貌——引者）。”

〔地闲宜负郭〕地闲，指土地广阔，富有田土。王安石《临川文集》卷 74《书·上富相公书》:“其于治民，非敢谓能也，庶几地闲事少，夙夜悉心力，易以塞责，而免于官谤也。”《史记·苏秦列传》:“此一人之身，富贵则亲戚畏惧之，贫贱则轻易之，况众人乎！且使我有雒阳负郭田二顷，吾岂能佩六国相印乎!”司马贞《索隐》:“负，背也，枕也。近城之地沃润流泽，最为膏腴，故云‘负郭’。”

〔车止筬累傂〕《太玄本旨》卷 6《止》:“次七，车累其傂，马攖其蹄，止贞。测曰：车累马攖行可邻也。”叶子奇注:“傂，音驰。累，曳挽也。傂，轮也。车挽其轮，进已甚矣。马攖其蹄，足已倦矣。当此之时，止则贞也。此动极而能止者也。”

〔平芜隼羽奞〕平芜，杂草丛生的旷野。详见《一萼红·徐州怀古》一词〔衰草平芜，大河南北，天险谁凭〕条笺注。隼，猛禽。详见本诗〔乘墉公射隼〕条笺注。

《说文解字》卷 4 上《奞部》：“奞，鸟张毛羽自奋也。”

〔苜原蕃騄耳〕苜原，长满苜蓿的原野。苜蓿是最好的马饲料。《集韵》卷 9《入声上 · 屋第一》：“苜，……苜蓿，艸名。”騄耳，良马。详见《答周美权诗意》一诗〔騄駬憪羽琇〕条笺注。《汉书 · 成帝纪》：“命以四时之事，令不失其序。故《书》云：‘黎民于蕃，时雍。’”颜师古注：“韦昭曰：‘蕃，多也。’”騄，《雅言》本作“菉”。《集韵》卷 9《入声上 · 烛第三》：“菉，……或从绿。”

〔貍豨〕《尔雅翼》卷 21《释兽四 · 狸》：“狸者，狐之类。狐口锐而尾大，狸口方而身文。”《尔雅注疏》卷 10《释兽第十八》：“狸子，隸。”郭璞注：“今或呼豨狸。”《宋本广韵》卷 1《上平声 · 之第七》：“貍，野貓。狸，俗。”

玉爪盘秋鹗，金翎刷瞑鶬。晓霜枫欇欇，斜照稷穲穲。锦芯缄黄蘜，繁苞秀紫綦。断壶匏柄曲，剥枣果纹荸。

〔玉爪盘秋鹗〕《全唐诗补编 · 全唐诗续拾》卷 28 白居易《任氏行》：“玉爪苍鹰云际灭，素牙黄犬草头飞。”（中华书局 1992 年 10 月第 1 版中册 P1087）鹗，鹰隼类猛禽。详见本诗〔鹏鹗乘时起〕条笺注。鹗，石印本、《雅言》本作“鹗”。盘，盘旋。

〔金翎刷瞑鶬〕《说文解字注》卷 4 上《鸟部》：“鶬，瞑鶬也。”段注：“《广韵》曰：‘小青雀也。’按：《广韵》盖谓即窃脂。”《尔雅注疏》卷 10《释鸟第十七》：“桑鳸，窃脂。”郭璞注：“俗谓之青雀，觜曲，食肉，好盗脂膏，因名云。”邢昺疏：“桑扈，一名窃脂。”参见《述怀一百四十韵示蜀中诸同好》一诗〔羽凝桑扈皎〕条笺注。《文选注》卷 30 沈休文（约）《和谢宣城一首》：“将随渤澥去，刷羽泛清源。”李善注：“《吴都赋》曰：‘刷荡漪澜’。《说文》曰：‘刷，刮也。’”瞑，《国学荟编》本作“暝”。

〔枫欇欇〕《尔雅注疏》卷 9《释木第十四》：“枫，欇欇。”郭璞注：“枫树，似白杨，叶圆而岐，有脂而香，今之枫香是。”邢昺疏：“《说文》云：‘枫木，厚叶弱支，善摇，一名欇欇。’”石印本、《雅言》本作“攝（摄）”，显误。

〔稷穲穲〕《宋本广韵》卷 1《上平声 · 支第五》：“穲，穲穲，黍稷行列。”《名义考》卷 9《物部 · 离离》：“《诗》：‘彼黍离离’。《说文》释稿，引《诗》‘彼黍稿稿’。长沙人谓禾把曰‘稿’。《诗》作‘离离’，与《说文》作‘稿稿’俱非是。按：《集韵》：‘穲穲，黍稷行列也。’当作‘彼黍穲穲’。”

〔锦芯缄黄蘜〕《集韵》卷 9《入声上 · 屋第一》：“蘜，……艸名。《说文》：‘治墙也，今之秋华菊。’……通作……菊。”此句指，黄色的秋菊闭合了艳丽的花蕊。蘜，《雅言》本着作“鞠”。《经典释文》卷 11《礼记音义之一·月令第六》:“鞠，本又作菊。”

〔繁苞秀紫綦〕《尔雅注疏》卷 8《释草第十三》:“綦，月尔。”郭璞注:“即紫綦也，似蕨，可食。”邢昺疏:“一名月尔，可食之菜也。”同上书同卷:“蕨，虌。”郭璞注:“《广雅》云‘紫綦’，非也。初生无叶可食，江西谓之虌。”邢昺疏:“可食之菜也。舍人曰:‘蕨，一名虌。’……《诗·召南》云:‘言采其蕨’，陆玑疏云:蕨，山菜也。‘初生似蒜，茎紫黑色，可食。如葵’是也。”《广雅》卷 10《释草》:“綦，蕨也。”綦，石印本、《国学荟编》本、《雅言》本均作“綦”。此句指，蕨菜的鲜苞繁盛艳丽。繁，《雅言》本作“系（繫）”，显误。

〔断壶匏柄曲，剥枣果纹𠩺〕《毛诗正义》卷 8—1《豳风·七月》:“八月剥枣，十月获稻。……七月食瓜，八月断壶。”毛传:“壶，瓠也。”孔颖达疏:“以‘壶’与‘食瓜’连文，则是可食之物，故知壶为瓠。谓甘瓠可食，就蔓断取而食之。”瓜类植物的果实多呈倒垂状，其蔓自然呈弯曲状，故曰“匏柄曲”。𠩺，果实成熟开裂。《六书正讹》卷 1《平声上·四（支脂之）》:“𠩺，……坼也。……厂，古厓字。厓之性坼，如有击之者。又果熟有味，亦坼，其釁甚微，故谓之𠩺。”此二句指，切断瓜蒂，摘取瓜实；枣子成熟，沿着皮上纹理裂开。

旧俗犹唐魏，前休懋犯衰。新田都冀绛，阴馆水疏灅。朔野规临代，西戎震伐婳。边歌聆《鸨羽》，宫难肇熊胹。

〔唐魏〕指西周时的唐国和魏国，其地均位于今山西地区。唐，周成王封弟弟唐叔虞于古唐国之地（后改国名为晋）；魏，周成王分封的诸侯国，封地在今山西芮城附近，姬姓。晋献公时被晋国吞并。《诗经·唐风·蟋蟀》诗序:“此晋也而谓之唐，本其风俗。忧深思远，俭而用礼，乃有尧之遗风焉。”《禹贡长笺》卷 1:“河东，上党、太原、代郡、雁门、云中及三川郡之北境。汉武置十三州，此为冀州、幽州、并州。后汉魏并因之。《汉·地理志》:河东‘本唐尧所居，《诗·风》唐魏之国也’。周成王封弟叔虞于唐，有晋水，及叔虞子燮为晋侯。魏亦姬姓，在晋之南。”《山西通志》卷 46《风俗》:“唐虞之治，比户可封。夏后氏尚忠，唐魏之风虽不免于俭啬褊急，而其去夸诈轻浮之习，固已远矣。国家化民成俗，上绍唐虞，而山西被化尤迩。至于去唐魏之陋，以范乎中正，此亦守土者之所以厚蕲也。”

〔前休懋犯衰〕犯衰，指晋国贤臣舅犯、赵衰。公子重耳（晋文公）逃亡期间，有“五贤”追随辅佐:狐偃、赵衰、贾佗、先轸、魏犨。狐偃是重耳之舅，亦称“子犯”“舅犯”。《五音集韵》卷 6《尤第八》：“休，……美也，善也。”《后汉书 · 肃宗孝章帝本纪》史论：“乌呼懋哉！”李贤注：“懋，美也。”

〔新田都奠绛〕公元前 585 年，晋景公将都城从“绛”迁到“新田”，参见《左传 · 成公六年》。新田，遗址在今山西侯马。奠，奠都，建立国都。《玉海》卷 137《兵制（二）· 汉南北军屯》：“太微中居，紫垣外布，环以钩陈，翼以羽林、北落。天垂象，圣人则之，奠都建极，雄据胜执（势——引者）。”

〔阴馆水疏纝〕阴馆，古县名，旧址位于今山西朔州市朔城区，雁门关外。《舆地广记》卷 19《河东路下》：“上云中县，……有故阴馆县，汉属雁门郡。东汉为郡治，后魏置平齐，郡寻废。”纝，水名，即今桑乾河，永定河。《水经注》卷 13《纝水》：“纝水出雁门阴馆县东北，过代郡桑乾县南。”郦道元注：“纝水，出于累头山，一曰治水。泉发于山侧，沿波历涧，东北流，出山，径阴馆县故城西。县故楼烦乡也。”

〔朔野规临代〕朔野，北方地区的荒野，此处喻北方游牧民族。《汉书 · 叙传上》引班固《幽通之赋》：“繇凯风而蝉蜕兮，雄朔野以飏声。”颜师古注：“应劭曰：‘凯风，南风也。朔，北方也。言先祖自楚迁北，若蝉之蜕也。’”规临，偷看，窥伺。《册府元龟》卷 773《帝王部 · 命相第三》长庆二年唐穆宗授裴度平章事《制书》：“于戏！衽席樽俎之内，堂室牖户之间，无俟规临，可以观察。”规，通“闚”“窥”。《方言疏证》（卷）10：“凡相窃视，南楚谓之闚。”戴震疏证：“班固《西都赋》：‘鱼窥渊’。李善注引《方言》：‘窥，视也。’窥，即闚視也。”代，代国，商周时的诸侯国，其地约在今山西北部、河北西北部地区。正好位于古代农耕文明与游牧文明的分界线上。

〔西戎震伐婳〕西戎，指西部的少数民族。《山堂肆考》卷 15《地理 · 地 · 九夷》：“又，东夷、西戎、南蛮、北狄曰四夷。”《周易正义》卷 6《未济》：“九四。贞吉悔亡，震用伐鬼方。”孔颖达疏：“震发威怒，用伐鬼方也。”《礼记正义》卷 7《檀弓上》：“晋献公将杀其世子申生。公子重耳谓之曰：‘子盖言子之志于公乎。’世子曰：‘不可。君安骊姬，是我伤公之心也。’”郑玄注：“骊姬，献公伐骊戎所获女也。申生之母早卒，骊姬嬖焉。”《春秋左传正义》卷 10《庄公二十八年》：“晋献公娶于贾。……晋伐骊戎，骊戎男女以骊姬。归生奚齐。”杜预注：“骊戎在京兆新丰县，其君姬姓，其爵男也。纳女于人曰女。”《楚辞补注》卷 13 东方朔《七谏 · 沉江》：“晋献惑于婳姬兮，申生孝而被殃。”洪兴祖补注：“婳，一作骊。”

〔边歌聆《鸨羽》〕《诗经 · 唐风》有《鸨羽》一篇。诗中有句：“肃肃鸨羽，集于苞栩。”参见《和阮文达公秋桑诗并序》一诗〔肃肃声传振鸨行〕条笺注。案：周武王之子叔虞被封于唐地，故称“唐叔虞”。唐地后更名为晋，其地即今山西地区，当时是周王朝与北部少数民族接壤之地，故曰“边歌”。

〔宫难肇熊胹〕晋灵公在位荒淫无道，一次，厨师烹饪熊肉不熟（“宰夫胹熊蹯不熟”），灵公杀之，并将尸体装入草筐中，让宫女拉拽着从朝堂经过。大臣士季向灵公苦谏，但灵公表面认错，却暗生恨意。大臣赵盾多次苦谏，灵公怀恨在心，派杀手刺杀赵盾。结果杀手看到赵盾生活简朴，忧国忧民，不但没杀他，还羞愧自尽。后赵盾在灵公的威逼下逃亡，其弟赵穿杀死灵公，迎赵盾还晋。赵盾迎立晋灵公的叔叔公子黑臀继位，是为晋成公。详见《左传·宣公二年》和《史记·晋世家》。胹，混合、调和，此处指烹调。详见本诗〔调俗浃和晒〕条笺注。

扬水卿朱绣，嵚岑子墨缞。无荒箴蹶蹶，变俗感趚趚。紫塞今烽燧，苍生旷耒耜。周诗张薄伐，扬赋策分嫠。

〔扬水卿朱绣〕《毛诗正义》卷 6—1《唐风·扬之水》诗序：“刺晋昭公也。昭公分国以封沃，沃盛强，昭公微弱，国人将叛而归沃焉。”诗：“扬之水，白石皓皓。素衣朱绣，从子于鹄。”毛传：“绣，黼也。鹄，曲沃邑也。”孔颖达疏：“晋封桓叔于曲沃，非独一邑而已，其都在曲沃，其傍更有邑，故云‘鹄，曲沃邑也’。”《元和郡县图志》卷 14《河东道（一）·绛州》：“曲沃县，本晋旧都绛县地也。汉以为绛县，属河东郡。后汉加邑字，属郡不改。晋改属平阳郡。后魏孝文帝于今县东南十里置曲沃县，属正平郡，因晋曲沃为名。隋开皇三年罢正平郡，改属绛州。”

〔嵚岑子墨缞〕典出春秋时期秦晋崤山之战。据《左传·僖公三十二年、三十三年》，晋文公去世，秦国借机欲过晋境偷袭郑国。尚未继位的文公之子襄公身穿重孝，亲征进犯的秦军，大败之于崤山。之后才埋葬文公。《春秋左传正义》卷 17《僖公三十三年》：“子墨衰绖，梁弘御戎，莱驹为右。”杜预注：“晋文公未葬，故襄公称子，以凶服从戎故墨之。”墨缞，黑色丧服。《正字通》未集中《糸部》：“缞，丧服，上曰缞，下曰裳。缞之言摧也，中摧痛也。《礼记》借‘衰’，义同。”《元和郡县图志》卷 62《河南道（一）·河南府·永宁县》：“二崤山，又名嵚崟山，在县北二十八里。春秋时秦将袭郑，蹇叔哭送其子曰：‘晋人御师必于崤。崤有二陵，其南陵夏后皋之墓，北陵文王之所避风雨。必死是间！”岑，通“崟”；嵚岑，山势险峻，详见《蜀中赠朱云石》一诗〔邛车狎嵚崟〕条笺注。

〔无荒箴蹶蹶〕《诗经今注今译·唐风·蟋蟀》：“好乐无荒，良士蹶蹶。”马持盈

注:“蹶蹶，……勤快，敏于事也。”马持盈译:“一面享乐，一面不荒废土地，才是勤快奋发的良士。”（台湾商务印书馆 1979 年 3 月六版 P160）《集韵》卷 4《平声四 · 侵第二十一》:“箴，……一曰诫也。”此句以“唐风”喻山西古代史迹，参见本诗〔唐魏〕条笺注。

〔变俗感趍趍〕变俗，移风易俗。参见本诗〔调俗浃和晒〕条笺注。《宋本广韵》卷 1《上平声 · 支第五》:“趍，轻薄貌。”赵武灵王“胡服骑射”，《战国策》卷 19《赵二》记载了一段赵武灵王与大臣赵造的对话。“赵造曰:‘臣闻之，圣人不易民而教，知者不变俗而动。因民而教者，不劳而成功；据俗而动者，虑径而易见也。今王易初不循俗，胡服不顾世，非所以教民而成礼也。且服奇者志淫，俗辟者乱民。是以莅国者不袭奇辟之服，中国不近蛮夷之行，非所以教民而成礼者也。且循法无过，修礼无邪，臣愿王之图之。’王曰:‘古今不同俗，何古之法？帝王不相袭，何礼之循？宓戏、神农教而不诛，黄帝、尧、舜诛而不怒。及至三王，观时而制法，因事而制礼，法度制令，各顺其宜；衣服器械，各便其用。故礼世不必一其道，便国不必法古。圣人之兴也，不相袭而王。夏、殷之衰也，不易礼而灭。然则反古未可非，而循礼未足多也。且服奇而志淫，是邹、鲁无奇行也；俗辟而民易，是吴、越无俊民也。是以圣人利身之谓服，便事之谓教，进退之谓节，衣服之制，所以齐常民，非所以论贤者也。故圣与俗流，贤与变俱。谚曰:“以书为御者，不尽于马之情。以古制今者，不达于事之变。”故循法之功，不足以高世；法古之学，不足以制今。子其勿反也！’”《史记 · 匈奴列传》:“于是秦有陇西、北地、上郡，筑长城以拒胡。而赵武灵王亦变俗胡服，习骑射，北破林胡、楼烦。筑长城，自代并阴山下，至高阙为塞。”

〔紫塞今烽燧〕紫塞，长城边关。详见《从军苦歌（七首）》其五一诗〔紫塞〕条笺注。《墨子城守各篇简注 ·（酉）号令第七十》:“与城上烽燧相望；昼则举烽，夜则举火。”岑仲勉注:“前文明说‘昼则举烽，夜则举火’，盖烽、燧皆用笼盛柴，但日间举笼，便可望见，故不用燃着以省柴薪；夜间非火不可见，故曰‘夜以火’，此日夜告警法之不同。烽、燧本同一语，义为守望所，近人或谓烽燧非一物，前者指烽火，后者指守望烽火之亭，则未知此种区别，只后世语言分化之结果也。”（中华书局 1958 年 6 月第 1 版 P130、133）案:“辛亥革命”爆发，外蒙哲布尊丹巴在沙俄的策动和支持下发动叛乱。外蒙叛军与内蒙部分分离分子勾结，在内蒙也发动了叛乱。袁世凯派兵分三路平叛，阎锡山派兵参加。至 1913 年底才彻底平息了内蒙叛乱，外蒙也宣布取消“独立”。山西地区虽无战事，但亦受到影响。刘师培此句及以下数句，当指此。

烽，石印本作“熢”。

〔苍生旷耒耜〕苍生，百姓。详见《述怀一百四十韵示蜀中诸同好》一诗〔浩劫移今古，苍生有屈伸〕条笺注。《正字通》未集中《耒部》：“耜，同耜。”《吕氏春秋》卷22《无义》：“以义动则无旷事矣。”高诱注：“旷，废也。”耜，石印本、《雅言》本作“耜”。

〔周诗张薄伐〕《诗经 · 小雅 · 南有嘉鱼之什 · 六月》诗序：“宣王北伐也。”诗：“薄伐玁狁，以奏肤公。”《六臣注文选》卷477陆士衡（机）《汉高祖功臣颂》：“信武薄伐，扬节江陵。”吕向注：“薄伐，谓以义伐敌，克之易也。”案：周宣王时，曾北伐玁狁（即匈奴），《诗经》中的《六月》《采薇》《出车》《杕杜》等诗均为纪念北伐玁狁之役。参见《述怀一百四十韵示蜀中诸同好》一诗〔薇红疏北伐〕条笺注，《咏史（十二首）》其九一诗〔玁狁犹未襄〕条笺注。此句指，北洋政府讨伐蒙古叛军。

〔扬赋策分嫠〕《文选注》卷9杨子云（扬雄）《长杨赋一首（并序）》：“分剓单于，磔裂属国。”李善注：“韦昭曰：‘剓，割也，音如梨。’……善曰：单于，匈奴上号。”《集韵》卷1《平声一 · 脂第六》：“嫠，……剥也，或作剓。”

出塞驩腾马，宾门贽献貔。款关迎日逐，涉幕徙屠耆。西望瞻雷泽，南薰诵有妫。宾门昭穆穆，思善汲孜孜。

〔出塞驩腾马〕《诗经 · 南有嘉鱼之什 · 六月》诗序：“宣王北伐也。”诗：“六月栖栖，戎车既饬。四牡骙骙，载是常服。玁狁孔炽，我是用急。王于出征，以匡王国。”《说文解字注》卷10上《马部》：“骙，马行威仪也，从马癸声。《诗》曰：‘四牡骙骙。’”段注：“《诗》三言‘四牡骙骙’。《采薇》传曰：‘强也。’《桑柔》传曰：‘不息也。’《烝民》传曰：‘犹彭彭也。’各随文解之。许㯻栝之云：‘马行威仪皃（貌——引者）。’”《正字通》亥集上《马部》：“驩，讙、懽、歡（欢）并通。”

〔宾门贽献貔〕《尚书正义》卷3《舜典》：“宾于四门，四门穆穆。”孔传：“穆穆，美也。四门，四方之门。舜流四凶族，四方诸侯来朝者，舜宾迎之，皆有美德，无凶人。”《毛诗正义》卷18—4《大雅 · 荡之什 · 韩奕》：“献其貔皮，赤豹黄罴。”毛传：“貔，猛兽也。追貊之国来贡，而侯伯总领之。”陆德明《音义》：“貔本亦作豼，音毗，即白狐也。一名执夷。《草木疏》云：‘似虎，或曰似熊。辽东人谓之白罴。’”孔颖达疏：“又令百蛮追貊献其貔兽之皮，及赤豹黄罴之皮。韩侯依旧法而总领之。美韩侯之贤，而王命得人也。”贽，见面礼。《宋本广韵》卷4《去声 · 至第六》：“贽，执贽也。《周礼》云：以禽作六贽，以等诸臣。孤执皮帛，卿执羔，大夫执雁，士执雉，庶人执鹜，工商执鸡。本亦作挚。”案：《诗经·韩奕》中之韩侯，为西周时的诸侯国，其地约在今陕西韩城，与战国时的韩国无关。相传，舜帝建都于蒲坂（今山西永济），此句与之后涉及舜的数句，均为咏山西历史风物。《历代帝王宅京记》卷 1《总序上》：“舜都蒲坂”。

〔款关迎日逐〕《史记·商君列传》：“由余闻之，款关请见。”裴骃《集解》：“韦昭曰：‘款，叩也。’”《汉书·郑吉传》：“神爵中，匈奴乖乱，日逐王先贤掸欲降汉，使人与吉相闻。吉发渠黎、龟兹诸国五万人迎日逐王，口万二千人。小王将十二人随吉至河曲，颇有亡者，吉追斩之，遂将诣京师。汉封日逐王为归德侯。”款，《雅言》本作“欵”。

〔涉幕徙屠耆〕涉幕，即“涉漠”，指穿越沙漠。《史记·卫将军骠骑列传》：“翕侯赵信为单于划计，常以为汉兵不能度幕轻留。”司马贞《索隐》：“案：幕即沙幕。”《史记·匈奴列传》：“汉骠骑将军之出代二千余里，与左贤王接战，汉兵得胡首虏凡七万余级，左贤王将皆遁走。骠骑封于狼居胥山，禅姑衍，临翰海而还。”《史记·匈奴列传》：“置左右贤王、左右谷蠡王、左右大将、左右大都尉、左右大当户、左右骨都侯。匈奴谓贤曰‘屠耆’，故常以太子为左屠耆王。自如左右贤以下至当户，大者万骑，小者数千，凡二十四长，立号曰‘万骑’。”案：“左贤王”即“左屠耆王”。此句指，霍去病北越沙漠，击败匈奴左屠耆王，迫其迁移逃遁。

〔西望瞻雷泽〕张说《张燕公集》卷 11《皇帝在潞州祥瑞颂十九首奉勑撰·大人迹》：“皇帝从临潞州，还京后，其宅内及州街并有大人迹，长二尺五寸，自东而西，布武相继。颂曰：百神从王，一举西适。众观空廨，联步云迹。蹑似郊媒，痕同雷泽。旷古奇事，存乎帝籍。”案：李隆基曾以临淄王身份任潞州（今山西上党）别驾，他离开潞州回京后，其潞州旧居和街衢上出现“大人迹”。李隆基“受禅”登基后，于开元十一年重游自己的“龙兴之地”潞州。随行的张说奉旨作《皇帝在潞州祥瑞颂十九首》。《宋书·符瑞志上》：“太昊帝宓牺氏，母曰华胥。燧人之世，有大迹出雷泽，华胥履之，而生伏牺于成纪。蛇身人首，有圣德。燧人氏没，宓牺代之，受龙图，画八卦，所谓河出图者也。有景龙之瑞。”雷泽，即“雷夏泽”，相传在今河南濮阳。参见本诗〔飞檄静卢滩〕条笺注。长安位于潞州（上党）以西，故曰“西望”。

〔南薰诵有妫〕南薰，指虞舜，相传虞舜曾作《南风歌》，故曰“南薰”。《孔子家语》卷 8《辩乐解第三十五》：“昔者舜弹五弦之琴，造南风之诗，其诗曰：‘南风之薰兮，可以解吾民之愠兮。南风之时兮，可以阜吾民之财兮。'"《汉书・孝元皇后传》："黄帝姓姚氏，八世生虞舜。舜起妫汭，以妫为姓。"《宋书・符瑞志上》："帝舜有虞氏，母曰握登，见大虹意感，而生舜于姚墟。"姚墟，相传在今河南濮阳。参见《西山观秋获》一诗〔历陵耕〕条笺注。

〔宾门昭穆穆〕见本诗〔宾门贽献貔〕条笺注。

〔思善汲孜孜〕《孟子注疏》卷 13 下《尽心章句上》："孟子曰：'鸡鸣而起，孳孳为善者，舜之徒也'。"陆德明《音义》："孳，张云：与孜同，古字通用。"孙奭疏："鸡鸣而起，孳孳勤笃于为善者，乃为舜之徒党。"《礼记正义》卷 56《问丧第三十五》："其往送也，望望然，汲汲然，如有追而弗及也。"孔颖达疏："汲汲然者，促急之情也。"《广雅疏证》卷 6 上《释训》："孜孜伋伋，惶惶俇俇，勮也。"王念孙注："汲与伋通，……伋伋，各本皆作汲汲。此校书者以意改之也。……勮与遽通。勮，各本讹作剧。今订正。"

为奠怀襄蹟，频劳岳牧谘。幽明三载绩，礼乐九官司。亦越徵萧傅，犹闻下宋畸。臣邻有吁咈，君德肇谦抣。

〔为奠怀襄蹟，频劳岳牧谘〕《尚书正义》卷 2《尧典第一》："汤汤洪水方割，荡荡怀山襄陵，浩浩滔天。"孔传："汤汤，流貌。洪，大。割，害也。言大水方方为害。""荡荡，言水奔突有所涤除。怀，包。襄，上也。包山上陵，浩浩盛大，若漫天。"《集韵》卷 8《去声下・霰第三十二》："奠，……一曰定也。"岳牧，四岳十二牧，泛指四方诸侯和封疆大吏。《尚书正义》卷 3《舜典第二》："帝曰：咨汝二十有二人。"孔传："禹、垂、益、伯夷、夔、龙六人，新命有职，四岳十二牧，凡二十二人。"《书经集传》卷 6《周官》："唐虞稽古，建官惟百。内有百揆四岳，外有州牧侯伯。"蔡沉注："四岳，总其方岳者。州牧，各总其州者。"此二句指，为平定滔天洪水，频频向四方诸侯和封疆大吏问计。

〔幽明三载绩〕《尚书正义》卷 3《舜典》："三载考绩，三考黜陟幽明。"孔传："三年有成，故以考功，九岁则能否幽明有别。黜退其幽者，升进其明者。"

〔礼乐九官司〕据《尚书・舜典》，舜设九官：禹为司空，弃为后稷，契为司徒，皋陶为士，垂为共工，益为虞，伯夷为秩宗，夔为典乐，龙为纳言。其中的秩宗，"典朕三礼"；典乐，掌"八音克谐，无相夺伦"，二者是专门管理礼乐之官。

〔亦越徵萧傅，犹闻下宋畸〕亦越，及至，等到。《尚书・立政》："亦越成汤陟，丕厘上帝之耿命。”《逸周书》卷 6《周月解第五十一》：“亦越我周王，致伐于商。改正异械，以垂三统。” 萧傅，指萧望之。《汉书 · 萧望之传》：“望之既左迁，而黄霸代为御史大夫。数月间，丙吉薨，霸为丞相。霸薨，于定国复代焉。望之遂见废，不得相。为太傅，以《论语》《礼服》授皇太子。”《汉书 · 萧望之传》：“地节三年夏，京师雨雹，望之因是上疏，愿赐清闲之宴，口陈灾异之意。宣帝自在民间闻望之名，曰：‘此东海萧生邪？’下少府宋畸问状，无有所讳。望之对以为：‘……’对奏，天子拜望之为谒者。”《说文解字》卷 8 上《𡈼》部：“徵，召也。从微省，𡈼爲徵。行于微而文达者，即徵之。”

〔臣邻有吁咈〕臣邻，君臣间团结和睦。《尚书正义》卷 5《益稷》：“帝曰：‘吁！臣哉邻哉，邻哉臣哉。’” 孔传：“邻，近也。言君臣道近，相须而成。” 孔颖达疏：“禹言曰：‘吁！臣哉近哉’，臣当亲近君也。‘近哉臣哉’，君当亲近臣也。言君臣当相亲近，共与成政道也。” 吁咈，反对、不赞同。《尚书正义》卷 2《尧典》：“帝曰：‘吁！咈哉。’” 孔传：“凡言吁者，皆非帝意。咈，戾。” 孔颖达疏：“帝疑怪叹之曰：吁！此人既顽且嚚，又好争讼，岂可用乎？！言不可也。”《书经集传》卷 1《尧典》该句，蔡沉注：“咈者，甚不然之之辞。” 此句指，君臣和睦，但也会有不同意见。

〔君德肇谦㧑〕君德，人君之德。《周易正义》卷 1《乾》：“易曰：见龙在田，利见大人，君德也。” 孔颖达疏：“以其异于诸爻，故特称‘易曰：见龙在田’，未是君位，但云君德也。” 谦㧑，举止谦逊。《横渠易说》卷 1《上经 · 谦》：“六四。无不利㧑谦。象曰：无不利㧑谦，不违则也。” 张载注：“裒多益寡，无不尽道，举措皆谦。” 肇，勤勉。《尔雅 · 释言》：“肇，敏也。”《礼记正义》卷 52《中庸》：“人道敏政。” 郑玄注：“敏，犹勉也。”

王道无偏党，甄陶几瓾坯。扬灵期帝子，叹古喻仳倠。济俗资长策，吾才竭尺捶。时艰轻跋履，岁晚恋耘耔。

〔王道无偏党〕《书经集传》卷 4《洪范》：“无偏无党，王道荡荡。无党无偏，王道平平。” 蔡沉注：“偏，不中也，……党，不公也。……偏陂，好恶已私之生于心也。偏党，反侧已私之见于事也。王之义、王之道、王之路，皇极之所由行也。荡荡，广远也。平平，平易也，正直不偏邪也。” 晁补之《鸡肋集》卷 4《饮酒二十首同苏翰林先生次韵追和陶渊明》其十六：“王道无偏党，此语闻诸经。”

〔甄陶几瓾坯〕指治理天下如制陶器。陶胎过硬则烧制时易破裂，陶胎过软则烧制时易脱形。详见《舟中望庐山》一诗〔镕物无瓶坯〕条笺注。坯，石印本、《雅言》本作“怌”。

〔扬灵期帝子〕扬灵，神祇显现灵异。《楚辞章句》卷 1《离骚》：“皇剡剡其扬灵兮，告余以吉故。”王逸注：“言皇天扬其光灵，使百神告我当去就吉。”帝子，指娥皇、女英。详见《读王船山先生遗书》一诗〔帝子不归愁苍梧〕条笺注。

〔叹古喻仳倠〕《淮南鸿烈解》卷 19《修务训》：“且夫身正性善，发愤而成仁，帽凭而为义，性命可说，不待学问而合于道者，尧、舜、文王也；沉湎耽荒，不可教以道，不可喻以德，严父弗能正，贤师不能化者，丹朱、商均也。曼颊皓齿，形夸骨佳，不待脂粉芳泽而性可说者，西施、阳文也；啳睽哆啐，籧蒢戚施，虽粉白黛黑弗能为美者，嫫母、仳倠也。夫上不及尧、舜，下不及商均；美不及西施，恶不若嫫母，此教训之所谕也，而芳泽之所施。”高诱注：“籧篨，偃也。戚施，偻也，皆丑貌。嫫母、仳倠，古之丑女。仳倠，一说读曰庄维也。”

〔济俗资长策〕济俗，救治时弊。《晋书 · 礼志中》：“太宰司马孚、太傅郑冲、……等奏曰：‘臣等以为，陛下宜割情以康时济俗’。”刘子翚《屏山集》卷 16《张守唱和红字韵诗八首》其八：“济难资长策，常怀国士风。”

〔吾才竭尺捶〕《庄子集释》卷 10 下《（杂篇）天下第三十三》：“一尺之捶，日取其半，万世不竭。”郭庆藩引成玄英疏：“捶，杖也。取，折也。问曰：一尺之杖，今朝折半，逮乎后夕，五寸存焉，两日之间，捶当穷尽。此事显著，岂不竭之义乎？答曰：夫名以应体，体以应名，故以名求物，物不能隐也。是以执名责实，名曰尺捶，每于尺取，何有穷时？若于五寸折之，便亏名理。乃曰半尺，岂是一尺之义耶？”上句与此句指，救治时弊要靠良策，我愿为此尽绵薄之力。

〔时艰轻跋履〕跋履，指跋山涉水，行程劳顿。《左传 · 成公十三年》：“文公躬擐甲胄，跋履山川，踰越险阻。”此句指，世事艰难，不敢以行程劳顿为苦。跋，石印本、《雅言》本作“拔”。

〔岁晚恋耘耔〕《毛诗正义》卷 14—1《小雅 · 甫田之什 · 甫田》：“或耘或耔，黍稷薿薿。”毛传：“耘，除草也。耔，雝本也。”陆德明《音义》：“耔，音子，……壅禾根也。”此句指，时值岁末严寒，仍想着田间劳作。耔，石印本作“籽”，显误。

蓬颗无根蒂，枏材谢剖劚。池灰忘汉劫，岭榦老周榴。清净休耽史，行藏逐范蠡。北居疑畏垒，西逝感崦嵫。

〔蓬颗〕本指长于土块上的蓬草，引申为坟茔。参见《鸳鸯湖放棹歌》一诗〔塚埋石表蓬颗孤〕条笺注。

〔柟材谢剖剺〕柟，同“楠”，本指楠木，喻大木良材，亦指棺木。冯复京《六家诗名物疏》卷 26《国风秦二 · 终南篇 · 梅》：“按：陆玑所释梅，自是柟木，似豫章者。豫章，大树，所谓生七年而可知可以为棺舟者也。陈文帝尝出柟材造战舰，即此柟也。”《五音集韵》卷 6《覃第十一》：“柟，木名，……楠，俗。”谢，避免、拒绝。详见《西山观秋获》一诗〔长谢衣化缁〕条笺注。《集韵》卷 1《平声一 · 脂第六》：“剺，直破也。”上句与此句，显然为刘师培自况：我已做好葬身他乡的准备，棺木也不需名贵的楠木。参见《述怀一百四十韵示蜀中诸同好》一诗〔材谢匠师抡〕条笺注。

〔池灰忘汉劫〕详见《咏汉长无相忘瓦》一诗〔魂复昆明有劫灰〕条笺注。劫，《雅言》本作“却”，显误。

〔岭榦老周椔〕椔，树木枯死而直立不倒。《诗经 · 大雅 · 文王之什 · 皇矣》：“作之屏之，其菑其翳。”参见《季夏雨霁游北洋公立种植园泛舟竟夕》一诗〔萎木菀菑翳〕条笺注，《冬日旅沪作》一诗〔栖菑纵得基〕条笺注。榦、椔，《雅言》本作“翰”“稲”。

〔清净休耽史，行藏逐范蠡〕耽史，指老子。详见《答周美权诗意》一诗〔庶偭耽史雌〕条笺注。行藏，本指出世与隐居，后亦指行踪、行迹。详见《题陈右铭先生西江墨瀋》一诗〔行藏〕条笺注。相传，文种被杀后，范蠡遁世隐去，云游四海。休，赞美，称颂。详见《咏史（十二首）》其五一诗〔卿云亘中天，八伯休褰裳〕条笺注。此二句指，追求老子道家之清净无为，如范蠡那般遁世隐居。

〔北居疑畏垒〕《庄子集释》卷 8《(杂篇）庚桑楚第二十三》：“老聃之役有庚桑楚者，偏得老聃之道，以北居畏垒之山。”郭庆藩引成玄英疏：“姓庚桑，名楚，老君之弟子，盖隐者也。”“畏垒，山名，在鲁国。”

〔西逝感崦嵫〕《楚辞章句》卷 1《离骚》：“吾令羲和弭节兮，望崦嵫而勿迫。路曼曼其修远兮，吾将上下而求索。”王逸注：“羲和，日御也。弭，按也。按节，徐步也。”“崦嵫，日所入山也，下有蒙水，水中有虞渊。迫，附也。言我恐日暮年老，道德不施，欲令日御按节徐行，望日所入之山，且勿附近，冀及盛时遇贤君也。”“修，长也。”“言天地广大，其路曼曼，远而且长，不可卒至，吾方上下左右，以求索贤人，与己合志者也。”

越绪萦铲镳，秦歌愧扊扅。琹书敦夙好，耒耜励勤唉。蝶梦醒庄叟，龙歌阕介推。升沈占蜀市，哀乐荡汾脽。

〔越绪萦铲镳〕苏州灵岩山有“吴王井”，相传西施曾在井中照影梳妆。《吴越春秋》卷 5《勾践阴谋外传第九》：“越王谓大夫种曰：‘孤闻吴王淫而好色，惑乱沈湎，不领政事。因此而谋，可乎？’种曰：‘可破。夫吴王淫而好色，宰嚭佞以曳心，往献美女，其必受之。惟王选择美女二人而进之。’越王曰：‘善。’乃使相者国中，得苎萝山鬻薪之女，曰西施、郑旦，饰以罗縠，教以容步，习于土城，临于都巷，三年学服，而献于吴。”《玉台新咏》卷 7 梁简文帝萧纲《双桐生空井》：“季月双桐井，新枝杂旧株。晚叶藏栖凤，朝花拂曙乌。还看西子照，银床牵辘轳。”《全唐诗》卷 393 李贺《美人梳头歌》：“西施晓梦绡帐寒，香鬟堕髻半沉檀。辘轳咿哑转鸣玉，惊起芙蓉睡新足。”（第 6 册 P4446—4447）《姑苏志》卷 33《古迹》：“吴王井在灵岩山，有二，一圆，一八角，犹存。响屧廊在灵岩山，相传吴王建廊而虚其下，令西施与宫人步屧绕之则响，故名。今灵岩寺圆照塔前小斜廊即其址，亦名鸣屧廊。”《文章辨体汇选》卷 605 袁宏道《灵岩记》：“灵岩一名砚石。《越绝书》云‘吴人于砚石山作馆娃宫’，即其处也。山腰有吴王井二，一圆井，日池也。一八角井，月池也。周遭日光如镜，细腻无驳蚀，有泉常清，莹晶可爱，所谓银床素绠，已不知化为何物。其间挈军持瓶钵而至者，仅仅一二山僧出没于衰草寒烟之中而已矣，悲哉！……山下旧有响屧廊，盈谷皆松，而廊下松最盛。每冲飙至，声若飞涛。余笑谓僧曰：‘此美人环佩钗钏声，若受其戒乎？宜避去。’僧瞪目不知所谓。石上有西施履迹，余命小奚以袖拂之奚皆徘徊色动。”《庄子集释》卷 9 下《（杂篇）让王第二十八》：“故曰：道之真以治身，其绪余以为国家。”郭庆藩引陆德明《经典释文》：“绪者，残也，谓残余也。”西施是越国人，故曰“越绪”。

〔秦歌愧扊扅〕扊扅，门栓。相传，百里奚妻曾烧门栓为夫做饭，百里奚做了秦国宰相，富贵不忘旧妻，夫妇恩爱如初。《乐府诗集》卷 60 百里奚妻《琴歌三首》解题：“《风俗通》曰：‘百里奚为秦相，堂上乐作，所赁澣妇自言知音，因援琴抚弦而歌。问之，乃其故妻，还为夫妇也。亦谓之扊扅，《字说》曰：‘门关谓之扊扅。’或作剡移。”其一：“百里奚，五羊皮。忆别时，烹伏雌，炊扊扅。今日富贵忘我为。”扊扅，石印本、《雅言》本作“扊扅”。此句似为刘师培喻指自己与何震的感情。

〔琹书敦夙好，耒耜励勤唉〕《文选》卷 26 陶渊明（潜）《辛丑岁七月赴假还江陵夜行涂口一首》：“闲居三十载，遂与尘事冥。诗书敦宿好，林园无世情。”《俗书刊误》

卷 1《刊误平声 · 二十侵》:“琴，俗作栞。”耒耜，农具。唉，叹词；勤唉，即“勤奋啊!”《文选注》卷 19《劝励》韦孟《讽谏诗》:“在予小子，勤唉厥生。”李善注:“应劭曰:‘小儿啼声曰唉。’颜师古曰:‘唉，欢声。’善曰:《方言》曰:‘唉，叹辞也’。”杨士奇《东里集续集》卷 56《诗（五言古）· 送万太守归严陵》:“诗书振黉宫，耒耜勤田园。”栞，《雅言》本作“琴”。

〔蝶梦醒庄叟〕庄周化蝶。详见《赠杨仁山居士（四首)》其一一诗〔物我相忘〕条笺注。

〔龙歌阕介推〕介子推作《龙蛇歌》。《吕氏春秋 · 介立》:“晋文公反国，介子推不肯受赏，自为赋诗曰:‘有龙于飞，周遍天下。五蛇从之，为之丞辅。龙反其乡，得其处所。四蛇从之，得其露雨。一蛇羞之，桥死于中野，悬书公门，而伏于山下。’”（案：有 5 部古籍记载了介子推《龙蛇歌》，其内容有相异之处。详见《古诗纪》卷 2《古逸第二 · 歌下》。)《史记 · 留侯世家》:“歌数阕，戚夫人嘘唏流涕。”司马贞《索隐》:“谓曲终也。”参见《答陆箸那诗》一诗（二首）其二〔绵谷歌〕条笺注。

〔升沈占蜀市〕严遵，字君平，蜀中隐士，以为人算卜为生。详见《已分》一诗〔严遵〕条笺注。此句指，在四川时，曾为预测自己的境遇起伏找人占卜。

〔哀乐荡汾脽〕哀乐，喜怒哀乐之“哀乐”。《史记 · 孝武本纪》:“于是天子遂东，始立后土祠汾阴脽上。”裴骃《集解》:“徐广曰:‘元鼎四年时也。’骃案：苏林曰:‘脽，音谁。’如淳曰:‘河之东岸特堆堀，长四五里，广二里余，高十余丈。汾阴县在脽之上，后土祠在县西。汾在脽之北，西流与河合也。’”案：汾阴脽故址在今山西万荣县，此处代指山西。此句指，如今到了山西，自己的喜怒哀乐无不系于此地。

楚佩王孙草，商紘帝女丝。河清迟负石，柯烂溯观棊。生意窥笼鸟，哀歌惜逝骓。愿摅《天问》笔，上续《北征》诗。

〔楚佩王孙草〕王孙草，喻离人思乡。《楚辞章句》卷 12 淮南小山《招隐士》:“王孙游兮不归，春草生兮萋萋。”王逸注:“隐士避世在山隅也。”“违背旧土弃家室也。”《山堂肆考》卷 202《王孙草》:“刘安《招隐》词:‘春草生兮萋萋，王孙游兮不归。’张东父古词:‘萋萋芳草忆王孙，柳外楼高空断魂。’又唐诗:‘窗外王孙草’。”案:《招隐士》为淮南王刘安门客淮南小山所作，故曰“楚佩”。

〔商紘帝女丝〕商紘，指忧伤的旋律，详见《拟茂先情诗（二首)》其二一诗〔商紘〕条笺注。帝女丝，指帝尧之女娥皇、女英（湘妃）鼓瑟弹琴。《山带阁注楚辞》卷5《远游》:“张《咸池》奏《承云》兮，二女御《九韶》歌。使湘灵鼓瑟兮，令海若舞冯夷。”蒋骥注:“二女，娥皇、女英也。御，侍也。湘灵，承二女而言。”

〔河清迟负石〕河清，古时认为黄河水清，则有圣人降世，天下太平。《六臣注文选》卷15张平子（衡）《归田赋》:“徒临川以羡鱼，俟河清乎未期。”吕延济注:“河清，喻明时。”《北堂书钞》卷2《征应五》:“黄河清，圣人生。”负石，指怀揣砂石自沉而死。详见《已分》一诗〔怀沙钤短什〕条笺注。《集韵》卷7《去声上·志第七》:“迟，待也。”此句指，心怀负石投水而死的念头，期待黄河清，天下平。

〔柯烂溯观棊〕《述异记》记载，晋时王质上山伐木遇仙，一局棋的时间，其所带的斧子柄尽皆腐烂。详见《静坐》一诗〔棋罢不知身阅世〕条笺注。棊，同棋。《字汇》辰集《木部》:“棊，……棋，同上。”

〔生意窥笼鸟〕朱彝尊《曝书亭集》卷5《永嘉除日述怀》:“生意窥笼鸟，流年过隙驹。”此句指，活着，如同鸟儿被笼子囚禁。

〔哀歌惜逝骓〕《史记·项羽本纪》:“于是项王乃悲歌慷慨，自为诗曰:‘力拔山兮气盖世，时不利兮骓不逝。骓不逝兮可奈何，虞兮虞兮奈若何!’歌数阕，美人和之。项王泣数行下，左右皆泣，莫能仰视。”

〔愿摅《天问》笔〕《天问》，指屈原诗作《天问》，载《楚辞》卷3。该诗题记曰:“《天问》者，屈原之所作也。何不言问天？天尊不可问，故曰天问也。屈原放逐，忧心愁悴。彷徨山泽，经历陵陆。嗟号昊旻，仰天叹息。见楚有先王之庙及公卿祠堂，图画天地山川神灵，琦玮僪佹，及古贤圣怪物行事。周流罢倦，休息其下，仰见图画，因书其壁，何而问之，以渫愤懑，舒泻愁思。楚人哀惜屈原，因共论述，故其文义不次序云尔。”摅，抒发。详见《夕雨初晴登西山重兴寺孤亭》一诗〔摅〕条笺注。

〔上续《北征》诗〕《北征》诗，指杜甫诗作《北征》。该诗是一首五言长篇叙事诗，杜甫在安史之乱爆发的次年八月于凤翔到鄜州探家途中所作。诗中记述了其一路见闻，及当时的政治、军事形势。同时，亦明确表达了杜甫对当时时事的分析和见解。该诗全文可参见《全唐诗》卷217。此句，正是刘师培对《癸丑纪行六百八十八韵》一诗的最后总结。

民国二年夏，由蜀适沪，秋复由沪适晋，作诗纪行。韵宗《集韵》，閒用正字及经典叚文。因系初稿，瑕纇孔多，改定未遑，姑付石印，应注之处亦均从略。师培记

〔《集韵》〕《四库提要》:“臣等谨案:《集韵》十卷，旧本题宋丁度等奉勅撰。前

有《韵例》，称景佑四年，太常博士直史馆宋祁、太常丞直史馆郑戬等建言，陈彭年、邱雍等所定《广韵》多用旧文，繁略失当。因诏祁戬与国子监直讲贾昌朝、王洙同加修定，刑部郎中知制诰丁度、礼部员外郎知制诰李淑为之典领。晁公武《读书志》亦同。然考司马光《切韵指掌图》序称：'仁宗皇帝诏翰林学士丁公度、李公淑增崇韵学，自许叔重而降，凡数十家，总为《集韵》，而以贾公昌朝、王公洙为之属。治平四年，余得旨继纂其职，书成上之，有诏颁焉。常因讨究之暇，科别清浊，为二十图。'云云。则此书奏于英宗，非仁宗时。成于司马光之手，非尽出丁度等也。其书凡平声四卷，共五万三千五百二十五字，视《广韵》增二万七千三百三十一字。"韵宗《集韵》（韻宗《集韻》），《雅言》本作"韵宗《集韵》"。

〔間〕《雅言》本作"間（间）"。

〔正字〕标准字形。《别雅》卷 2："棠棠，堂堂也。……古书凡形容之辞，初无正字，皆假借同音之字用之。"

〔经典叚文〕经典中使用过的假借、通假字。《说文解字注》卷 3 下《又部》："叚，借也。"段注："《人部》'假'云：'非真也'，此叚云借也。然则凡云假借，当作此字。"

〔纇〕《经典释文》卷 25《老子德经音义》："夷道若纇。"陆德明注："疵也。"

附 录

《仪征刘氏遗稿汇存》中刘师培佚诗摘录

本书付印前夕，巴蜀书社出版了由王强、巫庆二位先生主编的《仪征刘氏遗稿汇存》（2023年11月第1版）。

该书第二册中，刊载了刘师培的诗作手稿200余首。其中，一部分在《刘申叔遗书·左盦诗录》《刘申叔遗书补遗》及其他辑佚文章中已有刊载，文字微有异同；另一部分则从未见刊载，为首次面世。这些诗作绝大多数应为其早期作品，写于1903年出走上海前。

述者在这批未见刊载的手稿中选择了一部分进行识读附录于后。

现就识读文字说明如下——

一、刘师培手稿大多比较潦草，间杂涂改，且惯用生僻异体字，识读难度较大。述者所选择的，均为字迹较清晰、识读难度较小的诗作。其中，因页面残缺、涂改过于凌乱而难以识读及原文脱字之处以“□”替代；有些依上下句意臆断，以“□ × ?”替代；暂时无法识读之处以“(?)”替代；已作识别，但不敢确认之处以“(× ?)”替代。所录佚诗的繁简转换为述者所作，句读标点亦由述者所加，文责自负。

二、手稿中有些字词潦草模糊，为述者依大致字形、句义、诗韵臆断。

三、佚诗中自带诗题者，照录；无诗题者，依其旧，不擅拟。

四、手稿在《仪征刘氏遗稿汇存》的页码位置，以“(P× ×)”的形式缀于诗末。

五、对此部分摘录的佚诗不作笺注（少量注释仅为解释识读结果或相关情况而设），与述者为“趋易避难”所遗其他佚诗的识读一起，留之将来，更待达者。

六、对手稿中涉及《刘申叔遗书补遗》《扬州新见刘师培十七首佚诗》及《大亚画报中新见刘师培佚诗九首考释》中所辑录佚诗的文字校订，均见本书正文中相关笺注或“略考”。本“附录”中不赘录。

识读稿能与读者见面，有赖于巫庆先生的慷慨允准、万仕国老师和李梓萌同学的大力支持，于此一并谨致由衷谢忱。

广陵怀古（四首）

海陵红粟实吴仓，故郡何从访豫章。书有《玉杯》传董子，山留钱窟奉吴王。崇祠自古依江水，石阙于今访射阳。千古曲江遗址在，复将潮水谒钱唐。

玄甲当年耀日光，兴农何日到徐方。天心早定三分鼎，江水何曾一苇航。天遗江淮成隙地，人将南北画岩疆。可怜魏主观兵地，戏马台边映夕阳。

千古犹留召埭名，一湾秋水绕新城。大江击楫波千顷，别墅围棋战一枰。六伐（河山？）开晋室[①]，八公艸木却秦兵。广陵自古称雄镇，五马渡江难未平。

弋林钓渚也凄凉，舞榭歌台故址荒。万里秋风寒井径，一天斜日冷（丛冈？）。平原迤迩空（秋艸？），邱陇凋残落白杨。东海参军工纳（新？）[②]，芜城何处访维扬。（P757）

① 严可均辑《全上古三代秦汉三国六朝文·全晋文》卷 92《潘岳三·世祖武皇帝诔》："六伐毕奏，九功咸咏。"案：《艺文类聚》《文苑英华》《汉魏六朝百三家集》等辑引潘岳文作"六代毕奏"。依上下文义，严说似更贴切。

②《南史·鲍照传》："鲍照，字明远，东海人。……""临海王子顼为荆州，照为前军参军，掌书记之任。"陈祚明《采菽堂古诗选》卷 18《宋三·鲍照六十七首》："鲍参军既怀雄浑之姿，复挟沉挚之性，其性沉挚，故即景命词，必钩深索异，不欲犹人。"

芜城

迤迩平原极目愁，芜城故址近扬州。可怜十里珠帘地，邱陇[①]凋残白艸秋。（P758）

① 鲍照《芜城赋》："边风急兮城上寒，井径灭兮丘陇残。"《全唐诗》卷 284 李端《芜城》："昔人登此地，丘陇已前悲。"（《石仓历代诗选》卷 98 仅取前四句，作储嗣宗诗。）

拟谢康乐石壁还湖中作

雨晴风景新，秋日丽川陆。朝来泛孤舟，览景晴江曲。日落兴未阑，舍舟还踯躅。苍霞射茂林，晚照余疏木。苹藻叶泛青，菰蒲叶交绿。四围隐松声，二分余水竹。路迂程更余，途长日苦促[①]。托身江湖中，回首笑尘俗。（P760）

① 促，述者本识读为“伬”，释为“迟（迟）”字潦草所至。网友“国语”提示应为“促”，依改，并致谢！

隋堤柳歌

绿杨城外春如海，游人携酒吟兰茝。隋室虽亡堤尚存，年〻柳色依然在。柳色年〻青复黄，长堤烟月剧凄凉。冉〻烟条分茂苑，依〻露叶亚雷塘。九曲池边栎条弱，无双亭外柳花落。槐花落尽李花开，秋月春风总萧索。君不见，千乘万骑向南来，焚香复道景华开。百尺大堤临远水，千株杨柳植城限。又不见，运漕穿渠万夫起，无边烽火逼扬子。仓悴中原万马尘，万绋千条[①]杂荆杞。吁嗟乎，紫泉宫里艸离〻，玉鉤斜畔冢累〻。柳条如故人非昔，徒令墨客骚人悲。（P760—761）

① 条（條），同“绦（縧）”。《增修互注礼部韵略》卷2《下平声 · 六豪》：“绦，……亦作……条。”

反招隐诗二首

龙潜大泽波，豹隐南山雾。岂无出世姿，盛世不可遇。君看岩穴士，被褐守儒素。首阳伯夷饿，楚狂歌中路。富贵苟不义，何殊艸头露。许由隐箕山，长回耕泽畔。虽无救时心，亦善全天趣。孤鸿飞冥〻，弋人何所慕。咄哉淮阳王，幽山吟桂树。（其一）[①]

闲云不出山，白雪不染污。是目穷巷士，征[②]聘却安车。鲁连蹈东海，梅福入勾吴。严陵留钓台，诸葛隐艸庐。岂无出匣志，知音待风胡。宁为投林鸟，不为吞鉤鱼。君看鸟投林，犹惜一枝居。游鱼吞鉤去，何时返江湖。（其二）

十月十九日，右录《反招隐诗》叵古二首，师培（P761、766）

① 其一一诗手稿诸句中多有位置调换，难以准确辨识。如此排列，既依手稿涂

改，亦参以已意。

②“征”字以下，《刘申叔遗书补遗》已辑录，载下册 P1474。据手稿，其二一诗在“诸葛隐艸庐”“岂无出匣志”之间尚有“素志淡泉石，委怀在诗书”二句，此二句有墨笔圈画。但依手稿中第一首，全诗共 18 句。

咏田文出关

夜深一骑出长安，函谷迢〻道路难。郦邑闭门同驷赤，重关失防脱燕（□丹？①）。逃殊（老？）子身仍（存？）②，师比相如璧可完。终使孟尝能脱去，可知秦法有时宽。（P762）

① 手稿“燕”字后疑脱一字，依句意臆断为“丹”，指燕太子丹。

②《史记 · 老子韩非列传》：“老子修道德，其学以自隐无名为务。居周久之，见周之衰，乃遂去。至关，关令尹喜曰：‘子将隐矣，强为我著书。’于是老子乃著书上下篇，言道德之意五千余言而去，莫知其所终。”张守节《正义》：“《抱朴子》云：老子西游，遇关令尹喜于散关，为喜著《道德经》一卷，谓之《老子》。或以为函谷关。”参见《大象篇》一诗〔吾思耽喜术，本物沟精粗〕条笺注。《老子 · 道经》第七章：“是以圣人后其身而身先，外其身而身存。”老，手稿字形似籀篆体文；存，手稿字形似篆体、瓦当文。

七夕佳期届青①天，高景物幽滴阶兰，露泣宿嶀竹云愁。月黑雁声苦，风吹萤焰流。牵牛与织女，又值一季秋。（录近作凡三首）（P762）

①手稿“青”字右侧有删除符号（ミ）。但上下均无补字。

吴宫

昨日之乐不可留，今日之乐不可失。江水难回东去波，长绳①不系西飞日。音竹言丝奏绮筵，君王每视兴未毕。须臾争报越师来，回首阙门军士入。昔盛今衰此不见，姑苏台下萧荆榛。（P765）

① 傅玄《九曲歌》：“岁暮景迈群光绝，安得长绳系白日。”刘师培《申江杂感用苏东坡〈秋怀〉诗韵（二首）》其一一诗有“长绳系白日”句。

二龚

膏以明自煎，薰以香自焚。君子处乱世，无炫其声闻。二龚生汉季，富贵如浮云。罢官能知几，涖职亦忠（□贞?）。岂无救时志，王莽非其君。投阁笑扬雄，献谀耻刘棻。宁为汉家死，不作新室臣。君倩明《鲁诗》，文学穷典（□坟?）。君宾励清节，高风卓不群。不仕斯已耳，胡乃征其人。蒲轮来阶庭，车马何纷纭。使非名为累，何至殉其身。吾观彭城里，贞石永不泯。当时诸侯王，争献符命文。试看汉宗室，何如两逸民。（P768）

拟茂先情诗二首

西风吹早寒，明月留清辉。贱妾守空闺，征夫何时归。譬如女罗根，非松将何依。鸿雁犹呼群，黄鹄不孤飞。愿为陌上尘，随风逐君衣。

红兰摧早霜，园菊滋秋露。果蠃既垂实，蛸蠨亦在户。银釭黯不明，空阶滴秋雨。残红上阑干，惨绿愁庭宇。空房寂无人，夜静捧砧杵。（P769）

竹夫人

翠袖禁寒惜彼姝，玲珑疑共绿卿呼。�能抱节经霜老，粉亦含新带雨濡。越女多情怜碧玉，湘妃抛泪怨苍梧。会当一味清淳挹，何用温柔比锡奴。（P769）

北郊市菊歌

晴烟几度霏墟曲，幽人更访东篱菊。老圃秋光日一篱，天留晚艳超尘俗。昔日孤芳植远村，移根何用傍朱门。一官陶令归来日，三径虽荒菊尚存。年々佳节逢重九，游人争漉黄花酒。城市山林本倏然，一朝买落行人手。几番风雨怆飘零，何日幽芳更吐馨。君看道旁桃李好，几随兰芷得升廷。（P769）

咏臧洪

周鼎不入秦，没入泗水中。铜人不辞汉，流涕来魏宫。微物且如此，列士将毋同。借问列士谁，毋乃汉臧洪。君恩且未报，臣心敢忘忠。岂无出师志，誓不改初衷。奈何袁本初，兴师围几重。虽得东郡城，地复归曹公①。孔璋虽工文，何如汉陈容②。（P770）

① P835 载本诗另一手稿，作“势已失曹公”。

② P835 载本诗另一手稿，作“列士一朝死，吾莫汉陈容”。

咏信陵君救赵

侯生年九十，身隐夷门市。幸姬居卧内，窃符深宫里。公子得符后，进军杀晋鄙。秦师解围去，追至邯郸水。存赵兼存魏，功业震人耳。独惜此一举，仅由能得士。唐（睢）〈雎〉工游说，朱亥隐屠肆。姬因报旧恩，生为知己死。不知有赵王，只知有公子。王君论一篇，深合《春秋》旨。（P770）

秋夜

几点微云翳太清，一番微雨一番晴。可怜云雨嗟翻覆，放出遥空夜月明。（P770）

落叶萧〻积水涯，西风瑟〻暮秋时。平林（近?）晚频传响，茧箔蚕眠待吐丝。日煚高楼秦氏女，水流淇岸卫人诗。西河作社应须此，《枯树》吟成庾信悲。①（P772）

① 此诗疑为《和阮文达公秋桑诗并序》组诗中的一首。

寒林十里望溟濛，尽在疏烟细雨中。拂雾遥看开旭日，枯时原不待天风。罗敷径外清霜冷，仲子墙隅夕煚红。元德①宅边曾种此，空余车盖羽童〻。②（P772）

① 元，为避清圣祖御讳改。指三国刘备。

② 此诗疑为《和阮文达公秋桑诗并序》组诗中的一首。

书吴比部燕复[①]

九阍沈〻阴云低，虎豹当关鶗鴂啼。吴君高节不可跻，矢志直与朱游齐。君门迢〻天万里，寒蝉结舌非臣意。痛矣重陈贾傅书，撤帘空抱韩琦志。当年上疏排天阙，帝子云车不可攀。咫尺长安白云隔，琼楼玉宇空高寒。椒榝当帷兰蕙弃，君山忧国空流涕。回首神洲叹陆沈，横流沧海成何底。（P773）

① 吴保初，字彦复。详见《岁暮怀人（其三）》一诗〔吴彦复〕条笺注，参见《赠吴彦复》一诗相关笺注。

秦宫宝镜歌

海天飞出一轮月，长伴秦王照宫阙。玳瑁作匣玉作台，年〻对影照华发。长歌千季恒不变，犹睨骊山旧宫殿。陇[①]边鸿鹄忽高翔，怪尔有时不先见。（P774—775）

① 陇，通"垄"。《楚辞章句》卷23东方朔《七谏·沉江》："修往古以行恩兮，封比干之丘垄。"王逸注："垄，一作陇。"

题《汉西域图考》

玉关迢〻道路长，天山雪岭限西方。庸蜀从师事周武，氐羌来享服成汤。在昔汉武勤征伐，将帅专征秉节钺。干戈且喜息东胡，声教渐能暨南越。西域内附始张骞，凿险缒幽到塞边。日逐君臣皆入觐，车师城郭可屯田。阳关两途达姑墨，安息一道通大食。盐池流水判东西，葱岭长途分南北。河山一带玉门开，北狄西戎入贡来。方冀兴师征宛国，岂期下诏弃轮台。孟坚作传详道路，山川风物亲图注。《魏书》记事至流沙，唐史兼能详印度。历朝变置总须图，此卷曾从李氏摹。淹博不殊班勇记，分明可比蔚宗书。辟土分疆三十六，山川形胜瞭如目。道里曾行广利师，国名可按班超服。古今各国皆来同，反首背面争向风。东至日出西日入，循行赤道人能通。沧海桑田几迁变，当季形势何由辨。列子空能述化宫，邹衍徒知谈

赤县。且乞斯图作卧游，无须闭户怀杞忧。可知天地复何许，如听海客谈瀛洲。（P779，P776—777）

咏漂母饭韩信诗（补遗）[①]

漂母一饭哀王孙，韩侯千金报旧恩。虽云此母具深识，淮阴赖能不食言。当其投……（P777）

①《扬州新见刘师培十七首佚诗》未录该诗前数句，兹补。

送春

春风吹杨花，散作漫天絮。游丝横路飞，莫绾芳春去。斜阳惜欲沈，隔浦鹃啼苦。莺燕不知愁，空惜春光暮。水流不复归，花落愁无语。荒庭寂无人，试诵春思赋。（P782）

柳梅松诗四首集杜句[①]

满岁如松碧，秋天昨夜凉。暮景数枝叶，增寒抱雪霜。檐影微ゝ落，风吹细ゝ香。何当一百丈，会有[②]拂云长。

相近竹参差，萧萧挂冷枝。飘ゝ何所似，处处总能移。弱质岂自负，霜根结在兹。稀疏小红翠，开拆渐离披。

径微山叶繁，清晨向小园。交柯低几杖，碧色动柴门。隐者柴门内，雨[③]润烟光薄。眼前无俗物，堂后自生萱。

弱智岂自负，山林迹未赊。野畦连蛱蝶，燕巢[④]罥[⑤]泥忙。雨泻暮檐竹，香传小树花。五陵花满眼，百草竞春华。（P783）

① 该组诗涂改凌乱，多处句子位置有调换，难以准确辨识。如此排列，既依手稿涂改，亦参以己意。

② 杜诗作“见”。

③ 杜诗作“野”。

④ 杜诗作“巢燕”。巣，同“巢”。《宋元以来俗字谱·木部》：“巢 / 巣（《列女传》）”。（中研院史语所 1930 年 3 月北平刊本 P29）

⑤ 㝵，同“得”。《正字通》寅集上《寸部》：“㝵，……古得字。”

拟韩昌黎短灯檠（补遗）[①]

颇闻夜宴启深宫，蚖膏百斛来海东。金釭衔璧如钱列，银花火树凌虚空。长安豪贵邀荣遇，金枝八尺辉莲炬。岂知当日校书时，辛苦殷勤究章句。虽云辛苦昔同尝，谁亿[②]富贵无相忘。凤膏豹髓不之惜，岂知匡生犹凿壁。（P784）

①《扬州新见刘师培十七首佚诗》仅录前 4 句，兹补后句。

② 亿，预料、猜度。《集韵》卷 10《入声下 · 职第二十四》：“亿，……一曰度也。”

咏咸丰以来功臣

山川不改古方州，况有楼船据上游。执锐披坚图首事，开（圭？[①]）揽信聚英流。八方祯卜黄巾起，一炬争燃赤壁舟。侠武儒文差不愧，本来庾氏（赖？）雍邱。[②]

整军经武出岩关，异域群迎定远班。周室于今平猃狁，汉家从此复阴山。敢忘天堑长江险，几处楼船碧海间。省识老臣心报国，匡扶朝局济时艰。

一旅江淮起义兵，更将重镇拱神京。壮猷亦复推元老，匡国多缘用老成。宰相[③]有员非备位，将军细柳更连营。蛮夷控拒资雄略，遂使英雄恨不平。（P784）

①圭，通“闺”。《春秋左传注疏》卷 31《襄公十年》：“筚门闺窦之人而皆陵其上。”陆德明《音义》：“闺，音圭，本亦作圭。”闺，门。《战国策》卷 10《齐三》：“公孙戍趋而去，未出至中闺”。高诱注：“闺，闳也。”《春秋左传注疏》卷 40《襄公十一年》：“高其闬闳”。杜预注：“闳，门也。”杜牧《朱坡》：“树老萝纡组，岩深石启闺。”

②曾国藩曾在《江忠烈公神道碑铭》中称江忠源“儒文侠武，道不并张。命世英哲，乃兼厥长。”《晋书 · 祖逖传》：“逖性豁荡，不修仪检，年十四五犹未知书，诸兄每忧之。然轻财好侠，慷慨有节尚，每至田舍，辄称兄意，散谷帛以周贫乏，乡党亲族以是重之。后乃博览书记，该涉古今，往来京师，见者谓逖有赞世才具。”晋室南渡，祖逖一意北伐，收复部分失地。后忧愤病逝于雍丘，后世有“雍丘逖”之称。祖逖北伐失败后，庾亮、庾翼兄弟奋其余烈北伐，亦以失败告终。

③ 手稿朱笔原作“宰相”，后以黑笔修改，但仍作“宰相”。

咏南将军乞师

睢阳一木势难（□支？），乞旅临淮却子奇。晋鄙无心存赵国，包胥有恨哭秦师。浮图空著当年矢，淮水仍流昔日悲。父老谈之犹动色，本来南八是男儿。

淮水绕孤城，声〻怨进明。犹闻昔李萼，乞旅向真卿（自注：清河客李萼乞师于平原，以防贼。真卿不与。后萼以书与真卿。真卿即至其馆，乞[1]师六千人与之）。（P785）

① “乞”字清晰可辨，无误。疑当作“发”或“假”“借”之属。

又拟诸将

鼙鼓声〻动范阳，千秋犹怨会稽王。内宫兵甲重围合，大泽萑苻贼党藏。政府无人持国体，朝廷有诏下明堂。北门锁钥今谁寄，匹马何人下朔方。

冀城千里困重围，五帐牙旗镇帝圻。坐运庙廊须善策，平章军国也危机。霍光终复无文学，裴相犹思振国威。为问当年朱仆射，四郊多垒咎谁归。

拱卫神京镇冀方，义兵十道溃河阳。蛮人虽用终嫌晚，将士同心尚可望。信国孤忠虽自矢，武侯将略况非长。千秋战事悲东海，未见君王负李纲。

十万雄师驻海滨，明公何以靖胡尘。只因却敌无长策，不幸和戎用老臣。瀛海壮游既已矣，幽州仙岛（守？）何人。可怜天地黄巾满，未及临危重爱身。

万里西风卷旆旌[1]，黄龙城阙听笳声。千秋王气天开运，六骑营屯地拥兵。辽海有波通碣石，燕关无险扼长城。朝廷岂肯开边衅，谁遣将军赋北征。（P788）

①本诗与《无题八首（其六）》一诗有部分文辞略同。

新咏三首

流沙隔西域，乃有昆仑山。酒泉千日醉，元圃六月寒。闻有众仙人，错落处其间。我欲从之游，其境不可攀。奈何周穆王，八骏不重还。白云天万里，一片隔长安。

秋风吹汾水，年〻鸿雁飞。（鹦鹉?）虽微禽[①]，犹唤君王归。《霓裳》歌一曲，清露沾罗衣。乃知天宝中，倾国误杨妃。骊山旧宫阙，明月有寒辉。阑干十二曲，回首惜芳菲。

苍梧云万里，江水自东流。帝子下云旗，二妃从之游。洞庭起微波，西风吹早秋。木叶下湘江，兰芷亦清幽。潇湘岂不美，南方不可留。君行何时归，窈窕梦中洲。试诵《九歌》词，屈子惕离忧[②]。（P790）

①《太平御览》卷924《羽族部十一·白鹦鹉》："《明皇杂录》曰：开元中，岭南献白鹦鹉，养之宫中岁久，颇聪慧，洞晓言词，上及贵妃皆呼为雪衣女。"《新唐书·南蛮列传下·环王传》："环王本林邑也，……贞观时，……又献五色鹦鹉。白鹦鹉数诉寒，有诏还之。"《虞初新志》卷18仁和王言（慎旃）《圣师录·鹦鹉》："宋高宗时，陇山人进能言鹦鹉，高宗养之宫中。一日问曰：'尔思乡否?'曰：'岂不思尔?思之何益!'帝遣中贵送还陇山。数年之后，使过其地。鹦鹉问曰：'上皇安否?'曰：'崩矣!'鹦鹉悲鸣不已。"

② 忧（憂），与手稿中另一处可确认为"憂"字处字形一致。见P834。

松柏

松柏本孤生，乃在深山侧。奇姿郁千年，乃为工师抉。斧斤本不辞，但愿良材得。感受君子知，能违本性直?乃知天地间，用舍在所值。良工苟不来，遗材弃艸泽。（P790）

冰雪辉玉壶，皎然色益精。尘浮尽荡涤，矢志洁以清。古来达士志，出处理必衡。泰伯巡荆蛮，不资国君荣。四皓隐商山，哀歌金石声。贫居非所病，名利何所营。（P791）

暴风吹林木，皆由热而生。志士生荣华，皆由激而成。商鞅逃入秦，新法终（实行?）。苏秦说不用，列国（岂?）纵横。孙子足既刖，兴师殄[①]魏兵。范（睢）〈雎〉既久辱，入秦拜上卿。浮沈在草泮，一朝（飨?[②]）尊荣。英雄慎出处，何患不成名。（P791）

①《龙龛手鉴》卷4《歹部第二十二 · 上声》：“殄，……残也，尽也。”

② 飨，同享。《古今韵会举要》卷8《平声下 · 七》：“飨，……或作享。”

咏烛

户静沈明月，帷帏漾暮烟。芳蒐花乍剪，火齐树频然。焰直风初定，膏明火自煎。漫教匡氏凿，且（夗）〈怨〉子山篇。（P791）

蝴蝶花

陌上花开蝴蝶来，一丛小艸植庭限。深々穿小[①]花丛里，化作芳华数点开。花落花开春亦老，轻身飞入西园艸。可怜欲别更徘徊，犹向墙（□头?）花外绕（自注：亦名墙头花）。吁嗟乎，蝴蝶飞时花未开，名花落尽蝶将（舞?）。庄生亦有华胥梦，蝴蝶俱然诩诩飞。（P791）

① 疑当作“入”。

夏夜望月有怀——桂蔚叔作诗目寄，即求诲之

远水环官渡，名山接大伾。杜陵游宋日，枚叔入梁时。谬以疏庸质，叨逢有道知。秋郊曾觅句，春寺偶寻碑。术擅谈天早，图采益地奇。追随欣附骥，惜别又歌骊。峻岖沿淮泗，寒波泝颖睢。风尘京洛涴，宫阙汴都遗。战垒（枋）〈枋〉头侧，孤城卫水湄。俗犹邻僿野，民未起疮痍。下邑伤彫敝，中原慨乱离。碑文鐫景教，弄警弄潢池。异术师黄石，妖氛起赤眉。岭南忧伏莽，冀北又兴师。鸿洞胡尘暗，凄凉画百[①]悲。渔阳鼙鼓震，辽海羽书驰。目极尘寰攘，心嗟大道歧。愧无投筆志，聊下读书帷。阎顾遗编在，张何旧说窥。边防稽北徼，戎索析西陲。琶邑弹丸小，山川聚米为。旧疆探息慎，封域识焉耆。此日欣披卷，当季记析疑。避荒资考索，僿陋辱提撕。竟尔催征斾，何时接履綦。不图衰乱际，重赋别离诗。广武前朝戍，清漳昔日陂。河流兼揭揭，淇澳竹猗々。赤县兵戈扰，朱明节序移。天涯今夜月，何处寄相思。（P793、792）

① 手稿中“百”字，用其籀篆字体。

咏史

骐骥行千里，不为国人知。凤凰皇青霄①，鸣盛非其时。贤才恒其弃，英俊多负奇。遇合既如此，进退固其宜。屈原过湘江，怀沙赋《楚辞》。贾生谪长沙，赋鹏中心悲。

青〻堤边柳，霜荡亦已悴。乔林有员松，岁寒乃见贵。俯仰生荣华，其身恒见废。壮士侮若年，赦为迟暮怨。文信有大功，终废于秦帝。侯生九十余，终践上客位。（P792）

① 此句疑衍一“凰”或“皇”字；另脱一字，疑为“飞”“升”之属。

重宁寺

新几①（？）（？）映夕阳，千竿修竹（荫？）僧房。园亭寂〻鸟无语，时有钟声出上方。（P793）

① 几（幾），通“机（機）”。《说文通训定声 · 履行部弟十二》：“几，……[叚借]……又为机。”新机，新的生机。刘师培《译石门和夫氏《希望诗》（二首）》其一：“以情洽群，新机句萌。”

白燕（八首七律）①

几番营垒傍雕梁，何日双飞到画堂。团扇抛时裁月魄，深宫怨起奏《霓裳》。水精帘额春无影，云母屏风夜有光。可是新粧试飞燕，轻绡卷处缟衣凉。

长在风尘本不辞，素衣何用化为缁。有缘应合悲红线，此去何曾感素丝。未免佳人歌锦瑟，曾随王母降瑶池。玉堂冰署君休问，愿向花间借一枝。

琼楼十里怆斜晖，紫塞迢〻未忍归。春到璇闺声款语，梦回珠幕雁低飞。王郎白袷常相忆，越女红楼几度违。朱雀桥边君莫问，可怜门巷改乌衣。

者番杏雨洗稻华，晚梦梨云一径遮。未免轻身如柳絮，更无清影入杨花。梦回月下瑶台冷，影落风前玉翦斜。回首紫金堂畔路，可将织素学卢家。

似随织女度银河，碧汉迢〻别恨多。傅粉不如何氏子，鸣机空怨窦连

波。崔徐画里无颜色，王谢堂前却绮罗。花梦醉时情脉⺀，深闺还唱洗红歌。（P794—795）

①《扬州新见刘师培十七首佚诗》中之《佳人》（舞袖触处落花香）、《无题》（一番风雨海天秋）、《无题》（霜襟雪羽不胜春）疑为此组诗的第六、七、八首。见《仪征刘氏遗稿汇存》第2册794—795。

红豆

报到江南发几枝，凭君天末寄新诗。君攀桃李三千里，妾赠蘼芜十二时。闻说青梅初罢弄，那堪红药又相贻。妾心敢怨相思苦，只恐相思君不知。

几番记曲到屏间，回首刀头梦玉环。（蚕茧？①）缠绵丝写怨，蛾眉憔悴镜窥颜。青鸾信杳休相忆，白雁书传几度还。渺⺀碧云千里（合？②），寄衣从不到关山。

闻到蓬山隔万重，红颜零落更怜侬。香生南国骚人怨，花折西洲驿使逢。十里春风香荳蔻，一江秋水怨芙蓉。劝君莫撷江离艸，绿意红情只暂浓。

一丛芳艸怨迷阳，题说名花解断肠。蜡炬空抛前夜泪，绮罗犹賸旧时香。珊瑚七尺愁金谷，火齐千重谢玉堂。多少绮忆忘不得，空山瑶艸笑徒芳。（P796—797）

① 此二字与其行、草字体颇类。张先《庆金枝》："双蚕成茧共缠绵。"姚宽《少年行》："剥丝入蚕茧，郎意在缠绵。"沈德潜《作蚕丝》："春蚕忽作茧，团团吐新丝。外有缠绵意，中心那得知。"

② 武元衡《送严侍御》："云山千里合，雾雨四时阴。"刘克庄《答陈楙伯二首》其一："回首暮云千里合，有书何处托征鸿。"

咏水车五排

凿木为柧棱，农家正插禾。进言思子贡，得句忆东坡。緶细牵千缕，规成验半柯。移车随雨泽，平地起风波。竟比肠回毂，居然手挽河。湛深如繘井，往返比穿梭。龙舞鳞偏隐，鸦翻尾乍托。周旋殊运轴，渐进望盈科。活水来源底，飞流落涧阿。辘轳同运动，轮转几经过。恍见沙飞野，还教浪起涡。亦随人俛仰，时弄影婆娑。余润霑蔬菜，残尘洗芰荷。涧疑从峡倒，泉想出山

多。飔动耕吹（园芦？）[①]，烟迷映绿裳。后人工农作，抚[②]事等干戈。（P797）

① 手稿中“动”字右侧有删除符号（ミ），依句意及下句对仗，似应删除“耕”字。芦，通“庐”。《周礼注疏》卷39《冬官考工记第六》：“秦无庐”。陆德明《音义》：“庐，……本或作芦。”

② 抚，手稿即作“抚”，而非“撫”。抚，古时即有，非简化后出现。《篇海类编》卷8《身体类四 · 手部第二十八》：“抚，俗撫字。”。

伐桐诗（七绝二首[①]）

当年阶下想移宛[②]，拳曲盘坳傍小园。此树婆娑生意尽，金枝高竞等龙门。

落角摧牙亦可哀，年ㄋ三月忆花开。阑[③]成亦复伤枯树，匠石羞云木不才。

良材无复作琴声，落角摧牙讵有情。未免伤心枯树火，江南愁杀庾兰成。（P800）

① 手稿诗题作“二首”，实有三首。原稿为朱笔（原诗题不可辨），后第一、二首以朱笔划去以墨笔重写；第三首末“庾兰成”三字以墨笔重写。诗题为墨笔写，疑为舍弃第三首。

② 该诗用“十三元”韵。庾信《枯树赋》：“何事而销亡，桐何为而半死？昔之三河徙植，九畹移根”。

③《叶韵汇辑》卷8《十四寒》：“阑，……与栏通。”

隋宫（用黄君刍先生《月夜游秦淮》诗韵）

湖光山色拱迷广[①]，一夜西风冷玉钩。五夜笙歌迷夜月，□[②]朝金粉付寒流。浪淘江水英雄尽，云厺苍梧帝子游。最是无情杨柳色，季ㄋ披拂板桥头。（P801）

① 广，疑为“廔”之省写。廔，“楼”之借字。详见《杨花曲》一诗〔吹影上粧廔〕条笺注，参见拙文《325- 刘师培“廔”字考 - 刘师培研究笔记（325）》。《汇存》第2册P803存另一首《隋宫》手稿，其中有句“迷廔近有无”。

② 依句意，当作“六”。

效长吉

西风萧ㄋ吹湘水，洞庭落叶寒波起。哀猿啼苦雁孤飞，潜龙罢吟元鹤止。

天风泠〻吹松声，千年湘竹冷寒翠。七十二峰暮雨凉，湘妃不归愁帝子。白云一片瑟声寒，美人隔断邯邗里①。（P801）

①《汉书 · 王莽传》："封都匠仇延为邯淡里附城。"颜师古注："都匠，大匠也。邯，音胡敢反；淡，音大敢反。丰盛之意。"高适《邯郸少年行》："邯郸城南（一作西）游侠子，自矜（一作言）生长邯郸里。"《古列女传》卷5《节义传 · 鲁秋洁妇》："洁妇者，鲁秋胡子妻也。既纳之五日去而官于陈，五年乃归。"高适有《秋胡行》诗，其中有句："妾本邯郸未嫁时，容华倚翠人未知。一朝结发从君子，将妾迢迢东路陲。"（《乐府诗集》卷36）王恭有《秋胡妻》诗，其中有句："妾家近丛台，生小邯郸里。结发事良人，行当念终始。"（《草泽狂歌》卷2《七言歌行》）崔颢有《邯郸宫人怨》长诗，李白有《邯郸才人嫁为厮养卒妇》诗；隋炀帝巡幸江都，建"迷楼"，有宫人"侯夫人"被幽禁其中不得进御，后自缢身亡。《古诗纪》卷138存其诗6首。

秋日登小金山亭

秋叶何萧森，寻幽出北郭。峰尖山逾高，石出水初落。枫红叶乍染，芦白花初着。高亭影崔嵬，四顾何寥廓。石壁千寻立，空翠三峰削。四围听松声，一朵峙莲萼。岚光落幽涧，波影涵虚阁。地近欧公堂，沟想吴王鏊①。登台忆苏公，作赋愧孙绰。何当游名山，吾慕谢康乐。

——右录秋日登小金山亭诗一首（P802）

① 明代名臣、文学大家，南直隶吴县人（今苏州），文风颇受欧阳修影响，并多有扬弃。王鏊文学见解的集中反映，见其为邵宝《容春堂集》所写序文。

隋宫①

故址寻姑苏（自注：吴王台名），迷廔近有无。隋宫今寂寞，无复见青芜。（其二）（P803）

① 该组诗二首，前一首2007年1月8日于《扬州晚报》发表，载《刘申叔遗书补遗》下册P1464。诗题作"咏隋宫"。

七夕

秋水隔娟〻，相思怆缠绵。今宵一离别，此会更何季。（P803）

露筋祠

览镜湖边水，于今恨未穷。虽云身自洁，何至殉微蝱[①]。（P803）

①《说文解字》卷13下《蚰部》："蝱，啮人飞虫。" 参见《露筋词（二首）》其一一诗〔露筋〕条笺注。

（拟？）王渔洋《国士桥》[①]

不救智瑶亡，空思报赵襄。既云称国士，胡未殉中行。（P803）

① 王士禛（渔洋）《精华录》卷6《今体诗 · 国士桥》："国士桥边水，千年恨未穷。如闻柱厉叔，死报莒敖公。" 案：刘师培此诗寓意观点与方孝孺《豫让论》完全一致。见《逊志斋集》卷5《豫让》（《古文观止》卷12收录该文，题作《豫让论》）。

幽兰

九畹移根近，幽香拂画栏。此花原易得，人比此花难。（P803）

拟古诗十九首之一

采〻黄葛花，终朝不盈掬。问君何所思，所思在水曲。芳馨乱飞时，秋艸年〻阅。苍〻江上莛，青（□〻？）淇园竹。余情苟信芳，衣予以初服。（P804）

白木芙蓉

秋花一簇谢春红，当日移根老圃中。疑是白花开苕蔻，空余碧叶□椅桐。清芬绝俗迎朝日，木末搴芳拂晚风。玉沼银塘（都减？）□，□□迟暮怨天工。（P804）

咏齐刀公

吕尚分封到海东，夷吾为相辅桓公。重轻九府当年立，齐币齐刀处ㄟ通。铭文三字似刀形，碧眩铜花土色青。吉字作公疑可释（自注：铭文云：齐公货，人多读为吉。予按虢季子白盘上有吉日二字，吉字与此不同。遂郡[①]此字当作公），化通为货证诸经（自注：化字即货字，《书》“化居”，即“货居”；“无总于货宝”，或作“化”）。即墨孤城傍海涯（自注：此刀出即墨北），曾为齐国却燕师。千年宝器从兹出，彩色斓斑似鼎彝。鼎陈柏寝历千年，桓子尊罍已变迁。试看齐邦数百载，何如此物久流传。（P805）

①《尔雅 · 释诂》：“郡……乃也。”

新咏

螳螂化为蝉，鹞子化为鹯。清浊既残途，刚柔亦判然。变化非常（□理？），无乃定于天。涿邹[①]遇子忧，名重西河边。谁云盗梁父，亦复称高（□览？）。昔为幽谷吟，今作乔木迁。陈良雄楚齐，北学莫或先。奈何宋陈相，徒悦许行言。

庄周梦蝴蝶，蜀王化杜鹃。庄周梦蝴蝶，犹作漆园言。蜀王化杜鹃，谁知天子尊。得志各一时，变化（□亦？）常然。范蠡昔（跳？[②]）越，扁舟五湖前。昔时李将军，今宿霸陵边。□□□□□（俯仰今古间？），□□□（悠ㄟ数？）千年。河山一局棋，无乃□□（随时？）迁。（P806）

①《吕氏春秋 · 尊师》：“颜涿聚，梁父之大盗也，学于孔子。”《史记 · 孔子世家》：“夫孔子遂适卫，主于子路妻兄颜浊邹家。”司马贞《索隐》：“《孟子》曰：孔子‘于卫主颜雠由，弥子之妻与子路之妻兄弟也。’今此云浊邹，是子路之妻兄，所说不同。”

②《集韵》卷 3《平声三 · 豪第六》：“逃，……或作跳。”

秋末苦雨庭前积水成小池集杜句

一夜水高二尺强，秋风此日洒衣裳。烟绵碧草萋萋长，雨裛红蕖冉冉香。吾独何[①]为在泥滓，虚无只少对潇湘。秋来未曾见白日，城上青[②]（自注：一

作霏）云覆苑墙。（P806）

① 杜诗作“胡”。
② 杜诗作“春”。

庭（前?）幽兰怒放一枝集陶句

幽兰生前庭，霜露荣悴之。含薰待清风，夕露沾我衣。一条有佳花，怀此贞秀姿。（P806）

续文达岭南荔支词

唐家贡道入南方，曾共朱樱戏王堂。辇路[①]于今虽寂寞，宫人犹唱荔支香（自注：杜诗：他时诚续朱樱献，辇路应悲白露团[②]。唐明皇于妃子生日唱《荔支香》曲）。

尤物从未近海隅，红尘一骑入西都。傥知宫可各扶荔，早向庭前植百株（自注：苏诗：顿教尤物生海隅[③]。红尘一骑，亦出苏诗。汉武有扶荔宫，植交阯荔支数十株于庭，得名）。

风枝露叶入诗歌，儋耳探春几度过。日啖何须三百颗，岭南亦复忆东坡（自注：风枝露叶、探春、日啖三百颗，皆出东坡诗）。

几番玉露湿琼枝，风味原来此最宜。回首岭南烟霜里，何人更赋荔支词（自注：玉露出杜诗，阮公有《岭南荔支词》七绝诗）。（P807）

① 手稿原作“玉露”，后改为此二字。
② 杜甫《解闷十二首》其九：“炎方每续朱樱献，玉座应悲白露团。”
③ 苏轼《四月十一日初食荔支》：“不知天公有意无，遣此尤物生海隅。”

汉长无相忘瓦

甘泉封烪年年警，茂陵回首秋风冷。三十六宫秋色寒，平芜一片斜阳影。忆昔深宫建未央，鸳鸯瓦上有新霜。萤飞永巷花空（【秎】〈秀〉?[①]），燕入昭阳艸自芳。一从别殿禽华落，长门秋雨愁珠箔。团扇裁成怨合欢，离宫（回首?）悲长乐。纨绮西风咽暮秋，可怜华屋倏山邱。（清?）殊秋雨蟾蜍影，遮断零烟鳷鹊楼。长杨五柞空焦土，金茎尚挹三霄露。苔藓青〻蚀土花，松楸渺〻悲陵树。况复昆明有劫灰，松风回首柏梁台。一天残月铜人泣，秋雨空宫落绿槐。（P808）

① 刘师培《咏汉长无相忘瓦》："月冷长门草不芳，萤飞永巷花无语。"

幽兰

洞庭隔湘江，川广不可越。幽兰何青〻，花叶随时发。美人苟不来，空叹芳华歇。馨香岂不贵，忍为尘埃没。百卉既不芳，空听鸣鶗鴂。（P810）

琴囊

何人巧制织琴囊，古锦裁成忆七襄。绿绮深藏人莫识，调音终望改絃张。（P810）

薜萝

薜萝影萧〻，引蔓空山侧。托根幽涧中，年〻改深碧。不有旧蔓除，焉得弄新色。会当朝雨零，一洗纤尘迹。（P810）

花叶

残红一抹掩柴门，秋到江南第几村。转绿回黄君莫问，别来犹恋故枝恩。（P813、811）

落花行

春风一夜入花萼，三杯婪尾开红药。六曲帘栊护锦屏，佳人春梦芙蓉幕。翦绿裁红亦有情，莺啼燕语游人乐。一自宫人唱践春，东风不惜飞花落。金粉消残别殿空，绮罗犹照临春阁。倏忽繁华过眼云，春风秋月俱萧索。回首长门事已非，妾身敢怨君恩薄。（P811）

花圃

水抱疏篱绕，阶随竹径斜。风乾疏木叶，雨细湿林花。鱼戏丝牵荇，虫悬蔓引瓜。北郊清绝地，来访野人家。（P812）

闺怨

秋风萧〻房栊冷，明月来照环珮影。锦带罗帷秋夜寒，梧桐一叶飘金井。帘栊人静一灯青，数点流萤隔花屏。霜华满地天飞雪，声〻络纬啼寒月。（P812—813）

准提寺

阴〻花木接禅房，新绿槐阴映夕阳。□□□年银杏树，几将人事感沧桑。（P814）

史公祠

节镇纷争地，（守臣?）拥立心。朝廷新北阙，党祸（旧?）东林。群虏犹征战，神（□州?）已陆沈。扬州一片月，从不照淮（阴?）。（P814）

寒花

景阳宫阙寒风起，未央前殿孤罗绮。密室温房闭晚风，芳华一簇回春意。巧力全凭火化功，吹嘘原不藉东风。春光未到花先发，始信人工胜化工。清淳世界君休恋，倒乱春色回芳殿。全凭附埶转机关，讵果天心留晚艳。纷〻蜂蝶又来飞，抱得微芳也自归。君看明春花落后，得随桃李斗芳菲。廿四番风花信转，盛衰俄顷时光换。浸润非凭雨露功，秋露讵免尘沙涴。花落花开只留香，从来世态有炎凉。何如松柏生岩壁，留得寒林傲雪霜。（P814）

捣衣

浮云一东西，秋雁已南飞。谁知促织声，催妾弄鸣机。刀尺已惊寒，征夫犹未归。簷下见新月，皎〻在妾衣。（P817）

咏史

汉武求神仙，冀遇蓬莱山。金银饰宫阙，可望不可攀。岂知东海中，不见徐复还。乃知天地间，尘境倏仙寰。子房思辟谷，王母犹童颜。长生岂有术，要在身世闲。巢许知世患，栖身箕颍间。（P817—818）

郊外

林隙射明霞，平原集暮鸦。碧垂茅屋柳，红护槿篱花。径曲随篱转，门开对□斜。绿杨城郭外，胜景接溪涯。

石径飘黄叶，溪桥惨碧杨。短篷收暮雨，湿网晒斜阳。村远僧归寺，波平客泛航。云间新月影，仿髴露清光。（P818）

迷楼

（绵）〈锦〉缆牙樯接水涯，西风回首玉钩斜。鹧鸪啼断隋堤柳，付与游人唱李花。（P818）

范滂

高节能齐李杜名，升车揽辔志澄清。官官岂敢钩朋党，多被清流所激成。（P820）

王允

恐将褒贬及吾身，执笔君前恶佞臣。岂访兰台收史籍，王公亦是爱文人。（P820）

荀淑

亮节高风化一方，德星还聚颍川乡。子孙非不贻清白，乃为曹公作子房。（P820）

严光

百尺高台浙水深，严遵梅福许知音。岂知艸莽称臣日，不改怀仁辅义心。（P820）

淳于髡

列传何为褋孟荀，滑稽迹本类优人。如言贤者诚无并，吾恐焚书习暴秦。（P821）

荀卿

李斯作相媚秦皇，岂本荀卿法后王。君看陈相从许子，不闻孟氏罪陈良。（P821）

贾谊

治安上策信超群，终见燕齐土地分。阴用其言身显弃，贾生非不遇明君。（P821）

刘向

千古犹传谏疏文，乃将《鸿宝》献时君。更生石显皆工媚，忠佞皆从后世分。（P821）

秦宫歌

奈人王气开陈仓，四方兵甲聚咸阳。别馆离宫三十六，犹闻前殿起阿房。金城千里关中固，三秦自古称天府。公子曾吹女史箫，佳人素习邯郸舞。司农仰屋赋钱缗，昔日骊山役万民。俄顷兴亡弹指速，繁华过眼等烟云。一从关外称齐楚，素车白马长安路。宫阙何从访建章，咸阳一炬成焦土。清渭无情水□流，鸟飞秦苑绿芜秋。可怜秦帝兴工役，不筑函关御项刘。（P822）

明陵[①]

一代英雄起，千秋帝运兴。烟花自南国，风月梦西陵。古寺怀梁武，雄都迈李升。可怜淮水月，一曲唱《春灯》。（P822、P845）

① 此诗存两份手稿，文辞完全一样。P845 处诗题前有一“重”字。

汉宫怨[①]

玉阶窃窕苔痕绿，佳人空怯[②]黄金屋。箫鼓楼船万顷波，漫歌落叶哀蝉曲。昔日金闺梦玉台，一朝选入汉宫来。未央桃李花先落，太液芙蓉蕊自开。妾颜未老君恩薄，春光度尽春华落。缔绤西风怨绿衣，帘栊夜雨愁珠箔。怨粉零香怆落花，后宫砧砟怨禽华。可怜飞燕新承宠，回首朝阳日已斜[③]。长门长信秋风起，箧笥君看纨扇弃。莫问当年罗绮丛，荣华富贵随流水。（P832、823）

① 此诗诗题载 P832；P757 载同一首诗另一手稿有诗题，作“汉宫怨”。

② P757 载同一首诗另一手稿作“休怨”。

③ “缔绤”至“已斜”，与《左盦诗别录》载《咏汉长无相忘瓦》一诗诸句略同。仅“朝阳”作“昭阳”；砟作“杵”。

寒柳

扬州城郭夕阳斜，杨柳萧疏映水涯。寂寞荒台空系马，凄迷流水梦栖鸦。清霜有信欺黄叶，积雪无声粧白花。复向江氵乐中心摇荡[①]，新机渐已露萌芽。（P824）

①“摇”字疑衍。

太山墩

岳王住军处，楼馆冷秋风。钟鼓清音杳，旌旆故垒空。和亲输岁币，战伐老英雄。回忆登坛日，江淮保障功。（P824）

过昭武将军宅

白杨衰艸城西路，吴公台畔秋云暮。一抹斜阳下戍楼，行人指点将军柳。将军义旅起关东，保障江淮第一功。刘毅楼船镇京口，孙恩兵甲退吴中。当年卜宅扬州地，木兰院畔鸠工庀。绿水重开李氏堂，碧墀不数吴崇第。繁华过眼倏绪秋，瓜买青门忆故侯。为将终嗟三世减，可怜华屋倏山邱。山邱华屋空陈迹，颓垣败址丛荒棘。修竹深藏李氏园，古槐掩映汾阳宅。人事浮云可奈何，百年俯仰等流波。四方猛士今安在，空忆高皇击筑歌。（P825）

题照相片（其二）[①]

我心无碍法无碍，偶向空观证法华。色即是空空即色，水中明月镜中花。（P826）

① 1904年10月30日《警钟日报》发表刘师培《题照相片》诗一首，署名光汉，为此组诗的第一首。后载《刘申叔遗书》61册（24），《左盦诗录》卷1《匪风集》。

咏雪绝句

云黯天河冻不流，西风吹雪满神洲。而今一枕瑶京梦，高不胜寒是玉楼。（P826）

壬寅岁暮感怀旧事悽然有作

渔阳鼙鼓有余哀，历ㄟ昆明賸劫灰。寂寞长门宫阙冷，似闻奇祸起尧台。

乾坤劒气一龙吟，惨淡风云烈士心。宫禁密传衣带诏，九重阊阖昼沈ㄟ。

贾生抗疏空忧国，徐福东游且著书。从此狂澜嗟莫挽，令人长忆汉朱虚。

西风飞雁悲汾水，残照铜驼吊洛都。鹃血啼红犹望帝，不堪回首过苍梧。

李牛植党诚何补，平勃联欢亦可哀。遐想当年唐社稷，中原谁是柬之才。

沧海桑田几变移，更闻王母宴瑶池。梨园歌舞承平梦，谁忆胡尘鸿洞时。（P828、P827）

残菊

秋花一簇傍篱东，何日依根老圃中。回首群芳零落尽，独留晚艳傲西风。（P829）

有感①

未央宫殿冷秋风，铁轴牙樯碧海东。玉女三千辞汉塞，铜人十二别秦宫。山川突（□兀?）愁云黑，宫阙苍凉夕照红。为问周王巡守处，可能仙仗过崆峒。②

几度昆明有劫灰，山川满目古今哀。似闻七圣迷襄野，从此千金筑债台。烽燧甘泉频报警，楼船沧海岂空回。渔阳豪侠今安在，鼙鼓声ㄟ动地来。

穷边秋艸雁飞还，大漠清霜（瀚）〈瀚〉海间。地尽三边微有路，天垂四野更无（□山?）。人间自古悲金盌，此去何时度玉关。一片长城明月影，深闺犹自唱刀环。

西风秋雁去汾河，箫管楼船昔日过。万里昆仑随八骏，几番宛洛泣铜驼。(□旌？)旂晓日开荒戍，笳鼓秋声动海波。回首胡尘犹鸿洞，于今谁返鲁阳戈。

烽烟千里逼扶桑，十道河山拱战场。蜀道啼鹃愁望帝，唐宫鹦鹉问吾皇。辇合十里悲红药，霸岸三春惨绿杨。最是无情清渭水，犹流清恨到咸阳。

城阙悲笳起戍楼，无边烽火逼幽州。云屯顿冒[③]三千骑，风送弦高十二牛。胡马□嘶燕市月，孤鸿不带蓟门秋。二陵风雨无情甚，也动行人故国愁。(P830)

①《汇存》第 2 册 P786 有《书怀六首七律》，排诗次序同本组《有感》，文辞略有不同。

② 此诗与《刘申叔遗书补遗》下册 P1472 所载《无题八首（其四）》文字略同。

③ 当作“冒顿”。

秋夜[①]

秋景正凄凉，迢〻夜漏长。松虚风落子，荷湿雨□[②]香。鸟聚林沈[③]响，萤栖竹有光[④]。空庭人悄〻，满地月如霜。(P831)

① P803 存手稿一份，诗题亦作“秋夜”，篇首有“重”字。

② P803 存手稿一份，作“雨传”。

③ P803 存手稿一份，作“空林”。

④ P803 存手稿一份，作“叶光”。

拟诸将五首

燕京回首阵云屯，谁以殷忧启至尊。始信铜驼悲帝阙，竟教胡马度中原。战争从古悲瀛海，召募于今赴蓟门。为问中朝贤宰相，可能整顿济乾坤。

冀城千里带边陲，大厦将倾一木支。不谓尽招亡命众，翻然遂举义师旗。畔徒新慕骊山卒，白石初残景教碑。千古河山棋一局，可怜东海又兴师。

君王争拜蒋侯宫，将士同心策战攻。开衅竟逢韩侂胄，邪谋谁沮息夫躬。他时自诩干城任，今日能无破敌功。多少防边诸将帅，有人安坐拥元戎。

北门锁钥信萧条，横海楼船大帻标。几度兵戈缠北阙，那堪岁币索南朝。二陵风雨秦关冷，十道河山晋国遥。只在老臣心报国，将军何用霍嫖姚。

千里寒云压冀州，于今沧海又横流。肯容汉代金瓯缺，终使周家五步留。邺下非无唐节度，关中赖有汉诸侯。渔阳鼙鼓声〻急，关塞萧条天地秋。（P831—832）

拟有感五首

将士开边衅，兵戈绕帝都。赤眉新部曲，黄石旧兵符。都尉船横海，将军策沼吴（自注：时传言拳匪将攻上海）。难忘辽左役，金币几番输。

五载辽阳梦，何人议止戈。雷霆天震怒，沧海水兴波。欸塞盟旋叛，同朝战与和。岂知出狩日，荆棘泣铜驼。

寂寞秦宫冷，萧条汉殿秋。楼船东海水，烽火冀城楼。析（水）〈木〉缠妖气，昆明习战舟。昆仑天万里，八骏未须游。

闻说幽并地，匈奴又欸关。虫沙悲士卒，戎马入关山。魏绛和戎久，班超奉使还。那堪形胜地，回首失河间。

云梦言游日，河阳出狩年。山河环晋国，烽燧达甘泉。戍撤防边卒，舟沈破釜船。同心诸将帅，几辈接幽燕。（P832）

隋宫

宫殿卧斜阳，迢〻古道长。萤飞空梦艸，鸦散有垂杨。夕照明邗水，秋风冷蜀冈。（雷？）塘[①]（鸣响？）水，犹自怨隋炀。

——又录隋宫诗一律（平韵）（P833）

①《隋书 · 炀帝下》：“上崩于温室，时年五十。萧后令宫人撤床箦为棺以埋之。化及发后，右御卫将军陈稜奉梓宫于成象殿，葬吴公台下。发敛之始，容貌若生，众咸异之。大唐平江南之后，改葬雷塘。”

登法海楼

天末危楼倚晚晴，西风萧瑟动帘旌。当窗皆木白无郭，隔岸众山青入城。风起溪桥吹帆影，月斜山寺送钟声。凭虚欲遂登临赏，只有空林夕鸟鸣。（P834）

阙（廷留放?）效平原[①]，隐以殷忧启至尊。亡汉恐因张角道，城全误信郭京言。一从杂虏报亡命，（弱?）久军容入国门。内志于今犹未弭，兵戈作乱（望?）兴元。（P834）

①《旧唐书·颜真卿传》："开元中，举进士，登甲科。事亲以孝闻。四命为监察御史。……杨国忠怒其不附己，出为平原太守。"《新唐书·选举志下》："杨国忠以右相兼文部尚书，建议选人视官资、书判、状迹、功优，宜对众定留放。"廷，与其籀文大篆字形颇类。

即事

□夜西风冷画楼，芙蓉憔悴不经秋。无情银汉年〻碧，流尽人间万古愁。

杨柳萧疏别梦长，天涯回首倍凄凉。仙人一枕黄粱梦，賸水残山下夕阳。（P842）

有感

烽火骊山亦可悲，始知周祸兆龙漦。不同沧海横流日，正是江河日下时。党论未消牛李派，霸图谁步管商规。宋生亦有悲秋（怨?[①]），临水登山寄所思。（P842）

① 与他诗手稿中确为"怨"者字形相近。见 P792。

秋感

莽〻江河四百州，天涯回首又经秋。西风一夕催人老，江上芦花尽白头。（P842）

精卫

□山亦何高，湘水亦何深。精卫虽微禽，犹抱坚贞心。誓填东海波，衔石西山岑。岂伊空自苦，为拯神洲沈。言念粤王台，春暮啼鹃禽。感此微物忱，用发双鸟吟。（P842）

冶城野望

烟树苍茫一径斜，金陵城阙帝王家。浮云缥缈愁天际，夕照苍凉接□□。寂寞荒城空柳色，萧条故垒幐芦花。劳〻亭畔秋光暮，独向江头（揽？）□华。（P844）

青溪

九曲青溪一叶舟，夕阳黯淡下朱楼。凄凉一曲桓伊笛，谁□（□知？）音王子猷。（P844）

乘小轮舟渡江

树影连京口，山光接冶城。风潮千丈落，星月一天明。蟹火临溪□，沍钲隔水声。客舟今夜远，欹枕听（鸡？）声鸣①。（P844）

①“声”疑为衍字。

台城

朱雀航头夕照迟，故都谁赋黍离诗。台城杨柳垂〻绿，□忆华林马射时。（P844）

书《西疆褋（事）〈述〉诗》①

列障环葱岭，边沙晴玉门。俗犹唐大食，都访汉乌孙。瀚海穷边□，河流溯旧湄。仙乡如可接，试与访昆仑。（P846）

① 萧雄，字皋谟，号听园山人，湖南益阳人。曾随左宗棠军平定“陕甘回乱”，收复新疆。“旁午于十余年之中，驰骋于二万里之内。足迹所至，穷于乌孙。”后以此经历成诗 140 余首，命之曰《西疆杂述诗》。《类篇》卷 23：“杂，……或从衣集。”

观海棠落花感而有作

九曲阑干夕照斜，多情碧玉惜年华。落红亦有飘零恨，愁杀人间薄命花。（P846）

北郊眺望

竹西亭畔罢登临，如水年华感不禁。俯仰乾坤余痛矣，寂寥今古几知音。传书尚待孤鸿信，啼血谁怜杜宇心。海血天风空怅望，七絃弹断伯牙琴。（P846）

冶山谒顾亭林先生祠

北阙河山渺，东林党祸延。先生抱幽绪，吾道未迍邅。忆昔新都建，曾闻谏草传。志频知耻励，官已职方迁。战垒吴山侧，孤城淅水边。何心思避地，无计更回天。填海悲精卫，啼枝泣杜鹊。管宁辞魏日，绮季避秦年。台峤空秋水，昌平冷暮烟。风尘犹扰攘，车马几周旋。聊赋归来什，时传箸述编。披图探境域，论政溶言泉。讲学缘朱陆，研经续服虔。伤时工部什，忧国子山篇。（学？）术前仔继，衣冠古制沿。墓门吴市侧，祠宇冶山巅。地近吴王阙，堂邻卞氏阡。柳痕飞阁畔，艸色石阶前。涧远苹繁洁，山空草木妍。西风萧瑟冷，回首倍凄然。（P873、847）

乌衣巷

乌衣巷口斜晖冷，无复当年王谢家。燕子不来秋又去，西风吹落古槐花。（P847）

和康侯近作即用其韵

疏柳斜阳吊白门，萧〻落叶下孤村。过门车马浑无迹，隔水笙歌静不喧。

阮籍穷途空下泣，宋生江上赋《招魂》。秦淮流水无情甚，六代繁华渺不存。（P847—848）

中秋文德桥望月

文德桥边碧水清，垂杨影里月华明。征人亦有思归梦，怕听笙歌隔水声。

秦淮流水碧迢〻，五夜清辉照碧霄。去岁小金山畔路，扁舟今夕度虹桥。（P848）

留别金陵

雨花台畔暮云收，杨柳萧疏系客舟。钟阜天山随境远，秦淮烟月伴人留。几多风雨倘离别，如此江山负壮游。回首江南佳丽地，何时萧寺（归？）寻秋。（P849）

过聚宝门歌明太祖

始皇用李斯，焚书愚万民。陈王兴大泽，奋臂能亡秦。蒙古起漠北，中原陷胡尘。明祖唱义剑，淮泗兴真人。忆昔天运衰，颍川起红巾。中原战争余，疆域现瓜分。高皇起濠汝，勇毅超等伦。匡复神州疆，异族非我邻。帝位岂足干，民气赖以伸。金陵建都畿，宫阙何嶙峋。仰瞩钟阜峰，俯瞰长江滨。三山二水间，王气一朝新。功业迈汉唐，岂惟继梁陈。独惜宏光帝，误国由佞臣。一曲《桃花扇》，降帆出江津。遂使帝王都，故阙莽荆榛。孝陵何茫〻，杨柳参秋云。王业已消沈，逝水空无垠。（P849—850）

凌春阁[①]

青〻杨柳遮帘幕，（鈩）〈炉〉烟弄影春花落。金粉楼台送六朝，晴烟空锁凌春阁。

景阳宫阙冷苍苔，无复金莲并蒂开。《玉树后庭》歌一曲，美人望断阙

（城台？）。（P851）

① 陈后主陈叔宝金陵所居宫殿名“临春阁”。

秋风一夜冷乌衣，朱雀桥边怆夕晖。歌榭此时悲絮冷，舞筵昔日触花飞。朱阑九曲帘初卷，紫塞三千客未归。无限低徊怅离别，郁金堂上故巢非。（P852）

频惊岁序已如流，恋〻含情别花楼。草长阶庭空怅望，花衔院落故勾留。舞衣辛苦三春梦，团扇抛残几度秋。一种幽怀向谁诉，离情望断海西头。（P852）

伯劳东去雁南飞，画栋雕梁事已非。玉翦一双抛暮（下缺）（P852）

文德桥

七宝阑干映绿波，板桥秋柳影婆娑。无情艸色年〻碧，人影花香几度过。（P856）

野望

碧天凝望气萧森，长板桥头夕照沈。淮水流波自今古，钟山岚气卜晴阴。荷经秋雨红粧薄，柳隔寒烟翠色深。一抹斜阳半溪水，时闻箫管送清音。（P856）

新城

昔年曾度此，春雨送孤舟。此日扬帆过，烟光又入秋。凄迷溪岸柳，历〻证前游。指点金焦影，山光挹润州。（P859）

江上望梅香山

摄山何参差，云气时往来。万朵青芙蓉，齐向云中开。明霞射阴岩，如现金银台。采药人未归，仙境疑天台。言念陶隐居，思古心徘徊。（P859）

咏史

女娲炼石天难补，精卫衔冤海莫填。东去狂澜嗟莫挽，更（紨）〈付〉搔首问苍天。（P860）

桃源行

秦人避世别有天，桃源仙梦三千年。武陵渔人入山口，始知世界有乾坤。东方立国亦如此，沈ミ大陆五千里。岂知西土光明照大千，神工辟出新天地。（P861）

利涉桥

杨柳青ミ覆板桥，夕阳箫鼓送征桡。白苹花老西风起，又是秦淮正顶潮。（P861）

桃叶渡

桃叶渡头路，长怀王献之。风流千古擅，烟水六朝畸。柳色横眉黛，芙蓉感鬓丝。斜阳一片影，何处寄相思。（P861—862）

金陵怀古①

虎踞龙蟠（锞）〈镇〉上游，吴宫花艸几经秋。石头城畔降帆出，又见金陵王气收。

十万雄师镇石头，谁人努力复神州。洛城秋雨铜驼泣，不到新亭泪亦流。（P863）

①“朱雀桥边淡夕曛”诗至“几度寻芳过板桥”诗 8 首，疑均为本组诗的一部分。参见《仪征刘氏遗稿汇存》第 2 册 P868—869。

燕子矶下望月（时七月十六日）

水云暗淡明霞紫，枫林雨细寒风起。倏然朗月云中开，万点寒星映秋水。风涛万里声潇〻，舟中独客推孤蓬。水天一色莫能辨，惟见隔江山色青。溟濛世界同此月，昨夜光圆今夜缺。几人酌酒赋团圆，几人对影伤离别。安得扁舟渡海东，置身直到蓬莱宫。太平洋边秋水长，芥蒂一洗平生胸。吁嘘乎！玉宇琼楼自天上，广寒宫阙清辉朗。惟有无情江水自东流，令人怀古空惆怆。（P864—865）

渡江

江水滔〻日向东，孤帆一叶趁西风。斜阳衰艸台城路，六代山川指顾中。（P865—866）

江上望炮台故址

萧萧芦荻又经秋，突兀雄关踞上游。铁铸六州成此错，空留故垒镇江洲。（P866）

下关晓望

炊烟袅上树，旭日淡无风。桥迴层栏碧，篱疏爨火红。云迷深岍柳，霜染远林枫。惟有无情水，寒波逝海东。（P867）

杂咏[①]

朝饮燕市酒，夕驱夷门车。丈夫不得志，郁〻胡久居。长铗鸣秋风，知音无风胡。古人有不遇，何事悲穷途。朝歌隐尚父，吴市羁子胥。浊世不可处，杖剑归江湖。（P867、P860）

①本诗为一组 2 首，其二即为《匪风集》中《杂咏》二首其二一诗，文字微有不同；此诗与其一一诗文辞殊不同，故录之。

朱雀桥边淡夕曛[①]，石头城畔冷秋云。行人指点前朝垒，犹说袁家起义军。（P868）

① 本诗至以下“几度寻芳过板桥”诗 8 首，疑均为《金陵怀古》组诗的一部分。参见《仪征刘氏遗稿汇存》第 2 册 P863。

阅武堂边杨柳残，琼楼璧月夜生寒。美人轻试金莲步，买得潘妃一笑看。（P868）

白马青龙起寿阳，四郊多垒倍凄凉。雨花台畔西风冷，知是当年说法场。（P868）

景阳宫阙劫飞灰，结绮临春夕照开。《玉树后庭》歌一阙，长江天堑敌军来。（P868）

红罗亭畔植梅花，艳曲歌残帝子家。最是竹楼春雨夜，落花流水又天崖。（P869）

宫阙遥临钟阜岭，孝陵松柏冷斜晖。金川门外残兵少，燕子高飞入帝畿。（P869）

一曲《春灯》奏未终，江干鼙鼓振秋风。何人更唱《桃花扇》，半壁河山霸业空。（P869）

几度寻芳过板桥，白门疏柳晚萧〻。江南亦是消魂地，流水残阳送六朝。（P869）

长干里

瑟瑟西风落叶声，门前行迹绿苔生。长干里畔垂杨老，犹傍当年白下城。（P850、870）

十六日舟中望月

月朗明河暗，天空白露凝。青围江岸石，红闪客船灯。渺〻东流水，迢〻北斗绳。扁舟今夜远，城阙满金陵。（P870）

下关舟中望雨

西风萧瑟渚云秋，绿树春山证昔游。回首石头城畔路，一江烟雨送孤舟。（P870、871）

（补录）闱中所作诗一首（十七日录）

苍天悽〻凭谁问，碧海茫〻空自流。试向新亭一垂涕，无人努力挽神洲。（P871）

登蜚霞阁

乔峰望不尽，冶山何苍〻。杰阁凌云霄，俯视空八荒。金绮送高秋，白日无辉光。远山不可辨，云树空苍茫。仰观雨花台，浩劫随星霜。下瞩白鹭洲，云影连帆樯。巍〻石头城，雉堞迷斜阳。杨柳锁寒烟，不见朱雀航。六朝佳丽庭，转瞬伤兴亡。悠〻念古今，抚事能毋伤。帝子渺何处，流水悲潇湘。王母下云旗，青鸟空回翔。神京在何许，浮云天一方。缅想王谢游，怀古空低昂。（P872—873）

续红豆

一种相思（制?）不禁，碧天望断雁飞冞。仙瑟宛转通君意，留得玲珑证妾心。（红折?）樱桃（犹?）若〻，青搴杜若复行吟。深闺自有团圆梦，何用空阶忿暮砧。

望望①慎勿上青楼，玉树亭〻几度秋。几度瑶函缄锦字，空余珠泪落心头。菩提证果三生梦，连理各枝两地愁。即此凭君问消息，催将芳（訊）〈讯〉木兰舟。（P878）

① 手稿后一“望”字，仅有其上半部，略去了下半部的“王”。梅鹤孙《青溪旧屋仪征刘氏五世小记》P66：“舅氏除展卷外，日写数千言，字迹荒率，力求迅速，墨盒常干涸失润，惟以破笔触之；又参用《说文》或隶书偏旁以图省事，文稿类鼠须虫迹，至不易辨认。”望望，切盼貌。杜甫《洗兵马》：“田家望望惜雨乾，布谷处处催春种。”

咏严子陵（集杜句）

钓濑客星悬，归山买薄田。绿林宁小患（自注：绿林指盗贼而言），朱绂有哀怜。隐吏逢梅福，成功①异鲁连。君臣当共济，新数中兴年。（P880）

① 杜诗作“名。

咏冯敬通（集杜句）

北收晋阳甲（自注：衍曾与鲍永兴师据太原，即晋鼎），来往亦①崩②波。论文或不愧，与道气伤和。复作归田去，英贤遇坎轲。上书献皇帝③，吾道竟如何。（P880）

① 杜诗作“若”。
② 同崩。杜诗作“崩”。
③ 杜诗原句作“献书谒皇帝”。

白露雨晴（集杜句）

始贺天休雨，秋天晚①夜凉。清霜大泽冻，半岭暮云长。漂荡云天阔，

经过霖潦妨。明[2]朝降白露，衣露净琴张。（P881）

①杜诗作“昨”。
②杜诗作“晨”。

秋风吹古坛，微月映石壁。木叶脱微黄，露出秋山碧。幽□□空山，清泉带白石。不知白露零，但见桂华湿。借问空山中，可知幽人宅。白云开松关，渺ㄟ琴声隔。（P882）

咏史

洛阳道上铜驼泣，千年宫阙丛荆棘。亡国偏逢悯帝时，渡江更喜中宗立。君不见，胡兵十万起幽并，淮南河北无坚城。大江空击中流楫，猿鹤犹疑艸木兵。谢安王导称贤相，千古江淮资保障。初闻平北用刘琨，更喜征西相谢尚。吁嗟乎，胡虏中原新战争，谁人揽辔望澄清。虚声未可轻殷浩，殷浩犹能任北征。（P882）

由我闻君脱六尘，法音流布渺无垠。（劳？）君更运广长舌，王舍城边转法轮。（P883）

明月如静女[1]，娟ㄟ出云间。美人停琴瑟，湘灵不可参。金风送高秋，半镜[2]凝寒山。云望艳阳天，白雁何时还。黄叶落重岸，幽人闭松关。譬彼清莲华，不染污泥迹。（P833）

① 此诗手稿非常潦草且涂改凌乱，部分单句涂改多达 3 次。目前对全诗的识读文字仅供读者参考。

② 半镜，指弦月，亦称半月。《文苑英华》卷 999 梁简文帝《大同哀辞（并序）》：“水涓涓而鸣漏，月半镜而开河。”

主要参考文献资料

阮元校刻《十三经注疏》（清嘉庆刊本）
阮元《十三经注疏校勘记》（学海堂皇清经解刊本）
陈鼓应《周易今注今译》（商务印书馆2005年11月第1版）
南怀瑾《周易今注今译》（台湾商务印书馆1983年4月七版）
屈万里《尚书今注今译》（台湾商务印书馆1977年4月七版）
高亨《诗经今注》（上海古籍出版社1980年10月第1版）
马持盈《诗经今注今译》（台湾商务印书馆1979年3月六版）
林尹《周礼今注今译》（台湾商务印书馆1979年3月三版）
王梦鸥《礼记今注今译》（台湾商务印书馆1979年2月六版）
杨伯峻《春秋左传注》（中华书局2016年11月第4版）
刘文淇《春秋左氏传旧注疏证》（科学出版社1959年第1版）
吴静安《春秋左氏传旧注疏证续》（东北师范大学出版社2005年5月第1版）
沈玉成《左传译文》（中华书局1981年2月第1版）
李宗侗《春秋左传今注今译》（台湾商务印书馆1982年6月五版）
杨伯峻《孟子译注》（中华书局1960年1月第1版）
《方言》（商务印书馆丛书集成初编本）
《释名》（商务印书馆丛书集成初编本）
王念孙《广雅疏证》（嘉庆元年王氏家刊本）
《埤雅》（商务印书馆丛书集成初编本）
《骈雅》（商务印书馆丛书集成初编本）
《别雅》（道光二十九年蓬莱山馆刊本）
《说文解字》（商务印书馆丛书集成初编本）
《说文系传》（中华书局四部备要本）
段玉裁《说文解字注》（经韵楼本）
朱骏声《说文通训定声》（临啸阁本）

《重修玉篇》（四库本）
《龙龛手鉴》（商务印书馆四部丛刊续编本）
《宋本广韵》（商务印书馆丛书集成初编本）
《集韵》（商务印书馆万有文库第二集本）
《字汇》（明万历刊本）
《正字通》（清畏堂本）

百衲本二十四史（商务印书馆刊本）
《清史稿》（关外一次本）
《明实录》（红格本）
《清实录》（清钞本）
《资治通鉴》（胡克家嘉庆覆元刊本）
《国语》（商务印书馆四部丛刊初编本）
《战国策》（商务印书馆万有文库第一集本）
《元和郡县图志》（商务印书馆丛书集成初编本）
《太平寰宇记》（商务印书馆丛书集成初编本）
《舆地广记》（商务印书馆丛书集成初编本）
《方舆胜览》（宋嘉熙三年刊本）
《水经注》（光绪二十五年广雅书局刊本）

《孔子家语》（湖北崇文书局光绪元年刊本）
《荀子》（商务印书馆丛书集成初编本）
《扬子法言》（四库本）
《管子》（商务印书馆四部丛刊初编本）
《韩非子》（湖北崇文书局光绪元年刊本）
《齐民要术》（上海博古斋据毛晋汲古阁津逮秘书本景印本）
《农政全书》（上海曙海楼道光十一年刊本）
《太玄经》（商务印书馆四部丛刊初编本）
《淮南鸿烈解》（商务印书馆丛书集成初编本）
《通雅》（日本江户立教馆刊本）

《艺文类聚》（明嘉靖天水胡缵宗刊本）
《初学记》（南宋绍兴十七年东阳崇川余四十三郎宅刊本）
《白孔六帖》（明嘉靖刊本）
《太平御览》（鲍崇城嘉庆十七年仿宋板刊本）
《册府元龟》（四库本）
《山堂肆考》（四库本）
《西京杂记》（湖北崇文书局正觉楼丛书本）
《世说新语》（四部丛刊初编本）
《山海经》（湖北崇文书局光绪元年刊本）
《穆天子传》（商务印书馆四部丛刊初编本）
《搜神记》（湖北崇文书局光绪元年刊本）
《太平广记》（乾隆十八年黄晟槐荫草堂巾箱本）
《酉阳杂俎》（商务印书馆四部丛刊初编本）
丁福保《佛学大辞典》（文物出版社 1984 年 1 月第 1 版）
陈鼓应《老子注译及评介》（中华书局 1984 年 5 月第 1 版）
《列子》（萧山陈氏湖海楼丛书本）
郭庆藩《庄子集释》（湘阴郭氏光绪思贤讲舍刊本）
王先谦《庄子集解》（宣统元年思贤书局刊本）
《列仙传》（商务印书馆丛书集成初编本）
《抱朴子》（湖北崇文书局光绪元年刊本）
《神仙传》（商务印书馆影印夷门广牍万历刻本）
《真诰》（俞安期明刊本）
《云笈七签》（张萱清真馆明万历刊本）

《楚辞章句》（冯绍祖万历刊本）
《楚辞补注》（汲古阁毛表校刊本）
《楚辞集注》（南宋端平二年朱鉴刊本）
汤炳正等《楚辞今注》（上海古籍出版社 1995 年 12 月第 1 版）
《文选注》（明嘉靖元年金台汪谅翻刻元本）
《六臣注文选》（明嘉靖二十八年钱塘洪楩刊本）

《玉台新咏》(明崇祯六年吴郡寒山赵均小宛堂刊本)

《文苑英华》(四库本)

《乐府诗集》(毛氏汲古阁本)

《全唐诗》(中华书局 1999 年 1 月第 1 版)

《全宋诗》(北京大学出版社 1998 年 12 月第 1 版)

唐圭璋《全宋词》(中华书局 1965 年 6 月第 1 版)

《刘申叔遗书》(民国廿五年宁武南氏铅印本)

万仕国辑《刘申叔遗书补遗》(广陵书社 2008 年 12 月第 1 版)

《青溪旧屋仪征刘氏五世小记》(上海古籍出版社 2004 年 7 月第 1 版)

王强、巫庆主编《仪征刘氏遗稿汇存》第 2 册 (巴蜀书社 2023 年 11 月第 1 版)

万仕国《刘师培年谱》(广陵书社 2003 年 8 月第 1 版)

陈奇《刘师培年谱长编》(贵州人民出版社 2007 年 9 月第 1 版)

郭院林《彷徨与迷途——刘师培思想与学术研究》附《刘师培年谱》(凤凰出版社 2012 年 5 月第 1 版)

万仕国《刘师培年谱(增订本)》(广陵书社 2022 年 12 月第 1 版)

赵慎修《刘师培评传 · 作品选》(中国文史出版社 1998 年 6 月第 1 版)

方光华《刘师培评传》(百花洲文艺出版社 2010 年 3 月第 2 版)

王韬《江苏历代文化名人传 · 刘师培》(江苏人民出版社 2018 年 11 月第 1 版)

李帆《刘师培与中西学术》(北京师范大学出版社 2014 年 5 月第 1 版)